本書爲國家社會科學基金項目（批准號：14BZW088）
上海交通大學人文社會科學成果文庫重點項目
本書出版得到國家古籍整理出版專項經費資助

中國古典文學基本叢書

七録齋集校箋

第一册

〔明〕張溥 著
陸巖軍 校箋

中華書局

圖書在版編目(CIP)數據

七録齋集校箋/(明)張溥著;陸巖軍校箋. —北京:中華書局,2023.5
(中國古典文學基本叢書)
ISBN 978-7-101-15381-1

Ⅰ.七… Ⅱ.①張…②陸… Ⅲ.中國文學-古典文學-作品綜合集-明代 Ⅳ.I214.82

中國版本圖書館 CIP 數據核字(2021)第 194944 號

責任編輯:張 耕
責任印製:管 斌

中國古典文學基本叢書
七録齋集校箋
(全六册)
〔明〕張 溥 著
陸巖軍 校箋
*
中 華 書 局 出 版 發 行
(北京市豐臺區太平橋西里 38 號 100073)
http://www.zhbc.com.cn
E-mail:zhbc@zhbc.com.cn
三河市宏盛印務有限公司印刷
*
850×1168 毫米 1/32 · 94 印張 · 12 插頁 · 2300 千字
2023 年 5 月第 1 版 2023 年 5 月第 1 次印刷
印數:1-1500 册 定價:298.00 元

ISBN 978-7-101-15381-1

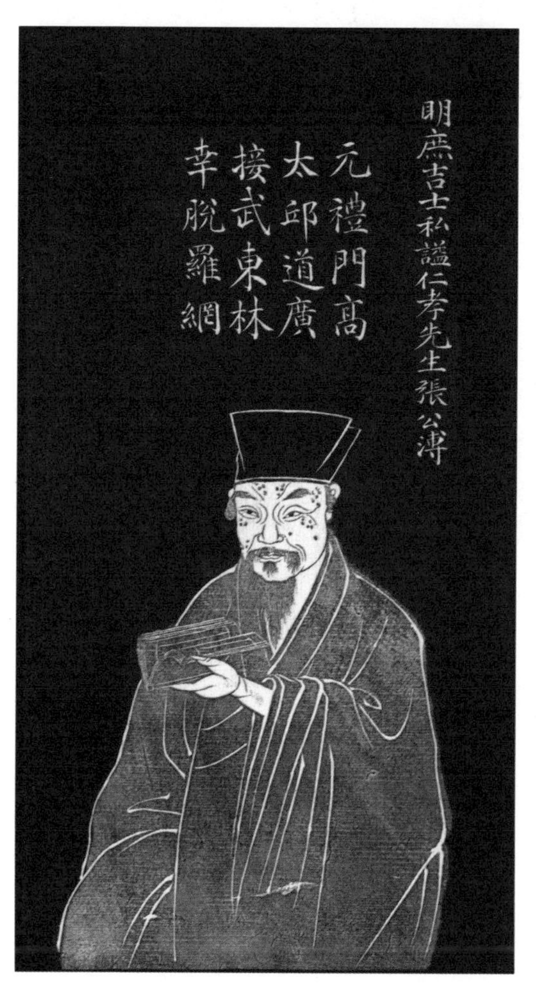
明庶吉士私謚仁孝先生張公溥
元禮門高
太邱道廣
接武東林
幸脱羅網

張溥石刻像（《滄浪亭五百名賢像》）

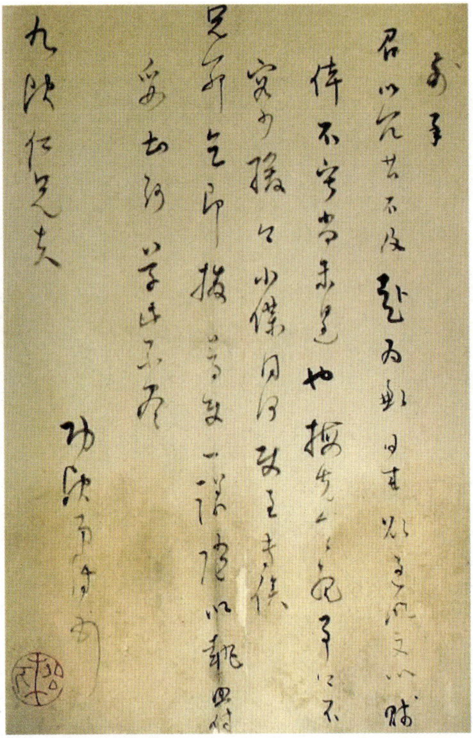

張溥尺牘（上海圖書館藏）

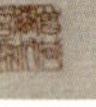

黄道周小楷《張溥墓誌銘》（局部　故宫博物院藏）

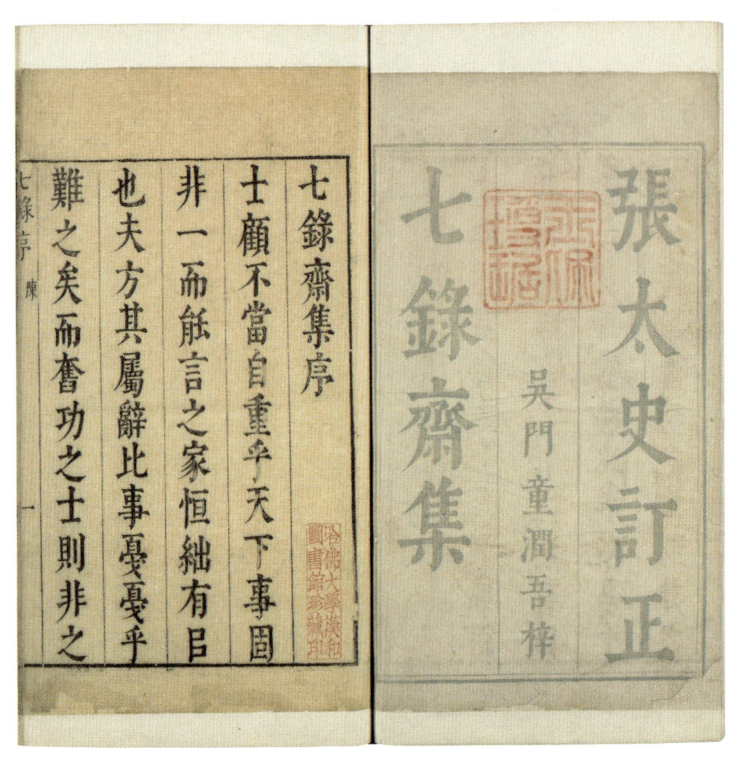
張太史訂正
吳門童潤吾梓
七録齋集

七録齋集序
士顧不當自重乎天下事固
非一而舐言之家恒絀有㠯
也夫方其屬辭比事戞戞乎
難之矣而奮功之士則非之

七録序　陳　一

《張太史訂正七録齋集》六卷明崇禎本書影
（哈佛燕京圖書館藏）

七録齋集序

天如爲諸生時卽有集行於時學士家咸樂諷詠之及成進士官石渠歸所著益廣乃輯前後所爲古文及詩梓之以傳葢諸體備矣予讀而嘆曰立言之道未有盛於此者也天下義

理歸於文字文字歸於六經自六經以降作者言人人殊然其大旨不謬於聖人莫不足以匡風俗正人心宣王教明禮樂鏡善敗之繇稽治亂之數故垂之數千百年其說可與天地終始而不廢及道風彫喪大義漸湮

《七録齋詩文合集》十五卷明崇禎本書影（天津圖書館藏）

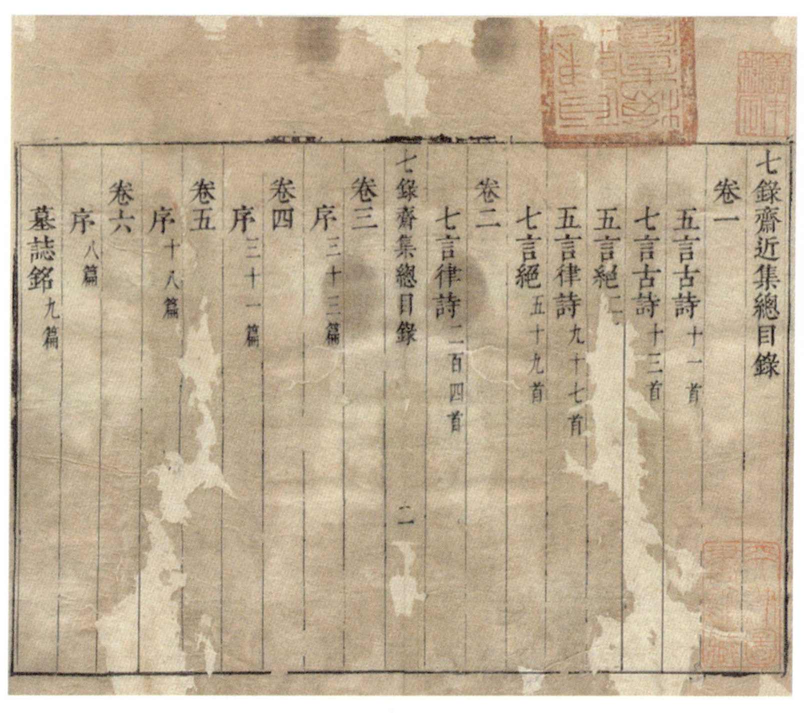
七録齋近集總目録
卷一
五言古詩十一首
七言古詩十三首
五言絶二
五言律詩九十七首
七言絶五十九首
卷二
七言律詩二百四首
七録齋集總目録　二
卷三
序三十三篇
卷四
序三十一篇
卷五
序十八篇
卷六
序八篇
墓誌銘九篇

《七録齋近集》十六卷明崇禎本書影（天津圖書館藏）

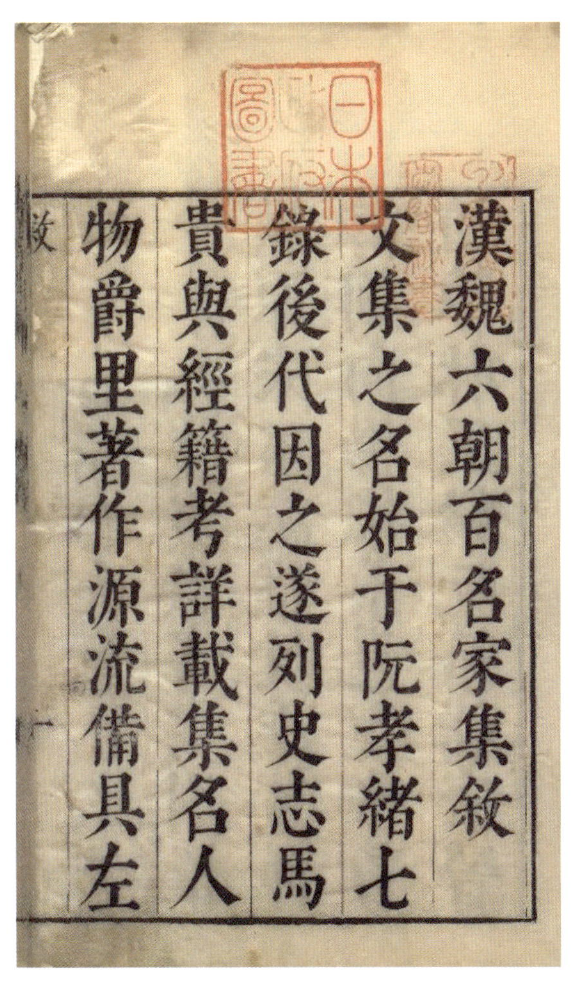

漢魏六朝百名家集敘
文集之名始于阮孝緒七
錄後代因之遂列史志馬
貴與經籍考詳載集名人
物爵里著作源流備具左

敘　一

《漢魏六朝百三家集》一百十八卷明刊本書影
（日本内閣文庫藏）

張天如太史删正

歷代名臣奏議

本衙藏板

《歷代名臣奏議》三百五十卷明崇禎本書影（復旦大學館藏）

總目録

第一册

第二册

第三册

七録齋合集……一〇三一

第四册

七録齋近集……一六二五

第五册

第六册

目録

七録齋集卷之一

序

七録齋集卷之二

序

七録齋集卷之三

序

七録齋集卷之四

七録齋集卷之五

壽賀序

七録齋集卷之六

墓誌記説制詞祭文

七録齋續集

七録齋論略卷之一

七録齋論略卷之二 館閣試文附

七録齋續刻卷之一

七録齋續刻卷之二

七録齋續刻卷之三

七録齋續刻卷之四

七録齋續刻卷之五

七録齋續刻卷之六

七録齋別集卷之一

七録齋别集卷之二

七録齋合集

七録齋文集近稿卷之一

七録齋文集近稿卷之二

七録齋文集近稿卷之三

七録齋文集近稿卷之四

七録齋文集近稿卷之五

七録齋文集近稿卷之六

七録齋集存稿卷之一

七録齋集存稿卷之二

七録齋集存稿卷之三

七録齋集存稿卷之四

七録齋集存稿卷之五

館課卷之一

論略卷之一

七録齋詩稿卷一

七録齋詩稿卷二

七録齋詩稿卷三

七録齋近集

七録齋近集卷一

五言古詩

七言古詩

七言絶

七録齋近集卷二

七言律詩

七録齋近集卷三

序

七録齋近集卷四

序

七録齋近集卷五

序

七録齋近集卷六

序

七録齋近集卷七

七録齋近集卷八

七録齋近集卷九

七録齋近集卷十

七録齋近集卷十一

宋紀事論

七録齋近集卷十二

七録齋近集卷十三

七録齋近集卷十四

七録齋近集卷十五

宋紀事論

七録齋近集卷十六

元史紀事論

集外詩文

附録

（二）序跋提要

參考書目

前言

一、張溥生平及其影響

張溥(一六〇二—一六四一)初字乾度,後字天如,號西銘,私謚仁孝先生,明南直隸太倉(今江蘇太倉市)人。少嗜學,所讀書皆抄録七遍,熟記後,即焚之,故齋名「七録齋」。天啓初,與同里張采共學齊名,並稱「婁東二張」。天啓四年,與張采、周鍾等創立應社。崇禎元年,在吴江知縣熊開元支持下,與孫淳等創立復社,集郡中名士相與復古學。崇禎二年,召集尹山大會,統合大江南北十七文社於復社,由是「復社之名振天下」(張采《知畏堂文存》卷八《庶常天如張公行狀》),聲震朝野,遂引權貴側目。崇禎三年中舉,召集金陵大會。四年,中進士,選翰林院庶吉士。因性格剛直,在官場備受傾軋,五年冬,乞假還鄉,不復仕出。六年,召集虎丘大會,參會者逾兩千,盛況空前。七年至十年間,受到時相温體仁及其授意下温育仁、周之夔、陸文聲、張漢儒等奸小接連攻訐,處境極危。十年,温體仁罷,處境稍轉,復社諸人聚會於虎丘。十三年,又受託名徐懷丹所作《復社十大罪檄》激烈攻擊。同年,好友黄道周下獄,急其難,欲傾身家以圖解。十四年,與諸人謀,終使周延儒復出。同年五月，心力憔悴，撒手人寰，年止四十。歿後，猶受蔡奕琛攻訐，張采上疏申明，周延儒、劉熙祚、姜埰等又從中予以推揚，事遂得解。崇禎詔徵其遺著，上三十餘卷（參見《明史·張溥傳》）。

張溥在明末頗具影響，於晚明黨社、學術及文學兼領一時風氣。《明史》本傳云其「名高一時」。陸世儀云：「復社聲氣遍天下，俱以兩張爲宗，四方稱謂不敢以字。」「天如雖以庶常在籍，駸駸負公輔之望。」（陸世儀《復社紀略》）黄道周云「天如之名滿天下」（黄道周《張天如墓誌》）、「一代文章百世師」（黄道周《哭張西銘二章》其二）。吴偉業云：「煌煌張夫子，斯文紹濂洛。」（吴偉業《哭志衍》）劉城云其「聲施華夏」「雖不作相，有相之功」（劉城《祭張天如文》）。韓四維云張溥「其人如日，其道如山」（韓四維《史論二編序》）。朱彝尊稱其「一言以爲月旦，四海重其人倫」（朱彝尊《静志居詩話》）。揆諸衆人評論，張溥當時之影響可略見一斑。

與其在明末之顯赫地位及影響形成鮮明對比，清代官方囿於政治立場及民族本位對張溥持否定貶斥之評價態度，敕修《四庫全書》時將其別集及大部分著述列爲禁書，嚴加查禁。如孫殿起《清代禁燬書目（補遺）》云：「溥頗負才名，而交通聲氣，爲周延儒營求復相，人品不足取。詩文俱有違悖處，應請銷燬。」四庫館臣對張溥的評價亦以否定意見爲主。如《四庫全書總目·春秋三書》提要云：「其學問則多由涉獵，未足專門。」《四庫全書總目・歷代史論二編》提要云：「議論凡近，而筆力尤弱，殊爲不稱其名。」《四庫全書總目・歷代名臣奏議》提要云：「溥所去取，頗乏鑒裁。」

歷史之起伏令人感慨。張溥生前名聞天下，然英年早逝後門緒式微[①]，鮮乏表彰者，又值易代鼎革之際，遂不免令人有「功半而人亡，身没而言隱」（張溥《皇明經世文編序》）之歎。再加之清廷嚴禁結社[②]，於明末結社者貶斥有加，敕修《四庫全書》時對明人學風及著述亦極力貶斥，將明人尤其是晚明士人文集大多列爲禁書，故張溥之面目遂漸模糊起來。恰如高燮所云：「然以數公之文章，當時聲譽傾一世，而亡國以後，人多忌諱，遂致散佚，可歎也。」（《高燮集・書〈安雅堂稿〉後》）

上述明清官方、士人對張溥褒貶不一，毁譽各異，於其評價頗可見時代風氣、立場喜好。運用現代眼光來重新審視，張溥之影響與意義約在如下四端。

---

① 吴偉業《清河家法述》載，張溥死後二十年（即順治十七年），僕人陳三欺壓張溥妻王氏及繼子張永錫、女婿吴孫祥者，於是由吴偉業出面，聯繫張溥故舊數人，庭審陳三，整頓家法，迫其交還霸佔之財産。張溥身後家庭之衰落，由此可見一斑。

② 清順治九年（一六五二），禮部題奉欽依條約八款，頒刻學宫，謂之新卧碑。末款云：「生員不許糾黨多人立盟結社，把持官府，武斷鄉曲，所作文字，不許妄行刊刻，違者聽提調官治罪。」見托津等《欽定大清會典事例（嘉慶朝）》卷三一一《禮部・學校・訓士規條》。

（一）兼容並包，組織復社

「張溥一生業績，主要是組織文社。」（郭預衡《中國古代文學史長編》第四册）在社會活動方面，張溥創建中國古代第一大文社——復社①，並以復社主盟身份，培養、團結、獎掖一大批優秀士人，在中國古代社團史上具有重要影響與意義。

天啓四年（一六二四），張溥與張采、周鍾等十一人在蘇州創立應社。與此同時，金沙周鍾主盟，安徽貴池吴應箕、吴門徐君和成立匡社。涇縣萬應隆與吴應箕、宣城沈壽民、蕪湖沈士柱等又結立南社。在張溥聯絡下，匡社、南社併入應社，遂有廣應社之名。崇禎元年（一六二八），張溥在吴江知縣熊魚山支持下，與孫淳、吴翻、吕雲孚、吴允夏、沈應瑞等人建立復社，此即之後影響全國之復社聯合體之重要基礎。而後，在張溥多方努力協調下，又將已聞名天下之應社合併於初起之復社中。此爲復社統合諸社第一步。此前，張溥以選貢入京，召集成均大會，與諸名士結燕臺社，並與其他文社領袖密切交流，爲次年復社統一諸社奠定堅實基礎。崇禎二年（一六二九），張溥於吴江尹山召集文社大會，

① 參見丁國祥《復社研究》，鳳凰出版社二〇一一年。王恩俊《復社與明末清初政治學術流變》，遼寧人民出版社二〇一三年。

打出興復繼絶上嗣東林之旗幟，統合江北南社、中州端社、松江幾社、萊陽邑社、浙東超社、浙西莊社、聞社、黄州質社、雲間幾社、江西則社、歴亭席社、崑陽雲簪社、吴門羽朋社、匡社、武林讀書社、山左大社、江南應社等十七文社於復社。此一合併壯舉頗能彰顯張溥傑出之領導組織才能與兼容並包之氣度，故友人陳子龍贊許張溥「才資廣贍，泛愛好賢，有濟世之量」（陳子龍《慇昧》），謝國楨亦表彰云：「天如有刻苦自勵的精神，並且有相容並包的態度。」（謝國楨《明清之際黨社運動考》）

張溥以超常氣魄與能力打破門户之見，統合諸社之壯舉在中國古代社團史上可謂盛況空前。何宗美指出：「張溥主盟復社，標誌著全國性文人社團正式形成。」「這種結社，其人數之衆，分佈區域之廣，持續時間之長，活動聲勢之浩大，在中國古代歷史上是絶無僅有的。」（何宗美《明末清初文人結社研究》）復社無愧爲中國古代第一大文社，其在地域、規模、影響上均首屈一指。從地域來看，復社成員分佈于明代十三個省級行政區、六十餘府、八十多縣。（何宗美《明末清初文人結社研究》）從規模來看，蔣逸雪《復社姓氏考訂》統計有姓氏可考之復社成員凡三千二十五人，日本學者井上進《復社姓氏校録》統計爲三千四十三人。（小野和子《明季黨社考》）實際上，此僅冰山一角，據《復社紀略》《復社紀事》，復社成員當不下萬人，規模空前，可謂「漢、唐而下，迄於明季，黨社成員之衆，而又班班可考，殆無有逾於復社者矣」（蔣逸雪《張溥年譜》）。

隨著晚明社會日趨動亂以及朝廷内部及朝野鬥爭日趨激烈，復社由初期以文會友之文社逐漸變成影響朝廷政局與人事選拔之在野社會政治集團，具有極大影響力。在人才培養選拔方面，復社之規模與影響日益擴大，對朝廷科舉選拔人才産生極大影響。憑藉復社影響，士子一旦加入復社則功名已有幾分保障，若再幸得張溥等人月旦品評，則幾至中捷①。《明史》本傳云：「溥亦傾身結納，交遊日廣，聲氣通朝右。所品題甲乙，頗能爲榮辱。」除品題外，張溥等又通過公薦、轉薦、獨薦等形式多方向主考官推薦人才，至放榜時竟「十不失一」，故「爲弟子者爭欲入社，爲父兄者亦莫不樂其子弟入社」（陸世儀《復社紀略》）。社友吴應箕亦云：「吾黨自庚午（一六三〇）後，彙聚之士，半爲升用，其本末固已見於天下矣。」（吴應箕《國門廣業序》）日人井上進對復社士人科考中捷率曾作詳細統計，認爲會試，五科有百分之三十五，鄉試有百分之十五至百分之十八的高比例。（小野和子《明季黨社考》）復社培養與推薦之士人竟占朝廷科舉録取數之百分之十五至百分之三十五，足見復社影響之大。

---

① 陸世儀《復社紀略》卷二：「遠近謂士子出天如門者必速售，大江南北爭以爲然。」

張溥通過復社團結、培養、獎掖了一大批士人，這些士人在明清之際扮演著顯赫角色。如錢謙益、周延儒、黄道周、吴偉業、陳子龍、夏允彝、夏完淳、黄宗羲、張采、楊廷樞、吴應箕、顧杲、陳貞慧、侯方域、冒襄、倪元璐、馮元飆、馮元颺、徐汧、馬世奇、張國維、姜埰、姜垓、吴昌時、魏學洢、陳際泰、文震孟、熊開元、楊彝、譚元禮、張澤、周鍾、周鑣、方以智等。其中錢謙益與張溥爲通家之好，吴偉業爲張溥高弟，錢、吴名列「江左三大家」中。陳子龍、夏允彝爲幾社領袖，夏完淳爲張溥弟子。方以智、陳貞慧、侯方域、冒襄爲復社中後起之秀，並稱「復社四公子」。黄宗羲爲張溥好友，名列清初思想啓蒙三大家之一。周延儒與張溥有師友之誼，其東山再起與張溥甚有關係。黄道周與張溥爲生死之交。譚元禮、張澤爲張溥好友，爲竟陵派主要作家。張溥團結的這一大批優秀士人，在科舉入仕後，於改善明末吏治方面發揮積極作用，並與在野復社士人遥相呼應，進一步擴大復社影響，遂有「復社聲氣遍天下」之説（陸世儀《復社紀略》）。在朝權貴對復社亦有所忌憚，「在廷宰輔，往往畏忌社中之人，惟恐得罪清議，甚至京師坐次有復社相公，竟席不敢言天下事」（謝國楨《增訂晚明史籍考》）。地方極有勢力者亦爭欲加入復社，竟未必如願，如時相温體仁弟温育仁欲入復社而遭拒，乃作《緑牡丹傳奇》以洩憤。

在影響政局方面，張溥亦發揮一定作用。如張溥入翰林院後，因遭温體仁排擠，故授意門人吴偉業上疏參劾温體仁結黨營私，吴因立朝未穩，不宜妄動，遂改參温體仁黨羽蔡奕琛。張溥在家閒居時期，亦能運用復社影響及所交接之人脈影響政局。如張溥與吴昌時、錢謙益等人多方謀議，最後竟致周延儒復出，東山再起。張溥對政局之影響可見一斑。故時人陸世儀云：「天如雖以庶常在籍，駸駸負公輔之望，參預朝政矣。」（陸世儀《復社紀略》）今人容肇祖亦感歎道：「這樣看來，張溥真不愧是一個在野的政黨首領了。」（容肇祖《明代思想史》）

張溥之作用及重要性在其殁後亦得充分反映。張溥殁後，復社出現群龍無首之局面，隨即解體、湮滅。杜登春云：「嗚呼！泰山其崩，梁木其壞，復社之大局與國家之大運同歸瓦裂矣，豈不痛哉！」張溥之死使復社中人「憂社局之將衰，歎孤兒之無倚」（杜登春《社事始末》），故有學者發出「復社墟而明社屋，諸賢殉節以死者，不可勝數。國運文章，同歸於盡，悲夫！悲夫！」之歎（唐文治《張天如先生遺像記》）。蔣逸雪復云：「復社之立，倡自張天如溥，天如云亡，社事幾近解體，偶亦見聲應氣求之跡，然已不似疇昔之堂堂正正矣。」（蔣逸雪《張溥年譜》）謝國楨亦云：「因天如死了之後，復社裏没有相當的領袖，所以有復社分局的局面出來。」（謝國楨《明清之際黨社運動考》）然令人感慨者，明朝滅亡後，復社亡國之論調一度甚囂塵上。於是明哲保身者閉口不談社事，唯恐惹禍上身。陳鼎《東林列傳》自序云：「國亡之後，學者竟以東林爲禍窟，緘口結舌，不敢道焉。或有耆老齒及者，後生小子輒摇首頓足，其畏也若洪水猛獸決逸而來，逃死不暇，局勢之變，乃至於此。」而投機者則又以辱詈復社爲進身之階。世態炎涼，一至於此！

（二）嫉惡如仇，勇鬥閹黨

在政治鬥爭方面，張溥與閹黨權奸勢不兩立，彰顯出士人高度之正義感與節義擔當，其敦風厚俗、激勵士氣、感召人心作用不容忽視。鄧實指出：「士君子生值衰時，目睹朝政之昏亂、僉人之弄權得志，舉世混濁，不得不以昭昭之行自潔。……然其霜雪正氣，鬱爲國光。其於一代之人心風俗，深有所感，常收其效於易代之後。歷代專制之極，君昏於上，率獸食人，而民不至相食於下，以入於禽獸者，實賴一二三正類匡救扶持之力。」（鄧實《復社紀略跋》）身爲復社領袖，張溥尤爲崇尚氣節，積極投身於與「進聲色，羅貨利，結黨復仇，隳三百年之帝基」之閹黨權奸之鬥爭中（孔尚任《桃花扇小識》），顯示出一介士人之凛然正義與古君子之風。

明代閹禍流毒甚巨，尤以晚明爲烈。《四庫全書總目·明史》提要云：「蓋貂璫之禍，雖漢唐以下皆有，而士大夫趨勢附羶，則惟明人爲最夥，其流毒天下亦至酷。」《四庫全書總目·明宮史》提要復云：「蓋歷代奄寺之權，惟明爲最重；歷代奄寺之禍，亦唯明爲最深。二百餘年之中，盜持魁柄，濁亂朝綱，卒至於宗社丘墟，生靈塗炭，實爲漢唐宋元所未有。」明末，正人與閹黨權奸間之衝突日益激烈。整個社會彌漫著同情忠臣義士、怨恨閹黨權奸的氣氛。如魏大中、黄尊素被閹黨殺害後，在兩浙地區「雖樵夫牧豎，皂隸庸丐，語及忠臣義士，靡不嗟諮涕洟，如不獲見其人也；語及於閹兒媼子，靡不呼號駡詈，恨不得食其肉也」（錢謙益《山東道監察御史贈太僕寺卿黄公墓誌銘》）。有鑑於此，張溥在復社創立之初，宣佈秉承東林遺風，崇尚氣節，主張「興復古學」「務爲有用」，此「有用」含培養人才、整頓吏治兩層用意，此一目標必以結社與科舉入仕來完成。復社中人一旦科舉入仕，必然要與朝中閹黨群小發生衝突鬥爭，在野復社中人亦必然會回應和參與。故以張溥爲領袖的復社及其前身應社與閹黨權奸展開不屈不撓的鬥爭。如天啓六年蘇州「開讀之變」中，應社中「行爲士先者，爲之聲義」（張溥《五人墓碑記》）。張溥密切關注此事，後作《五人墓碑記》予以表彰。天啓七年，張溥與張采又起草檄文，率諸生驅除魏黨頭目顧秉謙離婁，郡中人士立碑記之，一時士氣大振。同時張溥不避閹黨忌諱，公然祭奠高攀龍、魏大中等人，可謂「文章氣節，足動一時」。崇禎四年，張溥中進士後又與權奸温體仁、蔡奕琛展開針鋒相對的鬥爭，前後相持數年，最後以温體仁下臺而告終。崇禎十一年，復社顧杲、黄宗羲等一百四十二人聯名作《留都防亂公揭》驅逐魏閹餘黨阮大鋮。可見在張溥等領導和組織下，復社諸人無論在野在朝，多與閹黨權奸展開鬥爭。在衆多士大夫苟且偷生，屈服於閹黨淫威之時，包括復社同人在内的廣大士人、民衆憤然掀起置生死於不顧、激烈反對閹黨之浪潮，極大地弘揚正氣，打擊邪惡勢力。顔佩韋、馬傑、沈揚、楊念如、周文元等五義士「激昂大義，蹈死不顧」的氣節，正是復社所踐行和表彰的。

如此看來，復社由最初以文會友之文社走向影響朝廷政局之鬆散性政治集團，這與張溥等人爲復社所定宗旨緊密相關，也反映出士人極强之責任感、正義感與崇高節操。故謝國楨認爲「吾國民族不撓的精神却表現於結社」（謝國楨《明清之際黨社運動考》）。不僅如此，吾國民族不撓之精神更表現於廣大士人通過結社，借助群體力量來與閹黨權奸展開可歌可泣之鬥爭上。此於弘揚正氣、引導輿論産生深遠影響。故在此大無畏鬥爭精神感召下，「弘揚忠義、鞭撻奸邪，便成爲整個時代的最强音」（何宗美《明末清初文人結社研究》）。

張溥組織復社與閹豎進行鬥爭之意義，得到研究者褒揚。張憲博指出：「作爲一個政治活動家，張溥領導復社進行鬥爭所做出的歷史貢獻，已經遠遠超過了他的學術成就。」（張憲博《東林黨、復社與晚明政治》）張溥及其社友反對閹黨統治及異族入侵的反抗精神對後代文社産生積極影響，如南社即受到復社之較大影響，「成員有一千一百餘人，以詩文鼓吹反清革命，主要活動於當年復社、幾社舉社的上海、蘇州，其聲勢與性質皆與復社有相似處」（何宗美《明末清初文人結社研究》）。

（三）尊經復古，宣導實學

在學術方面，張溥所宣導之實學風氣對清代樸學産生較大影響。

張溥等人在結立應社時，提出人主一經、合治《五經》的做法，此種由專深到博通之學風對清代經學産生一定影響。蔣逸雪認爲：應社合一人專主一經，而衆人合治《五經》，既能由一經而通《五經》，而亦由通《五經》而更精深一經，這也應是清代經學所以發達的淵源（蔣逸雪《張溥年譜》）。蔣寅指出：「張溥所揭應社的宗旨——『志於尊經復古』，回歸以程朱理學爲指導思想，以濟世致用爲基本宗旨的儒學傳統。其核心是首先回到經學，以經學充實理學的知識基礎，以實證性的考據方法重建經學和實學的方法論。」（蔣寅《在傳統的闡釋與重構中展開：清初詩學基本觀念的確立》）

張溥亦是實學風氣之倡導者與踐行者，其青少年時期七録七焚之扎實學風成爲美談，在復社成立章程中又云：「溥不度德，不量力，期與四方多士共興復古學，將使異日者務爲有用。」此處倡導之「興復古學」「務爲有用」亦爲張溥擯棄虚浮學風、推崇實學之表現，此種實學之風與清代樸學相通，成爲清代樸學潛流之一。張溥可謂明清學術轉變重要過渡者之一。孫立認爲，張溥主盟之復社「已經開啓了其後乃至整個清代尚實崇古的學術風氣」（孫立《明末清初詩論研究》）。何宗美對此有詳盡深刻之論述，他指出復社學術和學術思想出現劃時代之三點變化：「一是治學思想之變，由空談心性的思辨之學轉而爲『務爲有用』的實用之學；二是治學領域之變，由理學轉而爲以經、史爲主體兼包天文、曆算、象數、輿地、水利、吏治、禮法、財賦、藝文等博物之學；三是治學方法之變，由講説、静觀、體悟的向内之學轉而爲纂輯、考證、訓詁、辨僞、勘察的向外之學。這幾種變化意味著復社在明末清初學術史上完成了一次學術思潮的大轉折，標誌著明代學術之終結和清代學術之開端。」進而指出：「在此過程中，張溥的作用和地位尤爲重要，從理學到經學，從宋學到漢學，張溥是一個不可或缺的重要環節。他興復古學、務爲有用的學術思想，精研經史、宏大廣博的學術建構，鈔録纂輯、考辨得失的學術方法，成爲清初學術的基本特點和總體精神。……從某種意義説，張溥及其復社諸學者實爲清代實學之奠基人。」（何宗美《明末清初文人結社研究》）據此，可對張溥主盟下之復社學術與學術思想嬗變以及張溥在嬗變過程中之作用略窺一斑。

（四）詩文編撰，名高一時

張溥亦通過文學交遊、創作及文集整理等活動，對明末文學産生較大影響。

文學活動爲復社主要活動之一，「社内不僅切磋時文，關心政治，而且雅尚文學、交流情感」（傅璇琮等主編《中國古代文學通論（明代卷）》）。作爲復社領袖，張溥在當時文壇上極有聲望。《明史》本傳云張溥「詩文敏捷，四方徵索者，不起草，對客揮毫，俄頃立就，以故名高

一時」。陳子龍亦云：「夫天如之文章，天下莫不知其能。」（陳子龍《七録齋集序》）

張溥領導之復社培養了大批士人，極大地促進了文學的繁榮。「在明崇禎時期，復社在文學上如同其在政治上一樣形成了聲氣傾動海内的局面」（何宗美《明末清初文人結社研究》）。一般來說，「散文創作繁榮之地往往即爲文社活躍之處」「明末清初一個文學大家通常是由一個社團或文人群體烘托而出」（何宗美《明末清初文人結社研究》）。張溥憑藉自身影響力和廣泛交遊活動，對文學活動起到了一定的促進作用，他遊歷於吴中、京師、雲間、白下、上江、江右、杭州、商丘、萊陽等地，成爲聯絡各地文人群體之重要紐帶。同時，張溥本人亦成爲衆多文學活動之中心人物，對文學傳承亦起到一定作用。張溥與竟陵派代表作家譚元春及其弟譚元禮有過交往，後譚元春兄弟亦加入復社。陳廣宏師指出這其實更多的是一種文化或文學交流活動：「元春之加入復社，與其説具有政治的内涵，不如説是具有社會文化的内涵來得更爲恰切；尤其是復社同時也是一個文學社團，對譚元春這樣一位文壇鉅子來説，參加復社的活動更多地出於文事上的考慮，也是很自然的事。張澤於崇禎癸酉（一六三三）秋序刻《譚友夏合集》，表明復社中人恰恰也是從文學上來論定竟陵之功的。」（陳廣宏《竟陵派研究》）

特別是張溥於崇禎五年冬棄官歸婁後，太倉遂成爲復社文學活動中心之一，「在文學上與二張、吴偉業常有過往的人物，……有蘇州顧夢麟、王啓榮、太倉吴克孝、長洲徐汧、許元溥、吴縣楊廷樞、吴江吴翻、吴昌時、孫淳、沈初馨、沈應瑞、崑山王志慶、王志長、常熟楊彝、嘉定侯峒曾等二十多人，由此形成了一個成員較爲固定、情趣彼此投合的婁東詩人群體」（何宗美《明末清初文人結社研究》）。此期，在張溥等影響與指導下，後起之秀接踵而起，出現了由周肇、王揆、許旭、黄與堅、王撰、王昊、王抃、王曜升、顧湄、王攄等人組成之「太倉十子」詩人群體，其成員多爲張溥弟子。

在文集整理方面，張溥收集整理漢魏六朝一百零三家別集，在文獻傳承保存上有極大的意義。楊柄鋥云此集「自漢賈長沙至隋之薛河東，上下二千年中得其專門名家者褒爲巨册，至百有三人之多。其間漢魏則崇論宏議，朗暢精微；六朝則綺靡緣情，瀏亮體物。罄藝苑之精華，綜辭林之根柢，幾於無體不備，無美不收。其嘉惠士林，可云富矣。」（楊柄鋥《漢魏六朝百三名家跋後》）由此百三家集可概見漢魏六朝文學之全貌。故四庫館臣對此書雖不無微詞，但亦肯定此書「州分部居，以文隸人，以人隸代，使唐以前作者遺篇，一一略見其梗概」（永瑢等《四庫全書總目》）。劉躍進亦認爲「在編排上，此書按人輯録，以時代先後編排，得以考見先唐作家遺篇及文風變遷之道」「中古作家專集的輯校，雖有後出轉精者，但還没有人能像張溥那樣如此系統地校輯先唐作家專集」（劉躍進《中古文學文獻學》）。除了文獻整理的意義外，每集前《題詞》更值一提，其對作家全人全文之總評，「將文學創作、社會生活、人格修養和世界觀價值觀聯繫起來，是對古典文論的充實」（曹虹《介於社黨之間的文人組織》），一百零一篇《題詞》合起來則爲一部簡明漢魏六朝文學史，可謂張溥文學批評代表作。其「家家有題辭，人人有論述，分之爲作家各論，合之則爲文學史。在十七世紀中葉，出現了這樣一部具有文學史規模的作品，是值得我們研究與重視的」（張溥《漢魏六朝百三名家集·出版説明》）。張溥《漢魏六朝百三家集》尤其《題詞》已成爲研究漢魏六朝文學不可或缺的參考資料。二十世紀六十年代初，殷孟倫《漢魏六朝百三家集題辭注》出版，尤便於學人。張溥通過對漢魏六朝別集的整理品評及對漢魏文學的肯定從而對漢魏文風起到一定推揚作用。在專書方面，張溥推重《史記》和《漢書》，尤其是《漢書》，故有當時家家置《漢書》一本之説（朱彝尊《静志居詩話》）。此種影響若放於明清之際文學發展大背景下來審視，更易理解：「明清之際文學發展的最大特點是聲氣之變推進文學之變。其表現往往是，一二魁傑率先振起，並時羽翼同聲相應，天下操觚談藝之士翕然從風。」（何宗美《明末清初文人結社研究》）

在文學創作上，張溥散文有較高成就，《明史·文苑傳一》云張溥「擷東漢之芳華」，爲「文士卓卓表見者」，曹虹亦云張溥等人之散文「幾乎成爲明文的終極」（曹虹《介於社黨之間的文人組織》）。張溥散文尤以《五人墓碑記》爲代表。《五人墓碑記》對清李玉《清忠譜》有一定影響。何宗美指出：「《清忠譜》的基本思想與復社領袖張溥《五人墓碑記》一脈相承，亦或説，張溥的《五人墓碑記》實早已爲《清忠譜》的創作奠定了思想的基礎。」（何宗美《明末清初文人結社研究》）同時，張溥史論對後代亦産生一定影響，其史論表現出卓越之史識，秉筆直書，褒善貶惡之《春秋》筆法，是其散文中頗見思想之一種，「風格鮮明，可圈可點」（方良《試評張溥的史學成就》）。受到後代學習者喜歡，如錢基博學習史論時就以之爲學習材料①。

綜上所述，張溥爲晚明社會中一位具有多方面影響的重要人物，其影響與意義表現於建立復社、組織門爭、學風影響、文學活動及文集整理等多個方面，不宜局限於一隅，故張采云「天下萬世，自有知張子者，如知張子，定不專以文章推」（張采《西銘近集序》）。而友人黎遂球對張溥之評價尤爲全面，其云張溥「所賞譽者文章，所勉勸者忠孝，所激揚者廉耻節介，所論述而使人知所法則者往史，所精衡者經術，所表章者前乎此者之聖賢，所興起者後乎此者之學人。與人同功而不難獨任其過，見人一善，則必欲盡得其美，遇人飢而思

① 劉桂秋《無錫時期的錢基博和錢鍾書》云：「錢基博十二歲，始從二伯父錢熙元問業，仍學史論。授以《評議東萊博議》及明張溥《歷代史論》。」

推食，寒思解衣。於人之父母則必欲其尊榮，於人之子弟則必欲其才器。在他人或以文章之名爲利，在天如則以文章之名爲義。其慕義也，雖在水火而必蹈；其去不義也，雖臨之以鼎鑊刀鋸而不改」（黎遂球《祭張天如文》）。

二、張溥詩文集簡述

經筆者蒐檢，張溥詩文集現存主要有四種，依刊行時間先後爲《張太史七録齋初集》七卷（簡稱《初集》）、《七録齋文集·論略》二卷《續刻》六卷《别集》二卷（簡稱《續集》）、《七録齋詩文合集》十六卷（簡稱《合集》）、《七録齋近集》十六卷（簡稱《近集》）。《初集》《合集》近年已影印出版，而《續集》《近集》現分别藏於天一閣博物館和復旦大學圖書館、天津圖書館，較爲稀見。四種詩文集反映了張溥的總體文學風貌，具有重要的文學和文獻價值。需稍加説明的是，因《七録齋集》被清廷列爲禁書，遭遇多次查禁，故其版本較爲單一，主要爲明刻本。現對其版本、内容考述如下：

（一）《張太史七録齋初集》七卷。

《張太史七録齋初集》七卷，現存明崇禎吴門童潤吾刻本（以下簡稱「童刻本」）和明崇禎金陵傅少山刻本（以下簡稱「傅刻本」）。

童刻本現藏於臺灣「中央圖書館」、北京大學圖書館等處。一九七七年，臺灣《清代禁燬書叢刊》據「中央圖書館」藏本影印出版，題名《七録齋論略》。一九九七年，大陸《四庫禁燬書叢刊》據北京大學圖書館藏本影印出版，題名《七録齋集》六卷《論略》一卷。傳刻本現藏於中國人民大學圖書館、山西省圖書館等處，《中國人民大學圖書館藏古籍善本書目》與《山西省圖書館藏古籍善本書目》均著録爲「明天啓傅少山梓」。查檢中國人民大學圖書館藏本，有「金陵傅少山梓」牌記，然無刻書年月，其行款、内容與童刻本完全一致。目前可見的對傳刻本最早著録當屬孫殿起《販書偶記》《清代禁書知見録》，二書均載：「《七録齋初集》文六卷論一卷，明婁東張溥撰，無刻書年月，約天啓間金陵傅少山刊，内有周鍾、張采批評。」「約天啓間」應爲孫殿起推測。而據卷首陳子龍序中「天如雖賢，得位而名益彰」及周立勳序中「天如張子者，今既貴……而又見用於聖明之世」等語，可知是本應刊於崇禎四年（一六三一）張溥中進士後不久，而非「約天啓間」。

童刻本封面題「張太史七録齋初集」，下有小字題「一集文一集論」，有牌記「吴門童潤吾梓」。正文半葉九行，行二十字，四周單邊，白口，單黑魚尾，書口鐫「七録齋集」，版心鐫卷次、類目、頁碼，天頭鐫周鍾、張采批語。卷端題「婁東張溥天如著，同盟周鍾介生、張采受先閲」。是本凡七卷，首爲《論略》一卷，有論二十篇，論及治夷狄、兩直、災異、備邊、女直、治河、宗室、馬政、任邊將、備倭、賦役、徵貸、詔獄、音樂、錢楮、左道、建學、山東、鹽法、兵員等，皆關明季社會之大事。次爲《七録齋集》六卷，卷一至三爲書序，卷四爲壽序，卷五爲壽賀序，卷六爲墓誌記説制詞祭文。是本既名「初集」，則應爲張溥古文辭首次結集，於考察張溥早期之交遊、思想、散文成就頗有助益。陳子龍序云「天如之文章，天下莫不知其能」「天如之書，正不掩文，逸不逾道，彬彬乎釋爭午之論，取則當世，不其然乎？彼其命志良不虚者，要亦乘時鼓運之事也」。周立勳序云張溥爲「弘亮博達」之君子，其書「網羅舊聞，考其得失，連綴當世之務而整齊之，班班如矣」「循循古學，形之簡編，贊明大道，體達國政」，爲「治世之言」。其影響與成就亦可略窺一斑。

又，美國哈佛大學哈佛燕京圖書館藏有童潤吾刻《七録齋集》六卷本（以下簡稱「哈佛本」）。該本扉頁刊「張太史訂正七録齋集 吴門童潤吾梓」，目録末刊「本書初刊篇次紊亂當照標目校正」二行。與童刻本相覈，此本闕《論略》一卷，而《七録齋集》六卷訂正處有二端，其一據目録目次，對卷一與正文篇次不一者《周氏一家言》《歷科文針序》《房稿香玉序》三篇，進行前後調置，版心頁碼則一仍其舊；其二改正卷一《王邑侯稿序》《五經徵文序》《焚言序》《五科易經程墨指略序》錯字各一處，餘則相同。

（二）《七録齋文集·論略》二卷《續刻》六卷《別集》二卷。

《七録齋文集·論略》二卷《續刻》六卷《别集》二卷，現存明末刻本，凡一函六册十卷，天一閣博物館藏。

是本原爲蕭山朱别宥收藏，後轉贈天一閣。正文半葉九行，行二十字，白口，四周單邊，單黑魚尾。是本國内其他圖書館無藏，頗爲稀見，著録僅見於《中國古籍善本書目》《中國古籍善本總目》《尊經閣文庫漢籍分類目録》《日藏漢籍善本書録》。

據書首張采《論略題辭》「天如成進士，既讀書石渠，歸」及張采《知畏堂文存》卷五《論略題辭》「要此萬世之業，非計日可躐，詳其概，志天如歸來著述如此」，又據集中《書俞良策序》作時，可知是本刊於崇禎七年（一六三四），爲《初集》後之續刻，其中有五十三篇不見於他集。

第一、二册爲《七録齋論略》二卷，卷端題「婁東張溥天如著，同盟周鍾介生張采受先閲」，卷一凡廿九篇，二篇新出，餘則又見《初集》和《合集》；卷二凡廿七篇，三篇新出，餘則又見《合集》。第三、四册爲《張太史七録齋續刻》，未分卷，有序、記、啓、題、引、墓誌、祭文七體，正文據版心可釐爲六卷。卷一凡十篇，九篇新出，一篇又見《合集》；卷二凡十篇，九篇新出，一篇又見《合集》；卷三凡十篇，均新出；卷四僅三篇，二篇新出，一篇又見《合集》；卷五凡七篇，四篇新出，三篇又見《合集》；卷六凡十五篇，七篇新出，八篇又見

《合集》。第五、六册爲《七録齋别集》二卷，卷一卷端題「婁東張溥著，門人吕雲孚校」，凡廿六篇，均又見《合集》；卷二卷端題「婁東張溥天如著，門人陳許廷靈茂校」，凡三十二篇，七篇新出，餘則又見《合集》。

從《續刻》卷四僅三篇、卷六未標卷終來看，是本蓋爲殘本，然頗爲珍稀，爲學界所較少寓目，如蔣逸雪《張溥年譜》、謝國楨《明清之際黨社運動考》、孫肅《明詩話全編·張溥詩話》、何宗美《明末清初文人結社研究》、丁國祥《復社研究》等論及張溥時均未見此書。僅見於是本的五十三篇文章，涉及張溥交遊、社事、思想、創作等，具有較高研究價值。如《吴駿公稿序》《吴駿公稿再序》二文有助於瞭解張溥與其高足吴偉業的交遊及吴偉業家世。《婁東應社序》《席社序》《社籍序》《劍光社刻序》《楊伯祥稿序》等論及應社、席社、復社、劍光社、日社，爲研究晚明文社的重要資料。又如《韓張甫稿序》「大古之善讀書者，戒人無讀唐以後書；排而遠之者，則曰『無讀漢以後書』。又其上者，並其漢而去之。著論彌高，則選書彌峻。……不鑒於古無以知今，不察於今必不勇於尊古，學者之恒勢也」，及《屠幼繩稿序》「夫通達之士，取鑒前識，復資今用」云云，藉此可考察張溥鑒古知今、察今尊古、取鑒前識、復資今用的復古思想的實質，可體察其强烈用世之意。又如《王與游詩稿序》云「詩則至人之言也。至人之言，其直不迫，其諷無隱，詩義備矣」「文不逆性，况詩乎」「夫惟學立於詩之上者，偶發爲詩，無乎不神」等可反映張溥的詩學觀，又藉「予初不作詩，至長安不免酬答，間亦有詠」，可知張溥自崇禎四年春入京會試後始作詩，此對其詩歌繫年斷限頗爲重要。再如《徐位甫近稿再序》云「予近論文，每言『古雅靈確』四字」，對研究其散文觀頗有助益。

（三）《七録齋詩文合集》十六卷。

《七録齋詩文合集》十六卷，明崇禎九年刻本，北京大學圖書館藏。一九九七年，大陸《續修四庫全書》據此影印出版。

是本正文半葉九行，行十八字，左右雙邊，白口，單黑魚尾。是書主要收録張溥崇禎元年（一六二八）至崇禎九年（一六三六）間作品，反映了張溥此期詩文創作及思想。

是本凡十六卷，依次爲《古文近稿》六卷、《古文存稿》五卷、《館課》一卷、《論略》一卷、《詩稿》三卷。《古文近稿》卷一凡廿四篇，二十篇新出，四篇又見《續集》；卷二凡廿六篇，一篇新出，廿五篇又見《續集》；卷三凡廿六篇，八篇新出，十七篇又見《續集》，一篇又見《近集》；卷四凡廿四篇，十三篇新出，十一篇又見《續集》；卷五凡十八篇，九篇新出，四篇又見《續集》，五篇又見《近集》；卷六凡十八篇，十四篇新出，四篇又見《近集》。《古文存稿》五卷，除一篇又見《近集》外，餘則又見《初集》。《館課》一卷、《論略》一卷，均又見《續集》。《詩稿》三卷新出，計詩四百八十四首，詩體有古詩、律詩、絶句，以七律居多，内容涉及送别、唱和、記遊、感懷、祝壽，以送别、唱和最多，頗有助於瞭解其詩歌創作成就。

《七録齋合集》又有十三卷本，臺灣「中央圖書館」藏，除卷首無周鍾《七録齋集序》、集中無三卷詩稿外，内容、行款均與十六卷本前十三卷相同，二者應出同一版本，十三卷本蓋爲十六卷本遺失三卷詩稿後所剩。一九九七年，臺灣《明代論著叢刊》據十三卷本影印出版，從題名《七録齋詩文合集》亦可看出應含詩稿。

（四）《七録齋近集》十六卷。

《七録齋近集》十六卷，明崇禎十五年吴門正雅堂刻本，復旦大學圖書館藏（一函五册），天津圖書館藏（二函十六册）。

據筆者查閲所及，《七録齋近集》尚未發現國内外其他圖書館有藏，亦不著録于《明史·藝文志》《千頃堂書目》《鄭堂讀書記》《四庫全書總目》《續修四庫全書》《四庫禁燬書叢刊》《四庫未收書輯刊》《中國古籍善本書目》《中國古籍善本總目》《明別集版本志》《江蘇藝文志》《日藏漢籍善本書録》等書，著録僅見于孫殿起《販書偶記續編》《清代禁書知見録》及《復旦大學圖書館善本書目》《中國古籍總目》《天津圖書館古籍善本書目》，較爲稀見。

是本正文半葉九行，行十八字，左右雙邊，白口，單黑魚尾，卷首依次列張采《西銘近集序》《凡例》、錢謙益《嗣説》、張采《祭天如兄文》。張采《西銘近集序》云：「此我亡友張子遺集也。不名『遺集』者，先是張子裒其古文辭，比次連類，名曰《近集》，授諸書史矣。歿前二日，猶手執讎校，則後死者不忍有芟益，故仍其自名。」張采所作《凡例》又云：「是集定於天如生前，繕寫且畢，梓工亦舉十之一。余不過爲任讎校，不忍有所增損。而遲之匝歲者，歿後零落，難應匠事爾。」又據張采《祭天如兄文》末署作時「壬寅六月」，可知此本於崇禎十四年（一六四一）五月張溥歿前開刻，至十五年六月後刊竣，爲張溥生前最後一本詩文集。據張采《凡例》「天如前有史論，自爲專集，鄙意謂合則全美，分即碎金，故取其諸史論，連綴集末，亦可稱《史論後集》，仍不礙匯前成部」，可知是集前九卷爲張溥生前親自校定，後七卷則由張采採其史論，連綴集末，亦可見張采之編輯眼光。

是本主要收録其後期詩文，前二卷爲詩，凡三百八十七首，後十四卷爲文，凡四百零六篇。卷一爲古詩、絶句及五律，凡一百八十二首，其中五言古詩十一首，七言古詩十三首，五絶二首，五律九十七首，七絶五十九首；卷二爲七律，凡二百零五首；卷三爲文序，凡三十三篇；卷四爲文序、賀序，凡三十篇；卷五爲壽序，凡十八篇；卷六爲壽序、墓誌銘，凡十七篇；卷七爲傳、記、贊、祭文、題詞、跋，凡廿七篇；卷八、九爲古名家集題詞（即《漢魏六朝百三家集題辭》），凡一百零一篇；卷十爲《宋史論贊》，凡四十二篇；卷十一至十五爲《宋紀事論》，係爲陳邦瞻《宋史紀事本末》所寫的論正，凡一百零九篇；卷十六爲《元史紀事論》，係爲陳邦瞻《元史紀事本末》所寫的論正，凡廿七篇。

是本除十一篇重出《合集》外，其餘詩文皆爲新出，集中反映了張溥後期詩文風貌和成就，可謂研究張溥最重要、最珍稀之材料。然爲學界較少寓目，如孫肅《明詩話全編·張溥詩話》、謝國楨《明清之際黨社運動考》、何宗美《明末清初文人結社研究》《文人結社與明代文學的演進》、丁國祥《復社研究》、廖可斌《明代文學復古運動研究》、李聖華《晚明詩歌研究》等論及張溥時均未見此書。

三、整理説明

筆者二〇〇五年至二〇〇八年於復旦大學跟隨駱玉明先生讀博期間，確定以張溥爲博士論文研究對象，在撰寫博士論文《張溥研究》之餘，遂萌發整理張溥詩文集之想法，並著手張溥《七録齋集》四種的録入、校點，旨在爲研究者提供一個使用方便、較爲可靠、接近原貌的整理本。二〇〇八年完成校點初稿，約六十萬字。自二〇〇八年博士畢業任職上海交大以來，教學任務繁重，間有雜事阻隔，時有停頓，然念茲在茲，終不敢棄。二〇一五年八月，暨南大學曾肖先生點校本《七録齋合集》由齊魯書社出版。爲避免重複，遂决定對《七録齋集》再予箋注。期間，我申報的「張溥《七録齋集》四種校箋」獲得國家社科一般項目立項。二〇一九年十一月，該項目順利結項。又根據五位結項評審專家的意見予以修訂增補。數年來，先後歷經十校，竭力詳加箋注，並對近七百篇詩文審慎繫年，充分吸收曾肖點校本的點校成果，細加對勘，匡正誤漏，遂成此校箋本。現將主要整理工作説明如下：

（一）編次

曾肖點校本將張溥四種詩文集按文體重新編次，又將四種文集前陳子龍、周立勳、張采、周鍾等所作序抽出列入《附録》。此種改變底本原始面貌與卷帙排次之整理方式或自有其考慮，然在一定程度上影響到文獻原貌的呈現，有礙古人編著所寓義例，略覺遺憾。

本校箋本秉持整舊如舊原則，力求最大程度保存張溥詩文集原貌，對其四種詩文集依刊刻時間先後，依次以《七録齋初集》《七録齋續集》《七録齋合集》《七録齋近集》爲序編目，各集序跋、卷目、篇次一仍其舊。四種詩文集中部分篇目重出者，首次出現録全文，並於校記中詳列各本差異；重出則僅存目，並予説明。

（二）校點

1. 底本

謹慎選擇如下諸本，作爲四種詩文集工作底本：

（1）《張太史七録齋初集》七卷（崇禎吴門童潤吾刻本，北京大學圖書館藏），簡稱童潤吾本。

（2）《七録齋文集·論略》二卷《續刻》六卷《别集》二卷（明末刻本，天一閣博物館藏），簡稱天一閣本。

（3）《七録齋詩文合集》十六卷（崇禎九年刻本，北京大學圖書館藏），簡稱北大本。

（4）《七録齋近集》十六卷（崇禎十五年吴門正雅堂刻本，天津圖書館藏），簡稱天津本。

2. 校本

參校以如下諸本：

（1）《張太史訂正七録齋集》六卷（崇禎吴門童潤吾刻本，美國哈佛大學哈佛燕京圖書館藏），簡稱哈佛本。

(2)《七録齋集》六卷《論略》一卷，明刻鈔補本（卷四至卷六鈔補），上海圖書館藏，簡稱上圖本。

(3)《七録齋集論略》七卷，明刊本，臺灣「中央圖書館」藏，臺灣《清代禁燬書叢刊》影印本，簡稱臺灣本。

(4)《七録齋近集》十六卷（崇禎十五年吴門正雅堂刻本，復旦大學圖書館藏），簡稱復旦本。

(5)《七録齋詩文合集》十三卷，臺灣「中央圖書館」藏，臺灣《明代論著叢刊》影印本。

(6)曾肖點校《七録齋合集》，齊魯書社二〇一五年，簡稱曾肖點校本。

(7)《天啓崇禎兩朝遺詩·張天如詩》一卷，清常熟趙氏舊山樓藏本，中華書局一九五八年影印本。

(8)《漢魏六朝百三家集》一百十八卷，①明婁東張氏刻本，上海圖書館藏；②清光緒三年掃葉山房本；③清光緒五年信述堂本；④文淵閣四庫全書本。

(9)《漢魏六朝百三家集題辭》一卷，清嘉慶七年刻本，南京圖書館藏。

(10)殷孟倫《漢魏六朝百三家集題辭注》，人民文學出版社一九六〇年版，簡稱殷孟倫本。

(11)《宋史紀事本末》一百零九卷,明崇禎刻本張溥論正,復旦大學圖書館藏,簡稱崇禎本;清康熙十八年刻本,簡稱康熙本;清光緒十三年廣雅書局刻本,上海古籍出版社一九九四年影印,簡稱光緒本。

(12)《元史紀事本末》二十七卷,清刻本,日本淺草文庫藏。

(13)《陳忠裕公全集》三十卷,陳子龍撰,王昶輯,清嘉慶間王昶刻本。

(14)《蒼崖子》不分卷,朱健著,明末刻本。

(15)《新刻譚有夏合集》二十三卷,明崇禎六年古吴張澤刊本。

(16)《毛孺初先生評選即山集》六卷,沈承撰,明天啓六年刻本。

(17)《知畏堂文存》十二卷,張采撰,清康熙刻本。

(18)《兩漢文選》四十卷,張采編,明崇禎六年刊本。

(19)《幾社壬申合稿》二十卷,杜騏徵等輯,明末小樊堂刊本。

(20)《禮樂合編》三十卷,黄廣編,明崇禎六年錫山黄氏玉磬齋刊本。

(21)《太乙山房文集》十五卷,陳際泰撰,明崇禎六年繡谷李士奇校刊本。

(22)《讀史管見》三十卷,胡寅撰,明崇禎八年張氏刊本。

(23)《歷代名臣奏議》三百十九卷，楊士奇等編，張溥删正，明崇禎八年刊本。

(24)《五經注疏大全合纂》，明崇禎七年本。

(25)《二如亭群芳譜》二十八卷，王象晉撰，明崇禎二年刊本。

(26)《詩經注疏大全合纂》三十四卷，張溥纂，明崇禎刻本。

(27)《吴郡文編》二百四十六卷，顧沅輯，稿本。

(28)《農政全書》六十卷，徐光啓撰，明崇禎陳子龍平露堂刊本。

(29)《皇明經世文編》五〇二卷補遺四卷，陳子龍等輯，明崇禎間平露堂刊本。

(30)《史書》十卷，姚永明輯，明崇禎十年刻本。

(31)《豹陵集》二十六卷，梁雲構撰，清順治十八年梁羽明刻後印本。

(32)《周易爻物當名》二卷，黎遂球撰，明崇禎十年至清順治三年刻本。

(33)《易就》六卷，徐世淳撰，四庫全書本。

(34)《太倉州志》，崇禎十五年張采刻本，復旦大學圖書館藏。

(35)嘉靖《太倉州志》，崇禎二年重刻本，《天一閣明代方志選刊續編》第二十册影印本。

(36)《横谿録》八卷附録一卷，徐鳴時編，楊廷樞校，抄本。

（37）《五人墓記》拓本，復旦大學圖書館藏。

每篇詳列校記，全書校記凡二千五百餘條，充分吸收曾肖點校本之校勘成果，詳加對勘，補正其失校、誤校、衍漏近四百條。

（三）繫年

參核大量明清文集、史籍、年譜，運用内證、外證，審慎考證出近七百篇詩文寫作時間，難以繫年之詩文暫予闕疑。

（四）箋注

查閲大量史籍、方志、文集、類書、辭書、年譜，參考學界已有研究成果，對張溥詩文牽涉人物、史實、典故、難解詞語加以箋注。無法索解者，暫予闕疑，以俟將來。

（五）輯佚

從明清地方志、筆記、文集、尺牘中搜集張溥集外詩文，輯爲《集外詩文》一卷，凡二十八篇。

（六）附録

1. 史傳行狀墓銘。從史籍、文集中收録張溥各類史傳、行狀、祭文等十六篇，有助於瞭解張溥之生平。

2. 序跋提要。收録張溥經史子集著作中之序跋二十七篇，有助於瞭解他人對張溥著作之評價。

3. 交遊酬贈。收録張溥交遊之各類酬贈一百五十一篇，有助於瞭解張溥之交遊。

自起心動念整理張溥詩文集，至現在完成整理得以出版，轉瞬間，十五年已逝。回顧過往歲月，除了慚愧外，更多的是感激諸位師友一路的指引和鼓勵。浦秋征先生常電話問詢本書的整理進展，於煦煦關心中不無督導之意。伏俊璉先生於我鼓勵有加，令我不敢懈怠。駱玉明先生帶我走上元明清文學研究之路，屢有叮囑，多所指導。吴格先生曾於本集初期整理多所指正。楊慶存先生、許建平先生、朱麗霞先生多次撰寫專家推薦意見，多所鼓勵。鄭利華先生、陳廣宏先生不以我陋，邀我參加明人别集叢編課題，故常得以請益。學兄張金耀、宋文濤、劉强、羅春蘭、胡旭、王建國、丁宏武、杜志强、王豐先、張文、魏宏遠、顔慶餘、湯志波、徐美潔、龔宗傑、李柯、趙素文、林振岳、劉思亮則通過微信隨時耐心解答我在整理中遇到的各種問題，張金耀、杜志强、張文三兄又撥冗審讀部分書稿，是正良多。拙書有幸能在中華書局出版，實得益於曹旭先生的熱心推薦，並慨然題籤，厚情至感，妙翰可寶。中華書局執行董事周絢隆先生撥冗抽閲了部分書稿，提出了重要的修訂意見。責編張耕先生敬業嚴謹，精益求精，多次校訂，耗力頗巨，使本書面貌一新，又樂於成美，代爲申得國家古籍整理出版資助項目。治學不易，著述實艱，因爲諸位師友的加持，本書終得以面世。上海交通大學近年來頗爲重視文科發展，經專家評審，將本書列爲上海交通大學人文社會科學成果文庫重點項目，在此謹對學校的支持和專家的肯定致以衷心的感謝。

今年適逢張溥誕辰四百二十週年。「不朽之人自能爲不朽之文」（《黄遵憲集·光緒四年七月三日筆談》），謹以此書致敬前賢，昭其輝光！

顔之推《顔氏家訓·勉學》云：「校定書籍，亦何容易！」顔氏所論，洵非虚語。本次整理，前後歷時十餘年，校閲數過。然限於學養，錯謬難免，敬祈方家不吝指正。

陸巖軍識於上海交通大學

二〇二二年三月二日

凡例

一、四種詩文集，《張太史七録齋初集》七卷（崇禎吴門童潤吾刻本，北京大學圖書館藏），簡稱《初集》；《七録齋文集·論略》二卷《續刻》六卷《别集》二卷（明末刻本，天一閣博物館藏），簡稱《續集》；《七録齋詩文合集》十六卷（崇禎九年刻本，北京大學圖書館藏），簡稱《合集》；《七録齋近集》十六卷（崇禎十五年吴門正雅堂刻本，天津圖書館、復旦大學圖書館藏），簡稱《近集》。

二、四種詩文集各自獨立，所收爲張溥不同時期詩文，且先後刊刻，雖部分文章重出，但文字並不盡相同。爲存原貌，整理者儘量依從底本。對目録與正文順序不對應者，則據正文順序對目録酌作調整，以使一致。

三、底本上可確定之訛、脱、衍、倒逕改，並出校記説明。底本不誤、他本誤者一般不出校記，他本文字兩通者則出校記説明。凡因字跡模糊或殘闕而無法辨識之字均用□替代。

四、校記詳列異文，以反映各本面貌，並略定是非。

五、四種詩文集中「常」「校」「洛」等字避諱爲「甞」「較」「挍」「雒」，然避諱不甚嚴格，爲行文統一計，避諱字逕改，不出校記。

六、爲便於閱讀，異體字及「己」「已」「巳」、「傳」「傅」、「商」「商」、「鄉」「鄉」、「嬴」「羸」等混用字逕改，不出校記。

七、標點用新式符號。引文先用單引號「」，後用雙引號『』，此外用逗號、句號、分號、書名號、感歎號、問號等，個别用省略號。

八、根據内證、外證對集内詩文予以繫年，無法繫年者，闕疑俟考。

九、對文中所涉重要語詞、人物、事件、典故、引文予以箋注。其中《近集》卷八、卷九爲《古名家集題辭》，已有殷孟倫《漢魏六朝百三家集題辭注》，故不再出注，而附録張燮相關題辭，藉以對參。《近集》卷十至卷十六爲史論，由張采取諸張溥爲《宋史》《宋史紀事本末》《元史紀事本末》所寫論贊連綴集末，類同附録，且前史具在，蒐檢頗便，故亦不再出注。

十、箋注所引文獻，常見史籍如二十四史、《資治通鑑》《明通鑑》《明會要》《國榷》《明史紀事本末》《讀史方輿紀要》等僅列書名、卷次、篇名，不常見文獻則列作者、書名、卷次、篇名。具體版本詳見《參考書目》。

七録齋初集

七録齋集序〔一〕①

士顧不當自重乎？天下事固非一，而能言之家恒絀，有以也夫。方其屬辭比事，戛戛乎難之矣。而奮功之士則非之，是賢於博弈耳。何益？壯夫不爲也。儒者尤以甚辭傷朴破道，烏用是洋洋者？二者交譏，蓋其深哉！要之已甚，然亦作者之過也。

夫七十子之倫，獨游、夏爲文學。然皆篤實哀雅，不倍於大道，夫子稱之不衰。繇此觀之，不可以一二論也。魯有左丘明，漢有司馬遷，唐有韓愈，三子者所謂能言之家，非耶？然左氏所序論，必自號「君子」，遷書比《春秋》，愈曰「我孟軻也」，豈真許之哉？要其志不苟矣。其它苦靡不振，或失名虧身。當塗之士程其功實，儒者訾不純備，不爲求全之事也。然文辭亦略可概見，欲繩諸無倍要難。嗚呼！世無聖人，遂難折衷乎？

予不敏，然有友數人，皆天下賢士。有張天如溥者，其一也。夫天如之文章，天下莫不知其能，予獨疑其所繇者異觀。夫文貴不羈之體，而道符和平之旨。故文之工者，必振蕩咤嗟，挾其不平之心，而窮於所往，然必以爲違棄精神。觀其要妙憔悴，未嘗不謂離道也。及乎心安意弛，愷悌仁人之言，發而條直淡薄，難爲工美，修辭者所不道。是二體者立，故文士則騁其放軼，薦紳則樂其便近，文章日衰而道亦以散。今觀天如之書，正不掩文，逸不踰道，彬彬乎釋争午之論，取則當世，不其然乎？彼其命志良不虚者，要亦乘時鼓運之事也。

國家景命累葉，文且三盛：敬皇帝時，李獻吉起，北地爲盛；肅皇帝時，王元美起，吴又盛；今五六十年矣，有能繼大雅，修微言，紹明古緒，意在斯乎？天如勉乎哉！我聞獻吉陵厲近傲〔二〕，元美博泛近通，然要皆賢者。天如處二者之間，以投世用，自爲過之，免于交譏。雖然，天如雖賢，得位而名益彰。夫士伏處下賤，修行不出于家，折枝之功，其道無繇。如此欲爲名聲，而又不屑以文士自見，不可得也。世有奇偉之士，而僅號曰文士者，豈獨古之人不幸乎？

雲間社盟弟陳子龍題于采山堂中〔三〕②。

【校記】

〔一〕此文又見《陳忠裕公全集》卷二十五《七録齋集序》。

〔二〕「傲」，原作「敖」，據《陳忠裕公全集》本改。

〔三〕《陳忠裕公全集》本無「雲間社盟弟陳子龍題于采山堂中」。

【箋注】

①據文中「天如雖賢，得位而名益彰」等語，再據現存崇禎吴門童潤吾刻本《七録齋集論略》封面題「張太史七録齋初集」，可知陳子龍此序作於崇禎四年（一六三一）張溥進士中式，任職翰林院時。

②陳子龍，字人中，又字卧子，號大樽，松江華亭人。崇禎間，與夏允彝等創立幾社，與復社相呼應。《明史·夏允彝傳》云：「是時東林講席盛，蘇州高才生張溥、楊廷樞等慕之，結文會名復社。允彝與同邑陳子龍、徐孚遠、王光承等，亦結幾社相應和。」

七録齋集序①

士之負奇異、能文章者，天下喟然嘆息而歸之，豈獨其言而已哉！風教醇深，人懷正尚，議論典軌，家罕悖聞，蓋所係若斯之重也。昔荀卿氏原本王道，誦述儒法，至兢兢矣。流爲李斯，聖學大壞，六藝從此缺焉。豈非指涉乖謬，習之者遂以甚其禍乎？揚雄之擬經，韓愈之原道，似是之間耳。後世愛好其書，推許作者，無它，往而不返者之將爲天下裂也。有能紹明絶業，扶藉微言，雖重進之，何傷？

今天下廓如，學無異指。所患者人安簡易，無斐然述作之意，而謂詞賦小道，儒者羞稱，抑何陋乎！夫歌頌功德，昔人所榮；文采不彰，有識歎愧。幸會明時，致身通顯，而撰次昭爍，離離當代，斯不亦盛美之事歟！

天如張子者，今既貴，然予與交十年，既睹其行事，復觀其著書，蓋弘亮博達君子也。贈人以言，與臣忠也，與子孝也。網羅舊聞，考其得失，連綴當世之務而整齊之，班班如矣。予見夫世之學者，守其一經，不思遠覽，謂不在學官者不講也。一旦遭際遇，稱號名公卿，而自視詘然，亦復無所，嗟恨豈少哉？若乃循循古學，形之簡編，贊明大道，體達國政，天如者足以觀矣。

嗟乎！人固不可不自見于後也。然或憂傷失志，語涉憔悴，上採前代，下觀近世，有所刺譏以寓意乎，則文詞深切，又不可以概見也。歷觀古人多有然者，蓋感慨係之矣。天如意量和雅，非有不平之遇頹激其中。故其爲文，條理粲備，體法詳淹，而又見用于聖明之世。所云治世之言者，非耶？以視窮愁著書，則何如哉。

華亭社盟弟周立勳題②。

【箋注】

① 據文中「天如張子者，今既貴」「而又見用于聖明之世」等語，再據前序作時，可知周立勳此序作於崇禎四年（一六三一）張溥進士中式，任職翰林院時。

②周立勳，字勒卣，松江府華亭人。崇禎初，參與倡立幾社，與夏允彝、杜麟徵、徐孚遠、彭賓、陳子龍並稱幾社六子。後入復社。崇禎十二年（一六三九）赴南京應試，客死。

七録齋論略卷之一

婁東 張溥天如 著
同盟 周鍾介生
張采受先 閲

治夷狄論①

【眉評】周曰："林氏遜其高古，蘇氏遜其詳洽，論家之觀，至此極矣。"張曰："諸論必繇本原而言，間盡神妙，多讀書者知之，即多讀書而未精者亦不知之。"

三代而下，受命之正者，無若漢唐與宋。然創業之君，往往不能得志於夷狄。漢高之雄，而有白登七日之圍②；唐之高祖、文宗代隋有天下，而不能不求助于突厥③；宋祖擇用將帥，折衝北方，而僅有郭進、田欽祚之勝④；傳於太宗，分兵出雄州、飛狐、雁門，而不免岐溝之敗⑤。甚哉！夷狄之難以中國理也。

及于明之二祖，入燕而元主出塞，破開平而奔應昌，本雅失里之敗，玄石、禽胡、清流之地，無不銘焉。斯獨何歟？蓋漢唐宋之天下，皆得於中國之人，蠻夷乘其衰亂戰鬭之隙，自養於强大，故中國不能爲之備，而反藉其力。明則以中國之人，正夷狄之禍，因其弊而爲之君長。此趙秩所謂「生華帝華」⑥，從來有天命者未敢望于斯也。然而後事之失，或有同焉。己巳之變⑦，近於澶淵之盟；庚戌之難⑧，近於甘泉之警。要其得失數殊，不可不察也。景德之時，虜掠深、祁間，寇準身爲重相，先練師而後請親征。王欽若幸金陵、陳堯叟幸成都之謀，準力折焉，而引裾以要之出。卒也大駕渡河，撻凜告斃，契丹困十餘日而始許和。息兵之後，行旅交通，邊城晏閉。真宗既崩，隆緒集群臣罷市舉哀，戒沿邊州郡毋作樂犯諱。則河北之舉，以戰爲和。準所以内度中國之勢，外安夷狄之情者，亦已至矣。豈若王振之委君土木，倉皇北狩哉？漢文之世，詔將軍陳武等無議兵⑨，卒以公主之降，中行説教單于以窺邊。是以有回中之火，而文帝終以順天恤民；有六將軍之備，而不勤師於遠。

嘉靖庚戌之前，吉囊、俺答二酋，分道入寇。學臣胡松發憤而言，以爲山西之禍，大同實成之，而遽犯當路之忌⑩。朝廷不罪鎮巡，而反罷其官。至八月之警，天子始憂坐西齋宫，而楊守謙以勤王被誅⑪，仇鸞以縱敵膺賞，則相嵩之罪烈也。楊繼盛之諫馬市曰⑫：「其人内迫於天子之深恩，圖倖目前之安以自效；外懾於敵之重勢，務中其欲以求寬。」此豈獨爲咸寧言哉？凡古今之庸臣，無乎不然也。甚而匡衡比石顯，以掩陳、甘、郅支之功；王安石思外攘，開熙河，而反棄五百餘里之地於洪基。靈州、永樂之役，得夏葭蘆、吴保、義合、米脂、浮圖、塞門僅六堡，而官軍、熟羌、義保死者六十萬人⑬。此二子者，皆所謂明經術、識禮義者也，而猶蹈此惑，况其下者乎？是以牛僧孺反悉旦謀於吐蕃，而維川不復；王崇古尊顯那吉，而俺答稱臣奉貢，縶逃人而靖邊域，亦兩者是非之較也。李晟、渾瑊、馬燧於德宗有再造之功，尚結贊以計間之，而三人俱廢。西夏元昊之亂，韓琦用任福、桑懌而敗，仁宗不以爲過，置使于陝西五路，而終成韓、范之功，則用人之貴審也。

雖然，匈奴屈疆於漢初，而當其衰弱，丁令、烏桓、烏孫之屬足以困之。五單于爭立，而呼韓、郅支競貢獻、求侍子。突、頡、延陀悖驁於唐宗之時。回紇、吐蕃矜香積新店之勞，陷四鎮河湟之地。而其後或葬於灞陵之東，或馴於武宣之季。遼金之於宋，可謂威矣。而馬植之結女真，孟珙之復唐、鄧，皆以弱宋蹙其詐。誰謂天之於夷狄欲其長享哉？夫在天者，不可不信其好還；在人者，不可遽謂其可忘。是故漢武伐胡之詔，有懷於齊襄九世之讎也⑭。

【箋注】

① 邊患實爲明之大患，晚明時，邊患愈演愈烈，終至爲其所覆。明之與少數民族政權交手，屢屢失利，前之土木之變、庚戌之變，已見端倪。本文縱論漢唐宋明與夷狄交戰勝敗得失之由。指出夷

狄難治，即如漢唐宋創業之君亦屢遭其圍困。明初之所以能擊敗夷狄，在於能「因其弊而爲之君長」。而明中期之土木之變，則在於昏主黨爭，姦佞横行，用人不當。本文所言俱中要害，然積重難返，趨勢難改。其中原由，恰如侯玄汸《月蟬筆露》卷下所揭：「土崩瓦解，起於天啓、崇禎之間，然其由來，固亦遠矣。群臣皆背公營私，日甚一日，外患愈逼，黨局愈多。……民愈貧矣，吏愈貪矣，風俗益以壞矣。將士不知殺敵，但知虐民；百官不知職守，但知苛刻。雖以烈皇帝之憂勤，而不能挽江河於日下矣。」

② 《史記》卷一百十《匈奴列傳》：「高帝先至平城，步兵未盡到，冒頓縱精兵四十萬騎圍高帝於白登，七日，漢兵中外不得相救餉。」

③ 皮錫瑞《鑑古齋日記評》卷四：「唐高祖之起，亦求助於突厥。史諱之，不詳，而據太宗云『太上皇爲百姓之故，稱臣突厥，朕常痛心』，則高祖實有稱臣之事，惟未受其册立耳。」

④ 《宋史》卷二百七十三《郭進傳》：「漢祖建號太原。契丹主道殂，漢祖將入汴，進請以奇兵間道先趨洺州，因定河北諸郡。」《宋史》卷二百七十四《田欽祚傳》：「乾德二年冬，討蜀，爲北路先鋒都監，令乘傳往來宣達機事。孟昶降，奉捷書馳奏，遷西上閤門副使。蜀土寇亂，又遣欽祚率師討平之。四年春，并人寇樂平，從羅彦瓌拒之，獨以所部三千人破寇，擒副將一人，俘獲甚衆，以功遷西上閤門使。」

⑤ 《宋史全文》卷三《宋太宗》：「吕中曰：『岐溝之敗有三，既平河東之後，三出王師，屢與敵接而

不獲倏時，一也。其事始於賀令圖之父子，而贊成於王顯數人，中書不預聞，二也。曹彬違上詔旨，三也。』」

⑥鄭若曾《籌海圖編》卷二上《王官使倭事略》：「明太祖高皇帝洪武三年，遣使招日本。遣萊州府同知趙秩往日本，招來倭人。泛海至析木崖，入其境。關者拒弗納。秩以書達其王良懷，乃延秩。論以中國威德，而詔旨有責讓其不臣之語。王曰：『吾國雖遠，僻在扶桑，未嘗不慕中國之化，而通貢奉。惟蒙古菈華，而以小國視我，使趙良弼誅我以好語，初不知其覘國也。既而發水犀數十艘襲我。比至，一時雷霆，風波漂没，幾無遺類。自是不與通者數十年。今新天子帝華，使亦趙姓，得非蒙古使之雲仍乎？亦將誅我好語而襲我也？』命左右將刃之。秩不爲動，徐曰：『今聖天子聖神文武，明燭八表，生華帝華，非蒙古比。我亦非良弼後。爾若悖逆不我信，即先殺我，則爾之禍不旋踵矣。我朝之兵，天兵也，無不一當百。我朝戰艦，雖蒙古戈船，百不當一。况天命所在，人孰能違！豈以我朝之孔懷爾者，與蒙古之襲爾國者比耶？』於是王氣沮，下延秩，禮遇有加。」

⑦己巳之變：亦稱土木之變。明正統十四年，瓦剌貴族也先率兵攻明。宦官王振挾持英宗統兵五十萬親征，至大同，聞前方小敗，即驚慌後撤，行軍至土木堡被敵軍追及，倉猝應戰，死傷過半，英宗被俘，王振亦爲亂軍所殺。

⑧庚戌之難：亦稱庚戌之亂。嘉靖二十九年六月，韃靼土默特部領袖俺答率軍犯大同。大同總兵

仇鸞重賂俺答，請移攻他處。明世宗即拜仇鸞爲大將軍，節制諸路兵馬。兵部尚書丁汝夔請問嚴嵩如何戰守。嚴嵩云塞上打仗，敗可掩飾，京郊打仗，敗不可掩飾，俺答不過是掠食賊，飽了自然便去。丁汝夔會意，戒諸將勿輕舉。諸將皆堅壁不戰，不發一矢。於是俺答兵在城外自由焚掠，凡騷擾八日，飽掠之後，得到明朝通貢之允諾，仍由古北口退去。事後，嚴嵩又殺丁汝夔以塞責。參見《明史》卷三百二十七《韃靼傳》。

⑨ 李燾《續資治通鑑長編》卷一百三十四《慶曆元年》：「孝文即位，將軍陳武請議征討，以益封疆，孝文曰：『兵，凶器也。難克所願，動必耗病，謂百姓遠方何？今匈奴内侵，軍吏無功，邊民父子，荷兵日久，朕動心痛傷，何日忘之？未能消弭，願且堅兵設候，結和通使，休寧北陲，爲功多矣！且無議兵。』」

⑩ 胡松，字汝茂，號柏泉，滁州人。《明史》卷二百二《胡松傳》：「三十年秋，上邊務十二事，謂：『去秋俺答掠興、嵐，即傳箭徵兵，剋期深入，守臣皆稔聞之。而巡撫史道、總兵官王陛等備禦無素。待其壓境，始以求貢上聞。又陰致賄遺，令勿侵己分地，冀嫁禍他境。今山西之禍，實大同貽之。宜亟置重典，以厲諸鎮。』……松疏上，當事者已惡其侵官。及遷擢，益忌之。……遂斥爲民。」

⑪ 《明史》卷二百四《楊守謙傳》：「初，寇抵安定門，詔守謙與楫等合擊，莫敢前。守謙亦委無部檄，第申儆備。寇遂燬城外廬舍。城西北隅火光燭天，内臣園宅在焉，環泣帝前，稱將帥爲文臣

制，故寇得至此。帝怒曰：『守謙擁衆自全，朕親降旨趣戰，何得以部檄爲解。』寇退，遂執守謙與汝夔廷鞫之。坐失悞軍機，即日戮於市。守謙臨刑時，慨然曰：『臣以勤王反獲罪，讒賊之口實蔽聖聰。皇天后土知臣此心，死何恨！』邊陲吏士知守謙死，無不流涕者。」

⑫《明史》卷二百九《楊繼盛傳》：「俺答躪京師，咸寧侯仇鸞以勤王故有寵。帝命鸞爲大將軍，倚以辦寇。鸞中情怯，畏寇甚。方請開互市市馬，冀與俺答媾，幸無戰鬥，固恩寵。繼盛以爲讎耻未雪，遽議和示弱，大辱國，乃奏言十不可、五謬。」略云：忘天下之大讎，一不可也。失天下之信義，二不可也。損國家之重威，三不可也。隳豪傑效用之志，四不可也。懈天下修武之心，五不可也。開邊方通虜之門，六不可也。起百姓不靖之漸，七不可也。長胡虜輕中國之心，八不可也。墮胡虜狡詐之計，九不可也。中國之財胡虜之馬兩難相繼，十不可也。

⑬《續資治通鑑》卷第七十七《元豐五年》：「自熙寧開邊以來，凡得夏葭蘆、吴保、義合、米脂、浮圖、塞門六堡，而靈州、永樂之役，官軍、熟羌、義保死者六十萬人，錢粟銀絹以萬數者不可勝計。」

⑭《史記》卷一百十《匈奴列傳》：「漢既誅大宛，威震外國。天子意欲遂困胡，乃下詔曰：『高皇帝遺朕平城之憂，高后時單于書絶悖逆。昔齊襄公復九世之讎，《春秋》大之。』」

兩直論①

臨安之與金陵，以言帝都，皆地理家所謂南龍也。然臨安可以駐蹕，不可以建都。其地脉之變，主於奸相擅權、武臣多咎。傅伯通嘗言之矣，而南宋卒驗②。金陵爲六代之舊都，至國朝創業，混一海内，始皇所見天子之氣，諸葛稱爲帝王之宅③，言益大信。而當時之臣劉基謂之險固，蘇伯衡論其土中④，則「赤山爲成皋，長淮爲伊洛，鍾山爲華阜，大江爲黄河〔一一〕」⑤，東南之形勝，孰有先之者乎？

然而文皇遷之北平者，何也？則以去敵之近，制敵之便也。北抵居庸，東北抵古北口，西南抵紫荆關，去匈奴之地，近者百里，遠者三百里。本京師無外之規，而明示以自將待邊之義⑥。祖宗之爲萬世慮⑦，至深也。是故故吴之沃富，淮南北之衍腴，因之擅銅鹽之利，極遊處之安，寧不愉快焉？而舍此而之北者，誠恐後世之子孫即於逸樂而忘其外患。則無若居之沙漠之地，臨戎之險，使日顧漁陽、上谷之間，而懷寇讎之邇，則修德行仁，設險守國，可以世世而不敗。故今之論幽薊者，徒侈言其西接太行，東臨碣石，鉅野亘南，居庸控北，有峥嶸崱屴之勢⑧，而不講於鞏固之謀，非聖祖之所樂聞也。雖然，備北者備之於邊，備南者備之於江，固也。而不知修近輔之城，扼長淮之險，尤所亟也。

宋仁宗時，西夏、契丹構禍，范仲淹請修京城⑨，立四輔，則今大同、易州及永平、臨清之介，可以曠然無守乎？晉之謝玄以八千人當苻堅九十萬之衆〔一二〕，唐之楊行密以三萬人當朱全忠八州之師，皆扼淮以拒敵，不延敵以入淮⑩。則今自丹陽而揚州而淮安而泗州，自采石而和州而鳳陽而壽州，全淮之左右臂〔三〕⑪，可恃天塹，弛扞圉乎？且也從虞集之議⑫，開京東瀕海萑葦之場，用浙人築堤捍水之法，聽富民田其中，合衆分地，計畝授官，則隙地無不可耕，而無事籍漕輓於江淮；從丘濬之議⑬，則置四輔郡，倣漢唐之三輔，各宿重兵三萬，而直隸、河南、山東之班軍可罷。此非獨以衛北，亦所以寬南也。

往者，洪武之四十八衛皆散處江北，屯田自養。永樂都燕，建七十二衛⑭，始漕江南北之粟，以給軍食。苟行二議而無變，則南直之屯田亦可復也。大政既舉，而兵强用足，之此而始憂蘇松之賦役〔四〕、豐沛之濁河、順天之馬政、河間之水潦，官司之事，責之其人〔五〕。

【校記】

〔一〕「華皐」「大江」，原作「曲皐」「大河」，據梅鼎祚《梁文紀》卷四梁元帝《丹陽尹傳序》改。「華皐」，宋本《藝文類聚》卷五十引梁元帝《丹陽尹傳序》作「卓皐」。

〔二〕「苻堅」，原作「符堅」，逕改。

〔三〕「全淮」，原作「金淮」，據周弘祖《建康論》「乃全淮之右臂也」「乃全淮之左臂也」改。

〔四〕「之此」，天一閣本、上圖本作「繇此」。

〔五〕「其人」下，天一閣本、上圖本有「無不理矣」。

【箋注】

①張溥論南北兩直，謂北直之設，原出於「去敵之近，制敵之便」「設險守國，可以世世而不敗」，固無可厚非。然若設南直金陵爲京，則可利用有利地形「扼淮以拒敵」。另外，退一步講，即如設立北直，若採納丘濬之議，則可緩解江淮漕運，而使「兵强用足」。這些觀點皆爲中肯之言，事關國計民生，其人其識，於此略見一斑。

②康熙《江西通志》卷四十三：「傅伯通，德興人。與鄒仲容同師廖金精。金精之學得之吴景鸞。宋南遷，伯通拜詔往相臨安，表略曰：『……文曲多山，俗尚虚浮而詐；少微積水，士無實行而貪。雖云自昔稱雄，實乃形局兩弱。只宜爲一方之巨鎮，不可作百祀之京畿。駐蹕僅足偏安，建都難奄九有。』表上，乃陞杭州爲臨安府而稱行在，宋室竟以偏安。」

③樂史《太平寰宇記》卷九十《江南東道》：「故《吴志》云：『權欲興都未定，權長史張紘謂權曰：「秣陵，楚威王所置，名爲金陵。地勢岡阜連石頭，昔秦始皇經此縣，望氣者曰地形有王者都邑之氣，天之所命，宜爲都邑。」後劉備亦勸權都之。權曰：「智者意同。」遂定議都秣陵。』修石頭城，用貯軍實。又蜀武侯使于吴，謂權曰：『鍾山龍盤，石城虎踞，真帝王之都。』」

④陳仁錫輯《八編類纂》卷一百三《論南龍帝都垣局》：「蘇伯衡謂劉迪簡云：金陵地脉，自東南溯長江而西，數百里而止。其止也，蜒蜿磅礴，既翕復張，中脊而下，降爲平衍，所謂土中。」

⑤《藝文類聚》卷五〇引梁元帝《丹陽尹傳序》：「自二京版蕩，五馬南渡，固乃上燭天文，下應地

理。爾其地勢，可得而言。東以赤山爲成皋，南以長淮爲伊洛，北以鍾山爲華阜，西以大江爲黄河。」

⑥丘濬《大學衍義補·四方夷落之情》：「秦漢以來建都於關中、洛陽、汴梁，其邊圉皆付之將臣，惟我朝都于幽燕，蓋天子自爲守也。前此都此者若金若元，而我朝則居中國之盡處而北臨邊夷，我之所以控而制之者固重而要，而彼之所以來而侵者亦速而近，所以思其患而預爲之防者，比漢唐元宜倍加意焉。」

⑦鄭曉《今言》卷四：「南都水軍勝於陸卒，營馬壯於江舟。然戰守皆不得地利，孝陵再三欲徙都，不果。成祖決遷北平，萬世之慮也。」顧炎武《歷代宅京記序》：「自古帝王維繫天下，以人和不以地利，而卜都定鼎，計及萬世，必相天下之勢而厚集之。……有識之士謂：明成祖不遷北平，則南都未所以二百四十年而無事。」

⑧崱屴：高大峻險貌。《文選·王延壽〈魯靈光殿賦〉》：「崱屴嵫釐，岑崟崰嶷，駢巃嵸兮。」

⑨李燾《續資治通鑑長編》卷一百三十六慶曆二年條：「景祐中，范仲淹知開封，建議城洛陽以備急難。及契丹將渝盟，言事者請從仲淹之請。吕夷簡謂：『契丹畏壯侮怯，遽城洛陽，亡以示威，必長敵勢。景德之役，非乘輿濟河，則契丹未易服也。宜建都大名，示將親征，以伐其謀。』詔既下，仲淹又言：『此可張虚聲耳，未足恃也。城洛陽既弗及，請速修京城。』議者多附仲淹議。」

⑩王應麟《通鑑地理通釋》卷十二《三國形勢考》：「劉氏季裴曰：『自古守淮，莫難於謝玄，又莫難

於楊行密。淝水之役，謝玄以八千人當苻堅九十萬之衆；清口之役，楊行密以三萬人當朱全忠八州之師，衆寡殊絶，而卒以勝者，扼淮以拒敵，而不延敵以入淮也。』」

⑪ 語本周弘祖《建康論》（陳其愫《皇明經濟文輯》卷九）：「守淮之勢，東固淮安、泗州，自丹陽而揚州而淮安而泗州，乃全淮之右臂也；西固鳳陽、壽州，自采石而和州而壽州，乃全淮之左臂也。」

⑫ 《元史》卷一八一《虞集傳》：「拜翰林直學士，俄兼國子祭酒，嘗因講罷，論京師恃東南運糧爲實，竭民力以航不測，非所以寬遠人而因地利也。與同列進曰：『京師之東，瀕海數千里，北極遼海，南濱青、齊，萑葦之場也。海潮日至，淤爲沃壤。用浙人之法，築堤捍水爲田，聽富民欲得官者，合其衆分授以地，官定其畔以爲限，能以萬夫耕者，授以萬夫之田，爲萬夫之長，千夫、百夫亦如之，察其惰者而易之。一年，勿征也；二年，勿征也；三年，視其成，以地之高下，定額於朝廷，以次漸征之；五年，有積蓄，命以官，就所儲給以禄；十年，佩之符印，得以傳子孫，如軍官之法。則東面民兵數萬，可以近衛京師，外禦島夷；遠寬東南海運，以紓疲民；遂富民得官之志，而獲其用；江海游食盜賊之類，皆有所歸。』議定于中，説者以爲一有此制，則執事者必以賄成，而不可爲矣。事遂寢。其後海口萬户之設，大略宗之。」

⑬ 丘濬，字仲深，瓊山人。景泰五年進士，改庶吉士，授翰林編修。歷禮部尚書加太子太保，入直文淵閣，進少保、户部尚書、武英殿大學士，贈太傅，謚文莊。生平詳見《明史》本傳。皮錫瑞《皮錫瑞日記・庚子六月初十》：「閲《方輿紀要・直隸部》及《郡國利害》，丘濬言立四輔郡，甚有見，

至今無行之者，豈非在廷無明於大計者哉！」

⑭ 陳建《皇明通紀・歷朝資治通紀》卷三十四：「嘉靖初，大學士楊一清疏曰：『太祖設五府四十八衛，太宗建都燕京，仍立五府，增七十二衛，設五軍神機、三千大營，都城之外設大教場，操演武備。』」

災異論〔一〕①

衰世之主能明於禍福而不諱災稱祥者，於魏之高貴鄉公、唐之文宗見之矣。魏甘露時，有黄龍見寧陵井中，群臣以嘉祥賀，而主髦獨賦《潛龍詩》以自傷②；文宗之世，河中奏騶虞見，反太息而詔諸道「祥瑞勿聞」③。夫兩者皆希世之瑞，夸大之朝冀望而不得；而其君遇之，反憂思悲傷，却而遠焉，比於劉聰之黄龍、季龍之麟鹿。非五行庶徵之事二君之獨明也，此二君者，生於患難之中，而習見人臣之擅，自以爲衰微之甚，不足以致福應之物，故當之重自抑而思咎也。

是故失意之君易與言理，而窮大之主難與論道。宋李沆之爲相也，日取四方水旱盗賊奏御。同列疑其細事，而沆獨言：「人主沖年，當知四方災異、民所疾苦。不然，他日血氣方剛，不留意聲色犬馬，則土木、甲兵、禱祠之事必作。」④當時之人不察焉，而其後真宗果封泰山，禪社首，以從事於繁役。則人主之謹小慎微，面稽天若，可不亟乎？雖然，其所以防乎臣者，亦在乎豫之也。

唐之武后，稱帝革命，災變盛見。其臣來俊臣逢意嚴酷，而其家忽井水如血，夜聞號咷⑤。韋后既誅，太平公主干政，而主家井溢⑥。即近者石亨爲禍于天順之初，構李賢、徐有貞、耿九疇、張鵬諸人之獄，是夕雷風拔木，水溢亨宅⑦。天之惡人臣也，即殛于其臣之室，以暴其罪於朝。而人君不敢復私行其受，亦事之顯切可畏者也。而歷考前代〔二〕，以經術誣世而敢于欺天者，張禹、王安石爲甚，此尤人臣之難察者也。禹身爲帝師，内附王氏，務貶諸儒之論，以爲天意不必言，使天子不疑，而權歸外戚⑧；安石知神宗有堯舜之志，而其學不逮，則言天數無與於人事，思以固寵而專國〔三〕⑨。蓋大君之所畏者惟天，而爲奸臣之大者欲速得其志，則雖天亦其所忌，而務奪其可畏之勢。是故《春秋》《論語》莫大乎敬天，而張禹文之，則謂深遠者聖賢所不得聞。國僑不聽禆竈之禳火，意主于在道，而王安石引之，則謂官占必不足信。兩人豈真知天之不足畏哉？張禹之視天也遠，以爲不若王氏威福之近；安石之視天也疏，以爲不若己速柄人國之可以有爲。故既忍爲君勝於天之説，以蕩上心；又敢爲天不可語之言，以自尊其學。此兩人之罪，殆未可與唐懿宗時之大臣同律而議也。懿宗之朝，彗長三丈，而宰相以含譽星賀；飛蝗蔽天，而京兆尹奏抱荆棘死。雖其詐罔之言，猶知天變之足諱〔四〕，而文以爲説，天固未嘗廢也。獨兩人者曉辨經義，明著天之不足恃，而人之無求於天，則人君之上，更不見有所謂天者。而後世之主苟其聽之不詳，慢神虐民，覆亡之禍，日見于天下矣。

故深慮之士，急望有道之君，講《洪範》之義。而災祥之奏，明責於所司之人。漢之太史令，今之欽天監，皆其職也。王振之主親征〔五〕，彭清斥其軍不可前；劉瑾之爲亂〔六〕，楊源疏爲衆邪冒陽⑩。彼皆位不上于大夫，而各言其職，忠義炳白。雖西京之向、尋，東都之顗、邕，未或過焉。豈踰百年而典官之人無明福極、達順逆者乎？要在思天順之湯序鐫秩⑪，嘉靖之樂護進言⑫，而大示賞罰焉。則人君克謹天戒，人臣克有常憲，繇此而舉也。

【校記】

〔一〕本篇又見天一閣本《續集·論略》。

〔二〕「而」，天一閣本、上圖本作「然」。

〔三〕「思」，原作「恩」，據文義改。

〔四〕「之」，天一閣本、上圖本無。

〔五〕「之」，天一閣本、上圖本無。

〔六〕「之」，天一閣本、上圖本無。

【箋注】

①諱災稱祥，古來君臣多有，臣子獻瑞求寵，國君托祥自大。而不諱災稱祥者，寥寥無幾，於衰世之主僅見於魏之高貴鄉公、唐之文宗，其能自抑思咎、洞悉人臣利用災異以媚主，實屬難能可貴。尤甚者，人臣又以災異不足畏、君勝於天之説，蕩惑上心，以成其私。則上必無敬畏之心，遂至肆意妄爲，塗炭生民。明季衰弊，君臣諱災稱祥者多有，張溥此文，論古諷今，頗具針對性。文末希「人君克謹天戒，人臣克有常憲」，畫龍點睛，深意在焉。

②《三國志·魏書》卷四《三少帝紀·曹髦》：「四年春正月，黄龍二，見寧陵縣界井中。」注引《漢晉春秋》曰：「是時龍仍見，咸以爲吉祥。帝曰：『龍者，君德也。上不在天，下不在田，而數屈於井，非嘉兆也。』仍作《潛龍》之詩以自諷，司馬文王見而惡之。」

③《資治通鑑》卷二百四十六開成三年條：「及悰爲工部尚書、判度支，河中奏騶虞見，百官稱賀。上謂悰曰：『李訓、鄭注皆因瑞以售其亂，乃知瑞物非國之慶。卿前在鳳翔，不奏白兔，真先覺也。』對曰：『昔河出圖，伏羲以畫八卦；洛出書，大禹以叙九疇，皆有益於人，故足尚也。至於禽獸草木之瑞，何時無之！劉聰桀逆，黄龍三見；石季龍暴虐，得蒼麟十六、白鹿七，以駕芝蓋。以是觀之，瑞豈在德！……願陛下專以百姓富安爲國慶，自餘不足取也。』上善之。他日，謂宰相曰：『時和年豐，是爲上瑞；嘉禾靈芝，誠何益於事！』宰相因言：『《春秋》記災異以儆人君，而不書祥瑞，用此故也！』」

④《宋史》卷二百八十二《李沆》：「沆爲相，王旦參政事，以西北用兵，或至旰食。旦嘆曰：『我輩安能坐致太平，得優游無事耶？』沆曰：『少有憂勤，足爲警戒。他日四方寧謐，朝廷未必無事。』後契丹和親，旦問何如，沆曰：『善則善矣，然邊患既息，恐人主漸生侈心耳。』旦未以爲然。沆又日取四方水旱盜賊奏之，旦以爲細事不足煩上聽。沆曰：『人主少年，當使知四方艱難。不然，血氣方剛，不留意聲色犬馬，則土木、甲兵、禱祠之事作矣。吾老，不及見此，此參政他日之憂也。』沆没後，真宗以契丹既和，西夏納款，遂封岱，祠汾，大營宫觀，蒐講墜典，靡有暇日。」

⑤《新唐書》卷三十四《五行志一》：「武后時，來俊臣家井水變赤如血，井中夜有吁嗟歎惋聲，俊臣以木棧之，木忽自投十步外。」

⑥《新唐書》卷三十六《五行志三》：「長安初，醴泉坊太平公主第井水溢流。又并州文水縣猷水竭，武氏井溢。」

⑦《明史》卷一百六十二《楊瑄傳》：「亨等復譖諸言官。帝諭吏部，給事、御史年踰三十者留之，餘悉調外。尚書王翺列上給事中何玘等十三人，御史吴禎等二十三人。詔以玘等爲州判官，禎等爲知縣。會大風震雷，拔木發屋，須臾大雨雹。亨、吉祥家大木俱折，二人亦懼。」

⑧《漢書》卷八十一《張禹傳》：「禹雖家居，以特進爲天子師，國家每有大政，必與定議。永始、元延之間，日蝕、地震尤數，吏民多上書言災異之應，譏切王氏專政所致。上懼變異數見，意頗然之，未有以明見，乃車駕至禹第，辟左右，親問禹以天變，因用吏民所言王氏事示禹。禹自見年

老，子孫弱，又與曲陽侯不平，恐爲所怨。禹則謂上曰：『《春秋》二百四十二年間，日蝕三十餘，地震五十六，或爲諸侯相殺，或夷狄侵中國。災變之異深遠難見，故聖人罕言命，不語怪神。性與天道，自子贛之屬不得聞，何況淺見鄙儒之所言！陛下宜修政事以善應之，與下同其福喜，此經義意也。新學小生，亂道誤人，宜無信用，以經術斷之。』上雅信愛禹，由此不疑王氏。後曲陽侯根及諸王子弟聞知禹言，皆喜説，遂親就禹。」

⑨《宋史》卷三百二十七《王安石傳》：「十月，彗出東方，詔求直言，及詢政事之未協於民者。安石率同列疏言：『晉武帝五年，彗出軫；十年，又有孛。而其在位二十八年，與《乙巳占》所期不合。蓋天道遠，先王雖有官占，而所信者人事而已。天文之變無窮，上下傅會，豈無偶合。周公、召公，豈欺成王哉。其言中宗享國日久，則曰「嚴恭寅畏，天命自度，治民不敢荒寧」。其言夏、商多歷年所，亦曰「德」而已。裨竈言火而驗，欲禳之，國僑不聽，則曰「不用吾言，鄭又將火」。僑終不聽，鄭亦不火。有如裨竈，未免妄誕，況今星工哉？所傳占書，又世所禁，謄寫僞誤，尤不可知。陛下盛德至善，非特賢於中宗，周、召所言，則既閲而盡之矣，豈須愚瞽復有所陳。竊聞兩宫以此爲憂，望以臣等所言，力行開慰。』……安石性强忮，遇事無可否，自信所見，執意不回。至議變法，而在廷交執不可，安石傅經義，出己意，辯論輒數百言，衆不能詘。甚者謂『天變不足畏，祖宗不足法，人言不足恤』。」

⑩《明史》卷一百六十二《楊源傳》：「迨十月，霾霧時作，源言：『此衆邪之氣，陰冒於陽，臣欺其

君，小人擅權，下將叛上。』引譬甚切。瑾怒，矯旨杖三十，釋之。」

⑪《明史》卷十二《英宗本紀》：「秋七月庚子，總督京營太監曹吉祥及昭武伯曹欽反，左都御史寇深、恭順侯吴瑾被殺，懷寧伯孫鏜帥兵討平之。癸卯，磔吉祥於市，夷其族，其黨湯序等悉伏誅。」

⑫鄭曉《今言》卷三：「近日士人知天文者，多有其人。惟光禄卿樂護鳴殷、華湘原楚爲精，二人共上《五星聚營室疏》，甚明暢懇切。禮官覆疏，亦直言戒規，皆可傳。」

備邊論〔一〕①

侯衛廢而邊防益重，故備邊之説，亦天子自爲守之道也。周之宣王稱得上策，觀申伯之式南邦、山甫之城東方、韓侯之受北國②，外屏之重，皆委之其元老大臣，爲備至矣。而其後驪山之禍作之於西③。夫四方之大，有一之不備，禍之發也，即於其所不備之地。然則掌固司險之職，顧可忽乎哉？要而論之，法詳於前，而令弛於後，則皆子孫之過也。

古之井田，南東其畝，因中原平衍之地，故爲之溝洫阡陌，連絡其間，使車不得方軌，騎不得騁足④。故當時險固，周於天下，有扼要之制而無長城之名。蓋因地而用之，即因人而守之，伏險於順而不以險爲名，欲用民之力而有所不必也。南宋吴璘之守天水，平土鑿渠以爲「地網」，金之騎兵卒不得逞⑤，猶有井田之遺意焉，而謂不可行於成周之季。甚矣！後人之欲自文其過，而一時之臣又從而和之也。是故周人伐太原，城朔方，後嗣忽之，其禍至于攻驪山而覆宗周；漢人治秦中，實塞下，後嗣忽之，其禍至于天子下堂⑥，而魚羊食人⑦；唐人斥磧北，置都護，後嗣忽之，其禍至於掠都邑而焚宫闕。昔人固傷之矣。若石晉以山外十六州賂契丹而北虜始熾，宋以靈夏畀德明而西戎始横。治亂安危之繫，則尤汲汲也。

國朝宅都天險，自守邊廷，視關中之建，勢益重矣。至大寧委之三衞而宣、薊之應阻，東勝内徙不守而山、陝之援絶⑧。其事之舛謬，又曷可勝道哉！大寧之賜，本於三衞助戰之功，而既畀之後，遼東西與宣府聲援遂疏，興和隨廢，而開平失固，則議邊者之不察也。土木之變，三衞寔爲鄉導⑨，則蠻夷外藩之禍速也。東勝跨河北，以衞套中，每一登城，平沙無林阻，見百十里而遥。所謂「漢得陰山，匈奴過之，未嘗不哭也」⑩。而遽徙不守，使虜入套，是朔方、河南之地，統萬、受降之城，歷代之所有，自我明而棄之也。夫邊疆之地，以尺寸之進退爲强弱，而公卿大臣爲凡所見者，常狃於一日之安，而遺百世之害。故使虞詡之説不行，則金城、凉州必棄於羌胡⑪；張亢不守麟州，滕元發不知太原，則二府四寨必委於西夏⑫。凡無應敵之具而爲棄地之謀者，皆趙充國所云「偷得避嫌，冀無後咎餘責」⑬，虞詡謂之「容頭過身，張解設難」者也⑭。故當毛里孩之始入套也，楊信嘗請勦之矣⑮。相賢亦嘗主其議矣，而遽召之還。後以葉盛言其不可復，而事遂罷止。夫己巳之變，葉盛嘗曰：「今日之事，邊關爲急，往者獨石、馬營不棄，六師何以陷土木？紫荊、白羊不破，虜騎何以薄都城？」⑯盛之於邊計，豈其所絀哉？而亦爲此言者，夫以懼目前之不支而後事之難竟也。抑知變遲而禍大，自此以往，尤有不可爲者乎？

夫安常之日，但惜所費，不圖所安，則曰毋動云爾。沃土奥壤，皆視以爲不争之閒田。而及其籓籬既拔，外警洊至，始悔其地之不可棄，而功名之士始起而争之，顧其時則已晚矣。故程萬里之言不見聽於成化之時，而夏言、曾銑之謀欲行於嘉靖之際⑰，是猶伐金之師不出於淳熙而出於嘉泰，吾以知復套之無功也。蓋大寧之賜，繇於戰勝之餘，視虜之太輕；東勝之徙，繇於承平之久，遷就觀望。以退爲固，而求自保之太甚，而不知後日無窮之禍，抑至于此也。則《易》稱「設險」⑱，《書》戒「通道」，《小雅》「出車」之義⑲，《周禮》「關梁」之謹，王者其務兢兢也哉！

【校記】

〔一〕本篇又見天一閣本《續集·論略》。

【箋注】

① 備邊者，原乃天子自爲守之道。成祖遷都燕京，即有自守邊廷之意。一之不備，邊禍即發。故國

君於固司險之職，慎重勿忽，此關社稷治亂安危。然開國之君多法詳於前，而守成之君多令弛於後，季世多亂，皆源於此。明之末年，邊境屢屢告急。明朝邊境之憂，多咎由自取。其邊事之舛謬，不可勝數。邊疆之地，本以尺寸之進退爲强弱，而君臣常苟安於目前，而遺百世之害。爲大臣者，多無應敵之具而有棄地之謀，惟冀無後咎餘責。君臣如此，社稷豈不傾覆？張溥此文之論，憂重慨深，思深識遠，實已預見明社將屋矣。熊開元《保全民命變化人心爲救時第一義伏祈慎鑒前車急行王政以致中興疏》（《魚山剩稿》卷一）亦有同憂：「國家自有邊患以來，朝廷官吏日益貪污，民間風俗日益敝壞，未嘗有一毫髮撑持世界之事，而獨勞勞焉兵食是計。於是竭天下物力，以事一方，不啻朘蚊虻之血，填滄海也。」

② 方玉潤《詩經原始》卷十五《大雅·召旻》注云：「韓侯來朝，因而封之，使爲北衛。申伯入謝，厚以餞之，用式南邦。而且命仲山甫築成于齊，以懷柔諸侯。」

③ 驪山之禍：指周幽王寵信褒姒而喪生驪山下。詳見《史記》卷四《周本紀》。

④ 語本《史記》卷九十二《淮陰侯列傳》：「今井陘之道，車不得方軌，騎不得成列。」

⑤《明史》卷二百七十五《解學龍傳》：「昔吴璘守天水，縱横鑿渠，綿亘不絶，名曰『地網』，敵騎不能逞。」《讀史方輿紀要》卷五十九《秦州》：「地網，在州西南故天水及長道二縣境。宋紹興中吴璘以地勢平衍，敵騎入犯，縱横無礙，乃建地網於平田間，縱横鑿爲渠，每渠闊八尺，深丈餘，連綿不斷如網，後金人來犯，騎兵始不得肆。」

⑥天子下堂：漢靈帝性極貪婪，「帝本侯家，宿貧，每歎桓帝不能作家居，故聚爲私藏」（《後漢書·張讓傳》）。百姓怨聲載道。「四出五銖」鑄行後，人們咒駡道「京師將破，天子下堂，四散而去」。

⑦魚羊食人：《資治通鑑》卷一百三孝武皇帝二年條：「冬，十二月，有人入秦明光殿大呼曰：『甲申、乙酉，魚羊食人，悲哉無復遺！』秦王堅命執之，不獲。秘書監朱彤、秘書侍郎略陽趙整固請誅鮮卑，堅不聽。」胡三省注：「『魚羊』合成『鮮』字，謂鮮卑也。是後慕容起兵攻秦，果在甲申、乙酉之歲。」

⑧康基田《晉乘蒐略》卷八：「明時，東勝内徙，大寧淪北，自失其勢。故至坐受敝困，東西赴救之不暇也。」

⑨《明通鑑》卷六十三《嘉靖四十二年》：「初，寇數犯遼東塞，薊遼總督楊選以三衛實導之，因囚縶三衛長托干，令其諸子更迭爲質。托干者，錫林阿妻父也。冀以牽制北寇，于是錫林阿、三衛皆怨。」

⑩語見敬武長公主《奏》（嚴可均《全上古三代秦漢三國六朝文·全漢文》卷五十七）：「漢得陰山，匈奴長老過之，未嘗不哭。」

⑪《後漢書》卷五十八《虞詡傳》：「永初四年，羌胡反亂，殘破并、涼，大將軍鄧騭以軍役方費，事不相贍，欲棄涼州，并力北邊，乃會公卿集議。騭曰：『譬若衣敗，壞一以相補，猶有所完。若不如此，將兩無所保。』議者咸同。詡聞之，乃説李脩曰：『……涼州既棄，即以三輔爲塞；三輔爲塞，

則園陵單外。此不可之甚者也。……棄之非計。』脩曰：『吾意不及此。微子之言，幾敗國事。』」

⑫《宋史》卷三百二十四《張亢傳》：「時麟州饋路猶未通，敕亢自護賞物送麟州。敵既不得鈔，遂以兵數萬趨柏子砦來邀。亢所將才三千人，亢激怒之曰：『若等已陷死地，前鬥則生，不然，爲賊所屠無餘也。』士皆感厲。會天大風，順風擊之，斬首六百餘級，相蹂踐赴崖谷死者不可勝計，奪馬千餘匹。乃修建寧砦。」《宋史》卷三百三十二《滕元發傳》：「元發治邊凜然，威行西北，號稱名帥。河東十二將，其八以備西邊，分半番休。元發至之八月，邊遽來告，請八將皆防秋。元發曰：『夏若併兵犯我，雖八將不敵；若其不來，四將足矣。』卒遣更休。防秋將懼，扣閤爭之。元發指其頸曰：『吾已舍此矣，頭可斬，兵不可出。』是歲，塞上無風塵警。詔以四砦賜夏人，葭蘆在河東，元發請先畫境而後棄，且曰：『取城易，棄城難。』命部將訾虎領兵護邊，夏不敢近。」

⑬語出《漢書》卷六十九《趙充國傳》：「臣竊自惟念，奉詔出塞，引軍遠擊，窮天子之精兵，散車甲於山野，雖亡尺寸之功，媮得避慊之便，而亡後咎餘責，此人臣不忠之利，非明主社稷之福也。」

⑭《後漢書》卷八十七《西羌傳》：「至四年，尚書僕射虞詡上疏曰：『……今三郡未復，園陵單外，而公卿選懦，容頭過身，張解設難，但計所費，不圖其安。』」

⑮《明史》卷一百七十三《楊信傳》：「毛里孩據河套，命佩將軍印，總諸鎮兵往禦。寇既渡河北去，已，復還據套，分掠水泉營及朔州，信等屢却之。」

⑯《明史》卷一百七十七《葉盛傳》：「也先迫都城，……盛言：『今日之事，邊關爲急。往者獨石、

馬營不棄，焉何以陷土木？紫荆、白羊不破，寇何以薄都城？今紫荆、倒馬諸關，寇退幾及一月，尚未設守禦。宣府爲大同應援，居庸切近京師，守之尤不可非人。洪等既留，必求如洪者代之，然後可以副重寄而集大功。』帝是之。」

⑰ 薛應旂《憲章録》卷三十二：「按，成化間程萬里之言不行，嘉靖間曾銑之計不竟，自是無復敢爲復套之議矣。捐千里可耕之地，貽各邊多事之虞，惜哉！」

⑱ 語見《易・習坎》：「王公設險，以守其國。險之時用，大矣哉！」

⑲ 見《詩・小雅・出車》。王國維《觀堂集林・鬼方昆夷玁狁考》云：「《出車》咏南仲伐玁狁之事。」

女直論〔一〕①

奴兒哈赤之得爲中國患也，始於殺其父之無名②，而終於與其爵之已重。何則？教場之與他失有掩阿台之功，而並戮於城下，其罪之不當，甚於董山也③。哈赤以窮虜之子，憐其國絶而封之，足矣。而賞之以龍虎之尊官④，使得號召東方，兼有諸部。朝廷之失制，甚於聽李滿住之駐牧蘇子河也⑤。

往者董山糾毛憐、海西入寇，以武忠往諭⑥。李秉出討，窮歸闕下，羈之廣寧，而終不宥其誅。而後來諸夷之苦邊上者，每以其死爲言。永樂之間，楊木答户奔建州，而滿住款附，竟釋不問。後爲邊患，一歲之中，入寇者九十七。則知奴酋之爲患於今日，蓋有繇也⑦。且夷狄之賤，王者之待之也：其來貢也，與以體委之食；其獻樂也，奏之四門之外。食不邇於嘉味，聲不近於先祖。而後世之爲邊鎮大臣者，每每貶己重而利其財，戮其柔和之人而畏其陸梁之黨，殺無辜以上功，匿不規以逃罪。若陳鉞之不能撫散赤哈，而屠僧格十八族⑧；朱永之不能擊伏當加，而誅貢使哈速等五人、竄郎秃等七十餘人⑨，亦近事之較著者也〔二〕。其後汪直既敗⑩，功罪始分〔三〕，邊方之臣未嘗不目指而心笑之。而繼其事者又皆没於貨賄而忘遠略。是故奴酋之以三女妻卜占，吉而取其地也。宰賽欲娶金酋之老女〔四〕，老女不可，奴酋因間以約婚，而邀之以共揉北關也⑪。

事發於女子之間，而禍流於中國之大。當其萌芽之日，一通事之力制之有餘；而及其大也，横江之二百里，鴉鶻關之七十餘里⑫，盡爲其有，不能與爭，反以全遼委之，竭天下之財而莫可誰何。則楊鎬⑬、李維翰之罪⑭，其可勝誅乎？或曰「女直兵滿萬，天下莫與敵」⑮，昔人之言也。則今之建州諸夷，君無阿骨打⑯，臣無粘罕⑰、胡捨其人也⑱。或又曰：「建州、毛憐者，渤海氏之餘孽也。」則如唐之世，爲門藝之處安西，無爲武藝之攻登州，順而撫之，其亦可也。且挐氏雖强，種最微賤，嗢突只骨之貢始於有宋建隆之日，則涉鯨波、輸駿足者⑲，豈今遂不可致乎？夫亦視朝廷之視之者，何如也？

【校記】

〔一〕本篇又見天一閣本《續集·論略》。

〔二〕「亦」，原作「迹」，據天一閣本、上圖本改。

〔三〕「功罪」，原作「攻罪」，據天一閣本、上圖本改。

〔四〕「娶」，原作「聚」，形似而誤，逕改。

【箋注】

①女真之患，其來有自，小時忽之，大時難制，至明末反爲其所滅，豈不嘆哉！張溥此論對女真之患進行深切反思，指出明廷對女真多有處置失當處：其一，失在賞罰不當；其二，失在對邊鎮大臣缺乏制衡，姑息放縱，戮其柔和之人而畏其陸梁之黨，貪圖財貨而無遠謀。張溥所論多切中要害，足供執政者資鑑。

②《清史稿》卷一《太祖本紀》：「太祖儀表雄偉，志意闊大，沈幾内蘊，發聲若鐘，睹記不忘，延攬大度。鄉部古勒城主阿太爲明總兵李成梁所攻，阿太，王杲之子，禮敦之女夫也。景祖挈子若孫往視。有尼堪外蘭者，誘阿太開城，明兵入殲之，二祖皆及於難。太祖及弟舒爾哈齊没於兵間，成梁妻奇其貌，陰縱之歸。途遇額亦都，以其徒九人從。太祖既歸，有甲十三。五城族人龍敦等忌之，以畏明爲辭，屢謀侵害，遣人中夜狙擊，侍衛帕海死焉。額亦都、安費揚古備禦甚謹，嘗夜獲一人，太祖曰：『縱之，毋植怨也。』使人愬於明曰：『我先人何罪而殲於兵？』明人歸其喪。又

曰：『尼堪外蘭，吾仇也，願得而執之。』明人不許。會薩爾虎城主諾米納、嘉木瑚城主噶哈善哈思虎、沾河城主常書率其屬來歸，太祖與之盟，並妻以女，於是有用兵之志焉。是歲癸未，明萬曆十一年也，太祖年二十五。」

③《清史稿》卷二百二十二《董山傳》：「成化元年正月，董山朝於明，自陳防邊有勞，乞進秩。憲宗不許，賜以綵緞。十月，整飭邊備。左都御史李秉上言：『建州、毛憐、海西諸部落入貢，邊臣驗方物，貂必純黑，馬必肥大，否則拒不納。今諸部落結福餘三衛屢犯邊。貢使至，使者不宜過持擇，召邊釁。』憲宗命從之。二年十一月，秉上言：『毛憐諸衛犯邊，官兵擊破之。』十二月，復入犯，總兵武安侯鄭宏戰敗。三年正月，秉上言：『董山歸所掠邊人，請贖俘。』憲宗敕奬董山，因戒責建州、毛憐諸衛，旋使錦衣衛署都督僉事武忠將命撫諭。是月，海西、建州諸衛復入鴉鶻關，都指揮鄧佐禦諸雙嶺，中伏死，副總兵施英不能救。三月，復入連山關，掠開原、撫順，窺鐵嶺、寧遠、廣寧。及忠至，董山等受撫。四月，偕李古納哈等朝於明，憲宗使集闕下，宣詔赦其罪，董山等頓首聽命。五月己丑，復以左都御史李秉提督軍務，武靖伯趙輔佩靖虜將軍印，充總兵官，發兵討建州，而董山等留京師，會賜宴，其從者語嫚，奪庖人銅牌，事聞，有詔切責；既而，予馬值、賚綵幣如故事。董山、李古納哈乞蟒衣、玉帶、金頂帽、銀酒器，憲宗命增賜衣、帽，人一具。董山又言指揮可昆等五人有勞，乞賜，憲宗命賜衣，人一襲。董山等辭歸，鴻臚寺通事署丞王忠奏：『董山等罵坐不敬，貪求無厭，揚言歸且復叛，請遣官防送。』憲宗命禮部遣行人護行，復賜敕戒

諭。董山等既行，憲宗復用禮部主事高岡議，命趙輔縶董山塞上。輔留董山等廣寧，令遣使戒所屬毋更盜邊。七月庚申，輔召董山等聽宣敕，未畢，董山等爲嫚語，袖出刃刺譯者，吏士格鬥，殺董山等二十六人。」

④《清史稿》卷一《太祖本紀》：「甲辰春正月，太祖伐葉赫，克二城，取其寨七。明授我龍虎將軍。」

⑤《讀史方輿紀要・附録・讀史方輿紀要删改考辨》：「蘇子河，在建州西，近塞。永樂間建州酋李滿住款塞，駐牧蘇子河爲邊患。」

⑥《國榷》卷三十五《成化三年》：「癸酉，錦衣衛帶俸都指揮使武忠往諭建州、毛憐等衛都指揮董山等，獎其悔罪歸順。」

⑦羅日褧《咸賓録・東夷志》卷二《女直》：「建州居中最強，地最險，虜人視爲咽喉。本渤海遺孽，喜耕種緝紡，飲食衣服頗有華風。其近松花江者曰山夷，皆山居，即黄頭女直。又北抵黑龍江曰江夷，即生女直，亦有室廬。海西山夷即熟女直，金人之遺種也。永樂初，專事撫綏，諸夷漸爲邊患。一歲間入寇者九十七，殺虜吏民十萬餘。正統、景泰時，附也先入寇。敕印盡亡，諸子孫不得請官，以舍人入貢，賞賜大減，以故怨忿思叛。成化二年，酋董山遂糾衆入寇。我遣趙輔、王英等討之。山降，送京師誅之，稍平。未幾，諸夷欲報山仇，入寇。而巡撫陳鉞欲掩降虜爲功，又附。汪直開邊隙，出塞撲殺諸夷。諸夷益大憤，入塞，殺掠無算。遣馬文升往撫定之，諸酋遂解散。直怒，誣文升，下詔獄，謫戍重慶。嘉靖間，巡撫于敖減賞賜，夷人大恨，因數入塞，遼東、西

大困。自是邊衛益嚴，稍無虞矣。」

⑧嚴從簡《殊域周咨録》卷二十四《北狄·女直》：「時建州蕃落窺伺，欲雪董山之忿，全藉海西兵勢，緣此遂留散赤哈與俱來犯。遼東守臣以聞。命招土兵往討之，然出榜招衆，徒張虚聲，其實兵將皆顧戀私家，不趨遼陽。建州賊因得糾合海西蕃落數千，乘虚入寇，大掠鳳集諸堡。報至廣寧，陳鉞始赴遼陽，而近邊住耕也僧格等十八蕃户皆有家丁，入貢未還，恐誤罹兵刃，及京師拘留，乃走撫順所報曰：『犯邊者，皆海西人也。』陳鉞與分守遼陽副總兵韓斌意在不分白黑，撲滅夷人，誑奏朝廷，悉收十八人於瀋陽衛獄，乘夜率諸軍襲各家屠之，及搜所掠人畜，並無有焉，其精壯者間亦脱走，捶死也僧格於獄，乃以搗巢之捷聞，衆論藉藉。」

⑨胡丹《明代宦官史料長編》卷五成化十六年條：「庚戌，斬建州夷人哈速等五人，發郎禿等七十四人編戍兩廣、福建。哈速等聽太監汪直招撫入貢，行至海州，見人馬東行，覺有異，遂驚疑而遁。伴送者追之，爲所殺，官軍襲獲之，至京具獄。上以哈速等五人情犯重，命斬之，餘免死，嚴加防護，悉發遠戍。」

⑩《明史》卷三百四《汪直傳》：「汪直者，大藤峽瑶種也。初給事萬貴妃於昭德宫，遷御馬監太監。成化十二年，黑眚見宫中，妖人李子龍以符術結太監韋舍私入大内，事發，伏誅。帝心惡之，鋭欲知外事。直爲人便黠，帝因令易服，將校尉一二人密出伺察，人莫知也，獨都御史王越與結歡。明年設西廠，以直領之，列官校刺事。南京鎮監覃力朋進貢還，以百艘載私鹽，騷擾州縣。武城

縣典史詰之，力朋擊典史，折其齒，射殺一人。直廉得以聞，逮治論斬。力朋後得倖免，而帝以此謂直能摘姦，益幸直。直乃任錦衣百户韋瑛爲心腹，屢興大獄。」

⑪《明史紀事本末·補遺》卷一《遼左兵端》：「三十九年十二月，建州主殺其弟速兒哈赤，遣兵侵兀哈諸部及其婿江夷卜台吉，卜台吉急率所部投北關。建州又嘗議昏於北關老女，北關不肯，由是屢興兵攻金台失、白羊骨。」

⑫《讀史方輿紀要》卷三十七《山東·遼東行都司》：「鴉鶻關，在司東南三百三十里。其東有喜昌口，乃中外分界處。天順三年帥臣趙輔等分軍由鴉鶻關、喜昌口，又踰鳳凰城、黑松林、摩天嶺至潑猪江，斬獲而還。萬曆四十七年，大帥李如松由清河出鴉鶻關是也。」

⑬《明史》卷二百五十九《楊鎬傳》：「明年正月，鎬乃會總督汪可受、巡撫周永春、巡按陳王庭等定議，以二月十有一日誓師，二十一日出塞。兵分四道：總兵官馬林出開原攻北；杜松出撫順攻西；李如柏從鴉鶻關出趨清河攻南；東南則以劉綎出寬奠，由涼馬佃搗後，而以朝鮮兵助之。號大兵四十七萬，期三月二日會二道關並進。天大雪，兵不前，師期洩。松欲立首功，先期渡渾河，進至二道關，伏發，軍盡覆。林統開原兵從三岔口出，聞松敗，結營自固。大清兵乘高奮擊，林不支，遂大敗，遁去。鎬聞，急檄止如柏、綎兩軍，如柏遂不進。綎已深入三百里，至深河，大清兵擊之而不動。已，乃張松旗幟，被其衣甲紿綎。既入營，營中大亂，綎力戰死。惟如柏軍獲全。文武將吏前後死者三百一十餘人，軍士四萬五千八百餘人，亡失馬駝甲仗無算。敗書聞，京師大

震。御史楊鶴疏劾之，不報。無何，開原、鐵嶺又相繼失。言官交章劾鎬，逮下詔獄，論死。崇禎二年伏法。」

⑭《明史》卷二百五十九《李維翰傳》：「李維翰，睢州人。萬曆四十四年以右副都御史巡撫遼東。遼三面受敵，無歲不用兵。自稅使高淮朘削十餘年，軍民益困。而先後撫臣皆庸才，玩愒苟歲月。天子又置萬幾不理，邊臣呼籲，漠然不聞，致遼事大壞。及張承廕覆没，維翰猶獲善歸。至天啓初，始下吏論死。」

⑮語見李贄《史綱評要》卷三十二：「遼人嘗言：女直兵滿萬，則不可敵。」

⑯《金史》卷二《太祖本紀》：「太祖應乾興運昭德定功仁明莊孝大聖武元皇帝，諱旻，本諱阿骨打，世祖第二子也。……太祖英謨叡略，豁達大度，知人善任，人樂爲用。世祖陰有取遼之志，是以兄弟相授，傳及康宗，遂及太祖。臨終以太祖屬穆宗，其素志蓋如是也。初定東京，即除去遼法，減省租稅，用本國制度。遼主播越，宋納歲幣，以幽、薊、武、朔等州與宋，而置南京于平州。宋人終不能守燕、代，卒之遼主見獲，宋主被執。雖功成于天會間，而規摹運爲實自此始。金有天下百十有九年，太祖數年之間算無遺策，兵無留行，底定大業，傳之子孫。嗚呼，雄哉！」

⑰宇文懋昭《大金國志》卷二十七《開國功臣傳·粘罕》：「粘罕小名烏家奴，一名粘漢，言其貌類漢兒，後改名宗維，武元皇帝從兄之子。……姿貌雄傑，能被甲周貫馬腹，驍捷如風。輪劍入敵，人莫敢當。……性特嚴酷殘忍，沈鷙多謀。遇戰時，號令其下，騎者騎，步者步，回顧者斬，所

以每戰必勝也。」

⑱ 胡捨：即骨捨。宇文懋昭《大金國志》卷二十七《開國功臣傳》：「骨捨，武元從叔祖頗剌淑之孫，于武元爲從堂弟也。胡目多髯，雄傑有謀略。少時射，命中，能越長壍。初起兵時，骨捨以爲必勝，其後寧江、渤海之捷，秘計居多。骨捨與粘罕至相歡，而骨捨才尤高。武元在位，二人用事，未嘗中覆，每有所爲，皆許自專。」

⑲ 馬端臨《文獻通考》卷三百二十七：「宋建隆二年，遣使嗢突剌朱，三年，遣使只骨，入朝貢方物。四年八月，遣使貢馬。因詔登州曰：『沙門島人户等，地居海嶠，歲有常租。而女真遠涉鯨波，多輸駿足，當風濤之利涉，假舟楫以爲勞。言念辛勤，所宜蠲復。自今特免逐年夏秋租賦麴錢，及沿科雜物，州縣差役，止令多置舟楫，濟渡女真馬往來。其在船棧木，自前抽納，今後給與主駕人力。』」

治河論〔二〕①

古來治水之不得其道者，無甚於宋熙寧之閉北流。蓋河決而北，而欲回之使東，雖甚智勇勢力，無如之何也。是故六塔之疏②，二股之開③，韓琦、王亞力言其非，而王安石主之。新堤決二，而河溢大名，至於中官程昉以憂死，水官范子淵貶峽州，其議始息。而元祐之初，執政大臣如文彦博、吕大防，猶以河不東之利契丹爲疑④。後吴安持、王宗望金堤之築〔二〕，自謂功可紀述，而河决内黄，東流盡絶。然則以有限之財，事無涯之功，張商英之疏論，豈其荒忽歟？要之，宋廷諸臣之請毋塞北流，其言固有自也。經義有决河深川，而無隄防壅塞之文⑤。

漢人之治水，言人人殊，而分川灑流，復禹迹者爲近。故謝材言黄河自小吴之决，乘高北放，上流不怒，不役一夫，十年無患，猶之賈讓氾濫自定之策也⑥。然因循至今，回河東流之事復見之矣。張秋之决，群臣欲勸遷洛陽，議海運。而議者以爲地氣自南而北，有天意存焉。若於河陰、原武、懷、孟之間，導河入衛，息徐、沛之患，壯京師之體。冬春水平，漕由江入淮，溯流至于河陰，順流達衛⑦。而河西沃壤，盡人力耕之，臨清以北，修其溝洫，陝西沿邊，循秦漢故跡，墻堡陂瀦，無不列置，則三邊可不漕而裕〔三〕，而雍、冀、齊、魯之鄉，盡易爲富强。此萬世之利也。而度今之勢必不能行者，以保漕之急，必欲隄之使南也。是故幽燕之建都，東至於海，西暨於河，南極長江，北抵大漠，盡天下之水，無不爲國家之用。而四瀆之利，畢趨於漕，數千里湍悍之河，終不能順適其性。當夫秋水時至，六七月之淫雨與西北大半之水，無不助河爲勢，激漫平土，方二三千里，僅以開封、大名、魚臺數郡委之，而不聞有崇山巨湖之限，封植坊庸之固。又何疑於今日河水决崔鎮，明日淮水破高家堰乎？即萬恭、王宗沐之策漕，僅能督歲運，蚤過徐、吕二洪，無值怒河，而不能使河之寬緩而不怒。甚矣！河衛之不通，禹績之難繼也。

雖然，以小妨大，以私害公〔四〕，九河故道之湮，繇於戰國專利之士。宋藝祖之詔，傷哉其言之矣！故河者，天地之大，中國之經瀆，未容以己意處之也。漢武元光中，河決瓠子〔五〕，使汲黯、鄭當時興人徒塞之。田蚡幸其利己之食邑，勸帝毋塞⑧，而梁、楚被災，宣房乃作。王安石之爲相也，好於行己之私，而自蔽其短。即司馬光「八分可塞」之議⑨，歐陽修「開河放火」之論⑩，皆不之省，而忍於逆水之孫理，忽明王之苦言，無可如何，而濬川之杷貽笑於後世。夫天子方薦嘉玉以禮河神〔六〕⑪，而在下之臣即因以行其富貴傾危之術，則天成、聖功之橋〔七〕⑫，纘禹繼文之閣⑬，欺天甚矣！史起曰：「漳水在旁，而西門豹不知用，是不知也；知而不用，是不仁也。」⑭然則不仁且智，其可以治水乎？

【校記】

〔一〕本篇又見天一閣本《續集·論略》。

〔二〕「金堤」，原作「金提」，據《宋史·王宗望傳》改。

〔三〕「裕」上原衍「不」，據天一閣本、上圖本删。

〔四〕「公」，原脱，據天一閣本、上圖本補。

〔五〕「瓠子」，原作「匏子」，據《史記》卷二十九《河渠書》「今天子元光之中，而河決於瓠子」改。

〔六〕「嘉玉」，原作「嘉王」，據《後漢書》卷二《顯宗孝明帝紀》「故薦嘉玉絜牲，以禮河神」改。

〔七〕「聖功」，原作「金功」，據《宋史·蔡京傳》改。

【箋注】

①治河之事，歷代有之，且治且決，其因何在？張溥云「不仁且智，其可以治水乎」，一語中的。治河乃千秋大事，其難在於「以有限之財，事無涯之功」，而治河之臣又多「以小妨大，以私害公」，是以且治且決。故張溥指出：「故河者，天地之大，中國之經瀆，未容以己意處之也。」所論俱中治河弊端。

②《宋史》卷九十一《河渠志一》：「皇祐元年三月，河合永濟渠注乾寧軍。二年七月辛酉，河復決大名府館陶縣之郭固。四年正月乙亥，塞郭固而河勢猶壅，議者請開六塔以披其勢。」

③《宋史》卷九十一《河渠志一》：「神宗熙寧元年六月，河溢恩州烏欄堤，又決冀州棗强埽，北注瀛。七月，又溢瀛州樂壽埽。帝憂之，顧問近臣司馬光等。……都水監丞宋昌言謂：『今二股河門變移，請迎河港進約，簽入河身，以紓四州水患。』遂與屯田都監内侍程昉獻議，開二股以導東流。……而提舉河渠王亞等謂：『黄、御河帶北行入獨流東砦，經乾寧軍、滄州等八砦邊界，直入大海。其近海口闊六七百步，深八九丈，三女砦以西闊三四百步，深五六丈。其勢愈深，其流愈猛，天所以限契丹。議者欲再開二股，漸閉北流，此乃未嘗睹黄河在界河内東流之利也。』」

④《宋史》卷九十二《河渠志二》：「大抵熙寧初，專欲導東流，閉北流。……庚子，三省、樞密院奏

事延和殿，文彦博、吕大防、安燾等謂：『河不東，則失中國之險，爲契丹之利。』范純仁、王存、胡宗愈則以虚費勞民爲憂。」

⑤《漢書》卷二十九《溝洫志》：「哀帝初，平當使領河隄，奏言『九河今皆寘滅，按經義治水，有決河深川，而無隄防雍塞之文。河從魏郡以東，北多溢決，水迹難以分明。四海之衆不可誣，宜博求能浚川疏河者。』」

⑥《漢書》卷二十九《溝洫志》：「待詔賈讓奏言：『今行上策，徙冀州之民當水衝者，決黎陽遮害亭，放河使北入海。河西薄大山，東薄金隄，勢不能遠泛濫，期月自定。……今瀕河十郡治隄歲費且萬萬，及其大決，所殘無數。如出數年治河之費，以業所徙之民，遵古聖之法，定山川之位，使神人各處其所，而不相奸。且以大漢方制萬里，豈其與水爭咫尺之地哉？此功一立，河定民安，千載無患，故謂之上策。』」

⑦《明史》卷八十三《河渠志一》：「是時，光禄少卿黄綰、詹事霍韜、左都御史胡世寧、兵部尚書李承勛各獻治河之議。……韜言：議者欲引河自蘭陽注宿遷。……今宜於河陰、原武、懷、孟間，審視地形，引河水注於衛河，至臨清、天津，則徐、沛水勢可殺其半。且元人漕舟涉江入淮，至封丘北，陸運百八十里至淇門，入御河達京師。御河即衛河也。今導河注衛，冬春溯衛河沿臨清至天津，夏秋則由徐、沛，此一舉而運道兩得也。」

⑧《史記》卷二十九《河渠書》：「今天子元光之中，而河決於瓠子，東南注鉅野，通於淮、泗。於是

天子使汲黯、鄭當時興人徒塞之，輒復壞。是時武安侯田蚡爲丞相，其奉邑食鄃。鄃居河北，河決而南則鄃無水菑，邑收多。蚡言於上曰：『江河之決皆天事，未易以人力爲彊塞，塞之未必應天。』而望氣用數者亦以爲然。於是天子久之不事復塞也。」

⑨《宋史》卷九十一《河渠志一》：「三月，光奏：『治河當因地形水勢，若彊用人力，引使就高，横立堤防，則逆激旁潰，不惟無成，仍敗舊績。臣慮官吏見東流已及四分，急於見功，遽塞北流。而不知二股分流，十里之内，相去尚近，地勢復東高西下。若河流併東，一遇盛漲，水勢西合入北流，則東流遂絶；或於滄、德堤埽未成之處，决溢横流。雖除西路之患，而害及東路，非策也。宜專護上約及二股堤岸。若今歲東流止添二分，則此去河勢自東，近者二三年，遠者四五年，候及八分以上，河流衝刷已闊，滄、德堤埽已固，自然北流日減，可以閉塞，兩路俱無害矣。』」

⑩《宋史》卷九十二《河渠志二》：「帝曰：『果爾，甚善。聞河北小軍壘當起夫五千，計合境之丁，僅及此數，一夫至用錢八緡。故歐陽修嘗謂開河如放火，不開如失火，與其勞人，不如勿開。』安石曰：『勞人以除害，所謂毒天下之民而從之者。』帝乃許春首興工。」

⑪《後漢書》卷二《顯宗孝明帝紀》：「乙酉，詔曰：『……今既築隄理渠，絶水立門，河、汴分流，復其舊迹，陶丘之北，漸就壤墳，故薦嘉玉絜牲，以禮河神。』」

⑫《宋史》卷四百七十二《蔡京傳》：「京每爲帝言，今泉幣所積贏五千萬，和足以廣樂，富足以備禮，於是鑄九鼎，建明堂，修方澤，立道觀，作大晟樂，製定命寶。任孟昌齡爲都水使者，鑿大伾三

山，創天成、聖功二橋，大興工役，無慮四十萬。兩河之民，愁困不聊生，而京倜然自以爲稷、契、周、召也。」

⑬《宋史》卷九十三《河渠志三》：「六年四月辛卯，高陽關路安撫使吴玠言冀州棗强縣黄河清，詔許稱賀。七月戊午，太師蔡京請名三山橋銘閣曰續禹繼文之閣，門曰銘功之門。」

⑭荀悦《漢紀·孝武皇帝紀》：「昔魏文侯時，西門豹爲鄴令，有令名。至文侯曾孫襄王與群臣飲酒，王祝曰：『令吾臣皆如西門豹之爲臣也！』史起進曰：『魏氏之行田以百畝，鄴獨以三百畝，是惡田也。漳水在傍，西門豹不知用之。若知而不興，是不仁也；若其不知，是不智也。夫仁智而豹未之盡，何足法也！』於是以史起爲鄴令，遂决漳水溉鄴，以富魏之河内。」

宗室論〔一〕①

南昌王文正之謀叛歸張士誠，而放桐城而死也②；谷王橞矜金川門之功，諷蜀王其爲桓文，而至闔户自焚也③；漢庶人高煦反於樂安〔二〕，而後死逍遥城也④；安化王寘鐇以寧夏反，仇鉞禽之，而伏法京師也⑤；寧庶人宸濠發兵徇南康，下九江，王守仁破之，而東南底定也⑥。此皆宗室之大變也。然不踰時而即服者，以祖宗立法之善，不封之財賦之邦，不使與軍民之事也。若是，則國家之建王公，慮宗子，可謂勤矣。而嘉、隆之際，諸臣汲汲有言，慮恩義之傷，而罔羅之密，獨何謂歟？蓋欲將軍以下，少裁禄賜而實其惠；中尉以下，毋使爵禄而寬其禁也。則令宗室之子，開出仕之令，亦可以無言矣。而要之揆度大勢，或前代之所有〔三〕，今日之所無；或今日之所無，前代之所有，加意於展親者，烏可無論焉？

唐宋之諸王子孫，禍莫大於留京師而不出閤，此前代之所有，今日之所無也。是以唐昭宗欲倚宗室王以自强，而李茂貞之變，覃、延二王俱敗⑦；及韓建賊晉八王，朱全忠賊德王，而九曲池之晏，唐之枝屬皆盡⑧。宋踵唐制，而靖康之難，完顏亮之南侵，太宗之子孫北遷者畢死。及乎航海，文天祥、陸秀夫始議分二王於閩、廣，而事已不逮⑨。此亦羿、浞之災〔四〕，申、繒之酷，未有甚其流離者也。然唐有十王之宅、百孫之院，宋有睦親之宅、敦宗之院，歲時之聚如一家。而國朝自十王之封以後，諸王年十五，不得留京師。弘治中，仁壽太后念崇王，敕中使取入朝，而倪岳争之，卒寢弗召⑩。此又今日之所無，前代之所有也。夫前代之所有者，家室之情而不能，必元子之無患〔五〕；今日之所無者，燕好之恩而不至，有城壞之可憂。然則二者之得失又誰辨乎？亦在天子之親親，明輕重、施仁義而已矣。

唐高宗之時，諸王戲鬭鷄，王勃爲沛王草《檄周王鷄文》。高宗懼開争鬩之端，斥勃不用⑪。而後孽武后，宗室百十人皆被禍，太子忠、弘、賢等亦不得其死。夫一高宗也，極其友愛之始，慮昆弟之微嫌，猶戒于文字之細過；而一婦人起而間之，則屠戮畢行，而有子不保，又安望伏軾之吟，初終不渝乎？漢時之呼韓邪單于有兩閼氏焉，顓渠閼氏舍其子且莫車，而請立大閼氏之子雕陶莫皋。後雕陶莫皋卒，傳位于且麋胥，必致之且莫車而後已⑫。而宋之太宗忍違昭憲之命，使燕懿王不獲令終，而秦王徙于房州。以中國禮義之君，而行事不及蠻夷之后，此無他，欲利其子孫之心勝，而根本之志薄也。是故唐太宗曰：「諸子可復有，兄弟不可復得。」⑬人君苟存是念而施之，則凡庸親分土恩厚，而安全之自無不至也。仁宗加禮漢趙，猶漢文賜吴王之几杖⑭；睿皇赦建文少子，猶宋神求藝祖之支籍。讀晉王讓田之諭，則思元帝之璽書；詠襄陽四景之詩，則懷明章之手詔。而察其繇來，皆發原於高祖待靖江之仁。蓋惟上有武成之德，斯下有魯衛之賢。故論宗室而觀于祖宗，斯爲政之有根者歟？

【校記】

〔一〕本篇又見天一閣本《續集·論略》。

〔二〕「高煦」，原作「高照」，據天一閣本、上圖本改。

〔三〕「前代」，原作「前伐」，據天一閣本、上圖本改。下同。

〔四〕「浞」，原作「從」，據上圖本改。

〔五〕「之」上原衍「之」，據天一閣本、上圖本删。

【箋注】

①宗室之變，代代皆有。父子兄弟相斫，庶民之家亦嘗不免，遑論皇家宗室。張溥重人倫，推而廣之，于宗室亦三致意焉。觀宗室，可知爲政之根本。希望國君能「親親、明輕重、施仁義」。此論本於有子「孝弟也者，其爲仁之本」與孟子「親親，仁也」思想，亦可見張溥之思想底色。

②《明史》卷一百十八《諸王三》：「江西之平，文正功居多。太祖還京，告廟飲至，賜常遇春、廖永忠及諸將士金帛甚厚。念文正前言知大體，錫功尚有待也，而文正不能無少望。性素卞急，至是暴怒，遂失常度，任掾吏衛可達奪部中子女。按察使李飲冰奏其驕侈觖望，太祖遣使詰責。文正懼，飲冰益言其有異志。太祖即日登舟至城下，遣人召之。文正倉卒出迎，太祖數曰：『汝何爲者？』遂載與俱歸，欲竟其事。高后力解之曰：『兒特性剛耳，無他也。』免官安置桐城，未幾卒。」

③王世貞《弇山堂别集》卷三十二《同姓諸王表》：「谷庶人橞，太祖第十九子，母惠妃郭氏。……靖難師起，走還京，尋以獻金川門功，禄賞冠諸邸。三十五年十二月初四日移國湖廣長沙府。永樂十五年二月初六日以謀反爲兄蜀王所發，逮至京，削爵錮西内。在位二十七年，尋以宣德三年嫌，并二子俱死，壽五十。」

④王世貞《弇山堂别集》卷三十三《親王》：「漢庶人高煦，成祖第二子，母仁孝皇后徐氏。洪武十三年十二月初四日生，二十八年封高陽郡王，永樂二年四月初四日進封漢王，國於雲南，改青州，

俱不行。十五年三月二十日之國欒安州，削兩護衛。宣德元年九月初六日謀反，降之，削爵錮西內，不良死。妃韋氏及九子俱從死。」

⑤《明史》卷一百十七《諸王二》：「庶人寘鐇，祖秩炵，靖王第四子也。封安化王。父邃墁，鎮國將軍，以寘鐇襲王爵。性狂誕，相者言其當大貴，巫王九兒教鸚鵡妄言禍福，寘鐇遂覬望非分。……會有邊警，參將仇鉞、副總兵楊英帥兵出防禦。……遣人招楊英、仇鉞，皆佯許之。……鉞稱病，昂來問疾，鉞刺昂死。令親兵馳寘鐇第，擊殺景文、連等十餘人，遂擒寘鐇，迎英衆入。寘鐇反十有八日而擒。錦、廣、泰、欽先後皆獲，械送伏誅。寘鐇賜死，諸子弟皆論死。」

⑥《明史》卷十六《武宗本紀》：「(十四年)六月丙子，寧王宸濠反，巡撫江西右副都御史孫燧、南昌兵備副使許逵死之。戊寅，陷南康。己卯，陷九江。秋七月甲辰，帝自將討宸濠，安邊伯朱泰爲威武副將軍，帥師爲先鋒。丙午，宸濠犯安慶，都指揮楊鋭、知府張文錦禦却之。辛亥，提督南贛汀漳軍務副都御史王守仁帥兵復南昌。丁巳，守仁敗宸濠於樵舍，擒之。」

⑦《新五代史》卷四十《李茂貞傳》：「李茂貞，深州博野人也。……大順元年，封隴西郡王。二年，樞密使楊復恭得罪，奔於興元，興元節度使楊守亮，復恭之養子也，納之。茂貞乃上書言復恭父子罪皆當誅，因自請爲山南招討使。昭宗以宦者故，難之，未許。茂貞擅發兵攻破興元，復恭父子見殺。茂貞表其子繼密權知興元軍府事，昭宗乃徙茂貞山南西道節度使，以宰相徐彦若鎮鳳翔。茂貞不奉詔，上表自論。……昭宗以茂貞表辭不遜，不能忍，……乃責讓能治兵，而以覃王

嗣周爲京西招討使。覃王率扈駕軍五十四都戰于盩厔，唐軍敗潰，茂貞遂犯京師，屯于三橋。昭宗御安福門，殺兩樞密以謝茂貞，使罷兵。茂貞素與讓能有隙，……陳兵臨臯驛，請殺讓能。讓能曰：『臣故先言之矣，惟殺臣可以紓國難。』昭宗泣下沾襟，貶讓能雷州司户參軍，賜死，茂貞乃罷兵。」

⑧《新唐書》卷八十二《德王裕傳》：「帝還洛，它日謂蔣玄暉曰：『德王，朕愛子，全忠奈何欲殺之？』言已泣下，自齧指流血。玄暉即擿語全忠，全忠恚。帝被弑，玄暉置酒邀諸王九曲池，飲酣，皆殺之，投尸水中。」

⑨《宋史》卷四十七《益王本紀》：「德祐二年正月，文天祥尹臨安，請以二王鎮閩、廣，不從，始命二王出閤。大元兵迫臨安，宗親復以請，乃徙封昰爲益王、判福州、福建安撫大使，昺爲廣王、判泉州兼判南外宗正，以駙馬都尉楊鎮及楊亮節、俞如珪爲提舉。」

⑩《明史》卷一百八十一《徐溥傳》：「八年，太皇太后召崇王來朝，溥等與尚書倪岳諫，帝爲請乃已。」

⑪《資治通鑑》卷二百《唐紀·龍朔元年》：「（九月）壬子，徙潞王賢爲沛王。賢聞王勃善屬文，召爲修撰。勃，通之孫也。時諸王鬥鷄，勃戲爲《檄周王鷄文》。上見之，怒曰：『此乃交構之漸。』斥勃出沛府。」

⑫《漢書》卷九十四《匈奴傳》：「呼韓邪嬖左伊秩訾兄呼衍王女二人。長女顓渠閼氏，生二子，長

曰且莫車，次曰囊知牙斯。少女爲大閼氏，生四子，長曰雕陶莫皋，次曰且麋胥，皆長於且莫車，少子咸、樂二人，皆小於囊知牙斯。又它閼氏子十餘人。顓渠閼氏貴，且莫車愛。呼韓邪病且死，欲立且莫車，其母顓渠閼氏曰：『匈奴亂十餘年，不絶如髮，賴蒙漢力，故得復安。今平定未久，人民創艾戰鬥，且莫車年少，百姓未附，恐復危國。我與大閼氏一家共子，不如立雕陶莫皋。』大閼氏曰：『且莫車雖少，大臣共持國事，今舍貴立賤，後世必亂。』單于卒從顓渠閼氏計，立雕陶莫皋，約令傳國與弟。呼韓邪死，雕陶莫皋立，爲復株絫若鞮單于。」陳普《性善》（《全元文》卷四三八）：「呼韓邪單于兩閼氏，大者能徇國家之急，小者能明嫡庶之分，皆漢家所無也。」

⑬ 語見《資治通鑑》卷第一百九十四《唐太宗・十年》：「癸丑，諸王之藩，上與之别曰：『兄弟之情，豈不欲常共處邪！但以天下之重，不得不爾。諸子尚可復有，兄弟不可復得。』因流涕嗚咽不能止。」

⑭ 《史記》卷一百六《吴王濞列傳》：「吴王由此稍失藩臣之禮，稱病不朝。京師知其以子故稱病不朝，驗問實不病，諸吴使來，輒繫責治之。吴王恐，爲謀滋甚。及後使人爲秋請，上復責問吴使者，使者對曰：『王實不病，漢繫治使者數輩，以故遂稱病。且夫「察見淵中魚，不祥」。今王始詐病，及覺，見責急，愈益閉，恐上誅之，計乃無聊。唯上弃之而與更始。』於是天子乃赦吴使者歸之，而賜吴王几杖，老，不朝。吴得釋其罪，謀亦益解。」

馬政論〔一〕①

馬者，兵之大用。故周之司馬以馬名官，而井田以戎馬出賦，則馬政之繫六軍重矣。春秋之時，得其道者爲衛文、魯僖，見美於詩人；而失其道者爲晉惠公，小駟之乘，秦人獲焉。唐之始興，高祖遣劉文静借兵于突厥，戒其少請兵多請馬，後遂以其馬二千、兵五百濟大業②。而安禄山之反，則以其聚良馬于范陽，身爲閑厩都使，兼樓煩之監，得行其所欲故也③。及代宗欲親擊虜，而括馬及士庶；憲宗伐蔡，以絹萬匹市馬于河曲④。誠哉！唐之廢興與馬終始矣。

漢初，衆庶街巷有馬，阡陌成群，塞上布埜無牧⑤。而武帝之世，至于内郡籍民馬，邊郡發驢駝。宋平太原，得汾、晉、燕、薊馬四萬二千匹⑥。後行王安石、蔡確之言，監牧廢而民滋病，而汴宋以亡。則司馬之掌邦政，不顧亟乎？國家兼修前代之法，山、陝、遼東牧之官，即唐人之監牧也。兩京畿、河南、山東散之民，而川、陝有茶馬之設，即宋人之户馬市夷也⑦。列聖相承，如洪熙寬責駒之令⑧，宣德諭覈馬之官⑨，成化以歲旱而免較孳生之馬，嘉靖以順天之養馬以地，應天之養馬以丁，而恤民力之困，厚下之仁，斯已勤矣。然任得其人則治，不得其人則亂，此思治者之所以誦楊一清於不衰，而不能無怨于楊砥也。

夫漢之馬，牧於民而用于官；唐之馬，牧于官而給於民；宋之馬，始牧於官，繼蓄于民，而後又市于戎狄⑩。牧於民而用於官者，内郡之地，勸民養馬，居閒免三人之算，有事當三人之卒。而邊塞則縱民畜牧而官不禁，則民之畜馬者益蕃。民間之畜益蕃，而朝廷之用已具，則緩急可以相使矣。牧于官而給于民者，始給錢以市，繼給馬以用，大率自官給之，民無與焉。民無所與而事不煩，而長治矣。宋之括馬充邊，雖在元昊發難之時，而法之大變，始于熙寧之保甲。市馬之非利，李覺已極言于太宗之世⑪，而南渡以後，勢不能無藉於西南之夷，則制之以時輕重，可得而具察也。

是故有爲畜牧之議者，以爲牡少牝多，盛其生道。衛文公居河之湄，而有騋牝三千。《周禮》六馬，而以種爲首是已。有爲損馬益步之議者，范延光所云「一騎士之費，可贍步軍五人」⑫，宋祁所云「馬少則騎精，步多則鬥健」是已⑬。雖然，終無若有其人與地之爲要也。張萬歲之養馬也，置坊於岐、豳、涇、寧之間，地廣千里，爲田千二百三十頃，募民耕以給芻秣。八方之畜分爲四十八監，而猶狹不能容，唐馬莫盛于斯矣⑭！宋太宗從趙守倫之請，於諸州牧龍坊畜牧馬萬五千匹，逐水草逐放，不費芻秣，生駒蕃息⑮。而歐陽修言河東石、嵐之間多山，汾河之側廣水草，以迹推之，三監之地可復⑯。王巖叟言東平、大名、元城、淇水、安陽、廣平及瀛、定之間，草地尚存，監牧易舉⑰。此皆貴得其地之驗也。然史稱張萬歲之領群牧，始僅突厥馬二千，隋馬三千，自貞觀至麟德四十年間，則有七十萬六千。王毛仲領内外閑廄，始亦止萬匹，開元之初至十三年，則有四十三萬⑱。又得其人而久任專官之效也。故今者京衛下埸之害，謝汝儀條之矣⑲；江南養種馬之害，翁大立條之矣⑳。而言得其詳者，無若王廷相之三事。當事者舉而用之，其幾於成周乘馬之數，因易易也。

且古之衛地，即今之懷慶、彰德、大名、滑、濮諸境也；古之魯地，即今之兖州、寧海、高密諸境也。唐都關中，其地宜馬，而國家都幽、冀，良馬所出且十倍焉。以天下之大而不及魯、衛之國，以中原之盛而僅循建炎之陋，其誰爲之？此蓋用事之臣執熙寧保馬之説，以爲甚利於國，無所不便於民而行之，而不反也。夫宋户馬之將行也，王安石以爲京畿投牒者千五百户㉑；保馬之將行也，霍翔以爲禹城一縣應募者馬四百四十八〔二〕㉒。夫言出於建議之人〔三〕，莫不欲其説之行以爲信，而不知其害之所究，常積於無涯。故與其使百姓養之而盡其生，毋寧使士大夫養之而亡其禮。此李慶激而有「員給一馬」之論也。

【校記】

〔一〕本篇又見天一閣本《續集·論略》。

〔二〕「四百四十八」，原作「四百四十」，據馬端臨《文獻通考·馬政》改。

〔三〕「夫言」，原作「人言」，據天一閣本、上圖本改。

【箋注】

① 此篇縱論歷代馬政，云「任得其人則治，不得其人則亂」「又得其人而久任專官之效也」，頗有深意。明末政治最大之弊端，即在姦佞當道，正邪不分，用人不當，旋任旋棄。此篇雖論馬政，實於國政寓深意焉。趙時春有《馬政論》（見民國《大通縣志》），可對參。

② 《新唐書》卷八十八《劉文静傳》：「唐公乃開大將軍府，以文静爲司馬。文静勸改旗幟，彰特興，又請與突厥連和，唐公從之。遣文静使始畢可汗，始畢曰：『唐公兵何事而起？』文静曰：『先帝廢冢嗣以授後主，故大亂。唐公，國近戚，懼毀王室，起兵黜不當立者。願與突厥共定京師，金幣、子女盡以歸可汗。』始畢大喜，即遣二千騎隨文静至，又獻馬千匹。」

③ 《新唐書》卷二百二十五上《安禄山傳》：「十三載，來謁華清宫，對帝泣曰：『臣蕃人，不識文字，陛下擢以不次，國忠必欲殺臣以甘心。』帝慰解之。拜尚書左僕射，賜實封千户，奴婢第産稱是，詔還鎮。又請爲閑厩、隴右群牧等使，表吉温自副。其軍中有功位將軍者五百人，中郎將二千人。禄山之還，帝御望春亭以餞，斥御服賜之。禄山大驚，不自安，疾驅去。至淇門，輕艫循流下，萬夫挽綷而助，日三百里。既總閑牧，因擇良馬内范陽，又奪張文儼馬牧，反狀明白。」

④ 唐長孺《唐書兵志箋正》卷四：「元和十一年，伐蔡，命中使以絹二萬市馬河曲。」

⑤ 《史記》卷一百十《匈奴傳》：「單于既入漢塞，未至馬邑百餘里，見畜布野而無人牧者，怪之。」

⑥ 馬端臨《文獻通考》卷一百六十《馬政》：「是歲，平太原，覲兵於幽州，得汾、晉、燕、薊之馬四萬

二千餘匹。」

⑦語本丘濬《牧馬之政》（黄訓《皇明名臣經濟録》卷十四）：「惟我朝則兼用前代之制，在内則散之於民，即宋人户馬之令也；在邊地則牧之於官，即唐人監牧之制也。而川、陝又有茶馬之設，豈非宋人之市於夷者乎？」

⑧《明史》卷九十二《兵志四》：「洪熙元年令民牧二歲徵一駒，免草糧之半。自是，馬日蕃，漸散於鄰省。」

⑨《明史》卷九十二《兵志四》：「宣德初，復置九馬坊於保安州。於是兵部奏，馬大蕃息，以色别而名之，其毛色二十五等，其種三百六十。」

⑩語本丘濬《牧馬之政》（黄訓《皇明名臣經濟録》卷十四）：「臣按：古今馬政，漢人牧於民而用於官，唐人牧於官而給於民。至於宋朝，始則牧之在官，後則畜之於民，又其後則市之於戎狄。惟我朝則兼用前代之制，在内則散之於民，即宋人户馬之令也；在邊地則牧之於官，即唐人監牧之制也。」

⑪李燾《續資治通鑑長編》卷二十九端拱元年條：「十二月，國子博士李覺上言曰：『夫冀北、燕、代，馬之所生，胡戎之所恃也，故制敵之用，實資騎兵爲急。議者以爲欲國之多馬，在啖戎以利，使重譯而至焉。然市馬之費歲益而厩牧之數不加者，蓋失其生息之理也。且戎人畜牧轉徙，旋逐水草，騰駒游牝，順其物性，由是浸以蕃滋也。暨乎市易之馬，至于中國，則縶之維之，飼以枯

藁，離析牝牡，制其生性，玄黄虺隤，因而减耗，宜然矣。』」

⑫《舊五代史》卷四十四《唐書·明宗紀》：「延光奏曰：『臣每思之，國家養馬太多，試計一騎士之費，可贍步軍五人，三萬五千騎抵十五萬步軍，既無所施，虚耗國力，臣恐日久難繼。』帝曰：『誠如卿言，肥騎士而瘠吾民，何益哉！』」

⑬《宋史》卷二百八十四《宋祁傳》：「歲餘，徙知成德軍，遷尚書禮部侍郎。請弛河東、陝西馬禁，又請復唐馱幕之制。居三月，徙定州，又上言：『……天下久平，馬益少，臣請多用步兵。夫雲奔飆馳，抄後掠前，馬之長也；彊弩巨梃，長槍利刀，什伍相聯，大呼薄戰，步之長也。臣料朝廷與敵相攻，必不深入窮追，驅而去之，及境則止，此不待馬而步可用矣。臣請損馬益步，故馬少則騎精，步多則鬥健，我能用步所長，雖契丹多馬，無所用之。』」

⑭《新唐書》卷五十《兵志》：「唐之初起，得突厥馬二千匹，又得隋馬三千於赤岸澤，徙之隴右，監牧之制始於此。……初，用太僕少卿張萬歲領群牧。自貞觀至麟德四十年間，馬七十萬六千，置八坊岐、豳、涇、寧間，地廣千里，一曰保樂，二曰甘露，三曰南普閏，四曰北普閏，五曰岐陽，六曰太平，七曰宜禄，八曰安定。八坊之田，千二百三十頃，募民耕之，以給芻秣。八坊之馬爲四十八監，而馬多地狹不能容，又析八監列布河西豐曠之野。……議謂秦、漢以來，唐馬最盛，天子又鋭志武事，遂弱西北蕃。」李文炤《周禮集傳》卷四《夏官司馬·圉人》注引三山鄭氏曰：「自秦漢以來，唐馬最盛，其後卒能弱西北，落其所立之制，仿佛周家遺法，較於西漢過之遠矣。」

⑮《宋史》卷一百九十八《兵志·馬政》：「淳化二年十二月，詔圉人取善馬數十疋，於便殿設皁棧，教以秣飼，且以其法諭宰執，仍頒于諸軍。復以醫馬良方賜近臣。嘗從趙守倫之請，於諸州牧龍坊畜牝馬萬五千疋，逐水草牧放，不費芻秣，生駒蕃息，足資軍用。」

⑯《宋史》卷一百九十八《兵志·馬政》：「群牧使歐陽脩言：『唐之牧地，西起隴右金城、平涼、天水，外暨河曲之野，内則岐、豳、涇、寧，東接銀、夏，又東至于樓煩。今則没入蕃界，淪於侵佃，不可復得。惟河東嵐、石之間，山荒甚多，汾河之側，草地亦廣，其間水草最宜牧養，此唐樓煩監地。迹此推之，則樓煩、元池、天池三監舊地，尚冀可得。』」

⑰《宋史》卷一百九十八《兵志·馬政》：「於是右司諫王巖叟言：『兵之所恃在馬，而能蕃息之者，牧監也。……今鄆州之東平，北京之大名、元城，衛州之淇水，相州之安陽，洺州之廣平監，以及瀛、定之間棚塞草地疆畫具存，使臣牧卒大半猶在，稍加招集，則指顧之間措置可定，而人免納錢之害，國收牧馬之利，豈非計之得哉？又況廢監以來，牧地之賦民者，爲害多端，若復置監牧而收地入官，則百姓戴恩，如釋重負矣。』自是，洛陽、單鎮、原武、淇水、東平、安陽等監皆復。」

⑱《新唐書》卷五十《兵志》：「開元初，國馬益耗，太常少卿姜晦乃請以空名告身市馬於六胡州，率三十匹讎一游擊將軍。命王毛仲領内外閑廐。……毛仲既領閑廐，馬稍稍復，始二十四萬，至十三年乃四十三萬。」

⑲謝汝儀有《救偏弊以裕馬政事》(《皇明經濟文録》卷十三)，可參。

⑳《國榷》卷七十一：「正德二年，御史王濟以户馬日弊，請令民買解。嘉靖間，浙江道御史錢璞等請變賣南通州等七州縣馬四千一百八十六匹。二十九年，應天都御史翁大立亦議之。」

㉑《宋史》卷一百九十八《兵志·馬政》：「保甲養馬者，自熙寧五年始。先是，中書省、樞密院議其事於上前，文彦博、吴充言：『國馬宜不可闕。今法，馬死者責償，恐非民願。』安石以爲令下而京畿投牒者已千五百户，决非出於驅迫，持論益堅。」

㉒李燾《續資治通鑑長編》卷三百四十三《元豐七年》：「先是，點檢京東東路刑獄霍翔言：『齊、淄等州民號多馬，禹城一縣養馬三千，牝馬居三之一。臣近因巡歷，密案視民養馬，雖土産者骨格亦高大，可備馳突之用，兼齊州第六將騎兵多是東馬，與西馬無異。……臣即以此事自付禹城縣勸諭願養馬之家，已應募者計馬四百四十八：牡馬二百六十三，牝馬百八十五。……大縣毋過五百匹，許養牝馬三之一。』」馬端臨《文獻通考》卷一百六十《馬政》：「熙寧五年所行者户馬也，元豐七年所行者保馬也，皆是以官馬責之於民，令其字養。户馬則是蠲其科賦，保馬則是蠲其征役。史志言户馬之將行也，王介甫以爲京畿百姓投牒，願應募者已千五百户；保馬之將行也，霍翔以爲禹城一縣，願應募者爲馬已四百四十八。蓋法行之初，民皆樂從，初非官府抑逼。」

任邊將論〔一〕①

帝王之善任將者，莫若宋之太祖。當時所謂隆之以恩，厚之以誠，富之以財，小其名而崇其勢，略其細而求其大，久其官而責其成者②，雖漢之高祖、光武不能及也。然開創之主，類起于戎伍之間，將士之能否，習察而身簡焉，得以別其所任之輕重。沿而至於繼體守文之君，深居優處，大師之名，武夫之號，有日進於前而不辨者。如是而欲責以知人善使之道，亦事之難通者也。

論者求其説而不得，則其勢必先於選擇。若袁翻嚴坐舉主之議③，歐陽修軍中求將之説④，其言未嘗不辨，行之久而終歸于空文之無用，則相與尤之曰：「委寄之不專也，駕馭之非術也，兩者皆坐詘之道也。」河曲之師，趙盾爲將，而令出趙穿；邲之師，荀林父爲將，而令出先縠。覆敗之戒，明於《春秋》矣。魏絳戮楊干之僕，晉悼公跣而出謝⑤；祭遵格殺舍中之兒，而光武以爲刺奸將軍⑥。誅賞之義，無所弛於貴近矣。

然而任邊將之道與任攻將之道，固有異也。攻將之任，主檀車駟騵之盛，行滔滔洸洸之威，受托於六師，而報命於一戰〔二〕。爲之君者，衮冕拜廟，操斧授柄，推轂而度門曰：「從此以外，將軍制之足矣。」⑦若邊將之任，與之千里之封，假以歲月之久，當其職者願爲李牧之雁門⑧，毋爲魏尚之雲中⑨；願爲羊祜之襄陽⑩，毋爲祖逖之河南⑪，固其志也。苟非俾事權，絶譏間，而示之以簡佚寬厚，亦何以養數十年而不變乎？且李漢超之守關南，强娶民女，貸錢不還⑫；郭進之守西山，軍校訟其不可〔三〕⑬。即兩人之行，皆非無過者也，藝祖善任之，而咸得其用。繇此推之，丈人之事，所以使之無曠者，可知也。

【校記】

〔一〕本篇又見天一閣本《續集·論略》。

〔二〕「報命」，原作「根命」，據天一閣本、上圖本改。

〔三〕「西山」，原作「山西」，據《宋史·郭進傳》乙正。

【箋注】

① 邊關安危，繫之邊將。國君任將，須知人善使。若將非其人，則邊關自坏；若委任不專，駕馭無術，則邊將或爲掣肘，或生異心，邊關必危矣。故擇將誠爲關鍵。陳子龍《武經論》（《安雅堂稿》卷九）亦云：「夫使一軍之内，將萬人者其才力誠在萬人之上，將千人者其才力誠在千人之上，下至十人、五人皆然。是以當其無事，則處之也安，而遞相師習；一旦有事，則使之也便，而不敢怠緩，豈有退縮擾亂之患哉！」明之邊患頻仍，而用將無方，竟至邊將吴三桂打開山海關，迎清人入關，明廷遂亡。國君待大將之道，當如張溥引曾鞏所云「隆之以恩，厚之以誠，富之以財，小其名而崇其勢，略其細而求其大，久其官而責其成」。大將又有邊將與攻將之别。對攻將，須隆重授權，充分信任，許其相機而動；對邊將，則須「俾事權，絶讒間，而示之以簡佚寬厚」。張溥所論，雖爲書生之讜論，亦切中軍務，不謂無益也。陳子龍《左氏兵法測要序》（《安雅堂稿》卷四）「今國家休德累葉，上繼周漢，而内訌外決，莫之所措。何哉？擁兵百萬而不能設法以治之，士大夫

不能專將，而屬於粗悍之人也」之言，可爲一證。

②語本曾鞏《曾鞏集》卷四十九《本朝政要策・任將》：「太祖之置將也，隆之以恩，厚之以誠，富之以財，小其名而崇其勢，略其細而求其大，久其官而責其成。」

③馬端臨《文獻通考》卷一百五十一《兵制》：「孝明時，任城王澄以北邊鎮將選舉彌輕，恐賊虜窺邊，山陵危迫，奏求重鎮將之選，修警備之嚴。詔公卿議之。廷尉少卿袁翻議，以爲：『比緣邊州郡，官不擇人，唯論資級，或值貪污之人，廣開戍邏，多置帥領，或用其左右姻親，或受人貨財請屬，皆無防寇之心，唯有聚斂之意。其勇力之兵，驅令抄掠，若值彊敵，即爲奴虜；如有執獲，奪爲己富。其羸弱老小之輩，微解金鐵之工，少閑草木之作，無不搜營窮壘，苦役百端。自餘或伐木深山，或芸草平陸，販貿往還，相望道路。此等禄既不多，貲亦有限，皆收其實絹，給其虛粟，窮其力，薄其衣，用其功，節其食，緣冬歷夏，加之疾苦，死於溝瀆者什常七八，是以鄰敵伺間，擾我疆埸，皆由邊任不得其人故也。愚謂自今已後，南北邊諸蕃，及所統郡縣、府佐、統軍至於戍主，皆令朝臣王公已下，各舉所知，必選其才，不拘階級。若稱職及敗官，並所舉之人，隨事賞罰。』」

④李燾《續資治通鑑長編》卷一百三十六慶曆二年條：「集賢校理歐陽修上疏曰：『……其二曰將。臣又聞古語曰將相無種。故或出於卒伍，或出於奴僕，或出於盜賊，唯能不次而用之，乃爲名將耳。今國家求將之意雖切，選將之路太狹。今詔近臣舉將而限以資品，則英豪之士在下位者不可得矣；試將材者限以弓馬一夫之勇，則智略萬人之敵皆遺之矣；山林奇傑之士召而至者，以

其貧賤而薄之，不過與一主簿、借職，使之怏怏而去，則古之屠釣飯牛之傑皆激怒而失之矣。以至無人可用，則寧用癃鍾跛躄庸懦暗劣之人，皆委之要地，授以兵柄，天下三尺童子，皆爲朝廷危之。前日澶州之卒，幾爲國生事，此可見也。議者不知取將之無術，但云當今之無將。臣願陛下革去舊弊，奮然精求英豪之士，不須限以下位；知略之人，不必試以弓馬；山林之傑，不必薄其貧賤。唯陛下以非常之禮待人，人臣亦將以非常之效報國，又何患於無將哉。』」

⑤洪亮吉《春秋左傳詁》卷十二襄公三年條：「晉侯之弟楊干亂行於曲梁，魏絳戮其僕。晉侯怒，謂羊舌赤曰：『合諸侯，以爲榮也。楊干爲戮，何辱如之？必殺魏絳，無失也。』對曰：『絳無貳志，事君不辟難，有罪不逃刑。其將來辭，何辱命焉？』言終，魏絳至，授僕人書，將伏劍，士魴、張老止之。公讀其書，曰：『日君乏使，使臣斯司馬。臣聞：「師衆以順爲武，軍事有死無犯爲敬。」君合諸侯，臣敢不敬君？師不武，執事不敬，罪莫大焉。臣懼其死，以及楊干，無所逃罪。不能致訓，至於用鉞。臣之罪重，敢有不從以怒君心？請歸死於司寇。』公跣而出，曰：『寡人之言，親愛也。吾子之討，軍禮也。寡人有弟，弗能教訓，使干大命，寡人之過也。子無重寡人之過，敢以爲請。』晉侯以魏絳爲能以刑佐民矣，反役，與之禮食，使佐新軍。」

⑥《後漢書》卷二十《祭遵傳》：「祭遵，字弟孫，潁川潁陽人也。……從征河北，爲軍市令。舍中兒犯法，遵格殺之。光武怒，命收遵。時主簿陳副諫曰：『明公常欲衆軍整齊，今遵奉法不避，是教令所行也。』光武乃貰之，以爲刺姦將軍。謂諸將曰：『當備祭遵！吾舍中兒犯法尚殺之，必不私

諸卿也。』尋拜爲偏將軍，從平河北，以功封列侯。」

⑦ 語本《隋書》卷八《禮儀志三》：「後齊命將出征，則太卜詣太廟，灼靈龜，授鼓旗於廟。皇帝陳法駕，服衮冕，至廟，拜於太祖。遍告訖，降就中階，引上將，操鉞授柯，曰：『從此上至天，將軍制之。』又操斧授柯，曰：『從此下至泉，將軍制之。』將軍既受斧鉞，對曰：『國不可從外理，軍不可從中制。臣既受命，有鼓旗斧鉞之威，願假一言之命於臣。』帝曰：『苟利社稷，將軍裁之。』將軍就車，載斧鉞而出。皇帝推轂度閫，曰：『從此以外，將軍制之。』」

⑧ 《史記》卷八十一《廉頗藺相如列傳》：「李牧者，趙之北邊良將也。常居代雁門，備匈奴。以便宜置吏，市租皆輸入莫府，爲士卒費。日擊數牛饗士，習射騎，謹烽火，多間諜，厚遇戰士。爲約曰：『匈奴即入盜，急入收保，有敢捕虜者斬。』匈奴每入，烽火謹，輒入收保，不敢戰。如是數歲，亦不亡失。」

⑨ 《史記》卷一百二《馮唐傳》：「當是之時，匈奴新大入朝那，殺北地都尉卬。上以胡寇爲意，乃卒復問唐曰：『公何以知吾不能用廉頗、李牧也？』唐對曰：『……今臣竊聞魏尚爲雲中守，其軍市租盡以饗士卒，出私養錢，五日一椎牛，饗賓客軍吏舍人，是以匈奴遠避，不近雲中之塞。虜曾一入，尚率車騎擊之，所殺甚衆。』」

⑩ 《晉書》卷三十四《羊祜傳》：「吴石城守去襄陽七百餘里，每爲邊害，祜患之，竟以詭計令吴罷守。於是戍邏減半，分以墾田八百餘頃，大獲其利。祜之始至也，軍無百日之糧，及至季年，有十

年之積。」

⑪《晉書》卷六十二《祖逖傳》：「逖愛人下士，雖疏交賤隸，皆恩禮遇之，由是黄河以南盡爲晉土。河上堡固先有任子在胡者，皆聽兩屬，時遣游軍僞抄之，明其未附。諸塢主感戴，胡中有異謀，輒密以聞。前後克獲，亦由此也。其有微功，賞不踰日。躬自儉約，勸督農桑，克己務施，不畜資產，子弟耕耘，負擔樵薪，又收葬枯骨，爲之祭醊，百姓感悦。」

⑫《宋史》卷二百七十三《李漢超傳》：「漢超在關南，人有訟漢超强取其女爲妾及貸而不償者，太祖召而問之曰：『汝女可適何人？』曰：『農家也。』又問：『漢超未至關南，契丹如何？』曰：『歲苦侵暴。』曰：『今復爾耶？』曰：『否。』太祖曰：『漢超，朕之貴臣也，爲其妾不猶愈於農婦乎？使漢超不守關南，尚能保汝家之所有乎？』責而遣之。密使諭漢超曰：『亟還其女并所貸，朕姑貰汝，勿復爲也。不足於用，何不以告朕耶？』漢超感泣，誓以死報。」

⑬《宋史》卷二百七十三《郭進傳》：「進在西山，太祖遣戍卒，必諭之曰：『汝輩謹奉法。我猶貸汝，郭進殺汝矣。』其御下嚴毅若此。然能以權道任人，嘗有軍校自西山詣闕誣進者，太祖詰知其情狀，謂左右曰：『彼有過畏罰，故誣進求免爾。』遣使送與進，令殺之。會并人入寇，進謂誣者曰：『汝敢論我，信有膽氣。今捨汝罪，能掩殺并寇，即薦汝於朝；如敗，可自投河東。』其人踴躍聽命，果致克捷。進即以聞，乞遷其職，太祖從之。」

備倭論〔一〕①

日本以卑彌呼之裔②，據有五畿、七道、三島之地③，蓋與徐福之後④，止夷、澶而稱秦王者⑤，號相同也。説者謂自成山抵新羅，達福餘，可以規制朵顔，收復大寧，爲京師陵寢之固。若唐置勃海、高麗之使，遼建大寧、通吴之軍，昔之人已有通道者焉⑥。然祖宗之制，拒其貢獻，嚴其通舡。今縱未能與之絶，而反開市以爲利，遠道深入，謀人之國，以啓兵端，非計之得者也。

嘉靖之初，日本主幼，其國之左右大夫争貢。宗設謙道等讎殺宋素卿伴從，追至紹興，躪諸郡縣，爲大患⑦。夫行人之出，修其小國之禮，而互争不下，重貽禍於中國，况與之邇焉？而有事又何以戒其不戢乎？雖然，洪武之時，倭患數動，皆方國珍、張士誠之逋人也。嘉靖以來，有王直、徐海、毛海峰、彭老生等十餘帥，則盡中國之猾，役屬諸夷，衆所推爲舶主也⑧。當夫海夷之來市也，中國之奸商，利其有而不與其直，則托之貴官以爲蔽。而縉紳之豪，愛諸商之爲其豐殖，則寵賂重而官邪盛〔二〕。不惜困蓄人以激其怒，而亂斯作⑨。朱紈有言曰：「去外夷之盜易，去中國之盜難；去中國之盜易，去中國衣冠之盜難。」蓋深痛强有力之爲横，以身殉貨而亡計國家之急也。然以紈之清才，至於即訊，恚而自殺⑩；柯喬、盧鏜之殺賊有功，皆科罪當死⑪。而趙文華之貪冒罔上，獨階孤卿。當時之大臣重足而立，憂不在倭而在讒，此倭患之所以累歲而不絕也。

是故高祖命將築城增戍，立十千户所於海上，沿海之島人、蜑户、賈豎、漁丁，盡籍爲兵⑫。然後奸民皆衣食於縣官，劉江一捷而不生他志。而嘉靖倭患之息，亦必俟文華之仰藥、嚴嵩之免歸〔三〕。始譚、劉、戚、俞之倫〔四〕，奮其忠力，而底于大靖⑬。明乎倭寇之盛衰，其事主於朝廷而不主於蠻夷也。故自今而往，有議海上之役者〔五〕，予竊以爲無過于俞大猷、楊允繩之論矣。大猷曰「備倭者備之於海〔六〕，知風候，齊號令，而不必其召陸兵」⑭，此所謂制之於外者也。允繩曰「海寇之發，中華之人爲主，而内修之令，責成於有司」⑮，此所謂制之於内者也。不然，烈港之可據，豐後之日强，其原未有止也。

【校記】

〔一〕本篇又見天一閣本《續集·論略》。

〔二〕「重」，原作「童」，據文義改。

〔三〕「俟」，原作「侯」，據天一閣本、上圖本改。

〔四〕「倫」，原作「論」，據天一閣本、上圖本改。

〔五〕「之」上原衍「之」，據天一閣本、上圖本删。

〔六〕「備倭」，原作「備委」，據李贄《續藏書》卷十四《勳封名臣・都督俞公》改。

【箋注】

①明之倭患，累歲不絶，以張溥觀之，其因有二：其一，引蕃人來市而欺之，遂激變亂；其二，姦佞當道，大臣「憂不在倭而在讒」。可知外患多由内憂而起，内憂若不解，外患終難定，所謂「去中國之盜易，去中國衣冠之盜難」「明乎倭寇之盛衰，其事主於朝廷而不主於蠻夷也」，即此意也。時至晚明，明廷内憂外患重重，故張溥主張既須制之於外，亦須制之於内，可謂深中時弊。《續集・論略》卷二有一《備倭議》，可對參。張燮《東西洋考》卷六、王在晉《海防纂要》卷三亦論及倭患原委，可參。

②《後漢書》卷八十五《東夷列傳》：「桓、靈間，倭國大亂，更相攻伐，歷年無主。有一女子名曰卑彌呼，年長不嫁，事鬼神道，能以妖惑衆，於是共立爲王。侍婢千人，少有見者，唯有男子一人給飲食，傳辭語。居處宫室樓觀城栅，皆持兵守衛。法俗嚴峻。」

③《明史》卷三百二十二《外國傳》：「日本，古倭奴國。唐咸亨初，改日本，以近東海日出而名也。地環海，惟東北限大山，有五畿、七道、三島，共一百十五州，統五百八十七郡。」

④魏源《海國圖志》卷十七《日本島國》：「其居民多徐姓，自云皆徐福之後。」

⑤李言恭、郝杰《日本考》卷二《沿革》：「秦遣方士徐福將童男女千人入海求仙不得，懼誅，止夷、澶二州，號秦王國，屬倭國，中國總呼曰徐倭，非日本正號。」

⑥陳其愫《皇明經濟文輯》卷二十三《日本論》：「陸路遠未可通，惟自成山徑抵新羅，轉達穢貊。沃阻福餘，可以規制朵顔，收復大寧，以爲京師陵寢盤石之固，未可視爲末務而不講也。唐置勃海、高麗之使，遼有大寧、通吳之軍，已先爲之矣。」

⑦《明史》卷三百二十二《外國列傳》：「嘉靖二年五月，其貢使宗設抵寧波。未幾，素卿偕瑞佐復至，互争真僞。素卿賄市舶太監賴恩，宴時坐素卿於宗設上，船後至又先爲驗發。宗設怒，與之鬥，殺瑞佐，焚其舟，追素卿至紹興城下，素卿竄匿他所免。凶黨還寧波，所過焚掠，執指揮袁璡，奪船出海。都指揮退至海上，戰没。」李言恭、郝杰《日本考》卷二《朝貢》：「嘉靖二年，各道争貢，國王源義植嗣位，幼沖，勢不能制。大内藝興遣使宗設謙導，西川高國遣使瑞佐、宋素卿交貢，舩舶寧波港，互相抵毁。宗設謙導等特忿，執鋭讎殺宋素卿伴從，追至紹興，所過地方，莫不搔動。」

⑧羅日褧《咸賓録·東夷志》卷二《日本》：「而中國亡命者若王直、徐海、毛海峰之徒跳海聚衆，變服稱王，糾合倭舶，往來行賈，而奸商猾民覰其厚利，私與互市，違禁器物，咸托官豪庇引。」

⑨羅日褧《咸賓録·東夷志》卷二《日本》：「黠者又多取其奇貨，匿去莫酬，舶人怒，輒肆殺害，公行剽掠。於是吳粤之民食不暇炊，卧不安枕。」

⑩《明史》卷二百五《朱紈傳》：「二十五年擢右副都御史，巡撫南、贛。明年七月，倭寇起，改提督浙、閩海防軍務，巡撫浙江。……紈執法既堅，勢家皆懼。貢使周良安插已定，閩人林懋和爲主

客司，宣言宜發回其使。紈以中國制馭諸番，宜守大信，疏爭之强。且曰：『去外國盜易，去中國盜難。去中國瀕海之盜猶易，去中國衣冠之盜尤難。』閩、浙人益恨之，竟勒周良還泊海嶼，以俟貢期。吏部用御史閩人周亮及給事中葉鏜言，奏改紈巡視，以殺其權。紈憤，又明年春上疏，……既又陳明國是、正憲體、定紀綱、扼要害、除禍本、重斷決六事，語多憤激。中朝士大夫先入浙、閩人言，亦有不悦紈者矣。紈前討溫、盤、南麂諸賊，連戰三月，大破之，還平處州礦盜。其年三月，佛郎機國人行劫至詔安。紈擊擒其渠李光頭等九十六人，復以便宜戮之。具狀聞，語復侵諸勢家。御史陳九德遂劾紈擅殺。落紈職，命兵科都給事杜汝禎按問。紈聞之，……製壙志，作俟命詞，仰藥死。」

⑪《明通鑑》卷五十九二十八年條：「夏，四月，庚戌，朱紈捷奏至，部臣請下巡按勘覈。御史陳九德，劾『紈不俟奏覆，擅專刑戮，請治紈罪』，並逮柯喬、盧鏜。下兵部會三法司雜議，僉以『紈不俟得旨行刑，及喬、鏜等率請正法，皆不得爲無過』。」

⑫《明史》卷九十一《兵志三》：「永樂六年，命豐城侯李彬等緣海捕倭，復招島人、蜑户、賈豎、漁丁爲兵，防備益嚴。」

⑬李書源《籌辦夷務始末》卷九十四《文煜等奏遵旨會籌臺灣防務情形並敬陳管見摺》：「議者咸謂日本迥非西洋之比，然有明中葉全盛之時，萃俞、戚、譚、劉之將才，竭蘇、浙、閩、粤之兵力，狼噬豕突，數十年而後定，不可謂非勁敵。」

⑭李贄《續藏書》卷十四《勳封名臣·都督俞公》:「倭難作,大猷以南直隸副總兵,戰賊平望、王江涇、六金壩,皆連捷。而提督尚書張經,以視師趙文華言,論死。大猷坐落職,奪祖官。於是東南之禍日亟。復浙直鎮守。而大猷言:『防江必先防海,水兵急於陸兵。蓋倭奴長陸戰,令樓船高大,集萬銃其上。倭船遇之,輒摧壓焦爛,固我兵所長也。善戰者毋以短擊長,而以長制短。且海戰無他法,在知風候,齊號令,以大舟勝小,以多勝寡耳。』」

⑮《明通鑑》卷六十一嘉靖三十四年條:「是月,户科給事中楊允繩上禦倭三策:曰制,曰謀,曰法。又言:『今日之患,不專在外攘而重于内修。近者督撫命令不行於有司,非官不尊,權不重也。督撫蒞任,例賂權要,名曰「謝禮」;有所奏請,佐以苞苴,名曰「候禮」。及俸滿營遷,避難求去,犯罪欲彌縫,失事希庇覆,輸賄載道,爲數不貲。督撫取之有司,有司取之小民。有司德色以事上,督撫靦顏以接下。上下相蒙,風俗莫振。不肖吏又乾没其間,指一科十。孑遺待盡之民,必將挺而爲盗,其隱憂不止海島間也。』」

賦役論〔一〕①

以版籍覆天下之丁甲,以墾田定天下之賦税,國家之定制也②。而因時變通之道,亦存其中。糧長之設,高祖以爲有司細民之所共便,而其制必至韓雍而始善③。均徭之立④,本唐丁庸,宋承符、人力、揀、掐、衙前之名〔二〕⑤,以求盡其法,而終不免於稽册籍、覈人户之弊，則無若專以丁產爲宗，不論里而惠及於單下。蓋作法有一定之制，而行法無一定之人。所望聖哲之上、明察之官，追時爲理，而防其流激者重矣。

唐之租庸調⑥，租出於田，調出於家，庸出於身，令不煩而易守〔三〕。而又有役二十五日、役三十日之所免，水旱蟲蝗，十損四、十損六、十損七以上之所免，則周官均節之遺也。然兵興以後，籍亡而征重，其勢不得不從於地斷。此楊炎之改租庸調爲兩税⑦，與張説之改府兵爲彍騎⑧，未可同日而論也。宋役之害，里正、衙前爲甚。韓琦知并州時，請以產力差次，而韓絳、蔡襄與三司參定五則，使民休息，蓋議役之始也。後王安石行免役之法，司馬光條其五害⑨。元祐之初，光議復差，而蘇軾、蘇轍、李常、范百禄諸人復言其未便⑩。得失之際，又誰爲理之？然考其廢興，兩税之難行也，不敗於夏秋之兩徵，而敗於後之借錢增税；免役之難行也，不敗於官之雇募、民之輸銀〔四〕，而敗於廣敷錢、增科率。以是知立法非難，而行法爲難。

百世以前，猶之今日也。國朝徵一之法，始於歐陽鐸⑪；條鞭之法，行於劉光濟⑫。當時議條鞭之善者，以爲均丁糧、消冒濫、息賠累、簡名目、寢覬覦、屈市猾、平貧富、清册籍，一舉而官民積重之弊皆反。天下孰有媮快於斯者乎？而行之十餘年，群弊蝟起：差銀之輸官者，輕用而易費；貪吏之逮輸者，恣睢而抑勒；坊里之祗應，僅易十二，總稱八班，改

「值月」曰「值日」，而誅求如異時，則長雇却慮，何道之出，可以斷而後行，主於一、定百利乎？是故租庸調之法行之，至於中國乂安，四夷賓服，而楊慎矜、宇文融、王鉷之徒爲之朘削變亂，卒召兩京之陷。免役之爲害，在於超升等第之失實，而有鮮于侁爲判官，則利路之四十萬，卒易爲二十萬。蓋弊法得其人亦理，善法不得其人亦亂，所固然也。

今之爲上者，有隋高祖無藏府庫之心⑬，而其下無蘇威平代之志⑭。即爲相者有王安石制法斷義之意，而承而行之者又多曾布、李瑜之黨。是以巧繆相因而成法盡改，至於後事日甚。議者欲稍革而無復可爲，則相與諉曰：「時勢若斯，非人臣所敢專也。」夫宋乾道之時，汪灌，一松陽之民，首倡義役，役先後，視籍田多寡視等，行之三十年，訟不抵於有司⑮。而謂大夫師長不能創建規模，成循理之鄉、信義之里，亦天下之所不信也。是故仲尼不對季孫之問田賦⑯，漢高怒責蕭何之治未央⑰，萬世之計，皆慮之於微。而究之《春秋》所書宣公之稅畝、成公之丘甲、哀公之田賦，惡其大變古，而亟思復者，惟在周公之典。則今之所謂周公之典者何爲乎？郊祀之户籍薦天，《大誥》之峻誅贓吏，亦其意也。

【校記】

〔一〕本篇又見天一閣本《續集・論略》。

〔二〕「人」下原脱「力」，據《宋史・食貨志》補。「揀」，原作「楝」，據天一閣本、上圖本改。「掐」，原作「稻」，據《宋史·食貨志》改。

〔三〕「令」，原作「今」，據天一閣本、上圖本改。

〔四〕「輸銀」，原脱「銀」，據天一閣本、上圖本補。

【箋注】

①陳子龍嘗云「欲求强兵，必先治賦」（《安雅堂稿》卷十七《上張玉笥中丞》）。本篇論賦役，多有精彩之處，强調「因時變通」「作法有一定之制，而行法無一定之人」，指出「立法非難，而行法爲難」，認爲「弊法得其人亦理，善法不得其人亦亂」，對於服役之法，亦應注意在實施中之走樣變形，所謂「巧繆相因而成法盡改」，皆爲醒世之言。再參照陳子龍《臣郡役法久弊疏》（《兵垣奏議》）「夫百姓之所以愁困而無樂生之心者，賦繁役重也。然賦猶均之闔邑，役則中於數家。海内之役，以江南爲重；而江南之役，尤以臣郡松江爲尤重。况邇年以來，官多庸墨，吏緣爲奸，百弊横生，十室九盡，已悲竭澤，安取附毛」所言，則此文之現實針對性不言而喻。

②丘濬《大學衍義補·治國平天下之要·貢賦之常》：「我朝稽古定制，以天下之墾田定天下之賦税，因其地宜立爲等則，徵之以夏者謂之税、徵之以秋者謂之糧，歲有定額、家有常數，非若唐人遇有百役之費先度其數而賦於人也；隨其田之寬狹取其税之多寡，非若唐人以一年之科率最多者以爲額也；其額數則具于黄籍，總於户部，其徵輸期限則責之藩服州縣，非若唐人别設兩税使以總之也。」

③乾隆《桂平縣志》卷二：「韓雍，字永熙，江南長洲人。正統進士，授御史。成化元年爲浙江參政。會兩廣賊寇流剽，議大發兵。以兵部尚書王竑薦，授左僉都御史，贊理軍務。破大藤峽，斷其藤，改名斷藤峽。生擒賊首侯大狗，境内悉平。語載《大藤峽圖志》中。遷左都御史，總督兩廣軍務。雍洞達閫爽，有雄略善斷，動中機宜，每戰躬親矢石。謚襄毅。」生平詳見《明史》本傳。

④均徭：明代三大徭役（里甲、雜泛、均徭）之一，按民户丁糧之多寡派充的各種經常性雜役。參閲《明史·食貨志二》。

⑤《宋史》卷一百七十七《食貨志·役法上》：「役出於民，州縣皆有常數。宋因前代之制，以衙前主官物，以里正、户長、鄉書手課督賦税，以耆長、弓手、壯丁逐捕盜賊，以承符、人力、手力、散從官給使令；縣曹司至押、録，州曹司至孔目官，下至雜職、虞候、揀、搯等人，各以鄉户等第定差。」

⑥租庸調：唐代對受田課丁徵派的三種賦役的並稱，源於北魏至隋之租、調、力役制度。《新唐書》卷五十一《食貨志一》：「凡授田者，丁歲輸粟二斛，稻三斛，謂之租。丁隨鄉所出，歲輸絹二匹，綾、絁二丈，布加五之一，綿三兩，麻三斤，非蠶鄉則輸銀十四兩，謂之調。用人之力，歲二十日，閏加二日，不役者日爲絹三尺，謂之庸。有事而加役二十五日者免調，三十日者租、調皆免。」

⑦兩税：夏税、秋税之合稱。唐德宗時楊炎作兩税法，並租庸調爲一，令以錢輸税。夏税不超過六月，秋税不超過十一月，故稱兩税，見《新唐書·楊炎傳》。《新唐書》卷五十一《食貨志》：「唐之始時，授人以口分、世業田，而取之以租、庸、調之法，其用之也有節。……及其弊也，兵冗官濫，

爲之大蠹。……由是財利之説興，聚斂之臣進。蓋口分、世業之田壞而爲兼并，租、庸、調之法壞而爲兩税。」

⑧《舊唐書》卷九十七《張説傳》：「先是，緣邊鎮兵常六十餘萬，説以時無强寇，不假師衆，奏罷二十餘萬，勒還營農。玄宗頗以爲疑，説奏曰：『臣久在疆埸，具悉邊事，軍將但欲自衛及雜使營私。若禦敵制勝，不在多擁閑冗，以妨農務。陛下若以爲疑，臣請以闔門百口爲保。以陛下之明，四夷畏伏，必不慮減兵而招寇也。』上乃從之。時當番衛士，浸以貧弱，逃亡略盡。説又建策，請一切罷之，别召募强壯，令其宿衛，不簡色役，優爲條例，逋逃者必争來應募。上從之。旬日，得精兵一十三萬人，分繫諸衛，更番上下，以實京師，其後彍騎是也。」

⑨《宋史》卷一百七十七《食貨志》：「司馬光復奏：『今免役之法，其害有五：上户舊充役，固有陪備，而得番休，今出錢比舊費特多，年年無休息；下户元不充役，今例使出錢；舊日所差皆土著良民，今皆浮浪之人應募，無顧藉，受賕，侵陷官物；又農民出錢難於出力，若遇凶年，則賣莊田、牛具、桑柘，以錢納官；提舉常平倉司惟務多斂役錢，廣積寬剩。此五害也。』」

⑩詳見《宋史》卷一百七十七《食貨志·役法》。

⑪《明史》卷七十八《食貨志》：「至十八年，鼎臣爲大學士，復言：『蘇、松、常、鎮、嘉、湖、杭七府，供輸甲天下，而里胥豪右蠹弊特甚。宜將欺隱及坍荒田土，一一檢覈改正。』於是應天巡撫歐陽鐸檢荒田四千餘頃，計租十一萬石有奇，以所欺隱田糧六萬餘石補之，餘請豁免。户部終持不

下。時嘉興知府趙瀛建議：『田不分官、民，税不分等則，一切以三斗起徵。』鐸乃與蘇州知府王儀盡括官、民田裒益之。履畝清丈，定爲等則。所造經賦册，以八事定税糧：曰元額稽始，曰事故除虚，曰分項别異，曰歸總正實，曰坐派起運，曰運餘撥存，曰存餘考積，曰徵一定額。……徵一者，總徵銀米之凡，而計畝均輸之。」

⑫《明通鑑》卷六十四隆慶二年條：「是冬，江西巡撫劉光濟請行『一條鞭法』。初，嘉靖中葉，邊供費繁，帑藏匱竭，乃有『提編』『加派』名目；而逋欠愈多，規避亦益巧，一時有司乃併爲一條行之。其法，總括一州縣夏税、秋糧、存留、起運之額，及均徭、里甲、土貢、雇募、加增之額，通十歲爲一條，總征而均支之，丁糧畢輸于官。一歲之役，官爲僉募，力差則計其工食之費，量爲增減；銀差則計其交納之費，加以贈耗。一切計畝徵銀，折辦于官，均其輕重，通其苦樂，立法較爲簡易。至是江西始請行之，仍下部詳議以聞。」《明史》卷七十八《食貨志》：「一條鞭法者，總括一州縣之賦役，量地計丁，丁糧畢輸於官。一歲之役，官爲僉募。力差，則計其工食之費，量爲增減；銀差，則計其交納之費，加以增耗。凡額辦、派辦、京庫歲需與存留、供億諸費，以及土貢方物，悉併爲一條，皆計畝徵銀，折辦於官，故謂之一條鞭。立法頗爲簡便。嘉靖間，數行數止，至萬曆九年乃盡行之。」

⑬《隋書》卷二十四《食貨志》：「十二年，有司上言，庫藏皆滿。帝曰：『朕既薄賦於人，又大經賜用，何得爾也？』對曰：『用處常出，納處常入。略計每年賜用，至數百萬段，曾無減損。』於是乃

更闢左藏之院，構屋以受之。下詔曰：『既富而教，方知廉耻，寧積於人，無藏府庫。河北、河東今年田租，三分減一，兵減半，功調全免。』」

⑭杜佑《通典》卷五《食貨五》：「初，蘇威父綽在西魏，以國用不足，爲征税之法，頗稱爲重。既而歎曰：『今所爲者，正如張弓，非平代法也。後之君子，誰能弛乎？』威聞其言，每以爲己任。至是威爲納言，奏減賦役，務從輕典，帝悉從之。」

⑮吕祖謙《金華汪君將仕墓誌銘》（《全宋文》卷五八九七）：「役，重事也。於朝廷爲大議，於郡邑爲大政，於編氓爲大命。求諸故府，弛張廢置之變悉矣。異時或以義役爲請，有司方持之，而閭里稍相與約，上不違縣官律令，而下以全其族黨之歡，其意美甚。然合散作輟，靡克堅定。以予耳目所及言之，久而不敗者，獨金華、西山爲然。是鄉也，蓋有人焉，其姓名字曰汪灌慶衍，實基創而紀綱之者也。……君義著於鄉，大氐若此。其舉義役，所以倡之而和，諭之而孚，持之而堅且久也。」

⑯《左傳・哀公十一年》：「季孫欲以田賦，使冉有訪諸仲尼。仲尼曰：『丘不識也。』三發，卒曰：『子爲國老，待子而行。若之何子之不言也？』仲尼不對。」

⑰《漢書》卷一《高帝紀》：「蕭何治未央宫，立東闕、北闕、前殿、武庫、大倉。上見其壯麗，甚怒，謂何曰：『天下匈匈，勞苦數歲，成敗未可知，是何治宫室過度也！』何曰：『天下方未定，故可因以就宫室。且夫天子以四海爲家，非令壯麗亡以重威，且亡令後世有以加也。』上説。」

徵貸論〔一〕①

三代之世無斸貸之文，非三代聖王之愛人反後於兩漢也。什一之制，以歲爲衡，豐凶多寡之取，時有變化，而民無逋積。春秋之省，但補助而不聞責償，則無事乎斸之也。秦漢而下，民有不易之賦，官多税外之求，則不得不損益其間，時有貸赦。然自此以降，其道廣矣。蘇軾曰：「水旱殺人，百倍於虎；而人畏催欠，乃甚於水旱。」又曰：「每州催欠吏卒不止五百人，以天下言之，常有數百萬虎狼在於民間。」②此皆言民之積欠，内已除放，而官吏不行者也。

夫宋以仁立國，史書所載，若真宗之遣使③，仁宗之改追欠司④，高宗之止倚閣州縣⑤，斸租之事，過於前代。而生民蒙患，猶然若斯，則下此者可知矣。是故數赦之令，無益於民間；追逋之切，更甚於正課。則無若即額中之所徵，而善爲之緩急。顧因循以迄于今，又有不可言矣。上之責於郡縣者，既無藝祖出京朝官爲令之典⑥，以重其權；又無光武擢卓茂爲三公之意，以激其氣⑦。而三載殿最，獨以徵令爲科，則天下之官盡驅爲追呼之吏。陸贄所歎爲「立意既爽，彌綸又疏；亟繚棼絲，重傷宿痏」⑧，未有甚於斯者也。嗚呼！世之盛也，施舍已責，與家量貸而公量收之説，猶以爲出於霸國權臣之私意，而無當於古；

而世之降也，大赦、復除皆爲空文，即新店之野民，亦慨於詔書之不信。然則時弊理時，法弊革法，亦如之何而復可哉？

永樂之初，湖廣夏税後期，郁新請罪郡縣，文皇不許，曰：「苟罪其官，必急責民。」⑨此寬郡縣以寬民者也。如劉宋之時，元嘉責成郡縣而民因富，後遣臺使督責而民殫瘁是也。高祖之諭曰：「有司有倚一税爲名，麥方吊旗而徵夏税，穀方秧節而推秋糧，必死無日。」⑩此責郡縣以寬民者也。如宋祖之選官涖京畿倉，及詣諸道受租調，有掊克增羡者，抵罪棄市是也⑪。夫寬郡縣以寬民，則守宰不以功令亂其心，而得優柔以從事；責郡縣以寬民，則慈惠之長矜爲明察，而吏卒不得因緣以爲奸。若是而作法裕人，豈獨令之不擾？即如西漢復民明年之租，歲書焉可也。何則？萬曆之初，皇子誕生，寔免天下次年租⑫，固近事之可徵者也。

【校記】

〔一〕本篇又見天一閣本《續集·論略》。

【箋注】

① 明末徵貸頻繁，民不堪負。此篇論古鑒今，感時而發。張溥提出折衷之主張：「即額中之所徵，而善爲之緩急」「寬郡縣以寬民，則守宰不以功令亂其心，而得優柔以從事」。以上建議皆爲在上

者而發，意在提醒執政者寬以待民，緩以徵貸，勿責郡縣而逼民，否則必令「天下之官盡驅爲追呼之吏」，幾類於驅虎狼而食人。熊開元《施仁無告當先曠職濫叨非分懇准控辭以明大義併陳微悃以廣皇恩疏》（《魚山剩稿》卷二）云：「臣嘗有言曰：王者無以予人也，勿奪之而已矣。……如輕用人，多遣使，急斂餉，厚徵兵，只此四者，地方長吏既已應接不暇，閭閻小人復從何處生活？」可謂至理名言。

②蘇軾《論積欠六事并乞檢會應詔所論四事一處行下狀》（《蘇軾文集》卷三十四）：「臣聞之孔子曰：『苛政猛於虎。』昔常不信其言，以今觀之，殆有甚者：水旱殺人，百倍於虎；而人畏催欠，乃甚於水旱。臣竊度之，每州催欠吏卒不下五百人，以天下言之，是常有二十餘萬虎狼散在民間，百姓何由安生，朝廷仁政何由得成乎？」

③《宋史》卷六《真宗本紀一》：「夏四月，旱。壬辰，禱白鹿山。……己酉，遣使按天下吏民逋負悉除之。……定州雹傷稼，遣使振恤，除是年租。……八月辛亥，京東水災，遣使安撫。」卷七《真宗本紀二》：「己卯，以京東西、淮南水災，遣使振恤貧民，平決獄訟。……壬申，江南旱，遣使決獄，訪民疾苦，祠境内山川。」

④李燾《送湯司農歸朝序》（《全宋文》卷四六六二）：「仁宗繼立，推廣先志，極改追欠司曰蠲納司。旋命近臣詳定應在名物，下諸路轉運使，期以三年悉蠲之。」

⑤《宋史全文》卷二十二下《宋高宗傳》：「上曰：『君相之職本以爲民，民間利病豈可不理。』又進

呈户部供具到諸路拖欠紹興二十一年、二十二年錢物，欲行除放。上曰：『若只倚閣，州縣貪緣爲奸，又復催理擾人。即與除放甚善。』」

⑥宋真宗《出京朝官誡詞》（《全宋文》卷二三三）：「昨以祥符昭錫，靈命惟新，示治國之宏規，表自天之景福。仰膺丕貺，思儆具僚。汝等委質策名，莅官從政，宜罄公忠之節，用符慎簡之心。察俗者直清而無私，臨民者惠綏而勿擾，決獄訟者務於平允，掌財賦者戒於煩苛。體予恤隱之心，用叶大中之道。各加砥勵，無冒憲章。」

⑦《宋史》卷一百七十四《食貨志·賦税》：「淳祐八年，監察御史兼崇政殿説書陳求魯奏：『……臣愚謂今日救弊之策，其大端有四焉：宜採夏侯太初併省州郡之議，俾縣令得以直達於朝廷；用宋元嘉六年爲斷之法，俾縣令得以究心於撫字；法藝祖出朝紳爲令之典，以重其權；遵光武擢卓茂爲三公之意，以激其氣。然後爲之正其經界，明其版籍，約其妄費，裁其横斂，則預借可革，民瘼有瘳矣。』」

⑧陸贄《其一論兩税之弊須有釐革》（《陸贄集》卷二十二）：「立意且爽，彌綸又踈，凡厥疲人，已嬰其弊。就加保育，猶懼不支，況復亟繚棼絲，重傷宿痏，其爲擾病，抑又甚焉！」

⑨薛應旂《憲章録》卷十五永樂元年條：「户部尚書郁新等奏湖廣今年夏税過期，數月不足，其布政司、府、州、縣官皆當罪之。上曰：『賦入有經制，耕穫有先後，地里亦有遠近，急責，必至於病民。其勿問，第更定期，令照限輸之。』」

⑩李東陽《明會典》卷三十七《詔》：「專以二季徵税爲奸計，麥方吊旗而催夏税，穀秧方節早催秋

税，窘民於青黄不接之時，逼民於結實未堅之際，頻於箠楚，得贓緩矣。及其糧成期至，可以上倉，其官吏人等故行遷延，刁蹬留難，不得便於上倉，且待有益於己而後已。嗚呼！天災人禍不至，其徒自死，必有自矣。」

⑪《宋史》卷一百七十四《食貨志·賦税》：「五代以來，常檢視見墾田以定歲租。吏緣爲姦，税不均適，繇是百姓失業，田多荒蕪。太祖即位，詔許民闢土，州縣毋得檢括，止以見佃爲額。選官分莅京畿倉庾，及詣諸道，受民租調，有增羨者輒得罪，多入民租者或至棄市。」

⑫南炳文、吴彦玲輯校《輯校萬曆起居注·萬曆十年九月》：「以皇子生，昭告天下。……近年以來，四方災報頻仍，民困日久。一應夏秋税糧、馬草、農桑人丁絲、絹、布疋、棉花絨、户口鹽鈔、皇莊子粒、屯田牧馬新增草場子粒租銀、曆日、防夫、水夫、民壯、弓兵、機兵、蘆課、富户等項，除萬曆七年以前帶徵拖欠者，已有旨盡數蠲免外，其諸色課程門攤、商税、魚課、棗株、鈔貫、果品等項，已徵在官者截數起解，其未徵分數，自萬曆八年以前悉與蠲免，一應天下税糧，除萬曆八年、九年、十年照舊徵解，及陝西、河南、山西等處災重地方，撫按官作速勘明，將本年錢糧奏請蠲恤外，其萬曆十一年各項税糧，不分起運、存留，准免十分之三，以蘇民困。」

詔獄論〔一〕①

間讀《宋史》，所謂詔獄之事，莫甚於熙寧、紹興之間。當時祖無擇之下秀州獄②，苗振之下越獄③，蘇軾之下御史獄④，皆臺臣希王安石之意爲之，而詔獄屢興。逆檜之爲相也〔二〕，岳飛、胡舜陟之獄⑤，力主其死，而後之威指日甚。蓋興獄之始，雖以詔書爲名，而根連株逮，雜出於大臣之意。往往捃語言之細，行其彭考之術⑥，一人麗法，而天下傷之。觀《後漢·獨行傳》所載陸續之不證尹興⑦，戴就之不證成公浮⑧，莫不五毒參至，骨肉焦毁。往古之危刑，孰有甚焉！

然王安石之與吕惠卿始朋比而終交惡。文致李士寧者，惠卿所以傾安石也；特勘張若濟者，安石所以報惠卿也⑨。而逆檜興趙汾之獄，詞連張浚、胡寅、李光等五十人，皆欲種誅。會檜疾病，不能署獄要而寢⑩。以是知小人之相與爲惡，大獄煩滋，後必積以成隙，務爲傾危，以喪其互全之術。而甚惡之流，上亂天氣，則神人之忿疾，必中於其身，以遏止其原。往者之鑒，固若是其昭昭也。而小人卒不之省，則以其勢重而樂於威物也。即以宋事言之，紹聖之時，章惇、蔡卞用事，起同文館獄，欲盡誅元祐大臣，雖文及甫「粉昆」「眇躬」之語，雜治爲文，足致梁燾、劉摯之死⑪。而南渡以後，治王時雍等賣國之罪，洪芻、余大均諸人犯掖庭之禁，蹈不韙之科，刑寺皆以爲可赦。高宗怒其不直，而僅有沙門島之流、邊郡之安置⑫。

夫權貴之所怒，雖微嫌而必戮；天子之所惡，雖大罪而必恕。此當時之人臣所以不畏天子而畏權貴也。刑罰之事，以權貴主之，而名法機巧之徒，伺其私意以爲輕重，則正人之盡，適其爵禄之資，而喪亂莫底。如往者于謙之獄，考掠者以謀立外藩責之，謙正對曰：「親王非金符不得召，符藏内府，非外庭所知。」問者辭窮，復中之以謀危社稷，而謙遂抵法⑬。夫一科之不能詰，則逃之於他科以巧傅其獄，而社稷之元功且殘於法吏之苛比。然則詔獄之禍，豈中古以後非常之斷所忍言乎？賈誼曰：「諸侯王三公，而令與衆庶共笞、傌、黥、劓、髡、刖、棄市之法，非所以習天下。」⑭近日霍韜有言：「欲東廠勿預朝儀，錦衣衛勿典刑獄。」⑮此皆尊尊貴貴之道，議事以制者所尚也。

【校記】

〔一〕本篇又見天一閣本《續集・論略》。

〔二〕「檜」，原作「繪」，據天一閣本、上圖本改。

【箋注】

① 明代姦佞及宦官當道，屢興大獄，善類幾爲所空。然細考其因，皆源於帝王不勤政，權臣乃巧借上意而大行其私，黨同伐異，以洩私忿，「正人之盡，適其爵禄之資，而喪亂莫底」。更有附會權臣者，揣測其意，肆意構人以逢迎，遂使人間而爲地獄，朝政遂不可收拾。最顯著之例，如明季魏忠賢當道，附會之黨羽有「五虎」「五彪」「十狗」「十孩兒」「四十孫」之號，又有無耻官僚諂媚討好魏忠賢，爲其建造生祠數十處，僅「在短短一年中一共建造了魏忠賢生祠四十處」。魏忠賢及其

黨羽大肆屠殺東林黨人和朝中正直官員，先後製造「六君子之獄」「七君子之獄」慘案，又炮製《三朝要典》《東林點將録》《東林黨人榜》，顛倒黑白，製造恐怖。時事如此，令人慨歎。

②《宋史》卷三百三十一《祖無擇傳》：「熙寧初，安石得政，乃諷監司求無擇罪。知明州苗振以貪聞，御史王子韶使兩浙，廉其狀，事連無擇。子韶，小人也，請遣内侍自京師逮赴秀州獄。蘇頌言無擇列侍從，不當與故吏對曲直，御史張戩亦救之，皆不聽。及獄成，無貪狀，但得其貸官錢、接部民坐及乘船過制而已。遂謫忠正軍節度副使。」

③《宋史》卷二百《刑法志》：「熙寧二年，命尚書都官郎中沈衡鞫前知杭州祖無擇于秀州，内侍乘驛追逮。御史張戩等言：『無擇三朝近侍，而驟繫囹圄，非朝廷以廉耻風厲臣下之意，請免其就獄，止就審問。』不從。又命崇文院校書張載鞫前知明州、光禄卿苗振于越州。獄成，無擇坐貸官錢及借公使酒，謫忠正軍節度副使，振坐故人裴士堯罪及所爲不法，謫復州團練副使。獄半年乃决，辭所連逮官吏，坐勒停、衝替、編管又十餘人，皆御史王子韶啓其事。自是詔獄屢興，其悖于法及國體所繫者著之，其餘不足紀也。」

④《續資治通鑑長編》卷三百四十二元豐七年條：「元豐中，軾繫御史獄，上本無意深罪之。宰臣王珪進呈，忽言蘇軾於陛下有不臣意。上改容曰：『軾固有罪，然於朕不應至是，卿何以知之？』珪因舉軾檜詩『根到九泉無曲處，世間唯有蟄龍知』之句，對曰：『飛龍在天，軾以爲不知己，而求之地下之蟄龍，非不臣而何？』上曰：『詩人之詞，安可如此論？彼自詠檜，何預朕事！』珪語塞。

章惇亦從旁解之曰：『龍者，非獨人君，人臣俱可以言龍也。』上曰：『自古稱龍者多矣，如荀氏八龍、孔明卧龍，豈人君也？』遂薄其罪，以黄州團練副使安置。」

⑤《宋史》卷三百六十五《岳飛傳》：「檜遣使捕飛父子證張憲事，使者至，飛笑曰：『皇天后土，可表此心。』初命何鑄鞫之，飛裂裳以背示鑄，有『盡忠報國』四大字，深入膚理。既而閲實無左驗，鑄明其無辜。改命万俟卨。卨誣：飛與憲書，令虚申探報以動朝廷，雲與憲書，令措置使飛還軍；且言其書已焚。飛坐繫兩月，無可證者。或教卨以臺章所指淮西事爲言，卨喜白檜，簿録飛家，取當時御札藏之以滅迹。又逼孫革等證飛受詔逗遛，命評事元龜年取行軍時日雜定之，傅會其獄。歲暮，獄不成，檜手書小紙付獄，即報飛死，時年三十九。雲弃市。」《宋史》卷三百七十八《胡舜陟傳》：「後十八年，復爲廣西經略。以知邕州俞儋有贓，爲運副吕源所按，事連舜陟，提舉太平觀。先是，舜陟與源有隙，舜陟因討郴賊，劾源沮軍事，源以書抵秦檜，訟舜陟受金盜馬，非訕朝政。檜素惡舜陟，入其説，奏遣大理寺官袁柟、燕仰之往推劾，居兩旬，辭不服，死獄中。」

⑥彭考：搒拷，笞打拷問。

⑦《後漢書》卷八十一《陸續傳》：「是時楚王英謀反，陰疏天下善士，及楚事覺，顯宗得其録，有尹興名，乃徵興詣廷尉獄。續與主簿梁宏、功曹史駟勳及掾史五百餘人詣洛陽詔獄就考，諸吏不堪痛楚，死者大半，唯續、宏、勳掠考五毒，肌肉消爛，終無異辭。」

⑧《後漢書》卷八十一《戴就傳》：「戴就，字景成，會稽上虞人也。仕郡倉曹掾，揚州刺史歐陽參奏

太守成公浮臧罪，遣部從事薛安案倉庫簿領，收就於錢唐縣獄。幽囚考掠，五毒參至。就慷慨直辭，色不變容。」

⑨馬端臨《文獻通考》卷一百六十七《刑考》：「世居之獄，則呂惠卿欲文致李士寧以傾王安石；陳世儒之獄，則賈種民欲文致世儒妻母呂以傾呂公著。至王安石欲報呂惠卿而特勘張若濟之獄，蔡確欲撼吴充而特勘潘開之獄，其事皆起於纖微，而根連株逮，坐累者甚衆。」

⑩《續資治通鑑》卷一百三十紹興二十五年條：「檜久擅大權，富貴已極，老病日侵，將除異己者，故使徐嘉、張扶論趙汾、張祁交結，先捕汾下大理寺，拷掠無全膚，令汾自誣與特進永州居住張浚、責授建寧軍節度副使、昌化軍安置李光、責授果州團練副使致仕、新州安置胡寅謀大逆。凡一時賢士五十三人，檜所惡者皆與。獄方欲上，而檜已病不能書矣。」

⑪《宋史》卷二百《刑法志二》：「紹聖間，章惇、蔡卞用事，既再追貶呂公著、司馬光，及謫呂大防等嶺外，意猶未快，仍用黄履疏、高士京狀追貶王珪，皆誣以『圖危上躬』，其言寖及宣仁，上頗惑之。最後，起同文館獄，將悉誅元祐舊臣。時太府寺主簿蔡渭奏：『臣叔父碩，嘗於邢恕處見文及甫元祐中所寄恕書，具述姦臣大逆不道之謀。及甫，彦博子也，必知姦狀。』詔翰林承旨蔡京、吏部侍郎安惇同究問。初，及甫與恕書，自謂：『畢禫當求外，入朝之計未可必，聞已逆爲機穽，以榛塞其塗。』又謂：『司馬昭之心，路人所知。』又云：『濟之以粉昆，朋類錯立，欲以眇躬爲甘心快意之地。』及甫嘗語蔡碩，謂司馬昭指劉摯，粉昆指韓忠彦，眇躬，及甫自謂。蓋俗稱駙馬都尉爲『粉

侯』，人以王師約故，呼其父克臣爲『粉父』，忠彥乃嘉彥之兄也。及甫除都司，爲劉摯論列。又摯嘗論彥博不可除三省長官，故止爲平章重事。及彥博致仕，及甫自權侍郎以修撰守郡，母喪除，與恕書請補外，因爲躁忿詆毀之辭。及置對，則以昭比摯如舊，眇躬乃以指上，而粉昆乃謂指王巖叟面如傅粉，故曰『粉』，梁燾，字況之，以『況』爲兄，故曰『昆』，斥摯將謀廢立，不利於上躬。京、惇言：『事涉不順，及甫止聞其父言，無他證佐，望別差官審問。』乃詔中書舍人蹇序辰審問，仍差内侍一員同往。蔡京、安惇等共治之，將大有所誅戮，然卒不得其要領。會星變，上怒稍息，然京、惇極力鍛鍊不少置。既而梁燾卒於化州，劉摯卒於新州，衆皆疑二人不得其死。」

⑫《宋史》卷二百《刑法志二》：「高宗承大亂之後，治王時雍等賣國之罪，洪芻、余大均、陳沖、張卿才、李彝、王及之、周懿文、胡思文並下御史臺獄。獄具，刑寺論芻納景王寵姬，大均納喬貴妃侍兒，及之苦辱寧德皇后女弟，當流；沖括金銀自盜，與宮人飲，當絞；懿文、卿才、彝與宮人飲，卿才、彝當徒，懿文當杖；思文於推擇張邦昌狀内添諂奉之詞，罰銅十斤：並該赦。上閱狀大怒，李綱等共解之，上亦新政，重於殺士大夫，乃詔芻、大均、沖各特貸命，流沙門島，永不放還；卿才、彝、及之、懿文、思文並以別駕安置邊郡。」

⑬《明史》卷一百七十《于謙傳》：「景泰八年正月壬午，亨與吉祥、有貞等既迎上皇復位，宣諭朝臣畢，即執謙與大學士王文下獄。誣謙等與黄竑搆邪議，更立東宮，又與太監王誠、舒良、張永、王勤等謀迎立襄王子。亨等主其議，嗾言官上之。都御史蕭惟禎定讞，坐以謀逆，處極刑。文不勝

誣，辯之疾，謙笑曰：『亨等意耳，辯何益？』奏上，英宗尚猶豫曰：『于謙實有功。』有貞進曰：『不殺于謙，此舉爲無名。』帝意遂決。丙戌改元天順，丁亥棄謙市，籍其家，家戍邊。」

⑭賈誼《新書》卷二《階級事勢》：「臣聞之曰：履雖鮮弗以加枕，冠雖弊弗以苴履。夫嘗以在貴寵之位，天子改容而嘗體貌之矣，吏民嘗俯伏以敬畏之矣。今而有過，令廢之可也，退之可也，賜之死可也；若夫束縛之，係緤之，輸之司空，編之徒官，司寇、牢正、徒長、小吏罵詈而榜笞之，殆非所以令衆庶之見也。夫卑賤者習知尊貴者之事，一旦吾亦乃可以加也，非所以習天下也，非尊尊貴貴之化也。」

⑮《明史》卷九十五《刑法志三》：「詹事霍韜亦言：『刑獄付三法司足矣，錦衣衛復橫撓之。昔漢光武尚名節，宋太祖刑法不加衣冠，其後忠義之徒爭死效節。夫士大夫有罪下刑曹，辱矣。有重罪，廢之、誅之可也；乃使官校衆執之，脱冠裳，就桎梏，朝列清班，暮幽犴獄，剛心壯氣，銷折殆盡。及覆案非罪，即冠帶立朝班。武夫捍卒指目之曰：「某，吾辱之；某，吾繫執之。」小人無所忌憚，君子遂致易行。此豪傑所以興山林之思，而變故罕仗節之士也。願自今東廠勿與朝儀，錦衣衛勿典刑獄。士大夫罪謫廢誅，勿加笞杖鎖梏，以養廉耻，振人心，勵士節。』」

樂論〔一〕①

正樂之難，成周以降，雖有聖王，未或與於斯也。是故西漢高、惠之世，叔孫通因秦樂人夏侯寬徒備簫管②，不能有所修考。宋太宗慕九奏五材之名，僅增琴七絃爲九絃，阮四絃爲五絃，而審音缺官，祭享止用黄鐘一調③。至仁宗承太平之久，加意禮樂，命宋祁、李照、燕肅等典其事。取上黨羊頭山秬黍以定廣容，取河内葭莩灰以候氣④。而四清聲之廢，馮元駁之⑤。皇祐二年，復下詔詳定。胡瑗、阮逸、房庶皆驛召預議⑥，各安所習，競用相非。於是楊傑、劉几之論興〔二〕⑦，終不能有加於李照；而范鎮鑄周鬴漢斛⑧，司馬光亦不樂觀。以有道之君，志三律之盛，猶然齗齗若此，况其代變者乎？

雖然〔三〕，尤莫甚於隋文之世也。開皇之初，文帝急議正樂，積歲不定，欲引牛弘等罪之。是時鄭譯、蘇夔言人人殊，何妥耻以舊學不逮，沮壞其説，獨建用黄鍾一宫⑨。而樂成之時〔四〕，牛弘恐衆論交疵，請毁前代金石⑩，於是古器無復存者。原其所以，上迫於主威，而内躁於求進，既無作樂和平之心，而功名之念相乘其中，則不憚於滅舊章以自登顯。故吾以爲牛弘之罪，甚於李斯也。秦并天下，《五行》《壽人》之樂，猶本周舊。二世湛溺邪音，李斯爲陳祖伊之懼、殷紂之亡⑪，猶有肅雍先祖之思焉。而牛弘諸人，則務迎上意，而不圖於擇善。故斯焚《詩》《書》，六藝之文，猶得間出；弘毁樂器，六代《韶》《武》之制盡矣。

且古樂之發，難以平心；新聲之起，易於助欲。西漢會集《五經》之士，論習樂章，而

《天馬》之歌不可登於宗廟⑫。沿於宣、元，則臣鼓雅琴，君吹洞簫，適以淫色害德。自此以下，梁陳之音多吴楚，周齊之音雜胡夷，若所謂伴侣之聲，鸜留之曲，則亡國哀思，孰不悲焉！唐於武德之時，祖孝孫復旋吕，張文收采《三禮》⑬，共推衍京房律法，而十二鐘畢用，殆天生之以啓一代之樂。而及乎中宗，「合生」之號，武平一惡其流僻⑭。玄宗則升立部、坐部於雅樂之上⑮，而安禄山之反〔五〕，甘凉之陷于吐蕃，卒與樂應。大抵中主之性情，便於聲色，而邇於奇濫。歌舞之積流，莫不列情貌、寫名質，嫌不避於妃主，體不存於王公，貴在恣意而無復表微，此古樂所以難復也。而又加之古法不行，編懸盡失，則日校行管，計累黍，猶之訟於無證之庭，而六虚五聲之道不可復尋矣。論者不得其端，而過爲原本之説，以爲無若魏徵之對文皇，韓琦之語仁宗，務於人和而不尚聲音。嗟乎！其言可謂質矣，而不必其盡然也。

凡樂之作，合樂觀於和會，歌奏觀於育生，修身及家，平均天下，皆出其塗。苟有舍而不辨，則三后之德讓，湯武之革命，皆可以無文也。宋之大儒若程、張、蔡、朱之重德器，明律吕，無論矣。即王令言聞胡琵琶而知君之不反⑯，劉義叟聽鑄鐘而識上之有憂⑰。哀樂死生之察，雖一得之士，猶有悟焉。而遽疑當世無一審音之人，足備先王之守官，則楊繼盛之不司太常⑱，與萬寶常之自焚著書⑲，其爲古今之傷，又曷異乎？况正樂不明，則奸聲因而間起。梁武帝創立舞雅，取諸《五經》，而篤信佛事，則《善哉》《大樂》《大勸》等樂十篇，荒理而違職。宋主和峴之雅樂⑳，而崇寧之際，方士雜進。魏漢津緣飾《老》《易》、陰陽言，請帝指度寸㉑，而徽宗果惑於鳳鳥之不至。蓋繇之不得其正，不入於溺音，即入於左道。則狂悖之言，過歷之度，無時不作，而國亦隨以亡〔六〕。宜太祖拊磬而惡學士之不辨宫徵也哉！

【校記】

〔一〕本篇又見天一閣本《續集·論略》。

〔二〕「劉几」，原作「劉幾」，據《宋史·樂志》改。

〔三〕「雖然」，天一閣本、上圖本作「然」。

〔四〕「而」，天一閣本、上圖本無。

〔五〕「反」下原衍「凉」，據天一閣本、上圖本删。

〔六〕「隨以亡」，原作「殆於宜」，據天一閣本、上圖本改。

【箋注】

① 音樂與世運緊密相連，所謂「治世之音安以樂，其政和；亂世之音怨以怒，其政乖；亡國之音哀以思，其民困。聲音之道，與政通矣」。張溥指出，作樂者上迫於主威，而内躁於求進，已失其和平之心，遂失樂之古意。加之國君多貪圖聲色，故有新聲以助其欲。樂既不正，則政亦可知矣，

此所謂「蓋繇之不得其正，不入於溺音，即入於左道」。以樂觀政，可知晚明政治已病入膏肓矣。

②《漢書》卷二十二《禮樂志》：「高祖時，叔孫通因秦樂人制宗廟樂。……孝惠二年，使樂府令夏侯寛備其簫管，更名曰《安世樂》。」

③《宋史》卷一百二十六《樂志一》：「阮咸，以示中書門下，因謂曰：『雅樂與鄭、衛不同，鄭聲淫，非中和之道。朕常思雅正之音可以治心，原古聖之旨，尚存遺美。琴七弦，朕今增之爲九，其名曰君、臣、文、武、禮、樂、正、民、心，則九奏克諧而不亂矣。阮四絃，增之爲五，其名曰：水、火、金、木、土，則五材並用而不悖矣。』……二年，太常音律官田琮以九弦琴、五弦阮均配十二律，旋相爲宫，隔八相生，並協律吕，冠于雅樂，仍具圖以獻。上覽而嘉之，遷其職以賞焉。自是遂廢拱宸管。」

④馬端臨《文獻通考》卷一百三十《樂考》：「仁宗景祐二年，時承平久，上留意禮樂之事。先是，判太常寺燕肅言：『大樂制器歲久，金石不調，願以王朴所造律準考按。』乃命館職宋祁、李照同預。……照請下潞州求上黨縣羊頭山秬黍，及下懷州河内縣取葭莩，製玉律，以候氣。」

⑤馬端臨《文獻通考》卷一百三十《樂考》：「舊太常鐘磬十六枚爲一簴，而四清聲相承不擊。照言：『十二律聲已備，餘四清聲乃鄭、衛之樂，可去。』侍讀學士馮元等駁之。」

⑥馬端臨《文獻通考》卷一百三十《樂考》：「閏十一月，詔：『中書門下集兩制、太常官，置局於秘閣，詳定大樂。』翰林學士王堯臣請命天章閣待制趙師民預詳定，仍乞借高若訥所校十五等古尺。

又召國子監直講胡瑗、益州進士房庶，同議大樂。」

⑦《宋史》卷一百二十六《樂志》：「知禮院楊傑條上舊樂之失，召范鎮、劉几與傑參議。几、傑請遵祖訓，一切下王朴樂二律，用仁宗時所制編鍾，追考成周分樂之序，辨正二舞容節；而鎮欲求一秠二米真黍，以律生尺，改修鍾量，廢四清聲。詔悉從几、傑議。樂成，奏之郊廟，故元豐中有楊傑、劉几樂。」

⑧《宋史》卷一百二十六《樂志》：「范鎮言其聲雜鄭、衛，請太府銅製律造樂。哲宗嗣位，以樂來上，按試於庭，比李照樂下一律，故元祐中有范鎮樂。」

⑨《隋書》卷十四《音樂志中》：「開皇二年，齊黄門侍郎顔之推上言：『禮崩樂壞，其來自久。今太常雅樂，並用胡聲，請馮梁國舊事，考尋古典。』高祖不從，曰：『梁樂亡國之音，奈何遣我用邪？』是時尚因周樂，命工人齊樹提檢校樂府，改换聲律，益不能通。俄而柱國、沛公鄭譯奏上，請更修正。於是詔太常卿牛弘、國子祭酒辛彦之、國子博士何妥等議正樂。然淪謬既久，音律多乖，積年議不定。」《舊唐書》卷七十九《祖孝孫傳》：「初，開皇中，鍾律多缺，雖何妥、鄭譯、蘇夔、萬寶常等亟共討詳，紛然不定。」

⑩吴乘權《綱鑑易知録·隋開皇十四年》：「太常卿牛弘使協律郎祖孝孫參定雅樂，復附帝意，銷毀前代金石，以息異議。」

⑪《史記》卷二十四《樂書》：「秦二世尤以爲娱。丞相李斯進諫曰：『放棄《詩》《書》，極意聲色，祖

伊所以懼也；輕積細過，恣心長夜，紂所以亡也。』」

⑫《史記》卷二十四《樂書》：「至今上即位，作十九章，令侍中李延年次序其聲，拜爲協律都尉。通一經之士不能獨知其辭，皆集會《五經》家，相與共講習讀之，乃能通知其意，多爾雅之文。……又嘗得神馬渥洼水中，復次以爲《太一之歌》。歌曲曰：『太一貢兮天馬下，霑赤汗兮沫流赭。騁容與兮跇萬里，今安匹兮龍爲友。』後伐大宛得千里馬，馬名蒲梢，次作以爲歌。歌詩曰：『天馬來兮從西極，經萬里兮歸有德。承靈威兮降外國，涉流沙兮四夷服。』中尉汲黯進曰：『凡王者作樂，上以承祖宗，下以化兆民。今陛下得馬，詩以爲歌，協於宗廟，先帝百姓豈能知其音邪？』上默然不説。」

⑬《舊唐書》卷二十八《音樂志一》：「高祖受禪，擢祖孝孫爲吏部郎中，轉太常少卿，漸見親委。孝孫由是奏請作樂，時軍國多務，未遑改創，樂府尚用隋氏舊文。武德九年，始命孝孫修定雅樂，至貞觀二年六月奏之。……及孝孫卒後，協律郎張文收復採《三禮》，言孝孫雖創其端，至於郊禋用樂，事未周備。詔文收與太常掌禮樂官等更加釐改。」

⑭《新唐書》卷一百一十九《武平一傳》：「後宴兩儀殿，帝命后兄光禄少卿嬰監酒，嬰滑稽敏給，詔學士嘲之，嬰能抗數人。酒酣，胡人襪子、何懿等唱『合生』，歌言淺穢，因倨肆，欲奪司農少卿宋廷瑜賜魚。平一上書諫曰：『樂，天之和，禮，地之序；禮配地，樂應天。故音動於心，聲形于物，因心哀樂，感物應變。樂正則風化正，樂邪則政教邪，先王所以達廢興也。伏見胡樂施于聲律，

本備四夷之數，比來日益流宕，異曲新聲，哀思淫溺。始自王公，稍及閭巷，妖伎胡人、街童市子，或言妃主情貌，或列王公名質，詠歌蹈舞，號曰「合生」。昔齊衰，有《行伴侣》，陳滅，有《玉樹後庭花》，趨數驁僻，皆亡國之音。夫禮慊而不進即銷，樂流而不反則放。臣願屏流僻，崇肅雍，凡胡樂，備四夷外，一皆罷遣。』」

⑮《新唐書》卷二十二《禮樂志》：「（玄宗）又分樂爲二部：堂下立奏，謂之立部伎；堂上坐奏，謂之坐部伎。太常閱坐部，不可教者隸立部，又不可教者，乃習雅樂。」

⑯《隋書》卷七十八《王令言傳》：「時有樂人王令言，亦妙達音律。大業末，煬帝將幸江都，令言之子嘗從，於户外彈胡琵琶，作翻調《安公子曲》。令言時卧室中，聞之大驚，蹶然而起曰：『變，變！』急呼其子曰：『此曲興自早晚？』其子對曰：『頃來有之。』令言遂歔欷流涕，謂其子曰：『汝慎無從行，帝必不返。』子問其故，令言曰：『此曲宫聲往而不反，宫者君也，吾所以知之。』帝竟被殺於江都。」

⑰李贄《史綱評要》卷二十九《宋仁宗皇帝》：「召太子中舍致仕胡瑗同定雅樂。時黄鍾律短，而所奏樂音高，又其鍾弇而直，聲鬱不發。著作佐郎劉羲叟曰：『此謂害金，帝將感心腹之疾乎？』已而果然。」

⑱《明史》卷二百九《楊繼盛傳》：「楊繼盛，字仲芳，容城人。……從尚書韓邦奇遊，覃思律吕之學，手製十二律，吹之聲畢和。邦奇大喜，盡以所學授之，繼盛名益著。」

⑲《隋書》卷七十八《萬寶常傳》：「萬寶常，不知何許人也。父大通，從梁將王琳歸于齊。後復謀還江南，事泄，伏誅。由是寶常被配爲樂户，因而妙達鍾律，遍工八音。……寶常嘗聽太常所奏樂，泫然而泣。人問其故，寶常曰：『樂聲淫厲而哀，天下不久相殺將盡。』時四海全盛，聞其言者皆謂爲不然。大業之末，其言卒驗。寶常貧無子，其妻因其卧疾，遂竊其資物而逃。寶常飢餒，無人贍遺，竟餓而死。將死也，取其所著書而焚之，曰：『何用此爲？』見者於火中探得數卷，見行於世，時論哀之。」

⑳《宋史》卷一百二十六《樂志一》：「始，太祖以雅樂聲高，不合中和，乃詔和峴以王朴律準較洛陽銅望臬石尺爲新度，以定律吕，故建隆以來有和峴樂。」

㉑《宋史》卷四百六十二《魏漢津傳》：「謂人主稟賦與衆異，請以帝指三節三寸爲度，定黄鐘之律；而中指之徑圍，則度量權衡所自出也。」

錢楮論〔一〕①

戴埴曰：「物貨難於阜通，必假圜法流轉。故言錢則曰平準，以見有錢必有物，而後可準平也。錢易得，則物價踴貴，此漢唐以後之論也。商賈憚于般挈，利交子之兑换，故言楮則曰稱提，見有楮必有錢，以稱提之也。楮多易得，則金錢貴重，此宋紹興以後之論也。陸贄謂錢多則輕，必作法以斂之；趙開謂楮多則輕，必用錢以收之。」②嗚呼！得其説而存之，則可以論今日之錢楮矣。

宋之交楮屬官，雖始于薛田之議③，而合券取償，實本周之質劑、唐之飛錢以爲法④。于是金有交鈔，元有中統、至元、至正交鈔，後格難行。洪武之八年，詔中書省造大明寶鈔，凡六等。各布政司設寶源局，鑄小錢通之⑤。永樂中，以鈔法圮〔二〕，而峻金銀錢物貿易之誅。成化時，至遣御史往按，不其重哉！然究之鈔易昏爛，收換艱難，制雖設而法不行。蓋唐憲宗之始行錢引，裴武已慮其行久滋僞；沈位言會子之不示民信，恐必不行，而宋高宗深以爲然。元法，計貫抵罪，趙孟頫議其太重⑥。至正之時，武祺、偰哲篤希右相脱脱之意，欲以鈔爲母、錢爲子，又欲錢鈔兼行，而吕思誠力争其不可⑦。則鈔法之難，昔人已詳哉言之，不俟今日而始歎桑穰、工墨之無用也。是故爲救時之論者，不得不舍鈔而專論錢，則弛鑄禁與限蓄錢，皆非計之便也。何則？天子之操柄無所不施，獨貨財之緩急輕重，不得不因民以善其令。寬之則利歸于下，而盜鑄者多；限之則驅民於法，而告訐者衆。此二弊者，今日之所絶也。太府圜法以來，以銅爲泉，或半兩，或榆莢，或八銖，或四銖，而得中者惟漢之五銖。其後或赤仄，或荷葉，或鵝眼、綖環，或當三、當十、當百、當千，而得中者惟唐之開元⑧。後世依其質製，可以久而不變，則剪鐵裁皮之弊，亦非今日之所有也。

然而一患尚有，孔顗所云「惜銅愛工」是已⑨，而要之不可以驟也。銅所出之地寡，而爲費浩，如宋時京城之銷金，衢、信之鍮器，醴、泉之樂具〔三〕，臨川、隆興之銅工，今且百倍之矣。晉魏之世，佛老象教盛行，寺若觀縻黄金以億億計，今又百倍之矣。欲令民輸官府錢，而慮有聶、何、范祥之貪；欲以藥化鐵，與銅雜鑄，而慮有許申之敗⑩。則上雖出内帑，下雖發古冢、毁佛像，而銅終不給；銅既不給，而工力亦損，則雖有修潔英達之士主其役，而事迄于不濟。

是故參而論之，則唐劉秩之疏與近者靳學顔之議，亦其平衡也。劉秩言重銅禁，則銅不他用，而鼓鑄之用給；銅不布，則盗鑄者無因，而公錢不破⑪。靳學顔言「鑄錢之須，一曰銅料，一曰炭，一曰轉致，一曰人工。誠將天下産銅之地，贖軍徒以下之罪，定則以收銅；西山産煤之窑，以法司有罪之人，准罪以納炭。運銅則水路循臨清帶甎之例，陸路資以驛遞之力；運炭則官身給工食，民户給脚價，而匠役取諸原額，不煩銀兩而可辦」⑫。若此者，於泉府之利，猶有及乎？因而推之，苟銅廣而錢繼，鑄錢之監一而無數州之雜，民之私鑄者無利，不禁自止，而無取於章傑之議刑。行之數年而無動，實者積而虚者亦可以相權。然後郡縣各立錢庫，用張詠在蜀行交子之法⑬，使富室主之，出入子母，如鹽茶之引，至而立得，則鈔法亦舉其中矣。

【校記】

〔一〕本篇又見天一閣本《續集·論略》。

〔二〕「圮」，原作「屺」，據天一閣本、上圖本改。

〔三〕「醴」，原作「醒」，據《宋史·食貨志下》「醴、泉之樂具」改。

【箋注】

①此論鈔法及鑄錢之事。明初造鈔，其後不行，其因在於「鈔易昏爛，收换艱難」。而論鑄錢，則又有私鑄之事，故張溥建議「鑄錢之監一而無數州之雜，民之私鑄者無利，不禁自止」。

②語見丘濬《大學衍義補·治國平天下之要·銅楮之幣》。

③《宋史》卷三百一《薛田傳》：「民間以鐵錢重，私爲券以便交易，謂之『交子』，而富家專之，數致爭訟。田請置交子務，以榷其出入，未報。及寇瑊守益州，卒奏用其議，蜀人便之。」

④梁寅《錢幣》(《全元文》卷一五一四)：「楮幣者，蓋起於唐矣。憲宗令商賈至京師，委錢諸道，以輕裝趨四方，合券乃取，號爲飛錢。宋張詠鎮蜀，患錢重不可貿易，於是設質劑之法。一交一緡，以三年爲一界而换之。」

⑤《明史》卷八十一《食貨志五》：「七年，帝乃設寶鈔提舉司。明年始詔中書省造大明寶鈔，命民間通行。……其等凡六：曰一貫，曰五百文、四百文、三百文、二百文、一百文。……越二年，復設寶泉局，鑄小錢與鈔兼行，百文以下止用錢。」

⑥《元史》卷一百七十二《趙孟頫傳》：「詔集百官於刑部議法，衆欲計至元鈔二百貫贓滿者死，孟頫曰：『始造鈔時，以銀爲本，虚實相權，今二十餘年間，輕重相去至數十倍，故改中統爲至元，又二十年後，至元必復如中統，使民計鈔抵法，疑於太重。古者，以米、絹民生所須，謂之二實，銀、錢與二物相權，謂之二虚。四者爲直，雖升降有時，終不大相遠也，以絹計贓，最爲適中。况鈔乃宋時所創，施於邊郡，金人襲而用之，皆出於不得已。迺欲以此斷人死命，似不足深取也。』」

⑦《元史》卷一百八十五《吕思誠傳》：「吏部尚書偰哲篤、左司都事武祺等，建言更鈔法，以楮幣一貫文省權銅錢一千文爲母，銅錢爲子，命廷臣集議。思誠曰：『中統、至元自有母子，上料爲母，下料爲子，譬之蒙古人以漢人子爲後，皆人類也，尚終爲漢人之子，豈有故紙爲父而立銅爲子者乎？』一座咸笑。思誠又曰：『錢鈔用法，見爲一致，以虚換實也。今歷代錢、至正錢、中統鈔、至元鈔、交鈔分爲五項，慮下民知之，藏其實而棄其虚，恐不利於國家也。』偰哲篤曰：『至元鈔多僞，故更之爾。』思誠曰：『至元鈔非僞，人爲僞爾。交鈔若出，亦爲僞者矣。且至元鈔，猶故戚也，家之童奴且識之；交鈔，猶新戚也，雖不敢不親，人未識也，其僞反滋多爾。况祖宗之成憲，其可輕改哉。』偰哲篤曰：『祖宗法弊，亦可改矣。』思誠曰：『汝輩更法，又欲上誣世皇，是汝與世皇爭高下也。且自世皇以來，諸帝皆謚曰孝，改其成憲，可謂孝乎？』偰哲篤曰：『錢鈔兼行何如？』思誠曰：『錢鈔兼行，輕重不倫，何者爲母，何者爲子，汝不通古今，道聽而塗説，何足行哉。』偰哲篤忿曰：『我等策既不可行，公有何策？』思誠曰：『我有三字策曰：行不得！行

不得！』」

⑧語出丘濬《大學衍義補·治國平天下之要·銅楮之幣》：「然自太府圜法以來，以銅爲泉，或爲半兩，或爲榆莢，或爲八銖，或爲四銖，不知幾變矣，惟漢之五銖爲得其中。五銖之後或爲赤仄，或爲當千，或爲鵝眼綖繯，或爲荇葉，又不知其幾變矣，惟唐之開元爲得其中。二者之外，或以一當三，或以一當十，或以一當百，然皆行之不久而遽變，惟其質制如開元者則至今通行焉。」

⑨《資治通鑑》卷一百三十七永明八年條：「初，太祖以南方錢少，更欲鑄錢。建元末，奉朝請孔顗上言，以爲：『食貨相通，理勢自然。李悝云：「糴甚貴傷民，甚賤傷農。」甚賤甚貴，其傷一也。……民所以盜鑄，嚴法不能禁者，由上鑄錢惜銅愛工也。惜銅愛工者，意謂錢爲無用之器，以通交易，務欲令質輕而數多，使省工而易成，不詳慮其爲患也。夫民之趨利，如水走下。今開其利端，從以重刑，是導其爲非而陷之於死，豈爲政歟！』」

⑩《宋史》卷一百八十《食貨志下二》：「許申爲三司度支判官，建議以藥化鐵與銅雜鑄，輕重如銅錢法，銅居三分，鐵六分，皆有奇贏，亦得錢千，費省而利厚。詔申用其法鑄於京師。大率鑄錢雜鉛、錫，則其液流速而易成，申雜以鐵，流澀而多不就，工人苦之。初命申鑄萬緡，逾月裁得萬錢。申性詭譎，少成事，自度言無效，乃求爲江東轉運使，欲用其法於江州。朝廷從之，因詔申即江州鑄百萬緡，毋漏其法。中外知其非是，而宰相主之，卒無成功。」

⑪《舊唐書》卷四十八《食貨志》：「開元二十二年，中書侍郎張九齡初知政事，奏請不禁鑄錢，玄宗

令百官詳議。……左監門録事參軍劉秩上議曰：『伏奉今月二十一日敕，欲不禁鑄錢，令百僚詳議可否者。夫錢之興，其來尚矣，將以平輕重而權本末，齊桓得其術而國以霸，周景失其道而人用弊。考諸載籍，國之興衰，實繫於是。……夫鑄錢用不贍者，在乎銅貴，銅貴，在採用者衆。夫銅，以爲兵則不如鐵，以爲器則不如漆，禁之無害，陛下何不禁於人？禁於人，則銅無所用，銅益賤，則錢之用給矣。夫銅不布下，則盜鑄者無因而鑄，則公錢不破，人不犯死刑，錢又日增，末復利矣。是一舉而四美兼也，惟陛下熟察之。』」

⑫《明史》卷二百十四《靳學顏傳》：「靳學顏，字子愚，濟寧人。……應詔陳理財，凡萬餘言。言選兵、鑄錢、積穀最切。」靳學顏《錢穀論》（陳其愫《皇明經濟文輯》卷六）：「鑄錢之須，一曰銅料，一曰炭，一曰轉致，一曰人工。夫此四者在民間計之，銀一分而得錢四分，誠十不酬五矣。自臣愚計之，皆不可用銀而取辦者。誠將天下出産銅料之處，贖軍徒以下之罪，而定其則以收銅。于西山産煤之窑，以法司有罪之人，而准其罪以納炭。其運銅，則通水路者附以官民之舟，如臨清帶甎之例。通陸路者，資以驛遞之力，而給之官庫之錢。其運炭，則請出府庫見貯之錢，或于京城，或于近縣，或于營軍，如係官身則量給以工食，如係民户則平給以脚價。如是而患無材，與夫轉致之難，臣不信也。至于人工取之見役而皆足，則又不煩銀兩而可辦也。」

⑬《宋史》卷一百八十一《食貨志》：「會子、交子之法，蓋有取於唐之飛錢。真宗時，張詠鎮蜀，患蜀人鐵錢重，不便貿易，設質劑之法，一交一緡，以三年爲一界而换之。六十五年爲二十二界，謂

之交子，富民十六户主之。」

左道論〔一〕①

二氏之學，互有廢興。魏之天師，元之帝師，各以其術相傾。要之，亂天下一也。梁武帝尊事寶誌，諷講三慧。及彭城師覆，《東魏檄》責之曰：「毒螫滿懷，妄敦戒業；躁競盈胸，謬治清静。」②嗟乎！此非獨爲梁武帝言之，凡人君不務本教，而有慕於佛與老者，皆猶是也。

五季唐晉之間，張遇賢聽於神而亂③，卓嚴明起於僧而帝，中國不治，而邪氣間作，固無論矣。漢之武帝，宋之真宗，當太平之世，爲聰明之主，而好神仙，志封禪。此二帝者，豈不知鼎湖之惑④、天書之妄哉⑤？然武帝之意，遥興輕舉，志存乎黄帝；而真宗之耻，在澶淵之盟，思有以耀天下而不得其術。于是奸人窺其間，而亟有以中之，則數變而不悟。是故武帝之誅文成、五利⑥，習知方書之僞、入海祠太山之無益，而長生之慕不絶，則所爲宫室報享，以冀遇其真⑦。天瑞之事，希世絶倫。王欽若明言其不必有⑧，而務爲夸表之術，則君臣私議於深宫之中，而妄言於朝堂之上。此皆利欲之心勝〔二〕，而求異之路亟也。始行之猶以爲疑，再行之即以爲信，久之則惡人之疑而樂人之信。故少翁帛書之誅〔三〕，武帝隱之⑨。而真宗自言其十一月庚寅、五月丙子之夢，惟恐王旦之不以爲然，則君反有求於其臣⑩。甚矣！大惑之移人，過於淫聲美色也。

然而，若此之徒，所以誑耀人主者，未有不因君之左右大臣以爲閒也。胡僧不空比於元載、王縉、杜鴻漸而亂唐⑪，王老志、林靈素比於蔡京、王黼而亂宋⑫。往者之鑒，信已。即如國朝左道之興，王臣、繼曉、孜省、實巴之流，莫不謹事權近以要富貴⑬；而李廣則身爲中涓，行其誣罔⑭。夫固不道之甚者也！是故廣成子之千五百歲而不衰，李伯陽歷商周之代而西出函谷，不敢謂昔無其人⑮；天竺之王子雪山苦行，未嘗三宿桑下⑯，不敢謂其行不至，而尤而效之，獨不可見於人主。何則？匹夫曠達之士，無國家之寄，有山林之求，離人事而修大戒，則浮屠老子之説，獨身而無憂。苟以天子辨風、諸侯辨官之職，而有冀乎無爲清凈，則所趨者不軌徇利之人，而大權之集，舉足以爲禍。此蘇軾言衛懿公之好鶴，隱逸爲之，足以終其身，國君爲之，必至於喪者也⑰。

高駢多智習兵，惑于吕用之、張守一而敗⑱；李煜僧衣禮佛，而國入於宋⑲。夫以大藩之臣，偏隅之王，而徇狎不典，皆底喪亡。等而上之，寧有極乎？雖然，服食不終之藥，五色五倉之論，祈而不應，學者易於放距。獨釋氏之空諸相罪垢，使人即之無端，而靡所不爲。即韓愈之於大顛〔四〕⑳，朱熹之於道謙㉑，其始不無動焉，而終乃絶而不道。則推而遠之，蓋不待懲於輒沐之食子、儀渠之焚親㉒，然後加以夷狄也。

【校記】

〔一〕本篇又見天一閣本《續集·論略》。

〔二〕「此」下，原衍「此」，據天一閣本、上圖本删。

〔三〕「帛書」，原作「白書」，據天一閣本、上圖本改。

〔四〕「於」，原脱，據下句補。

【箋注】

①此篇論佛道，可看出張溥儒者本色，以儒自居，以佛道爲「左道」「邪氣」「大惑」，認爲必「亂天下」。尤其主張人君應「務本教」，不應求仙問藥、慕佛空相，否則，大權爲小人所用，竟至禍國殃民。可見，人君之求仙慕佛，非僅關己性，實乃關係國運民生。張溥云：「大惑之移人，過於淫聲美色也。」故爲國君者，爲政以德、寬愛黎民即可，求仙慕佛，應慎而戒之。

②《資治通鑑》卷第一百六十太清元年條：「東魏使軍司杜弼作檄移梁朝曰：『……彼梁主者，操行無聞，輕險有素。射雀論功，蕩舟稱力。年既老矣，耄又及之。政散民流，禮崩樂壞。加以用舍乖方，廢立失所；矯情動俗，飾智驚愚。毒螫滿懷，妄敦戒業；躁競盈胸，謬治清浄。災異降於上，怨讟興於下。人人厭苦，家家思亂。』」

③吴任臣《十國春秋》卷六十六《張遇賢傳》：「張遇賢，禎州博羅縣小吏也。縣之刻杉鎮，有神降

於民家，所言禍福輒驗。遇賢往禱之，因留奉事甚謹。會群盗大起，莫相統一，共祈於神，神大言曰：『張遇賢是第十六羅漢，當爲汝主。』於是共推遇賢爲中天八國王，攻陷循州，改元永樂，署置百官，皆衣絳衣。遇賢年少，無他方略，賊帥各以便宜剽掠州縣，告其進退而已。」

④鼎湖之惑：古代傳説黄帝在鼎湖乘龍升天。

⑤天書之妄：天書，道教托言天神所賜之書。《宋史》卷七《真宗本紀》：「大中祥符元年春正月乙丑，有黄帛曳左承天門南鴟尾上，守門卒塗榮告，有司以聞。上召群臣拜迎于朝元殿啓封，號稱天書。」

⑥《晉書》卷九十五《藝術傳》：「漢武雅好神仙，世祖尤耽讖術，遂使文成、五利逞詭詐而取寵榮。」

⑦《史記》卷十二《孝武本紀》：「其冬，公孫卿候神河南，見僊人跡緱氏城上，有物若雉，往來城上。天子親幸緱氏城視跡。問卿：『得毋效文成、五利乎？』卿曰：『僊者非有求人主，人主求之。其道非少寬假，神不來。言神事，事如迂誕，積以歲乃可致。』於是郡國各除道，繕治宫觀名山神祠所，以望幸矣。」

⑧《宋史》卷二百八十二《王旦傳》：「契丹既受盟，寇準以爲功，有自得之色，真宗亦自得也。王欽若甚準，欲傾之，從容言曰：『此《春秋》城下之盟也，諸侯猶耻之，而陛下以爲功，臣竊不取。』帝愀然曰：『爲之奈何？』欽若度帝厭兵，即謬曰：『陛下以兵取幽燕，乃可滌耻。』帝曰：『河朔生靈始免兵革，朕安能爲此？可思其次。』欽若曰：『唯有封禪泰山，可以鎮服四海，誇示外國。然

自古封禪，當得天瑞希世絶倫之事，然後可爾。』既而又曰：『天瑞安可必得，前代蓋有以人力爲之者，惟人主深信而崇之，以明示天下，則與天瑞無異也。』」

⑨《史記》卷十二《孝武本紀》：「其明年，齊人少翁以鬼神方見上。上有所幸王夫人，夫人卒，少翁以方術蓋夜致王夫人及竈鬼之貌云，天子自帷中望見焉。於是乃拜少翁爲文成將軍，賞賜甚多，以客禮禮之。……居歲餘，其方益衰，神不至。乃爲帛書以飯牛，詳弗知也，言此牛腹中有奇。殺而視之，得書，書言甚怪，天子疑之。有識其手書，問之人，果僞書。於是誅文成將軍而隱之。」

⑩陳邦瞻《宋史紀事本末》卷二十二《天書封祀》：「至是，帝謂群臣曰：『去冬十一月庚寅，夜將半，朕方就寢，忽室中光耀，見神人星冠絳衣，告曰：「來月宜於正殿建黄籙道場一月，當降天書大中祥符三篇。」朕竦然起對，已復無見。自十二月朔即齋戒於朝元殿，建道場以佇神貺。至是，適皇城司奏有黄帛曳左承天門南鴟尾上，令中使視之，帛長二丈許，緘物如書卷，纏以青縷，封處隱隱有字，蓋神人所謂天降之書也。』旦等皆再拜稱賀。……帝御崇政殿，趣召群臣曰：『朕五月丙子夜，復夢向者神人言：「來月上旬，當賜天書於泰山。」即密諭欽若等，凡有祥異即上聞，今果與夢協。上天眷祐，惟懼不稱。』王旦等再拜稱賀，乃迎奉含芳園之正殿。」

⑪洪邁《容齋隨筆·三筆》卷七《代宗崇尚釋氏》：「唐代宗好祠祀，未甚重佛。元載、王縉、杜鴻漸爲相，三人皆好佛。上嘗問以『佛言報應，果爲有無』。載等奏：『國家運祚靈長，非宿植福業，何以致之？福業已定，雖時有小災，終不能爲害，所以安、史有子禍，僕固病死，回紇、吐蕃不戰而

退，此皆非人力所及。』上由是深信之，常於禁中飯僧，有寇至則令僧講《仁王經》以禳之，寇去則厚加賞賜。」

⑫《宋史》卷四百六十二《王老志傳》：「政和三年，太僕卿王亶以其名聞。召至京師，館于蔡京第。嘗緘書一封至帝所，徽宗啓讀，乃昔歲秋中與喬、劉二妃燕好之語也。帝由是稍信之，封爲洞微先生。朝士多從求書，初若不可解，後卒應者十八九，故其門如市。京慮太甚，頗以爲戒；老志亦謹畏，乃奏禁絶之。……初，王黼未達時，父爲臨泉令，問黼名位所至，即書『太平宰相』四字。旋以墨塗去之，曰：『恐泄機也。』黼敗，人乃悟。」《宋史》卷四百六十二《林靈素傳》：「政和末，王老志、王仔昔既衰，徽宗訪方士於左道録徐知常，以靈素對。既見，大言曰：『天有九霄，而神霄爲最高，其治曰府。神霄玉清王者，上帝之長子，主南方，號長生大帝君，陛下是也，既下降于世，其弟號青華帝君者，主東方，攝領之。己乃府仙卿曰褚慧，亦下降佐帝君之治。』又謂蔡京爲左元仙伯，王黼爲文華吏，盛章、王革爲園苑寶華吏，鄭居中、童貫及諸巨閹皆爲之名。」

⑬夏燮《明通鑑》卷三十四《紀三十四・十九年》：「九月，妖人王臣伏誅。時中官進奉，多借購書採藥之名，所在騷擾，賄賂公行。臣以妖術爲内監王敬所信任，敬奉使蘇、常等府，挾臣及百户王完等十九人以從，所至陵虐官吏，矯旨搜括民間珍玩，因奪室女縱淫，長吏不從者多被辱。至蘇州，召諸生寫妖書，辭不赴，即令有司捕縶至驛中亂箠之，諸生大嘩。敬奏其抗命，下巡按御史逮問。……江夏僧繼曉，以秘術因中官梁芳進，封國師。」《明史》卷三百七《李孜省傳》：「李孜省，

南昌人。以布政司吏待選京職，贓事發，匿不歸。時憲宗好方術，孜省乃學五雷法，厚結中官梁芳、錢義，以符籙進。」趙翼《廿二史劄記》卷三十四《成化嘉靖中方技授官之濫》論之甚詳，可參。

⑭《明史》卷三百四《李廣傳》：「李廣，孝宗時太監也。以符籙禱祀蠱帝，因爲奸弊，矯旨授傳奉官，如成化間故事，四方爭納賄賂。又擅奪畿内民田，專鹽利鉅萬。起大第，引玉泉山水，前後繞之。給事葉紳、御史張縉等交章論劾，帝不問。十一年，廣勸帝建毓秀亭於萬歲山。亭成，幼公主殤，未幾，清寧宫災。日者言廣建亭犯歲忌，太皇太后恚曰：『今日李廣，明日李廣，果然禍及矣。』廣懼自殺。」

⑮語本王守仁《答人問神仙書》（施邦曜輯評《陽明先生集要·理學編》卷四）：「若廣成子之千五百歲而不衰，李伯陽歷商、周之代，西度函谷，亦嘗有之。」

⑯《後漢書》卷三十《襄楷傳》：「浮屠不三宿桑下，不欲久生恩愛，精之至也。天神遺以好女，浮屠曰：『此但革囊盛血。』遂不眄之。其守一如此，乃能成道。」

⑰蘇軾《蘇軾文集》卷十一《放鶴亭記》：「蓋其爲物，清遠閒放，超然于塵垢之外，故《易》《詩》人以比賢人君子隱德之士。狎而玩之，宜若有益而無損者，然衛懿公好鶴則亡其國。」

⑱《舊唐書》卷一百八十二《高駢傳》：「高駢，字千里，幽州人。……累歷神策都虞候。……有愛將吕用之者，以左道媚駢，駢頗用其言。……而部下多叛，計無所出，乃託求神仙，屏絶戎政，軍中可否，取決於吕用之。……吕用之又薦暨工諸葛殷、張守一有長年之術，駢並署爲牙將。於府

第别建道院，……日與用之、殷、守一三人授道家法籙，談論於其間，賓佐罕見其面。」

⑲吴任臣《十國春秋》卷三十三《小長老》：「初，後主與周后酷信浮屠法，僧帽褫衣，課誦釋典，親削僧徒厠簡，試之以頰，少有芒刺，則加以修治，兩手常作佛印而行。募道士爲僧者，予二金；僧人犯姦者，令禮佛百拜，便釋之。由是姦濫公行，無所禁止。」

⑳洪興祖《韓子年譜・元和十五年》：「《與孟簡書》云：『……潮州時有一老僧，號大顛，頗聰明，識道理，遠地無可與語者，故自山召至州郭，留數十日。及祭神海上，遂造其廬。及來袁州，留衣服爲别，乃人之情，非崇信其法，求福田利益也。』」

㉑《全宋文》卷四二〇九《釋道謙》：「道謙，號密庵，俗姓游，建州崇安（今福建武夷山）人。少出家，謁佛果，從宗杲，二十年無所省發。得友人宗元啓發，言下大悟。後主建寧府開善寺。」

㉒《列子・湯問》：「越之東有輒沐之國，其長子生，則鮮而食之，謂之宜弟。……秦之西有儀渠之國者，其親戚死，聚柴積而焚之。燻則烟上，謂之登遐，然後成爲孝子。」熊賜履《學統》卷五十六下《異統・釋氏》：「鄧元錫曰：『……夫南北之極，或祝髮而裸，或羯巾而喪，輒沐之食子，儀渠之焚親，得之素習而成之性矣。』」

建學論〔一〕①

李承芳之論曰：「近代來，害天下之人心者，莫甚於學宫；壞天下之士習者，莫甚於科舉；率天下爲惡無紀極，莫甚於學官。」②蓋已痛哉其言之！而學校之弊，其流日甚。復古者思有以大變之而不能，則亦何道之修而後可以漸正也？

夫議國學之失者，在於啓納粟納馬之例③；議郡縣學之失者，在於僅取士子課試之文。兩者皆有道以治之，然而於今未能也。訾算入官，始於西漢④，唐宋軍興，亦間行之。以今國用大詘之時，而欲罷入監之例，吾知其言之不信也。無已而爲之變通，人之出貲，而後入學。盍於出貲之時，督學使者先考擇焉？不中理者，勿之許也，庶幾其猶有賴乎？而恐天下粟馬之輸，自此日少也。郡縣之諸生，名高於援例〔二〕，而課文之弊等之乎粟馬，則猶之乎無文也。于是有志者思洪宣之世，風俗淳質。賢者各明經以窮理，居敬以反身；中庸之流，奉承不悖。士子有三年不課舉子文者，而閭巷之父兄長老，各誦習《小學》《性理》《通鑑》諸書及御製《大誥》《榜文》，則至治已，而今不可復也。

然聞當時教學之官，兩都祭酒有李時勉、陳敬宗⑤，南畿督學有陳選⑥，咸秉大節，躬教訓，笙磬之聲日聞，而城闕之刺不作⑦，胡爲乎今之不見也？是故司業祭酒，養望需陟，而不屑於帥迪；博士諸官，資叙不高，而借以寄閒，國學之大弊也。學臣無志於蕭鳴鳳之懲惡⑧、魏校之敦行⑨、李夢陽之勵士節⑩，而徒求長於一日之文；師儒之職，不取耆宿而衰老充位，無復望於選坊局、修典籍〔三〕，有華要之擢，而僅爲苟得以盡年，郡縣學之大弊也。

或曰：「學官之選，非必盡歲貢士也，大都舉於鄉者爲之。抑未知祖宗之令，所以待之者尤詳也。」士之未舉於鄉者，類有功名之事、師長之敬以累其心。而舉子之未仕者，多託交郡邑，陵暴鄉黨，治生業而忘道藝。是以坐堂之制，違限之罰，建言者務欲嚴之，斯其人不敢久留於鄉里，而輕蔑夫士類。則學焉而仕，君子慎所以先人者，其道亦可以止矣。是故下有胡瑗⑪，則上有仁宗，教自下達也；上有高祖，則下有宋訥⑫，教自上感也。虞之三教爲經，周之十二教爲緯，凡爲君臣者，當盡心焉。

【校記】

〔一〕本篇又見天一閣本《續集·論略》。

〔二〕「援」上，原衍「援」，據天一閣本、上圖本删。

〔三〕「坊局」，原作「防局」，據文義改。

【箋注】

①本篇論學風，評士習，欲復古風而變今之學風，使學者明經窮理，居敬反身。學者務下學上達，人君務德風偃下。又，學校之弊，其流日甚。明季國用不足，則出貲入學者多矣。張溥建議對出貲入學者，亦應嚴格考核。此文之思想與張溥日后創立復社以「興復古學，務爲有用」之主張，亦一脈相通。

②語見李承芳《送戴元之序》（《明文海》卷二百八十八）：「予觀近代以來，害天下之人心者，莫甚

於學宮；害天下之士習者，莫甚於科舉；率天下士類爲惡而無所紀極者，莫甚於學官。」

③《明史》卷六十九《選舉志一》：「迨開納粟之例，則流品漸淆，且庶民亦得援生員之例以入監，謂之民生，亦謂之俊秀，而監生益輕。」

④《漢書》卷五《景帝本紀》：「五月，詔曰：『人不患其不知，患其爲詐也；不患其不勇，患其爲暴也；不患其不富，患其亡厭也。其唯廉士，寡欲易足。今訾算十以上乃得宦，廉士算不必衆。有市籍不得宦，無訾又不得宦，朕甚愍之。訾算四得宦，亡令廉士久失職，貪夫長利。』」服虔注：「訾萬錢，算百二十七也。」

⑤《明史》卷一百六十三《陳敬宗傳》：「初，敬宗與李時勉同在翰林，袁忠徹嘗相之，曳二人並列曰：『二公他日功名相埒。』敬宗儀觀魁梧，時勉貌稍寢，後二人同時爲兩京祭酒。時勉平恕得士，敬宗方嚴。終明世稱賢祭酒者，曰南陳北李。」

⑥《明史》卷一百六十一《陳選傳》：「陳選，字士賢，臨海人。……選自幼端慤寡言笑，以聖賢自期。天順四年會試第一，成進士。授御史，巡按江西，盡黜貪殘吏。時人語曰：『前有韓雍，後有陳選。』……督學南畿，頒冠、婚、祭、射儀於學宮，令諸生以時肄之。作《小學集註》以教諸生。按部常止宿學宮，夜巡兩廡，察諸生誦讀。除試牘糊名之陋，曰：『己不自信，何以信於人？』」

⑦王應麟《困學紀聞》卷三：「春秋時，諸侯急攻戰而緩教化，其留意學校者，唯魯僖公能修泮宮，衛文公敬教勸學，它無聞焉。鄭有《子衿》『城闕』之刺，子産僅能不毁鄉校而已。」《詩·鄭風·子

衿》毛序：「《子衿》，刺學校廢也。亂世則學校不脩焉。」

⑧《明史》卷二百八《蕭鳴鳳傳》：「蕭鳴鳳，字子雝，浙江山陰人。少從王守仁遊。舉鄉試第一。正德九年成進士，授御史。……鳴鳳又劾江彬恃寵恣肆，蔓將難圖。士論壯之。尋巡視山海諸關。武宗將出塞捕虎，鳴鳳疏諫，因具陳官司掊尅，軍民疾苦狀。不報。引疾歸。起督南畿學政。諸生以比前御史陳選，曰『陳，泰山；蕭，北斗』。」

⑨熊賜履《學統》卷四十二下《魏校》：「魏校，字子才，崑山人。……弘治十八年，連捷進士，費宏一見，以范仲淹期之。……家居慕古簡重，不以事物經心，塵凝滿室，處之泊然，羸病杜門。聞一善士，亟疾求見。爲人貌恭色温，而出處取舍，審之至精，執之至確。世宗即位，首起廣東副使，提督學政。先德行，興小學以校士，聘翟宗魯以爲士師，禁火葬，斥淫祠，取曹溪故傳衣鉢，毁而焚之。」

⑩《明史》卷二百八十六《李夢陽傳》：「監司五日會揖巡按御史，夢陽又不往揖，且敕諸生毋謁上官，即謁，長揖毋跪。御史江萬實亦惡夢陽。淮王府校與諸生爭，夢陽笞校。」

⑪《宋史》卷四百三十二《胡瑗傳》：「胡瑗，字翼之，泰州海陵人。以經術教授吴中，年四十餘。景祐初，更定雅樂，詔求知音者。范仲淹薦瑗，白衣對崇政殿。……以保寧節度推官教授湖州。瑗教人有法，科條纖悉備具，以身先之。雖盛暑必公服坐堂上，嚴師弟子之禮。視諸生如其子弟，諸生亦信愛如其父兄。從之游者常數百人。」

⑫《明史》卷一百三十七《宋訥傳》：「宋訥，字仲敏，滑人。……洪武二年徵儒士十八人編禮、樂諸

書，訥與焉。……未幾，遷祭酒。時功臣子弟皆就學，及歲貢士嘗數千人。訥爲嚴立學規，終日端坐講解無虛晷，夜恒止學舍。十八年復開進士科，取士四百七十有奇，由太學者三之二。再策士，亦如之。帝大悦，製詞褒美。……明開國時即重師儒官，許存仁、魏觀爲祭酒，老成端謹。訥稍晚進，最蒙遇。」

山東論〔一〕①

談形勢者稱山東要害之地五：守臨清則齊右安，固武定則渤海靖，謹曹、濮則河東固，嚴沂州則無徐、淮之虞，慎登、萊邊衛則無倭奴之患②。而憂河流之塞者，遂以爲會通受派於黄河，支流合泉於汶、泗，故苑博之浮，齊城之圮，有殷鑒焉；重盜賊之防者，望梁山而常懷蚩尤之懼，則安平鎮之設官，有先戒焉。然以今論昔，盛衰之故，難言之矣。

春秋戰國之時，東海雄於中夏。秦漢之際，勢並陝右，田肯所謂東西秦也③。韓信下趙，不憚委之張耳④。而襲有齊國，即惘然思王其地，亦知其地利之足爲天下輕重也。然新莽之亂，山東盜起，及乎石勒、王彌、慕容超之劉戮，其後籍全齊之兵，不足以當臨淄一城之帶甲。衰弱之見，何其亟也！漢唐以來，山東鹽鐵之入，歲不下數十萬。即宋太平興國之時，青、齊、鄆、濮、淄、濰、沂、密、登、萊諸郡，鹽鐵而外，皆設平絁市〔二〕。而皇祐中，貢金之額，登州歲三千餘兩，萊州歲四千餘兩。今不及其什之一，物貨之原，又何詘也⑤！

夫户口之減，不逮於當時；而督責之令，復繩以往古。則貧耗日增，而太公、桓公之舊，益不可復。抑知地勢之盛衰，亦何常之有乎？揚州之田下下，而今名沃饒；雍州之田上上⑥，而今皆墝壤。變化之形，未有甚於地氣之遷者也。故武昌一邑載諸《禹貢》，爲荆州之壤，地最埆薄。而孫皓自建業移都之後，五百餘年，崔郾稱其土沃民剽⑦，雖陝之黄壤，未或及之。

觀夫盛之所以爲盛，即知夫衰之所以爲衰。故漢之趙過能爲代田⑧，即倍收他畝，督亢之地，水綢繆難入，而今皆不治。葛莫間諸淀，涣然失其鈎連綆道之勢，則盛衰之理〔三〕，雖曰天時，亦有人事焉。故漢之青、兖二部，唐之河南、河北二道，宋之京東東西、河北東路，自在也。曹操乘黄巾之亂，收海岱降民百三十餘萬人，籍其勇鋭爲兵，足以服有中原。而以今全盛之時，内迫於青、濟之鑛賊，外怵於天津之饋運，日惴惴焉而計無所出，亦爽鳩、季莇之靈所不與也⑨。此予所爲廣言之，以大其勢也。

【校記】

〔一〕本篇又見天一閣本《續集·論略》。

〔三〕「絁市」，原作「絁布」，據陳其愫《皇明經濟文輯》卷五《鹽鐵》改。

〔三〕「盛衰」，原作「盛哀」，據天一閣本、上圖本改。

【箋注】

①此論山東形勢，論盛衰之理，皆由人事，寄寓深慨。孟子云：「天時不如地利，地利不如人和。」天時、地利雖可重，而終決于人事。按之晚明政治衰敗，雖有天時（災荒）、地利（邊患）之劣勢，然終因人事之不濟。子貢云「文武之道未墜於地，在人」（《論語·子張篇》），洵爲至語。

②語本陳其愫《皇明經濟文輯》卷十《山東總論》：「談形勢者，必稱要害，山東要害之地凡五：臨清南北之咽喉也，武定燕薊之門庭也，曹濮魯衛之藩蔽也，沂州徐淮之鎖鑰也，登萊邊衛海東之保障也。守咽喉則齊右安，固門庭則渤海靖，謹藩蔽則河東固，嚴鎖鑰則南顧無憂，慎保障則倭奴殄患。」

③《史記》卷八《高祖本紀》：「是日，大赦天下。田肯賀，因說高祖曰：『陛下得韓信，又治秦中。秦，形勝之國，帶河山之險，縣隔千里，持戟百萬，秦得百二焉。地勢便利，其以下兵於諸侯，譬猶居高屋之上建瓴水也。夫齊，東有琅邪、即墨之饒，南有泰山之固，西有濁河之限，北有勃海之利。地方二千里，持戟百萬，縣隔千里之外，齊得十二焉。故此東西秦也。非親子弟，莫可使王齊矣。』高祖曰：『善。』賜黃金五百斤。」

④《史記》卷八十九《張耳陳餘列傳》：「漢三年，韓信已定魏地，遣張耳與韓信擊破趙井陘，斬陳餘泜水上，追殺趙王歇襄國。漢立張耳爲趙王。」

⑤語本陳其愫《皇明經濟文輯》卷五《鹽鐵》：「漢唐以來，咸佐軍需，計其所入歲不下數十萬。今鹽鐵之税於山東者，曾不逮古十分之一，而民不加饒，何哉？蓋古今地利盈縮不齊，《禹貢》『揚州田下下』，今獨稱富饒；『雍州田上上』，今半爲墝壤。勢當富强全勝之齊國，以例凋殘窮困之山東，又何怪乎其不類也。登州之金三千九兩，萊州之金四千一百五十兩，此宋皇祐中之貢額也，今果有是否乎？青、齊、鄆、濮、淄、濰、沂、密、登、萊諸郡皆設平絁市，此宋太平興國之税法也。今果有是否乎？」

⑥孫星衍《尚書今古文注疏》卷三《禹貢》引江聲注：「崑崙高一千里，九州在崑崙東南，故西北高，東南下。雍州在西北，田上上。揚州在東南，田下下。」

⑦《新唐書》卷一百六十三《崔鄲傳》：「陝土瘠而民勞，吾撫之不暇，猶恐其擾；鄂土沃民剽，雜以夷俗，非用威莫能治。」

⑧《漢書》卷二十四《食貨志》：「過能爲代田，一畮三甽。歲代處，故曰代田，古法也。」

⑨《漢書》卷二十八下《地理志下》：「少昊之世有爽鳩氏，虞、夏時有季崱，湯時有逢公柏陵，殷末有薄姑氏，皆爲諸侯，國此地。」

鹽法論〔一〕①

鹽之有常股、存積也，自正統中始也②；奏討、夾帶與零鹽、所鹽諸弊之雜出也，自弘正間始也③。是故大商困於守支④，竈丁困於總催⑤。病額鹽之滯者，歸於榷賦之太重；病私鹽之廣者，歸於鈔法之不行⑥。當時有心憂國之臣，李東陽見於奏對⑦，彭韶形之圖詩〔二〕⑧，莫不言戚閹之恣放、貧户之流離。而爲國患而不復者，尤無大於葉淇之改輸粟爲輸銀⑨，不實塞下而之鹺司。蓋永樂中，下實粟於邊之令，富商大賈競於三邊出財力，招游民，築墩臺，立保伍，荒土膏沃，稼穡衍殖。及乎順化，甘肅、寧夏，粟石二錢，邊用大饒。而淇本淮人，徇其鄉土之便，遽爲更制。其時止見鹽一引之粟二斗五升，易爲銀四錢二分〔三〕，歲課驟益百萬，而不知後之米石五兩，戎虜入擾，封疆坐困⑩。則今痛邊計之詘者，雖起淇而加之上刑，未足畢其害也。

且歷考前代，青州之鹽絺，載於《禹貢》。《周禮》鹽人掌百事之鹽，有苦鹽、散鹽、形鹽、飴鹽之名⑪，而不聞斂之於下。鹽筴之正，管仲發之⑫；而鹽官之置，繇于東郭咸陽、孔僅⑬。宋自雍熙以後，始召商中鹽，而鹽鈔則設自范祥⑭。其間之商販官賣，抑配俵散，立制不常，求其大善，未有過於昭代者也。召商納粟，每引所輸數廉，而所司開給無留行。復峻權勢私鬻請給之罰，絶其壞亂。竈户則給滷地草蕩，額鹽一引，給米一石，準以錢鈔，復其雜繇，有餘鹽，官自出鈔收之。是以商與民交利，而國用邊備充然以裕。不意後之陵遲棼改，至於斯也。

夫「鹽之爲物，天地自然之利，所以養人。盡捐之民，則縱末作，資遊惰；盡屬之官，則奪民日用，而公室有近寶之害」，此胡寅折衷甄琛、元勰之論也⑮。則以今日而欲罷伐菹薪、煮海水之非令，亦天下之難通者也。惟於縣官經費之所榷，善其厲禁，而寬其稅入，戒蔡京之數變其令，而思惟朱暉、韓愈之言，以無斂怨於民，斯不弊之道也。丘濬曰：「國家於天下產鹽之地，設轉運使司者六、提舉司者七。兩京之間，運道所經凡三司，淮鹽在南，滄鹽在北，山東之鹽居中，而鹽直則淮最高，滄最下。請用李沆轉般之法，官軍運糧，空船南回，道經滄州，每舡量給官鹽，俾運至揚州，官爲建倉兩岸，依數收貯。積鹽既多，乃累算商所中常股存積之數，給以見鹽，不出一二年，支給殆足。然復行漢人官給牢盆之法，竟任民自煮，而不征其人。灶户煎湅，官給以券，商賈赴買，給以鈔引。私煮賣者罪之，過界發賣者没入之。所得鹽錢，貯之運司。歲申户部分派各邊轉運常平司，糴粟以實邊儲。先行於兩淮，次行於兩浙、山東、河間，以及河東之池鹽、川滇之井鹽、福建之曬鹽。漸以次議，則官賣之擾，官煮之費省，而灶户不必追徵，商賈不必中納。」⑯此之爲言，其可行乎？其不可行乎？而猶恐其積久而滋弊也，則當專舉而議其官。劉晏輕重之法，壞於陳少游之加賦⑰；包佶之高估⑱，而尤甚於李錡、皇甫鎛之進羨⑲；盛庶、王隨通商之利，壞於趙瞻之在河北，章惇、郟亶之在湖南，蹇周輔、張士澄之在江淮；而尤甚於王安石之任盧秉，蔡京之任魏伯芻⑳，則主鹽之官不可以不慎也。

鹽者，天下之大利，而今之所簡以爲理者，皆朝廷降散之人。以降散不職之人，主天下無涯之利，則請託必行，而苞苴日盛。鹽法之弊，長此安窮乎？故論者欲簡事省官，請簡重臣一人，假之便宜，倣漢桑弘羊、唐劉晏、本朝周忱故事，尊貴之而久其任，運司以下，悉補廉吏㉑，三邊督臣，兼勸農使，召鹽商人耕塞下，入粟如異時，此猶爲近本也。

【校記】

〔一〕本篇又見天一閣本《續集·論略》。

〔二〕「形之」，原作「刑之」，據文義改。

〔三〕「二分」，原作「一分」，據陳建《皇明通紀·歷朝資治通紀》卷二十六「請更法，課銀四錢二分」改。

【箋注】

① 本篇探討國家鹽法。鹽者，關乎百姓日用，爲國家大利之所在，主鹽之官，不可不慎，須位高權重，責之專任。而明廷鹽法弊端叢出，皆因委之於朝廷降散之人，則請託必行，苞苴日盛，遂不可復理，大利轉爲大弊，令人慨歎。

② 《明史》卷八十《食貨志四·鹽法》：「又以商人守支年久，雖減輕開中，少有上納者，議他鹽司如舊制，而淮、浙、長蘆以十分爲率，八分給守支商，曰常股，二分收貯於官，曰存積，遇邊警，始召商中納。常股、存積之名由此始。」

③《明史》卷八十《食貨志四·鹽法》：「弘治間，存積鹽甚多。正德時，權倖遂奏開殘鹽，改存積、常股皆爲正課，且皆折銀。邊臣緩急無備，而勢要占中賣窩，價增數倍。商人引納銀八錢，無所獲利，多不願中，課日耗絀。姦黠者夾帶影射，弊端百出。鹽臣承中璫風旨，復列零鹽、所鹽諸目以假之。」

④《明史》卷八十《食貨志四·鹽法》：「凡中常股者價輕，中存積者價重，然人甚苦守支，爭趨存積，而常股壅矣。」

⑤《明史》卷八十《食貨志四·鹽法》：「明初仍宋、元舊制，所以優恤竈户者甚厚，給草場以供樵採，堪耕者許開墾，仍免其雜役，又給工本米，引一石。置倉於場，歲撥附近州縣倉儲及兑軍餘米以待給，兼支錢鈔，以米價爲準。尋定鈔數，淮、浙引二貫五百文，河間、廣東、海北、山東、福建、四川引二貫。竈户雜犯死罪以上止予杖，計日煎鹽以贖。後設總催，多朘削竈户。」

⑥語本陳其愫《皇明經濟文輯》卷五《鹽政考》：「乃額鹽之滯也，自課重始也。彼一引所輸銀至七錢五分重矣，而且有配支，有賣窩，有科罰，有勸借，費殆不貲，是以鹽價踴貴，而人競趨私鹽。欲正課無滯不可得，乃私鹽之行也，自不行鈔法始也。」

⑦《明史》卷八十《食貨志四·鹽法》：「武宗之初，以鹽法日壞，令大臣王瓊、張憲等分道清理，而慶雲侯周壽、壽寧侯張鶴齡各令家人奏買長蘆、兩淮鹽引。户部尚書韓文執不可，中旨許之。織造太監崔杲又奏乞長蘆鹽一萬二千引，户部以半予之。帝欲全予，大學士劉健等力爭，李東陽語

尤切。」

⑧《明史》卷一百八十三《彭韶傳》：「彭韶，字鳳儀，莆田人。天順元年進士。授刑部主事，進員外郎。……乃命兼僉都御史，整理鹽法。尋進左侍郎。韶以商人苦抑配，爲定折價額，蠲宿負。憫竈户煎辦、徵賠、折閲之困，繪八圖以獻，條利病六事，悉允行。」

⑨《明史》卷一百八十五《葉淇傳》：「淇居户部六年，直亮有執，能爲國家惜財用。每廷議用兵，輒持不可。惟變開中之制，令淮商以銀代粟，鹽課驟增至百萬，悉輸之運司，邊儲由此蕭然矣。」《明史》卷八十《食貨志四・鹽法》：「明初，各邊開中商人，招民墾種，築臺堡自相保聚，邊方菽粟無甚貴之時。成化間，始有折納銀者，然未嘗著爲令也。弘治五年，商人困守支，户部尚書葉淇請召商納銀運司，類解太倉，分給各邊。每引輸銀三四錢有差，視國初中米直加倍，而商無守支之苦，一時太倉銀累至百餘萬。」

⑩語本陳建《皇明通紀・歷朝資治通紀》卷二十六：「嘉靖中，詹事霍韜疏謂：昔我太宗皇帝之供邊也，悉以鹽利。其制鹽利也，鹽一引，輸邊粟二斗五升。是故，富商大賈悉於三邊，自出財力，自招游民，自墾邊地，自藝菽粟，自立堡伍。歲時屢豐，菽粟屢盈。至天順、成化年間，甘肅、寧夏粟一石，易銀二錢。時有計利者，曰：『商人輸粟二斗五升，支鹽一引，是以銀五分，得鹽一引也。請更法，課銀四錢二分，支鹽一引，其獲利八倍於昔矣。』户部以爲實利，遂變其法：凡商人引鹽，悉輸銀於户部。間有輸粟之例，亦屢行屢止。且雖輸粟，亦非二斗五升之舊矣。商賈耕稼積粟

無用，徹業而歸，邊地遂日荒蕪困敝。今千里沃壤，莽然荆榛。稻米一石，直銀五兩，皆鹽法更弊之故也。」

⑪《周禮注疏》卷六《鹽人》：「鹽人，掌鹽之政令，以共百事之鹽。祭祀，共其苦鹽、散鹽。賓客，共其形鹽、散鹽。王之膳羞，共飴鹽。后及世子亦如之。凡齊事，鬻鹽以待戒令。」

⑫王利器《鹽鐵論校注·附録二·吕祖謙大事記解題》：「鹽、鐵之議，自管仲始。其《海王篇》曰：『桓公曰：何以爲國？管子曰：惟官山府海爲可耳。桓公曰：何謂官山府海？管子曰：海王之國，謹正鹽筴。桓公曰：何謂正鹽筴？管子曰：十口之家，十人食鹽，百口之家，百人食鹽，終月，大男食鹽五升少半，大女食鹽三升少半，吾子食鹽二升少半，此其大歷也。鹽百升而釜，今鹽之重升加分彊，釜五十也，升加一强，釜百也，升加二强，釜二百也。鍾二千，十鍾二萬，百鍾二十萬，千鍾二百萬。萬乘之國，人數開口千萬也。禺筴之商，日二百萬，十日二千萬，一月六千萬。萬乘之國，正九百萬也。月人三錢之籍，爲錢三千萬。今吾非籍之諸君吾子，而有二國之籍六千萬。今鐵官之數曰：一女必有一鍼一刀，若其事立。耕者必有一耒一耜一銚，若其事立。行服連輂者，必有一斤一鋸一鑿，若其事立。不爾而成事者，天下無有。今鍼之重加一也，三十鍼，一人之籍。刀之重加六，五六三十，五刀，一人之籍也。耜鐵之重加七，三耜鐵，一人之籍也。其餘輕重，皆準此而行。』此管仲税鹽、鐵之法也。」

⑬《史記》卷三十《平準書》：「於是以東郭咸陽、孔僅爲大農丞，領鹽鐵事。……使孔僅、東郭咸陽

乘傳舉行天下鹽鐵，作官府，除故鹽鐵家富者爲吏。」

⑭《宋史》卷一百八十一《食貨志下三·鹽上》：「太常博士范祥，關中人也，熟其利害，常謂兩池之利甚博，而不能少助邊計者，公私侵漁之害也；儻一變法，歲可省度支緡錢數十百萬。乃畫策以獻。是時韓琦爲樞密副使，與知制誥田况皆請用祥策。四年，詔祥馳傳與陝西都轉運使程戡議之，而戡議與祥不合，祥尋亦遭喪去。八年，祥復申其説，乃以爲陝西提點刑獄兼制置解鹽事，使推行之。其法：舊禁鹽地一切通商，聽鹽入蜀；罷九州軍入中芻粟，令入實錢，償以鹽，視入錢州軍遠近及所指東、西、南鹽，第優其直；東、南鹽又聽入錢永興、鳳翔、河中；歲課入錢總爲鹽三十七萬五千大席，授以要券，即池驗券，按數而出，盡弛兵民輦運之役。又以延、慶、環、渭、原、保安、鎮戎、德順地近烏、白池，姦人私以青白鹽入塞，侵利亂法。乃募人入中池鹽，予券優其估，還，以池鹽償之；以所入鹽官自出鬻，禁人私售，峻青白鹽之禁。並邊舊令入中鐵、炭、瓦、木之類，皆重爲法以絶之。其先以虚估受券及已受鹽未鬻者，悉計直使輸虧官錢。又令三京及河中、河陽、陝、虢、解、晉、絳、濮、慶成、廣濟官仍鬻鹽，須商賈流通乃止。以所入緡錢市並邊九州軍芻粟，悉留榷貨務錢幣以實中都。行之數年，黠商貪賈，無所僥倖，關内之民，得安其業，公私便之。」

⑮胡寅《讀史管見》卷十二：「魏中尉甄琛乞弛鹽禁，與民共之。録尚書勰曰：『聖人斂山澤之貨，以寬田疇之賦，收關市之税，以助什一之儲，取此與彼，皆非爲身，所謂資天地之産，惠天地之民。

鹽池之禁，爲日已久，積而散之，以濟軍國，非專爲供太官之用也，宜如舊式。』魏主卒從琛議。鹽之爲物，天地自然之利，所以養人也。盡捐之民，則縱末作，資遊惰；盡屬之官，則奪民日用，而公室有近寶之害。故甄琛、元勰之言，皆未得中道也。官爲厲禁，俾民取之，而裁入其税，則政平而害息矣。」

⑯ 語見丘濬《大學衍義補・治國平天下之要・山澤之利》。

⑰ 《新唐書》卷五十四《食貨志四》：「自兵起，流庸未復，税賦不足供費，鹽鐵使劉晏以爲因民所急而税之，則國足用。於是上鹽法輕重之宜，以鹽吏多則州縣擾，出鹽鄉因舊監置吏，亭户糶商人，縱其所之。江、嶺去鹽遠者，有常平鹽，每商人不至，則減價以糶民，官收厚利而人不知貴。……貞元四年，淮南節度使陳少游奏加民賦，自此江淮鹽每斗亦增二百，爲錢三百一十，其後復增六十，河中兩池鹽每斗爲錢三百七十。江淮豪賈射利，或時倍之，官收不能過半，民始怨矣。」

⑱ 《新唐書》卷五十四《食貨志四》：「劉晏鹽法既成，商人納絹以代鹽利者，每緡加錢二百，以備將士春服。包佶爲汴東水陸運、兩税、鹽鐵使，許以漆器、瑇瑁、綾綺代鹽價，雖不可用者亦高估而售之，廣虚數以罔上。亭户冒法，私鬻不絶，巡捕之卒，遍于州縣。鹽估益貴，商人乘時射利，遠鄉貧民困高估，至有淡食者。」

⑲ 王欽若《册府元龜》卷五百一十《邦計部・希旨》：「李錡，貞元末爲鹽鐵轉運等使，天下榷酤漕運，繇其操剸，專事貢獻，牢其寵渥。……當元和中，兩河宿兵發運，殆無虚歲。播掌財賦，以希

恩取媚，特每歲送錢，號爲羡餘。……皇甫鎛判度支，元和十三年正月，進錢二萬貫。鹽鐵使程異進絹十萬疋，並號羡餘。」

⑳王利器《鹽鐵論校注·附録三·畢振姬西北文集》：「宋之三司，鹽、鐵尊於租庸、度支，雍熙以後，招商中鹽，鹽鈔設自范祥、王隨，通商之利，一變而官賣，官賣近古，乃行之以青苗之法，抑配俵散，自趙瞻在河北，章惇在湖南，蹇周輔、張士澄在江、淮，法壞。而王安石任盧秉，蔡京任伯芻，宋遂以南。」

㉑語本李夢陽《空同子集》卷四十《擬處置鹽法事宜狀》：「仍簡風憲重臣一人，付便宜之權，略倣漢桑弘羊、唐劉晏、本朝周忱故事，令其綆墜剔蠹，濬源决流，一切不得阻撓。運鹽使、提舉等，悉選補廉吏；如此，而利不興，國不足，芻餉供億之費不給，未之有也。」

兵論（一）①

不議食而議兵，未見其有兵也；不議將而徒議兵與食，未見兵能足食、食能養兵也。成周之世，兵不外於民，將不出於吏，其法號爲莫及。然以後世之事觀之，鄉約二十五軍，猶京軍之居守王畿也。遂有井邑、丘甸、出車之賦，亦二十五軍，猶畿輔軍之各衛國都以翼天子也。公卿大夫各帥其鄉，遂都鄙采地之民而用之，則猶郡國之所調遣番上也。比閭族黨州鄉，主於教訓服役守禦，則皆在邑之民；伍兩卒旅軍師，主於師田，則通千里之地，其法固今之所辨也。

漢於郡國置材官，而京師有南北之屯。凡所張設，平地用車騎，山林險阻用材官，川澤用樓舡②。戍邊三日之直③，不輕復於丞相之子④；而季秋及歲正月〔二〕，天子行幸曲臺，則衛士親臨饗焉⑤。蓋約貴賤而同之，以使之齊一心力也。唐之府兵，皆取諸農⑥，其法尤善於蘇綽六軍之制⑦。而劉仁軌之洮河久戍⑧，張説之募士宿衛⑨，遂爲亡唐之本，至今傷之。宋初有禁兵、廂兵、鄉兵、蕃兵之設，法取約精，後以元昊之反，募軍充禁旅，中外禁廂軍多至百二十有五萬⑩。後之用事者，制度不常，而迄於不振，則治亂之繇，可得而論矣。

高祖加意屯兵，欲使京師養兵百萬，不食民間一粟⑪，而令天下衛所督兵耕種。每軍約受田三十六畝，倣古屯營之法⑫，以漢趙充國、晉羊祜、唐李抱真爲勸。然逃伍之弊，即見於永樂之初；侵占之患，大甚於成化之季。正統以來，禍最重于清軍；嘉靖之時，變常起於悍卒。此曷故哉？而清軍之患，開原衛卒馬名廣嘗言之於高祖矣⑬。乃欲徙蕃衛之兵於都下〔三〕，而除外衛兵老死無丁者之籍。天子頗然其言，而不果用。其後至於專責之御史，以清補多寡爲殿最。當事者無崔恭⑭、陳琦、張宗璉之仁⑮，而多郭觀之貪。但急己之官，而不顧民之命，每以一軍之故，禍及萬家。非王學益建軍單之議，務在平民，而不主得軍，天下幾何而不亂乎？

大同之變，叛卒以邊墻之築，發遣失期，遂支解李瑾，嬰城固守，引虜入塞。賴世宗神明，不行張孚敬之言，而止原清郤永之師，詔黄綰輕車播告之而後定⑯。而究之張欽、張文錦，胡瓚、賈鑑之徒，敗其紀於前，黄懋官踵其轍於後〔四〕⑰。以天子之重臣，而僅易叛兵之一死，無法甚矣！夫叛兵不可以盡誅，則其法必主於寬；逃伍不可以畢補，則其勢必至于廢。叛兵之事不常有，誅其爲亂首者，而餘可以永定。清軍之法，即善其説而爲之勾補僅絶，而終無救於空伍之弱。故爲不得已之計者，爲之議抽丁，爲之議從近改補，又爲之議罷軍勿清，而選取民壯。愚竊謂：但足食而善擇將焉，他者之論皆可絶而不道也。

汴宋嘉祐之時，韓琦嘗籍兵而料之，慶曆之兵倍於天禧、景德，天禧、景德之兵倍於開寶，至道者再矣。三司之用日不給，而禁廂之所募皆不可用。王安石憤焉而行保甲⑱，保甲行之而不便，廢興不一，而禁旅與民兵皆詘而不舉。及南渡之後，兵力盡矣。大將如宗、岳、韓、張之倫，起於摧破之餘，卒能以忠勤練率，奮威壯壤，而振其祖宗之耻，以是見國家之盛時，議論多而成效少。當時用兵之道，皆中制於朝廷，不假便宜於將吏。雖有應變之略者，類不能不做文法以驅策，而終於苟可以安而止。而智勇忠實之士，當國家之破殘，奮其掃除之志。令不牽於中朝，而因時以變化，則三軍易爲雄强，而一人之氣可以無往而不勝。信乎將得其人，無貴乎兵之多也。多其兵，則必多爲之食，一不繼而即因以爲亂。不必其不繼也，前後之賜稍盈殺焉，而大亂之萌即於焉起。故用兵之道，貴恤其死綏之義，而尤當詘其見盈之心。

朱梁峻法以繩將校，嚴拔隊之誅，爲文面之苛，而梁卒以亡⑲；後唐莊宗愛養戰士，賞予無節，卒軍驕民竭，而其身亦亡。則用恩之與用刑，其弊正相等也。故西晉之去州郡兵⑳，似東漢之罷郡國都尉㉑，而夷狄之禍甚於黄巾羌蠻。唐之節度留後㉒，似東晉之州郡典兵㉓，而方鎮之逆多於王敦、蘇峻，皆不能有其兵之過也。夫無兵亦亂，有兵亦亂，兵少亦亂，兵多亦亂。即兵已集矣，而減其食亦亂，益其食亦亂。故雖韓琦之僉義勇㉔，富弼之募流民㉕，而終不能保其後之無事。然則如之何而後可乎？聞之蘇軾有言：「河朔西路有弓箭社焉，百姓自爲團結，户出一人，衆自推所服爲社頭、社副、録事等目，出入長技與北虜同。私立賞罰，嚴於官府，守望巡警，一鼓千人。」㉖嗟乎！此即三代盛王之制也。使爲君者能率天下而皆然，則極之鳴鐘清渭、南面受朝，毋過鄉嚴縣靖、縣嚴府靖而已矣，又何兵食之殷憂乎！

【校記】

〔一〕本篇又見天一閣本《續集·論略》。

〔二〕「正月」，原作「八月」，據《漢書》卷七十六《王尊傳》「又正月行幸曲臺」及馬端臨《文獻通考》

卷一百五十引章氏云「季冬或正月，天子行幸曲臺」改。

〔三〕「乃」，天一閣本、上圖本作「意」。

〔四〕「踵」，原作「種」，據天一閣本、上圖本改。

【箋注】

① 明末邊餉，開支巨大。熊開元《去兵食以存信去信以求兵食事理昭然謹冒昧陳得失伏願恭默深思用臻上理疏》（《魚山剩稿》卷一）：「祖宗朝，邊餉不滿五百萬，崇禎間漸增爲二千三百餘萬矣。」可窺一斑。張溥此文直言，欲用兵備食，首在擇將。將得其人，兵食無貴乎多；將非其人，則兵食雖多，亦奚以爲？證之以熊開元《答郭天門中丞》（《魚山剩稿》卷二）「賊所至，望風瓦解，繇人心壞。而壞人心之大者，莫甚於用兵之將、牧民之吏」及《上方禹修閣老》（《魚山剩稿》卷二）「將吏以兵民爲肉」，再證之以陳子龍《徐職方詩稿序》（《安雅堂稿》卷三）「方今士大夫之大患，在於平居多逸樂之心，不措意天下事，朝夕問田宅、近婦人而已。一旦身當兵革，則張惶失策，一坐數起，瞻顧左右，欲言更止」，所云良然。

逃伍悍卒，適成兵亂，爲明代軍旅之不得忽視者。張溥此文復云：「逃伍之弊，即見於永樂之初；侵占之患，大甚於成化之季。正統以來，禍最重于清軍；嘉靖之時，變常起於悍卒。」此論道出明代軍旅之問題所在。熊開元《感事贅言二》（《魚山剩稿》卷二）云：「民雖愚，無不愛髮膚；民雖鄙，無不美衣冠；民雖賤，無不喜高揖大坐。我兵所爲一切甚於敵，而盡去人毛髮，盡毀人衣冠，盡廢人高揖大坐。」亦可爲一證。

② 徐天麟《西漢會要》卷五十六：「漢興，踵秦而置材官于郡國。按《漢官儀》云：『高祖命天下選能引關蹶張材力武猛者，以爲輕車騎士材官樓船。常以秋後講肄，各有員數。平地用輕車，山阻用材官，水泉用樓船。』」

③ 何焯《義門讀書記》卷十五《前漢書》：「人輸戍邊三日之直于官，官爲給與久住之人也。」

④ 杜佑《通典》卷十八：「故漢王良以大司徒免歸蘭陵，後光武巡幸，始復其子孫邑中徭役，丞相之子不得蠲户課。」

⑤《漢書》卷七十六《王尊傳》：「又正月行幸曲臺，臨饗罷衛士。」馬端臨《文獻通考》卷一百五十引章氏云：「季冬或正月，天子行幸曲臺，臨饗衛士，勸以農桑，令就田里，必觀以角觝而後遣。」

⑥《新唐書》卷五十《兵志》：「蓋古者兵法起於井田，自周衰，王制壞而不復；至於府兵，始一寓之於農，其居處、教養、畜材、待事、動作、休息，皆有節目，雖不能盡合古法，蓋得其大意焉，此高祖、太宗之所以盛也。」

⑦ 馬端臨《文獻通考》卷一百五十一：「周太祖輔西魏時，用蘇綽言，始倣周典置六軍，籍六等之民，擇魁健材力之士，以爲之首，盡蠲租調，而刺史以農隙教之，合爲百府。每府一郎將主之，分屬二十四軍，開府各領一軍。大將軍凡十二人，每一將軍統二開府。一柱國主二大將，將復加持節都督以統焉。凡柱國六員，衆不滿五萬人。」

⑧《新唐書》卷二百一十六《吐蕃傳》:「吐蕃進攻疊州,破密恭、丹嶺二縣,又攻扶州,敗守將。乃高選尚書左僕射劉仁軌爲洮河鎮守使,久之,無功。……帝顧黄門侍郎來恒曰:『自李勣亡,遂無善將。』恒即言:『向洮河兵足以制敵,但諸將不用命,故無功。』」

⑨《舊唐書》卷九十七《張説傳》:「時當番衛士,浸以貧弱,逃亡略盡。説又建策,請一切罷之,别召募强壯,令其宿衛,不簡色役,優爲條例,逋逃者必争來應募。上從之。旬日,得精兵一十三萬人,分繫諸衛,更番上下,以實京師,其後彍騎是也。」

⑩葉適《葉適集》卷十五《應詔條奏六事》:「今之特養者,將兵、禁兵、廂兵,世世坐食,總其成數,斯不少矣。」秦蕙田《宋軍制論》(魏源《皇朝經世文編》卷七十):「宋軍制能革唐方鎮之弊,而不能復唐府衛之制。禁軍、廂軍、鄉兵、蕃兵,一皆出於召募,其立法之謬,蓋沿唐人中葉之秕政,而又有甚焉者也。」

⑪徐鼒《小腆紀年附考》卷十三:「國初九邊腹裏各有屯田,有官屯、民屯、商屯、腹屯、邊屯諸法。所謂養兵百萬,不費民間粒粟者此也。」

⑫丘濬《大學衍義補·治國平天下之要·屯營之田》:「自古屯營之田或用兵或用民,皆是于軍伍之外各分兵置司,惟我朝之制就于衛所所在,有閑曠之土,分軍以立屯堡,俾其且耕且守,蓋以十分爲率,七分守城,三分屯耕,遇有儆急,朝發夕至,是於守禦之中而收耕獲之利,其法視古爲良。近世又於各道專設風憲官一員以提督之,其牛具、農器則總于屯曹,細糧、子粒則司於户部,有衛

所之處則有屯營之田，非若唐人專設農寺以領之也，每軍受田二十畝，納租六石，而餘丁所受所納比之正軍則又降殺焉。」

⑬《明通鑑》卷十《紀十·二十六年》：「是月，遼東開元衛軍士馬名廣，上書言五事：其末言：『今華夏治安，北寇遠遁，正歸馬放牛之日。昔唐太宗初年，置府兵分隸禁衛，天下八百，而在關中者五百。舉天下之兵不敵關中，此居重馭輕之法也。請自今，外衛軍士老死者免補，且漸收藩衛，移置京畿，不勝社稷之福。』上覽其言有可采者，授爲太和縣丞。」

⑭《明史》卷一百五十九《崔恭傳》：「崔恭，字克讓，廣宗人。正統元年進士。除户部主事。出理延綏倉儲，有能聲。以楊溥薦，擢萊州知府。内地輸遼東布，悉貯郡庫，歲久朽敝，守者多破家。恭別搆屋三十楹貯之，請約計歲輸外，餘以充本府軍餉，遂放遣守者八百人。也先犯京師，遣民兵數千入援。廷議城臨清，檄發役夫。恭以方春民乏食，請俟秋成。居府六年，萊人以比漢楊震。」

⑮《明史》卷二百八十一《張宗璉傳》：「張宗璉，字重器，吉水人。永樂二年進士。改庶吉士，授刑部主事，録囚廣東。仁宗即位，擢左中允。會詔朝臣舉所知，禮部郎中況鍾以宗璉名上。帝問少傅楊士奇曰：『人皆舉外吏，鍾舉京官，何也？』對曰：『宗璉賢，臣與侍讀學士王直將舉之，不意爲鍾所先耳。』帝喜，曰：『鍾能知宗璉，亦賢矣。』」

⑯《明史》卷一百九十七《黄綰傳》：「初，大同軍變，殺總兵官李瑾，據城拒守。總制侍郎劉源清、

提督郤永議屠之。城中恟懼，外勾蒙古爲助，塞上大震。巡撫潘倣急請止兵，源清怒，馳疏力詆倣。璁及廷議並右源清，綰獨言非策。及源清罷，侍郎張瓚往代。未至，而郎中詹榮等已定亂。叛卒未盡獲，軍民瘡痍甚，代王請遣大臣綏輯之。疏下禮部，夏言以爲宜許，而極詆前用兵之謬，語侵璁。璁怒，力持不欲遣。帝委曲諭解之，乃特以命綰，且令察軍情，勘功罪，得便宜行事。綰馳至大同，宗室軍民牒訴官軍暴掠者以百數，無告叛軍者。綰一無所問，以安其心。有爲叛軍使蒙古歸者，綰執戮之，反側者復相煽。綰大集軍民，曉以禍福。罹害者陳牒，綰佯不問，而密以牒授給振官，按里核實，一日捕首惡數十人。卒尚欽殺一家三人，懼不免，夜鳴金倡亂，無應者，遂就擒。綰復圖形購首惡數人，軍民乃不復虞詿誤。遂令有司樹木柵，設保甲四隅，創社學，教軍民子弟，城中大安。」

⑰《明史》卷二百《劉源清傳》：「源清懲昔胡瓚事，不欲已，以囚屬御史蘇祐。囚妄言前總兵朱振失職首亂，且多引無辜。源清遣參將趙綱入城大索。城中訛言城且屠，亂卒遂鼓噪，殺千户張欽。」《明史》卷十七《世宗本紀》：「八月癸巳，大同兵變，殺巡撫都御史張文錦。」《國榷》卷五十三《嘉靖三年》：「大同卒亂，殺參將賈鑑及巡撫右副都御史張文錦。」《明史》卷十八《世宗本紀》：「二月丁巳，南京振武營兵變，殺總督糧儲侍郎黄懋官。」

⑱《宋史》卷一百九十二《兵志》：「熙寧初，王安石變募兵而行保甲，帝從其議。三年，始聯比其民以相保任。乃詔畿內之民，十家爲一保，選主户有幹力者一人爲保長；五十家爲一大保，選一人

爲大保長；十大保爲一都保，選爲衆所服者爲都保正，又以一人爲之副。應主客户兩丁以上，選一人爲保丁。」

⑲馬端臨《文獻通考》卷一百五十二：「梁太祖開平元年初，帝在藩鎮，用法嚴，將校有戰没者，所部兵悉斬之，謂之『拔隊斬』。士卒失主將者，多亡逸不敢歸，帝乃命凡軍士皆文其面，以記軍號。軍士或思鄉里逃去，關津輒執之送所屬，無不死者，其鄉里亦不敢容。由是亡者皆聚山澤爲盜，大爲州縣之患。」

⑳《資治通鑑》卷八十一太康元年條：「詔曰：『昔自漢末，四海分崩，刺史内親民事，外領兵馬。今天下爲一，當韜戢干戈，刺史分職，皆如漢氏故事；悉去州郡兵，大郡置武吏百人，小郡五十人。』」

㉑馬端臨《文獻通考》卷一百五十：「建武六年，詔罷郡國都尉，並職太守，無都試之法，惟京師款兵如故。」

㉒皮錫瑞《經學歷史·經學變古時代》：「唐置節度留後，古無此官名。皆變亂事實之甚者。」

㉓馬端臨《文獻通考》卷一百五十一：「黄初中，復令州郡典兵，州置都督，尋加四征、四鎮將軍之號，又置大將軍，都督中外兵之柄，世在司馬氏，而魏祚移矣。」

㉔韓琦《奏選義勇軍》（《全宋文》卷八四四）：「今之義勇，河北幾十五萬，河東幾八萬，勇悍純實，生於天性，而有物力資産、父母妻子之所係，若稍加簡練，亦唐之府兵也。陝西當西事之初，亦嘗

三丁選一丁爲弓手，其後刺爲保捷正軍。及夏國納款，朝廷揀放，於今所存者無幾。河北、河東、陝西三路，當西北控禦之地，事同一體。今若於陝西諸州亦點集義勇，止刺手背，則人知不復刺面，可無驚駭。」

㉕馬端臨《文獻通考》卷二十六：「富鄭公自鄆移青，會河朔大水，民流京東。公以爲從來拯救，皆聚之州縣，人既猥多，倉廩不能供，散以粥飯，欺弊百端，由此人多饑死；死者氣薰蒸，疾疫隨起，居人亦致病弊。是時方春，野有青菜，公出榜要路，令饑民散入村落，擇所部豐稔者五州，勸民出粟，得十五萬斛，益以官廩，隨所在貯之。各因坊村，擇寺廟及公私空屋，又因山岩爲窟室，以處流民。富民不得陂澤之利，分遣寄居閒官往主其事，間有健吏，募流民中有曾爲吏胥、走隸者，皆給其食，令供簿書、給納、守禦之役。」

㉖蘇軾《乞增修弓箭社條約狀二首》（《蘇軾文集》卷三十六）：「今河朔西路被邊州、軍，自澶淵講和以來，百姓自相團結爲弓箭社，不論家業高下，户出一人，又自相推擇家資武藝衆所服爲社頭、社副、録事，謂之『頭目』。帶弓而鋤，佩劍而樵，出入山阪，飲食長技與北虜同。私立賞罰，嚴於官府。分番巡邏，鋪屋相望，若透漏北人及本土强盗不獲，其當番人皆有重罰，遇有緊急，擊鼓集衆，頃刻可致千人。」

七録齋集卷之一

婁東 張溥天如 著

同盟 周鍾介生
張采受先 閲

序

禮質序[一]①

《禮記》之得列於經，非得已也。及今而爲學者之通尚，何哉？蓋《三禮》之名，本繇《曲禮》《儀禮》《周禮》而設，而諸記不敢並者，義也。行之後世，從乎《周禮》《儀禮》而不能止，從乎《曲禮》之二篇而有所不可，不得已而取之戴氏之學[二]，以明禮之備，則時王之爲令也。然其所以不能與不可者[三]，何也？《周官》三百六十，上法天行，意務深廣。後代之士本以爲用，則多矯世悖時，其曲指各説，難於畫一，蓋非一日矣[四]。《儀禮》正乎舊典，周衰之時，播絶不揚，君大人之論，亦鮮有存者。即十九篇之書，《饋》食有少牢而無太牢也②，《聘》有公食大夫而無公再饗大夫也，有王覲禮而無朝宗遇見頫也。若夫冠、昏、喪、既夕③、虞，又皆士禮，而不備王公、國君、卿大夫之文，安在其爲完書哉？《曲禮》上下二篇，謂之經矣。而約而不該，則學者所不舉也。

夫《周禮》《儀禮》既以闕失之餘，難得其深微之意，後人私爲傅會而有所不能。《曲禮》復以篇什之寡，不能覆一經之用，欲授受更定而有所不可（此處眉評：周曰：「從來論《三禮》廢興，無此深曉。」），則必求往古論禮之文，左右相及，可以整一身、理家國者爲之表著，其説周應而足物，不必其備而升而習之，大概可具，此《禮記》之所以施於天下也。雖然，繇前言之則略，由後論之則詳。《三禮》之書不及包諸記之文，諸記之文常得應《三禮》之説。今之以《禮記》詔天下者，非廢《三禮》，欲以詳《三禮》也。自淺末之倫狃於安常，不務遠議，遂使一經之言，殊其彼此，而古人之制，日以絶曠，不亦悲哉！

受先少學《禮》，而病於今人之爲，特拓己慮，編聚今古論《禮》之書，自爲統部，合《三禮》爲一家，以正其得失。功已就矣，而受先遂成進士（五），以一方之役，夙夜不遑，尚未有以及此。嗟乎！使受先稍遲其遇而不成進士（此處眉評：「奮談著作，不覺情至。」），即成進士而不困於劇邑之寄，則此書之被乎來學，固已久矣。而今之未有以及也，則《三禮》猶未明乎世也。然而受先不敢忘也，諸經之事，以序而修，廉吏之所可爲也，如之何其忘之也？

是以《禮質》之選，當代之文備焉。而今與公旦諸子先次其一科之文以行④，則受先豈一日忘乎《三禮》哉？雖然，禮之爲道，口説之，尤在身行之。鄧先生之論《禮》也，以《孝經》爲諸記之原（此處眉評：「規本德行。」），若受先者，又克其事也。

【校記】

〔一〕本篇又見北大本《合集·古文存稿》卷一。

〔二〕「之」，北大本無。

〔三〕「然」，北大本無。

〔四〕「蓋」，北大本無。

〔五〕「受先」，北大本無。

【繫年】

據文中「功已就矣，而受先遂成進士，以一方之役，夙夜不遑，尚未有以及此。……然而受先不敢忘也，諸經之事，以序而修，廉吏之所可爲也，如之何其忘之也？是以《禮質》之選，當代之文備焉。而今與公旦諸子先次其一科之文以行」所云，可知此篇作於張采成進士後赴任臨川（一六二九）至病歸（一六三〇）之間。

【箋注】

① 此序張采時文選本《禮質》，縱論《三禮》廢興，篇末歸本德行。張采，字受先，號南郭，與張溥同里

齊名，并稱「婁東二張」。里人稱張溥爲西張先生，稱張采爲南張先生。天啓四年，二張共創應社。張采中崇禎元年進士，授臨川知縣，並在當地創立合社。崇禎三年，移疾歸。張溥組織復社時，張采在臨川亦間預其事，故攻訐復社者稱張溥、張采同倡復社。崇禎帝追究時，張溥已死，張采爲之泣血辯白。後以周延儒復相，事遂得解。崇禎十七年，福王時起禮部員外郎。南京失守，奸人群擊幾死，已而蘇，避之鄰邑。清順治五年（一六四八）卒，享年五十三。著有《太倉州志》《知畏堂集》。《明史》卷二百八十八有傳，附張溥傳下。生平詳見葛芝《卧龍山人集》卷十《故禮部員外張先生行狀》及黄輿堅《願學齋文集》卷三十六《禮部員外郎張南郭先生墓誌銘》。婁東二張自萬曆四十八年暨泰昌元年（一六二〇）訂交，至崇禎十四年（一六四一）張溥去世，前後相交二十二年，情逾兄弟，互推畏友。又有二度聯姻之誼，互托遺孤之義，患難與共，生死不渝，誠謂生死之交。

② 太牢少牢：舊時祭禮之犧牲，牛、羊、豕俱用叫太牢，只用羊、豕二牲叫少牢。

③ 既夕：古喪禮士葬前最後一次哭吊的晚上。《儀禮·既夕禮》：「既夕哭，請啓期，告於賓。」

④ 劉曙，字公旦，長洲人。復社成員。吴山嘉《復社姓氏傳略》卷二：「劉曙，字公旦，號稺圭。崇禎癸未進士，授南昌令。未赴，南都失守，江西路絶，歸隱蠡口。國朝順治丁亥上海諸生欽浩通款舟山，疏吴中忠義之士二十三人，以曙爲首，曙實不識欽也。其書爲游騎所獲，巡撫土國寶密令捕曙。既見國寶，不屈，械送金陵，下獄八旬。九月十九日，赴市，連呼高皇帝而死。初，曙以父

病割左股，痕三寸許，至是，僕覓屍，視股痕爲驗云。乾隆四十一年賜謚節愍。」

太倉州誌序代〔一〕①

【眉評】張曰：「正議弘雅，足冠《一統志》，不爲獨繫一邑也。篇中感慨曲折，悲作者之難，失者之易，蘇子之記藏書山房，猶不能及。」

郡邑之有志，蓋亦古史之流也。紀地里而列風俗，人物政事，咸載其端。大之等於盤庚遷亳、周公營洛之書，而簡細不遺。求其適用，猶足蓋於《山經》《水注》之上。是以作者不輕而行者可遠，即如婁之得以有斯志也，始成於李公②，繼詳於劉公③。嘉靖之季，復有餘姚、浦城兩周公爲之戮力究職④，一邦之書，獲有完策。而邑之縉紳大人與其多聞之士，若桑、都、龔、張諸君子⑤，實與有勞。而考其文之發原，則惟陳、陸二先生之書⑤，先舉其綱，所以整齊采剌者，不其艱哉！

夫創始者爲其難，因仍者爲其易。前人之有志於斯者，經營極意，訪於故家之聞，求諸長老之說，討類遐廣，期其大備。而猶恐傳者之不信，需之日月，取稽簡牘，然後刪集爲卷，自名一家。事已成矣，懼其湮没，則登之於版〔二〕，代筆墨之所不周，而廓其將來之聞見。所望後之人察其意而矜重其篇，則百世而下，可以不易矣。顧享今之逸者，不念前之勞概；忽爲他人之文，而不原其著作之始。若存若亡，順之而已，此遺書之所以往往而絶也。予來兹土有年矣，人民風物，若與之習。及沿索誌文，則零剥日遠，蕩然舊文，多不可識，心竊悲焉。

夫盛衰治亂，無之非時。以婁之形勢言之，在三國時已有惠安鄉之名，武陵橋之倉，久而不著。及乎元，而始有朱清、張瑄爲之營卜⑥，邑成萬家，遂陞爲州，可謂盛矣。而方、張之亂，遽焉丘荒。後或立衛治，或附他邑。而弘治以後，竟名大邦，峻城深池，文學顯於天下，抑何前後之異規也？（此處眉評：「書之盛衰，其論彌高，其倩彌遠。」）觀乎方土之變，則書之廢興，因乎年歲，曷足怪焉？然成書在昔，而使之闕没不修，亦守者之責也。余是以重合前文，糾其散謬，爲之定次，以通達於世，庶幾其作者之志乎？雖然，州肇於弘治之丁巳，迄於嘉靖之丁未，止五十年，而《志》凡三易。前此之敬慎其爲者，何其至也〔三〕。立於今以觀嘉靖之間，爲年八十有餘，而軼聞懿事，一無所列，昭於近季。設上有太史之求，將謂之何？斯尤予之所不忘也〔四〕。

【校記】

〔一〕目録原無「代」。張采纂《太倉州志》崇禎十五年刻本有張溥《重刻太倉州志序代作》，旁有批語「代州守劉彦心蓼也，時崇禎己巳歲」。此文又見明崇禎二年嘉靖《太倉州志》重刻本（《天一閣明代方志選刊續編》第二十册據此影印）之《重刻太倉州志序》（以下簡稱「嘉靖《太倉州志》重刻本」）。

〔二〕「登之」，嘉靖《太倉州志》重刻本作「簽之」。

〔三〕「何其」，嘉靖《太倉州志》重刻本作「又何」。

〔四〕嘉靖《太倉州志》重刻本末署「崇禎己巳孟秋古郢劉彦心蓼甫題于思徵公署」。

【繫年】

據嘉靖《太倉州志》重刻本末署「崇禎己巳孟秋古郢劉彦心蓼甫題于思徵公署」及張采《太倉州志》崇禎十五年刻本張溥《重刻太倉州志序代作》批語「代州守劉彦心蓼也，時崇禎己巳歲」，可知此代太倉州守劉蓼作，作於崇禎二年（一六二九）孟秋。

【箋注】

①此序嘉靖《太倉州志》崇禎二年劉蓼重刻本，代太倉州守劉蓼作。《〈嘉靖太倉州志〉的歷史人文價值》（《蘇州日報》二〇一四年十一月十四日）：「《嘉靖太倉州志》十卷，是太倉現存第二部州志，明代周士佐修，張寅等纂。主要傳世版本有：明嘉靖二十七年（一五四八年）刻本，藏國家圖書館，殘本，僅存卷三至卷五；明崇禎二年（一六二九年）劉彦心重刻本，藏南京圖書館和寧波天一閣。……周士佐，字仰峰，明浙江餘姚人，嘉靖二十七年（一五四八年）由進士來任太倉知州。張寅，字仲明，號曉川，州人，正德十六年（一五二一年）進士，曾任高安知縣、宜春令、南京河道御

史、高唐州判官、南京文選司郎中、右春坊右司直兼翰林院國史檢討。著有《曉川奏疏》《曉川文略》《瑞蓮集》。嘉靖六年（一五二七年），張寅謝政鄉居，當時的太倉知州萬某聘張寅纂修州志，不久，因萬某改任而作罷。周士佐蒞任後，又請張寅重輯州志，張寅遂與邑人陸之箕、陸之裘等人，彙集崑山、嘉定、常熟三縣宣德、成化間諸舊志，並搜閱典籍，金石之文，訪之故老，參之群議，歷一月而成書。」

②李公：即太倉知州李端。嘉靖《太倉州志》卷六《名宦·州官》：「李端，字表正，湖廣棗陽人。由御史補外，弘治十年，州新建，銓部擇能吏，於是以端來知州事。」桑悦《太倉州志序》：「棗陽李侯，名端，字表正。由名進士起家邑令，擢柱史。清德重望，霄漢騰聲，直道忤人，至於三黜。至是，舉守是州。侯蒞任，以三邑民心甘辛異味，一治調和。政若鋤犁，强者突封，弱者沁窪，鏟高益卑，俱爲平土。又制立大防，足以垂示方來。庶務草創，上遵前監察御史、蘇州守新蔡曹公鳴岐成規，下集同寅所長，克殫心力，翦剩補畸，三易寒暑，州治告成。」弘治《太倉州志》十卷，柳州府通判州人桑悦著，賜進士第前監察御史知太倉州事棗陽李端校正，同知太倉州事懷安周明編次。

③劉公：即太倉知州劉世龍。《明史》卷二百七《劉世龍傳》：「劉世龍，字元卿，慈溪人。正德十六年進士。授太倉知州，改國子助教，遷南京兵部主事。」祝允明《太倉州志序》：「慎哉，劉侯之作其州之史也！其古之遺教乎？《書》與《春秋》之志也。……侯，越人也，諱世龍，字允卿，以進

士來，三年政成而爲史。」

④餘姚、浦城兩周公：即周士佐、周鳳岐。王忬《太倉州志序》：「嘉靖中，餘姚周公士佐由進士來爲守。踰年，浦城周公鳳岐由秋官郎來貳守，事奏政饒，暇則相與按部考蹟而問志焉，曰：『嗟乎！予司土之責哉！夫使志不稱州，峻城廣疆罔以表鉅麗，官師俊乂罔以紀往而察來。夫責在予，予則何敢讓焉！』於是禮聘宫直張先生寅暨文學陸子之箕、之裘輩朝夕從事，若干月而《志》成。惠之剞劂，授簡監察御史王忬使序之。」光緒《餘姚縣志》卷二十三：「周士佐，字鳳南，嘉靖二十三年進士。知太倉州，識王錫爵於髫年，目爲國士。後以工部郎榷税蕪湖，時土司兵禦倭，所過殘掠，士佐設方略，安戢不擾，商民德之。」順治《浦城縣志》卷八：「周鳳岐，字文徵。生而穎異，年十一，入邑庠。弱冠領嘉靖甲午鄉薦，聯捷乙未進士，欽賜歸娶。選紹興府推官行取，年未三十，例不得擢臺省，陞刑部主事。議草忤中貴，出爲太倉州同知。築七浦等塘，民立碑紀績，待詔文徵明爲記。」

⑤民國《太倉州志・卷首》：「州志權輿於陳伸《太倉事蹟》、陸容《太倉志稿》。建州以後，桑悦始創爲志，而都氏穆、龔氏持憲、張氏寅繼之。勝國末張氏采又繼之。入國朝，黄氏與堅有《太倉州志稿》，至乾隆初始有《鎮洋縣志》，嘉慶初始有《直隸太倉州志》。」

⑥魏源《元史新編》卷三十五《朱清・張瑄》：「朱清者，崇明海盗也。嘗爲富家傭，殺人亡命，入海島，與嘉定張瑄乘舟抄掠近境，備知海道曲折。尋就招，爲防海義民。」

房稿遵業序〔一〕①

【眉評】周曰："皆是至論，皆是創論。"

不明乎六經而欲治一經，未見其能理也；不明於五倫而欲善一倫，未見其能安也。是以專經之號與夫人倫之稱，古之人重乎其嚴之，不敢輕以與也，不敢輕以受也。輕以與則有絶道之憂，輕以受則有不學之刺。然則今之爲論者，其可忽乎哉？且觀從祀之賢〔二〕，自漢及宋，其人之彰彰者，於《書》《詩》《易》《禮》《春秋》各直本業，未嘗概取衆經而名之，要其大致，無不通也。若夫史書所載，忠孝節義之士，僕夫女子，其美不廢，而考其行事倫紀之重，每有專見，作者科而別之，豈無謂歟？是故言經而極於一經，論倫而極於一倫。其道彌約，行之彌難矣。

予嘗持斯説以自律，四方多有然之者。徵之雲間，若勒卣、殿虎②、宗遠③、彝仲④、人中諸子，固所謂性命之合也。勒卣孝友温慤，發爲詩文，無不深厚爾雅，而尤慎於撰擇，不肯以小文便已。《遵業》之選，蓋其表矣。然四子之相與左右，其志未嘗不存焉。且文字之塗，言或空著，而吉德外發，則人皆見之。如往者大璫之亂，蝨賊發於里閭，勒卣諸子正憤批擊，虧側之徒怨言四流。至宗遠則抵燕都而匡國學之失，幾被罝網，亦足以明吾黨之無負於朝廷矣。

雖然，次列筆墨而徒譚修行，於選者之意得無隱乎？而求其大據，爲文之指，亦曷外焉？覽兹得志之人，予多進而與語矣。其爲高明卓犖懋義不倦者，可得而數也。而文之可録者皆出其中，則繇是推之〔三〕，人文之一致〔四〕，雖遠在百世，其法可存也。寧獨今日之思道哉〔五〕！故余因勒卣之選〔六〕，申所證驗，而復導天下以讀經盡倫之要，使之歸并一法，恐夫不知者之滋議論而自墜厥功也。

【校記】

〔一〕本篇又見北大本《合集·古文存稿》卷三。

〔二〕「之」，北大本作「諸」。

〔三〕「則」，北大本無。

〔四〕「之」，北大本無。

〔五〕「之思道」，北大本無。

〔六〕「故」，北大本無。

【繫年】

據文中「往者大璫之亂」等語及前文《禮質序》《太倉州誌序》作時，此序約作於崇禎二年（一六二九）前後。

【箋注】

①此序周立勳時文選本《房稿遵業》。周立勳，字勒卣。詳見《初集·七録齋集序》注。選進士文曰房稿，亦名房書。張采《知畏堂文存》卷一《具陳復社本末疏》：「本朝制科取士，因重時文，凡選鄉會中式文曰程墨，選進士文曰房書。」顧炎武《日知録》卷十九《十八房》：「至乙卯（萬曆四十三年）以後，而坊刻有四種：曰程墨，則三場主司及士子之文。曰房稿，則十八房進士之作。」趙翼《陔餘叢考》卷三十三《刻時文》：「《雲谷卧餘》載楊子常彝云：『十八房之刻，自萬曆壬辰《鈎元録》始。旁加批點，自王房仲選程墨始。其後坊刻漸衆，大約有四種：曰程墨，則科場主司及士子之文；曰房稿，則十八房進士之舊作。』」戴名世《〈庚辰小題文選〉序》：「新進士平居之文章，書賈購得之，悉以致於選家爲抉擇之，而付之雕刻，以行於世，謂之房書。」張溥此序可見其學術思想之大旨：明六經以治一經，明五倫以善一倫，人文一致，經倫一法。

②潘桓，字殿虎，上海人。復社成員。乾隆《上海縣志》卷九：「潘桓，字殿虎，原名焕窩。有奇才，於書無所不窺。屬文典奥，好古識奇字。屢試不遇，夢神人，命改麟經。桓曰：『《春秋》中惟齊桓盟長。』遂更名桓。丁卯，果獲雋。」

③朱灝，字宗遠，松江人。復社成員。光緒重修《華亭縣志》卷十七：「朱灝，字宗遠。父應熊，萬曆二十二年上海籍舉人。灝崇禎間以監生保舉延平通判，魯王時爲待詔，卒於海外。」

④夏允彝，字彝仲，號瑗公，華亭人。復社成員。吴山嘉《復社姓氏傳略》卷三：「夏允彝，字彝仲，

號瑗公，華亭人。弱冠舉於鄉，好古博學，工屬文。與陳子龍等結幾社。崇禎丁丑成進士，授長樂令。善決獄，五年邑大治。尚書鄭三俊舉天下廉能知縣七人，以允彝爲首。帝召見，將特擢，會丁母憂，未及用，京師陷。慟哭累日，毁家倡義，走謁史可法，與謀興復。聞福王立，乃還。其年五月，擢吏部考功司主事，疏請終制，不赴。馬、阮屢招之，拒不應。服除，猶不起。御史徐復陽者，故逆案中人，至是復官，希要人指，劾允彝及其同官文德翼居喪授職爲非制。兩人實未嘗赴官，無可罪。吏部尚書張捷遽議貶秩調用。未幾，南都失，允彝彷徨山澤間，欲有所爲。聞友人徐石麒、侯峒曾、黄淳耀、徐汧等皆死，乃以八月中賦絶命詞，自投深淵以死。允彝學務經世，歷朝制度暨昭代典章無不諳習。獨處一室，志常在天下。名既高，四方人士爭走其門。書問酬答無暇晷，好獎勵後進，有片善，稱之不容口，多因以成材。允彝既與子龍齊名，晚節亦相似，人謂白首同所歸云。國朝乾隆四十一年賜謚忠節。」

張草臣詩序〔一〕①

稱草臣之詩者〔二〕，多言其系自竟陵②，有所根統，播揚同聲，弗能借也。予獨以爲不然。夫作者之意與夫觀者之意，古今遠近，其初不謀。因夫善觀者而有選之之號，即以選者之美號而量夫作者，則幾於域之矣。

今以草臣之詩，蒼遠深厚，靈朴幽越，極命作者，必爲竟陵之所尊尚。而即被以其名，將所謂《古詩十九首》與夫唐山夫人③、廬江小吏諸作④，登竟陵之選者，皆名之竟陵，可乎？然而窮流測源，竟陵之功，要不可誣也。前此所習高、李二選，流滿詩家；漢魏之音，缺焉無聞。草臣生於其時，即欲辭孫己出，協諸格尚，則自廢矣。能推物長思，如斯之所爲乎？是以草臣命篇卓爾，特高前士，而拊膺流嘆。每誦竟陵，義不忘本，古之道也。且詩本性情⑤，無邪之旨形於三百⑥。而後之論者比於飲酒，言有其別。於是細草、夭蟲之屬，緇衣、婦人之流，盡其駘宕，（此處眉評：周曰：「每論必有甚係，真可謂擇言而發。」）亦安在有文武之意，周召之思哉？則次第而考其正，非近古者不可也。

嗟乎！以今之世而求其近古之徒，豈止詩之謂歟？必於其人斷之矣。若草臣之温和誠讓，蓋無媿焉〔三〕。夫斷之以人〔四〕，然後斷之以詩者，竟陵之極論也。顧草臣之爲人，盛德所充，已有不圖，彷彿而至者，又曷可謂詩之不原於自，徒因其所好而徇稱也哉〔五〕？

【校記】

〔一〕「張草臣詩序」在目録中原列「房稿香玉序」下，現據正文篇次列此。本篇又見北大本《合集·古文存稿》卷三；又見崇禎癸酉古吳張澤刊本《新刻譚有夏合集》所附張澤詩集《旨齋詩草》張溥序，題作「艸臣詩序」。

〔二〕「之」，北大本無。

〔三〕「蓋」，北大本作「又」。

〔四〕「夫斷之以人……徒因其所好而徇稱也哉」五十七字，北大本無。

〔五〕《新刻譚有夏合集》本末署「社弟張溥天如題」。

【繫年】

據朱隗《旨齋詩叙》（末署「崇禎紀年四月望日社盟弟朱隗雲子漫題」）、朱衮《草臣詩序》（末署「戊辰夏社弟朱衮九章題」）、潘一桂《張草臣詩序》（末署「丁卯九月松陵社弟潘一桂題」）、祝謙吉《旨齋詩序》（末署「崇禎著雍執徐歲古虞社弟祝謙吉尊光題於嘯室」），可知張溥此序應作於天啓七年（一六二七）至崇禎元年（一六二八）之間。

【箋注】

① 此序《新刻譚有夏合集》所附張澤詩集《旨齋詩草》。《新刻譚友夏合集》二十三卷附《旨齋詩草》一卷，譚元春撰，張澤與徐汧、朱隗、張溥、潘一桂、秦德滋、楊廷樞、錢禧、顧夢麟、楊彝、周立勳、張采、周鍾、黄傳祖、王玉汝、錢栴、朱茂暉、盛于鄰、周銓、沈自炳、方孔文、成德韞、盛民苓等合評，明崇禎六年張澤刻本。其中，張溥、張澤合評卷四。集後附張澤撰《旨齋詩草》一卷，前有張溥《艸臣詩序》、朱隗《旨齋詩叙》、賀裳《張草臣詩序》、許重熙《張草臣詩序》、錢栴《張草臣詩序》、朱衮《草臣詩序》、顧夢麟《張草臣詩序》、潘一桂《張草臣詩序》、祝謙吉《旨齋詩序》。張溥此序於張澤其人其詩多所揄揚，於張澤與竟陵派之關係多所剖析，亦適度肯定竟陵派「窮流測

源」之功，贊揚張澤「義不忘本」。張澤，字草臣，吴江人。復社成員。吴山嘉《復社姓氏傳略》卷二：「張澤，字草臣。諸生。」徐崧《百城烟水》之《吴縣》：「明末竟陵派吴門四詩家，曰：徐波元歎、劉錫名虚受、張澤草臣、葉襄聖野。」張澤集中有《送張天如》一首。

②《明史》卷二百八十八《鍾惺傳》：「自宏道矯王、李詩之弊，倡以清真，惺復矯其弊，變而爲幽深孤峭。與同里譚元春評選唐人之詩爲《唐詩歸》，又評選隋以前詩爲《古詩歸》。鍾、譚之名滿天下，謂之竟陵體。然兩人學不甚富，其識解多僻，大爲通人所譏。」

③《漢書》卷二十二《禮樂志第二》：「又有《房中祠樂》，高祖唐山夫人所作也。」

④《古詩爲焦仲卿妻作》：「漢末建安中，廬江府小吏焦仲卿妻劉氏，爲仲卿母所遣，自誓不嫁。其家逼之，乃没水而死。仲卿聞之，亦自縊於庭樹。時人傷之，爲詩云爾。」

⑤朱熹《論語集注》卷四《泰伯》：「《詩》本性情，有邪有正，其爲言既易知，而吟詠之間，抑揚反覆，其感人又易入。」

⑥《論語·爲政》：「子曰：《詩》三百，一言以蔽之，曰思無邪。」

華方雷稿序〔一〕①

楊子維斗②，吾郡之所謂教父也。以身作範，而後進從之，一時秀傑之士咸繇其門〔二〕。然學焉而稱最者〔三〕，無若方雷矣〔四〕。方雷以淵確之才，求峻上之理，其沉湛於書〔五〕，而忘其朝夕也〔六〕，猶聲色之有嗜好，弗能强也。引而之於文筆〔七〕，歧嶷所立〔八〕，亦孰有抑之使平者哉〔九〕？且其文之高而不得下者，非徒名之謂也。

若夫急名而不循其實，世有其人，予竊慮之矣。廓辭而無原，務爲學者之貌，駕於人而衆不之許，雖志在湖海，顧其本業，日月偷墮，則已多矣。（此處眉評：周曰：「可作《勸學箴》。」）蓋芃芃者蘭，童子可諷。無十年閉户之功，而遽求出門同人之義，此在後生爲不可之大者也。

是故君子之立教也，使人學問必先氣質，其氣質根原必繇孝弟。夫能孝則知有親，能弟則知有長。達之於學，古之聖賢則親也，今之正人則長者也。見聖賢而如子所以愛親，見正人而如弟所以承長。則内虚受而外勸勉，即欲却而自遜於道，不可得也。故吾嘗觀維斗之事親〔一〇〕，與公幹之事維斗，則學問之道在其中矣。

今方雷之粥粥乎善進也③，意存於極遠，而不形一辭。友其師之友，天下之名勝，與之信信宿宿，講貫大義，而未嘗矜發其氣，取聲望於户外。以是益知彼哉之流，急名而名不與者也。若方雷者，辭名而名有所不能一日去者也。以其根原之正〔一一〕，得於孝弟之理深也。斯之所刻，亦維斗善善之懷，欲明弟子之通藝爾，方雷則何有焉。

【校記】

〔一〕本篇又見北大本《合集·古文存稿》卷三。

〔二〕「以身作範，而後進從之，一時秀傑之士，咸繇其門」，北大本作「游其門者」。

〔三〕「然學焉而稱最者」，北大本作「學焉而稱最」。

〔四〕「矣」，北大本無。

〔五〕「其」，北大本無。

〔六〕「而忘其朝夕也」，北大本作「忘其朝夕」。

〔七〕「引而之於文筆」，北大本作「引而之文」。

〔八〕「歧嶷所立」，北大本無。

〔九〕「亦」，北大本無。

〔一〇〕「故」，北大本無。

〔一一〕「以其根原之正……方雷則何有焉」三十九字，北大本無。

【箋注】

①此序華渚稿。以華渚而先言其師楊廷樞，以見教學有道，師範所在，所謂「君子之立教也，使人學問必先氣質，其氣質根原必繇孝弟」。又歸於華渚，以見其根原之正，得孝悌之理之深。張溥作文非僅爲作文，實乃藉文以載道，勸勉期冀之意寄予其中。華渚，字方雷，長洲人。復社成員。

同治《蘇州府志》卷八十二：「華渚，字方雷。其先自無錫徙吴。渚少穎悟，弱冠補諸生，有名。時張溥、張采、楊廷樞方主盟文社，渚皆游其門。鼎革後，棄諸生屏居，六經子史及醫卜種植之書，靡不蒐討。文筆古峭，兼工書法。康熙初，嘗預修府志，年六十九卒。」

② 楊廷樞，字維斗，號復庵，吴縣人。復社主盟。吴山嘉《復社姓氏傳略》卷二：「楊廷樞，字維斗，號復庵。兵部尚書成孫，孝子大濚子。生而岐嶷，言笑有度。崇禎戊辰，以恩貢入大廷。都人士聲氣相求，知廷樞者半海内，遠近負笈而從者皆名士。周順昌被禍，舉國轟然，廷樞以身左右之，幾及於難。庚午，以第一人冠南畿。深患子丑以來，文體變壞，於是力追先正，自嘉、隆迄於成、弘以上，蒐輯而討論之。又論定神廟丙辰以後之文，制義家奉爲科條焉。甲申聞變，誓以身殉。時馬、阮每指目廷樞爲復社渠魁。大兵下蘇州，隱居鄧尉山。順治四年，降將松江總兵吴勝兆復謀叛，廷樞因其客以慫慂之。事敗，追捕至官，諭令薙髮，廷樞不屈，遂斬於蘆墟之泗州寺，年五十三。門人迮紹原購其屍，葬焉。私謚忠文。有《古柏軒集》。乾隆四十一年，賜謚忠節。」朱彝尊《静志居詩話》卷二十：「楊廷樞，字維斗，吴縣人。崇禎庚午鄉試第一。有《古柏軒詩集》。先生倡應社於吴中，評騭《五經》文字，張溥天如、朱隗雲子主《易》，楊彝子常、顧夢麟麟士主《詩》，周銓簡臣、周鍾介生主《春秋》，張采受先、王啓榮惠常主《禮記》，而先生與嘉善錢栴彦林主《書》，後與復社、幾社合。領解之後，聲譽日重，門下著録者二千人。」楊廷樞與張溥交善，情如兄弟（《初集·荆寶君稿序》《近集·楊年伯母侯太孺人六十序》），「相勵考古」（《合集·行卷大

小山序》)。張溥自天啓六年(一六二六)至崇禎三年(一六三〇)間,與楊廷樞交密,出入相俱。天啓六年八月,楊廷樞母五十,張溥作《楊伯母侯太君五十序》偕同社以賀之。崇禎元年春(一六二八),張溥選貢入國學,楊維斗參加會試,二人偕手北行。楊廷樞落第。試後,張溥、楊維斗、徐汧諸人舉行成均大會,結燕台社。崇禎三年,楊廷樞舉鄉試第一,張溥爲經魁,復社中式者多人,由張溥主持在秦淮河上召開金陵大會,稱國門廣業社,參加者二千余人。崇禎四年春,張溥與楊廷樞赴京會試。張溥、楊廷樞等人於考前半月立日社,楊廷樞等建議刻九子社義,後未果。會試後,張溥中進士入翰林院,楊廷樞落第歸家,二人此間交往較少。張溥離官歸家後,與楊廷樞交往又密。崇禎六年,由張溥、楊廷樞等二十餘位復社魁目和竟陵派作家張澤評點的《新刻譚友夏合集》刊行。崇禎九年八月,楊廷樞母六十,張溥作《楊年伯母侯太孺人六十序》偕同社以賀之。崇禎十三年,張溥、楊廷樞作爲復社魁首,均列名《復社十大罪檄》中。張溥死後,阮大鋮又極力攻擊楊廷樞。

③ 粥粥:敬慎恭肅貌。賈誼《新書·容經》:「祭祀之容,遂遂然,粥粥然,敬以婉。」

楊顧二子近言序〔一〕①

【眉評】張曰:「即虞山婁東生情,取致則近,發又則遐。」

子常②,虞山人也。四方之交子常者,即交麟士③,亦以麟士爲虞山人。夫麟士,非虞山人，而以爲虞山者，以其久與子常處，而忘其爲婁東也〔二〕。於是予與受先辨焉〔三〕，天下始知麟士爲婁東人矣。

蓋君子大賢，鄉邑有之以爲重。後之考土俗而論人物者，皆繇此出。虞山得一子常則已重矣，安可盡他邑之有而有之乎？故余與受先之辨之者〔四〕，所以重婁東也。然天下雖知麟士之爲婁東，而問其朝夕之所耦，未嘗與子常或離。若麟士者，終謂之虞山可也〔五〕。且二子之性，静淡齊致，臨事之際，退然如不及。余與受先每振之以氣，而二子嘿不一言。及與究君臣之大節、社稷之宏務，則深豫焉。

夫古之至人以虚自藏，不示衆人以能，而物咸服之。其朴情和貌，三尺童子可狎而與語；而一當艱鉅，世之負爲英分之多者詘焉不勝；而出其餘以應之，無意而稱治，惟其取於德之數全也。求諸二子，不其然歟？是以見之於文而文安，因之以御乎經史而經史俱辨，功崇道廣，不可以説殫也〔六〕。至於今聞譽盛彰，凡儒服而誦一先生之言者，莫不引領嚮風，待二子之發蔀。而二子猶然棲一畝之宫，鳴琴擁書，意言交和，如昔之所歌負戴巖佩者〔七〕，其志豈不遠哉！

然而余又有感矣〔八〕。隱居之日，風雨可同，而及其身顯〔九〕，則南北東西，惟君所命，此受先所以向予而泣也。更二年，而二子服君之事，京師之與諸夏〔一〇〕，不擇地而爲其所爲〔一二〕，靡鹽之嘆④，行矣何言。欲如今日之聚一室而偕形影〔一三〕，其能之乎？夫然而考道别方，子常之爲虞山，麟士之爲婁東，略焉可也。何則？二子固天下之人也。

【校記】

〔一〕本篇又見北大本《合集·古文存稿》卷三。

〔二〕「而」，北大本無。

〔三〕「於是」，北大本無。

〔四〕「之」，北大本無。

〔五〕「終」，北大本無。

〔六〕「功崇道廣，不可以説殫也」，北大本無。

〔七〕「之」，北大本作「人」。

〔八〕「而」，北大本無。

〔九〕「而及其身顯」，北大本作「及其身一顯」。

〔一〇〕「之與」，北大本無。

〔一二〕「爲其所爲」，北大本作「往」。

〔一三〕「之聚一室而偕形影」，北大本作「聚論一室」。

【繫年】

據文中「隱居之日，風雨可同，而及其身顯，則南北東西，惟君所命，此受先所以向予而泣也」「欲如今日之聚一室而偕形影，其能之乎」等語，此序當作於崇禎二年（一六二九）張采出任臨川知縣及崇禎三年（一六三〇）秋病歸之間。

【箋注】

①此序楊彝、顧夢麟合稿，首以辨明楊彝之籍起筆，中間插叙楊彝、顧夢麟之深厚交誼，並由此引出二人志向，再進而闡釋古之至人之境界，最後筆鋒一挑，以友情珍貴而聚難散易之感慨結筆。由近及遠，由小及大，點染開來，遂成濃情重義之篇。故張采評此篇云「生情取致則近，發又則遐」。楊彝、顧夢麟與張溥、張采交善，天啓四年，共創應社，後均入復社。據張采《楊子常四書稿序》，天啓四年冬，二張始過唐市，與楊彝、顧夢麟定交，以年推楊彝爲長，約舉應社。此後，二張與楊、顧交往密切。張溥《顧麟士四書説約序》云：「予往日與受先，掩關相對，每拈一題，必互設辯證，坐分明，方得布紙，出示兩公，拊手曰：可。」吴偉業《題織簾居唱和册》亦云：「當織簾先生窮經著書之日，兩張公連床共几，余亦得與研席。」

②楊彝，字子常，號穀園，别號萬松老人，蘇州府常熟人。天啓四年與張溥等同創應社。其子楊静，字定夫。父子均入復社。吴山嘉《復社姓氏傳略》卷二：「楊彝，字子常。萬曆之季，士之爲文者喜倡新説，畔違傳註。彝與太倉顧夢麟力明先儒之説，天下翕然從風，稱『楊顧學』。以歲貢爲松江訓導，作興人材甚廣。居五載，擢知都昌縣，以道阻弗克赴任。明亡，遂不出。晚歲目盲，猶令人讀書其側，爲諸生講説，無少倦。年七十九卒。」

③顧夢麟，字麟士，號中庵，别號織簾，太倉之雙鳳里人，與張溥共創應社。吴山嘉《復社姓氏傳略》卷二：「顧夢麟，字麟士。母夢神人授以石麒麟，故名。世居太倉雙鳳里。時文教頽靡，夢麟與常熟楊彝獨尚先民規矩，海内謂之『楊顧』。從游日衆，相次取科第，而夢麟僅登崇禎癸酉乙榜，援例入太學。平日沖淡醇謹，長毛鄭學，雅不欲居講道名，每稱歸有光之言曰：『漢儒謂之講經，今世謂之講道。夫能明聖人之經，斯道明矣。道何容講哉！』所纂有《四書説約》行世。」

④靡盬：謂無止息，指勤於政事。《詩·唐風·鴇羽》：「王事靡盬，不能蓺黍稷。」

楊顧二子小言序〔一〕①

子常、麟士之爲文，蓋有道焉。因題之位而起其制匠，章與節辨也，節與句辨也，周環本末而左右就裁。大約觀聖賢之辭，通己有之志，抑今時之意，赴當日之情，則二子之獨得矣。（此處眉評：張曰：「與論《詩品》，有此旨言否？」）是以與之言理，則際在清微；繇而論事，則功歸顯約。讀其常解之文，而天下之隆説性命者廢焉；讀其直叙之文，而天下之曲折議論者廢焉。即《小言》而求之，二子之及於斯也，豈其易哉！

蓋嘗聚昔人之書，讎析而比講之，高自日月，細則毛羽，大而王制，瑣至衣冠，莫不寄其遐思，徵其美據。度古之尺量與今之尺量，何如也；度古之道里與今之道里，何如也。

而又譌則有難，隱則有證。事之沿而不反者，條指以直之；人之概然以屈者，反復以切之。故有惑在百世，而一日以明；千千之夫，不異其慮。而獨曉然以出，極其用致之入神，與夫漢之馬、鄭，唐之孔、陸，揖讓而刺諸經之得失，升堂入室，未知誰後先矣。

然積功累勞，若是之深，而又不欲以博自見，嘿然寓指於文。蓋曰註疏之書，昔儒有之，不敢復舉也；考類之書，明之先進有之，而亦非後者所議也。謙謙之德，遜於前人，而述者之所得，終不能無所發抒，以自達其嘉訓〔二〕。此《小言》之所以先《史選》而列於四方也乎〔三〕。善讀者繇文采而稽事理，亦有道存乎其間矣。

【校記】

〔一〕本篇又見北大本《合集·古文存稿》卷三。

〔二〕「嘉訓」，北大本作「訓誨」。

〔三〕「於」，北大本作「乎」。

【繫年】

據前後文作時，此文應作於崇禎二年（一六二九）至三年（一六三〇）期間。

【箋注】

①此序楊彝、顧夢麟《小言》，云二子「觀聖賢之辭，通己有之志，抑今時之意，赴當日之情」，其文爲

「有道」之文，此亦張溥夫子自道。張溥於友人之文，拳拳致意，務在通幽顯微，弘深彰遠，由文而至道。故張溥出任復社主盟，洵非偶然，其眼光、見識、擔當、抱負於其文可窺一斑。楊彝、顧夢麟，詳見上文注。

宋宗玉稿序〔一〕①

【眉評】周曰：「天如之文强人氣骨，正人學問，往往而然。」

齊魯之於文學，其天性也。斯之言古有之，而通之於今，或有未應。非地之氣遷，蓋亦學者之責也。然則積盛而衰，積衰而盛，功存乎人，忽焉而已。君子務其强者以正身而率物，又安可避天下之難，自墜厥聲乎？此萊陽諸宋所以突然決起，爲能立於海岱之間，比高絜深也。且華之②、澄嵐③、宗玉、呈玉諸兄弟嘗爲予言之矣④。習聖人之書而不明聖人之文，罪之上也；居聖人之地而復不明聖人之文，服聖人之行，罪且什伯焉。是以先之先生，揔人士之紀，昌明正學。而華之左右其政，洋洋厲厲，達諸邦邑，非復一家之事。則今者宗玉之考經蹶節，進於絶詣，雖己自爲之，亦曷可謂無其原哉？且感應之理，以近驗遠，天之報人，量其勤苦，而又觀其及物，則淺深大小，不可易也。

以萊陽之全邑〔二〕，素未著風聲、明禮樂，而倡教自一人〔三〕。凡佩玦帶環者，無不謹士君子之法，樂於古者卿大夫之業。則齊魯之易志向風，誦德修道，皆斯人之力也〔四〕。況其家之繩繩者乎？是以稱豫章者必言萊陽〔五〕，稱萊陽者必言豫章，貴其同也。然豫章之繇來舊矣，而以今日之萊陽與之同稱，此豈有功名之説介於其間哉？業創乎未有而人疑，積之三十年之教，而近始有其績，遲而又久，亦已難矣。而要之功名，亦不可忽也。士之上焉者，不以此爲諸宋之輕重，而熟講乎其文，以儀刑乎其人，温恭是親，基隅不遠；而下焉者，不明乎人與文，功名猶有動焉。則聖人之教，益以章矣。

予夙眈宗玉之文，曰美曰善，不復贊辭。而特欽其門庭之學，後先帥循，澤究天下，懔然爲序其大端焉。嗟乎！若宗玉者，誠哉其夫子之徒也，夫子之里之人也！

【校記】

〔一〕本篇又見北大本《合集·古文存稿》卷三。

〔二〕「以萊陽之全邑」，北大本作「昌陽遠邑」。

〔三〕「而」，北大本無。

〔四〕「之」，北大本無。

〔五〕「萊陽」，北大本作「昌陽」。下同。

【繫年】

據前後文作時，此文應作於崇禎二年（一六二九）至三年（一六三〇）期間。

【箋注】

①此序宋琮稿。宋繼登，字先之，登州府萊陽縣人。有弟二人：宋繼發，字華之；宋繼澄，字澄嵐，入復社。有子三人：宋琮，字宗玉；宋琞，字呈玉；宋玫，字文玉。萊陽諸宋倡立大社，名聞天下，與張溥等組織的應社及江西陳際泰、羅萬藻、章世純等組織的豫章大社鼎足而立。其詩文創作亦與婁東齊名。鄭友玄詩云：「剖斗折衡爲文章，天下婁東與萊陽。」（吴偉業《梅村家藏稿》卷五十八《梅村詩話》）李鏜豫《萬柳老人詩集殘稿序》：「明清之際，詩學倡行于山左，萊陽宋氏尤冠曹部，遠近風從，頗極一時之盛。」宋琮，字宗玉，號五河。民國《萊陽縣志》卷三之三上《宋明府琮傳》：「宋琮，號五河。與叔繼發同第，戊辰，初令祥符，去民養馬之苦，邑志稱其任事英毅，有能聲。丁内艱歸。再補令金壇，值凶歲賦逋，自鬻産補三千金。生平博學宏文，名動一時。振披靡而建旌旗，四海人士嚮風焉。行取至都，方擬進詞林木天增重而無疾暴卒，士類惜之。所著有《柏園藝》《葡子草》及所選《明文續古》行世。子三，俶、仲、侅俱有文名。仲早卒，俶、侅俱明經，未仕。」

②宋繼發，字華之。民國《萊陽縣志》卷三之一：「宋繼發，字華之。進士。江南長洲縣知縣，丁外艱歸。性孝友，疏財好施，里人多感之。卒，私謚惠介。祀鄉賢祠。墓在柏林莊東北。」

③宋繼澄，字澄嵐，號萬柳居士。復社成員。乾隆《即墨縣志》卷九《人物·僑寓·宋繼澄傳》：「宋繼澄，字澄嵐，萊陽人。天啓丁卯舉人。善古文詞。明鼎革後，隱居不仕，設教於墨。時墨無

習詩者，繼澄與黃、藍諸族結詩社，朝夕吟詠。子林、寺、璉，鄉人董鶯、谷樵亦與焉。樵故布衣，璉亦名孝廉也。著有《萬柳文集》。」

④宋珵，字呈玉。復社成員。吴山嘉《復社姓氏傳略》卷十：「宋珵，字呈玉。繼澄次子。恩貢生，未仕卒。」

蒼崖子序〔一〕①

子强、子美之爲今文②，與其爲古文，無以異也。言理深究，爾雅之作，斐然以出，所謂君子之辭者，非歟？予與受先讀之，愾然而興曰〔二〕：「微言之絶，久而當復，意者其在南州乎③？」是以兩人偕事六七年，時人之論説，畏不敢近，勉與之就，終非其樂。獨性耽二朱之文，備諷周詠，難於棄捨，夫蓋有以移之也。

往者介生之選④，子强、子美之所爲今文，已爛熳於天下。今受先之臨，復發其所著一書〔三〕，列而行遠，非誠好之而然歟？且受先居官蕭約，猶之在貧，養母不過脡肉，一家之奉不踰大菽粗糲，無復餘錢以給四方賓客之費。而猶循覽清文，使之載版。若斯之好，不可不謂之入深也。

或者疑古文之作，成於大年，二子以英富之日遽行其論譔，顯白當世，慮非其質。嗟乎！抑何見之不廣也〔四〕。夫上智之士，自少受經，命意廓落，執筆而求於古之傳人。雖生斯世，不欲以一時爲盡材之物。而遍觀奢闊，取其至精，爲所寄託，未嘗有無况之字、不典之音間於其際⑤，即言止卷握，足以永矣。况放而之遠，非其終竟者乎？（此處眉評：周曰：「無限深廣之理，悉以翺翔出之。」）

予每見大力爲文⑥，不甚自愛重，文成散墜，無或存者，用深悼惜。而大力亦自言己不好寫録，家無副書，難其整齊之具。繇此觀之，古人之制作，其既成而不能録，或録而無其副，以至於失者亦已衆矣。使當其時，有同道得志之友重其點畫，及其一書之成，即施之鐫磨，以廣其傳，何至百世而後有亡書之歎乎！然則受先之汲汲於二朱之文〔五〕，蓋此志也。若或者之説，矜己而行忌，狃故守殘而不知其大，桓譚之所以致悲於子雲也〔六〕⑦。

【校記】

〔一〕本篇又見北大本《合集·古文存稿》卷三、明末刻本朱健《蒼崖子》卷首張溥《序》（以下簡稱「朱健本」）。

〔二〕「興」，原作「典」，據北大本改。

〔三〕「一書」，朱健本作「蒼崖子」。

〔四〕「抑」，北大本作「亦」。

〔五〕「二朱之文」，朱健本作「蒼崖之梓」。

〔六〕朱健本末署「古吴社盟弟張溥天如題」。

【繫年】

據文中「今受先之臨，復發其所著一書，列而行遠」及明末刻本《蒼崖子》張采《蒼崖子序》末署「吴下社盟弟張采受先父題於臨川公署」，可知此序作於張采出任臨川縣令期間，即崇禎二年（一六二九）至三年（一六三〇）期間。

【箋注】

① 此序朱健《蒼崖子》。《蒼崖子》不分卷，朱健撰，明末刻本，北京圖書館藏，《四庫全書存目叢書》子部第九十四册據此影印出版。前有岳虞巒《蒼崖子序》、張采《蒼崖子序》、黄端伯《蒼崖子序》、張溥《序》、章世純《序》、張玄《序》、朱徽《小引》。書由張采幫助刊行。張采《知畏堂文存》卷二《朱子强蒼崖子序》：「是書也成，予爲子行之。既通問天如，及天如序至，而俗吏荒悖，遲之又久。既《蒼崖子》已自登板，或曰張子輕諾，或曰張子貧，俟其禄所餘，未皇爾。要我兩人各有以自處，不必明告諸人也。」今存《蒼崖子》明末刻本前有張溥序，蓋後來插入也。

② 朱健，字子强；朱徽，字子美，一字遂初。二人爲兄弟，江西南昌府進賢人，俱入復社。吴山嘉《復社姓氏傳略》卷六：「朱健，字子强。天啓辛酉舉人。博聞强記，與弟晨夕淬勵，期以著作名當世。著有《蒼崖子》。又著《古今治平略》，凡禮樂、兵農、賦役、河漕諸大政錯綜數千載間，纍纍如貫珠，識者以爲鄭漁仲、馬貴與堪稱鼎足。授邵武推官，靖九都賊，厥功甚偉。以中太守吴文

禕棄城奔逃事，反爲所中，冤死。」「朱徽，字子美，一字遂初。崇禎辛未進士，授行人司行人。壬午召對稱旨，擢吏科給事中，轉刑科。本朝官吏科都給事中，後以固原兵備道副使致仕。」曾燠輯《江西詩徵》卷六十五：「朱徽，字子美，一字遂初，江西進賢人。明崇禎辛未進士，官給事中。順治元年授原官，歷固原兵備副使，致仕歸。著有《測蠡草》《耕道集》。」

③南州：指豫章郡。《後漢書》卷五十三《徐穉傳》：「徐穉，字孺子，豫章南昌人也。……及林宗有母憂，穉往弔之，置生芻一束於廬前而去。衆怪，不知其故。林宗曰：『此必南州高士徐孺子也。』」

④周鍾，字介生，金壇人。應社、復社主盟。吴山嘉《復社姓氏傳略》卷三：「周鍾，字介生。敏穎絶倫，負逸才。角丱時，詩文灑灑，有萬言倚馬之目。張溥舉進士歸，悉以選政委之鍾。鍾所出《名山業》一選，膾炙人口。崇禎癸未成進士，選庶吉士。甲申，闖賊陷京師，鍾出降，用爲檢討。賊敗，南歸。明年四月，治從賊罪，鍾棄市。」

⑤無况之字、不典之音：語出《三國志》卷四十八《孫休傳》裴松之注：「造無况之字，制不典之音，違明誥於前修，垂嗤駭於後代，不亦異乎！」

⑥章世純，字大力，撫州府臨川人。復社成員。吴山嘉《復社姓氏傳略》卷六：「章世純，字大力。博聞强記，著有《已未留書》及《章子留書》。凡天文、律曆，以至五行、禽遁、陰陽、星卜之言，一見即能剖其玄微，摘其疵謬。舉天啓辛酉鄉試，授翰林孔目。有旨召對，以語音期吃辭，條上兵事

機，言禁旅邊鎮及召募客兵之弊。崇禎中，累官柳州府知府。時年已七十，聞京師變，悲憤遘疾，卒。」

⑦《漢書》卷八十七《揚雄傳》：「時大司空王邑、納言嚴尤聞雄死，謂桓譚曰：『子嘗稱揚雄書，豈能傳於後世乎？』譚曰：『必傳。顧君與譚不及見也。凡人賤近而貴遠，親見揚子雲禄位容貌不能動人，故輕其書。昔老聃著虛無之言兩篇，薄仁義，非禮學，然後世好之者尚以爲過於五經，自漢文景之君及司馬遷皆有是言。今揚子之書文義至深，而論不詭於聖人，若使遭遇時君，更閲賢知，爲所稱善，則必度越諸子矣。』」

王邑侯稿序①

【眉評】張曰：「瑞卿爲福鄰土，近日救荒，復有奇政。覽此，信名篇足配鉅。」

婁之接壤之邑曰崇明者，其地之稱，繇元始也②。初連於楊之海門，而後舉以屬之於蘇。蓋量地之遠近而爲之治，所以均道里，一統馭也。然以其鄰於婁也，故凡蒞其土者，於婁之人士，咸有父母之稱、邦長之號，非止以其名也。教化之所及，夫已家至焉。則今瑞翁先生之宰於兹土，所謂父我母我。先生之於溥猶是也。

夫樂其父母之賢，則意重而辭不可竟；本父母之美以申説於人，則詳事通物而類無所究。然則三月之間，善政累舉，望南北之山而懷君子，其言固可得而盡歟〔一〕？要之，文學之事，則先生之所起家也。齊魯之邦，在三代列於中國之最③。周自王畿以下，即次其國，於是有聖人出焉，爲百世師④。當時之士，有大衣方領者，望之即知爲鄒魯之儒。彬彬之風，蓋若是其盛也。是以興衰代軼，今之日有能起而脩明之者，則四方能言之徒與高門博建之流並意以趨，而一時亦咸得其志，以正説於天下，若先生非其人歟？

先生練學宏恬，六藝之書，無不穿穴。又自言其用力之深，息機静得，不嬰微慮。是故發爲文章，深變秀立，奇有萬方，出而禦諸政事，亦若有餘。蓋昔者遠志之士，居於埧茨之室，愁苦加積。而國家之治亂，與元元之利害⑤，嘗不出户，而形於其心。間有所得，則取而筆之，以記其所以綜理。一旦遇主而臨於民上，左右相應，皆其平日之爲也。今竊於先生見之矣。繇是施於一邑之中，脩能者日以進，讒宄者日以退，鳌枉汰蠹，敦士以禮，而阜蕃其俗，無期之祝，於兹始焉。誠哉！父母之謂也。

【校記】

〔一〕「固」，原作「因」，據哈佛本、上圖本改。

【繫年】

據文中「則今瑞翁先生之宰於兹土」「然則三月之間，善政累舉」，可知此文作於崇禎元年（一六二八）王宫臻初任崇明縣令時。

【箋注】

①此篇序王宫臻稿。王宫臻，字潔修，號瑞卿。崇禎元年進士，爲張采同年。民國《齊河縣志》卷二十四《鄉賢》：「王宫臻，字瑞卿。明崇禎戊辰進士。歷任陝西西寧道按察司副使。爲人存心祥和，砥躬貞潔。初授江南崇明令，值歲饑，力請免賦，捐俸倡賑，民賴全活者億萬計。去後，百姓立碑鄉城，建二祠祀之。繼陞户曹，丙子陞太原守，旋以憂歸。己卯，補嘉禾郡，時饑疫洊疊，公設法平糴，煮粥哺饑。兼署湖篆，竭蹶道途，不避勞苦，兩地各頌神明。屬邑紳士以至庶人皆有詩歌實録，勒石以垂永久。癸未，陞陝西道，以病告歸。茅屋蓬門，布衣藿食，凡里中童叟悉以和藹款誠相待，見者不知爲憲副公也。所著有《文豹一斑》《女四書》《簡明等韻》《海遊草》諸書。康熙四十七年，祀鄉賢。」康熙《崇明縣志》卷十《宦蹟》：「王宫臻，字瑞卿，山東齊河人。戊辰進士，崇禎元年任。下車時，邑有潮災，臻親蒞各鄉，捐俸賑助，自給不過蔬食。時打降横行，以罷軟去，舉國惜之，勒去思碑。」

②《讀史方輿紀要》卷二十四《蘇州府·崇明縣》：「元至元十四年置崇明州，屬揚州府。至正十三年爲張士誠所據，十九年歸於明。洪武二年降州爲縣，八年改屬蘇州府，弘治十年復改屬太倉州。」

③郝懿行《曬書堂集·贈武略騎尉王公暨配翟安人挽帳文》：「由來文學，恒居齊魯之邦；自昔英人，半得海山之秀。」

④ 倪樸《筠州投雷教授書》(《全宋文》卷五四〇七):「蓋自周轍之東,聖賢之生,多出於齊魯之邦。」

⑤ 元元:百姓,庶民。

房稿和吉言序〔一〕①

【眉評】張曰:「維繫風紀,發揚徽物,大家集中僅有之作。」

予未識忠清,即聞忠清之母之節與賢,蓋天下之非常人也。母之夫子殁,母即欲從之以死。是時母之與其夫子,所謂夫婦之稱,亦名而已,未嘗歸而事之也。於是家之尊者止之而不能止也,則往於其家,盡其禮而廬處焉。至於今,二十有八年矣。

嗟乎!《列女》之文,紀於漢之賢者,後代之士重其義而不絶其書。予每次而讀焉,盛衰不能以下〔二〕。然觀其行事,大都始於燕婉②,終於慷慨。其倉皇以盡者,或婦人女子遭天下之亂,迫於富貴强大之所抑,不得已而奮身以禦其難。若生於閨闥,未覯君子,而從容以致義者,自三代以迄於兹,未敢謂多有其人也。

故今之稱母者,必噭然而哭,傷其處子而爲天下之賢婦。不獨爲天下之賢婦,又爲天下之賢母也,則以其能教忠清以道也。忠清爲母之夫之弟之子,以其有爲後之義而歸之於母。襁褓之中，即撫而字之。四歲令誦《論語》《孝經》；十歲即通諸籍，操筆爲文；十五歲則辭説炳如③，驚其長老，皆母氏之爲也。

逮忠清與予及子常、麟士游，則又痛藻麗之言不可以長，務歸經雅，合於聖賢成人之指。而復悔其前之所爲，重見其志於房書。欲余一言暴之，以明其往者之非、來者之是。嗚呼！意念深矣。夫士當丱笄之年，而連援瑰富，以發爲宫商之文，非一世之所謂聰明偉傑者歟？而忠清不有其才，繇乎經法，非有見於事親守身之大，不若是，不足以爲學而然歟？

予蓋嘗悲忠清之母，負其隆行，不能即聞於朝廷。而吾黨以匹夫之力，無所及此。竊俯而自嘆，邑邑窮日。今觀忠清之才遠而業正，其所以顯揚褒大者，曷可既乎？然母固有言矣：「夫婦之道，自其問名之日，蓋已定之。凡吾之爲者，欲以愧天下之以名許人，後爲所不可爲，而人與己以爲固然者也。」則忠清將繇是而事其君，不可不念乎斯言也。

【校記】

〔一〕本篇又見北大本《合集·古文存稿》卷三。

〔二〕「盛衰」，原作「盛哀」，據北大本改。

【繫年】　據張穆《顧亭林先生年譜》（見《顧炎武全集》第二十二册《附録》第四頁）：「聘王氏，未婚守節，撫育先生爲嗣。徐《譜》：貞孝之歸顧，當在萬曆二十九年（一六〇一）辛丑，其年貞孝十六歲」，復據文中「至於今，二十有八年矣」等語，可知此序應作於崇禎元年（一六二八），時顧炎武十六歲。

【箋注】

①此序顧炎武所選房稿。顧炎武，原名絳，字忠清。明亡後，以慕文天祥學生王炎午爲人，改名炎武，字寧人，亦自署蔣山傭。學者尊爲亭林先生。顧炎武十八歲時與歸莊前往南京參加應天鄉試，共入復社。吴山嘉《復社姓氏傳略》卷二：「顧絳，字寧人，號亭林，改名炎武。年十四爲諸生。明亂，遂棄舉業，屏居山中，講求經世之學。後以貢薦授兵部司務，再薦職方主事，皆不就。明亡，縱游天下。所至考其山川風俗，證以金石碑碣。凡所論述，皆上下古今，貫串精核，卓然成一家言，當代推爲通儒，著書數十種。年七十終。無子。」

②燕婉：儀態安詳温順。《詩·邶風·新臺》：「燕婉之求，籧篨不鮮。」毛傳：「燕，安；婉，順也。」

③炳如：明顯昭著貌。揚雄《太玄·文》：「炳如彪如，尚文昭如。」

房稿是正序〔一〕①

【眉評】周曰：「若概作序文讀過，則接目而美盡矣。惟其反覆深思，驗之己得，言提其耳，無時可忘也。」

嗟乎！士負不常之資，而抑于其鄉之人，不得安其所學，亦安在其有幸哉？故有接地而教不通，或狃於一家之論，而終已不顧。余未嘗不悲其性情之失，而嘆夫先王之遺風遂絶也。於是賢子弟悔焉，則怨於父兄之不明；出門而無所之，則疑師友之不獲其正。然則居是邦而欲身爲之勸，以表率其屬，不其難乎？况綿邈而之天下也。

予與介生、維斗諸子兢兢其指，以爲立身之教，當繇近始，故於父母之邦尤三致意焉。而四方亦有憫其勞而與之者，意人性未甚闊如也。且三吴之理學文行，前士之彰彰者，不可累書。即近若涇陽諸先生②，其歿未及一世，而傳人已廢。蓋誠私心痛之，則後生小子之過。吾黨欲推而遠之，又可得乎？是以天下之士，由介生以成名者，亦已多矣。而捐本而議，往往有之，然而介生弗辨也。蓋以聖賢之事，畢日而圖，至於老盡，不可謂能，吾學焉而已，何尤乎人之無良也？故介生之意猶之乎余與維斗也。汲汲於己之不修，而不敢謂相應之有；徒厚以遇其人，而不必憂其寡恩而起望，此所謂自爲正之理也。且執文以相難，文之高下不能强齊，作與論者可以安矣。約而歸之爲人，爲人之道，有善而無惡，其亦可棄而不復歟？要之，論文之正，亦無以踰乎斯也。

六經之説，本於先師；而制舉所習之書③，定乎烈祖。夫先師者，天下之師也；烈祖者，天下之君也。事其君而服其師者，天下皆是也。又何俟乎吾黨之多言乎？故《是正》之選，維斗不得已而爲之，而理簡以備，不越其中。嗟乎！若是者，可以爲教矣。

【校記】

〔一〕本篇又見北大本《合集·古文存稿》卷三。

【繫年】

楊廷樞崇禎三年中舉之後，曾選編歷科鄉、會試房書闈墨加以評點後刊行，大受世人歡迎。所編選者，蓋爲《房書是正》，故張溥此序約作於崇禎三年（一六三〇）。

【箋注】

①此篇序楊廷樞時文選本《房書是正》。楊廷樞，字維斗，號復庵。詳見《初集》卷一《華方雷稿序》注。楊廷樞爲晚明八股文選評名家。陳廷訓稱楊廷樞「真當與大士、文止割據三分」（《制義叢話》卷七）。

②《明史》卷二百三十一《顧憲成傳》：「憲成姿性絶人，幼即有志聖學。暨削籍里居，益覃精研究，力闢王守仁『無善無惡心之體』之説。邑故有東林書院，宋楊時講道處也，憲成與弟允成倡修之，常州知府歐陽東鳳與無錫知縣林宰爲之營構。落成，偕同志高攀龍、錢一本、薛敷教、史孟麟、于孔兼輩講學其中，學者稱涇陽先生。」

③《陸贄集》卷一《制誥·奉天改元大赦制》：「（張註：《唐書·選舉志》：『天子自詔者，曰制

舉。』〕四方德行、才能、文學之士，或高蹈幽隱與其不能自達者，下至軍謀將略、翹關拔山、絶藝奇技，莫不兼取。其爲名目，隨其人主臨時所欲，而列爲定科者，如賢良方正，直言極諫、博通墳典達于教化、軍謀弘遠堪任將帥、詳明政術可以理人之類，其名最著。」

周氏一家言序〔一〕①

【眉評】張曰：「《小雅》怨誹而不亂，斯文有焉。」

前者簡臣之將行其文也②，江右鄧左之爲之序③，言及第五先生之不得志而没④，情意危惻。予覽而哀焉，泫然出涕者久之。夫第五先生者，介生父也；簡臣者，介生兄也。介生又有弟兩人，則我容⑤、我成也⑥。介生諸伯叔俱貴顯，而先生獨以仁義抱道，窮於諸生。又享年不永，未及中壽而殁。嗚呼！亦安在其有天道哉？先生既殁，先生之配徐太君傷先生之甚〔二〕，亦不一年而殁。嗚呼！又安在其有天道哉？

然當先生之殁也，簡臣、介生已有盛名於天下，我容學業大就，我成固年少，然才士也。介生撫之，哭於先生之側曰：「有某在，無慮也。」於是遂攜之游。踰一年而群籍畢通，才章擅絶，世之老生耆士不能逮也。余乃信天之報施，遲速大小，必因其人，怨尤之情，未可遽發於倉卒，有繇然矣。且以余所聞，周之上世與介生之大父、王大父咸積德累行，務爲長者之道。其後之子孫榮盛昌大，固其宜也。而近有不可言者，余竊惑焉。與之以光顯之寵，而累之以不類之人，豈天之命有德者，如是已乎？

噫！此周氏之世德，所以有介生兄弟也。天既困第五先生，而生介生兄弟以榮之，又見家庭之間有一不類者之如斯，而懼其遽絶也。於是不使介生兄弟之即遇，而厚其所積，俟其仁義之既充，而後有以大其祖宗之澤。故周氏之不類者薄天之甚，而天棄之者也。若介生兄弟者，天將重其託，不得已而置之艱難，欲其備嘗夫不幸，以正其家庭之是非者也。

是以介生一明正學，而天下之士從之，不流於僞僻。求之乎門以内，伯玉⑦、仲馭⑧、遠侯諸兄弟⑨，亦如介生兄弟之所爲，原於道德而離其疵慝⑩，則周氏之克大其宗，將繇兹起。而一人之不類，可不戾及於先世也。是以介生與予言第五先生之躬嬰患難，與己兄弟之蹇辱於家之匪人，每至失聲，而予即反覆天人遠大之理以安之。嗟乎！此《一家言》者，亦明明之驗也。

【校記】

〔一〕本篇目録中原列於《房稿遵業序》下，原題作「周氏一家言」，脱「序」字，現據正文篇次列此。本篇又見北大本《合集·古文存稿》卷三。

〔二〕「之」，北大本無。

【箋注】

① 此序周鍾《周氏一家言》，回憶周鍾家世之變故及與其交遊之經歷，感情濃鬱而不張揚，意緒綿長，如淙淙小溪。故張采評論此篇云：「《小雅》怨誹而不亂，斯文有焉。」

② 周銓，字簡臣，周鍾兄。復社成員。吴山嘉《復社姓氏傳略》卷三：「周銓，字簡臣，金壇人。少負雋才，與弟鍾齊名。崇禎丁丑中進士，知上虞縣，用古循吏法治之。易良樸直，多有政聲。後謫代州判官，著述不倦，有《未焚集》《史論》數十卷行世。金壇破，死之。」

③ 鄧履古，字左之，南昌府新建人。復社成員，名列《復社姓氏傳略》《南都防亂公揭》。有《仰止堂文集》。

④ 周召詩，字第五。周鍾父。民國《金壇縣志》卷八：「周召詩，字第五，泰峙弟，庠生，以子銓贈文林郎、浙江上虞知縣。」陳子龍《安雅堂稿》卷十三《周第五公傳》：「而公於諸兄次第五，又以不仕，自比何準，第五所繇名也。……年二十一，始補博士弟子員。……至丙寅之除夕，竟卒。明年璫誅，周氏之顯者敗矣。公四子，皆公所自授經者。長銓，丁丑進士；次鍾，癸未進士，即所稱簡臣、介生兩先生者也。次鎔，次錫成，皆諸生。自公在時，諸子以文章名動海内。公没後十餘年，名益顯。」

⑤ 周鎔，字我容，周鍾弟。復社成員。名列《南都防亂公揭》。吴山嘉《復社姓氏傳略》卷三：「周

鎔，字我容。鍾弟。」

⑥周錫成，字我成，周鍾弟。復社成員。名列《南都防亂公揭》。吴山嘉《復社姓氏傳略》卷二：「周錫成，字我成。」

⑦周金，字伯玉，金壇人。與周鍾同宗。復社成員。吴山嘉《復社姓氏傳略》卷三：「周金，字伯玉。崇禎某年選貢生。」

⑧周鑣，字仲馭，金壇人。與周鍾同宗。復社成員，名列《復社姓氏録》。朱彝尊《静志居詩話》卷十九：「周鑣，字仲馭，金壇人。崇禎戊辰進士，授南京户部主事，轉禮部郎中，削籍。尋起禮部員外郎，爲阮大鋮所殺。有《十四哀詩》。仲馭以鈎黨受禍，與雷僉事縯祚同繫請室。於時御史王懩阿阮大鋮意，上疏請斬二人。既而懩吉服承旨入獄，縯祚謂仲馭曰：『王懩能斷我首邪？』答曰：『不斷我首，吉服何爲？』乃各作家書訖，又互書『先帝遺臣』四字於腹，遂雉經死。僉事遺命家人勿葬，仿伍子胥抉目遺意，置棺雨花臺。未浹月，而留都不守矣。」《明史》卷二百七十四有傳。

⑨周鋐，字遠侯，金壇人。與周鍾同宗。復社成員。吴山嘉《復社姓氏傳略》卷三：「周鋐，字遠侯。順治某年貢生，任建德訓導。」

⑩疵慝：錯失，過惡。

歷科文針序〔一〕①

【眉評】張曰："古文之難，難於音節。其一種亢壯頓挫激昂生氣，惟韓、歐能之，今僅見天如耳。"

選一代之文與一時之文，指同而爲法則有異焉〔二〕。一時之文，因材區覽，不求其全，以意遇之，物相當也；一代之文，立乎當日，接乎後世，非質之備者，天下之人易之矣。是以歐陽先生之論文，必要於道，期之孔孟，然後無負焉。及其言舉子業也，則曰："毋深之，順時而已。"②若是乎不欲其過也。

夫所謂舉子業者，即一時之文也，實以命乎其文，未有非一代者也。文之爲名，不可輕受，而科目之説與金石之論，復不相爲通，選者又曷得而混諸？是以同社韋子寅之有是選也〔三〕，執衡自己，而常照俱絶。一科之内，有其人與否，則幾於無之矣。即人之與於選者，其文備與否，則亦幾於不備之矣。

嗟乎！以國家取士之盛〔四〕，縉紳先生負爲能文者之衆多〔五〕，而約取嚴與，不獲以爵位之通顯，列於文字之林，安在科目之能量天下士哉〔六〕？至于簡稽已盡〔七〕，廣之名社，以足己之志〔八〕，雖子寅與人之周，亦繇其慎乎選者至也。夫始觀之於達人，而終應之以四國，一代之秀偉雋絶者，無不至於其前。而文之可否，繇其進退，斯不亦豪傑之至榮，賞不德而罰無怨者哉。繇是而相與造大，士各去其一時之見，以求文之所謂，予且爲之歌《王風》矣。

【校記】

〔一〕目録原列本篇於《周氏一家言》下，現據正文篇次列此。本篇又見北大本《合集·古文存稿》卷三。

〔二〕「指同而爲法則有異焉」，北大本作「指同而法則有異」。

〔三〕「是以同社」，北大本無。

〔四〕「以」，北大本作「以爲」。

〔五〕「爲」，北大本作「其」。

〔六〕「之」，北大本無。

〔七〕「于」，北大本無。「已」，北大本作「既」。

〔八〕「之」，北大本無。

【箋注】

①此序韋克振所選時文集《歷科文針》。張溥指出，時文雖爲「一時之文」，然作文時當以「一代之文」自期。韋克振，字子寅，一字可寅，黄州府黄岡縣人。復社成員。吴山嘉《復社姓氏傳略》卷

八：「韋克振，字可寅。從兄克濟歸隱，克振與之唱和不輟。」章學誠《湖北通志檢存稿·復社名士傳》：「韋克振，字子寅，黄岡人。雄才博學。明末判杭州。順治二年，授寧波知府，捐俸賑饑，招集流亡，所活數千人。年七十九，卒于官。」

②《歐陽修全集》卷四十七《與荆南樂秀才書》：「夫時文雖曰浮巧，然其爲功，亦不易也。僕天姿不好而彊爲之，故比時人之爲者尤不工，然已足以取禄仕而竊名譽者，順時故也。先輩少年志盛，方欲取榮譽於世，則莫若順時。」

房稿香玉序[一]①

往者予之叙《香玉》也，蹙乎有亂人之懼，而寓意於雜志之説，蓋將以厲古而切今也。雖然，世有治亂，則文士之辭因之爲緩急。慮其亂而有緩辭焉，非其正也；幸其治而有急辭焉，亦非時之所與也。

今天下固已治矣。士之見於文者，咸有嘉樂之音②，猗美之思③。而選其士之文者，亦相與爲豫頌，言太平，則序之之道可知也。且稱善之言，流文可悦；而憂危激厲之指，往往重舉而難綴。作者出於甚深，而觀者不能遽有所起，又曷尚焉？顧予之惻乎有感者，何也？

夫世之方棄亂而之治，文之方棄邪而之正。其數雖明於邪與亂之時，而因而持之，其力有倍於昔日之所爲者。故世方治，而一小人出，常足以爲患；文字之塗，方軌於正，而或有立議不一，思爲變亂者相傾其間。及其弊之見也，雖不至於勝，要之，君子之禦之也，則已勤矣。是以選文之説，推而致之，所有遠大，未可謂徒及其事也。且昔之學者隨其酬覽，發爲篇詠，即山水亭榭之間，艸木興植之類，莫不念盛衰之理而慨然於國家之所以存亡，則謂稱文引墨，而不一察於當世之治亂，非人情也。故予復於賡虞與君屏兄弟之有是選也④，繇前日之意而庚戒以道之。嗚呼！君子亦可以諒其志矣。

【校記】

〔一〕目録原列本篇於《歷科文針序》下，現據正文篇次列此。本篇又見北大本《合集·古文存稿》卷三。

【繫年】

據《初集·行卷香玉序》「友人吕賡虞與浦君屏兄弟，櫛比丁卯，行藏諸義，寄其風爽，而名從乎《香玉》，蓋亦繇此科矣」，此序蓋作於崇禎元年（一六二八）。

【箋注】

① 此序吕於韶與浦嶂時文選本《房稿香玉》。張溥又嘗序吕於韶與浦嶂所選時文集《行卷香玉》。

②嘉樂：嘉美喜樂。《禮記·中庸》：「《詩》曰：『嘉樂君子，憲憲令德。』」

③猗美：美盛貌。《詩·衛風·淇奧》：「瞻彼淇奥，緑竹猗猗。」毛傳：「猗猗，美盛貌。」

④吕於韶，字賡虞。嘉慶《直隸太倉州志》卷三十八《人物》：「吕於韶，字賡虞。學廪生，以年資歲貢，預修《崇明縣志》。時海氛未起，於韶預憂有變，著《桑梓籌難紀》。鼎革後，寓太倉十八都，爲鄉祭酒。順治十三年，卒。著有《紫瀾集》。」吕於韶與張溥亡友沈承友善，據張溥《吕賡虞稿序》，沈承亡後，吕於韶曾投張溥三書，以寄惻愴，道往故。浦嶂，字君屏，太倉人。據吴偉業《鹿樵紀聞》記載，嘉定三屠中，浦嶂、浦嶠兄弟引清兵屠城。

廣應社序①

應之爲名，有龍德焉②。予昔嘗一序其説，多恢愕怪宕、不可究詰之辭。及今視之，益雜而弗舉矣。乃來之③、彦林欲因其社而推大之④，訖於四海，則將引意以自明。夫亦言其可信者焉。何則？人之變化，其理在天，窮達屈伸，移於朝暮。得則有吉祥之容，失則有沱若之涕。任性之未能，而寓言乎生命，此則其不可信者也。

若夫立德以善，有弘衷而考義，擇然後履，履然後安。無競乎人稱，而秉恒以一，此則其可信者也。是以君子勤身而有行，莫若其自爲之。至自爲之以求同度，則必然之合。懷乎鳥鳴⑤，樂其于野，朋友所繇來也。然而今之論者失之，是亦於所謂可信者未之詳也。

夫可信之理，雖本一塗，而涉閱人情，事有萬區。非遇極變而不回，當盛榮而不易，不足以語於斯也。是故四時寒暑，天氣或遷，而人心弗更。及周洽乎物會，共其艱難。而要其大者，友之爲義，備五倫之道焉。且稽諸風土，采夫越謡，刑犬鷄而歌下車者，昔之人胡爲乎？則來之、彦林之有斯舉也，與古應矣。故爲略應龍之説⑥，而告之以聲氣之正，是乃社之本稱近而之遠者也。

【繫年】

據廣應社成立於天啓七年，此序蓋作於天啓七年（一六二七）。

【箋注】

① 此序廣應社選文。天啓四年冬，張溥、張采、楊彝、顧夢麟、楊廷樞、朱隗、王啓榮、周銓、周鍾、吴昌時、錢栴等十一人成立應社，分主《五經》文字之選。應社建立之初，張溥主張嚴於納人，《劉伯宗稿序》云：「予之務察于應社也，與道吉、伯宗、眉生、崑銅論之詳矣。寧儉與人之數，而無受其多；寧舒其時以得其所以爲人，而無傷於亟。」《寄楊維斗兼示同社》復云：「立社惟嚴觀大海，知人不易惜高星。」此後規模日漸擴大，遂有應社十三子之稱。嗣後應社又有江南、江北、河北之分，二張與周鍾、楊廷樞等人主持江南應社；萬應隆、劉城、沈壽民等主持江北應社；張溥與楊伯祥游京師時，又與從遊者數十人結河北應社。後來隨著聲望日隆，人員益多。於是在吴昌時、錢栴建議下，張溥、周鍾等順應形勢發展，轉主廣大，匡社亦加入應社，於是天啓七年成立廣應

社，一時聲名聞於天下。《廣應社再序》云：「是故介生發揚其大，而予復兢兢焉。蓋即來之、彦林推廣之意而加詳之，所以明有親也。」朱彝尊《静志居詩話》卷二十一亦云：「當其始，取友尚隘，而來之、彦林等謀推大之，迄于四海，於是有廣應社。」應社至此由「吴中社事之雄」而成爲聞名天下之大社，與江西陳際泰、羅萬藻、章世純等組織的豫章大社和山東宋玫兄弟組織的萊陽社鼎足而立。

② 龍德：朱熹《周易本義》卷一《乾》：「龍德，聖人之德也。」

③ 吴昌時，字來之，吴江人。復社成員。吴山嘉《復社姓氏傳略》卷二：「吴昌時，字來之。崇禎甲戌進士，爲文選郎中。周延儒再相，昌時之力居多。繼以年例，出言路十人於外，言路大譁。掌科給事中吴麟徵、掌道御史祁彪佳、御史蔣拱宸俱劾之，詞連延儒。給事中曹良直亦劾延儒十大罪。帝怒，勒延儒自盡，而昌時棄市。」

④ 錢栴，字彦林，浙江嘉善人。應社創社十一人之一，與楊廷樞主《書》，後入復社。吴山嘉《復社姓氏傳略》卷五：「錢栴，字彦林。中丞士晉子。崇禎癸酉順天舉人，陳子龍薦授職方郎中，奉敕視江浙城守。還里而南都又潰，乃避跡村塢。丁亥，松督變作，捕子龍不得，相傳匿栴所，亦被逮。適其壻夏完淳以閩疏事發，語多連及，遂同日死於市。」

⑤ 鳥鳴：《詩·小雅·伐木》：「伐木丁丁，鳥鳴嚶嚶。」郭璞注曰：「嚶嚶，兩鳥鳴，以喻朋友切磋相正。」

⑥ 應龍：古代傳説中一種有翼之龍。相傳禹治洪水時，有應龍以尾畫地成江河，使水入海。任昉《述異記》卷上：「龍，五百年爲角龍，千年爲應龍。」

廣應社再序〔一〕①

【眉評】張曰：「合二首觀之，朋友之道始極。」

間讀蘇明允先生之文，有所爲《族譜亭記》者②，抑何性情之至也。立身於孝弟，而以之示人，在己有其忠恕，而達指於一族，君子之志也。然寬爲之導，而復嚴其辭，意有甚戒，而設文以明其不可，所云怵惕於斯人者，蓋三致意焉。夫斯人者，其文固謂族之望人也。族之望人而隱其姓名，其姓與名，果可得而隱歟？以是知先生之諱親者深而慮惡者遠。族不必有其人，而常慮人之行事有近於斯者，故設爲斯人而筆代之曰〔二〕：「天下之爲族之人者，其無然也。」予於是感之而慨然以興，以爲得其説，可以序今日之應社矣。

夫朋友之義與宗族之情，其本粲殊，比而同説，則安稱焉？然而有其一者，所謂親親之道，彼此之通也。且以十五國之人，各方峻阻，一旦而道姓氏、稱兄弟，雖人事之應求，原其聲氣，不可謂非天也。天之所與，德者，上也；才者，次也；再況其下，則無之矣。是以社名之立，義本《周官》③，而今之文士，取以爲號。擇而後交，在久不渝，四海之大，有同井之風焉。斯又王道之所存也。

夫觀其繇來，朋友之戚，繫於人倫。而士與士言士，歸之本業，出入進退不能離，窮愁禍患不能舍。若是而比於宗族，非過也。一不之慎而先揺其本，如明允先生所云斯人者出於其間，其爲朋友之戾，不已重哉？是故介生發揚其大，而予復兢兢焉。蓋即來之、彦林推廣之意而加詳之，所以明有親也。

【校記】

〔一〕本篇又見北大本《合集·古文存稿》卷三。

〔二〕「代」，原作「伐」，據北大本改。

【繫年】

此序繼上序而作，蓋作於天啓七年（一六二七）至崇禎元年（一六二八）間。參見上文。

【箋注】

①此篇論述同人朋友之義。張溥重視同人朋友，乃其一貫之思想主張，故一旦爲文，則自然流動，汩汩而出。張溥此序立足於孝悌，又推廣之於朋友之義，以表明應社同聲相應、同氣相求之意。

②蘇洵《蘇氏族譜亭記》：「夫某人者，是鄉之望人也，而大亂吾俗焉。是故其誘人也速，其爲害也深。自斯人之逐其兄之遺孤子而不恤也，而骨肉之恩薄；自斯人之多取其先人之貲田而欺其諸孤子也，而孝弟之行缺；自斯人之爲其諸孤子之所訟也，而禮義之節廢；自斯人之以妾加其妻

也，而嫡庶之别混；自斯人之篤於聲色，而父子雜處、歡譁不嚴也，而閨門之政亂；自斯人之瀆財無厭，惟富者之爲賢也，而廉耻之路塞。」

③王安石《周官新義》卷六《地官一》：「以天下土地之圖，周知九州之地域廣輪之數，辨其山林、川澤、丘陵、墳衍、原隰之名物，而辨其邦國都鄙之數，制其畿疆而溝封之，設其社稷之壝而樹之田主，各以其野之所宜木，遂以名其社與其野。」

五經徵文序〔一〕①

【眉評】張曰：「實意美辭，自生不窮。故開文展紙，已滿意於天下矣。」

應社之始立也，所以志於尊經復古者，蓋其至也〔二〕。是以《五經》之選，義各有託：子常、麟士主《詩》，維斗、來之、彦林主《書》，簡臣、介生主《春秋》，受先、惠常主《禮》②，溥與雲子則主《易》③，振振然白其意於天下。夫天下亦已知之矣。

雖然，有其相求之辭，而無一介之出，載其説以行，則江永漢廣之悲④，人僅結意獨處，而不能以告。或者懷文欲達，而隔其往來之禮，遲之歲月，以冀其至，而終難於一日之覯，則彼此相待，而事無所爲。大究若是者，《五經》之選，其爲時不已曠乎？於是孟樸慨然興曰⑤：「文教之不通，則朋友之疏，爲之累也。」

今欲聚諸國之遠，開文諭志，正其法式，訖於成事，《伐木》釃酒⑥，不敢忘也。然而猶有慮焉。《徵文》之言，其及貴廣，而經義常不能應，則爲之者少也。一經之文，有所偏請而不獲，協之《五經》，效益闊如，則致之者無其道也。夫亦度道里〔三〕，勤介紹，明其所望之有加，而示以竟業之不遠，庶乎有遂也。

是故四海之内，凡爲文字之國者，斯人之跡皆可得而至焉。况乎邦之哲人，列版可數者乎〔四〕？《五經》之書其流萬家〔五〕，有志者以己意衡之，别其長短，科其煩彙，則衆儒之稱，並於一業。况乎文屬筆著，顯辭之發，明於口曉，尤爲近今之凡，非鮮克舉者乎？是以人之有之於四方也，申之以待見之情，告之以宴樂之期。其既也，不得其文，不敢以旋，則《五經》之文，其猶行者之衣裘糗糧也，如之何其可緩也？故盡一社而請之，而藝不取於單經。檄言之以爲不詳，而布之以序，以紬繹其志。其視於事也重，而稽時也疾，則始終其至也夫。

【校記】

〔一〕本篇又見北大本《合集·古文存稿》卷三。

〔二〕「至」，北大本作「志」。

〔三〕「里」，北大本作「理」。

〔四〕「列」，北大本作「則」。

〔五〕「之」，原脱，據哈佛本、北大本、上圖本補。

【繫年】

據前後文作時，此序應作於天啓七年（一六二七）至崇禎元年（一六二八）間。

【箋注】

①此序爲應社《五經》徵文而作。應社始立，本爲士子切磋學問，揣摩時文，砥礪品行。十一位首創者分治《五經》。嘉興府太學生孫淳「效奔走以襄厥事」（朱彝尊《静志居詩話》卷二十一）。由於孫淳效力及應社的影響力，其徵文地域頗廣，投文者頗多。吴偉業《復社紀事》云：「而湖州有孫孟樸淳鋭身爲往來紹介。於是臭味翕習，遠自楚之蘄、黄，豫之梁、宋，上江之宣城、寧國，浙東之山陰、四明，輪蹄日至；秦、晉、閩、廣間，多有以其文郵致者。」

②王啓榮，字惠常，太倉人。復社成員。爲張溥妻弟、徐汧連襟。少同張溥與張采學。王啓榮之女王静紈，後爲張溥養女，改名張静紈。吴山嘉《復社姓氏傳略》卷二：「王啓榮，字惠常，太倉人。順治十三年府學貢生。」

③朱隗，字雲子，長洲縣人。應社創立者之一，復社成員。乾隆《長洲縣志》卷二十四《人物三》：「朱隗，字雲子。治博士業，尚文藻。天啓中，吴中復社聚四方積學之士，隗與張溥、張采、楊廷樞、楊彝、顧夢麟等分主《五經》，馳驅江表，爲一時厨顧。詩宗中晚唐，錢謙益稱爲徐禎卿、唐寅

之流亞。晚歲當貢，隱居不出。著有《咫聞齋稿》。」應社分治《五經》，張溥與朱隗主《易》。張溥作《五人墓碑記》，朱隗亦作七古《魏忠賢祠廢其旁爲五人墓歌》。

④《詩・周南・漢廣》：「南有喬木，不可休思。漢有遊女，不可求思。漢之廣矣，不可泳思。江之永矣，不可方思。」

⑤孫淳，字孟樸，嘉興府學生。復社主要成員。吴山嘉《復社姓氏傳略》卷五：「孫淳，字孟樸，吴江人。副使從龍孫。寄籍嘉興，爲諸生。少負詩名，復社起，淳渡淮泗，歷齊魯，達於京師。賢大夫士必審擇而定衿契，然後進之於社。復社先後大會者三，淳勞居多。有《梅綃居存草》。」陳去病《五石脂》：「孟樸名淳，吾邑之田義村人也。地與吴漊月港相近，晚歲居南潯，曰梅綃居，詩集名因之。少爲嘉興府學生，復社之盛，先生實爲媒介，故當時有『孫鋪司』之目。又時有爲孟樸口號云：『案頭一部《漢書》，袖中一封薦書，逢人便説我哩天如天如。』其風趣可想矣。」

⑥《詩・小雅・伐木》：「伐木于阪，釃酒有衍。籩豆有踐，兄弟無遠。」《毛序》：「《伐木》，燕朋友故舊也。」《文選》李善注引韓詩：「《伐木》廢，朋友之道缺，勞者歌其事。詩人伐木自苦其事，故以爲文。」

蟞書序①

仲展論次今日之文，其所爲命名者，多出於憂愁困苦，牢騷不平之指。同人閒惑之，以爲文字之有選也，因人之興會而多聲色焉，不可以先自約也。然而予聞之而有感矣。

夫房書之行，以其文受人之選者，大率皆得志之人也，其名不與乎房書；而選人之文者，大率皆不得志之人，繇他人之文，以寓意者也。故爲文與選文，有二道焉。列己之所有白於人，而天下不疑作者之能事也。至於選，而其法詘矣。觀人之短長，爲之屈伸，以要所好，縱其劉覽，意難率下。及於無如之何，而其事終不可已，非性之能忍者，未見其有成也。選既成矣，而乃覆之本然之道，蓄者頗寡，又多以布衣而論説當世之貴人，安在意氣之獲遂哉！

予嘗奮筆於斯，往欲竟致而自顧蹇落，輒廢而不道。浩歎之餘，不能執其業以終日，亦何惑於仲展乎？然遇合之難，古今同慨，而預時以立，德行日有可見，《易》之所爲重致意於潛龍也②。故先定身而後應事，則得失萬變，無所損益於己。不然，當貧賤而憂，當富貴而喜，常情之謂，豈志士之所居哉？是以文字之選，雖稱小道，而存其浩然，取舍不苟，亦不得志者之所以自明也。則仲展之名《蟄書》，詎徒然也夫？

【繫年】

據文中「予嘗奮筆於斯，往欲竟致而自顧蹇落，輒廢而不道」，可知此序應作於崇禎元年（一六二八）選貢入太學前。

【箋注】

①此序項聲國《蠻書》。項聲國，字仲展，嘉興府人。復社成員。吴山嘉《復社姓氏傳略》卷五：「項聲國，字仲展，一字敉公。崇禎甲戌進士。弱冠有文譽，所選制藝紙貴洛陽，孝友著閭里間。後知雅州，以廉惠稱。」

②《周易·乾》：「初九，潛龍勿用。」朱熹《周易本義》：「『潛龍勿用』，周公所繫之辭，以斷一爻之吉凶，所謂爻辭者也。潛，藏也；龍，陽物也。初陽在下，未可施用，故其象爲『潛龍』，其占曰『勿用』。」

焚言序①

【眉評】張曰：「天如序言每備數體，如此文已兼傳記矣。」

德生與子常居②，蓋相望也。故朋友而稱比里之洽，莫若二子矣。又世在唐墅③，不獨出入城郭，時時與偕。凡所謂水樹場屋，其先大父游處，皆能言之。且子常齒差長，德生以伯兄事焉。坐必前坐，食必前食，語言之間，有規無諷。雖二子之質，亦其少長然也。夫良朋之懷，越在萬里，朝夕氣齊。而量道里之遠近與宴會之疏數，不能不慨然以悲。

今二子負同聲之雅，而耦俱極歡，無間宗舊，不亦天下之至愉乎？且稱文考德，言有差池，引而一致，其塗彌難。喻之合族，兄弟之中，又有群從之别矣。欲如是之同方而忘其予汝[一]，尤物倫之絶者也。是以德生命才雋上，軼氣難制，爲文之指，巧變萬端。而近益耽先士之雅訓，求古之至當者以自處，與子常、麟士相和，而發安吉之音，行之克共，亦與衷焉。予於是益知德生之志深遠矣。

夫設規矩而期學者之至，士之謹厚者趨焉，而獨不可以量多才之士。何則？才之勝者，其力有以蓋於規之前也。至於有才不以用，具獨騫之姿，而惟本中和爲考詠，則望聖人之門，抗然以行矣。蓋虞山之稱文學④，自古已然。學士之邑居者，多能談先王、論禮樂，彬彬之風，可述而志。獨唐墅去城三十餘里，山水之好與詩書之傳，俱無聞焉。而近皆篤義慕學，蒸蒸以起，繇楊氏、許氏始也。楊則子常，許則今之德生、子洽也⑤。

【校記】

[一]「如」，原作「知」，據哈佛本、上圖本改。

【箋注】

① 此序許士驥《焚言》。通篇論述許士驥與楊彝之交遊，以及許士驥之人生旨趣。文章不長，其人之志向、旨趣却清晰而出，近似一篇人物傳記。故張采評云：「天如序言每備數體，如此文兼傳記矣。」實爲至言。

②許士驥，字德生，蘇州府常熟人。與楊彝同里，二人交善。著有《焚言》《萃音集》《德生集》。

③《讀史方輿紀要》卷二十四《南直六・蘇州府・常熟縣》：「唐墅：縣東南三十里。舊名尤涇，以居民唐氏所創聚，因名。道出崑山，此爲中頓。又東六里曰斜堰，即崑山接境處也。又直塘市，在縣東南七十里。舊志：縣東南六十里曰任陽莊，又十里曰直塘市，與太倉州接境。」

④《讀史方輿紀要》卷二十四《南直六・蘇州府・常熟縣》：「虞山，在縣治西北。城之西北隅環其上。一名海隅山，一名烏目山。相傳以虞仲葬此，因曰虞山。」

⑤許重熙，字子洽，蘇州府常熟人。復社成員。吴山嘉《復社姓氏傳略》卷二：「許重熙，字子洽。崇禎初，北游太學，一時鉅公推其有良史才。既刻《五陵注略》，觸誠意伯劉孔昭忌，將發難。祭酒倪元璐爭之力，因并攻元璐，牽連參閲姓氏七十五人，俱東林知名者。時温體仁當國，陰主之，擬旨推究，三上不允而解。數游金陵、維揚、匡廬間，諸藏書家延致商訂，學益博，識益高。所著有《歷代通略大臣年表》行世，《宋史增定新編》《綴籬草》《旅寄軒稿》俱未刻。年七十八，燈下猶細書輿地分合指掌圖，未竟，卒。」張溥《初集・答許子洽》：「嘗聽麟士、子常稱吾子洽，意誼深重，撰論淵雅，博極衆家，而明審不雜。」

荆實君稿序[一]①

豫章傅寄庵先生之知人能得士②，天下之人聞之矣。於闈中得實君之文，累嘆窮賞，莫有並焉。然而終失之者，何也？夫得失喜怒，介乎一時，當其際者，文不能有言以自通。其所謂不遇者，固無惑矣。獨至於既遇其人，而猶之不得，始欲冠之，而後且不列於常然之數。在主文者亦若役於斯人之命，爲之介紹，此先生所以悔而歎也。雖然，君子之學，求其無愧於聖賢者而已，遇不遇非所論也。矧疾之與遲，效在須臾者乎？

賓君少與簡臣、介生相習，同方合志，隱微之情，未或避匿，一所學而動静安焉。「風雨如晦，鷄鳴不已」，三人之謂矣。

既而賓君舉于鄉，簡臣、介生不能速得志，而淪於大困，怨天之不可，而惟反躬之是詳。嗟乎！若斯者則已甚矣。夫以賓君今日之自視，則謂之不遇；以簡臣、介生昔日之視賓君，則不遇而猶可謂之遇。遇不遇亦何常之有乎？要之，其間之所謂欣喜歌舞、憂愁慘怛者，三人無之乎不均也。且賓君之於簡臣、介生既云兄弟矣，推而之於其朋友亦莫不然。故予與受先、維斗，九一之與簡臣、介生③，猶兄弟也，於賓君亦猶兄弟也。

文章道德之要，以誠相期，而見無禮者斥焉，見有禮者進焉。賓君雖温温恭人乎，未嘗不嚴且厲也。是以賓君行其文而使予序。序賓君之文，而本質以書，不能致飾其説。所謂兄弟之言，不自知其無文也。若夫謀篇之經術爾雅，四海之大，豈無傅先生其人者乎？時至而遇全，當無慨以慊矣。

【校記】

〔一〕臺灣本無此篇。

【繫年】

據文中「既而實君舉于鄉，簡臣、介生不能速得志，而淪於大困，怨天之不可，而惟反躬之是詳。嗟乎！若斯者則已甚矣。夫以實君今日之自視，則謂之不遇；以簡臣、介生昔日之視實君，則不遇而猶可謂之遇」，復據吴偉業《鴻臚寺序班封兵部武庫司主事丹陽荆公墓誌銘》：「吾友實君，諱廷實，崇禎癸未進士。……實君先是辛酉捷省闈，以經義知名」，可知此序約作於崇禎元年（一六二八）。

【箋注】

① 此序荆廷實稿。荆廷實，字實君，鎮江府丹陽縣人。復社成員。吴山嘉《復社姓氏傳略》卷三：「荆廷實，字實君。崇禎癸未進士，官兵部武庫主事，典領樞要。望重一時，召對楓宸，多所碩畫。疾作，歸。嗜學著書，選有《歷朝傳文舉要》，分初盛近三集行世。」吴偉業《吴梅村全集》卷四十三《鴻臚寺序班封兵部武庫司主事丹陽荆公墓誌銘》：「吾友實君諱廷實，崇禎癸未進士。……實君先是辛酉捷省闈，以經義知名。當是時，金沙、婁東負天下望，實君最早達，爲共起者所推重，海内之士，贏糧徒步以趨金沙，門巷常滿。……已而實君棲遲累上，顧視同輩及後舉者，皆食禄得顯官。」

②傅冠，字元甫，號寄庵，進賢人。萬曆三十四年，鄉試第二名中舉。天啓二年一甲第二名進士。授翰林院編修，歷侍讀、中允、諭德、祭酒、少詹事、詹事，掌翰林院。崇禎十年，拜禮部尚書兼東閣大學士，進文淵閣。唐王時，命督師江西。清兵至，被執，在汀州就義。《明史》卷二百六十四有傳。

③徐汧，字九一。鄒漪《啓禎野乘二集》卷一《徐學士傳》：「公名汧，字九一，號勿齋，長洲人。家素貧，爲諸生時，即以節義自砥。當乙丙間，魏忠節大中被逮，舟次吴門，公脱衣典數十金贈之。及周忠介順昌難作，公倡率士民，擊殺緹騎，禍幾及，幸免。中崇禎戊辰進士，清修粹學，與婁東張采、金沙周鍾倡立復社，聯絡聲氣。時文風詭譎，見者欲嘔，公一以昌明閎碩返始持風，四方都人士無不知有《孟晉堂稿》，家絃而户誦者。」

王慎五稿序①

【眉評】周曰：「他人之爲文，文而已；天如之爲文，無非情也。情彌長，則文彌曲矣。」

予之交慎五也②，蓋由介生。介生之言曰：「慎五，古之學道人也。爲文静重深至，不尚苟同。君烈死③，慎五以詩哭之，未一覿面，若存故交，所以載感也。」予是時雖不識慎五，然繇是無一日敢忘慎五也。

及白下之會④，受先謂予曰：「慎五之賢也，信矣！其人潔誠而不更，其文簡約而造遠，今之人未可望焉。」予徵其言，繇是益懷介生之知人也。蓋其時當丁卯之試，江右陳士業在白下⑤，受先之晤士業也，先予一日。適慎五過問士業，故受先之晤慎五也，亦先予一日。然予之晤慎五，雖後受先一日，要之，慎五之往來於余心則已久矣。其後慎五從曾大雲先生之浙，復從先生繇浙而之南。予與受先之得失，又曷可勝道哉！

且將試之時，二三兄弟有甚傷者。道吉⑥、崑銅⑦、眉生咸留白下⑧，以小試間隔，鬱鬱東歸。其憂愁不得志之感，與慎五多有同者焉。夫離合聚散，事在一時，久而思之，各有至性之寓。故有失意而重友生之嗟，亦有身已貴矣，顧瞻良朋，不及晨夕，而有懷猥紆，同於具爾之戚。此兩者之爲心，非行路所可知也。若予與受先之於道吉、崑銅、眉生、慎五諸兄弟，則庶幾矣。

予於去冬，以取友鄭重之義告之道吉，道吉爲送一指，其言之鄭重，有過於予。天下大矣，而僅有幾人，其爲此幾人者，讀書力行，求於無負聖人，不亦難乎！今慎五與眉生同舍於崑銅，而崑銅與之道往論今，情踰親串，則吾黨取友之樂，豈可誣哉！宜乎慎五之再以文示，而予復之以道德，謂其文字之原在是也。

【繫年】

據文中「蓋其時當丁卯之試」「予於去冬，以取友鄭重之義告之道吉」等語，此序蓋作於崇禎元年（一六二八）。

【箋注】

①此序社友王微稿。回憶與王微兼及與其他同人交往離別之故事，末尾感歎人事變化、聚少離多，于同人之義再三致意，流連忘返。全文感情深厚，於娓娓道來中飽含無盡之傷感。

②王微，字慎五，寧國府涇縣人，諸生。復社成員。嘉慶《涇縣志》卷十八：「王微，字慎五。幼有神童名，弱冠博覽經史，涉獵諸子，落筆纂言，欲踞千秋一席。三十爲諸生，文出而姚希孟、顧九疇、陳際泰、周鍾輩極口稱賞，因此結交，與豫章、吴越諸名人同倡復社。年三十四，卒。著有《亦世堂文集》。」張溥知王微，由周鍾、張采推薦，而晤之於南京丁卯鄉試時。

③沈承，字君烈，太倉人。張溥摯友。天啓四年，沈承病死，其妻薄少君哀痛不止，次年亦死，惟留一半歲左右弱子。張溥憐而收育之，起名張忱。張采贊其義舉，將第三女許配于張忱。崇禎二年，張采女四歲以痘殤死。崇禎五年，張忱八歲亦卒於京師。二張痛惜不已。張采《張殤童壙銘》《殤女壙銘》記此事。張采《太倉州志》卷十三《文學傳》：「沈承，字君烈，州學生。有慧質，少負儁聲。工詩賦，爲古文。弱冠，受知有司及學使者，試必高等。性閑澹，所受知未嘗有干謁，踽踽不肯造人，偶援又輒止。有笑癖，與語輒笑。又絶寡言，然無臧否，人亦習之。未四十卒。

妻薄少君，作《悼亡詩》百首，爲世淒愴。所著載《藝文志》。」

④ 白下：南京別稱。

⑤ 陳宏緒，字士業，南昌府新建人。復社成員。吴山嘉《復社姓氏傳略》卷六：「陳宏緒，字士業。兵部尚書道亨子。性警敏好學，家集書萬卷，兄弟友朋日夜講習。以廕生薦授晉州守。時真定屬邑多殘破，閹臣劉宇亮出督師，欲移師入晉州。宏緒不納，宇亮怒，馳劾之，有旨逮問。州民詣闕頌其保城功，得釋。謫湖州府經歷，署長興、孝豐二縣事。尋爲巡按劾罷。後屢薦不起，移居章江，輯《宋遺民録》以見志。有《周易備考》《尚書廣録》《詩經群義》《石莊集》《恒山存稿》《寒夜集》。」

⑥ 萬應隆，字道吉，涇縣人。復社成員。嘉慶《涇縣志》卷一八《人物·文苑》：「萬應隆，字道吉，號三峰。少敏慧，負捷才，補諸生。崇禎間，學使拔冠一邑五百士，且詳評其文，刊示各邑，見者嘆服，名動一時。與貴池吴應箕、宣城沈壽民、蕪湖沈士柱等倡文會，名『南社』，而與壽民交尤篤。張溥等宣導復社于吴門，復率同邑諸才士往會於虎丘。」

⑦ 沈士柱，字崑銅，蕪湖人。復社成員。吴山嘉《復社姓氏傳略》卷四：「沈士柱，字崑銅。貢生。讀書明敏，下筆千言。癸酉甲戌，寓西湖樓外樓，武林名士畢集，湖舫爲之增價。後以李大生事，逮繫南都之大内，年餘始解。有《前後宫詞》二十四首，其思致綿渺，情懷悱怛，得風人勸戒之旨。」嘉慶《蕪湖縣志》卷二十一《沈明經崑銅傳略》：「沈士柱，字崑銅，號惕庵。明御史希韶長

子。少負氣倜儻，豪貴自矜，以文章節概雄長壇坫間。與金沙周鹿園鑣首，爲僉夫所目怵。鈎黨獄興，適避楚幕，獲免。明亡，士柱流離江楚。比三載歸，寓南湖，又別字寄公。……己亥清明日，濺頸血死，藁葬鳳臺門外。」

⑧沈壽民，字眉生，徽州府宣城人。復社成員。吴山嘉《復社姓氏傳略》卷四：「沈壽民，字眉生。爲諸生，有聲。崇禎九年，詔舉賢良方正，巡撫張國維舉以應詔。入都，即疏論本兵楊嗣昌奪情誤國及總督熊文燦不能制敵。不報，遂投劾歸。阮大鋮起廢，將出緹騎逮壽民，乃避地金華、蘭溪、武義諸邑山中。久之，返故里。臨終謂門人曰：『以此心還天地，以此身還父母，以此學還孔孟。』語畢而卒。私謚貞文。有《閑道録》《姑山文集》。」

王載微詩稿序[一]①

【眉評】張曰：「即此可悟作詩之理，序者欲着一狹腸不得，下一俗筆不得。」

言詩而勤以今文加之，遠矣。必於人之性情觀焉，然後其詩可志也。是以作詩者廣不取外，約不儉物，因其意近而包有其事，要於稱己而足則已矣。而序人之詩者，亦繇之平好惡、明禮義，還於一指而引其萬思，理不繫於周訪而託命多及。識其善節，則大雅之樂所以相與而誦言不廢。故不知其人者，不能讀其人之詩；不知其人之性情者，即讀其人之詩，而不敢爲之序。

若吾載翁〔二〕，固士之皭然者也。又爲予八兄之外父，習與之游，而得其所爲姚遠之寄。大約跡之於今，則無處矣。惡城廛而樂林野，築居領勝，仿佛隱者。而聚書萬衺，遐涉成適，自謂天下之寳富，莫有得而至之者焉〔三〕。是以處盛無充然之容，在貧無削然之色，放於天和，而常趣俱釋。二子始剪髮即名能文，進於琴瑟之側，命之居，而示之以禮，揖遜文囿，慈孝純備。若斯者，雖欲不形之謡詠，不可得已。

夫《簡兮》之「渥赭」②，《君子》之「陽陽」③，古之人亦嘗盛出其情，明其笑敖，以自肆於時。而思其隱憂，且有不能言者。此亦外爲豫而内多所爲，以累於己者也。今載翁生當國家之無事〔四〕，既無往者之悲，而發舒曠絶，適全其好。篇中之辭，又安所存其悄悄者乎〔五〕？予所以反復其詩，而信性情之非虚也〔六〕。或多言之，或少言之，而無不在也。

【校記】

〔一〕本篇又見北大本《合集·古文存稿》卷三。

〔二〕「翁」，北大本作「微」。

〔三〕「莫有得而至之者」，北大本作「莫得而至」。

〔四〕「翁」，北大本作「微」。

〔五〕「者」，北大本無。

〔六〕「非」，原脱，據北大本補。

【繫年】

據文中「今載翁生當國家之無事，既無往者之悲，而發舒曠絶，適全其好。篇中之辭，又安所存其悄悄者乎」等語及《初集》刻時，此序蓋作於崇禎元年（一六二八）至四年（一六三一）間。

【箋注】

①此序王顯爵稿。王顯爵，字載微，爲張溥八兄張源岳父。《合集·近稿》卷六《先考虚宇府君行狀》：「次源，潘出，州庠生，娶茂才王公顯爵女。」張溥又有《合集·題畫爲王載微五十》。此序指出作詩與序詩之要：作詩者在於自明其本性，「廣不取外，約不儉物，因其意近而包有其事，要於稱己而足」；而序詩者須要觀察瞭解作詩者性情，由其性情而至於其詩歌，這亦即張溥所秉持之知人論世、文如其人觀在詩序中的表現。

②《詩·邶風·簡兮》：「赫如渥赭，公言錫爵。」鄭玄箋：「碩人容色赫然，如厚傅丹。」孔穎達疏：「其顔色赫然而赤，如厚漬之丹赭。」

③《詩·王風·君子陽陽》：「君子陽陽，左執簧，右招我由房。」朱熹集傳：「陽陽，得志之貌。」

陳威如稿序①

取友於千里以外，其能信之乎？則信與不信，未可知也。信與不信，既未可知，則曷爲乎取之？然而可信者，則已信矣；不可信者，則已不信矣。始如是其爲言也，及其終也，有不可得而變者焉。是故善乎取友者，朋友之間，一以兄弟之文被之；其不善取友者，即兄弟之間，不能以朋友之文被之。（此處眉評：周曰：「固知「脊令」之詩②，當與《伐木》同讀③。」）且朋友之正者，常樂乎人之有其兄弟；朋友之不正者，常不樂乎人之有其兄弟。所以取友者，貴正也。

予始交子木④，即知子木之兄與弟賢。威如，其最少者也，才本盛富，而氣得清剛，立談之際，志意盡出，不復有留，則天下誠然之徒矣。夫以無敵之才，而處以誠然之道，行於千里以外，無不信也。何有於堂室之間乎？

予嘗欲紀吾黨人倫之樂，若簡臣、介生之於我容、我成，彦林之於仲芳⑤，實君之於君佩⑥，文初之於瑞初⑦，豫瞻⑧之於雍瞻⑨，勒卣之於宸臣⑩，咸以一母之出，修君子之行，和氣兆祥，孝德日起。此蓋古人所嘆以爲難。而吾黨交友之盛，瞻察於百里之間，有其數姓，推於天下，蓋可知已。則子木、威如諸兄弟之倡應相得，其外至者，又孰有得而間之者乎？

是以彦林序威如之文，於其兄弟之間，累致辭而不厭，以明得之者不易，而有之者足樂。彦林之志，猶之予志也。及獲其多篇之美，而有終歲之適。威如之所以移人情者，又豈更端而盡乎？

【箋注】

①此序陳恪稿。陳恪，字威如，陳恂弟。復社成員。吴山嘉《復社姓氏傳略》卷五：「陳恪，字子肅，一字威如。諸生。與兄恂齊名，善事母。兵後，隱居。有《瞿庵詩草》。」

②脊令：亦作「脊鴒」，即鶺鴒。《詩·小雅·常棣》：「脊令在原，兄弟急難。」鄭玄箋：「雝渠，水鳥，而今在原，失其常處，則飛則鳴，求其類，天性也，猶兄弟之於急難。」後以喻兄弟友愛，急難相顧。

③《詩·小雅·伐木》：「伐木于阪，釃酒有衍。籩豆有踐，兄弟無遠。」方玉潤《詩經原始》卷九：「《伐木》，燕朋友、親戚、兄弟也。」

④陳恂，字子木，陳恪兄。復社成員。吴山嘉《復社姓氏傳略》卷五：「陳恂，字子木，海鹽人。本姓曹，從外王父陳懿典姓。肇慶通判憲來三子。中崇禎壬午舉人。鼎革後，薦舉不出。有《餘庵雜鈔》。」

⑤錢棻，字仲芳，號滌山，浙江嘉善人。復社成員。吴山嘉《復社姓氏傳略》卷五：「錢棻，字仲芳。士晉子。崇禎壬午舉人。時流寇披猖，史可法招之幕下，不就。暮年著書大滌山以終。」

⑥荆廷璧，字君佩，丹陽人。復社成員，名見《復社姓氏傳略》卷三。

⑦姚宗典，字文初；姚宗昌，字瑞初，長洲縣人。姚希孟子。復社成員。吴山嘉《復社姓氏傳略》卷二：「姚宗典，字文初，長洲人。文毅公希孟子。能傳家學，爲人敦孝友，重節概。中崇禎壬午順天舉人。國變後，隱居山中。有《雯庵詩文集》。」吴山嘉《復社姓氏傳略》卷二：「姚宗昌，字瑞

初。希孟子。諸生。名與兄宗典齊，屢試不遇。有《皇明鑑》《始莖齋詩文稿》。」

⑧侯峒曾，字豫瞻，一字廣成。侯震暘子，侯岐曾兄。與楊維斗爲姑表兄弟。天啓五年進士，授南京武選司主事。崇禎間歷江西提學參政、浙江右參政。弘光時，辭不就職。清兵下江南，與里人黃淳耀等起兵自保，城陷，偕二子赴水，被清兵引出殺死。清朝通謚忠節。有《仍貽堂集》。詳見《明史》本傳。侯岐曾與夏允彝爲兒女親家，夏允彝長女夏淑吉嫁於侯岐曾幼子侯玄洵。侯峒曾殉難後，夏允彝爲其撰《家傳》。

⑨侯岐曾，字雍瞻，嘉定縣人。復社成員。吴山嘉《復社姓氏傳略》卷二：「侯岐曾，字雍瞻。給事中震暘少子。年十一，與兄峒曾同補諸生。及長，博覽工文，重氣節，敦行誼。吴門、婁東、雲間壇坫角立，岐曾調劑其間。順治三年，以匿陳子龍被逮，當事陰使人致酒脯，曰：『汝湖海無名，待家信通，得不死。』岐曾曰：『我已無家，何信爲？』遂受刑。私謚文節。乾隆四十一年，詔入忠義祠。」

⑩周室勳，字宸臣，松江府人。復社成員，名見《復社姓氏傳略》卷三。

管陳二子合刻序〔一〕①

【校記】

〔一〕此篇有目無文。

【箋注】

①管陳二子者，管子當爲管士琬，字君售，太倉人。復社成員。名見吴山嘉《復社姓氏傳略》卷二。陳子當爲陳許廷，字靈茂，海鹽人。復社成員。吴山嘉《復社姓氏傳略》卷五：「陳許廷，字靈茂，海鹽人。給事中所學孫。諸生。事父昌明、母居氏克敦天性，友愛弟閎侅，使學有成。甲申，游白下，客尚書朱大典幕，薦授兵部司務。移疾歸。後北游，没於京邸。生平博物洽聞，尤悉掌故。有《蘇庵集》《周易注傳》《演林》《左傳典略》《漢書雋》《洪永紀事本末》《李義山詩箋》。」

曹忍生稿序〔一〕①

【眉評】周曰：「古人贈别之言，從無此深重。」

夫士懷遠大而不遇，亦將安之乎？鋭名而用寡，邦表之言，無以爲也。則或者其杜門墐户，不與物關涉，以自循環於舊説，有及情焉，有過情焉。然而又慮夫日之永也，不得已而棄鄉土，涉遠國，觀乎天下之大，發其猷念，亦盛志之所寓也。如曹子忍生者，耽味皇墳②，而擀摭百氏。其於文章之道，深矣，長矣。往日與之友者，多爲高官貴人，而曹子猶自詘約，宜其感慨酷烈，激而有游子之慕也。

夫衣褐褐見，衣帛帛見③，士之常度也。爲辭以安之者曰：「山水之好，貴其恒然者而已。子即不得於時，十畝之宫，可以聚策書，樹琴瑟，怡然泰放而却慮，何用遐征者爲？」而忍生隱焉，不能應也。余益以悲其遇，壯其思矣。爰稽古昔，有游江、淮，上會稽，浮沅、湘，涉汶、泗者，豈異人與？固今所人人受書，號爲司馬太史者也④。忍生而有志於斯，萬里之遐，猶在其寢闥也。奚有於馬瘏僕痡乎[二]⑤？余之蹇折所際有同，而眷留故邑，終難奮發一去，徘徊之情，得無近於小人乎？則將内愧於曹子也。

且往者大閹未摧之日⑥，忍生怒决髮植，欲買車挾書，上長安訴之者屢矣。而人事間隔，不行其願，每俯首邑邑，不亦可窺其鬱積之意、浩然之氣哉！則今之出也，必以正也，當於前事斷之矣。夫古人重離别，其於朋友，執手必申以飲食之禮，送以仁義之辭。序别之作，所以多也。余熟忍生之文，可以無序，而於其行也，不容不將之以言，蓋亦甚於欽欽矣。

【校記】

〔一〕北大本《合集·古文近稿》卷三有同名篇，但内容異，當爲另一本序。

〔二〕「僕痡」，原作「僕庯」，據《詩·周南·卷耳》「我馬瘏矣，我僕痡矣」改。

【繫年】

據文中「余之蹇折所際有同，而眷留故邑，終難奮發一去，徘徊之情，得無近於小人乎」「往者大閹未摧之日」及《續集・別集》卷二《曹忍生稿序》「寅卯之際，忍生奮發激昂，欲驅車北游，予爲文送之，以止其行」等語，可知此文作於天啓七年（一六二七）。

【箋注】

① 此序友人曹訥稿，亦爲送別曹訥所作，所謂「夫古人重離別，其于朋友執手必申以飲食之禮，送以仁義之辭，序別之作，所以多也」。《續集・別集》卷二《曹忍生稿序》「寅卯之際，忍生奮發激昂，欲驅車北游，予爲文送之」即指此序。本序先總論曹忍生深於文章之道，再由此點明其志向，最後於悲慨其遭遇、鼓勵其志向之殷殷別語中結束全文。故周鍾評曰「古人贈別之言，從無此深重」。曹訥，字忍生，嘉定縣人。復社成員。吴山嘉《復社姓氏傳略》卷二：「曹訥，字忍生。崇禎癸酉舉人。」張采《知畏堂文存》卷三《曹忍生稿序》叙二張與曹忍生交往之樂：「友朋之樂，無如寅卯兩年間者。時與天如讀書七録齋，稽古有獲，即相對欣辨，忘其寢處。間五六日，步至弇山，訪忍生曹子。曹子掃文漪堂以待。至則鳩題課藝，不問日早暮，題凡五，卒業乃興。或嚴寒積雪，中夜雨聲，三人以爲歡適。」

② 皇墳：傳説三皇時代之典籍，後代指典籍。

③ 《漢書》卷四十三《婁敬傳》：「婁敬，齊人也。漢五年，戍隴西，過雒陽，高帝在焉。敬脱輓輅，見齊人虞將軍曰：『臣願見上言便宜。』虞將軍欲與鮮衣，敬曰：『臣衣帛，衣帛見，衣褐，衣褐見，不敢易衣。』虞將軍入言上，上召見，賜食。」

④《史記》卷一百三十《太史公自序》：「二十而南游江、淮，上會稽，探禹穴，窺九疑，浮於沅、湘；北涉汶、泗，講業齊、魯之都，觀孔子之遺風，鄉射鄒、嶧；戹困鄱、薛、彭城，過梁、楚以歸。」

⑤馬瘏僕痡：語本《詩·周南·卷耳》：「我馬瘏矣，我僕痡矣。」

⑥大閹：指魏忠賢。少無賴，自宫後改名李進忠。萬曆時入宫，後復姓，賜名忠賢。泰昌元年熹宗即位，任司禮監秉筆太監，後兼掌東廠。勾結熹宗乳母客氏，專擅朝政。天啓四年楊漣、魏大中等七十餘人交章論其不法。次年，興大獄，罷斥大臣數十人，凡不附己者一概斥爲東林黨人，修《三朝要典》，大興黨禁，殺東林黨人楊漣等。自稱九千歲，下有五虎、五彪、十狗、十孩兒、四十孫等爪牙，遍置黨羽，權傾内外。崇禎帝即位後，罷官安置鳳陽，途中聞逮治令，遂自縊。詳見《明史》本傳。

五科易經程墨指略序〔一〕①

學《易》其有道乎？吾未之見也。以學之不能，謂無其道而安之，亦非吾之所許也。是以前儒之謀，每多瑕釁之論，責於今日，益可知已。雖然，君子之有事於學也，不伐其所能，不辭其所不易。知難而與之處，不驟得其意，則需時焉。故讀《易》之説，不執一方。無已，而因今人之坦易，言昔人之變化〔二〕，理其陰陽，若有塗畔。《易》之道或時見焉，要之非其至也。

若吾雲子以天下之才，辨究事理，六經衆史，區隅盡得，其於《易》道可謂詳矣。而近且察文於程墨之中，又不得已而域之五科之内，何其隘也！夫屈神明之智，歷於時人之選，陳以常設之言，而博其清遥之賞。五科之文，於雲子豈有當乎？予以知其勉然也。然勉然爲之，不言勤苦，寄指以送，意在曉衆而已。夫命才於凡者，大文在前，不能甄列；若負其非常者，行於庸散，恒有表舉。故當諸文之縱横，必得叙然否，示懲勸，雖一言之是，嘉其合意，别爲高流。若然者，泛然之來，《詩》《書》可見，亦何有塗炭之厄乎？

今五科之所有，其爲時也近，其爲文也偏，名之爲經，人無不知。及其論辯，則以嘿自全。一卦之中，選題發文，號有其富。卒也反顧卦義，脱然不屬。上之所取，下之所應，非徒無求於《易》也，《易》之爲名已忘之矣。非雲子廣教立訓，亦何以拯其往失、策之清明哉？故指略之稱，猶言略之云爾。然自雲子略之，其略也斯可矣。繁而與之，適以爲蔽；備數寡少，其道反存。天下之學《易》者，豈貴多乎？

【校記】

〔一〕本篇又見北大本《合集·古文存稿》卷三。

〔二〕「昔」，原作「者」，據哈佛本、北大本改。

【繫年】

據文題「程墨」及前後文作時，此文蓋作於崇禎元年（一六二八）會試後。

【箋注】

① 此序朱隗時文選本《五科易經程墨指略》。朱隗，字雲子。應社分治《五經》，與張溥主《易》。詳見《初集》卷一《五經徵文序》注。程墨，爲選刻鄉會中式文，乃八股文選本之一種。張采《知畏堂文存》卷一《具陳復社本末疏》：「本朝制科取士，因重時文，凡選鄉會中式文曰程墨。」顧炎武《日知録》卷十九《十八房》：「至乙卯（萬曆四十三年）以後，而坊刻有四種：曰程墨，則三場主司及士子之文。」

天下善二集序〔一〕①

集房書之文而進退之，與集同人之文而進退之，其爲事均也，然而難易辨矣。房書之文，選捨便意，因時爲託，折衷於天下之通情，而不必其人之接識。間有所存，指或近諛，而一日之書，讀者諒焉，則以爲無俟乎望之之備也。若同人之文，恢拓四海，不以常科，事近囂庶，而情多狃狎。苟習其姓名，忘其文字〔二〕，則一時以爲罪，而設辭無所立。故勢必出於廣塗，而人皆脩譽於有餘。選之者將從質焉？將從文焉？然不然之間，猶未可知也。

雖然，一科之變，氣有先後。觀所通行，同人之選，若爲房書之接事。要其類文總德、負耜行道者，不必其先之，皆富貴也。立言於前，而覽績於後。故房書未行，而其文已達。科目之人，使名不喻於同人，其文不無可惑焉。則以知斯選之總紐風物，嗣事之若是其重也〔三〕。

予往者與彦林、介生諸子有《同人》之選，齊切情志，事有足稱。既而病其言之蕪也，則橐筆而不敢爲，而終以爲不可廢也。則莫若因殺至之品，告以清明之説，窈窕肆變，言人人殊。而酌於一理，安其起訖，然後爲文之得也已〔四〕。是故清文之無累，猶之潔士之無欲。無欲者，萬行之所出；無累者，萬文之所始。

今有志聖人而學其辭者，不明乎聖人之意，而惟辭之謀，則必將以《春秋》之所諱②，爲學士之美談矣。欲懷往而抗俗，其可得乎？此彦林之再選，所以爲救世之亟也。苟舍此而求其勝，則已甚；下此而趨於弱，則已不及。夫君子於其已甚，無所恕之矣，況其不及乎？又彦林之所慨然也。

【校記】

〔一〕本篇又見北大本《合集·古文存稿》卷三。

〔二〕「忘」上原衍「下」，據哈佛本、北大本删。

〔三〕「之」，北大本無。

〔四〕「已」，北大本無。

【繫年】

據文中「房書」及前後文作時，此文蓋作於崇禎元年（一六二八）會試後。

【箋注】

① 此序錢栴時文選本《天下善二集》。房稿者，選進士文曰房稿，亦名房書，詳見《初集》卷一《房稿遵業序》注。張溥此序縱論房書選本與同人選本之難易，指出同人之選「總紐風物」，「爲房書之接事」。

② 曾鞏《曾鞏集》卷五十一《書魏鄭公傳》：「夫《春秋》之所諱者，惡也。」

劉伯宗稿序①

【眉評】周曰：「使人增論交之重，知文章之深，皆此篇開之也。」

予之務察於應社也，與道吉、伯宗、眉生、崑銅論之詳矣。寧儉於人之數，而無受其多；寧舒其時以得其所以爲人，而無傷於亟。故閲時而其人至焉，又閲時而其人之文至焉。大約江以南，自予與介生、受先、維斗之數人來者，無乎不良也；江以北，自道吉、伯宗、眉生、崑銅之數人來者，無乎不良也。苟其一辭之可，凡數人者無不與聞焉。以文及實，以實及文，皆以爲可予也，然後予之以應社已焉。是以序他人之文，言重而不流，獨序應社諸子之文，則氣動辭數，思常有餘。蓋亦性情之繫，不可類託者也。况伯宗之人文，尤予所樂道不忘者歟？

伯宗事親以孝，致志以誠，揆其所履，蓋有先見於昔之儒行者焉。而爲文之指，即繇之以出。是故伯宗之遐論普覽，志窮荒窅，天下之書，皆其所宿處也。而近且隱其辨博，而要之乎大雅。夫大雅之稱，作者數讓，司馬太史有志於斯，而不敢直以爲然。後世讀其書，而知其不可復繼，欲名其善，而不能包其所取之廣，流連大息，而始頌言之曰雅。然則雅之爲名，豈徒夸者之云乎？伯宗於是不可及也已。且伯宗獨以大雅載之身也，而又以教其子。子廷鑾年十三矣②，沈領群典，奮文嘉英，當世之耆生未或逮也。則大雅之學，於劉氏蓋將世焉，尤應社之所樂觀也。夫伯宗於予爲兄，伯宗之子於予爲兄之子，應社之兄弟無取乎譽之，於其兄弟之子尤無取乎有所爲而譽之，而終不能以默而已。蓋抑其所樂而使之不言，猶之强其所不樂而使之言，所謂繫乎性情者然也。

【繫年】

據文中「子廷鑾年十三矣」，復據吴應箕作於壬戌（一六二二）年之《婆護歌》題注「婆護，與父小字」，小序亦云「伯宗佳兒甫九齡」，推知劉廷鑾生於萬曆四十二年（一六一四）（參見章建文《吴應箕研究》所附《吴應箕年譜》),故本文作於天啓六年(一六二六)。

【箋注】

① 此篇序劉城稿,先論及應社諸同人,次專論劉城及其子,周鍾云「使人增論交之重,知文章之深,皆此篇開之也」,所言不虚。劉城,字伯宗,寧國府池州縣人,江北應社主要成員,復社眉目。其子劉廷鑾,字在公,亦入復社。吴山嘉《復社姓氏傳略》卷四:「劉城,字伯宗,更號存宗,貴池人。負雋才,與吴應箕齊名。史可法撫安慶,深器重之,大事每諮焉。丙子,應詔保舉,以知州用。城辭歸。福王時,廷議分江北爲四鎮。城聞之,蹙然曰:『禍始此矣。』亟上書可法,言四鎮桀驁不臣,或起降盜,非懷忠義,主弱必叛,敵强必降,主敵皆弱,則專制自爲,互相併吞。公之督師,無老成宿將以俱行,何以彈壓四鎮而收其用?後必悔之。卒如其言。城知南都必敗,杜門不出。及江南亡,應箕以起兵死難,愈憤恨不自得,未幾竟卒。私謚貞文。有《嶧桐集》。」事具蔣臣《徵君劉公伯宗行略》。

② 劉廷鑾,字在公,劉城子。復社成員。吴山嘉《復社姓氏傳略》卷四:「劉廷鑾,字在公,一字得輿,號輿父。城子。師事吴應箕,盡得其學,一時壇坫爭推重之。康熙元年,以恩貢考授州同。未仕,卒。有《梅根集》若干卷。」

徐朱二子合刻序〔一〕①

郡中之文,一變而趨雅者,自維斗、九一、雲子、君和諸子始也。故諸子之功,郡之人皆得而誦之，則念其功而序其文者，亦不可以易也。

是以君和與雲子次其平日之文所未及於天下者〔二〕，合而行之，而使予筆其端，其意不已重哉！然則錯綜而極稱之〔三〕，其言未有止也；略而説焉，又懼其不盡也。爲之序者，則難矣。雖然，以不相知之人與文，而欲泛濫其稱述，雖累言數千，與其人其文無與也。若夫習而道之者，一言即已當矣〔四〕，况其多乎！是故聖賢之名，遠大而難予，自士之有爲者視之，未見其不勝也。何則？以其才與志，命之也。夫志定於中而才及於外，奮其英果，則有導心之善；閲其領涉，則有忘形之勢。繇此而將，無不達矣。

今觀君和之檢正而神密〔五〕，雲子之致遐而骨炯〔六〕，不亦斯人之弘表、絶其儔匹者哉！且卓尤之姿，世所時有，而物每難近。窺其中，猶有所爲名者存焉。至二子則曠然不少自留，而人亦與之俱忘。所以施之順而應以速〔七〕，始起以清文而終歸於鑠行〔八〕，亦效之所積也。蓋吾郡之不文者，類多治容服，好戲謔，而無廉耻之思〔九〕。見人之美則深刺忌，以肆其惡〔一〇〕。而其豐才廣學者率以節義自高〔一一〕，忠厚寬易，樂人之善如不及，好身倡而不華於口語，凡士大夫皆然。雖繇於至性，殆成一風俗矣。（此處眉評：張曰：「何必减史遷。」）

【校記】

〔一〕本篇目録原列於《焚言序》下，今據正文列此。本篇又見北大本《合集·古文存稿》卷三。

〔二〕「是以」，北大本作「今」。

〔三〕「則」，北大本無。

〔四〕「即」「矣」，北大本無。

〔五〕「之」，北大本無。

〔六〕「之」，北大本無。

〔七〕「所以施之順而應以遠速」，北大本無。

〔八〕「而」，北大本無。

〔九〕「而」，北大本無。

〔一〇〕「以肆其惡」，北大本無。

〔一一〕「而其豐才廣學者」，北大本作「其賢者」。

【箋注】

① 此序徐鳴時、朱隗合刻集。徐鳴時，字君和，吴縣人。復社成員。吴山嘉《復社姓氏傳略》卷二：「徐鳴時，字君和。少喪父，赤貧，寄食蕭寺。爲句讀師，藉修脯以養母。知縣萬谷春首拔之。從游日衆，室隘不能容。乃於隙地構室，取楊萬里『老夫稼圃方雙學』之句，顏曰『雙學』。崇禎十

年，以選貢除武寧令，有惠政。卒於任，私謚貞隱。有《横溪録》。」徐鳴時原爲匡社成員，天啓末合入廣應社，崇禎初併入復社。陸世儀《復社紀略》卷一：「貴池吴次尾應箕與吴門徐君和鳴時，合七郡十三子之文爲匡社，行世已久。」社名「匡」，即「匡正時俗」之意。

七録齋集卷之二

婁東 張溥天如 著
同盟 周鍾介生
張采受先 閲

序

詩經應社序〔一〕①

應社之始立也，蓋其難哉！成于數人之志，而後漸廣以天下之意。五年之中，此數人者度德考行，未嘗急于求世之知，而世多予之。其所以予之者，何也？則以其誠也。無意于名而有其實，不嬰念于富貴貧賤，而當其既至，皆有以不亂。是故先與乎其人，後與乎其文。爲人之道，有一不及于正者，則辭之而不敢就。（此處眉評：周曰：「鄭重真切，無一溢言。」）既與其人，而文或有未至者，則必申之以正，因其材之所命而樂其有成。是以邪僻之意無所形之于文，而四方之欲交此數人者，嘗觀其文而即知其人之無僞，則定社之大指也。然而此數人者，未嘗一日忘乎古人也〔三〕。慨時文之盛興，慮聖教之將絶，則各取所習之經，列其大義，聚前者之説，求其是以訓乎俗。苟或道里之遠，難于質析，則假之制義，通其問難。于是專家之書，各有其本，而匡救近失，先著于制義之辨，以示易見。若此《詩》義之行，則子常、麟士爲之端也。

夫《詩》道深廣，儒者類托人情，云無一成之指。及反而過，徇乎理，則高己見而卑古論。昔日之事不能明于百世之下，而後人益以語言之多，成其疏隔，又何尤于古道之日乖也哉？是故論功于時文，著作之大，或所不存；而因其可曉，爲之喻衆，則入德之路，莫有近焉。

余雖曠于《詩》，竊聞子常、麟士與大士②、大力之言矣。子常、麟士之言曰：「《詩》之有六義，文字之所出也。《風》係于列國，《頌》告于神明，而《小雅》《大雅》燕饗獻納，多言君臣之事。學者習之而不能辨，則非所以爲教也。（此處眉評：張曰：「時文不過近便説法，知世之爲水火者誤也。」）且興不與比亂，比不與賦亂，作《詩》者各有其義，概棄之而務于綦組之説，則君子之所惡也。故説《詩》莫先于辨體，體之不存，則聲變意改，極其能事，有禮崩樂壞之憂矣。」而大士、大力則曰：「論《詩》之方，不一其數，自後觀前，斷制以意，要使一文之出，足天下之用，拘墟之議，非所聞也。」夫繇子常、麟士之言，則依法而不遷，人欲奮其聰明而有所不予[一]，繇大士、大力之言，則弘人之才，放于遠際，以文法牽之而有所不可。然而四子之詩，皆獨立于當世，爲士師表。及文成相觀，千里達信，形聲密同，愛著心本。以是信學之至者，縱横其辭，不相傅會，而理已共域。《禮經》之戒雷同，《大易》之言一致，良有以也。

是故誦《詩》之流，盈于邦國，非四子則無所宗據。而豫章與虞山遂有兄弟之稱、一家之誼。迨澄嵐以齊魯之古學，共立綱紀，而應社之《詩》，作者益備。書人書地，觀風俗而知得失，蓋于諸家爲獨全矣。然則有志于考正者，夫亦明立社之始終，以求讀經之大要，庶乎《通書》③《西銘》④，不與小山辭選之屬比類而記也⑤。

【校記】

〔一〕本篇又見北大本《合集·古文存稿》卷五。

〔二〕「乎」。北大本無。

【繫年】

據「應社之始立也，蓋其難哉！成于數人之志，而後漸廣以天下之意。五年之中，此數人者度德考行，未嘗急于求世之知，而世多予之」，應社成立於天啓四年（一六二四），可知此文作於崇禎元年（一六二八）。

【箋注】

①天啓四年，張溥、張采、楊彝、顧夢麟、楊廷樞、吴昌時、錢栴、周銓、周鍾、朱隗、王啓榮等十一人創立應社，分治《五經》，其中楊彝、顧夢麟主治《詩經》。其後豫章陳際泰、章世純、萊陽宋繼澄亦加入其列。張溥此文，藉褒揚楊彝、顧夢麟、陳際泰、章世純、宋繼澄治《詩》之成果，以闡發「定社之大指」「立社之始終」「讀經之大要」，可視爲應社重要之綱領性文件。

②陳際泰，字大士，江西臨川人。復社成員。《明史》卷二百八十八《陳際泰傳》：「陳際泰，字大士，亦臨川人。父流寓汀州武平，生於其地。家貧，不能從師，又無書，時取旁舍兒書，屏人竊誦。從外兄所獲《書經》，四角已漫滅，且無句讀，自以意識别之，遂通其義。十歲，於外家藥籠中見《詩經》，取而疾走。父見之，怒，督往田，則攜至田所，踞高阜而哦，遂畢身不忘。久之，返臨川，與南英輩以時文名天下。其爲文敏甚，一日可二三十首。先後所作至萬首，經生舉業之富，無若際泰者。崇禎三年舉於鄉。又四年成進士，年六十有八矣。又三年除行人。居四年，護故相蔡國用喪南行，卒於道。」陳際泰與張溥、張采、周鍾往來較多。其《太乙山房集》（卷首有張采、張溥序）中有與張溥來往文字及書信多篇：《張天如太夫人傳》《復社叙》《張天如七録齋叙》及《復張天如書》三篇。張溥集中與之來往者有《陳大士古文稿序》《陳大士會稿序》《陳大士易經會稿序》《答陳大士書》等文。

③黄宗羲《宋元學案》卷十一《元公周濂溪先生敦頤·通書》：「百家謹案：《通書》，周子傳道之書

也。朱子釋之詳矣，月川曹端氏繼之爲《述解》，則朱子之義疏也。先遺獻嫌其于微辭奥旨尚有未盡，曾取蕺山子劉子説箋註一過，謹條載本文下，間竊附以鄙見。《性理》首《太極圖説》，兹首《通書》者，以《太極圖説》後儒有尊之者，亦有議之者，不若《通書》之純粹無疵也。」

④黄宗羲《宋元學案》卷十七《獻公張横渠先生載·西銘》：「百家謹案：先生嘗銘其書室之兩牖，東曰《砭愚》，西曰《訂頑》。伊川曰：『是起争端，不若曰《東銘》《西銘》。』二銘雖同作于一時，而《西銘》旨意更純粹廣大。程子曰：『《訂頑》之言，極純無雜，秦、漢以來學者所未到。意極完備，乃仁之體也。』又曰：『《訂頑》立心，便可達天德。』朱子曰：『程門專以《西銘》開示學者。』」按，張溥後取「西銘」爲號，用意甚深，所期甚大。

⑤王逸《〈楚辭·招隱士〉解題》：「昔淮南王安博雅好古，招懷天下俊偉之士，自八公之徒，咸慕其德而歸其仁。各竭才智，著作篇章，分造辭賦，以類相從，故或稱『小山』，或稱『大山』，其義猶《詩》有《小雅》《大雅》也。」

詩經應社再序代〔一〕①

論《詩》于齊魯，其來最遠，然而亡失久矣。是以漢之言《詩》四家〔二〕，今惟《毛傳》《鄭箋》通行于世。韓嬰之書，僅存《外傳》，而《内傳章句》猶時見于《文選》之注。獨申公《魯詩》、轅固生《齊詩》則無聞焉。且《齊》《魯》與《韓詩》並列學官，説多雜采。而後之論者，以《魯》爲近，則浮丘之傳，殆有聖人之指乎？然唐人既云「《齊詩》亡于魏，《魯詩》亡于晉」，而石林葉氏又云「《齊詩》猶有見者」②。甚矣，古人之于經，亡而冀其不亡，如是乎至也。（此處眉評：張曰：「雜之西漢《藝文志》，何可復辨？」）予生于齊魯〔三〕，而又受《詩》于家之師，則申、轅之責〔四〕，予其可辭乎？此應社之立，所以與子常、麟士共之也。

夫一經之學，人各爲家，而其事彌困，則莫若折衷于一，以定其所響。故必同盟之人，無不與聞乎故，而後其説可行，不得其人則無取乎多之也，既得其人則無取乎斬之也。雖然，吾黨于今之人既無所靳矣，而復正之以社格，嚴之以選例，簡其人矣，而又取其文之數而簡之，是何説歟？則未聞孔子之删《詩》乎？古者之《詩》三千餘篇，而可施禮義者惟三百五篇。當夫删正之時，有更十君取一篇者矣，又有更二十餘君取一篇者矣③。孔子行之而不疑，而後世不聞，病之以爲過。且篇删其章，章删其句，句删其字，一辭之累，在所必詘。君子務其可信者而已，又何貴于溟涬④，不可知之爲乎？

子常、麟士得是意，以成斯社，而予復進以決辭，以正其所慮。故人文之數雖約，而已足以盡天下之望，則舉其條。凡《齊》《魯》之學，將有得其真者，豈如「夏五」「郭公」有疑可闕乎⑤？

【校記】

〔一〕本篇又見北大本《合集·古文存稿》卷五，題作「詩經應社再序代宋澄嵐」。

〔二〕「是以漢之」，北大本作「漢代」。

〔三〕「予」，原作「子」，據哈佛本、北大本、上圖本改。

〔四〕「則」，哈佛本、北大本、上圖本無。

【繫年】

與上篇作於同時，即崇禎元年（一六二八）。

【箋注】

①此代宋繼澄作。宋繼澄，字澄嵐，號萬柳居士。詳見《初集》卷一《宋宗玉稿序》注。

②馬端臨《文獻通考》卷一百七十八《經籍考五》：「石林葉氏曰：……唐人有云：『《齊詩》亡於魏，《魯詩》亡於晉，《韓詩》雖存，無傳之者。』今韓氏章句已不存矣，而《齊詩》猶有見者，然唐人既謂之亡，則書之真僞，未可知也。」

③語本歐陽修《詩圖總序》：「以圖推之，有更十君而取其一篇者，又有二十餘君而取其一篇，由是言之，何啻乎三千？」

④溟涬：謂不著邊際。桓寬《鹽鐵論·國疾》：「文學守死溟涬之語，而終不移。」

⑤「夏五」「郭公」均爲《春秋》經文脱漏之處。《春秋·桓公十四年》：「夏五。」杜預注：「不書月，

闕文。」又《莊公二十四年》：「郭公。」杜預注：「無傳，蓋經闕誤也。」後因以「夏五郭公」喻文字有殘闕。

國表小品序〔一〕①

《國表》之文，天下之所予也。習其讀而知其傳，不必其人之與乎社也。接文而有朋舊之遇，則其志應之矣。是以文之往來，日益浩大，取之不勝其取也。欲概而存之，奢而不可爲；或簡擇其所守，則散求而不副。夫固知選之爲言，去鄙登善，所爲善存乎文也。故二集踵起，而《小品》先之，雖稱繼事，亦有開疆啓宇之道焉。

吾師魚山先生嘗聚諸子而命之曰〔二〕②：「文字之説，所以觀行；《小言》之集，亦斯人所托塗也。今使人張大論事，示所奇立，落落有概而輕忽小節；忘其藴籍，類爲物所，簡賤之理而不耻其不度，則天下亦無所殺其辭矣。（此處眉評：張曰：「每出一言，必有遠大之指，不易之論，殆非泛作。」）獨謂文字之重輕，别其題目，不以小者爲懷，殆非所安也。」是以諸子受其指〔三〕，以嚴所品類。《小品》之出，惠常、石香二子成勞尤著③。蓋是時先生方簡士江城〔四〕，蒐擢偉異，一時之良，莫不具糧糗，載蒼雅，以奮其高能。而先生正色講義，遺遏人事，分科其間。凡被人倫之譽者，次第姓名，爛如可睹。二子學之而澄厲有加，不諂不回，論今之法，猶之道古矣。

夫惠常弘氣渥理，吐蓄中會；石香之精覽隱賾〔五〕，樹體峻遥。後之勁士，未敢拾節焉。又以静儉鮮交，闊于世之情分。故《小品》之選，益得行其所欲。名其所自名，而天下之名者已存；用其所自用，而天下之用者已具。甚矣！二子之辨物，與孟樸、來之諸子之博事，致雖不同，所以左右先生、整潔風化者，其志猶一也。予樂觀其成，而再爲之序，豈其辭之已數乎？夫亦慶吾社之有主而後進之無窮，自此以往，圭璋之言④，日未有止也。

【校記】

〔一〕本篇又見北大本《合集·古文存稿》卷五。

〔二〕「吾師」，北大本作「楚熊」。

〔三〕「是以」，北大本無。

〔四〕「蓋」，北大本無。

〔五〕「之」，北大本無。

【繫年】

據文中「蓋是時先生方簡士江城，蒐擢偉異，一時之良，莫不具糧糗，載蒼雅，以奮其高能」等語，復據潘檉章《松陵文獻》卷十五《熊開元傳》「崇禎元年，調吴江」，再結合大復社成立於崇禎二年，可知此序作於崇禎二年（一六二九）。

【箋注】

①此序王啓榮、吕雲孚所編選時文集《國表小品》。陸世儀《復社紀略·復社總綱》：「五年：張溥給假葬親，歸。虎丘大會，張溥爲盟主，合諸社爲一，定名復社，刊《國表》社集行世。」按，陸世儀定「合諸社爲一，定名復社，刊《國表》社集行世」於崇禎五年，誤，應爲崇禎二年。《國表》爲社友時文選集，前後凡四集，由熊開元主持，張溥與周鍾等人具體負責選輯。張溥集中有《國表小品序》《國表序》《國表又序》《國表四集序》等。

②熊開元，字魚山，湖廣嘉魚人。復社主要發起人。曾任崇明知縣、吴江知縣。朱彝尊《静志居詩話》卷十八：「熊開元，字元年，號魚山，嘉魚人。天啓乙丑進士，除崇明知縣，調吴江。選授吏科給事中，謫山西按察司簡較，遷行人司副，以言事廷杖，削籍遣戍。晚爲僧，名正志，字檗庵，居蘇州之華山。有《華山紀勝集》。」生平詳見《明史》本傳、潘檉章《熊開元傳》。

③吕雲孚，字石香，吴江人。張溥弟子，被目爲復社「十哲」之一。吴山嘉《復社姓氏傳略》卷二：「吕雲孚，字石香，太倉人。年十二，嗜周秦古書及揚雄《太玄經》。文師樊紹述、孫樵，詩師盧仝、李賀，爲張溥稱許。嘗試吴江，時熊開元爲知縣，課《論語》畏匡章，雲孚穴奇抉奥，讀者幾不辨句讀。開元大奇之，拔以冠軍，遂爲吴江學生。乙酉，大兵至，里人多逃死，雲孚以母故，守舍不去，死之，年三十二。門人黄與堅輯其遺稿。」陳濟生《天啓崇禎兩朝遺詩小傳·吕文學朱文學》：「吕君名雲孚，字石香，朱君名明鎬，字昭芑，皆太倉人。兩君負才積學，不能發聞於世，賫志以

没，其可哀也。吕君方幼時，好奇，學古文字，雲雷蝌蚪，人莫能識。受知于熊魚山，名益甚。晚更發憤于文，穴奇抉奥，鉥心劌肝，不惜也。是時，張西銘執經于先文莊，交滿天下，顧獨喜兩君，與定交。」

④ 圭璋：兩種貴重玉器，喻高尚之品德。語本《詩·大雅·卷阿》：「顒顒卬卬，如圭如璋。」鄭玄箋：「王有賢臣，與之以禮義相切瑳，體貌則顒顒然敬順，志氣則卬卬然高朗，如玉之圭璋也。」

三科文治序〔一〕①

德生與尊光兄弟序次壬戌以來所謂房書文字之最者而行之〔二〕②。予讀之而慨然曰：觀乎斯際，介生之功大矣！壬戌以前，天下不知有文字也；壬戌以後，言文字者無人而不能也。始而選高明之論〔三〕，繼而稱聖人之説〔四〕。房書既盡而社文踵興。于是學者觀所取予，以意度之，遂有豫章、昌陽之號③。要之兩家之名，人自爲定，非介生所立也。當介生論著之日，執己之正，以信天下之文，是聖者進焉，不合乎聖者退焉，未嘗以豫章、昌陽之人而私之也。（此處眉評：張曰：「此亦所謂質言。」）即豫章、昌陽之賢者與江以南之賢者，有性情之得，亦相與以道而已，非有所私于江以南之予奪是非而意輕重也。其有惑而思變者，以爲不得乎上則反而趨下，飾庸音以足聽而抑豪傑之士，累之以不然之言。

嗟乎！聖人之道没而欲明，君子出而有其事矣。彼嘵嘵者何爲乎？且從吾黨而爲之者，讋切以正，士知尊古。或一時疾趨，力有不給。其失也，不無《五經》章句之可難，而久且自治，不疑其過。苟舍此而爲巧便之議，則委巷之童子離乎市人，之乎鄉學。畢月之間，振筆而從之，無不當也。又安用大冠而論豫章與昌陽之得失乎？

予方悲壬戌以前，人皆夜行，不識聖賢禮義之訓，而不意又有欲嗣其説者，抑何不肖之未絶于世也。是故戊丑之間，迄於今日，文字之治亂，不可勝道。介生不言其功，而天下歸之，豈無故歟？此德生諸君子之所爲〔五〕，再舉其義也。然而論功罪于今文，其小者也。予與介生終不欲辨也。

【校記】

〔一〕本篇又見北大本《合集·古文存稿》卷五。

〔二〕「德生與」，北大本作「祝」。

〔三〕「而」，北大本無。

〔四〕「而」，北大本無。

〔五〕「德生諸君子之」，北大本作「尊光諸子」。

【繫年】

據文中「德生與尊光兄弟序次壬戌以來所謂房書文字之最者而行之」等語，復據文題「三科」即壬戌科、乙丑科、戊辰科，可知此序作於崇禎元年（一六二八）。

【箋注】

① 此序許士驥、祝謙吉時文選。

② 祝謙吉，字尊光，蘇州府常熟人。復社成員。有《澹遠集》三卷。王應奎《柳南隨筆》卷三：「祝謙吉，字尊光，邑人也。中崇禎癸酉舉人，就選桃源教諭，以内艱歸。所居在城西，與趙某連趾。會趙與兄同登甲榜，聲勢赫奕，迥出祝上。祝家世故微，趙以此數凌辱之。祝積不能堪，竟于癸未仲冬投繯死。死之日，邑中譁然，群起而噪趙之門，趙鍵户不啓。有諸生七人梯而入，去其鍵。衆乃一哄而進，財貨抄掠無遺。先是，祝之在桃源也，頗稱職，得士心。至是諸生聞變，相率兼程而至。至則毁趙所居，即以葬祝焉。」約崇禎元年，張溥與祝謙吉同爲張澤《旨齋詩草》作序。

③ 昌陽：即萊陽。《讀史方輿紀要》卷三十六《登州府·萊陽縣》：「萊陽縣，府南二百五十里。西北至平度州百二十里。漢昌陽縣地，屬東萊郡，後漢因之。晉初廢，元康八年復置，屬長廣郡。劉宋及後魏因之。高齊郡廢，縣屬東萊郡。隋屬萊州，唐因之。五代唐諱昌，改曰萊陽縣，仍屬萊州。明洪武九年改今屬。編户百四十一里。」吴偉業《梅村文集》卷一《宋玉叔詩文集序》：「余幼執經張西銘先生門，即知萊陽之文章與東吴、豫章壎篪應和。」廖可斌《明代文學復古運動研究》：「天啓初期，海内文社最著名者，一爲豫章派，即江西臨川陳際泰、羅萬藻、章世純、艾南英，號稱『章羅陳艾』；一爲萊陽派，即山東萊陽宋玫等父子兄弟，聲勢不廣，但科第最顯；一爲

金沙周鍾。」

易文觀通序〔一〕①

經學之不言久矣。學者驟而明其説〔二〕，則衆士有所不通；惑之而不得其端，則群與聚而議爲迂闊。若是，則今之人所受師而名讀者，何者之書也？且習一經而舍其四經，忘遠圖而守近意，亦云已矣。即一經之説而多有未舉〔三〕，將若之何？

予嘗惻然于斯，求其變之所始。聖賢之路絶而不通，皆繇時文之道壅之也。樂于爲時者，禁其聰明之于便近，畢其生平之能以應有司，經文之效不顯于世，則相與苟爲利而已。上之人不欲以此擇士，而下亦安于固然，不慮上之求責，復脩其備。（此處眉評：張曰：「切論深于痛哭。」）蓋俗學之成，若有受授，其本末然也。及有悲正學之失，起而汲汲于斯文之究復者〔四〕，盡其忠厚，弘獎人群，以期反正，而遂嬰世忌，煩其話言。然則聖賢傳往之書，終陵夷廢蔑，不更出歟？雖然，前聖之學，不因後人以召譏；君子之志，不隨衆疑而見抑。六經之法，君臣父子之大行也。（此處眉評：周曰：「何等關係。」）

今有怨天地之不明，棄中國而之夷狄者，即其所之之地，不出天地之間。則凡懷污末之見，欲行其反復變亂以稱己能者，思之亦可以止矣。適吾友賡虞有《易文》之選〔五〕，爲予言之。而予益有感于天下眩瞀之流〔六〕，閉于一經而不知所向〔七〕。于是出一辭以發其凡，使當今之世多篤誠好學如賡虞者，後生往而規矩焉，亦何患古道不復乎？

【校記】

〔一〕本篇又見北大本《合集·古文存稿》卷五。

〔二〕「而」，北大本無。

〔三〕「而」，北大本無。

〔四〕「于斯文之究復」，北大本無。

〔五〕「吾友」，北大本無。

〔六〕「而」，北大本無。

〔七〕「而」，北大本無。

【繫年】

據上文繫年及《初集》刻時，此序蓋作於崇禎元年（一六二八）至四年（一六三一）間。

【箋注】

① 此序吕於韶時文選本《易文觀通》。序中慨歎「經學之不言」，而治經學者，多「習一經而舍其四經」，其因在於熱衷時文，志在科舉。由此可知張溥創立應社、合治《五經》，創立復社、期在恢復古道之現實針對性。

房稿霜蠶序〔一〕①

員嶠之山有冰蠶焉②，以霜雪覆之，然後作繭而織錦〔二〕，入于水火，不濡不燎。其事記于王嘉，而文昭取以名己之所選〔三〕③，何歟？夫正書之傳，其稱指大約貴平易，尚簡質，不煩命乎異物〔四〕。若《拾遺》之文，則志怪者也。辭多巍眇雋譎，其所列名物事理，或信與否，儒者不能意定，又安所質而舉之？

然考其文，有謂「唐堯之世，海人獻以爲黼黻」者，文昭之所取〔五〕，蓋繇來也。（此處眉評：張曰：「儒者不雜引一説，即爲博麗，終必要之於正者，此也。」）以爲聖人之作，賢士競進，獻其美篇，施而用之，有古象焉。因以登于王公，服于士庶，極其五采之觀，亦朝廷之盛事也。雖然，一物之喻，達于國家，而士君子覽古以自寄〔六〕，博觀而道存，志之所起，有其甚深，抑亦懷于隴畝之間，通其詩書之意，感而興焉，可乎？

夫一室之内，隱而不聞，托言于以游以遨，而貧約不能以自容，斯人之遇，猶之乎霜雪也。然立節不回而文采自見，上之人有大車以求之者，遂得志而爲其所欲爲〔七〕，光顯其身而利澤及于天下，則霜雪之成人也大矣。又安可徒有文錦之好，而忘其艱難之守哉！若是而選者之所取，于斯廣焉可也。不然，稽諸《爾雅》所載桑繭與樗、棘、欒、蕭之屬，蟓④之爲族，亦已衆矣。曷重乎斯稱而多文辭焉？

【校記】

〔一〕本篇又見北大本《合集·古文存稿》卷五。

〔二〕「而」，北大本無。

〔三〕「之」，北大本無。

〔四〕「乎」，北大本無。

〔五〕「之」，北大本無。

〔六〕「而」，北大本無。

〔七〕「爲」，原脱，據北大本補。

【繫年】

據文題「房稿」及前文作時，此文蓋作於崇禎元年（一六二八）會試後。

【箋注】

① 此序羅炳漢時文選《房稿霜蠶》。張溥主張爲文貴平易，尚簡質，士君子爲文當覽古自寄，博觀道存，志有所託。

② 員嶠：神山名。《列子·湯問》：「渤海之東不知幾億萬里，有大壑焉。……其中有五山焉：一曰岱輿，二曰員嶠，三曰方壺，四曰瀛洲，五曰蓬萊。」王嘉《拾遺記》：「員嶠之山有冰蠶，長七寸，

黑色，有角有鱗。以霜雪覆之，則作繭，長一尺。其色五彩，織爲文錦，入水不濡，以之投火，經宿不燎。唐堯之世，海人獻之，堯以爲黼黻。」

③羅炳漢，字文昭，廣東順德縣人。羅長青編著《順德羅氏人物志》：「羅炳漢，邑增廣生，字文昭，大良人。著有《青雲第一社集》等。」

④蟓：桑蠶。《爾雅·釋蟲》：「蟓，桑繭。」郭璞注：「食桑葉作繭者，即今蠶。」

房稿香却敵序〔一〕①

吾友徐亦于②，禾之異人也。少爲諸生，即不樂家人之業〔二〕。去之深山，事浮屠者七年，講于老子之説者三年。凡陰陽星氣之書，無不習也。相者之言與論命之術，逮夫堪輿、醫筮、雜家之學〔三〕，無不通也。又性静遠而能忍，入山之時，盡其一日之食，不過勺粥，復斷酒不近，止念慮，存精神，若恍然于所謂太上之理者。嗟乎！蓋難言之矣。然而亦于弗以足也〔四〕，以爲儒者之道始于父子，正于君臣，吾未能得君而事焉，猶之乎不學也。夫惟既得其君而事之，明其生平之欲爲，然後功遂名立。（此處眉評：周曰：「文瀾不窮，至理則一。」）休乎無營，徜徉空山之間，物機息而天復，庶乎其可安也。若然，則亦于之不能遽釋于今之文〔五〕，有以也。謀國之大，不容小己。而求其事君之始〔六〕，莫不繇制義爲徑遂。雖士之輕萬物、薄千乘者，欲因時以自達，循其所守，能亢而不俯乎？是以亦于瑩心退照〔七〕，遍察今文，入意者寡而終行尺度之中，領雄分之絶。若曰士之見其上〔八〕，與其同爲士者〔九〕，必有贄也。吾得是而執以往焉，則亦可矣。夫寄情于太上，博涉賾稽，精物隱以極悟，而念猶不忘乎君臣，亦于之正也。樂其空曠之情、玄眇之思，而復斷之以致主，以贊其志朋友之義也。若然，則予之叙亦于之選，亦有以也。

【校記】

〔一〕本篇又見北大本《合集·古文存稿》卷五。

〔二〕「之」，北大本無。

〔三〕「夫」，北大本無。

〔四〕「而」，北大本無。

〔五〕「之」，北大本無。

〔六〕「而」，北大本無。

〔七〕「是以」，北大本無。

〔八〕「上」，北大本作「君」。

〔九〕「同爲士者」，北大本作「友」。

【繫年】

據文題「房稿」及前文作時，此文蓋作於崇禎元年（一六二八）會試後。

【箋注】

①此序徐郴臣時文選本《房稿香却敵》。《千頃堂書目》卷二十七《崇禎丙子科九年》：「徐郴臣《香却敵窩集》，字亦于，嘉興人。」《房稿香却敵》蓋即《香却敵窩集》。張溥序中雖認爲經學不盛、學風不古主要在於士子熱衷時文，但又指出，若欲事君，則莫不繇制義爲徑遂，顯示出張溥較爲包容務實之態度，此亦張溥成爲復社主盟之一因。

②徐郴臣，字亦于，嘉興府人。復社成員。康熙《嘉興府志》卷十七《人物二》：「明徐郴臣，字亦于。好奇負志節。丙子舉於鄉，有司重其名，欲一見不可得。庚辰，公車罷歸，已抵宿遷矣。聞友郁起麟病於賁縣之旅舍，星夜策蹇回視之。起麟死，經紀含殮，旅客見者相與嘆誦而去。越三日，以傳染得疾卒。兩櫬同歸，人稱死生交誼。崇禎年祀鄉賢。仲子賁，總角時，西銘張溥奇其才，以姪女妻之。季子維，以俠聞。」

房稿文始經序〔一〕①

世之所謂選文者，吾憂之。非憂其説之長也，以其無一辭之有而盛矜己之色，已不自憂而吾代之憂也。然而其人皆一時之不足道者也，則吾之憂亦可以絶矣。（此處眉評：張曰：「悱惻已甚。」〔一〕夫惟有豪傑之流，喜學問，善談説，藉人之力以有其名，而遽然僻行而不反，則君子於斯，不得不示以忠恕而加以慘怛，是蓋以憂悟之也。吾友貞符傷焉，因乎房書以寄其隆指，殆將重發其不平，以左右介生之選也。

夫介生之功之在天下，亦已深矣。貞符之從介生游〔二〕，亦有年矣〔三〕。淮右之風，素龐樸少文學，不樂乎鴻雅之訓〔四〕。獨貞符與凝玄處滁水之一隅〔五〕②，不遠千里，走事介生，備聞君子之義。歸而治經法，廣教化，公己之所有于鄉邑。故今淮之士〔六〕，盡軌于儒雅〔七〕，更節好行，翕然以詩書絃誦相得，皆二子爲之也。勤進不已，而宣意于所選，以明其訓士之正。貞符之志，于是乎益弘矣。

予蓋嘗考唐之世，滁有人焉。事母孝謹，淹究經術，性謇特，不近貴勢，侍御王先生是也③。貞符豈其後歟？抑有慕焉而興起者歟？夫既慕其爲人，必將有偉行顯問，昭于四方，豈徒文字之謂歟？則貞符欲出，而憂天下之憂，又自今始也。

【繫年】

據文題「房稿」及前文作時，此文蓋作於崇禎元年（一六二八）會試後。

【校記】

〔一〕本篇又見北大本《合集·古文存稿》卷五。

〔二〕「之」，北大本無。

〔三〕「亦」，北大本無。

〔四〕「乎」，北大本無。

〔五〕「與」「之」，北大本無。

〔六〕「故」，北大本無。

〔七〕「于」，北大本無。

【箋注】

① 此序王貞符時文選本《房稿文始經》。王貞符，嘗從周鍾游。生平待考。宋琬《安雅堂詩》有《乙未除夕同黄文仙賈韞生曹夢石馮虞卿王貞符王遴庵守歲》。

② 凝玄，嘗從周鍾游。生平待考。

③《新唐書》卷一百一十二《王義方傳》：「王義方，泗州漣水人，客于魏。孤且窶，事母謹甚。淹究經術，性謇特，高自標樹。……顯慶元年，擢侍御史。」

錢元玉王開度合刻序〔一〕①

元玉、開度時過予，言己之不得志于當世，意念深抑，若有憂者，然而其志廣矣。學在于有爲，而言惡其不及。施之于文，廓然大筆，眇邈之思，有不可得而畢書者焉。

迨予徵其少長，問其游處，則二子同方，所來已久。屋室之接，不必其近，而聲問聚答〔二〕，常若東西之家〔三〕。予益以感其論交者之非簡也〔四〕。何則？朋友之際，繫于五常，故重身而毋邇于辱〔五〕，慎交而無邇于禍，非必末事之謹也。（此處眉評：張曰：「交道中不可無此一篇。」）即賓請賜見、主請就家之始，其所爲致志，已無不至焉。後之人忽其説，而輕務于相若，則至意不副而煩其怨爭。毋論以禮相諭，其法不存。而話言之啓尤，飲食之召刺，往往以同里之人，而不當于傳言之列〔六〕，則視古者冬雉夏腒之文②，亦徒然而已，安望其行之克成乎〔七〕？

今二子惡斯道闕墮，而慨然有革薄之慮〔八〕，出入以情，而久常不渝〔九〕。援議經籍，著其晃朗，則一聲之合，無乎不諧。然後知罕見之曰「聞名」，亟見之曰「朝夕」。世之言鄉邦之識者多矣，未或過于是也。取友既良，而比文歸，則懷世典之傳人，豈復飾疑于况謂乎？夫昔者兩士之相見，必有一士介焉，以爲託言之人。二子之交，其言固無俟託之乎予，而予不能無言者，蓋以明如是之爲友也，即如是之爲文也。

【校記】

〔一〕本篇又見北大本《合集·古文存稿》卷五。

〔二〕「而」，北大本無。

〔三〕「之」，北大本無。

〔四〕「以」，北大本無。

〔五〕「故」，北大本無。

〔六〕「而」，北大本無。

〔七〕「安望其行之克成乎」，北大本無。

〔八〕「而」，北大本無。

〔九〕「而」，北大本無。

【箋注】

①此序錢璆賢、王亮《合刻集》。錢璆賢，字元玉，蘇州府常熟人。錢安修父。復社成員。王亮，字開度，蘇州府常熟人。復社成員。光緒《重修常昭合志》卷三十二：「王亮，字開度，常熟人。諸生，工鐵筆。」王本興《江蘇印人傳》：「王亮（生卒年不詳）。明代篆刻家。字開度，江蘇常熟人。明萬曆四十六年諸生。」

②孫希旦《禮記集解》卷六《曲禮下》：「士摯，冬雉、夏腒。羔、雁生執，雉則死持，亦取見危致命也。」

賀魯縫稿序〔一〕①

丁卯之冬，予遇魯縫于江上，是時維斗同焉。立談之際，以誠相開，意不復有彼此。

始信朋友之道，繫于人倫。抑《詩》所謂「既見君子」，其情猶是也。其後魯縫讀書于武丘〔二〕②，予每入郡，即與宴笑暢論，共發見聞，念在古處，有餘于辭。故一日之對，常有兼旬之樂，不自意其深也。

今魯縫理其春夏之業，命之梓人，而屬予以簡端之言〔三〕。予于是益有感矣〔四〕。士處一室之内，悲豫盈緒，苟懷其疏遐之契，不可得至，則將取其文而讀之，思其寄託而求所歸趣。（此處眉評：周曰：「清峻遥深，至此已極，然而無非情也。」）繇是著念往之辭，或爲切今之詠，無非周旋彼作，一示情賞。故羡言之貢，恒及于萬里之外，况朝夕諷玩，尤難脱忘者乎〔五〕？

予猶記魯縫之論文也，惡雜而取要，好信而棄僞，删其繁手，足以雅聽，衽席之上，時人之説不登焉。故其見于己之文也，亦無不然。虚華黜遣，齊于敦雅，極其才變，古書老生不能逮智。而本指所趨，聖者之設，自其規矩。則魯縫之言，可謂不欺矣。夫不欺于己而已有其誠，不欺于人而人服其當。繇其生有之質，爲議物之本。今之短篇大章，其四方之權衡乎？則予爲之長言，猶有不足者焉。豈獨瞻其一家，同于遥答也？

【校記】

〔一〕本篇又見北大本《合集·古文存稿》卷五。

〔二〕「于」，北大本無。
〔三〕「而」，北大本無。
〔四〕「于是」，北大本無。
〔五〕「尤」，北大本作「猶」。

【繫年】

據文中「丁卯之冬，予遇魯縫于江上，是時維斗同焉。……其後魯縫讀書于武丘」及《初集》刻時，可知此序作於崇禎元年（一六二八）至四年（一六三一）間。

【箋注】

① 此序賀王醇稿。賀王醇，字魯縫，鎮江府人，名列《東林黨人榜》《南都防亂公揭》。復社成員。與張溥交好，二人始交於天啓七年冬。吴山嘉《復社姓氏傳略》卷三：「賀王醇，字魯縫，丹陽人。諸生。與從父裳、從弟儒珍稱『鶴溪三鳳』，有《續名臣言行録》《續憲章録》。」康熙《鎮江府志》卷三十七：「賀王醇，字魯縫，晚稱雷平道人，丹陽人。父世壽，兄王盛，隸東林黨籍。明季時，父子並躋卿貳。王醇蕭然遠俗，刻苦諸生中，略無貴介子弟習。東南復社聲氣與東林並重，王醇偕楊維斗廷樞、張天如溥、錢吉士禧、楊子常彝等十數人實倡始焉。與從父裳齊名，時稱兩賀。少食餼，將叙貢，棄去。入北雍，滿積分例復承父廕，凡需次當得官者三，皆不就。沉潛深造，學日益純。本朝順治間，遭伯兄難，家屬徙邊，獨以黄冠免。隱居教授，年踰七十，向學不衰。所著有

《桑霞草》若干卷、《感應廣義》藏於家。」張溥此序藉朋友之道發端，以文思友，托寓友情，兼揭櫫賀氏屬文之旨，予以首肯。惡雜取要，好信棄僞，黜遺虚華，齊于敦雅，亦可視作張溥論文之旨。

② 武丘：即虎丘，唐初避諱改。

許伯贊稿序〔一〕①

【眉評】張曰：「每懷雲子讀《禮》之憂，惄焉如擣，讀此又下數行矣。」

雲子別予而之洞庭也，予泣而送之曰：「嗟乎雲子！棘人之哀②，今又將爲羈旅乎？雖然，主吾子者伯贊，世之所謂方聞也③。與方聞之士處，朝夕諷道，吾知其必有合也。子其可以行矣。」蓋是時雲子既當在憂，神體累削，爲其兄弟之戚者，大都有幽楚之氣，少歡樂之辭。余勉爲言，以壯其行。顧中心如擣，則甚于漣洏矣。

及雲子歸，道其與伯贊相友之善，卒如予言。予爲喜者竟日，視其筐篋，伯贊之文在焉。予發而讀之，優雅深厚，秩然經籍之篇，所喜又有過者。於是信爲文之指與取友之道，其意無乎不通也〔二〕。朋友之好，原其始合，皆在散遠。及乎不介，則千里之情，同于一室。是以賢邪既辨，義不共科，即有志于闊大者，不能更爲並容之説，亂其可否。而正人之與俱〔三〕，終身之性好氣尚，皆依以不易。繇是文字之倫，亦介然有君子小人之別。援此入彼，情所不答，姑與之推移而意常不至。斯亦國風之正變，人地時物各自爲區者也。

今觀伯贊之文行篤固〔四〕，齊于先民。而雲子以大賢之材〔五〕，日與相漸，則兩人之所成〔六〕，不已大乎！然雲子又爲予言著作之要，無取乎雜書碎義〔七〕，將棄其昔之所爲，而求乎前代之闕〔八〕。凡一書之成，足文采，齊道德，有非時之所得而議者焉。則伯贊與之一志，以推高其事，又豈有極哉？

【校記】

〔一〕本篇又見北大本《合集·古文存稿》卷四。

〔二〕「乎」，北大本無。

〔三〕「之」，北大本無。

〔四〕「之」，北大本無。

〔五〕「而」，北大本無。

〔六〕「之」，北大本無。

〔七〕「乎」，北大本無。

〔八〕「乎」，北大本無。

【箋注】

① 此序許元禎稿。許元禎，字伯贊，蘇州府人。復社成員，名列《復社姓氏録》。張溥此文首重友朋

之道，强調爲文之指與取友之道並無二致，取友當志同道合，志於遠大；爲文當作君子之文，文行篤固，文質兼美。

② 棘人：《詩・檜風・素冠》：「庶見素冠兮，棘人欒欒兮，勞心慱慱兮。」後居父母喪時，自稱「棘人」。

③ 方聞：博洽多聞。

易會序〔一〕①

【眉評】周曰：「當觀其一篇整散往歇，情深于文。」

《易會》之選，始于丙寅之秋，迄今日而始見成事。其爲時不已過哉！且選文之説，其初之欲予從事于此者，將合乎乙丑之文。今又舍所謂乙丑者，而從事乎戊辰之文。三年之内，所謂廢興者屢矣。一書之成，而多其新故之感，又何言哉！

雖然，天下之事，一人爲之，數人從而和之。非此數人也，則一人之事亦無所成。予之方汲汲于斯選也〔二〕，望天下而營四海，若是乎其有求也。求之而不得，則有疑焉。意者請之之有未至歟？或遠方之物不可以即致歟？不然，則代爲之請者無其人，彼我之意猶有未達歟？迨遲之而夢鶴②、平仲以其囊之所有歸焉③，然後弘士之業、貴人之篇得以次備。予于是取而高下之，賢者之説無乎不遇也〔三〕。以是信文字之美在于天下，求之不可勝求也。而予且曠時而不得，則求之者，非其道也。求之不得其道，而遂以疑天下之言《易》者無所爲美好于其間，是則予之過也。

及受先之臨汝，而大士、文止盡其存者以相與〔四〕④。不踰月而道吉、眉生、伯宗、俶子各以其方之文至⑤，予乃同雲子、石香訖其事而斷然行之。何則？學《易》之家，不一其處而難乎其人，有其人然後有其文，無其人則所謂有其文者，猶之乎無而已。是故其人是也，得一而可，况其多乎？其文是也，一辭而可，况其多乎？斷然行之而無疑，蓋于幾彖之旨⑥，或庶幾焉。雖然，不明其書，而輕議其文，聖人之所絶；不得其制作之原，而務多篇之爲貴，亦其書之所不許。《易》家之有選也，豈其盡人而有之乎？若是，則予之俟之三年〔五〕，遑遑然而不敢即出，亦有繇也。

【校記】

〔一〕本篇又見北大本《合集・古文存稿》卷四。

〔二〕「之」，北大本無。

〔三〕「乎」，北大本無。

〔四〕「而」，北大本無。

〔五〕「之」，北大本無。

【繫年】

據文中「及受先之臨汝，而大士、文止盡其存者以相與。不踰月而道吉、眉生、伯宗、俶子各以其方之文至，予乃同雲子、石香訖其事而斷然行之」等語，復據張采崇禎元年成進士，冬十一月赴任臨川，可知此文作於崇禎二年（一六二九）。

【箋注】

①此序社文《易會》。《易會》即《七録齋評選皇明易會》，張溥與朱隗、吕雲孚評選，著録於《正雅堂古今書目》（見《四庫全書存目叢書·歷代史論一編》四卷《二編》十卷，第一四三頁）。《易會》編選始於天啓六年（一六二六）秋，初欲綜合乙丑（一六二五）之文，後又舍乙丑綜合戊辰（一六二八）之文，完成於崇禎二年（一六二九）。張采赴任臨川後，雖未能親自組織和參與復社集會，但與張溥互通聲氣，遥相呼應。張采在臨川亦爲復社積極奔走，聯合陳際泰以遏制艾南英，著力張大復社。張采又在臨川組織合社，與復社唱和呼應（張采《合社序》），同時又徵集陳際泰、羅萬藻之社稿，寄送張溥以編成《七録齋評選皇明易會》。張溥此序由《易會》所選之艱難，論及同社諸人之交誼。全文「整散往歇，情深于文」。中云「天下之事，一人爲之，數人從而和之，非此數人也，則一人之事亦無所成」，其堪任復社主盟，於此亦可略窺一斑。

②陸銘勳，又名運昌，字夢鶴，錢塘縣人。復社成員。吴山嘉《復社姓氏傳略》卷五：「陸銘勳，字夢

鶴，後改名運昌。崇禎甲戌進士，除永豐令。丁艱，服闋，遷吉水，以治績聞。未幾，病卒。」生平詳見陳子龍《安雅堂稿》卷十三《吉水令夢鶴陸公傳》。

③王志長，字平仲，蘇州府崑山人，王志堅仲弟。復社成員。吴山嘉《復社姓氏傳略》卷二：「王志長，字平仲，臨亭次子。崇禎庚午舉人，庚辰中乙榜，奉特旨與甲榜同授官。感夢以歸，遂不出。自題其文曰《晚香集》。」生平詳見《明史》本傳。

④羅萬藻，字文止，撫州府人。復社成員。《明史》卷二百八十八《羅萬藻傳》：「羅萬藻，字文止，世純同縣人。天啓七年舉於鄉。崇禎中，行保舉法，祭酒倪元璐以萬藻應詔，辭不就。福王時，爲上杭知縣。唐王立於閩，擢禮部主事。南英卒，哭而殯之，居數月亦卒。」

⑤徐貞一，字俶子，宣城人。復社成員，名見《復社姓氏傳略》卷四。

⑥幾象：指《周易》。《文選·王僧達〈祭顔光禄文〉》：「義窮幾象，文蔽班揚。」李善注：「幾象，謂《周易》。」

程墨表經序〔一〕①

【眉評】周曰：「天下有一文而壽萬年如日月者，此之謂乎！」

十五國之風會，介生論之備矣。本地俗而懷仁義，念物情而傷流失，因立文之意，以求天下之賢，是其正也，亦何損益之有？然而仁聖聿起〔二〕，人人欲明其駿遹，吾黨尤殷勤焉，不可以一而止也。往者奸徒繁薈，正士屈抑，著焯爍之言者②，即慮有幽疑之獄③。是以文人匿采而不宣，寧爲聾瞽，勿爲聰明。今則其志出矣。

夫際因于所善，語當于所可。雖賤若埜虞，亦生流唱之美，發誠心之歡。況深衣方領，其科應于五文，號曰君子者也。蓋君子之興，正經之立也。觀乎往矩，治則聖經先辨，亂則聖經先隱，周秦漢魏之事，可得而知已。孔子折衷群聖④，身立人極，領乎玄王素王。而後世誦説之士累贊怡懌，名爲周之文人⑤。繇知文人之稱尊貴重大，不得輕也。夫不苟其名，則當全其義。籠總而命之，不獨説《書》者，「欽明文思」以下，篇家可問也。入國知教，六者俱見之矣⑥。即以時文質求，服者，服此者也；序者，序此者也。身服其事，而口序其文，非此則下矣，散矣。君前不臣名，父前不子名，皆謂非禮。祖作經之人，而隱本家之書，是君父之前可不名臣子也。且六經之懿，亦何者不得哉。揚厲有可信之辭，體禮有不惑之效，鴻筆之臣，未有眇望荒流而忘始基者也。

故予于觀讀之際〔三〕，簡策糾煩，青黄糅紛。苟接《五經》之一句一字，肅然如見先生焉，歡然如遇己之宗人焉，不自知其意徙也。若夫全列經意者，其文益清矣。闢穿全理，而它物不亂〔四〕，違于世之才色修聲，而初分自足，其賢妙豈四人之儔、二人之匹哉？行於天下，而人存與存，不以竹帛爲年紀者也。是以受先厲行範文，區其淑郵，毋論盧首之與秀髮〔五〕，必繩以經術，每義形顔色，予少迂之。而介生、維斗數子竊歎爲「言者無罪，聞者足戒」也〔六〕。所悲者，四海之内，不乏深才美智，而好甘異言，雖賢於博弈，離道遠矣，然而亦徑也。

夫好奇則必知古，知古則必知經，知經則必知所以爲人，至于知所爲人而文已畢精矣。故駁而不純之文，予所甚惡也；才而不德之士，亦予所甚惡也。而終反覆不能舍〔七〕，以爲文苟能駁焉，士苟有才焉，使其日增月改，漸與正邇，必有悔悟之心生，以求揖讓於孔子之門也。况會當隆平，不羞庸庸之實而逐讕讕之聲，既非上喆所以自勉，兼失人臣報國之意，罰莫重焉。此予一編之尤慎也夫。

【校記】

〔一〕本篇又見北大本《合集·古文存稿》卷五。

〔二〕「而」，北大本無。

〔三〕「故」，北大本無。

〔四〕「而」，北大本無。

〔五〕「區其淑郵，毋論盧首之與秀髮」，北大本作「每見學者」。

〔六〕「而」，北大本無。

〔七〕「而」，哈佛本、北大本作「然」。

【繫年】

據文題「程墨」及文中「仁聖聿起，人人欲明其駿遹，吾黨尤殷勤焉，不可以一而止也。往者奸徒繁薈，正士屈抑，著焯爍之言者，即慮有幽疑之獄」「况會當隆平」等語及陸世儀《復社紀略》「歲戊辰，諸家房選出，若馬君常、宋羽皇、吴巒稚、項仲昭、荆石兄輩，各有選本，千子皆無譏焉，獨取天如所選《表經》詆毁之」等語，可知此文作於崇禎元年（一六二八）會試後。

【箋注】

① 此序時文選《程墨表經》。程墨乃選集鄉會中式之文。張采《知畏堂文存》卷一《具陳復社本末疏》：「本朝制科取士，因重時文，凡選鄉會中式文曰程墨。」《程墨表經》，張溥編。是書今未見。著録見於《復社紀事》《復社紀略》。吴偉業《復社紀事》云：「先生歸，盡發篋中書，視其傳寫之踳駁，箋解之紕繆，點定而鈎貫之。於制舉藝別芟訂以行世，顏曰《表經》、曰《國表》，昭本志也。」陸世儀《復社紀略》卷一云：「歲戊辰，諸家房選出，若馬君常、宋羽皇、吴巒稚、項仲昭、荆石兄輩，各有選本，千子皆無譏焉，獨取天如所選《表經》詆毁之。」崇禎新政，清理舊弊，賜死魏閹，時風爲之一新。張溥此文頗有揚眉振興之感，强調經學與時風並進，爲人與治經一致，故甚惡駁而不純之文、才而不德之士。然又抱寬大之懷，期其終至於正道。

② 焯爍：光彩貌。《漢書·揚雄傳》：「隋珠和氏，焯爍其陂。」顔師古注：「焯爍，光貌。」

③ 幽疑：暗中懷疑。

④《史記》卷四十七《孔子世家》：「天下君王至于賢人衆矣，當時則榮，没則已焉。孔子布衣，傳十餘世，學者宗之。自天子王侯，中國言六藝者折中於夫子，可謂至聖矣！」

⑤王充《論衡》卷二十：「孔子，周之文人也。」

⑥《禮記·經解》：「孔子曰：『入其國，其教可知也：其爲人也，温柔敦厚，《詩》教也。疏通知遠，《書》教也。廣博易良，《樂》教也。絜静精微，《易》教也。恭儉莊敬，《禮》教也。屬辭比事，《春秋》教也。』」

房稿表經序〔一〕①

【眉評】張曰：「大聲言之，又慎心出之，君子之文也。」

經之爲重于天下，不待今日而明之也〔二〕。然而所以爲輕重者〔三〕，則有時焉。夫重而不輕者，經之質也。經而至于時輕時重，非承學者所敢言也，自後世之人爲之也。若是，則予之振振言經，雖出于無如之何，蓋亦將戒懼焉。是故盛氣而排人，與夫率意不通，而務盈其貌以表勝，不習于經者有之矣，習于經者無之也。凡此皆尊聖賢，禁左道，已學而與人共爲之指也。繇今觀之，數年之間，廢興可得而論已。當夫時文一趨，士人之志日以荒下，諸子之説，耳目不近，未知天下之有其書，作書之有其人，况乎《五經》之極深也。

自介生于西戍之文倡用其説，而四方始改形易慮〔四〕，樂于道古。然倡者之意反且復之，主于接識人倫，正以聖人之事，而先使之就將高明，易于遵道遵路，顧無若其知之者寡也。没美而爲之，得失之際，或有甚焉。要之，古學則已立矣。歷乎子丑，百家競興。予與受先閉一室之内，静自祛練〔五〕，以爲德言之途，久變極反，繼此而王者，其惟六經乎？是以志獲同方，去介生之居五百里〔六〕，而動静語言，若與之應。于是介生發憤正業〔七〕，聚一代之文，而嚴爲次第，號之《經翼》。乃兩易寒暑，視所裒輯，率多大家舊文。覽乎近日，即深微辭之傷，若是乎事之難成，汲汲乎來者也。

今則經文忽彰，而聖人作焉。治氣之感，證效不惑，顧念向時之言，有其預者，未嘗不相對以怡也。然而人之爲言，命意在彼則盡于彼，命意在此則盡于此。以今日而言經，所謂在此者也。言經而底于爲人，所謂盡此者也。試以經質之于人，觀乎字形，不離三才，則知其無邪矣；觀其擬言，不踰五倫，則知其近人矣。

故予嘗謂使今日有武健之子②，日取《五經》，摹而書之，左右周接，無非鉅人之名、大雅之字，趨而之善也疾焉。矧相漸于意，尤有神明者哉。然則爲之若是其易，而人與文俱難之。何也？蓋其始病于作法之異，而其既危于疑人之甚，則言有不能入者焉。抑知善無不可爲，經無不可學。即人之好名者而實其所用，慕君子而從之。初而事其話言，久之而其行是焉，又久之而性情無非是焉。

若夫學者之通經，繇奇以反平，因辭以達本，其道亦猶是也。夫天下方慮道之深玄不可遂即，而一開其途，經術之率循曉然。若從善之易，雖在童子，無不知其可爲也。是以余勤渠于篇章③，而美愛之言，字句不齊，且欲以是精知天下之正人讜士耳。亦何嘗放意而博之，一法而圄之哉？

【校記】

〔一〕本篇又見北大本《合集·古文存稿》卷五。

〔二〕「而」，北大本無。

〔三〕「而」「者」，北大本無。

〔四〕「而」，北大本無。

〔五〕「自」，北大本作「目」。

〔六〕「之」，北大本無。

〔七〕「于是」，北大本無。

【繫年】

據文題「房稿」及文中「歷乎子丑，百家競興，予與受先閉一室之内」「于是介生發憤正業，聚一代之文，而嚴爲次第，號之《經翼》。乃兩易寒暑，視所裒輯，率多大家舊文」「今則經文忽彰，而聖人作焉」，可知此序作於崇禎元年（一六二八）會試後。

【箋注】

①此序周鍾時文選本《房稿表經》。天啓初期，海内文社最著名者，一爲豫章派，即江西臨川陳際泰、羅萬藻、章世純、艾南英，號稱「章羅陳艾」；一爲萊陽派，即山東萊陽宋玫等父子兄弟，聲勢不廣，但科第最顯；一爲金沙周鍾（參廖可斌《明代文學復古運動研究》）。而周鍾有超過豫章之勢，陸世儀《復社紀略》卷一云：「（周鍾）《房選華鋒》出，時尚一新，天下競稱之。由是，向日推豫章者，相率而推金沙矣。」故在天啓三年（一六二三）冬，張溥與張采便前去向周鍾求教，與之連續辯難一晝夜，最終爲之所折服，欣然與之結盟。回來後，張溥放棄學習樊宗師、劉知幾，而轉向專攻經史，在歲試中一舉奪冠。事見《復社紀略》卷一。張溥此序感嘆士子趨於時文，志向、經學俱廢，故有天啓間與周鍾、張采重經之事，復有關於崇禎新政，倡善無不可爲、經無不可學之論，持由奇反平、因辭達本之望，由言經而底于爲人，以期改善士風。

②武健：指勇武剛健者。蘇軾《策別・厚貨財二》：「天下武健，豈有常所哉？山川之所習，風氣之所咻，四方之民一也。昔者戰國嘗用之矣。」

③勤渠：猶殷勤。《資治通鑑・黄初四年》：「苟能慕元直之十一，幼宰之勤渠，有忠於國，則亮可以少過矣。」

卯辰程墨表經序〔一〕①

【眉評】張曰：「寂寂數言耳，他人累楮青白，正不能及。」周曰：「文亦似諸經之斷例。」

次程墨者，必兼春秋兩試之文而舉之，所以足其事也。故人所見聞者及焉〔二〕，所不見聞者及焉。或失于前而備于後，或逸於他本而此存之，皆成事之道也。如余于丁卯之墨，緒論見矣。今復申説焉。蓋錯綜而列之，亦有不可廢者，在其塗也。然則因乎其時而形之于選〔三〕，因乎其選而有爲之辭〔四〕，其説亦可得而變與？

夫君子之自治也嚴，而責人以約。居己于不能，而人無不爲其可爲，故引而之教也。方員左右，有數端焉。若其不變者，一端而已。且人之難余者，各執其數端以相望，而欲余遷其一以應之，則幾乎窮矣。雖然，寬以俟之，人之言已静也。觀乎所以爲律，而身正焉。吾之立者，可以不屈也。則以今清明之日，而論其一時進身之士，雖功在筆説，非義之無私者哉？若是而程墨之爲選〔五〕，隱之者罪也，濫之者亦罪也。天子及乎庶民，不同位而摠名之人；六藝之治，不一法而摠名之經。文可非經，則人可非人與？余之正告者，猶之乎初而已。

【校記】

〔一〕本篇又見北大本《合集·古文存稿》卷五。

〔二〕「故」，北大本無。

〔三〕「乎」，北大本無。

〔四〕「乎」，北大本無。

〔五〕「爲」，北大本無。

【繫年】

據題目「卯辰程墨」及文中「則以今清明之日，而論其一時進身之士，雖功在筆説，非義之無私者哉」等語，可知此序作於崇禎元年（一六二八）會試後。

【箋注】

①《卯辰程墨表經》，張溥選。張溥前有《程墨表經序》，此序復申論之。

行卷大小山序〔一〕①

【眉評】張曰：「實有斯文之憂，故辭不嫌數，豈概同于簡首之弁言哉？」

文字之有選，豈得已哉！觀乎洪瀾，惻隱之意勤焉。顧慮人之多言，不可以直，將自止也。而又迫于昧行之衆，聞非道不知其過，見其下者而以爲賢，苟聽之而不與之正，則終于荒矣。不顯不明，而庸人之志安；彌縫于物，而聖人、君子、善人、正人之四選廢②，亦誰之郵也？是以修業之士盛怨而不避，無名而爲之。蓋知罪之本末，不言之有甚于言也。

即如今衡文之家〔二〕，林林乎夫人而命之矣。寓好惡于他人之作，而號曰己書，使天下訓焉行焉。非其度，其身可議也；非其律，其聲可放也。若然，則師繁諸，胡爲乎古人之一尼父也？昔之矜周孔者，擾擾于胸中；而今乃達話達言之不息，忿詾形矣，急争之而人弗屬。其有昔之讀其書者，論是與否，即不合而猶有見焉。而今且無所觀，而自言無所遇于古之人，而謂己成，孰其何者本也？則予之惕然于斯選也。將胥匡之，亦云救也。

夫著作之難，前人序之矣。聚其血氣，而發其愁苦，以爲謀而逮耇，勞損日見，失乎黄老養生之旨〔三〕。而志士不畏，戮力于哀重，甚言其可悲也。蓋盡人之百年，爲日不過三萬，而欲周浹事物〔四〕，歷天下之書，別名義，分節數，積必使其用，問必知其出，亦已難矣。獨制義之爲説，則有減也。科不外于四子之書與一經之學，櫛比而達之，十年則大成矣，三年則可小成矣。若粗言其通，因步驟之正，而無紆路之傷，觸于恒辨以自起意〔五〕，日與月亦得至焉。而又整約于聖賢所刺論，非復景外之説、荒宴之事，則情氣不蕩，知重廉耻，益爲漱浣潔清之務，節身之便，無前于此。夫外無鑽礪之勞，而内有長厚之益，咨諉不盡假于人，而施之有旦夕之效，宜人人樂之矣。而服習者少，則自安之念重也。蓋天下事勉于難，則人强其難；安于易，則人日以易。數月之功，損爲一月，必棄其數月者矣；百篇之要，損爲一篇，必棄其百篇者矣。不樂山之高而從水之下，順逆之勢也。况積精既殊，而程驗相闊〔六〕，亦何以諷乎？故安而不進者，下士之爲也。已安之矣〔七〕，而畏人議己，即有道者未之有辭，而疑怨以形，不好反而尚其口。此緝緝翩翩之徒③，又甚于下士也。

予與介生、受先、維斗諸子相勵考古〔八〕，愧如前者之難，一言一行，未嘗敢有佚易之色、鳴豫之辭。而不察者惑爲鋒距，則益嘆己之不德矣。責己恕而責人詳，道之大禁，帣髮之時，固已兢兢矣。而要不能無所托，以明德之可爲，玼之當去，其殆狂夫也哉！使從此晏如，士各敬業，永繹于先王之紀，則余可以無選矣。

【校記】

〔一〕本篇又見北大本《合集·古文存稿》卷五。

〔二〕「即如」，北大本無。

〔三〕「乎」，北大本無。

〔四〕「而」，北大本無。

〔五〕「觸」，北大本作「觴」。

〔六〕「而」，北大本無。

〔七〕「已」，北大本作「既」。

〔八〕童潤吾本「相勵」下原爲錯簡，據哈佛本，其末尾見原書本卷頁三十九，現調整於此。

【箋注】

①此序其時文選本《行卷大小山》。是書今未見。行卷者，舉人之作。

②《論語·述而》：「子曰：『聖人，吾不得而見之矣；得見君子者，斯可矣。』子曰：『善人，吾不得而見之矣；得見有恒者，斯可矣。亡而爲有，虚而爲盈，約而爲泰，難乎有恒矣。』」

③緝緝翩翩：形容交頭接耳、花言巧語。《詩·小雅·巷伯》：「緝緝翩翩，謀欲譖人。」高亨注：「緝，通『咠』，附耳私語也；翩，讀爲諞，花言巧語。」

增補舉要録序〔一〕①

【眉評】張曰：「憂時憫俗之意，出之簡約，其言轉深。」

二三場之不得其説也，皆繇于人之易視之。其易視之者，非以爲不足學也，以爲學之而不及于用，則相與棄之也已。棄之日久，而其説彌下，一旦欲出而責其所能，則勉以可應者爲言，而稽于所不信。于是守其鈔撮之文，而没其論議之實。君子常傷其身之已榮，而言之無體，則智識淺寡，同于堙曖②，安在有達人之名乎？

予與介生諸子思所以救之，則將因人之讀而廣爲之數。然約之歸指，則已疏矣。論策四六之文，應乎大科而難其稱説。若欲挈綱整目，言之有條，則今古之業，畢其經營。不假之數歲，身度口籌，猶有未至。苟給對而已，則短言瑣記，足以赴便。逮其時而謀之，不周十日之功，皆曰可矣。高而爲之，其事已僭，末學懼焉。且學者之緩急，必繇于居上之好惡。今之主文者，溺近而忘遠，盡其涉筆之情；及于經義，即已爲勞，若無庸焉，矧其他乎？是以科目之出，人名傑然，而末場之作，忽而不道，此予所私用憤邑。竊議爲當今制舉之格，宜損其兩試，并之一日。蓋深悲其無用而費時，上無所取之，而下不必其見答也。

夫覽衆人之志，則安常而不言；察當事之令，則曠績而不究。然則閔閔以存，其謂之何？或者就所流閱，發其尤異，科不必其多人，而得其一即可以爲訓。則孔子之書，姬氏之籍，不至雍絶于王道也。繇是踵舊文而增之益之，庶有當焉。然而本學不明，以末事爲功者，極天下之智，亦及末而止，則予之選，猶其末者而已。

【校記】

〔一〕本篇又見北大本《合集·古文存稿》卷五。

【箋注】

①《增補舉要録》爲時文選本，張溥纂輯。雷夢辰《清代各省禁書匯考》：「《舉要録》，明末婁東張溥纂輯。」是書今未見。

②埋曖：埋没不顯。《後漢書·申屠蟠傳贊》：「韜伏明姿，甘是埋曖。」李賢注：「埋，沈也。曖，猶翳。」

黎左嚴稿序〔一〕①

【眉評】周曰：「其矯首不顧，控送自如之致，自命古人不淺。」

江右之爲教，其功已見于天下矣。凡士之習其文者，莫不潔誠好學，務于古人之途，自明貴重。而功名之徒猶病之以爲無庸，曰：「此之業，終其身于士而已矣，非士而欲仕者之所理也。」若然，則正人之辨詘焉，戛戛乎其難勝之矣〔二〕，而要不可以窮也〔三〕。夫道德之士不樂言功名，功名之士不樂言道德，命于所性，弗能强也。故趨乎功名者〔四〕，且與略道德之論，而以功名之説正焉，庶乎其猶有止也。則左嚴今日之遇，可舉而告之矣。

左嚴持己端雅，趨翔不苟，其于正經之本，殆身安焉。不徒在其誦命辭説也〔五〕。然率以爲制舉之文，則高矣深矣，非獨下者弗習也。即時所榮競，號爲子家一流之業，左嚴皆遠而不與，宜無所當于得志之人矣。而識者尊之，進于非常之等，此其道何出哉？且數年以來，論元者忽神理而尚膚澤，獨左嚴以經術居前，而受先樸學〔六〕，名亦相與兄弟，金元甫先生咸歎爲未有之才②，衆難庶幾，位之第一者數矣，而卒失于一間。雖時會之不偶〔七〕，要所謂元家之實，二子未嘗或傷也〔八〕。然而左嚴之所遇〔九〕，往往而奇，又非一矣。

蕪湖沈青嶼先生③，吾友崑銅之尊大人也。博通好古，於名人傑士有自然之情。丁卯之役，左嚴不出于其門〔一〇〕，而力爲汲揚〔一一〕，得在第十二人之列，固已異矣。迨左嚴與予言己之所以遇之者〔一二〕，又恒情所不度也。素未識沈先生，而意獨必其爲能知人。應制之作，任情搖襞④，未嘗一言近富貴，而惟先生嗜好之是求，斯豈有符節于其間哉？類同而氣清，外物莫之與間。故厄於前而遇於後，非其弟子而爲之師，理應然也。

況乎左嚴高騫〔一三〕，而建武之元公⑤、君斷各以淵思灝論獲知於世〔一四〕⑥。則一德之喻〔一五〕，又安可誣哉〔一六〕？是以學者志在强力，則出處可必而所往得通。即以江右言〔一七〕，江右厚積而寡逢者〔一八〕，莫若臨汝之大士、大力、文止〔一九〕。而慕義敦行之流從之受經〔二〇〕，不遠千里，未嘗見布衣之可輕〔二一〕、王公之足尚〔二二〕。而矜乎勢利者〔二三〕，偃仰求食，則又有左嚴、元公、君斷先鳴躍以示吾道之有用，折其氣燄而峻其廉隅。江右之教隆隆始焉〔二四〕，亦何所負於天下哉〔二五〕？且俊茂聿起，葵社將主王風之盛〔二六〕，推其姓名，若劉、鄧、陳、徐諸子〔二七〕，俱繫籍南州〔二八〕，左嚴正其鄉人之已行其道者也。聖明在上，容容必不盡福。書此相勉，凡我兄弟，可無援琴而鼓《蕩之什》矣。

【校記】

〔一〕本篇又見北大本《合集·古文存稿》卷五。

〔二〕「乎」，北大本無。「之矣」，北大本作「乎」。

〔三〕「而要不可以窮也」，北大本無。

〔四〕「故」，北大本作「抑」。

〔五〕「在其」，北大本無。

〔六〕「而」，北大本無。

〔七〕「之」，北大本無。

〔八〕童潤吾本「或」以下原爲錯簡，末尾實見本卷頁三十五。

〔九〕「而」「之」，北大本無。

〔一〇〕「于」，北大本無。

〔一一〕「而」，北大本無。

〔一二〕「之」，北大本無。

〔一三〕「乎」，北大本無。

〔一四〕「而」，北大本無。

〔一五〕「則」，北大本無。

〔一六〕「哉」，北大本作「乎」。

〔一七〕「是以學者志在强力，則出處可必，而所往得通，即以江右言」，北大本無。

〔一八〕「江右」，北大本作「江右名士」。

〔一九〕「臨汝之」，北大本無。

〔二〇〕「而」，北大本作「然」。

〔二一〕「之可輕」，北大本作「輕於」。

〔二二〕「之足尚」，北大本無。

〔二三〕「而矜乎」，北大本作「及矜」。

〔二四〕「隆隆始焉」，北大本無。

〔二五〕「亦」，北大本作「又」。

〔二六〕「且俊茂聿起，葵社」，北大本作「近者葵社一選」。

〔二七〕「推其姓名，若劉、鄧、陳、徐」，北大本作「其中劉士雲、鄧左之、陳士業」。

〔二八〕童潤吾本《七録齋論略》「俱繫籍南」以下原爲錯簡，末尾實見本卷頁四十二。據北大本可證。

【繫年】

據文中「庶乎其猶有止也，則左嚴今日之遇，可舉而告之矣」「丁卯之役，左嚴不出于其門，而力爲汲揚，得在第十二人之列」等語，考黎元寬崇禎元年進士，可知此序作於崇禎元年（一六二八）。

【箋注】

①此序黎元寬稿。黎元寬，字左嚴，一字博庵，晚號褐博，江西南昌人。天啓七年舉人，崇禎元年進士。光緒《江西通志》卷一百三十八《列傳》：「黎元寬，字博庵，南昌人。崇禎進士，授工部主事，榷浙南關。歷兵部郎中、浙江提學副使。明亡，絶意仕進，構草草廬於谷鹿洲，日與及門講貫周秦以來古文之學。順治初，有薦之者，以母老固辭。年八十，以壽終。著有《進賢堂稿》。」生平詳見齊之千《兼齋文集》卷六《褐博先生傳》。

②金秉乾，字元甫，江陵人。黎元寬之師，姚希孟同年。乾隆《江陵縣志》卷二十七《人物》：「金秉乾，字元甫。萬曆己未會魁，選翰林庶吉士。魏璫專權，力請終養。里居七年，與諸同志爲文酒之會，絶口不道時事。崇禎初，以清望擢用，歷經筵講讀，晉宫詹。以勞瘁終，贈禮部尚書。」

③沈希韶，字青嶼，蕪湖人。沈士柱父。光緒《宣城縣志》卷二六《寓士》：「沈希韶，字青嶼，蕪湖人。令新昌，豫章名流，延攬殆盡，循聲著甚。擢南御史。未遇時來宛，與錢宏謨、殷之輅、唐一灝同研席者數年，四人俱得雋，里人侈譚之。希韶子士柱，與宛中諸子結會敬亭，勤相過從云。」

④摇襞：擺弄。《南史·庾易傳》：「徒以烟墨不言，受其驅染，紙札無情，任其摇襞。」

⑤黄端伯，字元公，建昌新城人。朱彝尊《静志居詩話》卷二十：「黄端伯，字元公，建昌新城人。崇禎戊辰進士，除寧波推官，改杭州，歷禮部郎中。南京既下，死于市。有《瑶光閣集》。」生平詳見徐鼒《小腆紀傳》卷第十六《黄端伯傳》。

⑥ 過周謀，字君斷，號蓮谷，新城人。同治《建昌府志》卷八《人物》：「過周謀，字君斷，號蓮谷，新城人。父諸生聞韶，字宇和，游南城羅汝芳門，多實行，卒祀鄉賢。周謀博學善文，崇禎戊辰進士，任寧國知縣，清查積蠹，置吏汪希瓏、虞尹福于法，革火耗羨餘，捐俸修復楓樹嶺哨臺，請兵防守。時集諸生講學。歲旱，禱雨即應。調崑山，又調仙居，卒於任。著《北役草》。」

周仲馭稿序①

千里之外，一庭之内，若以人之氣類言之，寧復有遠近乎？是以知者不必其親，親者不必其知已。古之人重兄弟之義而當之，即難乎其辭，亦慮夫自然者之不可以勉也。則今者望江之南，而稱人兄弟，舍仲馭與簡臣、介生，其誰歸哉？

夫三子年相次第，而其名同在四海。推諸言動之本致，好惡之大常，亶與之副，非若世之沃澤，以求其聲也。然而三年之間，窮達異焉。仲馭將出而行其道，而簡臣、介生至於傷棘人②，悲莪蔚③，京京不已④，謂之何哉？乃仲馭之所以視之者，則已至矣。周旋大故，而極情不及。「脊令」之章，學者誦焉。且榮樂美路，世所疾趨，而三子之性情，取舍獨異。故立於家庭之間，獨行其不阿之志，尤俗軌之難遣者也。然則與之遊者，悦其仁義而忘其得失，未嘗見灼灼之可矜、焦萃之足棄，所固然矣。

予與維斗兹者之來，介生執袪而語曰：「子之行，毋忘仲馭。」及入燕，而簡臣之牘至，所以鄭重仲馭者，未有殊焉。予於是益感兄弟之稱，若此者，可謂不虚也。夫君子而齊有行，其學〔一〕。

【校記】

〔一〕「其學」下，童潤吾本、哈佛本、臺灣本俱闕。

【繫年】

據文中「然而三年之間，窮達異焉。仲馭將出而行其道」及「及入燕」等語，考周鑣崇禎元年成進士，可知此文作於崇禎元年（一六二八）張溥選貢入京不久。

【箋注】

①此序周鑣稿。周鑣，字仲馭。詳見《初集》卷一《周氏一家言序》注。

②棘人：《詩·檜風·素冠》：「庶見素冠兮，棘人欒欒兮，勞心慱慱兮。」鄭玄箋：「急於哀慼之人。」後以居父母喪時，自稱「棘人」。

③莪蔚：即蓼莪，謂子不能終養父母。《詩·小雅·蓼莪》毛序云：「《蓼莪》，刺幽王也。民人勞苦，孝子不得終養爾。」

④京京：憂愁不絶貌。《詩·小雅·正月》：「念我獨兮，憂心京京。」毛傳：「京京，憂不去也。」

史緒序〔一〕①

【眉評】周曰："言史文精隱厚密，必身爲之，始詳知之。"張曰："此種皆天如舊作，要其論辨自不可廢。"

五年前，見社兄子常、麟士畫題千餘，各疏所得，托象在時賢之作〔二〕。而采第惟古，凡典章事數、人物體號之崇替得失，詳究奇焉；裂帛殘竹，必加抽撿。有覽及萬篇，裁一二合，則相對珍玩，紙靡墨渝，歸于篋笥，勤護不給，極其情至，亦可謂過《國風》之好色也②。又義求準當，字輒毛舉，申明噍之力，排較于斯，秖以惡飾垢弊，章其光實。故或一義獲存〔三〕，而剥無完處。撰者文僅滿幅，而註訓翻評，敷切數千言。方漢唐治經專家，富倍百常，余未嘗不偉其説而心迂之。及與質所立旨，則確乎最褢矣。

意謂今山古山，今月古月，睋者異形，移之《詩》《書》六藝，益甚遷徙。如上世有紀、譙、羅之流，好奇輕信。歐陽、蘇氏諸子概以可疑者爲妄，盤盂高文，要歸陁陊③。且解經之難，徵事苦于論理。彼稱説天命者，有甚深之名。然使人率初而造，恒得到語。若夫證已去之昔人，明夙成之古制，象似敞顯而隱互委積，非弘通環瑋、沉静淵識之士，莫與爲定。康成④、景純⑤，代推傳人，猶大則不辨尊宗，小則脱遺㓩字，其他有不自絶閈庭者乎？

然則子常、麟士既渉思百家，揎釁漂説⑥，以輔掖四字，盍學方山錫玄之書⑦，删紕補闕，自成著作。令天下攬其洞涉，樹領扶服，擅有隆譽。顧程量帖括，停章妥句，切切經生之言，何與？嗟乎！此兩人先民之懷，正史所繇起也。夫人士凌遽，秖貴才尚。才勝而不學，則應接寡具；或學焉不知其要，是其一得，倜倡紛遝，以勇見劣，皆非能史之徒也。所謂史文者，位必居理，語必就職。發揚鉅典，當擎裘領，條陳衆宜，要顯毛目。資寔則排當貴核，布虚則頭訖欲清。代前人之口輔，戒自開議；從本文之溝塍，惡建新體。固弗可以鋪棻夸盛，焘冪稱峻也⑧。

是故，雖有鴻藻景鑠之姿、烟涵雨散之辭，設柬史家律例，跌踦多礙，亦幾于洪水之在坎、剛蟲之有耩矣⑨。蓋不讀《賈子》，不知武王輕劍擊紂之妄；不繙劉眈所書《吕梁碑》文⑩，不知堯舜同姓嫁娶之誤。即其一端，史文之匡救古聖，績可累舉，而造作梗概，又約于大家之矩。始祖功令亦因炤爛，斯之爲創，性與法所同盡也。上者文無多言，清通簡明，前後之疑白焉。次亦比析周瞻，情韻不匱，非時手可用改績，以博起事，而以雅立功。

夫文章之衡閾，詣臻于雅，即字窮音斷，皆至文所蓄，歸趨殫遠，其勳伐不獨被史也。故子常、麟士之選，準今度古，使觀者先讀文義，曉于規憲，徐究考索，駁取昭整，不僭不差，咸與知《爾雅》之原。不離握卷，衆經雜史，秩然來會，視薛陳所輯，直末之爾。乃囊括有年，書問罕應，豈幽遐之不聞與〔四〕？抑俁俁碩人⑪，托致廣潒⑫，而薛越此也？滑脂游戲之章，足以蕩性傷氣，而世多溺之如笙竽，假易其好以稍斷據于正書，時與日猶不甚閑也。

夫淹遠者出其所熟，不難驅遣毫楮；而單儉少儲者臨摹以進，亦得涉足古人唐中⑬。漸有厚睟，顧且絶而莫和，倘亦朋友之過與？余于是憯焉不已，思心裛絡，謀之介生、受先諸兄弟，取史之想似者，聊彙以代短檄，庶同類接望，不以爲避。將天下以制藝投子常、麟士者，當擬于西漢之郡國文計也⑭。

【校記】

〔一〕本篇又見北大本《合集·古文存稿》卷五。

〔二〕「時」，北大本作「前」。

〔三〕「故」，北大本無。

〔四〕「之」，北大本無。

【繫年】

據文中「五年前見社兄子常、麟士畫題千餘，各疏所得」等語，復據前文作時，考張溥天啓四年結識楊彝，可知此文作於崇禎元年（一六二八）。

【箋注】

① 此序楊彝、顧夢麟《史緒》。序中論史文「上者文無多言，清通簡明」「次亦比析周贍，情韻不匱」

「以博起事，而以雅立功」「夫文章之衡閾，詣臻于雅」云云，頗資參考。

②《史記》卷八十四《屈賈列傳》：「《國風》好色而不淫，《小雅》怨誹而不亂。」

③陁陊：崩塌。《文選·張衡〈西京賦〉》：「程巧致功，期不陁陊。」張銑注：「皆擇巧匠以致其功，使無崩落之期。」

④《後漢書》卷三十五《鄭玄傳》：「鄭玄，字康成，北海高密人也。……師事京兆第五元先，始通《京氏易》《公羊春秋》《三統曆》《九章算術》。又從東郡張恭祖受《周官》《禮記》《左氏春秋》《韓詩》《古文尚書》。以山東無足問者，乃西入關，因涿郡盧植，事扶風馬融。融門徒四百餘人，升堂進者五十餘生。融素驕貴，玄在門下，三年不得見，乃使高業弟子傳授於玄。玄日夜尋誦，未嘗怠倦。會融集諸生考論圖緯，聞玄善算，乃召見於樓上，玄因從質諸疑義，問畢辭歸。融喟然謂門人曰：『鄭生今去，吾道東矣。』」

⑤《晉書》卷七十二《郭璞傳》：「郭璞，字景純，河東聞喜人也。……璞好經術，博學有高才，而訥於言論，詞賦爲中興之冠。好古文奇字，妙於陰陽算曆。有郭公者，客居河東，精於卜筮，璞從之受業。公以青囊中書九卷與之，由是遂洞五行、天文、卜筮之術，攘災轉禍，通致無方，雖京房、管輅不能過也。」

⑥揑臂：即揑畢，擊刺。漂説：猶遊説。

⑦《書集傳》卷二《夏書·禹貢》：「内方、大别，亦山名。内方，《地志》：章山。古文以爲内方山，

在江夏郡竟陵縣東北。今荆門軍長林縣也。……禹錫玄圭，告厥成功。」

⑧燾奡：高峻深邃貌。《文選·張衡〈西京賦〉》：「馺娑駘蕩，燾奡桔桀，枍詣承光，睽罛庨豁。」張銑注：「馺娑、駘蕩、枍詣、承光並臺名，餘皆高峻深邃貌。」

⑨剛蟲：兇猛之禽獸。《文選·張衡〈西京賦〉》：「百卉具零，剛蟲搏摯。」吕延濟注：「剛蟲，鷹豺也。」

⑩梁玉繩等《史記漢書諸表訂補十種》卷八《前漢書表第八·古今人表》：「殿本《史記》本紀考證引《路史餘論》曰：《吕梁碑》，劉耽作，碑中叙紀虞帝之世云：舜祖幕，幕生窮蟬，窮蟬生敬康，敬康生喬牛，喬牛生瞽叟，瞽叟産舜，命禹行水道吕梁。特此節完備爲可考。」

⑪《詩·邶風·簡兮》：「碩人俣俣，公庭《萬舞》。」毛傳：「俣俣，容貌大也。」

⑫廣潒：廣大無涯貌。張衡《西京賦》：「前開唐中，彌望廣潒。」

⑬唐中：漢宫苑名，位於漢建章宫西。《史記·孝武本紀》：「於是作建章宫，……其西則唐中，數十里虎圈。」

⑭文計：文書與會計簿籍。

雲簪社序①

【眉評】周曰：「晉魏間鑱鏤之文，天如欲去之，予不忍也。」

文章之道幾也，而可以衆正，其朋友之謂與？一人愜情，集契周賞。每當選練之日，牽拂相招，各言其好，于斯道鐫切之，又沉浸灌養之，雖非公卿徹官，亦稱至愉。然而清照源流，辭章之出，特其鼓作，依所經分，必以心行爲度，德矩亶然，千里之隔，睦若三族。斷絶流言，劌割險難，不此此而彼彼，將以永世。不但文詠可念，翫其芳流也。

自正道頽散，人物更敝，既乏摯性以命疇，而徒日繁會，止長閑輿，寡所發舒。及酬間起，牙角搓互，無所求列一世，而愛必加于榮華，憎必被于彫瘁。則尋覽五倫，缺其一塗，聖人將有祝予之悲矣②。乃聞崑陽諸君子所稱雲簪社誼最高，竊流連喜陶不能去也。定交數年，憮抱之戚，既云綿載，亦差利鈍小別而一意篤婉，無有形貌。嘗間日揖對，始以《曲禮》，終以《雅詩》。迨乎端牘抽札，文成起詠，皆有弦匏笙簧之聲，鏞鐘大鼓之響，又何愷也。夫傷今者不一譏焉，蓋將大譏也。則吾之樂于斯者，亦不一美焉，蓋將大美也。脩摇辭之則，而獲人倫之正，豈自近者止乎？廣而有傳，汪汪之土，人士薈萃，斯其規矩矣。

【箋注】

① 此序雲簪社稿。崑陽雲簪社，崇禎二年統合於復社。此序以「文章之道幾也，而可以衆正，其朋友之謂歟」起筆，進而論及社事、社友，意在揄揚朋友之道。同門曰朋，同志曰友。張溥能合諸社于復社，擔任主盟，團結統合廣大士子，與其重視朋友之道有莫大關係。

②《公羊傳・哀公十四年》：「子路死，孔子曰：『噫，天祝予！』」何休注：「祝，斷也。天生顏淵、子路爲夫子輔佐，皆死者，天將亡夫子之證。」後以「祝予」爲悲悼生徒後輩死亡之詞。

沈去疑稿序〔一〕①

【眉評】張曰：「有性度，有真理，其潔練不凡，皆古文中創調。」

予習去疑文者久，正而中雅，蓋秩乎古所獻法宮者也②。既與介生諸兄弟庚復其旨，又大朗焉。著之于選，則日光玉潔矣。然去疑材質深厚，而時解周翫〔二〕，謂無可念。退而沈湛于理學之書，與宋先生肩隨焉，世益避之。淪頓歷年，而今始大翀奮。以是知君子道翢于中而襮之以藝③，未有不鋪信者也。且士人以仁義爲垣墉，凡甚不得之遇與甚得之遇，皆所謂風雨也。故無豐蔀者，不可以執粗；無險德者，不足以應愷。

今使去疑當拂抑之時，不自衡氣，而思與之持〔三〕，或眡其巧便，爲推移之具，則頃久之間，已失夷道爾〔四〕。何以膺此康美，弗自緐促哉？惟其艾行奮辭，甚勸于三代，先爲不可動，以待物會。則下士之是非相齷④，盡其所加，不與于己。及大時已至，得以奮棅，猶朝之有食，冬之有衣，雖中于情，亦其常爾。故昔之言其人，今之言其人者，去疑知之矣；昔之言其文，今之言其文者，去疑知之矣。美惡分于一事，榮悴殊于一篇，此已然之見，衆人不以爲惑，而吾黨所慎自觀也。

每聞維斗、雲子諸兄弟稱去疑宫不及一畝而能贍三族〔五〕，槖無一銖而通十經〔六〕。大家之業，卷登盈數，其則古昔者勤矣。而遂乃穎然于外，故足風也。夫文繇人興，重積所流，日形其徹。漸此以往，懸綷之碑，磨崖之壁⑤，往往可得而讀焉，寧第斯爲達塗哉！

【校記】

〔一〕本篇原題「序沈去疑稿」，據目録改。本篇又見北大本《合集·古文存稿》卷四，題作「沈去疑稿序」。

〔二〕「而」，北大本無。

〔三〕「而」，北大本無。

〔四〕「爾」，北大本無。

〔五〕「能」，北大本無。

〔六〕「十」，原作「善正」，據北大本改。

【繫年】

據文中「淪頓歷年，而今始大翀奮」，考天啓七年沈幾中解元，復據前後文作時，可知此序作於崇禎元年（一六二八）。

【箋注】

① 此序沈幾稿。沈幾，字去疑，長洲人。復社成員，張溥同年。吴山嘉《復社姓氏傳略》卷二：「沈幾，字去疑。崇禎辛未進士，官福寧知州。」同治《蘇州府志》卷六十一：「天啓七年丁卯科解元沈幾：長洲沈幾，解元，見進士。」姚希孟《響玉集》卷十有《沈去疑稿序》，可參。

② 法宫：《漢書》卷四十九《鼂錯傳》：「臣聞五帝神聖，其臣莫能及，故自親事，處于法宫之中，明堂之上。」如淳注：「法宫，路寢正殿也。」

③ 語見王安石《送胡叔才序》（《全宋文》卷一三九七）：「彼賢者道弸於中而襮之以藝。」

④ 䶗：褊狹。《漢書·揚雄傳》：「素初貯厥麗服兮，何文肆而質䶗。」顏師古注引應劭曰：「䶗，狹也。」

⑤ 王褘《文訓》（《全元文》卷一六九三）：「文之古者，登諸金石，記誌頌銘，具有成式。或鐘鼎是勒，或琬琰是刻。或鐫于麗牲懸綍之碑，或鑱在封嶽磨厓之壁。莫不炫燿崇勳，烜焯茂德。」

孟晉堂稿序〔一〕①

九一、受先既雋，兩邑之人聚斂其舊文而施丹墨焉，蓋交相贊也。繼則二子者行務藻潔，衣緼緒之衣〔二〕，食葆旅之食②，門無雜甬，與先舊處一以禮，不簡于尺度，兩邑之人又交相贊也。予曰：「固也，抑若未深其所謂文乎？」夫九一之文，其所稱大學期節耳，古哲人之號名耳。或三綱四維，宗族鄉黨之恒言，左右塾之祖尚習説耳，未嘗峻阻其間也。

推而之遠，有事有法，君子樂而小人安。雖王公貴人所宜聽，亦如百姓之常云者而云之，非敢難也。至于言彝倫攸叙，則愉以和；言彝倫攸斁，則鬱以惻。有忠厚之思焉，有亂人之懼焉。雖然，其爲人在是矣。夫圓冠峨如、大裾襜如者③，世不無其人也。而有服無德，貴明其禁，此誠不誠所大絶也。故淵明之詩，先去私意；程子之字，不離恭敬。繇此而度，亦細小之可原也。况乎本于脩正〔三〕，放發爲篇，其領理所聞，又安誣哉？

吾社數人，兢兢往訓〔四〕，昭韙戒非，昒昕之用圖〔五〕④。蓋欲大訓于世，不僅土風而已。而勤著在文，人弗之白。間有念者，則曰：「吾不能至也，有望焉。」夫夫者即欲躪中庸之庭，亦已槃散矣⑤。及至今日而各扶服于二子〔六〕，交口其所爲文與人，以求詳義，所不幾晚與？然因之愛敬相用，則猶可以起矣。

【校記】

〔一〕本篇又見北大本《合集·古文存稿》卷四。

〔二〕「緼」，北大本作「緦」。

〔三〕「乎」，北大本無。

〔四〕「往」，北大本作「爲」。

〔五〕「之」，北大本無。

〔六〕「至」，北大本無。

【繫年】

據文中「九一、受先既雋，兩邑之人聚斂其舊文而施丹墨焉」等語，復據後文《張受先稿序》作時，可知此序作於天啓七年（一六二七）徐汧、張采中舉後不久。

【箋注】

① 此序友人徐汧《孟晉堂稿》。鄒漪《啓禎野乘二集》卷一《徐學士傳》：「時文風詭譎，見者欲嘔，公一以昌明闊碩返始持風，四方都人士無不知有《孟晉堂稿》，家絃而户誦者。」徐汧，字九一。詳見《初集》卷一《荆實君稿序》注。

② 葆旅：軍旅守衛。葆，通「保」。旅，軍旅事。

③ 襜如：整齊貌。《論語·鄉黨》：「揖所與立，左右手，衣前後，襜如也。」朱熹集注：「襜，整貌。」

④ 昒昕：拂曉。《漢書·叙傳上》：「昒昕寤而仰思兮，心蒙蒙猶未察。」顔師古注引孟康曰：「昒昕，早旦也。」

⑤ 槃散：猶蹣跚。《史記·平原君虞卿列傳》：「民家有躄者，槃散行汲。平原君美人居樓上，臨見，大笑之。」

行卷小開序〔一〕①

【眉評】張曰：「竹書木簡，以此爲顔，亦李陽冰之字也。」

誦《小開》之名，琅琅非近稱也。云美②與綏子整齊今日之文③，而綴斯號者何？且其名之出，本于《逸書》。言「開」者不一篇，若《九開》《文開》《保開》《成開》《大開》《小開》《大開武》《小開武》，皆其屬也。獨離而舉之，亦安所白焉？乃間考《書序》之義，《大開》《小開》之作，淵然謀乎後嗣，以脩身敬戒，則諸《開》之旨包矣。其文有曰：「何脩非躬，何慎非言，何擇非德？」④此帝王之辭，達乎庶人者也。學者實其事，不敢廣其說，使濫耳而不切，未有涉而過竟焉。亦堥敦之度太山、氿泉之測重淵矣⑤。或者分殊之，以爲逸文之傳，其意是耶？非耶？無所用原也。

夫遠求《書》説，其列于學宫者五十九篇，初未有定。更乎孔襄⑥、孔鮒⑦及安國⑧、衛宏⑨，而不能使《九共》《稿飫》諸篇之無闕⑩。以是論之，《書》之逸者多矣。則晉太康二年之所發，與魯共王之所得，不可不同舉宏綱、撮機要也。蓋不善讀《書》，伏生之二十篇不無可惑⑪；若其善讀之，雖張霸之僞作⑫，得以起意造情。無怪乎云美諸君子之攢心于墜簡也〔二〕。

歐陽先生詠日本之短刀〔三〕，而有懷徐福之書〔四〕，以爲其時入海，《書》猶未焚，百篇可存⑬。則設今有異本傳自外國〔五〕，予樂習而明之矣〔六〕。况兹之昭如者也〔七〕，故《書》之爲道，簡質淵慤，不可遽通，而得其一端〔八〕，遂有字字言言之化。則即《小開》之説，以施于今文，而進其誠然者〔九〕，去其非然者，雖時之離周遠矣，猶得見盛王之三十五祀正月丙子也。

【校記】

〔一〕本篇又見北大本《合集·古文存稿》卷四。

〔二〕「君」「之」，北大本無。

〔三〕「之」，北大本無。

〔四〕「而」，北大本無。

〔五〕「則」，北大本無。

〔六〕「而明」，北大本無。

〔七〕「况兹之昭如者也」，北大本無。

〔八〕「而」，北大本無。

〔九〕「而進其誠」，北大本作「進其必」。

【繫年】

據題目「行卷」及文中「云美與綏子整齊今日之文」等語，兼據前後文作時，可知顧苓、張奕乃選集天啓七年舉人之文，故此序蓋作於崇禎元年（一六二八）。

【箋注】

①此序顧芩、張奕時文選《行卷小開》。所謂行卷，乃選集舉人之文。張采《知畏堂文存》卷一《具陳復社本末疏》：「本朝制科取士，因重時文，凡選鄉會中式文曰程墨，選進士文曰房書，選舉人文曰行卷。」

②顧芩，字云美，蘇州府人。復社成員。吴山嘉《復社姓氏傳略》卷二：「顧芩，字云美，吴縣人。崇禎某年貢生。工詩文及行楷、八分書，尤精篆籀之學，所刻印章必追摹秦漢。晚年居虎丘塔影園，求詩文篆刻者踵至，非其人不輕與也。時縣思陵御書，肅衣冠再拜，唏噓太息。女一，妻常熟瞿式耜子，易其姓名，俾脱於禍，人尤高之。」朱彝尊《静志居詩話》卷二十一：「顧芩，字云美，吴縣人。有《塔影園稿》。」

③張奕，字綏子，長洲人。張世偉子，與楊廷樞爲姻婭。復社成員，名見《復社姓氏傳略》卷二。吴翌鳳編《清朝文徵·張綏子處士傳》：「萬曆、天啓、崇禎間，張孝節先生以道德文章伏一世。與其同年周忠介公、朱孝節、先生門人姚文毅公、文毅公之舅氏文肅公持身束物，内外斬斬，激濁揚清，天下大夫士謂之『吴門五君子』。孝節先生齒最長，最後殁，殁時崇禎十四年。後三年京師亂。明年南都不守，五君子之子各棄前資，絶進取，閉門不仕。其一曰綏子張君，孝節先生之仲子也。君胚胎前光，目濡耳染，不離風節名教之内。弱冠補諸生。時中丞御史監司郡邑，多造請孝節先生。先生高卧，遣君往謝，則中丞、御史、監司、郡邑皆斂容禮之。代先生條對兵荒利病、

官民得失、因革便不便，曉中竅的，聲名藉甚。先生既歿，免喪，方卒業南雍而天下亂。君以强仕之年，側身懷古，婆娑嬉遊，不復與人事者二十八年而卒。先是，先生得元處士淥水園而葺之，引流種竹，中構假我堂。君復營其東偏，堂室精好。未幾而世變，息交鬻宅，自養棲於先祠。而文肅、文毅之家午橋緑野、綽楔烏頭之下，亦不名一椽。國破家亡，固其所也。君姊夫顧咸建知錢塘縣，杭州失守，從容引去。略地者跡捕錢塘不得，移略蘇州者，株連逮君。君不告所在。責君曰：『肺腑至親而不知所在，人情乎？』君曰：『肺腑至親而以所在告，亦非人情。』終不言。而錢塘出乃脱。錢塘之被殺也，杭州之人哭之如私親。後二年，君長子婦翁楊廷樞亦以義死。人以此稱孝節先生之風義，不獨及其子也。君諱奕，字綏子。子四人，皆讀書。先生諱世偉，字異度。中萬曆壬子科舉人，特贈翰林院待詔。其友誄之，私謚孝節先生。」

④ 語見《逸周書》卷三《小開解》：「余聞在昔曰：明明非常，維德曰爲明。食無時，汝夜何脩非躬，何慎非言，何擇非德？」

⑤ 語出班固《答賓戲》：「欲從埊敦而度高乎泰山，懷氿濫而測深乎重淵，亦未至也。」

⑥ 梁玉繩《史記漢書諸表訂補十種·人表考》卷三《智人·孔襄》：「子襄，鮒弟，始見《史·孔子世家》。名騰。長九尺六寸，年五十七。案孔襄何以居第三？豈因其藏書壁中，有功經學，又嘗爲孝惠博士，長沙太傅歟？錢宮詹曰：朱英當與毛遂同等，王翦當與蒙恬同等，孔襄當與孔鮒同等，此皆刊本之誤，非班氏意也。」

⑦梁玉繩《史記漢書諸表訂補十種・人表考》卷五《孔鮒》:「孔鮒始見《史・孔子世家》。孔穿生順,順生鮒。又名甲,字子魚。亦曰鮒甲,亦曰子鮒,亦曰孔甲。爲陳涉博士,年五十七死陳下。」

⑧《晉書》卷七十八《孔安國傳》:「安國,字安國,年小諸兄三十餘歲。群從諸兄並乏才名,以富强自立,唯安國與汪少厲孤貧之操。汪既以直亮稱,安國亦以儒素顯。孝武帝時甚蒙禮遇,仕歷侍中、太常。及帝崩,安國形素羸瘦,服衰絰,涕泗竟日,見者以爲真孝。再爲會稽内史、領軍將軍。安帝隆安中下詔曰:『領軍將軍孔安國貞慎清正,出内播譽,可以本官領東海王師,必能導達津梁,依仁游藝。』後歷尚書左右僕射。義熙四年卒,贈左光禄大夫。」

⑨《後漢書》卷七十九下《衛宏傳》:「衛宏,字敬仲,東海人也。少與河南鄭興俱好古學。初,九江謝曼卿善《毛詩》,乃爲其訓。宏從曼卿受學,因作《毛詩序》,善得風雅之旨,于今傳於世。後從大司空杜林更受《古文尚書》,爲作《訓旨》。時濟南徐巡師事宏,後從林受學,亦以儒顯,由是古學大興。光武以爲議郎。宏作《漢舊儀》四篇,以載西京雜事;又著賦、頌、誄七首,皆傳於世。」

⑩皮錫瑞《尚書大傳疏證》卷二《虞傳・九共》:「《九共》已亡,據《大傳》,是言諸侯述職之事。或以《九共》即《九丘》,非也。《書序》云:『帝釐下土方,設居方,别生分類,作《汩作》《九共》《稿飫》。』」魏源《書古微》卷十二《書大序集義》引江聲注:「《稿飫》之誼未聞。此篇《汩作》《九共》,孔氏逸書有之,《稿飫》則孔氏逸書亦未有也。」

⑪《漢書》卷八十八《伏生傳》:「伏生,濟南人也,故爲秦博士。孝文時,求能治《尚書》者,天下亡

有，聞伏生治之，欲召。時伏生年九十餘，老不能行，於是詔太常，使掌故朝錯往受之。秦時禁書，伏生壁藏之，其後大兵起，流亡。漢定，伏生求其書，亡數十篇，獨得二十九篇，即以教於齊、魯之間。齊學者由此頗能言《尚書》，山東大師亡不涉《尚書》以教。伏生教濟南張生及歐陽生。張生爲博士，而伏生孫以治《尚書》徵，弗能明定。是後魯周霸、雒陽賈嘉頗能言《尚書》云。」

⑫閻若璩《尚書古文疏證》卷二：「又按吴文正公《尚書叙録》信可爲不刊之典矣。然其誤亦有六：一謂孔壁真古文《書》不傳，不知傳至西晉永嘉時始亡失也。一謂《舜典》《汩作》《九共》等篇爲張霸僞作，不知此乃孔穎達之妄説也。一謂《漢志》古經十六卷即張霸僞古文《書》，不知《漢志》乃四十六卷，非十六卷，且即真孔壁《書》，非僞《書》也。」

⑬歐陽修《日本刀歌》：「徐福行時書未焚，逸書百篇今尚存。令嚴不許傳中國，舉世無人識古文。」

程墨大宗序[一]①

【眉評】周曰：「激昂有風烈。」

士之遇不遇，于其文見之矣。然不于其所爲文見之也。五行之物，出爲人用，其貴與賤，惟人所使，若有生命然，文人之致亦同也。昔之人略于言命，而愁苦怨歎不能無言，往往形之方版，寓乎己事。後人讀其書而哀其志，則多有傳者，此命家之辭，常與文家之一流也。雖然，古有之而今甚也。一代之中，復異今古焉，則又古有之而今甚也。即如丁卯之役，賢愚並進，其飛翔失實者，中無一牒之辭不意而當。而嗜古好學若江上尹遠到兄弟②，蹉跌不偶，尚艱于一博士弟子員，不可謂非命所召哉〔二〕。惟制于命而不敢明其道，則不得不求於兹〔三〕。所謂得氣之文，度其模範，于是選事殷矣。

夫勤其選，必將正其稱。程墨之名，有方員之規矩焉，不容非法也。及舍程用墨，程皆出于其墨，則責者益詳矣〔四〕。觀于其事，作之者難；而觀于其人，應之者易。何與？意主文之難其人與？或有其卓爍者未列于斯柄，而不獲通其意與？抑前所云生命之説，精遇粗遇，非其時不見。是與？非與？

要之，一國之中，一經之内，間著其洪材淑行，亦足以感也。且脩身大務，而文章次之，命又介乎然不然之間者也。不信乎命，則不可謂君子之不遇，而汨少乎仁義；既信夫命，則不可謂小人之必遇，羨其榮寵而忘其哀賤。使世有雄俊有爲之士，當事而察于予言〔五〕，無所忌諱之朝，必有以行矣。況隱耀未振者忍因循旦日，胸虚無懷，以自安高山之上、深澤之污哉！

【校記】

〔一〕本篇又見北大本《合集·古文存稿》卷四。

〔二〕「不可謂非命所召」，北大本作「可謂非命」。

〔三〕「玆」，北大本無。

〔四〕「責」，北大本作「貴」。

〔五〕「于」，北大本無。

【繫年】

據文題「程墨」及文中「即如丁卯之役，賢愚並進」等語，兼據前後文作時，可知《程墨大宗》乃選集天啓七年舉人、崇禎元年進士中式之文，故此序蓋作於崇禎元年（一六二八）。

【箋注】

① 此序時文選本《程墨大宗》，圍繞士之得志與失意展開論述，以堅定其「修身大務，而文章次之」之信念。全文議論風發，「激昂有風烈」。

② 尹遠到，待考。

小題觚序〔一〕①

【眉評】張曰：「論皆自出韻必獨。」

以今之物與古之物列于前，不知者不別也。然察其款識，知者別之矣。則以今之字與古之字，以今之文與古之文列于前，不知者不別也。其款識固加明焉〔二〕，知者尤別之矣。是以天道弗更而書策代變，謂古日不必熱于今日，古月不必清于今月，可也；謂古文字不必美于今文字，則非高才羡知之言也。雖然，異古異今，皆自人爲之。人而志乎真灝静遠、端雅朴重也者，生乎後世〔三〕，居然其前此之人矣。否則降而自輕，當乎一時，應乎一時，恐于時亦有弗周者也。故爲人善惡好惡之數，其大且常，亦如天道之不可易也。若文，則誠區之至矣〔四〕。

間論古之文人，使韓子爲《左氏春秋傳》，蘇子爲司馬太史之《史記》，才皆有餘也。顧二子可爲而不爲，時限之也。具甚可爲之才而非其時，氣數相成，往往自信。而見一家之業，即不敢云「吾可爲此，可爲彼矣」。雖然，其理是也。文理之齊若性情，而文才之分若面貌。文人古今之異，亦面貌之謂也。夫執面貌以相求，行道之人，寧有同乎？況乎今之與古也〔五〕，惟不同之致變矣。而有甚同者存，所以其人可知，其意可知。以今望古，不山南山北焉。如吾郡社中數子，端切人範，秉于同然之義，細小不違〔六〕。爲文要眇變化，難以恒倣。然發于胸臆，成于手中，無不可原而合也，以其所是者古也。

夫從今之文，而行古之事〔七〕，有道者猶嘉之，其兼焉者益有信也。古與古處而不惑，視郡之爲今人者若隔代焉。故燕胤與雲子沉篤感慨之意，于兹選乎寓之。豈其有華説哉？昔有聖人觀于獻爵酬觚而悲往制，其懷深矣。選之名之所繇出也〔八〕。

【校記】

〔一〕本篇又見北大本《合集·古文存稿》卷四。

〔二〕「固」，北大本無。

〔三〕「乎」，北大本作「于」。

〔四〕「誠區之至」，北大本作「有區」。

〔五〕「乎」，北大本無。

〔六〕「秉于同然之義，細小不違」，北大本無。

〔七〕「而」，北大本無。

〔八〕「之」，北大本無。

【箋注】

① 序顧啓宗、朱隗所選之《小題觚》。顧啓宗，字燕胤，一字公遠，長洲人。復社成員。名見《復社姓氏録》。朱隗，字雲子。詳見《初集》卷一《五經徵文序》注。

張受先稿序〔一〕①

【眉評】周曰：「謂之受先序可，謂之自序亦可，再更一手，即失其情矣。」

受先（張采）之爲高于時，寧文焉已哉？然因其文而質言之，亦所謂其人之書也。觀于其書而後其人可論，君子所必先也。受先與余六年同晨夕，蓋其人文信之矣。其文散于四方，四方之人習所爲文，而思其孝弟忠信禮義廉耻之故，亦既信之矣。信之亦何取乎？序之。其叙之者，慮天下有信不信，未可知之辭也。即天下信之，而余終不可以無言，此序所繇作也。

余嘗語受先曰：「余之信子也，使人以他焉之文易其名，而以爲子之所撰；以子之所撰飾而行遠，以爲他人之作，余必辨之也。若行一事而不衷于道，傳者皆以爲出于子，道之人而既紛紛矣〔二〕，萬里之外，余必爲子白也。」此非有朋友之私愛，以義斷也。而受先之信余〔三〕，亦大略同焉。

余兩人起止不離書卷，而閒説時有不廢，顧所説者，其亦志也。嘗觀往者之爲，是非難詳，各退而思以身處，有得即陳其本指，以聽稽定，于可不可之間，斷斷如也。又多設爲不必然之事，以求臣子之忠厚煩難，而貴于有濟。朝之食，夕之食，當其時而有辭焉。靡碎之物，猥雜之論，不敢放廢于古人也。然余言之而不大盡，受先則甚焉。余間有作，諧少近于失經，受先即容辭俱危，不容再措小辨。臨事之際，受先有氣敢往，排捍在前，復善以禮顔相開，擔夫孺子，必論之，曉曉然使得疏明。而余多斂不即發，恒私自意念，彼必能先見也。

至爲文一端，余凡數徙。而受先彈毫之始，即喜説道理，引繩墨，全以識相長。初事于子，繼事于經，又繼則事經之大意，取于己之本有。受先每勸余安静對題，準之人身，自然良心内生，和氣動蕩，引而成文。余從之，輒有其驗，而世輒取文乙之，目爲寬髀。夫六經之有道德，猶家人之有父母，一日之間，常呼父母，未聞其寬髀也。則余與受先之守此，亦迂而嚴矣。且孝爲行原，受先之務此，亦人士所鮮也。余與受先少同失怙②，時一念及，淚下如流水，對言著志，期以脩身讀書，上答罔極。而幽魂未安，百身莫贖，流連慰切，悦養惟一母氏爾。

憶客年九月，受先母夫人七十生日。受先亦蕭然無潤身之物，乃刲羊釃酒，大會親舊朋黨，宴樂十日，去其家業之半，邑之人咸高之。及母夫人抱疴〔四〕，幾瀕大厄。受先浹夕不寐，去士人之服而請于神，哀傴倍至，而病遂立起。計今之捷，賀者在門，適當其母夫人九月之生日，亦可謂孝之一徵矣。

聞報之日，受失即過余所而泣，蓋悲余之不遇。而重感乎振生先生也③，謂：「孫師之于我至矣。我向爲人子，今將爲人臣矣。夫生我成我，忠臣孝子所百籲而求當也。」不有鶴生先生④，不知九一；不有振生先生，不知受先，余固預必之矣。宜其出之艱難煩苦而得全也。則受先繇此而拜獻，于孝不第具始中而已。余雖顚悴而少書其曲折，蓋即以爲萬里之信也。

【校記】

〔一〕本篇又見北大本《合集·古文存稿》卷四。

〔二〕「而」，北大本無。

〔三〕「而」，哈佛本、北大本無。

〔四〕「抱疴」，原作「抱苛」，據文義改。

【繫年】

據文中「憶客年九月，受先母夫人七十生日」「計今之捷，賀者在門，適當其母夫人九月之生日」等語，可知此文作於天啓七年（一六二七）九月，時張采中舉，張溥落榜。

【箋注】

①天啓七年，友人徐汧、張采中舉。前文《孟晉堂稿序》乃序徐汧稿，此序張采稿。張采，字受先，號南郭。詳見《初集》卷一《禮質序》注。張溥與張采并稱婁東二張，可謂生死之交，患難與共，以道義相交，相互扶持，始終不渝。此序詳論張采文章之演變過程，並回憶二人共讀時光，既似爲張采而序，又似自序。故周鍾評云：「謂之受先序可，謂之自序亦可，再更一手，即失其情矣。」

②據《先考虛宇府君行狀》，張溥父「没於萬曆丁巳之四月四日」，張溥時年十六歲。據張采《先考贈君行略》，張采父「卒于丙辰年九月二十日寅時」，張采時年二十一歲。

③孫肇興，字興公，號振宗，一號振生，山東莘縣人。嘉慶《東昌府志》卷三十《列傳五》：「孫肇興，字興公，號振宗，莘人。明天啓二年進士，授山陽令，治行循卓，陞工部虞衡司主事，忤璫張彝憲下獄，論謫戍，旋復兵部主事。國朝擢天津兵備道，旋督學山西，歷江南廣西布政使。中途得病，歸。杜門著書，以山林隱逸、懷才抱德徵。世祖章皇帝問以治平之策，肇興立進《用人懲貪疏》，授宗人府府丞。尋陞工部右侍郎，轉左侍郎。以老乞歸，卒年七十九，祀鄉賢。著有《四書約説》行世。」曹于汴《仰節堂集》卷四《重修志道書院置田供贍碑記》：「頃年，山陽孫侯振生以東魯大方師牧兹地。於凡保障安戢，維風剔蠹，靡不釐飭，而尤加意文事。……侯山東莘縣人，壬戌進士，名肇興。」

④鶴生，待考。

張受先稿再序〔一〕①

【眉評】周曰：「凄清憂越，《渭陽》之詩不是過也。」

離别之多，未有甚于兹歲者也。春初入燕，社中兄弟皆未之聞。過崑陽而執手者，君售與家八兄、九兄也②。是時勒卣適偕右武③、弗迷從海上來④，叙别同焉。抵郡與維斗共舟而北，即别雲子、君和諸兄弟，有賦詩以贈者，草臣、雲子、燕胤也。至毗陵乃别介生，三人之飲酒〔二〕，不盡一升，則已陶然矣，蓋有甚傷者焉。

既而至京師〔三〕，維斗欲亟旋，先予南歸。予與受先、九一、宗玉送之，九一爲歌詩二章。逾旬日，予又先受先歸。受先與九一、宗玉送予及都門之外，九一賦五言律二章。受先初未爲詩，亦賦五言古體一章。分手之際，涕泣如雨，亦難乎其叙之矣。然予之之燕也，以受先之在也。及予之歸也，又以受先之即南也。雖有懷邑邑而悲未極遠。若今日之行，則如何哉！同社之近在七郡，聞受先之之臨汝而來祖道者六百餘人。予欲同渡江，而歲暮未遑，僅及湖上，殆愴然之至矣。言念夙昔，偕其燕處，一日不見，則惄如以思。忽焉而歌《驪駒》⑤，涉遠道，其安之乎？

六年以前，風雨寒暑，予與受先、君售同之。踰年而君售别去，一室之内，出入依倚，惟兩人耳。每至夜分角談，稱論道義，寂無和者，未嘗不怨君售也。且君售、受先與余同爲少子，而皆以未成人失怙，徵其歲，俱丁巳也⑥。相向漣如，咸不欲生，期以顯身遂志，一明吾父之德，免己大尤。今受先則先鳴矣。王言初賁，澤及漏泉⑦，而予不能邀一辭，以發重隧之歡⑧，予其罪人也哉！此尤所螫肝飲血，受先代爲滂沱者也。

夫憂喜一念，隱細不渝，而遽隔城土，間其話言，豈綿綿之思可喻勞歎乎？且一邑望德，恃受先爲民人之主，月之元日，則群造廬焉。兹乃追隨之未能，而多向予而泣者，是重予悲也。故受先文行之大指，予弗更焉。而徒勤愴怳之意，道操執之懷，遠而相正，蓋在曩日矣。

【校記】

〔一〕本篇又見北大本《合集·古文存稿》卷四。

〔二〕「之」，哈佛本、北大本、上圖本無。

〔三〕「而」，北大本無。

【繫年】

據序中「若今日之行，則如何哉！同社之近在七郡，聞受先之之臨汝而來祖道者六百餘人。予欲同渡江，而歲暮未遑，僅及湖上」「六年以前，風雨寒暑，予與受先、君售同之」及張采《祭張天如文》「既癸亥，延我七録齋」「冬十一月，弟將老母之臨川，兄送我武林蕭寺，臨歧一慟，左右掩涕」等語，可知此序作於崇禎元年（一六二八）十一月至年末。

【箋注】

①此序張采成進士後所刻全稿。張采《知畏堂文存》卷十《自題文稿》：「戊辰，余曾刻全稿。」此序亦爲送別張采而作，序文回顧與張采共讀及交往之光景。數年來，兩人風雨寒暑以共，形影不離，而現在又要送別張采遠任臨川，不禁思緒萬千，悲喜交加。全文感情深沉凄惻，感人至深。恰如周鍾所云「凄清憂越，渭陽之詩，不是過也」。

②張源，字來宗，張溥八兄。詳見《初集》卷一《王載微詩稿序》注。張濬，字禹疏，張溥九兄。復社

成員。吴山嘉《復社姓氏傳略》卷二：「張濬，字禹疏。溥兄。順治甲午副貢生。」

③ 右武，待考。

④ 潘堯納，字弗迷，松江府上海人。復社成員。名見《復社姓氏傳略》卷三。

⑤ 驪駒：逸《詩》篇名。古代告别時所賦歌詞。

⑥ 據《先考虚宇府君行狀》，張溥父「没於萬曆丁巳之四月四日」，張溥時年十六歲。據《先考贈君行略》，張采父「卒于丙辰年九月二十日寅時」，張采時年二十一歲。管士琬父卒時不詳。故張溥文中「皆以未成人失怙，徵其歲，俱丁巳」爲概詞，非確指。

⑦ 澤及漏泉：《漢書》卷六十四《吾丘壽王傳》：「壽王對曰：『臣安敢無説！臣聞周德始乎后稷，長於公劉，大於大王，成於文武，顯於周公，德澤上昭，天下漏泉，無所不通。』」顔師古注：「昭，明也。漏，言潤澤下霑如屋之漏。」

⑧ 重隧之歡：喻孝親之樂。《後漢書》卷六十一《周舉傳》李賢注：「鄭武姜生莊公及共叔段，愛叔段，謀殺莊公。公誓之曰：『不及黄泉，無相見也。』既而悔之。潁考叔爲潁谷封人，曰：『若掘地及泉，隧而相見，其誰曰不然！』公從之，遂爲母子如初。事見《左傳》。」

七録齋集卷之三

婁東 張溥天如 著
同盟 周鍾介生
張采受先 閲

序

横谿録序〔一〕①

【眉評】張曰：「觸類而發，無不歸之仁孝，應氏之僅紀風俗，亦淺矣。」

斯之君和，天下之信人也。以天下之信人，紀天下之事，言四方之風，可得而書也。斯之爲《録》，胡若是其偏歟？嗚呼！此君和之志所以絶於衆度也。夫君子之有其身也，必將敬其身；居其地也，必將重其地。何則？身者，父母之所出也。若以言其地，地者，亦父母之所處也。是以始生之室，老而不能忘；少之所居，雖數徙而能名其處。遐國之遊，周覽山川，欣焉忘歸。顧念舊邑，則戚然以悲〔二〕。《東山》之詩②，所爲善言人情也。至於望城郭而懷昔日，高祖之宅，先人之里，咸得記其水田，載其草木，猶然孝子之意而已。

吾觀君和之事其大人也，存嗜愛，察顔色，出入勞苦，常若有不能至者。繇是推之，父母之居，君和其忍無書乎？於是博諏其鄉，所謂大人者，猶有存者乎？所謂隱德高行，猶有佚不可得聞者乎？浹日月而謀之，踰年而始有其詳。彰彰者毋論已，下而賤夫小婦一行之善，多其話言，時恐人之忽之，而殷勤以求其知，其志有足感者。凡此皆以成鄉黨，廣忠厚，而大其父母之善也。

夫不善之人産於名山大川，恒以行之不若，爲其一國之辱，而天下羞稱其所居之地。有君子出焉，僻狹之土，不登其方境之志，而常因以聞名於後世。然則地之係於其人，不亦重乎？況乎謡俗風物之紀，秩乎有原也。是故君子以其德教乎邦之人，則稱其宗人，次序其譜，揚一族之美，名先代之器而不爲私。及乎里黨，益可知已。又何疑君和之爲偏也哉〔三〕？則在善讀者之亟也〔四〕。

【校記】

〔一〕目録原題作「横谿録叙」。本篇又見北大本《合集·古文存稿》卷一及徐鳴時《横谿録》抄本張溥《横谿録序》（以下簡稱「《横谿録》本」）。

〔二〕「戚」，《横谿録》本作「慼」。

〔三〕「君和之爲偏也」，北大本作「於君和」。

〔四〕「則在善讀者之亟也」，北大本無。

【繫年】

據《横谿録》姚希孟序末署「崇禎二年八月既望經筵日講官宫庶姚希孟題」，可知此序作於崇禎二年（一六二九）。

【箋注】

①此序徐鳴時所纂方志《横谿録》。徐鳴時，字君和。詳見《初集》卷一《徐朱二子合刻序》注。《横谿録》八卷附録一卷，徐鳴時編，楊廷樞校，明崇禎二年刻本，《四庫全書存目叢書》據此影印出版，志前無姚希孟、周鍾、張溥、楊廷樞四序。又有抄本，《華東師範大學圖書館藏稀見方志叢刊》、《中國地方志集成·鄉鎮志專輯》影印出版，志前有姚希孟、周鍾、張溥、楊廷樞四序。張溥文序，其主旨並不僅在於論文，而是欲通過論文來揭示作者著作所藴涵之道德、用世之深意，並進而由此推至最高之境界。此序由論徐鳴時著作記其鄉邦之地説起，導出「君子之有其身也，必將敬其身；居其地也，必將重其地」，最後將此歸結爲仁孝，故張采評云「觸類而發，無不歸之仁孝，應氏之僅紀風俗亦淺矣」。

②《東山》之詩：即《詩·豳風·東山》，毛序：「《東山》，周公東征也。周公東征三年而歸，勞歸士，大夫美之，故作是詩也。」

國表序〔一〕①

【眉評】張曰：「言甚精而不愚，文爾雅而有式。」

魚山先生以政事之暇加意今文，所謂應制之塗、同人之義出其中矣。於是孟樸、扶九②、聖符③因以廣寄樂善，聚四方之業，捆而歸於先生。取予之間，斷斷如也。而予與介生、勒卣、彦林、雲子、維斗、彜仲、來之、亦于諸子左右其政。大約觀地之遠近，別其文流，積數常多而取指貴少，此《國表》之所繇刻也〔二〕。

夫文章之道，言人人殊。學者欲取而一之，域其煩約，采所長而被以有餘之名，優所短而長其未成之美，爲之主者，不亦難乎？然而君子有以辨之矣。出材之區，不一其處；別用之道，則存乎人〔三〕。今以天下之大，概稱學者，舉繩尺而盡責以太上之事，議其不能，而不予以易至之説，則人將虞大道之荒絶，而安其舊常。苟或泛與謬取，不稽其服，嚮狃於鄉黨之情，而忘其久遠之論，則士無美惡，咸稱有群，彼此之意，無所棄受，而賢者不得以表見，二者固物之通害也。當此而欲廣其教化之端，必使人皆明其不得已，多爲之引，而終裁以正，聖賢之道或有存焉。

今觀孟樸與扶九、聖符高氣勝情，通於朋友，不憚歷遐阻、發懷抱以來，千里之駕，溯洄溯瀠，其猶古之思乎？不然，何其汲汲也？夫詠昔日之思賢，覽今日之求友，即而稱之，豈徒文字之謂乎？亦在斯人之倫，無乎不淑也。是故地有其人，人有其文，託於道路之遠，告以君子之志，則與乎斯選者，人倫之行，無敢闕如已。

【校記】

〔一〕目録原題作「國表叙」。本篇又見北大本《合集·古文存稿》卷一。

〔二〕「之」，北大本無。

〔三〕「存」，原作「有」，據哈佛本、北大本改。

【繫年】

據下文《國表序代張受先》繫年，可知此文作於同期，即崇禎二年（一六二九）。

【箋注】

①《國表》爲復社社文選編，由熊開元主持，孫淳、吴翻、沈應瑞等奔走約稿、出資出力，張溥與周鍾、周立勳、錢栴、朱隗、楊廷樞、夏允彝、吴昌時、徐郴臣諸子協助選輯。張溥集中有《國表小品序》《國表序》《國表又序》《國表四集序》。《國表》今未見。著録見於如下諸書：陸世儀《復社紀略》卷一：「吴江令楚人熊魚山開元，以文章經術爲治，知人下士。慕天如名，迎至邑館。巨室吴氏、沈氏諸弟子俱從之遊學。於是爲尹山大會；苕、霅之間，名彦畢至。未幾，臭味翕集，遠自楚之蘄、黄，豫之梁、宋，上江之宣城、寧國，浙東之山陰、四明，輪蹄日至。比年而後，秦、晉、閩、廣

多有以文郵致者。……天如於是裒十五國之文而詮次之，目其集爲《國表》。受先作序冠弁首。集中詳列姓氏，以示門牆之峻；分注郡邑，以見聲氣之廣云。」《復社紀略》卷二：「當天如之選《國表》也，湖州孫孟樸淳實司郵置，往來傳送，寒暑無間。凡天如、介生游蹤所及，淳每爲前導，一時有孫鋪司之目。兩粤貴族子弟與素封家兒，因淳拜居周、張門下者無數。」《復社紀略·復社總綱》：「五年：張溥給假葬親，歸。虎丘大會，張溥爲盟主，合諸社爲一，定名復社，刊《國表》社集行世。」按，陸世儀定「合諸社爲一，定名復社，刊《國表》社集行世」於崇禎五年，誤，應爲崇禎二年。計東《改亭詩集文集》卷三《許鹿柴十集詩序》：「當諸説紛爭時，而吾師太倉張西銘先生愍然憂之，雖師友錢氏、陳氏，而艾之友章、羅、陳三人與太倉兩張先生善。譚弟服膺爲德清令，復與吾師相友愛，偃爭息辨，問訊往來，言歸于好。江右四家與寒河譚氏諸兄弟子姪文並集吴下，而復社《國表》之書懸諸國門，天下翕然，吾師之功爲大。」《改亭詩集文集》卷十《上太倉吴祭酒書二》：「當日紛紛社集文字，若《南彦》《天下善》《人文聚》諸書，與復社之《國表一集》《三集》《四集》頗相齟齬，獨西銘先生一人大公無我，汲引後起，且推魚山先生主持復社之意，故能合應、復兩社之人爲前矛後勁之勢。」張鑑《冬青館甲集》卷六《書復社姓氏録後》：「扶九居吴江之荻塘，藉祖父之資，會文結客，與孫孟樸最厚，奔走社事。扶九實出白金二十鎰、家穀二百斛以資孟樸之行。閱歲，群彦胥會於吴郡，舉凡應社、匡社、幾社、聞社、南社、則社、席社盡合於復社，論其文爲《國表》，雖太倉二張主之，實引次尾、扶九相助。」

②吳翻，字扶九，吳江人。復社主要成員。吳山嘉《復社姓氏傳略》卷二：「吳翻，字扶九，號静庵。貌魁碩，善談論，詩文瀏灕藻麗，弱冠負重名。莊烈帝立，凡奄黨悉置於法。翻與同志孫淳等四人創爲復社，義取剥窮而復也。太倉張溥舉應社以合之，海内知名士皆聞風而來。翻於邪正是非之介確然不可易。時温體仁方柄國，屢招致，翻卒不應。同邑吕純如要一見，亦終不得。以是爲忌者所搆，幾陷不測。以序年當貢，值鼎革，遂絶志仕進，杜門著書。篤嗜天官象緯之學，所藏明人文集至三千七百家，手自纂輯。乙未秋卒，年四十七。私謚孝靖。没數月，遭盗劫，所藏書及所著《曆法稿》散佚殆盡。其内弟沈礽晉與其婿計東蒐其遺稿，爲《升恒堂集》十卷，行於世。」

③沈應瑞，字聖符，號介軒。與孫淳、吳翻等創立復社，經營社事頗多。吳山嘉《復社姓氏傳略》卷二：「沈應瑞，字聖符，號介軒。諸生。少以詩文名。乙酉後，絶意進取，當事舉賢良方正，不就。生平篤於友誼，周人之急無倦色。給事熊開元遺戍定海，迎其家居於别墅。解橐以濟尹職方民興於危，皆爲人所難。卒年八十五。」王應奎《柳南隨筆》卷三：「迨崇禎庚午，楚中熊魚山開元自崇明令調吳江，最尚文章聲氣。時吳江諸生孫淳孟樸、吕雲孚石香、吳翻扶九、沈應瑞聖符輩附之，號召同人創爲復社，頗見嫉於維斗。孟樸至吳門，懷刺謁楊，再往不見，曰：『我社中未嘗有此人。』『我社』者，『應社』也。賴天如調劑其間，兩社始合爲一。」

國表序 代張受先（二）①

【眉評】周曰：「言情至此，破涕爲笑。」

别天如數月矣。近得書，言復社之事，孟樸爲之，大約本於應社，稱之四方，遠邇齊轍，成勞可書。又云是社已二舉矣。春秋之集，衣冠盈路，視昔人飲禊采蘭之遊，殆有甚矣。

復社既興，魚山先生實主斯文之選，酌之群言，弘奬氣類，余又以慶同盟之有歸也。及家人有從吳門來者，予再詢之，乃云社集之日，胥、閶之間，維舟六七里，平廣可渡，一城出觀，無不知有復社者。諸所稱引，又有過於天如之書。余益以信先生一倡之力，孟樸諸子劻勷之勞，不可誣也。

江城素號多事，糾劇難理。先生莅未一月，訟獄衰息，煩賦不起。今則人地清嘉，無復書牒之役〔二〕。然則文學之興，所以飾治，神明之長，可得而辭歟？予與天如之識孟樸，在七年以前，而孟樸今日之舉，乃在七年以後。當夫一見之時，疑後會之甚難。而今且往來於吳越之交，盡天下之士，有朝夕之接。凡吾黨之遥聞相思者，有友爲之主，而不憂于遠道之不見。若此者，皆天之樂於有成也。夫魚山先生立其師表，既足以一天下之言行，斷於前聖。而孟樸諸子簡書之問，無月不出。文字之來，常若烟海之聚，而與之以正，辭無雜越，則介生、天如又何悲於當世之無徒乎？

入春以來，兄弟之戚，其音日至。公幹之亡也②，雲子、石兄之喪其母也③，華之之奔其父之喪也。東望而涕泣者，數數矣。獨聞復社之言，則怡然心開。此予所覽是編而懷故國也。

【校記】

〔一〕目録原題「國表又序」，據正文改。

〔二〕「復」下，原衍「所」，據哈佛本、上圖本删。

【繫年】

據文中「别天如數月矣」「入春以來」等語，此文作於崇禎二年（一六二九）春。

【箋注】

①此代摯友張采序《國表》。張采時在臨川任上，蓋上任伊始，政務繁劇，路途遥遠，往來不便，故由張溥代序。張采《知畏堂文存》卷一《具陳復社本末疏》：「若復社之起，臣已爲縣令，不預書生事。張溥時猶未第，故選社文，以臣向同硯席，代臣作序。」陸世儀《復社紀略》卷一：「天如於是裒十五國之文而詮次之，目其集爲《國表》，受先作序冠弁首。」即指此序。

②楊公幹，楊廷樞弟。諸生。天啓六年三月，張溥始識楊公幹。時周順昌被逮，公幹奮身急其難。張溥與楊廷樞、徐汧之交往，公幹亦參與其中。張溥曾與楊廷樞、公幹兄弟及徐汧等共游虎丘。崇禎元年張、楊赴京時，公幹爲之送行。後楊公幹早逝，張溥作《楊公幹紀略》，偕同社以祭之。

③荆艮，字石兄，丹陽人。復社成員。《復社姓氏傳略》卷三：「荆艮，字石兄。崇禎某年貢生，知京

山縣。」

應社十三子序〔一〕①

予讀郡城十三子之文，而有感於應社之道不可以忽也。志成於昔年，而事大於今日。維斗始之，而十二人廣之，迨斂文而加之鍥棹〔二〕，則仲木②、燕胤厥功侈焉。凡立社之本末，進人之次序，無不可具書也。然天下已知之矣，則無所用予言也。予所言者，言其大者而已。其大者不可盡言，則將從其略而節言之。

夫郡之人多矣，其名能文好偉論者，維斗諸子無不樂稱焉。節之而僅爲十三子之文，其數不已闕歟？夫蓋有所自也。十三子之中，有一家之兄弟焉，有世兄弟焉，此以親相先者也；有同一師者焉，有師弟子同爲友者焉，此以義相先者也。以親則情不可以概，以義則合不可以苟，此十三子之所繇名也。雖然，論親與義而人與文或未至焉，其交猶可議也；論親與義而人文之道皆具乎中，則諸子之爲友也，固百世之所觀也。

今十二人之外，有爲維斗之所許者，予亦嘗因而許之矣。名將成而釁已見，無故而致難於爲德之人。一社之士搤掔拊膺，太息而起，各欲奮其不平。然而爲德者不忍絶也，反而自責，以冀其一悟，至於不悟而終不忍絶焉。然後知諸子之爲人，嚴於大節而略於苛怨。苟十三子之外，有誦聖賢之書、行君子之道者，諸子未嘗不厚自詘抑，進而與友也。寅卯之間，諸子之義亦稍見於天下矣，而不必言也。爲子者必孝，爲臣者必忠，如是而常焉。不如是而即以爲大變，欲言之而無可也。故諸子之行日以遠，其氣亦日以静，文之深指在乎必傳，而亢壯矯厲之意未或一動。使出而謀國家，進退之際，夫固知所立矣。予之欲言其大，不能盡而姑節焉者，此也。

【校記】

〔一〕本篇又見北大本《合集・古文存稿》卷一。

〔二〕「鍥棹」，哈佛本、北大本、上圖本作「摩版」。

【繫年】

據陸世儀《復社紀略・社局總綱》「（崇禎元年）正月，周鍾選社十三子文行世」，此文作於崇禎元年（一六二八）。

【箋注】

① 此序應社十三子文選。陸世儀《復社紀略》卷一：「先是，貴池吴次尾應箕與吴門徐君和鳴時合七郡十三子之文爲匡社，行世已久。至是，共推金沙主盟。介生乃益擴而廣之，上江之徽、寧、池、太及淮陽、廬、鳳與越之寧、紹、金、衢諸名士，咸以文郵致焉。因名其社爲應社，與萊陽宋氏、侯城方氏、楚黄梅氏遥相應和。於是應社之名，聞於天下。……始，周介生之應社，社目若茂苑

楊維斗廷樞、徐九一汧、常郡荆石兄艮、虞山楊子常彝、顧麟士夢麟、吴江吴茂申有涯、吴來之昌時、松郡夏彝仲允彝、陳卧子子龍及閩中陳道掌元綸、蔣八公德璟咸在列，而獨以《凡例》爲天如手定，蓋兩人相信在語言文字外，别有契合也。」

② 李楷，字仲木，長洲人。復社成員。吴山嘉《復社姓氏傳略》卷二：「李楷，字仲木，崇禎壬午舉人。國朝順治中，任工部員外郎。」

龍壺稿序〔一〕①

天下有修之於闇而可得而舉者，其文之謂乎？及考其廢興，則王國之事，若有世德焉。何則〔二〕？文之成就，因乎其時，材分所出，有變有正，强而同之，累代而不喻，要於齊用，則皆顯榮之具也。惟以文繫於人，以人繫於世，前之發揚不輕，而後之承受有叙。篇文之出，莫不明德行之流、道藝之本，以之推於古者隆盛之驗，如家至而日見，未或隱焉。

吾鄉陸太翁先生之清操淵望②，一邑之人聞之矣。先生之大人年及期頤，爲封公者二十餘年，而夷静澹朴，姓名未嘗達於有司。凡所謂長者之行，一邑之人亦聞之矣。夫繇兩世之德〔三〕，以觀浸昌之效，此子就③、子堅兄弟所以卓犖於時也。子堅賦才强廣，鏗訇文苑④，每奏一義，懷經協術，志存迢邈。而又性尚沉篤，踈簡世趨。與君烈交善，君烈之亡，爲之傳其遺文，詢其孺子，惠好之情，無所回改。若此者，尤非當世希風之流所敢幾也⑤。

今子堅刻其文成，以簡予。予讀而告旨焉，於文乎人乎俱見之矣。想大明之生東，慨六合之廣大，而音聲之近，得於鄉黨之間，則予寬睎之念，竊有慰焉。且古卿大夫士之賢而老者，坐閭門而教學，謂之先生。子堅之家，爲先生者有兩人焉，固同邦之所淑也。子堅繇其典刑，被纓紼而厲人物，亦可無慕於扶風之才通⑥，陳留之辭綺矣⑦。

【校記】

〔一〕本篇又見北大本《合集·古文存稿》卷一。

〔二〕「何」，原作「河」，據哈佛本、北大本改。

〔三〕「兩世」，原作「西世」，據北大本改。

【箋注】

① 此序陸子堅《龍壺稿》。陸子堅，太倉人，陸獻明次子。陸子堅與張溥亡友沈承交好。沈承英年早逝，其妻隨後亦逝，張溥爲之撫養遺孤，陸子堅爲之傳寫遺文，詢問遺孀孤子，二人可謂見義勇爲、高節厚誼。

② 陸太翁，即陸獻明，字君謨。《江南通志》卷一百四十五：「陸獻明，字君謨，太倉人。萬曆丁未進士。爲御史，按湖廣時，僚屬以魏璫生祠請，獻明叱之，裂其牘。楊漣死，誣贜萬計，令原籍追償，獻明竭力全其家。再按黔，會水西酋作亂，獻明上疏，言當用重兵，三方並進。如其言，水西平。

仕至太僕寺正卿。」

③陸日升，字子就，號辛庵，太倉人。陸獻明長子。俞天倬《太倉州儒學志》卷二：「陸日升子就，獻明子，府學，號辛庵。」嘉慶《直隸太倉州志》卷二十七《陸獻明傳》：「子日升，崇禎十五年舉人。」

④鏗訇：形容文詞鏗鏘有力。洪邁《容齋隨筆·左氏書事》：「晉厲公絶秦，數其五罪，書詞鏗訇，極文章鼓吹之妙。」

⑤希風：仰慕風操。《後漢書·黨錮傳序》：「自是正直廢放，邪枉熾結，海内希風之流，遂共相標榜，指天下名士，爲之稱號。」

⑥《後漢書》卷六十《馬融傳》：「馬融，字季長，扶風茂陵人也，將作大匠嚴之子。爲人美辭貌，有俊才。初，京兆摯恂以儒術教授，隱于南山，不應徵聘，名重關西，融從其遊學，博通經籍。」

⑦《後漢書》卷六十《蔡邕傳》：「蔡邕，字伯喈，陳留圉人也。……贊曰：季長戚氏，才通情侈。苑囿典文，流悦音伎。邕實慕静，心精辭綺。」

夏膚公稿序〔一〕①

【眉評】周曰：「間似皮、陸，其一種幽削之氣，皮、陸又不能有。」

聞之欲忘人憂者，贈以丹棘②；蠲人忿者，贈以青堂③。夫憂之與忿〔二〕，境之大不可者也。予之被放於境〔三〕，蓋無所可矣。顧取膚公之文，坐詠之，則憂忿脱然以離。若斯文者〔四〕，亦可謂丹棘、青堂之贈已。然而膚公之爲此〔五〕，至難也〔六〕。膚公起於淮陰，即自樹立〔七〕，明記書，期以變醨養瘠，固豪傑可畏者也。又久之不爲衆摇拔，情氣日茂，華滋有容，則維新之作形焉。

秦淮之會，膚公語予與受先曰：「余之悲時而務循道也，幾蹟於人之口，終業業焉，弗與之荒。」予因是益感其義也。夫今古之相去，若泰遠與郤國，東西絶矣。非摯好者，不能恒爲往來。兼之時體便聽習視，人人易於聲色，去所易而就所難，是即不言欲利而言禮義，君子之守也。而或一時强忍，漸乃移徙。又荆公所嘆世之君子，僅有其初而已。獨膚公確然履方，當標季之數，蹙其白過而敬匡乃躬④，染筆不累。此近者吟典籍、襲衣裳之徒所未見也⑤。且先聖人之法，亦豈真絶潰不可杭乎⑥？率軌屏穢，則致之矣。善所致而不豸，襲六爲七⑦，如或見之，則予與周旋，豈獨散夫鬱怏，將有喜樂之詩也。

【校記】

〔一〕本篇又見北大本《合集・古文存稿》卷一。

〔二〕「之」，北大本無。

〔三〕「之」，北大本作「既」。

〔四〕「文」，北大本無。

〔五〕「而」，北大本無。

〔六〕「至」上，北大本有「則」。

〔七〕「即」，北大本作「能」。

【繫年】

據前文《應社十三子序》作時，此蓋爲夏曰瑚天啓七年中舉人後刻稿所作序，故作於崇禎元年（一六二八）。

【箋注】

① 此序夏曰瑚稿。夏曰瑚，字膚公，號塗山，淮安府山陽人。復社成員，張溥同年。吴山嘉《復社姓氏傳略》卷四：「夏曰瑚，字膚公。崇禎辛未進士，廷試第三人及第，授編修。奉命封江川王，丰裁凝重，饋遺一無所受。曰瑚少有文譽，名噪諸生中。及登翰院，人皆以大用期之。歷官未幾，遽移疾歸。葺恢台園於湖濱，日與故人賦詩飲酒其中。踰年卒。」阮葵生《茶餘客話》下：「夏塗山曰瑚幼爲名諸生，一日夜歸，遇縣尹孫肇興于道，左右以夜行執之，不跪。對以會文歸遲，遂以草呈孫。孫于馬上讀之，不數行，大驚曰：『即發矣！即發矣！子以此取科名，拾芥耳。』因叩其居不遠，同就書几，更爲指點。且曰：『如此破法不得元。』索筆爲易一破而去。是科孫爲同考，得塗山卷，欲元之，主者置第二，此天啓丁卯也。至辛未，遂以進士第三人及第。」

② 丹棘：忘憂草之别名。崔豹《古今注·問答釋義》：「欲忘人之憂，則贈以丹棘。丹棘一名忘憂

草，使人忘其憂也。」

③青堂：亦名「青棠」，別稱「合歡」。崔豹《古今注・問答釋義》：「青堂，一名合歡，合歡則忘忿。」范成大《行路難》：「贈君以丹棘忘憂草，青棠合歡之花。」

④白過：明顯之過錯。《漢書・谷永傳》：「竊恐陛下舍昭昭之白過，忽天地之明戒。」

⑤語出《後漢書》卷五十三《申屠蟠傳》：「今先生處平壤，游人間，吟典籍，襲衣裳，事異昔人，而欲遠蹈其迹，不亦難乎！孔氏可師，何必首陽。」

⑥絶潢：與水流隔絶之水池。韓愈《送王秀才序》：「故學者必慎其所道，道於楊、墨、老、莊、佛之學，而欲之聖人之道，猶航斷港絶潢，以望至於海也。」

⑦葉廷珪《海録碎事》卷十八：「襲六爲七猶兼正列其義，祓飾厥文，作《春秋》一藝，將襲舊六爲七，攄之無窮。六，《六經》也。」

徐錫餘稿序〔一〕①

【眉評】周曰：「字必妍練，復有至性，矯然而出。」

軼興軼衰者，文之常節。顧承其時而有發隆，則君子之名著乎天録矣。然而學者難之，蓋重所會也。是以志在徽文，雖綃縠皮②，戴瓦盎③，不失乎榮樂。况於育業衍功，應清明之舉者乎？且物材本有，而自乏其績，使錦不爲幅，稻不爲虀〔二〕④，失之倍也，情懷益忍忍焉。若吾錫餘則誠哉其辨此而恢者也。以爲賢人之書，不喻於蝠蟲；正士之行，不載於梟羽。彼捷懾而虛薄⑤，未聞被學，即越苗草以希整轡，或世所與有道者耳，非時宗之謂可也。夫然則錫餘之期篤誨，愔愔弗忘⑥，益將以是事爲衣裘饔飧矣。露之初，星之晚，渢然有雅頌之聲出焉，知其虔鞏而愛并也。

酉戌之間，古文始甹枿，錫餘即拔而軒翥其際，禮官儒林好稱之。然猶抑己不伐，奮於大賢，惠世之篇，磨錯彌善。乃任天下之嫗嫣撫拍⑦，靡所芥蔕，而用專其業，聽彼璆琅，以察統體，固無負於「日月在躬」之譽矣⑧。矧德積勝於玉生〔三〕，謹約周慎，雅性所安，亦美文繇輝也。

今有君子於此，出入不離柴車草屏，服飲不外束楮升水，親蕘豎之役而猷守焯耀，則誼士咸輕槐鼎而下之矣⑨。繇錫餘之道而以時升盛，不其人與？華而且敦，余於是乎有誦也。

【校記】

〔一〕本篇又見北大本《合集·古文存稿》卷一。

〔二〕「虀」，原作「賷」，據《晉書》卷五十二《袁甫傳》「稻不可以爲虀」改。

〔三〕「玉生」，原作「王生」，據哈佛本、北大本、上圖本改。

【繫年】

此蓋爲徐開禧中進士後刻稿所作序，約作於崇禎元年（一六二八）。

【箋注】

①此序徐開禧稿。徐開禧，字錫餘，崑山人。同治《蘇州府志》卷九十四《人物二十一》：「徐開禧，字錫餘。崇禎元年進士，授湖廣臨武知縣。減徭役，飭保甲，立嘉木堡於要塞處。粵寇破鄰邑，而封内屹然。兩舉卓異，擢編修。十四年，江南大旱，疏請停折、抵兑，皆報可。陞右中允，侍經筵。主福建壬午試。國變後，杜門著書以終。」

②綃穀皮：典出《後漢書》卷八十三《周黨傳》：「復被徵，不得已，乃著短布單衣，穀皮綃頭，待見尚書。」李賢注：「以穀樹皮爲綃頭也。」

③戴瓦盎：典出《後漢書》卷八十三《逢萌傳》：「萌素明陰陽，知莽將敗，有頃，乃首戴瓦盎，哭於市曰：『新乎新乎！』因遂潛藏。」李賢注：「盎，盆也。」

④錦不爲幍，稻不爲虀：語出《晉書》卷五十二《袁甫傳》：「人各有能有不能。譬繒中之好莫過錦，錦不可以爲幍；穀中之美莫過稻，稻不可以爲虀。是以聖王使人，必先以器，苟非周材，何能悉長！」

⑤捷懾：急疾戒懼貌。《後漢書·趙壹傳》：「捷懾逐物，日富月昌。」李賢注：「捷，疾也。懾，懼也。急懼逐物，則致富昌。」

⑥ 愔愔：和悦安舒貌。《左傳・昭公十二年》：「祈招之愔愔，式招德音。」杜預注：「愔愔，安和貌。」

⑦ 嫗媽撫拍：《後漢書》卷八十下《趙壹傳》：「嫗媽名勢，撫拍豪强。」李賢注：「嫗媽，猶傴僂也。……撫拍，相親狎也。」

⑧《晉書》卷九十二《袁宏傳》：「後爲《三國名臣頌》曰：……英英文若，靈鑒洞照。應變知微，頤奇賞要。日月在躬，隱之彌曜。文明暎心，鑽之愈妙。」

⑨ 槐鼎：喻三公或三公之位。槐，指三槐；鼎，國之重器，又有三足。《後漢書・方術傳序》：「故王梁、孫咸名應圖籙，越登槐鼎之任。」

彭燕又稿序〔二〕①

【眉評】張曰：「喻於劉勰之論、陸機之賦，正足頡頏。」

以士言文，似乎生常，然自得難矣。獨燕又則加翱翔焉。英分兼辨，通非一科。及搴散下之蕭稂，護正書之穿落②，蓋已浸潭優游，使觀者入其滋味，難形頌也。

凡文雖以集衆字，示華采，要繫之人身，亦一大物。古人勉學而有懷於《詩》之靖恭正直，神聽景福③，其所謂元吉之思深矣④。後此者均常節變，鑽研體貌，亦盛張其功，可以禦乎崖谷珠玉，扞乎雲雷粢盛。論説烟緼，無非煌煌翹翹之談⑤，不徒聚叢脞，期於謏憂而已。顧議者失其平度，必以辭之細大，管乎通塞。綏珮之士，不句不文，已謂爲前憲，執脡脯者至焉。苟跡在窮巷，雖馨香茂實發聞於世，亦難有一事之愜當，且安知窮巷者之不綏珮也？容顏定於一人，而美惡生乎旦晚，是曷不入天子之庭，執仕籍，考升降之爲得也哉？

原其所積，先闇行誼，後略文字，勢利矜激，流趨使然。燕又之言此而噭然也，非一日矣。遵德琢磨，不以智相迿。身於禮樂，而文亦繇其阡陌。始涉伯塗，繼乃紓餘中節，歸於《王風》。在己博而不有，於大道能粲合而無所契本，豈猶夫一家風骨者焉？吾其祇哉，以爲士之牆宇冠冕也⑥。

【校記】

〔一〕本篇又見北大本《合集·古文存稿》卷一。

【繫年】

據文中「獨燕又則加翺翔焉」「是曷不入天子之庭，執仕籍，考升降之爲得也哉」等語，此蓋爲彭賓崇禎三年中舉人後刻稿所作序，約作於崇禎三年（一六三〇）。

【箋注】

① 此序彭賓稿。彭賓，字燕又，一字穆如，華亭人。幾社六子之一，復社成員。吴山嘉《復社姓氏傳

略》卷三：「彭賓，字燕又。崇禎庚午舉人。國朝爲汝寧推官。才華震蕩，不屑以胏石繩人。巡方使者劾之罪，幾不測。賴御史李某之力，得薄譴歸。」

② 穿落：遺漏脱落。《魏書》卷五十二《劉昞傳》：「暠好尚文典，書史穿落者，親自補治。」

③ 語見《詩·小雅·小明》：「靖共爾位，好是正直。神之聽之，介爾景福」

④ 元吉：大吉，洪福。《周易·坤》：「黄裳元吉。」孔穎達疏：「元，大也。以其德能如此，故得大吉也。」

⑤ 煌煌翹翹：盛美出群貌。劉禹錫《呂君集紀》：「然煌煌翹翹，出乎其類，終爲偉人者，幾希矣。」

⑥ 牆宇：風範。

行卷扶露序〔一〕①

「才有淺深，無有古今；文有僞真，無有故新」②，此豈昔人虚爲之辭？蓋實觀所致焉。身立乎惣，不摇其建，馭文謀篇之繇歸也。故散者應後，而正者處先。原夫天質地文，所謂受化養成之道，亦有序矣。寧復可下上簪履，顛倒衣裳哉？

若吾夢鶴之與夢明③、夢文④，誠哉其深於本者也。以學内治，而美業流凑，稱兄稱弟，正於家矣。於是有訓人之書，及物之惠，克充乎其盈也。然則習之者考句而發音，援篇而起，猶尚未有得矣。盍遠以慮焉，淵以謀焉。（此處眉評：周曰：「善讀善解，神情曲至。」）吾始得其聲與，繼得其數與，終得其人與，庶無負於善讀矣。要之，得其人難也，知所謂得其人，又難也。

祥氣之聚，蔚爲吉士。有名以自表，有體以别庶。尊之至者，著作同焉。苟其非類，則自沈腿也。不宜於雅，而嫉妎發作，盛其言語，無聖人惻怛之誠，而學五章之刺時⑤，亦何以救哉？且人有小人，猶細物之中，蟲有蜂蠆，魚有鯵鰍，若其見之於文，即蜂蠆鯵鰍之遺也。童子遠之矣。

故君子勤脩身而緩論物，即博於論物，而要不可以越己。其人禮也，文如其周折規矩焉；其人仁也，文如其出入樂易焉。（此處眉評：張曰：「宋人之理，漢人之文。」）不欺於火滅而後日中不怠，不怨於家人，而後明王敬之。所謂行之知之，不重難哉！惟夢鶴兄弟克與道協，整約無累。故當可憎而必删，遇大美而不惑。《行卷》之選，固其端也，而從乎質矣。泛覽靡薄，必斯之爲樊也與。

【校記】

〔一〕本篇又見北大本《合集·古文存稿》卷一。

【繫年】

據題目「行卷」及前後文作時，可知陸銘勳兄弟乃選集崇禎三年舉人之文，故此序蓋作於崇禎三年（一六三〇）鄉試後。

【箋注】

①此序陸銘勳兄弟所選時文集《行卷扶露》。所謂行卷，乃選集舉人中式之文。

②語見王充《論衡》卷二十九《案書篇》：「蓋才有淺深，無有古今；文有僞真，無有故新。」

③陸鳴時，字夢明，又字善明，錢塘縣人。復社成員。吴山嘉《復社姓氏傳略》卷五：「陸鳴時，字善明。崇禎丙子舉人。國朝順治初補嵊縣教諭，遷國子監典籍、兵部司務。」

④陸鳴烇，字夢文，錢塘縣人。復社成員。吴山嘉《復社姓氏傳略》卷五：「陸鳴烇，字夢文。崇禎庚午舉人，以疾廢於家，嘗曰：『《易》，卜筮書也。古今精於《易》者以左氏爲首。』因輯周秦以下卜筮爻象，間發以己意，未成而卒。」

⑤五章：指孔子所作刺時之樂章。《史記·樂書》：「自仲尼不能與齊優遂容於魯，雖退正樂以誘世，作五章以刺時，猶莫之化。」司馬貞索隱：「按《家語》所云孔子嗤季桓子，作歌引《詩》曰：『彼婦人之口，可以出走。彼婦人之謁，可以死敗。優哉遊哉，聊以卒歲。』是五章之刺也。」

吕賡虞稿序〔一〕①

【眉評】周曰：「感慨今昔，辭旨辛切。」

賡虞之文，吾友君烈蓋嘗序之矣。美情動流，景與事愜，歡然筆之而成紀焉②，固其致也。及今而賡虞之爲學日以彊，其妍富之旨施於文者益以遠。

顧念君烈，則殂化久矣！予於是益恨君烈之不登其年。讀賡虞今日諸篇，而樹絲與桐也。然賡虞之與君烈則至厚也。君烈既亡，賡虞之投予書者凡三焉〔二〕。簡札之間，無非寄惻愴〔三〕，道往故，惘乎有友生之情，滂霈乎有古人之思。予内服之，知賡虞之爲人〔四〕，非猶夫時也。夫存亡之際，同於窮達，而理少變化。故窮者可以達，亡者難爲存。賡虞能貞志於斯會，則天下無可以易之矣。

客秋之試，賡虞已勝矣〔五〕，而復遇乙〔六〕，同類傷之。然予不爲賡虞重恒也。君子業爲其可恃而感，因其或有使賡虞之遇，而以氣炎者當之〔七〕，必有内熱外虎之憂矣。惟賡虞坦焉以和，洛誦不輟，而抗行前士，即來大通，固無所根蒂於懷中也。故士哀不遇，尤哀於似遇而大有不然，而獨不可以難道德之徒。此又君烈所言「士人之御境，如聞瞽者之論星，合不合皆可聽也」。

今賡虞出其制義以行，而欲予一言識其端。嗟乎賡虞！令往之日不乙其卷，則諸篇者已粲粲乎新家矣。而戚速靡定，故君子終不敢越己而遐騖也。予既切賡虞之篤懷君烈，而又引君烈之達言繫乎其文，以喻賡虞之所際，爲相慰也，爲相勉也。

【校記】

〔一〕本篇又見北大本《合集·古文存稿》卷一。

〔二〕「之」「者」，北大本無。

〔三〕「無非」，北大本無。

〔四〕「之」，北大本無。

〔五〕「已」，北大本無。

〔六〕「遇」，北大本無。

〔七〕「而」，北大本無。

【繫年】

據「客秋之試，賡虞已勝矣，而復遇乙，同類傷之」，此序作於崇禎四年(一六三一)。

【箋注】

① 此序吕於韶制義集。吕於韶，字賡虞。詳見《初集》卷一《房稿香玉序》注。

② 沈承《即山集》卷一《紀事即作吕賡虞稿序亦可》：「會賡虞從郡歸，道經余廬，爲一破夢。余方幅巾蒙頭，不復分賓主，揖又手而已。坐定，復不作寒暄，互索試牘快誦過。賡虞即探行襆出新刻，餉余而已。是刻一一經名勝標舉，如珠玉照人，余無須蛇足，第出少酒澆之而已。」

錢仲芳稿序〔一〕①

【眉評】張曰：「長歌短詠，類有離憂者，要其義重矣。」

繇文而之道，論其遠近，所謂伐柯者非與？何今之判絕也？內無高符而好言恢廓，事之不幾，無其甚矣。顧身不信姱，慮朋友之有辭，則稱干比戈焉。余益哀其爲自討也。彥林、仲芳兄弟起於梅里，正躬帥俗，喜進賢茂，而越人多攻之，謂可麗郵罰。介生與予將附法比，抱《中孚》之爻而當貝錦之詩②，信有然矣。夫誹怨之來，謝之非己之禮，爭之非人之情，故磊磊軒天地者不與之辨，嘿然而已。又因以生敬，既完而懼考，亦慎德之一助也。

雖然〔二〕，貌是者不終是，貌非者不終非。故越之人能稱彥林兄弟者，往往而多也。仲芳蓋語余矣，曰〔三〕：「予嘗父事彥林，兄事子敬③。」夫彥林雄達高放，簡棄衆士。然向余開序胸臆，每言己豪傑而仲芳爲大賢，進之則聖人之容與操也，軒之輊之，將北面焉。乃仲芳則抑抑於家之有範，而籥誦不窳，誠之爲道，先立於兄弟之間矣。若子敬，則又余所拊膺流沫，思焉而隱也。侍其大人，而之於道，之於都，之於獄，而之于死之日，惟辛與荼備之矣。喪歸而廬墓焉，屏妻子不一見，終日孺子泣也以死。父之視子，子之視父〔四〕，於忠孝可謂全矣。

予讀彦林、仲芳兩人《哭子敬詩》④，悲其甚於叫號也。夫亦與子敬兄弟也，夫不知其人視其友。予不識子敬，而觀於彦林、仲芳所爲哀死之詩。既習彦林、仲芳，而又觀于與子敬之爲兄弟，則益有親焉。故越人之諱言子敬者，多與彦林、仲芳相難也。其能道彦林、仲芳者，多傷魏先生父子知節義，輕勢利之徒也，不亦可以徵類歟？

仲芳所著述有《兩浙忠臣録》《名言日牋》諸書⑤，重寓德義之指，時文特其概也。然而皆繇乎中，亦將以觀人之好惡，區賢佞焉。余烏能無説哉！

【校記】

〔一〕本篇又見北大本《合集·古文存稿》卷一。

〔二〕「然」，原作「貌」，據哈佛本、北大本改。

〔三〕「曰」上，原衍「有」，據北大本删。

〔四〕「視父」，原作「視子」，據哈佛本、北大本、上圖本改。

【箋注】

① 此序錢棻時文稿。錢棻，字仲芳，號滁山。詳見《初集》卷一《陳威如稿序》注。

② 謝靈運《初發石首城》：「遂抱中孚爻，猶勞貝錦詩。」《易·中孚》：「中孚，豚魚吉，利涉大川，利貞。」孔穎達疏：「信發於中，謂之中孚。」後以「中孚」指誠信。貝錦：喻誣陷他人、羅織成罪之

讒言。語本《詩・小雅・巷伯》：「萋兮斐兮，成是貝錦。」朱熹《集傳》：「言因萋斐之形，而文致之以成貝錦，以比讒人者因人之小過而飾成大罪也。」

③魏學洢，字子敬，嘉善人。魏大中子。朱彝尊《静志居詩話》卷十九：「魏學洢，字子敬，嘉善人。贈太常卿。大中子。鄉人私謚孝烈先生。有《茆簷集》。魏忠節公被逮日，天大雷電，子敬徒跣攀號，請隨行。公語之曰：『覆巢豈有完卵，父子並死，無益也。』子敬乃微服緹騎後，探起居，抵國門，邏卒四布，乃變姓名匿都市，營救不可得。公既斃獄，扶櫬歸，朝夕躄踊，未嘗一入寢室，淚盡脣焦。家人捧水漿以進，却之曰：『吾父詔獄中，孰夜半而進之漿者？』病且革，進以藥，則又却之曰：『吾父詔獄中，孰診視而進之藥者？』歷數旬而哀毁死矣。思陵即阼，朝士上聞于朝，以是海内稱爲孝子。大學士同里錢士升序其集云：『子敬之志，父存則不獨死，父死則不獨生。』是誠孝子之知己矣。」

④錢棻《蕭林初集》卷三有《向有哭子敬詩軼其稿補成二律愴然下淚》，卷七有《祭魏忠節及長公孝烈文》《祭魏忠節父子文》《祭魏子敬文》。

⑤《兩浙忠臣録》，錢棻著。是書今未見。參見錢棻《蕭林初集》卷四《浙忠録序》。

張孚先稿序①

人者，風雅所麗，故文章滋焉。苟一荒忽於所稱而不圖盡材，則人之職廢矣。是以君子勤考知戒，務涉乎聖涯，流瀛弗以任時，强怯弗以鉏道。器既具矣，節既充矣，斯執筆舒翰，若彈琴成聲，無不和也。

吾友孚先犖然自起，爲瑶爲珉，絶於輇才。單惠之士②，固陸陸所甚畏也③，而兼約夫正法。近者繇歌克頌，遠者防露桑間，不亦是非好惡，得其爲守者歟？所以流離行札，昭質可詠，極彼能事，殆齊國之美作也。且今時號爲瓌異者，予孰之矣。材無構架，識無倫鑒，而因人爲容，俯拾而食，聞言墳素之可慕，則鄒搜焉④。又不觀書之本，而徒跡他氏之已用，冀中正衣冠之與録。及求其歸，擾擾胸中者，一篇《子虚》也。若斯者，登其芳思，迄乎齊章，亦榮節之草木，風至盡矣，何以自植於大皇之埜哉？此孚先之文爲能離世而獨也。數年以内，人人詛之矣。其與素故者，則嗟嗞而閔其言，而孚先不以爲失氣，程進倍偪。午酉之役，幾戰勇矣。怒者不以無疑，而以後義牙相抵於小敵之鋒末，往有蹠戾⑤，值羽葆一鮮即蜂和之。而孚先要循於負序之禮，弗自見賢，則今之爲得，固作祝而不傷，阿邑而不惑⑥，自全其有之所致也。雖然，夫子嘗悲世有士與大夫之言，而無君子之言，以茂德之難勉也。則孚先當兹，尤有徽顯者焉⑦。世方狃於頌頞，拘於文槷，詳所爲士大夫之言，而孚先已遠矣。

【繫年】

此蓋爲張達孝天啓七年中舉人後刻稿所作序，蓋作於崇禎元年（一六二八）。

【箋注】

①此序社友張達孝稿。張達孝，字孚先，太倉州人。復社成員。吴山嘉《復社姓氏傳略》卷二：「張達孝，字孚先。天啓丁卯舉人。」張溥此序以人立論，申述文如其人之意，兼寄友朋之情、慰勉之懷，可謂張溥集中一篇佳作。

②單惠：小才。《文選·左思〈魏都賦〉》：「過以汎剽之單惠，歷執古之醇聽。」張銑注：「單惠，猶小才也。」

③陸陸：猶碌碌。

④鄒搜：形容容貌難看。

⑤蹠戾：乖舛，謬誤。

⑥阿邑：阿諛逢迎。

⑦徽顯：美好顯明。

朱彦兼稿序〔一〕①

彦兼，吾郡真孝廉德升先生之長君也②。其年典謁，即囊括文雅，能著賢者之説。楊子維斗身爲士範，與之歌《伐木》焉③。徐子九一、朱子雲子，淵令沖勝，出於德升先生之門，與彦兼誼又兄弟也。夫是三子者，重五倫之義，敦六行之説④，其自爲治詳矣，其觀於人備矣。然每稱彦兼，即頌嘆交發，流賞極情，繇是知美士之感深也。且德升先生之與景文周先生⑤，四方之士能言其誼矣，出入連影，惟沐浴於仁義，樹本楙矣，而必以及人，所謂古之大賢者，非與？

顧德升先生久頓公車，不能明其孚尹⑥。景文先生之德業已河潤天下，而身被蝎譖，貫虹之氣折於獄岸，天道何居焉⑦？然不踰一載，元凶授首，景文先生之志暴於朝廷⑧。而德升先生亦得謹身侍養，克盡其色。顧瞻階前，則有彦兼之英博，貫浹古義，時時發言，忠孝之指，明於皦日，不可謂非報也。且景文先生既逮之日，有徒洶洶，予所不忍言也⑨。維斗、九一諸子躬扞大難，發公正之憤，幾不免於對吏。而二三膏唇之伍持説摇動，縉紳洟涊，羞於市人。德升先生以夙行犯忌，將被飛文焉。誠哉其吾道窮與！

要之，繇今之治而思前之亂，則當日之松柏不可以不貞也。不然，至於今落矣。此予讀彦兼之文而念往思來，不勝有填膺之涕也。往者爲其難，來者爲其易，死生之際，吾黨所當重勸也。卯之春，時猶蒼黄也。予亦曾登德升先生之堂焉〔二〕。卜室山逕，截茅爲關，同於隱士之廬。而父子誦《詩》《書》，尊言慈，卑言孝，愔愔貊貊，在險能安，予知其深於乾之初九矣⑩。歲月無幾，而彦兼之學日以宏遠，德成而藝成，若是乎有序也。夫君子之礪躬，慎求其全，而富貴福澤不言所應。然繇此推之，亦有可知矣。

【校記】

〔一〕本篇又見北大本《合集·古文存稿》卷一。

〔二〕「亦」，北大本無。

【繫年】

據文中「卯之春，時猶蒼皇也」「歲月無幾，而彦兼之學，日以宏遠」等語，此序約作於崇禎元年（一六二八）至二年（一六二九）間。

【箋注】

① 此序朱鎰稿。朱鎰，字彦兼，吴縣人。復社成員。吴山嘉《復社姓氏傳略》卷二：「朱鎰，字彦兼，吴江人。八歲好讀《春秋》，十二歲作《貞貴篇稿》行世。父陛宣以其文呈文震孟、姚希孟，兩公皆奇之，曰：『此吾輩中人也。』一時聞人如艾南英輩至蘇，必投刺求見。十八歲，三試冠軍，爲吴縣學生。亂後，隱於黄冠以卒。」

② 朱陛宣，字德升，吴江人。朱鎰父。顧沅《吴郡名賢圖傳贊》卷十二：「公姓朱諱陛宣，字德升，吴江人。父燾讀書修行，愛西山之勝，移家於郡城。舉萬曆四十年鄉試。少以父爲師，無一刻離膝下。天啓乙丑會試畢，忽心動，亟馳歸而母病卒。以父多病，遂絶意進取。少與周順昌同學，又

同鄉舉。及順昌被逮，公衰絰往送，周旋甚至。未幾，父殁，以哀毁卒，年五十六。門人擬謚純恪，姚希孟定謚孝介，曰：『天生孝介，以配忠介也。』葬鄧尉山鳴鳳岡。崇禎七年，巡按御史祁彪佳特疏表章，贈翰林待詔。贊曰：色養無違，絶意進取。天生孝介，忠介之侣。」

③《詩·小雅·伐木》毛序：「《伐木》，燕朋友故舊也。自天子至於庶人，未有不須友以成者。親親以睦，友賢不棄，不遺故舊，則民德歸厚矣。」

④《周禮·地官·大司徒》：「六行：孝、友、睦、姻、任、恤。」

⑤周順昌，字景文，吴縣人。朱彝尊《静志居詩話》卷十七：「周順昌，字景文，吴縣人。萬曆癸丑進士，除福州推官，徵授吏部主事，轉員外郎。死璫禍。贈太常寺卿，謚忠介。有《燼餘録》。」生平詳見《明史》本傳及鄭元勳《媚幽閣文娱二集》卷五《周蓼洲先生傳》。

⑥孚尹：《禮記·聘義》：「夫昔者，君子比德於玉焉。……孚尹旁達，信也。」鄭玄注：「孚，讀爲浮。尹，讀如竹箭之筠。浮筠，謂玉采色也。」此喻詩文之文采。錢謙益《陸敕先詩稿序》：「以性情爲精神，以學問爲孚尹。」

⑦《明史》卷二百四十五《周順昌傳》：「順昌至京師，下詔獄。許顯純鍛鍊，坐贓三千，五日一酷掠。每掠治，必大罵忠賢。顯純椎落其齒，自起問曰：『復能罵魏上公否？』順昌噀血唾其面，罵益厲。遂於夜中潛斃之。時六年六月十有七日也。」

⑧《明史》卷二百四十五《周順昌傳》：「明年，莊烈帝即位，文焕伏誅，實下吏，一鷺、吉坐建忠賢

祠，純如坐頌瑺，並麗逆案。順昌贈太常卿，官其一子。給事中瞿式耜訟諸臣冤，稱順昌及楊漣、魏大中清忠尤著，詔謚忠介。」

⑨《明史》卷二百四十五《周順昌傳》：「順昌好爲德於鄉。有冤抑及郡中大利害，輒爲所司陳説，以故士民德順昌甚。及聞逮者至，衆咸憤怒，號冤者塞道。至開讀日，不期而集者數萬人，咸執香爲周吏部乞命。諸生文震亨、楊廷樞、王節、劉羽翰等前謁一鷺及巡按御史徐吉，請以民情上聞。旂尉厲聲罵曰：『東廠逮人，鼠輩敢爾！』大呼：『囚安在？』手擲鋃鐺於地，聲琅然。衆益憤，曰：『始吾以爲天子命，乃東廠耶！』蜂擁大呼，勢如山崩。旂尉東西竄，衆縱横毆擊，斃一人，餘負重傷，踰垣走。一鷺、吉不能語。知府寇慎、知縣陳文瑞素得民，曲爲解諭，衆始散。順昌乃自詣吏。又三日北行，一鷺飛章告變。東廠刺事者言吴人盡反，謀斷水道，劫漕舟，忠賢大懼。已而一鷺言縛得倡亂者顔佩韋、馬傑、沈揚、楊念如、周文元等，亂已定，忠賢乃安。然自是緹騎不出國門矣。」

⑩《周易·乾》：「初九，潛龍，勿用。」

問奇選序代（一）①

【眉評】周曰：「韓、柳集中每有發動奇藻之文，天如此種亦其一致。」

時文者，士人之嵩少也②。雖有爣閬之才③，淵通之能，非此則徑無繇達。是以衆爲之用而奢所喻，一篇投樂，不離桑陰之下已被戳焉。夫然而天下之從之者，損己而因人，不惜饕污而集於菀，似亦其勢也。抑不佞所念者有進也。人生駁遝④，各以職區，獨含秀貴之氣者領群爲士，動焉而章，《雀篆》《河書》之間⑤，登其姓名矣。若此者寧不得致胚渾絶，凡者之知見思哉？前人蓋嘗自表矣。食清遊清，上也；食清遊濁，次也；食濁而遊濁，則有弗爲也。雖然，此猶衰世之辭也。際於亨塗，所遇皆清，未有不爲上者也。

不佞備在理官，日夜羅綰，惟國之卞是視。而盛稱文字，疑非其位，要劫職而爽，惟則於人士善善惡惡之旨，亦有辨矣。當其善者，四左之所選也⑥；當其惡者，《甫刑》之所哀也⑦。簡惡而明善，是所志也，亦何之敢忽？且三吳之士鳳會，見乎勝焉，見理勝焉，不聞有無良者枝梧也。則不佞因所善而善之，蓋以寄吹笙鼓瑟之樂也。於是而寓指於簡書，探頤於窮奧，稍開諮目以勸仁義，良云愷至矣。況乎宛言屈行，弗知其獲也？

繩墨方正之士，世病其乖硋而未嘗不進，則得失之數，豈其荒忽冥昧乎？動植之物，覺性弗具，一遇聖人之出，祥者并至，以示忻豫。使人遭不世之主，而怠吉厚之脩，則妖草延於堯階，怪鳥鳴於舜庭也。是故仕者而懷有道，則毋畏霜儉而自蕩；未仕者而懷有道，則毋慮蹇跲而失剬，今之所期在斯矣。不然，天子賁墉之間，胡爲此闐然者也？

不佞既感夫以文相將者不欺己意，敬重而求之，咸有人倫之托，而復博考方聞，文章裘綴之思，著於心本，弗能删捨，用是遴簡，以發志於問奇之義。夫奇者，非常之稱也。非常之人，非常之文生焉。不佞望之，句而已矣。然而盛世之所急也，乙而讀之，筆而行之，詎野有龍逸與⑧？

【校記】

〔一〕目録原題「問奇選序」，無「代」字，據正文改。

【箋注】

① 此蓋代時任蘇州推官王瑞栴作。《明史》卷二百七十六《王瑞栴傳》：「王瑞栴，字聖木，永嘉人。天啓五年進士。授蘇州推官，兼理兑運。」《續集・别集》卷二《王司李署篆德政碑記》：「曩者江右張篤棐先生以理官視婁事，廉静悃愊，民悉在宇。逾年奏績，官黄門，今秩上卿。王公繼張公爲理官，治行率彷彿，尤以擊斷爲能。」

② 嵩少：嵩山與少室山之别稱，亦用作嵩山别稱。《新唐書・隱逸傳序》：「然放利之徒，假隱自名，以詭禄仕，肩相摩於道，至號終南、嵩少爲仕途捷徑，高尚之節喪焉。」

③ 爣閬：寬敞明亮貌。《文選・王延壽〈魯靈光殿賦〉》：「鴻爌炾以爣閬，飀蕭條而清泠。」張載注：「鴻，大也；爌炾、爣朗，皆寬明也。」

④ 駁遝：盛多貌。《文選・陸機〈文賦〉》：「紛威蕤以駁遝，唯毫素之所擬。」李善注：「駁遝，多貌。」

⑤雀箓：傳説中赤雀所銜丹書，後泛指重要史籍文獻。河書：《北朝五史辭典》：「書名。撰者不詳。記蕭何、張良輔助劉邦建立漢朝的故事。已佚。」《北齊書·文苑傳·樊遜》：「昔百里相秦，名存《雀籙》；蕭張輔沛，姓在《河書》。」

⑥四左：指從疏附、禦侮、奔走、先後四個方面輔佐之大臣。《逸周書·小開武》：「三極：一維天，九星；二維地，九州；三維人，四左。」

⑦甫刑：刑書名。《漢書·刑法志》：「《甫刑》云：『五刑之屬三千，大辟之罰其屬二百。』」

⑧龍逸：謂賢人隱逸。《晉書·束皙傳》：「在野者龍逸，在朝者鳳集。」

大易文苞序〔一〕①

【眉評】張曰：「臚事詳博，區義幽廣，古來序《易》者無之。」

覽揆《大易》之始究，亦可謂隱焉矣。周官太卜有掌，簭人有辨，咸以《三易》爲根著②。顧《連山》則稱宓戲與夏，《歸藏》則稱黄帝與殷，《雜志》有司馬、薛氏之注，而本書乃劉炫所僞作〔二〕③。是雖八卦六十四别，猶之連引攸女④、常娥之誕，其同「兩壺兩瑜」⑤，弗載於世，固其所也。《周易》發臧定基，增通轉序，繫王命之瑞，其義周普，號爲「人易」。而或云因於伏羲列山之《河圖》，又傳汲冢古書〔三〕，别有《陰陽説》，則何之稱凌雜？及漢，人各爲家，田、王、丁、楊以訓詁古義分授受，謂紹商攟之絶，學宮與民間之説俱起，分争求立，斷置博士者莫能據正。且以《易》爲卜筮之書，傳切災異，緯辭林繇，競相述造。所云海中巫咸之説，楦釀過於九師矣⑥。

晉魏之間，王鄭注行，亦互盛衰。自宋齊與河北異尚，隋士喜王學之近，而唐弗能改⑦。義疏雖廣，古法浸微，求能刊野文、補逸象⑧、習人事以尋天道者，終唐之祚，寡有其二。宋多治經達理之儒，擡闢絣播，各致其用。凡《易》所著《先天》《太衍》《太易》《太玄》，以至集注、圖義、歷紀、音畫、揲蓍、物象之學，罔不張具。然神明者繇之權輿鈐鍵，立言制行，處己治人，常變有度。其下乃困於小衍，不能備執，筴之有司，則九篇六篇⑨，圓星方士⑩，亦曷潔如也。況今先士不存，衆家毀則？

國初崇德，臨海之學飆流盡絶，世畫爲發策決科者，亦廑口本義而不審翔實。其於書之辭變象占、畫爻位虛、互反飛伏、乘承比應諸義例，咸齰唇宛舌，弗能班班顯言。即引觀白巖所注，猶之《岑霏》《林禍》⑪，字義罕識，又安望其欂柱外家，出東武子仲一等哉⑫！

乃惟夢鶴兄弟廣盱厥中〔四〕，文實喻海。將液洽六經，一起蕩滅之法。而《大易》尤所世紹，删夫蒲讕，以開區霧，令辨者熱服。於時鈐括四方之業，正本理末，袚飾而出。且《易》者管三成德，爲道苞籥⑬，而聖遺賢發，亂極先太易，文弊從巨包。夢鶴之名其選者，務周於象天計曆，立符期節，變化類跡，繼鏗鏗之聲，折嶽嶽之角。雖穆王所筮，越伯所倣，不得以窾者高焉。則余懷之焯灼於近言十二篇者⑭，兹蓋可以有古也。

【校記】

〔一〕目録原題作「大易文包序」，據正文改。本篇又見北大本《合集·古文存稿》卷一。

〔二〕「劉炫」，原作「藏炫」，據哈佛本、北大本、上圖本改。

〔三〕「傳」，原作「博」，據北大本改。

〔四〕「乃惟」，北大本無。

【箋注】

① 此序陸銘勳《大易文苞》。陸銘勳，又名運昌，字夢鶴。詳見《初集》卷二《易會序》注。

② 《周禮·春官·簭人》：「簭人掌《三易》，以辨九簭之名。一曰《連山》，二曰《歸藏》，三曰《周易》。」簭人：古官名，掌卜筮者。

③ 《北史》卷八十二《劉炫傳》：「劉炫，字光伯，河間景城人也。少以聰敏見稱。與信都劉焯閉户讀書，十年不出。炫眸子精明，視日不眩，强記默識，莫與爲儔。左畫圓，右畫方，口誦，目數，耳聽，五事同舉，無所遺失。……時牛弘奏購求天下遺逸之書，炫遂僞造書百餘卷，題爲《連山易》《魯史記》等，録上送官，取賞而去。後有人訟之，經赦免死，坐除名。」

④ 攸女：傳説爲夏禹之妃。《太平御覽》卷一三五引皇甫謐《帝王世紀》：「禹始納塗山氏女曰女媧，至是爲攸女。故《連山易》曰：『禹娶塗山之子，名曰攸女。』」

⑤語見《歸藏》：「尊于兩壺兩𦈢，飲之三日，然後有穌。」

⑥棺釀：雜湊，雜亂。九師：《漢書·藝文志》：「《淮南道訓》二篇。淮南王安聘明《易》者九人，號九師説。」因稱《易經》學者爲「九師」。

⑦王應麟《玉海·藝文》卷二《易下·唐周易正義》：「晁説之曰：《易》雜《莊》《老》而專明人事，則自王弼始，《易》家始失其所傳，梁丘、施、孟三家於是亡於晉，而孟、京有書無師矣。江左祖尚玄虚，弼學滋盛，然晉專立鄭學，孫盛詆弼之傳會浮麗。宋元嘉王、鄭兩立。顔延之爲祭酒，而黜鄭置王，齊之王學大盛。河北專祖鄭。隋士浮麗，慕弼之學。唐因之，古法始泯。」

⑧李鼎祚《周易集解序》：「刊輔嗣之野文，補康成之逸象。」

⑨九篇六篇：李鼎祚《周易集解》卷十四《繫辭上傳》引鄭玄曰：「《春秋緯》云：『河以通乾，出天苞。洛以流坤，吐地符。河龍《圖》發，洛龜《書》成。』《河圖》有九篇，《洛書》有六篇也。」引孔安國曰：「《河圖》則八卦也，《洛書》則九疇也。」

⑩圓星方土：胡渭《易圖明辨》卷五：「邵子之於《圖》《書》，言方圓而不言九十。蔡季通以圓星爲十爲《圖》，方土爲九爲《書》，而朱子從之，謂《河圖》無四隅，比《洛書》便圓。魏華父則以爲九圓而十方，劉夢吉亦云九圓於十。蓋皆以九爲《圖》説者，以爲物有八隅必作圓形，九宫是也；物止四面必成方形，五合是也。魏説較長。以理言之，誠有然者，若摹寫爲奇白偶黑，纍纍貫珠之狀，則九亦可觚稜之以爲方，十亦可彎環之以爲圓，安見九必圓，而十必方乎？方圓之或九或十，終

無定論。而邵子埒之以星土，固有所自來，其數可考而知也。」

⑪ 黄宗炎《周易尋門餘論》卷下：「又有《瞿》《欽》《規》《夜》《分》五卦，《岑霹》《林禍》《馬徒》三複卦名，不知作《周易》何卦。再以愚測之，《瞿》當屬《觀》，《欽》當屬《履》，《規》當屬《節》，《夜》當屬《明夷》，《分》當屬《睽》，《岑霹》當屬《賁》，其他則不可詳也。」

⑫ 東武子仲：即王同，字子仲，東武人。著有《易傳》。昔孔子傳《易》，幾經周轉，傳至漢人田何。田何授《易》於王同，王同又授於淄川人楊何。

⑬《易·乾鑿度》曰：「孔子曰：易者，易也，變易也，不易也。管三成德，爲道苞籥。」鄭玄注曰：「管猶兼也，一言而兼此三事，以成其德道之苞籥。」

⑭ 十二篇：阮元《周易注疏校勘記序》：「《古周易》十二篇，漢後至宋晁以道、朱子始復其舊。」

四科讀書醉序〔一〕①

禕矣古人，言念大謨，樂之與處，蓋非徒耽其所作，亦以信其心也。夫體内之存萬事根柢，顧思密致出，則以文爲常矩。觀古今字形，科斗而降，每下彌放，敬荒辨焉，則可達於撰言矣。或趨於徑，有一日之新譽，而識者已悲其盡。朝藹夕零，膚色可悼，固猶乎離柯之條也。自欲樹表啓疆，務於開創，不以辟難，則怨譏相向，削剥無完句。及受風雨而不改植，傾回之人，盤桓知好矣。且正士多巍論，佞夫多便辭，以是識盤庚致惡於險膚，不第斷人也，萬世之文弊包焉。前賢秉經仰制，慎其一字，良有繇也。眷被昊天，有命必厚，即毛羽之中，獲分一善。亦順穆若賓主，行步有庠序，食老翼幼，類附分别。乃冠冕者隸名學官，嘗聞《大雅》之鼓鐘，從《周禮》之樂語。而履動枝雜，拉韻害情，不幾令宗彝號於甑峰，綬鷄鳴於夔峽②，疑秀人之非誠者與？

况今俊茂疊跡，各名大國而不能備六藝之附庸，已耻在家户。至凖品復乖，則歐陽衰世之哀重矣。仲展氏向用悁刺，一刷朱藍之絢言③，反於體據，兹又假近者以送懷，蓋其至也。夫小篇易周，闊章難量。衷我以設揆，弘細畢登，可稱人而不溢緇毫。則在營之東，在豳之西，亦奚不放而原也？其顔之「讀書醉」者，意以仁義爲麴蘖，固無畏於儀狄焉。

【校記】

〔一〕本篇又見北大本《合集·古文存稿》卷一。

【箋注】

①此序項聲國集。項聲國，字仲展。詳見《初集》卷一《蟄書序》注。

②綬鷄鳴於夔峽：綬鷄，亦叫吐錦鷄、真珠鷄、七面鳥，俗稱火鷄。産於巴峽及閩廣山中，以喉下有肉垂，似綬，故稱。

③朱藍之絢言：語出劉勰《文心雕龍·祝盟》：「季代彌飾，絢言朱藍。」朱藍，謂華采。絢言朱藍，

謂言辭絢爛而尚華采。

後場名山業序〔一〕①

【眉評】周曰：「文字極鍛鍊，極隱博。然議正體弘，練不傷神，隱不失法。」

作文之難，未有甚於爲古也。義非一經，而風憲綿世，飛唱掞詞之餘，酌夫海筆，有言獲留，若圖鐘萬。故昔者鄭重其指，不立寬科，先釐斯人，以定篇作，使家爲品比，則亦巡島望瀾，寶鮮盈尺矣。又今不用以應舉，高門脩庭，逮夫衡蓬之子，皆絶言提。時之流通，止敷論、對策、表判、四六言爾。然詳所謂研覈名理〔二〕、用物謀事與思内施外之義，制度崇谹，紳冕不輕干議。且各仰經目以自立，《論語》追記微言，《表記》謂德見儀。策雖盛於西漢晁、董、公孫以前②，古之造士，已有選事考言之鉅體，咸斷自《生民》，廣其興樹。視彼「零雨」之章，「朔風」之句③，不徒用高氣質也。

國初上稽古制，建立文舉，察言行以觀德，考經術以觀業，試書算騎射以觀能，策經史時務以觀政事。又患士子綴采縟繁，掎摭聲病，論限三百字以上，策限千字以上④，表式於退之《賀雨》、子厚《代公綽上謝》兩篇⑤，皆質訪實用，不務虚文。乃越時濇蠹，摫錻失常。語或粗俊於口，即已云有，施之於事，無細水短材之益。抑未知於所謂純正博雅、優柔昌大者何等也⑥。

夫同文底績，所以大理；利書啓衷，所以廣化。然必格之於人身，始可畢其一塗。故詳《周禮》師氏之制，三德三行⑦，德有至敏，行有文順，而皆以孝終始。春秋王道不綱，其公侯之霸者亦脩軌、里、連、鄉之令⑧，以正月問於鄉長。自後賢良、孝廉、進士、明經，代爲輕重。中所稱圮，則無若九品中正。而丸藥非人，贈詩失時，細碎之過，不列榮伍，猶不失閭胥族師遺意。獨於今則人言龍蒙，體雜弗删，行不稱於宗黨，文不合於論思，而肆然有爵禄之心。程士者怢焉，禾莠不别，使其通籍，即已金毳方艚，縑珀兼兩，衍達夫權强。而堂堂之處子，顧難自甄，弊老鷊冠，鮮窺於耀名之所在。至有光不陽，圄犴重起，則俊茂捶折，必無遺謂。昔賢悲己之有疾，不若婦人之采苡，於兹蓋十過其厄矣。

正學方先生躬處盛時，即患士之易爲恒人，擬本六行，因質設科⑨。王文恪深怵博古之有益於治，欲於進士外别立一科，必兼通諸經、洽子史詞賦者預焉，有官皆得應之⑩。其議悉弘正凱至，可扶歷代之傾輈。而牽拘未昶，暨其甚也，愿法不存，日以黔淺。是雖措翰者連足繼路，亦猶漢博士之雉集、晉秀才之麏興，無救於彼迒之杜也。

介生兄弟，師師友友，於三代者久，深其道而外至焉。采第一代之業，根切美務，全其正用，繇以匡毗于上。嗟皇位之四星⑪，與左帶同聽治於斯矣，獨志足文遠哉！

【校記】

〔一〕本篇又見北大本《合集·古文存稿》卷一。

〔二〕「研覈」，原作「研玉」，據李充《翰林論》(《太平御覽》卷五九五)「研覈名理，而論難生焉」改。

【箋注】

① 此序周鍾時文選本《後場名山集》(又名《後場名山業》)。姚覲元《清代禁燬書目(補遺)》之《補遺一》：「《後場名山集》一本。查《後場名山集》係明周鍾所選。鍾諂附李自成，爲明福王所誅。此本專輯當時場屋表文，亦不成書，其内鄭以偉等表四篇，語多悖謬，應請銷燬。」顧景星《白茅堂集》卷三十三《資社序》：「當神宗末，士始稍稍爲社，寰宇晏安，聲氣遥集。於是張天如、周介生函牘達四方，而大社興焉，有《名山業》《華鋒》諸選文。」

② 晁、董、公孫：即晁錯、董仲舒、公孫弘，俱長於策論。丁傳靖《宋人軼事彙編》卷十三：「林文節作啓謝蘇子由，有一聯云：『父子以文章冠世，邁淵、雲、司馬之才；兄弟以方正決科，冠晁、董、公孫之對。』」

③ 「零雨」之章：指孫楚《征西官屬送於陟陽候作詩》，首二句云：「晨風飄歧路，零雨被秋草。」「朔風」之句：指王瓚《雜詩》，其云：「朔風動秋草，邊馬有歸心。」《宋書》卷六十七《謝靈運傳》：「子荆『零雨』之章，正長『朔風』之句，並直舉胸情，非傍詩史，正以音律調韻，取高前式。」張溥《孫子荆集題辭》：「子荆『零雨』，正長『朔風』，稱於詩家，今亦未見其絶倫也。」

④王世貞《弇山堂别集》卷八十一《科試考一》：「自洪武三年八月爲始，特設科舉，以取懷材抱德之士，務在經明行修，博古通今，文質得中，名實相稱。其中選者，朕將親策於廷，觀其學識，品其高下，而任之以官。果有材學出衆者，待以顯擢。使中行文武皆由科舉而選；非科舉，毋得與官。敢有游食奔競之徒，坐以重罪，以稱朕責實求賢之意。所有合行事宜，條列於後：一、鄉試會試文字程式。第一場試五經義，各試本經一道，不拘舊格，惟務經旨通暢，限五百字以上。《易》程朱氏註、古註疏，《書》蔡氏傳、古註疏，《詩》朱氏傳、古註疏，《春秋左氏》《公羊》《穀梁》胡氏、張洽傳，《禮記》古註疏，四書義一道，限三百字以上。第二場試禮樂論，限三百字以上，詔誥表箋。第三場試經史時務策一道，惟務直述，不尚文藻，限一千字以上。第三場畢後十日面試，騎觀其馳驟便捷，射觀其中數多寡，書觀其筆畫端楷，律觀其講解詳審。殿試時務策一道，惟務直述，限一千字以上。」

⑤薛應旂《憲章録》卷四洪武六年九月條：「先是，上命翰林儒臣擇唐宋名儒表箋可爲法者，翰林諸臣以柳宗元《代柳公綽謝表》及韓愈《賀雨表》進。上命中書省臣録二表，頒爲天下式。」

⑥嚴嵩《南宫奏議》卷二十一《選舉・申明正文體以變士習》：「近年以來，士子所作文字偏尚奇詭，競騖虚詞。往往不依經傳本旨原題起結，決裂破碎，漫無體製。或引用《莊》《列》雜書，爭相崇尚，以自矜炫。其於純正博雅之體、優柔昌大之氣蕩然無有。叛理害治，莫此爲甚。」

⑦三德見《周禮・地官・師氏》：「以三德教國子，一曰至德，以爲道本；二曰敏德，以爲行本；三

曰孝德，以知逆惡。」三行見《周禮・地官・師氏》：「教三行：一曰孝行，以親父母；二曰友行，以尊賢良；三曰順行，以事師長。」

⑧《管子・小匡》：「桓公曰：『參國奈何？』管子對曰：『制國以爲二十一鄉：商工之鄉六，士農之鄉十五。公帥十一鄉，高子帥五鄉，國子帥五鄉。參國故爲三軍。公立三官之臣：市立三鄉，工立三族，澤立三虞，山立三衡。制五家爲軌，軌有長；十軌爲里，里有司；四里爲連，連有長；十連爲鄉，鄉有良人；三鄉一帥。』」《清史稿》卷三百九《晏斯盛傳》：「周衰，管子作軌、里、連、鄉，小治而未大效。」

⑨方孝孺，字希直，一字希古，浙江寧海人。宋濂弟子，盡得其學。洪武二十五年召至京，除漢中府教授，與諸生講學不倦。蜀獻王聞其賢，聘爲世子師，名其屋爲「正學」，學者稱正學先生。方孝孺《明教》（黄訓《皇明名臣經濟録》卷十）：「太學之所聚，郡邑之所教，咸有苟且之心，無賴之行，冀其才之成，奚可致哉？故善立教者，莫如本之以六行，餘則因其質而設其科。」

⑩王鏊，字濟之，吴縣人。成化十年鄉試，明年會試，俱第一。廷試第三，授編修。贈太傅，謚文恪。生平詳見《明史》本傳。《明會要》卷四十七《選舉一・科目雜録》：「弘治中，吏部侍郎王鏊爲制科議曰：『國家設科取士之法：先之經義，以觀窮理之學；次論表，以觀博古之學；終策問，以觀時務之學。行之百五十年，宜得其人超軼前代。卒未聞有如古之豪傑者出乎其間，而文詞終有愧於古。雖人才高下係於時，然亦科目之制爲之也。……愚欲於進士之外，別立一科，如前代

制科之類。必兼通諸經，博洽子史詞賦，乃得與焉。有官無官，皆得應之。其甲，授翰林；次，科道；次，部屬；而有官者則遞升焉。如此，天下之士皆將奮志於學。雖有官者，亦翹翹然有興起之心，無復專經之陋矣。』」

⑪《後漢書》卷七十八《宦者列傳》：「《易》曰：『天垂象，聖人則之。』宦者四星，在皇位之側，故《周禮》置官，亦備其數。」

行卷香玉序〔一〕①

【眉評】張曰：「於小見大，於諧取正，君子終日雜説而不離道，信哉！」

覽小説家流，其言珍怪之品，至唐而見侈。他氣旁物，不可盡登。即良玉之等，其稱有西國玉環，左庫藏中五色玉、辟邪、猪子、軟玉鞭之説②。較之《穆天子傳》所引奇異，又已隱矣。豈有唐之世，百物之精盡出與？抑好博衍恢蕩者爲之辭也？

友人吕賡虞與浦君屏兄弟櫛比丁卯行藏諸義，寄其風爽，而名從乎「香玉」，蓋亦繇此科矣。夫李輔國柄用之時，楚州刺史奏：有尼真如，恍惚登天，見上帝，賜以寶玉十三枚③。其表編於正史，而辟邪之文頗無所據。或又言太宗於晉陽宮得玉龍子，遺於玄宗，遷蜀之際失之矣。後獲之沙中，復爲輔國所竊④。則兩者難以質言其是〔二〕。要之，輔國之事不足道也。然即其文而考之，此兩辟邪者嘗一笑一泣矣。輔國惡而碎之，即有絶脰斷臂之禍。其所遺玉屑二合，魚朝恩買之，後化白蝶沖天而去⑤。若是乎香玉之不附權倖，有正人君子之義焉。

以今大憝正誅⑥，貲藏録入官府，計其所儲環瑋，必有陸離於斯者。而上刑已服，無可着身，則當威福爁爚、佞人輻湊之日，彼家之寶物相與笑且泣之，亦已久矣。笑且泣而碎之，物自得化，而人已支裂又如斯矣。夫良玉比德，君子所以自表。而士人之行務渫惡，文從洿末，同爲物所泣笑。則賡虞與君屏兄弟之寓指於斯選，進退出入，栗栗乎有近戒遠戒焉，固予所樂論也。

【校記】

〔一〕本篇又見北大本《合集·古文存稿》卷一。

〔二〕「則」，北大本無。

【繫年】

據文中「友人吕賡虞與浦君屏兄弟，櫛比丁卯行藏諸義」「以今大憝正誅」，可知此文作于天啓七年（一六二七）冬。

【箋注】

① 此序吕於韶、蒲嶂時文選本《行卷香玉》。張溥曾序吕於韶、浦嶂時文選本《房稿香玉》。

②《太平廣記》卷四百一：「天寶初，安思順進五色玉帶，又於左藏庫中得五色玉。……肅宗賜李輔國香玉辟邪二，各高一尺五寸，工巧殆非人工。其玉之香，可聞數百步。……執金吾陸大鈞，從子某，其妻常夜寢中，聞有物啁啾鬥聲。既覺，於枕下攬之，得二物。遽以火照，皆白玉猪子也，大數寸，狀甚精妙，置之枕中而寶之。自此財貨日增，家轉蕃衍，有求必遂，名位遷騰，如此二十年。一夕忽失所在，而陸氏亦不昌矣。……德宗嘗幸興慶宫，於複壁間得寶匣，中獲玉鞭。其末有文，曰軟玉鞭，即天寶中異國所獻也。瑞妍節文，光明可鑒，雖藍田之美，不能過也。屈之則首尾相就，舒之則徑直如繩。雖以斧鑕鍛斫，終不傷缺。德宗歎爲神物，遂命聯蟬繡爲囊，碧蠶絲爲鞘。」

③《資治通鑑》卷二百二十二肅宗寶應元年條：「壬子，楚州刺史崔侁表稱：有尼真如，恍惚登天，見上帝，賜以寶玉十三枚，云：『中國有災，以此鎮之。』」胡三省注引《唐會要》：「十三寶：一曰玄黄天符，如笏，長八寸，闊三寸，上圓下方，近圓有孔，黄玉也；二曰玉鷄，毛文悉備，白玉也；三曰穀璧，白玉也，徑可五六寸，其文粟粒，無雕鐫之迹；四曰西王母白環，二枚，白玉也，徑六七寸；五曰碧色寶，圓而有光；六曰如意寶珠，圓如鷄卵，光如月；七曰紅靺鞨，大如巨栗，赤如櫻桃；八曰琅玕珠，二枚，長一寸二分；九曰玉玦，形如玉環，四分缺；十曰玉印，大如半手，斜長，理如鹿形，陷入印中，以印物，則鹿形著焉；十一曰皇后採桑鉤，長五六寸，細如筯屈，其末似金又似銀；十二曰雷公石斧，長四寸，闊二寸，無孔，細緻如青玉；十三曰闕。凡十三寶，置于日

中，皆白氣連天。」

④鄭處誨《明皇雜録》卷上《玉龍子》：「唐天后嘗召諸皇孫坐於殿上，觀其嬉戲，取竺西國所貢玉環釧杯盤列於前後，縱令爭取，以觀其志。莫不奔競，厚有所獲，獨玄宗端坐，略不爲動。后大奇之，撫其背曰：『此兒當爲太平天子。』遂命取玉龍子以賜。玉龍子，太宗於晉陽宫得之，文德皇后常置之衣箱中。及大帝載誕之三日後，以朱絡衣褓並玉龍子賜焉。其後常藏之内府，雖其廣不數寸，而温潤精巧，非人間所有。及玄宗即位，每京師愆雨，必虔誠祈禱，將有霖注，逼而視之，若奮鱗鬣。開元中，三輔大旱，玄宗復祈禱，而涉旬無雨。帝密投南内之龍池，俄而雲物暴起，風雨隨作。及幸西蜀，車駕次渭水，將渡，駐蹕於水濱，左右侍御或有臨流濯弄者，於沙中得之。上聞驚喜，視之泫然流泣曰：『此吾昔時所寶玉龍子也。』自此每夜中光彩輝燭一室。上既還京，爲小黄門攘竊以遺李輔國，李輔國常置於櫃中。輔國將敗，夜聞櫃中有聲，開視之，已亡其所。」

⑤《太平廣記》卷四百一：「肅宗賜李輔國香玉辟邪二，各高一尺五寸，工巧殆非人工。其玉之香，可聞數百步。雖鏁之於金函石櫃中，不能掩其氣。或以衣裾誤拂，芬馥經年，縱澣濯數四，亦不消歇。輔國常置之坐側。一日，方巾櫛，而辟邪一則大笑，一則悲號，輔國驚愕失據。而囅然者不已，悲號者更涕泣交下。輔國惡其怪，遂碎之爲粉，没於厠中，自後常聞冤痛之聲。其輔國所居安邑里，芬馥彌月猶在，蓋舂之爲粉愈香故也。不周歲而輔國死焉，始碎辟邪，輔國嬖奴慕容

宮知異常物，隱屑二合。魚朝恩不惡輔國之禍，以錢三十萬買之。而朝恩將伏誅，其香化爲白蝶，沖天而去。當時議者以奇香異寶，非人臣之所蓄也。」

⑥大憝：元兇首惡，此指魏忠賢。天啓七年八月，崇禎帝即位。十一月，魏忠賢被罷官安置鳳陽，途中聞逮治令，遂自縊。詳見《明史》本傳。

潘殿虎稿序①

【眉評】張曰：「質文兼之，質文之中，喜怒又兼有之。」

嘗讀伯山古文愈野之言，則愾乎其傷之。彼蓋悼往聖，思來者，惡今之人自賢其今，而忘祖祖也。夫以今自賢者，盡乎今之域之稱也。前此弗知矣，後此弗知矣。若是者辭不越於目前，智不離於方寸，言暄不及寒，言寒不及暄者也。非徒陋陁，又且病辟。余亦已必其人矣。其人必仰機利，伺顏色，媚錦帶而疏短褐，不自度其爲賤也。

夫行辱下之行者，映承巍峨，體無骨絡，因人之爨，以成傰署。一旦而刑刺，則悲微之如蛇矣。爲辱下之文者，矜其清巧，好扱華葉，以爲順時之美，人人籍瑶，久而不用，一旦而見橋大人之有榮，則怲怲於己之潔腹矣。如海上潘子綜奧謨、著偉説者二十年，海上之人弗聞也。周子勒卣初讀其文，而驚爲楚風之雄，意其人必在洞庭瀟湘焉，不謂其同里閈也。周子悦之，鄉之人怪之。余與受先、介生、維斗勤勤懇懇，形之選詠，鄉之人猶怪之，且怪夫言好者焉。今欻爾而見，始群樹頷矣。

夫一第之得失，因乎所際，君子弗强，而人情善隨，亦其所懼也。故潘子於昔年之憒重矣。憒之重而不遷其技，非所謂智慮通達、强立不反者與？且他人之奇，同也；潘子之奇，獨也。同者賤而獨者貴。故他人之文，魚也，石也；潘子之文龍也，玉也。矧烝人萠倀②，其務爲媚説者，多但而不信、懂而不讓之徒。而潘子之持躬，一以莊誠純厚，與物無阻。此豈僅執卷儒生之門，以講肆爲琴瑟哉？蓋高言之積，人不可句指而受，而性惟從其至近，是乃忠信之光，所謂古也。

【繫年】

據文中「今欻爾而見，始群樹頷矣。夫一第之得失，因乎所際，君子弗强，而人情善隨，亦其所懼也。故潘子於昔年之憒重矣」等語，可知此序天啓七年（一六二七）潘桓中舉人後所刻稿。

【箋注】

① 此序潘桓稿。潘桓，字殿虎。詳見《初集》卷一《房稿遵業序》注。

② 烝人：百姓。蔡邕《胡廣黄瓊頌》：「天之烝人，有則有類。」萠倀：失道貌。

鄧石函稿序〔一〕①

文章家蓋有疇人子弟焉。本業相世，朗而不渝。至眷言成德，則靈繹加永。其俊烈之一域，坐而近，學而能美，故爲自然耳。然推於所元，孝敬備矣。吾友克生②，其先世之來蓋鴻遠，而以文學昌志於兹，尤恢台焉③。克生既迭遏一時，式光夷儀④。長君石函復紹以神伶意製，非衆所經，左右奇紀，嵯峨相高，稱其家學，可云樂安之褒褒也⑤。

夫辭致日差，理性不動。故哀樂生於遇，榮悴因乎時。賢者不能逆以致妍，而邪正一形，無所遷徙。彼至言常治有餘福，惡言常亂有餘禍。灰没之後，襲以爲説。變蕃新鮮，適應本教，猶之君子小人，質已條分。俄頃化物，亦有猿鶴蟲沙之别也⑥。且能文之君善言天地，能文之子善言祖宗。是以昔者之厚德，必愛來者之秀氣。苟蕩然失節，有無倫之行與不令之辭，皆非所以尊先人而重肢體也。

今石函承克生以濯漱其身，發文英曜，可不謂兢兢古訓者哉！繇此以往，光誦日起，暉蔽烏策，文字之壽應居上齒矣。然戴墨履式，不敢脱忘，溯諸其前，亦上功往代之事也。予每懷先世而祇懼，臨文儼如，不敢蹟步，故亦正衣冠、簡應對而序兹焉。

【校記】

〔一〕本篇又見北大本《合集·古文存稿》卷一。

【箋注】

①此序鄧石函稿。鄧石函，鄧林楨長子。生平待考。

②鄧林楨，字克生，常州府江陰人。復社成員，名見《復社姓氏傳略》卷二。天啓七年秋，二張赴鄉試。張采中舉，張溥落榜。鄉試期間，張溥始交鄧林楨。《近集·鴻臚寺少卿濟川鄧公墓誌銘》：「曩者予與張子受先試江上，交克生，適館受粲，主人賦《緇衣》，客賦《河水》，流連日月。」

③恢台：廣大貌。

④夷儀：通常之禮儀。《文選·揚雄〈劇秦美新〉》：「群公先正，罔不夷儀。」李善注：「言有常儀也。」

⑤《漢書·叙傳下》：「樂安（樂安侯匡衡）褎褎，古之文學。」顔師古注：「褎褎，盛貌也。」

⑥《太平御覽》卷九一六《羽族部·鶴》引《抱朴子》曰：「周穆王南征，一軍盡化，君子爲猿爲鶴，小人爲蟲爲沙。」

人文聚序①

【眉評】周曰：「此又似東漢之文，綿麗詳縟，字必含義。」

物之無窮，惟文章爲然②。静焉而人斷，聽所往而脩其言者可以治一牘之辭。制句有會，歷紀相順。其絶時能立者，志足文遠，不因勢於傳人，不起譽於大夫。高子出其獨爲之業，明白潰涣，流於人間。或洿俗少性之士，狃於猥曲〔二〕，惡夫不常有之語，讎眱以怒。迫習讀久而知善，怨刺既息，儒者用興，莫不揚擢俊烈，煒爗科指。自後高業之生，咸繇其門。雖甚榮華陶誕③，綦谿察辨之倫蔑可爲先④。故昔人齊風雅於日月，貴之至也。然連結篇章，胸中之造，苟舍身與心，以求嘉藻，是猶摇木失根，榮葉安附？且冠進衣逢之徒⑤，自號美盛，經營托乎天地，諷吟不遺草鳥。顧定意無本，倜然有忘其四枝，亦非所以爲文人也。

予嘗謂六書之作，日相孳乳，其不得已而多者，要止於臣言臣事，子言子事。故意必詳慎而出，所以明敬；文必和平以宣，所以告順。自今思之，猶未離乎人之説也。性命之稱，不假禪援，足焉即達，表與裏副。非此之爲云，則亦無文爾矣。兹有内寔者焉，志尚綱紀，行務隅積⑥，媢靡不以雜容⑦，虚無不以設口。若然者不必其舂容大篇，言滿山海也。即今考詞抒義，非其所練，率胸懷造次而發，形之行楮，亦必朴雅可觀。使棄而趣於時之外焉者，張以倚事，輔以漂説，躬臧甬之行，欲撰大人之論，弗能習也。故竊觀於衆家之泛濫，高引逖稽，恢詭未有，駘蕩心目，而我無一得。獨筆記所及，中有人倫之言，辭雖不文，神動色移，書策稠濁，或删或存，繇己所約斷。而《孝經》《論語》之文，分其章中之句，終身弗可以竟。以是以知立言出乎本分者，博大長久也。矧人心所集，天氣上應，制作分異，一治一亂，亦國家明明之驗。

依古以來，運在初造。人士淳一，詞理温厚，仁義忠孝，固其恒物，不取他者足之。迨後稍紛縟，賓實錯見。夸特譎異者喜於有爲，始離性以耽世之愛好。久而絺繪迷眄，鉛華之子，耻於質木。人既著者不舉，事已近者不陳。夫言人貴僻，則惡聞周孔聖人之名；論事樂遠，則罕引飲食滋味之理。甚至家户典教，祖構不已。後生年纔勝衣，即畏言經義。及其敗也，晝固嗑然。昔且夢寐惟財，求甘滑之自利。一當大計，競尚組飾。緟繞者恒以似己而悦之⑧，則鈦流益熉。雖有勁士，難於踔厲，所致者漸也。惟正教放失，斯言家不齊。故隆平混洽之世，學士但知脩行，不覈文墨，時至而有言。性分所同，作者不疑，觀者不異，苟有倚魁，禁在司敗。凡人心府美惡，覽文有形，不決長短於一夫之目。衰時則逐跡捐本，議論之多，以世數長益，淫滑不蹟者，陰陽蔓蔽於毫素，恃不可知之物償勝，正人懼而著辨，將加繳焉。

蓋賦才有區，或身居漏屋之中而明出元侯之上，有位在三公而無筆前之智。即枝别繇學，尚似自然，相差設能，斷棄囒呼，自開琦玩，亦弗因成紀前。篤務情性，求人紀之大通，日旦有行，刻而記之。分夜之言，廧陰之語，罔不可著見副墨，各陳己有，則凱摯洞豁，人人具庶幾之才⑨。矧加以古聖列王之訓，切磋宣究，被於竹帛，長治不亂，其行止節度，誠不以人身爲限也。此介生兄弟正己所誠然，托志同人之牘，明吾黨所尚尤妙，非自無統。余僭左右焉，端其源委，期全文章之謂而已。

【校記】

〔一〕「猥曲」，原作「餵曲」，據哈佛本改。

【箋注】

① 此序周鍾所選《人文聚》。《人文聚》又見録於如下數文。《初集·答錢彦林》：「《人文聚》一選，弟衹爲吴地諸文作驛綺，即執殳無當，安敢混分介生月旦哉？」計東《改亭詩集文集》卷十《上太倉吴祭酒書一》：「當日紛紛，社集文字若《南彦》《天下善》《人文聚》諸書與復社之《國表一集》《二集》《三集》《四集》頗相齟齬。獨西銘先生一人大公無我，汲引後起，且推魚山先生主持復社之意，故能合應、復兩社之人，爲前矛後勁之勢。」艾南英《再與周介生論文書》：「至於《人文聚》二選，則願兄以割愛爲主。」

② 語本曹丕《典論·論文》：「蓋文章經國之大業，不朽之盛事，年壽有時而盡，榮樂止乎其身，二者必至之常期，未若文章之無窮。」

③ 陶誕：虚妄誇誕。

④ 綦谿察辨：綦谿，猶言極深。察辨，謂詳審而明辨。

⑤ 冠進衣逢之徒：謂普通儒者。冠進，即戴進賢冠；衣逢，即穿逢掖之衣，爲儒者所服之緇布冠、常服。《後漢書·輿服志下》：「進賢冠，古緇布冠也，文儒者之服也。」

⑥ 隅積：指禮法之總體原則和部分道理。《荀子·榮辱》：「今是人之口腹，安知禮義？安知辭讓？安知廉耻隅積？」

⑦ 媌靡：娥媌靡曼之省。《沖虛至德真經四解》卷七：「簡鄭衛之處子娥媌靡曼者」，張湛注：「娥媌，妖好也。靡曼，柔弱也。」

⑧ 緷絻：即衮冕，衮衣和冠冕。

⑨ 庶幾之才：王充《論衡》卷十三《别通篇》：「夫孔子之門，講習五經，五經皆習，庶幾之才也。」

試牘正風序〔一〕①

【眉評】周曰：「以《詩》喻文，足矣。又以《詩》教人，淵乎！」

詳哉昔人之辨「國風」也，至正變尤反復焉。故論諸侯無正風〔二〕，風之作，繇於天下無王。《周南》二十五篇之詩，在周不得爲變，在商不得爲正。又以歌各從國，正者屬美，變者屬刺，間稱「二南」。大概美詩，亦有刺詩，則與十三國無異。且《關雎》一章，人更百世，南更萬奏，不失爲文樂。而説《詩》者泥於佩玉晏鳴之歎②，疑始諸周道缺失，見幾而作。至言衰世公子，近達事變，懷舊俗之思③。甚有謂《南》《雅》《頌》爲樂詩，諸國爲徒詩④，古止二《南》無國風⑤，乃歸咎於左氏、荀況創標風名之誤。若是乎，言家不一，厥指難順也。受先取以名其《試牘選》者，云何？

夫受先端身行，慎好惡，練學達志。見一不正之人，不正之事，則澗沐在容，有懷橋柱〔三〕，思挺而掊其糾譎；聞一不正之言，累日烏乎苦傷，愁氣内出。其於三百五篇無邪之旨，蓋性之也。所形爲論譔，必敬以和，周乎物慮，足乎神聽。凡好濫、燕女、趨數、敖辟之音⑥，不稍支繚於中。故《試牘》之選，進退他人之文，亦務從其質。辭條既舉，心無散動，覽記膏腴，皆情禮所寓。即或經組相錯，不禦時賢以一概，托於太師採風，弗遺衆國之義。要本温柔敦厚爲訓，如鄭有《緇衣》，秦有《小戎》《駟驖》，美君人之德，變而正者，則庶幾矣。且《詩》之六體，隨篇求之，有兼備，有偏得。故國風之格常包雅頌。

今詳受先所哀次，音不外鄉土，人不出列國。其上鋪張勳德，辭嚴聲節，可告神明；次則言天下之事，形四方之風；餘雖淺近易見，悉不失乎主文譎諫，可謂全矣。夫《河廣》言葦航，《大車》言室穴，解者猶以爲民知自防，能完中人之善。況受先躬踐大道，發聲必依孝弟，措言必尚忠實。自燕寢之地及酒食之會，開口持誦，流連倫紀，無異於稚子歌葭〔四〕，候蟲鳴節。使通諸章墨，大者中律，小者承響，指蓄淵懿，將送不竭。縱有葛衣糾屨、田里朴人之答問，合於《燕饗》《大射》《房中樂》章，亦何參差足云也。

嗟乎！五經鉅文，明匹星耀，審其尋常之原，祇令人是焉不亂。後起學者能推究風教所自，則見在諸詩。上自《商頌》，下迄《株林》，以正類盡，彼儒者號呶，何哉？

【校記】

〔一〕本篇又見北大本《合集·古文存稿》卷一。

〔二〕「故論」，北大本無。

〔三〕「橋柱」，疑爲「矯枉」。

〔四〕「葮」，北大本作「飽」。

【繫年】

據文題「試牘」及下文作時，可知此序作於天啓七年（一六二七）鄉試後。

【箋注】

① 此序張采時文選本《試牘正風》。張采，字受先，號南郭。詳見《初集》卷一《禮質序》注。

② 《漢書》卷六十《杜欽傳》：「是以佩玉晏鳴，《關雎》歎之，知好色之伐性短年，離制度之生無厭，天下將蒙化，陵夷而成俗也。」

③ 王安石《詩義鉤沉》卷首《周南詩次解》：「婦人能勉君子以正，則天下無犯非禮，雖衰世公子，皆能信厚，此《關雎》之應也。」

④程大昌《考古編》卷一《詩論二》:「《南》《雅》《頌》爲樂詩,諸國爲徒詩。」

⑤程大昌《考古編》卷一《詩論一》:「古有二《南》而無國風。」「《詩》有《南》《雅》《頌》,無國風。其曰『國風』者,非古也。夫子嘗曰:『《雅》《頌》各得其所。』又曰:『《大雅》云。』又曰:『人而不爲《周南》《召南》。』未嘗有言『國風』者。予於是疑此時無『國風』一名。然猶恐夫子偶不及之,未敢遽自主執也。左氏記季札觀樂,歷叙《周南》《召南》《小雅》《大雅》《頌》,凡其名稱與今無異。至列叙諸國,自邶至豳。其類凡十有三,率皆單記國土,無今國風品目也。」

⑥語本《禮記·樂記》:「子夏對曰:『鄭音好濫淫志,宋音燕女溺志,衛音趨數煩志,齊音敖辟喬志。此四者,皆淫於色而害於德,是以祭祀弗用也。』」

即山集序[一]①

記甲子孟冬,吾友君烈之大别也。時胍胍然自爲得之流,才非異倫,輒致焜燿,潔衣服,矜車徒,方軌並跡,曨晅於雰濁。而君烈獨遘奇剥,負痾不蠲,撤瑟之餘,遂退托山椒,變越恒數,愊抑莫陳。余懷之疚,蓋無日月矣。又念是秋,君烈之來白下,期已薄闈試,同余詣問介生,日曛不復前,倉皇寓書,有「幾作防風」之語。余頗惑其言不祥,然終弗以爲異。不意其沉綿長寢,於斯乃讖也。

嗟乎!死生齊致,達人不立數課,忽焉冥寞,無有其幹。常然之觀,自不可類於日景之内闕外闕，勤著瞽史。然而賢愚重輕，本分懸見，或靡質遜圃草，或鴻輝列高星，哀之大小，亦於此相差。（此處眉評：周曰：「高論足壯人魄。」）若必以龍鸞之盡，等於梟獺；璜玉之沉，辟于礫石。概托莊生、惠施之談，謂哭泣可廢，固非通論也。

君烈少起單家，學書幾廢，乃勁振於宗族之間。閉門距躍，研究墳素。復排時之訓故，自爲造寫，製往者之所無，可謂能立矣。性通深廉雅，耻受人高墉之蔽，與婦薄少君靜居一志②。少君通詩書〔二〕，能琴，又好禮梵夾，不食魚腥。兩人以高素相友，所居敗堞不堊，葦茗支飾，曠然弗以寄意。餐飲安匱，惟四時之祭，一獻膴腊，餘自啖衹盎粟尊酒爾〔三〕。

君烈於壬子迄甲子之歲，凡十年來，受知於督學使者與郡刺史、郡佐司李及州大夫者數矣。人皆勸其少通刺問，營治家産，咸謝無一言。（此處眉評：張曰：「叙事兼議論，如訴如慕。」）即州大夫捐槖賥與官所，置河壖地委之，亦力辭，不欲傷己之初。閒情一往，雅有笑癖。或病非有道士所宜，然寧淡内鎮，外忘可否，要殊聊浪之容，賢於士龍遠矣③。始猶刺論摩竭，繼則學地漸虛，益耽道勝之韻。共少君持木乂誦習〔四〕，玄心偶臻，五衍可憑④，間出篇作，各愜懷抱。則少君手摹而書之〔五〕，以示賞咏。清操既絶，豐文兼舉。每疏一義，若折神蘼。雖古之灌園鬻蔬、緯蕭織絢者，未足喻其芳聞之鬱郁也。

至君烈中棄，少君晝夜擗摽〔六〕，甘心灰没，賦《悼亡詩》百首⑤，愁怨悲慄，痛逾柳下之誄。侵染成疾，殞其身躬。計去君烈之亡〔七〕，裁餘一年有一日耳。病證相然，月時不異，無摩笄截面之事，而節行一軌，誠邑里所希聽、太史所觀采也。且生人百際，莫大乎倫紀。先正夫婦之原，以臣事君，以子事父，根柯不別。故凡貌無妍惡，當相其心術；體無剛柔，貴斷其行事。恒覽風人之指，稱聖人爲美人、女子爲君子，言男女之德性至矣。揆諸兩人，不殆庶與！所恨頹俗凉削，不念《河上》之曲，初籍旄端，殁而憚舉名字，風流墜息，孰爲依據？

余與介生諸兄弟汲汲乎憂之，蒐佚考闕，什獲七八。質之冶生張學師〔八〕⑥，謀以事上白，公其文於人間。適撫公以曩歲督學三吴〔九〕⑦，君烈選拔居上首，兹過存詢，知已骨土，泫然傷之。遂因學師之請〔一〇〕，特賜厚賻，歸其族人。又手評遺文，歎之盈言，發鍰金鳩刻⑧，學師爲之左右董政〔一一〕，不闋月已報功。殘文煜霅，永不靡歇。依古以來，以褐衣之弟子，生死承洗，擢於長者，蓋未有也。諸君子乃亦屬余連綴〔一二〕。夫以鄉人存其鄉人之賢，本土舊俗之懷，亦君子所謂義。况明友摯感，風徽若新，是安可以無言乎？卒卒染筆，事不周具，俟思理稍强，當再作傳一通以盡曲折。若夫邑之有志，墓之有石，尤未敢一日忘之也〔一三〕。

【校記】

〔一〕本篇又見明天啓間刻本《毛孺初先生評選即山集》卷首張溥序（以下簡稱「《即山集》本」）。
〔二〕「少君」，《即山集》本作「孺人」。
〔三〕「盎粟」，原作「盎歎」，據文義改。
〔四〕「少君」，《即山集》本作「孺人」。
〔五〕「少君」，《即山集》本作「孺人」。
〔六〕「少君」，《即山集》本作「孺人」。
〔七〕「亡」，原作「忘」，據《即山集》本改。
〔八〕「學師」，《即山集》本作「師」。
〔九〕「以曩歲」，《即山集》本作「爲嚴陵毛師尊，師尊以曩辛酉歲」。
〔一〇〕「學師」，《即山集》本作「張師」。
〔一一〕「學師」，《即山集》本作「張師」。
〔一二〕「諸君子」，《即山集》本作「兩師與介生、伯玉各有弁詞」。「乃」，原作「而」，據哈佛本、上圖本改。
〔一三〕《即山集》本末署「婁東張溥天如題」。

【繫年】

據《即山集》天啓間刻本卷前毛一鷺序末署「天啓丙寅毛一鷺撰」、張三光序末署「天啓丁卯張三光撰」，可知此序作於天啓七年（一六二七）。

【箋注】

① 此序亡友沈承遺集《即山集》。沈承，字君烈。詳見《初集》卷一《王慎五稿序》注。天啓四年十月，張溥友人沈承病亡。次年五月，沈承遺腹子生。十月，沈妻薄少君亦亡，「遺孤僅生五月，斷乳且甇」（張采《知畏堂文存》卷八《庶常天如張公行狀》）。張溥「獨心惻惻」，毅然收養亡友遺孤。張三光《沈君烈軼事》贊此道：「君烈爲畸人，少君爲畸配，天如爲畸友。」周鍾《沈君烈遺集序》亦贊曰：「君烈曾無一言之約，天如乃爲金石矢之而不辭。則天之所以報君烈者，其深且厚，又何如也。」沈承《即山集》，天啓間刻本，見四庫禁燬書叢刊集部第四十一册影印本《毛孺初先生評選即山集》六卷《附刻》一卷。前有序六篇：毛一鷺《序沈生君烈即山遺藁》、劉彦《即山集序》、張三光《即山集小序》、陳祖綬《即山集小引》、周鍾《沈君烈遺集序》、張溥《即山集序》。張溥此序回憶與沈承之交往，追述沈承之高才峻志，與妻薄少君之患難情深，以及張溥等人爲之謀刻遺集之經過。文中對友人才高運蹇、夫婦雙亡倍感沉痛，在傷感悠緩之叙事中，伴隨著淒涼悱惻之議論。故張采云此篇「叙事兼議論，如訴如慕」。

② 薄少君，沈承妻，婁東人。錢謙益《列朝詩集》閏四：「薄少君，婁東人，秀才沈承妻也。承字君烈，有儁才而夭，薄爲詩百首以吊之。踰年，值君烈忌辰，酹酒一慟而絶。」周鍾《沈君烈遺稿序》：「少君詩百首，字字流紅化碧，足以不朽君烈。張天如梓君烈之遺文，而撫其孤，張受先以

女許字，皆古誼也，非君烈無此友。」

③李亢《獨異志》卷下：「陸雲有笑癖，……嘗自服縗絰上船，見水中影，笑而墮水。」

④五衍：即五乘。《文選·王中〈頭陀寺碑文〉》：「憑五衍之軾，拯溺逝川。」李善注：「五衍，五乘。天竺言衍，此言乘。五乘：一人，二天，三聲聞，四辟支佛，五菩薩。」

⑤《毛孺初先生評選即山集》附薄少君《悼亡詩》八十一首，托名鍾惺《名媛詩歸》卷三四全録薄少君《悼亡詩》。黄虞稷《千頃堂書目》著録《嫠泣集》一卷，即薄少君《悼亡詩》。

⑥張治生，即張三光，字九水，武進人。乾隆《武進縣志》卷九：「張三光，字九水。萬曆己未貢生，授太倉訓導。性高峻，以古道自任，嶽嶽諸生中，恥爲苟合。馬世奇、姚希孟輩咸以皋比推之，曰：『足一及門而終身思步趨者，非斯人誰與歸？』擢知昌化縣。昌化地多磽瘠，民坐虚糧百餘石，死亡幾半。三光至，酌陳六款，語極痛切，遂蠲免，二百年積困始甦。擢廣州府同知，以疾歸。」

⑦毛一鷺，字序卿，浙江遂安人。民國《江陰縣續志》卷二十三：「毛一鷺，字序卿，浙江遂安人。萬曆甲辰進士，官至江蘇巡撫。出太監魏忠賢之門，殺義士五人以媚璫，列入閹黨，罷去。」

⑧張三光《沈君烈軼事》：「余思所以永君烈者，獨遺文耳。從臾社中諸君多方搜討，苦散軼無緒。適嚴陵毛老師來撫吴，其督學三吴時，初拔君烈冠軍者也。問知君烈耗，憐之甚，則割俸土其骨，一再索其遺文，遂有次第手評次之，復割俸命梓行于世。」王家禎《研堂見聞雜記》：「君烈受知學

使毛公，後出撫吴中，知其已死，捐金刻其詩文，今《即山集》也。」

顧重光稿序〔二〕①

【眉評】周曰：「騷雅之原，麗則之本，讀之有正志焉，非徒懷卿雲也。」

吴在春秋間，無所謂文人也。原風所自，扇本楚大夫屈正則，以忠愛惻怛之情，流創深雅②。弟子宋玉、景差、唐勒盛昌其聲③。漢有枚、鄒、嚴、朱之徒④，相與彷譔，音節員備。後則才俊繼足，各欲名家。

然吴文多葳蕤而柔怨者，亦其遺也。至綿載已遠，忘其祖作，以原與楚吴所稱開建者，止季子、子游而已⑤。雖然，正則之遇與所爲或不必，其志不可忽也。憂患喪亂之時，既可庚繹而固情。即貴仁尚同、小祥大康之世，天下而既平矣，亦無所容廢之也。又其書好惡適中，所美者，堯舜之耿介、湯武之祇敬⑥；所傷者，桀紂之猖披、羿澆之覆敗⑦。與四子之言相依發，固當被在今文焉。乃吾重光世貫崑陽，而少長於蘄春，則吴楚兼之矣。

夫南人之學，時所矜重，而又泳其洪源，觀於哲憲，此《生民》之詩所以傳也。覽於德之可慕，以窮溯文字，玉弁金章而無古道者，吟詠不列。苟脩身度義，遠蘇壤而紉椒桂，雖刺草之民，亦次言於久遠，况士之圭璧者哉！

今重光祓澤内外，不妄炫飾，即其地所謂蘭溪之蘭、三泉之泉，無以喻其潔白。復甄於日巖⑧、桂巖諸先生之傳書⑨，學行禪家，而茂製日登，則望楚國之先賢近之矣。予素不練於篇策，仰此鴻懿，亦僅啣山川而拾香草，然有壯敬嚴畏而不敢荒者，亦同志乎正則之志也。

【校記】

〔一〕目録原題作「顧玄光稿序」，據正文改。本篇又見北大本《合集·古文存稿》卷一。

【箋注】

①此序顧天錫稿。章學誠《湖北通志檢存稿·顧天錫傳》：「顧天錫，字重光。祖闕，父大訓，自有傳。天錫生十歲，從祖闕山居，讀書穎悟。十五治《尚書》，十八治《春秋》，二十一治《禮》。督學華亭董其昌深鑒賞之。萬曆癸丑，闕卒，衰絰處別寢者三年。與太倉張溥、金壇張明弼、東鄉艾南英、臨川陳際泰、羅萬藻、章世純、萬時華聲氣遥集，倡爲古學。……天錫方轉徙天津河間，以《詩》《禮》教授弟子，凡數百人，遠近稱顧夫子。五試太學，再登乙榜，所指授爲制舉文，學者多用以售及門或登館局臺省，而天錫卒不遇。以積分詣部，當除知縣，不就。詔徵辟特用人才，不應。丁丑出都，漳浦黄道周嘆曰：劉向南矣。」

②《史記》卷八十四《屈原賈生列傳》：「屈平疾王聽之不聰也，讒諂之蔽明也，邪曲之害公也，方正之不容也，故憂愁幽思而作《離騷》。《離騷》者，猶離憂也。……其文約，其辭微，其志絜，其行

廉，其稱文小而其指極大，舉類邇而見義遠。」

③《史記》卷八十四《屈原賈生列傳》：「屈原既死之後，楚有宋玉、唐勒、景差之徒者，皆好辭而以賦見稱；然皆祖屈原之從容辭令，終莫敢直諫。」

④《漢書》卷五十一《鄒陽傳》：「鄒陽，齊人也。漢興，諸侯王皆自治民聘賢。吳王濞招致四方游士，陽與吳嚴忌、枚乘等俱仕吳，皆以文辯著名。」

⑤梁玉繩等《史記漢書諸表訂補十種・人表考》卷二《吳季札》：「札始見《春秋》襄廿九，季札始見《左》襄十四。吳季子之名也。吳王壽夢少子，諸樊少弟，故曰季子。封于延陵，故曰延陵季子。後復封州來，故曰延州來季子。亦曰吳公子札，亦曰延州。年蓋九十餘。葬吳毗陵縣南上湖中暨陽鄉。」梁玉繩等《史記漢書諸表訂補十種・人表考》卷三《子游》：「子游始見《論語》。又作斿。名偃，姓言，是爲言偃。字子游，吳人。亦曰言游，亦曰叔氏，亦單稱游。葬吳郡常熟縣西海虞山上。開元贈吳侯，宋封丹陽公，又稱吳公。」

⑥語本《離騷》：「彼堯舜之耿介兮，既遵道而得路。」「湯禹儼而祇敬兮，周論道而莫差。」

⑦語本《離騷》：「何桀紂之猖披兮，夫唯捷徑以窘步。」「羿淫遊以佚畋兮，又好射夫封狐。固亂流其鮮終兮，浞又貪夫厥家。澆身被服强圉兮，縱欲而不忍。日康娛以自忘兮，厥首用夫顛隕。」

⑧顧問，字子承，號日巖，顧天錫伯祖。顧天錫《伯祖日巖公傳》（《湖北文徵》卷五）：「公諱問，字子承。陳太恭人夢巖上日升而生公，故號日巖。幼不好嬉，五六歲時，與群兒嬉，獨積瓦礫，陳盤

盂，雍容揖攘，作籲帝榮祈之語。一日，牽太恭人泣。太恭人曰：『兒饑耶？』對曰：『不饑，欲讀書爾。』就塾，日誦數百言。師不在，亦端坐至暮。嘉靖十六年丁酉舉於鄉。戊戌進士，授浙江壽昌知縣。」

⑨顧闕，字子良，號桂巖，顧天錫祖父。光緒《黄州府志》卷十九：「顧闕，字子良。方六歲，類焚祝天，爲道德性命之學，以報劬勞恩。弱冠舉於鄉，嘉靖庚戌成進士，除刑部郎。父母卒，與其兄問同廬墓側。服除，補禮部郎，移南京吏部稽勳司，遷福建副使。年僅三十九，决意告歸。里居四十七年，一日，忽召子孫語曰：『昨夜夢一聯云：津吏報增三尺水，山人歸卧幾重雲。今歲當大水，吾將逝矣。』已而果然。闕治經，尤精《詩》《易》。學者稱桂巖先生。子大訓，詳《文苑》。」

洛如社序〔一〕①

【眉評】張曰：「子厚之文，其辭愈鍊，其韻愈清。」

欲以事相難，則考理而已；欲以文相難，則論人而已。學者議而知守，不資古書老生，大小權輿於此矣。當今英譽踔起，咸能自疏濯，造誦説，焞然有光耀，殆旭日始旦，雝其雁鳴乎②。而説枳落，喜鉤釽，是己而非彼，亦未有際斯者也。

嗟乎！物爲各判，致性則一。彼綸綸者云何？正則治，否則亂焉已矣。歷選前人，準敬合和，觀容與聽鏗鏗者無論，彼言子言家，時號爲能，豈不欲别才性，以示人利？乃墨子本清廟之官，縱横出行人之屬③，形家逖稽九有，亦托《詩》之陟巘升虚，高爲厭衆之藉，下爲贍身之智，無不競傅會者，知先聖人之不可回也。聖人所是，而後人思奮越排斥，則顔、冉哀金鏆，曾、言悲獄岸矣。

且造聖之門不齊格，文章特其隧也。然委曲煩重，確苦至到，究以免人底善爲則。苟當世之縫掖，有德敏而術鈍、行完而韻匱者，固當以士相見之禮見之，偕進匡坐，致嚴事嚮方之意。至於情氣驁縱，可以有爲者，尤未嘗不曲與資助，如十睦之長④，身敦勸仁讓無闕也。顧頹下好激之流，蔑其旨而疑獨任，則雖日陳魯鼓薛鼓，擊半而投壺，擊全而習射，難以訓矣。

吾友來之、仁舉重惻大道，懟此狡賓，乃建表於醉李，以合天下之風楨意尚，浩乎至哉！其簡書之驪淵也⑤。毅而和，弗倨，自足而怒，君子之所志也。倘秀造之列，復有衷甲而見者乎⑥？余將借是編爲嘉籩清酒，揖而序友生之雅，無用軍容爲矣。

【校記】

〔一〕本篇又見北大本《合集·古文存稿》卷一。

【箋注】

① 此序吴昌時、沈嗣選洛如社稿。吴昌時，字來之。詳見《初集》卷一《廣應社序》注。沈嗣選，字仁

舉，嘉興府嘉興人。復社成員。吴山嘉《復社姓氏傳略》卷五：「沈嗣選，字仁舉，號果庵。天性孝友，需次歲薦，以親老不赴。乙酉，奉母避兵葭川，盗知爲孝子，戒弗犯。生平破産聚書，嘗謂自昭明後，代各有選，而南宋獨缺，乃輯《南宋文選》百卷，未梓。著有《儉娱堂集》《尚書論語傳》等書。私謚孝貞。」

②語見《詩·邶風·匏有苦葉》：「雝雝鳴雁，旭日始旦。」方玉潤《詩經原始》：「《匏有苦葉》，刺世禮義澌滅也。」

③荀悦《漢紀·孝成皇帝紀》：「墨家者流，蓋出於清廟之官。茅屋采椽，是以尚儉；宗祀嚴父，是以右鬼神；養三老五更，是以兼愛；選士大射，是以尚賢；順四時五行，是以非命；以孝示天下，是以尚同。縱横家者流，蓋出行人之官。遭變用權，受命而不受辭。」

④十睦之長：方孝孺《遜志齋集》卷三《成化》：「宜定其制曰：民家十爲睦，睦者言相親也；十睦爲保，保者言相助也；十保爲雍，雍者言衆而無爭也。雍咸屬於縣，雍有長，以有德而文者爲之；保有師，以有行而文者爲之；睦有正，以忠信篤厚爲十家則者爲之。」

⑤驪淵：藏驪珠之深淵，喻指文辭之淵源。

⑥衷甲：内穿鎧甲。《左傳·襄公二十七年》：「辛巳，將盟於宋西門之外，楚人衷甲。」杜預注：「甲在衣中。」

陶啓聖稿序①

言劍必頃襄之劍〔一〕，言琴必楚莊之琴，以名與焉爾②。苟見有誠是者，則辨與否難之。故觀文之識會，其甚罕者，所謂清明之士也。趣聲既使，弗以誠先，多慕選非法。及久而判然習讀之，主人慨焉以疑。於是形諜盡見，起其本才，則冠履佩玦之徒，賢者晉焉。

啓聖素鍵門論著，不與外近，每理舊學，如煬舊食。今又列鼎實，陳豆鉶，盡饗之人，而忘其朝饑，亦已資澤於學者矣。乃身服中程，一惟道約，薄時之曼飾，以嚴其律切。於于之子，不能無繚意訐急，而漸明別，則曰安之。其倚人與弗之有抗辭，何道出也？夫執業不固，而新心蕩遷。望塵於大車，藉豐於長鬈，巨子之所耻也，而俗弗經怪。耽昔之雋老，下簾簿而求奥謨，於禮甚度，於言有儀，斯門用之至善，而遘迕者衆。此亦時自爲反。要之，所貴所賤，制設不變，特覺者朗於大據，篤而好之。下此無以建己，徒吟嚝爾。彼稱《詩》《書》者，未之聞乎？

緝熙之學③，同於累一女之績；烝烝之孝④，類於炊一釜之米。蓋以論所積之大，有工與氣，朝非朝，夕非夕也。下況而見，可無惑於文字矣。今而後，讀啓聖之文者，知其撰擇，樂其考佩，自低摧而進於塊壘寬通，則吾其静焉。而不然者，亟欲以一言風襮也。

【校記】

〔一〕「頃襄」，原作「項襄」，據《淮南子・脩務訓》「而稱以頃襄之劍」改。

【箋注】

① 此序陶士彦稿。陶士彦，字啓聖，太倉州嘉定人。復社成員，名見《復社姓氏傳略》卷二。潘介祉纂輯《明詩人小傳稿》：「陶士彦，字啓聖，嘉定人。勇力過人，篤於天性。年逾冠，始鍵關讀書。所爲詩文，得先民矩矱。」

② 劉安《淮南子》卷十九《脩務訓》：「今劍或絶側羸文，齧缺卷鉳，而稱以頃襄之劍，則貴人争帶之；琴或撥刺枉橈，闊解漏越，而稱以楚莊之琴，側室争鼓之。」

③ 緝熙：光明。《詩・周頌・敬之》：「日就月將，學有緝熙于光明。」毛傳：「緝熙，光明也。」

④ 蒸蒸：孝順。《文選・張衡〈東京賦〉》：「蒸蒸之心，感物曾思。」薛綜注：「《廣雅》曰：蒸蒸，孝也。」

賀玄生稿序①

美德之形容者，辟之於細帛，方之於寶璐②，又托之以蒼龍隱虹③，象之以鵷鸞朱雀，豐辭奢喻，不可網羅。以是信論文而出喜樂，散鬱陶，其情與言亦皆不得而儉也。

余素不好謗曲士，故多與其聲相避。惟至見大篇正義，則淫液焉④。謂自有性，弗能從人抑引。一日開介生來椷，文字紛遝，中有穎然獨見之作。循所標識，知爲雲陽賀玄生，一豁撫抱。玄生起於鼎族，美軟之氣，易以相安。顧嚴自鑢躬，斷彝酒，戒袪服，勤恁旅力，以徵三皇素王之長圃⑤，則已內謝天伐矣。又同叔氏黄裳切磋究之⑥，響答清切，無有膠加。詩人所咏鳴鶴，蓋在户庭焉。夫人量之相絶，難以計度。故規模未立，貴觀其向。彼有草野羈賤而盈富貴之懷，王公大人而篤危苦之思，亦其分之所止也。所志乎榮身者足即無餘，故一旦得意，已悲其有終身之别。（此處眉評：張曰：「發人深。」）

若夫職競有爲，不然所是，則纏綿繳繞，憂愁奮發，屢進而更端，未有涯也。上覽日月，而下悼形體，求所爲不敝於世，不其難哉！今玄生上善既完，而復有深績。宜其刀筆之制，鬱若崑鄧也⑦。然洋洋習習，非徒周用，亦始豐本。則余之稱斯文也，凡爲爍懿矜麗之言，猶之頌德也與。

【箋注】

① 此序賀玄生稿。賀玄生，賀裳之姪。生平待考。

②《楚辭·九章·涉江》：「被明月兮珮寶璐。」

③《楚辭·遠逝》：「佩蒼龍之蚴虬兮，帶隱虹之逶蛇。」

④ 淫液：詠歎之意。《禮記·樂記》：「詠歎之，淫液之，何也？」鄭玄注：「詠歎、淫液，歌遲

之也。」

⑤潘岳《閑居賦》：「遨墳素之長圃，步先哲之高衢。」

⑥賀裳，字黄公，號檗齋，丹陽人。復社成員。吴山嘉《復社姓氏傳略》卷三：「賀裳，字黄公。少以諸生入太學，年三十不知爲古文詞，見有爲駢語，乃始自愧，因發所藏書讀之。畏聞户外聲，至以絮塞其耳。十年，博極群書。有《載酒園詩話》《史折》《少賤齋集》。」陳田《明詩紀事·辛籤》卷二十二：「賀裳，字黄公，丹陽人，諸生。有《少賤齋》《紺雪齋》二集。吴喬《圍爐詩話》：黄公《載酒園詩話》深得三唐作者之意。劉會恩《曲阿詩綜》：黄公與從姪黄序有『二黄』之目，工樂府古詩。」

⑦崑鄧：崑崙山與鄧林之並稱。《文心雕龍·事類》：「經籍深富，辭理遐亘。皜如江海，鬱若崑鄧。」

遠齋近藝序①

【眉評】周曰：「小篇難此境界，廬山之容形生於咫尺。」

且月留江上，熠爍來併，體不自遣，執卷巡廊，不蹞步已研然汗矣。一日，讀范若文，則清感人肌，不摇箑而俊風時至，煩苦得平。始信安楚安雅之謂②，凡物得所安，必無畏寒暑之刺偪也。

范若敏識前衆，在名理有長情，不任蔽芾。又於彝仲蓋甥舅，雖以舅呼彝仲，齒數不大差別。一室講受，管門牡而磨編札，鑒賞通遠，非可世士津逮。兼盛聚斂古文異書，裒其不可致者，手自讎析，端切來處。每獲所希有，則貫日怡懌，饔人進食，忘下一挾。或貸其本於他賓客，必慇勤寫録，燭數跋不欠伸，蓋性乎有之，未容确者枝其間也。

夫樂貨財物者貧而有布帛，樂書史者儉而有風雅，蓋因所積也。今登范若之堂，庭宇甚閒，几帷不雜。及周覽乎簡策，無鼂然弗脩者焉。其施於制作，起整身之譽，不亦宜哉！抑時所謂君子，未或温念歟？人自勝帶之日至於胡老，裁日月無幾何爾。髫鬌荒忽，一旦齵然齒落，而欲正於樂人，固知其難再也。苟當斯有大慮焉，遠彼顛玩，造於典憲，則余之遥思越渫，當與范若有同矣。余既咏猶其文，又重夫采古力行之義，竊爲白著之。

【箋注】

① 此序周希文稿。周希文，字范若，松江府人。本姓朱，少孤，後從母姓。朱陛宣子，夏允彝甥。復社成員，名見《復社姓氏傳略》卷三。凌壽祺《澔墅關志》：「朱希文，字范若，亦長文後，居陽山。少孤，母周氏，性嚴，陳遺書課之，旁列田器，曰：『若不爲士，即佃農終耳。』希文泣受慈訓。弱冠，隸黌宫。母終，鬻産襄事。弟夭，恤嫠訓孤。姻黨間，贍枵槥殉，焚券還孥。諸懿行不可殫述。没後，鄉黨私謚端仁先生，祀鄉賢祠，後人多聞達者。」

②語見《荀子·榮辱篇》：「故孰察小人之知能，足以知其有餘，可以爲君子之所爲也。譬之越人安越，楚人安楚，君子安雅，是非知能材性然也，是注錯習俗之節異也。」

賀黄裳稿序①

迷陽之罥，莫甚今文，豈作者之首施、大道之別科哉？性好不類而氣質用遷，正之與間，惟所樓攬。加人畏烟鐵，而飛鼯走貘，獨以爲甘美，自其生有之，不可得强也。且聖賢之書，亦豈於物戎毒焉，而鉗忌者衆。擨竪之流，志於五鼎黍娥，不欲一覕。至業士之業者，共文變指，其書是也，其言非也。

夫同稱父母而有鮮甲鐵弗之音②，不俟竟辭，知非中國矣。此黄裳之所以奮智而批難，特屹然其間也。昔之人不云乎：「善雅歌，於鄭爲不悲〔一〕；禮舞，於趙爲不好。」③夫歌舞本以發情諼憂，而莊誠難於感化，况堯舜之典、周孔之籍哉！則黄裳之厲身於正，亦惟其性也。性與正親，必與不正遠，遠之甚，即仇之甚。黄裳之扞弓彋弩於非種，蓋有日矣。故言先古列人，若處乎己之胞闥也。然則因於其性，觀於其文，寧第門才而已。蓋租蓄百家者，終身緷絻者也④：，牒誦空虚者，終身穰衣者也⑤。是則謂通則富人〔二〕，不通則貧人。貧富不繇資財，繇於學問。貴賤之數，亦略同也。今黄裳以學富貴焉，其道不拔矣。宜鴻文一出〔三〕，有家書之號也。彼萎腇咋舌⑥、不務端版者，盍少嚅嚌於斯⑦，定博士之讎問哉？

【校記】

〔一〕「不悲」，原作「人悲」，據注③改。

〔二〕「通」下，原衍「人」，據下句删。

〔三〕「宜」，上圖本作「在」。

【箋注】

① 此序賀裳稿。賀裳，字黄公。詳見《初集》卷三《賀玄生稿序》注。

② 梁章鉅《稱謂録》卷一《方言稱父》：「《北史》名父爲鮮甲。」《北史·僭僞附庸傳·劉武》：「北人謂胡父鮮卑母爲『鐵弗』，因以號爲姓。」

③ 語見王充《論衡》卷三十《自紀篇》：「善雅歌，於鄭爲人悲；禮舞，於趙爲不好。」黄暉校釋云：「『爲人悲』無義，當作『爲不悲』。『人』爲『不』之壞字。古人以音悲爲善。雅歌於鄭爲不悲，鄭聲淫，故不以雅歌爲善也。」

④ 緷絻：即衮冕。《管子·君臣上》：「衣服緷絻，盡有法度。」尹知章注：「緷絻，古衮冕字。」

⑤ 襶衣：厨人之服。馬縞《中華古今注》卷上：「厨人襶衣，厮徒之服也，取其便於用耳。乘輿進食者有服襶衣。前漢董偃緑幘青褠，加襶衣以見武帝，厨人之服也。」

⑥ 萎腇咋舌：萎腇，軟弱貌。咋舌，咬住舌頭，謂因害怕而不敢説話。《後漢書・馬援傳》：「豈有知其無成，而但萎腇咋舌，叉手從族乎？」

⑦ 嚅嚌：謂吟誦，品味。宋濂《送會稽景德輝教授鄉郡序》：「嚅嚌經腴，朝夕不自饜，著述成書。」

行卷玄笈序①

【眉評】周曰：「即其奥致曲意，自貴一家，此天如舊文所以不可删也。」

若夫士弗内淑而能選與著者，寡有之也。故當分數既見，雖有甚愛不可以辭長，有甚怨不可以言削。苟欲依倣其端，寬爲之量，則苦苣馬齒懼傷嘉蔬矣②。以今文字稠濁，其科的之散尤莫過於所謂行卷者③。區國十五，而篇章錯流，倘有美言，即爲彼地之生物。於是人自號强，其紛然者不止堅土弱土④、南方北方也。學者將執筆而節文焉，因乎俗以處之，非所以示天下也。盡乎山川以明一家之典則，無以安寡文之國也。況乎重遐間隔，懿之隱者，多有未通，益病於樵採矣夫。然而朗調之奮其羨才，以有斯選也，不其勤渠哉！然而好學之所寄，固不廢也。

今觀夫庸近之伍，擬人於威鳥，而安已於璅蟲，其爲步驟，寧衣裳之縫際乎？有甚焉而夷者也，則孰如登乎藝林，以翺以翔，漸有周《雅》之思也⑤。是以朗調篤意蒐覽，自結其好。若謂含玉必俟乎開瑩，幽蘭必資乎扇發，兹之爲温且芳者，不難排而明之也。則余之序之者，亦與之爲陶陶焉，落落焉。隨其摇襞之所至，以詳情緒而徐理圭辟之論、盤杅之説，不亦其有娱乎？故瞻鄭知退之士⑥，間遇之矣，而不容概執已。將以是訓而先變諧也，豈忘所周防與？欲人無倦，脩其襲而衷形矣。

【箋注】

① 此序葛鼐時文選本《行卷玄笈》。葛鼐，字朗調。葛芝父。葛鼐《學山堂印譜序》（郁重今《歷代印譜序跋彙編》）：「童時見先大夫從婁東張大司空所歸，得長公夷令制舉義一册，受而讀之，其言高趣遠，如鶴鳴在陰，可聞難即，謂是功名中第一流。及予稍長，又從大人所讀長公藝蘭詩，比物托興，復謂功名中人，風致未易有此。每一興思，輒恨予生甚晚，不獲隨先人之後庭，識君家司空，聆其言論風旨，一悉長公淵源所自。而猶幸與君家太史公天如同舉午榜。讀長公之詩文日益富。而家弟鼒復爲長公從子，聞長公之道義日益熟。凡予之與長公交，年可忘也，德不可忘也。」

② 杜甫《園官送菜序》：「園官送菜把，本數日闕。矧苦苣馬齒，掩乎嘉蔬，傷小人妒害君子，菜不足道也，比而作詩。」

③ 行卷：選集舉人中式之文。詳見《初集》卷三《行卷扶露序》注。

④ 堅土弱土：劉安《淮南子·墜形訓》：「是故堅土人剛，弱土人肥。」《孔子家語·執轡》：「是故

堅土之人剛，弱土之人柔。」

⑤周《雅》：指《詩經》之《大雅》和《小雅》。

⑥語本庾信《與湘東王書》：「是以握瑜懷玉之士，瞻鄭邦而知退。」

中國古典文學基本叢書

七録齋集校箋

第二册

〔明〕張溥 著
陸巖軍 校箋

中華書局

七録齋集卷之四

婁東　張溥天如　著
同盟　張采受先
　　　周鍾介生　閲

壽賀序

何新泉夫婦八十序〔一〕①

【眉評】周曰：「起手那宛轉入壽處，無數議論波瀾。」

都宗人治都以宗禮，家宗人治家以宗禮②，而邦國宗焉，王化之所繇始也。當其時之習而安之者〔二〕，人各循祖宗之德，合朋舊之雅。雖貴爲天子，無不明於曾孫黄耇之義，長其歡敬而將以文物。歲時之間，飲酒歌詩，未或敢廢。夫大年之尊若斯，而稱壽之禮未見於載記，則嘗以意度之。古者之敬齒，凡家之高年，自歲爲壽者也；今則自四十以往，歷十年而始爲壽者也。歲自爲壽者，其爲事也數，則以爲日用之事也，故略其文而不書；歷十年始爲壽者，則時曠而禮重，故邦之人無不趨事焉。

今鹿城何新泉先生偕其配李太君之八十，而寅仲、晉叔諸舅翁咸以婚友之誼③，歌咏發德，則其行斯禮也，亦已嚴矣。夫年歲之稱，名雖在人而歸命自天，遂爲曆數。故嘗有求神於草木、加意於養形者，往往不能達於中壽。至於妃匹之際④，盛年結縭，欲保其齊齒，則燕羽之差池，又有難言者焉。（此處眉評：「須觀其承遞生情處。」）胡爲乎先生之與太君獨有其遇也？雖然，其所以致此，則有繇也。

先生家饒於財，而惡言其利。故生殖之物不存心計，而處己以禮。稱先王以教其家人，而不慕榮貴。若其姪比部公之致身通籍，賴先生之力以成，先生固無與焉。太君爲中丞之女孫〔三〕，少恭婦學，不貴香薰之飾，而懷絺綌之義，事尊者以孝，而處卑者以寬。八十年來，閨門之内不聞有責讓之聲，而惟謹視其子孫，閑以古則而勉之有爲。故諸孫無不譽文表異〔四〕，聲滿一序，寥廓之翔，蓋日可見焉。

夫觀於先生之一身，智能不形，適其素朴，踐物而安；觀於先生之一家，則内外協而少長以順。若此者，游於天以待後之寵，美者日升而形常不摇，又何用吹呴吐納，爲彭祖壽考者之所好乎？則今之魚魚雅雅⑤，有充庭之獻者，蓋將望先生於無窮也。且王者在上，東西之序，左右之學，必有議養國老、庶老者焉⑥。溥竊以野人之一言，俟其展禮矣。

【校記】

〔一〕本篇又見北大本《合集·古文存稿》卷二。

〔二〕「之」，北大本無。

〔三〕「之」，北大本無。

〔四〕「曫」，原作「矕」，據北大本改。

【箋注】

①此爲何新泉夫婦八十大壽所作。何新泉，待考。

②孫詒讓《周禮正義》卷四《天官·大宰》：「春官都宗人、家宗人，都家並有，故公卿入都宗人中，大夫則入家宗人中。以其公卿雖有大都小都之别，而同名都，故大夫不得都名，直有家稱，故在家宗人也。」

③寅仲，晉叔，待考。

④妃匹之際：妃匹，即婚配。《漢書》卷八十一《匡衡傳》：「妃匹之際，生民之始，萬福之原。」

⑤魚魚雅雅：威儀整肅貌。雅，通「鴉」。魚行成貫，鴉飛成陣，故稱。

⑥《禮記·王制》：「有虞氏養國老於上庠，養庶老於下庠。」孔穎達疏引熊安生云：「國老，謂卿大夫致仕者；庶老，謂士也。」

顧母柴太君六十序〔一〕①

【眉評】周曰：「天如爲壽序，每篇生義，抑揚頓挫，無非發人孝弟，正未易輕讀。」

賢父母之有令子，固也。然而又有言焉。君子之行，發於一身，及其感應，則遲速大小，因而相權。純言其身之所處，則子孫之事可以抑而不稱；純言其子孫之事，則父母之意常有望而不及。若是，所謂無子而有子者，又曷以焉？且天地之義，行於夫婦之間。室家帥聽，後先一軌，要以求婦德之協，則尤難之。何則？男子之志見於四方，意所欲爲，得以宣廣。婦人之職則以閨門爲限，事不大於酒食，而義常列於百世。苟非嚴操齊壹，無以持其終身之情。而順成之饗答，蒼蒼者亦知其所爲之難，而示以景福之備，則全乎後者遠矣。

今觀吾母之事先生而稱未亡人也，十七年於兹，而有流玉爲之子。流玉之離襁褓而爲母之子，繇母之教，未加服而有令名於天下。然則宗人之慶，母氏之德，又安可盡辭哉？蓋母之生爲上冑，故求之者有夫人貞女之慕，當之者有幽室數辱之讓②。然而學於宗廟，則云素矣。是以大門之出，日有光問，鷄鳴而朝於舅姑，無不敬也。笄纚以視，事於一室，群下之情無不達也。至於兩髦之嘆，起於姸節；而高行不衰，積其日月。以至於今之六十，則歲晏之傷，所以爲母者，不既棘乎？夫人孰不有其母，爲人之母孰不有其子？故致懷儀特者，羞其重行，常憂於天之不可問。而後人之祥不意而至，視世之所謂高大顯融者，則已倍之。至於有子之不能，因其宗族之序與之，以令人以發揚其幽德。然後知天之報施，闕而復全，於人倫之際，蓋三致意焉。

流玉與余小子〔二〕，其交不僅在紵衣之列〔三〕，故每心推爲士宗〔四〕，以卜其當世之顯。而吾母之徽烈復爲學者所矜尚，竊欲私爲之記，書其一通，進之禮官而未能也。當夫介壽之謡宴〔五〕，而先其大約，意者慎始敬終，以爲子姓。凡今之有婦道者，亦慎無爲其易者乎！

【校記】

〔一〕本篇又見北大本《合集·古文存稿》卷二。

〔二〕「小子」，北大本無。

〔三〕「其」，北大本無。

〔四〕「故」，北大本無。

〔五〕「夫」，北大本無。

【箋注】

① 此爲顧流玉母柴太君六十大壽所作。顧流玉，與張溥交好。生平待考。孫永祚《雪屋二集》卷四

有《顧諟明齋集朱以發葛瑞五王籛生陳明仲顧流玉仲莊諸子》，可參。

②語本劉向《説苑》卷十九《修文》：「諸侯以屨二兩加琮，大夫、庶人以屨二兩加束脩二。曰：『某國寡小君，使寡人奉不珍之琮，不珍之屨，禮夫人貞女。』夫人曰：『有幽室數辱之産，未諭於傅母之教，得承執衣裳之事，敢不敬拜祝。』祝答拜。」

徐母王太君五十序〔一〕①

今有介女庶婦懷大雅之志，持形守氣，不易其節，則與邦君之室、大夫之内子之有行者，有以異乎？無以異也。則今有清胄之子與其女子之子，擇義而處，耿然以立，則與邦君之室、卿大夫之内子之有行者，有以異乎？無以異也。夫語其賤者，事隱而身危；語其榮者，文顯而志約。要之，同其憂厄，齊於長久，比而稱之，君子亦無所難易其辭矣。苟於此猶有難易焉，則將變文以觀之，繇其一人而論其一家。若其一人之義，以身斷焉，可也；若其一家之義，以世斷焉，可也。

溥始識方名②，即聞瑯琊王母袁太君之弘節，表臣式閭，稱爲女師。迨其後，又聞太君之女適於徐。今所謂徐母者，與太君之行同，故稱王太君者，猶之袁太君焉。太君有子曰孝若③，穆如先生之所遺也④。穆如先生以元宰之裔，發往昔之德。太君事之三年，而生孝若。生孝若二年，而先生遂亡。先生之志無所見於天下，而後者之事，悉以集於太君之厥身〔二〕。當其時而欲鞠其孤以順於舅姑〔三〕，和於室人，不既殆歟？況於爲之保傅〔四〕，教其成人，名於四方，以彰先君之志，尤事之莫究者也。然而今之遠近〔五〕，無不聞聲而欲交孝若者，則母教之漸也。

孝若幼名殊慧，始出就學，即有奉劍正履之風⑤。長則綜核經傳，涉筆弘遠，禮官儒林，莫敢朋齒。而原所儀矩，母氏之外，固無人焉。蓋婁之瑯琊，號爲文學之族，自元美⑥、敬美兩先生克大其猷⑦，天下之士趨之受經。而太君爲敬美先生之女孫〔六〕，少所奇愛。故古文大義〔七〕，口授意説，無所不達。至於忠孝節義，感慨著存，書爲憲誡，伯姬貞姜之行，亦其性之矣。是以歲星常周，而風厲彌白，志存於清浄，而行不惑於漢譯。度所戾止，自雲間而來婁也，殆將三十年矣。

孝若依於太君，而太君又依於其母〔八〕。言之於昔日，則太君之與其母，固兩婦也；言之於今日，則太君之與其母〔九〕，又兩母也。以婦道帥，而兩家之爲婦者從之；以母道帥，而兩家之爲母者從之。則所謂巾櫛之侍，念其葑菲；臘日之餔，嚴其出入。豈獨太君與其母有之乎？凡姓之近者，無乎不化也〔一〇〕。故婁之人士〔一一〕，數上其觴於太君之母矣。而今又以其觴上之於太君〔一二〕，賢者之徽美〔一三〕，於是乎可觀矣。變俗而起其例，本德而勸其後，與之論世，亦豈過哉！

【校記】

〔一〕本篇又見北大本《合集·古文存稿》卷二。

〔二〕「厥」，北大本無。

〔三〕「其」，北大本作「藐」。

〔四〕「於」，北大本無。

〔五〕「然而今之遠近」，北大本作「然今遠近之士」。

〔六〕「之」，北大本無。

〔七〕「故」，北大本無。

〔八〕「於其」，原作「其於」，據文義乙正。「於」，北大本無。

〔九〕「與」，原作「共」，據哈佛本、北大本改。

〔一〇〕「乎」，北大本無。

〔一一〕「故」，北大本無。

〔一二〕「而」「之」，北大本無。

〔一三〕「徽美」，北大本作「美度」。

【繫年】

據後文作時，此序蓋作於崇禎二年（一六二九）。

【箋注】

①此爲徐纘高母、王世懋孫女王太君五十壽辰所作。

②方名：四方之名，指辨識方向。《禮記・內則》：「六年，教之數與方名。」《隋書・經籍志一》：「古者童子示而不誑，六年教之數與方名。」

③徐纘高，字孝若，松江府華亭人。復社成員。吴山嘉《復社姓氏傳略》卷三：「徐纘高，字孝若。崇禎丙子舉人。乙酉，松江城破，遂遁跡披緇。入吴，依要離墓旁僧舍以居。有《易學》三卷。」

④徐昭慶，字穆如。徐纘高父。《欽定續文獻通考》卷一百五十一：「徐昭慶《考工記通》二卷。昭慶，字穆如，宣城人。」

⑤奉劍正履：《列女傳》卷一：「文伯出學而還歸，敬姜側目而盼之，見其友上堂，從後階降而卻行，奉劍而正履，若事父兄。」

⑥王世貞，字元美，號鳳洲，太倉人。明「後七子」領袖。朱彝尊《明詞綜》卷四：「王世貞，字元美，太倉人。嘉靖二十六年進士，歷官刑部尚書。有《弇州四部稿》。」生平詳見《明史》本傳。

⑦王世懋，字敬美，號麟洲，太倉人。王世貞弟。好學善詩文，名亞其兄，人稱小美。朱彝尊《明詞綜》卷四：「王世懋，字敬美，太倉人，嘉靖三十八年進士，官太常寺少卿。有《奉常集詞》。」生平詳見《明史》本傳。

徐伯母六十序〔一〕①

【眉評】曰：「文如頌，皆以孝。」

微者之言，可以加於貴大夫之上，取其若於道而已。矧以之稱尊而道善，尤事之不欺者也。故自應社之立也，兄弟之情，父母之戚，求所謂彼與此者無之。所尊者事焉，尊者有善則聞焉。子不敢過譽其親，以蹈於非誠；爲友者不敢暱於其素，因所譽而譽之，以獻其親，而多其諂言，則夸文不設，而叙德惟本。凡應社之事父母而善兄弟者，其義如是也。

今君和當母之六十之生日而屬書於溥〔二〕，命以一言，抑何言之晚也。溥於君和有骨肉之託，其交既不在一日燕游之列〔三〕，而母之行事，又爲邦邑之所稱頌〔四〕，微言之，溥已爲之矣。

君和操己帥物，務爲賢人之大者，其詳不可以盡。若以余所聞，吾母則誠壽考君子也。夫女子之爲行也，内有綢繆之結②，出有擁蔽之儀③，動静所形，不離閨閾，一旦舉而列之君子之林，不已過乎？然觀母之敬其尊章也，順己之父母以孝，而相夫子以能也，字下之周，恤其鄉黨之以惠也。雖古之君子，何以加焉？且爲母之道，慈愛勤厚，性所固然，而視其子也，每不能不介於前後之所出。《小弁》之傷〔五〕④，作於后妃，况其流之及乎？

顧母之繼先生而衛其前者之孤也，於所生則有甚焉。絜襁褓之子而使之成人，重之以傅訓。隆其費以至於不有其家，無如之何，而始勉君和於學，以竟其志。是即君子當之，不無勞困之悲，己賢之嘆。而吾母備其劬瘁，豫以自處，則謂之壽考君子，不亦繇其性情之至，名其本來者哉！然則溥與諸子之舉爵以飲吾母〔六〕，歌其福履，而有言斐然。蓋將以歡樂之誠告之尊者，非瞻察於翼翼之子⑤、詵詵之孫而加之也⑥，是則應社稱人壽之禮也。

【校記】

〔一〕本篇又見北大本《合集·古文存稿》卷二、徐鳴時《横谿録》崇禎二年刻本卷八張溥《黄碩人壽言》（以下簡稱「《横谿録》本」）。

〔二〕「之」，北大本無。

〔三〕「一日」，《横谿録》本無。

〔四〕「頌」，《横谿録》本無。

〔五〕「小弁」，原作「小卞」，據《詩·小弁》改。

〔六〕「然」，《横谿録》本無。

【繫年】

據徐鳴時《横谿録》崇禎二年刻本，可知此序作於崇禎二年（一六二九）。

【箋注】

①此爲徐鳴時母黄太君六十大壽而作。徐鳴時，字君和。詳見《初集》卷一《徐朱二子合刻序》注。徐鳴時《横谿録》卷八張溥《黄碩人壽言》即爲此序，前有項煜《黄碩人壽叙》，可對參。

②李陵《與蘇武詩》之二：「獨有盈觴酒，與子結綢繆。」綢繆，謂情意殷切。

③《禮記·内則》：「女子出門，必擁蔽其面。」

④《小弁》之傷：《小弁》，《詩·小雅》篇名。《詩序》以爲「刺幽王」，謂幽王寵褒姒，逐太子宜臼，太子太傅所作。《孟子·告子下》：「《小弁》之怨，親親也。」

⑤翼翼：恭敬謹慎貌。《詩·大雅·大明》：「惟此文王，小心翼翼。」鄭玄箋：「小心翼翼，恭慎貌。」

⑥詵詵：衆多貌。《詩·周南·螽斯》：「螽斯羽，詵詵兮，宜爾子孫，振振兮。」毛傳：「詵詵，衆多也。」

沈伯母五十序(二)①

今天子改元之二年，再四月之八日，爲沈母張太孺人降生之辰，年蓋五十矣。徵夫歲次當閏，其月適如母生之一歲，不已異哉！夫天道符於上，則人事應於下。凡爲母之子弟者奔走歡舞，圖所以宣美貢情，固其職也。且《易》稱「鳴鶴」②，《詩》咏「鼓鍾」③，甚言寥廓之地、幽隱之所，有聲必聞。匹夫介婦之行，義不容没。今母懷大德而膺服寵，本而行之，又曷讓焉？雖然，内則之順，母之柔静敦孝，學於其父母而有之，説者不能以盡次也。而爲婦與母之道，必徵於其夫若子，則母固侍御沈青嶼先生之元妃也。先生以進士起家，爲令新昌，以迄今職。夙夜在公，不忘民艱。選茂士之最者，以進於大家，頌者載路。成宦七祀，家無溢錢，寔惟母左右之。若所舉才子，則吾友崑銅，所謂天下士者是已。稽經樹學，出其神明，三代之行，身爲之而無所震籍。顧端究訓始，依於母氏，不亦盛歟？

夫母以一家之儀，被王者之命，而夫子與其子克備其德。人倫之盡，雖前此之世爲封君食采者，曠然未有見也。而溥與諸子之交於崑銅，且以五倫相屬，惠愛之情，踰於一姓。昔人有言，若母吾母，知非徒謂之而已。是以眉生聞母之壽，走使千里以外，不泛濫有及，止以告之溥與諸子。溥與諸子發眉生之書而讀之，愛敬油然以起，欲衣冠焉，登堂而拜焉，如見壽母焉。退而思所歌咏，則形勢夸麗之辭無有存者。不得已而申之，而樸略不概其意。若是則千里以外，可以獻於良友之父母者，惟溥有心爾。然而列筐與篚，擊鼓考考，世不多其人哉？而溥終不敢以爲文也。至於言念生日，加其繇樂，稱天以祝，義或在其中焉。

【校記】

〔一〕本篇又見北大本《合集·古文存稿》卷二。

【繫年】

據文中「今天子改元之二年，再四月之八日，爲沈母張太孺人降生之辰，年蓋五十矣」，此序作於崇禎二年（一六二九）春。

【箋注】

① 此爲沈士柱母五十壽辰而作。沈士柱，字崑銅。詳見《初集》卷一《王慎五稿序》注。此年復社統合諸社，沈士柱與皖中名士方以智、吴應箕等人加入復社。張憲華《皖江歷史與文獻叢稿》之《蕪湖沈士柱年譜》：「崇禎元年十三歲。沈希韶升爲浙江道御史。士柱與父在南京。」

② 《周易·中孚》：「九二，鳴鶴在陰，其子和之。」

③ 《詩·小雅·白華》：「鼓鍾于宮，聲聞于外。」

吴鎮樸先生六十序 代〔一〕①

【眉評】周曰：「於稱壽之中，明千古之義，此真以文章爲大事。」

古者士之有朋友，常比於天子之有公，諸侯之有卿。隆辭之況，意義各存。要之繇而等差，其道大矣。故朋友之事，非一人主之，必先自其家之尊者謀焉。其家之尊者欲爲子之擇其友也，非徒與聞乎故也，必身爲之而多致之。親見其人之可與處也，然後通姓名，具拜問，屬之以人倫之重，而託以終身之業。若曰：「自此以往，凡吾子之事，不獨爲父母者聞之也，朋友皆與有責焉。」是以子不告於親，不敢私友其友；爲人之友者，不得其親之命，不敢輕許人以友。蓋深欲得賢者，以榮其親，而慮不賢之爲親辱也。

吾社之行此〔二〕，而取友者多矣。若吴子扶九之大人鎮樸先生者，其尤樂道而稱著者歟。先生本宋邢國公之苗裔，累代高顯，譜文爛如，而篤義輕財，世有傳序，殆若性然，非有所轉移希度也。扶九以盛年大器，敷文緯國，名於當時，天下之士，無不樂與之游。復社已興，歲月有會，道里之間，日相逮也。然扶九之有此舉也，先告于先生，先生樂焉，而後達其意于天下，所以爲之者，蓋其重也。是以朋友之籍常周萬里，以時而集，數恒廣湊。先生皆與之殷接，發其話言。所謂童子汜席，長者俟門，論交之禮，於是乎備矣。退而識其人，得其賢者而不忘，則門内之訓有以相勖，而歡愷日進。是以孟樸之言曰：「鎮樸先生之爲父也，扶九之爲子也，復社諸子之爲友也，於人事可謂略矣，而五倫則詳；於出門之求，可謂遠矣，而取指則近。」前此之人視之，多有不給者焉，是非奢爲之言也。

大道之戚，在乎無徒；而斯人之傷，歸於謬予。侈之則已甚也，約之則已失真也。先生明乎此，以教其子；扶九明乎此，以事其父。型躬論物，登其兩術，而去其兼疵，則朋友之理，助乎家庭者深矣。即今先生六十之生日，四方畢達，推高曾之源流，揚當代之隆問，以致賀於先生〔三〕。而先生紆方服，召子姓而受之，則一時之冠蓋，孰有先之者乎？予雖留跡汝土，亦踵繼同社，雜進末言，要以志慕人倫，慶其齊契。蓋不待觀大養于他日，而後知父子之至也。

【校記】

〔一〕本篇又見北大本《合集·古文存稿》卷二。

〔二〕「吾社」，原作「吾在」，據哈佛本、北大本改。

〔三〕「致」，原作「教」，據北大本改。

【繫年】

據文中「復社已興，歲月有會，道里之間，日相逮也」及前文作時，此序蓋作於崇禎二年（一六二九）。

【箋注】

①據文中「雖留跡汝土，亦踵繼同社」，此蓋代熊開元爲吴翺父吴鎮樸六十大壽而作。熊開元，字魚山。詳見《初集》卷二《國表小品序》注。吴鎮樸，吴翺父，生平待考。張溥此序由同人之擇友須禀明父母，而論及吴翺之父吴鎮樸，進而追述吴鎮樸在組織復社一事上，大力支持其子，禮待復社諸子，由此進而上升到父道、子道、友道，並將三者打通，融合爲一，得出「大道之戚，在乎無徒」

「朋友之理，助乎家庭者深矣」之結論，最後才點出爲吴鎮樸祝壽之事，在其樂融融之氣氛中灑脱收筆。周鍾云此篇「於稱壽之中，明千古之義，此真以文章爲大事」。可謂的評。

侯太夫人八十序〔一〕①

往者啓東侯公之立言於朝也②，諍辭而不回，義形於色，而强禦無可異。若曰：「吾以之事其君，一家之事，非所與也已。」是時，太夫人春秋高，論者以爲公身未可許國。今數摩切左右，以己委之而不擇其險易，亦大雅明哲之所懼也。

予始聞而惑焉，及察太夫人之行事與其言語，然後知或者之論非質也。凡公之所以蹈難不顧、號於王庭者，皆太夫人志也。太夫人之言曰：「能爲君之臣者，斯可以爲吾之子；不能爲君之臣者，必不可以爲吾之子。子而學焉，所以學爲人臣也。既爲人臣矣，而忘其所學，則非吾之望也。故子而處者，以處之道與之；子而出者，以出之道與之。在家者，修行底善，無所干言於朝；在朝者，奬義匡過，無所勤思於内。且吾子諫臣也，奈何以我之故，當國家之難而不一道也？」是以公順其意而正色於朝。寺之人亂，首發其謀，不遂而退耕於野③。五年之内，瀕於危者數矣。太夫人彊飯食，輕步履，示以泰然之色〔二〕，而告之以順命之正，要於臣子之義無闕而已。且公之奮然於有讒也，長君豫瞻、次君雍瞻寔與聞焉。

若此者，其猶然王母之意乎？何一家之德遠也。蓋侯氏世有顯人，後先乘軒，不減古之公族，而又代以禮義，爲永永之訓。是故侯之子弟羞富貴，重廉謙，貴老而使幼。而太夫人家本儒者，克襄夫子，警公路之刺，而大三壽之德④，施之於後而無不若，所固然也。抑太夫人亦觀於昔之所謂粲粲者乎？美其衣服而儉於爲義，度其人亦未忍於遂忘其親也。失於一時之所從，欲反而不可復得，則不得不徇以父母之身，而輕絶其先祖之誼。及時勢再易，悲其晼晚〔三〕⑤，而無如之何，則重爲戮笑。天下議其爲誰氏之子，而因以譏其身之所出，不孝孰大焉？

今太夫人行年八十，復見當世之清明，而長孫即出而有用於時。諸子若孫確行練學，備端士之選。雖顧瞻在側，有不存者，然以公之憂國盡瘁，不有其年而上之於母，而太夫人之身乃以享於無窮，則公雖息形便房，猶之乎行其臣子之義也。咏介壽景福之詩，而無忘其原本之志，凡爲子孫者，其念之哉？

【校記】

〔一〕本篇又見北大本《合集·古文存稿》卷二。

〔二〕「泰然」，原作「秦然」，據北大本、上圖本改。

〔三〕「晼晚」，原作「腕晚」，據北大本改。

【繫年】

據《侯忠節公全集》卷十三《先祖妣敕封陳太孺人陳氏行狀》「己巳，免先君喪，太孺人春秋八十矣」「生嘉靖庚戌七月八日」及卷一《年譜》崇禎二年己巳條「府君年三十九，服除。其秋爲陳太孺人八十壽」，此序作於崇禎二年（一六二九）七月。

【箋注】

①此爲友人侯峒曾、侯岐曾祖母八十壽辰而作。侯峒曾《侯忠節公全集》卷十三《先祖妣敕封陳太孺人陳氏行狀》：「己巳，免先君喪，太孺人春秋八十矣。先期以死，自詛，禁勿言觴祝事。設帨之日，家孺人率子姪拜堂下，而太孺人流涕被面，一觴幾不自持。未幾而疾作矣。」陳子龍《安雅堂稿》卷六有《壽侯太夫人七十序》，可參。

②侯震暘，字啓東，一字得一，侯峒曾、侯岐曾父。康熙《嘉定縣志》卷十六《人物二》：「侯震暘，字啓東，堯封之孫。萬曆庚戌進士。初謁選，得行人，馳驅閩越、荆楚、瓊海之地，殆三萬里，單車匹馬，不擾厨傳。遇山川形勝、戰場營壘之墟，輒徘徊太息，籍記囊中，以備立朝建議之用。擢吏垣，僅八月，疏三十餘上。其論經略並任非宜，朝廷用之。及客氏再入，特疏請收回成命，語侵奸璫，幾中不測。旋劾媪相沈潅，并規晉昌、嘉禾終歸責於福清爲其賢而避謗求全也。遂以此鐫職歸，未幾卒。崇禎初，客、魏伏誅，首以原官召。其子峒曾拜疏，特贈太常寺少卿，與祖堯封同日

祀鄉賢。」生平詳見《明史》本傳。

③《明史》卷二百四十六《侯震暘傳》:「已,遂劾大學士沈潅結納奉聖夫人及諸中官爲朋黨,具發其搆殺故監王安狀。忠賢即日傳旨謫震暘。震暘陛辭,復上田賦、河渠二議。以逐臣不當建議,再鐫二級以歸。」

④三壽:猶三老。《詩·魯頌·閟宫》:「三壽作朋,如岡如陵。」毛傳:「壽,考也。」馬瑞辰通釋:「據下言如岡如陵,是祝其壽考,則壽從傳訓考爲是。考猶老也,三壽,猶三老也。」

⑤晼晚:年老。

何母毛太君六十序〔一〕①

【眉評】周曰:「讀此文而不感且泣者,必非人子。」

何母毛太君者,賢母也。教其子謂聖以讀書學古之道,可謂至矣。教謂聖而及謂聖之弟三人、妹一人,其所謂少子季女之恤,又已至矣。至於今年且六十,而爲母之子之友者,始群稱壽焉。顧念母之獨居而教子,則十年矣。歲月日以加,而母氏之教日以勤遠,爲之子者,可不夙夜無寐,念其勞苦哉!然謂聖之所以自處者,則已甚也;代其母以視弟與妹者,則又甚也。敝廬窮巷,服餐不繼,而瞻誦不怠,績文昭如,經營積勩,弟妹成行,婚匹無不得也。此在素封之子②,好言仁義者,猶或難之,而謂固窮者之易行其惠,非情矣。

且謂聖高才爥耀，衆士扶服，而每試不能發舒其志。溥見之，未嘗不執手曰：嗟乎！子之難也。夫富貴貧賤，旦夕殊觀，而情事之形，先於家室。今以謂聖之數奇而屢蹶，而母未聞有幾微之不平動乎顔面，此豈不深知爲其子者之博學遠大，無役役於目前，而急之以傷其志哉？況母相夫子以有成，家産滋殖，而欲子之大有爲也。爲之禮賓客，治飲食，卒以煩累，以既於困。母有湛氏之志，而子未見士行之報，其謂之何？則溥又有言矣。稱壽者不稱水之流而必之山，不稱凡木之榮而必之維松與柏，以其能止與久也〔二〕。所謂不能止與不能久者，一敗而不奮，見可悦而移其情之謂也。則今之爲謂聖誦者，正其學而强其骨，嗜好不摇，以待夫時之至，所以壽母者，莫大乎是矣。

【校記】

〔一〕本篇又見北大本《合集·古文存稿》卷二。

〔二〕「止與」，原脱，據北大本補。

【箋注】

① 此爲社友何如玉母六十壽辰而作。何如玉，字謂聖，一字渭聖，太倉州人。復社成員。嘉慶《直隸太倉州志》卷六十二《雜綴·稗説》：「何如玉，字謂聖。工刀筆，善關説人事。一日，被病，恍惚見一青衣迎之曰：『相公來乎？』視之，乃友人家故僕也。引至一殿宇，見王者坐殿上，勵聲

云：『近來士習大壞，本欲盡付兵火，恐玉石不分，吾今則抽筋拔腸而已。』如玉悚然驚寤。忽足中微痛，少頃，痛如割。數日，墮一筋，抽之得數尺。」

② 素封：無官爵封邑而富比封君者。《史記·貨殖列傳》：「今有無秩禄之奉，爵邑之入，而樂與之比者，命曰『素封』。」

錢昭自先生五十序〔一〕①

【眉評】張曰：「其理必周萬世，豈止文字之久長。」

稱人壽之道，以其所際者言之乎？抑本其所以立者言之也？夫以其所際者言之，則人將先求乎自寬之遇，望其寵而榮其志。苟富貴適意者，莫不期遥大之曆，發胥慶之辭，不必當世之賢者而始能之也。惟本其所立者以爲言，然後高明之家不敢以一日之豫，有所過祈於天。而正直以處者，不言祝釐而常爲神明之所與。是故人生之始，體應八卦②，氣備五行，使匹夫爲善。當其成童之日，已有千歲之計③。況今之大人君子，德究天下者乎？

若吾昭翁先生躬植人紀，爲世楷則。筮仕以來，辭豐處儉，歷其勞苦，有封疆之託。於是脩安攘，務平富，鬥戰之日，百姓安之。先生不伐其功〔二〕，而退居於鄉。窮邊之民與凡爲將吏、名執事者，莫不歌思焉。是以先生身閱當代之治亂，而意無所動。年及艾而不生二毛〔三〕，亦其自立者强也。然而先生之所以得至於今日者，其艱難險阻，未易一二言也。

大璫之變，成於倉卒，而一時和之者，遂因其勢以摇四海，聚正人而被以部黨之名，加之燔灼。先生獨起而抗之，折其强武，以清君側，遂嬰竄逐，瀕於大危。而先生志在聖明，彈琴詠風之際，殆有古人之悲焉。或曰：「璫之有意於鉗掠也，内廷之臣爲甚，其外者次之。」先生固居外者也。海上之隱，其猶可解歟？抑知外臣之及於禍，當其時，尤有不測者焉。任之以疆埸，而隨之以深文奸回之吏，伺其長短，一不當而即加以不道之辱。卒以先生之廉而多大功，不能爲間〔四〕。而又以其爲廓園魏先生之執友也④，鄉邦之戚，當與同難。是時，非獨先生之岌岌也〔五〕，即先生之子彦林、仲芳，負天下之奇節，公正慷慨，動稱先民，將不容於匪人之謅訿。則爲先生之一家者，不亦殆乎？

及聖人既出，群悖始解，先生猶被裘採薪，無意於珪爵之榮。而王命洊加，寄以心膂，有司日至其門，勸先生之一出。然後知君子之所立，益不可苟然而已也。事存乎高閎，而不與其家人之謀，成勞在國，大其廓清之志，而義不更於憂患。則今日之舉爵，亦蒼生之所望也。孫卿之書有曰：「國安磐石，壽如箕翼。」⑤若以稱先生也，則庶乎矣。

【校記】

〔一〕本篇又見北大本《合集·古文存稿》卷二。

〔二〕「伐」，原作「代」，據北大本、上圖本改。

〔三〕「艾」，原作「乂」，據哈佛本、北大本改。

〔四〕「問」，原作「問」，據北大本、上圖本改。

〔五〕「之」，北大本無。

【繫年】

據文中「及聖人既出，群悖始解，先生猶被裘採薪」及倪元璐《巡撫雲南都察院右僉都御史昭自錢公行狀》「生萬曆丁丑八月二十一日，歿崇禎乙亥十一月二十日，享年五十有九」、錢謙益《都察院右副都御史巡撫雲南錢公神道碑銘》「崇禎乙亥十二月十日寢疾終於官舍，春秋五十有九」，可知此序應作於天啓七年（一六二七）八月明思宗即位不久。

【箋注】

①此爲錢栴、錢棻父錢士晉五十壽辰而作。錢士晉，字康侯，號昭自，浙江嘉善人。錢士升弟。萬曆四十一年進士，除刑部主事，恤刑畿輔，平反者千百人。崇禎時擢雲南巡撫，築師宗等六城，濬金針、白沙等河，平土官岑、儂兩姓之亂，頗著勞績。已而受經歷攻訐，士晉旋卒，事乃已。生平詳見《明史》本傳及倪元璐《倪文貞集》卷十一《巡撫雲南都察院右僉都御史昭自錢公行狀》、錢

謙益《牧齋初學集》卷六十五《都察院右副都御史巡撫雲南錢公神道碑銘》。

②竹添光鴻《左傳會箋·昭公十二年》引韋注：「八體應八卦也，乾爲首，坤爲腹，震足，巽股，離目，兑口，坎耳，艮手。」

③王之道《擬趙元鎮謝新除表》（《全宋文》卷四〇五七）：「臣聞濟一時之務者，要須一時之勝；爲千歲之計者，斯有千歲之傳。」

④魏大中，字孔時，號廓園。朱彝尊《静志居詩話》卷十七：「魏大中，字孔時，嘉善人。萬曆丙辰進士，授行人，歷官吏科都給事中。死閹禍，贈太常寺卿，謚忠節。有《藏密齋集》。」生平詳見《明史》本傳。

⑤語見《荀子·富國》：「爲名者否，爲利者否，爲忿者否，則國安於盤石，壽於旗翼。」王先謙集解：「旗，讀爲箕。箕、翼，二十八宿名。言壽比於星也。」

趙荆璞先生六十序①

【眉評】周曰：「寫事詮情極雅，老杜懷朋友，能作一筆否？」

荆翁之緜鹿城而來婁也，三徙而始定於西郊。是時西郊之地，猶有草萊開創之風，廛宅未廣，居民少附。其處此而稱長者，予之上世與翁家數姓耳。迨予父卜宅於城，予兄弟始多城居。而予復依舊業之在郭外者以出②，於是始交翁之子方旭③。予弟兄時尚少，不應世務，亦無所謂四方之友相爲往來，故多以余之友爲友。而予當時之友惟一方旭，故予兄弟當時之友自方旭外，亦他無聞焉。予性又畏獨，既離兄弟，割宅之悲，惝怳於懷。方旭時過慰勞，骨肉之歡，若復近之。是以意抱周愜，雖風雨之晨，未或暫捨。予嘗語於同人曰：「天下之友，有與予共寒煖饑飽者，方旭是也。」予弟治十三歲即能爲高文④，有《五經》之遺烈。推其淵源，則自方旭教之〔一〕。蓋方旭學辨精隱，尤專於四子之書，古經註疏與理學篇録，無不通曉。若其文之瓌秀〔二〕，則淵、雲之亞也⑤。

方旭少有至行，養翁之志。翁雖隱於市中乎，稟志雅樸，不近於造次辨麗之氣，故牟利非其所長，而獨有爲善之樂。方旭又以翁之高齒而惡囂也，不欲以家人之事累翁，而代視弟妹，各使完理。國人之稱願，不在斯人歟？方旭有三子，行名神伶。其長者從方旭讀書於予兄之家，年及十二，備涉經史。予弟兄亦欣然以子視之。是以數年以來，方旭未嘗館於他人之家，而予兄弟亦無不主方旭者。石之與蘭，視其久而已矣，予兄弟與方旭之交之謂也。然則當翁之六十，而爲之叙先代之自與今日之志，本之於始，以稱其懷，愉愉然而有辭者，豈徒然哉！

【校記】

〔一〕「自」，原作「留」，據哈佛本作改。

〔二〕「環秀」，原作「環秀」，據上圖本硃批改。

【繫年】

據前文及後文《張孚先母夫人六十序》作時，此序蓋作於天啓七年（一六二七）。

【箋注】

①此爲友人趙晟父趙荆璞六十壽辰而作。趙晟爲張溥少年好友，本序由趙荆璞而論及其子趙晟，詳述二人之交往，暢叙友情，揭示友道。故周鍾云此篇「寫事詮情極雅，老杜懷朋友，能作一筆否」，於調侃中肯定張溥寫事詮情之長處。

②張采《知畏堂文存》卷八《庶常天如張公行狀》：「十五歲喪父，同金母出居西郭，顔一陋室曰『七録齋』。」

③趙晟，字方旭，太倉州人。復社成員，名見吴山嘉《復社姓氏傳略》卷二。爲張溥少年時期之摯友，後長期設館於張溥兄家。與張溥兄弟交密。民國《震澤縣志續·書目》：「《培塿集》，趙晟撰。」

④張王治，字無近，號敉庵。後出繼于父執王崑湖。復社成員。庚午副榜，選貢，官刑科給事中。吴山嘉《復社姓氏傳略》卷二：「張王治，字無近，號敉庵。溥弟。崇禎某年拔貢生，國朝順治丙戌舉人，丁亥進士，授桐廬令。縣故無城郭，編户凋殘，王治悉心招徠，上官交薦，擢工部給事中。遂疏論東南漕兑之害，請設官收官兑法，兼以五米五銀，刊爲定例。又請開濬三江及江南分置藩

臯，並見施行。其他論列，皆切時要。卒以峭直爲衆所忌，削籍歸。」黄與堅《願學齋文集》卷三十七有《刑科給事中張公敉庵墓志銘》，可參。

⑤淵雲：漢代王褒和揚雄之並稱。王褒，字子淵；揚雄，字子雲，皆以賦著稱。班固《西都賦》：「秦漢之所極觀，淵雲之所頌歎。」

龔南虞六十序代張受先〔一〕①

【眉評】張曰：「使予爲此，非不有其情，其如格格不出，何獨天如代予言，則次第如畫？横觀古今，惟司馬、歐陽足稱耳。」

予少爲兒時，即識所謂龔氏姑丈。蓋自予之祖姑適於顧，故顧之諸叔若太因、仲佳②，儼若星褱，於先君子皆有兄弟之道。丈之匹，則諸叔之女兄弟也。稱先君子爲兄，而先君子稱之曰妹，予小子稱之則曰姑。名雖中外，義猶一家，相與以德，且世世矣。

丈年未束髮，則列諸生。是時弟子員數狹，不及今什之二。衡文者恒貴重其器物，不以假人，高大之門欲媒取而不得其術。而丈以童子備其選，一時長者矜爲殊能。予猶記數歲時，學誦文字，先君子撫而言曰：「以子之年而望青青之子衿③，若龔氏姑丈可矣。」丈亦時至，啖予以粻餌。予見丈，亦輒持其袖，以其所贈爲樂。今雖壯大，少時之情，未或可忘也。然丈雖少爲諸生，頻遘家閔，人倫之戹，易以傷志。而丈與姑鞠力以處，克康其室，君子於是知其難也。且以丈之材奮其時勢，足爲國用，而適無其偶，徒發崦嵫之嘆④，顛毛已白。而顧其後人，復不聞所謂詵詵之羽，出乎閨闥。丈之意，其將有發憤感慨，寄其無聊者乎？

雖然，丈無子而有其女，不獨有其女，而且有其兄弟之子以爲子。兄弟之子，少而能文。而女之所託，則浦子聖卿⑤，予之中表兄弟，當今文士之峨然者也。聖卿之得志於時也，予將見之矣。則與丈之得志，寧有異焉？夫以丈昔日之多艱，家無一畝之積，而今則可以贍三族〔二〕。以予之姑有逮下之仁⑥，不能獲男子之祥，以安丈左右之所求，而晚且有子偦之遇行，見其被章服以寧胡者。繇是觀之，丈之得全於天，可謂終吉矣。予故樂隨諸叔之後，遠申一言。若言之不文，猶然曩日也。

【校記】

〔一〕目録原題無「代張受先」，據正文補。本篇又見北大本《合集·古文存稿》卷二。

〔二〕「贍」，原作「瞻」，據上圖本改。

【繫年】

據前文《錢昭自先生五十序》及後文《張孚先母夫人六十序》作時，可知此序蓋作於天啓七年（一六二七）。

【箋注】

①此代張采爲其姑丈龔南虞六十壽辰而作。龔南虞，張采姑丈，張采幼時即以其爲楷模。張溥因對壽主之情形瞭若指掌，故寫起來縱横自如，信手拈出，張采亦深爲折服：「使予爲此，非不有其情，其如格格不出，何獨天如代予言，則次第如畫，横觀古今，惟司馬、歐陽足稱耳。」張采揄揚過甚，然對於文中縱横自如之氣的體認頗爲準確。

②顧太因、顧仲佳，待考。

③《詩·鄭風·子衿》：「青青子衿，悠悠我心。」毛傳：「青衿，青領也。學子之所服。」後稱生員爲「子衿」。

④崦嵫：喻暮年。徐陵《報尹義尚書》：「余崦嵫既暮，容鬢皤然，風氣彌留，砭藥無補。」

⑤浦時，字聖卿，張采表兄，龔南虞婿。俞天倬《太倉州儒學志》卷二：「浦時聖卿，府學，天津衛經歷。」同治《蘇州府志》卷六十六：「浦時聖卿，天津衛經歷，恩貢。」

⑥逮下：謂恩惠及於下人。《詩·周南·樛木》毛序：「《樛木》，后妃逮下也，言能逮下而無嫉妒之心焉。」李東陽《謝公神道碑銘》：「至於逮下之德，尤爲姻族所慕效云。」

王母俞太君八十序[二]①

【眉評】張曰：「古今紀賢母者散在列傳，未有專文，得此則五倫之書粲然矣。」

爲母與爲婦之道，未聞其有以異也。然君子於凡爲母者，必重言之，夫亦論其事而已矣。爲婦之道，嚴事舅姑，本其初生之謙順，以奉承乎宗廟，則徽美章顯，而瑕過隱塞，一家之人無不稱願焉。或當命之不淑，斂制壹意②，不念其後，而捐身以從，後世高而紀之曰：「某氏之婦賢且烈也。」如是，則其事畢矣。若爲母者，始爲人匹，繼爲人本，幸而賦君子之偕老，則執勤以終，不敢言瘁。不幸而身稱未亡，則男子之事皆其事也。代夫以養其尊者，而又爲之謀其似續，經紀其物，以光大其宗，義取於從子，而事難於治外。故爲婦者不必其爲母，而爲母者無不兼乎爲婦。歷歲多而處變審，未有踰於斯者也。

吾友王錫之之爲瑯琊之令族，自高曾以至王父，三世皆爲貴人。而錫之之母俞太君復爲廷尉俞仲蔚先生之子③，本高門而適良匹，士族之盛，孰有過焉？且〇〇先生以卿大夫之適子，敦行屬古，六藝之文，歸其藩囿，而輕貨財，廣賓客，以不有其所聚。太君雖盛於裝遣，亦盡其儲以佐夫子之慷慨。迨先生已亡，而錫之兄弟孤立，則廉吏之後，有葛衣之嘆矣。然太君之教諸子也，不以昔之有餘而有所憾於今，不以家之不充而有所致疑於道，躬帥女憲，爲後表式，言不踰閾，而教若都授。是以錫之鞶革之日，即有廣智之譽，至於衣裘帛而舞大夏，則隆名成焉。

辛酉之役，主文者讀錫之之文而悦之，欲冠一經而卒有所阻。同人之悲，其傷已甚，要之不足以難錫之也。上士之遇，文字表襮而必原孝弟。今錫之既攬涉英文，領其光實，而撫兄之孤，常若己子，事嫂之禮，猶之事母。則登德而受寵，置身於日月之側，豈其遠乎？故太君之春秋八十，勤勞險阻，備嘗之矣。而予小子私慶其無憂者，則以爲有子若孫，克纘前業，從容以俟之。大帶之飾，固其初服也。然反覆道之而不敢忽者，則以母氏之篤苦，較之豐少之年，持明白之節者，難易又相百也。爲錫之者，思親之年而無小其南山之義；爲錫之之友者，詠世之德而無隱其烈考之志。蓋具在乎斯祝矣。何則？凡今之人，固無不有母也。

【校記】

〔一〕本篇又見北大本《合集·古文存稿》卷二。

【繫年】

據前文《錢昭自先生五十序》及後文《張孚先母夫人六十序》作時，可知此序蓋作於天啓七年（一六二七）。

【箋注】

① 此爲友人王錫之母八十壽辰而作。王錫之，生平待考。

② 斂制：約束克制。《漢書·張敞傳》：「禮，君母出門則乘輜軿，下堂則從傅母，進退則鳴玉佩，内

飾則結綢繆。此言尊貴所以自斂制，不從恣之義也。」

③俞允文，字質甫，一字仲蔚。王錫之外祖父。光緒《崑新兩縣續修合志》卷三十《文苑一》：「俞允文，字質甫，一字仲蔚。父璋，字朝相，正德辛未進士，終南京大理評事。允文十二而孤，家貧，奉祖母及母，事兄撫弟，以孝友聞。十五爲《馬鞍山賦》，援據該博，耆俊器重之。尋補郡諸生，好爲詩歌古文詞。兩母繼歿，謝去諸生，遂一意讀書，著作直規古人。兼善行楷，絶無凡筆。同邑張褭偕之赴苕上詩社，所至推爲上客。王世貞意不可一世，以汪道昆故識允文，折節與交，列諸廣五子之首，由是名日起。徐中行、張佳胤後先使江南，無不造廬請謁。中歲患頭風，終歲不至公庭。有不可已者，僅於舟中一報謝而已。都穆嘗謂：『崑山有三絶，仲蔚詩、熙甫文、子賓舉子業，無所用吾手矣。』歿後，世貞誌其墓。」

張孚先母夫人六十序代〔一〕①

【眉評】張曰：「筆前之意有甚重者，故設辭無不矜慎。」

子弟之行，非爲士君子者弗能全也。故聖人高爲之指，辭乎卑累，而喻乎龍蛇，絜躬以副，有優衍之美德焉，有正乾之用，所謂教與功，事與宮焉。繇是以稱順，中於《詩》之「夙興夜寐」矣②。且非獨無闕也，而又光豫焉。蓋於張子孚先其明之。

孚先爲吾友與翁之丈夫子③，生之日，爲取中方之草，祀以中方之牲，所命在遠也。慎厥本紀，與翁實身繩焉。而嚴綧制④，弘譓教，亦惟太君佐之佑之。夫太君發德之地，既以禮門，順女之經，若負序而受乎三老，不敢放逷。及承匡米，而見於張之宗廟，訓行備矣。太君當其時，與翁且處高閈，家有峨峨者爲其前，可率情呂鉅⑤，而韜慉自劼，服踈飲澹。亦甘清鹽，利薜葛，不以爲棘。久之業漸詘，生計漸失。牧人方病之，而與翁與太君未嘗柴內，挐然勉於廣道。有女兄弟不忍出離，則爲治垣。宗黨或不居，則爲哀其檢枕，與以安菩。下至宛若臧息之賤，亦毋靳繒筥焉。

夫繇前觀之，有所得爲而知嚴；繇後觀之，有所不能爲而彊以悅。推其中誠，事形之科品或殊，無非致志于父母而懼傷也。況乎與翁達才，良協國體，英博所給，可以主周之徵藏。而太君亦通治文以相友，其帥後者又無不慤也。是以孚先之自持，摇辭必端，發猷必正，削時之枝葉，而範在令謨。即今絶埃以雲騫，而食指不加，閎臬無設，孑若介士之爲者，可以知其不摇於聖訓矣。

若夫鶡翔之年，太君之周申，其歲當焉。又壽善之應，天氣所浹也。然則邑之觴焉者，聚黄華丹華之辭，葆晨嬰方瓊之物⑥，非其質矣。盍繹於古經以章無忝之義，則聖明當造門而求者焉。孚先將以行原出贊，而與翁與太君澣衣國杖，美安於里，觀其丕誠，亦一鄉之榮也。

【校記】

〔一〕目録「孚」誤作「受」，據正文改。

【繫年】

據張采《張母俞太君壽序》「往歲辛未，與吾張師開七袠觴。……越今丁丑，師母俞太君亦進年七袠」，可知張溥此序作於天啓七年（一六二七）。

【箋注】

①此代爲張達孝母六十壽辰而作。張達孝，字孚先。詳見《初集》卷三《張孚先稿序》注。

②語見《詩·大雅·抑》：「夙興夜寐，灑埽庭内，維民之章。」

③張與翁，張達孝父。生平待考。

④綧制：標准度量。《管子·君臣上》：「衡石一稱，斗斛一量，丈尺一綧制。」尹知章注：「綧，古准字。准，節律度量也，謂丈尺各有准限也。」

⑤吕鉅：自大矜張貌。《莊子·列禦寇》：「如而夫者，一命而吕鉅，再命而於車上舞，三命而名諸父。」郭慶藩集釋引郭嵩燾曰：「吕鉅，謂自高大，當爲矜張之意。」

⑥晨嬰：亦作「晨纓」，傳説中西王母冠。謝肇淛《五雜俎·物部四》：「晨嬰，西王母冠也。」此泛稱仙人之冠。

徐母八十序代①

【眉評】周曰：「心精辭綺。」

記冥靈於楚南，懷大椿於上古②，獻壽之恢辭也，要有能自寬者焉。因夫華樂而順其性情，物際之得，在其襟體，則寶氣蓄魄者下之矣。然而不可致也。會有甚難而應閑者寡，或已可陶陶，而後望之不及。即讀養生之篇，懔乎其傷焉。况在綦巾之倫，又至罕也。獨吾友徐仲光之母氏○〔一〕太君者，範己訓人，久而有耀，踰於時之局器促節，則今者盈斗之醹可進也。豈惟酌之將助歌詩焉？

夫仲光力治秀業，尚善不渝，用之則君之充也。其指有明也，即不行而發具願，亦祇正德之美鞏，六藝之攸好，允乎孔子所謂今俗古服者矣。而詳其本訓，克禀於太君，則母氏之懿不幾達於士表與？且太君之諸子與孫，多而能賢，歷年長久，爲之雲曾者，皆已角羈③。而太君緝教不怠，塾閫之間，風清義淳，念彼粥粥者，又當言其自來也。

夫八濱之浮與行潦之娱，廣狹異致，難以執求。而察夫質理所存，積盛者必能致巨。故生人之龐壽，箕翼所象也。聖人慎言而不忽，彌却而不敢，冀從容以副焉。若大君之年，通於王者敬養之禮，周著日秩，而漢載嘉賜，自其身受之矣。而復觀於一家之徽茂，以生欣豫，其爲應豈常均所企哉！夫然而推其綿遠，極乎羨思，雖言與盤古有中外，非荒也。

【校記】

〔一〕此處爲一圈。哈佛本此處空白。

【箋注】

①此代爲徐芳母八十壽辰而作。徐芳，字仲光，南城人。陳田《明詩紀事》卷二十一：「徐芳，字仲光，南城人。崇禎庚辰進士，除澤州知州。有《松明閣詩選》《懸榻編》。《今世説》：『徐仲光曰：吾儕如鳥中子規，自是天地間愁種。』《西江志》：『仲光官澤州，以治行第一徵。入國朝，與友人鄧廷彬入山偕隱。或出游以餐食，則操技術以往，不輕謁公卿。平生著述甚多，縣令苗蕃選刻其十之一，名曰《懸榻編》。』」

②《莊子·逍遥遊》：「楚之南，有冥靈者，以五百歲爲春，五百歲爲秋；上古有大椿者，以八千歲爲春，八千歲爲秋。」

③角羈：指古代童稚頭頂兩兩相對之束髻。《禮記·内則》：「三月之末，擇日翦髮爲鬌，男角女羈。」

許給諫母夫人七十序代〔一〕①

【眉評】張曰：「凡爲人子、爲人臣者，不可不日夕諷詠斯言。」

嗣皇帝御服之元年，給諫以奉常累勩，晉今之官。而太夫人之七袠當之，抑何嘉祉之駢會也！於是舉邑之人，於給諫之旋里門而上壽，盛詩歌，潔尊罍，鳴豫而發德，咸有燕喜之助焉。雖然，觀乎後者，不可不序其初；聽乎謡樂者，不可不原其艱難之所自始。夫惟出乎艱難，而謡樂漸與之應，然後知今之所受者〔二〕，非幸也。若給諫之三歲而失祜，讀書恪行，訖於成人。太夫人之矢靡他而視鞠子，食貧不給而律身以爲訓，則艱難之至矣。

是以四時之盡而有堅冰，冬之義也；百物聚瑞而良玉是表，君子之德也。稱婦人之志與操而取象於斯，不其重哉，不其重哉！而給諫於跧隱之日，即承母氏之懿，以名其堂。徵之宗族而順也，徵之家人自臧臺以下而順也，徵之鄉之艾者與其孺子而順也，則可謂之質矣。且繇諫官之職，而廣忠孝之思。昔之人蓋嘗言之，陪天子而正三公之不逮〔三〕，莫有近且嚴者也。

束修之士，志乎致主，不爲宰相，即當爲諫官。然宰相之位，積久而始達，不能遽行其意。而任諫官者，釋蹻不五載，即得立乎殿陛，贊我后之大猷。則是官之爲良，非獨天下之令子拜獻而求致焉，凡爲賢母者，無不欲其子之至於斯也。且以人子之身而言拜獻，所拜且獻者，亦誰之身乎？固父母之遺也。父母遺之而教之以立身，又教之以事君。當夫勝衣之年，即裁以强仕之道，覽乎《孝經》，次第畢舉矣。是故有子而賤貧，父母之慮，猶未見其遠也。有子而富貴，則所以慮之者，無之而不具焉。何則？賤貧之子謀不周於四壁，計不越於布蔬，極而規之，一家則止矣。若夫進於富貴者，躬社稷之事，而圖莊輔之理。爲之而效，君之昭也，臣之順也；爲之而不效，則臣之罪也，親之辱也。一家之慮，與夫四國之憂，其爲難易，固何如哉？是以人之爲臣，必始於爲子，而君之求臣因焉。人而不可以對親者，出而求贄焉而無所以見其君。事君而意有不可明者，反而面於親而不能有以安其夙夜。

今觀於給諫之端純而彊立，斯於兩者無媿矣。矧人臣昭塞，義在無私，而話言之出納，必繇時爲馭。使給諫前乎此，以膺今日之職，奮於公道而内受摧抑，嚬訟之不已，而無繇布其四體，即欲歸而垂魚擁佩②，上食於母氏之前，一稱歡都，其可得乎？夫忠孝之盛衰，常因一時之治亂，而責在喉舌，神聽攸係。此不佞尤以聖人之出，爲兹獻祝之大者也。則從此而國家奠焉，子孫象焉。篤其忠貞而底於大孝，簪履之德，世焉可也。

【校記】

〔一〕本篇又見北大本《合集·古文存稿》卷二。

〔二〕「今」，上圖本作「今日」。

〔三〕「陪」，北大本作「倍」。

【繫年】

據文中「嗣皇帝御服之元年，給諫以奉常累勩，晉今之官，而太夫人之七袠當之」等語，可知此文作於崇禎元年（一六二八），時在京太學。

【箋注】

①此代爲許譽卿母七十壽辰而作。許譽卿，字公實，號霞城，華亭人。萬曆四十四年進士。授金華推官。天啓三年，徵拜吏科給事中。崇禎元年，起兵科給事中，被許引去。七年起故官，歷工科都給事中。十五年，御史劉逵及給事中楊枝起相繼論薦，竟不果用。福王立，起光禄卿，不赴。國變，薙髮爲僧，久之卒。生平詳見《明史》本傳及光緒《重修華亭縣志》卷十五《許譽卿傳》。陳子龍《安雅堂稿》卷七《壽秋槎許翁七十序》：「今海内稱古遺直、正色立朝者，曰吾郡許給諫霞城先生。予以後進莊事給諫，而給諫亦謬相推愛。」可對參。

②垂魚：佩帶魚袋。唐制五品以上官員於腰間佩帶金銀魚袋爲飾。

楊太夫人八十序代（二）①

「魯侯燕喜，令妻壽母」，此《魯頌·閟宫》之辭也。然因是詩而廣之，其義通於人臣矣。是以爲人子者，立行於家，而君顯其身，有德則親同焉，有禄有位則親同焉。非惟同之，而命之所及，必先推而上，蓋亦根本之理、和順之效也。雖然，君寵之而不能必其親之可安；及可安矣而不能必其飲食之福，久於其君之賜，斯又日月在天，俟之而已。

若夫冏卿楊公之太夫人〔二〕，行最賢，春秋最高。則考之於道，分且齊至焉。太夫人生於高門，歸乎上士，《内則》之文，未有不正也；家人之義，未有不舉也。而遇則已傷矣。爰嘆彼婺，在其盛節，豈物情之可抑乎？而太夫人觀於際之前後，事之難易，存其身以發志，則惟冏卿兄弟之是帥是訓也〔三〕。篤教不窳，而冏卿以加布之年〔四〕，遂列名王所。迨服政而土厚物良，鳴琴可聽，至於近天子之光，大圭宜焉，孰非母氏之軌憲哉？乃言念苞茂，季子則已貴矣。諸孫之中，又有出而行其學者矣。若是乎世德世官，惟太夫人始之。則歷小劫之風雨，而顔色不渝，登年未艾，固自然也。至於今始曰耄焉，列諸綦縞之中，亦可謂國老矣。而又居殖殖之庭②，被朱黄之服，所以享粻受秩者，豈其既哉？不佞辱在衿契③，方欲酌禮獻頌，而冏卿之門人已盛衣冠〔五〕，而謀所以進言。夫繇子弟之念，發歌謡之誠，爲之説者，不得文也。祗有懷此一章，託對秋月而已。

【校記】

〔一〕本篇又見北大本《合集·古文存稿》卷二。

〔二〕「冏卿」，原闕，據哈佛本、北大本補。

〔三〕「冏卿」，原闕，據哈佛本、北大本補。

〔四〕「冏卿」，原闕，據哈佛本、北大本補。

〔五〕「冏卿」，原闕，據哈佛本、北大本補。

【箋注】

① 此代爲楊冏卿太夫人八十壽辰而作。冏卿：即太僕寺卿。以周代伯冏爲太僕正，故太僕卿號稱冏卿。楊冏卿，待考。

② 語見《詩·小雅·斯干》：「殖殖其庭。」毛傳：「殖殖，言平正也。」

③ 衿契：襟懷相合之好友。劉義慶《世説新語·方正》：「顧孟著嘗以酒勸周伯仁，伯仁不受。顧因移勸柱而語柱曰：『詎可便作棟梁自遇？』周得之欣然，遂爲衿契。」

呂翁七十序〔一〕①

稽諸《禮經》，所謂王者敬老之文，抑何至也。然而不能通之於今，則時爲之也。夫時之所殊，大禮因而損益，豈敬老之義當世遂絶與？蓋亦行之有不同，而其法與意，卿大夫士庶適爲之節文也。間以意論之，引年之典，莫重於古，而不聞所以稱壽之禮。鄉飲大射之儀，在今則古事而已。而求其順齒而加敬焉，文雖不舉，（此處眉評：張曰：「其文足列學宫。」）而家修其實。孝子以之事親，嘉賓以之答貺，自曰：「艾以至期頤之歲，未敢有忘。」以是知壽之爲説，即古王者敬老之遺，教人爲孝子之道也。

吾友庚虞，當其大人之七十，而徵詩舉觴，盡四方之士，發其美祝，於禮不已備乎？然則質而名之，本其近古者以爲之辭，誠哉其朋友之事矣！庚虞刻身度矩，敷文單要而纏綿天性，尤其自然。嘗與予言其六七歲時，見其大父訓翁，坐跪嚴切，即涕下交如，退思勸勖。予聞之，未始不窮窮然也。翁年逾壯，而承父之教有嬰兒之色。庚虞之年未及受經，而見翁之所以事父，則油然以起。非純於孝而思其大者，安能之乎〔二〕？是以翁左右將順，視疾病而偕患難，歷年七十，皆其爲子之時也。及今而庚虞繼焉，爲子之道，猶之乎翁。則吕氏之世有其父，世有其子，王者之意，行於一家可也。况進而詠王明，懷三德②，大孝之終，不愧昌志③，豈獨有廛有畝，盛賓客而輕貨財，傲彼錫爵之爲樂乎？

予之於庚虞素矣，重翁之壽，而言其人。其所爲朴厚高淳者，不能次第其詳，而止言其根原之善，一於孝乎正之。是則天下之通，敬老近父之所繇興也。

【校記】

〔一〕本篇又見北大本《合集·古文存稿》卷二。

〔二〕「之」，北大本無。

【箋注】

① 此爲吕於韶父七十壽辰而作。吕於韶，字賡虞。詳見《初集》卷一《房稿香玉序》注。

②三德：《書·洪範》：「三德，一曰正直，二曰剛克，三曰柔克。」孔穎達疏：「此三德者，人君之德，張弛有三也。一曰正直，言能正人之曲使直；二曰剛克，言剛强而能立事；三曰柔克，言和柔而能治。」

③昌志：猶壯志。

唐封翁六十序代〔一〕①

繇世德而言春秋之曆，衍五疇之論，極其上者，若深本之有稊，不爲異也。是以茗上唐翁之壽，人之獻辭者，莫不序充服，贊介圭，美其所受，而富爲之説。蓋曰：「吾其共後先，文鴛之列，以侑步疊也。」若然，則翁之爲壽，一天之福民也哉！夫次其安吉，不如稽其人者之有禮也；語其子孫，不如從其身者之有原也。

今以翁之少長《詩》《禮》，譽出人倫，以迪以和，歲暮而節不變。其於古者吉士之行，夫已性之矣。是以及於兄弟，兄弟則宜；及於族人，族人則潤。念常棣而輕貨財②，恥生分而不自有其産，亦義之至難者也。積美自躬，而顯白在後，貞瑜神瑛之茁，長公先發其榮，則翁固緑綟而執簡矣③。以近之稱富貴者觀之，方謂時之粲粲，可以豐屋廣會，出入矜曜，窮天下之娱。而翁則益自儉削，車騑不陳，臧獲循誠。若謂斯人之縠也，好爵之自天也，既受其賜矣，如之何其輕之？於是隱焉而托之於《詩》。

夫《詩》之爲教，具於風雅，而稽其所自，寓物寫事，皆發乎君子之正。翁而有當於斯，情性既合，而篇章與應，未有不極其温厚和平者也。則凡獻壽者之雜然而來也，盍因是而繇繹焉。詠《楚辭》之覽揆，考嘉憲於惇史④，竊以爲愈於乘瑶華而裒青蛇也。

【校記】

〔一〕本篇又見北大本《合集·古文存稿》卷二。

【箋注】

① 此代爲唐封翁六十壽辰而作。唐封翁，待考。

② 常棣：木名，後以喻兄弟。《詩·小雅·常棣》：「常棣之花，鄂不韡韡。凡今之人，莫如兄弟。」毛序：「常棣，燕兄弟也。」

③ 緑綟，即緑綟綬，古代三公以上用緑綟色綬帶。執簡，《左傳·襄公二十五年》：「南史氏聞太史盡死，執簡以往。」後以指任史官、御史之職。

④ 惇史：有德行者之言行記録。《禮記·内則》：「凡養老，五帝憲，三王有乞言。五帝憲，養氣體而不乞言，有善則記之爲惇史。」孔穎達疏：「言老人有善德行則紀録之，使衆人法則，爲惇厚之史。」

蔡翁蔡母六十序〔一〕①

【眉評】周曰：「壽言之作，盛於昭代，求其正大風雅，温柔敦厚，天如之文，足教天下矣。」

爲朋友之父母壽者，必先以朋友之德將之，致其美愷，發其歡心，然後夫人之言舉焉。故爲人子而欲壽其父母者，有其志者也；同爲人子而壽人之父母者，有其辭者也。志不可明而托於他人之辭，他人不能虚爲之辭，而必因乎其人之志，則孝與弟備矣。

夫然而今日之群酌醻獻祝於伯引之二人者②，蓋亦繇其道也。伯引學嚴而格方，非前者之言不稱，非遠古君子之行不道。若人者，不聽於塗巷，可以知其門内矣。雖然，其枝之修也，而有其本也。夫本之爲言，正乎其親之謂也。故子賢則親之賢，子聖則親之聖。自天子至於庶人，其義未嘗不通也〔二〕。况於身有其隱德與令名者乎〔三〕？

然則稱吾翁與母者，言其平日而已矣。言其平日而吾翁吾母菲衣約食〔四〕，帥仁義以教伯引。而伯引之爲子者〔五〕，當食則有問，當寢則有問，亟亟乎惟身之曷澣，以順其朝夕。則所謂言其平日者，非獨二人之爲也，一家之善，出其中矣。雖然，自翁與母言之，其善一家也；自伯引之爲子者言之，使得君而顯其身，所以及國者，不外是也。夫天下之任，其勝之者不預期，而士之有志者，當困約無聊、窮愁讀書之際，嘗意之以自廣。既以豫己矣，而又以豫其親，遣其不平，而使之闊於觀後，不亦勤勤懇懇，愛敬之至哉！是以伯引當二人之壽，援朋友以見志。而朋友樂焉，而使某爲之誦，而某將廣大其説，臨文又有慎焉。是皆人倫之道，不可忽也。

【校記】

〔一〕本篇又見北大本《合集·古文存稿》卷二。

〔二〕「未嘗」，原作「未免」，據北大本改。

〔三〕「於」，北大本無。

〔四〕「言其平日而」，北大本無。

〔五〕「者」，北大本作「也」。

【箋注】

①此爲友人蔡仲父母六十壽辰而作。張溥壽賀序正如此序自云「爲朋友之父母壽者，必先以朋友之德將之，致其美愷，發其歡心，然後夫人之言舉焉。故爲人子而欲壽其父母者，有其志者也；同爲人子而壽人之父母者，有其辭者也。志不可明，而托於他人之辭，他人不能虚爲之辭，而必因乎其人之志，則孝與弟備矣。」作壽詞者，不可敷衍了事，寫一些虚浮空洞之詞，須闡發其人志向，「廣大其説」，如此方具備孝義友悌之宗旨。於此可見張溥作壽賀序之基本原則和意旨。周

鍾評本篇云：「壽言之作，盛於昭代，求其正大風雅，温柔敦厚，天如之文，足教天下矣。」

② 蔡伸，字伯引，太倉州人。復社成員，名列《復社姓氏録》。時好事者將蔡伸、趙自新、王家穎、張誼等社長稱爲復社「四配」。崇禎十三年，有託名徐懷丹者製《復社十大罪檄》，中云：「一曰妄稱先聖。夫仲尼，萬世莫京。而溥、采何人，竊其位號？並以趙、張、王、蔡名四配。」陸世儀《復社紀略》卷二亦云：「復社聲氣遍天下，俱以兩張爲宗，四方稱謂不敢以字：天如曰西張，居近西也；於受先曰南張，居近南也。及門弟子，則曰南張先生、西張先生；後則曰兩張夫子。溥亦以闕里自擬，於是好事者指社長趙自新、王家穎、張誼、蔡仲爲四配。」

徐伯母朱太君五十序〔一〕①

太君之德，鄉之人皆能言之，其言者以爲女士也，巾韝而道古也。三十年獨春獨夏獨秋獨冬，行如白月。又經後人以禮，「男唯女俞」②，「節節然」③，裁於《大雅》也。故用以化盛鬋之嫉妒④，備玉儀之清貞⑤，徽徽之音起焉。雖然，其辭鄉人也，抑未之有。原夫天地廣大之理，首明於《易》之尊卦⑥，生人義聚矣。推説爻象者或云：「剛朝柔夕，陽木陰草。」要讀坤文，而念勤勞之正，萬事告究焉。若太君者，非克盡夫坤之爲道者歟？當其有鞶未施，志循孝論，不以冠族自燕湑，女子之節也。既歸而膺祥順，和氣内浹，

【眉評】周曰：「精理大義，不謂於壽言中遇之。」

兄公女公之倫⑦，後房厮奚之屬，靡弗肜洩，君婦之職也。及静好不終，壑而立於上下之間，見君舅君姑身稱子，見諸子身稱父，於時實云難焉〔二〕。太君則顔色必臧，饘饍必柔，代夫子之禄養，而群嗣用綏，家其及事者，室其不館者，妃匹有序，長幼是穆，蓋足嘉也。至於龔教不懈，列童子而受書，或口授經義，手畫方甲，重闈之内，奥塾之際，聽其歌詩弦誦，若在西河焉。此亦子政之傳所列上科也。

是以太君之子架學區中，咸輝然有白圭振鷺之譽。而九一尤被翼，長承《訓》《謨》，以自黼藻。行惟庠序，言惟琪琚⑧，今則已發軌矣。亦祇秉母氏之則，約清履方，襮其霜雲，求之本迪。九一上德於太君，太君上德於夫子，一坤道之所爲作成也。故遘新聖而出潛玉，太君之幽懿，即當著於大烝之彝。而溥等先於兹五十之生日，一申言語。夫亦以朗節在人，榮香之播，竊謂與乘戈之謳殊焉⑨。

【校記】

〔一〕本篇又見北大本《合集·古文存稿》卷二。

〔二〕「實云」，北大本作「尤有」。

【繫年】

據文中「今則已發軌矣」，考徐汧中崇禎元年進士，可知此文蓋作於崇禎元年（一六二八）。

【箋注】

①此爲友人徐汧母五十壽辰而作。

②語見《禮記·内則》云："能言，男唯女俞。"鄭注："俞，然也。"

③語見《大戴禮記·四代》："子曰：『群然，戚然，頤然，罩然，踖然，柱然，抽然，首然，僉然，湛然，淵淵然，淑淑然，齊齊然，節節然，穆穆然，皇皇然。』"《釋名》云："節，有限節也。"

④盛鬋：女子美盛之鬢髮，此代指女子。

⑤玉儀：美好之儀容。江淹《麗色賦》："故仙藻靈艷，金華玉儀。"

⑥尊卦：指八卦中的《乾》《坤》兩卦。《漢書·五行志下之上》："尊卦用事。"顔師古注引孟康曰："尊卦，《乾》《坤》也。"

⑦兄公女公：《爾雅·釋親》："夫之兄爲兄公，夫之弟爲叔，夫之姊爲女公，夫之女弟爲女妹。"

⑧琪琚：玉珮，比喻美妙之言辭。

⑨乘戈之謳：《楚辭·傷時》："使素女兮鼓簧，乘戈和兮謳謡。"洪興祖注："乘戈，仙人也。和素女而歌也。"

沈母蕭孺人六十序代①

量人者以仁義爲大通，則稱事裁數，各有本應之道。以予所聞邑之沈翁少山，磨礪乃躬，克自周練，於理不敢疏，蓋若古者流也。厥配蕭孺人，左右以誼，則内行粼粼矣②。

夫美之所發，自獨爲之，即已難概。至益之嘉耦，勤助彌卲，其聲未有豐聞不章者也。少山翁跡不離廛地，而志從先士，恒動得静，泊然蕭機。孺人資與善質，謹莊櫛，嚴金管，埋繲而視芼，無有小脱，而復性好相等，共堅浄戒。凡時人之薌悦，盡鋁而去焉。迨接遇文雅，則潘汜張席，以備慇勤，又其性也。以故淑子完音晜弟，治身敦書，循於督慮，有君子之喜樂。雖會非其節，王楨寡應，然所講在舊壁，所比多蘭氏，亦可必夫結秀之勳矣。

且觀今温艷者，服有上襄③，肴有瓊餱，非不鎬鑠宗彊，而鮮東修之實，則無以康彼二人，希心難老。獨完音能，内求絜精，外致綸利，登其積以頤所生。將龐褫之召，鼎來無已。知即咏歲晏，固不用愛氣嗇精，自喻顔於夭采也。今孺人六十生日，去翁曩周甲歲不遠，蓋歷五載之中，完音兩奏琴羽而觴靈圄焉。斯不亦爍德之凱燕歟？予雖耄，不能彈毫，猶健言善事，故樂爲翁序而不勌。

【箋注】

① 此代爲沈少山妻蕭孺人六十壽辰而作。沈少山，蓋爲沈嗣貞，字紀常，號西少山人。沈季友《檇李詩繫》卷十八：「西少山人沈嗣貞。嗣貞，字紀常，自稱西少山人，嘉興人，萬、天間文學，有《荀草堂稿》。」黄虞稷《千頃堂書目》卷二十八：「沈嗣貞《荀草堂集》，字紀常，秀水學生。」

②麟麟：光明貌。

③服有上襄：上襄，猶上駕，馬之最良者。《詩·鄭風·大叔于田》：「兩服上襄，兩驂鴈行。」

趙懷翁先生六十序①

【眉評】周曰：「本之相如《封禪文》，若其正言，尤文字光輝之所出也。」

論福疇者，必歸善建之士，蓋亦言其心行而已。是以積懿日盛，無組物之術，而有自可之事，則貞瑜茁焉。遲久而君子用祉，上美於親，三壽所繇詠也。溥友德完，而念其原本，信無若吾懷翁之方格矣。

德完有才，精出治，文以蘇世，於聖人之道，孰之復之，蔑不致好也。顧不僅敏於口舌，而務以身程，大小有猷，步序弗錯，斯慎惠之至也。要自翁實開之。翁跡雖埋民，簡率惟古，碔砆其邑人②，而敦己爲良玉。先進達士，兄事之矣。

夫良玉其躬，貽之於子，則瑴璧之籍也，山蒼玄玉之所敬求輔也。嘗茲而有博習絜修之士，絶離等夷，佁美見輝，非其固然哉？且學常人之文，舉常人之行，以希當塗，亦富貴之不迂者也。而德完羞焉不稱，以爲受書於上哲，分珪於王人，事公理博，宜從其正選。苟圖近小而忘軌符，則榮茂之集，適以礙心。望其纓綏車佩，親之善色頹矣。溥因是益知德完之度矩考義，奉身以誠，固感正訓於吾翁也。

夫戒於不順，不若有一時之樂；戒於不忠，不極有百世之勸。此皆綱紀五福，平血氣，全三光者也。庶人勤之，亦以袚薦，而况於冠履挈玦者乎〔一〕？夫然而翁今初度，門左之弧可懸也。蓋以男子四方之事於後乎鋪之也。浮浮清觴，祝者疊焉，而繼此之角犀豐盈者，又未知其紀也。

【校記】

〔一〕「而」，哈佛本無。

【箋注】

① 此爲友人趙德完父趙懷翁六十壽辰而作。趙德完，生平待考。

② 碔砆：似玉之石。《文選·司馬相如〈子虚賦〉》：「碝石碔砆。」李善注引張揖曰：「碝石、碔砆，皆石之次玉者。……碔砆，赤地白采，蔥蘢白黑不分。」

周伯母徐太君五十序①

【眉評】張曰：「予母與楊、周、徐三伯母壽言，皆天如舊作，天如以未達爲嫌，欲不入集。然其隱深之思，奥詰之言，留之亦適爲重，烏可逸也。」

聞古之爲壽，非必其呑景咽液②，流理練色③，易旄昳而兒齒，貴煙客之響象也④。要本諸世德，與壤子之昭夏⑤，然後門緒穆如，和理日濟。爲之主者，得以准性資妙，毓形厚久，不迴其操。以今覽揆景胄，一翁先生偕徐太君，蓋崔崔乎亶然矣。先生植彩自天，不循常貫，行能章秀，長傑有道〔一〕。

太君以晉陵右姓，宗家徽修，素擴庭誥，奉嬪於先生。襄之淑明，律物儼雅，術省有度，事各以職。雖組紃堇荳諸淩雜，靡所獵攦⑥。舉丈夫子四，咸潤鮮靜發，茂士中可挺紀，而加之誕勤聲訓，窮昇窒詘。肆簡臣、介生、我容、我成以上，善翕響於時。自南紀而溯，廣斥茗邈，皆樂表儀。溥獲在末契，嘗共規爲理道，鏡考丹府⑦，祗以忠孝文章，絙身根菀⑧。且稱靈源之俶，暨外王父徐公淳則⑨，驛聲而吟，九宗耀之，知其歸德所生，嚴且大也。

夫鞠腹之戚，懷袖之情，人而豐報，昌隱交賒，事不一族，難於正備。今假簡臣、介生兄弟，鼎貴蟬王，出疊轍，入擊鐘，跆籍簾肆，薄芣苢，歌弗聽，而羅縷不文，訶於大雅。或炤籍該綜，輪豳繁翰，躙黎彦以岌業，顧内自乖反。僕心巧梅，末迹蜷局，失其瑩拂之道。不即生無瓊懷，重自孟晉⑩，輕訬之質，限於管穴。又賢不繹踵，具爾弗能一意。以先生與太君當此，雖結忻行光，日晞朝陽，綏五絃，亦何所從。然華志無窈糾者，惟兹紛緼淇支，泱鬱大順，熙事彌極，不累於天，故非小年可辨也。

適歲次攝提格⑪，太君且艾矣。凡諸邦族，悉思大斗之酌。溥衍凱良執⑫，分此光覆，於禮有加，而福應難狀。亦止序君子所似續，以代觴咏。良謂積善履信，玄來赫戲，德之存生，以壽爲醳，義蔑尚焉。

【校記】

〔一〕「道」下，原衍「家」，據文義删。

【繫年】

據《哭周伯母文》及文中「適歲次攝提格」等語，可知天啓六年周鍾母徐氏五十，故此文作於天啓六年（一六二六）。

【箋注】

① 此爲周銓、周鍾、周鎔、周錫成母五十壽辰而作。

② 吞景：服食日霞，爲道家修煉之術。陶弘景《冥通記》卷二：「若能守道不動，服氣吞景以鎮五藏者，亦能得地仙，長生不死。」

③ 練色：指修練得道者之美好容色。《文選·左思〈魏都賦〉》：「昌容練色，犢配眉連。」李善注：「《列仙傳》：『昌容者，常山道人也。自稱殷王女，食蓬累根二百餘年而顏色如年二十人。』故曰練色。」

④煙客：仙人。《文選·江淹〈雜體詩·效郭璞遊仙〉》：「渺然萬里遊，矯掌望煙客。」吕延濟注：「煙客，仙人也。」

⑤壤子：猶愛子。《陳書·衡陽獻王昌南康愍王曇朗傳論》：「獻愍二王，聯華霄漢。或壤子之暱，或猶子之寵。」昭夏：喻德行光明偉大。《史記·司馬相如列傳》：「續《昭夏》，崇號謚，略可道者七十有二君。」裴駰集解：「昭，明也；夏，大也。德明大，相繼封禪於泰山者七十有二人。」

⑥獵攊：不齊貌。

⑦丹府：赤誠之心。《文選·陸機〈辨亡論〉下》：「接士盡盛德之容，親仁罄丹府之愛。」劉良注：「丹府謂赤心也。」

⑧根菀：根本。《管子·水地》：「地者萬物之本原，諸生之根菀也。」

⑨徐淳則，周銓外祖父。生平待考。

⑩孟晉：努力進取。《文選·班固〈幽通賦〉》：「盍孟晉以迨群兮，辰倏忽其不再。」李善注引曹大家曰：「孟，勉也。晉，進也。」

⑪攝提格：古代歲星紀年法中的十二辰之一，相當於干支紀年法中之寅年。《爾雅·釋天》：「太陰在寅曰攝提格。」本年正爲丙寅年。

⑫衎凱：歡樂貌。《文選·王褒〈洞簫賦〉》：「其奏歡娱，則莫不憚漫衍凱，阿那腲腇者已。」李善注：「憚漫衍凱，歡樂貌。」良執：良友。潘岳《夏侯常侍誄》：「慘爾其傷，念我良執。」

楊伯母侯太君五十序①

五倫之屬，性情相通，惟賢者獨得其厚。故凡《詩》《書》所載，有吉祥純嘏之事，則歌咏作焉。雖致喜一人，自其子姓朋友，莫不歡氣内充。少文之流，亦能善其言語。誠以所連在初，復諦於弘德之應。若我躬處，弗自分異也。況契義交並，愛敬一體。理衷以顯，當明於暾之初出，有樂必並，益蔑傺矣。

溥賦居典品，而志竊窋古。每讀當代名公卿傳，近地之廉正明篤、爲世楷模者，無若楊莊簡公②。及稽聽輿人，公季君匯庵先生尤昌志③，以學行相禪。益知恢召之下，必無菸邑之葉迢接。識維斗、公幹兩兄，固我匯翁二惠也④。萬制端言，同於先士，恒共之沉湛聖書，開陳義府，祇忠與孝，弗因時興壞。而文字從之，亦以修明一身，正彼風物。

每稱匯翁先生型儀罕媲〔一〕，維母氏侯太君克左右之。經家以仁，怵子以義，貴在姬姜。而善字焦萃，下親觿俎，有合於大禮内則之言，發詩人應門之慕。夫侯之族於暱爲上，纆綄相屬，一循古教，既肅且和，將返漓歸醇，昭融闕里。而太君出自宗之宏公，適於正士，相賢重以有成。其今之羅焉，如雲升川增，亦其豫也。

寅之歲之壯月之十日⑤，爲太君五十生日。維斗伯仲躬典昭詩之任，臚次生平，一傾伯雅，毋煩道與外人。而溥等繩締欽友，誼重胏附。且念兹社之齊致，不獨立志興事，人無枝梧，即父母之年，多相兄弟，懷尊親而求嘉祉，亦可各觀於其本矣。有心抽引，裁通一辭，要先生前後所積而遝者，頌又紹也。

【校記】

〔一〕「每」，原作「毎」，據哈佛本改。

【繫年】

據文中「寅之歲之壯月之十日，爲太君五十生日」等語，此文作於天啓六年（一六二六）八月。

【箋注】

① 此爲楊廷樞母侯太君五十壽辰而作。

② 楊成，字汝大，謚莊簡。楊廷樞祖。乾隆《長洲縣志》卷二十四《人物三》：「楊成，字汝大。嘉靖三十五年進士，授工部營繕主事，遷都水郎中，出爲浙江副使，轉四川參政。蜀王故貴倨，監司見王恭謹踰節，成據禮爭之。復王所侵山林陂田還之民。累遷廣西左布政使。府江用師，成調畫軍需不趣而辦。入覲京師，吏請以羨金治裝，成不受。擢應天府尹，尋進右副都御史，巡撫江西。時久旱，成至禱雨，隨澍，仍飭有司發粟賑民。湓城昭武間，歲常苦潦。成度地形，創築堤堰，蓄洩兼施，鑿支港以殺水勢，水患遂除。巨盗楊鳳鸞、李大鸞等蔓延江楚，成會楚撫夾勦擒其魁，復以計平積盗葉隆盛等。轉工部侍郎，進南京工部尚書，轉禮部，乞骸骨歸。尋起南京吏部尚書，

改兵部。時神宗久不視朝，儲位未定，罪奄張鯨夤緣思復用。成偕南九卿上疏請御朝講，建儲位，斥罪奄，語極剴切。年七十，力求去。加太子少保，致仕。卒年八十。謚莊簡。」

③ 楊匯庵，楊成少子，楊廷樞父，張世偉親家。參見張世偉《自廣齋集》卷六《祭端孝先生楊匯庵親家文》《祭楊匯庵奉母王太君袝葬文》。

④ 二惠典出《左傳·昭公三年》：「晏嬰曰：『……二惠競爽猶可，又弱一個焉。』」胡繼宗《書言故事·兄弟類》：「言兄弟齊勞，曰『二惠競爽』。」

⑤ 壯月：指八月。《爾雅·釋天》：「八月爲壯。」郝懿行義疏：「壯者，大也。八月陰大盛。」

錢如春六十序〔一〕①

【眉評】周曰：「雅切，移他人不得。」

圖史之爲美，非必其諷咏之也。但使與周旋久，近紙墨而望顏色，即所業以列廛，蓋亦可離彼汶汶，永此賦年矣。且觀世所稱夸利，或逐星軺，困霜鎌，寄情於蹲鴟，留眄於稌穲，皆未免惢神傴貌，以事塵勞。而左右文翰者，所習皆正書之體，所游皆六藝之科，銀錯日致而風清不雜〔二〕，是爲豫也。

錢子學周素知書，故雖服賈而不離其本〔三〕。置區高市，蓄逸篆異文以來果布②。又工磨洗，長編勒，篇無墜言，句無黝字，遂羅雅譽於策府。其所云交素，悉當世魁梧長者。

而若翁如春復樂從賢茂，問往哲之號名〔四〕，舊書之來處，開尊勸醻，泊然蕭機。今有身在承明而念平生者，必曰：「如春，吾故人；如春，吾賢主人。」以常主翁家，翁善訊，能殷勤有古道也。

適翁六十生日，其子姓哈舞進觴，而欲以余一言爲前。夫三壺十洲③，志記詳委，取以效祝，翁所熟也。且辭亦不比於質，則莫若道其典常，求所旨懌，則風雅之音，逾於彈琴擫籥矣，又何必其冠解果也④？

【校記】

〔一〕本篇又見北大本《合集·古文存稿》卷二。

〔二〕「銀錯」，原作「銀鍇」，據哈佛本、上圖本改。

〔三〕「故」，北大本無。

〔四〕「號名」，原作「虢名」，據北大本改。

【箋注】

① 此爲錢學周父錢如春六十壽辰而作。錢學周，錢如春，生平待考。

② 果布：果品與布帛，泛指各種貨物。《文選·左思〈吴都賦〉》：「樓船舉帆而過肆，果布輻湊而常然。」

③ 三壺：傳説中海上三神山方丈、蓬萊、瀛洲之合稱。王嘉《拾遺記·高辛》：「三壺，則海中三山

也。一曰方壺，則方丈也；二曰蓬壺，則蓬萊也；三曰瀛壺，則瀛洲也。形如壺器。」十洲：道教稱海中神仙居住之十處名山勝境，亦泛指仙境。《海内十洲記》：「漢武帝既聞王母説八方巨海之中有祖洲、瀛洲、玄洲、炎洲、長洲、元洲、流洲、生洲、鳳麟洲、聚窟洲。有此十洲，乃人跡所稀絶處。」

④ 解果：狹小之高地，比喻中間高兩旁低的帽子。《荀子・儒效》：「逢衣淺帶，解果其冠。」楊倞注：「今冠蓋亦比之，謂强爲儒服而無其實也。」

顧春宇七十序①

【眉評】周曰：「大都神仙之字，恢異之語，壽言中變體，不可不存也。」

人蹟不判跛跌，亦安有炰麟脯螭，鍾乳作餌，仙椹代果，時彈八琅璈②，吹叢宵笙，輒謂可乘蹻絶往，並古之赤須③。但要得一氣孔神④，自祇其芳，弗威遲於弱思，瞿瞿夫淑郵，斯抗心有古，履處皆陽廖七緵耳。然顧德未羕，景晚少集，或躬身風義，而宗英不仍，缺於負荷。即齒同黄兒，其以希諸隨長烟、戲九垓者⑤，猶然已爲烝之徒也。乃吾邑春宇顧翁朗節絶俗，其所爲曼壽者，弗尉有異焉。

顧推婁東右姓，軒朱代奂。翁之高曾從祖暨諸世父，黄門者三。司馬宫贊者一。悉奮榮，播香廣盱，厥邵尊人樂耕君，紹其傳，蒸美益茂，而夷白之餘⑥，業未猥大。自翁凝章獨出，三伯文囿，復遠拓息土，不爲己賴，咸以還給兩弟，騑服之情⑦，篤於前哲。有嗣伯獻，耀穎之才，翁道以編摩，變醨養瘠，於道爲高，聲開流璜，誠如昔所云世雛龍也⑧。兩孫且秀立，若蘭騈穗，蕃鼇之加⑨，亦奚可遴。所重懟者，祇翁之擊水有譽[一]，蔑周其才，令後之岧岧崿崿者獲施輪翮，穎出殷遠，固二垂所罕也⑩。加以嚚埃不犯，有皇祜而治浚，則繇是挹玄玉之膏，漱華池之水，胸府懿溥⑪，奇齡宛延，又不止秭已。

適翁七十懸弧之辰，茂才重甫諸君子將醴醽以祈台背⑫，徵言及予。予方愧飾且迫暮，老於堛土，不一涓選，得摩娑銅狄，豈容纂淊煩句，來塵黜帝。第念旬始定紀，肹飾繇人，尋常宴娭⑬，流眄夷庚⑭，每同嘉夜之玩。瞻此靈獢，何遂長鞠⑮？試以數言厠《古苔篇》旁⑯，當不甚咤喧卑耳。

【校記】

[一]「祇翁」，原作「祇翁」，據上圖本改。

【箋注】

① 此爲顧重甫父顧春宇七十壽辰而作。顧春宇，顧重甫，生平待考。張采《知畏堂文存》卷四有《惺宇顧表叔七十壽序》：「甲戌八月，惺宇顧翁七十誕。」

②八琅璈：琅璈，古玉製樂器。《漢武帝内傳》：「王母乃命諸侍女王子登彈八琅之璈，又命侍女董雙成吹雲和之笙。」

③赤須：即神仙赤須子。《列仙傳·赤須子》：「赤須子，豐人也。豐中傳世見之，云秦穆公時主魚吏也。數道豐界災害水旱，十不失一。……好食松實、天門冬、石脂。齒落更生，髮墮再出。服霞絶後，遂去吴山下十餘年，莫知所之。」

④《楚辭·遠遊》：「一氣孔神兮，於中夜存。」

⑤九垓：亦作「九閡」「九陔」，指天。《文選·司馬相如〈封禪文〉》：「上暢九垓，下溯八埏。」

⑥夷白：謂安於清貧，潔身自愛。陳至言《感懷》：「姱修求匪虧，吾道在夷白。」

⑦騑服：騑馬和服馬，喻兄弟相守。陸機《贈弟士龍》：「安得攜手俱，契闊成騑服。」

⑧世雕龍：亦作「禪世雕龍」，謂文章世代相傳。語本《後漢書·崔駰傳贊》：「崔爲文宗，世禪雕龍。」

⑨蕃釐：洪福。《漢書·禮樂志》：「惟泰元尊，媪神蕃釐。」顔師古注：「蕃，多也；釐，福也。」

⑩二垂：天地之交接處，指極遠地區。《大戴禮記·保傅》：「湯去張網者之三面，而二垂至。」盧辯注：「二垂，謂天地之際，言通感處遠。」

⑪懿濞：深邃貌。《文選·王延壽〈魯靈光殿賦〉》：「屹鏗瞑以勿罔，屑黶翳以懿濞。」吕延濟注：「懿濞，深邃貌。」

⑫台背：指老人。台，通「鮐」。《詩・大雅・行葦》：「黄耇台背，以引以翼。」朱熹集傳：「台，鮐也。大老則背有鮐文。」

⑬宴娭：宴飲嬉戲。《漢書・禮樂志》：「神來宴娭，庶幾是聽。」顔師古注：「娭，戲也。言庶幾神來宴戲聽此樂也。」

⑭夷庚：喻王政。《文選・束晳〈補亡詩〉》：「蕩蕩夷庚，物則由之。」李善注：「喻王者之德，群生仰之以安也。」

⑮長鞠：長期窘困。《史記・屈原賈生列傳》：「冤結紆軫兮，離湣之長鞠。」

⑯古苔篇：李白《贈嵩山焦鍊師》：「時餐金鵝蕊，屢讀《古苔篇》。」朱諫《李詩選注》：「《古苔篇》乃古秘訣之書也，蓋藏石室中生古苔者也。」

七録齋集卷之五

婁東張溥天如著
同盟周鍾介生
張采受先閲

壽賀序

張伯母膺封序[一]①

【眉評】周曰：「本領深，氣力厚，抒情之真，猶其餘也。」

往者太母七十之生日，受先時猶諸生也。聚四方之賓客，以宴以頌，可謂盛矣。踰一年而受先登賢書，又一年而成進士，母遂以覃恩膺封誥②。顧鄉舉之時，州大夫盛服造廬與。夫王言之出，自燕而吳，三千里始達。及其期，皆以九月，正太母之生日也。於是邑人不唯榮之，且謂受先仁孝之感。夫君子敬身以有爲，已之窮達，非所論也，亟亟乎求其尊且顯者，一二人而已。至賦命之不辰，有父不能終事而徒養其母，此又天下之至悲，不得已之中，甚其性情而樂且務盡者也。

溥與受先同爲少子，未成人皆失怙，惟母氏之依，動静與俱。每諷願爲人兄之言，則潸然如雨矣。乃我母周旋艱難，漸以自立。太母雖爲觀翁先生之正室③，而尊章之嚴重④。先生兄弟之同居，管鑰他委而曲折承意，得爲之際，有不能自爲者焉。要之，母固儒者也。谿儒者之道，應天下之事，鉅變累患，得其至安，亦何有於家人乎？故母本世訓，而通書傳，處於尊卑大小之間，順而能詳，非獨性之篤也，且近乎禮矣。

然我母與太母艱難有同，而溥與受先所以事母者不無或異，此尤溥所反覆勤切，歎爲弗違也。溥粗知讀書，而器識不能遠大，又落在貧賤，無所爲輝光之效；受先則德升而業舉焉。溥智乏治生，時以饔飧累母氏，間有遠遊，定省常節，多所闕如；受先則須臾不能離母側，務爲嬰兒之色，開發歡顔。母體少極，即抱襆同眠起，厠牏洗濯之役，殆身親焉。

夫正躬服古，退不欺己，進不欺君，事親之大經也；伺察於顔色之際，修情於飲食之間，事親之小節也。然天下之爲正人者，大經昭如，無之而不守也；小節或有忽焉，雖權乎受歸之本，致其完全，而因時之稚壯，觀性之遠近，古之孝子重乎其傷之矣。是故端於綱紀，而復單於容力，所謂幾微之盡、仁孝之至也。況安意而行之，年及强仕而忘己之爲大男子，列身於朝廷而服庶人之所勞，不其難哉，不其難哉！所以受先之文與行，四方皆知之；受先之陰行其孝，極遠之地，有不得通者，而天則知之。且天知之而必欲明之，以訓於人。齊魯之鄉，隆文之士，有無因而發夢者焉。此豈偶然也哉？則夫受先之不有其善，以歸德於親。太母之率其天性，以成子之令名，及今驗之，更爲顯白矣。

受先自釋蹻以來，清絶之操，卓犖一世。太母仍簪蒿杖藜，居葭牆之中，終日怡適。左右給使，不能置一婢，惟恃子婦操作而已。迨辭闕歸里，旬日之間，義聲孔彰。父老子弟，每當月之朔望，疊跡而至，感泣者不下數萬人，其入人者蓋已深矣。而母惟抑抑自存，不敢謂吾子之能，而惟曰宗祖之佑。嗟乎！貧賤而不疑其意，富貴而不易其操，求諸賢母之班，未易有其人矣。甚之而大德若虚〔二〕，應物無爲，不幾昔之齊聖而得道者與？

夫惟善積而多履，行有本原而稱者以實。故太母之進封，邑民之頌焉，邑之士大夫頌焉，四海之士與受先爲朋友者頌焉。以溥之習受先而知之詳也，又以其能代朋友爲子弟之辭也，而屬之以文，大略所繇具也。若母之慈善恭讓，推誠骨肉，凡所爲極難者，受先且欲隱焉。受先之厚也，尤母氏之志也。

【校記】

〔一〕本篇又見北大本《合集·古文存稿》卷四。

〔二〕「之」，北大本無。

【繫年】

據文中「又一年而成進士，母遂以覃恩膺封誥。……夫王言之出，自燕而吴，三千里始達。及其期，皆以九月，正太母之生日也」等語，崇禎元年張采成進士，其母遂以覃恩膺封誥，時在崇禎元年（一六二八）九月，是文作於此時。

【箋注】

①此爲祝賀摯友張采之母膺封而作。崇禎元年張采成進士，其母遂以覃恩膺封誥。其時，張溥以覃恩選貢入太學，住在張采處，二人一時名滿京都。參見張采《知畏堂文存》卷八《庶常天如張公行狀》、卷九《祭張天如文》。陸世儀《復社紀略》卷一：「明年戊辰，溥以覃恩選貢入京。會試，受先第三，九一、八公皆告捷，江西黎左嚴已冠禮闈，爲主試所抑，置之第二，皆社中才傑也。溥廷對高等，諸貢士入太學者，俱願交歡溥，爭識顔面，因集諸多士爲成均大會。是時宇内名卿碩儒，前爲崔、魏摧折，投荒削逐者，崇禎新政，後先起用。聞溥名，皆願折節訂交。騷壇文酒，笈筐車騎，目不暇給，由是名滿京都。」

②覃恩：廣施恩澤。舊時多用以稱帝王對臣民之封賞。《舊唐書·趙宗儒傳》：「今覃恩既畢，庶政惟新。」

③張鳳異，字伯鳴，别號觀海。張采父。張采《知畏堂文存》卷八《先考贈君行略》：「贈君年二十，試皆冠軍，補州庠生。嗣以試高等，得填增廣生。于時，贈君年且三十，再蹙場屋。……贈君生

于丁巳年七月十六日申時，卒于丙辰年九月二十日寅時，享年六十歲。卒後十三年，以戊辰不肖采第，值覃恩，得贈文林郎臨川知縣。」

④ 尊章：舅姑。對丈夫父母或對人公婆之敬稱。《漢書・廣川惠王劉越傳》：「背尊章，嫖以忽，謀屈奇，起自絕。」顔師古注：「尊章猶言舅姑也。」

賀黄母旌節序〔一〕①

【眉評】張曰：「風紀之論，可壽百世，文之裁剪照應，無不極神。要之天如爲貞女節士傳序，尤其所長。」

言節與孝，成人之道舉矣。故凡君之欲於其臣〔二〕，父母之欲於其子，莫不望而求至焉。況及乎人之妃匹〔三〕，尤其闊希者歟？雖然，勝其難者，棄其易者，非獨男子之事也，女子之有志行者爲之。今有大官豐爵，出於王庭，而忘其植身之理。亦有伏居洿巷，不聞六藝之言，而奮躬蹈難，爲古人之所不可爲，以致其命。以是信匹夫庶婦，載於《詩》《書》，其序常在王侯之上，亦云諒矣。

今海上之人多言黄母倪太君之節與孝，余竊聞而悲焉。夫生而盛其行，殁而有其名，昔之賢士不絶於世者皆然也。協於閨門之内，其道不猶是歟？黄母懷君子之德以相夫子，而不能竟其意，孑焉孤處，不有朝夕。所謂天下之傷，母之一身蓋備之矣。且母之夫子躬爲儒者，未及壯而其年已盡，有二母不能養，以責之母，煢煢赤子，則其所遺也。母於是哭泣而承夫子之事，有子道焉，有父道焉。顧邦之人言其終身素食，以祝其姑之有年。當夫爲嗣者之姑之有疾也，則又刻臂以爇之，請於天而身爲之代。

嗚呼！父母之德，同於天地。故爲女子者，無不愛其父母。至於視夫之父母，則有異焉。屬之以同體之情，而臨以大人之分，論其色養，或有勉而志之者。衰世之教不及閫內〔四〕，則婦姑之際反脣而稽②，聞母之風，亦可以愧矣。

若所謂煢煢赤子，則伯鉉是也。伯鉉繇庠序而被一爵，博要練達，爲邑之聞人。率母之孝，以養其母，母寢疾，刲股之肉而進焉。一家之烈，君子多之。然度其方孤之歲，迄於今日，言動在禮，悉本母氏之迪。則母成身之大，克善其子，亦其世世之所視也。今當事者推天子敦尚之意，顯揚其人，爲士之勸。而予處鄰邑，備聞嘉懿。伯鉉又與予兄弟遊，因以貢其喜樂，達之撰記。要之，母與伯鉉之行，雖疏遐之人，不可以無言也。

【校記】

〔一〕本篇又見北大本《合集·古文存稿》卷四。

〔三〕「故」，北大本無。

〔三〕「乎」，北大本無。

〔四〕「闌内」，原作「捆内」，據文義改。

【箋注】

① 此序乃爲祝賀黄伯鉉母倪太君旌節而作。黄伯鉉，與張溥交遊，生平待考。

② 語見《漢書》卷四十八《賈誼傳》：「婦姑不相説，則反唇而相稽。」

賀常熟楊邑尊榮封序〔一〕①

【眉評】張曰：「傳循良者古有之矣，求其抑揚風雅之塗，振踔仁義之圃，未或逮於斯篇。」

以布衣而進説於邦君之前，古有之乎？然而君子不廢者，以其言之質也。夫辭出于誠，雖艸野之賤，庸夫愚婦，皆得發舒公道，循詩人愷悌之詠，誌其所懷，安在桓圭衮冕者②，其言獨先也。故自溥之識公於京師也〔二〕，以爲來而撫有吾虞，使其完樂者，必斯人也。今則不旬日而見之矣。夫古之爲政者，務於易良，而不急於歲月之效。故嘗紆徐以有爲，寬於百姓之從善，而幾其畫一，要非所論於吾虞也。虞之民素柔而畏法，而其桀者多略峻文，不自湔浣③，每與士大夫之不甚脩者比以困衆。民之被兹毒而不能有言也，非一日矣。

公方下車，即嚴質究，逮其不法者繫之，窮竟其黨，令其屏跡。薦紳之家，有以僕夫稱雄者，公執五刑而訊焉，無不當也。至於凶憝之子蔑紀不反顧，公一繩以庶人之律，正其殺人之罪，而剪其有徒。邑之冠冕先生及於窮閭小巷之孺子，無不交口誦義，稱爲至仁者。以是益信三代之行，不擇地而可施，於公其先徵也。夫且臣下之德，必繇君上。皇皇大君，食不重味，衣不貳采，蚤起晏息以求治，而下或不應，罪莫大焉。若夫一方之寄，軫恤元元，而思得其人以教善，尤其命之至重者也。公則承其意，以輯斯土，退食之際，未嘗忘勞。故不憚震怒，懲民之所懼，而加綱理焉。夫昔有誅一人，而生萬民，去其大邑之蠹而户有可封，循吏之彰彰者，無所不爲也。公非慕其風而身帥之者與？矧賞善而刑惡，訓子弟而脩廢墜，自此以往，次第而舉，有不可悉數者與？

夫致君之道，澤民爲先。學者奮志於斯，而勢不得以自繇，則曰：「位之不我與也。位既與矣，而猶需時焉。」則吾不之信也。若公之振其神明，不朝夕而布猷，以易夫殄瘁[三]，邦家之楨，豈猶夫百里者與？夫然而王言之至，榮顯其身，以崇其所生，自其肆雅之日，已定之矣。豈及今而始，人重爲辭，式歌父母，交相附於南國之義與？

【校記】

〔一〕本篇又見北大本《合集・古文存稿》卷四。

〔二〕「故自」，北大本無。

〔三〕「夫」，北大本無。

【繫年】

據文中「故自溥之識公於京師也，以爲來而撫有吾虞，使其完樂者，必斯人也。今則不旬日而見之矣」等語，復據康熙《常熟縣志》楊鼎熙崇禎元年任常熟知縣，可知此文作於崇禎元年（一六二八），張溥時以覃恩選貢入太學。

【箋注】

① 此序乃爲祝賀常熟知縣楊鼎熙榮封而作。邑尊即知縣。康熙《常熟縣志》卷十《官師表·知縣》：「崇禎元年，楊鼎熙緝庵，京山人，進士。」卷十五《宦蹟》：「楊鼎熙，號緝庵，湖廣京山縣人。宰邑能理繁劇，案牘日常累百。鼎熙剸決如流，兩造盈庭，口酬手批，質成罷去。尤好扶植士類，與文墨交浹，虛懷延納，不少懈。愍懷帝初年，常熟困於漕，漕法不一，大户易兑，而鄉民倍肩其難。鼎熙言於撫按，漕米一例水次交兑，而勞逸乃均，勒石永遵焉。在任九年，左遷吉安府照磨，尋陞户部主事。」

② 桓圭衮冕：桓圭，古代帝王與公、侯、伯、子、男五等諸侯于朝聘時各執玉圭以爲信符，圭有六種，公爵執桓圭。見《周禮·春官·大宗伯》。衮冕，即衮衣和冠冕，帝王及上公祭宗廟時所穿之禮服禮帽。

③湔浣：除去過錯。董仲舒《春秋繁露·玉英》：「然而知恐懼，故舉賢人而以自覆蓋，知不背要盟以自湔浣也，遂爲賢君，而霸諸侯。」

賀崇明熊邑師榮薦恩封序代〔一〕①

【眉評】周曰：「壯麗鬱古，亦東西京文字之追琢者。」

考郡縣所自分，春秋之時，縣大而郡小；戰國以來，縣小而郡大②。然要其立官之始〔二〕，宰尹公大夫，稱名重矣。故漢制大令所統〔三〕，必萬户以上。晉則益嚴其選〔四〕，凡與銓比者，未宰縣不得爲臺郎。遞以及宋，靖康、乾道之間，尤示敦尚風厲〔五〕，選官必先爲縣，再任者始除御史官。抑何慎也！蓋天子命官，所以鎮撫百姓，而求其邇民之職，莫若刺史與縣令。故明主治計〔六〕，首進廉善。降而後王，間製令長之誡，試理人之策。至遊獵有詢，殿柱有記，皆以弘著勸勉。而承其詔者亦克自羞行，謹鞭韡，潔簠簋，不敢或荒也〔七〕。且謀之臧而君依，與德之洽物而親順，乃致顯焉〔八〕，其道一也。故令之爲象，取於雷震百里。而白用既形，太常日月之旗，咸載功閲，非時之能者可爲哀序〔九〕。於是鈎較而内長之，有層累之美，亦父母所樂與也。

以今觀於楚之魚山熊公，令於吾蘇之古瀛洲③，不踰年而邑稱異治，薦調屢至，恩封肇加。誠哉其大驗矣。夫蘇之郡縣〔一〇〕，於天下爲劇，而瀛洲尤難訓柔。緣海之民好争，其性也。勢又易於衡决，逐水行昧，重蹈譴何，怵迫之徒，復敢爲人囊橐，一有左驗，株訟無已。是以部索四出，碎務殷湊，軨才當之，輒解職自逸。或才而不甚良者，繩束其際，行責削之文，嚴幽圄之令，見爲毛摯鷹擊，而內少潔清，商侲因以薦賄。則亂獄滋豐，傷於渨涹，亦何以彰典幹之職分，使吏畏寮慕哉？

乃自公之來，上下灑濯，衆墜盡釐。不佞益以信百城之表，非其人莫屬也。况古之爲令而有聞者〔一一〕，德行文藝，未有偏辭也〔一二〕，故歷選鉅人〔一三〕，若梁公之主昌邑〔一四〕，潞公之知榆次〔一五〕④，猷業緒見，三圭兆此矣⑤。其有英賞之倫，奇文徵自義方，美教班於文惠，非內黃管城之所稱茂宰歟？然擬公於三代以下，猶似乎輕之也，進而求列其周士乎？則將以叔敖之秀羸多能⑥，兼宓子之任人則逸⑦，故節躬必廉裘糗，發惠必及鱦⿰魚壽，惟公有焉。蓋入於其邑知之矣。雉堞不剥，鎩猷旅陳，闢木者釋而之田，脯人者窮而抵犴，清静之效也。月之正月，召邑之子弟而論禮樂〔一六〕，教中教和，周官司徒之意存焉。是以大中丞與采風諸使者〔一七〕，敬樂其上德通理〔一八〕，欲使兼領大邑。適松陵之宰缺〔一九〕，乃疏謂瀛洲之民輯矣洽矣〔二〇〕，當更移視夫不帥者。於是將改所蒞，而瀛洲之民復群號焉，起而籲於天子，毋令公去，此又前者所不幾也。

夫榮高苑之樹，澄淄川之水，昔賢蓋有歌矣⑧。而今之渥思者億焉。累請而不止，以百姓之言聞於當朝，加於表臣而下不憚，若曰：「如之何其去之，而謂他人父也，不亦入人之至難者哉？」况乎神聖執象〔二一〕，凡諸官之復，萬民之逆，莫不稽聽。而德澤下究，先被於獻臣，公之二人，奕奕乎有服與誥焉。則公之所以近輝光、答思遲者〔二二〕，事親之日，已備之矣。夫然而詠念邑治，蓮禾瑞嘉，鹿雀青白，孰非仁孝之爲應與〔二三〕？繇此以往，陳善而誦《鶴鳴》⑨，贊君而賦《泂酌》⑩，日有聞也。不佞可不於今之日權輿其辭〔二四〕，以明皇天錯輔之效哉〔二五〕。

【校記】

〔一〕本篇又見北大本《合集·古文存稿》卷四。

〔二〕「然」，北大本無。

〔三〕「故」，北大本無。

〔四〕「則」，北大本無。

〔五〕「敦尚」，北大本無。

〔六〕「故」，北大本無。

〔七〕「或」，北大本無。

〔八〕「乃致顯焉」，北大本無。

〔九〕「哀」，原作「衰」，據上圖本改。

〔一〇〕「夫」，北大本無。

〔一一〕「況」，北大本無。

〔一二〕「也」，北大本無。

〔一三〕「故」，北大本無。

〔一四〕「之」，北大本無。

〔一五〕「之」，北大本無。

〔一六〕「之」，北大本無。

〔一七〕「大中丞」，原作「大中憲」，據北大本改。

〔一八〕「敬樂其上德通理」，北大本作「深敬樂之」。

〔一九〕「之」，北大本無。

〔二〇〕「乃」，北大本無。

〔二一〕「乎」，北大本無。

〔二二〕「之」，北大本無。

〔二三〕「孰非仁孝之爲應與」，北大本作「其孰非仁孝之應哉」。

〔二四〕「不佞可不於今之日」，北大本作「請於今」。

〔三五〕「哉」，北大本作「可乎」。

【繫年】

據文中「以今觀於楚之魚山熊公，令於吾蘇之古瀛洲，不踰年而邑稱異治，薦調屢至，恩封肇加」「月之正月，召邑之子弟而論禮樂，教中教和，周官司徒之意存焉」等語，復據康熙《重修崇明縣志》卷十《宦蹟》熊開元天啓七年任崇明知縣，可知此文作於崇禎元年（一六二八）。

【箋注】

①此代爲賀崇明知縣熊開元榮薦恩封而作。康熙《重修崇明縣志》卷十《宦蹟》：「熊開元，字魚山，湖廣嘉魚人。乙丑進士，天啓七年任。英年精敏，疾惡如仇。慕唐侯德政，後先一轍，剪除訪惡，請托不行，一境肅然。留心學校，務以博古勉厲。」

②竹添光鴻《左傳會箋·哀上》：「春秋時縣大而郡小，故曰上大夫受縣，下大夫受郡，與《周書》合。至戰國時，縣小而郡大。甘茂言宜陽大縣，其實郡也，始以縣爲小、郡爲大，而縣屬於郡，所謂上郡十五縣者是也。」

③古瀛洲：即崇明。宋時，文天祥題崇明爲海上瀛洲。明時，朱元璋稱崇明爲東海瀛洲。

④潞公：文彦博。《東都事略·文彦博傳》：「文彦博，字寬夫，汾州介休人也。少舉進士，爲大理評事，知翼城、榆次二縣，改太常博士通判兖州。入爲監察御史，遷殿中侍御史。……彦博尋以河陽三城節度使、同平章事判河南府，封潞國公。」

⑤三圭：三種玉圭，借指公、侯、伯。後多指高官重臣。《楚辭·大招》：「三圭重侯，聽類神只。」王逸注：「謂公、侯、伯也。公執桓圭，侯執信圭，伯執躬圭，故言三圭也。」

⑥周聖楷《楚寶》卷一《虞丘子》：「虞丘子，名伯，爲楚令尹。薦孫叔敖于莊王，曰：『……臣竊選國俊下里之士，曰孫叔敖，秀羸多能，其性無欲。君舉而授之政，則國可使治，而士民可使附。』……莊王從之，賜虞丘子採地三百，號曰『國老』，以孫叔敖爲令尹。」

⑦《吕氏春秋》卷二十一《察賢》：「宓子賤治單父，彈鳴琴，身不下堂而單父治。巫馬期以星出，以星入，日夜不居，以身親之，而單父亦治。巫馬期問其故於宓子，宓子曰：『我之謂任人，子之謂任力。任力者故勞，任人者故逸。』宓子則君子矣，逸四肢，全耳目，平心氣，而百官以治義矣，任其數而已矣。」

⑧《全唐詩》卷八百七十四《高苑令歌高苑令劉敬和，先爲鄒、淄二縣令，後在高苑，歲饑，擅發倉施賑，民得全活，歌之云云》：「高苑之樹枯已榮，淄川之水渾已澄，鄒邑之民仆已行。」

⑨《詩·小雅·鶴鳴》：「鶴鳴于九皋，聲聞于野。魚潛在淵，或在于渚。樂彼之園，爰有樹檀，其下維蘀。他山之石，可以爲錯。鶴鳴于九皋，聲聞于天。魚在于渚，或潛在淵。樂彼之園，爰有樹檀，其下維穀。他山之石，可以攻玉。」

⑩《詩·大雅·泂酌》：「泂酌彼行潦，挹彼注兹，可以餴饎。豈弟君子，民之父母。泂酌彼行潦，挹彼注兹，可以濯罍。豈弟君子，民之攸歸。泂酌彼行潦，挹彼注兹，可以濯溉。豈弟君子，民之

攸塈。」

賀太倉劉州尊滿秩序代〔一〕①

【眉評】周曰：「真典則之文，一字不誤引，一筆不亂行。此丘明之《内傳》，非《外傳》也。」

婁之得爲州也，始於弘治之丁巳②，其地則割鹿城與虞嘐之東鄙屬之，然後參而成治也。是以稱婁之形勝者〔二〕，以爲輔之以二衛，環之以三縣，地鄰于大海，而民雜於軍農。大約慘則尠歡，勞則褊恚，急之不能爲維，而反迫而鶩險，自非有神明慈諒之宰，亦何以使物即其序、人思其韙乎？雖然，此爲昔日之婁言也。若今日之婁，則有異焉。百姓之依，以勢爲域，其强者之行於邑也，猶擇肉也。民之傴於豪大也，苟其逆之，則猶去艸也。君子疾之而不言，而小人則安之以成俗。故昔日之婁，治其民而可矣；今日之婁，治其民以上者而可矣。

自楚之心蓼劉公來蒞其土，積三載而易其風物，然後上仁茂德，無不之也。於是邑子某來告不佞曰：「婁幸矣。婁之人其獲保矣！」夜呼者昔讋於畎畝，而今且不聞也；輿臺之人爲虐於無告，而今且耻短後也；高冠韋帶之士論爽德而忘誼方，而今且懼其行之有變玉也。商鬻以族世也，百工之集以良材也，本神皋而流豈弟，自公之來始焉。不佞聞之而滋有感也。邦國之紀，存乎其人。非其人者，雖沃土淳民，不無風雨之歎。而有其治之，則頽者以輝，枯者以肄。

今公生於聖人興跡之鄉，弘體特建，不封己以養高，而推美於物，以善其大邦之績，則彰組之倫③，孰有齊其令憓、名於長人者哉？且婁之牧不有記乎？始創州而有棗陽之李④，繼之而有餘姚之倪〔三〕⑤，周俗廣化，蔚然書策，百世以下，猶將發含淳之聲焉〔四〕，況當時乎？至於大臣出鎮，若夏湘陰⑥、周吉水⑦、王三原之流⑧，功在一世，南國著伐，至今誦之不衰。而作婁之志者，以其人繫於長率之首，則知休澤之無窮〔五〕，天下稱之，與其一邑稱之，無之乎可忘也〔六〕。況其親民者乎〔七〕？是以本三子眷德之懷，以驗公前後豐融之譽，政成之日，其可無辭以相宣歟？則聞聲起謡，夫亦與杼首之巷歌、黄髪之里詠〔八〕⑨，遠相答焉而已。

【校記】

〔一〕本篇又見北大本《合集·古文存稿》卷四。

〔二〕「之」，北大本無。

〔三〕「之」，北大本無。

〔四〕「將」「焉」，北大本無。

〔五〕「之」，北大本無。

〔六〕「之」，北大本無。

〔七〕「其」，北大本無。

〔八〕「夫」，北大本無。

【繫年】

據張采《知畏堂文存》卷七《學博芝田劉公墓誌銘》「以仲子心蓼先生成進士，擢守太倉，績最，贈階奉直大夫。方辛未夏間，心蓼先生秩滿當遷官。州父老僉曰：『守去，嗣將誰撫？』既報新博士至，曰守兄也」，可知此文作於崇禎四年（一六三一）。

【箋注】

①此代爲祝賀太倉知州劉彦滿秩而作。劉彦，字心蓼。天啓六年至崇禎四年任太倉知州，秩滿遷官，其兄劉士斗接任。王祖畬《太倉州志》卷十一《職官》：「天啓六年，知州劉彦，湖北鍾祥人，進士。」「崇禎四年，知州劉士斗，有傳。」民國《鍾祥縣志》卷十九：「劉彦，字心蓼。天啓乙丑進士，知太倉州，遷刑部員外郎，輦轂稱無冤民。守泉、廬二郡，人懷其德。明亡，隱居不問世事。」

②《讀史方輿紀要》卷二十四《蘇州府・太倉州》：「明吴元年立太倉衛，弘治十年改建爲州，屬蘇州府。領縣一。」

③ 彯組：謂佩印之綬帶飄動。指在朝爲官。

④ 棗陽之李：即太倉州守李端，字表正，湖廣棗陽人。詳見《初集》卷一《太倉州志序》注。

⑤ 餘姚之倪：即太倉州守倪宗正，字本端，浙江餘姚人。嘉靖《太倉州志》卷六《名宦·州官》：「倪宗正，字本端，浙江餘姚人。以翰林庶吉士出知州事，性度闊達，率易愛民。時東南遭大水，民饑死者横道，宗正牧字有方，民恃以哺。正德庚午條陳地方利弊六事於朝，一時雖未盡行，而興水利、均田税，今卒用其策。」

⑥《明史》卷一百四十九《夏原吉傳》：「夏原吉，字維喆，其先德興人。父時敏，官湘陰教諭，遂家焉。原吉早孤，力學養母。以鄉薦入太學，選入禁中書制誥。諸生或喧笑，原吉危坐儼然。太祖詗而異之。擢户部主事。曹務叢脞，處之悉有條理，尚書郁新甚重之。……建文初，擢户部右侍郎。明年充採訪使。巡福建，所過郡邑，核吏治，咨民隱。人皆悦服。久之，移駐蘄州。」

⑦《明史》卷一百五十三《周忱傳》：「周忱，字恂如，吉水人。永樂二年進士。選庶吉士。明年，成祖擇其中二十八人，令進學文淵閣。忱自陳年少乞預。帝嘉其有志，許之。尋擢刑部主事，進員外郎。忱有經世才，浮沉郎署二十年，人無知者，獨夏原吉奇之。洪熙改元，稍遷越府長史。宣德初，有薦爲郡守者。原吉曰：『此常調也，安足盡周君。』五年九月，帝以天下財賦多不理，而江南爲甚，蘇州一郡，積逋至八百萬石，思得才力重臣往釐之。乃用大學士楊榮薦，遷忱工部右侍郎，巡撫江南諸府，總督税糧。」

⑧《明史》卷一百八十二《王恕傳》：「王恕，字宗貫，三原人。正統十三年進士。由庶吉士授大理左評事，進左寺副。嘗條刑罰不中者六事，皆議行之。遷揚州知府，發粟振饑不待報，作資政書院以課士。天順四年以治行最，超遷江西右布政使，平贛州寇。憲宗嗣位，詔大臣嚴覈天下方面官，乃黜河南左布政使侯臣等十三人，而以恕代臣。成化元年，南陽、荆、襄流民嘯聚爲亂，擢恕右副都御史撫治之。……移撫河南。論功，進左副都御史，稍遷南京刑部右侍郎。」

⑨杼首：梭形頭，古代以爲長壽之相。左思《魏都賦》：「巷無杼首，里罕耆耋。」

賀許司李滿秩序代〔一〕①

【眉評】張曰：「文辭藻出，稍近六朝，然其吐納生韻，目非近人所有。天如舊作如此類者甚多，存其一，以見古文不妨多體也。」

維揚枕江，臂淮襟海，爲東南一都會。自絺錯鹽穀之入暨榷税連輸往來，皆由其途，殷煩浩重，不與支郡等，素號劇州。加以户口衍殖，民吏相緣爲奸，黠者徒貫羼名，影避徭役，貧而愿者則苦更賦不得休。富商大賈且坐區列肆，持輕重相射貤息，日裒幾家，置金錯囊，與豪猾互比，控制州黨。而乘舶伺風者挾纏居萑荻間，候便輒前，爲墨吏窟。至不簡之民，捐家入水，操挺燃緼，以苛苦行者。或潛身處閭井，勾牢盆諸直，私盜引鈔，縱筏而獵江湖，遊徼不敢聲。以故訟獄文移，尤糾紛難理。即古之視事其土者，類多因循結梯，相和孰不厲？時有雋才居之，亦僅飲酒賦詩，張水嬉，覽東閣梅花，聽竹西路歌吹足矣。求所謂謝集却遺，公府如僧廬者，誠爲絶軌。矧以理官左右節下，勞劇正同，而權次繡衣，事倍體嚴。凡簿領牒書，轄致大江南北，較難展體卒職者哉！乃自不佞攝官南銓，采輿誦而聽塗謈，竊於今許公嘆弗可幾也。

公起家進士高第，該綜校練，秀出時品，固當司芸局都奥，而治事在心，遂求外補。喏仕以來，益以沖遠自鎮，進給者日上鰭腊，即麾去，弗復供。晨起晏息，惟飲南泠一杯水耳〔二〕。文案雜遝，積若石之滿山，顧盥罷對省，日亭午立徹矣。貲客挂法，橐裝金貝，徙倚署門冀一通，乃清冷無雜走，惟目矚暮烏，太息而去。書椽隸卒，思獲上官片符，陰爲鈎巧，而静正無顔色，祗私戒無犯公怒，罔敢飾赫蹏取一簪。右姓素矜侈，服御醴饌，擬於石韋，近且約身損腹，耻爲夸民。載纚之家，内外蟬聯，咸通籍締契。乃談一二公務外，無他寒暄，使温貂勁鶡各無繇言地上事。入闈典文，所得士皆魁宿，悉勉以制行之大方，循循有風矩。故計公脱韋而蒞政，五載於兹，敫膾彌衍，鹽池日脩。然入廨而觀其題封，與己所資奉，猶然逢胡蘇屩，書生也。

不佞恒結佩於懷，時不能去〔三〕，因讀古循吏傳，條其可比者，而稠甚難舉〔四〕。乃思司李一官之設〔五〕，自後唐長興以來，代有名賢握篆，據類考班。以公詳慎庶獄，似茂叔之委手版②；斷除碎課，似巽巖之拒鹽筴；犏獻暴哮〔六〕，似擊蛇之孔寧州③；潔己不累掬粟，亦似鬻馬之范廣德〔七〕④。若移觀輿浦，則益無其前者，據稽幕判中人，即無咎風流，介甫精勤，未可兩京而不下也。會天子下璽書，擢序賢能，公固當報事第一，召入上京。雖不坐槐廳，簪筆步花磚，要應有二丞三騶執盛印青囊，爲公前導，進稱端公，作王綱紀。而歲之八月，適同里何孝廉以公政成請。孝廉固屬公門杞梓，援公行能邵美，不異道上臚言而次第加詳覈。不佞益爲舉手稱賀，遂忘樸略，綜其大概。或有太史乘傳來采風於秣陵，知公不費民間縷帛莖稻，獨有一曼羨不可删者，此數言耳。雖然，韓歐將换節矣。邵伯之荷，廣陵之芍藥，猶同於召公之野樹⑤，則方民欲爇香而來遮馬也。不佞且又有言，願再借公一年，以答斯嚴慕也。

【校記】

〔一〕本篇又見北大本《合集·古文存稿》卷四。

〔二〕「南泠」，原作「南冷」，據上圖本硃批改。

〔三〕「恒結佩於懷，時不能去」，北大本無。

〔四〕「而稠甚難舉」，北大本無。

〔五〕「乃」，北大本無。

〔六〕「暴」下，原衍「無」，據文義删。

〔七〕「亦」，北大本無。

【箋注】

①此代爲祝賀許司李滿秩而作。司李爲明清府推官之别稱。許司李，待考。查繼佐《罪惟録》卷二七《職官志》：「府知府一人，同知一人，通判一人，推官一人。」

②《宋史》卷四百二十七《周敦頤傳》：「有囚法不當死，轉運使王逵欲深治之。逵，酷悍吏也，衆莫敢爭，敦頤獨與之辨，不聽，乃委手版歸，將棄官去，曰：『如此尚可仕乎！殺人以媚人，吾不爲也。』逵悟，囚得免。」

③《宋史》卷二百九十七《孔道輔傳》：「道輔幼端重，舉進士第，爲寧州軍事推官，數與州將爭事。有蛇出天慶觀真武殿中，一郡以爲神，州將帥官屬往奠拜之，欲上其事。道輔徑前以笏擊蛇，碎其首，觀者初驚，後莫不歎服。」

④祝穆《方輿勝覽》卷十八《名宦》：「《言行録》：『范希文以進士解褐，爲廣德司理，日抱其獄與太守爭是非。守盛怒，公不爲屈，歸必記其往復辨論之語於屏上。比去，至字無所容，貧止一馬，鬻馬徒步而歸。』」

⑤召公：周召公奭。因封地在召，故稱召公或召伯，又作邵公、邵伯。王符《潛夫論·愛日》：「邵

伯訟不忍煩民，聽斷棠下，能興時雍而致刑錯。」

賀王元涵計部生日序代〔一〕①

【眉評】周曰：「此真可謂雅潔，用人理財一段，説來極合。」

稱人之壽者，所以重人之生也。故咏其耆艾，誦其昌大，因年而禮有加焉。若夫子弟之所懷，歲星一周，而長者之日月未嘗敢忘，則望六弧而增慕，無俟序絳甲之説矣。以今余年友計部王元翁季夏之生日，而門子弟群舉爵焉，正其義也。然而元翁之振誼樹躬〔二〕，爲王綱紀，可敬頌而永繹者，亦已都都邑邑，衆知之矣。

元翁出自明德，克敦厥常，所謂「燦燦門子，如磨如錯」②，斯人有焉。及服官而日祗以嚴〔三〕，本乎《曲禮》之質以爲拜獻〔四〕，作忠之經，又云備也。是以朝廷筦庫之任不輕叙授〔五〕，心計之臣日夜待命。而大司農獨求恬雅，寡營精白，不欺者歸焉，則元翁實膺其職矣。於是虔考積勩，旬之日遍，而食貨有秩，上下稱平若斯者，即聚漢之文學，與大夫相難，當明無負也。

今者天下計偕，適當聖天子改元之歲，恪恭求士。而余與元涵分校《禮經》，共得二十四人，罔不篤懿静正，先後中倫，以人事君，夙夜之志，通於國表矣。夫理財用人，明王首務。古者大度之主屢下詔書，勤策問，慮左右之無良，當塗之難應。而元翁皆以潔誠内致，無所求而君前，不言其能而已效，則上臣之毗贊，詎不觀行淵泉，貴其有本哉！善其一身，而復以其餘及其弟子，訓以靖恭，宜群弟子之酌酒獻觶，於其生之辰，感而言報也。

余與元翁獲在同籍，有兄弟之雅，而群弟子復自爲兄弟，一家之誼，莫有摯焉。進圖國事，綢繆視斯矣。故爲發揚其大者，而韓子《三星》之行③，又可不歌也。

【校記】

〔一〕本篇又見北大本《合集·古文存稿》卷四。

〔二〕「而」，北大本無。

〔三〕「而日祇以」，北大本作「祇」。

〔四〕「乎」，北大本無。

〔五〕「是以」，北大本無。

【繫年】

據文中「今者天下計偕，適當聖天子改元之歲」「以今余年友計部王元翁季夏之生日，而門子弟群舉爵焉」等語，可知此文作於崇禎元年（一六二八）夏，時張溥以覃恩選貢入太學。

【箋注】

① 此代爲祝賀王裕心計部生日而作。王裕心，字元涵，山西汾州府孝義縣人。乾隆《孝義縣志》之

《人物事蹟一》：「王裕心，字元涵。明天啓進士。王政之子。初授南京國子監博士。疏訟楊漣之冤，陳魏璫罪惡，留中不報。轉户部郎中，司銀庫。歲終，獻羡餘十萬兩，上稱爲清官第一。歷任大名、寧夏、蘭州、榆林道，皆有政績。晉右僉都御史，巡撫西安，累立軍功，西人賴以安堵。致仕歸里，值闖賊遇害。」王裕心生日爲六月初二，見《天啓壬戌科進士同年序齒録》：「王裕心，山西汾州府孝義縣，民籍。……乙未年六月初二日生。」

②語見束皙《補亡詩·白華》：「白華朱萼，被于幽薄。粲粲門子，如磨如錯。」

③韓愈《三星行》：「我生之辰，月宿南斗。牛奮其角，箕張其口。牛不見服箱，斗不挹酒漿。箕獨有神靈，無時停簸揚。無善名已聞，無惡聲已讙。名聲相乘除，得少失有餘。三星各在天，什伍東西陳。嗟汝牛與斗，汝獨不能神。」彭定求注云：「三星，斗、牛、箕也。愈自憫其生多訾毁如此。蘇軾云：『吾生時與退之相似，吾命在牛斗間，其身宫亦在箕。斗牛宫爲磨蠍，吾平生多得謗譽，殆同病也。』」

答許子洽書〔一〕①

【眉評】張曰：「天如諸簡牘皆隨手散去，鮮有存者。偶於篋中得其數札，皆五六年以前者，中有佳論，聊爲指出，未可便付水火耳。」

前損書命，讀之不能去手。時塵坌交併，胸若結轖。開櫝布觀，則曠然捐釋，始知嘉言之造人，非温美可以相度也。弟素昧鈍，意智不若蟗鳥，而結志頗梗。每觀切今古，有躧措人倫、顯白衆行者，陽氣加長。雖放卷之餘，不能復其姓名字體，斯時故樂就之。又不自比方，奮然欲窺於選著，步即躟躍，繭足無當，則仁熏落涕，懟我生質。嘗聽麟士、子常稱吾子洽意誼深重，撰論淵雅，博極衆家，而明審不雜，竊用歡善，動於顏間，以爲執作有匠伯，不患散木之不克枅梲也。

夫人士有秉，翔泳異勢，貴於可成。况末葉垂墜，忠孝驟竭，笞掠灸械，耳之梏心，恒下洿沫。又爾咽噎，凋寠知脩者，亦何所置躬身？計惟有專業古籍，校練爲家，可以永世。弟恒語之同人，江南軟地，幸有應社諸人不劣誠合，分班量資，宣究四籍。而子洽輩與四郡之老成，復包周諸體，期於古道有據，是所耽悦。至於時藝進退，一視於天。但務不詭聖賢，不負功令，去其雷同險膚，以歸己出，未敢謂容容盡福也②。周秦書得手示存亡，開人之寐。弟行欲分科段，詳世系，篇必論其人，人必稽其事，計閱歲可粗竟。然非兄共理，莫出指法。前教《燕丹子》諸書③，世有之，幸即假録。餘當俟買艕抵齋，面質立義曲折，則填膺者亦稍出矣。

【校記】

〔一〕本篇原題「答許子洽」，據目録改。

【箋注】

① 此答許重熙來書。許重熙，字子洽。詳見《初集》卷一《焚言序》注。張溥此序道出其「結志頗梗，每觀切今古，有躡措人倫、顯白衆行者，陽氣加長」之性情，以及「惟有專業古籍，校練爲家，可以永世」之學術想法，以及「欲分科段，詳世系，篇必論其人，人必稽其事」之學術計劃。

② 容容盡福：容容，隨衆附和。《後漢書》卷六十一《左雄傳》：「白璧不可爲，容容多後福。」

③《燕丹子》：作者不詳，記述燕太子丹事。《漢書·藝文志》有《燕十事》十篇，《荆軻論》五篇，《隋書·經籍志》《新唐書·藝文志》載一卷，《舊唐書·經籍志》則作三卷。

與易曦侯書〔一〕①

僻居寡與，絶乏意用，然幸無雜并，得以專其所存。故凡天下詳博精雅、方楞練要之士，因文測情，繇顯觀微。雖未交尺書，識麋銘，而天誠隱連，情逾族舊。形神嘗往來於心，自曉達暝，初未乖析。若吾曦侯之致人者，則如斯云矣。每從介生所習兄雅接，諸著撰治志平氣，端和不累。如聞古聖人謦咳，使一時聱者失響。取而益諸神明，備輔昇之善，且廣教邦族。自兄一家，悉扶切正業，不爲苟且利禄之學。則所以敷求而繇道者，知君子之化，未便於門内止也。故弟恒語同人，當今佳士漸長，如名木之日高，明目之日出。

然必有爲之山海者，惟曦侯與大士、大力、文止、介生數人耳。弟擬理刻《易》文，一則序先正治《易》諸家秘帙與程墨爲集，一則輯四方之牘爲集。務以抽揚新陳，揆前人立言之本，始祖設科之意，按萬辨理，合於厥中，以成《昭代易家》一書。而苦限無聞，不副所好，特以檄書請之於兄。望悉出兄門之業，與向來選本暨案間所儲以投。令名義不熟者得觀於授河之初，則功德之被不止如梁丘寧世也②。況六經之責在兄，即不業《易》，必欲誣誘，今何容看作外事？至楚越晉閩諸君子，有兄一言，定皆倒庋③。惟願速呼，則事全矣。

【校記】

〔一〕本篇原題「與易曦侯」，據目録改。

【繫年】

據《與宋宗玉》「近弟將有事《大易》，一思擊劓蓁蔓，稍開户牖，擬輯先正大家與近時作者，殫志摭括，務求其是」及其作時，可知此文作於天啓六年（一六二六）。

【箋注】

① 張溥擬編《昭代易家》一書，此致函易道暹約稿。易道暹，字曦侯，黄州府黄岡人。復社成員。吴山嘉《復社姓氏傳略》卷八：「易道暹，字曦侯。諸生。好學，尚氣節，積書滿家。虞寇掠，約鄉人

建堡設倉爲捍禦。崇禎十六年賊漸逼，子爲瑚請遠避。道暹惜所積書，逡巡未行。及賊逼，不得已，令蒼頭擔書攜幼子爲璉他適。賊遇諸塗，其導者潛以告賊，賊問：『若何人？』。紿曰：『余書賈也。』賊曰：『汝乃易曦侯，何紿我？』道暹曰：『若既知我，當聽我一言：村中財物汝飽掠，慎無殺人焚廬舍。』賊曰：『若身不保，尚爲他人言耶？從我，與汝富貴。』道暹厲色叱賊，賊怒，殺之。國朝乾隆四十一年詔入忠義祠。」

②孔融《答虞仲翔書》：「曩聞延陵之理樂，今睹吾子之治《易》，乃知東南之美者，非但會稽之竹箭焉。又觀象雲物，察應寒温，原其禍福，與神會契，可謂探賾窮道者已。方世清，聖上求賢者，梁丘以卦筮寧世，劉向以《洪範》昭名，想當來翔，追蹤前烈。」

③倒庋：謂全部傾倒出來。《世説新語・賢媛》：「王右軍郗夫人謂二弟司空、中郎曰：『王家見二謝，傾筐倒庋；見汝輩來，平平爾；汝可無煩復往。』」

答宋澄嵐書〔二〕①

弟之言念諸宋，計自客年涉今，無時可以去懷也。每把一義，若接顔叩響。不獨其聲盡出，中藏蓋或見之。凡天人性命，經術理務，兄皆取其誠實重大者以立言，無一形相傅近，斯固心能之，不獨爲文美也。

介生爲弟言澄嵐、宗玉，死生患難之友。夫周子博交多愛，未嘗輕以死生酬答。而千里之外，委志於兩宋，良以反覆道德，紬繹隱微，知其人與言之無僞也。雖然，此非特周子習之也，弟亦久刊諸胸矣。何則？觀夫諸兄意製，所係王道、本人倫者，有以增夫三綱五典之重也②。夫達道之五③，學者不可一有放失。然自千年之邈，萬年之賖，願之所合，聲喚必一，莫若交友神致。是豈侔同官聯鑣，榮華齊轍，然後歡好哉？

弟嘗論究其原，竊謂吾人心盟不數。若夫要諸腑鬲者，固其家前後人之所共，天下後世相與觀焉者也。行誼規繩，文業砥束，務同味甘荼，臻於聖賢之門閫，則二三人者，可以久視弗陳。倘徒盛氣一時，隱約矢守，颸去即失，或不能牢於困戹之際，溘然之餘，辟繁花茂蘤，思之不無秋風之悲矣。

弟素以此練存心力，過承介生、受先四五兄弟，不夷諸雜交，獲堅本念。而介生淘擇天下，獨推高兩兄，良以既得至精，所樹所行，終古爲杖。弟之條舉，蓋不徒作定交書耳。

【校記】

〔一〕本篇原題「答宋澄嵐」，據目録改。

【箋注】

① 此答宋繼澄書。宋繼澄，字澄嵐，號萬柳居士。詳見《初集》卷一《宋宗玉稿序》注。序中云「行誼規繩，文業砥束，務同味甘荼，臻於聖賢之門閫」，可略窺張溥志向於一斑。

②五典：《書·舜典》：「慎徽五典，五典克從。」孔傳：「五典，五常之教。父義、母慈、兄友、弟恭，子孝。」蔡沈集傳：「五典，五常也。父子有親，君臣有義，夫婦有别，長幼有序，朋友有信是也。」

③五達道：即五典。語出《禮記·中庸》：「天下之達道五，所以行之者三。曰君臣也、父子也、夫婦也、昆弟也、朋友之交也。五者，天下之達道也。」朱熹集注：「達道者，天下古今所共由之路，即《書》所謂『五典』。」

答錢彦林書〔一〕①

憶自白門快叙②，忽然抗手，彼此自覺氣悲。然猶冀一遇，可長周旋旝纏。既而有司按秦律，凡挂聖賢經理者〔二〕，必答斥不進，遂至菰蘆中，復暫滯吾彦林〔三〕。而弟輩亦牢守海壖，無繇望見雲物。此雖己事，言之輒爲憔悴〔四〕。嗣後變告日喧，弟固不習斷爛邸報，而耳之所及，淚絛陰迸。書生怯畢，兩手不能持一乳狗，夫復何辭！《人文聚》一選，弟衹爲吴地諸文作驛騎，即執殳無當，安敢混分介生月旦哉！

來章一帙，殊病其少，日間須盡出之。所賜檄書，讀之益人性情，稱名之美，得其正中。但恨弟木詘，不能罄厥旨趣，兼不合以褐蒙珠玉耳。弟嘗謂士無强弱，要在所存，至憂患之時，尤當不失資具。前曾誦兄所序實君稿，反覆於戒慎恐懼之旨③、古人德業之端。

竊以爲束身養性，立事造功，兄已脩其本矣。舉業雖非竹素所尚，苟其中心正學明者，横側倒豎，咸可觀而得其人，非彦林不能作，非彦林亦不識别也。

比聞魏子敬噩耗，是豈傳者之失耶？彼蒼之酷，忠孝一時俱盡，每念及必弇泗咽洟。度分相勢，則又膠葛胸中，氣不得決衝以出。計惟綜述遺文，不殁賢者之論著，今日力所可爲耳。子常正欲搜近地負才不禄者，刊爲一集，以吹起幽陳。子敬之行事，故宜領袖也。

受先伯母七十，弟爲之乞言於天下巨人，即日當具箋索詠。所諭鄙言并吴中僑盻之作，隨同報命。介生伯母五十，亦需同人短章，希存諸懷。蓋念我友之所生，眷眷者不能嘿然遂已也。

【校記】

〔一〕本篇原題「答錢彦林」，據目録改。

〔二〕「賢」，北大本無。

〔三〕「復」，原作「後」，據哈佛本改。

〔四〕「輒」，原作「輙」，據哈佛本改。

【繫年】

據文中「受先伯母七十，弟爲之乞言於天下巨人，即日當具箋索詠」等語，復據《張伯母膺封序》

「往者太母七十生日之，受先時猶諸生也。聚四方之賓客，以宴以頌，可謂盛矣。踰一年而受先登賢書，又一年而成進士」，天啓六年張采母七十，故此文作於天啓六年（一六二六）。

【箋注】

①此答錢栴書。錢栴，字彦林，浙江嘉善人。詳見《初集》卷一《廣應社序》注。此序論及當日時事，感情强烈。

②白門：南京别名。六朝皆都建康（今南京市），其正南門爲宣陽門，俗稱白門，故名。

③《中庸》：「是故君子戒慎乎其所不睹，恐懼乎其所不聞。莫見乎隱，莫顯乎微，故君子慎其獨也。」

與宋宗玉書〔一〕①

前者從介生所接誦大製，疑非今人所爲。兩三對嘆，手口銓度。竊謂博大微眇，渾厚雅正，即震川先生應兄事也②。夫四海闊絶，步算無紀。苟於中挺一魁壘寬通之士，便如夜光明目，輝然不弃，人競思曩致爲寶。至仁兄則美備一家，目所觸視，蔑非瑕瑶玲璪，斯亦五荀八裴不足方軌矣③。且攡葩取靛，世號妍好。獨仁兄家學，必以根荄性命，漸深經術爲務。則伯仲叔季所講於脩身及物者，寧一大人㫚斑光耀云爾也。每當諷詠〔二〕，紬繹淵源〔三〕，覺闕里去人，不離墨文。

受先曰：「萊陽宋氏，固有胎教。」弟深旨其言，稱之同社諸兄弟，咸以爲當。蓋誠知天植寡二④，摩以人事，諸仁兄於聖人之道，可謂世之矣。嘗揆古今人所樹，治其躬心，通於世務，莫不繇書焉取之。苟學者無完實淹通之理、明白豁達之胸，將措口點昧，論事規毁，雖復析字琢辭，逐聲按律，驚人媚人，無施而可。故上自通釋經傳，創述史乘，考行攄文，各有據依。即漫猥至舉業行數，僅足覆甕瓶，易餅餌，亦有畫然不欺之旨，昭白於後。此介生經制一選，殷殷勤勤，欲爲盛明制義，辟置楷法。其詳想已預聞之，不煩弟往復也。

近弟將有事《大易》，一思擊剕蓁蔓，稍開户牖，擬輯先正大家與近時作者，殫志摭括，務求其是。諸兄於六經聯絡如一，諒多所構，幸以爲貺。凡青齊鄒魯間，更願出片詞以當長檄，悦何可概！又不揣回質，冀捃剔古文，自上古以暨有明，隨代表列，加之歲年，長第遴次，首以三代周秦爲端。除二氏外，考古所傳之目，不下百種，而不得見者居半。漢魏以往，闕略概可知已。是惟藉仁兄綜覈，至歷觀古談經作史之家，各有餘地，以待後人。諸凡欠事，所宜在心。但以弟之庸下言之，似乖本末，故嘿然不敢，遂多枝葉耳。

客歲，介生柬又云敝地應社之約，仁兄不心孤其盟，爲之領袖，抑又幸矣。文章所感，即不爾，猶同舊戚，况獲在名籍乎？拙言擬録政實以考鐘擊鼓，盆缶之音，不得雜然先出也。

【校記】

〔一〕本篇原題「與宋宗玉」，據目録改。

〔二〕「諷詠」，原作「諷永」，據文義改。

〔三〕「紬繹」，原作「由繹」，據上圖本硃批改。

【繫年】

據下文《答宋宗玉》「春間，弟正具有白，以情相歸，乃款實未達而嘉命先及，抑何精懷不差也」，可知此文作於天啓六年（一六二六）春。

【箋注】

①此與宋琮書。宋琮，字宗玉，號五河。詳見《初集》卷一《宋宗玉稿序》注。此信主要向宋琮約稿，對其稱許備至。除表達稱讚和仰慕外，張溥亦表達了其治學和文學思想，即「苟學者無完實淹通之理，明白豁達之胸，將措口點昧，論事規毁，雖復析字琢辭，逐聲按律，驚人媚人，無施而可。故上自通釋經傳，創述史乘，考行攄文，各有據依」。即更重視以公允淹實之理、明白豁達之胸懷來駕馭文章，而非捨本逐末，僅是著意于文辭聲律而已。亦談及其二項編選計劃，一爲編選《周易》，一爲編選歷代古文。可見張溥治學計劃宏大，氣魄不凡。

②歸有光，字熙甫，號震川，崑山人。嘉靖十九年舉人。會試落第八次，乃徙居嘉定安亭江上，讀書談道，學徒常數十百人，世稱震川先生。四十四年始成進士。授長興知縣，調順德通判。隆慶四

年以高拱等薦，官南京太僕寺丞，留掌内閣制敕房，與修《世宗實録》，卒官。工詩文，與王慎中、唐順之等被稱爲唐宋派，自謂可肩隨歐陽修、曾鞏。著有《震川集》《三吴水利録》等。

③五荀八裴：劉義慶《世説新語・品藻》：「正始中，人士比論，以五荀方五陳：荀淑方陳寔，荀靖方陳諶，荀爽方陳紀，荀彧方陳群，荀顗方陳泰。又以八裴方八王：裴徽方王祥，裴楷方王夷甫，裴康方王綏，裴綽方王澄，裴瓚方王敦，裴遐方王導，裴頠方王戎，裴邈方王玄。」

④天植寡二：謂心志獨一無二。天植，猶心志、心意。《管子・版法解》：「故曰凡將立事，正彼天植。天植者，心也。天植正，則不私近親，不孽疎遠。」寡二，謂獨一無二。《漢書・吾丘壽王傳》：「子在朕前之時，知略輻湊，以爲天下少雙，海内寡二。」

答宋宗玉書（二）①

春間，弟正具有白，以情相歸。乃款實未達而嘉命先及，抑何精懷不差也！所諭讀書爲文之要，皆關人心行，無一依似。弟將貫而佩之，按事裁理，察夫苗脈，以觀構架，可逐在不失。嗟乎！作斯言正不易。此弟之反復自懟不蚤遇宗玉也。至介生所稱交友大端，尤屬嚴重，至誠之感，粗跡不存，要以脩存爲託。故弟不禁長語於澄嵐令叔氏者，蓋將以身許，則不得不累連細切，以著其向所要。既審歷祀，有如一日，視衰世之刑馬壓羊者②，足羞之矣。而今而後，但願仁兄有獲毋私，有忌毋避，刷滌蒙霧，底於正道，安在末學之不古哉？

適弟有《易選》之役，擬搜剔新舊，以次而行。但苦吴地脆薄，人之寐久，無由一發苞蘥。仁兄治六經如一家，寧能視其堙培，不爲扶措？望即達之四方之著名字者，各出所述造，以極登閎。檄書馳上，赫蹏楪子③，大要不足爲使令。惟藉兄之聲召，通極幽假，則雖管窺筐舉者，將有倉架之富耳。

張受先伯母蘇太君懿行，略具别幅，專乞兄家一言。壽辰在玄月之七日④，幸即賦授，張之壁上。和吉之詞，其祥倍於弇山鳥鳴也。左長卿希道情佇，山川阻長，時托面於書疏，慎無慳此。

【校記】

〔一〕本篇原題「答宋宗玉」，據目録改。

【繫年】

據「春間，弟正具有白」「張受先伯母蘇太君懿行，略具别幅，專乞兄家一言。壽辰在玄月之七日」，可知此文作於天啓六年（一六二六）夏。

【箋注】

①　此答宋琮書。深感於宋琮書中所説之「讀書爲人之要」，擬「貫而佩之，按事裁理」。并認同周鍾

所説之「交友大端」，擬「以身相許」。在覆信中，張溥順帶提出二項請求：一爲其《易選》約稿，一爲張采母壽辰約壽序。張溥與宋琮及其叔氏宋繼澄交密，張溥《近集》卷一有《祝宋先之年伯六十》、卷六有《僉憲宋先之先生六袠壽序》，乃爲宋琮父宋繼登六十壽辰而作。

② 刑馬壓羊：殺馬羊以唶血爲盟。《戰國策·齊策三》：「且臣聞齊衛先君，刑馬壓羊，盟曰：『齊衛後世，無相攻伐；有相攻伐者，令其命如此。』」高誘注：「殺馬羊，唶出其血以相盟誓也。壓，亦殺也。」

③ 赫蹏：古代稱用以書寫之小幅絹帛，後借指紙。

④ 玄月：夏曆九月別稱。《爾雅·釋天》曰：「九月爲玄。」孫注：「九月物衰而色玄也。」

與胡悦之書〔二〕①

往者辱頒簡書，弟隨有緘報，聊抒煩積，區區之指，想已通之兄前矣。嗣此嘗從介生所一詢動息，聞仁兄欲挾三十乘書錯趾於吾土，弟輩不禁陽陽，已覓一坐地。而彼此遏矣，音問簡闊，遂無從即條上斯意，使知已仍限絶淼茫，各送所懷，良可侘傺。豫章《易》刻，已夙吟口，幸即專賜，致蝸國之士得觀東西筠杞，歡喜何量。拙序欲即爲，但毳褐不堪蒙首，且未受意，須詳訓之，始敢出聲耳。

弟適從事《易》業，欲先遴新文，大其家氣類。然後繇今溯昔，律人程言，盡厥歸趣。

而吴越人皆蓬心，全不辨十二篇支流②，安能盲步於鳥攏？是非江右諸君子相助理，則斯刻固可廢也。凡仁兄一家鴻筆暨篋衍之藏，盡須傾與。大士、士業道兄輩，尤望詳布要腹，檄文四十，敬將之棐几。晉楚間之治《三易》者，能且家户，慎勿脱漏魁宿。則菑川所不傳，自兄克紹矣。悃愊内充，不可窮之於筆。專候嘉訓，以開悍塞。

介生之徐太君五十，受先之蘇太君七十，社兄弟咸洗爵進之言，願一聽新句，便望舒布也。

【校記】

〔一〕本篇原題「與胡悦之」，據目録改。

【繫年】

據「介生之徐太君五十，受先之蘇太君七十，社兄弟咸洗爵進之言，願一聽新句，便望舒布也」，可知此與前文同時，作於天啓六年（一六二六）夏。

【箋注】

① 此與胡學浹書。一爲《易選》約稿，一爲周鍾、張采母壽辰約壽序。胡學浹，字悦之，江西南昌府豐城人。復社成員，名見《復社姓氏傳略》卷六。黄日星、姜欽雲編《江西編著人物傳略》：「胡學浹（生卒年不詳）字悦之，號密庵。豐城人。詩人。著有《大雅堂正集》《楚遊詩集》等。」

② 十二篇：指《周易》。阮元《周易注疏校勘記序》：「《古周易》十二篇，漢後至宋晁以道、朱子始

復其舊。」

答羅文止書〔一〕①

教墨遠至，兼錫以縑文，扞喜過量，不俟竟紙，便覺此身與古人排肩也。大道頽敝，士鮮質正，所云經史流病，弟偕受先、介生、子常、麟士、君售輩，正日以剌懷。當今能文之士不乏，祇恐信心不返，習書頗辟，傷在品行。微道兄言，固當一出口，况先以堅我，寧不矢永？弟輩每兩三聚落，閑校今古，必以兄與陳章爲概。間遇一衣冠音聲，若江以右者，輒忻然樂詢之，冀得諸兄行事。蓋楷法在心，動止關切，不徒文字之戚也。

近介生所稱説道兄輩交誼，流連肺肝。弟與受先三四人擬幾幾於此，然亦不可方矣。竊觀三不朽之故②，廣厚煩重，而體要切，人力雖不逮，不可以不爲。即立言一途，古人參異不齊，士苟於中得毫緒，便能不死。近覽解經作史、綜述理道之家，闕略可補者，日當升進，欲數陳之。而恇怯未有敢氣，不得其傳，故無以言也。所孳孳於道兄者此耳。凡諸著述，勿隱不相示，則弟師正不遂疏矣。

【校記】

〔一〕本篇原題「答羅文止」，據目録改。目録原題作「答羅文正書」，「正」應作「止」。

【箋注】

①此答羅萬藻書。羅萬藻，字文止。詳見《初集》卷二《易會序》注。張溥此書與羅萬藻談其志向抱負，針對大道頹敝、能文之士品行不佳之現狀，擬與諸同人一同質正大道。同時以三不朽爲期許，擬先從立言入手。

②三不朽：謂立德、立功、立言。語本《左傳·襄公二十四年》：「太上有立德，其次有立功，其次有立言，雖久不廢，此之謂不朽。」

答陳大士書〔一〕①

札言美重，故西漢陳公之赤牘也②。然以同類之好及弟，遂多溢辭，蔑可承舉，祇有摩肌戞骨耳。《四書》諸制藝，得道兄推隆其事，遠可不殉。今介生考行論文，正欲藉兹善本，爲世儀萬，望即緘示。蓋是選條次人文，遠則斌斌昔賢，近則豫章諸子，其他名達，不得輒闌入其中，庶或當道。而弟所尤心痗者，無如《易》家制義，梔貌蠟言，罕有證據。沾沾觚聿之徒，守師説若永某氏之畏日③，灑字盈篇，齊於晝夢。欲求周孔注脚下盤旋，正未易得。且鴻文匿采，不敷僻逖。

有明學《易》之儒，震川先生以後，惟一大士。而吴地不能全見其制作，弟亦偶習一二，厘歎絶爲韶濩，不可再聞。夫六經廣厚精切，固人一身之事。今即未洽然貫穿，而專專單經，行習踳謬，能不悲已？竊擬殫搜先正言《易》諸君子及近代耆宿文字，勒成一家，著之於版，通達方内。雖不敢窺無極之却，揆諸始祖尊經大旨，少可謝忒。是即欲飛檄布聞，實恃道兄一言倡之，則晉楚之間，驛告可省也。

前悦之柬來，云欲刻豫章《易》社。弟不禁連抃，力爲贊决。羽葆將發，當請爲前馬，但拙選須重煩要束耳。

【校記】

〔一〕本篇原題「答陳大士」，據目録改。

【繫年】

據文中「前悦之柬來，云欲刻豫章《易》社」等語，可知此書作於《與胡悦之》後不久，亦在天啓六年（一六二六）。

【箋注】

① 此答陳際泰書。陳際泰，字大士。詳見《初集》卷二《詩經應社序》注。此書對陳際泰《易》學頗推崇，向陳約稿，兼談及《易選》之編排計劃。

② 赤牘：尺牘，指書信。赤，通「尺」。

③ 柳宗元《三戒·永某氏之鼠》：「永有某氏者，畏日，拘忌異甚。」

答周勒卣書〔二〕①

客歲晤倩尹，始接覽手緘，愷篤深至，極其眷存。比時便欲作報章，聞兄已楚遊，遂忽忽不果。然綿連胸次，未嘗一日忘漢南也。當今經業堙頽，士鮮實學，世所號爲魁然者，咸取徑時體，掇其不倫之辭，自名詭特。此種實未夢見諸子，何有六經？而兄獨憤踊自立，務專根本，選言必要諸理，擇學必繇於聖，博大雄深，弟已先爲兄作評矣。

嘗觀溯斯道，吾吴落落，自震川先生後，尚未有繼。昌盛明業，事在吾黨，應社諸人便不宜自薄也。三復兄言，若爲發蔀，但粉滌鄙詞，獎必過理，似爲溺耳。每私慕古不朽三事，德存於我，可漸累致；功貴有具，而不能無藉於天；惟立言一端，學者本等，而體統浩大，難於審細，非一人可爲。

歷稽古來經史文集暨有明制書，皆有缺略，爲後人補取之地。當世大人先生，其綜洽者未可望步，或姑存之，以待後遇。若吾社肝鬲數人咸有著作考述之才，不宜碌碌逐時，遄過年歲，斷合按部分班，各以資之所近，殫極論著，共爲不沫。至於舉業之説，心術既正，學問已詳，自爾光質淳明。苟徒事辨於行墨之長短，斯亦水木忘其本源，未見克濟也。聞銀鹿來傳云：「數日間，兄當同介生一到。」斯時正可抽陳心腹，不覺起立先抃也。

【校記】

〔一〕本篇原題「答周勒卣」，據目録改。目録原題作「答周勒貞書」，「貞」應作「卣」。

【箋注】

① 此答周立勳書。周立勳，字勒卣。詳見《初集·七録齋集序》注。張溥此書與周立勳談論振作經學之事，論及時文盛興、經學頹敝之現狀：「當今經業堙頹，士鮮實學，世所號爲魁然者，咸取徑時體，掇其不倫之辭，自名詭特。此種實未夢見諸子，何有六經？」發願繼歸有光之後，振作經學。復論及三不朽，欲與衆人合作著書立言。

徵刻易會小引①

【眉評】張曰：「語絶鈎棘，然小文無害。」

《易》道深神，非學者輕可在口。以故王鄭分家，朱陸饒辨，茂叔疑學於潤州寺僧②，敬夫惑好於湘陰主簿③。是皆歷代一賢，猶困於涵覃，門非徑韋，旁駪訹加。矧夫道不季興，人脩局見，以鱣序弗通之末師④，欲覬蘭臺而臚太卜，備於長變之選首，抑又瘽已。不佞少濡書計，蠅翔靡能。近始知好聖人之言，而么幽不晢，猶之白癡。即於諸經外義，未可折惢，安敢割鉞尊卦，皮傳踁垠突坐者哉！雖然，六經性情之本，勿得爲遏也。恒惟仲晦先生之言，熟復卦爻者，虚心端意，推事反身，以求處此之實，則無所不得⑤。適是作思，覺詞有根核。行必軥録，弱植易於薦法。即今舉業相串，蟫斷之餘，各有人存。識次漏之，當不縮於蕩者。是用略意，請諸同人。爲《易》之家，務各開淵布筆，傾其瀝液。勴宣道籥，無住内外，無就能所。咸謏於叔葉，綱紀無極，美厥人事，目張而彙聚，俾户知之。然後繇後章以溯先條，廞顯大戞，單一代之懿卲。心體正，文業明，於呰紆起子，木子裝質，始終枝别，契斷碎教弗墋黷，唐宋之斷斷其蟄矣。

【繫年】

此爲徵刻《易會》所作，據《初集·易會序》作時，此文約作於天啓七年（一六二七）、崇禎元年（一六二八）期間。

【箋注】

①此爲徵刻《易會》所作。《易會》即《七録齋評選皇明易會》，張溥與朱隗、吕雲孚評選。著録於《正雅堂古今書目》。《易會》編選始於天啓六年（一六二六）秋，迄於崇禎二年（一六二九）。詳見《初集》卷二《易會序》注。

②毛奇齡《太極圖説遺議》（《周敦頤集·附録三》）引張栻云：「周濂溪之學，始宗陳希夷，後從穆修、邵康節遊。又嘗學于潤州鶴林寺僧壽涯，故其所本正而取材廣也。」

③朱熹認爲戴師愈所跋之麻衣道者《正易心法》爲其僞作，而張栻題跋認爲是真麻衣道者之書。毛

奇齡《太極圖説遺議》(《周敦頤集·附録三》):「宋儒傳麻衣道者《正易心法》四十二章,章四句,句四言。題希夷先生受并消息。李侍郎壽翁刊于當塗。乾道間南康戴師愈孔文始爲之跋以行。朱子疑是書即戴師愈僞作。……張南軒曰:『麻衣道者之書,希夷、隱君實傳其學,二君高視塵外,皆有長往之願,豈莊、列之徒與!』」張栻,字敬夫,號南軒,世稱南軒先生。與朱熹、吕祖謙被時人譽爲「東南三賢」。戴師愈,字孔文,號玉溪子,星子人。授湘陰主簿。

④ 饘序:學校。邢璹《〈周易略例〉序》:「臣舞象之年,鼓篋饘序,漁獵墳典,偏習《周易》。」

⑤ 朱熹《書伊川先生易傳板本後》:「後之君子誠能日取其一卦若一爻者熟復而深玩之,如己有疑,將決於筮而得之者,虚心端意,推之於事而反之於身,以求其所以處此之實,則於吉凶消長之理、進退存亡之道將無所求而不得;邇之事父,遠之事君,亦無處而不當矣。」

黄贊伯稿引①

曉主德而頌美,識國奇而恢功,士人之職分也。則知以兹通達之身,寫酆廣之意②,不可以無文矣。若夫贊伯之綜貫鴻遠,殆其人歟?顧余又有念焉。愁苦之言易工,而歡樂之言難好,以榮悴之分路也。則將居亂世而引憂,與處有道之時而發豫,道亦有難易歟?予於是益信文人之自重,所以應治也。

觀夫曩者糾紛之日,人惡節義而喜善柔。亦幾以爲習之所止,終此而已。不意其忽然開明也，與以安寧而閒之以不易，九九之術，不可以事明主③，况其下者乎？然則味求合口、聲求比耳之徒，衎衎於燕居④，而無所根柢，及一旦時至而有謀，傷己之不逮，則重有愧乎贊伯矣。余故爲獵纓而道之也⑤。

【繫年】

據黄襄崇禎元年中進士及文中「觀夫曩者糾紛之日，人惡節義而喜善柔。亦幾以爲習之所止，終此而已。不意其忽然開明也」等語，可知此文作於崇禎元年（一六二八）。

【箋注】

① 此爲黄襄稿所作序。黄襄，字贊伯，號率行，常州府武進縣人。吴鍾巒門人。李長祥《天問閣文集》卷二《故吏部文選司員外毘陵黄公墓表》：「公諱襄，字贊伯，别號率行。……後諸生，讀《禮》之後，折節讀書。大父以公異，專爲篤塾事，延同里巒稚吴先生鍾巒爲師。業既成，一時聞人皆願交公。公特重江陰李仲達。……天啓辛酉舉於鄉，崇禎戊辰成進士，辛未授太常寺博士。……公生於萬曆甲午，卒於崇禎丁丑，享年五十有四。」錢肅樂《錢肅樂集·吴霞周夫子小傳》：「夫子立教，每以清真法脈領袖後進，被其延納，擬登龍門。及門之士若李仲達、黄贊伯，其稱首也。」

② 酆廣：豐厚而廣大。王充《論衡·須頌》：「漢德酆廣，日光海外也。」

③ 九九之術：算術乘法，以一至九每二數順序相乘。劉向《説苑》卷八《尊賢》：「齊桓公設庭燎，

爲士之欲造見者。期年而士不至。於是東野鄙人有以九九之術見者，桓公曰：『九九何足以見乎？』鄙人對曰：『臣非以九九爲足以見也，臣聞主君設庭燎以待士，期年而士不至。夫士之所以不至者，君天下賢君也，四方之士皆自以論而不及君，故不至也。夫九九薄能耳，而君猶禮之，况賢於九九乎？夫太山不辭壤石，江海不逆小流，所以成大也。《詩》云：「先民有言，詢於芻蕘。」言博謀也。』桓公曰：『善。』乃因禮之。」

④衎衎：和樂貌。《易·漸》：「鴻漸于磐，飲食衎衎，吉。」尚秉和注：「衎衎，和樂也。」

⑤獵纓：收攬冠帶，表示恭敬嚴肅。《史記·日者列傳》：「宋忠、賈誼瞿然而悟，獵纓正襟危坐。」司馬貞索隱：「獵猶攬也。攬其冠纓而正其衣襟，謂變而自飾也。」

沈眉生稿引〔一〕①

予深於道吉與眉生兄弟之文而知之矣，蓋全乎爲天者也。夫爲天之文清明，爲地之文厚重。厚重之文，多所發茂，功勞易見；若清明者，空空爾，物稱絶矣。學者辨其難易，宜務爲可觀，曷取夫寥廓不近施之道，沐浴而雛耔焉？然究乎大常，地之孚蕃，皆從乎天，援天可以該地，君子所以尤尊天也。且地可學而天不可學，故今之以豐實博麗之章爲貴人者，皆地分足者也。苟二子惡隱約，樂富貴，則其餘及之矣。必舍此以求乎昭升，誠有性焉。而功與之偕，不能雜也。噫！弘遠矣。

【校記】

〔一〕本篇又見北大本《合集·古文存稿》卷四。

【箋注】

①此序沈壽民稿。沈壽民，字眉生。詳見《初集》卷一《王慎五稿序》注。

爲徐孝若乞母夫人壽言引〔一〕①

壽考之祝，本人子之至情；孝弟之言，亦朋友所樂進。是以建陽迎親，家庭製曲；湖南立祠，蒼生作碑。眷矣古人，式如可紀。

吾友徐子生自鴻胄，志帥誼方。粲粲門子，等其磨錯②；愔愔德音③，發其風令。既懷玉山之高桂，常詠《白華》之絳趺。於是望乘輦於春宵，盻採桑於蒙澤〔二〕。因母氏五十之辰，聚兄弟四海之樂〔三〕。選章短韻，擷以清言；疾翰飛書，班成大手。登慶老之堂，即思陳繹④；覽眉壽之築，必稱張浚⑤。遂傾三雅五經之酒⑥，爲千品百方之製。字含淳意，筆著金心。要使九琳玉書，齊此什篇；先春花木，助其靈氣。風聲之枝無汗折⑦，時聞琴瑟之音；淡溪之顔如後生，足起亥夫之聽。庶人各有母，敬老之義是先；永錫爾類⑧，文辭之功爲大。則作者念寒泉之涌⑨，讀之猶大斗之酌矣⑩。

【校記】

〔一〕本篇又見北大本《合集·古文存稿》卷四。

〔二〕「蒙澤」，原作「濛澤」，據北大本改。

〔三〕「兄弟四海」，北大本作「四海兄弟」。

【箋注】

①此爲徐纘高母五十壽辰而請同人賜壽序。徐纘高，字孝若，詳見《初集》卷四《徐母王太君五十序》注。

②語本束皙《補亡》詩：「粲粲門子，如磨如錯。」

③愔愔德音：愔愔，和悦安舒貌。《左傳·昭公十二年》：「祈招之愔愔，式招德音。」杜預注：「愔愔，安和貌。」

④何文焕《歷代詩話·韻語陽秋》卷十：「陳繹奉親至孝，嘗作慶老堂以娱其母。」

⑤《宋史》卷三百六十一《張浚傳》：「浚事母以孝稱，學邃於《易》。」

⑥三雅：《太平御覽》卷八四五引《典論》：「劉表有酒爵三，大曰伯雅，次曰仲雅，小曰季雅。伯雅容七升，仲雅六升，季雅五升。」後以「三雅」泛指酒器。五經：《禮記·祭統》：「禮有五經，莫重於祭。」鄭玄注：「禮有五經，謂吉禮、凶禮、賓禮、軍禮、嘉禮也。」

⑦《洞冥記》卷二：「太初二年，東方朔從西那汗國歸，得聲風木十枝，獻帝。長九尺，大如指。此木

臨因桓之水，則《禹貢》所謂因桓是也。其源出甜波，樹上有紫燕黄鵠集其間，其實如油麻。風吹枝如玉聲，因以爲名。帝以枝遍賜群臣，臣有凶者枝則汗，臣有死者枝則折。昔老聃在於周世，年七百歲，枝竟未汗。偓佺生於堯時，年三千歲，枝竟未一折。帝乃以枝問朔，朔曰：『臣已見此枝三過枯死而復生，豈汗折而已哉！里語曰：「年未半，枝不汗。」此木五千年一汗，萬歲不枯。』」

⑧《詩·大雅·既醉》：「威儀孔時，君子有孝子。孝子不匱，永錫爾類。」

⑨寒泉：爲子女孝敬母親之典。典出《詩·邶風·凱風》：「爰有寒泉，在浚之下。有子七人，母氏勞苦。」

⑩鄭敷教《孝子王德貞小傳》（《碑傳集》卷一百四十二）：「歲辛丑，爲孝子杖國之年，其友某某相與叙次大略，以當大斗之酌。」

劉公子像贊①

【眉評】周曰：「語不多而情已甚。」

嗟乎！此世兄劉順卿像也②。不見其人而徒有言，則傷之至矣。然贊亦所以志也。贊曰：

君之容，君子也；君之服，儒者也。生而有之，没而不可易也。君之齒，二十以上也；君之稱，郢之茂才也。從質而書，有甚乎其悲也。君之父，予之師也；君之文，予之友也。胡爲乎昔之所俎豆與今之所俎豆，有以異也？不能具士相見之禮也，又不能爲廟門外之哭也，如之何謂之良朋而有斯闕也？仁讓孝友者，君之秉也；圖史尊彝者，君所愛也。置書與器於像之旁，而侑一辭焉。師之戚也，予之不得已也。

【箋注】

① 此爲蒙師劉振溪之子劉順卿遺像題贊。張溥六歲入塾，從蒙師劉振溪學。張采《庶常天如張公行狀》：「蒙師劉振溪死，公操文哭祭，約管子士琬卜地成葬，歲卹其妻若子。」

② 世兄：明清稱座師、房師之子爲世兄。顧炎武《生員論中》：「有所謂主考官者謂之座師，有所謂同考官者謂之房師。……座師房師之子謂之世兄。」

七録齋集卷之六

婁東　張溥天如　著
同盟　張采受先
　　　周鍾介生　閱

墓誌記説制詞祭文

贈簡討許少微墓志①

【眉評】張曰：「此等墓文，昌黎集中不多見之。」

許姓在吴粤間不一支，其居常熟之東塘墅者，至參軍秀峰公始有稱，然而隱也。傳於少微公，乃大聞焉。少微諱儁，伯彦其字，又以少微應處士星，故號。少微公出於秀峰公汾，汾出於南皋公鎦，鎦出於樂耕公袓，袓出於菜軒公瑀，瑀出於怡晚公，怡晚出於安二公，安二出於貴一公。貴一當國初海運時，承運遇風暴，遲輸斗有七升，遂戍廣西慶遠衛，偕子安二歿其地。及怡晚受恩卹，改太倉衛，歸舊里，蓋亦見始業之艱難也。

秀峰公性儻蕩不促，密於常檢，繇禮部儒士進順天神武衛參軍。徒手營治，拓産登萬。然年盛壯而正室李不舉子，族之人將利以己子續焉。逮側室杜生公，意念絶憐之，令自乳。週二歲，病痘叢生不容針，迎上醫診視，用三停遞發乃起。而又病目，治目則損脾，身削不支。兩母手捧攜，輒頷骨上嚙肩，脾骨下嚙臂，僅一息屬。稍長至六七歲，則已强，《論語》《孝經》諸正經大傳疏義，略上口，即能曉憶，舉止停諦，異於恒兒。

時李孺人已亡，秀峰買宅休林間，賓從紛闐，觴咏不歇。族人鹽其寶富，即持牒走縣門，控曰：「若産，盡吾祖父出，彼獨而有耳。」不勝，即以金囑狡胥火前卷，塞其口而張訟。祭之，胥窘，即縱火盡焚縣廊間卷。族即首告變於縣曰：「卷也，而汾之槖又尋火焉。」縣令梁甚盲，即執秀峰公及諸大僕，榜楚令服，不屈，幾死。又大縱吏破屋窮卷，家人竄，失公所在。公齒裁成童，不辨衢道，顧心計非辜，不上陳不白。則浼鄰人導，夜走百四十里，抵松陵，足繭裂，血雜泥上，即撼直指門，哭且僵。直指驚，檄府佐王公士聖行部按治，廉實狀，乃得直。

年十六，娶於洪，情最摯。洪以孕夭，公悲挕不自任，誓弗更取。秀峰公訊之曰：「兒誤矣。兒忘族之人嚙爾父乎？俾孫之不蚤育，禍矣。」公循命再卜娶爲周姓，本馮姓，從舅氏故周姓，即後所誕字諸賢者也。是歲甲申，遂補博士弟子員。時鄉先達趙文毅公汝師②、陳莊靖公兩亭③，聚斂異書萬卷於家。公善其兩公子，得借以繼讀，一邑高之。兩先生目爲小友，推博雅者先焉。然生産日落，數歲間洊災，膏田比於污萊，失訾之半。秀峰公僦屋析公爨，僅田一頃，月給粟數斞而已。公益選勵於學，以高卧署齋，題柱一聯，有「白日不閒緣積學，黄金散去爲收書」之語，蓋言志也。

戊子，試京兆不售，秀峰公與里人獄确不休。繼祖母周、庶祖母鄧先後亡，産益大替。癸亥冬，秀峰公幽疾，不起，遺命分田，自季叔外三分之，裁下田四十畝，鄉君墳墓亦四之一，而遺負金千餘欲獨勝。公於是晝夜袒踴，委纕墨面而理事，謀舉襄不克，乃棄城而圖之鄉，曰：「往父之廢鄉居而城也，欲以遺址爲其幽，曰：『吾悲夫葬非本土者之後鮮哀焉。吾其正此矣。』嗟乎！而今非也。」不得已而治墻室，因於舊地西偏，扶柩附淺土，窀穸固有待焉。

戊戌〔一〕，江夏段公幻然來令虞④。段練意經濟，試士先策對，士寒恐，莫敢應。公即立條議燭跋，請續所對田賦、水利、救荒、禦倭事宜，深通可施行。段忽起避位，喟然曰：「斯豈今之人哉！」揖公上，趣布席，命拜交。拜已，即掖公坐，已就陪位坐，問事之臧否與民間所疾苦。時邑之窪區，若潭塘、湖澤、任陽，澇餘督税，户民宵遯〔二〕，不能周上供。公請令踐畝稽核，捐積裁羨。又立塍圍葺，防禦爲長久。段屏呼從，以扁舟與公泛，詳定乃舉，生活者幾於胲數。

郡先達魯川曹先生講貫東南水政⑤，次有宋迄今名公卿疏議，爲《通今輯略》百卷。公心攝焉，貸副本，命子長君、次君録成，自題緯之。凡古今陵谷通堙緩要，必識其端，斬然見條理。庚子，以遺才試於郡。郡守金嶽朱公以旱久而雨，試《甘雨賦》。公筆不停綴，得千三百言，皆拔於衆機，非恒賞可給。朱大器重，選高等，應京兆試，復不售。公雖屢頓輟，陽陽如平常，無有腫噲。然竦望在後人，自裁一書格，以文經十三，去《爾雅》，登《家語》及《胡氏春秋》，爲十四；武經七，冠以握奇爲八⑥。文章材理，各以類條，有墻仞不亂，約二百卷。欲以董正其子，而限於錢用，不及徹事。

癸卯，挈長君、次君就郡試。郡守周公廷朴士，士四涌，排鎖擴門，拾梨蔗紛擲，中郡守肩，幾殆。公獨堅卧不出，急攜二子趣光福，止梅花之陰。後窮士之披猖者鐫詬日盛，邑侯素望公，不能藉名爲禍。既當事移讓廣文盧，頗不中科。公即走白學使者，謂：「邑非始難，李代桃僵，冤矣。奈何又掊長者？無已，則繫儁耳。」學使者義之，併釋不問。及生母杜孺人苦寒泄⑦，公日承視，祈安穀而不得⑧。既劇，家貧不能具禪傍，藉中表邵武庫公等解帶質木，然後成喪。公既擗號不欲生，繼配周孺人亦體日多蔚，淹隔不振，殞於乙巳之二月。卒卒少措，孺人之父周學川公以成棺斂，木故局前和一鎛，長徑尺許，然竟不能易，僅以漆絜相附。公益煩冤，雖孑身，安之矣。

於時藍陽耿公來令虞⑨。耿善名理家言，尤長兵略，與公談，相連輒膝席謙。嘗諮武侯《八陣圖》法，目爲未有。丙午，復以遺才録，試京兆，不售。戊申，長君、次君補博士弟子員。乙卯，偕以試京兆。會京山李公本寧客白下⑩，公野服懷詩文與語。李且讀且惜，挽公臂而吁，繼謂：「公有此，足不死，不第何害？」爲序《高卧集》，以張思光況⑪。值李介弟本石公爲常熟學博⑫，每家報至，必問伯彦安否，流連企切，與段、耿二侯同焉。

戊午，次君登鄉書，乃請學使者給公冠帶，公亦脱然就之。己未春，次君被飛語參罰，至秋得白歸。公呼之曰：「前前，禍幾不免，今幸而獲釋，毋自苦，孺子輩幸能立爾。祖之不安其宅已二十五年矣，事在孺子。」庚申，卜葬於祖塋之穆穴，惟食。於是辛酉孟春，啓而合母與諸母葬焉。壬戌，次君釋褐，選隸庶常，迎公來京侍養，公即登車。凡所歷山川輝概，若孔子林、孟子廟，必瞻對三肅。至邸，即晨昏趺坐，雅誦準提佛母語⑬，日以爲得。每天氣開滌，即角巾扶筇，挾平頭走郊外，覽山川宫闕人物之勝，輒周翫忘返。其年夏，天子有事北郊，公往問禮，見五嶽祀典。北嶽祀稱在真定府定州曲陽縣，而不稱渾源州，謂：「北嶽之稱在曲陽也。始於石晉燕雲之喪，就中國所至北境地稱之，非舊典。今一統，不當再襲，宜正之如初稱。」擬釐正《北嶽祀疏》，將上之，不果。及冬，上親祭南郊，公復往問禮，見圜丘、大享、分祀、合祀之典，竊歎世宗制作，度越前古矣。

時趙文毅公子玄度⑭，以秋官即赴京，公與執手叙平生，約爲汗漫遊。無何，趙客死，姻黨致難，旅櫬幾不還。公立踣其户，入撫而泣曰：「吾非大疚，則目無淚，鼻無涕洟，而今且漬衣。嗚乎！其爲兄而來也。」爲經紀喪事，鞠力禦侮，歸其柩於家。繼以皇子大慶覃恩例皆封典預給，公得封徵仕即翰林院檢討，正配周贈孺人，乃拜恩闕下而旋。具裝之日，與次君議葬周孺人，嗷然有聲。（此處眉評：周曰：「篇中每於葬死處纏綿生情，結構甚密。」）次君伏地哭，家大小從御皆哽咽妝面。於是次君從陸走武昌，竣桐封事。公從水攜子婦幼孫走揚州，圖急歸卜壤。不謂歸數月而疾作，日有間加，遂重頓不復痯矣。

公爲人疏朴簡朗，處物以天，不爲翕翕熱，亦不以崖厲抵捍人，急諸叔事甚於耆私。爲友生策成務，決疑塞，則若燃脂而照。及理已貲數，一算不能終握。居恒多彊力，事至恒，可數夜不倚第。性喜潔，靧盥漱洗，水湯不輟御。然衣垢衣，冠華冠，亦不甚思澣濯。食兼人，終弗好大嚼；飲可一石，而時至舉觴，言言油油⑮。小威儀鮮有逸墜。間體少極，即以茶代藥，滿引數巠，風爽如恒時，動步健適。邑有大事，必衆强公盛服往，高言回聽，卒以有濟。或啖之金幣帛，即疾叱，欲以水自灌兩耳。揮談往事，及忠孝節義，喜陶發歌音。觀於所傷，又雪涕不能節止。所著《詩史》仿唐杜少陵，引性情而作。故生而稱在人地，一邑以老先生事之。殁之日，先進後生聞之，爲廢一飧，固其宜也。公生於嘉靖之壬戌十一月十五日，卒於天啓之乙丑八月十五日，享年六十有四，子孫凡少長皆蔭明德而沐聲訓，於公之喪盡哀禮焉。天啓七年　月　日〔三〕，諸君子卜葬公於尚湖南齊門里之新墓，敬次文而系以銘。銘曰：

昊天降施，必觀於人。利一時則養以温艷，而康百世必休以敬明。蓋惟公克治其躬心，而後天大敷於子孫。有玉斯良，所表德輝；有鸞斯鏘，所副正音。故念三泉者[16]，先圖於麗牲之碑[17]；而序六德者，毋忘其糊口之銘。

【校記】

〔一〕「戊戌」，原作「丁酉」，據同治《蘇州府志·段然傳》改。

〔二〕「宵」，原作「霄」，據哈佛本改。

〔三〕「月」「日」前空白。

【繫年】

據文中「天啓七年　月　日，諸君子卜葬公於尚湖南齊門里之新墓，敬次文而系以銘」等語，此文作於天啓七年（一六二七）。

【箋注】

① 此爲許士柔父許儁所作墓志。許儁，字伯彦，號少微。王應奎《柳南隨筆》卷三：「許儁，字伯彦，

祭酒石門士柔之父也。高才强記，落魄好大言，里中呼爲狂生。嘗以省試之白下，作書寄家人云：『一到京中，飯量大長，早晨三碗，日中三碗，晚間三碗。如此吃飯，精神安得不足？如此精神，文章安得不佳？如此文章，今科安得不中？籬笆爲我拔去，牆門爲我刷黑，士剛、士柔打點作公子可也。』其筆墨多此類，見者輒爲絶倒。」此篇爲張溥墓志中長篇，詳細記述許儁生平事跡，周鍾、張采二人俱對此文給予高度評價。周鍾評云：「篇中每於葬死處纏綿生情，結構甚密。」張采評云：「此等墓文，昌黎集中不多見之。」

② 趙用賢，字汝師，常熟人。《江南通志》卷一百四十：「趙用賢，字汝師，常熟人。隆慶辛未進士，選庶吉士，授檢討。疏論輔臣張居正奪情事，廷杖削籍。後起原官，累遷吏部左侍郎。初，用賢以建言得遣，名震一時。及再起，聲望益重，爲執政所忌，遂不得安其位而去，公論惜之。卒謚文毅。」

③ 陳文，字安簡，廬陵人。《明史》卷一百六十八《陳文傳》：「陳文，字安簡，廬陵人。鄉試第一，正統元年進士及第，授編修。十二年命進學東閣。秩滿，遷侍講。……(英宗)七年二月進禮部右侍郎兼學士，入内閣。……成化元年進禮部尚書。……《英宗實録》成，加太子少保，兼文淵閣大學士。四年卒。贈少傅，謚莊靖。」

④ 段然，號幻然，江夏人。同治《蘇州府志》卷七十二：「段然，號幻然，江夏人。進士，萬曆二十六年知常熟。沈毅多謀，咨聘布衣顧耿光，待以賓禮。稽覈賦税，宿蠹一清，凡得乾没之額三千石

有奇。歲大饑，詔蠲租五萬餘石。用耿光計，災黎悉沾實惠。築隄導渠，改倉造獄，俱有規制。東南屢苦澇，然清刷宿逋，創公租法。秋成，日俾里正循行分收，充額而止，官民兩便。」

⑤曹允儒，字魯川，太倉人。輯《握機經》三卷、《握機緯》十五卷。

⑥握奇：軍陣名。古謂陣數有九，四正四奇爲八陣，餘奇爲握奇，乃中心奇零者，大將握之，以應赴八陣之急處。

⑦寒泄：中醫病名，因寒邪客腸胃所致，癥見腸鳴腹痛，便瀉稀水等。

⑧安穀：謂病中仍能進食。

⑨耿橘，字蘭陽，獻縣人。康熙《常熟縣志》卷十五《耿橘傳》：「耿橘，字蘭陽，獻縣人。任知縣。著《水利全書》。犁然中款，開浚福山塘、三丈浦、李墓塘。法令嚴明，地方利賴，催科簡約，釐剔奸弊，綽有吏才。」

⑩李維楨，字本寧，京山人。順治《潁州志》卷十二《李維楨傳》：「李維楨，字本寧，湖廣京山人。自翰林院外補，萬曆二十九年任兵備，住壽州。楨文名滿天下，繼歷下、太倉、新安而起。著有《大泌山人集》數百卷。其經濟之才，無所不宜，剔歷山、陝、河南、四川、浙江諸省，所在著績。其治潁州，脩廢舉墜，克靖地方，以文人兼能吏，海内推服。晚年好學不倦，延士大夫，汲引後學，文章風雅之業，爲近代冠冕。官至南京禮部尚書。」

⑪《南齊書》卷四十一《張融傳》：「張融，字思光，吴郡吴人也。……融年弱冠，道士同郡陸脩静以

白鷺羽麈尾扇遺融，曰：『此既異物，以奉異人。』……融風止詭越，坐常危膝，行則曳步，翹身仰首，意制甚多。隨例同行，常稽遲不進。太祖素奇愛融，爲太尉時，時與融款接，見融常笑曰：『此人不可無一，不可有二。』」

⑫ 李維柱，字本石，京山人。龔立本《烟艇永懷》卷一：「李郡丞諱維柱，字本石，京山人。以孝廉署余邑教諭。性氣伉爽，諸生趨承恐後。即觸忤，必痛笞之。其於修脯，蔑如也。余懶慢自若，而公敬愛有加。熊某督學時，怠休特甚，譴責吴江士子太苛，致衆鼓噪而遷怒虞邑，余亦在所怒中。公侃侃執諍，故呈諸生月課，以余居首，殆人情所難。是歲，余棄青衿，援例入雍，謁本寧先生於白下。先生曰：『君標格乃爾，無怪叔弟之説項矣。』公嘗署敝廬曰『旌義名家』，書法類顔魯公。仕終夔州郡丞。物後，邑人立祠虞山下，春秋俎豆焉。」

⑬ 準提：佛教菩薩名，意爲「清净」。密宗列爲蓮華部六觀音之一。其形相作三目十八臂。

⑭ 趙琦美，字玄度。趙用賢子。崇禎《江陰縣志》卷三：「趙琦美，字玄度，用賢子。累官刑部郎中。敢持正論，力表前徽。藏書甚多，著述更富，爲海内名公所稱。」

⑮ 言言油油：和悦恭敬。《禮記·玉藻》：「君子之飲酒也，受一爵而色洒如也，二爵而言言斯，禮已三爵，而油油以退。」鄭注：「洒如，肅敬貌。言言，和敬貌。油油，悦敬貌。」

⑯ 三泉：猶言九泉。《黄瓊傳》：「敢以垂絶之日，陳不諱之言，庶有萬分，無恨三泉。」

⑰ 麗牲之碑：指祠廟或墓前所立之碑。

五人墓碑記〔一〕①

【眉評】張曰："太史記遊俠刺客，僅一偏過激之論。此獨本至性，據實事爲文，義顔孔揚，與日月争光可也。"

五人者，蓋當蓼洲周公之被逮，急於義而死焉者也。至於今，郡之賢士大夫請於當道，即除魏閹廢祠之址以葬之〔二〕②；且立石于其墓之門，以旌其所爲。嗚呼！亦盛矣哉！

夫五人之死，去今之墓而葬焉，其爲時止十有一月爾。夫十有一月之中，凡富貴之子，慷慨得志之徒，其疾病而死，死而堙没不足道者〔三〕，亦已衆矣。况草野之無聞者歟？獨五人之皦皦，何也？

予猶記周公之被逮，在丙寅三月之望〔四〕。吾社之行爲士先者，爲之聲義，斂貲財以送其行③，哭聲震動天地。緹騎按劍而前，問："誰爲哀者？"衆不能堪，抶而仆之。是時以大中丞撫吴者爲魏之私人，周公之逮，所繇使也。吴之民方痛心焉，於是乘其厲聲以呵，則譟而相逐，中丞匿於溷藩以免④。既而以吴民之亂請於朝，按誅五人，曰顔佩韋、楊念如、馬傑、沈揚、周文元⑤，即今之傫然在墓者也。

然五人之當刑也，意氣陽陽，呼中丞之名而詈之，談笑以死。斷頭置城上，顔色不少變。有賢士大夫發五十金，買五人之脰而函之，卒與屍合。故今之墓中全乎爲五人也。

嗟乎！大閹之亂，縉紳而能不易其志者，四海之大，有幾人歟？而五人生於編伍之間，素不聞《詩》《書》之訓，激昂大義，蹈死不顧，亦曷故哉？且矯詔紛出，鉤黨之捕，遍於天下，卒以吾郡之發憤一擊，不敢復有株治。大閹亦逡巡畏義，非常之謀，難於猝發，待聖人之出而投繯道路，不可謂非五人之力也。

繇是觀之，則今之高爵顯位，一旦抵罪，或脱身以逃，不能容於遠近；而又有剪髮杜門，佯狂不知所之者，其辱人賤行，視五人之死，輕重固何如哉⑥！是以蓼洲周公忠義暴於朝廷，贈謚美顯，榮於身後；而五人亦得以加其土封，列其姓名於大堤之上。凡四方之士，無不有過而拜且泣者，斯固百世之遇也。不然，令五人者保其首領，以老於户牖之下，則盡其天年，人皆得以隸使之，安能屈豪傑之流，扼腕墓道，發其志士之悲哉？故余與同社諸君子，哀斯墓之徒有其石也，而爲之記，亦以明死生之大，匹夫之有重於社稷也。

賢士大夫者，冏卿因之吴公⑦、太史文起文公⑧、孟長姚公也⑨。

【校記】

〔一〕本篇又見北大本《合集·古文存稿》卷三、張溥故居五人墓記拓本。

〔二〕「魏閹」，北大本作「逆閹」。

〔三〕「堙」，《五人墓記》拓本作「埋」。

〔四〕「丙寅」，原作「丁卯」，據《五人墓記》拓本改。

【繫年】

據復旦大學圖書館《五人墓記》拓本末署「崇禎二年孟冬既望立石」，可知本文作於崇禎二年（一六二九）孟冬。

【箋注】

① 是文爲開讀之變就義五人顔佩韋、楊念如、馬傑、沈揚、周文元所作碑記。天啓六年（一六二六），魏忠賢命緹騎至蘇州逮捕東林黨人、吏部員外郎周順昌。周順昌爲官清廉，深得民衆愛戴，當緹騎開讀詔書時，激起民變，民衆憤然毆死緹騎二人，其餘負傷逃竄。地方官於是興大獄，顔佩韋、馬傑、沈揚、楊念如、周文元等五義士爲保護當地群衆，自繫入獄，凛然就義。後士民感於五人義行，將五人屍骨合葬一處。天啓七年，崇禎帝繼位後，誅逆璫魏忠賢。於是冏卿吴默、太史文震孟及姚希孟等進奏，請以魏忠賢廢祠之址來重葬五人，墓門立碑，題「五人之墓」，以表旌其義行。崇禎二年（一六二九），張溥與應社同人「哀斯墓之徒有其石」，又爲之作碑記，名《五人墓碑記》。《近集》卷二又有《吊五人墓》詩二首。顧禄《桐橋倚棹録》卷五《冢墓》：「明五人墓，在山塘。墓基即普惠生祠，毛一鷺所建以媚璫者。《長洲志》：『明天啓年，逆閹煽惡，戕害忠良。時周忠介

公順昌以抗直矯旨被逮，五人公憤，奮擊緹騎至斃。巡撫毛一鷺請戮於市，士大夫哀之，捐金得首，合其屍，斂葬於此。吴太僕默題其墓曰「五人之墓」。碑爲韓貞文馨八齡時所書。五人者，顔佩韋、楊念如、馬傑、沈揚、周文元也。文震孟有《募恤五人後碑》，張溥記。』道光十年，吴雲補書嵌祠壁。又韓崶書『奮乎百世』四字，並作記，勒石祠垣。袁枚、趙翼俱有《五人墓》詩，集狹不及備載，止載李福《五人墓歌》云：『嗟爾五人市兒輿隸爾，何所知爾獨好義。自昔緹騎來，匈匈逮吏部，萬人鳴冤五人怒。五人奮臂呼，萬人併力赴，擊死緹騎走一鷺。人生快意亦自足，延頸怡然就顯戮。今日英魂同聚處，曩時普惠生祠屋。虎丘塘，七里長，花市叢中三尺土，五人名姓千秋香。』又，蔣士銓詩云：『斷首尤能作鬼雄，精靈白石走悲風。要離碧血專諸骨，義士相望恨略同。』又，尤維熊詩云：『五人墓前流水長，飲他一勺味猶香。自從傾入閑脂粉，蕩盡吴兒俠烈腸。』又，舒位詩云：『埋骨青山隔幾春，英雄沾盡兒女巾。五人之墓千人石，爲活千人死五人。』又，趙翼《山塘》絶句云：『普惠祠基築短墻，五人墓木獨蒼蒼。山塘滿路皆脂粉，可少秋風俠骨香。』」關於五人事，還可參如下文獻：顧公燮《消夏閑記摘抄》卷上《五人墓》，記五人身世較詳。吴應箕《棲山堂集》卷二三《蘇州行》，歌贊顔佩韋等五人死義事。太倉李繼貞作《五人詠》（《義士吟》）（《啓禎兩朝遺詩》卷五）。吴江周永年、長洲朱隗各作《擊官旗》長詩，記五人義事（《吴江詩粹》）。朱隗亦有七古《魏忠賢祠廢其旁爲五人墓歌》。周秦《山塘五人墓》（《詩繹蘇州》）。張溥此文允爲名篇，入選吴調侯、吴楚材《古文觀止》、李扶九《古文筆法百篇》。《古文觀止》評云：「議論隨叙事而入，感慨淋漓，激昂盡致，當與史公《伯夷》《屈原》二傳，並垂不朽。」《古文筆法百篇》評云：「作者目擊時艱，故言之直切痛快，令人讀之亦痛快也。」又，《五人墓記》原碑在蘇州山塘街五人墓祠内。復旦大學圖書館有《五人墓記》拓本。末署：

婁東天如張溥記　　　金昌拙生章美書

賜進士及第左春坊左中允兼翰林院侍讀前修撰雁門文震孟隸額　　　茂苑馬士鯉鐫字

崇禎二年孟冬既望立石。

崇禎七年，文震孟又作《五人義助碑》（原碑在蘇州山塘街五人墓祠内，參見《明清蘇州工商業碑刻集》第三七七頁），倡議爲五人家屬捐助。楊念如姪世英捐資鐫勒以記此事。此與張溥《五人墓碑記》甚有關係。

② 俞樾《茶香室三鈔》卷十《五人墓是後來移葬》：「國朝顧震濤《吴門表隱》云：明吴冏卿默宅在王洗馬巷中，有北宋尼姑墳，後作花藥壇，曾匿五人首級於此，後移葬山塘，至今種花木，猶有英氣。按此則今五人墓非原葬所也。余嘗疑五人初死時，今葬地猶是魏忠賢祠，何遽埋骨於此，今乃釋然。」

③ 據《明史·徐汧傳》「周順昌被逮，緹騎横索錢，汧與廷樞斂財經理之。當是時，汧、廷樞名聞天下」，則「吾社之行爲士先者」指徐汧、楊廷樞等人。

④計六奇《明季北略》卷二《周順昌被逮》：「開讀之日，郡中士民送者數萬，相聚謀乞兩臺，懇其疏救。于是皆執香迎順昌于縣署，號聲震天，縣官馬不得行。日午，至西察院，諸生五百餘人，公服立門外。頃，巡撫毛一鷺、巡按徐吉至，百姓執香伏地，呼號之聲如奔雷瀉川，轟轟不辨一語。諸生王節、楊廷樞、劉曙、鄭敷教、劉羽儀、文震亨、殷獻臣、王景皋、袁徵、朱隗、沙舜臣、王一經等，乃迎兩臺于門，痛哭而陳曰：『周銓部清忠端亮，輿望久歸，一旦以觸忤權璫，遂下詔獄。百姓怨痛，萬心若一。明公爲天子重臣，何以慰洶洶之衆，使無崩解之患？』言訖，諸生皆慟哭。一鷺流汗被面，惴惴不敢出一語。旂尉文之炳等妄自尊大，不察民情，持械擊百姓，且厲聲曰：『東廠嚴旨逮官，乃容鼠輩置喙！』百姓顏佩韋等聞之，還問曰：『爾言東廠逮官，則此旨出魏監耶？』諸旂虎面豹聲曰：『速剜若舌！旨出東廠將何如？』佩韋等不勝憤，振臂大呼曰：『吾輩謂天子詔耳，東廠何得逮官！』首擊之炳。百姓從者千計，以傘柄擊緹騎，諸生皆驚避。毛一鷺恐怖失色，急請兵自衛，與徐吉散去。兵備張孝、太守寇慎，陝西人，甚得民心，再三曉諭，至夜分，百姓始漸散。從尉李國柱死，餘或匿斗拱間，或升屋走，因得全。」

⑤計六奇《明季北略》卷二《周順昌被逮》：「公下獄，生員王節、劉羽儀、王景皋、殷獻臣、沙舜臣五人黜退，而顏佩韋、楊念如、沈揚、馬傑、周文元五人下獄。太守寇慎歎泣，語司獄曰：『此俱是仗義人，不須拘禁。即家屬送飯，亦不可阻。』至十月，公柩至閶門河下，馬傑云：『周吏部忠臣已死，速殺我等，去輔彼作厲鬼擊賊。』顏佩韋云：『上本是毛都堂，今本下，生殺在彼，我輩殺了，先

去尋他。』」毛聞之大怒，適報陞兵侍，即委理刑斬五人于閶門吊橋。時顔、馬等四人俱不畏，獨周文元本輿夫，大哭。馬傑笑曰：『大丈夫譬如病死，與草木同腐。今我等爲魏賊惡黨所害，未必不千載留名。去，去，去！』時法場上觀者數千人，佩韋笑謂衆曰：『列位請了，我學生走路去了。』」

⑥ 此語將五人與高爵顯位者對比，更襯托出五人之高風亮節。張采《知畏堂文存》卷一《與王原達書》亦云：「今談《詩》《書》、肅衣冠者，其行事未必盡勝緇流。」

⑦ 吴默，字因之。萬曆時曾任太僕少卿（即「冏卿」），後回吴江鄉居。同治《蘇州府志》卷一百五：「吴默，字因之。兄之勇以經學名。默好静悟，讀書古寺，每循几夜行，明發復危坐。萬曆二十年會試第一，授兵部主事。歷禮部郎中，遷尚寶司丞，進少卿。舊制，璽卿班在詞臣前，已漸失其初，默毅然建議復之。改通政司參議，歷左通政，擢太僕寺卿，以病免。崇禎中卒，年八十七。」

⑧ 文震孟，字文起，長洲人。文徵明曾孫。天啓壬戌科狀元，授翰林院修撰。因議論朝政「貶秩調外，斥爲民」。閹黨崔呈秀編《天鑒録》獻魏忠賢，指楊漣、左光斗等近三十人爲「東林黨」，企圖一網打盡。文震孟與姚希孟均被列入《天鑒録》。

⑨ 姚希孟，字孟長，萬曆進士，授翰林院檢討。朱彝尊《静志居詩話》卷十七：「姚希孟，字孟長，長洲人。萬曆癸未成進士，改庶吉士，授檢討，歷左贊善、左諭德，出爲南京少詹事。卒，贈禮部右侍郎，謚文毅。有《公槐》《響玉》《棘門》《沆瀣》《秋旻》《文遠》《循滄》《松癭》《伽陵》《風吟》等

集。」生平詳見陳鼎《東林列傳》卷二十三《姚希孟傳》。

泰州崔侯碑記代①

【眉評】張曰：「義極嚴重，文極排宕，蔡王碑文，不得齊轍。」

福百姓而已無所私，化究於國而衆不爲制，其惟守令之謂乎？是以意之所是，動而成法。位雖次於三事諸臣之下，而發號施政嘗比於古之諸侯。斯亦衆建之遺，王者教化之原也。

前代之爲理者，權其輕重而厚其爵賞。凡大官之賜，逮於襜帷之飾，莫不示嘉與、明褒錫，蓋將以民託之，則所以致意乎斯人者，不得不若是其隆也。於是賢則升之大吏，竭其荷任，可進於三公坐論之列。及其殁也，往往有祀於其邑者。雖繇於方民之愛思，志所不忘；要之，天子之制，盡乎禮矣。

不佞備臬兹土②，考風而之於海陽，若前乎此之州大夫崔公者，蒞其邦而人安之，去則悲之，殁而群議祠焉，如神明之爲者，抑何其至哉！夫崔公之離海陽有年矣，不佞之承令職也，去公之宰於斯之時，其爲日月也亦長矣。然海陽之父老子弟皆能道之。繼公而爲政者，亦斐然有辭，以載其德。略而舉之，所謂興學校，尚節義，止逋徵，公徭役，平市價，安流移，均鹽利，清犴獄，皆善政之大者也。是以美氣上應，而蠦蝗不害，傳者異焉。夫飛蟲之災，紀於《春秋》，王者當之，有恐懼之容、脩省之文，聖人舉而書焉，以爲戒於萬世。況乎百里之寄，有命自君者乎？公獨以祈請之誠，感靈雨而回旱螟，四境以内，不失和豫。非其人也，恐强大之辟，有所不能。且海陽雖號庶穰，實以農商雜居，有巖邑之戒，而重以姦宄之累。昔之人侯此而稱治者，魏公獨爾。而公拔於群士之列，奮其英果，欲與上下，不其難哉！

夫公固嘗有言矣，以爲文人吏事，本其恒職，民之利病，猶乎身爲，欲自私而遠之，非所安也。是以平居之日，蕲然不介於欲。一旦出而謀乎蒼生，則行一其素，不因物撓。蓋秦晉燕趙之士，類剛武强忍，不近於婉約，榮禄之情弗形。而節概可睹，其風之來，自古而然。故崔公生乎陝之長安，事君以輯睦③。夫一方之民，立節不欺，亦其地氣使之也。然公之得者正矣。是以上之廉其行者，樂於民之有所依，而庶民之歡呼頌禱於下者，無不延頸於上之榮遇，以遂其意。聞其喪也，爲位而巷哭焉。豈有所勉强冀望於其間哉？五年之内，公之爲父母而腹育之也，則已深矣。然則公既行，而爲之立石，與公殁而民祀之，皆不可以已也。

夫金石之詠，來者所觀，大人君子，未嘗急之於身後，而實之既立，名必隨焉。雖閉形於大墓之中，其聲之至有所不得而辭，則百姓之公也。身已盡矣，而載之前哲之林，以崇其祠，則社稷之説也。觀乎功德之及民，與災患之扞禦，天子於此，雖無祀其人臣之禮，而繇士民之感，不拂其誠，因其欲祭與享，以存廟食之義，是所謂世世通行者也。則公之受之也固宜，而不佞之言，又安能其忽之？

嗚呼！詳公之績，不可以畢書，則周視乎前者所立之石而知則傚；欲見公之爲人，不可以見，則登其堂，覽其姓名而形容若其可圖，庶公猶有存者焉。而後之爲牧於斯者，懼天行之不常，憂民事之或失，其尚念兹也哉，其尚念兹也哉！

【繫年】

據道光《泰州志》卷十三《秩官表上·州牧》「李自滋，博野人，崇禎二年任」及朱保炯等《明清進士題名碑録索引》「李自滋，崇禎元年進士」，可知李自滋爲張采同年。復據文中「不佞之承今職也，去公之宰於斯之時，其爲日月也亦長矣」，再參考前後文之作時，則張溥此序當代李自滋作，作於崇禎二年（一六二九）。

【箋注】

①此代泰州州守李自滋爲崔侯碑作序。崔侯即崔國裕，道光《泰州志》卷二十《名宦》：「崔國裕，字充吾，長安人。舉人，萬曆四十二年知泰州。在任五載，以撫綏爲催科，不施鞭撲，輸者恐後。凡廒里徒役杜胥保侵漁之弊，民無重賦，州有宿逋，悉爲請蠲。編審保甲，公平允當，招集流移復

業者四千餘户。祀名宦。」

②「不佞」指李自滋。參見本篇「繫年」。

③輯睦：和睦。《管子·五輔》：「和協輯睦，以備寇戎。」

楊公幹紀略①

予之識公幹也，在丙寅之三月。是時蓼洲周先生以矯旨逮京，聚而送者萬人。有敝衣華冠，抱先生而泣，悲不能起者，公幹也。公幹之兄維斗，其行與名，所謂天下之正也。痛周先生之以大義受困，奮身以急其難。當事之徂者心惡之，思以危法相繩切。於是郡之人有過楊氏之居者曰：「毋入禍門。」禍門者，蓋謂維斗兄弟也。然飛語日盛，公幹意不少動，每言周先生即拊膺流涕曰：「悲哉！余之不遇也。使予遇而得爲一官，必當伏闕以訟其冤。三諫而不聽，然後畢命焉，則余得死所矣！」其外父之弟名某者，身雖貴，有賤人行，嘗教公幹以脂韋取容之具②。公幹色不平，出而嘆曰：「天乎！天乎！使周公死，此人獨生，何哉？」某聞而銜之，蓋時相難也。

公幹直氣橫厲，不能容人薄失簡過，獨事維斗最謹。入而見其親，則察飲食，視顔色，祇以順承爲適，以故兩大人尤愛之。年固盛長，遇以嬰兒，又性近酒，往往得病。然酒後叫呼，以古之賢者自處，奮發慷慨，必在大義，未嘗喧呶失次，類於武人。余猶記與維斗、公幹、雲子、九一諸子遊武丘，以甚風遏舟不得返。深夜語劇，酒行不止，公幹醉不能勝。及語次道其王母昔年之艱難戮力，出沫及頤，欲忘生身，然後知其性之至也。

客春，維斗偕余北行。公幹祖於關外，執手語曰：「天下治矣，予其有所歸矣。往者荒亂之時，不意其及此。今及此，余志也。余亦歸而爲而所爲耳。」迨入都之後，公幹寓書維斗，辭多規誡，以爲名太高則忌，氣太剛必折。予笑謂維斗：「君之弟，其誠有志於當世乎？不然，何言之詳也？」

嗚呼！今則竟已矣。正月之既，余之郡而聞雲子之母之訃。蓋母亡之一日也，即與諸兄弟往唁之。今子之來郡，在五月之既。而予至之日，公幹乃以是日亡。豈兄弟之戚，有先告者歟？若其非也，胡爲乎其死之日而余適至歟？余之哭公幹也，瑞初③、仲木、孟宏④、德生俱焉。瑞初大聲而號，觀者皆慟。顧視維斗，則嘉容盡矣。今止公幹之柩於堂之右，日撫而啼，不能進杯餐。竊謂朋友兄弟之情，哀死之義，未有過於斯者也。

迨維斗出公幹之所篋以示余，有所記説與所爲雜詩、自祭文，皆得達人之深者。又評《孟子》一書，功雖未竟，悟起自獨。繇是知公幹之於人事遠矣，宜其一去而不顧也。余傷之甚，而先載其略，庶諸兄弟有哭泣之意，而不得出者，斯之一言，亦發文之繇也。

【繫年】

據文中「客春，維斗偕余北行」及《續集·徐位甫稿序》「戊辰之春，予偕維斗留江上，與位甫日相見也。別之日，位甫語予曰：『行矣，後之見當以長安爲期。』迨予與維斗入長安，而位甫不至，意甚惑之，則走而詢仲昭。仲昭者，位甫兄也」，可知此文作於崇禎二年（一六二九）。

【箋注】

① 此祭悼楊廷樞之弟楊公幹。楊公幹，見《初集》卷三《國表序》注。《近集·楊年伯母侯太孺人六十序》：「維斗弟公幹氣誼名士，不幸早謝，母最憐痛。」

② 脂韋：油脂和軟皮。後以「脂韋」喻阿諛或圓滑。《楚辭·卜居》：「寧廉潔正直以自清乎？將突梯滑稽，如脂如韋，以潔楹乎？」

③ 姚宗昌，字瑞初，長洲人。復社成員，姚希孟子。吳山嘉《復社姓氏傳略》卷二：「姚宗昌，字瑞初。希孟子。諸生。名與兄宗典齊。屢試不遇，有《皇明鑑》《始莖齋詩文稿》。」《孤本明代人物小傳》：「姚宗昌，字瑞初，長洲縣學生。有《鳴蛩草》。」

④ 許元溥，字孟宏。復社成員。吳山嘉《復社姓氏傳略》卷二：「許元溥，字孟宏。父自昌，官中書舍人，以篤行稱。構梅花墅，聚書連屋。元溥生而沈静，日出其書遍觀之，於經義罔不淹通，尤邃於《易》。立高陽社課子弟，喜購書，自號『千卷生』。崇禎庚午舉於鄉，不仕。卒。私謚孝文。」

脩太倉儒學記代①

郡縣學於有明爲倬，凡雄潤腴表，以逮下窄山艸之地，蔑不渫污沼塗，層構基級，高大聖人之居，圓冠絇履者委蛇其中，承奉模萬。細至祠祭小物，所屬排辦，秩然備具。方諸往代，建廢參互，實爲登等。以故鄉大夫先生重言其地，相與敦勉，後人不敢促武叫歡。朝廷歲除，表臣周視，察子弟頑不率者黜之，堂廡堦址有陊剥不理者，則讋切端正之。有司涖事於士，考比功能，咸以學校爲次第。蓋嚴嚴大法，雖勾龍棄之祀，不可以倫始祖。己酉詔書，亦既豐融顯白矣。

州之學其來遠，積歲不葺，博士弟子員謀新之者疊足。適西極陳公來侯兹一方②，能肅士，尊古聖，袛謁之日，振敬空首，徐歷視兩廡，拾級升廟。下乃遍堂之左右偏，藩辟陁拔，梁桷禿缺，赤白之飾，黕昧不鮮。覩已趑趄，若有枝柱於懷者。遂涓日鳩事，行極光美，師人欽欽，克龔厥職。甫涉旬，會有璜宫之變，非類某弗若於教，執歲以譟多士，廟之門閎，無復蠲潔。於是州之人士，冠冕孝秀，耆耋幼竪，莫不憤踊，一口言曰：「此古者虎門師氏所僇也，今法倍是莫逭。」州大夫暨學博各用憑怒，上之廉憲，即加刑褫，以昭大紀。子衿某某，篤行博文，首爲聲義，兹乃復請，以通邑抃慶，咸願出膏末，俾匠斲，用早揭處妥靈。余乃益高其誼，守正不阿，能終始云。夫俊造規摩，即民間社學，訪保明師，當復古陳。矧術序嚴大，恪行其典，經義治事，葆書攻誦，後可嗣續。苟或不飭，制或以堙。若夫薅苗去莠之餘，其道尤不容以不厲，則今者坎坎之斧，登登之杵，予所樂觀聞也已。

【繫年】

據文中「適西極陳公來侯茲一方」「觀已趑趄，若有枝柱於懷者，遂涓日鳩事，行極光美，師人欽欽，克襲厥職。甫涉旬，會有璜宮之變」「子衿某某篤行博文，首爲聲義，茲乃復請，以通邑抃慶，咸願出膏末，埤匠斲，用早揭處妥靈」及民國《太倉州志·職官·學正》「崇禎元年，陳時瑞，雲南人」，可知此文作於崇禎元年（一六二八）。

【箋注】

① 此代作脩太倉儒學記。

② 西極陳公，應爲太倉學正陳時瑞。民國《太倉州志》卷二十一《職官·學正》：「崇禎元年，陳時瑞，雲南人。」《太倉州儒學志》卷一《學正》：「陳時瑞，雲南舉人，陞知縣。」《宜焚全稿》卷十六：「太倉州儒學學正陳時瑞，博雅端方，言動間有嚴毅之色，可以式靡挽囂，儼然是先進遺軌。」

論表策說①

【眉評】張曰：「安整該核。」

論之有取於倫，與議其説尚已。而高引所本，則先統之述經叙理。故《論語》記自仲尼之門人，《六韜》亦載有二論②。繇是枝流日盛，施乎陳政釋經，辨史銓文矣。蕭統選文，分區爲三，首設論，次史論，而後概以論周其數，可云通贍。然學者猶譏其未盡。志諸八品，則理論、政論、經論、史論、文論、諷論、寓論、設論昭焉。沿于今俗，有折腰、螽腰、掉頭、單頭、雙關、三扇、鶴膝、征雁諸體。而抑揚之際，又行以急文、緩文。若是乎，彌綸萬端，不離四法。顧言之煩難，作且徑率，又何悖也。夫文章有矩，論之兼焉者衆。昔人嘗參其科，於議、説、傳、注、贊、評、叙、引、箴、解、問、對，謂所該廣，凡體各到。故律人物則貴殫來處，不輕是非；究事勢則宜折本實，不虚剌列；綜象名則狀顯而致切；舉理會則情均而節長。蓋非舊練之才，鴻知博采，約以身斷，弗能爲也。

表以下告上，義在標明。制始西京，止設以陳請，至後則紛藴炳彪矣。其用有論諫、請勸、陳乞、進獻、推薦、慶賀、慰安、辭解、陳謝、訟理、彈劾，施殊而辭亦分道。漢晉散言，唐宋切響，不既雖然球瑝哉！今裁以命格，第存進、謝、賀三體。凡所謂冒語解題，頌聖入事，自序祝上之間，慎長短，節詳略，必尚簡稽。而平頭、犯尾、雙聲、疊韻四病，儆戒密焉。一出一入，固無刻羽爲角也，謀定有功，而樞紐群物。

策，其文人之前事者歟？往代以難問疑義，例置案上，在試者意投射取而答，則稱射策；顯問政事經義，令各敷揚，觀文辭，定高下，則稱對策；又學士大夫私自議政，著策上進曰進策；而辟人或用採策，大抵不務糅細，準於利用。若今並歸大途，所著惟試録之五問與廷試制策一道爾。法不可有難而無應，有疑而無正。且無暇臚前人高第，如晁、董、公孫、杜欽、魯丕五家綱領文作。即以國朝所號爲膚大厚重之流③，王文成有大儒宗風④，發理昭顯；王華州耽意古文⑤，楷刑兩漢；高新鄭⑥、張江陵志在有爲⑦，動言必出於佐據斷截；王弇州史才茂美，造次無尋常；王元馭縱横愜情⑧；馮臨朐⑨、陸蘭陰曉暢機利⑩，能行其果鋭。此皆譽在輿好，變而有檢，近鮮其繼者，何哉？

原夫盛衰之繇，下之習貫，端因上始，依今溯漢，得失甚著〔一〕。然考於洪永以察時弊，上之人輕重好惡，尤不可亂也。故詔書章明之日，士盡鞠力典志，恐有放墜，而忽焉不詳，即陵遲衰微也。彼抒文之至者，密而能遠，疏而中制，心聲不雜，物色自貴。常讀四六之言，有出自石丹、弗爲苟妄者，道歡暢則散鬱陶之懷〔二〕，次哀折則摧暄燠之氣。况乎泛涉弘務，脩致崇績，非僅用舊合機、争音婉厲者乎？而漸以旲落厥風之不世，可甚怨也。雖然，文以人生，人繇天賦，五常之性不代盡，能文之士必常有，故昌言昭回，同於仁孝焯爍也。以兹睽刺，而雅徒載見，不亦懿德之紹、四時萌芽者歟？則譚論、表與策，自靖而正倫，立誠以悟主，尤作者大指矣。

【校記】

〔一〕「甚著」，原作「又者」，據上圖本改。

〔二〕「歡暢」，原作「勸暢」，據文義改。

【繫年】

此文應作於崇禎元年（一六二八）選貢入太學時。

【箋注】

①此論析論、表、策三種文體。應爲張溥在太學所作習作。

②語本《文心雕龍·論説》：「聖哲彝訓曰經，述經叙理曰論。論者，倫也；倫理無爽，則聖意不墜。昔仲尼微言，門人追記，故抑其經目，稱爲《論語》；蓋群論立名，始於兹矣。自《論語》以前，經無『論』字，《六韜》二論，後人追題乎？」

③王之績《鐵立文起·後編》卷五：「《名山業》曰：『明策凡有數變：弘、正以前，渾噩簡朴，鬱而未宣。文成公爲世大儒，所尚在眉山父子，明白典顯，膾炙士林，此一變也。王華州出而刻意摹古，投胎子長，奪骨孟堅，令人始睹漢官威儀，又一變也。新鄭、江陵力猛才鷙，且身居宰輔，意在揮霍，語多綜核，又一變也。弇州、雲杜以文人之雄，信筆揮灑，無言不長袖善舞；婁東以經國之手，渝墨縱横，有攄必伐山驚魂，又一變也。至馮臨朐、陸蘭陰曉暢機務，燭數物情，似韓公子之洋洋纚纚，發言必當，又一變也。』」

④ 王守仁，字伯安，號陽明，謚文成。陸王心學之集大成者，因曾在餘姚陽明洞天結廬，自號陽明子，故學者稱陽明先生。有《王文成公全書》。

⑤ 王華州：即王維禎。王兆雲《皇明詞林人物考》卷八：「王維禎，字允寧，陝西華州人。舉進士，改翰林庶吉士，授編修。歷官至南京國子祭酒。便道過家，會關中大震，殞于家。……維楨爲文法司馬子長，詩法漢魏，近體法盛唐，尤宗杜氏。」

⑥ 康熙《河南通志》卷二十五：「高拱，字肅卿，新鄭人。嘉靖辛丑進士，由翰林歷官大學士。時穆皇在裕邸，兩府並開，嫌疑横生。拱九年講讀，斡旋調和，國本賴以不摇。穆皇嗣位，拱以人言謝事。未幾，召還内閣，掌銓部，命司官廉訪賢才，各封識書册以備參驗。值霜降，閲獄詞，歷二十晝夜弗懈。雪王金等一百五十餘人，剖安國亨之非叛，辯沐國公之受誣，神明不爽，遠邇乂安。受顧命輔神宗，爲同相所傾，以疾辭歸。角巾野服，著《病榻遺言》及《文集》八十餘卷。卒謚文襄。」生平詳見《明史》本傳。

⑦ 朱彝尊《静志居詩話》卷十三：「張居正，字叔大，江陵人。嘉靖丁未進士，改庶吉士，陞編修，歷春坊學士，以禮部侍郎入内閣，官至太師、吏部尚書、中極殿大學士。卒，謚文忠。有《太嶽集》。」生平詳見《明史》本傳。

⑧ 王錫爵，字元馭，號荆石，太倉人。累遷至國子監祭酒，萬曆初掌翰林院，張居正奪情，將廷杖吴中行、趙用賢等。錫爵諫之，不納。進禮部右侍郎，以張居正恨之，還里不出。居正死後，拜禮部

尚書，兼文淵閣大學士。首請禁諂諛、抑奔競、戒虚浮、節侈靡、辟横議、簡工作。時申時行爲首輔，錫爵與之同郡、同科，甚相得，但性剛負氣，常忤朝論。二十一年，爲首輔，以擬三王並封旨，爲言官所攻。八疏求罷而去。有《王文肅集》《王文肅疏草》。生平詳見《明史》本傳。

⑨ 馮臨朐，即馮惟敏。朱彝尊《静志居詩話》卷十三：「馮惟敏，字汝行。惟健弟。嘉靖中舉人，謁選淶水知縣，改鎮江儒學教授，遷保定通判。有《海浮集》。」

⑩ 陸蘭陰，即陸可教。陳田《明詩紀事》庚籤卷十二：「陸可教，字敬承，蘭溪人。萬曆丁丑進士，改庶吉士，授編修，累遷南禮部右侍郎，贈尚書。有《葵日集》。《金華詩録》：『葵日詩秀色清韻，娟娟自好。』」

贈大理卿制代〔一〕①

【眉評】周曰：「四六之文，貴議論，貴丰骨，非徒華美也。天如諸作僅以酬應，而聲律清和，字句香潔，其思長，其骨古，便爲韻言開闢，才真不可測也。」

朕嘗稽古而念人倫，若《詩》言張仲之孝友②，《史》稱萬石之躬行③，實敦好焉。顧人之云徂〔二〕，而風漸以息，則京京惟思④，苟遇其徒，心馳如翰矣。

爾毛某，乃大理寺卿某之祖父⑤。學有條統，行尚練姱。養親於無事之鄉，習勞於不言之境。吏呼而應，常致刺史之下車；冠至則防，咸謂書生之破敵。本湛沔於註經，亦周旋於入幕。暫從督郵之衣冠，不廢桃源之俎豆。覽乎始事，父母之娱在其三徑；揆諸後效，子孫之賢繇其一編。今者長逝已久，新命方加。譬之琴聲雖斷而操有可彈，鑪香雖徙而氣猶不去。但觀魂魄之所依，足知誦讀之無恙。用是贈爾中憲大夫大理寺右少卿〔三〕。於戲！《大墓》之賦，庸人同哀；清風之歌，君子獨貴。念此不已，怡懌何言！

【校記】

〔一〕目録無「代」。

〔二〕「云徂」，原作「云狙」，據上圖本硃批改。

〔三〕「右少」，原闕，據後文《授大理寺右少卿制》補。

【繫年】

此文應作於崇禎元年（一六二八）選貢入太學時。

【箋注】

① 此代作贈大理卿制。

② 《詩·小雅·六月》：「吉甫燕喜，既多受祉。來歸自鎬，我行永久。飲御諸友，炰鱉膾鯉。侯誰在矣，張仲孝友。」朱熹集傳：「張仲，吉甫之友也。善父母曰孝，善兄弟曰友。此言吉甫燕飲喜樂，多受福祉，蓋以其歸自鎬而行永久也。是以飲酒進饌于朋友，而孝友之張仲在焉。言其所與宴者之賢，所以賢吉甫而善是燕也。」

③《史記》卷一百三《萬石傳》：「萬石君名奮，其父趙人也，姓石氏。趙亡，徙居温。高祖東擊項籍，過河内，時奮年十五，爲小吏，侍高祖。高祖與語，愛其恭敬，問曰：『若何有？』對曰：『奮獨有母，不幸失明。家貧。有姊，能鼓琴。』高祖曰：『若能從我乎？』曰：『願盡力。』於是高祖召其姊爲美人，以奮爲中涓，受書謁，徙其家長安中戚里，以姊爲美人故也。其官至孝文時，積功勞至大中大夫。無文學，恭謹無與比。文帝時，東陽侯張相如爲太子太傅，免。選可爲傅者，皆推奮，奮爲太子太傅。及孝景即位，以爲九卿；迫近，憚之，徙奮爲諸侯相。奮長子建，次子甲，次子乙，次子慶，皆以馴行孝謹，官皆至二千石。於是景帝曰：『石君及四子皆二千石，人臣尊寵乃集其門。』號奮爲萬石君。」

④京京：憂愁不絶貌。《詩·小雅·正月》：「念我獨兮，憂心京京。」毛傳：「京京，憂不去也。」

⑤大理寺卿某：蓋爲毛九華。乾隆《掖縣志》卷四：「毛九華，字含章。萬曆己未進士。四爲邑令，所至有聲。崇禎元年，擢侍御史。時烏程得君，賄賂公行，九華入省垣，即劾體仁媚廠臣，不報。體仁恃寵，以污衊入辯。九華再疏體仁諸不法狀。上震怒，將予杖，閣臣錢龍錫申救得免，遂下所司並勘。衆憚體仁焰，無所坐，九華得薄罰，出按中州，尋罷歸。五年春，萊城戒嚴，同撫鎮晝戰守，圍解，復原官。國初，起江南巡按。時兵燹未靖，郡縣長吏半由軍前委署，九華澄清甄别，參劾不少假借。閣部洪承疇題定免荒徵熟，九華以蒿萊遍野，請於熟地中量免三之二，以蘇民困。報可。歲餘，引疾歸，行李蕭然，時稱其介。崇祀鄉賢祠。」

贈陳恭人制①

考女子不妒之風，必有後代厥昌之應。故鐘鼓可聽，聲美不虚，則因此之賢，嘉其遐遠，亦云義也。

爾陳氏，乃大理寺卿毛某之祖母。上質不羡乎舜華②，令德欲形於彤管③。幽閒自喻，獨宜睢鳥之音；嫉忌不生，非食倉庚之膳④。奉筐以告宗廟，惟在敬先；執贄而見舅姑，即爲念後。既得保琴瑟之歡，亦時學弓韣之禱。似續何人，不難捐金而買妾；壯子有室，即得含飴以弄孫。故觀碧梧秀鸞之峙，益深緑衣黄裏之思⑤。雖人希遐壽，不免重泉之函玉珠；而後有大官，已見高門之容車馬。當此三代之封，不出百年之内。用是贈爾爲恭人。

於戲！列美醖於松前，賢者得享尚方之食；望鳳書於天際，妒婦亦求療疾之羹。

【繫年】

此與上文同時作，應作於崇禎元年（一六二八）選貢入太學時。

【箋注】

① 此代作贈陳恭人制。

②「舜華」語本《詩·鄭風·有女同車》:「有女同車,顔如舜華。」

③「彤管」語本《詩·邶風·静女》:「静女其孌,貽我彤管。」毛傳:「古者後夫人必有女史彤管之法,史不記過,其罪殺之。」鄭玄箋:「彤管,筆赤管也。」

④倉庚之膳:古代傳説倉庚作羹可以療妒。王韜《淞濱瑣話·白瓊仙》:「妾無妒意,不煩君調倉庚羹也。」

⑤《詩·邶風·緑衣》:「緑兮衣兮,緑衣黄裏。心之憂矣,曷維其已!」朱熹集傳:「間色賤而以爲衣,正色貴而以爲裏,言皆失其所也。……莊公惑於嬖妾,夫人莊姜賢而失位,故作此詩。言緑衣黄裏,以比賤妾尊顯而正嫡幽微,使我憂之不能自已也。」

贈陸恭人制①

母以子貴者,百世之文;種以類賢者,一氣之應。則鏡本知流,觀榮考始,蓋可舉焉。爾陸氏,乃大理寺卿毛某之祖母。淑令爲儀,静婉成性。雖懷絡秀之志②,猶然德耀之風③。線纊箴鏠,婦功之一端;濡淪炙煎,中饋之粗節。應之固爲所優,推之更見其大。既知夫人逮下之仁,尤明賢者自好之操。觀書不言,意常在古;鼓瑟未敢,理亦貴和。職從巾匜之末,身代圻副之危。撫抱不假婢厮,鞠教嘗兼外傅。既下而宜上,亦子且有孫。敦《詩》説《禮》,嘗指范公之帷;釋蹻離蔬,與聞王子之頌。雖歲月如流,悲乎老至;而山丘盡改，咸曰孫賢。用是贈爾爲恭人〔一〕。

於戲！醴泉朱艸，凡物當念其根原；白日菖蒲，安在足資其長壽。

【校記】

〔一〕「恭人」，原闕，據文義補。

【繫年】

此與上文同時作，應作於崇禎元年（一六二八）選貢入太學時。

【箋注】

① 此代作贈陸恭人制。

② 絡秀：晉周顗母李氏，名絡秀，汝南人。周顗父周浚爲安東將軍，出獵遇雨，止絡秀家。周浚見而求爲妾。父兄不許。絡秀曰：「門户殄瘁，何惜一女？若連姻貴族，將來或大益。」父兄從之。後生周顗及嵩謨，並列顯位。李氏家族亦得禮遇。見《世説新語·賢媛》。後以指有才識之女子。

③ 德耀：東漢梁鴻妻孟光，字德耀。初，夫婦耕織於霸陵山中，後隨夫至吴地，梁鴻貧困爲人傭工，每歸，孟光爲具食，舉案齊眉，恭敬盡禮。事見《後漢書·逸民傳》。後爲賢妻之典範。

贈大理卿制①

夫子之有善，必歸於親；先之有德，必徵於後。蓋既同其根體，昭彼據驗矣。所以報在於門，世有通侯之貴；風來鄭里，人多夫子之思。念來者其可嘉，欲於兹而覯止。

爾毛某，乃大理寺卿某之父。植紀自躬，推美及似。少誦西方之書，如觀古鼎；長樂東皋之詠，不異青山。遺産盡捐，無羨於夏人千樹之種；有子可教，適協於《乾》爻九二之辭②。乃策勉夫聖經，遂進登乎王籍。始視爰章，與言召伯之遊暑；再稽鹵簿，爲諷河間之入雍。戴觸邪之冠③，則欲其顧名而思義；疏貫城之獄④，則欲其尚德而緩刑。遞選官勤，悉繇家訓。而卿月方鮮，白雲已嘆。望星而奔，徒見素車之哭；除墓以待，未聞金秩之褒。則朕之忉怛，亦有難喻。用是贈爾中憲大夫大理寺右少卿。

於戲！生護王者之香，没食仁人之粟。則知撤瑟之悲〔一〕，固有道所不免；而捧檄之喜〔二〕，凡人子其皆然。特表義於有傳，克彰榮於不盡。

【校記】

〔一〕「撤瑟」，原作「撒瑟」，據文義改。

〔二〕「喜」，原作「善」，據上圖本硃批改。

【繫年】

此與上文同時作，應作於崇禎元年（一六二八）選貢入太學時。

【箋注】

① 此代作贈大理卿制。

②《易·乾》："「九二，見龍在田，利見大人。」

③ 觸邪冠：即獬豸冠。神獸獬豸，能觸奸邪。古代爲法冠之飾。

④ 貫城：刑部之别稱。因貫索星主刑獄，故名。

贈袁恭人制①

《列女》之篇斐然，而賢母之報不惑。古有其説，非今無其人也。是以門題通德，固爲君子之儒；婦稱大家，亦曰衣冠之秀。言而可風，况於兹值？

爾袁氏，乃大理寺卿毛某之母。性備淑良，族傳淳茂。歸家以儉，無慚於提壺擊轅；教子是劬，不辭乎截髮剉薦②。乃遂成此芃芃之美，享有祁祁之安③。而孝德不忘荇菜，慈心且及蒲鞭④。季者爲法〔一〕，敦之訓辭；儀也非禮，詳諸稽誨。於是持斧戒勝之之狂，懸石發咎繇之喑。莫不因蘐艸以生思，繇荻字而知義。若此者，固亦度越綦中，追隨章甫矣。奈何秋菊之銘無聞，長松之路遂即。士既云嗟，上當有勸。是用贈爾爲恭人。庶幾人皆有母，咸懷白鴿之思；女雖各行，無墮黄虀之志。

【校記】

〔一〕「季」，原作「李」，據上圖本硃批改。

【繫年】　此與上文同時作，應作於崇禎元年（一六二八）選貢入太學時。

【箋注】

① 此代作贈袁恭人制。

② 截髮剉薦：晉陶侃少家貧。一日大雪，同郡孝廉范逵往訪，陶母湛氏剪髮賣以治饌款客，並剉碎草薦以供其馬。事見《世説新語·賢媛》。後作賢母好客之典。

③ 祁祁：嫻静貌，和順貌。《詩·大雅·韓奕》：「諸娣從之，祁祁如雲。」毛傳：「祁祁，徐靚也。」

④ 蒲鞭：以蒲草爲鞭，常用以表示刑罰寬仁。

授大理寺右少卿制①

禮刑之用，維臣乃襄；中和之資，在古已貴。故泮讞有歌，風人勤庭堅才子之慕②；典雅可作，後賢發廣川宰相之思③。朕之結懷，寧不勞悁？祇以良者不官，官者非實，則坐嘆枳樊，頹嗟王帛，言之空虚，傷彼有位矣。

嘉爾大理寺右少卿毛某④，行喻大圭，志方清月。始列芙蓉之幕，不殊橡艾之脩。金矢一束，無假俏張；《逸禮》數篇，歸其整截。是以吏既非法，經不爲容。初登譽於淑問，繼連稱於折民。召爲柱史，彌白風猷。跛欹之士，見惠文以生寒⑤；儻蕩之流，望驄馬而知避⑥。此皆理存本柯，故能氣表崖岸。出服繡衣者，敬其小心；入彈籜冠者，慚其大度。用是移直殿中，持平天下。詢之諸臣，僉曰其可。夫首任理官而復進之廷尉者，所以彰士師之不忘明允；再典威儀而更煩之鞠訊者，尤以見三禮之必協五刑。班景衆鄉，老成者居長；比肩黄屋，清近者爲嘉。而又聞其事親曰孝，愛人以德。燕息鄉郊，常有三年之痛；周旋父老，每多百姓之憂。當淫澇而施其衣食，遇轉饋而酌之軍民。農始食新，例亦從舊。乃知蟬嫣薦牘，職有其由；博欽朕心，寧無所以。兹特授爾階中憲大夫，錫之誥命。

於戲！如真之秩，紀自朝廷；而已試之功，宣於人士。寵其平日，重以敕辭。庶兇人畏辟，再傳桐木之形；學士崇文，永絶茅蕝之制。後效可圖，王言其肅。

【繫年】

此與上文同時作，應作於崇禎元年（一六二八）選貢入太學時。

【箋注】

① 此代作授大理寺右少卿制。張政烺《中國古代職官大辭典》：「大理寺右少卿。明朝大理寺卿之佐。初從五品，後改正四品。」

②庭堅：高陽氏有才子八人，庭堅，其一子也。庭堅，即皋陶字。

③廣川宰相：即董仲舒。《漢書》卷五十六《董仲舒傳》：「董仲舒，廣川人也。少治《春秋》，孝景時爲博士。下帷講誦，弟子傳以久次相授業，或莫見其面。蓋三年不窺園，其精如此。進退容止，非禮不行，學士皆師尊之。武帝即位，舉賢良文學之士前後百數，而仲舒以賢良對策焉。……對既畢，天子以仲舒爲江都相，事易王。……贊曰：劉向稱『董仲舒有王佐之材，雖伊吕亡以加，管晏之屬，伯者之佐，殆不及也。』」

④毛某：毛九華，字含章。詳見《初集》卷六《贈大理卿制》。

⑤惠文：即惠文冠。相傳爲趙惠文王創製，故稱。漢謂之武弁，又名大冠。諸武官冠之。侍中、常侍加黄金璫，附蟬爲文，貂尾爲飾。侍中插左貂，常侍插右貂。因又稱「貂璫」「貂蟬」。

⑥驄馬：指御史所乘之馬。

授贈陸恭人制①

觀夫婦之道重，知窮達之致齊。是以艾墻葭席，季女不怨予美之貧②；而榆狄鞠裳，君子用表相逑之善。若夫初守於寒條，中斷於温葉，孝極生哀，慈終成獨，則念其痛傷，尤深勤悼。

爾大理寺右少卿毛某之妻，改贈孺人陸氏，毓在秀門，歸乎士族。常歌南國之詩，素講扶風之禮。規矩得於師氏，相夫子而日見其柔嘉；容辭受諸二人，事專章而益明其聽婉。旨蓄爲養，苦菜必歸剪除；緼緒是安，舊衣不辭縫紉。以女士而好古文，移茵常近壁間之史；繇閫内而資吏治，鳴機且應堂上之琴。歷考職勞，繹思淑贊。不謂天道摧傷，人事離割。怨新婦之背乎嚴姑，致疾病之生於哭泣。身既退託山椒，子亦從遊地下。顧此一家之義，有甚凡民之喪。而美號闕如，貞珉奚白？用是贈爾爲恭人。將齊子宋子③，亦樂於在下之有朋；而鬼妻鬼馬，不混於維今之象服。

【繫年】

此與上文同時作，應作於崇禎元年（一六二八）選貢入太學時。

【箋注】

① 此代作授贈陸恭人制。

② 予美：指丈夫。《詩·唐風·葛生》：「予美亡此，誰與獨處。」朱熹集傳：「予美，婦人指其夫也。」

③《詩·陳風·衡門》：「豈其取妻，必齊之姜？……豈其取妻，必宋之子？」

贈文林郎制代①

天明之義，嚴父爲先；身貳之儀，今子惟恪。是以《書》言作室，體既切於高曾；《詩》

咏析薪〔一〕，事有徵於似續。若覽物倫，獲符前典，則清賞一傳，慶羡攸屬。爾張某②，乃江西撫州府臨川縣知縣張某之父。慷慨出於襟靈，端朴繇乎性秉。公正發憤，非慕侯嬴之抱關③；窮愁著書，更薄虞卿之棄相④。念學校爲清議之始，則志潔陽秋；顧鄉黨有家人之誼，則情同温照。所以冠解果者，望宫牆而躑躅；矜短後者，垂長緌而知耻。蓋既樂其周裕，爲大應之黄鐘；復憚其峻方，如指佞之屈軼⑤。遂乃譽溢生前，報勤身後。推財歸弟，生産可以不言；食福自嗣，授經無慚往古。眷言椒聊之一匊，欲企象繯之五寸。用兹贈爾爲文林郎江西撫州府臨川縣知縣。

於戲！涌泉浸澤，儼奉冢之不亡；學行禪家，歎防人之以禮。富貴豈曰非常，孝弟於焉及世。

【校記】

〔一〕「析薪」，原作「祈薪」，據《詩·南山》「析薪如之何」改。

【繫年】

崇禎元年，張采成進士，其父得贈文林郎，故張溥此文作於崇禎元年（一六二八）選貢入太學時。

【箋注】

① 此代作贈張采父文林郎制。崇禎元年，張采成進士，其父得贈文林郎，其母封孺人。張采《知畏

堂文存》卷八《先考贈君行略》:「贈君生于丁巳年七月十六日申時,卒于丙辰年九月二十日寅時,享年六十歲。卒後十三年,以戊辰不肖采第,值覃恩,得贈文林郎、臨川縣知縣。配蘇氏,封孺人。」陳子龍《贈文林郎臨川縣知縣張公暨配蘇太孺人合葬墓表》:「卒之十三年,以子貴,得今稱。」

② 張鳳翼,字伯鳴。張采父。民國《太倉州志》卷十九《人物三》:「張鳳翼,字伯鳴,諸生。幼奇慧,讀書不事章句。事親孝,與弟友愛,終身不析産。時議浚鹽鐵河,久不決。鳳翼慷慨陳形便,謂嘉定主其役,太倉佐之,貼工費銀二百有奇,衆皆服,遂刻石爲例。家故貧,遇人危急,竭力以濟。卒年六十。」民國《太倉州志》卷十《選舉・張鳳翼》:「張鳳翼,采父,贈文林郎。」

③ 侯嬴:戰國時魏國人。安釐王時,年七十,任大梁夷門監者,爲魏公子無忌所禮敬。秦攻趙時,爲公子無忌劃策,盜虎符救趙,因年老不能隨行,乃于公子出行後北向自殺。

④ 虞卿:戰國時趙相。重義氣,因趙王畏秦相范雎之脅,欲殺范雎仇人魏齊獻秦,即解相印,與魏齊避信陵君所,信陵君態度不明,魏齊自殺。

⑤ 屈軼:亦作「屈佚」,古代傳説中一種草,謂能指識佞人,故又名「指佞草」。比喻能識别奸佞之賢臣。張華《博物志》卷三:「堯時有屈佚草,生於庭,佞人入朝,則屈而指之。」

封蘇孺人制①

敬姜有高明之稱②,公孫著澄粹之譽。紀諸赤管,形之邈矣,而於今可見。則女黨之思，賢人之志也。

爾蘇氏，乃江西撫州府臨川縣知縣張某之母。蕙問素昭，蘭儀夙穆。受父母之敬戒，自切三從；效夫子之惇和，常書百忍③。酒食是議，惟詠《家人》六二之爻④；管籥不聞，寔成張公九世之德。是以處女之静，老至不衰；母氏之慈，群下可逮。專輯班文，若同劉業。遂使子誦白華之潔白，無玷南珪⑤；婦樂睢鳥之摯閑，益懷北艸。初言畜我，掇蜂之怨不萌⑥；後稽入官，還鮓之風將繼⑦。禮欲脩乎日秩，榮豈類於朝華？用是封爾爲孺人。

儒者之行，久絶絃歌；君子之名，近來闉闠。則知抶鞭日馭，毋忘隔幔之勞；彌節福車，愈表擇鄰之善。

【繫年】

崇禎元年，張采成進士，其母封孺人，故張溥此文作於崇禎元年（一六二八）選貢入太學時。

【箋注】

① 此代作封張采母爲孺人。

② 《列女傳》卷一《魯季敬姜》：「文伯之母，號曰敬姜。通達知禮，德行光明。匡子過失，教以法理。仲尼賢焉，列爲慈母。」

③百忍：唐壽張人張公藝，九代同居。麟德中，高宗祀泰山，路過鄆州，至其宅，問其由。公藝請紙筆，但書百餘「忍」字。見《舊唐書·孝友傳·張公藝》。

④《易·家人》：「家人，利女貞。……六二，無攸遂，在中饋，貞吉。」

⑤《詩·大雅·抑》：「白圭之玷，尚可磨也；斯言之玷，不可爲也。」《論語·先進》：「南容三復白圭，孔子以其兄之子妻之。」

⑥掇蜂：《太平御覽》卷九五引劉向《列女傳》：「尹吉甫子伯奇至孝，事後母，母取蜂去毒，繫於衣上，伯奇前欲去之，母便大呼曰：『伯奇牽我。』吉甫見，疑之，伯奇自死。」後因以「掇蜂」爲離間骨肉之典。

⑦還鮓：《晉書·陶侃母湛氏傳》：「侃少爲尋陽縣吏，嘗監魚梁，以一坩鮓遺母。湛氏封鮓及書，責侃曰：『爾爲吏，以官物遺我，非惟不能益吾，乃以增吾憂矣。』」後以「還鮓遺書」爲賢母教子爲官清廉之典。

封文林郎制①

朕觀誠正不欺之人，必爲悃愊無華之吏。蓋以德行之與政事，存其一心，兼彼二科。繇而纍之，丕英彌加矣。

爾江西撫州府臨川縣知縣張某，賦天地之最潔，禀生人之至剛。見惡不茹，若咀飯之吐蠅；好善不渝，類聽樂之忘卧。事親以孝，遂至名在月中；積善惟陰，乃致聲聞天上。觀文而考義，四方有其人其書之稱；感後而念前，一鄉勤此父此子之歎。然而輟其起艸、煩之製錦者，良以士人之脩身及物，學莫大乎服政；王者之張官置吏，職莫先於邇民。且邑著才子之名，地乏金銀之氣。揆諸風雅，既可鳴琴；合之廉清，更堪飲水。暫移一日之陽春，佇聞百里之雷震。用是封爾爲文林郎。

思左右之無人，不忍其出；念蒼生之有望，急欲其蘇。行且聽諸江干，即欲題乎殿柱。

【繫年】

崇禎元年，張采成進士，任臨川知縣，封爲文林郎，故張溥此文作於崇禎元年（一六二八）選貢入太學時。

【箋注】

①　此代作封張采爲文林郎。文中「賦天地之最潔，稟生人之至剛」「事親以孝，遂至名在月中；積善惟陰，乃致聲聞天上。觀文而考義，四方有其人其書之稱；感後而念前，一鄉勤此父此子之歎」云云，極盡揄揚之能事。

封秦孺人制①

閫内之言不出，房中之樂可傳。浹於古詩，徵諸《曲禮》，莫不欲戒庶士之角枕，念王者之應門。婦式既章，夫匹彌貴。言之恪遠，况在聞見者乎？

爾秦氏，乃江西撫州府臨川縣知縣張某之妻。如瑩自澤，匪石恒堅。德本在地之安，行有動神之美。辭膏沐以從夫子，不難鹿車之挽推②；同飲食以勉古人，常共牛衣之涕泣③。而又體念與齊，仁心一視。歎其兄嫂之蚤去，哀彼兒女之衆多。靡糗竭而典裳，絲穀及而捐珥。護其長大，善以婚姻。鍾郝之禮法④，克以身儀；顧謝之秀風，不與俗近。考宗黨之稱懿操，既能周於薺堇；揆服官之助苦節，必不怨乎鶴琴。用是封爾爲孺人。

庶幾松心玉性，明寒暑之不更；朝梨暮鮮，循風雨之相習。經固善其二物，肥寧止於一家。

【繫年】

崇禎元年，張采成進士，其妻封孺人，故張溥此文作於崇禎元年（一六二八）選貢入太學時。

【箋注】

① 此代作封張采妻秦氏爲孺人。

②鹿車挽推：《後漢書·列女傳·鮑宣妻》云鮑宣從妻父學，父奇其清苦，以女妻之，妝奩甚盛。宣謂妻：「吾實貧賤，不敢當禮。」其妻乃更著短布裳，與宣共挽鹿車歸鄉里。後因以「挽鹿車」爲夫妻共守清苦生活之典。

③牛衣涕泣：《漢書·王章傳》云王章在出仕前貧甚，無被可蓋，生大病僅得卧牛衣中，自料必死，與妻泣别。妻子怒斥謂京師尊貴者無人可及爾，「今疾病困厄，不自激卬，乃反涕泣，何鄙也」。後以「牛衣對泣」謂因家境貧寒而傷心落淚。

④郝鍾：《世説新語·賢媛》：「王汝南少無婚，自求郝普女。司空以其癡，會無婚處，任其意，便許之。既婚，果有令姿淑德。生東海，遂爲王氏母儀。……王司徒婦，鍾氏女，太傅曾孫，亦有俊才女德。鍾、郝爲娣姒，雅相親重。鍾不以貴凌郝，郝亦不以賤下鍾。東海家内，則郝夫人之法；京陵家内，範鍾夫人之禮。」後世因以「郝鍾」並稱，用爲婦德賢淑之典。

祭錢中丞文代王處卿①

【眉評】張曰：「哀死之言，尚於感人，誰能爲此綿切？至其標舉，獨陳大事，尤得古人簡要之體。」

昔者先君子之歿也②，去公之歿，蓋未踰年也。公歿之日，先君子病，不能臨公之喪，杖而起而踊者三，慟公之甚，不能食者累日。及先君子之歿，則公不見也。穎之姊③，適公之第五子叔含④，公之才子也。叔含先公一年歿，先君子哭之慟，如公之慟，穎之姊又甚焉。今則二甥已成人矣。

公成進士於己丑，先君子成進士於甲辰。方公得志之時，先君子猶諸生也。然公之視先君子，先君子之視公，無以異也。公與先君同事神廟，勤勞中外，各有邦國之寄。當天子升遐之日，聞之扶疾北向再拜，哭臨如在朝之臣，悲不能仰視。是時穎雖爲童子，未嘗不嘆君臣之義，若是其深也。

公繇御史爲中丞，出鎮於虔。楚粵之會，地稱難治，自公之至，復有寧宇。先君子以郎官備位藩臬，蜀人安之。迨公與先君子俱告歸，後適有黔蜀之亂。公齒已衰矣，走先君子所，謀所以輯柔之理。時先君子卧床席，爲之慷慨指畫，公亦太息不已。所謂古之大臣，在野而不忘其君者，非公其誰歟？然當公之爲御史也，安氏之欲不逞者再，公綏之以禮，而二十年遂以無事，則公之造於國家亦已高矣。

公之歷宦也，既去，則人皆思而祠焉。其在鄉也亦如之。公之子五人，孫男二十有八人，賢者不可以盡書也。則大碣之載，有明於古之烝彝者焉，而穎不得以復也。所可言者，公與先君子以朋友而婚姻，先後窮達而同於一致。生死之際，其傷已甚，而文止此也。

【箋注】

①此代王家穎作祭悼錢桓文。錢桓，字握之，又字浩川，太倉州人。民國《太倉州志》卷十九《人物》：「錢桓，字握之，萬曆十七年進士，授任丘知縣。丁艱，服闋，補藁城。擢山東道御史，出按畿南，再按四川。蜀有白孝廉暴横，設水火二阱於家。桓改裝往勘之，得實，糾治。蜀例繳鋪墊銀，三載應得三萬八千有奇，悉捐甃義井，修棧道，置鐵鏈，以利往來。入掌河南道，陞太僕寺少卿，以僉都御史巡撫南贛。目眚，乞休歸。又數年，卒。桓長者，中立無所黨，任丘地衝，且雜中人豪貴，治以清肅稱。盜劫富民，未獲，富民執其讎以抵之。桓疑匪是，釋所執，購得真盜。」

②王遇賓，字晉吾，一字叔元。乾隆《河間縣志》卷三：「王遇賓，字晉吾，崑山籍。萬曆三十三年，以進士任。重建學宫，捐俸置學田，爲永賴計。創立瀛洲書院。杜公應芳舊府志稱其興學愛民，行取大理評事，後陞刑部主事。」

③王家穎，字處卿，太倉州人。復社成員，名見《復社姓氏傳略》卷二，位列張溥、張源、趙自新之後，與社長趙自新、張誼、蔡伸被稱爲「四配」。亦名列《南都防亂公揭》。

④錢叔含，一作叔闇，錢桓第五子，王家穎姊夫。《近集》卷六《壽錢母王太孺人五十序》：「曩聞大中丞浩川錢公與憲副晉吾王公爲諸生友善，中丞先貴，爲其第五公卜室，鮮當意者。憲副有中女最賢，遂許字之。問名納幣，不飾筐篚，惟告宗廟，稱成禮而已。第五公者，中丞季子叔闇先生。」

祭侯太夫人文[一]①

【眉評】張曰：「質古如《瑯琊》諸石銘。」

維嶽降儀，君子之基。言思其淑，則集於姬。山河象德，静處委蛇。爰諷《内則》，大福以禔。既歸吉士，艾服蒼綦。禮本風物，治及鼎鑴。言不出閾，法戞自釐。尊事克順，童僕不諆。雖有筦庫，性不及賍。大庾或羨，弗取餘穦。生子重器，天廟所宜。教以禮樂，如畬載耔。家有賜書，忠孝之貽。發其殊别，不懼㢀㢜。脩論一法，萬言用麗。奥樞内握，小文可刈。入贊王國，秉其身彝。潔方有體，出話不欺。天子敬之，贈以文羈。忽遘屯棘，困於蒺藜。惟母正迪，在險不劓。退言由敖，待時清夷。若躬之濡，昔遇其霩。自今杲杲，瞻彼有曦。明德眷後，孫子瑰琦。翩然兩瑜，將以咏移。茁者寔芳，母則含飴。徽聞蔚峨，著自佩觿。長厲綱紀，令望日彌。四海執脡，衆皆曰猗。或承渥章，行於天逵。有襲其璧，以俟昭詩。上之王母，克享厥褫。養日養夜，何如其遲。胡爲不吊，空然一帷。邑人發噫，重爲家譆。兀嵂之崩，孰爲其揝。活活者涸，又誰不疑。欲聞燕笑，則將無期。大帶之垂，兹且不悈。悲哉陳人，虚此懸轙。見之不可，大别以辭。理或未盡，當留室宧。

【校記】

〔一〕目録原題作「祭侯太夫文」，脱「人」。

【繫年】

據《侯忠節公全集》卷十三《先祖妣敕封陳太孺人陳氏行狀》「乙夜浣濯未已，質明吉祥而逝。實庚午正月二十五日，距生嘉靖庚戌七月八日，享年八十有一」，此序作於崇禎三年（一六三〇）。

【箋注】

①此祭友人侯峒曾、侯岐曾祖母侯太夫人陳氏。張溥前有《侯太夫人八十序》。張乃清《上海鄉紳侯峒曾家族》：「侯峒曾，字豫瞻，號廣成，生於萬曆十九年（一五九一年）八月十五日。長期由祖母陳氏撫育，彼此尤親近。」

祭周二南先生文①

嗚呼！痛矣！夫古詩所稱「一息不相知」②，於公其竟然歟！公以仁孝固心，行從本實，沉翔於正書先憲，而身楷焉。孔庭偉崔，蚤暮跂之，志若在其兩廡，固士之風矩也。有子簡臣、介生、我容、我成，悉淳耀厥質，詠聖人之文，纘往者之制，克章典彜。四方高才生，貢言受裁，冀分餘懿，膏沐躬體，則道德之囿，焞焞乎一家矣。

夫積理隆裕，謂有嘉答，而公遽殂化，元夫所惑③。且觀公之衆昆，或前與後，無不脩簪長劍，班事於王所。而公獨留頓蒿荻，不食香旨。天之降罹，亦既云甚。顧緤之弗已，復敚其齒曆，何與？記公負鬲疾，閲載餘，諸君子氣凋形削，守視藥鐺，夜無全寐。面則笑舞勸飯，背則彈指出血。每矢對清月，願以自代。蓄念篤苦，誠可風感二儀，而岐盧不降，乃至痼滯。客冬之既，公且耨髮持筇，善行動，噉甘蠜。介生亦迫試在途，賓朋燕話，以健舉相賀。然酒杯在手，魂魄從父，忽悲不能言，墜地且僵，知子輿之情棘矣。亦不度其歸車甫戾，公遂大寢也。

夫文士序吊，有千言縈覆，滂沱涕洟。又見設辭不枝，一聲已絶，皆所以誄惠德，志憂怛。若今之至悲，則幾乎無音矣。某等與諸君子蓋兄弟也，哀塞而不出，其謂之何？昔之人薦於所親厚，或用醴藕莼鯽，茶乳蔬果。意今登於一瓶者，僕猶近是而神傷矣。

【繫年】

據文中「客冬之既，公且耨髮持筇，善行動，噉甘蠜。介生亦迫試在途」及下文《哭周伯母文》「翁之歿也，在寅之歲之十二月之二十九日」「某等於春之日哭吾翁」，可知此文作於天啓七年（一六二七）春。

【箋注】

① 此祭悼友人周鍾父周二南。周二南，生平參見陳子龍《安雅堂稿》卷十三《周第五公傳》。

②語見鮑照《代東門行》：「一息不相知，何況異鄉别。」

③元夫：猶善士。《易·睽》：「睽孤遇元夫，交孚，厲，無咎。」程頤傳：「夫，陽之稱；元，善也。初九當睽之初，遂能與同德，而無睽之悔，處睽之至善者也，故目之爲元夫，猶云善士也。」

哭周伯母文①

【眉評】張曰：「有聲有淚，寫事復真，直以司馬子長舉筆作哀文也。」

嗚呼！某等於春之日哭吾翁，冬之日又哭吾母。一歲之中，蓋淚并矣。凶聞將至，有風暴焉。知子弟之大悲，天所爲告也。夫古人言哀，必貴其節，固云止情，亦以禦時。未有時不可節，又甚其情者也。然則某等欲循大祥小祥之期②、練衣練冠之禮③，勉簡臣、介生諸兄弟於無瘠無墨，爲之説者，已沱若矣，如之何其？且母之所以銷肌靡骨、疾至不還者，豈伊一朝？翁病之時，先見之矣。翁咽噎不飯，母即罷食菜；翁鬱伊不寐，母即廢匡牀，累削蕭苦，有氣弗屬。故某等聞母之疴，竊重懼焉，亦不虞其遄也。蓋母之治身，一儒者也。生於儒者，歸於儒者。子則人之子也，妃則人之妃也。夫如是而善人不蒙福，天道何稱焉？

翁之歿也，在寅之歲之十二月之二十九日，時世猶闇忽，臧否弗别。母之歿也，在卯之歲之十月之二日，則聖人之事已行，奸人之徒漸屏。謂蒼蒼之可知，而猶然徂謝，天道何稱焉？解之者曰：「圓卿不如方皂，况乎簡臣、介生、我容、我成之玉曜也？」草不芝而盡莎〔一〕，水不龍而盡蝦，如其爲芝龍者，必有見也。某等哭而解之，亦猶是也，然而慟也。道德之士，與究本原，憂喜必逾恒量。同人有言：「介生之喜，天下當共喜；介生之悲，天下當共悲。」自其繫心府、著赤石者視之，又加數等焉。是以某等終悁戚難抑，汍瀾於襟，而不敢引後日富貴之辭，以爲文之亂也。

【校記】

〔一〕「芝」，原作「莎」，據哈佛本改。

【繫年】

據文中「母之殁也，在卯之歲之十月之二日」「某等於春之日哭吾翁，冬之日又哭吾母」等語，可知此文作於天啓七年（一六二七）冬。

【箋注】

① 此祭悼友人周鍾母。天啓六年，周鍾母徐氏五十，張溥作《周伯母徐太君五十序》以賀之。天啓六年、七年，周鍾父、母先後亡。《周氏一家言序》：「先生既殁，先生之配徐太君傷先生之甚，亦不一年而殁。」張溥又作《祭周二南先生文》《哭周伯母文》哭祭之。此文感情奔湧，悲慨「善人不蒙福」。故張采云此篇「有聲有淚，寫事復真，直以司馬子長舉筆作哀文也」。

②大祥：古時父母喪後兩周年之祭禮。《儀禮·士虞禮》：「又期而大祥，曰薦此祥事。」賈公彦疏：「此謂二十五月大祥祭，故云復期也。」小祥：古時父母喪後周年之祭禮。《儀禮·士虞禮》：「期而小祥。」鄭玄注：「小祥，祭名。祥，吉也。期，周年。」

③練衣練冠：古禮，親喪小祥可著練布衣冠。《禮記·檀弓上》：「練，練衣黄裏，縓緣。」鄭玄注：「小祥，練冠、練中衣，以黄爲内，縓爲飾。」

祭劉公子文①

【眉評】周曰：「此亦《天問》《招魂》之類，屈宋騷瑟，莫有繼者。」

天之有英，散於人區。或罹不幸，以蹈世羆。思之弗至，將聞衆吁。咨焉若失，其懷彌紆。粲粲起譽，豈徒一儒。理有萬域，别流稱殊。彈音發怨，誰察斯劬？痦言不懌，以滋心瞿。衣服自古，維君寔俞。一邦之人，帶玦履絇。循問測志，德莫與俱。騰爲文囿，欲踔天衢。聖賢遺矩，繇之可須。富篇殷器，物競謂瑜。潔身在範，若濯於杅。爰見開士，望色用娛。青冥在近，當表其訏。聲被遥逖，咸願執朐。親其一言，温倍飲醹。克展大瑾，如雲渥敷。茂章闢宇，乃造王塗。清白之子，攸慶相符。傳之吾土，策書光愉。事曷反背，乃見告瘉。郊邑祈請，保此圭瑚。敬答天意，永曆是需。冀聆康問，忘此躇躕。

願言勿藥，開樽百觚。何以蹙紀，忽焉無徒。壯負柱昃，罔所申餔。豈天之浩，促彼廣圖。孑然鮮處，不及周盱。疑其不信，乃以道諏。揮洟若霰，誰爲卒瘏？相理訊事，僅慨嚼荼。煌煌明廬，倏弇大謨。遺煢纖悲，止聞呱呱。幸存玉雪，異於他娛。成視彊立，足起前趺。俟之日月，祖武可乎。獨今之去，艸木脱膚。長嘆不禄，吴楚絶郛。雜以清齊，送之寢堬。三揖不見，敢問司巫。

【箋注】

① 此祭悼蒙師劉振溪之子劉順卿。張溥前有《劉公子像贊》（《初集》卷五）。鄒漪《啓禎野乘一集》卷七《張庶常傳》：「蒙師劉振溪歿于水，公爲營葬，歲恤其妻子。」

祭啓東侯公文①

今之豐貂韡韡〔二〕，駟騑諼諼者，亦已紛員矣，孰有理備顯融若公者哉？公本自神緒，窮《詩》罄《禮》，少即騫翔。至於出入風議，絶慆德之臣，究爽邦之道，功横海望，寧止家有寶鼎焉。誕慶日嘉，人歌「三鳳」，而中折其一②。乃伯已升采高階，季亦將手搴荃艸。岳泉秀澄，以光世業，又徽之至顯也。况時當睢刺，敷擾在乎正人。公固宜食芳香，勤毗冀，率後之淑明，黼藻百行，習五雉九扈之事③，罔懈篤弼。於焉移闒毖而來錫羨，瑞木之華，可以再乎〔二〕！詎意薦瘥不已，君子弗忍。固其天翳，捐袂以歸，聊用紓體。而憂國之至，即有山心，無以去其離蠥④。痛之不消，則終於委世矣。

靖寐之日⑤，令子袒而號天，朝暮不能進一溢。某等顧念慰死之恒言，多稱訪藥西山，尋經北壁。兹不敢概取以薦辭，誠知公之作基在性。輿馬雖釋，忠孝不歇。非緱嶺之人⑥，得喻其永視也。且獲與二惠相浥風霞，各甄丹慊。求諸紀位之大，私以爲自存者正。則凡生有火旗電鞱，死有龍轜白馬⑦，適如其常，無之可苟，於公乃益鏡焉。微醊之陳，所以達志明德，蓋不第惻惐，夫肢體裘裳矣。

【校記】

〔一〕「韡韡」，原作「韡韡」，據上圖本硃批改。

〔二〕「乎」，原作「平」，據上圖本硃批改。

【繫年】

據侯震暘卒年，此文作於天啓七年（一六二七）。

【箋注】

① 此祭友人侯峒曾之父侯震暘。侯震暘，字起東，生有三子，侯峒曾、侯岷曾、侯岐曾，時號「江南三鳳」。見《初集》卷四《侯太夫人八十序》注。

② 張乃清《上海鄉紳侯峒曾家族》：「二弟侯岷曾，字梁瞻。縣學庠生，聘俞氏，未婚即夭亡。」

③ 五雉：相傳少皞時掌工務的五個官名合稱。《左傳·昭公十七年》：「五雉爲五工正，利器用，正度量，夷民者也。」九扈：相傳少皞時主管農事之官名。《左傳·昭公十七年》：「九扈爲九農正。」

④ 離蠥：遭遇憂患。《楚辭·天問》：「啓代益作后，卒然離蠥，何啓惟憂，而能拘是達？」朱熹集注：「離，遭也。蠥，憂也。」

⑤ 靖寐：安眠，安息。

⑥ 緱嶺：即緱氏山。多指修道成仙之處。

⑦ 獨孤及《毘陵集》卷第十九《爲元相祭嚴尚書文》：「憶昨攸往，火旗雷輜，今也來斯，白馬龍輴。」

祭王崑湖文①

嗚呼！先君子之交公也，世爲鄰也，亦世爲友也。是以舊雨之悲，稚子之託，當夫臨歿，尤有大傷者焉。公朝夕從先君子游，先君子既亡，公爲不舉觴者累月。及公之亡，則去先君子之時，已十年矣。當先君子之亡，某之兄弟多稱童子，無負荷之能②。及公亡之時，則年俱壯大，成人有室。始悲日月如流，而親往不返。欒欒之戚③，於今猶一日也。

公無子，撫某之幼弟以爲子。弟具清上之質，善爲雄文。丁卯之試，宗族望焉。八月朔日，聞公寢疾於家，則亟言歸。自國門旋於里門，倍道而趨，及公之舍，則公亡一日矣。幼弟爲孺子泣也者，而爲之成喪。踰一年，而爲之卜葬。賓朋聚送，觀幼弟之哭泣以禮，蓋有同哀焉。公之世封萬户，子孫有通侯之稱。公無子而以其爵與其弟，其弟亡而以其爵與其弟之子。非獨以爵與之也，凡所謂田宅貨財者無乎不歸也。然服其爵者不能念其德，有其家者不能諭其志。公之所以涉危險、犯霜霧，其誰爲之哉？

卜葬之日，某之弟悲不能聲，而服爵之子不樂備一踊之節，此議禮者所甚怨也。公之匹濮太君，年七十矣，猶勤而治事，與公之副哭於帷，月朝十五，怛焉傷懷。而今且竭力以襄邛上之役，未亡之身，忘其勞苦，而與之同憂者，惟某之一弟。北原之送，惻乎其言之長矣。且先君子少惜幼子之慧，而哀公之無所恃，而不難以爲託。某之弟克將爲子之道，不有其一人之蓄，以致大事於公，是豈獨善承公哉？夫亦明先君子朋友之義而成其志也。某等所以爲執紼而前也。

【繫年】

據文中「丁卯之試，宗族望焉。八月朔日，聞公寢疾於家，則亟言歸。自國門旋於里門，倍道而趨，及公之舍，則公亡一日矣。幼弟爲孺子泣也者，而爲之成喪。踰一年，而爲之卜葬」，此文作於崇禎元年(一六二八)。

【箋注】

①此祭父執兼幼弟張王治養父王崑湖。吴偉業《張母潘孺人暨金孺人墓誌銘》:「府君以執友王公無子,命以己子子之,即敉庵也。」王崑湖,生平待考。

②《合集·近稿》卷六《先考虚宇府君行狀》:「然先君摧辱之時,子雖多,大者二十餘歲,少者僅八九歲,無一人奮聲激昂,稍借爵位氣勢拔先君於禍患,遂至癥結著心,閉睞横涕,溘然長往,良可慟也!」

③欒欒:身體瘦瘠貌。《詩·檜風·素冠》:「庶見素冠兮,棘人欒欒兮。」毛傳:「欒欒,瘠貌。」

祭金母文①

【眉評】張曰:「無字不澄練秀潔,文之正處,每有淒戞之韻。」

母之篤勤儉惠,造德門而昌條葉也,亦云鞠且長矣。始相夫子,徒手治辦,噉未出而攬衣,參載横而聞杼(一)。曉夜畢戒,竿量大小,尺刀之餘,咸歸經紀。乃致拓畝長阡,辟門高閈,兼以熙懿之美,後起嶒列,有子與孫。或周智足物,或藴志樂書,通深贍用,無一康匏之混。纓韡耀名,人士交頌,可不謂時之英者哉!

及中道瑟居,董統益劼。視困廥以理筩衍,整訓潔如,荃蓀相比②,芹歌再續,又非俗可紹步也。夫積馨若斯，昭應若彼，謂宜反裁以兒齒，易毵而秀髮。不意疾滯併偪，來侵裹危。令子禮祝問藥，蹙局求上治。亦將離苛就安，啗餦餭而侍扶老。奈之何暴客横驚，重其昏霧，如舟涉濤，又加以颶。遂當兹艸生之月，一寐不復寤也。

嗚呼哀哉！以母之年，踰七望八，從此永卧松嶠，應無蓋山之怨。但以群嗣錯踊，漣洏不已，指昊天以爲誓，使聞叫音，能遄其行與？某等獲與令子有縞帶紵衮之雅，遠望明旌，言思舊德，亦悁乎悲矣。有豆則楚，有饎則圭，猶之簾節瓜犀之歎，抑謹志所不可忘爾。

【校記】

〔一〕「杼」，原作「抒」，據上圖本改。

【箋注】

①此祭悼友人之母金氏。

②荃蓀：香草。古代常以之喻賢良之人。《宋書·顔延之傳》：「比物荃蓀，連類龍鸞。」

祭顧元錫文代①

昊天弗惠，厥施乃黝。夫曷不彼諆之罰，而正直是尤？又曷不用以劉憝，而蚤祖於幽？方今之人，覆温藉柔。畏大道之蒼荒，樂風埃之有優。割隅而脂，偭經而偨。稔不戒夫輥雷與疾霰，正欲借公紆朱綰綬，奏彈堿間，使人知明德之可羞。而何以有襪降黜〔一〕，反苓爲堇，身從雲征，而不晷留。

記公生本醴芝，浻桓策府。排紈裩之熠耀，拂賜書之絡塵。矜飭風物，其爲古人也已久。而居官特其一籌，初尹中土，鑠見斷鍔，啗薺半盂，署判百牘。嘉聞昭晞，譽在元侯。繼宰於北，偪友貙虎。晝則鏑槊間鳴，夜則火鼓雜吼。公左右力遏，撫民以戞，職雖一令，威同建麾。謂當列次顯峻，爲國爽鳩，而不虞倏頓於長楸。豈應皋之門，不堪焯跡，而呵從儀簿，必俟乎明神之騶。

嗚呼！嘉栟方宅而霜白，蘭舸甫縱而風栗。凡物之驚摧不恒，慌忽慮表，而未有如公之危挫萬感，終官以㤓愁。自今哀皇徹聞，應有秘器降錫，美謚班陳，而要未盡金石之鏤。於是賓親灑洟，睠穉啜泣。疑明旌爲別袖，惑石馬爲駿乘。彷彿公之朅來，亦猶夢日與月不可遐搜。而僕惟有攜此清酤，對黄腸而訴憂②。

【校記】

〔一〕「黜」，原作「黜」，據上圖本改。

【箋注】

①此代作祭顧天寵。光緒《崑新兩縣續修合志》卷二十五《政績》：「顧天寵，字元錫，鼎臣四世孫。萬曆丙辰進士，授盧氏知縣。盧地瘠，民多輕生，死輒詐言仇殺，圖奸利。天寵廉知其狀，訟爲衰止。虢山、伊水間多礦盗，故有毛兵守之，每督捕急，盗愈熾。天寵曰：『此即守者自爲聲援，有以激之耳。』令所在要害嚴防守，不責其斬獲，盗果息。内艱，服闋，補遵化。會天啓改元，出帑金十萬犒邊士，命天寵代闢使申廷拱行邊。故事，帑犒至，必貯庫照驗乃行，吏緣爲奸。天寵不更驗，即以散給，將士歡踴。及遼陽失守，烽火燭天，境内兵民錯雜，情形叵測，天寵静以鎮之。臺使者李瑾語天寵：『亦内顧否？』天寵曰：『守土之臣不得輕遣妻子爲民望。』瑾深賢之。積考上上，稍遷兵部主事，告歸。」

②黄腸：即「黄腸題湊」之省。漢時帝王陵寢槨室四周用柏木枋堆壘成之框形結構。黄腸本謂柏木之心。

祭楊伯母文①

【眉評】張曰：「直如古鼎文，祭文中未見有之。」

母之不禄於適室也，子子常與爲後之孫繩帶，冠六升，外縪，藨蒯之菲，杖下本，哭無時。既復，設中帶，陳褻事，以三尺竹杠，置明旌于西階上〔一〕②。子子常與爲後之孫袒髻髮，撫床第夷衾，旦夕哭無時。嗚呼！母自是不稱陳人矣③。

母相夫子，緒成誕富，克有哲嗣〔二〕，崝嶸其表。而中道瑟居，益以冠冕自任。令子貯書三十乘，日挾茶串盌濯而讀。母身自縹踈，鐵簪畫記，爲之製廣縟大被，遠接氣類。迨晚供帝青，淅蒸之外〔三〕，蔬桌而已。儉行單善，瑜珥日茁，能竟其玉耶之至。遂謝世纓，頮浴而返。是夕爵踊在房，殷殷田田④。獨聞蘇合氣氳若迎母，執一麈尾，兩鐵鏤書鎮，望西頭河去。于是設屋裹膚，諸嗣各繪西歸小像，掛帙軸間。進御豆甒，無魚鬐，但實以葵苴，烹以饎爨。乃用度幽宅，讀冒執算，在東西抽上轒，指中封而窆。

某亦白祫，齋溲酒，從北上，倣古繶爵之獻⑤。又恨桓伊挽歌不令，僅寫《檀經》三卷，採文淑法聲作曲，送母坎傺。行見隴旁有白蛇素狸，皓鳥皬雀，或後人常食密飦，絳以行地。知子常能惡車疏布裧，奉井槨，以汪兹土焉。

【校記】

〔一〕「于」，原作「宇」，據注②改。

〔二〕「哲嗣」，原作「哲詞」，據文義改。

〔三〕「淅蒸」，原作「淅蒸」，據上圖本改。

【繫年】

據文中「某亦白袷，齋溲酒，從北上，倣古繶爵之獻」，此文蓋作於崇禎元年（一六二八）選貢入京時。

【箋注】

①此祭楊彝之母。楊彝，字子常，號穀園，别號萬松老人。詳見《初集》卷一《楊顧二子近言序》注。

②鄧子琴《中國禮俗學綱要·喪禮》：「銘，即明旌，以死者爲不可别，愛之斯録之矣。以黑布一尺爲質，續以布二尺，均闊三寸，懸以三尺竹杠。書『某某之柩』，置於西階上。」

③陳人：猶老朽。《莊子·寓言》：「人而無以先人，無人道也；人而無人道，是之謂陳人。」郭象注：「陳久之人。」

④殷殷田田：象聲詞。《禮記·問喪》：「婦人不宜袒，故發胸，擊心，爵踴，殷殷田田，如壞墻然。」

⑤繶爵：古時口足之間飾有篆文之飲酒器。《儀禮·士虞禮》：「賓長洗繶爵三獻。」

祭贈公葛心雲文代①

【眉評】周曰：「韻言皆奥絶似騷賦。」

墳燭之下，和表之間，若翁者兹蓋未殄也。翁誕厚維皇，樹德清禮，明通之餘，義深幾象②。郛廛以代遯里，人士休之，疇不謂當首輝豐金，爲民棠幹。顧遅頓衡館③，而不躬之炤。爰有魯生公，繩視前卲，偏發書部，行規中庸。加以韶儀肅配，共敦和敬，秀疊堦下，如玉斯暉。亦疇不謂翁將啜金䀋④，泛瓊飴，可以頡頏偓佺⑤，啁彼塵罛。而乃乘壤子進服之日⑥，忽梁摧以不支。若是乎有降弗令，正人疑焉。

雖然，崇崇者基，瀰瀰者瀾。緜未考前，福之蔵也難驗。計魯生公㓜伶章聞，開筆睎古，年離曲諹，即易諱革而被䟽〔一〕。先後卜取，得兩女士，悉矢裴裳之雅，能順所美，以謐上下。慶源日渥，家庶煒曜，連枝起草，殆不意于扶風之五馬。此皆足以凱豫翁志，益齡澤性。雖其中有參差引泣者，淑婦再逝，重令子古井之怨，弗獲同冠櫛，視柔滑。要翁偃仰六十餘年，纘文績行，觀桂蘭之若折，蟬冕被體，珩璜節步，嗣此克光，欲齊戩臨，當無怚於一別矣。

即今魯生公建旟大藩，特請歸養。又營地甃石，墳高八尺，周樹以欒，脩便房安翁焉。《堯典》可殉，而刺草不生，誠孝之感，盡翁積也。僕固避影郊外〔二〕，圯息人事，實紉結大雅，情條雲互。兼某兒於魯生公久講媚戚，明懿加眷，乃向晝帷晝荒，荐皤蒿焉。朴塞之辭，用代《露歌》，且慰翁必永視泉門，非睹陳根而絕哭也。

【校記】

〔一〕「諱革」，疑作「韋革」。

〔二〕「僕」，原作「樸」，據文義改。

【箋注】

①此代作祭葛心雲。葛心雲，生平待考。

②幾象：指《周易》。《文選·王僧達〈祭顔光禄文〉》：「義窮幾象，文蔽班揚。」李善注：「幾象，謂《周易》。」

③衡館：衡門之屋舍。言其簡陋，借指士庶或隱者居住之處。

④金鹽：指五加皮。楊慎《丹鉛總録》卷四《五加皮》：「又異名曰金鹽，王屋山人王常曰：『何以得長久？何不食石蓄金鹽母！』又曰：『寧得一把五加，不用金玉滿車。』」

⑤偓佺：古仙人名。劉向《列仙傳·偓佺》：「偓佺者，槐山採藥父也，好食松實，形體生毛，長數寸，兩目更方，能飛行逐走馬。」

⑥壤子：猶愛子。

祭王濬仲母孺人文代①

嗚呼！母當夫子之隕背而啗苦荼，濬仲時猶鞠子也②。勤焉雖培，護之使殖。又束棊擇地，躬爲子範。自南飈之至，以迄霰雪之皚，未敢曠日。所謂母誦班經，子脩魯典，不其寅歟？繼而濬仲迫鑠於族人，佻昏莫制，母惟杖藜簪蒿，篤於淑訓。濬仲亦復洿沫受書，奮其上才，自越曹耦③。

戊午之歲，某幸逐鞅轅，同舉於鄉。時交手論説，稱在堂之劬苦，即涕落不可拒，矢以明行爲答。於是弊綈惡粟，慎自靡約，出柴軛，入繩户，上下相怡懌也。及公車頻躓，濬仲稍就禄養。又統率承學之流，以節尚交勵，酋酋儒先④，步在高矩。蓋用潔白事親，於古孝子白華之義深矣。人士欽切，咸期辰之役克展其翼，以大純錫。而不意昊天降酷，奪其非分，母遂有疾不襄，至於即世。

嗚呼！緑綟未加而素冠先見，濬仲其遂棘人也哉。某爲覽《喪服》之篇，感絶命之辭，不忍竟也。但念吾母仁孝温肅，所練非一世之德；子若孫固當以卓犖偏人，咸躋天路，昭白幽節。則泉門有旌，而笙詩繼作，亦可無慟於今日之澄齊清芷矣。

【繫年】

據「人士欽切，咸期辰之役克展其翼，以大純錫。而不意昊天降酷，奪其非分，母遂有疾不襄，至於即世」，此文蓋作於崇禎元年（一六二八）。

【箋注】

① 此代作祭王燾母。據文中所云，所代者與王燾萬曆四十六年（一六一八）同年中舉。王燾，字濬仲，崑山人。民國《太倉州志》卷十九：「王燾，字濬仲。秩元孫。少孤貧，九歲出後從父。族人有謀其産者，産且鉅萬，燾悉以讓，獨迎養所後祖母及母惟謹。萬曆四十六年舉於鄉，授海門教

諭，謝革贄儀。後補儀真邑令，墨絶弗與通。嘗會試，路資絶，商人江慕燾清節，進百金，謝弗受。薦陞解州、和州，未任，丁祖母憂。服除，補隨州。州經群盜焚掠，户不滿千。燾至，增城垣，練軍實，賊易隨縱騎過，燾督民兵擊斬三百餘人。賊憤，悉衆圍城，守二十日引去。崇禎十年，賊大至，守將王大用遁，關廂失守。燾猶晝夜乘城，手殺賊偵。會天大風雪，西城火裂。燾知事敗，馳入署，整冠帶，自縊。賊焚州治，所縊室獨存，屍植立不仆，賊望見駭走。既所司察狀，覓州印，印出燾所立尺土下。踰年，子錫中疏請贈卹，未報。福王時，謚烈愍，國朝謚節愍。」

② 鞠子：稚子。

③ 曹耦：同「曹偶」。曹，輩也。

④ 酋酋：高貌。

祭方孺人文①

【眉評】張曰：「讀者玩其嘉藻，飲其芳流，足以蠲塵滌煩矣。若夫辛婉之思，又其發乎情也。」

仲商之月②，母之長君孺高提書襆南旋〔一〕。邑之人群而讀其應舉諸篇，爛乎其爲玉果也。即連起頌母，謂有子凌飆，行觀服寵，毋論舊雨今雨，同此奔悦矣。無何，報罷，邑之人又群而悲其命之不猶，將爲賦靡蕪也。乃韜軻未已，又重大疢〔二〕，母遂悁焉永寐。

嗟乎！才無良會，憂同季女，顧不得戎戎整整，齊於車駟，而帷內帷外，惟聞搗沫，至有散髮不括、伏地聲澌者。凶之在門，何其纏迫！然而有辭也。母相夫子景樂公董統家室③，務以勤肇，星闌不惰。景樂公俶儻，弗循常人事，磑即於詩章，激昂於酒歌。一時耆公咸緤馬其廬，揖遜相質義。母又潔脩所饗，裕而有典，且扶掖長君次君，率於弘訓，就傳刺經，適中緯條。長君首未加布，已齒録諸生，固母氏之篤教也。迨景樂公壯遊洛陽，旅死不反。母偕長君墨縗而前，累百舍甫至，力禦群嗥，歸所侵負。乃得建旐發喪，還也以禮，其行事合於賢士大夫矣。令長君試必在前，食王之餼，卓鑠士黨；次君亦退伏雲草，學古人之耕養，後之嗣又⿰口尌榯焉。則母雖居泉裏，昳乎來秀，當如月之蘇，日有光明也。故某素冠進哭，本於哀指，而稍雜以慰言。

【校記】

〔一〕「書樸」，原作「書楪」，據文義改。

〔二〕「重」，上圖本作「群」。

【繫年】

據文中「仲商之月，母之長君孺高提書樸南旋。邑之人群而讀其應舉諸篇，爛乎其爲玉果也。即連起頌母，謂有子凌飆，行觀服寵，毋論舊雨今雨，同此奔悦矣。無何，報罷，邑之人又群而悲其命之不猶，將爲賦蘼蕪也。乃輜柯未已，又重大疢，母遂悁焉永寐」，此文蓋作於崇禎元年（一六二八）。

【箋注】

① 此祭張誼母。張誼，字孺高，太倉人。復社成員。吴山嘉《復社姓氏傳略》卷二：「張誼，字孺高，太倉人。順治七年貢生。」

② 仲商：即仲秋。《初學記》卷三引梁元帝《纂要》：「八月仲秋，亦曰仲商。」

③ 張景樂，張誼父。生平待考。

祭戴贈公薛恭人合葬文代①

維晨正前之四日②，贈公恭人匶乃行，設墻柳池，紐經緇齊，采貝如禮，執功布以御者數人。子中憲公要節而踊，若孺子泣，歌李協律上曲送③，在道相逮。某亦以年家子覿禮載，置酒觶栖間，彷荐普淖進祝辭。然未讀諸誄，已側聞公兩尊人行事於先君子矣（一）。

贈公誦鑒淹遠，飲名二十年，未褻而褻。恭人繼以醎苦光大，其撫鞠公成鄉進士。僅三周，亦不有其餘齒，姥穉之悲，動於緬賤。及公畧秩部下，玉茁其芽，慕猶煩毒。時恨客土疏惡，未得憑斗書，樹和表，以窀安美柳。適令彤車入滇，制詞文璘，推高幽者之義，乃冢人物土，視粟田而居，東村西郭，南道北堤，使後人日膺誥譜，採金笲於兹地。兩尊人可常擁玉扆屏風，青絲編簡，理頌琴矣。

某甫罹家閔，未敢步望，鈌門道左。但重以易世之戚，齊衰而吊，行覽道，車藁車，與髆干筦堇，廉薑澤蘭，動引悲激，伏辛上三嚌，且代先君子廟門外一哭爾。

【校記】

［一］「聞」，原作「問」，據哈佛本改。

【箋注】

① 此代作祭戴贈公薛恭人合葬。

② 晨正：正月初。《文選・張衡》：「及至農祥晨正，土膏脈起。」薛綜注：「晨，時正中也。謂正月初也。」

③ 《初學記》卷一四引干寶《搜神記》：「《挽歌》者，喪家之樂，執紼者相和之聲也。《挽歌》辭有《薤露》《蒿里》二章，出田横門人。横自殺，門人傷之悲歌，言人如薤上露，易晞滅也；亦謂人死，精魂歸於蒿里，故有二章。至李延年乃分爲二曲，《薤露》送王公貴人，《蒿里》送士大夫庶人。使挽者歌之。」

祭許少微封公文①

【眉評】周曰：「似庾子山。」

何人不行，貴知其宿；何人不歸，貴安其屬。惟翁之克淳而克明，斯於古者爲可續。

公體鎮如岱，機清若泉。初受服於半壁，遂縱聲乎大鏞。爰與諴處，即鼓言琴；爰與慝遊，即尋孔斧。是以人倫攸寄，物望用司。朋友稱爲處士之星，鄉黨重其先人之臘。然而玉完不彫，木高難伐。時頡頏兮上京，終差池兮草閣。胡皴酸酒，未踰薄凉；大葛粗麢，有同疏略。於時人悲其容，天護其禄。麥薺之操將歌，蘭生之觴已發。見衆芳之扈階，樂《五經》之在篚。

伯也而序之標，仲也而廷之擢，季子連武，群孫繼簇。豈操蛇之神，鑒馨香而代請於帝；抑脩文之郎，耽緗縑而托生其族。五庫既筦，一封惟茀。有弁乃瑶，有綬斯緑。人方謂軒后大澤之夢，徵在高門；而不意王喬玉棺之兆②，遽歸靈籙。絃急聲絶，燭搶烟竭。輼旐停而樹旐，朱皁撤而匪襈。嗟兹握蘭之彦③，徒爲枕塊之人④。讀喪禮三年而未齒見，閲《葬經》數家而多手録。既搜楟里之青烏，竟獲富春之白鵠。敬用迎輴，以順穆卜。

嗚呼！彼歷山爲冢，羑山爲埏，實曰佳城⑤；而洛陽之陌，京兆之阡，誰稱遺俗？必如吾翁，可無不足。某等昔誦崇荎，今觀大谷。久聞曳杖之言，愧乏送終之曲。祇有祝仁義兮勿荒，同松柏兮攸福。

【繫年】

據《初集》卷六《贈簡討許少微墓志》作時，此文應作於同一時期，即天啓七年（一六二七）。

【箋注】

①此祭許儁。許儁，字伯彦，號少微。詳見《初集》卷六《贈簡討許少微墓志》注。

②《後漢書·方術傳·王喬》：「天下玉棺於堂前，吏人推排，終不揺動。喬曰：『天帝獨召我耶？』乃沐浴服飾，寢其中，蓋便立覆。」後用爲升仙之典。

③應劭《漢官儀》卷上：「（尚書郎）握蘭含香，趨走丹墀奏事。」後以「握蘭」指皇帝左右處理政務之近臣。

④枕塊：躺倒於地，謂死。《淮南子·泰族訓》：「外内騷動，百姓罷敝。……餓於乾溪，食莽飲水，枕塊而死。」

⑤佳城：喻指墓地。

祭浦別駕文①

公發遥冑，後則孔脩。彦士踵起，展辭雲油。宗美在疆，倫必以稠。於焉則度，樂所覽諏。若采芳杜，必於中洲。公爲牧佐，不受富賕。風清彤蓋，睦頌有疇。惠顧萊野，删其雜蕠。百姓戴之，如水載舟。一邑之刑，役夫遍謳。簡禮敦物，義取洽柔。始翔上京，且百其騶。馳聲鋪菜，選越美鏐。後之出治，潔身以酬。狷脱汶汶，則觀泉瀏。家盈膺箱，不食民粦。春秋勞賜，沛然餘賙。爰惡苛俗，悲其蜉蝣。衣冠酷麗，實慚太丘。整齊己躬，斯等古猷。有子七兮，角犀淵謀。長幼燕愷，仁義服裘。静在一室，其聲遠浮。伯仲冠出，依覽魯鄒。尋聽高谷，旨稱若飋。頡頏前嘉，式懷所述。將望月蘇，擊音弘球。時人顛失，一笑秃鶩。惟此翩令，邈焉寡儔。周討六藝，大其擷蒐。遐譽聿進，昌邦用羞。上德於親，榮被九州。曷云佚墮，忽即於幽。竊味絶理，友朋捫揪。爨饎雖陳，孰起風流。法物委棄，埃散莫收〔一〕。盻問哀莽，誰似桑鳩。一豆之將，聊以道憂。變化何極，俟諸龍湫。

【校記】

〔一〕「收」，原作「故」，據文義及押韻改。

【箋注】

① 此祭浦別駕。別駕，職官名。漢制，爲州刺史之佐官，因隨刺史巡行視察時另乘車駕，故稱爲「別駕」。隋、唐曾改稱爲「長史」。後又復原名。浦別駕，待考。

七録齋續集

論略題辭〔一〕①

天如成進士，既讀書石渠②。歸，語予云：「經學微渺，未有究暢。欲用昔人限年法，幾年月畢一經，統幾年月畢諸經，令各就本緒。則如《三傳》《三禮》者，雖分專家，義原一貫，當復施條序，歸于易簡。」又以爲窮經則王道明〔二〕，通史則王事著。明王道者，可與立體〔三〕；著王事者，可與適用〔四〕。則取二十一史明白譔次，凡一世代，凡一君與其臣之繫興亡者，皆列論斷，以申前鑒後〔五〕。至于《宋史》敗爛，擬重加筆削，自爲文獻〔六〕。又以爲古今勢殊，不達于今爲泥古。自高皇帝以來，斷自神祖止〔七〕，大之人物、典禮、官制、漕渠、食貨，外而夷狄，細至服物、宫室，放班孟堅《漢書》體〔八〕，裁爲一書〔九〕。又以爲治天下者，當有經營天下之志。五方風氣緜來不齊〔一〇〕，其間户口錢穀，形勢沿革，定有綱領，則聚天下通志及郡縣志〔一一〕，與近日所飭《賦役全書》，匯爲一處〔一二〕。如京省則立總論〔一三〕，合計幾府幾州，縣則分立散論，務于荒遐備舉，莫或隱匿，則亦可謀體用合具者矣〔一四〕。

同時聞者，疑爲工力有數，難以兼及〔一五〕。予乃欣然〔一六〕，遂期其成〔一七〕。蓋相與十餘年來，凡有所期〔一八〕，無不底成者。況官以讀書爲職，則神閒〔一九〕；藏書多，又虚心集益，則易有功；閉門下帷，晝夜寒暑無間，則清静專一〔二〇〕；忠孝性至，則好惡正。此事不推天如，則何人哉〔二一〕！乃解裝出所著詩文，閲其當篇小目，宜有千餘紙，奴子疏惷，亡去稿一匣，兩人惋惜彌久。即所存諸論、議、策、説並館閣試文，小加點次，名曰《論略》行世。餘皆引端未究。要此萬世之業，非一時之觀覽也。述其概，豫爲同志共期爾〔二二〕。

盟弟張采受先題〔二三〕。

【校記】

〔一〕此篇又見張采《知畏堂文存》卷五（以下簡稱「知畏堂本」）。

〔二〕「復施條序，歸于易簡，又以爲」，知畏堂本作「當條序成列，融於大通。又謂」。

〔三〕「可」，知畏堂本無。

〔四〕「可」，知畏堂本無。

〔五〕「以申前鑒」，知畏堂本作「冀鑒前毖」。

〔六〕「至于《宋史》敗爛，擬重加筆削，自爲文獻」，知畏堂本作「至《宋史》裁自脱脱，義例庸略，擬筆削以章定獻」。

〔七〕「祖」，知畏堂本作「廟」。

〔八〕「漢書」，知畏堂本無。
〔九〕「裁」，知畏堂本作「勒」。
〔一〇〕「繇來」，知畏堂本無。
〔一一〕「天下通志及郡縣志」，知畏堂本作「二京各省通志及府州縣志」。
〔一二〕「爲一處」，知畏堂本作「次節目」。
〔一三〕「如京省則」，知畏堂本作「京省」。
〔一四〕「則亦可謀體用合具者矣」，知畏堂本作「庶幾指掌可視」。
〔一五〕「難以兼」，知畏堂本作「似難連」。
〔一六〕「予乃欣然」，知畏堂本作「獨予欣然會意」。
〔一七〕「遂」，知畏堂本作「鋭」。
〔一八〕「十餘年來凡有」，知畏堂本作「讀書」。
〔一九〕「神閒」，知畏堂本作「志專」。
〔二〇〕「清静專一」，知畏堂本作「静一」。
〔二一〕「此事不推天如則何人哉」，知畏堂本作「兼此數長，即孟堅而上，何不可就」。
〔二二〕「非一時之觀覽也。述其概，豫爲同志共期爾」，知畏堂本作「非計日可躐，詳其概，志天如歸來著述如此」。

〔三〕末刻「張采之印」「臨川令」二印。

【繫年】

據文中「天如成進士，既讀書石渠。歸」及張采《知畏堂文存》卷五《論略題辭》「非計日可躐，詳其概，志天如歸來著述如此」，張溥崇禎五年年底歸鄉，可知此文作於崇禎六年（一六三三）。

【箋注】

① 此爲張溥《七録齋論略》二卷所作序。

② 石渠：即石渠閣，西漢皇室藏書之處。此代指翰林院。

七録齋論略卷之一

婁東　張溥天如　著
同盟　周鍾介生
張采受先　閲

治夷狄論〔一〕

【校記】

〔一〕本篇又見童潤吾本《初集·論略》卷一。此處存目。

兩直論〔一〕

【校記】

〔一〕本篇又見童潤吾本《初集·論略》卷一。此處存目。

災異論〔一〕

【校記】

〔一〕本篇又見童潤吾本《初集·論略》卷一。此處存目。

備邊論〔一〕

【校記】

〔一〕本篇又見童潤吾本《初集·論略》卷一。此處存目。

女直論〔一〕

【校記】

〔一〕本篇又見童潤吾本《初集·論略》卷一。此處存目。

治河論〔一〕

【校記】

〔一〕本篇又見童潤吾本《初集·論略》卷一。此處存目。

宗室論〔一〕

【校記】

〔一〕本篇又見童潤吾本《初集·論略》卷一。此處存目。

馬政論〔一〕

【校記】

〔一〕本篇又見童潤吾本《初集·論略》卷一。此處存目。

任邊將論〔一〕

【校記】

〔一〕本篇又見童潤吾本《初集·論略》卷一。此處存目。

備倭論〔一〕

【校記】

〔一〕本篇又見童潤吾本《初集·論略》卷一。此處存目。

賦役論〔一〕

【校記】

〔一〕本篇又見童潤吾本《初集·論略》卷一。此處存目。

徵貸論〔一〕

【校記】

〔一〕本篇又見童潤吾本《初集·論略》卷一。此處存目。

詔獄論〔一〕

【校記】

〔一〕本篇又見童潤吾本《初集·論略》卷一。此處存目。

樂論〔一〕

【校記】

〔一〕本篇又見童潤吾本《初集·論略》卷一。此處存目。

錢楮論〔一〕

【校記】

〔一〕本篇又見童潤吾本《初集·論略》卷一。此處存目。

左道論〔一〕

【校記】

〔一〕本篇又見童潤吾本《初集·論略》卷一。此處存目。

建學論〔一〕

【校記】

〔一〕本篇又見童潤吾本《初集·論略》卷一。此處存目。

山東論〔一〕

【校記】

〔一〕本篇又見童潤吾本《初集·論略》卷一。此處存目。

鹽法論〔一〕

【校記】

〔一〕本篇又見童潤吾本《初集·論略》卷一。此處存目。

兵論〔一〕

【校記】

〔一〕本篇又見童潤吾本《初集·論略》卷一。此處存目。

春秋周平王通論〔一〕①

平王在位四十九年而始入《春秋》，何也？四十九年而王猶是也，天下無復望矣，故斷然以爲《春秋》之始也。文、武、成、康皆謂之王，平王一入《春秋》，即稱天王，不泰甚乎？或曰：「孔子作《春秋》，其時吴楚皆僭稱王，王者不能正，上自繫于天。」②王之不足，加之以天，諸侯猶不知懼，况無天乎？是故歸賵有貶，義當去天。《春秋》罪宰而存天王，則以爲託始焉爾。

仲子之不得爲夫人也，魯之人不知正也。其生也不知正，其没也不知正，則以爲固然而已矣。天下皆以爲固然，惟王亦曰：「仲子往矣。兄弟賵奠禮，胡可廢也？」雖然，天下之不知惠公之非也，獨賴王正之。王不能正而反如賵焉，則仲子誠夫人矣。責隱者曰：「隱雖攝桓，未知讓桓，否也。自王賵仲子，隱始懼，不敢立。」此甚辭也。仲子既薨，隱公以喪告天子諸侯，周始來賵。隱苟欲代桓，則無貴喪桓母矣。是故譏來賵者，當舍公而專責王。王者不可顯責，則斥名其宰。建邦六典，太宰職也。君不撫僕妾，在禮有之，咺胡不聞焉？抑使之者實甚，是故君臣有同惡也。雖然，宰咺之來，猶王命也。祭伯則胡爲乎？

外大夫出奔皆書奔，此不言奔，爲王諱也。寰内諸侯無天子之命而外交，當降書名。此獨書字，猶然以王之卿大夫尊之也。諱之也深，則罪之也切；尊之也至，則譏之也亟。召伯之出也，四國望膏雨焉；祭伯之出也，其賤與介葛盧、白狄等。周之盛衰，皆於卿士見之矣。平王於是有二心之臣，其誰與立？雖然，四十有九年之己未，至五十一年之辛酉，周之事僅兩書焉而王崩矣〔二〕。高曰崩者，梁山也；厚曰崩者，沙鹿也；尊曰崩者，天王也③。天王之崩，如梁山、沙鹿，天下無不聞也。天下無不聞而魯若不聞，魯無天王矣。

【校記】

〔一〕本篇又見北大本《合集·論略》卷一。

〔二〕「兩書」，原作「而書」，據北大本改。

【箋注】

①此論春秋周平王。崔述《崔東壁先生文集》卷二《周平王論》、朱一是《爲可堂初集》卷二《周平王論》，可對參。

②語出《春秋公羊傳·隱公元年》何注：「言天王者，時吴楚上僭稱王，王者不能正，而上自繫於天也。」

③語出《春秋穀梁傳·隱公三年》：「三月庚戌天王崩，平王也。高曰崩，梁山崩；厚曰崩，沙鹿崩；尊曰崩，天子之崩，以尊也。其崩之何也？以其在民上，故崩之。」

先資其言拜獻身以成信論〔一〕①

【眉評】宋九青曰：「述古妙在能詳，行文妙在能斷，不詳不足以生文之力，不斷不足以歸文之氣，至矣。」

事君其徒以言乎？徒以言，是教辨也。爲人臣者，日立於諍與諷之間，欲爲主文譎諫，則鳧鷖之諂至矣；欲爲批大疑，陳大議，則直聲在我，無所利於吾君矣。教辨之不可，而學辨之甚難。不可在於上，甚難在於下。意者其先事而修具乎？先事而修，而其具終不出乎語言之際，是又《咸》之上六也②。蘧子馮比八人，而申叔時遠之；郭子儀任吴曜，而僚佐去之③。大臣之用人也，先戒近有口之臣，况人主乎？甚矣！言之無取也。然則先資拜獻之説何居？應氏曰：「畎畝皤然之語，《説命》三篇之文，伊、傅之先資也。齊桓問答而成書，燕昭下命而有對，管樂之先資也；登壇東向，隆中三分之言，淮陰、諸葛之先資也。」鑒覽聖人之言，實以六臣之事，先資其盡於此乎？未也。

周官論道，而不及以六政；九經尊賢，而弗列之大臣。尊道貴德，至矣。三公微言而篤行，三孤審象而弼丞，建牧立監，太宰主之；正畿疆，立社稷，大司徒專之；太史掌典，職方掌籍，大行人掌禮。有不得其人，寧不備其官。欲得其人者何？凡以求其人之身也，求之以重而報之以忽。斯人者，王法之所絶也，即幸而得免王法〔二〕，亦《春秋》之所誅也。《春秋》治大夫，無繫乎天下之故者，書辭有等；有繫乎一國之故者，書辭亦有等。推其指，皆以望忠也。桑葉沃若，其周之盛乎？桑落黄隕，其周之衰乎？治亂之數，作之者君，成之者臣。垂隴之盟卑士穀④，伐沈之役書得臣⑤。峻其防者，所以深其志，可不戒諸？

昔者廖子静問於朱子曰：「升陑之師，伊尹其知兵乎〔三〕？」朱子曰：「有之。李膺爲度遼將軍，身覆戰陣，况伊尹乎？」⑥楊時謂伊尹有莘之樂，不出耕田鑿井，而朱子非之。

推此以况人臣之道，可得而概已。徐鉉論君臣之際〔四〕，有懷於《詩》之「置彼周行〔五〕」、《書》之「謀及百姓」，以爲卿士大夫無非懷人民、謀大疑，何有臣貳？繇是知士處白屋之下，不度於天下之務，通人未之有許也。既已内信於心矣〔六〕，然後因時而告之於君，君敬而登之，如武王之受《洪範》焉⑦，齋戒三日，折行西面，受丹書焉，則人臣之道行矣。人臣之道行，則於君之事濟矣。君之事濟，而後名之爲泰，斯以爲近本也。臣猶月也，月借日爲光，臣借君爲威；月近日則光愈微，臣近君則爲愈約。然日與月之相得其行也，無不信之度。是故君之善信，能如日焉，則無所不得於臣矣；臣之致信，能如月焉，則無所不得於君矣。

賈誼勸人主體貌大臣以厲節。獨其論人臣也，有態臣、篡臣、功臣、聖臣之分⑧。齊之蘇秦、楚之州侯、秦之張儀，非態臣歟⑨？韓之張去疾、趙之奉陽、齊之孟嘗，非篡臣歟⑩？晉之咎犯、齊之管仲、楚之孫叔敖，非功臣歟⑪？殷之伊尹、周之太公，非聖臣歟⑫？此非賈子一人之言也，天下之論無乎不然。然悉其美者，不可不盡其疵；惡其累者，不可不避其心。直言嬰鱗，世之所難，而間之以私，則爲袁盎之報讎、谷永之黨權⑬；諷辭不迫，聞者足戒，而不正其本，則爲司馬西南之書⑭、吾丘寶鼎之對⑮。是故人臣與其既事君而信也，無寧未事君而已信。

古之仕者，非四十不禄，非五十不爵，蓋多其年以試信也。其法雖不可通於今，要其意亦以慮人於遠也。鄉學之教，使人繇焉；國學之教，使人知焉。兼繇與知，則可謂信矣。所以當時之入官者，雖不氏不人，其材可權也。柳公權之筆諫⑯、柳公綽之醫諫⑰，夫人知之矣。歐陽修草春日帖子，其辭止宫禁之祓祝，而告君以陽升君子、陰消小人。尹焞當侍講筵⑱，先宿齋沐，冀盡己誠，感悟君父。一文辭，威儀之細〔七〕，格君之大寓焉。類而求之，正身匡國，尊主庇民，其事可勝道哉！是故王審官盡下，后助王求賢，在上之義也。琴瑟書策，諷咏先王，而無所慕於晝然知之臣、絜然仁之妾，君子守身之正也。惟不輕以身許人，而後其身始重。身重而言偕焉，挾其重者以行，而後大有所見於天下。竇從周嘗疑傅説版築，不能讀書，朱子以《説命》正告之，且曰：「舜居深山，終日群於木石鹿豕，一出而有『元首股肱』之歌〔八〕。」⑲繇此言之，大舜亦有先資矣。

【校記】

〔一〕目録原題作「先資論」，據正文改。本篇又見北大本《合集·館課》卷一。

〔二〕「王法」，北大本無。

〔三〕「伊」下，原衍「伊」，據北大本删。

〔四〕「徐鉉」，原作「徐眩」，據北大本改。

〔五〕「周行」，原作「周從」，據北大本改。

〔六〕「已」，北大本無。

〔七〕「細」，原作「紬」，據北大本改。

〔八〕「首」，原脱，據北大本補。

【箋注】

①此論《禮記·表記》：「子言之：事君先資其言，拜自獻其身，以成其信。是故君有責於其臣，臣有死於其言。故其受禄不誣，其受罪益寡。」劉沅《禮記恒解》：「先資其言，以言屬事君之先資也。至君用其言拜命，則自獻其身。有死無二，以見所言之信，君有責於其臣，委以重任，死於其言，失以終身，受禄不誣，受罪益寡，稱其職故也。」

②《周易·咸》：「上六，咸其輔頰舌。《象》曰：咸其輔頰舌，滕口説也。」

③語見歐陽厚均《易鑒》卷二十《坎下震上》：「楊氏誠齋曰：四以陽剛之賢，居近君之位者，當大臣之任而比微賤之小人，則君子望望然去之矣。惟解散其小人，則君子信其忠正而朋至矣。故薳子馮比八人者，而申叔時遠之；郭子儀任吴曜，而僚佐去之。」

④王文清《考古略》卷一《〈春秋〉王臣會盟考略》：「文公末年，志怠憚勞，諸侯翟泉之役，始使其大夫爲盟，不知罅隙一開，公室弱而大夫强，自此盟始。即世未幾，垂隴之盟，諸侯皆在，士縠主之。」

⑤《春秋·文公》：「三年，春，王正月，叔孫得臣會晉人、宋人、陳人、衛人、鄭人伐沈，沈潰。」

⑥《朱子語類》卷五十八《孟子·萬章上·伊尹以割烹要湯章》：「德明問：『看伊尹升陑之事，亦是曾學兵法。』曰：『古人皆如此。如東漢李膺爲度遼將軍，必是曾親履行陳。』」

⑦《尚書·洪範》：「武王勝殷，殺受，立武庚，以箕子歸，作《洪範》。」正義曰：「武王伐殷既勝，殺受，立其子武庚爲殷後，以箕子歸鎬京，訪以天道，箕子爲陳天地之大法，叙述其事，作《洪範》。」

⑧《荀子·臣道》：「人臣之論：有態臣者，有篡臣者，有功臣者，有聖臣者。」

⑨《荀子·臣道》：「内不足使一民，外不足使距難，百姓不親，諸侯不信，然而巧敏佞説，善取寵乎上，是態臣者也。」

⑩《荀子·臣道》：「上不忠乎君，下善取譽乎民，不恤公道通義，朋黨比周，以環主、圖私爲務，是篡臣者也。」

⑪《荀子·臣道》：「内足使以一民，外足使以距難，民親之，士信之，上忠乎君，下愛百姓而不倦，是功臣者也。」

⑫《荀子·臣道》：「上則能尊君，下則能愛民；政令教化，形下如景；應卒、遇變，齊給如響；推類接譽，以待無方；曲成制象：是聖臣也。」

⑬《漢書》卷八十五《谷永傳》：「谷永，字子雲，長安人也。……永少爲長安小史，後博學經書。建昭中，御史大夫繁延壽聞其有茂材，除補屬，舉爲太常丞，數上疏言得失。……對奏，天子異焉，

特召見永。」

⑭司馬西南之書：即《諭巴蜀檄》。《史記》卷一百一十七《司馬相如列傳》：「相如爲郎數歲，會唐蒙使略通夜郎西僰中，發巴蜀吏卒千人，郡又多爲發轉漕萬餘人，用興法誅其渠帥，巴蜀民大驚恐。上聞之，乃使相如責唐蒙，因喻告巴蜀民以非上意。」

⑮《漢書》卷六十四《吾丘壽王傳》：「及汾陰得寶鼎，武帝嘉之，薦見宗廟，臧於甘泉宫。群臣皆上壽賀曰：『陛下得周鼎。』壽王獨曰非周鼎。上聞之，召而問之，曰：『今朕得周鼎，群臣皆以爲然，壽王獨以爲非，何也？有説則可，無説則死。』壽王對曰：『臣安敢無説！……昔秦始皇親出鼎於彭城而不能得，天祚有德而寶鼎自出，此天之所以與漢，乃漢寶，非周寶也。』上曰：『善。』群臣皆稱萬歲。是日，賜壽王黄金十斤。」

⑯《舊唐書》卷一百六十五《柳公權傳》：「穆宗政僻，嘗問公權筆何盡善，對曰：『用筆在心，心正則筆正。』上改容，知其筆諫也。」

⑰《新唐書》卷一百六十三《柳公綽傳》：「憲宗喜武功，且數出游畋，公綽奏《太醫箴》以諷，……天子高其才，遣使謂曰：『卿言「氣行無間，隙不在大」，愛朕深者，當置之坐隅。』踰月，拜御史中丞。」

⑱《宋史》卷四百二十八《尹焞傳》：「焞自入經筵，即乞休致，朝廷以禮留之；浚、鼎既去，秦檜當國，見焞議和疏及與檜書已不樂，至是，得求去之疏，遂不復留。十二年，卒。當是時，學于程頤

之門者固多君子，然求質直弘毅、實體力行若焞者蓋鮮。」

⑲《朱子語類》卷五十八：「賓問：『傅説版築，亦讀書否？』曰：『不曾讀書，如何有《説命》三篇之文？「舜居深山之中，與木石居，與鹿豕遊」，後來乃能作「股肱元首」之歌。』」

寧静致遠論〔一〕①

天下之言，有發之一時，可守爲終身常者乎？苟其言之，儒者命之，儒者守之矣。非獨終身也，且可以教後。《書》曰「其辭萬世」，亦猶是也。諸葛武侯之訓子，有言曰：「淡泊明志，寧静致遠。」②使概視之而不深思其端，亦家庭恒言已爾，老夫誦焉，小子聽焉已爾。而後世之大儒，且援之以爲理性命，審根極，相與尊大其説，以輔聖人之不及，豈無故哉？試執寧静之言，合之孔明之行事，凡其當日之所爲，蓋極難矣。漢祚衰盡，群竊紛起〔二〕。武侯當此，其能一日無所爲乎？天下之事，無所爲則静，有所爲則不静。使武侯守己之説，而不一有爲於天下，則王室於是而絶也；使大有所爲而經事變權，無所不之，是自背其説，又以欺其子也。二者將何從焉？則曷觀之漢初之留侯與唐之鄴侯乎〔三〕？留侯初不忍韓之亡，椎擊始皇，不中而去，其氣可謂動矣。後遇圯上老人，甘爲之折下而色不變，其非内力深乎？夫能忍圯上老人之辱〔四〕，然後能成漢王天下之功。此昔人之論留侯者，所謂深於内際也〔五〕③。鄴侯内贊肅宗，恢復神京，盗賊夷狄，次就剪滅，意者其猶龍乎？迨迎還上皇，保護太子，家人父子之際，尤有神感焉④。而説者又曰：「留侯佐漢，定有天下，功成不居，退隱其身；鄴侯堅於辭爵，而終爲唐臣。二子之優劣〔六〕，蓋在斯乎？」抑殆不然。

寧静之道，本乎人心，不爲時改。或亟亟乎欲有所就之，或亟亟乎欲有所去之，俱非其指也。人但知武侯之抱膝隆中〔七〕、高譚管樂之爲寧静，而不知其驅除吴魏、屢出祁山之爲寧静，則知孔明之寧静者亦淺矣。但知其控荆、襄之上游，據全蜀之形勝爲致遠，而不知其成敗利鈍，無容逆睹之爲致遠，則知孔明之致遠者亦淺矣。

是故三侯之爲道，皆可謂與聞乎寧静者也。特繇留侯之道，談笑樽俎，藏身無端，其跡近於神仙，而學者難乎其據。繇鄴侯之道，匡救彌縫，不避深阻，而常恐功名之士執之以爲端，内乏其精心之感，而外牽於可動之名。惟繇武侯之道，功名富貴，縱横捭闔〔八〕，一無所慕，而事君斷國，獨以誠爲本。儒者以爲似乎聖賢也。故寧静致遠之説，確乎而不易〔九〕。昔者武侯既以之教其子矣。及蜀之亡，子孫多從蜀死者，安身之道，豈如是乎？要推至隱，則真善學寧静者也。謝安學之不全，而小有其效；（此處眉評：「學之不全，可謂善論。」）房琯好大議而無其誠，用之即敗。寧遠事而任心，無亡心而滋事。寧静之説，又豈數數在言乎？然又有疑焉。

漢之得天下也，以清浄治之，黄老之説非乎？當時君臣信從樂服，趨之風靡，沿於其末，慮末之變〔一〇〕，抑又不然。漢初蕭、曹諸相，簡脱細務⑤；武侯之治蜀，簿書不遺，託清浄者詎然乎？且治亂在天，制治亂在人。以西漢之初，而行苛密之教，則時有所不必〔一一〕；以季漢之餘，而欲從清浄之治，則勢有所不能。武侯於此，何庸心焉？

夫惟武侯之應敵制變，出奇無窮，服人之深，常出於智力之外。天下之受其籠絡者，莫測其所以然。後世之士聚而私議，即欲位之於管樂之間，亦無以窺其平生用力之所存。而寧静致遠之説乃出於武侯之自言，然後天下翕然於所謂反覆思之而無與易。以爲寧静則真寧静也，以爲致遠則真致遠也。極其聰明匡正之才，而不外乎尋常之理，於是儒者交信之曰：「寧静致遠之説，其志伊周之志乎？」伊周行之於新造之邦〔一二〕，人始懼焉，而不以爲非；武侯行之於多難之國，上下無有間之者，功及身盡，而不自足其能。其學孔孟之學乎？孔孟不用其身，萬乘不能當其一顧，而其道益高。武侯之用則已見矣，雖不大遂其道，常施於甲兵之會，而人不及知。惟志與學合而後似聖賢，似聖賢而後説不誣。不然，淮南氏固已言之矣。

【校記】

〔一〕本篇又見北大本《合集·館課》卷一。

〔二〕「紛起」，原作「終起」，據北大本改。

〔三〕「觀之」，北大本無「之」。

〔四〕「夫」，原作「大」，據北大本改。

〔五〕「深」，原作「洋」，據北大本改。

〔六〕「之」，北大本無。

〔七〕「但」，原作「俱」，據北大本改。「之」，北大本無。

〔八〕「捭闔」，原作「押闔」，據文義改。

〔九〕「確乎」，原作「确守」，據北大本改。

〔一〇〕「未」，北大本作「不」。

〔一一〕「時」，原脱，據北大本補。

〔一二〕「周」下，原衍「周」，據北大本删。

【箋注】

① 此論諸葛亮《誡子書》「非寧静無以致遠」。先以諸葛身逢三國亂世何來寧静以質疑，復以張良、李泌之行事證析之，末以諸葛之行事點之，揭出「人俱知武侯之抱膝隆中、高譚管樂之爲寧静，而

不知其驅除吴魏、屢出祁山之爲寧静，則知孔明之寧静者亦淺矣。但知其控荆襄之上游，據全蜀之形勝爲致遠，而不知其成敗利鈍，無容逆睹之爲致遠，則知孔明之致遠者亦淺矣」，至此畫龍點睛，水落石出，自成一家之言。魏象樞《澹泊明志寧静致遠論》（《寒松堂全集》卷十二）從張溥此文化出，陶望齡亦有《寧静致遠論》（《歇庵集》卷十九），可對參。

②《諸葛亮集》卷一《誡子書》：「夫君子之行，静以修身，儉以養德。非澹泊無以明志，非寧静無以致遠。」

③《蘇軾文集》卷四《留侯論》：「夫持法太急者，其鋒不可犯，而其末可乘。子房不忍忿忿之心，以匹夫之力，而逞於一擊之間。當此之時，子房之不死者，其間不能容髮，蓋亦已危矣。千金之子，不死於盗賊。何者？其身之可愛，而盗賊之不足以死也。子房以蓋世之才，不爲伊尹、太公之謀，而特出於荆軻、聶政之計，以僥倖於不死，此固圯上之老人所爲深惜者也。是故倨傲鮮腆而深折之。彼其能有所忍也，然後可以就大事。故曰：孺子可教也。」

④《新唐書》卷一百三十九《李泌傳》：「肅宗即位靈武，物色求訪，會泌亦自至。已謁見，陳天下所以成敗事，帝悦，欲授以官，固辭，願以客從。入議國事，出陪輿輦，衆指曰：『著黄者聖人，著白者山人。』帝聞，因賜金紫，拜元帥廣平王行軍司馬。帝嘗曰『卿侍上皇，中爲朕師，今下判廣平行軍，朕父子資卿道義』云。始，軍中謀帥，皆屬建寧王，泌密白帝曰：『建寧王誠賢，然廣平冢嗣，有君人量，豈使爲吴太伯乎？』帝曰：『廣平爲太子，何假元帥？』泌曰：『使元帥有功，陛下不以

爲儲副，得耶？太子從曰撫軍，守曰監國，今元帥乃撫軍也。』帝從之。……二京平，帝奉迎上皇，自請歸東宫以遂子道。泌曰：『上皇不來矣。人臣尚七十而傳，況欲勞上皇以天下事乎？』帝曰：『奈何？』泌乃爲群臣通奏，具言天子思戀晨昏，請促還以就孝養。上皇得初奏，答曰：『當與我劍南一道自奉，不復東矣。』帝甚憂。及再奏至，喜曰：『吾方得爲天子父！』」

⑤《漢書》卷三十九《蕭何曹參傳》：「始參微時，與蕭何善，及爲宰相，有隙。至何且死，所推賢唯參。參代何爲相國，舉事無所變更，壹遵何之約束。擇郡國吏長大，訥於文辭，謹厚長者，即召除爲丞相史。吏言文刻深，欲務聲名，輒斥去之。日夜飲酒。卿大夫以下吏及賓客見參不事事，來者皆欲有言。至者，參輒飲以醇酒，度之欲有言，復飲酒，醉而後去，終莫得開説，以爲常。相舍後園近吏舍，吏舍日飲歌呼。從吏患之，無如何，乃請參遊後園。聞吏醉歌呼，從吏幸相國召按之。乃反取酒張坐飲，大歌呼與相和。參見人之有細過，掩匿覆蓋之，府中無事。」

周　論〔一〕①

言周享國之久者，以爲歷主三十有七，歷年八百六十有七，終古一見也②。然東遷以後，王事盡矣。地不大於曹、滕，民不衆於邾、莒，爲之君者，又多不可道者焉。繻葛之戰，祝聃射桓王中肩，而《春秋》猶書「蔡人、衛人、陳人從王伐鄭」，所以存君臣也③。惠王立而蔿國〔二〕、邊伯、詹父、子禽、祝跪五大夫奉子頽以作亂，璧繇莊王始也④。襄王立，而王子帶召伊洛之戎，以焚王城⑤，孽又自惠王與惠后始也。至富辰之諫不行，而隗氏之難遂作。襄王出居於鄭，大叔以狄后居於温。人倫之變，蓋莫大焉。雖其後能却晉文之請隧，要未足蓋河陽之羞也。

楚子問鼎，而有王孫滿之對⑥；晉鞏朔獻齊捷，而單襄公辭之，待之降卿禮一等⑦。定王之令於諸侯，可謂順矣。然而札子之亂，不能禦也。簡王之世，霸主不競，而霸國之大夫遂聽斷王室之訟。作《春秋》者，不得已而哀天下之無伯，不其傷哉！靈王生有神聖⑧，而不及正乎王國，狃於時也。太子晉賢而早夭，則天之爲也。景王既崩，子朝之難，歲未有寧。思王、考王再弑其兄，後至赧王而折入於秦，固其宜也。是以論者咎東遷之失而與以亡國之證，謂平王之都雒，猶魏惠遷大梁、楚昭遷郢、頃襄遷陳、考烈遷壽春也。且周之東徙，鄭與有勞。武公實死幽王之難，而桓、襄俱不能釋於鄭，以致王師之辱。晉雖强大，王室賴之，百數十年，秦楚不得爲暴。盟踐土、城成周之事，其著者也。三家滅智氏而分晉，威烈不能討〔三〕，而命魏斯、趙籍、韓虔爲諸侯。不惟名器假人，抑亦自去其蔽也⑨。是故以天子與東周，不如其無天子也。

外東周而言西周〔四〕，則周之正位乎天下，僅得三百五十有餘歲也。然而君子謂之久遠者，則以后稷之元德生民，其子孫爲聖人者有以繫之也。深於前之德者，無所辭於後之弱，是以穆王不可不念其終，宣王不可不念其始，成、康益可知也已。

【校記】

〔一〕本篇又見北大本《合集·論略》卷一。

〔二〕「惠王」「薦國」，原作「惠玉」「薦國」，據北大本改。

〔三〕「討」，原作「計」，據北大本改。

〔四〕「東周」，原作「東州」，據北大本改。

【箋注】

①本篇論周，揭櫫周之東遷之失，肯定西周之德。蘇轍有《周論》，從「周之政尚文」切入，縱論「文」對周及後世之影響，可對參。又，陳國本輯《通鑑史論集》有《周論》，胡一桂《周論》（《全元文》卷四五七），亦可對參。

②范浚《周論》（《全宋文》卷四二七五）：「周有天下，傳三十七王，歷年八百六十有七，視夏商最爲長久。」

③《春秋·桓公五年》：「秋，蔡人、衛人、陳人從王伐鄭。」《史記》卷四十二《鄭世家》：「三十七年，莊公不朝周，周桓王率陳、蔡、虢、衛伐鄭。莊公與祭仲、高渠彌發兵自救，王師大敗。祝聸射中王臂。」

④《史記》卷四《周本紀》：「初，莊王嬖姬姚，生子穨，穨有寵。及惠王即位，奪其大臣園以爲囿，故

大夫邊伯等五人作亂，謀召燕、衛師，伐惠王。」

⑤竹添光鴻《左傳會箋·隱公二年》：「其先陸渾而居伊洛之間者，又有揚拒泉皋伊洛之戎，王子帶曾召之，以伐京師，焚王城東門，爲禍最烈。」

⑥《左傳·宣公三年》：「楚子問鼎之大小輕重，王孫滿對曰：『在德不在鼎。昔夏之方有德也，遠方圖物，貢金九牧，鑄鼎象物，百物而爲之備，使民知神姦。故民入川澤山林，禁禦不若。螭魅罔兩，莫能逢之。用能協于上下，以承天休。桀有昏德，鼎遷于商，載祀六百。商紂暴虐，鼎遷于周。德之休明，雖小，重也。其姦回昏亂，雖大，輕也。天祚明德，有所厎止。成王定鼎于郟鄏，卜世三十，卜年七百，天所命也。周德雖衰，天命未改。鼎之輕重，未可問也。』」

⑦《左傳·成公二年》：「晉侯使鞏朔獻齊捷于周。王弗見，使單襄公辭焉，曰：『蠻夷戎狄，不式王命，淫湎毁常，王命伐之，則有獻捷，王親受而勞之，所以懲不敬、勸有功也。兄弟甥舅，侵敗王略，王命伐之，告事而已，不獻其功，所以敬親暱、禁淫慝也。今叔父克遂，有功于齊，而不使命卿鎮撫王室，所使來撫余一人，而鞏伯實來，未有職司於王室，又姦先王之禮，余雖欲於鞏伯，其敢廢舊典以忝叔父？夫齊，甥舅之國也，而大師之後也，寧不亦淫從其欲以怒叔父，抑豈不可諫誨？』士莊伯不能對。王使委於三吏，禮之如侯伯克敵使大夫告慶之禮，降於卿禮一等。」

⑧《左傳·昭公二十六年》：「靈王生而有髭。王甚神聖，無惡于諸侯。」

⑨《資治通鑑》卷一《周威烈王二十三年》：「初命晉大夫魏斯、趙籍、韓虔爲諸侯。」胡三省注：「三

家者，世爲晉大夫，於周則陪臣也。周室既衰，晉主夏盟，以尊王室，故命之爲伯。三卿竊晉之權，暴蔑其君，剖分其國，此王法所必誅也。威烈王不惟不能誅之，又命之爲諸侯，是崇獎奸名犯分之臣也。」

魯論〔一〕①

予讀《春秋》，自隱公至於定、哀之際，魯之非禮甚矣。隱公者，桓公之兄也。公身爲攝主以待弟，不行公子翬之謀，而身受弒焉。君子未嘗不哀其志也。桓公會齊侯於濼，而有彭生之禍②；莊公不明《春秋》絶屬之義，而反會齊侯以狩，謂之何哉？子盤、子開繼受賊弒，而季友始定僖公之位。宣公之立也，殺其適惡與視，而後以有魯，出姜之哭，市人傷之。襄公二十九年，季孫宿取卞，公還自楚，不敢入，入而不敢問。昭公不忍其臣之偪，而公徒反北，薨於乾侯。哀公欲以越去三桓而身孫於衛。若然，則魯公即位之無正，獨一定公哉！

且齊魯世爲昏匹，而文姜會乎齊侯，哀姜淫於慶父，穆姜通於叔孫僑如，皆以啓亂。男女之際，君子又可得而盡言歟？然而非隱公之罪也。罪有人焉，魯之人不之知也，周宣王是已。魯自元公已來，傳七世，皆無事。及武公入朝，王愛其少子括，立爲世子。樊穆仲諫焉，王弗之聽。後果爲兄子伯御所弑，則非禮之首也。夫治治國以禮，治亂國亦以禮，禮不可斯須去者。晏子憂田氏之亂，以爲惟禮可以已之③。晉女叔齊論禮所以守國、行政令、無失其民，而責昭公不用子家羈，奸大國盟，陵虐小國，公室四分，民食於他，爲不知禮④。禮之爲道，不亦重乎！天子一教人以非禮而其國從之，易世不更其禍。天子之言，可不慎哉！雖孝公之立，《詩》稱「補闕」，然大亂萌矣，又曷得而止諸？

【校記】

〔一〕本篇又見北大本《合集·論略》卷一。

【箋注】

① 此論魯，始於揭析魯之失禮處，終於禮之重要性。《論語·雍也》：「子曰：齊一變，至於魯；魯一變，至於道。」朱熹集注云：「孔子之時，齊俗急功利，喜誇詐，乃霸政之餘習。魯則重禮教，崇信義，猶有先王之遺風焉，但人亡政息，不能無廢墜爾。道，則先王之道也。言二國之政俗有美惡，故其變而之道有難易。」張溥本文所論，恰可作朱子集注之注脚也。

② 《春秋·桓公十八年》：「公與夫人姜氏如齊，公薨於齊。」《左傳》：「公會齊侯於濼，遂及文姜如齊，齊侯通焉。公謫之，以告。夏四月，享公，使公子彭生乘公，公薨於車。」

③ 《左傳·昭公二十六年》：「齊侯與晏子坐于路寢。公歎曰：『美哉室！其誰有此乎？』晏子曰：『敢問何謂也？』公曰：『吾以爲在德。』對曰：『如君之言，其陳氏乎！陳氏雖無大德，而有

施于民。豆、區、釜、鍾之數，其取之公也薄，其施之民也厚。公厚斂焉，陳氏厚施焉，民歸之矣。《詩》曰：「雖無德與女，式歌且舞。」陳氏之施，民歌舞之矣。後世若少惰，陳氏而不亡，則國其國也已。』公曰：『善哉！是可若何？』對曰：『唯禮可以已之。在禮，家施不及國，民不遷，農不移，工賈不變，士不濫，官不滔，大夫不收公利。』公曰：『善哉！我不能矣。吾今而後知禮之可以爲國也。』」

④《左傳·昭公五年》：「公如晉，自郊勞至於贈賄，無失禮。晉侯謂女叔齊曰：『魯侯不亦善於禮乎？』對曰：『魯侯焉知禮？』公曰：『何爲？自郊勞至于贈賄，禮無違者，何故不知？』對曰：『是儀也，不可謂禮。禮，所以守其國，行其政令，無失其民者也。今政令在家，不能取也。有子家羈，弗能用也。奸大國之盟，陵虐小國，利人之難，不知其私。公室四分，民食於他，思莫在公，不圖其終。爲國君，難將及身，不恤其所。禮之本末，將於此乎在，而屑屑焉，習儀以亟。言善於禮，不亦遠乎？』君子謂：『叔侯於是乎知禮。』」

齊　論〔一〕①

齊桓公，五伯之賢者也。身死之後，五子争立。無詭立三月而受弑②，孝、昭、懿、惠繼之。然昭公殺孝公之子〔二〕，懿公又殺昭公之子，而其臣邴歜、閻職復以懿公之虐，怨而弑之。故五公子雖皆爲君，而不成乎君。自此以往，其亂遂未絶也。

頃公懲馬陘之辱，歸而修德救民，可謂善補過矣。然以婦人之笑，而啓禍於强國之大夫，非所以自正也③。莊公爲太子之時，能抽劍斷鞅，止靈公郪棠之走④，而不能自戒於崔氏之變，不亦悖乎？景公愛孽子荼，以屬之國夏、高張，而卒召陳乞、鮑牧之難；陽生之立，不正其始，而其後國人亦遂弑之。陳恒弑簡公，諸侯不能討，三傳而盡於田氏。謀之不臧，其誰始之？夫議桓公之失者，必罪管仲⑤；議景公之失者，必罪晏嬰。君子之受人責也，固如是乎？

要之，治家以及國，其道蓋無二也。襄公不道而諸弟出奔，自桓視之，所謂殷鑒者，非歟？管仲相三日而定政，三月而論百官。及其霸圖之興，始於北杏，伐宋爲鄄之會，伐鄭爲幽之盟，而後諸侯無二，徐戎率服。救鄭以威於南，伐山戎以威於北。魯定救邢，封衛城杞，而後江、黄、舒庸可至，南征之師可出。於是定世子，則會首止；率諸侯以聽於天子之宰，則會葵丘。其所以安内外、舉王事者，行之無乎不序。而謂齊家之道，仲未有以告之於公，亦不敢信也。

《春秋》之善善樂終，故於桓之用賢而諱其終身之惡，豈於仲獨無所用其忠恕乎？或者世傳太公執政之速，周公慮其後有篡弑之臣，意當日之攬衣宵行，因俗簡禮，《周禮》固未之舉歟？若然，則聖人之作始，猶有間也，必不然矣。

【校記】

〔一〕本篇又見北大本《合集·論略》卷一。

〔二〕「殺」，北大本作「弒」。

【箋注】

①此論齊。歷數齊國内亂，歸結於家國之治其道無二。

②吴乘權等輯《綱鑑易知録·周襄王九年》：「桓公卒，五公子各樹黨爭立，桓公子六人，武孟無虧、惠公子元、孝公子昭、昭公子潘、懿公商人、子雍。先是易牙請桓公立無虧，許之。公卒，五公子爭立。遂相攻；以故宫中空，莫敢棺桓公。尸在牀上六十七日，尸蟲出于户。易牙立無虧，後爲齊人所殺。孝公奔宋。」

③《左傳·宣公十七年》：「春，晉侯使郤克徵會于齊。齊頃公帷婦人使觀之。郤子登，婦人笑于房。獻子怒，出而誓曰：『所不此報，無能涉河。』」

④《左傳·襄公十八年》：「齊侯駕，將走郵棠。大子與郭榮扣馬，曰：『師速而疾，略也。將退矣，君何懼焉？且社稷之主不可以輕，輕則失衆。君必待之！』將犯之，大子抽劍斷鞅，乃止。」

⑤《史記》卷六十二《管晏列傳》：「管仲，世所謂賢臣，然孔子小之。豈以爲周道衰微，桓公既賢，而不勉之至王，乃稱霸哉？」

衛論〔一〕①

衛之封出於康叔，其後世之得失，事多見於《衛風》，言《詩》者皆能道之。然求以《春秋》之義，所謂以臣弑君之事，終衛之世，未聞屢告。惟州吁弑桓公②，甯喜弑殤公③，其後國人弑莊公而已。所謂莊公者，即靈公太子蒯聵也④。且州吁之亂，石碏以大義滅親，君子謂其在微能諫，即變知通⑤。宣公之太子伋以婦見誅，弟壽載旌以先，争死相讓，《二子乘舟》之所爲賦也〔二〕⑥。成公與元咺之訟，甯武子同鍼莊爲理，卒以武子之力，出公於難⑦。然公武捉髮迎君而不免前驅之射，元咺哀叔武不得其死而身爲之訟，其志亦有足矜者。繇是觀之，衛於君臣父子之際，猶未見其大失也。

文公滅邢而《春秋》書名⑧，學者以爲惡其背本祖而滅同姓。然而楚丘之築、訾婁之師不可忘也⑨。若夫衛朔之人殺左右公子而逐黔牟，則蒯聵之事或有近焉。公子郢辭靈公之命而不立，與子鮮之織絇邯鄲，未嘗不可謂之同清也。故衛自懿公之亡，不終折於大難，亦有意也。至言「淇沫」「上宫」之風⑩，罪自中簭。要之，《碩人》所詠，送戴嬀而有《燕燕》之詩，悼莊公而有《日月》《終風》之歎，淑女之文，安可忽歟？

定姜不忍孫林父、甯殖之亂而義形於辭，其意烈矣。然夷姜之蒸，宣姜之聚，自宣公一人爲之⑪，流於子孫。而南子之行，遂聞四國。悲哉！人倫之若是其重也。

【校記】

〔一〕本篇又見北大本《合集·論略》卷一。

〔二〕「二子」，原作「三子」，據《詩·二子乘舟》改。

【箋注】

①此論衛。首揭「衛於君臣父子之際，猶未見其大失也」，末歸之於人倫。

②《左傳·隱公四年》：「春，衛州吁弑桓公而立。」

③姚彦渠《春秋會要》卷一《世系·衛》：「殤公，名剽，穆公孫。魯襄公十五年立。在位十二年，爲甯喜所弑。謚曰『殤』。」

④姚彦渠《春秋會要》卷一《世系·衛》：「莊公，名蒯聵，靈公子，出公父。魯哀公十六年，孔悝納而立之。在位二年，晉伐衛，逐公，立般師。謚曰『莊』。」

⑤《左傳·隱公四年》：「州吁未能和其民，厚問定君於石子。石子曰：『王覲爲可。』曰：『何以得覲？』曰：『陳桓公方有寵於王，陳、衛方睦，若朝陳使請，必可得也。』厚從州吁如陳，石碏使告於陳曰：『衛國褊小，老夫耄矣，無能爲也。此二人者，實弑寡君，敢即圖之。』陳人執之，而請莅于衛。九月，衛人使右宰醜莅殺州吁于濮。石碏使其宰獳羊肩莅殺石厚于陳。君子曰：『石碏，純臣也，惡州吁而厚與焉。大義滅親，其是之謂乎！』」

⑥王先謙《詩三家義集疏》卷三上《二子乘舟》：「傳：『二子，伋、壽也。宣公爲伋取於齊女，而美，公奪之，生壽及朔。朔與其母愬伋於公，公令伋之齊，使賊先待於隘而殺之。壽知之，以告伋，使去之。伋曰：「君命也，不可以逃。」壽竊其節而先往，賊殺之。伋至，曰：「君命殺我，壽有何罪？」賊又殺之。國人傷其涉危遂往，如乘舟而無所薄，汎汎然迅疾而不礙也。』」

⑦《左傳・僖公二十八年》：「衛侯與元咺訟，寧武子爲輔，鍼莊子爲坐，士榮爲大士。衛侯不勝。殺士榮，刖鍼莊子，謂寧俞忠而免之。執衛侯，歸之于京師，寘諸深室。寧子職納橐饘焉。元咺歸于衛，立公子瑕。」《左傳・僖公二十八年》：「晉侯使醫衍酖衛侯。寧俞貨醫，使薄其酖，不死。公爲之請，納玉於王與晉侯，皆十瑴，王許之。秋，乃釋衛侯。」

⑧《左傳・僖公二十五年》：「春，衛人伐邢。二禮從國子巡城，掖以赴外，殺之。正月丙午，衛侯燬滅邢。同姓也，故名。」

⑨《左傳・僖公三十三年》：「狄侵齊，因晉喪也。公伐邾，取訾婁，以報升陘之役。」

⑩《詩・鄘風・桑中》：「期我乎桑中，要我乎上宫，送我乎淇之上矣。」

⑪《左傳・桓公十六年》：「初，衛宣公烝於夷姜，生急子，屬諸右公子。爲之娶於齊，而美，公取之。生壽及朔。屬壽于左公子。夷姜縊。宣姜與公子朔構急子。公使諸齊，使盜待諸莘，將殺之。壽子告之，使行。不可，曰：『棄父之命，惡用子矣？有無父之國則可也。』及行，飲以酒。壽子載其旌以先，盜殺之。急子至，曰：『我之求也。此何罪？請殺我乎。』又殺之。」

三皇論①

《周禮》外史掌三皇五帝之書②，而不言其名。秦博士則有天皇、人皇之議，似爲近古③。三皇之不絶其號，所繇始也。《皇極經世書》以元經會，謂天開於子，地闢於丑〔一〕，人生於寅④，意三皇繇此而稱。所謂《三墳》者，亦必因文籍既生，述上古之事，乃有定書，則類乎信矣。

然邵子之言以爲自有天地至於窮盡，謂之一元。一元十二會，一會萬八百年。繇子而戌，閉物消天，亥則消天消地，及乎子丑，天地復生矣。唐堯起於甲辰，其前當有四萬五千六百年，此寅會箕一度，至午會箕一度之數也。作史者不得其端，則以人皇氏兄弟九人合而當之⑤，若天皇、地皇兄弟，各萬八千歲，蓋子丑之説也。然一會本萬八百年，此則以百爲千，即其説猶有疑焉。《春秋元命包》又言天地開闢至魯哀公之十四年獲麟之歲，凡二百二十六萬七千年，分爲十紀。一曰九頭，即人皇氏兄弟也。次則五龍，又謂五姓，則云皇伯、皇仲、皇叔、皇季、皇少，號爲兄弟。而攝提之五十九姓，合雒之三姓，連通之六姓，叙命之四姓，俱不列其名。循蜚二十二氏，若鉅靈、句彊、礁明、涿光、鉤陳、黄神、狟神、犂靈、大騩、鬼騩〔二〕、弇兹、泰逢、冉相、蓋盈、大敦、雲陽〔三〕、巫常、泰壹、空桑〔四〕、神民、猗帝、次民，皆有號而無世。因提十三氏，有號有世，辰放、蜀山、豗傀、渾沌、東户、皇覃、啓統、吉夷、几蘧、豨韋、有巢、燧人、庸成是也。禪通十九世，爲軒轅、祝融、伏羲、史皇、柏皇、中央、大庭、栗陸、昆連、赫胥、葛天、尊盧、昊英、有巢、朱襄、陰康、無懷、女皇、神農。而疏仡一紀，則自黄帝以迄於周⑥。然則太古之世，抑何其君之衆也？胡氏《皇王大紀》，以有巢、燧人繼人皇氏之後，然歟？否歟？况乎盤古之稱，出於相傳。或曰渾敦，殊名未定，而儒者尊爲三才首君，未敢謂事之必然者也⑦。

漢之孔安國離古未遠，其序《書》也，則曰伏羲、神農、黄帝爲三皇，少昊、顓頊、高辛、堯、舜爲五帝，豈其謬哉？而考之《家語》，伏羲以下，皆稱曰帝。《易大傳》《春秋内外傳》有黄帝、炎帝之稱，《吕氏》《月令》亦曰帝太昊，帝炎帝、帝黄帝，則三皇之稱，孔氏猶有所惑，况其他乎⑧？梁武帝復之而不安於諸説，乃以伏羲、神農、燧人爲三皇，黄帝、少昊、帝嚳、摯、堯爲五帝，而舜於三王，則爲四代。若斯者，益已荒矣。夫慎其世而著其號，舍其怪而存其常，後之善讀者皆能言之。而觀於上古，逾遷説而難信，然則如之何而後謂之可也？雙湖胡氏有言曰：「伏羲以前，其事不必道，而三皇之號不可泥。」⑨嗚呼！庶幾得之矣。

【校記】

〔一〕「地闢」，原作「地開」，據《皇極經世書》改。

〔二〕「鬼騩」，原脱，據《世本集覽》補。

〔三〕「雲陽」，原作「靈陽」，據《世本集覽》改。

〔四〕「空桑」，原作「空柔」，據《世本集覽》改。

【箋注】

①此論三皇。三皇，傳説中上古三帝王。所指説法不一。趙翼《陔餘叢考》卷十六《三皇五帝》、吴乘權等輯《綱鑑易知録·三皇紀題註》，可對參。

②《周禮·春官·外史》：「（外史）掌三皇五帝之書。」鄭玄注：「楚靈王所謂《三墳》《五典》。」孔穎達疏：「《三墳》，三皇時書。」孔安國《書序》云：「伏犧、神農、黄帝之書謂之《三墳》。」

③語本胡一桂《十七史纂首篇》（《宋元學案》卷八十九）：「三皇之號，昉于《周禮》『外史掌三皇、五帝之書』而不指其名，次則見于秦博士有天皇、地皇、人皇之議。秦去古未遠，三皇之稱，此或庶幾焉。」

④見邵雍《皇極經世書》卷一。

⑤《藝文類聚》卷十一引《春秋緯》：「天皇、地皇、人皇，兄弟九人，分九州，長天下也。」

⑥馬驌《繹史》卷一《開闢原始》引《春秋元命苞》：「天地開闢至春秋獲麟之歲，凡二百二十六萬七

千年，分爲十紀。其一曰九頭紀，二曰五龍紀，三曰攝提紀，四曰合雒紀，五曰連通紀，六曰敘命紀，七曰循蜚紀，八曰因提紀，九曰禪通紀，十曰疏仡紀。」

⑦ 馬驌《繹史》卷一《開闢原始》：「盤古氏名起自雜書，恍惚之論、荒唐之説耳，作史者目爲三才首君，何異説夢。」

⑧ 語本胡一桂《十七史纂首篇》（《宋元學案》卷八十九）：「漢孔安國序《書》，乃始以伏羲、神農、黄帝爲三皇，少昊、顓頊、高辛、堯、舜爲五帝，不知果何所本。蓋《孔子家語》自伏羲以下皆稱帝，《易大傳》《春秋内外傳》有黄帝、炎帝之稱，《月令》有帝太皞、帝炎帝、帝黄帝，亦足以表先秦未嘗以伏羲、神農、黄帝爲三皇也。」

⑨ 胡一桂《十七史纂首篇》（《宋元學案》卷八十九）：「至宋五峰胡氏，直斷以孔子《易大傳》以伏羲、神農、黄帝、堯、舜爲五帝，不信傳而信經，其論始定。」

商論〔一〕①

商之興也，繇湯之居亳始也。仲丁徙於囂，而有籃夷之冠；河亶甲徙於相，而商道浸衰。祖乙則元祀徙於耿，九祀徙於邢，雖巫賢爲相，諸侯賓服。再傳而後，天下荒矣。陽甲之世，盤庚爲相，謀居舊都，而其言不行。及其立也，則復歸於亳，改國號爲殷。所謂理以舊制，參以新民，消散黨與，使定於一，蓋其志也。其後子弟更立，十世無争奪之禍，賢者所爲，不既盡美哉！然武乙之徙河北，則亂之所生也，及於紂而商以亡。若是，殷之廢興視於遷國，豈其微歟！是以《盤庚》三篇，殷憂百姓，而震恐其世家舊臣，蓋云詳矣。考之《書序》，仲丁、河亶甲與祖乙之遷也，亦各有作，以王名篇，雖其書不傳。繇此觀之，遷邑圖存之道，君臣之與謀，如是其重也。要之以亳則興，以他邦則廢，本根之地，子孫其可忽乎哉！

且《書》序稱自契至湯，凡八遷。又言湯始居亳，從先王居，作《帝告》《釐沃》②。夫八遷之説，不得其文，所可考者，昭明居砥石，相王居商丘而已。然十四世而國且八遷，豈殷之先世未有寧宇，抑爲之主者虓虓其好動歟？迨觀亳都之始，帝嚳居之於是，益知湯之從先君以正者，其所以承事祖宗，以啓後人，無乎不至也。雖然，遷邑之變，因乎時勢，而立嫡之正，定於三王。沃丁傳位於太庚，後世遂言兄終弟及，繇乎殷禮。太庚之後，弟子争立，亟開亂原，因以非矣。辛之立也，太史據法以争，帝乙從之，卒以亡商。然則守經而不變，豈遂無過歟？嗟乎！此則天也。若汲汲乎遷都之爲者，則人也。

【校記】

〔一〕正文原題作「殷論」，據目録改。

【箋注】

①此論殷商。首論遷邑與殷商廢興之關係，强調本根之地，切勿輕忽。次論君位繼承之制與殷商廢興之關係，强調雖有定制，亦應守經達權。蘇轍亦著有《商論》，沈德潛評云：「剛則易折，柔則不振，此孔子論政貴於寬以濟猛、猛以濟寬也。」可對參。

②蔡沈《書集傳·附録二·書後序》：「自契至於成湯，八遷，湯始居亳，從先王居，作《帝告》《釐沃》。」

七録齋論略卷之二 館閣試文附

婁東 張溥天如 著
同盟 周鍾介生
張采受先 閱

士品臣品議（一）①

古之爲大臣者，非必功見名顯，然後知之也。艸埜之時，命之矣。王者博求其人，徵書束帛，不憚以身臨焉。夫固曰：「我將需以爲臣也，然而不敢遽也。大者師友，次者卿士，以道相左右，躬降顔色，授策爵，命之曰：『臣猶謂貶焉。』若《書》稱臣鄰②，《詩》道朋友兄弟，亦其義也。」夫上求之者重，則下應之者不輕。是故士嘗無志於人臣，而君命至焉。湯相伊尹而師務光，武王來六州之人而屈於殷長者。天子之力，豈難有所加於匹夫哉？誠以賢人不可輕致，而欲下觀之者化也。

戰國之世，天下士爭趨如鶩，其間猶有鑿坯杜門者，然而風下矣。漢武詔求賢良，郡國以公孫弘應。對詔失指罷，已而再舉，弘不肯行，强之始前，卒成顯相，貴幸無比③。一弘之身，何前後見殊乎？君子於是知公孫之揣摩甚於蘇秦也。秦一不得志，則棄彊秦而之六國；弘一不得志，則變其樸守而獻甘言。木鳶雖巧，不如車輗。墨子見荆王，錦衣吹笙，弘其墨子之術乎④？是故高明之君，甚無利乎有順臣也。

三代以下，取士之制，隋唐無論已。西漢尚經術，乃有張禹⑤、孔光⑥。宋入慶曆初，改詩賦爲經義，而王安石出其中。夫六經不足以得士，則人主之法窮矣。抑有説焉。漢之大儒，莫若董子，發難於吕步舒，一詘不復用⑦。宋神宗時，有周子、二程，不推在大位，而純用匪人。凡六經之不期得士，所謂進退經術者之失，非六經之過也。昔者鄭子産惡鄧析之僞也，屢易書焉。子産之書無窮，鄧析應之亦無窮⑧。今之取富貴資榮名者亦然，窺上意之所在，務捷中焉。一旦得施用其能，蒙顔河木，亦所不惜，安望其發策適要，扶切當世乎？

夫士不得其所以爲士，則臣必失其所以爲臣。不取諸士而輕責臣焉，兩弊之道也。既臣之矣，不作其廉耻而輕辱之，則爲臣者兼喪其所以爲士，又在下兩蹶之數也。畫策之不如素縶策也，爲其有用也。偏愛者取畫策焉，其素者自在也。苟並其素者而奪之，則抱策者怨矣。凡人臣之修大業、談先王者，非有求於人主，人主自求之。上之人既迫以功令，使不得不來，又抑塞其氣、懸所醜以加其上，則慷慨慕義之士，有放山林、友麋鹿以自善爾，孰肯爲上竭其悃愊哉？韓昌黎數上書宰相，後儒疑其干澤。及一進用，發危言，析强敵，竄徙瀕死而不悔⑨。使韓子慕爵禄，胡爲自變於前乎？夫其汲汲一遇，冀行其道者，時王之法制禁令也。敢言特立，志不少挫者，先聖之道，傳之孔孟，不敢不勉者也。生今之世，讀古之書，進不敢倍於王制，退無負於聖人，此士品臣品之大，凡爲上者不可不察也。

【校記】

〔一〕此篇原有文無目。此篇又見北大本《合集·館課》卷一。

【繫年】

館課爲翰林院庶吉士日常課程，故張溥此篇作於崇禎四年至五年間（一六三一—一六三二）爲翰林院庶吉士時。

【箋注】

①此論士品臣品。强調士品決定臣品，指出「不取諸士而輕責臣焉，兩弊之道也」，故勵學風、淳士風、端士習、正人心爲當務之急。可與下篇《擬興民行端士習以正人心以固邦本疏》對讀。《眭東蓀先生集》卷五有《士品臣品辨》，可對參。

②《尚書·臯陶謨》：「帝曰：『吁！臣哉鄰哉！鄰哉臣哉！』」

③《漢書》卷五十八《公孫弘傳》：「公孫弘，菑川薛人也。少時爲獄吏，有罪，免。家貧，牧豕海上。

年四十餘，乃學《春秋》雜説。武帝初即位，招賢良文學士，是時弘年六十，以賢良徵爲博士。使匈奴，還報，不合意，上怒，以爲不能，弘乃移病免歸。元光五年，復徵賢良文學，菑川國復推上弘。弘謝曰：『前已嘗西，用不能罷，願更選。』國人固推弘，弘至太常。上策詔諸儒，……時對者百餘人，太常奏弘第居下。策奏，天子擢弘對爲第一。召入見，容貌甚麗，拜爲博士，待詔金馬門。……元朔中，代薛澤爲丞相。」

④劉勰《劉子》卷五《隨時》：「墨子儉嗇，而非樂者，往見荆王，衣錦吹笙；非苟違性，隨時好也。」

⑤《漢書》卷八十一《張禹傳》：「及禹壯，至長安學，從沛郡施讎受《易》，琅邪王陽、膠東庸生問《論語》，既皆明習，有徒衆，舉爲郡文學。甘露中，諸儒薦禹，有詔太子太傅蕭望之問。禹對《易》及《論語》大義，望之善焉，奏禹經學精習，有師法，可試事。」

⑥《漢書》卷八十一《孔光傳》：「孔光，字子夏，孔子十四世之孫也。……光，最少子也，經學尤明，年未二十，舉爲議郎。光禄勳匡衡舉光方正，爲諫大夫。坐議有不合，左遷虹長，自免歸教授。成帝初即位，舉爲博士，數使録冤獄，行風俗，振贍流民，奉使稱旨，由是知名。是時，博士選三科，高第爲尚書，次爲刺史，其不通政事，以久次補諸侯太傅。光以高第爲尚書，觀故事品式，數歲明習漢制及法令。上甚信任之，轉爲僕射，尚書令。」

⑦《漢書》卷五十六《董仲舒傳》：「仲舒治國，以《春秋》災異之變推陰陽所以錯行，故求雨，閉諸陽，縱諸陰，其止雨反是；行之一國，未嘗不得所欲。中廢爲中大夫。先是遼東高廟、長陵高園

殿災，仲舒居家推説其意，草稿未上，主父偃候仲舒，私見，嫉之，竊其書而奏焉。上召視諸儒，仲舒弟子吕步舒不知其師書，以爲大愚。於是下仲舒吏，當死，詔赦之。仲舒遂不敢復言災異。」

⑧楊伯峻《列子集釋》卷六《力命》：「鄧析操兩可之説，設無窮之辭，當子産執政，作《竹刑》。鄭國用之，數難子産之治。子産屈之。子産執而戮之，俄而誅之。」

⑨《舊唐書》卷一百六十《韓愈傳》：「投文於公卿間，故相鄭餘慶頗爲之延譽，由是知名於時。尋登進士第。宰相董晉出鎮大梁，辟爲巡官。府除，徐州張建封又請爲其賓佐。愈發言真率，無所畏避，操行堅正，拙於世務。調授四門博士，轉監察御史。德宗晚年，政出多門，宰相不專機務，宫市之弊，諫官論之不聽。愈嘗上章數千言極論之，不聽，怒貶爲連州陽山令，量移江陵府掾曹。……愈素不喜佛，上疏諫。……乃貶爲潮州刺史。」

擬興民行端士習以正人心以固邦本疏〔一〕①

臣聞「利人莫大於教，成身莫大於學」②。是故魏武侯問元年，吴子對以「慎始」③；季孫執訟民，仲尼譏其失道。此言操術貴豫，化繇上究，不可不察也。明興之初，道化厖洽，郡縣閭里，皆啓塾立師，守令程課。木鐸之長，月徇道路，鳴鼓會田，無曠農職。當斯之時，散騎舍人鮮衣有戒，壽民過百，太宰致賀。污巷之人伏節循孝，則皇帝敬謝，詔書深美。是以修士服竗，金和玉節，匹夫嚮義，色然而安。誠三代之盛規、隆平之大歷也。降是以往，其意寢衰，族師黨長，典制蕩然，鄉飲讀法，僅云故事。甚至虎闈重地，充以賈人；横經之座，貪夫是長。

夫學無師法，經止一家，則揣摩上第，童子可能。不考生平，求人俄頃，則寡昧成群，儻蕩莫省。閭閻效之，習以成智，市人贅子，甘於跳躍。家習五龍之書，巷侈博簺之術。端公起妖④，巨人興亂⑤。揆厥禍萌，寔原於此。夫文武吉甫，萬邦爲憲，高祖所以思賢才也；以燕養老而民加愛，以享養我而民加敬〔二〕，英宗所以無遺年也。

洪武之時，學官入都，咨以時務。吴從權、張恒謝爲不知，竄之窮邊⑥。宣德元年，坊厢里老，召入殿階，奬以王言，歡聲有路。昔盛今替，誰執其咎？臣伏覽古昔，蜀地蠻夷，文翁創起學宫⑦；潮州瘴癘，韓愈牒置鄉校⑧。百城之司，開作荒土，翕然底治，况於聖明，寧憚釐革？爲兹本計，莫若倣則漢宣，敦重守令，詔修舊令，嚴選師儒。

夫虚華刻薄，朱穆深悲⑨；竿牘苞苴，莊周所歎⑩。言之莫名其端，久且漸漬爲害，日生月化，沿而不知。木蠹酒酸，弊繇弗覺。此鄒國長纓，君先自斷⑪；齊人犯轂，大臣棄車⑫，爲禁民於本也。日者盜賊横流，嚚譁間作。謨謀之士，莫不謂路設高葆，城伐大鼓，增陴飽馬，足無後患。以臣觀之，非其要者。

夫峻文深詆，獄乃日繁；聚斂四出，賦滋匱削。繇此鏡彼，亦足以見俗吏之無益於人國，鞭揰不足以補患也。《書》曰：「惟民生厚，因物有遷。違上所命，從厥攸好。」⑬重得民也。《詩》云：「鳶飛戾天，魚躍于淵。豈弟君子，遐不作人。」⑭目在上也。王守仁出撫南贛，軍政填委，獨開射圃書院，講學爲先。度之於今，兵荒之事未甚，當時勵而行之，不爲疏闊。臣不勝罣罣⑮，獻其愚忠，伏惟垂察。

【校記】

〔一〕此篇原有文無目。又見北大本《合集·館課卷》之一。

〔二〕「我」，原作「義」，據北大本改。

【繫年】

此張溥爲翰林院庶吉士時所作館課，故作於崇禎四年至五年間（一六三一—一六三二）。

【箋注】

① 顧炎武《日知録·法制》：「法制禁令，王者之所不廢，而非所以爲治也。其本在正人心、厚風俗而已。」本篇因時而發，極論興民行、端士習，以正人心、以固邦本之重要。萬曆末年以來，民風士氣，愈加衰靡。陳子龍《答胡學博》（《安雅堂稿》卷十八）：「至萬曆之季，士大夫偷安逸樂，百事墮壞。而文人墨客所爲詩歌，非祖述長慶，以繩樞甕牖之談爲清真；則學步香奩，以殘膏剩粉之資爲芳澤。是舉天下之人，非迂朴若老儒，則柔媚若婦人也。是以士氣日靡，士志日陋，而文武之業不顯。」陳子龍《答戴石房》（《安雅堂稿》卷十八）：「以今之儒者，每於衣冠言動高自位置，

問其所爲則至鄙，跡其所學則甚疏。」陳子龍《直陳禍亂之原疏》(《兵垣奏議》)：「數十年之前，士猶以繩簡自重者，論人亦首重名節。其有掃權貴之門、行邪枉之徑者，必藏身晦跡，一爲人所知，即終身弗齒。今也不然，上好諂譽，下輕廉隅，賄賂公行，夏畦成市，至有晨昏時宰之室，歡譹戚里之堂。又其甚者，金吾察子諧若壎笛，奄寺傔人結爲姻婭，以之刺探宫廷，爭先機要。此等行同賈豎，跡類倡優，而時號通才，人推顯士。」可爲側證。

② 《吕氏春秋·尊師》：「故教也者，義之大者也；學也者，知之盛者也。義之大者莫大於利人，利人莫大於教；知之盛者莫大於成身，成身莫大於學。」

③ 劉向《説苑》卷三《建本》：「魏武侯問『元年』於吴子，吴子對曰：『言國君必慎始也。』」

④ 端公：男巫之别稱。

⑤ 巨人：漢代赤眉起義軍對首領稱呼之一種，此代指農民起義軍。

⑥ 《國榷》卷九洪武二十五年七月己西條：「時各學教諭訓導考滿入京，上召問民間所苦。岢嵐州學正吴從權、山陰教諭張恒皆對曰：『不知也，而非職事。』上曰：『學官即勤教，豈有不與人接者！朔望節暇，民務當及之。學期用世，君問不答，何所用也？』其竄之極邊。」

⑦ 荀悦《漢紀·孝武皇帝紀》：「是時，廬江人文翁爲蜀郡太守。其爲人愛學，好教化。見蜀地僻陋，有蠻夷之風，文翁乃選郡縣小吏有才器者，輒給資用，令詣博士受業，還皆以爲右職，用察舉之。又修起學宫於城中，學者復除徭役。常選學官童子，使在便坐受書每事。常出行縣，益從諸

生明經修行傳教，出入縣邑，見而榮之。由是蜀邑大化，學者比齊、魯焉。郡國學校官自文翁始也。」

⑧呂大防等《韓愈年譜・韓文公歷官記》：「十四年正月，憲宗迎佛骨於鳳翔，愈疏諫，貶潮州刺史。潮有鰐魚患，愈訓以文，鰐徙去。置鄉校，以趙德攝海陽尉，教授州學。」

⑨《後漢書》卷四十三《朱穆傳》：「常感時澆薄，慕尚敦篤，乃作《崇厚論》。其辭曰：『……故時敦俗美，則小人守正，利不能誘也；時否俗薄，雖君子爲邪，義不能止也。何則？先進者既往而不反，後來者復習俗而追之，是以虚華盛而忠信微，刻薄稠而純篤稀。斯蓋《谷風》有「棄予」之歎，《伐木》有「鳥鳴」之悲矣！』」

⑩《莊子・列禦寇》：「小夫之知，不離苞苴竿牘，敝精神乎蹇淺，而欲兼濟導物，太一形虚，若是者，迷惑于宇宙，形累不知太初。」

⑪《韓非子・外儲説》：「鄒君好服長纓，左右皆服長纓，纓甚貴。鄒君患之，問左右，左右曰：『君好服，百姓亦多服，是以貴。』君因先自斷其纓而出，國中皆不服長纓。君不能下令爲百姓服度以禁之，乃斷纓出以示民，是先戮以莅民也。」

⑫《晏子春秋・内篇雜下》：「齊人甚好轂擊，相犯以爲樂，禁之不止。晏子患之，迺爲新車良馬，出與人相犯也，曰：『轂擊者不祥，臣其祭祀不順，居處不敬乎？』下車棄而去之，然後國人乃不爲。故曰：『禁之以制而身不先行，民不能止。故化其心莫若教也。』」

⑬ 語見《尚書·君陳》:「惟民生厚,因物有遷。違上所命,從厥攸好。爾克敬典在德,時乃罔不變,允升于大猷。惟予一人,膺受多福。其爾之休,終有辭於永世。」

⑭ 語見《詩·大雅·旱麓》。

⑮ 罙罙:蒙昧貌,一説謹愿貌。《漢書·鮑宣傳》:「願賜數刻之間,極竭罙罙之思,退入三泉,死亡所恨。」顔師古注:「罙,音沐。沐沐,猶蒙蒙也。如淳曰:謹愿之貌。」

鼎卦説一〔一〕①

《革》之去故也,象乎改歲②;《鼎》之取新也,象乎元春。故《革》具四德③,而《鼎》則專言元亨④。蓋以《春秋》重元之義推之,然後知創制之事不可以易也。《乾》《坤》以外,卦辭元吉之占有四:《大有》⑤、《蠱》⑥、《升》⑦、《鼎》是也。若元亨之外無餘辭,《大有》與《鼎》而已。名之以重器,而繫之以王事,夫豈過哉?

善乎王氏之言曰:「《鼎》者,成變而無制,亂可待也。法制應時,乃吉。賢愚有别,尊卑有序,乃亨。先元吉而後亨。」明乎不元不可以爲《鼎》也。蘇氏謂「大器非器,大亨非亨。取《鼎》之用而施之天下,謂之大亨」者⑧,此也。故《鼎》言其象也,以水巽火烹飪,言其用也。祭祀以天神爲大,賓客以聖賢爲重,尚質而烹焉,從其禮之至者而大烹焉,所以受鼎之道如是也。雖然，猶未言其本也。耳目之有聰明也，猶木與火之相取也。其有所以善之者，則《巽》也。

今天下耳目聰明之士不少矣，而行之以意氣，則焚灼之烈，不能以和物，安在其有濟哉？故五進上行，得尊位矣；得中應剛，能用人矣。要其進也必以柔。所謂舜之不廢不虐⑨，湯之克寬克仁⑩，殆猶是焉。然而聰明之體，立於養聖賢之先；聰明之文，序於養聖賢之後。則知用人，則憂事助己者衆；憂事助己者衆，則天下之功，可以不爲而成。雖有聖王，不能獨聰，不能獨明，不其然歟！若夫目明外覞，耳聰内藏，自巽入微，目化成耳。其明歸於聰，則黄耳之説，主鼎之人，所以屬五也。是故正始而取新，莫先於正位而定命，其義於《程傳》見之矣。

鼎之名正也，至正然後成安重之象，非特以其形也，理莫具焉。大之而無爲守正，小之而毋跛毋倚，莫非正也，天命之所集也。《彖》言上帝之享⑪，《象》言天命之凝⑫。君子繇器以推道，黄帝之鼎，取於三才；大禹之鼎，取於九州，法象庶有大焉？故可制器取象，亦可象器爲卦。聖人之制器，有不待見卦而知象者，此類然也。然則以木巽火之巽，與耳目聰明之巽，其巽有以異乎？烹飪之功既備，聰明之用無窮。胡氏曰：「鼎變生而熟，化剛而柔，水火不同處，而能使相爲用以養人，則《鼎》固《巽》之爲也。」⑬或以爲入火，或以爲從火，而要之皆其餘也。或以爲牙體乾兑，鍾金含水；或以爲牛鼎一斛，羊鼎五斗，豕鼎三斗，天子、諸侯、大夫、士有黄金、白金、銅、銕之飾⑭，以明差等，而要之皆其犓也。

【校記】

〔一〕此篇原有文無目。又見北大本《合集·論略》卷一。

【繫年】

此張溥爲翰林院庶吉士時所作館課，故作於崇禎四年至五年間（一六三一—一六三二）。

【箋注】

①本篇論鼎卦。張溥長於《周易》。天啓四年創立應社時，張溥與朱隗即主治《易》。鼎卦爲《周易》第五十卦，下巽上離，象徵燃木煮食，化生爲熟，有除舊佈新之意。其《卦辭》云：「元吉，亨。」其《彖傳》云：「鼎，象也。以木巽火，亨飪也。聖人亨以享上帝，而大亨以養聖賢。巽而耳目聰明，柔進而上行，得中而應乎剛，是以元亨。」其《象傳》云：「木上有火，鼎；君子以正位凝命。」

②《周易·革》：「天地革而四時成，湯武革命，順乎天而應乎人，革之時大矣哉！」

③胡煦《周易函書約注》卷十《革》：「乾卦美利天下，乃成始之妙，革卦盡易故常，是成終之事，亦將有其始矣。故能含有四德，與乾之藴蓄相同。」

④《周易·鼎》：「鼎，元吉，亨。」王弼注：「革去故而鼎取新。取新而當其人，易故而法制齊明。

吉，然後乃亨，故先元吉而後亨也。鼎者，成變之卦也。革既變矣，則制器立法以成之焉。變而無制，亂可待也；法制應時，然後乃吉。賢愚有别，尊卑有序，然後乃亨，故先元吉而後乃亨。」

⑤《周易·大有》：「大有。元亨。」王弼注：「不大通，何由得大有乎？大有，則必元亨矣。」

⑥《周易·蠱》：「蠱。元亨，利涉大川。……蠱，元亨，而天下治也。」

⑦《周易·升》：「升。元亨。用見大人，勿恤。……巽而順，剛中而應，是以大亨。」

⑧《東坡易傳》卷五《鼎卦》：「器非器也，大亨非亨也。取《鼎》之用而施之天下，謂之大亨。」

⑨《尚書》卷一《大禹謨》：「帝曰：『俞！允若兹，嘉言罔攸伏，野無遺賢，萬邦咸寧。稽于衆，舍己從人，不虐無告，不廢困窮，惟帝時克。』」

⑩《尚書》卷三《仲虺之誥》：「成湯放桀于南巢，惟有慚德。曰：『予恐來世以台爲口實。』仲虺乃作誥曰：『……惟王不邇聲色，不殖貨利。德懋懋官，功懋懋賞。用人惟己，改過不吝。克寬克仁，彰信兆民。』」

⑪《周易·鼎》：「《彖》曰：《鼎》象也，以木巽火，亨飪也。聖人亨以享上帝，而大亨以養聖賢。」

⑫《周易·鼎》：「《象》曰：木上有火，《鼎》。君子以正位凝命。」

⑬胡炳文《周易本義通釋》卷二：「鼎變生而熟，化剛而柔，水火不同處，而能使相爲用，可以養人，亨亦大矣。」

⑭朱彬《禮記訓纂》卷二十八引《九家易》云：「牛鼎受一斛，天子飾以黄金，諸侯白金。羊鼎五斗，

大夫飾以銅。豕鼎三斗，士飾以鐵。」

鼎卦説二〔一〕①

初之爲鼎足也，二三四之爲鼎腹也，五鼎之爲耳，上鼎之爲鉉也，六爻皆鼎，信也。故楊氏曰：「承鼎在足，實鼎在腹，行鼎在耳，舉鼎在鉉，鼎至於舉而厥功成矣。」②此蓋論鼎之序也。然初曰趾，而四亦曰足；上曰鉉，而五亦曰鉉；五曰耳，而三亦曰耳。初四之應，五上之輔，然矣；三與五不相應而有同辭，何歟？《程傳》曰：「五有聰明之象，三終上進之物。」③三與五同功，始變而終合，君子以爲猶應也。

夫《鼎》之決革除習，而凝命於潔新之理，可謂詳矣。而於初爻，猶利其出否者，慎之至也。且以爲不及其初，顛而出其不善，則已無及焉。夫初之顛而出其不善，其鼎猶未實也；二則有實矣，而常憂其所與之非人。故九二之言我，稱詩人之言邛。兩言我者，猶言自我主之，他人不得而亂之也。怨耦曰仇，以之目初，蓋深懼乎善之匹矣。而矣而又甚之以疾〔二〕，是信小人之不可即也。不必我不即之，而仇自不我即，則君子之遠之者，有先事之具焉。

雖然，於二欲其實之也，於三又欲其虚之也〔三〕。鼎不實不可以定趾，耳不空不可以待鉉。三有陽剛之德，而失其虚中納受之義，則有器無用，亦如井之九三不爲人食而已。故溢而爲四，有折足之患，亦所以惡其無餘也。然而初之爲四，累大矣。大臣誤天子，而大臣所用之人復以誤大臣。如唐肅宗任房琯而琯任劉秩④，宋神宗任王安石而安石任吕惠卿⑤，亦往事之明鑒也。故初之顛猶可正，四之覆不可復。形渥之解，《程傳》以爲「赧汗」⑥，而諸儒非之，以爲徒言其耻，不足以甚其懼也。乃申甸師氏之劇誅以威之焉。

若曰：「左右王國，三公之所以爲期信也。」如之何其失之也？故欲全君臣之道，必如五上而可也。金鉉者，上之道；玉鉉者，下之道。論者謂：「事待人而後成，言警心而後思。不自私則公議集，不悖尊則公論升，謂之金鉉。言貴切而不貴訐，議貴盡而不貴争，迹貴明而不貴暴，名貴與而不貴取，謂之玉鉉。」⑦而皆未盡也。虚以待鉉，柔以納剛，君之聖也；剛以爲質，柔以爲用，臣之節也。君於臣，惟恐其有所畏難而直不盡，故曰金；臣於君，雖致其直而恭不替，故曰玉〔四〕。耳德以力，鉉德以德，力以金著，德以玉成，金猶畏火，而玉不畏火。蓋《井》《鼎》之卦，用皆在五，成功皆在上，故學者尚之，以爲公卿仁賢、天王聖明之象，未有過於《鼎》之五、上者也。

雖然，在下者責其實，在上者責其用。大烹以養聖賢，非五之鼎，其誰爲之？二之有實，三之雉膏，皆望用於五者也。初則不得用於五，而爲五之臣所用者也。若四之折足，則君之所以處之者，非其任矣。聖人美五而抑初，有貴陽賤陰之意焉。要其所以爲陽者，則難矣。楊止庵曰：「六爻皆以行爲善，以不行爲不善。鼎器本止，止而後可以行。」⑧夫所謂止者何？則凝命之説也。中且正，斯可以凝矣。是故天下之大器，必以主五也。

【校記】

〔一〕此篇原有文無目。本篇又見北大本《合集·論略》卷一。

〔二〕「而矣」，北大本作「未也」。

〔三〕「又」，原作「天」，據北大本改。

〔四〕「玉」，原作「王」，據北大本改。

【繫年】

此張溥爲翰林院庶吉士時所作館課，故作於崇禎四年至五年間（一六三一—一六三二）。

【箋注】

①本篇再論鼎卦。文中「六爻皆鼎，信也」「小人之不可即也」「大臣誤天子，而大臣所用之人復以誤大臣」「在下者責其實，在上者責其用」等語，俱有諷古論今之意。

②葉良佩《周易義叢》卷十引楊萬里云：「鼎，法象之器也。初鼎之足，二三四鼎之腹，五鼎之耳，上鼎之鉉。承鼎在足，實鼎在腹，行鼎在耳，舉鼎在鉉。鼎至於鉉之舉，厥功成矣。」

③程頤《周易程氏傳》卷四《鼎》：「五有聰明之象，而三終上進之物，陰陽交暢則雨。」

④《新唐書》卷一百三十九《房琯傳》：「俄與韋見素、崔涣奉册靈武，見肅宗，具言上皇所以傳付意，因道當時利病，箝索虜情，辭吐華暢，帝爲改容。琯既有重名，帝傾意待之，機務一二與琯參決，諸將相莫敢望。……會琯請自將平賊，帝猶倚以成功，乃詔琯持節招討西京、防禦蒲潼兩關兵馬節度等使，得自擇參佐。乃以……給事中劉秩爲參謀。……琯雅自負，以天下爲己任，然用兵本非所長。其佐李揖、劉秩等皆儒生，未嘗更軍旅，琯每詑曰：『彼曳落河雖多，能當我劉秩乎？』帝雖恨琯喪師，而眷任未衰。」

⑤《宋史》卷三百二十七《王安石傳》：「安石本楚士，未知名於中朝，以韓、吕二族爲巨室，欲藉以取重。乃深與韓絳、絳弟維及吕公著交，三人更稱揚之，名始盛。神宗在潁邸，維爲記室，每講説見稱，輒曰：『此非維之説，維之友王安石之説也。』及爲太子庶子，又薦自代。帝由是想見其人，甫即位，命知江寧府。數月，召爲翰林學士兼侍講。熙寧元年四月，始造朝。……二年二月，拜參知政事。上謂曰：『人皆不能知卿，以爲卿但知經術，不曉世務。』安石對曰：『經術正所以經世務，但後世所謂儒者，大抵皆庸人，故世俗皆以爲經術不可施於世務爾。』上問：『然則卿所施設以何先？』安石曰：『變風俗，立法度，最方今之所急也。』上以爲然。於是設制置三司條例司，命與知樞密院事陳升之同領之。安石令其黨吕惠卿任其事。……惠卿服闋，安石朝夕汲引之，至是，白爲參知政事，又乞召韓絳代己。二人守其成模，不少失，時號絳爲『傳法沙門』，惠卿爲『護法善神』。而惠卿實欲自得政，忌安石復來，因鄭俠獄陷其弟安國，又起李士寧獄以傾安石。」

⑥《周易·鼎》：「九四，鼎折足，覆公餗，其形渥，凶。」程頤《周易程氏傳》卷四《鼎》：「其形渥，謂赧汗也，其凶可知。《繫辭》曰：『德薄而位尊，知小而謀大，力小而任重，鮮不及矣。』言不勝其任也。蔽於所私，德薄知小也。」

⑦崔銑《洹詞》卷四：「夫事待人而後成，言警心而後思。不自私則公議集，不恃尊則正論升。若夫聞令而承，望色而趍，此非上之人所難致者也。故曰金鉉者上之道也。夫言貴切而不貴訐，議貴盡而不貴爭，迹貴明而不貴暴，名貴與而不貴取。感乎人者存乎誠，動乎物者存乎容，别乎直者存乎巽，消乎疑者存乎恬。孔子贊玉曰：温潤而澤，仁也。和曰温，不比同爲和；浸曰潤，不强通爲浸；光曰澤，不引己爲光。春之煦人也，普水之入物也，漸珠之具采也，潛皆漬與而匿景者也，是玉之類也，故曰玉鉉。」

⑧程汝繼輯《周易宗義》卷七：「楊止庵曰：『六爻皆以行爲善，以不行爲不善。鼎器本止，止而後能行。苟不止而驟行，則亦未能行也。』」

進士説〔一〕①

進士之名，昉於周官。當時與其選者，無慮鄉國之俊秀，層累而達於天子。苟不得當，雖州遂大夫所舉，大司馬抑而弗聞，蓋其慎也。

漢興以來，庶事草創。武帝即位之初，首策賢良，董仲舒至於再三②，務究其意。論者推其崇尚儒學，罷廢百家。三代而下，文治攸始。然舉士多科，不稱進士。即時遣使巡行，申蔽賢之罰，要所升次，巖郎山蕘，類登華要，不聞專塗，簡册一於繩墨。

迨隋開進士之科，唐設殿試之制，取士條格，獨此優最，天下之士争趨之。不繇斯塗者，雖厠身鼎槐，負愧山谷。於是功名之路，齊於一致，他品淆繁，難與並轍矣。宋分進士、明經二科③，無大輕重。王安石獨申明經以抑進士④，意欲黜離詩賦，盡歸經術，而矯枉過甚，其流偏激。南渡以後，卓犖深通之倫，多出於進士一科。夫固知榮顯之號，王者藉以摩厲天下，人情所同，未容一人私觭也。

國家取士，旨尚簡要，使人易遵。南宫之選，典最隆鉅，四海嚮風，并心一意，酌諸往古，可謂不煩。間有憂者，疑立法峻隘，未盡人材，惻然當代，欲爲格外之求。其説曰：「楊士奇拔於貢士⑤，徐熙起於獄吏⑥，初典具在，以循而行之，固可爲也。」是殆不然。國初風尚敦朴，人鮮儇智，故不就科目者，猶有潔方守正之士，隱名其間。寖尋而降，榮徑日開，利巧之徒，穿鑿求用，專一法以制之，尚懼不正，况導之乎？蘇軾有言：「上欲舉廉，下皆敝車羸馬；上欲舉孝，下皆封股廬墓。」⑦

夫徵士於鄉，其僞且然。推斯以往，其原曷正？是故程弓揆矢，不足以得將帥之才；削墨引律，不足以畢公卿之智。與其數變法而無當也，莫若舉舊法而申儆之。進士之所以爲高於時者，以其選之之難也；其所以選之難者，以其學之皆出於聖賢也。群一國之人而選之，合數十人而始得一人；既聚一國之所選，合天下而選之，又數十人而始得一人。此一人者，天下之所望也。惟此一人之所恃者深，是以抗然自進，而以爲不疑；惟天下知此一人之所恃者深，是以甘爲之下，而群相慕效。使不責之以實，將何勸乎成周之世？

國學始建，魯周公子伯禽、衛康公子牟、齊太公子伋，皆與成王游，後盡爲卿輔，以光王室。及其衰也，且不免皇父、暴公之刺。然則紀今日得人之盛，欲爲永久不傾之理，寧無道以静之歟？昔之論治者曰：「古之政與教一，而今二；古之養士與任官同，而今異。」兩者皆害之大者也，革其弊而務本焉。胡瑗之分齋以教〔二〕⑧，朱熹之限年爲讀，庶今日可其興乎？是在作人者加之意而已矣。

【校記】

〔一〕此篇原有文無目。本篇又見北大本《合集·館課》卷一。

〔二〕「分齋」，原作「分齊」，據方以智《通雅·官制》「胡瑗分齋教學」改。

【繫年】

此張溥爲翰林院庶吉士時所作館課，故作於崇禎四年至五年間（一六三一—一六三二）。

【箋注】

①本篇論進士。溯源析流，揭示進士科取士之簡要不煩，因嚴於去取，中式後典禮隆重，故影響極大。《續集·續刻》卷五有《進士題名記》，可對參。

②詳見《漢書》卷五十六《董仲舒傳》。

③顧炎武《日知録》卷十六《明經》：「當時以詩賦取者，謂之進士；以經義取者，謂之明經。今罷詩賦而用經義，則今之進士乃唐之明經也。」

④葉夢得《避暑録話》卷上：「唐制取士，用進士、明經二科。本朝初，惟用進士。其罷明經，不知自何時。仁宗慶曆後，稍修取士法，患進士詩賦浮淺，不本經術。嘉祐三年，始復明經科。」

⑤《明史》卷一百四十八《楊士奇傳》：「楊士奇，名寓，以字行，泰和人。早孤，隨母適羅氏，已而復宗。貧甚。力學，授徒自給。多游湖、湘間，館江夏最久。建文初，集諸儒修《太祖實録》，士奇已用薦徵授教授當行，王叔英復以史才薦。遂召入翰林，充編纂官。尋命吏部考第史館諸儒。尚書張紞得士奇策，曰：『此非經生言也。』奏第一。授吴王府審理副，仍供館職。成祖即位，改編修。已，簡入内閣，典機務，數月進侍講。」

⑥吴任臣《十國春秋》卷九十三《徐熙傳》：「徐熙，字大雅，南安人。父居讓，從陳洪進爲清溪令。洪進奇熙文，以弟女妻之，署以府職，辟不就，著《楚雁賦》見志。尋辟掌牋奏。洪進歸宋，熙應進士舉，官終越州通判。」

⑦《宋史》卷一百五十五《選舉志一》:「直史館蘇軾曰:『……上以孝取人,則勇者割股,怯者廬墓。上以廉取人,則弊車羸馬、惡衣菲食,凡可以中上意者無所不至。』」

⑧熊賜履《學統》卷四十《胡瑗》:「其科條纖悉畢具,署其齋曰『經義』、曰『治事』,蓋一以明其體,一以適其用云。」

忠清仁辯〔一〕①

論人者亦言其仁而已矣。於仁之外而多名焉,君子以爲辭費也。雖然,天下之理,統言之,不必其察也;徑言之,不必其得儕也。儒者於此,其猶有辯。語道德者曰:「德非道不明,道非德不尊。」②道德之稱,比而析之,其指互出;推而論仁,大略可睹已。

昔者夫子許楚令尹子文以忠,齊大夫陳文子以清。子張曰:「仁乎?」而夫子不之予也③。於是後之説經者疑焉,判然以三者爲二,然則仁遂爲天下之絶乎?微子行遯,箕子佯狂,王子比干剖心於玉門,忠無以加矣,孔子皆稱曰仁④。伯夷采薇,行吟于西山,孟子尚論而有慕焉,曰:「斯其聖之清乎!」⑤後復折衷以爲君子之仁,是何説歟?或曰:「春秋之際,天下之變亟矣〔二〕。列國相賊殺,公卿鄉宰家君無序,聖人慮其變之莫可止也。」苟其人有一節之善者,亟予以爲勸。子文之忠、文子之清,皆所謂一節者也,則夫子不又嘗舉管仲而仁之乎⑥？

管仲志生民之困，閔王室之衰，不惜小耻以成大功，其於仁非徒有其心也，蓋有事焉。而不聞夫子許之爲忠與清，豈管仲於子文、文子猶有愧歟？狐犯、趙衰輔晉文公以定霸，功與管仲等，三者之稱無一焉。《春秋》之恕桓文甚矣。於齊則舉其君而及其大夫，於晉則舉其君而無及其大夫，聖人寧有偏乎？然則子文、文子亦幸而見録於《魯論》，而後之人猶得而稱道之也。大禹釁九江，立九牧，勞苦其身，底世康豫，誦曰至仁⑦。而墨子緣之附於尚同，其言慈而無節，儉而不誠。周公、太公皆以仁義佐孺子王，而推論齊魯之强弱者，且繫周公以仁，太公則以義。繇是知仁説之不明，皆因後人不得聖人之意，曲爲之辭，而不知自甚其瑕也。

聖人之論仁與教人以仁，其説有二：論仁之道嚴，大賢如顔子，止許以三月⑧，况其下者乎？教仁之法廣，吴楚之君猶欲進之，况其上焉者乎？嚴以存天理之正，廣以全生人之材，聖人之用心如是而已。是故忠清之純乎仁，仁而後有者也；忠清之未得爲仁，不必仁而後有者也。仁而後有者，無所託而自全，終身不見其成名之端，而外物無可假。故即使微子不去，箕子不奴，比干不死，伯夷不餓，泊如以終，而無害其爲仁。不必仁而後有者，偶有形之而然，久之而未悉其處。故子文動色執珪之官〔三〕，文子不避崔杼之難，則其生平更無所自立矣。此忠清與仁之大較也。明乎大較之分，然後略舉行事而不嫌其忽，推見至隱而不病其苛。是故論仁之説，猶之乎觀人，人不可以一事概，仁不可以一名求。以事概人，人争以事覆；以名求仁，仁或以名累〔四〕。《記》不云乎：「取數多者，仁也。」⑨凡天下之淳意美行，爲聖人所樂予者，皆於仁有近而未可正名之也。

歷觀《詩》《書》，上自唐帝，下逮陳靈，其間之以仁著者，若鼓鍾然，不可隱也。《春秋》紀元年，説者解元以仁，謂汲汲乎有望於國君天王之體仁、卿士庶人之好仁。然管之仁亦僅曰如焉爾，而未遽敢謂其已然也。孔門載弟子之行，季子觀六代之樂，仁道在其中矣。可指而名者未得其方，豈故難之以拒學者乎？論定於行成之日，而心見於天命之時。是故宋儒又欲觀諸桃杏之核⑩、鷄雛之生也⑪。

【校記】

〔一〕此篇原有文無目。本篇又見北大本《合集·館課》卷一。

〔二〕「變」，原脱，據北大本補。

〔三〕「故」，北大本作「若」。

〔四〕「仁」，原脱，據北大本補。

【繫年】

此張溥爲翰林院庶吉士時所作館課，故作於崇禎四年至五年間（一六三一—一六三二）。

【箋注】

①本篇論忠、清與仁之關係。對孔子許楚令尹子文以忠、齊大夫陳文子以清，而未許之以仁提出獨特之看法。認爲「忠清之純乎仁，仁而後有者也；忠清之未得爲仁，不必仁而後有者」，真正做到忠、清，即是仁之體現，未有忠、清而不仁者也，未有仁而不忠、清者也。孔子不輕許人以仁，乃論仁之道嚴；而又孜孜誨人不倦者，乃教仁之法廣。此篇體悟聖賢，理解通達，所論頗成一家之言。

②焦竑《焦氏筆乘·續集》卷一《讀論語》：「異日，夫子示曾子曰：『道者，所以明德也。德者，所以尊道也。道非德不尊，德非道不明。』」

③《論語·公冶長》：「子張問曰：『令尹子文三仕爲令尹，無喜色；三已之，無愠色。舊令尹之政，必以告新令尹。何如？』子曰：『忠矣。』曰：『仁矣乎？』曰：『未知。焉得仁！』『崔子弒齊君，陳文子有馬十乘，棄而違之。至於他邦，則曰：「猶吾大夫崔子也。」違之。之一邦，則又曰：「猶吾大夫崔子也。」違之。何如？』子曰：『清矣。』曰：『仁矣乎？』子曰：『未知。焉得仁！』」

④《論語·微子》：「微子去之，箕子爲之奴，比干諫而死。孔子曰：『殷有三仁焉。』」

⑤《孟子·萬章下》：「孟子曰：『伯夷，聖之清者也。』」

⑥《論語·憲問》：「子路曰：『桓公殺公子糾，召忽死之，管仲不死。』曰：『未仁乎？』子曰：『桓公九合諸侯，不以兵車，管仲之力也。如其仁，如其仁。』」

⑦《論語·泰伯》：「子曰：『禹，吾無間然矣。菲飲食而致孝乎鬼神，惡衣服而致美乎黻冕，卑宫室而盡力乎溝洫。禹，吾無間然矣。』」

⑧《論語·雍也》：「子曰：『回也！其心三月不違仁，其餘則日月至焉而已矣。』」

⑨《禮記·表記》：「子曰：『仁之爲器重，其爲道遠，舉者莫能勝也，行者莫能致也。取數多者，仁也。夫勉於仁者，不亦難乎！是故君子以義度人，則難爲人；以人望人，則賢者可知已矣。』」

⑩孫奇逢《理學宗傳》卷十八《宋儒考·陳潛室埴答問》：「問：『晦翁説「仁爲愛之理，心之德」如何？』曰：『愛是情，理是性，心統情性者也。單説愛字與心字，猶是就情上看。必曰愛之理，心之德，方合性在裏面。是愛之所以爲愛而心之所以爲心者也。是之謂仁。前輩謂心穀種，能生處即是他所以爲穀種處。故桃杏之核皆曰仁，孔門不曾正説仁之體段，只説求仁、爲仁之方。』」

⑪黄義明《臨川縣學勉齋祠記》：「先生嘗曰：『邑民猶鷄雛也，令，其母也。得食，則呼而哺之；烏鳶之來，則張翅以擊之。』」

艮卦説[一]①

胡氏曰：「《彖》有一句言一事者，《萃》也；有數句言一事者，《震》《艮》也。」②則知言震、艮之貴詳也。先儒謂：「背爲北堂，對庭言之；身爲己，對人言之。」遂援《詩》言樹背爲據。而彖之止所，喻於辰居，以爲天之北辰、人之北堂，皆不動之所。要之，不必然也。人身皆可見，惟背無見；人身皆有欲，惟背無欲。言艮者，莫切於此矣。蓋嘗即背之說，而近言之，背非而面是。人之所難，莫難於背與面之一也。背與面不一，即一人之身其爲身也多矣。是以往焉而失，即往焉而思其獲。若背與面一焉，我不背人而爲非，人不背我而有所議，則其人之光明可知矣。其人而光明，則其無失與獲可知矣。

天下不乏飭躬砥行之人，而不疑於其面，終不能無疑於其背，亦止可謂之艮其面，不可謂之艮其背。人至於艮其背而始有其所，故象之解艮背也。易名而言止。若曰：「言背猶有象焉，言止則更無背與非背之象矣。」唐虞以來，帝王皆以安止、欽止、敬止爲言，而不知先見於《易》，則艮止之義，自伏羲始也③。是故艮其背不獲其身，無我之盡也；行其庭，不見其人，無物之盡也。《程傳》曰：「萬物庶事，莫不有所，得所則安，失所則悖。聖人所以使天下順治，非能爲物作則也，止之各於其所而已。」④此無我無物之本也。是故於身而奸聲亂色，不留聰明；淫樂慝禮，不接心術，亦不獲之事而非其至也。於人而不侮鰥寡，不畏强禦，亦不見之事而非其至也。張子曰：「公此身於物，以天理而是之非之，取之舍之，不獲身見人矣。」是可謂至矣。楊氏曰：「聖人欲使人面人所向，耳目口鼻手足之所爲一如其背，則得其道矣。」⑤亦可謂至矣。

然聖人猶恐人之未明也，則必指象以爲證，故示之以上下敵應之象焉。《疏》曰：「八純之卦，皆六爻不應，獨於此言之者，謂卦既止而不交，爻又峙而不應，與止義協也。」⑥蓋震相仍而動，坎相援而出，離相繼而明，巽伏而相入，兑見而相説，獨艮各止所，無外求之情，即象取兼山，異於雨雷、雨風、雨火、雨水、雨澤之往來。《恒》辭曰〔二〕：「山面面不通，艮之道也。」亦猶是也。其謂之敵應者何？陰陽和則交，謂之和應；不和則不交，謂之絶應；陰應於陰，陽應於陰，上下雖應而不相和，謂之敵應。和應，俗學也；絶應，禪學也；不墮二見，應而不留，敵而不相與，聖學也。《象》曰：「動静不失其時，其道光明。」⑦《象》曰：「君子思不出其位者何？」⑧《易》重時位。時位即道也。繇《象》之言，則知止無定時，時一止也，學之爲時中矣。繇《象》之言，則知止無定位，位一止也，學之爲素位矣。此中庸之道也，而即光明之極也。《易》之言光明者多艮象。大畜之卦，有艮之半焉，猶謂之光輝，况其全者乎？

是故人心之不明，繇於學之不識動静，思亦所以達光明之路也。伏羲畫圖，先震次艮；虞書慎動，亦取諸此。朱子所謂動時勤省，繇是道也。《恒》辭所謂艮以思爲止〔三〕，未嘗視心而滅之，亦猶是道也。然則艮止之義，定性之書，尊爲乾學，時行時止，皆繇乾元而發，豈無故哉？

【校記】

〔一〕此篇原有文無目。本篇又見北大本《合集·論略》卷一。

〔二〕「恒辭」，原作「洹詞」，據北大本改。

〔三〕「恒」，原作「洹」，據北大本改。

【繫年】

此張溥爲翰林院庶吉士時所作館課，故作於崇禎四年至五年間（一六三一——一六三二）。

【箋注】

①本篇論艮卦。艮卦爲《周易》第五十二卦，主卦和客卦俱爲艮卦，卦象爲山。其《卦辭》曰：「艮其背，不獲其身；行其庭，不見其人，無咎。」《象》曰：「兼山，艮；君子以思不出其位。艮其趾，未失正也。不拯其隨，未退聽也。艮其限，危熏心也。艮其身，止諸躬也。艮其輔，以中正也。敦艮之吉，以厚終也。」

②胡炳文《周易本義通釋》卷二：「《彖》有一句言一事者，《萃》是也；有數句言一事者，《震》《艮》是也。」

③薛瑄《薛文清公讀書續録》卷二：「《易》言『艮止』，《書》言『安止』、『欽止』，《詩》言『敬止』，《大學》言『知止』。」

④程頤《周易程氏傳》卷四《艮》：「夫有物必有則，父止於慈，子止於孝，君止於仁，臣止於敬，萬物

庶事莫不各有其所。得其所則安，失其所則悖。聖人所以能使天下順治，非能爲物作則也，唯止之各於其所而已。」

⑤楊簡《泛論易》（《全宋文》卷六二二二）：「故聖人教之曰『艮其背』，使其面之所向，耳目口鼻手足之所爲一如其背，則得其道矣。」

⑥《周易正義》卷五《艮》孔穎達疏：「然八純之卦，皆六爻不應，何獨於此言之者？謂此卦既止而不加交，又峙而不應，與止義相協，故兼此以明之也。」

⑦《周易・艮》：「《彖》曰：艮，止也。時止則止，時行則行，動静不失其時，其道光明。」

⑧《周易・艮》：「《象》曰：兼山，艮。君子以思不出其位。」

立朝以正直忠厚爲本論〔一〕①

臣道之難盡也，依古以來，無兼術焉。是故長於口諷者不必其身循，謹於身循者不必其志壹。欲擇術而趨，而其心已謬。君子於是舍術而言本，本之爲説，於人斷之乎？抑有先焉者乎？則且深其辭以變之，又懼其不當也，夫亦道其自然者而已。此正直忠厚之論，所以爲臣準也。

唐虞之世，臣薦臣於君，君薦臣於天。臣薦臣於君，常有之事也；君薦臣於天，不常有之事也。臣未發其端，而其君行之者，蓋有所深信也。臣信於君，君亦信於天。惟其交信而不疑。是故當時之爲君者，得一臣焉，誠可以託事，即欣然百拜而進之。蒼蒼雖高，猶之入告左右云爾。降及後世，非其質矣。君臣之間防峻而禮煩〔二〕，臣有其心，不能即達，而傳命宣令之人，反得以乘其間。即或召論猷命，其悃愊少華者，亦鮮得當。魏晉以還，天子日與文士並輦賦詩，而無救於敗。若此者，視漢武之賞封禪、靈帝之開鴻都②，又有間矣，况其他乎？雖然，何可言遠事。近觀之宋，待大臣之道〔三〕，未有若斯之隆也。仁宗治及堯舜，而其時不能無小人；神宗急於求治，而所任多傾險。果何説歟？設兩君易其寬嚴之理以施之，能終無病歟？嗟乎！此皆過望乎君之言，非人臣所以自立也。

人臣之自立在内斷於心，而不期乎上之遇合；行己之所學以求自得，而不必慮人之我非。邵子之論伊尹也，以爲似《易》之坎③；程正叔學在希聖④，少有志乎諸葛武侯之爲人。夫伊尹致君行道，業總百揆，功名可謂盛矣，而象之習坎之險；程子守經不流，擇言後發，而趨操在《隆中》《梁甫》之間，其指不幾背乎？迨取坎之義思之，遷桐之舉，其行險乎？復辟反政，以報先王，其不失信乎？坎之水信，故《廣象》以坎爲心；尹之事信，故《孟子》曰「伊尹之志」⑤。若武侯則又時異勢殊矣。身百亂之秋，力匡漢室，歷忠二主，矢於明神，殆有賢人之德業焉。儒者苟不之知，不亦殘文守故乎？明乎所造之如彼，又明乎所論之如此，然後知忠厚正直乃一共之辭，非偏方之説也。

世有曲木焉，就而視之，其根必疏。疾風不能摇勁艸，得土之力深也。緜斯而觀，凡人之刻薄殘削，見欲而動者，皆曲木之類也；凡人之和平樂易、神之景福者，皆勁艸之類也。賈誼之痛哭⑥，其原出於愛君；陸贄之切直⑦，其情亟於匡國。百世而下，讀其文者得而道之。韓非之《説難》，秖以背韓；商鞅之《任地》，適以禍秦。百世而下，讀其文者亦得而道之。夫文辭之流不能蔽其心隱，推之行事，益可睹已。間有難者曰：「公孫弘、王安石，漢之名三公、宋之顯相也。平津近阿世，而不可不謂之忠厚；舒國觳急矣，而不可不謂之正直。安在二者之并塗乎〔四〕？」則試取兩人之事，較而論之。公孫貌有長者，非其誠也，冀事上謹耳⑧。大約逢主所欲爲，黷武不恤，幾泛大命，其誰爲之？觀轅生側目之語⑨，鄉人樸滿之戒，彼豈能愿慤無他者哉〔五〕？安石清介不苟，近於正直，而執性好頌，壬人中之。卒也新法累國，朋黨牢蔽⑩。飯魚之儉，不能贖其誤國之誅，此尤偏頗之大者也。《春秋》之論人也，或因所美以例惡，或因所惡以例美，立賢不肖者於此。其惡者不偏惡，則知美者不偏美。其不偏惡者，非正直忠厚者也；其不偏美者，必正直忠厚者也。學者於此得其多連之義，以爲人臣之極，則詩人可無呼祈父、刺師尹矣。不然，離而去之，或望而不至，傷諸侯之暗，而乏王臣之節，傾旃接路，豈其理哉！

【校記】

〔一〕此篇原有文無目。本篇又見北大本《合集·館課》卷一。

〔二〕「臣」，原脱，據北大本補。

〔三〕「待」，北大本作「得」。

〔四〕「之」，北大本無。

〔五〕「者哉」，原作「哉者」，據北大本乙正。

【繫年】

此張溥爲翰林院庶吉士時所作館課，故作於崇禎四年至五年間（一六三一——一六三二）。

【箋注】

① 本篇論爲人臣當以正直忠厚爲本，指出往古君臣之間有深信，降及後世，則君臣之間防峻而禮煩。故爲人臣，顧不當過望人君，當自立自行，「自立在内斷於心，而不期乎上之遇合；行己之所學以求自得，而不必慮人之我非」。徐光啓有《正直忠厚論》，歸有光有《士立朝以正直忠厚爲本》，亦可對參。

② 《後漢書·靈帝紀》：「光和二年，始置鴻都門學生。」《文心雕龍·時序》：「降及靈帝，時好辭制，造羲皇之書，開鴻都之賦。」

③ 《邵雍集·觀物内篇·第七篇》：「《易》曰：『坎，有孚維心，亨。行有尚。』中正行險，往且有功，

雖危無咎，能自信故也。伊尹以之，是知古之人患名過實者有之矣。其間有幸與不幸者，雖聖人，力有不及者矣。伊尹行冢宰，居責成之地。借使避放君之名，豈曰不忠乎？則天下之事去矣，又安能正嗣君，成終始之大忠者乎？吁！若委寄于匪人，三年之間，其如嗣君何？則天下之事亦去矣。又安有伊尹也？『坎，有孚維心，亨』，不亦近之乎？」

④《宋史》卷四百二十七《程頤傳》：「頤於書無所不讀，其學本於誠，以《大學》《語》《孟》《中庸》爲標指，而達于六經。動止語默，一以聖人爲師，其不至乎聖人不止也。」

⑤《孟子·盡心上》：「公孫丑曰：『伊尹曰：「予不狎于不順，放大甲於桐，民大悦。大甲賢，又反之，民大悦。」賢者之爲人臣也，其君不賢，則固可放與？』孟子曰：『有伊尹之志則可，無伊尹之志則篡也。』」

⑥《漢書》卷四十八《賈誼傳》：「誼數上疏陳政事，多所欲匡建，其大略曰：臣竊惟事勢，可爲痛哭者一，可爲流涕者二，可爲長太息者六，若其它背理而傷道者，難遍以疏舉。」

⑦《新唐書》卷一百五十七《陸贄傳》：「及輔政，不敢自顧重，事有可否必言之，所言皆剴拂帝短，懇到深切。或規其太過者，對曰：『吾上不負天子，下不負所學，皇它衃乎？』」

⑧《漢書》卷五十八《公孫弘傳》：「弘奏事，有所不可，不肯庭辯。常與主爵都尉汲黯請間，黯先發之，弘推其後，上常説，所言皆聽，以此日益親貴。嘗與公卿約議，至上前，皆背其約以順上指。」

⑨《史記》卷一百二十一《儒林傳》：「今上初即位，復以賢良徵固。諸諛儒多疾毁固，曰『固老』，罷

歸之。時固已九十餘矣。固之徵也，薛人公孫弘亦徵，側目而視固。固曰：『公孫子，務正學以言，無曲學以阿世！』」

⑩《宋史》卷三百二十七《王安石傳》：「安石性强忮，遇事無可否，自信所見，執意不回。至議變法，而在廷交執不可，安石傅經義，出己意，辯論輒數百言，衆不能詘。甚者謂『天變不足畏，祖宗不足法，人言不足恤』。罷黜中外老成人幾盡，多用門下儇慧少年。」

古今才誠合一大臣論〔一〕①

人之言曰：「三代以下士，所不足者，非才也；所有餘者，非誠也。」其言似而非也。上古聖人之事，愚者執之，智者斷焉。維才與誠受名，何所設數？難以詰之，不能對也。《中庸》之論誠明也，蘇子謂其有聖賢之辨②，先入之説。自今思之，才豈明之屬歟？放齊舉丹朱、驩兜舉共工於堯，而堯弗用。四岳舉鯀，堯知其不可，而卒用之③。治水之任，不輕於登庸，若采也，顧其時亟矣。苟有才焉，試焉可也。若是乎，聖人之論才也綦恕。然鯀終不任，水乃逆行，至禹而始底定。才而不誠，則猶無才而已矣。

仁義禮智信，人之五德也。儒者每言四德而不及信。其説曰：「四德無乎不信者也。仁則信仁，義則信義，禮則信禮，智則信智，復舉信焉，不既多乎？」④是故信之在人，猶五行之有土也。智其火乎？鯀之不誠，喪其土矣。欲以火争水，能下乎？鯀之敗也，先見於水；禹之成也，亦先見於水。君子于是不惟知所以用才也〔二〕，且知所以用誠。是故誠也者，君不得無以爲君，臣不得無以爲臣。人臣而備才誠者，自周而後，於漢取張、葛焉，於唐取狄、郭、陸、裴焉，於宋取韓、范、司馬焉。人皆能言之，然當時有不得行其志者，人不及也。

汴宋之才，莫盛於熙寧，一王安石足以敗之；南宋之才，莫盛於建炎，一秦檜足以敗之。宋之生才，過漢唐遠矣。其人不得全遇者，後世終不得予以全才。豈天地生才之心，無以勝二臣之惡哉？要其彼此之實，未嘗少貶也。國朝名世代生，世無定論，議從祀者僅四人焉⑤，久之而後，辨者息也。夫論人於今，其數彌寡，則其説彌詳。非獨人心，亦時勢然也。孔子七十之徒盡祀學宫，世不敢訾其一。考其行事，多不及見，而群稱曰賢。衆人之賢，人以孔子信之也。有信孔子而不信孔子之徒者，舉世笑爲狂人，孔子之徒何多幸乎！漢儒説經，學者率以經傳，然大用於世者多陋，則求之不用者而已矣。王通著書河汾，其門弟子稱其有周公之才。然房、杜會逢太宗，不聞以王道事主，安在其師獨賢哉？宋之濂雒諸儒，無顯位而其道獨尊，其得禍亦幾不測。

嗟乎！後世之人，用者不必其賢，賢者不必其用，不用則亦已矣。且使尚論者不得信，曰：「此其人果誠者也，果才者也。是何謂哉？」説者曰：「君道欲圓，臣道欲方。凡所謂才與誠者，臣道也。臣道法地，但當言坤之事，無言乾之事。然則乾九五以下，獨非人臣乎？」或謂坤者，臣之大常；乾者，臣之非常。非常不可爲訓，乾之九二⑥，非大常乎？是故知乾與坤之合德，斯於才誠也庶幾矣。剛健者，乾之才也；柔順者，坤之才也。其所以中正者誠也。夫剛健爲才，人皆喻焉；柔順爲才，非深於《易》者不知也。顧失其解者，復以隱忍緘默、和合主上爲柔順，臣道所以益曠於天下也。是故不明乎乾之初九者⑦，天下多好進之臣；不明乎乾之九三者⑧，天下無任事之臣。觀於九二，可謂通矣，宜與坤之六五對也⑨。六五之爻，筮之者，君且元吉，况人臣乎？

《春秋》之論人也，中國而夷狄則夷狄之，夷狄而中國則中國之。苻秦有王猛，元魏有崔浩、高允，不猶楚之子文、吴之季札乎？其所以不見録于君子者，何也？夫人之生信，才且誠矣。生非其地者有闕，事非其主者有闕，觀曹操足以累荀彧，其它可知矣。故今之論世者，於元且勿議也。唐尚詞賦⑩，宋譏其失；宋尚經義，至今而法益拘謹。古之詢事考言，豈如是乎？顧其中未始無人焉。雖然，不可謂之非天幸也。晉惠公受玉而惰〔三〕⑪，成子受脤而不敬〔四〕⑫，過之小者也。識者憂其失國棄命，其言皆驗。古之人能辨人於威儀，今之人不能得人於文法，相去何懸殊乎？抑聖賢之學不傳，人與人不能通也。杜厲叔之死莒穆公，所以醜人君之不知其臣者也⑬，其心是而言怨也。申公子培奪荆王之隨兕，以代王死，人争謂之穆行⑭。然不能止王之田，而徒犯不敬之名。憑身厭勝，非忠之大者也。生死之際，天下所謂至難，臣道不存焉。君子繇是益務本也。本者何？人所受於天地者也。

《易傳》解吉凶曰：「成而後有敗，敗非先成者也；得而後有失，非得，何以失也？」⑮程子悟曰：「天下之理，原其所自，未有不善。」⑯固猶然哉！是則誠之之説。論性者以情次性〔五〕，以才次情。才者，情性之事也。今則舉而納之功名，爲其可見也，非其質矣。是故舍誠而言才，是一人而明二之也，原道者無取焉。布衣之業，後世顯榮，卿相而不聞者，皆是也。人之輕重，豈在爲臣哉？然而大臣者重稱也，自有君臣以來，天下之大法繫焉。聖門兢兢乎辨之曰：「如此而後，可以爲大臣；如此而後，可以事吾君。無大臣，則君臣廢矣。」夫惟有孔子之德，然後可言周公之事。凡大臣之道，學者不可不講也，出處寧有異乎哉？

【校記】

〔一〕此篇原有文無目。本篇又見北大本《合集·館課》卷一。

〔二〕「不惟」，原作「下惟」，據北大本改。

〔三〕「受玉」，原作「受王」，據北大本改。

〔四〕「受脤」，原作「受賑」，據《左傳·成公十三年》「成子受脤于社，不敬」改。

〔五〕「性」，北大本作「情」。

【繫年】

此張溥爲翰林院庶吉士時所作館課，故作於崇禎四年至五年間（一六三一——一六三二）。

【箋注】

① 本篇論大臣當才誠合一。舍誠而言才，舍才而言誠，俱非得其本也。本文非僅論臣道，於君道亦有明言：「是故誠也者，君不得無以爲君，臣不得無以爲臣。」

② 蘇軾《送錢塘僧思聰歸孤山叙》：「子思子曰：『自誠明謂之性，自明誠謂之教。誠則明矣，明則誠矣。』誠明合而道可見。雖有黄帝、孔丘，不能知其孰爲誠、孰爲明也。」

③《史記》卷一《五帝本紀》：「堯曰：『誰可順此事？』放齊曰：『嗣子丹朱開明。』堯曰：『吁！頑凶，不用。』堯又曰：『誰可者？』讙兜曰：『共工旁聚布功，可用。』堯曰：『共工善言，其用僻，似恭漫天，不可。』堯又曰：『嗟，四嶽，湯湯洪水滔天，浩浩懷山襄陵，下民其憂，有能使治者？』皆曰鯀可。堯曰：『鯀負命毁族，不可。』嶽曰：『异哉，試不可用而已。』堯於是聽嶽用鯀。九歲，功用不成。……讙兜進言共工，堯曰不可而試之工師，共工果淫辟。四嶽舉鯀治鴻水，堯以爲不

可，嶽彊請試之，試之而無功，故百姓不便。」

④胡銓《澹庵禮説》（王梓材、馮雲《宋元學案補遺》卷三十四）：「言仁義禮知而不及信者，仁義禮知非信不立，既言人道具，則信在其中可知矣。」

⑤黄宗羲《黄梨洲文集·移史館論不宜立理學傳書》：「若其必欲留此，則薛、胡、陳、王，有明業以其理學配享廟庭。」徐世昌《清儒學案》卷二十八《理學備考序》：「從來理學不一人，學亦不一類，他不具論，如從祀四人中，薛、胡之學爲一類，王、陳之學爲一類，細分之，薛與胡各爲一類，王與陳各爲一類。」

⑥《周易·乾》：「九二，見龍在田，利見大人。」

⑦《周易·乾》：「初九，潛龍勿用。」

⑧《周易·乾》：「九三，君子終日乾乾，夕惕若，厲無咎。」

⑨《周易·坤》：「六五，黄裳，元吉。」

⑩《元史》卷八十一《選舉志一》：「夫取士之法，經學實修己治人之道，詞賦乃摛章繪句之學，自隋、唐以來，取人專尚詞賦，故士習浮華。」

⑪《左傳·僖公十一年》：「十一年，春，晉侯使以平鄭之亂來告。天王使召武公、内史過賜晉侯命，受玉惰。過歸告王曰：『晉侯其無後乎！王賜之命，而惰於受瑞，先自棄也已，其何繼之有？禮，國之幹也。敬，禮之輿也。不敬，則禮不行；禮不行，則上下昏，何以長世？』」

⑫《左傳·成公十三年》：「公及諸侯朝王，遂從劉康公、成肅公會晉侯伐秦。成子受脤于社，不敬。劉子曰：『吾聞之，民受天地之中以生，所謂命也。是以有動作禮義威儀之則，以定命也。能者養之以福，不能者敗以取禍。是故君子勤禮，小人盡力。勤禮莫如致敬，盡力莫如敦篤。敬在養神，篤在守業。國之大事，在祀與戎。祀有執膰，戎有受脤，神之大節也。今成子惰，弃其命矣。其不反乎！』」

⑬《呂氏春秋·恃君覽》：「柱厲叔事莒敖公，自以爲不知，而去居於海上，夏日則食菱芡，冬日則食橡栗。莒敖公有難，柱厲叔辭其友而往死之。其友曰：『子自以爲不知故去，今又往死之，是知與不知無異别也。』柱厲叔曰：『不然。自以爲不知故去。今死而弗往死，是果知我也。吾將死之，以醜後世人主之不知其臣者也，所以激君人者之行，而厲人主之節也。行激節厲，忠臣幸於得察，忠臣察則君道固矣。』」

⑭《呂氏春秋·至忠》：「荆莊哀王獵於雲夢，射隨兕，中之。申公子培劫王而奪之。王曰：『何其暴而不敬也？』命吏誅之。左右大夫皆進諫曰：『子培，賢者也，又爲王百倍之臣，此必有故，願察之也。』不出三月，子培疾而死。荆興師，戰於兩棠，大勝晉，歸而賞有功者。申公子培之弟進請賞於吏曰：『人之有功也於軍旅，臣兄之有功也於車下。』王曰：『何謂也？』對曰：『臣之兄犯暴不敬之名，觸死亡之罪於王之側，其愚心將以忠於君王之身，而持千歲之壽也。臣之兄嘗讀故記曰：「殺隨兕者，不出三月。」是以臣之兄驚懼而爭之，故伏其罪而死。』王令人發平府而視

之，於故記果有，乃厚賞之。申公子培，其忠也可謂穆行矣。穆行之意，人知之不爲勸，人不知不爲沮，行無高乎此矣。」

⑮語見程頤《周易程氏傳》卷一《周易上經·大有》：「事成而後有敗，敗非先成者也。興而後有衰，衰固後於興也。得而後有失，非得則何以有失也？至於善惡治亂是非，天下之事莫不皆然，必善爲先。」《朱子語類》卷八十三《春秋》：「《易傳》曰：『成而後有敗，敗非先成者也；得而後有失，非得，何以有失也？』便説得有根源。」

⑯朱熹《孟子集注·滕文公章句上》：「程子曰：『性即理也。天下之理，原其所自，未有不善。』」

擬簡銓衡擇中樞惜人才求直言疏〔一〕①

臣聞知人之事，帝者其難。急而求才，賢知畢逝。非獨昔之勢然也，於今益甚。今天下需人亟矣，内外告詘，所在多虞。任事之臣，偶一不效，則群起而咎所爲用人者，即用人者亦無一辭以謝天下。然日相難焉，徒尚口爾，事益不治，則所謂用人者先非也。《周禮·太宰》首六官，《春秋》之義，君有過必先責宰，明乎繫屬之重也。苟不得其人，則囂然者至矣。

以臣觀之，凡今所謂銓政者，一吏人事爾。執簿呼名，考年月，次上下，職如是止矣。又其甚者，苛察繳繞，務爲煩密，以示變更，則選進彌淆，私人日鶩。大約其術窺上意之所就，而偏輕重中之。是以資望並采，甲乙觭設，適便其身圖。何國家爲持衡，既不得真，百官繇之，破壞兵政，特其害之大者爾。夫爲太宰者，平日不能習知天下之賢才，孰可以長六官、任邊鎮？爲司馬者不歷疆陲、辨將帥，沛若有餘於中，雖賢者當之，猶不能獨視聽，況非賢者乎？

是故銓衡擇中樞，中樞擇督撫，督撫擇大帥〔二〕，此用人之次第也。顧問擇銓衡者何人？則天子之明斷也。天子之耳目在天下，不在内庭。在天下則公論明，在内庭則私權立。三代之時，不設諫官，夫人而皆可以諫也。秦漢以來，諫諍專官，其責愈重，不能言者，人主得以法繩之。然歷數記載，敢言之士，不少概見。信乎人才之不易得而直道難聞於世也〔三〕！宋臣有言曰：「人主貴養諫臣之氣。」②又曰：「天下之治，諫臣争之而有餘；天下之亂，干戈取之而不足。」③此古今不易之論，明主所當致省也。

且臣度今諫官所求於皇上者，不過曰「毋過疑，毋輕罰，毋偏徇，毋煩苦百姓」，此數事而已。此數事者，臣皆有以解之。夫謂不能不疑者，謂大臣之欺也。然任賢勿貳，《書》訓之矣④。既晉之大僚，而責之以欺；或大臣不欺，而先以欺逆之，則大臣必不敢任事。大臣不敢任事，而國事欲與共者少矣。謂不能不罰者，惡諸臣之慢也。然細故可捐，非仁政乎？必毛舉而鷙擊之，則人人重足而立；人人重足而立，而天下事益無與爲者矣。中外之輕重，其利害易知也；文武之輕重，其利害易知也。必欲矯其常而求勝焉，則重者日趨於輕，輕者日陵其重，必敝之術也。兵事之興，爲百姓亂也；百姓之亂，重苦賦也。日憂大亂之至，而獨以科賦督天下，所謂欲繁其枝而伐其本也。凡人之情，無大相遠，非甚不肖，誰不願忠於主？

古之王者遠賢舉能，非不知其中有虛鄙之士，顧以爲誦《詩》《書》、服聖賢者猶愈焉。今一旦盡舉而納之嚴法，微言失指，退就司敗；艸木細過，桎梏加之。及所號爲殘體餘氣者，則勢崇九列，訶呵百執事盡爲之下。而鞢鞈袒呼之流，未舉蠡弧、冒白刃，即欲挾持藩方，變作綱紀。人心如此，能慮無動乎？宋仁宗以國事付公論，優禮大臣，崇奬直士，不動聲色，而優游久治⑤。漢武帝之世，海内罷耗極矣，昭帝易以輕徭薄賦，元元更始⑥。皇上寬仁聖武，遠邁二帝，盍於簡銓之時明告天下瘝寐蒼生之志，使群臣各畢所聞，擇端亮清明之士，爲衆望攸歸者，任之用人。而極密大奇，稍寬功過，期得一當。其他邊臣郡邑之吏，止責以戰守撫輯，勿稽簿書、察金穀，而銖兩麗郵罰〔四〕，庶《鴻雁》不作⑦，《常武》可賡矣⑧。

臣不勝過計，獻其狂言，伏惟矜察。

【校記】

〔一〕此篇原有文無目。本篇又見北大本《合集·館課》卷之一。

〔二〕「大帥」，原作「大師」，據文義改。

〔三〕「人才」，原作「人乎」，據北大本改。

〔四〕「銖兩」，原作「銕兩」，據北大本改。

【繫年】

此張溥爲翰林院庶吉士時所作館課，故作於崇禎四年至五年間（一六三一——一六三二）。

【箋注】

① 本篇張溥主張簡銓衡、擇中樞、惜人才、求直言，直指明末用人之弊，希望對所銓選之人才，應用之毋疑，毋隨意懲罰。

② 林光朝《知廬州王希吕除直寶文閣再任制》（《全宋文》卷四六五〇）：「百步生風，獨養諫臣之氣；一行繫日，要從史氏之公。」

③ 蘇軾《上皇帝書》：「夫姦臣之始，以臺諫折之而有餘；及其既成，以干戈取之而不足。」

④ 《尚書·大禹謨》：「任賢勿貳，去邪勿疑。疑謀勿成，百志惟熙。」

⑤ 《宋史》卷十二《仁宗本紀》：「在位四十二年之間，吏治若媮惰，而任事蔑殘刻之人；刑法似縱弛，而决獄多平允之士。國未嘗無弊倖，而不足以累治世之體；朝未嘗無小人，而不足以勝善類

之氣。君臣上下惻怛之心，忠厚之政，有以培壅宋三百餘年之基。」

⑥荀悦《漢紀·孝昭皇帝紀》：「承孝武奢侈餘弊師旅之後，海内虚耗，户口減半，霍光知時務之要，輕徭薄賦，與民休息。至始元、元鳳之間，匈奴和親，百姓充實。舉賢良文學，問民所疾苦，議鹽鐵，罷榷沽，尊號爲『昭』，不亦宜乎！」

⑦《鴻鴈》：即《詩·小雅·鴻鴈》。朱熹《詩集傳》：「流民以鴻鴈哀鳴自比而作此歌也。」

⑧《常武》：即《詩·大雅·常武》。《毛序》：「《常武》，召穆公美宣王也。有常德以立武事，因以爲戒然。」

震卦説一〔一〕①

《震》之爲長子也，不獨有其象，蓋亦有其義也。故出則撫軍，守則監國，長子之將以傳重，固也。及《彖》之辭曰：「出，可以守宗廟社稷，以爲祭主。」於是解者謂：「君出巡狩征討，長子留守宗廟社稷，攝行禮事。」②而張子遂以「君在子出」爲專文，不復雜言君父共國之事，然而不可爲據也。《本義》曰：「繼世而主祭」，則直以爲君也③。《詩》云：「明天子出矣。」又云：「百神爾主矣。」④斯之言「出」與「主」當猶是也。若以言天子，則舜之嗣位，而肆類于上帝也〔二〕。若以言諸侯，則文王之小心事上帝、受方國也。《説卦》之言曰：「帝出乎震。」⑤彼深居稱朕，不聞聲者，可謂出乎？甚矣！出之爲震主也。

《震》之亨有二道，一則《震》則自亨也，一則惟《震》故亨也。蠅虎之爲物也，周環顧慮，不能自寧。當震來之時，而有虩虩之容，不已甚乎？迨觀於笑言啞啞，而後知其無患也。不有恐懼，不生泰寧。故一時之情，若有先後焉；履變之中，不失法則焉。夫雷驚驚人，震驚驚己，驚遠懼邇，豈徒遠邇之言乎？夫亦所以自警也。然千里不同風，百里不共雷。繇文王作《易》之時〔三〕，而察古者啓土之制，震驚百里，所及之遠，亦可知已。震驚百里而匕鬯不失，此誠敬之主所以能臨大也。

君子聽洊雷之聲而悟治《震》之理〔四〕，則知恐懼之與驚異矣，脩省之與恐懼又異矣。驚者，其驟之所聞也；恐懼者，其内之所發也。以恐懼爲言者，聞雷而變之所同也；以脩省爲言者，事天以誠之所獨也。遇變而知恐，變已而不修，則不如無恐矣。故祭祀之有匕鬯也〔五〕，誠敬之所執也，而實祭禮之始也。棘匕之畢冪升牢〔六〕，以載鼎實；秬酒之芬芳條鬯，以通神明。人君於祭之禮，所自親者，惟上牲體、薦鬯酒而已，其餘則不爲焉。嗟乎！人君之疾敬德也，而常如其始祭自親之時，則無異於堯舜之其諮、大禹之克艱矣。

【校記】

〔一〕此篇原有目無文。本篇又見北大本《合集·論略》卷一。北大本無「一」。

〔二〕「于」，原作「干」，據北大本改。

〔三〕「易」，原作「繇」，據北大本改。

〔四〕「洊雷」，原作「游雷」，據北大本改。

〔五〕「匕鬯」，原作「七鬯」，據北大本改。

〔六〕「棘匕」，原作「棘七」，據北大本改。

【繫年】

此張溥爲翰林院庶吉士時所作館課，故作於崇禎四年至五年間（一六三一—一六三二）。

【箋注】

① 本篇論震卦。震卦爲《周易》第五十一卦。其《卦辭》曰：「震，亨。震來虩虩，笑言啞啞，震驚百里，不喪匕鬯。」《彖辭》曰：「震，亨。『震來虩虩』，恐致福也。『笑言啞啞』，後有則也。『震驚百里』，驚遠而懼邇也。『不喪匕鬯』，出可以守宗廟社稷，以爲祭主也。」《象》曰：「洊雷，震；君子以恐懼修省。」

② 《易・震卦》：「《彖》曰：……出，可以守宗廟社稷，以爲祭主也。」孔穎達疏：「出謂君出巡狩等事也。君出則長子留守宗廟社稷，攝祭主之禮事也。」

③ 朱熹《周易本義》卷二《周易下經・震》：「『震驚百里』，驚遠而懼邇也；出可以守宗廟社稷，以爲祭主也。……出，謂繼世而主祭也。」

④ 語見《詩・大雅・卷阿》：「豈弟君子，俾爾彌爾性，百神爾主矣。」

⑤ 王弼《周易注·説卦》：「帝出乎震，齊乎巽，相見乎離，致役乎坤，説言乎兑，戰乎乾，勞乎坎，成言乎艮。」

震卦説二〔二〕①

爲説之多，孰有甚於《震》之六爻者乎？以概言之，《震》之大事在於初、四。初九，下震，静體；九四，上震，動體。成卦之主，未有過焉。然初，静而有福；四，動而反泥。其故何歟？夫天用莫威於雷，地形莫高於山。雷天之陽，必反本于下；山地之剛，故成位于上。則知《震》之主陽，以下爲本也。孫淮海曰②：「人心之動，以初爲善。至于重震之交，動而又動。泥常不變，在天地之氣爲過甚，在人之心爲過常。此四不及初之故也。」然而非一故也。《震》之爲道，以威達德，可試而不可遂。試則養而無窮，遂則玩而不終。初九以虩虩之震，而繼之以啞啞之笑，明其不常用也。不常用，則一陰莫敢犯焉。九四不能有爲，而徒襲其餘威以加上六，則已衰之情，物不必其往而避之矣。

故初能使二喪貝，而四不能使五有所喪。三於初行以避之，則無眚；而上於四征以避之，則有凶。明乎其相去之遠也。且四爲洊雷，合於《象》辭，其遂常象乎驚，其泥常象乎喪，于遂見四應初之威，於泥見四之不過乎威。使遂而不泥，震主之威，上驚至尊，非大臣之福也。若四柔之受震於二剛，分之不敵，又曷怪焉？故三之蘇蘇，似乎啞啞而非也；上之索索矍矍，似乎虩虩而非也。楊簡象六二避難之曲折，以爲似太王之遷岐而興周。而干寶直云：「紂拘文王，閎夭之徒，求盈箱之貝於江淮之浦，以賂紂，其後周得天下。」③《書》有「誕保文武受命七年」④之文，於六二「七日」之説⑤，竊有類焉。是不必其象之皆合，要以見所喻之多端也。迨反覆其義，以學問之道明之，然後信《震》之六爻，其理一也。李宏甫曰：「學問之道，下焉者不震不發，上焉者不震不止。一震之餘，無不各有所喪，各有所得，各有所發，各有所止，非他卦之比也。」⑥嗚呼！論《震》之理，無有踰於斯者矣。

故凡《震》之之艱難險阻，二初嘗焉，五備嘗焉。五執七鬯以主祭，二執貝以日用供事，皆其所持之重者也。五不喪匕鬯，而二喪貝焉。何則？震初之心，無有可名，聖人之所謂知能，賢人之所謂善勞，苟視以爲有繫之於心，猶之乎貨貝之累也，不喪之盡，不足以有爲也。故二五爻辭之有億，或訓爲安，或訓爲度，而皆非也。億者，多也，萬萬之數也。必如二之萬萬皆失，而始有五之萬萬無一失。聖人於五而始許之曰：「有事斷斷乎，有事之非易也，喪其所本無，而後得其所固有。」喪其本無，一震之力也。至于有其固有，則亦震之所不能震矣。

故喪其躋陵，退有其地也；震行有事，進有其所也。且私意之爲累，非獨如人之有貝，亦猶日月之有眚也。蘇蘇焉則有眚，行焉則無眚矣。不然，舍三而言四，泥而不行，雖威動之雷，遂爲柔滯之泥矣。舍五而言上，徒震而無所事，雖處震之終，亦索索矍矍焉而已矣。喻安性曰⑦：「三以陰翳爲眚，上即以震雷爲眚；二以貨殖爲貝，上即以恐懼爲貝〔二〕。」⑧病繇藥生，陽不能開，則無若法其鄰之爲愈也。鄰者何？五也。五者何？大也。震之大，無喪如五，則威駭怠懈、肅整惰慢之事成矣。威駭怠懈、肅整惰慢之事成，則可以無負於初矣。故初之震來，初自來也；二之震來，來初之來也；五之震往來，震初方往，震四洊來，初與四俱來，而後事可圖也。

初之笑言啞啞，初之笑言也；上之婚媾有言，合遠邇震驚之爻而皆言也。《像象》曰：「不喪匕鬯，宗社之福，事神之則；婚媾有言，生靈之福，長人之則。」⑨不以爲禍，而以爲福，《震》成之效也。雖然，震動矣，而必本於明。重《震》之爻，其明暗之介乎？《象》之解九四曰「未光」，而楊氏以爲光之一言，所以明道，蓋不明不可以動也。此論者所以又言：「初主乾之初畫，四似屯之九五也。」

【校記】

〔一〕此篇原有文無目。本篇又見北大本《合集·論略》卷一。

〔二〕「貝」，原作「眚」，據文安之《易傭》改。

【繫年】

此張溥爲翰林院庶吉士時所作館課，故作於崇禎四年至五年間（一六三一—一六三二）。

【箋注】

①本篇再論震卦，論析更爲細密。

②朱彝尊《明詩綜》卷四十四《孫應鰲》：「孫應鰲，字山甫，貴州清平衛人。嘉靖癸丑進士，歷官南京工部尚書，贈太子太保，謚文恭。有《學孔堂稿》。」生平詳見陳尚象《孫應鰲墓誌銘》、莫友芝《孫淮海先生應鰲傳》、冒廣生《擬明孫應鰲傳》。

③李鼎祚《周易集解》卷十《震》：「干寶曰：『六二木爻，震之身也，得位無應，而以乘剛爲危。此託文王積德累功，以被囚爲禍也，故曰「震來厲」。億，歎辭也。貝，寶貨也。産乎東方，行乎大塗也。此以喻紂拘文王，閎夭之徒乃于江淮之浦求盈箱之貝，而以賂紂也，故曰「億喪貝」。』」

④語見《尚書·洛誥》：「惟周公誕保文武受命，惟七年。」

⑤《周易·震》：「六二，震來厲，億喪貝，躋于九陵，勿逐，七日得。」

⑥李贄《九正易因·震》：「學問之道，下焉者不震不發，上焉者不震不止。故一震之餘，無不各有所喪，各有所發，各有所得，各有所止者，原非他卦之可比也。」

⑦乾隆《紹興府志》卷四十九《人物志九》：「喻安性，字中卿，嵊人。思化子。萬曆戊戌進士，授南昌推官。朝議欲採金江右，安性繪地圖陳之。尋擢禮曹，遷吏垣，劾中貴成敬，置諸法。餘黨搆

孽，遂左遷羅定州判。時倭踞香山嶼，勢猖獗。臺使者欲發兵行剿，安性單騎諭以利害，倭遁去。以邊才補直隸副使，弭密雲邊釁有功，陞順天巡撫，奏免賦役加派。中貴程登、徐貴並爲民害，安性上其狀。又奏陵監劉尚忠等七人譁譟無禮，閹人漸知斂迹。及移遼東巡撫，爲魏璫所忌，矯奪其官。崇禎改元，以兵部尚書總制薊遼，練士卒，防要害，竭蹶供職。朝議苛求之，解職歸。年八十一卒。」黄虞稷《千頃堂書目》著録其《易參》五卷、《養初集》。

⑧ 文安之《易傭》卷八：「昔以陰翳爲眚，兹即以震雷爲眚；昔以貨殖爲貝，今即以恐懼爲貝。因藥生病，光霽何時？」

⑨ 語見錢一本《像象管見》卷四。

百聖相傳心法論（一）①

聖人之敬，其天乎？《中庸》之「純亦不已」也。君子之敬，其人而天乎？《大易》之「自强不息」也。雖然，聖人君子，有異人歟？其所謂人，吾不知其異也。無所以異其人，則無所以殊其敬。强而别之，是日月有兩名，太山有二號也。此之説，宋之真西氏其知之②。知之若何？以敬繫聖，以敬相傳。繫之百聖，若以爲知敬矣，則若以爲知聖矣。

吾聞學者好言聖人，然則百聖其可以盡言歟？韓嬰曰：「自古封太山、禪梁甫者，萬有餘家。仲尼觀之，不能盡識也。」③管子曰：「古封太山七十二家，夷吾所識十有二焉，首有無懷氏。然則無懷以前，聖人其不傳乎？」④或者之論，推本反始，從而神之，則曰：「太始者，元胎之萌；太極者，天地之父母；太易者，天地之變；太初者，天地之交；太素者，三才之始；三才者，天地之備；太古者，生民之始。」⑤於是合雄紀姓焉，叙命紀壽命焉。連遁五姓，居方提挺，相次以治，殆曰「聖人之祖」也已。

自今思之，始義貴簡，安用多名？聖人既遠，其流安據？天下之言，有似微而淺，似深而誣者，其累道也，甚於刑名法術，非儒者之所安也。宋黄榦之論道統，其儒者乎？有言曰：「堯之命舜以執中，其得統於天者乎？未示人所以執也，舜因之命禹以危微精一。舜禹之精一，未示人所以制也，湯因之以義制事，以禮制心。文王之『不顯亦臨，無射亦保』，其湯之禮乎？『不聞亦式，不諫亦入』⑥，其湯之義乎？武王受丹書之戒曰：『敬勝怠者吉，義勝欲者從。』⑦周公繫《易》爻之辭曰：『敬以直内，義以方外。』敬非文王之制心歟？義非文王之制事歟？」⑧揆其旨，抑何相齊也。

夫大道之行，天下爲公，謂之大同；大道既隱，天下爲家，謂之小康。其間夏時有等，坤乾有義，大典有官，《五經》重祭，世日變矣，而聖人不絶。嗚呼！及之爲言汲汲也，暨之爲言暨暨也，皆我欲之辭也。聖人之望聖人，豈徒不絶，實我欲焉，則真汲汲、暨暨矣。以心度心，以類度類，以度量功，以道觀盡，古今一也。其荀卿氏之言歟？以之喻百聖相傳之心法，無不當也。斷自經文，敬之首見於《書》者，莫若堯之命羲和。夫寅賓出日，寅餞納日，日之出入，必敬候焉。内爲主者，何獨不然？衛武公年數九十有五矣，猶箴儆於國，自卿以下至師長士，無不有言；在輿位寧，倚几居寢，無不有聞。後又作《抑戒》以自儆〔二〕，人謂之叡聖。武公一列國之侯，能約救其身，即稱聖人，況推而之上乎？魯廟有欹器焉，后稷之廟，右階之前有金人焉。自常人視之，一物也；自孔子視之，則皆心法也。王充云：「今之水火，古之水火；今之聲色，古之聲色。」⑨夫心法之同，不止水火聲色也。而人視之〔三〕，常不如水火聲色，亦何以坐進大道乎？

禹之征苗也，以昏迷不恭，侮慢自賢；啓之伐有扈也，以威侮五行，怠棄三正；武王之責紂也，以狎侮五常，荒怠弗敬。古聖人之代天討，凡以惡人之不敬，借亡王之事，鑑修士之身，前代之得失，固後學之元龜也。是故觀梅枝而知乾坤，觀艸木而識恕心，善悟者之所獨有也。程子以敬爲涵養⑩，張子以心爲嚴師⑪，非身盡之不能言也。而學者執之不堅，則異端之説誤之也。列子學於壺丘子林，歸而三年不出，爲其妻爨，食豨如食人，於事無所親⑫。楊朱南之沛，遇老子於梁郊，老子歎其不可教。楊朱至舍，進冠櫛，脱履户外，膝行而前以請過⑬，即其文可謂近敬矣，而惜乎皆外形也。

然則敬與恭，其有辨乎？諸儒之折衷詳矣。或曰：「發外者恭，存中者敬。」⑭或曰：

「初學不如敬之切，成德不如恭之安。」⑮或曰：「人常恭敬，則心常光明。」⑯繇是言之，敬與恭未嘗二也。豈特敬不與恭二，惟敬則誠。朱子不有言乎：「不事敬而徒曰誠，誠將何錯？五常百行，無非可願也。雜然心目之間，又誰擇乎？」⑰惟敬則中，朱子不又有言乎：「敬即爲中，敬而無失，寧偏倚乎？」⑱夫儒者之論，無寓言重言之夸，九州四海之大，而終身守之，萬世則焉，類如是也。且人未嘗爲牧，而牂生於奥；未嘗好田，而鴞生于宎。日見之不以爲怪，獨聞斯言則群無以疑，豈主敬之説反出於奥宎之外乎？

是故百聖相傳之心法，非獨引往斷來，學者所奉，追之上古，號得道柄者，君有五期，輔有三名，弗能易也。

【校記】

〔一〕此篇原有文無目。本篇又見北大本《合集·館課》卷一。

〔二〕「抑戒」，原作「懈戒」，據北大本改。

〔三〕「視之」，原作「祖之」，據北大本改。

【繫年】

此張溥爲翰林院庶吉士時所作館課，故作於崇禎四年至五年間（一六三一—一六三二）。

【箋注】

① 本篇論百聖相傳心法。真德秀《南雄州四先生祠堂記》：「緬觀往昔，百聖相傳，敬之一言，實其

心法。蓋天下之理，惟中爲至正，惟誠爲至極。然敬所以中，不敬則無中也。敬而後能誠，不敬則無以爲誠也。」同治元年壬戌科《策問》（洪鈞編《歷代狀元文章彙編》）：「宋項安世謂堯之兢兢，舜之業業，禹之孜孜，湯之栗栗，文王之翼翼，爲百聖相傳之心法。」可對參。

② 真德秀，字景元，浦城人。慶元進士。宋理宗時，歷知泉州、福州。内召爲翰林學士。拜參知政事而卒。謚文忠。學者稱西山先生。其學以朱熹爲宗，自韓侂胄立僞學之名，以錮善類，其後正學得以復明者，德秀之力也。著有《大學衍義》《四書集編》等書。

③ 語見馬驌《繹史》卷八十六《春秋·孔子類記》引《韓詩内傳》。

④ 《史記》卷二十八《封禪書》：「齊桓公既霸，會諸侯於葵丘，而欲封禪。管仲曰：『古者封泰山禪梁父者七十二家，而夷吾所記者十有二焉。昔無懷氏封泰山，禪云云。』」

⑤ 佚名《古三墳書·太古河圖代姓紀》：「太始者，元胎之萌也。太始之數一，一爲太極。太極者，天地之父母也。一極易，天高明而清，地博厚而濁，謂之太易。太易者，天地之變也。太易之數二，二爲兩儀。兩儀者，陰陽之形也，謂之太初。太初者，天地之交也。太初之數四，四盈易，四象變而成萬物，謂之太素。太素者，三才之始也。太素之數三，三盈易，天地孕而生男女，謂之三才。三才者，天地之備也。遊神動而靈，故飛走潛化動植蟲魚之類，必備於天地之間，謂之太古。太古者，生民之始也。」

⑥ 語見《詩·大雅·思齊》。

⑦ 語見《周易·坤》：「君子敬以直内，義以方外，敬義立而德不孤。」

⑧ 語見黄榦《聖賢道統傳授總叙説》（《全宋文》卷六五五四）。

⑨ 王充《論衡》卷二十六《實知篇》：「古之水火，今之水火也；今之聲色，後世之聲色也。」

⑩ 朱熹《答廖子晦》：「程子以敬教人，自言主一之謂敬。」徐問《讀書札記》（《明儒學案》卷五十二）：「程子以敬爲主一，蓋天理渾具於良心，不爲物欲之雜，可以統會萬殊，而貞天下之動以歸於一。」

⑪ 胡煦《周易函書別集》卷九《中庸》：「張子曰心統性情，此心字只如子思之中字，指其所在之位而言。」史孟麟《論學》（《明儒學案》卷六十）：「古人以心爲嚴師，又以師心自用爲大戒，於此參得分明，當有會處。」

⑫ 《列子·黄帝》：「然後列子自以爲未始學而歸，三年不出，爲其妻爨，食豨如食人，於事無親，雕琢復朴，塊然獨以其形立；紛然而封戎，壹以是終。」

⑬ 《列子·黄帝》：「楊朱南之沛，老聃西遊於秦，邀於郊。至梁而遇老子。老子中道仰天而歎曰：『始以汝爲可教，今不可教也。』楊朱不答。至舍，進涫漱巾櫛，脱履户外，膝行而前，曰：『向者夫子仰天而歎曰：「始以汝爲可教，今不可教。」弟子欲請夫子辭，行不間，是以不敢。今夫子間矣，請問其過。』」

⑭ 語見《朱子語類》卷六《性理三·仁義禮智等名義》：「恭形於外，敬主於中。」

⑮語見《朱子語類》卷六《性理三·仁義禮智等名義》：「初學則不如敬之切，成德則不如恭之安。」

⑯語見《朱子語類》卷十二《學六·持守》。

⑰朱熹《答曾致虚》（《全宋文》卷五五三〇）：「若不以敬爲事而徒曰誠，則所謂誠者不知其將何所錯？且五常百行，無非可願。雜然心目之間，又將何所擇而可乎？」

⑱石𡼖編，朱熹删定《中庸輯略》卷上：「敬不可謂之中，但『敬而無失』即所以中也。」

天保治内采薇治外解〔一〕①

作《詩》其有原乎？曰：有之。有之則何居？曰：因乎其人，因乎其地，因乎其時。因乎其人者何？《詩》之爲言，依人性情，温者不能爲急，號者不能爲笑。責后妃以無樂鍾鼓，告凡伯以勿傷日食，必不受也。因乎其地者何？風俗之感，積漸使然；流而不知，若趨所熟。教南國之夫人以嫉妒，禁陳國之大夫毋好巫，必不察也。因乎其時者何？上令之，民則之；上一之，民百之。或溢爲歌誦，或聚爲愁歎。文武之民，欲使其哀草黄②；幽厲之民〔二〕，欲使其效中林③，必不喻也。

然則讀《詩》者，又有懷於《詩》之《天保》《采薇》，則何居？曰：「釋《詩》之義，貴治而不貴亂，貴道而不貴邪。《天保》以上之詩，有《鹿鳴》《四牡》《皇華》《棠棣》《伐木》

焉；《采薇》以下之詩，有《出車》與《有杕之杜》焉。《鹿鳴》諸章，不終之以《天保》，則君臣不和；《出車》諸章，不先之以《采薇》，則上下不睦。」君子於此觀王事焉。故謹志之，以爲可以治内，可以治外也。然而未也。《小雅》之詩多矣，《天保》以上之六篇，《采薇》以下之三篇，能盡之乎？曰：不能盡。能盡則録之，不能盡則删之，此或不删之，則幸矣。

曷爲乎大其説以取之？曰：「取其内外而已矣。」朝廷之大無過内，四夷之遠無過外。善讀《詩》者，其可執乎？不執一方，而通之以義。治内之事，太宰總百官焉，及於宫正女御，無不統也；治外之事，司馬董六軍焉，及於海外諸國，無不至也。孔子爲司寇，而朝歆者徙④；召伯遊暑，而民思其樹⑤。斯可謂善治内者矣。皋陶爲士，帝屬之以蠻夷盜賊，兵刑一官。方外不靖，雖島夷卉皮之人，執而訊之，若内盜然，斯可謂善治外者矣。匡衡，漢之善説《詩》者也⑥。委婉論諫，切劘人主，其引《詩》數端，興言於懷《邠民》而念太王之仁，觀《秦風》而思穆公之勇，意於内外二指，若有近焉。

雖然，不正其内而好言治外，亦非學者所尚也。齊桓公伐楚定周，兵車衣裳之會，天下震焉。身涉山戎、孤竹之墟，親問明堂、封禪之禮，威外者盛矣。而内寵之多，易牙、開方、豎刁之進用，卒不令於其末⑦，則内事之闕也。晉文公之蒐軍，不弱於管子之内政，狐、趙諸大夫復善夾輔人主，其霸累世不衰。而懷嬴之刺，終無以解於人倫。勤威遠國者，其可忘《内訓》乎？舉外而遺内，霸者之事，儒者羞焉。

《天保》《采薇》諸詩，固成周盛王之詩也。内外之序辨矣，豈苟道乎？然而又有疑焉。《國風》多變風，《小雅》多變雅，諸詩何以獨不變乎？昔者子貢嘗釋之矣，慮其文有譏焉。後儒斷之以正，不已私乎？曰：烏乎私？世有盛衰，《詩》有正變，若此《晏笞》《遺勞》，顯然有道之篇而名之爲變，則《小雅》終無正矣。《關雎》之爲《詩》始也，文王、太姒之盛德，百世如可見也。而漢人指以爲刺衰，王之晏朝微絶，荒怱之論，寧足多信乎？是故不繹《天保》《采薇》之義，而繆曰變風，猶讀學校之詩，而稱爲淫奔之什。不原本治内，而遽談治外，猶未明《文王世子》之篇，而徒言周公《立政》之書也。

【校記】

〔一〕此篇原有文無目。本篇又見北大本《合集·館課》卷一。

〔二〕「厲」，原作「勵」，據北大本改。

【繫年】

此張溥爲翰林院庶吉士時所作館課，故作於崇禎四年至五年間（一六三一—一六三二）。

【箋注】

① 本篇論《詩經》之《天保》《采薇》。先從作《詩》之角度懸想，復從讀《詩》之角度論析，認爲「《鹿

鳴》諸章，不終之以《天保》，則君臣不和；《出車》諸章，不先之以《采薇》，則上下不睦」，故可以《詩》觀王事，可以之治内外。唐文治《〈詩經〉政治學》評析《天保》詩旨曰：「惟此詩精義，尤在『群黎百姓』二句。『遍爲爾德』，内則所謂降德於衆兆民，《大學》所謂『明明德於天下』也。《卷阿》詩曰：『有孝有德，四方爲則』，以孝德治天下，《天保》之所以治内也。」唐文治《〈詩經〉軍事學》評析《采薇》詩旨曰：「此篇章法，注重『憂』字。首二三章叙時期，一層進一層。首章總冒，二三章專言憂，憂我戍之常不定也。四五章叙景物軍名，曰『一月三捷』，則勝不可恃；曰『玁狁孔棘』，則憂更甚矣。末章憂極而爲哀，上之人體貼下情若此，恩澤之優渥可知。故曰《天保》治内、《采薇》治外。治内者遍爲爾德也，治外者憂民之憂也，而國防愈固矣。」可對參。

②《詩·小雅·何草不黄》：「何草不黄？何日不行？何人不將？經營四方。」毛序：「《何草不黄》，下國刺幽王也。四夷交侵，中國背叛，用兵不息，視民如禽獸。君子憂之，故作是詩也。」

③《詩·周南·兔罝》：「肅肅兔罝，施于中林。赳赳武夫，公侯腹心。」毛序：「《兔罝》，后妃之化也。《關雎》之化行，則莫不好德，賢人衆多也。」

④《荀子·儒效》：「仲尼將爲司寇，沈猶氏不敢朝飲其羊，公慎氏出其妻，慎潰氏踰境而徙。」

⑤《詩·召南·甘棠》：「蔽芾甘棠，勿翦勿伐，召伯所茇。蔽芾甘棠，勿翦勿敗，召伯所憩。蔽芾甘棠，勿翦勿拜，召伯所説。」

⑥《漢書》卷八十一《匡衡傳》：「匡衡，字稚圭，東海承人也。父世農夫，至衡好學，家貧，庸作以供

資用，尤精力過絶人。諸儒爲之語曰：『無説《詩》，匡鼎來；匡説《詩》，解人頤。』」

⑦《史記》卷三十二《齊太公世家》：「管仲病，桓公問曰：『群臣誰可相者？』管仲曰：『知臣莫如君。』公曰：『易牙如何？』對曰：『殺子以適君，非人情，不可。』公曰：『開方如何？』對曰：『倍親以適君，非人情，難近。』公曰：『豎刀如何？』對曰：『自宫以適君，非人情，難親。』管仲死，而桓公不用管仲言，卒近用三子，三子專權。」

選擇將帥之術議〔一〕①

晉虞預之言曰：「陰陽不和，擢士爲相；三軍不勝，拔卒爲將。」②宋蘇洵則曰：「將特一大有司耳，非相侔也。」③合二説觀之，將帥之輕重，固有異指歟？夫將帥在古有不得不重之勢，在今有不得不輕之權。何則？古之文武合，而今之文武異也。高祖之時，禮臣請立武學，用武舉，建武成王廟。高祖曰：「若然則岐文武爲二，輕天下無全才矣。三代以上之士，如太公鷹揚而授册書，仲山甫賦政而式古訓，召虎經營而陳文德，豈若後世一藝之偏陋哉？」④竟不舉行。成化十四年，汪直請武舉設科，鄉、會、殿試悉如文臣。憲宗不從其説，以爲移文天下，教養數年，俟有成效，再議處置⑤。夫高祖身百戰而得天下，寧不心高武夫之功，而不肯偏右滔洸，自隘一塗。憲宗之時，需武亟矣，而取士之制仍守恒格，不輕創改。此非有心於抑武，蓋將欲慎其名而求實士也。

漢選六郡良家子⑥，給羽林、期門，軍功多用超等，大者封侯卿大夫，小者即恩寵渥矣。然人必於六郡，選必於良家，非若今之盗賊罪人可以悉至也。武舉始於唐武后之世，其制有長垜、馬射、步射、筒射、馬鎗、翹關、負重、身材之選，而唐《選舉志》言其法不足道，故不復書⑦。是故古之任武，皆文之餘，不能觭意爲重也。宋之求武，議論較古爲詳，撰其便而可行者，莫近於歐陽修之軍中求將，蘇軾之試以治兵。何言乎軍中求將？教一隊而得隊將，教十隊將而得裨將，數十裨將而得大將，則求者逸而應者實矣⑧。何言乎試以治兵？武舉方略之類以來之，新兵以試之，觀氣於顔色，觀威於約束，觀能於坐作進退，則天下之才無所欺矣⑨。雖然，此二法者行之於今，猶懼有弊，則以主之者無其人也。

夫孔子之九徵，見於《莊子》⑩；太公之八徵，載于《六韜》⑪。古有其言，而不聞其法。無法之事，人不及知，是難以爲選擇之衡量也。晉文謀元帥以《禮》《樂》《詩》《書》，孫卿與臨武論將，貴恭敬無壙⑫。今之奇材劍客號爲雄武者能之乎？吴起臨戰，左右進劍，起曰：「將主旗鼓，此非將事。」⑬項籍學劍不成，項梁怒之，籍曰：「劍一人敵，不足學，學萬人敵。」⑭起、籍之勇，非不蓋世也，而自賤其力若此。今奮威天下而概責人以投石超距，何亡具也？

且國家選武之道，亦數數變矣。始重録蔭，繼舉謀勇，終尚武舉，法愈變而弊壞日滋，將何以救？要之以愚觀之，用今之法，求今之將，無論必不得將，即得將亦必不能用，請舉數事以對。宋太祖之用諸將備契丹與河東西羌也，厚以關市之征，饒以金帛之賜，諸將皆富厚有餘，足以用死力之士。今則濫費一錢，毛舉爲罪。魏絳戮楊干之僕，悼侯跣出謝過⑮；祭遵格殺舍中兒，光武以爲刺姦將軍⑯。今則中朝貴人之厮養〔二〕，皆扼大將之吭而奪其氣。宋楊業知代州，或上謗書，太宗不問，封書付業⑰。今則飛文偶挂，退就司敗，義難復贖。唐武后欲遣韋待價擊吐蕃，韋方質請御史監軍。后謂：「明君遣將，閫外之事悉以委之。」其罷勿用⑱。宋仁宗時，狄青請擊儂智高，韓絳疑武人不可獨任，龐籍獨言：「若用文臣副之，必爲所制，不如不遣。」⑲今則次第節制，若縶徽纆。唐憲宗命諸將討淮西，高霞寓敗於鐵城，中外錯愕，獨用裴度之言，絶議罷兵⑳。今則鋒刃稍挫，畢世不敢一出。數者之病，遂成禁令。雖有丈人長子〔三〕，將安用之？且治天下之道，貴因人心之所嚮，爲之抑揚鼓舞，則法制不煩而定。不然者，重賞峻誅，日誥誡焉，亦有所不行。

武之不能與文並，非人皆貴文藝而賤膂力也，武實不堪，其名已過。凡今之學爲武者，始未有不先習文者也。習文不成則退而循下，大約皆跅弛駘宕之流爾。不得已而設爲科目以處之，亦戰國四君養士之説也。四君之養士，各數千人，當時著稱者，僅馮驩、毛遂一二客，列國將相之選，不聞出於其中。夫固曰：「禁民之亂，不絶其求，苟有尺長，亦足資國。即鷄鳴狗盗，庸何傷乎！」愚不敢輕量天下之武夫盡爲無用，而略言其端如此。蓋欲當事者一審大勢所在而已矣。

抑又有本論焉。選舉之制，矯輕使重，不若因重責實。今之學校不習射，宰相不巡邊，此所謂重者之失也。能詳其法而申行之，則文武道一矣。何必日聽金鼓之節、陳貙劉之禮，然後得士乎？《周禮》「王六軍，大國三軍，次國二軍，小國一軍，軍將皆命卿」㉑。近至于唐，婁師德擢進士從軍而西討，裴行儉舉明經而爲朔方總管，意亦不甚相遠也。

【校記】

〔一〕此篇原有文無目。本篇又見北大本《合集・館課》卷一。

〔二〕「厮養」，原作「斯養」，據北大本改。

〔三〕「丈人」，原作「文人」，據北大本改。

【繫年】

此張溥爲翰林院庶吉士時所作館課，故作於崇禎四年至五年間（一六三一—一六三二）。

【箋注】

① 本篇論選擇將帥之術。追根溯源，指出選將之法當因時權變。

②語見《晉書》卷八十二《虞預傳》。

③語見蘇洵《任相》：「議者常曰：將與相均。將特一大有司耳，非相侔也。國有征伐，而後將權重；有征伐，無征伐，相皆不可一日輕。相賢邪，則群有司皆賢，而將亦賢矣；將賢邪，相雖不賢，將不可易也。故曰：將特一大有司耳，非相侔也。」

④薛應旂《憲章録》卷九洪武二十年條：「秋七月，禮部奏請如前代故事，立武學，用武舉，仍建武成王廟。上曰：『立武學，用武舉，是岐文武爲二，輕天下無全才矣。三代以上之士，文武兼備，用無不宜。即以太公之鷹揚而授册書，仲山甫之賦政而式古訓，召虎之經營而陳文德，豈比於後世武學專講韜略，不事經訓，專習干戈，不聞俎豆，拘於一藝之偏之陋哉！今又欲循舊立武學，建武成王廟，是仍後世之陋習也。太公宜從祀帝王廟，其武成王廟罷之。』」

⑤薛應旂《憲章録》卷三十五成化十四年五月條：「兵部尚書余子俊議上武舉科條。時太監汪直用事，欲以建白爲名。吴綬爲撰草，奏請武舉設科，鄉、會、殿試悉如進士恩例。下兵部集議。於是子俊會文武大臣暨科道官議上武舉科條，大略鄉試以九月，會試以三月，初場試射，二場試論、判語，三場試策；殿試以四月一日，賜武舉及第、出身有差，恩榮次第、録名勒碑亦如進士科制。内閣竊計汪直所奏出吴綬所撰，祖宗設科取士，文武自是不同，然沮之必有禍。及奏上，票旨武舉重事，未易即行，令兵部移文天下教養數年，俟有成效，巡按、提學等官具奏處置。」

⑥《漢書》卷二十八《地理志》：「漢興，六郡良家子選給羽林、期門，以材力爲官，名將多出焉。」

⑦《新唐書》卷四十四《選舉志》:「又有武舉,蓋其起於武后之時。長安二年,始置武舉。其制,有長垜、馬射、步射、平射、筒射,又有馬槍、翹關、負重、身材之選。翹關,長丈七尺,徑三寸半,凡十舉後,手持關距,出處無過一尺;負重者,負米五斛,行二十步,皆爲中第,亦以鄉飲酒禮送兵部。其選用之法不足道,故不復書。」

⑧詳見歐陽修《論軍中選將札子》(《歐陽修全集》卷九十九)。

⑨蘇軾《策别訓兵旅一》(《蘇軾文集》卷九):「故凡欲觀將帥之才否,莫如治兵之不可欺也。今夫新募之兵,驕豪而難令,勇悍而不知戰,此真足以觀天下之才也。武舉、方略之類以來之,新兵以試之。觀其顔色和易,則足以見其氣;約束堅明,則足以見其威;坐作進退,各得其所,則足以見其能。」

⑩《莊子·列禦寇》:「孔子曰:『凡人心險於山川,難於知天。天猶有春秋冬夏旦暮之期,人者厚貌深情。故有貌愿而益,有長若不肖,有順懁而達,有堅而縵,有緩而釬。其就義若渴者,其去義若熱。故君子遠使之而觀其忠,近使之而觀其敬,煩使之而觀其能,卒然問焉而觀其知,急與之期而觀其信,委之以財而觀其仁,告之以危而觀其節,醉之以酒而觀其則,雜之以處而觀其色。九徵至,不肖人得矣。』」

⑪《六韜·選將》:「太公曰:『知之有八徵:一曰問之以言以觀其詳,二曰窮之以辭以觀其變,三曰與之間諜以觀其誠,四曰明白顯問以觀其德,五曰使之以財以觀其廉,六曰試之以色以觀其

貞，七曰告之以難以觀其勇，八曰醉之以酒以觀其態。八徵皆備，則賢不肖別矣。』」

⑫詳見《韓詩外傳》卷三，文多不録。

⑬馬驌《繹史》卷一百五《吴起仕魏相楚》引《尉繚子》：「吴起臨戰，左右進劍，起曰：『將專主旗鼓爾。臨難决疑，揮兵指刃，此將事也；一劍之任，非將事也。』」

⑭見《史記》卷七《項羽本紀》。

⑮《史記》卷三十九《晉世家》：「方會諸侯，悼公弟楊干亂行，魏絳戮其僕。悼公怒，或諫公，公卒賢絳，任之政，使和戎，戎大親附。十一年，悼公曰：『自吾用魏絳，九合諸侯，和戎、翟，魏子之力也。』」

⑯《後漢書》卷二十《祭遵傳》：「舍中兒犯法，遵格殺之。光武怒，命收遵。時主簿陳副諫曰：『明公常欲衆軍整齊，今遵奉法不避，是教令所行也。』光武乃貰之，以爲刺姦將軍。謂諸將曰：『當備祭遵！吾舍中兒犯法尚殺之，必不私諸卿也。』」

⑰《宋史》卷二百七十二《楊業傳》：「帝以業老於邊事，復遷代州兼三交駐泊兵馬都部署，帝密封槖裝，賜予甚厚。……主將戍邊者多忌之，有潛上謗書斥言其短，帝覽之皆不問，封其奏以付業。」

⑱《資治通鑑》卷二百四《垂拱三年》：「太后欲遣韋待價將兵擊吐蕃，鳳閣侍郎韋方質奏，請如舊制遣御史監軍，太后曰：『古者明君遣將，閫外之事悉以委之。比聞御史監軍，軍中事無大小皆

須承稟。以下制上，非令典也；且何以責其有功！』遂罷之。」

⑲《續資治通鑑長編》卷一百七十三《仁宗皇祐四年》：「右正言韓絳言狄青武人，不可獨任，帝以問龐籍，籍曰：『青起行伍，若用文臣副之，必爲所制，而號令不專，不如不遣。』」

⑳《舊唐書》卷一百七十《裴度傳》：「六月，蔡州行營唐鄧節度使高霞寓兵敗于鐵城，中外恟駭。先是詔群臣各獻誅吴元濟可否之狀，朝臣多言罷兵赦罪爲便，翰林學士錢徽、蕭俛語尤切，唯度言賊不可赦。及霞寓敗，宰相以上必厭兵，欲以罷兵爲對。延英方奏，憲宗曰：『夫一勝一負，兵家常勢。若帝王之兵不合敗，則自古何難於用兵，累聖不應留此凶賊。今但論此兵合用與否，及朝廷制置當否，卿等唯須要害處置。將帥有不可者，去之勿疑；兵力有不足者，速與應接。何可以一將不利，便沮成計？』於是宰臣不得措言，朝廷無敢言罷兵者，故度計得行。」

㉑語見《周禮·夏官司馬》。

小雅中興策〔一〕①

《小雅》之詩，言宣王者十四篇；《大雅》之詩，言宣王者六篇。以文觀之，《大雅》之辭同，《小雅》之辭異。何則？《雲漢》作於仍叔，《崧高》《烝民》《韓奕》《江漢》作於尹吉甫，《常武》作於召穆公。序者之説，無乎不美，所謂同也。《小雅》則不然，《六月》《采芑》《車攻》《吉日》《鴻雁》《庭燎》爲美，《沔水》爲規，《鶴鳴》爲誨，《祈父》《白駒》《黄鳥》《我行其野》爲刺，《斯干》之考室，《無羊》之考牧，或且以爲《祈父》以下，宣德日衰，不宜有此，則宜爲成王作雒〔二〕，周公所賦，所謂異也。

及考宣王之行事，元年，命秦仲討西戎，吉甫伐獫狁。二年，命方叔征荆蠻〔三〕。淮南之夷，遣召公往平焉；淮北徐夷，則自將親征焉。四年，命蹶父撫北土，以封韓侯；命召虎營謝邑，以封申伯。五年，樊侯仲山甫城齊。六年，秦莊破戎。八年，巡狩朝會，田獵講武。九年，更作宫室。十年，安集流民。以《詩》按之，各有其事，則《小雅》諸詩之前後，又未可以編年爲例矣。

夫二相共和，《史記》云：「周召相與和協，共理國事，號曰共和。」②而《汲冢周書》乃有「共伯干王位」之文。《魯連子》云：「共伯名和，好行仁賢。厲王奔彘，諸侯奉和以行天子事，號曰『共和』元年。」二「共和」之號，人各殊言，推之説《詩》，順逆之指，寧盡同乎？穆王取遂事之要，使左史戎夫朔望以聞，有儆於皮氏之陵君〔四〕、華氏之專政。夏后之隨財而行，殷商之民不親吏，以至有虞之争權、平林之專命。質沙之卿，三苗之民，逮乎扈氏、義渠、平州、曲集、巢鄶、共工、南氏、楊氏、有果、畢程、穀平、阪泉、縣宗、玄都、西夏、有雒，無不具戒。繇今以思，皮氏諸國，若有若亡，取以論治，皆爲成鑑。况宣王之政載在《詩》《書》，尤遂事之明白昭灼者乎？

申培之說《詩》也，「小正續」有十一篇，皆稱爲宣王中興之詩，而《黍苗》《車牽》乃入其中。《小雅》自《節南山》至《何草不黄》，皆幽王之詩。顧《小宛》居《小旻》《小弁》之間〔五〕，復有以爲宣王者。幽、宣之詩，豈可並歟？正言其義，《六月》諸篇，奏之燕享，以續周公之正樂；《雲漢》諸篇，奏之會朝，以續周召之大正，則謂之「小正續」「大正續」，即不得謂之「變小正」「變大正」而已。

讀《詩》而察今，有所甚願焉，有所不願焉。奴之不靖，其玁狁乎？焦穫去鎬京百里，太原去朔方五百餘里。今之險要，不猶是乎？則出征歸飲，願爲之歌《六月》。滇之變，其蠻荆乎？能先治兵，則路車命服，足以定之矣。願爲之歌《采芑》。秦晉之民，其鴻雁乎？飛于四方，徒聞羽聲，莫知所止，見中澤則集矣。使者能招來流民，反其都邑，築其牆屋，而安處之，是即民之中澤矣，則願爲之歌《鴻雁》。所不願者何？《鶴鳴》是已。殺伐之志外形，則人懼而遠去，如鶴鳴而魚潛，所必然也。所甚不願者何？《祈父》是已。周之司馬掌封畿之甲兵，虎賁氏掌先後王而趨，六軍出自六鄉，法不取於衛士。自千畝之戰，王師敗績於姜戎，始移以行，爪士爲怨。今之四方調發，千里饋糧，得無有哀轉恤者乎？是可閔也。

繇所願於《詩》者，與所不願於《詩》者，因世務而事爲之防，能司禄益食歟？司金益富歟？谷戰水戰皆善歟？伍卒整歟？民無雁户歟？不爇山、不封水歟？大約思治之詩不同，同於喜樂；憂亂之詩不同，同於感慨〔六〕。唐元結之爲道州也，一意古人之政，爲民營田給舍，免徭役，歸流亡，租庸之緡，歲有報免。至今誦其《春陵行》《去鄉悲》諸詩，惻隱忠厚，惻乎辭表，殆得風人之深者乎？覽郡國而思良牧，其誰與歸？而惜乎當世之無其人也。

嘉靖之時，憂邊防者謂：「慮寧夏，則當防賀蘭山外；慮甘肅，則當防蘆塘、松山；慮延綏，則當防焦家坪、羊圈渡；慮固原，則當防花馬地、靖虜衛；慮宣大，則當防東勝衛、黄花鎮。」因循及今，失勢彌多，則爲防倍密。顧與人以隙，而不亟一振，將《小雅》盡廢之傷，於今猶有刺歟？周厲王好利而悦榮夷公，芮良夫有歎焉，引《頌》之「思文后稷」、《大雅》之「陳錫哉周」以爲訓③。宣王固聞之矣，不勤於末，而號文公、仲山甫皆有諫。甚矣！王事之貴終也。

《虞》《夏》之書一變而有《甘誓》也。不書王，不書扈，而直書大戰，明乎《春秋》之變始焉。《五子之歌》，善讀書者以爲變風雅所自來。君子觀變於微，以勸後王，從其所可爲者，辭其所不可爲者，亦曰：「吾懷周道，法宣王之始，毋法宣王之末，而可矣。」吕祖謙曰：「周宣之《小雅》，始於《六月》者言功；《大雅》始於《雲漢》者言心。夫惟有《雲漢》

之心，然後成《六月》之功。」④是二雅之本也。《詩序》所言「四夷侵，中國微」⑤者，責在夷、厲，非宣王之過也⑥。

【校記】

〔一〕此篇原有文無目。本篇又見北大本《合集·館課》卷一。

〔二〕「宜」，原作「疑」，據北大本改。

〔三〕「征」，原作「証」，據北大本改。下同。

〔四〕「君」，原作「居」，據北大本改。

〔五〕「小旻」，原作「小是」，據文義改。

〔六〕「感慨」，原作「感概」，據北大本改。

【繫年】

此張溥爲翰林院庶吉士時所作館課，故作於崇禎四年至五年間（一六三一——一六三二）。

【箋注】

① 本篇論《小雅》言宣王者。

② 《史記》卷四《周本紀》：「召公、周公二相行政，號曰『共和』。」

③ 《史記》卷四《周本紀》：「厲王即位三十年，好利，近榮夷公。大夫芮良夫諫厲王曰：『王室其將卑乎？夫榮公好專利而不知大難。夫利，百物之所生也，天地之所載也，而有專之，其害多矣。

天地百物皆將取焉，何可專也？所怒甚多，而不備大難。以是教王，王其能久乎？夫王人者，將導利而布之上下者也。使神人百物無不得極，猶日怵惕懼怨之來也。故《頌》曰『思文后稷，克配彼天，立我蒸民，莫匪爾極』。《大雅》曰『陳錫哉周』。是不布利而懼難乎，故能載周以至于今。今王學專利，其可乎？匹夫專利，猶謂之盜，王而行之，其歸鮮矣。榮公若用，周必敗也。』厲王不聽，卒以榮公爲卿士，用事。」

④ 吕祖謙《吕氏家塾讀詩記》卷二十七：「宣王之《小雅》始於《六月》，言其功也；其《大雅》始於《雲漢》，言其心也。無是心，安得有是功哉。」

⑤ 《詩序》：「《小雅》盡廢，則四夷交侵，中國微矣。」

⑥ 王應麟《詩地理考》卷四《淮夷》：「至厲王之時，四夷交侵。宣王一命吉甫，北方旋定。繼命方叔伐蠻荆，其後又命召公平淮南之夷，又命皇甫平淮北之夷，蓋南方之役至再至三。」

治賊盜議〔一〕①

元魏孝文以李崇爲兖州刺史。兖土舊多劫盜，崇命村置一樓，樓皆懸鼓，盜發之處亂擊之。旁村始聞者以一擊爲節，次二，次三，俄頃之間，聲布百里。皆發人守險要，繇是盜發無不擒獲②。周世宗時，竇儼上疏，請「令盜賊自相糾告，以其所告資産之半賞之。又新鄭鄉村，團爲義營，各立將佐，一户爲盜，累其一村；一户被盜，累其一將。每有盜發，則嗚鼓舉火，丁壯雲集，盜少民多，無能脱者」③。嗚呼！此即周士師「八成」之遺意也④。蓋今之火鋪更夫，猶古之追胥⑤；今之鹿角之類，猶古之設互以斷行；今之木柝之屬，猶古之設欜以傳更。夜行有禁，更漏分明，大姦豪猾固無所逞於都國城市之間，而胠篋穴墉亦不見於閭里門巷之内。其爲法固已密矣，然而僅足以禦鄉邑之盜，不足以止爲盜於天下者也。

天下之盜，其人類魁奇偉翰，殊材異能，足以爲國家之用，而使之放廢無聊，不得已而出而爲亂。間考前代，如黄巢之販私鹽，張榮之爲阡能草書檄。張元〔二〕、吴昊爲夏人用，黄師宓主儂氏之謀，徐伯祥引交人入寇⑥。以此之材，苟其正用之，禦侮之具，固其素足；而朝廷坐困之於貧賤幽楚之中〔三〕，遂激而走險，以致難於君父。此富鄭公所以欲乞臣僚采訪，作《草澤遺逸》，薦於朝廷，隨其所能，量加恩命⑦。蘇文忠願采唐之舊，使五路監司、郡守共選士人，有才力過人、不能從事科舉者，使得出比任子，不以流外限其所至也⑧。

苟舍此而有妖異之民，爲惑亂之術，漢之大賢良師⑨，宋之彌勒出世⑩，其人固無能爲也。所習不過符水療病之説、《五龍滴淚》之經，或以白土爲書，或刺福字於背，意在誑民，而材智短劣，未足以煩六師之張皇也。不過嚴端公太保、降神書符之禁，而事已治矣。夫立寬科以收俊異，嚴國法以懲妖亂，則天下之盜賊何自而生？即有不虞，爲之衡量之於招降窮治之間，以致其威惠。《夏書》之言，不尤信乎？

【校記】

〔一〕本篇又見北大本《合集·論略》卷一。

〔二〕「張」，原脱，張元、吴昊常併舉，據此補。

〔三〕「坐困」，原作「坐因」，據北大本改。

【繫年】

此張溥爲翰林院庶吉士時所作館課，故作於崇禎四年至五年間（一六三一—一六三二）。

【箋注】

① 本篇論治理盗賊之法。認爲小盗可以聯防之法禦之，而大盗則應以招降安撫爲主，寬嚴並舉，「立寬科以收俊異，嚴國法以懲妖亂」。所舉史實，足證其言。明末盗賊横行，實由上所迫。張采《時事説》（《知畏堂文存》卷十一）：「大江以北無寧土，南鑾諸應有戒心，乃復泄泄相隨糜爛矣。因究賊所由起，與今可圖存者，曰天下本無賊，愚民迫走險，緩刻死，悍民乘之，奸民脅之，遂燎原。則問何以迫，曰有三驅。一爲鄉縉紳。……一爲守令。……一爲富家巨室。……三驅迫，民斯鳥獸散，散不聊生，斯聚而作賊。」遂至愈演愈烈。又云：「今聞賊未二百里，游手亡命爭裹糧候。未百里，空邑無居人。則兵即精，誰與戰？城池即高深，誰與守？況練未必精修，浚未必高深，徒靡縣官帑，循故事。又況并故事不循，厭厭如常日，惟恃一走冀逃死者。」熊開元《申飭臺

規起百年不振之敝疏》(《魚山剩稿》卷一):「臣嘗謂彝盗之横,郡縣實教之逼之。誰教郡縣,誰逼郡縣,則撫與按並不得辭其責,而按爲甚。」由斯可見,明廷實亡於内憂。

② 《魏書》卷六十六《李崇傳》:「以本將軍除兖州刺史。兖土舊多劫盗,崇乃村置一樓,樓懸一鼓,盗發之處,雙槌亂擊。四面諸村始聞者撾鼓一通,次復聞者以二爲節,次後聞者以三爲節,各擊數千槌。諸村聞鼓,皆守要路,是以盗發俄頃之間,聲布百里之内。其中險要,悉有伏人,盗竊始發,便爾擒送。諸州置樓懸鼓,自崇始也。」

③ 《資治通鑑》卷二百九十三《世宗睿武孝文皇帝四年》:「(竇儼)又請:『令盗賊自相糾告,以其所告貲産之半賞之;或親戚爲之首,則論其徒侣而赦其所首者。如此,則盗不能聚矣。又,新鄭鄉村團爲義營,各立將佐,一户爲盗,累其一村,一户被盗,罪其一將。每有盗發,則鳴鼓舉火,丁壯雲集,盗少民多,無能脱者。由是鄰縣充斥而一境獨清。請令他縣皆效之,亦止盗之一術也。』」

④ 《周禮·秋官·士師》:「掌士之八成:一曰邦汋,二曰邦賊,三曰邦諜,四曰犯邦令,五曰撟邦令,六曰爲邦盗,七曰爲邦朋,八曰爲邦誣。」鄭玄注:「八成者,行事有八篇,若今時決事比。」

⑤ 丘濬《大學衍義補·遏盗之機》:「於是即其相安相受之同什伍者,比而合之,以搏盗賊,晝則追逐之,夜則俏伺之,廢事者則士師施之以刑罰,有功者則士師施之以慶賞,後世於里巷設爲火鋪、更夫,使之互相覺察以防盗賊,其原蓋兆於此。」

⑥語本丘濬《大學衍義補·遏盜之機》：「夫然，則天下之有才者皆有用而無出位之思，國家之所用者無遺才而無意外之慮，黄巢必不販私鹽，張榮必不爲阡能草書檄，樊若水必不量江面，張元、吴昊必不爲夏人之用，黄師宓必不主儂氏之謀，徐伯祥必不引交人以入寇也。」則姦謀不成矣。」

⑦富弼《乞采訪京東狂謀之事奏》（《全宋文》卷六〇三）：「欲乞批下，於此一路中擇三兩處臣寮可委者，密令多方采訪，如知姓名居處，作《草澤遺逸》，以禮呼召，薦於朝廷，隨其所能，量加恩命，

⑧蘇軾《蘇軾文集》卷二六《徐州上皇帝書》：「故臣願陛下采唐之舊，使五路監司、郡守，共選士人，以補牙職，皆取人材。心力有足過人，而不能從事於科舉者，禄之以今之庸錢，而課之鎮税場務、督捕盗賊之類，自公罪杖以下聽贖。依將校法，使長吏得薦其才者，第其功閥，書其歲月，使得出仕比任子，而不以流外限其所至。」

⑨《後漢書》卷七十一《皇甫嵩傳》：「初，鉅鹿張角自稱『大賢良師』，奉事黄老道，畜養弟子，跪拜首過，符水咒説以療病，病者頗愈，百姓信向之。角因遣弟子八人使於四方，以善道教化天下，轉相誑惑。十餘年閒，衆徒數十萬，連結郡國，自青、徐、幽、冀、荆、揚、兖、豫八州之人，莫不畢應。遂置三十六方。方猶將軍號也。大方萬餘人，小方六七千，各立渠帥。」

⑩《續資治通鑑》卷四十九《慶曆七年》：「是日，貝州宣毅卒王則據城反。則本涿州人，歲饑，流至貝州，自賣爲人牧羊，後隸宣毅軍爲小校。貝、冀俗妖幻，相與習《五龍滴淚》等經及圖讖諸書，言

釋迦佛衰謝，彌勒佛當持世。」

備倭議〔一〕①

備倭之道有三，一曰嚴海防，二曰修戰艦，三曰禁通市。夫人而知之也。然而海防之嚴，貴於得地，不貴於分勢；戰艦之修，貴於大集，不貴於散處；通市之禁，貴於繩民以生，不貴於與民以法。非深其道者不能察也。往者倭患之劇，八閩爲甚。已而流禍於江浙淮揚，患遂不支，議者始兢兢海上矣。然視要設防，自湯信國築五十九城②，周江夏築十六城之後③，他如正統時之焦侍郎弘④、景泰時之薛尚書希璉⑤，各據重守險要。其閩地之所防，惟烽火門、南日山〔二〕、浯嶼三寨〔三〕，是以兵衆而力聚。後則倭患屢作，廢海上之固防，募民間之舟師，分五寨以守十六澳，爲備太廣，全力愈分。此譚中丞綸所以欲復五水寨之舊，以舊設三艅爲正兵，增設銅山、小埕二艅爲奇兵，分信地，明斥堠，嚴會哨也⑥。

倭之海艢，與中國之樓船不敵。苟其戰之於陸，則盡天下之選兵，不足以縛一魁頭之長。惟其備之於海，則爲戰之術無他奇巧，不過知風候，齊號令，以大舟勝小舟，多舟勝少舟耳。此趙文華所以調土漢狼達兵數十萬⑦，倭不得退。而川湖〔四〕、貴廣、山東西、河南北之間，騷然煩敝，群盗大起。俞參將大猷大治戰舡，即不待痛而服也。

中華之人與海夷爲市，利其金寶。而奸商與貴官家復相倚爲惡，以没番人之貨。番人索之不得，則盤踞海洋，華人之黠者爲之鄉道，遂肆剽劫於海上。此當時汪五峰、毛海峰諸人所以身爲舶主，攻略城邑。朱中丞紈憤切上章，鐫暴通番貴官之罪，雖九死而不顧也⑧。

夫三者之利害既洞然矣，然後下令曰：「其寨水兵若干、船若干〔五〕，把總將之，總兵、總督督之。賊少〔六〕，使自爲戰；賊衆，合力夾攻。擊來賊爲元功，擊去賊次之，失不擊者，各以信地爲罪。」又下令曰：「各府舡隻編定爲號，明立保伍，聽於近便海岸，從宜生理，有勾誅番人者，亟誅無赦。」蓋倭人之產僅有刀扇，非若安南、占城、暹羅諸國之有胡椒、象牙、蘇木等物，棄而不與爲市，則抽分之利所減甚廉。而爲之上者，又分樹將領，與之生息，海上之兵但知土物之安，而不尚番人之貨，此安靖之上效也。

且未汛之先，總會南臺，合營團操；汛期且至，則分地哨守，汛畢復集。久之而熟夷人之要害，悉主客之情形。即有不虞，如劉廣寧之鎮遼東，行視金線島有堝曰望海，可俯瞰諸島，營屯之以控海，而魚貫之賊困於蛇陳⑨。李中丞視事江北，與倭遇於白浦，部諸將防遏，令毋得過天長、瓜、儀，而身率青、沂、邳卒，當泰州之衛，命海防游擊，躡賊行，必致之廟灣而俘斬殆盡⑩。蓋無之乎不勝也。

【校記】

〔一〕本篇又見北大本《合集·論略》卷一。

〔二〕「南日」，原作「日南」，據《明史·海防志》乙正。

〔三〕「浯嶼」，原作「灣嶼」，據《明史·海防志》改。

〔四〕「川湖」，原作「州胡」，據文義改。

〔五〕「寨」，原作「塞」，據文義改。

〔六〕「賊」，原作「賦」，據北大本改。

【繫年】

此張溥爲翰林院庶吉士時所作館課，故作於崇禎四年至五年間（一六三一—一六三二）。

【箋注】

①本篇論防備倭寇之法。首析備倭三道即嚴海防、修戰艦、禁通市之利害，又指出所謂倭寇，實亦内外勾結所致：「中華之人與海夷爲市，利其金寶，而奸商與貴官家復相倚爲惡，以没番人之貨。番人索之不得，則盤踞海洋，華人之黠者爲之鄉道，遂肆剽劫於海上」。末提出備倭之法。《初集·論略》卷一有《備倭論》，可對參。

②《明史》卷三《太祖本紀》：「己丑，湯和還，凡築寧海、臨山等五十九城。」

③《明史紀事本末》卷五十五《沿海倭亂》：「夏四月戊子，命江夏侯周德興往福建福、興、漳、泉四

郡視要害，築海上十六城，籍民爲兵，以防倭寇。」

④《明通鑑》卷二十三正統七年：「六月，壬子，遣户部侍郎焦弘整飭浙江防倭事，兼理蘇松、福建沿海軍務。」

⑤《讀史方輿紀要》卷九十五《福建》：「洪武十九年倭氛告警，乃命江夏侯周德興經理閩海，置烽火、南日、浯嶼三寨於海中。正統九年以侍郎焦弘蒞其事，則遷烽火、南日於内地。景泰二年尚書薛希璉出而經略，又遷浯嶼水寨於廈門。」

⑥《明史》卷九十一《海防志》：「五寨者，福寧之烽火門，福州之小埕澳，興化之南日山，泉州之浯嶼，漳州之西門澳，亦曰銅山。景泰三年，鎮守尚書薛希璉奏建者也，後廢。至是巡撫譚綸疏言：『五寨守扼外洋，法甚周悉，宜復舊。以烽火門、南日、浯嶼三綜爲正兵，銅山、小埕二綜爲游兵。寨設把總，分汛地，明斥堠，嚴會哨。改三路參將爲守備。分新募浙兵爲二班，各九千人，春秋番上。各縣民壯皆補用精悍，每府領以武職一人，兵備使者以時閱視。』帝皆是之。」

⑦《明史》卷三百八《趙文華傳》：「當是時，總督尚書張經方徵四方及狼土兵，議大舉，自以位文華上，心輕之。文華不悦。狼兵稍有斬獲功，文華厚犒之，使進剿，至漕涇戰敗，亡頭目十四人。文華恚，數趣經進兵。經慮文華輕淺洩師期，不以告。文華益怒，劾經養寇失機，疏方上，經大捷王江涇。文華攘其功，謂己與巡按胡宗憲督師所致，經竟論死。」

⑧《明史》卷八十一《食貨志》：「二十六年，倭寇百艘久泊寧、台，數千人登岸焚劫。浙江巡撫朱紈

訪知舶主皆貴官大姓，市番貨皆以虚直，轉鬻牟利，而直不時給，以是構亂。乃嚴海禁，毁餘皇，奏請鐫諭戒大姓，不報。二十八年，紈又言：『長澳諸大俠林恭等勾引夷舟作亂，而巨姦關通射利，因爲嚮導，躪我海濱，宜正典刑。』部覆不允。而通番大猾，紈輒以便宜誅之。御史陳九德劾紈措置乖方，專殺啓釁。帝逮紈聽勘。紈既黜，姦徒益無所憚，外交内訌，釀成禍患。」

⑨《明史》卷一百五十五《劉榮傳》：「劉榮，宿遷人。初冒父名江。……復充總兵官，鎮遼東。倭數寇海上，北抵遼，南訖浙、閩，瀕海郡邑多被害。江度形勢，請於金線島西北望海堝築城堡，設烽堠，嚴兵以待。十七年六月，瞭者言東南海島中舉火。江急引兵赴堝上。倭三十餘舟至，泊馬雄島，登岸奔望海堝。江依山設伏，别遣將斷其歸路，以步卒迎戰，佯却。賊入伏中，礮舉伏起，自辰至酉，大破賊。賊走櫻桃園空堡中。江開西壁縱之走，復分兩路夾擊，盡覆之，斬首千餘級，生擒百三十人。自是倭大創，不敢復入遼東。詔封廣寧伯，禄千二百石，予世券，始更名榮。」

⑩《讀史方輿紀要》卷二十三《如臯縣》：「明嘉靖三十八年倭寇江北，分數道入犯，撫臣李遂馳至如臯，與賊遇於白蒲，勒兵不戰。賊益進，遂策之曰：『賊分道入，過如臯必合，合則道有三：一自泰州通天長、鳳陽犯皇陵；一自黄橋逼瓜、儀摇南都梗漕；若自富安場而東，海濱荒凉，鹵掠無所得，至廟灣絶矣，乃吾得地時也。』於是部諸將防遏，毋令得過天長、瓜、儀，而分兵綴賊後。賊果走廟灣，擊平之。」

正風俗議〔一〕①

風俗之不古也，士子爲甚。逆璫之亂，獻諂造祠者倡於松江②；奴酋之横，開城乞降者見於永平。於是天下争言士子之變，淪胥已極，幾甚於堯時之洪水、周初之猛獸。要之，此其人不足以謂之士子也。其人雖含氣之屬，久絶於生民之理，名之以人而人不與，歸之其地而地不受。苟猶列而謂之士子，則天下之爲士子者懼矣。天下之爲士子者懼，則周公、孔子之道殆將絶矣。故亂臣賊子僅見〔二〕，愚不忍繫於學校之辱，而深爲風俗之憂。

嗟乎！言風俗而天下之士益有不可道矣〔三〕。南畝之民而王者之飾，庶人之妾而帝后之服，昔人之所太息，而傷其已甚也。雖然，此猶其小者也。歌娼舞女，擬佩狄於夫人；黄冠緇流③，雜儀頌於博帶④。昔人所不及見，而今加之者也。雖然，此猶其小者也。細民不厭糠粃，而富貴之家以養鵝鶩；士人不飽稻粱，而臣室之有餘者以瘞土坎，尤昔人所以悼衰世之無可如何，而今重不反者也。雖然，此猶其小者也。擊鐘而食者，一器之玩，足以窮天下之觀，而貧者不能有葦席之蔽；重屋而處者，刻鏤之地，足以備窈窕之居，而弱者不能有妻子之聚。昔人所謂天之不吊，未有如斯者也。雖然，此猶其小者也。

夫風俗若此，而猶以爲小而不足憂，則如何而然後謂之可憂乎？愚之所憂者，人心是也。今日之人心莫患乎諱道學之名，而指六經爲迂闊；不樂聞封疆之急，而幸目前爲苟安。夫唐自安史之難，河朔之人心，願爲强藩用，而不願爲唐室用。其所謂勁悍果敢之氣，一也。而亂臣驅之則前，主帥招之不至〔四〕，彼蓋素不聞忠義，以爲固然而不惑也。則爲今日太平之計，欲使風俗之正，亦教之以忠義而已矣。

夫忠義者，人之所習知，而人皆不知所以用之。上之人苟示以風厲之權，而明其賞罰之道。行之於學校而學校安，行之於四海而四海服。則草野之人各有國家之責，而奮然不顧其所往，一舉而逐留内之虜，再舉而復破殘之縣。見之《詩》《書》者，有魯公「泮宫」之仁⑤；彰之撻伐者，然後有宣王《六月》之武⑥。則聖賢之道，足以折衝萬里而行於無事矣。彼二三不類之人，尚當爲匪醜之恕，何足以煩當事之詔戒哉！

【校記】

〔一〕本篇又見北大本《合集·論略》卷一。

〔二〕「臣」，原脱，據文義補。

〔三〕「士」，原作「事」，據北大本改。

〔四〕「主帥」，原作「主師」，據文義改。

【繫年】

此張溥爲翰林院庶吉士時所作館課，故作於崇禎四年至五年間(一六三一—一六三二)。

【箋注】

①本篇論端正風俗，首在士子，此亦有感而言。魏忠賢當權之時，士風敗壞之極，有倡爲魏忠賢建生祠者，有甘願認賊作父者，有爲虎作倀者，正氣不彰，邪魔當道。張溥對此頗爲激憤，故認爲時下最要之事，莫若端正人心，净化風俗，教以忠義。

②《明史》卷二十二《熹宗本紀》：「閏月辛丑，巡撫浙江僉都御史潘汝楨請建魏忠賢生祠，許之。嗣是建祠幾遍天下。」《明史紀事本末》卷七十一《魏忠賢亂政》：「蘇州立普惠祠、松江立德馨祠者，巡撫毛一鷺、巡按徐吉也。」

③黄冠緇流：黄冠，道士之冠，借指道士。緇流，僧徒，僧尼多穿黑衣，故稱。

④博帶：代指儒生。

⑤見《詩·魯頌·泮水》。《毛序》：「《泮水》，頌僖公能修泮宫也。」

⑥見《詩·小雅·六月》。《毛序》：「《六月》，宣王北伐也。」

海防議〔一〕①

蘇州沿海之地，其所謂險要之大者，以一郡言之，常熟之福山港、白茆塘，太倉之劉家河、七丫港，嘉定之吳淞江、黄窑港是也；以一邑言之，長洲之泖湖、吳江之鶯河、吳縣之太湖是也。以言其次，福山西有三文浦、斜橋，東有許浦、金涇，劉家河北有新塘、浪港、茜涇，吳淞江南有寶山，東有老鸛嘴，均之爲險要而不可以無備也②。

是故有事於外防，則設戰艦，列舟師。如賊自東南而來，必繇寶山，吳淞江宜發艦一䑸，泊於吳家沙以堵截之；賊自東北而來，必繇三沙，劉家湖宜發舡一䑸，泊於營前沙以堵截之。而各信地時爲策應，則寇不敢竊瞰矣③。有事乎內防，風汛時月，吳淞水兵統發勝墩、平望，以防嘉興之突犯；吳縣水兵統發太湖，以防蠡里之突犯；長洲團結水兵統發周莊，以防泖湖之突犯，而本府復爲應援④。蓋海邊之防，福山爲最；腹裏之防，勝墩爲最。而吳淞尤水陸之要衝、蘇松之喉咽。提兵南向，可以援金山之急；揚帆北哨，可以扼長江之險，故特設副總兵以鎮之⑤。而當事者又周行海壖，以議防守，外洋則備水兵。港議之間有沙磧之地，賊可登岸，兵難泊舟者，又備陸兵。大之則圌山游兵把總駐劄營前沙〔二〕，會哨於江北；吳淞遊兵把總駐劄竹箔沙，會哨於洋山。常鎮參將統水陸兵據江海之交，鎮守於楊舍。而小之則川沙柘林之堡、南匯青村之所，不遠六十里，皆練兵以爲守⑥。至於分外分撥，彼此夾攻，常熟、太倉、嘉定之兵勇，太鎮二衛之原練杆子軍兵，可時分遣，而崑山之千墩、清洋江，亦應有屯駐。其上策在於出海會哨，毋使入港；中策在於循塘距守，毋使登岸；下策在於出水列陣，毋使近城。若不得已而守城，則爲無策矣⑦。雖然，此猶以近地之事言也。若以海之大勢論之，舟山諸山非兩浙之屏捍乎？崇明諸沙非三吳之屏捍乎？洋山非浙直之交、適中之地乎？陳錢非中國海山之盡處乎？

國初，沿海每衛各造大青、風尖、八槳等船百餘，出洋哨守，海門諸島皆有烽燉。後弛其令，而僅有港次之列舡。浙東於定海、浙西於乍浦、蘇州於吳淞等處，泊舟防海，皆未得其地勢。故議者欲分番乍浦之舡以守海上洋山，蘇松之舡以守馬蹟，定海之舡以守大衢。而陳錢諸島係賊衝三路之要〔三〕，則當屯泊大兵，防賊截殺，使不得過⑧。今者舉而加之意焉，遠洋之哨賊，近洋之擊賊，百未有一失也。

【校記】

〔一〕本篇又見北大本《合集·論略》卷一。

〔二〕「圖山」，原作「圍山」，據鄭若曾《籌海圖編》卷六《直隸事宜》改。

〔三〕「賊衝」，原作「賊衢」，據鄭若曾《籌海圖編》卷十二《禦海洋》改。

【繫年】

此張溥爲翰林院庶吉士時所作館課，故作於崇禎四年至五年間（一六三一——一六三二）。

【箋注】

① 本篇繼續申論前《備倭議》中之「嚴海防」。

②語本鄭若曾《籌海圖編》卷六《直隸事宜》：「蘇州沿海一帶，險隘甚多。舉其大者，則常熟有福山港、白茆塘；太倉有劉家河、七丫港，嘉定有吴淞江、黄窑港，皆賊之通衢，而東吴之門户，此則所謂一府之險要。長洲則泖湖浩蕩，吴江則鶯湖相屬，吴縣則太湖交通，皆賊之徑道，而腹裏之關隘，此則所謂一縣之險要。以言其次，則福山以西有三丈浦，斜橋以東有許浦、金涇，劉家河以北有新塘、浪港、茜涇，吴淞江以南有寶山，以東有老鸛嘴，均之所謂險要而少次焉者。」

③語本鄭若曾《直隸事宜》：「又如賊自東南而來，必由寶山，吴淞江宜發船一艅，泊於吴家沙以堵截之。賊自東北而來，必由三沙，劉家河宜發船一艅，泊於營前沙，以堵截之。把總游兵船隻，往來策應。而三丈浦、新塘、老鸛嘴等處，亦得以聯絡而并制，則蘇之外防或可無憂矣。」

④語本鄭若曾《直隸事宜》：「至於風汛時月，吴淞水兵統發勝墩、平望，以防嘉興突犯之寇；吴縣水兵統發太湖，以防蠡里突犯之寇；長洲團結水兵統發周莊，以防泖湖突犯之寇。本府相度緩急，發遣水陸之兵以爲應援，則蘇之内防或可無憂矣。」

⑤語本鄭若曾《直隸事宜》：「巡撫都御史翁大立題云：『……臣周行海壖，分布信地，視吴淞所乃水陸之要衝，蘇、松之喉舌也。提兵南向，可以援金山之急；揚帆北哨，可以扼長江之險，以副總兵統兵鎮之。』」

⑥語本鄭若曾《直隸事宜》：「巡撫都御史翁大立題云：『……而又以圌山游兵把總駐紮營前沙，會哨於江北；吴淞游兵把總駐紮竹箔沙，會哨於洋山；常、鎮參將統水陸兵據江海之交，鎮守於楊

舍。所以備水戰者，亦既密矣。……今自吴淞所而南，爲川沙堡，以把總練兵一枝守之；川沙而南爲南匯所，以把總練兵一枝守之；南匯而西爲青邨所，以把總練兵一枝守之；青邨而西爲柘林堡，以都司練兵一枝守之。此皆不遠六十里，聲援易及，首尾相應，宛然常山之蛇之勢也。』」

⑦語本鄭若曾《直隸事宜》：「巡撫都御史翁大立題云：『今日海防之要，惟有三策。出海會哨，毋使入港者，得上策；循塘拒守，毋使登岸者，得中策；出水列陣，毋使近城者，得下策；不得已而至守城，則無策矣。』」

⑧語本鄭若曾《籌海圖編》卷十二《禦海洋》，文長不録。

救荒議〔一〕①

荒政之始，蓋見於黎民阻饑，舜命后稷，而詳著於《生民》之詩。及乎成周，大司徒以荒政十有二聚萬民，而其制度錯見於六官，於是札喪凶荒厄窮爲一書。然自周言之，太宰以九式均節物用，三曰喪荒之式。又遣人掌縣鄙之委積，以待凶荒。大司徒又以薄征散利，凡諸侯莫不有委積焉。凶荒之歲，則爲符信發粟賑饑〔二〕，而未嘗講於斂散輕重之法。侯甸采衛皆有饋遺，而不至穀價之踴貴②，王道蓋其盛也。

春秋戰國之世，始有乞糴之舉③。而《管子·輕重》一篇，則多言籠致之術，而不明於太公之道。故後代言救荒者，惟李悝平糴之法尚矣④。然以時而變，其法轉阻，求其通行無弊，竊甚難之。間嘗讀史，私心所募效者，於宋有兩人焉。富鄭公之在青州也，河朔大水，民流京東。公出榜要路，令饑民散入村落，移所部豐稔者三州，勸民出粟，得十五萬斛，益以官廪，隨所在貯之。各因坊村，擇寺廟及公私空屋。又因三巖爲窟室，以處流民。富民不得擅陂澤之利，分遣寄居閑官，往主其事。間有健吏，募流民中有曾爲吏胥、走隸者，皆給其食，令供簿書、給納、守禦之役。借民倉以貯，擇地爲場，掘溝爲限，與流民約〔三〕，三日一支。比麥熟，人給路糧遣歸⑤。趙清獻知越州，兩浙旱蝗，諸州皆禁增米價。公獨榜衢路，令有米者增價糶之。於是諸州米商輻輳詣越，米價更賤，民無餓死者⑥。此二法固至今亦可行也。

蓋物價痛抑之反貴，而米粟之用復足以制人之生死。改善爲措置者，但當使其物日集，則價自日殺，而飲食之具周於民間。百姓之所仰給者，在上之賑貸，而出之官府，行之吏胥，則因緣爲姦，貧民不得享半菽之利。故以實心行政者，務身親之，使其利足以及人，而不畏其煩苦，不貪其美名。漢之武宣，或下巴蜀之粟，致之江陵⑦；或詔民以車舡載穀入關，毋得用傳⑧，實有得於周官之意焉。不然，爲小惠而如新莽之煮米爲酪，爲峻法而如五季之括民間粟，名雖救人，實殺之也。

【校記】

〔一〕本篇又見北大本《合集·論略》卷一。

〔二〕「賑饑」，原作「賑濟」，據馬端臨《文獻通考》卷二十六所引吕祖謙語改。

〔三〕「約」，原作「給」，據文義改。

【繫年】

此張溥爲翰林院庶吉士時所作館課，故作於崇禎四年至五年間(一六三一—一六三二)。

【箋注】

①本篇論救荒之策。首云饑荒乃荒政之始，次言宋代富弼安置流民之法、趙抃增價糴米而抑米價法可資借鑒，末論賑貸當令實心行政者務自主持，以避免吏胥貪冒。所論既中時弊，又切實可行。

②語本馬端臨《文獻通考》卷二十六引吕祖謙云：「且自周論之，太宰以九式均節物用，三曰喪荒之式。又遺人掌縣鄙之委積，以待凶荒。而大司徒又以薄征散利。凡諸侯莫不有委積，以待凶荒。凶荒之歲，爲符信發粟賑饑而已。當時斂散輕重之式未嘗講。侯甸采衛皆有饋遺，不至於穀價翔踴如弛張，斂散之權亦不曾講。」

③《左傳·僖公十三年》：「冬，晉薦饑，使乞糴于秦。」《左傳·僖公十四年》：「冬，秦饑，使乞糴于晉，晉人弗與。」

④李文炤《周禮集傳》卷二：「其後如李悝之平糴法，豐年賤收之，凶則出以賑饑。谷價不貴，民安其居。此亦三代以後救荒之良策也。」

⑤《宋史》卷三百一十三《富弼傳》：「河朔大水，民流就食。弼勸所部民出粟，益以官廩，得公私廬舍十餘萬區，散處其人，以便薪水。官吏自前資、待缺、寄居者，皆賦以禄，使即民所聚，選老弱病瘠者廩之，仍書其勞，約他日爲奏請受賞。率五日，輒遣人持酒肉飯糗慰藉，出於至誠，人人爲盡力。山林陂澤之利可資以生者，聽流民擅取。死者爲大冢葬之，目曰『叢冢』。明年，麥大熟，民各以遠近受糧歸，凡活五十餘萬人，募爲兵者萬計。」

⑥《宋史》卷一百七十八《食貨志·振恤》：「知越州趙抃揭牓於通衢，令民有米增價以糶，於是米商輻湊，越之米價頓減，民無飢死。」

⑦《漢書》卷六《武帝本紀》：「秋九月，詔曰：『仁不異遠，義不辭難。今京師雖未爲豐年，山林池澤之饒與民共之。今水潦移於江南，迫隆冬至，朕懼其飢寒不活。江南之地，火耕水耨，方下巴蜀之粟致之江陵，遣博士中等分循行，諭告所抵，無令重困。吏民有振救飢民免其戹者，具舉以聞。』」

⑧《漢書》卷八《宣帝本紀》：「四年春正月，詔曰：『蓋聞農者興德之本也，今歲不登，已遣使者振貸困乏。其令太官損膳省宰，樂府減樂人，使歸就農業。丞相以下至都官令丞上書入穀，輸長安倉，助貸貧民。民以車船載穀入關者，得毋用傳。』」

江防議〔一〕①

今之議江防者，首營前沙，次靖江、江陰，又次瓜、儀、京口，此天下共明之勢也。然而有二慮焉。海船入江必繇崇明南北二路，小舟繇㺍擔二沙而行，大舟繇竹箔、宋信嘴而行，一路堵截，更無入江之路。故崇明者，天生之以鎖江之水口者也。京口雖係江南諸郡咽喉，而沿江南岸，疊嶂如屏，潤州、秣陵之間，夾岡險陂，無港可達。從古寇犯金陵，未有繇此進者。獨從通泰登陸，循江北内地而行，屯兵六合，分師渡蕪湖、采石，走太平而北。此地勢之便，事之莫測者也。

然前之所言，人之所備；後之所言，人之所不及備。防江者尤未可以拘牽而不問也。故向之建議者，設將官，結水寨，分守於今之兩岸，而海口入江之處，止以崇明官兵禦之，游兵都司應援之，非計之得也。盍以江南北之兵舡分番互出，常以一半至海口，協守崇明南北二路，則舟衆力齊，賊不能入江矣。又盍重江北而防之於通州、泰州之間，則賊不敢避實擊虚矣。

夫惟明此二者，而後廖角嘴、營前沙之爲第重，狼山、福山之爲第二重〔二〕，周家橋之於順江洲、新洲爲第三重〔三〕。以門户之嚴，成堂奥之固，三門會哨，防視春汛。於是江中之寇，無委於岸上之所司；岸上之寇，無委於江中之所司。操巡督發江舡進内港以協捕，巡撫督發哨舡出外江以策應。賊若過營前沙，則江南江北出援翼擊，及他處皆然。我兵有增無限，賊兵有限無增。而永洲之設兵防守，又以江上洲田供給新兵，雖充國湟中之屯，未或過焉。三山圌山互相接應，雖世忠江中之師，未或過焉。則以之保留都，衛孝陵，長江萬里，得其完策，可無倉皇守金、焦之南岸矣。

【校記】

〔一〕本篇又見北大本《合集·論略》卷一。

〔二〕「第二重」，原作「第一重」，據上下文改。

〔三〕「第三重」，原作「二重」，據上下文改。

【繫年】

此張溥爲翰林院庶吉士時所作館課，故作於崇禎四年至五年間（一六三一—一六三二）。

【箋注】

① 本篇縱論江防。建議江南北兵船分番互出，合力擊賊，且設二重守衛，其説俱爲可行。

東南水利議〔一〕①

永樂之元年，詔户部尚書夏原吉治水江南〔二〕，復以《水利集》賜之，使講究拯治之法。

尚書原吉奏以爲「浙江諸郡，蘇、松最居下流，嘉、湖、常三郡土田，下者少，高者多。環以太湖，綿亘五百餘里，納杭、湖、宣、歙諸州之水，散注澱山等湖，以入三泖〔三〕，頃爲浦港湮塞，匯流漲溢。治法要在濬滌吴松諸浦港，泄其壅遏，以入于海」②。

宣德之時，況刺史鍾言：「蘇、松、嘉、湖之地，其湖有六：曰太湖、傍山、陽城〔四〕、昆承、沙湖、尚湖。聯屬三千餘里，其水東南出嘉定吴淞江，東出崑山劉家港，東北出常熟白茆港。年久不通，乞遣大臣督各府縣官，於農隙時發民疏濬。」③于是踵而言之者，無不以吴淞、白茆爲急。汪刺史滸之議開白茆等塘也④，挑濬青墩浦、横歷塘，共五六十里以通之，鑿三堰，通鮎魚口，而水得歸海。崔中丞恭督工濬江，分爲三段，有夏口界、白鶴江、卞家渡、莊家涇之挑濬，而曹家溝、蒲匯塘、新涇、大營浦諸水無不浚治。至今民目漕港爲「都臺浦」，則明德之志也⑤。洩理多方，而爲術有要，無過於胡御史體乾之六策矣。其言曰：「開洩水之川，浚容水之湖，殺上流之勢，决下流之壑，排潮漲之沙〔五〕，立治田之規〔六〕，而又請專設督理之官。」⑥嗚呼！盡之矣。

然而《禹貢》之道雖存，謗書之來可懼，則當不避嫌怨，以圖成功。若李尚書克嗣之尋訪淤塞故道〔七〕⑦，正世家之所據，盡心所事，不辭煩苦。凡椿木畚插，給賞顧直之需，取諸帑之羨餘，可法也。開濬之費取之官，無取之民。若海中丞瑞之請量留各處贓罰、漕糧二十萬石，折銀濟工，可法也。費有所不支，則當權宜變化，以求其濟。若何中丞鑑之請以兑軍諸費兑役，治其地，即役其地之人，分地程工，分工賦糧，使官賴民力，民受官濟，用米二十八萬石，人二十五萬，而衆不爲勞，可法也。

蓋浙西蘇、松諸郡之水，其源皆出天目，昔之人言之矣。水之枝節多岐，而白茆港、吴淞二派最大，昔之人又辨之矣。故通修之令時見於明詔，責成之説嘗出於敕書。有謂巡鹽御史當理蘇松水利而兼及浙江〔八〕，水利僉事當行於浙江而兼及直隸；有謂諸郡地濱大湖，水利廢興，乞添設工部官管理。凡以致重其事也，誠先此二派，而餘以次修。則藏村漑金壇，滍港漑武進，艾祁、通波漑青浦，顧浦、吴塘漑嘉定，大瓦等浦漑崑山之東，許浦等塘漑常熟之北。岡壠支河深廣復舊，無不在其中矣。

【校記】

〔一〕本篇又見北大本《合集·論略》卷一。

〔二〕「部」，原脱，據《明史紀事本末》卷二十五《治水江南》補。

〔三〕「三泖」，原作「山泖」，據《明史紀事本末》卷二十五《治水江南》改。

〔四〕「陽城」，原作「楊城」，據《明史紀事本末》卷二十五《治水江南》改。

〔五〕「排」，原作「挑」，據《國榷》卷五十五嘉靖十年條改。

〔六〕「規」，原作「窺」，據《國榷》卷五十五改。

〔七〕「故道」，原作「於道」，據北大本改。

〔八〕「蘇松」，原作「蘇江」，據北大本改。

【繫年】

此張溥爲翰林院庶吉士時所作館課，故作於崇禎四年至五年間（一六三一—一六三二）。

【箋注】

① 本篇論東南水利。剖析前人治水諸議，其要在疏濬、設專官督理、費由官出，考慮全面。

② 《明史紀事本末》卷二十五《治水江南》：「成祖永樂元年夏四月，命户部尚書夏原吉治水江南。時嘉興、蘇、松諸郡，水患頻年，屢敕有司，督治無功，故有是命。六月，命侍郎李文郁往佐尚書夏原吉，相度水田，量免今年租税。秋八月，遣都察院僉都御史俞士吉賫《水利集》賜夏原吉，使講求疏治之法。原吉上言：『江南諸郡，蘇、松最居下流。常、嘉、湖三郡土田，高多下少。環以太湖，亘綿五百里，納杭、湖、宣、歙諸山水，注澱山諸湖，入三泖。頃浦港湮塞，匯流漲溢，傷害苗稼。拯治之法，宜浚吴淞諸浦港，洩其壅淤，以入于海。』」

③ 《明史紀事本末》卷二十五《治水江南》：「宣宗宣德七年九月，蘇州知府况鍾上言：『蘇、松、嘉、湖之地，其湖有六：曰太湖，曰傍山，曰陽城，曰昆承，曰沙湖，曰南湖。聯屬廣袤凡三千里。其水東南出嘉定吴淞江，東出崑山劉家港，東北出常熟白茆港。永樂初，朝廷命尚書夏原吉督理疏

濬，水不爲患。年久淤塞，一遇久雨，遂成巨浸，田皆溺焉。乞仍遣大臣督郡縣吏于農隙時，發民疏濬，則一方永賴矣。』」按，「南湖」應作「尚湖」。

④蔣伊《浚白茆記》(魏源《皇朝經世文編》卷一百十三)：「或曰傍河之民，利河之淤，占爲農業，故明臣汪滸嘗浚之，耄倪泣卧堤上，向滸求免，僅鑿三堰，去叢葦而止，慮告佃升科之日侵於内也。」

⑤《明史》卷一百五十九《崔恭傳》：「崔恭，字克讓，廣宗人。正統元年進士。除户部主事。……與都督徐恭浚儀真漕河，又浚常、鎮河，避江險。已，大治吴淞江。起崑山夏界口，至上海白鶴江，又自白鶴江至嘉定卞家渡，迄莊家涇，凡浚萬四千二百餘丈。又浚曹家港、蒲匯塘、新涇諸水。民賴其利，目曹家港爲『都堂浦』。」按，「曹家港」「都堂浦」應作「曹家溝」「都臺浦」。《讀史方輿紀要》卷二十四《上海縣》：「都臺浦，在縣東南。舊名曹家溝，天順四年撫臣崔恭濬蒲匯塘及新涇諸處，又濬曹家溝，深廣以備旱潦，因名曰都臺浦。」

⑥《國榷》卷五十五嘉靖十年條：「七月壬子朔，巡按蘇松常鎮監察御史胡體乾言：『蘇松最居下流，水無所潴泄，而泛溢爲患，固其宜也。今宜按三江入海之故迹疏之，其策有六：曰開泄水之川，浚容水之湖，殺上流之勢，决下流之壑，排潮漲之沙，立治田之規。委以專官，經理其事。』」

⑦《明史紀事本末》卷二十五《治水江南》：「世宗嘉靖元年，巡撫李克嗣開吴淞江。吴淞自周忱修治後，天順中，命巡撫崔恭濬大盈浦出吴淞。弘治中，設水利僉事伍性，復濬吴淞中股及顧會趙屯浦。又命工部侍郎徐貫復治吴淞，自帆歸浦至分莊七十餘里。至是，克嗣用華、上、嘉、崑四縣

民力，開吴淞江四十餘丈，十餘年無水旱之憂。」

屯田策〔一〕①

屯田非始於趙充國也②。漢文之時，晁錯請募民徙實塞下，使屯戍之事省，輸將之費寡③。及乎武帝，自敦煌至鹽澤，往往起亭，輪臺、渠犁皆有田卒④。繇是觀之，屯田非充國創爲，明矣。然輪臺去長安萬里，漢武征和中，桑弘羊與丞相御史請屯以威西域，而武帝下詔弗從⑤。趙充國上《留屯田十二便》，宣帝以書報之，慮及於虜聞兵罷，相聚擾田⑥。繇是觀之，議屯之難，即見於行屯之時，非至今日而始憚一發，明矣。

國家屯制，較古爲盛。洪武之世，臨濠有屯，戍兩廣者往耕之⑦；寧夏、四川有屯，船城、塔灘之間，置重將焉⑧；太原、朔州諸屯，弗徵其入〔二〕⑨；雲南、定邊、姚安、畢節諸屯，緩其歲輸⑩。遼左之地議屯，閔海運之不繼也；一片石諸關議屯，慮守關士卒之游敖也。列聖繼之，嘗詔大臣往北京整理屯種矣⑪；嘗詔給陝西、山東諸屯之官牛耕器矣〔三〕；河南諸屯，疲民贍卒，則申誡矣；山海至蘇州諸軍宜修屯，則遣官經理矣。蓋考其跡，則閑地昔屯；論其制，則以十爲率，三守城，七屯種⑫。觀遼東之一萬一千三百八十六頃，可以概外；觀浙東西之二千二百七十四頃，可以概内。博地勢而盡物力，亦云至矣。沿久而其敗日見，何哉？或曰：鹽法未復歟？勢家莊田爲害歟？屯丁不實歟？管屯者不巡阡陌，典屯者徒信簿書歟？數者皆病屯之端也。

然知之而不即復，何也？則又有建議者曰：「淮南沮洳之地，不可棄也。揚州之水田賤，潁、壽之陸田輕，苟立法以就功，猶之射陽之洪澤、壽州之芍陂也。」而天下莫之應也。則試起而策楚之荆襄、中州之唐鄧。羊祜墾襄陽田八百餘頃⑬，杜預激用滍、淯諸水，以浸原田⑭，不有成跡乎？而天下莫之應也。則請策邊塞，東起遼東，西盡甘涼，非古屯地乎？唐之韓重華於代北開營田，得粟二十萬石，省度支錢二千餘萬緡⑮。立屯以來，未有如此大利者，舉而行之，固其舊壤。而天下終莫之應也。其不應者何？不能也。

夫所謂不能者，時弗若歟？抑地太廣歟？若言夫時，東漢之末，民棄農業，州里蕭條。曹操從棗祗之議，募民屯田許下，得穀百萬斛⑯。曹操能行之於大亂之時，而謂此法不可通於隆平之日，必不信也。若言夫地，元之屯田，西自山西，南至保定、河間，北抵檀、順，東至遷民鎮，無不有屯，分司農司，法度釐舉。元不病地之浩大難理，而今病之，必不信也。前代之屯，止數郡而治；國家屯，遍天下而反弊。前代之屯或用兵，或用民，於軍政外各立一官而治；國家即以守禦兼耕穫，法最簡易而反弊。前代之主屯者，官或止都尉中郎而治；今重以監督而反弊。今之密於前者凡三，而效之及前者無一有。欲一反而大興革之，必有其本矣。

後唐田敬洙請修白水塘溉田以實邊，馮延巳以爲便。李德明因請大闢曠土爲屯田，修復所在渠塘堙廢者，吏因緣侵擾，大興力役，奪民田甚衆⑰，此開屯以傷國者也。宋端拱時，分命陳恕、樊知古爲營田使。恕密奏戍卒游惰，仰食縣官，一旦使冬被甲兵，春執耒耜，恐變生不測，其事乃止⑱。此沮屯以傷國者也。今天下之人多修陳恕之術者也。愚不虞其開屯，而虞其混屯。然沮之不可，開之未能，道豈中立乎？宋孟珙之知夔州也，其言曰：「不擇險要立砦栅，難責兵以衛民；不集流離安耕種，難責民以養兵。」⑲於是制置屯田，調夫募農，爲屯二十。蓋爲夷狄有屯，非屯，夷不乘間入乎？

國朝成化中，陝西、荆襄、唐鄧間，川谷綿千里，飢民逋聚者百萬。周洪謨著論，以爲東晉時廬、松，滋之民流至荆川者，僑置滋縣於荆江之南；陝西雍州之民流至襄陽者，僑置南雍州於襄水之側，時乃寧謐⑳。今之流民，苟善撫之，皆齊民也；不行其説，民大剽亂。後李賓援以上請，原傑遵行之，大會湖、陝、河南三省藩臬官，簡才分綜，籍流民，得十二萬三千餘户，皆給以閒曠田〔四〕，令開墾供賦，建郡縣以治之，民乃大寧㉑，不復滋劉、李二盜之亂。此不主于屯而有似於屯，蓋爲流民而闢田，非田，民安所歸？不揭竿而爲大盜乎？

今天下之患莫大於夷狄盗賊，則事亦莫急於屯。日夜迫切議而不得其術，將昔所謂郭、婁、韓、李豈遂絶跡於天下歟？宋張闡有言：「屯田之害，非田不可耕，無耕田之民也。」㉒先臣丘濬亦云：「欲收耕田之利，必先去擾田之害。」㉓夫擾田者何人乎？官非其官，而吏非其吏，公田私田，兩無所處也。是故屯田雖天下之大務，實言之，不過一良有司之職守。何則？建始用李庭芝而法行㉔，河南去劉福而事靖，前史具列之矣。

【校記】

〔一〕本篇又見北大本《合集·論略》卷一。

〔二〕「徵」，原作「證」，據《明史》卷七十七《食貨志一·田制》改。

〔三〕「矣」，北大本作「也」。

〔四〕「閒」，原作「聞」，據文義改。

【繫年】

此張溥爲翰林院庶吉士時所作館課，故作於崇禎四年至五年間（一六三一—一六三二）。

【箋注】

① 本篇論屯田興衰利弊，末歸之於屯田本旨應爲安民而非擾民，深中肯綮，亦可知時政之弊。

② 《漢書》卷六十九《趙充國傳》：「時羌降者萬餘人矣。充國度其必壞，欲罷騎兵屯田，以待其敝。……遂上《屯田奏》。」

③《漢書》卷四十九《晁錯傳》：「錯復言守邊備塞，勸農力本，當世急務二事，曰：『……以陛下之時，徙民實邊，使遠方無屯戍之事，塞下之民父子相保，亡係虜之患，利施後世，名稱聖明，其與秦之行怨民，相去遠矣。』上從其言，募民徙塞下。錯復言：『陛下幸募民相徙以實塞下，使屯戍之事益省，輸將之費益寡，甚大惠也。』」

④《漢書》卷九十六上《西域傳》：「自貳師將軍伐大宛之後，西域震懼，多遣使來貢獻，漢使西域者益得職。於是自敦煌西至鹽澤，往往起亭，而輪臺、渠犁皆有田卒數百人，置使者校尉領護，以給使外國者。」

⑤馬端臨《文獻通考》卷七《田賦考·屯田》：「武帝征和中，桑弘羊與丞相、御史請屯田故輪臺地，以威西域，而帝下詔深陳既往之悔，不從之。」

⑥《漢書》卷六十九《趙充國傳》：「充國上狀曰：『……臣謹條不出兵留田便宜十二事。……留屯田得十二便，出兵失十二利。臣充國材下，犬馬齒衰，不識長册，唯明詔博詳公卿議臣採擇。』上復賜報曰：『皇帝問後將軍，言十二便，聞之。虜雖未伏誅，兵決可期月而望，期月而望者，謂今冬邪，謂何時也？將軍獨不計虜聞兵頗罷，且丁壯相聚，攻擾田者及道上屯兵，復殺略人民，將何以止之？』」

⑦薛應旂《憲章録》卷四洪武五年條：「己酉朔，詔今後犯罪當戍兩廣者，俱發臨濠屯田。」

⑧薛應旂《憲章録》卷四洪武六年條：「太僕寺丞梁埜僊帖木兒言：『黄河迤北寧夏所轄境内，及四

川西南至船城，東北至塔灘，相去八百里，土田膏沃，舟楫通行，宜命重將鎮之。俾招集流亡，務農屯田，什一取税，兼行中鹽之法，可使軍民足食。』從之。」

⑨《明史》卷七十七《食貨志一·田制》：「洪武三年，中書省請税太原、朔州屯卒，命勿徵。」

⑩薛應旂《憲章録》卷八洪武十九年條：「沐英奏雲南土地甚廣而荒蕪居多，宜置屯田，令軍士開耕，以備儲蓄。上諭户部曰：『屯田之政，可以紓民力，足兵食，邊方之計莫善於此。趙充國始屯金城而儲蓄充實，漢享其利，後之有天下者亦莫能廢。英之是謀，可謂盡心，有志古人，宜如所奏。然邊地久荒，榛莽蔽翳，用力實難。宜緩其歲輸之粟，使彼樂於耕作，數年之後，徵之可也。』」

⑪薛應旂《憲章録》卷十五永樂元年條：「命靖安侯王忠往北京安插屯田軍民，整理屯種。」

⑫《國榷》卷九洪武二十五年條：「令天下衛卒以十之七屯種，其三城守。」

⑬《晉書》卷三十四《羊祜傳》：「吴石城守去襄陽七百餘里，每爲邊害，祜患之，竟以詭計令吴罷守。於是戍邏減半，分以墾田八百餘頃，大獲其利。」

⑭《晉書》卷三十四《杜預傳》：「又修邵信臣遺跡，激用滍淯諸水以浸原田萬餘頃，分疆刊石，使有定分，公私同利。衆庶賴之，號曰『杜父』。」

⑮《新唐書》卷五十三《食貨志》：「元和中，振武軍饑，宰相李絳請開營田，可省度支漕運及絶和糴欺隱。憲宗稱善，乃以韓重華爲振武、京西營田、和糴、水運使，起代北，墾田三百頃，出贓罪吏九

百餘人，給以耒耜、耕牛，假種糧，使償所負粟，二歲大熟。因募人爲十五屯，每屯百三十人，人耕百畝，就高爲堡，東起振武，西逾雲州，極於中受降城，凡六百餘里，列栅二十，墾田三千八百餘頃，歲收粟二十萬石，省度支錢二千餘萬緡。」

⑯《三國志·魏書·武帝紀》：「是歲用棗祗、韓浩等議，始興屯田。」裴松之注：「是歲乃募民屯田許下，得穀百萬斛。於是州郡例置田官，所在積穀。征伐四方，無運糧之勞，遂兼滅群賊，克平天下。」

⑰《資治通鑑》卷二百九十一《後周紀·三年》：「先是，楚州刺史田敬洙請脩白水塘溉田以實邊，馮延巳以爲便。李德明因請大闢曠土爲屯田，脩復所在渠塘堙廢者。吏因緣侵擾，大興力役，奪民田甚衆，民愁怨無訴。」

⑱《宋史》卷一百七十六《食貨志·屯田》：「端拱二年，分命左諫議大夫陳恕、右諫議大夫樊知古爲河北東、西路招置營田使，恕對極言非便。行數日，有詔令修完城堡，通導溝瀆，而營田之議遂寢。」

⑲《宋史》卷四百一十二《孟珙傳》：「又曰：『不擇險要立砦栅，則難責兵以衛民；不集流離安耕種，則難責民以養兵。』」

⑳《明史》卷七十七《食貨志·户口》：「成化初，荆、襄寇亂，流民百萬。項忠、楊璿爲湖廣巡撫，下令逐之，弗率者戍邊，死者無算。祭酒周洪謨著《流民説》，引東晉時僑置郡縣之法，使近者附籍，遠者設州縣以撫之。」

㉑《明史》卷七十七《食貨志・户口》:「都御史李賓上其説。憲宗命原傑出撫,招流民十二萬户,給閒田,置鄖陽府,立上津等縣統治之。河南巡撫張瑄亦請輯西北流民。帝從其請。」

㉒馬端臨《文獻通考》卷七《屯田》:「隆興元年,工部尚書張闡言:『今日荆襄屯田之害,非田之不可耕也,無耕田之民也。』」

㉓丘濬《大學衍義補・屯營之田》:「臣愚以爲必先無擾田之害,然後收耕田之利。」

㉔《宋史》卷四百二十一《李庭芝傳》:「時四川有警,即以庭芝權施之建始縣。庭芝至,訓農治兵,選壯士雜官軍教之。期年,民皆知戰守,善馳逐,無事則植戈而耕,兵至則悉出而戰。夔帥下其法於所部行之。」

包荒涣群議〔一〕

【校記】

〔一〕本篇有目無文。

處置島衆議〔一〕

【校記】

〔一〕本篇有目無文。

兵食議〔一〕

【校記】

〔一〕本篇有目無文。

七録齋續刻卷之一

合刻諸葛忠武録岳忠武金陀粹編序〔一〕①

間考經籍，載《武侯十六策》一卷，《岳武穆集》十卷，或曰：「二者皆非也。」諸葛之書，其序雖云進《便宜十六事》，顧陳壽所録不載。（此處眉評：「風水相惠。」）武穆不藉文顯，即《賀和議》一表，當亦命意他人代爲辭令。其言近是，而未敢信也。張敬夫惡陳壽作史虚鄙，獨裒他書及裴松之註，别爲諸葛一傳②。然删去「隆中管樂」之辭，朱子非焉，復作《後論》以達意。迨讀今所傳，則又益以《將苑》五十篇、遺文十八首與前後《出師》二表，命曰《全書》。至武穆之事，大於其孫岳珂，有《事實》《辨誣》《鄂國金陀粹編》《續編》諸書，卷帙甚盛。而珂之所序，悵然有懷於穀城之略、魚復之圖，則武侯武穆之文亦漸詳且巨矣（此處眉評：「筆力。」）。

二公之忠誠偉烈，卓聞今古，蕘牧之人皆能道之，可無復論。然猶有説者，謂：「武侯伐魏，不出褒中而出祁山，故有街亭之敗。武穆師至朱仙鎮，距汴四十里矣。兀术將遁，卒從班師之命，而河南諸郡復爲金有。夫不用奇詐，而威敵無功，宋襄公之仁也；守經而死，不顧國家之難，恭世子之孝也。後之君子於二公之終事，能無憾乎？」是不然。宋襄公之仁，非性有之也。用鄫子於次睢之社，子魚已慮不獲死③。泓之敗也，廼以軍無阻隘爲解，盟會不循於賓禮，殲師則附於古人，其誰信焉？蜀爲漢後，天下之公貴也。地又險固，出師以正，可以集事，無庸蹈危。申生縊於曲沃，國人哀之矣。然大杖則走④，獨非順乎？若謂行而非孝，狐突諸賢胡爲勸之？且重耳以出奔成霸，彰先君之志而覆其短，其孝不更大乎？是故死生之際，從其義之大者處焉，而不必於受君之命。爲人子者或可，爲人臣者必不可。武穆固人臣也，寧敢悖焉？（此處眉評：「一語千古。」）

靖康以來，僞命亂賊相踵起，上下陵微之勢亦岌岌矣。純心在公者，方懼君臣之義不明，無以教世，又何忍於身蹈之？此武穆之奉命而歸，所以爲正也。且天下事亦未易一二悉也。伐魏之師數出，斬將略地，漸有成效。使假武侯以年，魏亂日萌，乘以天討，必將折而入蜀。武穆不遇闇君徂相，中原必復，而名過閎散。二公者，天皆爲漢宋而生，而皆不究其用。予未知天意之何所處也，則合其書而讀之，不幾有屈賈同傳之悲乎！

【校記】

〔一〕本篇又見北大本《合集·館課》卷一。北大本目録題作「合刻諸葛武侯岳武穆集序」。

【箋注】

①本篇爲《諸葛忠武録》《金陀粹編》合刻本所作序。合刻本今未見。《忠武録》五卷，明沈津編纂，嘉靖十九年庚子刻本。《北京圖書館古籍珍本叢刊》第十四册據此影印。沈津，字潤卿，蘇州人。趙傳仁、鮑延毅、葛增福主編《中國書名釋義大辭典》：「《金陀粹編》，宋岳珂編。亦名《鄂國金陀粹編》。岳飛傳記資料彙編，五十八卷。」

②張栻《漢丞相諸葛忠武侯傳》：「予每恨陳壽私且陋，凡侯經略次第，與夫燭微消患、治國用人、馭軍行師之要，悉闇而不章，幸雜見於他傳及裴松之所注，因裒而集之，不敢飾辭以忘其實。其妄載非實者則删之，庶幾讀者可以得侯之心。」

③《左傳·僖公十九年》：「夏，宋公使邾文公用鄫子于次睢之社，欲以屬東夷，司馬子魚曰：『古者，六畜不相爲用，小事不用大牲，而况敢用人乎？祭祀以爲人也，民，神之主也，用人，其誰饗之？齊桓公存三亡國，以屬諸侯，義士猶曰薄德，今一會而虐二國之君，又用諸淫昏之鬼，將以求霸，不亦難乎？得死爲幸。』」

④《後漢書》卷四十一《第五種傳》：「昔虞舜事親，大杖則走。」

韓張甫稿序①

張甫行其文，時徵序於予，予俯無以應。非予負言，懼其言之不類也。然不可以不言，終已則將爲略之。張甫讀書恢奇，志在先秦以上，才力决出，足以追赴。其所爲古文辭，大約師摹《山經》《汲冢》《石鼓》《岣嶁》諸篇，即《尚書》古文奇字，猶以爲近今，拘攣弗用。制義則抑古，使就稍循今體，其靈逸高亢之氣，終不可制，亦子瞻所謂「不得已而後見」，非有所經營圖度也。

夫古之善讀書者，戒人無讀唐以後書；排而遠之者，則曰「無讀漢以後書」②；又其上者，並其漢而去之。著論彌高，則選書彌峻。而不得其解者，輒輕之曰：「是不能博者之自文也。彼懼夫後來之書廣肆宏溢，力不及周，故爲不屑之辭以抑之，趨於徑約，託高自便，人不敢非。」嗟乎！此之言又與於不文之甚者也。不鑒於古無以知今，不察於今必不勇於尊古，學者之恒勢也。

登嵩華而後知衆山之卑，睹大海而後識衆流之小。其人豈盡生於嵩華、依於大海者乎？以理信之而已。信之以理，雖不得至，猶及見焉。且使其人生於山海之間，不游覽乎天下之大，則自信山海也不深。是故不能下觀而徒言上觀，意者其無本乎？若有其本，則未之敢信。

今張甫之涉物宏矣，然後處位也絶。抑予之材，百不望張甫，然自賢者以下之文，亦竊見之矣。心不敢謂然，而私折衷於張甫，故雖不類而發一言也。

【繫年】此蓋爲韓四維崇禎四年中進士後所刻稿作序，故此序作於崇禎四年（一六三一）。

【箋注】

①此序同年韓四維稿。韓四維，字張甫，號芹城，又號糝花庵主，昌平人。復社成員。崇禎四年進士。崇禎十二年授檢討。吴山嘉《復社姓氏傳略》卷一：「韓四維，字張甫，昌平人。崇禎辛未進士，官春坊。」生平詳見光緒《昌平州志》卷十四《韓四維傳》。韓四維曾爲張溥《七録齋集》《史論二編》作序。

②《四庫全書總目》卷一百九十《明詩綜》：「是以正德、嘉靖、隆慶之間，李夢陽、何景明等崛起於前，李攀龍、王世貞等奮發於後，以復古之説遞相唱和，導天下無讀唐以後書。」

桂叔開稿序①

叔開行矣，其文在焉。予之所爲悲棘人也。然日有客焉，至予之庭，以叔開之文請，將何爲乎？蓋予與叔開有成言矣。叔開之文行，予將託言於其端。叔開信之，而趣應事焉。是客之留，則以此故，予其可辭乎？

夫居大人之戚，而不没良友之言；當望星之行，而猶徵一諾之義。叔開之於予至矣，予之辭其可以直矣。雖然，直之道將何居？論人而不當，直者無處焉；稱人而不盡，直者無處焉。惟當與盡，所以爲直。今日欲序叔開之文，亦無貴乎一言之少，百言之多也，取其似叔開而可矣。

叔開之文，深氣浩理，秦漢之質，八家之體，無所不有。通乎應制，義絶因彷，七義一機，析理棲妙。予讀之，蓋得二師焉：文章之雄，尊爲教父，此一師也；《易》學衰沿，獨推旨象，此一師也。夫《五經》之書爲經，四子之書亦爲經，名之爲經之師而師同。以文言之，解經者無不經之患，而惟不文之患，名之爲文之師而師同。從乎其同，必將從乎其重，以其重者稱之，予之所謂直也。朋友之道，以直終始。予與叔開同出師門，進禮退義，一日其敢忘乎？嗚呼！執是説也以往，叔開之客可以行矣。

【繫年】

此蓋爲桂啓芳崇禎四年中進士後所刻稿作序，故此序作於崇禎四年（一六三一）。

【箋注】

①此序同年桂啓芳稿。桂啓芳，字叔開，黄州府蘄水人。復社成員，崇禎辛未進士。著有《瀕海策略》。吴山嘉《復社姓氏傳略》卷八：「桂啓芳，字叔開。崇禎辛未進士，授海陽令。時海寇劉香老倡亂，啓芳以計擒其黨林龍角、周端偉等，復出奇計，助督府勦平之。忌者奪其功，落職歸。」

楊伯祥稿序①

春初入長安，與伯祥、維斗、仁趾②、彝仲、燕又、卧子、乾若③、駿公④爲日社。自立社距試期之前一日，爲時不及半月。多者得文二十餘首，少者得文十餘首，從來同社操作未有若此密者。後得失稍判，諸子亦絶不以爲異。予欲留南還者稿，盡入房書中，濟所闕短。維斗輩復執不可，於是擬刻《九子社義》，記一時鳴和之樂。又以予未歸，尚無成集，而伯祥稿尤盛多，其全本先行。予乃爲之序曰：

伯祥之文至矣，其辭要眇深通，而原於大雅，縱文所往，不知其幾萬里。要其發端，以人倫爲極。若此者，非今之文也，古所謂至言也。黄石齋先生嘗論今人古文辭⑤，裒然大部，無一言及仁義者，歎爲世變。嗟乎！豈特古文辭哉，時文亦然。同習四子之書，而喜於漂末之見，不守其典言法論，而飾以庸聲鄙貌。爲是術者，亦何異萊夷之侮聖人乎？伯祥慮之也深，而衛道也亟。是以奮然矯起，力障潰瀾。其於孔孟之言，不止口説而筆著之也，直身行焉。

伯祥少失怙，即躡芒屨，登深山，行營幽宅，歷風雨寒暑不少怠，三年而後畢其事。家居蕭儉，專好急人。家族之間，推財不有，一鄉化之，瑩志樂義。凡爲伯祥之朋友兄弟者，無不稱述先王，敦考古蘊。予曾一識其友龔大生⑥、鄒石生⑦，近又接其弟伯衎⑧，皆當世之吉人君子也。繇是益信伯祥之在建城，視宋劉氏無多讓焉。劉氏盛於淳化之時，南渡而後，家學不衰。學士之《公是集》⑨，舍人之《公非集》⑩，至今猶有拊膺欷歔，恨不能睹其全者。予幸與伯祥同時，道義申固，叙其篇卷，不可謂非遇也。伯祥館閣試文，悉命世巨作，予將勸其公之人間，尚有未竟之論，俟乎後書。

【繫年】

據文中「春初入長安，與伯祥、維斗、仁趾、彝仲、燕又、卧子、乾若、駿公爲日社」等語，可知此序作於崇禎四年（一六三一）在京時。

【箋注】

① 此序同年楊廷麟稿。楊廷麟，字伯祥，清江人。復社成員。吴山嘉《復社姓氏傳略》卷六：「楊廷麟，字伯祥，號機部。崇禎辛未進士，選庶吉士，授編修。十年冬，皇太子將出閣，充講官兼直經筵。明年冬，大兵逼京師，楊嗣昌意主和議，廷麟上疏痛詆之。嗣昌大恚，詭薦廷麟知兵。帝召見，改兵部職方主事，贊畫盧象昇軍。象昇戰死，嗣昌欲中以危法。帝察其無罪，貶秩調外。十六年秋，復授職方主事，未赴，都城失守，廷麟募兵勤王。福王立，召爲左庶子，辭不就。南都破，江西諸郡所存者惟贛州，唐王手書加廷麟吏部右侍郎，劉同升國子祭酒。同升自雩都至贛，與廷麟復吉安、臨江，加廷麟兵部尚書兼東閣大學士。丙戌正月，廷麟赴贛，以萬元吉代守吉安。亡

何，吉安復失，元吉退保贛州。四月，贛圍急。五月，戰梅林敗，廷麟與元吉憑城守。十月四日，城破，廷麟走西城，投水死。乾隆四十一年，賜忠節。」生平詳見《明史》本傳。

② 杜麟徵，字仁趾，松江府青浦人，幾社六子之一。復社成員。張溥同年。吴山嘉《復社姓氏傳略》卷三：「杜麟徵，字仁趾。參政喬林長子。崇禎辛未進士，授刑部主事。少從父宦，曉習吏事。尚書使掌章奏，時太監張彝憲等總理部事，監宣大諸鎮。麟徵上疏極諫，舉天啓近事爲戒，舉朝歎服。尋改兵部職方司，爲尚書熊明遇所重，其請授諸將事權及定滇寇普名聲，麟徵條畫爲多。又上書論時政得失，有賈誼遺風。丁母憂歸，卒，年三十九。有《浣花遺稿》行世。」

③ 徐律時，字乾若，宣城人。復社成員。吴山嘉《復社姓氏傳略》卷四：「徐律時，字乾若。崇禎庚辰進士，知膠州，清介自勵。時土寇訌發，律時親率州人防禦，民得安堵。論者謂循吏、文苑，兩無憾焉。」嘉慶《寧國府志》卷二十七《人物志·宦跡》：「徐律時，字乾若，工文善書。崇禎庚辰進士，知膠州，清介自勵。時土寇訌發，親率州人防禦，民得安堵。甫及期，以疾卒官，年三十有二。貧無以殮，士大夫爭賻之。祀膠州名宦。」

④ 吴偉業，字駿公，號梅村，太倉人。張溥入室弟子，復社魁首，有「學問淵深，器宇凝弘，東南人才，無出其右」之譽（《清史列傳·吴偉業傳》）。崇禎四年榜眼，授翰林院編修。其師張溥亦中進士，選庶吉士。一時名師高徒，傳爲美談。試後，皇帝賜回鄉完婚，天下榮之。吴山嘉《復社姓氏傳略》卷二：「吴偉業，字駿公，號梅村。父琨，以經行崇祀鄉賢。偉業幼有異質，時經生家崇尚

俗學，偉業獨好三史。張溥見而歎曰：『文章正印，其在子矣。』因留受業。年二十補諸生。未踰年，中崇禎庚午舉人，辛未會試第一，殿試第二，授編修，給假歸娶。乙亥，入朝充纂修官。值温體仁柄國，有奸民張漢儒、陸文聲之事，體仁陰主之，偉業疏論無少避。丙子，主湖廣鄉試。戊寅，召對，進《端本澄源論》，極剴切，上爲動容。己卯，銜命封延津、孟津兩藩王，陞南京國子監司業。甫三日，而黄道周論武陵奪情廷杖信至，乃遣太學生涂仲吉上書頌冤。干上怒，嚴詰主使，幾不免。庚辰，晉中允諭德。癸未，晉庶子。甲申之變，適丁嗣父憂，里居。服除，南中召拜少詹事。越兩月，遂歸，杜門十年。本朝薦授秘書院侍講、國子監祭酒。閒一歲，奉嗣母喪南還，遂不出。年六十三卒。遺命墓前立一圓石，題曰『詩人吴梅村之墓』。有《梅村集》四十卷，《綏寇紀略》十二卷。」

⑤黄道周，字幼玄，號石齋，漳州鎮海衛人。朱彝尊《静志居詩話》卷二十：「黄道周，字幼玄，一字螭若，漳州鎮海衛人。天啓壬戌進士，改庶吉士，授編修。歷中允，以言事鐫級，俄落職。尋起官，以諭德掌司經局，再遷少詹事，協理府事。與經筵講，隨謫江西布政司都事，逮至京，廷杖，下詔獄，遣戍。福藩稱制，進禮部尚書。南京既下，猶督師出婺源。師潰，執繫故尚膳監，不屈。丙戌二月，死于市。有《大滌函書》《浩然詠》。」黄道周與張溥交厚。張溥在京爲庶吉士期間，曾問業于黄道周。崇禎五年黄道周被削籍還鄉，張溥亦此年末請假歸鄉。崇禎十三年，黄道周身陷詔獄，張溥爲之奔走營救，並遊説其座師周延儒而使黄道周最終獲釋，張溥却身先殁而未及見

此。黄道周爲張溥作墓誌，并作詩哭祭，中云「十年著作千年秘，一世文章百世師」「斯文欲喪愁無黨，吾道更生耻獨還」（《哭張西銘二章》）。

⑥ 龔大生，待考。

⑦ 鄒石生，待考。

⑧ 楊伯衍，楊廷麟弟。生平待考。

⑨ 祝穆《方輿勝覽》卷二十一《江西路·臨江軍·人物》：「劉敞，字原父。於諸書無所不通，有《公是集》行於世。」今見景印文淵閣《四庫全書》本。

⑩ 祝穆《方輿勝覽》卷二十一《江西路·臨江軍·人物》：「劉攽，字貢父。博極群書，有《公非集》行於世。」

徐位甫稿序①

戊辰之春，予偕維斗留江上，與位甫日相見也。别之日，位甫語予曰：「行矣，後之見當以長安爲期。」迨予與維斗入長安，而位甫不至，意甚惑之，則走而詢仲昭②。仲昭者，位甫兄也。然位甫處陽羡，仲昭處江上；位甫城居，仲昭則村居。其來也未嘗相期，則相與意度之曰：「位甫之入長安，其在後一年乎？殆將俟大比而北行也③。」自是三人日聚會，游燕市，輒念位甫不置。蓋位甫才理弘勝，大義慷慨〔一〕，論説所至，物不得留。既在兄弟之籍，又重以知己之言，故遠而相諷，不能不懷《采葛》之三章也④。歸之時，欲假道陽羡一見位甫。復以人事牽并，望塗而返。則時跡陽羡之友爲客於婁者，一問位甫安否，少自發情。然予念位甫甚深，而未嘗以一字相閧，得無病乎？自念思之，予之爲病久矣。深於懷人而性憚作書，數其訊言，以代簡章，而往來之音，時有不報。予嘗以自病而病不可遺，則久矣。予之意不達於位甫也。及位甫貽予以信，念予之深致蓋相同，而大文之列，來指彌重。嗟乎！予不見位甫文，維枳維棘，日生予心。而今始得曠然以解，位甫於是教予矣。

曩者江上之集，位甫情氣軒上，志在太平，高歌長詠，廓清可期。舒其文篇，儼然球鍠之鳴⑤，而天漢之麗⑥。予豈其忘之乎？則熟之復之。昔日之言，豈其往事乎？志其可道，而辭有足繼，又將一以慰予意之無不達也。

【校記】

〔一〕「慷慨」，原作「糠慨」，逕改。

【繫年】

文中「曩者江上之集」，指崇禎二年在吴江召開的尹山大會，合諸文社于復社，可知此序蓋作於崇禎三年（一六三〇）後。

【箋注】

①此序徐懋賢稿。徐懋賢，字位甫，常州府人。與其兄徐遵湯俱入復社。吴山嘉《復社姓氏傳略》卷三：「徐懋賢，字位甫。天啓七年，選貢生，官户部司務。有手輯《忠貞軼紀》，載甲申京師殉節之士，足爲一時實録。」

②徐遵湯，字仲昭，常州府人。復社成員。徐懋賢兄。吴山嘉《復社姓氏傳略》卷三：「徐遵湯，字仲昭。崇禎元年恩貢生。少以詩謁錫山鄒彦吉，延譽知名。黄道周亦與之游。晚益貧，鬻文爲業。所居名小盤谷。」

③大比：科舉考試泛稱，明清專指鄉試。

④語見《詩·王風·采葛》。方玉潤《詩經原始》：「《采葛》，懷友也。……夫良友情親，如同夫婦，一朝遠別，不勝相思，此正交情濃厚處，故有三月、三秋、三歲之感也。」

⑤球鍠：指磬和鐘，廟堂樂器。劉勰《文心雕龍·原道》：「至於林籟結響，調如竽瑟；泉石激韻，和若球鍠。」

⑥天漢：天河。《詩·小雅·大東》：「維天有漢，監亦有光。」毛傳：「漢，天河也。」

徐位甫近稿再序〔一〕①

予近論文，每言「古雅靈確」四字，人頗不得其解，獨與位甫言，則欣然謂善。迨讀其

《近篇》，因思四字之義，非予所創，位甫文已先見之，宜相視而歎爲不惑也。時文之不可以時文治也，有志之士皆知之；其不可全以古文治也，雖有志者未逮焉。何則？凡人之學，工易用而難成學，既成而難化也。言成者何？一題之來，設爲一義，起止程度，相守不失。言化者何？以題就我，以我因題，虚實巧正，無所不宜。兩者之解，人皆知之，而不得其用，則時文古文之説，兩有以累之也。

是故四字之義，不可以有心求也。積貫六藝，曉析經文，則其益自至，然又非絶時文而不道也。時文之路，天下所來往也。深言之，各有險阻扼塞、形勢要害，非素往來者弗與習也。猶之黄帝之嘗藥，雖知有毒，欲以已疾，不可不盡試也。惟學成而幾於化者，於時文之淺深久身親焉，一變而爲古，然後可以速得志。則位甫《近篇》之謂也。《近篇》之妙，離衆虚游，每義生勝，非復故步。然合之舊本，解題切繩，梗概不殊。人之言曰：「不有昔日，夫何以有今日？」予竊於位甫之爲文有感矣。即予昨者所序，未及四字之義，要大意亦當不外此也。

【校記】

〔一〕目録原題作「徐位甫退稿序」，據正文改。

【箋注】

① 此序徐懋賢近稿。徐懋賢，字位甫。詳見上文注。張溥此文可知其文章觀，論文以「古雅靈確」爲準。其治時文之法亦體悟較深，認爲時文既不可以時文治，亦不可全以古文治，要達於一種出神入化之境：以題就我，以我因題，虛實巧正，無所不宜。

顧玄度易稿序①

君子之學之惡夫近也，爲其不足以盡道也。獨於讀《易》又當變言之，去其高廣之論，循於簡切之塗，則世事類質，而取文尚寡。專家之學，所繇名也，然於今略矣。制經之術，恒人所曠。而論《易》參指，沿久易亡。雖《折楊》《黄荂》②，未或聞焉。故予讀玄度文，竊幸費氏古本未踈於當時也。

玄度澄静鮮慮，表志弘雅。凡物之美皆所脱遠，而於《易》獨有成書之出。非性情於斯者，其能之乎？昔者程子作傳，推放天地，而事驗人身。讀「君子豹變」③，而有悟於人之自暴自棄；讀「君子得輿」④，而有悟於《詩》之《匪風》《下泉》。後人習而誦之者，猶疑其所言闊遠，離於爻象之外。而不知其思通繫表，學必有獲。

凡天下之事，六經之理，畢於《易》乎？舉之則發聰明而益神智。遼邈之説，從其體履，就所得而昌言於廷，衆不爲惑。又何事刊輔嗣之野文、輔康成之有逸箓⑤，然後爲得乎？且《易》文之來，傳不數家，家不數篇，而玄度繇其清渺之思，抒爲富有之言，名已成矣。而襟氣夷澹，常自同於深山之人，則觀象起志，達於《艮》之義深矣。夫賢人之學《艮》以止⑥，聖人之繫《乾》以讓⑦，止與讓同德，則《艮》與《乾》齊量。玄度日登其道，當更有進焉。則予之爲此言也，以《易》信人，以人信《易》，有兼取焉，而無乎非近也。

【箋注】

①此序顧祖奎稿。顧祖奎，字玄度。乾隆《吴江縣志》卷三十一《節義》：「顧祖奎，字玄度。祖曾唯，見《名臣傳》。祖奎，天啓元年舉人，崇禎中選丹陽教授，作《五倫箴》，鋟板明倫堂以訓諸生。陞連城知縣，廉惠有異績，黄道周作序頌之。唐王立福州，累遷户部郎，出知南寧府，戮力職守，時稱爲賢。唐王死，遂祝髮爲僧。居隆安之林村，後之肇慶，卒於鼎湖山白雲庵，年六十六。弟祖斗，與祖奎絶音問十餘年，聞其卒，走萬里迎其骸骨，挈其子與母歸故里，人高其義。祖斗，字文度，諸生。」

②洪亮吉《送奎文閣典籍陳嵩歸里省親序》（《洪亮吉集・續編》）：「遠遊有戒，去日苦多。則于君之行也，詠《南陔》《白華》之什，以代《折楊》《黄荂》之曲可乎？」

③王弼《周易注・革》：「上六，君子豹變，小人革面。居變之終，變道已成。君子處之，能成其文，小人樂成，則變面以順上也。」

④王弼《周易注·剥》：「上九，碩果不食，君子得輿，小人剥廬。處卦之終，獨全不落，故果至于碩，而不見食也。君子居之，則爲民覆蔭；小人用之，則剥下所庇也。」

⑤語本李鼎祚《周易集解序》：「刊輔嗣之野文，補康成之逸象。」

⑥王弼《周易注·艮》：「凡物對面而不相通，否之道也。艮者，止而不相交通之卦也。各止而不相與，何得無咎？唯不相見乃可也。施止於背，不隔物欲，得其所止也。背者，無見之物也。無見則自然静止，静止而無見，則不獲其身矣。」

⑦《周易·乾》：「《文言》曰：……九三曰：君子終日乾乾，夕惕若厲，無咎，何謂也？子曰：君子進德修業。忠信，所以進德也；修辭立其誠，所以居業也。知至至之可與幾也，知終終之可與存義也。是故居上位而不驕，在下位而不憂。故乾乾，因其時而惕，雖危無咎矣。」

房書定本序①

房書之選，其有定乎？其無定乎？若其有定，一而可矣，焉用其多？若其無定，彼此相是，勝未有已，其能以名止争乎？子常、麟士之以「定本」名其選也，義何處焉？二子之言曰：「予兩人之爲選屢矣。一月之内，旦校而夕傳。望吾門而請益者，日數過也，愧無以謝之，取前後所評，再論次焉。增損新故，遂爲一書。校之昔者，則以此爲定本也。」雖然，天下之爲選者，不得其説久矣。有二子出，而義始有所歸，則以此爲定本也固宜，嘗試言之。

二子行爲士宗，學名經師，選文其小者也，顧其爲選有異焉。子常長於論説，好爲反覆申辯，以理詘人，必使人服而後止。麟士默不發聲，間出語相佐，必中符會，大言華論者聞之意息。若其引繩墨，切根據，傳事以理，斷文以志，求無負於聖賢初指，一也。

曾記昨歲到江上，予與二子同止。維斗夜過，子常飲之以酒，與之論文，酒盡而辯不止。維斗且挽子常臂入深室中，跪而請曰：「願終身奉教。」又一日，同社飲子常寓中，大雨留宿。子常據榻論文，數人傾聽，竟夜無鼾睡者。蓋二子於文，求之《註疏》《語録》中十年，求之先輩者又十年，講究沉玩，凡題各有數解，解各有數證，證各有數文。嘗暑夜讀歸太僕文，每遇一題，即授先輩文相質，是詰難起數十端。置兩足甕中，旦視兩足，蚊嘬俱遍〔一〕，初不覺苦。精心若此，著論諸經，扶起絶學，固其餘事，何有於時義什伯乎？

尤有異者，二子論文，動依朱《註》，人將目以方隅。而拘攣滯固之文，一無所取。考論極博，不廢稗雜，而設奇相迎者，往往斥其大謬，不肯少恕。至於析言微婉，古雅自然，題文相循，詮次倫等。予嘗曰：「彙其諸評，長者爲講義，短者爲箋注，旁引泛喻者爲《世説》《志林》，已成一書，不忍廢置，況其他乎？」則此之謂定本，望二子之名已信之矣，又何疑焉？

【校記】

〔一〕「蚊」，原作「蛟」，逕改。

【箋注】

① 此序楊彝、顧夢麟所選進士文《房書定本》。孫静庵《明遺民録》卷一二：「萬曆之季，士子喜倡新説，畔舊注。彝與太倉顧夢麟力倡先儒之説，天下翕然從風，稱『楊顧學』。」

婁東應社序①

婁東應社既成，張子以言矢之曰：「父母之邦之人可謂備矣，君子之以類相聚可謂彰矣。」雖然，不可以不悉言之。悉言之，必於人乎先之。同里之集也，鄉黨在焉，宗族在焉，朋友其共稱也；兄弟之名，其所私而公之者也。失其大者，即謂之不孝；失其小者，即謂之不弟。能無懼諸？雖然，同社之以文會也。盍以文會之事，條分而語乎？

夫群一邦之人，以義相求，而後得此幾十人。其所爲人已無不可知矣，其所爲文亦無不可知矣。所患者，標榜盛而意見生，空談多而實事鮮。夫以心勝人，終日不言而日見其益；以口勝人，終日角人以言而日見其損。何則？心勝者逸，口勝者勞；心勝者長己，口勝者嫉人。長己則進德，嫉人則喪功。其流不可不察也。世有誼齊金石，而釁發於片言；歡若膠桐，而隙成於杯酒。則文字短長之論，其大端矣。

文字之出，勢不一轍，要取同原而止。或昔之所造，而今以爲非；或今之所造，踰時焉而即悔其失。學人之見，日新無疆，安在其有定指乎？時進時退者賢人也，無進無退者聖人也。今天下安有無進無退之人哉？亦於時進時退之間，愼其所造而已矣。是故朋友之道，出相揚美，入相削行。苟有過而不告，是諂友也；不面告而退有後言，是危友也。諂與危，俱無所用之。且貶人以自高，陰陽其言以取容於世，使見君子，能危於意誅乎？

或曰：「人之性情，不可强也。好毀好譽，繫乎其天，不能齊也。」則有安勉二説焉。安者性寬大而不輕見人之過，持論忠厚而不樂於暴人之短，有道之所準也。下此弗幾矣，然而猶可勉也。一言之欲發，或不近道，忍之且勿發也。能忍數言焉，後之失言者寡矣。一事之欲動，或不近道，忍之且勿動也。能忍數事焉，後之失事者寡矣。抑同社諸子亦嘗念始事之艱難乎？排衆議而爲之，非惟獨爲者之無助也，且交譏焉。惟恐其一日之成，有聞於時也。幸而得以表信，而應者漸廣，至於今則云盛矣。

夫盛者非無因而盛，衰者非無因而衰。有志於盛者，必期於後之必不可衰，而後盛可以長保。必不可衰者何？前所謂讀書修身概之矣。讀書則稽古不違，務折群言，以要大道，而無暇攻人之瑕，往往時勤而氣静，意廣而辭讓；修身則監前觀後，夙夜考引。在我無有餘之意，而在人無不足之形。故往往以辯則劣，以默則長。凡人樂於議物，拾人之片言微文以爲談資者，皆於讀書修身未之有聞也，而其原實起於無志。志富貴者，富貴以上有物以加之乎？志功名者，功名以上有物以加之乎？無有也，兩者俱無以加。故兩者之人兩事至而其人竟矣。以一時榮華之始，而使天下得諒其終身之跡，亦聖賢所哀爲倖生，莊士深歎其短塗也。吾黨其忍言之乎？

兹者之役，正色義聲，既相厲於遠大矣。近小之見，不容更以相限。然或者以高闊之舉止，而生疏之心起；以縱適之閒談，而雌黄之號作。發者意不必然，而伺間者借以爲端，則極盛之時已伏將衰之漸，有社之擾不如無社之安也。

溥少自攻苦，近益懼過。聞人稱人之善則體輕，聞人道人之非則内刺。蚤夜惕息，良友是勤。但願桑梓之鄉，頓爲鄒魯之邑；後來之士，盡有成人之名。庶俯仰獲寧，作客忘苦。不然者，風塵隔懷，道氣蕭寞，鬱勞申旦，無以自明。是以静言不寐，援高自矢。設己脱泥濁而忘同盟之進用者，有如日；自以爲賢，而知美不揚、見違不匡者，有如日。然同此日也。同社之士，有執心不固，以意彈評者亦如日；見欲而動，著别榮瘁者，亦如日。上不愧慚於聖賢，中不愧於父母，下不負於一身。凡在吾黨者，長幼順齒，學問强力，豈獨教一國哉？通之天下可也。

【繫年】應社成立於天啓四年冬，廣應社成立於天啓七年，婁東應社成立於二者之間，故此序蓋作於天啓六年（一六二六）前後。

【箋注】

① 此爲婁東應社成立之序言，亦可視爲應社之綱領。其主張約有七點：其一，忌標榜，毋空談。其二，文取同源，進退隨時。其三，朋友之道，切磋琢磨。其四，安以寬大，勉以免過。其五，讀書修身，要道弘德。其六，謹小慎微，懼過防禍。其七，原則與總旨：「上不愧慚於聖賢，中不愧於父母，下不負於一身。」由此序可見，張溥於婁東應社成立之初，極爲清醒謹慎，充滿憂患意識，富有預見。而本文中表現出之重視人倫、修身立德、提倡實學，成爲張溥統合諸社於復社、領袖群倫之一貫思想。

王佐之稿序①

古者於朋友之行，必有贈言之義，蓋將以是代車馬也。曩者佐之别予而南，予欲發一言而未成。今佐之復南矣，予可無言乎？或曰：「君子之以禮往來也。送人以言者，受者必以言答焉，是所謂報也。」予有言而佐之獨無言，其謂之何？雖然，佐之有文在是，即佐之之言也。佐之之文行於二十年間，天下之高才秀士未有出其倫也。吴楚燕齊之區，人傑相望，與佐之交一臂者，退而稱善，莫不以爲賢人君子，窮達無相忘也。

佐之少壯失意，不言勞苦。及今晚遇，視昔日固無所異之。與予相見，止出文相示。予讀文竟，一揖去，亦不交别辭。竊謂兩人朴略，自文字外無可言者。故予叙佐之之文，猶之叙佐之之人，不知人間復有皮貌也。然覽文追時，道路之篇，京華之什，居其大半。佐之前者之不遇，亦已甚矣。

辰之歲，予與維斗見佐之於韜仲寓中②，是時受先、九一皆在。今韜仲遠宦中州，受先廬墓不出，維斗尚隱，而佐之以治休陽南歸。三年之間，行藏若斯。然則朋友之散者其常，聚者固不易得也。佐之行矣，予復何言！或有感古人而遥相贈者，其在晏子之懷蘭本③、平陽之戒粱肉乎？

【繫年】

據文中「今韜仲遠宦中州，受先廬墓不出，維斗尚隱，而佐之以治休陽南歸。三年之間，行藏若斯」，時王佐中崇禎辛未進士，將赴任休寧，故此序蓋作於崇禎四年（一六三一）張溥中進士後。

【箋注】

① 此序同年王佐稿。王佐，字佐之，號樗厓。復社成員。吴山嘉《復社姓氏傳略》卷五：「王佐，字佐之，號樗厓。崇禎辛未進士，知休寧縣，擢北刑部。尋以郎中陞高州知府，轉高廉道。」

②韜仲，待考。

③《晏子春秋·内篇雜上》：「曾子將行，晏子送之曰：『君子贈人以軒，不若以言。吾請以言之，以軒乎？』曾子曰：『請以言。』晏子曰：『今夫車輪，山之直木也，良匠揉之，其圓中規，雖有槁暴，不復嬴矣，故君子慎隱揉。和氏之璧，井里之困也，良工修之，則爲存國之寶，故君子慎所修。今夫蘭本，三年而成，湛之苦酒，則君子不近，庶人不佩；湛之麋醢，而賈匹馬矣。非蘭本美也，所湛然也。願子之必求所湛。嬰聞之，君子居必擇居，游必就士。擇居所以求士，求士所以辟患也。嬰聞汩常移質，習俗移性，不可不慎也。』」

七録齋續刻卷之二

許孟宏稿序①

孟宏之遇也，天下之人皆以遇之人目之。則曰：「以孟之才與學，而有是遇也，固也。」樂其文字，而頌其有合，則以爲魚山先生之知人得士，於孟宏有加辭也。然言其今日，不能言其昔日，終無以與乎知孟宏之深也。故與孟宏甚戚而能言其今昔者，無若予與平仲、與游也②。平仲爲孟宏之内兄弟，序孟宏之文，美氣歡動。獨言其平日患難之端，疾病之繇，類有隱憂，而難於顯指，愴乎其辭，而終於不可以道。

嗟乎！忠厚之思，君子貴深而惡盡。凡孟宏之所難言者，平仲且諱焉，予其忍言之乎？要論其本事，天下之至性篤行，未有如孟宏者也。孟宏温純誠孝，世之顯學，共相引重。予嘗與爲旬月之游，跡其細隱，履草踐石，猶懼其傷。推之人倫，益可知已。然孟宏之德日深，而爲之朋友者，内服而與之化，則予於今日，豈其猶有蓬心乎？《詩》言「爾室」③，《管子》言「夜行」④，蓋言獨之可畏也。

予嘗諷詠人倫，悲己之無以自致於君子，則日取孟宏之事，存於心思，以求善助。斯門庭之内，曠然有得，而古人之義，相將以起。故孟宏之爲人，蓋予獨居之師也。今者之遇，孟宏視之，澹焉無有。而世猶糜於柔嘉之食，企其煦榮之論。甚矣！公孫子高之不能相知也。予與介生素楷模孟宏之文，凡有品論，已見之天下矣。而復别他指，亦以足前言所未具爾。

【繫年】

據「孟宏之遇也，天下之人皆以遇之人目之」，可知本文作於崇禎三年（一六三〇）許元溥中舉人後。

【箋注】

① 此序許元溥稿，於許元溥之爲人爲文，頗爲推重。許元溥，字孟宏。詳見《初集》卷六《楊公幹紀略》注。

② 王志慶，字與游。復社成員。王志長弟。吴山嘉《復社姓氏傳略》卷二：「王志慶，字與游。刑部主事臨亭少子。年數歲，即泛濫經傳及子史大家集。天啓丁卯，舉於鄉。五上公車不第。甲戌歸，語張采曰：『國步蹙矣，可奈何！』出《感事詩》百首，曰：『吾以告哀。』會有詔舉賢良，當事上其名，以病辭。乃葺東郊丙園，作終老計，號漢陰丈人。壬午秋七月，疽發背，致書張采曰：『病發膏粱在表，治易；病發憂鬱在裏，治難。』遂卒。」張采《太倉州志》卷十三《文學傳·王志慶》：「王志慶，字與游，臨亭子。居崑山，少從兄志堅、志長學，有家法。時兩兄負高名，志慶參

起，人稱『一鳳三雛』。弱冠好詩歌，作詩歌即風雅。好讀史，即作史論，上下古人。左氏、班、馬書及《通鑑》諸集，皆上口。不得志，游太學十餘年，中丁卯鄉試。志慶有書癖，明潔窗几，用翰墨必尤良。晨夕手一編，有常課。兼樂花鳥，罷書輒自灌水調食。緝東郊先業曰丙園，閒適其中，每連月不歸。三兄弟孝友。志堅後居郡，志慶與志長比屋，終身相師友無間。年五十二歿。所著載《藝文志》。」

③《詩經·大雅·抑》：「視爾友君子，輯柔爾顔，不遐有愆。相在爾室，尚不愧於屋漏。無曰不顯，莫予云覯，神之格思，不可度思，矧可射思！」

④《管子·形勢》：「羿之道，非射也；造父之術，非馭也；奚仲之巧，非斫削也。召遠者使無爲焉，親近者言無事焉。唯夜行者獨有之也。」

吴人撫稿序①

門士於魚山先生之門，猶開劉《略》而稽古籍，群賢之書，無不在也。故一辭之許，天下環瑋之士争引領焉。及聞先生分試之命，同聲作氣，連忭而言曰：「幸哉！南國之有託也。」士苟負其殊長，使臨於先生之前，必有見也。榜發，而得人之稱盛於江表，孟宏、平仲、士敬諸子悉見搴舉②。徵所首士，乃吾人撫也。

人撫少爲孤子，勤思力學，懿德大雅之志，存諸性植，於魚山之情好，殆有類焉。近者之文，鑽研攻策，奇氣飆舉，凡夫之能，望之索矣。一舉而受知於先生，通都之人咸有雲中之歎。以人撫處之，猶夫昔也。昔之日，敝廬不能蔽潦雨，而褐衣不能受寒風，出門而盤辟於數里之郊，則足骭皆困，而咏無車。人撫於今日又何異乎？宜乎同社益稱先生爲得人也。然得人有二術，至先生而畢盡，不可不爲申説也。文之美惡，人才爲之，接乎知者之目，無不辯也。若稽核品實，則託辭不誠之懼，比比而然。蓋言者易浮，而行者難致，古今之通患，官人者所不敢信也。

先生辨文之日，於其人之生平，豈有知乎？而以文進者，率無不誠之士。身未嘗操九品中正之目，而執衡於語言之間，其事無所不全，是遵何術哉？予弟無近，忼爽孝友，與人撫猶子瑞生咸負弘文之譽③，今雖乙而不遇，要皆先生始所欲進之人也。先生之門，何若是彬彬乎？予所以流連人撫之文，有《汝墳》卒章之慕也④。

【繫年】

據文中「榜發而得人之稱盛於江表，孟宏、平仲、士敬諸子悉見搴舉。徵所首士，乃吾人撫也」，可知本文作於崇禎三年（一六三〇）吴克孝中舉人後。

【箋注】

① 此序吴克孝稿。吴克孝，字人撫，太倉人。復社成員。民國《太倉州志》卷十九《人物三》：「吴

克孝，字人撫。弱冠爲諸生。家貧，有富人饋粟十鍾，却不受。李繼貞器之。崇禎三年鄉試，吴江知縣熊開元拔冠其房。十年成進士。母憂，服闋，除刑部主事，進員外郎，備兵保定，以目眚去職。十七年，薦補嘉湖道僉事。其在刑曹，恤刑粤東，平反滯獄至千二百餘人。比報政，會開元下獄，奉密旨即訊取死狀以聞。克孝夜半詣金吾，請寬旦夕，卒以營護得遣。戍在保定，境内殘破，盜賊晝掠郡縣，日選丁壯乘城。克孝至，盡撤之，而密擒渠魁秦鳳吾等斬以徇。抗疏言闖賊披猖，方今所憂，不獨關陝洛陽，宜重兵韓趙，以壯神京右臂。當國惡其直，報罷。克孝乃日爲補苴，計峙糧，繕城隍，復險隘，墾荒土萬餘頃。易州礦使横，克孝笞其卒，而直陳礦使諸不法，當國欲罪以擅責禁校。尚書鄭三俊救之，得免。在嘉湖募健勇，練水師，擒盜黄聞魁、姚二等斃之。桀盜葉六集黨千餘劫官鞘，郡縣莫敢詰，又斗張三者驍勇過於葉，俱捕以正法。監軍太監高某擁潰師抄暴，克孝嚴兵待之，某引遁。克孝揞梧彌瘁，目眚益劇，遂告歸。嘉湖人遮道泣送，至有赴水挽舟而没者三人。國朝初，華亭陳子龍亡命，吏疑克孝素與善，匿之。被逮，未至而事解。性好義，急桑梓利害，罄資弗惜也。卒之日，貸錢買棺以殮，年八十一。」

② 鄭敷教，字士敬，號桐庵，長洲人。復社成員。顧沅《吴郡名賢圖傳贊》卷十四《鄭敷教傳》：「公姓鄭諱敷教，字士敬，吴縣人，居縣橋巷。光宙子。崇禎三年登賢書，時詔巡方舉核孝廉，歷四院皆疏薦。丁丑，舉賢良方正。郡邑敦趣，以母老辭。晚歲鍵户著書，好學不倦，尤精楷草書。賦性沖和，人樂與游。高隱八十而卒，私謚貞獻先生。所著有《易經廣義》《學庸大意》《鄉黨考》

《吾猶及集》《詩文集》。贊曰：寒蛟深潛，冥鴻避弋。象列三高，金韓同逸。」

③ 吴瑞生，吴克孝姪。生平待考。

④ 《詩經·周南·汝墳》卒章：「魴魚頳尾，王室如燬。雖則如燬，父母孔邇。」

席社序[一]①

予聞歷亭有澹臺故居焉②，私心竊嚮往之。今讀席社文，重有感云：「席社諸君子多四方人，然皆居於歷亭，故席社興焉。」

京師去歷亭不六百里，駑馬疾馳可三日至。牽車而來者，日轂相犯不絶。苟有人焉，聲問必達。席社之興有年矣，予未之知。及百式③、粲甫來④，以文相詔，習讀而始慨焉以慕，抑何晚也！然席社以前，歷亭有社焉如是者乎？百式、粲甫固曰：「無有也。」社成於諸君子，不足云異。獨編户八里之區，寂寥無徒，一旦得數君子講論其間。予於是益歎斯人之難及，慶古道之可復也。河間獻王⑤，非漢宗室之儒者乎？董子⑥、毛公之倫⑦，非純然經師、百世廟食者乎？斯非異人，皆東陽産也。六經道大，聚而謀之，事非一人，諸君子其有意乎？盛衰之際，夫亦可以觀矣。楚有瞿徵士者，今之博物君子也。嘗議獻王傳經功偉，當列祀聲宗。予心識其言，後必當有行之者。

夫經學顯明，世世祖纘，即俎豆不難，况其他乎？且諸君子之文，徵古以自信，授道而有方，其本諸經者深矣。繇此率循，遠者莫竟，予不止發澹村之思也。

【校記】

〔一〕目録原題作「席社稿序」，據正文改。

【繫年】

據文中「京師去歷亭不六百里，怒馬疾馳可三日至。牽車而來者，日轂相犯不絶，苟有人焉，聲問必達」，可知張溥時在京；復據文中「席社之興有年矣，予未之知。及百式、粲甫來，以文相詔，習讀而始慨焉以慕，抑何晚也」及歷亭席社崇禎二年合於復社，可知本序作於崇禎元年（一六二八）張溥在京時。

【箋注】

① 此序席社文選。歷亭席社，崇禎二年合於復社。陳函輝《小寒山子集·南還詩艸》有《席社是盧德水張天如選定》，可知席社文由盧世㴶、張溥共同選定。陳函輝《南還詩艸》又有《舟過故城與若木訪周粲甫於澹莊留飲席社時沈無謀孫無疑同集共分青字》《周粲甫所居是澹臺先賢故里》《席社極人文之盛無謀粲甫爲盟主所訂皆同志友也前一日集此恨舟來稍遲有缺把晤小詩寄題壁上以志懷想》《孫無疑於席社中年最少而人盡疑其匿歲所謂以貌取人失之子羽也時若木亦誤呼爲社長因笑而紀之》數詩，皆關席社，可參。

②《史記》卷六十七《仲尼弟子列傳》："「澹臺滅明，武城人，字子羽。少孔子三十九歲。狀貌甚惡。欲事孔子，孔子以爲材薄。既已受業，退而修行，行不由徑，非公事不見卿大夫。南游至江，從弟子三百人，設取予去就，名施乎諸侯。孔子聞之，曰：『吾以言取人，失之宰予；以貌取人，失之子羽。』」

③倫之楷，字百式，灤州人。康熙《灤志補·列傳一》："「倫之楷，字百式，在城社人。天啓丁卯舉人。忠孝天秩，奉皓怡昆，無言色之謬。知滎潁時，大盜一條龍垂頤潁實，圍城歷歲，攻之萬方，公所以應之者常有餘。卒以夜晦劫營，盡殲其醜而生得之。賊亦自嘆：『吾不意死若手，真男子也。』卓異，召對平臺稱旨，擢御史。奉命巡漕，禽治大蠹朱某，枕襆河干，頭鬚爲白。又劾逃帥儒撫及妄男子陳啓新以上書言事濫授給諫，俱論治，直聲震殿陛。母亡，會鼎革，築門，自竇通水火。臺使屢薦不起，時人比之袁夏甫、摯伯陵云。年六十二卒。」

④周承芳，字粲甫，河間故城人。雍正《故城縣志》卷二："「周承芳，字粲甫。科同上（按，即崇禎庚午科）。大司馬衛陽公孫。高才嗜學，振起家聲。嘗喜延攬四方聞達士，故一時名宿如江南張天如輩，皆願與締交。尤獎植後進，間有貧乏，資以膏火。迄今識與不識，咸稱誦焉。著作頗富，遭壬午毁失，時論惜之。」盧世㴶《尊水園集略》卷十一《孝廉周粲甫墓誌銘》："「粲甫諱承芳，河間故城人，大司馬周公之孫。厥考任吾先生苦心積學，鬱而弗耀，鍾美於粲甫。甫逾二十，即舉於鄉，爲現聞、崑斗兩姚先生深所期許。」

⑤《漢書》卷五十三《河間獻王劉德傳》:「河間獻王德以孝景前二年立,修學好古,實事求是。從民得善書,必爲好寫與之,留其真,加金帛賜以招之。繇是四方道術之人不遠千里,或有先祖舊書,多奉以奏獻王者,故得書多,與漢朝等。是時,淮南王安亦好書,所招致率多浮辯。獻王所得書皆古文先秦舊書,《周官》《尚書》《禮》《禮記》《孟子》《老子》之屬,皆經傳説記,七十子之徒所論。其學舉六藝,立《毛氏詩》《左氏春秋》博士。修禮樂,被服儒術,造次必於儒者。山東諸儒多從而游。」

⑥《漢書》卷五十六《董仲舒傳》:「董仲舒,廣川人也。少治《春秋》,孝景時爲博士。下帷講誦,弟子傳以久次相授業,或莫見其面。蓋三年不窺園,其精如此。進退容止,非禮不行,學士皆師尊之。武帝即位,舉賢良文學之士前後百數,而仲舒以賢良對策焉。……仲舒所著,皆明經術之意,及上疏條教,凡百二十三篇。而説《春秋》事得失,《聞舉》《玉杯》《蕃露》《清明》《竹林》之屬,復數十篇,十餘萬言,皆傳於後世。」

⑦《漢書》卷八十八《儒林傳》:「毛公,趙人也。治《詩》,爲河間獻王博士。」

徐復生稿序①

天下深鉅之事,非有氣者莫爲也,况文字乎?吾友復生,士之顛然盛氣者也。其爲文周折規矩,行安節和,讀之有《采齊》《肆夏》之思焉。不知者惑之,曰:「復生之爲人,見義風發，雖深淵喬嶽，不能阻也。施之於文，獨循循然有所緣而後動，則何説也？」予請有以析之。

夫人所貴乎氣者，非其動之謂也。太史公之論律曰：「微若氣，深若息，聲音之道微矣。」又有微者如氣而止。推以論文，抑可知本矣。宋元君之將畫圖也，衆史舐筆和墨，不若一人之解衣磅礴臝，此一人之氣全也②。文之於畫，則又有進矣。是故不量道德而輕言彊決，猶以據梁之力加仲尼之勇也③；不稱規矩而好論華采，猶以市人之戰語黄帝之師也④。

今之文人，弗模弗範者有之矣，類非能特立者也。窺其中索然而乾，則亦無有而已矣。使治氣焉，必無是患。明乎此者，然後可以讀復生之文矣。復生之文，廓乎遠翔，上擾雲氣，徘徊數處，不離其本。惟其治氣者善也，治氣者無衡氣焉。是以大全其説，又在莊子之言鵬鳥也⑤。

【繫年】

此蓋爲徐懋曙崇禎四年中進士後所刻稿作序，故此序作於崇禎四年（一六三一）。

【箋注】

① 此序社友兼同年徐懋曙稿。承曹丕「文以氣爲主」之説而申論之，而止於莊子《逍遥遊》「且夫水

之積也不厚，則其負大舟也無力」「風之積也不厚，則其負大翼也無力」之旨。徐懋曙，字復生，宜興人。復社成員。吴山嘉《復社姓氏傳略》卷三：「徐懋曙，字復生。崇禎辛未進士，官吉安府知府。」潘承玉《〈且樸齋詩稿〉：遺民徐懋曙的詩史追求》（《紹興文理學院學報》二〇一一年第四期）：「徐懋曙，字復生，號映薇，自署且樸齋主人。明清之際江南宜興（今屬宜興市）人。據《且樸齋詩稿》卷首鄒之麟《映薇府君五十壽序》『今己丑七月十一日復翁徐先生攬揆之辰，政五十也』，和正文七律部分詩題《庚子歲余年六十有一》，生於明萬曆二十八年（一六〇〇）。崇禎四年（一六三一）進士，授工部都水司員外郎，黽勉治河，門清如水；崇禎六年隨袁繼咸典試粤東，擯絶夤緣，所拔皆寒俊士；崇禎七年由郎中出知黄州，旋調吉安知府，在任打擊豪强，整頓吏風，政績卓著，大司馬李邦華以『補天補地補人』許之；崇禎十三年（一六四〇）謫官福建鹽運分司，守困關，蕩滌姦宄，清操獨立；崇禎十七年遷寧波知府。」

②《莊子·田子方》：「宋元君將畫圖，衆史皆至，受揖而立；舐筆和墨，在外者半。有一史後至者，儃儃然不趨，受揖不立，因之舍。公使人視之，則解衣般礴贏。君曰：『可矣，是真畫者也。』」

③據梁：古力士名。《莊子·大宗師》：「夫無莊之失其美，據梁之失其力，黄帝之亡其知，皆在鑪捶之間耳。」

④《鄧析子·無厚》：「百戰百勝，黄帝之師。」

⑤《莊子·逍遥遊》：「有鳥焉，其名爲鵬，背若太山，翼若垂天之雲，摶扶摇羊角而上者九萬里，絶

雲氣，負青天，然後圖南，且適南冥也。」

吴駿公稿序①

駿公初從予游，予即識而名之曰：「此大賢之器，非徒顯文之流也。」②以之語一邑之人，一邑之人皆以爲然。已而徵諸四方，四方之人亦交口而信之。夫一人之賢而遠近同聲，則駿公之爲賢也諒矣。然天下之人皆以賢視駿公，而駿公未嘗一日敢以賢自處。予以是知駿公之賢，蓋生而有之。美不美之塗，皆未有以立也。何則？立於美不美之間者，有意於美而爲之，時見美焉，時見不美焉。獨性生之人任情以行，出其所餘，無非美者。此非才分之獨優，繇其得天者全。間出而與事接，雖欲易而不美，不可得也。

是故駿公之才日登，而意念嘗有以自下。年少而獲遇，而事昔日之所交與，無不以先生之禮尊人。所謂温其如玉，豈文焉已乎？文焉以爲恭威儀而已，威儀之外，即無物以勝之。去文而以情相從，則其文已至而情嘗有餘於文。此駿公之賢，所以爲質也。迨欒與其人而稱其著作，方之盧陵、眉山。昔人所云「斯翁之後，直至小生」③，斯言亦可以相許也。

然文章之至，作者爲難，知之尤難。周芮公先生④，文行之師表也，在官清明，而遠識難尚。凡天下之賢者，皆其意之欲進也。首舉而得駿公，師弟之間，不介而合。而賢者各以類從，尋常之人豈敢望焉？予雖未及游先生之門，而猶幸駿公爲先生之弟子。成人有德，其在斯乎？予亦不自知其感重而辭數也。

【繫年】

據文中「周芮公先生，文行之師表也，在官清明，而遠識難尚。凡天下之賢者，皆其意之欲進也。首舉而得駿公」，此序吴偉業中舉人後所刻稿，作於崇禎三年（一六三〇）。

【箋注】

①此序弟子吴偉業稿。吴偉業，字駿公，號梅村。詳見《續集》卷一《楊伯祥稿序》注。

②顧湄《吴梅村先生行狀》：「先生有異質。少多病，輒廢讀，而才學輒自進。迨爲文，下筆頃刻數千言。時經生家崇尚俗學，先生獨好三史，西銘張公見而歎曰：『文章正印，其在子矣！』因留受業，相率爲通今博古之學。」

③徐鉉《說文解字序》：「唐大曆中，李陽冰篆跡殊絶，獨冠古今。自云：『斯翁之後，直至小生。』此言爲不妄矣。于是刊定《說文》，修正筆法，學者師慕，篆籀中興。」

④周廷鑨，字芮公，晉江人。吴偉業座師。乾隆《鎮江府志》卷三十四：「周廷鑨，字芮公，福建晉江人。乙丑進士，天啓七年任鎮江府推官。年甫逾冠，清姿介氣，言笑不苟。至郡，即誓於神曰：『異日持地方一錢歸者，有如日！』在官八載，胥吏屏跡，不敢吐一語。署丹徒縣事，盡革火耗，宿

弊一清。庚午分校南闈，癸酉復分校山東，所得多知名士。行取吏部文選司主事。既去，郡人爲立生祠，俎豆至今勿絶。」吴偉業《寄房師周芮公先生並序》：「偉業以庚午受知於晉江周芮公師，進謁潤州官舍。維時上流無恙，京口晏然。吾師以陸生入洛之年，弟子亦終軍棄繻之歲。南徐月夜，北固江聲，揮麈論文，登樓置酒，笑談甚適，賓從皆賢。已而入主銓衡，地當清切，周旋禁近，提挈聲華。拜别河梁，十有八載，滄桑兵火，萬事都非。」

吴駿公稿再序①

駿公之爲人與文，予已略言之矣。夫略言之者，不欲盡言之也。然不盡言之，而意終有未安，則駿公先代之德與其特立之志，猶未明乎天下也。

駿公之上世，自貞孝先生以來，代有令德。高曾相繼爲顯者，皆以清節弘望，昭白於時。崑陽之人至今猶能言之。若駿公之大人禹玉先生②，則彬彬篤行君子也。端尚規矩，而文崇典則，大雅之聲，滿於一序。自學使者至於郡縣諸大夫，莫不以榮名相推。而先生潔己守正，抑抑自全，利禄之言，不惑于中，而傳家之學，日以表著。故駿公之克有德行，徵諸古人胎教之理，殆足信也。

然吴中之文素號不勁。受先之處婁也，兩年以前，幾有孤騫不朋之嘆，駿公獨心然之。初未與子相聞，而所習之書，大約同趣。一閧之人群譏焉，而駿公告之家庭，不以爲疑。先生樂而聽之，力排衆之非，而務以相曉。則凡今所謂峨如襜如之流，彼固自爲一道，非駿公父子之所與也。駿公父子之所與，在乎明仁義、修禮樂，爲古人之全者而已矣。其師古人也，不取諸遠，求無愧於家之貞孝先生而已矣。

夫祖宗之行，積之寬徐，而難於後人之有才。何則？才者，後人所爲昌大之具也。然或有才而不以德副之，則恃寵於天而不理其本。其所爲顯盛豐融者，適以累其先人之志，君子不之取也。今觀禹玉先生之法古以訓後，而駿公之人文，無不進於三代以上。且先生之年甚强，足以有爲。而駿公諸弟咸邁上不群③，恂恂焉率其父兄之教，惟恐不逮。則吴氏之發原於崑陽，而大顯於婁東，知未有艾也。予欲略而不言，可乎？

【繫年】

據文中「駿公之爲人與文，予已略言之矣。夫略言之者，不欲盡言之也。然不盡言之，而意終有未安，則駿公先代之德與其特立之志，猶未明乎天下也」，可知此序與上文作於同時，即崇禎三年（一六三〇）。

【箋注】

① 本篇再序吴偉業稿。

②吴琨，字禹玉，又字藴玉，號約齋，吴偉業父。顧師軾《吴梅村先生年譜》：「父琨，字禹玉，又字藴玉，號約齋，又號約叟。諸生，以經行稱鄉里。先生貴，封嘉議大夫、詹事府少詹事。國朝舉鄉飲大賓，卒祀鄉賢祠。」

③吴偉節，字清臣，吴偉業長弟。吴偉光，字孚令，吴偉業二弟。

受先房書選序〔一〕①

昨予别受先而北，有《兩漢文選》之約②。蓋兩漢文世無佳選，間有爲編者，取足於龍門、扶風二史而止，不能外有裒録。又其所選，皆凡所見，父兄口語，相傳爲佳，則奉以畫一。雖有名篇，不入其中者，不敢記授。是以二史之文，選者不全，即選者亦不必盡見二史也。

《柳河東集》中有《西漢文類》一序，云其書爲柳宗直所次第，頗號倫整③。於是藏書家亦言漢有《文類》，唐有《文粹》④，宋有《文鑑》⑤，元有《文類》⑥，名「四代佳選」。然家無聚書，宗直之選，既不得見。迨讀唐宋元三選，當代之文，多所簡漏。竊意《文類》之於西漢，或亦有未至。且兩漢諸子，盛於著述，約其篇帙，可與二史相等；又時有逸文，見之雜載。東漢文稍醲整，然其議論風美，要非晉魏可及。後人不睹其全，輒大言爲不足觀，尤可歎也。

受先之選，博觀衆家，精於取擇，文之來處，各爲論列，碑帖稗記，美者不遺。予所以深贊其事，爲之樂成也。夏初，得受先書云：「此《選》將成，以貧無書記，不能録寄副本，當遲子歸，再爲讎正。」方以命梓，書尾又云：「適見迫於舊賈，勉爲房書之選，子爲我助成之。」夫受先上下今古，方欲以文輔史，治昔賢所未備，而復以隙兼制義，得無尚存獵心乎？

雖然，選文固書生事也。受先雖爲令三年乎，擁破褐而歸，猶然書生也，爲之亦無不可。且受先在臨試士，積卷萬餘，縱日涉之，三日已了。士之佳者，不俟人言，一覽盡得。房書之選，即字櫛句比，固無妨一月功，爲之何害？尤有異者，婁東去京師三千餘里，予之同籍，受先未之識也。讀其文而即知其爲人，以長幅列姓名示予，謂某文若何，某人當若何。凡其性情心術，雖日與游者，未或如其言之當也。則以文觀行，受先知人之學，固有大焉者。予且先《兩漢文選》，樂得而讀之矣。

【校記】

〔一〕目録原題作「受先房書序」，據正文改。

【繫年】

據文中「昨予别受先而北」「夏初，得受先書」「受先雖爲令三年乎，擁破褐而歸，猶然書生也」「婁東去京師三千餘里，予之同籍，受先未之識也」等語，可知此序作於崇禎四年（一六三一）在京時。

【箋注】

① 此序張采房書選。張采，字受先，號南郭。詳見《初集》卷一《禮質序》注。

② 張采輯有《西漢文》二十卷、《東漢文》二十卷，明崇禎五雲居刻本，天津圖書館藏。書首有張溥《兩漢文選序》。

③ 柳宗元《柳宗直西漢文類序》（《柳宗元集》卷二十一）：「左右史混久矣，言事駁亂，《尚書》《春秋》之旨不立。自左丘明傳孔氏，太史公述歷古今，合而爲史，莫能離其説。獨《左氏》《國語》紀言，不參於事。《戰國策》《春秋後語》頗本右史《尚書》之制。然無古聖人蔚然之道，大抵促數耗矣，而後之文者寵之。文之近古而尤壯麗，莫若漢之西京。班固書傳之，吾嘗病其畔散不屬，無以考其變。欲采比義，會年長疾作，駑墮愈日甚，未能勝也。幸吾弟宗直愛古書，樂而成之。搜討磔裂，攟摭融結，離而同之，與類推移，不易時月，而咸得從其條貫。森然炳然，若開群玉之府。指揮聯累，圭璋琮璜之狀，各有列位，不失其序，雖第其價可也。」

④ 姚鉉，字寶之，廬州合肥人。生平見《宋史·文苑傳》。編《唐文粹》一百卷，裒集李唐一代文字。

⑤ 吕祖謙，字伯恭。生平見《宋史·儒林傳》。奉旨編《皇朝文鑑》（即《宋文鑑》）一百五十卷。

⑥ 蘇天爵，字伯修，真定人。生平見《元史》本傳。編《國朝文類》（即《元文類》）七十卷。

徐陵如稿序①

臚唱後一日②，陵如過予，談笑甚洽。然察其意，類有隱憂不自得者。予解之曰：「子之能已見於天下矣，以子之才奚施而不可，何爲今日之見少也？」陵如戲應曰：「子善解人，不能自解。子不言己之不自得，而言人之不自得，安在其善解人乎？雖然，子之見廣矣，吾將從子游矣。」陵如之言如此，要所謂不自得者自在。

夫陵如才兼萬人，姿略弘廣，詩文皆原漢唐，而性氣獨出，不爲古使，斬斬自名一家。少窮苦，不能即列諸生，繇是歷艱練事，益多所通。然陵如不得爲諸生之時，意氣倜儻，飲酒縱騎射，談兵事如指掌，家無一日糧，不以措意。今既成進士，即不爲豪脱所爲，易前之可憂者，以示閑暇，稱獨適，亦何不自得之有，而默然以累日？然則陵如將有不得其平者乎？夫物不得其平則鳴，孟東野言之著矣③。陵如其殆將鳴乎？夫物不自鳴必有所託而鳴。然則陵如不平之鳴，亦必將託之詩文而後見也。要之，陵如則自此遠矣。

陵如之詩，海内宗仰。詞苑之家，莫不想望其一言。而閉門長安，獨不出以示人，蓋慮近於世之亟以詩見者而深有所避之也。其才優應百變，四方之慮，存於夙昔。今則澹然若無所知，而静乎若無所求。夫己有其長，而不必言長；人見爲可喜，而不必其喜。陵如自此遠矣。成聖人之事者，必本乎豪傑之力，予於陵如見之矣。於其文之行也，爲兩言以概之。

【繫年】

據文中「臚唱後一日，陵如過予，談笑甚洽」「今既成進士」等語，可知此序徐天麟中進士後刻稿，作於崇禎四年（一六三一）在京時。

【箋注】

① 此序同年徐天麟稿。徐天麟，字陵如，上海人。復社成員。康熙《紫堤村志》卷五《人物》：「徐天麟，字陵如，號退谷。居徐家老宅，家貧好學，年三十餘始補諸生。中式天啓甲子科，崇禎辛未進士。仕至南京兵部郎中，蕭然如寒素。以終養告歸，杜門不出，惟與二三故友對酒吟詩。詩文伉爽有奇氣。先崇禎六日而亡。著有《西郊草堂集》《廣蔭軒雜詠》。」

② 臚唱：科舉時代，進士殿試後，皇帝召見，按甲第唱名傳呼，稱臚唱。其制始於宋時。

③ 韓愈《送孟東野序》：「大凡物不得其平則鳴。……唐之有天下，陳子昂、蘇源明、元結、李白、杜甫、李觀，皆以其所能鳴。其存而在下者孟郊。東野始以其詩鳴。其高出魏晉，不懈而及於古，其他浸淫乎漢氏矣。」

吴澹人别言序①

澹人叙次其生平之文，達於四方，而名之《别言》，其辭曰：「時義之累重矣，屢欲遣之而不能去，今則可以别矣。」斂而出之篋中，索良友之言以贈其行，蓋猶古《送窮》諸文②，惟恐其去之不速也。予聞而異之，且慨然以悲焉。澹人之才，秀逸麗妙，無所不兼，時義特其寄耳。束髮相隨，贄以見人，不爲不久。一旦輕與决絶，使文字有知，責澹人以富貴無相忘之義，將何辭應之？嗟乎！此澹人之《别言》所爲深於不别也。

澹人年未壯，即聲聞滿天下。天下之人知與不知，莫不願交澹人。澹人出誠相示，發敢氣，排急難，各援曒日爲誓信。近則沈默不言，簡静寡與，察其意若深有慮於名之爲患者。然試與談朋友大義，即奮發激昂，不少含讓。繇是知澹人之情，未嘗一日不在友生也。

曩者甲子之秋，予與澹人、簡臣、受先、實君、梅先③，偕予兄禹疏並飲秦淮舟中。是時月白天迥，諸兄弟引觴道懷。澹人指畫當世之務，永夜不寐，一坐快所欲聞。自今思之，其事雖往，言猶琅琅在人之耳。澹人每與予言，歎爲此集不可復得。

夫文之爲物，成之乎心，而出之於手，當意之所得，若獲勝友。澹人諸篇，愜情風賞，海内傳詠，其爲勝友也多矣。澹人不忍忘朋友，其忍忘文字乎？且時文之與古文，名或少異，指則相齊。自澹人爲之，雖經義格律之文，無非古也。累而進焉，凡所謂古者又無窮也。今澹人方謂脱然其間，而職命相臨者又隨之而至。然則文字之道即所欲别之，其可得乎？試執予言以告秦淮諸兄弟，亦必謂當也。

【繫年】

據文中「今澹人方謂脱然其間，而職命相臨者又隨之而至」等語，考吴禎中崇禎四年進士，可知此文作於崇禎四年（一六三一）在京時。

【箋注】

①此序同年吴禎時文集《别言》。吴禎，字永錫，號澹人，華亭人。倪元璐《倪文貞集》卷七《吴澹人庶常别言序》：「澹人初名天胤，臨入試乃更名禎。」梁維樞《玉劍尊聞》卷五：「吴禎，字永錫，號澹人，華亭人。改翰林院庶吉士，授編修。」《天一閣藏明代科舉録選刊·崇禎四年辛未科三百五十名進士履歷便覽》：「吴禎，澹人。《詩》三房。甲辰九月初一日生。南直隸松江府華亭人。曾祖錦，貢士。祖性筆。父叔行。甲子五十八，會三十七，二甲四十七名。通政司政。改庶吉士。癸酉，授編修。甲戌，卒。」

②黄庭堅《跋韓退之〈送窮文〉》：「《送窮文》蓋出於揚子雲《逐貧賦》，制度始終極相似。而《逐貧賦》文類俳，至退之亦諧戲，而語稍莊，文采過《逐貧》矣。」

③何南春，字梅先，太倉州人。復社成員。吴山嘉《復社姓氏傳略》卷二：「何南春，字梅先。天啓甲子舉人。」

許次州稿序①

夢鶴時爲予稱次州之賢，篤行好古，服久不怠。見之於文，才智蜂出，而優被經雅。凡其鄉黨成學之人，攻文之士，未或望焉。予竊聞而樂見之，意論所至，若有近者。雖然，此猶往者之言也。至於今日，其時遠矣。夫歲月之增，有志所感，而好修之義，行焉靡届。或覽觀而同其馳騁，或追思而嘆其不及，君子之不寐，亦曷有已。故時者，昔人之所重言也。

夢鶴之稱次州，在兩年以前；而予之序次州之文也，則始於今日。夢鶴之言雖往，而次州之賢當與日加。以來者之美，乘於無疆之路。今日之次州，豈夢鶴昔日之所稱可畢乎？試發一音以告夢鶴，不能自謂必然也。夫次州昔日之所稱，予之所得聞也；次州今日之賢，當倍於昔日。夢鶴之所稱，予未聞之，而私幸其可道者也。

迨今古過予〔一〕②，抵掌而談次州，果逾於夢鶴昔日之所稱，則予言其益信矣。夫今古、夢鶴重然諾，矜氣尚，恂恂有儒者之容，而未嘗輕授人以一辭。獨於次州則深相推服，樂道而不倦，文行之合，潔若介圭。凡次州所以感之者有繇來矣。予篤嗜次州之文，而復習於二子之論，忘其瑕匿，而爲之振説，蓋亦語言之質也。

【校記】

〔一〕「今古」，原作「令古」，據王輔銘補輯《練音集補》卷八改。下同。

【箋注】

① 此序許次州稿。許次州，待考。

② 朱之尚，字今古，嘉定人。復社成員，名見《復社姓氏傳略》卷二。翟校輯、王輔銘補輯《練音集補》卷八：「朱之尚，字今古。天啓初，食餼於庠。性不羈，耽茗嗜酒，以病肺卒。」

七録齋續刻卷之三

屠幼繩稿序①

今之以博雅目人者，予未知何謂也。子産之博物，子長之雅馴，學者往往稱之。及讀武侯論姚仲，謂其存剛柔，廣文武〔一〕，可命博雅②，抑重有歎焉。夫通達之士，取鑒前識，復資今用，有一不備，群流生誣。尋名考義，厥指弘矣，烏可忽也。

屠子幼繩縱觀百代，斷據其深，萬物之來，事皆有應。予與之游旬歲，不能測其崖略，竊慨然曰：「天下大矣，代不數賢，若言博雅，其在斯人乎！」嗟乎！此非無處之言也，予皆有以試之矣。夫學有三難：一曰知人之難，一曰論事之難，一曰讀書之難③。知人之難難於誠，是故欲廣則流，欲儉則廢；論事之難難於適，是故欲察則愚，欲簡則敝；讀書之難難於盡，是故欲多則病，欲專則忘。

屠子之與人交也，遍四方之賢名，申固其盟，苟有静者，必身就之，其意非取於同也。曰：「吾將偕之以事君，惡在乎一彼一此也？」叩之以當世之務，則貫本末而出。退而察其所讀之書，則古者徵藏之言無乎不存。時發爲文，深深乎善含也，油然其有光也。備三者之益而無三者之難，謂之博雅，良不虚矣。

【校記】

〔一〕「廣」，原作「成」，據諸葛亮《稱姚仙教》改。

【繫年】

據文中「予與之游旬歲，不能測其崖略」及下文作時，此蓋爲屠象美崇禎四年中進士後所刻稿作序，故作於崇禎四年（一六三一）。

【箋注】

①此序同年屠象美稿。屠象美，字幼繩，嘉興府平湖縣人。復社成員。乾隆《平湖縣志》卷七《人物》：「屠象美，字幼繩。崇禎辛未進士，授行人，對策稱旨，改翰林院檢討、東宮講讀。疏薦倪元璐、李邦華等三十七人，尋罷歸。乙酉爲亂兵所害，與象美同事者倪長圩。」

②諸葛亮《稱姚仙教》「忠益者莫大於進人，進人者各務其所尚。今姚掾並存剛柔，以廣文武之用，可謂博雅矣。願諸掾各希此事以屬其望。」

③戴震《與是仲明論學書》（《戴震文集》卷九）：「僕聞事於經學，蓋有三難：淹博難，識斷難，精審難。」

曹穉弢稿序①

予初爲子衿②，穉弢已登賢書，海内争傳誦其文。介生評以爲藻耀靈鬱，深健其迥，品在李昌谷、杜樊川之間。予深然之。然辛酉之春夏，處卿、梅先、伯引諸子立社，約予爲文，穉弢同焉。一社又皆業《易》、《四書》經文，無不共題。穉弢每發一義，必開疆宇，予心識之。行卷諸文，半屬社業，樂而玩之，有如舊識。蓋吾婁之人，性素强立不肯下，雖古道衰絶之時，猶有屏棄時藝，獨爲偉作，不欲因人喜怒者，穉弢其尤也。

辛酉以後，吾婁風益趨古。穉弢三試不得志，好古之士頗以爲惑。予獨語梅先曰：「凡人之文，如人之姿，松柏蒲柳，各因其質。穉弢之文，松柏也，何畏乎歲年？且學者之修文行，趨古者如仰，趨今者如俯。仰者舉首，即見天日；俯者日曲而下，則有垂頭至地耳。以穉弢之内行淳至，加以力學嗜古，所謂醲文懿綱，又孰尚焉？予見其扶摇矣，安所得下乎？」

迨榜發之日，出其新文相示，琴猶是也，而其操彌進。予爲之一唱三歎，不自知其長也。梅先素信穉弢之文，今又當信予之言。予之言賴穉弢之文以成信，穉弢之裨予不大乎？然猶有未足者，穉弢之文已達天下，而經義尚未一出，《易》學之不旦久矣，日望其人而不可得，得其人而不爲宣白其文於世，九師之歎③，又誰任之？予是以亟以穉弢之經文，歸之孟樸也。

【繫年】

據文中「予初爲子衿，穉弢已登賢書」「辛酉以後，吾婁風益趨古。穉弢三試不得志」等語，此序蓋作於崇禎四年（一六三一）在京時。

【箋注】

① 此序曹穉弢稿。曹穉弢，待考。

②《詩·鄭風·子衿》：「青青子衿，悠悠我心。」毛傳：「青衿，青領也。學子之所服。」後因稱學子、生員爲「子衿」。

③ 九師：古稱《易經》學者爲「九師」。《漢書·藝文志》：「《淮南道訓》二篇。淮南王安聘明《易》者九人，號九師說。」

龍重孺稿序〔一〕①

余於戊午之歲，得讀龍重孺之文，私心異之，以爲秀特靈迥，不可言名。大士所云「水分山分」，於斯全矣。蓋是時，重孺與李雲將②、傅玉生同舉於鄉③。越三年而皆與予稱同社，聞聲相思，日月以之。逮余今入燕，愴乎雲將之不至，玉生之止近得數面焉。又以人事相間，卒不盡懷，若重孺竟未之識也。榜發之日，見重孺名，甚喜。既閲分卷姓氏，雖非一門，適與吴駿公同爲李太虚先生弟子④，名正次第，深以爲慰。然心嘗怪此三人者何以久不第，重孺雖第，得無暮乎？及與之相見，年甚茂，風塵之歎，爲之俱盡。

嗟乎！朋友之思，以近致遠，以遠望近，嘗有求而不得之悲。竊爲度其音容，數其歲齒，庶幾乎若或見之。迨一見而其人多出於意之所不及。如此類者，可勝道哉！雖然，此各言其情，猶未及乎相勉之正也。

重孺之文，奇變無畛，原於清指。臨文之際，一以君子之義處之，所謂介然不欺其志者，非歟？豫章諸子之得失，紛乎其未可道矣。然而義之所許，衆有共辭。其不遇者，不於其人之既遇而有所深疵；其既遇者，不於其人之不遇而有所不信。是朋友之正也，若重孺固交予之矣。以一社之所交予而秉乎今日之遇，上觀明堂⑤，左右論道，有異人焉。重孺之所足爲也。徒舉其文而偏名不至，余豈其有曩態歟？

【校記】

〔一〕目録原題作「龍重儒稿序」，據正文改。

【繫年】

據文中「榜發之日，見重孺名，甚喜。既閲分卷姓氏，雖非一門，適與吴駿公同爲李太虚先生弟子」等語，可知此序作於崇禎四年（一六三一）在京時。

【箋注】

①此序同年龍起浤稿序。龍起浤，字重孺，吉安府泰和人。復社成員。與吴偉業同出李明睿之門。吴山嘉《復社姓氏傳略》卷六：「龍起浤，字重孺。崇禎辛未進士，官南京禮部主事。」

②李逢月，字雲將。同治《雩都縣志》卷十《孝友》：「李逢月，字雲將，别號淩虚一松子。天啓辛酉舉人。幼穎異，下筆驚人，目能對射日光，不轉瞬，父奇愛之。及長以孝聞。父殁，匍匐苦次，羸瘠不能起，見者傷之。時繼母袁氏抱數月遺孤，月家貧，舌佃以供老母歡。其後教育幼弟，餼二十人中。嘗遊鄒南皋先生之門，甚器重之。月性恬淡，重清議，敦古道，終日鍵關静坐，如深山學道人。崇禎甲戌，御史李公宗著列其行誼，薦於朝。庚辰，還自都門，語友人曰：『國勢如敗局矣。當事諸公猶攘臂而争殘劫，弈非國手，劫復連環，可奈何！』遂謝公車，慨然有棲隱之志。及兩都淪没，乃徘徊北山，抑鬱成疾而卒。」

③傅鼎臣，字玉生，吉安府安福縣人。復社成員。名列《復社姓氏録》。萬曆四十六年舉人。見乾隆《安福縣志》卷八《選舉》。

④李明睿，字太虚。吴偉業房師。光緒《江西通志》卷一百三十九：「李明睿，字太虚，南昌人。明天啓進士，選庶吉士。歷坊館，罷閒六七年。廷臣交薦，用宫允起田間。時闖賊覆秦，京師震動。總憲李邦華密疏請太子監國南都，備不測。上疑不决，明睿特請面對：『太子幼，必上自出，乃可

有爲。』不用其策。及寇偪，范景文等重理前説，不及事矣。順治初，爲禮部侍郎。未幾，以事去官。卒，年八十七。所著有《四部稿》。」

⑤明堂：古代帝王宣明政教之地。凡朝會、祭祀、慶賞、選士、養老、教學等大典，俱於此舉行。《玉臺新詠·木蘭辭》：「歸來見天子，天子坐明堂。」

鍾百里稿序①

士人遇合之難，未有甚於百里者也。百里少好著述，家貧不能市書，嘗訪之藏家，手自繕録。或聚生徒，得束脡，即向人易書讀之。以故博洽綜貫，一鄉推高。然累試不遇，讀書三十餘年，不能備一弟子員，人甚異之。

己巳之歲，曾挾書干縣使君，雖不得上，其書尚存。予誦之，輒爲泣下。後以散試列名庠序，春秋連舉，其師爲熊魚山、李萍槎兩先生②，皆當世之有道正人也。夫子衿繁猥，每當一試，大邑之與名者輒以百數。百里歷試三十餘年，而不得一當。春秋之試，纍纍入場屋，矜善售者，閲數試而不獲。而百里一往即遇，易若折枝。難人之所易，而易人之所難。語云「大敵」「小敵」③，百里於此，豈有道乎？予間爲戲言以解之矣。人之困於諸生與困於童子，其窮愁一也。然困於諸生之時，類有學使者壓之，不能釋章句以行其所學。

爲童子者潔身閉户，謹避有司而已，上無有制之者，而所學反不必於因人。小試之時，旅人旅出，爲時無幾，捷者不留。一入場屋，必繼日夜，備寒暑，損形勞志，而不獲即止。夫百里既知遇合之難矣，舍彼從此，將有擇便之術乎？要之，百里之所立，非遇不遇之卒然可得而惑也。

百里澹泊寧靜，根於性生。既第之後，鮮接人事。時與予及來初相對④，所談惟經史要義，不及其他書。歸誡家人，謹守故廬，勿視進賢冠爲異事。嗚呼！得之艱難而視若無有，百里之所立，豈徒十倍尋常乎？予春秋之同籍，其年少之一出而取巍科者，無若吴駿公；年稍過壯而一出即第者，無若鍾百里。然二子當之，鞹然無可喜，久而不易其夷雅之志⑤，益以是信人之所立遠大，惟性與學〔一〕，不在遇合之難易也。

【校記】

〔一〕「與」，原作「學」，據文義改。

【繫年】

據文中「既第之後，鮮接人事。時與予及來初相對，所談惟經史要義，不及其他書。歸誡家人，謹守故廬，勿視進賢冠爲異事」「予春秋之同籍，其年少之一出而取巍科者，無若吴駿公；年稍過壯而一出即第者，無若鍾百里」等語，可知此序作於崇禎四年（一六三一）在京時。

【箋注】

①此序同年鍾震陽稿。鍾震陽，字百里，寧國府宣城人。復社成員。嘉慶《宣城縣志》卷十七：「鍾震陽，字百里。少孤貧，寄食舅氏鄭世德，以師事之。性癖古學，不屑屑經生家言，是以屢困小試。積歲館穀盡購書籍，寢食其中，不稍倦。年及艾，始舉崇禎庚午鄉試，辛未聯第。是科程策半經其手裁，一時古學，聲噪京師。知山陰縣。山陰瀕海，築海堤以捍民患，民甚便之。祠于海壖，部民碑焉。後以重文學，緩催科，左調蘭陽。著有《偶居集》行世。」

②李繼貞，字徵尹，號萍槎，太倉州人。萬曆四十一年進士。授大名推官，遷兵部職方主事。天啓中，典試山東，坐試録刺魏忠賢，被革職。崇禎時歷任武選職方郎中，兵部右侍郎兼右僉都御史，天津巡撫。爲人强項，曾得罪周延儒及田貴妃父弘遇。因請起用故巡撫梅之焕，惹帝怒，被革職。十五年，召爲兵部添注右侍郎。得疾，卒於途。有《萍槎集》。詳見《明史》本傳。

③《資治通鑑》卷十九《世宗孝武皇帝六年》：「《兵法》：『小敵之堅，大敵之禽也。』」胡注：「《孫子》之言，言大小不敵，小雖堅於戰，終必爲大所禽。」

④張一如，字來初，太平府蕪湖人。復社成員。嘉慶《蕪湖縣志》卷十三《人物志・文學》：「張一如，字來初。崇禎辛未進士，初仕大行人，晉吏部主事，秉介不阿權要。充纂修。事未竟，出爲浙江嘉湖道，改湖廣荆南參議。以病回籍，讀書東皋别業，升其堂者盡東南名彦。著有《渌漁客草》《言思閣詩集》行世。一如爲人孤高而矜重，養志丘園，意度蕭散，有巨源、逸少風。事母至孝，嘗

以板輿行園圃間，躬自扶掖，無惰容。自少至老，與歲薦俞邦奇爲石友，討論詩史，更唱迭酬。年六十三卒。弟石初，亦有文學，病青盲，時命諸子出所藏書，誦而聽之。工詩賦，著《知非堂文集》十卷。」

⑤ 夷雅：平和閑雅。《文選·任昉〈王文憲集序〉》：「夷雅之體，無待韋弦。」李善注：「言王公平雅之性，無待此韋弦以成也。」

社籍序①

社事之興，吾黨爲之主盟者，不下二十人。而歷勞勩，决嫌疑者，予與受先、介生、維斗之責居多。往者受先之臨，四方之來者猶以予三人爲主也。昨日之行，予與維斗皆北發。孑然在家者，介生而已。而受先又從臨歸，唱和甚樂。乃知社事之維持，天固不欲其一日無主人也。雖然，忘其身圖而惟朋友之急，義不辭難而千里必應。三年之間，若無孟樸則其道幾廢。是故四方之士相率而歸功於孟樸也。

孟樸既舉一社之人文，顯書而木刻之矣。又恐來者之日廣，而涣然無所麗也。先定其姓名以爲籍，而屬予存之。自其渡淮泗、涉齊魯而之長安也，天下都會之賢者無不遇也。苟遇其人，必使其舉一鄉之傑然者登之於社。復懼舊聞之不實也，必斷其生平而後進焉。嗚呼！求之如此其亟，而慮之如此其至，朋友之道，又何言哉？然有言之甚平、守之甚易者，止兩言焉：無犯齒，無背非而已②。夫一社之豪傑濯磨争先，莫不高談往聖，揮斥六極。顧退而循所義例，無過卑謹之兩言，不幾病其辭鈍。然使歷久而身行之，自知其不易也。凡彼所謂豪傑之士者，皆吾社之人也。吾社之人，豈其有大失者乎？惟其無大失也，然後可以防其小失。

古之教人以讓也，順齒之義③，可謂嚴矣。十年五年之説，父事兄事之文，肅若大分。而通之後世，不能以久，謂長者之未必賢，而少者之未必不賢也。若同在社中則皆賢矣。皆賢之徒而不明乎少長之序，亦何以救乎？長幼既已序矣，賢不賢之數，既已明矣。即有過焉，意者其氣壯者也；否則，其論疏者也；不然，則其文字之不齊者也。三者之過，俱可以公言而無愧，又何取於面同心非，違屋漏之明④，來譖友之誚乎？予所謂言之甚平，守之甚易，久而知其不易者，此也。昨序婁東社已言之矣。

【繫年】

據文中「昨日之行，予與維斗皆北發。孑然在家者，介生而已。而受先又從臨歸，唱和甚樂。乃知社事之維持，天固不欲其一日無主人也。雖然，忘其身圖而惟朋友之急，義不辭難而千里必應。三年之間，若無孟樸則其道幾廢」等語，可知此序作於崇禎四年（一六三一）在京時。按，「三年之間」指崇禎二年衆社統合於復社至崇禎四年間。

【箋注】

①此序社籍。從應社到復社，張溥、張采、周鍾、楊廷樞主盟盡責居多，而孫淳奔走出力居多。孫淳既協助約稿，刊刻文稿，又將入社者按籍貫、年齒列爲社籍，張溥序之，可見一時人才濟濟、人文俱興之盛況。

②背非：當面一套，背後一套。

③順齒：謂尊敬年長者。《大戴禮記·主言》：「上敬老則下益孝，上順齒則下益悌。」王聘珍解詁：「以敬事長曰順。齒，年也。」

④屋漏：古代室内西北隅施設小帳，安藏神主，爲人所不見之地稱作「屋漏」。《詩·大雅·抑》：「相在爾室，尚不愧於屋漏。」毛傳：「西北隅謂之屋漏。」

孫直公詩稿序①

聞之善作詩者不必讀詩，余深旨其言。自今思之，亦非通論也。夫謂作詩者不必讀詩，此不獨爲不善作詩者言之，亦爲不善讀詩者言之〔一〕。不善讀詩之人，未明高下，概取唐什百篇，成記於胸，率以應物，無所不投，積咏千首，一音而已。於是人惡其濫也，而追咎其所讀，則以爲弗如其已也。善作詩者不然，性情高騫，不爲代隔，凡天下之以詩來者，各能知其意，以别可否。一辭之善，可以不没，而縱目所往，不聞留眴，則他人之言有助無累，又何絶焉？

東粵葉夫子以文章衺領天下②，天下争慕效之。近以孫直公詩一帙示余，曰：「是詩善創，子其序之。」余讀未半，愾然而歎於夫子之命我也。詩文異塗，世難其兼，論詩之家，尤拘時代。直公諸詩，巉潔麗曜，不循轍跡，比之以唐，所謂少陵之漢朝宫闕，義山之《馬嵬》《錦瑟》，殆俱有焉。余讀之知所益矣，敢不拜夫子之賜。

雖然，《伐木》之詩有云：「求其友聲。」③友聲謂何？意今之詩文亦其類歟？直公邑中之爲余友者多矣。深於詩者，有鍾百里、梅朗三焉④。盍與二子游乎？荆歌高筑，不患無和矣。

【校記】

〔一〕「爲」，原作「謂」，據上句改。

【繫年】

據文中「東粵葉夫子以文章衺領天下，天下争慕效之，近以孫直公詩一帙示余」及張采《葉必泰稿序》「自根與予爲年兄弟，既復爲天如師」，可知此序作於崇禎四年（一六三一）在京時。

【箋注】

① 此序孫曰繩詩稿。孫曰繩，字直公，宣城人。光緒《豐縣志》卷四：「孫曰繩，字直公，宣城人。學

有淵源，腹笥富有，工古文辭詩歌，兼善書。人有獲其片紙者藏爲珙璧。庚午、壬午兩中副車，卒以明經鐸豐。方嚴有守，不隨俗趨，丰姿絶世，殆曹月川之流亞歟？」

② 葉高標，字自根，别號大木。張溥座師，張采同年。乾隆《陸豐縣志》卷八《人物》：「葉高標，字自根，别號大木。秉心澄宏，抱才沉毅。性孝友，事親曲盡温凊，視病躬執藥鐺，背負動履，晨昏勿倦。初登賢書，戀戀父母，竟輟計偕。羈宦都門，莫遂禄養，每望里門而號泣。訓迪諸弟，不延他師，同心共勉。弟眼疾，嘗親吮醫。垂髫，補邑庠，讀書於蓮山鶴峰，發明程朱之學。崇禎戊辰進士，授歙縣知縣。入界，途擒大盗，凡據窠老賊，晝計芟除，非獨徽免寇患，江以南悉蒙休安。廉潔自矢，纍纍善政，吏畏民懷。守相監司中丞御史薦剡交贊，無出公右。稽勳核治，狀推卓異第一，擢刑科，歷吏右禮左，晉禮都諫。甫拜掖垣，會楚寇梗叛，震驚陵寢，事關重大，莫有入告者。公忠憤上聞，密旨採行，原疏留中，條析數千言縱寇隱弊，侃侃直陳。深慮寇患蔓延，畫地利形勢以資防禦。後之流氛決裂，皆預籌於未事之先。」

③《詩經·小雅·伐木》：「伐木丁丁，鳥鳴嚶嚶。出自幽谷，遷于喬木。嚶其鳴矣，求其友聲。相彼鳥矣，猶求友聲。矧伊人矣，不求友生。神之聽之，終和且平。」

④ 梅朗中，字朗三。梅鼎祚孫。復社成員。與張溥交好。吴山嘉《復社姓氏傳略》卷四：「梅朗中，字朗三。鼎祚孫。宣城諸生。善詩古文詞及書畫，又好獎才彦無遺力。年未四十而卒。有《書帶園集》。」黄宗羲《思舊録·梅朗中》：「梅朗中，字朗三，宣城人。世以詩名，前有聖俞，後有禹

金，而朗三行住坐卧，無不以詩爲事。」

四子合稿序〔一〕①

予往歲行時，與處卿及弟無近約曰：「予行之後，竊悲無徒，必延孟樸。」舟過吴門，遇孟樸，即以是言告之，欣然謂可。予留京師者久，三月内得家中友人諸書，不見孟樸有言其中，詢之知未過婁。再加書以速之，四月而始止於處卿之家。又一月而惠常僑居於婁，於是遂有四子之刻。

夫婁東諸刻，顯然有聞者多矣。即以予一家言之，八兄來宗，九兄禹疏與弟子厚②，及與猶子屺璜，修行好古，同黨推善。兩兄尤撰著深厚，爲後生之式，其可以無刻乎？予素不喜人刻文以行，獨於同社多所勸刻者。夫各有所宜也，不宜刻而刻與宜刻而不刻，均非所以安己慰人之道。惟反覆於其所以宜者，故深勸之也。無近念予甚，嘗欲同惠常北游矣，欲以文爲道路之贄，遂與三子先刻而行之。今未識其來與否也，又有可傷者。

往歲南國之試，同社各出文相示。予竊許駿公、無近、惠常、其章爲必遇③，已而駿公果遇，三子皆落，心頗惑之。後見乙榜姓名④，三子皆與，凡再入格，而偶抑之。是以惠常、無近言及功名之際，輒多黯然。此固士子之常，不足多怪。然諸子之爲人，予亦私有所論列矣。處卿、惠常沈默簡遠，寬身與人。予弟天性孝友，氣每過剛，不能容人之失。兩者之相與，其猶韋弦乎？要合之孟樸，凡所爲急朋友、好行仁義者，極厚也。夫處心積慮，成人之本。立於薄者雖外爲煦好之容、款曲之論，而情不可以終日；立於厚者，或稍見崖略於排捍，而如日之温，終不以風雨而息。

予留京師者久，然未及一年也。日夜計念少時同事者幾人，同事而心相知者幾人，及門之士後先來歸、好道不倦者幾人。每一及此，一不可得見，即愀然其容而潸焉如雨。得無類於婦人女子乎？不敢謂厚，而不能强忍爲薄。四子之心，其猶予心乎？故不覺因文而一道之也。然無近念予甚而不能即來，處卿念予不減無近，屢以書告，徒恨遠道而已。孟樸、惠常爲予而來，不及一月而各以事去。來者何其難，而去者何其易。讀文與序者，又將有秋風之悲矣。

【校記】

〔一〕目録原題作「四子合社序」，據正文改。

【繫年】

據文中「往歲南國之試，同社各出文相示。予竊許駿公、無近、惠常、其章爲必遇，已而駿公果遇，三子皆落」「予留京師者久，然未及一年也」等語，可知此序作於崇禎四年（一六三一）在京時。

【箋注】

① 此序王家穎、張王治、孫淳、王啓榮四人合刻稿。

② 張樽，字子厚，州庠生。張溥弟。

③ 胡周鼒，字其章，蘇州府人。復社成員，被好事者目爲復社「十哲」之一。吴山嘉《復社姓氏傳略》卷二：「周鼒，字其章，太倉人。本姓胡，崇禎庚辰成進士，復姓胡，名周鼒。官刑部給事中，立朝數月，封章十餘上，嬰權忌，罷職。明年復起，以親老辭。國朝詔起在籍縉紳，周鼒卒辭不赴。」

④ 乙榜：明清時舉人登乙榜，進士登甲榜。

張來初稿序①

文才之難兼也，豈獨今日哉？自有文字以來，代相矜尚，慎其名，謂不輕授與。偏勝之士，能致一塗，即以擅家，未嘗因此假彼，改易位序。是以著述比興②，截然二流。欲施評論，不得其合，則寧虚年歲以待斯人。予竊於來初有深幸矣。

來初，今之德人也。其才蓋無所不之。恒與予論刺前古，歎時人之信耳，未足進道。其言曰：「唐之陳梓潼，人稱其詩而不知其文③；韓鄧州，人稱其文而不知其詩④。沿至後代，讀陳詩者棄文，讀韓文者棄詩，將二子之全才終無以見於天下也。能不悲哉？」予愴然而俯，退而讀來初之詩文，知其言蓋以自況也。

來初之詩深古似梓潼，其文奇雅似鄧州。要其大義，於兩家詩文之指無所不全，予所以不欲偏名也。或難予曰：「子既知來初，曷不序其詩文，而先見説於時藝？」予應之曰：「時藝者以時而名。當時而貴，非時而賤者，世之所謂時也；當時而貴，非時而貴者，予之所謂時也。來初之時藝以雅爲宗，以化爲極，有常貴之理矣。方將與其詩文並，何『時』之敢言？」然而今日之有是刻者何居？謂其與世親，與物近，則先舉以爲訓。斯亦兼才之一事，作者所不廢也。

【繫年】

據前後文作時，此應爲張一如崇禎四年中進士後所刻稿作序，作於崇禎四年（一六三一）在京時。

【箋注】

①　此序同年張一如時文稿。張一如，字來初。詳見《續集》卷三《鍾百里稿序》注。

②　比興：指創作詩歌。

③　辛文房《唐才子傳》卷一：「唐興，文章承徐、庾餘風，天下祖尚，子昂始變雅正。初，爲《感遇》詩三十章，王適見而驚曰：『此子必爲海内文宗！』由是知名。凡所著論，世以爲法，詩調尤工。」

④　《新唐書》卷一百七十六《韓愈傳》：「每言文章自漢司馬相如、太史公、劉向、揚雄後，作者不世

出，故愈深探本元，卓然樹立，成一家言。其《原道》《原性》《師説》等數十篇，皆奥衍閎深，與孟軻、揚雄相表裏而佐佑《六經》云。」

松陵七子會藝序①

七子會藝者，同社沈聖符、吴扶九與予門人吕石香、張山堯②、包鷩羽③、顧賓日④、吴羽三所日相觀摩之文也⑤。

石香、山堯本婁東人，以就江城試，聖符、扶九主之，遂隸江城弟子員，與諸子同稱江城。鷩羽、賓日、羽三自石香來江城後，始入社。羽三即扶九母弟，年僅十三，師事石香。石香、山堯與鷩羽同補弟子員，鷩羽第一，石香、山堯次之，時在去年之夏。羽三猶未應童子試，賓日邑中試，與石香、山堯名相次第，獨未補弟子員。再當邑試，羽三始就試，賓日已第一矣。以邦君之行，乃止。其時蓋仲冬之下旬也。予適晤江城令君，稱邑中兩奇卷，其一賓日，其一不知名字。出文示予，乃羽三卷，相對嗟異。

今年孟樸來，七子之文皆至，各進一格。詢其歲試得失，扶九、石香、山堯名序最前，賓日、羽三猶然童子，聖符則以居大人喪，未與試。爲時幾何，遇合小異，使予在家見之，不知又當如何也。

石香負一代絶才，天下之書無不目過心識，下筆百變。子長、子雲之間，難以倫擬。與山堯讀書於扶九之齋，諸子同晨夕焉。學純經，行純法，所習皆非今日學士家言。一邑怪之，諸子自信益堅。然四方之賢豪長者，莫不知有七子。每見予，輒問諸子齒籍，予舉以對，益驚喜加於平日。所謂一室而友古人，閉户而名四海，不其然歟！

又諸子性簡勝，不好議論人物。生平雖甚傾慕人，不遽通書刺，獨所心相信以義，緩急不以告人。曩日石香、山堯之試，扶九、聖符爲舟楫酒脯，以身奔走，捍圉其間，不畏燀暑。頃見扶九、石香所遺予書，惟反覆流歎於賓日之不遇，無復他言。嗚呼！友道如此，一死生，齊貴賤，可以今日觀之矣。夫信於朋友而後兄弟宜，兄弟宜而後父母善，父母善而後君臣和，人倫之序，豈若是乎？顧其事往往有然者，君子將務全焉。

昨予北游，石香、賓日送於關外之二百里。縱談學行，時時及此。二子深任而不疑，於今益信，更爲遠書以道之。

【繫年】

據文中「今年孟樸來」「昨予北游，石香、賓日送於關外之二百里。縱談學行，時時及此。二子深任而不疑，於今益信，更爲遠書以道之」等語，可知此序作於崇禎四年（一六三一）在京時。

【箋注】

①此序沈應瑞、吴翻、吕雲孚、張堯、包鶩羽、顧誠、吴翾七人時文合集。

②張堯，字山堯，太倉州吴江人。復社成員。吴山嘉《復社姓氏傳略》卷二：「張堯，字山堯，太倉延陵之家僮也。少受業趙自新，能文章。張溥收之爲弟子，列名社録。延陵不之許，使供隸役。堯避之張采所，延陵拘繫其父母。采爲堯請甚力，事解，而使執役如故。堯不能堪，舉家徙武林，吴昌時處之賓席。未幾而溥言之學使者，厠吴江黌序。延陵控當事求正叛亡罪，卒不勝。久之，溥屬知州周仲璉。仲璉進贖金爲堯削隸，延陵勉從之，而仇復社滋甚。」

③包鶩羽，待考。

④顧誠，字賓日。太倉州吴江人。復社成員，名見《復社姓氏傳略》卷二。

⑤吴翾，字羽三。吴翻弟。復社成員。吴山嘉《復社姓氏傳略》卷五：「吴翾，字羽三，號松巖，吴江人。少能文，與兄翻、翱齊名。既長，有智略，喜談兵。寄籍中崇禎壬午舉人，國朝順治乙未進士，授澄邁令。時瓊州甫定，民疲盜熾，外寇交訌。翾招撫流亡，訓練鄉勇，擒斬叛黎，計降海賊。在兵間五年，屢報捷，而爲高傑養子總兵官進庫所忌，格不得上。後歷任豐城、漢川二縣，皆見事敢爲，不肯徇上官意，遂以此謝歸。有《梅花草堂詩集》。」

王與游詩稿序①

念與游甚，恨不能從，與游念予亦然。與游好作詩②，其篇章甚多。三年前即欲裒刻之，索予爲序。予許之，久未有報。與游亦待予之序而後行其詩，故所刻未得即成。然别與游後，若重有繫於予心者，竊念曰：「不見與游，得與游詩讀之可矣。」遂急爲序，以趨刻之。

予初不作詩，在長安不免酬答，間亦有詠。適孟樸、惠常來，九一、駿公皆作詩以見志。孟樸故詩家，善品量。予喜有助，遂多所作，大都懷人傷别之辭，欲彙之以寄與游。又念予别與游僅七月，積詩頗成卷，與游三年來作詩之多，當數倍前日。予將於與游觀全詩，雖不能解，可無一言乎？與游，天下之至人也，詩則至人之言也。至人之言，其直不迫，其諷無隱，詩義備矣。古之論詩者，或謂詩不必與人合，其人之詩不必與其人之文合。自予斷之，皆不謂然。何以信之？信之與游也。

往予序平仲之文〔二〕，低回詠歎者久之。今又序與游之詩，從所好也。與游諸篇，有家庭之詩，有廟堂之詩，有山澤之詩，體例非一。自予觀之，清厚廉遠，無不似與游者。何則？文不逆性，况詩乎？與游春間再失意，即驅車出國門，無介介不遇之恨。道齊魯，與平仲、孟宏，故紆折其行，觀太山三日。近折簡及予，言杜門不通賓客，發平日所觀諸書，綜類條治，將大有所就。夫惟學立於詩之上者，偶發爲詩，無乎不神③。予又於與游見之矣。

【校記】

〔一〕「予」下，原衍「往」，據文義删。

【繫年】

據文中「予初不作詩，在長安不免酬答，間亦有詠。適孟樸、惠常來，九一、駿公皆作詩以見志。孟樸故詩家，善品量，予喜有助，遂多所作，大都懷人傷别之辭，欲彙之以寄與游。又念予别與游僅七月」「與游春間再失意，即驅車出國門」等語，可知此序作於崇禎四年（一六三一）秋冬時。

【箋注】

①此序王志慶詩稿。王志慶，字與游。王志長弟。詳見《續集》卷二《許孟宏稿序》注。

②張采《知畏堂文存》卷二《慎爾齋詩稿序》：「與游王子，故通經，不以詩名，于詩有源流，不名一家。偶所托寄，則發爲咏歌，有顯而直者，有微而曲者，有廉而不劌、豐而不靡者，有稱文小而指極大者，有似怨如《載馳》，似疑如《二子乘舟》，似嘲如《簡兮》者，以意逆，皆三百篇遺則也。王子深乎詩教矣！」

③張采《知畏堂文存》卷二《大士之燕草序》：「善哉，天如論詩！予嘗語天如：『我終日咏詩，不能一字，云何？』天如云：『多讀書則自能。』」

七録齋續刻卷之四

吴澄所孺人六十壽序[一]①

丙寅之春，予與徐子九一游，始識吴澄所先生。先生固九一外父也，吴故蘇之名胄。先生尤敦《詩》《書》，好友天下士。九一名在四方，四方之友與九一游者，先生無不深與之結，以故四方之友莫不願交於先生。一月之内，凡繫舟楫、停車蓋者，或十數見焉。先生又善臧否，其所嚴重上賓，皆當世大賢，殷勤周好，倉卒之聚，必備節文。四方無不交口譽之，以爲偉人長者。顧徵所助理，孺人之相成爲多。於是四方之譽孺人者，復如先生。要察其本末，孺人之成先生者，不盡乎此也。

先生家世雖貴，拓落好施，業已中落。孺人歸先生，力爲經紀，業復大興。先生之元妃殁，遺兒女多，孺人悉子之。及孺人舉丈夫子、女子子又六人，承家者蕃而累心者重。先生益懼其無以給也，孺人慰之曰：「祝有三多②，今見其一，君善受之，二者皆至。寧慮朝夕乎？」今則子孫繩蟄，成均鄉學之間，聲名踵起。先生與孺人年俱當杖，鄉頌者載塗，多之言驗矣。甚矣，孺人之信也！

雖然，居日月之下者無忘風雨，處富貴之勢者無惡顛悴。予見今日之履順者矣。立乎今日以思前日，設時有未至，今日以前之一日，猶未知所處也。人但言孺人之今日，而不言孺人之昨日，豈爲善頌孺人者乎？孺人之少子道勝③、自觚④，力學明志操，予之弟子也。孺人所生女三人，長適九一，次許惠常，二子又予之盟兄弟也。九一侍從天子，博聞方正，有名於朝，天下以大臣望之。予與朝夕，動悉儀矩。惠常本予婦王氏弟，少同予與受先學，其人文得兩家之中和，同人美焉。道勝、自觚又好師模二子，與予益親。是善言孺人者，莫如予。顧又有言之不盡者，所謂居安樂而思艱難，孺人之昨日是也。

曩者之事不可以盡書，言其大略，則勤苦惻隱備之矣。君子之稱人父母也，有顯辭焉，有隱辭焉。顯辭公諸四方，隱辭存諸家室。善讀者能通其義，則皆教孝之具也。是故爲人子而不明乎顯辭之義者，則無以揚親之美而施九族；不明乎隱辭之義者，則無以順親之志而安一家。予之頌孺人也，寧敢號君子焉？亦曰庶幾而已。然反覆思之，亦無若成夫子、教後人之大也。家已圮矣，而扶之使殖；非我之子，而訓之成人；子姓林立，而名庠序、顯朝廷者日繼以起。雖當世之偉人長者經營四方，身歷勞苦，及其致達弘遠，又何加焉？則予所謂孺人之不盡乎此者，即以此盡孺人，其亦可也。

【校記】

〔一〕目録原題作「吴澄所先生六十壽序」，據正文改。

【繫年】

據前後文作時，此序應作於崇禎四年至五年（一六三一—一六三二）在京時。

【箋注】

① 此爲吴澄所妻、友人徐汧暨妻弟王啓榮岳母吴孺人六十壽辰所作。吴澄所，徐汧、王啓榮岳父。二子吴維藩、吴鑪爲張溥弟子。

② 祝有三多：指祝多福、多壽、多男子。語本《莊子·天地》：「堯觀乎華，華封人曰：『嘻，聖人！請祝聖人，使聖人壽。』堯曰：『辭。』『使聖人富。』堯曰：『辭。』『使聖人多男子。』堯曰：『辭。』」

③ 吴維藩，字道勝，無錫人。吴澄所子。復社成員。

④ 吴鑪，字自觚，長洲人。吴澄所子。復社成員。

壽倪鴻寶先生四十序代〔一〕①

壬申之秋，宫允倪鴻寶先生請休沐歸里第，天子下明詔挽車者再。予爲書訊之曰：「以公之年，亦古人所謂仕矣，其可去乎？」未幾，公之門弟子以公生日徵予言。予愾然歎曰：「年歲往矣〔二〕，輕重以人，信哉！」甫侯申伯之降，美於《大雅》②；孔子所生日月，

《公羊》特書③。若在他人，則已不論不議矣。鴻寶，命世大哲，美非一篇，欲洗爵而稱之，雖歲有言焉，可也。

曩者中人播毒，四海横流，妖言騰興，衆競崇長。公抗發危議，誅其人，燔其書，群訛始息〔三〕④。是時，公年甫逾壯，未四十也。閩漳黄石齋先生與公齒兄弟，學履名地相等⑤。石齋昌言，調他職，公請讓官，義動朝廷⑥。

嗟乎！天下之求治也，按事法而迫操，萬物皆敝，退而分别賢不肖，則無爲而功成。亢倉子論賢道，歸本于天静⑦；大臣明《民勞》之詩，痛言詭隨甚於寇虐⑧，皆所以明治原、正庶事也。

鴻寶識達天人，身無喉舌之司，而數申其説，言或有尼，道無不全。諺曰：「築社者攐撅而置之，端冕而祀之。」⑨公之立言，功大於築社矣。明天子進而施用之，萬事理矣，豈徒榮左驂乎？揚雄年四十始遊京師，獻《校獵賦》⑩；漢中李固年四十而郎顗薦之⑪。公之遇視兩賢爲蚤達，文誼兼焉。以是爲祝，庶可以謝公之高等弟子乎？抑與之盟曰：「古人甚愛日，孔孟之學以强仕爲大閑⑫。諸君子欲壽其師，無若行師行、言師言矣。」

【校記】

〔一〕目録無「代」。本篇又見北大本《合集·古文近稿》卷四。

〔二〕「矣」，原作「也」，據北大本改。

〔三〕「始息」，原作「姑息」，據文義改。

【繫年】

據文中「壬申之秋，宫允倪鴻寶先生請休沐歸里第，天子下明詔挽車者再。……未幾，公之門弟子以公生日徵予言」及倪會鼎《明倪文正公年譜》，可知此文作於崇禎五年（一六三二）秋在京時。

【箋注】

①此代爲倪元璐四十生日所作。倪元璐，字玉汝，號鴻寶。朱彝尊《静志居詩話》卷二十：「倪元璐，字玉汝，號鴻寶，上虞人。天啓壬戌進士，改庶吉士，授編修，歷侍講，南京國子監司業，右中允，左諭德，右庶子，國子監祭酒，升兵部右侍郎，改户部尚書，兼禮部尚書，翰林院學士。京師陷，自縊死。初謚文正，定謚文貞。有《憶草》。」生平詳見《明史》本傳。

②《詩經·大雅·嵩高》：「嵩高維嶽，駿極于天。維嶽降神，生甫及申。維申及甫，維周之翰。四國于蕃，四方于宣。」

③《春秋公羊傳·襄公二十一年》：「十有一月，庚子，孔子生。」陸德明《經典釋文·春秋公羊音義》：「傳文上有十月庚辰，此亦十月也。一本作十一月庚子，又本無此句。」

④《明史》卷二百六十五《倪元璐傳》：「當是時，元兇雖殛，其徒黨猶盛，無敢頌言東林者。自元璐疏出，清議漸明，而善類亦稍登進矣。元璐尋進侍講，其年四月請燬《三朝要典》。……帝命禮部

會詞臣詳議。議上，遂焚其板。」

⑤黄道周稱譽倪元璐，有「至性奇情，無愧純孝，不如倪元璐」之説（見《明史·黄道周傳》）。

⑥《明史》卷二百六十七《徐汧傳》：「三年，廷樞舉應天鄉試第一。中允黄道周以救錢龍錫貶官。倪元璐，道周同年生，請以己代謫，帝不允。」

⑦《亢倉子·賢道》：「亢倉子曰：『賢正可待不可求，材慎在求。不慎，無若天子静，大臣明，刑不避貴，澤不隔下，則賢人自至而求用矣。』」

⑧《詩經·大雅·民勞》：「無縱詭隨，以謹無良。式遏寇虐，憯不畏明。」《毛詩序》：「《民勞》，召穆公刺厲王也。」鄭玄箋：「厲王，成王七世孫也。時賦斂重數，繇役繁多，人民勞苦，輕爲奸宄，强凌弱，衆暴寡，作寇害，故穆公以刺之。」

⑨語見《韓非子·外儲説左上》。

⑩《漢書》卷八十七上《揚雄傳》：「其十二月羽獵，雄從。……游觀侈靡，窮妙極麗。雖頗割其三垂以贍齊民，然至羽獵田車戎馬器械儲偫禁禦所營，尚泰奢麗誇詡，非堯、舜、成湯、文王三驅之意也。又恐後世復修前好，不折中以泉臺，故聊因《校獵賦》以風。」

⑪《後漢書》卷三十下《郎顗傳》：「顗又上書薦黄瓊、李固，……『又處士漢中李固，年四十，通游、夏之藝，履顔、閔之仁。絜白之節，情同皦日，忠貞之操，好是正直，卓冠古人，當世莫及。元精所生，王之佐臣，天之生固，必爲聖漢，宜蒙特徵，以示四方。』」

⑫ 强仕：古人以四十爲强仕服官之時。大閑：基本行爲準則，語本《論語·子張》：「大德不踰閑。」

送大學士何芝嶽老師榮歸序代〔一〕①

有高世之名者不必有成人之功，有濟時之理者不必有循分之譽。此言行事之難兼，通人所引爲不及也。雖然，苟得其人而親見之，亦未可謂曠世而不一遇也。是故不佞之獲與少保芝嶽何公同時，猶庶幾也。

夫思其人而不得見者，圖乎景鍾，聽乎大鏞，極其冀望之情，而終限於寥闊之數，詩人所謂「我勞」也②。思其人而得見之，而日與議論於朝堂之上，備聞其入告之言，益所未能而忘其太息，歡樂之辭流於竹帛，固所志也。若是，則不佞之於公久已其頌之矣，何俟乎今之時？雖然，及今而道之，見者之論殆將異於傳聞也。

公之始入都也，安車蒲輪，有司勸駕，隆禮委至，需命徐發。今之行也，十上疏而始俞〔二〕。自春涉秋，五閲月而後予其請。天子日遣使勞問，不絶於門。公惟東首稱謝，言不及私，進退之際，大義屹如。簪筆之士，承風望流，莫不以爲班氏之傳疏傅③、韓子之序楊尹復見於今④，盛聚副墨，爲公前馬。要之，公之忠愛，凡所以勤國家、念蒼生者，正一日未有渝也。

公性度簡遠，不慕榮仕，初踐詞班，紓舒受職。二十餘年之間，時卧東山，皦白寡累。大璫之時，夷羊塞路⑤，虚鄙充位之徒，群走其門。以公清嚴不阿，鐫秩歸里。公野服葛巾，泰然應之，弗爲飛文所動。後氣燄衰息，正士登用，詔起公田中，宰統春官。公秉守寅清，言行法矩，凡遇朝廷大禮，必裁以古義，整施舊章，播告四方，使知所程式。後佐論思，適當兵衝，鉦鼓霄聞，芟糗不給。公鎮以弘度，規措閒裕，軍容國容，内外昭備，蠻方屏懾，惠流截海，《烝民》之什〔三〕⑥，可繼而作。又以四方艱難，義不獨寧，夜則假寐待朝，晝則一食三起，謝絶賓客，恪圖遠猶，汲汲以知人安民爲上理。每當進對，雍容諷議，必承嘉獎〔四〕。

南宫之役，共事二旬，矢得真士，祓浴以獻。每謂不佞曰：「以人事君，此其時矣。考文按班，蔚然可記。」於戲！君之所敬者惟天，天所欲得者惟人。推斯志以往，臣進人於君，君答天以人，亦在其中矣。近嬰微露，杜門却交。不佞時一過問，必慮及四方，水旱盜賊，宫府刑獄，怵惕經懷。繇是知《虞書》之「八政」⑦，《洪範》之「五行」⑧，公固非處之形外也。

夫居官無官官之念，在事無事事之心。大雅之美談，而施之寅亮之地，常懼其非度。

守殆辱之戒⑨，號鄰幾之哲⑩，高蹈者趣焉。而念身之爲臣宗德老，則分難於勇決。若公之鄭重一出，嘉保太平，跡違宣室，綢繆邦本，斯於兩者無負矣。今之論者徒見公之累辭求去，蓄無兼兩，躬甘、傅之託，而類巢、壺之舉，各執酒載俎，發舒其大夫之才，揚聲道左。抑知璽書慰勞，數四温切，隕涕伏答，至於再三。公之不能忘天子，猶天子之不能忘公，公車雖駕，忍勿一顧乎？不佞不能正公之行，而猶望公之來。夫蓋信公之所兼者大矣，不佞所以慶同時也。

【校記】

〔一〕「老師」，原作「者師」，逕改。

〔二〕「十上疏而始俞」，《明史·何如寵傳》作「疏九上乃允」。

〔三〕「烝民」，原作「蒸人」，逕改。

〔四〕「嘉獎」，原作「嘉漿」，據文義改。

【繫年】

據文中「今之行也，十上疏而始俞。自春涉秋，五閲月而後予其請」，兼據《明史·何如寵傳》何如寵於崇禎四年會試後九上疏乃允辭歸，復據馬世奇《澹寧居文集》卷八《送相國芝嶽何公南歸序》「今年復奉詔同會天下士，……而未幾公以引年請矣」，故本序作於張溥崇禎四年（一六三一）秋在翰林院時。

【箋注】

①此代爲送大學士何如寵榮歸所作。何如寵，字康侯，號芝嶽，桐城人。《明史》卷二百五十一《何如寵傳》：「四年春，副延儒總裁會試。事竣，即乞休，疏九上乃允。陛辭，陳惇大明作之道。抵家，復請時觀《通鑑》，察古今理亂忠佞，語甚切。六年，延儒罷政，體仁當爲首輔。而延儒憾體仁排己，謀起如寵以抑之，如寵畏體仁，六疏辭，體仁遂爲首輔。如寵性孝友。母年九十，色養不衰。操行恬雅，與物無競，難進易退，世尤高之。十四年卒。福王時，贈太保，謚文端。」

②語見《詩·小雅·綿蠻》：「道之云遠，我勞如何？」

③見《漢書》卷七十一《疏廣疏受傳》，云西漢疏廣、疏受叔姪分别爲宣帝太子太傅、少傅，於榮顯中同時稱病引退。後以「疏傅」爲急流勇退之典型。

④韓愈《送楊巨源少尹序》：「昔疏廣、受二子以年老，一朝辭位而去。于時公卿設供帳，祖道都門外，車數百兩，道路觀者多歎息泣下，共言其賢。《漢史》既傳其事，而後世工畫者又圖其迹，至今照人耳目，赫赫若前日事。」

⑤夷羊塞路：夷羊，土神。《淮南子·本經訓》：「江河三川，絶而不流，夷羊在牧，飛蛩滿野。」高誘注：「夷羊，土神。殷之將亡，見於商郊牧野之地。」後亦以喻世亂。

⑥《詩·大雅·烝民》：「天生烝民，有物有則。民之秉彝，好是懿德。天監有周，昭假于下。保兹天子，生仲山甫。」

⑦《尚書·洪範》：「八政：一曰食，二曰貨，三曰祀，四曰司空，五曰司徒，六曰司寇，七曰賓，八曰師。」

⑧《尚書·洪範》：「初一曰五行，……五行，一曰水，二曰火，三曰木，四曰金，五曰土。」

⑨《老子》第四十四章：「故知足不辱，知止不殆，可以長久。」

⑩鄰幾：接近。《北史》卷五十六《魏收傳》：「昔蘧瑗識四十九非，顏子鄰幾三月不違。」

七録齋續刻卷之五

進士題名記崇禎四年〔一〕①

皇帝御極之四載〔二〕，歲次辛未，親策禮部所貢士于廷，凡三百四十有九人。先是南宫之役，禮臣請廣額中式者②，凡三百有五十人，其不及預大對者凡四人③，益以乙丑、戊辰之三人，遂得三百四十有九人。蓋國家制科以來，迄今凡五辛未，其在洪武者人三十有一，其在隆慶者人四百有五，多寡無定名，要以臨時取旨爲準，折衷其數，於兹得中道矣。雖然，立石題名，實始洪武，其時二十一年，曆曰戊辰④。今上首科，適符其紀，立石之舉，遲而未宣，意者有待於斯乎？臣被命司文，敢不恭承帝德〔三〕，以爲之記。記曰：

進士之來，尚矣！司馬之升，見於周制，其禮莫隆於昭代。考之會典，朝廷雖大封拜，百官未嘗具服稱賀。獨策士傳臚之後，群臣頓首致辭，有賢俊登庸之頌，歸本於天而慶成於人，蓋若是其重也。是以贊道發德，出納代言，非其人莫任。或巖疆劇邑，他職不稱，必易以進士，加褒命焉。有唐貞元八年，陸贄主文，得進士二十三人。其中有名聲者，若李絳、韓愈、元結、崔群等十九人，皆天下孤雋偉桀士，號爲極盛⑤。宋蘇軾言：「仁宗一朝十有三榜，數其上之三人，凡三十有九，位卿相者三十四人。」⑥筆而書之〔四〕，卓犖可紀，然猶往事，無庸具論。即觀諸本朝，許觀⑦、鍾同著聲於節介⑧，馬文升⑨、余子俊顯聞於功庸⑩，楊守陳⑪、楊慎耀名於著述⑫，鄒守益⑬、鄧以讚垂典於理學⑭。夫豈異人？皆辛未之魁然在前者也。

夫有志之士，援古自況，嘗陳列鍾石，追覽圖象，愾然久之。雖曠代不可，庶幾之哲，發聲太息，欲與同朝。今之碩人君子，遠不踰二百年，近則五六十年，遽謂日月荒絶，末繇景行，度非大雅，所以自處也。古者於士之始冠，父母祝焉，鄉大夫、鄉先生祝焉，致之嘉爵，字以髦士，所謂責成人者亟矣〔五〕。進士之命，服大於玄端〔六〕，禮嚴於冠事，拜賜之日，敢不敬歟！宣宗之臨軒策士也〔七〕，時退御便殿，語諸臣矣。一曰士習視朝廷所尚，尚典實，則日厚；尚虛華，則日薄⑮。再曰取士，不尚虛文，欲得忠鯁爲用〔八〕，若有劉蕡、蘇轍，庶慰所望。既而賦《策士歌》，以賜群下⑯。唐虞颺誦，於斯再見。今上寤寐思遲，不異宣宗；士之抱文章，集闕下者，亦間倍曩時。苟或鶴鳴之彦，蘊風烈而不舒；維鵜之流，望精光而不副，豈天子所以側席賢人、昭明陫陋之意哉？

李華《中丞壁記》曰：「古之制記者，先諸德而後諸事。」⑰蓋言本也。司馬光《記諫院題名》謂「版不如石」〔九〕⑱。蓋貴久也。諸士欲永斯石，世世弗渝，亦務修其本，以爲可久者而已矣。若慈恩之記，將相朱書，皆其餘所久〔一〇〕，又何辭焉。

【校記】

〔一〕本篇又見北大本《合集·館課》卷一。北大本無「崇禎四年」。

〔二〕「皇帝」，北大本無。

〔三〕「承」，原作「丞」，據北大本改。

〔四〕「書」，原作「言」，據北大本改。

〔五〕「責」，原作「青」，據北大本改。

〔六〕「玄端」，原作「玄瑞」，據北大本改。

〔七〕「宣」，北大本無。

〔八〕「忠鯁」，原作「忠鱑」，據北大本改。

〔九〕「諫院」，原作「陳院」，據北大本改。

〔一〇〕「久」，原作「及」，據北大本改。

【繫年】

據文題及首句，此記作於崇禎四年（一六三一）中進士時。

【箋注】

① 此爲奉命作進士題名記。可側證張溥當時之影響與聲望。

②廣額：放寬考試録取之名額。

③大對：指殿試。

④薛應旂《憲章録》卷九洪武二十一年條：「三月，上御奉天殿，策試舉人，賜任亨泰等九十七人進士及第、出身有差，特命立石題名于太學，著爲令。是科得卓敬、齊泰。」

⑤《新唐書·歐陽詹傳》：「（貞元八年）與韓愈、李觀、李絳、崔羣、王涯、馮宿、庾承宣聯第，皆天下選，時稱『龍虎榜』。」

⑥蘇軾《蘇軾文集》卷十《送章子平詩叙》：「觀《進士登科録》，自天聖初訖于嘉祐之末，凡四千五百一十有七人。其貴且賢，以名聞于世者，蓋不可勝數。數其上之三人，凡三十有九，而不至於公卿者，五人而已，可謂盛矣。」

⑦許觀：即黄觀，洪武二十四年辛未狀元。《明史》卷一百四十三《黄觀傳》：「黄觀，字伯瀾，一字尚賓，貴池人。父贅許，從許姓。……二十四年，會試、廷試皆第一。」

⑧鍾同：景泰二年辛未進士。《明史》卷一百六十二《鍾同傳》：「鍾同，字世京，吉安永豐人。……景泰二年舉進士，明年授御史。懷獻太子既薨，中外望復沂王於東宫。同與郎中章綸早朝，語及沂王，皆泣下，因與約疏請復儲。五年五月，同因上疏論時政，遂及復儲事。……疏入，帝不懌，下廷臣集議。寧陽侯陳懋、吏部尚書王直等請帝納其言，因引罪求罷。帝慰留之。越數日，章綸亦疏言復儲事，遂並下詔獄。明年八月，大理少卿廖莊亦以言沂王事予杖。左右言

事由同倡，帝乃封巨梃就獄中杖之，同竟死。時年三十二。」

⑨馬文升：景泰二年辛未進士。《明史》卷一百八十二《馬文升傳》：「馬文升，字負圖，鈞州人。貌瓌奇多力。登景泰二年進士，授御史。歷按山西、湖廣，風裁甚著。……文升爲兵部十三年，盡心戎務，於屯田、馬政、邊備、守禦，數條上便宜。……文升有文武才，長於應變，朝端大議往往待之決。功在邊鎮，外國皆聞其名。」

⑩余子俊：景泰二年辛未進士。《明史》卷一百七十八《余子俊傳》：「余子俊，字士英，青神人。父祥，户部郎中。子俊舉景泰二年進士，授户部主事，進員外郎。在部十年，以廉幹稱。……成化初，所司上治行當旌者，知府十人，而子俊爲首。……子俊沉毅寡言，有偉略。」

⑪楊守陳：景泰二年辛未進士。《明史》卷一百八十四《楊守陳傳》：「楊守陳，字維新，鄞人。祖範，有學行，嘗誨守陳以精思實踐之學。舉景泰二年進士，改庶吉士，授編修。成化初，充經筵講官，進侍講。《英宗實録》成，遷洗馬。尋進侍講學士，同修《宋元通鑑綱目》。母憂服闋，起故官。孝宗出閤，爲東宫講官。時編《文華大訓》，事涉宦官者皆不録。守陳以爲非，備列其善惡得失。」

⑫楊慎：正德六年辛未狀元。《明史》卷一百九十二《楊慎傳》：「楊慎，字用修，新都人，少師廷和子也。年二十四，舉正德六年殿試第一，授翰林修撰。……明世記誦之博，著作之富，推慎爲第一。詩文外，雜著至一百餘種，並行於世。隆慶初，贈光禄少卿。天啓中，追謚文憲。」

⑬鄒守益：正德六年辛未探花。《明史》卷二百八十三《鄒守益傳》：「鄒守益，字謙之，安福

人。……守益舉正德六年會試第一，出王守仁門。以廷對第三人授翰林院編修。踰年告歸，謁守仁，講學於贛州。……守益天姿純粹。守仁嘗曰：『有若無，實若虚，犯而不校，謙之近之矣。』里居，日事講學，四方從遊者踵至，學者稱東廓先生。居家二十餘年卒。隆慶初，贈南京禮部右侍郎，謚文莊。」

⑭鄧以讚：隆慶五年辛未探花。《明史》卷二百八十三《鄧以贊傳》：「鄧以讚，字汝德，新建人。……隆慶五年，以讚舉會試第一，廷試第三，授編修。……居母憂，不勝喪而卒，贈禮部尚書，謚文潔。……以讚、元忭自未第時即從王畿游，傳良知之學，然皆篤於孝行，躬行實踐。以讚品端志潔，而元忭矩矱儼然，無流入禪寂之弊。」

⑮薛應旂《憲章録》卷二十一宣德二年條：「三月，上御奉天殿，策試舉人。上既發策，退御左順門，謂翰林儒臣曰：『國家取士，科目爲先，所貴得真才，以資任用。古人取士於鄉，其行藝素有定論，至朝廷復辨其官才，所以得人爲盛。……唐虞取士亦嘗敷奏以言，況士習視朝廷所尚。朝廷尚典實，則士習日趨于厚；朝廷尚浮華，則士習日趨于薄。此在朝廷激勵成就之有道也。爾等其精擇之，朕將親覽焉。』」

⑯薛應旂《憲章録》卷二十三宣德五年條：「三月，上御奉天門，策會試中式舉人。上臨軒發策畢，退御武英殿，謂翰林儒臣曰：『朕於取士不尚虚文，欲得忠鯁之士爲用。其間有若劉蕡、蘇轍輩，能直言抗論，庶幾所望，朕當顯庸之。』於是賦《策士歌》以示諸讀卷官云。」

⑰ 見《全唐文》卷三百十六李華《御史中丞廳壁記》。

⑱ 吕祖謙《宋文鑑》卷七十九司馬光《諫院題名記》：「天禧初，真宗詔置諫官六員，責其職事。慶曆中，錢君始書其名於版。光恐久而漫滅，嘉祐八年，刻著于石。」

興安劉公鄉賢祠記①

鄉先生之得祀於其鄉，禮也。顧其爲禮也重，則其興事也詳。鄉先生之既殁也，一邑之人私聚而議之，凡其生平之行，不敢諱也。既悉其人之賢與否矣，然後舉其賢者而頌稱之於學宫。群校之長，聞見相質，莫不曰然，則達於郡縣，告之學宫。學臣又懼其私也，下其事於監司，監司下其事於郡縣，郡縣之有司不自專議，復考之於學宫，凡再復而始得上。故鄉先生之有祀也，非本之學校。久其歲時，則其禮不具，昭融令典，孰有非望而至者焉？

興安劉公之爲鄉先生也，某爲諸生時，已習聞其賢於其鄉之人矣。鄉之人曰：「公之處家也順，視邑人也以誠。方其未仕之時，急患難，惠貧乏，同里之人已有畏壘之祝焉。及乎筮仕，益可睹已。」予其鄉之人也，其細者不能以具言；言其大者，若立學田，施義塚，議條鞭，蠲一年二年之半租，築長春萬春之二堤，民蒙其利，頌聲至今。逮賢能有書，歷政之地，條渠逮學，振農造士，邦人服焉，相與發謳思、圖廟貌者不絶也。嗚呼！鄉人之言如此，公之嘉行豈復有隱歟？某雖書之，不能具書，大指之列，寄於形言，其可以止歟？

夫未仕之與既仕，在官之與在鄉，賢者之立必於一塗，而末世之士判之而二。是以榮華之建樹，常不如其草莽之大言而巧文。以是蓋者往往峻激於居官，而隱患於鄉黨。外託清名以善售，而田宅之利，先奪其宗族之恩。此悠悠之人疑以爲賢，而孔氏之徒嘆其無本者也。

今公自受書之日，及於柄兵之時，遠近流頌，物無間言。則太史之次行以請，小子之執筆以載，豈有所黨尊者歟〔一〕？某聞公之喪其大人也，毁容瘠形，累日不能進一溢米。今觀鄉人之稱公者，流涕太息，意或近之。使匹夫當此，將有社稷之譽，推而上之，其可辭乎？

嗚呼！生而慕聖賢之義者，没而俎豆於其旁。若公者，始無負於鄉先生之稱矣。

【校記】

〔一〕「者」下，原衍「者」，逕删。

【繫年】

據文中「則太史之次行以請，小子之執筆以載，豈有所黨尊者歟」等語，可知此序作於崇禎四年至五年(一六三一—一六三二)在京任庶吉士時。

【箋注】

① 此記興安劉公鄉賢祠。興安劉公,待考。

請楊老師啓①

伏以師生之合,本繇天作之奇;道義之親,尤屬人倫之正。文章千古,非强喻於他人;忠孝萬年,適自成其分内。嘗懷孟聖遠臣之爲主②,益思韓子大賢之相知。恭惟老師大人,行備六德,氣塞兩間。名山大川之高廣,無物不容;青天白日之光明,有瑕必照。風物彌亮,人地益崇。崔相金甌③,將雍容而待日;鄴侯銀信④,應委蛇以俟朝。惟家學之發原,不羨七劉二董;自昭文之升任,足當右召左周⑤。一飯不忘太平,既知薦賢所以爲國;舉筆不書朋字,尤詳聽言必始觀人。鏡徹清玄,拂垂塵末。質猶小鳥,集權公之庭⑥,而皆號鸞鳳;姿僅敷蕭,登狄宰之門⑦,而盡稱桃李。

某等慚且盈涯,榮彌過望。念老師之累澤,既玉應而金春;慶小子之末班,亦塤唱而篪和。敢龜令日,薄燕清風。雨過開樽,擬作子瞻之記;秋來勸酒,應分杜甫之題。輒比恩於昊天,時挹漿乎北斗。黄流注滿⑧,宜歌《小雅·鹿鳴》之章;桑落牽招⑨,非徒禊日蘭遊之事⑩。從此威儀攸攝，欣陪君子之賓筵；因而宴會無私，差入匪人之煖座。庶觀鹽梅於傅鼎，一器必無異調；問本味於伊刀，共俎皆成大享。敬掃堦兮若濯，佇聽轡其如絲。

【繫年】

此蓋作於崇禎五年（一六三二）在京任庶吉士時。

【箋注】

①此爲請房師楊世芳而作。楊世芳，號穆園。見《合集·近稿》卷一《壽程母李太夫人八袠序》注。

②《孟子·萬章上》：「吾聞觀近臣，以其所爲主；觀遠臣，以其所主。」

③《新唐書》卷一百九《崔琳傳》：「初，玄宗每命相，皆先書其名。一日書琳等名，覆以金甌，會太子入，帝謂曰：『此宰相名，若自意之，誰乎？即中，且賜酒。』太子曰：『非崔琳、盧從愿乎？』帝曰：『然。』賜太子酒。」

④《舊唐書》卷一百三十《李泌傳》：「天寶末，禄山構難，肅宗北巡，至靈武即位，遣使訪召。會泌自嵩、潁間冒難奔赴行在，至彭原郡謁見，陳古今成敗之機，甚稱旨，延致卧内，動皆顧問。泌稱山人，固辭官秩，特以散官寵之，解褐拜銀青光禄大夫，俾掌樞務。至於四方文狀、將相遷除，皆與泌參議，權逾宰相。」

⑤劉宰《答鄭丞相札子》（《全宋文》卷六八二三）：「王者之盛莫如成周，成王左周而右召。下至

漢、唐，亦惟蕭、曹、丙、魏、房、杜、姚、宋，兩兩相承，號稱賢相，餘子不與焉。」

⑥權德輿，字載之。德宗朝，召爲太常博士，進中書舍人，歷禮部侍郎，三知貢舉。憲宗朝，歷兵部、吏部侍郎，遷太常卿，拜禮部尚書、同平章事。傳見《新唐書》卷一百六十五。

⑦狄仁傑，字懷英，并州太原人。歷大理丞、侍御史、冬官侍郎，充江南巡撫使。天授初，轉地官侍郎判尚書、同鳳閣鸞臺平章事。卒，贈文昌右相。傳見《新唐書》卷一百一十五。

⑧黄流：指酒。《詩·大雅·旱麓》：「瑟彼玉瓚，黄流在中。」鄭玄箋：「黄流，秬鬯也。」

⑨桑落：古代美酒名。

⑩禊日蘭遊：王羲之《蘭亭集序》：「永和九年，歲在癸丑，暮春之初，會于會稽山陰之蘭亭，修禊事也。群賢畢至，少長咸集。」

請姜老師啓①

伏以萬夫之望，非偶然而生；一代之人，必恢乎其遠。齊風雅於日月，致在同清；仰姓氏於衡華，義歸等大。協之往古，妙不專名。恭惟老師大人，稟上哲之元姿，體先聖之弘理。忠孝成性，不忘汾水之南；禮義作躬，爰修大樹之下。始啣命于高麗，書無兼兩；歷承華于玉局，袖止清風。蠻夷慕蕭夫子之文章，殊難比德；草木知張使君之威望，未易稱徽②。爰膺皇眷，克涖上京。南都首善之地，天之之禮樂可宣；大江形勝之鄉，四海之衣冠皆至。特開文於玄鑑，遂振俗以廣紘。曾文之子弟，未敢狂言；歐王之老師，已成盛事。傳者謂從來所無，望焉則千群自廢。然斗漢之光，雖明於天表；金玉之教，仍在乎都人。既敷沛國之辭，遂發蘭陵之駕。淳夫、正叔，真侍講之號不殊；安定、康侯，小司成之名差擬③。武昌月照，湛此清心；廬山雪高，竦其潔意。列大禹之《謨》④，始祖之成規如在；布劉生之《苑》⑤，前賢之一善不遺。歌咏恆誠，追將恐後。

某等短蓬難稱，樗液足慮。思華去之直言極諫，竊謂三百年未有其人；念伯厚之博學宏辭⑥，則自一兩言已見其拙。謬辱拂題，惠收筐篋。感激之下，止以修身爲誦法之原；砥礪之餘，惟知報國乃宫牆之重。驟聽驪駒，孰先騆駱？葵葵草草，徒擾胸中；婉婉呦呦，難書紙上。懷養卿之雅吹，玉磬常聞；撫桓公之桑弧，菟首誰射⑦？敬陳桃李一杯之言，用寄萱草三春之思。共執殳以前驅⑧，將洗盞而待酌⑨。

【繫年】

此蓋作於崇禎五年（一六三二）在京任庶吉士時。

【箋注】

①　此爲請姜曰廣師而作。《明史》卷二百七十四《姜曰廣傳》：「姜曰廣，字居之，新建人。萬曆末，舉進士，授庶吉士，進編修。天啓六年奉使朝鮮，不攜中國一物往，不取朝鮮一錢歸，朝鮮人爲立

懷潔之碑。明年夏，魏忠賢黨以曰廣東林，削其籍。崇禎初，起右中允。九年積官至吏部右侍郎。坐事左遷南京太常卿，遂引疾去。十五年起詹事，掌南京翰林院。」

②語本秦觀《賀中書蘇舍人啓》：「蕭夫子之文章，蠻夷亦慕；張使君之威望，草木猶知。」蕭夫子即唐蕭穎士。《舊唐書》卷一百九十下《蕭穎士傳》：「是時外夷亦知穎士之名，新羅使入朝，言國人願得蕭夫子爲師，其名動華夷若此。」張使君即唐張萬福。《舊唐書》卷一百五十二《張萬福傳》：「德宗以萬福爲濠州刺史，召見，謂曰：『先帝改卿名「正」者，所以褒卿也。朕以爲江、淮草木亦知卿威名，若從先帝所改，恐賊不知是卿也。』復賜名萬福。」

③語本文天祥《回楊秘監就賀啓》：「稱真侍講，在淳夫、正叔之間；號小司成，負安定、康侯之望。」黄宗羲《宋元學案》卷十五《伊川學案》：「吕申公、范堯夫入侍經筵，聞先生講説，退而嘆曰：『真侍講也！』士人歸其門者甚盛，而先生亦以天下自任，議論褒貶，無所顧避。」

④即《尚書・大禹謨》。

⑤即劉向《説苑》。

⑥《宋史》卷四百三十八《王應麟傳》：「王應麟，字伯厚，慶元府人。九歲通六經，淳祐元年舉進士，從王埜受學。……初，應麟登第，言曰：『今之事舉子業者，沽名譽，得則一切委棄，制度典故漫不省，非國家所望於通儒。』於是閉門發憤，誓以博學宏辭科自見，假館閣書讀之。」

⑦《後漢書》卷七十九《劉昆傳》：「劉昆，字桓公，陳留東昏人。……王莽世，教授弟子恒五百餘

人。每春秋饗射，常備列典儀，以素木瓠葉爲俎豆，桑弧蒿矢，以射『菟首』。每有行禮，縣宰輒率吏屬而觀之。」

⑧《詩經·衛風·伯兮》：「伯兮朅兮，邦之桀兮。伯也執殳，爲王前驅。」

⑨蘇軾《赤壁賦》：「客喜而笑，洗盞更酌。肴核既盡，杯盤狼藉。相與枕藉乎舟中，不知東方之既白。」

題何匪莪先生書毛穎傳手卷〔一〕①

此先生又一種書，所謂東坡卧筆，魯直縱筆，米老曳筆，各有其體②。又韓作是傳後，文人戲彷，器皿藥物，大都有傳，終無一似韓者。先生獨書此傳，正自有意。然非炳老攜示，東海一生何從着目？固知鸞鷟鷹峙，非索、蔡不顯耳。

【校記】

〔一〕本篇又見北大本《合集·古文近稿》卷四。

【箋注】

①此題何喬遠書《毛穎傳》手卷。何喬遠，字稚孝，號匪莪，福建晉江人。萬曆十四年進士。除刑部主事，歷禮部儀制司郎中。以論石星和倭事，謫官，後因事歸里。家居二十餘年。光宗立，召爲太僕少卿。升左通政。鄒元標以建首善書院講學被劾，喬遠謂「書院上樑文出臣手，義當並罷」。

後以户部侍郎致仕。崇禎二年起爲南京工部侍郎，旋即去官。嘗輯明十三朝遺事爲《名山藏》，又纂有《閩書》，另有《鏡山全集》。生平詳見《明史》本傳。《毛穎傳》，韓愈爲毛筆作。洪興祖注：「退之《毛穎傳》，柳子厚以爲怪。予以爲子虚烏有之比，其流出於莊周寓言。《舊史》云：『愈作《毛穎傳》，譏戲不近人情，此文章之甚紕繆者矣。』天下識者固少，而《舊史》所見如此，可發一笑。」

② 《蔡襄集》附録一：「本朝字書，惟東坡、魯直、元章，然東坡多卧筆，魯直多縱筆，米老多曳筆。」黄庭堅《論書》（《全宋文》卷二三一九）：「學子瞻書，但卧筆取妍，至於老大精神，可與顔、楊方駕，則未之見也。」

題何匪莪先生書出師表手卷〔一〕①

每讀二《表》②，不敢不正衣冠。先生楷書之正，得山谷云「石鼓文筆法如圭璋特達」③、李嗣真云「右軍書《樂毅論》《太史箴》，其體正直」〔二〕④，二者皆可舉似。

【校記】

〔一〕本篇原有文無目。本篇又見北大本《合集·古文近稿》卷四。

〔二〕「李嗣真」，原作「李嗣直」，據楊慎《書品·王右軍書》改。

【箋注】

①此題何喬遠書《出師表》手卷。何喬遠，字稚孝，號匪莪。詳見上文註。

②二《表》：即諸葛亮《出師表》《後出師表》。

③黄庭堅《豫章集·跋翟公巽所藏石刻》：「石鼓文筆法如圭璋特達，非後人所能贋作。熟觀此書，可得正書、行草法。非老夫臆説，蓋王右軍亦云爾。」圭璋特達：形容德才卓絶，與衆不同。

④楊慎《書品·王右軍書》：「唐李嗣真論右軍書不同，往往不變格難儔其書。《樂毅論》《太史箴》，其體正直，有忠臣烈士之象。」萬曆《金華府志》卷十二：「唐李嗣真，字承胄，趙州柏人。舉明經，累官直弘文館，求補義烏令，歷陞右御史中丞，謚曰昭。」

李彝仲稿引①

夫作詩不徒苦調〔一〕，故研昏練爽，戛魄凄神而難自然；學書不徒古帖，故重規疊矩，畫地劃壁而難有性。通諸文理，質概亦云爾也。所夫既全〔二〕，然後以人周事，則莫不次第詳蔚，鑿裁弗失。以予觀於彝仲（李宗之），可謂兼之矣。

彝仲出自名姓〔三〕，世務簡隔，於廛買若沐漆之求解〔四〕②，真厚雅遠，能超然自見己志。凡援筆措字，選致遺音，各有意存，不與俗會。間以身入觀場，推校行比，仍自吐歆胸懷，不務多其枝葉。予嘗與二三雅素，坐其旋室中，對方疏檢，鏡札書，啜黄芽數甌。開匣索文，布歙案上，讀之，相與伊吾稱善。次則探新句以極怡寄，觀其摩寫碑帖一兩幅，紙墨相發，神無滯用，覺每盡一刻，吝勞俱脱。且隴西諸先生之文，予所夙簡也。刻行頤志，樹言相副，即當季代抏敝，德藝蓼擾。試開拂遺文，傾想篤顧，其夷白踔跪③、䊗朗庨豁之氣④，起人柔娱，直頃然耳。

今其叔氏伯季掉鞅文囿⑤，自爲祖構，蔑不嶜崟可觀。而彝仲妙善居質，秀峙其間，詞思清舉，跨躙風望。雖方府浩穰中，有入門不後者，亦曷倫魁於此。茲欲衛愛璠蘭，鐫磨善本。彝仲固當手自編帙，俟神怡務閒，作撥鐙法書之賦、長歌一篇冠其端，斯乃致稱。若余於時言，言適爲累也。

【校記】

〔一〕「夫」，原作「天」，據文義改。

〔二〕「所夫」，原作「所天」，據文義改。

〔三〕「彝仲」，原作「彝重」，逕改。

〔四〕「沐漆」，原作「沭漆」，據張豐《送秦少章序》改。

【箋注】

① 此題李宗之稿。李宗之，字彝仲，太倉州嘉定人。王錫爵孫婿。王輔銘《練音集補》卷七：「李宗

之，字彝仲。繩之弟也。年未冠，即翩翩有秀望，太倉王文肅公以女孫妻之。善書法，詩多言情話別之作，清綺直壓元白。早卒。有《濤閣遺稿》。」張鴻磐《西州合譜》「松濤閣」條：「李彝仲詩才清敏，書法遒古，尤長於尋丈大字，美標格，有玉樹臨風之概。余每過濤閣，彝仲必手瀹佳茗，覓名酒，出新詩，吟諷信宿，不忍別。爲人情深而外常默然，人或以此少之。垂髫相得，廿載無間，余一人而已。」其子李拱，字舜良。錢彦林婿。復社成員。吴山嘉《復社姓氏傳略》卷二：「李拱，改名陟，字瞻慎，又字舜良。崇禎十七年恩貢生。」張采《知畏堂文存》卷十二《題神童賦後》：「余與彝仲同歲，彝仲子小我臨兒一歲，臨兒授書□□不接口，彝仲子四歲便談文誦賦，布武循禮如成人。此子又是彦林婿。」

② 若沐漆之求解：語見張豐《送秦少章序》（《全宋文》卷二一一〇）：「自今以往，如沐漆而求解矣。」

③ 夷白：安貧清白。《南史》卷七六《吴苞傳》：「古人稱安貧清白曰夷，涅而不緇曰白，至如蔡休明者，可不謂之夷白乎？」

④ 爣朗：光明貌。左思《魏都賦》：「或爣朗而拓落。」庨豁：高峻深邃貌。《文選·張衡〈西京賦〉》：「枍詣承光，睽罛庨豁。」張銑注：「枍詣、承光皆臺名，餘皆高峻深邃貌。」

⑤ 掉鞅：本謂駕戰車入敵營挑戰時，下車整理馬脖子上之皮帶，以示御術高超，從容有餘，後常喻從容顯示才華。李商隱《爲裴懿無私祭薛郎中文》：「鄉塾掉鞅，文林勵戈。」

七録齋續刻卷之六

贈文林郎張太翁封孺人蘇太母合葬墓誌銘[一]①

太翁張觀海先生没十三年而始得贈，太母蘇太夫人封四年而始没。其子令君采之爲狀也，稱太翁曰贈君，稱太母曰孺人，從今號也，溥於此無加辭焉。顧溥少與令君游，知贈君與孺人事最詳，又限於文不可以究，則請序其要者。

贈君諱鳳異，伯鳴其字，别號觀海。溥兒時侍大人，即聞觀海先生名，一鄉所謂有道方正、好排難解紛者也②。孺人蘇氏，故儒家。父茂才景山公，與贈君父海山公友善，遂爲兒女婚。海山公之爲贈君聘孺人也，《大學衍義》一部，佐白金二兩以成禮，君子謂之曰古，後人所視也③。

贈君少奇悟，年二十，補州庠生。孺人年十七歸贈君。贈君事父母孝，母性嚴，多以苛禮遇婦，孺人承之益謹。海山公没時，戒贈君兄弟無生分。贈君朝夕哭，不敢忘，一以家政委之弟與弟之婦姜。孺人善受贈君意，錙勺出入無所問，並居十餘年。一日，弟請移居，贈君驚泣曰：「弟忘父言耶？奈何欲生分！」弟慰曰：「室小狹，不足容子姓，聊託問宅，非敢有他。」蓋贈君先世有二宅，贈君所居爲南宅，其一爲北宅，相去七八百步。二宅皆中人業，然北頗美竹木池沼，贈君則以北宅任弟居之。而南宅所入，盡歸於北，南之食指二十皆仰給於北，北宅所給，日惟斗米。贈君性好客，客至即呼孺人具酒食，孺人計無所出，則典衣絮。後衣絮盡，則坐吁一室中。故終贈君世，孺人日夜如操作新婦，未嘗一日主家政，往往得心氣疾，亦不聞之贈君也。

贈君王父年高，其嬖人生一子，不才，然自海山公呼之爲季弟，自贈君兄弟視之呼曰叔。海山公仲弟嗣絶〔二〕，於禮宗子之次子爲嗣。王父惑嬖人言，欲以晚年所生子嗣之，族議不可，則以贈君之弟爲嗣，而嬖人子所受於父者如二兄。嬖人子七八歲孤，海山公即父字之。長不率訓，好游敖。不數年，産立盡，則思嚙贈君兄弟以爲利〔三〕，株訟不止。贈君貌弘偉，有辯才。是時，聲名甚盛，州大夫皆拂席迎。或勸當直其事，以儆無良。贈君俯首不答，泣數行下曰：「嗟乎！辨一不才子何難？獨吾家世孝友，一對簿，何以見先人地下！」則歲議優給，爲之室屋衣食。嬖人子有二子，贈君教以術業，使治生；有一女寄養於人，轉隸巨室，贈君跡得之，貸金贖歸，孺人親櫛沐之如己女，長爲擇配，家成素封。然嬖人子性不馴，其所生二子又好閒蕩，爲椎埋④，與閭巷奸萌相比，施無禮於贈君。父子時撼門，戟手詈，投瓦盎庭中。鄰人忿，欲一擊，贈君力止之，曰：「是固我叔，毋足怪。」嬖人子知於理不順，則父子自破面出血，走控有司，日叫呼挺撞以爲常。贈君素剛，不能含茹人，獨隱情屈之。一日不聞其父子噪聲，則舉手稱慶，於是積憂病痛矣。殁之日，弟欲明白言家産所終始，贈君不應，張目視令君曰：「兒能了之。」意蓋重言生分，知子能成己志云。

贈君既没，孽人子即以訴牒要令君於喪中。時令君已爲州庠生，拘召未即至，即設危辭揺州大夫，激使怒，即脅令君見州大夫。令君見州大夫，俯伏泣不能起。州大夫見其衣，中衣新衰，異之，問狀，令君具以事對。州大夫怒，抵几，擊孽人子杖之。令君爲免冠謝，孽人子少戢。然贈君没後，南北宅生産，孺人母子終不置一辭，生計益大絀。先是令君之兄士魯先贈君亡，贈君與孺人哭之慟⑤。婦楊年少，矢奇節，遺三男一女，皆恃孺人饔飧。孺人心憐婦節，曲左右之，且語令君曰：「人不偏至，不成特行。楊女寔光張氏，何暇復問小禮？」孺人生二女，次女亦先贈君亡，亡時年十七，以哭夫之喪，不食死。善乎令君之狀曰：「孺人有兩子，即一婦以節著；有兩女，即一女以烈著。本諸父母者，至矣！」令君終贈君制，即讀書溥家，孺人輒戒勿歸。既成進士，偕之臨川，一以儉素仁慈爲表帥。令君在官舍，日供不過束菜。一月之内，訟獄稀有，非大猾不下鞭楚。坐堂上，時恒有白髮老人年可八九十許，倚杖觀令君，私笑語曰：「吾輩老矣，未嘗見此人，今形貌固爾。」俄孺人病，令君亦病，遂奉之還。臨之民攀舟而號者數萬人，追送三百里外。孺人殁，一州之人奔哭而致祭。令君之庭不能容，則列祭道上約五六里。雖令君誠心之感，亦孺人教子以有成也。

贈君讀經善解大義，不循庸師口授，爲文多古法，處時之先，相諸後進文，尤精斷識。生平務急人，引一方利害爲己任。若定鹽鐵河工，策吴中救荒諸事，僅其大者。其細者及人之德，按歲月日時，書之皆具。或暮夜饋以金，則畏若沸湯。要其立心，以孝弟爲本，故篇中三致意焉。孺人受書於外祖母，少熟古史佳事，婦德備矣，亦以孝弟爲先。故處贈君兄弟内外間，兩世無間言。臨殁時，呼令君善事姜氏。溥所謂序其要旨如此。

贈君始祖某〔四〕，始祖母某氏。高祖某，高祖母某氏。曾祖某，曾祖母某氏。祖某，祖母某氏。考某，妣某氏⑥。孺人考某，妣某氏⑦。兩家以世德聞。子二，長某，州庠生，娶某氏，再娶某氏；次某，戊辰會試第三人，授臨川縣令，娶某氏。女二，長適某，次適某。孫男幾，孫女幾⑧。贈君生於某年某月某日，殁於某年某月某日⑨。孺人生於某年某月某日，殁於某年某月某日⑩，以某年某月某日合葬於某鄉⑪。不遠三千里以墓文屬溥，溥悲不能身執紼，對使三號，銘曰：

嗚呼！自吾聞先生之義，始知所以爲人。維孝弟以爲基，雖百世其猶有親，土既高兮馬鬣可遵，冰既潔兮貪泉非鄰。題其石曰先生與孺人之墓兮，彼佩玉瓊琚者，孰能子孫爲常而彷彿其真？

【校記】

〔一〕本篇又見北大本《合集·古文近稿》卷四。

〔二〕「嗣」，原作「詞」，據北大本改。下同。

〔三〕「兄」下，原衍「以爲」，據北大本删。

〔四〕「某」，原脱，據北大本補。

【繫年】

據陳子龍《贈文林郎臨川縣知縣張公暨配蘇太孺人合葬墓表》「於孺人没之四閲月，合其父葬于東鄉之新阡」等語，查張采母卒於崇禎四年七月，可知此文作於崇禎四年（一六三一）十一月在京時。

【箋注】

①此爲摯友張采父母合葬所作墓誌銘。感情真摯沉痛，爲張溥墓誌銘中佳作。此篇主要從大處著筆，可與《哭蘇太母文》從生活細節入手者合觀。張采母卒於崇禎四年七月，張溥作《哭蘇太母文》。崇禎四年十一月，張采母蘇氏與其父合葬。張溥作此墓誌銘，陳子龍作墓表。陳子龍《贈文林郎臨川縣知縣張公暨配蘇太孺人合葬墓表》：「吴有贈知縣曰張觀海先生，其配曰蘇，封太孺人。有子曰采，嘗顯貴矣。於孺人没之四閲月，合其父葬於東鄉之新阡。采之友同邑張溥銘

其幽，華亭陳子龍表其隧。」

②海山公：即張用賓，張采王大父。張采《知畏堂文存》卷八《先考贈君行略》：「（東園公）始卜居於治城之南郭，生秋田公，復張姓。配姜氏。生吾王大父海山公，次洋山公。海山公諱用賓，配顧氏，生顯考贈君。」

③張采《知畏堂文存》卷八《先妣蘇孺人行略》：「聘時，《大學衍義》一部、白金二兩，近世亡有也。」

④椎埋：指偷盜搶殺之行。

⑤張采《知畏堂文存》卷八《先兄敏生公狀略》：「改歲庚戌，正月，兄偶寒疾，家中舉不介意。次日將午，忽呼我母甚亟，趨視，則手挽我母云：『兒寒透骨，阿母煖我。』太孺人上床抱持。復呼：『阿母解衣，兒得一擁，阿母乳我。』母方解衣，又亟呼贈君：『阿爺幸一解衣，撫兒足。』贈君亟持足，置前胸，纔貼肉，目瞑。」

⑥張采《知畏堂文存》卷八《先考贈君行略》：「始祖諱拱者，相傳爲州沙溪鎮人，生東園公。東園公少孤，冒姓陸，則未知陸所從，或爲外家姓。東園公積行修德，以徒手致千金，爲鄉邦矜式。始卜居於治城之南郭，生秋田公。復張姓，配姜氏，生吾王大父海山公，次洋山公。海山公諱用賓，配顧氏，實生顯考贈君，次先叔見海公。」

⑦張采《先妣蘇孺人行略》：「孺人姓蘇，父嘉定庠生景山公，母魯氏。」

⑧張采《先考贈君行略》：「男二，長士魯，州庠生，前贈君六年卒。娶曾氏，再娶楊氏，十六歲歸張，

二十而寡，守節貞苦未旌。次即不肖采，任臨川縣知縣，娶秦氏。女二，一適瑯琊王彦，一適金聲亮。十八而嫁，不滿歲，聲亮殀，不食，積日死，以烈殉，皆贈君遺風也。孫男四，于積娶朱氏，于基娶沈氏，于樹娶周氏，士魯出。于臨聘張氏，即庶常溥張公繼女。不肖采出。孫女三，一適李開府庠生，士魯出。一字大參錫璠葛公孫雲芝，一字常熟廩生彝楊公子静，不肖采出。又不肖采撫姪女未字。曾孫女三，皆未字。」

⑨張采《先考贈君行略》：「贈君生于丁巳年七月十六日申時，卒于丙辰年九月二十日寅時，享年六十歲。」

⑩張采《先妣蘇孺人行略》：「言已而絶。蓋辛未七月十一日辰時也。嗚呼！雖享年七十有五而得開笑口，蓋丁卯來，首尾不滿四歲。」上推七十五年，可知張采母蘇孺人生於嘉靖三十六年。

⑪據本文繫年可知合葬於崇禎四年十一月。

吏科給事中宋公柱石墓誌銘〔一〕①

壬申某月某日，黄門宋公柱石以疾殁於京師。朝士歎曰：「直臣逝矣。」九月，柩行，公之介弟墨緩前，投書余門。余發其書，讀曰：「伯兄黄門將歸葬，苟無文以信壙石，懼其不瞑也，敢介九青以請②。」宋九青者，公里人，同諫官署中，稱信友，於余誼兄弟。余於公又先後師門，敢以所聞於九青者，與公之弟所爲狀而雜撰焉。

公之先世，自青之棗園遷膠州，不言始祖者，惡所附也。宗法之不誠，自遠附始，絶之，所以慎宗也。公曾大父環生節，公大父節生之曾，公先考以公官贈刑科給事中，母高氏封孺人。

公諱可久，字□□，號柱石，七歲通經書，名傾其學人。弱冠補弟子員，試輒高等。然省試數不遇，心嘗惻惻，復重自負不回疚。讀書高司空别業③，白日雷起，龍從柱中出，流電入衣袖，公燕坐自若。甲子乙丑，遂連得志，蓋其徵也。授官行人，凡五載，除黄門，重氣敢言。其最大者，在彈尫怯大帥，誅豪武臣，請止中貴毋遣。大帥之逍遥灣永也，日飲酒嬉，縱士卒獵民間，道死人如腊，争梨，割取賜物，聞鼓聲則伏匿，或從馬上墮。公曰：「冠玉食糠，恐爲虜笑。」兩疏彈之，乃罷。豪武臣驟貴，喜用事陰陽，炫權利，車馬踏門，走趨如沸湯，復排損正士，盛鋒距，爲芒害。公惡其隤家聲、壞國是也，折發其奸，獲重譴去。中貴人既行，公語同官：「此而不言，吾等不若殖綽、郭最矣④。」於是條切甚中，國論韙焉。未幾，聞登州陷，鋭身策之，不眠食者三月，竟得心疾。及季弟拔賊中，御母如公邸，公見色喜，然病深矣，入秋而亡。嗚呼！國難之不職，家禍之不寧，忠臣孝子皆有死道焉。自公之身而兼之，雖有司命弗能回也，復何言哉！

公天性沈重，才最颺，有超絶人者，獨數奇。凡三易配，皆以貧死。萬曆丙辰歲，大饑，百姓析骸以爨。公養母必備甘鮮，橐中無尺寸留。父蚤喪，遺弟妹四人，未婚嫁，悉經紀完其匹。群弟學無師，則鬻田延外傅。雖顯達，兄弟一釜食。病革時，撫沐櫛而啼，爲念先人頌琴。然公雖早少父，幸善侍奉，母甚康。壯歲善病，病數瀕死，卒强起，愈，成進士，以直聲聞朝廷。生兒數不育，今室將娠，有子徵。凡公所以亡而不亡，絶而不絶，孰非天乎？天不即亨公而使之涉患難，蒙禍戚，困公者數矣。憂愁離楚，幾不可復生，卒宦達以言顯。語曰：「善人，國之紀也。」⑤又曰：「天之所支，不可壞也。」⑥公即不登上壽，伍卿貳。若論所遭際，天之於公，豈無意哉？

公生於萬曆年月日，歿於崇禎年月日。元妃趙氏，繼室姜氏、王氏。　月　日，公弟可舉⑦、可發扶公櫬歸里〔二〕⑧，葬於　鄉　原。舉、發皆好學，達大義，能成公志。銘曰：

維天不枯，維德有徒。維君之身，可食百荼〔三〕。維昌詩其萬年，維仁人不有其孥。是曰道肥⑨，歲凶弗癯。是克大文，懸於國都。君子繹之曰：「昔有先正，其言明清。」⑩殆如是夫！

【校記】

〔二〕本篇又見北大本《合集・古文近稿》卷四。

〔三〕「櫬」，原作「襯」，逕改。

〔三〕「百」，北大本作「可」。

【繫年】

據文中「壬申某月某日，黄門宋公柱石以疾歿於京師。朝士歎曰：『直臣逝矣。』九月，柩行，公之介弟墨纕前，投書余門。余發其書，讀曰：『伯兄黄門將歸葬，苟無文以信壙石，懼其不瞑也，敢介九青以請。』」等語，可知此文作於崇禎五年（一六三二）九月在京時。

【箋注】

①此爲吏科給事中宋可久所作墓誌銘。宋可久，字柱石。道光《重修膠州志》卷二十五：「宋可久，字柱石。之曾子。《舊志》：少負文名，學問有根柢。爲諸生時，教授生徒，倣《白鹿洞學規》，務爲實行。天啓五年，成進士。薦至吏科給事中，奏事不避權貴。崇禎時，以太監張彝憲總理户工二部，可久力爭之。流賊猖獗，復劾首輔周延儒剿禦無策。皆不報。崇禎五年，李九成圍萊郡，援兵不至。可久與户部侍郎劉重慶屢疏請兵，以憂鬱卒於官。祀鄉賢祠。」

②宋玫，字文玉，號九青，萊陽人。宋繼登次子。天啓五年進士，授虞城知縣，有治績。崇禎中，累官工部右侍郎。十五年，與大學士周延儒客盛順相結，希入閣，以廷對忤帝意，除名歸。清兵破萊陽，被殺。詳見《明史》本傳。

③《明史》卷二百七十四《高弘圖傳》：「高弘圖，字研文，膠州人。萬曆三十八年進士。授中書舍人，擢御史。柧稜自持，不依麗人。天啓初，陳時政八患，請用鄒元標、趙南星。巡按陝西，題薦

屬吏，趙南星糾之，弘圖不能無望，代還，移疾去。……莊烈帝即位，起故官。……十六年召拜南京兵部右侍郎，就遷户部尚書。……國破，逃野寺中，絶粒而卒。」

④《左傳·襄公二十一年》：「莊公爲勇爵，殖綽、郭最欲與焉。州綽曰：『東閭之役，臣左驂迫，還於門中，識其枚數。其可以與於此乎？』公曰：『子爲晉君也。』對曰：『臣爲隸新，然二子者，譬於禽獸，臣食其肉而寢處其皮矣。』」方中德《古事比》卷二十一《詆毁》：「州綽薄殖綽、郭最之非勇，曰：『二子者，辟之禽獸，臣食其肉而寢處其皮矣。』」

⑤語見《後漢書》卷六十下《蔡邕傳》：「日磾退而告人曰：『王公其不長世乎？善人，國之紀也；制作，國之典也。』」

⑥語見《國語·周語·敬王十年》：「周《詩》有之曰：『天之所支，不可壞也。其所壞，亦不可支也。』」

⑦宋可舉，宋可久弟。民國《萊陽縣志》卷三之一：「宋可舉，舉人，大挑二等，授曹縣教諭。」

⑧宋可發，字艾石。宋可久弟。道光《重修膠州志》卷二十七：「宋可發，字艾石，可久弟。少孤，事母至孝，以學問自勵。順治六年，成進士，授福建將樂縣知縣。時閩廣初定，土寇未靖，并有虎患。可發單騎往招，群盜款服。入山林，修苗獮之政，而虎患絶。縣有井出龍，水浸城。可發登城，望拜而水退，民大悦，爲立生祠。九年，以奏最入京師。會有旨，在廷大臣准保舉守牧，户部尚書戴明説以可發膺薦，擢河南彰德府知府。禁旅雲屯，可發措置得宜，兵民咸輯。遷福建按察

司副使海巡道。」

⑨道肥：語出《韓非子·喻老》：「子夏見曾子。曾子曰：『何肥也？』對曰：『戰勝故肥也。』曾子曰：『何謂也？』子夏曰：『吾入見先王之義則榮之，出見富貴之樂又榮之，兩者戰於胸中，未知勝負，故臞。今先王之義勝，故肥。』」後以「道肥」謂道義制勝，心安理得。

⑩王士禛《蠶尾續文集》卷十三《誥授奉政大夫順天府治中調補兩浙鹽運司運副錦秋李公墓誌銘》：「昔有先正兮言明且清，猗嗟先生兮國之老成。」

贈太僕寺卿周公來玉墓誌銘代〔一〕①

往者寺人之亂，南國禍烈矣。士大夫一時獄死者五人，曰繆西溪②、周蓼洲、周來玉、李仲達〔二〕③、顧塵客④。西谿、蓼洲、塵客無言責，來玉、仲達有言矣。然而寺人之惡同，故其死從而同。

寺人亂方始，來玉官御史，數抗疏折之，内擊阿保，外伐諂臣。寺人疾之力，卒致之死。且死則死耳，士君子不幸，當患難相隨屬，一旦決脰趣湯鑊，或身死而國人哀之。牛車弊席，子孫負薪，父老爲之上書，天子聞而太息。次者忍死不刑，絶命之日，全肌膚，保齒髪，妻子持首哭，具衣冠葬器而後行。雖隧而相見，可以無恨。

今何爲乎？聞之獄卒曰：「諸君子於尉氏無死法，萬方教之死，又不即死之。先苦以捶掠榜楚，心知其貧無籍，坐以緡錢，日拳梏於庭，鞭使入徵。不應則繫累其家人，絶饘食。所號爲金吾執法者，夜半片紙入，因立報氣屬，時肢體已刻斷，耳目虧殘不具。及録死囚，又戒無即出，風沙蒸扇靡爛，然後屍流溝中乃下。」嗚呼！直道之不容於世久矣。依古以來，禍患陵折，未有若斯之甚者也。死不踰年，今天子即位，震悼諸臣，下詔褒卹。來玉以御史贈冏卿，錫葬祭，官其子⑤。凡死甚烈者，其食美必速，亦天道固然哉！

公諱宗建，字季侯，來玉其號。周之始祖，元時胥於爛溪張院判，繇浙東徙吴江，五傳至恭靖公而始大。恭靖公生孝廉公式南，式南生封公輯符，即公皇考。恭靖公在康陵時爲諫官，疏中貴人罪惡，請無迎法王，直聲動天下。公入西臺，即奏誅常侍、保母，不少避。周氏世有諍臣，亮哉！然恭靖位太宰〔三〕，以榮名終。公爵不過治書，盆死獄中。祖孫遇不遇，何相殊也！

公童時有奇性，從大父所聞説楊忠愍事⑥，輒撫掌曰：「忠愍不死，鸞、嵩何在？」大父益器重之。補諸生，名甚高。丙午薦於鄉，癸丑成進士，海内慕誦其文。試爲令，歷三邑皆治，民祀之以配社。其始令武康也，武康僻小苦役，民好鬥挺不下。公設井閭册，先清户口以徵賦，餘倣條鞭法，次第其徭。官自召解，不一煩民間。運舟集河下，奸人數把持爲害。公按舟置倉，舟至如歸，各實所載，竟歲無譁。訟獄煩興，繇指使者衆。公戒凡訟牒，必書師史名，豪猾不敢騁。其治德清亦然。仁和較清劇矣，又諸侯衢國，符傳日夜趣發，骫骳之徒，竄名市籍。其尤無良者，至蠱聚婦人罟財利，公立禽獮之。日延耆士講士禮，建武林書院，讀法、鄉射其中，邑廼大淳。去之日，民擁車馬不前，具乾餱，出送五百里不絶。《傳》有之：「季武子賦《甘棠》，韓宣子不敢當。」⑦若公者，又何讓焉？

秩滿，應上考，公耻以它塗進，休沐歸里。庚申，補御史。踰年，熹廟改元，魏進忠、客氏漸用事，廷臣愕眙無所出。公泫然流涕曰：「嗟乎！《書》訓『在初』⑧，《易》戒『履霜』⑨，其是時乎？」草疏萬言，指切深痛。會四月雨雹，遂入告。略云：「雹爲陰象，占在臣侵君，下陵上，小人乘君子，夷狄窺中國。魏進忠偪近君側，除惡宜斷。」九月，客氏再入宫。公疏争益堅，末引王聖、宋娥、陸令萱爲戒，危言昌惻，讀者悲焉⑩。既璫援日盛，群趨滿門，公心益不平，疏言：「見邪不擊，非忠也；畏死不言，非勇也。言路中涓，相倚作勢，摘瓜抱蔓，正人重足。不斬進忠，必無以謝天下。」疏入，將杖於廷，賴輔臣力救以免。或怵公曰：「子之能已見於天下矣，稍含忍，庸何傷？獨不爲白頭老人計乎？」白頭老人者，謂公父母也。公奮踊曰：「凡我之不避死患，務强諫者，非好爲名高也。誠見天下之禍，莫大于進小人、退君子，而宦官宫妾爲之衡行也。父母雖老，王陽、王尊其能兼乎？我念決矣，請以死繼！」

間有日，道傳内臣劉朝將典兵，公駭曰：「此唐魚朝恩⑪、宋童貫覆車也⑫。奈何效之！」即列「三不可」「九害」以上⑬，謂：「内臣非行邊之官，禁兵無輕試之理，王振⑭、劉瑾已事章著⑮，不蚤遏絶，釁亂非小。」疏留中，事亦竟寢。敕視光禄，中貴持令旨脅公，公不拜。又謾好語曰：「吴江贈糧當免。」公亦不許。獨條革弊十議，指王體乾罪，歲節費五十餘萬。自是中貴交怒公矣。

君子曰：「歷觀治亂，寺人之禍，無有大焉者也。」東漢之季，衆正盈朝，破合柱，壞冢宅，發其奸私，勢宜衰止。一不振而海内賢人皆殞其手，況彼方炎者乎？自古外廷與内角，不聞一勝者，豈盡不密哉？繇其陰賊著心，禁近勢便也。周公踽踽奮身以除左右之惡，不憚再三，欲匡王國而使正。公固不欲免，即欲免，其可得乎？

癸亥歲，公按楚歸，奉皇考諱廬墓上。時江城舊令素無行，奔走逆門，受指讕誣公，公落籍。嗛者猶不已，則以意命其私人入吴爲鈞索，遂矯旨械公入都，下鎮撫獄。金吾皆魏氏養子，承令欲斃公。日坐堂上訊公，備五毒。公一不辨，惟大呼：「天地祖宗，共扶擊賊！」竟懸坐萬三千五百金，箠償之，肌肉消鑠，金木雜下無已時。自四月十五日繫獄，六月十七日夜半沙囊死矣。

然公初逮時，京師地震；入獄就勘，王恭廠雷火；再出訊，下冰雹；殁之日，朝天宮災。天意何嘗一日欲死公哉！公孝友篤行，事父母，少壯顔色如一日。有伯兄困童子，老不遇，公力推挽之。及死，祭以文，哭甚哀。讀書慕古人大節，嘗論蘇秦揣摩富貴，卒以富貴死，爲不孝。與人寬仁，居處必以度，見義風發不斂制。官御史四載，諫書百篇，皆國家綱紀，誠心爲質。鄒、馮兩大臣以講學去國，公疏求與同罷⑯。文文起狀元慷慨論時事，蒙嚴譴，公謂古之諍臣，請聖度優容。悉言人所難，中人重側目焉。宦十餘年，家無溢帛餘粟，緹騎驟至〔四〕，酒餐不能具，巷中人斂錢飲食之。比徵輸官萬餘金，隸子弟俱散。自杭以下三郡士大夫聞之，爭醵金應〔五〕，百姓願捐口食代償。士尹池有言曰：「仁者能用人。」⑰公之遺愛，抑又可睹已！

公生於萬曆十年六月十五日，卒於天啓六年六月十七日〔六〕，享年四十有五。配申氏，封淑人。子六，廷祚、廷祉、廷禧、廷禖、廷祺、廷禥。女五，適某某，字某。廷祚子四，廷祉子一。公所著書有《奏議》四卷，《老子解》《八識規矩頌》《論語商》《詩文雜集》《尚書講義》《紀事本末》《文選右編評》。

崇禎壬申孟冬，諸子葬公于邑之賜域，尊王命也。不佞與來玉同籍，誼最深，微群孤之請，當有言，矧石已礱矣〔七〕，其敢或後？然念公至孝，太母聞公喪，一號而絶，幼女繼之。

次君廷祉重趼萬里〔八〕，訟父冤，道病，不一年，死。雖忠臣義不顧家，胡爲乎死喪累累也？於是泣三日而歸以銘。銘曰：

謂公其生兮，孰荷鑕而爲靈均之遊？謂公其死兮，孰修紳正笏而告志於王侯？惟生死不足以難公，是以世讀其書，而知其義在乎《春秋》。苟天地之無窮期，則斯人者雖没爲明神，而不忘今日之國憂。

【校記】

〔一〕目録無「代」字。本篇又見北大本《合集·古文近稿》卷四。

〔二〕「李仲達」，原作「李重達」，逕改。下同。

〔三〕「琱」，北大本作「靖」。

〔四〕「驟至」，原作「聚至」，據北大本改。

〔五〕「醵金」，原作「劇金」，據文義改。

〔六〕「卒於」，原作「卒與」，據北大本改。

〔七〕「已」，北大本作「既」。

〔八〕「祉」，原作「祖」，據上文及北大本改。

【繫年】

據「崇禎壬申孟冬，諸子葬公于邑之賜域，尊王命也。不佞與來玉同籍，誼最深，微群孤之請，當有言，刻石已礱矣，其敢或後」，可知此文作於崇禎五年（一六三二）孟冬。

【箋注】

①此代作周宗建墓誌銘。雖爲代作，因對時事熟悉，寫得層次清晰，事件井然，可謂墓誌中佳作。周宗建，字季侯，號來玉，蘇州府吴江人，萬曆四十一年進士，歷武康、仁和知縣，有政聲。入爲御史，天啓初，魏忠賢、客氏亂政，首疏彈劾，次年復三疏劾之。忠賢矯旨削其籍，誣以贓罪，下詔獄酷刑致死。崇禎時追謚忠毅。詳見《明史》本傳。

②繆昌期，字當時，江陰人。萬曆四十一年進士，官左諭德。罹璫禍，死詔獄。崇禎朝賜卹。弘光時，予謚文貞。詳見《明史》本傳。

③李應昇，字仲達，號次見，江陰人。萬曆四十四年進士，授江西南康推官。平反冤案，撤湖口關税，恢復白鹿洞書院。天啓二年擢任御史。時逢熹宗昏庸，魏忠賢當政，應昇屢上疏建言。天啓四年，楊璉上疏劾魏忠賢二十四大罪，李應昇隨上《劾魏忠賢疏》。次年魏忠賢大興冤獄，被削職歸里。次年三月被逮，當年六月初四，死詔獄。崇禎初，追贈太僕寺卿，後由福王追謚忠毅。有《落落齋遺集》十卷。詳見《明史》本傳。

④顧大章，字伯欽，號塵客。乾隆《武進縣志》卷六下：「顧大章，常熟人，進士，三十九年任。四十一年，遷國子博士，歷官陝西副使。忤璫，死詔獄。贈僕少，謚裕愍。」

⑤夏燮《明通鑑》卷八十一《崇禎元年・三月》：「乙酉，贈卹冤陷諸臣。楊漣太子太保、兵部尚

書；左光斗右都御史；魏大中、周順昌太常卿；周朝瑞大理卿；周起元兵部侍郎；繆昌期詹事兼侍讀學士；袁化中、顧大章、周宗建、黄尊素、李應昇太僕卿；萬燝光禄卿。並録一子。」

⑥《明史》卷二百九《楊繼盛傳》：「楊繼盛，字仲芳，容城人。……嘉靖二十六年登進士。授南京吏部主事。……召改兵部員外郎。俺答躪京師，咸寧侯仇鸞以勤王故有寵。帝命鸞爲大將軍，倚以辦寇。鸞中情怯，畏寇甚。方請開互市市馬，冀與俺答媾，幸無戰鬥，固恩寵。繼盛以爲讎恥未雪，遽議和示弱，大辱國，乃奏言十不可，五謬。……疏入，帝頗心動，下鸞及成國公朱希忠，大學士嚴嵩、徐階、吕本，兵部尚書趙錦，侍郎聶豹、張時徹議。鸞攘臂詈曰：『豎子目不睹寇，宜其易之。』諸大臣遂言遣官已行，勢難中止。帝尚猶豫，鸞復進密疏。乃下繼盛詔獄，貶狄道典史。」

⑦《左傳·昭公二年》：「春，晉侯使韓宣子來聘，且告爲政而來見，禮也。……公享之。季武子賦《綿》之卒章。韓子賦《角弓》。季武子拜曰：『敢拜子之彌縫敝邑，寡君有望矣。』武子賦《節》之卒章。既享，宴于季氏。有嘉樹焉，宣子譽之。武子曰：『宿敢不封殖此樹，以無忘角弓。』遂賦《甘棠》。宣子曰：『起不堪也，無以及召公。』」

⑧語見《尚書·伊訓》：「今王嗣厥德，罔不在初。」

⑨《周易·坤》：「初六，履霜，堅冰至。《象》曰：履霜堅冰，陰始凝也。馴致其道，至堅冰也。」

⑩《明史》卷二百四十五《周宗建傳》：「會是歲冬，奉聖夫人客氏既出宫復入，宗建首抗疏極諫，中

言：『天子成言，有同兒戲。法宫禁地，僅類民家。聖朝舉動有乖，内外防閑盡廢。此輩一叨隆恩，便思踰分，狎溺無紀，漸成驕恣，釁孽日萌，後患難杜。王聖、宋娥、陸令萱之覆轍，可爲殷鑒。』忤旨，詰責。清議由此重之。」

⑪《新唐書》卷二百七《魚朝恩傳》：「魚朝恩，瀘州瀘川人。天寶末，以品官給事黄門，内陰黠，善宣納詔令。至德初，監李光進軍。京師平，爲三宫檢責使，以左監門衛將軍知内侍省事。九節度圍賊相州，以朝恩爲觀軍容、宣慰、處置使。」《太平廣記》卷一百八十八《魚朝恩》：「魚朝恩專權使氣，公卿不敢仰視。宰臣或决政事，不預謀者，則睚眦曰：『天下之事，豈不由我乎？』於是帝惡之。」

⑫《宋史》卷四百六十八《童貫傳》：「童貫，少出李憲之門。性巧媚，自給事宫掖，即善策人主微指，先事順承。徽宗立，置明金局于杭，貫以供奉官主之，始與蔡京游。京進，貫力也。……政和元年，進檢校太尉，使契丹。……使還，益展奮，廟謨兵柄皆屬焉。……不三歲，領院事。更武信武寧護國河東山南東道劍南東川等九鎮、太傅、涇國公。時人稱蔡京爲『公相』，因稱貫爲『媪相』。」

⑬《明史》卷二百四十五《周宗建傳》：「是時，劉朝典内操，遂謀行邊。廷臣微聞之，莫敢言。宗建曰：『鞏自謂未嘗通内，今誠能出片紙遏朝，吾請爲洗交結之名。』鞏噤不敢發。宗建乃抗疏極諫，歷陳三不可、九害。」

⑭《明史》卷三百四《王振傳》：「王振，蔚州人。少選入内書堂。侍英宗東宫，爲局郎。……振狡黠得帝歡，遂越金英等數人掌司禮監，導帝用重典御下，防大臣欺蔽。於是大臣下獄者不絶，而振得因以市權。……至正統七年，太皇太后崩，榮已先卒，士奇以子稷論死不出，溥老病，新閣臣馬愉、曹鼐勢輕，振遂跋扈不可制。」

⑮《明史》卷三百四《劉瑾傳》：「劉瑾，興平人。本談氏子，依中官劉姓者以進，冒其姓。孝宗時，坐法當死，得免。已，得侍武宗東宫。武宗即位，掌鐘鼓司，與馬永成、高鳳、羅祥、魏彬、丘聚、谷大用、張永並以舊恩得幸，人號『八虎』，而瑾尤狡狠。嘗慕王振之爲人，日進鷹犬、歌舞、角觝之戲，導帝微行。帝大歡樂之，漸信用瑾，進内官監，總督團營。……當是時，瑾權擅天下，威福任情。……時東廠、西廠緝事人四出，道路惶懼。瑾復立内行廠，尤酷烈，中人以微法，無得全者。」

⑯《明史》卷二百四十五《周宗建傳》：「鄒元標建首善書院，宗建實司其事。元標罷，宗建乞與俱罷，不從。」

⑰《孔子集語》卷九《論人》：「士尹池歸荆，荆王適興兵而攻宋，士尹池諫於荆王曰：『宋不可攻也。其主賢，其相仁。賢者能得民，仁者能用人。荆國攻之，其無功而爲天下笑乎！』」

萬都護墓誌銘代〔一〕①

萬氏故豫章舊系，有隸太原戎籍者曰萬傑，今都護萬公化乎之始祖也。傑生鍾，鍾生寧，寧生瑛，瑛生楨，楨生億〔二〕，歷以軍功顯。億生棗、强、丞、岩〔三〕，岩生贈兵尚書世德②，兩世以儒大用於朝。

都護爲尚書長子，年十六即襲偏頭所指揮。或曰：「公生而嶷異，折節好讀書，施其才於王國，必有通人之效。將軍雖武，何遽低頭就之乎？」是不然。公累世折衝，受朝廷之恩久。尚書雖起儒家，歷仕宦，顧兵備西寧，經略潙上，津門、朝鮮，次第統承〔四〕，薊遼一大鎮，倚爲重輕。後先三十年，西平虜，東平倭，莫不身先士卒，鼓作忠勇，底於大靖。則因所志而成之桓，桓之威以慮西方，固先人之業也。然公雖志大，所遇不能即合。自任偏頭以來，歷寧武、大同、河保，始得爲副總戎，再調神木，天下將以大將軍目之。適虜犯孤山路，帥貪怯不任。公聞變馳援，聯營犄角。賊勢重，戒無輕動。帥師遽潰，反降於虜。公堅壁壘待之，一軍獨全。帥之家人懼曰：「降名不祥，死禍可嫁。」則誣曰：「帥已亡矣，如救者不前何？」公遂受過以歸。後撫順城陷，當事者盛稱公才，起之同行。公聞命，即散金廡下，募豪傑子弟入軍，晝夜入幕府，陳戰守甚備，河陽獲安〔五〕。然以當事者不合於時而去，公自此亦再歸矣。

白蓮盜興，仍以薦召副總戎，駐德州討賊。會有遼西之役，天子聽總督王公言，調任密雲。公偕王公星夜抵榆關，奴方嘯寧遠，插漢入大營，哈喇慎三十六營擁兵以逞。公讋之以計，先使其畏威，而後用命。蓋王公與尚書同籍〔六〕，識公於童子時，深相器重，虜又素懷王公恩，聞名心動。公因示以款誠，要其保塞，即趣師守寧遠，彷古車戰，練勁卒萬二千人，摩厲待用。外爲恩好，而内備益修，邊陲賴以無事。叙功晋都護，復歸於家。

戊辰之春，插酋西襲順義，虜王卜石兔敗死，騎大擾雲中。詔王公往禦，命公貳之。公是時凡三歸三召矣。顧念虜驕甚，非大頓挫之不可。檄其使至，麾立堂下，讓以大義。使者免胄謝，然後歸。入約鎮府嚴兵以待，絶使勿通。虜恐甚，稍啖以利，毋令生心。諸方畫畢具，不可顯書。然公三召，皆不得節鎮，門下材官武士藉公致身者多位上將，爵比通侯。歲次庚午，年六十，竟以病死。惜哉！

公蹻力過人，能控生駒，左右射。又工章草，雅度鎮物，羽書紛至，閒不改容。性沈敢忠孝，趍公事勝於耆私。往者神木之誣，公不置辯辭。後任密雲，捕得雲中生口，云孤山帥教虜中戰，陳其事始白〔七〕。庚午之歲，虜王叩關，奉表貢馬。故事，公當賚捧，賜宴闕東。因昌言於衆曰：「乘隙修武，此其時矣。毋媮小安忘戰。」疾作不能起，聞户外傳邊事，手猶指畫天地。其誼不忘君，先事設防，多此類也。或以爲家學云。

公生於某年某月，卒於某年某月。配二，某氏，某氏。弟三人，某某官，某某官，某某官。子四人，長某，次某，某，某。女三人，長適某，次適某，諸某。以某年某月某日葬於北郊祖幽之旁，冠履駢會，邦人榮之。以不佞之知其世之詳也，屬次其事。文不能單也，綴之以銘。銘曰：

文德有秩，不辭韋鞋。魯頌聿懷，北伐啓輅。卒曰君子，偃旗聽護。襄祖弗忘，王愾是赴〔八〕。謗書篋盛，無拔猴樹。成勞曷居，却軌内度。獫狁遐征，士歌攸芋。封侯詎高，静歎日暮。明明鑒之，屢蹶屢寤。軒倪鼓樂，六月息戍。毛髮正蒼，悲乎及瘉。雖寢於軍，廟籌則數。枕上過師，寧殄田賦。今返大幽，瘋深老孺。旌旐百陳，没識神祚。作者造哀，音猶防露。

【校記】

〔一〕「誌」，目録作「志」。目録「代」作「代萬公化孚」。本篇又見北大本《合集·古文近稿》卷四。

〔二〕「楨」，原作「禎」，據上句及北大本改。

〔三〕「岩」，原作「若」，據下句及北大本改。

〔四〕「承」，原作「丞」，據北大本改。

〔五〕「河陽」，原作「陽陽」，據北大本改。

〔六〕「蓋」，原作「益」，據北大本改。

〔七〕「陳」，原作「陣」，據北大本改。

〔八〕「愾」，北大本作「氣」。

【繫年】　據「歲次庚午，年六十，竟以病死」，可知此文約作於崇禎四年（一六三一）在京時。

【箋注】

①此代作都護萬化孚墓誌銘。萬化孚，字同我。道光《偏關志》卷下：「萬化孚，字同我，大司馬世德長子。以世職授寧武道中軍，歷任大同、河保、神木、本關參將，升任陽和副總兵，加都督僉事。才兼文武，頗有父風。其翰墨揮灑，優於文士。」

②康熙《保德州志》卷八：「萬世德，字伯修。所人，嘉靖間改偏頭所。嘗以所百户署岢嵐捕務，受責辱，遂棄去，淬志讀書。中隆慶庚午鄉試，辛未聯捷，除寶抵知縣。行取兵部主事，累官經略陝西七鎮，歷右布政使，陞海防巡撫、右僉都御史。征倭寇，以石灰鑛煮海，賊徒燒死無算。萬曆戊戌，經略朝鮮，特進一品服色。辛丑，任薊遼總督。癸卯，卒於官。」

楊剛慧居士墓誌銘[一]①

瑞金楊氏素以德義名門，爰有剛慧居士。居士祖歲薦公永昊，考刺史公以傑[二]，衣冠之胄，閈自貞母，浮鄉一里之人所稱爲百歲節母曾氏，撫有楊氏兩世孤者也。居士季父楊惟節，名以任②，戊午鄉薦，今辛未進士，與予同籍，文行師表天下，雖居士大人行，齒數相等，親若兄弟。居士殁，凡爲慮死者甚備。

居士諱兆隆，字汝基。初名兆龍，以夢得名，後易爲隆，諱之也。陳子際泰曰：「諱莫如深，猶然見兆。」蓋異之也。狀貌環秀，介性方格，不近女子。喜讀書，一意於著述。少從父任安化，又從任括蒼，間以意佐平反，長老驚爲神明。年二十，補博士弟子員，累試異等，所受知皆當世名人。著書有《史品》《搜奇録》《四書辨魔》《壁經正》諸篇〔三〕，悉中經史深指，截截成一家言③。嘗與季父惟節氏剌論往古，謂項羽之失，不在殺義帝；肅愍之得，在於拒上皇。評晉宋諸臣，又謂二陶可退王謝，一韓可包文范。語殊創特，士林傳之。性好取友，復峻絶不肯泛濫。初得四人，居士、惟節與惟節兄希元及朱君敬之④，後益二人，則謝君子起暨其仲子士芳⑤，一時稱友者頌言「赤水六友」云⑥。然友雖六人，楊氏居其三，朱、謝固異姓乎？義不分於一家，是故赤水之稱友者，非徒友也。

戊午歲，惟節登賢書。辛酉甲子，希元、敬之連得志。及於丁卯，居士凡四舉矣。又午與子之役，文皆及格，幾與二叔齊奮而不果，意不自得，辭多憤決。雖然，非有所感慨於二叔氏之遇與己之不遇也。志殊而遇分者富貴貧賤之形，易以相耀，其人未必有道者也。一旦忽以先人晛之者，不能不失聲而嗟，而不平之辭亦易以作者〔四〕，其人之志既同矣，趣操行能未嘗少異。而後先殊跡，得失較然，豈吾道非耶？胡爲乎不相蒙之甚也？則賢者將以滋疑，而旁觀爲之流歎。

夫赤水六人之學行〔五〕，其志蓋可睹矣。居士將欲從乎昔日之所爲〔六〕，而己之不遇已如此；欲舍己而趨便焉，而二叔與朱君之遇又如彼。平日修仁蹈義，志在天下，凡古人之所欲爲，寧少讓焉？而十餘年之間，往往被詘。凡四試而兩得之而兩失之，宜其流連太息，痛己之無以自見於當世也。横梁一變，起於夜半之盜〔七〕，倉卒一呼，竟赴水中不得起⑦。或曰：「四日以前，居士曾執惟節之手而泣謂：予不死瑞金，必葬於南洲、錢塘之間。」其言若預有知者。又徵夢者言：「丙寅之歲，居士夢一人自天而下，揖曰：『明年九月四日，帝將召君，有文字之役。』」丁卯日前一日，其夢復然。嗚乎！若言夫夢，夢龍之兆，鱗甲隱耀，非吉徵哉？不信之始而信之終，豈常理哉？

居士孝友敦慤，侍父刺史公疾羸困憊，至累月不解衣帶。出處之際，又能將之以義，不以膴仕勞損大人。異母弟凡三，一情均視，隆替不形。析箸時，刺史公無廣田大宅，居士念衣食所急，己受宅而多推田予弟。事季父如父禮，相諷咏以道，約言至理，時見箴切。交友以血誠相屬，寒暑無增改。朱君敬之先居士二年旅死⑧，爲廢燕笑者數月。迨横梁之變，則二謝同焉。生而相與游者，没而與之偕。赤水之友，蓋齊死生矣。刺史公與鍾恭人痛居士之亡，朝夕哭無已時〔八〕。兩孤子幼未强立，惟節畢代經紀，使之即安。復請之於官，立祠斂文，與鄉黨私謚之曰剛慧楊子〔九〕，以存居士於永古。雖人倫之正，亦居士天性所感也。居士配某氏，長子某，次子某。生於萬曆之某年某月，卒於天啓之某年某月，以崇禎之某年某月葬於某鄉某里。予夙聞風烈，辱在世契。義切哀往，不辭固僿，敬爲之誌，而銘諸石。銘曰：

於鑠潛士，鬱然山峨。紆帶非緩，仁義則磋。貞門孔華，乃發五紽。誰爲象之，旨在茗柯。長日炳行，不敢言他。鼓琴召友，於觀薜蘿。充牆被宇，實嫌其多。顧瞻同心，惟以道哦。上善不止，樂我室薖。師師一家，静忘偏頗。委情往運，風將涉河。感指非一，人自爲訛。風味寡耆，匱德乃瘥。灑掃宫舍，典禮前摩。緼遇生阻，體輕若過。箕冠命古，對爵星阿。放覽法書，字形虬蝌。請與今絶，寂寞采荷。希音孰嘆，共入江沱。沈且不悔，攜手鑑鼉。嗚簫送櫝，等之卧莎。四賢徂矣〔一〇〕，同堂好歌。

【校記】

〔一〕本篇又見北大本《合集·古文近稿》卷五。

〔二〕「剌史」，原作「利史」，據北大本改。

〔三〕「壁經」，原作「璧經」，據陳際泰《已吾集》卷八《剛慧居士傳》改。

〔四〕「者」，原作「若」，據北大本改。

〔五〕「六人」，原作「一人」，據北大本改。

〔六〕「欲」，北大本作「歡」。

〔七〕「起」，原作「殆」，據北大本改。

〔八〕「無已時」，北大本作「不止」。

〔九〕「剛慧」，原作「綱慧」，據北大本改。

〔一〇〕「徂」，原作「爼」，據北大本改。

【校記】

據文中「又徵夢者言：『丙寅之歲，居士夢一人自天而下，揖曰：明年九月四日，帝將召君，有文字之役。』丁卯日前一日，其夢復然」等語，可知楊兆隆卒於天啓七年（一六二七）。復據「居士季父楊惟節，名以任，戊午鄉薦，今辛未進士，與予同籍」等語，可知張溥此文作於崇禎四年（一六三一）。

【箋注】

① 此爲楊兆隆所作墓誌銘。楊兆隆，字汝基，初名兆龍，以夢得名，後易爲隆。私謚剛慧。江西瑞金人。其季父楊以任入復社，張溥同年。道光《瑞金縣志》卷八：「楊兆隆，字汝基，邑諸生，都匀太守以傑長子。母夢龍而生，名之曰隆。生有異質，七歲能日誦千言。稍長，隨父任，即能助理爰書，時有所損益。年二十，爲學使黄汝亨所首拔。明年，與叔維節、希元及朱敬之、謝子起、士芳結社赤水，號『赤水六雋』。爲文沉鍊有力，訂《史》《漢》諸書，評之曰《史晶》。嘗謂光武不以更始貶聖，唐祖不以鄺公貶名，故項氏之失，不在弑義帝。其持論不苟阿前人，往往如是。事父

孝，愛異母弟，多推予田宅。與朋友交，以敬信爲先。父致政歸，銓部論黔功，欲以副使起用。隆不可，卒成父勇退。崇禎丁卯，省試歸舟，過臨江横梁，夜半遇盜，同二謝俱赴水死。維節私謚之曰剛慧。陳際泰爲作傳，張溥作志銘，艾南英表其墓并選其制藝入《明文定》《文待》中。」

② 楊以任，字維節，號淡餘。吴山嘉《復社姓氏傳略》卷六：「楊以任，字維節，號淡餘。崇禎辛未進士。淡於進取，辭縣職，改應天教授，金陵士爭趨之，矜爲楊門弟子。癸酉分試闈闈，陞國子博士，旋卒於官，年三十五。有《四書遺旨》六卷，西安鄭如洵刊行之。」

③ 陳際泰《已吾集》卷八《剛慧居士傳》：「所著《史晶》，與惟節論次《史》《漢》諸書，搜奇録要，成一家言。又有《四書辨魔》《壁經正》，皆自出手眼，足羽翼鼓吹，爲聖賢功臣。」

④ 楊希元，楊以任兄。生平待考。朱國卿，字敬之。乾隆《瑞金縣志》卷六：「朱國卿，字敬之。天啓甲子舉人。天性孝友，學問醇粹。與同邑楊惟節、謝子起等結社赤水，號『赤水六雋』。居父喪泣血，三年如一日。處異母兄，友愛無間言。累爲當事所褒獎。後上公車，卒于京邸，士論惜之。知縣吴可敷建四賢祠祀之。」

⑤ 謝長艮，字子起，謝士芳叔父。生平詳見陳際泰《太乙山房文集》卷十二《謝君子起睿素居士行狀》。

⑥ 陳際泰《剛慧居士傳》：「既而復與惟節讀書赤水。……辛酉，復益叔氏希元、朱君敬之爲赤水四友。……既而，謝子起與其姪士芳復入社，是爲赤水六友。」

⑦ 吕留良《吕晚村先生文集·補遺》卷四《記楊稿》:「丁卯省試,士芳、子起、汝基下第歸,爲盜所掠,驚躍出舟,皆溺焉。」

⑧ 吕留良集《記楊稿》:「敬之以計偕北上,客死。」

王母宜人周氏墓誌銘代(二)①

婁江相國王文肅公神廟時輔政,清聲大業,鑠融人間。有子緱山公以解元試南宫第二,廷對擢上第②,官編修。蓋文肅公亦以一甲第二官編修起家,一時之人,咸謂相徵云。編修有子四,夭其三人,顧編修又先文肅公歿。及文肅公捐館舍,諸孫中惟周氏子獨存,即今之尚寶卿王君時敏也③。無周氏則無王氏,甚矣!周氏之繫於王重且亟也。

周氏初以子尚寶丞封安人,後進封宜人。宜人之先世本鳳陽户侯,數世而徙居於蘇。父應約行,不侵然諾,里中稱爲長者。年十七,副於編修,實編修母朱太夫人親相視得之。朱太夫人性方嚴,簡飭内教,肅如朝典。子姓群妾御事之,鮮得當,獨宜人婉娩聽從,能順適其意。初舉一女,再就館,得今璽卿。璽卿少病咯血,又當編修公之變,號仆幾不起。宜人上事下撫,一身不逮。不踰年,而文肅公歿。三年之内,遭兩大喪,家無老成耆健足以支事。宜人忍性習勤,綜察内外,一孺子入則就位哭泣,出則拜賓客於堂下,繈杖盤辟,動無失禮。童僕秉誠，不敢謀貳，皆宜人力也。服既，即强璽卿仕，揮涕送之曰：「一門重戚，人情凉替。子雖才，能忍一日乎？」及拜恩歸，璽卿婦李病歿，三子繼夭，宜人哭之哀，遂病風痃。顧念似續遠大，爲廣所恃〔二〕，戒無偏華色，貴視德度。今則繩繩蟄蟄，有孫男六人、女四人矣。

璽卿重朝廷褒顯盛典，因所賜地立祠，邃堂峻宇，一邦雄觀，費幾財産之半。宜人出私裝，鬻簪珥以佐其成。文肅公兩世既葬矣，璽卿以形家言「編修之幽，不利於嗣」，欲爲改宅，然不敢遽也。告之宜人，宜人深贊曰：「可。」興事徙葬，後大蕃滋。是故王氏之絶而不絶，幾衰而得盛，非周氏其誰爲之？年登六旬，賀者在門。璽卿方請四方賢豪之文，序列生平，跪而上壽。未及生日而遽聞殂化，能不悲哉！

宜人慈儉莊慎，識達大義。居家食無連簋，衣不重錦，操作勤苦，不間於冷風暍日。及當大禮經費，必稱門閥，中規制，不以薄削致譏於人。兒畜家人子，未嘗作色呵讓，而櫛束舉止，凜若神君。自從璽卿入都，暨返於家，一舟静扃，如處重闈。家中食指數千，肅禀風訓，每飯不聞器聲。性尊竺乾上人之教④，然誠心而已，不樂事事，高山名刹，未或出遊。重父母家，復不以蓄歸之。節之以體，時散糜藥，聚繒絮，施予人。野有暴骨，即爲具槥，務德於鄉，嗜行不倦。身殞之日，里人爲廢碓舂〔三〕。嗚呼！古稱女士一家攸福，若斯者無愧已。

宜人生於隆慶之某年某月某日，卒於天啓之某年某月某日。子一某，配某氏〔四〕；女一，適某。孫男六，長某，聘某女；次某，聘某女；又次某，聘某女；又次某，聘某女。女孫四，長諾某子，次諾某子，餘未諾。以某年某月某日葬於某原，距編修公塋僅半里，不祔葬，從地脉也。

不佞既詳「母以子貴」之文⑤，復重「室繇人興」之義，執筆詮次，無所退讓。若相國父子與兩世元妃之爵里行系，已各有志載，不爲之益。銘曰：

内則備矣，師象是衎。静嘉有儀，式言美瓘。選箠維何，明星永粲。荼苦不知，文條義貫。齒遇四方，報以德贊。盈椒孰懷，《關雎》之亂。弼正不違，後有圭瓚。克襄凶事，勞弗昧旦。風典善志，綱紀江漢。曷爲遠傷，身往如翰。葆有憂老，生民齊歎。爲女宗刑，遵彼道岸。

【校記】

〔一〕本篇又見北大本《合集·古文近稿》卷五。

〔二〕「恃」，原作「侍」，據北大本改。

〔三〕「碓舂」，原作「雅舂」，據北大本改。

〔四〕「某氏」，原作「某女」，據北大本改。

【繫年】

據《王時敏集》卷十六《周太夫人行略》「嗚呼痛哉！先慈見背越三年矣。……吾母生於隆慶三年十月初八日，卒於天啓七年十月初三日」等語，復據王寶仁《奉常公年譜》天啓七年條「入秋以後，周太夫人病勢加厲，初患咯血，繼以寒熱不止，遂妨眠食。至十月三日而歿，年五十九」，崇禎四年條「秋以存問周藩差過家。爲周太夫人營葬事，將祔葬於緱山公新塋。諸地師堅執不可，僉云地隘土薄，所葬已多，不宜復動畚鍤，動必獲咎。不得已，别塋兆於出字圩之南，距緱山公塋僅半里，松楸鬱鬱相望也。爲周太夫人作行略，請義興周延儒撰墓誌銘」，可知張溥此文代周延儒而作，作於崇禎四年（一六三一）在京時。

【箋注】

① 此代周延儒作王時敏母周氏墓誌銘。《王時敏集》附録四王寶仁《奉常公年譜》：「公嫡母爲金太夫人、徐太夫人、馮太夫人，生母爲周太夫人，俱贈一品夫人。」據《王時敏集》附録四《奉常公年譜》崇禎四年條，周太夫人歿於天啓七年十月三日，崇禎四年秋葬於緱山公王衡新塋附近，王時敏作行略，請周延儒作墓誌銘（實由張溥代筆）。

② 王衡，字辰玉，號緱山，别署蘅蕪室主人。王錫爵子。民國《太倉州志》卷十九《人物三》：「王衡，字辰玉。錫爵子。讀書五行俱下。錫爵忤張居正，衡時年十三，和《歸去來辭》以寄，錫爵歎

曰：『不去，將爲孺子笑。』遂即日歸。錫爵後柄用。萬曆十六年衡舉順天鄉試第一，郎官高桂、饒伸疏論有私。詔會午門外復校，衡通敏，人皆歎服。伸猶疏不已，上怒譴伸，衡請錫爵疏救，人更以此多之。錫爵歸，二十九年會試成進士，廷試第二，如其父，授編修。是歲奉使江南，因請終養，歸。三十七年，病瘍卒，年四十九。衡詩文俱名家，尤長經世略，注意邊務，論者多惜其未用。」

③ 王時敏，字遜之，號烟客，晚號西廬老人。王錫爵孫，王衡子。《清史稿·列傳》二百九十一：「王時敏，字遜之，號烟客，江南太倉人，明大學士錫爵孫。以廕官至太常寺少卿。時敏系出高門，文采早著。鼎革後，家居不出，奬掖後進，名德爲時所重。明季畫學，董其昌有開繼之功，時敏少時親炙，得其真傳。錫爵晚而抱孫，彌鍾愛，居之別業，廣收名跡，悉窮秘奥。於黄公望墨法，尤有深契，暮年益臻神化。愛才若渴，四方工畫者踵接於門，得其指授，無不知名於時，爲一代畫苑領袖。康熙十九年，卒，年八十有九。」

④ 竺乾上人之教：即佛教。

⑤ 語見《公羊傳·隱公元年》：「桓何以貴？母貴也。母貴則子何以貴？子以母貴，母以子貴。」

哭蘇太母文〔二〕①

嗚呼！前月之十有九日，得受先一書，封題甚異，心頗怪之，啓之則太母訃音也。太母亡於七月之十有二日，距書之至一月有七日。一月有七日之中，予何以獨無夢歟？豈告者猶未信歟？然而有之。十八之夜，予夢白衣冠與人登降，若代親友之爲主者，得非母亡之徵歟？及發予弟無近書，受先於是日治母之喪，代受先而爲之主，非其時歟？夢豈有不誠歟？受先制行大人，獨事母有兒子之色。昨歲之歸，太母年高重聽，受先每爲大聲以悦之。予時至受先之家，受先輒掖母出見，指予名字，序往事以告，太母爲一啓齒。嗚呼！此猶昨日事也，今竟不可得見歟？

母少事嚴姑，伺候顏色，不敢出聲氣。及已秉家政，遇下獨慈。受先已貴，一家以太夫人呼之，退謝而已。受先教家人以孝，蚤暮侍寢興，夫婦洗濯上食。一家之人，自媪以下，莫不觀太夫人指，太夫人終歲未嘗發一疾音。受先爲臨川令時，不食葷食，妻子同蔬飯，獨日以肉一脡餉母。母憐受先之貧，無以供客，割其半以啖客，不使受先知之。

臨川大旱，受先設壇於郊外之二十里請雨，布衣芒鞋，日走赤日中四十里，凡一月。母心憫其勤，亦日素食，私禱於天，求速得雨。然受先在臨，雖苦貧，幸官舍高，母當暑月不受疾病。及歸，則室僅斗大，夏月輒呼熱，遂以得病。嗚呼！廉吏其可爲也？不能高居深堂以養其母，而使母病，廉吏其能無罪歟？

受先有季女，許予之養子忱，攜之臨川，竟以痘亡②。太母哭之哀，幾目盲。時受先未有子，婦臨孕，予以書相約曰：「嫂若生女，當配我子；若生男，我當擇女配之。」後受先果生子③，太母甚歡，予遂擇王氏女許之。聞予行之後，太母將過予家看婦，胡爲奪之速歟？

往者戊辰之歲，予母五十生日，受先適成進士，歸拜予母於堂④。昨歲，予登賢書，受先復歸。北行之日，惟以老母爲託。予留京時，不能即歸，受先即代予爲子。朝夕問起居，任勞費，雖米鹽瑣事必曰告之南門。南門者，以受先居南而名也。予母入都，受先復爲具舟楫，慎防衛，使之百無所慮而後行。嗚呼！凡予之出入大禮，内外凌雜，受先無不聞也。予母之吉祥善事，朝夕饔飧，受先無不親也。及太母之亡，而予不獲歸以周旋於飯含之日，予非其人歟？天乎！人乎！予其非人！雖遥位而哭太母，太母其聞之歟？

受先之居官也，惟曰「上知有君，下知有民」。家書每及予，無一言及私。其病歸也，父老子弟涕泣而送者數十萬人。今太母亡矣，受先之友痛之，有甚於受先之病者，臨川之士民其知之歟？

五年以前，太母病，幾不起，受先請於神，願以身代，其事秘，獨予聞之。今太母病，受先訃無所出，書其年齒日月以來，欲予請於京師之大神以得之。胡爲乎書甫至，而訃已告歟？太母之在臨也，念其愛女與諸孫，時蹙然不樂。受先察其有憂也，遂決意奉之以歸。今愛女在側，諸孫環侍，受先又時贈以食物以悦適母意，豈復有不足歟？胡爲其往而不返歟？長安之賢者欲受先之出也，以書勸之，受先答曰：「老母恃杖而行，家中無杖，以采爲杖。采若行，則母失一杖。」今杖固無恙，恃杖者又安在歟？生爲正人之婦者，没爲廉吏之母；生於其鄉者，没亦於其鄉。在母之死，可以無怛。嗚呼！其獨如受先何也！

【校記】

〔一〕本篇又見北大本《合集·古文近稿》卷五。

【繫年】

據文中「昨歲，予登賢書，受先復歸」「前月之十有九日，得受先一書，封題甚異，心頗怪之，啓之則太母訃音也。太母亡於七月之十有二日，距書之至一月有七日」「予母入都，受先復爲具舟楫，慎防衛，使之百無所慮而後行。……及太母之亡，而予不獲歸以周旋於飯含之日」等語，可知此文作於崇禎四年（一六三一）九月在京時。

【箋注】

①此祭摯友張采母。二張親如一家，前後二度聯姻。張采母卒於崇禎四年七月十二日。張溥時在京城，故以此文遥祭致慟，感情誠摯悲痛。先回顧與張采及其母交往之生活細節瑣事，語言淺白，情感低沉，悲傷之氣，籠罩全篇。張溥後又作《贈文林郎張太翁封孺人蘇太母合葬墓誌銘》。

②張采《知畏堂文存》卷七《殤女壙銘》：「殤女者，張采之第四女，小字四姐，許配其友天如張溥之子忱。年四歲，以痘殤死。……崇禎戊辰，予攜家官江西之臨川，女三歲隨往。時祖母蘇太孺人

年老，愛其女，行坐提抱。女惠，言笑解意，祖母以爲適。明年己巳，夏四月，死。」

③ 後受先果生子：即長子張于臨。張采《知畏堂文存》卷十一《二子名字説》：「長子生臨川官廨，名于臨。」《知畏堂文存》卷八《先考贈君行略》：「于臨聘張氏，即庶常溥張公繼女。」

④ 張采《知畏堂文存》卷四《李母沈太君序》：「戊辰，天如太孺人金母五十，時余成進士，亦徵詩文，操質言上壽。」張采《知畏堂文存》卷九《祭張伯母金太君文》：「戊辰，采成進士歸，適太母五十生日。采再拜介壽，爲加燕喜。」

祭一品夫人文代①

夫人之生，名秀一鄉。雖佩玦絲，行則序庠。明星有耀，緯粲及閶。帶且服之，鳴聲遠鏘。爰歸元老，女宗曰莊。静風穆惠，不貴傾筐。入拜先廟，令聞芷湘。却雕教儉，望符璧璋。樛木究下，結檜以坊。唐山非古，公侯德昌。秉義不專，男子有祥。山則其儀，占告鳳凰。識先國雋，毖志右王。閨闥無聲，默贊公堂。援經平理，憂時之創。鉉臣倚謀，作言成綱。常聽日孚，固邦喬桑。正士攸吉，廷剪蕭稂。卉介奉命，遂銷劍鋩。用迪，韜彼斧斨。緩刑綏福，人離赤魴。云誰之賜，不知風霜。歷勤弗寐，飲食是匡。家既受祉，仁播列疆。共稱山甫②，孰爲姬姜③？久其視聽，矜式百嬙。斟酌禮度，合音宫商。

神曷妒之？嬰以所傷。斝首墨容，自憂不長。總揆急公，采朮未遑。夫人克安，慎斂衣裳。强示能力，勿勞旨嘗。日月豈老，恒嘆葮墻。疑吝高齒，大風中央。水流火煎，衆草將黄。淑人薄持，甘吐覈糠。象服委土〔一〕，秋柏在岡。似露之團，朝來可防。毒乎其仙，感慨七襄。内御堤哀，心悲目倀。降予接塗，不聞琴香。卿士素冠，誄擬大章。悼發平昔，崦嵫負光。萑者非青，大雅安彷？遥位莫跂，哀歇歌簧。痛不内顧，果核遺瓤。大義忍割，空泣路茫。繡衮委蛇，誰紆於房？助以長號，修天孰望？功烈高矣，命未可方。夜行獨明，彤史詎詳？相公之匹，聖謨孔洋。徒恨歲短，吁哉斷航！同官蹙頤，鬬此一觴。成忠寔多，無患形藏。

【校記】

〔一〕「土」，原作「上」，據文義改。

【繫年】

此代作祭王時敏之母。據王寶仁《奉常公年譜》崇禎四年條「秋以存問周藩差過家。爲周太夫人營葬事，將祔葬於緱山公新塋。諸地師堅執不可，僉云地隘土薄，所葬已多，不宜復動畚鍤，動必獲咎。不得已，别塋兆於出字圩之南，距緱山公塋僅半里，松楸鬱鬱相望也」，故張溥此文作於崇禎四年（一六三一）在京時。

【箋注】

① 此代作一品夫人即王衡之妻、王時敏之母祭文。參本卷《王母宜人周氏墓誌銘》注。

② 山甫：即仲山甫，周宣王賢臣。曹操《善哉行》：『智哉山甫，相彼宣王。』後以代稱賢臣。

③ 姬姜：春秋時，周王室姓姬，齊國姓姜，二姓常通婚姻，因以「姬姜」爲貴婦之稱。

祭一品夫人文〔一〕①

嗚呼！雲漢失芒，寒風宵肅。重闈勞瘏，溘化憂速。將謝塵游，誰云衣鞠？猗思古人，篇及《淇奥》②。内則象之，高門義獨。名潔孰匜，棘梅維服。元女前刑③，迪受百福。鼎士成匹，諸姜頌穆。貴而不驕，先辨種稑。儉食無華，以帥三族。淄行浣濯，戒始幽隩。蘭清佩懷，竇日可沐。冥尋絶因，耻同玉琭。廣心修智，情無表暴。夫子爰立，謹贊虚谷。不好作朋，爲王集禄。漸摩四方，久見仁熟。雖有反側，聞道斷綮。或憂滿稽，寬徐解蹙。如曀彼夜，待旦即復。慶逢光縵，歌詩三覆。廷臣師儀，交欽内淑。共攬衣裳，弗志公夙。惇大用康，群物銷伏。言不出梱，已蕩莧陸。弼謨潛章，馨椒渥馥。首於《關雎》，大其賢録。隆平式登，應符籥柷。不意告凶，静違兮倏。歷時多嬴，將託秀麓。聖明曰吁，松聲徒謖。贈以明粢，勿爲采菽。與之綌絺，無理空櫝。十月將及，新還啓蚃。嘆彼君子，當稱不穀。某等瞻桑百里，哀齊往澓。惟恐露晞，女亦賦鵬。默聞愔音，生芝鋤蓄。爲圖辟公，中外交罨。往形寧傷，思禮則哭。班管麗書，顛雜在宿。鄉黨止妒，各守大樸。備典女官，悼深折竹。菹薦懼凉，似水一掬。

【校記】

〔一〕此篇原有文無目。

【繫年】

此文作時同上文，即崇禎四年（一六三一）在京時。

【箋注】

① 此祭王衡之妻、王時敏之母。參上文注。

② 《淇奥》：即《詩·衛風·淇奥》。毛序：「《淇奥》，美武公之德也。有文章，又能聽其規諫，以禮自防，故能入相于周，美而作是詩也。」

③ 元女：長女。

祭鄧母季孺人文①

貞令之蓄，其文必襮。求諸閨房，德音維莫。風雅所隧，君子用度。刑而言之，則有哀樂。母生弘原，大禮爲郭。華尚黜遺，存理寂寞。雖有綺練，衷服必却。雖有珍齊，不以采酌。志在古處，清觀細蒻。既相儒者，玉女終託。匹配静好，淳薦烏雀。相將相攜，出入祇恪。揆卦家人，不用嗃嗃②。夫子燿出，克表服爵。星言馳軀，備體寬綽。王命奕宣，聲聞日熇。門内之政，代綜整鑿。有子邦傑，比玉賤珞。條文播蕤，四國敬愕。聚書萬帙，肆其刊落。沃精取宏，咏思周洛。羅擷迴意，欲登劉閣。孫子繼之，猷言彌擴。聘覽衆致，自展戲虐。振辭一家，力起衰弱。行修於潛，義猶鳴鶴。敷稱廣善，昭譽是廓。將涉上庭，陳其本學。眇彼敦丘，高賦衡霍。進榮於母，輝然枝蕚。云何不俟？遽以告瘼。不遇淳于，遂誤含嚼。如列五味，弗和芍藥；如蹈沸湯，助以薪惡。蹙焉短歡，非徒夢噩。婦子叫呼，天氣遼漠。春既不答，遂入大壑。闔室殷田，孰爲幽索？哭泣不支，瘠身再削。嘆之無從，爲記大略。其等遠來，聞見驚矍。白冠躡門，悲忘酬酢。搔首共情，愁目則各。以言雜酒，神明非昨。猶恐吐之，啜醴去粕。

【繫年】

據前文作時，此文蓋作於崇禎四年（一六三一）在京時。

【箋注】

① 此祭鄧母季孺人。鄧母，待考。

②嗃嗃：嚴酷貌。《易·家人》：「九三，家人嗃嗃，悔厲吉。」孔穎達疏：「嗃嗃，嚴酷之意也。」

祭宋伯母左太夫人文〔一〕①

吾母之不視也，有哭於野者焉，有哭於中庭者焉，有哭於門以外者焉。哭於野者曰：「吾母之仁也，胡爲乎往而不反也？升屋而號焉可也。」哭於中庭者曰：「期功之戚，賤而無服之僕妾，皆母所撫也。死不能從，則無貴生矣。」哭於門以外者曰：「母之相夫子也勤，教子也忠以盡。今雖不見，爲位於家焉，猶可世世爲子孫觀也。」抑斯言也，不如徵諸母之子之信。母之子，三世所師也。長者宰百里②，少者司論議③，仲雖未仕④，名在當世。某等欲北面焉，以齒之不及也，抑而稱友。甚哉！其讓也。

母之夫子，宦三十年矣，已貴不爲喜，不達不爲戚。諸子鼎貴，孫自十歲以上盡有文。母左右視甚歡，執節日益下。天下善處盛，孰有如母者？顧中壽而歿，何也？東土之不靖，生民禍酷矣。母出於房闥之中，扞霧露之變，内憂漆室⑤，而外悼師徒，雖甚强壯者能無病乎？亂始作時，季子色墨，聞母咯血，病三月，扶而後起。今者告疢，袒而晝夜號，哀且尫廢。

嗟乎！孝達神明，弟通四海，凡人倫之克備，未有如宋氏者也。昔者齊滁母亡，受吊廬前，賓客不至柩室。今幸登堂，而母遠不存。郭林宗有母憂，南川高士，千里赴之⑥。茲又以官守不敢踰封，某等其非人乎？備在子弟之列，而不獲與哭臨，奉奔走，雖素冠環經，其謂之何？抑臨風而長呼曰：「母即不永年，生有嘉言一乘，死則葬車千兩，亦足以安斯寢矣。」是蓋有甚於哭泣者也。

【校記】

〔一〕目録「宋」原作「宗」，據正文改。

【繫年】

據「郭林宗有母憂，南川高士，千里赴之。茲又以官守不敢踰封」等語，可知此文作於崇禎四年、五年（一六三一—一六三二）在京時。

【箋注】

① 此祭宋伯母左太夫人文。宋伯母即宋繼登、宋繼發、宋繼澄母。

② 長者：指長子宋繼登，字先之，號渌溪。登州府萊陽縣人，萬曆二十八年舉人，授直隸定興縣知縣，忤巨室，被誣去職。再起户部主事，升至郎中。天啓五年，大計謫官，後復起，仕至南京鴻臚寺卿。著有《松蔭堂詩集》。傳見民國《萊陽縣志》卷三之三上《宋鴻臚繼登傳》。

③ 少者：指三子宋繼澄。吴山嘉《復社姓氏傳略》卷十：「宋繼澄，字澄嵐。天啓丁卯舉人。倡道海濱，士多歸之。後爲當事所忌，幾罹不測。有《四書正義》二十卷。」

④仲：指次子宋繼發。民國《萊陽縣志》卷三之一：「宋繼發，字華之。進士，江南長洲縣知縣。丁外艱歸。性孝友，疏財好施，里人多感之。卒，私謚號惠介。祀鄉賢祠。墓在柏林莊東北。」張世偉《自廣齋集》卷十五《宋長洲》：「宋繼發，字華之，山東萊陽人。戊辰進士。……謁選得長洲，……公莅政皎然，二期丁艱，……補任金壇，再三晤之。治狀東南第一，入京須考選，遽卒。」

⑤漆室：春秋魯邑名。劉向《列女傳·漆室女》載，魯穆公時，君老太子幼，國事甚危。漆室有少女倚柱而嘯，憂國憂民。後爲關心國事之典。

⑥《後漢書》卷五十三《徐穉傳》：「及林宗有母憂，穉往吊之，置生芻一束於廬前而去。衆怪，不知其故。林宗曰：『此必南州高士徐孺子也。《詩》不云乎：「生芻一束，其人如玉。」吾無德以堪之。』」

祭蕪湖張年伯文①

有風戔然，不可以託。欲思其音，則觀於籜。覽象生平，義當革薄。履方弗回，勤身戰鄂。高經淳意，安行無𧞤。遵禮不疑，信修洞酌。人言其方，内自寬綽。著書大巖，幽搜冥漠。淺句必删，追風混噩。遠士執經，威儀是度。雲漢爲文，海隅亦焯。啓範有年，後昆敦若。明師在庭，敬容肅矍。道德不言，爲我城郭。賢子廣思，本教彌擴。考父《鼎銘》②，周咏加恪。施諸譔論，豈愧濂雒？《復性》之篇③，指括《丘》《索》④。持躬曰静，不同時熇。偶發微吟，淡名古樂。間摛嘉藻，耻貌漆艧。詞出如泉，必赴理壑。抑之揚之，弗摇澄泊。練志清月，寵服非爚。里人長謡，共毖碌硌。先生之門，聖賢關籥。胡爲不見，神忽遊莫？戈菿在閎，達者誰作？巷歌絶音，哀齊食藿。交手而哭，來哲孰學？歎彼世人，晝行猶暯。食處雖華，無異睡貉。惟此典型，永代奕霍。傷乎難留，龍寧等蠖。曰冬之日，不照幽寞。將與油油，不獲卒爵。天地憂老，草木生蓋。往矣何窮，戲稱無藥。孟春開陳，道人木鐸。其聲倏止，悲鳴鳥雀。西頽遥唏，空景玄閣。未敢越疆，怨及駰駱。

【繫年】

據上文作時，此文蓋作於崇禎四年、五年（一六三一——一六三二）在京時。

【箋注】

①此祭蕪湖張年伯文。張年伯，蓋爲張一如父。張一如，字來初。詳見《續集》卷三《鍾百里稿序》注。

②《左傳·昭公七年》：「及正考父，佐戴、武、宣，三命兹益共，故其《鼎銘》云：『一命而僂，再命而傴，三命而俯，循牆而走，亦莫余敢侮。饘於是，鬻於是，以糊余口。』其共也如是。」

③蒙文通《中國史學史》：「李翺之《復性書》三篇，極於道微也。」

④丘索：古代典籍《八索》《九丘》之並稱。

祭張仲燦文①

日月在門，哲士攸媚。世其大章，人群所跂。孰爲之特？君名則貴。清聲充揚，聞者頌戲。班芬寔嘉，厥風孔肆。百氏陳辭，徵畫有次。纘列雅林，典稽罔愧。壁中磬絃，考音盡義。寶書畢登，王烏獻瑞。御豐如約，結心不貳。世翫日遷，高文自歸。漢辟孝廉，德禮是備。翔於天衢，衆稱克類。崴峛作儀，學資裘糒。行中《深衣》，戒及垤躓。曷言寢凶，乃見顣頳。莊歎迷陽，罥葛蹈忌。俗夫專榮，不屑一視。山椒可懷，將歸衍笥。達觀何蚤？美櫝誰賜？髮不待宣，遥雨莫避。同人發憂，徒夢帶璲。行道惻傷，立而佁擬。儒者盜珠，哀歌入地。欲攬豫章，適睹塞輜。倖生萬倫，虞淵緩轡。惟此徂棘，感命不蔇。念彼在堂，悼弗終事。顧望後來，弱猶田穉。良友荷之，歲時存記。家本江南，神明北示。幸託崇原，水無奔濞。列戟非遠，霜雪蒙隧。内史之藏，寧同秋菱。摹刻美篇，猶之讀謚。追詠休軌，時疑失志。燕笑昔年，或憶鹽豉。廣阡少朋，酬唱松檖。恒軫贈綦，交逾牲莅。夜誦《遂初》，陰飈助吹。魂魄曉湛，嘗如星穊。躡履絶踪，潸然覆觶。

【繫年】據前文作時，此文蓋作於崇禎五年（一六三二）在京時。

【箋注】

① 此祭張永禎文。張永禎，字仲燦。名列《東林黨人榜》。朱彝尊《明詩綜》卷七十一：「張永禎，字仲燦，順天人。天啓丁卯舉人。」

祭封侍郎范公仁源文①

恭聞義之可思，備修古以爲儀。覽正直而容與，孰翩翩之有移。蘭宇濯以耀白，稟經度而結鵃。紛百家其無尤，抗高心於芳蘺。水有原而必清，人可續而永居。維哲嗣之荃謀，荷長日以載熙。服本迪而不荒，廣德禮以善持。歷冬夏而青青，發笙歌於秉彝。瞻堂户以竦志，感良玉之盛璂。忽昌名於公朝，溯榮根以蕃釐。獨峻潔而弗顧，負文章以自怡。世皆沈而不聞，見君子其曰台。出騁馬於越鄉，羌衆宂而忍蓩。樂休問之勉勉，典社稷而勿疑。克静民以救世，正牧伯其綏綏。翹吴望以興慕，策安馬而如絲。謝美紹以不處，甘流咏於采蘩。雖矯塵以放步，時懷闕而漣洏。卧幽疾以寡日，猶訓子以國毗。伐景鍾而紀武，勖四征以展宜。藴忠義而含瞑，俟子歸乎無私。變常照而不鮮，掩斯晨以告哀。苟屬襟之有恒，誰不傷而出涕？雜旨酒以送路，冀彷彿而遇茲。非東門之吟聲，哀顔生於舊祠。遥揚旋以莫求，顧孟夏而予跂。

【繫年】

據前文作時，此文蓋作於崇禎五年（一六三二）在京時。

【箋注】

①此祭封侍郎范仁源。范仁源，生平待考。

祭萬美叔文（二）①

嗚呼！美叔之負病而來也，同黨之士進而與之言，而不能言也。退而相與憂曰：「美叔其殆矣乎！不然，何其聲盡也？」然而猶有言焉。美叔之以病來也，蓋將以望用也。用其身而身安，身安而病日以却，是或一道也。胡爲乎不之用，而又益之以疾也？

夫君子之自處也，君用其身則留，不用其身則去。美叔其可以去矣，而不之去，蓋將望小用焉。迨小用之不能，而美叔之病遂至於不可復起。嗚呼！何其甚也。雖然，數千里之地，不可以率然而上下也。京師之大雖無外，亟有疾焉，呼其人而莫之應久矣。其未可以處也，美叔之病深矣。又有二者以速之，其能免乎？若然，則使美叔之身顯而成進士，即不顯而稍獲其用以爲人師，病其可以已乎？恐其亦未可以已也。何則？美叔之病，非自今日爲之也。美叔以病來，又以病革，是美叔之命與病相終始也。同黨之士久知美叔之病不可以起，聞其死而駭且泣者，何也？此非獨傷美叔之命，蓋以傷美叔之人也。非獨爲美叔之人之傷，蓋爲天下爲美叔之人之傷也。

美叔潔清誠孝，學窮古昔，世之所謂有道仁人者，非歟？不用而死，而不能安於其寢。死之日，其子風后揭書於旅之門②，曰：「某之日，某父以病死，空然一棺，無所帷蔽。扶之而南，歷水石，窮險阻，度再閱月而始得達。」使天下之讀書爲善者聞之，能無懼乎？傷今之不可知，而悲來者於無極。嗚呼！美叔其可以死乎！

【校記】

〔一〕此篇原有文無目。此篇又見北大本《合集·古文近稿》卷五。

【繫年】

據「京師之大雖無外，亟有疾焉，呼其人而莫之應久矣」「若然，則使美叔之身顯而成進士，即不顯而稍獲其用以爲人師」等語，可知此文作於崇禎五年（一六三二）在京時。

【箋注】

① 此祭萬曰佳。萬曰佳，字美叔，江西新建人。復社成員。同治《新建縣志》卷五十《遺才》：「萬

曰佳，字美叔，天啓辛酉舉人。通經嗜古，以文行知名。與同邑姜曰廣、陳宏緒、南昌萬時華友善。曰廣稱其人峻若山，静若淵，蓄若賈胡之藏。蹭蹬禮闈，賫志以歿。」

② 萬摶，字風后。萬曰佳子。同治《新建縣志》卷五十《遺才·萬曰佳傳》：「子摶，字風后，亦有名當時。」

中國古典文學基本叢書

七録齋集校箋

第三册

〔明〕張溥 著
陸巖軍 校箋

中華書局

七録齋別集卷之一

婁東 張溥 著　門人 呂雲孚 校

兩漢文選序〔一〕①

兩漢文世無佳選，曩聞梅禹金先生本最善②，惜未見也。比歸家，受先《漢文選》成，讀之歎其神絶。然不觀梅氏本，心終不安。千里寓書朗三，索其故稿。朗三者，先生孫，學行能光大其先人者也。朗三鄭重祖父舊書，向庋藏之。以予與受先之請，始出相示。讀之益歎受先之選精尤絶倫，與梅氏合轍也。

梅氏之書，人自爲第，意在網羅故聞，義存堙没，斷碣碎碑，簡括恐後。閨房之辭，鬼神之句，云繫漢代，一字必留。受先則以體用爲主，大章短篇，事貴明顯，登其全文，緩録殘闕。然梅本次世系，論存亡，人各成卷，據代修職，便于覽考。受先分建文體，務張法式，篇以類從，上自詔令，下逮筆札，疏别昭整，兼有華質。梅本聚書既多，採文尚隱，兩漢諸子褎然有書者别爲子家，不入文目。詩賦騷歌，漢體最長，有韻之言，與文殊路，復設一選，不關其科。受先大致亦然，子書韻語，别爲選論，文始專塗，事雖不謀，理實同致，極通人之能事，可謂前不負述，後不嫌創也。且讀梅本者，案滅没之事，臚闕疑之書，一文異傳，縱恣冥括，曹丕《典論》，鍾嶸《詩品》，繇此而生。讀張選者，尊國君，貶亂賊，崇令主，黜百夷，篇書其所來，人記其所出，賢愚治亂，發策焕如，如登宗廟朝廷，禮樂備矣。此《文紀》《文選》所爲並行彌卲，無辭眩曜者也。

往者，受先與予念之數年，著作分任，從厥攸好。自漢迄元，代當有文，左右史書，記言記事，稽古爲烈。受先慨然承業，今且施之功用。梅禹金先生則有《皇霸文紀》③，至陳隋終焉。君子之學，何多同乎？予又幸不孤矣〔二〕。

【校記】

〔一〕本篇又見北大本《合集·古文近稿》卷二、張采《兩漢文選》崇禎六年刊本張溥《兩漢文選序》（以下簡稱「《兩漢文選》本」）。

〔二〕《兩漢文選》本末署「社盟弟張溥天如題」。

【繫年】

據本文版心「七録齋别集卷之一　癸酉稿」及《兩漢文選》張采自序，可知此文作於崇禎六年（一六三三）。

【箋注】

①《兩漢文選》四十卷，張采編，崇禎六年刊本，哈佛大學漢和圖書館藏。前有張溥《兩漢文選序》、

張采《題辭》（末署「崇禎六年三月蘇州太倉張采序」）、《紀事》。卷端題「吴下張采受先輯　周鍾介生張溥天如鑒定」。

② 梅鼎祚，字禹金，寧國府宣城人，諸生。梅守德子，梅朗中祖父。詩文博雅，以不得志於科場，棄舉子業。申時行欲薦於朝，辭不赴，歸隱書帶園，構天逸閣，藏書著述於其中。詩宗法李、何，精音律，有傳奇《玉合記》《長命縷》、雜劇《崑崙奴》。另編纂《古文紀》《古詩紀》，著有《梅禹金集》。生平詳見光緒《宣城縣志》卷十八。

③ 《四庫全書總目》卷一百八十九：「《皇霸文紀》十三卷，浙江巡撫採進本，明梅鼎祚編。鼎祚輯陳隋以前之文，編爲《文紀》，以配馮惟訥《詩紀》。此編上起古初，下迄於秦，故曰《皇霸文紀》，乃其書之第一集也。」

雲間幾社詩文選序〔一〕①

今天子詔下禮官，孳孳以進文學、選德能爲務，甚盛事也。詔書到郡縣，吏史左右顧，升堂受命，書其邑之人上應明詔，率逡巡不敢發。深山白髮之老聞詔書歡動顔色，或有欷吁泣下，恨生非其時者。其它高才子弟，年未任衣冠，即提筆走謁官府，願頌太平，通齒籍，終身爲聞人。然度其時勢，不滿三歲，天下之人不出。獨雲間諸子異甚，凡詔書之言，皆其所素爲。

辛未之秋，聯事鄉黨治古文辭者九人。壬申冬，成二十卷，悉所期約，其未期約而自譔述者不在其中。讀之體不一名，折衷者廣。大都賦本相如，騷原屈子，樂府古歌緜漢魏，五七律斷緜三唐，贊序班、范，誄銘張、蔡，論學韓愈，記彷宗元，至時事著策，經義敷説，别爲一書。自夫四海之大，百歲之久，不能有也。諸子生不出里閈，年未及强仕，爲時幾何，其言滿堂，不綦盛歟！

曩者庚午之役〔二〕，余偕勒卣、闇公②、臥子、燕又東歸，論著作抵夜分，臥子奮曰：「誠如子言，即不得官可不恨！」大聲慷慨，舟人動色〔三〕。辛未，彝仲、燕又、臥子罷春官歸，謂予曰：「今年不成數卷書，不復與子聞！」今其言皆驗。予獨俛仰客中，無所發舒，又不能勸説同里，蚤夜樹立，彬彬有聲辭命間。一旦誦詔書，盥沐不給，寢興太息，甚愧諸子暇豫矣。或謂諸子文辭太盛，無束帛丘園之義，疑與儒者不合。然則六經非聖人作乎？委巷之言，君子所鄙；言文行遠，國家賴之〔四〕。且其人孝於而親，忠於而君，即不文猶傳；又有文焉，其事全矣。今人聞談性命，不察其生平，稱爲儒家者流。方言里諺，視若《太玄》③，謂聖人在是。諷《雅》《頌》之音，覽竹素之字，則等於鄒衍九州，濫耳不信。此固明詔所不許，亦諸子當日所竊笑也。

【校記】

〔一〕本篇又見北大本《合集·古文近稿》卷一、《幾社壬申合稿》明末小樊堂刊本卷首張溥《序》(以下簡稱「《幾社壬申合稿》本」)。

〔二〕「曩者」,北大本無。

〔三〕「動色」,北大本作「變色」。

〔四〕「國家」,北大本作「四國」。

【繫年】

據文中「壬申冬,成二十卷」等語,兼據前文作時,可知此文作於崇禎六年(一六三三)。

【箋注】

① 此序雲間幾社詩文選,即《幾社壬申合稿》。《幾社壬申合稿》二十卷,明杜騏徵、徐鳳彩、盛翼進輯,卷端有張溥、姚希孟等序,明末小樊堂刊本。中國科學院圖書館藏,四庫禁燬書叢刊集部影印出版。儲大文《存硯樓二集》卷十八《書壬申文選後》:「迨熹宗、懷宗之際,四方文社紛然,若江北之南社,江右之則社,崑陽之雲簪社,山左濟南之席社、大社,淛西武林之聞社、讀書社,指不勝屈。然莫如婁東復社、茸城幾社,切劘砥礪,文行交修,更超越一時也。幾社始於陳黄門、夏考功,維時黨錮方嚴,邏卒傍午,兩君以厨俊負清流之重望,與同郡諸賢日爲文酒之會。一字之易,金懸通市;一文之成,紙貴鍊都。斌斌乎四傑七子以來,亦綦盛矣。集中著作幾至充棟,壬申歲

同郡杜麒徵、徐鳳彩、盛翼進彙選鋟板問世，至今傳爲美談。」

②徐孚遠，字闇公。復社成員。吴山嘉《復社姓氏傳略》卷三：「徐孚遠，字闇公。爾遂長子。崇禎壬午順天舉人。南都破，與夏允彝起兵，不克，遂入閩。唐王授福州推官，擢兵科給事中。唐王敗，浮海至浙。時魯王駐舟山，孚遠入朝，擢左僉都御史。舟山破，從亡入閩。戊戌，桂王遷孚遠左副都御史。是年入滇失道，入安南。還從魯王入臺灣，未幾，卒。少時與陳子龍、夏允彝言志，慨然流涕曰：『百折不回，死而後已。』後果如其言。有《十七史獵俎》諸編。」

③《太玄》：一稱《太玄經》，西漢揚雄撰。揚雄以爲經莫大于《易》，故仿《易》而作此書。

禮樂合編序〔一〕①

禮樂之難興也，有二失焉。其不知者略之，謂「治天下尚法爾，無所用之」；其知者迂之，則曰「禮樂百年後興，非今日所敢議也」。二説堅定，雖有明君察相，不能奪矣。嗚呼〔二〕！世衰道放，學者鮮宗，六經同歸，禮樂爲急，設狃故常，其事遂絶。此日齋《合編》之作，所以亟見於天下也。

其書揔括通整，凡王者治世之具，悉繫禮樂，《春秋》筆削，《大易》幽贊，指存宏鉅，命名攸始，《詩》《書》之文，各引其類，後代史志，咸見收録。書既成，予顧而歎曰：「學校微，禮樂廢矣。」董仲舒、劉向，漢大儒也，志興禮樂，務先庠序。班固作史，愴然太息，於光武之明堂辟雍，顯宗之宗祀養老，蓋貴本也。東都太學，盛聚空名；唐宋學舍，競資利禄。末世之事，所爲病古也，豈作者之失哉？

夫禮樂之事，同屋而議，一師嘵嘵，智者秉慮，愚者宣力，如作室造梁，事皆可見。學宫不修，肄業無地。是故「樂云鐘鼓」、「禮云玉帛」，昔人所譏②。以今言之，器久不辯，又曷救乎？宋儒推察精隱，力崇三始③，不得已而稍遷其説，謂爲禮先其可及，正樂先變歌章，修之以漸，久乃造微。此亦聖人鼓舞之意，二《雅》續正之指也。高祖諭群臣曰：「叔孫通儀雖雜就，必需百年，禮樂墜地，魯兩生何硜硜也！」是故作禮樂者，非斷不成。陶凱既製樂章，復進群臣言曰：「通禮不通樂，無以感人心；通樂不通禮，無以正風俗。」是故作禮樂者，非兼不明〔三〕。斷與兼〔四〕，祖宗之志也，言於今日則王者之所守也。孔子與顔淵論禮樂，自今不變者，獨夏時爾〔五〕，《韶》之下也〔六〕，胡舞升殿；冕之蕩也，女主祀天。本天時者不易，沿人事者數窮。使後之修禮樂者，如敬天時焉，亦可以不荒矣。

日齋博論今昔，所著弘廣〔七〕，《禮樂》之出，四瀆之歸也。本諸庠序，不敢不勉焉。若東海瑕丘，徒榮以官，博士弟子，紛高彼師〔八〕，豈其指哉〔九〕！

【校記】

〔一〕本篇又見北大本《合集·古文近稿》卷二、黄廣《禮樂合編》崇禎六年刊本卷首張溥序（以下簡稱「《禮樂合編》本」）。

〔二〕「嗚呼」，《禮樂合編》本作「夫」。

〔三〕「非兼不明」，《禮樂合編》本作「必兼明」。

〔四〕「與」，原作「無」，據《禮樂合編》本、北大本改。

〔五〕「爾」，原作「簫」，據《禮樂合編》本、北大本改。

〔六〕「下」，《禮樂合編》本作「變」。

〔七〕「廣」，《禮樂合編》本作「遠」。

〔八〕「彼」，原作「波」，據《禮樂合編》本、北大本改。

〔九〕《禮樂合編》本序末署「崇禎六年婁東友弟張溥西銘題於七録齋」。

【繫年】

據《禮樂合編》張溥序末署「崇禎六年婁東友弟張溥西銘題於七録齋」，可知此文作於崇禎六年（一六三三）。

【箋注】

① 此序明黃廣撰《禮樂合編》。《禮樂合編》三十卷，有崇禎六年錫山黃氏玉磬齋刊本。前有馬世奇、周廷鑨、石確、鄭鄤、王秉鑑、華琪芳、張溥、吴履中、黃襄等九人序，分署「眷弟馬士奇撰」，「崇禎癸酉菊月温陵周廷鑨題於潤李清署」，「丹徒令楚黃石確敬題」，「賜進士出身翰林院庶吉士毗

陵鄭鄤題」,「賜進士第知鎮江府事關中王秉鑑書於澹然齋」,「崇禎歲次癸酉桂月眷弟華琪芳書於讀禮齋」,「崇禎六年婁東友弟張溥西銘題於七録齋」,「崇禎癸酉秋八月年家眷弟吴履中書於讀禮之臾丸齋」,「崇禎歲次癸酉孟夏弟襄書於太常清署」。後有黄廣《禮樂合編跋》,署「崇禎癸酉桂月九龍主人黄廣跋」。其中卷二十五至卷三十卷端署「婁江侯在張溥天如父參閲」。

② 《論語·陽貨》:「子曰:『禮云禮云,玉帛云乎哉?樂云樂云,鐘鼓云乎哉?』」

③ 三始:王夫之《周易外傳》卷三《咸》:「天、地、人,三始者也。」

無近弟稿序〔一〕①

昨予客燕,無近弟日念予,欲予歸。予歸不兩月,弟車且北矣。昔者二蘇相念,各有《逍遥堂》兩絶句②。子由《詩序》謂:「感於韋蘇州『風雨對床』之句,惻然久之。」子瞻亦云:「讀弟詩不可爲懷。」予遠不敢望子瞻,顧弟之才,加以年力,似追子由無難者。且予即才劣,兄弟之情則同,不能不回翔低首也。

無近文數變,不離雅常,海内通明博濟之士多稱之。或謂其近義益醇,有《崧高》《生民》之思。予未敢應,私與切論,甚善其變化應規矩,軒軒天地間也。弟性至孝,少育他氏,事兩母如一母,在諸兄弟中齒最幼,諸兄弟皆呼以弟。弟事諸兄弟甚恭愛,諸兄弟交口頌其爲人。弟好推讓，急朋友，其童時已然。晉傅暢幼不惜金環，甚爲魯叔虎所譽③。若予弟者，十歲便當有名也。

庚午，弟已遇，復落，幸選入格，爲明經，此不足竟弟用。設以質言，漢重明經，弟之學行亦無負矣。予在京師時，四方賢士大夫時趣予勸弟行，觀其形貌議論。予雖歸，諸賢士大夫尚留。嗟乎！此即而兄也，盍往問焉？

【校記】

〔一〕本篇又見北大本《合集·古文近稿》卷二。

【繫年】

據「昨予客燕，無近弟日念予，欲予歸。予歸不兩月，弟車且北矣」，復據蔣逸雪《張溥年譜》「崇禎六年（一六三三）正月，弟王治入京應試」，可知此文作於崇禎六年（一六三三）春，時張溥家居，弟張王治入京應試。

【箋注】

①此爲幼弟張王治稿作序。張王治，字無近，號敉庵。王崑湖養子。復社成員。兄弟十人中，張溥與張王治關係最契。見《初集》卷四《趙荆璞先生六十序》注。

②王文誥輯注《蘇軾詩集》卷十五《子由將赴南都，與余會宿於道遥堂，作兩絶句，讀之殆不可爲懷，因和其詩以自解。余觀子由，自少曠達，天資近道，又得至人養生長年之訣，而余亦竊聞其一二。

以爲今者宦游相別之日淺，而異時退休相從之日長，既以自解，且以慰子由云》引王十朋注：「子由《逍遥堂會宿二首》并引云：轍幼從子瞻讀書，未嘗一日相捨。既壯，將遊宦四方，讀韋蘇州詩，至『那知風雨夜，復此對牀眠』，惻然感之。乃相約早退，爲閑居之樂。故子瞻始爲鳳翔幕府，留詩爲別，曰『夜雨何時聽蕭瑟』。其後子瞻通守餘杭，復移守膠西，而轍滯留於睢陽、濟南，不見者七年。熙寧十年二月，始復會於澶、濮之間，相從來徐，留百餘日。時宿於逍遥堂，追感前約，爲二小詩記之。子由《逍遥堂會宿》詩云：『逍遥堂後千尋木，長送中宵風雨聲。誤喜對牀尋舊約，不知漂泊在彭城。』第二首云：『秋來東閣冷如水，客去山公醉似泥。困卧北窗呼不醒，風吹松竹雨凄凄。』」

③《太平御覽》卷三八五《人事部·幼智下》引《傅暢自叙》：「暢，字洪迎。年四歲，散騎常侍扶風魯叔虎以德量，喜與余戲，常解衣褶被，脱余金環與侍者，謂余當吝惜之，而經數日不索，遂於此見名，言論甚重。」

姚宮端沆瀣集序〔一〕①

布衣之言升於有位，在位之人出言以利天下，其道一也。賈生覃精著論，克成《新書》，入告漢文，治安大指，不離其中。子瞻憂傷國事，即退擬制策、設問對，行其胸懷。人臣奉公，義先語言〔二〕，《詩》稱「雲漢」，《易》云「斷金」，無以易矣。現翁姚先生慮天下之故深〔三〕，爲諸生時輒欲上書宰相，論當世要害。若《沆瀣集》，固得行其道之言也。語成數萬，年歷四朝。

神宗之季，先生始釋蹻。其時教化醲固，萬物曠佚。先生憂其不繼，所言務持綜覈、察名實。循至今日，法令齊一，吏民嚴肅，解繩而遊，可以無動。則惇大簡易之説，先生三致意焉。商周之世，無大相殊，成湯、伊尹厲於前，武王、周召和於後，鏡世變以成就，治法亦曰因時而已。

先生十數年來，應詔有去華之切直，主文稱宣公之得人。文俱在世，指無所隱。獨其殷勤匡納，先以至誠，非深思孰察，不能知也。國家之事，一身之事，緩急云何？自爲者曰「急於一身」，爲人者曰「急在國家」，其所爲緩急，不敢信也。死生吉凶，分別在前，舍身而圖事，嘗不能及國。韓魏公數定大變，臨事即不欲生，大臣誠存是心，則成事之本也。班孟堅譏訶屈《騷》，謂其「不智」②，王叔師辨之③。百世而下，莫不誦王之美，非班之失。論人之際，小有升降，皆行已之成鑒，揆諸大者〔四〕，曷可忽乎？

貢舉之文，即不若封事章駁，專主糾慝。然揚於王廷，其事最著，睽睽之目，旦夕覽考。美王公者，不必宜於國人；布公道者，不必中於時會。非先生之精白一心，大文昭回，其誰尚焉？《詩》曰：「樂矣君子，直言是務。」④其拜獻之謂乎？又曰：「有鳳有凰，樂帝之心。」⑤其多士之謂乎〔五〕？

【校記】

〔一〕目録原題作「姚宫端沆瀣序」，脱「集」。本篇又見北大本《合集·古文近稿》卷二及姚希孟《沆瀣集》卷首張溥《序》（崇禎間吴郡張叔籟刊本，上海圖書館藏。以下簡稱「《沆瀣集》本」）。

〔二〕「義」，《沆瀣集》本作「議」。

〔三〕「現翁」，《沆瀣集》本作「現聞」。

〔四〕「揆」，《沆瀣集》本作「施」。

〔五〕《沆瀣集》本末署「婁東張溥敬題」。

【繫年】

據本卷首篇版心「七録齋别集卷之一　癸酉稿」及前文作時，此文蓋作於崇禎六年（一六三三）。

【箋注】

① 此序姚希孟《沆瀣集》。姚希孟，字孟長，長洲人。詳見《初集》卷六《五人墓碑記》注。

② 班固《離騷序》：「今若屈原，露才揚己，競乎危國群小之間，以離讒賊。然責數懷王，怨惡椒蘭，愁神苦思，非其人。忿懟不容，沈江而死。」

③ 王逸《楚辭章句·離騷序》：「屈原放在草野，復作《九章》，援天引聖，以自證明，終不見省。不忍以清白久居濁世，遂赴汨淵自沉而死。」

④ 語見《晏子春秋》引《詩》：「樂矣君子，直言是務。」

⑤ 語見王應麟《詩考・逸詩・茅鴟》：「有鳳有凰，樂帝之心。」

復讎篇序〔一〕①

《春秋》大復讎，其義非獨國君也。匹夫奮難，捐肌膚，急君父，無不勉焉。讀書伏節者，抑生忍死，事著論載。即欲不傳，又烏可得乎？予讀安順陸氏兄弟復讎諸紀②，竊心好之，謂古季布③、原涉不如也④。及交其人，徵當日行事。安氏初不順，脅諸苗民爲亂虐，兵稱七十萬，纍木石，治機械，攻安順。凡三月，城乃不守，陸氏不屈死者四十餘人。起鵾偕弟起鵬，挾父孝廉，從火中出。亂息，始得歸。身瀕九死，僅得父子無恙，幸矣。

安酋僞順，羅戎復煽，計啖孝廉分裂之，起鵬賣爲人奴。七年，達其事于起鵾，乃得贖。起鵾諸生，明大義；起鵬武人，强力工騎射，號帥府，請誅殺父者。帥府不與直，挺身走賊鄉，伏夾道中，射死殺父者四人〔二〕，削樹皮書之。於是起鵬走蜀，起鵾走楚及吴。四方之士哀其遇，壯其節，各爲感慨泣失聲。卧子之詩悲而直⑤，與游之傳篤而婉，彝仲、宗遠嶙峋幽折，傳以變文，海内所贈説多，予不能遍讀。要此數子者，亦足概生平矣。張睢陽、段太尉在唐稱忠烈首，顧其行狀遺事，非韓、柳不傳⑥。復讎義與死國等，諸君子之言，可以愧魯莊矣。

【校記】

〔一〕本篇又見北大本《合集·古文近稿》卷一。

〔二〕「死殺」，原作「殺死」，據北大本乙正。

【繫年】

據本卷首篇版心「七録齋別集卷之一 癸酉稿」及前後文作時，此文蓋作於崇禎六年（一六三三）。

【箋注】

①此序《復讎篇》，爲崇禎間陸起鵾、陸起鵬爲父復讎事所作。又，天啓二年二月，王之寀用《禮》《春秋》之義上《復讎疏》，見《明史》卷二百四十四《王之寀傳》：「天啓初，廷臣多爲之訟冤，召復故官。二年二月上《復讎疏》，曰：『《禮》，君父之讎，不共戴天。齊襄公復九世之讎，《春秋》大之。曩李選侍氣毆聖母，陛下再三播告中外，停其貴妃之封，聖母在天之靈必有心安而目瞑者。此復讎一大義也。乃先帝一生遭逢多難，彌留之際，飲恨以崩。試問：李可灼之誤用藥，引進者誰？崔文升之故用藥，主使者誰？恐方從哲之罪不在可灼、文升下。此先帝大讎未復者，一也。……臣見陛下之孤立于上矣。』」可參。

②陸起鵾（字怒飛）、陸起鵬，貴州安順人。兄弟二人爲父復讎事，詳見《國朝文録·石莊先生文録》

卷二《陸氏兩生傳》及《清史稿》卷四百九十八《陸起鶡陸起鵬傳》。

③《史記》卷一百《季布傳》：「季布者，楚人也。爲氣任俠，有名於楚。……楚人諺曰：『得黄金百，不如得季布一諾。』」

④《漢書》卷九十二《原涉傳》：「先是涉季父爲茂陵秦氏所殺，涉居谷口半歲所，自劾去官，欲報仇。谷口豪桀爲殺秦氏，亡命歲餘，逢赦出。郡國諸豪及長安、五陵諸爲氣節者皆歸慕之。涉遂傾身與相待，人無賢不肖闐門，在所閭里盡滿客。」

⑤見陳子龍《陳忠裕公全集》卷五《復讎行擬古樂府》：「黔中有壯士，父死蠻夷中。父死弟爲虜，嗟乎苦哉！是讎不報，誰謂我雄！一解。乃置黄金千斤贖我弟，問我父死所。兄持手，弟牽裾，大涕泣覆地。二解。側聞官家招夷，夷來降，夷來降，鼓冬冬杯。烏號獸鳴，白日慘慘天欲雨。三解。置酒置酒，我父死路衢，弟幸者賜輿服，小者賜酒鍾。蠻夷喜樂盤桓，誰知壯士鳴刀環。三解。置酒置酒，我父死路衢，弟幸蒙全祐。感爾不殺恩，前宰肥牛，後烹吠狗。四解。酒方酣，擲杯盤。壯士突出户間，謂爾酋，抑何愚。爾昔殺我父，我今臘爾肉。酋大股慄，欲言不得言。五解。大兄斫其腹，小弟截其肩。還持讎首祭父，觀者滿路旁，啃啃上指天。六解。道帥大怒：爾何殺降！兄弟爭死，罪無所當。小弟得爲將軍，大兄走故鄉。賢哉賢哉！君不見父死門東，子吟道旁。七解。」

⑥見韓愈《張中丞傳後叙》、柳宗元《段太尉逸事狀》。

王文肅公課孫稿序〔一〕①

嘉靖之季，文尚弘邈，吾婁相國起而昌大其事，觀斯備矣。當時稱述大家者，咸云琅邪探放六藝，太原綜切義理。兩家嶽嶽儒林間，四方車蓋輻輳，其鄉童子歌謡，丈人播説，未能先也。

神廟治太平久，相國左右奬弼，功遂名立。退居里中，喜論文字。當日緱山先生復以一經旗天下，四方識與不識，言制義者必趨太原〔二〕，郡邑望風，彬彬可睹。相國則負罌灌花，闢園舍，督諸孫其中。每盡一義，邑中傳覽，如子瞻字紙，須臾録記，輒有數十。今之存者，大率多里塾本也。

相國初應春官試，文成千言，淼浩博瑋，萬物涵負。後知貢舉，則簡辭命，嚴繩準，約繁使理，體無跳躍。迨讀其課孫諸篇〔三〕，長短豐約，不可一端，其要曰中理切事而已。坤厚載物，氣兼四時，發不能藏，斂不能出，皆非地所有，上之於天，事亦不全。觀相國之文，道器存焉。後之作者，極規五行，或得其一，不若地本。所謂制受先後，必繇中央，董子之論，曷可誣乎？

相國諸孫玉茁山立，辭苑鏗鏗。長者早謝，獨璽卿烟客躬仁義，秉經説，授諸子。諸子年未勝冠帶，騰踔高厲，慕誦三代。宗族之彦接肩，年俱一輩，時從予問爲學。予曰：「學文肅可矣。」此豈獨爲太原言哉？制舉之道，各有其傳。漢人尊師，數世不易；唐初佐命，無忘河汾。遠言高山，忽於几闑，非學所聞。今太原存藝，天下之方圓規矩也。循之者安，略之者敗，使不朝夕，誰執其咎？予懷先民，此基之矣。

或謂肥遯之言，作者自虞，通之廊廟，非其質耶？然則晉公之堂②，温公之社，將不傳歟？學登於本朝，而家庭先之，爵服一時，而道德語言施於子孫。相國之教，曾玄以下，實世守焉。考父有銘，《春秋》所託，孰之復之？夫固知宗廟之文，國門之書，其義一也。

【校記】

〔一〕本篇又見北大本《合集·古文近稿》卷一。

〔二〕「者」，北大本無。

〔三〕「諸篇」，原作「諸編」，據北大本改。

【繫年】

據本卷首篇版心「七録齋別集卷之一　癸酉稿」及前後文作時，此文蓋作於崇禎六年（一六三三）。

【箋注】

① 此序王錫爵課孫稿。王錫爵，字元馭。詳見《初集》卷六《論表策説》注。

②晉公之堂：宋鄭俠《晉公曳尾堂詩序》（《西塘集》卷二）：「晉公居室卑湫，而升其堂者，雖九層之臺，廣宇華構，無晉公之堂之樂也。」

壽文湛持先生六十序〔一〕①

熹廟改元之二年〔二〕，文湛持先生廷對擢第一。天下群相賀曰：「得人之盛，明興以來所僅有也。」「僅有」者，不幾有之辭也〔三〕。

先生官翰林三月，憫當世之故深，危言號廷，解帶歸里②。群相賀者，又群相歎也。然先生去國時，元夫鯁士尚在朝，中人禍未酷。或疑其鴻飛太疾，類古隱者。抑知漢唐奄患釁起微末，永元長秋之命，開元監門之寵，君子已憂其不支。豈待百度陵折，四海盡傷，始歎禍烈哉！甚矣，先生之見豫也！

先生既行，正士畢害。踰三年，中人伏辜，天下亟望先生相。今天子乃詔起田間，僅官翰林如初③。則曰資序然也。夫資序之設，安行俟之，先生何庸心焉？然位在學士，入贊謨畫，古有其人，陸敬與是已④。使先生遭時騁志，發舒其學，即今之職，何所不自見乎？回翔十年，而先生年且六十，則胡爲也。周蓼洲、姚現聞兩先生，先生之戚友也。蓼洲先生被璫械，武夫紛紜，百姓殕之，禍且岌岌矣。先生偕現聞先生身左右焉，往居賴以即安。嗟乎！此皆十年事也。十年之中，先生歷禍患，備憂毒，屏居深念，所以爲國家者至矣。然而不能悉言也。纁書再召，敷文講幄，論使臣之禮，痛言刑不上大夫，辨魯太師語樂，蹙乎有懷於君子小人，聽殊雅鄭，中夜不寐，遂騰諫書。非遠猷奉公、義備辰告者，其能之乎？

夫察精神，問氣貌，天子所以禮大臣也；正志强學，蚤夜不敢惰衣冠，弛筋骨，純臣所以答天子也。今先生年當養國，世之采文獻頌者，争美其枕高杖晚，圖列雅跡。予小子不一言，而梗概若此。夫固知先生之志在王室也。若夫居家有常儀，臨事應變，裁以大度，文師秦漢，義貴辭達，書法晉人，必恭敬先之，此固其小者。於事君子之義，亦無不當焉。是故在鄉而鄉人服，登朝而天下安，不慕公孫之榮⑤，而徵以司馬之遇，君子固曰未晚也。

【校記】

〔一〕本篇又見北大本《合集·古文近稿》卷四。

〔二〕「二年」，原作「初年」，據《明史·文震孟傳》「至天啓二年，殿試第一」改。

〔三〕「不幾有之辭」，北大本作「猶言不幾有」。

【繫年】

據文震孟生年，可知此文作於崇禎六年（一六三三）。

【箋注】

①此爲文震孟六十壽辰作。文震孟，字文起，號湛持。見《初集》卷六《五人墓碑記》注。

②《明史》卷二百五十一《文震孟傳》：「時魏忠賢漸用事，外廷應之，數斥逐大臣。震孟憤，於是冬十月上《勤政講學疏》。……疏入，忠賢屏不即奏。乘帝觀劇，摘疏中『傀儡登場』語，謂比帝於偶人，不殺無以示天下，帝頷之。一日，講筵畢，忠賢傳旨，廷杖震孟八十。首輔葉向高在告，次輔韓爌力爭。會庶吉士鄭鄤疏復入，内批俱貶秩調外。言官交章論救，不納。震孟亦不赴調而歸。」

③《明史》卷二百五十一《文震孟傳》：「崇禎元年以侍讀召。改左中允，充日講官。」

④陸贄，字敬輿，蘇州嘉興人。唐德宗時任翰林學士、門下平章事等職，參與機密，時稱「内相」。所上奏章切中時弊，析理深刻，爲人所重。著有《陸宣公文集》。傳見《新唐書》卷一百五十七、《舊唐書》卷一百三十九。

⑤《續集·論略》卷二《士品臣品議》：「漢武詔求賢良，郡國以公孫弘應。對詔失指罷，已而再舉，弘不肯行，强之始前，卒成顯相，貴幸無比。」參見《漢書》卷五十八《公孫弘傳》。

吴于民稿序〔一〕①

于民名在四方已二十年，其自視則無有也。新安多承學之士，從游者百輩。于民横琴説書其間，開論大義，如壁聞鐘磬，河出鼎文，後生美士得一足傳。顧按班選矩，法歸先摹，君子命之曰古，非虚也。

予讀史書，疑新安文不盛顯，及覽郡志，徘徊久之。韋齋先生倡正學②，整大雅。南宋迄元，代生作者，大都俎豆聖人，耻達非據。二百年海内無與方轍，豈地氣有遷，抑人事善召歟？予嘗謂新安錯處萬山，車馬不至，若得同志數人載家而來，比室諷詠，薪菽不給，山草資之，絜前賢所撰，分體立功，不假異物，已足示來世，何患白頭鹿鹿乎③？

楚中朱白石④，當代博雅君子也。黄卜周雖素籍歙⑤，居京師久，歸止一年耳。兩人皆不識于民，聞于民名，樂交之。近因予與孟樸、孟宏、君偉來⑥，始接議論，同飲食。夫聞名不必相見，一見即不能一日去。古人交致皆然。讀書之道亦猶是也。夸氣而無當，侈交而鮮宗，世之求名者率路也，予竊無取焉。得于民而閉户出門，兩義俱足，非萬山中人敢擬轍跡乎？雖然，是山同也，人則有異；書固在也，讀者難矣。得于民一卷之文，悟天下無窮之業，知不在巢公之巢、壺公之壺也⑦。

【校記】

〔一〕本篇又見北大本《合集·古文近稿》卷三。

【繫年】

據本卷首篇版心「七録齋别集卷之一　癸酉稿」及前後文作時，此文蓋作於崇禎六年（一六三三）。

【箋注】

①此序吴德鑒稿。張溥又有《和孟樸新安歸舟兼示黄卜周朱白石吴于民》。吴德鑒，字于民，徽州府人。復社成員，名列《復社姓氏録》。

②黄本驥《聖域述聞》卷二十八《朱松》：「朱松，字喬年，先賢朱子之父。生有俊才，聞楊時傳河洛之學，益自刻厲，痛刮浮華以趨本實。日誦《大學》《中庸》，用力於致知誠意。自謂卞急害道，取古人佩韋之義，以名其齋。登政和八年進士，授政和尉。……松卒，贈通議大夫。明嘉靖十年從祀啓聖祠，稱先儒。」

③鹿鹿：平凡。張煌言《祭平夷侯周九苞文》：「鹿鹿如余，列公之盟，亦謬稱雁行。」

④朱荃宰，字白石，又字咸一。復社成員。乾隆《黄岡縣志》卷八：「朱荃宰，字咸一。明末己卯辟舉，授浙江武康知縣。以最召赴京，卒於道。家惟圖書而已。著有《周易内外圖説》《禮記會通》《禮記金丹》《毛詩類考》《孟子年表》《經濟録》《論世篇》《世史》《尚史》《文通》《詩通》《詞通》《樂通》《韻通》《大學權衡》《中庸權衡》行於世。艾南英稱其孝友廉讓，留心著述，其於車戰舟師，皆有師授。」

⑤黄鼎，字卜周，徽州府歙縣人。復社成員。吴山嘉《復社姓氏傳略》卷五：「黄鼎，字卜周，歙縣人。天啓甲子舉人。」

⑥ 君偉，蓋即《近集》卷二《贈陳君偉艷詩》之「陳君偉」。生平待考。

⑦ 壺公：《雲笈七籤》卷二八引《雲臺治中録》：「施存，魯人。夫子弟子，學大丹之道，……常懸一壺如五升器大，變化爲天地，中有日月，如世間，夜宿其内，自號『壺天』，人謂曰『壺公』。」

題邵氏墓圖〔一〕①

邵彌僧彌氏圖其先代墓舍示四方，予讀之感焉。嗟乎！古人防墓，繇來遠矣。邵氏家世清貴，無石槨頌琴爲觀美。然松櫝成行，土封罣如，子孫歲時治酒食，潔衣冠，展視堂屋，祖考是憑，則亦見容聞聲矣。僧彌次第一圖，言其上世，較之渭川十畝，尤爲近之。倘有不戒者丁丁其間，予將告之曰：「伊獨無母乎？舍肉不食，足以教孝。苟縱尋斧，是自伐也。」墓門不遠，惜及草萊，登覽生哀，有神告焉。邵子作圖，蓋庶幾歐陽《隴岡阡表》矣②。

【校記】

〔一〕本篇又見北大本《合集·古文近稿》卷二。

【繫年】

據本卷首篇版心「七録齋别集卷之一　癸酉稿」及前後文作時，此文蓋作於崇禎六年（一六三三）。

【箋注】

①此題邵彌先代墓圖。邵彌，字僧彌。吴偉業好友。吴偉業《邵山人僧彌墓誌銘》（《吴梅村全集》卷四十六）：「嗚呼！此吾故友長洲邵山人僧彌之墓。……君諱彌，僧彌其字。清羸頎秀，好學多才藝。於詩宗陶、韋，於畫仿元、宋，於草書出入大、小米，而楷法逼虞、褚，稱絶工。平生揮灑，小幀尺幅，人皆藏弆以爲重，或購之累數十金。而君用以搜金石，訪蜼彝及圖章玩好諸物，此外蕭然無辦。題所居曰頤堂，置一榻其中，以藥爐茗具自娱。性舒緩，有潔癖，整拂巾屐，經營几硯，皆人世所不急，而君爲之煩數纖悉。僮僕患苦，妻子竊罵，終其身不爲改。賓客到門，謦欬雅步，移時始出。與人飲，不半升頹然就睡，雖坐有重客弗顧。中年得下消疾，覽方書，多拘忌，和柔燥濕，飲啖多寡，不能適其中，以此益困殆，其迂僻如此。君受業於牧齋錢先生，同里若文文肅、姚文毅雅所推許。居恒於人材消長之故，搤掔抵掌，慷慨極論。及與余遇，既憊且衰矣。嘗共登鷄籠山，東望皖、楚，憂生傷亂，泣下沾襟，余乃知君非迂僻者也。」

②趙汸《題妙絶古今篇目後》：「《隴岡阡表》，身達而能顯其親。」

何玄子易詁序〔一〕①

國朝學《易》者，予心獨高楊止庵②、錢啓新兩先生③，今得玄子而三矣。止庵先生之論《易》也，汲汲於崇古學而黜心易。其言曰：「田何者，不言理之始；費直者，不言理之終；王弼者，不言象數之始；孔穎達註弼説，不言象數之終。」又曰：「焦、京以緯亂《易》，何、王以玄亂《易》，《易》猶有存。今之心學，無理無象數，是自然之絶也。」於是次第傳《易》，别宗傳、衍傳、正傳、轉傳、異傳、别傳、蘖傳七端，痛言得失。辯哉斯言！雖紫陽復生，無以過也。

啓新先生之《易》，得於王塘南④、陳蒙山兩先生⑤。王、陳之《易》不著，錢氏獨顯。先生自言二十年始成象像，又十年，始成像抄，中云：「人不知像始於《屯》，終於《未濟》而已。」鄒南皋先生讀其言⑥，深歎息焉。又謂：「讀《易》者當爲書策居守，不當爲書策蠹害。」旨與楊氏合。是故學《易》雖多，兩家之《易》，稱絶倫矣。

何玄子，今之學者，閩大儒也。經傳史載，無不通理。其業先見於《周易》《孝經》。《易詁》之成，聚書十年，始得下筆。其説大約折衷衆家，斷以己意。於遠者寧過信而存之，謂其去聖人近也；於近者寧峻防而以理制之，惡私説之嚻也。書凡數卷，古今質文兼焉。立之學宫，號「何氏易」，非虚矣。或曰：「玄子習《書》，《易》非所素有。」嗚呼！六經一也。即以《書》言，儒者謂「精一執中」，即《易》理；「欽若昊天」，即卦象；「滿損謙益」，即卦占；「通變宜民」，即卦變；「枚卜吉從」，即蓍法。堯舜以來，用《易》尚矣。矧河雒圖書，理數一致乎？且經生之弊，好便避難，無精深之思，而喜託易簡之説。

楊、錢二《易》行世久，詢之學士家，鮮或見之。予懼何氏書行，世以爲秘，莫知猶是也。然則五家三派之學，宋代鉅儒之論，竟絶業不復施用乎？予日閔閔焉，所以序也〔二〕。

【校記】

〔一〕本篇又見北大本《合集·古文近稿》卷二及何楷《古周易訂詁》書前張溥《古周易訂詁序》，清乾隆刻本，哈佛燕京圖書館藏。

〔二〕《古周易訂詁》本末署「社弟張溥天如題」。

【繫年】

據何楷《古周易訂詁》自序末署「崇禎六稔歲在癸丑閩漳何楷玄子氏書於虎疁使署」，可知張溥此序作於崇禎六年（一六三三）。

【箋注】

① 此序何楷《古周易訂詁》。何楷，字玄子，漳州鎮海衛人。博綜群書，尤邃經學。天啓五年進士，崇禎時授户部主事，遷工科給事中。楊嗣昌主與清議和，奪情入閣，楷亦劾之。丁憂服闋，仕福王、唐王，以忤鄭芝龍，請告歸。清軍陷漳州，鬱悶而死。著有《古周易訂詁》《詩經世本古義》。生平詳見《明史》本傳。何楷《古周易訂詁》十六卷，有崇禎六年刊本、四庫全書本、乾隆十六年朱墨套印本。

② 楊時喬，字宜遷，號止庵，上饒人。黄宗羲《明儒學案》卷四十《端潔楊止庵先生時喬》：「楊時

喬，字宜遷，號止庵，廣信上饒人。……先生學於吕巾石，其大旨以天理爲天下所公共，虚靈知覺是一己所獨得，故必推極其虚靈覺識之知，以貫徹無間于天下公共之物，斯爲儒者之學。」黄仲琴《重刊〈古周易訂詁〉：嵩園讀書記之四》（《黄仲琴全集》第二輯《嵩園文史論叢》）：「楊時喬止庵，汲汲于崇古學，而黜心易。其言曰：田何者，不言理之始；費直者，不言理之終；王弼者，不言象數之始；孔穎達注弼説，不言象數之終。又曰：焦、京以緯亂《易》，何、王以玄亂《易》，《易》猶有存。今之心學，無理，無象數，是自然之絶也。於是次弟傳《易》，别宗傳、衍傳、正傳、輔傳、異傳、别傳、蘖傳七端，痛言得失。」

③錢一本，字國端，别號啓新，常州武進人。黄宗羲《明儒學案》卷五十九《御史錢啓新先生一本》：「錢一本，字國端，别號啓新，常州武進人。……先生深于《易》學，所著有《像象管見》《象鈔》《續鈔》。演九疇爲四千六百八爻，有辭有象，占驗吉凶，名《範衍》。」黄仲琴《重刊〈古周易訂詁〉：嵩園讀書記之四》：「錢一本啓新，其《易》學，得于王南塘、陳蒙山。王陳之《易》不著，錢氏獨顯，自言二十年，始成象像，又十年，始成像抄，中云：人不知像始於《屯》，終於《未濟》而已，又謂讀《易》者，當爲書策居守，不當爲書策蠹害。」

④王時槐，字子植，號塘南。黄宗羲《明儒學案》卷二十《太常王塘南先生時槐》：「先生弱冠師事同邑劉兩峰，刻意爲學，仕而求質於四方之言學者，未之或怠，終不敢自以爲得。五十罷官，屏絶外務，反躬密體。如是三年，有見於空寂之體。又十年，漸悟生生真機，無有停息，不從念慮起

滅。學從收斂而入，方能入微，故以透性爲宗，研幾爲要。……高忠憲曰：『塘南之學，八十年磨勘至此。』可謂洞徹心境者矣。」施閏章《施愚山集・王塘南》：「年八十，講學不倦。或問曰：『孔子七十從心不逾矩，今先生八十，何以進於是？』公應曰：『學生今日方知志學。』」

⑤陳嘉謨，字世顯，號蒙山，廬陵人。黄宗羲《明儒學案》卷二十一《參政陳蒙山先生嘉謨》：「少讀書西塔，值劉兩峰在焉，即師事之。問以其説語塘南，塘南心動，亦往師之。一時同志鄒光祖、敖宗濂、王時松、劉爾松輩，十有七人，共學兩峰之門。螺川人士始知有學，先生倡之也。歸田後爲會青原，與塘南相印正。」

⑥鄒元標，字爾瞻，號南皋，吉水人。神宗初，觀政刑部，謫戍都匀衛。居六年，召爲吏科給事中，謫南京刑部照磨。後熹宗立，累拜左都御史，加太子少保。致仕。卒，追贈吏部尚書，謚忠介。生平見《明史》卷二四三《鄒元標傳》。

陳大士古文稿序（一）①

古文之道與時藝相上下，盛衰之衡，因人所好，作者不能自繇。然物候既至，理有恒貴，欲以辨力矜尚，不攻而屈。當夫道風頹弊，士習愞論，四海同波，舟楫靡届，與言大士之文，正仁義，明得失，孰不同聲姗笑，指爲見怪者乎？乃介生一唱，六合從風。間有姣妒，外示不服，而中含愧歎，齒牙治兵，而詞實竊取。此亦足以見人心之不差，《大雅》難以妄託也。

大士時藝捆載充積，即其行世，已有萬篇。近復以古文辭稍通人間②，奇岩峭雅，執唐宋八家名之，一無因彷。大士、文止，總角合奏，諷其簡篇，謂：「多者不工，工者不多，昔人所病。觀我大士，始知其拙。」枚皋、長卿，淹敏路殊，同歸博妙，若遇大士，皆當斂手。精者得之須臾之間，大者不離尋丈之内。嗚呼！可謂知言已〔二〕。

【校記】

〔一〕本篇又見北大本《合集·古文近稿》卷二及陳際泰《太乙山房文集》（明崇禎六年繡谷李士奇校刊本，四庫禁燬書叢刊補編第六十七册影印）書首張溥《陳大士文集叙》。

〔二〕《太乙山房文集》本張溥《陳大士文集叙》末署「婁東社年弟張溥天如題」。

【繫年】

據陳際泰《太乙山房文集》崇禎六年繡谷李士奇校刊本，可知此文作於崇禎六年（一六三三）。

【箋注】

① 此序陳際泰《太乙山房文集》。陳際泰《太乙山房文集》十五卷，崇禎六年繡谷李士奇刻本，前有張采、張溥、程弘基等序。

② 張采《知畏堂文存》卷二《大士之燕草序》：「方余行大士古集，凡綴文之士，人置一册，擬爲方册。或几案間不備，即謂不可以道古，交相譏訶。大士尊于時如此。」

義士葛成像贊〔一〕①

義士有聲吴中久，死而肖像，世謂雷將軍復生也②。班氏傳游俠，猥稱樓原，此皆附王公爲雄耳，烏足與朱家③、郭解道哉④？義士當中貴蜂出，一擊使服，吴中無名之税俱脱，其一時不死者，天耳。

天啓之末，五人號呼，首懸市門，何歟？五人死不十月，墳墓高敞，故中貴祠，當時所謂上公地也⑤。義士願洒掃居守其間。今雖後死，及地相見，可以無恨。然五人一奮血肉，誅死狼藉；義士械處，數年卒釋。吴人猶能見其老人形像。嗚呼！可謂非時哉。

【校記】

〔一〕本篇又見北大本《合集·古文近稿》卷二。

【繫年】

據本卷首篇版心「七録齋别集卷之一　癸酉稿」及前後文作時，此文蓋作於崇禎六年（一六三三）。

【箋注】

① 此爲葛成像題贊。葛成，亦作葛誠、葛賢。蔣瑞藻《小説考證續編》卷五引《花朝生筆記》云：

「明萬曆辛丑，内監孫隆以織造至蘇，……六門設税吏，擔負出入，必税錢數文，閭閻騷動。吴人葛誠激於義憤，以蕉扇招市人，殺其參隨，隆走杭得免。……吴人義之，呼爲『葛將軍』，並作《萬民安傳奇》以張之。」錢謙益《初學集》卷十《葛將軍歌》：「葛將軍，萬夫雄，我昔日遇之婁水東。魑顔虎鼻眉目古，蕉扇颯拉吹秋蓬。死骨穿近五人冢，生魂嘯動五兩風。葛將軍，今死矣，權奇俶儻誰與擬！」葛成抗擊税監之事早於五人就義二十五年，而葛成死於五人之後，晚年傍五人墓以居。顧禄《桐橋倚棹録》卷五《冢墓》：「明葛賢墓，在五人墓西。《府志》：『賢，初名成，萬曆二十九年内監孫隆私設税務，成倡衆擊所委，焚其家，税由是止。人呼爲葛將軍，郡守改其名曰「賢」。繫獄十餘年，遇赦得釋。高五人之風，廬於墓側，卒葬其旁。』文震孟題曰『吴葛賢之墓』，陳繼儒有記。乾隆丁亥永嘉周鳳岐重修。今爲東山土地副司。」姚希孟《棘門集》卷八《葛義士贊并吊顔佩韋等五人》：「烈士伊誰？葛姓名賢。後此五人，佩韋居先。有幸而成，不幸而敗。征商稍蘇，纍臣遇害。有幸而生，不幸而死。葛君在斯，五人已矣。爲嬰爲臼，何低何昂。張許李郭，日月齊光。六人合傳，千秋不朽。」

② 王惲《雷將軍歌名時舉，京兆同州人》（《全元詩》第五册）：「雷舉秦人家將種，不學齊高賈餘勇。温然酬接縫掖流，照眼容刀輝玉琫。朔風憶捲關隴破，西走巴渝爲勢擁。宋人重漢不内任，闖貴豪英制邊聳。將軍守戍分劍關，劍門天險石巃嵸。當時一軍號安靖，玠去群猗鬨呼洶。」

③《史記》卷一百二十四《游俠列傳》：「魯朱家者，與高祖同時。魯人皆以儒教，而朱家用俠聞。

所藏活豪士以百數，其餘庸人不可勝言。然終不伐其能，歆其德，諸所嘗施，唯恐見之。」

④《史記》卷一百二十四《游俠列傳》：「郭解，軹人也，字翁伯，善相人者許負外孫也。解父以任俠，孝文時誅死。解爲人短小精悍，不飲酒。少時陰賊，慨不快意，身所殺甚衆。以軀借交報仇，藏命作姦剽攻，休乃鑄錢掘冢，固不可勝數。」

⑤詳見《初集》卷六《五人墓碑記》。

俞太母八十壽序〔二〕①

太母以武寧外孫、水部愛息適俞新宇先生②，婦順、婦德、婦言、婦功備矣。一時大人先生徵行考義，爲誦「鳲鳩」〔三〕，詠「蘋藻」，弗敢忘也。子彥直③，孝廉，俶瑋端博，友道遍天下。當太母八十，集四方之言，張諸東壁，次第及溥。溥不敢文，抑與諸子謀曰：「組紝修歟，臧穀輯歟，魚牲之祭，必躬必潔歟，管庫出内以禮歟，宗老睦歟。」賓客稱之曰：「賢歟。世之高閫内者，色然而矜，震震然以爲不可幾及。自太母視之，數者皆餘也。」

太母讀書善論難，推高理學，助新宇先生爲建說。又在富念貧，貴能及下，斯可謂君子矣。閨房之性仁儉，其恒有也。家或清匱，慮存菅蒯，節食殺服，言動不敢先人。一室之内無高深之形，樽綴委蛇，老幼穆如，爲士人妻者多能之；所難居者，獨富貴爾。清華之子，鳴鼎結轂，豐形厚勢，莞簞安之。既登天朝，體節彌大，外臨以卿大夫之文，内繫以内子之職。一物不恪，責者衆至。僮指以下，好爲聲光。是故象服委垂，慫積鍘釜。凡此者，豈皆樅金石，示焜燿哉？習而忘焉，自名爲敬共，而瑕疵見于外，亦勢使然也。太母執謙應度，履順不伐。世徒見其金蟬聯葉，門宇峻隆，加服增歎，謂爲極榮。抑知外觀見豐者，無關神明乎？《詩》言「無儀」，趙母戒無爲好④，雖女志之通言，所以防閑富貴，教之以静者尤亟。

今者彦直閑居養志，歲時暇豫。太母輊軒升覽，帥子孫飲食從。徵其年歲，當古者韋母之齒。然則子爲太常，母號宣文，固今日事也。壽太母者，兼賀彦直曰：「非是母不生此子。」此非同人之言，蓋古有之。出乎四門，以望四國，不如退而循之奥蟄之間；聽玉佩之聲，察車帷之色，不如觀其訓子者，可以得陰事之實。二三子，夫各有母，鶴鳴聲聞，亦言其本而已。

【校記】

〔一〕本篇又見北大本《合集·古文近稿》卷二。

〔二〕「鳴鳩」，原作「鳴鳩」，據北大本改。

【繫年】 據本卷首篇版心「七録齋别集卷之一　癸酉稿」及前後文作時，此文蓋作於崇禎六年（一六三三）。

【箋注】

① 此爲俞汝爲妻、俞廷諤母八十壽辰而作。

② 俞汝爲，字毅夫，號新宇。俞廷諤父。光緒重修《華亭縣志》卷十五《人物》：「俞汝爲，字毅夫，號新宇居沙家橋北。父明時，諸生，直指李表其廬曰『高士』。汝爲隆慶五年進士，爲德化令，築隄自郭州抵德化，延袤三千餘丈，旱潦蓄洩，邑人稱『俞公隄』。累陞兵部郎中，出任山東僉事，中流言，左遷南兵部，乞歸侍養。起沁陽知州，興學校，賑饑荒，創州志，政績多可紀。患風痺，歸，卒年七十一，祀鄉賢祠。弟汝楫，字仲濟，有文名，嘗與東林講席，顧憲成、高攀龍每虚左焉。卒，里中私謚端慤先生。知府方岳貢改曰清惠。」

③ 俞廷諤，字彦直。俞汝爲子。光緒重修《華亭縣志》卷十五《人物・俞汝爲》：「子廷諤，字彦直，用上海籍中天啓四年舉人。陳繼儒修郡志，廷諤實佐之。」

④ 邊連寶《病餘長語》卷四：「趙母嫁女，敕之曰：『慎毋爲好女。』女曰：『不爲好，可爲惡乎？』母曰：『好尚不可爲，況惡乎？』」

全邑侯政紀序〔一〕①

萬家之城，諸侯有之，紀爵而書，曹滕郯費皆侯屬也。若以觀德，如聽樂焉。或降於列國，或登於三代。視其所爲主者，不拊不搏，可以意服也。侯之任崑也，不三月而民歌，甫期而邦之人大靖。絺綌懷之②，鳩鵠附之③。則曰：「斯邦之弗鳩弗集，亦越有年，自今賴焉。」葆首者息擊轅，而靡轂者式燕飲食，非侯繄誰之施？觀宓子者於漁④，觀國子者於道之桃李。酷武之後，任之以仁；苟其放弛，振之以禮。崑之求治也，漏而待衤加，焦毛髮而待沃勺，日夜桔槔，而遑遑然以望有秋。維侯是究是使，是長是育。二者之義，不綦備歟？

【校記】

〔一〕本篇又見北大本《合集·古文近稿》卷二。

【繫年】

據文中「侯之任崑也，不三月而民歌，甫期而邦之人大靖」等語，兼據本卷首篇版心「七録齋別集卷之一　癸酉稿」，可知此文作於崇禎六年（一六三三）。

【箋注】

① 此序崑山縣令全在兹政紀。雍正《靈川縣志》卷三《人物》：「全在兹，字任文。中天啓甲子科鄉

試，崇禎辛未進士，初授南京蘇州府崑山縣令，改調湖廣衡州府衡陽縣令。弘治己酉奉提督學政，余公朝相送。入鄉賢從祀。」

②絺綌：葛之細者曰絺，粗者曰綌。引申爲葛服，此代指百姓。

③鳩鵠：「鳩形鵠面」之省，形容人久饑枯瘦之狀。此代指百姓。陸隴其《時務條陳六款》：「勿因不肖之侵欺，而盡掣賢者之肘，則鳩鵠之民，庶有賴矣。」

④戴震《分篇水經注·泗水》：「又東，逕單父縣故城南，昔宓子賤之治也。孔子使巫馬期觀政，入其境，見夜漁者，問曰：『子得魚輒放，何也？』曰：『小者，吾大夫欲長育之故也。』子聞之曰：『誠彼形此，子賤得之，善矣。惜哉！不齊所治者小也。』」

壽錢叔弢年伯五十序①

祝人之親者曰「子孫盛多」，祝人之子若孫者曰「毋忘祖考」。此天下之恒辭，君子所樂聽也。抑有其言矣，將徵其人，則若之何？求之高門如伐鼓焉，謂聞聲而廣應也。欲世其賢名表宅里焉，非當世之淳人潔士不勝也。叔弢先生爲中丞第四子，約身謹行，退若諸生。子哀鄉進士，官大行，視中丞先後顯遇，尤早貴。先生俯仰其間五十年，履道而亨。

今者吴禹玉先生亦五十，兩家同里，子各早達。里人持牛酒相屬，溥以年家子揖讓獻言。顧兩先生少同庠序，毛齒雁行，雖封公世家，相笑莫逆如諸生時。旁觀者感叔翁先生德厚，輒追道大中丞生平。大中丞居鄉久，通籍三十餘年，粥粥不名其能，戒諸子謹視老成，温恭中禮，曰：「人不恭舊，爲木中蠹；士不循義，石田而耕。」聽斯言也，雖孔子《宥坐》之銘②，何加焉？

中丞長君伯藴先生服德推財③，日就减削。先生左右之，贊成其志。伯不言貧，叔若無貴，僮指節焉，家黨安焉。中丞既立廟，又祠學宫。元旦月節，先生同伯翁兄弟犇奏致敬，諸孫二十餘人衣冠拜，道路環視，輿不得前。然先生貌益莊，循牆惟謹。故人弟昆有不輯者，則躬趨其門勉之；或困不能婚嫁者，成就之。邑中人與先生識面，即終身不獻束矢於公庭，其後人亦無負薪行歌爲市兒患苦者，皆太丘之化也。曾子曰：「君子行於道塗，其有父者可知也，其有師者可知也。」④古之善事父者莫如子輿，善事師者莫如顔子，顧其義則同。今何以壽先生哉？其爲先生之枝者，思子輿可也；其爲他人也者，思顔子可也。

【校記】

〔一〕本篇又見北大本《合集·古文近稿》卷二。

【繫年】

據文中「今者吴禹玉先生亦五十」及據《壽吴年伯母湯太夫人壽序》「崇禎癸酉之夏，吴禹玉先生五十」等語，可知此序作於崇禎六年（一六三三）。

【箋注】

①此爲錢叔弢五十壽辰而作。錢熿，字叔弢。錢桓子，錢陛父。民國《太倉州志》卷十九《人物三》：「錢熿，字叔弢。桓子。諸生。性友愛，敦睦宗族，嘗置義田三百畝以贍族人。子陛，字臣扆，亦諸生。兄給事中增殁，撫其子廷鈗如己子。父殁，遺券可萬金，謂諸昆弟曰：『我家所不足者，非財也。』焚之。族人貧不能葬，倡爲廣孝阡，瘞棺無數。邑大饑，傾資煮粥以振，獲全甚衆。歲旱，從知州步禱致疾，卒年七十八。」

②《荀子·宥坐》：「孔子觀於魯桓公之廟，有欹器焉。孔子問於守廟者曰：『此爲何器？』守廟者曰：『此蓋爲宥坐之器。』孔子曰：『吾聞宥坐之器者，虚則欹，中則正，滿則覆。』孔子顧謂弟子曰：『注水焉。』弟子挹水而注之。中而正，滿而覆，虚而欹。孔子喟然而歎曰：『吁！惡有滿而不覆者哉！』子路曰：『敢問持滿有道乎？』孔子曰：『聰明聖知，守之以愚；功被天下，守之以讓；勇力撫世，守之以怯；富有四海，守之以謙。此所謂挹而損之之道也。』」

③錢伯蘊，錢桓長子。待考。

④《吕氏春秋·勸學》：「曾子曰：『君子行於道路，其有父者可知也，其有師者可知也。夫無父而無師者，餘若夫何哉！』」

茶庵小引〔一〕①

庵在郊外，依殿以立，若行路視之，則大樹之蔭也。夏苦燀暑，汲水而飲，慮傷犇渴。北風其凉，侵星觸霧，或懼瘃裂。仁者因事設便，闢一丈之廬，乘燥溼之節，置鏞鞲，具湯果。喘者望屋而息，亦無患於百里矣。壺士之惠，國君所稱；田夫豚酒，可以祁天。通於貴賤之數，飲食不廢。此庵之成，予竊有説以處之。大熱而民清，不袴不襦而民有煖氣，善政存焉。若列之湯社②，如祇園所樂命也。

【校記】

〔一〕本篇又見北大本《合集·古文近稿》卷二。

【繫年】

據本卷首篇版心「七録齋别集卷之一　癸酉稿」及前後文作時，此文蓋作於崇禎六年（一六三三）。

【箋注】

① 茶庵：即小茶鋪，供行人茶水。乾隆《小海場新志》卷七《尚義》：「本朝朱定國醇謹好義，於何垛場九里墩獨建茶庵。又本場亦建茶庵。皆置田以給行人湯水，至今賴之。」小引：寫在書籍或

詩文前之簡短説明。

②湯社：萬邦寧《茗史·湯社》：「五代時，魯公和凝，字成績，率同列遞日以茶相飲，味劣者有罰，號爲湯社。」

祝尊光稿序〔一〕①

予與受先每過虞山，必登子常之堂，晏論竟日。徵邑中人物，子常輒稱畹仙②、尊光。時畹仙、尊光同讀書山寺，與予未識面。先以文相示，心貴重其言，謂爲國體之材。既樂覯止，歎其一致。尊光二弟皆熙妙③，深典學，從畹仙游，從問經於予。予不能辭，語之曰：「兄事師事，子各有人〔二〕，予無所益子，請以畹仙、尊光爲歸。」

庚午，畹仙以一經名舉首，尊光邑邑不得達。世疑二子道同，其所遇懸闊，私質難於子常。曰：「徐之，請視它日。」今尊光果達，楊子其知言耶？朋友兄弟或言天生，或譬草木，觀尊光之一家有友道焉。長者發策，幼者負劍，師弟子之禮也。畹仙、尊光其塤篪乎？有唱必應，聲音周還，所自有也。間覽《兩漢傳紀》，鄭莊好客，交遍國門④；徐子著論，痛絶交游⑤。二者所見各異，不能相通。若以告尊光，有一室之聚，無千里之宿，詠念琴瑟，克寧先人，則不論不議，可以終古矣。

子常又言：「文字者，人之布帛；德行者，人之身體。苟以文致寵，寵至而輕棄其德，是謂自忘其身，何衣裳爲？」則尊光先與予有成言矣。文純經，行純法，其兄弟之志也。讀其文者，如見三代。韓、穆珍味⑥，竇群連玉，未敢方焉。古不云乎：「子言之：歸乎！君子。」⑦抑概尊光，信矣。

【校記】

〔一〕本篇又見北大本《合集·古文近稿》卷二。

〔二〕「子」，原作「予」，據北大本改。

【繫年】

據文中「今尊光果達」，可知此爲祝謙吉崇禎六年中舉人後刻稿所作序。故此序作於崇禎六年（一六三三）。

【箋注】

① 此序祝謙吉稿。祝謙吉，字尊光。詳見《初集》卷二《三科文治序》注。

② 蔣棻，字畹仙，常熟人。復社成員。吴山嘉《復社姓氏傳略》卷二：「蔣棻，字畹仙。崇禎丁丑進士，除南海令，催科有法。丁艱服闋，補建安縣。時多盜警，棻濬城隍，行保甲，募鄉勇，得勝兵數百，屹若雄鎮。巡撫張肯堂舉廉幹第一，陞禮部主事，未赴，遭國變，遂歸。年六十卒。」

③ 祝謙吉二弟，即祝升吉，字允升；祝泰吉，字匯征。俱見《復社姓氏傳略》卷二。

④《漢書》卷五十《鄭當時傳》：「鄭當時，字莊，陳人也。……當時以任俠自喜，脱張羽於阸，聲聞梁楚間。孝景時，爲太子舍人。每五日洗沐，常置驛馬長安諸郊，請謝賓客，夜以繼日，至明旦，常恐不遍。」

⑤徐幹，字偉長，漢末建安七子之一，歷任司空軍謀祭酒掾屬，五官將文學。著有《中論》二十篇。「痛絶交游」指《中論·譴交篇》中云：「古之交也近，今之交也遠；古之交也寡，今之交也衆；古之交也爲求賢，今之交也爲名利而已矣。」

⑥方中德《古事比》卷三《兄弟》：「家法則推韓、穆。韓休家訓子姪至嚴；穆寧嘗撰《家令》，子四人，世以珍味目之。」

⑦《禮記·表記》：「子言之：『歸乎！君子隱而顯，不矜而莊，不厲而威，不言而信。』」

壽周年伯母九十序[一]①

始言女美，中言婦德，終言母儀，《内則》之次序也。漆室②、緹縈稱列女③，而爲婦則無聞；伯宗之妻稱哲婦④，而爲母則無聞。昔人慮其不全，然以質揆之。專一之性，貫于大耋；山河之服，必基公宫。少齊士行，老爲女師，所自然也。

閩章甫周先生，予同年進士，官郡司李。三載化洽，邦人懷之，推本厥生，曰：「維先生有母[二]，今年九十矣。以望期頤，相去十年，若視鯢齒散髮，七八十許老人，則皆其後生也。」先生將莅吴，强太夫人從。太夫人以年老不任遠行，坐堂上訓之曰：「諸孫成人，饔飧無苦。吴民數百萬恃子衣食，幸毋以白頭爲念〔三〕。」嗟乎！《汝墳》之勉正，《殷其雷》之勸義，在古風烈，登之弦匏。後世衰降，其聲不章。太母本「二南」之指，以命官人，豈獨訓子？凡大夫元士之妻妾咸受辭焉。

章甫任吴中久，簡服節食，閔勞百姓。歲時戒僕人問太夫人起居，未嘗遺一縑，曰：「見鮓而驚⑤，見金而變色，吾母之宿誓也。」吴中民不樂静，獄确擾苦，章甫正色挫之，以單辭服者多，輒書報太夫人曰：「吾母喜平反人，恃杖而行，需此爲笑樂，不敢不告也。」章甫急民之困，萬方振之，瘠見顔色。僕夫歸，敕無語太夫人，謂：「老人不願聞壯子憂勞，毋相恐也。」周氏累世通顯，兄弟子孫兼六藝、名四方者，咸就章甫受經。章甫既宦，時從太夫人問《章句》大義。太夫人後堂升降進食，宗族皆聚而觀禮，大家子婦可以結般相告語也。

漢劉子政傳列女，頌鄒孟軻母〔四〕，數稱《詩》焉⑥。謂其善於漸化，則曰：「彼姝者子，何以予之？」⑦謂其明人母之道，則曰：「彼姝者子，何以告之？」⑦謂其知婦道，則曰：「載色載笑，匪怒伊教。」⑧錯舉《風詩》，以美令人。後世能言之士欲申謡詠，愧無以加。繇太母觀之，笄纚而入廟，象服而矢言，彼姝之化也。長則繫夫，老則繫子。内精五飯潔牖下，外畜群御明婦誡，伊教之實也，三者見其全矣。維子食母，維子爵母，維吴之人歌舞母，徒以齒言，猶僅也。

【校記】

〔一〕本篇又見北大本《合集·古文近稿》卷二。

〔二〕「先生」，原作「元生」，據北大本改。

〔三〕「毋」，原脱，據北大本補。

〔四〕「軻」，原脱，據《列女傳》補。

【繫年】

據文中「閩章甫周先生，予同年進士，官郡司李。三載化洽，邦人懷之，推本厥生」等語，可知本序作於崇禎六年(一六三三)。

【箋注】

①此爲周之夔母九十壽辰而作。周之夔《棄草文集》卷三《爲嫡母蔡宜人九十壽乞言小引》：「誕晨在十月二十日，敢豫乞一言爲壽，錫類之感，與天無極矣。」周之夔，字章甫，閩縣人。復社成員。張溥同年。後因隙與張溥反目成仇，屢予攻訐，被逐出復社。吴山嘉《復社姓氏傳略》卷七：「周之夔，字章甫，閩縣人。崇禎辛未進士，授蘇州推官，督兑漕糧。與太倉知州劉士斗議不合，遂罷職。之夔疑張溥爲之，恨甚。聞陸文聲訐溥，遂伏闕言溥把持計典，己之罷職，實其指

使，因及復社恣横狀。時溥以庶常憂居，得奉自行回奏之旨。之夔失意去。乙酉四月起廢籍，特命巡按蘇松。聞命即欲嚴按社局，而王師已渡江，事遂解。後居僧寺中，卒。」

② 劉向《列女傳》卷三《魯漆室女》：「漆室之女，計慮甚妙。維魯且亂，倚柱而嘯。君老嗣幼，愚悖姦生。魯果擾亂，齊伐其城。」

③ 劉向《列女傳》卷六《齊太倉女》：「緹縈訟父，亦孔有識。推誠上書，文雅甚備。小女之言，乃感聖意。終除肉刑，以免父事。」

④ 劉向《列女傳》卷三《晉伯宗妻》：「伯宗凌人，妻知且亡。數諫伯宗，厚許畢羊。屬以州犁，以免咎殃。伯宗遇禍，州犁奔荆。」

⑤《晉書》卷九十六《陶侃母湛氏傳》：「陶侃母湛氏，豫章新淦人也。初，侃父丹娉爲妾，生侃，而陶氏貧賤，湛氏每紡績資給之，使交結勝己。侃少爲尋陽縣吏，嘗監魚梁，以一坩鮓遺母。湛氏封鮓及書，責侃曰：『爾爲吏，以官物遺我，非惟不能益吾，乃以增吾憂矣。』」

⑥ 劉向《列女傳》卷一《鄒孟軻母》引《詩》數句：「彼姝者子，何以予之？」「彼姝者子，何以告之？」「無非無儀，惟酒食是議。」「載色載笑，匪怒伊教。」

⑦ 語見《詩經·鄘風·干旄》。

⑧ 語見《詩經·魯頌·泮水》。

顧聚之稿序〔一〕①

曩者，受先治《禮經》，合邑中之名一經者，月鳩文而筆削之。時稱能其學者九人，季生、正仲②，予所晨夕也；聚之兄弟，則予所與同補博士弟子也。卯之歲，受先舉於鄉。今聚之復遇，名次與受先等。聚之以受先之故，徵言於予。予愾然曰：「制義小道，枝流判分。考其繇來，本經爲尚。」《五經》各家通於時文，惟《禮》近之。昌黎稱《儀禮》難讀③，然《送李幽川》一序文法深簡，繇此而出；曾子固放文闊達，不存邊幅，議者謂其得《禮》之厚。然則稱聚之者，亦言本經而已。

聚之措文覃秀，言皆芳澤，准之以《禮》，貴多貴少，指各有當。受先讀之，懌焉以解。昔漢章制《禮》，惡人聚訟，專用曹褒，擬于一夔④。今登聚之之言於廊廟，夔且不孤，其勉乎哉！受先守方履正，嘗欲裁《三禮》，正得失，其言曰：「戴氏之學，存其文不存其人。存其文所以議禮，不存其人所以自制。」禮有方圓，言有醇疵。《月令》自不韋，《王制》自漢博士，《緇衣》自公孫尼子，非《禮記》所已有，而存者不删。穰苴有《司馬法》⑤，賈傅有《容經》《保傅》諸篇⑥，其言似《禮》，而戴氏不録。後人類不敢訾抑，取其大致，曰：「『其服也士』⑦。吾之言行，其繇《禮》而已。」是説也，受先興之，聚之贊焉，邑之同學，左右助成。

《大禮》精微，又曷外乎！

【校記】

〔一〕本篇又見北大本《合集·古文近稿》卷三。

【繫年】

據文中「今聚之復遇，名次與受先等」等語及顧本仁崇禎六年中舉人，可知張溥此文作於崇禎六年（一六三三）。

【箋注】

①此序顧本仁稿。顧本仁，字聚之，太倉人，崇禎六年舉人。俞天倬《太倉州儒學志》卷二：「崇禎六年癸酉：顧本仁聚之，府學。」

②季生、正仲，待考。

③韓愈《讀儀禮》：「余嘗苦《儀禮》難讀，又其行於今者蓋寡，沿襲不同，復之無由，考之於今，誠無所用之。然文王周公之法度，粗在於是。孔子曰『吾從周』，謂其文章之盛也。」

④《後漢書》卷三十五《曹褒傳》：「詔召玄武司馬班固，問改定禮制之宜。固曰：『京師諸儒，多能説禮，宜廣招集，共議得失。』帝曰：『諺言「作舍道邊，三年不成」。會禮之家，名爲聚訟，互生疑異，筆不得下。昔堯作《大章》，一夔足矣。』章和元年正月，乃召褒詣嘉德門，令小黄門持班固所上叔孫通《漢儀》十二篇，敕褒曰：『此制散略，多不合經，今宜依禮條正，使可施行。於南宮、東

觀盡心集作。』褒既受命，乃次序禮事，依準舊典，雜以《五經》讖記之文，撰次天子至於庶人冠婚吉凶終始制度，以爲百五十篇，寫以二尺四寸簡。其年十二月奏上。帝以衆論難一，故但納之，不復令有司平奏。」

⑤余嘉錫《四庫提要辨證》卷十一《司馬法》：「《司馬法》一卷，舊題齊司馬穰苴撰。今考《史記·穰苴列傳》稱齊威王使大夫追論古者兵法，而附穰苴於其中，因號曰《司馬穰苴兵法》。然則是書乃齊國諸臣所追輯，隋唐諸《志》，皆以爲穰苴之所自撰者，非也。」

⑥魏源《古微堂四書》卷一《容經》：「《容經》見賈子《新書》，此古禮經之遺語，多有韻，以便學者記誦也。賈子存之書中，蓋亦陳《保傅》等篇之意。」

⑦語見《大戴禮記》卷七《五帝德》：「其動也時，其服也士。」

賀黎博庵生日序〔一〕①

博翁年未加布，即爲海内士宗。通籍三年，出領文學，當事者以東西浙歸之，曰：「通邑大鄉，非公莫任也。」浙接吴楚，關閩粤，山水鈐轄其間，文士衍茁，按圖而求，如下材木，弋鴻鶩，不可以名。公乘傳來三月，周其域，一藝之士畢登，從來秉文者未有也。

八月之六日，當公生辰，同社聞子將②、陸夢鶴、夢文、孟長民諸子謀進而舉觴③，溥致辭焉。其頌「頖宫」乎④？公侯之事，大夫之慶也。抑本諸《南山》乎⑤？斯民有懷，君子之思，未可忘也。二者之義俱存，則請爲言生平〔二〕。山川之雲，其生無鄉，過物而呈，方珪圓璧，大雅之倫，取以命才。其説曰：「傑士之出，類有物先之，鼓宫而宫，應不後時。得其族者，醴泉朱草〔三〕；失其群者，柱星流矢。」觀化自上，非士之責。爲之解者則曰：「惡鳥不巢於鳳阿⑥，蒺藜不産于靈囿⑦。人苟自糞潔，高山大陵，井里之觀也，何俟乎今之師？」然自博翁言之〔四〕，則皆有餘矣。

兩浙之文，素慕詞學，千里同風，偶旅曲步，示以坦坦，猶病跛焉。踦閭而語，丈人日敲，弗能易也。聞博翁檄下，即焚故書，尋新術，顧聖賢道在，無所謂異能奇説也。變心易慮，遵迪而行，未幾而蒸蒸，始喟然太息。知向者古人之説，通常可施，乃愧未遑矣。夫王式之《詩》，不化江公⑧；趙賓之《易》，欲欺孟喜⑨。漢人傳經，高其一家，樹頰建吻，抗不得下。凡彼所持，各有辨據，豈將以爲得富貴便身圖哉？是其所是，非其所非，千世而不物，不如持之一朝也。各師者紛，同道者獎，奮譏於天子之前，競私其布衣之黨，遭傾跌、蒙患難而弗回其志，夫固曰道在是也。

博翁之教，始以治其一邑，繼以風示四方，卒無有反脣而譏〔五〕，儻逸不循者，是何謂哉？南海北海，心理必同，比户而察，先王憑焉。抑吾黨二三子，且听然謂⑩：「博翁向託空言，今乃見之實事。」此固文翁、韓夫子之徒未敢望也，况他人哉？記有之，衽席之上，可以成治。博翁雖摠一群士，教洽通國，繇其生平觀之，無異於坐閭門而訓宗族也。若馳譽岳降，奮發歡言，則元公郴州之歲〔六〕⑪，足爲今賀。溥之墨墨，且慚張老矣。

【校記】

〔一〕本篇又見北大本《合集·古文近稿》卷二。

〔二〕「請」，原作「諸」，據北大本改。

〔三〕「朱草」，原作「失草」，據北大本改。

〔四〕「然」，原脱，據北大本補。

〔五〕「反唇」，原作「及唇」，據北大本改。

〔六〕「郴州」，原作「彬州」，據《周敦頤集·周敦頤年譜》皇佑五年癸巳條改。

【繫年】

據文中「通籍三年，出領文學，當事者以東西浙歸之，……公乘傳來三月」等語，復據《大明實録·崇禎長編》卷六十六：「（崇禎五年十二月）陞黎元寬爲浙江提學僉事」，可知張溥此文作於崇禎六年（一六三三）。

【箋注】

① 此爲黎元寬生日作。據齊之千《兼齋文集》卷六《褐博先生傳》，黎元寬生於明萬曆二十五年（一五九七），則黎元寬是年三十七歲。黎元寬，字左嚴，一字博庵。詳見《初集》卷二《黎左嚴稿

序》注。

②聞啓祥，字子將，錢塘人。復社成員。吴山嘉《復社姓氏傳略》卷五：「聞啓祥，字子將，錢塘人。博綜群書，尤工制舉業。好延納賓客，江廣閩越之士至武陵者必質義。啓祥品題甲乙，萬曆壬子舉於南雍。嘗與吴郡李流芳同入京，至國門忽意不自得，趣車竟返。後屢徵不赴。」朱彝尊《静志居詩話》卷二十一：「聞啓祥，字子將，錢塘人。萬曆壬子舉人。有《自娱齋集》。杭州先有讀書社，倡自聞孝廉子將、張文學天生、馮公子千秋暨餘杭三嚴，後乃入于復社，而登樓社又繼之。文必六朝，詩必三唐，彬彬盛矣。」黄宗羲《思舊録・聞啓祥》：「子將風流藴藉，領袖讀書社。」

③孟應春，字長民，仁和人。黄道周弟子。康熙《潮陽縣志》卷十三《名宦》：「孟應春，字長民，仁和人。癸未進士。潛心經史，先偕其師黄石齋講解《易》象，洞吉凶悔吝之理。及知潮邑，盗賊蜂起，貴嶼久圍，幾陷。躬自請兵平之。性不耐繁劇，又值多難，早賦歸來，民之攀轅禱留者百里。」

④頖宫：又作「泮宫」，西周時諸侯所設大學。《禮記・王制》：「大學在郊，天子曰辟廱，諸侯曰頖宫。」《詩・魯頌・泮水》：「明明魯侯，克明其德。既作泮宫，淮夷攸服。」

⑤《南山》：即《詩・小雅・南山有臺》：「南山有臺，北山有萊。樂只君子，邦家之基。樂只君子，萬壽無期。南山有桑，北山有楊。樂只君子，邦家之光。樂只君子，萬壽無疆。」

⑥鳳阿：《詩・大雅・卷阿》：「鳳皇鳴矣，于彼高岡。梧桐生矣，于彼朝陽。」

⑦靈囿：周文王苑囿名。《詩・大雅・靈臺》：「王在靈囿，麀鹿攸伏。」後泛指帝王畜養動物之

園林。

⑧《漢書》卷八十八《王式傳》：「博士江公世爲魯詩宗，至江公著《孝經説》，心嫉式，謂歌吹諸生曰：『歌《驪駒》。』式曰：『聞之於師：客歌《驪駒》，主人歌《客毋庸歸》。今日諸君爲主人，日尚早，未可也。』江翁曰：『經何以言之？』式曰：『在《曲禮》。』江翁曰：『何狗曲也！』式耻之，陽醉逷墜。式客罷，讓諸生曰：『我本不欲來，諸生彊勸我，竟爲豎子所辱！』遂謝病免歸，終於家。」

⑨《漢書》卷八十八《孟喜傳》：「孟喜，字長卿，東海蘭陵人也。父號孟卿，善爲《禮》《春秋》，授后蒼、疏廣。世所傳后氏《禮》《疏氏春秋》，皆出孟卿。孟卿以《禮經》多，《春秋》煩雜，乃使喜從田王孫受《易》。喜好自稱譽，得《易》家候陰陽災變書，詐言師田生且死時枕喜膝，獨傳喜，諸儒以此耀之。同門梁丘賀疏通證明之，曰：『田生絶於施讎手中，時喜歸東海，安得此事？』又蜀人趙賓好小數書，後爲《易》，飾《易》文，以爲『箕子明夷，陰陽氣亡箕子；箕子者，萬物方荄兹也。』賓持論巧慧，《易》家不能難，皆曰『非古法也』。云受孟喜，喜爲名之。後賓死，莫能持其説。」

⑩听然：笑貌。《史記·司馬相如列傳上》：「無是公听然而笑。」裴駰集解引郭璞曰：「听，笑貌也。」

⑪周敦頤，字茂叔，謚元。《周敦頤集·附録一·周敦頤年譜》皇佑五年癸巳條：「先生時年三十七。先生在郴、桂，皆有治績。」故「元公郴州之歲」即三十七歲。黎元寬時正三十七歲。

葉必泰稿序〔一〕①

文章之事，必先天然，次資問學。兼其致者，號名絶矣。否則，一亦可以傳。此往論也，自今言之，説復不同。往者文藝古今判塗，如項羽、沛公割界鴻溝，彼此争王，互有勝敗。今則事歸混一，四方拱勢，所謂雒陽、關中，得此則王，不然人禽爾。夫聖人道一，異端自乖。替之樊紛，倖而得當，律之以正，皆不可謂順。是故天資之説，至今而窮也。

必泰天體奇妙，本予夫子傳業。聖賢之學，自其襁褓廟見時，已知無與並者。十餘年來，通貫理區，挈而出之。年雖少，固儒林中一大人也。成子安序《筆賦》，稱爲天人偉器②；陸士衡賦文，極狀難佛。又曰：「非爲之難，知之難。」③晉人之學，非有所兼百王、範來者也。顧鄭重其説若此，况經緯聖學，事功億倍，知時人俊論，無所容其間矣。

予於此道若涉海，然晝夜候風不能達也。自遇夫子而始知所津涯，然而不敢息也。鵬之飛以六月④，苟自六月止，則世皆可殫而食也。魚大萬里，設無變化，懼以骨叢也。予朝起而求學，竟日而不獲一益，則夜且囈。予在夫子之門，雖不能數與必泰游，今來必泰復歸，竊惘惘然。顧讀其文而熟念之，古人不遠，所云皆學等也。

必泰具絶尤之姿，殫天下之有，循而解節，復歸天然，其際不可以言説也。一往而合，與數變而合者，其功力分數殊也。夫子蒞新安久，文章治行，前所未有也。每觀晦庵先生（朱熹）作述之際，低徊不能去于心，必泰其知之矣。

【校記】

〔一〕本篇又見北大本《合集・古文近稿》卷二。

【繫年】

據本卷首篇版心「七録齋别集卷之一 癸酉稿」及前後文作時，此文蓋作於崇禎六年（一六三三）。

【箋注】

① 此序葉維陽稿。葉維陽，字必泰，號許山。張溥房師葉高標之子。張采《知畏堂文存》卷二《葉必泰稿序》：「予與天如力致其説，方天如博通書記，宣明古今，譏者以爲不急時務，而兩人即守益堅，亦遂用以見知。……故自根先生之得天如也，譬之良馬，功在伯樂矣。自根與予爲年兄弟，既復爲天如師，予乃得覽必泰之文。於是三致嘆曰：『自根拔天如於稠中，安得無佳兒！』」

② 成公綏《故筆賦并序》：「治世之功，莫尚于筆。能舉萬物之形，序自然之情，即聖人之心，非筆不能宣，實天地之偉器也。」

③ 陸機《文賦序》：「余每觀才士之所作，竊有以得其用心。夫放言遣辭，良多變矣，妍蚩好惡，可得而言。每自屬文，尤見其情。恒患意不稱物，文不逮意，蓋非知之難，能之難也。」

④《莊子・逍遥遊》：「鵬之徙於南冥也，水擊三千里，摶扶摇而上者九萬里，去以六月息者也。」成

玄英疏：「大鵬既將適南溟，不可决然而起，所以舉擊兩翅，動蕩三千，踉蹌而行，方能離水。然後繚戾宛轉，鼓怒徘徊，風氣相扶，摇動而上，塗經九萬，時隔半年，從容志滿，方言憩止。適足而已，豈措情乎哉！」

甫里三節母合傳〔一〕

甫里許氏，世以德聞，一時稱純節者三母。褚太君者，中翰玄祐先生之巨嫂也①。太君年十九適許君自學②，三年而自學亡。是時太君止抱一女，府幕怡泉先生傷長子甚，年晏暮，不自持。太君順適尊章意，請置側室，始舉中翰，否則許幾不振。太君一女，長適張茂才，即依居之，終身操作如寠人。年七十始議置嗣，即今孝廉元溥，中翰長子也。王太君者，許君自正妻；歸太君者，自立妻。自正、自立，母兄弟，於府幕公爲猶子，自中翰視之，則兄弟行也。王太君二十三而寡，家苦貧，從父母居，父母復苦貧〔二〕，又少無子。父母坳〔三〕，則依幼弟居。今癸酉之歲，年六十有九矣。歸太君歸自立，生二子，年二十九寡居，今亦年六十一云。

或曰：「《詩》《春秋》之作，年歷五百，國遍天下，盛衰之指，與世推移。共姜、伯姬而下，婦人之行，罕見特書，豈史官失傳邪？何聖人稱道者寥寥也？」許氏雖甪里上姓，非古諸侯大夫世祿，采受服爵；子姓婦女，亦非有公宮之制，本誦詩説，應古禮，一時逢不辰，傷獨居，勞心咨歎，里母老人無不改色。三婦年甚少，風義行節，亦非有所期會約束也。跡所遭際，皆天下所至難，相率矢死，若唱和然。古云「善人無親」，豈其然乎？張子溥曰：「非也。節烈之生，自性有之。朱梁篡唐，六臣載辱；宋弱於夷，其亡也士死者遍林木。雖風感有素，亦一時之人，其賢愚不肖殊也。」

予觀褚太君守義瀕老，無幾微不平。所依女字張者，復夫亡無子，嗣者不類，破家失行，貽憂太君。太君獨以順命訓女，安若固有。元溥婦王氏至孝，事太君恭，衣食先志意；爲太君易故衣，衣破絮裂，雖蒙戎，皆中空。太君泣曰：「衣食，分也。余生平無完帛美綿，恐溢則爲禍。」出其囊中衣，縱家人觀之曰：「此百年物，吾御之若新。」觀者咸嗑指太息。元溥偕婦治酒漿，察顏色，奉太君極歡。太君時屏不敢當，其惻隱廉讓，蓋天性也。王氏初寡，父母悲傷其志，不敢言。一日，繫色絲褐衣鈕探之，王氏啼不受[四]。年老依弟居，其故所居屬中翰，直可益十金，終絕口不言。中翰推予之，復逡巡謝。歸太君二子貧，不能立，中翰贍之，完婚匹。少子復喪婦，勤苦舂縫，不欲以口食累中翰，宗族稱之曰「介夫」豈過乎！

三母皆事佛，褚、王兩太君尤甚，日誦經二卷，閉一室中，罕與家人接。紉指所得錢，即助佛形像爲梵費〔五〕。夫閑形閨闥之中，小心感應之説，凡婦人能之，不足以稱三母。三母所持大，此其寄耳〔六〕。然日侍清凈，益虔婉。聞殺一生物，憂見聲色。鄰里有急厄，不能救，則爲欷歔不食；聞道有餓人，雖一食，必減半與之。非誠心爲質，能若是歟？是故炫服刺經，不美於人；蓬墨樂善，君子嘉焉，取其質也。

鹿城王聞修學憲③，許之姻婭，其序論三節母曰〔七〕：「崑之航湅涇有錢烈婦焉，葉文莊、鄭介庵時移舟候其門。《龍蛇》之詩，至今詠之。常熟張烈婦節死之明日，嚴文靖具衣冠往拜，趙文毅傳焉〔八〕④。近則忠介周公，白朱母之節；沈博士去崑二十年，卒表節婦歸予之姻家有三母，不能一言，竊愧古人矣。」其弟孝廉與游亦有言曰：「甚哉！婦德之難也。生不踰田里，足不出閫内，酒食衣裳之外，無他見聞，其成就已卓卓若此。」嗚呼！二者之言，盛形容，出感慨，三母之賢即不盡，抑其大略可睹已。

許子元溥，純人也，性篤孝。庚午奉中翰遺言，稱嗣於褚太君。是年，即舉於鄉。逾一年，太君病殁，元溥悲號不能起。既祥，始括髮，睹太君手澤，凡櫛沐舊物，無不悲心傷悼。退而私爲之記，動静飲食皆志之。又言三母齒差等，相得如同氣。褚太君年最長，王、歸謹事之，太君日加悦。歲時伏臘，諸母會食，相勞苦竟日，不聞歡笑聲，請佛氏〔一〇〕，終以禮義。褚太君病將革，王、歸二太君時視藥物，涕泣勸加餐。褚太君首頷之，一慟遂絶。

兩太君執喪就位，哭如婦禮。夫二女同居，其象爲睽，所慮在志也。三母生非一姓，又所適貧富殊。顧好奇節，一生死順，少長不懈。凡物之美，必類相從，詎不信哉！

歲辛未，孝廉請旌褚太君宅里。蓋國家詔尚節義，中丞歲有聞，御史臺出，先式廬，示興行，廼沮於左右吏人〔一一〕，抑不得聞。貧者易子孫，無力爲前人光顯。孝廉痛之，故先褚太君。然心殊難之，叩大中丞門，請言褚母平生。大中丞曰：「若有三母，寧獨褚乎？」孝廉叩首起謝。於是一年旌褚太君，踰一年旌王太君，明年將旌歸太君，命通家子張溥爲之傳。

贊曰：淵淵德禮〔一二〕，少嶽攸典。世其義傳，閨房有衍〔一三〕。維褚靡他，實鄙聖善。後先相師，聞禮必辯。告於皇天，我躬用勉。曰遵苦空〔一四〕，志在不顯。耻言生財，孰悲民鮮？共此百年，衰麻非緬。粗布作裳，威儀則選。誰悼不猶，將比桑蜎〔一五〕。持首究哀，涕洟婉孌。子女適然，松柏維踐。同志幽宮，君子之展。

【校記】

〔一〕本篇又見北大本《合集・古文近稿》卷三。

〔二〕「父母」，北大本無。

〔三〕「坳」，北大本作「没」。

〔四〕「受」下，北大本有「曰兒終身不近是色矣」。

〔五〕「即」，原作「節」，據北大本改。

〔六〕「其」，北大本作「特」。

〔七〕「母」，原脱，據文義補。

〔八〕「文毅」，原作「襄毅」，據《明史·趙用賢傳》改。

〔九〕「歸」，北大本無。

〔一〇〕「請」，北大本作「講」。

〔一一〕「沮」，北大本作「狃」。

〔一二〕「禮」，北大本作「彊」。

〔一三〕「衍」，原作「行」，據北大本改。

〔一四〕「曰」，北大本作「日」。

〔一五〕「將」，原作「待」，據北大本改。

【繫年】

據文中「今癸酉之歲，年六十有九矣」等語，可知此文作於崇禎六年（一六三三）。

【箋注】

①許自昌，字玄祐，自號高陽生，别署梅花主人，吴縣人。康熙《蘇州府志》卷六十七：「許自昌，字

玄祐，長洲之甫里人。父朝相以孝友樂善稱於鄉。自昌生而穎敏，少讀書即好漁獵，記兩漢、四唐之業，飲食其中，不屑屑爲經生言。遊南雍，登覽江山，志意抒發。顧數奇，屢躓場屋，遂謁選，授文華殿中書。日以揚扢風雅爲事，輦下豪賢皆折輩行與交。而自昌悒悒不自得，亟請假歸里。葺圃娱親，依依膝下。又曲體親心，爲德益力。歲兇則減價平糶，飼飢絮寒。凡里中徭役最劇者，率身任之，不以煩桑梓。先後燔債券無算。末年産益落，然族屬故以緩急告者，未嘗不委曲應之也。後兩親相繼歿，毁幾滅性。因生母陸多病，親黨勸節，惟朝夕侍湯藥，刻不忍離。既見母病漸劇，預爲誡敕諸子，微及身後事。家人方訝其不祥，及承諱，神氣綿惙，已不可爲，猶匍匐成喪，以勞毁卒，年四十有六。自昌生平以讀異書、交異人爲快。所居與陸天隨故址近，爲别灌構祠之，刻其唱和詩。他如盛唐名家集行世者，多出其校讎。而内行淳備，事寡嫂如事母，厚嫁姪女過於所生。屬纊云，猶以嫂節被旌，爲摶顙簀上，至感極流涕以死。所著有《秋水亭草》《唾餘集》《樗齋詩草》《樗齋漫録》若干卷。長子元溥、季子元任，孫虬别載。」

② 許自學，許自昌弟。生平待考。

③ 王志堅，初字弱生，更字淑士，亦字聞修，崑山人。王臨亨子，王志長、王志慶兄。朱彝尊《静志居詩話》卷十七：「王志堅，初字弱生，更字淑士，崑山人。萬曆庚戌進士，授南京兵部主事，歷郎中，以按察僉事，提學貴州，不赴。再起提學湖廣，卒于官。有《香巖室草》。」生平詳見《明史》本傳。

④趙用賢《松石齋集》卷十三《張烈婦傳》：「烈婦張氏者，邑之興福里人，張汝東女也。年二十三始以歸朱一鴻。……死之明日，今大學士嚴翁首往拜致賻。」趙用賢，字汝師，常熟人。隆慶五年進士，選庶吉士。萬曆初，授檢討。張居正父喪奪情，用賢抗疏，被杖除名。後復故官，進右贊善。尋充經筵講官。再遷右庶子，改南京祭酒。擢南京禮部右侍郎。天啓初，贈太子少保、禮部尚書，謚文毅。生平見《明史》卷二百二十九本傳。

蘭臺居士瘞田序〔一〕①

聞之摇風隕樹，枯條不存。煦日在冬，含稊必發。物無隆殺，義存周流〔二〕。是以靈臺瘞骨，諸侯服西伯之仁②；漏澤埋骸③，中國變宣州之俗。匹婦叫呼而霜下④，孝子感動而泉生⑤。是皆説著精誠，道兼存殁。然末流漸降〔三〕，古制益微。病坊徒設於李唐⑥，浮莫救乎殊域。焚屍哭子，但怨驪山之土灰；負火出湯，誰采北邙之松柏。惟我善士，乃啓弘心。爲義既不辭難，好施必先閔死。荷鍤而往，寧捐負郭之田；扶杖相哀，忍捨一舟之麥。淄黄行路，僮僕争驅。愁攑指之無家，與杯土以止息。

若夫寒飆蹙栗，逐狐狸之夜妖；灼暑鑠金，揮蒼蠅之吊客。日徘徊乎莽莽之野，非求知於冥冥之中。乃知莊生長歎，不尚虚狂；裴相喜施⑦，豈資空漠？嗟逝者爲誰氏之子？

幸仁人有可食之粟。然則金經善寫，猶然楮葉之雕；佛像勤裝，未足眉毫之補。孰如觀型居士其助美〔四〕，因使流民誦中原之有菽⑧，山鬼且長夜而知歸乎？

【校記】

〔一〕本篇又見北大本《合集·古文近稿》卷一。

〔二〕「存」，北大本作「有」。

〔三〕「末流」，原作「若流」，據北大本改。

〔四〕「其」，北大本作「共」。

【繫年】

據本卷首篇版心「七録齋別集卷之一　癸酉稿」及前後文作時，此文蓋作於崇禎六年（一六三三）。

【箋注】

① 蘭臺居士，本名周紹濂，號釣鴛湖客，又號蒼明野叟，浙江嘉興縣人。陳國軍《明代志怪傳奇小説叙録》：「清曹寅《曹楝亭書目》卷三著録：《志餘談異》，蘭臺居士述，二卷；《續帙》一卷。一函二册。」陳國軍《論〈鴛渚志餘雪窗談異〉的作者、創作時間及其他》（《中華文史論叢》總第七十五輯）：「筆者在日本宫内省圖書寮藏明代崇禎十年（一六三七）刊羅炌修、董承吴纂的《嘉興府志》卷十八《典籍》中查出了作者：周紹濂。該卷著録時言『《鴛湖雜志》即《雪窗談異》』。則《鴛渚志餘雪窗談異》，又名《鴛湖雜志》《雪窗談異》。周紹濂的生平事跡，付之闕如，有待於進

一步的考索。現僅就小説文本及各本嘉興方志，對作者進行簡單的描述。周紹濂，號釣鴛湖客，浙江嘉興縣人。約生於弘治年間。……弘治十五年（一五〇二）時，周紹濂『未髫年』，則其約生於弘治十年（一四九七）左右。周紹濂歷弘治、正德、嘉靖、隆慶、萬曆五朝，至萬曆四年（一五七六）時，已屆七十五歲左右，則《鴛渚志餘雪窗談異》爲其晚年作品。周紹濂，明清各本《嘉興縣（府）志》均無其中舉、歲貢的記録，他的身份大概是『落魄秀才』。」

② 彭紹昇《居士傳·宋景濂》：「昔者周文王作靈臺，掘地得死人之骨，王曰：『更葬之。』天下謂文王爲賢，澤及朽骨，而况於人。」

③ 《宋史》卷三十《高宗本紀》：「己卯，命諸郡收養老疾貧乏之民，復置漏澤園，葬死而無歸者。」

④ 孝婦呼霜事本《漢書》卷七十一《于定國傳》：「東海有孝婦，少寡，亡子，養姑甚謹，姑欲嫁之，終不肯。姑謂鄰人曰：『孝婦事我勤苦，哀其亡子守寡。我老，久累丁壯，奈何？』其後姑自經死，姑女告吏：『婦殺我母。』吏捕孝婦，孝婦辭不殺姑。吏驗治，孝婦自誣服。……太守竟論殺孝婦。郡中枯旱三年。」

⑤ 樂史《太平寰宇記》卷十九《歷城縣》：「孝感水，在縣北門。按《三齊記》云：『其水平地湧出爲小渠，與四望湖合流入州，歷諸廨署，西入濼水。《耆老傳》云昔有孝子事母，取水遠，感此泉湧出，故名孝水。』天寶六年敕改爲孝感水。」

⑥ 病坊：收養貧病平民之機構。《太平廣記》卷九五引唐牛肅《紀聞·洪昉禪師》：「昉於陝城中，

選空曠地造龍光寺。又建病坊，常養病者數百人。」

⑦《新唐書》卷一百八十二《裴休傳》：「嗜浮屠法，居常不御酒肉，講求其説，演繹附著數萬言，習歌唄以爲樂。與紇干臮素善，至爲桑門號以相字，當世嘲薄之，而所好不衰。」

⑧語本《詩·小雅·小宛》：「中原有菽，庶民采之。螟蛉有子，蜾蠃負之。教誨爾子，式穀似之。」

三蔡稿題詞〔一〕①

國家本經訓士，楚之學者尤盛。以余今所睹記，若瞿慕川先生《六經以俟録》②、郝仲輿先生《九經解》③，兩家之書，深通善創，亦云偉矣。近又見吾友易曦侯著《四書内外篇》④，凡二百卷，名物理數畢具；瞿曰有著《孝經》四十九卷⑤、《對問》《貫註》先行於天下。二者皆聖賢大文，儒者累世不竟，乃二子獨能蚤成，無所顧畏〔二〕。心甚妒之，又幸其出于吾黨，可以自勖也。

及蘄水蔡子孔瞻、仁日、瘦白三子來從予游，爲道其大人尚璞先生樂隱著書，彙諸經解幾百卷，編論爲目，出二櫝載之。嗟乎！此固予志也。予往者遐心馳博，而不知所歸；既知學經，而冥心十年，迄無所就。竊恨六經道大，非一家之言可以綜討，欲倣古者集説之體，自周迄唐爲《古解》，自宋迄今爲《通解》，度其功，非二十年不成。又家無藏書，單力易困，日夜皇皇如盲者望明，痿人思起。千里之外，長江以南，乃有尚璞先生，其啓予乎？孔瞻三子，同産兄弟，得先生教最深。爲文不好容貌口澤，依理發言，以少勝多。縱觀四方，凡山水之地，名人之區，無不托足焉。意謂跡遍天下，然後歸而讀經，斯寓目道存也。居婁五月，思念其大人，欲一歸省，廼各以文數十篇謀刻，云：「色養之道在是。」予重其出告反面，不離乎經也，評其文而貽之序。序不能盡，則口語之曰：「瞿曰有，黄梅人，慕川先生之子也。曰有在，即慕川不死。易曦侯，子之所識也。郝仲輿先生年正有爲，所居去子家不五百里，子可往見之。此數君者或相望于三十年之中，或聞聲於十年之内，問其生，皆在神廟太平之時，胡可謂今無人也？子勉之，可以左右侍尚璞先生矣〔三〕，可以出而友四方矣。」

【校記】

〔一〕目録原題作「三蔡稿序」，據正文改。本篇又見北大本《合集・古文近稿》卷三，目録誤作「三葵稿題辭」。

〔二〕「顧」，原作「願」，據北大本改。

〔三〕「先生」，原脱，據北大本補。

【繫年】

據本卷首篇版心「七録齋别集卷之一　癸酉稿」及前文作時，此文蓋作於崇禎六年（一六三三）。

【箋注】

①此序蔡孔瞻、蔡仁日、蔡瘦白合稿。蔡孔瞻，康熙《重修南安府志》卷十五：「崇禎五年：蔡孔瞻，南康人。任太和瑞金諭。」道光《瑞金縣志》卷五《職官》：「蔡孔瞻，南昌歲貢，崇禎十五年任升南康府教授。」蔡仁日、蔡瘦白，待考。張采《知畏堂文存》卷五《三蔡稿題辭》：「大蔡删音就理，道規虚肅；二蔡峰壑亭立，外作内止；三蔡惠吉自好，秀風玄播。……而猶負笈慎從，不遠吴楚，陟長江，歷洪波，渺蛟龍之噓吸，攬風雨之忽□。既心目開明，神思遐暢。及登天如之堂，周旋余席，則復納聲斂色，飭躬振辭。乃舍館蕭寺，耽樂窮寂，幽懷下上，鋭志縱横。……三子世家子，非單寒儉寒者，茹淡素，習勤苦，修明古學，陶淑厥躬，則脱落世趣，賞挈至德者也。于其歸，作序送之。」

②瞿九思，字睿夫，號慕川。《明史》卷二八八《瞿九思傳》：「瞿九思，字睿夫，黄梅人。……舉萬曆元年鄉試。居二年，縣令張維翰違制苛派，民聚毆之，維翰坐九思倡亂。巡按御史向程刻維翰激變。吏部尚書張瀚言御史議非是，九思遂長流塞下。子甲，年十三，爲書數千言，歷抵公卿，訟父冤。甲弟罕，亦伏闕上書求宥。屠隆作《訟瞿生書》，遍告中外，馮夢禎亦白于楚中當事，而張居正故才九思，乃獲釋歸。三十七年，以撫按疏薦，授翰林待詔，力辭不受。詔有司歲給米六十石，終其身。乃撰《樂章》及《萬曆武功録》，遣罕詣闕上之。卒年七十一。九思學極奥博，其文章不雅馴，然一時嗜古篤志之士亦鮮其儔。」《六經以俟録》著録見於《明史》卷九十六《藝文志

一》：「瞿九思《書經以俟録》六卷、《詩經以俟録》六卷。」《四庫全書總目》卷三十：「《春秋以俟録》一卷。」《中國古籍總目》：「《樂經以俟録》十六卷。《易經以俟録》不分卷。」

③《明史》卷二百八十八《郝敬傳》：「郝敬，字仲輿。父承健，舉於鄉，官肅寧知縣。敬幼稱神童，性跅弛，嘗殺人繫獄。維楨，其父執也，援出之，館於家。始折節讀書，舉萬曆十七年進士。歷知縉雲、永嘉二縣，並有能聲。徵授禮科給事中，乞假歸養。久之，補户科，數有所論奏。……坐事，謫知江陰縣。貪污不檢，物論皆不予，遂投劾歸，杜門著書。崇禎十二年卒。」《九經解》著録見於《中國古籍總目》：「《郝氏九經解》一百七十五卷。含《周易正解》二十卷《讀易》一卷、《尚書辨解》十卷《別解》一卷、《毛詩原解》三十六卷《讀詩》一卷、《春秋直解》十五卷《讀春秋》一卷、《禮記通解》二十二卷《讀禮記》一卷、《儀禮節解》十七卷《讀儀禮一卷》、《周禮完解》十二卷《讀周禮》一卷、《論語詳解》二十卷《讀論語》一卷、《孟子説解》十四卷《讀孟子》一卷。」

④易道暹，字曦侯。詳見《初集》卷五《與易曦侯》注。光緒《黄州府志》卷三十：「《四書内外傳》六十卷，黄岡易道暹撰。」

⑤瞿罕，字曰有，瞿九思之子。《明史》卷二百八十八《瞿九思傳》：「罕，字曰有，七歲能文。白父冤時，往返徒步，不避寒餒，天下稱雙孝。崇禎時，辟舉知州。」《明史》卷九十六《藝文志一》：「瞿罕《孝經貫注》二十卷、《孝經存餘》三卷、《孝經考異》一卷、《孝經對問》三卷。」

題沈興公畫册〔一〕①

畫家之心，與賦相權。賦格音例，畫病體貌。觀者舉肥，則丹華先綜，天然外挫矣。瞟中畫聖，素推李氏長蘅②。既物，其妙不傳。興公少從之游，乃能得其大意。暇豫放筆，自爲二册。間以餉客，亦匡廬之雲，桐江之水，天地所自有。對之竟日，放翁破笠，過王家紫障百重遠矣。諸筆皆於初冬寫之，水澤腹堅，實封雷雨，乃是作者性情也。

【校記】

〔一〕本篇又見北大本《合集·古文近稿》卷三。

【繫年】

據本卷首篇版心「七録齋别集卷之一　癸酉稿」及前文作時，此文蓋作於崇禎六年（一六三三）。

【箋注】

① 此題沈興公畫册。沈興公，疑爲沈祁。王輔銘《明練音續集》卷八：「沈祁，字雨公，號東餘，南翔里人。與太倉吴祭酒偉業交好，嘗攜尊要祭酒看梅王庵，唱酬累日。祁素工繪事，作圖以紀之。爲人俊爽，喜山水。歷遊江右匡廬、西華山，入浙溯錢塘，上下東陽兩峴間，謁天童密雲師而返。所著《游草》一帙，謝邑侯三賓序以行世。」程庭鷺《練水畫徵録》：「沈祁，字雨公。工繪事。侯涵稱其『筆墨蒼老，可與松、蘅鼎足』。」

②李流芳，字長蘅，蘇州府嘉定人。能詩擅畫，亦工書法篆刻。與程嘉燧、唐時升、婁堅合稱「嘉定四先生」。康熙《嘉定縣志》卷十六：「李流芳，字長蘅，名芳之弟。萬曆丙午舉于鄉，再上公車，不第。天啓壬戌，抵近郊。時璫焰方張，賦詩而返，遂絶意進取。其爲人孝友誠信，和樂易直，外通而中介。與人交，周旋患難，傾身救援，無所觔避。家貧，資脩脯以養母，稍贏則以分窮交寒士。性好佳山水，中歲於西湖尤數。其書法規橅東坡，畫出入元人，尤好吴仲圭。其於詩，信筆抒寫，天真爛然，持擇在斜川、香山之間。有《檀園集行世》。」

七録齋別集卷之二

婁東張　溥天如　著
門人陳許廷靈茂　校

壽吴年伯母湯太夫人序〔一〕①

崇禎癸酉之夏，吴禹玉先生五十。五十者，祝之始也。于是邦人聚而獻祝。先生讓曰：「老母行年七十有五，而髪蒼蒼，而筋骨甚强。天之厚我母也甚，請壽吾母。」太夫人聞之，復辭曰：「惟子富義行學，以康于色。惟子有男，天發其祥，以高大予門。邦人祝子，順也，勿以老婦爲言〔二〕。」夫一家之中，幼讓其長，長讓其老，則一家和；一國之中，小臣讓其大臣，大臣讓其君，則一國和。君子先讓以明禮，斯舉也，邦人於先生觀禮焉。

先生三子，長駿公，次清臣，幼未有名，舉止停諦，亦兄敵也。駿公試南宫第一，時未娶婦，告之天子，賜馳節還里門。太夫人擁孫襴笏甚歡，爲問都中起居，齵然而笑，手綰其髪，飲以醇酒。明年，駿公成婚禮，一城聚送致賀。太夫人憑高軒，望新婦入門，燈火夾市，復喜謂里母：「幸今及見盛事。」時太夫人年七十有四，邦人子欲拜酒上壽，先生止之。

又一年而展觴，其説云何？人子奉親，視蚤夜，察顏色，自少逮耄，日月漸加，苟推其本，皆親之年。先生年登五十，太夫人善食無恙，孰鞠孰育，凡先生之年，太夫人所有也。先生食貧養志，讀《丘》《索》，譔蒼素，文名震動江介。顧遭時遲暮，而有子先見。子欲爵父，父曰：「有母在，則如何？」溥曰：「是又可以告之天子矣。」朝廷教孝，爵命及士，必本父母。駿公幸蚤貴，成大名，三歲滿秩，當奉詔，崇所自出。先生與朱太君將被象服如詞臣，太夫人其安之乎？在貴思約，不忘著簪，德媪之素也；同體受命，義不敢先，令子之分也。駿公欲崇先生，必先崇太夫人；朝廷欲崇駿公之所生，將崇先生、太君，必先崇太夫人，是一家有兼貴也。

先生文尚爾雅，當代聲名之士思與並鑣王路，屈駿公使下。今秋駕車而南，太夫人挽裾弗令前。蓋謂功名鼎達，世所炫忌。大孫（吴偉業）年少兼人，次孫（吴偉節）筆復抗大敵，搴重器，一旦父子俱官，將來炎炎之戒。是以邦人知太夫人善訓子孫，又稱其達義能止也。

先是，大夫人七十，先生亦嘗開北堂〔三〕，群宗族舉觴矣。衣冠拜母，退而興嘆，志在五鼎。昔者孔子之不遇也，季孫禄以千鍾，南宫項叔乘之以車，二者亦世家所恒也。孔子曰：「非二子，則吾道不行。」先生乘高祖之懿悳〔四〕，力學耆道，爲世方聞，門室之内，上順下睦。太夫人持杖升眺，歡氣無間，頌説高爵，不言而意深。駿公既貴，斂制益至，自賢母視之，適如固有，不形損益。然白屋之士，通聲巖廊，散髮至老，非時不顯。繇今而論，先生假一遇於駿公，以壽太夫人，其亦季孫之禄、南宫之車也，可謂偶然哉！

溥又聞吴氏爲崑陽上族，先生祖裔多公卿鉅人。曩以塋兆所蔽，黤黮者五六十年，佞人既拔，今始强奮，一舉而冠天下。正士之出，與邪乘除。太夫人覽天時、察地脉，復詳人事，福禄不回，其在是夫。

【校記】

〔一〕「人」下，原衍「壽」，據目録删。本篇又見北大本《合集·古文近稿》卷二。

〔二〕「老婦」，原作「老人」，據北大本改。

〔三〕「北堂」，原作「孔堂」，據北大本改。

〔四〕「悳」，原作「惠」，據北大本改。

【繫年】

據文中「崇禎癸酉之夏，吴禹玉先生五十。五十者，祝之始也。于是邦人聚而獻祝。先生讓曰：『老母行年七十有五，而髮蒼蒼，而筋骨甚强，天之厚我母也甚，請壽吾母』」等語，可知此文作於崇禎六年（一六三三）夏。

【箋注】

① 此爲吴偉業祖母、吴琨母湯太夫人七十五壽辰而作。

曹忍生稿序〔一〕①

忍生既雋，同社諸兄弟各序其文以行。豫瞻期之以潁上，受先則與盟息壤。期之以潁上者曰：「曹子，今之異人也。其氣上人而心甚精，志在忠孝而用世之學不廢縱横。與之論十年，其辨未嘗一日屈。進而謀國家，三匡舉矣。」與盟息壤者曰：「今有人貧下不損志，貴盛不易容，予必北面焉。今則見之忍生，請從此盟，油油然其終身可乎？」

嗚呼！讀二子之言，忍生志操大略可睹已。凡人之情，簡古而距今，忽遠而趨近。服素之日，不謀公卿；一旦登軸，與言天下，伏而不應。若此者，其平生淺也。或褒大其辭，快取名禄，展言生我，悲心更微。此則無本之徒，予知其不可以終朝也。忍生博涉古事，放究人物，縱其口辨，大抵趨于急疾讓夷，奔命王國，危言嶽嶽，莫折其角。顧退而扃居，《蓼莪》之詩，書於四壁。嗚呼！其志念豈猶恒人邪？憂當世之務而不疑於褐衣，傷養親之不逮而重書以自儆。斯亦城陽所以號咷，槐里樂于同志也〔二〕。

寅卯之際，忍生奮發激昂，欲驅車北游，予爲文送之②，以止其行。今則可以出矣。太史公云：「士患無時。」今非其時乎？欲期潁上，無忘在魯；欲盟息壤，請無參盟。二子誠知忍生，豈徒以文字爲名高哉？

【校記】

〔一〕本篇又見北大本《合集·古文近稿》卷三。

〔二〕「于」，北大本作「與」。

【繫年】

據文中「忍生既雋，同社諸兄弟各序其文以行」等語，查曹訥崇禎六年中舉人，故張溥此序作於崇禎六年（一六三三）。

【箋注】

①此序曹訥中舉人後刻稿。曹訥，字忍生。詳見《初集》卷一《曹忍生稿序》注。張采《知畏堂文存》卷三亦有《曹忍生稿序》，可對參。

②爲文送之：當爲《初集》卷一《曹忍生稿序》。

周其章稿序〔一〕①

其章之文，初尚雄達，繼尋典要。當夫物流競盛，言貴發生，昌衍浩富，群辭滿家。其章兼有衆裁，鉅體該郁。迨義歸揫斂，人思節嗇，周折規矩，不厭苦難，其章稱情而出，揖讓中雅。

庚午之役，大篇廣幅，幾霸而跌。今者限字程比，塗轍峻隘。或疑山不魚鱉，澤不麋鹿，世之通材，亦時詘耶？其章從容默如，不改常度。及應試歸，予讀其文，告受先曰：「其章素不可方物，今之變化益匪所思。」限字之文，侈者勞繩削，約者病瘠墨。賴有其章，兩家之懷通矣。

往者維斗爲南國舉首，吴中論人物科第，謂當繼王文恪先生。其章實心慕之，今亦幾得，復聲望不減。凡人志量豈徒然哉？其章天姿奇穎，晝夜攻苦不倦，縱筆爲古文詩歌，直須臾耳。發言無不覃妙，時義一道，視爲游戲，擘紙立書，淺深豐儉，因人之情，各極其則。夫公卿之器，遇或以時，要其大略，少成已然。若其章者，童子時已足相命，不俟今日也。其章既冠一經，簡服約身，貌同寒士。邦人咸誦爲年少能自持，不敢以富貴輕量。予謂此何易視其章？其章之才，可以著書通經術，稱大儒；其志行足以易風俗，明人倫。行而不怠，社稷賴之。豈僅恂恂鄉里，以善人自全乎？

且興行之士創造一家，常患無徒。今伯兄序九②、中表二爲③、逸休④，皆國之令士，修古業以振衰敝。古云：「兄弟，天生之羽翼。」⑤予觀兩家羽翼成矣，何所不勉焉？昔安定先生讀書泰山，爲世大師，天子下其學規，行於海内⑥。其章兄弟乃其苗裔。《詩》曰：「無念爾祖，聿修厥德。」⑦其在是乎？

【校記】

〔一〕本篇又見北大本《合集·古文近稿》卷二。

【繫年】

據文中「往者維斗爲南國舉首，吴中論人物科第，謂當繼王文恪先生。其章實心慕之，今亦幾得，復聲望不減」等語，復據民國《太倉州志》卷十《選舉·舉人》「崇禎六年癸酉，胡周鼐，榜姓周」，可知張溥此文作於崇禎六年（一六三三）秋周鼐中舉人後。

【箋注】

①此序周鼐中舉人後刻稿。周鼐，本姓胡，字其章。詳見《續集》卷三《四子合稿序》注。

②胡演，字序九，蘇州府人。復社成員，名見《復社姓氏傳略》卷二。

③周南，字二爲，太倉人。復社成員，名見《復社姓氏傳略》卷二。

④周祚，字逸休。太倉人。復社成員，名見《復社姓氏傳略》卷二。

⑤語見《新唐書》卷八十一《讓皇帝憲》：「朕每言服藥而求羽翼，寧如兄弟天生之羽翼乎？」

⑥《宋史》卷四百三十二《胡瑗傳》：「慶曆中，興太學，下湖州取其法，著爲令。」參見《初集·論略》卷一《建學論》注。

⑦語見《詩·大雅·文王》。

程楚石程墨選序〔一〕①

今日之文，限字善矣，莫若擇字。譬制器焉，匠人操斤，準節長短，尺寸之數，如其規矩。使藉能液散，不選良木，物必速敗。然擇字有方，必先道古，敝敝而求，宋人之刻楮業也。以難爲高，不避深阻，隱侯之所賤也。齊景公病疽，群臣入而撫之，公問其狀。高子喻火，晏子喻日，意無以異。顧其言，君子野人辨矣②。辭命之間，一語失倫，聞者交詬；況彌綸衆家，登之簡策乎？

楚石執其説以量程墨，其猶匠氏之意哉。辭法兼者，上也；得其一者，次也。兩者皆劣，即棄而不顧，得無慮櫟社見夢乎〔二〕③？昔有問麟者，答之曰：「麟如麟。」問者怦怦而坐。語以麕身牛尾，鹿蹄馬背，則霍然以解④。程墨具是，殆告以麟之形容矣。俗言若虆，夫何異哉？

【校記】

〔一〕本篇又見北大本《合集·古文近稿》卷二。

〔二〕「櫟社」，原作「櫟杜」，據北大本改。

【繫年】　據前文作時，此蓋序程一礎所選崇禎六年癸酉科鄉試中式文（即程墨），蓋作於崇禎六年（一六三三）。

【箋注】

① 此序程一礎選刻鄉試中式文。程一礎，字楚石，徽州府人。復社成員，名見《復社姓氏傳略》卷四。

②《晏子春秋·内篇雜下》：「景公病疽在背，高子、國子請，公曰：『職當撫瘍。』高子進而撫瘍，公曰：『熱乎？』曰：『熱。』『熱何如？』曰：『如火。』『其色何如？』曰：『如未熟李。』『大小何如？』曰：『如豆。』『墮者何如？』曰：『如屨辨。』二子者出，晏子請見。公曰：『寡人有病，不能勝衣冠以出見夫子，夫子其辱視寡人乎？』晏子入，呼宰人具盥，御者具巾，刷手温之，發席傳薦，跪請撫瘍。公曰：『其熱何如？』曰：『如日。』『其色何如？』曰：『如蒼玉。』『大小何如？』曰：『如璧。』『其墮者何如？』曰：『如珪。』晏子出，公曰：『吾不見君子，不知野人之拙也。』」

③ 櫟社見夢：見《莊子·人間世》，匠石謂曲轅之櫟社樹爲無所可用之散木，櫟社見夢曰：「汝將惡乎比予哉！若將比予于文木耶？夫柤、梨、橘、柚、果蓏之屬，實熟則剥，剥則辱；大枝折，小枝泄。此以其能苦其生者也，故不終其天年而中道夭，自掊擊於世俗者也。物莫不若是。且予求無所可用久矣。幾死，乃今得之，爲予大用。使予也而有用，且得有此大也耶？且也，若與予也

皆物也，奈何哉其相物也！而幾死之散人，又惡知散木！」

④釋慧通《駁顧道士夷夏論》（嚴可均《全上古三代秦漢三國六朝文・全宋文》卷六十二）：「昔者，有人未見麒麟，問常見者，曰：『麟何類乎？』答曰：『麟如麟也。』問者曰：『若嘗見麟，則不問也。而云麟如麟，何邪？』答云：『麟，麏身牛尾，鹿蹄馬背。』問者乃曉然而悟。」

孫大宣稿序〔一〕①

鼓舞者非柔縱，木熙者非眇勁，言累漸也②。以喻文字，千日之積，一日之通，其道猶是。當夫積者默默，物化不關其懷，四時不形其意，其視聲名猶委土也。迨通達能應，榮聞周隨。御者固然，取諸懷近。則巧者詘心，夸大變慮矣。大宣閉門論誦，數更寒暑。間苦疾病，謝絶朋與，退而著譔。每歲卷許，出以示人。人争傳慕，謂：「不睹其面，但讀其文。朱桃稚③、沈麟士其右是乎④？」然大宣静湛更甚，曰：「女惡丹華，書惡淫辭。貌文以色，非予好也。」凡文再遷，讀者輒驚曰：「其歌《采菱》乎⑤？《延露》《陽局》胡爲乎來其庭⑥？抑朱曠乎？孰與之折秋蟲之羽，解嶰谷之竹〔二〕？」

夫成車於室，與驅車于塗，非獨勞逸殊，得失亦倍。教人静者，皃説之解閉結也⑦；教人動者，説在東郭之馬圉也⑧。世皆契契而求，俛視不察，大約得之于内，若執衡然，名聞于邦國之大夫〔三〕，而不樂以聲達；言成數千，都人士爲之賦「緑衣三百」⑨，而心精不可以外傳。今之一發而當，其素履也。功名之大，及身而止，以德自造，其流無疆，儒行之稱，如此者數矣。大宣有此，盍行乎哉！

【校記】

〔一〕本篇又見北大本《合集·古文近稿》卷二。

〔二〕「嶰谷」，原作「嶰竹」，據北大本改。

〔三〕「名聞」，原作「名間」，據文義改。

【繫年】

據文中「以喻文字，千日之積，一日之通，其道猶是」「今之一發而當，其素履也。功名之大及身而止，以德自造，其流無疆，儒行之稱，如此者數矣。大宣有此，盍行乎哉」等語，可知張溥此文應爲崇禎六年（一六三三）孫鼎中舉人後刻稿作序。

【箋注】

① 此序孫鼎中舉人後刻稿。孫鼎，字大宣。康熙《揚州府志》卷十七：「孫鼎，字大宣，新齋其號也。先世由浙遷揚，家于江都之黄子湖，代有隱德。鼎性通敏，十歲以能文名。崇禎癸酉，奏賢書。丁丑登甲，授大理評。時以刻礉繩下，少平反，鼎仁恕，力求平允，獄經所出入，無或冤執。改重其人，將屬以銓曹，鼎曰：『予面冷腸熱，言過直，不宜于銓。』卒不就。既典西川試，入闈時驟病

雙目，神以夢告曰：『若秉心無私，當相子得人，目何患？』詰旦，即平適如常。所拔士極一時之勝。既丁内艱，鼎亦寢老。乙酉後，不復仕，日集老兄弟叙天倫樂事，且悉分所有，不以私其子。年六十餘，卒。子繼登、繼遻讀書有聲，能克其家。」

② 語出《淮南子·脩務訓》：「夫鼓舞者非柔縱，而木熙者非眇勁，淹浸漬漸靡使然也。」木熙：古代雜技，在高竿上作種種驚險表演。眇勁：輕捷有力。

③ 朱桃稚，成都人。皇甫濂《逸民傳》卷二《朱桃稚》：「朱桃稚，成都人，澹泊絶俗，被裘曳索，人莫能測。其爲長史竇軌見之，遺以衣服、鹿幘、麂靴，逼署鄉正，委之地，不肯服。更結廬山中，夏則羸，冬緝木皮葉自蔽，贈遺無所受。嘗織十芒屩，置道上，見者曰居士屩也。爲鬻米茗易之，置其處，輒取去，終不與人接。高士廉爲長史，備禮以請，降階與之語，不答，瞪視而出。士廉拜曰：『祭酒其使我以無事治蜀邪？』乃簡條目，薄賦斂，州大治。屢遣人存問，輒走林草自匿。」

④ 沈麟士，字雲禎，武康人。皇甫濂《逸民傳》卷二《沈麟士》：「沈麟士，字雲禎，武康人。居貧，織簾誦書不輟，鄉里號爲織簾先生。嘗爲人作竹，誤傷手，便流涕而還。或怪而問之，曰：『此本不痛，但遺體毁傷，感而悲耳。』元嘉末，文帝令僕射何尚之抄撰《五經》，訪舉學士，縣以麟士應選。不得已，至都。尚之嘗謂其子曰：『山藪故多奇士，若雲禎，黄叔度之流也，豈可澄清淆濁邪？』少時，稱疾歸鄉，不與人物通。或勸之仕，答曰：『魚縣獸檻，天下一器，聖人玄悟，所以每履吉先，吾誠未能，景行坐忘，何爲不希企日損？』乃作《玄散賦》以絶世。太守孔山士辟，不應。後隱

居餘不吴差山。……麟士家世孤貧，藜藿不給，懷書而耕，白首無倦，挾琴採薪，行歌不輟，再日而食，守操終老，年八十五卒於家。」

⑤《采菱》：古代歌曲名。《楚辭·招魂》：「《涉江》《采菱》，發《揚荷》些。」王逸注：「楚人歌曲也。」

⑥《延露》《陽局》：古俚曲名。延露，亦作「延路」。《淮南子·人間訓》：「夫歌《采菱》，發《陽阿》，鄙人聽之，不若此《延路》《陽局》。」高誘注：「《延路》《陽局》，鄙歌曲也。」

⑦《韓非子·外儲説左上》：「兒説，宋人，善辯者也，持『白馬非馬也』服齊稷下之辯者。」《淮南子·説山訓》：「兒説之爲宋王解閉結也，此皆微眇可以觀論者。」《淮南子·人間訓》云：「夫兒説之巧，於閉結無不解也。非能閉結而盡解之也，不解不可解也。至乎以弗解解之者，可與及言論矣。」

⑧《吕氏春秋·必己》：「孔子行道而息，馬逸，食人之稼，野人取其馬。子貢請往説之，畢辭，野人不聽。有鄙人始事孔子者曰：『請往説之。』因謂野人曰：『子不耕於東海，吾不耕於西海也，吾馬何得不食子之禾？』其野人大説，相謂曰：『説亦皆如此其辯也，獨如嚮之人？』解馬而與之。」

⑨《法言·吾子》：「緑衣三百，色如之何矣？紵絮三千，寒如之何矣？」汪榮寶注疏：「緑衣雖有三百領，色雜不可入宗廟；紵絮雖有三千紙，單薄不可以禦冬寒。文賦雜子，不可以經聖典。」

張露生師稿序〔一〕①

予年十一從先生學文字，時粗解把筆。先生謂爲可教，時稱述於先子。先子時當憂患，内鬱鬱不自聊，時向先生索觀予文。聽先生贊言，輒内喜。先子年高，晚歲重困，望兒子成學甚亟。予兄來宗、禹疏、弟子厚，年相次第，俱受經先生。

先生篤學，精《大易》，昧爽而起，繙經史故事，第及時義，次則講説書義，漏盡乃畢。先子益内喜，督群兄弟加嚴，蚤夜視先生起居。先子持家政勞苦，晚必同先生飲食。先生性不任酒，一酌即起讀書。先子置榻壁間，倦或少憩，聞書聲即起坐，喜不成寐。縱觀諸子竟課，然後就内寢，自是率以爲常。

既先子病逝，予兄弟益困，外人言：「二三孺子，今復何爲？」先生獨語其親戚曰：「諸子必光前人，毋易視之。」予既喪父，痛不自勝，每念先人教子勤苦，夜半起篝燈，輒成三四義。顧先生郡居道遠，無所質正，復涕泣覆之。乃予幸成進士，歸拜先子木主。今復睹先生登賢書，稱名孝廉。聞報之日，僮僕紛馳告予，賀先生戰勝。蓋知予日夜誦説，憂樂未嘗頃刻忘也。

先生勇志大用，少時發憤書壁云：「十年不遇，便當焚筆。」乃又十年而始得達。其章年甚少，爲先生宗僑，一時並遇；九兄禹疏幾與先生同籍，而復不得。凡人遇合，豈不以時？然以先生之博洽方聞，皭然物外，即使不遇於時，猶當著書顯名。其介立特行，如段干木②、田子方之流③，聞于西土，况施用當世哉！撫時增思，幸先生之遇。復睠然發先子之悲，蓋猶之溯回風，追往日，不自知其長也。

【校記】

［一］本篇原題作「張露生師稿」，據目録改。本篇又見北大本《合集·古文近稿》卷三。

【繫年】

據文中「今復睹先生登賢書，稱名孝廉。聞報之日，僮僕紛馳告予，賀先生戰勝」等語，復據王祖畲《太倉州志》卷十《選舉·舉人》「崇禎六年癸酉：張法，改名發」，可知此文作於崇禎六年（一六三三）秋張發中舉人後。

【箋注】

①此爲其蒙師張發中舉人後刻稿所作序，叙及少年時之家庭情况，尤其回憶先父與張發之交契並嚴格督導諸情景，感情沉静真摯，筆法簡潔明朗。張發，字露生，太倉人。張溥蒙師。王祖畲《太倉州志》卷十《選舉·舉人》：「崇禎六年癸酉：張法，改名發。泗州學正，清伊陽知縣。」張采《知畏堂文存》卷八《庶常天如張公行狀》云：「我（張溥）自遇露生張師，始獲『黄童』譽。師生亦佩知己哉！」卷二《張露生稿序》：「張子授經天如，天如語余：『授經時，猶在髫年，師弟深夜講

説，流連忘倦。』天如篇成，張子甲乙過，當佳處，輒形諷詠，游處積年。」

② 皇甫謐《高士傳·段干木》：「木，晉人也，守道不仕。魏文侯欲見，造其門，干木踰牆避之。文侯以客禮待之，出過其閭而軾。其僕曰：『君何軾？』曰：『段干木賢者也，不趣勢利，懷君子之道，隱處窮巷，聲馳千里，吾安得勿軾！干木先乎德，寡人先乎勢；干木富乎義，寡人富乎財。勢不若德貴，財不若義高。』又請爲相，不肯。後卑己固請見，與語，文侯立倦不敢息。」

③ 田子方，名無擇，魏文侯師。見《莊子·外篇·田子方》《史記·魏世家》。

題黄石齋先生贈徐振之詩〔一〕①

久不讀黄石齋先生詩，意中忽忽不樂，强以唐人壓之，如挾《文選》臨東坡，難相下也。比見《贈徐振之十韻》，又《追送大峰巖十六韻》，覺風人在是，非河漢矣。昔昌黎伏處陽山，區册自南海挐舟訪之，喜送以序②。先生家隱，不異昌黎。漳又閩嶺奥區，去吴五千里。振之躡屐從遊，致與區生等。先生手篆圖書二方，屬振之貽予。頃既作跋，用署紙尾。古字蚪盤，飛鳥翥躍，猶然列峰面目也。

【校記】

〔一〕本篇又見北大本《合集·古文近稿》卷二。

【繫年】

據注①及前後文作時，此文蓋作於崇禎六年（一六三三）。

【箋注】

① 此題黄道周贈徐霞客詩。徐弘祖，字振之，號霞客，常州府江陰人。少時好讀奇書，博覽古今史籍、輿地方志、山海圖經，應試不得志，即嚮往問奇於名山大川，從二十二歲起出遊，至五十五歲滇南之行止，前後三十餘年，足跡遍歷南北。今存《徐霞客遊記》六十餘萬字。生平詳見錢謙益《牧齋初學集》卷七一《徐霞客傳》。丁文江《明徐霞客先生宏祖年譜》崇禎元年條：「訪黄道周（石齋）於漳浦墓次。」崇禎三年條：「先生於二月訪鄭鄤於常州，聞黄道周過此，操小舟追之，及於丹陽。按《明史·黄道周傳》，道周於崇禎二年服闋，起故官，旋進右中允，蓋自漳入京，道出蘇省也。道周贈先生七言古一首，跋云：『徐霞客攜小舟追予至丹陽，感念昔日萬里造膝，今復依然得陳宿諾，爲之道故，不覺成篇。同時陳仁錫在座，爲書跋云：霞客著屐破旃裘，石齋落筆驚風雨，故宜兩絶。』詩跋均在《晴山堂帖》中。此外尚有文震孟、鄭鄤及項煜等跋，鄭、項跋不知作於何時，文跋則在次年。跋云：『霞客生平無他事，無他嗜，日皇皇游天下名山，真古今第一奇人也。嘗徒步萬里，訪石齋墓次。石齋北上，又銜寒追及雲陽道中，沽酒對飲，且飲且題詩，詩成而酒未盡，文不加點，沈鬱激壯，遂成絶調。蓋以奇人遇奇人，當奇境而成奇文，固宜也。』其推崇如此。」

②見《韓愈文集》卷十一《送區册序》：「陽山，天下之窮處也。……愈待罪於斯，且半歲矣。有區生者，誓言相好，自南海挐舟而來。」

癸酉行卷定本序〔一〕①

今者京國之試，四方獻疑者咸以子常、麟士、介生、勒卣不遇爲言。既得乙卷姓籍，麟士名在其中，予同門徐無所千里寓書，深于太息。近見郭柯汾所閲子常卷，矜許最高，當領一經，不知何以復落。勒卣卷已廢矣，楊羽君覆視驚歎②，稱爲未有。繇此言之，四子之中，遇者三人矣。所不果者時耳，豈戰之罪乎？

乃四子抱書論述，無所怨譏佛鬱，間以貴人之篇，徵其差第，亦受而不却。予于是益感其用意之忠厚，教人者無已也。介生之選，博引群材，不没小善；勒卣論尚風格，裁以東西兩京而止；子常、麟士則本理切物，納天下于規矩。旬日之間，選凡三見。名家先總見聞，程墨采覽當世，行卷復整齊大雅，義嚴而法。其説曰：「仁義之言求其備，非法之辭去其甚，我繇乎中正者而已矣。」然人心方動，上之人强以法操，雖大震之，弗中止也。

宋初競尚楊、劉，而伯長、仲塗獨宗韓、柳③；眉山之文禁于紹聖，而其言益貴。文之至者，抑之彌揚，沉之彌著，所必然也。今者耆長有名之倫，暫就屈伏，顧學其説、師其一家者往往奮迅得氣，所在通達。出所爲文示當代，繩墨議論，原本先舊，未嘗乏絶，可謂非吾黨之功哉！

嗟乎！不行封建，不可以井田；不修學校，不可以選舉。今天下庠序之法壞矣，猶幸有儒者私居之論〔二〕，足以正其是非，傳于不墜。不得已而假時文以行之。託飛鳴之言，寓憂閔之志，非四子又誰望焉？

【校記】

〔一〕本篇又見北大本《合集·古文近稿》卷二。

〔二〕「儒者」，北大本無。

【繫年】

據篇名及前後文作時，可知此文作於崇禎六年（一六三三）。

【箋注】

① 此序楊彝、顧夢麟、周鍾、周立勳時文選本《癸酉行卷定本》。行卷，即選集舉人中式之文。

② 楊邦翰，字羽君。同治《沅陵縣志》卷二十九：「楊邦翰，字羽君，號仙石，廣東南海人。崇禎辛未進士，令溧水。舉卓異，來知縣事，以恤民愛士爲務。」

③《宋史》卷四百四十二《穆脩傳》：「自五代文敝，國初，柳開始爲古文。其後，楊億、劉筠尚聲偶之辭，天下學者靡然從之；脩於是時獨以古文稱，蘇舜欽兄弟多從之游。脩雖窮死，然一時士大

夫稱能文者必曰穆參軍。」

趙我完稿序〔一〕①

我完辭家客游，涉朱方，抵邗溝，載其文以行，裒重不能舉，乃取近所爲《四書》《大易》諸稿，各以十篇布之刊刻，所以便卷握，通賓客也。

我完述造十年，文凡數變，邇者譔論，一歸清簡。夫臨寒思燠，當炎浴凉，物之必情。以今能言之士遍布天下，淵珠荆玉，所在成市。不制之以規矩，示之以省要，無所命高。捨其舊常，尸祝先士，非獨法令宜然，人之好惡，已先見之。我完言司氣會，識在衆前，體要漢京，以發今作。視世所推引，鈞銖之覺，又復差異。昔魯連屈田巴于稷下，百世而後，臨淄侯慨然慕之，排折孔璋，嘯訶季緒，自喜論當②。以我完相較，鍾期之歎，知不妄發也。至《大易》昏蕪，玄老皆病，得此十章，如聞鍾鼓，援類其餘，虞翻不死③。

予以尊酒餞别，聊復寓言篇首。知予志者，誦言婁江，師我趙子，當不徒在壇場之間、辭命之際矣。

【校記】

〔一〕本篇又見北大本《合集·古文近稿》卷二。

【繫年】

據前後文作時，此文蓋作於崇禎六年（一六三三）。

【箋注】

①此序趙自新稿。趙自新，字我完，太倉人，復社社長，好事者目其爲復社「四配」之一。名列《南都防亂公揭》。吴山嘉《復社姓氏傳略》卷二：「趙自新，字我完。四歲失足墮井，家人引綆出之，無怖色。年十一從父觀射，飛矢中股，醫者出鏃，色不變。喪母家貧，身執厮養役而勤學弗輟。崇禎己卯舉於鄉。十六年，需次京邸。忽心痛，遂歸。父病果劇。乙酉，詣州守，請給僧牒，祝髮於松江之會龍庵，旋隱嘉定之封家村。如皋冒襄聞之，請教其子。既而有謝姓者告以應舟山之招，自新謝之。及事洩，逮者至門。自新曰：『吾久辦此矣。』械至松江，絶食數日，不死。復械至江寧，鞫謝姓者，卒無實，得釋歸。旬日卒，年五十三。臨没，謂其子曰：『吾生無益於世，没後題墓石曰明鄉進士憤道僧趙某，願足矣。』自新面目嚴冷，人望而畏之。著作甚多，陳瑚、陸世儀皆其弟子。」

②曹植《與楊德祖書》：「劉季緒才不能逮于作者，而好詆訶文章，掎摭利病。昔田巴毀五帝、罪三王、呰五霸於稷下，一旦而服千人。魯連一説，使終身杜口。劉生之辯，未若田氏，今之仲連，求之不難，可無息乎？」

③《三國志》卷五十七《吴書・虞翻傳》：「翻與少府孔融書，并示以所著《易注》。融答書曰：『聞

延陵之理樂，睹吾子之治《易》，乃知東南之美者，非徒會稽之竹箭也。又觀象雲物，察應寒温，原其禍福，與神合契，可謂探賾窮通者也。』」

壽李母沈太君五十序[一]①

世家之苗裔，通人之令德，誦非及身，必徵後代。扶風之子，孟堅著史，定遠立功。大家左右《女憲》，纘兄之書，聿光東漢，遂使祖姑倢伃不得專有徽烈。龍門窮愁放廢[二]，成一代之文，子姓不顯。然女爲楊丞相夫人，生子猶能讀外大父書，文章克似司馬甚矣②。作法有基，男子之子，女子之子，俱稱傳人矣。

李子寅生從予游。癸酉孟秋，以母氏五十，乞言四方。爰徵世牒，母固松陵上系，僉藩沈定庵先生少子也③。松陵與禾城烟水接望百里，其中名人高門，麟角騈會，沈、李寔稱大姓。孝廉伯遠先生與定庵先生詩歌往來④，各以古人相期，遂許姻盟。霞舉爲孝廉長君⑤，角犀豐盈，十許歲即善柔翰，放筆爲鐘鼎文字，咸中法律。定翁見，甚器重，少女歸焉，爲今太君。《詩》曰：「鐘鼓樂之。」蓋言君子淑女，各得其所也。霞舉既獲令匹，居室益修，上順父母，下逮僕庶，中睦宗人。霞舉婚十年，未舉子。太君爲卜旁御，霞舉難之，卒强之，然後舉子，乃今寅生也。

李氏閥閲累代，子孫藩出，歲時祭先祖廟堂，備葅豆，禮器法，以長子主之，立田供事，未幾將廢。霞舉力修先緒，太君出裝資，鬻環珥，佐成其業，祭法復舉。夫嗣續之大，遠紹元祖，高曾世守，賴以不絶。諸侯五廟，大夫、士、庶人以次降殺⑥，德流光卑，非是不享。既有令子，聲聞高明，或懼中墜，不造來葉，遍食上祭，曠焉失時。咨諸長者，則曰無田，同士相恤，義當有吊。

今太君先其大者，二事畢全，曰：「予寧無財，無恫宗公⑦；予寧下人，必昌其後。」兩者兼觀，雖南國季女，晉卿内子，道猶是矣。霞舉博通寡遇，黨姓交刺，慮鼓衰而竭。太君勉以遵時養晦，使整車甲，以需有秋。兼朝夕命寅生堂上，鷄鳴受書，安絃合雅。年未二十，通聲賢豪，一輩矜歎，期爲儒者。

予曰：從夫而貴同，從子而貴同，婦人之職也。相夫子以義，不言貨財；教子以成人，不言干禄。非世之賢者不至也。太君爲婦則歌《關雎》，爲母則本《曲禮》。《關雎》始和，《曲禮》始敬，惟敬與和，承承繼繼，可以永老。不得其説而盛言節儉，追美組紃，猶之邊豆之事，有司之守，非所語于君子之大也。

【校記】

〔一〕本篇又見北大本《合集·古文近稿》卷二。

〔二〕「放廢」，原作「放發」，據文義改。

【繫年】

據文中「癸酉孟秋，以母氏五十，乞言四方」等語，可知此文作於崇禎六年（一六三三）秋。

【箋注】

①李寅，字寅生，號曉令，嘉興縣學生。復社成員。吴山嘉《復社姓氏傳略》卷五：「李寅，字寅生，號曉令。嘉興縣學生。父士標官寧海州州同。崇禎壬午殉泠口兵之難。寅崎嶇戎馬間，走三千里，愬山左各臺，講卹贈，扶櫬以歸，世稱爲孝子。有《視彼亭草》。」張采《知畏堂文存》卷四《李母沈太君壽序》：「李子寅生，秋日拜母沈太君壽，乞言天如與余。寅生事母，可謂同余兩人者矣。……當金母戊辰之歲，稱壽伊始，寅生持天如與予文歸而拜母，則知兩人循名稽行，皆實與之者。」

②《漢書》卷六十六《楊惲傳》：「忠弟惲，字子幼，以忠任爲郎，補常侍騎。惲母，司馬遷女也。惲始讀外祖《太史公記》，頗爲《春秋》。以材能稱。」

③沈瓚，字孝通，一字子勺，號定庵，蘇州府吴江縣人。萬曆十四年進士，官至江西按察司僉事。

④李應徵，字伯遠。李士標父。康熙《嘉興府志》卷十七：「歲丙午，廷議察天下孝廉之實行著聞者，兩浙得七人，應徵首列。……授臨安教諭。居數年，薦最，擢南京國子監博士，卒。」

⑤李士標，字霞舉，嘉興人。李應徵子。同治《重修寧海州志》：「李士標，浙江人，崇禎癸未殉難。

按朱彝尊《曝書亭集》有《李徵士良年行狀》云：其祖士標寧海州同知，贈尚寶司丞，有《蒼雪齋集》。當同知寧海時，值冷口兵入圍城，固守三月，以勞卒，而城陷。巡撫曾化龍上其事，得贈官。乃知當日殉城死難者，如汪公魏公亦必皆有卹典，特無人筆而存之。」

⑥ 孫詒讓《周禮正義》卷六十八《秋官·司約》引賈疏云：「祖宗，諸侯五廟，下及士各有差，庶士庶人祭於寢也。」

⑦ 宗公：先公。《詩·大雅·思齊》：「惠于宗公，神罔時怨，神罔時恫。」毛傳：「宗公，宗神也。」孔穎達疏：「宗公，是宗廟先公。」

雪盟詩題辭〔一〕①

《雪盟》諸詠，不過一幅，其境遥肅深寒，使人戴笠披裘，熱酒讀之，覺寒氣不下。昔人稱文章發生，取滋春夏，詩人之懷，偏與隔涉，如貧不親富，美女不尚丹渥，亦其性也。草臣吟咏遍海内，近音彌古，循循格律，放宕頓挫，自然壯遠。適來數篇亦淵明《飲酒》耳。顧其所得深，咫尺萬山，接目癯潔，窈窕不即竟。左右顧二子，呼而和之，月明之章，不能方也。圖莊子於三公之堂，面色必憂；使石季倫改金谷之音而登孤山②，其致復出。凡讀書者，所存類近畸寂，而不樂脂腴，維霜維雪，豈徒天時哉！

【校記】

〔一〕本篇原題作「雪盟詩題語」，據目録改。本篇又見北大本《合集·古文近稿》卷三。

【繫年】

據前後文作時，此文蓋作於崇禎六年（一六三三）。

【箋注】

①此題《雪盟詩》。《雪盟詩》，待考。

②石崇，字季倫。任俠而無行檢，在荆州劫掠客商，致財産無數。室宇宏麗，誇奇鬥富。築别館金谷園，聚會賓客。生平見《晉書》本傳。孤山：在浙江杭州西湖，孤峰獨聳，秀麗清幽。林逋曾隱居於此，世稱孤山處士。

皇明詩經文徵序〔一〕①

子常、麟士爲予言：治《詩》之難，其指百端，見之選文者，其一也。《詩》有六義，文不辨義，直文而已，於《詩》無與。高者率言《詩》，多能自建，不能代人；久能成《詩》名家，亦某氏之《詩》耳，於古三百篇猶無取也。

予讀楊升庵②、胡元瑞③、王弇州諸先生及馮氏《詩紀》④、梅氏《詩乘》所論説⑤，一詩之出，體例年代，稽覈千名。夫後世之詩託事引情，各言所遇，上不繫帝德，下不究人心。一有乖缺，衆流譏失，如莅獄然，窮法而止。今以儒者代聖人之言，謂便其小數，不循本來，可以稱職名，無過胡亡等也。

《文徵》之選，鏡往照來，不間新故，合道者升，功雖滿歲，所來遠矣。子常好聚書，先以經爲本，諸經書充户牖，分别治之，以己業《詩》，欲成學訓天下，與麟士務盡心焉。海虞學士家世傳《詩》，海内以《詩》顯者，皆不免詆呵，獨與楊、顧則心安之，謂其無弊。余時左右竊聽，間有發明。《五經》一也，《易》言卦理，《書》本唐虞三代，《詩》存六義，《禮記》通《周官》《儀禮》，《春秋》明三傳是非，不如是者，毋寧不爲。苟《詩》不審義，猶以清言命《易》〔二〕，戰國説《書》。再窮其失，則王氏之廢《春秋》，胡元之制禮樂而已。代言之體，從今則陋，從古則文，惟世不知，百年夜行。前者應社近體之選，二子已見其説，悟者尚寡，今之諄諄，得無困乎？

夫君子之教人也〔三〕，不因世之不明而輟其功，不因名之已成而高其事。以今右文之世，學始《五經》，宜設官傳授。京師郡邑各置《五經》師，頒諸經説，進高才秀士，讀書問難，畢三年通之。然後聘賢良、立中正，繩其不當者，責以年齒，示之榮辱，則天下治矣。此説若行，予願上書郡國，請子常、麟士領《詩》，授博士弟子也。

【校記】

〔一〕本篇又見北大本《合集·古文近稿》卷三。

〔二〕「清言」，北大本作「清談」。

〔三〕「教人」，原作「數人」，據北大本改。

【繫年】

據前後文作時，此文蓋作於崇禎六年（一六三三）。

【箋注】

①此序楊彝、顧夢麟《皇明詩經文徵》。楊彝、顧夢麟有《詩經説約》二十八卷。

②楊慎，字用脩，號升庵，新都人。朱彝尊《明詩綜》卷三十四：「楊慎，字用脩，新都人。正德辛未，賜進士第一，授翰林修撰；以議大禮泣諫，杖謫永昌。天啓初，追謚文憲。有《升菴集》。」

③胡應麟，字元瑞。《明史》卷二百八十七《胡應麟傳》：「胡應麟，幼能詩。萬曆四年舉於鄉，久不第，築室山中，搆書四萬餘卷，手自編次，多所撰著。攜詩謁世貞，世貞喜而激賞之，歸益自負。所著《詩藪》二十卷，大抵奉世貞《卮言》爲律令，而敷衍其説，謂詩家之有世貞，集大成之尼父也。其貢諛如此。」

④馮惟訥，字汝言，號少洲，山東臨朐人。馮惟敏弟。嘉靖十七年進士。由宜興知縣累擢江西左布政使，爲政多便民。後以光禄卿致仕。與兄惟健、惟重、惟敏皆以詩文名齊魯間。編刊《古詩紀》

一百五十六卷，爲時所重。

⑤ 梅鼎祚，字禹金，梅守德子，梅朗中祖父。詳見《續集·别集》卷一《兩漢文選序》注。編有《漢魏詩乘》二十卷、《八代詩乘》四十五卷。

唐元景稿序〔一〕①

元景有名人間久矣。顧猝不得一發舒，繇博士弟子員進爲明經，累在高等。其間之讀其文、太息恨見晚者，不下數十人，乃猶然服儒服，稱儒生，何相知者多而同升者難乎？此子瞻中山之歎，不無邑邑于司命也。

然元景屢蹙，氣益壯上。今戰不利，擔書五百里，止于西湖，盡發其篋中文，問當世。予師葉夫子爲之序而廣之②。夫子令歙五年，知元景最深。序中之意，大率抽揚素履，表顯弘構，寬其不平，終以利涉。諷誦久之，益感金石有素，稱人以本也。

唐氏德著新安，代有偉士。中丞中楫先生孝友誠壹③，率先昆弟。元景穆行内循，一家載淳。後來之彦，負策修古，風軌彰列。夫居家若陳太丘④，積文若應汝南⑤，高明之效不獨自身也。今元景歲路方强，懿文昭炳，伯兄之業，仲氏和之，猶之同宫均響，所必有爾。予辱交中丞兄弟，氣類不薄，兼以吾師所期，援爲前質。昔章表民贈鄭野甫有「其人如玉」之言⑥，謂其人之德，不從外來，元景不其然乎？

【校記】

〔一〕本篇又見北大本《合集·古文近稿》卷三。

【繫年】

據文中「今戰不利，擔書五百里，止于西湖，盡發其篋中文，問當世。予師葉夫子爲之序而廣之。夫子令歙五年，知元景最深」等語，考葉高標崇禎元年進士，授歙縣知縣，可知此文作於崇禎六年（一六三三）唐元景鄉試落第後。

【箋注】

① 此序唐元景稿。唐元景，待考。

② 葉高標，字自根，别號大木。張溥房師，張采同年。詳見《續集》卷三《孫直公詩稿序》注。

③ 唐暉，字文季，號中楫。康熙《徽州府志》卷一二：「唐暉，字文季，號中楫，歙槐塘人。萬曆庚戌進士，任開封武昌兩府推官。兩府多藩封，宗民雜處，屢興大獄。暉至，一郡稱平。爲吏部郎中，以拂中貴人削籍。起尚寶卿，遷太常少卿，出清楚餉。壬申流寇，起擢爲湖廣巡撫。時粵寇已掠吉安，與楚界接。暉謂兵尚神速，下令速援。吉安寇聞，遂遁。衡州臨武、藍山二縣多土寇，順流下攻長沙。暉急發兵擒殺數百人，伏兵搗其巢，寇悉平。豫寇從應山窺郢中，暉檄辰兵敢死者伏應山旁，夜搗其營，斬獲甚多。賊魁中有號十閻羅者，馘其三而俘其二，寇乃潛奔，與鄖西賊合，

當陽、遠安皆陷。暉調鎮篁兵復之，三戰三捷，斬首萬餘。水寇高大易、洪宇僭號連砦蘆花溝、仙桃鎮，暉陽調兵防沔漢，陰得其主名，盡殲之。漢口財賦要衝，恐宗民乘釁，躬建大將旗鼓出漢口，賊無敢逼。忌者以暉弗任糾察，免。後兵部覆勘，下璽書褒諭，復原官。」

④《後漢書》卷六十二《陳寔傳》：「寔在鄉閭，平心率物。其有爭訟，輒求判正，曉譬曲直，退無怨者。」

⑤《後漢書》卷四十八《應劭傳》：「初，父奉爲司隸時，並下諸官府郡國，各上前人像贊，劭乃連綴其名，録爲《狀人紀》。又論當時行事，著《中漢輯序》。撰《風俗通》，以辯物類名號，釋時俗嫌疑。文雖不典，後世服其洽聞。凡所著述百三十六篇。又集解《漢書》，皆傳于時。」

⑥章望之，字表民，浦城人。傳見《宋史》卷四百四十三《章望之傳》。鄭叔熊，字野甫。章望之《鄭野甫字序》：「鄭子名叔熊，其友字以正夫，子不安其説也，命予爲言其理以易之。夫子學於古人，聞深而見博，又以行誼自潛，不待正夫之字然後勸也。請字之曰野甫，以附於因物以配義者。如曰不已質哉？爲賦《白駒》之卒章曰：『生芻一束，其人如玉。』其生如玉云者，謂其來非外也。」

錢行安稿題語〔一〕①

行安之論先民，法本揚子。其文節短而意深，言簡而體壯，按之于題，如乾坤高卑，弗能改也。成文利速，不假苦吟，乃知作家攢眉，大都才鈍，非開敏所樂。

行安讀書取精微，略形貌，繇昌黎、河東揖讓于叔皮之堂，知不遠矣。其父元玉，虞之篤行，家貧嗜古學，勖子不以功名，喜予評行安文，節録數言爲梗概。予書報曰：「時有進退，文無行藏。不龜手之藥，不期封侯②。弦高爲商，志未嘗在退秦師也〔二〕，時適爲之③。况念存當世，致精斯道者乎？」行安有文一卷，以縱横家言之，所謂張儀舌在也④。

【校記】

〔一〕本篇又見北大本《合集·古文近稿》卷三。

〔二〕「未嘗」，原作「未當」，據北大本改。

【繫年】

據前後文作時，此文蓋作於崇禎六年（一六三三）。

【箋注】

①此題錢安修稿。錢安修，字方明，又字行安，常熟人。張溥高弟，復社成員。吴山嘉《復社姓氏傳略》卷二：「錢安修，字方明，又字行安，常熟人。隸藉吴縣學宫。游張溥、張采之門，稱高弟子。安修爲人故短小，虎丘社集時諸名士欲望見顔色者，皆舉踵以得見爲幸。所作詩古文詞堅古峭拔，絶不猶人。有《潭溪集》十卷、《錦樹堂慶節詩》三卷。年二十九卒。」康熙《常熟縣志》卷二

十：「錢安修，字方明。爲諸生，七試皆第一，婁東張西銘先生高弟子。好讀異書，窮日夜靡倦，一時知名士樂與游者吕雲孚、華渚輩，推爲軍鋒，竟不售。所爲詩，不名一體，古文詞不多作，作則堅古峭直。惜其年不足以壽其學也，物論惜之。」張采《知畏堂文存》卷六《錢方明傳略》：「錢生安修，字方明，常熟人。初字行安，以叔名行，改今字，人猶稱錢行安。父元玉，教子授經史。生年十三，通誦六經，凡《史》《漢》諸書略上口，作舉子業，辭猶不流。元玉恚曰：『我能教子讀書，不能教子作文，命也。』置不問。年餘，于亂帙得《地震記》，知出生手，亟嘆其奇，令從西銘及余游。」

②《莊子·逍遥遊》：「宋人有善爲不龜手之藥者，世世以洴澼絖爲事。客聞之，請買其方百金。聚族而謀曰：『我世世爲洴澼絖，不過數金；今一朝而鬻技百金，請與之。』客得之，以説吴王。越有難，吴王使之將，冬與越人水戰，大敗越人，裂地而封之。能不龜手，一也，或以封，或不免於洴澼絖，則所用之異也。」

③《左傳·僖公三十三年》：「及滑，鄭商人弦高將市於周，遇之，以乘韋先，牛十二犒師，曰：『寡君聞吾子將步師出於敝邑，敢犒從者。不腆敝邑，爲從者之淹，居則具一日之積，行則備一夕之衛。』且使遽告于鄭。」

④《史記》卷七十《張儀傳》：「張儀已學而游説諸侯。嘗從楚相飲，已而楚相亡璧，門下意張儀，曰：『儀貧無行，必此盗相君之璧。』共執張儀，掠笞數百，不服，醳之。其妻曰：『嘻！子毋讀書

游説，安得此辱乎？』張儀謂其妻曰：『視吾舌尚在不？』其妻笑曰：『舌在也。』儀曰：『足矣。』」

書軍儲説後〔一〕①

受先《軍儲説》成，予讀之曰：「甚矣！其辨也。」復常則若何？天下有三大勢，北備邊，中備江，南備海。邊鎮不寧，舉天下之粟，盡輸而之邊。幸海中無事，備海之粟，不集於近而移他邑，當事者其置海度外乎？

或曰：「軍儲利婁，鄰國亦利之。」然崇明已全食其邑矣。吴淞、寶山、福山諸所，常、嘉已就近給之矣。諸所者，二衛之支也。二衛之軍不得食于婁，是二衛不得與諸所等也。今幸無患，設有事，必復常，然而時晚矣。

若鄰國有争者，予請正言折之。軍儲之設，爲軍也，爲軍則當從軍便。軍不顧四時奔走，待命于百里之外，鄰國其能恤之乎？或以爲便民也，便民則當計畝，計畝則窮困必均，有吏胥久高下之，保無終殆乎？且鄰國之田，大者倍婁矣。軍儲之存利，不敢益合勺，其歸婁也利；不敢損合勺，婁苦無粟，害與嘉定等。嘉之永折，婁人日禱祠焉。旦夕不可得，輒仰而呼天。今以所自有之粟〔二〕，不資海而利遠邑；遠邑不必利海，乃大困婁人，其堪之乎？

嗟乎！以婁言之，地割三邑；以海言之，海則江南所共也。當事而無念海也，則軍儲可以徐復；當事而念海也，合一郡之士大夫，纓冠而請，猶無及已。予既書卷後，父老復向予言：「風蟲之災，甚於水旱。瀕海遇風，潰決萬家；螽螟傷稼，禍深無形。今道有死殣矣，不救將敝。」予蹙頞無以應，姑舉是説告之。

【校記】

〔一〕本篇又見北大本《合集·古文近稿》卷三。

〔二〕「令」，原作「今」，據北大本改。

【繫年】

據張采《軍儲説》，此文作於崇禎六年（一六三三）秋。

【箋注】

①此跋張采《軍儲説》。崇禎六年秋，太倉歲歉，知州劉士斗擔憂無糧可輸漕，遂與二張商量救荒之策。張采作《軍儲説》，建議改變軍儲舊規以救荒，即以本州額輸，派之各邑，張溥爲之作跋語（即《書軍儲説後》）。劉士斗亦覺可行，於是據此上疏兩院。此時周之夔正任府篆，得劉士斗申文，欲借此傾陷劉士斗和二張。按，周之夔原是復社中人，又是張溥同年，與張溥交善。後因職務問題與張溥、張采、劉士斗生隙。於是，周之夔從張采處賺得《軍儲説》手稿，即上疏坐二張悖違祖

制、紊亂漕規，指責劉士斗行媚鄉紳。冬十一月，周之夔又向總漕及巡漕兩學士揭發。十二月，劉士斗署崑山縣事，因運丁勒加贈耗，導致軍民相毆。泗州衛指揮張景文、巡漕萬好善因之疏劾劉士斗。旨下，著劉士斗降四級調用。劉士斗平日治妻清廉，士民不願其離去，二張尤爲痛惜。於是公會之日，二張面斥周之夔，周自知理屈，無地自容。二張又進一步給周之夔施加輿論壓力，寫信給在朝同道者如黄道周、蔣德璟等，黄道周等人因此頗爲鄙棄周之夔。周之夔房師許士柔亦勸其改弦更張，否則爲時賢所棄，影響仕途。文震孟亦指責周之夔趕走廉吏。在此輿論壓力下，周之夔只好向臺司自揭其咎，冀人原之。但事已至此，收效甚微。參見張采《知畏堂集》文卷十一《軍儲説》、陸世儀《復社紀略》卷二。

延福寺塔疏〔一〕①

延福寺塔在崑山之南、千墩浦之傍②。浦長十二里，南帶澱湖，接雲間，北連吴淞，匯入海。地低窪，每當淹雨，湖海相擊，水勢澎湃，居民苦之。獨流至塔下，稍凝緩，人得以用其隄防，父老傳爲公輸所造云。

予覽輿志，海内塔五千有奇，大約切地脉，關人物。越江之濤，聲沸如雷，至定山則寂。過此復作，蓋亦近徵也。鳳里陶步瀛先生家世居浦③，爲予言浦鎮不大二里，代産偉人，如陶醉竹比部④、周澱山泉憲⑤、張可庵給諫諸先生⑥，皆有名朝廷，貞孝一輩，比閭有之。凡聚族于斯者，子孫當貴顯。墓傍水清，下見塔影。今雖頽剥，靈爽不遷。衲僧圓印思復舊貌〔二〕，於居者有功矣。塔始于梁之天監⑦，重修于宋之祥符。自今鼎新，聞諸往代，已有其驗。書以勸成，殆以上符千年之謡，不止九里之潤也。

【校記】

〔一〕本篇又見北大本《合集·古文近稿》卷三。

〔二〕「思」，原作「恐」，據北大本改。

【繫年】

據前後文作時，此文蓋作於崇禎六年（一六三三）。

【箋注】

①此疏延福寺塔。延福寺在崑山之南、千墩浦之傍。歸有光《震川先生集》卷十三《前山丘翁壽序》：「吴郡太湖之别，爲澱山湖，湖水溢出爲千墩浦，入于吴淞江。當浦入江之處，地名千墩，環浦而居者，無慮數千家。而延福寺中浮圖，矗立雲表，舟行數里外望之，鬱然若有祥雲瑞氣浮之。」

②千墩浦：《讀史方輿紀要》卷二十四《崑山縣》：「千墩，縣東南四十里。志云：墩北三十里地名木瓜，有墩九百九十九，與此合爲千數，因名。下爲千墩浦。明永樂十年，太常少卿袁復奉命浚浦，因名少卿墩。」

③ 陶步瀛，待考。

④ 陶纘，字述之，别號醉竹。光緒《崑新兩縣續修合志》卷十：「陶纘，字述之，别號醉竹。世居淞南陶家橋，唐高士峴後裔也。成化庚子舉於鄉，甲辰成進士，丁未廷試釋褐，授刑部主事。坐同僚罣誤，謫判浙之處州。纘負氣挺挺，趨謁奔走，不善伺顏色，而居其上者復故以禮法繩之。居官恒鬱鬱不適志，及期，歎曰：『戀兹五斗，將使五柳笑我。』遽投狀而歸。方判處時，按臺以其能，命治温之積久疑獄，承檄往，假設神道，鉤校得情，積案立剖，浙之人稱神君焉。罷官家居，謝絶世故，惟日以課讀爲事。」

⑤ 周大禮，字子和，號澱山，崑山人。光緒《崑新兩縣續修合志》卷十八《選舉表二》：「嘉靖十年辛卯科：周大禮，號澱山。」嘉靖《崑山縣志》卷六：「嘉靖十一年林大欽榜：周大禮，字子和，刑部主事，左遷鄧州同知。」

⑥ 張必大，字可庵，華州人。康熙《陝西通志》卷二十：「張必大，字可庵，華州人。天啓壬戌進士，初授新城縣知縣，以才調長清縣。正直廉明，愛民禮士，賢聲尤著。在事四年，以治行異等徵爲吏部主事。以不拜逆璫祠，遂改工部，督理顯陵工，省帑金三十萬。上悦之，加級，賜金幣。復命視榷杭關，以積勞中道病卒。著《張工部詩稿》。」

⑦ 謝應芳《千墩寺翻蓋大悲殿疏》（《全元文》卷一三五六）：「延福寺襟江帶湖，梁天監之年遠矣。」

劍光社刻序①

予聞華仲通名②，蓋得之君常。予往者客燕，君常示予文一帙，乃仲通侍其大人湯液時所爲制義，多性情勞閔之言。維斗序之，稱爲篤孝，徵諸君常亦然。兩君子總名教，訓當世，不輕以行業許人，獨於仲通無間辭。予心貴慕之。

比歸里舍，仲通偕其叔氏方雷來③，素冠墨色，云其大人已亡。屬予以幽宮之言，辭氣辛痒，如初喪時。予益重其有禮。近復萃其門人諸篇，丹黄流刻，意在矯世革俗，變而之古。夫不出户庭之内爲人子，立於帷壇之間爲人師。自國人望之，稱謂有異；尋本設教，其理則一。是役也，仲通執盤匜先登，諸子從之，歷階而上。予知其問答辨難，不外曾子之本孝、管氏之《弟子職》也④。

【繫年】

據「予往者客燕」「比歸里舍」，復據前文作時，可知此文蓋作於崇禎六年（一六三三）。

【箋注】

① 劍光社，見張采《知畏堂文存》卷十二《題劍光閣社》：「粱溪諸先生昌起絶緒，嚴理欲，别君子小人，天下于是有梁溪學。則剛潔自敕，著言事死事大節，諸先生慮善以動，非東漢清流比。而成

仁取義，歿後聞知，猶尚廉隅，耻于非類，蓋教力如此。當忠憲高先生時，余年已二十上下，貧不任百里糧，越在下風。今竊私淑弗替。仲通華子者，先生高弟。先生患難中，常有古誼，爲縉紳間稱道。兹復歌《伐木》，冀傳舊聞。從游幾四十子，乃布所課業問世。惟斯科舉藝，匪先生精微所存，其徒許用調序，亦謂道不極乎文章，切有志爲人。」

② 華時亨，字仲通，常州府無錫人。復社成員。吴山嘉《復社姓氏傳略》卷三：「華時亨，字仲通，太學生，受學於高攀龍。時緹騎赴吴逮周順昌，父珍聘遣時亨先以告攀龍，攀龍遂赴水死。巡撫毛一鷺究漏洩者，將殺之以媚璫。時亨匿而免。戊寅，病失明。申酉間，忌者摘其詩篇犯諱語，逮繫吴，久之乃釋。戊子，復繫毗陵，終以盲故，得免。有《三禮正宗》《四傳異同》《春秋法鑒録》《春秋叙説》。」

③ 華渚，字方雷，長洲人。華時亨叔。復社成員。吴山嘉《復社姓氏傳略》卷二：「華渚，字方雷。其先自無錫徙吴。少穎悟，弱冠補諸生。時張溥、張采、楊廷樞方主盟文社，渚皆游其門。鼎革後，棄諸生屏居，蒐討六經子史及醫卜種植之書。文筆古峭，兼工書。年六十九卒。有《逸民傳》《句吴華氏本書》。」

④ 即《管子·弟子職》。

許枕流豎林首要題辭①

枕流居夫椒之山，好數學，窮方術。所著《豎林首要》，云本其師周濂渠，猶之程高不没涪翁之傳②，百世而下，人名可知也。《周禮》重毉師，統於《天官》。宋儒痛三代以下，民易夭疾，難老死，欲天子立毉學，取天下俊秀士教之，以廣至仁。枕流哀其親之困於刀圭，舍儒生言而游江湖之間。顧得其秘方要術，不肯私于一家，望色聽聲，問候分部，固時人所不言也。乃察察著之，如推步之法，必先昆侖。予于是知斯刻既成，惻隱備矣。世雖有妒如李醯者③，無所用之。

【箋注】

① 此爲許枕流《毉林首要》題辭。許枕流，待考。

② 涪翁：漢代醫家，傳針術於弟子程高。《後漢書·郭玉傳》：「初，有老父不知何出，常漁釣於涪水，因號涪翁。乞食人間，見有疾者，時下針石，輒應時而效，乃著《針經》《診脈法》傳於世。弟子程高，尋求積年，翁乃授之。」

③ 李醯：秦國太醫令。《史記》卷一百五《扁鵲傳》：「扁鵲名聞天下。過邯鄲，聞貴婦人，即爲帶下醫；過雒陽，聞周人愛老人，即爲耳目痹醫；來入咸陽，聞秦人愛小兒，即爲小兒醫：隨俗爲變。秦太醫令李醯自知伎不如扁鵲也，使人刺殺之。」

李爾公稿序〔一〕①

惠常于秋試報罷之一日，即坐爾公齋讀書，三月不歸。家人以事相刺促，輒麾去之。

及歲除，計所閱經史盈數尺，乃爾公篋中文亦百篇矣。

爾公大父學士，王大父中丞，兩公文學貴顯，世所師事。爾公謀新其刻，蚤夜自力，以大流傳，復附以己言，黽勉古人不敢懈。予既嘉其志，又貴其知本也。不善學者學之萬里，善學者學之其家，萬里之勢與其家之形絶殊也。遠馳則忘本〔二〕，近資則事見功立。動静得失，存乎學者之心而已矣。絜祖宗之器以與子孫，群然寶之，使案圖籍、綜微言則謝不能〔三〕。此哲人身後所最痛也。爾公獎厲同氣，追述先摹，其取師也近，稱文也有原。意者韋氏之詩、桓君之書可以復存。惠常爲之鼓舞先驅，其樂過于操桑弧、射兔首矣②。

【校記】

〔一〕本篇又見北大本《合集·古文近稿》卷三。

〔二〕「忘本」，原作「亡本」，據北大本改。

〔三〕「微言」，原作「徵言」，據北大本改。

【繫年】

據「惠常于秋試報罷之一日，即坐爾公齋讀書，三月不歸。家人以事相刺促，輒麾去之。及歲除，計所閱經史盈數尺，乃爾公篋中文亦百篇矣」，復據前文作時，可知此文蓋作於崇禎七年（一六三四）。

【箋注】

①此序李可衛稿。李可衛，字爾公，蘇州府人。李可汧弟。復社成員，名見《復社姓氏傳略》卷二。著有《遐齋近稿》。道光《崑新兩縣志》卷二十七：「兄可衛，字爾公，能詩文。復社成員，通青烏術。」

②《後漢書》卷七十九《劉昆傳》：「劉昆，字桓公，陳留東昏人。……王莽世，教授弟子恒五百餘人。每春秋饗射，常備列典儀，以素木瓠葉爲俎豆，桑弧蒿矢，以射『菟首』。每有行禮，縣宰輒率吏屬而觀之。」

確園社稿序〔一〕

予往在都下，徵中州名士於昌陽二宋。二宋首疏劉千之①，且曰：「午之秋，分校諸士，迫欲得千之，爲他人所抑，瞠目不能争也。」意甚恨恨。時孟樸在座，識其姓名以歸，及鳩選社藝，維斗出千之與吴讓伯②、延仲兄弟文千首③，規矩震動，觀者舉手稱善。

予南還見之〔二〕，如遇故物，了不爲異。近復詠五君，喟然而起，願一言之。五君者，千之、二吴與季植④、侗城也⑤。季植者，千之叔氏；侗城姓劉，與千之稱兄弟，猶二吴耳。千之與讓伯兄弟讀書一堂，日成文數首、詩數章，如飲食然，時至而有，不病經營。

予往者叩二宋：「千之文云何？」二宋答以「山水之間」。予喜其言簡而善狀，比讀諸篇，益歎不謬。凡文章之來，其成有時，往有候，力過餘者必輕，旨甚深者必淡。當夫怒氣角立，人好鋒論，逮其智索，俛首不言，非前者見豐，後乃鼓竭也。典策殷僨，初涉形貌，易稱神怪，久漸平約，得之内心，則家人書耳。是説也，高明惡之，予亦未敢舉以告人。然又病下士之昧也，啜其粕而醴之棄，作始者弗善也。得五君，斯可以正矣。

賢書凋落，予寓書慰勞，慎毋戚戚。諸子報言，引性情，順得失〔三〕，且以家居之言，列於當世。夫可幸者，天也；不可幸者，文也。觀斯刻者，同類有達命之樂；其下者汲汲有不學之憂。乃探跡宋城，憑覽風氣，諸子退而著書賦詩，自若也。假使其遭時貴達，制作不齊，五君之悲，當有深者。目前一吷，亦何所不釋乎？維斗將歸矣，并以是語之。

【校記】

〔一〕本篇又見北大本《合集·古文近稿》卷三。

〔二〕「南還」，原作「南遷」，據北大本改。

〔三〕「得失」，北大本作「時數」。

【繫年】

據「予往在都下，徵中州名士於昌陽二宋，二宋首疏劉千之，且曰：『午之秋，分校諸士，迫欲得千之，爲他人所抑，瞠目不能争也，意甚悵悵。』」「予南還見之，如遇故物，了不爲異」等語，張溥自京南還時爲崇禎五年孟冬，兼據前文作時，可知此文作於崇禎七年（一六三四）。

【箋注】

① 劉伯愚，字千之，商丘人。《歸德府志》卷三十《著述》：「《劉千之集》，商丘劉伯愚。」生平詳見田蘭芳《逸德軒文集》下卷《劉文學傳》。張采《知畏堂文存》卷三《劉千之合刻序》：「往諸生時，遠進賢冠輩如浼，即自文爲高，實彼横來距人。既作吏，懼叢前醜，時問天如，得友人一姓名，則置諸懷袖，遐思不忘。」徐作肅《劉千之文序》（轉引自王樹林《明清之際文學家劉格及其子孫們》）：「千之文曩刻於崇禎之庚午，曰《己庚存稿》，江右諸君子見之，無不震服。制義之道自明萬曆後破壞其體，與奇詭其詞、怪誕其理者不可底。婁東張西銘、吴縣楊維斗、貴池吴次尾、虞山楊子常、顧麟士起于南，千之起於北，各出而維之。即雪苑文士彬彬一日時而南北遥相和，實千之爲之倡也。」

② 吴伯裔，字讓伯。少家貧，與弟吴伯胤讀書其舅劉格家，與劉伯愚爲中表兄弟。康熙《商丘縣志》卷九《人物志》：「吴伯裔，字讓伯。少孤貧，與弟胤俱依其舅劉格。格饒于財，數以千金推伯裔，且延名師教之，于是淹通古今。爲人沉練英博，慷慨負大志。文章原本經術，歸之大家，每高自稱許。簡貴不交時人，獨與侯方鎮、方域、賈開宗、劉伯愚、張渭爲莫逆交。江左諸名士目爲吴、侯、徐、劉者，蓋伯裔也。崇禎丙子舉于鄉。壬午城陷，有同年生孔尚達見伯裔死時目視己而色不撓。弟伯胤。」順治《歸德府志》卷七《人物》：「吴伯裔，字讓伯，商丘人。崇禎丙子舉人。弟

伯胤，字延仲，舉明經。兄弟以詩文名世。裔著有《牆東》《燕遊》等草。胤著有《醉花庵集》。壬午城破，兄弟俱殉難。」

③吴伯胤，字延仲。吴伯裔弟。康熙《商丘縣志》卷九《人物志》：「伯胤，字延仲。風流文雅，美鬚眉，爲文温麗，悉合矩度。崇禎乙亥貢于廷，有中貴人聞其名，賫金求作《粧樓記》，却不納。壬午城破，有人見兩賊以伯胤爲官，執之。伯胤厲聲曰：『汝以我爲官，誠誤！即非官，豈從汝作賊耶？』兩賊疾驅之去，不知所終。」

④劉季植，劉伯愚叔。生平待考。

⑤劉憲生，字侗城，歸德府人。復社成員。名見《復社姓氏傳略》卷九。

范聖則朱吉人合稿序〔一〕①

讀書之難，難於均人；成文之難，難於顯意。上者家置乘書，開禮堂，屈諓諓之言，從其指授；次則素琴旨酒，挾策獨臨。然《詩》念「風雨」，悲不能同；「損益」義乖，北海所歎②。設當衰遲之秋，寂寥無徒，二人相呼，自作問答。則大道復出，賢者未往。此聖則、吉人所以歡然最得也。

聖則曠覽冥賾，情氣孤岸，意所不可，矜默寡應。吉人兄弟與之放論今古，志尚遥託，在於雅詩格人。今所刻諸義，其質概，本輒已見。予嘗爲論次，喻之山泉。山泉云何？一取之清，言其深也；一取之漸，言其序也。江海巨流，不如涓涓〔二〕，引其波瀾，乃放四極。以斯言奇，則已至矣。

中正之士，觀而比德，勤身澡浴，其言彌高。乃知申屠無燥濕之情③，伯業有登高之才④，非偶然也。予聞二子杜關不通賓客者三年矣。静志不彰，載之簡册。然則其居蒙園，其文《秋水》，豈異心乎？龍之不魚也，堅節之不靡草也；金不以熱銷，火不以寒敗。予皆于其文見之，故一言以爲志。

【校記】

〔一〕本篇又見北大本《合集·古文近稿》卷四。

〔二〕「不如」，原作「了如」，據北大本改。

【箋注】

① 此序范雰、朱鍾瑞合稿。范雰，字聖則，嘉興府烏程人。復社成員，名見吴山嘉《復社姓氏傳略》卷五。朱鍾瑞，字吉人，嘉興府歸安人。復社成員。吴山嘉《復社姓氏傳略》卷五：「朱鍾瑞，字吉人。順治十六年貢生。」

② 《淮南子·人間訓》：「孔子讀《易》至《損》《益》，未嘗不憤然而歎曰：『損益者，其王者之事與！事或欲以利之，適足以害之；或欲害之，乃反以利之。利害之反，禍福之門户，不可不察也。』」

③ 《後漢書》卷五十三《申屠蟠傳》：「家貧，傭爲漆工。郭林宗見而奇之。同郡蔡邕深重蟠，及被

州辟，乃辭讓之曰：『申屠蟠禀氣玄妙，性敏心通，喪親盡禮，幾於毀滅。至行美義，人所鮮能。安貧樂潛，味道守真，不爲燥濕輕重，不爲窮達易節。方之於邕，以齒則長，以德則賢。』」

④《册府元龜》卷八百二十八《總録部·論薦》：「袁遺，字伯業，紹從兄，爲長安令。超嘗薦遺於太尉朱儁，稱遺有冠世之懿，幹時之量，其忠允亮直，固天所縱。若乃包羅載籍，管綜百氏，登高能賦，睹物知名，求之今日，邈焉靡儔。」

壽程瀛臺六十序〔一〕①

新安程子楚石，以其大人瀛臺六十生日，千里徵言，四方之辭期集於堂下。不貴異物而尊典文，余心尚之。往者楚石私治《孝經》，彙今古文各家〔二〕，著之刊論②，大指兢兢本孝，以朱子爲極。夫孝字之義，從老從子，又云子在老下③。瀛臺行年六十，受子姓拜賀，其義從老；楚石聚兄弟，合族屬，獻酒老人〔三〕，其義從子。然間覽古詩，孝子之作，聖人必存。或身爲主臣，而養闕稷黍，登山出門，聊以寫憂，《鴇羽》《鳴鳩》諸篇是也。

楚石博聞遠遊，不廢朝夕之侍。若翁高齒習勤，與宗族合醴，歲時無間。所云子在老下，謂膝下也。觀之程氏，不又備乎？聞翁少好學，通古義，以生業衰，從親之言，復致財江淮間。夫范大夫識盈虚白圭，明有無生殖之原，非深於天時地利人情物紀者，弗能爲也④。翁好讀書，即以讀書之智施之用財，是以積貲益高，不病市易。翁之兄弟皆善筦權，成大家，已而皆廢。翁分其貲之半與之，兄家復贍，弟負痼疾，亦立起。明君之積財，積於百姓；令士之積財，積於兄弟。兄弟者，父母之所恃也。惟翁善事父母，惟楚石善事翁。楚石竭誠孝養，得之學乎？曰性也。得之性乎？曰習也。一家之中，升堂執匜，授膳反饋，愉愉終日。豈惟楚石仲弟以下寔視之？

楚石名士，再戰不勝，而親無憂色。群子率先，以文武之學相引重。今日伏未即動，而庭中不聞誚讓之言，知其所存遠也。言卿大夫之孝者曰「事一人」⑤；言士之孝者，曰「無忝所生」⑥。要諸夙夜則一。陶徵士不云乎「忠能悟主，其孝乃純」⑦？楚石勉之，翁可以進三豆矣。

【校記】

〔一〕本篇又見北大本《合集·古文近稿》卷三。北大本目録題作「壽程贏臺六十序」。

〔二〕「今古文」，原作「古今文」，據北大本改。

〔三〕「老人」，北大本作「長者」。

【箋注】

① 此爲程一礎父程瀛臺六十壽辰所作。張溥前曾作《程楚石程墨選序》。程瀛臺，生平待考。

②《中國古籍總目·經部·孝經類》:「《孝經古註》五卷,明□□輯。崇禎四年程一礎閑拙齋刻本。《孝經大義刊誤》一卷,宋朱熹撰,元董鼎注。《孝經集靈節略》一卷,明虞淳熙撰。《孝經刊誤》一卷,宋朱熹撰,元董鼎注。《孝經引證》一卷,明楊起元輯。《孝經宗旨》一卷,明羅汝芳撰。」

③《説文解字》:「孝,善事父母者。從老省,從子,子承老也。」

④《漢書》卷九十一《范蠡傳》:「故善治産者,能擇人而任時。十九年之間三致千金,而再散分與貧友昆弟。後年衰老,聽子孫脩業而息之,遂至鉅萬。故言富者稱陶朱。」唐仲友《范蠡論》(《全宋文》卷五八六二):「順陰陽之宜,因天地之常,達翕張予奪之變,明消息盈虚之理,用天下之至柔而能勝天下之至剛,用天下之至弱而能勝天下之至强,若是者謂之道。」

⑤語見《詩·大雅·烝民》:「夙夜匪懈,以事一人。」

⑥語見《詩·小雅·小宛》:「夙興夜寐,無忝爾所生。」

⑦陶淵明《五孝傳·黄香》:「贊曰:顯允群士,行殊名鈞。咸能夙夜,以義榮親。率彼城邑,用化厥民。忠以悟主,其孝乃純。」

龔母吴孺人節孝略〔一〕①

吴處士從吾有聲練川②,以老成爲諸生祭酒。一女適龔孟揚。孟揚,婁東人,徐姓,育于龔，故龔姓。少從處士學，處士器之甚，遂字以女。今女年六十，稱龔母吴孺人矣。

孟揚嗜讀書〔二〕，亡何，病死。孺人哭泣不食，誓節從。當孟揚未亡時，業最詘，先世田宅多假售人。孺人出裝篋易之，業復起。既亡，龔之族人則曰：「田宅，我固有也。」孺人不與争。孺人無子，讓田宅則益貧。族有當嗣者不爲嗣，乃復歸父母家。手治麻枲，約飲食，買地葬孟揚，地高仰。嗚呼！悲已！予本其略，爲之論曰：

列女之事，載于詩書。其絶年命、毁支體者無論，論其大者，抱子而泣，不墜苗裔，竭力孝養。其家之大人憐之，俛仰同甘苦，亦可不困。龔母無子，又勞不見恤，不已甚哉！母多兄弟，從弟無懷數歲病，瀕死，又無母。母謹視之，得不死。今母老，復歸父母家，無懷與雲衢、綿慶、燕翼諸兄弟亦事之最恭。吴博士存吾，處士弟也。博士事處士如父，視母如己女。博士殁，母益痛悼不自勝。

嗟乎！不有夫子，則孰與之俱生？不見憐于尊章，則孰與之俱安？有父而父亡，有從父如父，而從父復先母而亡，母之一身，可謂窮已。予聞母事舅姑以孝稱，舅姑欲易其志，慘見顔色，終不敢疾聲發號。既歸父母家，孟揚生時田宅，謝不敢問，欲請後，復不可得。夫忠臣履信而被疑，孝子立誠而受謗〔三〕。烈女之志，感天地，動金石，而不能發意於家人。若母者，又古人所哀已。

龔生墓在城北二十里，乃母獨身營擇〔四〕，積十年後成。不有女子，無以存男子。母即無子，彼孟揚者亦何嘗死哉！

【校記】

〔一〕本篇又見北大本《合集·古文近稿》卷二。

〔二〕「嗜讀書」，原作「耆讀書」，逕改。

〔三〕「立誠」，原作「立試」，據北大本改。

〔四〕「身營擇」，北大本作「爲之」。

【箋注】

①此爲吴從吾女、龔孟揚妻吴孺人作。龔孟揚，本姓徐，生平待考。

②吴從吾，吴存吾兄。生平待考。

祭劉太母文①

維凉墟之邈深，降歲星於婉約。教公宫以克柔，遇旬主而彌恪。聞元儒之振聲，順鷄鳴以求索。想大家之著書，圖《柏舟》於几閣。既發祥乎三雄②，信母儀其有託。徵《采藻》於風人，夢升官兮静若。練伯子之圭璋，齊二季以典學。施長被於斷金，鞏禮儀爲城郭。誕仁孫其孔嘉，管四時而道稾。豈韋叟一經之足傳？亦恬侯萬石之所作③。騁天衢以駿聞，受百里之管籥。辭王母而遄征，乃升堂以謌謌。知魴魚之日焦，戒家人之嗃嗃④。爰命伯其偕行，慮九軫乎民瘼。展汪名於南山，誦《中孚》之鳴鶴⑤。繄邦人之百思，祝無疆以報郝。胡十蒲其忽零，萎武臺而夜爝。望雲氣於帷荒，隔五嶺其孰焯？歌虞殯而不揚，彷生平於大漠。攀枝折以無華，潮鷄咽乎場藿。焯方良之未驅，空西江之古樂。徒挐首以長號，泣羹湆於一壑。苟內則其永娉，忱百世而旁魄〔一〕。

【校記】

〔一〕此半葉末三行空白，有删版痕，疑闕文。

【箋注】

① 此祭劉太母。劉太母，生平待考。

② 三雄：指魏、蜀、吴三國之主。《文選・潘岳〈爲賈謐作贈陸機〉詩》：「三雄鼎足，孫啓南吴。」李善注：「三雄，即三國之主。」

③ 語本蘇軾《蘇軾詩集》卷七《姚屯田挽詞》：「空聞韋叟一經在，不見恬侯萬石時。」

④ 嗃嗃：嚴酷貌。《易・家人》：「九三，家人嗃嗃，悔厲吉。」孔穎達疏：「嗃嗃，嚴酷之意也。」

⑤ 《周易・中孚》：「九二，鳴鶴在陰，其子和之；我有好爵，吾與爾靡之。」

馬培原稿①

往者培原與予見於來之園中，以其大父鼎甫先生所輯《簡身》《教家》二箴相示②。箴分上下篇，篇不滿百，古先《法言》皆有之。予歸，納諸篋中，出入常自攜。間語人曰：「予好讀是書。」間欠伸跛倚，對之，未嘗不正衣冠也。或飲食遨笑，思其言，未嘗不拂席後坐，捧手後起也。故士之有禮也，猶室屋之有牆壁也。牆壁不支則壞，士人無禮則傾。雖然，鑑于人者先謀師保，鑑于家者則觀父兄。先生二箴，馬氏一家之鑑也。

培原童而習之，安行若性，無所不全。抑進而謀曰：「仁義之道，華實相生，取以破文，文之至也。」是故培原諸篇，予數見異焉。謂若植穀，其資土以深也；謂若流泉，其得天以清也。然而猶有變。列而珮之，可以寵身；登之在前，可以事主。今則驗矣。方其伏於菰蘆之中，仰首閶闔之上，太息睠望，疑于升高者難，聽卑者遠，乃颺言一日，遂通赤墀。問之則曰：「固也。」君子于是知培原之暇豫，又以信其本之平日，告之家庭，鳴而不驚，所必然乎？

鼎甫先生以長君荷封，詔書有「理學醇儒」之稱。商雨先生著之簡端③，夙夜不忘，培原繼之。《詩》曰「先祖是聽」④，又曰「孝孫有慶」⑤，其是謂歟？

【繫年】

據文中「登之在前，可以事主，今則驗矣。方其伏於菰蘆之中，仰首閶闔之上，太息睠望，疑于升高者難，聽卑者遠，乃颺言一日，遂通赤墀」等語，復據馬嘉植中崇禎甲戌進士，可知此文作於崇禎七年（一六三四）。

【箋注】

①此序馬嘉植中進士後刻稿。馬嘉植，字培原，號木山，平湖人。復社成員。吴山嘉《復社姓氏傳略》卷五：「馬嘉植，字培原，號木山。崇禎甲戌進士，知武進縣。縣賦繁重，糧長害尤劇，嘉植議改爲圖收，宿患頓除。漕兑軍丁多耗外需索，嘉植痛抑之，至露刃鼓譟不爲動。在任七年，行取擢吏科給事中，在南都時每建讜議。尋督江西、福建餉，馬士英嫉其亢直，外補廣東道，即謝事歸。葺圃於湖湄，曰東皋。後祝髮村居，自號鐵雪道人。」

②馬維鉉，字鼎甫。馬德澍父，馬嘉植祖。龔肇智《嘉興明清望族疏證》中卷：「馬維鉉，字鼎甫。馬維銘兄，馬德澧、馬德澍父。撫姊子陸瑞徵，爲之婚娶。以貢授保昌訓導，贈刑部郎中。」

③馬德澍，字以霖，號商雨。馬維鉉子，馬嘉植父。龔肇智《嘉興明清望族疏證》中卷：「馬德澍，字以霖，號商雨。馬維鉉子，馬嘉植、馬嘉楨父。工吟詠，曾與同邑褚獻良同校蘇宣《蘇氏印略》四卷。封給諫。」

④語見《詩·周頌·有瞽》：「喤喤厥聲，肅雝和鳴，先祖是聽。」

⑤ 語見《詩・小雅・楚茨》：「孝孫有慶，報以介福，萬壽無疆！」

題華嚴經〔一〕①

僧玄若晝夜持誦《華嚴》②，杜子紓感其誠密，暮年發心，爲手寫此經。三年後成，竟八十一卷，無一字縱散拖踏。此與古寫九經立石太學者何異？子紓一生善書，晚作是筆，迺書家結束。玄若復抱持之，閉關誦三年，以答其意。始出寫本，流通觀覽。恐一開卷，當有安豐神光，華陰葵花，粲然會際。

【校記】

〔一〕本篇又見北大本《合集・古文近稿》卷三。

【箋注】

① 此題杜大綬所書《華嚴經》。杜大綬，字子紓，吴郡人。《中國佛學人名辭典》：「杜大綬，字子紓，吴（江蘇吴縣）人。幼即信佛，長工書畫。年七十餘，書《華嚴經》八十一卷，字細工整，壯者不能及，藏邑之天宮寺，人以爲寶。」

② 玄若：天宮寺僧。蒼雪大師《南來堂詩集・贈玄若六十》楊爲星注：「本題下陸汾原注：『玄若住天宮寺善財房，相傳善財相乃化身來塑，玄若所居有聽秋軒，養母于此，時已去世。』」張紫琳《紅蘭逸乘》卷一《古跡》：「天宮寺，在陸家巷。明末，有趙凡夫、范長白、沈朗倩、徐照發、文文

起、陳古白、蒼雪和尚、張以中、邵瓜疇、陸青章等，結放生蓮社於此。崇禎時，譚元爲住僧玄若禪師畫《掩關圖》，卷前有眉公書『息影僧誦』四大字，後有沈建、趙雨、李埜、杜大綬、馮夢桂、朱篁、姚宗典、周師文、褚篆、劉錫石、胡汝淳、周永年、鄭敷教、匡崖、金俊明、顧善、周茂蘭、僧天童、圓悟題詩，不寐道人凡二題，一在明末，一在鼎革之後。」

楊扶曦稿序①

志衍東歸②，盛言燕都文字之樂，於雲間所數數從者，彝仲、卧子、燕又、扶曦、愨人也③。及扶曦狷遇，諸子見落，酌酒賦别，聲詞忼慨。予聞失意之人難爲調笑，榮名之士易于任達。今觀兩者，皆不之信。志衍既行，扶曦以文一卷歸之，曰：「毋多示人，多示人則不信；毋多贊言，多贊言則不誠。」既而曰：「子歸婁，張子，婁人也，不可不與言。」予聞之，又不敢辭。

夫雲間之文，閎眇獨立，其教在於鋪鑠天地，凌躙前人。時藝一道，其所不必言也。然不必言者，其道益工。此雲間諸子於時藝有兼稱也。今之學書者，按帖而求，比字而量，竟日俯首，不成數字。其神明獨絶者，或經月不作，或旬日不書，偶爾點涉，外來物形皆助波撇，壯其情體。蓋神有餘於氣，氣有餘於理，不待布紙含墨，然後言字，此文家之上術也。扶曦諸篇神法兼出，其指歸又在體王國，明聖務。夫惟其人有其言。孔子之「八觀」④，莊子之「九徵」⑤，不已質乎！

【繫年】

據文中「及扶曦狷遇」等語，復據楊枝起中崇禎甲戌進士，可知此文作於崇禎七年（一六三四）。

【箋注】

①此序楊枝起中進士後刻稿。楊枝起，字扶曦，號道庵，松江人。光緒《金山縣志》卷十九：「楊枝起，字扶曦，洛北村人。崇禎七年進士，授湘陰令。内擢兵部主事，轉户科給事中。在垣遇事敢言，請用黄道周，褒盧象昇而黜楊嗣昌。……疏上，帝大怒，將予杖，念其言直，令回奏，遂不問。又嘗薦鄉貢吴嘉允等，直聲大著。李自成破京師，竄陷賊籍，士論惜之。」

②吴繼善，字志衍，太倉人。復社成員。吴山嘉《復社姓氏傳略》卷二：「吴繼善，字志衍，太倉人。博學辨智，書一覽輒記。文體古麗，取法漢魏。崇禎丁丑成進士，謁選得成都令。時寇陷荆襄，或尼其行，繼善不可，遂間道之官。見蜀事棘，啓請蜀王發帑金備寇，弗從。甲申八月，張獻忠兵傅城下，王始出金募戰守者，莫應。賊攻圍三日夜，以巨礮穴城東北陬而震之。城崩，王遇害，繼善不屈死，闔門死者三十六人。」

③何剛，字慤人，松江府上海人。復社成員。吴山嘉《復社姓氏傳略》卷三：「何剛，字慤人。崇禎庚午舉人。見海内大亂，日講求濟世事。十七年正月，疏陳選練滅賊諸策，帝褒納之，即擢職方

主事，募兵金華。甫出都而國變，馳還南京。先是賊逼京師，剛友陳子龍、夏允彝將聯海舟達天津爲緩急用，募卒二千人。至是令剛統率。及南都立，子龍入爲兵科，言防江莫如水師。更乞廣行召募，委剛訓練，從之。尋進剛本司員外郎，以其兵隸史可法。踰月，而揚州被圍，剛佐可法拒守，城破，投井死。國朝乾隆四十一年賜謚忠節。」

④《吕氏春秋·論人》：「凡論人，通則觀其所禮，貴則觀其所進，富則觀其所養，聽則觀其所行，止則觀其所好，習則觀其所言，窮則觀其所不受，賤則觀其所不爲。」

⑤《莊子·列禦寇》：「孔子曰：『凡人心險於山川，難於知天。天猶有春秋冬夏旦暮之期，人者厚貌深情。故有貌愿而益，有長若不肖，有順懁而達，有堅而縵，有緩而釬。其就義若渴者，其去義若熱。故君子遠使之而觀其忠，近使之而觀其敬，煩使之而觀其能，卒然問焉而觀其知，急與之期而觀其信，委之以財而觀其仁，告之以危而觀其節，醉之以酒而觀其則，雜之以處而觀其色。九徵至，不肖人得矣。』」

羅耀國筆跋〔一〕①

往羅子文止爲予言其族人耀國選筆甚工，往來江浙間，士大夫多好之，謂爲「伐懸崖之竹②，寫潭洲之書」〔二〕，致足稱也。

文止文章妙天下，其用筆應不減逸少③，但不自爲耳。陳大士、章大力爲予言亦然。

試之圓正，其利九分，珥而獨存，何以命友？昔唐羅昭諫善筆工葚鳳〔三〕，贈以雁頭紙百幅〔四〕，助高其價④。耀國盍游金陵乎？定名論謝，斯其時也〔五〕。

【校記】

〔一〕本篇又見北大本《合集·古文近稿》卷四。

〔二〕「爲」下，原衍「爲」，據北大本删。

〔三〕「葚鳳」，原作「長鳳」，據北大本改。

〔四〕「雁頭紙」，原作「雁頭紅」，據北大本改。

〔五〕「也」，北大本作「矣」。

【箋注】

① 此跋羅耀國筆。羅耀國，撫州府人，羅萬藻族人。生平待考。

② 蘇易簡《文房四譜》卷一《筆譜》：「嵇含《試筆賦序》：騁韓盧，逐狡兔，日未移晷，一縱雙獲。季秋之月，毫鋒甚偉，遂刊懸崖之竹而爲筆。」

③《晉書》卷八十《王羲之傳》：「尤善隸書，爲古今之冠，論者稱其筆勢，以爲飄若浮雲，矯若驚龍。」

④ 羅隱，字昭諫，號江東生，唐新城人。馮贄《雲仙雜記·文章貨》：「《龍鬚志》曰：羅隱喜筆工葚鳳，語之曰：『筆，文章貨也，吾以一物助子取高價。』即贈雁頭箋百幅。士大夫聞之，懷金買之，

或以綵羅大組换之。」

書俞良策序〔一〕①

俞君諱良策，字爲谷者，吴縣人也。喜讀書，能言邑中利害，辨干支，通水脉，欲慷慨一見於時。近者吴民萬千伏闕，留賢直指再任，俞君率先奔走。家無一錢，子舍賣織助之，得三金，遂走京師。獨草疏千言，引韓襄毅事爲據〔二〕②，鑿鑿能達民隱，雖文人之筆弗過也。又耻以姓名聞於人，示干澤〔三〕。其立志近古人，意謂使言得行，江南可以長治，即死當不恨。廼不幸罹霧露，竟死夏陽。

悲哉！匹夫之死鴻毛耳。俞君年六十餘亦可以死，獨其意在發舒，欲有所爲。客死無怨，甘以身首義，視彼老牖下，妻子抱持泣者，何如也？俞君言即不行，其死不可不著。遠生茂才③，君之長子，千里奔訃，獨身載父尸，將從黄河下京口。同里哀其行，少出資助舟楫，並索予一言白之。遂舉筆書略，且冀以匹夫之義聞於廟堂。然則凡有位者，百姓生死可不念乎？

【校記】

〔一〕本篇又見北大本《合集·古文近稿》卷三，題作「書俞良策事」。

〔二〕「襄毅」下，北大本有「公」。

〔三〕「干澤」，原作「于澤」，據北大本改。

【繫年】

據崇禎七年蘇松耆民詣闕乞留巡按祁彪佳事，可知此文作於崇禎七年（一六三四）。

【箋注】

① 此序俞良策事。俞良策，字爲谷，吴縣人。崇禎七年三月二十六日，俞良策等縣民詣闕乞允蘇松巡按祁彪佳留任。五月八日，聖旨發下，不允保留。參見劉文華《明代的地方吏民保留地方官現象——以崇禎七年蘇松耆民詣闕乞留巡按祁彪佳爲例》（蘇州博物館編《蘇州文博論叢》二〇一三年總第四輯，第九十三頁）。

② 《明史》卷一百七十八《韓雍傳》：「韓雍，字永熙，長洲人。正統七年進士。授御史。負氣果敢，以才略稱。……爲中官所齮齕，公論皆不平。兩廣人念雍功，尤惜其去，爲立祠祀焉。」

③ 俞遠生，俞良策子。生平待考。

王司李德政碑記〔一〕①

縣諸侯之於民，親矣。縣諸侯缺，大中丞臺司而下，急檄郡長，選所代事者，蓋爲斯民不可一日無主也。顧代事之人，秩卑則權殺人，地不高則百姓不附。故三吴之體往往以理官行邑宰事，於形貌似降。若其邇百姓，展事宜，此稱獨優矣。

崇禎卯辰之歲，海虞侯以滿秩入朝②，衆心磬磬，日望賢者之至，私相祝曰：「徼天之靈，假永嘉王公來，則一邑全矣。」永嘉王公者，名瑞栴〔二〕，字聖木〔三〕，乙丑進士，時爲郡司刑，摧剉豪右〔四〕，摘幽伏如嚴神。民歌之曰：「如雷如霆，民乃永寧。」惟恐其須臾之去，下靡所託也。既受檄視海虞事。海虞，乃郡之大邑，又猥勢久〔五〕，虎而衣冠者峨峨自如，黠魁爭出其門，隸名牙下，蠅聲流矢。日按國中之良，徵貢稅，較公事獨急。不得則呼百群，以丈二組繫其人來〔六〕，立庭戶，籤肌薰毛髮，痛服廼息。公聞而歎曰：「是不首懲，吾當爲吳門市卒矣。」於是握篆不三日，鉗暴武、開枉曲者凡數十家。此數十家頻困于豪，見博帶長鬣，即泥首稱死罪，出其橐中金，幸得贖，闔室慶更生。自公蘇活之，不費一錢，咸保有室堵，父子夫婦兄弟無相離也。大弊既脫，釐其餘事，金穀就條，力役應義。郡邑向苦漕，爲立風式，平軍民，廒廥始不囂散。正供之人，羨餘經等，悉削不用。隸匠之流，呼叫挺撞〔七〕，日日爲常，自此各退而請耕。期年之間，嬰兒不啼，婦人無哭于市者，維公之故也。

公性剛上，不曲隨，晨起坐堂上，日入乃已。飯魚豉，辨更漏〔八〕，雅與臺丞左右不通姓名。既復署長洲事〔九〕，不數月，卒罷去。邑之人持糗草、牽舟者相屬路，挽之不可，則擁公日呼號請留。又不可，則負戴隨行〔一〇〕，送公者繇蘇入禾，凡三百餘里〔一一〕。當時爲之撫膺太息者，悲公去之無名，輒書於壁曰：「某年某月，王公行矣。」

嗚呼！道隆則君子安其官，正人用則小民樂得其職〔一二〕，偶不幸而中沮，邑之不遇，非賢者詬病也。或謂公當上下彌縫之際，稍自貶，即身安。時報成，邇一樽，綴則登高膴、致美顯非難〔一三〕。予獨非之。剛柔賦性，人受於天，抑所生以事人，人未必悦，厥性已喪。蕭生不耻抱關，何屢屢王公也？松柏之節，其長參天，功乃蔭人，止影者不知其德，徒賦詩以見志。流水出山，涓涓之泉，清冽寡類〔一四〕，若其潤物，事大河海。彼其所託者高，則及人者遠，是故君子貴慎始也。

曩者江右張篤棐先生以理官視婁事③，廉静悃愊〔一五〕，民悉在宇。逾年奏績，官黄門，今秩上卿。王公繼張公爲理官，治行率彷彿，尤以擊斷爲能〔一六〕。兩者皆賢而王公獨詘〔一七〕，世不無疑於形跡之間。此皆以遭際爲言耳，烏足量君子哉！

張公未去吾婁，婁人相率請俎豆，襘禴至止，廟貌聿新。王公去已三年，未獲礱石，而悲歌出涕、請文紀之者，出於鄉黨好義之徒。論久而益定，人去而始思。美寔在國，不問菀枯。《詩》曰：「樂只君子，邦家之基。」基者④，言上下所賴以建也。震百里者，省躬得之以位；爲服寵者，美盡而衰。兩者得失判然，徒貌榮名，欲聲施不朽，其可得乎？

【校記】

〔一〕又見北大本《合集・古文近稿》卷三，題作「王司李署篆德政碑記」。

〔二〕「瑞栴」，原作「某」，據北大本改。

〔三〕「聖木」，原作「某」，據北大本改。

〔四〕「剉」，北大本作「挫」。

〔五〕「猥」，原作「押」，據北大本改。

〔六〕「丈二」，原作「文二」，據北大本改。

〔七〕「呼叫」，北大本作「叫呼」。

〔八〕「辨」，原作「辯」，據北大本改。

〔九〕「署長洲事」，北大本作「署事長洲」。

〔一〇〕「負戴」，北大本作「負載」。

〔一一〕「三百」，北大本作「二百」。

〔一二〕「樂得」，原作「業得」，據北大本改。

〔一三〕「綴」，原爲墨丁，據北大本補。

〔一四〕「清洌」，原作「清列」，據北大本改。

〔一五〕「廉静」，北大本作「安静」。

〔一六〕「尤」，原作「務」，據北大本改。

〔一七〕「賢」，原作「美」，據北大本改。

【箋注】

①此爲王瑞栴德政碑作記。王瑞栴，字聖木，浙江永嘉人。天啓五年進士，授蘇州推官。因得罪權貴，將議調，遂歸。崇禎間累官湖廣兵備僉事，駐襄陽。勸總理熊文燦勿信張獻忠，宜乘其降執之。文燦不聽，又上從征、歸農、解散三策，文燦亦不用。次年獻忠反，留書謂不納我金者王兵備一人而已。南明福王召爲太僕少卿，旋告歸。隆武帝時復故官，又歸。後有欲薦之仕清者，乃自縊死。詳見《明史》本傳。

②饒京，字黄山，蘄州人。天啓五年任常熟縣令，七年入覲陞御史。見康熙《常熟縣志》卷十。

③張承詔，字篤棐，分宜人。光緒《江西通志》卷一百四十二：「張承詔，字篤棐，分宜人。萬曆進士，授蘇州推官。遷禮部主事，擢户科，轉工科都給事中。果决敢言。歷升南刑部左、右侍郎，署尚書，以會審事忤旨，閑住。」

④語見《詩·小雅·南山有臺》。

叙唐幼白印史①

唐幼白，雲間舊氏，喜讀書，多伎能，五字六書之學，尤所長也。來遊於婁，我完、涪水善之②，出其印方，徵予簡首。

嗟乎！李斯一篆，去漢初不遠，叔孫儒者即不能讀。況予昧昧，何所辨察？然觀其分疏石轂，雲烏護之，視古所謂芒角隆平③，駢組磊落者④，殆近之矣。聊書數行，用志慕悦。倘光氣不没，屈曲可傳，即洞庭漁人、玉泉老僧，亦知非謬也。

【箋注】

① 此序唐幼白《印史》。唐幼白，似爲包幼白。包厥初，字幼白，永嘉人。光緒《永嘉縣志》卷十八：「包厥初，字幼白。性聰慧，從國手陳少南游，遂精於弈，旁及書畫印章，各臻妙品。入閩，曹能始一見稱之，嘗爲之延譽。何香山、蔣八公、黄東崖三相國皆引爲布衣交。復游兩粵，從楚歸吴，所至爭相延致。過嘉禾，倒槖解故人之難，人益高其義。詩文盈篋。殁後，韓則愈爲立傳。」光緒《永嘉縣志》卷二十七：「《玉石新編》，明包厥初撰。厥初，字幼白。」

② 陶鑛，字涪水，太倉州人。復社成員。名見吴山嘉《復社姓氏傳略》卷二。

③ 芒角：筆鋒。

④ 駢組磊落：《後漢書》卷六十《蔡邕傳》：「連衡者六印磊落，合從者駢組流離。」

國表四集序〔一〕①

《國表》之文，凡更四選，其名不易。雖從天下之觀，亦以志舊日，示不忘也。往者始事之秋，予與介生約四方之文，各本其師，因其處。於是介生、維斗、子常、麟士、勒卣主吴，彦林、來之主越，眉生、崑銅、伯宗、次尾②、道吉主江以上，大士、士業、大力、文止主豫章〔二〕，曦侯主楚，昌基③、道掌、仲謀主閩，澄嵐主齊魯之間〔三〕。凡以文至者，必書生平，先鄉黨而次州邑，考聲就實，不謀而同。是以人無濫登，文無妄予。然踵而爲之，其事漸難。夫一家之美，置之一邑，不易爲工；一國之美，置之天下，見殊者少。蓋文物輻輳，愛惡相形，角才負長，後先不下。此必然之勢，雖逆睹者無如何也。

《國表》之初，英文駢聚，聲光外流；繼尚老成，一歸簡朴。或者疑功名盛衰之會，兆見於斯。不知物無常貴，時無常美。當事方萌芽，詆呵衆多，道不因詘；及物望既盛，隨聲稱妍，四海順流，勢不加長。是故或因排抑而益高，或繇贊助而見短，毁譽變化，皆非本情。我所可信者，讀書行道，不爲升降而已。

介生爲天下師表，十餘年來，晦明窮達，涉歷最長，不嬰其念。與之交者，望其粥粥，益深自下。予昔之見介生與今之見介生，固猶是也〔四〕，其爲學問則從此遠矣。遠方之士間一過從，予必語之曰：「君當見介生。」何則？見介生，然後知名士之非奇，中庸之莫及也。今者之選半出介生，左之遠來，相與論析，去取多寡，無庸心焉。交厚者不必其盡存，褒異者不必其識面。亦因孟樸之有，發其什一，已足偉然爾。

孟樸與扶九、聖符經營社事，積久不衰。同人諸篇，歸其家者，歲可十萬。孟樸孜孜揚扢，一字不遺。其意謂：言者心聲，文乃道器，議論可以不彰，人文不可以不録。又不好獨任，公之二三兄弟以左右其成。交友之際，以讓相先；遠稱之義，附文乃見。所謂始終盛事者備矣！

余適家居，幸覯成書，援引昔日，不憚再三。夫亦云「取友者惟舊，善學者惟嘿」，持此兩言，冀無大過而已。

【校記】

〔一〕本篇又見北大本《合集·古文近稿》卷四，題爲「國表四選序」。

〔二〕「大士、士業、大力、文止」，北大本作「大士、文止、士業、大力」。

〔三〕「之間」，原作「之問」，據北大本改。

〔四〕「固」，原作「同」，據北大本改。

【箋注】

① 此序周鍾、吴應箕等所選《國表四集》。《國表》前後凡四集，由熊開元主持，張溥與周鍾、吴應箕等人具體負責選輯。張溥集中有《國表小品序》《國表序》《國表又序》《國表四集序》。黄宗羲《思舊録·吴應箕》：「吴應箕，字次尾，貴池人。復社《國表四集》，爲其所選，故聲價愈高。」

② 吴應箕，字次尾，號樓山，池州府貴池人。復社成員。吴山嘉《復社姓氏傳略》卷四：「吴應箕，字

次尾。善今古文，意氣横厲一世。阮大鋮以附璫削籍，僑居南京，聯絡南北附璫失職諸人，劫持當道。應箕與顧杲等爲《留都防亂公揭》討之。十五年，以鄉試副榜貢入京，公卿咸加禮異。後大鋮得志，謀殺周鑣，應箕獨入獄護視。大鋮聞，急遣騎捕之，應箕亡去。南都不守，起兵應金聲，敗走山中，被獲，慷慨就死。國朝乾隆四十一年，賜謚忠節。」

③ 陳肇曾，字昌基，長樂人。復社成員。吴山嘉《復社姓氏傳略》卷七：「陳肇曾，字昌基。天啓辛酉舉人，官禮部司務。有《春秋四傳辨疑》。」

七録齋合集

七録齋集序①

天如爲諸生時，即有集行於時，學士家咸樂諷詠之。及成進士，官石渠。歸，所著益廣，乃輯前後所爲古文及詩，梓之以傳，蓋諸體備矣。

予讀而嘆曰：「立言之道，未有盛於此者也。」天下義理歸於文字，文字歸於六經。自六經以降，作者言人人殊，然其大旨不謬於聖人，莫不足以匡風俗，正人心，宣王教，明禮樂，鏡善敗之繇，稽治亂之數。故垂之數千百年，其説可與天地終始而不廢。及道風彫喪，大義漸湮，士多泛濫辭章，罕究實用。有譔述雖廣，號爲雅贍，而無一言之幾於道。若士有志通經，固守章句而文采不振，以致兩家之士交譏。揆其所至，各守偏曲，未爲通論也。夫姚宋不著於文章，劉柳無稱於事業，自昔所嘆。予亦以爲遷、固之文章無程、朱之理學，程、朱之理學無遷、固之文章，兹事難兼，亦天所限，求其並至，實待曠才。

國朝文凡數變，當高皇帝定鼎，青田、金華首參帷幄之謀，其文雖沿跡南宋，然典正醇深，一代開創之功不可掩也。至敬皇帝時，海内熙洽，士皆喜爲詩文，北地、信陽以秦漢之高響，滌胡元之舊習，天下靡然從風，以爲古學始復。顧是時，明興已及百年矣。迨肅皇帝之世，右文崇化，懷才之士咸思鼓吹風雅，助揚休景，説者方於漢之建元、宋之慶曆，人文於兹爲盛。然七子之流，推轂必首元美。今讀其集，即有擬議未化，至於兼總條貫，備有衆體，其才固非餘子能及。晚年猶悔不從經學入，謂少時爲詞章所累。信乎文本於經，舍是求工，未有極其至者也。

天如生於元美先生之鄉，而才繇天授，智禀無師。凡經函子部迄歷代掌故家言，君子小人所以進退，夷狄盜賊所以盛衰，兵刑錢穀之數，典禮制作之大，無不博極群書，涉口成誦。至其援筆爲文，氣高風逸。昔人所謂研京十年，練都一紀者。天如授牘如宿成，文不加點，高眄遐矚，千里之外，萬年之遥，若在眉睫。體含自然之華，動有烟雲之氣。誠文家之樂事，間代之逸才矣。

夫古今論文，歧指殊趨，溯厥源流，兩言可盡：成法在古，變化繇心而已。故舍古法，亂；泥古法，亡。繇《左》《國》而有《史》《漢》，繇《史》《漢》而有韓、歐諸家。其法未嘗不相貫，而神明之能，各有獨至，不可相襲。天如所爲詩文，上自秦漢，下至唐宋諸家，時狎出御之，不名一端。其所本者，六經也；所明者，道也；所用者，《史》《漢》、韓、歐諸家之氣，而非區區規格與其辭采也。

今讀集中所載，大者懷當代之深憂，明萬古之理亂，可以利社稷，福蒼生；而其小者，雖弁詞短簡，偶爾酬贈之文，而仁義之旨，忠孝之思，汲汲然以天下人才爲己任，而成之惟恐不至。有令人誦之而頑者興，懦者立，貪者廉，砥行立節之士歡欣鼓舞而不能自已者，此尤其性情所形，非徒求工於文者所能至也。夫聖賢之言，見於《詩》《書》《禮》《樂》《語》《孟》之書者，皆其迹也。而所存於中，則惟是望天下以孝友忠恕之道，仁人君子之行，使感之有以通，觸之有以悟。故教化因是而行，人心因是而正。昔人有讀集至百餘卷，不見一闡明理學之言，以爲世道大憂。天如之文，其原本在明理盡倫。予故曰：「立言之道，莫盛於此。豈後世能言之士可得而相絜哉！」

嗟乎！惟天生才實艱，士或少負述作之志，而困於憂愁患難，恒不能竟其所學。及既通顯，又有獄訟簿書兵農錢穀之司，雖欲成一家之言，而亦有不暇。至於官以讀書爲職，又性好專一，無寒暑晝夜少間，即欲無所表著於後世，得乎？則天如之得以竟其著述，不可謂非天之善成也。天如將益肆力經史之學，以補前賢未及。求之古人，未知誰匹；要在昭代，則北地、瑯琊之間，固非所以相處矣。

崇禎丙子夏六月金壇社弟周鍾頓首拜譔。

【箋注】

① 周鍾序《七録齋詩文合集》。據末署「崇禎丙子夏六月金壇社弟周鍾頓首拜譔」，可知周鍾此文作於崇禎九年（一六三六）六月。周鍾，字介生，金壇人。既爲應社主盟，亦爲復社主盟。詳見《初集》卷一《蒼崖子序》注。

七録齋詩文合集序①

南榮趎來學老聃，夔立蛇進而後敢問。聆一高論，若飢十日得太牢。公明宣師事曾子，三年不成誦，學其居宮庭，接賓客，立朝廷。劉獻子曰：「入孝出弟，忠信仁讓，斅學之本。儻不能然，雖下帷針股，蹻蹻從師，止爲土龍乞雨。」魏照曰：「經師易獲，人師難遭。」不信然歟？夫子少負士安「書淫」，幕府「書橱」，杜鎬萬卷不是過。立身忠孝，敦廉養耻，言不違理，行不違則，道充身安，銖軒冕，塵金玉。百城之表，無殊樂令。楊萬里一見張魏公，終身厲清直之操。

從夫子遊，大約先修品地，次通經術，尤耻獨爲君子。講説經傳，可與侍中、大春紛綸奪席；敦尚友誼，堪同朱暉、樓護養身信心。死生貧富貴賤間，往往得夫子交道焉。至撰文賦詩，楮不加點，筆無停毫。江洪、蕭文琰共叩銅鉢，響絶即就。語語六通三明，登峰造極。起衰濟變，唐擬昌黎；行道救時，宋方永叔。或爲赤城雲霞，或爲塗山圭璧，或爲太羹玄酒，或爲鳳舞鸞翔。斟酌百氏，製成一家。夏侯湛温潤，見孝弟之性；許景先豐美，得中和之氣。吾夫子傳記忠孝節烈義俠諸篇，反復周詳，類數千言不盡，夫亦其性氣然也。

史稱馬融所注有《孝經》《論語》《詩》《易》《三禮》《尚書》《列女傳》《老子》《淮南》《離騷》，所撰有賦、頌、碑、誄、書、奏之屬，凡二十一篇，後世多之。夫子年未强仕，著述删正，周匝經史，生平不知棋局幾道、樗蒱齒名。賓宴之時，不輟書卷。周公旦朝讀書百篇，暮見七十士，庶幾近之。語云：「虱箸頭而黑，麝食柏而香，素絲之質，附近朱藍。」益傭賃作食，竊聽户壁，已幾十年，驅車入穴，擣虀啖杵，誠未夢見萬一爲高業弟子。然式瞻儀度，親承音旨，醯醬既加，酸鹹異味，屏去帖括，訪逸西陽，映月望星，然糠自照。

捧夫子十年之筆，集成二十餘卷，先梓公寶。校讎三五，不愧宋次道家書，或得效昇平里西堂藏書，經史子集，各置三本。任昉家貧，聚書萬卷；益著是集，作萬卷家藏，護以竹漆，百年如新，當不異《黑水碑》《商山記》傳入新羅諸國。豈若唐山人瓢中故紙，浮沉江漢間也。雖然，竟夫子之業而續行之，可充曹氏書倉。

門人支益謹序。

【箋注】

①門人支益序。據前序，此序作於崇禎九年（一六三六）。張溥《七録齋詩文合集》由門人支益、鍾升合校。支益，字尚行。曾任嘉定縣監紀、知縣，在嘉定三屠中率兵反抗，後死於屠殺中。錢大昕《潛研堂文集》卷二十二《記侯黄兩忠節公事》「壬辰，始下薙髮之令，士民皆不願，遂謀舉事，諸鄉稱義兵者，不約而集矣。是時，舉人王霖汝及弟諸生楫汝起六都，得七百人，號『王家莊兵』；監紀、知縣支益起石岡，得千人，號『石岡兵』；南翔大姓招募二千人，號『南翔兵』；婁塘、羅店、外岡先後競起。」從「竊聽户壁已幾十年」來看，支益在張溥門下較久。從「捧夫子十年之筆，集成二十餘卷，先梓公實」可知：其一，此爲張溥天啓七年（一六二七）至崇禎九年（一六三六）間作品。其二，卷數原爲二十餘卷，蓋先刊刻此十六卷。

七録齋文集近稿卷之一

婁東　張溥西銘　著
同里　張采受先　選
金沙　周鍾介生　閲

宋胡致堂先生讀史管見序〔一〕①

胡明仲先生讀史之文，世不多見。其節録者往往著於《綱目》，然去取略矣。汴宋以來，儒者好議論，分善惡。《管見》一書，或病其責備賢者言辭過甚，又謂以成敗論人所見未廣，二者皆非也。先生承文定之學，明《春秋》之指。建炎中，屢詔擢用，首格和議。賊檜銜之，貶置新州。當時忠孝發憤，著見言論，不得已託古人以寓志。其所流連三致意者，惟孔子攘夷、齊桓復讎爲亟。至於戒日食，闢異端，憂小人之進、君子之退，生民日蹙而刑斂日繁，恫乎其傷之深切著明。自周威烈迄於五代，其間王侯大人行事，無異於春秋十二公也。

朱子嘗稱：「《管見》議論，《唐鑑》不及。」②《綱目》既成，中所折衷，多本胡氏③。是故善讀史者，取《通鑑》《管見》《綱目》三書合而觀之，然後知源流之一、是非之正也。温公奉詔開局，著成《通鑑》，各代考次，功非一人。蔡京宗王氏之説，《春秋》既廢，史學益衰。《通鑑》雖蒙御序，學者畏不敢觀。即或有慕而讀之，卷帙猥煩，大都不竟。又孰有明其得失，助其未逮者？自《管見》書出，朱子始敢一筆一削，取《通鑑》勒爲《綱目》。今觀其書，諸葛之伐魏，不可言犯；晉王之擊後梁，不可言寇。大義獨斷，皆《管見》發原。及其談言微中，謂諸吕之誅，功不始陳平、周勃；後漢之亡，罪不專景延廣。諸若此者，亦何嘗兢兢成敗，責人無已哉！

傳者又言，張南軒，宋之大儒；胡仁仲，則先生之弟也。南軒譏《管見》之作，專爲秦檜〔二〕④，仁仲嫌其立説苛密〔三〕，欲燔其書而不果。抑知世無亂賊，《春秋》不作。宋高之時，亂臣賊子孰有甚於檜者！痛言之，猶恐不悟，何有於隱？仁仲厲辭絶檜，疾惡之嚴，不異其兄，而獨非所論，此或家庭挹損忌諱之意，非本心也。

舊刻《管見》二版，皆滅没譌落。予間校定，復爲分著年月，標括論旨，編次一目，通見長短。以爾公好讀史，强其公之人間。世有患《通鑑》《綱目》繁重難舉者，此三十卷足以應之矣。然以《管見》之能辯能斷，即深於二書者，尤不可不讀也〔四〕。

【校記】

〔一〕本篇又見宋胡寅撰、張溥評明崇禎八年張氏刊本《讀史管見》張溥序（以下簡稱「《讀史管見》本」）。

〔二〕「檜」下，《讀史管見》本有「設」。

〔三〕「立説」，《讀史管見》本無。

〔四〕《讀史管見》本末署「崇禎乙刻孟春太倉張溥謹序」。

【繫年】

據《讀史管見》崇禎八年本張溥序末署「崇禎乙亥孟春太倉張溥謹序」，可知此文作於崇禎八年（一六三五）孟春。

【箋注】

① 此序胡寅《讀史管見》。《讀史管見》三十卷，胡寅撰，今存明崇禎乙亥太倉張氏刊本，有張溥序、胡大壯序、劉震孫跋。張采《庶常天如張公行狀》云張溥對《讀史管見》「評定標目」。

② 《朱子語類》卷第一百三十四：「致堂《管見》方是議論。《唐鑑》議論弱，又有不相應處。前面説一項事，末又説别處去。」

③ 馬端臨《文獻通考》卷二百《經籍考·史評史抄》：「陳氏曰：禮部侍郎建安胡寅明仲以《通鑑》事備而義少，故爲此書。議論宏偉嚴正，間有感於時事。其於熙、豐以後接於紹興權姦之禍，尤拳拳寓意焉。晦庵《綱目》亦多取之。」

④張栻《新刊南軒先生文集》卷二十一《書》：「《讀史管見》當併往。近看此書，病敗不可言。其中間有好處，亦無完篇耳。看元來意思，多是爲檜設言。天下之理，而往往特爲譏刺一夫，不亦隘且陋乎？」《朱子語類》卷第十一《讀書法下》：「又問：『致堂《管見》，初得之甚喜。後見南軒集中云：「病敗不可言。」又以爲專爲檜設。豈有言天下之理而專爲一人者！』曰：『儘有好處，但好惡不相掩爾。』」

沈鉉臣詩草序①

今日言吏治者，海内争稱沈建陽。建陽，閩劇邑；沈令君鉉臣，予同門友也。鉉臣治建陽，凡三年如一日，大概不出傅丈人兩言：「清則憲綱行，勤則事理而已。」②逦委蛇退食，間發歌詩，須臾輒奏數什。

客歲入覲，遇予吴門，出詩見餉，皆清峻遥深之句。予戲語鉉臣：「昔劉臨淮自矜作令，惟不飲酒，爲奇術，作詩亦飲酒之别，毋乃破律？」鉉臣笑曰：「子路百觚，不害治蒲；唐時循良，未聞不能詩者。子何言之反也？」大噱，别去。乃歸相見，詩成益多，津梁之什，道路之篇，涉目諷吟，必極情性。予更歎「詩非其人不工」，古者格言，於鉉臣尤信。

鉉臣生平純德，師法必言聖人。成名以來，敝居布服，恂恂書生，爲令久，家且更貧。

廉乃士之一節，不足爲鉉臣揚詡。鉉臣亦不獨以此名，要言詩人恬淡之趣，斯爲近之，故可述爾。鍾常侍倣劉士章作《詩評》云：「詩審賓實，長於九品校人、《七略》裁士。」③今讀鉉臣一卷詩，信彭澤、少陵非河漢也。

【繫年】

據「鉉臣治建陽，凡三年如一日」「客歲入覲，遇予吴門」，可知此文蓋作於崇禎八年（一六三五）。

【箋注】

① 此序同年沈鼎科詩稿，評論沈詩「清峻遥深」，「津梁之什，道路之篇，涉目諷吟，必極情性」，有「詩人恬淡之趣」；又贊同鍾嶸所云「詩審賓實，長於九品校人，《七略》裁士」，即以詩觀人。此表明張溥對於詩歌中情感、趣味、賓實都有切實關注。沈鼎科，字鉉臣，江陰人。復社成員。光緒《江陰縣志》卷十七《人物》：「沈鼎科，字鉉臣。崇禎辛未進士，授建陽令。初至，吏白有庫餘千金備公用，斥之，以補窮民逋税。邑故健訟，訟輒妄指人命。鼎科受其牘，不行勾攝，立往驗，得實則爲聽之，否則，予反坐，其俗遂革。巨盜猾訟奸民，得其主名即斃之。兩值歲旱，步禱輒雨，民爲沈雨亭志其事。憫民病涉，建長橋，民又呼爲沈公橋。新文廟，葺考亭、勉齋兩祠，月必三課生徒。在任六年，内召，士民攀轅塞道，建祠祀焉。後令於署中，復爲拜沈亭。抵都下，以公論競爲推轂，反中忌，罷歸。久之，授袁州推官。萬載縣山寇披猖，獲其渠，斬之，餘黨悉平。擢

車駕司主事。會甲申之變,嘔血成疾,尋卒。鼎科孝友工文,在官一介不取。著《蕉露》《豫遊》諸草。」

② 王欽若《册府元龜》卷七百五:「南齊孫廉爲建康令,時吴令傅翽聞其廉白,因問曰:『聞丈人發姦擿伏,惠化如神,何以至此?』答曰:『無他也,唯勤而清。清則憲綱行,勤則事物無不理。綱自行則吏不能欺,事自理則物無疑滯。欲不理,得乎?』」

③ 鍾嶸《詩品序》:「近彭城劉士章,俊賞之士,疾其淆亂,欲爲當世詩品,口陳標榜,其文未遂,感而作焉。昔九品論人,《七略》裁士,校以賓實,誠多未值。」

陳大士會稿序①

大士之文孤行天下已三十年,今日始尊爲新貴之牘,家諷户習。即讀者例以房書文字目之,於大士生平作文本末,未嘗一過問也。甚而好立奇怪者,低昂褒貶以示高,則近妄矣。一科之文,類有絶尤,不攻其尤,不能表異。此近者選文之習,亦何與大士哉?

大士四書文溢萬,讀未易竟。予謂欲廣其傳,殆有二説:通取所作,盡布刊刻,長篇短言,備極大觀,不加點評,任人自得,此一法也。否則,先擇選家,後辨去取,删論精要,字櫛句比,出其精神,亦一法也。全刻既病未遑,勢必出於删選,此事何可輕屬,知非介生、受先不辦矣。

介生於丁卯之冬，選大士《傳稿》，誦讀遍海内。今受先復集其未刻諸篇[一]，名爲《會稿》②，與介生相表裏。廼信司馬子長讀《戰國策》，馬季長讀《漢書》，知言不易，非獨古人也。受先衡量文字，不概褒許，其引繩大士尤嚴。凡小品碎金，悉割去之，别爲數種，不入《會稿》，曰：「予先其有用者。」予常知大士最深，時向予謂：「大士文大都體釋朱《註》。」夫制義莫大於有用，莫實於尊《註》，二者誠大士之所託也。其它諸子百家亦偶取爲輔，如詞采兵衛之説耳。讀者奈何視藪澤而不睹寥廓乎？

【校記】

[一]「未」上，原衍「己」，據張采《陳大士稿序》「兹選其未刻稿行世」删。

【繫年】

據文題及文中「今受先復集其未刻諸篇，名爲《會稿》」等語，陳際泰崇禎七年進士，兼據前文作時，可知此文作於崇禎八年（一六三五）。

【箋注】

① 陳際泰中進士後，張采選其未刻稿行世，張溥序之。陳際泰，字大士。詳見《初集》卷二《詩經應社序》注。張采《知畏堂文存》卷二《陳大士稿序》：「大士尊于天下蓋二十餘年，然其爲天下師，知與不知，皆稱先生，列弟子。則吾社諸子之表章，不可謂無功。……夫大士固非一代之才，其爲文辨明起，日没需火止，中間可得三十五六義。余訪其寓室，見横據一几，卷篇分積，丹黄之

次，復不廢酬應，殆似五官並舉。乃聞于人，不盡爲信者，斯誠罕事。人見多不見罕，則爲姑妄，固宜。……士鳳年十六，士驥年十四。試之，鳳一日完十四義，驥完十義，予函其文示天如，曰：『見兩郎知大士非假。』……兹選其未刻稿行世，書諸簡端，聞所聞、見所見，質言之同人而已。」

② 張采《知畏堂文存》卷二《大士之燕草序》：「今時藝選本，且十餘家，抑知大士時藝，其全部歸余。未見余家全部而輒云選，奚啻耳治？余于是有《會稿》之役。」

壽程母李太夫人八衮序①

癸酉之冬，程畸人先生母太夫人八十，春秋高矣。吴越之士，凡受教於畸人，交於畸人之子智求、驥稱者②，咸負幣獻言。時畸人治博平，地闊二千里，遠弗能達也。越一年，而俞子懷兹告行同黨，各以辭託誠。予辱追隨畸人，出蒲阪楊夫子門下③，又素齒遇於畸人父子，雖未登堂具衣冠，拜太夫人於門屏之間，其附子弟以禮通名，一也。

往者畸人令當湖，愛重聲氣，時語懷兹，要介生相見，復令智求、驥稱師介生。介生素高簡，郡縣争交之不能致。獨感畸人誼，乃一命駕，飲且至醉。智求兄弟向懷兹言：「太夫人時聞介生來，喜動顔面，戒庖滌濯，踰於它客。」予繇是知太夫人教家以義，尊師篤友，其享有文子文孫，不亦宜乎？

畸人考最④，當諫官，重侍養太母，迺留居，南遷司馬大夫。又二年，出守博平。夫諫官履文石，踐赤墀，親近天子，進其法言，一不當輒斥去；或朝左掖而夕田野者有之，聲名立矣。其於國家之事，負長願而不發者，往往然也。太守位比諸侯州伯，邇民而事總至。所凡治境地必以千里，民必億萬萬。縣所不能理者理之，藩方之長巡行之，使文符簡攝。所不及者郡親稽視，不踰時畢服。或三年而報政，或五年而書績，累秩增考，志意所欲爲，無不究於其下。又爲時久，可以深盡人心。視諫官不得行其言，而伏不復彰者，其成物廣狹，亦何如哉？太夫人望畸人也遠，欲其爲天子以利民也甚。至平居勖勉，謂：「無艷貴仕，無冀速達，惟福百姓，致身始顯。」是以筮仕當湖，久居不求其遷；今官博平，當代時且過矣，未嘗汲汲欲去。太母之教子，知宜民而已。彼稱説中朝，夸舉體貌者，豈所計乎？

博平當水陸孔道，自北而下，東南而上，軸轤車馬，日不知其幾千萬。達官貴人聞畸人之名，禮見交歡。儒林文雅之流，往來其地，投詩文於門。與智求、驥稱名友聲者，又日不知其幾，莫不誦《甘棠》聽訟之詩⑤，美考叔「錫類」之義⑥。懷茲扁舟，溯流而前，出余文，進之畸人父子，并告太夫人，意於輿人之言，或有合也。

【繫年】

據「癸酉之冬，程畸人先生母太夫人八十」「越一年，而俞子懷茲告行同黨，各以辭託誠」，兼據前文作時，可知此文作於崇禎八年（一六三五）。

【箋注】

①此壽程楷母李太夫人八十。崇禎六年冬程母李太夫人八十壽辰，因程楷遠仕，未能回家，越一年舉行祝壽，張溥前去爲程畸人母祝壽。程楷，字畸人，曾任平湖令。雍正《合肥縣志》卷十五：「程楷，字畸人。品貌豐偉，舉動端凝。讀書於大蜀之雪霽山房，淹貫諸子，尤酷嗜南華，爲文奇肆，亦如之。登天啓乙丑進士，授平湖令，以治行擢南禮曹。尋出守東昌，吏有以金□者，峻拒之，其人解綬去。洊陞滇大參，赴任，見界碑『萬里雲南』四字，以母老悽然泣下。時有土寇陸昌文等久負固，公至，不數月收之。事竣，遂乞歸養。崇禎壬午，賊氛充斥，同經歷鄭元壽協守南熏門。五月七日賊襲城，公與格鬬城頭，被創死。越數日，家人具殮，面色如生。夫人高氏聞公殉難，亦投繯死。漕撫史公可法爲文祭之。狀聞，追贈光禄卿，廕一子，入監讀書。崇祀鄉賢。」

②程智求、程驥稱，程楷子。從張溥、周鍾學。生平待考。

③楊夫子：即房師楊世芳。康熙《平陽府志》卷二十三《人物中》：「楊世芳，號穆園，博曾孫，都督俊卿孫，翰林元祥子。萬曆己未進士，累陞詹事府少詹兼學士。聰敏過人，十行俱下，揮筆千言立就。琴書皆臻其妙。居官居鄉，動必循禮，進止有古大臣風。魏忠賢時，請告歸。忠賢忌之，遂削奪。忠賢誅，以原官起用，風節益著。乙丑分校，取華其芳等；辛未分校，取張溥等，皆名士。未幾，旋里，卒于家。大用未竟，中外咸痛惜之。」

④ 考最：政績考列上等。

⑤ 見《詩・召南・甘棠》。《毛詩序》：「《甘棠》，美召伯也。召伯之教，明于南國。」

⑥ 見《左傳・隱公元年・鄭伯克段于鄢》：「君子曰：『潁考叔，純孝也，愛其母，施及莊公。《詩》曰：「孝子不匱，永錫爾類。」其是之謂乎！』」

楊又如稿序①

别澹石久②，頃從又如懷袖間得其十行，言僅此耳，文章朋友之情已具。澹石交廣意嚴，於世少可，獨稱達又如，勸以遠游。又如自楚涉吴，叫呼黄鶴之間，徘徊牛首之下，瞻望古人，所謂「忽先在焉，呼之或出」也③。

廼放舟婁江，俟予三日，出新舊文各數十，受先爲之品次④，著其精微。余讀未半，惟有驚歎。既愧門無詩書，可當貢公綦履⑤，自顧曩作猶然，今人益信楊子過人遠矣。又如語言妙天下，向所著文稿，奇蕩深博，題曰《硯嚀》。近文練約，其名不改。夫毫毛可滅，着紙即鮮；石墨相附，字久彌顯。文章亦然，得其説者，在唐子西之銘也⑥。

【繫年】

據前後文作時，此文蓋作於崇禎八年（一六三五）。

【箋注】

①此序社友兼同年楊文薦稿。楊文薦，字幼宇，一字又如，京山人。吴山嘉《復社姓氏傳略》卷八：「楊文薦，字幼宇，一字又如。崇禎辛未進士，任兵部侍郎兼右僉都御史，與萬元吉同守贛州。城破，被執，送南昌絶粒死。國朝乾隆四十一年，賜謚忠節。」楊文薦至太倉，請張溥序其稿，張采亦爲之品次。

②鄭友元，字其山，號澹石，京山人。嘉慶《松江府志》卷四十二：「鄭友元，字其山，京山人。天啓元年進士，除青浦知縣。崇禎初，調知華亭。兩縣故稱繁劇，友元口酬手批，判决如流。催輸有法，刑罰不加而課畢登。踐更之期，里胥多詭匿，友元鉤得其實，任役者輕重若懸衡。三年，分校南省，陳子龍出其門。又設義學於求忠書院，郡人士翕然崇尚古學，其振興之功爲多。徵拜監察御史，以逋青浦金花銀二千九百，與給事中周瑞豹、熊開元並貶二秩，不就。寄居小蒸，久之歸楚，不仕，終。」

③語見蘇軾《郭忠恕畫贊》。

④張采《知畏堂文存》卷三《楊又如硯嚀序》：「同門伯鉉楊子，稱又如，人文高舉，情性淵至。介余定交，及見如接故人。……刻稿成，仍舊名曰《硯嚀》。又如作賦才，屈受經生藝。然以又如之年，遭世和平，外無讒譏，内無怨誹，則次第典謨，倫脊雅頌，經生藝何弗致極。」

⑤貢公綦履：張協《雜詩》之三：「案無蕭氏牘，庭無貢公綦。」貢公：貢禹，字少翁，琅邪人。以明

經絜行著聞，徵爲博士。漢元帝時累官至御史大夫。屢次上書言朝事得失，主張選賢能，誅奸臣，罷倡樂，修節儉。後世尊稱「貢公」。詳見《漢書》本傳。

⑥《宋史》卷四百四十三《唐庚傳》：「唐庚，字子西，眉州丹稜人也。善屬文，舉進士，稍爲宗子博士，張商英薦其才，除提舉京畿常平。商英罷相，庚亦坐貶，安置惠州。會赦，復官承議郎，提舉上清太平宫。歸蜀，道病卒，年五十一。庚爲文精密，通於世務，作《名治》《察言》《閔俗》《存舊》《内前行》諸篇，時人稱之。有文集二十卷。」

文用昭稿序①

庚午之役，江右諸子之試於南而得舉者三人，曰文子用昭、楊子伯祥、丁子維熙②，皆其地之名通魁傑，與大士班輩者也。予間語伯祥：「十數年來，人士尊經慕古，風氣甚盛。若言始事，晨星有歎，相與唱呼者，豫章、吴下數子爾。今幸齊齒籍，同宫牆，毋忘前者勞苦。」伯祥欷歔久之。

辛未試於春官③，伯祥第二，用昭卷爲方書田先生所最稱賞④，以一字抑置。先生每向人，必太息言之。今則用昭遇矣。縱觀三子，雖維熙目前有伏雌之歎，然以用昭言輒效顯，知同聲之應，無患乎久遠弗聞也。

用昭履方守正，道力深重。其爲書生時，即能矯世革俗。今臨千里之郡，奮平生之節，物望而化，何止於文？然則劉彦和有言：「夢執丹漆之禮器，隨尼父而南行。」⑤予猶以爲彷彿，不若今日親見賢者之行事議論也。往者大士序用昭之文，以爲雄分似水，用昭山水兼之，余誦其知言。今因盛李侯兄弟彙鐫諸稿⑥，繆爲題首。蓋擁篲清道，企望塵躅其間⑦，余竊榮矣。

【繫年】

文德翼中崇禎甲戌進士，據文中「今則用昭遇矣」等語，兼據前後文作時，可知此文作於崇禎八年（一六三五）。

【箋注】

① 此序文德翼中進士後刻稿。文德翼，字用昭，號燈巖，德化人。復社成員。吴山嘉《復社姓氏傳略》卷六：「文德翼，字用昭，號燈巖。崇禎甲戌進士，司理嘉興，平反者甚多。大憝吴中彦子徵雲倚恃執國柄者，武斷鄉曲，戕害善類。德翼特揭而力討之，卒置於理。居無何，内召秉銓。國變作，知事不可爲，遂遁歙之商山。性至孝，官司理時，父訃至，適在會城，即號泣徒跣歸。母没時，年已七十，哀哀若孺子慕。博貫經史，長於詩古文詞。有《雅似堂求是堂集》《燈巖詩集》。」

② 丁此昌，字維熙，江西新建縣人。復社成員。名見《復社姓氏傳略》卷六。

③ 春官：唐光宅年間曾改禮部爲春官，後「春官」遂爲禮部之別稱。

④ 方逢年，字書田，遂安人。《明史》卷二百五十三《方逢年傳》：「方逢年，遂安人。萬曆四十四年進士。天啓四年以編修典湖廣試，發策有『巨璫大蠹』語，且云『宇内豈無人焉，有薄士大夫而覓臯、夔、稷、契於黄衣閹尹之流者』。魏忠賢見之，怒，貶三秩調外。御史徐復陽希指劾之，削籍爲民。崇禎初，起原官，累遷禮部侍郎。」

⑤ 劉勰《文心雕龍·序志》：「齒在踰立，則嘗夜夢執丹漆之禮器，隨仲尼而南行。」

⑥ 盛李侯，待考。

⑦ 塵躅：步其蹤跡，追隨。

歷代名臣奏議序〔一〕①

古來致治之書，編年莫大於《通鑑》，紀實莫備於《通考》。然《通鑑》整齊往事，治亂兼設；《通考》證據舊聞，不厭煩博。及乎明君顯相，貞臣碩士，口語辯對之文，封駁頌諫之説，或一概捨置，闕而不録；或以意節取〔二〕，録而不完，使後世讀者不無撫膺太息，想象其全。當時司馬温公置局自隨一十九年，馬氏父子兩世聚書，纘成大業，豈不欲弘收並載，華其所傳？顧以詳紀事者略考言，急徵實者緩虚論，限於作書之體，不得不有所棄，亦明以告諸將來，助彼不逮也。

明興，典籍咸有。文皇帝稽古作人，詔翰林儒臣黄公淮、楊公士奇等采古直言，彙録成書，賜名《歷代名臣奏議》②。於是昌言畢張，贊治資化，足與《通鑑》《通考》二書比烈矣。然《奏議》雖詔頒學宫，世無其版。余小子生長三十年，未嘗一見，詢之郡縣學官掌故，有愕不知爲何書者。

辛未游京師，始獲寓目，心好讀之，遍購不能得。歸，訪之藏書家，多云無有。久之，同社友人出一本相示，字間摩脱難識，最後得太原藏本相讎正，乃竟讀。竊歎謂：「文皇帝放黜百家，獨明聖學，尊經則有四書、《五經》《性理》《大全》，信史則有《歷代奏議》，博物則有《永樂大典》。《大典》卷溢二萬，謀梓未成，本藏内府，不達民間，好古者欲見未繇〔三〕，吁嗟而已。《奏議》與諸經並列，明令天下學人共通其義，而鐫版不行，受讀無路，絶而不問，同於禁書，其誰之責？」

間覽先民纂取《大全》，删括《性理》，本帙通流，誦習幾遍，意其法亦可施於《奏議》。又不敢僭忽，卒依原卷，標指詳略。踰二年成刻，私爲之論曰：古有云「左史記言〔四〕，右史記事，事則《春秋》，言則《尚書》」③。然則《奏議》亦古《尚書》之流也〔五〕。唐虞以來，君臣問答之外，無他文字。降及後世，盤庚諭衆，周公告商，煩辭諄復，世變激然，非得已也。夫以君命臣則言，以臣答君則言；以父教子則言，以子諫父則言；以兄弟寮友相告戒則言，非此而言者皆多也。是故騷極屈宋，賦盛馬、揚，詞章之學，君子以爲無益於治國，不究於宜民，雖廢弗講，可以無譏。若事關奏對，言繫國家，在上而不知，必有失道之憂；在下而不知，必有害公之罰。

永樂十四年十二月壬申，《奏議》書成進覽。上謂侍臣曰：「致治之道，千古一揆。君能納善，臣能盡忠，天下未有不治。觀是書，見人君之量、人臣之直。爲君者以前賢所言作今日耳聞，爲臣者以前賢事君之心爲心，天下國家之福也。」遂命刊印，賜皇太子、皇太孫及諸臣④。嗚呼！大哉王言，一哉王心，見於斯矣。

古者盡人皆諫，不設諫職。後則恐人不言，廼立不匡之刑，置諫議之官。夫刑以儆不言，而末世乃以言刑；以諫名官，所以責人言，而末世則謂非諫官即不當言，何相繆戾乎！《奏議》之輯，非獨察古鏡今，亦急教諫也。殷監夏，周監殷，戒漢必以秦，戒唐必以隋，因世近也〔六〕。昭代之鑒，莫切於宋，故《奏議》載宋尤詳，然文章爾雅之指則漸遠矣。西漢奏事，率尚簡直，簡則明，直則當，疏言之體也。文因世降，則簡者益煩，直者彌曲。陸宣公之奏疏，陳同甫之上書，劉去華、文文山之對策，皆當日時所艷稱，後代所師法。絜之於漢，不無駢詞贅語，必經删翦。然後雅健可觀，讀而不厭，况他文哉？沿至今日，奏議不倫，殆有數病：詳於頌聖而略於言事，密於瞻顧而疏於考據，學問不必其生平而因乎風會，文詞不必其選擇而安於便陋。遂至沐浴入告，不異文移；齋宿獻言，或同俚諺。苟非代有偉人，力扶其敝，未有不貽誚國都，見慚委巷者也。

然詳論原委，古今長短，亦各有端。詞尚體要，言無妄費，今之不如古也；觀變熟多，援證周篤，古之不如今也。假令當唐德之猜主，不發痛哭；值宋高之昏辟，猶尚諷諫。是亦鄉飲酒，治軍市，行采齊，趨《肆夏》以救火也。且程朱篤論，廣川或有未及；蘇子格言，雒陽亦間弗如。大抵文繇風氣，智巧不能齊；言從道理，至者不可易。有能援不易之理，反往古之風，彌綸時事，不悖典雅〔七〕，斯可謂善諫矣。或以《奏議》但載篇章，宜絶口語。然張良對漢高，鄧禹對光武，諸葛對昭烈，非面談乎？

祖宗作書之旨，采擇所先，烏可缺也。班固叙叔皮曰：「學不爲人，博而不俗；言不爲華，述而不作。」⑤余雖不敏，竊嚮往之。是故《左》《國》、諸子、《戰國》、縱横之言，爲《奏議》所録者，備不敢遺，誠慎之也。且壺關三老之訟太子⑥，湖三老之訟王尊⑦，豈漢世市里老人皆能爲文？亦司馬遷、班固記事潤色之功耳。然則古今奏對之傳與否，作史者其與有責焉〔八〕。

余又有不量者，《奏議》雖從分門，仍當編年。設去群書雜説，家居私策諸文，專引奏對，據《綱目》之例，具列月日，粲然明書，使人因事惕息，以用某言興，用某言敗，亦足以訓度。更二年可續成，然懼弗任也。

【校記】

〔一〕本篇又見明楊士奇等編、張溥删正《歷代名臣奏議》三百五十卷，明崇禎八年刊本張溥序（以下簡稱「《歷代名臣奏議》本」）。

〔二〕「或」，《歷代名臣奏議》本無。

〔三〕「未」，《歷代名臣奏議》本作「末」。

〔四〕「記言」，原作「記書」，據《歷代名臣奏議》本改。

〔五〕「然則」，《歷代名臣奏議》本無。

〔六〕「世近」，原作「近世」，據《歷代名臣奏議》本乙正。

〔七〕「不悖」，原作「不備」，據《歷代名臣奏議》本改。

〔八〕《歷代名臣奏議》本於此署「崇禎八年孟夏太倉張溥謹序」以結束，無下文。

【繫年】

據《歷代名臣奏議》張溥序末署「崇禎八年孟夏太倉張溥謹序」，可知此文作於崇禎八年（一六三五）孟夏。

【箋注】

① 此序《歷代名臣奏議》。《歷代名臣奏議》，明黄淮、楊士奇等輯，張溥删正，明崇禎八年刻本。著録見於《八千卷樓書目》《中國古籍總目》。是書現有崇禎八年張溥刻本（三百五十卷本，日本内

閣文庫藏；三百二十卷本，復旦大學圖書館、上海圖書館藏；三百十九卷本，復旦大學圖書館藏）、明崇禎刻清聚英堂印本（浙江省圖書館、中山大學圖書館藏）。《歷代名臣奏議》原由黃淮、楊士奇等奉敕編，彙編自商周至宋元歷代奏議，分三百五十卷，刊於永樂十四年，《四庫全書總目・歷代名臣奏議》三百五十卷云其爲「古今奏議之淵海」「自漢以後收羅大備，凡歷代典制沿革之由，政治得失之故，實可與《通鑑》《三通》互相考證。」然印止數百，後頗稀見。至明末時，《歷代名臣奏議》已「世無其版」。崇禎四年，張溥游京師時「始獲寓目」。五年冬回鄉後，「訪之藏書家，多云無有」。後偶得同社友人藏本，然「字間摩脱難識，最後得太原藏本相讎正，乃竟讀」。鑒於此書難覓，爲便於流傳，張溥仿「纂取大全，删括性理」之法，「卒依原卷，標指詳略，踰二年成刻」。崇禎八年，張博將之删正刊行。張采《知畏堂文存》卷八《庶常天如張公行狀》云：「謂無益之辭，雖多莫用，惟《歷代名臣奏議》足可經世，嚴加存置。」

②《明史紀事本末・補編》卷一《秘書告成》：「上以璽書諭皇太子，令翰林儒臣黃淮、楊士奇等采古名臣奏疏彙録，以便觀法。至十四年十二月書成，上覽而嘉之，賜名《歷代名臣奏議》。」

③語見《漢書》卷三十《藝文志》：「古之王者世有史官，君舉必書，所以慎言行，昭法式也。左史記言，右史記事，事爲《春秋》，言爲《尚書》，帝王靡不同之。」

④語見陳建《皇明通紀・永樂十四年》：「十二月，楊士奇等奉命編輯《歷代名臣奏議》書成。上覽之，謂侍臣曰：『致治之道，千古一揆。君能納善言，臣能盡忠不隱，天下未有不治。觀是書，足

以見當時人君之量，人臣之直。爲君者以前賢所言便作今日耳聞，爲人臣者以前賢事君之心爲心，天下國家之福也。』遂命刊印，以賜皇太子、皇太孫及諸大臣。」

⑤語見《漢書》卷一百上《叙傳》。

⑥《漢書》卷六十三《戾太子劉據傳》：「太子兵敗，亡，不得。……上怒甚，群下憂懼，不知所出。壺關三老茂上書，……書奏，天子感寤。」

⑦《漢書》卷七十六《王尊傳》：「御史大夫中奏尊暴虐不改，外爲大言，倨嫚姍上，威信日廢，不宜備位九卿。尊坐免，吏民多稱惜之。湖三老公乘興等上書訟尊治京兆功效日著，……書奏，天子復以尊爲徐州刺史，遷東郡太守。」

壽沈養仁年伯序①

往者沈子伯叙驅車北征②，予與維斗追及於邗上，並策銜，同館食，燕語之次，道其大人居家、弟昆聚首之樂。余時聞而拊膺，旅人之歎，惻然有加。余少失父，悲不及侍。常設想象，令余父假以長年至今日，親見諸子成立，少者皆壯，四方賢者軒騎過從，分庭列豆，時出鮮旨，諷論道義，繼以詩歌，意必愉愉稱善，或可忘老。乃知伯叙兄弟今以英名盛歲，朝夕侍養仁先生於堂上，實造物有意厚遇之，非適然也。

先生素居城東，擁書偃仰，經年不一出門。二子治經長《春秋》，言有名聲，郡會子弟與他邑英雋争奉伯叔爲經師。癸酉之秋，伯叔繇北雍應貢舉。時大行姜端公讀其文③，驚賞之，名次第一，顧以硃書脱落抑格外。伯叔既放南還，私語余曰：「士子遇合，偶也；詭而失之，固非所望。獨大人當齊年，宗族鄉黨上尊酒，媿無以佐歡娱，以是恨恨。」然察先生意，殊無間，輒進伯叔勞苦之，謂：「子所有者大，豈以目前望子？」夫父子相命，窮達一情，或適意詠歌，或吁嗟不遇，連形共域，不存怨怒。獨功名得失之際，驟而嘗之，不能無疑。即墨而不言，憂傷之情見於顔色。此蓋孝子所最難爲懷，慈父母一時所不及制也。

先生嚮以公卿期伯叔，一旦臨貢舉，得而復失，憂喜一無所嬰。非獨知子者深，亦其内養素也。聞之養生之家禁絶外物，斷棄世事。其説以爲凡情近於人者，皆其所拒。然遁形山谷而耽心好爵，致精服食而好談王公，所證無上古之一得，而沾沾百年以自託。若是者據薄望賒，縱幸獲期頤，亦稽生所云多同之流，一切之壽，有道者豈許之哉？觀於先生之無迎無距，遭物而忘，平居静約，不急富貴，真足以稱長者，名至人矣。

今之夏，文宗校試童子，玉當姓名中最選④。伯叔又語余曰：「吾家新博士弟子久負遠志，此不足喜。喜其爲老親慶，子不可無言。」余乃唯唯。曩之戰，伯叔名動四方，將扶摇而復止，同人疑且駭。以今觀之，殆以俟其弟也。余欲頌言者屢遲，至今日乃發，似乎後期，蓋亦有俟也。今日因泮宫之頌，以續前請。又展一年而伯叔兄弟並游王國，爲之賦鄂韡，詠同朝，以進於先生。知先生安之淡泊，自將與今無異也。

伯叔行履醇至，郡中有太丘之目，以「二方」比其兄弟也⑤。邇者館穀於婁，婁人瞻其德容，深敬愛，時向余問先生雅量。余曰：「不知先生，但觀伯叔。」夫壽不必及旬，適於其會；壽人者不必當期，引情而發。郡國有隱君子如先生者，日飲酒，時獻言可也。

【繫年】

據文中「癸酉之秋，伯叔繇北雍應貢舉，時大行姜端公讀其文，驚賞之，名次第一，顧以硃書脱落抑格外」「今之夏，文宗校試童子，玉當姓名中最選」，兼據前文作時，可知張溥此序作於崇禎八年（一六三五）。

【箋注】

① 此爲沈明倫父沈養仁壽辰所作。沈養仁，生平待考。

② 沈明倫，字伯叔，長洲人。復社成員。吴山嘉《復社姓氏傳略》卷二：「沈明倫，字伯叔。精《春秋》。崇禎癸酉以恩貢中順天副榜。乙酉後，授徒自給，三十餘年，卒。有《春秋辨志全旨》及《松窗》《暇録》《鼓缶》等集。」

③ 姜應甲，字叔乙，號端公。《浙江通志》卷一百六十一：「姜應甲，字叔乙，金華人。崇禎戊辰進士，授行人，選刑科給事中。……以親老乞養歸。會東陽許都反，應甲傾家貲募死士，迎敵於孝順街，寇遂退。晚乃披緇，自號頑石，結茅於北山巔。年七十有六卒。」道光《金華縣志》卷八《人

物列傳二》：「姜應甲，字叔乙，號端公。崇禎元年進士，授行人。癸酉分校鄉試，所得皆知名士。七年授刑科給事中。……十六年，東陽許都反，傾家資募死士。」

④沈明揚，字玉當，沈明倫弟。同治《蘇州府志》卷四十七：「沈明揚《揚燈數古篇》，字玉當。」

⑤二方：東漢陳寔長子陳紀字元方、四子陳諶字季方之合稱。《先賢行狀》：「陳紀，字元方，寔長子也，至德絶俗，與寔高名並著。而弟諶，又配之，每宰府辟召，羔雁成群，世號『三君』，百城皆圖畫。」《海内先賢傳》：「陳諶，字季方，寔少子也。才識博達，司空掾公車徵，不就。」

劉伯宗房稿論文序①

房書之選，莫甚今日。以予所聞，吾黨諸子選本殆有十餘。卧子、受先、子常、麟士、吉士本最先行②，伯宗、次尾繼之，介生、維斗③、石香所選乃晚出，指論各殊，宗尚一致。《易》曰：「君子以同而異。」④斯可見矣。

予既序受先之選，伯宗遠命，復不能辭。又念伯宗以「論文」名選，指存中正，在公兄弟刺辨，家庭父子述作，斐然可觀。此書雖小，亦西豪舊里之志也。年來選役，每見多變，往時登選之文，大都褒歎。蓋執選事者取舍之際，出於誠心，謂其文之不可廢也，然後表而著之。其風一改，流爲譏訕，蒙選之文，被彈彌酷。原其本意，欲新人耳目，便於通廣。

於是志之所喜，揚文增麗；情之所惡，屈辭加辱。觀者不得其解，直以爲然。或驟而相驚，樂觀戲謔，棄文不御，訟言彼過。然則房書之選，乃人喜怒之一物，其無當於文，譬之瞽夫論星，或溢美爲工，或專譏示直，不知命則一也。

伯宗父子矯枉就平，法嚴而指恕，有古者忠厚教人之遺風，余所以樂誦也。設讀而不能起者，亦鸜鵒不踰濟，貉不渡汶耳，烏足與量大乎！

【繫年】

據張采《知畏堂文存》卷三《甲戌論文序》「甲戌之役，鳩新貴文成集，題曰《論文》，……余自夏五至初冬卒業」等語，兼據前文作時，可知張溥此序作於崇禎八年（一六三五）。

【箋注】

① 此序劉城時文選本《房稿論文》。劉城，字伯宗。詳見《初集》卷一《曹忍生稿序》注。

② 錢禧，字吉士，吳縣人。復社成員。吳山嘉《復社姓氏傳略》卷二：「錢禧，字吉士，諸生。司選政，有聲。亂後，住寶華山。」

③ 楊廷樞，字維斗，號復庵。詳見《初集》卷一《華方雷稿序》注。陳鼎《東林列傳》卷十二《楊廷樞傳》：「（楊廷樞）繼與婁東張溥、金沙周鑣、同邑錢禧輩訂復社，文章滿天下，名曰《國表》。四方名公卿日以社藝相質，後學來問字者踵相接，其實爲斯文作干城，爲世道人心作砥柱，非徒從事於聲氣間也。」

④ 語見《周易・睽》:「《象》曰: 上火下澤,睽。君子以同而異。」

房稿王風序①

以石香之才,猶然俛首從俗,論時尚,争帖括,豈得已乎?然馮敬通有言:「見雨則裘不用,上堂則簑不御。」②二者更爲適者也。三年之間,房書一見,此亦堂裘雨簑,適當其時。石香即棲性簡遠,又烏能背時不言哉?然石香覽涉神速,前助予校論文字,日了百義,無一字疏脱。今《王風》之選,篇目較諸家最約,而成書獨晚,得無勉强折肱,非性所喜,徘徊不前,遂廢時日乎?

顧石香語余曰:「選文之難,難於作文,今日爲甚。一文之出,評者百家,進退愛憎,各以其意。好事之目,不觀本文,先察評論,隨聲短長,波瀾在口,亦各欲予雄耳,何嘗有當於文字哉?乎不欲自爲選,惟因人之選而正之,故不敢遽斯言也。」予聞之介生、君常③、維斗、雍瞻皆然。其曰「王風」者,所以别於列國也。風雅頌之體殊,而義無升降。然貴人三百之言,一時見榮之語,若房書者,誠古者風之屬也。

【繫年】

據文題「房稿」,兼據前文作時,此序蓋作於崇禎八年(一六三五)。

【箋注】

①此序吕雲孚選崇禎七年房稿。吕雲孚，字石香。詳見《初集》卷二《國表小品序》注。

②語見《太平御覽·器物部》引馮衍《詣鄧禹牋》：「見雨則裘不用，上堂則蓑不御，此更爲適者也。」

③馬世奇，字君常，號素修。復社成員。《明史》卷二百六十六《馬世奇傳》：「馬世奇，字君常，無錫人。……世奇幼穎異，嗜學，有文名。登崇禎四年進士，改庶吉士，授編修。十一年，帝遣詞臣分諭諸藩。世奇使山東、湖廣、江西諸王府，所至却饋遺。還，進左諭德。父憂歸。久之還朝，進左庶子。……十七年三月，城陷。……世奇端坐，引帛自力縊乃死。……世奇修頤廣顙，揚眉大耳，砥名行，居館閣有聲，好推獎後進。……座主周延儒再相，世奇同郡遠嫌，除服不赴都。及還朝，延儒已賜死，親暱者率避去，世奇經紀其喪。其好義如此。贈禮部右侍郎，謚文忠。本朝賜謚文肅。」

雲間幾社詩文選序〔一〕

【校記】

〔一〕本篇又見天一閣本《續集·别集》卷一。此處存目。

江北應社序①

予與楊子伯祥在京師時，從游者數十輩，皆北方豪傑之士。何子印尼時爲學官②，悉禮而致之，使朝夕治文字，譚經書。今年夏，遇印尼於吴門，出選文一袠，皆燕中諸子之作，題曰《正告》，倪鴻寶先生所命名也。印尼要予序其端，予應之。而印尼歸新城，惻惻未報。

復念壬申之春，倫子百式、周子粲甫以故城一邑之文，屬予論次。既百式司教商丘，別予南轅，與予言所以興起文學者，予首舉劉子千之。及歸，而《國表》盛行，商丘之學與萊陽並著。間私自設論，京師，天下之觀；中州，文章之府。故城雖小，南北水道所經也；登萊爲齊魯奥區，神明奇偉，昔天子嘗望祭焉。地氣相近，衣冠車騎相過從，語言文字往來其間，旬日大聚。且二宋宦游之國，倫子授經之地，氣類召應，其來已久。萬吉人③、孫受之④、潘君懷三君子⑤，復大其聲名，振揚後學。予知能合三社爲一家者，必在商丘矣。

無何，千之、讓伯、延仲選江北文成，貽書言指，不出予所臆論。兼以應社爲名，取余始事數子之約，期於白首兄弟無間言也。余不能益千之，即以千之之意爲序。弇州濟南，南北地曠，自今稱之，嘗如伯仲，況在接壤，何所不齊？予於是又知江北雖廣，徵述文行，猶之雪園五子也。

【箋注】

①此序劉伯愚、吴伯裔、吴伯胤所選江北應社文。劉伯愚、吴伯裔、吴伯胤，三人爲表兄弟。劉伯愚，字千之。吴伯裔，字讓伯；弟吴伯胤，字延仲。俱見《續集·别集》卷二《確園社稿序》注。

②何三省，字觀我，號印兹，一號印尼，廣昌人。乾隆《建昌府志》卷四十四：「何三省，字觀我，號印兹，廣昌人。明崇禎辛未進士，授順天教授，轉國子監博士。」

③萬元吉，字吉人。南昌人。《明史》卷二百七十八《萬元吉傳》：「萬元吉，字吉人，南昌人。天啓五年進士。授潮州推官，補歸德。捕大盜李守志，散其黨。崇禎四年大計，謫官。十一年秋，用曾櫻薦，命以永州檢校署推官事。居二年，督師楊嗣昌薦其才，改大理右評事，軍前監紀。嗣昌倚若左右手，諸將亦悦服，馳驅兵間，未嘗一夕安枕。嗣昌卒，元吉丁内艱歸。十六年起南京職方主事，進郎中。福王立，仍故官。……兵大至，城遂破，元吉死之。」

④孫受之，待考。

⑤潘永圖，字君懷，金壇人。康熙《金壇縣志》卷八《進士》：「潘永圖，字君懷。任户部主事員外、郎中，出爲歸德知府。操守清廉，爲治寬簡。陞按察司副使，監遵化軍，超遷僉都御史，巡撫順天。」生平詳見杜濬《變雅堂文集·巡撫順天都察院右僉都御史潘公墓誌銘》。

房書藝志序①

予素不樂觀時文，近益復畏之。間以文質難者，讀未盡三四義，輒欠伸欲睡。是以年來房書社文之選概屏不爲，非獨省事却怨，亦以便性所拙也。

廼受先、九一一日持友人書示余曰：「子絶口不言文，乃四方選役託子以行者，其名且十數。豈金人之緘②、國門之懸③，子其有二道耶？」予應之曰：「天下大矣，家到而户説，予所不能也。即託予以行者，予亦不及知其人，又安能必人之知予與不知予？其知予者以爲非予選也，其不知予者以爲是予也。其無損益於予與無損益於文，等也。予何辯焉？」二子曰：「子不辯，善矣。抑稱人之善，子之志也。自此其何從？」予曰：「善不可爲，此痛世之言，非君子之平情也。見善而不慕，稱善而不極，余豈亡心者乎？不然，雖有罪，猶爲之。」即房書之出，予固委不觀矣。然嘗出城南，見受先閉關，取今之文甲乙焉，未嘗不喜侍終日，同聲讚誦也。

受先兹選雖饑驅乎，然以爲其説可以教人，不欲率意應之。於是評次所及，疏解未盡，加以更置，又隱其處，不使人顯知。今選既成，統一部觀之，直受先書耳。夫文章大勢，三年一易，前後争勝，各以相反爲高。受先之尊先民，尚古學，持論在十年以前，今亦猶是爾。而世且役役目前，私尊所聞，朝取暮捨，變化無塗。宜受先笑而不答，微言獨明也。然而讀其書，見其人，即此一編，較之君平簾肆④、史雲卜筮所得已多⑤。欲師受先者，豈遠乎哉！

【繫年】

據張采《知畏堂文存》卷三《甲戌論文序》「甲戌之役，鳩新貴文成集，題曰《論文》，言不論人地與名族云爾。伯宗風尚烈矣。顧余亦有《藝志選》，每見《論文》，輒復三嘆。余自夏五至初冬卒業」「序已，呼臨兒詳解一過。兒六歲，能讀《論語》」等語，此序作於崇禎八年（一六三五）。

【箋注】

① 此序張采選崇禎七年房書。《房書藝志》，今未見。張采，字受先，號南郭。詳見《初集》卷一《禮質序》注。

② 劉向《説苑・敬慎》：「孔子之周，觀於太廟，右陛之前，有金人焉，三緘其口，而銘其背曰：『古之慎言人也。』」

③ 國門之懸：謂刊布著作。張燮《霏雲居集》卷二十七《佳士録序》：「鉛塹既久，輒爾成帙，因梓之而懸于國門。」

④《漢書》卷七十二《王貢兩龔鮑傳》：「君平卜筮於成都市，以爲『卜筮者賤業，而可以惠衆人。有邪惡非正之問，則依蓍龜爲言利害。與人子言依於孝，與人弟言依於順，與人臣言依於忠，各因

勢導之以善，從吾言者，已過半矣。』裁日閲數人，得百錢足自養，則閉肆下簾而授《老子》。」

⑤《後漢書》卷八十一《范冉傳》：「范冉，字史雲，陳留外黄人也。……桓帝時，以冉爲萊蕪長，遭母憂，不到官。後辟太尉府，以狷急不能從俗，常佩韋於朝。議者欲以爲侍御史，因遁身逃命於梁沛之閒，徒行敝服，賣卜於市。」

章敬明令君稿序①

予寓燕中時，王子崇闇一日過予②，要予出城東門往問敬明。余與之期，如期往而敬明已南歸，予悒悒邸居者累月。又三年而始相見於松陵，亦一異也。

敬明十五年孝廉，三年學博士，清軌絶塵，海内誦歎。春官之試，聲名冠冕，次與受先等。學士大夫欣相傳告，謂二子行義文業相似，遭際亦復不殊。及筮仕爲令，所遇又同。官松陵，旬日大治，訟獄清一，賦役不繁，謳歌在路，不減受先之宰臨汝也。豈非同心之盛事，大雅之齊烈哉！

敬明穆行淵學，深於性命。其文寄尚高遠，不以寒暑燥濕變其音貌。予嘗私置評，目文家之有敬明，猶詩中之有靖節。然陶公篇篇有酒，《閒情》一賦爲時所病③，不若敬明道氣無累，更爲過之。語曰：「古人不必賢於今。」良有以也。同社沈聖符、吴扶九沈湛理學，向取敬明先生之文置諸几牖，擬於《東》《西》二銘。今爲再廣所刻，非神明其邦君之言也，蓋謂寓器於道，先生在焉。文者賓也，善讀者能見其所以爲文，則知實矣。若綜言政事，慨然懷古，程純公之晉城④，張明公之雲巖⑤，其淵源乎？此敬明所有餘，予無以益也。

【繫年】

據文中「官松陵，旬日大治，訟獄清一，賦役不繁，謳歌在路，不減受先之宰臨汝也」等語，復據章日炌中崇禎七年進士，可知此文作於崇禎七年（一六三四）。

【箋注】

① 此序章日炌中進士後刻稿。章日炌，字敬明，德清人。潘檉章《松陵文獻》卷十五：「章日炌，字敬明，德清人。少孤，育於伯父通政使嘉楨，即以理學名節相摩切。既舉鄉薦，五上不第，賃居郡郭，授徒養母，足跡罕至公府。識與不識皆稱爲真孝廉云。崇禎四年，署武進教諭。却饋遺，絶訴訟，其所賞識，多知名之士。七年，舉進士，知吴江。會當定役，富民多飛灑求免，按籍率畸零下户。乃矢神爲約，閉諸胥一室，令盡疏諸大户實産毋隱。既得其實，則田多者定役，舊額千二百畝即領北運爲倍增以寬其力，而更以南糧恤之。……九年夏，陳婦事起，松江士大夫閧然歸咎主者，嗾御史疏糾，而邑中不肖紳與孝廉又比而修前隙，蜚語流傳。日炌一無所辨，惟力求去。舟次胥江，中暍而卒，年五十有四。其後達州唐階泰代爲縣，嘗痛其誣，爲上書訟於兩臺，識者

躂之。」

②王應華，字崇闇，石岡人。民國《東莞縣志》卷三十四：「王應華，字崇闇，石岡人。萬曆四十六年舉人，崇禎元年戊辰進士，除武學教授，遷工部主事，歷禮部員外、郎中，升寧紹副使，招撫海寇數千人。視學浙省，剔釐弊陋，不事請託。論文務抒寫性靈，空所依傍，一時名宿悉出其門。晉福建按察使。入國朝，隱居水南，結溪南社，以文酒自晦焉。」

③蕭統《陶淵明文集序》：「有疑陶淵明詩篇篇有酒，吾觀其意不在酒，亦寄酒爲迹焉。……白璧微瑕者，唯在《閑情》一賦。揚雄所謂勸百而諷一者，卒無諷諫，何必摇其筆端？惜哉，無是可也！」

④程顥，字伯淳，世稱明道先生。嘉祐二年進士，調鄠縣、上元主簿，徙晉城令。《宋史》卷四百二十七《程顥傳》：「爲晉城令，……民税粟多移近邊，載往則道遠，就糴則價高。顥擇富而可任者，預使貯粟以待，費大省。民以事至縣者，必告以孝弟忠信，入所以事其父兄，出所以事其長上。度鄉村遠近爲伍保，使之力役相助，患難相卹，而姦僞無所容。凡孤煢殘廢者，責之親戚鄉黨，使無失所。行旅出於其途者，疾病皆有所養。鄉必有校，暇時親至，召父老與之語。兒童所讀書，親爲正句讀，教者不善，則爲易置。擇子弟之秀者，聚而教之。鄉民爲社會，爲立科條，旌别善惡，使有勸有耻。在縣三歲，民愛之如父母。」

⑤張載，字子厚，世稱横渠先生。嘉祐二年進士，爲祁州司法參軍，調丹州雲巖縣令。《宋史》四百

二十七《張載傳》:「舉進士,爲祁州司法參軍,雲巖令。政事以敦本善俗爲先,每月吉,具酒食,召鄉人高年會縣庭,親爲勸酬,使人知養老事長之義,因問民疾苦,及告所以訓戒子弟之意。」

吴長孺五袠序①

近者吴子次尾走書於予,云:「海陽吴翁長孺之壽,同社義當有言。」予應之,欲致辭而未及也。廼顧子麟士復以翁之壽請予,徵其故,蓋麟士之友程公鼎②,公鼎之外父黄兆先與翁平生最善③。公鼎因外父之意,將升堂舉酒,而侑以予言。予更發次尾書讀之,得翁二子子含④、去非所叙翁大略⑤,益歎二子善言父德,足以起予也。二子讀書丹山而隸學於武陵,博文偉行,通名四海,意在論述先舊,推揚父母。今者以五十爲端,曰:「繇此以往,皆順親之年也。商山之裔,始於宋代,歷今益顯。」

翁少稱孤子,著令德。有一弟俶儻英達,聞聲儒林間,乃復亡折不振,翁之遇窮矣。雖然,弟有子四人,而翁皆子之;四子貧無田宅,而翁田宅之。稺弱不能有室,而翁授以室;家墜不得從外傅,而翁使之學。若翁者可謂善于用窮者也。温潤之子,高明之門,望德澤者歸焉。而握争不施,至於隤業。巖居潛處,家無盈囷,而好言仁義,則行修不怠,可以化俗。凡人之窮通,亦視其所爲耳。世之沾沾一身惟得爲利者,又曷足以量翁得失哉！

翁既衣食教誨諸子，事母益歡。母年七十，睹翁居家行事，每食必加一餐。翁喜謂二子：「母髮白而今見班，齒將摇動而今且善固，起居出入當扶而今乃安步。惟諸孫之孝弟有文，以娱我母，余則何德？」廼二子退而益勸於古，兄弟私相約，欲如翁所爲。夫鶴鳴有聲，潛魚聽之⑥；服蘭不厭，則入薰不化。二子之步趨若翁，雖繇天性，亦可以觀服習也。翁年登五十，長君、次君謀萃同人之觴，羅於堂階。翁竊止之，應古不稱老之意。然翁之穆行著矣，即欲抑而不彰，何可得也？或曰：「翁大度人也，推財樂施，均惠於鄉黨朋友；廢塗敗梁，必躅必治；行路有殣，必身察之。子徒稱其家庭，得無見狹乎？」予謂之曰：「有根之言，不並於枝葉；屋漏之士，必文於公卿。頌大年者，非羡其遥興輕舉，亦謂其似嬰兒而已。」

麟士試以予言歸公鼎，公鼎持之涉錢塘，經桐江，而後抵新安，偕其外父造翁之堂而致三爵焉，始油油以退。二子儒服儒言，周折揖遜於下，信閒居侍坐之文設於《孝經》者⑦，非虚也。

【繫年】

據下文《壽吴太母程孺人七袠序》「甲戌之八月，吴子長孺五十，予爲文壽之」，本文作於崇禎七年（一六三四）。

【箋注】

①此應吴應箕、顧夢麟之請爲吴之含、吴去非父吴大震五十壽辰而作。張采《知畏堂文存》卷四《吴長孺壽序》：「長孺五十生日，二子上觴壽。……通家程子因乞言天如。天如推諸父母，原於《孝經》，辭既振振。……長孺二子復負笈從天如遊，敦志飭操，克廣名實，又稱揚父德，使著海内。」吴大震，字東宇，號長孺，又號市隱生。吕天成《曲品》卷上：「吴大震長孺，徽州人。」吴書蔭注：「吴大震，字東宇，號長孺，又號市隱生，徽州歙縣（今安徽歙縣）人。所著傳奇《練囊記》和《龍劍記》外，還輯有《廣艷異編》。子吴之俊，字彦章，萬曆四十一年（一六一三）進士，官南京刑部主事。與楚問生合編有戲曲選集《樂府遏雲編》。」

②程公鼎，黄兆先女婿。生平待考。

③黄兆先，程公鼎外父。生平待考。

④吴文英，字子含。吴長孺子。從張溥學。吴應箕《樓山堂集》卷二十二有《病起逢立秋時六月十六日寓吴子含文英齋中》。生平待考。

⑤吴聞禮，字去非，休寧人。吴長孺子。從張溥學。名列《南都防亂公揭》。康熙《徽州府志》卷十三《死事》：「吴聞禮，字去非，休寧商山人，錢塘籍。崇禎癸未進士，以建祖母百歲節孝坊請□歸。乙酉，兩京失守，與金聲同時起兵。十月，徽郡破，聞禮斂兵去。再授兵科給事中，旋晉右副

都御史，巡撫福建上游，與詹兆恒同守仙霞關。丙戌，大兵入閩，聞禮爲叛者所殺，師遂潰。其家刻木爲頭以殮焉。閩人祀名宦，錢塘祀于西湖六君子祠。」

⑥ 語出《詩·小雅·鶴鳴》：「鶴鳴于九皋，聲聞于野。魚潛在淵，或在于渚。」

⑦《孝經·開宗明義章》：「仲尼居，曾子侍。子曰：『先王有至德要道，以順天下，民用和睦，上下無怨。汝知之乎？』曾子避席曰：『參不敏，何足以知之？』子曰：『夫孝，德之本也，教之所由生也。復坐，吾語汝。』」

壽吴太母程孺人七袠序〔一〕①

甲戌之八月，吴子長孺五十，予爲文壽之。其聚而稱觴者，黄兆先、程公鼎一輩，皆其邑子也。今亥之王正月，麟士復語予，兆先、公鼎將大會鄉黨盛冠蓋，直之新安舊里，致賀於長孺之堂，欲予更有言。予問壽者何，曰「長孺母氏」。徵其年，曰「七十」。顧母少長何狀，相夫子幾年，丈夫子幾人，則曰：「母年十八歸于吴，四年而稱未亡。然則吴翁夭化，孺人哭泣之時，長孺甫齔也。今長孺且爲老人，上視老母，幸健甚無恙，豈易得哉？」

母家世閥閲，號芳千里。程氏大父、父皆孝廉，選上最，與吴氏人地耆舊相當，爲婚姻。母之夫子字吉甫②，年僅下壽，遺兩孤子，孺人出也。孺人始欲引决，以兩子故乃留，曰：「宗廟之義大於泉隧，爲死婦易，爲生母難。」夫君子行其大者難者，是以汨羅負石，不若號哭秦庭③；伍大夫退耕於野，及其成功，愈擊絮之死也④。孺人得其説以守身，勖長孺兄弟成人日益急。迺季子不永，麟定則聞，長孺讀書好義，不失封君大家子。子含、去非繼之，振學行，弘聲名，四方賢豪争稱許，謂方之西漢萬石。其父子間又有文字之樂，則長孺之尊榮顯，遂其親，亦何等也。

長孺之弟有四人，長乃早逝，婦亦程也，十日不食而死。説者云：「觀感於母，故奮義不顧。」予聞之良弓良冶，其言信然。春秋世無賢大夫，後世作者悲之，爲之著論曰：「忠臣順諸侯以事天子，猶孝子順父以事祖父母。於祖父母，其道一也。」昔者子含、去非進言長孺，今者長孺進言太孺人，九族之戚無不聞也，莊居客遊之人無不集也。但慮言之不盡，而不懼實之不稱。若母者，朝廷之人也，非獨吴氏之所有也。

【校記】

〔一〕目録原題作「壽吴太母陳孺人七袠序」，誤，「陳」應作「程」。正文原題作「壽吴太母程孺人七十序」，據目録及上文題目改。

【繫年】

據文中「今亥之王正月，麟士復語予，兆先、公鼎將大會鄉黨盛冠蓋，直之新安舊里，致賀於長孺之堂，欲予更有言。予問壽者何，曰『長孺母氏』，徵其年，曰『七十』」等語，此文作於崇禎八年（一六三五）正月。

【箋注】

①此爲吴大震母程孺人七十壽辰而作。吴大震，字東宇，號長孺，又號市隱生。詳見上文注。

②吴吉甫，吴大震父。生平待考。

③汨羅負石：指屈原懷石自沉汨羅，見《史記》卷八十四《屈原賈生列傳》。號哭秦庭：指申包胥乞師于秦，秦王不許，申連哭七日，感動秦王，遂救楚。見《左傳·定公四年》。

④袁康《越絶書》卷一《越絶荆平王内傳》：「子胥遂行。至溧陽界中，見一女子擊絮於瀨水之中，子胥曰：『豈可得託食乎？』女子曰：『諾。』即發簞飯，清其壺漿而食之。子胥食已而去，謂女子曰：『掩爾壺漿，毋令之露。』女子曰：『諾。』子胥行五步，還顧女子，自縱於瀨水之中而死。」

余岸少廣易序①

岸少杜門著《易》，十年乃成。其書字數義理，古有棘下生②，不能難也。廼持以示人，讀者怪之。豈百書皆儒，惟《易》獨玄。尋常之人，驚説神鬼，未可繩墨耶？予聞岸少固窮，讀書終年，嘗無一日糧。家人欲强之入市，閉不應，曰：「視此百卷書，毋患不遇。」乃一日脱諸生籍，復鬱鬱東歸，不得志，謂天道何？昔者夫子筮命，得《易》之《旅》，悲而歎息。岸少今日，其《旅》之初六耶③？

夫《易》書之作，本于憂患。岸少《廣易》雖著自少時，顧今日則其道益進。孔子之《易》，非文王之《易》；文王之《易》，非伏羲之《易》。見者謂三聖各自爲書，其源流則一也。吕蒙誦《易》，得之沈醉；虞翻吞爻，見夢小吏④。稱曰奇異，猶强語耳。岸少之《易》，條徵古文，辭繇本志。伯祥深於經，稱其書必傳。夫講説日盛，經學乃絶。講説者，經學之反也。岸少言其反者，而絶者復傳。其意謂操是以行，愈於嘵嘵而求師，夜行而無燭也。

岸少之鄉多異人，鄧潛谷先生《易繹》尤著⑤，先生以孝廉老。岸少逃于孝廉，而亦抱《易》以名。豈《易》貴善藏歟？然吾觀岸少窮達無改志，出處無隱辭，用非一經。四門之長，公卿之師，皆其後生矣。

【箋注】

① 此序余日登《廣易傳》。余日登，字岸少，新城人。復社成員。同治《建昌府志》卷八：「余日登，字岸少，新城人。爲人嶄嶄不群，而好讀書，積書漢閣至千乘。崇禎庚午，舉於鄉。以文名，忤時忌，被放。諸大老如舒碣石、姜燕及、楊機部、徐勿齋，名流如張天如、楊維斗、陳卧子皆爲之惜，

勉以益鍊其才以需用。里中則黄元公、孔正叔、湯惕庵最契合。嘗夜半攜正叔手，數星辰，考占驗，慷慨唏歔，至於泣下。……所作詩，刻於杭州者五卷，《易解》如干卷，元公爲之序。《通史》若干卷，俱藏於家。」

②稷下生：戰國時，會聚於稷下的齊國學者的通稱。酈道元《水經注·淄水》：「鄭玄答云：『齊田氏時，善學者所會處也，齊人號之稷下生，無常人也。』」

③《周易·旅》：「初六，旅瑣瑣，斯其所取災。《象》曰：旅瑣瑣，志窮災也。」王弼注：「最處下極，寄旅不得所安，而爲斯賤之役，所取致災，志窮且困。」

④《三國志》卷五十七《吴書·虞翻》裴松之注引《虞翻别傳》：「翻初立《易》注，奏上曰：『臣聞六經之始，莫大陰陽……又臣郡吏陳桃夢臣與道士相遇，放髮披鹿裘，布《易》六爻，撓其三以飲臣，臣乞盡吞之。』」

⑤鄧元錫，字汝極，世稱潛谷先生，江西南城人。《明史》卷二百八十三《鄧元錫傳》：「已爲諸生，遊邑人羅汝芳門，又走吉安，學於諸先達。嘉靖三十四年舉於鄉，復從鄒守益、劉邦采、劉陽諸宿儒論學。後不復會試，杜門著述，踰三十年，《五經》皆有成書，閎深博奥，學者稱潛谷先生。……故生平博極群書，而要歸於六經。所著《五經繹》《函史》上下編、《皇明書》，並行於世。」上海圖書館編《綜録(二)子目》：「《易經繹》五卷，(明)鄧元錫撰，《五經繹》。」

蘭臺居士瘞田序〔一〕

【校記】

〔一〕本篇又見天一閣本《續集·别集》卷一。此處存目。

程楚石近業序①

楚石客豫章凡五月，然已更歲首，則兩年矣。近方别士業、左之、小星②、茂先諸子東歸③，出囊中二卷：一卷雜詩，皆登臨、飲酒、賦别、謝人之作；一卷制義，則其羈棲旅宿所私命爲日課也。

昔人言詩文二塗，高篇大册不通於微吟短詠。况時義速朽，體近訓詁，欲以詩家之心，强飾體貌，亦婦人冠側注耳④。楚石兩者皆工，其文清新夷妥，偏似其詩。然則摩詰（王維）畫中之詩，詩中之畫⑤，以今彷測，或有然也。楚石好與正人游，性情斐惻，見於文詞，宜南州贈别，留連不已，楚石歌「驪駒在門」⑥，士業諸子歌「客無歸」耳。

【箋注】

①此序程一礎近業。程一礎，字楚石。詳見《續集·别集》卷二《程楚石程墨選序》注。

②余正垣，字小星，南昌人。復社成員。吴山嘉《復社姓氏傳略》卷六：「余正垣，字小星。有《昔耶園集》。」吴山嘉《復社姓氏傳略》卷六《劉斯陛》：「時海内壇坫蔚興，斯陛與里中萬曰佳、陳宏緒、徐世溥、甘元鼎、李奇、鄧履古、余正垣狎主齊盟，四方名俊，莫不望走其門。」

③萬時華，字茂先，南昌人。復社成員。吴山嘉《復社姓氏傳略》卷六：「萬時華，字茂先。馬湖太守民命子。生而穎異，諸經子史無不歷覽成誦，冢宰李長庚官江西布政時，合十三郡能文者爲豫章社，於南昌首時華、萬曰佳、喻全禩。時華尤爲所推，工詩古文詞，負海内重名幾四十年。崇禎中，保舉守令詔下，布政使朱之臣薦於朝，應徵北上，抵維揚，輒病不起。有《溉園初二集》《園居》《田居》《東湖集》。又《詩經偶箋》習毛鄭者宗之。」《古今圖書集成·文學典》卷一一七：「萬時華，明江西南昌人，字茂先。少聰穎，諸經子史，無不歷覽成誦。性孝。以文名海内四十年，而不能得一第。學使侯峒曾稱爲真儒。有《溉園集》《詩經偶箋》。」

④側注：古冠名，一名高山冠。《史記·酈生陸賈列傳》：「使者對曰：『狀貌類大儒，衣儒衣，冠側注。』」裴駰集解：「徐廣曰：側注冠一名高山冠，齊王所服，以賜謁者。」

⑤語本蘇軾《書摩詰〈藍田烟雨圖〉》：「味摩詰之詩，詩中有畫。觀摩詰之畫，畫中有詩。」

⑥《大戴禮·客篇》：「驪駒在門，僕夫具存；驪駒在路，僕夫整駕。」

復讎篇序〔一〕

【校記】

〔一〕本篇又見天一閣本《續集·別集》卷一。此處存目。

王文肅課孫稿序〔一〕

【校記】

〔一〕本篇又見天一閣本《續集·別集》卷一。此處存目。

壽王敬之六十序①

鳳里多壽人長者，亦其風俗也。衣冠之士接廛而居，讀書登庠序，父子兄弟相師友。歲時伏臘，聚酒飲會，所言皆教孝弟。後生小子伏席聽，退而修，出則交相稱也。以予所聞，世而士凡若此者數家。其前輩耆壽當齊年，里中欲致鮮腆朋酒，輒匿不應，謂：「爾我皆樸貧，無用此煩禮。」獨敬之六十，群獻壽。蓋其子正文茂才意②，又不欲以幣帛酒食溷老人。所云致敬者，予與受先文字兩篇③，麟士詩數章，往五十里迎子常來〔一〕，登堂飲茗，雜以酒果，歡笑一日，使壽者側弁而舞，則足矣。

敬之年近高，顔色甚少。予與游且十年，亦不知其爲六十許人。同里能言其生平者，謂敬之善導引，能淡食，故行年老而不衰。又謂其虔事神佛像，自少迄今如一日。工書，即日書《法華》《華嚴經》每卷爲常度。里中天帝閣圮不葺，即獨經營，庀衆材新之。是非媚神求福者，顧其所爲，近永年矣。予謂是不足竟敬之。敬之存心厚，處家和，與人温恭有禮，善飲終日而無酒容，長晝理，工方術，時爲小兒醫。及四方友人相對坐，嘿不一名。其能此，殆以天全者。

正文率父之志，力學修古大業，爲當代名士。每引論義概，不難以書生抗强武，及左右大人則嬰兒也。敬之每歲入山采茶，正文佐以脯修，傾橐中金乃已。邑人嗜茶，争交敬之。迨與敬之交，即不能忘，以爲其人可親近，過於所嗜。敬之固落落，乃小物能名若此。要觀其父子行事，知天之所益，不徒以年。麟士欲志鳳里，引予言，記德瑞，必自其親戚始矣。

【校記】

〔一〕「往」，原作「住」，據文義改。

【繫年】　據張采《知畏堂文存》卷四《王敬之壽序》「歲乙亥春，老友王敬之年六十，同儕上壽」，可知本文作於崇禎八年（一六三五）春。

【箋注】

①　此爲老友王宗文六十壽辰而作。王宗文，字敬之，邑庠生，懷寧人。民國《懷寧縣志》卷十九：「王宗文，字敬之，邑庠生。顔素倡道安慶，宗文首入其門，爲高弟。嘗謂：『大道直於路，事事不外於性，即事可以見性；物物不離於道，因物可以見道。若離事物，不見性道。』」

②　王正文，王宗文子。生平待考。

③　文字兩篇：即張溥此篇與張采《知畏堂文存》卷四《王敬之壽序》。

樊淡叟程士稿序①

郡邑童子之試於有司，以吴言之，其數萬也。文則再倍，其數又萬也。淡叟涉三日而奇者畢遇，擇其尤，月數試焉，品論高下。諸童子幸聞未聞，退而私喜，謂：「技止矣。」使先生爲之必有異，然不敢請。

一日，先生高座，呼童子來前，出文一卷，令童子縱觀之。諸童子歡呼走視，題各爲篇，篇每生義，皆淡叟筆也。淡叟指誠告天，率意采拔。大半漏屋饑餓之士，多讀書無生産者。夫睽睽萬目，欲以一人相攝，其事誠難；拔數十人於萬人之中，亦云勞苦。廼先生一卷文出，諸童子遂不敢以雄名。豈太山之山，黄河之河，流壤盡矣，復何所云？抑淡叟愛士，善教誨引達，將納諸子於軌物，固不能無言也。

淡叟少與譚友夏兄弟領詩文宗長②，群籍性命無不深貫。時義小道，亦子瞻所云：「文人之奇，生於不得已。」③然先生發策，小子循牆，欲觀先進，源流已備。昔朱邑循良，張敞勸以薦士④；焦贛治蒙〔一〕，其土風貧而好學⑤。試量吴俗於西漢，淡叟亦今之朱、焦也。

【校記】

〔一〕「焦贛」，原作「焦貢」，據《漢書·京房傳》改。

【繫年】

據前後文作時，此文蓋作於崇禎七年至八年（一六三四—一六三五）間。

【箋注】

① 此序樊淡叟時文稿。樊淡叟，應爲樊寅。周之夔《棄草詩集》卷三《題松石圖贈樊澹叟寅兄》：「種石欲成林，種松欲參天。珣玗抱骨發素燄，江珠珥節生紫烟。樊君徵予寫松腕，先以篆隸作枝幹。倏忽五粒在練光，龍麟鳳羽蒼凌亂。亭亭獨似丈夫心，霜雪飽吐海潮音。移來雲根助氣勢，正視如立岨峽陰。射于奇木不盈尺，天上白榆栽月魄。與爾煮石飡松脂，九轉還丹惟一畫。」

② 譚元春，字友夏，竟陵人。復社成員。竟陵派主要作家。吴山嘉《復社姓氏傳略》卷八：「譚元

春，字友夏。父早逝，事母魏孝。有弟元禮、元聲、元方、元暉、元亮，皆嚴督之成立。弱冠與鍾惺評選唐人之詩，爲《唐詩歸》；又選隋以前詩爲《古詩歸》，天下翕然宗之，謂之竟陵體。天啓丁卯，元春舉鄉試第一。再上公車，没於旅店。有《簡遠堂集》。」

③語見蘇軾《蘇軾文集》卷五十二《答黄魯直五首其二》：「凡人文字，當務使平和，至足之餘，溢爲怪奇，蓋出於不得已也。」

④《漢書》卷八十《循吏傳·朱邑》：「爲人淳厚，篤於故舊，然性公正，不可交以私。天子器之，朝廷敬焉。是時張敞爲膠東相，與邑書曰：『明主游心太古，廣延茂士，此誠忠臣竭思之時也。直敞遠守劇郡，馭於繩墨，匈臆約結，固亡奇也。雖有，亦安所施？足下以清明之德，掌周稷之業，猶飢者甘糟糠，穰歲餘粱肉。何則？有亡之勢異也。昔陳平雖賢，須魏倩而後進；韓信雖奇，賴蕭公而後信。故事各達其時之英俊，若必伊尹、吕望而後薦之，則此人不因足下而進矣。』邑感敞言，貢薦賢士大夫，多得其助者。」

⑤《漢書》卷七十五《京房傳》：「延壽字贛。贛貧賤，以好學得幸梁王，王共其資用，令極意學。既成，爲郡史，察舉補小黄令。以候司先知姦邪，盜賊不得發。愛養吏民，化行縣中。」

壽冏卿陸太和先生七袠序①

甲戌八月之五日，冏卿陸太和先生以七十生辰，里中爲之上壽。時先生尊大人静原先生年高九十有八②，偃仰家庭，健履善飯，先生起居飲食惟謹。於是賀先生者聚族謀曰：「先生功在王國，德被生民。先生之壽，信矣。推而上之，静翁其本原也。今將獻辭，以何者爲端？」某應之曰：「稱壽之義，原於五倫，五倫之大，父子爲先。太和先生入事静翁，有子道焉；退總家政，諸子群孫左右侍，有父道焉。父子之行，兼於一身，執是以壽先生，天下之壽，其誰加諸？」父母之生子也，必欲其長，長欲其壯，能拜跪則欲其識方名，能識方名則欲其讀書成人，以有事於四方。是以日月之流，憂在疾病；顯名之後，願其壽考。父母之於子，望其全而歸者，無窮期也。世之謀悦其親者，或以爵位，或以聲名，求其抱盛德，享大年，以隆所生者，百無一二，又烏所睹大孝乎？

先生筮仕爲令，令且劇邑，難繩切。先生以廉仁摩治之，六年而風俗大化，士無妖服，民無破業。及今二十餘年，其邑歌思不衰。既以治行第一，官御史，直聲震動公卿間。時大璫執衡逆逞，欲鋤盡海内正人，鉤黨之禍，吴楚尤毒。先生持斧按楚，務在洗除安全。楊忠烈公闔門累繫，考竟所坐臟物③，當事者欲因以剿絶其後。先生出鍰金代輸④，且時贈遺太夫人及群子，使無苦。既畢使命，入朝。黔亂不靖，舉朝高公之節，謂：「此非公莫理也。」於是，公復莅黔，踰年乃平。

夫盤錯之地，萬里之行，爲人臣者載命而出，不遑夙夜，固其分也。若以家庭言之，白首在堂，勉以私愛，不無戀戀。靜原先生獨勖先生以義，謂：「若勤王事，毋念老人。」繇是先生安其馳驅，不病内顧。已而御史秩滿，晉官。冏卿先生念靜翁甚，請歸省視。家居良久，奉靜翁升眺最歡。中朝以程期敦趨，先生不得已而後行。一伏謁即告歸，都中諸士大夫送之東門曰：「居家有三年之淹，在朝無一日之留，何公行之亟也？」相率誦先生爲孝。先生歸見靜翁，抱持如平日。長君子就，次君子堅，深文義，醇行履，以娱樂其間。某之大兄備在子婿⑤，時侍顔色。一堂之中，方袍白髮，愉愉如也。然靜翁年及期頤，行不持杖；先生當養學之歲⑥，容貌如少壯時。道義内充，而行年向遠，先生之答親者至矣。

中翰吴公惕庵⑦，先生之姻家，欲壽先生而問言於某。惟某亦莫能名先生之德一，爲稱其本原。若欲圖先生父子形象，與賓從子姓之盛，上尊舉酒之樂，以名於世之縉紳賢豪長者，則兩漢二疏故事爲最質矣⑧。

【繫年】

據文中「甲戌八月之五日，冏卿陸太和先生以七十生辰」等語，可知此文作於崇禎七年（一六三四）。

【箋注】

① 此爲太僕寺卿陸獻明七十壽辰而作。陸獻明，字君謨，號太和，太倉人。詳見《初集》卷三《龍壺

稿序》注。

②陸静原，陸獻明父。生平待考。

③楊漣，字文孺，號大洪，應山人。萬曆三十五年進士。官至左副都御史。天啓四年，與趙南星、左光斗、魏大中等激揚諷議，上疏劾魏忠賢二十四大罪。次年，遭魏忠賢黨羽誣陷，坐贜二萬，酷法拷訊，斃於獄中。生平詳見《明史》卷二百四十四本傳。

④嘉慶《直隸太倉州志》卷二十七《陸獻明》：「時魏忠賢方熾，楊漣瘐死詔獄，復捏贜三萬，行撫按嚴追。獻明捐俸及全省贖鍰代完之。」

⑤大兄：即張溥長兄張質先，爲陸獻明婿。《合集·近稿》卷六《先考虚宇府君行狀》：「長質先，葉出，崑山邑庠生，娶崑山廣昌令朱公應麟女，繼娶太僕卿陸公獻明女。」

⑥養學之歲：七十歲。《禮記·王制》：「五十養於鄉，六十養於國，七十養於學，達於諸侯。」

⑦吴惕庵，待考。沈壽民《姑山遺集》卷二十六《與吴孟修》：「天惠吾惕庵，今于是月十一歸土矣。雖諸公協力成之，弟奔走控愬，過里不入，義實難得。所可訝者，惕庵知交遍海内，始而護其遺孤，既而襄其窀穸，乃在平生未曾識面之沈相甫、姚六康。弟辱生死交，念之真媿恨媿恨！」

⑧二疏：即漢宣帝時名臣疏廣與兄子疏受。疏廣爲太傅，疏受爲少傅，同時以年老乞致仕，時人賢之。見《漢書》卷七十一《疏廣疏受傳》。

七録齋文集近稿卷之二

婁東　張溥西銘　著
同里　張采受先　選
金沙　周鍾介生　閲

兩漢文選序〔一〕

【校記】

〔一〕本篇又見天一閣本《續集·别集》卷一。此處存目。

禮樂合編序〔一〕

【校記】

〔一〕本篇又見天一閣本《續集·别集》卷一。此處存目。

五經註疏大全合纂序〔一〕①

經學之不明，講説害之也②。予心惻焉，意欲廢講説而專存經解。竊取古今書目考之，以經爲一類，按其書名，或存或亡，次第采購。又遍覽史乘，旁及百家與名人藏集，其中有一言合經者剟取簡首，久而成卷。私先命名，分爲三集：自周迄唐曰《古解》，宋元曰《通解》，今則曰《國朝經解》。

自周迄唐者，有見必書，有言必存。蓋古人説經，源流尚近，文旨並深，得其一言，如寶元龜。即或解異時王，初指自在，所謂「過而廢之，寧過而立之」③。予識焉而已，不敢忽也。宋元諸儒解經最詳，然稍錯出矣。師門相因，語言不休，複説枝譚，往往而有，不得不少辨得失，鄭重去取。本朝專以經學取士，流爲科舉，其學遂荒，縉紳儒林絶口不吟。然訪之著作之家，山澤之中，巖廊之上，亦有其人。或《五經》彬彬，一人兼之；或竟其生平，止專一家。大都便制舉者必陋，務明經者必深。采其最長，著之曰《國朝經解》，亦以見明興有人，經學未絶也。

三集既陳，是非備見。然後探賾遠近，通懷彼我，私出擬議，爲《易》《書》《詩》《春秋》《三禮》《孝經》通論，以寓己志，庶幾微言獲明，前人不泯。然才識庸短，家無藏書，即終歲經營，度非二十年之力不就，白首可期，成書無日，又自悼懼，不遑寢食。因念《註疏》《大全》二書久懸學宫，庋而不觀，目前之憂，同心所歎。迺先合以論次，冀其通傳。

夫註傳之學盛于漢，疏義之學盛于唐。南宋以後，道學盛興，註疏稍屈。然觀魏鶴山

《九經要義》④，專明註疏之學，知其説未嘗或止也。成祖命諸臣集《四書五經大全》以訓天下，而《十三經註疏》復整櫛懸設⑤。蓋不讀《註疏》，無以知經學之淵源〔二〕；不讀《大全》，無以正經義之紕繆。兩者若五官並列，不容偏廢。成弘以來，學者尊尚《大全》，兼通《註疏》，事分主輔，流遂放失，荏苒日月，《註疏》等爲閒書〔三〕。久而講説滋煩，人便剽記淪棄，《大全》亦復不論。是故道隆而隆，道污而污。二書在今，盛則偕存，衰則偕亡，其勢然也〔四〕。然二書難讀，亦復有端：註傳設義，多與今殊；疏辭反覆，煩而不殺。學者若無斷割，遂甘閉目。《大全》尊注爲本，取途即狹；講諺雜張，義旨反隱。以好便之人心，當難讀之兩逕，雖策以功令，救敲不給，寖久淹曠〔五〕，能不悲乎？

予既傷經學之不能遽明，又恐二書日遠而弗彰也。爲去其重複〔六〕，標以異同，使讀者耳目清明，知所指嚮。夫適路者先問關梁，入室者先歷門庭，《註疏》《大全》，亦《五經》之關梁、門庭也。鹿城李爾公可衛，世家子，好學尚經術，見予所纂，請版行之。予廼歸以删本，任流廣焉〔七〕。

【校記】

〔一〕本篇又見哈佛大學漢和圖書館藏崇禎七年刻本《五經註疏大全合纂》（以下簡稱「《五經註疏大全合纂》本」）張溥序。

〔二〕「淵源」，原作「淵流」，據《五經註疏大全合纂》本改。

〔三〕「事分主輔，流遂放失，荏苒日月，註疏」，原脱，據《五經註疏大全合纂》本補。

〔四〕「勢」，原作「埶」，據《五經註疏大全合纂》本改。

〔五〕「寖久」，原作「寢久」，據《五經註疏大全合纂》本改。

〔六〕「重複」，原作「重復」，據《五經註疏大全合纂》本改。

〔七〕《五經註疏大全合纂》末署「崇禎甲戌冬日太倉張溥序」。

【繫年】

據哈佛大學漢和圖書館藏崇禎七年刻本《五經註疏大全合纂》序末署時，可知此文作於崇禎七年（一六三四）冬。

【箋注】

① 此序《五經註疏大全合纂》。《五經註疏大全合纂》，張溥纂，有吴門寶瀚樓刊本。乃針對《五經大全》之不足所作。《明會要》卷二十六《學校下》云：「（永樂）十五年四月丁巳，頒《五經》《四書》《性理》大全於兩京、六部、國子監及天下府、州、縣學。諭禮部曰：『此書，學者之根本，聖賢精藴，悉具於是。其以朕意曉天下學者，令盡心講明，無徒視爲具文也。』於是古注疏遂不復用。」聖意指示下的《五經大全》《四書大全》《性理大全》改變了明代儒學的基本趨向，使明代儒學偏於程朱義理，南懷瑾先生指出：此種導向「使朱明一代的儒學，偏向專注於性理的探討，推極崇

高而不博大了」(《原本大學微言》)。同時由於《四書五經大全》倉促成書，抄襲過多，已爲晚明學者所詬。顧炎武《日知録》卷十八「四書五經大全」條批評道：「當日儒臣奉旨修《四書五經大全》，……所費國家者不知凡幾。將謂此書既成，可以章一代教學之功，啓百世儒林之緒。而僅取已成之書，鈔謄一過，上欺朝廷，下誑士子。……嗚呼！經學之廢，實自此始。」有鑒于此，張溥遂以《註疏》與《大全》合纂，「參伍諸家之注疏，而通其得失」，强調綜觀，表現出欲貫通漢學與宋學的博綜的學術旨趣。《五經註疏大全合纂》，已刊《易經註疏大全合纂》六十四卷首一卷《周易繫辭註疏大全合纂》四卷，《書經註疏大全合纂》五十九卷，《詩經註疏大全合纂》三十四卷。《禮記註疏大全合纂》《春秋註疏大全合纂》二書著録見於《正雅堂古今書目》，然於書名下均標「嗣出」二字，蓋未出版。

② 《合集·近稿》卷一《余岸少廣易序》：「夫講説日盛，經學乃絶。講説者，經學之反也。」

③ 語見《漢書》卷三十六《劉歆傳》：「與其過而廢之也，寧過而立之。」

④ 《宋史》卷四百三十七《魏了翁傳》：「魏了翁，字華父，邛州蒲江人。年數歲從諸兄入學，儼如成人。少長，英悟絶出，日誦千餘言，過目不再覽，鄉里稱爲神童。年十五，著《韓愈論》，抑揚頓挫，有作者風。慶元五年，登進士第。……乃著《九經要義》百卷，訂定精密，先儒所未有。」

⑤ 《明史》卷七十《選舉志》：「永樂間，頒《四書五經大全》，廢註疏不用。」

無近弟稿序〔一〕

【校記】

〔一〕本篇又見天一閣本《續集·别集》卷一。此處存目。

姚宫端沆瀣集序〔一〕

【校記】

〔一〕本篇又見天一閣本《續集·别集》卷一。此處存目。

題邵氏墓圖〔一〕

【校記】

〔一〕本篇又見天一閣本《續集·别集》卷一。此處存目。

何玄子易詁序〔一〕

【校記】

〔一〕本篇又見天一閣本《續集·别集》卷一。此處存目。

陳大士古文稿序[一]

【校記】

[一]本篇又見天一閣本《續集·別集》卷一。此處存目。

義士葛成像贊[一]

【校記】

[一]本篇又見天一閣本《續集·別集》卷一。此處存目。

俞太母八十壽序[一]

【校記】

[一]本篇又見天一閣本《續集·別集》卷一。此處存目。

全邑侯政紀序[一]

【校記】

[一]本篇又見天一閣本《續集·別集》卷一。此處存目。

壽錢叔𢦏年伯五十序〔一〕

【校記】

〔一〕本篇又見天一閣本《續集·別集》卷一。此處存目。

茶庵小引〔一〕

【校記】

〔一〕本篇又見天一閣本《續集·別集》卷一。此處存目。

祝尊光稿序〔一〕

【校記】

〔一〕本篇又見天一閣本《續集·別集》卷一。此處存目。

壽周年伯母九十序〔一〕

【校記】

〔一〕本篇又見天一閣本《續集·別集》卷一。此處存目。

賀黎博庵生日序[一]

【校記】

[一]本篇又見天一閣本《續集·别集》卷一。此處存目。

葉必泰稿序[一]

【校記】

[一]本篇又見天一閣本《續集·别集》卷一。此處存目。

壽吴年伯母湯太夫人序[一]

【校記】

[一]本篇又見天一閣本《續集·别集》卷二。此處存目。

周其章稿序[一]

【校記】

[一]本篇又見天一閣本《續集·别集》卷二。此處存目。

程楚石程墨選序〔一〕

【校記】

〔一〕本篇又見天一閣本《續集·別集》卷二。此處存目。

孫大宣稿序〔一〕

【校記】

〔一〕本篇又見天一閣本《續集·別集》卷二。此處存目。

題黄石齋先生贈徐振之詩〔一〕

【校記】

〔一〕本篇又見天一閣本《續集·別集》卷二。此處存目。

癸酉行卷定本〔一〕

【校記】

〔一〕本篇又見天一閣本《續集·別集》卷二。此處存目。

趙我完稿序〔一〕

【校記】

〔一〕本篇又見天一閣本《續集·別集》卷二。此處存目。

壽李母沈太君五十序〔一〕

【校記】

〔一〕本篇原題作「壽李母沈大君五十序」，「大」應作「太」。本篇又見天一閣本《續集·別集》卷二。此處存目。

龔母吴孺人節孝略〔一〕

【校記】

〔一〕本篇又見天一閣本《續集·別集》卷二。此處存目。

七録齋文集近稿卷之三

婁東 張溥西銘 著
同里 張采受先 選
金沙 周鍾介生 閲

甫里三節母合傳〔一〕

【校記】

〔一〕本篇又見天一閣本《續集·别集》卷一。此處存目。

張露生師稿序〔一〕

【校記】

〔一〕本篇原題作「張露生師稿」，據目録改。本篇又見天一閣本《續集·别集》卷二。此處存目。

壽顧筭庵先生七衮序①

瑞屏先生初讀書中秘時②，筭翁先生已宦成歸田，爲山林遊矣。翁年六十，同里争獻言稱壽，推鄉先生祭酒。又十年，爲今七十，瑞屏先生年亦五十，於是上壽者致賀兩先生，且謂笋翁生日以八月，瑞翁生日以九月，喬高梓卑，後先相次，日月可觀也。

溥生也晚，又不文，甚愧無所推增明德，竊以兩先生行事觀之。笋翁令元城時，採使四出，盜因爲姦利。翁佯言勘封禁止，捕治其黨。採使慚懼，夜返會城，不敢復言開礦。藩璫私飾鹵簿，鬻鹽境上。公呼健卒伺之，獲一僞校尉，迺服。而瑞翁爲太學生時，即著奇節，上書宰相，明劉文貞之忠，及典試八閩策士之簡，痛誅寺人，遂犯難不惜也。

笋翁本名孝廉，歲路甚强，以母氏未封，勉就選人，授縣令。瑞翁官宮局大僚，天下延領入相，佐太平。迺悲弟短亡，不欲獨身離膝前，遂請侍養兩大人終身。笋翁不樂世情，慕元顧仲瑛③，有飄然之志。瑞翁目營四海而性尚夷素，十畝之間，桑者閑閑，其所安也。笋翁結茆鄧尉，將隱矣，獨急人不少後。瑞翁則衣食故人，爲計家室兒女，脱人患厄不與言，獨陰行之，無惰容。笋翁雖卧山中，憂念當世，嘗不寐。瑞翁聚書萬卷，寢食其間，不與外人通言。及授論古今利害大故，則感動出聲氣。凡此數者，雖不足概兩先生，然繇此推之，作述之際，大略見矣。間考東漢大儒，伏司徒名於濟南而父理爲之前④，桓先生顯於沛國而子郁爲之後⑤，斐然儒林，莫有並者。以今兩先生視之，一堂唱答，文孫式焉。所謂道德之榮觀，又何讓哉？

雖然，人子之壽親先言家，大臣之壽親先言國。往者，奴酋發難，瑞翁尚未第，欲叩闕下，請繫單于。既第，則潛出畿南，渡滹沱，將鼓二三義士往矚奴。當己巳之變，則捐私財招致奇材劍客，思扼關隘，盡殲奴而還兵，皆以變靖中止。先生之志，豈一日忘朝廷哉！迺今優游奉養，以身待時，而不脂車命僕者，蓋將大有所爲，以報天子也。釋《詩》者不云乎：《采菽》之「萬福攸同」⑥，《魚藻》所答也⑦；《鴛鴦》之「萬年遐福」⑧，《桑扈》所答也⑨。上之享下者有禮，下之祝上者無窮。期原先生壽親之恩，廣其祝君之愛，時和人序，禮教脩明，固其願也。徒以文章贊國爲言者，非君子所大矣。

【繫年】

據顧天叙生卒年，兼據《王時敏集》卷十四《題山中宰相圖爲顧笋翁年伯壽甲申中秋》「玆逢大耋」等語，可知此文作於崇禎七年（一六三四）。

【箋注】

①此爲顧天叙七十壽辰而作。顧天叙，字禮初，初號笋洲，崑山人。道光《崑新兩縣志》卷二十四：「顧天叙，字禮初，允元子。萬曆戊子領鄉薦，授鉛山知縣。時礦使方張，群盜假其威縱暴山谷。天叙擒四十餘人，置之法。其俗嫁女，費不貲，貧者多不舉，爲之正婚姻禮，自是育女皆生。夏歸，服闋，補元城。元城多鹽梟，倚潞藩張其勢。天叙嚴市禁，私販遂絶。魏地僧多不法，郡守欲盡逐之，大譁。天叙以僧與編户等立保甲連坐法，僧遂不得爲奸。調嘉魚縣，以子錫疇貴，自免

歸。結廬鄧尉山，先塋之側，構得閒亭，又作半九軒以自勵，足不入城市者垂三十年。生平所許金石交，如王安鼎死孝、歸子慕死介、張振德死忠，言及輒掩泣。及兩都淪亡，趣子赴閩，絶粒七日死，時年八十有一。」

②顧錫疇，字九疇，號瑞屏，崑山人。顧天叙子。朱彝尊《静志居詩話》卷十七：「顧錫疇，字九疇，崑山人。萬曆己未進士，改庶吉士，授檢討。天啓中削籍，崇禎初以原官起用，歷贊善、諭德，掌司經局，遷國子祭酒，假歸，補少詹事，起禮部左侍郎，升尚書。有《握日草》。」生平詳見《明史》卷二百十六本傳。

③《明史》卷二百八十五《顧德輝傳》：「顧德輝，字仲瑛，崑山人。家世素封，輕財結客，豪宕自喜。年三十，始折節讀書，購古書、名畫、彝鼎、秘翫，築别業於茜涇西，曰玉山佳處，晨夕與客置酒賦詩其中。四方文學士河東張翥、會稽楊維楨、天台柯九思、永嘉李孝光，方外士張雨、于彦、成琦、元璞輩，咸主其家。園池亭榭之盛，圖史之富暨餼館聲伎，並冠絶一時。」

④《後漢書》卷二十六《伏湛傳》：「伏湛，字惠公，琅邪東武人也。九世祖勝，字子賤，所謂濟南伏生者也。湛高祖父孺，武帝時，客授東武，因家焉。父理，爲當世名儒，以詩授成帝，爲高密太傅，别自名學。湛性孝友，少傳父業，教授數百人。成帝時，以父任爲博士弟子。……建武三年，遂代鄧禹爲大司徒，封陽都侯。」

⑤《後漢書》卷三十七《桓榮傳》：「桓榮，字春卿，沛郡龍亢人也。少學長安，習《歐陽尚書》，事博

士九江朱普。貧窶無資，常客傭以自給，精力不倦，十五年不窺家園。……建武十九年，年六十餘，始辟大司徒府。時顯宗始立爲皇太子，選求明經，乃擢榮弟子豫章何湯爲虎賁中郎將，以《尚書》授太子。世祖從容問湯本師爲誰，湯對曰：『事沛國桓榮。』帝即召榮，令説《尚書》，甚善之。……郁，字仲恩，少以父任爲郎。敦厚篤學，傳父業，以《尚書》教授，門徒常數百人。……初，榮受朱普學章句四十萬言，浮辭繁長，多過其實。及榮入授顯宗，減爲二十三萬言。郁復删省定成十二萬言。由是有《桓君大小太常章句》。」

⑥語見《詩·小雅·采菽》：「維柞之枝，其葉蓬蓬。樂只君子，殿天子之邦。樂只君子，萬福攸同。平平左右，亦是率從。」

⑦《詩·小雅·魚藻》：「魚在在藻，有頒其首。王在在鎬，豈樂飲酒。」

⑧語見《詩·小雅·鴛鴦》：「鴛鴦在梁，戢其左翼。君子萬年，宜其遐福。」

⑨《詩·小雅·桑扈》：「交交桑扈，有鶯其羽。君子樂胥，受天之祜。交交桑扈，有鶯其領。君子樂胥，萬邦之屏。」

雪盟詩題語[一]

【校記】

[一] 本篇又見天一閣本《續集·別集》卷二，題作「雪盟詩題辭」。此處存目。

皇明詩經文徵序〔一〕

【校記】

〔一〕本篇又見天一閣本《續集·別集》卷二。此處存目。

唐元景稿序〔一〕

【校記】

〔一〕本篇又見天一閣本《續集·別集》卷二。此處存目。

錢行安稿題語〔一〕

【校記】

〔一〕目録原題作「錢几安稿題語」，據正文改。本篇又見天一閣本《續集·別集》卷二。此處存目。

壽程瀛臺六十序〔一〕

【校記】

〔一〕目録原題作「壽程羸臺六十序」，據正文改。本篇又見天一閣本《續集·別集》卷二，題作「壽程瀛臺六十序」。此處存目。

三蔡稿題辭〔一〕

【校記】

〔一〕目録原題作「三葵稿題辭」，據正文改。本篇又見天一閣本《續集·别集》卷一，「題辭」作「序」。此處存目。

書俞良策事〔一〕

【校記】

〔一〕本篇又見天一閣本《續集·别集》卷二。此處存目。

壽童母八十序①

潤吾善聚書，以剞劂之良，游于余與介生之門。既而同社無不習也，交口稱爲長者。今之夏，頓首於余者再。余徵其指，曰：「有母年八十，居于浙。向以客遊，今方歸上壽，不可無所獻。」余感之，欲爲賦詩。潤吾曰：「母年高，多行義，詩固志也。」敢言其概，則曰：「少而食貧，老而自力。丈夫之出也爲居守，男子各有事于四方也。治田藝麻，畢歲以爲常。」余曰：「止矣。是可以壽母矣。畎畝之子，本於力穡；士人之母，貴其知禮。子之業在四民之間，子之母代子而視於家以成子，其名當出閭巷之外。語曰『力田不如逢年』②，惟子有之。且以康而母，誰曰不然？」

【箋注】

① 此爲童潤吾母八十壽辰而作。童潤吾從學於張溥與周鍾，曾刻印張溥《七録齋初集》，生平不詳。據本文「潤吾善聚書，以剞劂之良，游于余與介生之門」，可知其善於聚書，長於刻書。

② 語見《史記》卷一百二十五《佞幸列傳》：「諺曰：『力田不如逢年，善仕不如遇合。』」

同言序①

麟士叙《同言》，深言同人之道，大在四海。又斤斤其辭，以道廣多取爲戒。甚矣！顧子之善言「同」也。《同言》者，吴無念、沈因生所刻。因生，苕溪人。無念，虞山人。兩邑山水環秀，相距不五百里，其中能文之士林立，二子聚其尤者，斂文相通。又無念爲子常内兄弟之子，時讀書苕溪。因生受經子常，亦輒過虞山，是以二子最相得，能從子常之教，又能以其教誦言於人。

子常之教人也，其色和，其氣降，與人論經義，終日夜不休，使人明而後止。門弟子有過則面正之，退而見人則稱其美。聞其貧困詘落，則憂見顔色；或懼禍患，必身拔之。至誠惻隱，久而彌篤。

二子能同，子常復推其同以及人，四海之大，無不屆也，又何方五百里之内乎？夫言「同」者，從其同，又從其重。《大易》之言「同」者，同人也②；言「重」者，君子也。二子以子常、麟士爲君子，余將書《同人》之初爻歸之矣③。

【箋注】

① 此序吴世培、沈祖孝《同言》。吴世培，字無念，蘇州人。楊彝内弟之子，從楊彝學。復社成員。吴山嘉《復社姓氏傳略》卷二：「吴世培，字無念，蘇州人。」沈祖孝，原名果，字因生，歸安人。光緒《歸安縣志》卷四十一：「沈祖孝原名果，字因生，晚號雪溪，又號雪巢，歸安人。孝子之章孫。少以詩酒豪其鄉，壯游四方，慕郭林宗、范孟博之爲人，而家徒四壁。又不肯浮沈取容，人多怪之。甲申後，奉母逃之松陵，與吴宗濳、范仁風輩結驚隱社，嘯歌淬礪，士之高蹈而能文者胥集焉。晚年賣卜烏戍，自署曰：『於人只依孝弟，下簾仍事詩書。』」

② 《周易·同人》：「同人于野，亨。利涉大川，利君子貞。《象》曰：同人，柔得位、得中而應乎乾，曰同人。」

③ 《周易·同人》：「初九，同人于門，無咎。《象》曰：出門同人，又誰咎也！」

重建城隍廟殿疏①

東嶽行宫之改爲今廟也，始于弘治之庚戌，距兹歲甲戌，殆百四十有餘年。百四十有餘年之間，邦人鼓舞，揭材木，豐醴牢，日奔走其下。初建之日，殿設弗葺，封家大姓各以貲助成。久之，其制益廣，視群神之廟，最號崇峻。一旦不戒，火發殿中，燔神貌象，時歲正月之三日也。

一邦震驚，實懼禍咎，不知所來，間以《春秋》之義考之。神明之居，大于御廪；境内之觀，重于亳社。炎上弗戢，其義甚深。廼劉大夫則引十二事自責曰②：「維神之不寧，維年歲之不順成，維五穀之不登，予則有咎；維民之無衣而不能爲衣，維民之無食而不能爲食，維民苦賦税、繁力役而不能代爲之請，維民好鬥樂訟而不能教以不争；善人之在野者，其或有未聞；豪大而自爲者，其或有不察。罪皆在予，不可以無罰。」大夫既痛自咎，復書之廟門，觀者流涕歎息。

大夫，粤東人，名士斗，辛未進士。涖婁者三年，其治行自建婁以來未有也。廼未踰月，大夫以他事行矣。邑之父老子弟叫呼走趨，負石塞門，擁大夫不使前。當事者感百姓惻怛，交章請留。婁人踴躍如更生，日望大夫且來，而復不果。始欷歔各言其傷，知災變之繇，以大夫故也。大夫之治婁，職猶神也。大夫在官，則神受其和；大夫將行，則神職其憂。喜氣之發，溢爲禎祥；憂氣之出，見爲沴異。火之烈烈，又曷怪歟？

董子、劉更生，漢之大儒，説《春秋》災異謂：「定哀之間火災屢見，咎在不用有德。」③以意推之，亦其類也。雖然，邦之所依，惟大夫與神，斯民蚤夜欲寧神之居，其猶望大夫之來也。召故老而謀築之，視財與力所各自有者而悉索以出，斯亦大夫未成之志也，又烏可不亟歟？

【繫年】

據文中「距兹歲甲戌，殆百四十有餘年」等語，可知此文作於崇禎七年（一六三四）。

【箋注】

① 此爲重建城隍廟殿作。吴偉業《重修太倉州城隍廟碑記》：「太倉之爲州也，在弘治九年，而廟始於二年。其未爲州也，則爲崑山州城隍祠。……歲在甲戌，爲崇禎七年，廟之正殿災，民用震動弗寧。爰因舊址，是荒是度，棲主之壇，妥像之室，斧而不斲，堊而不華，浸尋乎故觀矣。刺史昌平陳公來涖是邦，每有事於神，黍稷馨香，靈貺昭格。而以重霤之下，反宇不立，中唐之内，甓甋未周，體薦牲牢，升歌象舞，皆雜沓乎軒楹欄楯之内，以更衣則無其署，以登降則無其階，甚非所以肅恭將事、虔奉神明之意也。於是闢殿之南楹，創爲前軒，高其宗廇，廣其階除，而丹青塗塈之華，深桷垣墉之美，始焕然其畢備。道士金某實董其役，乃進而請偉業曰：『是不可無記。且廟

墺以公占復除，未有刻文，願并勒諸碑。』偉業再拜稽首，爲之記。」可參。

② 劉士斗，字瞻甫，號映薇，南海人。張溥同年。《明史》卷二百九十五《忠烈七》：「劉士斗，字瞻甫，南海人。崇禎四年進士。知太倉州，有政聲。忤上官，中計典，謫江西按察司知事，擢成都推官。十六年，御史劉之勃薦爲建昌兵備僉事。明年八月，賊將入境，之勃促之行。士斗曰：『安危生死與公共，復何往。』城陷被執，見之勃與張獻忠語，大呼曰：『此賊也，公不可少屈！』獻忠怒，命捽以上，士斗又返顧之勃，語如前，遂闔門被殺。」

③《漢書》卷五十六《董仲舒傳》：「臣謹案《春秋》之中，視前世已行之事，以觀天人相與之際，甚可畏也。國家將有失道之敗，而天乃先出災害以譴告之，不知自省，又出怪異以警懼之，尚不知變，而傷敗乃至。」

黄節母陸太君紀略①

洞庭陸翁鍊山有女，歸於潛令黄公子熙甫，即今節母也。熙甫，清白吏子，少有儁才，爲邑諸生，名聲甚高。闔閭城雖大，以方幅言之，鮮其等輩。廼以數試報罷，恚且疾，遂不起。時節母年僅二十有八，泣請從死，舅姑止之。舅姑年皆老，不任家政。壯子夭，益不歡，謂節母曰：「若朝死，則兩老人以夕亡。」母重遠其指。又時有二子，長曰長文，次曰儀玄，皆在繈褓中。設母不忍死周旋，此呱呱者殆矣。是故母數欲死而不死，蓋有爲也。

於潛公性好客，暮年家居，擊鮮治酒，召客不怠。節母知舅志，脱簪珥佐之，無闕供。兩子出就外傅，受母櫛束惟謹。今雖成名，稱賢豪乎，日侍飲食，奉經書於堂上，如嬰兒時。夫事親貴順，教子貴嚴，惟顔色之不和而憂親以秕糠，惟乳養是亟而厥子少長以游敖，此《詩》《書》所以悲棘心②、傷里婦也。

有母而吴人以風，於是友於長文兄弟者，當母年五十則壽，又十年，爲六十則壽。母之壽日益，其爲壽母者如一辭。聞之洞庭東山人言：「陸翁鍊山婦葉生節母時，有異徵，誕以八月之望，牡丹再藹③。」同里諸長者謂貞母之榮家，猶是卉之秋華，各系以頌。然葉氏漸衰微，陸鍊山亡，無以資之。節母館其姑姊妹之貧而老者，父母之族有喪不能舉者，代舉之。母非獨爲黄氏振家聲，大似續也，二黨亦交賴焉。

長文、儀玄屬予爲紀，予愧不足以傳母。紀其大略，賦四言四章，章各四句，以附子政贊列女之義④。曰：

惟絺惟綌，無日而娱。君子不見，潔身以需。風雨日暮，衣裳未濡。豈不誓死？懷此兩孤。日月既逝，我心孰逾。惠愛兢爽，先人之模。順上穆下，老而爲姑。義兼父子，女宗是圖。

【繫年】

據前後文作時，此文蓋作於崇禎七年至八年（一六三四—一六三五）間。

【箋注】

① 此爲黄兆熊子黄熙甫妻暨黄長文、黄儀玄母陸太君六十壽辰而作。康熙《於潛縣志》卷四《秩官志》：「黄兆熊，吴縣人。萬曆十六年任，由貢生。」乾隆《太湖備考》卷七《選舉》：「東山黄兆熊，字伯徵。萬曆十年縣學，浙江於潛縣知縣。」黄熙甫，黄長文，黄儀玄，生平待考。

② 棘心：《詩·邶風·凱風》：「凱風自南，吹彼棘心。棘心夭夭，母氏劬勞！」朱熹集傳：「以凱風比母，棘心比子之幼時。」後以喻人子思親之心。

③ 蘤：古「花」字。《廣雅·釋草》：「蘤，華也。」

④ 劉向《列女傳》每篇末爲「頌」，四言八句，寄寓頌讚之意。

李寶弓司李稿序①

八閩多才，固也。若訪異漳南，繼黄石齋先生而起者，尤彬彬矣。李子豫石與其從子寶弓其最也②。豫石爲予同門兄弟，在京師時，又連署讀書。時出入談論，各舉邑子之賢、宗族之秀以代茗荈。豫石獨抵掌寶弓不休，且曰：「道南諸阮，惟嗣宗、仲容爾。」③客夏，州里諸孝廉自北歸，予謂：「公等塌翅④，亦偶跌，即復振，不足怪異。京都四方豪傑所聚，目遇心識，當有幾輩，是不可無言。」周其章廼爲稱述寶弓，縱横反覆，輒數百語，蓋本之蔣八公先生云⑤。及房書既行，予從受先、卧子所竊觀，得見寶弓制義。東平之談，京兆之筆⑥，一人兼之，益歎盛名不容妄得。徵之門庭鄉里，尤信也。予更謂卧子：「當今文字，莫盛雲間。郡邑侯長弘奬風流，後生秀傑一旦騈起，莫不自謂家藏荆玉，人挾海目。設得藝林宗工如寶弓者，相與唱助，教化其間，亦圖書見榮之會也。」今適如所期，語云：「文章有神交有道。」⑦豈偶然哉！

焦維曾、謝秉謂皆好古士，摹刻先生之文，屬予言簡首。即以素論報之，並欲書夏侯孝若《昆弟誥》、潘安仁《家風詩》各一通⑧，寄豫石，誦其有人倫之樂也。

【繫年】

據文中「客夏，州里諸孝廉自北歸，予謂：『公等塌翅，亦偶跌，即復振，不足怪異。京都四方豪傑所聚，目遇心識，當有幾輩，是不可無言。』周其章廼爲稱述寶弓，縱横反覆，輒數百語」等語，復據李瑞和中崇禎七年進士，可知此文作於崇禎八年（一六三五）。

【箋注】

① 此序李瑞和中進士後刻稿。李瑞和，字寶弓，漳浦人。嘉慶《松江府志》卷四十二：「李瑞和，字寶弓，漳浦人。崇禎七年進士，授松江府推官。其爲治，蕩滌煩苛，簡易近民。時知府方岳貢政

尚嚴肅，瑞和濟之以寬。常言吏道去泰甚，焉用多設科條。然其才職明敏，人亦莫能眩也。初，漕運愆期，議以推官督兑。瑞和請於督撫，得以軍法從事，弁卒約束惟謹，踐更者不困。其攝縣時，催科不擾，有去後思。在郡七年，徵拜監察御史。」司李：即司理，明時用爲對推事之别稱。

②李世奇，字亮先，號豫石，海澄人。光緒《漳州府志》卷三十《人物三》：「李世奇，字亮先，海澄人。以文學著。崇禎辛未進士，選庶常。世奇爲孝廉時，有紅夷之警，邑令劉斯崍謀脩港口堡，衆各憚勞，無肯任者。世奇曰：『吾當主之，堡弗堅猶無堡也。』既而寇至，民賴以安。嘗慷慨論天下事，草疏將上之，念母老，以《周易》筮之，得《豫》之六二。世奇曰：『是其系曰「介于石」，吾其還也。』遂改疏，乞終養，因號『豫石』。」

③《晉書》卷四十九《阮咸傳》：「咸字仲容。父熙，武都太守。咸任達不拘，與叔父籍爲竹林之游，當世禮法者譏其所爲。咸與籍居道南，諸阮居道北，北阮富而南阮貧。」

④塌翅：耷拉著翅膀，形容失意而沮喪。

⑤蔣德璟，字申葆，號八公，晉江人。《明史》卷二百五十一《蔣德璟傳》：「蔣德璟，字申葆，晉江人。父光彦，江西副使。德璟，天啓二年進士。改庶吉士，授編修。崇禎時，由侍讀歷遷少詹事，條奏救荒事宜。尋擢禮部右侍郎。……首輔周延儒嘗薦德璟淵博，可備顧問，文體華贍，宜用之代言。遂擢德璟及黄景昉、吴甡爲禮部尚書兼東閣大學士，同入直。延儒、甡各樹門户，德璟無所比。性鯁直，黄道周召用，劉宗周免罪，德璟之力居多。……福王立於南京，召入閣。自陳三

罪，固辭。明年，唐王立於福州，與何吾騶、黃景昉並召。又明年以足疾辭歸。九月，王事敗，而德璟適病篤，遂以是月卒。」

⑥京兆之筆：《新刻增補藝苑卮言》卷十一：「天下法書歸吾吴，而祝京兆允明爲最，文待詔徵明、王貢士寵次之。」

⑦語見杜甫《蘇端薛復筵簡薛華醉歌》：「文章有神交有道，端復得之名譽早。」

⑧《晉書》卷五十五《夏侯湛傳》：「湛幼有盛才，文章宏富，善構新詞，而美容觀，與潘岳友善，每行止同輿接茵，京都謂之『連璧』。……政清務閑，優游多暇，乃作《昆弟誥》。……初，湛作《周詩》成，以示潘岳。岳曰：『此文非徒温雅，乃別見孝弟之性。』岳因此遂作《家風詩》。」

延福寺塔疏〔一〕

【校記】

〔一〕本篇又見天一閣本《續集·別集》卷二。此處存目。

李爾公稿序〔一〕

【校記】

〔一〕本篇又見天一閣本《續集·別集》卷二。此處存目。

確園社稿序〔一〕

【校記】

〔一〕本篇又見天一閣本《續集·別集》卷二。此處存目。

書軍儲説後〔一〕

【校記】

〔一〕本篇又見天一閣本《續集·別集》卷二。此處存目。

題華嚴經〔一〕

【校記】

〔一〕本篇又見天一閣本《續集·別集》卷二。此處存目。

王司李署篆德政碑記〔一〕

【校記】

〔一〕本篇又見天一閣本《續集·別集》卷二，題目無「署篆」。此處存目。

吴于民稿序〔一〕

【校記】

〔一〕本篇又見天一閣本《續集·别集》卷一。此處存目。

顧聚之稿序〔一〕

【校記】

〔一〕本篇又見天一閣本《續集·别集》卷一。此處存目。

曹忍生稿序〔一〕

【校記】

〔一〕本篇又見天一閣本《續集·别集》卷二。此處存目。

題沈興公畫册〔一〕

【校記】

〔一〕本篇又見天一閣本《續集·别集》卷一。此處存目。

徐及申先生稿序〔一〕①

辛未春，予寓京之西城，與乾若對舍，朝夕訊問，不止古人望衡宇也。彝仲、卧子、燕又邀作文字，予輒偕乾若往，比迫試日，方旬遽罷會，别時反不樂。竊相語：「何不久客，爲筆墨遊？」乾若邸舍，與其大人及申先生俱，同籍兄弟造乾若，先挾刺候望先生。予又念宛婁距千里，登堂鷄黍，抗懷無期。今得藉長安逆旅，修拜父禮，喜且過望。先生方聞久，海内意其年將二毛，及睹形貌，復幸見所未見。傾文授讀，奇雅兼舉。張衡造化之思，郭象懸河之論，斯人不遠。

登車賦詩，屬予簡首。自愧黽龥不通，廣坐久而未出。予兄洛尹讀書宛城②，與乾若莫逆。及申先生時向之寄語予，征前諾。小子默默，有負丈人，聞言踧踖。乾若不吝道里，委使存詢，先生刻藁，比舊有加。學使者試多士，先生居首，明月照乘，於斯小驗。先生歲路方彊，扶摇直上；乾若奮揚青雲，方軌並軛。一家著書，同朝仕宦，扶風眉山，輿言企躅。予請記盛事，敢自今日始矣。

【校記】

〔一〕北大本《合集》無此文，國圖新館《七録齋近稿》六卷《館課》一卷《存稿》五卷《詩稿》三卷《論略》一卷本有此文。本篇又見天津本《近集》卷四。

【箋注】

①此序友人徐律時父徐及申稿。徐及申，生平待考。蔡蓁春有《季冬同曾弗人李元仲顔庭生梅朗三麻孟璇魏起虞集徐及申水亭》（梅鼎祚《宛雅三編》卷八）。

②張京應，字洛尹。張溥四兄。《合集·近稿》卷六《先考虚宇府君行狀》：「次京應，葉出，州廩生，娶兵部尚書王公在晉女。」嘉慶《直隸太倉州志》卷六十《雜綴》：「又云沈京應，字洛尹，本張溥之兄。繼於沈氏，爲黎陽大司馬壻。饟於庠。余向亦未稔其人，近見其《賀張司馬》一詩，知亦負才學者。」

七録齋文集近稿卷之四

婁東張溥西銘著
同里張采受先選
金沙周鍾介生閲

宋九青詩序①

學詩非予能也，然私心獨好讀二九詩。二九者，徐子九一、宋子九青也。二子作詩，於古人不少推讓，獨心許少陵。於是世稱二子詩者，皆以少陵目之。嗟乎！使唐無少陵，二子於今豈遂不得獨行乎？李翺之言曰：「讀《書》者如未有《易》，讀《詩》者如未有《書》。」然則讀二子之詩，如未有杜詩，以是推之，不亦可乎？予猶以爲未也。夫無才之人不可與言詩，惡其無文也；無情之人不可與言詩，惡其非質也。雖然，才至矣，非學不行；情至矣，非詩不立。九一詩在篋中，世不盡見；九青之詩行矣，家户傳説。試謂於四者何如也？

近有妄人輕議周孔不能詩，聞者笑之。周公之詩，見於《三百篇》中；孔子《龜山》

《臨河》諸操，學者諷焉。其較然者不具論，若以質言之，古今之善作詩者，未有如周孔者也。周公相成王，制禮作樂，首以《詩》爲端。平王之時，《詩》教絶矣，孔子續以《春秋》。夫治世之具，莫大於禮樂，一以《詩》盡之。説者猶曰：「陶唐、有虞氏之遺焉。」《春秋》據事直書，無聲律可言，舉以續《詩》，則何昉乎？

是故言有大而非誇，事有創而適治。若此者，皆詩教之所全也。《經解》不云乎：「温柔敦厚而不愚，深於《詩》者也。」②解《詩》而愚者，漢以下俱是也。求之作者，其失彌甚。以予觀之，《三百篇》之後，作詩而不愚者，獨屈大夫原耳。下此拘音病者愚於法，工體貌者愚於理。唐人之失，愚而野；宋人之失，愚而諺。愚而野，才士所或累也；愚而諺，雖儒者不免焉。夫諺可以爲詩，則天下無非詩人矣。是以詩道大窮，以至於今。雖然，剥窮則復，天之道也。文字何獨不然？窮極而變，乃生九青，詩之不亡，夫豈偶乎哉？

【箋注】

①此序宋玫詩稿，對才、情、學與詩之關係及對歷代詩歌發表看法，指出：其一，無情、無才、無學之人不可以言詩。此與嚴羽《滄浪詩話》「夫詩有别材，非關書也；詩有别趣，非關理也。然非多讀書，多窮理，則不能極其至」之説一脈相承。其二，《詩》《騷》之後，歷代詩歌各有其不足。由此可見張溥評詩標準乃以《詩》《騷》爲雅正之代表。

② 語見《禮記·經解》：「其爲人也温柔敦厚而不愚，則深於《詩》者也。」

國表四選序〔一〕

【校記】

〔一〕本篇又見天一閣本《續集·别集》卷二，「選」作「集」。此處存目。

書王止庵先生祥刑手澤①

余讀止庵先生《粤劍編》〔二〕②，所出高凉獄囚四十餘人，仁人用心至矣。及與游出先生讞獄手澤③，細書百方，凡數更易。又歎先生斤斤輕重之間，握丹筆不下，中夜涕泣不能食，今猶能想見之。粤獄繁錯，貨來者衆，登高者憚於平反，則曰：「持故牘以往，可矣。」先生痛之，案著本末，人人具書，務得其意。然觀雷池之事，中貴人一怒，鈎死百輩。先生不憚敝口舌，援情實，爲之請命，遂至騰章上言，感動明主。然則刑書在手，寬矜疑典，固其職名文帖，又何異也？

先生讞稿，伯仲季分藏之④，各爲一本。余所得書者，與游本耳。要之因文測義，其凡可見。夫物之鷙毒⑤，先生化之重淵之下；人無生心，先生引而上之達於蒼天。嗟乎！是烏可不令李斯、趙高讀也⑥？余不獲侍先生，猶幸及見先生所著論，穆刑不亡，是在手澤。曰：「永以爲子孫禄。」不亦信乎？

【校記】

〔一〕「粤劍編」，原作「粤劍篇」，逕改。

【箋注】

①此書王志慶父王臨亨遺稿《粤劍編》。王臨亨，字止之，號止庵，太倉人，後居崑山。張大復《梅花草堂集》卷十《崑山人物傳》：「王臨亨，字止之。性沉敏，多深湛之思，遇事寬大，喜通脱，不屑爭咫尺之贏自快。落落竇校間，會有觸，以貲入太學。萬曆戊子領薦，聯舉進士，令浙之西安。西安俗多盗，盗不畏人，民莫敢捕。公廉得之，每詢盗，得其蹤跡真僞輒止。有稱某某同盗者，置勿問。……己亥，奉命慮囚江北。明年，奉命審録嶺南。……明年，擢知杭州，便道歸，以疾卒于家，年四十八。……論曰：予嘗讀比部公《粤讞書》，論次其浙西治狀，以生道殺民，殺之而適生之也。」祥刑：同「詳刑」，謂善用刑罰。《書·吕刑》：「有邦有土，告爾祥刑。」孔安國傳：「告汝以善用刑之道。」

②王臨亨撰《粤劍編》四卷，今有中華書局點校本，《點校説明》云：「萬曆二十九年（一六〇一）王臨亨奉命到廣東審案，《粤劍編》就是他根據這次途中的見聞編撰而成。作者自稱『雖無陸賈千金裝，亦可當其百金劍矣，因以粤劍名編』（王安鼎叙）。全書分爲《古蹟》《名勝》《時事》《土風》

《物産》《藝術》《外夷》《遊覽》八類。」

③ 讞獄：審問案情。

④ 伯仲季：即王臨亨三子：長子王志堅，次子王志長，季子王志慶。

⑤ 鷙毒：兇殘狠毒。

⑥ 李斯曲意逢迎趙高，狼狽爲姦；趙高篡詔廢長立幼，指鹿爲馬，二人皆枉法者。

震社序①

維斗序震社曰：「二張建説高毅，三徐裁體清揚，錢、嚴襟情卓豁，杜、郁博綜秀傑，夏、唐振厲漂逸，楊、湯流感壯越，周、翁醇美，趙、閔遠通，王子均焉②，有其具體。」評目若斯，鍾、劉蔑以尚矣，余何言哉！

顧念應社草創，人文艱苦，介生持事，五百里内，應者僅有十人③。雲間一日而諸子彬彬，抑至盛矣。余觀江南學者類多開建，舉筆能文者不下數百輩，豈後生多才遽倍前人乎？大都今日爲文，視前有數易：前患無塗，今明坦大道矣。前者師説窒之，時文敗之；今幸無事，童子八九歲能誦經史，積漸以往，何具而不善？前者無人起聲名，發高譽，爲後學小子游説；今慮不文耳，苟有文，其聲必揚。此皆介生功高，在於學者善受也。雲間十七子從勒卣、臥子、彝仲游，否則各守其父兄之業，達於高遠。凡向所謂帖括制舉，老生濡首不下者盡麾去不觀。獨以聰明用之於正，一歲之中，已兼人數年，其誰跂焉？

往余寓書勒卣曰：「文章錯綜諸子，其猶夫子之牆矣。」昨又語之曰：「後鋭甚勁，恐有拔宅而飛者，願先生謹避之。」諸子學每上，余所稱誦亦屢遷，要以聖人爲本，得其質矣。應社數人歷風雨、涉時變至深，其所飲食戲謔，不敢隱於諸子。諸子以爲近古也而事之，使無忘昔日乎？亦古人所爲勖巾車也④。

【箋注】

① 此序震社。張溥序中將其成員合稱爲『雲間十七子』，二張、三徐、錢、嚴、杜、郁、夏、唐、楊、湯、周、翁、趙、閔，名暫未定，待考。

② 王子當爲王貞憲，字汝敕，孫宗彝《愛日堂詩文集》卷六《王汝敕傳》：「予年十七，先大夫命取友，自汝敕始。先大夫之知汝敕也，自汝敕之補諸生始。時學使者嚴保結之法，命鏉長留泰州。先大夫乃留，與汝敕同寓處。月餘見其言動藴藉，有典型，笑曰：『此後來之醇也。』故予與汝敕共筆石，殆十有八年。時震社十四子唯汝敕長，推之主盟。予最幼，奉鞭弭從事，切磋文藝，風雨晦明無間。」民國《三續高郵州志》卷四《人物志·文苑》：「清王貞憲，字汝敕，一字敕如。父熛。孝謹敦禮教，爲里高士。貞憲幼而敦敏，通《毛詩》大義。初補諸生，鄉賢孫泰階先生見其言動藴藉有典型，命子虞橋兄事之。嘗與虞橋輩結震社，凡十四子，推貞憲爲長，切磋文藝，並以道義相

糾繩。鄉黨由是知貞憲足稱人師，爭延禮之。充順治丁亥歲貢，廷試高等，補石埭訓導，上游咸矜式之。陞桐城教諭，邑多鉅公，亦相推重。會知縣缺，署縣事兩月，民愛戴之，曰：人師也，抑衆母；廉吏也，如處女。旋以内艱歸，遂不出。卒年八十一。」

③ 天啓四年冬，周鍾、張溥、張采、楊彝、顧夢麟、楊廷樞、朱隗、王啓榮、周銓、吴昌時、錢栴等十一人成立應社，分主《五經》文字之選。

④ 巾車：謂命駕出發。《孔叢子·記問》：「巾車命駕，將適唐都。」

姚文初好惡七解序①

魯惡者之美其子也，齊人之欲得金也，秦墨者之相妒也，此皆尤於好惡者也②。抑與之爲儒言，不如《大學》之辨。文初一日而成《七解》，其然歟？文初且遜曰：「韓子《五箴》，《好惡》其一也③。予不能學，又多其辭，不已病乎？」然試操其文，日更一篇，以奏於人君之前。雖有厲者，無不悟也。

真西山氏衍《大學》，其篇迄「齊家」而止，謂「國」「天下」皆在其中④。顧所稱説，篇中獨次罔上者七卷，首秦郎中令、漢元中書僕射，可畏哉斯言！其神禹鑄鼎之意乎？文初生後世，志趣與古人等，然而孔穿⑤、翟翦無其説也⑥。

【箋注】

①此序姚宗典《好惡七解》。姚宗典，字文初，姚希孟子。詳見《初集》卷一《陳威如稿序》注。

②語見《呂氏春秋·有始覽》：「魯有惡者，其父出而見商咄，反而告其鄰曰：『商咄不若吾子矣。』且其子至惡也，商咄至美也，彼以至美不如至惡，尤乎愛也。……解在乎齊人之欲得金也，及秦墨者之相妒也，皆有所乎尤也。」

③《韓愈文集》卷二《五箴·好惡箴》：「無悖而好，不觀其道；無悖而惡，不詳其故。前之所好，今見其尤。從也爲比，捨也爲讎。前之所惡，今見其臧。從也爲愧，捨也爲狂。維讎維比，維狂維媿。於身不祥，於德不義。不義不祥，維惡之大。幾如是爲，而不顛沛？齒之尚少，庸有不思。今其老矣，不慎胡爲！」

④《宋史》卷四百三十七《真德秀傳》：「召爲户部尚書，入見，上迎謂曰：『卿去國十年，每切思賢。』乃以《大學衍義》進。」丘濬《大學衍義補序》：「建安真德秀又剟取經傳子史之言以填實之，各因其言以推廣其義，名曰《大學衍義》。獻之時君，以端出治之本，以立爲治之則，將以垂之後世，以爲君天下者之律令格式也。然其所衍者止於格物致知、誠意正心、修身齊家，蓋即人君所切近者而言，欲其舉此而措之於國天下耳。」

⑤梁玉繩《史記漢書諸表訂補十種·人表考》卷四《孔穿》：「孔穿，子思玄孫。孔穿始見《列子·仲尼》《呂覽·聽言》。子思生白字子上，子上生求字子家，子家生箕字子京，子京生穿字子高，年

五十一。」

⑥ 張澍《姓韻》卷九十六《翟》：「《吕氏春秋》：翟翦難惠子。注：翟翦，辨人。高誘注：翦，璜之後。」

劉客生稿序①

顔介有言：「文章之體，使人矜伐，故忽於持操，果於進取。」②後世學者皆是之，予竊非焉。夫謂忽持操、果進取者，此天下之躁士，自其性有之，非文章所驅也。介嘗踟蹰湘東、江陵之間，歷官四姓，不聞顯節。身未經乎道德而概量文士以不誠，甚矣！介之妄也。此其説，予嘗以語劉子客生，客生曰然。

客生善文，工詩畫，於世之技美無不能，而獨循循於聖賢之説。若以爲金范土型，不失尺寸。此之用心，豈顔介所敢望乎？夫庸常之士，慎無重視舉業，重則其心益困；高明之士，慎無輕視舉業，輕則才無所歸。以客生之膚敏秀達，復致精於時藝，天下之物，更無所難之矣。抑予聞之，四方之觀，文章所聚，猶地之生財，不可以國量也。

客生家本秦也，移而之齊，三年之内，游京師者再，得於四方者深矣。蘇明允自蜀入汴，慨然於黄河、太山及歐陽公之文，謂：「生平大觀，無此三者。」③其後，文益不測。今又將於客生見之。予竊以一言代弦高之弓、子夏之琴也。

【箋注】

①此序劉湘客稿。劉湘客，字客生。羅正鈞《船山師友記》卷三《劉僉都湘客》：「劉湘客，字客生，别號端星，陝西富平人。少爲名諸生。陝西陷，兄遠生客於贛，遂依以居。忼慨有當世志，爲贛撫李永茂所器重。隆武中，薦於朝，授汀州推官，擢山西監察御史。閩陷，走廣東。上踐祚，與擁戴，李永茂薦爲三秦人望，可大用。王坤惡其不諂己，假御筆抹斥之。永茂致仕去，瞿式耜奏改翰林編修，充日講官。坤復阻之，爲輟日講。……永曆四年，上奔梧州，吴貞毓等奉吉翔意，率群不逞交參湘客、堡、時魁、正發，遂逮下獄，掠治之，革職胥靡論。湘客出獄，無所歸，客桂林數月。桂林陷，丁時魁降，邀湘客出，湘客匿緇流中得免。……桂林再陷，匿賀縣山中。未幾，卒。」

②顔之推《顔氏家訓·文章》：「文章之體，標舉興會，發引性靈，使人矜伐，故忽於持操，果於進取。」

③蘇轍《上樞密韓太尉書》：「轍之來也，於山見終南、嵩、華之高，於水見黄河之大且深，於人見歐陽公，而猶以爲未見太尉也。」

題許平遠小像①

七賢之圖胡爲乎？我將遇之於風雪之堂。或不可猝見其人，則思挾曹衣吴帶而翱翔②。惟覽斯之溙溙，以自笑子華子之太詳③。既正容以悞物，鼓琴與不鼓琴又孰窮其所望？試起元靄於今而問之，意者十年之古鏡，亦一夕之瀟湘。

【箋注】

①此題同年許豸小像。許豸，字玉史，侯官人。乾隆《福建通志》卷四十三：「許豸，字玉史，侯官人。崇禎辛未進士，歷户部郎。榷滸墅關，以羨鏹築塘，民德之。後擢寧紹道，增築郡城，殲海寇陳奇老等。改督本省學政。時有權璫鎮浙，豸抗不爲禮，士有迎璫者立撻之。所著有《倉儲彙覈》《膚籌》諸集。」許豸與張溥交密，有《與張天如吴駿公楊維斗泛舟西湖》詩。

②杜文瀾《古謡諺》卷四十《後輩稱吴道子曹仲達語》：「按唐張彦遠《歷代名畫記》稱：北齊曹仲達者，本曹國人，最推工畫梵像，是謂曹。謂唐吴道子曰吴。吴之筆，其勢圓轉，而衣服飄舉；曹之筆，其體稠疊，而衣服緊窄。故後輩稱之曰『吴帶當風，曹衣出水』。」

③子華子，春秋末期晉國人，一説戰國時魏人。著有《子華子》一書。

王耕玄文訣序①

時文之説，密矣。復以法苦之，不幾申、商乎？雖然，苟無法焉，文益不治，是重困也。耕玄心惻焉，乃設數則以教人，曰：「如是焉，斯可矣。」予不敏，讀焉心動，亦曰：「如是焉，斯可矣。」於是耕玄遂梓以行也。

文之出於人也，有長短、多寡、疏密。自今思之，一法而已。有法之文，千言可也，百言可也。耕玄不教人以千言百言，而教人以法，是簡勝之術也②。不然，觀古人之書而綴墨焉。夫童子而能之，其去時也幾何？柳先生傳梓人不貴斤斲刀削，而貴持引者，爲其能教人也③。今之能爲文者，斲削者也；教文者以法者，持引者也。且也耕玄繇是而達，亦既功成而書名於棟矣。凡人無不樂成而惡毁，畏拙敗而喜速完。耕玄之説，又烏可不念哉？

【箋注】

①此序同年王肇坤《文訣》。王肇坤，字亦資，號耕玄，蘭溪人。《明史》卷二百九十一《王肇坤傳》：「王肇坤，字亦資，蘭溪人。崇禎四年進士，除刑部主事，改御史。初，流賊破鳳陽，疏言兵驕將悍之弊，請假督撫重權，大將犯軍令者，便宜行戮。得旨申飭而已。出巡山海、居庸二關。九年七月，大清兵入喜峰口，肇坤激衆往禦，不敵，退保昌平。……有降丁二千爲内應，城遂破，肇坤被四矢兩刃而死。」

②簡勝：簡妙。

③柳宗元《柳宗元集》卷十七《梓人傳》：「梓人左持引右執杖而中處焉。量棟宇之任，視木之能，舉揮其杖曰：『斧！』彼執斧者奔而右；顧而指曰：『鋸！』彼執鋸者趨而左。俄而斤者斲、刀者削，皆視其色，俟其言，莫敢自斷者。其不勝任者，怒而退之，亦莫敢愠焉。畫宫於堵，盈尺而曲盡其制，計其毫釐而構大厦，無進退焉。既成，書于上棟，曰『某年某月某日某建』，則其姓字也。

凡執用之工不在列。余圜視大駭，然後知其術之工大矣。」

壽文湛持先生六十序〔一〕

【校記】

〔一〕本篇又見天一閣本《續集·别集》卷一。此處存目。

莊叔鼎稿叙①

予之爲此言者，將以叙叔鼎之文也。然於是日也，聞其歸，又將以送行。云送行者，曰東西南北自在也，可以無不之極；其所之必有歸，所謂本也，然至京師止矣。叙人之文者，曰志善也。志善者進焉一辭，退焉一辭，君子於此受之，可以終身而不讓。二者皆叔鼎所有也。

叔鼎之來京師，以視其兄任公②。自客之冬，至今凡七有餘月矣。足不展於庭，車馬囂庶③，酒食烝浮之事，不以關其慮。語云：「處動而静。」斯可以觀學矣。讀其文，盛雲雨，蓄萬物，古人膏澤之所出也。且於理也，當樂得而擊考焉。夫晉安亦閩越一都會也。歐陽、曾、蘇，古稱大族。今則文學之家，充周洋衍，不可山名。莊氏代有顯德，任公兄弟修宗人之舊，光明於朝，非其時乎？常得志曰〔一〕：「雲蛇可斷，兄弟無分。」④斯雖天下之達理，非深於兄弟者不言也。叔鼎行乎哉！

予觀任公有惻惻者，欲一解之，然而不能。凡今之人，莫如兄弟，予心猶是也。能解任公乎？然叔鼎行，一年後必來，其來必與任公同朝。此何説也？予於文信之。

【校記】

〔一〕「常得志」，原作「常德志」，據《北史·常得志傳》改。

【繫年】

據文中「予之爲此言者，將以叙叔鼎之文也。然於是日也，聞其歸，又將以送行」「叔鼎之來京師，以視其兄任公，自客之冬，至今凡七有餘月矣」等語，可知張溥時在京師，故此文作於崇禎四年至五年（一六三一——一六三二）間。

【箋注】

① 此序莊廷獻稿。莊廷獻，字叔鼎，晉江人。莊鼇獻弟，莊叔飛兄。復社成員，名見《復社姓氏傳略》卷七。

② 莊鼇獻，字叔展，號任公，晉江人。莊廷獻兄。乾隆《泉州府志》卷四十五：「莊鰲獻，字叔展，號任公，晉江人。崇禎庚午、辛未聯捷，進士，授庶吉士，改兵科給事中。其冬，上《太平十二策》，首格君心、開言路，終以折獄用刑。謂：『中州爲形勢之區，今晉蠢動，以此爲淵藪，是必有跋扈之

雄，將以釀亂者。及今不創，禍將靡極。』又謂：『番甲之役，本以戢奸盜，非以網縉紳。中使非有龍韜豹略，何故委以監紀重任？』語戇直激切，皆極論東廠之害。疏入，謫浙江布司照磨，遂賦歸。黄道周贈詩云：『當年稽首十二策，我遠不及莊任公。』福王時，起故官，未幾卒。所著有《葵山文集》。」

③ 囂庶：喧擾嘈雜。

④ 語見常得志《兄弟論》（《全上古三代秦漢三國六朝文·全隋文》卷二十七）：「雲蛇可斷，兄弟之道無分。」《北史》卷八十三《常得志傳》：「常得志，京兆人。隋秦王記室。及王薨，過故第，爲五言詩，辭理悲壯，甚爲時人所重。復爲《兄弟論》，義理可稱。」

范聖則朱吉人合稿序〔一〕

【校記】

〔一〕本篇又見天一閣本《續集·别集》卷二。此處存目。

題黄石齋先生朱松墨石圖壽吴澹人年伯母〔一〕①

或圖青楓，作佛威儀；或畫雲景，粉填則巵。不若一松一石，瀿然浴青，而仰曦赤蒼。其文爲母子碑，壽者得之。豈徒人物其峨峨？抑亦文字之可思。是故求其形，庶幾尹白之《墨花》而深②，其解即爲衛協之《毛詩》③。

【校記】

〔一〕目録原無「壽吴澹人年伯母」，據正文補。

【箋注】

① 此題黄道周《朱松墨石圖》爲吴楨母祝壽。黄道周，字幼玄，號石齋。詳見《續集》卷一《楊伯祥稿序》注。吴禎，字永錫，號澹人。詳見《續集》卷二《吴澹人別言序》注。

② 蘇軾《墨花並叙》：「世多以墨畫山水竹石人物者，未有以畫花者也。汴人尹白能之，爲賦一首。」夏士良《圖繪寶鑒》：「尹白專工墨花、習花、光梅，扶疏縹緲。」

③ 衛協，西晉畫家，葛洪曾將衛協及其弟子張墨並稱爲「畫聖」。《抱朴子内篇·辯問》：「善圖畫之過人者，則謂之畫聖，故衛協、張墨於今有畫聖之名焉。」衛協有《毛詩北風圖》，張彦遠《歷代名畫記》：「顧愷之《論畫》曰：『……《北風詩》亦衛手。巧密於精思名作，然未離南中。南中像興，即形布施之象，轉不可同年而語矣。美麗之形，尺寸之制，陰陽之數，纖妙之跡，世所並貴。』」

羅耀國筆跋〔一〕

【校記】

〔一〕本篇又見天一閣本《續集·別集》卷二。此處存目。

葉行可令君稿序①

戊午行卷之出，海内推雍瞻選本，余於其中得讀行可制義，私心慕好，願交其人，既彦林、仲芳爲余言，行可平生慷慨亮直，篤於大義，余雖未見，若或遇之。及行可司教雲陽，與介生往還甚善，時語介生欲扁舟入婁江一顧余。余亦欲假介生寓書以通己懷。而行可復上公車，遂未暇及，僅彼此通意而已。今者崑陽之幸，行可莅止，群人士於先生觀模楷焉。文章蓋其一也。古者治民之官，身兼親師之任，農服畎畝，士游庠序，雖遐方下邑，爲之令者，必爲設長老，置經籍，治鐘磬琴瑟，訓教弟子，若《循良》諸紀所載，焕然可述。行可精史書，明治略，又新奉簡命，出歌召伯之風②，入懷史克之頌③，聚俊民而董帥之，緊其職司。今以文先示，治是邦之清静寧一，蓋於焉始。然後知觀流泉，挹行潦，皆周官文事之託端也。予前因陳、浦諸子之請既爲序矣，行可復次其全，授李子爾公梓成，欲余更有言。廼述朋友之素，文繫之本，以報李子。《詩》云：「辭之輯矣，民之洽矣。」④時義蓋可忽乎哉！

【繫年】

據文中「今者崑陽之幸，行可莅止，群人士於先生觀模楷焉」等語，復據葉培恕中崇禎七年進士，任崑山令，可知此文作於崇禎七年（一六三四）。

【箋注】

①此序葉培恕中進士後刻稿。葉培恕，字行可，號耀仙，嘉善人。光緒《重修嘉善縣志》卷二十四：「葉培恕，字行可，號耀仙。性豪舉，不事生産。讀書率園，家人報無宿春，勿顧也。登崇禎七年進士，授崑山令。力復漕，兑舊規，幾斃横弁手。暇更與其邑人王志長商訂《周禮》古註疏，蓋彬彬以文雅飾吏治矣。擢行人司，以事謫閩幕，不赴。歸，敝廬荒草，賦詩自娱而已。著有《詩經合輯》《率園詩集》。」

②《詩·召南·甘棠》，毛序：「《甘棠》，美召伯也。召伯之教，明於南國。」

③《詩·魯頌》「《魯頌》譜」孔穎達疏：「《駉》頌序云：『史克作是頌。』廣言作頌，不指《駉》篇，則四篇皆史克所作。」

④語見《詩·大雅·板》。

陳大參碉雲七十雙壽序〔二〕①

古者鄉飲之禮，卿大夫三年而始一行。今之爲壽者，五十以上，更十年而始爲一酌。其義亦相通也。夫舉事也曠，則徵禮也重，是故貧者不能備也，徒富者備而不美也。於是壽之爲説，存乎遭際矣。江南代多甲族，其龐眉純壽者往往可得而聞，兼之者惟陳公碉雲乎？

公生於荆溪，其地山川之靈，於郡乘爲最，名人鉅公，頡頏輩出。若觀公一家，雖佩吕虔之刀②，占畢萬之卦③，亦無以過也。公位方伯，稱藩牧長。長君大來④，廷對第一，耀天下；次君爾新⑤，先其伯兄讀書玉局，名史臣。朱節華鼓，厥聲鏗訇。公與元妃曹夫人偕躋上壽，紆服受賀。一時之爲其黨友子姓者，登堂樅金石焉。賓賦《閟宫》之八章，曰：「魯侯燕喜，令妻壽母。」⑥主人拜且興，答以《信南山》之三章，曰：「畀我尸賓，壽考萬年。」⑦鑠哉休乎！抑公所以致此者，非倖也。進德之事，其行無期。觀乎榮遇，以退爲本。君子非徒用以定身也，且繇而教人。王休徵有言：「信、德、孝、弟、讓，顔子所以爲命也。」⑧范宣子一讓而欒黶之汏，弗敢違，《春秋》美焉⑨。

公今其身，師之者也。公之始成進士也，國人咸目焉，謂其才國體也。公弗應，退就民部。部之事吏爲政，弊若搏沙，公手洗滌之，絜然而清。議者按考功法，當在官人之職。廼復出視學，粤士在前者畢顯。朝論稱其知人，待以卿位，已而等夷如故。嗟乎！高官大爵，膴禄美仕，世人所側目而求也。資苟相及，不一得，則務扇議論，張門庭，以取快意。公居官數當顯，獨甘屏散，無幾微不足於懷，非甚讓德，烏能若是乎？

公游宦十餘年，益識清濁，達事變。出參浙藩，以方嚴觸忌，平調山右。後逆璫漸柄用，遂絶意不更仕。曹夫人知公指，素食講佛，躬勤樸相成，大致在善訓後人而已。先是，嫉公者思無所傾難，則指公老不任事，公怡然安之。及公二子盡通仕籍，公顔色甚華，飲啖視聽不減他人少壯時。或謂公才騰躍一代，不班侍從，驗之以數，徵在後昆。抑知孝友和善，公與曹夫人已修之數十年。非是父母不生是子，非是子不足顯報父母，本原之理，曷可誣諸？余又聞道德七經與儒者《五經》相表裏⑩。古者陳赦學之而仙，荆南之族，豈其苗裔與？不然，何公與曹夫人之祉且長也？

【校記】

〔一〕本篇原題作「陳大參磵雲雙壽序七十」，據目録改。

【箋注】

①此序陳貞慧祖父陳一教、祖母曹夫人七十雙壽。陳一教，字函三，一字磵雲，宜興人。天啓《衢州府志》卷五：「陳一教，字函三，宜興人。辛丑進士，四十四年任。」嘉慶《增修宜興縣舊志》卷八：「陳一教，字磵雲。父儁章殁，年未及五十，臨終語曰：『吾雖三子，大吾門者汝也。兄若弟爲吾始終贍養之。』没後，養其兄，婚其弟，悉遵父遺訓。萬曆二十九年，成進士。是年，兄殁，撫兄子如己子。後弟殁，又撫孤使成立。子于泰，辛未殿試第一人，官修撰。鼎革後，以隱逸終。」

②方中德《古事比》卷四十一《賚貽》：「吕虔以佩刀贈王休徵。」

③委心子《新編分門古今類事》卷第十一《卜兆門・畢萬筮仕》：「閔公元年，晉滅霍，滅魏，賜畢萬

以魏。卜偃曰：『畢萬之後必大。萬，盈數也。魏，大名也。以是始賞，天啓之矣。』初畢萬筮仕於晉，遇《屯》之《比》，辛廖占之，曰：『吉。《屯》固《比》入，吉孰大焉？其必蕃昌。《震》爲土，車從馬，足居之，兄長之，母覆之，衆歸之，六體不易，合而能固，安而能殺，公侯之卦也。公侯子孫，必復其始。』」

④陳于泰，字大來，號謙茹，宜興人。陳一教子。張溥同年。道光重刊《續纂宜荆縣志》卷九一：「陳于泰，字大來，崇禎四年殿試第一人。國變後，棄家爲僧。」

⑤陳于鼎，字爾新，號實庵，别號南山逸史。陳一教子，陳于泰弟。天啓元年舉人，崇禎元年戊辰科進士及第，授翰林院編修。南明弘光時，官至左春坊左庶子，掌翰林院事。清兵下江南，追隨錢謙益等歸降滿清，不久革職，寓居鎮江。後因策動迎鄭成功入鎮江，而被處死。

⑥語見《詩·魯頌·閟宫》。

⑦語見《詩·小雅·信南山》。

⑧《晉書》卷三十三《王祥傳》：「夫言行可覆，信之至也；推美引過，德之至也；揚名顯親，孝之至也；兄弟怡怡，宗族欣欣，悌之至也；臨財莫過乎讓：此五者，立身之本。顔子所以爲命，未之思也，夫何遠之有！」

⑨《左傳·襄公十三年》：「君子曰：讓，禮之主也。范宣子讓，其下皆讓。欒黶爲汰，弗敢違也。晉國以平，數世賴之，刑善也夫。一人刑善，百姓休和，可不務乎？《書》曰：『一人有慶，兆民賴

之，其寧惟永。』其是之謂乎！」

⑩ 道德七經：道家七類經書，即《仁經》《禮經》《信經》《義經》《智經》《德經》《道經》。見《雲笈七籤》卷九。

周别駕婁濱六十壽序①

國門之交，得所謂同里閈者，幸矣。況賢者乎？周君婁濱與其伯兄鏡川之始入都也〔一〕②，年甫勝衣，邑之人交目之曰：「此邦之俊民，胡爲乎舍故土而它適也？」君有子焉，君之兄有子焉，君之姑姊妹之戚有子焉，皆令才也。以君子指，悉學於予。予初不識君，因諸子廼與君稱通家。且感君與予無生平而重知予，予豈達者乎？君之遇予則猶古人矣。

戊辰之春，予以明經游京師，始一交君，大慰所聞。今且日相過甚歡，言念婁中諸子，反以趨走庠序，不得一近君。人生離合，固非所意哉！然君雖家長安，日夜思念婁，於所自號寓志焉，曰：「予適客此，毋忘乎婁水之濱。」

今年六十，姻友上爵，不謀文於他國之老，而屬予以言。君於婁之人，抑何深也！君博學方行，勤施義，深沈而智決，曉邊務，善斷天下事。神廟時，曾就萬司馬幕，設措置朝鮮、日本，諸畫差次中利害，蹇、王兩司馬相繼督薊遼，諮君邊計。君爲發策，邊乃大靖，天子勞焉。使斯時有人曰：「此非臣能也，臣之客某教臣爲之。」意者馬賓王貞觀之遇③，復見於今日乎？君弗願也。退爲掖丞而掖大治，以與時戾，左遷保靖都事，築墻萬二千餘丈，而保靖沿邊復大治。或曰：「丞掾録事之職，猶古抱關者流也。君稍與人偃仰，榮名世資無不得，何用嶽嶽自折乎是？」不然。丞雖貳於邑宰，邑之興革平反皆與聞焉。苟不務拊循，而貨來是暱，則百姓之蠹也。若能輯柔焉，以和於民，民之依芘，猶邑宰也。

君在掖六年，脂膏不入，百利修舉。當事者累疏推譽，歎爲未有。去之日，掖民空邑出送，攀號百餘里。君自此足傳循吏矣，安在下位者默默也？迨遼西告屻，虜大蹶張，起公永平別駕，先後出方略，關内外卒賴以安。今上即位，插震雲谷，王司馬復迎君助之，張弛宴如。及事既平，獨身歸里，口不言勞，强之以官，弗應。雖古士會之讓、張奐之廉④，亦何加焉？今君春秋已高，子姓昌雅，君殆將隱乎？則有國養之典在。然此頌君者猶有不足也。躬教孝於家而時以年見天子，或揖杖焉，或建杖焉。聖人又有言曰：「天下之貴年久矣。」况賢者乎？是可爲同里閈者勖也。

【校記】

〔一〕「鏡川」，原作「敬川」，據《合集·胡母周太夫人五十壽序》「國門賢達長者多稱周鏡川、婁濱兩君子」及「鏡川」「婁濱」對舉改。

【箋注】

①此爲周履時六十壽辰而作。周履時，號婁濱，太倉人。葉昌熾《奇觚廎詩集·詩七》：「明太倉周履時，號婁濱，與程孟陽、林古度爲友。崇禎中官撫彝通判，桑海後不出。見牧齋《有學集》。」

②周鏡川，周履時伯兄。生平待考。

③《新唐書》卷九十八《馬周傳》：「貞觀五年，詔百官言得失。何，武人，不涉學，周爲條二十餘事，皆當世所切。太宗怪問何，何曰：『此非臣所能，家客馬周教臣言之。客，忠孝人也。』帝即召之，間未至，遣使者四輩敦趣。及謁見，與語，帝大悦，詔直門下省。明年，拜監察御史，奉使稱職。」

④《後漢書》卷六十五《張奂傳》：「張奂，字然明，敦煌淵泉人也。……奂少立志節，嘗與士友言曰：『大丈夫處世，當爲國家立功邊境。』及爲將帥，果有勳名。董卓慕之，使其兄遺縑百匹。奂惡卓爲人，絶而不受。」

跋宋九青送熊魚山文手卷①

熊魚山、鄭澹石兩先生之爲諫官也，一以三月去，一以十月去。顧其令吾吴，則皆六年也。蘇松財賦甲天下，吴江、華亭殷大，尤冠一郡。兩先生以德鎮之〔一〕，六年之内，無逋賦，無罷人，百姓稱爲至平。迺天子再命大吏稽錢穀，時澹石行矣，文書往來高下者久之。獨兩先生調他職，徵其説，則曰：「以賦故也。」②都人士目睽睽，益不知所謂。

嗟乎！苟不得所謂，讀兩先生封事可矣。苟不及讀兩先生封事，讀宋九青一篇送行文，其亦可矣。

【校記】

〔一〕「鎮之」，原作「填之」，據文義改。

【繫年】

據「熊魚山、鄭澹石兩先生之爲諫官也，一以三月去，一以十月去」，復據《明史·熊開元傳》，此爲崇禎四年事，可知此文作於崇禎四年（一六三一）。

【箋注】

① 此跋宋玫送熊開元文手卷。宋玫，字文玉，號九青。詳見《續集》卷六《吏科給事中宋公柱石墓誌銘》注。

② 《明史》卷二百五十八《熊開元傳》：「時有令，有司徵賦不及額者不得考選。給事中周瑞豹考選而後完賦，帝怒貶謫之，命如瑞豹者悉以聞。於是開元及御史鄭友元等三人並貶二秩調外。」

壽倪鴻寶先生四十序代〔一〕

【校記】

〔一〕本篇又見天一閣本《續集·續刻》卷四。此處存目。

題何匪莪先生書毛穎傳手卷〔一〕

【校記】

〔一〕本篇又見天一閣本《續集·續刻》卷五。此處存目。

題何匪莪先生書出師表手卷〔一〕

【校記】

〔一〕本篇又見天一閣本《續集·續刻》卷五。此處存目。

贈文林郎張太翁封孺人蘇太母合葬墓誌銘〔一〕

【校記】

〔一〕本篇又見天一閣本《續集·續刻》卷六。此處存目。

吏科給事中宋公柱石墓誌銘〔一〕

【校記】

〔一〕本篇又見天一閣本《續集·續刻》卷六。此處存目。

贈太僕寺卿周公來玉墓誌銘代〔一〕

【校記】

〔一〕本篇又見天一閣本《續集·續刻》卷六。此處存目。

萬都護墓誌銘代〔一〕

【校記】

〔一〕本篇又見天一閣本《續集·續刻》卷六。此處存目。

七録齋文集近稿卷之五

婁東張溥西銘著
同里張采受先選
金沙周鍾介生閲

劉少司馬傳並贊(一)①

侍郎劉公之綸，字元誠，别號與鷗，蜀之宜賓沙溪人也。始祖受二，國初以材官從征入蜀，家於宜賓之開山鄉。至九世，徙沙溪，爲興貴公，即公父也。公少奇慧，長喜理學家言，大書其坐隅曰「必爲聖人」。里中因呼爲「劉聖人」。諸生時，從游者滿門，公案古弟子職立師法。省試，冠《禮經》②。會奢酋難發，萃驍鋭攻會城，分兵掠旁邑。公登城鳴鼓，帥鄉人防守，當一面。上兵使者書，言：「賊將惰，歸可擊也。宜整兵恢復南富、瀘陽，扼其歸路。」議格不行，賊遂安渡瀘陽遁去③。是時公在兵間凡五月，發策必中賊利害，雖言未盡施用，然蜀中貴人當事者，争稱劉孝廉戰守方略矣。

今天子改元之初歲，戊辰公成進士。吴下張公受先采者，公同門生，一見即恨識公晚。公忼慨言曰：「以身許人，自今日始。予與子生同時，相去數千里，不識面。今一旦比肩師門，稱兄弟，四海大矣，非可獨爲。今與子求之四百人中，得誠死忠孝者，一得當以報天子耳。」頃之，入國學，行釋菜禮。公蹙然懼，私誦《詩》曰：「彼其之子，不稱其服。」④顧望稠人中，有危容端立者，楚金公正希聲也⑤。公遂與定交堂廡之下，自是三人往還極歡⑥。

亡何，張公出宰臨川，公偕金公改庶吉士，出入館中，輒抵掌謂：「方今所急在夷狄，不在小人。苟虜至，是與小人以間也。」相期約習諸邊曲折。四方豪傑游京師，能一時爲國急使者，陰察其姓名，疏記之。客申甫者⑦，滇人，闊大有口辨。兩公呼與語不合，比設多方試之，及國家大事往往涕泣願死，則奇之。彼言即難信，然死則死耳，彼韋而跗注者⑧，無其人也。

己巳冬十月，虜入大安口，報數日，不辨種落，都城厭厭夜飲如平時。公亟上疏以破格用人請，詔韙其言。問誰可當大將者，公與金公謀，倉卒求大將，何可得？獨保能死義者，申甫也。廼以甫對。上立敕授甫京營副總兵，金公以御史銜參軍，授公協理戎政兵部右侍郎，官制庶常職史，即左遷官臺省⑨。其職史者歷歲爲大卿，至宰相。金公有名館閣間，反樽絀就御史，歷戎伍。劉公即驟司馬乎？顧庶常官不關他職，養資十餘年，卿相自在也。今獨不恤，以身一當虜。公既受命，數請辭，不可，則出視事。時虜已破遵化，直薄京城。公晝夜登陴，見虜騎逞，不勝憤，請出城自效。蓋公雖銜右司馬，同事者有協理，有總督，有内臣提督，權不自任。既請出城，無兵則請京營兵，不得，則請關外川兵；又不得，則議召募，衣裝芻糧，馬匹器械，一時無有也。公乃列四難狀上，費僅給半，公權宜貸資之。適安化門外援兵潰，滿桂等死，甫夜襲虜，戰殁，舉國震恐。公遂誓師，行與將士泣曰：「不滅虜，無生入彰義門。」明日，發兵八路進，直趨大屯王子營與柏林老營。虜聞宵遁，追者日斬獲有功。

方天子親策申甫爲大將也，召入殿廷，呼使近，勞以温言。甫退，感激欲死，即奮身請與虜搏。三日内募兵稍稍集，皆市井乞食無賴子弟。驟當虜，虜伉健，不敵，皆遇害⑩。報聞，天子唏噓不食。及聞公逐虜多捕斬〔二〕，大喜。有言公戰却者，不問。公疏辨，詔慰之。公兵抵薊州，方圖復遵化，會馬帥世龍將兵五萬軍薊，吴帥自勉亦將兵二萬至。公時偵虜分駐永平，留遵化者可數千騎。與二將約趨永平，親將八路趨遵化扼虜。二將許諾。明日，公抵石門，過虜，破之。命將留守石門，別將攻羅文峪〔三〕。公親至出頭嶺，覘虜虚實。時馬帥名武經略，不受公節制。公已至白草頂，逼遵化，遽遣一候騎邀公回薊州。公不應，營娘娘山，蓋距遵化八里矣。令二將如公約趨永平，牽虜無動。公以勝兵專攻遵化，遵化復，虜必大殲，迺二將實未離薊⑪。

虜在永平者，聞公逼遵化，即驅三萬騎轉而南，分二路，一上白草頂，一上娘娘山。時公方設伏破虜北門，虜奔羅文峪，别將擊之幾盡，忽馬騎遍山谷。公度二將兵合，舉火視之，虜也。公堅陣待，令軍中駕砲。虜中砲，傷數百騎〔四〕。然虜觀四野蕩蕩，援兵絶，知公兵少，復合困公。公再命駕砲，砲反裂，營中自焚。虜兵騰而上山，一裨校謂公曰：「虜兵甚鋭，結陳徐退，可要後功。」公按劍曰：「無多言！吾受國不世恩，誓滅虜朝食。顧所請無一應，今日事不成，即死今日耳。」命鼓人嚴鼓再戰。自午至酉，士皆殊死戰。軍中矢石竭，人持短刀，夾公馬而前。虜矢集如雨，公度不可爲，大呼曰：「死，死負皇上！」時家丁劉學敏在旁，公解所佩印授之曰：「持此歸方公。」方公者，順天撫臣方大任也⑫。公猶距躍督戰，俄中流矢，抽刀斷矢，遂絶⑬。諸將從公者，齊呼哭震天，拔營野戰，皆死之。公屍自娘娘山下，迎至阜城門慈惠寺，矢貫顱及足膝，面如生，道路觀者，無不流涕。然虜自此北遁，京師諸輔再奠安矣。

張溥曰：己巳之變，予聞劉公痛哭殿上。既死，目不瞑。母陳太淑人吮之，目乃瞑，未嘗不失聲泣也。方虜蹂躪畿輔，公伏地哀號，聖人動色。彼其時，何嘗意少司馬乎？申甫，一滇南布衣，一旦歷玉階，握大纛，即欲不死，安可得哉？公可以無死，顧不用之决策廟堂而委以戰。戰，固公志也。戰而勝，勝而援絶，則真窮耳。國家平日高官大糈禮養諸臣，倉卒難起，皆袖手不言；有奮然出者，相與目笑之，輒以兒女子相加〔五〕；至死而求備者，比比也。公身任上卿，轉鬥千里，矢貫頂踵，國人哀焉。

嗚呼！此漢耿育所以訟陳湯也⑭。公弟之紀，數走闕下，欲上書請公爵謚⑮。老母弱子，瀕困饑寒，忠可爲而不可爲也。五千里外，御史金公經紀之如家人。臨川令張公居家誦公，即噭然涕。語云：「一死一生，乃見交情。」⑯余又於兩君子見之矣。

【校記】

〔一〕本篇又見《近集》卷七。

〔二〕「逐」下，《近集》本有「北」。

〔三〕「羅文峪」，原作「羅文隅」，據《近集》本改。下同。

〔四〕「數」，《近集》本作「殺」。

〔五〕「輒」，《近集》本作「猥」。

【繫年】

據《明史》本傳劉之綸卒於崇禎三年正月二十二日，可知此文作於崇禎四年（一六三一），時在翰林院。

【箋注】

①此爲劉之綸作傳并贊，寫及朝事邊事，感情誠摯。全文圍繞劉之綸三種身份之轉變而展開叙事，刻畫出一位關心邊事、勇猛作戰、血染沙場之將領形象。支益《七録齋詩文合集序》云：「吾夫子傳記忠孝節烈義俠諸篇，反復周詳，類數千言不盡。夫亦其性氣然也。」蓋指此類作品而言。劉之綸，字元誠，號與鷗，四川宜賓人。生平見《明史》本傳。

②《明史·劉之綸傳》：「天啓初，舉鄉試。」

③《明史·劉之綸傳》：「奢崇明反，以策干監司扼賊歸路，監司不能用。」

④語見《詩·曹風·候人》。

⑤金聲，字正希，休寧人。《明史》卷二百七十七《金聲傳》：「金聲，字正希，休寧人。好學，工舉子業，名傾一時。崇禎元年成進士，授庶吉士。明年十一月，大清兵逼都城，聲慷慨乞面陳急務，帝即召對平臺。」

⑥《明史·劉之綸傳》：「崇禎元年第進士，改庶吉士。與同館金聲及所客申甫三人者相與爲友。」

⑦申甫，號本初，雲南人。僧人。金聲薦爲將，倉促應戰，陣亡於盧溝橋。詳見《明史·金聲傳》。

⑧《左傳·成公十六年》：「楚子使工尹襄問之以弓，曰：『方事之殷也，有韎韋之跗注，君子也。』」杜預注：「跗注，戎服。若袴而屬於跗，與袴連。」

⑨《明史·劉之綸傳》：「明年冬，京師戒嚴。聲上書得召見，薦之綸及甫。帝立召之綸、甫。之綸

言兵，了了口辨。帝大悦，授甫京營副總兵，資之金十七萬召募；改聲御史，監其軍；授之綸兵部右侍郎，副尚書閔夢得協理京營戎政。於是之綸賓賓以新進驟躋卿貳矣。」

⑩《明史·劉之綸傳》：「及冬十一月三日，大清兵破遵化。十五日至壩上。二十日薄都城，自北而西。都人從城上望之，如雲萬許片馳風，須臾已過。遂克良鄉，還至盧溝，夜殺甫一軍七千餘人。」

⑪《明史·劉之綸傳》：「之綸乃與總兵馬世龍、吴自勉約，由薊趨永平，牽之無動，而自率兵八路進攻遵化。既由石門至白草頂，距遵化八里娘娘山而營，世龍、自勉不赴約。」

⑫朱彝尊《明詩綜》卷六十一《方大任》：「大任，字玉成，一字逢吉，桐城人。萬曆丙辰進士，除元城知縣，擢廣西道御史。天啓末，魏璫營生壙僭侈踰制，特疏糾之，削籍。崇禎初補官，升僉都御史，巡山海關，尋以副都御史撫順天。有《霞起樓詩草》。」

⑬《明史·劉之綸傳》：「二十二日，大清兵自永平趨三屯營，驍騎三萬，望見山上軍，縱擊之。之綸發礮，礮炸，軍營自亂。左右請結陣徐退，以爲後圖。之綸叱曰：『毋多言！吾受國恩，吾死耳！』嚴鼓再戰，流矢四集。之綸解所佩印付家人，『持此歸報天子』，遂死。」

⑭《漢書》卷七十《陳湯傳》：「成帝初即位，丞相衡復奏『湯以吏二千石奉使，顓命蠻夷中，不正身以先下，而盜所收康居財物，戒官屬曰絶域事不覆校。雖在赦前，不宜處位。』湯坐免。……久之，敦煌太守奏『湯前親誅郅支單于，威行外國，不宜近邊塞。』詔徙安定。議郎耿育上書言便宜，

因冤訟湯。……書奏，天子還湯，卒於長安。」

⑮《明史·劉之綸傳》：「及戰死，天子嘉其忠，從優卹，贈兵部尚書。震孟止之曰：『死綏，分也，侍郎非不尊。』遂不予贈，賜一祭半葬，任一子。之綸母老，二子幼，貧不能返柩，請於朝，給驛還。久之，贈尚書。」

⑯《史記》卷一百二十《汲鄭列傳》：「始翟公爲廷尉，賓客闐門；及廢，門外可設雀羅。翟公復爲廷尉，賓客欲往，翟公乃大署其門曰：『一死一生，乃知交情。一貧一富，乃知交態。一貴一賤，交情乃見。』」

壽曹母張孺人五十序①

彝伯初爲童子時，著文建説，淵然大家也。里中耆宿巨人讀其文，多怪異之，謂：「若翁負志不顯，其後必大。」翁者，彝伯父穉恭太學也②。當日瑯琊諸王貴盛，太原繼之，婁人競稱「二王」③。頡頏其間，惟沙溪曹侍御公④。公不好宦達，官爵少遜兩家，其直節勁氣風流不減。至今能言者云：「王氏文章，曹氏節義，猶西河之人譚論卜子夏、段干木也⑤。」王氏子孫善文學，四方相慕傚之。侍御公後昆昌衍，與之通婚姻，稱中表。其名一輩者，則設社高會，案古鄉射飲禮，賦詩酹酒，歡然無間。以故穉恭聲名與王氏兄弟齒敵。

彝伯年少，父即見背。一家之中，司閫内者惟母氏張太君。彝伯昆弟凡五，姊妹有四。先是，爲穉翁卜者曰：「有椒其實，多男最祥。」一旦蒙霧露，瀕大疾，此煢煢者，則貽之誰？太君率群孺子朝夕泣，宗族之禮，不敢怠也，必以先國人之屬望於諸孤，謂其能守書策栝棬也。勉之毋敢逸，必以貞，必以固。余未交彝伯時，聞之鄰人誦母德者曰：「不耕不獲，賢母是食。」穉翁，景胄名士，中道而殞，其在曹氏所謂棟折榱墜，非耶？今大厦屹如，几楹不改，未亡人力也。

丙寅之春，余始見彝伯。時麟士爲其家師，彝伯偕其弟師仲、明叔受經義⑥，明古術，彼婁之人時見怪焉。繩以典籍，畏不欲近，即商鞅刑棄灰弗若也⑦。獨麟士與彝伯語不數言輒通，更能引所未發，增高其辭。今彝伯爲世聞人，英華湛溢海内，群弟振藻庠序，名亦藉甚。論功厥成，則三年間耳。彝伯既弱冠盛名，游道日廣，太君每進戒之：「淡泊寧静，諸葛亮之遺言，其毋充耳也。」彝伯循教惟謹，學廼大殖。夫篤謹之士，患不廣大；高明之家，患不恭儉。二説者，皆聖賢所以造就人材。父母得之，可以教家；子弟行之，可以致孝。

余觀彝伯於今日，益歎其母子之間相成者，有本也。太君固儀部愛女，又寡兄弟，其裝遺最豐裕。一臨憂患，即甘荼服素，以身帥，勤僮僕。彝伯兄弟生於封公世家，一日背父，弱者幾不能起。顧反以此益篤於道，振先人之隤業而厚其將來。夫得天全者，不求助於人。不求助於人者，人即忌其成而不可抑。史書徒紀蘭陵萬石者，猶遭際耳。

【繫年】

據文中「丙寅之春，余始見彝伯。時麟士爲其家師，彝伯偕其弟師仲、明叔受經義，明古術。……今彝伯爲世聞人，英華湛溢海内，群弟振藻庠序，名亦藉甚。論功厥成，則三年間耳」等語，可知此文蓋作於崇禎元年（一六二八）。

【箋注】

①此爲壽曹開遠母張孺人五十壽辰而作。曹開遠，字彝伯，崑山人。復社成員。見吴山嘉《復社姓氏傳略》卷二。黎遂球《蓮須閣文鈔》卷九《曹彝伯制藝序》：「余嘗遊婁東，婁東多賢士大夫，守其學以相師友，顧厨之目，於是乎立。余則以士生今之世，使無坊表，何以爲狂瀾之障？心實儀之。曹子彝伯固所稱相與振起者也。比來游粤，則唯余與陳子喬生是交。」

②曹稺恭，曹開遠父。生平待考。

③瑯琊諸王指王忬及其子王世貞、王世懋；太原王氏指王錫爵、王衡。

④曹侍御，待考。

⑤《吕氏春秋·察賢》：「魏文侯師卜子夏，友田子方，禮段干木，國治身逸。」

⑥曹師仲、曹明叔，曹開遠弟。生平待考。

⑦《史記》卷六十八《商君傳》，裴駰集解引《新語》：「今衛鞅内刻刀鋸之刑，外深鈇鉞之誅，步過六尺者有罰，棄灰於道者被刑，一日臨渭而論囚七百餘人，渭水盡赤，號哭之聲動於天地。」

王子彦稿序①

予生時晚，不及從瑯琊王氏兩先生游，則聞之長老云：「元美先生廣大，敬美先生方嚴。」輒私心想見之。大海納流，百谷趨焉；山高萬仞，跛羊可牧〔一〕。今學者動言兩先生，其有山海之思乎？及交子彦，予則以爲真見兩先生也。兩先生門地素高，齒貴介，年未壯皆位方岳。顧家居甚約，見故人耆老必下車語，登堂飲酒，極歡迺罷。其他非等夷，或出最微，必致禮，無詬訶。

子彦固敬美先生孫，弱冠登賢書，執節深下。十數年來，里中所稱謙讓不伐，君子也。兩先生當日名文章大師，一字出，即門下生盛傳寫，紙不得墮地。及誨接人物，隨方指授，未嘗概以己長形人所短。子彦爲今名孝廉，世人寶愛其文，不異《吕覽》《鴻烈》。獨獎許後進，則身親之，勤勤如不及。然兩先生伯仲鼎盛時，婁城風俗近古，上下之交，不言貨財，民愿而恭，士大夫節儉而好禮。久之，其風稍變。子彦身當其流，力返古始，維先民是程，其爲時難易則小異矣。

郡城張異度先生②，子彦執友也，性端介少可。昨者計偕，獨邀子彦並舟而北，曰：「予浮大河，入津門，水道三千餘里，上下古今，是非斷如，惟子彦陽秋與予同爾。」今子彦發篋中言，與當世賢豪鉅公相質論，予愧無所稱引。抑翁思講《詩》，不忘忠孝③；仲淹擬經，禮樂爲本。子彦之文，其所託志也，廼繇祖德以序其平生焉。

【校記】

〔一〕「萬仞」「可牧」，原作「無仞」「不牧」，據《韓非子·五蠹》「千仞之山，跛牂易牧者，夷也」改。

【繫年】

據文中「昨者計偕，獨邀子彦並舟而北」，兼據前文作時，此文蓋作於崇禎元年（一六二八）。

【箋注】

①此序王瑞國稿。王瑞國，字子彦，太倉人。王士騄子，王世懋孫。復社成員。民國《太倉州志》卷二十《人物四》：「王瑞國，字子彦，士騄子。明天啓元年舉人。束修砥行，吴門文震孟、姚希孟折輩行與交。周順昌罹璫禍，裹金急其難。馬世奇殉國，設位爲誄以哭之。性高簡，寡嗜好，研精書史，無晷刻閒。爲古文，出入歐曾二家。國朝順治十年，授增城知縣。三載歸，築瘞硯齋，著述以老。」

②張世偉，字異度，吴縣人。乾隆《吴江縣志》卷三十二：「張世偉，字異度。曾祖銓見《名臣傳》，祖基見《儒林傳》，父尚友文行見推於時，以諸生終。世偉有才思，兼工古今文詞。少從父遊婁江，王世貞及王錫爵許爲國器。受知督學使者陳子貞，厚賻其父之喪，聲名籍甚。一時海内才士皆與締交，頗恃才簡傲。萬曆四十年，年幾五十，始舉順天鄉試。而忌者搆飛語劾以關節，至對

臺獄，罰三科。天啓元年，覆試乃得白。屢會試不第，遂築室名泌園，讀書其中。崇禎七年，巡撫張國維、巡按祁彪佳薦舉賢良方正，力辭，不就。年七十四卒。貧無以斂，理刑倪長玗往賻，乃得發喪。學者私謚之曰孝節先生。福王時，禮部題贈翰林院待詔。著有《泌園集》若干卷行世。」

③《漢書》卷八十八《王式傳》：「王式，字翁思，東平新桃人也。……式繫獄當死，治事使者責問曰：『師何以亡諫書？』式對曰：『臣以《詩》三百五篇朝夕授王，至於忠臣孝子之篇，未嘗不爲王反復誦之也；至於危亡失道之君，未嘗不流涕爲王深陳之也。臣以三百五篇諫，是以亡諫書。』」

楊剛慧居士墓誌銘〔一〕

【校記】

〔一〕本篇又見天一閣本《續集·續刻》卷四。此處存目。

王母宜人周氏墓誌銘代〔一〕

【校記】

〔一〕本篇又見天一閣本《續集·續刻》卷四。此處存目。

哭蘇太母文〔一〕

【校記】

〔一〕本篇又見天一閣本《續集·續刻》卷六。此處存目。

祭李涵醇方伯文①

流風維修，易世則革。獨儀正人，徂久而繹。公生實龐，道義所宅。領卷潔如，吐音且莫。墳大典常，肆而不賾。静言有模，理絶聲畫。發聞群儒，紛員執席。晉於王家，當秉玉策。或云震雷，雄邦奠石。仁名周翔，清籞曳舄。干言怫時，履序無射。挈財河麋，廉雅臬懌。藩宣焯勞，詩歌孔碩。後哲師庭，大經再闢。粲粲孰京？備行斯百。聖室遍觀，望軒八載。推美於親，嘉懿一跡。萊山著辭，選士徵册。忠孝同原，堂户靡斁。起鑰秦關，資難以澤。烝徒肅精，猛義好獲。始猶戒譪，繼迺啞啞。拔奸自躬，斷若噬腊。多歷繁霜，彌形膏液。忍疾廓夷，夜無鳴蟈。楮桅莫平，方整回軛。豈曰辭難？理存損益。美似遄歸，願侍晨夕。胡不及追，空然夢襗。往莫可求，滴滴歎柏。高鳥翱鳴，河中沈璧。孰喻此哀？衣冠徒碧。達者設言，潮必復汐。不知究凶，生民之瘠。大夫出車，禮見藺髀。萎玉若何，去來蜥蜴。溯時鞠悲，止囓黃蘗。門閎固崇，水落滋白。幸厠未襟，共傷履屐。折荷道憂，曲曰昔昔②。君子萬年，竟爾遠役。洗鍘祝將，恐戚我辟。

【繫年】

據王鐸《冏卿慕劬公洎夫人合傳》「至壬申年貳月終，年七十一」，此文蓋作於崇禎五年（一六三二），時在翰林院。

【箋注】

① 此祭李紹賢父李養質。李養質，字從樸，號涵醇，又號慕劬，山西蒲州人。王鐸《冏卿慕劬公洎夫人合傳》：「公諱養質，字從樸，號慕劬。蒲州人。乙酉舉鄉，丙戌進士，以左布政贈冏卿。……進左布政，……公仍備兵西寧。……夫以憂譖畏毒之心，處沙磧金戈之地，雖口不言勞，而風霜則隱浸于骨肌矣，遂以病乞休。至壬申年貳月終，年七十一。……（公）仲子即印渚，諱紹賢，今歷詹事正詹兼翰林院侍讀學士。」（轉見薛龍春《王鐸年譜長編》卷四）方伯：明清布政使均稱「方伯」。

② 昔昔：即《昔昔鹽》，樂府曲辭名，始見於隋薛道衡。昔昔即「夕夕」，鹽即「引」。

祭萬美叔文〔一〕

【校記】

〔一〕本篇又見天一閣本《續集·續刻》卷六。此處存目。

壽大中丞錢昭自先生六袠序〔一〕①

曩者昭翁先生五十生日，余與同黨諸子幸執筆侍，進言左右。時先生方爲寺人所惡，散服歸里。齮齕者日相伺，獨澹然安之，日偕長君彦林、次君仲芳詠詩著書。世嫉理學，聚譚者刑，挾藏者禁。先生懼其失傳也，表章最力。忠孝，生人大節也，時且諱之。有危冠深衣坐而言者，里中呫呫耳語，目爲不祥。先生父子哀之，著《浙忠録》以寄志跡②，所刺論亦《易》《書》之碩果，詩人之《十月》也。

乃更歷數年，先生以大中丞鎮滇南且二載矣。鳴角萬里，風塵晏如，維人之伐，可紀叔虎。然數年以來，時事每變，勞瘁備嘗，雖具十人給紙筆書之，弗能盡也。漕政素敝，上下玩爲故常。獨先生當事日，朝廷所最嚴急者惟漕，文符委牒，晝夜趨馳，比之銅魚召兵③，勢尤疾迫。武夫好以氣焰威物，民間苦之，釜庾之費，溢於恒日。先生裁之以法，軍民賴焉。往時漕大夫坐而理耳，無隨舟上下者，先生承功令新毖，不遑寧處。每歲漕艘百萬，逆流衡進，必身帥之前，浮黄河，涉津濟，與漕士卒同卧起飲食。凡再任，而漕乃大治。夫民者生穀，軍者行穀，民病則生者傷，軍病則行者困。彼靺鞈者何知，啣一文書，即大呼周鶩而四索耳。水澤之國，頳尾之民應之，不如所求，即拘執鞭箠之耳。良有司執典文，爲百姓爭豆鍾，冀寬旦夕死，即群噪逐之曰：「若固文吏，無如我何耳。」先生向受璫患，甫脱禍，即職東南漕。黽勉數年，不離厥官，意所汲汲者，惟民生根本。又徐折武人，使弗鋌險重食，人神鄭侯之轉輸④，而遠韋堅之掊克⑤，所以難也。

天子嘉先生勞苦，晉秩中丞。復念滇南遠在天末，酋姓交訌，非清公大臣有威聲者往弗靖，迺命先生行，曰：「于漕，其試之矣；茲行，其無廢也。」先生既秉節鉞，揚威遠方，其年伯氏塞翁先生入相⑥，中外倚屬。子彦林登順天賢書，冠其經，里黨僚友，群以入門稱賀。先生不應，謂：「榮名勢分，執而居之，亦性情萑葦耳，非我有也。所不忘者，昔人惟書卷聖賢，今人則高忠憲公耳⑦。」

夫先生歷守藩服，繫心本朝。彦林、仲芳介然書生，其志天下後世也。數年以來，悲風雨，嗟密雲者深矣。得所會，則所爲賦「旭日雁鳴」⑧；久其道，則爲賦「私苞竹茂」⑨。兩者，先生所以自壽，亦彦林兄弟所以壽先生也。彦林以先生覽揆之辰，命車往省；仲芳羅四方文辭，走致幕府，代金石。兩孫神駿，年十二三皆能作《祖德詩》。《五嶽真圖》取之門庭⑩，尤足傳矣。

【校記】

〔一〕「衺」，目録原題作「十」。

【繫年】

天啓七年（一六二七），錢士晉五十，張溥曾作壽序（《初集·錢昭自先生五十序》），可知此文作於崇禎十年（一六三七）。

【箋注】

①此爲錢士晉六十壽辰而作。張溥前已作《錢昭自先生五十序》。錢士晉，字康侯，號昭自。錢栴、錢棻之父。詳見《初集》卷四《錢昭自先生五十序》注。

②《浙忠録》：即《兩浙忠臣録》，錢棻著。見《初集》卷三《錢仲芳稿序》注。

③銅魚：即銅魚符，銅製魚形符信，古代官員用以證明身份和徵調兵將之憑證。《舊唐書·職官志二》：「凡國有大事，則出納符節，辨其左右之異，藏其左而班其右，以合中外之契焉。一曰銅魚符，所以起軍旅，易守長。」

④酇侯：漢蕭何之爵號。蕭何在楚漢相爭中，佐高祖，守關中，轉漕給軍，兵不乏食，因以致勝。高祖即位，以蕭何功最盛，封酇侯。見《漢書》卷三十九《蕭何傳》。

⑤《新唐書》卷一百三十四《韋堅傳》：「韋堅，字子全，京兆萬年人。……見宇文融、楊慎矜父子以聚斂進，乃運江、淮租賦，所在置吏督察，以佐國稟，歲終增鉅萬。玄宗咨其才，擢爲陝郡太守、水陸運使。」掊克：聚斂，搜刮。

⑥錢士升，字抑之，號禦冷，晚號塞庵，嘉善人。萬曆四十四年殿試第一，授修撰。崇禎元年起少詹

事，掌南京翰林院。六年九月召拜禮部尚書兼東閣大學士，參預機務。見《明史》本傳。

⑦高攀龍，字雲從，一字存之，無錫人。朱彝尊《静志居詩話》卷十六：「高攀龍，字雲從，無錫人。萬曆己丑進士，除行人，謫揭陽典史，起光禄寺丞，歷官刑部侍郎，都察院左都御史，坐忤逆閹，削籍被逮，赴水死。贈太子少保，兵部尚書，謚忠憲。有《高景逸詩》。」生平詳見《明史》本傳。

⑧語見《詩·邶風·匏有苦葉》：「雝雝鳴雁，旭日始旦。」

⑨語見《詩·小雅·斯干》：「如竹苞矣，如松茂矣。」

⑩五嶽真圖：即《五嶽真形圖》，道教符籙，據稱爲太上道君所傳，有免災致福之效。

李青來衡言小引①

青來、石友問字於予②，自今數之，蓋三年矣。每以文見投，予必改貌易視。凡人學問有歲變者，有月變者，有日變者。予讀《書》而感于傅説③，讀《春秋》而感于閔子焉。其論學至矣！歲以變成，物以變生，學亦如之，二李殆工其術者也。青來積文彌多，出其十之一，名《衡言》示世。夫權量在心，然後可以權量天下。文如青來，此長短輕重人者也，世何得而長短輕重之？然有石友在，一家諷詠已足，何必效范蠡遠踪辛子，刑白鷁而盟乎④？

【箋注】

①此序李明嶽《衡言》。李明嶽，字青來，嘉興府秀水人。復社成員。吴山嘉《復社姓氏傳略》卷五：「李明嶽，字青來。以宦游死於粤。集無存。」

②李明巒，字石友，嘉興府秀水人。李明嶽伯兄。復社成員。吴山嘉《復社姓氏傳略》卷五：「李明巒，字石友。明嶅兄。負幹略，尚氣節，有《歗歌集》。」

③傅説：商王武丁輔臣，與伊尹齊名。出身微賤，嘗于傅險從事版築勞動。武丁夜夢得聖人，名説，乃令百工依夢所見尋訪，果于傅險得之，用爲宰。

④張澍《姓韻》卷二十《辛》：「范子曰：計然者，葵丘濮上人，姓辛氏名文子，其先晉國亡公子也。嘗南游于越，范蠡師事之。」馬總《意林》卷一《范子十二卷》引《太平御覽》：『（辛子）博學無所不通，蠡請受道藏於石室，巧刑白鷂而盟焉』。

祭魏廓園先生文①

嗚呼！廓園先生之檻車而過吴門也，當日周忠介公泣而送之，申以婚姻，要以死期②。自今思之，猶昨日事爾。未幾而先生酷死③，子子敬載喪車還，號慟不食死。其爲昨日猶故也。踰年，詔書追録慘死諸君子，先生之忠，子敬之孝，揚暴天下，賜官爵，表宅里④，其事猶之昨日也。今年冬十二月，先生少子子一⑤、子聞⑥，奉先生與兄子敬之喪歸山丘，會葬者數千人。

嗚呼！先生居官六年，家徒四壁，而卒坐贓三千餘以死。封疆之事，先生罪楊、熊持法無赦，而又以黨楊、熊死⑦。凡爲此以殺先生者，深知先生之無罪與先生之貧也。知先生之無罪，故以封疆爲名；知先生之貧，故以財重爲累。先生當此，有死而已，何暇念身後之榮名、子孫之盛顯哉！然先生既没，其風不改。子敬死，復有子一、子聞，志操學問，皆如其兄。四方之士，連轅結轍，登先生之堂，室無完器，門無甃石，貧猶是也。顧諸子，則日見貴矣。

先生身當患難，志在澄清，排擊大奸，趨死不顧。而異已者猶獻玉山之譏，進知止之説⑧，此子敬所以反覆而哀道也。子敬死，其書獨傳，此豈特爲先生言哉？當時衆正在朝，事幸可爲，黽勉同心，義不敢後。及一陰漸長，君子道衰，舉國呼號，猶懼弗及。苟有退者，孰遏其流？至於擊之不勝，避之不可，不得已而以死繼之。古之忠臣義士，放逐流離，殞身社稷者，皆繇是也。何獨疑於今日哉？且正人蒙禍，身備五毒，而奸邪幸保首領，猶擅國家之利，窮聲勢之娱。即或有時一二賢者獲見進用，而讒人隨其後，傾危者相屬也。是故小人雖敗有餘寵，君子雖進有餘懼，善可爲而不可爲，亦已久矣。然寧爲此不爲彼者，蓋以秉君父之命，扶人心之絶也。試告之先生，先生其許而示以夢寐乎？

【繫年】

據文中「踰年，詔書追録慘死諸君子，先生之忠，子敬之孝，揚暴天下，賜官爵，表宅里，其事猶之昨日也。今年冬十二月，先生少子子一、子聞，奉先生與兄子敬之喪歸山丘，會葬者數千人」等語，考魏大中天啓五年七月卒於獄，「踰年」即天啓七年，「今年」即崇禎元年，故此文作於崇禎元年（一六二八）。

【箋注】

①此祭悼天啓間與楊漣、左光斗一起爲魏忠賢迫害之東林黨人魏大中，感慨正直遭害，斥責讒小得意。著力表彰魏大中「身當患難，志在澄清，排擊大奸，趨死不顧」之精神，讚揚魏學洢子承父志，後繼有人。同時感慨「小人雖敗有餘寵，君子雖進有餘懼。善可爲而不可爲，亦已久矣」。感情激烈悲憤。魏大中，字孔時，號廓園。詳見《初集》卷四《錢昭自先生五十序》注。

②《明史》卷二百四十五《周順昌傳》：「魏大中被逮，道吴門。順昌出餞，與同卧起者三日，許以女聘大中孫。旂尉屢趣行，順昌瞋目曰：『若不知世間有不畏死男子耶？歸語忠賢，我故吏部郎周順昌也。』因戟手呼忠賢名，駡不絶口。」

③《明史》卷二百四十四《魏大中傳》：「比入鎮撫司，顯純酷刑拷訊，血肉狼籍。其年七月，獄卒受指，與漣、光斗同夕斃之，故遲數日始報。大中屍潰敗，至不可識。」

④《明史》卷二百四十四《魏大中傳》：「莊烈帝嗣位，忠賢被誅，廣微、樾、九疇、夢環並麗逆案。大

中贈太常卿，謚忠節，録其一子。」

⑤ 魏學濂，字子一。魏大中子。復社成員。吴山嘉《復社姓氏傳略》卷五：「魏學濂，字子一。忠節公大中子。大中以璫禍斃獄。學濂伏闕訟父冤，並白兄學洢死孝狀。又瀝血上疏劾阮大鋮、傅櫆交通逆奄諸罪。奉詔予大中謚，學洢配父祠。癸未，學濂成進士，入翰林。時賊陷太原，學濂請東宫或二王鎮南服，又言當糾合畿輔義士，爲勤王師。迨城陷，作絶命詞，自縊死。學濂痛父詔獄之慘，終身布衣不重味。母病，割臂肉和藥進，乃瘳。」

⑥ 魏學洙，字子聞。魏大中子。復社成員。吴山嘉《復社姓氏傳略》卷五：「魏學洙，字子聞。大中少子。諸生。時兄學洢已死，學濂又走闕下。學洙於患難中侍母錢，能得歡心。後因母疾，心力瘁竭而卒，年二十七。」

⑦ 《明史紀事本末》卷之七十一《魏忠賢亂政》：「大中家徒四壁，卓然以名教自持。熊、楊之獄，大中力言宜寘重辟，諫草傳布，而竟誣以熊、楊賄賂，坐贓死。」

⑧ 知止之説：《老子》：「知足不辱，知止不殆，可以長久。」

胡母周太夫人五十壽序(二)①

國門賢達長者多稱周鏡川②、婁濱兩君子，其言曰：「鏡川簡要，婁濱清通。百里之長卿，士大夫之表也。」余聞而心喜，竊幸兩君子皆婁人。婁地平壤，無山川奇麗可記載，獨文章節義，代有其人。即游於京師，宦學成名者，咸能樹義亢古，增榮本鄉。京師大無外，九州聚處，衣冠萬家。周子兄弟以婁人頡頏其間，車騎輻輳，通名氏，徵州里，争推地靈，云婁東有人。此與蘭陵見稱江左，延陵齊聲鄒魯，古今人不甚相遠也。

余習鏡川、婁濱久，間與語：「此中名士百輩，君家兄弟獨雄，設更有弟昆，談經竈觚③，破人堅城，當益無敵。」兩君子乃云：「家有女弟，才操出丈夫上，門庭之勁，蹇裳讓之。」余問所從，則粤東德慶州貳胡公養种之匹④，今博士弟子序九⑤、孝廉其章母也。鏡川二子，長二爲⑥、次逸休皆善文⑦，著行義。婁濱少子本卿不凡亦似其兄⑧，與序九兄弟中表，多從余游。余友二爲，而逸休、本卿、序九、其章則謬師事余。余在都則交鏡川、婁濱，居家則交養种，復歎兩家少長彬彬德誼，何其盛也！

萬曆二十七年間，倭寇凴凌朝鮮，天子命大司馬萬公震澤東征⑨。萬公左右顧，無堪隨行者。時養种弱冠，薄游京畿，奮發請往，其意欲走日本，組國王，生獻闕下，爲漢甘、陳不難也⑩。功成凱還，叙次第，出貳榮澤。都人少之，謂其勞在邊海，鬱鬱丞尉，寧足報乎？養种夷然受命，絜周孺人行。孺人初出閨闥，涉千里，補縫治裝，以壯志勖養种，此四方之始也。鹿車載家，願與君同清。榮澤地界黄河，七省孔道。孺人相夫子爲政，三載奏績，囊無餘錢。父老擁馬足涕泣，邑中軒冕數十里外酌酒送。既頌賢尉，復稱内德，維御者之妻，成大夫之行，執鞭晏嬰，後者過前矣⑪。比官德慶，飲水猶舊。序九、其章諸兄弟年漸長，專志教督。二子早慧，甫識方名，即能爲大家作述。孺人頣解，望子益勤，遂勸養种解綬歸里。喬木蔭而行人息，九子鳴而鳳凰隱，物理然也。其章癸酉戰勝，冠一經，聲華籍甚。孺人粗衣縑裳，不易其初。邑中冬春舉鄉飲禮，大夫首加敬養种，欲辭不可。養种年雖高，强力不恃杖。其章、序九左右侍飲，贊興拜庠序。觀禮者擬于太丘過荀里，二方將車，太史奏真人東行⑫，庶幾近之。

今丙子當秋試，海内咸屬目序九奪螯弧以登〔二〕⑬。孺人五十齊年，適在是歲。于是先獻春酒，余前致辭：「孔母之慈，曾父之嚴，孺人實兼德焉。『酒食是議』⑭，則曰不食不義，此母志也；『衣裳在笥』⑮，則曰錦被必覆，此母志也。」是説也，余嘗聞之鏡川、婁濱，今幸而親見。身繫於夫則成其夫，繫於子則成其子，非獨夫與子之榮也。《詩》云「宜兄宜弟」⑯，亦備是矣。

【校記】

〔一〕本篇又見《近集》卷六，題作「胡母周太孺人五十壽序」。

〔二〕「螯弧」，原作「鍪弧」，據《左傳·隱公十一年》改。

【繫年】

據文中「今丙子當秋試，海内咸屬目序九奪蝥弧以登。孺人五十齊年，適在是歲」等語，可知此文作於崇禎九年（一六三六）。

【箋注】

①此爲胡養种妻、胡演及胡周鼒母周太夫人五十壽辰而作。

②周鏡川，周履時伯兄。生平待考。張溥在京城時結交周鏡川、周履時。又，周鏡川長子周南字二爲、次子周祚字逸休、周履時少子周宗字本卿俱入復社，師事張溥。

③談經竈觚：竈觚即竈突。《太平御覽》卷一八六引《莊子》：「仲尼讀《春秋》，老聃踞竈觚而聽。」

④胡養種，蘇州府人，與張溥交好。生平待考。其二子胡演字序九、胡周鼒字其章俱入復社，師事張溥。胡周鼒被好事者目爲復社「十哲」之一。

⑤胡演，字序九，蘇州府人。胡養種子。復社成員，名見吴山嘉《復社姓氏傳略》卷二。

⑥周南，字二爲，太倉州人。周鏡川長子。復社成員，名見《復社姓氏傳略》卷二。

⑦周祚，字逸休，太倉州人。周鏡川次子。復社成員，名見《復社姓氏傳略》卷二。

⑧周宗，字本卿。周履時少子。復社成員，名見《復社姓氏傳略》卷一。

⑨《明史》卷二十一《光宗本紀》：「（萬曆二十六年六月）丙子，巡撫天津僉都御史萬世德經略朝鮮。」

⑩甘陳：漢甘延壽和陳湯之並稱。漢建昭三年，西域都護騎都尉甘延壽、副校尉陳湯合謀擊斬匈

奴郅支單于，因功封延壽爲義成侯，賜陳湯爵關内侯。見《漢書》卷七十《甘延壽陳湯傳》。

⑪《晏子春秋》卷五《内篇雜上》：「晏子爲齊相，出。其御之妻從門間而窺其夫爲相御，擁大蓋，策駟馬，意氣揚揚，甚自得也。既而歸，其妻請去。夫問其故，妻曰：『晏子長不滿六尺，身相齊國，名顯諸侯。今者妾觀其出，志念深矣，常有以自下者。今子長八尺，迺爲人僕御，然子之意自以爲足，妾是以求去也。』其後，夫自抑損。晏子怪而問之，御以實對，晏子薦以爲大夫。」

⑫《世説新語·德行》：「陳太丘詣荀朗陵，貧儉無僕役。乃使元方將車，季方持杖後從。長文尚小，載著車中。既至，荀使叔慈應門，慈明行酒，餘六龍下食。文若亦小，坐著膝前。于時太史奏：『真人東行。』」

⑬奪蝥弧以登：謂奪冠。蝥弧，春秋諸侯鄭伯旗名，後借指軍旗。《左傳·隱公十一年》：「潁考叔取鄭伯之旗蝥弧以先登，子都自下射之，顛。」

⑭語見《詩·小雅·斯干》：「無非無儀，唯酒食是議，無父母貽罹。」

⑮語見《尚書·商書·説命》：「惟衣裳在笥，惟干戈省厥躬。」

⑯語見《詩·小雅·蓼蕭》：「既見君子，孔燕豈弟。宜兄宜弟，令德壽豈。」

許年伯母諸太孺人壽序①

庚午冬既，孟宏計偕②，同平仲、與游前發。予於德州道上遇維斗，要之並驅。及商家林，與三子相見。商家林者，以商文定公所居而名③。時酌酒逆旅中，追論文定相謨，成於母德。孟宏輒俯首不言，若有思者。蓋念太母教子勤篤，有似昔媛。漢劉子政撰《列女傳》，宋曾子固叙之④，後先同倫，宜三復斯旨也。

萬曆中，稱治久，賢士大夫勵文教、明道學，講談高座，著於梁溪。鹿城諸景陽先生布袍方領⑤，吐言卓犖，爲士楷式。太母本其門胤，少讀禮訓，言動嚴整周折，應對行如大儒。既適許玄祐先生，百兩御之，荼雲從之，母弗願也。升車受戒，入廟奉贄，儉而中則，媪御迎者咸謂：「德家宗風，《采蘩》脩内⑥，《羔羊》脩外⑦。」太母漸漬於平日者深，鹿車椎髻，抑其次也。

玄祐先生嗜學博交，不喜美田宅，握籌算，獨好奇字異書，委宛之篇，琬玦之記，懸金摹刻，晝夜不倦。俗客挾笙竿、持綾刺詣門者，謝弗見。聞海内偉人名山高隱，則攜文載酒，身楫忘返。太母益心善之，樂襄其志。九州襜褕，取諸筐篋；山經水志，登於闈房。惟母仁義，喜好與先生則均。是知荇菜左右，不如詩書；友生鳴求，義等琴瑟。性近則然，非獨倡和也。

孟宏淳誼穆行，群弟某某，飭本脩古，咸秉父母之志。然玄翁抱潛不遇，委蛇秘閣，厭而退老，諸子孤立，嗟彼霜露。母當是時，射濯衣之勞，明歲寒之訓。昆弟入見，勉以循墻；娣姒肅進，教以鳴雁。惟師惟儀，實在一人。語有云：「不見其瘁，孰知其榮？」今孟宏衿冕孝廉，諸弟樹聲文苑，羽儀輝光，必稱閫閾。然太母見群子則讓善不居，群子念太母則毋忘昔日。清和九經，脩明榮陽，閨門太古，彼婦人之德，使國君表廬，公卿象化，豈徒言山河，不言堇苦哉？服大布者歌褧裳，執旨蓄者陳列鼎。天之隆施，必視其闇，猶榮春發於嚴冬，涼風生於爍暑，理相倚伏，不能易也。

許氏三節⑧，顯奕當代。當門刊高行，鄉版孝里。太母復令德龐齒，含和糜爵。節母之家，必有壽母，所謂松筠類從，其全天年，名不朽，一也。孟宏兄弟日讀百卷書，其於古今義概、婦女風烈，識睹尤詳。侍太母朝夕，書其行事，必能如扶風誦姑，眉山稱母，無俟余言。然在許氏爲家乘，在吾黨爲口碑。予兄洛尹又幸託婚孟宏，猶子楚楚，不媿勝衣，相率洗酌，直道門内之樂，鼓晞陽之琴，不自知無文矣。

【箋注】

① 此爲許自昌之妻、許元溥之母諸太孺人壽辰而作。許自昌，字玄祐，自號高陽生，別署梅花主人，吴縣人。見《續集·別集》卷一《甫里三節母合傳》注。

② 計偕：舉人赴京會試。

③ 《元史》卷一百五十九《商挺傳》：「商挺，字孟卿，曹州濟陰人。……至元元年，入拜參知政事。……九年，封皇子忙阿剌爲安西王，立王相府，以挺爲王相。……有詩千餘篇，尤善隸書。

延祐初，贈推誠協謀佐運功臣、太師、開府儀同三司、上柱國、魯國公，謚文定。」

④《漢書》卷三十六《劉向傳》：「向以爲王教由内及外，自近者始。故採取《詩》《書》所載賢妃貞婦，興國顯家可法則，及孽嬖亂亡者，序次爲《列女傳》，凡八篇，以戒天子。」《隋書》及《崇文總目》皆稱劉向《列女傳》十五篇，曹大家注，故曾鞏作《列女傳目録序》以考論之。

⑤徐允禄《思勉齋集》卷九：「崑山諸壽賢，字延之，號景陽。萬曆丙戌科進士，官至禮部主事。景陽天性忠孝戇直，擔荷名教。爲諸生時，聞穆宗登遐，拊膺大哭，衆笑其痴。甫成進士，即與同年進士無錫顧允成上論南直學使者房寰兇邪小人也，彈劾南京吏部侍郎海瑞不當，坐狂躁謫，天下義之。久而陞禮部主事，尋論宫闈册立事，遂罷黜，終不叙。」

⑥《采蘩》：即《詩·召南·采蘩》。方玉潤《詩經原始》：「《采蘩》，夫人親蠶事于公宫也。」

⑦《羔羊》：即《詩·召南·羔羊》。方玉潤《詩經原始》：「《羔羊》，美召伯儉而能久也。」

⑧許氏三節：即許元溥母及諸母。《合集·詩稿》卷二有《許氏三節，褚太君者，孟宏孝廉嗣母也；王太君、歸太君，則諸母也。褚年二十一，王年二十三，歸年二十九，皆獨居。今則褚年七十九而殁，王年六十九，歸年六十一矣。三母皆舉于有司，表臣式廬，將次第棹楔，爲詩紀之》。乾隆《長洲縣志》卷二十八《列女》：「甫里許氏三節，許自學妻褚氏年二十一而寡，撫嗣元溥舉於鄉，守節五十年。許自正妻王氏年二十三而寡，家貧無子，依父母居。母憐其幼，欲嫁之，乃授褐衣，以紅錦繫鈕探之。王氏泣曰：『未亡人終身不近此色矣。』守節四十餘年。許自立妻歸氏年二十九而

寡，事姑孝，撫二孤成立，守節三十餘年。崇禎中，先後旌表，張溥爲傳。」

書經註疏大全合纂序〔一〕①

《漢・儒林傳》言「孔氏有古文《尚書》，孔安國以今文讀之」；《唐・藝文志》有今文《尚書》，則玄宗詔衛包所改也②。蓋漢所謂古文者，蝌蚪書；今文者，隸書。唐所謂古文者隸書，今文者世用俗字。然則後世所讀，皆俗字《尚書》，即安國今文未見也。

宋元諸儒言《尚書》可疑者不一。吳草廬序録特出伏氏二十八篇如舊，以明漢儒初傳。其晉世晚出之書，則別見於後③。揭曼石稱爲「綱明目張，如禹治水」④。然五十九篇經序久定，復爲此更置，繇信之不真，則施改多故矣。宋代説《尚書》者，蘇子瞻而下⑤，葉石林《書傳》⑥、吳才老《裨傳》稱詳博⑦。余所見僅蘇《解》，葉、吳二書〔二〕，問之藏書家，多云無有，不已缺乎？蘇氏經解，朱子最稱。《書傳》以其駁正王氏《新經》者多⑧，至解《胤征》《吕刑》《康王之誥》，尤前人所不逮。蓋信事易，信理難；信理易，信數難。此讀子瞻書，易之分也。

朱子嘗欲作《書説》，弗果。門人請斷《書》句，亦弗果。其欲爲而不暇與？抑有疑而不敢爲與？俱不可知。然蔡氏《集傳》命於朱子，又多所是正。傳經大事，不輕付託。若仲默於《書》不深，朱子不當以此相屬⑨。令朱子於《書》有疑，不欲自爲，以委仲默，則信者自取，疑者讓人，非聖賢公心也。後人見朱子不作《書》註，並仲默之書不能無疑，云：「《洪範》以後，非蔡手筆。」⑩凡解經者前過而信，後過而疑，即疑且信，亦存乎人，於《書》本真無與也。過信不擇，謬妄如《三墳》，衆知其僞，鄭夾漈猶云：「文古辭質，非後人能爲。」⑪過疑而辨，則二帝、三王坦然明白之文，或尚譏其卑弱，不類漢前。且詰曲聱牙者，既慮其齟齬而難讀；文從字順者，又謂其易讀而可疑。然則必如何而後謂之真《尚書》也？余間以意斷，大抵《孔傳》可謂之略，不可謂僞；蔡傳當因其不及者脩而成之，勿舉其已定者苛而没之。此又讀諸經皆然，不第一《尚書》矣〔三〕。

【校記】

〔一〕本篇又見《書經註疏大全合纂》崇禎九年刻本張溥序。

〔二〕「吴」，原作「胡」，據《書經註疏大全合纂》崇禎本改。

〔三〕《書經註疏大全合纂》崇禎本張溥序末署「崇禎九年正月　日後學婁東張溥序」。

【繫年】

據《書經註疏大全合纂》崇禎九年本張溥序末署「崇禎九年正月　日後學婁東張溥序」，可知此文作於崇禎九年（一六三六）正月。

【箋注】

①此自序《書經註疏大全合纂》。《書經注疏大全合纂》，張溥纂，明末刊本，有五十九卷本及三十四卷本二種。著録見於《正雅堂古今書目》《中國古籍總目》《中國古籍善本總目》《江蘇藝文志》。五十九卷本爲明崇禎九年舒瀌溪刻本，北大圖書館、哈佛大學漢和圖書館等藏。三十四卷本爲明崇禎四至十七年刻本，北大圖書館、上海圖書館等藏。張溥《書經注疏大全合纂》亦爲其《五經注疏大全合纂》之一，亦綜合《大全》《注疏》而成。書首《書經注疏大全合纂序》，提出反對兩種讀《書》之傾向：「過信不擇」與「過疑而辨」。故治《書》之法應爲：對於漢孔安國《書傳》，可認爲簡略而不可斷其爲僞，對於宋蔡沈《書集傳》可補其闕略者，但不可對其已有者予以苛責，此應爲治諸經之通法。顯然，與偏重於一家者而言，此法更爲執中公允，表現出張溥兼容並包、求真樸實之學術趨向。

②此段語本馬端臨《文獻通考》卷一百七十七：「按《漢・儒林傳》言孔氏有古文《尚書》，孔安國以今文讀之。《唐・藝文志》有今文《尚書》十三卷，注言玄宗詔集賢學士衛包改古文從今文。然則漢之所謂古文者，科斗書；今文者，隸書也。唐之所謂古文者，隸書；今文者，世所通用之俗字也。」

③吴澄《四經叙録》(《全元文》卷四八八)：「《書》二十八篇，漢伏生所口授者，所謂今文《書》也。……今考傳記所引古《書》在二十五篇之内者，鄭玄、趙岐、韋昭、王肅、杜預輩並指爲《逸

書》，則是漢、魏、晉初諸儒曾未之見也。故今特出伏氏二十八篇如舊，以爲漢儒所傳確然可信，而晉世晚出之《書》别見于後，以俟後之君子擇焉。」

④揭傒斯《大元敕賜故翰林學士資善大夫知制誥同修國史贈江西等處行中書省左丞上護軍追封臨川郡公謚文正吴公神道碑》（《全元文》卷九二九）：「乃若吴公，研磨六經，疏滌百氏，綱明目張，如禹之治水，雖不獲任君之政，而著書立言，師表百世，又豈一材一藝所得並哉！」

⑤《宋史》卷三百三十八《蘇軾傳》：「後居海南，作《書傳》。」《宋史》卷二百二《藝文志一》：「蘇軾《書傳》十三卷。」

⑥葉夢得，字少藴，號石林居士。著有《石林尚書傳》二十卷，宋紹興間刻本，日本清見寺藏。馬端臨《文獻通考》卷一百七十七《經籍考四・書》：「《石林書傳》十卷。陳氏曰：『葉夢得少藴撰。少藴博極群書，强記絶人，《書》與《春秋》之學，視諸儒最爲精詳。』《中興藝文傳》曰：『其爲《書》頗採諸家之説，而折衷其是非。』」

⑦吴棫，字才老。著有《書裨傳》十三卷。馬端臨《文獻通考》卷一百七十七《經籍考四・書》：「《書裨傳》十三卷。陳氏曰：『太常丞吴棫才老撰。首卷舉要曰《總説》，曰《書序》，曰《君辯》，曰《臣辯》，曰《考異》，曰《詁訓》，曰《差牙》，曰《孔傳》，凡八篇，考據詳博。』」

⑧《宋史》卷三百二十七《王安石傳》：「初，安石訓釋《詩》《書》《周禮》，既成，頒之學官，天下號曰『新義』。晚居金陵，又作《字説》，多穿鑿傅會。其流入於佛、老。一時學者，無敢不傳習，主司純

用以取士，士莫得自名一説，先儒傳註，一切廢不用。」

⑨《宋史》卷四百三十四《蔡沈傳》：「沈字仲默，少從朱熹游。熹晚欲著《書傳》，未及爲，遂以屬沉。」

⑩語見吴澄《書傳輯録纂注後序》（《全元文》卷四八四）：「《召》《洛》二誥朱子之説具在，而傳不祖襲之，故切疑《洪範》以後殆非蔡氏之手筆也。」

⑪鄭樵語見《通志》卷六十三：「然其文古，其辭質而野，其錯綜有經緯，恐非後人之能爲也。」

二三場合鈔序[二]①

馮子鄴仙議科場條貫②，大指在重二三場，法最簡當。二三場之學，視第一場難且十倍，兢兢重之，舉世所知。獨嚴重之法，余每數思，不得其解。後場判學頗省，論表包衆文之體，五策言天下之務，舉事非輕，作者不易。欲製自胸中，白首未能；若沿而相趨，童子立具。蓋後場形體雖大，總括題目，不過數十。小慧之士諷詠一月，大致可見。閲者厭棄所熟，盡空諸有，則枵虚競長，於理無當。苟專取蹠實，汪洋之觀，觸目皆是。言歐、蘇之言者，非歐、蘇；稱賈、董之稱者，非賈、董。造富隨貧，予竊悲之。

鄴仙欲重論學，先表論題。三年之内，使人分習經史，即從本書，標題數千，使人講貫。及試之日，源流粲如。策則分對策、制第二途。對策依問作答，問輒數十條，如宋帖括，明其本末，不溢他語。制策直陳所學，文章百變，古今萬言，司其喉舌，無所不顯。表則據事切韻，必本風雅，短長易識也。予謂三説甚善，法復可行，使蚤見施爲，如是者進，不然者黜。學者稽古不遑，朝廷得人甚盛，豈空言乎？

雲間陳卧子，當世絶才，其所談二三場如人衣食事，尋常切實，初無影響。虞山楊子常、婁東顧麟士，經學純儒，其論議與卧子同。《合鈔》本偕《合選》後先行③，兩地不謀，指趣無爽，閉門造車，出而合轍，其信然矣。《合選》縱觀渺論，雜以平居之言；《合鈔》則因文考古，題據咸列。前者不遺，後者姑闕。揆之典章文物，俱無負也。

今日格法稍開④，放言靡已。街巷市販，刀筆米鹽，欲登廊廟，禁以司敗，勢猶不止。莫若懸二三場試之，質實者令其對策，博雅者兼作論表，分别高下，定彼賞罰。庶山澤隱淪，不忘獻納；髡鉗亡命，無溷至尊。則子常、麟士與卧子二書，藥石粱肉，時所最亟矣。

【校記】

〔一〕本篇又見《近集》卷四。

【箋注】

① 此序楊彝、顧夢麟時文選本《二三場合鈔》。楊彝，字子常，號穀園，别號萬松老人；顧夢麟，字麟

士，號中庵，別號織簾。俱詳見《初集》卷一《楊顧二子近言序》注。王彬《清代禁書總述》：「《二三場合鈔》，明楊彝、顧夢麟選。夢麟，字麟士，太倉人。崇禎間副貢。詩文雅馴，爲時所宗，稱織簾先生。鼎革後，絶跡城市，客授汲古毛氏。潛心著述，尚著有《四書説約》《詩經説約》《織簾居士詩文集》等。此書因『内有《復遼》等篇，多干礙』，而爲浙江巡撫陳輝祖奏繳，乾隆四十六年（一七八一年）四月二十七日奏准禁毁。」

② 馮元飆，字爾弢，號鄴仙，慈溪人。張豫章輯《御選宋金元明四朝詩》：「馮元飆，字爾弢，慈溪人。天啓壬戌進士，知澄海、揭陽二縣，擢户科給事中，歷官兵部尚書。」生平詳見《明史》本傳。

③ 《合選》：即《幾社壬申合稿》二十卷，有明末小樊堂刻本。詳見《續集·別集》卷一《雲間幾社詩文選序》注。

④ 格法：成法，法度。

兵家訓實序〔二〕①

予讀龍門先生《南遷志》，嘆其博物君子，又愴然而悲，謂：「與賈生投書吊屈原亡異也。」最後復讀《孫子繹》《兵家訓實》二書，皆其倚徙潭上，周思衆家而作。往者天驕叩關，先生聞變，呼馬疾馳，未嘗與家人握手語。今群盜滿山，刁斗夜驚，海濱放士，憂心如焚，獨採論兵要，著成此篇。平居不忘介胄，患難不遺君父，若先生者，可謂忠矣。

緣以起。《藝文》載兵，其書數十，或託之神仙，假之黄帝。管子作政，荀卿論武，王霸之談，皆餘，慷慨論列，若親率六軍，摧大敵，枕戈飲血，滅此朝食。其視昔人流離放逐，僅賦詩飲酒者，意何深遠也！然陰謀世忌，故方難執。曲逆侯之奇②，馬服子之陋③，其途何從？先生以僑寄之

先生英年筮仕，所歷多盜賊之鄉，盤錯之地，清嚴壁立，劇寇約不敢過界。朝歌渤海，其風再見。令天下寄大州、任方岳者，盡如先生，笳鼓不鳴，雀符已靖，何至擾擾數方，鳥瀾獸沸乎？廼晝箸草間，僅以言顯。此予所以抱書於邑，有望馮父也。

【校記】

〔一〕本篇又見《近集》卷三。

【箋注】

①此序張舜臣《兵家訓實》。張舜臣，字熙伯，號東沙，山東章丘人。康熙《湖廣鄖陽府志》卷十七：「張舜臣，字熙伯，山東章丘人。嘉靖癸丑撫治鄖陽，精勤敏果，夬擿如神，豪猾屏跡，軍民胥安。」

②《漢書》卷四十《陳平傳》：「其明年，平從擊韓王信於代。至平城，爲匈奴圍，七日不得食。高帝用平奇計，使單于閼氏解，圍以得開。高帝既出，其計秘，世莫得聞。高帝南過曲逆，上其城，望室屋甚大，曰：『壯哉縣！吾行天下，獨見雒陽與是耳。』顧問御史：『曲逆户口幾何？』對曰：『始秦時三萬餘户，間者兵數起，多亡匿，今見五千餘户。』於是詔御史，更封平爲曲逆侯。」

③ 梁玉繩《史記漢書諸表訂補十種·人表考》卷八《趙括》:「趙括始見《吕氏春秋·自知》。趙奢之子,襲號馬服君。白起射殺之。」

馬漢翔稿序〔一〕①

馬子漢翔與其叔氏君房、弟魯卿並爲兩京文字②,體制弘古。予讀之以爲建章千門萬户,今復見也。漢翔孝友,性在自然,推誠友朋,斷金爲信。每與予談論其王父南溟先生文章風義,如揖衣冠,布筵武,不減生時。靈運《祖德》之詩③,常璩《兄弟》之論,斯人兼懷,輒爲慷慨。

漢翔少便有名,每試不後人一步。山公品題,狼藉巾笥。所刻少許,皆其近篇。其他雜試,不在此目。然國士遇我,義不敢隱。以此相推,辭表情見。予内弟王惠常、永君④、天路三子⑤,才共千尋,世稱國器。漢翔叔姪信好無二,芳蘭一屋。昔賢人地不愧烏衣賞游,文詞相得,雲霞命友。崑城大止十里,有此往還,山靈見許,豈徒紙墨?執筆作序者流連其間,吟哦不去,亦如謝義潔云:「飲酒得人,沉湎千日也。」⑥

【校記】

〔一〕本篇又見《近集》卷四。

【箋注】

①此序馬雲舉稿。《近集》卷四《馬漢翔稿序》：「漢翔初刻試牘，余曾序之，言其門庭之盛，先世之風，語短思深，筆不得止。」即指此序。馬雲舉，字漢翔，號嵋輪。光緒《崑新兩縣續修合志》卷十：「馬雲舉，字漢翔，號嵋輪。雲南参政玉麟孫，父天騋。雲舉中順治丁亥進士，循部例得山西河曲令。河曲邊地，土瘠民貧，獷悍難治。既下車，不窮追逋賦，曰：『吾摘其負多者治之而已。』秋旱蝗不報，曰：『報需勘，勘則勞官，官勞則民擾，吾嘿恤之而已。』有訟妻毒其夫者，詞連妻黨及賈客數人，久不決。訊之，曰：『以水銀置飯中，水銀性流，入飯則走，何能殺人？非其罪也。』竟釋之。攝保德縣事，築城埤，疏井泉，蝗不爲災。初至才四十户，比去官九百餘户。先是，撫軍申公檄燕南北，毋蓄馬匹器械，而交城之變作。總兵姜瓖爲撫軍所憚，有叛心，繼而反，陷晉中郡邑六十又四。縣令二百人，或降或逃，或被誅，無一全。雲舉以愛民，官民感之，爲死守。時舊令張堯卿在圍城中爲内應，執雲舉械送賊營，卒不屈。會官軍至，事平，當道檄令仍知河曲，卒以失城，不得題叙，罷歸。搆别業於西郊，以山水自娱，絶無世路聲華想，逍遥園林者二十年。康熙戊中卒，年六十四。著有《萬卷樓簡編》《凝秋堂集》。」

②馬君房，馬雲舉叔；馬魯卿，馬雲舉弟。生平待考。

③謝靈運有《述祖德詩》二首，其序云：「太元中，王父龕定淮南。負荷世業，尊主隆人。逮賢相徂謝，君子道消，拂衣蕃岳，考卜東山。事同樂生之時，志期范蠡之舉。」

④王啓棠，字永君，太倉人。張溥妻弟。復社成員。名見《復社姓氏録》。

⑤王啓棻，字天路，太倉人。張溥妻弟。復社成員。名見《復社姓氏録》。

⑥《册府元龜》卷八百《敏捷》：「謝瀹性甚敏贍，嘗與劉俊飲，推辭久之。俊曰：『謝莊兒不可云不能飲！』瀹曰：『苟得其人，自可沉湎千日。』俊甚慚無言。」

徐冏伯疏稿序〔一〕

【校記】

〔一〕本篇有目無文。

七録齋文集近稿卷之六

婁東　張溥西銘　著
同里　張采受先　選
金沙　周鍾介生　閱

群芳譜序〔一〕①

王藎臣先生閒居之暇②，泛濫百家，獨取草木種植自作譜書。即其托意，亦陸賈、班嗣之處世〔二〕③，長統、右軍之寓言也④。然考義就類，分臚各名，天時歲令，藥物治方，靡所不載。且旨含養生，利在教世矣。

夫農家者流，記於《漢志》⑤。稷官失傳，其言不著。後世博文夸奇之士，又以爲隱者小道，寧過棄，無過存也。於是遠察海外，近失域中，究詰不可知之物，而昧飲食之理。是豈穆王車馬，桓公封禪，騁周索〔三〕，來難至乎？此紀三都者所以譏作賦之不實，長卿、子雲思曲終奏雅也。

先生綱領齊岱，家世軒冕，歷官三十餘年，雨澤天下，功不勝録。三吴洊饑，藉公司漕得以不困。庭居教子，惟萬石退讓、高密世書。若侍御百斯偕瑞里、壽三、欽之兄弟〔四〕⑥，悉當代鼎士，聲名著作，猶謙己不伐，燕笑以禮。先生乃得從容退食，縱其采涉子姓，接坐賓客，終日手卷不惰，遂成篇袠，與世共見。諸葛名士敦仁活物，先生其有意乎？吾聞圖《豳風》者念王國，哀「黄草」⑦者傷勞民。高明鐘鼎，教以止足；王公大人，諷以節儉，咸具乎書。其氾勝種樹⑧、崔寔試穀爲稱者⑨，蓋度外也〔五〕。

【校記】

〔一〕本篇又見王象晉《二如亭群芳譜》二十八卷（明崇禎二年刊本）張溥序（以下簡稱「《二如亭群芳譜》本」）。

〔二〕「班嗣」，原作「斑嗣」，據《二如亭群芳譜》本改。

〔三〕「騁」，原作「聘」，據《二如亭群芳譜》本改。

〔四〕「壽三」，原作「壽二」，據《二如亭群芳譜》本改。「欽之」，《二如亭群芳譜》本作「欽甫」。

〔五〕《二如亭群芳譜》本末署「婁東張溥西銘題」。

【繫年】

據明王象晉《二如亭群芳譜》卷首朱國盛序末署「崇禎二年朱國盛頓首拜撰」，可知張溥此序作於崇禎二年（一六二九）。

【箋注】

①此序王象晉撰《二如亭群芳譜》。《二如亭群芳譜》二十八卷，明崇禎二年刊本。前有王象晉、毛鳳苞、申用楙、張溥、方岳貢、朱國盛等序。

②王象晉，字藎臣，又字康宇，新城人。雍正《山東通志》卷二十八：「王象晉，字康宇，新城人。萬曆甲辰進士，由中書歷官浙江右布政使，爲河南按察使。時宗室蘭陽王起大獄，晉力持之，所全活甚衆。任浙江時，左轄姚永濟以考成不及額，下詔獄，晉攝篆，盡以所徵銀代姚起解。姚以額足，得復官。七十引年，優游林下二十年。著書數十種，濟人利物，常恐不及。年九十餘卒。」

③陸賈處世，有道則見，無道則隱。《史記》卷九十七《陸賈傳》：「孝惠帝時，吕太后用事，欲王諸吕，畏大臣有口者，陸生自度不能争之，廼病免家居。以好時田地善，可以家焉。有五男，廼出所使越得橐中裝賣千金，分其子，子二百金，令爲生産。」班嗣處世，淡泊名利，不屑榮宦。嵇康《聖賢高士傳贊·班嗣》：「班嗣，樓煩人也。世在京師，家有賜書，内足於財，好老莊之道，不屑榮宦。」

④《後漢書》卷四十九《仲長統傳》：「仲長統，字公理，山陽高平人也。……常以爲凡遊帝王者，欲以立身揚名耳，而名不常存，人生易滅，優遊偃仰，可以自娱，欲卜居清曠，以樂其志。」《晉書》卷八十《王羲之傳》：「羲之雅好服食養性，不樂在京師，初渡浙江，便有終焉之志。會稽有佳山水，名士多居之，謝安未仕時亦居焉。孫綽、李充、許詢、支遁等皆以文義冠世，並築室東土，與羲之

同好。嘗與同志宴集於會稽山陰之蘭亭，羲之自爲之序以申其志。」

⑤《漢書》卷三十《藝文志》：「農家者流，蓋出於農稷之官。播百穀，勸耕桑，以足衣食，故八政一曰食，二曰貨。孔子曰『所重民食』，此其所長也。及鄙者爲之，以爲無所事聖王，欲使君臣並耕，誖上下之序。」

⑥王與胤，字百斯，一字永錫，新城人。王象晉次子。計六奇《明季北略》卷之二十一下《殉難臣民》：「王與胤，字百斯，一字永錫，山東濟南新城人，布政象晉之仲子也。崇禎戊辰進士，選庶吉士，授湖廣道監察御史，巡按河東鹽課、陝西茶馬。督學應天，未出都，以疏劾債帥，忤政府，謫歸。歸侍布政公，家居色養，率諸弟子輩治圃課耕，蕭然物外。甲申三月，聞先帝變，涕泣不食，辭父布政公，沐浴入室，扃户，與夫人于氏、子士和同自縊死。將死時，自作墓銘，叙其家世官職甚詳。」王與麟，字瑞里，新城人。王象晉子。復社成員，名見《復社姓氏傳略》卷十。王與朋，字壽三。王象晉子。計六奇《明季北略》卷之二十一下《殉難臣民》：「其後則十五年十二月，而公之弟與朋、從弟與玫及與朋子士熊、士雅死之。與玫，字文玉；與朋，字壽三，俱貢士。」王欽之，王象晉子。生平待考。

⑦黄草：即《詩·小雅·何草不黄》。毛序：「《何草不黄》，下國刺幽王也。四夷交侵，中國背叛，用兵不息，視民如禽獸。君子憂之，故作是詩也。」

⑧氾勝之：西漢農學家，漢成帝時爲議郎，著有農書《氾勝之書》。《漢書》卷三十《藝文志·農

家》：「氾勝之十八篇。成帝時爲議郎。」《隋書》卷三十四《經籍志三》：「《氾勝之書》二卷。漢議郎氾勝之撰。」

⑨《後漢書》卷五十二《崔寔傳》：「出爲五原太守。五原土宜麻枲，而俗不知織績，民冬月無衣，積細草而卧其中，見吏則衣草而出。寔至官，斥賣儲峙，爲作紡績、織紝、練緼之具以教之，民得以免寒苦。」

陶君濟海虞社選序(一)①

顧鳴六②、許子兼③、陳金如三子④，虞士之絶倫者也。博士先生陶君濟最禮重之。君濟固海上名孝廉，與潘子殿虎同舉，齊聲稱。其子星若、熙仲、穉昭比肩好學，兢爲古文，猶之潘長公九閎、次公大麓也⑤。

君濟賦性沈雅，移教海虞，諸子畢從，下簾講課，無異家塾。月進名士，連硯比經，積文盈笥，屬鳴六三子次第。凡孝廉明經魁達之彦，悉出其中。雖約舉姓名，僅三十餘人，已足軒然一國，紀述九州矣。夫芳草不除，游蟻娱意，此閒庭寂静之樂，博士所獨有也。迺作述斐然，師友考古，俶儻其間，又何殊伐桐梓、樹琴瑟，增名山之偫觀，游泰嶧之舊里乎？子常居城北之唐墅，其子定夫，子雲家烏也。君濟時造請之，曰：「予之選，以子爲歸。」其視周黨過閔子⑥、袁生問應璩⑦，復爲遠矣。

【校記】

〔一〕「君濟」，原作「公濟」，據乾隆《上海縣志》卷九改。

【箋注】

①此序陶良楫《海虞社選》。陶良楫，字君濟，上海人。天啓七年舉人。崇禎八年任常熟教諭。乾隆《上海縣志》卷九天啓七年丁卯科：「陶良楫，字君濟。常熟教諭。」同治《蘇州府志》卷五十四《職官·教諭》：「陶良楫，上海人，崇禎八年任。」陶良楫三子星若、熙仲、穉昭，生平待考。海虞：舊縣名，因縣境東臨滄海而命名，即今江蘇常熟市。

②顧鳳律，字鳴六，太倉人。顧栗父。嘉慶《直隸太倉州志》卷三十六《人物》：「顧栗，字鶴年。父鳳律，字鳴六。性樂易，有孝行，族子顧陳垿爲之傳。栗爲文胎息六經，尤長性理，從游者悉有程式。嘉定知縣楊景曾慕其人，使課子。有以私事屬先容者，拒弗與通。卒年七十有二。」

③許重遠，字子兼，常熟人。復社成員，名見吴山嘉《復社姓氏傳略》卷二。

④陳式，字金如，常熟人。錢謙益弟子。康熙《常熟縣志》卷二十：「陳式，字金如。父至善，别有傳。式少爲諸生，結社有文，中癸酉副榜。遊於錢宗伯之門，又常往來楊顧間。其行己謹敕，重遲人也。張中丞國維撫吴，召致顧夢麟傳其子，謀介及式。筆硯外無干瀆地方事一字，人服其有守。爲文長於應酬，温麗周緻。歲貢，不官而卒。子溯潢，中辛丑會魁。」

⑤ 潘敞，字九閎。潘桓長子。吴山嘉《復社姓氏傳略》卷三：「潘敞，字九閎。桓子。例貢生，考授通判。」潘大麓，潘桓次子。生平待考。

⑥ 葉廷珪《海録碎事》卷九上《言談門》：「周黨過閔仲叔，共飲水而已。」

⑦ 應璩《與侍郎曹長思書》：「幸有袁生，時步玉趾。樵蘇不爨，清談而已，有似周黨之過閔子。」

唐母方孺人傳①

唐仲子孺人方氏，歙之豐溪人也。方母誕孺人時有異徵，日者推其庚申，曰：「長必奇貴。」翁媪心憐愛之。方固邑著姓，孺人生而敏惠，邑人聞其賢，閨門之内，競相稱述。孺人擇對，遲不字。久之，適唐仲子。仲子者，中丞介弟②，邑中方聞博士也。通經務，暢事理，邑有大事，辛公先達必造門訪請，仲子應言如環。邑人語曰：「雖有大冠，不如經師。」蓋貴仲子儒者能斷割也。

仲子初娶爲靈山方氏，善總家楗，内外齊壹。既病夭，家人思之輒流涕。及孺人歸，贊助仲子如靈山生時。群僕御亦私語室間，喜且慰，謂：「靈山夫人復生也。」孺人大家女，獨好習苦，勤力淡食。當初入仲子門，諸婦宗黨盛衣服來觀，曰：「豐溪嫁女之子百兩，非常兒也。」比孺人褰帷出，誇布短襦，三日廟見，贄以榛栗。諸婦退而歎其知禮。居家食必擇粗，躬執浣濯。凡兒女縫紉諸于偏緣之屬，不假婢從，必出手指。夫冀缺之妻饁夫於野③，非忘食也；梁鴻之妻椎髻操作④，非好勞也，義在則然。夫是之謂婦道。

中丞公撫楚，盡室行矣。其家事門以外委仲子，門以内委孺人。孺人謂仲子：「此總總者，治之易耳，君無所苦。群子未婚者爲之相室，未嫁者擇士而歸之。二禮舉，小者皆無廢也。」然孺人督家，不避凌雜，其出入語言節度，斤斤如也。見諸子闔門，面之宗老，婦人問而後對，里媪過，折節自下，不數言長短。饋問往來，先辭令，後筐篚。君子曰：「維仲子婦，勞而有讓。信哉！」仲子之母太恭人亦靈山人也，其父母家絶，不知所立，孺人聞之，曰：「妾年不及事姑，其忍見外父母不祀乎？」出奩中金，經紀之。仲子蹙然曰：「子之孝德備矣。余哀靈山之婦，其家猶若敖也⑤，非子高義，余亦無言。」孺人曰：「君何度之晚也？」並召兩家族人謀置嗣祠，贍生櫬死，烝嘗具修。仲子兩女弟，一嫁西溪南吴氏，一嫁呈坎羅氏。嫁溪南者蚤世，遺孤無所託。仲子命孺人攜持之，長且冠婚。婚踰年，婦亡，則爲卜繼室。羅氏娣寡居，一子弱露，孺人歲時迎問無缺。《詩》曰：「謂他人父，謂他人母。」⑥人無父母，而仲子、孺人父母之，可謂勤矣。

唐先祖祠狹，仲子告中丞，謀高大之。後病，時詘難舉。孺人以禮先宗廟爲言，其地始遷，六年考成。祭之日，子姓奉豆籩奔走，峻宇廣筵，禮器畢設，觀者愾然有《斯干》之思⑦。唐上世所來遠，木主溢，廟不能容。仲子欲依古祧法遷出户，孺人急止之：「此皆唐氏祖裔，即後無奉祀者，奈何令當我世斬也？」乃作祧室廟旁，聯堂異寢而群祔得安。里有社集衆姓爲春秋會，酒食鐘鼓，不辨其族。孺人曰：「巫也，非禮也。」請仲子爲專社，族人以時致祭，會食其間。唐之原有宅一區，偪而屏，爲地脉害，卜移，移後乃吉。顧原宅，諸子要之，曰：「厚予我金，即徙而後耳。」仲子欲無應，孺人謂：「利果百世，君何靳焉？」於是歸以金，宅乃徙。登原上者曰：「美哉斯丘！望高明，福子孫，孺人施也。」族人復耳語：「其徙後者，宎厦也，得無孺人欲之乎？」及孺人推原宅，諸子無改居而自處庳館，又相向慚，誦弗及也。

侍御濂公以下，仲子疏族也。孺人謂：「是不可無後。」唐之戚屬多，其中孑然無男女者，彼即不言，孺人輒憂之，曰：「及我之身，毋令不食。」凡母年三十有五，其助仲子爲理者幾二十年，生子六人，皆才子也。乙亥歲，病中寒，竟不起。維時孺人有朱衣蓮花之夢，見夢於越客者亦然。其家人曰：「母氏令德，可以不死，今者乃化去也。」

張溥曰：余初交大中丞公，即知仲子。仲子今賢者，恂恂不伐人也。及游新安，聞其里人言：「紫陽鼎新，漁梁甃矣。微仲子，不任補。暫宗祀，興胙田，所鐫祀紀例，獻徵録，亦彬彬如也。非仲子，其誰始終？」竊慕仲子好義，圖邑大事，不後其身。迺登堂揖讓，出見諸子，角犀豐盈，真其家兒。稱孺人者，又内外無間也。仲子負公輔之志，孺人贊之。「天下有道，我黻子佩。」⑧所自然也。無故而奪孺人，胡爲乎？《鷄鳴》之詩，風雨不已，在死生際，尤難言哉！

【繫年】

據文中「乙亥歲，病中寒，竟不起」等語，可知此文作於崇禎八年（一六三五）。

【箋注】

①此爲唐昕妻方孺人作傳。唐昕，唐暉弟。乾隆《歙縣志》卷八《薦辟》：「唐昕，槐塘人。崇禎間舉賢良方正。嘗創合族宗祠社廟，置祀田，捐貲修紫陽書院、漁梁壩，纂修《唐宋合紀》諸書。」

②唐暉，字文季，號中楫，新安歙縣人。詳見《續集·别集》卷二《唐元景稿序》注。生平另見金聲《燕詒閣集》卷七《唐中丞傳》。

③《左傳·僖公三十三年》：「初，臼季使，過冀，見冀缺耨，其妻饁之。敬，相待如賓。與之歸，言諸文公曰：『敬，德之聚也。能敬，必有德。德以治民，君請用之！』」

④《後漢書》卷八十三《梁鴻傳》：「勢家慕其高節，多欲女之，鴻並絶不娶。同縣孟氏有女，狀肥醜而黑，力舉石臼，擇對不嫁，至年三十。父母問其故。女曰：『欲得賢如梁伯鸞者。』鴻聞而娉之。女求作布衣、麻屨，織作筐緝績之具。及嫁，始以裝飾入門。七日而鴻不答。妻乃跪牀下請曰：『竊聞夫子高義，簡斥數婦，妾亦偃蹇數夫矣。今而見擇，敢不請罪。』鴻曰：『吾欲裘褐之人，可

與俱隱深山者爾。今乃衣綺縞，傅粉墨，豈鴻所願哉？』妻曰：『以觀夫子之志耳。妾自有隱居之服。』乃更爲椎髻，著布衣，操作而前。鴻大喜曰：『此真梁鴻妻也。能奉我矣！』字之曰德曜，名孟光。」

⑤ 若敖：原指春秋時楚國若敖氏。後喻子孫斷絶，没有後代。

⑥ 語見《詩·王風·葛藟》。

⑦ 即《詩·小雅·斯干》。《漢書》卷三十六《劉向傳》劉向云：「周德既衰而奢侈，宣王賢而中興，更爲儉宫室，小寢廟。詩人美之，《斯干》之詩是也，上章道宫室之如制，下章言子孫之衆多也。」

⑧ 揚雄《琴清英》：「祝牧與妻偕隱，作《琴歌》云：『天下有道，我黼子佩；天下無道，我負子戴。』」

易會三編序①

往余選《易會》，閲三年告成。其時《易》學茀墜，微言不明。一人叫呼，應者不力。黽勉寒暑，漸見基效。比書成，省觀輒歎，玄白如故。蓋衆經之文，莫大於《易》。妄以孺子勝任，即幸得當，不無奔北之虞。欲望輪囷輻輳，亦林魚澤鹿，徒願而已。乃巳冬歸里，《易會二選》已斑斑四方。踰年，《三選》繼出。何前者見功之難，今者成事之易？又未嘗不太息斯文，感慨以時也。二集之選，半出於孟樸藏篋，石香、處卿偕余弟無近佐成其政。

今之執選者，人猶是也，文則小變矣。言《易》之病，數年盛衰，軌途不一。大率始禍詞章，末郄訓詁，循久不更，旗轍俱敗。即大士新貴，千篇皆其梁間舊物，讀者以年推之可以悟進。石香才士，手歷三選，每見更弦，大《易》消息，應不外是。虞仲翔排論北海②，陸公紀匡述章武③，此吴人學《易》之雄者也。令諸子進而不舍，聖人非鬼神，直望見耳。每歎讀書之家，謬是者無謙光之譚，畏縮者無登高之意。坐使神明日匱，絶學竟徂，不覺留連發憤，抒竭其端。世有懷是編而來請者，三子揖而與語，其在《易》之不言，玄之必興乎？然拾級以趨，無忘故書矣。

【繫年】

據文中「乃巳冬歸里，《易會二選》已斑斑四方。踰年，《三選》繼出」等語，可知此文作於崇禎四年（一六三一）。

【箋注】

① 此序《易會三編》。《易會三編》由吕雲孚、王家穎、張王治合選。

② 《三國志》卷五十七《吴書·虞翻傳》：「翻與少府孔融書，并示以所著《易注》。融答書曰：『聞延陵之理樂，睹吾子之治《易》，乃知東南之美者，非徒會稽之竹箭也。又觀象雲物，察應寒温，原其禍福，與神合契，可謂探賾窮通者也。』」

③ 《三國志》卷五十七《吴書·陸績傳》：「陸績，字公紀，吴郡吴人也。……雖有軍事，著述不廢，作《渾天圖》，注《易》釋玄，皆傳於世。」

荆水合稿序①

《荆水》之選，位甫主之，意殆以十六子蓋其邑，又以邑蓋其郡，使悉由乎雅，無相越也。文無五色，人爲之目；文無五聲，人爲之耳。及耳目既出，即欲不聲不色，世不可得。此文尚作者，又貴選家矣。

位甫入燕，而國人皆驚，稱其文曰「玉也」。歸以示人，其所爲文則誠玉也。是雖不遇，猶愈於遇而不工者也。然世皆知之矣，號以至貴，而傷其遲莫，彼闈中之言非乎？諸子讓牛耳於位甫，位甫受焉。旬日事治，嘉言畢至，而無震矜之色。余謂此可服四國，何獨荆水諸山也？夫山有木，工度之；賓有禮，主擇之。善擇如位甫，其猶有争滕、薛而惡江、黄者②，吾必不信，敢以言先之。

【箋注】

① 此序徐懋賢《荆水合稿》。徐懋賢，字位甫。詳見《續集》卷一《徐位甫稿序》注。

② 争滕、薛：《左傳·隱公十一年》：「滕侯、薛侯來朝，爭長。」惡江、黄：意蓋爲反對結盟。《左傳·僖公二年》：「秋，九月，齊侯、宋公、江人、黄人盟于貫。」

先考虛宇府君行狀〔一〕①

先君没十七年矣，今日而始爲之狀。嗚呼！痛哉！戊辰之秋，先君見夢於舊所游之友曰：「泉下無寧居，爲告我群兒。」蓋首呼溥小名云。友人寤而泣語群兄弟，群兄弟皆泣，溥泣不能起。私念先君少歷憂患，老而彌酷，日延師傅躬教撻，以望子之有成。易簀時，子列庠序者僅三人。先君張目不語，以手北指，一號而絶，意蓋有在。後之人其或忘之，不得一命以榮先君，而徒以凡民之喪，匍匐道路，雖親從執紼，先君之柩必不行。於是與群兄弟約，先卜墓地，墓成，葬以午未爲期。閲年而地不得。遂及庚午，溥舉於鄉。溥欲無計偕，身畚植，以畢墓役。群兄弟勸謂：「子行無恐，一命之言，在此舉矣。」溥勉北上，獲成進士。聞報之日，雪涕沾袍，遥呼先君之靈而告之曰：「大人嘗云『兒官我鬼』，今其然乎！」即寓書群兄弟，亟禮葬師，行營土宅。數月間，書抵家者及尺。復以溥客長安，事不果行。嗚呼痛哉！禄養之不能，没而無以執勤於抔土，天下其謂人子何？雖然，溥已哭跣而請矣，苟不獲歸以展斯禮，則願以身祭百蟲。迺反袂拭面，退而狀曰：

先君諱翼之，字爾謨，虛宇其號。王父贈尚書筠泉公生三子，皆王母方太夫人出。長容宇公，即大司空②；次襄宇公③，早殁；又次則先君，齒亞司空凡十年。王父母成葬久，各有志傳，世系行事不復載，故獨叙先君。

先君生於嘉靖丙辰之四月三日，没於萬曆丁巳之四月四日，享年六十有二。六十有二年之間，開口而笑者或四、三年爾。甚矣！先君之痛也。先君生而仁恕，尤力於孝弟。王父素嚴，以嗃嗃遇子姓。獨先君先意和順，加損衣食，視日早暮，咸中節度。王父色或不豫，則因事解譬，生其歡心，以故歲終不聞譴呵。王父性好施予，王母方太夫人佐之，日作粉糜粻䊗食貧者，里中小兒時時會食，曰：「此張母湯餌也。」先君知其意，務斂散爲惠，有以急請者，雖迫之，不使虛歸。繇是鄉黨益賢王父母，王父母益親先君。先君警悟，善讀書，少苦羸疾。王父母心憐之，不忍使竟學，則棄經生業而專史書，二十一史及《通鑑》《綱目》皆手評録。間與伯兄徵閗古事，往往得勝，覆茶噱喜。

王父先世貧，及身稍振，有市廛一區，秔田三頃，析而爲三。先人業不及中人，心計握筴，雅非所長，會有天幸，時高下就之。蓋大司空未舉孝廉時，先君已成家矣。及大司空既通顯，襄宇公病殁，巋然無子，獨三女存。先君哭之極哀，即語大司空：「徒哀無益，盍爲後圖？」乃經營喪葬，諸事畢序。不五月，襄宇公之孺人高氏復没，三女益孑無所歸，又齒穉未字。先君爲擇名家，厚其裝遣。至今諸甥林林，多見頭角。鹿城明經周君尤賢能，以禮義訓其子弟，後望翹秀。襄宇公之志可藉不墜，先君實有勞焉。

先君之元妃陸孺人少同艱嗇，精辨家政，衣粗食淡，以嚴苦節，率僕養，家庭肅穆，大小襲藝。未幾，患弱疾亡，無親生子。先君涕泣，誓不娶。方太夫人以大義趣之，卜邑中大儒潘先生女，曰「吉」。遂續娶，爲今嫡母潘孺人。然先君日慘怛在懷，故遇陸氏宗黨尤優厚云。先君既成家，益慷慨扶挈人，三族之戚賴以舉火者三十餘人。聞人之困，若身落難，即素不通名者走而告援，不憚傾橐中予之。廿六，都富人許某以罣誤掛吏議，州大夫欲坐以盜法，當死。許介龐茂才見先君，未之識也，以龐之故，爲言於縉紳某公，許遂得脱。後賫金造門謝，先君却弗應。龐茂才名應揚，邑中長者，先君莫逆交也。周某者，崑之下保人，以家計亟欲補弟子員，藉先君與一當路者約，指一囷粟爲獻。事成背約，先君代之，不償一錢。家中園丁陳某爲濱墟村姜姓者抶死，姜鉅貲，士大夫争之，指園丁爲僕，縶姜公庭，欲盡分其産。先君出言曰：「奴固有主，瘞骨足矣，毋庸紛紛。」争者愧，解姜，獲全，歷今温腴，爲大姓。鄰人朱某習巫有家，里甲籍名富室中，應役。朱不堪，入身先達某家冀避役。然妻子私飲泣，先君捐八十金贖之。朱願畫屋地償，先君辭曰：「哀君無家，故欲相存，苟望報焉，寧愈乎？」

嚮者某善爲聲，先君振之，漸成業。無賴子漁爲利，獻之高門，先君左右以免。不遂，則又誣以殺人。州貳疑其富，欲蠃取金。先君力開之，復爲恤死者，始平。雷某亦善聲，從先君游。時挂名訴牒，先君授以貤使息訟。龔某所居，高曾舊地也，欲推還先君，先君搖手謝，謂：「田宅變名，何常之有？予不敢以一人盡地力。」益遺之金，令轉移爲賻積。武舉某寒甚，僦一間居巷中，先君憐其爲姻戚也，假百金使治生。某飲博立盡，先君微讓之。某慚怒無所出，即舉几上石硯擲先君，幾破額，先君笑不與辨。陸某本外家疏屬，先君欲助成之，資以千金，令游青齊間，業日廣，則匿所資不還。先君一日呼其子來，飲之以酒，爲焚質券。市人杜某賃屋居處十五六年矣，積歲負二百金，徵之無有，先君問發怒。某故破衣攜簞中鮭兩頭、韭數本來見。先君怵然起，反勞苦之，其惻隱蓋天性也。

先君事兄和謹，不以先後窮達貳意。大司空任兵垣時，欲與通者爭邀致先君，先君匿不見。同里多武功子弟，歲時獻食物，先君悉謝之曰：「毋以困我，且重兄憂。」王父年高，愛園居，先君買地十畝，治亭沼，種竹木，王父樂之。手額二榭曰「燕憩軒」、「水竹居」。後王父没，先君悲哀思念無時忘。月數登臨其地，每往必偕司空，朝夕居處甚得。先君嘗擇地，爲首丘計，已墨食矣。形家言其善，司空聞之，欲而不言。先君知之，即推予，曰：「兄胡不言？子孫一也，何彼此爲？」同里張某敖宕壞產，售田於先君，先予二百金。司空美其上腴，先君即裂契歸之，亦不徵所予。先君得子晚，司空舉二子，皆先予兄弟生，先君子視之。及長，任衣冠勝，拜見先君，嬉戲猶嬰兒。是故一邑皆稱先君孝友，惟司空亦謂：「吾兩人白頭兄弟，終身無間言也。」

門下客某者能星家言，曉箏歌。初貧無家，夜止佛寺中，隆冬不能具藺絮。先君見之心動，召與語，給以衣食，葺數椽居之，引與司空游。司空喜其滑柔，置諸座客，得日親近。某復請於先君，願治生産爲長久，先君與司空各貸以五百金。既而司空徵五百金，某盡輸之，獨欲負先君以自肥，即誑先君曰：「某既洗室歸大人，所餘止婦筐中麻爾。」先君笑而聽之。某終不自安，懼日後無以應，與大奴某某謀所以中先君。遂日夜短先君於司空，微伺聲色，謬播揚於人。於是譎人曹、韓、二陸之倫稍稍出矣。曹固舊家，又饒於貿聚，三十年前曾鬻水田百餘畝於先君，田故茀弗治。先君伐材繕屋，募農市牛種，更十餘年始易，計耕植之費視田值三倍，難於設辭。韓爲先君故人子，韓父没而不斂，先君多予之金，僅償地一畝，欲言不得其端。陸游公卿門，父子皆州諸生，有瘠下田五十畝無所售。陸强先君之友勸售，得高值，券書粲新，不可以訟。某與二奴啖之曰：「若第言，當爲内助。」即不得勝，可獲大利。」譎人摇於利，即登先君門攘袂求鬥。先君斂容下之，譎人計窮，即誣訟於州大夫。時州大夫順山王公④，魯人，剛明著治行，召訟者庭辯之，語塞。王公作色曰：「若各有心，奈何罔罔求利，獨不畏夜半雷聲乎！」笞使去，譎人益慚，争來致咎。某與二奴復教導之，謂：「不大起訟必不勝。」則購大猾善訟號方紹、周黑者，深相結。二猾奔走羅致，得其徒黨三四十人，連文飛騰，大中丞以下各有詞。事下於州，先君駭不知所來。王公心察其誣，曰：「若輩朋比作姦，破人家累累矣。不重創之，無以塞詐。」即因事究詰，召群猾問先君形貌長短，多不識者。遂引律繩之，於律凡誣人不實者，即以所罪罪之。先君頓首請，乃減。比群猾大窘，謀達書臺憲，必欲傾先君然後已。自是訟確連歲不止矣。

嗟乎！人生百罹，水火疾厄，可以祈禳息也；盜賊之來，可藉兵衛也。先君之逢不若，將胡爲乎？内無以見原於骨肉，外無以自避於惡人。一生施仁行義，急人之窮，如恐不及。乃日與胥隸伍，伺其顔色飲食，見法吏則頭創地呼天自明，欲歸而請救則無塗，欲求援於姻友舊人則不敢，先君將胡爲乎？成訟幾十年，誣者日見詘，輒追悔。比察訟所根柢，皆某客二奴陰爲主，司空不聞也。先君召群猾告之曰：「我素不識諸君，諸君何相苦？諸君身廢耕，妻廢織，或父母不及葬者且數年矣，盍歸室廬爲自全？」乃解裝代群猾輸罪名，察其蕩失業、貧不能葬者，周給之。群猾感動散去，訟迺不終。然先君已抱心疾，時怫鬱出血矣。

老僕某者少從先君起家，二奴怵之，使擇主，先君即推歸司空。司空欲廣墓地，先君有田接壤，割五十餘畝成之。比宅一址值千金，先君費居半。後知司空意有屬，即毀約示不復聞。萬方期適司空意，司空意益和如舊時。然二奴惎間不已，先君病中輒驚悸。初猶指畫語言，既劇，絶不發口。嗚呼！先君非病瘖也，竟以丁巳之四月四日殞矣。痛哉！

先君既歿，支屬親故與平時一識面者，時相向泣曰：「死者已矣，生者何以爲家？」蓋先君視宗族有加禮，婚嫁喪葬必代費，歲時給粟肉，量人口爲盈縮，冬夏衣履各有節。族子某某家窘遊閒，仰先君爲生，妻死爲再娶。念先君甚，不一年，兄弟相繼死。族人某於先君爲兄，緩性嗜利，先君曲意厚之。後背負，不敢見先君，先君待之如初。及先君歿，生理微矣，亦邑邑而死。梁某、湯某，同族甥也，皆貧亡聊，先君爲歲辦居食。既没，皆廢湯哭，幾失明，梁遂播蕩死。吴某、方某、陸某爲族戚屬，咸資賴先君，中道致難，聞先君歿，亦哀媿不欲生。一生一死，人心乃見。甚矣！先君之痛也。

初，先君年三十未舉子，時當萬曆十六七年間，歲大饑，先君具糜食於路，不繼則減價糶倉粟。有挾金來者，爲淘摸所竊，號泣欲死，先君倍贈以返。次年，即舉一子，次第至十人。人謂陰行所感，先君不敢居也。西城外郊多曠土，先君偶游其間，一僧前進説曰：「此地若建梵刹，行者蔭宿，居者施舍，可以利人。」先君素不喜浮屠説，獨聞善事則欣然從，即捐二百金，啓宇名「地藏蘭若」。其樂施不望報，多此類也。没後，遺券籍一笥，逋負千餘金，皆里人姓氏名文書，實予之耳。群兄弟體先君意，概無問焉。

先君待朋友誠，尤敬事名師。龐君裕所、方君淳初，稱篤行，延訓後昆。方患惡疾，先君躬醫禱，進藥食，早夜爲常。方病不起，則厚棺斂，月日致粟帛於家，議市田宅久瞻焉。龐中年無子，先君憂之，爲擇宜子者備媵，龐氏卒賴以血食。晚年困頓，益鋭身教子。一宅不能容則分二宅，館給饌禮不至，日往來簡束其間，督諸子讀書，夜漏不盡不入内。然先君摧辱之時，子雖多，大者二十餘歲，少者僅八九歲，無一人奮聲激昂，稍借爵位氣勢拔先君於禍患。遂至癥結著心，閉映横涕，溘然長往，良可慟也！

先君元配陸孺人，里中陸公某女；繼潘孺人，茂才潘公某女；側室三，爲葉孺人、汪孺人、金孺人。子十人，長質先，葉出，崑山邑庠生，娶崑山廣昌令朱公應麟女⑤，繼娶太僕卿陸公獻明女；次泳，汪出，州增廣生，娶太學董公季翔女；次漼，汪出，州庠生，聘行人姚公汝化女⑥，再聘太學吴公□□女，娶太學施公光焕女⑦；次京應，葉出，州廪生，娶兵部尚書王公在晋女⑧；次漣，汪出，太學生，娶吏科給事中顧公士琦女⑨；次源，潘出，州庠生，娶茂才王公顯爵女⑩；次濬，潘出，癸酉副榜，州增廣生，娶孝廉薄公澹儒女⑪；次溥，金出，辛未會魁，翰林院庶吉士，娶崑山大理正卿王公□□孫汝皋女；次樽，汪出，州庠生，娶憲副李公吴滋女⑫；次王治，潘出，庚午副榜選貢，娶崑山孝廉葉公國華女⑬。孫男十，屺，州庠生，聘吴江大學士周公道登姪女⑭，質先出；景平，州庠生，娶吴江茂才葉公紹時女；二華，聘茂才許公廷駿女；餘幼未聘，泳出；安國，娶崑山參政朱公大典子夢熊女；朓，州庠生，娶崇明太學黄公女；餘未聘〔二〕，滙出；孝錫，州庠生，聘郡城孝廉許公元溥女；孝則，聘太學施公全昌女⑮，京應出；梃，王治出。孫女五，一許太學陸公世鑰子某⑯，泳出；一許吴江茂才沈礽晉⑰，京應出；一許太僕少卿徐公憲卿子州庠生二階子某，源出；一許孝廉吴公克孝子麟振，濬出；一許兵部主事杜公麟徵子某，王治出；餘未字。又孫男忱，聘戊辰會魁張公采女⑱；孫女一，即許張公子臨⑲，皆溥所撫。若夫憂患隱約，邑人知之，溥不具書。夫固曰：「幅巾待盡⑳，以孝終始，先人之志也。」

【校記】

〔一〕目録原題作「先考虚宇府君行略」，據正文改。

〔二〕「餘」，原作「腴」，逕改。

【繫年】

據馬世奇《虚宇張公墓誌銘》（《澹寧居文集》卷五）「天如兄弟以乙亥九月葬公于新阡，而屬余記其麗牲片石，計距丁巳十七年矣」，可知此文作於崇禎八年（一六三五）。

【箋注】

①此爲亡父張翼之所作行狀。悼念亡父，記其家事，尤對先父之仁義及受人攻訐鋪叙較多，感情沉

痛。嘉慶《直隸太倉州志》卷三十二《人物》：「張翼之，字爾謨。性長厚喜施，萬曆間吴中大祲，翼之具糜于衢，不繼則減糶。嘗脱富人許某于死，贖鄰人朱某于奴，事其兄輔之甚謹，課子十人皆成名。溥、泳、王治俱有傳。」

② 大司空：即張輔之，字爾贊，號容宇。張翼之長兄，張溥大伯。萬曆十四年進士。歷任兵科給事，時神宗深居禁内，輔之疏請帝講學、視朝。前後上四十餘疏，論及征倭、鎮壓播州楊應龍叛亂等，皆當時大事。天啓時，官至南京工部尚書，以魏忠賢擅權，乞歸。四子：張洪、張灝、張深、張沆。

③ 張相之，號襄宇。張溥二伯。病殁，無子，惟有三女。

④ 王萬祺，字順山，山東人。萬曆三十九年任太倉知州。嘉慶直隸《太倉州志》卷六《職官上》：「王萬祺二固，山東人。舉人，三十九年任，憂去。」光緒《永年縣志》卷二十八：「王萬祺，字順山。萬曆十六年舉人，任夏津縣知縣。邑濱通惠河，時殿工大木沿河北運，需役三千人，他邑皆預僉河干以待。萬祺縱使歸農，踰年木始至，省勞費什九。又以官牛孳犢爲保馬遺法，申撫按請變價歸官。陞太倉州知州。補沂州，二月蝗爲灾，未幾大雪，皆僵死。遷淮安同知，以疾辭不赴。」

⑤ 朱應麟，字祥宇，崑山人。道光《崑新兩縣志》卷十六《選舉表·舉人》：「萬曆十三年乙酉科：朱應麟祥宇，宿松教諭，廣昌知縣。」同治《廣昌縣志》卷四《秩官志·知縣》：「朱應麟，崑山舉

人,(萬曆)四十七年任。」

⑥姚汝化,字誠之。俞天倬《太倉州儒學志》卷二:「二十八年庚子:姚汝化誠之,號虞潤,經魁,辛丑聯捷張以誠榜,中書舍人。」

⑦施光焕,任崇明例監。萬曆新修《崇明縣志》卷六:「例監:施光焕。」

⑧王在晉,字明初,太倉人。《明史》卷二百五十七《王在晉傳》:「在晉,字明初,太倉人。萬曆二十年進士。授中書舍人。自部曹歷監司,由江西布政使擢巡撫山東右副都御史,進督河道。泰昌時,遷添設兵部左侍郎。天啓二年署部事。三月遷兵部尚書兼右副都御史,經略遼東、薊鎮、天津、登萊,代熊廷弼。八月改南京兵部尚書,尋請告歸。五年起南京吏部尚書,尋就改兵部。崇禎元年召爲刑部尚書,未幾,遷兵部。坐張慶臻改敕書事,削籍歸,卒。」

⑨顧士琦,字星涵,太倉人。康熙《建寧府志》卷二十二:「顧士琦,字星涵,太倉人。進士,萬曆間知崇安縣。彰善癉惡,風俗丕變。倡建高程、洪濟諸橋,口碑載道。調繁晉江,隨擢諫垣。」

⑩王顯爵,字載微。《初集》卷一《王載微詩稿序》:「若吾載翁,固士之皭然者也,又爲予八兄外父,習與之遊。」

⑪薄濬儒,字味玄。俞天倬《太倉州儒學志》卷二《科名》:「三十四年丙午:薄濬儒味玄,亞魁。」

⑫李吴滋,字如穀。朱彝尊《明詩綜》卷六十一:「李吴滋,字如穀,吴縣人。萬曆己未進士,知崇安、德清、龍溪三縣,遷南刑部主事,歷郎中,出知寶慶、武昌二府,升湖廣按察副使。有《鳳棲閣

詩集》。」

⑬ 葉國華，字德榮。光緒《崑新兩縣續修合志》卷十四《選舉表》：「萬曆四十三年乙卯科：葉國華德榮，號白泉。恭焕孫。工部主事。見《文苑》。」

⑭ 周道登，字文岸，吴江人。《明史》卷二百五十一《周道登傳》：「周道登，吴江人。萬曆二十六年進士。由庶吉士歷遷少詹事。天啓時，爲禮部左侍郎，頗有所爭執。以病歸。五年秋，廷推禮部尚書，魏忠賢削其籍。崇禎初，與李標等同入閣。道登無學術，奏對鄙淺，傳以爲笑。御史田時震、劉士禎、王道直、吴之仁、任贊化，給事中閻可陛交劾之，悉下廷議。吏部尚書王永光等言道登黨護樞臣王在晉及宗生朱統鉓、鄉人陳于鼎館選事，俱有實跡，乃罷歸。」

⑮ 施全昌，生平待考。莫友芝撰，傅增湘訂補《藏園訂補郘亭知見傳本書目》卷七：「《先秦諸子合編》十六種三十五卷，明馮夢禎編。……又一部，與前本全同，惟增一天啓元年施全昌序。」

⑯ 陸世鑰，字兆魚。民國《崑新兩縣續補合志》卷十三《隱逸補遺》：「陸世鑰，字兆魚，號汝萊。與世鎏號止庵者同出於琪。六傳至用中，字伯衡。用中夢躍鯉之祥，生世鑰，故原名鯉，後更世鑰。六歲而孤，賴從父守中字幼衡保持之。十三游成均，即馳聲賢豪間。有古烈士風，遇不平事輒挺身爲白，不避嫌怨。崇禎末，當事檄公團，練義勇，世鑰即以保衛鄉里爲己任。乙酉夏五月，江南底定，江上諸將守義不屈者率兵入海。世鑰乃毁家具餉，立寨陳湖中，與海上諸軍遥相策應，志謀恢復。六月薙髮令下，民益恐。閏月十二，世鑰軍乘夜攻蘇城，斬門而入，燒鎮帥及新設巡撫官

署。鎮帥等倉卒欲棄去，會有導之者，乃復戰。卒以孤軍無繼敗。其時我崑方謀捍禦備戰守之具。世鑰欲以徙衆五百入城助守，事未就而城陷，世鑰從弟世鎧死之。世鑰知事不可爲，乃棄家匿跡爲僧，號静脩。順治戊子四月，在南灣村之某僧寺作《辭世偈》而逝。所著有《夢餘存草》。」

⑰ 沈礽晉，吴翺内弟。生平待考。

⑱ 張忱，沈承遺腹子，張溥收養，聘張采第三女。先後夭折。張采《知畏堂集文存》卷八《庶常天如張公行狀》：「州諸生沈承，字君烈，負才而夭，妻薄少君相繼。遺孤僅生五月，斷乳且斃。公抱歸，撫爲子，名張忱。余字以第三女。後余女死臨上，忱隨公死京師。」

⑲ 王啓榮之女王静紈，後爲張溥養女，改名張静紈，許於張采長子張于臨。張采《知畏堂文存》卷八《先考贈君行略》：「于臨聘張氏，即庶常溥張公繼女。」嶙峋編《閨海吟·中國古代八千才女及其代表作》：「張静紈，字文琳，太倉人。本姓王，文學王惠常女，張溥撫養爲女，張汝上室，有《月窗詩稿》。」

⑳ 秦觀《和淵明歸去來辭》：「爲太平之幸老，幅巾待盡更奚疑。」

嘉善堂三子合刻弁語①

趙子載晨偕其兄而茂、弟茂先合刻文爲一卷，通諸人間，蓋以誌其門庭之言。又爲當世所見知，不可以隱袌斂近，約要其指，亦不異渡江攜箱、對客捉麈也。往者文毅公先生文章節誼震踔天下②。至今學士正人譔論，猶謂其名在日月，時未霖雨邑邑，史書千載所歎。今觀三子，紹聞衣德言，夫豈遠耶？景之③，其家之儀表；子常，則同里後學，願得先生而生事之者。引詞簡端，以慷以慨。然則表忠有碑，不患無續矣。

【箋注】

① 此爲《嘉善堂三子合刻》所作弁語。嘉善堂三子，即趙載晨、趙而茂、趙茂先兄弟三人。生平待考。

② 趙用賢，字汝師，常熟人。乾隆《江南通志》卷一百四十：「趙用賢，字汝師，常熟人。隆慶辛未進士，選庶吉士，授檢討。疏論輔臣張居正奪情事，廷杖削籍。後起原官，累遷吏部左侍郎。初用賢以建言得譴，名震一時。及再起，聲望益重，爲執政所忌，遂不得安其位而去，公論惜之。卒謚文毅。」生平詳見《明史》本傳。

③ 趙士春，字景之。復社成員。趙用賢孫。吳山嘉《復社姓氏傳略》卷二：「趙士春，字景之。崇禎丁丑進士，以第三人及第，授編修。明年兵部尚書楊嗣昌奪情視事，未幾入閣。士春上疏以爲不可，謫廣東布政司照磨。後復故官，終左中允。」

莊叔飛稿序①

往在長安，於任公邸舍見叔鼎，出文數十篇，奕然西京之作。余撫手稱善。間語任公：「君文有石城十仞，湯池百步②，能雲梯仰攻者，叔鼎也。」未幾別去，任公索余叙其文，以代燕歌。復謂余曰：「子序良厚，恨不並見我家叔飛。」

今年春，叔飛入婁，開囊中一書示余，乃任公舊日筆札。從杭州官舍來，久滯石頭城不得達，封題皆如平常時，尚未悲棘人，冠白冠也。任公忠孝天性，與余接舍讀書，輒欲賦歸來，省其大人。比以言謫，慷慨就道，西泠山水殢人，任公接目竟別，若有楚楚刺心者。急趨里門，其大人已偃不視。余對叔飛如見任公，又愧不能如古人齎磨鏡具，走千里外哭拜長者，僅問起居，慰哀痛。叔飛悲不止，復扼腕草土，有九秋不逢之歎。出生平文字置予前，云：「目前小息，賴此不負泉下。」余讀竟，驚喜，不異見叔鼎時。昔子瞻兄弟直諫，出處略同。子瞻註《易》《書》，子由亦註《詩》《春秋》，即其談經，不欲少讓③。今日時義，固六經苗裔，叔飛抗首前代，以兄爲師，世有知者，當同澹庵（胡銓）封事，懸金購之④。余言，其導騎也。

【校記】

〔一〕目録「序」作「叙」。

【箋注】

① 此序莊叔飛稿。莊叔飛，莊鼇獻、莊廷獻季弟。生平待考。

②語見《漢書》卷二十四《食貨志》：「神農之教曰：『有石城十仞，湯池百步，帶甲百萬，而亡粟，弗能守也。』」

③《宋史》卷三百三十八《蘇軾傳》：「軾成《易傳》，復作《論語説》；後居海南，作《書傳》。……蘇轍，字子由，年十九，與兄軾同登進士科，又同策制舉。……所著《詩傳》《春秋傳》《古史》《老子解》《欒城文集》並行於世。」

④胡銓，字邦衡，號澹庵。羅大經《鶴林玉露》卷六《斬檜書》：「胡澹庵上書乞斬秦檜，金虜聞之，以千金求其書。三日得之，君臣失色曰：『南朝有人。』蓋足以破其陰遣檜歸之謀也。」

中庸註疏大全合纂序〔一〕①

《禮記註疏》次《中庸》第三十一，見之鄭氏《目録》者，但云：「記中和之用，明聖祖之德。」②抑其解略矣。中與《集註》異者，若解「索隱」爲「身鄉幽隱」〔二〕，「費隱」爲「隱而不仕」。仲尼祖述以下，謂以《春秋》之義説孔子，解尤判殊〔三〕。其他懸錯，不能盡書也。案《文獻·經籍考》載《中庸集解》二卷，云：「會稽石𡼖子重集録周氏、二程、張、吕、謝、游、楊、侯十家之説，朱子序之。」③顧序言以道不及爲書〔四〕。伊川有書，以不滿意而歸之火。章句之出，原本石氏，程學始顯。又有《或問》《輯略》二書，皆發明其旨。《或問》盛行，而《輯略》不著④。然其書猶在，可得而讀也。

余嘗思《大學》《中庸》〔五〕，漢鄭氏註之，唐孔氏疏之，距程子之世相望數百年，莫有知其爲經者。朱子沉潛程學，二者絶而復續，暗而復明〔六〕，其施爲甚鉅，表論最微，功又在他書之上⑤。《註疏》雖古，不能無少讓焉。然《註疏》以後，言者病少；《章句》以後，言者病多。少則昧道，多則傷實。合而觀之，漢之言《中庸》者，禮也；宋之言《中庸》者，理也。禮理一也，而學者二之。其異同得失，可無辨乎？儒者言《中庸》《大學》，其道無别。又謂《中庸》難讀，甚於《大學》⑥。要如朱子歸本於堯舜，折衷於《尚書》，則得其傳矣。

【校記】

〔一〕本篇又見《近集》卷三、《四書注疏大全合纂》崇禎九年刻本張溥序。

〔二〕「鄉」，原作「御」，據《四書注疏大全合纂》本改。

〔三〕「解」，《四書注疏大全合纂》本作「指」。

〔四〕「之顧序言以」，《近集》本作「言明」。

〔五〕「大學」，《近集》本無。

〔六〕「復續暗而」，《近集》本無。

【繫年】

據《四書注疏大全合纂》明崇禎九年刻本，可知此文作於崇禎九年（一六三六）。

【箋注】

①此序《中庸註疏大全合纂》。《四書注疏大全合纂》三十六卷，明張溥纂，含《大學注疏大全合纂》一卷、《中庸注疏大全合纂》一卷、《論語注疏大全合纂》二十卷、《孟子注疏大全合纂》十四卷。著録見於《明史・藝文志》《千頃堂書目》《正雅堂古今書目》《經義考》《好古堂書目》《中國古籍總目》《中國古籍善本總目》《江蘇藝文志》等。是書現有明崇禎間吴門寶翰樓刻本，華東師大圖書館、南京圖書館等藏。又有明崇禎九年（一六三六）刻本，日本内閣文庫、日本静嘉堂等藏。張溥既肯定程朱對《大學》《中庸》之發明表彰，使其「絶而復續，暗而復明，其施爲甚巨，表論最微，功又在他書之上」，又指出當時研究《大學》《中庸》之不足，或割裂漢學和宋學，或繁複解説，「言之彌多，去之彌遠」。張溥試圖融合漢學和宋學之爭，認爲「漢之言《中庸》者，禮也；宋之言《中庸》者，理也。禮理一也，而學者二之」。故張溥綜合剪裁，合纂《注疏》《大全》，以救其弊。

②郝懿行《鄭氏禮記箋・鄭氏禮記箋目録》：「《中庸》第三十一。名曰『中庸』者，以其記中和之爲用也。庸，用也。孔子之孫子思伋作之，以昭明聖祖之德。」

③馬端臨《文獻通考》卷一百八十一《經籍考八・禮》：「《中庸集解》二卷。陳氏曰：『會稽石墪子重集録。周敦頤、程顥、程頤、張載、吕大臨、謝良佐、游酢、楊時、侯仲良、尹焞，凡十家之説，晦庵爲之序。』」

④唐順之《明嘉靖刻本中庸輯略序》：「《中庸輯略》凡二卷。初，宋儒新昌石𡼖子重采二程先生

語，與其高第弟子游、楊、謝、侯諸家之説《中庸》者，爲《集解》凡幾卷，朱子因而芟之爲《輯略》。其後朱子既自采二程先生語入《章句》中，其於諸家則又著爲《或問》以辨之。自《章句》《或問》行，而《輯略》《集解》二書因以不著於世。」

⑤薛瑄《薛文清公讀書録》卷五：「周、程、張、朱有大功于天下，萬世不可勝言。于千餘年俗學異端淆亂駁雜中，剔撥出四書來表章發明，遂使聖學晦而復明，大道絶而復續，粲然各爲全書，流布四海，而俗學異端之説自不得以干正，其功大矣！」

⑥《朱子語類》卷第十四《大學一·綱領》：「某要人先讀《大學》，以定其規模；次讀《論語》，以立其根本；次讀《孟子》，以觀其發越；次讀《中庸》，以求古人之微妙處。《大學》一篇有等級次第，總作一處，易曉，宜先看。《論語》却實，但言語散見，初看亦難。《孟子》有感激興發人心處。《中庸》亦難讀，看三書後，方宜讀之。」

論語註疏大全合纂序①

漢時《論語》有三②，張禹最後出而尊貴，包氏、周氏就《張侯論》爲之訓解科段，出其義理，章句所繇始也③。何平叔沉潛其書，爲之集解，採取八家，頗有改易。今註首不言「包曰」、「馬曰」及諸家説下言一「曰」者，皆出何氏已意④。又同時集解者，孫、鄭、曹、荀皆當世名士，義公而密，最稱善本。梁皇侃撰《論語疏》，於平叔八家外又採衛瓘等十三家⑤。雖引事時涉詭異，援證獨精博。宋邢氏因之刊定爲書，遂成《正義》⑥。繇是言之，《論語》大指，註家莫善於何，疏家莫善於邢。今讀而猶憾其不盡，何與？朱子先撰《集義》三十四卷，後撰《集註》十卷。儒者稱晦庵生平講解此居第一，欲增減一字不得⑦。後世深於《論語》者，咸是其言。與《註疏》參觀，精微尤著。《大全》諸家，擁衛朱子，固於金湯。

余嘗以意揣摩，欲明《論語》，必先《集註》；欲明《集註》，必先諸儒語録。此則人皆知之。所獨惜者，上士厭其拘攣，下士苦其委沓，爲高明之説者，曰：「其書章甫而適越者也，於聖賢無當。或逃而之禪，或援而入玄者〔一〕，比比也。」卑者以爲此功令之書，富貴之周行也，可無高論。嗚呼！聖經之作不助清談，賢傳之述不資科第〔二〕。二者交譏〔三〕，其風日下。

今遊五都之市⑧，觀浩瀚之書，其縱横成列者皆講詁也。講詁不足，又益以標意，託諸貴人，假之名舊，一句之中妄分脈絡，一字之内謬設主賓。使程朱復生，起而見之，未有不惡其煩，投畀水火也。聞有憤而投袂者，欲追跡周秦，縱覽百代，於《四書講義》直棄不觀，謂：「但讀本文文字已足。」又恐非中正，不足定學者準繩。莫若取《大全》限之，過者俯焉，不及者企焉，亦可多不貴、少不恨矣。既覽《大全》，復觀《註疏》，前人之闕，足於後人，後人之善，本於先哲，一書具見，起予不遠。又孰有嚾嚾於聖人之門者哉⑨？

【校記】

〔一〕「玄」，原作「佛」，據上圖本改。

〔二〕「述」，原作「術」，作據上圖本改。

〔三〕「交議」，原作「交議」，據上圖本改。

【繫年】

據《四書注疏大全合纂》明崇禎九年刻本，可知此文作於崇禎九年（一六三六）。

【箋注】

①此序《論語註疏大全合纂》。參上文《中庸註疏大全合纂》注。

②皇侃《論語義疏·自序》：「又此書亦遭焚燼，至漢時，合壁所得，及口以傳授，遂有三本：一曰《古論》，二曰《齊論》，三曰《魯論》。既有三本，而篇章亦異。《古論》分《堯曰》下章『子張問』更爲一篇，合二十一篇。篇次以《鄉黨》爲第二篇，《雍也》爲第三。篇内倒錯不可具説。《齊論》題目與《魯論》大體不殊，而長有《問王》《知道》二篇，合二十二篇，篇内亦微有異。《魯論》有二十篇，即今日所講者是也。」

③皇侃《論語義疏·自序》：「晚有安昌侯張禹，就建學《魯論》，兼講《齊》説，擇善而從之，號曰《張侯論》，爲世所貴。」陸德明《經典釋文·論語·張侯論》：「安昌侯張禹受《魯論》於夏侯建，又從庸生、王吉受《齊論》，擇善而從，號曰《張侯論》，最後而行於漢世。禹以《論》授成帝。後漢包

咸、周氏並爲《章句》，列於學官。」

④皇侃《論語義疏·自序》：「魏末吏部尚書南陽何晏字平叔，因《魯論》，集季常等七家，又採《古論》孔注，又自下己意，即世所重者。今日所講，即是《魯論》，爲張侯所學、何晏所集者也。」

⑤皇侃《論語義疏·自序》：「又晉大保河東衛瓘字伯玉、晉中書令蘭陵繆播字宣則、晉廣陵大守高平欒肇字永初、晉黄門郎潁川郭象字子玄、晉司徒濟陽蔡謨字道明、晉江夏大守陳國袁宏字叔度、晉著作郎濟陽江淳字思俊、晉撫軍長史蔡系字子叔、晉中書郎江夏李充字弘度、晉廷尉太原孫綽字興公、晉散騎常侍陳留周懷字道夷、晉中書令潁陽范甯字武子、晉中書令瑯琊王珉字季琰右十三家，爲江熙字大和所集。侃今之講，先通何《集》，若江《集》中諸人有可採者，亦附而申之。其又別有通儒解釋，於何《集》無妨者，亦引取爲説，以示廣聞也。」

⑥《宋史》卷二百二《藝文志一》著録邢昺《論語正義》十卷。

⑦程樹德《論語集釋》卷一《學而上》：「朱子撰《集注》嘗云：『字字用秤稱過，增減一字不得。』」

⑧五都：五方都會，泛指繁盛之都市。

⑨嚾嚾：喧囂貌。《荀子·非十二子》：「世俗之溝猶瞀儒，嚾嚾然不知其所非也。」楊倞注：「嚾嚾，喧囂貌，謂爭辯也。」

孟子註疏大全合纂序①

趙臺卿叙《孟子》，謂其書深妙難造，宜在聖智條理之科；又謂儀象《論語》②。長譬喻，本風雅，皆前儒論所不及。後世推高《孟子》，昌黎、程、朱而下幾數十家③，若善言七篇文字之長，未有過臺卿者也。

《史記》言嬴秦焚書，《孟子》書號諸子，篇籍得不泯絶④。竊意李斯建議，時天下《詩》《書》、百家語悉詣守尉雜燒，所存惟醫卜種藝書⑤。《孟子》書與荀、韓、楊、墨諸子絶反，不應獨全。或者得之弟子口授、藏家屋壁，未可知也。然《易》傳以卜筮，《孟子》傳以諸子，幸而不亡，數亦有之，可以不辨。歷代《藝文志》，《論語》入經，《孟子》入儒家。陳直齋《書録》始以《語》《孟》同入經，《文獻通考》從之⑥。然《論語》《孝經》在漢亦稱傳不稱經，《孟子》猶是。不必科斗古文，始應先王也。

漢以後，註《孟子》者四家，至宋惟趙、陸二家，獨存孫奭《正義》，據趙岐爲本，兼取陸善經。謂如「子莫執中」解爲「子等無執中」之類，皆陸本也⑦。今《正義》並「子莫」解亦無之，則不知何爲也。趙氏云：「孟子通《五經》，尤長《詩》《書》。」⑧宋儒非之，謂：「古知《易》《春秋》者莫如孟子，何獨《詩》《書》？」責之當矣。抑趙氏亦未嘗言孟子不知《易》《春秋》也。朱子《四書集註》唯《孟子》與《註疏》違異差少，大抵《註疏》精詳在度數名物，性與天道多略而不繁，意夫子罕言之旨乎？亦以爲言之不可勝言，不若不言也。程朱諸大儒千言反覆，於《註疏》所略者言之尤切，《學》《庸》《論語》其辭如川，至《孟子》似可止矣。猶殷勤發明者，所以總群聖，絶異端也。孔子所不明言者，孟子言之。孟子言而不盡者，其誰言乎？責在程朱矣。自古非孟之盡，荀卿、王充以來，代有數人，於是衛道者汲汲乎有《翼孟》《尊孟》諸書之作⑨。要之《集註》出，則大義不疑，群言皆廢矣。甚哉！程朱之功，係孔孟者大也。

《孟子》七篇之文，變化無所不有，雖有解者，不能爲功。宋儒當此，亦且闕如，獨於言性善、稱仁義、存心養性、知言養氣之大者，則往復辯難，書之無窮。余更爲裁剪而出之，蓋要者不著，則其書不明也。推之孔子、曾、思，亦無不然。學者能知孟子辯非得已⑩，即知《易》所以「書不盡言」矣⑪。

【繫年】

據《四書注疏大全合纂》明崇禎九年刻本，可知此文作於崇禎九年（一六三六）。

【箋注】

①此序《孟子註疏大全合纂》。參前文《中庸註疏大全合纂》注。

②《後漢書》卷六十四《趙岐傳》：「趙岐，字邠卿，京兆長陵人也。初名嘉，生於御史臺，因字臺卿，後避難，故自改名字，示不忘本土也。……岐多所述作，著《孟子章句》《三輔決録》傳於時。」趙岐《孟子題辭》：「《論語》者，《五經》之錧鎋，六藝之喉衿也。《孟子》之書，則而象之。……儒家

惟有《孟子》，閎遠微妙，緼奧難見，宜在條理之科。」

③ 韓愈、二程、朱熹注《孟子》之作，見馬端臨《文獻通考》卷一百八十四《經籍考・孟子》：「《四注孟子》，《中興藝文志》：題揚雄、韓愈、李翺、熙時子四家注。旨意淺近，蓋依託者。」「伊川《孟子解》十四卷。晁氏曰：程正叔撰。」「横渠《孟子解》二十四卷。晁氏曰：張子載撰。併《孟子統説》附於後。」「晦庵《孟子集注》《或問》各十四卷。」

④ 語本馬端臨《文獻通考》卷一百八十四《經籍考・孟子》：「秦焚經籍，其書號爲諸子，得不泯絶。」

⑤《史記》卷八十七《李斯傳》載李斯上書云：「臣請諸有文學《詩》《書》百家語者，蠲除去之。令到滿三十日弗去，黥爲城旦。所不去者，醫藥卜筮種樹之書。」

⑥ 語本馬端臨《文獻通考》卷一百八十四《經籍考・孟子》：「按前史《藝文志》俱以《論語》入經類，《孟子》入儒家類，直齋陳氏《書録解題》始以《語》《孟》同入經類。……今從之。」

⑦ 語本馬端臨《文獻通考》卷一百八十四《經籍考・孟子》：「孟子《音義》《正義》共十六卷。晁氏曰：皇朝孫奭等採唐張鎰、丁公著所撰，參附益其闕。古今注《孟子》者，趙氏之外，有陸善經。奭撰《正義》，以趙注爲本，其不同者，時時兼取善經。如謂『子莫執中』爲『子等無執中』之類。」

⑧ 語見趙岐《孟子題辭》：「孟子生有淑質，夙喪其父，幼被慈母三遷之教，長師孔子之孫子思。治儒術之道，通《五經》，尤長于《詩》《書》。」

⑨ 陸筠著《翼孟音解》九十一條，劉軻著《翼孟》三卷，余允文著《尊孟辯》七篇，見馬端臨《文獻通考》卷一百八十四《經籍考·孟子》。

⑩《孟子·滕文公下》：「我亦欲正人心，息邪説，距詖行，放淫辭，以承三聖者，豈好辯哉？予不得已也。能言距楊墨者，聖人之徒也。」

⑪《周易·繫辭上》：「子曰：書不盡言，言不盡意。然則聖人之意，其不可見乎？子曰：聖人立象以盡意，設卦以盡情僞。繫辭焉以盡其言，變而通之以盡利，鼓之舞之以盡神。」

賀周侯生日序①

彝仲先生治婁凡八有月，民於是歌大夫之詩曰：「輯柔其人，大夫職也。」既而歌公侯之詩曰：「維大夫措民于不傾，維民報之以百釐。爾公爾侯，大夫事也。」乃歲將改春，適屆先生生日，國人奔走獻祝，先生却不受。予聞之曰：「固也。彝仲爲書生時，褐衣草食，憂天下之憂，即身勞且瘠，勿恤也。今膺百里之寄，懷大州之托，措跡一方，横志四海，長慮遠顧，殷憂無已。縱我生獨辰，其如天下何？賀者其止矣。」

顧家居閒暇時，聞余兄弟漪若②、來宗、禹疏、子厚、無近有言：「先生懷抱天下，吾儕小子則婁人也，知有婁而已。婁瀕海，數苦風蟲，而今獨有秋。婁人懦，惟强者爲政，今皆散服歸田里矣。婁之俗，勇于赴財，怯於尚義。甚者小加大，賤妨貴矣。今則閭居聚譚，往往慕燕趙之慷慨，稱鄒魯之奇行。執淫人而僇之，春秋之鐘鼓也；聚多士而教訓之，大雅之樂育也。民病賦税，寬之以時；俗好攫搏，禁之以禮。逋逃之寇，不召而自歸；亡命海上者，檄至而縛首。即古子産『火烈』不是若也③。」

夫一邑之治與天下之治，勢雖不同，其事一也。坐廟堂而議論天下者，目不接百姓，足不涉閭閻。一言徇意，以爲惟我愛惡，足以難彼士大夫矣，于匹夫匹婦無與也。而流禍重及，勢且不返。若夫受命一城，憂動國恤，見民湯火，則濡衣裳、焦毛髮救之；民之疾痛不起，筋骨不强，則扶持飲食之。及聞廣厦細旃之上，有正色立於朝者，國家之所恃也，民人之所倚也，則想望而歸誠焉。其有變治爲亂，叛經爲奇者，修一人之寵而不顧四國之危，怙目前之娱而不懼萬世之議，則痛絶示貶焉。此其意，豈好矯異爲名高哉？不忠于君者必賊生民，不忍其民者必愛君父。賊生民者摇宗廟，愛君父者虞社稷。賈生遠傅長沙，時時痛哭；汲公出守淮陽，不忘直諫。豈特古之人乎？予親見彝仲行事，間與言論終日，始信以近喻遠，以小况大。予兄弟之言，質之婁人誠然，抑可公諸天下也。

美申甫者，本其嶽降；學子興者，記其嬉戲。婁人與先生，未至則望其來，既至則感其德。始想其音聲，繼載之以搏拊。方恨麥丘之祝，無以自進于桓公。幸先生之生年壯而未艾，誕之日，春且嗣焉。一歲之順成，以此告萬寶；方來之種植，以此頌無疆。《詩》曰：「神之聽之。」又曰：「介爾景福。」④其在茲乎？余家兄弟在先生之門，亦群山之望岱，衆川之思海也。王褒《講德》⑤，崔駰《達旨》⑥，竊有志焉。猶以弟子之論師，語焉不詳，而屬予以擊轅⑦。予其爲太平之民乎，其可以無言？抑反復道之者，所以答邑之歌大夫公侯者也。

【繫年】

太倉知州劉士斗因「軍儲事件」被貶後，周仲璉於崇禎八年繼任太倉知州（見民國《太倉州志》卷十一《職官》），復據《崇禎七年甲戌科進士履歷便覽》「周仲璉彝仲。《詩》，一房。癸卯年十二月十八日生」及文中「彝仲先生治婁凡八有月」「乃歲將改春，適屆先生生日」等語，可知此文作於崇禎八年（一六三五）十二月。

【箋注】

① 周仲璉，字彝仲，長興人。復社成員。崇禎八年至十年任太倉知州。民國《太倉州志》卷十一《職官·知州》：「崇禎八年，知州周仲璉，進士。」吴山嘉《復社姓氏傳略》卷五：「周仲璉，字彝仲。崇禎甲戌進士，授太倉知州，歷官至禮部郎中。」《近集》有《賀周明府生日》詩一首。吴偉業有《送周明府蒞任婁東》（《吴梅村全集》卷六十），可參。

② 張漣，字漪若，太學生。張溥五兄。

③《左傳·昭公二十年》：「鄭子産有疾，謂子大叔曰：『我死，子必爲政。惟有德者能以寬服民，其次莫如猛。夫火烈，民望而畏之，故鮮死焉；水懦弱，民狎而翫之，則多死焉，故寬難。』」

④語見《詩·小雅·小明》。

⑤王褒《四子講德論并序》（《全上古三代秦漢三國六朝文·全漢文》卷四十二）：「褒既爲益州刺史王襄作中和樂職宣布之詩，又作傳，名曰《四子講德》，以明其意焉。」

⑥《後漢書》卷五十二《崔駰傳》：「少游太學，與班固、傅毅同時齊名。常以典籍爲業，未遑仕進之事。時人或譏其太玄静，將以後名失實。駰擬揚雄《解嘲》，作《達旨》以答焉。」

⑦擊轅：謂敲打車轅中樂成聲。崔駰《上四巡頌表》：「唐虞之世，樵夫牧豎，擊轅中《韶》，感於和也。」

陳大士易經會稿序①

予初選《易會》時，大士文尚未出。遲之三年，受先宰臨，始捆以歸，僅得千義，出其半入選中，餘半自藏，爲中郎譚助而已。駿公聞而好之，向余索去。比計偕，挾之入北，與卧起食器俱，輒謂：「春風驢背，可無忘此書。」及京師傳玩，諸本散遏，竟不得全。孟宏、孟樸各分有之，取以相合，逸者頗多。予每語受先，歎息其事。時瑞五僅剪髮於座右②，聞語，即欲走一介武林，入豫章，購大士全本，廣其傳人。

踰年，大士以《易》冠南宮，曩日社刻盡更爲《房稿》。予謂李臨淮③：「今日會戰，士卒皆舊人，但旗幟稍易耳。」大士寓長安亦有《易選》，多以己文實之。然手筆在世，不可徑匿。瑞五涉目即辨，又遍訪書林，徵之藏者，向時千篇，裒然後聚。雖題文異同間出，在大士屋梁間物，已拂拭大半。羅子繡仲④，宜黄人，大士鄰邑士，少精《易》學，得異人指授。近讀書受先所，與瑞五論《易》稱善，遂佐助點定大士經稿。二子學《易》，昕夕不倦，其所持説，更日輒進。大士諸本直能目問鼻觀，著其藴要。

予嘗嘆經學放棄江河，今日大士《易》文亦其九經庫中之苞苴簞笥耳⑤。推而出之，責在學者。然即此數百，世不解讀，聽古樂欲卧者比比也。瑞五，髫也，學大人之學；繡仲，儒者，静而造大。其所爲《易》文，掉臂於大士之門，殆將歌出金石，聲滿天地。今大士選成，予度他日二子文出，必有心知好之，如今日之選大士者。陳桃之夢⑥，山陽之語，其何常哉！在進者如登，毋怖前人而已。

【繫年】

據題目及文中「踰年，大士以《易》冠南宮」「近讀書受先所，與瑞五論《易》稱善，遂佐助點定大士經稿」等語，考陳際泰中崇禎七年進士，復據張采《知畏堂文存》卷三《羅繡仲儉齋新義序》「甲戌冬仲，羅子繡仲從宜黄來，開橋東門與語」，可知此文作於崇禎八年（一六三五）。

【箋注】

①此序陳際泰《易經會稿》。羅紳、葛雲芝在張采佐助下，選成《陳大士易經會稿》。

②葛雲芝，字瑞五，崑山人。復社成員。吴山嘉《復社姓氏傳略》卷二：「葛雲芝，字瑞五。年十五補諸生。游張溥之門，又爲張采婿，二張皆亟稱之。明亡，盡棄所學，潛心求道，以姚江爲宗。入山獨棲一室，竟日瞑坐，見者疑爲神仙。有《卧龍山人集》。」

③李弘濟，字允中，號玄素，天啓三年襲封臨淮侯。朱啓鈐《蠖園文存·岐陽世家圖像考》：「李弘濟，字允中，號玄素，邦鎮長子。天啓三年襲爵，累任南京守備，提督操江，掌中府都督印事，特進榮禄大夫柱國太師。崇禎十四年，遣赴南京代祭。卒於東昌府途中，年三十有四。」

④羅紳，字繡仲，撫州府宜黄人。復社成員，名見吴山嘉《復社姓氏傳略》卷六。張采《知畏堂文存》卷三《羅繡仲儉齋新義序》：「儉齋四周無牆垣，僻在城南野田中。溪水流繞，惟南得平疇，種竹木，東架橋通路。主人臨上歸，即讀書養痾其中。橋東門終月閉，非同志講學不一啓。甲戌冬仲，羅子繡仲從宜黄來，開橋東門與語。問羅子别後進益，則出時文一卷。閲半，曰：『駸駸乎莫可禦矣！』……羅子名仲，宜黄人，距臨百里而遥。」

⑤苞苴簞笥：苞苴，亦稱蒲包，用蒲、葦或茅草編織，用以包裹魚肉。簞笥，竹或葦製之圓形和方形盛飯器。《禮記·曲禮上》：「凡以弓劍、苞苴、簞笥問人者，操以受命，如使之容。」

⑥陳桃之夢：《太平廣記》卷第二百七十六《夢》：「虞翻注《易》，上奏曰：『臣郡吏陳桃，夢臣與道

士相遇，散髮粗裘，付《易》六爻。燒其三，以飲臣。臣乞盡吞之。道士言《易》在天上，三爻足以。豈臣受命，應當知也。』」

大學註疏大全合纂序〔一〕①

古本《大學》與石經文異，今《註疏》蓋古本也。論者謂：「漢儒註本，不可詮《易》。」其言近是。然朱子《章句》盡更其舊，又以意補亡，不少遜讓。即云其傳得之河南程氏，要二程所改正《大學》本，雖載本集，世不顯也。《或問》又云：「《淇澳》《烈文》二章，鄭本在《誠意》章後，程子寘卒章之中。一章以下至三章之半，鄭本在『没世不忘』之下，程子乃以次于『此謂知之至也』之文；《聽訟》一章，鄭本在『此於信』之後、『正心脩身』之前，程子又進寘經文之下、『此謂知之至也』之上，而朱子不從。第十章之文，程子多所更定，而朱子獨以舊文爲正。」似朱子《章句》復與程異。然其序云：「程氏尊信《大學》，爲之表章，次其簡編，發其歸趣。」又謂：「書頗放失，采輯補闕，不辭僭踰。」②則朱子《大學》實出程氏，即章次偶别，無大離異也。

註疏《大學》次在《禮記》之第四十二，其文不析章句，以疏意案之，似以「大學之道」至「止于信」爲一章，「子曰：『聽訟，吾猶人也』」至「以義爲利也」爲一章。上章言明德，下章廣誠意，論學成之事，如此而已。顧解既簡略，其義不宣，雜之傳記，未明所統。真西山氏曰：「秦漢而後，《大學》失傳，惟韓愈、李翺常舉其説，見于《原道》《復性》之篇，亦未知爲聖學淵源、治道根柢也。」③夫《禮記》全書多漢儒雜記，獨《中庸》《大學》爲孔氏遺書。然秦火摩滅，漢説縱横，涉歷博士之家，論難人主之前，使不收之《禮經》，二書幾廢矣。後世學《禮》者，亟考制度，緩論精微，禮儀三百，威儀三千，《大學》其何有焉？則姑置之矣。是書幸以《禮》存，又不幸以《禮》亡也。程朱二氏因《禮》而知《學》，因《學》而知道，挈而出之，與《語》《孟》等。此不獨明絶學，亦善言禮矣。董文清公槐、葉丞相夢鼎、王文憲公柏皆謂朱子《補傳》未安，乃歸正經文「知止」以下至「則近道矣」四十二字於「聽訟，吾猶人也」之右，爲傳第四章，以釋「致知格物」，云《大學》原無闕文。而車清臣、方正學咸是之④。今學者于《補傳》其不敢信，亦猶是也。近代訓詁，《學》《庸》尤繁，其説類託，倣于朱子。抑知言之彌多，去之彌遠，非《註疏》《大全》莫能救也，余尤凛凛焉〔二〕。

【校記】

〔一〕本篇又見張溥《四書註疏大全合纂》之《大學註疏大全合纂序》，崇禎九年刊本。

〔二〕《四書註疏大全合纂》之《大學註疏大全合纂序》末署「崇禎九年正月　日後學婁東張溥序」。

【繫年】

據《四書注疏大全合纂》之《大學註疏大全合纂序》末署「崇禎九年正月　日後學婁東張溥序」，可知此文作於崇禎九年（一六三六）正月。

【箋注】

①此序《大學註疏大全合纂》。參前文《中庸註疏大全合纂》注。

②語本朱熹《四書章句集注·大學章句序》：「於是河南程氏兩夫子出，而有以接乎孟氏之傳。實始尊信此篇而表章之，既又爲之次其簡編，發其歸趣，然後古者大學教人之法、聖經賢傳之指，粲然復明於世。雖以熹之不敏，亦幸私淑而與有聞焉。顧其爲書猶頗放失，是以忘其固陋，采而輯之，閒亦竊附己意，補其闕略，以俟後之君子。極知僭踰，無所逃罪，然於國家化民成俗之意、學者修己治人之方，則未必無小補云。」

③語見真德秀《大學衍義序》：「三代而下，此學失傳，其書雖存，概以傳記目之而已。求治者既莫之或考，言治者亦不以望其君。獨唐韓愈、李翺嘗舉其説，見於《原道》《復性》之篇，而立朝論議曾弗之及。蓋自秦、漢以後，尊信此書者惟愈及翺，而亦未知其爲聖學之淵源、治道之根柢也，况其他乎！」

④語本方孝孺《遜志齋集》卷十八《題大學篆書正文後》：「董文清公槐、葉丞相夢鼎、王文憲公柏皆謂《大學》致知格物傳未嘗闕，特編簡錯亂，遂歸經文『知止』以下至『則近道矣』以上四十二字

於『聽訟，吾猶人也』之右，爲傳第四章，以釋『致知格物』。車先生清臣嘗爲書以辯其説之可信。」

五兄稿序〔一〕①

婁之學博士馬涵虛先生去婁二十年②，鄉人思之，相與鼓歌頌説：「經師人師，莫梁溪夫子若也。」先生司鐸時，先君子幸無恙，數過從。顧諸兄弟幼〔二〕，少習童子業，其隸學宫者，獨四兄③、五兄。四兄補諸生差晚，又籍崑陽。獨五兄奉先生教最親近。先生月聚諸生課之，覆名鈐卷，不知何氏，閲竟，始發視。初得五兄卷，奇之，題爲「天廟之器」，比見姓名，益喜。

時君常、君闇稱文章宗師④，省父過婁。婁人争交歡，願望見顔色，擬於衛玠車騎⑤，任昉冠蓋⑥。先生出五兄文示之，相驚歎。五兄益得傾篤，衎從昕夕。竊幸父事先生，兄事兩君子，可不媿生平。先君子輒向同里長者稱説，謂：「梁溪群賢讀百國書，齒牙不易，吾家何以方幅其間？」予間侍飲酒，聞之心熱，欲彷符融入太學、觀名士⑦，恨無一卷文耳。

辛未春，予追隨君常後，連舍學誦讀。君常時詢五兄近日文字，予爲言淮陰志大，不屑比肩絳、灌⑧，君常頷之〔三〕。歸登先生堂，先生令飲食〔四〕，勞苦問五兄如君常。予廼語五兄：「先生父子素不好煦煦，獨於兄學問寒暑不置，真天人際。今距咫尺，無虛季長八行也⑨。」五兄文少恢博，喜掞雲漢，邇益修經術，能自名其得。夫厭薄今人，搜訪舊體，亦吾家兄弟一癖。五兄修姱練要，饒有其長。伯氏倡予，其在是乎？

君常兄弟師表一代，復厚望吾兄弟。贈五兄序言，勉以太丘，慰以燕山。抑太丘仁義，不敢不勉；燕山遇在天壤，何可幾也？然五兄少負奇志，近益苦諸生。不欲爲彼高冠切雲，長佩陸離，亦何人哉？五兄操文以往，匏中之詩，囊中之疏，適因時遭際。若知己皎日，存諸簡首，則真司南車矣。

【校記】

〔一〕本篇又見《近集》卷四。

〔二〕「諸」，《近集》本作「予」。

〔三〕「君常」，原作「不常」，據《近集》本改。

〔四〕「飲食」，《近集》本作「飲酒」。

【箋注】

① 此序五兄張漣稿。張漣，字漪若，汪孺人出。太學生。娶吏科給事中顧士琦女。

② 馬希尹，字惟任，號涵虛，無錫人。二子馬世奇字君常、馬世名字君聞。俞天倬《太倉州儒學志》卷一：「馬希尹，字惟任，號涵虛，無錫人。以貢任訓導，適學正缺，署篆凡二年。勤教課，盡謝貧

生贄，勸生徒廉讓。故時州大夫朔望行學，青衿環列言事。希尹受約束，遂無一人。喜談忠孝，重鄉飲酒禮，與人恂恂若童子，事至奮往不可動。例得學田，租餘以歸公。嘗丁祭遺胙肉，易價賑貧士，齋厨蕭然。陞廣西平樂縣教授，不仕。歸。」

③ 張京應，字公碩，州廩生。張溥四兄。

④ 馬世名，字君闇。復社成員。馬世奇弟。吴山嘉《復社姓氏傳略》卷三：「馬世名，字君闇。與兄世奇有『平原二龍』之譽。中天啓辛酉舉人。修文廟，賑饑荒，築北塘四十里，建西定橋。崇禎中，以薦辟授知州，不赴。甲申，世奇殉難信至，獨奉母避地，調護孤姪。年八十五，無疾終。」

⑤《晉書》卷三十六《衛玠傳》：「總角乘羊車入市，見者皆以爲玉人，觀之者傾都。……以王敦豪爽不群，而好居物上，恐非國之忠臣，求向建鄴。京師人士聞其姿容，觀者如堵。」

⑥《梁書》卷十四《任昉傳》：「昉好交結，獎進士友，得其延譽者，率多升擢，故衣冠貴遊，莫不爭與交好，坐上賓客，恒有數十。時人慕之，號曰任君，言如漢之三君也。」陸倕《贈任昉感知己賦》：「濟濟冠蓋，祁祁俊逸。」

⑦《後漢書》卷六十八《符融傳》：「符融，字偉明，陳留浚儀人也。少爲都官吏，耻之，委去。後遊太學，師事少府李膺。膺風性高簡，每見融，輒絶它賓客，聽其言論。融幅巾奮袞，談辭如雲，膺每捧手歎息。郭林宗始入京師，時人莫識，融一見嗟服，因以介於李膺，由是知名。」

⑧《史記》卷九十二《淮陰侯列傳》：「信知漢王畏惡其能，常稱病不朝從。信由此日夜怨望，居常

鞅鞅，羞與絳、灌等列。」

⑨ 季長八行：《後漢書·竇章傳》「更相推薦」李賢注引馬融《與竇伯向書》曰：「孟陵奴來，賜書，見手跡，歡喜何量，見於面也。書雖兩紙，紙八行，行七字。」故「八行」後以代稱書信，尤指請托之書信。

楊子常全稿序〔一〕①

余數序子常文，言之愧不能多，多言又愧弗工也。子常文盛行天下，兒童皆知誦習。顧其來處，雖經生耆學莫有知者。互以見聞推重，則曰：「尊註論脉，子常教也。」註如律令，今有因類而傅益之者，律中之例也。脉貫四體，苟頂踵反位，官各爲制〔二〕，此又賈生所歎今日之病腫與跛盭也。二者去子常俱遠，子常閔而進之。嘗于所選文字就題解紛，旁通其旨。

余每謂集子常諸評，可廢講家數十。然發明準志，仍莫若以身教。全稿之出，烏可緩也？子常文積千百，比之大士，亦沛公漢中、項王彭城，各爲雄盛。子常每稱大士按題，細氣微息，字不苟下；大士評子常文，又謂其清奥幽削，得秦漢之深。兩人相視莫逆，其所讚論，俱出世學意表。亦謝疊山小心放膽之喻②，未能人人持贈也。

子常未刻諸篇，較已刻尤廣。今新故錯見，司馬大篇，長公小品③，隨人割取，無所不可。要不睹其全，義終不顯。余擬與麐士、受先殫一月功，篇爲評繹，意平日得於子常語言者深，可以無負。又恐徒論其似，未若子常自言也。子常子定夫十一歲④，提筆即能作横絶江海之文。顧倣題源絡，不失尺寸。余戲謂受先：「此子跳躍九州，猶不忘其家崑崙。」今讀子常文者，先誦本文，次玩集註，然後出其稿與諸儒説參觀之，權度見矣。

【校記】

〔一〕本文又見《近集》卷四。

〔二〕「各」，原作「名」，據《近集》本改。

【繫年】

據文中「子常子定夫十一歲，提筆即能作横絶江海之文」及張采《知畏堂文存》卷五《楊静傳略》「天啓子丑間，（楊静）方四五歲」等語，可知此文作於崇禎四年（一六三一）。

【箋注】

① 此序楊彝全稿。楊彝，字子常，號穀園，别號萬松老人。詳見《初集》卷一《楊顧二子近言序》注。

② 傅璇琮、程章燦主編《宋才子傳箋證・謝枋得傳》：「《文章軌範》七卷，與真德秀《文章正宗》齊名，該書選録漢、晉、唐、宋十五位作家的六十九篇作品，以唐宋文爲主。分七卷，原本以『侯王將相有種乎』七字分標各卷，後明刊本改爲『九重春色醉仙桃』七字。前二卷爲『放膽文』，後五卷

爲『小心文』。各有批註圈點或總評。此書爲舉業設。」

③ 胡仔《苕溪漁隱叢話後集·東坡五》：「《復齋漫録》云：『當時以東坡爲長公，子由爲少公。』」張耒《贈李德載》詩：「長公波濤萬頃海，少公峭拔千尋麓。」

④ 楊静，字定夫。復社成員。楊彝子，張采壻。吴山嘉《復社姓氏傳略》卷二：「楊静，字定夫。彝子。諸生。自少能詩文，年二十二卒。」張采《知畏堂文存》卷五《楊静傳略》：「天啓丁丑間，方四五歲。西銘張子同予訪子常，子常攜兒見客。兒眉眼燦如畫，端好可念。父指某伯某叔引之揖，兒見拱手序揖，立客左。西銘撫其首曰：『孺子後必成器，爲我兄弟後勁。』顧余云：『兄有女，年比可與齊，我主若盟，不復蹇修矣。』由是爲張氏壻。」

周彝仲稿序①

曩者彝仲北首燕路，抵書於余，盛言少壯之懷、馳驅之志。余讀未半，慨焉心動。因思古人志所欲爲，有命僕車驪酒，徑别駕；或戒家人治門閭，趣裝俟朝命者，意氣余猶見之。既得登科姓名，彝仲居前，余廼爲一痛飲。

夫聚五千之人，角三年之内，居恒詡詡，多自謂能及。一旦遇合路殊，圖窮匕見，雖身當其際者，亦復知盡能索。爲之友者，又安能助其得失，代之憂喜哉？獨彝仲一戰而勝，雅徒傑流聞之，無不酌酒相賀，知其所志者廣，不以功名内限也。夫功名之至，私而有之者淺，公而用之者深。是以子晳接草，伯玉言其可用②；少伯被髮，宛令謂爲不狂③。深人相觀，幽淪共趣，况其顯者？

彝仲有文一卷，皆抗古切今之言。志雖不盡在是，然行於天下，大略可見。孟樸疏而列之，因周子之書發明尚志之義，其樂以爲甚於到雲夢而見楚山，坐宣明而定章句也。

【繫年】

據文中「既得登科姓名，彝仲居前，余廼爲一痛飲」等語，考周仲璉中崇禎七年（一六三四）進士，可知此文作於崇禎七年（一六三四）。

【箋注】

① 此序周仲璉中進士後刻稿。周仲璉，字彝仲。復社成員。崇禎七年進士，八年任太倉知州。見《合集·近稿》卷六《賀周侯生日序》注。

② 劉向《説苑》卷第十一《善説》：「蘧伯玉使至楚，逢公子晳濮水之上。子晳接草而待，曰：『敢聞上客將何之？』蘧伯玉爲之軾車。公子晳曰：『吾聞上士可以託色，中士可以託辭，下士可以託財。三者固可得而託耶？』蘧伯玉曰：『謹受命！』蘧伯玉見楚王，使事畢，坐談語，從容言至於士。……於是楚王發使一駟、副使二乘，追公子晳濮水之上。子晳還重於楚，蘧伯玉之力也。」

③ 熊明輯校《漢魏六朝雜傳集·兩晉雜傳》卷二十二《會稽典録》：「范蠡，字少伯，越之上將軍也。本是楚宛三户人，被髮佯狂，倜儻負俗。文種爲宛令，遣吏謁奉，吏還曰：『范蠡本國狂人，生有

此病。』種笑曰：『吾聞士有賢俊之姿，必有佯狂之譏；内懷獨見之明，外有不知之毁。此固非二三子之所知也。』」

五子近業序〔一〕①

客夏，徐子質可②偕弟文可③、忠可入婁④，與予談《春秋》，通疑難。既引懷勝友，酌酒起言，門庭諷詠，兄弟所私。然一家之辭〔二〕，恨無折衷，願得賢者游，繼以朝夕。予舉管子君售，相見甚歡。時鹽官陳子靈茂亦爲其家子弟擇師婁東⑤，延張子孺高，稱莫逆。質可兄弟又與靈茂中表契善，兩家文學並興，益以良友。古人云：「二梁瓌綺⑥，兩到凌寒。」似不如也。

錢子爾信亦其地雋杰，與君售連舍，修研北之業，遂以《五子藝》名。蓋張、陳《桐軒》一卷，管、徐《柳堂》百篇，方之執翿吹笙，義可無愧。出而見榮，則杜甫之《清廟》，李賀之《高軒》也⑦。質可入燕，文可、忠可往湖上，各欲載文而遊。予語：「以二龍長途，騏驥千里，期已不遠。諸君何不少秘爲貴人新書？」然美錦十乘，襆囊先見，何所不宜？管子雖貧，恃此亦王海國。東漢管公明與他人言：「白日欲寢，見劉潁川兄弟，則神思清發，夜不假寐。」⑧讀《五子藝》，致近是矣。

【校記】

〔一〕本篇又見《近集》卷四。

〔二〕「然」，《近集》本無。

【箋注】

①此序《五子藝》。五子者，徐肇森，字質可；徐肇梁，字文可；徐彬，字忠可；管士琬，字君售；陳許廷，字靈茂；張誼，字孺高。

②徐肇森，字質可。復社成員。徐世淳長子。吴山嘉《復社姓氏傳略》卷五：「徐肇森，字質可。太僕世淳長子。崇禎庚午副貢，旋以廕入胄監。世淳殉難隨州，當事以阻援自諱，欲没其死事狀。肇森破産重趼，白於楚之當事者，復詣闕，匍匐以講，始得予卹如例。乙酉夏，攜仲子避兵寧波。丙戌，奔繼母喪歸。廬於丙舍，屢欲自裁。仲子日夕侍，不得間，既而曰：『汝無誤予，予當從先人於地下矣。』寢疾，旬月而卒。仲子名嘉炎，以副貢應康熙己未博學鴻儒，授檢討。」

③徐肇梁，字文可。復社成員。徐世淳次子。吴山嘉《復社姓氏傳略》卷五：「徐肇梁，字文可，秀水人。太僕世淳次子。諸生。世淳官隨州知州，崇禎十四年獻賊破隨，世淳命肇梁埋印廨後，勒馬巷戰死。肇梁奔赴，且哭且罵，賊將殺之，疾呼州人告以埋印處，乃死。三日，吴人石琳求得世淳屍，殮之。肇梁屍卒不得。事聞，贈肇梁國子助教，配父祠。國朝乾隆四十一年詔入忠義祠。」

④徐彬，字忠可。復社成員。徐世淳三子。吴山嘉《復社姓氏傳略》卷五：「徐彬，字忠可，秀水人。

太僕世淳三子。世淳殉難隨州，詔立祠。時務倥傯，官未之及。彬推所居，爲父建祠，絶意進取。尚論古今理亂，著《原治編》。兼學醫，著《金匱要略》。事繼母孝，撫兄子如己出。捐祭田，建文塾，鄉黨稱其行，以明經終。」

⑤陳許廷，字靈茂，海鹽人。復社成員。吴山嘉《復社姓氏傳略》卷五：「陳許廷，字靈茂，海鹽人。給事中所學孫。諸生。事父昌明、母居氏克敦天性，友愛弟閎俅使學有成。甲申，游白下，客尚書朱大典幕，薦授兵部司務，移疾歸。後北游，没於京邸。生平博物洽聞，尤悉掌故，有《蘇庵集》《周易注傳》《演林左傳》《典略》《漢書雋》《洪永紀事本末》《李義山詩箋》。」

⑥二梁：指前秦梁讜、梁熙兄弟。《古謡諺》卷二三：「讜與弟熙俱以文藻清麗見重一時，時人爲之語曰：『關東堂堂，二申兩房。未若二梁，環文綺章。』」

⑦李賀《高軒過》：「韓員外愈、皇甫侍御湜見過，因而命作。」

⑧語見《晉書》卷四十《劉智傳》：「平原管輅嘗謂人曰：『吾與劉潁川兄弟語，使人神思清發，昏不假寐。自此之外，殆白日欲寢矣。』」

七録齋集存稿卷之一

婁東 張溥西銘 著

禮質序〔一〕

【校記】

〔一〕本篇又見童潤吾本《初集》卷一。此處存目。

横谿録序〔一〕

【校記】

〔一〕本篇又見童潤吾本《初集》卷三。此處存目。

國表序〔一〕

【校記】

〔一〕本篇又見童潤吾本《初集》卷三。此處存目。

應社十三子序〔一〕

【校記】

〔一〕本篇又見童潤吾本《初集》卷三。此處存目。

龍壺稿序〔一〕

【校記】

〔一〕本篇又見童潤吾本《初集》卷三。此處存目。

夏膚公稿序〔一〕

【校記】

〔一〕本篇又見童潤吾本《初集》卷三。此處存目。

徐錫餘稿序〔一〕

【校記】

〔一〕本篇又見童潤吾本《初集》卷三。此處存目。

彭燕又稿序〔一〕

【校記】

〔一〕本篇又見童潤吾本《初集》卷三。此處存目。

行卷扶露序〔一〕

【校記】

〔一〕本篇又見童潤吾本《初集》卷三。此處存目。

吕賡虞稿序〔一〕

【校記】

〔一〕本篇又見童潤吾本《初集》卷三。此處存目。

錢仲芳稿序〔一〕

【校記】

〔一〕本篇又見童潤吾本《初集》卷三。此處存目。

朱彦兼稿序〔一〕

【校記】

〔一〕本篇又見童潤吾本《初集》卷三。此處存目。

大易文苞序〔一〕

【校記】

〔一〕本篇又見童潤吾本《初集》卷三。此處存目。

後場名山業序〔一〕

【校記】

〔一〕本篇又見童潤吾本《初集》卷三。此處存目。

行卷香玉序〔一〕

【校記】

〔一〕本篇又見童潤吾本《初集》卷三。此處存目。

鄧石函稿序〔一〕

【校記】

〔一〕本篇又見童潤吾本《初集》卷三。此處存目。

試牘正風序〔一〕

【校記】

〔一〕本篇又見童潤吾本《初集》卷三。此處存目。

顧重光稿序〔一〕

【校記】

〔一〕本篇又見童潤吾本《初集》卷三。此處存目。

洛如社序〔一〕

【校記】

〔一〕本篇又見童潤吾本《初集》卷三。此處存目。

七録齋集存稿卷之二

婁東 張溥西銘 著
同里 張采受先 閲

何新泉夫婦八十序〔一〕

【校記】

〔一〕本篇又見童潤吾本《初集》卷四。此處存目。

顧母柴太君六十序〔一〕

【校記】

〔一〕本篇又見童潤吾本《初集》卷四。此處存目。

徐母王太君五十序〔一〕

【校記】

〔一〕本篇又見童潤吾本《初集》卷四。此處存目。

徐伯母六十序〔一〕

【校記】

〔一〕本篇又見童潤吾本《初集》卷四。此處存目。

沈伯母五十序〔一〕

【校記】

〔一〕本篇又見童潤吾本《初集》卷四。此處存目。

吴鎮樸先生六十序代〔一〕

【校記】

〔一〕本篇又見童潤吾本《初集》卷四。此處存目。

侯太夫人八十序〔一〕

【校記】

〔一〕本篇又見童潤吾本《初集》卷四。此處存目。

何母毛太君六十序〔一〕

【校記】

〔一〕本篇又見童潤吾本《初集》卷四。此處存目。

錢昭自先生五十序〔一〕

【校記】

〔一〕本篇又見童潤吾本《初集》卷四。此處存目。

龔南虞六十序代張受先〔一〕

【校記】

〔一〕本篇又見童潤吾本《初集》卷四。此處存目。

王母俞太君八十序〔一〕

【校記】

〔一〕本篇又見童潤吾本《初集》卷四。此處存目。

許給諫母夫人七十序代〔一〕

【校記】

〔一〕本篇又見童潤吾本《初集》卷四。此處存目。

楊太夫人八十序代〔一〕

【校記】

〔一〕本篇又見童潤吾本《初集》卷四。此處存目。

吕翁七十序〔一〕

【校記】

〔一〕本篇又見童潤吾本《初集》卷四。此處存目。

唐封翁六十序代〔一〕

【校記】

〔一〕本篇又見童潤吾本《初集》卷四。此處存目。

蔡翁蔡母六十序〔一〕

【校記】

〔一〕本篇又見童潤吾本《初集》卷四。此處存目。

徐伯母朱太君五十序〔一〕

【校記】

〔一〕本篇又見童潤吾本《初集》卷四。此處存目。

錢如春六十序〔一〕

【校記】

〔一〕本篇又見童潤吾本《初集》卷四。此處存目。

徐冏伯泰掖先生七十雙壽序〔一〕①

熹廟初，朝臣追思鼎湖，玄黄議起，逆璫漸竊柄用事。吾婁徐泰掖先生職南垣，抗疏指論最危切。既申五款，中言留直臣、慎詔獄、謹内批三事尤觸時諱。及大璫攘袂逐正人，舉朝重足一跡，先生馳疏争之强且力。吉水將謝位，復堅請畀任，群小側目。余讀諫書，爲蹶然起，中夜不能寐。因念泰昌、天啓之際，弓劍痛深，山谷飲泣，凡爲臣子，晝夜盡傷。趙盾、許止之義，著于日月。貂璫暴盛，邪説横興，佞臣附之，變易蒼素。黨賊者詖爲公忠，討賊者斥爲誣罔。即宋紹述之奉王氏，僞學之禁程朱，未有謬亂若斯者也。

先生居諫官，六垣晨星，幾虚無人。獨偕一二同志正襟矢論，投書北闕，冀悟本朝。一時直節，比漢司隸。逆璫恣威福，批根株，私立《要典》，以代刑書②。凡先生章奏詆呵齮齕，將加刀墨。幸天厭惡，冠裳無恙。李光將危，秦檜先斃〔二〕③。古來君子遇顛踣而獲福祐者，適然耳，豈意所及哉？

今上御極，先生以初服累勩，晉秩冏卿，恪勤乃職者六年。世謂其人鳴鳳，其勞積薪，游平忠誠④，仲舉義府⑤，槐鼎立致⑥。乃先生薄塵鞅，乞歸田，朝廷許其休沐里舍，需大用，家園輕輿，子姓燕適。

今年冬，與李恭人並稱七十，歌「偕老」、獻《既醉》者，詩篇相屬。恭人慈儉備德，長公羽虞、次公儕生名耀黌序⑦，豐羽高翔，季豹、左庚甫就外傅⑧，嶄然見頭角，有「聖童」之目。諸孫武陟、方平輩好學修行〔三〕⑨，咸本祖德〔四〕，振其家聲。余嘗聞沙溪諸老人稱先生伯兄泰垣⑩，儒林名宿，以孝友忠信與群從相砥礪，雁行之間，肅若嚴師〔五〕。先生登高第，伯兄方逝，撫其遺息，甚於親生。李恭人治衣履，察寢食，黽勉婚嫁，訓以成學。羽虞兄弟視孕濛、周客諸伯仲猶同胞〔六〕，晦明居處，友愛忘形。一堂之内，宗黨讓齒，子婿娱侍，朝夕授經，閒暇飲酒。想泰容之高吟，念莊周之休老，暢情世外，不如其門庭也。

余與令似、羽虞幸托姻好〔七〕，稔習生平。又親見權璫煽禍，變態滄桑，襲雲霄之貴者，蒙污泥之辱；修松柏之節者，多風雨之患。先生名在黨人，獨脱禍難，碩果僅存，老成不墜。其始也，議論可得而聞〔八〕，其人不可得而殺；其既也，公卿可坐而獲，其終不可得而親。蟬蜕芒刃，拂袖山阿。有子有孫，宜家宜室。抱膝待時，清白及世。觀後人之變化，集繁祉于一身。此固中朁名士樂與比肩，洛蜀群賢歎爲弗及者乎〔九〕？先生飲矣，再爵而恭人，三爵而諸子矣。

【校記】

〔一〕目録原題作「徐泰掖先生七十雙壽序」，據正文改。本篇又見《近集》卷六，題作「徐泰掖冏卿七十雙壽序」。

〔二〕「秦檜」，《近集》本作「檜賊」。

〔三〕「季豹、左庚甫就外傅，嶄然見頭角，有聖童之目，諸孫武陟、方平輩」，《近集》本作「群子孕濛、周客」。

〔四〕「祖德」，《近集》本作「叔父之志」。

〔五〕「師」，《近集》本作「傅」。

〔六〕「周客」，《近集》本無。

〔七〕「令似羽虞」，《近集》本作「八兄來宗」。

〔八〕「議論」，《近集》本乙作「論議」。

〔九〕「爲」，《近集》本作「其」。

【繫年】

據「今上御極，先生以初服累勤，晉秩冏卿，恪勤乃職者六年」「今年冬，與李恭人並稱七十」等語，兼據王祖畬《太倉州志·徐憲卿傳》載徐憲卿卒年甲申，年八十二，可知此文作於崇禎五年（一六三二）冬。

【箋注】

①此爲徐憲卿與其妻七十壽辰而作。徐憲卿，字九亮，號泰掖，太倉人。民國《太倉州志》卷十九《人物三》：「徐憲卿，字九亮。萬曆四十一年進士，授行人。泰昌元年擢南京工科給事中，掌計典，尋管京營軍務。時奄黨用事，三案議起，憲卿疏論李可灼侍疾不謹，宜按祖宗法死無赦。天啓四年，疏言駕帖之僉北司之拷非所以示天下公，宜以罪犯付法司，内外章奏還内閣職掌，無使

輔臣失職，言皆侵權璫。已又特疏糾忠賢、客氏及其所用要人，奸黨側目。時緹騎四出，在籍者先後逮獄。或説以委蛇解禍，憲卿不爲動。忠賢死，進添註南京光禄寺少卿，陞太僕寺少卿，駐滁州，視江南北馬政。土寇大至，率民兵登陴，寇不能攻。又五年以病歸。甲申，聞國變，時慟哭而卒，年八十二。」吴偉業有《中憲大夫太僕寺少卿泰掖徐公暨李恭人合葬墓誌銘》（《吴梅村全集》卷四十三），可參。

②《明史》卷二百十八《方從哲傳》：「五年，魏忠賢輯『梃擊』、『紅丸』、『移宫』三事爲《三朝要典》以傾正人。」

③《續資治通鑑》卷一百三十宋高宗紹興二十五年條：「檜久擅大權，富貴已極，老病日侵，將除異己者，故使徐嘉、張扶論趙汾、張祁交結，先捕汾下大理寺，拷掠無全膚，令汾自誣與特進永州居住張浚、責授建寧軍節度副使、昌化軍安置李光、責授果州團練副使致仕、新州安置胡寅謀大逆。凡一時賢士五十三人，檜所惡者皆與。獄方欲上，而檜已病不能書矣。」

④竇武，字游平。桓帝時，以長女立爲皇后，累拜城門校尉。桓帝卒，迎立靈帝，爲大將軍輔政。與太學生交結，重用李膺、杜密、劉猛等名士，又與太傅陳蕃謀誅宦官。事敗，自殺。詳見《後漢書》卷六十九本傳。

⑤陳蕃，字仲舉。桓帝時任太尉，與李膺等反對宦官專權，爲太學生所敬重，譽爲「不畏强禦陳仲舉」。靈帝立，爲太傅，與竇武謀誅宦官，事泄遇害。詳見《後漢書》卷六十六本傳。

⑥槐鼎：比喻三公或三公之位，亦泛指執政大臣。槐，指三槐；鼎，國之重器，又有三足。

⑦徐二階，字羽虞。徐憲卿長子。徐三智，字儕生，徐憲卿次子。嘉慶《直隸太倉州志》卷三十二：「徐二階，字羽虞。憲卿子。事父孝謹。嘗闢家塾，具膏火，集親族之能文者肆業其中。及試江寧或江陰，則盡挈其子姓戚黨以行，具百人饘以供之。國朝順治八年，以歲貢廷對高等，又以薦試身言書判授永福知縣，未任卒。弟三智，字儕生，諸生。崇禎十四年大饑，煮糜以食餓者。及順治二年，地被兵，積屍蔽野，三智聚而掩之。」

⑧徐季豹，待考。徐舒字左庚，徐憲卿子。嘉慶《直隸太倉州志》卷三十二《徐二階》：「又弟舒，字左庚，諸生。以奏銷罣誤，復就童子試，再補諸生，入貲爲貢生，授淮安府學訓導。詩才茂贍，爲時所稱。」

⑨徐武陟，徐方平，徐憲卿孫。

⑩徐泰垣，徐憲卿伯兄。生平待考。

七録齋集存稿卷之三

婁東 張溥西銘 著

五人墓碑記〔一〕

【校記】

〔一〕本篇又見童潤吾本《初集》卷六。此處存目。

五科易經程墨指略序〔一〕

【校記】

〔一〕本篇又見童潤吾本《初集》卷一。此處存目。

天下善二集序〔一〕

【校記】

〔一〕本篇又見童潤吾本《初集》卷一。此處存目。

房稿遵業序〔一〕

【校記】

〔一〕本篇又見童潤吾本《初集》卷一。此處存目。

張草臣詩序〔一〕

【校記】

〔一〕本篇又見童潤吾本《初集》卷一。此處存目。

華方雷稿序〔一〕

【校記】

〔一〕本篇又見童潤吾本《初集》卷一。此處存目。

楊顧二子近言序〔一〕

【校記】

〔一〕本篇又見童潤吾本《初集》卷一。此處存目。

楊顧二子小言序〔一〕

【校記】

〔一〕本篇又見童潤吾本《初集》卷一。此處存目。

宋宗玉稿序〔一〕

【校記】

〔一〕本篇又見童潤吾本《初集》卷一。此處存目。

蒼崖子序〔一〕

【校記】

〔一〕本篇又見童潤吾本《初集》卷一。此處存目。

房稿和吉言序〔一〕

【校記】

〔一〕本篇又見童潤吾本《初集》卷一。此處存目。

房稿是正序〔一〕

【校記】

〔一〕本篇又見童潤吾本《初集》卷一。此處存目。

周氏一家言序〔一〕

【校記】

〔一〕本篇又見童潤吾本《初集》卷一。此處存目。

歷科文針序〔一〕

【校記】

〔一〕本篇又見童潤吾本《初集》卷一。此處存目。

房稿香玉序〔一〕

【校記】

〔一〕本篇又見童潤吾本《初集》卷一。此處存目。

廣應社再序〔一〕

【校記】

〔一〕本篇又見童潤吾本《初集》卷一。此處存目。

五經徵文序〔一〕

【校記】

〔一〕本篇又見童潤吾本《初集》卷一。此處存目。

王載微詩稿序〔一〕

【校記】

〔一〕本篇又見童潤吾本《初集》卷一。此處存目。

徐朱二子合刻序〔一〕

【校記】

〔一〕本篇又見童潤吾本《初集》卷一。此處存目。

七録齋集存稿卷之四

婁東 張溥西銘 著

張伯母膺封序[一]

【校記】

[一] 本篇又見童潤吾本《初集》卷五。此處存目。

賀黄母旌節序[一]

【校記】

[一] 本篇又見童潤吾本《初集》卷五。此處存目。

賀常熟楊邑尊榮封序[一]

【校記】

[一] 本篇又見童潤吾本《初集》卷五。此處存目。

賀崇明熊邑師榮薦恩封序代〔一〕

【校記】

〔一〕本篇又見童潤吾本《初集》卷五。此處存目。

賀太倉劉州尊滿秩序代〔一〕

【校記】

〔一〕本篇又見童潤吾本《初集》卷五。此處存目。

賀許司李滿秩序代〔一〕

【校記】

〔一〕本篇又見童潤吾本《初集》卷五。此處存目。

賀王元涵計部生日序代〔一〕

【校記】

〔一〕本篇又見童潤吾本《初集》卷五。此處存目。

沈眉生稿引〔一〕

【校記】

〔一〕本篇又見童潤吾本《初集》卷五。此處存目。

爲徐孝若乞母夫人壽言引〔一〕

【校記】

〔一〕本篇又見童潤吾本《初集》卷五。此處存目。

許伯贊稿序〔一〕

【校記】

〔一〕本篇又見童潤吾本《初集》卷二。此處存目。

沈去疑稿序〔一〕

【校記】

〔一〕本篇又見童潤吾本《初集》卷二。此處存目。

孟晉堂稿序[一]

【校記】

[一] 本篇又見童潤吾本《初集》卷二。此處存目。

行卷小開序[一]

【校記】

[一] 本篇又見童潤吾本《初集》卷二。此處存目。

程墨大宗序[一]

【校記】

[一] 本篇又見童潤吾本《初集》卷二。此處存目。

小題觚序[一]

【校記】

[一] 本篇又見童潤吾本《初集》卷二。此處存目。

張受先稿序〔一〕

【校記】

〔一〕本篇又見童潤吾本《初集》卷二。此處存目。

張受先稿再序〔一〕

【校記】

〔一〕本篇又見童潤吾本《初集》卷二。此處存目。

易會序〔一〕

【校記】

〔一〕本篇又見童潤吾本《初集》卷二。此處存目。

七録齋集存稿卷之五

婁東 張溥西銘 著

卯辰程墨表經序[一]

【校記】

〔一〕本篇又見童潤吾本《初集》卷二。此處存目。

行卷大小山序[一]

【校記】

〔一〕本篇又見童潤吾本《初集》卷二。此處存目。

增補舉要録序[一]

【校記】

〔一〕本篇又見《初集》卷二。此處存目。

黎左嚴稿序〔一〕

【校記】

〔一〕本篇又見童潤吾本《初集》卷二。此處存目。

三科文治序〔一〕

【校記】

〔一〕本篇又見童潤吾本《初集》卷二。此處存目。

易文觀通序〔一〕

【校記】

〔一〕本篇又見童潤吾本《初集》卷二。此處存目。

房稿霜蠶序〔一〕

【校記】

〔一〕本篇又見童潤吾本《初集》卷二。此處存目。

房稿香却敵序〔一〕

【校記】

〔一〕本篇又見童潤吾本《初集》卷二。此處存目。

房稿文始經序〔一〕

【校記】

〔一〕本篇又見童潤吾本《初集》卷二。此處存目。

錢元玉王開度合刻序〔一〕

【校記】

〔一〕本篇又見童潤吾本《初集》卷二。此處存目。

賀魯縫稿序〔一〕

【校記】

〔一〕本篇又見童潤吾本《初集》卷二。此處存目。

程墨表經序〔一〕

【校記】

〔一〕本篇又見童潤吾本《初集》卷二。此處存目。

房稿表經序〔一〕

【校記】

〔一〕本篇又見童潤吾本《初集》卷二。此處存目。

史緒序〔一〕

【校記】

〔一〕本篇又見童潤吾本《初集》卷二。此處存目。

詩經應社序〔一〕

【校記】

〔一〕本篇又見童潤吾本《初集》卷二。此處存目。

詩經應社再序代宋澄嵐〔一〕

【校記】

〔一〕本篇又見童潤吾本《初集》卷二。此處存目。

國表小品序〔一〕

【校記】

〔一〕本篇又見童潤吾本《初集》卷二。此處存目。

冏卿徐泰掖先生留垣奏議序①

古今文字關世用、通語言者，上則奏疏，下則書啓。其他詩、歌、騷、頌、賦、序、記、跋皆不急之文，獻酬博雅，間恣游戲，異於冬裘夏葛矣。予搜考史乘，昭代之書最稱蕪略，以緒求之，當自奏議始。獨苦藏帙不多，抄寫未逮，經營有年，跋燭懷嘆。一日讀徐泰掖先生《留垣疏稿》，攝衣冠起。古人有言：「求之遠而失之近。」②其然歟？予誠睫短，慕義長孺，未敢後也。

國朝奏對，前賢粗具，日録以下，播揚亦廣。至神廟時，其書稍隱矣。公卿鉅流，門墻義故，人非易世，論未蓋棺。子孫諱枋頭之敗③，太史懼國門之碑，見事不書，有書不傳者，不知其幾。即予所及睹選疏數種，半出逸漏。每慨神廟中年，青宫未定，盈廷力請，章滿公車，天高聽卑，上聞無壅。或其人不盡顯，其言未嘗不用也。昌、啓之際，老成彙征，都俞載誦④。未幾，璫禍暴興，遍坐鈎黨。昔日讜言，盡成罪狀。羅箝吉網，腹誹將誅。敢諫之士，摇手不得。先生所處，適其會也。逆璫驕倨高座，招人走趨。舉世以高邑⑤、吉水⑥、梁溪⑦、應山爲的⑧，彎弓射之中者上賞。先生獨請留賢者，懇款再三。鷹鸇逐雀，彈抨有聲，讀其文者，謂禍且旦暮。大憝速斃，簪履幸全，亦天祐之吉，非先生所夢想也。

羽虞兄弟善讀父書⑨，梓傳《疏稿》，屬予序首。予重惟先生痛哭之談，金石之論，久懸天地。取而黥之刖之者，幾張羅而鳥下顧。獨無所畏忌，通行當今，非獨先生賢，諸公子皆正人也。若内無赤誠，外託焚草者⑩，縱極謹媚，亦孔光之諱樹⑪，謝微子之諱食耳，烏足與言忠哉！

【箋注】

① 此序徐憲卿《留垣奏議》。徐憲卿，字九亮，號泰掖。詳見《合集·存稿》卷二《徐冏伯泰掖先生

七十雙壽序》注。《四庫全書總目》卷五十六《留垣奏議四卷》：「曰『留垣奏議』者，以當時稱南京爲留都也。」

②《孟子·離婁上》：「道在邇而求之遠。」

③《晉書》卷六十七《郗超傳》：「太和中，温將伐慕容氏於臨漳，超諫以道遠，汴水又淺，運道不通。温不從，遂引軍自濟入河，超又進策於温，……温不從，果有枋頭之敗，温深慚之。」洪亮吉《鬼董狐》「君不見，枋頭既敗史筆誣，定論只有鬼董狐。」

④都俞：《書·益稷》：「禹曰：『都！帝，慎乃在位。』帝曰：『俞！』」都、俞爲嘆詞。以爲可，則曰都、俞。後以之形容君臣論政和洽。

⑤趙南星，字夢白，高邑人。萬曆二年進士。萬曆二十一年，被誣專權植黨，斥爲民。與鄒元標、顧憲成並稱「三君」。光宗立，任左都御史。天啓三年，任吏部尚書，致力於澄清吏治，任用東林人士高攀龍、楊漣、左光斗等。魏忠賢責其朋謀結黨，遂與楊漣、左光斗等同被斥逐，遣戍病死。詳見《明史》卷二百四十三本傳。

⑥鄒元標，字爾瞻，號南皋，吉水人。詳見《續集·别集》卷一《何玄子易詁序》注。

⑦顧憲成，字叔時，别號涇陽，無錫（舊稱梁溪）人。詳見《初集》卷六《祭顧元錫文》注。

⑧楊漣，字文孺，號大洪，應山人。詳見《合集·近稿》卷一《壽冏卿陸太和先生七袠序》注。

⑨徐二階，字羽虞，徐憲卿長子。徐三智，字儕生，徐憲卿次子。詳見《合集·存稿》卷二《徐冏伯泰

掖先生七十雙壽序》注。

⑩ 焚草：燒掉奏稿，以示謹密。《宋書·謝弘微傳》：「每有獻替及論時事，必手書焚草，人莫之知。」

⑪ 《漢書》卷八十一《孔光傳》：「有所薦舉，唯恐其人之聞知。沐日歸休，兄弟妻子燕語，終不及朝省政事。或問光：『温室省中樹皆何木也？』光嘿不應，更答以它語，其不泄如是。」

館課卷之一

婁東 張溥西銘 著

士品臣品議[一]

【校記】

〔一〕本篇又見天一閣本《續集·論略》卷二。此處存目。

小雅中興策[一]

【校記】

〔一〕本篇又見天一閣本《續集·論略》卷二。此處存目。

擬興民行端士習以正人心以固邦本疏[一]

【校記】

〔一〕本篇又見天一閣本《續集·論略》卷二。此處存目。

進士説〔一〕

【校記】

〔一〕本篇又見天一閣本《續集·論略》卷二。此處存目。

忠清仁辯〔一〕

【校記】

〔一〕本篇又見天一閣本《續集·論略》卷二。此處存目。

先資其言拜獻身以成信論〔一〕

【校記】

〔一〕本篇又見天一閣本《續集·論略》卷二。此處存目。

寧静致遠論〔一〕

【校記】

〔一〕本篇又見天一閣本《續集·論略》卷一。此處存目。

古今才誠合一大臣論[一]

【校記】

[一] 本篇又見天一閣本《續集·論略》卷二。此處存目。

擬簡銓衡擇中樞惜人才求直言疏[一]

【校記】

[一] 本篇又見天一閣本《續集·論略》卷二。此處存目。

百聖相傳心法論[一]

【校記】

[一] 本篇又見天一閣本《續集·論略》卷二。此處存目。

天保治内采薇治外解[一]

【校記】

[一] 本篇又見天一閣本《續集·論略》卷二。此處存目。

選擇將帥之術議〔一〕

【校記】

〔一〕本篇又見天一閣本《續集·論略》卷二。此處存目。

立朝以正直忠厚爲本論〔一〕

【校記】

〔一〕本篇又見天一閣本《續集·論略》卷二。此處存目。

進士題名記〔一〕

【校記】

〔一〕本篇又見天一閣本《續集·續刻》卷四。此處存目。

合刻諸葛忠武録岳忠武金陀粹編序〔一〕

【校記】

〔一〕目録原題作「合刻諸葛武侯岳武穆集序」，據正文改。本篇又見天一閣本《續集·續刻》卷一。此處存目。

論略卷之一

同里　張采受先　選
婁東　張溥西銘　著
門人　支益、鍾升校
金沙　周鍾介生　閲

春秋周平王通論〔一〕

【校記】

〔一〕本篇又見天一閣本《續集·論略》卷一。此處存目。

周論〔一〕

【校記】

〔一〕本篇又見天一閣本《續集·論略》卷一。此處存目。

魯論〔一〕

【校記】

〔一〕本篇又見天一閣本《續集·論略》卷一。此處存目。

齊論〔一〕

【校記】

〔一〕本篇又見天一閣本《續集·論略》卷一。此處存目。

衛論〔一〕

【校記】

〔一〕本篇又見天一閣本《續集·論略》卷一。此處存目。

鼎卦説一〔一〕

【校記】

〔一〕本篇又見天一閣本《續集·論略》卷二。此處存目。

鼎卦説二〔一〕

【校記】

〔一〕本篇又見天一閣本《續集·論略》卷二。此處存目。

艮卦説〔一〕

【校記】

〔一〕本篇又見天一閣本《續集·論略》卷二。此處存目。

震卦説〔一〕

【校記】

〔一〕本篇又見天一閣本《續集·論略》卷二。此處存目。

震卦説二〔一〕

【校記】

〔一〕本篇又見天一閣本《續集·論略》卷二。此處存目。

治盜賊議〔一〕

【校記】

〔一〕本篇又見天一閣本《續集·論略》卷二。此處存目。

備倭議〔一〕

【校記】

〔一〕本篇又見天一閣本《續集·論略》卷二。此處存目。

正風俗議〔一〕

【校記】

〔一〕本篇又見天一閣本《續集·論略》卷二。此處存目。

海防議〔一〕

【校記】

〔一〕本篇又見天一閣本《續集·論略》卷二。此處存目。

救荒議〔一〕

【校記】

〔一〕本篇又見天一閣本《續集·論略》卷二。此處存目。

江防議〔一〕

【校記】

〔一〕本篇又見天一閣本《續集·論略》卷二。此處存目。

東南水利議〔一〕

【校記】

〔一〕本篇又見天一閣本《續集·論略》卷二。此處存目。

屯田策〔一〕

【校記】

〔一〕本篇又見天一閣本《續集·論略》卷二。此處存目。

七録齋詩稿卷一

婁東 張溥西銘 著

甘霖應禱詩

湯鼎鑄三足，寒河夜住流。大火忽入地，苗黍不敢油。耕人僅吁壁，一息争蜉蝣。炙石運乾土，搤咽徒焚篝。欲向川種食，斂形及枯鰍。麥秋委空畝①，烏下聲相愁。《豳風》往者事，長歎書災蝨。宴會屏不作，王公棄兕觩。果餘無好味，風落扇禿楸。穀絲盡塵屑，先人虚臘膢。其咨勞帝寐，六德逮下諏。沉玉不足敬②，祭星懷百憂③。感生誰好事，却御身常粹。海水絶津濟，群神或出遊。微颸應清路，洒淅沐細蓛。萬乘備雲物，周禮嚴洫溝。翦瓜閔已甚，欲食惌乾餱。聽塗察謡語，黝貌且失謳。圯草散煩暑，紺耜陳高丘。經理被原隰，日夜覬泉滮。密雲飄復合，空色恒清浮。久之暝氣集，蒼樹濕露裒。桑山木正茂，沮澤龍之儔。玄寺不久駐，束生歌必酬。鳳梁艷句盡，石燕翱湘州。雩升識常潤，圓文豈一漚。盛樂不徹奏，洽靈將柈投。赤松神農客，卜蹇得奇繇。翻伊或倒雒，《洪範》惟肅求。濘蹊勿嫌苦，王人敬遠猷。公卿潔粢穀，疊疊達蕪疇。遍望井箕炯，渥餘平翠抽。陽門尊所勝④，月德兼斂揫。悉以報天子，閔雨勤春秋。浥葉滋亦小，百物慶鬱瘳。朱絲寧復理，奠瘥鳴清球。從此溉根體，黎民忘競絿⑤。克謹敦時日，讒夫息紛侜。隆平始輦下，白屋同服修。柱礎驗千里，京師大九州。共宇接良穗，喈和齊鳴鳩。社公水作甘，近之欲形瀏。桐魚制自古⑥，敬心誰爲侔？六月名濯枝，及時澤彌稠。子發相冠雲，黑壓驚静鷗。昔雨三十六，一旬惠併收。伯牙成琴操，巖下聞颼颼。賁墉矢吉詞⑦，伐鼓稱明侯。烟霧來何所，試上丹山頭。仁政首慎罰，焚軀寧放囚。邑宰召和順，何況十二旒⑧。慈音甫脱口，祥飆已代郵。霡霂沾人裳，逾於萬囷賙。加之以久濡，天命無不猶。大臣著冠去，四海贊嘉謀。漢帝幸洛陽，浹樹尚未周。徘徊感君志，善令無宿留。舉美不一書，遲以待廟籌。荆州有記載，淡得卧石幽。魄動先含靈，不學僊居樓。磨崖鑿碑詠，重指員綢繆。瞻庭誦小雨，字畫少屈蚪。夙夜對天地，福禄正未遒。下士義無寐，皇舞禮遠尤⑨。推步亦拗術⑩，未可免罪訧。肅將候中至⑪，勞勤謹執耰。

【繫年】

據《明通鑑》卷八十二崇禎四年條「五月，甲戌，上步禱雨於南郊」及詩中「麥秋」語，可知此詩作於崇禎四年（一六三一）五月。

【箋注】

①麥秋：麥熟季節，通指農曆四、五月。《禮記·月令》：「（孟夏之月）靡草死，麥秋至。」

②沉玉：指古代祭水時，把玉沉於水中。

③祭星：古代重要祭禮之一。每年春至，天子出東郊設壇而祭祀星辰。《管子·輕重己》：「天子東出其國九十二里而壇，朝諸侯卿大夫列士，循於百姓，號曰祭星。」

④陽門：古星名。屬亢宿。《晉書·天文志上》：「東北二星曰陽門，主守隘塞也。」

⑤競絿：《詩·商頌·長發》：「不競不絿，不剛不柔。」毛傳：「絿，急也。」朱熹集傳：「競，强；絿，緩也。」後因以施政緩急適當爲「競絿」。

⑥桐魚：桐木刻成之魚形祭品。

⑦賁墉：指帝王居處之大牆。《尚書大傳》卷四：「天子賁庸，諸侯疏杼；大夫有石材，庶人有石承。」鄭玄注：「賁，大也。牆謂之庸。大牆，正直之牆。」

⑧十二斿：《禮記·郊特牲》：「祭之日，王被衮以象天。戴冕璪十有二旒，則天數也。乘素車，貴其質也。旂十有二旒，龍章而設日月，以象天也。」

⑨皇舞：周代所定六種小舞之一。舞者爲少年，衣帽都飾以羽毛，手持五彩羽，色如鳳凰，用於求雨或祭四方。

⑩推步：推算天象曆法。古人謂日月轉運於天，猶如人之行步，可推算而知。

⑪ 肅將：猶敬奉或敬獻。《書·泰誓上》：「皇天震怒，命我文考，肅將天威。」

朝日詩

大次虔周典①，成山肅漢儀。東迎先贊助，西種發噫嘻。制作嚴三正②，功勞感四時。青珪躬雅獻，涚酒酌玄罍。誠潔非繇物，清明自有辭。廟中資敬合，郊外肅將宜。幣列容存古，烟升義不疑。光華沐寶鼎，志氣格神芝。兄事家人近，君名衆國麗。王宫星夜炳，群祀禮相隨③。

【箋注】

① 大次：帝王祭祀、諸侯朝覲時臨時休息之大篷帳。《周禮·天官·掌次》：「朝日祀五帝則張大次、小次，設重帟重案，……諸侯朝覲會同則張大次、小次。」鄭玄注：「次，謂幄也。大幄，初往所止居也。」

② 三正：夏正建寅，殷正建丑，周正建子，合稱三正。《書·甘誓》：「有扈氏威侮五行，怠棄三正。」孔傳：「怠惰棄廢天地人之正道。」陸德明釋文引馬融曰：「建子、建丑、建寅，三正也。」一説指天、地、人之正道。

③ 群祀：古代大祀、中祀以下列在祀典之祭祀。《左傳·襄公十一年》：「名山名川，群神群祀。」禮相：古代司贊禮之官。《禮記·内則》：「觀於祭祀，納酒漿籩豆菹醢，禮相助奠。」

趙尹馭黎迦化詩①

水澮漸漸不染身，宰官嘗學種龍鱗。彤車温教桑麻長②，孤搭清心風雨人。西望應真誰作杖③，北來夫子尚沾塵。明書刺史山中去，不用敲魚辨夕晨。

【箋注】

① 趙尹馭黎，待考。

② 彤車：朱漆車，王侯之乘。

③ 應真：佛教語，羅漢之意譯，謂得真道者。

遼師大捷奏凱四章〔一〕①

琱弓花拂百城秋，宵練隨車老上愁②。一紙詔書增士煖，新歌破陣出龍州。明月城頭擊筑中，大旗雲外白楊風。師行吉日旋抽馬③，夷樂鉦鐃貢雁翁。《朱鷺》揚聲水失寒④，從軍未久詎歌難。戰場日暮開營看，大小賢王齊解鞍。敵國谿來畏叩關⑤，燕支久作漢家山。六千控鏑單于拜，渭上初開朝士班。

【校記】

〔一〕本篇原題作「遼師大捷凱歌四章」，據目録改。

【繫年】

據寧遠圍解時間,可知此詩作於天啓六年(一六二六)。

【箋注】

①天啓六年正月,金帝努爾哈赤率軍十餘萬攻寧遠,袁崇焕集軍民死守孤城,以西洋炮擊退之。努爾哈赤負重傷,退往瀋陽。寧遠圍解,張溥作《遼師大捷奏凱四章》以賀。王鐸亦有《丙寅寧遠捷》七律二首,可參。

②宵練:劍名。《列子·湯問》:「孔周曰:『吾有三劍,……三曰宵練,方晝則見影而不見光,方夜見光而不見形,其觸物也,騞然而過,隨過隨合,覺疾而不血刃焉。』」後以泛稱劍。

③抽馬:星命家術語。指爲人占算星命吉凶。

④朱鷺:樂曲名。漢鼓吹鐃歌十八曲之一。姜夔《聖宋鐃歌吹曲十四首總序》:「臣聞鐃歌者,漢樂也。殿前謂之鼓吹,軍中謂之騎吹,其曲有《朱鷺》等二十二篇。」

⑤叩關:攻打關卡。

送申素公之任萬安①

高調吹寒别路深,名城緩帶坐天琛②。廬陵文聖來傳草,江右詩宗彈入琴。每愛同聲稱座下,偏憐細語到牆陰。桑園少長愁人各,春水來時送客襟。

【繫年】

據崇禎四年申芝芳中進士，任萬安知縣，可知此詩作於崇禎四年（一六三一）。

【箋注】

① 此送同年申芝芳赴任萬安知縣。《續集·王與游詩稿序》：「予初不作詩，至長安不免酬答，間亦有詠。適孟樸、惠常來，九一、駿公皆作詩以見志。孟樸故詩家，善品量。予喜有助，遂多所作，大都懷人傷別之辭。」本卷詩作大多爲懷人惜別之辭，作於同一時期。申芝芳，字素公，嘉定人。嘉定區地方志辦公室、嘉定博物館編《嘉定碑刻集》：「申芝芳，字素公，嘉定人。明天啓元年入學爲諸生，七年中舉人，崇禎四年進士，任萬安知縣，升兵部主事、禮科給事中。」

② 緩帶：寬束衣帶。形容悠閒自在，從容不迫。

送管元心之任永新①

別理相尋未有疇，寬衫大帶此邦侯②。生來俊氣高爲月③，攜得清心深倍秋。士子肅將疑槐柳，衣裳新整薄蜉蝣。吴山自我撑持骨，通德門風望遠猷④。

【繫年】

據崇禎四年管正傳中進士，任永新縣令，可知此詩作於崇禎四年（一六三一）。

【箋注】

①此送同年管正傳之任永新縣令。管正傳，字元心，號德園，長洲人。復社成員。吴山嘉《復社姓氏傳略》卷二：「管正傳，字元心，號德園，太倉人。崇禎辛未進士，歷知永新、贛縣。著風節，爲忌者所中死。有《積書巖詩草》。」

②邦侯：指地方長官。姚汝循《郡齋詠懷》：「才不瘳民瘼，位固忝邦侯。」

③俊氣：英俊氣概。

④遠猷：長遠之打算，遠大之謀略。語出《書·康誥》：「顧乃德，遠乃猷。」

送張坦公之任青澗①

雄地高秋並②，觴君折一莢。鋪篇齊漢殿，立馬看秦塗③。良士惟聞磬，勞民應息枹。生平好排難，不用賦城蕪④。

【繫年】

據崇禎四年張坦公中進士，任青澗縣令，兼據「雄地高秋並」等語，可知此詩作於崇禎四年（一六三一）秋。

【箋注】

①此送同年張縉彦赴任青澗縣令。張縉彦，字濂源，號坦公，河南新鄉人。乾隆《新鄉縣志》卷三十

三《文苑傳》：「國朝張縉彦，字濂源，號坦公。生有敏才，讀書必求根柢，裒集舊聞，人稱『經笥』。天啓辛酉，鄉舉第二。崇禎辛未成進士，授青澗令。時大賊巢穴其間，延安所屬十九州縣，賊攻陷者一十有三。乃與殘民數十，食豆粥，掘草根，徒步登城，午夜不輟。設計殲寇渠公山鷄等。單騎馳入賊巢，責以忠義，散脅從二千餘人，邑賴以全。調繁三原，值歲旱荒，出錢收棄子以數百計。親禱白馬山泉，翌日大雨，泉水湧出，灌田二千餘畝，至今賴之。率鄉旅破流寇過天星營，奪獲監軍道陣失關防，救翰林程正揆子大年於賊中。行取户部主事，陞郎中，召對中左門。莊烈帝奇其才，授翰林院檢討。時將懦兵驕，邊事日壞，而兵部乏人，因改兵科都給事中。糾擊悉中時弊，袖中彈文，皆人所不敢發者。丁艱歸，陞兵部添設侍郎，復陞尚書兼學士，俱未任。崇禎十七年，賊逼京師，帝手敕縉彦登城察示，見秦、晉二王欲降賊，與户部尚書王家彦頓足哭，偕詣宫門請見，不得入。黎明城陷，旋爲逆賊所獲。潛逃，舉義旗，功不就。國朝起用，任山東右布政使，禁絶私鑄。轉浙江左布政使，清理國儲三百餘萬，陞工部右侍郎，以文獲譴，左遷徽寧道僉事，旋徙寧古塔。十載，卒。又四十年歸葬。生平才學淵博，排蕩百家，爲詩文宗匠。著作之富，幾於充棟。國初以來，邑中通籍士子，多所裁成，蓋巍然河朔一津梁也。所著有《依水園詩文集》等書行於世。」

② 高秋：深秋。

③ 立馬：駐馬。朱慶餘《過舊宅》：「榮華事歇皆如此，立馬踟躕到日斜。」

④ 不用：不必，無須。王昌齡《别皇甫五》：「溆浦潭陽隔楚山，離尊不用起愁顔。」

送汪皖公之任閩縣①

析情一水旨猶含，南國南城同此簪。九扇博山明意果，雙文玉佩印詩潭。詞班競熱忘炊鼎，巖邑無心似采藍。行矣維清風俗厚，曲屏常畫幾烟嵐。

【繫年】

據崇禎四年汪國士中進士，任閩縣縣令，可知此詩作於崇禎四年（一六三一）。

【箋注】

① 汪皖公即汪國士，字君酬，桐城人，張溥同年。馬其昶《桐城耆舊傳》卷五：「汪參議諱國士，字君酬。崇禎四年進士，授福建閩縣令，禁火耗，免羨餘，一以簡静爲治。遷揭陽，課績最，擢户部主事。尋由郎中除山東備兵參議，值歲不登，殫心輸濟，民以不飢。乞骸歸，未幾卒。父諱世澄，受學羅近溪，故其學有原本。尤耽吟詠，著《簡軒十一集》。子鶴齡，字羽年；啓齡，字大年，皆能詩。」

送徐玄伯之任當塗①

宓子偏遺一曲琴②，相看古道發長吟。悠哉獨行宜山肺，皇矣弘人應地襟。社稷繇來文字貴，城池許大性情深③。遥歌神宰維桑福④，共處宫廷受《四箴》⑤。

【繫年】

據崇禎四年徐養心中進士，任當塗縣令，可知此詩作於崇禎四年（一六三一）。

【箋注】

① 徐玄伯即徐養心，字無所，號松濤，湖廣江陵人。張溥同年。康熙《當塗縣志》卷十九：「徐養心，字無所，號松濤，湖廣江陵人。崇禎六年，由進士知。廉明慈惠，以興利除害爲己任。乙亥，流寇屠和陽，難民數千聚江干，無舟，不獲東渡。賊且近，號呼爲赴水計。養心望見曰：『鄰民猶吾民。』亟命船數十盡渡之。時姑孰無備，衆心危殆。養心沿江夜張炬，礮聲不絶，作進勦勢。賊疑懼退，不敢一葦窺江左者，養心力也。性警敏，人無疏逖，過目即不忘。有於初任時犯科者逃五年矣，及養心任滿，冀可幸免，偶於市值養心，亟趨避。養心輿上見之曰：『彼非前犯某事者耶？』執之，訊服。分癸酉南闈，得人稱盛。」

② 宓子：即宓子賤。高適《登子賤琴堂賦詩》之一：「宓子昔爲政，鳴琴登此臺。琴和人亦閑，千載稱其才。」

③ 許大：這般大。

④ 維桑：《詩·小雅·小弁》：「維桑與梓，必恭敬止。」毛傳：「父之所樹，己尚不敢不恭敬。」後以「維桑」指代故鄉。

⑤ 王應麟《玉海》卷二十五《康定四箴》：「秘閣書有太宗御書《曲禮》首篇四句曰：『敖不可長，欲不可縱，志不可滿，樂不可極。』康定二年七月，張方平在諫垣，廣其義爲《四箴》以獻。」

送周章甫公祖司理姑蘇①

十里烟光卷幔延，絳襜驛路似花然。鷹懷鳩性惟聞道，鶴享魚糧自好賢。神聽不違成畏壘②，經名有用在原田。清風一座咸歌雅，更種門牆庾杲蓮③。

【繫年】

據崇禎四年周之夔中進士，任蘇州推官，可知此詩作於崇禎四年（一六三一）。

【箋注】

① 此送同年周之夔任蘇州推官。周之夔，字章甫。復社成員。詳見《續集·別集》卷一《壽周年伯母九十序》注。周之夔《棄草詩集》卷四有《都門別張天如歸婁江》：「乾坤有至寶，長穴子心胸。剔怪甘天怒，驅騎策鬼傭。名非關入洛，道已契登龍。別去洞庭上，思君縹緲峰。」

② 畏壘：借指鄉野。劉克莊《和季弟韻》之六：「老愛家山安畏壘，早知世路險瞿唐。」

③《南史》卷四十九《庾杲之傳》：「庾杲之，字景行，新野人也。……乃用杲之爲衛將軍長史。安陸侯蕭緬與儉書曰：『盛府元僚，實難其選。庾景行汎淥水，依芙蓉，何其麗也。』時人以入儉府爲蓮花池，故緬書美之。」

送王方輪之任烏程①

猶憶軒居僅隔家，策朝先路忽今賖。河山舊志湖堪住，兄弟名人玉不遐。清遠性偏桑落酒②，和平神聽浄明沙③。含仁載里成謡俗，未許他封尚税茶。

【繫年】

據崇禎四年王夢鼐中進士，任烏程縣令，可知此詩作於崇禎四年（一六三一）。

【箋注】

① 此送同年王夢鼐之任烏程縣令。王夢鼐，字兆隆，號方輪，常熟人。同治《蘇州府志》卷九十九：「王夢鼐，字兆隆。崇禎辛未進士，知烏程縣。改襄城，建永安堡、武定寨於張村，以遏寇盜。巨盜混十萬黨至，夢鼐單騎擒其魁。晉刑部主事、工部郎中。出知保定府，蠲雜徭，清馬政，剪除豪民劇盜，闔人貴戚不任公家賦者皆就役。時添兵一萬，專責府餉，又議買南征戰馬千餘匹，皆抗疏力爭，歲得省餉三十萬，而市馬事亦不果行。卒於官。」

② 桑落酒：古代美酒名。酈道元《水經注·河水四》：「（河東郡）民有姓劉名墮者，宿擅工釀，採挹河流，釀成芳酎，懸食同枯枝之年，排於桑落之辰，故酒得其名矣。」

③ 神聽：英明之聽察力。曹植《求自試表》：「聖主不以人廢言。伏惟陛下少垂神聽，臣則幸矣。」

送鍾百里之任山陰①

著作盈高宇，枯心静不删。崎嶇向歲暮，欝雅坐書間。誤字刊當盡，奇人緣自慳。風霜開夜悟，草木待朝班。不識河梁道②，無忘虀菜顔。簪冠稱盛會，應接始諸山。

【繫年】

據崇禎四年鍾震陽中進士，任山陰縣令，可知此詩作於崇禎四年(一六三一)。

【箋注】

① 此送同年鍾震陽之任山陰縣令。鍾震陽，字百里。詳見《續集》卷三《鍾百里稿序》注。

② 河梁：《與蘇武》之三：「攜手上河梁，遊子暮何之？……行人難久留，各言長相思。」後因以「河梁」借指送别之地。

送沈鉉臣之任建陽①

風雨同君江上曾，秋花再折及寒凌。師門大義山中日，友道清光壺内冰②。劇地嚴書車不下③，閒堂醇酒鹿常升。性生淡泊宜人長，不逐鉛華愧老丞。

【繫年】

據崇禎四年沈鼎科中進士，任建陽縣令，可知此詩作於崇禎四年(一六三一)。

【箋注】

①此送同年沈鼎科之任建陽縣令。沈鼎科，字鉉臣。詳見《合集·近稿》卷一《沈鉉臣詩草序》注。

②清光：清美之風采。李白《贈郭季鷹》：「盛德無我位，清光獨映君。」

③劇地：繁雜難治之地。

送戈行可之任晉江①

擘紙相遺風漸西，舟行平水歷秋隄。昔年戴鄭爲都養②，今日龔黄是破題③。自笑雄心踈禮節，還知大雅念烝黎④。到吴且繫金閶柳⑤，勝友投章似贈荑。

【繫年】

據崇禎四年戈簡中進士，任晉江縣令，可知此詩作於崇禎四年（一六三一）。

【箋注】

①此送同年戈簡之任晉江縣令。戈簡，字行可，廣德州人。復社成員。乾隆《廣德州志》卷三十四《循吏》：「戈簡，字行可，號臣在。崇禎辛未進士，任晉江知縣。晉故仕宦藪，簡謝絶請謁，凡綜賦汰役，練兵積穀，息海氛，靖山寇，皆有成績。先是，秉鐸東光，修學造士，爲郡人築館。燕都既登第，闈藝大爲臨川艾千子所賞。温陵俗險，健案山積，簡多方勸論，踰年訟息。濬河濟運，今戈公陂是也。試童子，搜拔寒雋，兩科元魁如蔡道憲、鄭羽儀、張廷榜輩皆出其門下。丙子分校闈

闈，得士最盛。六年報最，邑人緝《同春録》以紀其績。嘗攝篆南安，民愛慕與晉埒。兩居憂，苫塊致疾卒。著有《遽庵集》。」

②都養：爲衆人做飯燒菜。《史記·儒林列傳》：「兒寬貧無資用，常爲弟子都養。」司馬貞索隱：「謂倪寬家貧，爲弟子造食也。」

③龔黄：漢循吏龔遂與黄霸之並稱，亦泛指循吏。《宋書·良吏傳論》：「漢世户口殷盛，刑務簡闊，郡縣治民，無所横擾。……龔黄之化，易以有成。」破題：唐宋時應舉詩賦和經義之起首處，須用幾句話説破題目要義，叫破題。明清時八股文之頭兩句，亦沿稱破題。此指首次從政。

④烝黎：百姓，黎民。王符《潛夫論·班禄》：「太古之時，烝黎初載。」

⑤金閶：蘇州有金門、閶門兩城門，故以「金閶」借指蘇州。

送朱生生之任蒲城①

揮手弦何次，嚴裝月正偕②。山行發曉吹，夜静拂霜鞵。清簡車無跡，循良樹亦懷。路難蓬矢在③，儉飯不須鮭④。

【繫年】

據崇禎四年朱國壽中進士，任蒲城縣令，可知此詩作於崇禎四年（一六三一）。

【箋注】

①此送同年朱國壽之任蒲城縣令。朱國壽，字生生。康熙《蒲城縣志》卷二：「朱國壽，字生生，順天府宛平籍，直隸丹陽人。辛未進士。美丰姿，望之瑩然如冠玉。初任，政事和平，重修縣志。調涇陽，歷兵部主事、郎中。清朝授陝西督糧道，以病歸。崇禎四年任。」

②嚴裝：整理行裝。高適《贈别王十七管記》：「折劍留贈人，嚴裝遂云邁。」

③蓬矢：蓬梗製成之箭。古代男子出生，以桑木作弓，蓬梗爲矢，射天地四方，象徵男兒應有志於四方。後用作勉勵人應有大志之辭。孫華《杜門》：「蓬矢前期羞白首，芒鞵晚興負青山。」

④《南史》卷四十九《庾杲之傳》：「清貧自業，食唯有韭葅、瀹韭、生韭雜菜。任昉嘗戲之曰：『誰謂庾郎貧，食鮭嘗有二十七種。』」

送汪西源之任武昌〔一〕①

客久難爲帶已餘，遠游適楚慎衣袪。十年淡泊文無疥，百里清寒食有魚。來暮欲將敲橘樹②，政閒不待鑄刑書③。瀟湘葉蔽舟人笠，夜卧無呼看月舒。

【校記】

〔一〕「源」，目録題原作「原」，據正文改。

【繫年】據崇禎四年汪承昭中進士，任武昌縣令，可知此詩作於崇禎四年（一六三一）。

【箋注】

①此送同年汪承昭之任武昌縣令。汪承昭，字西源。光緒《武昌縣志》卷十二：「汪承昭，南直隸甯國進士，崇禎知縣。擢監察御史，巡按湖廣。邑人建祠於報恩寺前祀之。其治蹟已湮矣。」

②來暮：《後漢書·廉范傳》：「成都民物豐盛，邑宇逼側，舊制禁民夜作，以防火災，而更相隱蔽，燒者日屬。范乃毁削先令，但嚴使儲水而已。百姓爲便，乃歌之曰：『廉叔度，來何暮？不禁火，民安作。平生無襦今五袴。』」叔度，廉范字。後遂以「來暮」爲稱頌地方官德政之辭。

③鑄刑書：春秋時代鄭晉等國實行法治，把刑法條文鑄刻在鼎上，此借指公開頒佈重刑。

送劉瞻甫父母之任婁東①

出城聊賦一松孤，我欲從之傾鴈壺。大海日雲迎善氣②，南山草木咏新圖。詩書再見周文盛③，名法無爲秦士拘④。州志闕碑今應滿，東人贏得四《三都》⑤。

【繫年】據崇禎四年劉士斗中進士，任太倉知州，可知此詩作於崇禎四年（一六三一）。

【箋注】

①此送同年劉士斗之任太倉知州。劉士斗，字瞻甫。詳見《合集·近稿》卷三《重建城隍廟殿疏》注。

②善氣：和暢之氣。蘇軾《密州祭常山文》之四：「吏實不德，不足以蒙神之休，導迎善氣，以致甘澤。」

③《論語·八佾》：「子曰：『周監於二代，郁郁乎文哉！吾從周。』」

④名法：名分與法律。《尹文子·大道下》：「政者，名法是也，以名法治國，萬物所不能亂。」

⑤四《三都》：《世説新語·言語》「庾闡始作《揚都賦》」劉孝標注：「庾仲初作《揚都賦》成，以呈庾亮。亮以親族之懷，大爲其名價云：『可三《二京》，四《三都》。』於此人人競寫，都下紙爲之貴。」

讀杜仁趾文稿①

文章在天地，萬象孰與先。學人自頫邛，愚者信所詮。辨不名一物，徒然有美鬈。侈口窮大辭，近路先回邅。古理未洋溢，小鳥寧高翩。幸有偉人出，探本忘衆沿。冥心託雅囿，制言如可鐫。幾象湛寂慧②，風動成淪漣。性體好矜慎，析字義必全。淹麗眇雲漢，微情常自憐。忽默發光響，百器陳軒縣。國容備祖廟③，詩書相豆籩。締構自心匠，累妙非一偏。窈窕善根柢，句盡指復還。六合布方尺，潭思周筆前。曠涉若無極，環趣乃獨妍。跌宕縱飆氣，削愛好潔蠲。肥瘠介行墨，吐納惟清泉。變醨始得醇④，融秀結百篇。落落向疇昔，原委觀祭川。味道不可歇，筐篚貯上璿。出入字欲褪，紙猶生蒼癬。

【繫年】

據前後詩作時，復據崇禎四年杜麟徵中進士，授刑部主事，可知此詩作於崇禎四年（一六三一）。

【箋注】

① 此讀同年杜麟徵文稿所作。杜麟徵，字仁趾。詳見《續集》卷一《楊伯祥稿序》注。

② 幾象：指《周易》。《文選·王僧達〈祭顔光禄文〉》：「義窮幾象，文蔽班揚。」李善注：「幾象，謂《周易》。」

③ 國容：國之禮制儀節。《司馬法·天子之義》：「古者國容不入軍，軍容不入國。軍容入國則民德廢，國容入軍則民德弱。」

④ 變醨：使薄酒變醇。

祝徐和毓年伯六十①

緑野有堂號家墅②，笙來吹曉聞天語。中外盤古誰爲鄰，盧敖拾蛤正滿筥。先生有辭椒蘭生，師師九族無爾汝③。男經女誡彈琴中，食桃必當先食黍④。都授石䂖傳大字，群流一酌知其處⑤。詩同清廟不敢删，星欲下來奉粻糈。長公名列高山顔，文成樂作清柷敔⑥。國門百篇蒼雅林，昌言拜手天子許。元臣執爵延三光，自列家人將速狩。六合布武與接武⑦，稱曰小子同臼杵。階下芳烈玉雪行，爲鼓再行露未湑。垂荔實庭告以俞，風聲木鳴在屏宁。

【箋注】

① 此爲徐和毓六十壽辰而作。徐和毓，待考。

② 緑野：原指唐裴度别墅緑野堂。此代指别墅。

③ 師師：衆多貌。蘇軾《紫宸殿正旦教坊詞》：「欲識太平全盛事，師師鵷鷺滿雲臺。」

④ 《孔子家語》卷五《子路初見》：「孔子侍坐于哀公，賜之桃與黍焉。哀公曰：『請食。』孔子先食黍而後食桃，左右皆掩口而笑。公曰：『黍者所以雪桃，非爲食之也。』孔子對曰：『丘知之矣。然夫黍者，五穀之長，郊禮宗廟以爲上盛。果屬有六，而桃爲下，祭祀不用，不登郊廟。丘聞之，君子以賤雪貴，不以貴雪賤。今以五穀之長雪果之下者，是從上雪下，臣以爲妨于教，害于義，故不敢。』公曰：『善哉。』」

⑤ 群流：猶同輩。姚鉉《〈唐文粹〉序》：「惟韓吏部超卓群流，獨高遂古。」

⑥ 柷敔：樂器名。奏樂開始時擊柷，終止時敲敔。一説二者同用以和樂，不分終始。《書·益稷》：「下管鞀鼓，合止柷敔。」

⑦布武：足跡分散不重迭，謂疾走。接武：步履相接，謂小步前進。《禮記·曲禮上》：「堂上接武，堂下布武。」孫希旦集解：「趨有疾趨、徐趨二法，……堂上接武即徐趨，堂下布武即疾趨也。」

和吴中翰虞姬墓詩限韻〔一〕①

墓頭詩滿墨餘腥，一劍芳魂目未瞑。自是史遷成小記，到今文字似排青。

海水群飛何處塵，畫綃尺幅草猶新。休言葅醢韓彭事②，楚漢忠臣一美人。

【校記】

〔一〕目録原無「限韻」，據正文補。

【箋注】

①此和吴昜虞姬墓詩。吴昜，字日生，號惕庵，吴江人。復社成員。吴山嘉《復社姓氏傳略》卷二：「吴昜，字日生。太僕邦楨孫。少有才名，負氣矜奇，兼好兵法，通任俠，雅不欲以經生自見。崇禎癸未成進士，不謁選而歸。明年，北都失守，昜感憤，作《恢復議》四篇，洞晰形勢。福主立，謁史可法於揚州。可法異其才，題授職方主事，爲己監軍。明年，徵餉江南，未還而揚州失。已而吴江亦失。昜走太湖，與同里舉人孫兆奎、諸生沈自駉、自炳、武進吴福之等謀舉兵。旬日得千餘人，屯於長白蕩，出没旁近，諸縣道路爲梗。唐王聞之，授兵部右侍郎兼右僉都御史，總督江南諸軍。楊文驄奏昜斬獲多，進爲兵部尚書。魯王亦授昜兵部侍郎，封長興伯。八月，大兵至，昜

敗走。父承緒、妻沈氏及女皆投水死。明年，昜鄉人周瑞復聚衆長白蕩，迎昜入其營。八月，事洩被獲，戮於杭州草橋門，年三十五。有《東湖集》《客問》十三篇及《富强要覽》諸書。乾隆四十一年賜謚節愍。」

② 韓彭：漢代名將淮陰侯韓信與建成侯彭越之並稱。《文選·李陵〈答蘇武書〉》：「昔蕭樊囚縶，韓彭葅醢。」李善注引《黥布傳》：「薛公曰：『前年醢彭越，往年殺韓信。』」

讀徐陵如文稿①

天下矜傳妙語言，篇中曲折看湘沅。心清絶照疑懸水，氣闊孤行懶傍門。《詩》序高文惟《雅》《頌》，《易》書尊卦獨《乾》《坤》②。九皇荒忽呼先輩③，百氏紛紜制耳孫④。弟子屈予應執燭，伯兮是汝合吹塤。青山買賦無人唤，白帢狂歌就子論⑤。欲别留編當面語，偶題落字即書痕。盍邀鍾子來倚杖，寧許阮生去挂褌⑥。

【繫年】

據前後詩作時，復據崇禎四年徐天麟中進士，可知此詩作於崇禎四年（一六三一）。

【箋注】

① 此讀同年徐天麟文稿所作。徐天麟，字陵如，上海人。復社成員。詳見《續集》卷二《徐陵如稿序》注。

②尊卦：指八卦中《乾》《坤》兩卦。《漢書·五行志下之上》：「尊卦用事。」顔師古注引孟康曰：「尊卦，《乾》《坤》也。」

③九皇：傳説中上古九位帝王。《鶡冠子·天則》：「九皇之制，主不虚王，臣不虚貴階級。」原注：「《春秋緯》云：『人皇兄弟九人，分治天下，九皇之號，豈緣是歟？』」

④耳孫：《爾雅·釋親》：「曾孫之子爲玄孫，玄孫之子爲來孫，來孫之子爲昆孫，昆孫之子爲仍孫。」《類篇·耳部》：「昆孫之子爲耳孫。」顔師古以爲仍孫即耳孫。後以「耳孫」泛指遠代子孫。

⑤白帢：白色便帽。吴偉業《癸巳春日禊飲社集虎丘即事》：「青溪勝集仍遺老，白帢高談盡少年。」

⑥《晉書》卷四十九《阮咸傳》：「咸字仲容。父熙，武都太守。咸任達不拘，與叔父籍爲竹林之游，當世禮法者譏其所爲。咸與籍居道南，諸阮居道北，北阮富而南阮貧。七月七日，北阮盛曬衣服，皆錦綺粲目。咸以竿挂大布犢鼻於庭，人或怪之，答曰：『未能免俗，聊復爾耳！』」

送陳平人學憲之粤西①

閑來無事剪春幡②，翹羡君行拜禮園。教父繇來非擇地，梵書仍不異華言。桂堂經術脩成記③，柳學碑文鷁立門。以我從時知未慣，因人爲好樂同敦。蒼梧針灸篇猶秘，獨秀乾坤句可捫。想到名花銀甕滿④，惜留奇字筆峰尊。靈心夜發雷塘雨，悟蕊香傳古鉢村。

陸續輕舟隨處住，次山悲詠自今翻。追憐共調忘賓主，絹短心長墨尚吞。

【繫年】

據《明史·陳士奇傳》「崇禎四年考選，授禮部主事，擢廣西提學僉事」，可知此詩作於崇禎四年（一六三一）。

【箋注】

① 此送陳士奇學憲之粵西。《明史》卷二百六十三《陳士奇傳》：「陳士奇，字平人，漳浦人也。好學有文名，不知兵。舉天啓五年進士，授中書舍人。崇禎四年考選，授禮部主事，擢廣西提學僉事。父憂歸。服闋，起重慶兵備，尋改貴州，復督學政。母憂闋，起贛州兵備參議，進副使，督四川學政。廷臣交章薦士奇知兵。十五年秋，擢右僉都御史，代廖大奇巡撫四川。」

② 春幡：春旗。舊俗於立春日或掛春幡於樹梢，或剪繒絹成小幡，連綴簪之於首，以示迎春之意。徐陵《雜曲》：「立春曆日自當新，正月春幡底須故。」

③ 桂堂：指折桂登科之家。許渾《贈柳璟馮陶二校書》：「桂堂同日盛，芸閣間年榮。」

④ 銀甕：銀質盛酒器。古代傳説常以爲祥瑞之物，政治清平，則銀甕出。

晉中張封翁輓詩①

冥聞天地聲，雨至潤見碣。欲據高梧眠，無端怨秋柏②。人以下爲基，時過争蟲宅。

泉裏同日月③，微分動静隙。挹水歎河乾，達者盛魂魄。蘇夔古文字，一生當半屐。樂作感林楚，善悟及鼪鼯。冠蓋夜相接，光景或入壁。離絃暗揮曳，寒風疑啓帘。花落餞遠行，鏡錢資土碧。誰云棟宇寬，昔賢徒阡陌。斂藏勿太吁④，空山讀《周易》。

【繫年】

據前後詩作時，此詩蓋作於崇禎四年（一六三一）在京時。

【箋注】

① 張封翁，待考。

② 秋柏：柏樹。李賀《許公子鄭姬歌》：「相如塚上生秋柏，三秦誰是言情客？」

③ 泉裏：黄泉之下，墓中。江淹《恨賦》：「黄塵匝地，歌吹四起。無不烟斷火絶，閉骨泉裏。」

④ 斂藏：猶殮葬。斂，通「殮」。

送何玄子之澥墅①

定交夙昔美雙厓，惜别何時正柳懷。呼拜羞人存我拙，出門皆友命同儕。住舟不負湖山長，問字仍如經義齊。欲稅烟光惟兩袖，乞詩常拂水松牌②。

【繫年】

據《明史·何楷傳》「崇禎時，授户部主事，進員外郎」，復據馬世奇《何玄子榷關澥墅以立春日行七首》，兼據前後詩作時，可知此詩作於崇禎四年（一六三一）春。

【箋注】

①此送何楷赴滸墅権税。何楷，字玄子。詳見《續集·别集》卷一《何玄子易詁序》注。《合集·詩稿》卷二亦有《送何玄子権關歸里》。隆慶《長洲縣志》卷十二：「許市，去縣西北二十五里，一名滸墅，詳見《古迹》。民居際水，農賈雜處，爲一大鎮，舊有巡檢司急遞鋪。景泰間，置鈔關於此。」馬世奇《澹寧居詩集》卷中有《何玄子権關滸墅以立春日行七首》，可參。

②馮贄《雲仙散録·水松牌》：「《海墨微言》曰：李白遊慈恩寺，僧用水松牌刷以吴膠粉，捧乞詩。白爲題訖，僧獻玄沙鉢、緑英梅、檀香筆格、蘭綷袴、紫瓊霜。」

送朱子美還豫章①

擬將文酒暫攀嵇②，恨未能從媿謝題。去日多風春草薄，到家高會故人齊。一裝名姓愁梁甫，三笑行踪憶虎溪。爲語他鄉頻寄問，清言筐篚勝金虀③。

【繫年】

據崇禎四年朱徽中進士，授行人司行人，復據「去日多風春草薄」等語及前詩作時，可知此詩作於崇禎四年（一六三一）春。

【箋注】

① 此送同年朱徽還豫章。朱徽，字子美，一字遂初。詳見《初集》卷一《蒼崖子序》注。

② 文酒：謂飲酒賦詩。《梁書·江革傳》：「優遊閑放，以文酒自娱。」攀嵇：顔延年《五君詠》其五：「交呂既鴻軒，攀嵇亦鳳舉。」嵇，即嵇康。

③ 金虀：指切成細末之精美食物。吴偉業《燕窩》：「味入金虀美，巢營玉壘虚。」

賀萊陽宋年伯賦得重慶稱觴①

一夜清歌雲欲歸，滿庭芳草曲將飛。玉笙不近時賢調，碧泛疑分仙子衣。雪老樹頭欺錦纈②，綵傳門外遍朱緋。樓臺海國書仁壽，璈羽山人揖翠微。太古爲朋椿亦小，愚公堪友谷應希③。月中孝弟成倫序，世外方聞絶是非。杖里相隨蘭路静，負經何處石堂輝。珠敦向奉春秋約，黄絹欣同蘿薜依。

【箋注】

① 萊陽宋年伯，應爲友人宋琮、宋琘、宋玫父宋繼登。

② 錦纈：比喻繁花。韓愈《送無本師歸范陽》：「蜂蟬碎錦纈，緑池披菡萏。」

③ 愚公：泛指隱者。高適《封丘作》：「州縣才難適，雲山道欲窮。揣摩慚黠吏，棲隱謝愚公。」

宋位宇年伯六十偕壽①

酬雅情何際，稱人辭有條。山名愚谷静②，春到德鄉遥。士性自含菊，閨儀應佩椒。風來志清穆，禮至息華雕。沃若看新葉，修如聽舊謡。含章非驟貴③，服古自潛昭。三代推前矩，雙文奏遠韶。典章開赤囿，烟水度青綃。結綬名班重④，抽簪内則迢⑤。後先勤物望，伯仲讓官寮。策府弘蒼字，詞家麗漢簫。卿雲南土被⑥，羔緎大夫標。共指園中柳，咸歌堂上蕉。憑樓迎絳氣⑦，齊案醉明霄。

【繫年】

據陳仁錫《無夢園初集·宋位宇偕壽序》「今年辛未春王二月，余在禮闈」，可知此詩作於崇禎四年（一六三一）。

【箋注】

① 此爲同年宋學朱父宋位宇六十壽辰作。宋學朱，字用晦。乾隆《長洲縣志》卷二十四：「宋學朱，字用晦。純仁曾孫。少警敏，以習小戴《禮》知名。登崇禎四年進士，授南京工部主事，察廉補禮部，改雲南道監察御史。侃侃不阿，至爲黨人所忌。」宋位宇，宋學朱父。姚希孟《響玉集》卷四《隱君宋位宇暨配朱淑媛六十壽序》：「宋位宇先生以子起部學朱貴，行且膺璽書，得如其子官，厥配亦將號命婦，易縞巾而翟飾矣。」陳仁錫《無夢園初集》卷二《宋位宇偕壽序》：「今年辛未春

王二月，余在禮闈，揣量當世魁《戴禮》，無如宋用晦。未放榜，拆卷得之，與同年許仲嘉歡呼達曙。客曰：『子何樂之甚也？』余曰：『有天道焉。』蓋里閈間以文章德行相師友垂四十年，久而淡好者莫吾兩家若也。」

②愚谷：在今山東省淄博市西。酈道元《水經注·淄水》：「時水又屈而逕杜山北，有愚公谷。」後以喻隱居之地。

③含章：包含美質。《易·坤》：「六三，含章可貞。」孔穎達疏：「章，美也。」《三國志·魏書·管寧傳》：「含章素質，冰絜淵清。」

④結綬：佩繫印綬，謂出仕爲官。

⑤抽簪：謂棄官引退。

⑥卿雲：慶雲，祥雲。

⑦絳氣：赤色霞光。王勃《採蓮賦》：「憐曙野之絳氣，愛晴天之碧雲。」

哭沈青嶼先生五言排律三十二韻偶讀杜律依韻和之〔二〕①

山冥日欲下，水鳴風自吁。至人託天去，後進疑言誣。哀盡一春草，憂成滿目湖。夢齡不可續②，説鬼誰爲娱？哭泣近女子，悲歌感大儒。賈生鵩鳥日③，鄭監丹青隅。《堯典》充空木，顔亭踣老梧。經文被九域，足跡遍三都。仁義高玄里，清忠徹史蒲。冰深朝氣結，絃竭促聲趨。此別千秋黯，予傷遠歲枯。揭來問蒼鼠，動静聽寒烏。不見王生舄，空留謝子須。人哀道已散，君往世皆愚。彈墨化殷土，車茵委莽塗。山姑脂粉瘦，橘叟弈棋輸④。援筆書年月，號閽動漢樞。輕生事豈足，謹死義相扶。愁絶雁嚮北，驚殘狼跋胡。渡頭官舍暮，洛下客餐孤。葦月應疏密，江雲或有無。如何發誄謚，已矣看簪爐。竹栝銅仙肅，牛羊食馬哺。河流夜不静，樵斧日中呼。壁上存顔色，篇餘懸貝珠。公孫才子裔，五父聖人衢⑤。言語鋪天路，聲名布地區。昭詩前恨疊，懷古壯心紆。有國傷殄瘁，無家歷崎嶇。百年人過半，三十吾方需。熱酒澆墳墓，華冠入畫圖。

【校記】

〔一〕目録原無「偶讀杜律依韻和之」，據正文補。

【繫年】

據「三十吾方需」，兼據前後詩作時，可知此詩作於崇禎四年（一六三一）。

【箋注】

① 此祭友人沈士柱父沈希韶。沈希韶，字青嶼。詳見《初集》卷一《黎左嚴稿序》注。

② 夢齡：指周武王夢天帝爲其增壽之傳説。《禮記·文王世子》：「文王謂武王曰：『女何夢矣？』武王對曰：『夢帝與我九齡。』」引申指長壽。

③賈生鵩鳥日：《漢書》卷四十八《賈誼傳》：「誼爲長沙傅三年，有服飛入誼舍，止於坐隅。服似鴞，不祥鳥也。誼既以適居長沙，長沙卑濕，誼自傷悼，以爲壽不得長，乃爲賦以自廣。」

④橘叟弈棋輸：牛僧孺《玄怪録》卷八《巴邛人》：「有巴邛人，不知姓名，家有橘園。因霜後，諸橘盡收，餘有兩大橘，如三四斗盎。巴人異之，即令攀摘，輕重亦如常橘。剖開，每橘有二老叟，鬢眉皤然，肌體紅潤，皆相對象戲，身僅尺餘。談笑自若，剖開後亦不驚怖，但與决賭。賭訖，一叟曰：『君輸我海龍神第七女髪十兩，智瓊額黄十二枚，紫絹帔一副，絳臺山霞實散二庾，瀛洲玉塵九斛，阿母療髓凝酒四鍾，阿母女態盈娘子躋虚龍縞襪八緉，後日於王先生青城草堂還我耳。』又有一叟曰：『王先生許來，竟待不得，橘中之樂，不減商山，但不得深根固蔕，爲愚人摘下耳。』」

⑤五父衢：地名，在今山東曲阜東南。《左傳·襄公十一年》：「季武子將作三軍……乃盟諸僖閎，詛諸五父之衢。」杜預注：「五父衢，道名，在魯國東南。」

送楊翠屏聞滇變歸里①

歸路層紆歲欲添，脂車不暇望村帘②。鄉心强半干戈夢，子止多迴箕畢占③。頻報家書知母健，三遷宅里待師燂④。篋吟帶去長安雪⑤，不媿堂前冰一簾。

【繫年】

據楊士聰《玉堂薈記》卷四「辛未，館選未幾，楊翠屏繩武以粤西兵亂，告假省母」，可知此詩作於崇禎四年（一六三一）。

【箋注】

① 此送同年楊繩武歸里省母。乾隆《廣西府志》卷十九：「楊繩武，字念爾，號翠屏。兼資文武。天啓改元，以選貢中鄉試，會試三甲，入翰林，散館受給諫。轉監察御史，巡鹽河東，浚池禱神，鹵出數十倍，盡完逋課，尚解羨金數萬。值歲飢，設粥救濟，存活甚衆。妖賊白蓮會聚衆謀逆，捕獲首惡，其黨立解。巡按河南，土賊郭三海聚衆數萬，率師擒之，截殺流寇，不敢犯境。唐王募兵，星夜密疏切奏，降密旨，即令逮王至京。自河南回，閣臣親咨時務，慷慨條陳。次日召對平臺，稱旨，遂擢僉憲，巡撫順天，駐劄遵化。遷兵部右侍郎，總督薊遼，賜尚方劍。會松山告警，廷推督師往援。值疝劇甚，輿疾至豐潤，卒，年四十有六。上聞，震悼，奉旨：『楊繩武盡瘁巖疆，邊功屢著，準廕一子，錦衣衛千户世襲，此特典也，他臣不得援例。』誥贈光禄大夫、太子少傅、兵部尚書，諭祭三壇。」

② 脂車：油塗車軸，以利運轉。借指駕車出行。

③ 箕畢：箕與畢爲二星宿名，箕星主風，畢星主雨。

④ 師熸：戰事平息。熸，熄滅。

⑤ 長安：唐以後詩文中常用作都城通稱。李白《金陵》之一：「晉家南渡日，此地舊長安。」

送高星弁①

稱辭山水重，將去拂新纓。逆旅安微晦②，奇文感至誠。客心隨岸樹，佳句落舟聲。遄發明朝否，相知勞問名。

【繫年】

據前後詩作時，此詩蓋作於崇禎四年（一六三一）在京時。

【箋注】

①高星弁，待考。魏學洢《茅簷集》卷四《高星弁散騷序》：「余友星弁善詼笑，舉坐頤解，有厭次之遺風。而自著《散騷》數種，顧似有鬱邑於中者。始信古之人嘲哂豪傑，跆藉貴勢，其騷情政自深也。假使星弁與屈左徒、東方曼倩同行澤畔，或同遊金馬門，星弁與曼倩抵掌諧謔，不審左徒作何情事？與左徒流連攬涕，浪浪霑襟，又不審曼倩作何容顏？忽泣焉，忽笑焉，騷情其有不散者乎？」曹溶《静惕堂詩集》卷二十九有《送高星弁遊濟上》，可參。

②逆旅：客舍，旅館。微晦：《朱子語類》卷第七十八《大禹謨》：「人心亦只是一箇。知覺從饑食渴飲，便是人心；知覺從君臣父子處，便是道心。微，是微妙，亦是微晦。」

别韓雨公①

寺豈留人違好偏，長安山水不知憐。彈琴客子鳴虚闊，學道仙翁看静妍。飢渴燕裝書萬卷，峥嶸旅食賦三篇②。歸家露布應成草③，黄石相遲杖遠泉④。

【繫年】

據前後詩作時，此詩蓋作於崇禎四年（一六三一）在京時。

【箋注】

①此送别韓霖。康熙《絳州志》卷二：「韓霖，字雨公，號寓庵居士。年舞象，從兄遊雲間，得婁東之學，爲傳東渤、文太青兩先生所知。膺泰昌元年恩選。明年辛酉，鄉舉第七。其先贈京兆公英與兄雲皆中第七，亦奇觀也。性嗜積書，購數萬卷、法書數千卷。喜交天下士，若姚公希孟、馬公世奇、劉公餘祐、張公明弼、倪公元璐、黄公道周、王公漢海内諸大明公及毗陵陳、夏之流，遠近聲氣，投契無間。由是南游金陵，登鳳凰臺，歷燕子磯：東覽虎丘、震澤之盛，泛舟南下至武林西湖，訪六橋、三竺；西南探匡廬，遊烏龍潭，觀瀑布。庚午，客淮南間，北上，道由鄒魯，謁孔林，觀手植檜。歸里，談道著書，教授後學，及門者數十人，一時人文丕變，風雅翩翩，常語人曰：『吾州從此科甲當填咽閭巷矣！』其後科甲差勝，八九皆出其門。所著書有《守圉全書》《救荒全書》《鐸書》《二老清風》《士範》《俎談》《群言》《祖絳帖考》《炮臺圖説》《神器統譜》《山西添設兵馬

議》《燕市和歌》《維風説》《寓庵集》四十卷，書札二十卷。書兼蘇、米，嘗學兵法於徐光啓，學銃法于高則聖，每與人談兵，以火攻爲上策，火攻之法自負，鑒裁獨精。遭闖變不出，隱避遇難，君子惜焉。」

②旅食：客居，寄食。江孝嗣《北戍琅琊城》：「薄暮苦羈愁，終朝傷旅食。」三篇：莊子之《内篇》《外篇》《雜篇》。

③露布：不緘封之文書。亦謂公佈文書。《東觀漢記·李雲傳》：「白馬令李雲素剛，憂國，乃露布上書。」

④黄石：指黄石公。語出《史記·留侯世家》：「十三年孺子見我濟北，穀城山下黄石即我矣。」

送王煙客奉使周藩①

旌動留歌霜氣侵，大車新命識朋簪②。江都世讀存家系③，東海傳書冠士林。吹遠無多餘别響，絹長不暇叙繁心。天王友愛珍言語④，風送名邦禮在今。

【繫年】 據《王時敏集》附録四王寶仁《奉常公年譜》崇禎四年條「秋，以存問周藩差過家」，可知此詩作於崇禎四年（一六三一）在京時。

【箋注】

①此送王時敏奉使楚闈。王時敏，字遜之，號煙客。王錫爵孫，王衡子。詳見《續集》卷六《王母宜人周氏墓誌銘》注。《王時敏集》卷八《自述》：「崇禎壬申、癸酉間，先帝屢下卹郵之詔。奉差官員復命過限者，不許復用原領郵符。余時以存問周藩差過家。」

②新命：新被任命，多指提升。岑參《虢州酬辛侍御見贈》：「夫子屢新命，鄙夫仍舊官。」朋簪：指朋輩。范仲淹《南京書院題名記》：「不負國家之樂育，不孤師門之禮教，不忘朋簪之善導。」

③江都：揚州別名。

④天王：即天子。春秋時，諸侯國相繼稱王，遂尊周王爲天王。後以指皇帝。

送朱白石①

遠日爲期冬且尋，執情遲短託苔芩。論經永夜憐人静，博物千名共菊深②。河水竭時家漸近，《楚辭》斷處月非今。初彈未歇追前思，書罷開緘送一吟。

【箋注】

①此送別朱荃宰。朱荃宰，字白石，又字咸一。詳見《續集·别集》卷一《吴于民稿序》注。

②博物：通曉衆物。千名：形容多種多樣。張衡《南都賦》：「酸甜滋味，百種千名。」

送楊夫子歸里①

孰向鍾師問掌聱，聊從逆旅悟吹齏②。天王明聖哀《琴操》③，江漢湯浮賴典稽。但願清心香有族，寧知種樹李無蹊。公侯總屬文章目，君子羞同猿鶴迷④。漢詔祇傳出塞北，韓碑不害碎淮西⑤。達觀且註文王《易》，欲釣誰爲尚父溪⑥。飲酒若何懷《橘頌》，夢蕉偶爾别金隄⑦。書生分應慚笳鼓，法吏文當避角圭⑧。患難弟兄堪立雪⑨，憂危君父莫投霓⑩。每憐毛髮皆高厚，自揣衣冠半笑啼。性少圓機趨炙轂⑪，生無媚骨獻鳧鷖。百夫有長宜焚筆⑫，六郡何人遍執提。代罪國門臣不辨，拜恩圜土地猶躋⑬。相非獵狗蕭何繫⑭，媪亦吹篪越石凄⑮。從此歸歟留軾表，將來敕後慎藩批。一生知己難言矣，萬舞公庭媿簡兮⑯。

【繫年】

據康熙《平陽府志》卷二十三《楊世芳》「辛未分校，取張溥等，皆名士。未幾，旋里，卒于家」，兼據前後詩作時，可知此詩作於崇禎四年（一六三一）在京時。

【箋注】

① 楊夫子即楊世芳，號穆園。張溥房師。詳見《合集·近稿》卷一《壽程母李太夫人八袠序》注。

②吹虀：「懲羹吹虀」之省。人被滚湯燙過，以後吃冷菜也要吹一下。羹，滚湯；虀，細切之冷肉菜。比喻戒懼過甚。語出《楚辭·九章·惜誦》：「懲於羹者而吹虀兮，何不變此志也？」

③琴操：酈道元《水經注·河水五》：「昔趙殺鳴犢，仲尼臨河而歎，自是而返，曰：『丘之不濟，命也夫！』《琴操》以爲孔子臨狄水而歌矣。」

④猿鶴：借指隱逸之士。

⑤韓碑：指韓愈《平淮西碑》。憲宗時，攝蔡州刺史吴元濟反於淮西，宰相裴度及唐、隨、鄧節度使李愬受命討伐，平定叛亂。韓愈爲行軍司馬，淮蔡平，以功授刑部侍郎，並奉詔撰《平淮西碑》文頌其功績，因稱「韓碑」。

⑥尚父：周武王尊稱吕尚爲尚父，意爲可尊敬之父輩。《詩·大雅·大明》：「維師尚父，時維鷹揚。」鄭玄箋：「尚父，吕望也。尊稱焉。」

⑦夢蕉：《列子·周穆王》：「鄭人有薪於野者，遇駭鹿，禦而擊之，斃之。恐人見之也，遽而藏諸隍中，覆之以蕉。不勝其喜。俄而遺其所藏之處，遂以爲夢焉。順途而詠其事，傍人有聞者，用其言而取之。……薪者之歸，不厭失鹿，其夜真夢藏之之處，又夢得之之主，爽旦案所夢而尋得之，遂訟而爭之，歸之士師。士師曰：『若初真得鹿，妄謂之夢；真夢得鹿，妄謂之實。』」後以「夢蕉」比喻人生爲變幻莫測之夢境。

⑧角圭：有棱角之圭玉，比喻鋒芒。韓愈《南内朝賀歸呈同官》：「法吏多少年，磨淬出角圭。」

⑨立雪：北宋儒生楊時、游酢往見其師程頤，值頤暝目久坐，二人侍立不去。頤既覺，門外雪已盈尺。事見《宋史·楊時傳》。後以「立雪」爲敬師篤學之典。

⑩投蜺：亦作「投蜺」，謂天降虹霓，示天下將亂。《後漢書·楊賜傳》：「案《春秋讖》曰：『天投蜺，天下怨，海内亂。』」

⑪炙轂：即炙轂過。「過」爲「輠」之假借字。輠，古時車上盛貯油膏之器具。輠烘熱後流油，潤滑車軸。比喻智慧無窮，言語風趣。《史記·孟子荀卿列傳》：「談天衍，雕龍奭，炙轂過髡。」

⑫焚筆：猶焚草。燒掉草稿，以示謹密。

⑬圜土：牢獄。《周禮·地官·比長》：「若無授無節，則唯圜土内之。」鄭玄注：「圜土者，獄城也。」

⑭《漢書》卷三十九《蕭何傳》：「漢五年，已殺項羽，即皇帝位，論功行封，群臣爭功，歲餘不決。上以何功最盛，先封爲酇侯，食邑八千户。功臣皆曰：『臣等身被堅執兵，多者百餘戰，少者數十合，攻城略地，大小各有差。今蕭何未有汗馬之勞，徒持文墨議論，不戰，顧居臣等上，何也？』上曰：『諸君知獵乎？』曰：『知之。』『知獵狗乎？』曰：『知之。』上曰：『夫獵，追殺獸者狗也，而發縱指示獸處者人也。今諸君徒能走得獸耳，功狗也；至如蕭何，發縱指示，功人也。且諸君獨以身從我，多者三兩人；蕭何舉宗數十人皆隨我，功不可忘也！』群臣後皆莫敢言。」

⑮越石：指晉代抗敵名臣劉琨。《晉書·劉琨傳》：「琨，字越石。……在晉陽，嘗爲胡騎所圍數

重，城中窘迫無計，琨乃乘月登樓清嘯，賊聞之，皆悽然長歎。中夜奏胡笳，賊又流涕歔欷，有懷土之切。向曉復吹之，賊並棄圍而走。」

⑯萬舞：古代舞名。先武舞，舞者手拿兵器；後文舞，舞者手拿鳥羽和樂器。亦泛指舞蹈。簡兮：《詩·邶風》篇名。《詩序》以爲「衛之賢者仕於伶官」，是「刺不用賢」之作。後因以「簡兮」喻賢者不得志而沉湎於聲樂。

送田晉宇從楊夫子歸里①

爲洗征霜作好歌，感君義重析茗柯②。道心不比花隨露，世事常如風涉河。千里攜書憂患減，一人知我笑言多。山陵猶舊勞迎送，暫喜歸來石可摩。

【繫年】

與上詩《送楊夫子歸里》作於同時，即崇禎四年（一六三一）在京時。

【箋注】

①田晉宇，待考。楊夫子即張溥房師楊世芳，號穆園。參上詩《送楊夫子歸里》。此詩入選陳濟生《天啓崇禎兩朝遺詩》卷七《張天如詩》。

②茗柯：猶酩酊。

壽李年伯母八十①

雪貌結山秀，蒴榮貞不回②。《五經》傳舊宅，三禮静重闈。廣被儒生氣，深衣男女威。星星機似月，草草髮如萑。門户丈夫事，文章天子葵③。畫簪未爲典，戴勝豈云輝④。世婦稱從爵，家人咏在梅。大年非日暮⑤，嘉命發雙騤。

【繫年】

據前後詩作時，此詩蓋作於崇禎四年（一六三一）在京時。

【箋注】

① 李年伯母，待考。

② 不回：正直，不行邪僻。《詩·大雅·旱麓》：「豈弟君子，求福不回。」

③ 天子葵：語出《詩·小雅·采菽》：「樂只君子，天子葵之。」葵，揆度。

④ 戴勝：指西王母。《文選·張衡〈思玄賦〉》：「戴勝慭其既歡兮，又誚余之行遲。」李善注：「戴勝，謂西王母也。」

⑤ 大年：謂年壽長。《莊子·逍遥遊》：「小知不及大知，小年不及大年。」

題張成之家傳①

夙傳大雅象高山，鳴鳥鏘鏘聲自還。樹德不言成草閣，著經無事息松關②。清風作頌惟修古，錦字書門正得閒。不羨文開驚陸海③，明公皋比屬雲間④。

【繫年】

據前後詩作詩，此詩蓋作於崇禎四年（一六三一）在京時。

【箋注】

① 此題同年張世雍家傳。光緒《重修華亭縣志》卷十七：「張世雍，初名世基，字成之。安磐子。少工文詞，用青浦籍舉崇禎四年進士，授主事。癸酉，充貴州鄉試正考官，得趙國祐等，朝議以爲得人。年三十卒。」

② 松關：猶柴門。孟郊《退居》：「日暮静歸時，幽幽扣松關。」

③ 陸海：鍾嶸《詩品》卷上對陸機有「陸才如海」之讚語。後以「陸海」比喻富於文才。

④ 皋比：虎皮，後世亦以指講席。朱熹《横渠先生畫像贊》：「早悦孫吴，晚逃佛老。勇撤皋比，一變至道。」

江城周年伯五十偕壽①

長安日近信初迴，贏得南山朝氣來。寫就青雲留漢宅，攜將蒼杖眺聃臺。十年溪卧衣冠静，三篋書傳甲子開。試望雙星清夜並②，秋光催賦上京才。

【繫年】

據詩中「秋光催賦上京才」，兼據前後詩作時，可知此詩作於崇禎四年（一六三一）秋。

【箋注】

① 周年伯，待考。

② 雙星：指牽牛、織女二星。杜甫《奉酬薛十二丈判官見贈》：「相如才調逸，銀漢會雙星。」

送孫孟樸南還即用孟樸韻①

秋天深氣似君情，文字猶然身外名。客熱難因非子傲，人知偏畏獨予清。九州同調皆龍性②，一句離詩到馬鳴③。不直筴錢排難者，歸歟無復坐中盈。

【校記】

〔一〕目録原無「即用孟樸韻」，據正文補。

【繫年】

據後詩《重九前二日同孟樸張甫集駿公齋坐月限韻送惠常》，崇禎四年重九前二日孫淳尚在京，故此詩作於崇禎四年（一六三一）九月初七。

【箋注】

① 此送孫淳南還。孫淳，字孟樸。詳見《初集》卷一《五經徵文序》注。馬世奇《澹寧居詩集》卷中亦有《送孫孟樸南歸》：「素心聊自託清暉，擊筑聲中送客歸。劍合薊門誰遇俠，夢回江渚欲逢妃。人當話別同花瘦，樽爲憐秋倩蟹肥。千里名山仍不遠，願將著述慰調饑。」

② 龍性：倔强難馴之性。顏延之《五君詠·嵇中散》：「鸞翮有時鎩，龍性誰能馴。」

③ 義本李白《送友人》：「揮手自兹去，蕭蕭班馬鳴。」

再賦送孫孟樸〔一〕①

君來攜得許多情，君去無端託姓名。晝夜酒深傷語促，連朝花發及秋清②。頻呼裝劍愁風厲，欲往停車聽鳥鳴。此去論心期四月③，偪寒撥火歲將盈。

【校記】

〔一〕本篇原題作「再賦送孟樸」，據目録改。

【繫年】 作時同上詩，即崇禎四年（一六三一）九月初七。

【箋注】

① 此再賦送孫淳南還。參見上詩。

② 連朝：猶連日。杜甫《奉贈盧參謀》：「説詩能累夜，醉酒或連朝。」

③ 論心：談心。王安石《相送行》：「憶昔論心兩綢繆，那知相送不得留。」

送王惠常南還①

望望烟睟月上更②，詩寒不媚得同清。遥看南北杯分度，共唱離愁酒有聲。來晚關河知水落，去多文字雜雲生。鬢星非老先冬白，驚動高名湖海情。

【繫年】 據下詩《重九前二日同孟樸張甫集駿公齋坐月限韻送惠常》，可知此詩作於崇禎四年（一六三一）九月初七日。

【箋注】

① 此送妻弟王啓榮南還。王啓榮，字惠常。詳見《初集》卷一《五經徵文序》注。

② 望望：瞻望貌。謝朓《懷古人》：「望望忽超遠，何由見所思？」

重九前二日同孟樸張甫集駿公齋坐月限韻送惠常①

酒載清文新月浮，勞人如草恨前遊。初寒煖客情餘被，將别驚霜詩似鈎。坐折短萸風色早②，心隨去雁弟兄留。相期不待花開落，此夜明光萬里樓。

【繫年】

據詩題，可知本詩作於崇禎四年（一六三一）九月初七日。

【箋注】

① 此爲九月初七日同孫淳、韓四維集於吴偉業齋中送别妻弟王啓榮而作。孫淳，字孟樸。詳見《初集》卷一《五經徵文序》注。韓四維，字張甫，號芹城，又號縿花庵主。詳見《續集》卷一《韓張甫稿序》注。吴偉業，字駿公，號梅村。詳見《續集》卷一《楊伯祥稿序》注。

② 坐折短萸：舊俗于重陽節，以絳囊盛茱萸，登高山，飲菊酒，謂可避邪免災。

題鏡閣和閔生甫韻①

閒得湖頭一望烟，收來架閣物華偏。争傳好句檀歌外，互喚清光花發前。醉醒繇人春自在，寒香坐我水爲緣。憑高酒重遥書葉，静數歸舟草色然。

【校記】

〔一〕目録原無「和閔生甫韻」，據正文補。

【箋注】

①此和閔及申韻題鏡閣。閔及申，字生甫，一字園客，烏程人。乾隆《烏程縣志》卷四：「閔及申，洪學大子，字生甫，號園客。天啓辛酉舉人，禮部員外。」乾隆《福建通志》卷三十一：「閔及申，字園客，烏程人。冢宰洪學之子。舉進士，崇禎間知松溪。清介明達，不以門望自高，兢兢守職，豪猾憚之。又嚴禁邪教，妖人斂跡，時有冰清之號。」

贈相士孫思復①

物態若烟動，誰名月初皎。窈窕净心目，棲情寧貴少。接對無語言，涉望疑愁眇。風塵滿鉅公，寂寞甘食蓼②。遐矚成新知③，翫好同繫表④。不輕求人歡，一揖託微秒。

【箋注】

①相士孫思復，待考。

②食蓼：以苦蓼爲食，謂甘於清貧。

③遐矚：遠眺，遠望。

④繫表：謂言辭之外。庾信《哀江南賦》：「聲超於繫表，道高於河上。」

壽廖封翁六十①

人地臻佳奏大蕤，吉言風雅服初纁。淳于問答前留史，司馬封章新載文。身在山中名草木，書懸門左字烟雲。賓筵辭動猶知監，杖國儀刑樂采芸②。

【箋注】

① 廖封翁，待考。

② 杖國：《禮記·王制》：「七十杖於國。」謂七十歲可拄杖行於都邑、國都。後爲七十歲之代稱。

陳敷功遠訪賦别①

欣逢吾子掛霜簦，似被重寒益絮繒。客舍短床宜近火，鄉書促膝再移燈。去年作别冬難住，此日傷留閏可憎。幸語相知平意氣，維桑有本重初朋②。

【箋注】

① 陳言先，字敷功，崑山人。道光《崑新兩縣志》卷二十二《陳嵒如》：「子言先，字敷功，能文章，蚤世。覺先，字躬乙，國朝順治丙戌舉人，青浦教諭。言先子留，更名永思，字孝則，亦以文名，康熙丁巳舉人，江寧教諭。」

②維桑：《詩·小雅·小弁》：「維桑與梓，必恭敬止。」毛傳：「父之所樹，己尚不敢不恭敬。」後以「維桑」指代故鄉。

送陳吉之南還①

北地逢君酒亦勞，霜初並馬拂衣袍。先期過歲煨山芋，忽聽征朝買塞萄。舊國名詩憐女士，新歌薄命怨城漕。去來安否誰爲主，滿帙星星伴夜膏。

【繫年】

據題目及前後詩作時，可知此詩作於崇禎四年（一六三一）在京時。

【箋注】

①陳謙陽，字吉之，鎮江府丹徒人。復社成員。名見吴山嘉《復社姓氏傳略》卷三。

送吴駿公歸娶①

孝弟相成静亦娱，遭逢偶爾未懸殊。人間好事皆歸子，日下清名不愧儒。富貴無忘家室始，聖賢可學友朋須。行時襆被猶衣錦②，偏避金銀似我愚。

【繫年】

此詩作於崇禎四年（一六三一）九月吴偉業離京歸娶時。

【箋注】

① 崇禎四年會試，吴偉業第一，殿試又爲榜眼，深得崇禎皇帝賞識，九月賜假歸娶，於崇禎五年春完婚。陸世儀《復社紀略》卷二：「偉業以溥門人聯捷會元、鼎甲，欽賜歸娶，天下榮之。」陳繼儒亦有《送吴駿公歸娶》「詔容歸娶主恩私，何羡盈門百輛時。顧影彩鸞窺寶鏡，銜書青鳥下瑶池。侍兒燭引燃藜火，宰相衣傳補衮絲。珍重千秋惇史筆，多情莫戀畫雙眉」，及《送吴榜眼偉業奉旨歸娶》「年少朱衣馬上郎，春闈第一姓名香。泥金帖貯黄金屋，種玉人歸白玉堂。北面謝恩纔合巹，東方待曉漸催妝。詞臣何以酬明主，願進關雎窈窕章」。

② 行時：謂見重於當時。

送趙方旭 限韻①

寒征豈復向花邊，老性偏宜冰雪緣。鴻雁不疑朋友序，關津長識姓名先。偶耽佳月追清思，共指青山道往年。載水同浮家夢近，平原感慨在前賢。

【校記】

〔一〕目録原無「限韻」，據正文補。

【繫年】

據前後詩作時，可知此詩作於崇禎四年（一六三一）在京時。

【箋注】

①此送別友人趙晟。趙晟，字方旭。詳見《初集》卷四《趙荊璞先生六十序》注。此詩入選陳濟生《天啓崇禎兩朝遺詩》卷七《張天如詩》。

寄八兄九兄①

少小肩行影一人，别餘談笑盡非真。曩時日月愁心共，此地風塵獨客貧。舊友相看應夢我，高年不易慎娱親。園屏初載金蘭簿②，游子曾歸曉夜身。

【繫年】

據前後詩作時，可知此詩作於崇禎四年（一六三一）在京時。

【箋注】

①此寄懷八兄張源、九兄張濬。張源，字來宗。詳見《初集》卷一《王載微詩稿序》注。張濬，字禹疏。詳見《初集》卷二《張受先稿再序》注。此詩入選陳濟生《天啓崇禎兩朝遺詩》卷七《張天如詩》。

②金蘭簿：登記結拜兄弟姓名、年齡、籍貫等之簿册。馮贄《雲仙雜記・金蘭簿》：「戴弘正每得密友一人，則書於編簡，焚香告祖考，號爲金蘭簿。」

寄無近弟①

子適東偏疑遠塗②，勞心昧路暫清沽。城頭望氣知情重，酒後談心惜調孤。今日文章四海事，舊樓烟雨六經圖。高敬未敢多青白③，虚谷能容大道迂。

【繫年】

據題目及前後詩作時，可知此詩作於崇禎四年（一六三一）在京時。

【箋注】

① 此寄懷弟張王治。張王治，字無近，號敉庵。詳見《初集》卷四《趙荆璞先生六十序》注。此詩入選陳濟生《天啓崇禎兩朝遺詩》卷七《張天如詩》。

② 東偏：東邊。杜甫《營屋》：「東偏若面勢，户牖永可安。」

③ 青白：指青眼和白眼。徐渭《鸜鵒眼》：「認客休青白，韜光混瑾瑕。」

寄王處卿兼示趙我完張孺高①

真性温冰水不回，風期慷慨道前杯②。無朋千里憂春早，賴子頻書似蚤梅。社約主人同舊譜，文看朝氣立高臺。人倫古道要初信，肯向浮評問落苔。

【繫年】

據前後詩作時，可知此詩作於崇禎四年（一六三一）在京時。

【箋注】

① 此寄社友王家潁、趙自新、張誼。王家潁，字處卿。詳見《初集》卷六《祭錢中丞文代王處卿》注。趙自新，字我完。詳見《續集·別集》卷二《趙我完稿序》注。張誼，字孺高。詳見《初集》卷六《祭方孺人文》注。

② 風期：風度品格。《晉書·習鑿齒傳》：「其風期俊邁如此。」

寄張受先時聞其内艱①

隔歲情岐怨短書②，兄兄弟弟慎懷居。方憐貧宦無牲鼎，誰料孤人斷板輿③。七月風雷疑告夢，六州痛哭別倚閭④。詩成不忍存朱記，扇上啼痕月上初。

【校記】

〔一〕目録原無「時聞其内艱」，據正文補。

【繫年】

崇禎四年七月，張采母病逝，張溥九月得信後作《哭蘇太母文》祭之，又作此詩以慰藉張采。故此詩作於崇禎四年（一六三一）九月。

【箋注】

①舊時遭母喪稱「内艱」。崇禎四年春，張溥中進士，選翰林院庶吉士。隨後，張采暫别母親，送張溥母金氏入京居住，一路上小心照顧，情同親子。七月，張采母病逝，九月張溥得信後作《哭蘇太母文》及此詩。

②短書：指書牘。江淹《雜體詩・效李陵〈從軍〉》：「袖中有短書，願寄雙飛燕。」

③板輿：潘岳《閒居賦》：「太夫人乃御板輿，升輕軒，遠覽王畿，近周家園。」後因以代指官吏在任迎養父母之詞。

④倚閭：謂父母望子歸來之心殷切。楊炯《從甥梁錡墓誌銘》：「望吾子者，空懷倚閭之嘆；嗟余弟者，獨有亡琴之悲。」此代指父母。

寄周介生兄弟①

平時一别酒前心，十月相隨囊底琴。同姓不多名字各，相知獨向古人尋。道高畏俗將埋璞，義重懷君肯入林②。窮達共身憐久慣，風霜惜我候蟲音。

【繫年】

據前後詩作時，可知此詩作於崇禎四年（一六三一）在京時。

【箋注】

① 周鍾兄弟四人，俱入復社。周鍾，字介生。周銓，字簡臣；周鎔，字我容；周錫成，字我成。周鍾、周鎔、周錫成三人又名列《南都防亂公揭》。

② 入林：歸隱林下。王維《酬賀四贈葛中之作》：「坐覺囂塵遠，思君共入林。」

寄楊子常顧麟士①

大度無群静不轇②，兩人明晦惜錙毫。自知冷煖身同處，偏愛窮愁調益高。一氣深沈前輩重，廿年攻苦石經勞③。予心不畏波瀾闊，水帶琴聲上小刀。

【繫年】

據前後詩作時，可知此詩作於崇禎四年（一六三一）在京時。

【箋注】

① 此寄懷友人楊彝、顧夢麟。楊彝，字子常，號穀園，別號萬松老人；顧夢麟，字麟士，號中庵，別號織簾。俱詳見《初集》卷一《楊顧二子近言序》注。

② 無群：猶言無可倫比。江淹《古意報袁功曹》：「一言鳳獨立，再説鸞無群。」

③ 攻苦：指刻苦攻讀。石經：指儒家經典。

寄管君售孟樸限韻〔一〕①

昨日寒風立一言，歸舟擁襆慰饑魂。法書珍重惟吾黨，濁酒徘徊獨此尊。道德藉君矜上席②，奇窮驅汝薄乘軒③。同憂勁草希光露④，猶識偏亭種菊村。

【校記】

〔一〕目録原無「孟樸限韻」，據正文補。

【繫年】

據前後詩作時，可知此詩作於崇禎四年（一六三一）在京時。

【箋注】

①此寄懷管士琬。管士琬，字君售。詳見《初集》卷一《管陳二子合刻序》注。

②上席：受尊敬之席位。姚崇《春日洛陽城侍宴》：「堯樽臨上席，舜樂下前溪。」

③乘軒：指做官。鮑照《擬古》之六：「不謂乘軒意，伏櫪還至今。」

④勁草：此喻操守堅貞。《舊唐書·忠義傳·高沐》：「式表漏泉之澤，且彰勁草之節。」

寄楊維斗兼示同社①

春草留裾不上亭，見聞悲喜未曾醒。兄名方格原存性②，我意輕文好讀經。立社惟嚴觀大海，知人不易惜高星。泣岐夢斷猶懷道③，各地勤書草正青。

【繫年】

據前後詩作時，可知此詩作於崇禎四年（一六三一）在京時。

【箋注】

① 此寄懷社友楊廷樞。楊廷樞，字維斗，號復庵。詳見《初集》卷一《華方雷稿序》注。

② 方格：方正而有標格。《後漢書·傅燮傳》：「帝從燮議。由是朝廷重其方格，每公卿有缺，爲衆所歸。」李賢注：「方，正也；格，猶標準也。」

③ 泣岐：原指戰國楊朱臨歧路而哭泣之事，此喻離別。《淮南子·説林訓》：「楊子見逵路而哭之，爲其可以南，可以北。」

寄呂石香兼示沈聖符吴扶九①

奇字成山探物遐，風開蕭寞句仍賒。魚供久絶文心濇，竹響餘清書徑斜。性本孤行無別友，帷中獨坐是名家。千秋高許難人並，褁水青蓮天上槎。

【繫年】

據題目及前後詩作時，可知此詩作於崇禎四年（一六三一）在京時。

【箋注】

① 此寄懷社友吕雲孚兼示沈應瑞、吴翽。吕雲孚，字石香。詳見《初集》卷二《國表小品序》注。沈應瑞，字聖符，號介軒。詳見《初集》卷三《國表序》注。吴翽，字扶九。詳見《初集》卷三《國表序》注。

元夜飲姚宫端齋九一君常平人默寘伯祥羽侯張甫文初同集分賦得文字①

近采清光一夕芸，邀題盛事昔朝枌。梅花在室香猶醒，雪葉留庭艷欲聞。曲奏鷓鴣天子德，殿懸白鷺内宫勤。湔裳士女逢春足②，放夜朝臣樂我員。街鼓傳更催漢蠟，脂杯泛烏載秦雲。歲華換曆驚青柳，風俗從燕咏茜裙。茗戰不妨資静理③，觴飛常自見彈文。兩都舊賦千名出，九點寒烟四坐分。客裏閒吟多贈月，禊前牽拂半浮芹。踏歌應惜燈輪遠，禁戲長思諫草芬。論古輒忘堆燭淚，談心兼可助書筋。崑崙此夜將軍入，光壁當年後主醺。治亂移形如魄改，行藏易地似星紜。紙簽官品誰爲序，瓜譜聲音未足云。水浄聰明齊朓朏，酒成別調亦氤氳。禰衡駡世操撾苦④，文正承恩肴核殷。羞賽紫姑詩帶怨⑤，煮來白粥藹宜芬⑥。憂時漆世崦嵫照，滿目冰條感慨群。衣帶漸寬惟五日，觥籌以禮在三軍。太平莫作凉州飲，有道寧同西域焚。

【繫年】

據詩題及前後詩作時，可知此詩作於崇禎五年（一六三二）元夜在京時。

【箋注】

①此爲崇禎五年元夜與徐汧、馬世奇、陳士奇、吴太沖、楊廷麟、譚翼、韓四維、姚宗典雅集於姚希孟齋而作。吴太沖，字若谷，號默寘。復社成員。吴山嘉《復社姓氏傳略》卷五：「吴太沖，字若谷，號默寘。崇禎辛未進士，上覽其策，善之，授檢討。庚辰分校禮闈，充編纂六朝章奏兼編修，纂修《會典》兼東宫講讀。時宜興、烏程相繼當國，太沖無所附麗。每直講筵，凡治本亂萌痛切敷陳，上封事多關軍國大計。量移南國子監司業，尋轉右春坊中允，以外艱歸。國朝以原官徵，不就。卒年六十。有《息心窩詩集》。」譚翼，字羽侯，平湖人。復社成員。吴山嘉《復社姓氏傳略》卷五：「譚翼，字羽侯，平湖人。崇禎某年選貢生。」

②湔裳：舊俗於農曆正月元日至月晦，士女酹酒洗衣於水邊，以辟災度厄。杜臺卿《玉燭寶典》卷一：「（農曆正月）元日至於月晦，民並爲酺食、渡水，士女悉湔裳、酹酒於水湄，以爲度厄。」

③茗戰：猶鬥茶，品茶。馮贄《雲仙雜記》卷十：「建人謂鬥茶爲茗戰。」

④《後漢書》卷八十下《禰衡傳》：「融既愛衡才，數稱述於曹操。操欲見之，而衡素相輕疾，自稱狂病，不肯往，而數有恣言。操懷忿，而以其才名，不欲殺之。聞衡善擊鼓，乃召爲鼓史，因大會賓客，閱試

音節。諸史過者，皆令脱其故衣，更著岑牟單絞之服。次至衡，衡方爲《漁陽參撾》，蹀躞而前，容態有異，聲節悲壯，聽者莫不慷慨。衡進至操前而止，吏訶之曰：『鼓史何不改裝，而輕敢進乎？』衡曰：『諾。』於是先解衵衣，次釋餘服，裸身而立，徐取岑牟、單絞而著之，畢，復參撾而去，顔色不怍。」

⑤紫姑：姓何名楣，字麗卿，爲唐壽陽刺史李景之妾，爲大婦曹氏所嫉，正月十五日夜，被殺於厠中，上帝憐憫，命爲厠神。舊俗每於元宵在厠中祀之，並迎以扶乩。事見《顯異録》。李商隱《正月十五夜聞京有燈恨不得觀》：「身閒不睹中興盛，羞逐鄉人賽紫姑。」

⑥白粥：干寶《搜神記》卷四：「此是君家之蠶室，我即此地之神。明年正月十五，宜作白粥，泛膏於上。」

送譚服膺之任德清①

獨有春雲下，相持各夜心。人方視藪澤，君自託中林。吴楚分江勢，衣冠待樹陰②。詩名吾友在，温雨故園尋。

其二

愛好因年力，紆遲入古深。天光淡相與，物理雜成吟。偶索常無夢，真知不在音。同心勞仕宦，毛髮是非侵。

【繫年】　據康熙《德清縣志》卷五《職官表》譚元禮崇禎五年任德清令，兼據「獨有春雲下」等語，可知此詩作於崇禎五年（一六三二）春。

【箋注】

①　此送同年譚元禮赴任德清。譚元禮，字服膺，承天府景陵人。譚元春弟。復社成員。吴山嘉《復社姓氏傳略》卷八：「譚元禮，字服膺。崇禎辛未進士，授德清令。省追呼，簡訟牒，尤喜獎拔士類。時南糧折銀逋積，元禮申請十年帶征夏税絹匹絲綿，亦積欠萬餘金。又走書大司農，得旨蠲免，報最，擢刑部主事。舟次邗溝而卒。」

②　衣冠：代稱縉紳、士大夫。李白《登金陵鳳凰臺》：「吴宮花草埋幽徑，晉代衣冠成古丘。」

送李印渚先生歸省①

贈策云何駕②，春殘馬力微。風塵負師友③，文字愧京畿。别與天同暮，愁疑世盡非。到家寬譬藉，垂白問金扉。

其二

莫以離時月，存兹去後幃。貧官長者慰，獨念古人希。馭僕防山阪，琴裝向草衣。清名饒問答，不用歎卑飛④。

【繫年】

據前後詩作時，可知此詩作於崇禎五年（一六三二）在京時。

【箋注】

①此送李紹賢歸省。李紹賢，字聖輔，號印渚。《天啓二年壬戌科進士履歷》：「李紹賢印渚。《春秋》。辛卯十二月二十三日生，山西平陽府蒲州人。丙午鄉試三十二名，會試二百十七名，二甲十二名。工部政，改庶吉士。乙丑授編修，纂修誥敕。戊辰升侍講。壬申右中允。己卯升左諭德，掌司經局印。本年升左春坊左庶子掌坊事。己卯升左庶子掌左春坊印信官。庚辰升少詹，升正詹。庚辰升户部右侍兼翰林院侍讀學士，協理錢法。辛巳改禮部右侍郎，掌詹事府印，加從二品服俸。癸未養病，卒。父養質，進士，副使。」

②贈策：謂致送書信或臨別贈言。黄遵憲《將應順天試仍用前韻呈靄人樵野丈》：「四海同袍征士氣，頻年贈策故人書。」

③風塵：宦途，官場。沈遘《五言送劉泌歸建州》：「東都宦遊客，風塵厭已久。」

④卑飛：比喻仕進不利，屈身微職。杜甫《贈鄭十八賁》：「卑飛欲何待，捷徑應未忍。」

賀徐式圍年伯之任並壽六十①

崆峒瓜果天爲芬，瓢帶流霞盤結雲。城樓厭翠鳳凰守，鞭起銅狄吹空雯。三壽在古王者朋，日面坐衢節足聞②。欲攬高高雨蒼生，先紆長授膺百勤。雷震公侯慎茅虎，腴海風物司其蕺。遥清時揖子年語，昔日綰符何孔殷③。鳥象往來甚容與④，曷不呼代農夫耘。下士秉度奉青冥，河水常潤滋衆欣。玄卿記仙樂一部⑤，爲奏軒下聲棲棼。嫭妙競容勸脂酒，考之三山如所云⑥。

又

軒然禮樂内，鬱確静爲家⑦。服者宜民服，先生與歲加。三春恣領物，四印淡看花⑧。釃酒殷勤意，閒朝放漢槎。

又

泛愛因時共，清朝厲此躬。家庭君貺重，山水物情通。遠性烟霞獨，高名天地公。神人如可遇，琚佩不辭隆。

又

太清八檜風鳴簫，吉人攬之生詞苗。彈沐斜埃静獨放，絡耕月令詩有陶。華陰別莊紛無群，夜聞九琳開瓊瑶⑨。匡坐長覺天地久⑩，古雲薄我不自聊⑪。蚤呼廣成起問答⑫，洞庭空虚隱者驕。偃松作蓋虬索友，澹宕森林霜堯堯⑬。神草疑爲車中茵，緩佩玦兮行義姚。白海之濱未云遠，許穆執靮隨星軺⑭。

【繫年】

據嘉慶《增修宜興縣舊志》卷八《徐洪祚傳》，可知此詩作於崇禎五年（一六三二）在京時。

【箋注】

① 此賀徐洪祚赴任并六十壽辰。徐洪祚，字式圍，宜興人。嘉慶《增修宜興縣舊志》卷八：「徐洪祚，字式圍。萬曆四十一年舉人，崇禎五年授程鄉令。劇賊張文彬、何四仔等擁衆十萬，據銅鼓嶂，勢張甚。洪祚討平之，而原其脇從，全活甚衆。復爲善後計，建議於海、潮、程、平四縣間設鎮禦寇。度地計工，不踰時而成。遷荆州同知，時缺知府，聞流賊將至，巡撫見洪祚名，喜曰：『若可辦賊。』遂檄。洪祚署印，擐甲乘城，暑日不解帶者二十四晝夜。會滇兵二千應調至，苦無支餉。洪祚曰：『兵不可無餉留，寧能無餉返乎？與其譁於道，孰若駐此危城，緩急可恃。』遂持議給餉，藉以擊賊，城賴以全。後以年老乞休歸。」

② 節足：《宋書·符瑞志中》：「鳳凰者，仁鳥也。……其鳴，雄曰『節節』，雌曰『足足』。」後以「節足」稱鳳凰鳴叫。

③ 孔殷：衆多，繁多。《魏書·樂志》：「及孝昌已後，世屬艱虞，内難孔殷，外敵滋甚。」

④容與：從容閑舒貌。《楚辭·九歌·湘夫人》：「時不可兮驟得，聊逍遥兮容與。」

⑤玄卿：仙子。曹寅《題馬湘蘭畫蘭長卷》：「月窟玄卿螺子筆，麝煤胡粉輕無跡。」

⑥三山：傳説之海上三神山。王嘉《拾遺記·高辛》：「三壺，則海中三山也。一曰方壺，則方丈也；二曰蓬壺，則蓬萊也；三曰瀛壺，則瀛洲也。」

⑦礜確：高貌。《孔叢子·記問》：「題彼泰山，礜確其高。」

⑧四印：舊指四種修養身心之道。黄庭堅《贈送張叔和》：「我提養生之四印，君家所有更贈君：百戰百勝不如一忍，萬言萬當不如一默，無可簡擇眼界平，不藏秋毫心地直。」任淵注：「宗門有三印，謂印空、印水、印泥。山谷作《雲峰悦禪師語録序》云：『不受然燈記別，自提三印正宗。』今云『四印』，亦猶此意，謂忍、默、平、直也。」

⑨九琳開瓊瑶：《三洞珠囊》卷三引《登真隱訣》：「得九琳玉液、八瓊飛精者，則合終二景，天地同符也。」《太平御覽》卷六七七引《洞景金玄經》：「留連八瓊之室，曲宴九琳之堂。」

⑩匡坐：正坐。《南史·王思遠傳》：「王思遠終日匡坐，不妄言笑。」

⑪不自聊：猶無聊。劉克莊《長相思·餞别》：「風蕭蕭，雨蕭蕭，相送津亭折柳條，春愁不自聊。」

⑫廣成：即仙人廣成子。葛洪《神仙傳·廣成子》：「廣成子者，古之仙人也。居崆峒之山石室之中。黄帝聞而造焉。」

⑬堯堯：至高貌。《墨子·親士》：「是故天地不昭昭，大水不潦潦，大火不燎燎，王德不堯堯者，乃

千人之長也。」孫詒讓問詁：「《白虎通》云：『堯猶嶢嶢至高之貌。』」

⑭ 執靮：握馬韁，借指騎馬。王安石《祭馬龍圖文》：「始逢君之執靮，屢顧我而回鑣。」星軺：使者所乘之車，亦借指使者。白居易《奉使途中戲贈張常侍》：「早風吹土滿長衢，驛騎星軺盡疾驅。」

壽李豫石年伯母八十①

爲詠金光發浩倡②，攜歸清景鵲成梁。建陽曲奏西江月③，秦國州開眉壽堂④。杖帶玉鳩扶鯁噎，書名琳伯慎收藏。門庭供奉猶如昨，兩袖初添學士香。

其二

思遲百藥詠高陽⑤，桃核崑崙再舞觴⑥。日月靜攜惟卷襆，寒暄深省到舟梁。三天花木承春露⑦，九碧鐘璈響夜霜。疑涌寒泉勤溉濯⑧，石渠女史合千常。

【繫年】

據前後詩作時，可知此詩作於崇禎五年（一六三二）在京時。

【箋注】

① 此爲同年李世奇母八十壽辰而作。李世奇，字亮先，號豫石。詳見《合集·近稿》卷三《李寶弓司

李稿序》注。

② 浩倡：浩唱，放聲高歌。《楚辭·九歌·東皇太一》：「疏緩節兮安歌，陳竽瑟兮浩倡。」

③ 建陽：許昌宫門名。《文選·何晏〈景福殿賦〉》：「開建陽則朱炎艷，啓金光則清風臻。」

④ 眉壽：長壽。《詩·豳風·七月》：「爲此春酒，以介眉壽。」

⑤ 思遲：想望。《後漢書·章帝紀》：「朕思遲直士，側席異聞。」李賢注：「遲，猶希望也。」

⑥ 桃核：《漢武故事》：「（王母）因出桃七枚，母自啖二枚，與帝五枚，帝留核著前，王母問曰：『用此何爲？』上曰：『此桃美，欲種之。』母笑曰：『此桃三千年一著子，非下土所植也。』」詩文中常用其事。劉禹錫《遊桃源一百韻》：「仙翁遺竹杖，王母留桃核。」

⑦ 三天：古代關於天體之學説，有渾天、宣夜、蓋天三家，稱爲「三天」。

⑧ 寒泉：《詩·邶風·凱風》：「爰有寒泉，在浚之下。有子七人，母氏勞苦。」《詩序》謂「美七子能盡其孝道，以慰其母心」。後世遂以「寒泉」爲子女孝敬母親的典故。

送李豫石歸里侍養①

一官不負子，孝友念家邦。别豈憂春雨，歸當涉大江。月同千里静，樹爲古人雙。拂拭經年意，南山近入窗。

其二

草露侵衣上，名成歸可持。山川關獨寤，僕馬仗深慈。養日非辭國②，清風正及時。同朝誦子義，拜手慎驅馳③。

【繫年】

據《天一閣藏明代科舉録選刊·崇禎四年辛未科三百五十名進士履歷便覽》李世奇「改翰林院庶吉士。壬申，終養」，此詩作於崇禎五年（一六三二）在京時。

【箋注】

① 本詩入選陳濟生《天啓崇禎兩朝遺詩》卷七《張天如詩》。李世奇，字亮先，號豫石。詳見《合集·近稿》卷三《李寶弓司李稿序》注。乾隆《海澄縣志》卷十二《李世奇》：「崇禎辛未成進士，選庶吉士，試輒先其伍。然每曰：『此雕蟲，安用哉！』慷概論天下事，草疏欲上之，念母老，筮得《豫》之六二，取『介于石』之義，自號豫石，遂改疏終養以歸。」

② 養日：指夏至。白晝最長，故稱。《大戴禮記·夏小正》：「時有養日。養，長也。」

③ 拜手：顧炎武《日知録·拜稽首》：「古人席地而坐，引身而起，則爲長跪。首至手則爲拜手，手至地則爲拜，首至地則爲稽首，此禮之等也。」

壽曹年伯①

欲上蒼蒼雲作樓，江山無事長春秋。一堂老檜肪堪嚼，半壁青蓮酒似流。才子新名開卷帖，詔書初至動河洲。誰分劉甕香光滿，共道高年不近愁。

其二

展觴青幌寒花映，采蔌初筵寶氣催。每念山頭雲是屋，恰逢江上月爲臺。人間絳縣争傳鳥，别國華胥夢到梅②。一卷《易》書多半吉，句臚應帶玉聲來③。

【繫年】

據前後詩作時，可知此詩作於崇禎五年（一六三二）在京時。

【箋注】

①曹年伯，待考。

②華胥夢：泛言入夢。陸遊《晨雨》：「飯餘一枕華胥夢，不怪門生笑腹便。」

③句臚：陳述，傳語。王安石《賀魯國大長公主出降表》：「雖句臚中絶於九賓，然呼舞外均於百獸。」

送黄石齋先生①

此别非常撼斗魁②，蕭然勝拜上清迴。生成骨性憂天步③，歷盡艱危耻鳩媒。投版不因知己謝④，遺簪猶念聖人裁⑤。舟行半道三千里，紙剩中朝九萬枚⑥。哭世森寒存諫草，祝男愚魯種官梅。張褒長嘯山難負⑦，趙槪修書字未灰⑧。玉佩參差愁去住，石秤安穩待歸來。忠誠豈願東溪號，澹約甘辭長命杯。髭髮倍前知學到，藥方多録見花開。放臣祇誦承嘉惠⑨，廖落何年會市槐。

【繫年】

崇禎五年，黄道周因上疏「語皆刺大學士周延儒、温體仁，帝益不懌，斥爲民」（《明史》卷二五五《黄道周傳》）。正月，黄道周離京，張溥作此詩贈之。

【箋注】

① 崇禎五年正月，師友黄道周削籍歸，張溥作此詩以送之。黄道周《張天如墓誌》：「方壬申歲，公在館選甫一載，予以官允削籍歸，公投予二詩。」即指此詩。本詩入選陳濟生《天啓崇禎兩朝遺詩》卷七《張天如詩》。「道周以文章風節高天下，嚴冷方剛，不諧流俗」（《明史》卷二五五《黄道周傳》），與張溥交善。崇禎十三年黄道周下獄後，張溥欲「傾身家以圖之」（陳子龍《自撰年譜》），後「竟以是憂憤成疾，不及見子（黄道周）出獄而死」（黄道周《黄石齋先生文集》卷十一

《張天如墓誌》注)。二人可謂生死之交。

②斗魁:指北斗七星之第一至第四星,即樞、璿、璣、權,喻指德高望重或才學冠世而爲衆人景仰者,此指黄道周。

③天步:指時運、國運等。

④投版:喻棄官。《後漢書·范滂傳》:「滂執公儀詣蕃,蕃不止之。滂懷恨,投版棄官而去。」

⑤遺簪:謂掛冠辭官。袁桷《次韻雜詩》之五:「遺簪隱世德,忍垢躬灌園。」

⑥九萬枚:蘇易簡《文房四譜》卷三《紙譜》:「王右軍爲會稽,謝公就乞箋筆,庫内有九萬枚,悉與之。桓宣武云:『逸少不節。』」

⑦張褒長嘯山難負:南北朝時張褒,梁天監御史劾其不供學士職,張褒曰:「碧山不負吾。」遂焚章長嘯而去。

⑧《宋史》卷三百一十八《趙概傳》:「以太子少師致仕,退居十五年,嘗集古今諫爭事,爲《諫林》百二十卷上之。神宗賜詔曰:『請老而去者,類以聲問不至朝廷爲高。唯卿有志愛君,雖退處山林,未嘗一日忘也。當置于坐右,時用省閲。』」

⑨放臣:放逐之臣,此指黄道周。

送魏中嚴給諫歸閩①

昨聞排高閶,歷歷夢見帝。非敢好激昂,中朝少根蒂。欲回天地心,萬言豈云贅。西鐘戒履霜，今且悲日曀。將爲三百諫，風人曠難逮。鉢肝委象門②，危石憂晃敝。聲禄違性宜，野吟出芸誓。撫躬甘釁塗，鬼神信材藝。衣裳歸國笥，勞塵謝薰厲。三光照微軀③，滿航愁可税。松間絶炎理，名書酒夜祭。崇音發几闥，志在啓旒蔽④。罶中或有魚，君子永勿逝。太平民實嘉，但願噬者閉⑤。暉生懼不知，此慮無年歲。

【繫年】

魏呈潤因疏救胡良機，「帝以呈潤黨比，貶三級，出之外」（《明史·魏呈潤傳》），據《明史·胡良機傳》「崇禎元年起故官，按宣、大二鎮。年滿當代，以其敏練，再巡一年。至是，遂爲坤劾罷」，此爲崇禎五年（一六三二）事。

【箋注】

① 魏呈潤，字中嚴，一字倩石，龍溪人。《明史》本傳：「宣府監視中官王坤以册籍委頓，劾巡按御史胡良機。帝奪良機官，即令坤按核。呈潤上言：『我國家設御史巡九邊，秩卑而任鉅。良機在先朝以糾逆璫削籍，今果有罪，則有回道考覈之法在，而乃以付坤。且邊事日壞，病在十羊九牧。既有將帥，又有監司；既有督撫，有巡方，又有監視。一官出，增一官擾。中貴之威，又復十倍。御史偶獲戾，且莫自必其命，誰復以國事抗者。異日九邊聲息，監視善惡，奚從而聞之？乞召還良機，毋使仰鼻息於中貴。』帝以呈潤黨比，貶三級，出之外。」

② 鉢肝：謂耗心血。宋濂《故詩人徐方舟墓銘》（《宋學士文集》卷九）：「方舟悉取而諷咏之，鉢肝

劘腎，期超邁之乃已。」

③三光：謂日、月、星。

④旒蔽：代指天子。陳舜俞《上英宗皇帝書二》（《全宋文》卷一五三四）：「是以古者天子前旒蔽明，黈纊充耳，以養其德。」

⑤嘊：同「啀」，犬欲噬。《管子·戒》：「東郭有狗嘊嘊，旦暮欲齧我猳。」

壽李封翁七十①

公爲正號不加名，經義傳家奉魯城②。裴楷尚書分柳列③，景鸞撰《禮》獲松盟④。大山秀樹增文算，古洞幽花入畫評。珍膳相隨惟簡要，絳趺再得賦由庚⑤。

【繫年】

據前後詩作時，可知此詩作於崇禎五年（一六三二）在京時。

【箋注】

①李封翁，待考。

②魯城：曲阜别稱。曲阜曾爲魯國都城，故名。李東陽《謁尼山廟有述》：「迢迢魯城路，望望尼山峰。」

③《晉書》卷三十五《裴楷傳》：「楷風神高邁，容儀俊爽，博涉群書，特精理義，時人謂之『玉人』，又

稱『見裴叔則如近玉山，映照人也』。轉中書郎，出入宫省，見者肅然改容。」

④《後漢書》卷七十九下《景鸞傳》：「景鸞，字漢伯，廣漢梓潼人也。少隨師學經，涉七州之地。能理《齊詩》《施氏易》，兼受《河洛》圖緯，作《易説》及《詩解》，文句兼取《河洛》，以類相從，名爲《交集》。又撰《禮内外記》，號曰《禮略》。」

⑤絳趺：紅色花萼。束晳《補亡詩·白華》：「白華絳趺，在陵之陬。」由庚：《詩·小雅》逸篇名。《詩·小雅·由庚序》：「《由庚》，萬物得由其道也。」後因以「由庚」爲順德應時之典。

送鄭澮石侍御歸楚①

君去非疢疾②，國醫杳難尋。巋然諫書獨，聊以愧衆音。矜異不多讓，草木各有心。春光惜車馬，野望同予深。城闉自高闊〔一〕，迴策憂突黔③。夜起視筐篋，託言采藥葠。伐鐘鐘欲鳴，祇恐驚桑雋。閔閔存四際，讒人勞織紝。燒箕餵山酒，再鼓韓愈琴。搴抑及初古④，坐久没月參。畏聞出行日，斂墨忘悲歆。忽然告僕夫，樹蓋空生蔭。著作慎忠厚，是非備在今。

【校記】

〔一〕「闉」，原作「闅」，逕改。

【繫年】　據《合集・跋宋九青送熊魚山文手卷》「熊魚山、鄭澹石兩先生之爲諫官也，一以三月去，一以十月去」，可知此詩作於崇禎五年（一六三二）十月。

【箋注】

①鄭友元，字其山，號澹石。詳見《合集・近稿》卷一《楊又如稿序》注。《合集・近稿》卷四《跋宋九青送熊魚山文手卷》：「熊魚山、鄭澹石兩先生之爲諫官也，一以三月去，一以十月去，顧其令吾吳，則皆六年也。」參見《明史》卷二百五十八《熊開元傳》。

②疢疾：疾病。

③突黔：謂舉炊。突，烟囱。黔，謂舉炊時爲烟熏黑。班固《答賓戲》：「聖哲之治，棲棲遑遑，孔席不暖，墨突不黔。」

④初古：猶遠古。《楚辭・劉向〈九歎・思古〉》：「還余車於南郢兮，復往軌於初古。」

送王園長聞訃歸里①

分看萬里昨縫裾，一别何年酌笋蔬。歲暮但聞孺子泣②，淚枯猶染右軍書。慚稱騎客金門獻，哭到燕山梅樹疏。從此暫廬同爾友，南雲遥隔武城居③。

【繫年】

據前後詩作時，可知此詩作於崇禎五年（一六三二）在京時。

【箋注】

①王應華，字崇闇，號園長。詳見《合集·近稿》卷一《章敬明令君稿序》注。

②孺子泣：《禮記·檀弓》：「弁人有其母死而孺子泣者，孔子曰：『哀則哀矣，而難爲繼也。夫禮，爲可傳也，爲可繼也，故哭踊有節。』」

③南雲：南飛之雲，常以寄託思親懷鄉之情。陸機《思親賦》：「指南雲以寄款，望歸風而效誠。」陸雲《感逝》：「眷南雲以興悲，蒙東雨而涕零。」

送屠幼繩册使韓藩①

勞策騆騏出谷烟，子員嘉問荷同甄②。繇來虎節宜山國③，况復元侯拜表年④。周度在人猶典學⑤，剛文似子可行邊。倘逢魯相徵經籍，《韓奕》今堪奏一篇⑥。

【繫年】

據乾隆《平湖縣志》卷七《屠象美》「崇禎辛未進士，授行人，對策稱旨」，兼據前後詩作時，可知此詩作於崇禎五年（一六三二）在京時。

【箋注】

①此送同年屠象美册使韓藩。屠象美，字幼繩。詳見《續集》卷三《屠幼繩稿序》注。

②子員：春秋時晉國行人。當時晉國行人有數人，而子員爲最有才德者。此代指屠象美。

③虎節：周代山國使者出行時所持之符節。《周禮·地官·掌節》：「凡邦國之使節，山國用虎節，土國用人節，澤國用龍節，皆金也。」此泛指符節。

④元侯：指重臣大吏。羊士諤《送張郎中赴鳳翔府幕》：「仙郎佐氏謀，廷議寵元侯。」

⑤周度在人猶典學：周度，顯德二年中進士，因其詩賦、文論、策文等不合世宗意，被勾落除名，令其苦學，以俟再來。事見《舊五代史·世宗紀》。典學，勤學。

⑥《韓奕》：即《詩·大雅·韓奕》，毛序：「《韓奕》，尹吉甫美宣王也。能錫命諸侯。」

送趙南屏之夏鎮①

太清宮賦發長吟，司水偏宜冰雪心②。蔣係直聲懷祖德③，元方高選慰朋簪④。萱風向煖東都静，鳳子流香美省深。人士盛傳餘慶語，慚予貧薄出鄉音。

【繫年】

據前後詩作時，可知此詩作於崇禎五年（一六三二）在京時。

【箋注】

①趙嗣夔，字南屏，江都人。汪鋆《揚州畫苑録》卷一：「趙南屏，名嗣夔，居北湖，工於丹青，尤善指畫。以武舉，會試不第，因隱於農，自號『鋤夫』。嘗自畫《牧牛小照》，題以詩云：『今日且知牛背穩，閒情穩判學鋤夫。』」

②司水：殷商官名，爲天子六府之一。西周稱川衡，掌巡視水澤，以川澤産品供祭祀，待賓客。唐天寶十一年改水部爲司水，至德二年復故。

③《新唐書》卷一百三十二《蔣係傳》：「係善屬文，得父典實。大和初，授昭應尉，直史館。明年，拜右拾遺、史館脩撰，與沈傳師、鄭澣、陳夷行、李漢參撰《憲宗實録》。轉右補闕。宋申錫被誣，文宗怒甚，係與左常侍崔玄亮涕泣苦諍，申錫得不死。」

④元方：陳紀字元方，東漢人。《後漢書》卷六十二《陳紀傳》：「董卓入洛陽，乃使就家拜五官中郎將，不得已，到京師，遷侍中。出爲平原相，……時議欲以爲司徒，紀見禍亂方作，不復辨嚴，即時之郡。璽書追拜太僕，又徵爲尚書令。建安初，袁紹爲太尉，讓於紀；紀不受，拜大鴻臚。」朋簪：指朋輩。

送許荆巖歸里①

爲别雖難衣帶寬②，從兹風物在家看。諫書昔日懷明主，匹馬今朝謝大官。時論每多驚鹿鳥，臣心猶欲辨鵷鸞。蕭條抗手歸河上，祇恐炎林夜變寒。

其二

久約松盟近始真，一官風雨慰清貧。金商門下悲恩詔③，楊子灘頭望聖人。日月照君光不去，兒童識面分相親。迂疏猶幸寬羅網，慈母縫衣着客身。

【繫年】

據本詩注①及前後詩作時，可知此詩作於崇禎五年（一六三二）在京時。

【箋注】

① 此送許國榮歸里。本詩入選陳濟生《天啓崇禎兩朝遺詩》卷七《張天如詩》。許國榮，字允尊，號荆巖，太倉人。二子許錫、許焕入復社。嘉慶《直隸太倉州志》卷二十七：「許國榮，字允尊。二歲喪父，家絶貧，母朱氏育之。天啓五年，成進士，授太常博士。三年，選工科給事中。時太監掌廠事，邏卒詗刺，中外目懾。又張彝憲總督户工兩部，凌部曹，國榮上疏極論，觸彝憲恨。未幾，外解鉛至，國榮監收固中額，中人報闕少，激上怒，褫職。後七年事白，起補應天府照磨，量移光禄寺署丞，病卒。國榮在諫垣，章數十上，論復大寧救罪謫諸臣，尤中事要。事母至孝，母性嚴，少不如指即詬誶。國榮長跪請，母色霽，方起以爲常。與人交有本末，周恤親黨，多待以舉火者。」

②爲别：猶分别，相别。李白《送友人》：「此地一爲别，孤蓬萬里征。」

③金商門：漢東京洛陽西門名。《文選·張衡〈東京賦〉》：「昭仁惠於崇賢，抗義聲於金商。」薛綜注：「金商，西門名也。……西爲金，主義，音爲商，若秋氣之殺萬物，抗天子德義之聲，故立金商門於西。」

壽夏年伯母①

予聞古玄歌始青，雪殘金醜不足訪。獨傳楷模來高閨，亢倉三全神所貺。月中夫人或云五，夜讀鼎書起眇唱。曷若采静觀大家，玉聲不揚規矩當。絺綌作則琴絃張，左右君子萬夫望。和懌其辭詩迺牙，結襘在躬秉香鬯。窈窕師象咸有儀，堂涌寒泉酌清盎。令子手挾搏桑鞭，袨服斂藻誦貞亮②。鶴林資粲秀素雯③，蟄繩載羽擁屏障。嗣此天尺群景奔，崑崙長暉八海傍④。

【繫年】

據前後詩作時，可知此詩作於崇禎五年（一六三二）在京時。

【箋注】

①夏年伯母，蓋爲夏允彝母。待考。

②袨服：黑色禮服。

③ 鶴林：佛寺。

④ 八海：四方四隅之海。陶弘景《水仙賦》：「淼漫八海，汯汨九河。」

送楊旭崙前輩危城省母①

遥知兵氣壓城東，將母寧遑閲我躬。武庫久開揚子宅，單車願衛魯王宫。中霄介馬思温席②，極目春蕪歎截葱。仁孝自應孚異服，投戈相向變沙蟲③。

【繫年】

據前後詩作時，可知此詩作於崇禎五年(一六三二)在京時。

【箋注】

① 楊觀光，字用賓，一字葵宸，號旭崙。順治《招遠縣志》卷八《科貢》：「楊觀光，辛酉經魁，戊辰進士。歷中順大夫資治□尹，詹事府少詹事，兼翰林院侍讀學士。字用賓，一字葵宸，號旭崙。覲光弟。和氣沁人，留心桑梓，立學田贍士，諸生多待以舉火。登變後，請蠲請撫，不遺餘力。十五年，蝗旱大饑，公罄儲賑貧，鄉人賴之。居翰院，進《養性養氣養體圖》，稱旨，推一時博雅之臣。詩文最富，惜多未傳云。」

② 温席：冬日嚴寒時，以身暖席被，以待父母就寢。爲古代事親之孝行。干寶《搜神記》卷八：「羅威，字德行。少喪父，事母至孝。母年七十，天大寒，常以身自温席而後授其處。」

③ 變沙蟲：《藝文類聚》卷九引《抱朴子》云：「周穆王南征，一軍盡化，君子爲猿爲鶴，小人爲蟲爲沙。」後以「沙蟲」喻戰死之將士。

劉闇然侍御尊人壽詩①

龐魄相宜山有靈，松筠協性自生馨②。雅州經版名家學，玉女壺枝勸帝醽。秀盡諸峰霜未老，潤餘九里露猶零。淮南好道多賓客，分帶驄輝看歲星。

【繫年】

據前後詩作時，可知此詩作於崇禎五年（一六三二）在京時。

【箋注】

① 劉令譽，字闇然，山西洪洞人。民國《洪洞縣志》卷十二：「劉令譽，承光長子。明天啓二年進士，初任潁上縣知縣，丁内艱。起補河南寶豐縣兩載。調汝陽，三邑皆立生祠。尋内擢御史，旋因中州多寇，特簡譽巡按其地。受事之日，即調副將左良玉、遊擊湯九州晝夜環攻。會大雨，躬擐甲胄者七日。甲戌元旦，牛蹄涔大捷，加級賜金。未幾，引年馳驛歸里。以西陲多故，復起用爲延綏巡撫。明國變後，家居。順治初，召授通政使，嗣告歸，卒。」

② 松筠：《禮記·禮器》：「其在人也，如竹箭之有筠也，如松柏之有心也。二者居天下之大端矣，故貫四時而不改柯易葉。」後以「松筠」喻節操堅貞。

送周孝開學博之毗陵①

近地論師事正難，家庭孝友備儀觀。名從都下脩雲舊，人在吴中識歲寒。碌促風光皆節儀，凋殘花鳥亦衣冠。大邦不厭鱣堂窄②，今日傳經小杏壇。

其二

此事當今笑伐檀，讀書偏欲副飢寒。陽城耐瘦猶堪老，湖學成規未是酸③。手版攜來忠孝字，襆琴留得廣陵彈。清歌百里聞詩禮，惠水迎船起秀湍。

【繫年】

據前後詩作時，可知此詩作於崇禎五年（一六三二）在京時。

【箋注】

① 周維基，字孝開，號若英。同治《蘇州府志》卷三十五：「周維基孝開，丹陽教諭，崑山，（天啓）七年。」

② 鱣堂：《後漢書·楊震傳》：「後有冠雀銜三鱣魚，飛集講堂前，都講取魚進曰：『蛇鱣者，卿大夫服之象也。數三者，法三台也。先生自此升矣。』」後因稱講學之所爲「鱣堂」。

③湖學：宋胡瑗執教湖州，分經義與事務兩科，其弟子多至數千人，時稱「湖學」。

送顏同蘭給諫奉諱歸里並感淑人奇孝①

霞石今朝變白雲，刑于孝友拭巾芬②。剔身願化康仙藥，泣血歸呼師魯墳。自是諫書懷德女，還將家訓感明君。省齋四古堪成五，鶴響泉流咽聽聞。

【繫年】

據《明史·顏繼祖傳》，兼據前後詩作時，此詩應作於崇禎五年（一六三二）顏繼祖憂歸時。

【箋注】

①此送顏繼祖奔喪歸里。顏繼祖，字繩其，號同蘭，漳州人。《明史》卷二四八《顏繼祖傳》：「顏繼祖，漳州人。萬曆四十七年進士。歷工科給事中。崇禎元年正月論工部冗員及三殿敘功之濫，汰去加秩寄俸二百餘人。又極論魏黨李魯生、霍維華罪狀。又有御史袁弘勳者，劾大學士劉鴻訓，錦衣張道濬佐之。繼祖言二人朋邪亂政，非重創，禍無極。帝皆納其言。遷工科右給事中。三年巡視京城十六門濠塹，疏列八事，劾監督主事方應明曠職。帝杖斥應明。外城庫薄，議加高厚，繼祖言時絀難舉贏而止。再遷吏科都給事中，疏陳時事十大弊。憂歸。」

②刑于：指夫婦和睦。杭世駿《質疑·禮記》：「夫婦，人倫之始；刑于，齊家之本。」

送莊素鶴學憲之閩①

爲憶亭陰不負初，大儀承命出旌旟②。山稱夾漈堪修志，士説歐陰盡讀書。筆下蠶聲成語日，譜中荔品鬥文餘。龍津雅詠先酬唱③，儒者於今可賜魚④。

【繫年】

據前後詩作時，可知此詩作於崇禎五年（一六三二）在京時。

【箋注】

① 此送莊應會赴任福建提學副使。莊應會，字春俟，號素鶴。光緒《武進陽湖縣志》卷二十一：「莊應會，字春俟。明崇禎元年二甲一名進士，歷禮部郎中，福建提學副使。順治初，以薦舉補江西參政。金聲桓亂，遠近披靡，應會不爲動。得間，奔大將軍譚泰營，具言賊可殲狀。事平，以軍功遷右布政。十年，入覲，召詢利弊。應會即具疏，請汰袁瑞兩府浮糧，大概言瑞州加糧起於陳友諒之竊據，袁府加糧起於歐晉祥之失察，積漸因循，遂至浮糧十萬，永貽民害，此新朝所當釐正者也。疏入，奉俞旨，三百年弊政遂革。十二年，移四川左布政，尋晉刑部右侍郎。應會兄弟五人皆仕，俱字俟，鄉里稱爲五俟家云。」

② 大儀：唐代禮部尚書之别稱。洪邁《容齋四筆·官稱别名》：「唐人好以它名標榜官稱，……吏部尚書爲『大天』，禮部爲『大儀』。」

③龍津：即龍門。龍門一名河津，故稱。

④賜魚：唐代帝王給五品以上官員授予魚符，以爲信物。五代、宋亦有賜魚之制。《新唐書·車服志》：「高宗給五品以上隨身魚銀袋，以防召命之詐，出内必合之。三品以上金飾袋。垂拱中，都督、刺史始賜魚。」

送熊魚山給諫歸楚①

揭揭於今非古車②，楚山楚水染衣袪。催科願作陽城考，諫諍羞爲谷永書。除外帖名知不賤，歸來冠服幸如初。總谿浩蕩全臣操，病摘秋花心計疏。

其二

惻心生別豈榮華，十月言官潄齒牙。篝火修文今逐客，看山學道舊栽花。時宜不合猶吾黨③，元氣相扶尚一家。天惜去臣無策贈④，特行潦雨馬前遮。

【繫年】

據《明史·熊開元傳》及《合集·跋宋九青送熊魚山文手卷》，可知此詩作於崇禎四年（一六三一）三月熊開元告假歸里之時。

【箋注】

①送熊魚山給諫歸楚。熊開元，字魚山。詳見《初集》卷二《國表小品序》注。本詩入選陳濟生《天啓崇禎兩朝遺詩》卷七《張天如詩》。張廷玉等《明史》卷二五八《熊開元傳》：「崇禎四年，……開元及御史鄭友元等三人並貶二秩調外，開元不赴官。」《合集·近稿》卷四《跋宋九青送熊魚山文手卷》：「熊魚山、鄭澹石兩先生之爲諫官也，一以三月去，一以十月去，顧其令吾吴，則皆六年也。」

②揭揭：疾馳貌。漢焦贛《易林·需之小過》：「猋風忽起，車馳揭揭。」

③時宜不合：曹臣《舌華録》卷一：「蘇東坡一日退朝，食罷，捫腹徐行，顧謂侍兒曰：『汝輩且道是中何物？』一婢遽曰：『都是文章。』坡不以爲然。又一婢曰：『滿腹都是機械。』坡亦未以爲當。至朝雲乃曰：『學士一肚皮不合時宜。』坡捧腹大笑。」

④策贈：以策書封贈官爵謚號。

壽程年伯①

廣厦修黄軒，微言静且衍。博大領象遐，惟德曰天撰。纂玄總萬流，古人盡殽饌。莊周信多聞，惠施説善變。昔日畸士名，在兹克躬踐。月景無闕盈，威儀衆所選。介福不一辭，蕃釐逮玉眷②。三壺深淺杭③，清心見臺墠。修觀左右文，彌珍尚方膳。應賜飛白書，群公出郊餞。

【繫年】

據前後詩作時，此詩應作於崇禎四年（一六三一）在京時。

【箋注】

① 此蓋爲程一礎父壽辰而作。程一礎，字楚石。詳見《續集·别集》卷二《程楚石程墨選序》注。《續集·别集》卷二《壽程瀛臺六十序》：「新安程子楚石，以其大人瀛臺六十生日，千里徵言。」

② 蕃釐：洪福。

③ 三壺：傳説之海上三神山方丈、蓬萊、瀛洲之合稱。

送李灌溪侍御入楚省母①

《七發》如何公子怡②，歸驄正是舞斑時。非關老病存家計，祇感清朝重孝思。鶚雨鳳雲迎客到，桃魚山鷺自親遺。歡聲雷動《南陔》誦③，御史車中珍膳隨。

【繫年】

據康熙《吴縣志·李模傳》，兼據前後詩作時，此詩蓋作於崇禎四年、五年（一六三一—一六三二）在京時。

【箋注】

①此送李模入楚省母。李模，字子木，號灌溪，吴縣人。康熙《吴縣志》卷四十五：「李模，字子木。父吴滋，萬曆己未進士，歷官湖廣副使。模天啓乙丑進士，授東莞令。舉卓異，擢御史。母病武昌署中，給假往侍湯藥。丁艱，服除，起補。力陳國計民情，如立政貴圖久大及慎獄詳刑、旱災水利、俵馬驛累、派徵包課等疏，凡十餘上。巡視三關，多所興建。旋以糾鎮監爲横璫怒噬，謫南雍典籍。甲申，寇隱都城，南中草創，録建言臺臣，補河南道御史。慷慨拜疏，略言：諸臣能任罪方能建功，上不以得位爲利，諸臣何敢以定策爲名？一概勳爵，並應辭免。昌言不諱，卒爲秉鈞者所忌，以病歸。乙酉後，杜門謝客，事嚴親依依孺慕，不爲矯亢之行，而寡於酬接。當事者殷勤造請，卒稀一見。内介外和，存心無競。林居三十載而卒，年八十二。所著有《碧幢全集》《獵微薈編》《遂生日編》等書若干卷。」

②七發：漢枚乘作。《文選·枚乘〈七發〉》李善題解：「《七發》者，説七事以起發太子也，猶《楚詞·七諫》之流。」

③南陔：《詩·小雅》篇名。六笙詩之一，有目無詩。《詩·小雅·南陔序》：「《南陔》，孝子相戒以養也；《白華》，孝子之絜白也；《華黍》，時和歲豐，宜黍稷也。有其義而亡其辭。」後用爲奉養和孝敬雙親之典實。

送王復完大夫之開州①

同此巖邦内，安危視子身。詩書誠上理，盜賊亦生民②。牧馬知何地，加租願有人。旄丘葛正長③，風物及今親。

【繫年】

據前後詩作時，此詩蓋作於崇禎五年（一六三二）在京時。

【箋注】

① 此送王復完赴開州。王復完，待考。本詩入選陳濟生《天啓崇禎兩朝遺詩》卷七《張天如詩》。

② 張采《知畏堂文存》卷二《黄敬渝測時十論序》：「今徒急帥不急守令，不知帥殺賊，守令牧民。帥所殺，舊故我民；守令所牧，今并及賊。……嗟夫！國家何嘗有流賊，皆有司貪致之。」

③ 旄丘：前高後低之山丘。《詩·邶風·旄丘》：「旄丘之葛兮，何誕之節兮。」

賦得京師如海獨無醫次徐九一太史六韻（二）①

寂寞江湖怨采芸，長呼續命謝氤氳。臣非衰老留筋骨，家豈癡聾絶聽聞。堂上古書惟粕在②，囊中餘卷向烟焚。狂心欲挽秦天醉，衹恐讒言地亦墳。

其二

莫將濤水浴鵾皮，但有風塵蔽廟犧。帶下祇因女子貴，草根不共肉人癡。針砭元老倉公傳③，葅醢功臣漂母祠④。九死靡他龍未睡，青兹顔色舍靈龜。

其三

中夜加餐餌桂肪，藥龍未滿棄瀟湘。徘徊舊嶺難醫鶴，感慨孤臣願食蝗。紛若史巫驚竈奥，駕言粟卜倒衣裳。一時司命多淵察，屈子當年賦《國殤》。

其四

飲水猶然寐欲吪，蒲松零茂不關他。周人咳嗽懷李耳，韓子昌羊泣孟軻。燥渴未宜粱肉補，聰明反恨禁方多。台州刺史將逃去，索室空煩有大儺⑤。

其五

膏肓自古到於今，水火煎摩近更深。多事彌憐洗馬瘦⑥，持平祇歎士師瘖。神明久塞成三蠱，戲謔空言演五禽。海上誰人傳不死，風來金石亦同沈。

其六

《詩》云熇熇孰爲賡⑦，隱測如何發駿聲。但説調羹和芍藥，不知止妒膳鶬鶊⑧。狗芻席菅無人設，業鼓雍籥獨鬼鳴。摇木生危理已絶，彭城豈復念周京。

【校記】

〔一〕目録原無「次徐九一太史六韻」，據正文補。

【繫年】

據前後詩作時，復據徐汧崇禎五年秋離京，可知此詩作於崇禎五年（一六三二）秋在京時。

【箋注】

①此次韻徐汧詩作。徐汧，字九一。詳見《初集》卷一《荆實君稿序》注。

②《莊子·天道》：「桓公讀書於堂上，輪扁斲輪於堂下，釋椎鑿而上，問桓公曰：『敢問公之所讀爲何言邪？』公曰：『聖人之言也。』曰：『聖人在乎？』公曰：『已死矣。』曰：『然則君之所讀者，古人之糟粕已夫！』」

③司馬遷《史記·倉公列傳》記西漢臨菑醫者太倉公淳于意生平事蹟及治療王公大臣各種疾病之事例。

④《史記》卷九十二《淮陰侯列傳》：「信釣於城下，諸母漂，有一母見信飢，飯信，竟漂數十日。信喜，謂漂母曰：『吾必有以重報母。』母怒曰：『大丈夫不能自食，吾哀王孫而進食，豈望報乎！』……漢五年正月，徙齊王信爲楚王，都下邳。信至國，召所從食漂母，賜千金。……上令武士縛信，載後車。信曰：『果若人言，「狡兔死，良狗烹；高鳥盡，良弓藏；敵國破，謀臣亡。」天下已定，我固當烹！』」

⑤大儺：歲末禳祭，以驅除瘟疫。《吕氏春秋·季冬》：「命有司大儺，旁磔，出土牛，以送寒氣。」張衡《東京賦》：「爾乃卒歲大儺，驅除群厲。」

⑥洗馬：在馬前作前驅。《韓非子·喻老》：「句踐入宦於吴，身執干戈爲吴王洗馬。」

⑦熇熇：熾盛貌。《詩·大雅·板》：「多將熇熇，不可救藥。」毛傳：「熇熇然，熾盛也。」

⑧鶬鶊：黄鸝。《古今小説·梁武帝累修歸極樂》：「梁主無可奈何，聞得鶬鶊鳥作羹，飲之可以治妒。」

和徐九一太史病中懷宋文玉給諫①

誦讀時時愧大賢，春蒲已老截爲編。生平藥石惟朋友②，近日茶鐺賴雨泉。小徑思遲多未見，古人與處不知眠。方書折難頻開拂③，宋玉高吟立我前。

【繫年】

據前後詩作時，可知此詩作於崇禎五年（一六三二）在京時。

【箋注】

①此和徐汧懷宋玫詩。徐汧，字九一。詳見《初集》卷一《荆實君稿序》注。宋玫，字文玉，號九青。詳見《續集》卷六《吏科給事中宋公柱石墓誌銘》注。

②藥石：比喻規戒。《左傳·襄公二十三年》：「季孫之愛我，疾疢也；孟孫之惡我，藥石也。」

③方書：謂醫藥之書。《爾雅翼·釋木》：「古今方書稱丸藥如梧桐子者，蓋仿此也。」

送陳大來歸里①

盡説春花秋亦丹，同歸先發勉朝餐。書題錦帶香生馬，鈴響瑶箏夜夢蘭。伯仲姓名天上坐，高曾規矩古人看。仙行留得車幾兩，雒下喻麋染素紈②。

【繫年】

據《天一閣藏明代科舉録選刊·崇禎四年辛未科三百五十名進士履歷便覽》陳于泰「癸酉，養病」，兼據前後詩作時，可知此詩作於崇禎五年（一六三二）在京時。

【箋注】

①此送同年陳于泰歸里養病。陳于泰，字大來，號謙如。陳一教子。詳見《合集·近稿》卷四《陳大

參《碉雲雙壽序七十》注。

②隃麋：隃麋以産墨著稱，後因借指墨或墨蹟。

送馮留仙工部歸里①

去色歸聲攜手間，同時指點月初灣。憂深三載無言責，病却經年有草删。冰淚不知《子夜曲》，秋山强半大夫顔。枯心殫盡今朝事，市雨闤風怨老頑。

【繫年】

據《明史·曹珖傳》「五年，陵工成，加太子少保。桂王重建府第，議加江西、河南、山東、山西田賦十二萬有奇。浙江逋織造銀十餘萬，巡撫陸完學請編入正額。珖皆持不可。中官張彝憲總理户、工兩部事，議設座於部堂，珖不可。右侍郎高弘圖履任，彝憲欲共設公座。珖與弘圖約，比彝憲至，皆曰『事竣矣』，撤座去，彝憲怏怏。及主事金鉉、馮元飇交疏劾彝憲，彝憲疑出珖，日捃摭其隙」，馮元飇疏劾張彝憲爲崇禎五年（一六三二）事，本詩作於此年。

【箋注】

①此送馮元飇歸里。馮元飇，字爾賡，號留仙，慈溪人。《明史》卷二百五十七《馮元飇傳》：「馮元飇，字爾賡。舉崇禎元年進士，授都水主事。帝遣中官張彝憲總理户、工二部事。元飇抗疏謂：『内臣當別立公署，不當踞二部堂，二部司屬亦不得至彝憲門，犯交結禁。』帝責以沽名，彝憲亦

愠，元颸請告歸。」

壽海鹽張年伯母①

青冥弘達向雲簪，翩矣都人説兩毵。水浴光華應海屋，山同鬱確正朝嵐②。雪霜歷盡知花曆，風雨晴初見月驂。莫道象魚齊絳甲，閣中酒酹擁書蟫。

【繫年】

據前後詩作時，此詩蓋作於崇禎五年（一六三二）在京時。

【箋注】

① 張伯母，待考。

② 鬱確：高貌。《孔叢子·記問》：「題彼泰山，鬱確其高。」

深夕同仁趾伯祥文玉縱言和文玉韻（一）①

匡坐原非易②，真知不憚私。歸心風雨辨，俗客鬼神欺。雅頌全吾黨，和平任所司。人情論古出，前席夜無疑。

其二

月封時夢發，爛熳客中如。知己難爲酒，風塵不厭書。亦憐白日短，贏得古人餘③。從此逢車馬，牽招到敝廬。

其三

獨有長安内，翻愁落照多。山川理不忌，朝野事原和。史隱漸金氣，名深老藥坡。夜談蠲忿諱，草木未知苛。

其四

恒飲難從我，堪兹氣類長④。友朋四海熟，憂患一人詳。水落天心見，時艱國士當。語多人不憶，搴草自渾茫。

其五

此夜看山失，歸來舊可尋。神明畏物智，氣數感君心。淡入聲中隔，玄多書外淫。濠梁人未去，留得一魚深。

其六

遠近難爲色，風霜此一人。勞勞與子共⑤，草草入秋真⑥。忠愛歡成惑，悲歌氣作神。寒流戹泛疾，静者看勤辛。

【校記】

〔一〕目録原無「和文玉韻」，據正文補。

【繫年】

據前後詩作時，此詩蓋作於崇禎五年（一六三二）在京時。

【箋注】

① 此和宋玫韻以記同杜麟徵、楊廷麟、宋玫夜談。楊廷麟作《張太史席上仁趾文玉説契誦芬良友也》（《兼山詩集》卷一），參見本書《附録》。

② 匡坐：正坐。

③ 古人餘：《三國志·魏書·王肅傳》：「明帝時大司農弘農董遇等，亦歷注經傳，頗傳於世。」裴松之注引《魏略》：「遇言：『（讀書）當以三餘。』或問三餘之意。遇言：『冬者歲之餘，夜者日之餘，陰雨者時之餘也。』」

④氣類：意氣相投者。語本《易・乾》：「同聲相應，同氣相求，……則各從其類也。」

⑤勞勞：辛勞，忙碌。元稹《送東川馬逢侍御使回》：「流年等閒過，人世各勞勞。」

⑥草草：匆忙倉促貌。李白《南奔書懷》：「草草出近關，行行昧前算。」

送王元治之桐鄉①

莫説桐鄉是舊名②，文章博得一花城。遥知去有揚州路，水到江頭十里清。

其二

太古游心近得朋，語兒涇上未生藤③。仲卿薦士今方始④，石篆臺螺色更增。

【繫年】

據康熙《桐鄉縣志》卷三《王士鑅傳》崇禎五年王士𡾊任桐鄉縣令，可知此詩作於崇禎五年（一六三二）在京時。

【箋注】

①此送同年王士鑅赴任桐鄉縣令。王士鑅，字元治，號勉齋，鎮江府金壇人。復社成員。康熙《金壇縣志》卷九：「王士鑅，字元治。崇禎庚午舉於鄉，辛未成進士，授桐鄉知縣。父憂，起復知金華。時東林、南黨互相攻擊，一登仕籍，各有攀援。鑅曰：『吾但知愛養士民，克盡厥職已耳。依

傍門户何爲乎？』擢户科給事中，即劾輔臣誤國。改兵科，極論邊事，悉中機宜。居官廉慎，無餘蓄，於祖父授田外，未增寸土。晚年兀坐一室中，人罕得見其顔色，蓋托疾自廢云。」

②桐鄉：在今安徽省桐城縣北。春秋爲桐國，漢改桐鄉。《漢書·循吏傳·朱邑》：「少時爲舒桐鄉嗇夫，廉平不苛，以愛利爲行，未嘗笞辱人，存問耆老孤寡，遇之有恩，所部吏民愛敬焉。……初邑病且死，屬其子曰：『我故爲桐鄉吏，其民愛我，必葬我桐鄉。後世子孫奉嘗我，不如桐鄉民。』及死，其子葬之桐鄉西郭外，民果共爲邑起塚立祠，歲時祠祭。」後因以爲官吏在任行惠政、有遺愛之典。

③語兒：古地名，今浙江省桐鄉縣西南。袁康《越絶書·越絶外傳記地傳》：「語兒鄉，故越界，名曰就李。吴彊越地，以爲戰地，至於柴辟亭。女陽亭者，句踐入官於吴，夫人從，道産女此亭，養於李鄉。句踐勝吴，更名女陽，更就李爲語兒鄉。」

④仲卿：即韓仲卿，韓愈父。《新唐書》卷一百七十六《韓愈傳》：「父仲卿，爲武昌令，有美政，既去，縣人刻石頌德。終秘書郎。」

翟慮齋年祖母旌節詩①

昔日秦風即帝京，鞠衣新發舊泉城②。身同白玉宜天尺，魂化孤山反鳳聲。百歲門庭今亦小，明時牌版義非輕③。錦車捧得郇雲詔④，猶笑懷清僅富名⑤。

【繫年】

據前後詩作時，此詩蓋作於崇禎五年（一六三二）在京時。

【箋注】

①翟慮齋，待考。

②鞠衣：古代王后六服之一，九嬪及卿妻亦服之。其色如桑葉始生。見《周禮·天官·内司服》。

③明時：指政治清明之時，古時常用以稱頌本朝。曹植《求自試表》：「志欲自效於明時，立功於聖世。」

④錦車：指使者。語本《漢書·西域傳·烏孫國》：「馮夫人錦車持節，詔烏就屠詣長羅侯赤穀城，立元貴靡爲大昆彌，烏就屠爲小昆彌，皆賜印綬。」

⑤懷清：秦始皇以巴寡婦清爲貞婦，爲之築懷清臺。後因以「懷清」比喻婦女貞潔。

哭劉與鷗少司馬①

其一

哀豈一年事，勞心及草蟲②。舉朝資格内，自古涕洟中。矢竭瘡痍怒，顏生沙木紅。

衆人應富貴，生死不須同。

其二

吊盡中原客，惟兹獨夏春。風塵寧識變，卜筮願趨凶。一慟君臣合，三軍文法從。聲名非此日，白雪爛心胸。

其三

豈爲蓬飛盡，精神到土荄。星高狼未滅，風起鳥先乖。戰氣存中國，彈文祭白霾。底今説不死，指點墓皇媧。

其四

僕僕花光絶，深寒陣夜開。書生非好事，明主正求才。雄毅猶堪鬼，岨峨不是臺。經年多歎息，知者在行枚。

其五

曠覽平原忽，閑題亦少歡。殺傷變風鶴，忠義感壺簞。但願朝廷重，寧求物論寬。一時長往獨，今尚愧居官。

其六

朋友關廊廟，同憂未可閑。長歌别漢月，攜手上燕山。慈母知牽袂，匈奴羞閉關。敢言薦士闊，談笑壓清班。

其七

不識巖關冷，單車斷繳矰。冰聲弦下響，獸骨月中崩。髭髮歸君父，功名任友朋。武宫何處築，古樹正堪憑。

其八

洒淅風前髮，綦巾獨一男。奇忠原混沌，到死賤包含。攬轡山河在，澆墳蠅蚋貪。不知泉下意，留得後人慚。

其九

白髮萬里送，孤兒歲未占。貧窮貽後死，慷慨出群嫌。峽怒天心動，人歸江色添。依然舊園里，碑版露方霑。

其十

歷落追前路，斯人日月監。招魂經楚蜀，遺草謝譏讒。莫飲荆軻酒③，空留司馬衫④。徘徊詠《梁甫》，魂魄廟前杉。

【繫年】

崇禎三年劉之綸戰死，據「哀豈一年事，勞心及草蟲」詩語，復據前後詩作時，可知本詩蓋作於崇禎五年（一六三二）在京時。

【箋注】

①此哭祭劉之綸。本組詩其一、其四、其九入選陳濟生《天啓崇禎兩朝遺詩》卷七《張天如詩》。劉之綸，字元誠，號與鷗。詳見《合集·近稿》卷五《劉少司馬傳並贊》。

②勞心：憂心。《詩·齊風·甫田》：「無思遠人，勞心忉忉。」草蟲：泛指草木間昆蟲，叫聲悲凉。曹丕《雜詩》之一：「草蟲鳴何悲，孤雁獨南翔。」

③荆軻：戰國末著名刺客。至燕，人稱荆卿。燕太子丹奉爲上客，銜命入秦刺秦王嬴政，事敗被殺。事見《史記·刺客列傳》。庾信《詠懷》詩之二六：「秋風别蘇武，寒水送荆軻。」

④語本白居易《琵琶行》末句：「座中泣下誰最多？江州司馬青衫濕。」此用以形容悲傷淒切。

送王耕玄讞獄江南①

楚相崇車今兩騑，一天慈雨湛幽扉。書因向毀修王命，子曰吴生詘吏威。射鳥細微勤溉濯，治門高大應先幾。江南衰草逢君緑，行道無人着赭衣②。

【繫年】

據《明史》本傳「崇禎四年進士。除刑部主事，改御史」，復據前後詩作時，可知本詩蓋作於崇禎五年（一六三二）在京時。

【箋注】

① 此送同年王肇坤讞獄江南。王肇坤，字亦資，號耕玄。詳見《合集·近稿》卷四《王耕玄文訣序》注。

② 赭衣：古代囚衣。因以赤土染成赭色，故稱。

送徐九一太史用宋九青韻〔一〕①

觀則三資備②，憂時入歲深。文章爾我事，號笑古今心。直道先難進，高名不易任。鄉邦勤報問，此日念光陰。

其二

切切心經路，悲歌感至仁。寧親惟愛國，擇友正防身。情性存兼尚，江湖懼失真。行囊自簡點，猶恐帶微塵。

其三

不爲離樽劇，予歸亦效尤。朝廷容介士，文字直清秋。識到應無和，身寬自有儔。篋中書未竟，良友勖剛柔。

其四

讀史於今切，居官義更尊。行藏雖早辨，憂樂總難言。細過承提命，粗安賴慰存③。亦知相見即，不解淚潺湲。

【校記】

〔一〕目録原無「用宋九青韻」，據正文補。

【繫年】

崇禎五年（一六三二）秋，徐汧奉母歸鄉，張溥以詩送之。

【箋注】

①此次宋玫韻送別徐汧。《明史》卷二六七《徐汧傳》載：黄道周貶官，倪元璐請以己代謫，徐汧「上疏頌道周、元璐賢，且自請罷黜，帝詰責汧。……汧尋乞假歸。」崇禎四年至五年入翰林院時期，張溥與徐汧交往頗密（《續集·吴澄所孺人六十壽序》）。四年冬，張溥母來京後不久，徐汧母亦來京，兩位老人「相見邸中，歡若平生」，「歲時伏臘，兩家子各具衣冠拜母，旅居遠不數武，婢媪問聞無日間」（《近集·祭徐伯母文》）。五年秋，徐汧夫人病亡，張溥與母往吊。不久，徐汧奉母歸鄉，張溥亦以送母請歸，欲與徐汧乘舟共歸，因有事相阻，徐汧先去（《近集·祭徐伯母文》）。

②三資：指地廣、民富、德博。《史記·張儀列傳》：「司馬錯曰：『臣聞之，欲富國者，務廣其地；欲强兵者，務富其民；欲王者，務博其德。三資者備，而王隨之矣。』」

③粗安：謂疾病基本痊癒。

送徐克勤南還①

信是南舟不可同，朝來猶問菊花風。辛勤送月惟樓上，容易揮鞭最客中。數到知心路更狹，話成歸色雁仍空。嘉朋努力徵書至，莫向春雕辨拙工。

【繫年】

據前後詩作時，可知此詩作於崇禎五年（一六三二）在京時。

【箋注】

①徐時勉，字克勤。太倉州嘉定人。復社成員。嘉慶《直隸太倉州志》卷三十一《人物》：「徐時勉，字克勤。恂五世孫。崇禎初歲貢生，授澄城令。刻勵清操，欲除猾吏，反爲所中，落職。臨行，邑紳孫弼明贈麥六斗，曰：『此非交際禮，爲使君數日糗糧耳。』歸而僦居城中，精《毛詩》，學者宗之。」朱彝尊《静志居詩話》卷十九：「克勤復社耆宿，注名特用榜中，與陳孝廉瑚、歸處士莊，敦高尚之節，亦不媿是科者。」

送張太羹父母之華亭①

家山洒拭聽車音，秋重停瀾看此岑。舊籍水田百姓力，新年花木使君心。資文閒暇真良歲，開閣光輝盡雅琴②。莫厭朔風寒幕急，聲名先到陌頭禽。

【繫年】

據乾隆《華亭縣志》卷八《職官·知縣》張調鼎崇禎六年任華亭知縣，兼據前後詩作時，本詩作於崇禎五年（一六三二）秋冬在京時。

【箋注】

①此送同年張調鼎赴任華亭知縣。張調鼎，字太羹，福建歐寧人。乾隆《華亭縣志》卷八《職官·知縣》：「張調鼎太羹，福建歐寧人。辛未進士，崇禎六年任。」光緒《松江府續志》卷二十一：「張

調鼎，字太羹，歐寧人。崇禎四年進士，任華亭知縣。時鹺政不修，袁浦場丁蕩不及下沙五場之一，而産瘠課肥爲積弊。乃條上其事，課從蕩徵，民困始甦。七年，與郡守方岳貢議築捍海石塘，心計手畫，孚衆以誠，擇人以任，不期年告成。陸禮部主事，諸生何國楫等爲立生祠，郡人徐禎稷撰記勒石。」

②開閣：漢公孫弘爲宰相，「起客館，開東閣以延賢人，與參謀議」。見《漢書·公孫弘傳》。後以「開閣」指大臣禮賢愛士。

送趙餘不給諫歸里①

高深進退總難承，遷客於今事亦恒。不向篋留冰一片，且宜巾漉酒三升②。微心静夜呼天地，逆旅孤臣念股肱。潦草報籖安可問，叢湖新月待君曾。

【繫年】

據《明史》本傳，崇禎五年，趙東曦奉使還里，可知此詩作於崇禎五年（一六三二）在京時。

【箋注】

①趙東曦，字馭初，别號餘不，上海人。《明史》卷二百五十八《趙東曦傳》：「東曦，字馭初，上海人。萬曆四十七年進士。崇禎五年由知縣入爲刑科給事中，請興屯塞下，以充軍用，不報。適宣塞有私和事，王坤時監宣餉，且請代。東曦上言：『宣塞失事，陛下赫然震怒，逮巡撫沈棨，罷本

兵熊明遇。乃監視王坤方會飲城樓，商榷和議，邊臣倚庇，欺蔽日甚。坤不得辭扶同罪，反侈邊烽已熄爲己功，且請代。夫内臣之遣，陛下一用之，非不易之典。今即盡撤之，猶謂不早。坤顧請代，圖彌縫於去後。願陛下正坤罪，撤各使還京。』帝言：『宣鎮擅和，實坤奏發，何謂欺隱？』調東曦外任，謫福建布政司都事。異時呈潤起官，以光禄署丞終。良機起光禄典簿，終南京吏部主事。東曦稍遷行人司正、禮部郎中，奉使還里。福王時，召東曦爲給事中，曰輔爲御史，而二人者皆已死矣。」周之夔《棄草文集》卷六《閩縣侯趙餘不父母去思碑》，可參。

② 且宜巾濾酒三升：《宋書》卷九十三《陶潛傳》：「郡將候潛，值其酒熟，取頭上葛巾漉酒，畢，還復著之。」

姚節母詩①

美命深嘉被白珉，道風清自柏舟人②。試言水跌歡仍獨，差喜鸞回禮不貧。少節檄來修俎豆③，尚宫書在肅几巾。高門里巷争矜式④，玉燕飛還日日春⑤。

【繫年】

據前後詩作時，此詩蓋作於崇禎五年（一六三二）在京時。

【箋注】

① 姚節母，聯繫下詩，蓋爲姚宗典母。

②柏舟：本爲《詩·鄘風》篇名。《毛序》：「《柏舟》，共姜自誓也。衛世子共伯蚤死，其妻守義，父母欲奪而嫁之，誓而弗許，故作是詩以絶之。」後因以謂喪夫或夫死矢志不嫁。

③毛義，字少節。劉珍《東觀漢記》卷十五《毛義傳》：「廬江毛義，性恭儉謙約，少時家貧，以孝行稱。南陽張奉慕其名，往候之。坐有頃，府檄適至，以義守令。義奉而入白母，喜動顔色。」

④矜式：敬重和取法。《孟子·公孫丑下》：「我欲中國而授孟子室，養弟子以萬鍾，使諸大夫、國人皆有所矜式。」

⑤玉燕：傳説中預兆生育貴子之白燕。張元幹《瑶臺第一層》：「鳳凰臺畔，投懷玉燕，照社神光。」

送姚文初南還①

昨年此日歎蓬分，蕭瑟今朝又送君。但説古人行止事，益憐吾輩合離群②。天心地力知難問，酒氣花光不可聞。勉勉四方懷爾志，立身豈獨在榮文。

其二

念子鴻飛或有因③，浩然端不戀秋蒓。親朋散盡惟餘我，歲月凋殘亦避人。夢裏聞歸魚鳥亂④，眼前臨别是非真。舟行且莫投錢飲⑤，道義間關尚未淪。

【繫年】

據前後詩作時，此詩蓋作於崇禎五年（一六三二）在京時。

【箋注】

①此送姚宗典南還。姚宗典，字文初。姚希孟子。詳見《初集》卷一《陳威如稿序》注。

②合離：聚合與分離。《管子·侈靡》：「夫運謀者，天地之虚滿也，合離也，春秋冬夏之勝也。」

③鴻飛：鴻雁遠翔，比喻超脱塵世。孟浩然《同曹三御史行泛湖歸越》：「杳冥雲外去，誰不羡鴻飛。」

④魚鳥：指夢境。語本《莊子·大宗師》：「夢爲鳥而厲乎天，夢爲魚而没於淵。」

⑤投錢飲：趙岐《三輔决録·飲馬》：「安陵道者，有次仲仙，飲馬渭水，每投三錢。」後用爲清介、不妄取之典。

送周梅骨將軍①

其一

縱横星屐未輕投，一半模糊山色浮。漫唱《六州》河上别②，將軍猶自着羊裘③。

其二

高秋一葉是南郵，爲賦平原生百憂。脱却裳甲瘢未老，荻廬聲裏看吴鈎④。

【繫年】

據黄宗羲《讀蘇子美哭師魯詩次其韻哭沈眉生》「癸酉急友難」，兼據前後詩作時，此詩蓋作於崇禎五年（一六三二）在京時。

【箋注】

①周梅骨，爲沈壽民好友、陳仁錫所取士。黄宗羲《南雷集》卷八《徵君沈耕巖先生墓誌銘》：「耕巖重然諾，一切皆有至性。友人周梅骨死海外，其子幼，耕巖渡海葬其骨。」陳仁錫《無夢園初集·勞集四·梅骨周子北征序》：「梅骨周子，余戊辰取士。虜薄城，鉅帥失利。三十書生應之詔書，突圍得當報。長身玉立，夾紅砲良涿間，且偵且戰，碌碌隨行八十輩，舌呿不敢出氣，則徒步請益護。間行良鄉，設疑遁走虜，比格鬥北關，從者四人戰死，生戰不休。虜大怒，引滿中生右腕，左執刀提虜首。虜怒益甚，復中其胸，又中其脅，出臍，墮馬，僵卧冰上。虜不加刃矢去。晨起，扶創，跡四人屍，拾部文於骸骨草莽中。抵西山龍泉寺，逢掠騎剥衣裳，瀕死不死者再。」本詩其一入選陳濟生《天啓崇禎兩朝遺詩》卷七《張天如詩》。

②六州：樂曲名。《文獻通考·樂考十九》：「本朝鼓吹，止有四曲：《十二時》《導引》《降仙臺》並

《六州》爲四。每大禮宿齋或行幸，遇夜每更三奏，名爲警場。……政和七年，詔《六州》改名《崇明祀》，然天下仍謂之《六州》，其稱謂已熟也。」

③羊裘：漢嚴光少有高名，與劉秀同遊學，後劉秀即帝位，光變名隱身，披羊裘釣澤中。見《後漢書·嚴光傳》。後因以「羊裘」指隱者或隱居生活。

④吴鈎：鈎，兵器，形似劍而曲。春秋吴人善鑄鈎，故稱。後泛指利劍。

送董別駕①

南國山川是舊遊，爲君再築一芳洲。聲名日月宜三事②，家世文章在九州。蔣子廟中多感慨，鵝群帖内自公侯③。若逢海上徵玄客，投轄如何肯割溝④。

【繫年】

據前後詩作時，此詩蓋作於崇禎五年（一六三二）在京時。

【箋注】

①董別駕，待考。曹學佺《石倉歷代詩選》有《送荆州董別駕之任用前韻》：「滁陽參牧幾經春，佐郡遥看牧楚人。沙柳色迷熊軾暗，渚花香浥鷺袍新。雲連峽樹通西蜀，月出江梅見北辰。公暇有懷堪吊古，好傾寒渌奠春申。」

②三事：指正德、利用、厚生。《書·大禹謨》：「六府三事允治。」孔穎達疏：「正身之德，利民之

用，厚民之生，此三事惟當諧和之。」

③ 鵝群帖：世傳爲王羲之子獻之手筆，實爲南朝宋以後好事者傅會王羲之寫《道德經》換鵝事所僞造。

④ 投轄：《漢書·陳遵傳》：「遵嗜酒，每大飲，賓客滿堂，輒關門，取客車轄投井中，雖有急，終不得去。」後以「投轄」指殷勤留客。

送楊惟節學博①

作客不禁歲，離群何可聞。樂憂有汝在，日月自今分。公論無高爵，時名且好文。在南風氣淺，師席久遲君。

其二

薄宦曾相最，饑寒識聖恩。江山原寡事，書卷自無言。雖作諸生長，還知百姓尊。人倫粗踐履，智者在其門。

【繫年】

據楊以任崇禎辛未中進士，辭縣職，改應天教授，可知本詩作於崇禎五年（一六三二）在京時。

【箋注】

① 此送同年楊以任赴任應天。楊以任，字維節，號淡餘。詳見《續集》卷六《楊剛慧居士墓誌銘》注。

送姚現聞先生南篆①

大車今日發②，蘭簡德音充③。吾道無南北，天心豈異同。四朝典禮内，萬事史書中。後進資嚴則，馮高望九峻。

其二

白日初回照，弘人已抗蹤。鈴聲或緩急，鵲語正從容。欲識山中詔，先開天下冬。到今依輦轂，夢裏辨疏鐘。

其三

發發風非昔④，斯言未敢渝。憂危無美仕，出處見真儒。一月冰霜甚，頻年志力輸。音來不斷絶，何以筮《中孚》⑤。

其四

恩深怯此送，花暖不知功。去後存王國，歸來問我躬。文章容嫉妒，山澤賴疏通。但恐明規遠，微心蒙復蒙。

【繫年】

據張世偉《自廣齋集》卷十三《詹事府少詹事兼翰林院侍讀學士現聞姚公傳》「癸酉歲，除南中」，兼據前後詩作時，可知此詩作於崇禎五年（一六三二）在京時。

【箋注】

①此送姚希孟赴任南京翰林院少詹事。《明史·姚希孟傳》：「（崇禎）三年秋，與諭德姚明恭主順天鄉試。有武生二人冒籍中式，給事中王猷論之，遂獲譴。希孟雅爲東林所推，韓爌等定逆案，參其議。群小惡希孟，謀先之。及華允誠劾温體仁、閔洪學，兩人疑疏出希孟手，體仁遂借冒籍事修隙，擬旨覆試，黜兩生下所司，論考官罪，擬停俸半年。體仁意未慊，令再擬。希孟時已遷詹事，乃貶二秩爲少詹事，掌南京翰林院。」倪元璐亦作《送姚孟長前輩赴南中》，可參。

②大車：指大夫所乘之車。《詩·王風·大車》：「大車檻檻，毳衣如菼。」毛傳：「大車，大夫之車。」

③德音：對別人言辭之敬稱。《魏書·宗欽傳》：「足下兼愛爲心，每能存顧，養之以風味，惠之以德音。」

④發發：風吹迅疾貌。亦象疾風聲。《詩·小雅·四月》：「冬日烈烈，飄風發發。」鄭玄箋：「發發，疾貌。」

⑤中孚：卦名，卦形爲兑下巽上。《易·中孚》：「中孚，豚魚吉，利涉大川，利貞。」孔穎達疏：「信發於中，謂之中孚。」後因以「中孚」指誠信。

題曾夫子侍母讀書圖①

梅花日光來獨居，照見春秋百國書。誰攜誰持夜教讀，琴策綦巾母氏廬。素髮儀刑女士師，自開宗塾增高車。燭跋不蔽青藜輝，方名上至古几蘧②。荔枝盧橘家所有，論文詠史兼岳璩。南衙朱衣紛前驅，未若武城一子輿③。帳中畫字東壁形，韋母《周官》代雉腒④。將染菱汁遺子孫，玉堂西畔萬卷餘。山公啓事天下聞⑤，韓姞於今遜燕譽⑥。

【繫年】

據前後詩作時，此詩蓋作於崇禎五年(一六三二)在京時。

【箋注】

①曾夫子：曾參。《史記》卷六十七《仲尼弟子列傳》：「曾參，南武城人，字子輿。少孔子四十六歲。孔子以爲能通孝道，故授之業。作《孝經》。死於魯。」

②几蘧：傳説中之古帝王名。《莊子·人間世》：「伏羲、几蘧之所行終，而況散焉者乎！」

③ 武城二子輿：曾參，字子輿，南武城人。

④ 《晉書》卷九十六《列女傳》：「堅嘗幸其太學，問博士經典，乃憫禮樂遺闕。時博士盧壼對曰：『廢學既久，書傳零落，比年綴撰，正經粗集，唯《周官禮注》未有其師。竊見太常韋逞母宋氏世學家女，傳其父業，得《周官》音義，今年八十，視聽無闕，自非此母無可以傳授後生。』於是就宋氏家立講堂，置生員百二十人，隔絳紗幔而受業，號宋氏爲宣文君，賜侍婢十人。《周官》學復行於世，時稱韋氏宋母焉。」

⑤ 山公啓事：晉山濤甄拔人物之啓奏。《晉書·山濤傳》：「濤再居選職十有餘年，每一官缺，輒啓擬數人，詔旨有所向，然後顯奏，隨帝意所欲爲先。……濤所奏甄拔人物，各爲題目，時稱『山公啓事』。」李商隱《贈宇文中丞》：「人間只有嵇延祖，最望山公啓事來。」

⑥ 燕譽：安樂。《詩·大雅·韓奕》：「慶既令居，韓姞燕譽。」朱熹集傳：「燕，安；譽，樂也。」

題畫美人

莫言蕉葉竟無花，指下新聲自攫拏。忽報園中名果落，詞人錯欲認琵琶。

其二

自小矜莊是內衙，博山贏得佛前茶①。真人不向丹青立，猶恨朦朧隔一紗。

【繫年】

據前後詩作時，此詩蓋作於崇禎五年（一六三二）在京時。

【箋注】

① 博山：博山爐之簡稱。鮑照《擬行路難》之二：「洛陽名工鑄爲金博山，千斲復萬鏤，上刻秦女攜手仙。」

送宋九青奉伯母諱奔祥符①

荒忽君哀甚②，參差吾道窮。兄弟俱散盡，天地孰爲同。五十年非夭，三生願竟空。南州芻一束③，落寞限西風。

其二

霰雪無端下，東來訊使從。呱呱任兒女④，力力怯秋冬⑤。魚索因風斷，琴刀向夜封。憂經塗百折，不寐且聞鐘。

其三

但惜攜持獨，誰言衣帶寬。亂離多短折，生死出艱難。壯歲逢今日，傷心在一官。紛飛看征鳥，不敢寄平安。

其四

宦遊輕遠別，明晦不能通⑥。變出饑寒外，喪聞盜賊中。家人知學禮，明主願求忠。伯仲欒欒者⑦，親恩無始終。

【繫年】

據計六奇《明季北略》卷十八《宋玫殉節》「玫登天啓乙丑進士，初令柘城，尋調杞縣。以治行高等，與開封司理張瑶爭考選，得吏科給事中。抗章正色，旋丁艱歸。服闋，補職。崇禎丙子，偕吴偉業主試湖廣」，兼據前後詩作時，則宋玫奔母喪應在崇禎五年，張溥此詩即作於此時。

【箋注】

① 此送宋玫奔母喪。宋玫，字文玉，號九青。詳見《續集》卷六《吏科給事中宋公柱石墓誌銘》注。本詩其一、其三入選陳濟生《天啓崇禎兩朝遺詩》卷七《張天如詩》。

② 荒忽：神思不定貌。

③ 南州：泛指南方地區。《晉書·羊祜傳》：「南州人征市日，聞祜喪，莫不號慟。」

④ 呱呱：形容哀哭聲。

⑤ 力力：象聲詞，歎息聲。《晉書·五行志中》：「明帝太寧初，童謡曰：『惻惻力力，放馬山側。大

馬死，小馬餓。高山崩，石自破。』」

⑥ 明晦：人世與陰間。

⑦ 欒欒：身體瘦瘠貌。《詩·檜風·素冠》：「庶見素冠兮，棘人欒欒兮。」毛傳：「欒欒，瘠貌。」錢謙益《祭徐元晦母王夫人》：「欒欒元晦，呼號罔極。」

題西園小集圖

不圖烟雨後，再見米家山①。酒奕同蕉醉，珠妝笑石頑。書顛宜竹下②，僧老在花間。歷落攜琴伴③，泉聲共此閒。

【繫年】

據前後詩作時，此詩蓋作於崇禎五年（一六三二）在京時。

【箋注】

① 米家山：宋米芾善以水墨點染寫山川巖石。其子友仁繼承家學，並在山水技法上有所發展。世因稱其父子所畫山水爲「米家山」。

② 書顛：指唐代書法家張旭。旭嗜酒，每大醉，呼叫狂走，乃下筆；或以頭濡墨而書，當時呼爲張顛。

③ 歷落：磊落，灑脱不拘。《晉書·桓彝傳》：「顗嘗歎曰：『茂倫嶔崎歷落，固可笑人也。』」

七録齋詩稿卷二

婁東張溥西銘著

和洪半石公祖惠泉詩①

擲杖松邊欲變烟，銷寒不盡任涓涓。風來送友忘清酒，山亦成聲註《太玄》。別調遥同秋水讀，餘香静向白魚憐。斟成《騷》《雅》峰頭坐，何必芳洲杜若搴。

其二

聽到清微水亦然，石心日夜與雲連②。山川閒暇兼千卷，魚鳥從容第一天。響落高巖侵薜閣，溪生小雨上花船。疊來桐葉多蕭放，香仞飛來月欲濺。

其三

相逢寂寂在花前，叩出寒山詩百篇。車馬隔牆松影避，烟霞拂谷水光圓。壺中凍玉飛成雪，閣外流雲看作禪。早去放衙登别岫③，茶園好破使君錢。

其四

暇豫資香人境偏，幽寒一片是花邊。莊周愚谷無妨水，陸羽《茶經》先試泉④。橘柚多年聽雨落，桐杉長夏待雲眠。邀歸明月秋將漏，冰骨空山護碧荃。

【箋注】

①此和洪周禄詩。洪周禄，字半石，黄岡人。乾隆《黄岡縣志》卷十一：「洪周禄，字半石。天啓壬戌進士，知常州府。解綬歸里，肆志詩文。行草書妙絶一時。急難好施，鄉里德之。年七十餘，卒。」張雨《張雨集》卷三《惠山茶》詩題前小字注：「憶昔黄州洪半石先生守毗陵時，欲改惠泉爲第一泉，首唱近體詩六首，索余次韻。讀《貞居游惠山寺》一篇，喜三百年前早有同心。」譚元春有《吴郁卿司理毗陵遺使贈詩兼示與太守洪半石唱和惠泉五首感答古詩一章》，可參。

②石心：喻指堅定的意志。《晉書·隱逸傳·夏統》：「又使妓女之徒服袿襹，炫金翠，繞其船三匝，統危坐如故，若無所聞。充等各散曰：『此吴兒是木人石心也。』」

③放衙：屬吏早晚參謁主司聽候差遣謂之衙參，退衙謂之「放衙」。

④唐陸羽《茶經》三卷，主要論述茶之源流、煮茶器具及方法等。

過虞山周叔夜清遠樓賦贈①

野望青無窮，微風不知響。登樓思古人，春來草木廣。淙淙聞泉鳴，八窗静群想。山高亦胡爲，羽儀寄栗橡。閑得几席遊，不費輆一綳。捫蘿石磴空，好鳥決塵坱。紛峰勢疾奔，忽然止牖上。塔影豈日中，冥棲形亦往。築室欲守琴，月出助慨慷。晴雨或異時，半壁起幽敞。開閣烟物翩，三徑花自養②。延竚雲未遲③，壺公闢方丈④。深林天地密，賴兹一洗蕩。吾將攬紫雯，結聲歸竹杖。

【箋注】

① 周思兼，字叔夜，號萊峰，松江華亭人。《明史》卷二百八《周思兼傳》：「周思兼，字叔夜，華亭人。少有文名。嘉靖二十六年進士。除平度知州。躬巡郊野，坐籃輿中，攜飯一盂，令鄉民以次舁行。因盡得閭閻疾苦狀，悉蠲除之。……入覲，舉治行第一，當遷。州人走闕下以請，乃復留一年。擢工部員外郎，督臨清磚廠，士民遮道泣送。……遭内艱去官，不復出。居久之，起廣西提學副使，未聞命而卒。」

② 三徑：趙岐《三輔决録・逃名》：「蔣詡歸鄉里，荆棘塞門，舍中有三徑，不出，唯求仲、羊仲從之遊。」後以「三徑」指歸隱者之家園。

③ 延竚：久立，久留。《楚辭・離騷》：「悔相道之不察兮，延佇乎吾將反。」王逸注：「延，長也；

佇，立貌。」

④壺公：《雲笈七籤》卷二八引《雲臺治中録》：「施存，魯人。夫子弟子，學大丹之道三百年，十鍊不成，唯得變化之術。後遇張申，爲雲臺治官。常懸一壺，如五升器大，變化爲天地，中有日月，如世間，夜宿其内，自號『壺天』，人謂曰『壺公』。」

送何玄子權關歸里①

揮忽風烟一歲中②，關車嘒嘒斷飛鴻③。談家自昔推前輩，物力於今賦大東④。性本清饒河瘞壁，書成玄白酒消蟲。逢人可説愁將税，微願猶堪格地通。

【箋注】

①何楷，字玄子。詳見《續集·别集》卷一《何玄子易詁序》注。《合集·詩稿》卷一有《送何玄子之滸墅》。

②揮忽：倏忽，飄忽。張説《江路憶郡》：「水宿厭洲渚，晨光屢揮忽。」

③嘒嘒：形容清亮之聲。《詩·小雅·采菽》：「其旂淠淠，鸞聲嘒嘒。」孔穎達疏：「其此君子車服旌旂則淠淠然動得宜，其車馬鸞鈴之聲，又嘒嘒然鳴中節。」

④大東：《詩·小雅·大東》：「小東大東，杼柚其空。」《毛序》：「東國困於役而傷於財，譚大夫作是詩以告病焉。」

送弟無近入長安對策①

愁看直北意何如②，春色銷殘野外車。久信壯遊才子事，獨憐各地古人書。朝廷待汝方開策，兄弟頻年好説余。從此拂樽知分淺，高秋賴得慰倚閭③。

其二

長安花木正光輝，怯對青山暮色飛。人自南來梅後訊，賦從天落鏡中薇。四方多事干旄勁，靜夜連床風雨違。大手文章今日始，鴻征可似素絃揮④。

【繫年】

據《合集·無近弟稿序》「昨予客燕，無近弟日念予，欲予歸。予歸不兩月，弟車且北矣」，可知崇禎六年（一六三三）正月，弟張王治入京應試，張溥以詩送之。

【箋注】

① 張王治，字無近，號敉庵。詳見《初集》卷四《趙荆璞先生六十序》注。

② 直北：正北，此代京城。杜甫《小寒食舟中作》：「雲白山青萬餘里，愁看直北是長安。」

③ 倚閭：謂父母望子歸來之心殷切。樓鑰《送瀟宰富陽》：「三年待汝歸，二親真倚閭。」

④嵇康《兄秀才公穆入軍贈詩》：「目送歸鴻，手揮五絃。俯仰自得，游心太玄。」

贈宋澄嵐次許孟宏韻①

千里人來月未出，兩三並首一燈花。書能催酒平生集，雲欲遲君石徑斜。念到國都皆我事，坐皆兄弟豈天涯。汝南試發陽秋句，學行同塗説大家②。

【繫年】

據前後詩作時，可知此詩作於崇禎六年（一六三三）。

【箋注】

①宋繼澄，字澄嵐，號萬柳居士。詳見《初集》卷一《宋宗玉稿序》注。許元溥，字孟宏。詳見《初集》卷六《楊公幹紀略》注。

②同塗：同歸，歸宿相同。《文選·劉琨〈答盧諶〉詩》：「天地無心，萬物同塗。」

送許仲嘉先生入朝①

朝聞旌命出城闉，簪筆於今説漢臣。花到春深添護使，雲隨客去卧關津。諸生學禮皆登座，天子談經好作賓。一路烟光懷袖事，同官慰藉問清晨。

其二

江南蚤發未風塵，官柳開時大路遵。欲訊天邊懷壯日，相逢闕下説生民。文傳白海香能返，心繫青蒲事漸真。車騎都門夾道看，笋蔬不異舊年人。

【繫年】據《天啓二年壬戌科進士履歷》「癸酉升右中允」，兼據前後詩作時，此詩作於崇禎六年（一六三三）。

【箋注】

①許士柔，字仲嘉，號朗庵，一號仲知。創拂水山房社。其子許瑶入復社。《明史》卷二百一十六《許士柔傳》：「許士柔，字仲嘉，常熟人。天啓二年進士。改庶吉士，授檢討。崇禎時，歷遷左庶子，掌左春坊事。」《天啓二年壬戌科進士履歷》：「許士柔仲知。《禮記》。乙未四月初六日生，常熟人。戊午鄉試六十五名，會試二百七十六名，三甲二百七十七名。吏部政，改庶吉士。甲子授檢討。乙丑養病。戊辰補原職，升侍講誥敕撰文，經日講。辛未順天同考。癸酉升右中允。甲戌升右諭德。乙亥經筵講官，升右庶子，掌右春坊印。丙子升南祭酒。丁丑降。辛巳補尚寶司丞。壬午升少卿，告病。」

送王康宇公祖督運入京①

百里聲光四望同，聞吹曉鶬入烟紅。名登日月王公宅，天賦資糧瓠子宫。夙夜簡書催騎發，東南民力鑿山通。北征好慰群鴻雁，鞠瘁臣心貫白虹②。

【繫年】

據前後詩作時，此詩應作於崇禎六年（一六三三）家居時。

【箋注】

① 王象晉，字藎臣，又字康宇。詳見《合集·近稿》卷六《群芳譜序》注。

② 諸葛亮《後出師表》：「臣鞠躬盡力，死而後已，至於成敗利鈍，非臣之明所能逆睹也。」《史記·魯仲連鄒陽列傳》：「昔者荆軻慕燕丹之義，白虹貫日，太子畏之。」裴駰集解引應劭曰：「精誠感天，白虹爲之貫日也。」

壽吴愓庵中翰六十①

玉箸生身拜帝宫，松心練潔水山通。著書不厭推司馬，烹藥何須問葛洪。養目精神多罨藹，德門風氣半崆峒。詩人今更歌麟角②，《萬畢》篇中歲月同③。

【繫年】　據前詩作時，此詩應作於崇禎六年（一六三三）家居時。

【箋注】

①此吴愓庵非吴昜（吴昜卒年三十五歲），爲陸獻明姻家。《合集·近稿》卷一《壽冏卿陸太和先生七袠序》：「中翰吴公愓庵，先生之姻家，欲壽先生而問言於某。」中翰：明、清時内閣中書之别稱。

②麟角：麒麟之角。《詩·周南·麟之趾》：「麟之角，振振公族。」後因以「麟角」指宗藩之盛。

③萬畢：蓋爲《淮南王萬畢術》，漢劉安撰，一卷。《舊唐書·經籍志》《新唐書·藝文志》收入子部五行類。

蕭閒堂春集紀事①

酒呼盡夜不知寒，道義風來生羽翰。半是吴中憐舊雨②，豈從海内説高官。星光照見三年近，花氣驚迴一别難。相守菰蓬衣袖在，清時未肯爲名寬。

其二

一家風物事堪存，坐久庭深忘語言。霜雪弗疑惟我輩，文章大抵屬中原。懸知月落呼君出③，載得情多厭禮繁。群酌高經脩典意，詩人不易獨乾坤。

【繫年】

據前後詩作時，此詩應作於崇禎六年（一六三三）家居時。

【箋注】

① 蕭閒堂，萬曆《丹徒縣志》卷四：「蕭閒堂，在丹陽館北河岸，宋置。」

② 舊雨：杜甫《秋述》：「常時車馬之客，舊雨來，今雨不來。」後以「舊雨」代稱老友。

③ 懸知：料想，預知。

孟夏同孟樸與游孟宏訪扶九與游詩成次韻①

煖夜風開月下波，觴行如水拂春蘿。香深翦句疑無敵，酒重聞聲喚奈何。次第綏山桃有客②，珊殘蘭藹墨成娥。今朝輪却湖光滿，且共黄冠學釣蓑③。

其二

勝友何如十五城④，烟中簇樹盡聞鶯。連翩好夜文章集，静坐無風山水鳴。閑説大堤花未半，擬將入道月初生。塵心不滅臙脂惜，黄竹歌殘問紫荆。

【繫年】

據詩題及前後詩作時，此詩蓋作於崇禎六年（一六三三）孟夏。

【箋注】

①此次韻與游詩記孟夏同孫淳、王志慶、許元溥訪吴翾。孫淳，字孟樸。詳見《初集》卷一《五經徵文序》注。王志慶，字與游。詳見《續集》卷二《許孟宏稿序》注。許元溥，字孟宏。詳見《初集》卷六《楊公幹紀略》注。吴翾，字扶九。詳見《初集》卷三《國表序》注。

②綏山桃：古代傳説仙桃。劉向《列仙傳·葛由》：「葛由者，羌人也。周成王時，好刻木羊賣之。一旦騎羊而入西蜀，蜀中王侯貴人追之上綏山，綏山在峨嵋山西南，高無極也。隨之者不復還，皆得仙道。故里諺曰：『得綏山一桃，雖不得仙，亦足以豪。』」

③黄冠：此代指農夫野老。

④十五城：《史記·藺相如傳》：「趙惠文王時，得楚和氏璧。秦昭王聞之，使人遺趙王書，願以十五城請易璧。」

登沈聖符蕊香閣次與游韻①

山水無穿鑿，馮高選勝宜。開窗來白月，灌木及蹲鴟②。還往雲如客，清和稻早旗。從兹得花理，何必借君楷。

其二

一徑偕春發，人來閣自然。緑牀池上石，花國橘中仙。飛酒難爲午，留儂别有船。秋期先叢桂③，切切慎江邊。

其三

狼籍看零露，攀晴烟不收。菱塘西子鏡，越國采蓮謳。淺坐斟清暑，乘風訪白鷗。更驚林木響，羅襪一登舟。

其四

自此疑幽盡，支峰别作林。名書宜石丈，小閣賴花陰。有客魚争出，無山家更深。主人成約久，春向緑橋尋。

【繫年】　據前後詩作時，此詩應作於崇禎六年（一六三三）夏。

【箋注】

①此次王志慶韻記登沈應瑞蕊香閣。沈應瑞，字聖符，號介軒。詳見《初集》卷三《國表序》注。

②蹲鴟：大芋。因狀如蹲伏之鴟，故稱。左思《蜀都賦》：「坰野草昧，林麓黝儵，交讓所植，蹲鴟所伏。」劉逵注：「蹲鴟，大芋也。」

③秋期：秋試日期。

張公墩同望①

是處空濛不送春，湖中平涉得清新。萬邨風静舟常繫，一磬聲傳魚未嗔。烟趁荻生迎返照，人披蓑去煮江蘋。再尋高迴群天近②，今日溪源豈姓秦。

【繫年】

據前後詩作時，此詩應作於崇禎六年（一六三三）。

【箋注】

①張公墩，位於無錫梅里。沈永溢《同訥齋兄梅里看花》：「張公墩畔草青青，片片飛花點緑萍。」

②高迴：高遠，極高。

柳塘夜泛

新月横舟拂岸來，萬家烟木向詩裁。人當酒後尋空歷，聲入林中變溯迴。枕籍不知白鶴過，橈呼正值野花開。溪頭好聽孫登嘯①，叢徑漁罾掛一杯。

【繫年】

據前後詩作時，此詩應作於崇禎六年（一六三三）家居時。

【箋注】

① 孫登嘯：指晉隱士孫登長嘯事。《晉書·阮籍傳》：「籍嘗於蘇門山遇孫登，與商略終古及棲神導氣之術，登皆不應，籍因長嘯而退。至半嶺，聞有聲若鸞鳳之音，響乎巖谷，乃登之嘯也。」後用爲游逸山林、長嘯放情之典。

過孟樸清嘯齋①

剡曲舟來不厭迂，雲山成族早相需。主人癖有書千卷，地勢平多木萬奴。廖闊問天皆勝友，清真論道得高梧。蘆中聯手閒蕭率，鱠得冰鱸出太湖。

其二

浮山浮水盡枌榆，放酒船頭病走趨。深淺花中尋古道，清平月下慰寒菰。人當此夜真難别，詩滿來朝幸未逋②。再絜君還捫柏影，子雲今始爲前驅。

其三

樹入遥中望緑迂，鷺田遲客夜相需。袿裳輕薄逢山丈，芹果踈香點酪奴③。春暗蛩來聽坐論，酒深月上索花逋。今年此集苔芩滿，欲别郫莊賦兩湖。

其四

社飲詩成送白榆，傾城花雨盡山趨。多年文事將沈露，名士郫居學種菰。欲賦天台思瀑布，懸碑海外問蒼梧。狂呼一葉摇星落④，未許烟霞子獨驅。

【繫年】

據前後詩作時，此詩應作於崇禎六年（一六三三）。

【箋注】

①此訪孫淳書齋。時在嘉興。孫淳，字孟樸。詳見《初集》卷一《五經徵文序》注。

②來朝：明早。范成大《豫章南浦亭泊舟》之一：「來朝風一席，隨處且浮家。」

③酪奴：茶之别名。

④一葉：比喻小船。司空圖《自河西歸山詩》之一：「一水悠悠一葉危，往來長恨阻歸期。」

同與游孟宏君偉放舟湖心扶九攜尊小酌遲維斗次孟宏韻①

雨色群來壓樹低，歸時容與舊桑溪。朋心十夜清魚鳥，客傲三篇老阮嵇。淡冶諸山邀作賦②，蒙茸孟夏再分題③。槳人夜爲平原宿，楊子溝頭水未西。

其二

高天問夜月盈坡，蒼莽風舟載酒多。水對蘆灣春是屋，樓生烟裏鶴能歌。無花一夕將驚露，有字千頭去换鵝④。遲足揮杯窮古意，銅人當此更摩娑。

【繫年】

據「蒙茸孟夏再分題」及前後詩作時，此詩應作於崇禎六年（一六三三）孟夏出遊嘉興時。

【箋注】

①此唱和孫淳，同王志慶、孫淳、君偉、吴翻、楊廷樞遊嘉興南湖湖心島。君偉，待考。南湖湖心島，明嘉靖二十七年嘉興知府趙瀛主持疏浚城河時在湖中堆土而成。

②淡冶：素雅而秀麗。袁宏道《禹穴》：「然會稽諸山，遠望實佳，尖秀淡冶，亦自可人。」

③蒙茸：蔥蘢。羅鄴《芳草》：「廢苑牆南殘雨中，似袍顔色正蒙茸。」

④换鵝：晉代書法家王羲之寫經换鵝之典。《晉書·王羲之傳》：「又山陰有一道士，養好鵝，羲之往觀焉，意甚悦，固求市之。道士云：『爲寫《道德經》，當舉群相贈耳。』羲之欣然寫畢，籠鵝而歸。」

同孟宏孟樸君偉來之登烟雨樓次韻①

水氣連空緑，晴洲高處幽。無山飛鳥静，有佛古蘇浮。平滿歸群木，蒼涼上一舟。雲生感慨出，此日荻蘆遊。

其二

烟澤恣憑閣，高巖響帶淙。澌流趨壑緩，林月照人雙。魚出春深草，鐘聲雨後窗。問吴猶地接，門外即三江②。

【繫年】據前後詩作時，此詩應作於崇禎六年（一六三三）孟夏出遊嘉興時。

【箋注】

①此同許元溥、孫淳、君偉、吴昌時登嘉興南湖烟雨樓而作唱和。烟雨樓：位於浙江嘉興南湖湖心島，因杜牧《江南春》名句「南朝四百八十寺，多少樓臺烟雨中」而得名。始建於五代後晉年間，最初位於南湖之濱，由吴越王第四子錢元鐐主持建造，後被毁壞。明嘉靖二十七年，嘉興知府在南湖湖心小島中仿烟雨樓舊貌，重建新樓。張岱《陶庵夢憶·烟雨樓》：「嘉興人開口烟雨樓，天下笑之，然烟雨樓故自佳。」

②三江：《國語·越語上》韋昭注以吴江、錢塘江、浦陽江爲三江。《書·禹貢》陸德明釋文引《吴地記》以松江、婁江、東江爲三江。

曹茹真陳太君偕壽①

南山見南國，春雲起松霽。朱象風大家②，吉人緩瑟琲。維梅旨若何，德充體先内。註經漆字紘，詩書頌采采。王弼欲守門，徵文滿群岱。笙樂作房中，教讓静錋鼐。資以仁者言，希有鳥食菜。七月雲漢多，玉杖鳴鳩對③。大昌美後賢，清閨互寮宲④。

又代友

千川月下看雙坡，引勝東南化國多。好服梅來開甲第，新年鳳自選絃歌。書成仁者花增曆，道在仙人籠放鵝。共濯烟聲盤露落，淡園清磬更攣娑。

又

鳳鈴吹徹玉山題，花勝郁雲五字齊。碧女彈璈驚絳雪，木公留筆變青霓⑤。椒升滿菊春秋美，螽羽傳詩觥服躋⑥。今日梧桐皆有實，廣成初醉洗玻璃。

【繫年】

據李日華《恬致堂集》卷二十二《賀曹茹真年丈六袠偕壽》「今上癸酉長夏陳宫詹公暨姚恭人八袠偕壽，茹真同其嗣君石安與群從舉其觴，而以余詞爲導。迨入秋，則茹真暨陳夫人六袠偕壽」，此詩作於崇禎六年（一六三三）秋，時在嘉興。

【箋注】

① 此爲曹茹真、陳太君壽辰而作。曹茹真，復社士子陳恂、陳恪之父，入贅陳孟嘗家。錢謙益《牧齋初學集》卷四十《曹母陳孺人七十序》：「嘉興曹母陳孺人者，故宫詹孟嘗陳公之女，端州别駕曹

公之配，而陳子愫、惆、恂、愘之母也。孺人今年壽七十，季冬望日爲設帨之辰。其叔子恂，字子木，以壬午舉賢書，癸未秋試南宫，不第，歸爲孺人稱百年之觴，偕其昆弟請稱壽之詞于余。」

②朱象：指堯子丹朱和舜異母弟象，皆爲傳説中之不肖子弟。此乃自謙之辭。

③玉杖：飾有玉鳩之拐杖，漢時天子始以賜老人。《後漢書·禮儀志中》：「仲秋之月，縣道皆案户比民。年始七十者，授之以玉杖，餔之糜粥。八十九十，禮有加賜。玉杖長九尺，端以鳩鳥爲飾。」

④寮寀：指僚屬或同僚。

⑤木公：仙人名，又名東王公或東王父。常與西王母（即金母）並稱。

⑥螽羽：《詩·周南·螽斯》：「螽斯羽，詵詵兮。宜爾子孫，振振兮。」後以「螽羽詵詵」比喻子孫衆多。

同來之孟宏孟樸君偉龍淵晚眺次韻①

其一

莫言水國可無山，隱約光華在樹間。數點横舟乘月往，千群流瀑似鷗閒。魚梟隊裏看嬌舞，蘆荻聲中惜醉顔。延得亂霞來席上，稻秧初放藕花灣。

其二

日光倒影欲迷山，幕密分雲入水間。欲聽松聲防鳥妒，看闌春色可人閒。蕭蕭非雨餘空閣，切切新絲怯舊顔。更泛緑陰高處望，荳香草軟是漁灣。

其三

白成一片暗千山，平地欺狂魚鳥閒。群水合時漁艇亂，百花静處寺門閒。月中荇藻人歸夜②，樓下笙歌酒上顔。唱别不離高塔影，摺來雲樹美人灣。

【繫年】

據前後詩作時，此詩應作於崇禎六年（一六三三）出遊嘉興時。

【箋注】

① 此同吴昌時、許元溥、孫淳、君偉嘉興南湖龍淵晚眺而作唱和。其一入選陳濟生《天啓崇禎兩朝遺詩》卷七《張天如詩》。

② 蘇軾《記承天寺夜遊》：「元豐六年十月十二日夜，解衣欲睡，月色入户，欣然起行。念無與爲樂者，遂至承天寺尋張懷民。懷民亦未寢，相與步於中庭。庭下如積水空明，水中藻荇交横，蓋竹

柏影也。何夜無月？何處無竹柏？但少閒人如吾兩人者耳。」

讀藝香稿次前韻①

情深落句即秋山，驚蹙湖香半面閒。新擘烏闌憐燭静，舊傳檀板咽雲閒。一聲《河滿》才人曲，八闋《江南》殿脚顔。與子清新花外意，錢塘不遠月初灣。

其二

再剪燈花話楚山，麥殘鶯老别湖閒。薰香花下衣裳薄，弄月江邊姊妹閒。鸚鵡聰明將度曲，守宫脂粉不爲顔。參差碧鳳收琴去，蘇小墳頭水一灣②。

【箋注】

①《藝香稿》，待考。

②蘇小：即蘇小小。白居易《杭州春望》：「濤聲夜入伍員廟，柳色春藏蘇小家。」

和首春雪朝靈水園中看梅①

清巖一葉爲誰開，滿壁浮花入夜來。欲貯寒香恐驚别，孤山更上築高臺。

其二

是水無花恨蚤開，高人何處趁風來。還知月樹愁摇落，緑葉堆中漢武臺。

其三

白放春前樹樹開，寒枝怯影月先來。雙心早向池塘寂，蜂蝶無群不上臺。

其四

畏説濃陰煖處開，青山阻絶美人來。釵聲敲出天中碧，靈隱巖阿是妾臺。

【繫年】

據詩題及前後詩作時，此詩應作於崇禎七年（一六三四）春。

【箋注】

①靈水園，唐瀧别業。乾隆《烏青鎮志》卷七引陳函煇《遊靈水園記》：「靈水居，在放生橋南。崇禎初，明經唐瀧别業，人稱唐園，又名西園。寬廣約百畝，位置危巒窈洞，四時花木不絶，通大河之水爲池。俯池有冠山閣，層折而上，群峰歷歷可數，下有秋亭，與柳橋相接。亭之南跨溪架木

爲樓，月波掩映，採杜句以『水明』名之。迤東爲翠剡、滋蕙二樓，過皆山堂，循石丈軒，清流峭壁，有室若吴船狀，董思白題曰『濠濮閒想』，因名濠濮舫。幽絶者曰『小桃源』，洞凡三層，行人咫尺不辨。素齋在其西傍，齋三楹，名水月居，中供大士像。自古社歷柯仙亭、鹿柴一帶，石愈奇而水更曲，爲園中最佳處。又有來爽亭、待霜圃、玉樹樓、雲市等勝。國朝康熙年間，亭館池臺荒廢殆盡，今僅存慶雲、舞袖兩峰而已。」

和贈新鶯

蚤知學語試新飛，野宿無人自整衣。惜别年年同此緑，洲名鸚鵡待春稀①。

【繫年】

據前詩作時，此詩應作於崇禎七年（一六三四）春家居時。

【箋注】

① 洲名鸚鵡：即鸚鵡洲，在今湖北武漢西南長江中。相傳東漢末江夏太守黄祖長子射在此大會賓客，有人獻鸚鵡，禰衡作《鸚鵡賦》，故名。

和人比黄花瘦

横吹零折不禁霜，木性蘭心總是傷。强起支持秋漸薄，芰荷非復舊宫粧。

其二

擬將顔色付蘭箋，不耐山高寒一邊。今夜梅花名姓改，香爐雖煖怯人憐。

【繫年】據前詩作時，此詩應作於崇禎七年（一六三四）春家居時。

和折桃

今春花事惜濃開，判折何人破此苔。留得君歸紅一半，月明封茜鳥飛來。

【繫年】據前詩作時，此詩應作於崇禎七年（一六三四）春家居時。

和立春

平樣春朝今日新，流花唐突豈無因。一群鬥翠争春好，夜夢陳思賦洛神①。

【繫年】據前詩作時，此詩應作於崇禎七年（一六三四）春家居時。

【箋注】

① 陳思賦洛神：曹植《洛神賦序》：「黄初三年，余朝京師，還濟洛川。古人有言：斯水之神，名曰宓妃。感宋玉對楚王説神女之事，遂作斯賦。」

題畫菊

秋天領氣得高凉，剪葉分花歲月長。幽冷擇棲宫一畝，孤妍選物水千厢。人歸雨後風偏勁，身坐霜中髪更蒼。次第清癯争入袖，衣冠古貌不嫌方。

【繫年】

據前詩作時，此詩應作於崇禎七年（一六三四）家居時。

和采蘭

閒雲近寫别年芳，沐浴驚開水一房。但倩心情歸密約，莫憐膚髪任新粧。搴洲百草先憂老，貼額輕魂更續香。折帶繇人非薄命，春風滿路不知傷。

【繫年】

據前詩作時，此詩應作於崇禎七年（一六三四）家居時。

和泛月①

水木連延入鏡華②，一天浮碧美人家。高歌團露千山曉，輕折芙蓉半臂花。分去玉光留漢女，攜來斗酒出秋葭。平波如許人閒放，帆影收歸點點霞。

【繫年】

據前後詩作時，此詩應作於崇禎七年（一六三四）家居時。

【箋注】

①本詩入選陳濟生《天啓崇禎兩朝遺詩》卷七《張天如詩》。

②連延：連續，綿延。鏡華：指菱花鏡，亦常用來作對鏡子的美稱。

宋九青賦鞦韆詩三十章索序答十章以代弁言①

柘曲新翻百草争，衣裳春日最分明。君身料是前生女，妾夢如今只唤卿。坐到更深聞月咒，粧成馬上惜花聲。性情三十排宫調，都尉當年愧有名。

其二

最憐春氣不勝争，别有幽彈畏月明。金燼餘香留惜惜②，玉痕壓臂任卿卿。女牆短見榴花影，高閣無言棋子聲。寫入清篁曲未半，鳳凰雖小合呼名。

其三

舞鏡看來鳥亦争，傍羞攀折任聰明。凉天瓜果類分袖，細雨梧桐再送卿。是水倒流衣一摺，有時飛去玉無聲。山山不見屏中語，鸚䳇鷘呼妾小名。

其四

蹀躞溝頭金絡争③，流蘇向熒隔窗明。田田水葉中爲屋，灼灼夭桃不嫁卿。燕子試飛秦女伴，弟兄學律漢時聲。從今悔點胭脂濕，雨後薔薇舊日名。

其五

新年楊柳怯鶯争，絡索風吹牆外明。油壁不來空苑囿④，裙釵自古薄公卿。深心欲逐青山見，長歎微聞紅豆聲。堤上回車零落影，杏花如雨不知名。

其六

欲鬥春天咽路争，花城入夜尚光明。《風》《騷》大抵俱歸雅，蘇李原來盡字卿⑤。絜落金拖雲外響，香迴箏發夢中聲。輦行不識青青畔，桃兕初聞崔氏名。

其七

烟下穿鶯若個争，提枰博得亂霞明。閒抛玉釧將驚鳥，自整花枝更問卿。小小春泥湔繡襪，亭亭一葉送秋聲。遥心拂向珠簾坐，木末芙蓉不敢名⑥。

其八

鶴國笙游車鈿争，飛裾取次酒樓明。昭陽殿裏聽秋雨，封禪書中别長卿。方勝叠來南國字，好風吹落楚江聲。閑知姊妹憑欄夜，鈴急燒香唤月名。

其九

翠樹倚山引水争，石榴花亦識人明。羅裙逐隊知傾國，檀板催歌錯唤卿。繡得平原應夜夜，聽來團扇只聲聲。梅家有譜人難共，小印朱書附妾名。

其十

自選芳妍到處争，蠟花偏照水邊明。博山一炷人如月，好樹無枝妾共卿。試築留風不肯立，欲敲江橘忽成聲。年來空國啼羞靨，酒亦驕君竹葉名。

【繫年】

據前詩作時，此詩應作於崇禎七年（一六三四）家居時。

【箋注】

①此唱和宋玫之作。本詩其二、其五、其七、其十入選陳濟生《天啓崇禎兩朝遺詩》卷七《張天如詩》。

②惜惜：憐惜。五代唐莊宗《歌頭》詞：「惜惜此光陰如流水，東籬菊殘時，歎蕭索！」

③蹀躞：馬行貌。

④油壁：即油壁車。因車壁用油塗飾，故名。

⑤蘇李原來盡字卿：蘇李，漢蘇武與李陵之並稱。蘇武字子卿，李陵字少卿。

⑥木末：樹梢。《楚辭·九歌·湘君》：「采薜荔兮水中，搴芙蓉兮木末。」

題畫梅

静樹同君立，清心夜入鐘。遥憐一枝意，封與隔溪松。

【繫年】

據前後詩作時，此詩應作於崇禎七年（一六三四）家居時。

夜泊斜村再次雪兄韻①

閣筆停君夜變聲，久長山水自今明。浙江正是門前路，花底催人佛下盟。

【繫年】

據前後詩作時，此詩應作於崇禎七年（一六三四）家居時。

【箋注】

① 雪兄，待考。

西湖夜對①

不爲樓臺草色蒙，深心入夜惜悤悤②。新蒲水面靈均賦，舊柳堤前西子宫。人望翠微猶隔岸，春聲落寞更聞蟲。無端避火驚星月，船在灘頭魚未通。

【繫年】

據前後詩作時，此詩應作於崇禎七年（一六三四）出遊西湖時。

【箋注】

① 夜遊西湖之作。

② 悤悤：即匆匆。

斷橋月渡①

歷歷疏烟堤上封，閒來舟楫孰爲容。螢風細柳流波緩，草露清歌氣力慵。近接空光鋪半夜，踏歸花影入高峰。憑虚更洗青天睞，山鬼争拏一老松。

【繫年】

據前後詩作時，此詩應作於崇禎七年（一六三四）出遊西湖時。

【箋注】

① 夜遊西湖之作。

吊岳武穆祠①

萬古悲凉君未終，至今野老哭江東。尋常將相誰爲死，草率華夷不再雄。鐵鑄狐狸羞石馬②，墳如明月向西風。將攜熱酒澆燐白，松柏聲來欲射熊。

【繫年】

據前後詩作時，此詩應作於崇禎七年（一六三四）出遊西湖時。

【箋注】

① 夜遊西湖吊祭岳武穆祠。岳武穆祠位於杭州西湖畔棲霞嶺下。岳飛死後，宋孝宗爲其平反，加封謚號爲武穆，將岳飛遺體遷葬於棲霞嶺下。

② 鐵鑄狐狸：指岳飛墓闕下有陷害岳飛之秦檜、檜妻王氏、張俊、萬俟卨四鐵鑄人像，反剪雙手，面墓而跪。

吊于忠肅公祠①

栝柏風嚴對月明，至今兩袖識書生。青山魂魄分夷夏，白日鬚眉見太平。一死錢塘潮尚怒，孤墳鄂渚水同清②。莫言軟美人如土，夜夜天河望帝京。

【繫年】

據前詩作時，此詩應作於崇禎七年（一六三四）出遊西湖時。

【箋注】

① 此遊西湖吊祭于謙祠。于謙，字廷益，錢塘人。永樂辛丑進士，除山西道御史。景泰初，拜兵部尚書，加少保。英宗復辟，棄市。成化中，贈太傅，謚忠愍，萬曆中，改謚忠肅。生平詳見《明史》本傳。于忠肅公祠，位於杭州西湖三台山麓，西湖烏龜潭畔。張岱《西湖夢尋》卷四《于墳》：「于墳，于少保公以再造功，受冤身死，被刑之日，陰霾翳天，行路踴嘆。夫人流山海關，夢公曰：

『吾形殊而魂不亂，獨目無光明，借汝眼光見形於皇帝。』翌日，夫人喪其明。會奉天門災，英廟臨視，公形見火光中，上憫然念其忠，乃詔貸夫人歸。又夢公還眼光，目復明也。公遺骸，都督陳逵密囑瘞藏，繼子冕請葬錢塘祖塋，得旨奉葬於此。成化二年，廷議始白，上遣行人馬暶諭祭，其詞略曰：『當國家之多難，保社稷以無虞，惟公道以自持，爲權奸之所害，先帝已知其枉，而朕心實憐其忠。』弘治七年，賜謚曰『肅愍』，建祠曰『旌功』。萬曆十八年，改謚『忠肅』，四十二年，御史楊鶴爲公增廓祠宇，廟貌巍焕，屬雲間陳繼儒作碑記之。」陳子龍《陳忠裕公全集》卷十六亦有《于忠肅祠》，可參。

②一死錢塘潮尚怒，孤墳鄂渚水同清：張岱《西湖夢尋》卷四《于墳》：「正祠柱銘：千古痛錢塘，並楚國孤臣，白馬江邊，怒捲千堆夜雪；兩朝冤少保，同岳家父子，夕陽亭裏，傷心兩地風波。」

題合畫梅菊

疏密不共葉，香心且一方。若明花外意，蕉萃念姬姜①。

【繫年】

據前後詩作時，此詩應作於崇禎七年（一六三四）出遊西湖時。

【箋注】

①姬姜：春秋時，周王室姓姬，齊國姓姜，二姓常通婚姻，因以「姬姜」爲貴族婦女之稱。

小蓬萊①

曲曲雲開閉，居亭竹萬竿。小山雕琢淺，高閣别離難。牆外通車馬，花前問歲寒。更穿石壁去，冷折伴春殘。

【繫年】據前後詩作時，此詩應作於崇禎七年（一六三四）出遊西湖時。

【箋注】

① 張岱《西湖夢尋·小蓬萊》：「小蓬萊在雷峰塔右，宋内侍甘昪園也。奇峰如雲，古木蓊蔚，理宗常臨幸。有御愛松，蓋數百年物也。自古稱爲小蓬萊。石上有宋刻『青雲巖』『鼇峰』等字。今爲王貞父先生讀書之地，改名『寓林』，題其石爲『奔雲』。」

放生池①

淺橋資緑繞，烟水各從容。魚狎千年藻，龜聽百歲松。講堂花禁早，春雨磬聲封。惻隱行吟者，飛蟲與俟逢。

【繫年】據前後詩作時，此詩應作於崇禎七年（一六三四）出遊西湖時。

【箋注】

①張岱《西湖夢尋·放生池》:「宋時有放生碑,在寶石山下。蓋天禧四年,王欽若請以西湖爲放生池,禁民網捕,郡守王隨爲之立碑也。今之放生池,在湖心亭之南。外有重堤,朱欄屈曲,橋跨如虹,草樹蓊翳,尤更岑寂。古云『三潭印月』,即其地也。春時遊舫如鶩,至其地者,百不得一。其中佛舍甚精,複閣重樓,迷禽暗日,威儀肅潔,器鉢無聲。」

吊蘇小小墓①

不見人來綠盡封,碧泥紅草即君容。蒼黄天際疑舟絶,寥落梅花伴夜慵。繡領蟲絲同一穴②,愁歌金縷只三峰。玉檀匣裏飛清雪,洛甫何年更種松。

【繫年】

據前後詩作時,此詩應作於崇禎七年(一六三四)出遊西湖時。

【箋注】

①張岱《西湖夢尋·蘇小小墓》:「蘇小小者,南齊時錢塘名妓也。貌絶青樓,才空士類,當時莫不艷稱。以年少早卒,葬於西泠之塢。芳魂不殁,往往花間出現。宋時有司馬槱者,字才仲,在洛下夢一美人搴帷而歌,問其名,曰:『西陵蘇小小也。』問歌何曲,曰:『《黄金縷》。』後五年,才仲以東坡薦舉,爲秦少章幕下官,因道其事。少章異之,曰:『蘇小之墓,今在西泠,何不酹酒吊

之。』才仲往尋其墓拜之。是夜，夢與同寢，曰：『妾願酬矣。』自是幽昏三載，才仲亦卒於杭，葬小小墓側。」

② 蟲絲：蛛絲。

吊小青①

緑練鋪成怨蝃蝀，碧裳和土帶腥銅。夫人盛氣能飛雨，婢子微軀任落楓。三楚葉摧開繡匣②，一湖鳧亂起秋風。平生不慣燈前淚，爲子孤心碎百紅。

【繫年】

據前後詩作時，此詩應作於崇禎七年（一六三四）出遊西湖時。

【箋注】

① 張岱《西湖夢尋·小青佛舍》：「小青，廣陵人。十歲時，遇老尼，口授《心經》，一過成誦。尼曰：『是兒早慧福薄，乞付我作弟子。』母不許。長好讀書，解音律，善奕棋。誤落武林富人，爲其小婦，大婦奇妒，凌逼萬狀。一日攜小青往天竺，大婦曰：『西方佛無量，乃世獨禮大士，何耶？』小青曰：『以慈悲故耳。』大婦笑曰：『我亦慈悲若。』乃匿之孤山佛舍，令一尼與俱。小青無事，輒臨池自照，好與影語，絮絮如問答，人見輒止。故其詩有『瘦影自臨春水照，卿須憐我我憐卿』之句。後病瘵，絶粒，日飲梨汁少許，奄奄待盡。乃呼畫師寫照，更换再三，都不謂似。後畫師注

視良久，匠意妖纖，乃曰：『是矣。』以梨酒供之榻前，連呼：『小青！小青！』一慟而絶，年僅十八。遺詩一帙。大婦聞其死，立至佛舍，索其圖并詩焚之，遽去。」

② 三楚：戰國楚地疆域廣闊，秦漢時分爲西楚、東楚、南楚，合稱三楚。

和吊小青

青青此日立風前，鏡裏潮生落處憐。月出不知松柏暗，更移燈影照香蓮。

其二

欲泛無家粧鏡前，深深彈竹倚生憐。夜來忽報風吹急，妒婦津頭莫采蓮①。

其三

縱横湖水在門前，分入重閨日夜憐。薄命倚人偏恨早，清明風雨送紅蓮。

其四

自咒香噴花面前，鄰機織向月中憐。人生一死非貪惜，獨恨西陵枉種蓮②。

【繫年】

據前後詩作時，此詩應作於崇禎七年（一六三四）出遊西湖時。

【箋注】

① 妒婦津：傳説晉劉伯玉妻段氏甚妒忌。伯玉嘗誦《洛神賦》，曰：「娶婦如此，吾無憾矣！」其妻恨曰：「君何得以水神美而輕我？我死，何愁不爲水神？」乃投水而死，後因稱其投水處爲「妒婦津」。相傳婦人渡此津，必壞衣毁妝，否則即風波大作。事見段成式《酉陽雜俎·諾皋記上》。

② 西陵：南朝齊錢塘名妓蘇小小之墓。李賀《蘇小小墓》：「西陵下，風吹雨。」唐羅隱《江南行》：「西陵路邊月悄悄，油壁輕車蘇小小。」

夜登湖心亭大風返舟①

四月蕭寥秋夜同，高懸風壑信難通。迷舟追雨藏山角，静燭聞聲在水中。暮氣萬千惟一緑，波光離合尚餘紅。連宵楊柳樓頭卧，片片青歸任落鴻。

【繫年】

據前後詩作時，兼據「四月蕭寥秋夜同」詩語，此詩應作於崇禎七年（一六三四）四月夜遊西湖時。

【箋注】

①張岱《西湖夢尋・湖心亭》：「湖心亭舊爲湖心寺，湖中三塔，此其一也。明弘治間，按察司僉事陰子淑，秉憲甚厲，寺僧怙鎮守中官，杜門不納官長，陰廉其姦事毁之，並去其塔。嘉靖三十一年，太守孫孟尋遺跡，建亭其上。露臺畝許，周以石欄，湖山勝概，一覽無遺。數年尋圮。萬曆四年，僉事徐廷裸重建。二十八年，司禮監孫東瀛改爲清喜閣，金碧輝煌，規模壯麗，遊人望之如海市蜃樓。烟雲吞吐，恐滕王閣、岳陽樓俱無甚偉觀也。春時，山景睺羅，書畫骨董，盈砌盈階，喧闐擾嚷，聲息不辨。夜月登此，闃寂淒凉，如入鮫宫海藏。月光晶沁，水氣滃之，人稀地僻，不可久留。」

登放鶴亭①

指點香桐烟外封，一枝清净得秋容。乘歸飛羽看紅盡，步落微風倚碧慵。古寺花生流水曲，孤山雲隔美人峰。深妍欲領亭亭意②，處士門前好聽松③。

【繫年】

據前後詩作時，此詩應作於崇禎七年（一六三四）四月出遊西湖時。

【箋注】

①放鶴亭位於杭州西湖北岸孤山北麓，元人爲紀念宋代隱逸詩人林和靖而建。林和靖，名逋，北宋

初年杭州人。居孤山二十年，種梅養鶴，有「梅妻鶴子」之説。張仁美《西湖紀遊》：「北渡西泠橋，登放鶴亭，宋林處士故廬也。山多古梅，大者數株，圍徑尺許，相傳爲和靖手植。元余謙既構梅亭，郡人陳子安以處士妻梅子鶴不可偏廢，乃載一鶴放之，復搆鶴亭，明改放鶴亭，康熙間巡撫范公承謨重葺。」

② 亭亭：高潔貌。蔡邕《釋誨》：「和液暢兮神氣寧，情志泊兮心亭亭，嗜欲息兮無由生。」

③ 處士：指林逋。林逋曾隱居於孤山，喜種梅養鶴，世稱孤山處士。孤山北麓有放鶴亭和梅林。

湖上遇羅吴皋賦贈①

明月如君水上逢，秋心雖早惜花慵。少微梅老猶吾友②，西子春殘伴一筇。夜色侵衣烟草合，故人入夢鳥魚容。更傷酒半揮鴻疾，忠武墳前念阿儂③。

【繫年】

據前後詩作時，此詩應作於崇禎七年（一六三四）四月遊西湖時。

【箋注】

① 吴皋爲江西舊稱，羅吴皋應爲羅萬藻，字文止。詳見《初集》卷二《易會序》注。

② 少微：稱處士。牟融《送沈翔》：「清朝盡道無遺逸，當路誰曾訪少微。」

③ 忠武墳：即岳墳，亦稱岳王廟。阿儂：稱對方。

擬别詩

聞去西湖水亦悲，緑陰歷歷問棲枝。蒼茫愁在山頭見，離别心齊鳥雀知。僮僕漸親慚孟夏，衣裳尚煖讀新詩。碧闌香妥同潮汐，預報平安訂後期。

其二

不忍聞歌理舊盟，月中閒起坐三更。葳蕤鎖下王昌鏡，宛轉橋通蘇小名。一影分身雙鵠舉，同來獨聽落花聲。吴山越水高深並，容得流絲繞百城。

其三

零雨初驅未是悲，多心草木且連枝。雲將化去山峰改，秋未來時閨閤知。花蕊百篇宫女怨，玉奩一部美人詩。更籌點到珊瑚枕①，巫女屏風天上期。

其四

陌頭鶯語昔年盟，淅淅風高又一更。天上不齊惟伉儷，宫中近益妒才名。書開萬屋佳人賦，琴碎千金文字聲。夜夜相思湖海闊，扁舟楓葉即江城。

【繫年】

據前後詩作時，此詩應作於崇禎七年（一六三四）四月遊西湖後。

【箋注】

① 更籌：古代夜間報更用之計時竹簽。庾肩吾《奉和春夜應令》：「燒香知夜漏，刻燭驗更籌。」

擬閨中讀漢書

倚夜清舟作客評，攤書閒數漢人名。一時司馬無顔色，當日班姬是弟兄①。看浴未歸金散盡，尚衣初進律先成。不疑輦上辭秋草，薄命千年骨更輕。

其二

情深不夜水能聽，二百餘年再上亭。妲己屏風羞坐客，長門香草惜飛螢②。兩心溝水頭疑白③，一曲《虞兮》塚盡青④。别却昔人春自在，讀《詩》誰采隰中苓。

【繫年】

據前後詩作時，此詩應作於崇禎七年（一六三四）四月遊西湖後。

【箋注】

① 班姬：指班昭。

② 長門：漢宫名。司馬相如《長門賦》序：「孝武皇帝陳皇后時得幸，頗妒，别在長門宫，愁悶悲思。聞蜀郡成都司馬相如天下工爲文，奉黄金百斤，爲相如、文君取酒，因于解悲愁之辭。而相如爲文以悟主上，陳皇后復得親幸。」後以「長門」借指失寵女子所居之寂寥淒清之宫院。

③ 兩心溝水頭疑白：《西京雜記》卷三：「相如將聘茂陵人女爲妾，卓文君作《白頭吟》以自絶，相如乃止。」《白頭吟》云：「皚如山上雪，皎如雲間月。聞君有兩意，故來相決絶。平生共城中，何嘗斗酒會。今日斗酒會，明旦溝水頭。躞蹀御溝上，溝水東西流。」

④ 一曲《虞兮》：《漢書·陳勝項籍列傳》：「有美人姓虞氏，常幸從；駿馬名騅，常騎。乃悲歌慷慨，自爲歌詩曰：『力拔山兮氣蓋世，時不利兮騅不逝。騅不逝兮可奈何！虞兮虞兮奈若何！』歌數曲，美人和之。」

真别詩

一日横岐竟拂纓，秋心夏氣不能平。烟雲割水愁無渡，車馬來時偏恨晴。有路是山琴襆減，指花爲信晚江清。帆歸難比桑乾近，惻惜難看草上蜻。

其二

不謂今朝即異鄉，相將攜手慎翺翔。水鶩别鷺深無尺，日照平沙又一方。鄭重曉行防露早，丁寧獨睡避星光。尋常旅食多消息，白玉還應念粃糠。

【繫年】

據前後詩作時，此詩應作於崇禎七年（一六三四）四月遊西湖後。

青山

遠遊日正午，依山平渡清。兩人隔花語，一葉載江聲。晚市魚粳賤，溪亭沙石明。相呼泉浴罷，篁樾又逢迎。

【繫年】

據前後詩作時，此詩應作於崇禎七年（一六三四）四月遊西湖後。

晚上竹林橋①

惜此高深意，猶存莽蒼中。水鳴不知壑，烟聚始生風。窈窕人行遠，徘徊閣向空。星辰夜未落，將欲掛新桐。

【繫年】

據前後詩作時，此詩應作於崇禎七年（一六三四）夏遊臨安時。

【箋注】

① 竹林橋：在浙江臨安縣西三里。南北諸山夾峙，有九水合流於此。山環水繞，景頗幽勝，蔡君謨題爲山水佳處。

西墅早發①

山行曉色正，殘月尚侵街。魚出門前水，桑連竹一厓。迴溪扶緑下②，濕樹待青排。往即停車轍，潺潺孰與偕。

【繫年】

據前後詩作時，此詩應作於崇禎七年（一六三四）夏遊臨安時。

【箋注】

① 此記晨自臨安西墅出發。《中國歷史地名辭典》：「西墅鎮，即今浙江臨安縣西北西墅。南宋景定中移臨安縣治此。明初設税課局。」

② 迴溪：回曲之溪流。李白《送温處士歸黄山白鵝峰舊居》：「迴溪十六度，碧嶂盡晴空。」

同孟樸孟宏君偉弄澗泉①

岸幘長林去②，逢溪清且巉。樹多應有露，澗小不容帆。浴手紅皆片，濺衣緑一函。幸無嘲熱客，共坐此流巖。

【繫年】

據前後詩作時，此詩應作於崇禎七年（一六三四）夏遊臨安時。

【箋注】

① 與孫淳、許元溥、君偉游澗泉。

② 岸幘：推起頭巾，露出前額。形容態度灑脱，簡率不拘。《晉書·謝奕傳》：「岸幘笑詠，無異常日。」

藻溪停午①

不知市鼓報禽衙，草美蠶香近水家。吴下豉鹽加一豆，青泥芹片雜陳瓜。無題處士門前鳥，幸接平山屋角霞。料得淪漣迂此日②，迴帆聊賴數鶯花。

【繫年】

據前後詩作時，此詩應作於崇禎七年（一六三四）夏遊臨安時。

【箋注】

①藻溪在臨安縣西，西南流入天目溪。

②淪漣：微波。

感繭絲①

縱横不成理，槿壁蠶滿家。忍此釜中泣，眩彼身之華。茅牆覆黄土，蟲腹抽青霞。但恐登帝屋，棄捐如泥沙。

【繫年】

據前後詩作時，此詩應作於崇禎七年（一六三四）夏遊臨安時。

【箋注】

①詠物抒懷。末二句有《怨歌行》「常恐秋節至，凉飆奪炎熱。棄捐篋笥中，恩情中道絶」之致。

有所思

蝴蝶不飛處，盤盤山似蝸①。文禽羞照水②，頳鯉憚唫花。泥落春無幕，湖深妾暫家。風人麗以則③，豈忍看丘麻。

【繫年】

據前後詩作時，此詩應作於崇禎七年（一六三四）夏遊臨安時。

【箋注】

①盤盤：曲折回繞貌。李白《蜀道難》：「青泥何盤盤，百步九折縈巖巒。」

②文禽：羽毛有文彩之鳥，如鴛鴦、紫鴛鴦、錦鷄、孔雀等。

③風人麗以則：《漢書》卷三十《藝文志》引揚雄語：「詩人之賦麗以則，辭人之賦麗以淫。」

過下浮谿橋①

閈津鳴切切，扶行接流霞。莫唱《公無渡》②，争看水一涯。瀾清柯葉倒，魚細石紋遮。似涉無深淺，泉耕農圃家。

【繫年】

據前詩作時，此詩應作於崇禎七年（一六三四）夏遊臨安時。

【箋注】

①下浮谿橋，在臨安。

②公無渡：樂府歌辭名。《樂府詩集》附於相和歌辭《箜篌引》下，以歌辭首句「公無渡河」而名。崔豹《古今注·音樂》：「《箜篌引》，朝鮮津卒霍里子高妻麗玉所作也。子高晨起刺船而濯，有

一白首狂夫，披髮提壺，亂流而渡。其妻隨呼止之，不及，遂墮河水死。於是，援箜篌而鼓之，作《公無渡河》之歌。聲甚悽愴，曲終自投河而死。霍里子高還，以其聲語妻麗玉。玉傷之，乃引箜篌而寫其聲，聞者莫不墮淚飲泣焉。麗玉以其聲傳鄰女麗容，名曰《箜篌引》焉。」

讀新安郡志①

君欲徵《禹貢》，吾方念永嘉。土風谿漢魏，理學即桑麻。絶境山能合②，嚴城夜不譁。富吴文苑古③，作賦未云遐。

其二

荒裔開疆域，雄清斷澤窪。徵兵皆土籍，品貢賤團茶④。四境春和早，千巖窈窕花。美名天地惜，鄣郡昔秦家⑤。

【繫年】

據前後詩作時，此詩應作於崇禎七年（一六三四）夏遊臨安時。

【箋注】

①此記讀《新安郡志》。弘治《徽州府志》林瀚序：「徽素爲文獻之邦，文獻所存，郡志所存也。宋

羅願、李以申、元洪焱祖先後踵修之，皆曰《新安郡志》，山川、人物大率已載。」

② 絶境：與外界隔絶之地。

③ 富吴：富嘉謨、吴少微之併稱。《舊唐書·富嘉謨傳》：「富嘉謨，雍州武功人也。舉進士。長安中，累轉晉陽尉，與新安吴少微友善，同官。先是文士撰碑頌皆以徐、庾爲宗，氣調漸劣；嘉謨與吴少微屬辭皆以經典爲本，時人欽慕之，文體一變，稱爲『富吴體』。」

④ 團茶：宋代用圓模製成之茶餅。太平興國初，用龍鳳模特製，專供宫廷飲用。慶曆間蔡襄又製小團茶，以爲貢品。歐陽修《歸田録》卷二：「茶之品，莫貴於龍鳳，謂之團茶，凡八餅重一斤。」

⑤ 秦家：指秦朝。

過蘆嶺①

群天分竦峭，墮石作高峰。狹道孤雲逝，危巖一鳥容。人行忽俯仰，晚吹雜秋冬②。盤曲何窮盡③，車聲更入松。

【繫年】

據前後詩作時，此詩應作於崇禎七年（一六三四）夏遊新安時。

【箋注】

① 蘆嶺，位於臨安西，於潛縣西三十里，與昌化縣接界。《讀史方輿紀要》卷九十《杭州府·於潛

縣》：「縣西三十里有蘆嶺，迤南曰金鷄嶺，北曰羅紋嶺，謂之『三嶺』，皆與昌化縣接界。」

②晚吹：晚風。劉長卿《觀校獵上淮西相公》：「笳隨晚吹吟邊草，箭没寒雲落塞鴻。」

③盤曲：曲折環繞。謝靈運《撰征賦》：「林叢薄，路逶迤，石參差，山盤曲。」

夜宿昌化①

群石紛卷萬木中，一天烟氣即城東。澗流細水爲溝洫，山下秧田半火攻。青草無家如遇客，黄昏迷雨拜黌宫②。不知湖上風光好，分得殘枝夕照空。

【繫年】

據前詩作時，此詩應作於崇禎七年（一六三四）夏遊昌化時。

【箋注】

①昌化：位於杭州西部，明屬杭州府。

②黌宫：學宫。

過老竹嶺①

肅懷登絶險，敬慎託車牽。衡進星爲棧，卑趨鳥入淵。土皮得山厚，人心與境全。忽然見平坦，群水獻清巔。

其二

峻絶不可問，憑虚群象牽②。連岡族草木，一境割天淵。從此山中過，方知物外全③。徘徊念清迥，日落更趨巔。

其三

自山看上下，物物與雲牽。渡坂疑追日，御風如涉淵。澗邊人影瘦，石上月光全。蕭瑟應無暑，淪漣且濯巔。

【繫年】

據前後詩作時，此詩應作於崇禎七年（一六三四）夏遊昌化時。

【箋注】

① 老竹嶺：位於昌化縣西八十里，浙皖交界之昱嶺關附近。民國《昌化縣志》卷二：「老竹嶺，縣西八十里。」《讀史方輿紀要》卷二十八《徽州府·績溪縣》：「《輿程記》：『自關而北三十里爲沙嶺，又北二十里即寧國縣之塵嶺。又繇縣而東凡百里有老竹嶺，高二里，路出浙江昌化縣。』」

②憑虚：凌空。

③物外：世外，謂超脱於塵世之外。張衡《歸田賦》：「苟縱心於物外，安知榮辱之所如！」

過鳳凰嶺①

斗絶山形碧望同②，春歸應未渡高嵩。飛雲雖斷峰還拱，鳴鳥時聞天亦通。翠入四圍資窈窕，下臨一殿助虚空。蒼深滿目無人識，流水鏘鏘在此中。

【繫年】

據前後詩作時，此詩應作於崇禎七年（一六三四）夏遊昌化時。

【箋注】

①鳳凰嶺：位於昌化縣西。乾隆《昌化縣志》卷二：「鳳凰嶺：嘉靖《昌化縣志》：在縣西三里，高二十丈。」

②斗絶：陡峭峻險。

濯澗

沿緑清聞見，無魚水石明。不知衣履上，即是柏松聲。雲嚮高人坐，秋心衆壑盈。山陰懷未得，歷歷澗中行①。

【繫年】

據前後詩作時，此詩應作於崇禎七年（一六三四）夏遊昌化時。

【箋注】

① 歷歷：象聲詞。曹唐《贈南嶽馮處士》：「穿厨歷歷泉聲細，繞屋悠悠樹影斜。」

冷水亭①

野樹如車蓋，亭名旨且寒。人看山不厭，水與物相安。棠落榴花代，春歸四月難。緶橋通客路，小鳥出波瀾。

【繫年】

據前後詩作時，此詩應作於崇禎七年（一六三四）夏遊臨安時。

【箋注】

① 返程行至臨安冷水亭。萬曆《嚴州府志》卷七：「仙翁井，在縣東，一名冷水亭。相傳方仙翁過此，以杖指其地而泉湧出，故名。泉極甘冷，有時疾者飲之輒愈。」

齊武柏俱草堂齊武岳武穆集兵地〔一〕

名花方一畝，鑿地即青巒。泉得自然理，魚多次第安。送春惟芍藥，新雨夢邯鄲。試問川原古，英雄惜水寒。

【校記】

〔一〕目録原無「齊武岳武穆集兵地」，據正文補。

【繫年】

據前後詩作時，此詩應作於崇禎七年（一六三四）夏遊臨安時。

新安道中野望①

從此山漸遠，廣深天蔚藍。麥齊開稻種，日北正江南。流水同春盡，歸人采緑擔。若逢蘭蕙信，貽得草堂慚。

【繫年】

據前後詩作時，此詩應作於崇禎七年（一六三四）夏遊新安時。

【箋注】

① 返程行至新安道中。

惜行①

門前即大路，之子應未知。行役薇或止，秋期日已虧。君雖挾弓矢，妾僅食粥糜。但願巾車疾，三朝新結縭②。

其二

花開鶯去日，石爛水清時。不憚山川阻，空勞風雨隨。車中呼小字，桑下問柔荑。一別無楊柳，臨流應賦詩。

其三

絲縠新故代，將毋忘扊扅③。河深日出杲，秋至蟲苦饑。子季恤絡緯④，詩人刺茅鴟⑤。相思及壯盛，莫負稱男兒。

【繫年】據前後詩作時，此詩應作於崇禎七年（一六三四）夏遊臨安時。

【箋注】

①本詩其二入選陳濟生《天啓崇禎兩朝遺詩》卷七《張天如詩》。

②三朝：謂三日。李白《上三峽》：「三朝上黄牛，三暮行太遲。」

③㡦㢉：借指曾共貧寒之妻。楊萬里《又跋簡齋與夫人帖》：「家在錢塘身在蘇，㡦㢉消息近來無。」

④絡緯：即莎鷄，俗稱絡絲娘、紡織娘。夏秋夜間振羽作聲，聲如紡線，故名。李白《長相思》：「絡緯秋啼金井闌，微霜凄凄簟色寒。」

⑤茅鴟：貓頭鷹。古逸詩有《茅鴟》。《左傳・襄公二十八年》：「穆子不説，使工爲之誦《茅鴟》。」杜預注：「工，樂師。《茅鴟》，逸詩，刺不敬。」

惜舟

水動何蒼莽，而今信不通。宵征畏蟋蟀①，露火出蒙戎②。微歎長天下，閒心落日中。流波無夜息，隨夢入江東。

其二

水終不可絶，三年種一榿。曰歸念勞者，其雨悲新知。霍霍西流盡，心心膏火疲。薄言若逢怒③，敢告日月私。

其三

日出君勿顧，妾心如長河。東山非所慕④，蓬首不能歌⑤。水至千里曲，人難一日過。盟津擊舟楫，絺綌猶綺羅。

【繫年】

據前後詩作時，此詩應作於崇禎七年（一六三四）夏遊臨安時。

【箋注】

① 宵征：夜行。《楚辭·九辯》：「獨申旦而不寐兮，哀蟋蟀之宵征。」

② 蒙戎：雜亂。《詩·邶風·旄丘》：「狐裘蒙戎，匪車不東。」毛傳：「蒙戎，以言亂也。」

③ 薄言若逢怒：語出《詩·邶風·柏舟》：「薄言往愬，逢彼之怒。」

④ 東山：《詩·豳風·東山》：「我徂東山，慆慆不歸。」後以代指遠征或遠行之地。

⑤ 蓬首：形容頭髮散亂如飛蓬。語本《詩·衛風·伯兮》：「自伯之東，首如飛蓬。」

暑　征

滔滔哀夏月，行役何纖纖。流水多辛苦，逝車無帷幨。泥清或一斗，道渴誰爲鹽。不如繫馬首，今朝墨突黔①。

【繫年】

據前後詩作時，此詩應作於崇禎七年（一六三四）夏遊臨安時。

【箋注】

① 墨突黔：班固《答賓戲》：「孔席不暖，墨突不黔。」謂墨翟東奔西走，每至一地，烟囱尚未熏黑，又至別處。後以「墨突不黔」形容事情繁忙，猶言席不暇暖。

賦　夢

分明題錦帶，只恨酒難醒。五字驚蝴蝶①，三更哭小青②。人從山上立，句向月中聽。流水歸何處③，來朝問畫屏④。

【繫年】

據前後詩作時，此詩應作於崇禎七年（一六三四）夏遊臨安時。

【箋注】

① 五字：指五言詩。王鏊《震澤長語·文章》：「唐人用一生心於五字，故能巧奪天工。」

② 小青，詳見《合集·詩稿》卷二《吊小青》注。

③ 流水：形容流逝之歲月。韋應物《淮上喜會梁川故人》：「浮雲一別後，流水十年間。」

④ 來朝：明早。范成大《豫章南浦亭泊舟》之一：「來朝風一席，隨處且浮家。」

讀宫閨詩選次韻①

長晝春絲繞鏡昏，鳳名呼徹惜香存。帖書字學夫人體，殿閣蟬歌武帝恩。卷上粉痕憐指甲，壺中紅玉送花魂。白頭宫女開元事②，再把芙蓉今日論。

【繫年】

據前後詩作時，此詩應作於崇禎七年（一六三四）夏遊臨安時。

【箋注】

① 此記讀周履靖《宫閨詩選》。周履靖，字逸之，號梅墟，浙江嘉興人。著有《梅顛稿選》二十卷，明刊本，卷十八有《宫閨詩選序》。皇甫濂《逸民傳·周履靖》：「周履靖，字逸之，浙江嘉興人。少羸，去經生業，專力爲古文詩詞。廢箸千金，庋古今典籍，編茆引流，雜植梅竹，讀書其中，自號梅癲道人，又號螺冠子。所著書百卷，手書篆隸章草晉魏行楷，文休承、王元美、茅順甫、劉子威尤爲莫逆。龔、曹、劉、車四郡侯皆顔其門曰高士云。」崇禎《嘉興縣志》卷十四：「周履靖，字逸之。居白苧鄉，槿墉竹藩，栽梅繞屋，讀書高卧其中，自號梅顛。性嗜異書，訪求無間寒暑。詩文書繪，事事喜臨摹先輩，所著述最多。朱少宰之蕃謂其好古而不嫌析産之誚，陳詩而不避賣名之訾，可稱實録。卒年八十四，有《梅顛遺稿》諸書行世。」

②白頭宫女：原指上陽宫之年老宫女，白居易《上陽白髮人》：「上陽人，紅顔暗老白髮新。……玄宗末歲初選入，入時十六今六十。」元稹《故行宫》：「白頭宫女在，閑坐説玄宗。」

謁葉夫子賦呈二章①

峻絶聞清嶽，生平慰此朝。尼庭容下士，聖里出圜橋。自古身爲則，斯民視不恌②。瞻趨雲漢接，豈獨念春遥。

其二

天步賴圖度，詩人戒詭隨③。願言侍終日④，永與闢莊逵。正值平神聽，弘深總物宜。鼓鐘山水答，寤寐義無虧。

【繫年】

據前後詩作時，此詩應作於崇禎七年（一六三四）夏遊新安時。

【箋注】

①葉夫子：即房師葉高標，字自根，别號大木。時知歙縣。詳見《續集》卷三《孫直公詩稿序》注。

②不恌：同「不佻」，不苟且輕薄。《詩·小雅·鹿鳴》：「視民不恌，君子是則是傚。」

③ 詭隨：謂不顧是非而妄隨人意。《詩・大雅・民勞》：「無縱詭隨，以謹無良。」毛傳：「詭隨，詭人之善，隨人之惡者。」

④ 願言：思念殷切貌。《詩・衛風・伯兮》：「願言思伯，甘心首疾。」鄭玄箋：「願，念也。我念思伯，心不能已。」

寄懷葉必泰①

忽失前期自永潯，叢山夏木愧清森。今朝斟酌葵蒲酒，此日參差風雨心。渡嶺無花空隔水，攜文一匣勝彈琴。遥年眇望窮河漢，近在門庭車下陰。

其二

桑葉堆山魚鳥殷，聞君歸去歎飛雲。清當無暑懷中石，横絶于今海外文。好句百篇兼六義②，雄名九有亦三分③。宮牆容得琴聲小，閣下詩書盡似芸。

【繫年】

同上詩，此詩應作於崇禎七年（一六三四）夏遊新安時。

【箋注】

① 葉維陽，字必泰，號許山。葉自根子。時在惠州府城，於鬮山之巔築兼園以居。

②六義：《〈詩〉大序》：「詩有六義焉：一曰風，二曰賦，三曰比，四曰興，五曰雅，六曰頌。」

③九有：九州。《詩·商頌·玄鳥》：「方命厥后，奄有九有。」毛傳：「九有，九州也。」

新安遇朱白石①

夏月山中草木齊，故人相對即雲溪。囊堪敵國惟書在，道似青松與古稽。水墨不言資静夜，弓琴無恙雜香泥。他鄉且做平原飲②，桃李雖殘下有蹊。

【繫年】

據前後詩作時，此詩應作於崇禎七年(一六三四)夏遊新安時。

【箋注】

①朱荃宰，字白石，又字咸一。詳見《續集·别集》卷一《吴于民稿序》注。

②平原飲：江盈科《雪濤閣集》卷四《沙河席間出所製詩》：「酒期十日平原飲，歌謝陽春郢上裁。」

喜晤同社黄卜周①

江南風好亂鶯黄，浩水平烟且静攏。燕子磯頭看月出②，鳳凰閣上待君題。千錢買醉花曾識③，四坐如雲山亦迷。與汝盤桓敲句疾④，真人道義集桑溪。

【繫年】

據前後詩作時，此詩應作於崇禎七年（一六三四）夏遊新安時。

【箋注】

① 黄鼎，字卜周，徽州府歙縣人。詳見《續集·别集》卷一《吴于民稿序》注。

② 燕子磯：在今南京市東北部觀音山。山石突出，屹立長江邊，三面懸絶，宛如飛燕，故名。梁辰魚《四時花·懷金陵舊知》套曲：「鳳凰臺晝登，燕子磯曉行，莫愁湖上春風艇。」

③ 李白《梁園吟》：「沉吟此事淚滿衣，黄金買醉未能歸。」

④ 敲句：推敲詩句。

同朱白石縱論古今①

落葉如堆水滿畦，破文狼籍飼蒼鷖。人情大半三年改，古道難言五色迷②。論盡興亡慚許負③，看殘楚漢哭虞兮。縱横却蠹書生事，簡點清心掃蒺藜。

【繫年】

同《新安遇朱白石》，此詩應作於崇禎七年（一六三四）夏遊新安時。

【箋注】

① 參見前詩《新安遇朱白石》。時在新安。

②五色迷：語本《老子》第十二章：「五色令人目盲，五音令人耳聾，五味令人口爽。」

③許負：漢代善於相面之許姓老嫗，曾相周亞夫曰：「君後三歲而侯，侯八歲爲將相，持國秉，貴重矣，於人臣無兩。其後九歲，而君餓死。」竟如其言。見《史記·絳侯周勃世家》。後用以泛指相術家。

夏日同朱白石黄卜周飲霞山樓上①

越鳥燕風今日齊，頽山留影樹偏低。春如太古惟仁者，昔有迷陽歎鳳兮②。剥果數盤徵舊事，高樓一卷賀新題。寒暄不慣無妨醉，折竹清來月似圭。

【繫年】

同上詩，此詩應作於崇禎七年（一六三四）夏遊新安時。

【箋注】

①夏日同朱荃宰、黄鼎飲霞山樓。朱荃宰，字白石，又字咸一；黄鼎，字卜周。俱見《續集·別集》卷一《吴于民稿序》注。

②迷陽歎鳳兮：語本《莊子·人間世》：「孔子適楚，楚狂接輿遊其門曰：『鳳兮鳳兮，何如德之衰也！來世不可待，往世不可追也。天下有道，聖人成焉；天下無道，聖人生焉。方今之時，僅免刑焉。福輕乎羽，莫之知載；禍重乎地，莫之知避。已乎已乎，臨人以德！殆乎殆乎，畫地而

趨！迷陽迷陽，無傷吾行！吾行郤曲，無傷吾足。』」

和許孟宏山懷①

絶黛横岡木石連，一枝寂寂學鷗眠。孤心雲外花城破，獨夜山中風信牽②。麋鹿懶成難對客，《茶經》讀罷好聽泉。江南此際同清月，莫使零荷隔水憐。

【繫年】

據前後詩作時，此詩應作於崇禎七年（一六三四）夏遊新安時。

【箋注】

① 此與許元溥唱和。許元溥，字孟宏。詳見《初集》卷六《楊公幹紀略》注。

② 風信：隨季節變化應時吹來之風。陸游《遊前山》：「屐聲驚雉起，風信報梅開。」

和孟宏追别西湖①

縈水香迴月似霜，閒尋群緑隔烟茫。樓頭敗雪憑花雨，湖上聞鶯怯酒腸②。半跌扶來春杏小，一聲愁絶北風凉。山行應接知無限，憶得觴飛與夢長。

【繫年】

據前詩作時，此詩應作於崇禎七年（一六三四）夏遊新安時。

【箋注】

① 此與許元溥唱和，以志西湖之别。參見前詩。

② 酒腸：代指酒量。孟郊、韓愈《同宿聯句》：「爲君開酒腸，顛倒舞相飲。」

和孟宏追别南湖①

水號鴛鴦何處尋②，無山送月入中林。舟如蝴蝶春常夢，人比蘆蓬秋有心。滿匣詩成憐紙薄，一宵長歎爲花深。湖光片片啣青去，拂玉驚香桑樹陰。

【繫年】

據前後詩作時，此詩應作於崇禎七年（一六三四）夏遊新安時。

【箋注】

① 此與許元溥唱和，以志嘉興南湖之别。

② 水號鴛鴦：即鴛鴦湖，一名南湖。《永樂大典》卷二千二百七十：「鴛鴦湖，《嘉興志》：一名南湖，在縣三里。」

送許孟宏草草入黄山①

非我不能往，青雲缺送迎。躊躇出城意，鄭重記山名。飛鳥心偏疾，無花君獨清。誰人歌此别，前路恐寒盟②。

【繫年】

據前後詩作時，此詩應作於崇禎七年（一六三四）夏出遊時。

【箋注】

① 此送别許元溥入黄山。

② 寒盟：《左傳·哀公十二年》：「公會吴於橐皋，吴子使大宰嚭請尋盟。公不欲，使子貢對曰：『盟，所以周信也，故心以制之，玉帛以奉之，言以結之，明神以要之。寡君以爲苟有盟焉，弗可改也已。若猶可改，曰盟何益？今吾子曰「必尋盟」，若可尋也，亦可寒也。』乃不尋盟。」後以「寒盟」指背棄或忘却盟約。

和孟宏黄山折花①

攀溪露早愁花覺，闌入山園飛鳥來②。百障春城今日破，三紅姓氏一枝催。但期閣上同香濯，莫落風前變緑埃。知子有心千里至，小園鸜鵒不須猜。

【繫年】

據前後詩作時，此詩應作於崇禎七年（一六三四）夏出遊時。

【箋注】

①此唱和許元溥黄山之作。

②闌入：攙雜進去。袁宗道《獨坐》：「闌入朱紫叢，駑馬隨鵰鶚。」

喜孟宏黄山歸①

聞説山歸草木驕，傳呼烟月渡平橋。黄冠論友分花早②，青鳥啣書入水遥③。爲浴温泉衣漸減，怯愁香閣夜難消。多情蘿薜沾人翠，試問巢公止一瓢④。

【繫年】

據前後詩作時，此詩應作於崇禎七年（一六三四）夏出遊時。

【箋注】

①此喜迎許元溥黄山歸來。

②黄冠：古代指箬帽之類，臘祭時戴之。《禮記·郊特牲》：「黄衣黄冠而祭，息田夫也。」後借指農夫野老之服。

③青鳥：神話傳説中爲西王母取食傳信之鳥。《山海經·西山經》：「又西二百二十里，曰三危之山，三青鳥居之。」後遂以「青鳥」代稱信使。

④巢公：即巢父。皇甫謐《高士傳·巢父》：「巢父者，堯時隱人也，山居不營世利，年老以樹爲巢

而寢其上，故時人號曰巢父。」一瓢：蓋語本《論語·雍也》：「賢哉，回也！一簞食，一瓢飲，在陋巷。人不堪其憂，回也不改其樂。」

次孟宏黄山道中①

暑征力力緣高渡②，問緑何人止一簦。滿徑棠梨供鳥啄，多年松石作雲層。摩青有線峰頭月，采碧爲家山上僧。憐汝井泉緺道去，昌黎痛哭可能徵③。

【繫年】

據前後詩作時，此詩應作於崇禎七年（一六三四）夏出遊時。

【箋注】

① 此唱和許元溥黄山之作。參見前詩。

② 力力：盡力貌。

③ 昌黎痛哭：楊嗣昌《楊嗣昌集》卷五十六《太華山記》：「昔昌黎痛哭，非爲紕漏，蓋山水奇窮，筆所不能繪，詠所不能傳，惟有痛哭，足以發舒其勝耳。」

午日

夢賦江心波未圓，初桐葉剪卜靈莛。錢塘門水菖蒲酒①，香草懷人風雨天。小閣静偏宜辟蠹，新衣雖整不登船。閒吟一卷空簪艾②，却惜蟲飛已半年。

【繫年】

據前後詩作時，此詩應作於崇禎七年（一六三四）端午。

【箋注】

① 菖蒲酒：用菖蒲葉浸製之藥酒。舊俗端午節飲之，謂可去疾疫。蘇軾《元祐三年端午貼子詞·皇太后閣之二》：「萬壽菖蒲酒，千金琥珀杯。」

② 簪艾：頭簪艾虎，端午風俗之一。張大純《姑蘇采風類記》：「午日，兒女彩索纏臂，又簪艾虎、釵符、健人等，飲雄黄昌蒲酒。」

次陸刺史玉井靈雨詠①

五月旗田看雨梢，龍來伐鼓更屠蛟。東南穡事甘宜水，蘇白風流緑滿郊。野老山中占曆早，新詩亭上帶雲敲。祝篝争喜葵心合，問政峰頭鳳可巢。

其二

千畝清風葉葉舒，泥人鶴立復何如。當年似露春曾詠，此日成雲蒲亦書。竹閣生涼疑望翠，快堂有客可憑虛。壺冰一夜先秋濯，載酒聽鸝念永初。

【繫年】

據「五月旗田看雨梢」及前後詩作時，此詩應作於崇禎七年（一六三四）五月出遊時。

【箋注】

①此與徽州知府陸錫明唱和。陸錫明，字幼輿，號玉井。乾隆《平湖縣志》卷七：「陸錫明，字玉井。少穎異。父基厚，字戴卿，爲諸生，下筆千言，數奇不售，手授經史，引古人忠孝大節，以訓迪之。錫明中天啓乙丑進士，魏璫用事，廷試前，門客諷令往謁，正色謝之。及對策擬一甲第三，抑置二甲第三，未嘗有愠色。授工部主事。始祖宣公有祠在孤山，豪右改爲書院。錫明同兄鏊、姪澄原合疏上陳，得復歸世守。出知常州府，丁艱歸。起補徽州，徽爲富郡，商賈遍天下，一路相率餽獻，求見顔色，不可得。璫勢羅織，民苦重役，思嘯聚爲亂，竭心力以安撫之。陞江西提學副使，清節益著，鑒拔得人。念母年高，乞終養，卒于家。嗣子瀟原，性孝友，事嗣母吴本生母沈備極孝養，本生所授居宅，義讓兄姪。」

讀陸玉井白嶽十詠次韻賦答①

濯髪陽阿望翠扶②，仙人峰近接香爐。欲摹舊帖尋千嶂，賴讀新詩似一壺。客裏雨烟知有伴，夢中花木未曾孤。擬酬緑猗慚迷草，落得空山猿鳥呼。

【繫年】

據前後詩作時，此詩應作於崇禎七年（一六三四）五月出遊時。

【箋注】

① 此與徽州知府陸錫明唱和。參見前詩。白嶽，安徽名山。張壽鏞《白嶽游稿序》：「黄山、白嶽並峙黟、婺，明嘉靖壬辰世宗錫白嶽名曰齊雲山。然高不及武當十之二，袤不及雁蕩十之三，而怪石奇峰，刻畫肖形，甲於宇内。」

② 陽阿：古代神話傳説中之山名，朝陽初升時所經之處。《楚辭·九歌·少司命》：「與女沐兮咸池，晞女髮兮陽之阿。」

别吴侍御南羅①

滿國高凉問水潯，霜情入夏更清深。蒼天知己誰捫壁，四海横流好射禽。毛髮漸斑封事日，山川惜别古人心。多艱應賴同憂樂，未易科頭看樹陰②。

【繫年】

據前後詩作時，此詩應作於崇禎七年（一六三四）夏出遊時。

【箋注】

① 吴南羅，待考。

②科頭：謂不戴冠帽，裸露頭髻。

別葉夫子次孟樸韻①

遥岑方愧負前期，此別争傳天下師。蒲酒今年節較短，歸昌一曲鳥來儀②。人驚風雨山山失，月小江潯夜夜隨。揮手握盈頻顧影，清心直渡子陵碑③。

其二

分水鳴槳欲別難，詩心違夜夢先寒。春風已去無梅信，亂石空横帶月看。山盡作碑書盛事，魚將唧玉報平安。一時簪友傷千里，此日殷憂總百端。

【繫年】

據前後詩作時，此詩應作於崇禎七年（一六三四）夏出遊時。

【箋注】

①次許元溥韻别房師葉自根。參見前詩《謁葉夫子賦呈二章》。

②歸昌：謂鳳凰集鳴。劉向《説苑・辨物》：「（鳳）晨鳴曰發明，晝鳴曰保長，飛鳴曰上翔，集鳴曰歸昌。」

③ 子陵碑：東漢隱士嚴光，字子陵。陳獻章《陳獻章集》卷五《子陵》：「羊裘不返道終疑，玉帛雖來事可知。天下君臣光武召，世間膾炙子陵碑。故人不改狂奴態，一事堪爲百世師。九鼎漢家從此重，聽歌山谷老人詩。」

分賦小飛五章①

不任環欹曉月颸，深顰欲立訴河魴。羊車天子迷香汁②，翠羽宫人説媚娘。自學梳頭常避鏡，可知蜂信别開房。忽聞釧響簾中出，亭北風摇晚海棠。

其二

晴明草上得烟無，一葉翻風入畫圖。香落衣衫春作袖，雲稱姊妹月爲姑。驚絲楊柳空餘雪，問妾錢塘可姓蘇。蛺蝶縱横皆不賴，翠顛娃閣下榆趺。

其三

樓閣如何月未歸，剪裳學舞待花圍。瀟湘屏曲聞青瑟，雲海釵聲問玉妃。一片砧來桐落井，無端秋渡鵲穿衣。闌干夢遍爐心熱，驚起雙鴦泣露晞。

其四

瑟咽流紅入聽無，朱蘭拼折漢宫圖。桃根詠扇遺高士③，青女啣書報雪姑④。偶病無花爲櫛沐，多愁賴汝似萱蘇⑤。波闊試點猶揺玉，卓氏爐頭不换趺。

其五

淡得梅銷螺子無，輕羅不障北風圖。遠山墨落西園史，胡婢名成阮氏姑。荷小顛浮承乳燕，月明唐突入流蘇。隱侯瘦絶誰人見⑥，窗外吹來一匣趺。

【繫年】

據前後詩作時，此詩應作於崇禎七年（一六三四）夏出遊時。

【箋注】

① 本詩其三入選陳濟生《天啓崇禎兩朝遺詩》卷七《張天如詩》。

② 羊車：宫中用羊牽引之小車。《晉書·后妃傳上·胡貴嬪》：「（晉武帝）常乘羊車，恣其所之，至便宴寢。宫人乃取竹葉插户，以鹽汁灑地，而引帝車。」

③ 桃根：王獻之愛妾桃葉之妹。

④ 青女：傳説中掌管霜雪之女神。《淮南子·天文訓》：「至秋三月，地氣不藏，乃收其殺。百蟲蟄伏，静居閉户。青女乃出，以降霜雪。」

⑤ 萱蘇：萱，指萱草；蘇，指臯蘇。古人以爲可使人忘憂釋勞。

⑥ 隱侯：沈約，字休文，善詩文，高祖受禪，爲尚書僕射，封建昌縣侯，邑千户。卒謚隱侯。

夜泊梅口①

暮水得烟甚，扁舟似草居。聞風石上出，近樹月來初。坐久波瀾闊，山高鐘磬疏。無魚寒莽宿，雨岸意何如。

【繫年】

據前後詩作時，此詩應作於崇禎七年（一六三四）夏出遊歙縣時。

【箋注】

① 梅口：位於歙縣。《讀史方輿紀要》卷二十八《徽州府·歙縣·街口鎮》：「明初置梅口批驗茶引所，成化十四年并入街口巡司。」

和孟樸新安歸舟兼示黄卜周朱白石吴于民①

懸崖清四合，此日即深秋。灘石不可數，水聲自上流。迴帆山面改，破岸月光留。相送知何地，城高憶舊洲。

其二

無風一葉放，久聽自颼飀②。亂樹成巉壁，清溪縱筰舟。人家傍水宿，烟雨在山頭。偶爾雲歸壑，樵蘇或出遊③。

【繫年】

據「此日即深秋」及前後詩作時，此詩應作於崇禎七年（一六三四）秋出遊新安中。

【箋注】

① 此與孫淳唱和，兼示黄鼎、朱荃宰、吴德鑒。

② 颼飀：象聲詞，形容風聲。

③ 樵蘇：打柴砍草者。虚中《石城金谷》：「狐兔閒生長，樵蘇静往來。」

寄懷馬君常①

懷君不可説，明月應自知。温飽非所志，艱難幸勿辭。高秋慎風露，正色修文詞。報答千里意，憂樂無窮期。

其二

余季甫入北，丁寧事正人②。笑言視規矩，動履念鬼神③。長者師傅責，天涯兄弟真。寒温等平素④，相送直以身。

【繫年】

據「高秋愼風露」及前後詩作時，此詩應作於崇禎七年（一六三四）秋出遊歸舟中。

【箋注】

① 馬世奇，字君常，號素修。詳見《合集·近稿》卷一《房稿王風序》注。

② 丁寧：囑咐，告誡。《詩·小雅·采薇》「曰歸曰歸，歲亦莫止」鄭玄箋：「丁寧歸期，定其心也。」

③ 動履：謂起居作息。歐陽修《與富文忠公書》：「餘暑未祛，伏承台候動履清福。」

④ 寒温：指問候冷暖起居。干寶《搜神記·阮瞻》：「忽有客通名詣瞻，寒温畢，聊談名理。」

寄懷楊伯祥①

送弟及江滸，凉風爲余深。睹君仁義色，免彼童稚心。鳥羽異南北，人情無古今。長河流不息，曉夜誰知音。

其二

大路且折柳②，至誠無委蛇。流連出門義，三復《生民》詩。絶學久相勖③，先憂不敢私。皇天念予汝，當俟河之湄。

【繫年】

據前後詩作時，此詩應作於崇禎七年（一六三四）秋出遊歸舟中。

【箋注】

① 楊廷麟，字伯祥。詳見《續集》卷一《楊伯祥稿序》注。

② 折柳：折取柳枝。《三輔黄圖·橋》：「霸橋在長安東，跨水作橋。漢人送客至此橋折柳贈别。」後多用爲贈别或送别之詞。

③ 相勖：勉勵。李白《以詩代書答元丹丘》：「故人深相勖，憶我勞心曲。」

寄吴來之①

紅葉從風溯遠隄，春迴烟閣静香提。素心道路難爲説，好事雲屏待子題。一諾久知千古重，三秋自此兩峰齊。平章梅雪看君子②，賦有金聲報紫霓③。

【繫年】

據「三秋自此兩峰齊」及前後詩作時，此詩應作於崇禎七年（一六三四）秋出遊歸舟中。

【箋注】

① 此寄懷吴昌時。吴昌時，字來之。詳見《初集》卷一《廣應社序》注。

② 平章梅雪：語見盧梅坡《雪梅》：「梅雪爭春未肯降，騷人閣筆費平章。梅須遜雪三分白，雪却輸梅一段香。」平章：評處，商酌。

③ 賦有金聲：陸楫《蒹葭堂稿·寄懷李濂甫》：「衛玠丰標同玉樹，孫郎詞賦有金聲。」

詠鹿城諸烈婦①

少本儒家禮自防，不虞邪服忽披猖。貪夫如虎金三窟，薄命遊絲淚數行。只恨賤貧低首拜，更傷離折在蕭牆。玉山無水招魂魄②，驚落飛塵滿屋梁。

【繫年】

據詩後序「五月五日後，同孟樸、君偉、孟宏自新安歸，舟中刺論節婦事，適得五人」及前詩作時，此詩應作於崇禎七年（一六三四）秋出遊歸途中。

【箋注】

① 鹿城諸烈婦事，詳見詩後序。鹿城：温州别稱。萬曆《温州府志》卷二：「因跨山爲城，名斗城。

時有白鹿銜花之瑞，故又名鹿城。」卷十八：「晉太寧元年，初立永嘉郡，時方建城，有白鹿銜花之瑞，遂名其城曰白鹿城云。」

② 玉山：古代傳説中之仙山。《山海經·西山經》：「又西三百五十里，曰玉山，是西王母所居也。」郭璞注：「此山多玉石，因以名云。《穆天子傳》謂之群玉之山。」

咏鹿城方節婦①

食苦難言伐遠楊，九原相送泣飛鴿②。兒多長大俱無食，衣止疏麻不覆床。吊客蒼蠅非故舊，夜臺同老是糟糠③。後人若欲存真史，項上縈痕記紫囊④。

【繫年】

據前詩作時，此詩應作於崇禎七年（一六三四）秋出遊歸途中。

【箋注】

① 方節婦事，參見詩後序云：「方之夫業儒以貧死，婦慟甚。有兩兒，已滿四五歲，婦一夜起，乳之使睡，復覆以衣，自經閣上，距夫死不十日耳。」

② 九原：泛指墓地。皎然《短歌行》：「蕭蕭烟雨九原上，白楊青松葬者誰？」

③ 夜臺：墳墓，亦借指陰間。沈約《傷美人賦》：「曾未申其巧笑，忽淪軀於夜臺。」糟糠：《後漢書·宋弘傳》：「貧賤之知不可忘，糟糠之妻不下堂。」後以「糟糠」稱曾共患難之妻。

④ 紫囊：用紫皮或紫紗做成之笏囊，此代指笏板。《隋書·禮儀志六》：「笏，中世以來，唯八座尚書執笏。笏者白筆綴其頭，以紫囊裹之。其餘公卿，但執手版。」

詠雲間孝子①

孺子生平立母傍，百年宣髮食新粻。不知婚匹成人事，但識寒温在北堂②。榆影相看真負戴，綿山偕隱愧翺翔③。盛朝仁壽歸耆士，論孝誰爲兄弟行。

【繫年】

據前詩作時，此詩應作於崇禎七年（一六三四）秋出遊歸途中。

【箋注】

① 雲間孝子事，見詩後序云：「雲間孝子事最奇，終身不娶，養母極歡，謂母老非人不煖，夜同起居。今母年百歲，孝子亦七十矣。」何三畏《天啓雲間志略》卷二十四有《雲間孝子傳》：「有張永思者，母少守節，至九旬，永思亦七十，定省如兒時。親知邀飲常不赴，赴亦止嘗一味，曰：『此皆母所未啖，而兒食乎？』後召飲者，必更設數器以遺其母，亦俟母食畢而後赴。有司遺之粟則拜而受，遺之金則請辭。或説之居間者，輒謝曰：『此非但僕所耻，亦老母所羞。』終其身竟無干謁。」

② 北堂：指母親之居室。語本《詩·衛風·伯兮》「焉得諼草，言樹之背」。毛傳：「背，北堂也。」

③ 綿山偕隱：此用介子推與母偕隱綿山事。

咏楚州馮孝婦①

泛濫聞淮水，高城一婦難。呼天力已盡，盭血刀苦酸。靈藥青閨夢，兒心白髮餐。悲歌今復續，夜雨説秋蘭。

又

此地驚霜草色丹，蕭條流咽夜珊珊。但祈日月同姑老，莫惜肌膚自我看。一死久甘辭粉黛，餘生正可訓衣冠。城頭烏鳥憐君意，啣得泉魚代進餐。

【繫年】 據前詩作時，此詩應作於崇禎七年（一六三四）秋出遊歸途中。

【箋注】

① 楚州：州名，即今淮安。楚州馮孝婦事，參見詩後序云：「馮婦奇孝，十七，割股愈母病。二十五，姑疾，則剖肝療之。云得神人語，抑誠所召也。」

咏甫里董烈婦①

自憐夫婿不能豪，誤識遽蒢傷苦蒿。身似飄風捐櫛髮，魂從飛雨讀《離騷》。兔絲賒死無天道，衣帶親縫有佩刀。試擊筑聲青草怨，可知江近接胥濤②。

五月五日後，同孟樸、君偉、孟宏自新安歸，舟中刺論節婦事，適得五人。董死于姻，諸死于族，詩人所謂豺虎也。復有得厚利爲榮夷公之請者，崑之鄙夫，一城賤之。然諸婦寃雖不直，狂且水死，足以徵天矣。方之夫業儒以貧死，婦慟甚。有兩兒，已滿四五歲，婦一夜起，乳之使睡，復覆以衣，自經閣上，距夫死不十日耳。馮婦奇孝，十七，割股愈母病。二十五，姑疾，則剖肝療之。云得神人語，抑誠所召也。雲間孝子事最奇，終身不娶，養母極歡，謂母老非人不煖，夜同起居。今母年百歲，孝子亦七十矣。五人事不同，遇亦小異，然皆根極天性，稱絶行，合爲一卷，各次以詩，余不禁或泣或歌也。

【繫年】

據前詩作時，此詩應作於崇禎七年（一六三四）秋出遊歸途中。

【箋注】

①由詩後序可知，是年端午後，張溥同孫淳、君偉、許元溥自新安歸，舟中討論節婦事，兼詠雲間孝子，成此數詩。甫里：在今長洲。

②胥濤：傳説春秋時伍子胥爲吴王所殺，屍投浙江，成爲濤神。後人因稱浙江潮爲「胥濤」。後泛

指洶湧之波濤。

擬唐人六贈詩十二首①

花籃

一筐烟露爲春擕，可許流絲障緑泥。料得醒時將鬥草，好人衣服也提提②。

其二

睡落紅酣鈿合宜，竹心百節唤黄鸝。人間驚説同昌嫁③，一夜陪粧十八姨。

梳奩

試掠新年不敢啼，春歸薄練燕風低。漆光照得同心結，此日蕭娘正及笄④。

其二

自是香横雲未齊，教人獨立鏡中迷。分明貼額沾春早，十樣螺光一樣題。

真墨

燃燭呼來立畫屏，遠山名字鳥能聽。還愁薄命難禁雨，與汝輕烟寫佛經。

其二

閨中切莫學《黄庭》，留却詩心半夜青。松性有煤應早嫁，薛濤箋上看娉婷⑤。

銅鎖

曲曲隄防君自知，玉牀流帳妥葳蕤。瀟湘六幅經年疊，開取薰香問侍兒。

其二

莫謂春寒不放眉，多心百折未差池。五銖一串今堪鑄，壓手還應掛玉麒。

玉簪

怯夢新詩借一枝，開奩羅子落醾醿。古釵有曲君休唱，小玉家聲不受欺。

其二

鬌髮看來束霧隨，貞心温節慎攜持。懸知五月薰衣盡，艾虎猙獰不敢遺⑥。

園茗

新雨山中試采青，女冠閒坐註《茶經》⑦。蚤憐病渴心如石，再上西泠泉有亭。

其二

麻飯流來水別開，酪奴解事代新醅。君心若念桃花日，應記求漿人姓崔。

【繫年】

據前後詩作時，此詩應作於崇禎七年（一六三四）秋。

【箋注】

①此擬唐人詩。鄒漪《啓禎野乘一集》卷七《張庶常傳》云張溥「詩皆三唐風格」，殆指此類詩。

②提提：安舒貌。《詩·魏風·葛屨》：「好人提提，宛然左辟。」毛傳：「提提，安諦也。」孔穎達疏：「言安諦，謂行步安舒而審諦也。」

③ 昌嫁：王昌，古人常用以指理想之丈夫。崔顥《古意》：「十五嫁王昌，盈盈入畫堂。」

④ 蕭娘：《南史·梁臨川靖惠王宏傳》云：宏受詔侵魏，軍次洛口，前軍克梁城。宏聞魏援近，畏懦不敢進。魏人知其不武，遺以巾幗。北軍歌曰：「不畏蕭娘與吕姥，但畏合肥有韋武。」「蕭娘」即蕭姓女子，言宏怯懦如女子。後以「蕭娘」爲女子泛稱。

⑤ 薛濤箋：箋紙名。唐女詩人薛濤，晚年寓居成都浣花溪，自製深紅小彩箋寫詩，時人稱爲「薛濤箋」。舊時八行紅箋猶沿此稱。

⑥ 艾虎：古俗，端午日采艾製成虎形飾物佩戴之，謂能辟邪祛穢。

⑦ 女冠：女道士。

咏董烈女①

嬴得傾城誤此軀，讀書今且學提壺。輕看末世皆女子，獨恨能詩不丈夫。堂上嚴姑鞭小婢，梁間飛燕别新雛。從來達命佳人事，珠碎原田草亦枯②。

【繫年】 據前後詩作時，此詩應作於崇禎七年（一六三四）秋。

【箋注】

① 董烈女，蓋即前詩《咏甫里董烈婦》之董烈婦。

②珠碎：泛指人亡。胡曾《詠史詩·江夏》：「黄祖才非長者儔，禰衡珠碎此江頭。」

讀董烈女詩有感

敗紙殘煤字有無，新篇一句泣呱呱。田家不識真娘墓①，蠶死如蝍織錦圖。蚤夢雨來埋碧玉，夜聞鬼哭唤羅敷②。傷心豈獨箜篌引③，片片蕪青聽蟪蛄。

【繫年】

據前後詩作時，此詩應作於崇禎七年（一六三四）秋。

【箋注】

①真娘墓：在今蘇州市虎丘西。白居易《真娘墓》：「真娘墓，虎丘道；不識真娘鏡中面，唯見真娘墓頭草。」

②羅敷：古代美女常用名字。古樂府《陌上桑》：「秦氏有好女，自名爲羅敷。」

③箜篌引：亦名《公無渡河》。詳見本卷《過下浮溪橋》注。

哀薄少君兼感忱兒賦痛①

百律鵑紅燭已灰，貞心夜夜變風雷。靈歸何處看兒死，詩到于今似古哀。此日碧鏤知斷絶，十年繡褓幸招來②。横悲衹逐東流水，梁孟墳邊思子臺③。

【繫年】

崇禎五年春，張忱痘殤歿於京，年僅八歲，夏五月喪歸（見張采《知畏堂文存》卷七《張殤童壙銘》）。據詩中「十年繡褓幸招來」，可知此詩作於崇禎七年（一六三四）。

【箋注】

①薄少君，沈承妻，婁東人。詳見《初集》卷一《即山集序》注。忱兒，沈承遺腹子，爲張溥收養，起名張忱。崇禎五年春，張忱痘殤歿於京，年僅八歲。張忱夭折二周年之際，張溥作此詩以抒悲慟之情。

②繡褓：覆裹嬰兒之繡被。

③梁孟：東漢梁鴻、孟光夫婦，守貧高義，相敬如賓。後因以「梁孟」爲對人夫婦之美稱。此代指沈承、薄少君。思子臺：漢武帝太子據以巫蠱事自殺，武帝知其冤後，作思子宫，並建歸來望思之臺於湖縣。見《漢書·戾太子劉據傳》。

和孟宏出黄山①

登崖未半疑山盡，牽草驕人作客身。緑補衲衣當夢月，瓢如木葉亦擔春。鹿猿野坐應思定，魚磬呼君或有因。且賦歸來徵鳥語②，翠冠飛去説先秦。

【繫年】

據前後詩作時，此詩應作於崇禎七年（一六三四）夏秋間。

【箋注】

①此唱和許元溥黄山之作。

②賦歸來：晉陶潛爲彭澤令，不願「爲五斗米折腰」，辭官歸隱，並賦《歸去來兮辭》：「歸去來兮，田園將蕪，胡不歸？」後以「賦歸去」爲辭官歸隱之典。

許氏三節褚太君者孟宏孝廉嗣母也王太君、歸太君則諸母也褚年二十一王年二十三歸年二十九皆獨居今則褚年七十九而歿王年六十九歸年六十一矣三母皆舉于有司表臣式廬將次第棹楔爲詩紀之①

褚太君

清風自昔誦先民②，近服儀刑在縞巾。散髮已辭同女伴，寒烟尚有未亡人③。唄經到老如禪士，太古爲年仍獨春。惇史可徵矜式遠④，若昭兄弟讓貞珉⑤。

王太君

一家霜雪肅清晨，静夜砧聲念苦辛。紅縷不牽辭母氏，練裳終古服先民。經秋蓬首心無繫⑥，捶箸如琴性食貧。閒誦帝青供日月⑦，貞人寄託孰爲鄰。

歸太君

自是風嚴禮法遵，同心一室更清真。共姜不死存宗廟⑧，高行懷兒泣鬼神。孝本傳家生産薄，姑惟恃我水漿親。德門規矩誰堪媲，昆季當今第五倫⑨。

【繫年】

據前後詩作時，此詩應作於崇禎七年（一六三四）。

【箋注】

①此詠許元溥母及諸母。乾隆《長洲縣志》卷二十八《列女》：「甫里許氏三節，許自學妻褚氏年二十一而寡，撫嗣元溥舉於鄉，守節五十年。許自正妻王氏年二十三而寡，家貧無子，依父母居。母憐其幼，欲嫁之，乃授褐衣，以紅錦繫鈕探之。王氏泣曰：『未亡人終身不近此色矣。』守節四

十餘年。許自立妻歸氏年二十九而寡，事姑孝，撫二孤成立，守節三十餘年。崇禎中，先後旌表，張溥爲傳。」乾隆《江南通志》卷一百八十二：「許氏三節：許自學妻褚氏，崑山人，天啓年旌；許自正妻王氏，許自立妻歸氏，俱崑山人，崇禎年旌。里中稱爲三節。」乾隆《元和縣志》卷十七：「旌節坊，……一在甫里，爲許自學妻褚氏立。」張采《知畏堂詩存》卷四有《許氏三節詩次天如韻》，可參。

② 清風：《詩·大雅·烝民》：「吉甫作誦，穆如清風。」毛傳：「清微之風，化養萬物者也。」

③ 未亡人：舊時寡婦自稱。《左傳·成公九年》：「穆姜出於房，再拜曰：『大夫勤辱，不忘先君以及嗣君，施及未亡人。先君猶有望也！』」杜預注：「婦人夫死，自稱未亡人。」

④ 惇史：有德行者之言行記録。《禮記·内則》：「凡養老，五帝憲，三王有乞言。五帝憲，養氣體而不乞言，有善則記之爲惇史。」孔穎達疏：「言老人有善德行則紀録之，使衆人法則，爲惇厚之史。」

⑤ 貞珉：石刻碑銘之美稱。

⑥ 蓬首：形容頭髮散亂如飛蓬。語本《詩·衛風·伯兮》：「自伯之東，首如飛蓬。」

⑦ 帝青：佛家所稱之青色寶珠。玄應《一切經音義》卷二三：「帝青，梵言『因陀羅尼羅目多』，是帝釋寶，亦作青色，以其最勝，故稱帝釋青。」

⑧ 共姜：周時衛世子共伯之妻。共伯早死，其妻不再嫁。後常用爲女子守節之典。

⑨ 第五倫：字伯魚，東漢京兆長陵人。初爲鄉嗇夫，平徭賦，理怨結，得人歡心。數年後，爲京兆督鑄錢掾，領長安市。建武二十七年，舉孝廉，補淮陽國醫工長，隨王之國。後爲光武帝召見，拜扶夷長，未到官，追拜會稽太守。數歲，拜宕渠令。在職四年，遷蜀郡太守。章帝初立，代牟融爲司空，主張抑制外戚擅權，以正直廉潔見稱。見《後漢書·第五倫傳》。

過嚴先生釣臺①

依然西漢水，肅手拜先民②。一飯皆天子，山頭屬故人。浙江今日有，文叔布衣新③。非我披裘傲④，絲竿不肯臣。

其二

豈乏興王志⑤，山川事較真。敢將嚴子意，還問郭夫人⑥。遠近長安日⑦，清狂富水濱。驚心悼往者，高祖薄功臣⑧。

【繫年】 據前後詩作時，此詩應作於崇禎七年（一六三四）夏出遊桐江中。

【箋注】

① 此過嚴子陵釣臺而作。嚴子陵釣臺位於浙江桐廬縣城南富春山麓。嚴光，字子陵，隱於此山垂

釣。《浙江通志》：「嚴陵釣臺，在嚴州府東五十里七里瀧內。嚴子陵先生披羊裘釣澤中處。嚴郡所以得名。」吴應箕《樓山堂集》卷二十六有《過嚴子陵釣臺》，可參。

② 先民：古代賢人。《詩·大雅·板》：「先民有言，詢於芻蕘。」朱熹集傳：「先民，古之賢人也。」

③ 文叔：東漢開國皇帝劉秀，字文叔。少時與嚴光同遊學。

④ 披裘：嚴光少時與劉秀同遊學，有高名。及劉秀稱帝，隱居不出。劉秀思其賢，令使訪之。後得報：「有一男子，披羊裘釣澤中。」劉秀猜其定爲嚴光，三次派人方將其請至京師。見《後漢書·逸民傳·嚴光》。後以「披裘」指歸隱。

⑤ 興王：指開創基業之主。《後漢書·翟酺傳》：「願陛下親自勞恤……心存亡國所以失之，覽觀興王所以得之，庶災害可息，豐年可招矣。」

⑥ 郭夫人：即文德郭皇后，魏文帝皇后，字女王，安平廣宗人。東漢末南郡太守郭永女。曹操爲魏公時，得入東宮。爲人有智略，于曹丕立爲王嗣有建策之功。黄初三年立爲后。明帝即位，尊爲皇太后，稱永安宫。青龍三年卒於許昌。

⑦ 長安日：《世説新語·夙惠》：「晉明帝數歲，坐元帝膝上。有人從長安來，元帝問洛下消息，潸然流涕。明帝問何以致泣，具以東渡意告之。因問明帝：『汝意謂長安何如日遠？』答曰：『日遠。不聞人從日邊來，居然可知。』元帝異之。明日，集群臣宴會，告以此意，更重問之。乃答曰：『日近。』元帝失色，曰：『爾何故異昨日之言邪？』答曰：『舉目見日，不見長安。』」後以「長

安日」指京城。

⑧高祖：指漢高祖劉邦。《漢書·高帝紀上》：「高祖，沛豐邑中陽里人也。」顔師古注引張晏曰：「《禮》謚法無『高』，以爲功最高而爲漢帝之太祖，故特起名焉。」

桐江遇羅吴臯賦别①

遥水遲遲今又逢，一絲烟雨夜相從。酒呼狂客觥無度，蘆葉蒙舟月幾重。看鳥飛來啣碧草②，隨君歸去話青松。桐江争似西江好③，湖上鶯歌柳尚濃。

【繫年】

據前後詩作時，此詩應作於崇禎七年（一六三四）夏出遊桐廬時。

【箋注】

①桐江：富春江上游，即錢塘江流經桐廬縣境内一段。吴臯爲江西舊稱。《幼學瓊林》：「江西是豫章之郡，又號吴臯。」羅吴臯應爲羅萬藻，字文止。詳見《初集》卷一《易會序》注。

②碧草：神話傳説中一種可釀酒之草。舊題漢郭憲《洞冥記》：「瑶琨去玉門九萬里，有碧草，如麥，割以釀酒，則味如醇酎。飲一合，三旬不醒；但飲甜水，隨飲隨醒。」

③争似：怎似。

桐江夜晤吴皋並懷士業翊辰①

今年花發溯飛蓬，幸共歸帆一借風。論友差看陶永夕②，著書豈獨在窮愁③。人期終古苔琴遠，家近匡廬面目同④。分路還疑烟色改，水流長自識西東。

【繫年】

據前後詩作時，此詩應作於崇禎七年（一六三四）夏出遊桐廬時。

【箋注】

① 此志桐江夜晤羅萬藻兼懷陳宏緒、陳三陛。陳宏緒，字士業。詳見《初集》卷一《王慎五稿序》注。陳三陛，字翊辰，號補堂，吴江人。彭藴璨《歷代畫史匯傳》卷十四：「陳三陛，字翊辰，號補堂，吴江人。需次經歷，肆力於詩，兼及書畫射弈，靡所不精。卒年甫二十有七，藝林惜之。有《評月樓遺詩》。」

② 永夕：長夜，通宵。

③ 著書豈獨在窮愁：《史記·平原君虞卿列傳論》：「然虞卿非窮愁，亦不能著書以自見於後世云。」

④ 匡廬：指江西廬山。相傳殷周之際有匡俗兄弟七人結廬於此，故稱。

富春道中次孟宏韻①

看山水上即平郊，帆點霞横在樹梢。樵唱不來巖下夢，清風如對故人交。泉吞細石分千響，客坐高樓止一巢。買得纖魚綸未脱，先生今日忍相嘲。

其二

高山長水是灘頭，識得君心家可浮。無字石碑皆好句，千年風雨一羊裘②。若知漢國三分日，預惜江東兩大謀。碌碌衣冠臺上冷，朝來榮槿看蜉蝣。

【繫年】據前後詩作時，此詩應作於崇禎七年（一六三四）夏出游桐廬時。

【箋注】

① 行富春道中，和許元溥詩。

② 羊裘：代指嚴光。詳見《合集·詩稿》卷二《過嚴先生釣臺》注。

桐廬道中梅雨①

時節雖禁雨，飛湅驚小舠。望中失岸樹，客裏夢波濤。花信愁風後，歸心與水高。青篁揺曳甚，傍石問江皋。

其二

急鳴似水落，入望始滔滔。烟渡乖山信，春衣畏雨毛②。秧齊滿簑釣，蟲苦没蓬蒿。静葉無人惜，桔槔何孔勞③。

【繫年】 據前後詩作時，此詩應作於崇禎七年（一六三四）夏出遊桐廬時。

【箋注】

① 時在桐廬道中。

② 雨毛：細雨。蘇軾《東坡》之四「毛空暗春澤」自注：「蜀人以細雨爲雨毛。」

③ 孔勞：非常辛勞。

次孟樸富春道中①

蕩石惟空在，一亭清未分。大江同此路，近水别爲雲。地僻多秋節，波寒失鳥群。飛心流葉激，遥閣應先聞。

【繫年】據前後詩作時，此詩應作於崇禎七年（一六三四）夏出遊桐廬時。

【箋注】

①時在富春道中，唱和孫淳詩。孫淳，字孟樸。詳見《初集》卷一《五經徵文序》注。

舟中苦雨

風雨江舟似閉門，兩山隔渡失前村。扣舷高夢憑浮葉，激水寒歌賴一罇。花不及時潮信改①，魚應憐我客黄昏。雖知天氣無勞怨，梅落年年妒滿園。

其二

早知憔悴在平灘，恨不憑高借一竿。節候欺人偏道路，潮頭無信到闌干。但傷此夕聞花歎，始識今朝爲雨難。宿莽鳥多愁日暮②，波聲漸欲逼衣寒。

【繫年】據前後詩作時，此詩應作於崇禎七年（一六三四）夏出遊中。

【箋注】

①潮信：潮水。以其漲落有定時，故稱。劉長卿《奉送裴員外赴上都》：「獨過潯陽去，空憐潮

信迴。」

② 宿莽：經冬不死之草。

禁　雨

參星昨夜照江沱，紅落於今奈雨何。不敢問天憑客對，但知月出爲君歌。滴殘梅子存桃杏，濕盡珊瑚怨綺羅。早謝朱絲迴鶴嘆①，滄波滿目望中多。

【繫年】

據前後詩作時，此詩應作於崇禎七年（一六三四）夏出遊中。

【箋注】

① 朱絲：借指琴瑟。

慰　雨

晴久泥香雨亦應，忽添江勢似憑陵①。風絲飄落成苔片，螢濕驚飛借客燈。每望高峰雲在上，却憐蕪草夢相憎。年光一半篋中去，試掛新鈎照翠罾。

【繫年】

據前後詩作時，此詩應作於崇禎七年（一六三四）夏出遊中。

【箋注】

①憑陵：逾越。李白《大鵬賦》：「燀赫乎宇宙，憑陵乎崑崙。」

道中阻雨喜遇翁子長〔一〕①

憑此空茫夜，懷人恨未曾②。連舟同載雨，無酒得高朋。水與君相習，山愁月不升。故鄉歸信早，贈汝舊時簦。

【校記】

〔一〕目録原無「喜遇翁子長」，據正文補。

【繫年】

據前後詩作時，此詩應作於崇禎七年（一六三四）夏出遊中。

【箋注】

①翁祚，字子長，龍遊人。復社成員。康熙《龍遊縣志》卷十《人物志》：「翁祚，字子長。少遊吴中，與張西銘、楊維斗、張受先諸先生友善。篤學嗜古，穿穴經傳，鑽研討味，終老不輟。家寒，無儋石儲，處之晏然。口不問家人生産，有言及阿堵者，面發赬，輒揮使去。每歲教授生徒，束修而外，雖片楮寸管亦不妄取，其耿介獨行，近古未有也。朋友有過，以正義相規，或面譙讓之，不少回護。丙子新例，選貢扃闈，再試之，同于鄉舉。祚中選，會遭亂，不仕。古文宗兩漢，詩學昌黎，

有集藏家，未梓行世。」

② 懷人：指思鄉之人。楊慎《送童士琦瑞州府判賦得蜀江》：「別後懷人更懷土，煩君時一到滄洲。」

江雨懷受先①

別君幾兩月，草草待江潯②。新雨知無恙，他鄉共一心。讀書防驟暑，話汝在高岑。却寄還愁促，今宵恐没參。

【繫年】據前後詩作時，此詩應作於崇禎七年（一六三四）夏出遊中。據「別君幾兩月」，可知此次出遊歷時近兩月。

【箋注】

① 此寄懷張采。張采，字受先，號南郭。詳見《初集》卷一《禮質序》注。

② 草草：憂慮勞神貌。謝靈運《彭城宫中直感歲暮》：「草草眷徂物，契契矜歲殫。」

七録齋詩稿卷三

婁東　張溥西銘　著

送許孟宏入楚①

高文天半合雲襄，夜看明星將出房。蕉字頻分清作扇，荷衣初着薄爲郎。軟歌菱曲迷楊子②，穩送烟霞渡楚湘。秋露漫沾鷩索斷，橘黄更帶白茅香。

其二

早惜深情問楚襄，頳魚啣水落蓮房。頃波木葉同吴地，異國桃花識阮郎③。袖發孤山憑一卷，人如明月隔三湘④。莫忘潭照西陵影，雨脚吹笙欲返香。

【繫年】

據張采《送許孟宏入楚》前詩《送侯豫瞻北上》、後詩《東郊》作年爲崇禎七年，兼據「秋露漫沾鷩索斷」等語，可知張溥此詩作於崇禎七年（一六三四）秋。

【箋注】

①送許元溥入楚。張采《知畏堂詩存》卷三亦有《送許孟宏入楚》：「波光渺渺漫遨游，一卷書隨一葉舟。黄鶴影空停楫望，青山屐滿帶烟求。祇堪浴我三湘水，輒欲推人百尺樓。縱使漢陽多樹色，吴江楓冷客難留。」

②楊子：古津渡名，即楊子渡。李白《長干行》之二：「五月南風興，思君下巴陵。八月西風起，想君發楊子。」

③阮郎：漢明帝永平五年，會稽郡剡縣劉晨、阮肇共入天台山采藥，遇兩麗質仙女，被邀至家中，並招爲婿。事見《太平御覽》卷四一引劉義慶《幽明録》。

④三湘：指沅湘、瀟湘、資湘，代指楚地。陶潛《贈長沙公族祖》：「遥遥三湘，滔滔九江。」

金閶同孟樸九一孟宏君偉夜飲即席限韻①

清雨連舟賴酒襄，輕鷗横水折荷房。雲多楚國留春袖，聲唤紅牙認玉郎②。别夜半驚皆落葉，新凉閒坐即瀟湘③。故人銷夏資烟闊，預判群山一樹香。

【箋注】

①在蘇州同孫淳、徐汧、許元溥、君偉夜飲。金閶：蘇州别稱，蘇州有金門、閶門兩城門，故以「金閶」别稱蘇州。

②　玉郎：對男子之美稱。

③　瀟湘：湘江與瀟水並稱，多借指今湖南地區。杜甫《去蜀》：「五載客蜀郡，一年居梓州。如何關塞阻，轉作瀟湘遊？」

次孟宏韻寄懷王聞修學憲①

冰國情銷雲覆身，門庭孝友念君陳②。十年文史耽三楚③，八代興衰在一人④。玉骨照城皆禮樂，王香滿苑未清貧。洞花霞果隨書發，不使梁園偏早春。

其二

閒居沐浴是蘭身，詩史於今太史陳。笠澤絃歌非往事⑤，洞庭烟釣有高人。粲花綺論堪醫俗⑥，雕板經文可療貧。呼得鶴來將負笈，樓名百尺曲陽春。

【箋注】

①　次許元溥韻寄懷王志堅。王志堅，初字弱生，更字淑士，又字聞修。詳見《續集·別集》卷一《甫里三節母合傳》注。

②　君陳：周公旦之子。《禮記·坊記》「君陳曰」漢鄭玄注：「君陳，蓋周公之子，伯禽弟也。」後以喻皇家之重臣。

③ 三楚：戰國楚地疆域廣闊，秦漢時分爲西楚、東楚、南楚，合稱三楚。後以泛指長江中游以南，今湖南湖北一帶地區。

④ 八代：指東漢、魏、晉、宋、齊、梁、陳、隋八代。蘇軾《潮州韓文公廟碑》：「文起八代之衰，道濟天下之溺。」

⑤ 笠澤：指太湖。

⑥ 粲花綺論：謂言論典雅雋妙，有如明麗春花。王仁裕《開元天寶遺事·粲花之論》：「李白有天才俊逸之譽，每與人談論，皆成句讀，如春葩麗藻，粲於齒牙之下，時人號曰李白粲花之論。」

夏日小集①

擊竹清來妙不傳，高談分水出蒼天。雲都若選孤山客，鶴袂争迎楚國仙。新月入杯應避暑，舊書堆閣已多年。擬追古道豐今日，湖上鶯花亦偶然。

【箋注】

① 此志夏日七録齋小集。張采《知畏堂詩存》卷三有《夏日集七録齋步與游韻》：「風雅由來未有傳，文成捫壁問青天。北窗放脚遺今日，長夏科頭撮小仙。兄弟聚時皆道古，禮文略處欲忘年。不須重説西湖勝，是地青松聽謖然。」可知張采、王志慶等參加小集。

夏日陪劉映薇父母集弇山次受先二律〔一〕①

勝水烟魚任主賓，蓮花選静得高人。園非舊日名偏古，山近天然石不塵。薜屐三峰閒竹杖，凉舟一葉放秋鱗。縱恣宇宙存風雅，新露蕉香念此辰。

其二

門前笙詠出嘉賓，豈弟南山即美人②。蕖葉岸邊逢薜路，布帆雨後蹴花塵。風含甘菊秋横畝，句發凋梅水有鱗。珍重小凉如濯月，蘭亭一帖寫佳辰③。

【校記】

〔一〕張采纂《太倉州志》卷十四《藝文志·詩徵》收録此詩，題作「夏日陪劉映薇父母集弇山次受先韻」。

【箋注】

①夏日陪同年、太倉知州劉士斗集弇山，次張采韻。劉士斗，字瞻甫，號映薇。詳見《合集·近稿》卷三《重建城隍廟殿疏》注。弇山：園名，在太倉，爲王世貞所築。

②豈弟：和樂平易。《詩·小雅·蓼蕭》：「既見君子，孔易豈弟。」

③ 蘭亭一帖：指王羲之《蘭亭集序》。

吴門陪馮鄴仙給諫賦詩追别①

其一

溯洄將問夜何如，珍重歸來讀諫書。虎豹若鳴疑博浪，烟湖仍舊别三閭②。野王名士應推長，少尹東門第幾車。團露待君知未晚，深心常自戒衣袽。

其二

擥結高文佩玉琚，遠游豈爲看芙蕖。三年爾汝忘今日，子夜參差怨兩魚。試讀《春秋》皆實事，莫言《老》《易》尚清虚③。衣冠若到山陰路，十月詩章念厥初。

【箋注】

① 吴門陪馮元飆賦詩追别。其一入選陳濟生《天啓崇禎兩朝遺詩》卷七《張天如詩》。馮元飆，字爾弢，號鄴仙。詳見《合集·近稿》卷五《二三場合鈔序》注。

② 三閭：屈原之别稱，此代指馮元飆。

③ 老易：《老子》與《周易》並稱。《晉書·殷浩傳》：「浩識度清遠，弱冠有美名，尤善玄言，與叔父融俱好《老》《易》。」蘇轍《和張安道讀杜集》：「微言精《老》《易》，奇韻喜《莊》《騷》。」

早過與游齋受先已行矣次韻追之①

向夜知風寂，相尋緑水船。天光引子發，海鳥效君眠。别遽松猶待，逢遲山更延。主人兄弟半，沅沚説同搴。

【箋注】

① 早過王志慶齋，張采已行次韻追之。

六月望後一日訪與游次韻①

却暑不可得，思君人自清。送歸雲半夜，呼出月盈觥。覆地裁詩料②，輕籬護菊英。蟲歌傷未絶，襆被采湘蘅。

其二

凉水多幽訪，開園任客思。琴書人四壁，兄弟玉三枝。月户勞修琢，花香惜轉移。未逋明日景，相笑虎溪追③。

【箋注】

①六月既望，訪王志慶。參見前詩。

②裁詩：作詩。杜甫《江亭》：「故林歸未得，排悶强裁詩。」

③相笑虎溪：虎溪在廬山東林寺前，相傳晉僧慧遠居東林寺時，送客不過溪。一日陶潛、道士陸修静來訪，與語甚契，相送時不覺過溪，虎輒號鳴，三人大笑而別。後人于此建三笑亭。世傳有《虎溪三笑圖》，蓋本此。

夜同與游九一步瀛君偉青芝放舟虎阜觴月連旦次與游韻①

同此山邊得月多，斜風吹去采菱歌。舟中人性皆松柏，夜半秋心接水波。圖笑虎溪高塔院②，園名香國舊婆娑。將分清静持今夕，曉氣千尋枕上過。

【箋注】

①夜同王志慶、徐汧、陶步瀛、君偉、沈初馨放舟虎丘，觴月連旦，次王志慶韻而作此詩。沈初馨，字青芝，吴江人。復社成員。名見《復社姓氏傳略》卷二。虎阜：即虎丘。顧炎武《永夜》：「山憐虎阜從波湧，路識閶門與帝通。」

②圖笑虎溪：即《虎溪三笑圖》。參見前詩注。

次早泊婁門維斗來送行五里方別①

誤約山靈難夜吪，朝來離聚識青簑。不嫌燀暑思今雨，且共清涼折茗柯。作別柳塘秋一束，攜歸文字墨千螺。若驚吹落蟬聲早，好訂明光近渡湖。

【箋注】

①次早泊婁門楊廷樞來送行五里方別。

逆風遏舟然喜小涼

不解東風散黍禾，拂來人面亦生酡。水聲觸石橫塘怒，篳影生香子夜歌。自是朋心竹木近①，非關夏日雨烟多。明河欲賦還愁斷，十里橈鳴似伐鼉②。

【箋注】

①朋心：同心。《後漢書·李固杜喬傳贊》：「李杜司職，朋心合力。」

②伐鼉：釋希陵《登太白山賦》（《全元文》卷四五六）：「鏗鯨伐鼉，音韻昂低。」

詠陳懷我公祖作人盛事①

風期昔日詠山樞，筆放烟雲絶九區。論政金科忘丙甲，删書逸篆在槃盂②。堂開車馬春江賦，花作題評漢士圖。賸有香衫贈行者，豫章文木蔭東吴③。

其二

湘靈鼓瑟慰秋腴，安雅文人似静姝。竹下談經分四坐，月中修樹得三株。魯連急難先貧賤④，韓愈憐才是大儒⑤。水國芙蓉隨鏡合，潮聲夜發報星榆⑥。

【箋注】

① 陳鍾盛，字稚德，號懷我，臨川人。同治《臨川縣志》卷四十一：「陳鍾盛，字稚德，號懷我。文燧孫，父朝階，博學有文名。鍾盛登萬曆己未進士，授海豐令，調番禺。聞祖訃，鍾盛非嫡孫不應承重，哀毁逾禮，堅請於巡按，守制以歸。制撫詰責藩臬，謂不當徑令回籍。調改松江教授，開玉帶河六十餘丈，建岑樓以護學脈，松人尸祝之。丁卯，晉國學助教。時有太學生陸澄源等媚逆璫魏忠賢，建生祠於太學前，復占射圃及號房地以拓之。鍾盛上疏，言列刑餘於宫牆，且祠侵御道非法。會璫敗，得旨，皆如鍾盛奏。擢禮部主事，教習駙馬，公主已降府，駙馬尚於門外，日行叩頭禮，三年始就婚。鍾盛抗疏，言非會典儀注，化源所係，釐正宜先。得俞旨改正。復言掌府内臣

諸要挾狀，拂瑺意，降調。大司成孔某祖貫臨川人，知之尤深，爲疏白其枉。旋補南兵部主事。編《運册新考》一書，僉運之額遂定。挑選門軍立爲鷹揚營，以守備領之，仍春秋兩操即以操運分司公費爲賞格，皆如鍾盛議。擢禮部郎中，出爲蘇州知府，改登州府。登初經兵亂，廨宇蕩然，悉爲脩復。時皮島兵謀從登入海，鍾盛預爲守禦備，登卒無恙。陞曹濮道。病歸，逾年卒。著有《問天集》《四六採腴》《奚囊便覽》《天文月鏡》《剪燈紀訓》等書。」公祖：舊時士紳對知府以上地方官的尊稱。對地位較高者，亦稱老公祖、大公祖和公祖父母，流行於明清。作人：《詩·大雅·棫樸》：「周王壽考，遐不作人。」孔穎達疏：「作人者，變舊造新之辭。」後因稱任用和造就人才爲「作人」。

②槃盂：盛水和盛食物之器皿。古代常將銘言或功績刻於槃盂，以爲法鑒。《吕氏春秋·慎勢》：「功名著乎槃盂，銘篆著乎壺鑑。」

③文木：可用之木，與「散木」相對。《莊子·人間世》：「若將比予於文木邪？」郭象注：「凡可用之木爲文木。」此喻陳鍾盛。

④魯連：即魯仲連。戰國時齊國人。有計謀，但不肯做官。常周遊各國，排難解紛。事見《史記·魯仲連鄒陽列傳》。代指奇偉高蹈、不慕榮利者，此指陳鍾盛。

⑤韓愈憐才：《太平廣記·憐才》：「李賀，字長吉，唐諸王孫也。父瑨肅，邊上從事。賀年七歲，以長短之歌名動京師。時韓愈與皇甫湜賢賀所業，奇之而未知其人。因相謂曰：『若是古人，吾曹

不知者。若是今人，豈有不知之理？』會有以瑨肅行止言者，二公因連騎造門，請其子。既而總角荷衣而出。二公不之信，因面試一篇。賀承命欣然，操觚染翰，旁若無人。仍目曰《高軒過》，曰：『華裾織翠青如葱，金環壓轡摇玲瓏。馬蹄隱隱聲隆隆，入門下馬氣如虹。云是東京才子，文章鉅公。二十八宿羅心胸，殿前作賦聲磨空。筆補造化天無功，元精耿耿貫當中。龐眉書客感秋蓬，誰知死草生華風。我今垂翅負天鴻，他日不羞蛇作龍。』二公大驚，遂以所乘馬，命聯鑣而還所居，親爲束髮。年未弱冠，丁内艱。他日舉進士，或謗賀不避家諱，文公時著《辨諱》一篇。」

⑥ 星榆：形容繁星。

宿維亭次與游韻①

不知風竟渡，長日雲夜生。窮眇前路折，野樹分牽迎。水中星一半，魚語荇藻縈。科頭如竹下②，至人無醒醒。牧樵跨屋角，荻蘆亦有名。但飛懷中雨，丁丁山築冰。此景或虚彷，月静分壺瀛。菱菰作村食，茅牆花氣明。碧放恣横葉，波瀾天地争。呼酒白鶴至，依然浴我纓。

【箋注】

① 宿維亭次王志慶韻。弘治《太倉州志》卷十上：「劉港潮頭：太倉城東有劉家港，蓋即古婁江，吴

音譌以爲妻耳。四時之潮長落皆自此，惟八月中秋四五日潮平地湧起十餘丈，雪山横江，雷霆震天，變怪百出，如錢塘然。傾城士女皆聚觀，謂之看潮頭。嘗有道人舟次崑山，語人曰：『潮過維亭出狀元。』不久，潮果上維亭，黄由、衛涇遂相繼大魁天下。國朝施槃、吴寬亦相繼魁天下，皆應潮讖。蓋海口去維亭一百三十里，潮至此而平，非有大潮則不能過，過此則狀元之兆也。」

② 科頭：謂不戴冠帽，裸露頭髻。

郡歸復飲與游園中平仲惠常同集①

問夏難銷更洗罍，苔封今日爲君開。一家風氣林中事，半壁文章雒下才。不雨得花人境遠，近山有汝夜光來。浩歌落落忘星爛，莫放潛魚溯曲洄。

【箋注】

① 自郡歸，復飲王志慶園中，王志長、王啓榮同集。

夏日郡游歸訪平仲園中①

烟氣萬條從東來，薜蘿延徑發微笑②。解葛袒舞不可思，得其意者在漁釣。蕉風偃碧土木容，森陰滿空懷謝朓。兄弟隱居書洞庭，欲呼恕先明月照。

【箋注】

① 夏日郡游歸，復在王志長園中雅集。

② 薜蘿：借指隱者或高士之住所。韓偓《雪中過重湖信筆偶題》：「道方時險擬如何，謫去甘心隱薜蘿。」

爲家大兄賦送王衷和學博秋試①

片玉聲名麗漢樞②，秋雲鶴動得松區。冠非解果文從佩③，筆似春山花滿盂。庠序雁行三日宴，詩書次第十經圖。郊車旨酒多臺笠④，細馬秦淮憶舊吴。

【箋注】

① 爲長兄張質先賦送王衷和學博秋試。王衷和，待考。

② 片玉：比喻群賢之一。《晉書·郤詵傳》：「(武帝)問詵曰：『卿自以爲何如？』詵對曰：『臣舉賢良對策，爲天下第一，猶桂林之一枝，崑山之片玉。』」

③ 解果：中間高兩旁低之帽子。

④ 臺笠：指簑衣和笠帽。《詩·小雅·都人士》：「彼都人士，臺笠緇撮。」

代友遠寄

江風日夜催人發，此地喞來只一音。料刺迴文月正滿，若愁無渡水方深。杜陵諸什君皆讀①，飛鳥能言余有心。憑閣樹聲疑葉送，羅衣不復碎秋砧。

又

隱忍扶舟楫，何心問酒清。風來兼雨送，人去即秋生。但看崔徽集②，如聞桃葉聲③。欲飛湖上去，雲漢恐無情。

又

送汝烏飛曲，深深月下更。寒山葉落早，香閣鏡餘清。難別惟名士，離歌託此生。莫嫌楊柳怨，陌上露成聲。

【箋注】

① 杜陵：指杜甫。鄭昂《感懷》：「王粲凄凉仍去國，杜陵老大竟飄蓬。」

② 崔徽：唐歌妓，曾與裴敬中相愛，既别，托畫家寫其肖像寄敬中曰：「崔徽一旦不及畫中人，且爲

郎死。」後抱恨而卒。事見元稹《崔徽歌序》。後以指美麗多情或善畫之少女。

③桃葉：晉王獻之愛妾名。

賀孟宏子孝酌采芹①

一夜春庭開碧蕤，陽秋此日荷新知。科名可設光童子，禮樂當興在聖兒。宅相江東白玉麈，家風少岳汝南碑。從今讀《易》兼群典，漫笑詩人刺佩觿②。

【箋注】

①賀許元溥子許洞考取秀才入學。許洞，字孝酌，長洲人。復社成員，名見《復社姓氏傳略》卷二。采芹：《詩經·魯頌·泮水》：「思樂泮水，薄采其芹。」古代學宫稱爲「泮宫」，學宫之水池爲「泮水」。採集泮水之芹菜，意謂入學。科舉時代稱考取秀才入學做生員爲「采芹」，亦稱「入泮」。

②佩觿：佩戴牙錐，表示已成年，具有才幹。《詩·衛風·芄蘭》：「芄蘭之支，童子佩觿。」毛傳：「觿所以解結，成人之佩也。」

賀與游子箴渝采芹①

試翦衣裳孰作纕，芄蘭滋水倍聞香。三年説理青松麈，一日横經白玉牀②。久識烏衣應有巷，若書正字可如王。泮宫《魯頌》思清穆③，待漏高篇基此堂④。

【箋注】

① 賀王志慶子王箴渝考取秀才入學。王志慶有四子，張采《知畏堂文存》卷七《孝廉與游王公墓誌銘》：「子四，長子洵，太倉州學生，娶周；次子泂，由太倉州學入國子監，娶顧經陳；第三子潤，娶朱；第四子湑，聘楊娶李。」未審孰是。

② 横經：横陳經籍，指受業或讀書。何遜《七召·儒學》：「横經者比肩，擁箒者繼足。」

③ 泮宫：西周諸侯所設大學。《詩·魯頌·泮水》：「既作泮宫，淮夷攸服。」《漢書·郊祀志上》：「周公相成王，王道大洽，制禮作樂，天子曰明堂辟雍，諸侯曰泮宫。」後泛指學宫。

④ 待漏：百官清晨入朝，等待朝拜天子，謂之「待漏」。

愁怨次孟宏韻①

水色參連立短葭，泫紅浥夜應無譁。六娘《十索》先衣帶②，七夕雙星照果瓜③。《白紵詞》中多妾怨④，鬱金堂上豈君家⑤。遠來鳳訊非煎急，報得黄英方有芽。

其二

重重曉氣得清奢，悴月驚風與候加。文學苑聲高蔡女，釵書手疊贈秦嘉⑥。遥持白葛三秋賦，自判黄封九錫花⑦。不語若何真小立，隔年暮雨惜琵琶。

其三

一山分障出明霞，《團扇》傳來人不遐⑧。蟋蟀羽唧十月歎，秋河夜渡七香車。早聽玉笛飛楊柳，莫挾金丸過狹斜⑨。遥夢可歸先露覺，響廊吴苑豈天涯⑩。

其四

空聞鐵笛落蒹葭，緹草難言副六珈⑪。恨賦多名輕作别，删詩未忍廢吁嗟。同心絺綌甘中谷，竟體芳蘭惡佩蛇。織就天孫閒箔冷，西池玉奏好籠紗⑫。

【箋注】

①愁怨次許元溥韻。其二人選陳濟生《天啓崇禎兩朝遺詩》卷七《張天如詩》。

②六娘：即丁六娘，隋唐間女詩人。《樂府詩集》卷七十九《近代曲辭》載有丁六娘《十索》四首，其一：「裙裁孔雀羅，紅緑相參對。映以蛟龍錦，分明奇可愛。粗細君自知，從郎索衣帶。」郭茂倩引《樂苑》云：「《十索》，羽調曲也。」

③雙星：指牽牛、織女二星。杜甫《奉酬薛十二丈判官見贈》：「相如才調逸，銀漢會雙星。」仇兆鼇注：「會雙星，指牛、女相會事。」

④白紵詞：樂府吴舞曲名。李白《贈丹陽横山周處士》：「時枉《白紵詞》，放歌丹陽湖。」

⑤ 鬱金堂：《玉臺新詠》卷九引梁武帝《河中之水歌》有「盧家蘭室桂爲梁，中有鬱金蘇合香」之句，描繪盧家婦莫愁之居室，後以「鬱金堂」或「鬱金屋」美稱女子芳香高雅之居室。

⑥ 秦嘉：東漢詩人。《玉臺新詠》有秦嘉《贈婦詩》三首，秦嘉妻徐淑答詩一首，叙夫婦惜別互矢忠誠之情。鍾嶸《詩品》評徐淑詩云：「夫妻事既可傷，文亦淒怨。二漢爲五言者不過數家，而婦人居二。徐淑叙別之作，亞於《團扇》矣。」

⑦ 九錫花：受九種優遇之花，因亦泛指名貴之花。

⑧ 團扇：指班婕妤所作《怨歌行》。因詩中有「裁爲合歡扇，團團似明月」等詩句，故名。鍾嶸《詩品》評班婕妤詩云：「其源出於李陵。《團扇》短章，詞旨清捷，怨深文綺，得匹婦之致。」

⑨ 狹斜：小街曲巷，多指妓院。古樂府有《長安有狹斜行》，述少年冶游之事。後稱娼妓居處爲「狹斜」。

⑩ 響廊：即響屧廊。春秋時吴王宫中廊名。范成大《吴郡志·古跡》：「響屧廊，在靈巖山寺。相傳吴王令西施輩步屧，廊虚而響，故名。今寺中以圓照塔前小斜廊爲之，白樂天亦名『鳴屧廊』。」

⑪ 六珈：古貴族婦女髮簪上之玉飾。《詩·鄘風·君子偕老》：「君子偕老，副笄六珈。」毛傳：「副者，后夫人之首飾編髮爲之。笄，衡笄也。珈，笄飾之最盛者，所以別尊卑。」

⑫ 西池：相傳爲西王母所居瑶池之異稱。

題扇蘭

飄風雖不厭，息影俟高人①。徜欲徵香籍，君家幸未貧。

【箋注】

① 息影：語本《莊子·漁父》：「不知處陰以休影，處静以息跡，愚亦甚矣！」後因以「息影」謂歸隱閒居。

夏日子常麟士見過受先輩同集賦紀〔一〕①

一日凉生與水俱，開文論舊索山逋。名人有法皆從我，古道當今未是愚。真率已成忘客至②，清嚴不病爲花癯。嘯歌雲外偕浮月，此夕西園隔輞圖③。

【校記】

〔一〕張采纂《太倉州志》卷十四《藝文志·詩徵》收録此詩，題作「夏日子常麟士受先過七録齋」。

【箋注】

① 夏日楊彝、顧夢麟、張采集於七録齋。本詩入選陳濟生《天啓崇禎兩朝遺詩》卷七《張天如詩》。

② 真率：純真坦率。《晉書·羊曼傳》：「有羊固拜臨海太守，竟日皆美，雖晚至者猶獲盛饌。論者

以固之豐腆，乃不如曼之真率。」

③ 輞圖：即《輞川圖》。借指勝景。

題畫蘭

拂去春風貼草微，深顰愁看畹中非。再添墨理爲供奉，忽唱新歌楚國飛。

其二

着紙顛顛翠色微①，美人近在是烟非。也知三月春消盡，傍得闌干學鳥飛。

其三

梅花香盡不勝微，别有清華涉水非。此日幽人渾不語，浴時檀氣隔簾飛。

【箋注】

① 顛顛：專注貌。《莊子·馬蹄》：「故至德之世，其行填填，其視顛顛。」成玄英疏：「填填，滿足之心。顛顛，高直之貌。」

和君偉南城晚步①

暮色偏教行路微，從今悟却采山薇。一時白落千條水，指下春鴻不肯飛。

【箋注】

① 唱和君偉詩。君偉，待考。

和孟宏韻①

愁多半是雨中聲，不爲今朝不肯明。寫得詩成人已去，燭灰字脚帶新盟。

其二

惻惻難消是水聲，深心未忍向鑪明。尋常掛起船頭葉，不欲横看鷗鳥盟。

【箋注】

① 唱和許元溥詩。許元溥，字孟宏。詳見《初集》卷六《楊公幹紀略》注。

代友憶别

碧水涵樓月未沈，一天凉氣夜相尋。搔頭響玉驚春去①，新浴開箱恨别深。花候寒温知各地，藥方增減念同衾。摘來雲片隨潮信，菡萏雖香不忍簪。

其二

翠壓重重只兩眉，望君五日一年悲。若知雨到霞山冷，寧受風吹小閣欺。烏作蹇修人競渡，鏡開潮汐夜難支。蒲觴飛水濺纖手，蕱葛爲裳惜舊知。

【箋注】

①搔頭：簪之別稱。韓愈《短燈檠歌》：「裁衣寄遠淚眼暗，搔頭頻挑移近牀。」

讀黄太君孟畹遺集①

冷玉餘香足静居，吟魂花響出芳魚②。試開淑女初年詠，不讓雲仙九世書。香性入冬飛白雪，寒閨招隱哭生芻③。沈珠浦水横雲暮，看到山頭梅漸疏。

【箋注】

①讀黄太君《孟畹遺集》。黄太君即項蘭貞，一名淑，字孟畹，嘉興人。崇禎《嘉興縣志》卷十四《詞翰》：「項氏字蘭貞，襄毅公之裔，適文學黄卯錫。性穎悟，能詩，落筆超異。事姑孝，理家有才。年僅三十二而卒。所著有《裁雲草》《月露吟》《咏雪齋遺稿》。」沈季友《檇李詩繫》卷三十四：

「蘭貞字孟畹，秀水太學黃卯錫之室。著有《裁雲草》《月露吟》，寒山陸卿子爲序。其詩最工寫景，清婉有致。」趙青《嘉興歷代才女詩文徵略》上册：「項蘭貞，一名淑，字孟畹，人稱白雪才人，嘉興人。明末畫家項元汴孫女，文華殿中書項德成女，項佩族女，項貞女族妹，項鼎鉉從姊妹，黃承玄子媳，黃卯錫妻，黃淑德姪媳，解元黃濤母。」

②吟魂：詩情，詩思。蘇舜欽《師黯以彭甘五子爲寄》：「枕畔冷香通醉夢，齒邊餘味滌吟魂。」

③生芻：《後漢書·徐穉傳》：「及林宗有母憂，穉往吊之，置生芻一束於廬前而去。」後以稱吊喪禮物。

讀周少君剩玉篇①

丹青不易寫芙蕖，大雅文章在布蔬。論友昔年徵道韞②，誦詩三百廢《關雎》。圖開烟雨琴將住，刺到鴛鴦月再蘇。絺句漫敲雲母閣，蘭心早夜結衣裾。

【箋注】

①讀周慧貞《剩玉篇》。周慧貞，字小朗，一字挹芬，又作挹芳，吴江人。崇禎《嘉興縣志》卷十四《詞翰》：「周慧貞，字小朗，一字挹芬，吴江爛溪人。父鴻臚文亨，係恭肅公曾孫。慧貞生而端雅穎異，好觀書史，妙解詞賦，父母鍾愛之。十七歸秀水文學黃鳳藻。女紅之暇，時時臨池賦詩，尤好作畫，大有奇致。年二十六而卒。吟詩雖少，意調頗逸。所著有《剩玉篇》，松陵葉夫人沈宛君爲之序。」沈季友《檇李詩繫》卷三十四《周慧貞》：「慧貞字挹芳，吴江人，嘉興孝廉黃婷之室。

早夭，沈宛君爲之作傳。王端淑曰：『扢芳與孟畹項蘭貞、柔嘉黄雙蕙鼎足三分，爲一時之勝。』」趙青《嘉興歷代才女詩文徵略》上册：「周慧貞，字小朗，一字扢芬，又作扢芳，江蘇吴江人。明吏部尚書周用玄孫女，鴻臚周文亨女，周丕顯妹，周盈盈姑母，嘉興黄洪憲曾孫媳，黄承玄孫媳，邑庠生黄申錫子媳，孝廉黄鳳藻妻，女詩人沈紉蘭、黄淑德、黄媛貞、黄媛介、黄德貞從孫媳，女詩人黄雙蕙、項蘭貞從子媳。」

②道韞：即謝道韞。《晉書》卷九十六《列女·王凝之妻謝氏》：「王凝之妻謝氏，字道韞，安西將軍奕之女也。聰識有才辯。叔父安嘗問：『毛詩何句最佳？』道韞稱：『吉甫作頌，穆如清風。仲山甫永懷，以慰其心。』安謂有雅人深致。又嘗内集，俄而雪驟下，安曰：『何所似也？』安兄子朗曰：『散鹽空中差可擬。』道韞曰：『未若柳絮因風起。』安大悦。」

題畫中人

作意驚相見，春殘水一湄。魚群知月避，蘭性壓風吹。笑發空山滿，歌憐緑樹欹。自今烟國裏，鶴去看浮巵。

其二

不爲傷顣頞，丹青總未如。深遥多斂意，矜慎再開書。春恨人間短，聲歸月上初。相持蓑笠事，青鳥賦閒居。

酬粤東黎美周①

雲分自九有，高人坐織毛。相知恐飛越，飲酒無空豪。東南本同氣，未見悲先號。索子梅花詩，夜爲明月勞。唱絶蘅芷心，禮義慎游敖。翻羽不可别，邛來問楚皋。自今懷寶書，如饑享太牢②。忠信切滋味，古人期執羔③。

【箋注】

① 此與黎遂球酬唱。黎遂球，字美周。復社成員。吴山嘉《復社姓氏傳略》卷八：「黎遂球，字美周，番禺人。祖瞻、父密皆以詩名。遂球生而岐嶷，博學能文。天啓丁卯舉於鄉，再上春官，不第，歸。道揚州，適進士鄭元勳集名流於影園賦黄牡丹詩，遂球即席立成十首，人稱『牡丹狀元』。甫保舉法行，侍郎陳子壯首舉遂球，以母老辭。京城陷，遂球悉以家財治鐵騎三百，馳送南都。及贛而南都破，遂與江西總兵胡長蔭閩中立國，上中興事宜凡數千言。大學士何吾騶授兵部職方司主事。國朝順治三年五月，大兵圍贛州，遂球與吏部主事龔棻募水師四千赴援。大兵截之半道，死者無算，各營震潰，贛圍急。遂球從萬元吉、楊廷麟晝夜登陴，目不交睫，城破，猶率兵巷戰。腋中二矢，墜馬被執，衆刃交下，死。粤東贈兵部尚書，謚忠愍。乾隆四十一年賜謚烈愍。」

② 太牢：古代祭祀，牛羊豕三牲具備謂之太牢。《莊子·至樂》：「具太牢以爲膳。」

③ 執羔：《文選·張衡〈東京賦〉》：「司儀辨等，尊卑以班，璧羔皮帛之贄既奠。」李善注：「《周禮》曰：子執穀璧，孤執皮帛，卿執羔，大夫執鴈。」

秋夜同豫瞻人撫駿公僧彌集受先齋〔一〕①

删盡桑原車蓋陰，隔林穿月得深深。無山結屋平川樹，有酒呼魚秋水心。池底寒銅浮半夜，畫中枯木發清琴。别時殘燭彈香燄，維楫難爲漢上吟②。

其二

葉聲分水到牆蘿，夜落桐香散月波。曼倩滑稽當酒半，少陵感慨正秋過。心齊木石魚龍静，巷有居人臺笠多。爲訪江干寂寞淺，小山一樹聽清歌。

【校記】

〔一〕張采纂《太倉州志》卷十四《藝文志·詩徵》收録此詩，題作「秋夜同豫瞻人撫駿公僧彌集受先净明草堂」。

【繫年】

據前後詩作時，此詩作於崇禎六年（一六三三）秋。

【箋注】

①秋夜同侯峒曾、吴克孝、吴偉業、邵彌等聚於張采齋中。其二人選陳濟生《天啓崇禎兩朝遺詩》卷七《張天如詩》。

②維楫：繫船之繩和船槳。

題畫爲王載微五十①

蒼深可並嶧山桐，鹿士鬚眉在此中。分得雙厓天未老，飛來少室水能通。金書柏子師黄帝，東海盧敖對八公②。自惜經秋霜雪滿，柱頤還問菊花風。

【箋注】

①王顯爵，字載微，爲張溥八兄張源岳父。見《初集》卷一《王載微詩稿序》注。

②八公：漢淮南王劉安門客，有蘇非、李尚、左吴、田由、雷被、毛被、伍被、晉昌八人，稱「八公」。奉劉安之招，和諸儒大山、小山相與論説，著《淮南子》。見漢高誘《〈淮南子注〉序》。魏、晉以來，《神仙傳》《録異記》等道家著作以劉安好方技，遂附會八公爲神仙。王維《贈焦道士》：「海上游三島，淮南預八公。」

同孟樸美周駿公僧彌集受先齋〔一〕①

昨日清風遍樹陰，晝長閒坐白雲深。毋忘却暑包山約，猶記看星參合心。短屋作欄叢藥草，曲橋引水入桐琴。相期吏隱真成適②，高士牆邊緑葉吟。

【校記】

〔一〕張采纂《太倉州志》卷十四《藝文志·詩徵》收録此詩，題作「同美周駿公集儉齋」。

【繫年】

據後詩《同孟樸美周僧彌集駿公齋》作時，此詩作於崇禎六年（一六三三）秋。

【箋注】

① 同孫淳、黎遂球、吴偉業、邵彌集張采齋中。

② 吏隱：謂不以利禄縈心，雖居官而猶如隱者。王禹偁《遊虎丘》：「我今方吏隱，心在雲水間。」

中秋夜集

同亭今夜不嫌寒，珠信流來作露看。天柱一峰留道士，游帷小徑問吴鸞。可知端正還稱月，但拜清光莫掃壇。咫尺銀橋香未了①，故人牛渚傍闌干。

其二

雲聲蚤去逐星田，絃管吹開月未眠。點易亭中攀鶴翅，潞州城上落金錢。人懷木雁餘空館，調合齊王憶舊年。欲賦孀娥虹影動②，輕雷初過桂山前。

【繫年】

據前後詩作時，此詩作於崇禎六年（一六三三）中秋。

【箋注】

①銀橋：傳説中仙杖變化而成之大橋，可通月宫。典出杜光庭《神仙感遇傳》：「玄宗於宫中翫月，公遠奏曰：『陛下莫要至月中看否？』乃取拄杖，向空擲之，化爲大橋，其色如銀。請玄宗同登。約行數十里，精光奪目，寒氣侵人，遂至大城闕。公遠曰：『此月宫也。』」

②孀娥：即嫦娥。吴潛《糖多令·答和梅府教》：「想孀娥，自古多愁。安得仙師呼鶴駕，將我去，廣寒遊。」

十六夜

清照連宵又一年，膽瓶昨夜水光全。早開桂樹將留别，卧看金蟆或再圓①。天樂檐前人未散，静龍橋上夢初還。與君判合槎邊月，恐有王琪帖子傳。

【繫年】

據前後詩作時，時在崇禎六年（一六三三）八月既望。

【箋注】

①金蟆：即金蟾，月之別稱。傳説月中有蟾蜍，故稱。

中秋後二日孟樸爾通過小軒同賦①

夕照通襟氣，烟微落楚藾。正秋宜聽夜②，小雨即生潮。蟲語芭蕉下，詩心木葉飄。尚嫌遲昨約，松徑隔雲翹③。

【繫年】

據詩題及前後詩作時，可知此詩作於崇禎六年（一六三三）八月十七。

【箋注】

①中秋後二日，孫淳、孫久亨過訪同賦。吴江市地方志辦公室編《儒林六都志》：「孫久亨，字爾通。錢塘庠生，天啓七年進。」

②正秋：仲秋，農曆八月。《易・説卦》：「兑，正秋也，萬物之所説也。」孔穎達疏：「斗柄指西是正秋八月也。」

③雲翹：彩雲。

同孟樸美周僧彌集駿公齋①

輕雨初浮覆女蘿，閒心秋並落微波。註書虚谷巖花照，説鬼深宵鴻雁過。一半樹聲生月下，自然山色古人多。群情酬獻無苛禮，箕踞難銷賦《九歌》②。

【繫年】

據黎遂球《蓮鬚閣集》卷七《初秋客婁東同張天如孫孟樸邵僧彌集吴駿公齋中即席賦》及「閒心秋並落微波」詩語，可知此詩作於崇禎六年（一六三三）秋。

【箋注】

①同孫淳、黎遂球、邵彌聚於吴偉業齋中。黎遂球《蓮鬚閣集》卷七有《初秋客婁東同張天如孫孟樸邵僧彌集吴駿公齋中即席賦》：「玉軸桃笙入薜蘿，湘簾垂燭漾凉波。清江桂楫纔相望，白石桐窗快共過。詩渴莫愁沽酒盡，賦成爭羨買金多。深宵淺露勻花氣，月上還堪醉踏歌。」張采《知畏堂文存》卷四有《黎母蘇太君壽序》：「癸酉冬，東粤黎子美周以計偕，枉道婁上。」

②九歌：古代樂曲，相傳爲禹時樂歌。《左傳·文公七年》：「九功之德，皆可歌也，謂之《九歌》。」後泛指各種樂章。

十八日觀潮

舊浦迷人樹欲蒙，大波輕涉一帆中。遥知月候應先水，好記亭名是篡風①。思入縱横侵曉合，心隨曲折與江同。苕花滿袖新攜得，日暮還看溪上紅。

【繫年】

據前詩作時，可知此詩作於崇禎六年（一六三三）八月十八。

【箋注】

① 亭名是篡風：即篡風亭。姚寬《西溪叢語》卷上《會稽論海潮碑》：「今觀浙江之口，起自篡風亭，地名，屬會稽。北望嘉興大山，屬秀州。水闊二百餘里。」

和七夕詩①

香心早已入秋緣，達夜流蟬訴往年。設果星隅今日短，曝衣樓上一針穿②。閒看參合誰爲主，細語長生不許傳。欲借明光催曉織，隔河新水立風前。

【箋注】

① 唱和七夕詩。

②曝衣樓：皇宫中帝后於七月七日曝衣之處。沈佺期《七夕曝衣篇》：「宫中擾擾曝衣樓，天上娥娥紅粉席。」

賀孫泳舟采芹①

秋夜潮聲文字間，遠襟一鶴送人閒。搴來碧藻同吴苑，借得風光到小山。月國笙韶猶舊日，泮宫禮樂號清班②。纈歸持取珊瑚樹，應笑江東是老慳③。

【繫年】

據吴江市地方志辦公室編《儒林六都志》「孫楫，字泳舟。桐鄉增廣生，崇禎六年進」，可知此詩作於崇禎六年（一六三三）。

【箋注】

①祝賀孫楫考取秀才入學。孫楫，字泳舟，嘉興府桐鄉人。復社成員，名見《復社姓氏傳略》卷五。

②清班：清貴之官班，多指文學侍從之臣。白居易《初授拾遺獻書》：「豈意聖慈，擢居近職。……未申微功，又擢清班。」

③《宋書》卷七十六《王玄謨傳》：「孝武狎侮群臣，隨其狀貌，各有比類：多鬚者謂之羊；顔師伯缺齒，號之曰齴；劉秀之儉吝，呼爲老慳。」

送孫孟樸①

此夕輕舟不易還，恐君徒唱漢時關。戰場未老黄雲下，大樹將休白露閑。從古傷時愁月盡，於今送客惜秋頑。江干一片模糊色，曉起推蓬且看山。

【繫年】

據前後詩作時，此詩作於崇禎六年（一六三三）秋。

【箋注】

① 時在秋日，送别孫淳。孫淳，字孟樸。詳見《初集》卷一《五經徵文序》注。

賀王和甫秋薦①

壁水聞香别樹蓮，衣簪清論出賓筵②。先迎月下三條燭③，好破天荒十萬錢④。海外異文靈鳥至，石城籀篆絳紗傳⑤。遥期桐信朱門日，姓氏蘭舟與碧連。

【繫年】

據詩題及前後詩作時，可知此詩作於崇禎六年（一六三三）秋。

【箋注】

① 賀王和甫秋試。王和甫，待考。秋薦：即秋試、秋闈，鄉試例於八月舉行。

②衣簪：衣冠簪纓，古代仕宦之服。常借指官吏與世家大族。

③三條燭：唐代考進士科，試日可延長至夜間，許燒燭三條，故唐人詩文中常言「三條燭」。

④破天荒：五代王定保《唐摭言·海述解送》：「荆南解比，號天荒。大中四年劉蜕舍人以是府解及第，時崔魏公作鎮，以破天荒錢七十萬資蜕。蜕謝書略曰：『五十年來，自是人廢；一千里外，豈曰天荒！』」後指前所未有或第一次出現。

⑤絳紗：猶絳帳，對師門、講席之敬稱。劉禹錫《送趙中丞自司金外郎轉官參山南令狐僕射幕府》：「相府開油幕，門生逐絳紗。」

聞顧麟士王處卿家九兄弟禹疏乙卷①

秋草芳泥恨未全，今朝誤説九方歅。栽雲不應歸江水，種桂誰教耕石田。痛哭岐塗南北路②，悲吟澤畔楚吴天③。莫言松下饒青眼，作史寥寥大有年。

【繫年】

據張溍中癸酉副榜，可知此詩作於崇禎六年（一六三三）秋。

【箋注】

①聞顧夢麟、王家穎、九兄張溍中乙榜。

②《吕氏春秋·疑似》：「墨子見岐道而哭之。」王充《論衡·率性》：「故楊子哭岐道，墨子哭練

絲也。」

③《史記·屈原傳》：「屈原至於江濱，被髮行吟澤畔。顔色憔悴，形容枯槁。」

送吴志衍北發①

江山風物入雲裝，芩水資清君子鄉。抱策賢良來漢闕，讀書忠孝誦天王②。大文自古如今月，小國誰人敢夜郎。折盡丹楓餘别意③，松舟歷歷信寒霜。

其二

解得鉗珠報七襄，惠風習習奏清商④。字成黄玉懷麟紱⑤，詩品昭容愛夜光⑥。簡要文期秦以上，静深人對水中央。起衰日月懸班管⑦，同學論名政事堂⑧。

【繫年】

據前詩作時，可知此詩作於崇禎六年(一六三三)冬。

【箋注】

① 送吴繼善北發應會試。吴繼善，字志衍。崇禎三年中舉人。詳見《續集·别集》卷二《楊扶曦稿序》注。

②天王：稱帝王。《莊子·天道》：「昔者舜問於堯曰：『天王之用心何如？』」

③丹楓：經霜泛紅之楓葉。李商隱《訪秋》：「殷勤報秋意，只是有丹楓。」

④清商：商聲，古代五音之一。古謂其調淒清悲凉，故稱。杜甫《秋笛》：「清商欲盡奏，奏苦血霑衣。」

⑤麟紱：王嘉《拾遺記》：「夫子未生時，有麟吐玉書於闕里人家，……徵在賢明，知爲神異，乃以繡紱擊麟角，信宿而麟去。」後因以「麟紱」指祥瑞。

⑥夜光：珠名。任昉《述異記》卷上：「南海有明珠，即鯨魚目瞳，鯨死而目皆無精，夜可以鑒，謂之夜光。」

⑦起衰：語出蘇軾《潮州韓文公廟碑》：「文起八代之衰，而道濟天下之溺。」斑管：用斑竹製成之筆管，多指毛筆。

⑧政事堂：唐宋時宰相辦公處。唐初始有此名，設在門下省，後遷到中書省。北宋就中書内省設政事堂，簡稱中書，與樞密院分掌政、軍，號稱「二府」。元豐改制後，遂以尚書省都堂爲宰相辦公所在，因也稱都堂爲政事堂。

送章敬明北發①

秀樹迎山色，清聲絶衆聞。人倫懷竹箭②，星氣動江濆③。來往春爲路，東西銘作文。

相看榮問近④，河朔應思君。

其二

壯志託天外，冰心向夜分。太山覿日出，虎觀備經聞⑤。登閣飛青雪，書碑問右軍。翺翔今日迥，絃下度秋雲。

【繫年】

據前詩作時，可知此詩作於崇禎六年（一六三三）冬。

【箋注】

① 送章日炌北發應會試。章日炌，字敬明，德清人。詳見《合集·近稿》卷一《章敬明令君稿序》注。

② 竹箭：即篠，細竹。《爾雅·釋地》：「東南之美者，有會稽之竹箭焉。」高適《宋中送族姪式顔》：「鄉山西北愁，竹箭東南美。」

③ 江瀆：江岸，亦指沿江一帶。李白《贈僧崖公》：「虚舟不繫物，觀化游江瀆。」

④ 榮問：美好之聲譽。李陵《答蘇武書》：「勤宣令德，策名清時，榮問休暢，幸甚幸甚。」

⑤ 虎觀：白虎觀之簡稱，爲漢宮中講論經學之所。後泛指宫廷中講學處。

偶　題

放酒山阿笑執翿，御風何處識飛濤。懸君一字烟霞疾，挂足三峰日月高。且説座中驚北海，莫從花下看《離騷》。西陵片葉隨潮住，丹樹飄紅惜舊袍。

贈澄江宋孝子〔一〕①

摇木高秋衡宇清，石經遺帖古人評。欲開寒水傷冬節，但泣枯魚愧孝名。善士百朋青鶴下，舊墳三尺白雲生。《蓼莪》廢讀還愁暮②，宅里風聲正太平③。

【校記】

〔一〕目録原無「宋」字，據正文補。

【繫年】

據前後詩作時，此詩蓋作於崇禎六年（一六三三）冬。

【箋注】

① 澄江：江陰别稱。古長江流到此處，江面驟寬，流緩沙沉，故有此稱。宋孝子，待考。

② 蓼莪：即《詩·小雅·蓼莪》，此詩表達了子女追慕雙親撫養之德的情思。後以「蓼莪」指對亡親

之悼念。蘇軾《謝生日詩啓》：「《蓼莪》之感，追衰老而不忘。」

③ 宅里：猶鄉里。風聲：教化，好風氣。《書·畢命》：「彰善癉惡，樹之風聲。」

送吴人撫北發①

渭唱非關别，春風念故人。長安詎久客，吴水不飛塵。科第宣公榜②，詞章李白身③。

鴻遊攀羽絶，上國辨貞鱗④。

其二

從此大江去，飛花已滿津。六經書在壁，一日子爲臣。報國惟文字，呈身自鬼神⑤。

微言今更切，正直起荆榛。

【繫年】

據詩中「春風念故人」「飛花已滿津」等語，兼據《送吴志衍北發》《送章敬明北發》作時，可知此詩作於崇禎七年（一六三四）春。

【箋注】

① 送吴克孝北上應會試。吴克孝，字人撫。崇禎三年中舉人。詳見《續集》卷二《吴人撫稿序》注。

②科第：科考及第。羅隱《裴庶子除太僕卿因賀》：「秩隨科第臨時貴，官逐簪裾到處清。」

③詞章李白身：《新唐書》卷二百二《李白傳》：「天寶初，南入會稽，與吴筠善，筠被召，故白亦至長安。……召見金鑾殿，論當世事，奏頌一篇。帝賜食，親爲調羹，有詔供奉翰林。白猶與飲徒醉于市。帝坐沈香子亭，意有所感，欲得白爲樂章，召入，而白已醉，左右以水頮面，稍解，授筆成文，婉麗精切，無留思。」

④上國：指京師。《資治通鑑·唐德宗建中二年》：「今海内無事，自上國來者，皆言天子聰明英武，志欲致太平，深不欲諸侯子孫專地。」胡三省注：「時藩鎮竊據，自比古諸侯，謂京師爲上國。」

⑤呈身：謂自薦求仕。《舊唐書·韋澳傳》：「登第後十年不仕。伯兄温與御史中丞高元裕友善，温請用澳爲御史，謂澳曰：『高二十九持憲綱，欲與汝相面，汝必得御史。』澳不答。温曰：『高君端士，汝不可輕。』澳曰：『然恐無呈身御史。』」吴曾《能改齋漫録·記事一》：「昔人耻呈身御史，今豈求識面臺官也？」

送姚現聞先生之金陵①

霜初澄水接蘋吹，山立煇如君子儀②。木葉制詞慚後代，海棠鳴鵲對高枝。遥思孔霸傳經日③，不羡端詩直院時④。宫月至今依粉署⑤，玉清常自念南箕⑥。

其二

鵲鴿翔虛翰羽翩，開屏清浄畫嵐烟。才名自古齊三俊⑦，冬日猶温照五甎。登覽山川天子氣，委蛇雲閣大人篇⑧。後生擬誦陪游⑨句，掌草方同飛白傳⑩。

【繫年】

據《明史·姚希孟傳》「希孟時已遷詹事，乃貶二秩爲少詹事，掌南京翰林院。尋移疾歸，家居二年，卒」，復據陳子龍《安雅堂稿》卷十六《姚詹事誄》「崇禎丙子五月，明故南京翰林院掌院事少詹事吴郡姚公卒於里第」等語，兼據前後詩作詩，可知此詩作於崇禎六年（一六三三）。

【箋注】

① 據本詩繫年，此蓋送姚希孟赴任南京翰林院少詹事。姚希孟，字孟長。詳見《續集·别集》卷一《姚宫端沆瀣集序》注。

② 煇如：光盛貌。《禮記·玉藻》：「揖私朝，煇如也，發車則有光矣。」孔穎達疏：「煇、光，儀也。」孫希旦集解：「煇、光，皆謂儀容之盛。」

③ 孔霸：西漢經學家，字次儒，治《尚書》。昭帝時爲博士。宣帝時拜太中大夫，授太子經，遷詹事，高密相。元帝即位，爲侍中、太師，賜爵關内侯，號褒成君。卒謚烈君。

④ 直院：宋代入翰林學士院而未授學士職者稱「直院」。沈括《夢溪筆談·故事二》：「國朝學士

舍人皆置直院。」

⑤粉署：即粉省，尚書省之别稱。

⑥南箕：即箕宿，共四星，二星爲踵，二星爲舌，踵窄舌寬。夏秋之間見於南方，故稱。古人觀星象而附會人事，認爲箕星主口舌，多以比喻讒佞。

⑦三俊：古指具備剛、柔、正直三德者。《書·立政》：「嚴惟丕式，克用三宅三俊。」孔穎達疏：「三俊即是《洪範》所言剛克、柔克、正直三德之俊也。」

⑧委蛇：雍容自得貌。《詩·召南·羔羊》：「退食自公，委蛇委蛇。」鄭玄箋：「委蛇，委曲自得之貌。」雲閣：指雲臺，圖畫功臣名將之像以示紀功之樓閣。庾信《周柱國大將軍大都督同州刺史爾綿永神道碑》：「詎知雲閣，名在功臣。」

⑨陪游：謂侍從天子巡遊。庾信《詠春近餘雪應詔》：「陪遊愧並作，空見奉恩深。」

⑩飛白：亦作「飛白書」，一種特殊書法。相傳東漢靈帝時修飾鴻都門，匠人用刷白粉之帚寫字，蔡邕見後，歸作「飛白書」。此種書法，筆劃中絲絲露白，像枯筆所寫。漢魏宫闕題字，曾廣泛採用。

賀祝尊光秋雋①

空谷聞聲秋滿臺，六經應不負徂徠②。同時禮樂山中聽，一輩韶光月下陪。寶嗇古人留玉字③，喜隨新節賦輕梅。若珍庶子春華日，先却歐陽自柳開。

【繫年】

據祝謙吉崇禎六年中舉人，可知此詩作於崇禎六年（一六三三）秋。

【箋注】

①此賀祝謙吉崇禎癸酉中舉人。祝謙吉，字尊光。詳見《初集》卷二《三科文治序》注。

②徂徠：《詩·魯頌·閟宮》：「徂來之松，新甫之柏。是斷是度，是尋是尺。」後以「徂徠」指生長棟樑之材的大山。

③玉字：對他人文字之美稱。

題君偉齋秋色①

高意難斟酌，經時濕樹苔②。丈人疑采术，明月獨登臺。富貴陶彭澤，清微薛夜來③。

空山非好事，醉豈夢玫瑰。

【繫年】

據前詩作時，此詩蓋作於崇禎六年（一六三三）秋。

【箋注】

①此題君偉齋秋色。君偉，待考。

②經時：歷久。蔡邕《述行賦》：「余有行於京洛兮，遘淫雨之經時。」

③ 薛夜來：魏文帝曹丕寵姬。原名薛靈芸，常山人，美容貌。魏文帝改其名曰夜來。夜來妙於針工，雖處於深帷之内，不用燈燭之光，縫製立成，宫中號爲針神。見王嘉《拾遺記》。

題畫菊

此樹通靈谷①，無山清自媒。蟲心秋不改，琴尾月相猜。既畏因人熱，還知傷雁來。留風如可築，晚碧應徘徊。

【繫年】

據前詩作時，此詩蓋作於崇禎六年(一六三三)秋。

【箋注】

① 靈谷：神靈居住之山谷。

壽龔仲和六十①

雅吹遥亭看碧如②，大家芳静酌椒糈③。人當盛世千春日，室有玄文四壁書④。鶴蓋貯陰松下鍛，丹經出聽水中魚。若知銅狄猶承露⑤，不愧卿雲賦《子虚》⑥。

其二

於今喬露落秋碕，柏竹紛來君子衣。弱水風烟猶念古，漢陰花木自忘機⑦。尺天涵静山同色，三代論年道更肥。爲聽聲風枝未改，鳩形玉杖坐芳菲⑧。

【繫年】

據《嘉定碑刻集·文學仲和公墓誌銘》「君生萬曆癸酉九月十一日，殁崇禎甲戌四月廿二日，享年六十有二」，可知此詩作於崇禎六年（一六三三）九月。

【箋注】

①此爲龔錫爵次子、侯峒曾舅父龔方中六十壽辰而作。龔方中，字仲和，嘉定人。與李流芳讀書於石岡園，後又與唐時升、程嘉燧、婁堅、馬元調等結博古之交。著有《南華注解》《龔仲和稿》等。龔立本《烟艇永懷》卷二：「龔方中，字仲和，嘉定人。厥翁諱錫爵，仕至粤西方伯。仲和狀貌可似傖父，而文筆清雅。向與余通宗，以兄弟稱。所居壘石種花，翰墨自娱。崇禎甲戌，坳於家。侯峒曾云年正六十。峒曾者其甥也。」

②雅吹：《雅》《頌》之樂。令狐峘《釋奠日國學觀禮聞〈雅〉〈頌〉》：「頌歌清曉聽，雅吹度風聞。」

③椒糈：以椒香拌精米做成之祭神食物。

④玄文：泛指可以傳世之著作。孫枝蔚《慰雷伯籲喪幼子》：「玄文當付誰，無兒誠足傷。」

⑤ 銅狄：即銅人。《漢書·五行志下之上》：「是歲始皇初并六國，反喜以爲瑞，銷天下兵器，作金人十二以象之。」

⑥ 卿雲：漢代辭賦家司馬相如字長卿，揚雄字子雲。徐陵《報尹義尚書》：「才冠卿雲，智同荀郭。」子虚：《子虚賦》之省稱。左思《詠史》之一：「著論準《過秦》，作賦擬《子虚》。」

⑦ 忘機：消除機巧之心，常用以指甘於淡泊，與世無爭。王勃《江曲孤鳧賦》：「爾乃忘機絶慮，懷聲弄影。」

⑧ 鳩形玉杖：《太平御覽》卷九二一引《續漢書·禮儀志》：「民年始七十者，授之以玉杖。……長九尺，端以鳩爲飾。鳩者，不噎之鳥也；欲老人不噎。」後以「鳩形」指年老者所用手杖。

早冬看菊花

遥年霜雪半，浴水碧來圍。不用文予隱，應知得道肥①。看山人獨往，近夜月方歸。浥露幽如此，深巖無是非。

【繫年】

據前詩作時，此詩蓋作於崇禎六年（一六三三）早冬。

【箋注】

① 得道肥：謂堅守道義而心安理得。語本《韓非子·喻老》：「子夏見曾子，曾子曰：『何肥也？』

對曰：『戰勝故肥也。』曾子曰：『何謂也？』子夏曰：『吾入見先王之義，則榮之；出見富貴之樂，又榮之。兩者戰於胸中，未知勝負，故臞。今先王之義勝，故肥。』」

題瓶菊①

不知竟夜抱秋暉，養得高閒静者機②。蝴蝶未來疑緑改，茱萸欲折恨黄稀。將開小閣延居士，好借寒雲伴玉妃③。寂寂相成經此日，山中人莫厭衣緋。

【繫年】

與前詩作於同時，即崇禎六年（一六三三）早冬。

【箋注】

① 本詩入選陳濟生《天啓崇禎兩朝遺詩》卷七《張天如詩》。

② 静者：深得清静之道、超然恬静者，多指隱士、僧侶和道徒。《吕氏春秋・審分》：「得道者必静，静者無知。」

③ 玉妃：指雪花。

無近弟北歸坐八兄齋對菊①

修意斟清節，寒心向酒微。一霜迷葉近，千樹待秋歸。自惜知音重，難言草木痱②。

離群今始接，更欲拂征衣。

【繫年】與前詩作於同時，即崇禎六年（一六三三）早冬。

【箋注】

① 弟張王治北歸，坐八兄張源齋賞菊。

② 草木痱：草木枯萎。《詩·小雅·四月》：「秋日淒淒，百卉具腓。」「腓」乃「痱」之假借。

送文湛持先生還朝①

相看静水目雲將②，和吉聲聞聽鳳凰。天下安危惟道在，日邊遠近與心長③。後生規矩庚桑里，大雅風流政事堂。爲問簡書勤御者，退公猶欲戒衣裳④。

其二

吴山千岫待秋裝，辰告於今叩九閶⑤。淡泊自然揚子宅⑥，澄清豈獨鄭公鄉⑦。卧龍踪跡開天路，人鏡芙蓉並月光⑧。攬夢堯階知珮重，寶書沐浴在春王⑨。

【繫年】據《明史·文震孟傳》「（崇禎）五年，即家擢右庶子。久之，進少詹事」，復據本詩「吴山千岫待秋裝，辰告於今叩九閶」「賫書沐浴在春王」等語，兼據前詩作時，可知此詩蓋作於崇禎六年（一六三三）秋冬之際。

【箋注】

①送文震孟復出還朝。文震孟，字文起。詳見《初集》卷六《五人墓碑記》注。

②雲將：雲之主將。錢謙益《天都峰》：「憑虛命天老，排空召雲將。」此代指文震孟。

③日邊：比喻京師附近或帝王左右。趙嘏《送裴延翰下第歸覲滁州》：「江上詩書懸素業，日邊門户倚丹梯。」

④退公：指公餘休息。

⑤辰告：謂以時告誡。《詩·大雅·抑》：「訏謨定命，遠猶辰告。」鄭玄箋：「爲天下遠圖庶事，而以歲時告施之。」九閶：指朝廷。張九鉞《振災篇》：「痌瘝一上聞，惠澤下九閶。」

⑥淡泊自然揚子宅：左思《詠史》：「寂寂揚子宅，門無卿相輿。」

⑦鄭公鄉：《後漢書·鄭玄傳》：「國相孔融深敬於玄，屣履造門。告高密縣爲玄特立一鄉，曰：『公者仁德之正號，不必三事大夫也。今鄭君鄉宜曰鄭公鄉。』」

⑧人鏡芙蓉：段成式《酉陽雜俎續集·支諾皋中》：「相國李公固言，元和六年，下第遊蜀，遇一老姥，言：『郎君明年芙蓉鏡下及第，後二紀拜相。』……明年，果然狀頭及第，詩賦題有『人鏡芙蓉』之目。」後因以「人鏡芙蓉」爲預兆科舉得中之典。

⑨寶書：皇帝璽書。《新唐書·車服志》：「天寶初，改璽書爲寶書。」春王：指正月。按《春秋》體例，魯十二公之元年均應書「春王正月公即位」，有些地方因故不書「正月」二字，後遂以「春王」指代正月。

壽許冰壺先生①

采碧成書賦大陵，烟襟通照月初升。絳河文字雲霞府②，青女衣袈鸞鶴朋③。夜夢菊花知酒熟，曉攜莖露與秋登。穆王開策如圖書④，溟水飛魚已化鵬⑤。

【繫年】

據前後詩作時，此詩蓋作於崇禎六年(一六三三)冬。

【箋注】

①此壽許惟清。許惟清，字仲如，號冰壺，内鄉人。《河南通志》卷五十九：「皇清許惟清，字仲如，内鄉人，明萬曆癸卯舉人。子宸貴，誥贈奉政大夫。清弱冠即領鄉薦，奉親孝，事兄恭。明季流寇七經内邑，清毁家糾衆，登陴固守，城賴以全。寇退，人乏粟，出資贍助，多所全活。國初闢松雲館，下帷授徒，講求伊洛性命之學。順治九年祀鄉賢。」

②絳河：即銀河，又稱天河、天漢。

③鸞鶴：借指神仙。白居易《酬趙秀才贈新登科諸先輩》：「莫羨蓬萊鸞鶴侶，道成羽翼自生身。」

④ 圖書：指河圖洛書。語出《易·繫辭上》：「河出圖，洛出書，聖人則之。」

⑤ 語本《莊子·逍遥遊》：「北冥有魚，其名爲鯤。鯤之大，不知其幾千里也；化而爲鳥，其名爲鵬。」

祝黎母蘇太君七十①

翠水流春錦樹齊，丹文緑葉印青泥。傳書隔幌雲能聽，畫壁留簪石可題。拜倒玉卮稱健母②，繡成仙蓋擁寒笄。西盈鐘響東華醉③，《桑柳條》中八會迷④。

【繫年】

據張采《知畏堂文存》卷四《黎母蘇太君壽序》「癸酉冬，東粤黎子美周以計偕，枉道婁上。……因計明年春仲，太君七十辰，時美周應公車試，不及子舍，令采預爲頌以祝。……采序，天如歌詩」，可知此詩作於崇禎六年（一六三三）冬。

【箋注】

① 此爲黎遂球母蘇太君七十壽辰而作。韋盛年《黎遂球年譜簡編》崇禎六年條：「冬，至太倉州，拜會同鄉劉士斗（映薇），與張溥（天如）、張采（受先）、吴偉業（駿公）、邵彌（僧彌）、孫淳（孟樸）等交遊。明年春爲遂球母七十大壽，張采作《黎母蘇太君壽序》，張溥作《祝黎母蘇太君七十》詩祝之。」

②玉卮：玉製之酒杯。《史記·高祖本紀》：「高祖奉玉卮，起爲太上皇壽。」

③東華：傳説仙人東王公又稱東華帝君，省稱「東華」。

④桑柳條：曲名。陳劭《妙女》（《全唐五代小説》卷二七）：「忽一日，妙女吟唱。是時晴朗，空中忽有片雲如席，徘徊其上。俄而雲中有笙聲，聲調清鏘。舉家仰聽，感動精神。妙女呼『大郎復唱』，其聲轉厲。妙女謳歌，神色自若，音韻奇妙，清暢不可言。又曲名《桑柳條》。又言阿母適在雲中。如此竟日方散。」八會：道教語，三元日、月、星加上五行木、火、土、金、水爲八會。

題李青來韻林①

楚楚疑深竹，清風君子交。一山留面目，半樹足壺巢②。惟静書無過，成玄客獻嘲。夷然物外寄，不用竇康瓠③。

【箋注】

①題李明嶽《韻林》。李明嶽，字青來。詳見《合集·近稿》卷五《李青來衡言小引》注。

②壺巢：壺公、巢父。葛洪《神仙傳·壺公》：「常懸一空壺於坐上，日入之後，公輒轉足跳入壺中，人莫知所在。」皇甫謐《高士傳·巢父》：「巢父者，堯時隱人也，山居不營世利，年老以樹爲巢而寢其上，故時人號曰巢父。」

③竇康瓠：賈誼《吊屈原賦》：「斡棄周鼎，竇康瓠兮。」康瓠，空葫蘆。

贈李石友[一]①

清輝一丈是君亭，橘柚初香讀道經。不愛姓名驚鳥雀，却傳文字遍花汀。年當少壯偏多戒②，室有東西可作銘③。淡泊性生人意淺，夜來深酒坐明星。

【校記】

[一]「石友」，目録原作「友石」，據正文乙正。

【箋注】

①贈李明繼。李明繼，字石友。詳見《合集·近稿》卷五《李青來衡言小引》注。

②年當少壯偏多戒：《論語·季氏》：「孔子曰：君子有三戒：少之時，血氣未定，戒之在色；及其壯也，血氣方剛，戒之在鬥；及其老也，血氣既衰，戒之在得。」

③室有東西可作銘：《東銘》，張載於其學堂東牖所書銘言，意在訂頑。《西銘》，張載於其學堂西牖所書銘言，言天地萬物與吾同體，以啓發學者求仁之心。

送沈鉉臣入覲①

人物清裁集大都，千尋霜骨與山扶。東陽吟詠篇猶在，秋浦梧桐月未逋。天子辦裝來竹馬②，江花迎楫動魚凫。聊期一醉春明近，偪歲寒心向落菰。

【繫年】

據《沈鉉臣詩草序》作時及「客歲入覲，遇予吴門，出詩見餉，皆清峻遥深之句」等語，可知此詩作於崇禎七年（一六三四）。

【箋注】

①送沈鼎科入覲。沈鼎科，字鉉臣。參見《合集·近稿》卷一《沈鉉臣詩草序》「今日言吏治者，海内爭稱沈建陽。建陽，閩劇邑沈令君鉉臣，予同門友也。……客歲入覲，遇予吴門，出詩見餉，皆清峻遥深之句。」

②辦裝：置辦行裝。

送吴來之北發①

賦貢王門説采珠，江皋琴水意相須。著書二萬經方盛，買紵三千調更孤。鴐掖句傳傾坐客②，日華聲滿在天衢③。典文精切邯鄲步，應撤重圍讓漢儒。

【繫年】

據前後詩作時，可知此詩作於崇禎六年（一六三三）冬至崇禎七年（一六三四）春間。

【箋注】

①送吴昌時北上應會考。吴昌時，字來之。崇禎三年中舉人。詳見《初集》卷一《廣應社序》注。

②鴛掖：指中書省。錢起《奉和中書常舍人晚秋集賢院即事寄徐薛二侍御》：「彩筆下鴛掖，褒衣來石渠。」

③日華：殿門名。杜甫《奉答岑參補闕見贈》：「窈窕清禁闥，罷朝歸不同。君隨丞相後，我往日華東。」仇兆鼇注：「《唐六典》：宣政殿前有兩廡，兩廡各有門。其東曰日華，日華之東則門下省也。……西廊有門曰月華，月華之西即中書省也。」天衢：京都。《文選·張衡〈西京賦〉》：「豈伊不虔思於天衢，豈伊不懷歸於枌榆。」劉良注：「天衢，洛陽也。」

送曹忍生北發①

寒竹方凌玉樹中，雲來流楫夢崆峒。二龍名字山川重②，一帳烟光氣類同③。禄與性違真著述，分兼學盡得英雄。平郊環飲驚飛雪，杏圃初傳蜀纈紅。

【繫年】

據「平郊環飲驚飛雪」等語及前後詩作時，此詩蓋作於崇禎七年（一六三四）初春。

【箋注】

①送曹訥北上應會考。曹訥，字忍生。詳見《初集》卷一《曹忍生稿序》注。

② 二龍：譽稱同時著名的二人，一般多指兄弟。如後漢許劭、許虔兄弟。《後漢書·許劭傳》：「兄虔亦知名，汝南人稱平輿淵有二龍焉。」

③ 氣類：意氣相投者。語本《易·乾》：「同聲相應，同氣相求，……則各從其類也。」

送王與游北發①

今宵花發自青桐，束帛徵車照五驄②。日下看名忠孝字，月中傳帖蕊珠宫③。漢時經術堪丞相，左掖文章壓上公④。餘有清音連驛送，泰山高處曉光通。

【繫年】

據「今宵花發自青桐」等語及前後詩作時，此詩蓋作於崇禎七年（一六三四）初春。

【箋注】

① 此送王志慶北上應會考。王志慶，字與游。天啓七年中舉人。詳見《續集》卷二《許孟宏稿序》注。此詩入選清陳濟生《天啓崇禎兩朝遺詩》卷七《張天如詩》。

② 束帛：捆爲一束的五匹帛。古代用爲聘問、饋贈之禮物。葛洪《抱朴子·欽士》：「是以明主旅束帛於窮巷，……而以致賢爲首務，得士爲重寶。」徵車：古代徵召賢達使用之車。方文《送劉孔安北上》：「大雲起幽壑，徵車來何遲！」

③ 蕊珠宫：亦省稱「蕊宫」，道教經典中所説之仙宫。高明《琵琶記·伯喈牛宅結親》：「人間丞相

府，天上蕊珠宫。」

④左掖：唐时指門下省。杜甫《宣政殿退朝晚出左掖》仇兆鼇注：「《唐六典》：在宣政門内，殿東有東上閤門，殿西有西上閤門。東上閤門，門下省在焉。西上閤門，中書省在焉。公時爲左拾遺，屬門下，故出左掖。」上公：周制，三公（太師、太傅、太保）八命，出封時，加一命，稱爲上公。《周禮·春官·典命》：「上公九命爲伯，其國家、宫室、車旗、衣服、禮儀皆以九爲節。」鄭玄注：「上公，謂王之三公有德者，加命爲二伯。二王之後亦爲上公。」

别閩中李畏庵①

舊聲連雨發，春草復何如。看盡南來雁，空言海大魚。三年重夜論，千里一星疏。蕭髮慚淪滯②，驚心讀諫書。

【繫年】

據「春草復何如」等語及前後詩作時，可知此詩作於崇禎七年（一六三四）初春。

【箋注】

①别閩中李畏庵。李畏庵，待考。此詩入選陳濟生《天啓崇禎兩朝遺詩》卷七《張天如詩》。

②淪滯：謂仕途阻塞，屈居下位。

寄同門桂叔開①

吴楚谿來烟水同，江清人遠一魚艟。月中灑酒愁無客，醉後高歌得《大風》②。歎絶《白華》詩未補，信傳春日燕初通。心期兩兩要終古，奏曲懷君爨碧桐。

【繫年】

據「信傳春日燕初通」等語及前後詩作時，此詩蓋作於崇禎七年（一六三四）初春。

【箋注】

① 寄同門桂啓芳。桂啓芳，字叔開。詳見《續集》卷一《桂叔開稿序》注。

② 《史記》卷八《高祖本紀》：「高祖還歸，過沛，留。置酒沛宫，悉召故人父老子弟縱酒，發沛中兒得百二十人，教之歌。酒酣，高祖擊筑，自爲歌詩曰：『大風起兮雲飛揚，威加海内兮歸故鄉，安得猛士兮守四方！』」

同子常勒卣集受先齋①

雪盡知春至，非關鴻雁哀。烟江連岸斷，雨市踏燈來②。小隱南郊樂③，高歌鄴下才④。只今横石座，梅信發蕪萊。

【繫年】

據前詩作時及「雨市踏燈來」「梅信發蕪萊」等詩語，此詩蓋作於崇禎七年（一六三四）春。

【箋注】

①同楊彝、周立勳集張采齋。張采纂《太倉州志》卷十四《藝文志·詩徵》收此詩。

②踏燈：元宵節上燈市看燈。諸重光《上元前夕寶幢鑒南過飲》：「客爲踏燈成不速，門非覓句亦常關。」

③小隱：謂隱居山林。王康琚《反招隱》：「小隱隱陵藪，大隱隱朝市。」

④鄴下才：指鄴中七子。七子同時以文學齊名，皆與魏太子曹丕友善。後亦用以美稱有文才者。賈曾《奉和春日出苑矚目應令》：「招賢已從商山老，託乘還徵鄴下才。」

王賁文新冠①

角犀何以詠②，麟定念詩人。古道徵三禮，龍名到小荀。自今言洗酌，從此學爲臣。
模迪西京事，終童扶雅輪③。

【繫年】

據前後詩作時，此詩蓋作於崇禎七年（一六三四）初春。

【箋注】

①王賁文，待考。

②角犀：額角入髮處隆起，有如伏犀。古代以爲顯貴賢明之相，亦借指賢明者。《國語·鄭語》：「今王棄高明昭顯，而好讒慝暗昧，惡角犀豐盈，而近頑童窮固。」韋昭注：「角犀，謂頂角有伏犀。豐盈，謂頰輔豐滿，皆賢明之相。」

③終童：終軍，字子雲，濟南人。少好學，年十八選爲博士弟子。武帝任爲謁者給事中，累擢諫議大夫。後奉命赴南越説南越王入朝。南越王願舉國内屬而其相吕嘉不從，舉兵殺王及終軍。死時年僅二十餘，時稱「終童」。《漢書》有傳。後用爲稱頌少年有爲之典。

王來復新冠①

椒酒當元日②，春風試拂塵。學書懷大令③，獻策笑平津④。幼志于今遠⑤，先民亦可詢。槐堂留墨妙，不復羡王珣⑥。

【繫年】

據前詩作時及「椒酒當元日，春風試拂塵」等詩語，此詩蓋作於崇禎七年（一六三四）春。

【箋注】

①王來復，待考。

②椒酒：用椒浸製之酒。古俗，農曆元旦向家長獻此酒，以示祝壽、拜賀之意。陳造《聞師文過錢塘》：「椒酒須分歲，江梅巧借春。」

③大令：指王獻之。《晉書·王珣傳》：「（王珣）代王獻之爲長兼中書令。二人素齊名，世謂獻之爲『大令』，珣爲『小令』。」

④平津：漢時爲平津邑，武帝封丞相公孫弘爲平津侯，即此。後多用爲典，亦以泛指丞相等高官。

⑤幼志：幼年之志。《儀禮·士冠禮》：「始加元服，棄爾幼志。」

⑥王珣：東晉書法家。字元琳，小字法護。王洽子。官尚書令，卒贈車騎將軍。擅草書，行書亦可稱道。傳世作品有行書《伯遠帖》真跡及草書《三月帖》。

吴園看梅①

園開香細隔西泠②，烟水高横分外青。人在翠微春未半，雪如瀼露夜方零。著書靈隱炊寒玉③，影落昭陽問畫屏。間送雲歸迷晚岫，岸邊花木待君醒。

【繫年】

據前詩作時及「人在翠微春未半」等詩語，此詩蓋作於崇禎七年（一六三四）春。

【箋注】

①吴園，張之鼎《棲里景物略》卷十《吴園馮家巷左前東小河，北至馮庵，東至大魚池，均爲吴園故址》：

「園爲沈氏舊業，而售于徽州督學吴公邦相之猶子，構葺有加，遂成一時名勝。綺樹瑶岑，雕梁曲榭，貯樂部聲伎其中。日與諸狎友品竹彈絲，樗蒲六博，而暱翠偎紅，窮極遊冶。」

② 西泠：亦稱「西陵橋」「西林橋」。在杭州孤山西北盡頭處，是由孤山入北山必經之路。周密《武林舊事·湖山勝概》：「西陵橋，又名西林橋，又名西泠。」

③ 靈隱：山名。在杭州西湖畔，一名武林，又名靈苑，又稱仙居。《太平寰宇記》謂許由、葛洪曾隱於此。

送侯豫瞻北上①

其一

春氣吴山早，風來水國徐。社村今日酒，牀笏舊時書。燕子迎新舫，桃花奉板輿。尚持司馬節，矜重佩金魚〔一〕②。

其二

不因童僕近，且與拂征裾。閶闔人高望③，中原事正胥。韭盤方翦露，厨筭亦隨車。

驅坂猶驚昨，衣冠自漢初。

【校記】

〔一〕「矜」，陳濟生《天啓崇禎兩朝遺詩》本作「珍」。

【繫年】

據《侯忠節公全集·年譜》崇禎七年條「四月過南都」「五月入都門」，此詩作於本年四月。

【箋注】

①送侯峒曾赴京補選。其一入選陳濟生《天啓崇禎兩朝遺詩》卷七《張天如詩》。張采《知畏堂詩存》卷三亦有《送侯豫瞻北上》，可參。

②佩金魚：比喻高官顯爵。

③閶闔：泛指宫門或京都城門。丘遲《侍宴樂游苑送張徐州應詔》：「詰旦閶闔開，馳道聞鳳吹。」

登馬鞍山①

別地玄來勝，春風嶺上行。山光人坐照，龕火竹清盟。選此雲烟半，知同水閣成。群流參野外，塔影接湖平。

【繫年】

據前詩作時及「春風嶺上行」等詩語，此詩作於崇禎七年（一六三四）春。

【箋注】

①登南京馬鞍山，同行者爲張采、徐汧。張采《知畏堂詩存》卷一亦有《同九一天如登馬鞍山二首》，其一云：「登臨須濟勝，策病怯前行。嵐色來嵩炤，禽聲浄竹盟。野懷隨地習，空想即山成。還顧溪頭路，前峰漸可平。」其二云：「高路登登上，望懷逐侶行。梵音天際想，石響塔前盟。問偈看僧古，疲津悟佛成。因知歸息理，就下易爲平。」

吴幼民公祖飲東園二詩見示次韻報之〔一〕①

錦城風氣大山頭，間送浮鳧與箬舟。但詠蘼蕪來鶴夢②，欲同清月照花籌。人如金谷名園數③，春到芙蓉木末洲④。持贈若何留碧醉，琅玕響自石中流。

其二

莫疑春盡别雲甍⑤，舞草迎人煖自横。月下衣裳添酒氣，山中曆日種花庚。不因妍唱簷葡閣，好主清風魚鳥伻。載此孤遐憐共寄，牽招桑落舊時盟⑥。

【校記】

〔一〕張采纂《太倉州志》卷十四《藝文志·詩徵》收此詩，題作《次吴幼民公祖飲東園二韻》。

【繫年】

據前詩作時及「春到芙蓉木末洲」等詩語，此詩蓋作於崇禎七年（一六三四）春。

【箋注】

①與同年常州知府吴兆塁飲東園。吴兆塁，字幼民。光緒《漳浦縣志》卷十二：「崇禎四年辛未陳子泰榜：吴兆塁，常州知府。」「天啓四年甲子程祥會榜：程祥會第一名，吴兆塁，亞魁，見進士。」李介《天香閣隨筆》卷一：「常郡司理吴兆塁，閩人也。冷面慈腸，信心而行，絶無顧忌。每出人罪，雖上司嚴駁，十駁十上，必出之而後已。」東園：王時敏之園。《王時敏集》附録四王寶仁《奉常公年譜》崇禎七年條：「東園落成，園自庚申經始，中間改作者再四。磴道盤紆，廣池澹灎，周遭竹樹蓊鬱，渾若天成。而凉堂邃閣，位置隨宜，卉木窗軒，參差掩映，頗極林壑臺榭之美。」《太倉州志》：「東園，王文肅公別墅。出東郭數十武，入南偏舍一門，度小石橋，歷松徑，谿平橋，啓扉得廊。廊左修池，寬廣可二三畝。廊北折而東，面池有樓，曰『揖山』。循左，屋數間，右石徑。後多植竹，竹勢參天，有閣曰『凉心』。度竹徑，南累石穴，上置屋如譙樓。且行小折，啓一扉，曲室數十楹，有閣，斜望凉心少弱。出而東，更折而南，小山平起，上隱桂林。山盡，便得一門，内爲期仙廬。廬前顔曰『峭蒨』，鑿方沼，中突二峰。不數武，入掃花庵。再進，得小板屋。推户，平疇百十頃，看耕稼。庵前繫艇，刺艇上下岡陂，回互周見。南汎藻野堂，堂咢然而大，階下蒔芍藥滿阡陌。舟及岸，憩小平橋，紫藤下垂，古木十餘章，繞水如拱揖。東折石徑，見梵閣藏松際。北汎

遇小崖，循崖登望，木石起伏，夾路樹影罥衣。崖窮，一竇，有屋倚水，旁通廊，廊衍水中，委曲達亭上。東折繇平登橋還揖山樓下。園中橋三、樓二、亭二、閣一、庵一、庭一、佛堂一，水前後通流，嘉木異卉亡算。」

②鶴夢：謂超凡脱俗之嚮往。司空圖《與李生論詩書》：「地凉清鶴夢，林静肅僧儀。」

③石崇《金谷詩序》：「故具列時人官號、姓名、年紀，又寫詩著後。後之好事者，其覽之哉。凡三十人。」

④芙蓉木末：屈原《九歌·湘君》：「采薜荔兮水中，搴芙蓉兮木末。」王維《辛夷塢》：「木末芙蓉花，山中發紅萼。」

⑤雲甍：高聳入雲之屋脊，借指高大之房屋。王世貞《謝生歌七夕送脱屣老人謝榛》：「帝都雲甍接九衢，委巷獨滿群公車。」

⑥桑落：即桑落酒。錢起《九日宴浙江西亭》：「木奴向熟懸金實，桑落新開瀉玉缸。」

贈醫

花明一片地，吴下遇君時。小隱歸簾肆，清光到上池①。衆人非共醉，五墨亦何疑。炳燭懸秋夜，羊龍吐玉脂。

【繫年】

據前詩作時及「花明一片地」等詩語，此詩蓋作於崇禎七年（一六三四）春。

【箋注】

① 上池：指凌空承取或取之於竹木上的雨露，後用以名佳水。《史記·扁鵲倉公列傳》：「（長桑君）乃出其懷中藥予扁鵲：『飲是以上池之水，三十日當知物矣。』」

題德星圖〔一〕①

方回一丸今胡爲②，與汝龍笛吹雲池③。一解。我欲宰割麒麟皮，敲出明月懸金龜。二解。白頭老翁舞僛僛④，軒乎饕乎其誰思。三解。《大洞》一章子所貽，丹青不及亦孔悲。四解。瓠瓜之河下有祠，青童拊背寧垂緌。五解。葛公歌成草木飢，偓佺先驅飧神芝⑤。六解。子欲夜書修常居，崑崙三頃日正熹，長飲太平今之時。七解。

【校記】

〔一〕目録「星」作「量」，據正文改。

【繫年】

據前詩作時，此詩蓋作於崇禎七年（一六三四）春。

【箋注】

①德星圖，《佩文齋書畫譜》卷九十八《歷代鑒藏八》：「宋人畫《德星圖》，後有朱子門人胡泳跋，宋末藏周公謹家。」

②方回：古仙人名。相傳于唐堯時曾隱於五柞山，堯聘爲閭士，煉食雲母粉，爲人治病。道成，被劫持，閉於室中，求其傳道。回乃化身而去，以「方回」印封其户。時人言得回一丸泥塗門，終不可開。見劉向《列仙傳·方回》。

③龍笛：指笛。據説其聲似水中龍鳴，故稱。馬融《長笛賦》：「龍鳴水中不見已，截竹吹之聲相似。」

④傲傲：醉舞欹斜貌。《詩·小雅·賓之初筵》：「賓既醉止，載號載呶。亂我籩豆，屢舞傲傲。」毛傳：「傲傲，舞不能自正也。」

⑤偓佺：古傳説中仙人名。劉向《列仙傳·偓佺》：「偓佺者，槐山採藥父也，好食松實，形體生毛，長數寸，兩目更方，能飛行逐走馬。」

壽周二陽七十偕壽①

曲堂高士隱，釃酒繫香茎。花養三春日，人歌偕老篇②。掛瓢知棗熟③，拾葉待書玄。裁翦雲簾下，熙陽桑樹田。

【繫年】據前詩作時，此詩蓋作於崇禎七年（一六三四）春。

【箋注】

①爲周二陽夫婦七十偕壽作。周二陽，待考。

②偕老：《詩・邶風・擊鼓》：「執子之手，與子偕老。」指夫妻相偕到老。

③掛瓢：《太平御覽》卷七六二引漢蔡邕《琴操》：「許由無杯器，常以手捧水。人以一瓢遺之，由操飲畢，以瓢掛樹。風吹樹，瓢動，歷歷有聲。由以爲煩擾，遂取捐之。」後以「掛瓢」爲隱居或隱者傲世之典。

和受先南渡看桃①

深郊流水作春游，曲岸看來紅雨舟。村巷飯香堤下隱，玉臺人面鏡中求。風枝向日同君醉，子夜聞歌載月浮。莫任道傍輕薄意，緑橋緣是漢時留。

【繫年】據前詩作時及「深郊流水作春游」等詩語，此詩蓋作於崇禎七年（一六三四）春。

【箋注】

①此唱和張采詩。此詩收入張采纂《太倉州志》卷十四《藝文志・詩徵》。

送管君售①

風雨君歸日，搴舟春盡時。花闌頻問酒，葉落尚留詩。離别非千里，勞歌倍十思②。梓恭黽勉答，泉細惜分歧③。

【繫年】

據前詩作時及「搴舟春盡時」等詩語，此詩蓋作於崇禎七年（一六三四）暮春。

【箋注】

① 此送别管士琬。管士琬，字君售。詳見《初集》卷一《管陳二子合刻序》注。

② 勞歌：憂傷、惜别之歌。駱賓王《送吴七遊蜀》：「勞歌徒欲奏，贈别竟無言。」

③ 分歧：離别。《晉書·乞伏乾歸傳》：「昔古公杖策，豳人歸懷；玄德南奔，荆楚襁負。分岐之感，古人所悲。」

次周勒卣艷詩贈陳卧子①

日暮流風緩，春深障曲池。桂旂迎玉女，金筆待陳思②。《小雅》文無誹，高臺人自吹。莫愁家遠近，香草正幽遲。

【繫年】

據前詩作時及「春深障曲池」等詩語，此詩蓋作於崇禎七年（一六三四）暮春。

【箋注】

①此次周立勳艷詩贈陳子龍。艷詩：艷體詩。指以男女愛情爲題材之詩。

②陳思：指陳思王曹植。劉勰《文心雕龍·時序》：「陳思以公子之豪，下筆琳瑯；並體貌英逸，故俊才雲蒸。」

讀張太羹邑侯雲編之選①

響落層城風雨過②，如聞黄壁下鬟河。九峰文字仙人掌，留待張華點墨螺。

【繫年】

據前詩作時，此詩蓋作於崇禎七年（一六三四）春。

【箋注】

①此讀張調鼎雲編之選。張調鼎，字太羹，時任華亭知縣。詳見《合集·詩稿》卷一《送張太羹父母之華亭》注。邑侯：縣令。

②層城：指京師，王宫。陸機《贈尚書郎顧彦先》：「朝遊遊層城，夕息旋直廬。」

讀幾社詩文偶題①

春到吴山風日多，烟幢花笠伴雲阿。城頭晴木禽聲下，寫入詩瓢學换鵝。

【繫年】

據前詩作時及「春到吴山風日多」等詩語，此詩蓋作於崇禎七年（一六三四）暮春。

【箋注】

①此讀幾社詩文。崇禎五年，幾社刻有《壬申文選》，六年又刻有《陳李唱和集》。

賦送胡見可①

越國風烟將溯洄，鏡名雲下看新槐。官人第一中書省，報政應先百里雷。望曉春明閶闔夢②，問君夾袋鶴琴來。同時傾飲高山曲，多士矜傳玉樹開③。

【繫年】

據雍正《舒城縣志》卷十六「甲戌，召試改翰林編修」及「鏡名雲下看新槐」等詩語，可知此文作於崇禎七年（一六三四）暮春。

【箋注】

①賦送胡守恒。胡守恒，字見可，號吉雲，舒城人。雍正《舒城縣志》卷十六：「胡守恒，字見可，號

吉雲，宋安定裔。孝友能文，十歲作《祀竈》詩，有『遍數人間忠與孝』之句。喪母，事後母如所生。崇禎戊辰登進士，授湖廣推官。英敏能斷，有墨令貯金菜甕以饋，嚴絶之。甲戌，召試改翰林編修，晉東宫講官。一日，命條酌諸章奏，悉稱旨。壬午，乞假省視。時流賊張獻忠攻舒，守恒率百姓悉力備禦三晝夜，無援城陷，被執。賊欲降之，守恒大罵，不屈死。漕撫史可法上其事，准贈少詹，蔭一子入監，予謚文節。崇祀鄉賢祠。」詳見《明史》本傳。

② 閶闔：傳説中之天門，此喻朝廷。

③ 多士：指百官。《書·多方》：「猷告爾有方多士，暨殷多士。」《詩·大雅·文王》：「濟濟多士，文王以寧。」

東郊餞劉明府次受先韻①

其一

迴巒窗静答清音，竹集流烟抱石琴。欲報晚衙聽燕語②，且臨高苑作吴吟。民風如草猶依昔③，花性同君不近今。擬問武丘留客處④，出門春色遍桑陰。

其二

緑天倚水出高音，彈碧如何葉似琴。鳥雀既馴簾下宿，流泉無恙石中吟。三年問子春遲日，十閣留題詩到今。指點桑麻車蓋静，兒童猶與話廧陰。

其三

松路清群樹有音，登高長珮倚修琴。不聞騶從争花氣，但見禽魚愧楚吟。白傅詩存池上古，何戡歌在夜如今⑤。平原自是尋常飲，可得忘機效漢陰。

其四

蒔香斜徑肅深音，珍重談君緑綺琴。繞水莓苔迎屐長，盈車條葉發秋吟。灌園學隱難爲别，扶杖來看豈自今。可並舊山砭痼疾，石蘭不改惜春陰。

【繫年】

崇禎七年三月，太倉知州劉士斗爲忌者所論，罷去。張溥與張采、吴偉業等約士斗遊東郊，故此詩作於崇禎七年（一六三四）春。

【箋注】

① 是詩爲送别州守劉士斗所作。明府：漢魏以來對郡守牧尹之尊稱，又稱明府君。張采作《東郊四首》，張溥作《東郊餞劉明府次受先韻》以和之。其一入選陳濟生《天啓崇禎兩朝遺詩》卷七

《張天如詩》。張采纂《太倉州志》卷十四《藝文志·詩徵》亦收此組詩。

②晚衙：舊時官署長官一日早晚兩次坐衙，受屬吏參拜治事。傍晚申時坐衙稱晚衙。

③民風如草：《論語·顔淵》：「季康子問政於孔子曰：『如殺無道，以就有道，何如？』孔子對曰：『子爲政，焉用殺？子欲善而民善矣。君子之德風，小人之德草。草上之風，必偃。』」

④武丘：即虎丘，唐避諱，改虎丘爲武丘。

⑤何戡：唐長慶時著名歌者。劉禹錫《與歌者何戡》：「舊人唯有何戡在，更與慇勤唱《渭城》。」

壽茅五芝光禄六十①

蕙渚含風天酒零，司城當日《玉鈐》經②。共傳金管書忠孝③，豈止郎官應歲星。玄室山川多禹跡，清時鳳鳥半公庭。中原洪曆崆峒會，宥府高名在御屏④。

【繫年】

據《萬曆二十九年辛丑科進士履歷便覽》「茅瑞徵五芝，《書》四房，丁丑四月初一日生」，此詩作於崇禎九年（一六三六）春。

【箋注】

①茅瑞徵，字伯符，一字五芝，歸安人。時任南京光禄寺卿。茅坤從孫。光緒《歸安縣志》卷三十六《文苑》：「茅瑞徵，字伯符，歸安人，坤從孫。萬曆二十九年進士，知泗水縣，調黄岡。擢兵部職

方主事，陞郎中，歷福建參政、湖廣右布政，晉南京光禄卿，歷官有廉吏之目。壯年即解組歸田，自號『若上愚公』，耽情吟詠。官職方時，著有《象胥録》《三大征考》。詩亦真率自喜，卒贈大理寺卿。」

② 玉鈐：相傳爲呂尚所遺兵書，泛指兵略、武事。

③ 金管：指飾金之毛筆管，代指筆。

④ 宥府：即樞密院。

盤槐二株宋元間舊物與游寶之以名其堂分賦二章①

舊碧依雲肅，深堂一樹聲。但知心正直，不解葉縱横。手澤先人笏②，文枝兄弟名。到今霜雪盡，歲久歷清平。

其二

山心亭此際，寶墨慎初榮。獨處名非忌，高扶寵不驚。温飽知秋節，盤桓自漢京。衆妍留璧照，群玉荷相成。

【箋注】

① 王志慶，字與游。詳見《續集》卷二《許孟宏稿序》注。

②手澤先人笏：歸有光《項脊軒志》：「頃之，持一象笏至，曰：『此吾祖太常公宣德間執此以朝。他日，汝當用之。』」

送姜夫子還朝①

修樹春江驛路蒙，泰山日出照城東。千尋桐梓皆琴瑟，萬里絃歌是學宫②。節近翠微天左右，語傳宣室帝崆峒。雲趨蒲軫流難夜，禮樂當興慰至公。

其二〔一〕

《嵩高》雅詠答明隆③，多士瞻朝京雒同。孔孟文章懸大國，荒夷亭徼載清風④。人心長夜今方旦，王事憂危日正豐。從此肅征嚴咫尺，蒼生有夢豹關通⑤。

【校記】

〔一〕其二入選陳濟生《天啓崇禎兩朝遺詩》卷七《張天如詩》，題作「送姜燕及夫子還朝」。

【箋注】

①送座師姜曰廣還朝。姜曰廣，字居之，號燕及，新建人。《明史》卷二七四：「姜曰廣，字居之，新建人。萬曆末，舉進士，授庶吉士，進編修。天啓六年奉使朝鮮，不攜中國一物往，不取朝鮮一錢

歸，朝鮮人爲立懷潔之碑。明年夏，魏忠賢黨以曰廣東林，削其藉。崇禎初，起右中允。九年，積官至吏部右侍郎。坐事左遷南京太常卿，遂引疾去。十五年，起詹事，掌南京翰林院。……曰廣骨鯁，扼於憸邪，不竟其用，遂歸。其後左良玉部將金聲桓者，已降於我大清，既而反江西，迎曰廣以資號召。聲桓敗，曰廣投偰家池死。」

②絃歌：指禮樂教化。《論語·陽貨》：「子之武城，聞弦歌之聲，夫子莞爾而笑曰：『割鷄焉用牛刀。』子遊對曰：『昔者偃也聞諸夫子曰：君子學道則愛人，小人學道則易使也。』子曰：『二三子，偃之言是也，前言戲之耳。』」

③嵩高：即《詩·大雅·崧高》。方玉潤《詩經原始》卷十五《崧高》：「此詩與下篇《烝民》，同爲尹吉甫贈送之作。一送申伯，一送仲山甫，以二臣位相亞，名相符，才德又相配，故於二臣之行也，特贈詩以美之。」

④亭徼：指邊防要地。《史記·平準書》：「新秦中或千里無亭徼，於是誅北地太守以下，而令民得畜牧邊縣。」

⑤豹關：《楚辭·招魂》：「虎豹九關，啄害下人些。」王逸注：「天門九重，使神虎豹執其開閉，主啄天下欲上之人而殺之。」後以「豹關」指門庭森嚴。

吊瞿慕川先生①

微言今日對三雍②，江漢湯湯群瀆從。禮樂在周方大備，公卿自漢薄中庸。豈知求野俎公怒，盡識登朝儒者容。後死未忘分俎豆③，春秋不愧一衣縫。

【箋注】

①瞿九思，字睿夫，號慕川，黄梅人。見《續集·别集》卷一《三蔡稿序》注。

②三雍：漢時對辟雍、明堂、靈臺之總稱。《漢書·河間獻王傳》：「武帝時，獻王來朝，獻雅樂，對三雍宫及詔策所問三十餘事。」顔師古注引應劭曰：「辟雍、明堂、靈臺也。雍，和也，言天地君臣人民皆和也。」張繼《河間獻王墓》：「頻求千古書連帙，獨對三雍策幾篇。」

③後死：常用作生者自謙之詞。《論語·子罕》：「天之將喪斯文也，後死者不得與於斯文也。」俎豆：謂祭祀，奉祀。《論語·衛靈公》：「俎豆之事則嘗聞之矣，軍旅之事未之學也。」

壽龔程侯①

滋樹春園合，暄風柳髮鬖。玉鳩安飲食，靈藥長淮南②。繪水分雙照，樛枝覆百男③。静夷雲谷外，緑葉正眠蠶。

【繫年】

據陸世儀《如我老人傳》「今年甲午，公壽躋八十」，兼據前詩作時，可知此詩作於崇禎七年（一六三四）春，爲祝龔之鵬六十壽辰。

【箋注】

①龔之鵬，字程侯。陸世儀《桴亭先生詩文集·文集》卷六《如我老人傳》：「如我老人者，吾友無競龔子之尊人，居州之茜溪，諱之鵬，字程侯。其先自宋高宗朝始祖諱猗者，爲殿中侍御史，扈駕南行，自汴來吴。……數傳生公，幼穎敏，受業於先達虞淵姚公。數奇不遇，乃棄舉子業，以治生課子爲事。七都故沃壤，公率僮僕力耕其間，家稍稍給。遂以其餘力闢圃一區，顔曰拙圃，自稱如我老人，築書室曰花萼。傍更治小屋十餘楹，前後雜植花木，中延兩皋比課子。每花月之下，賓朋過訪，輒圍棋論文，流連浹日。好以家醖醉人，不極歡不止。族人有誚公爲迂者，謂公何不廣治田宅爲蓄積計。公笑不應，教其子愈力。子三人，長挺即無競，次揆字與參，次拱字向辰，遂先後補博士弟子。挺惇樸有古人風，善古文辭；揆工詩，饒魏晉丰格；拱篤學孝弟，皆與予及廖士言夏結爲世外友。挺之子嶸亦弟子員，從予游。」

②靈藥：指傳説中之仙藥。《海内十洲記·長洲》：「長洲，一名青丘。……一洲之上，專是林木，故一名青丘。又有仙草、靈藥、甘液、玉英，靡所不有。」

③百男：猶言多男孩。語本《詩·大雅·思齊》：「大姒嗣徽音，則百斯男。」朱熹集傳：「百男，舉成數而言其多也。」

次韻答陳昌基①

舊雨生波海國東，春城夢盡水烟通。早傷五色雲迷日，别恨今年花信風。裘馬殢人知我貴，文章忌俗耻爲工。同儕大半驚飛絮，高塔流霞伴寓公②。

【繫年】

據「春城夢盡水烟通」詩語，兼據前詩作時，此詩蓋作於崇禎七年（一六三四）春。

【箋注】

① 陳肇曾，字昌基。詳見《續集·别集》卷二《國表四集序》注。

② 寓公：古指失其領地而寄居他國之貴族，後凡流亡寄居他鄉或别國之官僚、士紳等都稱「寓公」。范成大《東山渡湖》：「吾生蓋頭乏片瓦，到處漂摇稱寓公。」

送李玉完師還朝〔一〕①

吴水迴塘萬樹晴，冰徽玉照鶴魚迎。于公門敞延春日②，狄相庭高聽鳳聲③。到處芷蘅香氣集，望成笙磬漢官行。寶書著盡名山字，重賦菁莪雅樂成④。

【校記】

〔一〕本詩入選陳濟生《天啓崇禎兩朝遺詩》卷七《張天如詩》。

【繫年】

據「于公門敞延春日」「到處芷蘅香氣集」等詩語，兼據前詩作時，此詩蓋作於崇禎七年（一六三四）春。

【箋注】

①李懋芳，字玉完，紹興府上虞人。康熙《興化縣志》卷六：「李懋芳，字玉完，浙江上虞人。進士，萬曆年任。初，邑大奸王衡流毒里中，前令解任衡陽，爲遠送而陰肆要挾，飽其欲乃還，前令吞聲去。懋芳下車，出不意立縛之，斃于獄，遠近稱快焉。性明敏聰察，剖决如流，然必令小民盡其詞，或喃喃攀座几傾，終不怒也。力鋤豪强，民賴以安，士受知者咸接跡而雋。拜御史，督學南畿。」

②于公：《漢書》卷七十一《于定國傳》：「于定國，字曼倩，東海郯人也。其父于公爲縣獄史，郡決曹，决獄平，羅文法者于公所决皆不恨。郡中爲之生立祠，號曰于公祠。」

③狄相：狄仁傑，字懷英，太原人。初爲大理丞，處理積案萬餘，執法公正嚴明。後爲宰相，力諫武則天息兵役、輕刑罰。善於舉薦人才，爲武則天所信重。詳見《新唐書》本傳。

④菁莪：《詩·小雅·菁菁者莪序》：「菁菁者莪，樂育材也，君子能長育人材，則天下喜樂之矣。」後以「菁莪」指育材。

汪覲峰五十①

永日延清城市宜，惠風休暢拂喬枝。欲同西郭埋名叟，再讀東方《誡子詩》②。竹葉覆床驚戴勝③，桑心爲酒浴醾醾。閒雲若逐高岑出，許斧還應采五芝④。

【繫年】據「惠風休暢拂喬枝」「竹葉覆床驚戴勝」等詩語，兼據前詩作時，此詩蓋作於崇禎七年（一六三四）春。

【箋注】

①汪覲峰，待考。

②東方朔《誡子詩》：「明者處世，莫尚於中。優哉游哉，於道相從。首陽爲拙，柳惠爲工。飽食安步，以仕代農。依隱玩世，詭世不逢。才盡身危，好名得華。有群累生，孤貴失和。遺餘不匱，自盡無多。聖人之道，一龍一蛇。形見神藏，與物變化。隨時之宜，無有常家。」

③戴勝：鳥名。狀似雀，頭有冠，五色如方勝，故稱。《禮記·月令》：「（季春之月）鳴鳩拂其羽，戴勝降于桑。」

④五芝：五種靈芝。《文選·孫綽〈游天台山賦〉》：「八桂森挺以凌霜，五芝含秀而晨敷。」李善注引《神農本草經》：「赤芝一名丹芝，黄芝一名金芝，白芝一名玉芝，黑芝一名玄芝，紫芝一名木芝。」

夏至前二日偕受先飲與游齋夜半賦詩①

喜雨同君出，留青入夜深。稻秧烟半岸，塘草月新林。因酒衣知重，非秋蟲暗吟。若憐雲水寂，盆樹獨何心。

其二

遲此空濛色，將同蝴蝶深。水鳴當半夜，月出借中林。艷冶春山事，虛寥草閣吟。莫憎寒意盡，荷葉慎秋心。

【繫年】據詩題，兼據前詩作時，此詩蓋作於崇禎七年（一六三四）夏至前二日。

【箋注】

① 夏至前二日與張采飲王志慶齋夜半賦詩。

無近弟過與游齋同飲①

水深日落似飛鴻，正值園居芰早蓬。客矖烟霞魚網渡，樹摇香露荳花風。亭名不碍滋今翠，詩葉還飄惜比紅。閒散人間消閣夢，石牀猶自護春叢。

其二

一徑相逢似燕鴻，酒餘人未逐秋蓬。夜深酬對新條月，泉響幽虛舊閣風。麋鹿松心同子宿，芙蓉裳冷爲君紅。莫嫌凉徹蕪菭後，芍藥方凋草正叢。

【繫年】

據前詩作時，此詩蓋作於崇禎七年（一六三四）夏。

【箋注】

① 弟張王治過王志慶齋與之同飲。

送王開度北上①

孟夏多蒼莽，君行大路遵。長安無倦翮，游子念清晨。鬱雅延賓館，崢嶸旅食人。挾書猶未獻，衣褐渡關津。

【繫年】

據「孟夏多蒼莽」詩語，兼據前詩作時，此詩蓋作於崇禎七年（一六三四）孟夏。

【箋注】

① 送王亮北上。王亮，字開度。詳見《初集》卷二《錢元玉王開度合刻序》注。

顧心齋七十①

東海一鶴横高桑，碧曈垂鬢雲衣裳。負暄不辭十畝閒②，自采梧實餵鳳凰。云是道人種金粟，旨酒中庭百合香。□□□□□□□，□□□□□□□[一]。

【校記】

〔一〕此詩漏刻末二句。

【箋注】

①顧心齋，待考。胡曉明、彭國忠主編《江南女性别集二編》下册《贈馮母顧心齋夫人》：「柔嘉淑慎大家風，不讓當年詠絮工。儒理本來通釋理，趨庭時已悟真空。夫人早具出塵之志。尊翁顧心齋先生精通内典，晚年預知西歸之期，遍告同人，無疾而逝，得證妙果，於此可見。」

②負暄：冬天曬日取暖。包佶《近獲風痺之疾題寄所懷》：「唯借南榮地，清晨暫負暄。」

壽唐太母六十①

欲領清風詩有豐，延和鶴算集芙蓉②。二車書滿傳閨詠，七老圖存在女宗③。緱氏自今非隔代，丹崖第幾盡高峰。流觥先到東園史，葱玉相隨擁楚筇。

【箋注】

①唐太母，待考。

②鶴算：鶴壽，長壽。唐無名氏《上嘉會節賀表》：「值清明馭氣之時，當仁壽悦隨之始，固可年同鶴算，歲比山呼。」

③ 女宗：女子之楷模。劉向《列女傳·宋鮑女宗》：「女宗者，宋鮑蘇之妻也。養姑甚謹。……宋公聞之，表其閭，號曰『女宗』。」

壽鄧母六十①

修竹檀欒正著書②，衛姑先戒在登輿。佐君家世侯高密，問歲閨庭曆太初。諸子學經徵大洞，夫人訪道勝瓊琚。名山秀表縤山嶺，清白依然舊紫魚。

【箋注】

① 鄧母，待考。

② 檀欒：形容竹秀美貌。枚乘《梁王菟園賦》：「脩竹檀欒，夾池水，旋菟園，並馳道。」

法園秋集①

樹疑牽叢翠，無暑濯芙蓉。開酒初秋日，論心静夜鐘。野園遲一別，魚鳥各爲容。多此群山態，高歌石户農②。

其二

亭半雲山出，清秋蓮子中。雨遲看汲水，稻香惜飛蟲。徵鬼瓜盤會，迴舟荳葉風。持心分動静，日暮倚修桐。

【繫年】

據詩題及前詩作時，此詩蓋作於崇禎七年（一六三四）秋。

【箋注】

①記法園秋集。法園，待考。

②石户農：《莊子·讓王》：「舜以天下讓其友石户之農。……（石户之農）以舜之德爲未至也，於是夫負妻戴，攜子以入於海，終身不返也。」後以指稱高士。

宿與游齋①

秋霽流桐引雨時，並觴荷葉石牀欹。松泉雜響同山落，草木無名與酒宜。欲責跛奚供鳥食②，且留新句待風吹。藥房收拾幽人夢，十丈花開近夜帷。

【繫年】

據「秋霽流桐引雨時」詩語及前詩作時，此詩蓋作於崇禎七年（一六三四）秋。

【箋注】

①宿王志慶齋。王志慶，字與游。詳見《續集》卷二《許孟宏稿序》注。

②跛奚：跛足奴。黄庭堅《跛奚移文》：「女弟阿通，歸李安詩，爲置婢無所得，迺得跛奚，蹣跚離

疏，不利走趨。」

壽李母五十①

采得藤花旨酒馨，大年芬潔看雲屏。木公化筆生奇字②，妙女傳詩註道經。芍藥正芳椒子合，碧蘭常静露蕉零。欲移春藻文人誦，專一詩聲玉作軿。

【繫年】

據《續集·别集》卷二《壽李母沈太君五十序》「李子寅生從予遊，癸酉孟秋，以母氏五十，乞言四方，爰徵世牒」，可知此詩作於崇禎六年（一六三三）秋。

【箋注】

① 壽李寅母五十。李寅，字寅生，號曉令。詳見《續集·别集》卷二《壽李母沈太君五十序》注。

② 木公：仙人名，又名東王公或東王父，常與西王母（即金母）並稱。

送沈鉉臣復入閩①

秋重蕉聲樹色齊，旻天同夢失前溪。三年棠葉春如昔，十部名山烟正迷。載得寶書充白蔗，攜歸香草帶青泥。聊商出處徵松信，清月懷人到六堤。

【箋注】

①沈鼎科，字鉉臣。詳見《合集·近稿》卷一《沈鉉臣詩草序》注。

壽楊仁翁太年伯八十①

東郊春静太胥醽，安吉寬衣顔子亭②。著文十乘先玄象，布席三光應《禮經》。家世上卿槐柳蔭③，北堂魚雅綬笥銘。當今再誦關西對，紫草儀容自漢庭。

【箋注】

①楊仁翁，待考。

②安吉：語本《詩·唐風·無衣》：「豈曰無衣七兮，不如子之衣，安且吉兮。」後以「安吉」稱美命服。

③上卿：周制天子及諸侯皆有卿，分上中下三等，最尊貴者謂「上卿」。後泛指朝廷大臣。

壽彭先生①

開圖訪十洲②，琴歌當萬舞③。采芝欲何貽，黄冠許玉斧④。先生服中正，金聲亮册府⑤。淵英諸子名，東西序接武⑥。繫馬華山阿，懷風涉秋浦⑦。青岑生玉醴⑧，翱翔宴大圃。堂羅百琅玕，雲篇誦教父。

【箋注】

①彭先生，待考。

②十洲：道教稱大海中神仙居住之十處名山勝境，亦泛指仙境。《海内十洲記》：「漢武帝既聞王母説八方巨海之中有祖洲、瀛洲、玄洲、炎洲、長洲、元洲、流洲、生洲、鳳麟洲、聚窟洲。有此十洲，乃人跡所稀絶處。」

③萬舞：古代舞名。先是武舞，舞者手拿兵器；後是文舞，舞者手拿鳥羽和樂器。亦泛指舞蹈。

④玉斧：傳説爲仙人許翽小字。陶弘景《真誥》卷二十：「小男名翽字道翔，小名玉斧。」

⑤册府：文壇，翰苑。盧照鄰《〈南陽公集〉序》：「褚河南風標特峻，早鏘聲於册府。」

⑥接武：前後相接，繼承。《文心雕龍·物色》：「古來辭人，異代接武，莫不參伍以相變，因革以爲功。」

⑦懷風：猶臨風。左思《魏都賦》：「篁篠懷風，蒲陶結陰。」

⑧玉醴：傳説中之仙藥。葛洪《抱朴子·金丹》：「朱草狀似小棗，……刻之汁流如血，以玉及八石金銀投其中，立便可丸如泥，久則成水，以金投之，名爲金漿，以玉投之，名爲玉醴。服之皆長生。」

壽戚先生①

寒穴懷混淪，澄心辨奇樹。上吞五島芝，下飛九洲雨。獨有博大人，含真得天乳②。偉服蕺鼓間，寧感士不遇。後昆秉潔淳，食貧榮寶璐。閑桑蔭其門，刺經美文露。伏生傳《尚書》③，女子亦能註。酒清未足多，瓮滿青丘霧。

【箋注】

① 戚先生，待考。

② 含真：具有純真之本性。陶潛《勸農》：「傲然自足，抱樸含真。」

③ 伏生：漢時濟南人，名勝，或云字子賤。原秦博士，治《尚書》。始皇焚書，伏生以書藏壁中。漢興後，求其書已散佚，僅得二十九篇，以教于齊魯間。文帝即位，聞其能治《尚書》，欲召之。然伏生年已九十餘，老不能行，乃詔太常使掌故晁錯往受之。西漢《尚書》學者，皆出其門下。

送魏仲雪粤東學憲①

春帳承風早，江南載錦湘。梅花文字嶺，儒服尉佗王。烟水資三益②，冰壺貯七襄。

扶輪修樹下，人物並清剛。

【繫年】據道光《陽山縣志》卷十五「魏浣初《重修讀書釣魚二臺記》，存。……案浣初，常熟人。崇禎八年官廣東右參政」，此詩作於崇禎八年（一六三四）。

【箋注】

①此送魏浣初赴任廣東右參政。魏浣初，字仲雪，海虞人。雍正《昭文縣志》卷六：「魏浣初，字仲雪，爲人清隘自好。登進士，改嘉興府教授，集諸生講論，如家塾之課子弟。遷南京户部主事，晉吏部郎中，興革利弊。遷廣東僉事，分巡嶺南，擒巨盜李魁奇等。尋陞參政，提學廣東，公慎明允，勤於訓誨，如爲教授時。卒於任。」學憲：即學政。

②三益：謂直、諒、多聞。語本《論語·季氏》：「孔子曰：益者三友，損者三友。友直，友諒，友多聞，益矣。」

壽葉臞仙生日①

參差山岱寫銀光，霞奏清平到遠暘。花照四鄰春日静，麥含五穗水田香②。旨多載咏稱元酒，寧壹方歌美召棠③。歲事紀華當大有，還看朋壽在公堂。

又

欲誦軒皇句，菁華正大初。琴歌惟送鶴，簠簋亦辭魚④。春日遲花歲，名山記曆書。長謡下白鴿⑤，清絶照芙蕖。

【箋注】

① 壽崑山知縣葉培恕生日。葉培恕，字行可，號臞仙。詳見《合集·近稿》卷四《葉行可令君稿序》注。

② 麥含五穗：小麥一莖五穗，爲祥瑞德化之兆。《北齊書》卷四十六《孟業傳》：「尋遷東郡守，以寬惠著。其年，麥一莖五穗，其餘三穗四穗共一莖，合郡人以爲政化所感。」

③ 召棠：《詩·召南·甘棠序》：「《甘棠》，美召伯也。召伯之教，明於南國。」後因以「召棠」爲頌揚官吏政績之典。

④ 簠簋：兩種盛黍稷稻粱之禮器。《禮記·樂記》：「簠簋俎豆，制度文章，禮之器也。」亦借指酒食、筵席。

⑤ 長謡：放聲高歌。劉琨《答盧諶》：「何以叙懷，引領長謡。」

贈劉錬師①

空山著書亦何爲，坐以萬花等九賫。閒時攜杖别猿鶴，下覽烟洲洵奇態。負經一卷五千言，寢處其中亦數載。六書字畫分陰陽，寫此大璞捐衆愛。混沌不名天地雕，河上隱者綜梗概。凌虚之臺夢羽衣，崆峒有人夜問對。不如道士乘風歸，咫尺華山在肩背。

【箋注】

①贈劉道士。鍊師：原指德高思精的道士，後作道士的敬稱。

壽鍾伯泉六十①

丹阿之雲開層城，梧桐翹翹去天咫。高人結廬餐木精，方目長耳服也士②。賜書能通百萬言，好友兩三問綺里③。冥默善隱辭朱輪④，食我琅玕有鳳子。比肩行義聞孔膠⑤，辟雍鼓鐘觀踐履。將邀朝陽綏五絃⑥，齊桓玉椀少君喜⑦。

【箋注】

①鍾伯泉，待考。

②方目：相傳仙人偓佺因好食松實，形體生毛，長數寸，兩目變方，能飛行逐走馬。見劉向《列仙傳·偓佺》。

③綺里：漢初有隱士綺里季，爲「商山四皓」之一。見《史記·留侯世家》。

④朱輪：古代王侯顯貴所乘之車，以朱紅漆輪，故稱。此代指高官。

⑤孔膠：很牢固。《詩·小雅·隰桑》：「既見君子，德音孔膠。」毛傳：「膠，固也。」

⑥五絃：古樂器名。《韓非子・外儲説左上》：「昔者舜鼓五絃，歌《南風》之詩而天下治。」

⑦嵇康《答難養生論》：「李少君識桓公玉椀。」

賀李文中采芹①

人地稱佳勝，功名自履絇②。洛陽聞早慧，鳳子識新雛③。儒服冠三禮，文心賦兩都。争看玉樹出④，求友正相須。

【箋注】

①賀李文中考取秀才入學。李文中，待考。

②履絇：指有絇飾之鞋。《禮記・玉藻》：「童子不履絇。」

③鳳子識新雛：李商隱《韓冬郎即席爲詩相送，一座盡驚。他日余方追吟「連宵侍坐徘徊久」之句，有老成之風，因成二絶寄酬，兼呈畏之員外》：「桐花萬里丹山路，雛鳳清於老鳳聲。」

④玉樹：劉義慶《世説新語・言語》：「謝太傅問諸子姪：『子弟亦何預人事，而正欲使其佳？』諸人莫有言者。車騎答曰：『譬如芝蘭玉樹，欲使其生於階庭耳。』」後以「玉樹」稱美佳子弟。

七録齋近集

西銘近集序[一]

此我亡友張子遺集也。不名遺集者，先是張子裒其古文辭，比次連類，名曰《近集》，授諸書史矣。殁前二日，猶手執讎校，則後死者不忍有芟益，故仍其自名。工竣，開覽横涕，已三嘆曰：「天於張子，謂之何哉！富以才，賖以志，獨嗇其年，使才不竟用，志不麗業，倏忽莫測以死，則所以生張子者奚居？」

張子結髮讀書，抗言忠孝，嘗思簪筆柱下，策《天人》《治安》，庶幾傾否保泰。適官吉士，交遊賢豪，遂欲有所發舒，即口語不能無上下，而赤狐黑烏，且逐逐其側。張子曰：「君子幾，不如舍。」於是將母歸。歸發所庋書可萬卷，哦詠其中。數年來，自纂輯經史諸集外，凡所著篇什，已一再成集矣。今學士家刻意論譔，輒閉門搆思，方其經營慘澹，人影擯絶，而名山矜勝，嘗味一臠。張子日高起，夜分後息。起即坐書舍，擁卷丹黄，呼侍史繕録。口占手注，旁侍史六七輩不暇給。又急友聲，書生故人子挾册問詢，無用剥啄，輒通坐恒滿。四方赤牘，且咄咄酬應，而張子俯仰浩落，未嘗踰時廢翰墨。

今閲兹集者，第見儀觀都美，慎静爾雅。復按節度字，周情孔思，欣此良工敦琢，抑知皆得諸廣坐對客，談諧繁溷之下者乎？倘假之年，申厥才志，將備顧問，佐論思；次則屈軼指佞，蹇蹇螭陛，爲一代名臣，豈僅文章顯？即文章，龍門而下，張子曾不謂極，方擬脩宋元二史，編集本朝故實，成一家言，傳之後世，而竟止此。天其謂之何哉！然文章不同禄位，非狐鳥所能厄。天下萬世，自有知張子者，如知張子，定不專以文章推〔二〕，則亦可無復問天矣。

友弟張采題于知畏堂。

【校記】

〔一〕本篇又見張采《知畏堂文存》卷二《西銘近集序》（以下簡稱「《知畏堂文存》本」）。

〔二〕「定」，《知畏堂文存》本作「實」。

凡　例

一　是集定于天如生前，繕寫且畢，梓工亦舉十之一。余不過爲任讎校，不忍有所增損。而遲之匝歲者，殁後零落，難應匠事爾。

一　天如前有史論，自爲專集。鄙意謂合則全美，分即碎金，故取其諸史論，連綴集末，亦可稱《史論後集》，仍不礙彙前成部。

一　天如所著書，未成中廢者不下數種，惟《春秋三書》，其《列國論》已完，《總斷》完十之七，《書法解》僅屬筆而卒。余擬爲續貂，而病不能繼。今隨取所遺行世，即不稱全書，已足麟經羽翼矣。

一　天如集類書大小百餘種，分部割綴，每自呼曰「大類書」。今余同顧麟士修輯，删複刈繁，可五百餘卷，題曰《七録齋類書》。而梓工不辦，未能即出問世。如得同志共襄，亦嘉惠後學一助也。

張采識

嗣　説〔一〕①

天如館丈之歿也②，諸執友議立後焉。論宗法，以次及次房之應立者，又於應立之中，推擇其稚齒便於撫育者。天如之母夫人暨其夫人咸以爲允，諸舅弟皆曰諾。

嗚呼！天如之歿，而耿耿視不受含者，獨念母夫人耳。自今以往，庭户依然，田廬如故，夫人甘食美衣，僮奴指使，久而忘天如之亡也。天如之魂魄，晨夕於母夫人之側，久而自忘其亡也。季札有言：「鬼神無廢祀，宗廟無乏主。吾又何求？」〔二〕③吾輩庶可以慰天如于地下矣乎？

嗣子生十齡，未有名字。諸公以狗馬之齒屬余。余爲命其名曰永錫，而字之曰式似。《詩》有之：「孝子不匱，永錫爾類。」又有之：「教誨爾子，式穀似之。」是子也，推「孝子不匱」之思，應「螟蠃類我」之祝，善事其大母及母，天如猶不死也。豈必屬毛離裏，而後使人曰：「幸哉！有子也哉。」

崇禎十五年壬午五月朔日己巳虞山通家錢謙益再拜書于婁江舟中〔三〕。

【校記】

〔一〕此文又見錢謙益《初學集》卷八十四，題作「題張天如立嗣議」（以下簡稱「《初學集》本」）。

〔二〕「鬼神無廢祀，宗廟無乏主。吾又何求」，《初學集》本作「苟先君無廢祀，民人無廢主，吾誰敢怨」。

〔三〕《初學集》本無「崇禎十五年壬午五月朔日己巳虞山通家錢謙益再拜書于婁江舟中」。

【箋注】

①此文又見錢謙益《初學集》卷八十四《題張天如立嗣議》。錢謙益長張溥二十一歲，爲東林黨主要成員之一，又被目爲復社黨魁，因之亦牽連於復社黨爭中，且仕於二朝，名入《貳臣傳》，其集亦在乾隆時被列爲禁書，經過删毁，故其集中所列與張溥之交遊不多。其《列朝詩集》亦不見録張溥詩。但據本文末署「虞山通家錢謙益再拜書于婁江舟中」來看，既云「通家」，二者來往當不少。崇禎十年十月，張溥母金孺人六十，錢謙益、張采及吴越數十州之士，前來祝壽，錢謙益受衆人所

請撰寫壽詞《太倉張氏壽宴序》（見《初學集》卷三十九）。

②館丈：翰林前輩對後輩之稱呼。阮葵生《茶餘客話》卷二：「翰林前輩稱後輩曰館丈。必四科以前之前輩，或有師生之誼者則可，否則無是稱。」

③語見《左傳·昭公二十七年》：「季子至，曰：『苟先君無廢祀，民人無廢主，社稷有奉，國家無傾，乃吾君也。吾誰敢怨？』」

祭天如兄文〔一〕

弟張采以山居五簋〔二〕，瀝酒呼天如兄之靈而哭曰：

嗚呼！自初八日昧爽以來，兄則已矣。後死者結慘刺心，苦境凡五：一長號，一淚自流，一語次悲哽，一如疑，一如忘。噫，酷矣！

憶弟交兄〔三〕，始庚申歲。既癸亥，延我七録齋，逮丁卯，凡五年中，兄每辰出，夜分或過子刻入。兩人形影相依，聲息相接，樂善規過，互推畏友，時設疑難，必爾我暢懷，歸于大理。金母從窗户竊聽，每稱二子不但勤學，乃從未見惰容嬉色。

嗟夫！兩人而同胞〔四〕，亦可不媿友于也。兄恒對門人，欲取我辨析語即次成録，今竟不克就耶？丁卯，我第三女許兄所撫子，稱姻家。臘月北上，兄送滸墅，弟泣托老母，兄泣應。戊辰四月，兄貢來京師，兩人即如聚首七録齋。於時兄名在天下，賢公卿幾得望見。乃兩人踽踽策款段不顧。未幾，先後歸。冬十一月，弟將老母之臨川，兄送我武林，至蕭寺分手〔五一〕，臨歧一慟，左右掩涕。

嗟夫！此如邛邛岠虚，難可刻離。臨川不在天上，作此酸塞。繇今言，將奈何耶？臨上時，第三女殤，弟哭幾絶。非哭女，哭我許兄家一意爾。庚午，弟病歸，舟至犇牛，得兄鄉捷信，喜告我母。及歸，則王嫂復撫姪女許臨兒，再稱姻家。噫！兩家交不繫姻，然成姻亦自密也。辛未，兄成進士，選庶吉士。弟送金母之北，拜河下，自謂猶子，我母隨棄養。兄疏文遠哭，亦猶哭母也。壬申冬，兄得假歸。乃弟益善病，多息影茅山。猶記丙子夏，弟在茅山，且死矣，仲馭、介生哭床頭。弟無少沾戀，中心謂山妻固貧家婦，足自了，兩兒是天如事，亦無弗了也。豈知遺記之人，今日反受遺耶！

嗚呼！天如賦性忠義，志篤孝友，其孜孜善類，護持正人，與引迪後進，幾于饑不及餐。同生兄弟十人，參差不一，爲之嫁女娶婦，無間頻復。死之日，内外一口，無不失聲，行自痛耳。方子丑間，兩人几上肉，弋人眈視，外傳緹騎且至，一日數驚。繇今言，使兩人三木北寺獄，如飴矣。六七年來，弟病不及城市。兄性微少精詳，左右害我聽。兄命駕南郭，則百方沮，一月不過一二至。至則談平生，考古今，亦何減七録齋時。乃前念有七日〔六〕，兄遠歸。薄暮抵我儉齋，酒行甚歡。弟見兄擔荷頗重〔七〕，因語漢侯廟將落成〔八〕，擬搆旁隙地數楹，爲潛息計，兄抱襆被，兩人寒窗擁爐，仍脩舊日静業。兄唯唯〔九〕。豈知別即稱病，至此極耶！

嗟夫！兄出門交天下〔一〇〕，而跡絶南郭，豈非天乎！已矣！維兹兩月遺腹，則嗣不輕立。嗣未立，則諸兄弟無執喪禮，故喪不克治。遠方來吊，或哭諸門，哭諸位。情乎？禮也。然則兄目遂瞑乎？老母弱室，將復誰視，移采茅山病中心事。采一日不死，何弗了也。金母制哀，采供子職，王嫂節踴，天必祐善，遺腹得男，方嘗母苦。嗚呼天如！其且瞑耶？

念兄一生書癖，手口不離，今亟蒐遺文，詮彙成集。兄經史行世者已遍海内外，惟《春秋三書》爲著作大維，將完十之七八。竊擬依類，竣斯巨功，其他名義浩煩，非力可任。則計楮數册，嚴諸笥柙，待爾後人，我將手授。行記兄平生，請諸鉅公，以備金石，則俟孤生之日，兼詳名系。兩人固不知生産，兹田廬置留，不足煩絮。維弟病伏城南，呼應遐隔〔一一〕，當別卜居，以安孤寡。則未知後死者短長何如，但二十年來交道，所可期信，如此而已。

嗚呼！兄死繫治亂，使不得見治平，則爲國家哭；人師經師已矣，爲子弟哭；述作遺後人，遲且徐竟，則爲萬世哭。凡此人當盡云然。今所哀哀，適自陳其私。

嗚呼！天如其有知乎？有知〔一二〕，何忍聽兹？嗚呼！天如有知，當復唯唯也。

此余辛巳夏五祭天如文也〔一三〕。病久一息，祝予之痛，且纏心府，其何足文，聊代語言慰泉下。乃遺腹舉女，復殤。今年夏五始得邀同人定嗣，因梓牧齋先生《嗣説》告海内，並附此集端，識本末。又已卜高原，約十月初成葬。凡知天如者誼不後余，爰悉近問以當赴告云爾。

壬午六月張采識

【校記】

〔一〕本篇又見張采《知畏堂文存》卷九《祭張天如文》（以下簡稱「《知畏堂文存》本」）。

〔二〕「弟」，《知畏堂文存》本作「盟弟」。

〔三〕「交」，《知畏堂文存》本作「友」。

〔四〕「胞」，《知畏堂文存》作「乳」。

〔五〕「至蕭寺分手」，《知畏堂文存》本作「蕭寺」。

〔六〕「念」，《知畏堂文存》本作「旬」。

〔七〕「兄」下，《知畏堂文存》本有「志在」二字。「頗重」，《知畏堂文存》本無。

〔八〕「因語漢侯廟將」，《知畏堂文存》本作「因語關漢壽廟」。

〔九〕「唯唯」下，《知畏堂文存》本有「弟又云静不得力，動决是錯，兄復唯唯」。

〔一〇〕「交」，《知畏堂文存》本作「友」。

〔一一〕「遐」，《知畏堂文存》本作「遥」。

〔一二〕「有知」，《知畏堂文存》本無。

〔一三〕「此余辛巳夏五祭天如文也……壬午六月張采識」，《知畏堂文存》本無。

七録齋近集卷一

婁東 張溥西銘 著
同里 張采受先 閲

五言古詩

吊盧大司馬①

桓桓盧尚書②，三十握旄鉞③。轉戰楚豫間，群盗竄海碣④。天子重公才，授以大帥節⑤。上方斬馬劍⑥，雙戟列茅蕝⑦。長鎮天雄軍，永爲邦之桀。胡塵捲地來，牆子嶺先折。檀車衂元戎⑧，表餌亦無策⑨。公時聞父喪，哀號形毁瘠。强起整六師，同朝勸于役⑩。公雖篤天親，不敢忘國厄。慷慨出九門，猛氣啖狐貘。倏焉掣其肘，四顧皆巾幗。墨縗訟至尊，壯心裹馬革。搗營八陣奇，殿後萬夫射。欒枝方曳柴，晉郤何嚄唶⑪。欲戰既不可，皝鞈怒投石。嗟哉郭尚父⑫，坐困軍容客。三輔風鶴驚，名城棄尸積。翰林憤上書，來參幕府畫。公方袒臂呼，檄召大河傑。十六駿騎騰，五千人飲血。絶糧已歷旬，士氣吞金鋏。追奔及鉅鹿，殺傷鼓聲竭。賈莊百戰餘，大命於此決⑬。翰林夜聞變，疾馳越沙磧。仰天叫君旁，手爲覆骨骼。盥面貌若生，箭鏃猶貫額⑭。露章告禁廷，死狀最明晰⑮。走馬一匹夫，粉身辨忠赤。翰林代喪主，燕趙盡衣白。非效欒布哀⑯，同有張許惜⑰。

【繫年】

據《明史·盧象昇傳》及楊廷麟《兼山集》卷四《悲鉅鹿序》，可知此詩作於崇禎十二年（一六三九）。

【箋注】

① 此哀悼盧象昇。盧象昇，字建斗，宜興人。《明史》卷二六一《盧象昇傳》：「（崇禎十一年）十二月十一日，進師至鉅鹿賈莊。起潛擁關、寧兵在鷄澤，距賈莊五十里而近，象昇遣廷麟往乞援，不應。師至蒿水橋，遇大清兵。象昇將中軍，大威帥左，國柱帥右，遂戰。夜半，觱篥聲四起。旦日，騎數萬環之三匝。象昇麾兵疾戰，呼聲動天，自辰迄未，礮盡矢窮。奮身鬥，後騎皆進，手擊殺數十人，身中四矢三刃，遂仆。掌牧楊陸凱懼衆之殘其屍而伏其上，背負二十四矢以死。僕顧顯者殉，一軍盡覆。……象昇死時，年三十九。」楊廷麟《兼山集》卷四《悲鉅鹿序》：「崇禎十有一年十二月，盧大司馬以陽和朔西之師，遇□賈莊。己亥，馘獲殊衆，生擒酋首一人。明日庚子，□數萬麋至。日中，司馬死之。余哀其事，爲作是詩。」陳子龍《陳忠裕公全集》卷九亦有《吊盧司

馬》，可參。

②桓桓：勇武、威武貌。

③旄鉞：白旄和黃鉞，借指軍權。語本《書·牧誓》：「王左杖黃鉞，右秉白旄以麾。」《明史·盧象昇傳》：「崇禎二年，京師戒嚴，募萬人入衛。明年進右參政兼副使，整飭大名、廣平、順德三府兵備，號『天雄軍』。又明年舉治行卓異，進按察使，治兵如故。」

④《明史·盧象昇傳》：「明年，賊入楚，陷鄖陽六縣。命象昇以右僉都御史，代蔣允儀撫治鄖陽。時蜀寇返楚者駐鄖之黃龍灘。象昇與總督陳奇瑜分道夾擊，自烏林關、乜家溝、石泉壩、康寧坪、獅子山、太平河、竹木砭、箐口諸處，連戰皆捷，斬馘五千六百有奇，漢南寇幾盡。因請益鄖主兵，減稅賦，繕城郭，貸鄰郡倉穀，募商採銅鑄錢，鄖得完輯。」

⑤《明史·盧象昇傳》：「八年五月擢象昇右副都御史，代唐暉巡撫湖廣。八月命總理江北、河南、山東、湖廣、四川軍務，兼湖廣巡撫。總督洪承疇辦西北，象昇辦東南。尋解巡撫任，進兵部侍郎，加督山西、陝西軍務，賜尚方劍，便宜行事。」

⑥《明史·盧象昇傳》：「九月，大清兵入牆子嶺、青口山，殺總督吳阿衡，毀正關，至營城石匣，駐於牛蘭。召宣、大、山西三總兵楊國柱、王樸、虎大威入衛。三賜象昇尚方劍，督天下援兵。」

⑦茅蕝：古擯相者習朝會之儀，束茅而列，以表位次。

⑧檀車：常用以指役車、兵車。《詩·小雅·杕杜》：「檀車幝幝，四牡痯痯。」鄭玄箋：「檀車，役

車也。」

⑨表餌：賈誼上疏論匈奴，提出五餌三表作爲制服單于之辦法。後因以「表餌」指對敵之策。

⑩《明史》卷二六一《盧象昇傳》：「象昇麻衣草履，誓師及郊。」

⑪嚄唶：大聲呼叫，形容勇悍。《史記·魏公子列傳》：「晉鄙嚄唶宿將，往恐不聽，必當殺之。」

⑫郭尚父：即郭子儀，唐大將，德宗尊爲尚父。

⑬《明史·盧象昇傳》：「十二月十一日進師至鉅鹿賈莊。起潛擁關、寧兵在鷄澤，距賈莊五十里而近，象昇遣廷麟往乞援，不應。師至蒿水橋，遇大清兵。象昇將中軍，大威帥左，國柱帥右，遂戰。夜半，觱篥聲四起。旦日，騎數萬環之三匝。象昇麾兵疾戰，呼聲動天，自辰迄未，礮盡矢窮。奮身鬥，後騎皆進，手擊殺數十人，身中四矢三刃，遂仆。掌牧楊陸凱懼衆之殘其屍而伏其上，背負二十四矢以死。僕顧顯者殉，一軍盡覆。」

⑭《明史·盧象昇傳》：「起潛聞敗，倉皇遁，不言象昇死狀。嗣昌疑之，有詔驗視。廷麟得其屍戰場，麻衣白網巾。一卒遥見，即號泣曰：『此吾盧公也。』三郡之民聞之，哭失聲。」

⑮《明史·盧象昇傳》：「順德知府于潁上狀，嗣昌故靳之，八十日而後殮。明年，象昇妻王請恤。又明年，其弟象晉、象觀又請，不許。久之，嗣昌敗，廷臣多爲言者，乃贈太子少師、兵部尚書，賜祭葬，世廕錦衣千户。」

⑯欒布：西漢大臣。曾窮困爲奴，與梁王彭越交好，得其贖、薦，入漢，拜爲梁國大夫。漢高祖殺彭

越，欒布不顧禁令，哭奠。高祖怒欲烹殺之，其叙彭功績，以義辯，高祖免其罪。孝文帝時爲燕國相，至將軍。景帝時參與平定吴王劉濞爲首的七國叛亂，以軍功封侯。民間曾爲其立社，號欒公社。

⑰ 張許：唐張巡、許遠之並稱。安史之亂時，兩人死守睢陽，阻遏叛將攻勢。

堵仲緘進士廬墓篇①

堵叔鄭三良②，苗裔常世顯。渡淮卜義興，椒聊實蕃衍③。邁生月川公，孝讓克自勉。德耀相厥成，籩豆行有踐。沖翁振玄文，遐覽窮萬卷。初娶獲良朋，燕羽忽焉翦。陶公女最佳，再匹稱婉孌。同禱茅山峰，慧嗣入夢善。進士誕奇祥，鬱然爲瑚璉。前身吹笛童，瑮骨公卿選。公卿姿特立，下筆擅象玄。人龍世宗鏡④，六藝恣漁畋。毛翮既豐滿，積學始逢年。駟馬高蓋車，美服懷芳荃。進士獨湛默，慘慘及黄泉。念翁卓爾操，松柏方長眠。二母並朝露，同穴從所天。感涕毛生檄，拊臆侍中蟬。未遑三鼎養，我生亦可捐。幸此蓬蒿宅，近傍負郭田。脱衣謝宗老，築舍當墓阡。願終三載慕，魂魄守几筵⑤。嗟哉篤行人，於今良云鮮。大孝本無極，義門勒丹篆。

【繫年】 據堵胤錫《堵文忠公集·年譜》崇禎十年條「二月會試中狀元劉同升榜進士二百第八名。……

五月假歸，六月旋里。……九月廬於虞山。……計予假至選期有期年之便，乃結廬墓側，苫塊哀粥，朝夕展拜，以當定省。……以九月朔至墓，明年六月晦日辭墓，爲期二百七十日，當喪制三之一。非敢曰行古之道，抑必至之情耳」，可知此詩作於崇禎十一年（一六三八）。

【箋注】

①堵胤錫，字仲緘，别號牧遊，無錫人。崇禎十年進士。見《明史》卷二百七十九本傳及王夫之《永曆實録》卷七《何堵章列傳》。張采《知畏堂文存》卷二《堵子仲緘哀吟序》：「堵子仲緘既成進士，痛其少居祖若父喪，未知備也，曰猶闕焉爾。請假歸，不旅賓客，不御庖宴，煢煢制廬，激楚成音，識曰《哀吟》。」參見《堵文忠公集》卷十《廬次哀吟》三十首。

②三良：三賢臣，指春秋時鄭國叔詹、堵叔、師叔。《左傳·僖公七年》：「鄭有叔詹、堵叔、師叔三良爲政，未可間也。」

③椒聊：即椒。聊，語助詞。《詩·唐風·椒聊》：「椒聊之實，蕃衍盈升。」因椒子實蕃衍，故亦以喻子孫衆多。

④人龍：比喻人中俊傑。黄滔《南海韋尚書啓》：「自從見作人龍，翔爲鳥鳳，騰輝瑞諜，流慶皇家。」

⑤几筵：猶几席。《周禮·春官》有司几筵，專掌五几五席之名稱種類，辨其用處與陳設位置。几席乃祭祀之席位，後以稱靈座。

送沈君庸①

元日涉江滸②，雨雪紛相侵。别離横大道，欣慨交中心。送子青鏤管③，遥同莊舄吟④。河流方活活，蕭條衆所欽。澠池懷擊缶，欲默不得瘖。北首天下樞，東海投長簪。時人疲寒暑，君獨孤山岑。意氣始一出，魯連恨未深。語言麗青漢，俯仰正切今。兄弟高陽里，遠邇齊德音。攬轡九州會，形神何崎嶔。燕趙共衣帶，知己息樹陰。

【箋注】

①沈自徵，字君庸，吴江人。乾隆《吴江縣志》卷三十二：「沈自徵，字君庸，國子監生。父珫，見《名臣傳》。自徵幼自負，喜談兵，爲大言。父授以田五十畝，乃笑曰：『吾家祖業恒豐，自父以清苦結百姓歡，載家租往餉官者，而先業墮焉，有世上男子而五十畝者耶？』一朝盡棄之，得二百金，賙周親，饗賓客，立盡。天啓末，入京師，遂遊歷西北邊塞，窺其形勝。還而亹亹談不置，於山川陸原要害如視諸掌。居京師十年，爲諸大臣籌畫兵事，皆中機宜，名聲大振，而橐中亦累數千金。乃歸山，裝置房舍於府城之闤門，甚宏麗。置良田千畝，給昆弟宗族及故人數百金。已念母早喪，未嘗一日養，盡取所置房舍田畝歸釋氏宫，資母冥福。仍作寠人，隱於邑之西鄉，茆屋躬耕，豁如也。崇禎七年，葉紹顒巡按廣東，海寇劉香作亂，遣使問策。自徵密函授計，紹顒遂與平兩廣受敕獎。十三年，國子監祭酒某薦諸朝，以賢良方正辟。自徵曰：『吾肆志已久，豈能帶腰冠

首受墨吏束縛耶？』辭不就。明年卒於家，年五十一。自徵穎悟絶人，爲詩文立就，不一體，亦不録稿，故無集。惟倣元人爲《鞭歌伎》《霸亭秋》《簪花髻》三曲以自寓，友人刊之行世。論者咸目爲明以來北曲第一云。」

② 元日：正月初一。《書·舜典》：「月正元日，舜格于文祖。」孔傳：「月正，正月；元日，上日也。」

③ 青鏤管：青色玉雕之筆管，借指用此種筆管做成之毛筆。《南史·文學傳·紀少瑜》：「少瑜嘗夢陸倕以一束青鏤管授之，云：『我以此筆猶可用，卿自擇其善者。』其文因此遒進。」

④ 莊舄吟：莊舄，戰國時越國人，亦稱越舄。仕于楚，病中思越而吟越聲。見《史記·張儀列傳》。後以「莊舄越吟」指懷鄉之詠與感傷之情。

壽張韻家題畫①

山深如太古，藐姑冰雪肌②。奇雲縱遠目，松露晨光熹。寒茅一仲徑③，濁酒五君詩④。時時欲撫絃，偏爲春日遲。誰人築金谷，坐我潛虬姿。河上既已往⑤，黄石爲其師⑥。招來雙白鵠，湖海常相期。清泉伐毛骨，龐眉歌《採芝》⑦。騏驥終一展，巖電生威儀⑧。

【箋注】

① 張盛，字韻家，常熟人。蘇州戲曲志編輯委員會編《蘇州戲曲志》：「張盛（一五五七—一六四

四）戲曲作家。字韻家，常熟人。據清馮舒《虞山妖亂志》載：『崇禎十年……張盛出一戲劇本，名曰《小鬼跌金剛》，以刺錢（謙益）、瞿（式耜）。』另著有《艷香笥》《佛儒庵剩稿》。」

②藐姑冰雪肌：語本《莊子·逍遥遊》：「藐姑射之山有神人居焉，肌膚若冰雪，綽約若處子。」

③二仲：指漢羊仲、裘仲。《初學記》卷十八引趙岐《三輔决録》：「蔣詡字元卿，舍中三逕，唯羊仲、裘仲從之遊。二仲皆推廉逃名。」後用以泛指廉潔隱退之士。

④五君：指魏晉時名士阮籍、嵇康、劉伶、阮咸、向秀。南朝宋顔延之因貶官永嘉太守，作《五君詠》以自況。

⑤河上：即河上公。《文選·任昉〈爲蕭揚州薦士表〉》：「物色關下，委裘河上。」李善注引《神仙傳》：「河上公，莫知其姓名也，嘗讀老子《道德經》，漢孝文帝駕從而詣之。」

⑥黄石：黄石公。語出《史記·留侯世家》：「十三年孺子見我濟北，穀城山下黄石即我矣。」

⑦採芝：秦末有四皓東園公、甪里先生、綺里季、夏黄公見秦政苛虐，乃隱于商雒，曾作歌曰：「莫莫高山，深谷逶迤。曄曄紫芝，可以療飢。唐虞世遠，吾將何歸？駟馬高蓋，其憂甚大，高貴之畏人，不及貧賤之肆志。」見《史記·留侯世家》、皇甫謐《高士傳·四皓》。後以「採芝」指遁隱。名其歌爲《採芝操》或《四皓歌》，亦省稱《採芝》。

⑧巖電：「巖下電」之省稱，形容目光炯炯有神。

次雷雨津司理過受先草堂贈詩二首〔一〕①

咫尺悟天地，感物非空山。寒花落未半，茅樞繩松關②。階除静夜璺，群籟清雲顔。八騶無相呼③，心精自冥頑。濁酒大夫飲，枯藤猿狖攀。横徑石方丈，禁足苔蘚班。深坐聞香雨，鐘鼓明月間。欲别更浩唱，飛鳥南皋還。

其二

歷落深柳屋，驅我瀟湘雲。主客各無語，歸雁徒離群。過此即城市，不如守玄文。芩藻有至性，耻談鐘鼎勳。古人抱三拙，百忍何足云④。寒泉水木潔，中藏羲皇墳。篠枝日夕删，塵海春秋耘。莊周愛鷲宿，休横魚鳥斤。

【校記】

〔一〕正文題目原無「二首」，據目録補。張采纂《太倉州志》卷十四《藝文志·詩徵》收此組詩，題作「次雷雨津司理過浄明草堂」。

【箋注】

① 次鎮江推官雷起劍司理過張采草堂贈詩二首。雷起劍，字雨津，井研人。光緒《井研志》卷三十

三：「雷起劍，字雨津。嘉祥孫。父豫，萬曆七年貢生，官綦江教諭。起劍倜儻，以詩名。萬曆天啓中，中璫横甚，凡駕帖緹騎所至，正士且盡。起劍憤懣抑塞之氣，一寄于詩歌，故險勁老蒼，無纖曼啁哳之病。方起劍未遇時，感時變亂，周歷衡、華、匡廬諸峰。嘗南涉洞庭，酹酒龍神廟，題詩壁間云：『我是人龍君亦龍，吾今胡爲乎泥中？憑君借得青驄雨，手攬風雲起太空。』因於邑不能仰。崇禎改元，魏客誅殛，起劍始出應有司試，成進士，任鎮江推官，以才望選，超擢兵部郎中。十七年，從張玉笥監軍討賊，積瘁，卒於軍，蓋不負所志云。所著曰《瑞芝堂集》。」張采《知畏堂詩存》卷一有《雨津雷公祖枉顧草亭賦贈次韻答之》，可參。

② 松關：猶柴門。孟郊《退居》：「日暮静歸時，幽幽扣松關。」

③ 八騶：古代貴官出行，有八卒騎馬前導，稱「八騶」。《南齊書・王融傳》：「車前無八騶卒，何得稱爲丈夫！」

④ 百忍：唐鄆州壽張人張公藝，九代同居。麟德中，高宗祀泰山，路過鄆州，至其宅，問其由。公藝請紙筆，但書百餘「忍」字。見《舊唐書・孝友傳・張公藝》。

題韓子發畫册①

持此籊籊竿②，無山亦無屋。自然卷沙雲，不知誰草木。空雨寒巖花，盡日高樓目。倘從問輞川，野鳥猶信宿。

【箋注】

① 韓子發，待考。《近集》卷二又有《韓子發重九生日賦詩贈之時韓芹城有得男之喜》。

② 籊籊：長而尖削貌。《詩·衛風·竹竿》：「籊籊竹竿，以釣於淇。」朱熹集傳：「籊籊，長而殺也。」

贈姜如須①

獨立見明月，與我山水期。潛虬自岱澮②，高深萬物儀。理楫陶賓客，樽前逢河湄。一見即狂笑，别遽何所思。擊缶期永夜，樂莫心相知。

【箋注】

① 姜垓，字如須，號稊生。吴山嘉《復社姓氏傳略》卷九：「姜垓，字如須，號稊生。崇禎庚辰進士，授行人，見署中題名碑，崔呈秀、阮大鋮與魏大中並列，立拜疏請去二人名。及兄埰下獄，盡力營護。後聞鄉邑破，父殉難，一門死者二十餘人。疏請代兄繫獄，釋埰歸葬，不許。垓乃即日奔喪，奉母南走蘇州。大鋮得志，欲殺垓，乃變姓名之寧波。年四十，先埰卒，私謚貞文。」朱彝尊《静志居詩話》卷十九：「姜垓，字如須，萊陽人。崇禎庚辰進士，除行人，有《簣簹集》。如須官行人，見廨舍碑，有阮大鋮姓名，特疏請碎之，重書勒石。思陵允之，乃削去大鋮名。徐昭法詩所云『擊姦穹碑碎』是也。甲申後，避地吴門，卒，葬西山之竺塢。」

② 潛虬：猶潛龍，喻有才德而未爲世重用之人。左思《蜀都賦》：「下高鵠，出潛虬。」孟郊《寄張籍》：「浮雲何當來，潛虬會飛騰。」

送韓芹城太史①

欲別不可言，河流自養養。海風東南吹，望君願乘兩。清虛遥相將，短吟寄玄賞。胡馬已不鳴，落毛寧用紡？韓子天地文，太廟鐘鼓響。暫卷抱寂寞，時衣白鶴氅。今日開華軒，太丘存道廣②。鳳子十月生，連翩看惠爽③。渡江一青箱④，琅玕發幽響。我思萬樹條，溯洄忽分鞅。重感金石心，共鑒明月幌。執手非灞陵，征鳥隨雲上。

【繫年】

據《天一閣藏明代科舉録選刊·崇禎四年辛未科三百五十名進士履歷便覽》「韓四維，……己卯，授簡討」，此詩蓋作於崇禎十二年（一六三九）。

【箋注】

① 此蓋送同年韓四維赴任簡討。韓四維，字張甫，號芹城，又號糝花庵主。詳見《續集》卷一《韓張甫稿序》注。太史：明清修史之職歸之翰林院，故俗稱翰林爲太史。

② 太丘存道廣：太丘，指東漢陳寔，曾爲太丘長。存道廣，指結交廣泛。《後漢書·許劭傳》：「太丘道廣，廣則難周。」

③ 惠爽：「二惠競爽」之省。指春秋時齊惠公孫子公孫竈、公孫蠆。爽：英俊出衆。後喻兩兄弟俱傑出。

④ 青箱：收藏書籍字畫之箱籠。

潛德篇詠爲關司李年伯壽①

關中氣無敵，隴西何多賢。亭侯本漢代②，冠蓋世葉傳。鬱蕤國家棟，明允稱庭堅③。千里潤春雨，治成烹小鮮④。霸陵杜稚季，秋高畏鷹鸇。還誦厥生厚，直道常如絃⑤。

【箋注】

① 關司李年伯：即關振宗。據胡維霖《胡維霖集・長嘯山房彙稿》卷二《郡司理關侯署縣德政碑記》，可知關氏曾任新昌（筠州）推官。同治《瑞州府志》卷七《秩官・推官》：「關振宗，（萬曆）四十四年任。」康熙《高明縣志》卷十二《選舉》「關振宗，蘇村人。萬曆三十四年丙午舉人，仕至建寧府同知。」乾隆《新昌縣志》卷一《建置》：「寅賓館在譙樓内之右，明萬曆末署縣推官關振宗建。」

② 亭侯：爵位名，漢代食禄於鄉、亭之列侯。《後漢書・百官志五》：「列侯……功大者食縣，小者食鄉、亭。」

③ 庭堅：古代相傳爲高陽氏八個有才德者之一。見《左傳・文公十八年》。

④ 烹小鮮：《老子》：「治大國若烹小鮮。」河上公注：「鮮，魚。烹小魚，不去腸，不去鱗，不敢撓，恐其糜也。治國煩則下亂。」後喻治國便民之道。

⑤ 直道常如絃：《後漢書·五行志一》：「順帝之末，京都童謡曰：『直如弦，死道邊。曲如鉤，反封侯。』」

寄梅朗三下第①

潭潭方日出②，冥漠爲噓欷。既賦《士不遇》③，又嘆《華山畿》④。絲褘弗知貴，陛韬亦苦肥。俛詩聊自寄，雄伏雌者飛。

【箋注】

① 梅朗中，字朗三。梅鼎祚孫。詳見《續集》卷三《孫直公詩稿序》注。

② 潭潭：深廣貌。《韓詩外傳》卷一：「吾北鄙之人也，將南之楚。逢天之暑，思心潭潭。」

③ 陶淵明《感士不遇賦》：「昔董仲舒作《士不遇賦》，司馬子長又爲之。余嘗以三餘之日，講習之暇，讀其文，慨然惆悵。」

④ 華山畿：樂府吴聲歌曲名。相傳南朝宋少帝時，南徐一士子，從華山畿往雲陽。見客舍有女子年十八九，悦之無因，遂感心疾而死。及葬日，車過華山，比至女門，牛不肯前，打拍不動。女乃妝點沐浴而出，歌曰：「華山畿，君既爲儂死，獨活爲誰施？歡若見憐時，棺木爲儂開。」棺應

聲開，女縱身入棺而死，乃合葬，名爲「神女塚」。見《樂府詩集・清商曲辭三・華山畿》引《古今樂録》。

七言古詩

題汪爾張深山歲月圖①

深山歲月良如此，亂石槎松鬱成雨。彈琴不見無可言，泉聲淙淙漏天乳。圖之高堂大厦中，六月寒生晝忘暑。萬竹一廬老其間，飛禽落日迴沙嶼。

【箋注】

① 汪維烈，字爾張。許承堯《歙事閑譚》：「汪維烈，字爾張，休人，工山水。」

祝宋先之年伯六十①

連卷之山多仙遊，洞庭草木自成阜。界以大海源崑崙，靈威丈人並石紐②。紫氣東來方岳同③，君子有國名仁壽。滔滔江漢爲羽儀，朱虎熊羆備先後。厥民什伍阡陌齊，嘉禾美藹合鋤耦。鏗鯨代鼉聲喤喤，千乘萬騎雲蚴蟉④。湘蘂皓本紛陳前，揮手一笑亦何有。魯侯燕喜當如何⑤，景襄大鍾惟世守。

【繫年】

據熊開元《壽宋先之年伯六十序》（《魚山剩稿》卷六）「去年予父年六十，先數月，九青銜使命典楚闈。事既竣，迂途數百里，爲予父壽。至則歷階而上，見予父若母，陶陶如家人，鄉之人咸共稱，以其事爲近古。今伯父憲副公六十」及顧師軾《吴梅村先生年譜》崇禎九年條「秋，典湖廣試，刑科給事中宋玫爲副，與熊魚山開元、鄭滄石友元會」，可知此詩作於崇禎十年（一六三七）。

【箋注】

①此祝宋玫父宋繼登六十壽辰。宋繼登，字先之，號道岸。民國《萊陽縣志》卷三之三上《宋鴻臚繼登傳》：「宋繼登，字先之，號淥溪。進士，歷南鴻臚寺卿。初令定興，見忤巨室，遂厚誣去公，興民憤惋。時冢宰孫公道邑，民遮道，亟白之。公曰：『黜陟命也，無愧吾民，吾所得良多。』比再陟户曹，榷税崇文門，正課外，一無所染。督餉永平，買米充餉。歲省帑金三萬有奇，悉上之于朝。同事者曰：『公自爲則得矣，獨無形前人失，而難乎繼者乎？』公曰：『米貴賤以時，我適時乎賤直，我無敢不肖，而敢以不肖待人乎？』繼分巡寧紹，有六萬餉，無一兵靡。例以歸備兵使者。公歎曰：『是欺公而爲盗臣也。』悉招募補伍焉。生平清慎類如此。公三子，琮、琨、玫。琨以恩貢未仕，琮、玫皆登第，在海内文名嶽嶽，俱別有傳。」《近集》卷六又有《僉憲宋先之先生六袠壽

序》：「公有弟華之、澄嵐，有子宗玉、呈玉、文玉，皆溥兄弟行也。華之、宗玉、文玉以進士，宰劇邑，稱循良。而文玉蚤達，居諫官長，忠直著海内，澄嵐、呈玉貢于鄉，文章行誼，世所師也。」熊開元亦作《壽宋先之年伯六十序》（《魚山剩稿》卷六），可參。年伯：科舉時代爲對父親同年登科者之尊稱，明中葉後亦用以稱同年之父親或伯叔，後用以泛指父輩。王應奎《柳南隨筆》卷二：「前明正嘉以前，風俗猶爲近古，必父之同年，方稱年伯，而同年之父，即不爾。」

② 靈威丈人：傳説中仙人名，通稱龍威丈人。相傳吴王闔閭游禹山，遇靈威丈人入洞庭取禹藏書卷。見《河圖緯》。

③ 紫氣東來：《史記·老子韓非列傳》「於是老子迺著書上下篇，言道德之意五千餘言而去，莫知其所終。」司馬貞索隱引劉向《列仙傳》：「老子西游，關令尹喜望見有紫氣浮關，而老子果乘青牛而過也。」後遂以「紫氣東來」表示祥瑞。

④ 蚴蟉：蛟龍屈折行動貌。

⑤ 燕喜：宴飲喜樂。

倪鴻寶先生舟名鉏水索詩次韻①

春潭香雨非沉沉，一葉萬頃凌危岑。中有偉人招白鶴，龍耕蛟舞來名琛。烟田接天疑鳥道，築室木末荷蓋深。陶峴載書方百室②，葛洪采藥時高吟③。鷺羽拂桑鳴鳩集④，始知東海容投簪⑤。放魚莫觸任公怒⑥，微子飛蓬感苦心⑦。農歌若在桃源曲，自然山水多清音。

【箋注】

①此次韻唱和倪元璐。倪元璐，字玉汝，號鴻寶。詳見《續集》卷四《壽倪鴻寶先生四十序》注。

②《甘澤謡》：「陶峴者，彭澤之子孫也。開元中，家于崑山。富有田業，擇家人不欺而了事者悉付之，身則汎漕江湖，遍遊烟水。自製三舟，備極堅巧，一舟自載，一舟致賓，一舟貯飲饌。客有前進士孟彦深、進士孟雲卿、布衣焦遂，各置僕妾共載。而峴有女樂一部，奏清商曲。逢奇遇興，則窮其景物，興盡而行。」

③《晉書》卷七十二《葛洪傳》：「葛洪，字稚川，丹楊句容人也。……以年老，欲鍊丹以祈遐壽，聞交阯出丹，求爲句扇令。帝以洪資高，不許。洪曰：『非欲爲榮，以有丹耳。』帝從之。洪遂將子姪俱行。至廣州，刺史鄧嶽留不聽去，洪乃止羅浮山煉丹。嶽表補東官太守，又辭不就。嶽乃以洪兄子望爲記室參軍。在山積年，優游閑養，著述不輟。」

④鷺羽：白鷺之羽，古人用以製舞具。《詩·陳風·宛丘》：「無冬無夏，值其鷺羽。」毛傳：「鷺鳥之羽，可以爲翳。」鄭玄箋：「翳，舞者所持以指麾。」

⑤投簪：比喻棄官。陸機《應嘉賦》：「苟形骸之可忘，豈投簪其必谷。」

⑥任公：指任公子。《文選·謝靈運〈七里瀨〉詩》：「目睹嚴子瀨，想屬任公釣。」張銑注：「任公

子，有道者，以大鉤巨綸釣於東海。」

⑦ 微子：周代宋國始祖，名啓，殷紂王庶兄，封于微。因見紂淫亂將亡，數諫，紂不聽，遂出走。

題張玉汝詩有序①

玉汝張子，以詩索序，予讀之終卷，衆體咸有，當其得志，今古奔繹，凌雲一笑，豈特漸離之筑、高鳳之書乎？

昔聞昭詩有左徒②，芎藭蘭芷流清風③。吴人詞家多窈眇，洞庭兩山常代雄。張子家世本王謝④，搴英百氏含香芸⑤。著書遐豫發浩唱，群峰響答來青雲。三唐出入展戲謔⑥，翰墨妍妙班文園⑦。越鳥代馬各徙倚⑧，微吟太息留南軒。宫商嘽緩不可絶，黄門鼓吹聲何高。明月孤臺君獨上，無阡無陌乃足豪。盱衡河嶽召上客⑨，合組烈錦紛相題。忽然參差起緑水，張旭初詠桃花溪⑩。

【箋注】

① 此題張玉汝詩。張玉汝，待考。

② 左徒：戰國時楚國官名，因屈原嘗爲楚懷王左徒，即用以指屈原。

③ 芎藭：一名江蘺。屈原《離騷》：「扈江離與辟芷兮，紉秋蘭以爲佩。」

④王謝：六朝望族王氏、謝氏之並稱，後泛指高門大族。

⑤搴英：摘取文章精華而加以研究、體味。宋濂《贈梁建中序》：「搴英而咀華，溯本而探源。」百氏：猶言諸子百家。《漢書·叙傳下》：「緯六經，綴道綱，總百氏，贊篇章。」

⑥三唐：詩家論唐人詩作，多以初、盛、中、晚分期，或以中唐分屬盛、晚，謂之「三唐」。

⑦文園：指漢司馬相如。司馬相如曾任文園令。

⑧越鳥代馬：《文選·古詩〈行行重行行〉》：「胡馬依北風，越鳥巢南枝。」李善注引《韓詩外傳》：「《詩》曰：『代馬依北風，飛鳥棲故巢。』皆不忘本之謂也。」後用爲思念故鄉或故國之典。

⑨河嶽：黄河和五嶽之並稱。後泛指山川。

⑩《新唐書》卷二百二《張旭傳》：「旭，蘇州吴人。嗜酒，每大醉，呼叫狂走，乃下筆，或以頭濡墨而書，既醒自視，以爲神，不可復得也，世呼張顛。……後人論書，歐、虞、褚、陸皆有異論，至旭，無非短者。」

贈黄岐彬有序①

張子受先患下漏數年，延醫治之，歲數易，轉劇。適揭萬年以吴子人撫言，導子廣昌黄岐彬先生來，旬日立愈。婁人莫不驚喜，以爲絶神。余賦詩紀之，兼邀諸同人，各贈一篇，以壯其行。仙人非遠，世固有之，是可歌也。

婁東張子好静默，拂衣臨水歸山莊。著書城南杜子夏②，賣卜市上費長房③。忽然卧病玩日月，搔首不語懷長桑④。金石數試不可問，以身嘗藥時欲僵。間慕三山逐仙跡⑤，演禽七戲徒空茫⑥。幾年掃室白紈扇，何日蟬蜕騎鳳凰。先生蹁躚自西至，杏花衫袖茱萸囊⑦。憐君土室久沉頓，淳于今盡棄故方。秋水逍遥兩相得，秃瘍流血亦不創。易遷宫中變毛髮⑧，明晨侍郎割桂肪。張子餐霞飲玉屑，獨坐空明一草堂。堯夫安樂四無倚⑨，老聃虚白常生光⑩。先生欲别遊太極，石穴縱横還五羊⑪。揮靈虎書恣翰墨⑫，莫使洞庭秋獨芳。

【繫年】

據張采《知畏堂文存》卷十一《醫説》「壬申冬，復旁穿一孔。……癸酉，且大敗，友人以宗甫請。余恐如時醫奇痛，謝姑緩。乃宗甫出一卷示余。……宗甫醫余一月而愈，愈則復潰。所以潰者，爲不得所主。失所主，勢且再蔓。宗甫因專攻時醫所謂囊癰者，既效，而所謂懸癰自愈。……宗甫醫余共百日。……喬宗甫醫余，未及五年復劇發，卧床榻者幾三載，得江西廣昌黄岐彬而愈」及《知畏堂詩存》卷一《送黄岐彬有序》「自戊寅七月，奄卧一榻，不啻羈囚三木。殆二年餘，庸醫以余試藥，余復以身試醫」，可知張溥此詩作於崇禎十三年（一六四〇）。

【箋注】

① 張采患痔漏多年，因人推薦黄岐彬治療，初見療效，張溥、張采、錢謙益、歸莊等同人各賦詩一篇

贈醫者黄歧彬。張采《知畏堂詩存》卷一《送黄岐彬序》：「余以衛生失理，中氣勞傷，致痺患滯陷。久之，瘍發下體，旁通洞腸。自戊寅七月，奄臥一榻，不啻羈囚三木。殆二年餘，庸醫以余試藥，余復以身試醫。每試，奇痛刺心。則獨呼曰：『藥正子傷足而啼，余以爲親戮乎？』因矢不復治。今年春盡，人撫吴子從都中寄臨川揭子萬年札云：『廣昌黄岐彬者能應手起危疾。』札至，適臨川鄒子皆有以公車歸，訪余榻畔，述意而去。然余實懼醫，心且怱怱，而皆有敦摯，慇懃延至。六月末，余方劇，岐彬至。至則予復疑，絶似學仙人，受方士悮，見真仙反瞠目。岐彬則告别曰：『是大可惜！惜公病，又惜我衡，既遇空反，其天乎！』余心動，請治，藥到如爬搔，豈惟無奇痛，且得適。不及兩月，平人矣。復爲修方藥服食，更一月，數年脾疾亦漸愈。自分殘廢，遂得輕安，方圖酬德，而岐彬篤孝，思母賦歸。因念仁人必孝子，作詩紀事云。」錢謙益《初學集・贈建昌痔醫黄岐彬》：「衰老翻於痼疾便，靈衹告戒起纏綿。得車知爾非論賞，館客慚余已判年。果痔木癰除物害，尻輿神馬得天全。瘍醫本是天官屬，醫國方需肘後傳。」歸莊《歸莊集・贈醫者黄岐彬》：「秋風蕭條坐深室，天賜黄君愈我疾。黄君江西我江東，千里致之繇張公。張公之病劇於我，蹩壁而行欹側坐。十年委頓忽强健，登高涉遠無不可。始知醫師妙無匹，出蛇走獺多奇術。高名一日滿婁中，競道俞扁不可失。我欲招致貧無力，匍匐裹糧惜不得。一見輒悉病所繇，施鍼措石無難色。藥物周流達幽闕，骨節無傷神不瘁。死肌脱去白肉生，三蟲二豎無遺類。招提十日但安眠，扶病出門病已還。家人見我皆歡幸，何意風塵得遇仙！仙人今欲渡江去，風寒木落霜天暮。報德不惜擲千金，空囊羞澀愁莫措。何當餞子婁江邊，城頭猶有酒如泉。誑言贈子以百萬，百萬實不持一錢。惟有我家翰墨與詩篇，翰墨淋漓大有值，詩篇使爾姓名千古傳。」

②《漢書》卷六十《杜周傳附杜欽》：「欽字子夏，少好經書，家富而目偏盲，故不好爲吏。」

③費長房：東漢方士，汝南人。曾爲市掾，從一賣藥老翁學道，醫療衆病，考治鬼魅。後失符，爲衆鬼所殺。見《後漢書·費長房傳》。

④長桑：長桑君之省稱，後借指良醫。

⑤三山：傳説中海上方丈、蓬萊、瀛洲三神山。

⑥演禽：占卜之一種，以星、禽推測人之禄命吉凶。其書有《演禽通纂》《演禽圖訣》等。

⑦茱萸囊：裝有茱萸之佩囊。古俗重陽節取茱萸縫袋盛之，佩繫身上，謂能辟邪。此指藥囊。

⑧易遷：仙人所居宫名。陶弘景《冥通記》卷二：「六月十九日有五女人來，第一易遷領學仙妃趙夫人，第二易遷左嬪王夫人，第三易遷右嬪劉夫人，第四易遷都司學陶夫人，第五易遷受學李飛華。」

⑨《宋史》卷四百二十七《邵雍傳》：「富弼、司馬光、吕公著諸賢退居洛中，雅敬雍，恒相從游，爲市園宅。雍歲時耕稼，僅給衣食。名其居曰『安樂窩』，因自號安樂先生。旦則焚香燕坐，晡時酌酒三四甌，微醺即止，常不及醉也，興至輒哦詩自詠。」

⑩《莊子·人間世》：「虚室生白，吉祥止止。」

⑪ 五羊：廣州别名。相傳古代有五仙人乘五色羊執六穗秬而至此，故稱。

⑫ 虎書：傳説中一種字體。韋續《墨藪》卷一：「周文王史佚作虎書。」

和錢牧齋先生九日篇送錢大鶴兵部①

行行秋盡方重陽，兼葭白露多心傷。紅葉滿山遍遊屐，高飆臺館將舉觴。陶隱丹竈名正熱②，杜老杖策髮未蒼。誰人好作洛生詠③，紫衣大袖裴公堂。北望春深野草緑，南盼要離墓上光④。指點珠船出明鏡，驚聞絃索歌春坊⑤。何期風雨暗天地，洶洶崩屋蛟龍强。我正坐愁對園菊，懷君小窗秋夜長。亦有兄弟共零落，偏哭朱紫徒仆僵。永嘉雅會豈不再，茱萸酒熟今堪嘗。道出齊門兩湖色，野人舟擁寒山粧。芙蓉簾幕似樓閣，有情碧玉微調簧。侍郎華宴間雜坐，龜兹老工曲最颺。江左初觀射馬戲，吴兒尚憶響屧廊⑥。縱然澎湃裂萬木，擊缶烏烏轉激昂。蕭條不異荏平雨，宛轉猶憐楓樹霜。計到梁州始此日，俯仰獨曠排金璫。魚肥蒓美千里客⑦，洞庭兩峰橘柚黄。早發長干得無苦⑧，餉君五石蓮花房。大笑世間盡默默，空使雷霆聲硠硠。登高不足更攬袂，十日九醉同羲皇。墜帽賦詩信潦倒，銅斗拍手亦發狂⑨。沈生應制篇已邈，漢將河梁君復傷⑩。石雁飛鳴月華白，插柳年年掃鹿場。

【箋注】

①此和錢謙益《九日宴集含暉閣醉歌一首用樂天九日二十四韻》（《牧齋初學集》卷十七）爲同年錢位坤送行。錢謙益，字受之，常熟人。黄宗羲《思舊録·錢謙益》：「錢謙益，字受之，常熟人。主文章之壇坫者五十年，幾與弇州相上下。其叙事必兼議論，而惡夫勦襲；詩章貴乎鋪序，而賤夫凋巧，可謂堂堂之陣，正正之旗矣。」錢位坤，字與立，常熟人。復社成員。曾與張溥一起署名《五人義助碑》。吴山嘉《復社姓氏傳略》卷二：「錢位坤，字與立，常熟人。崇禎辛未進士，官兵部郎中。」

②陶隱：即陶弘景。陶弘景隱居句曲山時，庭院植松，每聞松風，欣然爲樂。見《南史》本傳。

③洛生詠：《世説新語·輕詆》：「人問顧長康：『何以不爲洛生詠？』答曰：『何至作老婢聲！』」劉孝標注曰：「洛下書生詠，音重濁，故云老婢聲。」《晉書》卷七十九《謝安傳》：「安本能爲洛下書生詠，有鼻疾，故其音濁，名流愛其詠而弗能及，或手掩鼻以斆之。」

④杜佑《通典》卷第一百八十二《吴郡·吴縣》：「要離墓在今縣西。梁鴻墓在要離墓之北。」

⑤春坊：太子宫所屬官署名。唐置太子詹事府，以統衆務；左右二春坊，以領諸局。歷代相承，屬官時有增減。明清時實際成爲翰林院編修、檢討開坊升轉之所。

⑥響屧廊：春秋時吴王宫中廊名。范成大《吴郡志·古跡》：「響屧廊，在靈巖山寺。相傳吴王令西施輩步屧，廊虚而響，故名。今寺中以圓照塔前小斜廊爲之，白樂天亦名『鳴屧廊』。」

⑦魚肥蒓美千里客：用張翰事。《世説新語·識鑒》：「張季鷹辟齊王東曹掾，在洛，見秋風起，因

思吴中菰菜、蒓羹、鱸魚膾，曰：『人生貴得適意爾，何能羈宦數千里以要名爵！』遂命駕便歸。」

⑧ 長干：古建康里巷名，此借指南京。

⑨ 銅斗：銅製方形有柄器具，用以盛酒食。孟郊《送淡公》詩之三：「銅斗飲江酒，手拍銅斗歌。」

⑩ 漢將河梁：舊題漢李陵《與蘇武》詩之三：「攜手上河梁，遊子暮何之？……行人難久留，各言長相思。」後以「河梁」借指送别之地。

賀任直指尊人雙壽①

我聞江南樂，請爲御史歌。御史朱鑣冠豸角②，行行驄馬來京都。藊荂蘊苗肅阡陌，咋虎殺鼠寒霜華。旨酒蕊玉惠褐父，污萊下田皆生花③。御史高堂髮垂白，深衣大帶静者儀。司隸簪筆既正直④，黄門版輿亦委蛇⑤。自古青州磊落士，意氣鋭上排嵯峨。惟翁虚白器無累⑥，十德九德未足多⑦。内子素絲自相守⑧，吹笙鼓瑟雙雲和。玉枝方出西鄙國，鳳艒夜奏胡琶琵。何如東皋多隱逸，大笑眉山春夢婆⑨。琰琬澄膏薄青芫，講堂諸生隔絳紗⑩。猗歟西京暴公子⑪，不疑下拜胡爲耶。

【箋注】

① 任直指：即任濬，字文水，曾任刑部尚書。張溥同年。宣統《蒙陰縣志》卷四：「任濬，字文

水，益都人。辛未進士。明季亂作，移親于楊廣洞。歸省時，聞蒙民有苦累事，代請上官，務期必除。崇禎間，山東加派米豆，運往天津。蒙應派三千二百石，任謂三千二百石之米豆加於八百七十二户之窮民，民將不堪，力求免派，蒙民感之。卒時，官至刑部尚書。」直指：漢武帝時朝廷設置專管巡視、處理各地政事之官員，亦稱「直指使者」。尊人：對他人或自己父母之敬稱。

②冠豸角：戴獬豸冠。獬豸冠，古代御史所戴之帽。

③污萊：指荒地。《宋書・五行志三》：「宫室焚毁，化爲污萊。」

④簪筆：謂插筆於冠或笏，以備書寫。古代帝王近臣、書吏及士大夫均有此裝束。

⑤委蛇：雍容自得貌。《詩・召南・羔羊》：「退食自公，委蛇委蛇。」鄭玄箋：「委蛇，委曲自得之貌。」

⑥虚白：語本《莊子・人間世》：「虚室生白，吉祥止止。」謂心中純净無欲。

⑦十德：古稱玉有十種特質，因以喻君子之十種美德，即仁、知、義、禮、樂、忠、信、天、地、德。詳見《禮記・聘義》。九德：古謂賢人所具備之九種優良品格。《書・皋陶謨》：「皋陶曰：『都，亦行有九德，亦言其人有德，乃言曰：載采采。』禹曰：『何？』皋陶曰：『寬而栗，柔而立，愿而恭，亂而敬，擾而毅，直而温，簡而廉，剛而塞，彊而義，彰厥有常，吉哉！』」

⑧素絲：「素絲羔羊」之省，用作對清廉者之譽辭。

⑨ 眉山春夢婆：眉山，宋代大文學家蘇軾之代稱。相傳蘇軾貶官昌化，遇一老婦，謂蘇軾曰：「内翰昔日富貴，一場春夢！」里人因呼此婦爲「春夢婆」。

⑩ 絳紗：猶絳帳，對師門、講席之敬稱。

⑪ 猗歟：嘆詞，表示讚美。《詩·周頌·潛》：「猗與漆沮，潛有多魚。」鄭玄箋：「猗與，歎美之言也。」暴公子：即暴勝之，漢武帝末爲直指使者。素聞雋不疑賢，表薦不疑爲青州刺史，有知人之譽。見《漢書·雋不疑傳》。後作爲知音之典。

潭中瀛洲橋成丁子索詩頌沈侯鉉臣德政爲次梁燕歌行①

瀛洲之水清英多，瀛洲之旁舞且歌。不羡黄龍覆花錦，不羡玄菟揚月蛾。獨喜名士作宰伯，百里坐潤酌九河。潭人晏晏春城中，草木芳榮秋更生。共憶圜橋文物時，玉磬鏗鏘拜老更②。今日言偃操朱絃③，《貍首》《采蘩》皆中節④。君子好義襄厥成，惠爽摛文玄露結。漢臣禮樂同扶蓋，老子熙陽復滿臺。飛魚亘梁輒矯首，應龍負水如啣杯。從此潭城奠萬年，卿雲下陳星辰離。迴看東海鼓不鳴，卧波日日虹霓垂。

【箋注】

① 沈鼎科，字鉉臣，時任建陽知縣。詳見《合集·近稿》卷一《沈鉉臣詩草序》注。丁子即丁煇。康熙《建寧府志》卷十一：「瀛洲橋在考亭油洲。宋慶曆間，邑人虞坤建。明永樂丙申，圮於水。成

化間，知縣海澄證建，知縣汪津踵而成之。嘉靖乙丑，募衆重建，旋圮。崇禎癸酉，邑民丁煇重建。」民國《建陽縣志》卷二則云瀛洲橋「崇禎十一年，里人丁煇重建」。重建時間記録有異，存此備考。

②老更：古代設三老五更之位，天子以父兄之禮養之。《禮記·文王世子》：「適東序，釋奠於先老，遂設三老、五更、群老之席位焉。」鄭玄注：「三老五更各一人也，皆年老更事致仕者也，天子以父兄養之，示天下之孝悌也。名以三五者，取象三辰五星，天所因以照明天下者。」

③《論語·陽貨》：「子之武城，聞弦歌之聲。夫子莞爾而笑，曰：『割鷄焉用牛刀？』子游對曰：『昔者偃也聞諸夫子曰：君子學道則愛人，小人學道則易使也。』子曰：『二三子！偃之言是也。前言戲之耳。』」

④貍首：逸詩篇名。上古行射禮時，諸侯歌《貍首》爲發矢之節度。采蘩：《詩·豳風·七月》：「春日遲遲，采蘩祁祁。女心傷悲，殆及公子同歸。」謂豳公子有與民同甘苦之德行。後因以「采蘩」作思念君子之典。

壽龔和梅進士太夫人六十①

欲恣洞涉聞天風，樓居仙人日月咫。群下茅壇友偓佺，中有環佩鳴玉蕊。折竹花龍蕩九垓，鳳聲節足歌惇史②。奇花無畹宜静攜，靈山之上多枸杞。簪帶蕭蕭霞脚飛，散髮到老名女士③。博書不必言丹經，食真怡琴生兒齒④。舞衣繞杖光輝揚，百城芝草君子喜。驅鯨拔狼何所爲，渤海舊聲今可紀。將持赤玉獻天公，且垂緑綬紆紫緝。璈鳴應節彈空浮，牙盤方進蒼龍髓。松檜孤雲參兩角，下蔭嘉穀懷葛藟。廉吏之母真古稀，啖蔗猶應念《采苡》。海外澄瀾鼉鼓收，王喬舄去成畏壘⑤。畫圖還問許飛瓊⑥，珊珊侯骨心如水。

【箋注】

① 此爲龔彝母六十壽辰而作。龔彝，字和梅。民國《新纂雲南通志》卷一百九十三：「龔彝，字和梅。先世于洪武初自山東徙雲南，遂爲順寧人。彝以天啓乙丑（軍按，應爲崇禎元年）進士，官南京兵部員外郎，遷郎中。爲閣部史可法所器，使桂林，而南都陷。永曆即位肇慶，彝贊巡撫瞿式耜機務，奉命返滇。己丑，彝與楊畏知同赴行在，被命加兵部侍郎、户部尚書，復隨帝奔滇。帝以彝與滇人習，命往蒙化、永昌、順寧等處徵兵糧，未覆命，而清兵入滇。帝走緬甸，彝微行追帝至騰越，不及，復返順寧。逾年，得招討李定國密檄，知帝所在，乃持檄往説各土司起兵。彝門人元江土知府那嵩亦起兵應之，軍威頗振。然吴三桂兵已壓緬境，緬人縛帝以獻。諸路兵聞帝被執，遂潰。彝微行跡帝，乃遇之趙州，尾而至於昆明。乃具酒食告守者，欲見故君，守者不許，彝奮然曰：『此吾君也。君臣之義，率土之所同也。我一介書生耳，寧能負之走耶！』守者以告三桂，三桂許之。彝乃進謁帝，拜且哭，且進酒勸帝飲。帝勉飲之。彝益伏地痛哭不能聲，淚盡而繼之以

血，競觸地以死。越三日，三桂遂弑帝。彝可謂愛君焉已。忠愛之心蟠結而不可解，以至於死，可謂卓絶矣。彝少時讀書于順寧蜢蹼巖，巖峭立，僅一徑得斜上以至於巔。彝自鑿石壁，嵌屋以爲書堂，不假手他人，書聲琅琅出雲表。蓋十餘年學成而後仕，亦卓絶之驗也。彝爲文字，奇偉峭折，國變多散佚，所遺者僅城北飛來寺碑，爲滇人傳誦云。」

②鳳聲節足：《宋書·符瑞志中》：「鳳凰者，仁鳥也。……其鳴，雄曰『節節』，雌曰『足足』。」後以「節足」稱鳳凰鳴叫，亦借指鳳凰。惇史：有德行者之言行記録。《禮記·内則》：「凡養老，五帝憲，三王有乞言。五帝憲，養氣體而不乞言，有善則記之爲惇史。」孔穎達疏：「言老人有善德行則紀録之，使衆人法則，爲惇厚之史。」

③女士：舊謂有士人操行之女性。《詩·大雅·既醉》：「其僕維何，釐爾女士。」孔穎達疏：「女士，謂女而有士行者。」

④兒齒：老人齒落後更生之齒。《詩·魯頌·閟宫》：「既多受祉，黄髮兒齒。」

⑤王喬舄：亦作「王喬屨」「王喬履」，指王喬飛舄入朝故事。

⑥許飛瓊：傳説中西王母之侍女。《漢武帝内傳》：「（王母）又命侍女許飛瓊鼓震靈之簧。」

壽計母汝太君七十①

昔聞武夷有二魚，毛竹編山號神女。今見趺髮居華堂，能行益易是曰汝。少讀《玉佩金璫經》②，長訪緱氏知其處。典録傳自李慶孫③，威儀宫房群子叙。婉孌白首乘雲龍，羽書揮靈正客與。漆園柱下方嬰兒，左右衣裳並楚楚。當此七十非十七，鳳巢高阿魚在渚。韓姞何如諶母仁④，贈以若木耀荆紵⑤。

【箋注】

① 計母汝太君，待考。

② 玉佩金璫經：道教經典。《太平廣記》卷五十六《西王母》：「茅君從西城王君詣白玉龜臺，朝謁王母，求長生之道，曰：『盈以不肖之軀，慕龍鳳之年，欲以朝菌之脆，求積朔之期。』王母愍其勤志，告之曰：『吾昔師元始天王及皇天扶桑帝君，授我以玉佩金璫二景纏煉之道，上行太極，下造十方，溉月咀日入天門，名曰《玄真之經》。今以授爾，宜勤修焉。』因敕西城王君，一一解釋以授焉。」參見俞樾《茶香室三鈔》卷十八《玉佩金璫經》。

③ 李慶孫：西王母之侍女。《太平廣記》卷三《漢武帝》：「王母曰：『……此元始天王在丹房之中所説微言，今敕侍笈玉女李慶孫書録之以相付，子善録而修焉。』」許奉恩《蘭苕館外史》卷二《林妃雪》：「妃雪密告生以群仙之名：騎龍者，上元夫人；騎虎者，吴采鸞；騎蝶者，羅浮君；其餘董雙成、范成君、許飛瓊、紀離容、李慶孫……，不可勝記。」

④ 韓姞：見《詩·大雅·韓奕》：「韓侯取妻，汾王之甥，蹶父之子。……爲韓姞相攸，莫如韓樂。……慶既令居，韓姞燕譽。」王安石《詩義鈎沉》卷十八：「婦人稱姓，今以姓配夫之國，故謂

之韓姑。」諶母：古代傳説中之神仙。《太平廣記》卷六二引前蜀杜光庭《墉城集仙録·諶母》：「又吴市逢有三歲孩子，悲啼呼叫，倏遇諶母，執母衣裾曰：『我母何來？』」

⑤若木：古代傳説之神樹。《山海經·大荒北經》：「大荒之中，有衡石山、九陰山、洞野之山，上有赤樹，青葉，赤華，名曰若木。」

壽趙文度太守①

昔年朱幡二千石②，曾向登聞誦遺直③。太史家世雄青箱④，少年衣冠天下識。三衢孝里本婺州，清獻藏書日月側⑤。吾翁瀟灑起尚湖，披文相質懷九緎⑥。祖孫封事驚鳳池⑦，有父有子公最特。金革猶思富鄭公⑧，美人半閒嗟辱國。萬歲千秋酒一觴，五倫不愧臣之職。

【箋注】

①趙隆美，字文度，一字季昌，常熟人。趙用賢子，趙士春父。崇禎《江陰縣志》卷三：「趙隆美，字文度，用賢子，累官四川叙州知府。」陸應陽《廣輿記》卷十六：「趙隆美，字季昌，常熟人，爲叙州同知。時水西與安酋連結爲亂，叙州爲兵衝，隆美教屬邑聚鄉兵數千，自募僧兵五百人，列營翠屏山。初議斂兵守城，隆美曰：『舍門户而守堂奥，示賊弱而縱之人，非計也。』卒敗賊，賊遁去。監軍劉副使嘆曰：『叙州不堅，如全蜀何？』」

②二千石：漢制，郡守俸禄爲二千石，即月俸百二十斛。世因稱郡守爲「二千石」。

③登聞：「登聞鼓院」之省稱。晉以來有登聞鼓之設，宋景德四年置登聞鼓院，專掌臣民奏章。明以後置於通政院。遺直：指直道而行、有古人遺風者。《左傳·昭公十四年》：「叔向，古之遺直也，治國制刑，不隱於親，三數叔魚之惡，不爲末減。曰義也夫，可謂直矣。」杜預注：「言叔向之直，有古人遺風。」

④《南史》卷二十四《王准之傳》：「王准之，字元魯，晉尚書僕射彬玄孫也。曾祖彪之，位尚書令，祖臨之、父訥之並御史中丞。彪之博聞多識，練悉朝儀，自是家世相傳，並諳江左舊事，緘之青箱，世謂之王氏青箱學。」此謂家世顯赫。

⑤清獻，宋趙抃謚號。《宋史》卷三百一十《趙抃傳》：「趙抃，字閱道，衢州西安人。進士及第，爲武安軍節度推官。……元豐七年，薨，年七十七。贈太子少師，謚曰清獻。……宰相韓琦嘗稱抃真世人標表，蓋以爲不可及云。」

⑥九罭：即九罭，一種帶有囊袋以捕撈小魚之網。《詩·豳風·九罭》：「九罭之魚，鱒魴。」

⑦鳳池：即鳳凰池。杜佑《通典·職官三》：「魏晉以來，中書監令掌贊詔令，記會時事，典作文書，以其地在樞近，多承寵任，是以人因其位，謂之『鳳凰池』焉。」

⑧富鄭公：即富弼，宋時名相。曾封鄭國公，故稱。

洞庭吴太君春秋六袠長公伯玉冢〔一〕孫公甫與余世講孫子孟樸爾發君昌沈子弁丘周子叔夜陶子涪水郟子千里皇甫器之索言介觴賦此①

震澤代隱多奇人②，延陵南渡得其友。石渠天禄啓高門③，更有女師昌厥後。家傳緑笈卑蒙鄉，閨房連識凌許負。右英夫人喜授書④，懷清之臺亦培塿⑤。今年始服青菖蒲，駕車白鹿屏雲母。南州飛穰似古賢⑥，何以贈之惟黄耇⑦。計然十術既恢虚⑧，扶風《七誡》猶敝帚⑨。子孫欲佩吕虔刀⑩，如澠如池同北酒。

【校記】

〔一〕「冢」，曾肖點校本誤作「蒙」。

【箋注】

① 此爲吴爾成母六十壽辰而作。吴爾成，字伯玉，松江人，萬曆甲辰進士，官至光禄寺丞。名入《東林黨人榜》。吴公甫，吴爾成子，生平待考。孫久中，字爾發。吴江市地方志辦公室編《儒林六都志》：「孫久中，字爾發，仲立子。隨父任，進金華府義烏學，後改歸嘉興府庠。參贊軍幕有功，任

南京都司。明亡，入閩，任兵部職方郎，殉節。萬曆中入泮。」孫兆奎，字君昌，太倉州吳江縣人。孫淳之姪。復社成員。吳山嘉《復社姓氏傳略》卷二：「孫兆奎，字君昌。祖履恒習兵家言，兆奎能世其學，倜儻有氣節。崇禎丙子，與吳昜同舉於鄉。乙酉，南都亡，奮然思以死殉國。乃就昜謀同起兵長白蕩，以家財給餉。復以昜聲望出己，上推爲主盟，而己佐之，時稱『孫吳軍』。大兵來討，八月二十四日軍敗，兆奎父允貞没。兆奎乃沉妻褚及女於湖，視其死而後自溺。溺未死，爲大兵所執，降之不屈，遂解赴江寧斬之。臨刑賦詩，顔色不變，年三十九。乾隆四十一年，詔入忠義祠。」沈弁丘，字鉉玉，江陰人。任建陽令。徐𤊹《訪沈弁丘建陽令字鉉玉，江陰人》，夏允彝《西越雙清記》（《明文英華》卷十）：「余友黄五湖令建陽，語余曰：『建民之道，前令亦如斯。』言及前賢令沈弁丘事，必曰是沈公所嘗云云也。」。郟千里，皇甫器之，待考。世講：吕本中《官箴》：「同僚之契，交承之分，有兄弟之義；至其子孫亦世講之。前輩專以此爲務，今人知之者蓋少矣。」此謂兩姓子孫世世有共同講學之情誼。後稱朋友之後輩爲世講。

② 震澤：即太湖。

③ 石渠天禄：《後漢書·班彪傳》李賢注引《三輔故事》：「天禄、石渠並閣名，在未央宮北，以閣秘書。」

④ 杜光庭《墉城集仙録》卷五：「雲林右英王夫人，名媚蘭，字申林，王母第十三女也。受書爲雲林宮右英夫人，治滄浪宮。晉興寧三年乙丑七月三日，與東嶽上卿司命真君諸真同降於楊君，因

受書。」

⑤培塿：即部婁，小土丘。《左傳·襄公二十四年》：「部婁無松柏。」杜預注：「部婁，小阜。」

⑥飛穰：一名佛手柑。

⑦黄耇：年老。《詩·小雅·南山有臺》：「樂只君子，遐不黄耇。」毛傳：「黄，黄髮也；耇，老。」

⑧計然十術：亦作計然之策。相傳越王勾踐困於會稽之上，用計然之策，修之十年而國富；范蠡既雪會稽之耻，用計然之策於家而富至巨萬。

⑨扶風七誡：班昭，一名姬，字惠班，扶風人。班彪女。和帝數召入宫，令皇后諸貴人師事之，號曰大家。作《女誡》七篇，以爲婦女行爲規範。

⑩吕虔刀：三國魏刺史吕虔有一寶刀，鑄工相之，以爲必三公始可佩帶。吕虔以贈王祥；祥後位列三公。祥臨終，復以刀授弟王覽；覽後仕至大中大夫。事見《晉書·王覽傳》。

丙園即事①

主人方閉關②，花木自群赴。禪床有古今，茶竈無寒燠。欲爲鶴謀糧，或呼童掃露。山城于此深，十里烟霞渡。

【箋注】

①丙園，王志慶别業。張采纂《太倉州志》卷十三《王志慶傳》：「游大學十餘年，中丁卯鄉試。志

慶書癖，明潔窗几，用翰墨必尤良。晨夕手一編，有常課。兼樂花鳥，罷書輒自灌水調食。緝東郊先業曰丙園，閒適其中，每連月不歸。」張采《知畏堂詩存》卷一有《王與游丙園即事步天如韻》：「棲野結村落，遠壑隨流赴。雲空誰去來，嵩老何寒燠。彈琴横舊石，煮茗謂清露。問我東南濱，扁舟可時渡。」

② 閉關：閉門謝客，謂不爲塵事所擾。

五言絶

送徐玉峙學博令德安①

古有二千石②，贈君一片金。明時觀禮樂，寤寐念西京③。

其二

先生憑軾去④，翹首滕王東。十經兼十緯⑤，無忘刺史風。

【繫年】 據康熙《德安縣志》，徐應堂崇禎十一年出任德安知縣，可知此詩作於此時（一六三八）。

【箋注】

①徐玉峙，即徐應堂，四川大竹人。崇禎元年任太倉學正，崇禎十一年任德安知縣。民國《太倉州志》卷十一《職官·學正》："崇禎元年，徐應堂，四川大竹人。"祁彪佳《宜焚全稿》："太倉州儒學訓導徐應堂，範身造士，居然有物有恒，而且明于世務，可稱有用之才。"康熙《德安縣志》卷三《秩官》："徐應堂，四川大竹人。由歲貢崇禎十一年任。涖任六載，陞山東長清考選科道，國變未果。而德安士民因其拆塔，不無遺議云。"學博：唐制，府郡置經學博士各一人，掌以《五經》教授學生。後泛稱學官爲學博。張溥《近集》卷二又有《送徐玉峙學博遷德化令》，可參。

②二千石：漢制，郡守俸禄爲二千石，即月俸百二十斛。世因稱郡守爲"二千石"。

③西京：西漢都長安，東漢改都洛陽，因稱洛陽爲東京，長安爲西京。後以代指京城。

④憑軾：倚在車前横木上，謂駕車出征。左思《魏都賦》："憑軾捶馬，袖幕紛半。"此借指做官。

⑤十經：《宋書·百官志上》："國子祭酒一人，國子博士二人，國子助教十人。《周易》《尚書》《毛詩》《禮記》《周官》《儀禮》《春秋左氏傳》《公羊》《穀梁》各爲一經，《論語》《孝經》爲一經，合十經。助教分掌。"十緯：何良俊《四友齋叢説》卷一："漢世稱《五經》七緯，今緯書都不存。而散見於各書者，則有《易緯》，如《乾鑿度》之類是也；有《詩緯》，如《含神霧》之類是也；有《書緯》，如《考靈曜》之類是也；有《春秋緯》，如《元命苞》之類是也；有《禮緯》，如《含文嘉》之類是也；有《樂緯》，如《動聲儀》之類是也；有《孝經緯》，如《援神契》之類是也；有《論語緯》，如

《撰考讖》之類是也；有《河圖緯》，如《挺佐輔》之類是也；有《洛書緯》，如《甄曜度》之類是也。此皆其篇目。其他篇目尚多，不能悉舉。皆是東漢時因光武喜讖緯，故諸儒作此以干寵。而世遂傳用之，其不興於西京之世明矣。然據此，則當是十緯。」

五言律詩

答莊任公給諫①

久別不可問，勞人殢一官。春山扶直節，漁父歎江干②。晨夕心常並，分飛樹好看。《白華》詩欲補，應采落英餐③。

【箋注】

① 莊鼇獻，字叔展，號任公。莊廷獻兄。詳見《合集·近稿》卷四《莊叔鼎稿叙》注。給諫：明清時六科給事中之別稱。

② 《史記》卷八十四《屈原賈生列傳》：「屈原至於江濱，被髮行吟澤畔。顏色憔悴，形容枯槁。漁父見而問之曰：『子非三閭大夫歟？何故而至此？』屈原曰：『舉世混濁而我獨清，衆人皆醉而我獨醒，是以見放。』漁父曰：『夫聖人者，不凝滯於物而能與世推移。舉世混濁，何不隨其流而

揚其波？衆人皆醉，何不餔其糟而啜其釃？何故懷瑾握瑜而自令見放爲？』」

③ 落英餐：屈原《離騷》：「朝飲木蘭之墜露兮，夕餐秋菊之落英。」

寄懷莊叔飛①

遠訪傾言語，新評出上官。花深千尺水，名滿大江干。同氣山川合，孤心日月看。遥聞蓬閣麗②，夕秀待君餐。

【箋注】

① 莊叔飛，莊鼇獻、莊廷獻弟。生平待考。

② 蓬閣：在山東蓬萊北丹崖山上。宋嘉祐年間建閣，明萬曆年間增建吕祖殿、三清殿等建築。自古爲文人學士雅集之地。

壽瞟丞焦蓬雪①

帶水聞清瑟，憑君把菊餐。百城花正發，三語椽應看②。車馬多名士，勤勞念大官。《南山》何以誦③，春日滿江干。

【箋注】

① 焦應鶴，字蓬雪，保縣人。康熙《嘉定縣志》卷十四：「焦應鶴，字蓬雪，川中名士也，以拔貢來丞

嘉邑。時邑令銅仁萬侯温良樂易，應鶴佐之以斷制，令行禁止。斂財演劇，所在皆然。應鶴訪知，疋馬猝赴，擒其爲首者鞭之，立拆其臺，以爲修葺城上窩舖之用。六年中，鄉民無擾，市肆中有不敢朝飲其羊之風。有弟訟其兄者，應鶴諄諄訓諭，弟爲感泣，卒成式好。又最喜與賢士遊，暇必潔壺觴，析疑問難。凡遇試，必傾貲以佐貧士。以兩臺薦，擢爲褒城令。蓋時以流寇蹂躪，朝廷以其才，期年擢爲漢中府同知，遂署府篆。以病告歸，縉紳士民餞送百里之外。今褒城祀於名宦。」

② 三語掾：《世説新語·文學》：「阮宣子有令聞。太尉王夷甫見而問曰：『老莊與聖教同異？』對曰：『將無同？』太尉善其言，辟之爲掾。世謂『三語掾』。」

③ 南山：即《詩·小雅·南山有臺》。毛序：「《南山有臺》，樂得賢也。得賢則能爲邦家立太平之基矣。」

贈楊子常入對①

江皋初濟日，良友正吹笙。委貝宜强志②，游龍好食清③。天心頻發夢，河北未銷兵。急藉賢良策，王通獻《太平》④。

【箋注】

① 楊彝，字子常，號穀園，别號萬松老人。詳見《初集》卷一《楊顧二子近言序》注。入對：臣下進入

皇宫回答皇帝提出的問題或質問。

②委貝宜强志：馬驌《繹史》卷一百五十七引朱仲《相貝經》：「黄帝、唐堯、夏禹三代之貞瑞，靈奇之秘寶，其有次此者，貝。……委貝，使人志强，夜行伏迷鬼狼豹百獸，赤中圓是也。」

③游龍：喻良馬。耶律楚材《扈從羽獵》：「湛然扈從狼山東，御閑天馬如游龍。」

④孫奇逢《理學宗傳》卷十三《王文中子》：「王通，字仲淹，隋時龍門人。……仁壽三年，仲淹冠矣，慨然有濟蒼生之心，西遊長安，見帝。帝坐太極殿召見，因奏《太平策》，尊王道，推霸略，稽今驗古，凡策十有二。帝大悦，曰：『得生幾晚矣，天以生賜朕也。』」

題墨二首〔一〕

精好聞懷化，蘭亭近日傳。十螺女子黛①，九錫大夫玄②。不染華方守，能文窮且堅。錦囊相護惜③，應念李青蓮④。

其二

染紙君能辨，松心與子分⑤。欲觀班孟字⑥，學寫右軍裙。鳥跡知懷古⑦，龍賓雅好文⑧。且留三萬杵⑨，上黨夢殷勤⑩。

【校記】

〔一〕題目原無「二首」，據目録補。

【箋注】

①十螺：麻三衡《墨志·語林》：「《婦人集》曰：汲太子妻《與夫書》曰：並致上書墨十螺。《梁科律》：御墨一量十二丸，皇后妃墨一量一百丸。」

②九錫：古代天子賜給諸侯、大臣之九種器物，爲最高禮遇。

③錦囊：李商隱《李長吉小傳》：「恒從小奚奴，騎駏驉，背一古破錦囊，遇有所得，即書投囊中。」

④李青蓮：李白，號青蓮居士。

⑤松心：松木中心部分，適合製墨。李詡《戒庵老人漫筆·筆墨》：「大凡墨以堅爲上，古墨以上黨松心爲烟，以代郡鹿角膠煎爲膏而和之，其堅如石。」李嶠《墨》：「長安分石炭，上黨結松心。」

⑥班孟字：見葛洪《神仙傳·班孟》：「班孟者，不知何許人。……又能含墨，舒紙著前，嚼墨一噴之，皆成文字，滿紙各有意義。」

⑦鳥跡：即鳥跡書，指鳥篆。蔡邕《隸勢》：「鳥跡之變，乃惟佐隸。蠲彼繁文，崇此簡易。」

⑧龍賓：守墨之神。馮贄《雲仙散録·黑松使者》：「《陶家瓶餘事》曰：玄宗御案墨曰龍香劑。一日，見墨上有小道士如蠅而行，上叱之，即呼『萬歲』，曰：『臣，墨之精，黑松使者也。凡世人有文者，其墨皆有龍賓十二。』上神之，乃以墨分賜掌文官。」後因用指名墨。

⑨ 三萬杵：見徐堅《初學記》卷二十一《墨》：「韋仲將《墨方》曰：『合墨法，以真朱一兩，麝香半兩，皆擣細，後都合下鐵臼中，擣三萬杵，杵多愈益，不得過二月、九月。』」

⑩ 上黨：指上黨墨。李白《酬張司馬贈墨》：「上黨碧松烟，夷陵丹砂末。」

寄懷王園長①

鴛水驅車日，吴山賦別情。白駒歌大路②，明月照吹笙。國學横三禮，詩心并兩京。椒花酒可酌③，異地托流鶯。

【箋注】

① 王應華，字崇闇，一字園長。詳見《合集·近稿》卷一《章敬明令君稿序》注。

② 白駒：用作贈別賢士之辭。王粲《贈士孫文始》詩：「雖則同域，邈其迥深；白駒遠志，古人所箴。」曹植《釋思賦》：「彼朋友之離別，猶求思乎白駒。」

③ 椒花：晉劉臻妻陳氏曾於正月初一獻《椒花頌》，後常用爲春節之典。何景明《除夕和以道懷弟之作》：「情知思棣萼，愁與對椒花。酒罷看參遠，燈寒望斗斜。」

寄懷宋九青①

楊柳多離別②，詩人未及情。弟昆存昔日，風雨念平生。思古繁纓惜③，懷君作賦聲。

《春秋》如可續，諫院記題名④。

【箋注】

①宋玫，字文玉，號九青。詳見《續集》卷六《吏科給事中宋公柱石墓誌銘》注。

②楊柳：泛指柳樹。《詩·小雅·采薇》：「昔我往矣，楊柳依依。」古人有折柳送别之習俗。

③繁纓：古代天子、諸侯所用輅馬之帶飾。

④諫院：御史臺之别稱。題名：司馬光《諫院題名記》李之亮注：「廳壁題名之俗起于唐，盛于宋，多爲京師衙署、地方守令爲本衙、本府縣之興衰源流、任職官員易替而題於署壁，以遺來者。其文言簡而意永。」

沈學乾采芹①

春山朝日麗，涣水辨清聲。江夏應無對②，吴興正有名。典冠稱聖藉③，作賦繫長纓④。欲贈東南美，卿雲似可賡⑤。

【箋注】

①此賀沈學乾考取秀才入學。沈學乾，元和人。乾隆《重修和順縣志》卷五：「沈學乾，江南元和人。由未滿典史，乾隆十九年任。」

②江夏應無對：無對，無雙，無敵。《後漢書·文苑傳》載，江夏人黄香，鄉人稱其至孝，家貧，苦讀，

遂博學經典，究精道術，能文章，京師號曰「天下無雙，江夏黄童」。後以稱才學出衆之士。

③典冠：掌管國君之冠的近侍。《韓非子·二柄》：「昔者韓昭侯醉而寢，典冠者見君之寒也，故加衣於君之上。」

④繫長纓：《漢書·終軍傳》：「南越與漢和親，乃遣軍使南越，説其王，欲令入朝，比内諸侯。軍自請：『願受長纓，必羈南越王而致之闕下。』」後喻建功立業。

⑤卿雲：漢代辭賦家司馬相如字長卿，揚雄字子雲。

聽軒即事①

不知云歲莫，相聚是春星。遲友寒江夜，勞歌舊酒亭。飄風初帶雪②，夢樹可題屏。鳥雀憐東郭，山中好註經。

【箋注】

①聽軒，待考。

②飄風：旋風，暴風。《詩·大雅·卷阿》：「有卷者阿，飄風自南。」毛傳：「飄風，迴風也。」

别龔和梅①

忠孝君兼盡，傷哉萬里行。横琴渡湘水，飛雨雜秋聲。去有梅花路，懷經古樹生。婁江天末友②，時念彩雲城③。

【箋注】

① 龔彝，字和梅。詳見《近集》卷一《壽龔和梅進士太夫人六十》注。

② 天末：形容極遠之地。

③ 彩雲城：指雲南。

送陳靈茂應省試①

高巖將送子，舊日夢飛熊②。金石文章府③，聲名日月中。元龍是湖海，同父正遭逢。三百絃初次，還應道《國風》。

【箋注】

① 此送陳許廷應鄉試。陳許廷，字靈茂。詳見《合集·近稿》卷六《五子近業序》注。

② 夢飛熊：《武王伐紂平話》：西伯侯夜夢飛熊一隻，來至殿下，周公解夢謂必得賢人，後果得賢人姜尚，當時姜尚正在渭水之濱垂釣。後因以「飛熊」指君主得賢之徵兆。

③ 金石：喻詩文音調鏗鏘，文辭優美。沈約《懷舊詩·傷謝朓》：「吏部信才傑，文峰振奇響。調與金石偕，思逐風雲上。」

詠馮留仙大參入援①

魚鑰非南羽②，飛軍涉沛城。金臺從月望③，組練與江平④。飲器單于首⑤，當門細柳旆⑥。大風臨此日，應不憚宵征⑦。

【箋注】

① 馮元颺，字爾賡，號留仙。詳見《合集·詩稿》卷一《送馮留仙工部歸里》注。大參：參政的别稱。

② 魚鑰：魚形鎖。歐陽修《清明賜新火》：「魚鑰侵晨放九門，天街一騎走紅塵。」

③ 金臺：「黄金臺」之省稱。比喻延攬士人之處。

④ 組練：《左傳·襄公三年》：「（楚子重）使鄧廖帥組甲三百，被練三千以侵吴。」孔穎達疏引賈逵曰：「組甲，以組綴甲，車士服之；被練，帛也，以帛綴甲，步卒服之。」組甲、被練皆指將士之衣甲服裝，後以「組練」借指精鋭部隊或武裝軍容。

⑤ 飲器單于首：以單于之首爲飲酒之器。《史記·大宛列傳》：「是時天子問匈奴降者，皆言匈奴破月氏王，以其頭爲飲器。」《漢書·匈奴傳》：「昌、猛與單于及大臣俱登匈奴諾水東山，刑白馬，單于以徑路刀金留犁撓酒，以老上單于所破月氏王頭爲飲器者共飲血盟。」

⑥ 細柳：「細柳營」之省稱。典出《史記·絳侯世家》。周亞夫屯軍細柳，漢文帝自勞軍，無軍令亦不得入。帝稱之曰：「此真將軍矣。」後泛指紀律嚴明之軍隊。毛師柱《兵過》：「軍容同細柳，

知不負君恩。」

⑦宵征：夜行。語本《詩·召南·小星》：「肅肅宵征，夙夜在公。」方玉潤《詩經原始》卷二：「《小星》，小臣行役自甘也。」

爲孫令修贈曾波臣寫照①

青山烟黛事，苓藻落秋衣。豈爲名存貌，還看瘦勝肥②。莊周隨蝶隱③，道子噀龍飛④。八閩思奇態⑤，休同風雨歸。

【箋注】

①孫以敬，字令修，號浣心。孫念莪子。復社成員。吴山嘉《復社姓氏傳略》卷二：「孫以敬，字令修，號浣心。崇禎丁丑進士，任甌寧令六載，政教推八閩第一。行取入都，復令長垣，防禦流寇甚力。見時事日迫，遂歸。」《近集》卷四有《古照堂序》：「吾友孫念莪，當今之善士也。子令修、令章並以文顯，髫時即有名聲，未及冠，篇章盛布海内，耆儒宿學咸好誦之。今秋，令修獲薦。知與不知，皆爲當事者賀得人。」可參。吴偉業《穆苑先墓誌銘》：「余之初就君齋讀書也，有同時遊處者四人：志衍、純祜爲兄弟，魯岡與之共事，其輩行差少，皆吴氏，余宗也。鄰舍生孫令修亦與焉。自壬未後十餘年，余與四人者先後成進士，而吾師西銘先生方以復社傾東南，君進而從之游。」曾鯨，字波臣，莆田人。姜紹書《無聲詩史》卷四：「曾鯨，字波臣，莆田人。流寓金陵，風神

修整，儀觀偉然。所至卜築以處，迴廊曲室，位置瀟灑磅礴，寫照如鏡取影，妙得神情。其傳色淹潤，點睛生動，雖在楮素，盻睞嚬笑，咄咄逼真，雖周昉之貌趙郎不是過也。若軒冕之英、巖壑之俊、閨房之秀、方外之踪，一經傳寫，妍媸惟肖。然對面時精心體會，人我都忘。每圖一像，烘染數十層，必匠心而後止。其獨步藝林，傾動遐邇，非偶然也。年八十三終。」

② 瘦勝肥：語本王洋《僧畫梅贊》（《全宋文》卷三八七六）：「瘦勝肥，狂勝癡。」

③ 莊周隨蝶隱：用莊周夢蝶之典，《莊子·齊物論》：「昔者莊周夢爲蝴蝶，栩栩然蝴蝶也，自喻適志與，不知周也。俄然覺，則蘧蘧然周也。不知周之夢爲蝴蝶與？蝴蝶之夢爲周與？周與蝴蝶，則必有分矣。此之謂物化。」

④ 道子噀龍飛：道子，即畫聖吴道子。龍飛，用張僧繇畫龍點睛之典。

⑤ 八閩：福建别稱。福建古爲閩地。宋時始分爲福、建、泉、南劍、漳、汀六州和邵武、興化二軍。元代分爲福州、興化、建寧、延平、汀州、邵武、泉州、漳州八路，明代改八府。因有「八閩」之稱。

寄王敬哉①

深山常記别，冰雪訊初通。永歎惟良友，殷憂感大風。繁霜正月近，新柳昔年同。但誦雲霞接，飛花到夢中。

【箋注】

①王崇簡，字敬哉，宛平人。復社成員。吴山嘉《復社姓氏傳略》卷一：「王崇簡，字敬哉，宛平人。崇禎癸未進士，國朝官至禮部尚書。其在弘文院，詔察明末殉節諸臣始末。崇簡疏言：『在内如東閣大學士范景文以下二十三人，在外如山西巡撫都御史蔡懋德等五人，或其身仗節死，或父母兄弟婦子相隨死，或家人闔門俱死，其忠烈相同，宜並賜褒揚，以廣作忠之典。』疏上，時論以爲允。及在禮部，益盡心職掌，眷注日厚。年七十七卒，謚文貞。有《青箱堂集》。」

丙園瓶菊①

寒水還相贈，何人賦鞠裳②？深宵應有歎，處士正思邛。獨坐乖風雨，同時賤稻粱。數枝無絶影，避世只東牆③。

【箋注】

①丙園爲王志慶别業。王志慶，字與游。詳見《續集》卷二《許孟宏稿序》注。

②鞠裳：古代王后六服之一，九嬪及卿妻亦服之，其色如桑葉始生。《周禮·天官·内司服》：「掌王后之六服：褘衣、揄狄、闕狄、鞠衣、展衣、緣衣。」鄭玄注：「鄭司農云：『鞠衣，黄衣也。』鞠衣，黄桑服也。色如鞠塵，象桑葉始生。」

③東牆：猶東籬，陶潛《飲酒》其五：「採菊東籬下，悠然見南山。」後以指種菊之處，菊圃。

賀許平遠衡文兩浙①

人倫先月旦，玉尺自方聞②。潘淑才居正③，劉芩論破群。密香三萬紙④，陶穴二千文。筌磬趨槐下⑤，尼山弟子員⑥。

【繫年】

據《天一閣藏明代科舉録選刊·崇禎四年辛未科三百五十名進士履歷便覽》「許豸平遠。……戊寅，升浙江提學右參議。」，此詩蓋作於崇禎十一年(一六三八)。

【箋注】

①許豸，字平遠，侯官人。張溥同年。詳見《合集·近稿》卷四《題許平遠小像》注。衡文：品評文章，特指主持科舉考試。

②玉尺：借指選拔人才和評價詩文之標準。李白《上清寶鼎詩》：「仙人持玉尺，廢君多少才。玉尺不可盡，君才無時休。」

③潘淑：南朝時蕭齊將領，任虎賁中郎將。《魏書》卷九十八《蕭昭業傳》：「子良時在中書省，昭業疑畏，使虎賁中郎將潘淑領百人屯太極殿西階以防之。」

④密香：祝穆《方輿勝覽》卷三十七引《太平寰宇記》：「山多香木，謂之密香，辟惡氣，殺鬼精。」

⑤槐下：周代朝廷種三槐九棘，以爲朝臣列班之位次。三公坐三槐下。

⑥尼山：即尼丘，相傳孔子父叔梁紇、母顔氏禱於此而生孔子。此代指孔子。弟子員：漢對太學生、明清對縣學生員之稱謂。

爲徐思曠母夫人八十壽①

絳樹清霜迥②，長桑作好歌③。舍傍陳俎豆，衣服象山河。拜母皆名士，飛觴半墨蛾。欲從徐孺飲④，巖閣聽鳴珂。

【箋注】

①徐方廣，字思曠，松江府人。復社成員。乾隆《華亭縣志》卷十四：「徐方廣，字思曠，北門外石匠舖人。庠生。記問覈博，與人言某事出某書第幾卷第幾行，無一誤者。爲文精微研妙，李流芳亟稱之。有門人饋遺甚厚，唯取一翦刀，人共服其清介。」

②絳樹：傳説之仙樹。《淮南子·墬形訓》：「（崑崙山）上有木禾，其修五尋，珠樹、玉樹、璿樹、不死樹在其西，沙棠、琅玕在其東，絳樹在其南，碧樹、瑶樹在其北。」

③長桑：「長桑君」之省稱，後借指良醫。

④徐孺：即東漢徐稺，字孺子。陳蕃爲太守時，以禮請署功曹，既謁而退。陳蕃在郡不接賓客，唯徐稺來特設一榻，去則懸之。又嘗爲太尉黄瓊所辟，未就。及瓊卒歸葬，稺乃徒步往，設鷄酒祭之。事見《後漢書·徐稺傳》。

湖上别張群玉二首〔一〕①

何以道相見，春來亦無聲。落花同此夜，《别賦》怨群鶯②。舟楫方維渡，《驪駒》又唱晴③。浙江潮正滿，靈隱上人名。

其二

湖中有五柳，拂樹成秋聲。獨騰空山雨，難銷四月鶯。深情無聚散，各地歎陰晴。願假長風好，魚啣君子名。

【校記】

〔一〕題目原無「二首」，據目録補。

【箋注】

①張拱機，字群玉，一作群一。張溥同年。《天一閣藏明代科舉録選刊·崇禎四年辛未科三百五十名進士履歷便覽》：「張拱機群一。《書》一房。戊申三月十一日生。四川成都府内江人。曾祖佑，庠生。祖瑄。父應台，推官。甲子三十五，會七名，三甲三十六名。兵部政。授甫田知縣。」道光《巢縣志》卷十三：「張拱機，字群玉，四川内江人。崇禎辛未進士，官莆田令，至江西兵備

道。張獻忠陷蜀，不能歸，僑居巢。未幾，卒。妻恭人徐氏自蜀携三子至江南，半途二子死於賊。與幼子祖詠僅免。尋訪至巢，知已卒，解衣質錢，營葬水西門外。教祖詠刻苦讀書，後克歲貢生。」楊文驄有《湖上晤西蜀張群玉先生，讀所著〈磚趺集〉，因賦贈》，周之夔《棄草詩集》卷五有《贈張群玉年兄》，可參。

② 别賦：江淹所作賦，其辭云：「黯然銷魂者，唯别而已矣。」

③ 驪駒：逸《詩》篇名。告别時所賦歌詞。《大戴禮》載其佚句：「驪駒在門，僕夫俱存。驪駒在路，僕夫整駕。」

侯太常祀鄉賢二首〔一〕①

古道宫牆在，鳴絃日月流②。儒生俱服漢，子弟盡稱鄒。休聲横大海，直節抗長秋。名姓猶元祐，高山天自留。

其二

國門懸字重，左掖對花明。黄耇惟蕃祉③，芬香正太平。肯堂詩祖德④，奕世子仝清。五父衢水遠⑤，窮碑夜不傾⑥。

【校記】

〔一〕題目原無「二首」，據目録補。

【箋注】

①侯太常，即侯峒曾之父侯震暘，因崇禎初侯峒曾拜疏，特贈太常寺少卿，與祖堯封同日祀鄉賢。詳見《初集》卷四《侯太夫人八十序》注。

②鳴弦：《論語·陽貨》：「子在武城，聞弦歌之聲。」原謂子游以禮樂爲教，故邑人皆弦歌。後以「鳴弦」泛指官吏治政有道，百姓生活安樂。

③黄耇：老人。蕃祉：多福。

④肯堂：《書·大誥》：「若考作室，既厎法，厥子乃弗肯堂，矧肯構？」孔傳：「以作室喻政治也，父已致法，子乃不肯爲堂基，况肯構立屋乎？」後以「肯堂肯構」或「肯構肯堂」比喻子能繼承父業。

⑤五父衢：在今山東曲阜東南五里。《禮記·檀弓上》：「孔子少孤，不知其墓，殯於五父之衢。」

⑥窮碑：范仲淹鎮鄱陽時，有一書生來獻詩，自稱是世上最貧寒者。當時風行歐陽詢字，其《薦福碑》頗值錢。范仲淹爲其具紙墨，擬拓一千本。不料前一夜，雷擊碎其碑。事見惠洪《冷齋夜話》卷二《雷轟薦福碑》。後以「打窮碑」比喻文士時運不佳。此處反用其意。

贈汪爾張①

驅遣多烟雨，班班石蘚侵②。浩水春江渚，奇人樵牧林。飛鴻歸去日，古道獨彈琴③。此意能分領，披裘向雪尋。

【箋注】

① 汪維烈，字爾張，休人，工山水。見《近集》卷一《題汪爾張深山歲月圖》注。

② 班班：斑點衆多貌。班，通「斑」。白居易《山中五絶句·石上苔》：「漠漠班班石上苔，幽芳静緑絶纖埃。」

③ 「飛鴻」句：語本嵇康《贈秀才入軍詩》其四：「目送歸鴻，手揮五絃，俯仰自得，遊心太玄。」

雨中斷橋集周彝仲明府湖舫①

微風感初夏，雨艇正攜琴。亭子高人屐，花堤賦别心。波瀾隨地闊，木石爲予深。此日橋頭住，羞言洛下吟。

【箋注】

① 此記雨中西湖斷橋集周仲璉舫。周仲璉，字彝仲。詳見《合集·近稿》卷六《賀周侯生日序》注。

虎丘山房次黄石齋先生韻二首〔一〕①

春山自如醉，還觀飛鳥醒。竹房花半覆，藥閣雨中扃。北闕九州近②，江南一點青。登臨應有意，蘆管夜方聽③。

其二

雲巖石欲醉，披暑滌煩醒。閒日梧桐色，深宵芍藥扃。懷人月正白，近水樹皆青。何地無芳草，泉鳴幽谷聽。

【校記】

〔一〕題目原無「二首」，據目録補。

【箋注】

① 虎丘山房雅集次黄道周韻。黄道周，字幼玄，號石齋。詳見《續集》卷一《楊伯祥稿序》注。

② 北闕：用爲宫禁或朝廷之别稱。

③ 蘆管：即蘆笳。李益《夜上受降城聞笛》：「不知何處吹蘆管，一夜征人盡望鄉。」

酬萬年少二首〔一〕①

夙聞著草閣，近見大山威。道士浮丘伯②，名人皇甫規③。麗春方選勝，蒓酪更相思。江畔尋聲遠，幽篁聽不如。

其二

巋然江上閣，芳草助春威。初習軒轅姓，同修禪子規。湖山誰作長，淮水並流思。鄉夢今方值，欣顏亦自如。

【校記】

〔一〕題目原無「二首」，據目録補。

【箋注】

① 萬壽祺，字年少，徐州人。吴山嘉《復社姓氏傳略》卷四：「萬壽祺，字年少。由選貢中崇禎庚午舉人。五上公車不第。築室袁公浦。明曆法，通禪理，吟詠無虚日。有《隰西》《内景》諸集，書畫俱精工絶倫。申酉後，儒衣僧帽往來吴楚間。」民國《銅山縣志》卷五十：「萬壽祺，字年少，一字若若。生有夙慧，成童時誦二十餘萬言。天啓元年，年十有九，入邑庠。復從浙人王立轂學，凡

經史諸子百家靡不讀，禮樂兵農天文地理靡不究。父卒，無期功强近親，外侮沓至。母憂，戒閉户讀《禮》而已。二年，山東盗起，徐匪有謀爲應者，乃浮家辟難淮安。七年，北歸，以選貢入國子學。崇禎三年，舉南京鄉試，上公車，不第。在京邸，常與陳子龍、楊廷樞、夏允彝諸人商榷今古。九年，復至南京，與沈壽民、冒襄等開文社，數爲大會。壽祺既翱游兩京，益以文采風誼名當世。十七年，移家吴郡。三月，京師陷，往來吴楚間。明年，起義吴郡。時沈自炳等起練湖，陳子龍等起泖，吴昜起笠澤，皆與壽祺會師。八月，兵潰，辟地斜江，被逮。將施刑，督師聞唱壽祺名，曰：『此彭城名孝廉也。』釋縛，延上座，留數日，將表請典弘文院，力辭，復授以吴江令，不就。乃渡江，攜妻子居山陽，再徙清江浦，名所居曰隰西草堂，自號沙門慧壽，或曰壽道人。李舍人舒章者，壽祺故知也。仕清，復原官，嘗假過淮陰，造訪壽祺，以僧服見。李望見大慟，鬱鬱遂卒。壽祺以故家子，琴棋劍槊百技通曉。家有良田美宅，山莊百頃，既數瀕於死，所藏蓄一時都盡，自是貧甚。負甕自給，操作勤苦，或時爲人傭書，蕭然物外。每與遺民辟人歌嘯，泫然泣下。其學博極群書，深明靈憲法，旁通禪理，吟咏無虚日。順治九年五月卒，年五十。子睿、從子穆扶櫬返，葬於徐。著有《隰西》《内景》諸集。書法爲當代所推，工隸篆，尤精行楷，兼繒山水人物。」

② 浮丘伯：即浮丘公。趙翼《陔餘叢考·安期生浮丘伯》：「世以安期生、浮丘伯皆爲列仙之徒。」

③ 皇甫規：東漢末官吏，字威明，安定朝那人。沖帝時，舉賢良方正，因對策得罪權臣梁冀。後以講授《詩經》《周易》爲業，門徒至三百餘人。梁冀死後，任太山太守。其後歷任度遼將軍、尚書、

弘農太守、護羌校尉等官，封壽成亭侯。著有《皇甫規集》五卷。

走寄韓芹城三首〔一〕①

聞出清玄閣，修名並麗威。牽舟秋作伴，近水月爲規。不許閒花立，遥知公子思。校書長日好，莖露問相如。

其二

笑啼迷十閣，此日説南威②。人皆驚蛺蝶，春自泣春規。玉洞釵猶響，白頭吟更思。分手非河渭，團圞夢或如③。

其三

一步一離閣，春殘怯酒威。歷落深宵訴④，清真良友規。滔滔非水絶，影影入愁思。何不招環珮，幽蘭夜亦如。

【校記】

〔一〕題目原無「三首」，據目録補。

【箋注】

①韓四維，字張甫，號芹城，又號糝花庵主。詳見《續集》卷一《韓張甫稿序》注。

②南威：亦稱南之威，春秋時晉國美女。《戰國策·魏策二》：「晉文公得南之威，三日不聽朝，遂推南之威而遠之，曰：『後世必有以色亡其國者。』」

③團圞：團聚。杜荀鶴《亂後山中作》：「兄弟團圞樂，羈孤遠近歸。」

④歷落：形容聲音錯落不斷。

題半塘二首①

即此山半在，形容草木真。止水不趨壑②，放鶴誰爲鄰。芹飯供僧食，桐花覆鹿身。寺前寥落意，規月慰清新。

其二

不卷温泉雨，何人説太真。落日館娃夜③，寒山簫鼓鄰④。澠水能行酒，紅霞盡着身。更窮空闊地，履舄調方新。

【箋注】

①半塘：在蘇州。范成大《半塘》：「柳暗閶門逗曉開，半塘塘下越溪回。」

②止水：静止之水。《莊子·德充符》：「仲尼曰：『人莫鑑於流水而鑑於止水。』」成玄英疏：「止水所以留鑑者，爲其澄清故也。」

③館娃：春秋時吴王夫差爲西施建造。吴人呼美女爲娃，館娃宫爲美女所居之宫。後借指西施。

④寒山：在江蘇吴縣西，本支硎山之支峰，明處士趙宧光曾隱居於此。

贈吴日生房書選〔一〕①

南土衣冠會②，松風正掃闕。百城君獨坐，列國子能删。上谷看非翮，朝霞集笋班③。將憑春日送，垂露即人間。

【校記】

〔一〕此篇目録原排《贈楊機部》下，據正文調整於此。

【箋注】

①吴昜，字日生，號惕庵。詳見《合集·詩稿》卷一《和吴中翰虞姬墓詩限韻》注。戴名世《〈庚辰小題文選〉序》：「新進士平居之文章，書賈購得之，悉以致於選家爲抉擇之，而付之雕刻，以行於世，謂之房書。」

②衣冠：代稱縉紳、士大夫。

③笋班：即玉笋班，指英才濟濟之朝班。

詠浴

濯柳當新月，分明賦洛神①。温泉留紫襪，金餅贈宮人②。暮雨方飛楚，羅衣正卷秦。採蓮人未散，銷夏自無塵。

【箋注】

①賦洛神：曹植《洛神賦》：「髣髴兮若輕雲之蔽月，飄颻兮若流風之回雪。」

②金餅：比喻月亮。蘇舜欽《和解生〈中秋月〉》：「銀塘通夜白，金餅隔林明。」

和錢大鶴詠茉莉①

摇樹非零落，香浮早晚時。清姸隨處士，沐浴侍新姿。風雨人無恙，冰花體有肌。幃前能小立，簟夢引寒枝。

【箋注】

①錢位坤，字與立，號大鶴。詳見《近集》卷一《和錢牧齋先生九日篇送錢大鶴兵部》注。

題畫卷〔一〕

聞蟬驚夏盡，翻雨落波濤。忠信延陵宅①，逍遥瞽客詡。論文兼代社，書紙可停舠。

漸見諸山接，雲來應續《騷》。

【校記】

〔一〕此篇目録原排《題半塘》下，據正文調整於此。

【箋注】

①延陵：春秋吴邑，故址即今江蘇常州。公子季札因讓國封於此，號爲延陵季子。

題呼隱山房贈汪爾張二首〔一〕①

曲阿有此宅，池前正種茭。鳳皇不虚下，旨水豈相淆。松帶方依薜，花衣尚網蛸。弋人更何慕，賜之以白茅。

其二

牆屋涵湖海，凡葩發秀苕。蕭寒非雨後，淡泊在花朝。童子寧烹鶴，山人自爨樵。莫疑秋意減，詩已滿空瓢②。

【校記】

〔一〕題目原無「二首」，據目録補。

【箋注】

①汪維烈，字爾張，休人，工山水。見《近集》卷一《題汪爾張深山歲月圖》注。呼隱山房，待考。

②詩瓢：計有功《唐詩紀事·唐球》：「球居蜀之味江山，方外之士也。爲詩撚藁爲圓，納入大瓢中。後卧病，投於江曰：『斯文苟不沉没，得者方知吾苦心爾。』至新渠，有識者曰：『唐山人瓢也。』」後以「詩瓢」指貯放詩稿之器具。

題　蘭

黍雨方向夜，叢草山之庭。自有秋冬意，能題花木經。何年可與別，對酒更相醒。安閒當等汝，不肯逐浮萍。

贈楊機部①

別時非草草，相見舊鬚眉。竟此十年意，巋然一卷詩。棲遲陽羡客，生死尚書祠。琴道猶堪補，高山極所思。

【箋注】

①楊廷麟，字伯祥，號機部。詳見《續集》卷一《楊伯祥稿序》注。

贈嚴子岸①

海上留珠舄，空戹寒月光。書成獻武帝②，詩罷問滄浪③。舊雨惟先輩，遺經在草堂。歸鴻今未晚④，山色盡招卬。

【箋注】

①嚴渡，字子岸。與父嚴調御俱入復社。吴山嘉《復社姓氏傳略》卷五：「嚴渡，字子岸。調御子。弱冠餼於庠，以恩選入南雍。博綜書史，爲文凌厲自縱，不假依傍。年四十卒。」

②書成獻武帝：用司馬相如作《上林賦》獻予漢武帝之典。《史記》卷一百一十七《司馬相如傳》：「相如以『子虛』，虚言也，爲楚稱；『烏有先生』者，烏有此事也，爲齊難；『無是公』者，無是人也，明天子之義。故空藉此三人爲辭，以推天子諸侯之苑囿。其卒章歸之於節儉，因以風諫。奏之天子，天子大説。」

③詩罷問滄浪：用嚴羽作《滄浪詩話》之典。《滄浪詩話》分詩辨、詩體、詩法、詩評、詩證五部分，詳論詩歌。

④歸鴻：歸雁。詩文中多用以寄託歸思。

陽羨師贈楊機部太史爲次韻四首①

落雲隨雁客，仗策獨何之。膚髮餘冰雪，山河盡涕洟。魏徵寧嫵媚②，馮衍任驅馳③。欲問懷仁義，檀林可論思④。

其二

敝衣烽火夜，歸騎在春先。幕府高文法，巾車識大賢。兩河誰日靖，萬帳自秋懸。肅肅征塗始，平生羞瓦全。

其三

中宵聞諫草，灑淅念封疆。擊賊當熊路，投荒近鹿場。疾風松柏態，寒石禹餘糧⑤。抗袖横嵩嶽，同朝孰雁行。

其四

臨歧衰柳樹，尊酒各心傾。爲拭先軫面⑥，非貪賈誼名⑦。高班蒙異賞⑧，馬革仗清評⑨。喜有丹崖侣，奇文品自嶸。

【箋注】

① 次韻周延儒贈楊廷麟詩。周延儒，字玉繩，號挹齋。常州府宜興人，萬曆四十一年進士。崇禎初拜大學士，參與機務，善伺旨意，帝甚信任。清軍逼近畿，自請督師，駐通州不敢戰，謊稱奏捷。後事泄，十六年十二月勒令自盡。見《明史》本傳。崇禎四年二月，張溥參加會試，座主爲周延儒、何如寵。張溥爲會魁，吴偉業爲會元。之後殿試中，張溥殿試試卷得到閲卷官徐光啓賞識，廷對得高等，首輔周延儒對張溥亦頗欣賞，「恨相見晚，恩禮倍至」（陸世儀《復社紀略》卷一）。

② 魏徵寧嫵媚：《新唐書》卷九十七《魏徵傳》：「後宴丹霄樓，酒中謂長孫無忌曰：『魏徵、王珪事隱太子、巢刺王時，誠可惡，我能棄怨用才，無羞古人。然徵每諫我不從，我發言輒不即應，何哉？』徵曰：『臣以事有不可，故諫，若不從輒應，恐遂行之。』帝曰：『弟即應，須別陳論，顧不得？』徵曰：『昔舜戒群臣：「爾無面從，退有後言。」若面從可，方別陳論，此乃後言，非稷、卨所以事堯、舜也。』帝大笑曰：『人言徵舉動疏慢，我但見其嫵媚耳！』徵再拜曰：『陛下導臣使言，所以敢然；若不受，臣敢數批逆鱗哉！』」

③ 馮衍任驅馳：《後漢書》卷二十八上《馮衍傳》：「永既素重衍，爲且受使得自置偏裨，乃以衍爲立漢將軍，領狼孟長，屯太原，與上黨太守田邑等繕甲養士，扞衛并土。」

④ 檀林：佛教語，寺廟之尊稱。

⑤禹餘糧：蒒草之别名。張華《博物志》卷六：「海上有草焉，名蒒，其實食之如大麥，七月稔熟，名曰自然穀，或曰禹餘糧。」

⑥先軫面：見《左傳・僖公三十三年》：「先軫曰：『匹夫逞志於君而無討，敢不自討乎？』免胄入狄師，死焉。狄人歸其元，面如生。」

⑦《漢書》卷四十八《賈誼傳》：「文帝召以爲博士。是時，誼年二十餘，最爲少。每詔令議下，諸老先生未能言，誼盡爲之對，人人各如其意所出。諸生於是以爲能。文帝説之，超遷，歲中至太中大夫。」

⑧高班：高位顯爵。

⑨馬革：「馬革裹屍」之省稱，謂英勇作戰，死於戰場。《後漢書・馬援傳》：「男兒要當死於邊野，以馬革裹屍還葬耳，何能卧牀上在兒女子手中邪？」

壽王帶河七十①

未嘗圖鼎樂，别有碧雲名。魏野稱真隱②，王喬念漢京③。丹經關上吏，絳帳魯諸生④。願贈傳畫者，終南醉兕觥。

【箋注】

①王帶河，待考。按，此王帶河非王守素（字德履，號帶河。卒年六十六）。

②魏野稱真隱：見《宋史》卷四百五十七《隱逸傳》：「魏野，字仲先，陝州陝人也。世爲農。……及長，嗜吟詠，不求聞達。居州之東郊，手植竹樹，清泉環繞，旁對雲山，景趣幽絶。鑿土袤丈，曰樂天洞，前爲草堂，彈琴其中，好事者多載酒肴從之遊，嘯詠終日。」

③王喬念漢京：此用漢葉縣令王喬之典。應劭《風俗通·正失·葉令祠》：「俗説孝明帝時，尚書郎河東王喬遷爲葉令。喬有神術，每月朔常詣臺朝。帝怪其來數而不見車騎，密令太史候望之，言其臨至時，常有雙鳧從東南飛來。因伏伺見鳧，舉羅，但得一雙舄耳。使尚方識視，四年中所賜尚書官屬履也。」蘇轍《雙鳧觀》詩：「王喬西飛朝洛陽，飄飄千里雙鳧翔。」

④絳帳：《後漢書·馬融傳》：「融才高博洽，爲世通儒，教養諸生，常有千數。……常坐高堂，施絳紗帳，前授生徒，後列女樂，弟子以次相傳，鮮有入其室者。」後因以「絳帳」爲師門、講席之敬稱。

答黃石齋先生韻八首〔一〕①

故園寒流遠，平帆夜雨清。羔羊思正直②，鐘鼓識精靈。自抱雲霞賞，嘗爲花木扃。無車何足歎，拱手謝盈廷③。

其二

墜羽驚霜早，誰云蜀道難。孤雲自起止④，旅雁失平安。萬卷爲行里，千秋仗史官。

漢朝方議禮，不屈有師丹⑤。

其三

未忍追邛坂，寧辭我道尊。螭頭應灑血⑥，北斗豈收魂。泣涕江湖滿，低昂宇宙渾。直今扶節概，燎火不焚崑⑦。

其四

云是知非日⑧，白巖人可從。空聞嗚斥堠，誰召詢扶蓉。雨雪爲遷客⑨，蛟龍伴老松。歸來詞已再，愚谷一聲跫。

其五

欲作高原別，潭光劍氣青。江皋歌聖德，猿鳥護山靈。不昧長風靜，無言丹闕扃⑩。恒思日月下，性守自宫廷。

其六

既識高深意，方知臣子難。白虹横易水⑪，新雨步長安。百諫皆公疏，三閭亦楚官⑫。

傳聞欲采藥，何地可還丹⑬。

其七

風勁霜河淺，扁舟乘雁從。虵蟺焚草木，黄鶴别芙蓉。美種春前韭，同心歲晚松。素冠何以咏⑭，今日似空跫。

其八

涉物寧多慮，談天有獨尊。稷嗣窮口辨⑮，龍朔極心魂⑯。即使山川敝，難將道俗渾。陰崖傾黍炤，白玉自生崑。

【校記】

〔一〕題目原無「八首」，據目録補。

【箋注】

① 黄道周，字幼玄，號石齋。詳見《續集》卷一《楊伯祥稿序》注。

② 羔羊：即《詩·召南·羔羊》，毛序：「《羔羊》，鵲巢之功致也。召南之國化文王之政，在位皆節儉正直，德如羔羊也。」故後用以稱美士大夫操行潔白、進退有節。

③盈廷：充滿朝廷。

④孤雲：比喻客居者。范仲淹《送徐登山人》：「今日江南行，孤雲無繫程。」

⑤師丹，字仲公，琅邪東武人。西漢名臣。成帝末，爲太子太傅。哀帝立，爲左將軍。後爲大司馬，徙大司空。哀帝欲任丁、傅，奪王氏權。丹以師傅上書諫，以爲三年無改於父之道，方得爲孝，書數十上，多切直之言。時高昌侯董宏議尊哀帝祖母傅太后及母丁后。丹劾奏宏，以爲不宜，遂不合帝意。詳見《漢書》本傳。

⑥螭頭：借指殿前雕有螭頭形之石階等。

⑦燎火：延燒之火。《尚書·胤征》：「火炎崑岡，玉石俱焚。天吏逸德，烈於猛火。」僞孔傳：「山脊曰岡。崑山出玉，言火逸而害玉。天王之吏爲過惡之德，其傷害天下甚於火之害玉。猛火烈矣，又烈於火。」徐陵《陳公九錫文》：「拯横浦於碭石，撲燎火於崑岑。」

⑧《淮南子·原道訓》：「故蘧伯玉年五十而有四十九年非。」後以「知非」代稱五十歲。

⑨遷客：指遭貶斥放逐之人。江淹《恨賦》：「或有孤臣危涕，孽子墜心，遷客海上，流戍隴陰。」

⑩丹闕：指皇宫。吕大器《晚至閬州》：「一葉嘉陵下，冰心對緑漪。豈無丹闕戀，終抱白雲思。」

⑪白虹横易水：《史記·魯仲連鄒陽列傳》：「昔者荆軻慕燕丹之義，白虹貫日，太子畏之。」裴駰集解引應劭曰：「精誠感天，白虹爲之貫日也。」

⑫三閭：楚國屈原之别稱。屈原曾任三閭大夫，後以三閭專指屈原。

⑬還丹：指煉就仙丹，得道成仙。

⑭《禮記・曲禮下》：「大夫、士去國，踰竟，爲壇位，鄉國而哭，素衣、素裳、素冠。」孔穎達疏：「素衣、素裳、素冠者，今既離君，故其衣、裳、冠皆素，爲凶飾也。」

⑮稷嗣：指漢叔孫通。初仕秦，後歸漢，拜博士，號稷嗣君，爲漢王制禮，官至丞相。《文選・陸機〈漢高祖功臣頌〉》：「稷嗣制禮，下肅上尊。」

⑯龍朔：即「龍荒朔漠」之省稱，指北方塞外荒漠之地。

贈董校書二首〔一〕①

驚鴻識小字，竹葉折爲舟。明鏡盤龍照，離絃別鶴留②。翩翻非晝裏③，蹀躞自溝頭④。滿願詩裁就⑤，薰籠長倚愁。

其二

翠屏雲屋下，相傍若耶舟。戚舞銷秦怨，虞歌爲楚留。春光珠一斛，燈影蔕雙頭。數盡長廊坐，梨花伴莫愁。

【校記】

〔一〕題目原無「二首」，據目録補。

【箋注】

①董校書，待考。

②離絃：離别時所奏樂曲。

③翩翻：上下飛動貌。

④蹀躞：行進艱難貌。鮑照《擬行路難》之六：「丈夫生世會幾時，安能蹀躞垂羽翼？」

⑤滿願：佛教語，謂已實現發願要做之事。皮日休《病後春思》：「應笑病來慚滿願，花牋好作斷腸文。」

贈顧南金①

鬚眉生感慨，横身惟兩間②。忠義迴西馭，勤勞歎北山。辭家花月夜，好客虎狼關。仗此平時意，寧憂天路艱。

【箋注】

①顧礽，字南金。嘉慶《太平縣志》卷十：「顧礽，字南金，松門人。順治初以貝勒薦授官，歷鎮江知府、江南糧儲道參議、分巡建南道、建寧副使、署藩司，卒。」

②兩間：天地之間，指人間。韓愈《原人》：「形於上者謂之天，形於下者謂之地，命於其兩間者謂之人。」

題文壽承姑蘇畫景三首〔一〕①

子胥廟②

城闉疑叢薄③，右樹自西偏。八百山川在，六千旌甲懸。衣冠同禹廟④，烟火近周田。斷井花開落，懷君授一廛。

半塘寺⑤

何地無芳草，離城折木華。臨橋三笑影，繫樹七香車⑥。塔貯名經字，蓮開女子花。西湖如仿佛，濃淡自成家。

楓橋⑦

夾市含雲態，寒山獨有名⑧。烟霞生屋脚，魚鳥愛鐘聲。詩重南朝客，人懷秋菊英。江淮通暝色，回首闔閭城⑨。

【校記】

［一］題目原無「三首」，據目録補。

【箋注】

①文彭，字壽承，號三橋，别號漁陽子、三橋居士，長洲人。文徵明長子。以明經廷試第一，授秀水訓導，官國子監博士。工書畫，尤精篆刻。參見徐沁《明畫録》卷七《文彭》。

②子胥廟：戰國時吴人以紀念春秋吴國大夫伍子胥所建，故址在今蘇州東南十五公里。伍員，字子胥。楚平王殺其父奢兄尚，其經宋鄭入吴，助闔閭奪取王位。不久，攻破楚國，掘楚平王之墓，鞭屍三百。吴王夫差時，因力諫停止攻齊、拒絶越國求和而漸被疏遠。後夫差賜劍命自殺，並以鴟夷革盛其屍浮于江上。

③城闉：城内重門，亦泛指城郭。《魏書·崔光傳》：「誠宜遠開闕里，清彼孔堂，而使近在城闉，面接宫廟。」

④禹廟：即夏禹廟，在今浙江紹興東南會稽山麓。相傳夏禹死後葬於當地，後世因立廟祀之。

⑤半塘寺：在虎丘。朱德潤《虎丘》：「石橋楊柳半塘寺，修竹梨花金氏園。」

⑥七香車：華美之車。

⑦楓橋：在蘇州閶門外寒山寺附近。本稱封橋，因張繼《楓橋夜泊》而相沿作楓橋。

⑧寒山：在江蘇吴縣西，本支硎山之支峰，明處士趙宧光曾隱居於此。

⑨ 闔閭城：蘇州之别稱。

賀韓芹城得子①

翠鳳方啣實，香含珠屑餐。角犀應似父，好夢已生蘭。今日桃花祝，明年白玉盤。倚車光酌斗，剪綵是金鸞②。

【箋注】

① 賀同年韓四維得子。韓四維，字張甫，號芹城，又號糁花庵主。詳見《續集》卷一《韓張甫稿序》注。

② 金鸞：即金鑾殿。謝讜《四喜記·紫禁明揚》：「戰捷南宫羡二難，明朝挾藝上金鸞。」

道中即事

東歸路未届①，明月是征晨。投轄煩津吏②，飛萍感束薪。藤溪烟石長，夢澤雁魚親。别有懷抒軸，無人可笑顰。

【箋注】

① 東歸：指回故鄉。因漢唐皆都長安，中原、江南人士辭京返里多言東歸。曹操《苦寒行》：「我心

何佛鬱，思欲一東歸。」

② 投轄：指殷勤留客。《漢書・陳遵傳》：「遵耆酒，每大飲，賓客滿堂，輒關門，取客車轄投井中，雖有急，終不得去。」

别陳士業①

十年今更敘，慰問在清琴②。欲泛江湖宅，難言草木心。錢塘花未盡，建業水方深。爲此懷無寐，空文託楚吟③。

【箋注】

① 别社友陳宏緒。陳宏緒，字士業。詳見《初集》卷一《王慎五稿序》注。

② 清琴：音調清雅之琴。曹丕《善哉行》之四：「有客從南來，爲我彈清琴。」

③ 楚吟：原指《楚辭》哀怨之歌吟，後泛指歌吟。李白《贈李溟秀才》：「明月上清漢，騷人動楚吟。」

贈劉伯宗①

烟屋曾相憶，離歌短髮侵。三年圖鹿跡，《七略》記儒林②。從汝行洲島，經秋嘆笛琴。焦山捫頂去③，萬木白雲尋。

【箋注】

①贈社友劉城。劉城，字伯宗。詳見《初集》卷一《曹忍生稿序》注。

②七略：西漢劉歆撰。分《輯略》《六藝略》《諸子略》《詩賦略》《兵書略》《術數略》和《方技略》。

③《讀史方輿紀要》卷二十五《鎮江府・丹徒縣》：「焦山，府東北九里江中。與金山並峙，相去十五里，以後漢處士焦光隱此而名。或名譙山，亦曰浮玉山。」

贈徐乾若①

莽木鳴黄鳥，移來天際舟。贈君虎阜月，報我敬亭秋②。擁被江中住，當歌花正幽。只今春燕去，百草爲人憂。

【箋注】

①贈社友徐律時。徐律時，字乾若。詳見《續集》卷一《楊伯祥稿序》注。

②敬亭：在安徽宣州市北，一名昭亭山，又名查山。山上有敬亭，相傳爲南朝齊謝朓賦詩之所，山以此名。

次姜如須韻①

蓬萊曾夢到②，相見自今年。佛閣縈書帶，桐風生水邊。新詩半吴楚，落日古山川。

遥識鯨魚焰，孤峰夜夜懸。

【箋注】

①此次社友兼同年姜埰詩韻。姜埰，字如農，登州府萊陽人。復社成員。著有《敬亭集》。吴山嘉《復社姓氏傳略》卷九：「姜埰，字如農。崇禎辛未進士，授密雲令，調儀真，遷禮部主事。十五年擢禮科給事中，以建言廷杖下獄。十七年二月，始釋埰，戍宣州衛。將赴戍所而都城陷。福王立，遇赦起故官。適丁父憂，流寓蘇州。卒年六十七。私謚貞毅。」

②蓬萊：即蓬萊山。古代傳説之神山，亦常泛指仙境。

贈徐蓼莪給諫①

直聲天地内，風雨正今朝。漢殿方旌檻，唐文更誦堯②。魚羊憂漆室③，鴻雁滿星軺④。祇想昌言拜⑤，何容畏有苗⑥。

【箋注】

①徐耀，字蓼莪，海安人。康熙《揚州府志》卷二十四：「徐耀，字蓼莪，秦之海安鎮人。少孤，奉母盧氏教，潛心制舉業。戊辰登進士，知龍溪縣。收海寇劉香老，功著八閩。歷禮科都給事，疏凡數十上，摘權要朋比。分校禮闈，所拔皆奇士。進太常卿，終都察院右僉都。泰州嘉靖時自江南飛派鳳米萬石，民苦之，後遂爲例。公特疏奏請，得豁免，郡人賴之。卒賜諭祭葬，贈副都御史。」

給諫：給事中之別稱。據《國榷》卷九十三崇禎七年條載，十二月丁酉，徐耀任給事中。

②唐文：指古代聖賢之禮樂制度。唐，指唐堯。《後漢書·崔駰傳》：「今聖上之育斯人也，樸以皇質，雕以唐文。」李賢注：「孔子曰：『大哉堯之爲君也，焕乎其有文章。』故言唐文。」

③漆室：春秋魯邑名。魯穆公時，君老太子幼，國事甚危。漆室有少女倚柱而嘯，憂國憂民。見漢劉向《列女傳·漆室女》。後用爲關心國事之典。

④星軺：使者所乘之車，亦借指使者。宋之問《奉和梁王宴龍泓應教》：「水府淪幽壑，星軺下紫微。」

⑤昌言：善言，正當之言論。《書·皋陶謨》：「禹拜昌言曰：『俞！』」孔穎達疏：「禹乃拜受其當理之言。」

⑥有苗：亦稱三苗。《尚書·大禹謨》：「帝曰：『諮禹，惟時有苗弗率，汝徂征。』」孔傳：「三苗之民，數干王誅。」徐陵《爲貞陽侯答王太尉書》：「尚何憂於共工，何畏于有苗哉？」

預賀韓芹城納姬①

盡説人如玉，松風不閉關。能詩看紫帖，約指問新環②。燒燭修前史，添香倚博山③。寶輪須夜渡，杜牧曲江顔。

【箋注】

①賀同年韓四維納姬。韓四維，字張甫，號芹城，又號糁花庵主。詳見《續集》卷一《韓張甫稿序》注。

②約指：即指環、戒指。繁欽《定情詩》：「何以致殷勤，約指一雙銀。」

③博山：博山爐之簡稱。鮑照《擬行路難》之二：「洛陽名工鑄爲金博山，千斲復萬鏤，上刻秦女攜手仙。」

贈馬巽甫少子得新字①

偶記城南詠，留君贈素絲。稻粱非所願，稼父亦堪師。明允能題子②，昌黎善説詩。有堂惟一膝，良耜在經帷③。

【箋注】

①馬元調，字巽甫，松江府上海縣人。復社成員。吴山嘉《復社姓氏傳略》卷三：「馬元調，字巽甫。諸生。徙居嘉定南城。五歲時，聞張應武、丘集論説，輒竚聽不移足。既受學於婁堅，洞悉經史源流。凡古今典制名物，靡不淹貫。每閲一書，必購别本校勘點畫之訛，學者稱簡堂先生。後與侯峒曾、黄淳耀等守城。城破，時年七十，死之。國朝乾隆四十一年，詔入忠義祠。」其一子馬舒，字應之，見錢海岳《南明史·忠義列傳二》。

②蘇洵《名二子説》：「輪輻蓋軫，皆有職乎車，而軾獨若無所爲者。雖然，去軾，則吾未見其爲完車也。軾乎，吾懼汝之不外飾也！天下之車莫不由轍，而言車之功者，轍不與焉。雖然，車仆馬斃，而患亦不及轍。是轍者，善處乎禍福之間也。轍乎，吾知免矣！」

③經帷：猶經筵，古代君主研讀經史之處，置儒臣侍讀侍講。

贈錢孚于自北還二首〔一〕①

江樹摇清瑟，飛艎燕子齊。河流星一璧，雲盡月方圭。遲暮傷紈素，征書問紫泥②。相逢正良日，遥雨送前溪。

其二

横山方未歇，且與酌金罍。徒嘆車生耳③，還看水欲洄。陽魚羞眄睞④，青鳥望歸來。攬草秋何限，揮文偏八垓⑤。

【校記】

〔一〕題目原無「二首」，據目録補。

【箋注】

①錢嘉徵，字孚于，浙江嘉興縣人。復社成員。吴山嘉《復社姓氏傳略》卷五：「錢嘉徵，字孚于，海

鹽人。天啓辛酉順天副榜，以熹廟登極恩充貢。留京師，時魏閹盗執魁柄，正人荼毒殆盡。嘉徵憤然抗疏，列璫十大罪：一并帝，二蔑后，三弄兵，四無君，五刻剥，六無聖，七濫爵，八掩邊功，九朘民財，十通關節。上疏，時或爲阻之。嘉徵曰：『虎狼食人，徒手亦當搏之。舉朝不言，而草莽言之以爲忠臣義士倡，雖死何憾！』自是言者相繼，忠賢伏誅。晚授松溪知縣。申酉之間，南北路斷，閩中黄道周舉爲部郎。福州破，還自閩，遂卒。有《松龕贉稿》。」

②紫泥：古人以泥封書信，泥上蓋印。皇帝詔書則用紫泥。趙彦衛《雲麓漫鈔》卷十二：「古印文作白字，蓋用以印泥，紫泥封詔是也。」後以指詔書。

③車生耳：謂官高則車設遮罩。《太平御覽》卷四九六引漢應劭《漢官儀》：「里語云：『仕宦不止車生耳。』」

④陽魚：鳥和魚。《文選・枚乘〈七發〉》：「陽魚騰躍，奮翼振鱗。」李善注：「曾子曰：『鳥魚皆生於陰，而屬於陽。』……魚游於水，鳥飛於雲。」

⑤八垓：八方之界限。王安石《和王微之登高齋》之一：「書成不得斷國論，但此空語傳八垓。」

壽龔端甫〔一〕①

覽揆思正則②，揖讓在高嵩。萬里山川路，三秋日月宮。股肱徵未艾③，辟舉坐長風。
更説蘭孫事④，銀黄垂組同⑤。

【校記】

〔一〕「端」，目録作「瑞」。

【箋注】

①龔端甫，待考。

②覽揆：觀察衡量。語本《楚辭·離騷》：「皇覽揆余初度兮，肇錫余以嘉名：名余曰正則兮，字余曰靈均。」

③股肱：比喻左右輔佐之臣。《書·益稷》：「臣作朕股肱耳目。」

④蘭孫：亦作「桂子蘭孫」，對人子孫之美稱。

⑤銀黄：銀印和金印或銀印黄綬，借指高官顯爵。《漢書·楊僕傳》：「懷銀黄，垂三組，誇鄉里。」

贈徐詣仲①

聞聲豈寂寞，送别更揮絃。草碧青山屐②，楓紅白鷺田。大令書方貴③，淵明性不偏。再期沅沚集，花發坐蟬連。

【箋注】

①徐元朗，字詣仲，江西南昌府人。復社成員，名見吴山嘉《復社姓氏傳略》卷六。曾任當塗縣丞。乾隆《太平府志》卷十九《職官·當塗縣·縣丞》：「徐元朗，江西人。貢生，（順治）十八年任。」

②青山屐：此用謝公屐之典。《宋書·謝靈運傳》：「尋山陟嶺，必造幽峻，巖嶂十重，莫不備盡。登躡常著木履，上山則去其前齒，下山去其後齒。」

③大令：指晉王獻之。《晉書·王珣傳》：「（王珣）代王獻之爲長兼中書令。二人素齊名，世謂獻之爲『大令』，珣爲『小令』。」

贈相士倪瀫溪①

道山方古服，物色自潭漁。能識無雙士，如看未見書②。遐觀分白馬，瘦骨笑黔驢③。燕市風塵會，清明正太虛。

【箋注】

①倪瀫溪，相士。祁彪佳《祁忠敏公日記》八十七：「二十八日，聞倪瀫溪有神相，與商、方二兒訪之，不值。乃至板兒巷，再買一榻，復至畏吾寺，則倪又無暇矣。」

②「能識」二句：《後漢書·黄香傳》：「香家貧，内無僕妾，躬執苦勤，盡心奉養。遂博學經典，究精道術，能文章，京師號曰『天下無雙江夏黄童』。初除郎中，元和元年，肅宗詔香詣東觀，讀所未嘗見書。」

③歐陽修《和武平學士歲晚禁直書懷五言二十韻》：「貪榮同衛鶴，取笑類黔驢。」

觀劇

靜月初凝玉，飛鴉影帶黄。生來青絳樹①，自小鬱金堂②。酒滿高堂雨，歌清槲葉梁。長門如買賦③，不用顧周郎④。

【箋注】

① 絳樹：古代歌女名，亦借指美女。曹丕《答繁欽書》：「今之妙舞莫巧於絳樹，清歌莫善於宋臈。」

② 鬱金堂：《玉臺新詠》卷九引梁武帝《河中之水歌》有「盧家蘭室桂爲梁，中有鬱金蘇合香」之句，描繪盧家婦莫愁之居室，後以「鬱金堂」或「鬱金屋」美稱女子芳香高雅之居室。

③ 長門如買賦：典出《長門賦序》：「孝武皇帝陳皇后時得幸，頗妒。别在長門宫，愁悶悲思。聞蜀郡成都司馬相如天下工爲文，奉黄金百斤爲相如文君取酒，因于解悲愁之辭。而相如爲文以悟主上，陳皇后復得親幸。」後以「買賦」喻失意後想方設法，以圖再起。

④ 顧周郎：《三國志·吴書·周瑜傳》：「瑜少精意於音樂，雖三爵之後，其有闕誤，瑜必知之，知之必顧，故時人謡曰：『曲有誤，周郎顧。』」

寄周彝仲①

閔時憂食藿，非雨孰爲簑。鈎黨方弛禁②，萊人亦寢戈。延英呼陸贄③，易水誓荆軻④。萬里寧辭遠，同傷《河上歌》⑤。

【箋注】

①周仲璉，字彝仲。詳見《合集·近稿》卷六《賀周侯生日序》注。

②鈎黨：有牽連之同黨。張溥《五人墓碑記》：「且矯詔紛出，鈎黨之捕遍於天下。」

③延英：唐代宫殿名，在延英門内。肅宗時，宰相苗晉卿年老，行動不便，天子特地在延英殿召對，以示優禮，後沿爲故事。《舊唐書》卷一百三十九《陸贄傳》：「户部侍郎、判度支裴延齡，姦宄用事，天下嫉之如讎，以得幸於天子，無敢言者，贄獨以身當之，屢於延英面陳其不可，累上疏極言其弊。」

④易水誓荆軻：《史記·刺客列傳》：「至易水之上，既祖，取道，高漸離擊筑，荆軻和而歌，爲變徵之聲，士皆垂淚涕泣。」

⑤河上歌：古歌名。趙曄《吴越春秋·闔閭内傳》：「吴大夫被離承宴，問子胥曰：『何見而信喜？』子胥曰：『吾之怨與喜同。子不聞《河上歌》乎？同病相憐，同憂相救。』」

寄周夢生①

藝蘭滋十畝②，同氣碩人薖③。劍客思河朔，棋堂説爛柯④。深山雲自往，名士禮無苛。何日尋溪水，亭前學放鵝。

【箋注】

①周夢生，據同治《長興縣志》卷十黄翼聖《戊辰秋，景倩偕岳季有、韓求仲兩先生見訪藝香山新居，邀地主周夢生、彝仲、在中同集》詩，可知爲周仲璉同族。生平待考。

②藝蘭滋十畝：語本屈原《離騷》：「余既滋蘭之九畹兮，又樹蕙之百畝。」

③同氣碩人薖：語本《詩·衛風·考槃》：「考槃在阿，碩人之薖。獨寐寤歌，永矢弗過。」

④爛柯：任昉《述異記》卷上：「信安郡石室山，晉時王質伐木，至，見童子數人，棋而歌，質因聽之。童子以一物與質，如棗核，質含之，不覺飢。俄頃，童子謂曰：『何不去？』質起，視斧柯爛盡，既歸，無復時人。」後以「爛柯」謂歲月流逝，人事變遷。

寄周在中①

别時一尊酒，今日未云酡。不忍荒鷄宴，寧堪鳳鳥羅。疾惡投豺虎，陳詩廢《蓼莪》②。奇文動霄漢，綦履貢公過③。

【箋注】

①周在中，據同治《長興縣志》卷十黄翼聖《戊辰秋，景倩偕岳季有、韓求仲兩先生見訪藝香山新居，邀地主周夢生、彝仲、在中同集》詩，可知爲周仲璉同族。生平待考。

②貢公：指漢貢禹，爲其友王吉登用而欣喜。《漢書·王吉傳》：「吉與貢禹爲友，世稱『王陽在位，

貢公彈冠』，言其取舍同也。」《文選·劉孝標〈廣絶交論〉》：「是以王陽登則貢公喜，罕生逝而國子悲。」

題程孟陽漢書掛角圖①

束書懸一角，蕩蕩自山川。不忍哀彭越②，誰能哭正先③。鴻溝寒草白，百子踏歌蓮。遺圖生舊恨，楊李盡無緣。

【箋注】

① 程嘉燧，字孟陽，號松圓，休寧人，僑居嘉定。與唐時升、婁堅、李流芳齊名，合稱「嘉定四先生」。工著有《松圓浪淘集》。徐沁《明畫録》卷五：「程嘉燧，字孟陽，休寧人。初寓武林，後僑嘉定。工詩，兼精音律。畫山水，格韻並勝，興酣落筆，尺蹏便面，隨意揮灑。或貽書致幣，摩挲縮瑟，經歲不能就一紙。其自矜貴如此。寫生並佳。」漢書掛角：隋末李密年輕時，曾騎牛外出，掛《漢書》一帙於牛角，一手捉牛鞭，一手翻卷書讀之。見《舊唐書·李密傳》。後用爲勤讀之典。

② 彭越：西漢初諸侯王。字仲，昌邑人。秦末聚衆起兵。後歸劉邦，略定梁地，屢斷項羽糧道。又與韓信等合兵擊滅項羽於垓下。封爲梁王。因被告謀反，爲劉邦所殺，夷三族。見《史記》本傳。

③《漢書·京房傳》：「昔秦時趙高用事，有正先者，非刺高而死。」

贈成喻仲①

深柳何門閉，繁思隔雨多。撰征方有賦②，暇豫孰能歌。老去刊溝月，香聞邵伯荷③。同心分一水，願以報明河。

【箋注】

① 成明義，字喻仲，高郵州寶應人。復社成員，名見《復社姓氏傳略》卷四。道光《寶應縣圖經》卷六：「明義，字喻仲，國子監生。明末名下士，若楊廷樞維斗、周鍾介生、吴應箕次尾、陳貞慧定生、侯方域朝宗、姜承宗開先、鄭元勳超宗、冒襄辟疆皆廣結納，操議論，岸然自負，爲清流黨人。朝士多畏其口，以故邑人湯廷璉及明義輩附之，知名于時。」

② 撰征方有賦：《宋書》卷六十七《謝靈運傳》：「高祖伐長安，驃騎將軍道憐居守，版爲諮議參軍，轉中書侍郎，又爲世子中軍諮議，黄門侍郎。奉使慰勞高祖於彭城，作《撰征賦》。」

③ 邵伯荷：歐陽修《答通判吕太博》：「千頃芙蕖蓋水平，揚州太守舊多情。」首句下原注：「邵伯荷花，四望極目。」邵伯：湖名。在今江蘇江都市西北運河之西，旁有邵伯埭。晉謝安曾在此地築壩以利民生，後人追思其德，比於周之召伯，故稱。

贈黄君宰赴任恩平①

名城車蓋别，秋月辨君裝。夙誦高堂禮，新聞雍尉香。策書稱孝秀②，丞相本循良。南越多奇樹，豐魚詠太康。

【繫年】

據民國《恩平縣志》卷十五《職官·知縣》，可知此詩作於崇禎十三年（一六四〇）。

【箋注】

① 黄君宰，蓋爲黄扉。民國《恩平縣志》卷十五《職官·知縣》：「黄扉，江南舉人。崇禎十三年任。」

② 策書：指古代書寫帝王任免官員等命令之簡策。孝秀：孝廉、秀才之連稱。北朝之制，州舉高才博學者爲秀才，郡舉經明行修者爲孝廉，州郡察舉秀才、孝廉，故並稱爲孝秀。

壽黄鳳潭八十①

縈瀛非赤縣，釃酒及千春。惇史先鄉老，齊諧配大椿②。聞雷百里震，洗爵九華頻。陸賈今遊粤③，飛來漢主綸。

【箋注】

①黄鳳潭，陳仁錫《無夢園遺集》卷七有《黄鳳潭壽序》：「吾黨尊事鳳潭先生以守善貞固，黄髮不怠，且以道義勖其子，以貞節自表見，匪緣金紫也。月令饗壽星于南郊。壽星者，弧南老人，而膠序之中篤于老更。時雖執爵執醑，大賓虚左，翁居東之東南鄉稱老成人云。」生平待考。

②齊諧：古書名。《莊子·逍遥遊》：「《齊諧》者，志怪者也。」後志怪之書以及敷演此類故事之戲劇，多以「齊諧」爲名。大椿：《莊子·逍遥遊》：「上古有大椿者，以八千歲爲春，以八千歲爲秋。」

③陸賈：西漢初大臣，楚人，以客從劉邦定天下，有辯才。兩度出使南越，招諭尉佗。授太中大夫。勸丞相陳平深結太尉周勃，合謀誅諸吕，立文帝。著有《新語》《楚漢春秋》。

題贈徐秋烟①

叢叢花半霧，杜若自芳洲②。信報江潭橘，人歸鴆鵲樓③。王昌許早嫁④，蘇小未知愁⑤。金陵寒露濕，驄馬舊風流。

【箋注】

①徐秋烟，待考。

②語本《楚辭·九歌·湘君》：「采芳洲兮杜若，將以遺兮下女。」

③ 鳷鵲樓：南朝樓閣名，在江蘇南京。吴均《與柳惲相贈答》之一：「日映昆明水，春生鳷鵲樓。」

④ 王昌：古人常以指理想之丈夫。崔顥《古意》：「十五嫁王昌，盈盈入畫堂。」

⑤ 蘇小：即蘇小小。見《合集·詩稿》卷二《弔蘇小小墓》注。

記黄大旗事二首〔一〕①

未是梅花戍，征人黑水灣。書生今射虎，青草近當關。江介長歌滿，朱輪灑血殷。功成丹碧闕，蛾賊畏君顔②。

其二

蒼兕誰能敵③，遺容委箭班。欲清五里霧，不渡九頭山。雲重饑鴟落，風寒易水還。今朝甘一瞑，幕府記刀鐶④。

【校記】

〔一〕題目原無「二首」，據目録補。

【箋注】

① 黄大旗，待考。

②蛾賊：舊時對農民起義軍之稱。《後漢書·皇甫嵩傳》：「角等知事已露，晨夜馳敕諸方，一時俱起，皆著黄巾爲標幟，時人謂之『黄巾』，亦名爲『蛾賊』。」

③蒼兕：傳説中之水獸，此借指掌管舟楫之官。

④刀環：《漢書·李陵傳》：「立政等見陵，未得私語，即目視陵，而數數自循其刀環，握其足，陰諭之，言可還歸漢也。」「環」「還」同音，後因以「刀環」爲「還歸」的隱語。

贈屏石上人次黄石齋先生韻①

曾夢袈裟會，諸天盡法儀②。松風雖有籟，花雨自無師③。葦放三江日，沙行萬里時。興公同此嘯，白馬亦何知。

【箋注】

①屏石上人，錢謙益《牧齋初學集》卷十五《荷葉鼎詩》：「屏石上人讀古人詩云：『飯炊荷葉鼎。』遂以意爲之，以荷葉裹米，淅而炊之，須而熟，香美異常飯。己卯七月，過山堂試之，戲作詩記其事。……師將游粤西，訪劉漁仲。」生平待考。

②諸天：指護法衆天神。佛經言欲界有六天，色界之四禪有十八天，無色界之四處有四天，其他尚有日天、月天、韋馱天等諸天神，總稱之曰諸天。

③花雨：佛教語。諸天爲讚歎佛説法之功德而散花如雨。《仁王經·序品》：「時無色界雨諸香

華，香如須彌，華如車輪。」後用爲讚頌高僧頌揚佛法之詞。

題畫步張受先韻①

樹色空橫黛，孤舟人性幽。松杉無意老，流水自然秋。爲愛陶潛酒②，同登王粲樓③。投竿疑葉落④，兩兩動輕鷗。

【箋注】

①題畫步張采《秋思》其六韻。張采，字受先，號南郭。詳見《初集》卷一《禮質序》注。

②陶潛好酒。其《五柳先生傳》自況云：「性嗜酒，而家貧不能恒得。親舊知其如此，或置酒招之，造飲必盡，期在必醉，既醉而退，曾不吝情。」《晉書》卷九十四《陶潛傳》：「爲彭澤令。在縣公田悉令種秫穀，曰：『令吾常醉於酒足矣。』妻子固請種秔，乃使一頃五十畝種秫，五十畝種秔。」

③東漢王粲在荆州依劉表，意不自得，且痛家國喪亂，乃作《登樓賦》以抒鬱憤之情。

④投竿：投釣竿於水，謂垂釣。《莊子·外物》：「任公子爲大鉤巨緇，五十犗以爲餌，蹲乎會稽，投竿東海，旦旦而釣，期年不得魚。」

次錢明府飲儉齋韻〔一〕①

郊居好種植，一畝一成陰。盡是衣簪會②，相看松柏心。水泉豐暇豫③，文史助高深。

幸接使君履④，清談近竹林。

【校記】

〔一〕此詩又見張采纂《太倉州志》卷十四《藝文志·詩徵》。

【箋注】

①此與太倉知州錢肅樂、摯友張采唱和。錢肅樂，字希聲，號止亭。復社成員。吴山嘉《復社姓氏傳略》卷五：「錢肅樂，字希聲，又字虞孫，號止亭。瑞安訓導益忠子。崇禎丁丑進士，授太倉州知州，遷刑部員外郎。尋丁内外艱。國朝順治二年大兵取杭州，屬郡多降。閏六月寧波鄉官議納款，肅樂力言當拒，諸生華夏、董志寧等遮拜肅樂，大呼倡首，士民集者數萬人，乃建牙行事。時魯王駐紹興，召肅樂爲右僉都御史，晝錢塘而守，尋進右副都御史，又加兵部右侍郎。明年五月軍食盡，魯王航海，肅樂之舟山，唐王召之，甫入境王没，遂退隱海壇山。明年魯王次長垣，召爲兵部尚書。明年拜東閣大學士，每日繫一舟，票擬章奏封進後牽船去。其所票擬不過細小之事，大者則鄭彩主之。迨彩連殺熊汝霖、鄭遵謙諸人，肅樂遂憂憤卒於舟。故相葉向高曾孫進晟葬之福清黄蘗山，謚忠介。乾隆四十一年賜謚忠節。」儉齋：張采齋號。張采《知畏堂文存》卷三《羅繡仲儉齋新義序》：「儉齋四周無廧垣，僻在城南野田中，溪水流繞，惟南得平疇，種竹木，東架橋通路，主人臨上歸，即讀書養痾其中。橋東門終月閉，非同志講學不一啓。」錢肅樂有《儉齋夜集》：「古樹森千尺，高人坐其陰。清風振玉屑，寒月照冰心。舉網烹鱗細，疏泉汲井深。相看

不厭冷，蟲語避前林。」張采《知畏堂詩存》卷一《希聲錢侯同天如過儉齋夜集次韻二首》：「開此雲封路，清風浹樹陰。溪傳人照面，天對客論心。税急憂先後，民窮酌淺深。不因使君至，那復見荒林。」其二：「誰尋修禊地，聊此當山陰。村僻來淳色，民安得古心。酒清君比潔，魚樂我知深。爲話新苗熟，相期托遠林。」

② 衣簪：衣冠簪纓，古代仕宦之服，常借指官吏與世家大族。

③ 豐暇豫：謂多空閒並安逸。謝靈運《齋中讀書》：「卧疾豐暇豫，翰墨時間作。」

④ 使君：指太倉知州錢肅樂。

寄侯赤社①

信陵遺俠烈②，流水漲春蕪。感慨聞三晉③，敦盤及小邾。登山連瀍澗，得句代萱蘇。長念何能寐，當年應棄繻④。

【箋注】

① 侯方夏，字赤社，歸德府商丘縣人。侯恂子，侯方域兄。復社成員。《河南通志》卷五十八：「侯方夏，字赤社，商丘人。恂子。順治丙戌進士，授陝西平凉令。時當兵燹之餘，户口凋殘。方夏下車，開水利，課農桑，興學校，恤孤獨，規畫區處七年，漸稱富庶。擢刑部湖廣司主事，累遷江西司郎中，恤刑浙江，善政尤多，載《浙江通志》。以疾卒于官。康熙四十七年祀鄉賢。」

②信陵：即信陵君。戰國魏安釐王異母弟，名無忌，封信陵君。禮賢下士，有食客三千。

③三晉：戰國時趙、韓、魏三國之合稱。趙氏、韓氏、魏氏原爲晉國大夫，戰國初，分晉各立爲國，故稱。三晉後代指山西。

④棄繻：《漢書·終軍傳》：「初，軍從濟南當詣博士，步入關，關吏予軍繻。軍問：『以此何爲？』吏曰：『爲復傳，還當以合符。』軍曰：『大丈夫西遊，終不復傳還。』棄繻而去。」繻，帛邊。書帛裂而分之，合爲符信，作爲出入關卡之憑證。「棄繻」，表示決心在關中創立事業。後用爲年少立大志之典。

贈唐良若①

選年知墨妙，愧我亦何能。下筆驚庾闡②，登門謝李膺③。硯銘家世有，堯頌歲華增。絶遠今人態，高梧喜得朋。

【箋注】

①唐良若，待考。

②庾闡，字仲初。《晉書》卷九十二《文苑傳》：「闡好學，九歲能屬文。……吴國内史虞潭爲太伯立碑，闡製其文。又作《揚都賦》，爲世所重。年五十四卒，謚曰貞，所著詩賦銘頌十卷行於世。」

③李膺，字元禮。《後漢書》卷六十七《李膺傳》：「李膺，字元禮，潁川襄城人也。……是時朝庭日

亂，綱紀積阤，膺獨持風裁，以聲名自高。士有被其容接者，名爲登龍門。」

和八兄餤口詩①

誰是空桑路②，聞從錫杖開。千年點鬼簿，一夜望鄉臺③。寒食兒童喜，深山蝴蝶迴。野燒吹不盡，蕉鹿化人胎④。

【箋注】

① 張源，字來宗，州庠生。張溥八兄。見《初集》卷一《王載微詩稿序》注。餤口：指餓鬼。佛事中有「放餤口」或省稱「餤口」，即施食於餓鬼之儀軌。

② 空桑：指僧人或佛門。楊載《次韻錢唐懷古》：「空桑説法黄龍聽，貝葉繙經白馬馱。」

③ 望鄉臺：舊時謂陰間有望鄉臺，人死後鬼魂可登臺眺望陽世家中情况。

④ 蕉鹿：《列子・周穆王》：「鄭人有薪於野者，遇駭鹿，御而擊之，斃之。恐人見之也，遽而藏諸隍中，覆之以蕉，不勝其喜。俄而遺其所藏之處，遂以爲夢焉。」蕉，通「樵」。

詠倩生走馬次八兄韻①

豈是驃姚麗，群山盡選姿。龍媒真欲换②，弄玉正相期③。常倚留仙袂，還愁墮髻眉。桃根無限意，金絡夜何其④。

【箋注】

① 此詠黎樹聲次八兄張源韻。黎樹聲，字仲實，號倩生。復社成員。《復社姓氏傳略》卷五：「黎樹聲，字仲實，號倩生。天啓丁卯舉人，國朝順治二年署福清縣，遷福州推官，攝興化府篆。海寇破城，死之。事聞，賜祭葬，贈按察司僉事，廕一子入監。」

② 龍媒：代稱駿馬。《漢書·禮樂志》：「天馬徠，龍之媒。」顔師古注引應劭曰：「言天馬者乃神龍之類，今天馬已來，此龍必至之效也。」

③ 弄玉：相傳爲春秋秦穆公女，嫁善吹簫之蕭史，日就蕭史學簫作鳳鳴，穆公爲作鳳臺以居之。後夫妻乘鳳飛天仙去。見劉向《列仙傳》。

④ 金絡：借指良馬。陸龜蒙《采藥賦》：「聊作侍中郎，且乘金絡。」

次周仲馭韻贈韓叔夜①

幽訪惟鸞翮，披裘烟水中。叩關秦晉遠，挾策虎狼空②。獨友寒山石，高檣黄雀風。倡予誰是侶，攬袂得無同。

【箋注】

① 次周鑣韻贈韓智度。韓智度，字叔夜，鄢陵人。韓去病弟，顔元弟子。張采《知畏堂詩存》卷三《和仲馭韻贈韓叔夜，叔夜我亡友去病弟》：「北窗誰復上皇人，引我嵩青當辟塵。蕭瑟塵餘談午

夜，清狂杯下悟三身。山陽笛與塤吹斷，剡咏舟來谷口鄰。自僻江東甘老大，秋風差省憶鱸蒓。」參見趙賓《學易庵詩集》卷四《韓智度過訪時叔夜謝事尚在永嘉》。

② 挾策：胸懷計謀、建議。

次張受先韻贈叔夜①

大江同一派，詩人愛孟郊②。買山割膝樹，談《易》藉秋茅。鹿隱青蕉短③，歌殘紅豆抛。自今波浪闊，白首重初交。

【箋注】

① 次張采韻贈韓叔夜。參見前詩。

② 孟郊：唐詩人，字東野，最爲韓愈稱賞。

③ 鹿隱：指東漢龐德公隱居鹿門山事。陸龜蒙《奉和襲美暇日獨處見寄》：「冷夢漢皋懷鹿隱，静憐烟島覺鴻離。」

次周仲馭韻追憶韓去病①

深溪屏人跡，何年王謝家。魚龍雲是宅，牛馬屋方蝸。好飲山中酒，無題金谷花。明河正當夕②，望斷隔林車③。

【箋注】

① 次周鑣韻追憶韓叔夜兄韓去病。參見前詩。

② 明河：天河，銀河。宋之問《明河篇》：「明河可望不可親，願得乘槎一問津。」

③ 望斷：向遠處望直至看不見。《南齊書·蘇侃傳》：「青關望斷，白日西斜。」

題胥口伍相祠①

湖邊歸伍廟，守險在王公。桐柏龍蛇勢，波濤日月宫。劍光臨禹穴②，碑石起秋風。仗此精靈遠，吴人今獨雄。

【箋注】

① 胥口：位於吴縣木瀆鎮西南約五公里處之太湖邊。姚希孟《循滄集》卷二《尋舊遊諸山記》：「復移舟至木瀆，十五日上午，至胥口，整衣謁伍相祠，緬懷千古忠義之恨。復與時事相觸，幾至哽咽。相國英爽，當知余心上事也。」

② 禹穴：相傳爲夏禹葬地，在今浙江紹興之會稽山。《史記·太史公自序》：「二十而南游江、淮，上會稽，探禹穴。」

七言絶

次黄石齋先生梅花八詠①

罨湖花白灑清神，正遇高人鄭子真②。此夜月明非易得，更添谷口幾分春。

其二

直上烟光未可摹，抱歸却月觀中圖。寒吟破褐將成句，静對堅冰已斷鬚。

其三

寒山何必厭名存③，萬樹亭亭處士魂。酒後高歌猶耳熱，不堪清怨訴湘君。

其四

鐵骨支撑到白頭，無煩錦纏夜相酬。道人嚼水寧逃世，南北枝開得二求。

其五

不向春深花纈團，素鱗寂寂伴君寒。廣平鐵石猶能賦④，莫作開元長恨看。

其六

前身本是鷲峰師⑤，花國叢中證辟支⑥。爲詠子山臘月半，江南尚有未書碑。

其七

支硎山下問高年⑦，戴笠方尋剡曲船。更羡東牆香一種，天寒翠袖獨遲眠。

其八

玉版參禪已歲秋，長門空閉怨羊車⑧。年來戰得《明夷》卦⑨，土室斜陽正著書。

【箋注】

① 次黄道周韻詠梅花。黄道周，字幼玄，號石齋。詳見《續集》卷一《楊伯祥稿序》注。張采《知畏堂詩存》卷三亦有《梅花》七首，可參。

②鄭子真：漢鄭樸，字子真。居谷口，世號谷口子真。修道守默，漢成帝時大將軍王鳳禮聘之，不應，耕於巖石之下，名動京師。見《漢書·王貢兩龔鮑傳序》。

③寒山：在江蘇吴縣西，本支硎山之支峰，明處士趙宧光曾隱居於此。

④皮日休《桃花賦序》（《全唐文》卷七百九十六）：「余嘗慕宋廣平之爲相，貞姿勁質，剛態毅狀，疑其鐵腸石心，不解吐婉媚辭。然睹其文而有《梅花賦》，清便富艷，得南朝徐庾體，殊不類其爲人也。」

⑤鷲峰：鷲山，亦代稱佛寺。唐玄應《一切經音義》卷二一：「鷲峰，梵言姞栗陀羅矩吒山，此云鷲峰或言鷲臺，言此山既棲鷲鳥，又類高臺也。」

⑥辟支：佛教語，辟支迦佛陀之省稱。

⑦支硎山：在今江蘇蘇州西，又名報恩山、南峰山。晉高僧支遁隱居於此，因以支硎爲號，山亦因支遁得名。

⑧長門：漢宫名。《長門賦序》：「孝武皇帝陳皇后時得幸，頗妒，别在長門宫，愁悶悲思。聞蜀郡成都司馬相如天下工爲文，奉黄金百斤，爲相如、文君取酒，因于解悲愁之辭。而相如爲文以悟主上，陳皇后復得親幸。」後以「長門」借指失寵女子居住之寂寥淒清宫院。羊車：宫中用羊牽引之小車。《晉書·后妃傳上·胡貴嬪》：「（晉武帝）常乘羊車，恣其所之，至便宴寢。宫人乃取竹葉插户，以鹽汁灑地，而引帝車。」

⑨《明夷》卦：六十四卦之一，即離下坤上。《易·明夷》：「明夷，利艱貞。」孫星衍集解引鄭玄曰：「夷，傷也，日出地上，其明乃光，至其入地，明則傷矣，故謂之明夷。」後以喻昏君在上，賢人遭受艱難或不得志。

贈陳畹菉①

蔫香初渡洞庭船，莫放紅牙山水前。錦瑟春風人欲懶，鴛鴦樹畔可參禪。

【箋注】

①陳畹菉，《近集》卷二又有《贈陳畹菉二首》，生平待考。

題祁世培侍御寓山諸景三十二首①

水明廊

到門即是蔚藍天，水響淙淙負廓田。一徑長廊銷粉黛，緑陰時繫孝廉船②。

讀易居

謡來損益事難全，呑却三爻小住緣③。高揖鹿裘巖下客④，希夷夢熟本非禪⑤。

呼虹幌

青霓長掛舊平泉⑥，結幌朝臨紫氣偏。誰人濯錦歌春綺，四面朱霞坐水仙⑦。

讓鷗池

列如野鳥自飛翾，樓榭相扶荷蓋圓。能識主人濠濮意⑧，洛陽何必嘆啼鵑。

踏香堤

寶瑟珠琲玉樹邊⑨，驚聞香氣入薰絃。諸天十二圍檐下，不獨黄昏人可憐。

浮景臺

遥傳孤嶼出堂前，倒影歸來夜夜懸。窈窕萬花人不識，月明常憶漢鞦韆⑩。

聽止橋

石腹横橋正水巔，松風不妒夜鳴蚿。連成一去無清賞，豹吠空山好注玄。

沁月泉

賣山近日且持竿，新試龍團酌水寒⑪。消渴金莖君自有⑫，登高應見富春灘。

溪山草閣

欲圖高影到溪山，無數停雲野樹間。大地鶯花皆畫裏，維摩居士自東還。

茶塢

谷口烹春味道多，種來香果邵公窩⑬。驚雷不用充朝貢，贏得王弘載酒過⑭。

冷雲石

竹王蠶國喚誰開，石丈衣冠自漢來⑮。爲洗雲根憑瘦骨，商山園綺笛亭臺⑯。

友石榭

芙蓉秋院出蕪萊，寂寂經年白雪皚。自具笏袍尋勝侶，一壺新祀石徂徠⑰。

太古亭

不同車騎問花茵，木石前生處士身。常撫孤松延客對，北窗高卧讀書人⑱。

小斜川

偏于曲徑見垂虹，一片疏梅四望同。滴露清晨懷淡漠，石鐘山下起秋風。

松逕

峨冠長劍鬱成林，滿徑龍鱗抱膝吟⑲。不受秦封還自喜，巢公白鶴兩知音。

櫻桃林

編籬玄圃貝珠垂，疑是東風舞荔枝。隱士冰心同啖蔗，不須御苑奏新詩。

選勝亭

妙亭峰盡得幽奇，揖讓群巖近九宜。常喜放翁頻曳屐，故人無用《北山移》⑳。

虎角庵

五婦三侯石狀危，不如清浄四禪碑㉑。道心永夜能馴虎，冠蓋峰頭伏象獅。

袖海

長松石室異人姿，銷夏當年着麈皮。朗朗百間懷抱事，東方初採十洲芝㉒。

瓶隱

曾記機雲住水鄉㉓，衲衣方丈半書倉。黑甜自有桃源境㉔，不羡逃名費長房㉕。

孤峰玉女臺

木公長嘯揖天門㉖，千乳巖開號洗盆。且敕楊羲來報命㉗，金鐺玉佩到文園。

芙蓉渡

古渡秋光葉葉齊，卬須我友木蘭溪。爲思公子留顔色，縹袖紺裳正及笄。

迴波嶼

潤洲兩點合成三，謝客風流未是憨㉘。瀲灩湖光收拾盡，蘭橈紅板唱江南。

妙賞亭

芳樹歌殘昔昔鹽㉙，千巖萬壑注飛檐。馬臻畚鍤今猶在㉚，好卷丹霞上玉奩。

小巒雉

荷塘蘭徑繞平疇，小割方隅似鏡游。金岸雕鏤人外跡，此山即是漢鴻溝。

志歸齋

一蹄泉水漲清流，榆柳成行浮白鯈。喜奉板輿花下坐，五雲溪畔自牽舟。

天瓢

房陵粉水志神經㉛，斟酌無過飲玉屏。董黯孝泉分一滴㉜，中山酒後亦醒醒㉝。

笛亭

每聞邀笛不勝情，且種篔簹表谷名。山水自然非擊筑，寧愁四壁助秋聲。

酣漱廊

枕流偏好弄楸枰，忽聽雲中鷄犬鳴。横看谷簾三十派㉞，一團碧玉浸花卿。

爛柯山房

雅愛逍遥玉綺琴，探奇無盡類書淫㉟。偶然提局看狼虎，七國縱横自古今。

約室

欲界仙都領衆香，琴宫方藥水中央。恒知止足依秦望，《莊子》初篇一坳堂㊱。

鐵芝峰

五老芙蓉已削成㊲，半山純黛與雲平。講經若結千人座，弘景松風是舊盟。

【箋注】

①此題祁彪佳寓山諸景。祁彪佳，字幼文，號世培，别號遠山堂主人。朱彝尊《静志居詩話》卷二十：「祁彪佳，字幼文，紹興山陰人。天啓壬戌進士，除興化府推官，選授福建道御史，巡按蘇、松，改南京畿道，以大理寺丞轉巡撫應天都御史，謝病歸。乙酉閏月，自投寓園池中死。」康熙《山陰縣志》卷六：「寓園，去府城西南二十里，有寓山。崇禎初，御史祁彪佳引水鑿池，依山作園。鼎革時，彪佳自沈于池而卒。園有八景：曰芙蓉渡，曰孤峰玉女臺，曰迴波嶼，曰梅坡，曰試鶯館，曰即花舍，曰歸雲寄，曰遠山堂。」參見祁彪佳《遠山堂詩集·寓山草堂》、柳如是《題祁幼文寓山草堂》。

②孝廉船：《世説新語·文學》載，晉吴郡人張憑舉孝廉，自負其才，造訪丹陽尹劉惔，與諸賢清談，言約旨遠，一坐皆驚。劉延之上坐，留宿至曉。張還船，須臾，劉遣使覓張孝廉船，同侣惋愕。劉與張憑即同載詣撫軍，曰：「下官今日爲公得一太常博士。」撫軍稱善，即用張爲太常博士。時人榮之。後遂以「孝廉船」爲褒美才士之典。

③吞却三爻：《太平廣記》卷第二百七十六《夢》：「虞翻注《易》，上奏曰：『臣郡吏陳桃，夢臣與道士相遇，散髮粗裘，付《易》六爻。燒其三，以飲臣。臣乞盡吞之。道士言《易》在天上，三爻足矣。豈臣受命，應當知也。』」

④鹿裘：鹿皮之衣，常用爲隱士之服。《列子·天瑞》：「孔子遊於太山，見榮啓期行乎郕之野，鹿

裘帶索，鼓琴而歌。」

⑤希夷：《老子》：「視之不見名曰夷，聽之不聞名曰希。」河上公注：「無色曰夷，無聲曰希。」後以「希夷」指虛寂玄妙。

⑥青霓：虹。辛棄疾《千年調·開山徑得石壁》：「左手把青霓，右手挾明月。」

⑦水仙：水中神仙。司馬承順《天隱子·神解八》：「在人謂之人仙，在天曰天仙，在地曰地仙，在水曰水仙，能變通之曰神仙。」

⑧濠濮意：即濠濮間想。《莊子·秋水》記莊子與惠子同游濠梁之上，見儵魚出遊從容，因辯論魚知樂否；又記莊子垂釣濮水，拒楚王禮聘之事。後以「濠濮間想」謂逍遥自得、清淡無爲之意。

⑨珠琲：珠串。多形容形似珠串之水珠。《文選·左思〈吴都賦〉》：「金鎰磊砢，珠琲闌干。」

⑩漢鞦韆：《古今藝術圖·鞦韆》：「鞦韆本山戎之戲，自齊威公北伐山戎，此戲始傳中國。一云作『千秋』字，本出漢宫祝壽詞，誤倒讀爲『秋千』耳。」

⑪龍團：宋代貢茶名。餅狀，上有龍紋，故稱。陳德和《落梅風·雪中十事·陶穀烹茶》曲：「龍團細，蟹眼肥，竹爐紅小窗清致。」

⑫金莖：指承露盤或盤中之露。

⑬邵公窩：《宋史》卷四百二十七《邵雍傳》：「雍歲時耕稼，僅給衣食。名其居曰『安樂窩』，因自

號安樂先生。」

⑭《宋書》卷九十三《陶潛傳》：「義熙末，徵著作佐郎，不就。江州刺史王弘欲識之，不能致也。潛嘗往廬山，弘令潛故人龐通之齎酒具於半道栗里要之，潛有脚疾，使一門生二兒轝籃輿，既至，欣然便共飲酌，俄頃弘至，亦無忤也。」

⑮石丈：葉夢得《石林燕語》卷十：「米芾詼譎好奇，……知無爲軍，初入州廨，見立石頗奇，喜曰：『此足以當我拜。』遂命左右取袍笏拜之，每呼曰『石丈』。」後用爲奇石之代稱。

⑯園綺：「商山四皓」中東園公與綺里季之並稱。《三國志·魏書·管寧傳》：「臣重自省揆，德非園綺而蒙安車之榮。」

⑰石徂徠：徂徠山，在今山東泰安東南四十里。宋石介嘗築室其下，號徂徠先生。

⑱北窗高卧：典出《晉書·陶潛傳》：「嘗言夏月虚閑，高卧北窗之下，清風颯至，自謂羲皇上人。」

⑲抱膝吟：《三國志·諸葛亮傳》：「亮躬耕壠畝，好爲《梁父吟》。」裴松之注引《魏略》：「亮在荆州，以建安初與潁川石廣元、徐元直、汝南孟公威等俱遊學，三人務於精熟，而亮獨觀其大略。每晨夜從容，常抱膝長嘯。」後以「抱膝吟」指高人志士之吟詠抒懷。

⑳北山移：《文選·孔稚圭〈北山移文〉》吕向題解：「鍾山在都北。其先周彦倫隱於此山，後應詔出爲海鹽縣令。今欲却過此山，孔生乃假山靈之意移之，使不許得至，故云『北山移文』。」

㉑四禪：即四禪定，含色界初禪天定、二禪天定、三禪天定至四禪天定。

㉒東方朔《十洲記》：「瀛洲，在東海之東，上生神芝仙草，有玉石膏出泉如酒味，名之爲玉酒，飲之令人長生。」

㉓機雲：晉陸機、陸雲兄弟之並稱，又稱雲間二陸。雲間爲今上海松江區。

㉔黑甜：酣睡。蘇軾《發廣州》：「三杯軟飽後，一枕黑甜餘。」自注：「俗謂睡爲黑甜。」桃源境：晉陶淵明《桃花源記》所虚構之與世隔絶的理想境界。

㉕費長房：東漢方士，汝南人。曾從隱姓埋名、懸壺賣藥的壺公入山修仙，事見《後漢書》本傳。侯方域《贈武林陳文學》：「遠志分明爲採藥，攜壺不盡是逃名。」

㉖木公：仙人名，又名東王公或東王父，常與西王母（即金母）並稱。

㉗楊羲：東晉道士，字義和，吴人。與許邁、許謐交好。簡文帝爲會稽王時，以爲公府舍人。修奉道教，永和五年受《中黄制虎豹符經》，次年又就劉璞受《靈寶五符經》。興寧二年，受《上清真經》，以隸字書寫，傳與許謐、許翽。

㉘謝客：指南朝宋謝靈運。靈運幼名客兒，故稱。鍾嶸《詩品》總論：「謝客爲元嘉之雄。」

㉙昔昔鹽：樂府曲辭名，始見於隋薛道衡。「昔昔」即「夕夕」，「鹽」即「引」。洪邁《容齋續筆・昔昔鹽》：「薛道衡以『空梁落燕泥』之句爲隋煬帝所嫉。考其詩名《昔昔鹽》，凡十韻。……《樂苑》以爲羽調曲。」

㉚杜祐《通典・食貨志》：「順帝永和五年，馬臻爲會稽太守，始立鏡湖，筑塘周迴三百十里，灌田九

千餘頃，至今人獲其利。」

㉛粉水：即今湖北西北部南河及其上游粉青河，載於《水經·粉水》：「粉水出房陵縣，東流過郢邑南，又東過穀邑南，東入於沔。」

㉜熊明輯校《漢魏六朝雜傳集·會稽典録》：「董黯，字孝治，勾章。家貧，採薪供養。得甘果，奔走以獻母，母甚肥悦。鄰人家富，有子不孝，母甚瘦。不孝子疾孝治母肥，常苦辱之，孝治不報。及母終，負土成墳，鳥獸助其悲號。喪竟，殺不孝子，置冢前以祭，詣獄自繫，會赦得免。」

㉝中山酒：相傳産於中山之名酒，又稱千日酒。干寶《搜神記》卷十九：「狄希，中山人也，能造千日酒，飲之千日醉。」亦泛指名酒。

㉞谷簾：指廬山康王谷瀑布，其狀如簾，故名。

㉟書淫：稱嗜書成癖、好學不倦者。《漢書·劉峻傳》：「峻好學，家貧，寄人廡下，自課讀書，常燎麻炬，從夕達旦。……清河崔慰祖謂之書淫。」

㊱坳堂：《莊子·逍遥遊》：「且夫水之積也不厚，則其負大舟也無力；覆杯水於坳堂之上，則芥爲之舟，置杯焉則膠，水淺而舟大也。」王先謙集解引支遁云：「謂堂有坳垤形也。」

㊲五老：即廬山東南部五老峰，形如五老人並肩聳立，故稱。峰下九疊屏爲李白讀書處，東南有白鹿洞書院遺址，爲朱熹講學處。

次侯雍瞻口號五首①

代元初

豈是桃花不趁人，閉門自守一爐真。朔風未勁君休妒，密坐羅襦正小春②。

代彝仲

方恨《渭城》輕唱別③，不關飛鳥問雲將④。荻洲初渡驚鴻遠，粉掐開書學士香。

代受先

學隱茅關丹未成，清雲遏夜冷猶輕。忽飛紅玉緱山嶺，紫鶴倚屏聽笛聲。

代蕙姝

松舟字寄得無同，霞樹雲城入望中。人盡識君妾獨恨，歸來鸚鵡語初通。

答雍瞻

籬落黄金雨尚鮮，更添檀板共悠然。女郎學道梅花發，影隔明河望水仙。

【校記】

〔一〕目録原無「五首」，據正文補。

【箋注】

①次侯岐曾韻，代夏之旭、夏允彝、張采、蕙姝作。蕙姝，待考。口號：古詩標題用語，表示隨口吟成，與「口占」相似。始見於南朝梁簡文帝《仰和衛尉新渝侯巡城口號》詩，後爲詩人襲用。

②小春：指夏曆十月。陳元靚《歲時廣記》卷三七引《初學記》：「冬月之陽，萬物歸之。以其温暖如春，故謂之小春，亦云小陽春。」

③渭城：樂府曲名，亦名《陽關》。

④雲將：雲之主將。《莊子·在宥》：「雲將東遊，過扶摇之枝，而適遭鴻濛。」成玄英疏：「雲將，雲主將也。」

姑溪吴岩子詩哭陶丹許先生五章次韻志痛〔一〕①

疑君别去自秋纔，鳳里芳飛不再開。劀却愁雲秋未半，若耶新句爲秋裁。

其二

共説龐眉得道肥，誰知一笑故人違。夢生舌上蓮花座，風雨年年蝴蝶飛。

其三

一片心誠泣鬼神，華冠散髮不言貧。兒孫種福澆墳土，月下應看跨鶴人。

其四

痛絶松風溯遠哀，却經寒草望君來。生平簡點無他物，泉底餘清並老萊②。

其五

從來四壁盡蛩聲，莽莽原田草未陳。家傳孝弟爲門户，大慕魂歸求友生。

【校記】

〔一〕目録原無「志痛」，據正文補。

【箋注】

① 吴山，字岩子，當塗人，太平縣丞卞琳（字楚玉）妻。徐珂《清稗類鈔》第三十册《藝術》：「吴岩子爲卞楚玉婦，能詩，家於青山。既轉徙江淮，無常居，有《西湖》《梁溪》《虎丘》《廣陵》諸集。工書，晚更好道。疾作，則右手自運動，日夜作字不休。或濡筆書紙，悉成元理。疾止不復記憶。凡二年而愈。」魏禧《魏叔子文集外篇》卷九《青山集叙》：「《青山集》者，卞君楚玉夫人吴岩子氏所作也。夫人家青山，既轉徙江淮，無常地，有《西湖》《梁溪》《虎丘》《廣陵》諸集，最後彙次之，以『青山』名。」王晫《今世説》卷七《賢媛》：「吴岩子吐辭温文，出入經史，與人相對如士大夫。」

② 老萊：老萊子之省稱。葛洪《抱朴子·逸民》：「老萊灌園以遠之，從其所好，莫與易也。」陶丹許，待考。

李大生閲情八首索和次韻①

極目流雲南浦哀②，牙檣紅雨送春來③。夢時金椀雙成對④，脂合新香未肯開。

其二

緩箭東風近夜喧，金壺淚盡馬嵬魂⑤。樓頭圍住流蘇月，化去陳王洛水痕⑥。

其三

楊柳條條許嫁君，象床秋水玉初分。將縫羅錯瀟湘袖，莫放銀丸彈錦雲。

其四

酒壚千日未曾償，琥珀痕新梅子傷。暖閣不知花遍發，杜鵑烟雨泣君王。

其五

舞鶴連翻入境臺，羽林初向狹斜來。當窗纖手持紈素，小馬朱衣待鳳媒⑦。

其六

五月蟬鳴懶婦驚，雙蓮時節採菱聲。合離字織鴛鴦譜，典嫁東君是董成。

其七

踏摇娘曲豈當年，憨折花枝坐藕舡。長秋道上烏飛晚，神女清溪舊日緣。

其八

蜻蜓小帽贈相逢，深閣三姑影自重。爲問陳豐憐葛勃⑧，却愁花蠟暗銅龍。

【箋注】

① 李之椿，字大生，號徂徠。嘉慶《如皋縣志》卷十六：「李之椿，字大生，號徂徠，新泰令上林孫光禄署丞伯龍子也。神彩奇麗，志意介然。萬曆壬戌登文震孟榜，合王遂東、倪鴻寶、黄石齋、王覺斯爲『天崇五才子』。由行人選入司勳曹，甄奇録異，人不敢干以私，以直道取忌，見謫。蕭散夷曠，與伯氏道生倡和霞起園，天下慕其風流。福藩立南京，起璽卿督糧浙東。鼎革，解官自歸而難作，以藏故明敕印未繳，逮獄，論流。順治六年，下詔書曰：『勝國初亡，人人未免有故主之心，況居官食禄者乎？凡順治五年以前犯者，勿作叛論罪。』既雪，即擔簦入武彝山。後中蜚語，復被收。門户慣裂，宗族毁敗，縶之石城獄中，遂絶粒，勺水不入口，積十四日而死。弟石生奉旨釋歸。」

② 南浦：南面水邊，後常用稱送别之地。《楚辭·九歌·河伯》：「子交手兮東行，送美人兮南浦。」江淹《别賦》：「春草碧色，春水渌波。送君南浦，傷如之何。」

③ 牙檣：象牙裝飾之桅杆。一説桅杆頂端尖鋭如牙，故名。後爲桅杆之美稱，此借指舟船。杜甫《秋興》之六：「珠簾繡柱圍黄鵠，錦纜牙檣起白鷗。」

④金椀：亦作「金鋺」。《搜神記》卷十六載：范陽盧充與崔少府女幽婚。别後四年，三月三日，充於水旁遇二犢車，見崔氏女與三歲兒共載。崔女抱兒還充，又與金鋺。

⑤馬嵬：唐安史之亂，玄宗奔蜀，途次馬嵬驛，衛兵殺楊國忠，玄宗被迫賜楊貴妃死，葬於馬嵬坡。

⑥陳思王曹植有《洛神賦》。

⑦鳳媒：司馬相如愛慕卓文君，彈琴作歌示意，詩中有「鳳兮鳳兮從皇棲，得託子尾永爲妃」之句，文君終與相如成爲夫妻。見《史記·司馬相如列傳》。後用「鳳媒」表自求婚配。

⑧陳豐憐葛勃：徐堅《初學記》卷十九《美丈夫》引《異苑》曰：「鄢陽陳忠女名豐，鄰人葛勃有美姿，豐與村中女共聚絡絲，戲相謂曰：『若得壻如葛勃，無所恨也。』」

七録齋近集卷二

婁東　張溥西銘　著
同里　張采受先　閱

七言律詩

崑山學博吕霖生子錫馨年十歲入泮走筆賀之①

西山爽氣動秋空②，吹入秋風絳帳中。宵雅應觀春日菜③，三雍初對漢時宫。庭前學禮惟夫子，門下傳家先聖童。金焦勝氣排雲奏④，片玉聞名在阿蒙⑤。

【箋注】

① 此賀學官吕兆龍子吕祚德入學爲生員。吕兆龍，字霖生，金壇人。民國《重修金壇縣志》卷九之四：「吕兆龍，字霖生。萬曆乙卯舉人，署崑山教諭，日以文行與諸生切劘，汲引後生如恐不及。崇禎庚辰，登進士，授中書。壬午，充同考，李震成、楊思聖、于嗣登皆出門下。流寇圍城，疏論數事，甚切直，不用。南歸，絶意人事，周恤里族，人咸德之。」康熙《金壇縣志》卷九：「吕兆龍，字霖

生。年二十四，萬曆乙卯鄉薦。婉轉膝下，不急榮名。丁丑，署崑山教諭，日以文行與諸生切劘，汲引後生如恐不及。崇禎庚辰，登第，授中書舍人。壬午，順天同考，門下李震成、楊思聖、于嗣登皆名宿，致顯官。甲申，流寇圍京城，疏論數事，甚切直，不用。尋南歸，絶意人間事，周鄉里，恤宗族，里人咸德之。」呂祚德，字錫馨。呂兆龍子。法式善《清秘述聞》卷二：「呂祚德，字錫馨，江南金壇人。辛卯舉人。」康熙《金壇縣志》卷八：「呂祚德，字錫馨。兆龍子。中北榜，任中書舍人、禮部主事，陞員外郎，改兵部。」入泮：古代學宫前有泮水，故稱學校爲泮宫。科舉時代學童入學爲生員稱爲「入泮」。

② 西山爽氣：劉義慶《世説新語・簡傲》：「王子猷作桓車騎參軍。桓謂王曰：『卿在府久，比當相料理。』初不答，直高視，以手版拄頰云：『西山朝來，致有爽氣。』」

③ 宵雅：即《詩經》之《小雅》。《禮記・學記》：「《宵雅》肄三，官其始也。」鄭玄注：「宵之言小也；肄，習也。習《小雅》之三，謂《鹿鳴》《四牡》《皇皇者華》也。」春日菜：春日舉行之釋菜禮，即古代入學時祭祀先聖先師之典禮。《禮記・月令》：「（仲春之月）上丁，命樂正習舞，釋菜。」鄭玄注：「將舞，必釋菜於先師以禮之。」

④ 金焦：金山與焦山之合稱。兩山俱在今江蘇鎮江。金山原名浮玉，因裴頭陀江際獲金，唐貞元間李騎奏改。焦山因漢焦光隱居此山得名。

⑤ 阿蒙：指三國吴呂蒙。孫權勸呂蒙宜學問以自開益。後呂蒙苦學，篤志不倦，學識大進，魯肅上

代周瑜，過蒙言議，常欲受屈。肅拊蒙背曰：「吾謂大弟但有武略耳，至於今者。學識英博，非復吴下阿蒙。」此以吕蒙苦學事勸學。

送楊子常入對①

懷君深柳讀書堂，流水將將槿樹牆。昔日《太玄》含淡泊②，今朝南浦唱清涼。江干入夢名山記③，車騎遊燕大路行。從此攜持看旅食，峥嶸應不負春光④。

【箋注】

① 《近集》卷一有《送楊子常入對》五律。楊彝，字子常，號穀園，别號萬松老人。詳見《初集》卷一《楊顧二子近言序》注。

② 太玄：一稱《揚子太玄經》，西漢揚雄撰。揚雄認爲經莫大於《易經》，故仿其模式而作此書。

③ 江干：江岸。

④ 峥嶸：謂仕宦得意。黄庭堅《次韻子瞻武昌西山》：「山川悠遠莫浪許，富貴峥嶸今鼎來。」

過王與游丙園次韻二首〔一〕①

出郭平流一草堂，雲隨花氣度春牆。讀書深柳魚方静，飲酒東皋月未涼②。字字鳥啣公子調，鱗鱗梅别短歌行③。喧風且逐橈聲去④，籬角寒分山水光。

其二

曲曲幽塘垂釣客，閒舟桂樹得無生。園中圖史青山影⑤，柳外烟霞秋水情。豈學樵蘇青不爨⑥，更聞林木響空行。塔光平接波瀾直，落得風迴鐘磬聲。

【校記】

〔一〕題目原無「二首」，據目録補。

【箋注】

① 丙園爲王志慶園。王志慶，字與游。詳見《續集》卷二《許孟宏稿序》注。

② 東皋：水邊向陽高地，亦泛指田園、原野。陶潛《歸去來兮辭》：「登東皋以舒嘯，臨清流而賦詩。」

③ 短歌行：《樂府·相和歌·平調曲》之樂曲名，因其聲調短促，故名。多爲宴會上所唱。

④ 暄風：暖風，春風。陶潛《九日閒居》：「露淒暄風息，氣澈天象明。」

⑤ 圖史：圖書和史籍。顔延之《宋文皇帝元皇后哀策文》：「進思才淑，傍綜圖史。」

⑥ 樵蘇：打柴砍草者。虚中《石城金谷》：「狐兔閒生長，樵蘇静往來。」

壽張信川九十①

百歲筵前五柳風②，青丘紫露浴天童③。琴名躍舫合高韻，家有樵青采落紅④。北郭先生真隱士⑤，子方同里是溪工⑥。還知牽袖兒時戲，斫蔗年年緑髮翁。

【箋注】

① 張信川，待考。

② 五柳：陶潛别號。陶潛曾作《五柳先生傳》以自況。後泛指志趣高尚之隱士。雍陶《和孫明府懷舊山》：「五柳先生本在此，偶然爲客落人間。」

③ 青丘：即長洲，傳説中神仙居住十島之一。舊題東方朔《十洲記》：「長洲一名青丘，在南海辰巳之地。」

④ 樵青：顔真卿《浪跡先生玄真子張志和碑》：「肅宗嘗錫奴婢各一，玄真配爲夫妻，名夫曰漁僮，妻曰樵青。」後以指女婢。

⑤ 北郭先生：《韓詩外傳》卷九載，北郭先生却楚莊王之聘不仕。《後漢書·方術傳·廖扶》亦載，廖扶感父以法喪身，憚爲吏，終身不仕，時人因號爲北郭先生。後因用以指隱居不仕者。

⑥ 《莊子·田子方》：「田子方侍坐於魏文侯，數稱溪工。文侯曰：『溪工，子之師邪？』子方曰：『非也，無擇之里人也。稱道數當，故無擇稱之。』」

賀徐克勤舉子①

孺子黄中新祝初，捧珠人濯錦江餘。石麒麟浴堪摩頂，金錯刀懸蚤佩魚②。學誦古今先雅頌，慧流明月美璠璵③。頓丘名士蘭芽茁④，繡褓雕鸞擁父書。

【箋注】

① 徐時勉，字克勤。太倉州嘉定人。復社成員。見《合集·詩稿》卷一《送徐克勤南還》注。

② 佩魚：唐朝五品以上官員所佩帶之魚袋。其制：三品以上飾以金，五品以上飾以銀。始于唐高宗永徽二年。宋並賜近臣，以别貴賤。

③ 璠璵：原爲美玉名。《初學記》卷二七引《逸論語》：「璠璵，魯之寶玉也。孔子曰：美哉璠璵，遠而望之，焕若也；近而視之，瑟若也。」此喻美德賢才。曹植《贈徐幹》：「亮懷璠璵美，積久德愈宣。」

④ 蘭芽：蘭之嫩芽，常比喻子弟挺秀。元好問《德華小女五歲能誦余詩數首以此詩爲贈》：「好箇通家女兄弟，海棠紅點紫蘭芽。」

賀葉臞仙令君考滿①

名士多傳荀令香〔一〕②，鳳書今日誦清霜③。弛兵共畏東蒲宰，飲酒猶思舊建康。不向赤衣求廣譽④，獨憑椽史紀循良。懸知唱最墀頭近⑤，四壁玄言代篚筐。

【校記】

〔一〕「荀令」，原作「旬令」，逕改。

【繫年】

葉培恕，崇禎七年進士，任崑山知縣，據道光《崑新兩縣志》卷四「（崇禎）十三年，明倫堂摧壞，邑人顧錫疇與知縣葉培恕集貲修治，并修葺殿廡齋祠，增建官廳於大成門左右。右間改上神祠。諸生葉奕荃、顧絳、歸莊新兩廡木主而正之。顧錫疇有《重修學宫記》」，可知葉培恕崇禎十三年仍在任，而次年五月張溥離世，故此詩蓋作於崇禎十三年（一六四〇）。

【箋注】

① 葉培恕，字行可，號臛仙。詳見《合集·近稿》卷四《葉行可令君稿序》注。考滿：舊時指官吏考績期限已滿。一考或數考爲一任，故考滿亦常爲任滿。

② 荀令香：習鑿齒《襄陽耆舊記》：「荀令君至人家，坐處三日香。」按，荀令君即荀彧，字文若，爲侍中，守尚書令。此喻葉培恕。

③ 鳳書：指皇帝詔書。張説《羽林恩召觀御書王太尉碑》：「誰家羽林將，又逐鳳書飛。」

④ 赤衣：紅色衣服，古代顯貴者所穿。《南史·沈巑之傳》：「上曰：『要人爲誰？』巑之以手板四面指曰：『此赤衣諸賢皆是。』」此喻高官顯貴。

⑤ 懸知：料想，預知。庾信《和趙王看伎》：「懸知曲不誤，無事畏周郎。」

壽許節母六十①

震澤清風音未遐，叢蘭題就發春葩②。泰媖婦教流三世③，皇甫遺言傳一車。從此《竹枝》歌大雅，更聞錦色静秋葭。巴陵舊詠簪釧古，爽氣西山訪緑華④。

【繫年】

據吴偉業《許節母翁太孺人墓誌銘》「孺人生於戊寅（一五七八）七月初七日，卒於辛卯（一六五一）八月二十三日，年七十有四」，可知此詩作於崇禎十年（一六三七）七月。

【箋注】

① 爲許明臣妻翁孺人六十壽辰而作。《近集》卷五又有《奉賀許節母翁太君六衮序》。許明臣，字餘耕。許元愷父。《吴梅村全集》卷四十八《許節母翁太孺人墓誌銘》：「崇禎九年，江南巡按御史以吴郡故太學許公之妻翁孺人節孝上聞，天子下詔，旌其門曰『貞節之門』。又十五年，孺人卒，蓋去許公之殁五十有一年矣。初，郡人之以孺人節孝聞也，其子元極、元愷實詳列其行。而元愷以好交友顯名，故節母之賢特著。同邑先達如徐公勿齋、孝廉如楊公維斗皆不言同辭。臺使者以兩公之語爲徵，迺具疏得請。……許公諱明臣，字餘耕。以明經入太學，爲時聞人。其殁也，年僅二十有四。」

②叢蘭：叢生之蘭草，比喻品德高尚者。

③李贄《初潭集》卷三《賢婦》：「泰媖，南鄭楊相妻也。有四男二女。相亡，教訓六子，動有法矩。長子元珍出，醉歸，十日不見，曰：『我在，尚如此；我亡，何以帥群弟！』次子仲珍，白母請客，既至，無賢者，母怒責之。兄弟遂爲名士。泰媖之教，流於三世。」

④緑華：傳説中仙女萼緑華之省稱。張居正《祭封一品李太夫人文》：「揖緑華與金母，嘰瓊蕊兮緋桃。」

送侯廣成江右學政①

南州人物望青冥②，大地春風顔子亭③。五世玄文圖鼎篆④，十洲奇字出滄溟。導師東海衣冠長，都授琴堂忠孝經⑤。騈舉龍門輪囷目⑥，還將正直慰神聽。

【繫年】

據《侯忠節公全集·年譜中》「崇禎十一年戊寅，府君年四十八，正月之官江西」，則侯峒曾於本年出任江西提學副使，可知此詩作於崇禎十一年(一六三八)。

【箋注】

①此送侯峒曾赴任江西提學副使。侯峒曾，字豫瞻，號廣成，謚忠節。見《初集》卷一《陳威如稿序》注。

②南州：指豫章郡。《後漢書·徐稺傳》：「徐稺，字孺子，豫章南昌人也。……及林宗有母憂，稺往吊之，置生芻一束於廬前而去。衆怪，不知其故。林宗曰：『此必南州高士徐孺子也。』」

③顔子：對南朝宋周續之的美稱。《宋書·隱逸傳·周續之》：「續之年八歲喪母，哀戚過於成人，奉兄如事父。豫章太守范甯於郡立學，招集生徒，遠方至者甚衆，續之年十二，詣甯受業。居學數年，通《五經》並《緯候》，名冠同門，號曰『顔子』。」

④玄文：朝廷之詔令。

⑤都授：謂集中諸生講授經義。《漢書·翟方進傳》：「胡常與方進同經。……方進知之，候伺常大都授時，遣門下諸生至常所問大義疑難，因記其説。」顔師古注：「都授，謂總集諸生大講授也。」

⑥龍門：科舉試場之正門，後借指科舉會試。會試中式爲登龍門。

題文壽承姑蘇畫景二首①

虎丘②

倒下垂虹接上方，生公石畔繞長廊③。春山早葉輜輧合④，秋雨疏桐鐘磬凉。縱有劫灰施佛地⑤，尚留金粉伴檀香。月明池静聞人語，捨宅猶能説二王⑥。

長蕩⑦

空雲一片草芊芊，野緑依然舊輞川⑧。山曲漸成楓葉徑，水深偏刺藕花船。桔槔子夜聞歌舞⑨，陽雁寒蘆避管絃。穿竹獨來朝古佛，兩溪紅雨拾金鈿⑩。

【箋注】

①《近集》卷一亦有《題文壽承姑蘇畫景三首》。文彭，字壽承，號三橋，别號漁陽子、三橋居士。詳見《近集》卷一《題文壽承姑蘇畫景三首》注。

②虎丘：在蘇州西北，亦名海湧山。唐時因避諱曾改稱武丘，後復舊稱。相傳吴王闔閭葬此。其上有虎丘塔、雲巖寺、劍池、千人石等名勝古跡。

③生公石：相傳爲晉竺道生（生公）講經處。在今蘇州虎丘山下。此處大石盤陀徑畝，上下平衍，可坐千人，故又稱千人石。

④輜軿：輜車、軿車，古代有帷幕之車，多爲婦女所乘。

⑤劫灰：本謂劫火之餘灰，後謂戰亂或大火毁壞後之殘跡。

⑥捨宅：謂施捨住宅作寺院。高承《事物紀原·真壇浄社·尼寺》：「《僧史略》曰：『東晉何充始捨宅安尼，此蓋尼寺之始也。』」

⑦長蕩：即長蕩湖。《明史·地理志·南京》：「北有長蕩湖，一名洮湖，與宜興、金壇二縣分

界。……西北有虎丘山，又有陽山，又有長蕩、陽城等湖。」

⑧ 輞川：即輞谷水。諸水會合如車輞環湊，故名。在陝西藍田縣南，源出秦嶺北麓，北流至縣南入灞水。王維曾置别業於此。

⑨ 桔槔：井上汲水用具。在井旁立一豎杆，豎杆上部安一横杆，一端繫水桶，一端繫重物，汲水省力。

⑩ 金鈿：指嵌有金花之婦人首飾。

送葉德榮國博①

寬綽宏文步玉鵷②，新來宫體出西崑③。校書天禄明三傳④，原道昌黎典四門⑤。兔首桑弧方教射⑥，朱衣皮冕自傳飡⑦。還期禮樂銷烽火，競拜經師有虎賁。

【繫年】

據康熙《續定海縣志·秩官·教諭》：「葉國華，崑山人。舉人，崇禎戊寅年任。歷陞工部主事。」，兼據前詩《賀葉臞仙令君考滿》作時，此詩蓋作於崇禎十三年（一六四〇）。

【箋注】

① 此送葉國華赴任國子助教。葉國華，字德榮，號白泉，崑山人。同治《蘇州府志》卷三十五《葉重華傳》：「兄國華，字德榮。萬曆乙卯舉人，由定海教諭歷國子助教、刑工二部主事歸。國華精於

詩，力掃王、李、鍾、譚之習。工書法，行草八分皆妙。」

②寬綽：謂氣量寬宏。干寶《晋紀總論》：「性深阻有如城府，而能寬綽以容納。」

③宫體：一種描寫宫廷生活之詩體。始於南朝梁簡文帝，主要作者有徐摛、徐陵、庾肩吾、庾信等人。西崑：宋初楊億、劉筠、錢惟演等作詩宗法温庭筠、李商隱，好用僻典麗辭，相爲唱和，合成一集，名《西崑酬唱集》，後遂稱之爲「西崑體」。

④天禄：漢代閣名，後亦通稱皇家藏書之所。

⑤韓愈有《原道》，提出自堯舜至孔孟一脈相承之儒家道統説。四門：古代學校名。北魏正始四年創立四門小學，初設于京師四門，後與太學同在一處。唐代四門學爲大學，隸國子監，傳授儒家經典，性質與國子學、太學同，惟學生家庭出身品級較低。參閲《新唐書·選舉志上》。

⑥兔首桑弧：《詩·小雅·瓠葉》：「有兔斯首，炮之燔之。」古人行射禮時依此詩詞句及音樂節奏爲節拍，並射兔首。《後漢書·劉昆傳》：「每春秋饗射，常備列典儀，以素木瓠葉爲俎豆，桑弧蒿矢，以射『菟首』。」

⑦朱衣：指入仕、升官。王讜《唐語林·補遺三》：「敏中始婚也，已朱衣矣。」

賦送侯雍瞻①

惠好同遊是友生②，酌醴焚鯉正班荆③。侯芭久識卿雲妙〔一〕④，魯國初分汝潁評。賦就楊都看儁潤，論成白馬析縱横。共欽比玉爲淵岱⑤，模楷高風十五城。

【校記】

〔一〕「侯芭」，原作「侯巴」，逕改。

【箋注】

① 侯岐曾，字雍瞻。侯峒曾弟。詳見《初集》卷一《陳威如稿序》注。

② 惠好：友好。語本《詩·邶風·北風》：「惠而好我，攜手同行。」

③ 班荆：謂朋友相遇，共坐談心。陶潛《飲酒》之十五：「班荆坐松下，數斟已復醉。」

④ 侯芭：西漢學者，從揚雄學，受其《太玄》《法言》。事見《漢書·揚雄傳》。

⑤ 比玉：《晉書·郤詵傳》：「（郤詵）以對策上第，……累遷雍州刺史。武帝於東堂會送，問詵曰：『卿自以爲何如？』詵對曰：『臣舉賢良對策，爲天下第一，猶桂林之一枝，崑山之片玉。』」後稱士人得中進士高科爲「比玉」。

祖香堂次韻爲周彝仲刺史詠二首〔一〕①

鬱鬱堂中清且夷，買山初隱得無師②。人如松雨開三徑，家有桃源問五芝。揚子著書來獨對③，屈平遺則久忘私④。傳家玉樹縱横看，幽谷芳名是道資。

其二

夢來秋岳亦相同，檀圃羞爲桃李叢。百濯雲房招隱士⑤，九真香閣待清風⑥。當門葉剪荊榛盡，指佞心存日月通。爲報花城飲水客，小山此夜賦天功⑦。

【校記】

〔一〕題目原無「二首」，據目録補。

【繫年】

據嚴首昇《和祖香堂雅集韻有序》（鄧顯鶴編纂《沅湘耆舊集》卷三十八）「《祖香堂》，周彝仲一家記遊詩也。三代一堂，倡予和汝。時維佳節，人在舟中，山水風月之樂，無不有之。張天如、孫孟樸皆有作。吾社諸子群會，升亦不應異同其間。因思江左强半姓王，可笑也。崇禎十三年八月廿七日，雨夜成此」云云，此詩當作於崇禎十三年（一六四〇）八月。

【箋注】

① 周仲璉，字彝仲。詳見《合集·近稿》卷六《賀周侯生日序》注。

② 買山：劉義慶《世説新語·排調》：「支道林因人就深公買印山，深公答曰：『未聞巢、由買山而隱。』」後以「買山」喻賢士之歸隱。亦以形容才德之高。

③揚子著書：《漢書》卷八十七《揚雄傳》：「雄少而好學，不爲章句，訓詁通而已，博覽無所不見。……實好古而樂道，其意欲求文章成名於後世，以爲經莫大於《易》，故作《太玄》；傳莫大於《論語》，作《法言》；史篇莫善於《倉頡》，作《訓纂》；箴莫善於《虞箴》，作《州箴》；賦莫深於《離騷》，反而廣之；辭莫麗於相如，作四賦：皆斟酌其本，相與放依而馳騁云。」

④屈平遺則：用屈原投水自盡之典。《楚辭・離騷》：「雖不周於今之人兮，願依彭咸之遺則。」彭咸：傳説爲殷商賢士，因不得志而投江。

⑤雲房：隱者所居住之房屋。韋應物《遊琅琊山寺》：「填壑躋花界，疊石構雲房。」

⑥香閣：宫廷或佛寺之臺閣。王勃《遊梵宇三覺寺》：「香閣披青磴，琱臺控紫岑。」

⑦小山：王逸《〈楚辭・招隱士〉解題》：「昔淮南王安博雅好古，招懷天下俊偉之士，自八公之徒，咸慕其德而歸其仁。各竭才智。著作篇章，分造辭賦，以類相從，故或稱小山，或稱大山，其義猶《詩》有小雅、大雅也。」

壽虞山廣文于聞修年伯①

禮官簫磬誦豯庚②，蒓美魚肥資兕觥。三壽大夫皆令德，九經學士得長生③。于門車馬春秋會，言里文章花錦城。何處綵衣瑶月下④，丹雛先唱鳳池鳴。

【箋注】

①此壽同年于潁父常熟訓導于之鏞。康熙《鎮江府志》卷十七：「于潁，字潁長，金壇人。崇禎辛未進士，選工部都水司主事，陞員外郎，差督儀真南河。」民國《金壇縣志》卷八之一：「于之鏞，字聞修，常熟訓導，費縣教諭，祀常熟名官。」廣文：訓導、教諭之別稱。

②繇庚：馮道《請上尊號表》(《全唐文》卷八百五十七)：「天垂上瑞之文，人樂繇庚之化。」《册府元龜》卷第一百一十《帝王部·宴享第二》：「繇庚知萬物之樂，華黍洽三農之慶。」

③九經：九部儒家經典，名目相傳不一。《漢書·藝文志》指《易》《書》《詩》《禮》《樂》《春秋》《論語》《孝經》及小學。陸德明《經典釋文録》指《易》《書》《詩》《周禮》《儀禮》《禮記》《春秋》《孝經》《論語》。

④綵衣：謂孝養父母。

送馮留仙大參入援二首〔一〕①

塞北烟高掛月弓，漁陽烽火斷飛鴻。水犀正挾胥江怒，裘帶應存大樹風②。夢見君王朝玉殿③，呼來老上拜玄宫④。潮頭夾雨當清路，劍色寒芒射黑熊。

其二

欲辨風雲聽鼓鼙，蕙街歌舞看焚臍⑤。治安有策馮封事，戰守何人淬鷫鷞。八百背嵬皆碭沛⑥，三千組練盡青齊。江南擊槳空明夜，痛飲黄龍賦鐵驪⑦。

【校記】

〔一〕題目原無「二首」，據目録補。

【箋注】

① 馮元飈，字爾賡，號留仙。詳見《合集·詩稿》卷一《送馮留仙工部歸里》注。

② 裘帶：輕裘博帶，古代達官貴人之服飾。大樹：東漢大將馮異。《東觀漢記·馮異傳》：「異爲人謙退，每止頓，諸將共論功伐，異常屏止樹下，軍中號『大樹將軍』。」

③ 玉殿：宫殿之美稱。楊萬里《擬歸院柳邊迷》：「玉殿朝初退，金門馬不嘶。」

④ 老上：本爲漢初匈奴單于名號，後用以泛指北方少數民族首領。《史記·匈奴列傳》：「冒頓死，子稽粥立，號曰『老上單于』。」

⑤ 藁街：漢街名，在長安城南門内，爲屬國使節館舍所在地。陸機《飲馬長城窟行》：「振旅勞歸士，受爵藁街傳。」

⑥ 背嵬：古代大將之親隨軍。沈括《夢溪筆談·樂律一》：「旗隊渾如錦繡堆，銀裝背嵬打回回。」

⑦ 痛飲黄龍：黄龍，金國都城。《宋史·岳飛傳》：「金將軍韓常欲以五萬衆内附。飛大喜，語其下曰：『直抵黄龍府，與諸君痛飲爾！』」

送宋九青北歸時有五河之感二首〔一〕①

暇日同行折緑蒲，蕭然雲影盻雙鳧。並傷宋玉秋風賦②，再過黄公舊酒壚③。夜雨連床成獨寐，春鳩飛羽惜寒雛。伯仁泉下河山邈④，衹望君名勒鼎盂。

其二

登高猶憶插茱萸⑤，更看歸帆西北徂。盡是弟兄長日月，莫言賓客唱《驪駒》。青州寄酒方澆土，陽雁啣書幸入吴。執手平生重慷慨，好憑封事慰菰蘆⑥。

【校記】

〔一〕題目原無「二首」，據目録補。

【繫年】

據宋琮崇禎十年卒，可知此詩作於崇禎十年（一六三七）。

【箋注】

① 崇禎九年，吴偉業偕宋玫主試湖廣。此送宋玫試後返京。宋玫，字文玉，號九青。詳見《續集》卷六《吏科給事中宋公柱石墓誌銘》注。宋琮，字宗玉，號五河。宋玫長兄。崇禎十年卒。

②宋玉《九辨》：「悲哉，秋之爲氣也！蕭瑟兮草木摇落而變衰。憭栗兮若在遠行，登山臨水兮送將歸。泬寥兮天高而氣清，寂寥兮收潦而水清。憯悽增欷兮薄寒之中人。」

③《世説新語·傷逝》：「王濬沖爲尚書令，著公服，乘軺車，經黄公酒壚下過，顧謂後車客：『吾昔與嵇叔夜、阮嗣宗共酣飲於此壚，竹林之遊亦預其末。自嵇生夭、阮公亡以來，便爲時所羈紲。今日視此雖近，邈若山河。』」

④晉周顗，字伯仁。元帝時爲僕射，與王導交情頗深。永昌元年，導堂兄江州刺史王敦起兵反，導赴闕待罪。顗在元帝前爲導辯護，帝納其言而導不知。及敦入朝，問導如何處置顗，導不答，敦遂殺顗。後導知顗曾救己，不禁痛哭流涕説：「吾雖不殺伯仁，伯仁由我而死。幽冥之中，負此良友！」見《晉書·周顗傳》。後因以「伯仁」代稱亡友。

⑤化用王維《九月九日憶山東兄弟》「遥知兄弟登高處，遍插茱萸少一人」詩意，表達對亡友宋琮之悲思。

⑥菰蘆：菰和蘆葦，借指隱者所居之處，此乃自指。

望亭道中次韓芹城韻（二）①

江天初暮灞陵詩，竹木清人可自怡。飛鳥征雲寒葉落，秋光入夢雨山知。風塵有意相催急，道德忘言未敢奇。聞説胡兒鼓舞去，傷心慟哭洛陽時。

【校記】

〔一〕目録原無「韻」，據正文補。

【箋注】

①望亭道中次韓四維韻。韓四維，字張甫，號芹城，又號糝花庵主。詳見《續集》卷一《韓張甫稿序》注。望亭：原名御亭驛，唐改爲望亭，即今江蘇蘇州市相城區望亭鎮。

望亭道中分得松字同芹城孟樸三首〔一〕①

不知蘆水即秋容，苔蘚班鱗傍老松。千里夢遊皆木葉，三江顔色半芙蓉。有懷如月横前渡，最憶扁舟近早冬。昔日别離今始聚，豹裘寧肯易孤筇②。

其二

夜飲呼來問落暉，水容燭夜菊花依。狂歌袒裼秋聲共③，市里雲烟風雅譏。人學釣魚移火近，月來催酒對山微。舟中淡蕩無朝夕，平郭依然嚴子磯④。

其三次芹城韻

魚梁寂寞得無同，物外蒹葭淺水弓。不税關山成往事，半鄰泉樹動秋風。知心竹葉高人詠，潔白寒光霜雪躬。共道長安犬豕盡，曉鐘應望翠華宫。

【校記】

〔一〕題目原無「三首」，據目録補。

【箋注】

①望亭道中分得松字同韓四維、孫淳。孫淳，字孟樸。詳見《初集》卷一《五經徵文序》注。

②豹裘：用豹皮製成之服，常爲達官貴人和武將所穿。此代指富貴者。孤筇：一柄手杖，謂獨自步行。此代指隱居淡泊者。

③袒裼：脱去上衣，裸露身體。《詩·鄭風·大叔于田》：「襢裼暴虎，獻於公所。」毛傳：「襢裼，肉袒也。」

④嚴子磯：即嚴子陵釣臺，嚴光隱居處，在今浙江桐廬縣西南四十里富春山上。

次芹城弓字賦舟中瓶菊①

離離香草古人同，滿棹寒烟月一弓。近水不隨鶩雁食，孤山好避石尤風②。他年花萼知誰傍，此夜冰堅閲我躬。兄弟茱萸今再會，膽瓶初隱築琴宫。

【箋注】

①次韓四維「弓」字賦舟中瓶菊。

②石尤風：傳説古代有商人尤某娶石氏女，情好甚篤。尤遠行不歸，石思念成疾，臨死歎曰：「吾恨不能阻其行，以至於此。今凡有商旅遠行，吾當作大風爲天下婦人阻之。」見元伊世珍《瑯嬛記》引《江湖紀聞》。後因之稱逆風。南朝宋孝武帝《丁督護歌》：「願作石尤風，四面斷行旅。」

次孟樸微字賦舟中瓶菊①

重關重水並秋暉，落寞枝頭寒鳥依。梧桐方老宜高卧，雲漢無心不畏譏。籬畔任人歌《白雪》〔一〕②，山中何處夢金微。九州縈帶看君影③，冷露香生燕子磯。

【校記】

〔一〕「籬畔」，原作「籬伴」，據下句「山中」改。

【箋注】

①次孫淳「微」字賦舟中瓶菊。

②白雪：古琴曲名，傳爲春秋晉師曠所作。《淮南子·覽冥訓》：「昔者師曠奏《白雪》之音，而神物爲之下降。」

③縈帶：環繞。

舟中盆供香圓次芹城詩字①

河渚逢君未賦詩〔一〕，贈人明月今自怡。清風不共蘆花發，秋色平分橘柚知。騷雅無名甘淡薄，冰霜静夜慰高奇。涉江搴芷孤根淺，公子相思正及時。

【校記】

〔一〕「河渚」，原作「何渚」，逕改。

【箋注】

① 舟中盆供香圓次韓四維「詩」字。香圓：即香櫞。韓彦直《橘録·香圓》：「香圓大似朱欒，葉尖長，枝間有刺，植之近水乃生。其長如瓜，有及一尺四五寸者，清香襲人。横陽多有之，土人置之明窗净几間，頗可賞翫。」

賦芹城買書次韻①

欲看長袖讀韓詩，十乘高文足悦怡。搔首青天名姓在，渡江白簏月明知。碑傳蔡氏經方賦②，舟號陶家字盡奇。抱此陸離何所並③，黄山花發早春時。

【箋注】

① 韓四維買書次韻。

② 蔡邕，字伯喈，世稱蔡中郎。熹平四年，正定六經文字，以古文、篆、隸三體書之于碑，石工鐫刻，立於太學門外，世稱熹平石經。後儒晚學，以此爲正。事見《後漢書》本傳。

③ 陸離：美玉。《楚辭·劉向〈九歎·逢紛〉》：「薜荔飾而陸離薦兮，魚鱗衣而白蜺裳。」王逸注：「陸離，美玉也。」

錫山道中買泉①

城北晴風近小春，數錢買水卜秋鄰。菊花初釀宜嘗旨，蟹眼方烹欲問津②。寬帶縫衫負甕客，葛巾竹杖渡江人。堤前柳樹多迎送，脱帽盤桓荳下菌③。

【繫年】

據蔣逸雪《張溥年譜》崇禎九年條「九月，出遊蘇、錫、江陰，十月始歸。《近集》卷二有《吊五人墓》《錫山道中買泉》《雒社晚泊遊觀鵝亭》及《澄江夜行憶韓芹城》諸詩，遊蹤歷歷可辨。『菊花初釀宜嘗旨，蟹眼方烹欲問津。』（《錫山道中買泉》）故知其時正當九月。同卷緊接便爲《丙子十月横塘送葬展現李長蘅畫扇》，中云：『正逢陽月楓紅少，偏歎遺文宿草凋』，則是十月又由澄而蘇矣」云云，此詩作於崇禎九年（一六三六）九月。

【箋注】

① 錫山：位於無錫西部。

②蟹眼：茶之一種。楊伯巖《臆乘·茶名》：「茶之所産，六經載之詳矣。獨異美之名未備。……若蟾背、蝦鬚、鵲舌、蟹眼、瑟瑟塵、霏霏靄及鼓浪、湧泉、琉璃眼、碧玉池。又皆茶事中天然偶字也。」

③脱帽：形容豪放，無所檢束。杜甫《飲中八仙歌》：「張旭三杯草聖傳，脱帽露頂王公前。」

烹松蘿遲張甫①

打鼓迴帆識子舡，土壚茶熟扣冰絃②。松聲如雨寒山石，密坐聞香宿火邊③。合舫共朝十日飲，好詩不負五侯烟④。中泠匏葉楓前勝⑤，擊槳空茫鳧雁連。

【繫年】

據上詩繫年，此詩作於同一時期即崇禎九年（一六三六）九月。

【箋注】

①烹松蘿遲韓四維。松蘿：茶名。因産於安徽歙縣松蘿山，故名。許次紓《茶疏·産茶》：「若歙之松羅，吴之虎丘，錢唐之龍井，香氣穠郁，並可雁行。」

②冰絃：琴弦之美稱。傳説中有用冰蠶絲作琴弦，故稱。

③密坐：靠近而坐，形容關係親密。《文選·曹植〈與吴季重書〉》：「前日雖因常調，得爲密坐。」

④五侯烟：漢成帝封其舅王譚、王商、王立、王根、王逢時爲侯，時稱「五侯」。後泛指權貴之家。韓

翃《寒食》：「日暮漢宫傳蠟燭，輕烟散入五侯家。」張瀚《松窗夢語・先世紀》：「有意欲嘗千日酒，無心去傍五侯烟。」

⑤中泠：泉名，在今江蘇鎮江西北金山下長江中。相傳其水烹茶最佳，有「天下第一泉」之稱。

過錫山懷馬君常二首[一]①

九月征塗尚未寒，獨憐銅骨踏秋闌②。《小旻》循省生平誡③，《大過》憂危天下看④。花插茱萸人恨少，舟迷水驛樹多殘。慨慷月出思將老，料宿斜陽滿目舟[二]。

其二

離歌欲唱不能歡，集日茫茫恐百端。鴻雁弟兄從北望，魴魚河水畏秋難。朔風勁騎驅長塞，陽節仙班紆大官⑤。握手天涯傷更别，想聞珂鏀好盤桓。

【校記】

[一]題目原無「二首」，據目録補。

[二]「舟」，疑作「丹」。

【繫年】

據《錫山道中買泉》繫年，此詩作於同期即崇禎九年(一六三六)九月。

【箋注】

①馬世奇，字君常，號素修。詳見《合集·近稿》卷一《房稿王風序》注。

②銅骨：語本李賀《馬詩》其四：「此馬非凡馬，房星本是星。向前敲瘦骨，猶自帶銅聲。」

③小旻：《詩·小雅》篇名。《詩·小雅·小旻序》：「小旻，大夫刺幽王也。」鄭玄箋：「亦當爲刺厲王。」朱熹集傳：「大夫以王惑於邪謀，不能斷以從善，而作此詩。」後用以表達對讒言之憤慨。循省：省察。

④大過：《易·大過》：「大過，棟撓，利有攸往。亨。」孔穎達疏：「棟撓者謂屋棟也，本之與末俱撓弱，以言衰亂之世始終皆弱也。」後以「大過」指衰亂。陸雲《晉故散騎常侍陸府君誄》：「時值大過，士爽其德，虔惟常侍，高明柔直。」

⑤仙班：借指朝班。王世貞《武林遇李太僕歸省有贈》：「青門四明客，早晚向仙班。」

吊高景逸先生四首〔一〕①

屈平遺則在秋瀾②，此日君歸天地寒。止水鬚眉同白月，孤山草木盡芳蘭。魂遊北禁思先帝，身入黄泉愧百官。數卷流行憑後死，恨無芒劍築京觀。

其二

血碧池心紅演肝，浩然獨往豈辭難。清流盡逐歸黄土，僞學方興哭杏壇。九死靡他寧被髮③，一生無累願爲鸞。明明如水寒山寺④，飛去神京化作丹⑤。

其三

憂時深夜對金鑾，片紙封還日月端。已送昌黎歸瘴海⑥，更傷孟博縶南冠⑦。身期無辱君親慰，死誦清明社稷安。烈烈風沙勞北使，老臣何忍復加餐⑧。

其四

霜鐘不寐見星繁，滿目蒿萊麋鹿看。草野誅求惟孔孟，廟堂師濟半共歡。行吟願撫臨河操，顛頷休經惶恐灘⑨。泉下黨人碑已仆⑩，先驅螻蟻聖朝寬⑪。

【校記】

〔一〕題目原無「四首」，據目録補。

【繫年】

據《錫山道中買泉》繫年，此詩作於同期即崇禎九年（一六三六）九月。

【箋注】

① 繼六君子之獄後，魏忠賢又繼續釀成「七君子之獄」。七君子即高攀龍、周宗建、繆昌期、李應昇、

周順昌、周起元等七位正直官吏。魏忠賢借蘇杭織造太監李實所上之疏，得逮捕七人之批示，即予抓捕。天啓六年（一六二六）三月，原左都御史高攀龍在里得緹騎捕訊，投水死，年六十五。崇禎九年，張溥出遊無錫，作此詩以吊祭高攀龍。其《近集》卷七《題贈吴繼穉之光州司鐸》亦云：「高忠憲先生從容止水，遺表納忠，不動聲色，情倍哭泣。」

②屈平遺則：用屈原投水自盡之典。《楚辭·離騷》：「雖不周於今之人兮，願依彭咸之遺則。」彭咸：傳説爲殷商賢士。因不得志而投江。

③九死：猶萬死。《文選·〈楚辭·離騷〉》：「亦余心之所善兮，雖九死其猶未悔。」

④寒山寺：在今江蘇蘇州市西楓橋鎮。相傳唐詩僧寒山子曾居於此，故名。

⑤神京：帝都，首都。張大安《奉和别越王》：「麗日開芳甸，佳氣積神京。」

⑥昌黎歸瘴海：指韓愈因諫佛骨，貶官潮州事。《新唐書》卷一百七十六《韓愈傳》：「乃貶潮州刺史。既至潮，以表哀謝曰：……臣所領州，在廣府極東，過海口，下惡水，濤瀧壯猛，難計期程，颶風鰐魚，患禍不測。州南近界，漲海連天，毒霧瘴氛，日夕發作。臣少多病，年纔五十，髮白齒落，理不久長。加以罪犯至重，所處遠惡，憂惶慚悸，死亡無日。」

⑦孟博縶南冠：指范滂（字孟博）被逮繫獄事。《後漢書》卷六十七《范滂傳》：「建寧二年，遂大誅黨人，詔下急捕滂等。督郵吴導至縣，抱詔書，閉傳舍，伏牀而泣。滂聞之，曰：『必爲我也。』即自詣獄。縣令郭揖大驚，出解印綬，引與俱亡。曰：『天下大矣，子何爲在此？』滂曰：『滂死則

禍塞，何敢以罪累君，又令老母流離乎！』其母就與之訣。滂白母曰：『仲博孝敬，足以供養，滂從龍舒君歸黄泉，存亡各得其所。惟大人割不可忍之恩，勿增感戚。』母曰：『汝今得與李、杜齊名，死亦何恨！既有令名，復求壽考，可兼得乎？』滂跪受教，再拜而辭。顧謂其子曰：『吾欲使汝爲惡，則惡不可爲；使汝爲善，則我不爲惡。』行路聞之，莫不流涕。時年三十三。」

⑧ 加餐：謂多進飲食，保重身體。《後漢書·桓榮傳》：「願君慎疾加餐，重愛玉體。」

⑨ 惶恐灘：贛江十八灘之一，在今江西萬安境内。蘇軾《八月七日初入贛過惶恐灘》：「七千里外二毛人，十八灘頭一葉身。山憶喜歡勞遠夢，地名惶恐泣孤臣。」文天祥《過零丁洋》：「惶恐灘頭説惶恐，零丁洋裏歎零丁。」

⑩ 黨人碑：宋哲宗元祐元年，司馬光爲相，盡廢神宗熙寧、元豐間王安石新法，恢復舊制。紹聖元年章惇爲相，復熙豐之制，斥司馬光爲奸黨，貶逐出朝。徽宗崇甯元年蔡京爲宰相，盡復紹聖之法，並立碑於端禮門，書司馬光等三百零九人之罪狀，後因星變而毀碑。其後黨人子孫更以先祖名列此碑爲榮，重行摹刻。何景明《寄李郎中》：「海内競傳《高士傳》，朝廷誰訴黨人碑。」

⑪ 先驅螻蟻：《戰國策·楚策一》：「大王萬歲千秋之後，願得以身試黄泉，蓐螻蟻。」後以「先驅螻蟻」喻效命於人，願先人而死。

吊五人墓二首〔一〕①

歌舞亭臺一土墳，愁聽鬼哭日方曛。要離枯骨城頭月②，伍相精靈江上雲。南北人來祠青草，白衣冠送出河汾。豺狼從此收牙吻，不愧吴中君子軍。

其二

壯士呼聲雷雨殷，闔閭城内痛如焚。牛羊晚下皆哀汝，簫鼓舡來亦吊君。詩滿江州傷李白，悲同東海葬田文③。老翁灑掃葵蒲扇，古道寒丘驅蚋蚊〔二〕。

【校記】

〔一〕題目原無「二首」，據目録補。

〔二〕「蚋蚊」，原作「呐蚊」，逕改。

【繫年】

據《錫山道中買泉》繫年，此詩作於同期即崇禎九年（一六三六）九月。

【箋注】

①五人墓在今江蘇蘇州虎丘山塘街。詳見《初集》卷六《五人墓碑記》注。

②要離：春秋末吴國刺客。相傳由伍子胥推薦給吴王闔閭，謀刺在衛之王子慶忌。施苦肉計，請吴王殺其妻子，斷其右手，僞裝得罪出奔。及到衛國，謀求親近慶忌，假意獻謀殺闔閭之策。同舟渡江時，刺死慶忌後自殺。見《吴越春秋·闔閭内傳》。

③田文：田嬰之子，襲封於薛，號孟嘗君。與魏信陵君、趙平原君、楚春申君並稱「戰國四君」。輕

財下士，門下食客三千人。齊湣王時爲相國，曾聯合韓、魏打敗楚、秦。

早過虎丘同孟樸①

倦游何以問江東，夜色將殘一樹紅。白鶴横來看醉客，青山依舊送飛蓬。印須我友平原約〔一〕②，水亦爲家明月中。曉起寒流仍瀲灎，虎溪蘿薜未曾通。

【校記】

〔一〕「印須」，原作「邛須」，逕改。

【繫年】

據《錫山道中買泉》繫年，此詩作於同期即崇禎九年（一六三六）九月。

【箋注】

① 同孫淳早過虎丘。孫淳，字孟樸。詳見《初集》卷一《五經徵文序》注。

② 語見《詩·邶風·匏有苦葉》：「招招舟子，人涉印否。人涉印否，印須我友。」

滸墅遲芹城①

感慨盈懷不肯降，從容應是遠來艭。豈無風雨留名士，更識衣冠自大邦。魯國儒生談嶧水，遼陽烽信到吴江。招君千里秋潭影，野色縱横破紙窗。

【繫年】

據《錫山道中買泉》繫年，此詩作於同一時期即崇禎九年（一六三六）九月。

【箋注】

①韓四維，字張甫，號芹城，又號糝花庵主。詳見《續集》卷一《韓張甫稿序》注。

就婚詩次雍瞻韻①

驕雲初合水中央，鳴玉輜軿十二行②。自是雁雝求旭旦③，非關風雪在河梁④。吹笙雒浦迎仙子，聽曲蒹葭美孟姜⑤。書簏隨身鐘鼓夜，鄭玄家婢誦豯房⑥。

【箋注】

①就婚詩次侯岐曾韻。侯岐曾，字雍瞻。侯峒曾弟。詳見《初集》卷一《陳威如稿序》注。

②輜軿：輜車，軿車，古代有帷幕之車，多爲婦女所乘。此指迎親之車。

③語本《詩·邶風·匏有苦葉》：「雝雝鳴雁，旭日始旦。士如歸妻，迨冰未泮。」王先謙《詩三家義集疏·匏有苦葉》注云：「魯説曰：嫁娶必以春何？春者天地交通，萬物始生，陰陽交際之時也。齊説曰：冰泮將散，鳴雁雍雍。丁男長女，可以會同，生育賢人。」

④河梁：古指送别之地。語出李陵《與蘇武》：「攜手上河梁，遊子暮何之？……行人難久留，各言

長相思。」

⑤ 孟姜：春秋時齊爲姜姓，故稱齊君之長女爲孟姜，亦泛指世族婦女或美貌女子。《詩·鄭風·有女同車》：「彼美孟姜，洵美且都。」

⑥ 鄭玄家婢：《世説新語·文學》：「鄭玄家奴婢皆讀書。嘗使一，不稱旨，將撻之，方自陳説，玄怒，使人曳著泥中。須臾，復有一婢來，問曰：『胡爲乎泥中？』答曰：『薄言往愬，逢彼之怒。』」後以「鄭玄家婢」指知書之婢僕。

迎婦詩次雍瞻韻①

瀼露參横恐夜央②，屏風初立玉人行③。方吟無絮連春幌，正插飛凰照月梁。上谷烟華惟吉士④，鹿門衣服是姬姜⑤。夾衢花滿生燈蕊，蓮子催妝恰並房⑥。

【箋注】

① 迎婦詩次侯岐曾韻。參見前詩。

② 參横：參星横斜，指夜深。曹植《善哉行》：「月没參横，北斗闌干。」

③ 玉人：容貌美麗者。《晉書·衛玠傳》：「（玠）年五歲，風神秀異。……總角乘羊車入市，見者皆以爲玉人，觀之者傾都。」後多以稱美女。元稹《鶯鶯傳》：「隔牆花影動，疑是玉人來。」

④ 吉士：男子之美稱。《詩·召南·野有死麕》：「有女懷春，吉士誘之。」亦用作明清時庶吉士之簡稱。

⑤鹿門：後漢龐德公攜妻子登鹿門山，采藥不返。後以指隱士所居之地。杜甫《冬日有懷李白》：「未因乘興去，空有鹿門期。」姬姜：泛指美女。《文選·任昉〈王文憲集序〉》：「室無姬姜，門多長者。」李周翰注：「姬姜，美女也。」

⑥催妝：舊俗新婦出嫁，必多次催促，始梳妝啓行。

九月晦夜雷〔一〕

若言非雨樹聲來，一水驚看天欲開。日影寒鴉留暮色，夜光湖海照君才。别離滿目三秋露，感慨明朝十月雷。猶望登臺星退合，詩傳慶曆有徂徠①。

【校記】

〔一〕「九月」，原作「九日」，據「感慨明朝十月雷」改。

【箋注】

①《宋史》卷四百三十二《石介傳》：「石介，字守道，兖州奉符人。進士及第，歷鄆州、南京推官。篤學有志尚，樂善疾惡，喜聲名，遇事奮然敢爲。……丁父母憂，耕徂徠山下，葬五世之未葬者七十喪。以《易》教授于家，魯人號介徂徠先生。……章得象、晏殊、賈昌朝、范仲淹、富弼及琦同時執政，歐陽脩、余靖、王素、蔡襄並爲諫官，介喜曰：『此盛事也，歌頌吾職，其可已乎！』作《慶曆聖德詩》。」

讀芹城詩①

高歌金谷滿園花②，勝是長安奏獻豝。白雪方飛河上柳，清聲獨聽水中葭。鄧州夫子昌黎谷③，供奉新詩李白家④。連袂山川俱絶調，木蘭尚有舊籠紗。

【箋注】

① 讀韓四維詩。韓四維，字張甫，號芹城，又號糝花庵主。詳見《續集》卷一《韓張甫稿序》注。

② 金谷：即金谷園，晉石崇修建。石崇有《金谷詩序》備述其盛。

③ 鄧州夫子：韓愈，字退之，鄧州南陽人。

④ 供奉新詩：供奉，指李白，曾官翰林供奉。《新唐書》卷二百二《李白傳》：「天寶初，南入會稽，與吴筠善，筠被召，故白亦至長安。往見賀知章，知章見其文，歎曰：『子，謫仙人也！』言於玄宗，召見金鑾殿，論當世事，奏頌一篇。帝賜食，親爲調羹，有詔供奉翰林。白猶與飲徒醉于市。帝坐沉香子亭，意有所感，欲得白爲樂章，召入，而白已醉，左右以水頮面，稍解，授筆成文，婉麗精切，無留思。」

聞北闈改期

野蘋心惻慰相求，多事方逢胡馬秋。盡説劉蕡能直諫①，不須揚子《畔牢愁》②。封侯有筆開西域③，壯士能文歌六州。莫道霜天鐵笛晚④，黄花槐色爲人留。

【箋注】

①《新唐書》卷一百七十八《劉蕡傳》：「劉蕡，字去華，幽州昌平人。……大和二年，舉賢良方正能直言極諫，帝引諸儒百餘人于廷。……是時，第策官左散騎常侍馮宿、太常少卿賈餗、庫部郎中龐嚴見蕡對嗟伏，以爲過古晁、董，而畏中官眦睚，不敢取。士人讀其辭，至感概流涕者。諫官御史交章論其直。」

②畔牢愁：揚雄所作辭賦篇名，已佚。《漢書·揚雄傳》：「又旁《惜誦》以下至《懷沙》一卷，名曰《畔牢愁》。」顔師古注引李奇曰：「畔，離也。牢，聊也。與君相離，愁而無聊也。」

③用東漢班超投筆從戎，出使西域，封定遠侯之典。見《後漢書·班超傳》。

④鐵笛：鐵製笛管，相傳隱者、高士善吹此笛，笛音響亮非凡。朱熹《武夷精舍雜詠·鐵笛亭序》：「（武夷山中之隱者劉君）善吹鐵笛，有穿雲裂石之聲。」

遇馮留仙大參還師①

日月爲章漢使求，吉行又是蓼花秋②。七旬干羽苗能格③，今夜風烟海不愁。誓欲滅奴凌瀚水，歸來洗甲説凉州。三軍未戰先吞血，薄伐聲聞孰敢留④。

【繫年】據《明史·馮元飈傳》「（崇禎）十一年，濟南被兵，攝濟寧兵備事」，此詩蓋作於崇禎十一年（一六三八）。

【箋注】

①馮元飈，字爾賡，號留仙。詳見《合集·詩稿》卷一《送馮留仙工部歸里》注。大參：參政别稱。

②吉行：爲吉事而行。《漢書·王吉傳》：「臣聞古者師日行三十里，吉行五十里。」

③干羽：指文德教化。張孝祥《六州歌頭》：「干羽方懷遠，静烽燧，且休兵。」

④薄伐：征伐，討伐。《詩·小雅·出車》：「赫赫南仲，薄伐西戎。」

咏金柱史事次芹城韻二首[一]①

造物寧私一小臣，天王明聖許忘身。墀頭王佩承新寵，殿上蒼鷹擊佞人②。震怒自今皆主澤，直言在下即君仁。蘭臺呼吸通閶闔③，風雨飛來若有神。

其二

大馬懷恩草莽臣，上書沐浴聖賢身。從來膚髮歸明主，此日風雷感一人。北闕冠裳思國耻④，山東父老誦皇仁。陵園洒掃勤松柏，依舊清明儼若神。

【校記】

〔一〕題目原無「二首」，據目録補。復旦本本詩全闕。

【箋注】

①咏金柱史事次韓四維韻。金柱，字國楨。光緒《上虞縣志》卷十：「金柱，字國楨。嘉靖癸丑進士，除高安令。以剿巨寇周馬三功，調江陰。江陰近海島，前令以倭反被刑。柱至未浹旬，倭圍城四十有九日，柱誓死堅守，畫奇大破之，斬首千餘。自是倭不敢南向。召入爲兵部郎。柱平生剴直，不能與世依阿。會忤墨相，遂出廬州教授。尋遷裕州守，招撫流移二千二百餘家，墾荒三千五百餘頃，捐俸配耦，給牛種，麥歧兩呈，國人立祠祀焉。」

②殿上蒼鷹：典出《漢書》卷九十《郅都傳》：「都遷爲中尉，丞相條侯至貴居也，而都揖丞相。是時民樸，畏罪自重，而都獨先嚴酷，致行法不避貴戚，列侯宗室見都側目而視，號曰『蒼鷹』。」

③蘭臺：指御史臺。漢代御史中丞掌管蘭臺，故稱。

④冠裳：指官宦士紳。高彦休《唐闕史·虎食伊璠》：「冠裳農賈，挈妻孥潛跡而出者，不可勝記。」

即事次韻〔一〕

滄江摇落獨何心，向晚孤吟黄菊衾。但見鶴魚趨下瀨，不聞蘆管渡榆林。續成神女蘭香賦①，寫出柴桑元亮音②。同客深宵彈《别鵠》③，中朝回首痛遺簪④。

【校記】

〔一〕復旦本本詩全闕。

【箋注】

①蘭香：即杜蘭香，東晉女詩人，號稱「神女」，名在桂陽張碩之上。曹毗曾續其歌詩十篇。

②元亮：陶潛，字淵明，一字元亮，尋陽柴桑人。詩文辭賦俱佳，尤以詩著名，開田園詩派。

③别鵠：琴曲名，一名「别鶴操」。崔豹《古今注》：商陵牧子娶妻五年而無子，父兄擬爲之改娶。「妻聞之，中夜起，倚户而悲嘯。牧子聞之，愴然而悲，歌曰：『將乖比翼隔天端，山川悠遠路漫漫，攬衣不寐食忘餐。』」

④遺簪：《韓詩外傳》卷九載：孔子出遊，遇一婦人失落簪子而哀哭。孔子弟子勸慰她。婦人曰：「非傷亡簪也，吾所以悲者，蓋不忘故也。」後以「遺簪」喻舊物或故情。

聞虜信次韻

漢時出塞羽林軍，懸版方書露布文①。牛渚風光江北少，戰場花草鐵衣分。争看虎士倚紅袖，共羡長秋坐錦雲。鎖鑰天雄霜落後②，莫教胡馬更成群。

【箋注】

①方書：官府文書，案牘。露布：征討檄文。趙翼《陔餘叢考·露布》：「自賈洪作此討曹操後，遂

專用於軍事。」

②鎖鑰：喻軍事重鎮，出入要道。王君玉《國老談苑二》：「準曰：『主上以朝廷無事，北門鎖鑰，非準不可。』」

吊唐墅浦貞女次韻①

暮雲擊筑動哀禾②，蓬首粗裳赴緑波。野井花生月正出，金刀血碧夜如何。共聞琴水樵人嘆，豈獨楓江吊客多。龐吠影迴青草塚，霜寒猶聽《木蘭歌》③。

【箋注】

①唐墅：今常熟唐市鎮。原名尤涇市。明正統初，唐姓招商成市，嘉靖八年唐姓聚居，改名唐墅或東唐墅。浦貞女，待考。

②擊筑：《史記·刺客列傳》：「至易水之上，既祖，取道，高漸離擊筑，荆軻和而歌，爲變徵之聲，士皆垂淚涕泣。」後以「擊筑」喻指慷慨悲歌或悲歌送别。

③木蘭歌：即古樂府《木蘭詩》，云花木蘭女扮男裝、代父從軍事。

次韻詠芹城藏墨①

硯影方翻雲下禾，縹衣欲夜月生波。《玄經》擬《易》應如北②，學士傷秋奈老何。面目三山襟袖冷，衣冠四皓雪霜多③。錦成文字君偏富，翡翠床前玉杵歌。

【箋注】

①韓四維，字張甫，號芹城，又號糝花庵主。詳見《續集》卷一《韓張甫稿序》注。

②《玄經》擬《易》：《漢書》卷八十七《揚雄傳》：「以爲經莫大於《易》，故作《太玄》。」因仿《易》而成此書，故世以「經」名之。

③四皓：指秦末隱居商山之東園公、角里先生、綺里季、夏黃公。四人鬚眉皆白，故稱商山四皓。高祖召，不應。後高祖欲廢太子，吕后用張良計，迎四皓，使輔太子，高祖以太子羽翼已成，乃消除改立太子之意。事見《史記·留侯世家》《漢書·張良傳》。

王與游同受先入山看梅梅未盡放然恨不能從次韻志懷二首（一）①

山中招隱問雙栖，人日君來我復西②。雨色平分同白社③，潮聲漸小半青霓。鱗鱗梅屋花前酒，歷歷春茆雲外溪。滿載寒詩酬午夢，鉢殘還付錦囊奚④。

其二

勁風撲被念清晨，晴雨關心亦小因。絃管似秋木葉夜，杖瓢初度鹿裘人。雪山放屐藤蘿静，黄笠呼朋眉犢親。自恨春絲牽樹短，西泠高士舊花身。

【校記】

〔一〕題目原無「二首」，據目録補。

【繫年】

據張采《知畏堂文存》卷十《遊鄧蔚山記》「丁丑冬，約與游王子初春同訪，期正月七日行。與游辭早，余恐遲此則家園梅放，意不得該，遂定期」，可知此詩作於崇禎十一年（一六三八）正月。

【箋注】

①王志慶同張采入鄧蔚山看梅，時在正月初七，詳見張采《知畏堂文存》卷十《遊鄧蔚山記》：「爲吴人四十三歲，性鄙而好獨，吴勝地未嘗一寓屐。聞鄧蔚梅花幾萬株，花開時，十餘里盡白，心動。丁丑冬，約與游王子初春同訪，期正月七日行。與游辭早，余恐遲此則家園梅放，意不得該，遂定期。」張采《知畏堂詩存》卷四亦有《同與游父子入郡約孟宏看梅舟行二首時初八爲穀日》，可參。同治《蘇州府志》卷六：「鄧蔚山，在府西南六十里錦峰山西南，相傳漢有鄧尉隱此。亦名光福山，以地名光福里也。山之東麓一里有妙高峰，下有七寶泉，西有壽巖泉，山之西北曰龜山。」

②人日：正月初七。

③白社：在河南洛陽東。葛洪《抱朴子·雜應》：「洛陽有道士董威輦，常止白社中，了不食，陳子

叙共守事之。」此借指隱逸之處。

④錦囊奚：典出李商隱《李長吉小傳》：「恒從小奚奴，騎駏驉，背一古破錦囊，遇有所得，即書投囊中。」

洛社晚泊遊觀鵝亭①

古寺依然王謝家，黍禾初熟市魚蝦。山陰舊榻摹殘壁②，白下清談怨落花。晉代衣冠江左客③，秦時阡陌邵陵瓜④。莊嚴非復金輪相，修禊年年説永嘉⑤。

【繫年】

據蔣逸雪《張溥年譜》崇禎九年條「九月，出遊蘇、錫、江陰，十月始歸。《近集》卷二有《吊五人墓》《錫山道中買泉》《洛社晚泊遊觀鵝亭》及《澄江夜行憶韓芹城》諸詩，遊蹤歷歷可辨。『菊花初釀宜嘗旨，蟹眼方烹欲問津。』（《錫山道中買泉》）故知其時正當九月。同卷緊接便爲《丙子十月横塘送葬展現李長蘅畫扇》，中云：『正逢陽月楓紅少，偏歎遺文宿草凋』，則是十月又由澄而蘇矣」云云，此詩作於崇禎九年（一六三六）九月。

【箋注】

①洛社，在無錫西北境招義鄉十二都。東晉大書法家王羲之曾在此建别墅，築觀鵝亭，開洗硯池。

②山陰：王羲之代稱。王羲之曾居會稽山陰，故以代指。謝肇淛《五雜俎·人部三》：「文徵仲得

筆法於𡾰子山，而參以松雪，亦時爲黄、米二家書，然皆非此公當行，惟小楷正書，即山陰在世，亦當虚高足一席。」

③化用李白《登金陵鳳凰臺》：「吴宫花草埋幽徑，晉代衣冠成古丘。」衣冠：指官吏。

④邵陵瓜：即東陵瓜。邵平，秦故東陵侯，秦亡後，爲布衣，種瓜長安城東青門外，瓜味甜美，時人謂之「東陵瓜」。後以之代退隱者行爲。

⑤修禊：古代民俗於農曆三月上旬巳日（三國魏以後始固定爲三月初三）到水邊洗濯嬉戲，以祓除不祥，稱爲修禊。

泊舟洛社遲張甫不至戲拈遲字韻①

宛在中央豈路歧，榜人信宿故遲遲②。遥聞鼓吹懸三峽，更盻風橈望九疑③。燕子試飛秋興淺，酒帘惜别野花羈。鵝亭遺石傷人老，夜照闌干影漸移④。

【繫年】

據上詩繫年，此詩作於同期即崇禎九年（一六三六）九月。

【箋注】

①韓四維，字張甫，號芹城，又號糝花庵主。詳見《續集》卷一《韓張甫稿序》注。

②榜人：船夫，舟子。信宿：連宿兩夜。

③九疑：亦作「九嶷」。在湖南寧遠縣南。《山海經·海内經》：「南方蒼梧之丘，蒼梧之淵，其中有九嶷山，舜之所葬，在長沙零陵界中。」郭璞注：「其山九溪皆相似，故云『九疑』。」

④闌干：借指北斗。

贈管君售艶詩①

士女添香夜有暉，星光移水博山依②。曲房金鴨羅浮夢③，翠管珠襦芍藥圍。人在錦屏辭赤鳳④，春多紅雨送湘妃⑤。珊闌莫葬梨花後，曉織流黄仙子機。

【箋注】

①管士琬，字君售。詳見《初集》卷一《管陳二子合刻序》注。

②博山：博山爐之簡稱。鮑照《擬行路難》之二：「洛陽名工鑄爲金博山，千斲復萬鏤，上刻秦女攜手仙。」

③曲房：内室，密室。枚乘《七發》：「往來遊讌，縱恣于曲房隱間之中。」金鴨：一種鍍金之鴨形銅香爐。戴叔倫《春怨》：「金鴨香消欲斷魂，梨花春雨掩重門。」羅浮夢：傳説隋開皇中，趙師雄於羅浮山遇一女郎。與之語，則芳香襲人，語言清麗，遂相飲竟醉，及覺，乃在大梅樹下。見舊題唐柳宗元《龍城録》。

④錦屏：指婦女居處，閨閣。温庭筠《蕃女怨》：「年年征戰，畫樓離恨錦屏空，杏花紅。」赤鳳：漢

成帝皇后趙飛燕所通宫奴名。舊題漢伶玄《趙飛燕外傳》：「后所通宫奴燕赤鳳者，雄捷能超觀閣，兼通昭儀。」後以喻指情人。李商隱《可歎》：「梁家宅裏秦宫入，趙后樓中赤鳳來。」

⑤湘妃：舜二妃娥皇、女英。相傳二妃没於湘水，遂爲湘水之神。

贈陳君偉艶詩①

細雨清風傍酒壚，短裳茹藘學提壺②。麗淫誰氏邯鄲女③，歌舞何人衛子夫④。千殿花開迷窈窕⑤，《十香詞》就濯肌膚⑥。柔荑新柳耶溪畔⑦，笑靨全身紅玉鏤。

【箋注】

①陳君偉，待考。

②茹藘：指茹藘所染之絳紅色。《詩·鄭風·出其東門》：「縞衣茹藘，聊可與娱。」毛傳：「茹藘，茅蒐之染女服也。」此蓋用卓文君當壚賣酒事。

③麗淫：艶麗。邯鄲女：即秦羅敷。吴兢《樂府古題要解·陌上桑》：「邯鄲女子秦姓名羅敷爲邑人千乘王仁妻，仁後爲趙王家令。」

④衛子夫：漢武帝皇后。初爲平陽公主家歌女，後入宫。元朔元年，生戾太子，被立爲皇后。

⑤千殿花開迷窈窕：此喻楊貴妃貌美羞花。白居易《長恨歌》：「天生麗質難自棄，一朝選在君王側。迴眸一笑百媚生，六宫粉黛無顔色。」李白《清平調詞》其一：「雲想衣裳花想容，春風拂檻露

華濃。」

⑥十香詞：遼道宗皇后蕭觀音作《十香詞》。一説樞密使耶律乙辛弄權，常疾蕭觀音家不從己，於是假蕭觀音之名僞作《十香詞》以陷害之。

⑦柔荑：柔軟而白之茅草嫩芽，喻指女子手柔嫩白皙。語本《詩·衛風·碩人》：「手如柔荑，膚如凝脂。」耶溪：即若耶溪，傳説西施浣紗處。

烹秋芥共韓芹城嘗之①

涼風襟袖識茶鐺，新汲江流試小烹。學士宵來楓葉冷，高人酒並菊花清。詩心與子俱烟水，茗社惟君是老更②。謖謖松邊成獨寄③，不關楊柳爲春酲④。

【箋注】

①烹秋芥與韓四維共嘗。韓四維，字張甫，號芹城，又號糝花庵主。詳見《續集》卷一《韓張甫稿序》注。

②老更：「三老五更」之省。古代設三老五更之位，天子以父兄之禮養之。《禮記·樂記》：「食三老五更於大學。」鄭玄注：「三老五更，互言之耳，皆老人更知三德五事者也。」孔穎達疏：「三德謂正直、剛、柔。五事謂貌、言、視、聽、思也。」

③謖謖松邊：語本《世説新語·賞譽》：「世目李元禮謖謖如勁松下風。」劉孝標注引《李氏家

傳》：「嶕嶽峙淵清，峻貌貴重。」

④春酲：春日醉酒後之困倦。元稹《襄陽爲盧竇紀事》之三：「猶帶春酲懶相送，櫻桃花下隔簾看。」

孫孟樸詩答韓芹城楷字工妙次韻同寄①

長嘯書摹王右軍②，驛庭空寄《北山文》③。赤城瀑布惟君寫④，清廟明堂與子分⑤。金石有聲應不夜，江山入夢盡爲雲。陳思洛女相逢日⑥，未及秋紈楊柳群。

【箋注】

①次孫淳答韓四維詩韻。孫淳，字孟樸。詳見《初集》卷一《五經徵文序》注。

②王右軍：即書聖王羲之，曾任右軍將軍，真、行、草、隸俱擅，其《蘭亭集序》有「天下第一行書」之譽。

③北山文：《北山移文》之省稱。《文選·孔稚圭〈北山移文〉》吕向題解：「鍾山在都北。其先周彦倫隱於此山，後應詔出爲海鹽縣令。今欲却過此山，孔生乃假山靈之意移之，使不許得至，故云『北山移文』。」

④赤城：山名，在浙江天台北。土石色赤而狀如城堞，故稱。

⑤清廟：即太廟，古代帝王之宗廟。《詩·周頌·清廟》：「於穆清廟，肅雝顯相。」明堂：古代帝王

宣明政教之地。凡朝會、祭祀、慶賞、選士、養老、教學等大典，都在此舉行。《孟子·梁惠王下》：「夫明堂者，王者之堂也。」

⑥ 陳思洛女：此用曹植作《洛神賦》，詠洛神宓妃事。

泛西氿次韓芹城韻柬徐位甫二首〔一〕①

遍野寒除剪緑禾，中流緩擊木蘭波。邊城水闊同無際，我亦卿愁喚奈何。菱雁不知彭澤隱②，雲烟亦似洞庭多。簭冠訪友西郊勝③，今夕樵漁學醉歌。

其二

西風習習到殘禾，千屋鱗鱗層水波。日色三江從此落，城頭五里奈秋何。溪如罨畫遊人集〔二〕④，郭近茶村竹箭多⑤。獨傲秦淮走馬客⑥，花鈴未解慰勞歌。

【校記】

〔一〕題目原無「二首」，據目録補。「西氿」，原作「西汍」，逕改。

〔二〕「罨」，曾肖點校本誤作「庵」。

【箋注】

① 泛西氿次韓四維韻柬徐懋賢。徐懋賢，字位甫，常州府人，與其弟徐遵湯俱入復社。見《續集》卷

一《徐位甫稿序》注。西氿湖、東氿湖，在江蘇宜興。萬曆《常州府志》卷二：「宜興兩脅皆水，西曰西氿，東曰東氿。水以氿名，以其長九里也。西氿凡二，合二十七里。」

② 彭澤：陶潛曾爲彭澤令，因以借指陶潛。王勃《滕王閣詩序》：「睢園緑竹，氣凌彭澤之樽；鄴水朱華，光照臨川之筆。」

③ 籜冠：竹皮冠。陸龜蒙《奉和襲美夏景沖澹偶作次韻》之一：「蟬雀參差在扇紗，竹襟輕利籜冠斜。」

④ 罨畫：色彩鮮明之繪畫。楊慎《丹鉛總録·訂訛·罨畫》：「畫家有罨畫，雜彩色畫也。」多用以形容自然景物或建築物等的艷麗多姿。葉適《送惠縣丞歸陽義》：「二嶺描成翠骨堆，一川罨畫繡徘徊。」

⑤ 竹箭：細竹。《爾雅·釋地》：「東南之美者，有會稽之竹箭焉。」

⑥ 走馬客：指俠客或刺客。

澄江夜行憶韓芹城①

水灣緑暗一燈留，各夜思君秉燭遊〔一〕②。童子清泉俱畫裏，故人新月並山頭。酒傳花影珊瑚樹，詩落星光鸚鵡洲③。獨有潮聲隨日下，梁溪欸乃别離愁④。

【校記】

〔一〕「各夜」，疑作「客夜」。

【繫年】

據《錫山道中買泉》繫年，此詩作於同期即崇禎九年（一六三六）九月。

【箋注】

①澄江夜行憶韓四維。澄江：江陰别稱。古長江流至此江面驟寬，流緩沙沉，故有此稱。俞巨源《江陰縣志序》：「大江自京口來，委折而南，浩漾澎湃，勢益壯越，數百里聚爲澄江之區。」

②《古詩十九首》其十五：「晝短苦夜長，何不秉燭遊。」李白《春夜宴從弟桃花園序》：「夫天地者，萬物之逆旅也；光陰者，百代之過客也。而浮生若夢，爲歡幾何？古人秉燭夜遊，良有以也。」

③鸚鵡洲：在今武漢西南長江中。相傳東漢末江夏太守黄祖長子射在此大會賓客，有人獻鸚鵡，禰衡作《鸚鵡賦》，故名。後衡爲黄祖所殺，葬此。

④欸乃：象聲詞，摇櫓聲。元結《欸乃曲》：「誰能聽欸乃，欸乃感人情。」題注：「棹船之聲。」柳宗元《漁翁》：「烟銷日出不見人，欸乃一聲山水緑。」

丙子十月横塘送葬展視李長蘅畫扇①

二十五年人似此，再遊不負虎山橋。正逢陽月楓紅少②，偏歎遺文宿草凋③。團扇秋風仍舊日，素車白馬自今朝④。湖光四面難攜去，出入君懷半臂綃。

【繫年】

據詩題，可知此詩作於崇禎九年（一六三六）十月。

【箋注】

① 李流芳，字長蘅，歙縣人。詳見《續集·別集》卷一《題沈興公畫册》注。横塘：古堤名，在江蘇吴縣西南。賀鑄《青玉案·横塘路》：「凌波不過横塘路，但目送、芳塵去。」

② 陽月：農曆十月别稱。董仲舒《雨雹對》：「十月，陰雖用事，而陰不孤立。此月純陰，疑於無陽，故謂之陽月。」

③ 遺文：即遺作。元結《篋中集序》：「已長逝者，遺文散失；方阻絶者，不見近作。」蘇軾《林子中以詩寄文與可及余與可既没追和其韻》：「遺文付來哲，後事待諸友。」

④ 素車白馬：《後漢書·獨行傳·范式》載：范式，字巨卿，與張劭爲友。劭死，式馳赴之，未至而喪已發引。既至壙，將窆，柩不肯進。遂停柩移時，乃見素車白馬，號哭而來。劭母望之曰：「是必范巨卿也。」式因執紼而引，柩於是乃前。後遂以「素車白馬」爲送葬之辭。

和頭上花開韻二首〔一〕①

吹盡珊瑚秋水砧，盤龍小髻落花陰②。枕中香氣梧桐雨，鏡裏雲房蛺蝶心。螺黛緑垂千朵並，守宫紅裩一枝簪。夜闌拖帶烏鴉影，浴罷金盆樹底尋。

其二

細霧輕風桃葉舟，美人雲鬟楚山秋。歌成楊柳裁團扇，月照蓮花正並頭。檀樹返魂迷子夜，蘼蕪生死夢金鈎。昭陽飛燕今同伴③，雕玉爲梁翡翠樓。

【校記】

〔一〕題目原無「二首」，據目録補。

【繫年】

據前後詩作時，此詩蓋作於崇禎九年(一六三六)秋。

【箋注】

① 與友人唱和。

② 盤龍小髻：即盤龍髻，指婦女盤繞卷曲的髮髻。

③ 昭陽飛燕：昭陽，漢宫名。飛燕，即趙飛燕。《漢書》卷九七下《外戚傳》：「孝成趙皇后，本長安宫人。初生時，父母不舉。三日不死，乃收養之。及壯，屬陽阿主家，學歌舞，號曰飛燕。成帝嘗微行出，過陽阿主，作樂。上見飛燕而説之，召入宫，大幸。有女弟復召入，俱爲倢伃，貴傾後宫。」李白《宫中行樂詞》其二：「宫中誰第一，飛燕在昭陽。」

次韓芹城韻賀簡臣登賢書①

一鶚如君已足多②，仙人名姓動山河。詩存《清廟》音追雅，文挾金聲義不磨。今日鎖廳推子固③，明年史館並東坡④。脊令四海應同喜，伯氏吹壎作好歌⑤。

【繫年】

據周銓崇禎九年鄉試中舉，可知此詩作於崇禎九年（一六三六）秋鄉試後。

【箋注】

①次韓四維韻賀周銓鄉試中式。周銓，字簡臣。詳見《初集》卷一《周氏一家言序》注。登賢書：科舉時代稱鄉試中式爲登賢書。

②一鶚：《漢書・鄒陽傳》：「臣聞鷙鳥累百，不如一鶚。」顏師古注：「孟康曰：『鶚，大鵰也。』如淳曰：『鷙鳥比諸侯，鶚比天子。』鷙擊之鳥，鷹鸇之屬也。鶚自大鳥而鷙者耳，非鵰也。」後用以比喻出類拔萃之鯁直之臣。

③鎖廳：借指科舉考試。吴偉業《壽總憲龔公芝麓》：「此地異才爲亂出，論文高話鎖廳秋。」《宋史》卷三百一十九《曾鞏傳》：「曾鞏，字子固，建昌南豐人。……中嘉祐二年進士第。調太平州司法參軍，召編校史館書籍，遷館閣校勘、集賢校理，爲實録檢討官。」

④《宋史》卷三百三十八《蘇軾傳》：「嘉祐二年，試禮部。方時文磔裂詭異之弊勝，主司歐陽脩思

有以救之，得軾《刑賞忠厚論》，驚喜，欲擢冠多士，猶疑其客曾鞏所爲，但置第二；復以《春秋》對義居第一，殿試中乙科。」

⑤伯氏吹壎：語出《詩·小雅·何人斯》：「伯氏吹壎，仲氏吹篪。」鄭箋：「伯、仲，喻兄弟也。我與女恩如兄弟，其相應和如壎篪，以言俱爲王臣，宜相親愛。」

又次王與游韻賀周簡臣①

裘馬當年説五陵，鴻遊萬里大文憑。獨憐聽曲江州夜，且慰高談北海朋②。風雨弟兄惟子念，春秋麟角自君稱。榜花次第人争看③，直節家庭抱玉冰④。

【繫年】

據周銓崇禎九年鄉試中舉，可知此詩作於崇禎九年（一六三六）秋鄉試後。

【箋注】

①又次王志慶韻賀周銓。參見前詩。王志慶，字與游。詳見《續集》卷二《許孟宏稿序》注。

②《後漢書》卷七十《孔融傳》：「性寬容少忌，好士，喜誘益後進。及退閑職，賓客日盈其門。常歎曰：『坐上客恒滿，尊中酒不空，吾無憂矣。』」

③榜花：唐宣宗大中以後，禮部取士放榜，每年録取姓氏冷僻者二三人，謂之「色目人」，亦謂之「榜花」。見錢易《南部新書》丙集。

④ 玉冰：玉和冰，喻潔白。楊萬里《謝趙茂甫惠浙曹中筆蜀越薄箋》之一：「公子平生無長物，几研生涯敵玉冰。」

次許孟宏韻送韓芹城同孫孟樸王與游二首〔一〕①

細雨塵飛水暗鳴，偏驚聚久唱離情。江南何日方蠲賦，塞北今傳不用兵。憂國烟霞常有淚，著書山澤欲無名。玄心自足驅勞攘②，學《易》經年信老生。

其二

深山回首歎飛鳴，相送寒風遠水情。吴下冰河非畏客，夢中日月願銷兵。請纓久著終軍對③，避俗難除元禮名④。桂楫連朝多此別，敝裘簑釣一書生。

【校記】

〔一〕題目原無「二首」，據目録補。

【繫年】

據上詩作時，可知此詩作於同期即崇禎九年（一六三六）秋鄉試後。

【箋注】

① 次許元溥韻送韓四維同孫淳、王志慶。許元溥，字孟宏。詳見《初集》卷六《楊公幹紀略》注。孫

淳，字孟樸。詳見《初集》卷一《五經徵文序》注。

②勞攘：紛擾。

③《漢書·終軍傳》：「南越與漢和親，乃遣軍使南越，説其王，欲令入朝，比内諸侯。軍自請：『願受長纓，必羈南越王而致之闕下。』」後以「請纓」指自告奮勇請求殺敵。王勃《秋日登洪府滕王閣餞别序》：「無路請纓，等終軍之弱冠；有懷投筆，愛宗慤之長風。」

④《後漢書》卷六十七《李膺傳》：「李膺，字元禮，潁川襄城人也。……是時朝庭日亂，綱紀穨阤，膺獨持風裁，以聲名自高。士有被其容接者，名爲登龍門。」

壽倪晉源先生①

翾舞清暉麟角初，班衣未許换金魚②。沉榆香滿蘭蒲席，躍舫琴兼垂露書③。共道倪寬登講座④，遠看若水慰高車。諸山合唱雲仙曲，九籥丹經蕊玉居⑤。

【箋注】

①倪晉源，倪元璐季父。倪元璐《先兄三蘭府君行狀》：「季父封侍御晉源公德甚劭，亦不仕。」

②班衣：即斑衣。相傳老萊子爲戲娱其親所穿之彩衣。劉克莊《賀新郎·實之用前韻爲老者壽戲答》：「老去聊攀萊子例，倒著班衣戲舞。」金魚：即金魚袋，爲高官顯爵者所佩戴。

③垂露書：書體名。相傳漢曹喜工篆隸，善懸針垂露之法，世稱「垂露書」。

④《漢書》卷五十八《倪寬傳》：「倪寬，千乘人也。治《尚書》，事歐陽生。以郡國選詣博士，受業孔安國。貧無資用，嘗爲弟子都養。時行賃作，帶經而鉏，休息輒讀誦，其精如此。……漢之得人，於兹爲盛，儒雅則公孫弘、董仲舒、倪寬。」

⑤九籥：道家藏經卷之器具。鮑照《代升天行》：「五圖發金記，九籥隱丹經。」丹經：道經。

和沈彦深詠瓶菊①

今夜秋光未子虚，猶籠紅燭看飛裾。才情顔謝惟江左②，憔悴姬姜正獨居。枯樹無人籬下冷〔一〕，閒情常伴月中疏。最憐攀折非年早，歷盡鉛花自有餘。

【校記】

〔一〕「籬下」，原作「離下」，逕改。

【箋注】

①沈宏祖，字彦深，太倉人。復社成員。吴山嘉《復社姓氏傳略》卷二：「沈宏祖，字彦深。高才博學，邑有大事，有司咸往問之。崇禎十五年，侯汸等以折漕事詣闕，上疏稿出宏祖手。得俞允。遇歲荒，有司請主糶給官米，民得實惠。屢膺薦舉不出。」

②顔謝：南朝宋詩人顔延之與謝靈運之並稱。《宋書·顔延之傳》：「延之與陳郡謝靈運俱以詞彩齊名，自潘岳、陸機之後，文士莫及也，江左稱顔謝焉。」

女　史①

星樹雲城落舞衣，姗然遲望是耶非。湘靈鼓瑟圖神女②，秋水初篇誦宓妃。小閣梅花勻翠鈿，楚宫銀管畫金微③。比紅成集方傳讀，粉掐書香魚蠹稀。

【箋注】

①女史：古代女官名，以知書婦女充任，掌管有關王后禮儀等事。或爲世婦下屬，掌管書寫文件等事。《周禮·天官·女史》：「女史掌王后之禮職，掌内治之貳，以詔后治内政。」後用爲對知識婦女之美稱。

②湘靈鼓瑟：謂湘水女神彈奏古瑟。《楚辭·遠遊》：「使湘靈鼓瑟兮，令海若舞馮夷。」

③銀管：指飾銀之毛筆管。韓定辭《答馬彧》：「盛德好將銀管述，麗詞堪與雪兒歌。」

賀沈彦深得子次韓芹城韻二首〔一〕①

當軒雲袖夢方成，蘭葉如珪賦上京。日照蓮房生白玉，春歸花纈浴青晶。東方姓字知天曙，暖閣麒麟壓翠平②。自是鵲梁添錦樹，吴興家譜盡聞聲。

其二

檀氣驚迴花劍成，童烏學語誦西京。鳳皇寫盡秋非老，玉勝吞來月有晶③。攜矢門前祈遠大，濯珠詩調叶清平。晬盤猶采梧桐實④，好記丹山緑水聲。

【校記】

〔一〕題目原無「二首」，據目録補。

【箋注】

① 次韓四維韻賀沈宏祖得子。沈宏祖，字彦深，太倉人。詳見《近集》卷二《和沈彦深詠瓶菊》注。

② 暖閣：舊日官署大堂設案之閣。麒麟：比喻才能傑出者，此寄寓沈宏祖子。

③ 玉勝吞來：玉勝，玉製髮飾。《南齊書·高昭劉皇后傳》：「后母桓氏夢吞玉勝生后。」

④ 晬盤：舊俗于嬰兒周歲日，以盤盛紙筆刀箭等物，聽其抓取，以占其將來之志趣，謂之試兒，亦叫試晬、抓周。盛物之盤曰「晬盤」。

集周彝仲湖舫①

西湖平滿九州鬟，狂嘯當開五嶽顔。草木故人同此會，江湖明月在中間。醉生杞菊秋嘗住，坐到雲霞天亦閑。脱去督郵尋上巳②，剡藤酌水鳥魚攀。

【箋注】

① 集周仲璉湖舫。周仲璉，字彝仲。詳見《合集·近稿》卷六《賀周侯生日序》注。

② 上巳：舊時節日名，漢以前以農曆三月上旬巳日爲「上巳」；魏晉以後，定爲三月三日，不必取巳日。《後漢書·禮儀志上》：「是月上巳，官民皆絜於東流水上，曰洗濯祓除去宿垢疢爲大絜。」

董安人潘太君五十①

扶廣山頭敕小童，慶孫初報錦魚風。虎章華勝梯几上，玉□朱衣畫閣中。可夢墜鈴懷任昉②，還將椎髻答梁鴻③。年光未半饒筠草，應有師詩教六宫。

【箋注】

① 董安人、潘太君，待考。

② 《梁書》卷十四《任昉傳》：「父遥，齊中散大夫。遥妻裴氏，嘗晝寢，夢有彩旗蓋四角懸鈴，自天而墜，其一鈴落入裴懷中，心悸動，既而有娠，生昉。」此喻潘太君生佳子。

③ 此用梁鴻、孟光守貧高義事。見《合集·近稿》卷六《唐母方孺人傳》注。

集周夢生湖舫①

笻節春衣今日還，鶴猿猶憶虎溪灣。良朋永夕能呼月，小雨維舟勝閉關。樹樹惜離皆舊業，峰峰欲合盡名山。閑成鹿隱思涓子②，獨有清風未忍删。

【箋注】

① 周夢生，見《近集》卷一《寄周夢生》注。

② 涓子：仙人名。劉向《列仙傳·涓子》：「涓子者，齊人也，好餌術。……著《天人經》四十八篇。後釣於荷澤，得鯉魚，腹中有符。隱於宕山，能致風雨。」

湖上滯雨次韓芹城韻二首〔二〕①

萍合烟湖水樹同，偏憐樓閣坐春叢。楊花零落方揺雪，魚鳥棲遲更畏風。不見茜裙紅葉下②，獨看簑笠小橋通。溪頭撥棹愁漁父，未許山靈詩有功。

其二

尋常學隱與秋同，匏葉何心草木叢。豈是禁山埋釣客，未能逃雨溯流風。孤峰屐齒遊鴻斷，破壁茶鐺細水通。若問𢢼𢢼飲酒日，醉鄉人正號無功③。

【校記】

〔一〕題目原無「二首」，據目録補。

【箋注】

① 湖上滯雨次韓四維韻。韓四維，字張甫，號芹城，又號糝花庵主。詳見《續集》卷一《韓張甫稿序》注。

② 茜裙：絳紅色裙子。此代指女子。

③ 王績，字無功，性嗜酒；嘗采杜康、儀狄以來善酒者爲譜，著《醉鄉記》。見《新唐書·隱逸傳·王績》。

賀周彝仲新正得子二首〔一〕①

蠟珠雕琢鳳凰成②，桂樹團圓緑葉晴。日粲椒花分寶字，星來雲閣夢長庚③。同尋震索初男句，應記春王正月名④。召父欲歸牽袖暖⑤，兒童竹馬盡蒼生。

其二

蘭茁其芽正及時⑥，紫衣裁就護芳芝。壽人方獻華封祝⑦，東海新傳湯餅詩⑧。滿苑異書攤繡褓，三山丹鳥浴香池。天工幸許添丁美⑨，好誦《周南》福禄宜。

【校記】

〔一〕題目原無「二首」，據目録補。

【箋注】

①賀周仲璉正月初一得子。周仲璉，字彝仲。詳見《合集·近稿》卷六《賀周侯生日序》注。新正：農曆正月初一。

②蠟珠：即蠟燭珠，蠟淚凝結之珠。《南史·王僧虔傳》：「父曇首與兄弟集會子孫，任其戲適。僧達跳下地作彪子。時僧虔累十二博棊，既不墜落，亦不重作。僧綽採蠟燭珠爲鳳凰。」

③夢長庚：典用李白之生，母夢長庚星，因以命之故事。見《新唐書·李白傳》。

④春王：指正月。按《春秋》體例，魯十二公之元年均應書「春王正月公即位」，有些地方因故不書「正月」二字，後遂以「春王」指代正月。

⑤召父：亦云召父杜母，指西漢召信臣和東漢杜詩。二人都曾爲南陽太守，且皆有善政，故南陽人爲之語曰：「前有召父，後有杜母。」見《漢書·循吏傳·召信臣》《後漢書·杜詩傳》。後以「召父杜母」爲頌揚地方官政績之套語。

⑥蘭茁其芽：比喻子弟挺秀。

⑦華封祝：《莊子·天地》：「堯觀乎華，華封人曰：『嘻，聖人。請祝聖人，使聖人壽。』堯曰：

『辭。』『使聖人富。』堯曰：『辭。』『使聖人多男子。』堯曰：『辭。』封人曰：『壽、富、多男子，人之所欲也，女獨不欲，何邪？』堯曰：『多男子則多懼，富則多事，壽則多辱。是三者非所以養德也，故辭。』」後以「華封三祝」爲祝頌之辭。

⑧ 湯餅：指湯餅會。胡鳴玉《訂訛雜録·湯餅》：「生兒三日會客，名曰湯餅。」

⑨ 添丁：唐盧仝生子，取名「添丁」，意謂爲國家添一丁役。韓愈《寄盧仝》：「去年生兒名添丁，意令與國充耘耔。」後引申爲生男孩。

次韻贈王心玄二首〔一〕①

此詩蘧覺問梧眠，簾肆清風小住緣。静地蟲魚俱達命，空山猿鶴亦談天。百千欲化無文字，五十知非是去年②。樵隱江湖同鹿夢③，前生一笑共悠然。

其二

不是空舟盡日眠，中山飲酒悟前緣。叔皮有論知興漢④，蕭遠何人敢怨天⑤。摩狄鄰臺誰白髮⑥，埋龍竹杖亦喬年。五行錫福先忠孝，且向成都卜未然⑦。

【校記】

〔一〕題目原無「二首」，據目録補。

【箋注】

①贈星士王心玄。《近集》卷七有《星士王王心玄像贊》。參見陳子龍《安雅堂稿·題王心玄卷後》、李日華《恬致堂集·姑蘇王心玄像贊》。

②知非：五十歲之代稱。《淮南子·原道訓》：「故蘧伯玉年五十，而有四十九年非。」謂年五十而知前四十九年之過失。後以「知非」稱五十歲。

③鹿夢：據《列子·周穆王》載，春秋時，鄭國樵夫打死一隻鹿，怕被别人看見，就藏之坑中，蓋上蕉葉，後來去取鹿時，忘了所藏之地，遂以爲是一場夢。後以「鹿夢」比喻得失榮辱如夢幻。

④《後漢書》卷四十《班彪傳》：「班彪，字叔皮，扶風安陵人也。……彪性沈重好古。年二十餘，更始敗，三輔大亂。時隗囂擁衆天水，彪乃避難從之。囂問彪曰：『往者周亡，戰國並爭，天下分裂，數世然後定。意者從横之事復起於今乎？將承運迭興，在於一人也？願生試論之。』對曰：『周之廢興，與漢殊異。昔周爵五等，諸侯從政，本根既微，枝葉彊大，故其末流有從横之事，勢數然也。漢承秦制，改立郡縣，主有專己之威，臣無百年之柄。至於成帝，假借外家，哀、平短祚，國嗣三絶，故王氏擅朝，因竊號位。危自上起，傷不及下，是以即真之後，天下莫不引領而歎。十餘年間，中外搔擾，遠近俱發，假號雲合，咸稱劉氏，不謀同辭。方今雄桀帶州域者，皆無七國世業之資，而百姓謳吟，思仰漢德，已可知矣。』囂曰：『生言周、漢之勢可也；至於但見愚人習識劉氏姓號之故，而謂漢家復興，疏矣。昔秦失其鹿，劉季逐而羈之，時人復知漢乎？』彪既疾囂言，又

傷時方艱，乃著《王命論》，以爲漢德承堯，有靈命之符，王者興祚，非詐力所致，欲以感之，而囂終不寤，遂避地河西。」

⑤樂史《太平寰宇記》卷六十一：「李康，字蕭遠，中山人。撰《運命論》，入《文選》。」

⑥鄴臺：曹操爲魏王，在鄴起冰井、銅雀、金虎三臺，以銅雀臺最有名。

⑦成都卜：西漢嚴遵，字君平，賣卜於成都市，每日得百錢，足以自養，即閉門下簾讀書，博覽無所不通，依老莊之旨著書十餘萬言。修身自保，不爲苟得，甚受蜀人敬愛。見《漢書·王貢兩龔鮑傳序》。後用爲賣卜、卜卦之典。杜甫《遊子》：「厭就成都卜，休爲吏部眠。」

立夏後十日王平仲王與游見過時正北歸二首〔一〕①

朝霽初容長者車②，浮鷗不礙學觀魚。風塵已絶勞薪③歎，夏日偏宜種書〔二〕。雨色泥亭翻燕子，酒壚歌板問茹蘆④。別離萬序新年事，賸有閒人一草廬⑤。

其二

何處春殘剪野蔬，同心谷隱荷雲鋤⑥。長安自是官人地，好友方尋木石居。當此韶華忘太古，敢將風雅慰清虚⑦。夕陽黄柳懷君日，錦字宫堤看不如。

【校記】

〔一〕題目原無「二首」，據目録補。

〔二〕此句原文脱一字。「種書」，疑作「種秫書」。

【繫年】

據前後詩作時，崇禎十年立夏後十日，王志長、王志慶自京會試歸，故此詩作於崇禎十年（一六三七）夏。

【箋注】

①立夏後十日王志長、王志慶見過時正北歸。王志長，字平仲。詳見《初集》卷二《易會序》注。王志慶，字與游。詳見《續集》卷二《許孟宏稿序》注。

②長者車：顯貴者所乘車輛之行跡。語本《史記·陳丞相世家》：「（陳平）家乃負郭窮巷，以弊席爲門，然門外多有長者車轍。」後常用爲稱頌來訪者之典實。杜甫《酬韋韶州見寄》：「深慚長者轍，重得故人書。」

③勞薪：《世説新語·術解》：「荀勖嘗在晉武帝坐上食笋進飯，謂在坐人曰：『此是勞薪炊也。』坐者未之信，密遣問之，實用故車脚。」按，舊時木輪車的車脚吃力最大，使用數年後，析以爲燒柴，故云。蘇軾《貧家净掃地》：「慎勿用勞薪，感我如薰蕕。」

④茹藘：即茜草，其根可作絳紅色染料。《詩·鄭風·東門之墠》：「東門之墠，茹藘在阪。」毛傳：

「茹藘，茅蒐也。」孔穎達疏引李巡曰：「茅蒐，一名茜，可以染絳。」

⑤ 賸有：剩有，猶有。盧祖皋《漁家傲》：「不用五湖尋小艇，吾廬賸有閒風景。」

⑥ 谷隱：謂隱居山谷之中。

⑦ 清虚：清净虚無。《文子·自然》：「老子曰：『清虚者天之明也，無爲者治之常也。』」

虎丘遇劉念先同集山塘二首〔一〕①

榴伴吹來紅杏風，依然雲屐話高峰。驚心鐸鼓催三峽，夢徹花鈴到九容②。繡得平原懸古劍，澆殘湩酪憶黄龍③。浮萍方聚休輕别，近聽寒山石上鐘。

其二

門前流水帶榆風，襟袖香連靈鷲峰。爲問主人皆范伯④，尚留歌舞是雲容。堤樓如鏡方巢燕，禪鉢安花有睡龍⑤。欲畫西園客未散，不聞朝市景陽鐘⑥。

【校記】

〔一〕題目原無「二首」，據目録補。

【繫年】

據前後詩作時，此詩蓋作於崇禎十年（一六三七）夏。

【箋注】

①虎丘遇同年劉潛同集山塘。劉潛，字念先，四川富順人。乾隆《上海縣志》卷八：「劉潛，字念先，四川富順人。辛未進士，崇禎六年以婺源知縣調任。」葉夢珠《閲世編》卷三：「海邑縣治，内衙前後堂，舊有界河横亘，上有石梁，規制甚壯。崇禎甲戌，劉念先潛來令吾邑，填土築室，遂失舊觀。」山塘：亦名射瀆或石瀆。據傳爲白居易守蘇州時所開。自蘇州西北沙盆潭分運河而出，北流繞虎丘，折西至滸墅，仍入運河。吴偉業《西巘顧侍御招同沈山人友聖虎丘集作圖紀勝因賦長句》：「七里山塘五月天，玉絲金管自年年。」

②九容：舊稱君子修身處世應有之九種姿容。《禮記·玉藻》：「君子之容舒遲，見所尊者齊遬：足容重，手容恭，目容端，口容止，聲容静，頭容直，氣容肅，立容德，色容莊，坐如尸，燕居告温温。」《朱子語類》卷一百二十：「《玉藻》九容處，且去仔細體認。」

③湩酪：乳酪。《史記·匈奴列傳》：「得漢食物皆去之，以示不如湩酪之便美也。」裴駰集解：「湩，乳汁也。」

④范伯：即范蠡。袁康《越絶書·越絶外傳記范伯》：「昔者范蠡其始居楚，曰范伯。自謂衰賤，未嘗世禄，故自菲薄。」

⑤睡龍：潛伏水底之蛟龍。龔鼎臣《東原録》：「或曰長津之内，遊舸甚繁，擊鼓鳴榔之下，必起飛鰩而驚睡龍。」

⑥景陽鐘：南朝齊武帝以宮深不聞端門鼓漏聲，置鐘于景陽樓上。宮人聞鐘聲，早起裝飾。後人稱之爲「景陽鐘」。李賀《畫江潭苑》之四：「今朝畫眉早，不待景陽鐘。」

贈鄭潛庵憲長次仲馭韻①

湖海經年識偉人，羽儀天地絶無塵②。江南塞北連千障，司馬周官在一身。不問長秋籌鎖鑰③，自將朱虎贊臣鄰④。網羅浩蕩多君力⑤，名士寒潭學采蒓⑥。

【箋注】

①贈鄭二陽次周鑣韻。鄭二陽，字潛庵，河南鄢陵人。嘉慶《重修揚州府志》卷四十四：「鄭二陽，字潛庵，河南鄢陵人。進士。崇禎八年，以僉事備兵維揚，理繁劇如游刃。九年，流寇焚鳳陽陵寢，江北震動。二陽簡練士卒，戰守之具咸備。寇再躪滁州，陷和、含，而揚無烽火之警者，皆其力也。馭吏嚴，不事苛細，案無滯牘。公暇，即賦詩屬文。江都學宫久圮，樂器廢缺。葺堂廡，制笋虡，有枯杏重花之瑞。時巨璫以覈鹽至，責監司行屬謁禮。二陽屹然不撓，璫亦心折之。鹽政日壞，竈丁困甚，欲爲亂。二陽扁舟往撫之，皆流涕不敢萌異志。五載，以茂績召對，擢巡撫安廬都御史。揚人祀之名宦。」憲長：都察院左、右都御史之别稱。

②羽儀：《易·漸》：「鴻漸于陸，其羽可用爲儀。」孔穎達疏：「處高而能不以位自累，則其羽可用爲物之儀表，可貴可法也。」後以喻居高位而有才德，被人尊重或堪爲楷模。

③ 鎖鑰：喻軍事重鎮，出入要道。

④ 臣鄰：《書・益稷》：「臣哉鄰哉，鄰哉臣哉。」孔傳：「鄰，近也。言君臣道近，相須而成。」本謂君臣應相親近，後泛指臣庶。

⑤ 網羅：搜羅，包容。司馬遷《報任少卿書》：「近自託於無能之辭，網羅天下放失舊聞。」

⑥ 采蓴：《南史・沈顗傳》：「顗素不事家産，逢齊末兵荒，與家人並日而食。或有饋其粱肉者，閉門不受，惟采蓴荇根供食，以樵采自資，怡怡然恒不改其樂。」

讀顔方平詩文次韻①

芊眠風雨帶微晴②，遠跡翻然愧向平③。緑水紅橋幾兩屐，桃花潭影數聲鶯。自來道廣能銷俗，却念黄龍最有情。讀罷草堂詩百卷，少陵未老説春星④。

【箋注】

① 顔埈，字方平，江西進賢縣人。復社成員，名見《復社姓氏傳略》卷六。同治《進賢縣志》卷十九：「顔埈，字方平，晚號天謫散人。穎異，十五能古文詞，下筆千言立就。李太史嵬庵見而奇之，謂異日必以文名世。得其詩歌古文，輒録粘堂壁，以示諸子。明年，補諸生。錢侯元沖評其文有『落花無言，人淡如菊』之語。下帷讀書，學識日益淹博，名亦日噪。吴中張天如、楊維斗主盟復社，推爲祭酒。前後文宗，無不賞譽。而侯公廣成知尤深，往往倒屣把臂，投分如布衣交。七困

場屋，戊午幾售而不售。本房司李吴公容若大署其卷曰：『不雕刻而理瑩，不勾棘而光湛，明珠大貝，卒不易投如此。』丁卯，以家貧，應吏部龍君之聘。會烈宗登極，中外覃恩制誥半出其手。著《燕都賦》數萬言，鋪揚國制，宣序王體，所斟酌於風教禮俗者甚至，非如昔人夸靡導逸，勸百而諷一也。無錫令陳君石夫延之署中，數疑獄未决，極意爲求生地，竟得恤，部覆釋免。無何，束裝南歸，數十人羅拜道左，詢之，則向之諸枉獲雪者，同行人一一能道其姓名云。中丞解公石帆、潘公昭度折柬相邀，流連數旬，朔地方利弊、長吏能否，多取正焉。己卯，益藩聞其名，屬東汝艾千子虚左延屈，備主客禮，設醴，七年不怠。滄桑之後，徙居别業。擬以袁閎土室終老。辛卯，奉山林採訪之命，中丞夏公遂以新建徐巨源、南昌陳士業及君三人應。署縣于侯榮公登堂勸駕，君堅卧不起。其謝絶于侯徵辟書，人競傳之。君孝友純至，和易近人。然動必以禮，博綜古今典故，議論精核，爲遠近所宗。屯憲翟公象陸目其文章『高視歐王，有道似郭林宗，靖節如陶元亮』云。」

② 芊眠：猶芊綿，連綿不絶貌。

③ 向平：東漢高士向長，字子平，隱居不仕，子女婚嫁既畢，遂漫遊五嶽名山，後不知所終。見《後漢書·逸民傳·向長》。

④ 杜甫《夜宴左氏莊》：「暗水流花徑，春星帶草堂。」

山塘次黎美周韻四首〔一〕①

滿目《離騷》孰補羊，一枝猶寄舊寒塘。風生燕雀春方去，花有棠梨日未黄。共説逃名尋北海，且隨賣卜問吾鄉。連舟此夜多澄霽，好句平堂與古望。

其二

豈有烟雲護玉羊②，虎丘塔院亘蓮塘。同時裙屐傷君老，一片檣帆歎草黄。蒓菜正肥當鱠食，藥方好輯到花鄉。客中戴笠兼攜酒，雨色蒙茸山後望。

其三

飛蓬何處泣亡羊③，留得春暉照半塘。自歎枏魚能旅食，獨憐鐘磬辨昏黄。繁華不盡迷天地，老大多年住水鄉。連臂踏歌看月出④，江南野樹夢初望。

其四

愁聞遼海渡魚羊，笙管聲歸楓葉塘。盛夏鶯殘紅雨淺，高峰雨晚落霞黄。有田種秫陶彭澤⑤，無病能文鄒道鄉⑥。澹與目成雲外賞，洞庭龍子爲秋望。

【校記】

〔一〕題目原無「四首」，據目録補。

【繫年】

據韋盛年《黎遂球年譜簡編》崇禎十年條「至蘇州虎丘，與張溥（天如）、張采（受先）、周鑣（仲馭）相會」，兼據前後詩作時，此詩作於崇禎十年（一六三七）夏。

【箋注】

①在山塘，與黎遂球、王志慶、張采、周鑣等聚會。張采《知畏堂詩存》卷三亦有《同黎美周集王與游舟中泊虎丘嵩崗下各賦用仲馭韻即與美周話别》：「隨地雲心自尚羊，扁舟蕭瑟古横塘。陶杯寬引評柔緑，秃筆難誇倣硬黄。石畔林泉皆舊物，天涯兄弟孰他鄉。莫嫌梅嶺明朝别，到處襟期夢可望。」

②玉羊：瑞物。古時以爲五音和諧、聲教昌明則玉羊現。

③泣亡羊：《列子·説符》：「楊子之鄰人亡羊，既率其黨，又請楊子之豎追之。楊子曰：『嘻！亡一羊，何追者之衆？』鄰人曰：『多歧路。』既反，問：『獲羊乎？』曰：『亡之矣！』曰：『奚亡之？』曰：『歧路之中又有歧焉，吾不知所之，所以反也。』……心都子曰：『大道以多歧亡羊，學者以多方喪生。』」後以「亡羊」喻步入歧途而一無成就。

④踏歌：把手而歌，以脚踏地爲節拍。《資治通鑑·唐則天后聖曆元年》：「尚書位任非輕，乃爲虜蹋歌。」胡三省注：「蹋歌者，聯手而歌，蹋地以爲節。」

⑤《宋書》卷九十三《隱逸列傳·陶潛》：「州召主簿，不就。躬耕自資，遂抱羸疾，復爲鎮軍、建威參軍，謂親朋曰：『聊欲弦歌，以爲三徑之資，可乎？』執事者聞之，以爲彭澤令。公田悉令吏種秫稻，妻子固請種秔，乃使二頃五十畝種秫，五十畝種秔。」

⑥鄒道鄉：即鄒浩，字志完，號道鄉先生，常州晉陵人。鄒浩受學於程頤，李綱《道鄉鄒公文集序》謂其文「高明閎遠，温厚深醇，追古作者，有黼黻之文，有金石之聲，有菽粟布帛之用」，王士禛《帶經堂詩話》卷六亦稱「古今仰之如泰山北斗」。生平詳見《宋史》本傳。

次周仲馭韻贈梅朗三①

竹密潭潭緑葉城，花殘不碍草堂情。神仙此日非清苦，匏笠無心老太平。自覺安禪皆中聖②，雖然烏有亦先生③。夜談方劇愁言别，負戴相期自鳥鳴④。

【箋注】

①次周鑣韻贈梅朗中。梅朗中，字朗三。梅鼎祚孫。與張溥交好。見《續集》卷三《孫直公詩稿序》注。

②中聖：酒醉之隱語。李白《贈孟浩然》：「醉月頻中聖，迷花不事君。」

③烏有先生：司馬相如《子虚賦》中虚擬人名，意爲無有其人。蘇軾《章質夫送酒六壺書至而酒不達戲作小詩問之》：「豈意青州六從事，化爲烏有一先生。」

④負戴：劉向《列女傳·楚接輿妻》：接輿躬耕以爲食，楚王使使者持金百鎰、車二駟往聘迎之。其妻曰：「義士非禮不動，不爲貪而易操，不爲賤而改行。妾事先生躬耕以爲食，親織以爲衣，食飽衣暖，據義而動，其樂亦自足矣。若受人重禄，乘人堅良，食人肥鮮，而將何以待之？不如去之。」於是夫負釜甑，妻戴紝器，變名易姓而遠徙，莫知所之。後因以「負戴」指夫妻一起安貧樂道，不慕富貴榮華。

壽汪爾張尊人雙壽①

錦瑟方彈明月光，軿車玉女勸飛觴。太平洛社耆英長②，深閣經師衣帶黄。丘壑胸中俱太古，《金荃》詩句並寒香③。霞山鸞鶴猶凡鳥，蘭杏浮春遍緑牆。

【箋注】

①汪維烈，字爾張，休人，工山水。見《近集》卷一《題汪爾張深山歲月圖》注。

②洛社耆英：即洛陽耆英會，宋文彦博與富弼、司馬光等聚集洛陽高年者共十三人置酒相樂，稱「洛陽耆英會」。見《宋史·文彦博傳》。耆英：高年碩德者之稱。

③金荃：《金荃集》，温庭筠著。況周頤《蕙風詞話》卷五：「夫詞如唐之《金荃》，宋之《珠玉》，何嘗

有寄託，何嘗不卓絶千古？」

送徐玉峙學博遷德化令①

茂宰清揚自國賓②，班輪徐動出河津③。詩書久誦香三老，卿相先看吏萬人。家世麒麟天上種，花名京雒歲時春。隨風相送絃歌響，烟霧芳菲經版新。

【繫年】

據前詩作時，此詩蓋作於崇禎十年（一六三七）。

【箋注】

① 徐玉峙，即徐應堂，四川大竹人。崇禎元年任太倉學正，崇禎十一年任德安知縣。見《近集》卷一《送徐玉峙學博令德安》注。

② 茂宰：舊時對縣官之敬稱。杜甫《送趙十七明府之縣》：「連城爲寶重，茂宰得才新。」

③ 班輪：有紋飾之車輪。班，通「斑」。亦借指輪有紋飾之車。古爲顯貴所用。《後漢書·輿服志上》：「諸使車皆朱班輪，四輻，赤衡軛。」

贈汪爾張①

碧林玄賞足山陽②，落墨千尋雲漢章③。且看木雁能深淺，更有圖書雜短長。寒樹斷流無盡夢，故園秋色有離觴。垂□倒峽方飛下〔一〕④，潦水凝清潭月光。

【校記】

〔一〕「垂」下，闕一字。

【箋注】

①汪維烈，字爾張，休人，工山水。見《近集》卷一《題汪爾張深山歲月圖》注。

②山陽：漢置縣名，屬河南郡。魏晉之際，嵇康、向秀等嘗居此爲竹林之遊。後以代指高雅人士聚會之地。杜甫《贈王二十四侍御契四十韻》：「山陽無俗物，鄭驛正留賓。」

③雲漢：比喻美好之文章。蘇軾《送陳伯修察院赴闕》：「裕陵固天縱，筆有雲漢姿。」

④倒峽：謂江水傾峽而出。朱熹《同子澄及諸僚友游三峽過山房登折桂分韻得萬字》：「憑欄快倒峽，躋亹困脱輓。」

哭宋華之有序四首〔一〕①

丁丑夏間，傳聞華之訃信，冀其不真，比得澄嵐字，則果然矣。悲不可止，先成四律，寄焚筵首，告之地下。柳州不亡②，山陽若答③，輒爲如雨。

柳霧槐風並夜臺〔二〕，車輪何日溯清洄。武擔石折西州慟④，虞殯歌寒齊魯哀。邦國斯人今殄瘁⑤，《春秋》日月更書災。芒芒五達飛禽斷⑥，猶有棠花茂苑栽。

其二

忽夢君衣欲上天，傷心寂寞楚山前。吴人盡識扁諸劍⑦，東土難看京兆阡⑧。每歎魴魚多赤尾，長愁白日號先賢。霜殘宿莽捶琴咽，佇立依然是去年。

其三

秋木悲摇獨撫絃，離群永夕地成偏。梓州文冢傳劉蜕⑨，改歲龍蛇泣鄭玄⑩。豈有山川留半臂，尚餘清白送金蟬。平生相識分鴻雁，長誦《南陔》《華黍》篇。

其四

年年不盡坐驚蓬，五十如斯我道窮。竹簡字開汲縣冢⑪，奇文赴召白瑶宫⑫。幅巾野服王孫儉，遺桂風容叔向同。百萬吴民俱巷哭⑬，説君殺賊鬼猶雄。

【校記】

〔一〕題目原無「四首」，據目録補。

〔二〕「柳」，原闕，據天津本硃批補。

【繫年】據詩前小序，此詩作於崇禎十年（一六三七）。

【箋注】

①宋繼發，字華之。民國《萊陽縣志》卷三之一：「宋繼發，字華之，進士。江南長洲縣知縣，丁外艱歸。性孝友，疏財好施，里人多感之。卒，私謚號惠介。祀鄉賢祠。墓在柏林莊東北。」參見《初集》卷二《宋宗玉稿序》注。

②柳州：唐柳宗元遭貶後，徙爲柳州刺史，因以爲其代稱。皇甫湜《祭柳子厚文》：「嗚呼柳州，秀氣孤稟。弱冠遊學，聲華籍甚。」

③山陽：晉向秀經山陽舊居，聽到鄰人吹笛，不禁追念亡友嵇康、呂安，因作《思舊賦》。此代指宋繼發。

④武擔：山名，在四川成都城内西北隅。揚雄《蜀王本紀》：「武都丈夫化爲女子，顔色美好，蓋山之精也。蜀王娶以爲妻，不習水土，疾病欲歸。蜀王留之，無幾物故，蜀王發卒之武都擔土，于成都郭中葬之。蓋地三畝，高七丈，號曰『武擔』。以石作鏡一枚，表其墓。」石折：喻去世。庾信《周大將軍聞喜公柳霞墓誌銘》：「智士石折，賢人星隕。」西州慟：用羊曇醉後過西州慟哭謝安之典。《晉書·謝安傳》：「羊曇者，太山人，知名士也，爲安所愛重。安薨後，輟樂彌年，行不由西州路。嘗因石頭大醉，扶路唱樂，不覺至州門。左右白曰：『此西州門。』曇悲感不已，以馬策扣扉，誦曹子建詩曰：『生存華屋處，零落歸山丘。』慟哭而去。」後以西州慟哭爲感舊興悲之典。

⑤語本《詩·大雅·瞻卬》:「人之云亡,邦國殄瘁。」

⑥五達:通達五方之大路。《爾雅·釋宫》:「五達謂之康,六達謂之莊。」

⑦扁諸劍:劍名,埋於吴王闔閭冢中。袁康《越絶書·外傳記吴地傳》:「(闔閭冢)銅槨三重,澒池六尺,玉鳧之流,扁諸之劍三千。」

⑧京兆阡:西漢都城長安地區分爲京兆、左馮翊、右扶風三區,合稱三輔,治所俱在長安城中。阡,謂墓道。《漢書·原涉傳》:「初武帝時,京兆尹曹氏葬茂陵,民謂其道爲京兆阡。」此代指墓地。

⑨文冢:埋葬文稿之處。劉蜕《梓州兜率寺文冢銘序》:「文冢者,長沙劉蜕復愚爲文不忍棄其草,聚而封之也。」

⑩用鄭玄逝世之典。《後漢書·鄭玄傳》:「五年春,夢孔子告之曰:『起,起,今年歲在辰,來年歲在巳。』既寤,以讖合之,知命當終,有頃寢疾。」

⑪汲縣冢:晉太康二年,汲郡人不準盜發魏襄王墓(或言安釐王冢)所得數十車竹書。內有《紀年》《易經》《穆天子傳》等共計七十五篇。竹書皆先秦科斗字。晉武帝命荀勖撰次,以爲《中經》。

⑫此用李賀逝世之典。李商隱《李長吉小傳》載,李賀將死,晝見緋衣人傳玉帝詔令,謂「帝成白玉樓,立召君爲記」,隨卒。後稱文人早死爲「赴召玉樓」。

⑬張采《知畏堂文存》卷九《祭宋華之》:「崇禎丁丑之春,華之兄訃至吴,吴人爲罷市。舊部年盟弟張采設位而哭,一號欲絶。」

壽醫者

傍水城西橘樹芳，天衢善隱鬢毛蒼。練帔古笠懷宗炳①，皂帶新詩紀韋莊②。獨泛不知鐵笛晚，孤笻嘗在白雲鄉③。攜書島海賓王母，好進程溪千日觴。

【箋注】

①《宋書》卷九十三《宗炳傳》：「宗炳，字少文，南陽涅陽人也。……高祖納之，辟炳爲主簿，不起。問其故，答曰：『棲丘飲谷，三十餘年。』高祖善其對。妙善琴書，精於言理，每游山水，往輒忘歸。」

②韋莊：吴任臣《十國春秋》卷四十《韋莊傳》：「韋莊，字端己，杜陵人，唐臣見素之後也。曾祖少微，宣宗中書舍人。莊疎曠，不拘小節。幼能詩，以艷語見長。應舉時，遇黄巢犯闕，著《秦婦吟》云：『内庫燒爲錦繡灰，天街踏盡公卿骨。』人稱爲『《秦婦吟》秀才』。」

③白雲鄉：《莊子·天地》：「乘彼白雲，游於帝鄉。」後因以「白雲鄉」爲仙鄉。陳師道《再和寇十一》之二：「名字不歸青史筆，形容終老白雲鄉。」

贈鄒二水①

幾見寒雲水面流，洛陽明月古人舟。杜陵夔峽多奇句②，庾信江南亦敝裘。豈令書生今説劍③，從來猨臂不封侯④。名花舊縣天邊樹，適館東吴詠道周⑤。

【箋注】

①鄒二水，鄒元標孫。程嘉燧《耦耕堂集詩文》卷中有《鄒二水知郡枉訪有贈南皋公孫由汝上流寓京口》：「荒江寒雨晴，枉駕自班荆。避地今王粲，憂時漢賈生。朝中思舊德，方外挹高名。聖主開東觀，何勞問長卿。」生平待考。

②夔峽，即瞿塘峽。杜甫《將赴荆南寄別李劍州》：「路經灩澦雙蓬鬢，天入滄浪一釣舟。戎馬相逢更何日，春風迴首仲宣樓。」

③説劍：《莊子·説劍》載，趙文王好劍，莊子往説之，云：「有天子劍，有諸侯劍，有庶人劍。」勸文王好天子之劍。後遂以「説劍」指談論武事。

④猨臂：形容勇武。申時行《大閲詩應制》：「虬鬚天策將，猿臂羽林兒。」

⑤道周：路旁。《詩·唐風·有杕之杜》：「有杕之杜，生於道周。」亦喻指以某種道理普遍地教化之。

贈蔣如玉①

九曲街廊十閣迷，獨移芳草白公堤②。步摇宫體金陵夢，花帖夫人玉樹題。爲愛月光呼小字，更憐林下即深閨。虎溪沈炯留書後，畫得春山添鳥啼。

【箋注】

①蔣如玉，待考。

②白公堤：故址在蘇州虎丘下，爲白居易任蘇州刺史時所築。

壽盛茂卿先生①

撫節清商扶此筇②，秀長太古並高松③。雲茵霞幄虹橋宴，玉佩金璫落帽峰④。崔篆《卦林》宜谷隱⑤，洼舟通論得天慵。還期搴采湘蘺後，童面經開印道容⑥。

【箋注】

①爲友人盛順父盛如林壽辰而作。盛如林，字茂卿。盛順父。民國《丹陽縣志補遺》卷二十：「盛如林，《古今易學象義》若干卷，《太乙大成》十二卷。」徐乾學《傳是樓書目》九：「《易林元籥十測》四卷，明盛如林，八本。」盛順，字順伯，丹陽人。復社成員，名見《復社姓氏傳略》卷三。《近集》卷三有《易學象義序》：「盛茂卿先生既著《易林元鑰》，發明十測，表漢焦氏絶學。又集言《易》衆家，通理一書，名《易學象義》，誠心救世，何殷勤也。……長君順伯，學行經法，模楷當世。次君璟幼而空群。二子即不業《易》，其得于《易》也必深。何則？子瞻《易解》，固受之明允也。」

②撫節：擊節。《列子·湯問》：「餞於郊衢，撫節悲歌，聲振林木，響遏行雲。」

③秀長太古：《大戴禮記·千乘》：「子曰：『太古之民，秀長以壽者，食也。』」王聘珍解詁云：「秀長，謂成長。《釋名》云：『秀者，物皆成也。』」

④落帽：《晉書·孟嘉傳》：「後爲征西桓温參軍，温甚重之。九月九日，温燕龍山，寮佐畢集。時

佐吏並著戎服，有風至，吹嘉帽墮落，嘉不之覺。温使左右勿言，欲觀其舉止。嘉良久如厠，温令取還之，命孫盛作文嘲嘉，著嘉坐處。嘉還見，即答之，其文甚美，四坐嗟歎。」後以「落帽」作爲重九登高之典。

⑤崔篆《卦林》：一作《周易林》。《後漢書·崔駰傳》：「建武初，朝廷多薦言之者，幽州刺史又舉篆賢良。篆自以宗門受莽僞寵，慚愧漢朝，遂辭歸不仕。客居滎陽，閉門潛思，著《周易林》六十四篇，用決吉凶，多所占驗。」谷隱：謂隱居山谷之中。

⑥童面經：返老還童之術。陶弘景《真誥》卷二：「面者神之庭，髮者腦之華，心悲則面燋，腦減則髮素，所以精元内喪，丹津損竭也。妾有童面之經，還白之法，可乎？」

題呼隱山房①

春空無雨麥花新，大笠黄帔放鹿人。偶遇葛翁尋桂髓②，可從陶令訪清晨③。蠡湖築室迷三徑④，石鼎聯詩更十旬。偕隱自今非小住，逃名不敢説周秦。

【箋注】

①呼隱山房，待考。《近集》卷一有《題呼隱山房贈汪爾張二首》。

②葛翁：葛洪。桂髓：泛稱美酒。邵璨《香囊記·投宿》：「洞庭春、石凍春……桂髓椒漿、蘭英桑落、烏程白墮、醺醑醍醐，般般有，品品高。」

③陶令：指晉陶潛。陶潛曾任彭澤令，故稱。

④蠡湖：相傳春秋越范蠡伐吴時開鑿。《讀史方輿紀要·常州府》：「蠡湖，縣東南五十里，與長洲縣分界，相傳范蠡所開，一名蠡瀆，一名漕湖。」

壽陳眉公先生八十①

遠水迴巒君子鄉②，酒歌鸞鳳更無央③。孟岐玉笏能分桂④，夏馥徵書久挂桑⑤。車馬如雲看緑字，神仙築觀得青羊。欲從宛委餐金汋⑥，詩誦清鑪百和香⑦。

【繫年】

據《陳眉公先生全集》卷首《眉公府君年譜》，陳繼儒生於嘉靖三十七年十一月初七日，崇禎十年八十歲，故此詩作於崇禎十年（一六三七）十一月。

【箋注】

①陳繼儒，字仲醇，華亭人。屢徵不起，隱居小崑山，自號眉公。與董其昌善，有《眉公集》。雍正《雲間志略》：「陳繼儒，字仲醇。幼穎異，能文章，與董玄宰齊名。婁東王文肅錫爵招與子衡讀書支硎山。年二十九，取儒衣冠焚棄之，結茅崑山之陽，爲二陸讀書地，植名花廟祀焉，號乞花場。後築室東佘，杜門著述，有終焉之志。足跡罕入城市，董文敏爲築來仲樓，招之修郡志，三年成。屢奉詔徵用，皆以疾辭。年八十二，卒於東佘精舍。」

②君子鄉：漢末王烈義行稱於鄉里，恒以德感人，盜賊亦爲所化，故時人譽其所居鄉爲君子鄉。見《後漢書·王烈傳》。

③無央：猶無數。陳陶《朝元引》：「無央鸞鳳隨金母，來賀薰風一萬年。」

④杜光庭《仙傳拾遺》卷四：「孟岐，清河逸人也。年七百餘歲，言及周時事，如在目前。云曾侍周公升壇，以手摩周公之足，而周公以玉笏一枝與之。岐常執之，今已鋭矣，每切桂葉而食。」

⑤《後漢書》卷六十七《夏馥傳》：「夏馥，字子治，陳留圉人也。……馥乃頓足而歎曰：『孽自己作，空汚良善，一人逃死，禍及萬家，何以生爲！』乃自翦須變形，入林慮山中，隱匿姓名，爲冶家傭。親突烟炭，形貌毁瘁，積二三年，人無知者。」

⑥金汋：道教煉丹術中内丹名。傳説用以煉金，服之長生。《雲笈七籤》卷六十七：「以金汋和黄土内六一泥甌中，猛火炊之，盡成黄金，復以火灼之，皆化爲丹。」

⑦百和香：由各種香料和成之香。《太平御覽》卷八一六引《漢武帝内傳》：「燔百和香，燃九微燈，以待西王母。」

賀萬明府生日①

襟帶春暉梁水聲，霞光初映玉牀明②。月中幢節聞香渡③，石上桃花灑墨成④。三祝詞添東海詠⑤，四公泉出錦江城⑥。今年岐穗皆洪算⑦，更有薰風對酒清。

【箋注】

①萬夢桂，字稚徵。周暉《萬曆金陵瑣事》：「萬明府夢桂，字稚徵。《臘盡客蕪江》云：凍雲仍易合，殘雪未全消。《客愁》云：情淹黄絹字，身敝黑貂裘。《吴門有感》云：天青鴻鴈近，水長鱖魚肥。《程孟儒北上》云：池上墨花春霧重，閣中玄草錦雲長。《秋日過懷玉山下》云：花沿石竇晴觸潤，樹拂凉飆秋正分。《贈景光父》云：長林風細花香暖，古寺雲移月上初。」

②玉牀：指天牀星。

③幢節：旗幟儀仗。

④石上桃花灑墨成：此用漢安期生醉後灑墨作桃花之典。唐圭璋編《詞話叢編·南亭詞話·咏吐鐵詞》：「吐鐵以定海桃花山爲最佳，山爲安期生醉後灑墨作桃花處。」

⑤三祝：舊時祝頌語，以祝人壽、富、多男子爲「三祝」。

⑥四公泉：《唐詩鼓吹》卷三：「謂茅、許、陽、郭四僊人也。以組綬、珮環比泉石。」

⑦岐穗：一莖多穗之嘉禾，古人視爲祥瑞。洪算：謂年歲長久，長壽。《文選·顏延之〈應詔宴曲水作〉》：「惟王創物，永錫洪算。」劉良注：「洪，大也。言天賜大算，使長久也。」

竹亭偶集次周彝仲刺史扇頭歌舞詩三首〔一〕①

綺雲疑是鏡中游，清夜雲迴芍藥洲。錦臂春前聯玉隊，蠻靴月下帶星眸。今年楊柳鶯方綰，一曲梧桐樹盡秋。近水聞聲懷緑葉，霓裳衣上舊烟樓。

其二

初彈明月拓枝詞，不盡香園冷玉肢。衣袖似寬非竹瘦，檀歌無賴爲秋支。珊珊骨響屏風立，寂寂花翻紫障迷。紅豆拍傳金井夜，楚江院滿落花詩。

其三

金箭催成絳樹詞②，芳蘭吹氣舞雲肢③。薨飛蝶羽聲將住④，臺近仙人石可支。小縭描紅春帶整，鵝黄黛淺楚山迷。江州撥雨初彈罷，嗔喜何年盡解詩。

【校記】

〔一〕題目原無「三首」，據目録補。

【箋注】

① 竹亭偶集次周仲璉詩韻。周仲璉，字彝仲。詳見《合集·近稿》卷六《賀周侯生日序》注。

② 金箭：對漏箭之美稱。符子璋《漏賦》：「銅史應其方，金箭刻其數。」絳樹：曹丕《答繁欽書》：「今之妙舞莫巧於絳樹，清歌莫善於宋臈。」後代指美女。

③ 芳蘭吹氣：謂美女氣息香如蘭花。舊題漢郭憲《洞冥記》卷四：「帝所幸宮人名麗娟，年十四，玉膚柔軟，吹氣勝蘭。」

④ 薨飛：《詩·周南·螽斯》：「螽斯羽，薨薨兮。」薨薨，群飛聲。

次答王與游二首[一]①

翩然秋蔕冥鴻期②，松菊相看人自遲。野徑青羊連酒肆，蚤霜黄竹罥花枝。帆飛並載西陽影，日落偏歌公子詞。定許丙園留客飲③，滄洲不遠再來時④。

其二

雪下嚴寒憶鹿牀⑤，中流魚鳧思浪浪⑥。醉時壺酒留三日，别後秋風只一行。拾翠寄君寒雁字，到門怯伴美人航。登臨尚夢吴山樹，可有驚人句問蒼。

【校記】

[一] 題目原無「二首」，據目録補。

【箋注】

① 次答王志慶。王志慶，字與游。詳見《續集》卷二《許孟宏稿序》注。

②冥鴻：揚雄《法言·問明》：「鴻飛冥冥，弋人何篡焉。」李軌注：「君子潛神重玄之域，世網不能制禦之。」後因以「冥鴻」喻避世隱居之士。

③丙園爲王志慶園。

④滄洲：濱水之地，古時常用以稱隱士的居處。阮籍《爲鄭沖勸晉王箋》：「然後臨滄洲而謝支伯，登箕山以揖許由。」

⑤鹿牀：指坐卧之具，古人所謂「坐榻」。《梁書·處士傳·阮孝緒》：「所居室唯有一鹿牀，竹樹環繞。」

⑥浪浪：象聲詞。形容水流動之聲音。

爲夏元初壽①

漢庭家世重袁安②，鶴氅筠衣垂帶寬。人向留仙臺上立，貌從青玉案前看。松關讀《易》惟蒙叟③，洛浦吹笙有彩鸞。共念虹橋春宴罷，桃花結綬不嫌寒。

【箋注】

①此爲夏允彝兄夏之旭壽。夏之旭，字元初，諸生。夏允彝兄。李聿求《魯之春秋》卷十三《義旅二·陳子龍傳》：「之旭，字元初，允彝之兄。以諸生貢於廷，有聲。松江破，之旭欲與弟允彝俱死。允彝託以妻子，乃不果。自此不入城市。以子龍獄牽連，作《絶命詞》。……從容謁文廟，自

縊復聖位旁。」

②袁安：字邵公，汝南汝陽人。袁紹高祖。好學有威重。明帝時爲楚郡太守，治辦楚王案，所申理者四百餘家，皆蒙全濟，遂成名臣。章帝時任司徒。傳見《後漢書》本傳。

③蒙叟：指莊周。張居正《七賢詠・劉參軍》：「任真蒙叟放，慢世長卿情。」

韓子發重九生日賦詩贈之時韓芹城有得男之喜①

齊館高飆今正凉，喜逢生日插萸房。南雲北雁同兄弟，射馬豐貂望故鄉。侍晏不知千樹冷，閒居嘗服九華香②。鍾繇送菊書仍在③，好判君家新弄璋④。

【箋注】

①韓子發，待考。韓四維，字張甫，號芹城，又號槮花庵主。詳見《續集》卷一《韓張甫稿序》注。

②九華：重九之花，指菊花。陶潛《九日閒居序》：「余閒居，愛重九之名。秋菊盈園，而持醪靡由。空服九華，寄懷於言。」

③《廣群芳譜》卷四九曹丕《與鍾繇九日送菊書》：「輔體延年，莫斯之貴。謹奉一束，以助彭祖之術。」

④弄璋：《詩・小雅・斯干》：「乃生男子，載寢之牀，載衣之裳，載弄之璋。」詩意祝所生男子成長後爲王侯，執圭璧。後因稱生男爲「弄璋」。

壽顔文弢六十①

水清榆柳自文章，隱德潛虬在漢漳②。公府徵書懸鶴帳③，蜀中邛杖掛詩囊④。鄉人盡識顔夫子，古月同看費長房⑤。遲得一尊天姥露，密蒙華帖字俱香。

【箋注】

① 顔文弢，待考。

② 隱德：施德于人而不爲人所知，謂之「隱德」。《晉書·王湛傳》：「初有隱德，人莫能知，兄弟宗族皆以爲癡，其父昶獨異焉。」潛虬：喻有才德而未爲世重用之人。左思《蜀都賦》：「下高鵠，出潛虬。」

③ 鶴帳：隱逸者之床帳。李珏《擊梧桐·别西湖社友》：「鶴帳梅花屋，霜月後、記把山扉牢掩。」

④ 詩囊：貯放詩稿的袋子。典出李商隱《李長吉小傳》：「恒從小奚奴，騎駏驉，背一古破錦囊，遇有所得，即書投囊中。」

⑤ 費長房：隋朝學者，成都人。本爲僧人，周武帝廢佛時還俗。隋開皇年間，敕召入京，任翻經學士。著有《歷代三寶記》。

别甘禹符①

鴻鳥翩翔楚國烟，到吴芳草更相牽。榴花連露思兄弟，貢樹分香誦《太玄》②。一笑虎溪惟悟石③，共談江右舊詩禪。曰歸歲暮同河溯④，十乘奇書名士船。

【箋注】

①甘元鼎，字禹符，又字公調，江西新建人。復社成員，名見《復社姓氏傳略》卷六。光緒《金陵通傳》卷二十四：「甘元鼎，字公調，江甯人，寄籍豐城。以歲貢除孝豐知縣，政教一新。甲申聞變，即痛哭自經，遇救不死，遂棄官去，不知所終。著有《深柳堂集》。」吴山嘉《復社姓氏傳略》卷六：「時海内壇坫蔚興，斯陛與里中萬曰佳、陳宏緒、徐世溥、甘元鼎、李奇、鄧履古、余正垣狎主齊盟，四方名俊，莫不望走其門。」

②貢樹分香：葉廷珪《海録碎事》卷十九《文學部下·科第門》：「殷文圭《啓》：貢樹分香，相蓮擎艷。注云：於貢籍之桂樹分香也。」

③虎溪：在江西九江南廬山東林寺前。相傳晉慧遠法師居此，送客不過溪，過此，虎輒號鳴，故名虎溪。李白《廬山東林寺夜懷》：「霜清東林鐘，水白虎溪月。」

④語出《詩·小雅·采薇》：「曰歸曰歸，歲亦莫止。」

祝王依日明府生辰①

能爲劇縣自安絃②，嘯父朝天證上仙③。赤雀乳柔編樂府④，弘農降露識豐年。與民祈福神明長，作令傳經《道德篇》。初服琅玕稱骨録⑤，醉君局脚玉牀前⑥。

【箋注】

①王依日，名列陳子龍《皇明經世文編》之《鑒定名公姓氏》。《皇明經世文編·凡例》：「予輩志識固陋，鮮所取衷。幸高賢大良，一時雲會，若李寶翁先生、李載翁先生、王依翁先生、吴雪翁先生皆具良史之才，宦游吾土，士紳咸奉規範。此編出入，共禀鑑裁，遭逢之盛，良爲侈矣。」陳寅恪《柳如是别傳》案語云「王依翁疑爲王佐聖」「王依翁即王依日」。同治《蘇州府志》卷八十七：「王佐聖，字克仲。父騰程，萬曆癸卯舉人，爲王敬臣入室弟子，仕至嚴州推官。佐聖舉萬曆壬子鄉試，授青浦教諭。崇禎十四年，遷遵義知縣。」

②劇縣：政務繁重之縣。漢時有劇縣、平縣之稱。《漢書·遊俠傳·陳遵》：「乃舉遵能治三輔劇縣，補郁夷令。」

③嘯父：古代傳説中仙人名。劉向《列仙傳·嘯父》：「嘯父者，冀州人也。少在西周市上補履數十年，人不知也，後奇其不老。……西邑多奉祀之。」

④赤雀：傳説中之瑞鳥。《三國志·吴書·孫休傳》「泉陵言黄龍見」裴松之注引晉胡沖《吴曆》：「赤雀見於豫章。」

⑤琅玕：指仙樹之實。孫枝蔚《壽李書雲都諫》：「阿閣亘中天，其上巢凰鳳。飽食惟琅玕，亮音聞高岡。」骨録：謂載入仙人名籍，具有仙風道骨。《雲笈七籤》卷一百五：「裴君乃先密受《太上鬱儀文》《太上結璘章》二書，然後齋戒而得存日月之精爾。有仙名骨録者，乃得見此二書，見之

者仙，爲之者真。」

⑥局脚玉牀：裝在器物底部之曲脚稱「局脚」。魏晉以後，盛行在坐榻下裝上曲折形之高脚，稱爲局脚牀。

壽方禹脩太守五十二首〔一〕①

春酒方遲楚國珪②，豪眉秀采五雲題③。買魚不食松江鱠④，獻果遠來大谷梨⑤。兩袖清風懷草木，十年黄髮醉鳧鷖〔二〕。山中父老擎荷葉，扶杖來看齒正鯢。

其二

原隰周流奉板輿，桃花麥飯助香糈。徵銘寶甕能銷疾，采藥衡山共受書。帷帳東南傾竹箭，歌謡沙渚進鮦魚。漢庭求治思淮潁，刺史高懸子相車。

【校記】

〔一〕題目原無「二首」，據目録補。

〔二〕「鷖」，原漫漶不清，據押韻定。

【繫年】

據陳子龍《壽郡伯穀城禹脩方公五十序》「公之始來，年僅强仕，今且及艾」及《明史·方岳貢傳》「崇禎元年出爲松江知府」，則張溥此詩作於崇禎十年（一六三七）。

【箋注】

①此爲松江知府方岳貢五十壽辰而作。陳子龍《安雅堂稿》卷七亦有《壽郡伯穀城禹脩方公五十序》，可參。方岳貢，字四長，號禹脩，穀城人。順治《襄陽府志》卷十五：「方岳貢，字禹脩，號四長，穀城人。淡情冷面對上官，交接士大夫通體皆廉吏氣色焉，拂人意、悦可人意忘之矣。萬曆辛酉、壬戌兩第，由郎出守松江，罰俸降級，無歲無之。百姓徼天幸，實受十五年福爾。督運至，即入政府，帝何忍負廉吏？有《題不調太守小像》者曰：如非簡出堅貞骨，廉吏何由脱滯邦？并殉烈帝難，蚤已備道之矣。誰謂清節名臣不關運數，不動天良？」生平詳見《明史》本傳。

②春酒：冬釀春熟之酒。《詩·豳風·七月》：「爲此春酒，以介眉壽。」

③豪眉：借指高壽。《詩·豳風·七月》「以介眉壽」毛傳：「眉壽，豪眉也。」孔穎達疏：「人年老者必有豪毛秀出者，故知眉爲豪眉也。」五雲：指雲英、雲珠、雲母、雲液、雲沙五種雲母。據稱按五季服用，能壽考乃至成仙。

④松江鱠：松江所産鱸魚。《晉書·張華傳》：「翰因見秋風起，乃思吴中菰菜、蒓羹、鱸魚膾，曰：『人生貴得適志，何能羈宦數千里以要名爵乎！』遂命駕而歸。」

⑤大谷之梨：大谷在今洛陽市南，其地以産梨著名。《文選·潘嶽〈閒居賦〉》：「張公大谷之梨，梁侯烏椑之柿。」劉良注：「張公居大谷，有夏梨，海内唯此一樹。」

壽學博劉懷拙六十①

名滿朱衣九節菖②，丰容今尚賦清揚③。擁書嘗薄通侯印④，賣字堪輸博士羊。五老游河思漢魏，奇花入夢合珪璋。淮南鍛竈方招客，好註丹經騎鳳皇⑤。

【箋注】

① 此壽學官劉懷拙六十。劉懷拙，待考。

② 九節菖：古人謂菖蒲根莖一寸九節者，久服可長壽。葛洪《神仙傳》：「咸陽王典食菖蒲得長生。安期生采一寸九節菖蒲服，仙去。」

③ 清揚：謂眼球明亮，黑白分明。《詩·鄭風·野有蔓草》：「有美一人，清揚婉兮。」引申爲丰采，對人容顔之敬稱。

④ 通侯：即徹侯，秦統一後所建立之二十級軍功爵中之最高級。漢初因襲之，多授予有功之異姓大臣。後避武帝諱，改稱通侯或列侯。後以泛指侯伯高官。

⑤ 「淮南鍛竈」二句：江淹《從冠軍建平王登廬山香爐峰》：「廣成愛神鼎，淮南好丹經。」

送曹彝伯入東粤二首〔一〕①

嶺外雲行水木華，自然山屋可忘家。大夫新語方盈卷，玉局奇文正滿車②。五嶽真圖名士贊，九秋白鶴漢人槎。思遲闕里看霜屐③，味道東南好種茶。

其二

直渡江頭古樹涯，不須車馬繫青緺④。樓船海外思楊僕⑤，藁首天南吊吕嘉⑥。燕雀黄風寒木葉，黿鼉赤障落梅花。相攜哺傲同班草，題盡平烟壁上紗。

【校記】

〔一〕題目原無「二首」，據目録補。

【箋注】

①曹開遠，字彝伯。詳見《合集・近稿》卷五《壽曹母張孺人五十序》注。

②玉局：蘇軾曾任玉局觀提舉，後人遂以「玉局」稱蘇軾。文徵明《先君行略》：「一日見公書，稍涉玉局筆意。」

③思遲：想望。《後漢書・章帝紀》：「朕思遲直士，側席異聞。其先至者，各以發憤吐懣，略聞子大夫之志矣，皆欲置於左右，顧問省納。」李賢注：「遲，猶希望也。」

④青緺：青綬，佩繫官印之青紫色絲帶。《史記・滑稽列傳》：「及其拜爲二千石，佩青緺出宮門。」

⑤楊僕：西漢將領，宜陽人。以敢擊稱。南越反，武帝拜爲樓船將軍，以功封梁侯。見《漢書》本傳。

⑥呂嘉：西漢時南越大臣，相南越趙胡、趙嬰齊、趙興三王，宗族七十餘人爲南越長吏。元鼎四年，漢武帝遣使召趙興入朝内屬；呂嘉不願内屬，於次年舉兵反，殺王、王太后和漢使者。六年，漢將路博多、楊僕兩軍攻至番禺俘呂嘉等，將其首級送給漢武帝。見《史記·南越列傳》。

次韻答舒魯直①

河上投錢未足多②，清暉蘭若問春過。欲旌白水名山碣，共聽奇文方響歌。門第自來傳笏架，長安正好着麻靴。當年理學非塵土，願載青箱折茗柯。

【箋注】

①舒忠讜，字魯直，新建人。復社成員。吴山嘉《復社姓氏傳略》卷六：「舒忠讜，字魯直。崇禎庚午鄉薦第二人，翰墨詩書無不精美。大兵至，走山中。後游大同，值姜瓖之變，死之。」

②投錢：趙岐《三輔决録·飲馬》：「安陵清者有項仲仙，飲馬渭水，每投三錢。」後用爲清介、不妄取之典。

壽閔老夫人八十①

盡説綏山足以豪②，耆年女士聽雲璈③。韓公學行傳宫教④，絳縣春秋讓復陶⑤。欲進鞠華先擊缶⑥，看乘赤鯉足由敖⑦。湘靈明月追陪夜⑧，回首懷清臺正高⑨。

【箋注】

①閔老夫人，蓋爲閔及申母。閔及申，字園客，烏程人。詳見《合集·詩稿》卷一《題鏡閣和閔生甫韻》注。

②劉向《列仙傳·葛由》：「葛由者，羌人也。周成王時，好刻木羊賣之。一旦騎羊而入西蜀，蜀中王侯貴人追之上綏山，綏山在峨嵋山西南，高無極也。隨之者不復還，皆得仙道。故里諺曰：『得綏山一桃，雖不得仙，亦足以豪。』」

③雲璈：即雲鑼。《太平廣記》卷七十引杜光庭《墉城集仙録·薛玄同》：「雖真仙降眪，光景燭空，靈風異香，雲璈鈞樂，奏於其室，馮徽亦不知也。」

④《南史》卷十一《韓蘭英傳》：「婦人吴郡韓蘭英有文辭，宋孝武時獻《中興賦》，被賞入宫。宋明帝時用爲宫中職僚。及武帝以爲博士，教六宫書學。以其年老多識，呼爲『韓公』云。」

⑤復陶：主管衣服之官。《左傳·襄公三十年》：「與之田，使爲君復陶，以絳縣師，而廢其輿尉。」

⑥鞠華：即菊花。

⑦赤鯉：赤色鯉魚，傳説中仙人所騎。干寳《搜神記》卷一：「琴高，趙人也。能鼓琴。爲宋康王舍人。行涓彭之術，浮游冀州、涿郡間，二百餘年。後辭入涿水中，取龍子。與諸弟子期之曰：『明日皆潔齋，候於水旁，設祠屋。』果乘赤鯉魚出，來坐祠中。」由敖：遨遊，遊樂。由，通「遊」。《詩·王風·君子陽陽》：「君子陶陶，左執翿，右招我由敖，其樂只且。」

⑧ 湘靈：傳説之湘水之神。《楚辭·遠遊》：「使湘靈鼓瑟兮，令海若舞馮夷。」

⑨ 懷清臺：在今四川長壽南。秦始皇爲巴寡婦清所築。《史記·貨殖列傳》：「巴寡婦清，其先得丹穴，而擅其利數世，家亦不訾。清，寡婦也，能守其業，用財自衛，不見侵犯。秦始皇以爲貞婦而客之，爲築女懷清臺。」

次陳卧子韻寄夏瑗公①

賦理宫商紀子安，竹符新下錦城寬②。東南此地桑麻長，繇越於今衣帶看。戈甲已銷生秀穗，樓船不度奏和鸞。四時元氣君身備，獨有冰心徹夜寒。

【箋注】

① 次陳子龍韻寄夏允彝。

② 竹符：泛指地方長官印符。權德輿《送孔江州》：「才子厭蘭省，邦君榮竹符。」

詠螢

新暑閒雲銀鴨塘，試飛霞雨點衣裳。知存《大易》《明夷》志①，喜誦《豳風》流火章②。熱客休嘲逢大路③，老人欲下看藜光④。翩翩樹影驚鴻近，映入蒹葭水亦蒼。

【箋注】

①明夷：六十四卦之一，即離下坤上。《易·明夷》：「象曰：明入地中，明夷，君子以涖衆，用晦而明。」後以喻君主昏憒，賢臣遭亂。

②《詩·豳風·七月》：「七月流火，九月授衣。」孔穎達疏：「於七月之中，有西流者，是火之星也，知是將寒之漸。」

③熱客：冒暑而來之賓客。程曉《嘲熱客》：「今世褦襶子，觸熱到人家。主人聞客來，顰蹙奈此何。」

④藜光：燭光。劉克莊《沁園春·寄竹溪》：「道荒蕪羞對，宫中蓮燭，昏花難映，閣上藜光。」

和曹方城給諫詠竹林蓮沼①

千竿緑箐傍青蓮，靈運偏能惜惠連②。香尉並裝歸漢國③，温泉同浴出秦川。枕流高士忘賓主，入室清風正後先。解得坐中花四發，不容枝葉爲人緣。

【箋注】

①曹履泰，字方城，海甯人。乾隆《杭州府志》卷八十八《循吏》：「曹履泰，字方城，海甯人。天啓乙丑進士，知同安縣。時海賊鄭芝龍聚衆出没海島中，履泰嚴保甲，練鄉勇，喻以自衛法，賊相戒勿敢犯。已而芝龍就撫，同黨之李魁奇挾鍾斌叛，以執芝龍爲名。履泰曰：『無憂也，吾當使賊

自屠之。』乃陰攜其黨，不數日而魁奇成擒，斌投水死，海患永息。」

②《宋書》卷六十七《謝靈運傳》：「靈運既東還，與族弟惠連、東海何長瑜、潁川荀雍、泰山羊璿之，以文章賞會，共爲山澤之游，時人謂之四友。惠連幼有才悟，而輕薄不爲父方明所知。靈運去永嘉還始寧，時方明爲會稽郡。靈運嘗自始寧至會稽造方明，過視惠連，大相知賞。時長瑜教惠連讀書，亦在郡内，靈運又以爲絶倫，謂方明曰：『阿連才悟如此，而尊作常兒遇之。何長瑜當今仲宣，而飴以下客之食。尊既不能禮賢，宜以長瑜還靈運。』靈運載之而去。」

③香尉：時人對漢雍仲子之戲稱。任昉《述異記》卷下：「漢雍仲子進南海香物，拜爲涪陽尉，時謂之香尉。」

賀夏國山改諫垣①

除書今日下彤庭②，拜獻應先户牖銘。自是生平識正字，不煩曲學著《忠經》③。夕郎封事非高閣④，金馬文章本歲星⑤。熒惑犯句當退舍⑥，可知諫院出蓂蓂。

【繫年】

據《天一閣藏明代科舉録選刊·崇禎四年辛未科三百五十名進士履歷便覽》，夏尚絅「戊寅，欽選刑給事中」，故此詩作於崇禎十一年（一六三八）。

【箋注】

①此賀同年夏尚絅改任刑科給事中。夏尚絅，字中美，號國山，南直宜興人。嘉慶《增修宜興縣舊志》卷八：「夏尚絅，字中美。崇禎四年進士。授户部主事。命巡德州倉儲，盡除需索尅扣諸弊，吏胥畏服。擢居諫垣，時京師戒嚴，議浚城濠。尚絅切諫，謂：『擲百萬費於水涯，孰若用之疆埸？且使塹濠可守，則通、德、滄、濟，其爲廣川巨浸何限？而去年賊乃揚鞭飛渡，禦寇在人不在險，亦明矣。』疏入，留中。後以忤當道，出爲浙江金、衢副使。時白糧解省，民户被累，往往破家。尚絅聞省中米價與金、衢相若，請於撫按，聽民赴省採買，民困由是得紓。移鎮漳、泉，率義勇截殺流賊，乘勝逐北。會賊有援兵至，攻城，守者駭散，城遂陷。尚絅棄官歸，道聞京師已陷，悲憤不食，數日卒。」

②除書：拜官授職之文書。韋應物《始治尚書郎別善福精舍》：「除書忽到門，冠帶便拘束。」彤庭：漢代宫廷。因以朱漆塗飾，故稱。後泛指皇宫。蘇軾《次韻答滿思復》：「自甘茅屋老三間，豈意彤廷綴兩班。」

③忠經：《忠經》，漢馬融著。太宰純《重刻古文孝經序》：「迨乎漢季，馬季長擬作《忠經》十八章，倣《今文孝經》也。」

④夕郎：亦稱「夕拜」，黄門侍郎之别稱。漢時，黄門郎可加官給事中，因亦稱給事中爲夕郎。應劭《漢官儀》卷上：「黄門侍郎，每日暮，向青瑣門拜，謂之夕郎。」

⑤歲星：相傳東方朔仕漢武帝爲大中大夫。武帝暮年好仙術，與朔狎昵，從朔求不老之藥及吉雲、甘露等。朔嘗謂同舍郎曰：「天下知朔者唯大王公耳。」及朔卒，武帝召大王公問之，對以不知。問何能，對以善星曆。乃問諸星皆在否，曰：「諸星具在，獨不見歲星十八年，今復見耳。」帝仰天歎曰：「東方朔生在朕傍十八年，而不知是歲星哉！」事見舊題漢郭憲《東方朔傳》。後遂用爲典實。王圖炳《遊仙》：「君王欲乞長生術，不道郎官是歲星。」

⑥熒惑：古指火星。因隱現不定，令人迷惑，故名。

賦寄錢龍門兵憲二首〔一〕①

江潭明月對清尊，九曲山溪與古論。不忍雙鳧留碣石②，空歌《五噫》出東門③。荒村麥飯胡麻熟，舊日桃花流水存。且奉詔書移海上，歸來扶纊識奇温。

其二

豈獨勞人偏愛秋，葫蘆小隱正扁舟。自同百草憂將老，欲誦原田新是謀。誰家板屋春雛小，一部《離騷》白日幽。甌越未容譏裸國，雲霄拔足在丹丘④。

【校記】

〔一〕題目原無「二首」，據目録補。

【箋注】

① 錢繼登，字龍門，嘉善人。康熙《嘉興府志》卷十七：「錢繼登，字龍門。萬曆中進士，歷任淮揚巡撫。矜義亢節，不合于俗，故晦跡林下之日爲多。精心經史，尤邃于《易》。晚年精禪乘之學，預作生壙記，多達生超悟之談。年八十，臨歿賦詩。著《壑專堂集》《東皋問耕録》《易窺》《南華拈笑》《孫武子釋》等書。」

② 雙鳧：《後漢書·方術傳·王喬》：「王喬者，河東人也。顯宗世，爲葉令。喬有神術，每月朔望，常自縣詣臺朝。帝怪其來數，而不見車騎，密令太史伺望之。言其臨至，輒有雙鳧從東南飛來。於是候鳧至，舉羅張之，但得一隻舄焉。乃詔尚方診視，則四年中所賜尚書官屬履也。」後用爲地方官之故實。

③ 五噫：東漢梁鴻作。《後漢書·逸民傳·梁鴻》：「因東出關，過京師，作《五噫之歌》，曰：『陟彼北芒兮，噫！顧覽帝京兮，噫！宫室崔嵬兮，噫！人之劬勞兮，噫！遼遼未央兮，噫！』」

④ 丹丘：傳説中神仙所居之地。《楚辭·遠遊》：「仍羽人於丹丘兮，留不死之舊鄉。」王逸注：「丹丘晝夜常明也。」

送王開度遊粵東①

惜别中流是一壺，詩人清景未嘗逋。愧將陸賈千金槖②，自寫文饒《王會圖》③。風送輕舟齊燕子，鉢敲奇句代萱蘇④。星榆歷歷移春嶺，應笑黄初賦魏都⑤。

【箋注】

① 王亮，字開度。詳見《初集》卷二《錢元玉王開度合刻序》注。

② 高祖使陸賈賜尉他印爲南越王。尉他倨傲，陸賈數語令其折服，遂賜陸賈橐中裝直千金，他送亦千金。陸賈卒拜尉他爲南越王，令稱臣奉漢約。歸報，高祖大悦，拜陸賈爲太中大夫。見《史記·酈生陸賈列傳》。

③ 文饒，李德裕字。《新唐書》卷二百一十七下《回鶻傳下》：「會昌中，阿熱以使者見殺，無以通于朝，復遣注吾合素上書言狀。……行三歲至京師，武宗大悦，班渤海使者上，以其處窮遠，能脩職貢，命太僕卿趙蕃持節臨慰其國，詔宰相即鴻臚寺見使者，使譯官考山川國風。宰相德裕上言：『貞觀時，遠國皆來，中書侍郎顔師古請如周史臣集四夷朝事爲《王會篇》。今黠戛斯大通中國，宜爲《王會圖》以示後世。』有詔以鴻臚所得繢著之。」

④ 萱蘇：《初學記》卷二七引三國魏王朗《與魏太子書》：「不遺惠書，所以慰沃，奉讀歡笑，以藉飢渴。雖復萱草忘憂，皋蘇釋勞，無以加也。」後因以「萱蘇」爲忘憂釋勞之典。萱，指萱草；蘇，指皋蘇。

⑤ 賦魏都：即左思《魏都賦》。由假想人物魏國先生盛贊三國時魏都洛陽建設及政治措施，對曹操在東漢末年統一北方功業，多所歌頌。

賦答成喻仲①

奇文猶是石麒麟②，溪樹秋清作客身。丁謂豈容貽地耻③，虞卿不爲著書貧④。將隨罨畫圖鷗鳥，未渡桐江想漢濱。何處月明來鐵網，葫蘆烟水説君臣。

【箋注】

① 成明義，字喻仲。詳見《近集》卷一《贈成喻仲》注。

② 石麒麟：對聰穎過人幼童之美稱。《陳書·徐陵傳》：「陵年數歲，家人攜以候之，寶志手摩其頂，曰：『天上石麒麟也。』」

③《宋史》卷二百八十三《丁謂傳》：「丁謂，字謂之，後更字公言，蘇州長洲人。……初，王均叛，朝廷調施、黔、高、溪州蠻子弟以捍賊，既而反爲寇。謂至，召其種酋開諭之，且言有詔赦不殺。酋感泣，願世奉貢。乃作誓刻石柱，立境上。蠻地饒粟而常乏鹽，謂聽以粟易鹽，蠻人大悦。」

④《史記》卷七十六《平原君虞卿列傳》：「虞卿者，游説之士也。躡蹻檐簦説趙孝成王。一見，賜黄金百鎰，白璧一雙；再見，爲趙上卿，故號爲虞卿。……虞卿既以魏齊之故，不重萬户侯卿相之印，與魏齊閒行，卒去趙，困於梁。魏齊已死，不得意，乃著書，上採《春秋》，下觀近世，曰《節義》《稱號》《揣摩》《政謀》，凡八篇。以刺譏國家得失，世傳之曰《虞氏春秋》。」

贈送蘇洹水賫捧入都①

聞説姑蘇近上台，使君正向月邊來。汲卿豈願淮陽郡②，韓琬新編《御史臺》③。當此千秋進寶鑑，好從東閣賦官梅④。蕭蕭十月行人早，報下除書驛吏催。

【繫年】

據《天一閣藏明代科舉録選刊·崇禎四年辛未科三百五十名進士履歷便覽》蘇壯「己卯，升開封知府」，兼據「蕭蕭十月行人早，報下除書驛吏催」等語，可知本詩作於崇禎十二年（一六三九）十月。

【箋注】

① 此送同年蘇壯赴任開封。蘇壯，字洹水。《天一閣藏明代科舉録選刊·崇禎四年辛未科三百五十名進士履歷便覽》：「蘇壯洹水。《易》一房。戊午十月初七日生。山東東昌府濮州人。……丁卯十一，鄉六名，會一百五十，三甲一百十九名。刑部政。授内黄知縣。……丁丑，行取。戊寅，考選授黔州府同知。己卯，升開封知府。」

② 《漢書》卷五十《汲黯傳》：「會更立五銖錢，民多盗鑄錢者，楚地尤甚。上以爲淮陽，楚地之郊也，召黯拜爲淮陽太守。黯伏謝不受印綬，詔數强予，然後奉詔。……黯居郡如其故治，淮陽政清。後張湯敗，上聞黯與息言，抵息罪。令黯以諸侯相秩居淮陽。居淮陽十歲而卒。」

③ 李德輝《全唐文作者小傳正補》卷三〇四《韓琬》：「韓琬以父子數代皆爲御史，遂繼杜易簡之後

著《御史臺記》十二卷，採用註記體，言臺憲故事、官資輕重。載唐初至開元御史臺中制度故事，以大夫、中丞、侍御史、殿中、監察、主簿、録事，分門載姓名行事，又著《論》一篇，叙御史正邪得失，附卷末，以爲世戒。」

④東閣，古代稱宰相招致、款待賓客之地。杜甫《和裴迪登蜀州東亭送客逢早梅相憶見寄》：「東閣官梅動詩興，還如何遜在揚州。」

送孫孟樸入豫章①

何必淒其是北風②，渡江書簏鯉魚通。文如孫楚驚司馬，氣本田光貫白虹③。橘柚園中多古意，滕王閣上恥雷同。壯游尚憶苕方穎④，十月蒹葭流水東。

【箋注】

①送孫淳入豫章，時在十月。孫淳，字孟樸。詳見《初集》卷一《五經徵文序》注。

②淒其：寒凉貌。《詩・邶風・緑衣》：「絺兮綌兮，淒其以風。」

③田光：戰國末燕國人。因鞠武（太子丹之傅）推薦，與太子丹結交。田光薦荆軻謀刺秦王政，丹請其不要洩密，田光囑託荆軻後，即自刭而死。事見《史記・刺客列傳》。貫白虹：語本《史記・魯仲連鄒陽列傳》：「昔者荆軻慕燕丹之義，白虹貫日，太子畏之。」

④壯游：謂懷抱壯志而遠游。袁桷《送文子方著作受交趾使于武昌二十韻》：「壯游詩句豁，古戍

角聲悲。」

壽周申甫六十①

神鄉清賞不知如，並駕飛螭看玉魚。李脱正遊五嶽下②，甯真方授《九疇》書③。公堂纁帛勤招隱④，太學英雄更曳裾⑤。望氣掃關陽朔會⑥，築高樓觀待仙居。

【箋注】

①周申甫，待考。

②杜光庭《墉城集仙録》卷九《李真多》：「李真多，神仙李脱妹也。脱居蜀金堂山龍橋峰下修道，蜀人歷代見之，約其往來八百餘年，因號曰『李八百』焉。初以周穆王時，居來廣漢棲玄山，合九華丹成，雲遊五嶽十洞，二百餘年。」

③九疇：指傳説中天帝賜給禹治理天下的九類大法，即《洛書》。《書·洪範》：「天乃錫禹《洪範》九疇，彝倫攸叙。初一曰五行，次二曰敬用五事，次三曰農用八政，次四曰協用五紀，次五曰建用皇極，次六曰乂用三德，次七曰明用稽疑，次八曰念用庶徵，次九曰嚮用五福、威用六極。」孔傳：「天與禹，洛出書，神龜負文而出，列於背，有數至於九。禹遂因而第之，以成九類。」

④《後漢書·逸民傳·嚴光》：「少有高名，與光武同遊學。及光武即位，乃變名姓，隱身不見。帝思其賢，乃令以物色訪之。後齊國上言：『有一男子，披羊裘釣澤中。』帝疑其光，乃備安車玄纁，

遣使聘之。三反而後至。」後因謂招聘隱士出仕爲「纁招」。

⑤曳裾：「曳裾王門」之省稱。杜甫《又作此奉衛王》：「推轂幾年惟鎮静，曳裾終日盛文儒。」

⑥陽朔：農曆十月初一。《後漢書·馬融傳》：「乘輿乃以吉月之陽朔，登於疏鏤之金路。」李賢注：「陽朔，十月朔也。」

觀孫孝若名劇①

競傳霓舞出珠簾，捲袖中流自趙娟。雲母春朝應障汝，侍郎今日可留仙。方稱緑紵人三百，不數新豐酒十千。園住獸爐花並發，六宮錦纏上鞦韆。

【箋注】

①孫魯，字孝若，號沂水，常熟人。孫朝肅子。康熙《常熟縣志》卷十九《循吏》：「孫魯，字孝若，號沂水，父布政朝肅夢曾子而生。順治壬辰進士，授衢州府推官。西安民祝廿五爲從子所殺，滅跡埋屍，獄久未竟。魯密司得實，案治從子與其黨如律，自餘多所平反，遠近翕然有神明之稱。操守甚廉，居官九年，凡需悉取於家，由此家日落，民到今頌思之。陞同知高州府，未幾，缺裁補同知紹興府。甫下車，遍諭諸屬，中引山陰道上應接不暇之句，於是往來請託乃絶。俸滿，陞知大同府。府近邊而俗朴，民未知禮。魯到，首行鄉飲酒禮，舉麻振揚爲大賓。振揚者，嘗官總兵，年九十。魯先禮重之，府屬驚告爲盛事，蓋自來尚未有行之者。設義學，試拔諸生文行最優者延爲

師，比屋弦誦，聲琅然。值三藩叛逆，王師駐防征調旁午，魯飛芻輓粟，士飽馬騰，兵民按堵。忽念母老，遂乞終養。」吴偉業《孫孝若稿序》：「孝若之爲人也，風流醖藉，機神警速，實顛倒於余，余亦心折之甚。其天才之所軼發，家學之所纘承，足以囊括古今，貫穿經史，出入古文詩歌之間。」可參。

送徐無礙赴任景寧①

聞説旌毛歷九灘，故鄉月色尚團欒。魏舒對策原高致②，馬略潛龍莫棄官③。不變鬚眉衰鳥獸，獨留民社把儒冠④。灑然襟袖孤行久，鳳閣鸞臺平等觀⑤。

【繫年】

據同治《景寧縣志》卷八《徐日隆傳》「崇禎十一年由歲貢任縣」，可知此詩作於崇禎十一年（一六三八）。

【箋注】

① 此送徐日隆赴任景寧知縣。徐日隆，又名起卿，號無礙，宣城人。同治《景寧縣志》卷八：「徐日隆，號無礙子，南直宣城人，崇禎十一年由歲貢任縣。善書，得董之神醇，雅有才幹。遷建學宫，制置有法，士無科費。時多寇盜剽掠，苦難防守。公乃壘石爲城，建敵樓，詳豁寺田以充費，民不知勞而告成。且設講堂，公餘輒與士徒講學其中。有《鶴溪日記三編》。致仕去，邑人肖像祀

之。」顧大韶《炳燭齋稿·徐無礙詩序》：「徐起卿，匿迹避讎，更姓名者數焉，乃獨以無礙自號，而因以名其詩。」楊文驄有《無礙先與余聯席雲間，今夏與余并趨東城，殆有天緣乎！握手村舍，喜而賦此》、陳子龍有《宣城徐無礙詩稿序》，可參。

② 《晉書》卷四十一《魏舒傳》：「年四十餘，郡上計掾察孝廉。宗黨以舒無學業，勸令不就，可以爲高耳。舒曰：『若試而不中，其負在我，安可虚竊不就之高以爲己榮乎！』於是自課，百日習一經，因而對策升第。除澠池長，遷浚儀令，入爲尚書郎。」

③ 馬略：蓋即司馬略。《晉書》卷三十七《孝王略傳》：「孝王略，字元簡，孝敬慈順，小心下士，少有父風。元康初，愍懷太子在東宫，選大臣子弟有名稱者以爲賓友，略與華恒等並侍左右。歷散騎黄門侍郎、散騎常侍、秘書監，出爲安南將軍、持節、都督沔南諸軍事，遷安北將軍、都督青州諸軍事。」

④ 民社：指人民和社稷。蘇軾《賀時宰啓》：「民社非輕，猶承宣而惴惴；天淵靡外，亦戾躍以欣欣。」

⑤ 鳳閣：唐中書省别名。白居易《詠懷》：「昔爲鳳閣郎，今爲二千石。」鸞臺：唐門下省别名。鳳閣鸞臺，代指中央機構。

懷熊魚山先生①

吴雲昔日已如閒，楊柳偏懷玉佩環。四海嘯歌成獨醒②，千秋師友在人間。名聞宣室思前席③，桂發淮南賦小山④。指盻車茵同鶴下，清風近欲寄刀鐶。

【箋注】

① 熊開元，字魚山。詳見《初集》卷二《國表小品序》注。

② 獨醒：獨自清醒。喻不同流俗。《楚辭·漁父》：「屈原曰：『舉世皆濁我獨清，衆人皆醉我獨醒，是以見放！』」杜甫《贈裴南部》：「獨醒時所嫉，群小謗能深。」

③ 《漢書》卷四十八《賈誼傳》：「後歲餘，文帝思誼，徵之。至，入見，上方受釐，坐宣室。上因感鬼神事，而問鬼神之本。誼具道所以然之故。至夜半，文帝前席。」李商隱《賈生》：「可憐夜半虚前席，不問蒼生問鬼神。」

④ 王逸《〈楚辭·招隱士〉解題》：「昔淮南王安博雅好古，招懷天下俊偉之士，自八公之徒，咸慕其德而歸其仁。各竭才智。著作篇章，分造辭賦，以類相從，故或稱小山，或稱大山，其義猶《詩》有《小雅》《大雅》也。」

送曹秋岳兼詢楊機部①

安車應向紫雲臺②，騶騎傳呼玉節來③。塞外雁臣當鐵障④，陛前仙史築金臺⑤。伏生門下多奇士，黄鶴樓邊盡落梅⑥。封事到今如白日，髮毛淅瀝爲誰催。

【箋注】

①曹溶，字秋岳，浙江嘉興人。乾隆《大同府志》卷十八：「曹溶，字秋岳，浙江嘉興人。康熙六年任陽和兵備道。學問閎博，處兵瑣瘡痏間，賑荒馭吏胥有績，雅稱歎徐明經化溥、馮觀察雲驤才，亟旌之。時學政叢弊，溶箝制俾不敢逞，魏敏果象樞雅參議焉。尋以裁缺去仕，至侍郎。」計六奇《明季北略》卷二十二：「曹溶，字秋岳，浙江嘉興人。崇禎丁丑進士，官御史。」

②安車：古代可以坐乘之小車。古車立乘，此爲坐乘，故稱安車。供年老之高級官員及貴婦人乘用。高官告老還鄉或徵召有重望者，往往賜乘安車。《周禮·春官·巾車》：「安車，彫面鷖總，皆有容蓋。」

③玉節：指持節赴任之官員。楊萬里《送吉州趙山父移廣東提刑》：「嶺上梅花莫遲發，先遣北枝迎玉節。」

④雁臣：指古代逢秋到京師朝覲，至春始還部落之北方少數民族首領。《北史·斛律金傳》：「魏除爲第二領人酋長，秋朝京師，春還部落，號曰雁臣。」

⑤築金臺：指燕昭王築黄金臺招賢事。喻好賢、求賢。

⑥李白《與史郎中欽聽黄鶴樓上吹笛》：「黄鶴樓中吹玉笛，江城五月落梅花。」

贈宋瞻岩六十①

日冕蓉冠人自芳，世風道德近庚桑。鶴林雙樹留春陌，南嶽三雲護草堂。教子義方爲玉穀②，賦詩篇次在鴛鴦。致霞有術先仁孝，雌守蕭蕭典墨莊③。

【箋注】

① 此賀宋龍父宋瞻岩六十。宋龍，字子猶，崇明人，避地太倉，諸生。名列婁東十子。王祖畬《太倉州志》卷十九《人物三·宋龍》：「宋龍，字子猶，崇明人，諸生。避地太倉，與陸世儀、陳瑚等十人爲友。其學淹貫經史，而歸於踐履篤實。嘗扁舟入富春山慟哭謝皋羽。鼎革後，隱於醫，僧服終其身。」宋瞻岩，宋龍父，生平待考。《近集·瀛沙宋氏墓田記》：「予門下士宋子猶，今之純孝也。……子猶大父企和，父瞻岩友睦好義。……子猶向從予學，束修廉隅，邑稱異行，兼習《禮經·檀弓》，曾子之業，其所精也。」

② 義方：行事應該遵守之規範和道理。《左傳·隱公三年》：「石碏諫曰：『臣聞愛子教之以義方，弗納於邪。』」後因多指教子之正道。

③ 墨莊：指藏書，書叢。葉廷圭《海録碎事·文學·收書》：「劉式死，其妻聚書千餘卷，指示諸子曰：『此汝父嘗謂此爲墨莊，今貽汝輩，爲學植之具。』」

代周挹齋老師壽王惠常尊人雙壽①

爲賦閒居眺板輿②，春幡綵勝映雙裾。鄲州百忍先閨範，絳邑三珠本父書③。才子里中徵洗爵，老人星下看垂魚。晨纓盡望陪朝馭④，漢曆猶然記太初。

【箋注】

① 代座師周延儒壽王啓榮尊人即張溥岳父母雙壽。周延儒，字玉繩，號挹齋。詳見《近集》卷一《陽羨師贈楊機部太史爲次韻四首》注。王啓榮，字惠常，爲張溥妻弟、徐汧連襟。詳見《初集》卷一《五經徵文序》注。

② 板輿：古代一種用人抬之代步工具，多爲老人乘坐。

③ 三珠：比喻傑出之三兄弟。庾信《傷心賦》：「三虎二龍，三珠兩鳳，並有山澤之靈，各入熊羆之夢。」

④ 晨纓：泛稱仙人之冠。南朝梁武帝《玉龜曲》：「玉龜山，真長仙。九光曜，五雲生。交帶要分影，大華冠晨纓。」

題贈王敬之六十①

烟水秋汀鶴有群，松聲月色自今分。常隨陸羽徵香果②，好並羊欣寫素裙③。竹裏清風存舊志，洞庭落葉誦高文。緑綬鳳子扶攜下，黄鳥山頭共識君。

【繫年】

據張采《知畏堂文存》卷四《王敬之壽序》「歲乙亥春，老友王敬之年六十，同儕上壽」，可知此詩作於崇禎八年（一六三五）春。

【箋注】

①此壽王宗文六十。王宗文，字敬之。詳見《合集·近稿》卷一《壽王敬之六十序》注。張采《知畏堂文存》卷四《王敬之壽序》：「歲乙亥春，老友王敬之年六十，同儕上壽。……故敬之終歲閒静，買藥之餘，惟綣二氏書。意動，則扁舟適唐市，訪子常，或入城訪天如及余。」

②《新唐書》卷一百九十六《陸羽傳》：「羽嗜茶，著經三篇，言茶之原、之法、之具尤備，天下益知飲茶矣。時鬻茶者，至陶羽形置煬突間，祀爲茶神。」

③《宋書》卷六十二《羊欣傳》：「欣時年十二，時王獻之爲吴興太守，甚知愛之。獻之嘗夏月入縣，欣著新絹裙晝寢，獻之書裙數幅而去。欣本工書，因此彌善。」

送李賓侯北上①

灑筆呼傳舊墨池，紅綾餤餅慰調饑②。鳳翔子晉吹笙句③，天寶湘靈鼓瑟詩。寂寂《太玄》今日顯，珊珊骨相獨君宜。萬言封事于霄上，始信賓王門下奇④。

【繫年】

據光緒《崑新兩縣續修合志》卷三十一《李可汧傳》「明崇禎己卯以郡諸生領鄉薦」，可知此詩作於崇禎十二年（一六三九）李可汧領鄉薦後，本年冬赴京應考時。

【箋注】

① 送李可汧北上應考。李可汧，字元仗，原名開鄴，字賓侯。李可衛弟。光緒《崑新兩縣續修合志》卷三十一《李可汧傳》云：「李可汧，字元仗，原名開鄴，字賓侯。胤昌孫。工詩古文，吐納風流，兼曉音律。明崇禎己卯以郡諸生領鄉薦，順治乙未成進士，授行人，遷刑部主事。有訐人作詩觸時諱者，將得罪，可汧見之曰：『此唐薛逢作開元後樂，大概言天寶亂後事耳。』事乃寢。擢湖廣提學僉事，内艱歸，不復出。康熙十年，邑大水，出粟千石賑之。卒年六十一。兄可衛，字爾公。能詩文。復社成員，通青烏術。可汧子遇章，字東嶼，亦工詩，著《八代詩選》，考辨精覈，爲詩家所稱。」

② 紅綾餤餅：古代一種珍貴之餅餌，以紅綾裹之，故名。葉夢得《避暑録話》卷下：「唐御膳以紅綾餅餤爲重。昭宗光化中，放進士榜，得裴格等二十八人，以爲得人。會燕曲江，乃令太官特作二十八餅餤賜之。盧延讓在其間。後入蜀爲學士。既老，頗爲蜀人所易。延讓詩素平易近俳，乃作詩云：『莫欺零落殘牙齒，曾喫紅綾餅餤來。』」調饑：朝饑。形容渴慕的心情。《詩·周南·汝墳》：「未見君子，惄如調饑。」鄭玄箋：「未見君子之時，如朝饑之思食。」

③ 鳳翔子晉吹笙句：王子喬，字子晉。相傳爲周靈王太子，喜吹笙作鳳凰鳴，被浮丘公引往嵩山修煉，後升仙。

④ 賓王：謂輔導帝王。賓，通「儐」。語本《易·觀》：「觀國之光，利用賓于王。」王弼注：「居近得位，明習國儀者也，故曰利用賓于王也。」此指輔佐帝之高官近臣。

壽李太夫人六十①

盛名詞苑麗西崑，阿母朱封被兩幡②。三樹月中人種玉③，六珈堂下客乘軒。並傳渤海能文翰，未許中郎貌虎賁④。皓首烏翔應受福，大家今日是龍門⑤。

【箋注】

① 李太夫人，蓋爲李可汧母。待考。

② 阿母：老婦。白居易《玉真張觀主下小女冠阿容》：「迴眸雖欲語，阿母在傍邊。」

③ 種玉：干寶《搜神記》卷十一：「公汲水作義漿於阪頭，行者皆飲之。三年，有一人就飲，以一斗石子與之，使至高平好地有石處種之，云：『玉當生其中。』楊公未娶，又語云：『汝後當得好婦。』語畢不見。乃種其石。數歲，時時往視，見玉子生石上，人莫知也。有徐氏者，右北平著姓，女甚有行，時人求，多不許。公乃試求徐氏。徐氏笑以爲狂，因戲云：『得白璧一雙來，當聽爲婚。』公至所種玉田中，得白璧五雙，以聘。徐氏大驚，遂以女妻公。」後因以「種玉」比喻締結良姻。

④ 中郎：秦置，漢沿用。擔任宫中護衛、侍從，屬郎中令。分五官、左、右三中郎署。各署長官稱中郎將，省稱中郎。虎賁：掌侍衛國君及保衛王宫、王門之官。

⑤ 龍門：喻聲望高者之府第。劉義慶《世説新語·德行》：「李元禮風格秀整，高自標持，欲以天下名教是非爲己任。後進之士，有升其堂者，皆以爲登龍門。」

送趙我完北發①

揚子江頭風色好②，眄君帖信入春枝。競看孤進還丹日③，正是蓬山首冠時④。名塔雁王千佛字⑤，黄裳衣裾《五經》師⑥。自來金谷聞清妙，厭倒當初元白詩⑦。

【繫年】

趙自新崇禎十二年中舉人，兼據前詩《送李賓侯北上》繫年，可知此詩作於崇禎十二年（一六三九）冬趙自新赴京應考時。

【箋注】

① 送社長趙自新北上應考。趙自新，字我完。詳見《續集·别集》卷二《趙我完稿序》注。

② 揚子江：長江在今儀徵、揚州一帶，古稱「揚子江」，因揚子津而得名。

③ 孤進：指成就突出、特别出色者。王定保《唐摭言·慈恩寺題名遊賞賦詠雜記》：「仆射十一叔以文學德行，當代推高。在長慶之間，春幃主貢，採摭孤進，至今稱之。」還丹：指煉就仙丹，得道

成仙。

④蓬山：秘書省之别稱。王勃《上明員外啓》：「更掌蓬山之務，麟圖緝謚。」首冠：第一。劉禹錫《唐故相國贈司空令狐公集紀》：「公爲宰相，奉詔撰憲宗聖神章武孝皇帝哀册文，時稱乾陵崔文公之比，今考之而信，故以爲首冠，尊重事也。」

⑤雁王：佛教語。領頭之大雁，爲佛三十二相之一。

⑥黄裳：黄色下衣。《易·坤》：「六五：黄裳，元吉。」高亨注：「元，大也。裳，裙也，褲也。周人認爲黄裳是尊貴吉祥之物，代表吉祥之徵，故筮遇此爻大吉。……黄裳黄裙内服之美，比喻人内德之美，故大吉。」

⑦元白：唐代詩人元稹、白居易之並稱。《舊唐書·元稹傳》：「稹聰警絶人，年少有才名，與太原白居易友善，工爲詩，善狀詠風態物色，當時言詩者稱元白焉。」

送洛尹兄入汴梁①

作客如何夢九嶷，大梁文物正葳蕤②。庭中好看三荆樹③，壁上曾題一隊詩。露布草成登幕府，石經書就號秦碑。龍門遊跡多奇絶，不向雙丁羡白眉④。

【箋注】

①送四兄張京應入汴梁。張京應，字洛尹。詳見《合集·近稿》卷三《徐及申先生稿序》注。

② 文物：指禮樂制度。古代用文物明貴賤，制等級，故云。《左傳・桓公二年》：「夫德，儉而有度，登降有數，文物以紀之，聲明以發之，以臨百官。」

③ 三荆：詩文中常以喻同胞兄弟。陸機《豫章行》：「三荆歡同株，四鳥悲異林。」

④ 雙丁：指三國魏丁儀、丁廙兄弟兩人。《梁書・到溉傳》：「時以溉、洽兄弟比之二陸，故世祖贈詩曰：『魏世重雙丁，晉朝稱二陸，何如今兩到，復似凌寒竹。』」白眉：《三國志・蜀書・馬良傳》：「馬良，字季常，襄陽宜城人也。兄弟五人，並有才名，鄉里爲之諺曰：『馬氏五常，白眉最良。』良眉中有白毛，故以稱之。」後因以喻兄弟或儕輩中的傑出者。

次徐文長牡丹詩韻贈王遂東先生①

爲訪春朝五大夫，不嫌花信仗公孤②。人間筆意俱仙隱，閣下猖狂倩酒扶。自倚畫廊羞續命，莫將錦幔逐玄都③。高欄曲曲聞人語，競羡元紅已得盧④。

【箋注】

① 次徐渭牡丹詩韻贈王思任。王思任，字季重，號遂東，浙江山陰人。康熙《山陰縣志》卷二十九：「王思任，字季重，號遂東。少時穎異，黄洪憲見其文，曰：『後日必以文章名世。』年二十成進士，前後知興平、當塗、青浦三縣，歷袁州府司李。所至有能聲，以得罪上官被鐫降。後歷刑工二部主事，出爲九江僉事。遇寇亂，善于料敵，兵民賴之。以請告歸。思任通脱自放，遇大吏不爲拘

束。好作文，膾炙人口，時人目以東方生一流。聞崇禎之變，即棄家入五雲山，卒年七十有二。世稱其詩歌書法，與董思白、陳仲醇相伯仲。所著有《清暉閣文飯》等集行世。」

② 公孤：公，三公；孤，少師、少傅、少保。泛指重臣。魏源《默觚下·治篇》：「至治之世，士在公孤；小康之世，士在僚采。」

③ 玄都：傳説中神仙居處。《海内十洲記·玄洲》：「上有大玄都，仙伯真公所治。」

④ 得盧：摴蒱賭博時，擲得頭采。亦喻勝利、成功。

壽顧儼若五十①

江左家風詠少微，春城淑麗綴金衣②。争稱孫綽能爲賦③，豈獨劉根善耐饑④。漢曲清潭思大雅，長阿北阪望光輝。欲徵七老香山會⑤，年齒如君近亦希。

【箋注】

① 顧儼若，先著《之溪老生集》卷六有《顧儼若惠川椒附子兼許致丁香油以療腹疾》。生平待考。

② 金衣：縷金之衣，爲貴官所服。張繼《明德宫》：「碧瓦朱楹白晝閒，金衣寶扇曉風寒。」

③ 《晉書》卷五十六《孫綽傳》：「綽字興公，博學善屬文，少與高陽許詢俱有高尚之志。居于會稽，游放山水，十有餘年，乃作《遂初賦》以致其意。……綽少以文才垂稱，于時文士，綽爲其冠。温、王、郗、庾諸公之薨，必須綽爲碑文，然後刊石焉。」

④ 劉根，漢代術士，傳説能驅鬼、辟穀。嵇康《答難養生論》：「劉根遐寢不食，或謂偶能忍饑。」

⑤ 白居易晚年家居洛陽，招請好友九人宴飲，其中胡杲、吉皎、鄭據、劉真、盧真、張渾與白居易均年在七十以上，稱七老會。宴罷，各賦《七老會詩》一首。參見白居易《胡吉劉鄭盧張等六賢皆多年壽，余亦次焉，偶於敝居合成尚齒之會，七老相顧，既醉且歡》詩。

送黄子羽赴任新都①

欲遣良詩招茂陵②，當今名士白黄君。初傳鑿齒寧蠻令，更草相如檄蜀文③。桃李花開巫峽路，孝廉船滿錦江雲。請從後乘看奇蹟，尚有新都舊典墳。

【繫年】

據王祖畬《太倉州志》卷十九《黄翼聖傳》「崇禎十一年，以薦授四川新都知縣」，兼據錢謙益《牧齋初學集》卷十五《丙舍詩集》上（原注：起十二年己卯正月盡一年）有《送黄二子羽令新都》二首及馮其庸、葉君遠《吴梅村年譜》崇禎十二年條「是年，黄翼聖赴任四川新都縣令之任，偉業作詩爲送行」，可知此詩作於同時，即崇禎十二年（一六三九）。

【箋注】

① 此送黄翼聖赴任四川新都知縣。吴偉業亦作《送黄子羽之任四首》，錢謙益亦作《送黄二子羽令新都》二首，可參。黄翼聖，字子羽，太倉州人。程穆衡《鳥吟集》小傳：「黄翼聖，字子羽，號攝

六。黄氏自宗甫、裳甫、經甫，昆季以孝友節廉著稱家國。才華風采，照耀于時。子羽雖貴裔，博學修潔，又爲王緱山壻，以薦辟蜀之新都。扞難耆事，以廉辦聞。陞知安吉州，簿書諜訴干戈戎馬之間，詩多激昂旁礴。迨棄官歸里，杜門謝客，修香光之業，詩益清新。如么紘哀玉，自有天韻。其《蓮蕊居士集》，徐元歎序而定之。」王祖畲《太倉州志》卷十九《人物三》：「黄翼聖，字子羽，元勳子。少雋異，秀絶人表。崇禎十一年，以薦授四川新都知縣。時賊躪楚蜀，新都素殘破，聞賊至，爭走匿。翼聖積薪縣門，誓死守城，得全。陞安吉知州，尋棄官歸。性蕭閒，喜山水，工五言詩，人稱如么紘哀玉，自有天韻。郡人徐波刻其遺集。孫侃，字孝直，諸生。」

②茂陵：漢司馬相如病免後家居茂陵，後因以指代司馬相如。庾信《奉和永豐殿下言志》之七：「茂陵體猶瘠，淮陽疾未祛。」

③相如檄蜀文：指司馬相如《喻巴蜀檄》。《史記·司馬相如列傳》：「相如爲郎數歲，會唐蒙使略通夜郎西僰中，發巴蜀吏卒千人，郡又多爲發轉漕萬餘人，用興法誅其渠帥，巴蜀民大驚恐。上聞之，乃使相如責唐蒙，因喻告巴蜀民以非上意。」後因以「相如檄」指曉諭軍民之文告。

和楊機部秋興八首①

獨有摇風萬木哀，臨江横槊夜烏來②。大夫自起呼郎語，光禄空傳作賦才。不道涓人求駿骨③，只今明月釣魚臺。嶔崎莫向平堂立，雜坐仙官覆酒杯。

其二

盡説秦州是帝家，而今烽燧達褒斜④。清朝漁釣多投老⑤，故國王侯半種瓜⑥。斗米能成五里霧，銅駝猶泣杜陵花。大河赤縣蜚鴻滿，不及秋光水上葭。

其三

經年常卧自東蒿，三徑花黄鳥雀號。樓堞夢迴聞畫角，侍郎官罷反《離騷》⑦。西園飲客皆文士⑧，遼海軍聲似怨螃。仰首流雲嘗不盡，登船因憶廣陵濤⑨。

其四

傷心已到荻花時，宫苑金風倚玉枝。孤樹客談惟北固〔一〕，黄頭擢楫自西池。山陵故物惟弓劍，漢魏遺歌獨鼓吹。誰是擣衣聲萬户，少年盡有雒陽悲。

其五

鹿角方支沙磧營，將軍何日始長征。峭嵫草木宜封禪，鼎藥功名喜弄兵。紫禁不開投甀奏⑩，匈奴初拜受降城。昇平自古多憂警，獨笑靈宫王子明。

其六

昔朝論諫問爰延⑪，漢節交馳星宿邊。但見終南多隱士，不知河水盡金錢。翹關有口排青閣，救國無奇墾石田。曲突自慚非上客⑫，侍中流血未曾濺。

其七

驚心往事慟西川，寒露枯蒲罥墓田。爲訪故園嗟老大，依然落日共流泉。垂名豈仗麒麟種⑬，學道先從蝴蝶眠⑭。吾亦東歸樵采路，休聞獵鼓破荒烟。

其八

啼烏城頭暮雨愁，未容結駟漆園憂。但看箠令能寬士⑮，何必酎金始失侯⑯。鐘漏自隨年歲改，文章不使姓名休。東皋近住逍遥吏，秫熟開樽又早秋。

【校記】

〔二〕「惟」，原闕，據天津本硃批補。

【箋注】

①此唱和楊廷麟。楊廷麟，字伯祥，號機部。詳見《續集》卷一《楊伯祥稿序》注。

②横槊夜烏來：元稹《唐故工部員外郎杜君墓誌銘》：「建安之後，天下文士遭罹兵戰，曹氏父子鞍馬間爲文，往往横槊賦詩，故其抑揚怨哀悲離之作，尤極於古。」曹操《短歌行》：「月明星稀，烏鵲南飛，繞木三匝，何枝可依？」

③涓人求駿骨：《戰國策·燕策一》：「古之君人，有以千金求千里馬者，三年不能得。涓人言於君曰：『請求之。』君遣之。三月得千里馬，馬已死，買其首五百金，反以報君。君大怒曰：『所求者生馬，安事死馬而捐五百金？』涓人對曰：『死馬且買之五百金，况生馬乎？天下必以王爲能市馬，馬今且至矣。』於是不能期年，千里之馬至者三。」

④褒斜：古道路名。因取道褒水、斜水二河谷得名。二水同出秦嶺太白山。通道山勢險峻，歷代鑿山架木，於絶壁修成棧道，舊時爲川陝交通要道。

⑤投老：告老。

⑥《史記》卷五十三《蕭相國世家》：「召平者，故秦東陵侯。秦破，爲布衣，貧，種瓜於長安城東，瓜美，故世俗謂之『東陵瓜』。」李白《古風》之九：「青門種瓜人，舊日東陵侯。」

⑦《漢書》卷八十七《揚雄傳》：「先是時，蜀有司馬相如，作賦甚弘麗温雅，雄心壯之，每作賦，常擬之以爲式。又怪屈原文過相如，至不容，作《離騷》，自投江而死，悲其文，讀之未嘗不流涕也。以

爲君子得時則大行，不得時則龍蛇，遇不遇命也，何必湛身哉！乃作書，往往摭《離騷》文而反之，自㟭山投諸江流以吊屈原，名曰《反離騷》。」

⑧ 西園：漢上林苑之别名。

⑨ 廣陵濤：枚乘《七發》：「將以八月之望，與諸侯遠方交遊兄弟，並往觀濤乎廣陵之曲江。」後以「廣陵濤」稱廣陵（今揚州）曲江潮。

⑩ 投匭奏：唐武則天時鑄製銅匭四個，列於朝堂上，受納上書。見《新唐書·百官志二》。後以「投匭」謂臣民向皇帝上書。

⑪ 《後漢書》卷四十八《爰延傳》：「帝游上林苑，從容問延曰：『朕何如主也？』對曰：『陛下爲漢中主。』帝曰：『何以言之？』對曰：『尚書令陳蕃任事則化，中常侍黄門豫政則亂，是以知陛下可與爲善，可與爲非。』帝曰：『昔朱雲廷折欄檻，今侍中面稱朕違，敬聞闕矣。』拜五官中郎將，轉長水校尉，遷魏郡太守，徵拜大鴻臚。帝以延儒生，常特宴見。時太史令上言客星經帝坐，帝密以問延。延因上封事，……帝省其奏。」

⑫ 桓譚《新論》卷五《見徵篇》：「淳于髡至鄰家，見其竈突之直而積薪在旁，曰：『此且有火災。』即教使更爲曲突，而徙遠其薪，竈家不聽。後災，火果及積薪而燔其屋，鄰里並救擊。及滅止，而亨羊具酒以勞謝救火者，曲突遠薪，固不肯呼淳于髡飲飯，智者譏之云：『教人曲突遠薪，固無恩澤；焦頭爛額，反爲上客。』」

⑬ 麒麟種：指有穎異天資者。薩都剌《山中懷友》之四：「自是麒麟種，卑棲又幾年。」

⑭ 蝴蝶眠：用莊周夢蝶之典。《莊子·齊物論》：「昔者莊周夢爲蝴蝶，栩栩然蝴蝶也，自喻適志與，不知周也。俄然覺，則蘧蘧然周也。不知周之夢爲蝴蝶與？蝴蝶之夢爲周與？周與蝴蝶，則必有分矣。此之謂『物化』。」

⑮ 箠令：笞刑之法。《漢書·刑法志》：「笞者，所以教之也，其定箠令。」

⑯ 酎金：古代諸侯向皇帝交納的貢金，作祭祀用。《漢書》卷十五上《王子侯表上》：「陸城侯貞，中山靖王子。六月甲午封，十五年，元鼎五年，坐酎金免。」

次吴駿公懷楊機部韻四首〔一〕①

長安風雪獨西征，胡馬千群一騎輕。侍從自來非好佞，參軍今豈諱言兵。鐘聞河渭警長策，疏諫昌陵泣更生。萬里飛塵衣褐在，辮頭何必笑蘇卿②。

其二

滿目平荒逐客征，此行社稷事非輕。如何絶塞秋無壘，偏是金人夜祭兵。殿陛不言惟仗馬③，治安還欲問書生。最憐火照甘泉日，南北東西獨有卿。

其三

幽朔今年鴻雁征，禁臣出塞葉身輕。市人不識淮陰陣，老將空呼神策兵。鉅鹿當時思李牧④，燕丹此夜哭田生⑤。招魂未死歸河嶽，投筆諸公盡拜卿。

其四

朝辭鳳閣即宵征，紙甲驃姚銅骨輕。白水戍邊方戒戰，蓮花漏下盛談兵。魚書空殺齊三士⑥，東海猶傳魯兩生⑦。漫許沙場屯老上，單車高揖杜君卿⑧。

【校記】

〔一〕題目原無「四首」，據目録補。「機」，原作「璣」，據目録改。

【箋注】

①此次吴偉業懷楊廷麟韻。吴偉業原作爲《懷楊機部軍前》：「同時遷吏獨從征，人道戎旃譴責輕。諸將自承中尉令，孤臣誰給羽林兵？憂深平勃軍南北，疏訟甘陳誼死生。猶有内讒君不顧，亦知無語學公卿。」陳子龍《寄懷楊機部太史時機部以漳浦之獄有連》題下〔考證〕云：「《明史·楊廷麟傳》：崇禎十一年冬，楊嗣昌詭薦廷麟知兵，改兵部職方主事，贊畫盧象昇軍。象昇戰死賈莊，

廷麟報軍中曲折，嗣昌擬旨責以欺罔事，貶秩調外。黄道周獄起，詞連廷麟，當逮。未至而道周已釋。」

②蘇卿：即蘇武。蘇武，字子卿，故稱。

③仗馬：比喻坐享俸禄而不敢言事之官。語出《新唐書·奸臣傳·李林甫》：「林甫居相位凡十九年，固寵市權，蔽欺天子耳目，諫官皆持禄養資，無敢正言者。補闕杜璡再上書言政事，斥爲下邽令。因以語動其餘曰：『明主在上，群臣將順不暇，亦何所論？君等獨不見立仗馬乎？終日無聲，而飫三品芻豆；一鳴，則黜之矣。後雖欲不鳴，得乎？』由是諫争路絶。」

④李牧：戰國末趙將，長期爲趙國防守北邊，善戰能得軍心。曾大破匈奴十餘萬，使之十餘年不敢近趙邊城。公元前二三三年，秦攻趙急，率軍大破秦軍，以功封武安君。後趙王中秦反間計，將其殺害。

⑤田生：即田光，戰國末燕國人。因鞫武（太子丹之傅）推薦，與太子丹結交，薦荆軻謀刺秦王政，丹請其不要洩密。田光囑託荆軻後，即自刭而死。見《史記·刺客列傳》。

⑥齊三士：春秋齊景公時公孫接、田開疆、古冶子三勇士。

⑦魯兩生：《史記·劉敬叔孫通列傳》：「叔孫通使徵魯諸生三十餘人。魯有兩生不肯行。曰：『公所事者且十主，皆面諛以得親貴。今天下初定，死者未葬，傷者未起，又欲起禮樂。禮樂所由起，積德百年而後可興也。吾不忍爲公所爲。公所爲不合古，吾不行。公往矣，無污我！』叔孫

通笑曰：『若真鄙儒也，不知時變。』」後因以「魯兩生」指保持儒家節操，不與時俗同流合污者。

⑧杜君卿：即杜佑。《舊唐書》卷一百四十七《杜佑傳》：「元和元年，册拜司徒、同平章事，封岐國公。時河西党項潛導吐蕃入寇，邊將邀功，亟請擊之。佑上疏論之曰：『臣伏見党項與西戎潛通，屢有降人指陳事迹，而公卿廷議，以爲誠當謹兵戎，備侵軼，益發甲卒，邀其寇暴。此蓋未達事機，匹夫之常論也。……』上深嘉納。」

虎丘夜集次楊機部太史韻送徐心韋侍御〔一〕①

清談一斛即珠船，衫履多忘近野鳶。朱蓋溪邊春色早，真人夜坐月明偏。湖山欲別捶冰柱，御史重來賦《大田》②。我亦何之江草緑，膏車不費古榆錢。

【校記】

〔一〕「機部」，原作「璣部」，逕改。

【箋注】

①虎丘夜集次楊廷麟韻送徐之垣。徐之垣，字心韋，又字維翰，爲僧法名晴嶽，鄞縣人。乾隆《廣豐縣志》卷八：「徐之垣，字心韋。寧波進士，知縣事。有諸生能文，爲甲里所累而成獄者，垣審知其情，躬謁上臺，釋之。丁卯夏，大旱，秋檄入闕，辭之甚苦，有『鹿鳴可聽，哀鳴不可聞』之語。因秋糧少額，上官有言，民聞之爭先輸納，一日遂過其額。戊辰，入覲，調繁吉水。由信之任，邑中

立聚萬人奪垣歸。監司遣别駕往諭，不聽，乃自至開諭，曰：『我之愛賢有司，不啻爾之愛父母也，奈功令何？』衆始號哭而伏，焚香送者數萬人。後官御史，出按湖廣，提督上江學政。」

②大田：《詩·小雅·大田》：「大田多稼，既種既戒，既備乃事。」鄭玄箋：「大田，謂地肥美可墾耕，多爲稼，可以授民者也。」

王平仲王與游許孟宏北上夜集半塘次韻賦贈時正月十日①

吴國芳菲梅屋鄰，相逢笠蓋話元辰②。南宫風月方成畫③，相將朱書及早春④。欲唱《渭城》沽濁酒⑤，好攜柳汁酹江神⑥。此行自是登仙者⑦，帖子回來花市新⑧。

【繫年】

據詩題及前詩《送李賓侯北上》《送趙我完北發》繫年，可知此詩作於崇禎十三年（一六四〇）正月十日。

【箋注】

①此送王志長、王志慶、許元溥北上應考，夜集蘇州半塘次韻賦贈，時正月十日。

②元辰：元旦，亦指吉辰。

③唐及以後，尚書省六部統稱南宫。又因會試多在禮部舉行，故又專指禮部爲南宫。韋承貽《策試夜潛紀長句於都堂西南隅》：「才唱第三條燭盡，南宫風月畫難成。」

④朱書：猶朱批諭旨。《舊五代史·唐書·武皇紀下》：「戊子，天子賜武皇内弟子四人，又降朱書御札，賜魏國夫人陳氏。」

⑤渭城：樂府曲名，亦名《陽關》。劉禹錫《與歌者何戡》：「舊人唯有何戡在，更與殷勤唱《渭城》。」

⑥徐松《登科記考》卷十八：「《記纂淵海》引《三峰集》：『李固言未第前，行古柳下，聞有彈指聲。固言問之，應曰：「吾柳神九烈君，已用柳汁染子衣矣。果得藍袍，當以棗餻祠我。」固言許之，未幾狀元及第。』」

⑦登仙：喻聲名直上或升遷高官。此指考中進士得官。

⑧帖子：即帖子詞。趙翼《陔餘叢考》卷二十四《帖子詞》：「宋時八節内宴，翰苑皆撰帖子詞。如歐陽公、司馬温公集中皆有之。」此句表希其會試高中、入選翰林之意。

壽吴節母六十①

白玉含香在獨居，凌霜千載意何如。《隴嵩阡表》仙人骨②，東海王孫賢母閭。廉讓門風猶掛劍③，布荆鵠髮勝垂魚④。行開七十當元日⑤，不問江淮貨殖書。

【箋注】

①吴節母，待考。

②隴崗阡表：歐陽修所作祭文，盛讚其父之清廉仁厚、其母之恭儉安貧。

③掛劍：用季札掛劍於徐君冢樹之典，比喻重信義之美德。《史記》卷三十一《吴太伯世家》：「季札之初使，北過徐君。徐君好季札劍，口弗敢言。季札心知之，爲使上國，未獻。還至徐，徐君已死，於是乃解其寳劍，繫之徐君冢樹而去。從者曰：『徐君已死，尚誰予乎？』季子曰：『不然。始吾心已許之，豈以死倍吾心哉！』」

④布荆：裙布荆釵。鵠髪：白髪。

⑤行開七十：已届六十，將開七十。白居易《喜老自嘲》：「行開第八秩，可謂盡天年。」自注：「時俗謂七十已上爲開第八秩。」

送張玉笥侍郎總河二首〔一〕①

司平上宰播天和②，珮馬玎玲髪未皤③。名重温公看入洛④，經明《禹貢》使行河⑤。紫花墩接絲綸美⑥，鴟尾廳來奏納多⑦。還仗江南春一隊，景風扇物到黿鼉。

其二

昔日内臺稱補闕⑧，長城萬里鎮熊羆。曲江風度開元相，吉甫功名孝友詩⑨。少讀範疇承帝賚，不煩巫祝醉龍祠。黑頭節使⑩吴天遠，好代洪鐘勒鼎彝。

【校記】

〔二〕題目原無「二首」，據目録補。

【繫年】

據張國維《張忠敏公遺集》卷十《年譜》「崇禎十三年庚辰，公年四十五歲。正月，陞工部右侍郎，加兵部右侍郎，總督河道，兼提調徐臨津通四鎮漕餉事。二月初三日，辭孝陵北上。三月初七日，抵都」，可知此詩作於崇禎十三年（一六四〇）正月至二月初。

【箋注】

①此送張國維總督河道。錢謙益亦有《張玉笥中丞撫吴七載晉秩少司空總河奉旨召見枉别山堂漬酒先隴于其行也賦長句送之兼以爲贈四首》，可參。張國維，字其四，號玉笥，東陽人。顧沅《吴郡名賢圖傳贊》卷十三《張國維》：「公姓張諱國維，字其四，號玉笥，浙江東陽人。天啓二年進士，除廣東番禺令，屢擒巨盜。卓異，擢刑科給事中，歷遷太常少卿。崇禎七年擢右僉都御史，巡撫安慶、應天等十府。寬厚得士大夫心，屬郡災傷，輒爲請命。築太湖、繁昌二城，建蘇州九里石塘及平望内外塘、長洲至和等塘，修松江捍海堤。在任七年，士民德之，建祠虎丘。遷工部右侍郎，總理河道。十五年，擢兵部尚書，又以原官督浙直兵餉，甫出而都陷。福王立，以爲京營尚書。馬士英、阮大鋮惡之，入《蝗蝻録》，遂乞歸。後迎立魯王，王以公爲大學士，督師江上。義烏破，具衣冠，南向拜曰：臣力竭矣！作絶命詞，從容赴池死。國朝乾隆四十一年，賜謚忠敏。贊

曰：撫綏十郡，大度淵涵。疏通水利，澤被東南。」《明史》有傳。

②司平：唐龍朔二年改工部爲司平，尚書爲太常伯，侍郎爲少常伯，工部郎中爲司平大夫。上宰：宰輔，亦泛稱輔政大臣。

③珮馬：飾有玉珂之馬。玎玲：象聲詞，狀玉聲。

④温公，即司馬光，字君實，號迂夫，晚號迂叟，贈温國公，故稱。《宋史》卷三百三十六《司馬光傳》：「官制行，帝指御史大夫曰：『非司馬光不可。』又將以爲東宫師傅。蔡確曰：『國是方定，願少遲之。』《資治通鑑》未就，帝尤重之，以爲賢於荀悦《漢紀》，數促使終篇，賜以潁邸舊書二千四百卷。及書成，加資政殿學士。凡居洛陽十五年，天下以爲真宰相，田夫野老皆號爲司馬相公，婦人孺子亦知其爲君實也。」

⑤《漢書·平當傳》：「當以經明《禹貢》，使行河，爲騎都尉，領河隄。」顔師古注：「《尚書·禹貢》載禹治水次第，山川高下。當明此經，故使行河也。」行河：巡行黄河河道。

⑥絲綸：代稱帝王詔書。《禮記·緇衣》：「王言如絲，其出如綸。」孔穎達疏：「王言初出，微細如絲，及其出行於外，言更漸大，如似綸也。」

⑦鴟尾廳：指皇宫。鴟尾，古代宫殿屋脊正脊兩端之裝飾性構件，其外形略如鴟尾，因稱。

⑧内臺：南朝尚書省之别稱。後代指尚書省。

⑨吉甫：即周宣王賢臣尹吉甫。《詩·小雅·六月》：「文武吉甫，萬邦爲獻。」後代指賢能宰輔。

孝友詩：《詩·小雅·六月》：「侯誰在矣，張仲孝友。」《書·君陳》：「惟孝友於兄弟，克施有政。」

⑩黑頭：髮黑之頭，形容年青。節使：持符節之使者。

壽曾黄門年伯母陳安人七十①

清漢喬柯奏雅絃②，母師紀德在《金荃》③。遥分武帝無愁酒④，嘗倚娥池觸月船⑤。有子諫書方上壽，諸孫龍字盡如椽。講堂猶見城南禮，犀角珠衡自古傳⑥。

【箋注】

①曾黄門，待考。

②清漢：銀河。喬柯：高枝。雅絃：指琴瑟之音。

③母師：傅母，女師。劉勰《文心雕龍·詔策》：「班姬《女戒》，足稱母師也。」

④葉廷珪《海録碎事》卷六《酒門》：「漢武作無愁酒，飲之令人無憂。」

⑤娥池：即影娥池，漢代未央宫中池名。本鑿以玩月，後以指清澈鑒月之水池。《三輔黄圖·未央宫》：「影娥池，武帝鑿以玩月。其旁起望鵠臺，以眺月影入池中，亦曰眺蟾臺。」

⑥犀角：指額上髮際隆起之骨，古人以爲貴相。蘇軾《獄中寄子由》之二：「眼中犀角真吾子，身後牛衣愧老妻。」珠衡：謂人眉間骨隆起如連珠，古人以爲貴相。

壽黄奉倩五十①

青雲名士玉壺冰②，豈爲烏衣改緑瑩③。飲水滄松同道茂④，刊山立頌有徐陵⑤。詩家先輩真無敵，仙井精廬得未曾。更喜鏡臺饒鳳種，化人甲子不知增⑥。

【箋注】

①此壽黄承聖五十。王時敏有《壽黄奉倩六十》詩，錢謙益亦有《黄奉倩詩序》，可參。黄承聖，字奉倩，太倉人。劉城《嶧桐文集》卷二《樗園詩序》：「婁江黄奉倩，壯爲江上聞人，兄弟之名藝苑籍甚。近以《樗園》名詩，何與？余交奉倩，知其匡濟之思隱隱隆隆。讀其詩如《莀楚集》《甲申三月》諸篇，忠愛懇款，是其中有《出師表》《梁父吟》焉。而欲逃之擁腫支離，不中繩墨，可乎？雖然，苟全性命，武侯爲亂世言，人非中才，時遭末流，杜陵潦倒于殘羹，奉倩託喻于惡木，皆是物也。余願從學焉。時扃公道開在座上，語曰：『使二子學問更進，則當處于才不才間。武鄉之所以三分割據等一羽毛，不欲見其材者也，獨樗云者哉？』余笑語奉倩，此未易學，請俟之異日云。」

②玉壺冰：喻高潔清廉。鮑照《代白頭吟》：「直如朱絲繩，清如玉壺冰。」

③烏衣：黑色衣服，貧賤、庶民之服。

④道茂：即桑道茂，唐朝道士。《舊唐書》卷一百九十一《方伎·桑道茂傳》：「桑道茂者，大曆中

遊京師，善太一遁甲五行災異之説，言事無不中。代宗召之禁中，待詔翰林。」

⑤ 徐陵爲隱士徐則刻石立頌。《北史》卷八十八《徐則傳》：「徐則，東海郯人也。幼沈静，寡嗜欲，受業於周弘正，善三玄，精於論議，聲擅都邑。則歎曰：『名者實之賓，吾其爲賓乎！』遂懷栖隱之操，杖策入縉雲山。後學者數百人苦請教授，則謝而遣之。不娶妻，常服巾褐。陳太建中，應召來憩於至真觀，期月，又辭入天台山。因絶粒養性，所資唯松朮而已，雖隆冬沍寒，不服綿絮。太傅徐陵爲之刊山立頌。」

⑥ 化人：仙人或有道術者。

送劉濟甫①

經年長憶在風前，獨立如君白鶴翩。西塞山邊聞鼓吹，洞庭波上看漁船。傷心兵火同河北，喜見文章自斗懸。莫聽晚潮催急箭，吴宫花草正春天。

【箋注】

① 劉敷仁，字濟甫，湖北江夏縣人。復社成員。吴山嘉《復社姓氏傳略》卷八：「劉敷仁，字濟甫。與譚元春以文行相砥礪。凌給諫義渠、林太史可任悉屏騶從往訪，曰：『劉先生門無雜賓，弗以僕御溷高士廬也。』崇禎壬午中順天舉人。甲申南歸，抗節不仕。有《悟山草》等集。」

次韻詠快雪樓二首〔一〕①

門臨湖口問長年，中有樓居人自然。五柳相看惟子在，七花誰夢似卿妍②。朗吟絶頂飛來句，莫恨神書今未傳。攜手金庭共縹緲③，袁安高卧獨稱賢④。

其二

歷盡寒流不住年，烟嵐草木共珊然。凌雲臺上何人立⑤，買屋山間隨意妍。一片清光枯笠伴，千秋同調落花傳。而今寂寂登高處，更喜嚴冬松柏賢。

【校記】

〔一〕題目原無「二首」，據目録補。

【箋注】

① 次韻詠許元功快雪樓。許元功，字茂勳。吴莊《豹留集·許静曜先生傳》：「許元功，字茂勳。所居茭田老岸，有烏桕數株，干雲蔽日。秋時紫緑萬狀，茂勳構高閣於其閒，嘯歌偃息，蘊義感物，每發於詩。中年遭喪亂，家計窘枯，埋照於酒。酒酣落筆，歌哭淋漓，忠君愛國，憂傷哀怨之情一并流露。或寫蘭數筆，署名更生，人亦以更生稱之。往往離家栖於蘭若，屢空晏如，而友誼真摯，

急病讓夷，解衣推食，不以貧病改其素。四方名流來遊洞庭者，賦詩贈答，以當縞紵。嘗同錢牧齋登高莫釐峰，牧齋賦詩贈答茂勳，次和至再有『禾黍欲歌渾是淚，茱萸方健未成翁』之句。牧齋誦之，色沮。少師事李副憲如毅，與侍御灌溪交最厚。茂勳病將死，以生平文稿授二子，曰：『必屬灌溪作序。』灌溪哭而受之，與徐東墻及門生輩議私謚曰静曜。隱君遂名其集，朱雲子、余淡心、葉聖野、歸元恭、李醒庵皆有評論於簡末，至比之陶元亮、鄭所南云。」快雪樓：楊文驄《媚幽閣文娱二集》卷三《遊東洞庭山記》：「壬午，復尋茂勳，看所構快雪樓。門人翁升伯攜尊就飲。樓可百尺，八窗俱敞，後倚莫釐，前瞰菱湖，有高梧一株可合圍，倚窗亭亭，恍如幼霞青閟閣中物也。老烏桕紅黄相間，斜掛欞前，朝烟暮紫，頃刻萬狀，而俱不能逃閣下一盼。每思園貴善因，而俗人每以重牆密扃不許山川吐氣，故名勝沉埋之苦常借文人韻士爲之昭雪，天下皆然，而洞庭尤甚，得此樓而洞庭之辱可盡雪矣。何必皆如袁生僵卧，即春花秋月，不尤爲大快耶！各賦《快雪樓》詩，相視而笑。」楊文驄亦有《飲許茂勳快雪樓分賦二首》，可參。

② 七花：簡文帝《侍講》：「英邁八解心，高超七花意。」

③ 金庭：傳説中天上神仙所居之處。

④ 袁安高卧：漢時袁安未達時，洛陽大雪，人多出乞食，安獨僵卧不起，洛陽令按行至安門，見而賢之，舉爲孝廉，除陰平長、任城令。見《後漢書·袁安傳》李賢注引《汝南先賢傳》。後以「袁安高卧」爲典，指安貧守節之行。

⑤ 淩雲臺：魏文帝曹丕所築。楊衒之《洛陽伽藍記·瑶光寺》：「千秋門内御道北有西遊園，園中有淩雲臺，即是魏文帝所築者。」

詠冰臺二首〔一〕①

幾重樓閣向誰開，四面湖光山色來。何處人家斤竹澗②，無端烟雨讀書臺。洞庭漁艇銜高樹，林屋香蘭伴早梅。更上一層窮野望，決雲飛鳥共徘徊。

其二

曾夢憑虚亦有年③，坡公昔日記超然④。自成物外雲霞賞，不傍城頭水木妍。洞口桃花當去路，相風銅鳥似空傳。遥分雪閣真人想，又見包山誦兩賢。

【校記】

〔一〕題目原無「二首」，據目録補。

【箋注】

① 冰臺，待考。

② 斤竹澗：爲雁蕩山外户。王士性《廣志繹》卷四《江南諸省》：「雁蕩一山，説者謂宋時海濤衝

激，泥去石露，古無此山也。審是，則必窪陷地下然後可爾，今此山原在地上。或者又謂，乾道中伐木者始入見之，今左自謝公嶺、右自斤竹澗以望，奇峰峭壁，萬仞參天，横海帆檣，百里在目，何俟伐木入者始見耶？」

③ 憑虚：凌空。袁昂《古今書評》：「張伯英書如漢武帝愛道，憑虚欲仙。」

④ 指蘇軾《超然臺記》：「凡物皆有可觀。苟有可觀，皆有可樂，非必怪奇瑋麗者也。餔糟啜漓皆可以醉，果蔬草木皆可以飽。推此類也，吾安往而不樂？……方是時，余弟子由適在濟南，聞而賦之，且名其臺曰『超然』。以見余之無所往而不樂者，蓋游於物之外也。」

贈陳畹菜二首〔二〕①

東美翩然已長成，擘釵初試鳳凰情。枇杷花裏門深鎖，碧玉歌中雲漸生。畫舫欲翻新燕子，箜篌不負洞庭名。陳陶可是君同姓②，詩誦蓮卿滿洛城。

其二

檀歌玉樹豈今年，春燕顛狂汝亦然。妾號萱枝方長大③，粧成梅額更清妍④。無多氣力風前舞，别有氤氲香不傳。蚕嫁福娘須贈句，夫君誰似子侯賢。

【校記】

〔一〕題目原無「二首」，據目録補。

【箋注】

① 陳畹菜，《近集》卷一又有《贈陳畹菜》，生平待考。

② 陳陶：辛文房《唐才子傳》卷八《陳陶》：「陶，字嵩伯，鄱陽劍浦人。嘗舉進士輒下，爲詩云：『中原不是無麟鳳，自是皇家結網疏。』頗負壯懷，志遠心曠，遂高居不求進達，恣遊名山，自稱『三教布衣』。大中中，避亂入洪州西山，學神仙咽氣有得，出入無間。」

③《姑蘇志》卷五八「杜蘭香」條引《墉城集僊録》：「吴建興二年春，復降於包山張碩家。有侍婢二，名萱枝、松枝。」葉廷珪《海録碎事》卷七下《妾門》：「萱枝，婢號萱枝，妾稱桃葉。」

④ 梅額：指梅花妝裝點之額頭。吴文英《玉樓春·京市舞女》：「茸茸貍帽遮梅額。金蟬羅翦胡衫窄。」

和葉潤山先生素園秋興十首〔一〕①

石丘三月尚餘暉，偏惜秋深雲斷飛。名士耻言求駿骨②，清風猶想釣魚磯③。同朝簪履誰稱老④，極目鵷鸞半舉肥⑤。我亦蕭條常獨往，蘆花黄笠未曾違⑥。

其二

思君忽憶洞庭天，寒木微波兩寂然。有淚欲揮當酒半⑦，無人獨笑對山前。静觀已得空生死，卷舌安能學聖賢。弄笛乘湖疑日暮，胥王廟口泊漁船⑧。

其三

翻堦紅葉係秋思，不覺閒居添鬢絲。何日休兵乘障吏⑨，誰家封事鳳凰池⑩。江南唱曲蜚鴻滿，冀北遊魂凍鳥知。迴首孤臣未草草⑪，月明驢背正催詩。

其四

草木無言盡日深，碧嵩高隱喜長吟。清明正直惟松性，嶔崎嬋娟是竹陰。羞向張文譚《論語》⑫，獨尋汲黯問知音⑬。時人未易求仙去，柱下方書亦苦心⑭。

其五

相看不厭已多年，魯國諸生真可憐。當闕盡嗤立仗馬，守身莫慕達人權。心隨流水何時盡，道在空山與子旋。金井樹邊抛一卷，《南華》欲註第三篇⑮。

其六

數點浮空亦有形，寒爐襆被聽鷄鳴。從來遊俠兼文武，四大山川備性情⑯。蟋蟀機聲頭漸白，故人尊酒月偏清。長安風景登臺望，千尺梧桐冠蓋傾。

其七

濯魄冰壺夜不寒⑰，當門獨喜長芳蘭。高山此日能留碣，大海誰人敢助瀾。燐火中原傷寂寞，家書白帝報平安。野王二老窮途哭⑱，莫戴經生小杜冠。

其八

莫鼇峰下證無生⑲，濮水飛來木葉聲。讀《易》十年知《未濟》⑳，斷烟千里盡空城。鴟夷敝器藏忠骨㉑，被褐山東畏盛名。今夜蘭珊非鳥道，郎官獨醒擁茶鐺。

其九

草莽秋風誦至尊，孤扃林屋復何論。龍山酒向知心飲，《鳳艒歌》招玉女魂㉒。贈友東臺推白傅㉓，買鄰虎阜得王琨。春明踏遍沙堤路，鳥雀張羅當守門。

其十

如今鹿鹿信秋忙㉔，苦口蓬蒿路漸妨。離雁萬行皆作字，捕蝗一石可充糧。久甘歷落存蒼髮，不耐繁華近薄腸。九死虀鹽猶念國，濮陽枯樹向春王。

【校記】

〔一〕題目原無「十首」，據目録補。

【箋注】

①葉廷秀，字潤山，號謙齋，山東濮州人。乾隆《沛縣志》卷十：「葉廷秀，字潤山，山東濮州人。少遊沛中，讀書汲冢寺數年。爲人性剛毅不苟。登進士，歷官郎署。黄石齋以建言忤旨，救者獲譴，廷秀慷慨論列，廷杖削籍。甲申之難，南北紛紜，徐州兵借端擾害，城門晝閉。廷秀過沛，諭以大義，兵始戢。後以選郎被徵，未至，遷僉都御史。歸，野服道裝，萍蹤沛地，日與衲子輩遊處，非素交不知其爲葉也。山東榆園巨寇欲假其名義以招誘愚民，踪跡而劫質之，竟不得其死。」

②駿骨：《戰國策·燕策一》載，郭隗以買馬作喻，謂古代有用五百金買千里馬之頭骨，遂於一年内即得三匹千里馬者，勸燕昭王厚幣以招賢。後以「駿骨」喻賢俊。

③釣魚磯：即嚴陵瀨，東漢嚴光隱居垂釣處，在桐廬富春山。《後漢書·嚴光傳》：「除爲諫議大

夫，不屈，乃耕於富春山，後人名其釣處爲嚴陵瀨焉。」

④簪履：簪笄和鞋子，常以喻卑微舊臣。

⑤鵷鸞：比喻朝官。高適《東平旅遊奉贈薛太守二十四韻》：「鵷鸞粉署起，鷹隼柏臺秋。」

⑥蘆花：借指蘆衣。

⑦酒半：猶酒次，指酒至數巡之時刻。

⑧胥王廟：張紫琳《紅蘭逸乘》卷一《古跡》：「《潛夫論·邊議篇》云『范蠡收債於故胥』，蓋胥者舜臣名，佐禹治水有功，封於吴者也。太湖中有胥王廟，故名其地曰故胥，後世轉音謂『姑蘇』。」

⑨乘障吏：守衛之吏。乘障，謂登城守衛，引申爲抵禦。

⑩鳳凰池：魏晉南北朝時設中書省於禁苑，掌管機要，接近皇帝，故稱中書省爲「鳳凰池」。唐代宰相稱同中書門下平章事，後多以「鳳凰池」指宰相職位。

⑪草草：憂慮勞神貌。《詩·小雅·巷伯》：「驕人好好，勞人草草。」毛傳：「草草，勞心也。」

⑫《漢書》卷八十一《張禹傳》：「初，禹爲師，以上難數對己問經，爲《論語章句》獻之。始魯扶卿及夏侯勝、王陽、蕭望之、韋玄成皆説《論語》，篇第或異。禹先事王陽，後從庸生，采獲所安，最後出而尊貴。諸儒爲之語曰：『欲爲《論》，念張文。』由是學者多從張氏，餘家寖微。」

⑬汲黯：汲黯，字長孺，濮陽人。景帝時爲太子洗馬，以嚴見憚。武帝時任東海太守，以清静治民，大有政績，召爲主爵都尉。常直言切諫。後出爲淮陽太守，在位十年卒。詳見《漢書》本傳。

⑭《史記·張丞相列傳》:「張丞相蒼者,陽武人也。好書律曆。秦時爲御史,主柱下方書。」裴駰集解引如淳曰:「方,版也,謂書事在版上者也。秦以上置柱下史,蒼爲御史,主其事。或曰四方文書。」司馬貞索隱曰:「周秦皆有柱下史,謂御史也。所掌及侍立恒在殿柱之下,故老子爲周柱下史。」

⑮《南華》欲註第三篇:《南華》第三篇,即《莊子·養生主》。

⑯四大:《老子》第二十五章:「道大,天大,地大,王亦大。域中有四大,而王居其一焉。人法地,地法天,天法道,道法自然。」

⑰冰壺:借指月亮或月光。

⑱野王二老:王莽新朝末隱士。劉秀送前將軍鄧禹西征,還,獵於野王,路見二老。二老言湯、武王故事。劉秀欲用之。辭而去,不知所在。詳見《後漢書》卷八十三《逸民列傳·野王二老》。

⑲莫釐峰:古稱胥母山,亦作東洞庭山、洞庭東山,位於今蘇州西南太湖中。證無生:謂經修持求得涅槃之理,而無生滅之果。唐玄奘《大唐西域記·案達羅國》:「見此光明相,疑入金剛定,因請菩薩證無生果。」

⑳未濟:《易》卦名。六十四卦之一。離上坎下。《易·未濟》:「象曰:火在水上,未濟,君子以慎辨物居方。」

㉑《戰國策·燕策二》:「昔者伍子胥説聽乎闔閭,故吴王遠跡至於郢。夫差弗是也,賜之鴟夷而浮之江。」《史記·伍子胥傳》:「吴王聞之大怒,乃取子胥屍盛以鴟夷革,浮之江中。」裴駰集解引

應劭曰：「取馬革爲鴟夷。鴟夷，榼形。」

㉒鳳艒歌：隋煬帝作。《太平御覽》卷九百三十六引《廣五行記》曰：「隋煬帝大業初爲詩，令宫人唱之，曰：『三月三日向江頭，正見鯉魚江上游。意欲垂釣往撩取，恐是蛟龍還復休。』」

㉓白居易《和答詩十首序》：「五年春，微之從東臺來，不數日，又左轉爲江陵士曹掾。詔下日，會予下内直歸，而微之已即路，邂逅相遇於街衢中，自永壽寺南，抵新昌里北，得馬上語别。語不過相勉保方寸、外形骸而已，因不暇及他。是夕，足下次于山北寺。僕職役不得去，命季弟送行，且奉新詩一軸，致於執事，凡二十章，率有興比，淫文豔韻無一字焉。意者欲足下在途諷讀，且以遣日時，銷憂懣，又有以張直氣而扶壯心也。」

㉔鹿鹿：忙碌。

次范大司馬詠翁園二首〔一〕①

湖頭常住是青山，又築高臺烟水間。放看亭垂紅葉樹，吹簫人憶緑橋灣。西園雅集同君醉，北海雄心對客閒。莫畏風波驚下瀨，孤舟時帶白雲還。

其二

别有花城對兩山，萬千氣象出林間。每看明月臨窗牖，更喜新苗長水灣。漁父清歌思正則②，上人趺坐號高閒。登遐不記春秋節③，送酒休從野鹿還④。

【校記】

〔一〕題目原無「二首」，據目録補。

【箋注】

①此次韻范景文《題翁漢生園》（《范文忠公初集》卷十一）：「震澤湖中第一山，山中別有一人間。園開透水峰峰出，花斷成蹊樹樹灣。海氣生烟樓閣敞，書燈徹夜酒杯閒。還聞光禄神仙去，不待千年化鶴還。」范景文，字夢章，號質公，吴橋人。康熙《吴橋縣志》卷七引錢謙益《范閣學傳》：「范景文，字夢章，北直吴橋人。萬曆四十一年進士，除東昌推官，以清望推擇爲吏部郎。天啓中，崔魏亂政，起掌選，不肯阿附，浹月移疾去，天下高之。歷太常少卿、都御史，巡撫河南。閲月，提兵入衛。陞兵部侍郎，進南京總憲，再進兵部尚書，參贊機務。烏程、武陵枋國，咸疾夢章，持正不附。已抗疏論烏程奪情事。先帝震怒，除名，特召爲工部尚書。尋入東閣輔政，受命四十日，都城陷，拒朝房，自經。閹吏解之，入僧舍，草遺疏，庀後事，赴演象所投井死。夢章秀羸文弱，身不勝衣，啜茶品香，居然江右韻士。風節稜稜，惇篤友道，執持大節，屹如也。就義時，囑家人曰：『使李生、蔣生撰行狀，乞虞城公志我。』余深愧其言。」

②《史記》卷八十四《屈原賈生列傳》：「屈原至於江濱，被髮行吟澤畔。顔色憔悴，形容枯槁。漁父見而問之曰：『子非三閭大夫歟？何故而至此？』屈原曰：『舉世混濁而我獨清，衆人皆醉而

我獨醒，是以見放。』漁父曰：『夫聖人者，不凝滯於物而能與世推移。舉世混濁，何不隨其流而揚其波？衆人皆醉，何不餔其糟而啜其醨？何故懷瑾握瑜而自令見放爲？』屈原曰：『吾聞之，新沐者必彈冠，新浴者必振衣，人又誰能以身之察察，受物之汶汶者乎！寧赴常流而葬乎江魚腹中耳，又安能以皓皓之白而蒙世俗之温蠖乎！』」

③登遐：猶言登仙遠去。

④送酒：檀道鸞《續晉陽秋》：「陶潛九月九日無酒，於宅邊菊叢中摘盈把，坐其側，人望見白衣人，乃王弘送酒，即便就酌而後歸。」後因以爲典。

次黎美周閏元宵韻①

又見珠圍翠未消，紅橋緑樹爲君邀。欲添春色香衫煖，不住流蘇鳳女調②。酒美十千争一刻，月明三五更今朝③。自來樓閣傳高燭，惜别還應記此宵。

【繫年】

據詩題及此前數詩繫年，可知此詩作於崇禎十四年（一六四一）元宵。

【箋注】

①此次韻黎遂球《閏元宵同天如賦》（《蓮鬚閣集》卷七）：「新月重圓雪正消，絳桃銀樹巧相邀。留歡却惜鷄籌蚤，入暖偏宜鳳管調。蠟燭似傳寒食節，綵燈元是落花朝。朱英艷蕊同無恙，報取春

光百二宵。」

② 鳳女：對女子之美稱。

③ 三五：農曆十五日，此指元宵。

次黎美周閏元旦韻〔一〕①

江城到處插花帘，再報風光入鏡奩。曾記千官朝聖後，不知柏子爲年添。迎春節滿方尋酒，元會圖成正捲簾②。何日土牛逢《大有》③，登臺更向紫雲占。

【校記】

〔一〕「閏」，原作「韻」，據前詩改。

【繫年】

與上詩作於同時，即崇禎十四年（一六四一）正月。

【箋注】

① 此次韻黎遂球《閏元旦同張天如賦》（《蓮鬚閣集》卷七）：「柏葉何曾换酒帘，鳳釵雙整鬪香奩。重元共識重光兆，一月渾疑一歲添。笑折林花充綵勝，將邀社燕入珠簾。辛盤自覺穠華倍，不負書雲太史占。」

② 元會：皇帝於元旦朝會群臣稱正會，亦稱元會。始于漢，魏晉以降因之。

③ 土牛：即《坤》卦。李鼎祚《周易集解》卷十：「坤爲牛。坤象地，任重而順，故爲牛。」大有：《易》六十四卦之第十四卦，乾下離上。《易·大有》：「火在天上，大有」，象徵「大獲所有」。

贈尉堂張學督①

江左胥文吾道東②，一山馨桂意相同。從遊不數華陰市③，擁篲新開碣石宮④。縹酒戎鹽均至論⑤，霜崖海岸對春風。千秋金鏡猶堪獻，盡在芙蓉品藻中。

【箋注】

① 張學督，待考。

② 吾道東：《後漢書·鄭玄傳》：「乃西入關，因涿郡盧植，事扶風馬融。……會融集諸生考論圖緯，聞玄善算，乃召見於樓上，玄因從質諸疑義，問畢辭歸。融喟然謂門人曰：『鄭生今去，吾道東矣。』」後用爲感歎己之學術東流或同道東去之典。

③ 華陰市：《後漢書·張楷傳》：「楷，字公超，……隱居弘農山中，學者隨之，所居成市，後華陰山南，遂有公超市。」後亦稱爲「華陰市」，指學者群集之地。

④ 碣石宮，戰國時燕昭王爲齊鄒衍所建。因地近碣石，故名。《史記·孟子荀卿列傳》：「（騶衍）如燕，昭王擁彗先驅，請列弟子之座而受業，築碣石宮，身親往師之。」

⑤ 縹酒：淺緑色之美酒。《文選·曹植〈七啓〉》：「乃有春清縹酒，康狄所營，應化則變，感氣而

成。」李善注：「縹，緑色而微白也。」戎鹽：即岩鹽。因産於戎地，故名。《周禮·天官·鹽人》「王之膳羞，共飴鹽」鄭玄注：「飴鹽，鹽之恬者，今戎鹽有焉。」

送凌茗柯右方伯榮任山東二首〔一〕①

大官人日賜金幡②，龍尾名臣舊納言。三月河陽稱列岳，二東鴻雁集修門。御詩灑筆中和節③，祖帳清風桃李恩④。錫盾琱戈多異數，吴歌猶擊野農轅。

其二

春江此日擁朱幡，猶記彤廷抗萬言⑤。詔下長安催雁客，虜迎車騎拜花門⑥。山川盡識諸侯長，琴鶴新承湛露恩。轉眄文昌追舊績，垂裳應復念軒轅。

【校記】

〔一〕題目原無「二首」，據目録補。

【箋注】

① 此送凌義渠赴任山東右布政使。凌義渠，字駿甫，號茗柯，烏程人。民國《歙縣志》卷七：「凌義渠，字駿甫，號茗柯，沙溪人，籍浙江烏程。天啓乙丑進士，由行人授禮科給事中，三遷兵部給事。

屢上封事，所言皆關切軍國，名重掖垣。歷陞大理卿，而國難作。三月十九日召對，趨長安門，達旦不啓。俄傳城陷，返寓，門人進士李森傳帝煤山凶問。義渠以首觸柱，血流被面。李力持而泣，義渠厲聲曰：『與若道義交，當共相勖勉，何兒女泣爲？』李不忍見，慟哭辭去。義渠索冠服向闕拜，復南望遥拜，草上尊人書，筆墨瑩然，點畫不苟。以書授僕曰：『我魂先歸侍左右矣。』遂就縊，時年五十二。南渡，贈刑部尚書，謚忠清，清謚忠介。」生平詳見《明史》本傳。

②人日：正月初七。

③中和節：唐德宗貞元五年，下詔廢除正月晦日之節，以二月初一爲中和節。是日民間以青囊盛百穀瓜果種互相贈送，稱爲獻生子。里閭釀宜春酒，以祭勾芒神，祈求豐年。百官進農書，表示務本。見《新唐書·李泌傳》。

④祖帳：古代送人遠行，在郊外路旁爲餞别而設之帷帳。亦指送行之酒筵。

⑤彤廷：漢代宫廷。因以朱漆塗飾，故稱。班固《西都賦》：「於是玄墀釦砌，玉階彤庭。」此泛指皇宫。

⑥花門：山名。在居延海北三百里。唐初在該處設立堡壘，以抵禦北方外族。天寶時爲回紇佔領。後以「花門」代稱回紇。

壽吴五文六十①

誰載江南書畫船②，延陵禮樂亦便便③。蚤知叔子三公相④，正是平津博士年。春水滿園同鶴隱，葛巾漉酒坐花禪⑤。將攜袍笏酬高韻，玉桂丹森石丈前⑥。

【箋注】

① 吴五文，待考。

② 書畫船：北宋書畫家米芾曾任江淮發運，於船上揭牌，稱「米家書畫船」。後以泛稱文人學士之遊船。

③ 便便：形容治理有序。便，通「平」。《史記·張釋之馮唐列傳論》：「《書》曰：『不偏不黨，王道蕩蕩；不黨不偏，王道便便。』」

④ 《晉書》卷三十四《羊祜傳》：「羊祜，字叔子，泰山南城人也。……祜年十二喪父，孝思過禮，事叔父耽甚謹。嘗遊汶水之濱，遇父老謂之曰：『孺子有好相，年未六十，必建大功於天下。』」

⑤ 葛巾漉酒：《宋書》卷九十三《隱逸傳·陶潛傳》：「貴賤造之者，有酒輒設，潛若先醉，便語客：『我醉欲眠，卿可去。』其真率如此。郡將候潛，值其酒熟，取頭上葛巾漉酒，畢，還復著之。」

⑥ 玉桂：米如玉，薪如桂，喻生活豪華。李賀《出城別張又新酬李漢》：「長安玉桂國，戟帶披侯門。」

和王玄珠司寇上巳詩原韻二首（一）①

諸山一望玉玲瓏，修禊當年風俗通。小袖銀丸宫苑裏，輕裘緩帶畫圖中②。人間浴佛猶兒戲，太學聽琴愧老矇。捧劍依然懷麗日，青鞋踏遍到新豐。

其二

已會詩成柳葉舒，江皋細馬舊金魚。薺花賣卜留春住，蠶市聞香正酒餘。欲鬪艷陽宜結伴，將臨曲水可停車。歸來偏值風光好，滿徑幽蘭莫剪除。

【校記】

〔一〕題目原無「二首」，據目録補。

【繫年】

據詩題及此前數詩與下詩繫年，可知此詩作於崇禎十四年（一六四一）三月。

【箋注】

①王心一，字純甫，别號玄珠，吴縣人。與張溥同列名於《五人義助碑》。乾隆《長洲縣志》卷二十四：「王心一，字純甫，號玄珠。萬曆四十一年進士，由行人司選授江西道御史，累官刑部左侍郎。秉性鯁直，外和内介。天啓初，魏奄昵宫嫗客氏，權通中外，附羶者夤緣朋比，漸見芽蘖。心一具疏劾奏黜客氏、彈進忠，首發其姦。繼又上《禮義廉耻疏》糾崔呈秀、倪文焕等數十人，危言讜論，歷遭降奪，幾陷不測。朝右爲之縮舌，而心一意氣愈奮。崇禎中，以清議掌秋官，多所平反。後知勢不可爲，因謝政歸。築圃北郭，徜徉亭館，吟詩作畫自娱。值流寇陷京師，吴門諸紳

有屈膝賊廷者，心一與詹事徐汧正其罪，未幾卒。著有《歸田園集》。」歸莊有《秋日過王玄珠先園居，見有上巳雅集唱和諸作，依韻追和》，可參。

② 輕裘緩帶：輕暖之衣裘，寬緩之腰帶，形容從容閒適。《晉書·羊祜傳》：「在軍常輕裘緩帶，身不被甲，鈴閣之下，侍衛者不過十數人，而頗以畋漁廢政。」

次陽羨周老師庚辰除夕原韻①

傍年春信雪花憨，元日東風酹酒三。此夕湖山非往事，明朝裘馬帶餘酣②。欲添幾屐登臨健，遥憶千門肉食慚。全藉平章憐草木③，黑頭莫戀虎牙庵。

【繫年】

據詩題，可知此詩作於崇禎十四年（一六四一）正月。

【箋注】

① 次座師周延儒庚辰除夕原韻。周延儒，字玉繩，號挹齋，常州府宜興人。見《近集》卷一《陽羡師贈楊機部太史爲次韻四首》注。

② 裘馬：輕裘肥馬，形容生活豪華。語出《論語·雍也》：「赤之適齊也，乘肥馬，衣輕裘。」

③ 平章：古代官名。唐代以尚書、中書、門下三省長官爲宰相，因官高權重，不常設置，選任其他官員加同中書門下平章事之名，簡稱「同平章事」，同參國事。唐睿宗時又有平章軍國重事之稱。

宋因之,專由年高望重的大臣擔任,位在宰相之上。金元有平章政事,位次於丞相。元代之行中書省置平章政事,則爲地方高級長官,簡稱平章。明初仍沿襲,不久廢。

又次辛巳元日韻①

庚申如何當歲巳,山中曆日記鈞天②。同朝正旦思元老③,東閣梅花惜錦纏④。窮屋共分椒酒賜,歌鐘猶想拜麻年。江南蓂莢依閶闔⑤,詔選蒲輪敬吉蠲⑥。

【繫年】

據詩題,可知此詩作於崇禎十四年(一六四一)正月。

【箋注】

① 又次座師周延儒辛巳元日韻。

② 鈞天:天之中央,古代神話傳説中天帝所住之處,引申爲帝王。

③ 正旦:正月初一。《後漢書·黨錮傳·陳翔》:「時正旦朝賀,大將軍梁冀威儀不整。」

④ 東閣:古代稱宰相招致、款待賓客之地。李商隱《九日》:「郎君官貴施行馬,東閣無因再得窺。」

⑤ 蓂莢:古代傳説之一種瑞草。《竹書紀年》卷上:「有草夾階而生,月朔始生一莢,月半而生十五莢;十六日以後,日落一莢,及晦而盡;月小,則一莢焦而不落。名曰蓂莢,一曰曆莢。」

⑥ 蒲輪:用蒲草包裹車輪,使車不震動,古代帝王封禪及徵聘賢士時用之。吉蠲:謂祭祀前選擇

吉日，齋戒沐浴。

恭賀陽羡周老師再召北上仍次前韻①

我瘦民肥不是憨，詔書頻降御輪三。夢松几閣東山長②，賜酒酴醾紅雨酣。江左夷吾今再見③，陝州司馬復何慚。火城徹夜衣冠盛④，如水臣心並草庵。

【繫年】

據《明史·周延儒傳》「十四年二月詔起延儒。九月至京，復爲首輔」，可知此詩作於崇禎十四年（一六四一）二月至五月張溥去世前。

【箋注】

① 次周延儒庚辰除夕原韻恭賀周延儒再召北上。周延儒此次復出，與張溥之謀劃有密切關係。崇禎十三年四月，黄道周以「黨邪亂政」罪名被逮下獄（蔣平階《東林始末》）。此年，又有託名嘉定徐懷丹者作《復社十大罪檄》，矛頭直指張溥、張采及復社。張溥既欲竭力謀救黄道周，又欲擺脱備受群小攻訐之困境，於是與社中魁目策劃周延儒復出，以緩和復社局勢，並極力鼓動周延儒謀救黄道周：「救黄漳浦是爲朝廷存一直臣，非救漳浦也。今國家事莫大於此者，願公任之！」（黄道周《張天如墓誌》）關於周延儒復出之細節各書記載不一，《明史·周延儒傳》云張溥與吴昌時交結内侍，恰逢薛國觀敗後，崇禎亦牽念周延儒，故周因是復出。杜登春《社事始末》則云此乃張

溥與錢謙益、項煜、徐汧等人密謀後，派僕人王成傳密信於吴昌時而成，情節頗詳。吴偉業《復社紀事》則云此乃吴昌時與張溥、周鍾、盛順等人所謀。文秉《烈皇小識》卷七則云此乃張溥與吴昌時、馮銓、侯恂、阮大鋮共同出資而成。計六奇《明季北略·召周延儒》則云此乃賀順、侯恂、吴昌時、内侍謀劃而成。周同穀《霜猨集》于周延儒再起亦有詩三首，皆涉及張溥。語近傳奇，事在可信可不信之間。總之，周延儒能够成功復出，東山再起，張溥參與其中，功不可没。攻訐者云張溥「遥執朝政」（陸世儀《復社紀略》），亦盡非憑空虚造。當然，周延儒之復出絶非史書中寥寥幾筆那樣簡單，其難度之大，牽涉之廣，難以想象。張溥爲此心力憔悴，在周延儒復出不久即溘然長逝。

②夢松：《三國志·吴書·孫皓傳》：「三年春二月，以左右御史大夫丁固、孟仁爲司徒、司空。」裴松之注引《吴書》：「初，固爲尚書，夢松樹生其腹上，謂人曰：『松字十八公也，後十八歲吾其爲公乎！』卒如夢焉。」後以「夢松」爲祝人登三公位之典。

③江左夷吾：語本《晉書·温嶠傳》：「于時江左草創，綱維未舉，嶠殊以爲憂。及見王導共談，歡然曰：『江左自有管夷吾，吾復何慮！』」管夷吾，春秋齊相管仲，佐齊桓公成霸業。江左夷吾指王導。後多以「江左夷吾」稱許有輔國救民之才者。此喻周延儒。

④火城：古代朝會時之火炬儀仗。李肇《唐國史補》卷下：「每元日、冬至立仗，大官皆備珂傘，列燭有至五六佰炬者，謂之火城。宰相火城將至，則衆少皆撲滅以避之。」

又次前韻①

聞拜師壇臨上巳，東南咫尺五雲天②。銀青信到蟠根李③，金筯恩深玉臂纏。宫府中書先内治，春秋宰相重元年。單于望見圖形貌，赤舄周官義潔蠲④。

【繫年】

與上詩《恭賀陽羨周老師再召北上仍次前韻》作於同一時期，即崇禎十四年（一六四一）二月至五月張溥去世前。

【箋注】

① 又次前韻送周延儒再召北上。參見前詩。

② 五雲：五色瑞雲，多作吉祥之徵兆。駱賓王《爲齊州父老請陪封禪表》：「瑞開三眷，祥洽五雲。」

③ 銀青：白銀印章和繫印的青色綬帶。秦漢制，吏秩比二千石以上皆銀印青綬。後用作高級官員名號。

④ 赤舄：爲帝王所服最華貴之鞋。《詩·豳風·狼跋》：「赤舄几几。」毛傳：「赤舄，人君之盛屨也。」潔蠲：除去繁雜，使之簡潔。

送周玉繩又次前韻二首①

蘭亭修禊惟春巳②，近日鶯花别一天。金馬門前書正奏③，逍遥堂後夢初纏。眉州制策真兄弟④，古道長松歷歲年。鳴角晨征多喜氣，山東祖賦已新鐫。

其二又次前韻

楊柳風來學舞憨，送君灞滻策迴三⑤。争推名士龍門首⑥，漫笑文場蟻戰酣⑦。臺築黄金非易得⑧，心同明月可無慚。琉璃瓶内存衣鉢，不負談經槲樹庵。

【繫年】

與前詩《恭賀陽羨周老師再召北上仍次前韻》作於同一時期，即崇禎十四年（一六四一）三四月間。

【箋注】

① 又次前韻送周延儒再召北上。周玉繩，即爲周延儒，字玉繩。

② 王羲之《蘭亭集序》：「永和九年，歲在癸丑，暮春之初，會於會稽山陰之蘭亭，修禊事也。」

③ 金馬門：漢代宫門名，學士待詔之處。《史記·滑稽列傳》：「金馬門者，宦者署門也。門傍有銅

馬，故謂之曰『金馬門』。」

④制策：皇帝有事書之於策以問臣下，稱爲「制策」。後爲科舉考試所採用，成爲國家取士科目之一。

⑤灞滻：灞水和滻水之合稱。《文選·司馬相如〈上林賦〉》：「終始灞滻，出入涇渭。」郭璞注引張揖曰：「灞滻二水，終始盡於苑中，不復出也。」

⑥龍門：《世説新語·德行》：「李元禮風格秀整，高自標持，欲以天下名教是非爲己任。後進之士，有升其堂者，皆以爲登龍門。」此以李膺喻周延儒。

⑦蟻戰酣：王惲《靈巖寺二十六韻》：「城市蛙居坎，功名蟻戰酣。」馬臻《偶成》：「雲海鷗盟冷，名場蟻戰酣。」

⑧董説《七國考》卷四《黄金臺》：「《上谷郡圖經》：『黄金臺，易水東南十八里，昭王置千金於臺上，以延天下之士。』《述異記》云：『黄金臺或呼爲賢士臺，亦謂之招賢臺。』」李白《古風》十五：『燕昭延郭隗，遂築黄金臺。』

辛巳中春望後贈調陽金公六十壽①

城南誰復寄詩筒②，春色蹁躚圖畫中。賫汝杯盤承菊露，飲君池水到崆峒。石門大嶺多奇跡，瀑布飛泉激響桐。曾記活人無億算，蓬壺名姓是金公③。

【繫年】　據詩題，可知此詩作於崇禎十四年（一六四一）二月十六日。

【箋注】

①調陽金公，待考。中春：指農曆二月十五日，此日爲春季正中，故稱。徐凝《二月望日》：「長短一年相似夜，中秋未必勝中春。」

②詩筒：盛詩稿以便傳遞之竹筒。白居易《秋寄微之十二韻》：「忙多對酒榼，興少閱詩筒。」

③蓬壺：即蓬萊，傳説之海中仙山。王嘉《拾遺記·高辛》：「三壺則海中三山也。一曰方壺，則方丈也；二曰蓬壺，則蓬萊也；三曰瀛壺，則瀛洲也。形如壺器。」

和王原達煮粥詩次韻二首〔一〕①

東皋薄望已春深，滿目驚飛暝色侵〔二〕。不見牛羊傍水宿，尚餘草木識天心。王孫一飯窮途哭②，佛號千聲古樹陰③。誰謂江南多樂土，好將剥啄慰清琴④。

其二

何處行行竟寂然，踏青莫説艷陽天⑤。大夫學問非温飽，阡陌縱横聽雨烟。推食窮簷即異事⑥，救荒自古少奇傳。夕陽鐘磬招鴻雁，猶記《春秋》書有年⑦。

【校記】

〔一〕題目原無「二首」，據目録補。

〔二〕「暝色」，原作「瞑色」，逕改。

【繫年】

據前詩作時及「東皋薄望已春深」等語，可知此詩作於崇禎十四年（一六四一）春。

【箋注】

① 王瀚，字原達，太倉州人。復社成員。吴山嘉《復社姓氏傳略》卷二：「王瀚，字原達。諸生。國變後，爲《恭謝聖廟入山》詩百首，遂爲僧，號晦山大師，名戒顯，字願雲。」

② 《史記》卷九十二《淮陰侯列傳》：「信釣於城下，諸母漂，有一母見信飢，飯信，竟漂數十日。信喜，謂漂母曰：『吾必有以重報母。』母怒曰：『大丈夫不能自食，吾哀王孫而進食，豈望報乎！』」

③ 佛號千聲：藕益智旭《絶餘編》卷二《法語·示慧幢上座》：「佛號千聲，匯歸浄土，爲歸趣之地。」

④ 剥啄：翟灝《通俗編》卷三十五《聲音》：「高適詩：『豈有白衣來剥啄。』剥啄，叩門聲也。」

⑤ 踏青：清明節前後郊野遊覽之習俗，舊時並以清明節爲踏青節。孟浩然《大堤行》：「歲歲春草

生，踏青二三月。」

⑥推食窮簷：救濟窮苦。推食，推讓食物。語本《史記·淮陰侯列傳》：「漢王授我上將軍印，予我數萬衆，解衣衣我，推食食我，言聽計用，故吾得以至於此。」窮簷，指茅舍，破屋。

⑦《毛詩正義·有駜》：毛傳：「歲其有豐年也。」正義曰：「《春秋》書『有年』者，皆謂五穀大熟豐有之年，故知『其有年』謂從今以去當有豐年也。」

同王原達王以正飲郲千里齋①

流言莫信看投梭，同里聞聲意氣多。但飲醇醪今已足，達觀《易》理竟如何。兒童識面知年臘②，井巷炊烟聽杵歌③。並此天空晨夕好，休將萁豆自煎磨④。

【繫年】

據前詩作時，可知此詩作於崇禎十四年（一六四一）二月至五月張溥逝前。

【箋注】

①王政，字以正，蘇州府常熟人。復社成員。吴山嘉《復社姓氏傳略》卷二：「王政，字以正。本姓張，太倉人。」順治九年貢生。」康熙《金壇縣志》卷九：「王政，字以正，荨子。篤於孝弟，撫三庶弟甚有恩，其婚嫁視子，其田宅視己，皆有成立而後已。景泰五年，歲饑，政繼父志，又助賑粟三千石。詔加奬錫，給七品冠帶，再旌義門。」郲千里，待考。

②年臘：佛教語，稱僧齡。臘，指僧人受戒以後之年歲。此指年齡。

③杵歌：夯歌，打夯號子。

④萁豆自煎磨：喻兄弟爭鬥、自相殘殺。語出曹植《七步詩》：「煮豆燃豆萁，豆在釜中泣。本是同根生，相煎何太急。」

中國古典文學基本叢書

七録齋集校箋

第五册

〔明〕張溥 著
陸巖軍 校箋

中華書局

晦删《詩》之指，豈《朱傳》始願哉？

夫《詩》必有序，古之序，今之題也。《詩序》首句爲《詩》根柢，下文則申明首句之意。故先儒以首句屬子夏，下文屬毛公。毛之傳《詩》，間與《序》不合。鄭遵毛學，表明毛言，記識其事，特稱爲「箋」，與「傳」刺謬者不少。蓋古人之學不貴苟同，是非兩存，俟諸君子，志在明經，無取獨申己長也。《詩序》與《詩》本各一書，毛公取而列諸《詩》首，猶《書序》爲孔子作，孔安國始遷之逐篇之首；《易》有《序卦》《彖》《象》《爻辭》，王弼遷之每卦之中也。朱子舍《序》言《詩》⑦，但期有功於《詩》，不辭得罪於《序》，用意誠深。然依《序》論《詩》，尚有鑿空之惑；並《序》去之，未知據何者以説《詩》也。齊、魯、韓、毛，《詩》之四家，不容偏廢。然《齊詩》亡於魏，《魯詩》亡於晉，《韓詩》亡於唐，毛學獨存，去古不遠，没幸存之毛、鄭而追久亡之三家，則有訟諸地下耳。毛距孔子删《詩》僅四百年，立解不能無謬；夾漈又後千五百年〔二〕，而獨成其是，不敢信也。吕東萊《讀詩記》最號詳正，書宗毛鄭，采及朱氏。紫陽序之云：「歷時既久，自知説有未安，爲伯恭誤取，欲更定而未及。」則《集傳》之作，朱子尚思求進，而讀者反畫守不變，訾毁毛學，與趙賓之《易》、張霸之《書》同類而譏，非所聞也。予謂欲明朱氏之《詩》，必宜取古之説《詩》者，盡發其藏，比類而觀，著彼之失，明此之得，然後三家可續，毛、鄭可屈。方幸《大全》登講，衆喙息鳴，必有博雅畫一之傳，足輔朱子於不朽者。乃載繙閲，大都鄱陽朱克升《疏義》舊本耳。克升生元之季，專精學經，云：「《詩》至程明道先生，説《雄雉》兩章，得孔孟遺法。後數十年而得朱子，能以虚辭助字發明三百篇之藴。」又愛輔慶源書，加以擴充，名曰《詩傳疏義》⑧。黄文獻公溍絶歎賞之〔三〕，固《詩》家之正裔也。館閣群賢既大《詩傳》，何不取克升之書，廣其未備，而損益襲常，又秘鄱陽所自來，得毋使縫掖枯骨⑨，懷憾後死乎？

唐孔仲達《正義》⑩，據二劉疏爲本，删煩增簡，合南北，解毛、鄭，詳哉言之，庶乎無遺。《大全》宗朱，采釋頗略。今同次列，使學者於《詩》首先觀《序》，而後《辨説》，於本詩先觀《傳》《箋》《疏》，而後《集傳》及諸儒，則古今異同，漢宋曲直，亦過半矣。然予於《註疏》删尚恨多，於《大全》存尚恨寡。而吾友徐克勤氏沉潛《詩》學，先爲標指考訓，總期毋爲古詩罪人，則予兩人有厚幸焉。

【校記】

〔一〕本篇又見崇禎本《詩經註疏大全合纂》張溥序。

〔二〕「夾漈」，原作「來漈」，據崇禎本《詩經註疏大全合纂序》改。

〔三〕「黄文獻」，原作「黄文憲」，據崇禎本《詩經註疏大全合纂序》改。

【箋注】

①《詩經注疏大全合纂》三十四卷，張溥纂。著録見於《明史·藝文志》《千頃堂書目》《江南通志》

《欽定續通志》《欽定續文獻通考》《經義考》《四庫全書總目》《中國古籍善本總目》《中國善本書提要》《江蘇藝文志》等。是書現有明崇禎刻本，北京大學圖書館藏，《四庫全書存目叢書》據此影印出版。張溥《詩經注疏大全合纂》亦爲其《五經注疏大全合纂》之一。首載張溥《詩經注疏大全合纂序》，次載孔穎達《毛詩正義序》、鄭玄《詩譜序》、朱熹《詩經集傳序》，次引用先儒姓氏、《諸國世次圖》《作詩時世圖》《詩經大全圖》《詩經大綱領》。據《正雅堂古今書目》，《詩經注疏大全合纂》列於《易經注疏大全合纂》《書經注疏大全合纂》後，且下標「嗣出」，可知應刊於崇禎九年後一兩年間。從題名即知，此書爲鈔纂類著述。據書前自序，此書由張溥友人徐時勉「先爲標指考訓」，而後由張溥總其成。

② 語見王應麟《詩考序》：「諸儒説《詩》，一以毛、鄭爲宗，未有參考三家者，獨朱文公《集傳》閎意眇指，卓然千載之上。言《關雎》，則取匡衡；《柏舟》婦人之詩，則取劉向；《笙》詩有聲無辭，則取《儀禮》；『上帝甚神』，則取《戰國策》；『何以卹我』，則取《左氏傳》；『《抑》戒自警』，『《昊天有成命》道成王之德』，則取《國語》；『陟降庭止』，則取《漢書》注；『《賓之初筵》飲酒悔過』，則取《韓詩序》；『不可休思』，『是用不就』，『彼岨者岐』，皆從《韓詩》；『禹敷下土方』，又證諸《楚辭》。一洗末師專己守殘之陋，學者諷詠涵濡而自得之，躍如也。」

③ 《後漢書》卷七十九《儒林列傳·衛宏》：「初，九江謝曼卿善《毛詩》，乃爲其訓。宏從曼卿受學，因作《毛詩序》，善得風雅之旨，于今傳於世。」

④參見馬端臨《文獻通考》卷一百七十九《經籍考·詩》：「歐陽《詩本義》十六卷。……陳氏曰：『其書先爲論以辨毛、鄭之失，然後斷以己見。』」唐琳《韓詩外傳序》：「夫《詩》尊毛、鄭，尚矣。歐陽公謂其不合者頗多，所著《本義》，先爲論以辨毛、鄭之失，然後斷以己見。」

⑤參見王應麟《玉海·藝文》卷四《漢毛詩序》：「蘇轍以《毛詩序》爲衛宏作，非孔氏之舊。止存其首一言，餘皆删去。」馬端臨《文獻通考》卷一百七十九《經籍考·詩》：「蘇子由《詩解》二十卷。晁氏曰：其説以《毛詩序》爲衛宏作，非孔氏之舊，止存其首一言，餘皆删去。」

⑥鄭樵《通志二十略·藝文略·詩》：「毛《詩》自鄭氏既箋之後，而學者篤信鄭玄，故此《詩》專行，三家遂廢。齊《詩》亡於魏，魯《詩》亡於西晉，隋唐之世，猶有韓《詩》可據，迨五代之後，韓《詩》亦亡。致今學者只憑毛氏，且以序爲子夏所作，更不敢擬議。蓋事無兩造之辭，則獄有偏聽之惑。臣爲作《詩辨妄》六卷，可以見其得失。」陳振孫《直齋書録解題》卷二：「《夾漈詩傳》二十卷《辨妄》六卷，鄭樵撰。《辨妄》者，專指毛、鄭之妄，謂《小序》非子夏所作，可也；盡削去之而以己意爲之序，可乎？」

⑦參見《四庫全書總目》卷十六《欽定詩經傳説彙纂》二十卷《序》二卷：「其舍序言《詩》者，萌於歐陽修，成於鄭樵，而定於朱子之《集傳》。」

⑧參見《四庫全書總目》卷十六《詩經疏義》二十卷：「是書爲發明朱子《集傳》而作，如注有疏，故曰疏義。其後同里王逢及逢之門人何英又采衆説以補之，逢所補題曰《輯録》，英所補題曰《增

釋》。雖遞相附益，其宗旨一也。其説墨守朱子，不踰尺寸，而亦閒有所辨證。」

⑨ 縫掖：大袖單衣，古儒者所服。此指儒者。

⑩ 參見《四庫全書總目》卷十五《毛詩正義》：「至唐貞觀十六年，命孔穎達等因鄭箋爲《正義》，乃論歸一定，無復岐塗。《毛傳》二十九卷，《隋志》附以鄭箋，作二十卷，疑爲康成所併。穎達等以疏文繁重，又析爲四十卷。其書以劉焯《毛詩義疏》、劉炫《毛詩述義》爲稾本，故能融貫群言，包羅古義。終唐之世，人無異詞。」

周禮註疏删翼序〔一〕①

昭代經學，以《大全》輔《註疏》〔二〕，並立學宮。《易》《詩》《書》《春秋》《禮記》，其書咸有，而《周禮》《儀禮》《孝經》獨闕，學者病之。《五經大全》，倉卒應詔，取徑前人，不暇精擇。

宣德間，章丘朱廣文應吉疏於朝，言其中去取未當者，請下其議於禮部，禮部下之天下學校，兼采衆説，一斷以理②。事不果行，抱恨迄今。然幸有《大全》在，依類仿輯，推廣發明，諸經大義，尚可不墜。《孝經》、「二禮」，成書絶少，獨恃《註疏》孤行天地。好古博覽者更何所據證斷千年之惑、傳信來葉哉！

予少慕讀經，思遍討百家，補論三書，而藏本闕略，闒茸無成。近見吾友王平仲所輯《周禮》③，歎其勇深馮河，善樹不朽也。平仲先世皆名公卿，文章理學爲當世宗師大儒。聞修先生與平仲、與游④，里稱「三鳳」。聞修年居長，兩弟居從之學。平仲喜釋經義，摘微抉幽，秋毫必辨。與游好談古今，抵掌往復，折獄乃止。予嘗謂君家兩部鼓吹，乃經史之《咸》《英》《韶》《夏》⑤，談天雕龍⑥，不足多也。

漢初尊經，《周禮》晚出，雜授訛承，疑信交半。或以爲太平致治，或以爲瀆亂不經。然疑而棄之也易，信而明之也難。疑之者曰：「天官之屬，不必六十有三；地官之屬，不必七十有八；春官之屬，不必七十；夏官之屬，不必六十有五；秋官之屬，不必六十有一；冬官之屬〔三〕，不必二十有四。凡此者，皆後人虛加之也。」無其官即無其事，所謂舉「辨方正位，體國經野」，俱委之空蒙〔四〕⑦。亡何，有廢而不講，其事畢矣。若信而明之，官不空名，事不空立。大宰之八法八統、九式九兩、六叙八成六計，司徒之十二教十二荒政，大宗伯之五禮，司寇之五刑，士師之五禁五戒，司服之五冕五弁，司弓矢之六弓四弩八矢，如此類者，數其物，詳其制，有一不察，皓首負慚。是爲難耳。

東漢鄭康成篤信《周禮》，特爲之註，加以賈《疏》，其學益彰。後世踳駁《周官》，專攻鄭氏。康成一身，功罪未判，守其説者，烏能無變？儒家競出，每以相反爲高。前人曰：

「周官有六而缺冬官。」反之者則曰：「六官之中，省司空官屬以法五行，故用五數，非缺冬官也。」前人曰：「冬官缺，以考工補之〔五〕。」反之者則曰：「妄補，謬也。」前人曰：「六卿之屬，次第可更，即冢宰一官，自宗伯歸者五，自司馬歸者三，自司寇歸者二，餘不知其幾也。」反之者則曰：「六官未嘗亂，胡可更也？」以今笑昔，以後笑今，懲王莽之王田、市易而復羨蘇綽之建官，企唐宗之六典而又戒心於王安石之青苗、均輸⑧。是非兩搖，究同築舍，非有命世者起，誰與折中哉？

夫欲明「三禮」，其學有二。一則斷以「五禮」爲主，設綱分目，吉、凶、軍、賓、嘉各以類從。於是《儀禮》之詳於士大夫、略於天子，《周禮》之詳於王國、略於諸侯者，燦然並列。又以《戴記》《漢儀》經緯其間，彼此損益，制度乃備，此用世之學也。一則熟讀「三禮」，各還原文，毋取更張，廣羅聞見，以考得失，此專家之學也。二學行而《禮經》明矣。平仲捃摭弘富，裁以簡要，間有未安，則列案於後，以示箴砭。必傳之業，視椒丘訂正四家，國裳特編定本，直度越上之。予更有請者，毋忘《儀禮》《孝經》耳。

【校記】

〔一〕是序又見《吴郡文編》本卷二一八。

〔二〕「輔」，《吴郡文編》本作「附」。

〔三〕「屬」，原作「工」，據文義改。

〔四〕「所謂舉」，《吴郡文編》本作「舉所謂」。

〔五〕「考工」，《吴郡文編》本作「考工記」。

【繫年】

據《周禮註疏删翼》三十卷明崇禎己卯十二年刻本，可知此序作於崇禎十二年（一六三九）。

【箋注】

①此序王志長《周禮註疏删翼》三十卷，崇禎己卯十二年葉培恕刻本。是書「首列賈氏《正義序》《周禮廢興序》、崇禎己卯葉培恕、張溥、王志慶及志長删翼四序」（丁丙《善本書室藏書志》卷二）。《四庫全書總目》卷十八《周禮註疏删翼三十卷》：「是書於鄭《注》、賈《疏》多刊削其繁文，故謂之『删』。又雜引諸家之説以發明其義，故謂之『翼』。」

②語本張汝弼《書陳僉憲先生墓誌後》（《明文海》卷二百九十八）：「又聞宣德間，章丘教諭餘姚朱應吉疏於朝，言《大全》去取有未當者。下其議於禮部，禮部下之天下學校，許兼采諸説，一斷以理。」

③王平仲所輯《周禮》即《周禮註疏删翼》三十卷。

④王志堅，初字弱生，更字淑士，别字聞修。王臨亨子，王志長、王志慶兄。詳見《續集·别集》卷一《甫里三節母合傳》注。王志慶，字與游。詳見《續集》卷二《許孟宏稿序》注。

⑤《隋書》卷十三《音樂志》：「《大觀舞歌》，一曲，四言：『……載陳金石，式流舞詠。《咸》《英》《韶》《夏》，於兹比盛。』」

⑥《史記·孟子荀卿列傳》：「騶衍之術迂大而閎辯，奭也文具難施，淳於髡久與處，時有得善言。故齊人頌曰：『談天衍，雕龍奭，炙轂過髡。』」裴駰集解引劉向《别録》：「騶衍之所言，五德終始，天地廣大，盡言天事，故曰『談天』。騶奭脩衍之文，飾若雕鏤龍文，故曰『雕龍』。」

⑦語見《周禮·地官司徒》：「惟王建國，辨方正位，體國經野，設官分職，以爲民極。」

⑧參見馬端臨《文獻通考》卷一百八十《禮》：「獨與百姓交涉之事，則後世惟以簡易闊略爲便，而以《周禮》之法行之，必至於厲民而階亂，王莽之王田、市易，介甫之青苗、均輸是也。」

通鑑紀事本末序〔一〕①

國之有史，史之有通鑑，通鑑之有紀事本末，三者不可一缺也〔二〕。國史因人，通鑑因年，本末因事。人非紀傳不顯，年非通鑑不序，事非本末不明。學者欲觀歷代之史〔三〕，則必先觀通鑑；既觀通鑑，不能即知其端，則必取紀事本末以類究之。此宋袁機仲先世之書，所以與司馬同功也。先生喜誦《資治通鑑》，苦其浩博，爲之區别貫通，號《通鑑紀事本末》。參知政事龔公茂良得其書奏上，孝宗讀而嘉歎，頒賜東宫及江上諸帥曰：「治道盡是矣。」他日召爲大宗正簿〔四〕②。遭際若此，豈異文正之遇神宗哉？

《通鑑》上起戰國，下終五代，凡一千三百六十二年，爲書二百九十四卷，又爲《目録》三十卷、《考異》三十卷，紀載詳矣。先生通理其間，其事二百三十有九，其書卷四十有二，蠻夷僭竊，廢興存亡，無不備也。約而該，曲而當，其亦以述兼作者乎？天下至大也，千數百載，至久遠也。以書考之，大事繫中國者百餘爾。嗟乎！中國而有事可書，非中國之幸也。宦官亡漢，則兼黨錮、董卓；兩晉之亂，則兼賈后、晉元、八王、五胡；武氏之禍，則兼韋后；藩鎮連兵，則兼涇源、梁州。余初讀之，疑其文繁事多，立題太簡，然欲爲斷割分明，勢有不可。始知治亂之際誠難言之，先正成書蓋不易也。

夫五胡變而爲十六國，十六國變而爲北魏，魏變而周齊，齊變而爲周。其離合生尅，即春秋之戰國、漢季之三國，未有若是之奇者也。生民之厄，至石虎而極③；衣冠之厄，至爾朱榮而極④。此非中國乎？夷居之，夷治之，即夷戮之矣。晉有元帝⑤，五代有石敬瑭⑥，宋有高宗⑦，皆中國之不忍言者也。中原不復而祖逖死⑧，二聖未還而武穆誅⑨，天地之大痛也。田疇借曹操以討烏桓⑩，龔壯説蜀李以事晉室⑪，人心之不絶也。梁武帝之納侯景，謀吞魏也，而命盡于臺城；景延廣之拒契丹，志尊晉也，而寇叢于重貴。亂離斯瘼，賢哲乃興。懷圖大之志者，臨勢重而未能；遇可爲之日者，當匪材而不任。淪胥及溺，又何道哉！

七國争而秦一之，秦不能勝而歸于漢；南北争而隋一之，隋不能勝而歸于唐。三代以下，觀天下者，漢唐其表也。然其興同，其敗亦同。唐之武、韋，即漢之吕后；唐之藩鎮，即漢之牧守；唐之李輔國、魚朝恩，即漢之曹節、王甫；唐之朱温，即漢之董卓。二代相師，不能相鑒，何哉？

諸吕亂漢，平、勃定之，以薄氏外家之賢，迎立文帝，戚患稍滅矣。至景帝尊竇氏，武帝尊田蚡，外戚復隆，雖鉤弋即誅，不能殺也。許、史盛于宣、元，王、趙盛于成帝，哀帝繼之；丁、傅軼顯而莽遂代漢。光武中興，明帝紹統，陰馬二后，深抑外家，可謂鑒于有夏，鑒于有殷。而章帝竇氏，寵盛萌牙〔五〕，馴致竇憲驕奢，梁冀弑逆，宦者因而成功，漢祚竟斬。唐太宗智勇天賜，其得天下過于漢高，一念不制，巢刺王妃，有慚德焉。高宗惑武才人，幾以覆唐；中宗復辟，尋蹈敗轍；玄宗親戡韋氏之亂，而楊妃蠱之，安史盜起，身竄山谷；肅宗即位靈武，走馬不寧，良娣爲間〔六〕，父子崩離。代、德之際，女謁無聞，而宦官、藩鎮共窺大器，及昭宣而亡。原二代之主，鏡覽前失，不于其父則于其身，非惟不能改也，又從而甚焉。

漢崇母后之黨，政繇舅氏；唐極宫幃之愛，虐始懿親。即其後凌遲芟夷，激成者内豎，衡行者强臣，女主戚侯不任其咎。抑君以此始，君以此終矣。東晉以後，北魏最强，而靈后之禍無殊吕㚻，河陰之害不異鉤黨。彼雖索虜，成敗之理與中國等也。曹操篡漢，而司馬懿踵其智；劉裕滅晉，而蕭道成效其忍。天之報施，其不爽乎！蕭繹之戮門内，晉八王之相殘也；朱温之遭子禍，安禄山之後車也。王莽切舌，董卓燃臍，則亂賊可以懼心；石顯徙殞，盧杞道死，則讒邪可以動魄。世猶有鐘漏鶩行，途盡不反者，是慕馮道之長樂而忘林甫之斲棺，炫鄭衆之帶紱而遺張讓之沉河也。不亦悲哉！

《紀事》之書，綱維條目，爲世警戒。於論治志貞觀，君道莫浹焉；於出師志諸葛，臣節莫純焉；於后妃志明德，陰教莫修焉。觀晉武帝之立賈妃，而知擇婦宜慎；觀唐太宗之廢承乾，而知儲訓宜早；觀楚王英之獄，而知左道足以殺身；觀董賢之嬖倖，而知美男足以亂政；觀宗愛之弑魏燾，而知刑人不可近；觀楊廣之殺楊勇，而知婦言不可從；觀匈奴之叛服，而知和親非策；觀黄巾之聚散，而知内治爲本。殷勤龜鑑，其大者乎！然而善善之長也，與人之厚也。雖有强藩，可以教順，魏博之田弘正，成德之王承元也；雖有寺人，可以教忠，東漢之吕强、後唐之張承業也；雖有夷臣，可以教義，漢武之金日磾、唐宗之契苾何力也；雖有賊子，可以教孝，沈充之子勁、李懷光之子璀也〔七〕。讀者考究終始，一事之義，具見《春秋》，其書於司馬《通鑑》，寧特爲《左傳》之《國語》哉？

雖然，余猶懼其有逸也。事以年分，其人之家世爵里，或未載也；年以人舉，其國之大小險易，或未悉也。正史密之，《通鑑》略之；《通鑑》失之，《綱目》得之。是非善敗，岐路錯綜。余生也晚，不敢妄作，竊依本書，私用輔益。標事綱于上方，便觀覽也；附末論于事訖，辨臧否也。稽之國史十七，梗概略張；證以朱子《綱目》，書法不悖。《詩》云：「他山之石，可以攻玉。」⑫余殆兢兢焉。《通鑑》前編，尚恨簡脱；《宋元通鑑》，迄無善本。余有志而愧不敏也。無《通鑑》，何以有《紀事本末》，曷少俟諸？

【校記】

〔一〕本篇又見明末正雅堂刻本《通鑑紀事本末》張溥序。

〔二〕「一缺」，《通鑑紀事本末》本乙作「缺一」。

〔三〕「歷代」，《通鑑紀事本末》本作「列代」。

〔四〕「大宗正簿」，原作「太宗正簿」，據《宋史·袁樞傳》改。

〔五〕「盛」，《通鑑紀事本末》本作「至」。

〔六〕「良娣」，原作「良姊」，據《通鑑紀事本末》本改。

〔七〕「子」，原作「予」，逕改。

【箋注】

①《通鑑紀事本末》二百三十九卷，宋袁樞撰，張溥論正。是書現有明末正雅堂刻本（上海圖書館藏。據《正雅堂古今書目》書目，應刊於崇禎九年後）、清康熙二十四年太倉張氏刻本（國家圖書

館藏)、清同治十三年江西書局刻本(紀事本末五種本,上海圖書館藏)、清光緒十三年廣雅書局刻本(紀事本末彙刻八種本,上海圖書館藏)、清光緒二十四年湖南思賢書局刻本(紀事本末五種本,上海圖書館藏)、清光緒十四年上海書業公所鉛印本(歷朝紀事本末七種本,上海圖書館藏)、清光緒二十五年上海慎記書莊石印本(歷朝紀事本末九種本,上海圖書館藏)。是書以宋袁樞《通鑑紀事本末》爲本,起自三家分晉,迄至世宗征淮南。張溥于每頁上方標出事綱,以「便觀覽」;于每篇末施以論正,以「辨臧否」,并改篇爲卷,「亦頗便于觀者」(周中孚《鄭堂讀書記》卷十七)。張溥後將諸論正抽出彙集爲《歷代史論》二編。據是序可知,張溥有宏大系統之著史計劃,擬重著《宋元通鑑》,進而著《宋元紀事本末》。

②《宋史》卷三百八十九《袁樞傳》:「樞常喜誦司馬光《資治通鑑》,苦其浩博,乃區別其事而貫通之,號《通鑑紀事本末》。參知政事龔茂良得其書,奏于上,孝宗讀而嘉嘆,以賜東宮及分賜江上諸帥,且令熟讀,曰:『治道盡在是矣。』他日,上問袁樞今何官,茂良以實對,上曰:『可與寺監簿。』於是以大宗正簿召登對。」

③石虎:十六國時期後趙君主。字季龍,石勒養子。性殘忍,嗜殺伐,能征戰。石勒死後,殺太子石弘自立,遷都鄴。在位期間役煩賦重,民不聊生。死後不久,後趙即亡。

④爾朱榮:北魏北秀容川人,字天寶。契胡部落首領。鎮壓各族起義,招納侯景、高歡,兵勢甚盛。武泰元年,進軍洛陽,殺胡太后、少帝與百官二千餘人,立孝莊帝,任都督中外諸軍事、大將軍兼

尚書令，專斷朝政。

⑤晉元帝：即司馬睿。初襲封琅邪王。後任安東將軍，都督揚州、江南諸軍事。在王導主謀下，出鎮建康。依靠中原南遷大族，聯合江南顧、賀等著姓，統治長江中下游及珠江流域。劉曜攻佔長安，司馬睿在南方建立政權，史稱東晉。後因王敦擅政，憂憤而死。

⑥石敬瑭：後晉開國皇帝。後唐明宗李嗣源婿，助嗣源奪位稱帝，先後爲保義、宣武、天雄、河陽、河東節度使。清泰末年，受末帝猜忌，舉兵反，求救於契丹。三年，契丹立爲帝，國號晉，年號天福。割燕雲十六州予契丹，年輸帛三十萬匹，奉遼太宗爲父，自稱兒皇帝。

⑦宋高宗：南宋政權建立者。宋徽宗第八子，名構。初封康王。靖康之變時，因離京，免於被俘。靖康二年即位于南京（今河南商丘），後都臨安（今浙江杭州），偏安一隅，不思進取，任用主和派秦檜等，殺害主戰派岳飛，排斥韓世忠。與金簽訂「紹興和議」。紹興三十二年，傳位於子趙昚。

⑧祖逖：東晉將領。字士稚，范陽遒人。西晉末，率親黨數百家南移。建興元年，上表請收復中原，司馬睿任爲豫州刺史，率部渡江，進屯雍丘，收復豫州地區。後因東晉内部糾紛迭起，對其不予支持，終憂憤病死。

⑨武穆：即岳飛，字鵬舉，相州湯陰人。京城開封被攻破，趙構繼位，岳飛上書反對遷都、議和，力主抗金。曾在郾城大敗金軍，有「撼山易，撼岳家軍難」之語。因主張北伐，被趙構、秦檜收回兵權，以「莫須有」罪名殺害。寧宗時被追封爲鄂王，謚號武穆。

⑩《三國志》卷十一《魏書·田疇傳》：「疇常忿烏丸昔多賊殺其郡冠蓋，有欲討之意而力未能。建安十二年，太祖北征烏丸，未至，先遣使辟疇，又命田豫喻指。疇戒其門下趣治嚴。門人謂曰：『昔袁公慕君，禮命五至，君義不屈；今曹公使一來而君若恐弗及者，何也？』疇笑而應之曰：『此非君所識也。』遂隨使者到軍，署司空户曹掾，引見諮議。」

⑪《晉書》卷九十四《龔壯傳》：「龔壯字子瑋，巴西人也。潔己自守，與鄉人譙秀齊名。父叔爲李特所害，壯積年不除喪，力弱不能復仇。及李壽戍漢中，與李期有嫌，期，特孫也，壯欲假壽以報，乃説壽曰：『節下若能并有西土，稱藩於晉，人必樂從。且捨小就大，以危易安，莫大之策也。』壽然之，遂率衆討期，果克之。」

⑫語見《詩·小雅·鶴鳴》。

古列女傳序①

劉子政《列女傳》八卷，後一卷，或云項原作也②。《頌》出劉歆，文辭不逮《傳》遠甚。子政睹趙衛侈放，列古女善惡以戒天子③。先世賢者能言其義，然長序事、善説詩，學者無稱焉。豈讀而忽之？或傳者希闊也。

繇周而來，記事之文，斷推左氏。次則《國策》《史記》，乃間觀諸子，若管荀韓吕，序述往事，抵掌激昂，未嘗不善也。其著書務在獨行其學，文采叙論，雜成一家，不復别而出之。傳之後世，但云某氏而已。要此數子，豈無史才者哉？

子政《新序》《説苑》，剽攻諸子，錯綜記事，間有微長。及采次列女，則幾乎雅矣。王公后妃，士庶婦女，容貌德行，惟《詩》能言之。然其人其事不及傳者，體限之也。《左》《國》博聞當代，紀敬姜叔姬則善者勸，紀驪戎夏姬則淫者懼。傳列女者，其始基乎馬班《外戚》、范史《后妃》。《列女》其言婦人也密，後有作者鮮及焉。《秘辛雜事》《飛燕外傳》皆漢人書也④，而不敢不廢，慮爲萬乘後宫辱也。唐人歌窈窕，咏閨房，窮形盡態。李文公自稱叙《高愍女》《楊烈婦》，不讓孟堅、伯喈，而文不近古⑤；韓昌黎《息國夫人墓誌銘》見稱於世，究非特作。蓋東漢以後，序傳體弱，録及綦縞⑥，形容彌難。極江左之風流，殫百家之體製，不能爲《碩人》一章、漢武《李夫人》一篇。豈非時乎？

子政大儒，純經術，出其餘才，遂成此書。即跌宕微遜子長，其整齊風雅，固扶風父子之先驅也。解《詩》如《芣苢》《柏舟》《大車》等篇，與毛萇乖異。余聞齊魯韓之學不傳久矣，庶幾於《列女傳》見一二焉。不猶愈乎亡也哉！《孝經》每章引《詩》，義指頗淺，不如此《傳》之深。《詩》固宜於婦人歟？黄氏諸贊離而不屬，適還舊本耳。

【箋注】

① 此序劉向《古列女傳》。趙希弁《郡齋讀書附志》：「《古列女傳》八卷，右漢都水使者光禄大夫劉

向撰，又一卷，莫知其爲誰續，然亦載於《崇文總目》。王回、曾鞏皆序之。」

②《四庫全書總目》卷五十七《古列女傳》七卷《續列女傳》一卷：「《續傳》一卷，曾鞏以爲班昭作，其説無證，特以意爲之。晁公武竟以爲項原作，則舛謬彌甚。《隋志》載項原《列女後傳》十卷，非一卷也。必牽引旁文，曲相附會，則《隋志》又有趙母注《列女傳》七卷、高氏《列女傳》八卷、皇甫謐《列女傳》六卷、綦毋邃《列女傳》七卷，又有曹植《列女傳頌》一卷、繆襲《列女讚》一卷，將續傳亦可牽爲趙母等，頌亦可牽爲曹植等矣。又豈止劉歆、班昭、項原乎？今前七卷及頌題向名，《續傳》一卷則不署撰人，庶幾核其實而闕所疑焉。」

③語本曾鞏《列女傳目録序》：「初，漢承秦之敝，風俗已大壞矣，而成帝後宫趙衛之屬尤自放。向以謂王政必自内始，故列古女善惡所以致興亡者以戒天子，此向述作之大意也。」

④《雜事秘辛》，舊題漢無名氏撰。《飛燕外傳》，舊題漢伶玄撰。學者多認爲二書爲後世僞托。《四庫全書總目》卷一百四十三《小説家類存目一·漢雜事秘辛》一卷：「不著撰人名氏。楊慎序稱得於安寧土知州萬氏。沈德符《敝帚軒剩語》曰：『即慎所僞作也。』叙漢桓帝懿德皇后被選及册立之事。其與史舛謬之處，明胡震亨、姚士粦二跋辨之甚詳。其文淫艷，亦類傳奇，漢人無是體裁也。」章太炎《菿漢雅言札記·小説家》：「自明以來，文人夸毗，惟懷婚姻，自詡風流，廉耻道喪，於是有《秘辛雜事》《飛燕外傳》諸作。浸淫至今，而其流不可遏，反古復始，故亦有其雅者。」

⑤李翺作《高愍女碑》《楊烈婦傳》。李慈銘《越縵堂讀書記・札記》：「李習之常自負其《高愍女碑》《楊烈婦傳》兩作，謂不在班孟堅、蔡伯喈下。然愍女就死事，本足生色，碑文寫此處亦簡浄，而後一段敷演閒文，議論甚平熟，不及杜樊川之傳竇桂娘也。至楊烈婦勉其夫守城而城卒完，事似奇而理實庸，本不足以奇其文，習之欲以簡出勝，而筆力散弱，亦無足觀。」

⑥綦縞：《詩・鄭風・出其東門》：「縞衣綦巾，聊樂我員。」後以「綦縞」指平民婦女之服裝，此借指平民婦女。

宋史紀事本末序〔一〕①

讀史至宋，蹶乎傷之。代侔漢唐，而文出夷貉，其書塌冗，不足述也。莆田柯氏新史肇興，遼金二國，降列載記，規模反正，卷帙微省，而取材未廣，闕如生恨②。薛王《通鑑》③，出入陳氏，旁摭曲證，自謂功高，而參觀前史，漏萬非一。

余嘗欲取脱脱一書④，剪截繁陋，别韓老同傳之非，去琬琰濫收之謬。然後大采遺文，博蒐典故，斷以己意，成一制作。而家鮮倉乘，畋漁無術，訪求幾載，國野並存。大者五六，小者十數。巽巖真本⑤，尚歎未見；其他殘失，皓首何窮？《元史》速成⑥，衆思寡集，卷末論贊，俱從姑舍。豈犬羊冕旒，當付不議；抑方之房、魏詮《晉》⑦，謙讓多矣。

夫全史定則通鑑成，通鑑行則本末出。宋元之際，苟有作者，三書兼舉，旦暮可遇。乃積久無聞，懸書不立。北海高安，勉因舊文，分代次事，題目博設，意在便覽，非求必傳。余聊從二家，寄以論難，彌綸目前，綱紀有待，不敢即爲建安續也。

宋治儒弱，文繁實少，元臣譏之。隆替略備。顧法高前代，亦復有四，曰禮臣下、崇道學、后妃仁賢、宗室柔睦。内治既修，兼以外攘。《天保》《采薇》，宜克永世；而駐蹕一南，國祚竟覆。論者咸咎熙寧變法，宣和極亂。然周室東遷，平王絶望，莫高宗構若也。汴京失守，中原雖没，而建炎、紹興勢最可爲，岳、韓、劉、吴百戰百克。假令有一中主如晉孝武、唐肅代者，爲之南面，任使不疑，擴青天，步六合，版圖將大於建隆。豈特謝安捷肥水，郭李收兩京哉？孰意構既無良，檜尤凶醜，君臣魚水，專戮干城，大將既盡不復生，神州既棄不復還。孝宗有志，而湯思退主和；寧宗無能，而韓侂胄主戰。馴至理宗，政繇史、賈。《桑柔》《板蕩》，繼以《草黄》，大運竭矣。

胡元主夏，草昧不寧。英宗之弑，泰定之篡，明寧之殂，順帝之立，國皆可亡。必緩及至正，勝、廣始起。秦皇厭勝，唐明祝天，真人將降，適有期乎？蒙古色目，班高漢南，西僧帝師，道尊孔子，明堂配天，風猶冒頓。固知百年數窮，無俟紂惡之熟也。閒居尚論，紀志表傳，各有竊取，未幾散去，感同雲烟。嘗念神器禠褫，雛鼠難竊；胡歡漢悲，憾深曷喪。逆取順守，道固多途。大抵開闢之憂勤，不敵季朝之燕逸；群賢之勞蓋，莫救一夫之頑讒。古今盡然，不獨兩代也。

藝祖法慕成周，而禍夷於石晉；韃靼地廣秦隋，而曆短於拓拔。中國之所以失，即夷狄之所以得；夷狄之所以失，即中國之所以得也。《周書》戒王，殷監不遠；漢臣進規，引秦爲喻。人君善監者，必自近始。即宋元未竟之編，亦何不可資金鏡、禦不若乎？

【校記】

〔一〕本篇又見崇禎刻本《宋史紀事本末》。

【箋注】

①《宋史紀事本末》一百九卷，明馮琦原編，陳邦瞻纂輯，張溥論正。《宋史紀事本末》是繼《通鑑紀事本末》所作，起自太祖代周，迄于文謝之死。約萬曆二十三年，由陳邦瞻在馮琦、沈越未完稿之基礎上增訂完成。萬曆三十三年，由劉曰梧、徐申校訂刊行，分二十八卷。約崇禎十年間，張溥重新將《宋史紀事本末》改篇爲卷，分爲一百九卷重新刊刻。並於書眉上標事綱，每卷末施以史論性的論正，以「張溥曰」低二格標出。後張采將諸論正編入《七録齋近集》第十一至十五卷，名爲《宋紀事論》。據張溥此序可知，其感於華夷之辨，欲重編宋史，意在取資近世，借古鑒今。

②《明史》卷二百八十七《柯維騏傳》：「柯維騏，字奇純，莆田人。……《宋史》與《遼》《金》二史，舊分三書，維騏乃合之爲一，以《遼》《金》附之，而列二王於本紀。褒貶去取，義例嚴整，閲二十年而始成，名之曰《宋史新編》。」

③薛應旂，字仲常，號方山，著有《宋元通鑑》一百五十七卷。王宗沐，字新甫，號敬所，著有《宋元資治通鑑》六十四卷。

④脱脱一書：即元脱脱等撰《宋史》四百九十六卷。

⑤李燾，字仁甫，號巽巖，眉州丹棱人。撰有《續資治通鑒長編》。

⑥錢大昕《十駕齋養新録》卷九《元史》：「《元史》纂修，始於明洪武二年，以二月丙寅開局，八月癸酉告成，計一百八十八日。其後續修順帝一朝，於洪武三年二月乙丑再開局，七月丁未書成，計一百四十三日。綜前後僅三百三十一日，古今史成之速，未有如《元史》者。而文之陋劣，亦無如《元史》者。」

⑦房魏詮《晉》：唐太宗時名相房玄齡與魏徵並稱房魏。房玄齡主持編修《晉書》，《舊唐書》卷七十一《魏徵傳》：「初，有詔遣令狐德棻、岑文本撰《周史》，孔穎達、許敬宗撰《隋史》，姚思廉撰《梁》《陳史》，李百藥撰《齊史》。徵受詔總加撰定，多所損益，務存簡正。《隋史》序論，皆徵所作，《梁》《陳》《齊》各爲總論，時稱良史。」

古文五删總序①

史與文相經緯也。十三經而下，有二十一史，文斯具矣。然闕者什七，蓋史書傳記專爲人設，不能兼其人之文而全有之也。余竊有志，欲總括歷代，爲《文典》《文乘》二書。《文典》體彷編年，必關國家治亂、王朝掌故，文始采列。論政事則如西漢議郊廟、議匈奴；論人物則如趙宋彈王吕、彈京檜。上自天子，下逮布衣，詔表譔述，大事備存。其文詳於温公《通鑑》、馬氏《通考》，又微加折衷，志其短長。《文乘》體同《文選》，各以類從，神經怪牒，朽書斷簡，靡不徵討；琢磨陶汰，取于極精，不敢濫入。二書若成，識大識小，文或無憾。迺年來探覽，功未及半，又代必搜人，人必搜集，十年聚書，猶懼不給，何容旁皇津梁？苟且問俗，則姑褒當代所通，點次流傳，急資世用。若梁昭明《文選》、姚寶臣《唐文粹》、吕伯恭《宋文鑑》、蘇伯修《元文類》四書，世代編次，號爲楚楚。而兩漢頗見闕略，則劉梅國《廣文選》，庶附《文選》以行。遂並删正，名「五删」云。

《文選》與《廣文選》皆唐以前文，人喜誦讀，開卷縱目，雖未能羅兩京、包八代，扶蘇枝葉，亦略見之。唐以來文，斷不可無選，選復極難。《文粹》較《英華》爲至約，而權衡未審②；《文鑑》不載中興而下，似非全書。然自建炎迄於宋亡，其間能文諸公，流派不出歐蘇六子。所恨不見者，直臣封事耳。他文無大過汴京者也。元文益衰於宋，不足有無，有《文類》亦可以傳矣。唐文最韓、柳，宋文最歐、蘇、曾、王，八家盛行，家各有本。《粹》《鑑》所選，頗不當作者之意。余謂此八家必宜單行，單行必宜全集，無用選本。向爲鉛槧，欲每篇標別，任讀者自得，其在兩書者，皆可去也。漢文光嶽氣完，不得節録，降而唐宋，可節録者多矣。然碎金不貴，不如其已也。應制之文，宋不及唐；議事之文，唐不及宋，二代之優劣也。推而上之，先漢，次魏，再次則晉，又次則六朝。即言六朝，陳、隋遜梁，梁遜齊，齊遜宋，風氣使然，其權豈在文人哉？是故以元望漢，相去遠矣。賈生所謂天冠地履也。繇漢漸降，至元終焉。則猶父有子，子有孫，孫有雲來，系未中絶也。觀其世，論其人，復讀其文，其於史也，非《世本》之《尚書》，《左傳》之《國語》乎？《詩》《文選》五書約五百卷，删本更儉，未盡歷代之什一，抑考歷代者，先取徑焉。《騷》別行，不復具論。

【箋注】

① 此序《古文五删》。張采《知畏堂文存》卷八《庶常天如張公行狀》云：「彙《文選》《廣文選》《唐文粹》《宋文鑑》《元文類》，芟複去雜，曰《五删》。」《古文五删》五十二卷，張溥輯。著録見於《千頃堂書目》卷三十一、《明史·藝文志四》。現有明末段君定刻本，復旦大學圖書館等藏。是書含

《文選删》十二卷、《廣文選删》十四卷、《唐文粹删》十卷、《宋文鑑删》十二卷、《元文類删》四卷等五種，爲張溥對自漢至元文選所做之系統删選。據是序，可知張溥有宏大之纂著計劃，本擬「代必搜人，人必搜集」，欲編歷代文集，然一時難以竟功，故先「姑褒當代所通」，作《古文五删》以「點次流傳，急資世用」。張溥編《古文五删》時，對漢代文章評價頗高，對漢至元之著作總體持一種價值遞降之文學史觀。

② 參見陸以湉《冷廬雜識》卷一《唐文粹》：「姚鉉《唐文粹》中，歐陽詹《自明誠論》、吕温《諸葛武侯廟記》，立説頗謬。韓昌黎《革華傳》意致不及《毛穎傳》，似可不選。至段文昌《平淮西碑》，遠遜韓作，何取彼而舍此？如愛其才藻，則奚不並存之耶？然其大要以復古爲主，搜擇博而别裁正，一代文物之盛，賴是以存，宜其繼《文選》而垂範來世也。」

廣文選删序①

昭明《文選》，略已。好古之士謀大其書者，或廣或續，不一其人。惟大庾劉公梅國本，差號詳整。卷凡六十，詩不具論，即其所稱，文如宣王《石鼓》，碑如《劉熊》《景君》《魏大饗碑》，賦如長卿《美人》、張敏《神女》、靈運《江妃》、張衡《髑髏》，對如吾丘《寶鼎》，問如《月令問答》，封事如劉向《星孛》、楊賜《青蛇》、翼奉《徙都》，疏如趙充國《西羌事宜》，贊如麋子仲等《八贊》，七如傅毅等《七激》，册如宋公、晉公《九錫文》，誄如《元后誄》，書如陳餘《遺章郜》、閻忠《説皇甫嵩》，連珠如揚雄等二十首，謂不中格，皆從芟置。庞材雖廣，立意未嘗不嚴也。

漢文無選，最有名者唐柳宗直《西漢文類》，其書失傳。讀子厚一序，稱揚條貫②，學者始知慕好，恨不能見。東漢三國，各有《文類》，今皆亡矣。《晉代名臣集》十五家〔一〕③，宋洪容齋篋中有之，亦非全本。《古文苑》九卷書最古④，篇章亦絶希少。劉氏廣本殆十倍之，而選指相近。兩漢諸文，十登七八，餘代次及，收録頗微。然左氏辭命，學者通知，班、馬、陳、范，傳、表、論、贊，備在本史。莊周、列禦寇之文，荀况、韓非、吕不韋、劉安之書，諸子班班，别爲一家。今既不能全録，又節取焉。齊王鷄跖，豈其然哉？

自漢及隋，文目猶史，大小篇第，予悉褒次，繁而難省。且考鏡於劉氏，兩京風采，南北體制，博一類達。即不得身執禮器，隨行周公，亦猶季子之觀樂，韓起之問《易象》《春秋》也。《文選》推高江左，簡脱漢代，劉氏正之，箴疾補闕，不謂無功。取予删本，爲彼輔行。語云：「山木工度，賓禮主擇。」⑤後來者固善審也。

【校記】

〔一〕「十五家」，原作「十四家」，據注③改。

【箋注】

①《廣文選》六十卷，明劉節編。張溥對其中「不中格」之文多加删減，遂删編爲《廣文選删》十四卷。

②柳宗元《柳宗元集》卷二十一《柳宗直西漢文類序》：「幸吾弟宗直愛古書，樂而成之。搜討磔裂，攟摭融結，離而同之，與類推移，不易時月，而咸得從其條貫。森然炳然，若開群玉之府。各有列位，不失其序，雖第其價可也。」

③王應麟《玉海·藝文》卷二十一《宋朝晉代名臣集》：「《宋朝晉代名臣集》書目：十五卷，晉王濟、棗據、劉寶、閭丘沖、欒肇、王讚、郄正、張敏、伏韓、應亨、索靖、閻纘、嵇紹、卞粹、虞溥十五家文，各爲一卷，著爵里于卷首。乾道中，汪應辰云：『蓋國初館閣之士得晉人殘缺之文，聚爲此編。』」

④葉德輝《郎園讀書志》卷十五《古文苑》九卷：「《古文苑》九卷，末有『淳熙六年，韓元吉刻是書』，云『孫巨源得於佛寺經龕中，唐人所藏，莫知誰氏録』。余疑即巨源從各家集本，及隋、唐人類書録出，托之唐人，非有所本也。巨源名洙，孫錫之子，官至翰林學士，《宋史》有傳。」

⑤語見《太平御覽》卷四百九十五《人事部》：「周諺有之：山有木，工則度之；賓有禮，主則擇之。」

唐文粹删序①

後代文字，編次大部者，惟唐差稱可觀，蓋幸有《文苑英華》一書也。《英華》之作，始於宋太平興國時。當日李昉、徐鉉、宋白、蘇易簡諸公博物蓋代，總葺風雅②。又佐以亡國舊臣，各出見聞，贊襄盛事。即其間去留，未盡厥中。然書籍斂自朝廷，筆札謀於館閣，謂之曰備，或庶幾焉。

及姚寶臣《文粹》出，《英華》千卷，詮擇百卷，學者盡趣簡易，書遂偏行。乃櫛比讀之，其可置弗道者，又何多篇也？眉山成叔陽編唐人三百家，約四百卷，亦名《文粹》。劉後溪侈稱其富③，恨今未見。然姚氏百卷，厭心者少。成君書即果存，安能悉快觀望？且度其私家聚書，未容浮於太宗秘閣也。劉昫《文苑傳》言：「燕、許潤色王言，吴、陸鋪揚鴻業，元稹、劉蕡對策，王維、杜甫雕蟲，並非肄業使然，自是天機秀絶。」④《新唐書》又云：「唐有天下三百年，文章無慮三變：高祖、太宗時，王、楊爲之伯；玄宗時，燕、許擅其宗；大曆、正元間，韓愈倡之，柳宗元、李翺、皇甫湜等和之，此其極也。」⑤歐、宋二史臣得於文者素深，豈虚談哉！

《英華》於柳宗元、白居易、權德輿、李商隱、顧雲、羅隱諸集，全卷收録；《文粹》則刺取頗嚴。然低昂一代，權衡不易，與其少録而受譏，不若多存而寡過，此《文粹》之見榮，所以尤難於《英華》也。唐風初沿江左，爾雅無聞，子昂高蹈，僅以詩長，相其文筆，不離弱體；等而下之，王、楊、沈、宋，誰能出其几閾乎？是故論詩必陳、杜，論文必韓、柳，唐之大勢也。竇臣一序，錯綜人物，間近《典論》，删本加嚴，意不過此。

昔《文粹》初成，書貯官樓，吏苦寫録，噀以鹽水，冀其速壞。今删卷微少，當無是患。若括囊全代，兼包衆集，采書廣於《英華》，選旨精於《文粹》，斯誠有唐鉅觀乎，則在他日矣。

【箋注】

①《唐文粹》一百卷，宋姚鉉編。張溥認爲《唐文粹》「厭心者少」，「其可置弗道者，又何多篇也」，遂删編爲《唐文粹删》十卷。

②王應麟《玉海·藝文》卷二十《雍熙文苑英華》：「《會要》：太平興國七年九月，帝以諸家文集其數至繁，各擅所長，蓁蕪相間，乃命翰林學士承旨李昉、學士扈蒙、直院徐鉉、中書舍人宋白、知制誥賈黄中、吕蒙正、李至，司封員外郎李穆、庫部員外郎楊徽之、監察御史李範、秘書監丞楊礪、著作佐郎吴淑、吕文仲、胡汀、戴貽慶、國子監丞杜鎬、將作監丞舒雅，凡十七人，以徽之尤精風雅，特命編詩爲百八十卷。閲前代文章，撮其精要，以類分之，爲千卷，目録五十卷。雍熙三年十二月壬寅書成，號曰《文苑英華》。」

③馬端臨《文獻通考》卷二百四十八《經籍考·總集》：「《唐三百家文粹》四百卷，眉山成叔陽編。後溪劉氏序略曰：往時有《唐文粹》百卷，姚鉉之所銓纂，已倍於古。今眉山成君乃增益之至三百家，爲四百卷。嗚呼！何其多也！文之多者，可以察治；言之富者，可以觀德。眉山鄉多藏書，叔陽所以盡力乎其間，豈徒然哉！叔陽薦於鄉，既成此書，丐余序之。」

④《舊唐書》卷一百九十上《文苑傳》：「如燕、許之潤色王言，吴、陸之鋪揚鴻業，元稹、劉蕡之對策，王維、杜甫之雕蟲，並非肄業使然，自是天機秀絶。」

⑤《新唐書》卷二百一《文藝傳》：「唐有天下三百年，文章無慮三變。高祖、太宗，大難始夷，沿江左餘風，絺句繪章，揣合低卬，故王、楊爲之伯。玄宗好經術，群臣稍厭雕瑑，索理致，崇雅黜浮，氣益雄渾，則燕、許擅其宗。是時，唐興已百年，諸儒爭自名家。大曆、貞元間，美才輩出，擩嚌道真，涵泳聖涯，於是韓愈倡之，柳宗元、李翱、皇甫湜等和之，排逐百家，法度森嚴，抵轢晉、魏，上軋漢、周，唐之文完然爲一王法，此其極也。」

宋文鑑删序[一]①

宋孝宗雅意右文[二]，從周益公請，命吕成公編類《聖宋文海》。書成，賜名《文鑑》②，朱紫陽氏最稱之。其書自建隆以後，建炎以前，三館四庫，故家遺籍，蒐揚殆盡。雖渡江未備，全書俟後，其於東都文苑用意勤矣。紫陽稱此書盡善，祖宗二百年規模與後來變化，咸在其間，非《選》《粹》之比③。然《選》《粹》二書流行學校，人無間言。獨《文鑑》譌訛不免多口，余竊悲焉。

昭明太子創新選體，世便諷習。六臣裒註，攀附爲榮。姚氏《文粹》，折衷《英華》，因人就功，以約見賞。《文鑑》本繇江鈿《文海》④，益公奏其差謬，成公被旨銓次，損益之際，盡更故轍。又《選》《粹》短長，易代而議，怨怒不生；《文鑑》則以本代之人選本代之文，好惡群分，側目者衆。程伊川先生，儒學之宗，表奏箴論，萬世不易，議者猶謂其不能文辭。繇此推觀，寧有定論？成公以《文鑑》編成，詔除秘閣，陳騤繳還詞頭。再命草制，語多詆薄。《奏議》之選，出自實録，近臣讒口，則云上毀祖德。前人之論文公而疏，後人之論文私而密，世彌下則選彌難矣。

宋初尊尚楊、劉，聲律未變；反古之力，斷自柳、穆，繼以歐、蘇、曾、王，弘風益暢。然以經術湛深，文章爾雅如劉公，是其名竟不得，黄、晁諸子並驅當世，豈群賢好文，尚隨俗耳食耶？夫欲選宋文，必先論世。神、哲一時也，高、孝一時也。二程之學，見譏於眉山，而忠愛則同；同甫之文，不合於考亭，而復仇則一。學者知其人，即可以相其文矣。儻必欲求至極，周秦兩漢大文自在也。四家六子未離風會，豈人力哉〔三〕！

【校記】

〔一〕本篇又見段君定明刻本《宋文鑑删》張溥序(以下簡稱「《宋文鑑删》本」)。

〔二〕「右文」,原作「古文」,據《宋文鑑删》本改。

〔三〕《宋文鑑删》本末署「婁東張溥題」。

【箋注】

①《宋文鑑》一百五十卷,宋吕祖謙編。張溥删編爲《宋文鑑删》十二卷。

②《宋史》卷四百三十四《吕祖謙傳》:「先是,書肆有書曰《聖宋文海》,孝宗命臨安府校正刊行。學士周必大言《文海》去取差謬,恐難傳後,盍委館職銓擇,以成一代之書。孝宗以命祖謙。遂斷自中興以前,崇雅黜浮,類爲百五十卷,上之,賜名《皇朝文鑑》。」

③馬端臨《文獻通考》卷二百四十八《經籍考·總集》:「《皇朝文鑑》一百五十卷。陳氏曰:吕祖謙編。周益公爲序,既成,封以遺吕,一讀,命藏之,蓋亦未當乎吕之意也。張南軒以爲無補治道,何益後學。而朱晦庵晚年嘗語學者曰:此書編次,篇篇有意,每卷首必取一大文字作壓卷。如賦取五鳳樓之類。其所載奏議,亦係一時政治大節,祖宗二百年規模與後來中變之意,盡在其間,非《選》《粹》比也。」

④祝尚書《宋人總集叙録》卷二《聖宋文海》:「《聖宋文海》一百二十卷,江鈿編。江鈿事迹不詳。《讀書志》卷二〇著録其所編《宋文海》一百二十卷道:『右皇朝江鈿編。輯本朝諸公所著賦、

詩、表、啓、書、論、説、述、議、記、序、傳、文、贊、頌、銘、碑、制、詔、疏、詞、誌、輓、祭、禱文，凡三十八門。雖頗該博，而去取無法。』」

文選删序①

昭明《文選》三十卷，詩、賦居半，餘則騷、七、詔、册、令、教、策秀才文、表、上書、啓、彈事、牋、記、書、移、檄、難、對問、議論、序、頌、贊、符命、史論、連珠、銘、箴、誄、哀策、碑、誌、行狀、弔、祭文，諸體咸有，然而采取嚴矣。自漢訖梁，詞人代出，非最有名者，不得入《選》。江醴陵、沈隱侯、任中丞、陸太常、劉户曹皆梁人，與《選》中，世號極榮。唐李善輯註，更繼五臣②，引證浩博，學者貴之。蘇子瞻薄爲兒童之書，終不能使海内廢而不蓄。

予間求其義，長短互出。賦莫高於相如、揚雄，騷莫高於屈原、宋玉，七莫高於枚乘，樂府莫高於魏武，雜詩莫高於李陵、蘇武與無名氏《十九首》，而昭明表之，其所長也。漢武詔書，俱中爾雅，而止録《求言》《賢良》二詔。漢晉以來，彈事頗多，而近取任昉、沈約，其所短也。潘勖《九錫》，諂而不典，選冠册文，則失之濫；戰國書命，縱横衆家，偏存李斯，則失之隘。舍揚雄之《百官》，褒張華之《女史》，則箴義不顯；置元光孝廉之問，求永明秀才之文，則策士有闕。紕散多方，未容畢議，顧其書獨傳者，非傳其多，傳其少也。

周文既啓，篇帙烟海。天子好文，儲君愛士，日夜訪求，猶病不給。生時愈晚，讀書彌難。前章困於積薪，後賢歎於向若。春秋百國，東方數車，火而薙諸則不忍，乙而夜觀又弗遍也。昭明聚書三萬，聘集名才，綜討古今，類分群體，諮之衆好，緯以密思。寧過而棄，毋過而存，一出一入，自比科律。即未盡當，其選者庶乎少憾矣。《選》略於秦漢，詳於江左，大雅致譏。然秦漢之文，片言皆善，無可選也。兩晉南北，選事方始，非能斷割者，其孰任焉？陸機賦豪士③，氣凌子長；潘岳誄馬督④，思麗班固。一時之才，各有極致，不選又曷見乎？

昭明此書，病在疏略，而詞家猶謂其難讀，一苦賦多，一苦註繁也。予於賦減之，於註節之，諸文多存，間去其一二無當者，以明取舍。西漢以上，文辭寂寥，屈、宋、卜、李何必附齊、梁以行？并爲删之，阡陌乃辨。上覽《流别》⑤，下詢《雕龍》，或者其無負昭明哉！

【箋注】

①《文選》三十卷，梁昭明太子蕭統編。張溥鑒於士人認爲《文選》「難讀」，「一苦賦多，一苦註繁」，於是對賦和註做了删減，又認爲「西漢以上，文辭寂寥，屈、宋、卜、李，何必附齊、梁以行」，於是將西漢以上文删去，遂編爲《文選删》十二卷。張溥於《文選》删西漢以上，後編纂《漢魏六朝百三家集》亦同此。

② 五臣：唐吕延濟、劉良、張銑、吕向、李周翰，以李善注惟引事，不説意義，故復注《文選》，即《五臣注文選》。

③ 《晉書》卷五十四《陸機傳》：「冏既矜功自伐，受爵不讓，機惡之，作《豪士賦》以刺焉。」

④ 潘岳誄馬督：即《馬汧督誄》。《文選》李善注引臧榮緒《晉書》曰：「汧督馬敦，立功孤城，爲州司所枉，死於囹圄，岳誄之。」

⑤ 流别：即《流别集》，晉摯虞撰。《晉書·摯虞傳》：「虞撰《文章志》四卷，又撰古文章類聚區分爲三十卷，名曰《流别集》。」又作《文章流别志論》二卷，分類評論各體文章。

元文類删序〔一〕①

選文至元，予愀然傷之，恨時無陳涉，仲尼弟子不能抱祭器而奔也。真定蘇伯修身任文獻，輯《元文類》七十卷，體昉《文選》，整齊一代。自大德、延祐以來，秩然咸紀②。予又慨其世則夷狄之世也，其文猶中國之文也。前代史傳分經藝顓門爲《儒林》，文章名家爲《文苑》，獨《元史》合之，統名《儒學》。今觀《文類》所取，準諸史官，其殆先獲我心乎！崇仁之虞，清河之元，章丘之張，富州之揭，瀏陽之歐，義烏之黄，金華之吴，此數公者，當世所謂文辭宗工也。顧其學，未有不本於許仲平〔二〕、吴幼清者③。儒之爲儒，一而已矣，惟於元見之。伯修雅長記載，成書幾種，並關國典，最大者無過《文類》④。然代不數人，人不數首。予欲爲多録，輒病未能。

夫華夷不辨，天下無君。士生斯世，不爲儒者，即爲狂人，各有不得已也。狂者逃於詩歌，如信陵公子飲酒近婦人，以求速老；其循循禮法者，遠譚孔孟，近守程朱。《詩》《書》、六藝之言，飲食衣被，足以命不朽，而授生徒，則隋之河汾遺風可則也。詩、辭、劇曲，元人著長，直博簺不足道，高文典册，《文類》具焉。予間論次，雜著第一，題跋次之，序記又次之，餘多黄茅白葦耳⑤。予以爲選元文，莫若集其解經論史者，别爲一書，竟可高出前代，蓋其時學者致力專在斯也〔三〕。

【校記】

〔一〕本篇又見段君定明刻本《元文類删》張溥序（以下簡稱「《元文類删》本」）。

〔二〕「仲平」，原作「平仲」，逕改。

〔三〕《元文類删》本末署「婁東張溥題」。

【箋注】

①《元文類》七十卷，元蘇天爵編。張溥對其評價較高，「今觀《文類》所取，準諸史官，其殆先獲我心乎」，間爲論次調整，「雜著第一，題跋次之，序記又次之」，遂删編爲《元文類删》十卷。

②《四庫全書總目》卷一百八十八《元文類》七十卷《目録》三卷：「故是編去取精嚴，具有體要。自元興以逮中葉，英華採擷，略備於斯。論者謂與姚鉉《唐文粹》、吕祖謙《宋文鑑》鼎立而三。然鉉

選唐文，因宋白《文苑英華》。祖謙選北宋文，因江鈿《文海》，稍稍以諸集附益之耳。天爵是編，無所憑藉，而蔚然媲美，其用力可云勤摯。」

③ 許衡與吴澄齊名，俱爲元代大儒。揭傒斯《吴澄神道碑》：「皇元授命，天降真儒，北有許衡，南有吴澄。」許衡，字仲平，號魯齋，河南河内人。元世祖召爲國子祭酒。卒後封魏國公，謚文正。生平見《元史》本傳。蔣子正《山房隨筆》：「許仲平衡學問、文藝爲世所尊，稱爲夫子，人目爲許先生。」吴澄，字幼清，晚稱伯清，學者稱草廬先生，撫州崇仁人。以道統自任，時人譽爲「國之名儒，朝之舊德」。生平見《元史》本傳。

④《元史》卷一百八十三《蘇天爵傳》：「天爵爲學，博而知要，長於紀載，嘗著《國朝名臣事略》十五卷、《文類》七十卷。其爲文，長於序事，平易温厚，成一家言，而詩尤得古法，有《詩藁》七卷、《文藁》三十卷。」

⑤ 黄茅白葦：連片生長之黄色茅草或白色蘆葦，形容齊一而單調之景况。陳亮《送王仲德序》：「最後章蔡諸人以王氏之説一之，而天下靡然，一望如黄茅白葦之連錯矣。」

宋文紀序〔一〕①

梅禹金先生集《歷代文紀》，其書可配國史。《皇霸文紀》②、兩漢、三國、西晉已懸國

門，東晉迄于陳隋，尚藏未出。《文紀》所録，不登韻言，則有《八代詩乘》《古樂苑》二書補所未備③，較馮氏《詩紀》爲詳④。賦無專書，先生之文孫朗三者又集《賦紀》足之⑤。伏羲以來，文章之觀止矣。

余少慕旁覽，恨無藏書。列代之文，晨星晞露，循崖未能。時寓書朗三〔二〕，索觀《文紀》，傾笥授受，惟所已刻；其未版行者，子孫典守，不輕假借。湘東有云：「枕中之記爲枕，帷前之帙爲帷。」⑥徒中心慕好之言，望見無日也。晉中張葆光侍御⑦，當代博物君子，持斧南國，聘名士，禮賢者，汲揚如不及。輶軒遠訪，下詢芻蕘，遂檄郡國，盡刻梅氏諸《文紀》，通行方宇〔三〕。《宋文紀》先成〔四〕，屬余簡首〔五〕。

夫文章代變，西漢之末，漸啓東京；魏晉之初，即兆南北。劉宋鼎革，正斯文日變之會也。下邳起義，未聞知書；誕生諸王，多好文雅。一時佐命，如王徐傅謝，咸能奮筆詞章，炫耀人主。然聲音未及，古意尚存。《演慎》著小心之談〔六〕⑧，《安邊》徵責實之論〔七〕，破觚毁方，不悲太盡。是後君慕黄初，臣懷建安，博望開館，南皮競遊，元功獻諛，九錫家令，采藻春華，爾雅之道，蕩爲禾黍。欲高語顔謝，起衰江左，烏可得也〔八〕？

沈休文採合衆家，克成《宋書》，《文苑》一傳缺而不立。獨論靈運，縱談文墨，大都借先民之言，申四聲之説，季緒詆訶，未能悉當。今有《文紀》，作者傳矣。有美必書，《春秋》

之無隱也；有幽必録，子長之好奇也。侍御經營師旅，不忘文事，懷冰飲水，旦夕究功，是又《太玄》賞于君山⑨，《漢書》顯於季長矣〔九〕⑩。

【校記】

〔一〕此文又見《宋文紀》崇禎十年刻本張溥序（以下簡稱「《宋文紀》本」）。

〔二〕「時」，《宋文紀》本作「特」。

〔三〕「宇」下，《宋文紀》本有「而郡守周侯好古襄成」。

〔四〕「成」，《宋文紀》本作「竣」。

〔五〕「屬」上，《宋文紀》本有「朗三」。

〔六〕「談」，《宋文紀》本作「論」。

〔七〕「論」，《宋文紀》本作「談」。

〔八〕「烏」，《宋文紀》本作「胡」。

〔九〕《宋文紀》本末署「婁東張溥題」。

【繫年】

據《宋文紀》十八卷崇禎十年寧國知府周維新刊本，可知此文作於崇禎崇禎十年（一六三七）。

【箋注】

①《宋文紀》十八卷，梅鼎祚編，張溥序，明崇禎十年寧國知府周維新刊本。《四庫全書總目》卷一百

八十九《宋文紀》十八卷：「明梅鼎祚編。鼎祚所輯《八代文紀》卷溢三百，其版行者，自《皇霸》至《西晉》而止。鼎祚殁後，應天巡按御史張煊、寧國府知府周維新始爲次第開雕。而此集先成，故卷首獨有煊及維新《序》。宋之文，上承魏、晉，清俊之體猶存；下啓晉、梁，纂組之風漸盛。於八代之内，居文質升降之關，雖涉雕華，未全綺靡。觀鼎祚所録，可以見風氣轉移，日趨日變之故焉。」

②《皇霸文紀》十三卷，崇禎二年刊。《四庫全書總目》卷一百八十九《皇霸文紀》十三卷：「明梅鼎祚編。鼎祚輯陳隋以前之文，編爲《文紀》，以配馮惟訥《詩紀》。此編上起古初，下迄於秦，故曰《皇霸文紀》，乃其書之第一集也。」

③《四庫全書總目》卷一百八十《梅禹金集》二十卷：「鼎祚輯《八代詩乘》，又輯《古樂苑》，於詩家正變源流不爲不審。」

④《四庫全書總目》卷一百八十九《古詩紀》一百五十六卷：「明馮惟訥撰。惟訥，字汝言，臨朐人。……其書《前集》十卷，皆古逸詩。《正集》一百三十卷，則漢魏以下、陳隋以前之詩。《外集》四卷，附録仙鬼之詩。《别集》十二卷，則前人論詩之語也。時代綿長，採摭繁富，其中真僞錯雜以及牴牾舛漏，所不能無。故馮舒作《詩紀》匡謬以糾其失。然上薄古初，下迄六代，有韻之作，無不兼收，泝詩家之淵源者，不能外是書而别求。固亦採珠之滄海，伐木之鄧林也。厥後臧懋循《古詩所》、張之象《古詩類苑》、梅鼎祚《八代詩乘》相繼而出，總以是書爲藍本。」

⑤ 梅朗中，字朗三。梅鼎祚孫。詳見《續集》卷三《孫直公詩稿序》注。嘉慶《宣城縣志》卷十七《梅鼎祚傳》：「（梅朗中）嘗輯唐以前賦爲《賦紀》五十卷，編校垂竣而卒。聞者嘆曰：『玉樹摧矣！』年三十六。」

⑥ 語見蕭繹《答劉縮求述制旨義書》（《全上古三代秦漢三國六朝文·全梁文》卷十七）：「枕中之記，即用爲枕；帷首之帙，仍可爲帷。」

⑦ 康熙《介休縣志》卷七：「張煊，字葆光。天啓甲子以禮經冠鄉薦，戊辰登進士。初任安丘縣知縣，分校棘闈，拔取咸齊魯名宿。調繁章丘，再補盧龍，所至有循聲。擢陝西道監察御史，彈劾不避權貴，時有鐵面之稱。巡行南國，督屯燕趙魯豫，刊《南巡西臺疏草》並《巡屯奏章》行于世。上特嘉褒，俾掌河南道事。後以薦舉免官。清興，朝論僉推，仍任掌道。卒于位，加贈通議大夫、太常寺卿，賜祭葬，從祀鄉賢。廕子基遠，以父官官之。」生平詳見《清史稿》本傳。

⑧ 《宋書》卷四十三《傅亮傳》：「初，亮見世路屯險，著論名曰《演慎》，曰：大道有言，慎終如始，則無敗事矣。《易》曰：『括囊無咎。』慎不害也。又曰：『藉之用茅，何咎之有。』慎之至也。文王小心，《大雅》詠其多福；仲由好勇，馮河貽其苦箴。《虞書》著慎身之譽，周廟銘陛坐之側。因斯以談，所以保身全德，其莫尚於慎乎。」

⑨ 胡煦《周易函書自序》：「夫子雲之《太玄》，劉歆訾其覆瓿，而桓譚、侯芭謂其必傳。」

⑩ 《後漢書》卷八十四《曹世叔妻傳》：「時《漢書》始出，多未能通者，同郡馬融伏於閣下，從昭受

讀，後又詔融兄續繼昭成之。」

宋趙清獻公文集序①

宋清獻公趙閱道先生集十卷〔一〕，詩凡五卷，章奏雜文又五卷。然雜文唯二記二銘二頌，贊疏語各一，餘皆封事表狀。是則《清獻文集》所居勝者，詩與奏議耳。馬貴與撰《經籍考》，載宋人詩文集尤詳，獨不及清獻。豈先生全書，彼所未見？抑世人標表，顯在事功，文詞游藝，薄爲雕蟲，不必其傳也？然清獻奏對，言著廊廟，即無成集，史書誌記，多列其文，非若瘞碑沈碣，隱而不彰。後人哀而讀之，靈光巋然，可以無恨。詩歌爛熳，設亡遺本，將使鑑笥大篇，不得與萊公《到海》、曼卿《春陰》諸什播揚詞苑②，亦作者之傷、子孫之憾也。獨喜西安刻本，全帙宛在。蓋大文必傳，久而彌出。先生後昆，世多名公卿，臺閣舄奕，家有書乘，志本先祖，其流遠矣。

清獻封事，概載於《歷代奏議》，其最大者，無若欲朝廷辨君子小人與斥王安石新法③。至於論逐奸邪，不辭再三。陳升之副樞密，章二十餘上，必去位乃已④。當時人主虛受，大臣直言，聽者不疑，要君諫者，必行己志。時雖澆季，吁咈獨存。撫卷低回，不能無嘆於陸宣公之遇非其主。逮夫詩篇綿邈，風近三唐，諸體並設，玄旨足賞。度先生平日發忠藎於入告，托性情於詠吟，憂時則痛哭流涕，閒暇則陶寫自然。斯皆不得已而生奇，非有意於文字也。

朱子稱邵康節先生之學云：「其體骨在《皇極經世書》，其花草是詩。」⑤讀《清獻集》，致亦猶是。印須兄弟〔二〕，公之苗裔，篤行道古，義先門庭，謀新舊刻，屬言於余。孔臧念祖，大顯壁書，無負三衢世孝里矣。

【校記】

〔一〕「十卷」，原作「八卷」，據下文及徐乾學《傳是樓書目》改。

〔二〕「印須」，原作「邛須」，逕改。

【箋注】

① 徐乾學《傳是樓書目》四十：「《趙清獻公文集》十卷，宋趙抃。」趙抃，字閱道，衢州西安人。景祐進士，累官殿中侍御史，剛直敢言，時稱『鐵面御史』。歷任益州路轉運使，加龍圖閣學士，知成都。神宗時，擢參知政事，因反對王安石罷職。有《趙清獻集》。傳見《宋史》卷三百一十六。

② 石延年《春陰》(《宋詩紀事》卷十)：「寒食少天色，春風多柳花。倚樓心目亂，不覺見棲鴉。」

③ 《宋史》卷三百一十六《趙抃傳》：「其言務欲朝廷別白君子小人，以謂：『小人雖小過，當力遏而絶之；君子不幸詿誤，當保全愛惜，以成就其德。』……王安石用事，抃屢斥其不便。」

④ 《宋史》卷三百一十六《趙抃傳》：「陳升之副樞密，抃與唐介、吕誨、范師道言升之姦邪，交結宦

官，進不以道。章二十餘上，升之去位。抃與言者亦罷，出知虔州。」

⑤《朱子語類》卷一百《邵子之書》：「康節之學，其骨髓在《皇極經世》，其花草便是詩。」

續離騷序①

《續離騷》者，黄幼玄先生少失怙時作也。屈原放逐，《騷經》斯顯。予嘗疑齊晉秦楚爲春秋四大國，楚獨無風。屈子生晚，不當仲尼之世，弟子朋友亦無丘明、游、夏之徒，憂廢無聊，謡吟並起；宋、景數輩，絡繹屬和。西漢擬議，比於聖經。其書雜神鬼，擾雲龍，雕草木，極蟲怪，而本指不離於忠君愛國，故足傳也。

黄先生行年未壯，喪父而悲，倚廬泣血，哀思未殫，乃作《續騷》。丘吾號路②，皋魚涕風③，情見乎辭，歎其曷已。聞之《履霜》之操④，悁悁永夜；《采苓》之什⑤，癙泣無寐。適當變絶人倫，哀非常度，然使親心苟悟，孝子見原，抱首長慟，破涕爲歡，則牽衣扇枕，故態復存，飯蔬負暄，形影極樂。未有一別竟逝，含玉不聞，升屋招魂，瞑目萬古，如喪父之甚者也。不可見而思，思不可而《續騷》興焉。其節短，其詞芳，其文葩，其意激，愀然有無生之心，而憀憀乎莫知所歸也。

余小子十六而無父〔二〕⑥，風雨飛蓬，鳥鼠不若。讀《續騷》有同病焉。先生初學，里名聖童，斯猶孺子泣也，義與《蓼莪》偕遠矣。

【校記】

〔一〕「十六」，原作「十五」，據《合集・先考虛宇府君行狀》改。

【箋注】

① 此序師友黃道周《續離騷》，感情强烈，異於他篇。此實借他人酒杯，澆己心中塊壘。黃道周，字幼玄，號石齋。詳見《續集》卷一《楊伯祥稿序》注。鄭晨寅《黃道周論稿》：「《洪譜》稱黃道周二十二歲時因『避族人之難』而舉家移居於漁鼓溪之上。次年（萬曆三十五年，一六〇七）四月其父過世，黃道周作《續離騷》。」莊起儔《漳浦黃先生年譜》：黃道周「念其親侘傺未能自直，負奇以死；又值艱難，委命於空山，親戚乖離，無以自振，窮至不能爲喪，雖欲自比湘累，又何過焉？故憂愁憤鬱，而續《離騷賦》，作《離疢經》。既殯，作《九盭傳》。」

② 相傳孔子適齊，中途聞人哭甚哀。問之，曰：丘吾子也。少好學問，周遍天下，歸而親亡。夫樹欲靜而風不停，子欲養而親不待，請從此辭。遂投水而死。孔子令弟子引以爲戒。於是弟子辭歸而養親者十有三人。見《孔子家語・致思》。

③ 《韓詩外傳》卷九載，孔子行，見皋魚哭於道旁，辟車與之言。皋魚曰：「吾失之三矣：少而學，游諸侯以後吾親，失之一也；高尚吾志，間吾事君，失之二也；與友厚而小絶之，失之三也。樹欲靜而風不止，子欲養而親不待也，往而不可得見者親也。吾請從此辭矣。」立槁而死。後用作人

子不及養親之典。

④《履霜》之操：古樂府琴曲名。蔡邕《琴操·履霜操》：「《履霜操》者，尹吉甫之子伯奇所作也。」《樂府詩集·〈履霜操〉題解》：「伯奇無罪，爲後母讒而見逐，乃集芰荷以爲衣，採楟花以爲食，晨朝履霜，自傷見放，於是援琴鼓之而作此操。曲終，投河而死。」

⑤《采苓》之什：《詩·唐風·采苓》：「采苓采苓，首陽之巔。人之爲言，苟亦無信。舍旃舍旃，苟亦無然！人之爲言，胡得焉？」方玉潤《詩經原始》卷六：「《采苓》，刺聽讒也。」

⑥《合集·近稿》卷六《先考虚宇府君行狀》：「先君生於嘉靖丙辰之四月三日，没於萬曆丁巳之四月四日，享年六十有二。」

徐文定公農政全書序〔一〕①

予生也晚，猶獲侍先師徐文定公，蓋歲辛未之季春也。公時以春官尚書守詹，次當讀卷，亟賞予廷對一策，予因得以謁公京邸。公進予而前，勉以讀書經世大義，若謂孺子可教者。予退而矢感，早夜惕勵。聞公方究泰西曆學，予邀同年徐退谷往問所疑。見公掃室端坐，下筆不休。室廣僅丈，一榻無帷，則公卧起處也。

公初筮仕，入館職，即身任天下，講求治道，博極群書，要諸體用，詩賦書法，素所善也。既謂雕蟲不足學，悉屏不爲，專以神明治曆律兵農，窮天人指趣。《堯典》「敬授」，

《洪範》「厚生」，古今大業，莫有先也。聞孫旋之嘗言公精默好學〔二〕，冬不爐，夏不扇。予在長安，親見公推算緯度，昧爽細書，迄夜半乃罷②。登政府日，惟一老班役衣短後衣應門，出入傳語。易簀旅舍，槖中不盈十金。古來執政大臣，廉仁博雅，鮮公之比，趙孟公孫，寧足道哉！

《農政全書》，公經綸之一種。張大中丞與方郡伯兩公篤念民生，屬陳卧子進士編次廣傳。刻竟，予得卒讀，益歎吾師命指深遠，周天際地也。農家者流，出自稷官，班史記之。其後種樹試穀，育蠶養魚，耕牛之經，花竹之譜，人各有書。然碎布民間，事不相攝。耕奴織婢，號爲小道；雅人墨士，或諱而不言。若總自王朝，編於太府，采明農之衆篇，勒一代之大典。上探井田，下殫荒政，鳧茈可食，螽螟不憂，率天下而豐衣食，絶飢寒，使盜賊屏息，禮樂盛興，非至治乎？即名卿大儒，亦何庸丘蓋也。公察地理，辨物宜，考之載記，訪之土人，輶軒䙴䙰③，盡列筆削，汜崔賈韓，方之蔑如。揆厥制作，其《豳風》之嗟農夫，《無逸》之知小人乎？

公爲諸生時，有田數弓，弗不治，稍施疏鑿功，植柳其地，歲獲薪燒，利反倍於租入。因悟世無棄土，人病坐食，李悝之法，至今可行。後官翰林，適議拯遼患，屯田津門，功半被沮，豈真東屯之效，反難於沮洳三百步哉！言易而行難，獨成而衆敗，事無大小，顧所任者何如耳。即今幅員，關陝襄鄧，許洛齊魯，與夫朔方五原，雲代遼西，其地可等於東南〔三〕。設倣耕植，導水利，近給京師大省，輓輸何所不贍？而空以委盜，害莫鉅焉。

公書不尚奇華，言期可用，使早究其業，塞下民實，五穀土價，非虛談也。遲之七十之年始登鼎軸，復不久憖遺，予所爲抱書而泣也。公一子五孫④，皆當代賢傑，推廣先志，尤兢兢八政云〔四〕。

【校記】

〔一〕本文又見《農政全書》崇禎陳子龍平露堂刊本張溥序（以下簡稱「《農政全書》本」）。

〔二〕「孫」下，《農政全書》本有「縻之」。

〔三〕「可」下，《農政全書》本有「耕」。

〔四〕《農政全書》本末署「婁東門人張溥西銘謹序」。

【繫年】

據《農政全書》平露堂刊本張國維序末署「時崇禎己卯歲仲秋」，可知此文作於崇禎十二年（一六三九）。

【箋注】

①《農政全書》六十卷，徐光啓撰，明崇禎陳子龍平露堂刊本。首張國維序，云：「余前刻有《水利全書》，所謂急則治標，因病立劑者。今又得徐少保《農政》全帙，所謂緩則治本，懸方救病者也。雲

間陳卧子以彌綸巨手，羽翼經術，博綜群雅，而尤留心於經濟之書。是帙則其手加闡潤，提要鉤玄，農扈之言，纖悉備具。余同年方君守松，扶衰起敝，治以驗方，欲公之同志，謀梓之於余。余讀之而輾然喜，僭爲敘數言以付剞劂氏。」次爲張溥、松江府知府方岳貢序。徐光啓，字子先，號玄扈，松江府上海人。萬曆三十二年進士。由庶吉士歷贊善。二十八年在南京結識耶穌會傳教士義大利人利瑪竇。此後，從學天文、數學，且口譯筆録，譯成《幾何原本》前六卷。天啓間，累官禮部右侍郎，爲魏忠賢劾罷，落職閑住。崇禎元年召還。擢禮部尚書。奏請用西洋人龍華、鄧玉函、羅雅谷及湯若望等推算曆法，造《崇禎曆書》，自爲監督。時後金（清）之勢强，議造炮、練兵，有所實施。五年，以本官兼東閣大學士，入參機務，旋進文淵閣。次年十月病卒，謚文定。著《農政全書》。常言「富國需農，强國需軍」。生平詳見《明史》本傳。崇禎四年季春，張溥以師生之禮拜見徐光啓。在與徐光啓交往中，張溥不但在曆算方面大受教益，更在爲人處世上親聆教誨。故張溥注重經史世用，除時代原因外，亦與受徐光啓影響不無關係。張溥評價徐光啓「身任天下，講求治道」，實亦以此自期。崇禎十一年，在張溥激發和建議下，陳子龍、徐孚遠、宋尚木等輯《皇明經世文編》成，計五百四卷。次年，陳子龍等人又繼續編《農政全書》，此亦是對張溥「賢者識大，宜先經濟」思想之實踐。

②《明史》卷二百五十一《徐光啓傳》：「四年春正月，光啓進《日躔曆指》一卷、《測天約説》二卷、《大測》二卷、《日躔表》二卷、《割圜八線表》六卷、《黄道升度》七卷、《黄赤距度表》一卷、《通率

表》一卷。是冬十月辛丑朔，日食，復上《測候四説》。其辯時差里差之法，最爲詳密。」

③輶軒：古代使臣所乘之一種輕車。襏襫：簑衣一類之防雨具。

④《徐光啓集·附録一·文定公行實》：「子一，即不肖孤驥也，郡庠生，今廕官生。娶太學生顧公昌祚女。孫男五人：爾覺邑庠生，今廕中書科舍人，娶甲子科舉人俞公廷鍔女；爾爵邑庠生，今廕中書科中書舍人，先娶禮部主事喬公煒女，繼娶廩膳生李公延兹女；爾斗邑庠生，娶登萊巡撫孫公元化女；爾默邑庠生，娶南京應天府經歷黃公兆蘭女；爾路邑庠生，娶工部主事潘公雲龍女。」

元氣堂集序①

《元氣堂集》者，閣師象罔何公生平所撰論也。公官庶常時，文章聲名，焜耀臺閣間。久之，陟黃扉，典絲綸，海内想望一言，無異出和風，降甘雨。兩三年間，齮齕罷歸，黃鍾大鏞②，寂爾不聞，深山野老有捬膺往事、泫然出涕者。公家居著作，日益閎富，門下子弟，相與裒録，并諸舊篇，合以行遠。公不憚數千里，下問童蒙。

夫文章世殊，塗轍遞降，原其大致，無過窮則變，變則通而已。厭六朝之腴者，疏以韓柳；啜八家之醨者，救以晉魏。反唇歡呼，沸若雷鼓；及乎秦漢，攘臂者止。然欲馳千里，病乎日昃矣。公命世大儒，位居師保，言行資敬，人盡北面。乃猶折節虛左，哺洗不暇，朝讀百卷書，夕見七十子，古未有其殷勤也。間嘗登堂敷論，簪紳接茵，起拜問難，各曉所疑。小子厠在下坐，竊心識之。

今觀其大章短言，周思天地，近中規矩，知夫子命我者深矣。帷幄論思，首重講讀。公與姚孟嘗先生同爲講官，出入殿陛者數年。山行玉列，吐音宫商。每奏一章，天子必改容禮之，盡日傾聽，不以爲疲。既而文湛持先生進講義，禮遇亦如公。時公已先在帝左右矣。

古者君臣喜起，誼如家人，無日不見，以事義相質，可則都俞，否則吁咈。其時有議論而無文章，是故二《典》三《謨》③，今日之經文，皆當日之言語也。後世堂陛稍隔，始假封白，傳宣啓閉，懷多不達。獨講筵論説，析經引義，上無不密之戒④，下無好盡之譏⑤。臣子繙定，敬獻黼座，名爲講義，其文則日月河漢也。公啓沃之言⑥，彰奕赤墀，施之他篇，不欺猶是。昨日解服還里，齋宿入告，干戈載路，鼓鼙不起，形諸封事，情踰痛哭。海内讀者無不感其去不忘君，後家先國。追思入直之年，造請補納，不寧寢鑰，流連澄清，益可知已。

夫士難于文，文難于工。放之羈愁，困以數跌，則叫呼蒼天，詆訶卿相，奇文易出。而修冠犀軒，鳴玉以朝，則辭病嘽緩而不進。或爲鼓琴飲酒，跳宕陸博，遊談無稽，雅善戲謔，則易于改聽易視。而莊談巖閣，高議兵農，則少耳目之觀，無聲色之炫。惟公包羅典墳，特立百家。諸葛之表，兼《伊訓》《説命》；昌黎之碑，本《清廟》《生民》。非當世偉人，其孰能哉？集中疏論記叙，歌詩雜咏，並踔今古。語云：「三公之官，不名一職；六經之文，不名一體。」竊于公睹大成矣。

【箋注】

① 序閣師何吾騶《元氣堂集》。何吾騶，字龍友，號象岡，廣東香山人。《明史》卷二百五十三《何吾騶傳》：「何吾騶，香山人。萬曆四十七年進士。由庶吉士歷官少詹事。崇禎五年擢禮部右侍郎。六年十一月加尚書，同王應熊入閣。温體仁久柄政，欲斥給事中許譽卿。已擬旨，文震孟爭之，吾騶亦助爲言。體仁訐奏，帝奪震孟官，兼罷吾騶。詳見《震孟傳》。居久之，唐王自立於福州，召爲首輔，與鄭芝龍議事輒相牴牾。閩疆既失，踉蹌回廣州。永明王以原官召之，爲給事中金堡、大理寺少卿趙昱等所攻。引疾辭去，卒於家。」張溥此序認爲文章隨世而變，窮則變，變則通，可知張溥並非一意復古、泥古。

② 黄鍾：古代樂十二律之一，聲調最洪大響亮。《周禮·大司樂》：「乃奏黄鍾，歌大吕，舞雲門，以祀天神。」大鏞：大鍾。《爾雅·釋樂》：「大鍾謂之鏞。」

③ 二《典》：《尚書》中《堯典》《舜典》之合稱。三《謨》：《尚書》中《大禹謨》《皋陶謨》《益稷》之合稱。《明史·宋濂傳》：「《尚書》二《典》、三《謨》，帝王大經大法畢具。」

④ 不密之戒：《易·繫辭上》：「君不密則失臣，臣不密則失身，幾事不密則害成。是以君子慎密而

不出也。」

⑤好盡之譏：《國語·周語下》：「立於淫亂之國，而好盡言，以招人過，怨之本也。」

⑥啓沃：《尚書·説命上》：「啓乃心，沃朕心。」孔穎達疏：「當開汝心所有，以灌沃我心，欲令以彼所見，教己未知故也。」後以之謂竭誠開導、輔佐君王。

皇明經世文編序〔一〕①

余每開卷，恨今人不如古人。然居今之世，爲今之人，慕説讀書，上視古人，其難倍之。三代以來，著書寖廣。秦火蕩滅，所存頗微。漢儒興學，論説日繁，窮年皓首，後世莫及。然業有專家，學者通一，即享高名。降而今日，聚書如林，談兩京則遺魏晉，言六朝則闕唐宋，此詳彼略，仰屋竟夜，其難一也。前代文字，爾雅可觀，得其一篇，諷詠不倦；世代漸移，語言俚雜，卷充棟宇，披排欲睡，其難二也。有志之士，蔽蹤章句，放意典墳，非不自命豪傑，然逡巡兩難之間，垂老而無一成者多矣。

余問語同志，讀書大事，當分經、史、古、今爲四部，讀經者輯儒家，讀史者辨世代，讀古者通典實，讀今者專本朝。就性所近，分部而治。合數人之力，治其一部。不出二十年，其學必成。同志聞者，咸是余説，而雲間陳臥子、徐闇公、宋讓木尤樂爲之②。天才英絶〔二〕，閉關討論，直欲以一人兼四部不難也。客年，與余盱衡當代，思就國史。余謂賢者識大③，宜先經濟。三君子唯唯，遂大搜群集，采擇典要，名《經世文編》，卷凡五百。偉哉是書！明興以來未有也。

右文之朝④，人尚史學，綜覽昭代，著作多塗。鄭鄧體倣《史記》，焦雷傳記人物，典章捃於勞徐，治法述於吳鄧，書雖通行，義例未顯。王弇州、朱鳥程、鄭上饒、李湘潭、饒進賢、周梁溪各有論譔，雅稱史裁。然或功半而人亡，或身没而言隱，孰有分别政事、明白讜言如《文編》者哉！三子志存治世，詞不苟榮，進善退惡，一稟《春秋》。《文編》所載，網羅稍寬，有補兵食、中禮樂者，殷勤收録，不忍遐遺。使明主見而拊髀，執事聞而交儆，用其言而顯其人，棄其人而存其言，賞罰自在也。其思深，其文遠矣。成祖建極，《大典》始修；英宗紹業，《統志》克撰，列聖相承，如《會典》《集禮》諸書，累有敕纂。煌煌乎高祖之志也！聖人在上，制作方盛。設以三子典職其間，筆削良史，必能夐越前古，豈特雲臺高議、東觀頌德而已哉！

宋時司馬文正既作《資治通鑑》，復與劉道原議取其時實録、正史，旁采異聞，續爲《後紀》⑤。後以召相不果，至今宋無佳鑑，海内痛惜。今三子悠遊林麓，天假以時，載筆之始，又先以國家爲端，他日繼涑水者⑥，其在雲間乎〔三〕？

【校記】

〔一〕本篇又見崇禎間平露堂刊本《皇明經世文編》張溥序。

〔二〕「天才」，原作「天下」，據《皇明經世文編》本改。

〔三〕《皇明經世文編》本末署「社弟張溥題」。

【繫年】

據《皇明經世文編》崇禎十一年平露堂刊本，可知此文作於崇禎十一年（一六三八）。

【箋注】

① 此序《皇明經世文編》。《皇明經世文編》五〇二卷《補遺》四卷，崇禎十一年平露堂刊本，徐孚遠、陳子龍、宋存楠等編，前有任濬、方岳貢、黄澍、張溥、許譽卿、馮明玠、徐孚遠等序，正文卷端題「方禹脩先生陳眉公先生評定　華亭陳子龍卧子宋徵璧尚木徐孚遠闇公周立勳勒卣選輯」。由此序可知，《皇明經世文編》實際是在張溥建議和指示下完成的。此書亦是對張溥「務爲有用」思想之踐行。序中張溥言讀書當分經史古今四部，經史易理解，古即前代之典故故事，今即本朝之情形。張溥倡實用之學，重事功。有撰述國史之計劃，自期甚高，以有資於國家治理爲首務。

② 宋存楠，字尚木，又字讓木，後改名徵璧。宋徵輿兄。復社成員。吴山嘉《復社姓氏傳略》卷三：「宋存楠，字尚木，後改名徵璧。崇禎癸未進士，授中書舍人，充翰林院經筵展書。以國變歸里。本朝薦授秘書院撰文中書，後以從征舟口有功，陞潮州府知府。卒於任。有《抱真堂詩集》。」

③《論語·子張》：「子貢曰：『文武之道，未墜於地，在人。賢者識其大者，不賢者識其小者。』」

④右文：崇尚文治。歐陽修《謝賜〈漢書〉表》：「竊以右文興化，乃致治之所先。」

⑤《宋史》卷四百四十四《劉恕傳》：「司馬光編次《資治通鑑》，英宗命自擇館閣英才共修之。光對曰：『館閣文學之士誠多，至於專精史學，臣得而知者，唯劉恕耳。』即召爲局僚，遇史事紛錯難治者，輒以諉恕。恕於魏、晉以後事，考證差繆，最爲精詳。……又采太古以來至周威烈王時事，《史記》《左氏傳》所不載者，爲《通鑑外紀》。」

⑥涑水：指司馬光。司馬光爲陝州夏縣涑水鄉人，世稱涑水先生。

兵家訓實序〔一〕

【校記】

〔一〕本篇又見北大本《合集·古文近稿》卷五。此處存目。

曹汝珍年兄古文集序①

余同年進士，雅多名人奇傑，而文詞精綺，余最心折金沙曹汝珍。汝珍初籍諸生，才華英踔，與周介生兄弟齊名。辛酉歲，汝珍先雋，行卷傳頌海内，有「三曹」之目，謂汝珍與峨雪太史②、瓶庵大參也③。汝珍三上公車，至辛未始第，有才如此，遲十年進士。同人雖幸其遇，輒相對恨晚。既令黄巖，清净醇一，循良有聲。又爲忌者所中，移調外黄。以汝珍之才，屈首外吏，百里方幅，騏驥短轅，都人士方吁嗟不均。反中文法，罷上考，被撲擊賣請者，又何戒也？

汝珍素落落，自出春明門，耻以赤一通貴人。間與同門生交善，移書叙勞苦，亦《詩》之「風雨如晦，鷄鳴不已」耳。忌者害其能，復網羅入獄。嗚呼！語言交際，人所時也，汝珍以此獲罪，可以無怨。然古來憂愁羈旅，囚奴放廢之士，入圜土，對獄吏，類有不平之鳴。上書魏闕，冀望一悟，如鄒陽、江淹之流者，詞章不少④。汝珍疾呼自明，必有哀而援手者。然終不辨也。久之出獄，步歸，陽陽如昔。芒鞋所至，抱書自隨，於古詩賦歌篇、文章雜體，沉酣極神，曠然天地。

昨者過余，出以相質，騷雅奇麗，絶似陳思《白馬》。最後出所序，則悲歌慷慨，龍門復生矣。玄升廉吏，令滋陽，日苴衣草食，不受民間一錢。猥以剛正摧折，趣死不避，國門士大夫盡能言之⑤。汝珍親見形狀，筆疏所記，所謂肉虎狼、冰鼎鑊者，非耶？昌黎、柳州詩文，爲唐朝稱首，其書張睢陽、段太尉事，尤稱集中之冠。近代王弇州著述最富，自言所得意者，無如馮廷尉父子一傳⑥。汝珍殆有其意乎？

夫《虞氏春秋》，著自窮愁⑦；《離騷》之經，成於放逐⑧。設汝珍今日高牙大纛，嗚角列仗，出入愉快，度所經營，不踰簿領，安得有幼渺萬篇、歌聲金石如是集者？余所以讀竟而更賀汝珍之不仕也。

【箋注】

①此序同年曹宗璠古文集。曹宗璠，字汝珍，金壇人。康熙《金壇縣志》卷九：「曹宗璠，字汝珍。大章孫。崇禎辛未進士，授黄巖知縣，調封丘縣。歸里，後起上林苑監丞。璠好古，喜讀書，詩宗温李。所著有《崑禾堂集》行世。」此序用史傳筆法，結尾又翻出一層，出乎常意。感情强烈，富有張力，堪稱佳篇。張溥重經濟，潛心經史，意在資於今世，傳於將來。其文學觀爲正統文道觀，並在此文道觀上更注重實用，有强烈之用世色彩。其文章，則多用史傳筆法，對於社會治亂物事人情，均從史家眼界進行闡述，感情多較爲内斂。其佳篇，多在其感情强烈者，惟强烈，故能以情動人。

②峨雪太史：即曹勳，字允大，號峨雪。光緒《重修嘉善縣志》卷十九《名臣》：「曹勳，字允大，號峨雪。崇禎元年會試第一，授庶吉士，歷官禮部侍郎。時門户角立，勳負時望，在講筵每隱護正類，侃侃言之。乙養十年，留都召起，見時事難爲，規切相臣。先是魏大中以葩經授徒，勳兄事之。及魏被逮，周旋患難，作長歌送别。後科臣黄紹傑、樞部賀王盛論劾首揆，上震怒，勳昌言于朝，獲免重譴。吏垣章正宸言事下獄，勳請救得釋。以母憂歸隱東千，自號東千釣叟。嘗爲善邑虚糧入郡詣當道，義形于色。嘉秀亡賴蜂擁爲暴，輿蓋迸裂。勳精于《易》，著《易説》三卷及《存

笥》《行篋》《未有居》《東干》諸集，卒祀鄉賢。子爾堪，有傳。」生平詳見姚思孝《禮部右侍郎兼翰林院侍讀學士進階正治卿中奉大夫峨雪曹公暨配二品夫人徐氏合葬墓誌銘》。

③ 瓶庵大參：疑爲曹爾堪，字子顧，號顧庵。吴山嘉《復社姓氏傳略》卷五：「曹爾堪，字子顧，號顧庵。禮部侍郎勳子。順治丙戌舉人，壬辰進士，官侍講學士。性强記，諸璫屑事，能舉其原委，人一見輒不忘。若輿圖要害、山川形勢指畫纖悉，聽者神竦。當世以大用期之，後因詿誤鐫級，尋罷官歸。優游田園，偕二三老友，選勝賦詩。有《南溪集》。」

④ 鄒陽獄中作《獄中上梁王書》，江淹獄中作《詣建平王上書》。

⑤ 《明史》卷二百六十六《成德傳》：「成德，字玄升，霍州人，依舅氏占籍懷柔。崇禎四年進士。除滋陽知縣。性剛介，清操絶俗，疾惡若讎。文震孟入都，德郊迎，執弟子禮，語刺温體仁，體仁聞而恨之。兖州知府增餉額，德固爭，又嘗捕治其牙爪吏。知府怒，讒於御史禹好善。好善，體仁客也，誣德貪虐，逮入京。滋陽民詣闕訟冤。震孟在閣，亦爲之稱枉。德道中具疏極論體仁罪，而震孟已被體仁擠而去之。好善再劾德，言其疏出震孟手，帝不之究。德母張伺體仁長安街，繞輿大罵，拾瓦礫擲之。體仁恚，疏聞於朝。詔五城御史驅逐，移德鎮撫獄掠治，杖六十午門外，戍邊，坐贓六千有奇。」

⑥ 《弇州續稿》卷七十六《馮廷尉京兆父子忠孝傳》：「余入朝所睹接諸老先生，能言馮御史父子忠孝事，蓋未嘗不津津致執鞭之慕也。」《弇州續稿》卷五十三《馮咸甫竹素園集序》：「余故慕稱廷

尉馮公之忠，而生左不相值，意甚恨之。而又慕稱廷尉公之子京兆君孝，而又不相值。」

⑦《史記》卷七十六《平原君虞卿列傳》：「虞卿既以魏齊之故，不重萬户侯卿相之印，與魏齊閒行，卒去趙，困於梁。魏齊已死，不得意，乃著書，上採《春秋》，下觀近世，曰《節義》《稱號》《揣摩》《政謀》，凡八篇。以刺譏國家得失，世傳之曰《虞氏春秋》。」

⑧《史記》卷八十四《屈原賈生列傳》：「屈平疾王聽之不聰也，讒諂之蔽明也，邪曲之害公也，方正之不容也，故憂愁幽思而作《離騷》。離騷者，猶離憂也。」

顧麟士四書説約序[一]①

海内善説經者，並推楊子常、顧麟士兩公。一出門，走問經義者牽挽相屬，四方之士赫蹏質疑，裁對不休。予語之：「公何不退而著書，遠近來學，各厭其意，多語言簡牘僕僕爲？」兩公笑不應。此蓋辰巳年間事也。又十餘年，麟士《四書説約》成。嚮者不輕諾予，彼固心許之，久而始出，著書固不易也。

子常多才藝，通琴奕。少習舉子業，精麗美好，時流賞歎。後盡棄去，專心經學。四書疑義，口誦筆記，箋滿籬壁。暑月置大甕，納兩足，漏盡畢讀。或譏爲迂闊，塞耳若不聞者。麟士工於詩賦，稗官小説，劉覽極博。既知爲卮無當也，横經終日，屏絶故書，巾笥几榻〔二〕，蚊脚字遍大段《五經》四部書耳。

予往日與受先掩關相對，每拈一題，必互設辨證，坐分明，方得布紙。出示兩公，拊手曰：「可。」兩公患經義蕪茀，分部考究，窮人物，探名象；既而發道理之指歸，循聖賢之語氣。始猶噭張叫號，獲一新解，指掌飲酒，急以告人；徐漸沉默，平心虛觀，求一至是，驚喜内得，非復昔態。獨行三十年，解説裁就。誰謂《四書》可輕讀哉！

紫陽夫子初學《論語》，撰集二程、張氏諸儒凡十二家，名《集義》。後復斷以己意，名《集註》。《集註》既成，又論次取舍，别爲《或問》。窮年孳孳，稱量精密〔三〕，緩急先後，字各有意。今世學者，忽略不觀，一言朱子，即以童子師目之。風雲萬篇，奥眇無際，及問當章，呿吁莫應也。麟士此書，涵泳本文，始及朱註；涵泳朱註，始及他註。宋元國朝諸解，羅列左右，長短悉見。而後以案括之。是案也，非顧子之言也。先儒言之而顧子明之，猶陸績之《述玄》②，如網在綱，有條弗紊也。

予粗喜讀書，間覽百家，過目輒忘。白駒決隙，不及追憶。獨經書本等常念心胸，未容舍旃。又痛聖人之言，一變而論策，再變而辭賦，莫有定宣明之章句，斷北宫之問難者，得麟士可無憾矣。註疏病簡，而麟士之書詳；講義病繁，而麟士之書約。繇此以往，《五經》定本，絡繹繼作，登堂入室，事在吾徒。予竊慶婁水一隅，未必不爲漢之濟南千乘也〔四〕。

【校記】

〔一〕本篇又見顧夢麟《四書説約》明崇禎本張溥《四書説約序》（以下簡稱「《四書説約》本」）。

〔二〕「笥」，《四書説約》本作「箱」。

〔三〕「稱量」，原作「秤量」，據《四書説約》本改。

〔四〕《四書説約》末署「社盟弟張溥題」。

【繫年】

據顧夢麟《四書説約》二十卷崇禎十三年織簾居刻本，可知此文作於崇禎十三年（一六四〇）。

【箋注】

① 此序顧夢麟《四書説約》。《四書説約》二十卷，顧夢麟纂輯，楊彝参定，崇禎十三年織簾居刻本，前有張溥、錢肅樂、楊彝等序。

② 王應麟《玉海·藝文》卷二《易下·漢揚雄太玄》：「揚氏本自《玄首》已下至《玄告》凡十一篇，並漢宋衷《解詁》。吴陸績釋而正之，爲《述玄》，並依舊本分贊辭爲三卷，一方爲上，二方爲中，三方爲下，次列《首》《衝》《錯》《測》《攡》《瑩》《數》《文》《挩》《圖》《告》十一篇。」

偶存草序①

予少侍先君子，嘗聞稱述耿楚侗宗師得士之盛②，南國杞梓，無不盡也。於吾婁則最賞管登之③、楊仁父兩先生，皆連翩得氣，有名南宫。登之先生博論名理，著書充棟，卷帙與《弇州山人集》相埒，羅致者費二縑可得全。仁父先生詩筆文詞，余父行尚有能誦記者。後生小子，輒多未習。私心竊怪兩先生同里翱翔，並遭水鑑，一隱一顯，幾十年間，何以懸殊。起而明之，責在後死。文子文孫可不勉乎！

一日，楊起文偕胡序九、其章兄弟過余④，出刻稿一卷，則仁父先生古文詞也。余讀未半，攝衣懼喜。諸文卓爾，篇各具體，洋灑紙上，馬班儔也。先生年少進士，爲興國州大夫，與其地吴川樓才子莫逆交⑤，唱和酬贈，頗似瑯琊、濟南。先生性不近仕宦，而生平轍跡大半在楚。予讀其所撰《王仲宣樓記》，愴然悲之。仲宣三世台衮，逢時多故，託身非所，雖受書陳留，焦尾之歎，感慨略同。仁父先生固名邦宰乎？抵華屋，歷青闥⑥，何所不可？而鬱鬱丞郎間，不免隨俗折腰，宜其不平之鳴。借古發抒，「晴川」「芳草」，資其長吟；異人異代，「鸚鵡」「黄鶴」，遥相和也。至《策楚士》數篇，宏雅不群，足稱儀矩。使先生領司文之席，進多士於庭，軒輊衡石，湘蘭蘅芷，盡列階户，其卓犖可觀，必有左元長，右樂安者。而僅以才名見知，代彼匠斲，撫膺荆山，投刀欲起，予同州序，想見太息。况其後賢讀父書，揚祖德，攬搴遺翰，豈特栝棬袍笏而已哉！

起文好學博覽，必大家聲。案上故牘，敗煤蛛網，世俗子弟，棄去弗觀。獨能討音追蹤，得先世手澤，灑濯弊紙，使不灰没，此亦楊氏之《魯靈》《蠶叢》也。郭明龍先生館閣鉅儒⑦，大文炳曜，咸出興國大夫門下。仁父先生所得士，不滅楚侗宗師，亦一異云。

【箋注】

①此序鄉賢楊士元《偶存草》。楊士元，字仁甫。民國《太倉州志》卷十九：「楊士元，字仁甫。隆慶五年進士，授裕州知州，時年二十四。以請罷市税忤上，謫廣東鹽課提舉，不名一錢。擢興國知州，治盗賊，正賦籍，立礦禁，修城郭，建謝枋得祠。居五年，陞襄陽同知并攝府事。建雙溝、吕堰諸陂梁，皆以俸助之。尋授南京兵部員外郎，乞養歸。卒年四十七。」

②耿定向，字在倫，號楚侗，一號天臺，黄安人。嘉靖三十五年進士，官至南京右都御史。卒年七十三，贈太子少保，謚恭簡。以儒學名家，人稱「天臺先生」。生平見《明史》本傳。

③管志道，字登之，號東溟。太倉人。顧沅《吴郡名賢圖傳贊》卷十一《管志道傳》：「公姓管諱志道，字登之，號東溟，長洲人。隆慶五年進士，授南京兵部主事。時衛卒苦貢舶，公言於尚書裁去三百，攤於江濟二衛中，資水夫餼。丁外艱，服除補刑部。念天下事大可爲者九，遂條上其重者。復議崇講學，開言路，且卹直言廷杖諸臣。忌者嗾居正以前奪情，時公實與吴中行、趙用賢謀，乃出公按察僉事，分巡嶺東。年當彊盛，御史舉大計，寘老疾罷。居正敗，抑者皆起而公如故。以臺疏還舊官，未久致仕。又三年薦起湖廣，言者復尼之，乃歸。譽望益起，從者甚衆。著書凡數十種，俱閎博辨晢。年七十二卒，葬鐵山。贊曰：裁艘蘇困，拜疏斥權。閉户著書，博辨無前。」

④楊宗發，字起文。乾隆《武進縣志》卷十：「楊宗發，字起文。父珮玉，嗜書工詩。客有乞聯媚逆璫者，珮玉援筆書『興晉有心甘載塊，霸吴無術學吹簫』付之，其人咋舌去。宗發少負奇，家貧骨立，意氣灑然，殊自得也。問學於惲日初。尤工詩，軼才縱發，險不傷理，質不傷俚，其勝處足以平視東野、長吉。性耿介，婦病，有贈以參餌者，强之後受。已乃檢笥中古硯，密置其人案上去。顧亭林稱其『行身甚狷，文筆甚狂』，兩語足盡其平生。年四十二卒。著有《白雲樓集》若干卷。」

⑤吴國倫，字明卿，號川樓子、南嶽山人等，武昌府興國州（今湖北陽新縣）人，嘉靖、萬曆年間著名文學家，與李攀龍、王世貞、謝榛、宗臣、梁有譽、徐中行等七人並稱「後七子」，著有《藏甲巖稿》《甔甀洞稿》《陳張事略》《吴川樓集》《續吴川樓集》《春秋世譜》《訓初小鑒》等。

⑥青闥：即青瑣闥，宫門，借指皇宫，朝廷。范雲《古意贈王中書》：「攝官青瑣闥，遥望鳳凰池。」

⑦郭明龍，名正域，字美命，江夏人。湯顯祖同年進士，授編修，歷禮部右侍郎。萬曆三十一年「癸卯妖書」案起，正域幾不免。舉朝不平，事得寢，卒於家，年五十九。傳見《明史》卷二二六。

雅似堂集序①

吾友黄海岸先生，兩任理官，平獄績最。方駕朝車，忽脱衣冠，入廬山，薙髮不復出。予至禾城，於吴子來之座上〔一〕，爲文子燈巖言之，相對歎異，擬上書招之東下，爲孔墨規瑱之獻。而燈巖心獨喜〔二〕，謂此無庸爲，任其蒲團十年，則從赤松子遊耳。

張子受先、楊子維斗皆儒者。受先力持正學，見大顛、參寥之徒色然而怒。維斗則少長虔奉，樂與之遊。余處二子之間，間助受先，而於維斗亦不甚非，頗類模稜。然究竟所竊議者僧也，非佛也。佛千世不一見，髡而僧者，數則與齊民等。使世果有脱屣高騫、閉形深谷如我海公，即惻隱周物，剞四體，捐毛髮，務生全之。顧法所不可，手握丹筆，涕泣立斷，未或少假。見牧隸童孺，噢咻拊摩，如慈母乳哺。及大義奮發，身執貙虎，百年反冤，豪貴莫動。此蓋深於仲尼、子弓之道，修實糞本，而後能豁然大空，非駕虚求名、竟以空入者也。

燈巖，其門弟子，守師學最真。司法五載，奏政異等。大浙東西，誦明允者，咸彷效爲治。然累牘平反，活民命者幾千萬。而豺狼大奸，志在掃除，不顧一家之哭。家刻木主，户誦聖君，聲滿全越，未嘗色喜。而一夫反唇，則大笑受之。其神明無物，直海公耳。海公詩文偈疏，大都禪趣。下士讀之，不得輒解。燈巖諸集，備具各體，必臻極境。即草書數字，讞獄口斷，聚録成帙，不滅玉帖張判。昌黎有言：「信陵執轡，必在孔門。」②誠哉！其不易也。

南州姜夫子典試南國，江右名士，舉於雍者燈巖與楊子機部、丁子維熙，海内並推宗工。雖熙往矣，燈巖、機部學日富，文日奇，今且漸至於不可加度。吾師左右顧眄，荆澤唱和，盛山十二，猶有人焉。余病無文，燈巖不棄而屬以簡首，念師友而存兄弟，何其篤也。信國子孫③，著者在江右吴門，惟我燈巖，克光大之。海公縱處山隅，必樂觀其盛，孔珪、周顒俱斥鷃耳④。

【校記】

〔二〕「於」下，原衍一「於」，逕删。

〔三〕「心」下，原衍一「心」，逕删。

【箋注】

① 此序文德翼《雅似堂集》。文德翼，字用昭，號燈巖。詳見《合集·近稿》卷一《文用昭稿序》注。《雅似堂集》明崇禎刻本含《雅似堂文集》十一卷《詩集》一卷《訟過録》一卷，北京大學圖書館藏。前僅有文德翼自序，無張溥序。

② 語見韓愈《韓愈文集》卷八《答吕毉山人書》：「惠書責以不能如信陵執轡者。夫信陵，戰國公子，欲以取士聲勢傾天下而然耳。如僕者，自度若世無孔子，不當在弟子之列。」

③ 信國：即文天祥，字履善、宋瑞，號文山，吉州廬陵人。封信國公。聞元軍南下，乃於贛州組義軍。赴臨安，任爲相。兵敗被俘，寧死不屈。作《正氣歌》以明志。著有《文山先生全集》等。生平見《宋史》本傳。

④ 斥鷃：即鷃雀。《莊子·逍遥遊》：「斥鴳笑之曰：『彼且奚適也？』」

韓芹城詩文稿序①

與芹城同舍讀書時，私論今日著作，詩非三百篇，騷非屈原，賦非司馬、揚雄，序事非《左》《史》，論難非《莊》《孟》，雖工弗善。乃取東漢以來文詞，比長絜短，經年浩嘆。乃知此言徒然近于夢憶，栩栩蝴蝶，未知有無也。

少學舉子業，最痛時人阡陌。比摹古文，憂時之感甚於帖括。時藝倣古，成弘而下，尚多善作。傳世用世，其道非殊。若追述古文，魏晉疵瑕，何言唐宋？是故論詩文于今日，猶《春秋》之論人，節取而已②。芹城心傷之，著書十餘年，思復古甚力。微詞奥義，形于酬對。家盈萬軸，日涉百卷。求其當意，惟六經二史。多怪少可，讀書所忌。然取法貴上，忠恕之道，不能復施。昌黎戛戛③，賢于子瞻萬泉④，誠非得已。

楊子伯祥爲文酷似荀卿，喜讀芹城詩辭文字。清風朗月，高誦一篇，如彈《别鵠》，予樂與和。荆軻飲酒，高漸離擊筑，非燕市人乎？若是者，相知深也。古文之難，惡多語助，欲直去之，情又不接。向槭宋九青：「近悟古文一法，全在百尺無枝。」昨又寄書云：「流連反覆，烏能已已。學古之始，苦于不達。既達，苦于不簡。能簡，又苦其易盡，增字減字，談何容易！縱觀古今，設字方難，未敢遽議增減也。」

芹城于古，衣食寢處，自其童幼。余欲序論，實懼紙費。復念胡廣《官箴》⑤，蔡邕《典引》⑥，其人雖遠，其志猶存。竊取在我，未遑多讓。羔羊素絲⑦，吾黨所勉。想高議于雲臺，垂空文于草莽，亦夙夜之簡書也。

芹城貧不思富，貴不求滿，從容文史，託足高厚。洛陽治安，少陵懷主，酒歌行游，其指咸在忠愛涕笑，禽魚知感。若使善不可爲，文真焉用？予其隱乎？否則，願抱韓子不刊之書，曠蕩終古矣。

【箋注】

① 序同年韓四維詩文稿。韓四維詩文稿今存《叢桂堂詩集》二卷附《館閣試詩》一卷，崇禎八年刻本，前有王佐、韓四維序。

② 《左傳·僖公三十三年》：「《詩》曰：『采葑采菲，無以下體。』君取節焉可也。」杜預注：「葑菲之菜，上善下惡，食之者不以其惡而棄其善，言可取其善節。」

③ 戛戛：艱難貌。韓愈《答李翊書》：「惟陳言之務去，戛戛乎其難哉！」

④ 蘇軾《自評文》：「吾文如萬斛泉源，不擇地皆可出，在平地滔滔汩汩，雖一日千里無難。」

⑤ 《官箴》：即《百官箴》，東漢胡廣撰，四十八卷。《後漢書》本傳謂胡廣繼揚雄、崔駰等之後，作箴四篇，文辭典美，因而通篇撰次首目，加以解釋，合成《百官箴》。

⑥ 《典引》：東漢班固撰，蔡邕注。一卷，已佚。《文選》録有《典引序》一篇。

⑦羔羊素絲：《詩·召南·羔羊》：「羔羊之皮，素絲五紽；退食自公，委蛇委蛇。」毛傳：「小曰羔，大曰羊。素，白也。紽，數也。古者素絲以英裘，不失其制。大夫羔裘以居。」後以「羔羊素絲」稱譽士大夫正直節儉、内德與外儀並美。

史書序〔二〕①

姚伯子讀史二十年，著成一書，體仍編年，文尚簡括。自太昊以來，迄於胡元至正之末，積四千餘年，裁成十卷，大事畢備。其書以二十一史與司馬《通鑑》、朱子《綱目》爲本，間考各家論議〔三〕，折衷可否，以就筆削。藁凡三易，方登几案。始猶博綜，繼歸典要。前人舊文，寧減毋增。意欲一句一字，包含本末，極其苦心，亦鄧潛谷《函史》②、張九岳《史餘》之流也③。但鄧、張之書，卷帙衆多，鈎深致遠，學者難盡。伯子獨以約造功，使人稽覽。當其窮朝畢晷，吟詠探索，正史旁史，雜然來會。折獄聚訟之家，竄改鼠璞之字，閣筆不下，久而後成。篇卷既定，持贈學者。則巾笥囊被，可攜而往。袚袵山巔，孤遊萬里，不假僮僕，不資車馬，抱此一書，往古興亡，悉在襟帶。始知造之者勞，讀之者逸，伯子之功，其輪扁乎？

東漢以後，好學之士，莫盛於宋。然《通鑑》既出，温公嘗苦人不讀，每云能訖一遍者，唯王勝之，餘多睡去④。今古學大開，《史》《鑑》諸書，家貯一本，覽誦不倦，爲勝之者往往而有。余竊謂此事可以傲宋，又得伯子助理，關梁大通，行人無苦，起痿杖盲，當望長治。瞀友嚴永思著《通鑑補》⑤，亦閱二十年成書，文卷三倍於昔。史家大觀，足裨館閣。然有永思之博，不可無伯子之約，二書表裏，衣被飲食天下有餘矣〔三〕。

【校記】

〔一〕本篇又見姚永明《史書》崇禎十年刻本張溥序（以下簡稱「《史書》本」）。

〔二〕「考」，原作「攷」，據《史書》本改。

〔三〕《史書》本末署「婁東友弟張溥題」。

【繫年】

據姚永明《史書》十卷崇禎十年刻本，可知此文作於崇禎十年（一六三七）。

【箋注】

① 姚永明輯《史書》十卷，明崇禎十年刻本，北京大學圖書藏，《四庫全書存目叢書》史部第一五〇册據此影印。前有張溥序、吴應箕序（末署「崇禎丁丑春貴池友教弟吴應箕撰」）、周鍾序、盛順序（末署「崇禎十年仲春丹陽友教弟盛順題」）。卷一正文前題「婁東張溥天如監定　休寧姚伯子允明汝服著」。《四庫全書總目》卷六十五《史書》十卷：「是書自三皇以訖元代，摭採史文，節縮成編。前有張溥、吴應箕二序，蓋亦依附復社者。故書止十卷，而卷首列參閱姓氏至二百八十三

人，其聲氣標榜，可以概見。」

②鄧元錫，字汝極，號潛谷。見《合集·近稿》卷一《余岸少廣易序》注。鄧元錫《函史》，仿鄭樵《通志》作，上編八十一卷，下編二十一卷。

③張萱，字孟奇，一字九岳，别號西園，廣東博羅人。萬曆壬午中舉人，官至平越知府。博學好古，家藏萬卷，自天地、陰陽以及兵、農、禮、樂、元乘、韜略無不探討淹貫。所著述已梓行者《西園存稿》《匯雅前後編》《古韻》《疑耀》《匯史》《史餘》《聞見録》《六書故》《雲笈七籤》《唐摭言》《三朝政要》《北雅心口語》《蘇文忠寓惠録》《八宅周書》《陰宅四書》《西園大惑》。傳見康熙《廣東通志》卷一六。

④洪邁《容齋隨筆》卷四《張浮休書》：「又有答孫子發書，多論《資治通鑑》，其略云：『温公嘗曰：「吾作此書，唯王勝之嘗閲之終篇，自餘君子求乞欲觀，讀未終紙，已欠伸思睡矣。書十九年方成，中間受了人多少語言陵藉。」』云云。」

⑤嚴衍，字永思。邱樹森《中國歷代人名辭典》（增訂本）：「嚴衍，清初學者。字永思，一字午庭，號拙道人，江南嘉定（今上海嘉定）人。明末秀才。攻史學。曾與弟子談允厚撰《資治通鑑補》，初稿成，又以十年心力改輯之，指出《通鑑》有漏、複、紊、雜、誤、執、誣七病，遂補内容二十一項。書成後長期未刻版，至道光、咸豐間方漸流傳。」黄淳耀《嚴永思先生七十壽序》（《明文在》卷五十三）：「吾邑嚴永思先生，讀史三十年，嘗患司馬氏《通鑑》多所闊略，遂爲發凡舉例，是正其書。

闕者補之，訛者訂之，人有做詭倜儻者收之，文有關係治道者采之。美如四皓安劉，章章見於馬班之書，而爲《通鑑》所不録；惡如華太尉破壁取后，僅見于吴人所作《曹瞞傳》，而爲《通鑑》所輕信，皆别白而去取之。旁行敷落，間見錯出。其大旨歸於成人之美，不以成敗論英雄，不以聖賢大學之道，格一切非常可喜之士。蓋先生之用心爲至仁矣。」

豹陵二集序〔一〕①

侍御眉居梁公再刻其《豹陵集》成，凡二十五卷。讀者驚曰：「先生著書多矣！後生小子，愧未卒業。不數月，又受讀焉。先生教誨人，何無已也？」既終卷，詩歌傳記，尺牘讞辭，群體皆備。歷宣雲，涉淮泗，尚羊吴越，足跡幾天下半。大而賈生痛哭之言②，小而張鶯龍鳳之判③，文非虚作，多廼益工。周有柱史李耳，嘗主柱下方書，今不知柱史胸中自有書也。

公初入臺，彈劾邪貴，正色不避。海内志義之士，傳誦其文，有泣下者。浙右大獄，人盡斂手，公至立決。爰書金石〔二〕，旦夕奏定。拔劍當車，持戟遮宫，其天性也。才藻横溢，奇文葩流，江南麗什，成吟馬上。陳留碑板，信手立得，繡衣持斧，人謂公勞。而後車却載，莫非論述。至書法極神，牓額石帖，士林争慕。東南勝遊，蘭亭金谷，錯趾間有。登堂斐然，則梁公題字也。北齊辛毗，清幹自喜，嘲劉逖文學，譬若朝菌，不比千丈松樹〔三〕。劉答以何如寒木，又發春華④？公之守法不阿，其寒木乎？文章贍國，其春華乎？

令子大行公博雅方正⑤，名重廊廟，持節皇華。簡書夙夜，輶軒所至，訪遺文而摘油素⑥，必有以廣父傳者。膺少卿之符策，兼龍門之掌故。高麗百濟，競購新書，寧但稱奇户牖，馳聲中夏哉〔四〕！

【校記】

〔一〕本篇又見梁雲構《豹陵集》清順治十八年梁羽明刻後印本卷首張溥《豹陵集序》（以下簡稱「《豹陵集》本」）。

〔二〕「金石」，原作「今石」，據《豹陵集》本改。

〔三〕「千丈」，原作「十丈」，據顔之推《顔氏家訓·文章》改。

〔四〕《豹陵集》本末署「治弟張溥書」。

【繫年】

據梁雲構《豹陵集》清順治十八年梁羽明刻後印本申佳胤《豹陵集序》末署「崇禎戊寅莫春平干申佳胤沐手題於水鏡堂」，可知此序作於崇禎十一年（一六三八）。

【箋注】

① 此序梁雲構《豹陵集》。梁雲構，字眉居。《河南通志》卷五十七：「皇清梁雲構，字眉居，蘭陽

人。明崇禎戊辰進士，擢御史，巡按宣、大、廬、鳳，皆有偉績。陞操江巡撫。會左良玉兵自湖廣南下，江南震恐，雲構移書以大義責之。國朝授左通政，轉大理寺卿户部侍郎。開創之始，籌畫咸宜。卒賜祭葬，謚康僖。順治八年祀鄉賢。」《豹陵集》二十六卷，梁雲構撰，清順治十八年梁羽明刻後印本，《四庫未收書輯刊》七輯第十七册據是影印。前有顧錫疇、韓敬、蔣德璟、王思任、佚名、張溥、李建泰、申佳胤等序，林增志題辭。

②《漢書》卷四十八《賈誼傳》：「誼數上疏陳政事，多所欲匡建，其大略曰：『臣竊惟事勢，可爲痛哭者一，可爲流涕者二，可爲長太息者六，若其它背理而傷道者，難遍以疏舉。』」

③《宋史》卷二百七《藝文志六》：「張鷟《龍筋鳳髓判》十卷。」《四庫全書總目》卷一百三十五《龍筋鳳髓判》四卷：「然鷟作是編，取備程試之用，則本爲隸事而作，不爲定律而作，自以徵引賅洽爲主。」

④顔之推《顔氏家訓》卷四《文章》：「齊世有席毗者，清幹之士，官至行臺尚書，嗤鄙文學，嘲劉逖云：『君輩辭藻，譬若榮華，須臾之翫，非宏才也；豈比吾徒千丈松樹，常有風霜，不可凋悴矣！』劉應之曰：『既有寒木，又發春華，何如也？』席笑曰：『可哉！』」

⑤大行公：梁雲構子，生平待考。《清史列傳》卷七十九《梁雲構傳》：「廕一子入監讀書。」

⑥油素：光滑之白絹，多用於書畫。揚雄《答劉歆書》：「天下上計孝廉及内郡衛卒會者，雄常把三寸弱翰，齎油素四尺，以問其異語。」

張伯陽樂書序①

浦江張伯陽先生徒步入婁江，扣扉請見，出其著書四卷，一曰《樂則》，一曰《六樂真傳》，一曰《原易篇》，一曰《天皇五紀》。大指以樂爲本，《易》書曆法與律吕一貫。予適偕楊子常、顧麟士、王惠常諸子同坐質疑。伯陽兩目雖盲，誦書如流。又辨字析音，蹙口出聲，翻手作舞，若降天神，來地祇，可食頃間。竊心異之，探著述所出。自云年二十夢心古，究圖畫；三十寤寐得神語，知損一增三；四十悟《周易》，得聲律身度。又云揚雄《太玄·易》，洛下閎三分損益，京房六十調，祖孝孫八十四聲，傳習多舛，非知道者。更嘆予未聞，河漢無極，樂律聲微，儒家訟藪，牛何懷憾，范馬反脣，前代之事，且勿具論。

仰觀本朝，衆推善樂，號爲天授者，莫如李教授文利。辨古三誤，謂黄鍾九寸，宫聲極濁，三分損益，其説皆非。特本《吕覽》含少之文，作《律吕》《元聲書》二篇②。一時學士大夫翕然信奉，以爲州鳩、師曠復見今日。而王尚書廷相、韓尚書邦奇獨心非之，痛加詆訶。近則即墨王丞邦直、黄梅瞿徵君九思，沉潛樂書，各有著論。王書云：「蔡氏《律吕新書》，歷十二辰而得十七萬七千一百四十七分，神妙爲言。而拘於黄鍾九寸，損益相生，變律半律，則不能和聲而候氣。李氏主黄鍾爲三寸九分而生十一律，子午爲經，左右爲緯，升降清濁，妙協陰陽，可謂善糾察失。而以左律爲右律，與六九升陽、十二月箭，不免訛謬，尚出于一人之臆見。」③瞿書則云：「凡一律必屬次，屬州、屬域、屬禮、屬事、屬臟、屬時、屬物。令某次某州有災，即奏所屬之律禳之，則災除；某事某臟有疾，即奏所屬之律和之，則疾止。以之測景，而曆即合于律之候氣；以之候氣，而律即合于曆之候景。」兩家之學，雖未施用，亦由積累而得，言之不疑。邇更無有舉其姓名、考正得失者，知樂之教益荒矣。

伯陽窮老諸生，棲精律吕，六十始瞽，冥思鬼神。又二十餘年，自言功效，豈讓即墨、黄梅哉！《苑洛志樂》書成④，九鶴舞庭；椒山製十二律管，夢見大舜⑤。卒以權奸狻臂，直諫廢死，不究其業。伯陽奮起布衣，又目盲齒落，世可無忌。但恐深山日久，抱書獨坐，未能直達公卿，獻之當路。所望同志引手，乘其神明精爽，言步馳越，勤問早試，俾盡懷來。復爲懸之國門，昭示後學，則竇公《樂章》、伏生《尚書》長在人間，固文學儒林所樂道也。

【箋注】

① 張伯陽，待考。

② 李文利，明代律學家，福建莆田人。郎瑛《七修類稿·國事七·三無》：「若閩人李文利雜著《元

聲》一書，恐亦踵劉恕《外紀》、長孫無忌《隋志》、《李氏春秋》之故跡歟？」

③語見王邦直《律吕正聲·總叙》：「西山蔡氏折衷衆論，以著《律吕新書》，歷十二辰而得十七萬七千一百四十七分，絲分毫析，巧若天成，其爲書非不精妙也。但以黄鍾爲九寸，其損益相生之謬，變律半律之非，以之和聲而聲不和，以之候氣而氣不應。是漢唐以降之律吕，非三代以上之律吕也。至我朝李文利糾蔡氏之失，以著《律吕》《元聲》，以黄鍾爲三寸九分，而生十一律，子午爲經，左右爲緯，升降清濁，妙協陰陽，其所見非不卓然也。但其以左律爲右律，其六九升陽之訛，十二月箭之謬，是一人臆見之律吕，亦非三代以上之律吕也。」

④《四庫全書總目》卷三十八《苑洛志樂》二十卷：「明韓邦奇撰。邦奇有《易學啓蒙意見》，已著録。是書首取《律吕新書》爲之直解，凡二卷。前有邦奇自序，後有衛淮序。第三卷以下乃爲邦奇所自著。其於律吕之原，較明人所得爲密，而亦不免於好奇。」韓邦奇，字汝節，號苑洛，陝西朝邑人。正德三年進士，官至南京兵部尚書。性嗜學，自諸經、子、史及天文、地理、樂律、術數、兵法之書，無不通究。著述甚富。生平見《明史》本傳。

⑤黄宗羲《明儒學案》卷九《三原學案·恭簡韓苑洛先生邦奇》：「先生著述，其大者爲《志樂》一書。方其始刻之日，九鶴飛舞於庭。傳其術者爲楊椒山，手製十二律管，吹之而其聲合，今不可得其詳。然聲氣之元，在黄鍾之長短空圍，而有不能無疑者。」

劉闇然侍御古文集序①

嘉、隆之際，晉寧劉中齋先生以詩名天下②，與瑯琊、京山鼎足載傳③。而闇然侍御起，文章節義，克繩祖武。今讀其《止園雜録》，所謂劉尹古樹，高風復見也④。侍御歷宰劇邑，以治行第一擢臺端，昌言正色，望隆朝右。每封事出，海内延佇，有河清鳳鳴之歎。中州寇梗，詔選風力，越次受命。遂乘驄馬，入賊衝，軍書填委，五官並用。往時繡衣巡察，所彈壓者，止銅墨短長，郡縣枹鼓。獨闇然鋭身趨險，馳驅大河，分捍南北。賊徒角崩，拔跡遠逝；惡蟲避路，藜藿不採。使君之名，雄於叔虎。簡書既還，省方南土。復當群盜飛颺，危城接燧，符節所至，聞影輒解。賊至公來，公來賊去。柱史一行，踰嚴師十萬。京國聲歌，不異「淇衛」。

及俶裝還朝，琴鶴而外，擔書數囊，半出己作。想其馬上吟咏，吐飯揖客，酬對有餘，退食俄頃，義無閑暇，取適毫札，懷祭遵之投壺，並阮瑀之起草。古人非遥，在其襟帶。長公允升文武恢弘，酷類若父，知不久伏諸生間，以《止園》諸篇開疆啓宇，猶之問集《眉山》⑤，先讀《嘉祐》⑥。予得效其農歌轅議⑦，幸非虚矣。

【箋注】

①劉令譽，字闇然，山西洪洞人。詳見《合集·詩稿》卷一《劉闇然侍御尊人壽詩》注。

②劉應時，字子易，號中齋。劉廷相長子。民國《洪洞縣志》卷十二：「劉應時，字子易，號中齋。廷相長子。明嘉靖丁未進士，授户部主事，累遷員外郎、郎中，授直隸真定府知府。丁外艱，起補河南懷慶府、山東青州府知府，擢四川布政司參政、陝西按察司副使。天性穎異，十歲即解《易》學。官真定時，監三河廠税務，積弊清釐，絲毫不染。督運通州，會計明悉。上嘉之曰：『部官之精明任事者，惟劉郎中一人。』賜賚優渥。其餘裁冗清鍰，决河築堤，涇渭軍屯，計畝均徵，禱雨救荒，歷官皆著政績。巨盗陳良謨弄兵顔池鎮，設法擒之，誅兇散黨。後自四川歸籍，協建磚城有功，立專祠祀之。撫按疏聞，嘉賜羊酒花幣。復令整飭延綏軍務，有文綺白金之賜，録功超擢，爲中官所尼，遂致仕歸。丰致高脱，不邇世務，城東三里搆紫霞别墅，詩酒山水，仿洛社耆英故事。有《中齋先生集》《五山樂府》行世。祀鄉賢。」

③《明史》卷二百八十八《李維楨傳》：「李維楨，字本寧，京山人。父裕，福建布政使。維楨舉隆慶二年進士，由庶吉士授編修。萬曆時，《穆宗實録》成，進修撰。出爲陝西右參議，遷提學副使。……崇禎時，贈太子太保。……其文章，弘肆有才氣，海内請求者無虚日，能屈曲以副其所望。碑版之文，照耀四裔。……負重名垂四十年。」

④《南齊書》卷三十九《劉瓛傳》：「丹陽尹袁粲於後堂夜集，瓛在座，粲指庭中柳樹謂瓛曰：『人謂

此是劉尹時樹，每想高風。』」

⑤《眉山》：即蘇軾集。蘇軾爲四川眉山人，故以眉山代稱。

⑥《嘉祐》：即蘇洵《嘉祐集》。

⑦農歌轅議：鍾嶸《詩品·總論》：「諒非農歌轅議，敢致流別。」許文雨講疏：「此記室謙辭，農歌轅議，即太史公所謂其言不雅馴，薦紳先生所不道也。」

論世初編序①

項水心先生扁舟南還，著書滿篋，《論世編》其一也。《周官》「小史掌邦國之志，奠繫世，辨昭穆」②。楚申叔時論傅太子，云：教之《世》，而爲昭明德，廢幽昏，功與《春秋》《詩》《禮》《樂》並③。古人重世尚矣。秦火燔滅，太史失守。司馬子長纘成《史記》，取之《世本》。厥後代有國史，皆世學也。然三代史官，子孫其職，典守圖法，猶國君之社稷、大夫之宗廟。降在列國，掌典籍者，以籍爲民。是以能明其官，策書不廢。龍門扶風，並父子經營，克撰良史。晚代史才既寡，兼乏家學。承祚鞭撻之忿④，佛助斛米之譏⑤，重爲士笑，况其下者。是故正史訛而別史出，通史行而史評起。《漢晉春秋》抑桓氏之不臣⑥，《讀史管見》黜建炎之和議⑦，考其一班，固獲麟遺意也。

先生明天人，振絶學，師表當代，五難三長，直經緯餘事。乃猶厭承明之廬，友湖山而狎魚鳥，獨抱古人姓名，不與兔葵燕麥隨風蕩盡，鉛槧所及，鼓罷泣歌，適意而止。豈謂見諸行事，不若託諸空言乎？曩者殿上拜颺，九卿拱聽，越在山谷，牧夫蕘竪，無不聞也。卷《鶴鳴》之詩，爲《潛魚》之咏，唱呼陳人，裁及百數，好醜備形，如流立斷，無取有争閑田、訟不直者。始終謀篇，序巢由，訖信國，殆《世家》首吴泰伯，《列傳》首伯夷乎？夫人惟不能隱，則仕宦之累深；不能死，則君臣之道薄。然後知撫箕山而招八伯，歌正氣以來孔孟。作者之志，誠閎遠矣。子玄論史，上南、董曰「直」，中左、馬曰「文」，下史佚、倚相曰「博」。三者闕一，柱下有訾。觀于論世，蓋兼之也。

余本棘人，旦暮溝壑，猶不即死，得見先生之書，當所感慨，泣數行下。嗚呼！唐生即善哭⑧，所哭者太尉擊賊、尚書叱盜耳。下走亦原附斯義也。

【箋注】

① 此序項煜《論世初編》。項煜，字仲昭，號水心，吴縣人。徐鼒《小腆紀傳》卷十九：「項煜，字仲昭，號水心，吴縣人。天啓乙丑進士，授庶吉士。嘗抹江西艾南英文，爲所詆，怒，因磨勘，陷之停科。甲戌，分校會闈，抑陳大士而進李青，群論大譁。煜故以經藝名天下，耻之，納賄於嘉定伯周奎，求再入闈雪耻。而癸未會元所得又爲陳名夏，聲譽頓減。累遷少詹兼侍讀。甲申三月，疏請

南遷，爲給事中光時亨所持。城陷，與鄉人痛哭，將自裁，忽其甲戌門生黎志陞者排闥入，呼曰：『今日魏徵，非師而誰？』志陞固以山西學道降賊，爲僞尚璽卿者。煜方恨罵，而志陞竟挾之上馬去。煜既不死，即對衆曰：『大丈夫名節既不全，當立蓋世功名如管仲、魏徵可也。』已得僞太常寺丞，大沮。奉賊命祀泰山，馳驛微服走南都。適弘光帝登極，雜入朝賀班，爲衆所逐。尋與周鍾等同下獄。刑部尚書高倬爲煜乙丑同年，爲援助餉例，斂金出獄。而故里居已爲鄉人之討賊者所燬，不敢歸，走慈溪門生馮元飈之鄉村。明年，薙髮令下，衆揭竿起，擁煜入縣署。令王玉藻者亦癸未門生也，將爲煜地，衆復擁之西門外之太平橋，繩繫擲激湍中，噪曰：『今日真項水心矣。』元飈奔救之，氣已絶云。」崇禎十年，張溥等人在蘇州虎丘石佛寺密謀欲扶持周延儒入閣，項煜曾參與其事。

② 語見《周禮·小史》：「小史掌邦國之志，奠繫世，辨昭穆，若有事則詔王之忌諱。」

③ 語見《國語·楚語上》：「問於申叔時，叔時曰：『教之《春秋》，而爲之聳善而抑惡焉，以戒勸其心；教之《世》，而爲之昭明德而廢幽昏焉，以休懼其動；教之《詩》，而爲之導廣顯德，以耀明其志；教之《禮》，使之上下之則；教之《樂》，以疏其穢而鎮其浮；教之《令》，使訪物官；教之《語》，使明其德，而知先王之務，用明德於民也；教之《故志》，使知廢興者而戒懼焉；教之《訓典》，使知族類，行比義焉。』」

④ 《晉書》卷八十二《陳壽傳》：「或云丁儀、丁廙有盛名於魏，壽謂其子曰：『可覓千斛米見與，當

爲尊公作佳傳。』丁不與之，竟不爲立傳。壽父爲馬謖參軍，謖爲諸葛亮所誅，壽父亦坐被髡，諸葛瞻又輕壽；壽爲亮立傳謂亮將略非長，無應敵之才，言瞻惟工書，名過其實。議者以此少之。」

⑤《北齊書》卷三十七《魏收傳》：「文襄又曰：『向語猶微，宜更指斥。』愔應聲曰：『魏收在并作一篇詩，對衆讀訖，云：「打從叔季景出六百斛米，亦不辨此。」遠近所知，非敢妄語。』文襄喜曰：『我亦先聞。』衆人皆笑。收雖自申雪，不復抗拒，終身病之。」

⑥許嵩《建康實録》卷九《烈宗孝武皇帝》：「時温覬覦非望，鑿齒在郡，著《漢晉春秋》以裁正之。」

⑦李心傳《建炎以來繫年要録》卷一百七十五：「（胡）寅既退居，乃著《讀史管見》三十卷，論周、秦至五代得失。其論甚正，蓋於蔡京、秦檜之事，數寄意焉。」

⑧《舊唐書》卷一百六十《唐衢傳》：「唐衢者，應進士，久而不第。能爲歌詩，意多感發。見人文章有所傷歎者，讀訖必哭，涕泗不能已。每與人言論，既相别，發聲一號，音辭哀切，聞之者莫不悽然泣下。嘗客遊太原，屬戎帥軍宴，衢得預會。酒酣言事，抗音而哭，一席不樂，爲之罷會，故世稱唐衢善哭。左拾遺白居易遺之詩曰：『賈誼哭時事，阮籍哭路歧。唐生今亦哭，異代同其悲。』」

烹餘集序

老子有云：「治國若烹小鮮。」①儒者韙焉，縱横之士弗善也。漢承秦敝，務反簡佚，始黄老盛行。曹相國喜蓋公之説，治齊而效②。後代文終宰天下，清浄無變，號爲太平。司馬子長傳循良，於漢頗闕，《論六家要指》獨推尊老氏不置〔一〕。彼身見武帝好文，吏道嚴酷，不如反諸無爲，民稍休息。又心傷趙禹、張湯之徒，無一能如曹相國者，故廢弗道也。

臞仙令君沉湛六藝③，來莅鹿城。或導以韓子峻澗，商君變法，輒笑不問。既而政成，士歌民舞。簡視舊篋，積紙盈尺，皆詩文尺牘也。鹿城固劇縣，簿牒填委，金穀瑣屑。長令清晨視事，常至漏畢。積歲校之，文卷連屋。十吏給書，手腕欲脱。及《烹餘》刻成，會計之篇，雀鼠之辭，刊落都盡。即友朋唱酬，山水吟咏，摹搨誦碑，折鈎燒燭，已蟬連成部，風采可觀。昔謝客作詩，逢詩即録；張騭《文士》，逢文即書④。此皆得之閒暇，取諸他人。故能啁笑綦組，寫譽丹青。

臞仙坐擁百里，遊神極筆，偶成一體，瀾翻不厭。藏書簡首，名人題識，遍存手跡。宜其敝屣巾履，獨抗巖阿也。或謂一行作吏，未能免俗，焚去筆硯，猶病不繼。葉公多文，毋乃好事？然曹相國日飲醇酒，聞吏舍歌呼，遥與應和，齊不減治⑤，豈古文詞章反禁切⑥耶？雖有百城，不如一卷。能讀《烹餘集》者，吾與飲酒可也。

【校記】

〔一〕「要指」，原作「指要」，逕改。

【箋注】

①語見《老子》第六十章。

②《史記》卷五十四《曹相國世家》：「惠帝元年，除諸侯相國法，更以參爲齊丞相。參之相齊，齊七十城。天下初定，悼惠王富於春秋，參盡召長老諸生，問所以安集百姓，如齊故諸儒以百數，言人人殊，參未知所定。聞膠西有蓋公，善治黄老言，使人厚幣請之。既見蓋公，蓋公爲言治道貴清静而民自定，推此類具言之。參於是避正堂，舍蓋公焉。其治要用黄老術，故相齊九年，齊國安集，大稱賢相。」

③葉培恕，字行可，號耀仙，嘉善人。見《合集·近稿》卷四《葉行可令君稿序》注。張溥又有《合集·壽葉耀仙生日》《近集·賀葉耀仙令君考滿》。

④語出鍾嶸《詩品·總序》：「至於謝客集詩，逢詩輒取；張騭《文士》，逢文即書。」

⑤《漢書》卷三十九《曹參傳》：「日夜飲酒。卿大夫以下吏及賓客見參不事事，來者皆欲有言。至者，參輒飲以醇酒，度之欲有言，復飲酒，醉而後去，終莫得開説，以爲常。相舍後園近吏舍，吏舍日飲歌呼。從吏患之，無如何，乃請參遊後園。聞吏醉歌呼，從吏幸相國召按之。乃反取酒張坐飲，大歌呼與相和。」

⑥禁切：制約，束縛。

易學象義序①

盛茂卿先生既著《易林元篇》②，發明「十測」，表漢焦氏絶學。又集言《易》衆家，通理一書，名《易學象義》。誠心救世，何殷勤也。言《易》三家，田何之《易》，《易》之本經也；焦贛之《易》，陰陽災異之書也；費直之《易》，卦參彖象文言者也。今立學宫，止有費《易》。學者又以功名累心，各趣便説。大儒講誦，絃絶不聞。余心反側，思進此道，自惟不窮天下之書，不能解經；不盡衆經之理，不能説《易》。彷徨朝暮，苦無阡陌。

先生閉關珥村，頓成兩書，左弓右矢，起麋大澤，發無不中，亦《易》家一偉觀也。往者江南理學，盛於梁溪。先生少從顧涇陽、錢啓新、高景逸三先生遊，專問《易》學。啓新先生之論《易》也，窮畫始，辨像象，所著《管見》《像抄》，世鮮知者。至云始于《屯》，仍爲《屯》，終于《未濟》，仍爲《未濟》。吉州鄒先生歎爲公虚，望其提耳。黄梅瞿慕川先生讀而好之，謂可兼來梁山之《易註》③、章南昌之《象義》④、鄧新城之《易繹》⑤、楊少宰之《全書》⑥。梁溪後學吴叔美著《像象述》⑦，主於闡揚錢氏三書，書亦未顯也。百年之内，《易》有興者，其在茂卿先生乎？

先生好《易》，童時濡首，垂老彌篤。學《易》之法，直以身當之。言象不言義，猶人之形存而亡神也；言義不言象，猶人之神存而亡形也。統觀全《易》，有錯象，有綜象，有正象，有偶象；象有卦情，有卦畫，有大象，有中象，有爻變象，有占中象。爲象無窮，像象如之，像象無窮，義亦如之。行求萬山而得意一絃，鉛槧終身而取悟食頃。先生之志遠矣。《象義》，《易》之體也；《元籥》，《易》之用也。譬用兵然，《象義》主帷幄之中，《元籥》戰千里之外。《緜》之詩不云乎：予曰疏附，予曰後先，予曰奔走，予曰禦侮⑧。文王雖聖，合群才而後治功成；《大易》雖神，聚衆賢而後德行顯。盛氏二書，其《易》之疏附後先，奔走禦侮哉！

長君順伯學行經法⑨，模楷當世。次君璟幼而空群。二子即不業《易》，其得於《易》也必深。何則？子瞻《易解》，固受之明允也。

【箋注】

① 此序友人盛順之父盛如林《易學象義》。盛如林，字茂卿。詳見《近集》卷二《壽盛茂卿先生》注。民國《丹陽縣志補遺》卷二十：「盛如林，《古今易學象義》若干卷，《太乙大成》十二卷。徐乾學《傳是樓書目》九：「《易林元籥十測》四卷，明盛如林，八本。」

② 盛如林撰《易林元籥》四卷附《十測》一卷，崇禎刻本。

③來知德，字矣鮮，號瞿唐，别號十二峰道人。四川夔州府梁山人。嘉靖三十一年舉人，萬曆三十年以薦特授翰林待詔，不赴，詔以所授官致仕。黄虞稷《千頃堂書目》著録其《周易集注》十六卷。

④《明史》卷二百八十三《章潢傳》：「潢，字本清，南昌人。居父喪，哀毁血溢。搆此洗堂，聯同志講學。輯群書百二十七卷，曰《圖書編》。又著《周易象義》《詩經原體》《書經原始》《春秋竊義》《禮記札言》《論語約言》諸書。從游者甚衆。」

⑤《明史》卷二百八十三《鄧元錫傳》：「元錫之學，淵源王守仁，不盡宗其説。時心學盛行，謂學惟無覺，一覺即無餘藴，九容、九思、四教、六藝皆桎梏也。元錫力排之，故生平博極群書，而要歸於六經。所著《五經繹》《函史》上下編、《皇明書》，並行於世。」

⑥楊時喬，字宜遷，上饒人。嘉靖四十四年進士，官至吏部左侍郎。《明史·藝文志》著録其《周易古今文全書》二十一卷。

⑦《明史》卷九十六《藝文志一》著録：「吴桂森《像象述》五卷。」《四庫全書總目》卷五《周易像象述》五卷：「明吴桂森撰。桂森，字叔美，無錫人。萬歷丙辰歲貢生，嘗從顧憲成、高攀龍講學東林。又從武進錢一本學《易》。一本嘗著《像象管見》諸書，桂森本其意而推闡之，以成是書，名曰《像象述》，明師承也。」

⑧《詩·大雅·緜》：「予曰有疏附，予曰有先後，予曰有奔奏，予曰有禦侮。」

⑨盛順，字順伯，丹陽人，入復社，名見《復社姓氏傳略》卷三。

易書爻物當名序〔一〕①

《易》書寂寥，於今傷之。蓋善者不言，言者未必善也。時義散漫〔二〕，賞音益稀。追蹤前人，不如嘿嘿。黎子美周撫膺日久〔三〕，欲以東坡海外之文②，尋山陽枯冢之論，其事誠難。頃者讀《爻物當名》一書，則真仰青天、睹白日矣。

美周驚才絶代，詩歌古文，名書法篆，無不極致，顧其根據冥深，全以道勝。昔人謂春日秋水，未可高擬《内則》，猶徘徊牆外，以曹劉自限，烏足與語子雲哉！程子談《易》，必以身驗。晦翁守之，自知親切，不同河漢。其所持論，匕箸燕笑〔四〕，牀笫衣衽〔五〕，莫不有《易》。况頫仰興亡，綜觀成敗，文武得之，幽厲失之；周邵得之，滎公、皇甫失之。孔子，周人也，目睹行事〔六〕，測之以《易》，直寒煖饑飽〔七〕，時至立覺。固知聖人憂時之作〔八〕，挹損褒諱莫如《春秋》，深切著明莫如《易》。後人以《春秋》言治亂，不若以《易》言治亂之尤長也。

美周天性忠孝，讀史尤詳。遠覽近察，悉寓於《易》。以爻配事，以事例爻。不煩太卜立筮、詹尹拂龜③，吉凶瞭如，其明炳燭。畏正月之震電，懼桃李之冬華，河雒先兆，寧分今古？予次而序之，遑遑求索，非徒損益知止，白賁救奢也④。但美周方踔厲獨行，問津瞽者，余欲望爲龍門之壺遂⑤，病弗能矣〔九〕。

【校記】

〔一〕本篇又見黎遂球《周易爻物當名》明崇禎本張溥序（以下簡稱「《周易爻物當名》本」）。

〔二〕「時義」，原作「時易」，據《周易爻物當名》本改。

〔三〕「撫膺日久」，《周易爻物當名》本作「每爲撫膺」。

〔四〕「匕箸」，原作「七箸」，逕改。

〔五〕「衣衽」，《周易爻物當名》本作「居處」。

〔六〕「目睹行事」，《周易爻物當名》本作「目擊道存，行事備具」。

〔七〕「寒煖饑飽」，《周易爻物當名》本作「寒暑冷煖」。

〔八〕「固知聖人」，《周易爻物當名》本作「予嘗謂孔子」。

〔九〕《周易爻物當名》本末署「社盟弟張溥題」。

【繫年】

據北京大學圖書館藏《周易爻物當名》明崇禎十年至清順治三年刻本章美序末署「崇禎丁丑閏夏古吴社弟章美子充氏謹題」、黎遂球自序末署「崇禎歲在乙亥仲冬長至日番禺黎遂球自序」，又據章盛年《黎遂球年譜簡編》崇禎十年條「初春，渡江北上前，分寄書與張溥（天如）、張采（受先），又寄新著之《周易爻物當名》並友人黄聖年（逢永）所著之《説圃》《詩騷本草通》二種與張溥，請就教」，可知張溥此序作於崇禎十年(一六三七)。

【箋注】

①此序黎遂球《周易爻物當名》。《周易爻物當名》二卷,明崇禎十年至清順治三年刻本,北京大學圖書館藏。《四庫全書存目叢書》經部第二十三册據是影印。首張溥序,次章美序、徐世溥序、曾文饒序、黎遂球自序。又有中華書局一九八五年點校本。今人林士勳有《黎遂球〈周易爻物當名〉研究》,可參。

②釋惠洪《石門文字禪》卷二十七《跋東坡緘啓》:「東坡海外之文,中朝士大夫編集已盡,雖予之篤好者,亦以爲無餘矣。」

③詹尹,古卜筮者之名。拂龜,撣拂龜甲,以備占卜。《楚辭·卜居》:「心煩慮亂,不知所從。往見太卜鄭詹尹。」

④白賁:樸素之裝飾。《易·賁》:「上九,白賁無咎。」王弼注:「處飾之終,飾終反素,故在其質素,不勞文飾而無咎也。」

⑤龍門,即司馬遷。壺遂,武帝時任詹事,與司馬遷友善,常共切磋經義,並訂律曆。

徐中明易就序①

予少慕好邵、周、程、張五先生之書,讀而不全,慊歎若失。久之始得善本,則醉李徐京兆所刻於秣陵署中者也②。因念道學蓁蕪，風俗異尚，浮圖、老子之言盛行中國，齒及宋儒，垂頭塞耳，或目攝而笑之，孰有如京兆之鐫磨表章、大光學校者哉！序言搜羅儒林，頗費日月。二程完書尤少，更五羊、中州諸本，卷帙乃備。復歎其信好之深，羽翮濂洛，久而不衰也。

邇者獲交中明孝廉，乃京兆公子。余問起居何狀，則墓有宿草矣。中明乃大發遺集，使余遍讀之。最後出《易就》一書，則中明所自著也。《易》道閎深，義理象數，稱指各殊。惟伊川《易傳》本於茂叔，堯夫《先天》高出希夷，爲宋大儒所宗。中明趨庭之暇，習知源流，其説《易》也，直門庭書耳。

予幼習《易》，狃於俗學，空行三十年，未嘗一日望見。欲盡脱訓詁，獨求性靈，則中流失船，又畏溺也。竊妄奮發，思遍析諸經，然後專力治《易》，於是東《易》不談者有年矣。中明問序於予，是欲起喑者而語也，其何能焉？然退惟四聖之《易》，畫而象，象而爻，爻而翼贊。《易》至孔子止矣，未有不盡以待後人者也。學者以百家言《易》，不若以《十翼》言《易》，讀《易就》，予心開矣。中明長君質可，與予年齒相輩，次文可，季忠可，謬從予遊。三子含文抱質，卓犖著作之間，每爲予言：翁生平殫思繫象，忘寢與食，探丁寬之逸書③，刊張弧之僞傳④。其爲《易》輿衛也，石城湯池，務世守焉。

夫《易》學荒微，最患於明之者少，借之者多。時日占候，禪靈玄修，莫不託《易》以行。究其津涯，同歸于無證之辭、不折之獄。中明起而執其管籥，《易》乃南矣。昔有問《易》于程子者，程子令其先看王輔嗣、胡安定、王介甫三家⑤，予於《易就》亦云。

【箋注】

①此序徐世淳《易就》。徐世淳，字中明。《明史》卷二九二《徐世淳傳》：「世淳，字中明，秀水人。……崇禎中舉人。十三年冬，歷隨州知州。州嘗被賊，居民蕭然。世淳知賊必復至，集士民誓以死守。會歲大荒，士多就食粥廠，歎曰：『可使士以餒失禮乎？』分粟振之。潰兵過隨索餉，世淳授兵登陴，而單騎入見軍帥曰：『軍食不供，有司罪也。殺我足矣，請械我以見督師。』帥氣奪，斂衆去。……明年三月，張獻忠自襄陽來犯，世淳寢食南城譙樓，曉夜固守。……守月餘，援絶力窮，賊急攻南城，而潛兵墮北城以入。世淳命子肇梁埋印廨後，勒馬巷戰，矢貫頤，耳鼻横斷，墜馬，亂刃斫死。」《四庫全書總目》卷八《易就》六卷：「是書前有張溥序，比之王弼、胡瑗、王安石三家，而序多微辭，頗寓不滿之意。光時亨序則稱《易》當從自己性徹入，不可依傍先儒。蓋世淳命意如此。故其書似儒家之語録，又似禪家之機鋒，非説經之正軌也。」

②徐必達，字德夫，嘉興人。徐世淳父。《明史》卷二九二《徐世淳傳》：「父必達，字德夫，萬曆二十年進士。知溧水縣，築石臼湖隄，奏除齊泰姻戚子孫軍籍二十六家。累遷吏部考功郎中，與吏科給事中儲純臣同領察事。純臣受贓吏賕，當大計日，必達進狀請黜純臣，面揖之退，一座大驚。

遷光禄丞，陳白糧利弊十一事，悉允行。進少卿，巡漕御史孫居相以船壞不治，請雇民船濟運，必達爭止之。天啓初，以右僉都御史督操江軍。白蓮賊將窺徐州，必達募鋭卒會山東兵擊破之。遷兵部右侍郎，以拾遺罷歸，卒。」

③《漢書》卷八十八《丁寬傳》：「丁寬，字子襄，梁人也。初梁項生從田何受《易》，時寬爲項生從者，讀《易》精敏，材過項生，遂事何。學成，何謝寬。寬東歸，何謂門人曰：『《易》以東矣。』寬至雒陽，復從周王孫受古義，號《周氏傳》。景帝時，寬爲梁孝王將軍距吴楚，號丁將軍，作《易説》三萬言，訓故舉大誼而已，今《小章句》是也。寬授同郡碭田王孫。王孫授施讎、孟喜、梁丘賀。繇是《易》有施、孟、梁丘之學。」

④陳振孫《直齋書録解題》卷一《子夏易傳》十卷解題：「今號爲《子夏易傳》者，《崇文總目》知其爲僞，而不知其所作之人，予知其爲唐張弧之《易》也。晁之言云爾。張弧有《王道小疏》五卷，見《館閣書目》，云唐大理評事，亦不詳何時人。」

⑤李簡《學易記序》（《全元文》卷三五六）「伊川先生嘗云：『學《易》者，當看王輔嗣、胡翼之、王介甫三家文字，令通貫，然後却有用心處。』」

七録齋近集卷四

婁東　張溥西銘　著
同里　張采受先
金沙　周鍾介生　閲

序

黄子羽詩稿序①

駿公向爲子羽序詩，其文多倣四聲，有韻之言，將之以韻。彦回援琴②，不愧清夜，至今集懷，宫商未散。近又讀其新篇，如賦迷迭③，讚黑鴿，不自知其深也。

子羽，華胄雋士，讀書數十篋。以詩託志，歲輒有詠。日月移于上，聲歌變于下。一篇之内，足知四時。山中長隱，不睹曆書。觀花開落，即占氣候。讀詩之心，致亦近是。若其沉壯清遠，亦古者《涉江》《朔風》之流也。

近日詩家，公安、景陵，襟期自命，並以昆友吁喁，善《易》不易。子羽、元歎④，起而和之，蘇門一嘯⑤，若有留者。詩本楚聲，而吴音晚貴，宜其應也。建安七子著於黄初，間論人地，頗乏江南賓客。以子羽環綺之思，追踪前妙，並仲宣于山陽⑥，起孔璋于廣陵⑦，爲不遠矣。

【箋注】

①此序黄翼聖詩稿，涉及公安派、竟陵派在當時之情况，「近日詩家，公安景陵，襟期自命，並以昆友吁喁，善《易》不易」，由此可以想見當時公安派與竟陵派引領詩壇、各持己見、呼朋唤友之盛况。顧大韶《炳燭齋稿》亦有《黄子羽詩稿序》，可參。黄翼聖，字子羽，太倉州人。詳見《近集》卷二《送黄子羽赴任新都》注。黄翼聖詩稿今存《黄攝六詩選》二卷，清初刻本，復旦大學圖書館藏。

②《南史》卷二十八《褚彦回傳》：「嘗聚袁粲舍，初秋凉夕，風月甚美，彦回援琴奏《别鵠》之曲，宫商既調，風神諧暢。王彧、謝莊並在粲坐，撫節而歎曰：『以無累之神，合有道之器，宫商暫離，不可得已。』」

③王觀國《學林》卷八《五木香》：「魏有迷迭樓，魏文帝有《迷迭賦》，皆取迷迭香爲名。」劉幼生《香學滙典·香國》卷下《迷迭香》：「迷迭，出西域。魏文帝、曹子建、王仲宣、陳孔璋俱有《迷迭賦》。」

④徐波，字元歎，吴縣人。諸生。竟陵派吴門四詩家之一。徐崧《百城烟水》之《吴縣》四十七：「明末竟陵派吴門四詩家，曰：徐波元歎、劉錫名虚受、張澤草臣、葉襄聖野，而元歎爲巨擘。」吴

偉業《宿徐元歎落木庵》(《吴梅村全集》卷十三):「元歎棄家住故鄣山中,亂後歸天池丙舍。落木庵,竟陵譚友夏所題也。」

⑤ 孫登,字公和,號蘇門先生。善長嘯。《晉書》卷四十九《阮籍傳》:「籍嘗於蘇門山遇孫登,與商略終古及栖神導氣之術,登皆不應,籍因長嘯而退。至半嶺,聞有聲若鸞鳳之音,響乎巖谷,乃登之嘯也。」

⑥ 王粲,字仲宣,山陽高平人。建安七子之一。

⑦ 陳琳,字孔璋,廣陵射陽人。建安七子之一。

陳木叔詩序①

海内讀陳木叔先生文者,莫不樂誦其詩,以故木叔詩篇盛多,與其文等。河梁客舟,荒亭旅壁,筆勢宕放,皆其吟詠。比宰靖邑,二三年間,詩刻數十。司空幽閒,遊蟻娱意,固其政成之效哉!

木叔未第時,詩名《寒山》。寒山,其鄉也。宰靖時,詩皆以「青」爲名,或云《青出》,或云《青立》,或云《青尋》,或云《青歸》,或云《青夢》,或云《青還》,從靖稱也。木叔少時讀書雲峰山②,即夢作靖令。今則鷄聲衙鼓,皂衣走趨,如其夢中。予所爲歌《昔昔》也。靖國小,實吴大帝牧馬之洲,荒江孤山,非仁人莫與守也。木叔司牧而治,其御民也,猶尹儒之夢秋駕焉③。推之文詞，魂魄不異，又安知其不爲子雲白鳳④、紀公青鏤乎⑤？

木叔初釋巾，賦《元旦早朝》詩數百言，忠愛耿介，非徒託於登崑崙、歷閶風、指西海、涉陞皇也。旦暮得申其志，予敢操吴吟爲前焉。

【箋注】

① 此序陳函輝詩稿。陳函輝，字木叔，臨海人。《明史》卷二百七十六《陳函輝傳》：「陳函輝，字木叔，臨海人。崇禎七年進士。授靖江知縣，爲御史左光先劾罷。北都陷，誓衆倡義。會福王立，不許草澤勤王，乃已。尋起職方主事，監軍江北。事敗歸，魯王擢爲禮部右侍郎。從王航海，已而相失，哭入雲峰山，作絶命詞十章，投水死。」

② 雲峰山：即今浙江縉雲縣西北四十二里雪峰山。《讀史方輿紀要》卷九十四《縉雲縣・吏隱山》：「又西北三里爲雪峰山，上有龍潭、瀑布，亦曰岱嶺。嶺東之水流於好溪，嶺西之水流爲南溪，婺、括之水自此而分。」

③《吕氏春秋》卷二十四《博志》：「尹儒學御三年而不得焉，苦痛之，夜夢受秋駕於其師。明日往朝，其師望而謂之曰：『吾非愛道也，恐子之未可與也。今日將教子以秋駕。』尹儒反走，北面再拜曰：『今昔臣夢受之。』先爲其師言所夢，所夢固秋駕已。」

④ 子雲白鳳：相傳揚雄著《太玄經》時夢吐白鳳。《太平廣記》卷一百六十一《揚雄》：「揚雄讀書。有人語云：『無爲自苦，《玄》故難傳。』忽然不見。雄著《玄》，夢吐白鳳皇集上。頃之而滅。」後

以喻出衆之才華或才華出衆之士。

⑤紀公青鏤：《南史》卷七十二《紀少瑜傳》：「少瑜嘗夢陸倕以一束青鏤管筆授之，云：『我以此筆猶可用，卿自擇其善者。』其文因此遒進。」

楊子常全稿序〔一〕

【校記】

〔一〕本文又見北大本《合集·古文近稿》卷六。此處存目。

五兄稿序〔一〕

【校記】

〔一〕本篇又見北大本《合集·古文近稿》卷六。此處存目。

五子近業序〔一〕

【校記】

〔一〕本篇又見北大本《合集·古文近稿》卷六。此處存目。

二三場合鈔序〔一〕

【校記】

〔一〕本篇又見北大本《合集·古文近稿》卷五。此處存目。

劉中齋先生詩集序①

近代論詩者，前稱李何②，後稱王李③，宗風相仍，人無異議。三四年來，詩學小變，斷斷反脣，于王、李尤不少恕。比復推奉，二家更尊。詩文一道，言之似易，行之實難。後生妄排前人，亦繇仗氣空談，未審下筆。濡首日久，冷煖漸知。「子長少臆中之説，子雲無世俗之論。」④涉歷千載，方絶謗譏。人但患詩文不真，無苦目前不識也。

王弇州，吾婁宗工，與李滄溟異地唱答，鳥鳴求友，詩情最深。然未遇滄溟時，先交河東劉中齋先生，同官歌詩，使君與孤，相期不淺。予童時聞河東詩名，長歎未見，問之弇山後人，亦無知者。昨客都下，獲交闇然侍御，出先生詩八卷。開首讀《瞻彼》三章，《此日何足惜》一篇，即如陶令復生，從此盡紙，拊筝擊缶，不喻其樂。中間《靈巖》《泰山》《憂旱》

《喜雨》《感時》諸作，論者擬爲「詩史」，與少陵比肩，誠哉是也。

予與闇然交著金石，凡有論撰，咸見諷繹。今更讀其大父詩，德門風雅，誦而不寐。又喜弇山宿昔，欻爾復睹，酒杯往日，楊柳當年。非斯人莫爲斯言，後生猶能想像之。四聲初起，妙矜獨秘⑤；韓卿縱辯，隱侯少屈⑥。詩家之論，長短尤紛。上觀子政，下覽公幹，其河東之權輿也哉！

【箋注】

① 此序劉應時詩集。劉應時，字子易，號中齋。劉廷相長子，劉令譽大父。見《近集》卷三《劉闇然侍御古文集序》注。張溥是序對於當時横遭非議之前後七子，結合自身長期閲讀體驗予以肯定。對王世貞尤爲推重。這種肯定雖有推尊鄉賢之意，但若放在當時全面否定七子派之背景下來看，亦具有自出機杼、不人云亦云之意義。

② 李夢陽，字天賜、獻吉，號空同，慶陽人。弘治六年進士，授户部主事，後爲江西提學副使。以復古自命，力倡「文必秦漢，詩必盛唐」。與徐禎卿、何景明等號稱「前七子」。何景明，字仲默，號大復山人，河南信陽人。弘治十五年進士，授中書舍人。後爲陝西提學副使。爲官廉介，敢直言時政。與李夢陽齊名，爲「前七子」之一。

③ 李攀龍，字于鱗，號滄溟。山東歷城人。嘉靖二十三年進士，授刑部主事，官至河南按察使。與王世貞、謝榛等在京師結詩社，時稱「後七子」，居爲魁首。生平見《明史》本傳。

④語見王充《論衡·案書》：「子長少臆中之説，子雲無世俗之論。」

⑤《梁書》卷十三《沈約傳》：「又撰《四聲譜》，以爲在昔詞人，累千載而不寤，而獨得胸衿，窮其妙旨，自謂入神之作。」

⑥《南齊書》卷五十二《陸厥傳》：「陸厥，字韓卿，吴郡吴人。……汝南周顒善識聲韻。約等文皆用宫商，以平上去入爲四聲，以此制韻，不可增減，世呼爲『永明體』。沈約《宋書·謝靈運傳》後又論宫商。」陸厥遂與沈約反復辯論，駁其四聲獨悟之説。

徐及申先生稿序〔一〕

【校記】

〔一〕北大本《合集》無此文。而國圖新館《七録齋近稿》六卷《館課》一卷《存稿》五卷《詩稿》三卷《論略》一卷本有此文。此處存目。

馬漢翔試稿序〔一〕

【校記】

〔一〕本篇又見北大本《合集·古文近稿》卷五，題作「馬漢翔稿序」。此處存目。

李舜良稿序①

十年前，余序彝仲文，今又叙其子舜良。言念昔日，余與受先、今古飲濤閣上〔一〕，彝仲出見舜良，年未剪髮。未幾，彝仲亡，詩文盈半庋藏，刻不就。舜良稚弱，時已就外傅。余往唁問，哭泣趨拜已，輒能誦彝仲平日著作。蘇公有子，差可無恨。舜良大父與其外大父，皆玉堂襟袖②，祖風宅相③，後來者兼之。

今其文搴攬秦漢，下逮陳隋，亦諸家盡出。隴西才士，上敵瑯琊，謂後人不如前人，余所不信。舜良志大，凡小試非其度内，然出必冠軍，賞音不少。士貴知我，當從此始。且門鮮兄弟，上有未亡，成文于提抱之年，受書于母氏之手。少則嬉戲俎豆④，長則襜褕九州。孝子之志，形于百篇。懷宿草而傷陟屺者⑤，能不破涕爲笑乎？

【校記】

〔一〕「今古」，原作「令古」，據《續集·許次州稿序》改。

【箋注】

① 此序李宗之子李拱稿。李拱，字舜良，太倉州嘉定人。李宗之子，錢彦林女婿。復社成員。吴山嘉《復社姓氏傳略》卷二：「李拱，改名陟，字瞻慎，又字舜良。崇禎十七年恩貢生。」

②玉堂：漢侍中有玉堂署，宋以後翰林院亦稱玉堂。襟袖：猶領袖。

③宅相：《晉書》卷四十一《魏舒傳》：「魏舒，字陽元，任城樊人也。少孤，爲外家甯氏所養。甯氏起宅，相宅者云：『當出貴甥。』外祖母以魏氏甥小而慧，意謂應之。舒曰：『當爲外氏成此宅相。』……及山濤薨，以舒領司徒。」後以「宅相」代稱外甥。此以魏舒喻李拱。

④《史記》卷四十七《孔子世家》：「孔子爲兒嬉戲，常陳俎豆，設禮容。」

⑤宿草：隔年之草。《禮記・檀弓上》：「朋友之墓，有宿草而不哭焉。」孔穎達疏：「宿草，陳根也，草經一年則根陳也，朋友相爲哭一期，草根陳乃不哭也。」後多用爲悼亡之辭。陟屺：語見《詩・魏風・陟岵》：「陟彼屺兮，瞻望母兮。」鄭玄箋：「此又思母之戒，而登屺山而望也。」後用爲思念母親之典。

薄歸二子合稿序①

薄遠之、歸朗星皆名家子，年少奇拔，學行友善。並硯二載，各刻文少許，合以餉人。此亦筆墨遺送，賢于禽鳥之贄也②。海虞山水，稱靈江南，二子秀領本鄉，後進南金，未可多讓。吾友陶君濟③，經師鼓吹，雅見推先，窺其意致，無異隱侯之賞二陸④。

予聞詞草善變，有體爲高。張思道天挺自恃，非獨自隕家聲。今制義宗工，衆推子常。指所尤殊，理脉居最。然潘、陸尚華，園、綺有實，二者輔車，何嘗不並？觀二子諸篇，英潤出群，高步衆作。始信虞山規模，含義廣遠，刊落毛髮，但調氣息，非其教也。讀《文選》者，苦其字肥；讀蘇集者，嫌其字瘦。然筆止貴動，筆行貴留。察擇兼長，去彼兩疵，存乎善學。得其解者，膚神俱清，工敏咸極，寧肯因循籬下、飲啄十步哉⑤！

【箋注】

① 此序薄遠之、歸朗星合稿。薄遠之，生平待考。歸士瑨，字朗星。光緒重修《常昭合志》卷二十五《歸紹隆傳》：「子士瑨，字朗星，諸生。工詩，能度曲，名在臨社中。」

② 禽鳥之贄：《左傳·莊公二十四年》：「男贄，大者玉帛，小者禽鳥，以章物也。」曾協《上建康晁留守恭道啓》（《全宋文》卷四八五一）：「光塵在望，高深驚龍虎之奇；文字爲容，庶幾同禽鳥之贄。」

③ 陶君濟，《合集·近稿》卷六又有《陶君濟海虞社選序》，生平待考。

④ 《宋書》卷六十七《謝靈運傳》：「降及元康，潘、陸特秀，律異班、賈，體變曹、王，縟旨星稠，繁文綺合。綴平臺之逸響，採南皮之高韻，遺風餘烈，事極江右。」

⑤ 《莊子·養生主》：「澤雉十步一啄，百步一飲，不蘄畜乎樊中。」

龔孝升稿序①

三蔡子讀書婁上②，二年始歸。余重其意，爲序贈行。近瘦白復來，文術彌進，槖雖垂，顔色甚壯。所挾者，其邑侯龔孝升先生《四書義》也。

孝升，吾鄉名士，行卷盛傳海内。介生、卧子互見推重，在來之、扶曦伯仲間。三蔡乃其門下高弟，執業諷詠，誠以爲無大先生者也。入吴摹刻，評論最詳，發凡起例，字不空設。觀其敬慎，即桓譚稱揚子③，馬融讀《漢書》④，亦曷過此？孝升天然之才，神明聖籍，每奏輒善。士子受讀，猶恨其解褐太早，未盈萬篇。然謝、何少而能，沈約多而能⑤。詩人之長，二子並極，不能章句增減也。

曩者熊魚山、鄭濬石兩先生皆楚人，令吾吴，年俱幼，文學政事，爲一時冠。至今誦之，稱説甚於思人懷樹。孝升齒亞兩先生，才擅四科，未容少讓。蘄郎疲劇，管子冷風，老聃熙陽，旦暮可立起。郡盗震鄰，聞柝卷足，諸生匡坐鼓歌，日稱先生，無危城憂，咸出孝升之賜。蔡子安絃奉書，情深資敬。公侯念渤海之舊德，弟子感陳留之遺風，《詩》稱「邦之司直」⑥，又賦「彼都人士」⑦，予不能不留連三嘆云。

【箋注】

①　此序龔鼎孳《四書義》。龔鼎孳，字孝升，廬州合肥人。與錢謙益、吴偉業並稱爲江左三大家。吴偉業《梅村詩話》：「龔鼎孳，字孝升，廬州合肥人。甲戌進士，授蘄水知縣。丙子，余與九青使楚，而孝升分一經，最得士，相知爲深。後考選給事中，入本朝爲太僕寺少卿。中間流離患難，幾

不免。庚寅秋，於臨清舟中報余書。……此書至，余發之於相知，讀者無不以爲徐、庾復出也。孝升於詩最秀穎高麗，聲調遒緊，有義山之風。」

②蔡孔瞻，蔡仁日，蔡瘦白，《續集·别集》卷一又有《三蔡稿序》，生平待考。

③《漢書》卷八十七《揚雄傳》：「時大司空王邑、納言嚴尤聞雄死，謂桓譚曰：『子嘗稱揚雄書，豈能傳於後世乎？』譚曰：『必傳。顧君與譚不及見也。凡人賤近而貴遠，親見揚子雲禄位容貌不能動人，故輕其書。昔老聃著虚無之言兩篇，薄仁義，非禮學，然後世好之者尚以爲過於《五經》，自漢文景之君及司馬遷皆有是言。今揚子之書文義至深，而論不詭於聖人，若使遭遇時君，更閲賢知，爲所稱善，則必度越諸子矣。』」

④《後漢書》卷八十四《曹世叔妻傳》：「時《漢書》始出，多未能通者，同郡馬融伏於閣下，從昭受讀。」

⑤語見《梁書》卷四十九《何遜傳》：「初，遜文章與劉孝綽並見重於世，世謂之『何劉』。世祖著論論之云：『詩多而能者沈約，少而能者謝朓、何遜。』」

⑥語見《詩·鄭風·羔裘》。方玉潤《詩經原始》卷五《羔裘》：「曰『邦之司直』者，大臣剛毅有力，獨能主持國是而不摇也。」

⑦語見《詩·小雅·都人士》。方玉潤《詩經原始》卷之十二《都人士》：「緬舊都人物盛也。」

馮玄度稿序①

慈溪馮氏之學，今之伏濟南②、桓沛國也③。門庭長幼，衣儒衣、談先生者數百。南宫省試，人必著録。縉紳儒林，間稱文章行義者，輒曰馮君。馮君者，留僊觀察，鄴僊給諫也。

丙子秋，馮玄度登賢書，海内歡動。顧其家學，得之大小馮君最親。余八年前，讀何玄子閩文選本，識馮躋仲④，既從郵筒文字識玄度。躋仲游京師，余得遇于觀察邸舍，酒論忘旰。玄度家不千里，尚望江澣，遥相聞聲，人心相知，固不必面面，亦適有時也。武進吴繼穉盛名篤行⑤，門下負笈者雲集，李仲達侍御早見知。侍御直節罹璫禍，繼穉藺足叫號，生死誼備。及侍御名旌禮官，墓有宿草，繼穉始翱翔上第，兩人遭際奇矣。今秋越録多瓌瑋士，得人尤盛者，繼穉與黄元公、李映碧爲首⑥。繼穉同門六人，並博學知名。玄度則天下士，涉七州，著十經者也。

昨者觀察垂訪，出玄度墨義誦之，金聲玉振，嘆爲觀止。夫平居好沉絶之文，逢年取世俗之論。雖才無不可，余猶慮其無守也。得玄度，吾道直矣。當代正人，項背相望，半在浙東。有學宗孔孟，文成賈陸者，玄度之鄉先生也。其激昂大節，湛深道德，文都武鄉，廉泉讓水，咸在左右者，玄度之伯仲叔季也。入有師雙，出惟君父，江漢杞梓，願以爲贈。或疑躋仲抗論千古，沛祖風，簷《五經》，縛翅不飛，差池有感。要觀玄度先驅，所争者亦食頃爾。

【箋注】

①此序馮文偉稿。馮文偉，字玄度，慈溪人。復社成員。吴山嘉《復社姓氏傳略》卷五：「馮文偉，字玄度，慈溪人。崇禎丁丑進士，官揚州府知府。」

②伏濟南：即伏生。名勝，濟南人。西漢初經學家。今文《尚書》最早傳授者。曾任秦博士，漢文帝派晁錯往學《尚書》。西漢時治《尚書》者，多出其門下。現存今文《尚書》二十八篇，即由其傳授而來。

③桓沛國：即桓譚。字君山，沛國相人。東漢初哲學家。好音律，善鼓琴，博學多通，遍習《五經》，能文章，尤好古學。屢從劉歆、揚雄辨析疑異，喜抨擊俗儒。光武帝時，因反對讖緯神學，幾遭殺身之禍。著有《新論》一書。

④馮京第，字躋仲，慈溪人。復社成員。吴山嘉《復社姓氏傳略》卷五：「馮京第，字躋仲。都御史元颺從子。師劉宗周、黄道周，與諸名士相切劘，盛有名。元颺撫津門，有祥子嶺却敵功，京第與有勞。莊烈帝録之，未及用，而北都亡。乃入閩，已而結寨四明山中。國朝順治七年，寨破，死之。」

⑤吴鍾巒，字巒稺，號霞舟，武進人。與張溥交好，得張溥推薦。陸世儀《復社紀略》云：「中州名宿吴鍾巒，字巒稺，宜興周挹齋諸生時授業之師，鍾巒爲之延譽四方。宜興之登巍科，其獎借之功爲多。鍾巒捐介有守，宜興貴爲首揆，未嘗有所干請。癸酉春，鍾巒游吴，謁文湛持，天如與之邂逅席次。言論丰采，迥異時流。天如心重之，詢及宜興，曰：『挹齋座客，皆聲色貨利之輩，絶無一名士，吾不樂近之。』天如益重其人，力爲引掖，得貢入北雍。復囑湛持言選司，授宛平教諭，以便入場。是年得膺順天鄉試薦，明年甲戌會試。」其後鍾巒亦引張溥爲知己。

⑥李清，字心水，號映碧。繆荃孫《藝風堂雜鈔》卷三《李映碧事輯》：「李清，字心水，號映碧，江南興化人。明大學士春芳玄孫，禮部尚書思誠孫。崇禎辛未進士，授浙江寧波府推官，降浙江布政使照磨，擢刑科給事中，被劾歸。即家起吏科給事中，遷大理寺丞。著有《史論》《删注南北史》《南渡録》《諸忠紀略》《三垣筆記》。……公又言曰：『昔《唐書》之修，歐、宋共之。是注也，某與同籍張天如有息壤之盟，分任《南》《北》，不幸張没，子能繼其聲乎？』掄謝不敏者久之，已，乃拜手曰：『敢不努力早夜以求從長者之命？』未幾，公注《北史》成，而掄以館鄰邑，《南史》之約未踐，公乃復自注之。既成，統命之曰《合注》。屬掄校讎，且曰：『叙之。』掄方以前事食言爲愧，其敢辭！」

馬漢翔稿序〔一〕①

漢翔初刻試牘，余曾序之，言其門庭之盛，先世之風，語短思深，筆不得止。今又叙其全稿，通行四方，文篇十倍曩刻，作者之意，則大致不遠。余謂讀中郎《祖德詩》②、常侍《昆弟誥》③，不如此卷書矣。

漢翔闡墨七義，深博爾雅，無一字空設。我友韓芹城見之，嘆其位置必當第一。比示簡臣、介生、石兄、駿公諸子，稱謂皆然。會稽同安，南宫聲著，顧其元氣規模，省試之作，具體已見。余信漢翔，在其平時，不於今日。即今日之遇，亦不過喜，有以信其將來。唐太宗之重馬賓王也，賜以飛白，有「鸞鳳」「忠力」之稱④。今漢翔文字已成鸞鳳，遇主在邇，忠力可俟也。

漢翔世貴，大父、諸父軒蓋履舄，後先接軌。其樽約自下，則單門蔬蹻，禮讓弗及。此豈徒御下澤車、乘款段馬，爲鄉里善人，如少遊所云哉⑤。身任天下，事脩脱履，名在《雀籙》《河書》。若所逡巡，無敢失者，家人匕箸間耳。漢翔志廣慮勤，州國推重，劉勝、杜密⑥，皆其度内。吾妻王聖乘⑦，太原華胄，與漢翔門地相近。其淡泊寧静，意未或殊。遍覽諸子，如磨如錯，非獨一人。晏子之和，異於梁丘據⑧之同。吾黨所可拜獻，有如此者。

【校記】

〔一〕《合集·近稿》卷五有同題文，内容不同。

【箋注】

①馬雲舉，字漢翔，號嵋輪。《合集·近稿》卷五《馬漢翔稿序》乃序其初刻試牘。此再序其全稿。

②蔡邕有《祖德頌》，其序云：「昔文王始受命，武王定禍亂，至于成王，太平乃洽，祥瑞畢降。夫豈后德熙隆、漸浸之所通也？是以《易》嘉『積善有餘慶』，《詩》稱『子孫其保之』。非特王道然也，賢人君子、修仁履德者，亦其有焉。昔我列祖，暨于予考，世載孝友，重以明德，率禮莫違。是以靈祇降之休瑞，兔擾馴以昭其仁，木連理以象其義。斯乃祖禰之遺靈，盛德之所貺也，豈我童蒙孤稚所克任哉！」

③夏侯湛作《昆弟誥》，爲告誡、勸勉其兄弟夏侯淳等之文。

④《新唐書》卷九十八《馬周傳》：「帝嘗以飛白書賜周曰：『鸞鳳沖霄，必假羽翼；股肱之寄，要在忠力。』」

⑤語見《後漢書》卷二十四《馬援傳》：「吾從弟少游常哀吾慷慨多大志，曰：『士生一世，但取衣食裁足，乘下澤車，御款段馬，爲郡掾吏，守墳墓，鄉里稱善人，斯可矣。致求盈餘，但自苦耳。』」

⑥杜密，字周甫，潁川陽城人。歷代郡太守、太山太守、北海相。後爲尚書令，遷河南尹，轉太僕。黨錮之禍免官，與李膺齊名，時稱「李杜」。靈帝時，太傅陳蕃輔政，杜密復爲太僕。黨錮之禍再起，被迫自殺。生平見《後漢書》本傳。

⑦王御，字聖乘，號敬一先生，太倉人。著有《證我箋》《戒庵集》《攬山堂集》。

⑧梁丘據：複姓梁丘，名據，字子猶，一説字子將。齊景公寵臣。

蘇陽長詩稿序①

余别陽長六年，其爲詩凡三變，稿亦輒數出。辛固巖邑也，暇而能工若此，所謂歌于蔦過樓前者②，斯人耶？今涖吾吴，復示予稿一帙，則皆政成以後，郵亭道路、長安旅舍語也。陽長奏績第一，旦暮華要，猶遲以日月。縱其吟咏，在他人方嘆身滯《周南》，車將生耳，而陽長詩乃益多，曰：「此天予我以時，未可棄也。」

戰國時，蘇子長《短言》最著，後世葺其書獨行。蒯通《雋永》③，陸賈《新語》④，不敢比肩。顧其發憤揣摩，無過激昂萬乘，立取富貴。比佩相印，其能盡矣。何嘗有有餘之思，幻眇之致，如陽長今日一篇者哉！忤時左遷，得蘇郡丞。陽長既不薄丞，更不忍薄吾郡也。受事十日，先薙萑苻。吴越千里，謳咢神君。子瞻老於玉局⑤，出守蘇州。今陽長先蘇州而後玉局，亦未晚也。

談詩諸家[一]，推尊活法，然煆煉非康樂不言圓，清腴非彭澤不言枯，圓與枯，詩之至也。臨高臺而賦九秋，予于是集，每徘徊久之。唐圖主客⑥，宋派江西，昂藏振袖，未得其平。試以陽長諸篇壓卷，其殆曼卿之《籌筆驛》⑦，君虞之《征人》《早行》乎⑧？

【校記】

〔一〕「詩」，原作「時」，逕改。

【箋注】

① 此序同年蘇壯詩稿。主張詩文應有有餘之思、幻眇之致，提出圓與枯爲詩之極致，爲其詩論之主要組成部分。

② 晁沖之《次二十一兄季此韻》：「不擬伊優陪殿下，相隨于蔿過樓前。」

③ 《漢書》卷四十五《蒯通傳》：「通論戰國時説士權變，亦自序其説，凡八十一首，號曰《雋永》。」

④ 《史記》卷九十七《陸賈傳》：「陸生迺粗述存亡之徵，凡著十二篇。每奏一篇，高帝未嘗不稱善，左右呼萬歲，號其書曰『新語』。」

⑤ 《宋史》卷三百三十八《蘇軾傳》：「徽宗立，移廉州，改舒州團練副使，徙永州。更三大赦，遂提舉玉局觀，復朝奉郎。軾自元祐以來，未嘗以歲課乞遷，故官止於此。建中靖國元年，卒于常州，年六十六。」

⑥ 唐張爲著《詩人主客圖》，開宋人詩派之説。

⑦ 丁傳靖《宋人軼事彙編》卷十一《石延年》：「石曼卿獨行京師，倏有豪士揖曼卿語，已而曰：『公幸過我家。』曼卿語諾。豪士顧從騎載之，同行入委巷，前抵大第，三四門乃至内堂。庭户宏麗，施設錦繡。侍女珠翠延飲，求曼卿書字，曼卿寫己詩《籌筆驛》等篇。豪士甚珍愛之，贈金帛可直

數十百千，使騎送歸。」

⑧《新唐書》卷二百三《李益傳》：「李益，故宰相揆族子，於詩尤所長。貞元末，名與宗人賀相埒。每一篇成，樂工爭以賂求取之，被聲歌，供奉天子。至《征人》《早行》等篇，天下皆施之圖繪。」

古照堂稿序

吾友孫念莪①，當今之善士也。子令修、令章②，並以文顯。髫時即有名聲，未及冠，篇章盛布海内，耆儒宿學咸好誦之。今秋，令修獲薦，知與不知，皆爲當事者賀得人。令修大父，州里長者，愛其孫甚，方在提抱，期以遠大。令修初補博士弟子員，整衣謁拜大父，慰藉良厚。頃者捷騎至，念莪未盥沐，起坐泫然，痛父不及見，令修亦泗涕沾巾。思親既極，遇喜而悲，《陟岵》之詩所以終古也③。

念莪文學深博，兼精内典，絶葷食，好施舍。家雖貧，見路有餓人，或寒瘃不起者，必奮身救。及義所難犯，介然岸立，斷不與俗雷同。余嘗謂其仁感蟄蟲，廉辨河水。斯人也，出而爲九州，被其可矣。

令修篤行，酷類若翁。其文風格在東西京間。李公寶弓鑒拔絶倫，得闈中卷，最奇愛。度其相知，甚於季長之識康成也④。賢書奏名，歡動陌路。父守濟陰之節於門庭，子大東武之學於廊廟。孫氏家乘，其先東海乎？

孔孟教人，斤斤義利善惡。年來其説頗著。近有慮其分明者，不得已而持趙母之説，戒人爲好，余竊傷之。念莪身爲士宗，有子肖象，世德累義，放麑無心⑤。其語善也，顯不若陰行之深，獨不若與人之大，以是稱教，則不媿云。

【繫年】

據文中「今秋，令修獲薦」，兼據下文作時，可知此文作於崇禎九年（一六三六）秋。

【箋注】

① 孫念莪，太倉人，孫以敬父。生平待考。二子孫以敬、孫令章俱有文名。

② 孫令章，孫以敬弟，孫念莪子。生平待考。

③ 《詩·魏風·陟岵》：「陟彼岵兮，瞻望父兮。」後以「陟岵」爲思念父親之典。

④ 《後漢書》卷三十五《鄭玄傳》：「融門徒四百餘人，升堂進者五十餘生。融素驕貴，玄在門下，三年不得見，乃使高業弟子傳授於玄。玄日夜尋誦，未嘗怠倦。會融集諸生考論圖緯，聞玄善算，乃召見於樓上，玄因從質諸疑義，問畢辭歸。融喟然謂門人曰：『鄭生今去，吾道東矣。』」

⑤ 放麑：《韓非子·説林上》：「孟孫獵得麑，使秦西巴持之歸。其母隨之而啼，秦西巴弗忍而與之。」後以「放麑」爲仁德之典。

吴純祜稿序①

婁東治《春秋》者，前有太原②，近推延陵。庚午，志衍以其經冠南國。今歲丙子，純祜復遇。延陵氏之學，益斌斌矣。純祜沉默好書，自其少時已然。志衍登賢書後，家庭觀摩，功苦益甚。漆書三滅，鐵撾三折③，其志也。延陵衣冠望族，子姓隸學宫者數十人。志衍兄弟又早見榮於時，鐘鼎家世，邑人高之。顧其循禮讓，好退約，即蓽門蓽巷不若也。夫家南郭者厭市門，饒賓侶者譏鳥雀④，異迹之嫌，非同根所樂。斯二龍並御，所以稱難耳。志衍弱冠，摶風而往。逾五年，純祜振策從之，並駕長途，遊上國。其年隨肩，其書一屋。京師雖大，軌軏及焉。未有不傾城觀歎，連袂稱盛者也。射策既畢，言復見用。門庭之頌，將無以加。

余爲序簡端而愾然者，知其志非榮華，而斷以仁義也。志衍縱衡文酒，操行介潔；純祜寡言笑，重然諾，義所不可，情無貌附。兩人方鋭，直行其志，子瞻子由，所優爲耳。吾婁十數年來，風俗近古，士子尚節義，諷經史；小民甘衣媮食，鳴吠不驚；新貴人儉而禮，耻爲侈靡炫耀。其風既成，始而人稱，久而且漸相忘也。志衍兄弟不欲有名，其亦人忘於道德乎？然名可得而藏，文不可得而隱，其大篇數十，猶四子講德之遺哉！

【繫年】

據「今歲丙子，純祜復遇」，可知此文作於崇禎九年（一六三六）秋。

【箋注】

①此序吴國傑稿。吴國傑，字純祜，太倉人。吴繼善弟。復社成員。吴山嘉《復社姓氏傳略》卷二：「吴國傑，字純祜。崇禎癸未進士，任永嘉令。國朝順治十四年知確山縣。」

②王錫爵著有《春秋左傳釋義評苑》二十卷首一卷。

③趙在翰《論語讖》卷一《論語比考讖》引孫穀《古微書》：「孔子讀《易》，韋編三絶，鐵撾三折，漆書三滅。」

④語出《南史》卷二十一《王僧祐傳》：「爲著作佐郎，遷司空祭酒，謝病不與公卿游。齊高帝謂王儉曰：『卿從可謂朝隱。』答曰：『臣從非敢妄同高人，直是愛閑多病耳。』經贈儉詩云：『汝家在市門，我家在南郭。汝家饒賓侶，我家多鳥雀。』儉時聲高一代，賓客填門，僧祐不爲之屈，時人嘉之。」

汪君萬稿序①

予嘗與汪子君萬論古今人物，引申辨難，知其託志深矣。北風方發，車馬戒途，予爲問行李，惟生平文字百帙，是將渡淮泗，涉齊魯，走三千餘里，致之闕下。公卿先生有憑軾而觀者，斯亦汪子之一琴一鶴也②。

君萬爲方伯來虞公季子③。公歷屏藩久，清名偉行，足紀烝彝。寅卯間，忤大璫意，屏居田舍，後遷粤東，竟賫志没。君萬抱書長號，無日忘泉隧。飛鳴方始，操存不拔，度其目營九州，縱懷太古，覽鴻都之碣，厲青松之操。開元、慶曆，雅詩可作，非徒童僕敝陋，衣裳浣濯而已。

陸子赤文④、沈子玉當⑤，皆英年異士，與君萬稱兄弟交。風雨繩牀，圖史千軸，意景所接，摇筆追逋，文成極賞，嘯歌旬日。覺子雲夢腸⑥，陳思反胃⑦，前人猶拙。今所刻者，多其曩日耳。君萬精於治《禮》，南闈稱得士者⑧，《禮》家尤斑斑顯名。左氏傳《春秋》也，天人治亂必以《禮》斷之。君萬好善嫉惡，明消長，正得失，于《春秋》爲長。探其胸中，《禮》則所素熟也。二者合，斯可以治世。君萬其行矣。

【繫年】

據張世偉《自廣齋集》卷五《汪君萬行卷序》「第五果登丙子賢書」「第五名厦，字君萬」，兼據上文作時，可知此文作於崇禎九年（一六三六）秋。

【箋注】

① 此序汪厦稿。汪厦，字君萬。汪起鳳子。張世偉《自廣齋集》卷五《汪君萬行卷序》：「郡中最深

心藝文，既顯達矣，居官不得藝文，一日之遇，無如汪方伯來虞者。方伯與余家稱中表，昆弟往還，蓋亦以三世締好，不直繇遥遥親故也。至余交乃益密，齒在肩隨，同時爲長吴兩學諸生，每試各冠其軍，出入必偕。甫三十，方伯聯掇省會。後十餘年，余始馳逐公車，多轗軻，然交情如一日也。方伯第五子又與余兒孫習，每欲哀方伯前時所爲藝文，繡梓再行世，如近日重刻慶曆名家胡思泉、湯海若故事，問序于余。余諾之，殆將發皇其語，不特表文之久而愈新，且望後之人有嗣而聞于世者。無何，第五果登丙子賢書。坊刻行卷先成，亟就余請益。……第五名厦，字君萬，余以第五之名美，故稱之。」

②《宋史》卷三百一十六《趙抃傳》：「帝曰：『聞卿匹馬入蜀，以一琴一鶴自隨，爲政簡易，亦稱是乎？』」

③汪起鳳，字來虞，一號無朋，吴縣人。汪厦父。名列《五人義助碑》。乾隆《長洲縣志》卷二十四：「汪起鳳，字來虞，一號無朋。萬曆二十九年進士，以縣令陞工部主事，督木廠。内官王朝不法，縱役盜木，委罪監司。起鳳草疏劾奏朝得罪，晉員外郎。董建正陽門，初召匠計直估費十八萬。起鳳請以二萬金舉事，不數月，將落成矣。内官銜之，謀以他郎代，竟費不貲，蠹蝕者無算，蓋諸璫齮之也。擢江西右參政，時妖言驟起，推孽宗爲盟主，將倡亂虔撫間。起鳳密捕縛陳鵬等數人，杖斃，贛以無事。遷按察使，適虔兵鼓噪，當事者瑟縮懼事。起鳳毅然正法，虔賴以寧。時璫焰將熾，崔魏之黨已成，起鳳適布政廣東，未與楊左之難。而催辦廣木絡繹乘傳，起鳳輒枝梧之，

中使亦無可如何也。其守正不阿如此。以疾卒於官。」

④陸在鼎，字赤文，陸世廉子。生平待考。

⑤沈玉當，沈明倫弟，又見《合集・近稿》卷一《壽沈養仁年伯序》。生平待考。

⑥《文選・揚雄〈甘泉賦〉》題解李善注引漢桓譚《新論》：「雄作《甘泉賦》一首，始成，夢腸出，收而內之，明日遂卒。」

⑦《太平御覽》卷三百七十六引《魏略》：「陳思王精意著作，飲食損減，得反胃病也。」

⑧南闈：明、清科舉考試，稱江南鄉試爲南闈，順天鄉試爲北闈。

周簡臣稿序①

今秋聞簡臣捷音，頓足起舞。及閱全録，不見我介生，則又泫然泣也。景陵譚友夏兄弟，隱林最先捷②，向人逡巡，輒云家有處姊。既友夏、服膺聯翩飛舉，友于唱和，如鳴雁相隨，燕都市人皆識之。簡臣兄弟亦有四，聲名滿天下，今先登者簡臣也。詩稱伯仲，禮齒後先，門庭之内，若謙讓然。譚氏之見榮始于弟，周氏之見榮始于兄。遇合適爾，何所肥瘠？余讀簡臣制義，所以賦吹篪也③。

金沙之學，□于辛酉。時六經晦昧，庠序不言，二子力明往聖，疾呼流涕，群迷始悟。謂晝昭昭，孰可無日？謂夜湛湛，孰可無月？二子之文，讀經之日月也。十數年來，海內風附，排詇並出。鄭人始謗子産，既而歌之④，于子産無損益，鄭則治矣。立教方始，以寬引人，聞一善士，見一善言，千里寄書，殷勤歎慕。推此志也，易豻虎而衣冠，變蕭稂而嘉穀，豈異人任？流聲漸廣，異生于同，吹索相尋，以刻爲智。國朝從祀之賢，理學尸祝之文，責其語言，咸有疵也。意欲使天下無人而我獨尊，究之天下不許也。予每悲二子願廣而遭不若時，爲詩以寄慷慨。至于願同清、不願同濁之際，流連泣下，未能自明意者，其呼天乎！寒必有暑，善必有惡，欲望舉世無惡，吾黨之愚也。

簡臣、介生，當代儒者，我容、我成亦然。少年諷習，得于兄訓爲多。二子誠以教弟之道教海内，豈有厚薄其間哉？簡臣此捷亦云小遇，然知希我貴，誰爲賞音？非公安袁特丘不能識也⑤。漢有吴公，賈誼始顯⑥。予聞特丘政事，當奏今日治平第一。宫牆濟濟，宜多賈生。然觀特丘英絶之材，家學擅稱〔一〕，包羅萬古。其于簡臣文字，目遇心得，是又所謂以賈知賈也。庚午秋試，闈中揣摩，思得二周爲榮。有讀《春秋》一卷，目爲簡臣者。今則簡臣果得，歡聲滿堂，下遍四海。賀簡臣之遇者，即傷介生之不遇，猶見公好不絶于人間矣。

【校記】

〔一〕「稱」，原闕，據天津本硃批補。

【繫年】

據文中「今秋聞簡臣捷音，頓足起舞」，考周銓崇禎九年中舉，可知此文作於崇禎九年（一六三六）秋。

【箋注】

①此序周銓稿。周銓，字簡臣。周鍾兄。詳見《初集》卷一《周氏一家言序》注。

②譚元方，字正則，號隱林，竟陵人。譚元春弟。復社成員。吴山嘉《復社姓氏傳略》卷八：「譚元方，字正則，號隱林。天啓甲子舉人，授高苑令，以禦賊功，調汶上，累陞河南兵備道副使。以老乞歸。國朝順治初，屢徵不起。」

③賦吹篪：《詩·小雅·何人斯》：「伯氏吹壎，仲氏吹篪。」

④《左傳·子産相鄭》：「從政一年，輿人誦之，曰：『取我衣冠而褚之，取我田疇而伍之。孰殺子産，吾其與之。』及三年，又誦之，曰：『我有子弟，子産誨之；我有田疇，子産殖之。子産而死，誰其嗣之？』」

⑤袁彭年，字介眉，號特丘，公安人。袁宏道子。復社成員。吴山嘉《復社姓氏傳略》卷八：「袁彭年，字介眉。崇禎甲戌進士，授淮安推官，遷禮部主事，召對改禮科給事中。奉命催漕江北。國變後，仕南都。時馬士英當國，欲起用三案小人，而忌南昌相姜曰廣。江西宗室統鑭承士英旨，徑上奏，極詆曰廣。彭年據祖制中尉奏事例駁之，又疏陳三案始末，分别邪正。於是阮大鋮銜之

甚，因摘其諫廠衛疏不當，謫浙江按察司照磨。彭年遂間道入閩，又入粤。後起復廣東督學，擢布政使。年六十四卒於家。」

⑥《史記》卷八十四《屈原賈生列傳》：「賈生名誼，雒陽人也。年十八，以能誦詩屬書聞於郡中。吴廷尉爲河南守，聞其秀才，召置門下，甚幸愛。孝文皇帝初立，聞河南守吴公治平爲天下第一，故與李斯同邑而常學事焉，乃徵爲廷尉。廷尉乃言賈生年少，頗通諸子百家之書。文帝召以爲博士。」

孫君昌稿序①

孫亰谷先生懸車不仕②，沉默著書有年矣。尤好言《司馬兵法》③。幕府聞其名，争願交歡，八騶造門，褐衣出見，軍中載行，士誦清壹。比歸家，則抱膝吟咏，公理《樂志》④，仲任《論衡》⑤，放情邈寄，鳴鳶飛鴻，如不聞也。

今秋，長孫君昌舉於鄉，宗族老人置酒賀。公獨呼來前，訓以廉讓。君昌性素静，厭紛華之觀，聞大父言益喜。其尊人諸父咸樂成就之。孫氏家松陵之東，簪紱累世，苦城市囂廣，不欲近，同族結茆衡宇，連步一弓之水，十畝之桑，讀書賦詩，鮮通賓客，村郭雖小，亦古之柴桑、愚溪也⑥。

君昌兄弟與其從父孟樸文章唱答，名聲遠揚。四方車騎過孟樸者，輒問君家仲寶⑦。君昌則雍容六藝，循牆負劍，惟長者是聽，猶中郎之敬其叔父也。夫居稱山澤之遊，出號雲霞之友，同人極盛，望塵者所嘆弗及也。孟樸諸弟兢爽，從子與其子咸人文淵拔，能高大門閎。鼓宮宮應，不離户庭，較之鳥鳴伐木⑧，覽求千里，爲歡多矣。君昌本其祖書，擅長述作，思皇多士⑨，莫有先者。丈人采藥山阿，龍駒已騰冀北，乃知孫子終未可隱也。

【繫年】

據文中「今秋，長孫君昌舉於鄉」及吴山嘉《復社姓氏傳略》卷二《孫兆奎傳》「崇禎丙子與吴昜同舉於鄉」，可知此文作於崇禎九年（一六三六）秋。

【箋注】

① 此序孫兆奎稿。孫兆奎，字君昌。孫淳之姪。見《近集》卷一《洞庭吴太君春秋六袠，長公伯玉、冢孫公甫，與余世講，孫子孟樸、爾發、君昌，沈子弁丘，周子叔夜，陶子涪水，郟子千里，皇甫器之索言，介觴賦此》注。

② 孫履恒，字仲立，號袁谷。《震澤縣志》卷十六《名臣》：「孫履恒，字仲立，從龍子也。履恒天資穎異，學有原本，世以通儒目之。以浙籍入南雍，萬曆二十二年舉於鄉，屢試不第。四十四年就浙江義烏教諭，識張國維於諸生中。國維貧，履恒投館穀，捐俸資之。陞廣東新寧知縣。羅浮大寇祝可敬勾連紅夷寇，擾潮、惠。履恒好言武略，有知兵名。兩廣督特疏英才，再調博羅。履恒

陞肇慶府同知。未任，與惠州守不協，持履恒他事有要求，履恒堅乞休，不得，竟掛冠歸。天啓三年秋，張國維已官巡撫南直都御史，而蘇松兵備馮元颺，履恒有舊恩，思通刺一謁，後未嘗以私請。時張獻忠蹂躪廬、慶間，國維移鎮京口，遥爲江、皖聲援，延致履恒幕府。既賊衆西走，南都獲安，履恒有謀畫焉。所著有《二十一史選駁》一百卷。」

練鄉勇五百人，親犯矢石，且撫且剿，卒獲可敬正法。餘衆駭散，紅夷亦遁去。

③《司馬兵法》：戰國時齊威王命大夫追論古者司馬兵法，而附穰苴兵法於其中，定名《司馬穰苴兵法》。孫履恒好言兵法，崇禎間，曾輯《哀谷子商鷺武經七書》十一卷，又撰《武略雜言》一卷。

④《後漢書》卷四十九《仲長統傳》：「統性俶儻，敢直言，不矜小節，默語無常，時人或謂之狂生。每州郡命召，輒稱疾不就。常以爲凡遊帝王者，欲以立身揚名耳，而名不常存，人生易滅，優遊偃仰，可以自娱，欲卜居清曠，以樂其志，論之曰：『使居有良田廣宅，背山臨流，溝池環帀，竹木周布，場圃築前，果園樹後。舟車足以代步涉之艱，使令足以息四體之役。養親有兼珍之膳，妻孥無苦身之勞。良朋萃止，則陳酒肴以娱之；嘉時吉日，則亨羔豚以奉之。蹰躇畦苑，遊戲平林，濯清水，追凉風，釣游鯉，弋高鴻。諷於舞雩之下，詠歸高堂之上。安神閨房，思老氏之玄虚；呼吸精和，求至人之仿佛。與達者數子，論道講書，俯仰二儀，錯綜人物。彈《南風》之雅操，發清商之妙曲。消摇一世之上，睥睨天地之閒。不受當時之責，永保性命之期。如是，則可以陵霄漢，出宇宙之外矣。豈羡夫入帝王之門哉！』」

⑤《後漢書》卷四十九《王充傳》：「充好論説，始若詭異，終有理實。以爲俗儒守文，多失其真，乃閉門潛思，絶慶吊之禮，户牖牆壁各置刀筆。著《論衡》八十五篇，二十餘萬言。」

⑥柴桑：在江西九江西南，爲陶淵明故里。愚溪：在湖南永州西南，本名冉溪。唐柳宗元謫居於此，改其名爲愚溪。

⑦孫仲賓，字尾林。孫淳子。光緒《歸安縣志》卷三十一《選舉·舉人》：「嘉慶二十四年己卯：孫仲賓，岳顒孫，字尾林，順天中式。」

⑧鳥鳴伐木：語出《詩·小雅·伐木》：「伐木丁丁，鳥鳴嚶嚶。出自幽谷，遷于喬木。嚶其鳴矣，求其友聲。相彼鳥矣，猶求友聲。矧伊人矣，不求友生。」

⑨思皇多士：語見《詩·大雅·文王》：「思皇多士，生此王國。王國克生，維周之楨；濟濟多士，文王以寧。」

徐無礙詩集序①

亡命崎嶇，避仇脱死，古來湖海之士，間亦有之。然喑啞漆厲，草木腐滅，後世不能舉其姓名者，史書而外，又不知幾何也。

宛陵徐無礙先生，三十年前，以盛名起諸生間。時方弱冠，揖讓儒雅，學使者虚左禮之，郡邑有司交引爲上客。驟失貴人意，中以危法。向所愛重無礙者，怒而擠諸壑，不立死不止。謂天蓋高，不敢不跼；謂地蓋厚，不敢不蹐。無礙當日直死人耳。走齊魯，歷燕趙，抵秦晉，入商雒，氣息始屬，如是者十八年。歸而儒冠尚在，衣故衣，拜鄉黨，墳墓松柏，鬱然成行，兒孫繞膝，頭角長大。仍以鄉進士奏名王廷，司訓清溪。五年，遷縣尹。聖天子寤寐作人，於明經科尤加禮，拔儒官，陟臺省，適其時乎？

曩者貴人行慚雄狐②，鍛鍊名士，閉無礙牢獄中百二十日，脱取快意，寧謂天壤今日間復有徐生哉？即與徐生同難者，鞭撻酖毒，百無一存。余獨幸無礙蹈道而得生也。無礙去家奔走，年正壯盛，姓名雖變[一]，鬚眉不改。竊慮其賣藥市中，卜易江上，踪跡之者，猶得執而拘諸司敗。乃久客亡恙，髮未二毛，綰半通，擁百里，出其橐中，有詩數卷。江左風流，幽燕慷慨，高臺明月，振袖長吟，彼貴人者其聞之乎？向令無礙不逢豺虎，早致榮貴，及今之年，物會已過，烏所見奇？獨之生者死之，死者生朽骨久矣。而進用方稱，同里一氣，朝暮何殊？昔人所以願爲黄鵠，不願爲蜉蝣也。余同年蘇陽長師事無礙，所以左右先生者，無異孫賓石③與孔北海兄弟也④。其事載於《徐蘇合傳》，余讀之益爽然義命云。

【校記】

[一] 刻工誤將本文結尾與卷七《題張羽君夏山八詠册》結尾互相錯刻：本文「姓」後誤刻卷七《題張羽君夏山八詠册》之結尾：「天，殘枿枯蓬，涸魚寒鳥，盡載生意。羽君兄弟師事吾友顧麟士，

昕夕道風，違抗前哲。攜書渡江，此册在篋，寶先世之綬笥，抱吾祖之遺笏，孰若一卷爲愈。非賢者不能存精神，廣孝錫也。昔趙令疇在襄陽，橐中諸畫，皆令李方叔品評，予愧無方叔一長，抑羽君之好古念舊，即令疇猶執羈靮矣。」而卷七《題張羽君夏山八詠册》「吳人以爲」後誤刻本文結尾「名雖變，鬚眉不改。竊慮其賣藥市中，卜易江上，踪跡之者，猶得執而拘諸司敗。乃久客亡恙，髮未二毛，綰半通，擁百里，出其橐中，有詩數卷。江左風流，幽燕慷慨，高臺明月，振袖長吟，彼貴人者其聞之乎？向令無礙不逢豺虎，早致榮貴，及今之年，物會已過，烏所見奇？獨之生者死之，死者生朽骨久矣，而進用方稈，同里一氣，朝暮何殊。昔人所以願爲黄鵠，不願爲蜉蝣也。余同年蘇陽長師事無礙，所以左右先生者，無異孫賓石與孔北海兄弟也。其事載於《徐蘇合傳》，余讀之益爽然義命云」。天津本、復旦本俱誤。現調整置此。

【箋注】

① 此序徐日隆詩集。徐日隆，又名起卿，號無礙。詳見《近集》卷二《送徐無礙赴任景寧》注。

② 雄狐：《詩·齊風·南山》：「南山崔崔，雄狐綏綏。」借指好色亂倫之徒，古人用以諷刺淫邪之君臣。

③ 孫賓石：即孫嵩，曾義救趙岐。《後漢書》卷六十四《趙岐傳》：「延熹元年，玹爲京兆尹，岐懼禍及，乃與從子戩逃避之。玹果收岐家屬宗親，陷以重法，盡殺之。岐遂逃難四方，江、淮、海、岱，靡所不歷。自匿姓名，賣餅北海市中。時安丘孫嵩年二十餘，遊市見岐，察非常人，停車呼與共

載。岐懼失色，嵩乃下帷，令騎屏行人。密問岐曰：『視子非賣餅者，又相問而色動，不有重怨，即亡命乎？我北海孫賓石，闔門百口，勢能相濟。』岐素聞嵩名，即以實告之，遂以俱歸。嵩先入白母曰：『出行，乃得死友。』迎入上堂，饗之極歡。藏岐複壁中數年，岐作《戹屯歌》二十三章。」

④孔北海：即孔融，曾義救張儉。《後漢書》卷七十《孔融傳》：「山陽張儉爲中常侍侯覽所怨，覽爲刊章下州郡，以名捕儉。儉與融兄褒有舊，亡抵於褒，不遇。時融年十六，儉少之而不告。融見其有窘色，謂曰：『兄雖在外，吾獨不能爲君主邪？』因留舍之。後事泄，國相以下，密就掩捕，儉得脱走，遂并收褒、融送獄。二人未知所坐。融曰：『保納舍藏者，融也，當坐之。』褒曰：『彼來求我，非弟之過，請甘其罪。』吏問其母，母曰：『家事任長，妾當其辜。』一門爭死，郡縣疑不能決，乃上讞之。詔書竟坐褒焉。融由是顯名，與平原陶丘洪、陳留邊讓齊聲稱。」

吴日生稿序①

今年夏初，日生刻其近義二十篇，多抗往切今之談，主於規諷廊廟、匡變世俗。騶虞好仁②，屈軼指佞③，猶有見者。人文挾此，可與論出處矣。秋試，冠一經，同人恨其不即舉首，與維斗並稱盛事。乃日生意無喜愠，聞報日即抱舊時篋書，坐館舍，與曩日生徒講論不輟。凡車馬出入，賓從酬獻，所爲貴人繁苦者，脱如無有。風雨徒步，華冠緼衣，間操小舠，過問諸同志。高論丙夜，辭致慷慨，憂危盛明，志存許國。乃知高軒不易敝廬，鼎食不忘故人，前賢美談，猶日生之小節，未足量遠也。

全稿出，海内望其名氏，驚喜購讀。抑聞聲相思者，人也；進前而御者，文也。莊惠捐金，伯期撫絃，相知以心，未容嗒喪。則形外賞歎，憑此一卷矣。夫行卷房稿，因時變遷，同於歲序。然蚤凋者多，晚勁者寡。近則畸人偉士，曠不欲觀，意謂直言中心，寄覽無益。若令遍誦日生諸篇，武侯《出師》，令伯《陳情》，忠孝之思④，斐然可睹。此固延陵家書也。敢薄帖括爲不傳，來壯夫雕蟲之目乎⑤？

周子仲馭，素負人倫月旦。昨遺書余云：「與日生對竟日，目中未嘗見如許人。」今讀此稿，其欣慰當過甚，所謂既見楚山，又遇宋玉也。

【繫年】

據文中「今年夏初，……秋試，冠一經」及吴山嘉《復社姓氏傳略》卷二《孫兆奎傳》「崇禎丙子與吴昜同舉於鄉」，可知此文作於崇禎九年（一六三六）秋冬時。

【箋注】

① 吴昜，字日生，號惕庵。詳見《合集·詩稿》卷一《和吴中翰虞姬墓詩限韻》注。

② 騶虞好仁：騶虞，傳説之義獸。《詩·召南·騶虞》：「彼茁者葭，壹發五豝，於嗟乎騶虞。」毛傳：「騶虞，義獸也。白虎，黑文，不食生物，有至信之德則應之。」皮日休《相解》：「以騶虞爲獸

邪？則騶虞仁義之獸也。」

③屈軼指佞：屈軼，一作「屈佚」，古代傳説中一種能指識佞人之草，故又名「指佞草」。張華《博物志》卷三：「堯時有屈佚草，生於庭，佞人入朝，則屈而指之。」

④趙與旹《賓退録》卷九：「讀諸葛孔明《出師表》而不墮淚者，其人必不忠；讀李令伯《陳情表》而不墮淚者，其人必不孝。」

⑤揚雄《法言》卷二《吾子》：「或問吾子少而好賦。曰：『然。童子雕蟲篆刻。』俄而曰：『壯夫不爲也。』」

賀蔣八公先生掌坊序代①

戊丑南宫之役，首選士並在江南。一時賀戰勝者，咸謂文章典瑞，惟南有之。都人士詠臺笠而思豐芑②，岐山首善，敬恭不忘。及考諸宫牆，皆閩晉八翁蔣公門下士。當日公奉簡書，蒞棘闈，職雖副也，蚤夜帥先，必公必慎，焚香静室，醮士公堂，惓惓以進人材、報國家爲首務。墨子云：「周公朝讀書百篇，夕見七十士。」③求賢若公，殆有其心者哉！

戊辰試禮部者第一人，亦出公門，蓋今天子首科也。公職分考，得人獨盛。其間官臺諫、列館閣者，比肩疊跡，丰采愛慕，爲京師貴重。南闈科場議起，公適以皇華出行，休沐里舍，語言甲乙，默不與聞。當宁鑒公赤誠，雖少抑之，即進庶子掌坊局。凡公同籍詞臣，參贊鼎輔，虚遲周行者，不乏其人。公奏序金甌，鴻漸以類④，《泰》之初九⑤，其斯時乎？西漢韋、匡捷足相位，博士褚先生次其事，感慨係焉。丞相與御史大夫，位至重也，或數十年而不代，或不出城門一二年而即得之，各視其命，未可力争。所難者，論道弘化，無愧厥職耳。公居家抱《中孚》之爻，登朝守玉鉉之節⑥。余所以爲志分陜、頌説命也。

壬戌掄才，政繇福清，詞館之選，賫賫可述。公與石齋黄公爲政本同省，廉其學行尤詳。拔擢文翰，等于鄉舉里選，非公孫阿世⑦、白衣《春秋》敢望朋齒也。

石齋瀰倫天人，深于陰陽災異。公博通典章，勒成一部，比名《金海》⑧，雖未布國門，遠方募購，無異葫蘆《漢書》也。聖明右文廣教，延攬郡國，招列内外，悉升之史館，興起學問，典型模楷，非公其誰？漢帝陽朔之詔曰：「儒林之官，四海淵源。」⑨貴善學也。班固《辟雍》之詩曰：「皤皤國老，孝友光明。」⑩貴人望也。公造深彊立，雍容應運，以入洛之期，赴爰立之會⑪，輟鈴鼓，除門闌。予日拭目焉。昔賢論選舉者，莫先讓官，三公員闕，擇其中讓多者代之。公誠能讓人者也，人無不願讓公者也。唐虞交讓之化，又于是行將見之矣。

【繫年】

據文中「戊丑南宫之役，首選士並在江南」及《天啓二年壬戌科進士履歷》「甲戌升右庶子，掌司經局印。戊寅升左庶子，掌左春坊印」，兼據前文作時，可知此文作於崇禎十年（一六三七）。

【箋注】

①蔣德璟，字申葆，晉江人。《明史》卷二百五十一《蔣德璟傳》：「蔣德璟，字申葆，晉江人。父光彦，江西副使。德璟，天啓二年進士。改庶吉士，授編修。崇禎時，由侍讀歷遷少詹事，條奏救荒事宜。尋擢禮部右侍郎。首輔周延儒嘗薦德璟淵博，可備顧問，文體華贍，宜用之代言。遂擢德璟及黄景昉、吴甡爲禮部尚書兼東閣大學士，同入直。延儒、甡各樹門户，德璟無所比。性鯁直，黄道周召用，劉宗周免罪，德璟之力居多。福王立于南京，召入閣。自陳三罪，固辭。明年，唐王立于福州，與何吾騶、黄景昉並召。又明年以足疾辭歸。九月，王事敗，而德璟適病篤，遂以是月卒。」

②臺笠：指簑衣和笠帽。《詩·小雅·都人士》：「彼都人士，臺笠緇撮。」借指布衣平民。豐芑：《詩·大雅·文王有聲》：「豐水有芑，武王豈不仕，詒厥孫謀，以燕翼子，武王烝哉。」指帝王推衍教育子孫之澤於國人，廣設學校，爲國儲才。

③《墨子·貴義》：「子墨子南遊使衛，關中載書甚多。弦唐子見而怪之，曰：『吾夫子教公尚過曰：「揣曲直而已。」今夫子載書甚多，何有也？』子墨子曰：『昔者周公旦朝讀書百篇，夕見七十士，故周公旦佐相天子，其脩至於今。翟上無君上之事，下無耕農之難，吾安敢廢此？』」

④鴻漸以類：語出《易·漸》：初六鴻漸于干，六二鴻漸于磐，九三鴻漸于陸，六四鴻漸於木，九五

鴻漸于陵，上九鴻漸于陸。言鴻雁出水之後，漸至高位。後以喻指仕進。

⑤《泰》之初九：《泰》爲《周易》六十四卦之第十一卦，由下乾上坤組成，象徵「通泰」。

⑥玉鉉：玉製舉鼎之具，狀如鉤，用以提鼎之兩耳。《易·鼎》：「上九，鼎玉鉉，大吉無不利。」喻處於高位之大臣。

⑦《漢書》卷八十八《轅固傳》：「武帝初即位，復以賢良徵。諸儒多嫉毁曰固老，罷歸之。時固已九十餘矣。公孫弘亦徵，仄目而事固。固曰：『公孫子，務正學以言，無曲學以阿世！』」

⑧金海：《金海》三十卷，蕭吉著。見《北史·蕭吉傳》。兩《唐書》著録爲四十七卷。

⑨王益之《西漢年紀》卷二十五《成帝》：「九月，奉使者不稱。詔曰：『古之立太學，將以傳先王之業，流化於天下也，儒林之官，四海淵源，宜皆明於古今，温故知新，通達國體，故謂之博士。』」

⑩班固《辟雍詩》：「乃流辟雍，辟雍湯湯。聖皇涖止，造舟爲梁。皤皤國老，乃父乃兄。抑抑威儀，孝友光明。於赫太上，示我漢行。洪化惟神，永觀厥成。」

⑪爰立：《尚書·説命》：「爰立作相，王置諸其左右。」孔傳：「於是禮命立以爲相，使在左右。」後以「爰立」指拜相。

袁特丘司理考績序①

吴之邑宰，文章吏治，與山靈偕不没者，至今稱公安袁石公先生②。先生伯氏玉蟠先生③，其季小修先生④，則皆文家鉅公也。公安三袁聲名著作咸在日月之際，而吴人于石公先生親承教化，尤服膺不倦。山溪樓觀，酒亭池館，題柱刻石，謡吟載塗，無異周人之思召公也。

特丘、田祖⑤，命世絶才，原本家學。海内問奇字、探玄文者，群走其門，與余稱兄弟交。辛未南宫之役，余同楊子維斗遊燕都，識兩袁于廣坐中。舉酒相屬，意氣深重，翻然告别，皎日在心。後吴楚地隔，音問寂寥。甲戌里居，睹登科姓字，特丘得之，田祖失之，憂喜交半。竊意明主勤求賢逸，得人闢門開閣，旁招俊乂。歌頌相得，鴻毛沛風，孰有先我袁特丘者？而津路持之，一時名士盡驅，出就外吏，特丘遂司理淮上。宋熙寧時，王荆公爲政，忌眉山蘇子瞻，使之權推開封。子瞻判决神明，荆公爽然意失⑥。而唐時幕府推官，辟選高名，如韓退之⑦、狄汝諧之倫⑧，流聞後世。今以特丘當之，知不難也。

淮陰，古戰争地，水界河雒，陸控徐豫，平時周防險阻，嚴于他邦。邇者劇盜横行，虜問洊至，傳火擊柝，竟夜不寧。特丘介而巡呼，疏行列，栅塢壁，懸漏立表，信賞明罰，不愈月而戰守備具。有辮髮胡語者來觀營壘，輒曰：「此袁公淮上軍也。」連臂散去。淮流峻悍，轉輸病涸。公策馬立岸上，召徒浚發，去斗泥，鞭墮土，艅艎啣尾，邪許而進，莫有留者。袁公，一文吏耳，事權之重，非劉司農、韓節度比⑨，而防禦輓運，實兼其任。以皁衣數人，紙書方尺，分茅虎之威，寄節鉞之半，重闘外而增十萬師也，豈不賢哉？世謂白面毛錐，不敵長鎗大劍⑩。今觀特丘，始知書生有益人國。即有譏南陽之盛名，笑壇場之虚拜者，賴吾特丘一雪此言耳。

特丘于丙子分校南國，得士居最。門下生若吴純祜、周簡臣、陸狂生諸子，皆當代名宿，群推爲大圭、白鷺也。裘帶之餘，琴歌滿堂，古惟孔北海⑪、陸江東乃有此樂，特丘其再見矣。往時石公先生治成，爲天官郎，清通簡要，莫敢並席。特丘奏績，選部亦列其名，請佐荃宰。純祜謀觴之，而以言屬余。余惡知文，所知者特丘重官，非官重特丘耳。撫今論昔，東漢公卿，四世家乘，其先志也。

【繫年】

袁彭年中崇禎七年進士，授淮安推官。據文題，此蓋三載考績，兼據前文作時，此文蓋作於崇禎十年（一六三七）。

【箋注】

① 袁彭年，字介眉。詳見《近集》卷四《周簡臣稿序》注。

② 袁宏道，字中郎，號石公，公安人。萬曆二十年進士，知吴縣，官至吏部郎中。與兄袁宗道、弟袁中道稱「三袁」，反對王世貞、李攀龍復古之風，主張詩文以抒寫性靈爲主，時稱「公安體」。有

《袁中郎集》。《明史》有傳。

③ 袁宗道，字伯修，公安人。袁宏道兄。萬曆十四年會試第一，授編修，卒官右庶子。時王世貞、李攀龍主文壇，復古摹擬之風極盛，宗道與弟袁宏道、袁中道力排其説。推崇白居易、蘇軾，因名其齋爲白蘇齋。有《白蘇齋類稿》。

④ 袁中道，字小修，公安人。袁宏道弟。初隨兄宦游京師，交四方名士。萬曆四十四年進士，官至南京吏部郎中。有《珂雪齋集》。

⑤ 袁祈年，字未央，更字田祖。袁中道子。復社成員。吴山嘉《復社姓氏傳略》卷八：「袁祈年，字未央，更字田祖。南京吏部郎中中道子。諸生。性好施，扶植危困，不靳心力。事諸母以孝聞。光宗立，爲嗣父宏道請卹典，以廕入監。天啓甲子舉北闈鄉試，年四十九卒。私謚文孝。」

⑥《宋史》卷三百三十八《蘇軾傳》：「即日召見，問：『方今政令得失安在？雖朕過失，指陳可也。』對曰：『陛下生知之性，天縱文武，不患不明，不患不勤，不患不斷，但患求治太急，聽言太廣，進人太鋭。願鎮以安静，待物之來，然後應之。』神宗悚然曰：『卿三言，朕當熟思之。凡在館閣，皆當爲朕深思治亂，無有所隱。』軾退，言於同列。安石不悦，命權開封府推官，將困之以事。軾決斷精敏，聲聞益遠。」

⑦《新唐書》卷一百七十六《韓愈傳》：「擢進士第。會董晉爲宣武節度使，表署觀察推官。晉卒，愈從喪出，不四日，汴軍亂，乃去依武寧節度使張建封，建封辟府推官。操行堅正，鯁言無所忌。」

⑧《新唐書》卷一百一十五《狄兼謨傳》:「兼謨,字汝諧,及進士第。辟襄陽使府,剛正有祖風。」

⑨《新唐書》卷二百三《盧綸傳》:「(韓)翃字君平,南陽人。侯希逸表佐淄青幕府,府罷,十年不出。李勉在宣武,復辟之。」

⑩《新五代史》卷三十《史弘肇傳》:「弘肇曰:『安朝廷,定禍亂,直須長槍大劍,若「毛錐子」安足用哉?』三司使王章曰:『無「毛錐子」,軍賦何從集乎?』『毛錐子』,蓋言筆也。弘肇默然。」

⑪《後漢書》卷七十《孔融傳》:「性寬容少忌,好士,喜誘益後進。及退閑職,賓客日盈其門。常歎曰:『坐上客恒滿,尊中酒不空,吾無憂矣。』」

吴禹玉先生榮封序①

國家慎重,封誥于詞臣,尤兢兢云。五載殿陛,始膺榮命,不及年者,久而不進。又功令新毖,朝臣奉封敕,必趨殿下,稽首拜手,然後馳入里門。所以明聖天子恩厚,爲其家人光寵。而史臣吴駿公適官京師,秩滿晉封,躬拜綸命,盥濯襲藏,遠致父母。其大人禹玉先生率子弟出郭門,恭敬祗受。於是釋平服,冠朝冠,歸而歌報上之詩,晨露晞陽,莫能喻也。先生博觀典文,齒髮華潤,即使其身服官當封,五十之年,亦未云晚。廼養閑物表,獨食後福,詘而若伸,先生豈無意乎?晉范武子爲政,未老而退,文子繼之②;晉侯使祁奚舉賢,則曰:「莫若子午也。」③此兩人者,晉之賢大夫也。讓卿位而不居,薦其子而無忌,曰：「後有賢者，我其可以止矣。」

禹玉先生有子駿公，才而早貴。次子清臣、孚令，圭璋特達，又將騫而萬里。凡人一子能賢，即悠悠日暮，終朝鼓缶。先生三子皆賢者也，貴者尤有令名。設先生蚤遇人主，備位公卿，明王側席而問義，無庸自隱其子。今者年壯子達，韜光田野，仍韋偯之世德，諷老氏之知止④，其不仕也，實榮於仕。是故詔書到門，大帶脩服，人以爲先生之履盛，予以爲先生之好藏也。

夫名士立身，顯晦殊致，爲善同塗。駿公善于國者也，先生善于鄉者也。尋常觀之，善于鄉易，善于國難。若至今日，其難等耳。召宗人而告之以誠，簡童僕而柔之以禮，見故人則下車，聞鄉黨疾病則往問。衣取其敝，食取其陋，田廬取其溝塍。數者，賢人所能也。然而異己者生嫌，反道者懷妒。進譽走趨者集他日之毁，望恩門庭者來無已之怨。爲善彌篤，則見善彌難。先生父子仁義砥礪，席通處顯，四方觀聽，鄉里見聞，莫不謂周召二伯，岳牧九官，其事旦夕傾耳。車音掃門，侯德者不知其幾也。而耽耽之徒，側目其間者，亦不乏人。

今駿公既夙夜小心，毋忘精白。先生復沖夷應物，挹而不盈。其御家也，即萬石之居朝廷也⑤；其當官也，即君平之銘座右也⑥。二者盡善，故至聽歸焉。青宫講學，慎選端人。駿公遂列左右，年少而爲師保，其三公之權輿乎？而恩數及親，高堂伉儷，並荷天寵。即先生擁書樂道，長吟皋園，無藉子孫以顯。然如東方大夫避世金馬門⑦，無不可也。

【繫年】

據文中「五載殿陛，始膺榮命，……而史臣吳駿公適官京師，秩滿晉封，躬拜綸命，盥濯襲藏，遠致父母」，復據談遷《國榷》卷九十六「（崇禎十年十月）甲寅，定東宫官屬。太子少保、禮部尚書姜逢元、詹事姚明恭、少詹事王鐸、國子祭酒屈可伸侍班，禮部右侍郎方逢年、右諭德項煜、翰林修撰劉理順、編修吳偉業、楊廷麟、林增志直講讀」，可知吳偉業崇禎十年十月任東宫講讀，其父亦得榮封，故此文作於崇禎十年（一六三七）。

【箋注】

① 吳琨，字禹玉，又字藴玉，號約齋。吳偉業父。詳見《續集》卷二《吳駿公稿再序》注。三子：長子吳偉業，字駿公；次子吳偉節，字清臣；三子吳偉光，字孚令。

② 《左傳·宣公十七年》：「范武子將老，召文子曰：『燮乎！吾聞之，喜怒以類者鮮，易者實多。詩曰：「君子如怒，亂庶遄沮。君子如祉，亂庶遄已。」君子之喜怒，以已亂也。弗已者，必益之。郤子其或者欲已亂於齊乎？不然，余懼其益之也。余將老，使郤子逞其志，庶有豸乎？爾從二三子，唯敬。』乃請老，郤獻子爲政。」

③ 《國語·晉語·祁奚辭於軍尉》：「祁奚辭於軍尉，公問焉，曰：『孰可？』對曰：『臣之子午可。

人有言曰：「擇臣莫若君，擇子莫若父。」午之少也，婉以從令，遊有鄉，處有所，好學而不戲。其壯也，彊志而用命，守業而不淫。其冠也，和安而好敬，柔惠小物，而鎮定大事，有質直而無流心，非義不變，非止不舉。若臨大事，其可以賢於臣也。臣請薦所能擇，而君比義焉。』」

④《老子》第四十四章：「故知足不辱，知止不殆，可以長久。」

⑤《漢書》卷四十六《石奮傳》：「奮長子建，次甲，次乙，次慶，皆以馴行孝謹，官至二千石。於是景帝曰：『石君及四子皆二千石，人臣尊寵乃舉集其門。』凡號奮爲萬石君。」

⑥嚴遵《座右銘》：「夫疾行不能遁影，大音不能掩響。默然託蔭，則影響無因；常體卑弱，則禍患無萌。口舌者，禍福之門，滅身之斧；言語者，天命之屬，形骸之部。出失則患入，言失則亡身。是以聖人當言而懷，發言而憂。如赴水火，履危臨深。有不得已，當而後言。嗜欲者，潰腹之矛；貨利者，喪身之仇；嫉妒者，亡軀之害；讒佞者，刎頸之兵；殘酷者，絶世之殃；陷害者，滅嗣之場；淫戲者，殫家之塹；嗜酒者，窮餒之藪；忠孝者，富貴之門；節儉者，不竭之源。吾日三省，傳告後嗣，萬世勿遺。」

⑦《史記》卷一百二十六《滑稽列傳》：「朔行殿中，郎謂之曰：『人皆以先生爲狂。』朔曰：『如朔等，所謂避世於朝廷閒者也。古之人，乃避世於深山中。』時坐席中，酒酣，據地歌曰：『陸沈於俗，避世金馬門。宮殿中可以避世全身，何必深山之中，蒿廬之下。』金馬門者，宦者署門也，門傍有銅馬，故謂之曰『金馬門』。」

陳侯木叔迎養賀序

陳侯木叔之治靖也，三月而民化，歌舞屬道，于古所稱弘農汲令無異也。侯母某太夫人版輿入城，民争趨擁，歡聲殷雷。明經朱子輿率邑中長者爲壽，載酒擊鼓，耆幼群集，屬予操觚而前，折揚皇荂。予則何能？抑本諸田野，亦《豳風》之葦萮乎？

侯起名家，稱文章宗工。南宫既第，天下望其入承明，領著作。乃屈首受理人選，又不得壯縣，而宰僻國。同人邑邑，謂：「杯水拗堂，不展霖雨。」侯獨怡然曰：「嬴糧述職，酌泉厲清，豈異人任？」遂輕舸造邑，綰綬而治。夫漢之公輔，出于循良；宋之道學，皆能吏治。彼戀禁闥而薄郡邑者，其人非盡有長孺獻納之忠①，京生在外之慮也。烹鮮不嘗，而鉛鈍畏割，攤指告退，謹避賢者路耳。侯覽察今古，議論六合，名山大州，皆其襟帶。適然而之靖，靖之人驚以爲神也。侯則叩囊底應之有餘矣。

靖暴苦旱，侯甫至，葛衣草履，禱于日中，體極咯血，匍匐不休。未幾大雨，境内歲登，雙穗之稻②，八蕊之綿，建靖以來所僅有也。靖介江濱，司民牧者輕其選，不注進士第，以名進士來尹者自侯始。侯之賢又越前人而上，邑人喜且懼。喜者曰：「侯來何暮？地不得侯，其斥鹵乎？」懼者曰：「侯非百里才，焉能旦夕處此也？」亡何，臺使者果議調劇邑。

靖人搴裳濡足，渡江來告。使者憐其意，許且止。舉國猶惴惴，見太夫人至，則大喜曰：「侯母且來，侯將焉往？」太夫人婦德隆盛，不能節記，獨以教子言，居家剉薦，在官却鮓，其概也。

侯爲諸生時，舄履滿門，賓從絡繹，堂上置酒，丙夜賦詩，不聞瓶罄，惟母之力；蕭然出宰，飲食潔清，烏傷竹箭，可以贈人，亦惟母之志。靖人稱侯曰慈母，稱太夫人則曰慈母之母。太母之弄孫，慈母之抱子，情猶一子也。太夫人子侯，侯則子靖之人。羔羊之節③，純臣所以答親；甘棠之仁④，孝子所以錫類。侯克備之矣。侯憂憫念深，賦《早朝詩》一篇，痛言世病，有杜少陵、元道州風〔一〕。一日立于朝，攀檻而呼，列麻而哭，無禮于君者，必側目不敢近。

今僅砥礪治行，爲百城表，尚其寄耳。蘇之崇川稱小國，與常之靖等也。累官者罷不任。楚魚山熊公以名進士往，始大治。後熊公考最入諫官，著直節。靖有我侯亦然，其他日可知也。邇者功令程督，遇進士加嚴，邊荒虜寇，濕下煩瘠之地，必敕進士往，厚其期許，不恕盤錯。侯一出而勝任愉快，使朝廷知進士得人，誠異于他途。此亦制科之極榮，祖宗之深願，仰天之祝，豈徒靖人哉！

昔崔封積薪自焚而甘澍降，祝良暴身堦庭而霖雨集⑤。咸以祈請之誠，垂名史册。侯減刑省賦，聘賢息奸，惠民之道，非一而已。太夫人内觀懸金，外聘鳴瑟。益信國人稱願，莫此爲大，即東海萬石、師氏九經，寧足並哉！

【校記】

〔一〕「元道州」，原作「袁道州」，逕改。

【箋注】

①《漢書》卷五十《汲黯傳》：「好游俠，任氣節，行修潔。其諫，犯主之顔色。常慕傅伯、袁盎之爲人。善灌夫、鄭當時及宗正劉棄疾。亦以數直諫，不得久居位。……上曰：『然。古有社稷之臣，至如汲黯，近之矣。』」

②雙穗：亦作駢穗，指並生之雙穗，古人以爲祥瑞。《宋史·樂志十三》：「時和物阜粟滋茂，嘉生駢穗來呈祥。」

③《詩·召南·羔羊》毛序：「羔羊，鵲巢之功致也。召南之國化文王之政，在位皆節儉正直，德如羔羊也。」後以「羔羊」稱美士大夫操行潔白、進退有節。

④《史記·燕召公世家》：「周武王之滅紂，封召公於北燕。……召公巡行鄉邑，有棠樹，決獄政事其下，自侯伯至庶人各得其所，無失職者。召公卒，而民人思召公之政，懷棠樹不敢伐，歌詠之，作《甘棠》之詩。」後遂以「甘棠」稱頌循吏之美政和遺愛。

⑤杜文瀾《古謠諺》卷十九《洛陽人爲祝良歌》引《長沙耆舊傳》：「祝良，字石卿。順帝時爲洛陽

令。歲時亢旱，天子祈雨不得。良乃曝身階庭，告誠引罪。自晨至午，紫雲沓起，甘雨登降。」

賀李青藜榮擢禮官序①

鄆之名三阿也，以有平阿、中阿、北阿也②。土高廣水，俗厚勤稼，自古志之。久而悍急剽疾，微有楚風。蓋地介南北，水陸奔會，蒙衝犀兕，鮫身文衣，嗷咷間作。又旱溢不時，萑苻伺釁，暇則擊櫂荷擔，急則操梃科跔，習使然也。自宕渠李侯來蒞，旬月大治，土風變革，邑人驚焉。

侯固文章名家，西蜀所稱青藜先生，山右李括蒼先生闈中士也③。括蒼先生總挈名教，當世士宗。相文之善，無啻九品中正④。嘗仰天而祝，願得偉人君子，爲國楨幹。以故門下高第，磊砢肩望。侯名藉甚，承明石渠，旦暮遇之。使吏吏事，乃出守鄆。故事：遷除縣尹，奏績，第居臺省，州大夫即行能高，僅同曹郎序進。今天子破格登賢，詔州邑政成，選陟均體，兼虛詞署，設席以待。而宕渠李侯適應其會，五載論最，遍海内大州，無賢於侯者。三阿之人惟恐侯行，爲賦《五鼓之歌》⑤。又喜侯即行，翱翔玉堂，異於前者諸大夫也。

亡何，晉春官郎⑥。時與侯一輩者，遷延詔書，久次半通。而侯獨先之，無周南之滯⑦。

四牡將駕，後命方隆。顧三阿耆老稚子猶有邑邑者，謂：「茂異若侯，朝廷欲寵其行，何不遽？」朱仲卿⑧、尹子況⑨，若尚曹郎，爲牽車載酒，挽侯母去，侯笑解之。

余處東海，心高其義，敬舉一觴，吾侯行矣。不寬不猛，無黨無偏。前有楊璵⑩，後有宕渠，侯何以得此聲於人間哉？士序學校，民序阡陌。商謳旅唄，遠人棹歌。望盂城之氣勢⑪，咏少游之短篇。白波萬里，青草如雲。莫非侯之所以不朽也。治國之道必先以《禮》，《周官·小宗伯》在侯，其權輿耳。其留也，去珠可還；其行也，大錢可受。姚給事所言六官，蓋一驗也。

【繫年】

據康熙《順慶府志》卷九《李含乙傳》「庚辰陞禮部儀制司員外」，此文作於崇禎十三年（一六四〇）。

【箋注】

① 李含乙，字生東，號青藜，渠縣人。康熙《順慶府志》卷九《藝文志》：「李含乙，字生東，號青藜，蜀之渠縣人。少師事兄孝廉儲乙，奉母以孝聞，蜀人稱之爲孝友之家。乙卯舉於鄉試，崇禎甲戌成進士。授高郵州知州，精敏廉幹，郵人至今思之。庚辰陞禮部儀制司員外。壬午歷主客司郎中，丁母憂。時蜀中大亂，所在被寇。公間道還渠，渠已爲張獻忠所據。公匿民舍，賊聞，遣人致奠，因叩門禮請。公以母柩未窆，匿不出。旬月間，擇吉卜葬。事畢，乃衰絰至郊外，挺身示賊，

奮投逆流中。賊駕小舟沿江挽救，公志在必死，乃逆水回湧至淺灘，遂爲賊所得。賊驅公及兄儲乙入城，將以禮送詣獻忠。儲乙怒罵，公不語，仰天大笑而已。賊知不可屈，以利刃迫之。公兄弟延頸就刃，引而出之者數四，終不動。於是桎梏之，繫獄中。邑人素重公，聞公被禁，群呼曰：『李公賢者，以忠義被辱，我等忍坐視乎！』奮激赴難者，倉卒數萬人，薄城圍之。賊知不敵，夜遁去。公乃得出獄。即里中壯士擇其勇健者爲一軍，建立義旗。方其時，川北一帶爲賊盤踞，聞公義，各去僞號，殺僞署官吏，蜂起應之，軍聲大振。時大學士王應熊以宰相制全川，與公相犄角。賊數戰不利，乃引歸成都。東北稍稍寧息，惟廣安州尚爲賊藪。渠、合之道阻塞，應熊遺書必取此以通咽喉。公遂麾衆進戰于廣安城下，親冒矢石，大呼奮入。馬蹶，爲賊所獲。公仰天歎曰：『本朝剪滅群醜，上報國家，下安桑梓。今事不濟，天也！』大罵不屈，死之。兄儲乙統其衆。後年餘，衆賊僞降，儲乙納之，被執不屈，罵賊死之。」

②《讀史方輿紀要》卷二十三《高郵州》：「北阿鎮，州西八十里。亦曰三阿。三阿者，鎮之南有平阿湖，又南有下阿溪也。」

③李建泰，字括蒼。吴世傑《甓湖草堂集》卷五：「李建泰，字括蒼，曲沃人。天啓二年進士，由庶吉士歷官吏部侍郎。入閣時，寇逼畿輔。建泰請督師，帝賜尚方，倣古推轂禮，餞之正陽門外。建泰至保定即降，旋入都。賊掠諸閣臣，建泰獨寬。仕清叛，被戮。」《明史》有傳。

④九品中正：亦稱九品中正制或九品官人法，爲官吏選拔法，始自魏晉。按照家世門第分別評定

爲九等，即九品（上上、上中、上下；中上、中中、中下；下上、下中、下下），以備朝廷選用。至隋文帝開皇年間廢止。

⑤《晉書》卷九十《鄧攸傳》：「攸在郡刑政清明，百姓歡悦，爲中興良守。後稱疾去職。郡常有送迎錢數百萬，攸去郡，不受一錢。百姓數千人留牽攸船，不得進，攸乃小停，夜中發去。吴人歌之曰：『紞如打五鼓，鷄鳴天欲曙。鄧侯挽不留，謝令推不去。』」後因以「五鼓之歌」爲稱頌良吏之典。

⑥春官郎：即禮部郎中。

⑦周南之滯：周南，指今河南洛陽一帶。《史記·太史公自序》：「太史公留滯周南。」

⑧《漢書》卷八十九《循吏傳》：「朱邑，字仲卿，廬江舒人也。少時爲舒桐鄉嗇夫，廉平不苛，以愛利爲行，未嘗笞辱人，存問耆老孤寡，遇之有恩，所部吏民愛敬焉。遷補太守卒史，舉賢良爲大司農丞，遷北海太守，以治行第一入爲大司農。爲人淳厚，篤於故舊，然性公正，不可交以私。天子器之，朝廷敬焉。」

⑨《漢書》卷七十六《尹翁歸傳》：「尹翁歸，字子兄，河東平陽人也。……翁歸爲政雖任刑，其在公卿之間清絜自守，語不及私，然温良嗛退，不以行能驕人，甚得名譽於朝廷。」

⑩萬曆《寧國府志》卷十七：「楊璵，字器之。少篤學，第天聖庚辰進士，歷太常博士、員外郎，知袁州。衢、信二州民爭水利，傷人，委璵決之。璵曰：『衢故當上流，水所自出，然衢民頻泄水外河，

溉不及信，爭繇之起。』其著令先衢而后信，訟遂平。歷知舒州，以朝請大夫守光禄卿致仕。」

⑪ 盂城：江蘇高郵别名。祝穆《方輿勝覽》卷四十六《高郵軍》：「盂城，《郡志》謂：『地形四隅皆低，城基特高，狀如覆盂。』」

賀申君美年伯榮封序①

素公成進士，於今九年矣。門庭數楹，輿馬不治。太翁君美先生角巾閉關，里人罕識其面。二三故舊，攜酒造廬，談詠終日，未嘗問田宅貨財。素公宦五雲，時時省起居，先生首以廉訓。歲月上尊，無獻簞笥，輒頓首謝受教，酌泉飯換。自服官來，不聞取民間脱粟爲家餉也。五雲地瘠，民苦賦甚，素公務以仁心柔之。當奏績時，逋賦二千，或謂稍施箠令，事立辦耳。素公蹙然曰：「土毛單矣②。奈何以一官故病民？」輯瑞已畢，翻然南還，與民和顔色，敷腎腸，如昔日也。故事：縣令奏最，五載爲滿。素公偉人國器，海内望其旦暮登用，鹽梅金礪③，獨以百姓故留，遲之三年，不少侘傺，何似古陽大夫哉！

太翁里居教子，次公澹尹④，季公湘令⑤，文章行誼，步趣伯氏，善承親歡。子婿沈庚三亦藝林世家⑥，縱横墳典。翁左右顧之，出入甚得。然長公宦遊久，兩大人封命當朝夕下，猥遲九年而後得，以常情言，猶豫不平，或所時有，翁獨恬夷自適，與素公一致。余小子私拜下風，竊謂衣冠卓爾如我君美先生，即微寵命，龍丘之節，通德之門，崇高當世，重以封章，天眷日至。父誦《式穀》，子歌《清廟》，「維桑與梓，必恭敬止」⑦。揄揚樂事，又奚慕於騎龍弄鳳、翔嬉雲間者耶？

先生少食貧，方潔不阿，姻黨富人以財矜雄，謝不往見。唐浩宇先生，邑之尊宿，素奇先生，妻以賢女。入門執儉，有戴叔鸞家風。先生間行邇中，獲遺金一餅。拱立以俟其人，還之乃歸。今已貴盛，猶布衣耳。閨室操作，杼舊無改。聞之申氏相族，孝友廉讓，踵武行德。少溪公當中年析箸，推財昆弟，自取污萊。至今子孫繼跡，不尚膏腴，不耻弊惡，其家教也。

素公弱冠即舉於鄉，高文隆名，爲世師法。辛未，與余同出蒲阪楊夫子門⑧。夫子勖士，必先《孝經》首章。余兩人伏席聽，退而交勉，毋忘斯言。丁丑初夏，素公覲還，復入豫章。余遇之吴門，戲謂：「君遠玉堂，遊江湖，其滄浪漁父耶？」素公大笑，鼓枻竟別。又三易寒暑，詔書到門。太翁太母錫帶之榮，自今日始。念我素公，乘高攬轡，河清麟見，適其時也。養翮數年，培風一日。余昔爲嘆周南，而今且爲咏燕喜⑨，先生可以受矣。惟君惟民，《尚書》訓之；急名與官，韓子刺之⑩。素公神明寧淡，周流歲星，吏道克舉，習民依而後達國體，勞王事而後養親志。天子之葵，元侯之睨，豈徒以百里哉！沈彦深，素公研席交，庚三伯氏也。時爲余述其鄉侯太常、歸侍郎之盛德暨魏郡父子有味乎言也⑪。余小子心識之，敢從諸子後，效《擊壤》也。

【繫年】

據崇禎四年申芝芳中進士及「素公成進士，於今九年矣」，可知此文作於崇禎十二年（一六三九）。

【箋注】

① 此賀同年申芝芳父申君美榮封。申芝芳，字素公，嘉定人。申君美長子。詳見《合集·詩稿》卷一《送申素公之任萬安》注。

② 土毛：本指土地上生長之五穀、桑麻、菜蔬等植物，後亦泛指土産。

③ 鹽梅：鹽和梅子。鹽味咸，梅味酸，均爲調味所需。喻指國家所需之賢才。

④ 申荃芳，字澹尹，號純庵。申君美次子。康熙《嘉定縣續志》卷三：「申荃芳，字澹尹，號純庵，文學素著，有經世才。嘉定永折漕糧，崇禎十四年忽奉文改兑，舉邑惶駭。荃芳偕張鴻磐赴闕陳奏，得以復折。後乃歸隱於鄉耕讀，營葬累世之喪。教子成名，子毓來，明經考選教習；修來，監貢考授州同知。」

⑤ 申湘令，申君美季子。生平待考。

⑥ 沈庚三，申君美婿。生平待考。

⑦語見《詩·小雅·小弁》。
⑧楊夫子，即房師楊世芳，號穆園。詳見《合集·近稿》》卷一《壽程母李太夫人八袠序》注。
⑨燕喜：宴飲喜樂。《詩·小雅·六月》：「吉甫燕喜，既多受祉。」
⑩韓愈《剥啄行》：「凡今之人，急名與官。」
⑪《明史》卷二百八十七《歸有光傳》：「四十四年始成進士，授長興知縣。用古教化爲治。每聽訟，引婦女兒童案前，刺刺作吴語，斷訖遣去，不具獄。大吏令不便，輒寢閣不行。有所擊斷，直行己意。大吏多惡之，調順德通判，專轄馬政。……隆慶四年，大學士高拱、趙貞吉雅知有光，引爲南京太僕丞，留掌内閣制敕房，修《世宗實録》，卒官。」

賀崑山葉令君考最序①

國家之制，凡三年進郡縣賢能，書績考試。其輯瑞而至者，親以治狀獻闕下，太宰差次以聞。或當劇難，其地不可一日曠無人，則臺臣奏留。身不及覲，州將邑倅，爲抱文章，詣公府。然京師之遊雖煩，車馬輦上，聲名易達；其留外邦，遠清光者，飛文游談，類能中之。是故人臣一出爲大吏，欲見天子則難，况百城之長，萬家之牧哉！

丁丑集計，群方趨朝，吾吴之婁江、鹿城、古疁三公並舉廉異，咸當孔道，介大海，遂議留，無入覲。婁江公陷於告密，忽註下考，舉朝驚愕。三吴衣冠之士，侘傺不平，爲歌《負薪》之歌，蓋悲廉吏不可爲也。亡何，鹿城葉公政成，將報最。士大夫交相慶，謂：「賢者在吾土。」方賀彈冠，豈獨國家之福，吴人與有榮焉。鹿城固治邑也，十數年來，莅其土者輒不吉，令長數更。下有囂志，即號武健，欲毛摯而鷹擊，類不得其主名則盡舉而咎地脉，褰裳避之。公獨於選人無請讓，呼名唱籌，遂令鹿城。宗族親知，頗不願公行。公不應，驅車受事。方入境，即攜一杯水，告樊孝介先生祠②。蓋崑之循良，先生居首。公之大人黄門公，又先生師也。公心慕悦，因其性淵源哉。孝介先生治行無匹，歿爲神明。崑人像祠，有疾病往愬，即見脱。顧其生時，不行境外束脩之問，六年不調，掛冠城門，其名豐，其遇嗇。公徘徊廟貌，寄以詩章，豈賈生投書吊屈大夫乎③？蜀人習禮而思文翁④，魯人夜漁而懷宓子⑤。後之視今，猶今之視昔。《詩》云：「高山仰止。」⑥太史公曰：「爲晏嬰執鞭，所忻慕焉。」⑦其自託遠也。

崑苦賦税，歲以逋告，所螟食復不在民間，公拔其本，正供悉登。城堞不治，學宫草萊，幾十年於兹矣。公飭新之，毋煩百姓。夫當鴻雁告哀，追斂亟迫之時，爲民牧者急上則民困，念下則國詘，具烈火而誅秋茅，日不給也。公懸刑不設，群氓勸輸，又以巡行阡陌之餘，申六條，備城儆，使俎豆有林，鼓柝無闕。非仁心爲質，辭輯民柔者，安能乎？告訐風起，吴國蜩螗⑧，牢修⑨、侯思止之徒⑩，塗人而是，鹿城無有也。

予聞昔之疵崑者，以其好譏與謡，而今獨寂寐，稱至醇。夫觀宰相者，觀天下之風俗；觀守令者，觀一國之風俗。舉世皆狂，而鹿城獨醒，可謂治矣。萬曆中年，國本未定，衆正力争。葉鹿吾先生時居諫垣⑪，數上書折奸萌，甘廢斥不顧。夫守土爲民之慈母，立朝爲國之司直，公家教也。公今日友孝介，他日師黄門，廉泉可飲而豺狼是問。余先爲賦《羔羊》以獻。

【箋注】

① 賀崑山令葉培恕考最序。葉培恕，字行可，號臞仙，嘉善人。登崇禎七年進士，授崑山令。詳見《合集·近稿》卷四《葉行可令君稿序》注。

② 《明史》卷二百三十三《樊玉衡傳》：「樊玉衡，字以齊，黄岡人。萬曆十一年進士。由廣信推官徵授御史。京察，謫無爲判官。稍遷全椒知縣。」龔煒《巢林筆談》卷六《樊玉衡神斷》：「黄岡樊孝介先生嘗與士人論文，一收頭明時簽殷寔排户收徵銀，名收頭。裂襟流血，號爲頑户所毆。先生徐諭左右，驗其衣帶，則皆完；命杖之。謂士人曰：『識之，世豈有解衣待毆者乎？』先生諱玉衡，號棠軒，萬曆乙未進士，爲我邑名宦最，其神斷不勝舉。」

③ 《漢書》卷四十八《賈誼傳》：「誼既以適去，意不自得，及度湘水，爲賦以吊屈原。屈原，楚賢臣也，被讒放逐，作《離騷賦》，其終篇曰：『已矣！國亡人，莫我知也。』遂自投江而死。誼追傷之，因以自諭。」

④《漢書》卷八十九《文翁傳》:「文翁,廬江舒人也。少好學,通《春秋》,以郡縣吏察舉。景帝末,爲蜀郡守,仁愛好教化。見蜀地辟陋有蠻夷風,文翁欲誘進之,乃選郡縣小吏開敏有材者張叔等十餘人親自飭厲,遣詣京師,受業博士,或學律令。……又修起學官於成都市中,招下縣子弟以爲學官弟子,爲除更繇,高者以補郡縣吏,次爲孝弟力田。……文翁終於蜀,吏民爲立祠堂,歲時祭祀不絶。至今巴蜀好文雅,文翁之化也。」

⑤《吕氏春秋·具備》:宓子賤治亶父三年,巫馬旗往觀化,見夜漁者,得則舍之。巫馬旗問焉,對曰:「宓子不欲人之取小魚也,所舍者小魚也。」

⑥語見《詩·小雅·車舝》。

⑦《史記》卷六十二《管晏列傳》:「方晏子伏莊公尸哭之,成禮然後去,豈所謂『見義不爲無勇』者邪?至其諫説,犯君之顔,此所謂『進思盡忠,退思補過』者哉!假令晏子而在,余雖爲之執鞭,所忻慕焉。」

⑧蜩螗:蟬之别名。喻喧鬧、紛擾不寧。

⑨《後漢書》卷六十七《黨錮傳》:「時河内張成善説風角,推占當赦,遂教子殺人。李膺爲河南尹,督促收捕,既而逢宥獲免,膺愈懷憤疾,竟案殺之。初,成以方伎交通宦官,帝亦頗誶其占。成弟子牢脩因上書誣告膺等養太學遊士,交結諸郡生徒,更相驅馳,共爲部黨,誹訕朝廷,疑亂風俗。於是天子震怒,班下郡國,逮捕黨人,布告天下,使同忿疾,遂收執膺等。其辭所連及陳寔之徒二

百餘人，或有逃遁不獲，皆懸金購募。使者四出，相望於道。」

⑩《舊唐書》卷一百八十六《酷吏傳》：「侯思止，雍州醴泉人也。貧窮不能理生業，乃樂事渤海高元禮家。性無賴詭譎。時恒州刺史裴貞杖一判司。則天將不利王室，羅反之徒已興矣。判司教思止説游擊將軍高元禮，因請狀乃告舒王元名及裴貞反，周興按之，並族滅。授思止游擊將軍。……思止既按制獄，苛酷日甚。」

⑪葉繼美，字章含，號鹿吳。子：葉培忠，字孟藎；葉培恕，字行可，號臞仙；葉培志。龔肇智《嘉興明清望族疏證》：「葉繼美，字章含，號鹿吴，嘉善人。葉培忠、葉培恕、葉培志父。萬曆十一年（一五八三）癸未進士，知金溪縣，擢刑部給事中，吏科給事中。葉培忠，字孟藎。」

宋讓木生子賀詩小序①

宋子讓木年未及壯，書滿人間。奏賦楚王之宫，能稱大鳳②；典詩曲景之屬，非操土音。鷄林藻吐萬言，丹穴歌遲九子。緑衣執釜，知錦水之有鴛③；繡褓角犀，出河魴之貴種。既識如皋一笑，定占江夏無雙。蒲葉朋觴，瞻玉勝之字；鶴遊笙浦，咏金錯之刀。隱侯善文，看諸墮地；廣平能相，卜自晬盤。感樛木之至仁④，采彤管之有煒⑤。僕射人來天上，詩傳金谷之名園；群公賦本一心，贈逾五月之舒雁。

【箋注】

①宋存楠，字尚木，又字讓木。後改名徵璧。宋徵輿兄。詳見《近集》卷三《皇明經世文編序》注。

②大鳳：唐宋時翰林學士之别稱。楊慎《藝林伐山·小鳳》：「宋世以紫微舍人謂之小鳳，翰林學士謂之大鳳，丞相謂之老鳳。」

③語出司馬相如《報卓文君書》：「惟此緑衣，將執子之釜。錦水有鴛，漢宫有木。」

④《詩·周南·樛木》：「南有樛木，葛藟纍之。樂只君子，福履綏之。南有樛木，葛藟荒之。樂只君子，福履將之。南有樛木，葛藟縈之。樂只君子，福履成之。」

⑤《詩·邶風·静女》：「静女其姝，俟我於城隅。愛而不見，搔首踟躕。静女其孌，貽我彤管。彤管有煒，説懌女美。自牧歸荑，洵美且異。匪女之爲美，美人之貽。」

劉墨仙放生慶生序①

以放生慶生，慶生之近人者也。鶴毛入炭，魚行鑊湯，尋常吞咀，周勤戒檄。墨僊本其教以壽若翁，若翁則今之淳于意②、徐彦伯一流也③，救世活人，當億千萬。乃猶惡議蛕蟵，惠存怖鴿④。予知是祖是孫，志深于古之斷罟諫獵矣⑤。

【箋注】

①劉芳，字墨仙，嘉善人。復社成員。吴山嘉《復社姓氏傳略》卷五：「劉芳，字墨仙。有《清唤齋

集》。」光緒《重修嘉善縣志》卷二十四：「劉芳，字墨仙。少孤，撫于祖，三十青其衿，旋食餼，一時名士皆樂與之游。游金陵，疽發背而死。」

②《史記》卷一百五《扁鵲倉公列傳》：「太倉公者，齊太倉長，臨菑人也，姓淳于氏，名意。少而喜醫方術。高后八年，更受師同郡元里公乘陽慶。慶年七十餘，無子，使意盡去其故方，更悉以禁方予之，傳黄帝、扁鵲之脈書，五色診病，知人死生，決嫌疑，定可治，及藥論，甚精。受之三年，爲人治病，決死生多驗。」

③《舊唐書》卷九十四《徐彦伯傳》：「徐彦伯，兖州瑕丘人也。少以文章擅名，河北道安撫大使薛元超表薦之，對策擢第，累轉蒲州司兵參軍。時司户韋皓善判事，司士李亘工於翰札，而彦伯以文辭雅美，時人謂之『河中三絶』。」

④《大般涅槃經》卷二八佛言：「有獵師追逐一鴿，是鴿惶怖，至舍利弗影，猶故戰慄如芭蕉樹動。至我影中，身心安隱，恐怖得除。是故當知如來世尊畢竟持戒，乃至身影猶有是力。」後以「怖鴿」爲窮無所歸之典。

⑤《國語·魯語》：「宣公夏濫於泗淵，里革斷其罟而棄之，曰：『古者大寒降，土蟄發，水虞於是乎講罛罶，取名魚，登川禽，而嘗之廟，行諸國，助宣氣也。……今魚方别孕，不教魚長，又行網罟，貪無藝也。』」

七録齋近集卷五

婁東 張溥西銘 著
同里 張采受先
金沙 周鍾介生 閱

序

侯伯母龔太夫人七袠壽序①

京兆龔氏，上谷侯氏，並練川著姓。家世文學，科第蕚附，代足相當。而龔大方伯石巖公女，作配侯太常吴觀先生②，少時有佳兒佳婦之目。龔氏聲稱自成、弘間始大，蒲川大司空領冬官，治河功高，子孫繼顯。侯氏接踵軼興，聞人通儒，差肩頡頏。至參知復吾公，以名進士拔起慶、曆盛時。數十年中，冠蓋輩出，好善樂道，厚下不衰。瞟之風俗，於郡獨古，二姓所倡也。

太常岐嶷性成，吐言奇麗。龔方伯以國器遇待，賢女託焉。然參知公素守禮，解褐教家，文質益修。長君明經博學，率門内奉之，自子從父、婦從姑始。太常初卜室，得吾母龔孺人，結縭矢約，閨門朝典，無敢失墜。大參公位長牧伯，絶遠膏潤；明經能世其業，清白餘槖，頗不任賓客乾豆之用。陳太孺人慎扃鐍，嚴虀笑，《家人》三爻③，非龔氏婦，其誰養志哉？

太常讀書喜大節，既通籍，繇行人陟黄門諫官。適逆璫忠賢交關保母，萌芽有日，即首痛泣，以王聖、趙嬈、曹節、張讓爲戒④。或疑時方太平，酒食宴樂，侯生發狂，詆讕宫禁，此何爲者？繼而黨錮角起，弑械屢見，海内歎息，封事猶賈誼之厝火⑤，徐福之曲突也⑥。璫怒發舒，鋤滅異己。太常布衣家居，里人飛語驚恐，緹騎瑯璫，旦夕到門，孺人輒和顔色以解。丙寅之變，吴氏叫憤，毆殺僞使，周吏部行，空國白衣冠走送⑦。孺人聞而垂涕，捐環瑱，助太常代之治裝。推此志也，身爲范滂不難，何言滂母乎⑧？

太常三子曰豫瞻、梁瞻⑨、雍瞻，皆命世賢者。梁瞻與雍瞻孿生，知名而夭，四方哀之。雍、豫各有三子，曰彦舟、文中、硯德，幾道〔一〕、雲俱、智含，年絶少，已推文辭巨公。文中不禄類梁瞻，而諸兄弟博雅方正，咸具父風，公沙五龍⑩，蔚然一室也。豫瞻於乙丑登南宫選，感詫不平，投劾歸里，侍太常孺人，怡養終日。太常善病，顧二瞻與群孫，則輾爾加飯。逆璫摩刃相向，時詢太常起居狀，知在寢疾，徘徊不下。亡何，璫敗，天子追思讜臣，累詔拔擢，太常已逝，乃贈今官。二瞻奉王母陳太孺人、母龔孺人總家棣，修宗法，力行先志，邑人稱願，謂太常公固未死也。

豫瞻棲遲庭舍，裹足不出，孺人爲脂車轄，勉就郎署。以十年貴人浮沉白下，天官雖高，意長在隱。雍瞻領絜人倫，林宗、元禮⑪，遠近師慕。竊記片言者多得據韜垂綏，還鄉薦祖，而遲暮及身，尚傷禾稼。余間戲語：「君家吏部，具爾情深，願爲孔恭，但恐季子欲逃耳。」江右文藪，司衡慎重，當事以屬豫瞻，豫瞻不敢應，請命孺人而後啓行。

孺人性愛土風，不耐官舍。雍瞻從之抵家，含飴升輿，周流甚樂。年屆七十，豫瞻貽書親舊云：「幣帛牢醴，無恩也，請赫蹏而觀之。」余讀竟，啞然而笑。侯氏世抱典墳，以文章爾雅、頤悦其親，非一日矣。交滿州域，頌聲填闔，而猶徵言鄉曲，不忘本土，殆母氏之志耶？然縱覽西江，奇文百乘，大匠丹鉛，字同玉律，識者驚異。子雲必傳，若欲壽母，莫大乎是。侯氏伯叔子姓，不尚三牲五鼎，而但讀《九丘》《八索》，良有繇也。

《上谷譜》記諸母大年，齒數可述。朱太宜人九十有三，張太宜人八十有六，陳太孺人八十有一，連跡紆封，文軒丹轂，號爲女中耆英。龔孺人初入門，非其身事，即親見聞也。陳太孺人以明經之妻、太常之母，鵠髮鳩杖，師表高堂。龔孺人依其膝下幾五十年。太孺人八十時，尚取針縷爲小孫刺裳履户外。客至，酒餔算器，請問乃設。龔孺人行年若許，執漿紉履，無一或專。予嘗偕二瞻飲，見其宗老在坐，呼幼少必以名。豫瞻已成進士，爲長者舉觥，必起立自名，飲盡乃已。其内閫教誨，女黨燕見，禮在皆然。

孺人今日爲婦則老，爲姑尚少。《易》曰：「在中饋，無攸遂。」⑫非無遂之難，無遂而能久之難也。豫瞻望隆得士，濟世舟梁；雍瞻龍章豹姿，藴義待會；諸孫干將莫邪，寶氣騰躍。祝母萬年，無踰數者。然賢母愛子，望爲顯人，寧爲名士；望爲名士，寧爲德宗。世或有一，昌榮無疆，孺人處此，安所不足乎？諫臣行其言，學臣行其道，韋帶之士行其志，成義百齡，南鄭三世俱不敵也。《家人》之卦，再筮而《坤》。高曾以下，賴有吾母，所謂「西南得朋」者如此⑬。

【校記】

〔一〕「硯德，幾道」，原作「幾道，硯德」，據張乃清《上海鄉紳侯峒曾家族》，幾道爲侯峒曾子，硯德爲侯岐曾子，故乙正。

【箋注】

①此爲龔錫爵之女、侯峒曾之母龔太夫人七十壽所作。蕭士瑋《春浮園集》卷上《侯母龔太夫人壽序》亦爲龔太夫人七十壽所作，可參。龔錫爵，字汝修，嘉定人。康熙《嘉定縣志》卷十六《人物二》：「龔錫爵，字汝修。弘之曾孫，世美之子。萬曆甲戌進士，初令永新，尋陞都水司郎中。是

時漕河各豎議，錫爵力贊大司空潘公以河强淮弱，惟築隄束水，可以濟漕，卒如議。報功，尋遷廣東參政。訛傳海南黎人將稱亂，制府議發兵。錫爵謂島嶼小彝，以尺書諭之足矣。及廉得其情，知山田萬頃爲强宗所奪，激之思逞耳。錫爵因清其疆理，禍遂息。又遷廣西布政使司，俱有惠政。歸家十載，盡林泉木石之娱，有石崗園。年七十卒，學者稱爲石巖先生。所著有《論語解》《老子註》《華嚴經疏略》。」

②侯震暘，字得一，又字起東，號吴觀。侯峒曾、侯岐曾父。詳見《初集》卷四《侯太夫人八十序》注。三子：侯峒曾，字豫瞻，號廣成，謚忠節；侯岷曾，字梁瞻；侯岐曾，字雍瞻，號廣維，謚文節。

③《周易·家人》：「家人，利女貞。《彖》曰：家人，女正位乎内，男正位乎外；男女正，天地之大義也。」

④《明史》卷二百四十六《侯震暘傳》：「天啓初，擢吏科給事中。是時，保姆奉聖夫人客氏方擅寵，與魏忠賢及大學士沈漼相表裏，勢焰張甚。既遣出宮，熹宗思念流涕，至日旰不御食，遂宣諭復入。震暘疏言：『宮闈禁地，姦璫群小睥睨其側，内外鈎連，借叢煬竈，有不忍言者。王聖寵而煽江京、李閏之奸，趙嬈寵而搆曹節、王甫之變。幺麽里婦，何堪數昵至尊哉。』不省。」

⑤《漢書》卷四十八《賈誼傳》：「夫抱火厝之積薪之下而寢其上，火未及燃，因謂之安，方今之勢，何以異此！」

⑥《漢書》卷六十八《霍光傳》：「初，霍氏奢侈，茂陵徐生曰：『霍氏必亡。夫奢則不遜，不遜必侮

上。侮上者，逆道也。在人之右，衆必害之。霍氏秉權日久，害之者多矣。天下害之，而又行以逆道，不亡何待！』乃上疏言：『霍氏泰盛，陛下即愛厚之，宜以時抑制，無使至亡。』書三上，輒報聞。其後霍氏誅滅，而告霍氏者皆封。人爲徐生上書曰：『臣聞客有過主人者，見其竈直突，傍有積薪，客謂主人，更爲曲突，遠徙其薪，不者且有火患。主人嘿然不應。俄而家果失火，鄰里共救之，幸而得息。於是殺牛置酒，謝其鄰人，灼爛者在於上行，餘各以功次坐，而不録言曲突者。人謂主人曰：「鄉使聽客之言，不費牛酒，終亡火患。今論功而請賓，曲突徙薪亡恩澤，燋頭爛額爲上客耶？」主人乃寤而請之。今茂陵徐福數上書言霍氏且有變，宜防絶之。鄉使福説得行，則國亡裂土出爵之費，臣亡逆亂誅滅之敗。往事既已，而福獨不蒙其功，唯陛下察之，貴徙薪曲突之策，使居焦髮灼爛之右。』上乃賜福帛十疋，後以爲郎。」

⑦ 此即開讀之變。詳見《初集》卷三《朱彦兼稿序》注、《初集》卷六《五人墓碑記》注。

⑧ 《宋史》卷三百三十八《蘇軾傳》：「程氏讀東漢《范滂傳》，慨然太息，軾請曰：『軾若爲滂，母許之否乎？』程氏曰：『汝能爲滂，吾顧不能爲滂母邪？』」

⑨ 侯岷曾，字梁瞻。侯峒曾弟。張乃清《上海鄉紳侯峒曾家族》：「二弟侯岷曾，字梁瞻。縣學痒生，聘俞氏，未婚即夭亡。」

⑩ 公沙五龍：東漢公沙穆五子紹、孚、恪、逵、樊之合稱。陶潛《集聖賢群輔録》下：「公沙紹，字子起；紹弟孚，字允慈；孚弟恪，字允讓；恪弟逵，字義則；逵弟樊，字起。右北海公沙穆之五子，

並有令名，京師號曰：『公沙五龍，天下無雙。』」

⑪郭泰，字林宗，太原界休人。東漢末名士，世稱郭有道。家世貧賤，好學善談論。游洛陽，爲河南尹李膺所重，於是名重一時，爲士林所宗。李膺，字元禮，潁川襄城人。桓帝時爲司隸校尉，與郭泰等結交，反對宦官專權，有「天下楷模李元禮」之譽。

⑫《周易·家人》：「六二，無攸遂，在中饋，貞吉。」

⑬《易·坤》：「君子有攸往，先迷，後得主，利。西南得朋，東北喪朋。安貞吉。」

周孟巖先生七十序①

周子仲馭官南禮曹時，首疏請復建文帝號，旌遜國忠烈。天下義士讀其言，欷嘘泣下。蓋自高祖定鼎金陵，首訓作忠，一時朝廷風節，至建文極盛。及燕京再建，太宰甲令，右北左南，禮曹尤稱無事。官其官者，咸傳舍視之②，終歲不發一言，且二百餘年矣。仲馭至，始尋國典，明舊章，云：「遜國君臣，名號不彰，禮臣職也。」余未敢多言，謹奉官守而已。」既聞大凌城圮，登萊兵變，虜寇衡逞内外間，復發憤上書，請身當賊。未幾，捧表入賀萬壽，拜舞伏地，呼祝聖人。退歸邸舍，疏陳時政，然後單車出國門，期無負見天子意。天子亦憐其無他，許罷官歸田里，海内爭異。仲馭爲郎官，一歲凡三上書，咸骨鯁所難言，即不得宣室前席，其痛哭流涕則無異賈生。於時嬴糧負笈、望見顔色者，日往來良常、句曲間，仲馭杜門不與見。即平日知交昆弟，相對誦説，亦循牆俯首不敢對。凡此者，其生平激發果敢，樽絀退讓，皆禀太翁孟巖先生教也。

先生起家廷評，遷尚書工部郎，繕治康陵諸橋，績奏獨前。時方營王貴妃寢園，先生屢上議，貴妃誕育元子，禮文宜厚。有馬黄門者格之，至動儲君空桑之泣，始報可。當日建儲議起，大臣觀望兩端，慈孝大義，莫敢頌言。自先生發之，天下始知厚所生者，所以重國本也。光廟即位，將大登顯，鼎湖遽遊，遂循常資出外。然逆璫釁禍，從此始矣。寅卯之交，《點將》《天鑒》諸書流布宫府③，猶宋元祐黨碑也④。先生以外藩列名其間，按藉株坐，旦夕禍至。又家有乘高而招者，先生籬隔自遠，益逢彼怒，幸而獲全，俱天祐也。

夫先生初通藉，即居清秩，例當爲諫官，而退就郎署。光廟初，諸賢啓事鼎盛，先生緣舊恩，致卿貳不難，而反一麾出守。大璫握政，門庭附麗，少與款曲，台司立陟而偏惡雷同，不顧危窘。功名之際，或人事至而天掎之，或天與以時而自掎之，進退特立，遺榮人間。《道德經》云「落落如玉」⑤，其是謂乎？邢州卹荒，行道無殣，坐鎮汝南，亂卒弛兵。慕汲公之淮陽⑥，息京兆之桴鼓⑦，服官展采，不愧君父，又其餘矣。

戊辰之歲，當今上改元，仲馭以南畿舉首成進士⑧。年未三十，名震都下。詞林先生虚席延左，仲馭葛衣岸幘，掉頭自若。先生貽書，美其恬讓，云：「孺子若此，無煩折笄矣。」抗章謫籍，交慰尤甚。先生居容城，仲馭居鹿蹟，暇則避客茅山之乾元觀，故梁陶隱居聽松處也⑨。山中有駁牛，一日能行三百里，仲馭乘之出入。朝省父，飯畢，復至山讀書，漏盡乃罷。母夫人張太君年六十有四，猶操作不休，日舂粲數斗，躬紡布，爲媪御先，曰：「執勞養福，女子事也。即髮白敢忘新婦時耶？」仲馭喜龍門遊，曾芒鞋布袍入黄山，僕夫辱之，敬唯唯，戒童子毋應。歸成詩章百篇，親奏父前。先生酌酒擊缶，屬而和之。此樂豈易後堂莞絃、食邑萬户哉？

周氏昌熾，自太封翁裕齋公始。先生同氣六人，四登進士。親子群從，又有仲馭、簡臣。其他豐羽將飛者，若介生與振甫，叔某、季某、伯玉⑩、我容、我成、遠侯兄弟數輩⑪，惠爽競出⑫。即瑯琊七葉，秘書一門，未能過也。逮登其堂，觀其人，歷齒椎髻，清風翛如，則玄晏傳高士⑬，今復見焉。予小子于仲馭，兄弟也；先生，父行也。今天下士舞象鼓篋，即談介生之名理；登朝厲節，即稱仲馭之昌言。周氏家學，出處均賴也。抑知先生之教子弟，道義處其勇，禄位處其怯，行年七十，操行若新，非獨嬰兒其色乎？

予與受先諸子萃四方之言進于尊者，而先列梗概，書于上方。適如詩有《家風》，頌有《祖德》⑭，不可以無序也。

【繫年】

據文中「戊辰之歲，當今上改元，仲馭以南畿舉首成進士，年未三十，名震都下詞林。……母夫人張太君，年六十有四，猶操作不休」，復據范鳳翼《范勳卿詩集》卷四《周孟巖先生及張太君七十雙壽，蓋予友仲馭兄兩尊人也，是用作歌以應其猶子介生之請》，可知此文作於崇禎七年（一六三四）。

【箋注】

① 此壽友人周鑣父周泰峙七十。周泰峙，字孟巖，金壇人。乾隆《句容縣志》卷九《人物志·流寓》：「周泰峙，字孟巖，金沙人。萬曆丁未進士，歷官雲南左布政。素慕句容風土醇樸，登第後因家焉。峙氣度沖和，不設城府。家居十數年，坐對圖書，不問户外事。吟咏甚富，鄉評推重。崇祀鄉賢。」范鳳翼《范勳卿詩集》卷四有《周孟巖先生及張太君七十雙壽，蓋予友仲馭兄兩尊人也，是用作歌以應其猶子介生之請》，可參。

② 傳舍：古時供行人休息住宿之處所。

③ 吴應箕《樓山堂遺文》卷三《黨録》：「先是，天啓間有所爲《東林點將録》及《天鑒》等録，皆逆黨籍朝臣之公忠清執者號爲黨人，以肆其一網之術者也。」《明史》卷三百五《魏忠賢傳》：「當是時，忠賢憤甚，欲盡殺異己者。顧秉謙因陰籍其所忌姓名授忠賢，使以次斥逐。……呈秀乃造《天鑒》《同志》諸録，王紹徽亦造《點將録》，皆以鄒元標、顧憲成、葉向高、劉一燝等爲魁，盡羅入不附忠賢者，號曰東林黨人，獻於忠賢。忠賢喜，於是群小益求媚忠賢，攘臂攻東林矣。」

④元祐黨碑：宋哲宗元祐元年，司馬光爲相，盡廢神宗熙寧、元豐間王安石新法，恢復舊制。紹聖元年章惇爲相，復熙、豐之制，斥司馬光爲奸黨，貶逐出朝。徽宗崇寧元年，蔡京爲宰相，盡復紹聖之法，並立碑於端禮門，書司馬光等三百零九人之罪狀，後因星變而毁碑。其後黨人子孫更以先祖名列此碑爲榮，重行摹刻。

⑤語出《老子》第三十九章：「故致數譽無譽。是故不欲琭琭如玉，落落如石。」

⑥《漢書》卷五十《汲黯傳》：「會更立五銖錢，民多盜鑄錢者，楚地尤甚。上以爲淮陽，楚地之郊也，召黯拜爲淮陽太守。黯伏謝不受印綬，詔數强予，然後奉詔。……黯居郡如其故治，淮陽政清。後張湯敗，上聞黯與息言，抵息罪。令黯以諸侯相秩居淮陽。」

⑦桴鼓：指警鼓，用於報警告急。崔日用《餞唐永昌》：「洛陽桴鼓今不鳴，朝野咸推重太平。」

⑧《光緒明清兩代進士題名録·明崇禎元年進士題名碑録戊辰科》：「賜進士出身第二甲六十七名：周鑣，直隸鎮江府金壇縣。民籍。」

⑨《梁書》卷五十一《陶弘景傳》：「於是止于句容之句曲山。恒曰：『此山下是第八洞宫，名金壇華陽之天，周回一百五十里。昔漢有咸陽三茅君得道，來掌此山，故謂之茅山。』乃中山立館，自號華陽隱居。」

⑩周金，字伯玉，金壇人。周泰峙子。復社成員。吴山嘉《復社姓氏傳略》卷三：「周金，字伯玉。崇禎某年選貢生。」

⑪ 周鋐，字遠侯。周泰峙子。復社成員。吴山嘉《復社姓氏傳略》卷三：「周鋐，字遠侯。順治某年貢生，任建德訓導。」

⑫ 惠爽競出：喻兄弟才能俱優。胡繼宗《書言故事・兄弟類》：「言兄弟齊勞，曰『二惠競爽』。」

⑬ 玄晏傳高士：皇甫謐作《高士傳》。《晉書》卷五十一《皇甫謐傳》：「居貧，躬自稼穡，帶經而農，遂博綜典籍百家之言。沈静寡欲，始有高尚之志，以著述爲務，自號玄晏先生。……謐所著詩賦誄頌論難甚多，又撰《帝王世紀》《年曆》《高士》《逸士》《列女》等傳、《玄晏春秋》，並重於世。」

⑭ 詩有《家風》：潘岳作《家風詩》。《晉書・夏侯湛傳》：「初，湛作《周詩》成，以示潘岳。岳曰：『此文非徒温雅，乃別見孝弟之性。』岳因此遂作《家風詩》。」頌有《祖德》：蔡邕有《祖德頌》。見《近集》卷四《馬漢翔稿序》注。

萬母陳太夫人七十壽序①

甬東萬氏以武功世臣爲國守衛，開閫搴旗，累代不絶。然論序苗裔，獨子傳者九世矣。至履安孝廉②，用文興家，年四十餘，有丈夫子八人，始異之。萬瑞巖先生，履安父也。官大將軍，建府八閩，威行海上，名在樓船、伏波之間③。而得子差晚，曾偕陳夫人禱于太山，至京邸，履安乃生，以泰名之。

先生少爲諸生，倜儻大志，以命世自得。後益厭苦章句，棄從祖爵。履安鮮兄弟，長子宜世繼，受冠帶，盛車徒，雄步豪盻，萬夫唯喏。視書生雁序，空抱文墨，不獲仰射飛鴟，俯搏虎兕，相去寧數百步哉！顧獨居深念，崛起大掖，寒暑慘濕，不移恒度，其聞道者素也。履安未第時，方正廉潔，即爲州里嚴憚。邑人行有不直者，輒畏萬茂才知。其與人交，不輕然諾可否。同邦俊秀，人争結歡，所許爲朋友兄弟者不過二三耳。

大將軍雖一品官，横玉拖紫，然性廉慎，馬羊金粟，誓不拜也。暮年遺令，家無餘貲，止蒼頭長鬣，給役洒掃。善言舊事，有鈐下風。而宗姻繁盛，子姓連屋，半仰食履安。履安力不逮，則館穀四方，以優其家。以彦方之清高，兼魏其之好施，儒俠文武，未有其儕偶也。陳夫人爲大將軍繼室，布服艾裳，掇拾力作，人謂：「此都閫公匹，何楚楚者？」大將軍與履安皆好客，每一會坐，飲輒數石。夫人鬻巾飾助醵，後微不繼，終無倦惰〔二〕。故人到門，必設麥飯葱葉之食，極情爲别。履安既登賢書，拜母膝下，念大將軍不得見，抱首交慟。母詔履安曰：「吾家位上將，擊鐘傳餐，于今幾世？雖中不振，所乏非財。子舍戎而儒，有糊口之銘在。」履安拜教益恭。

有陸文虎者④，甬奇士也。年差長，履安呼爲兄，陸氏諸家人即呼履安爲萬叔。緩急有無，日數數問，幾于「兒無常父，衣無常主」⑤。東海稱交誼者，慈有馮、姜，鄞有萬、陸。予竊欲取以立傳，如古孝友獨行之倫爲天下訓，且明其門庭教誨不衰也。

萬氏之先，有射龍將軍⑥，與其女弟祖心居士，事最奇。將軍捕倭海島，中夜哨至牛頭洋，見雙燈照波如列炬，引弓射之，落一炬，乃龍目也。將軍夫人少寡，女弟撫遺孤啜泣。及笄，矢不嫁，遂事佛以老，爲女居士。今瑞巖大將軍嗚笳奏鼓，屹鎮閩海，射龍之名，于斯不墮。而陳夫人仁儉，禮法宗範，閫閾適如女士。萬氏世多異人，久傳而昌，及履安尤大。《禮》曰：「卿大夫守宗廟。」《詩》曰：「惠于宗公。」⑦惟履安踐之矣。

履安間遊吴，余與沈彦深諸子傾蓋間，即偕定拜母交。聞太夫人七十，剡曲之棹，期方洋也，且以一言先之。履安他日爲母築堂，筵數得萬，景風再賞，騂旄復盟，甬東大將軍表于西京，東園不虚矣。

【校記】

〔一〕「倦惰」，原作「倦隋」，逕改。

【箋注】

①此爲萬泰母、萬邦孚妻陳太夫人七十壽所作。萬邦孚，字汝永，號瑞巖。萬泰父。蔣學鏞《鄞志稿》之《列傳八》：「萬邦孚，字汝永。都督鹿園之孫。父達甫，襲世職，歷官至廣州參將。少游王龍溪、唐荆川之門，造詣深邃。有蛋賊剽海上，當事冀張大其事，報首功。達甫曰：『若輩鼠竊，遣一校足縛致麾下，何煩出兵？』當事怫然，遂解組歸。後海上出師，所殺虜多無辜人，服其先

見。邦孚弱冠爲諸生，已襲補指揮，擢山東都司。率戍卒至京，值三殿災，引所部夜從大司馬救火，衛承運庫與五鳳樓，竟獲全。朝鮮中倭，援師敗衂，命邦孚以龍江水師駐鴨緑江，通饋運。時調兵四集。踰再歲，暴骨遍野，爲收瘞設厲壇以祭，軍士感泣。師還，晉參將，守温處。閩盗詐爲商人，入内地殺掠，既飽，輒揚帆去，莫可詰。邦孚請分海界，閩省入浙則乘浙船，浙商入閩亦如之，盗無所容，遂著爲令甲。以副總兵守江北，建牙通州。適改築州城，發道旁冢，殘骸狼籍，特捐貲買地以葬。轉都督僉事，總福建兵。修戚繼光遺法，嚴設烽燧，時親歷諸泛以覈勤惰。有外島舟失風泊岸，大吏欲駢誅，邦孚曰：『彼幸脱風濤而膏吾刃，何忍如之？』力持不可，竟遣去。久之引疾歸，與里中耆舊詩酒爲娱。年七十五卒。」

② 萬泰，字履安，號悔庵。萬邦孚子。復社成員。吴山嘉《復社姓氏傳略》卷五：「萬泰，字履安，號悔庵。崇禎丙子舉人。魯王時官户部主事，司餉。既乃遁跡丙舍。高斗樞、李棡俱以華夏事坐繫，泰密爲籌畫，得釋。黄宗炎已赴市，復以奇計出之。嘗游粤歸，至南安，同年毛汧舟中病疫，不忍棄之，爲視其病，意染疾而卒。有《寒松齋集》三卷。子八人，最著者斯大、斯同也。」

③ 樓船將軍段志、伏波將軍馬援。《後漢書》卷八十六《南蠻傳》：「十八年，遣伏波將軍馬援、樓船將軍段志，發長沙、桂陽、零陵、蒼梧兵萬餘人討之。」

④ 陸符，字文虎，寧波府人。復社成員。吴山嘉《復社姓氏傳略》卷五：「陸符，字文虎。貌甚偉，胸貯千卷，馨咳如洪鐘。崇禎中保舉令下，學使者許豸以符應詔，入國子監。壬午舉順天鄉試。癸

末下第歸。魯王監國紹興，授符爲行人，命清查衛所錢糧。千户馮如奎乾没獨多，符嚴覈之，如奎猝拔刃刺符於廳事，不死，遂謝事。未幾卒，年五十。有《環堵集》十卷。」

⑤《晉書》卷九十一《氾毓傳》：「氾毓，字稚春，濟北盧人也。奕世儒素，敦睦九族，客居青州，逮毓七世，時人號其家『兒無常父，衣無常主』。」

⑥黄宗羲《黄梨洲文集·萬祖繩墓誌銘》：「以其弟文嗣。洪熙元年，出哨於海。夜見大洋雙燈，以爲賊也。發矢射之，燈滅而船覆，人稱射龍將軍。桂門祀之爲龍神。」

⑦語見《詩·大雅·思齊》：「惠于宗公，神罔時怨，神罔時恫。刑于寡妻，至于兄弟，以御于家邦。」

姚羅浮尚書九十壽詩序①

宫保尚書姚公羅浮歷仕四朝，歸老林園。熹廟時，公年已踰八十。天子數遣使勞問，郡縣吏當月朔望詣門造請，候興居，上尊牛酒，羅致庭下。長君漢臣官於黔②，爲名二千石。以公年高，解組侍養。次君以下，咸娱奉左右。孫男十餘人，並文章有聲，旦暮察寢饍。公輕輿周遊，顔色壯盛。今年冬十二月，爲九十生日，大布之衣，玉鳩之杖，前庭後堂，笙歌競作。冢孫公静聚四方詩篇③，臈爵而進，《崧高》《南山》，大章連軸。予讀竟，竊歎龍奏雲門，鳳鼓靈池，今親聞見。

夫有道患不富貴，富貴患不長年。王公大人之堂，多圖李耳、莊周之貌，貴其年也。

公位介師保，齒望期頤。坐論聖人之前，優游鄉國之老。山澤讓臞，鴻鵠獨舉。世有追綏山而弗及，撫遺簪而長慨者，觀於公皆望崖返矣。公自萬曆癸未通籍，繇大行入御史臺，歷今秩。累代積勞，國史紀之，柱下之官誦之。作詩者本其行事，次之以韻。柳州《唐雅》，擊石可紀。醉李固烟水大鄉，名人都會，撞鐘舞萬，甍第接雲。以公冠冕其間，即殷比戎山，李善少室，遇不若也。

公静蟬聯州彦，序其門庭。言大父之游處，感同心之歲寒。一唱群和，郁若蘭茝。賓筵侑獻，絃次以御。何異抽龍尾之牘札，覽北壁之文字乎？夫理綏笥者榮鸞封艾緡，頌我祖者稱《甘棠》、馴兔。文孫之思，通于四海。若云同堂極盛，則公莫尚矣。

【繫年】

據文題及錢士升《賜餘堂集》卷九《工部尚書晉階太子太傅羅浮姚公墓誌銘》「公生嘉靖丁未十二月十二日，卒于崇禎丁丑四日初八日，年九十有一」，可知此文作於崇禎九年（一六三六）。

【箋注】

① 此序姚思仁九十壽詩。姚思仁，字善長，號羅浮，嘉善人。東林成員，名列《東林黨人榜》，生平詳見《東林黨籍考·姚思仁列傳》。子姚以亮，字漢臣，號飛雲；姚以亨，字用嘉，晚號泊庵；姚以高，字汝危，號抑庵。孫姚清，字永伯，號毅齋，晚號晦庵；姚深，字公静；姚瀚，字公滌，號北若，

復社成員。

②姚以亮，字漢臣，號飛雲。姚思仁子。龔華智《嘉興明清望族疏證（下卷）》：「姚以亮，字漢臣，號飛雲，姚深、姚浤、姚洽父。任都察院照磨，選順天府治中，歷刑部主事，官至貴州都匀府知府。」

③姚深，字公静。姚思仁孫。龔華智《嘉興明清望族疏證（下卷）》：「姚深，字公静。順治五年（一六四八）戊子舉人。是否即姚以亮長子，待考。」

楊年伯母侯太孺人六十序①

丙寅之歲，楊伯母侯太君五十生日，溥偕同社酌斗誦言，文張東壁。又十年爲今丙子，則太君六十矣。維斗門下士，華子渚②、葉子襄③、嵇子山材輩相率造溥④，欲誦言如初。維斗，余兄也；太君，余母也。微諸子，固當先有言。又念往者丙寅，諸子即從余游，非獨兄弟之誼，若母之戚，久而益深。即宫牆人物，昔日髫齔，今皆盛名。十年之内，追往觀來，壽考蕃祉，豈易得哉？

丁卯之試，受先來吴門邀維斗過九一相見，涕出沾襟。楊子窮理大儒，非汲汲聞達者，仰天欷歔，若不能待以二親望我也。比就明經選，幸脱諸生。庚午鄉舉第一，楊匯翁先生勸勉有加⑤。南宫兩刖，天實有以大用維斗，翁亦未嘗芥蔕。忽焉風露，母稱未亡，感悼之下，更侵寒暑。維斗察顔色，奉湯糜，晝夜惟謹，益一飯而脱然愈。向之所悲，有恃以喜，睹日月之在上，答天地于無窮。人子事親，惟念親年如松柏茂，無不或承，所係仁孝之思厚矣。

匯翁先生，莊簡公季子⑥，清節穆行，士論羽儀。太君則侯復吾先生少女⑦。四德夙修，兩世名卿，世望重以婚姻。滎陽清河，風典具在。乃行惟珩珮，飾無車馬，宗廟先敬，閨門上順，抑何儉以則也。夫阿谷之女不受絺綌，君子可以觀禮⑧；少原之婦不忘遺簪，君子可以觀仁⑨。太君禀訓父母，克相儒者，念先君之五更，柔家人以典誥，曰禮曰仁，兩者無愧。溥欲撰序其行，不啻取古《窈窕》《德象》《女師》之篇〔一〕，三復之也。

維斗弟公幹，氣誼名士，不幸早謝，母最憐痛。維斗以一身承二人持門户，復我鶺鴒，未能綬帶。即既遇，其所以悦親者在天下後世，非徒以約僮僕、簡輿服爲廉隅砥礪也。先生逍遥雲征，維斗奉事獨吾母。邑人户先生如朱孝介，謀立私謚曰端孝。維斗聞之不敢許，入告吾母，乃許之。論者以爲黔婁、柳下之妻不過也⑩。

天啓之季，緹騎變起，先生與維斗、公幹擁周忠介公，大呼：「天王聖明，無殺賢者！」義憤震動，幾蹈不測。里黨間以危語怵母，母色自若。逾三年，維斗爲舉首。向怵母者群奔走獻賀，母反抑抑，以盛名難居爲言。蘇太夫人夫明允而子子瞻、子由，其識量寧與常人等哉？

溥自丙寅以迄庚午，出入必與維斗俱。明經、賢書二録，亦幸同列名。驅馳江滸，徘徊京國，風雨鷄鳴，論議不倦。辛未以後，行跡稍判，惘惘朝夕，如失師保，則南望而翹首曰：「維斗命予。」比歸家，時得親近，即慰如疇昔。竊謂大德而不德，逃名而名隨，惟維斗能當之；男以忠孝顯，女以貞順稱，惟吾母能成之。母家練川，上谷華胄，祖父兄弟官諫官、秉旄節者相望，咸有節義丰采于朝。猶子豫瞻、雍瞻及諸孫群從，皆頡頏維斗。長者雁行，少者僂從，兩姓行誼，比于同室。蓋子弟能爲公卿者，其材也；風猶隱者，其教也。

【校記】

〔一〕「德象」，原作「則象」，逕改。

【繫年】

據文中「丙寅之歲，楊伯母侯太君五十生日，溥偕同社酌斗誦言，文張四壁。又十年爲今丙子，則太君六十矣」，兼據錢謙益《初學集》卷三十九《壽楊母侯太孺人六十序》「崇禎九年十一月，吴郡楊解元維斗之母侯太孺人春秋六十，維斗將偕計吏上公車，爲其母舉觴上壽，然後就道。太史徐君、孝廉張君、鄭君輩，咸洗爵布幣，往與於會，而屬余爲稱壽之文」，可知此文作於崇禎九年（一六三六）

秋冬間。

【箋注】

①此爲社友楊廷樞母侯太孺人六十壽辰而作。楊氏父子均爲氣誼名士，天啓六年，魏閹抓捕周順昌時曾毫不畏懼地出面阻止。

②華渚，字方雷。長洲人。楊廷樞高弟。復社成員。見《初集》卷一《華方雷稿序》注。

③葉襄，字聖野，吴江人。楊廷樞高弟。復社成員。吴山嘉《復社姓氏傳略》卷二：「葉襄，字聖野，長洲人。父教授在外，從母張受學。鋭志經籍，爲名諸生。甲申後，隱居不出。攻詩，一以唐人爲宗，儷語有六朝風致。」

④嵇山材，字天因，長洲人。楊廷樞高弟。復社成員。名見《復社姓氏傳略》卷二。

⑤楊匯翁：楊大溁，字子澄，謚端孝。楊成子，楊廷樞父。張采《知畏堂文存》卷六《楊端孝先生傳》：「丁巳、戊午間，歲饑，民間死亡相枕，先生奔走掩骼，凡兩年所，可萬計。丙寅璫禍，緹騎逮周忠介公，横索賄不得，則執鋃鐺窘忠介。先生攜一櫝公所，置籍曰義助。初，吴人雖急忠介難，懼及，縮不前，見先生，群語：『乃公素謹厚且劇，吾屬敢後？』一日得千金。既鉤黨急，有請削助籍，或請毁，先生笑不應。年愈艾，日手一編，至夜分，亡冬夏間。坐無雜客，室無旁御，家庭若朝典。卒年五十有九，以手指其心而逝。學者私謚爲端孝，故殁後稱端孝先生。」

⑥莊簡公：楊成。楊大溁父，楊廷樞大父。乾隆《長洲縣志》卷二十四《人物三》：「楊成，字汝大。

嘉靖三十五年進士，授工部營繕主事，遷都水郎中。出爲浙江副使，轉四川參政。……擢應天府尹，尋進右副都御史，巡撫江西。……轉工部侍郎，進南京工部尚書，轉禮部。乞骸骨歸。尋起南京吏部尚書，改兵部。時神宗久不視朝，儲位未定，罪奄張鯨夤緣思復用。成偕南九卿上疏請御朝講，建儲位，斥罪奄，語極剴切。年七十，力求去，加太子少保致仕。卒年八十，謚莊簡。」

⑦侯復吾：侯堯封，初名棟，字士隆，一字欽之，號復吾，嘉定人。侯廷用子，侯孔詔父，侯震暘祖，侯峒曾曾祖。隆慶辛未進士，授刑部主事，改四川道御史，歷官福建參政。有《鐵菴遺稿》。

⑧《列女傳》卷六《阿谷處女》：「阿谷處女者，阿谷之隧浣者也。孔子南遊，過阿谷之隧，見處子佩瑱而浣。……（孔子）抽絺紘五兩以授子貢曰：『爲之辭。』子貢往曰：『吾北鄙之人也。自北徂南，將欲之楚，有絺紘五兩，非敢以當子之身也，願注之水旁。』處子曰：『行客之人，嗟然永久，分其資財，棄於野鄙，妾年甚少，何敢受子？子不早命，竊有狂夫名之者矣。』子貢以告孔子，孔子曰：『丘已知之矣。斯婦人達於人情而知禮。』」

⑨《韓詩外傳》卷九：「孔子出遊少原之野，有婦人中澤而哭，其音甚哀。孔子使弟子問焉，曰：『夫人何哭之哀？』婦人曰：『向者刈蓍薪而亡吾蓍簪，吾是以哀也。』弟子曰：『刈蓍薪而亡蓍簪，有何悲焉？』婦人曰：『非傷亡簪也，吾所以悲者，蓋傷亡故也。』」

⑩黔婁、柳下之妻：黔婁妻，柳下惠妻，俱爲賢妻。《列女傳》卷二《魯黔婁妻》：「君子謂黔婁妻爲樂貧行道。」《列女傳》卷二《柳下惠妻》：「君子謂柳下惠妻能光其夫矣。」

金瑩耳先生五十序①

金子夢蜚過婁江，不一月，即言還。予爲歌《客無歸》，夢蜚行矣不顧，曰歸而舉觴，爲其翁瑩耳先生壽也。

翁家世業《詩》，大父封公御史，父爲名孝廉，官刺史，號能理人。翁承以文學，紹聞門庭，新豐瘠土，弭氏小族，非其匹也。少工文章，喜賓客，今年已五十，豪上如其昔時。古有循髮而悲種種者，其人尚少，精已銷亡。以翁視之，黄鵠舉矣。

翁有兄夭折，遺一女，衣食於翁。翁兄弟分財，循循如也。夫骨肉同氣，幼少能讓梨棗，壯大不能讓田宅，非見有大小，繇移其性者爲日久也。翁辭豐受嗇，屋居南畝，衣服器幣，裁及中人而止。或疑其所取太狹，而公且極歡。君子曰：「翁誠善讓矣。士之所病，非貧也；物之所少，非財也。讀《易》之道，能知益，不若能知損也。」翁有子而才，才而早達，達而能以道德贍世也。君子於是謂翁善取矣。夢蜚之言曰：「日出而學，日没則若何？炳燭而善，燭滅則若何？自朝至暮，汲汲乎求進於古也。猶之贏糧躍馬，惟恐後時也。」

丙子賢書，夢蜚齒居亞，老成方嚴，同籍咸敬憚之。萬履安、徐亦于、吴可黄諸子以學行相師友②。夢蜚引爲性命交，出入切磋，衎衎飲食，必折衷以禮義。維其似之，是以友之。如是者可以無分席矣。武林都會之地，昔之帝者宅焉。歌於斯，哭於斯者，天下不知其幾也。高蹈之士，輕輿周流，山水終日。其託而藏者，九州之品，四方之産，聚廬而翳處，且與緇黄相雜也。夢蜚慷慨正色，身爲干城，意將欲歌耕田而鋤非種，鑄神鼎以照物妖。壯哉斯志！山川精靈，式憑賴焉。告之於翁，翁曰：「此吾夙心也。」父子之際，以義獎成，教諂者逆，求忠者順。予竊哀陳咸、劉向之不遇也。

翁家産雖落，神明日茂。少時群客，大半老人，飲酒嬉戲，剥瓜采蜜，終歲不倦。又益以夢蜚知交多海内賢豪，長者伏堂下，稱子弟。翁左右顧眄，益色喜。是即平時賓筵，威儀笑語，兔首匏葉③，士可觀也，况當齊年哉！

【箋注】

①此序金漸臯父金瑩耳五十初度。金瑩耳，生平待考。金漸臯，字夢蜚。復社成員。名列《南都防亂公揭》。張之鼎《棲里景物略》：「金漸臯，字夢蜚。崇禎丙子中式，順治丙戌進士，任邢臺、漢陽兩縣。有詩集。」

②吴夢白，字可黄，號華崖，崇德人。復社成員。吴山嘉《復社姓氏傳略》卷五：「吴夢白，字可黄，號華崖。龍游教諭中台子。敦氣節，不隨時俗取舍。中崇禎癸未進士，除吴縣令。縣爲往來孔

道，夢白極意撫綏，節省夫役驛馬諸費，民咸便之。國破，不復出。」

③《詩・小雅・瓠葉》：「幡幡瓠葉，采之亨之。君子有酒，酌言嘗之。有兔斯首，炮之燔之。君子有酒，酌言獻之。有兔斯首，燔之炙之。君子有酒，酌言酢之。有兔斯首，燔之炮之。君子有酒，酌言酬之。」方玉潤《詩經原始》卷十二《瓠葉》：「大抵古人燕賓，情真而意摯，不以豐備而寡情，亦不以微薄而廢禮。」

陸母周太君八十序①

陸子起頑偕長公赤文，以其母氏周太君眉壽，屬余觚墨。余問太君年齒，則八十矣。夫起頑當世通儒，雄伯文章，久即名人耆宿乎？歲路正强，豪眉偉貌，以漢限年法考之，方在及仕，何太君春秋之高也？太君出東吴高門，克配君子，生起頑差晚。然幼有儁名，年十四五，提筆爲文，含瑜握瑾，若平原、清河，率循非難。乃回翔聲聞，尚困徒步，周客作詩，魯生繫頌，爲起頑者，能無戚乎？

往者丁卯之役，太君適當七十齊年。起頑開東堂，延賓客，觴酌盡歡。時正八月之既，捷騎躍馬過閭閈，鄉人咸祝願起頑速售，上慰母心，不意其猶雌伏也。又越十年，爲今八十。太君健食安步，無異昔日；起頑上壽致敬，亦不改於前，顧其旁文孫頎然，頭角成矣。造物之降福也，積之數年，通之一日，事不能刻期而數可以理得。起頑抱才若此，而滯進不前，予知將俟其子。太君大年，兒齒久困，闉闠間怡愉自若，非獨俟其子，又將俟其孫也。成侯命婦之德，鍾士季傳之②；辛憲英之賢，夏侯孝若記之③。自古文人誦内德者，多出於其家子姓外孫。

今起頑父子流觀山海，高論軒皇，敦匜嘉量，籅簾峋嶁，咸能撰載，何有於家庭之言？然再命及予，予未敢讓。一則徵之起頑，曰子而能父；一則徵之赤文，曰子而能孫。闉闠大城，中多君子焉。其前者不論，近若楊子維斗，吕子子傳，宋子令申、用晦，徐子九一，鄭子士敬，沈子伯叙，皆起頑一輩也。汪子君萬，沈子玉當，皆赤文一輩也。

善善在家，而有僑高梓畢；善善在鄉，而有伯唱仲和，人倫之觀止矣。一旦得時而駕，門容大車，母登壽堂，起頑拜前，赤文拜後。追念昔日，勞苦鞠育，飄摇埒荼，莫非造小子，就有德。《周箴》不云乎：「夫自念斯學，德未暮。」④太君當此，則誠未暮矣。

【繫年】

據文中「往者丁卯之役，太君適當七十齊年，起頑開東堂，延賓客，觴酌盡歡」，可知此文作於崇禎十年（一六三七）八月。

【箋注】

①此爲陸世廉母周太君八十壽辰而作。陸世廉，字起頑，號晚庵，吳縣人。陸在鼎父。復社成員。吳山嘉《復社姓氏傳略》卷二：「陸世廉，字起頑，號晚庵。諸生。儀度修偉，長於説經。九試鄉闈不售。崇禎十三年，以薦舉授廣州府通判。在南中累遷光禄卿。遭亂歸隱，自號遐園主人。有《遐園誌》。年八十五卒。」

②鍾會《生母張夫人傳》：「夫人張氏，字菖蒲，太原茲氏人，太傅定陵成侯之命婦也。」

③《三國志》卷二十五《辛毗傳》下注：「《世語》曰：敞字泰雍，官至衛尉。毗女憲英，適太常泰山羊耽，外孫夏侯湛爲其傳。」

④語見《吕氏春秋·謹聽》引《周箴》。

顧太母陳孺人六袠序〔二〕①

余讀給諫顧珠巖先生所爲其叔母頌壽之言，慨然久之。給諫正色掖垣，不畏彊禦，載筆入告，褒貶之義，嚴於刑書，其爲國史也信。信于國者，必信於家。予固知善紀母德，莫給諫若也。

顧母陳孺人，海上右族。其家司寇、光禄二公，與顧司馬、參知二公，門第婚媾，累世交重，猶之王謝葛藟，名高渡江。孺人適文學顧公裕如。時裕如年少博聞，聲望正顯，雖在貴遊，食粥覊履，意不怵惕。孺人佐以恭勤，季蘭之敬，闑内之職，無不修也。裕如數試不遇，公卿有司纁帛造門，竟匿形跡，以晦自全。孺人樂於偕隱，克贊其志。夫陶答子爲相，車富百乘，日召宗人，擊牛釃酒，其妻獨抱兒而泣②；郝戭之妻，自愧不德，無以助夫子，願勿以仕累之③。二婦明哲，逃避富貴，如畏岸崩屋敗。鄭子張不云乎：「貴而能貧，可以後亡。」④貴猶欲其貧，况未貴乎？孺人之先幾大度，類聞道者也。

淮南名士陳于到⑤，孺人之弟也。近有顧天目⑥、顧端木起而繼之⑦，文章譽望能傾遠近。天目則孺人少子，端木則孺人長孫。二顧同居合學，出入師友，登高覽遠，奇賓盈座。上探《易象》，下寄詩酒。唱和相得，玄賞家庭，固今之大小阮也。天目則曰：「微我母之教，不及此。」端木則曰：「克賴王母，以有今日。」或推之而近，或推之而上，其本一也。

曩者孺人之爲顧氏婦也，操身約，執節勤。舅姑，其嚴主列君也；夫子，其明師保也。饋漿不敢後，奉箕不敢先，夷身媪獲之間，竭誠井竈之下，無缺内職，願已畢矣。久之爲人母，又久之爲太母也。去爲婦時，止四十餘年爾。諸子振聲，群孫踐義，雖裕如久化，歲月增遷，而家人觀感，惟有一母。根本之漸，尊所同也；閫閾之司，尊所獨也。異日獻書闕下，賜帔禁中，子讓于母，母不能辭；孫讓于太母，太母不能辭，是孺人一身有兼享也。拜公服之賜，築瘞金之亭，固可與給諫大文並榮天壤哉！

【校記】

〔一〕此文與《近集》卷六《壽顧太母陳孺人六袠序》重。

【箋注】

①此爲顧大信母、顧國寶叔母陳孺人六十壽辰而作。顧國寶，字元善，號珠巖，南直通州人。光緒《平湖縣志》卷十二：「顧國寶，字元善，號珠巖，南直通州人。天啓壬戌進士，知縣事。性剛介，雖政主愛民而務必行其法。漕規久弛，運軍挾衆善譁。國寶力裁額外加耗，又酌立收兑永制。先於冬月徵糧輸倉，躬自驗閲。至期照船配廒，刻日交兑，隨兑隨行，軍民兩利焉。佐貳署向取道儀門外，國寶塞之，啓馳道於堂之左。自是受詞請謁不得擅。有奸商請於鹽使者，議設批驗所於邑之西門外，國寶力持不可，事遂寢。捐俸置義田。三年調繁嘉興，秩滿，擢吏科給事中。」

②《列女傳·陶答子妻》：「陶大夫答子妻也。答子治陶三年，名譽不興，家富三倍。其妻數諫，不用。居五年，從車百乘歸休，宗人擊牛而賀之，其妻獨抱兒而泣。姑怒曰：『何其不祥也！』婦曰：『夫子能薄而官大，是謂嬰害；無功而家昌，是謂積殃。』」

③光緒《山西通志》卷一八四《列女録·賢淑》：「聶氏，郝戩妻。戩篤行苦節，隱居不仕。有語氏使勸之，氏曰：『吾不德，無以助君子，敢强所不願，以累其高哉！』」

④《左傳·襄公二十二年》：「九月，鄭公孫黑肱有疾，歸邑于公，召室老、宗人立段，而使黜官、薄祭。祭以特羊，殷以少牢，足以共祀，盡歸其餘邑，曰：『吾聞之，生於亂世，貴而能貧，民無求焉，

可以後亡。』」

⑤陳遠，字于到。江巨榮《湯顯祖研究論集》（第一〇九頁）：「孫輩有陳遠，字于到，陳完嫡孫。以歲貢待補，遇明清易代，不能如願，于文學則卓然有成。所撰有《偶存集》《喁喁集》《磊軒集》和《葩經新義》等多種，《通州志》列名入《文苑傳》。」

⑥顧大信，字成之，號天目，興化人。康熙《揚州府志》卷十八：「顧大信，字成之，號天目，興化人。少稱俊才，瀟灑逸劭。雖不絕物爲高，亦落落難合。制義宗守溪、鶴灘，晚近逢年，不及格不收，棄去。爲古文辭，于百家衆説時有箋注考辨。如以《詩經》『訪予落止』之『落』解《楚騷》『落英』之『落』，謂始開之菊方可餐，諸如此，即王逸、劉勰有不折節心下者乎？尤工詩，筆牀茶竈，幽憂拂抑中吟哦不輟。所著有《茗爐隨筆》《夢萱堂稿》《白門社刻》《梅菊新篇》《蛬響茶約》諸集行世。而强項難下，究甘貧老，年七十五卒。」

⑦顧咸正，字端木，號玄齋，崑山人。同治《蘇州府志》卷九十四：「顧咸正，字端木。鼎臣曾孫。崇禎六年舉人，十三年以會試副榜，除延安府推官。延安爲流賊所自起，連年大旱，民多死，或爲盜。咸正招流民，開荒地，田之無主者立爲官莊，出私錢募人種之。其年雨，大熟。明年，益墾田至二萬畝。又教民引水鑿池穿井，作恒升車及捕蝗諸法。奉檄督兵，追賊朱明才等三百餘人至直羅，盡殲之。招降回賊張成儒、丁世蕃、慶陽土賊潘自安等，治績甚著。流賊陷西安，郡兵皆散，賊執咸正，欲降之，不屈，拘之營中。賊敗，南歸。會雲間起事，録其黨姓名，首及咸正。執至

江寧，總督洪承疇問曰：『汝知史可法在乎不在乎？』咸正答曰：『汝知洪承疇死乎不死乎？』洪默然，乃與同事四十餘人並死。子天逵，字大鴻，貢生；天遴，字仲熊，諸生，以藏陳子龍故，俱死。乾隆四十一年，咸正通謚節愍。」

宣城湯字江七袠序①

湯子君謨舉丙子鄉薦，邑人群致賀，謂：「若固以文舉者也，其人則應古孝廉矣。」召故老而訊之，立中正而品目之，御史博士大夫巡行風俗，歲有聞也，得真士不能什一焉。執文相求，猶冥遇爾。而三物六德，進而獨前，豈特受福目家，亦宣人之幸也。

予友徐乾若、梅朗三、沈眉生諸子居於宣，言論爲今《陽秋》，稱君謨如其邑人。四方説文章，矜節誼者，亦莫不知君謨。南宫戰北，交口愕惜，烈烈大文，何不即登廊廟？君謨獨心喜曰：「家有老親，明年七十矣。歸而奉觴，毋庸赤車駟馬矣。」聞者善之。及期到門，字江先生坐堂上，君謨偕族人次第飲酒堂下，禮儀孔都，笑語卒度。君子謂：「宣城之上壽，等於廬江之捧檄也②。」

先生博聞好學，少擅奇譽，後進才士遠來問經。黔南王大夫盛服騶騎，式廬請見，備賓師禮。如是者數年，未嘗一私語。累試京兆，已及格而復刖。先時湯見衡先生登賢書③，試於禮部，且遇，且見斥，遂老詩酒間，爲名教授。世疑湯氏數奇，父子並有名儒生，動輒按劍，空抱國士知，未得一報也。先生灑然爾，蓬藁土穴，木牀艾席，可以教子孫，送年齒。古云「有鳥飛天，有魚潛淵」，知道而默，惟斯人乎！積歲饇滿，稱明經。明經者，鄉進士也。上則宰百里，剖大城；次亦升學宫，教子弟。又今天子嚮儒術，不次選擢，鄉貢亦官御史。驄馬行京師，朝貴咸側目敬憚，諫諍風采，劾執政栗栗不敢動，以先生出而應之。王臧、趙綰④，豈異人哉？即簿領錢穀，易厭苦也。據皋比而論先王，常生降志，執鞭莊公，藏器小史，亦何不可？顧心尚少之，曰無仕而已。

君謨攻苦蚤售，州黨誦慕。先生召而前，勉以祖德。朱裳丹黻，不如布衣；縫掖委貌，貴於籝金。彭城、河汾之間，有遺風焉，今見之矣。君謨束修，長約攝，《曲禮》《懿》詩，幼所習也。微先生訓，選於威儀，敬恭朝夕，朋友信焉。重以誨言，是考父之循牆⑤，韋孟之濆上也⑥。

先生年七十，童子至老，日在禮法中，讀書東堂，負暄晴簷，不知顛毛之白也。人願貴而先生不賤，人願富而先生不貧，人願多男而先生賢以一子。資天者厚，應物者閒，欲壽先生，寧無説哉？人進我退，陰子之窮，至道也；敬終如始，羨門之致，雲龍也。

【繫年】 據文中「湯子君謨舉丙子鄉薦，……君謨獨心喜曰：『家有老親，明年七十矣。歸而奉觴，毋庸赤車駟馬矣』」等語，可知此文作於崇禎十年（一六三七）。

【箋注】

①此爲湯纘禹父湯字江七袠壽辰而作。湯纘禹，字君謨，安徽宣城人。嘉慶《宣城縣志》卷十三《選舉》：「丙子：湯纘禹，字君謨。」湯字江，生平待考。

②《後漢書》卷三十九《劉趙淳于江劉周趙列傳序》：「中興，廬江毛義少節，家貧，以孝行稱。南陽人張奉慕其名，往候之。坐定而府檄適至，以義守令，義奉檄而入，喜動顏色。奉者，志尚士也，心賤之，自恨來，固辭而去。及義母死，去官行服。數辟公府，爲縣令，進退必以禮。後舉賢良，公車徵，遂不至。張奉歎曰：『賢者固不可測。往日之喜，乃爲親屈也。斯蓋所謂「家貧親老，不擇官而仕」者也。』」

③湯轂，字伯御，一字見衡。嘉慶《宣城縣志》卷十三：「湯轂，宣州衛人，字伯御。仕來安縣學教諭，陞棗陽知縣。」梅鼎祚等《宛雅二編》卷二《湯轂》：「轂字伯御，宣州衛籍。萬曆癸酉舉人，來安教諭。邑志選舉表。轂，一字見衡。」

④王臧、趙綰：西漢官吏。景帝時，王臧爲太子少傅。武帝即位，尊儒術，招賢良，王臧與趙綰等以文學爲公卿，欲議立明堂於長安城南以朝諸侯。遭竇太后反對。會竇太后治黄老言，不好儒術，

使人微得趙綰等姦利事，召案趙綰、王臧，二人自殺。

⑤《左傳·昭公七年》：「及正考父，佐戴、武、宣，三命兹益共，故其鼎銘云：『一命而僂，再命而傴，三命而俯，循牆而走，亦莫余敢侮。饘於是，鬻於是，以糊余口。』其共也如是。」

⑥《漢書》卷七十三《韋賢傳》：「韋賢字長孺，魯國鄒人也。其先韋孟，家本彭城，爲楚元王傅，傅子夷王及孫王戊。戊荒淫不遵道，孟作詩風諫。後遂去位，徙家於鄒，又作一篇。其諫詩曰：『……我既耋逝，心存我舊，夢我瀆上，立于王朝。』」

壽顧岫雲先生七十序①

顧子麟士於丁丑春之三月，觴其大人岫雲先生，名士獻文，里老醉酒，賓之初筵，其樂未已。先生之倩陶子涪水騰觴而前，偕群子姓坐左右，欲尋上巳之逸遊，發蘭亭之遺咏。予聞而興厲，愧未屬和也。

麟士結茆鳳里，室僅盈丈，題曰「織簾」，糞除潔清，花木四植。予每登其堂，旬日忘返，輒謂：「仲長樂志②，得此已足，即他日富貴，何忍舍去？」岫雲年高七十，容顔若童，豐頤墨髮，飲能數斗。又好彎弓決拾，同里中長者嬉，仰視飛鶴，一發雙疊。予時接言笑，不知其龐齒壽人也。

麟士名聲蓋代，重崖沮水，裹糧受經者接塵衢路。大中丞張公折節延致，令諸公子師事之。麟士據皋比，唱經義，叙論前古，以身規矩，門牆肅如，主賓交敬。歲時告歸，脯脡之資，悉上岫翁。間有他請者，麟士必退謝，翁亦摇手弗聞。鳳里雖遠城郭，多衣冠。麟士家居水濱，門交榆柳，從遊之士，欽其高風，擬於靖節。岫翁閒暇好縱適，則爲置里閈老人會，洗腆必時。麟士得子尚晚，擇一倩，亦讀書能文。

比歲大試，天下想望麟士登用最急。癸酉秋，姑熟令徐松濤得其卷③，摩沙置首，進之主司。東序秘寶，恨莫能名。松濤嘆息，自云：「子瞻命窮，重累方叔。」④麟士當此，澹漠不言，亦頷之而已。夫藐姑綽約之廬，箕阜高嘯之宇，聞聲追跡，慨遇其人，徒在篇卷。今幸而近得之麟士，麟士又不私其樂，專精神，蓄志趣，務以悦親。岫翁縱懷遐宕，又不喜美田宅，長桑麻，示子孫，得意適，築宅郊野，簡脱人世，析芰燔枯，招朋浮爵，子舍供命，不移時具。家無裝金，庭有鳴瑟，其愉快自得，過漢大夫陸生矣⑤。

麟士試必第一，自學使者逮郡伯邑長，咸願交歡。每匿影避之，不與見。邨塾屋壁，盡著文字。或里兒造請質難，輒應，不留胸懷。所居貧也，頗厭諸生，欲隸成均，友人相助爲理。予間戲之：「子入太學，縱不愛苜蓿，寧不念四壁耶？」岫翁則曠然玄覽，惟麟士所爲。其知子者深，觀於天下者大，一朝而高冠大服，固後日事，亦旦暮遇爾。至婦頌《關雎》，子感《鳲鳩》，下被均一之德⑥，上載仁壽之老。麟士吉人，取之室家，致之父母。「民之質矣，日用飲食」⑦，其是謂乎？

向館舍州城，余往還親善。一日不對，惄深不食。十數年來，館唐墅，則與子常晨夕爾。乃子常宦遊，麟士東道主人，四方俱是也。以時考之，吾黨之風雨晦明爲日久，岫翁年則彌進矣。同社兄弟升沉聚散，歲各有異，而家人嚴君得天之厚，無如麟士。灑掃勤於户庭，聲歌流於海内，即今日豈易言哉！

【繫年】

據文中「顧子麟士於丁丑春之三月，觴其大人岫雲先生」，可知此序作於崇禎十年（一六三七）三月。

【箋注】

①此爲友人顧夢麟父顧岫雲七十壽而作。顧夢麟，字麟士，號中庵，别號織簾。詳見《初集》卷一《楊顧二子近言序》注。顧岫雲，顧夢麟父。生平待考。

②《後漢書》卷四十九《仲長統傳》：「每州郡命召，輒稱疾不就。常以爲凡遊帝王者，欲以立身揚名耳，而名不常存，人生易滅，優遊偃仰，可以自娱，欲卜居清曠，以樂其志。」

③徐養心，字元白，又字無所，號松濤。復社成員。吴山嘉《復社姓氏傳略》卷八：「徐養心，字元白，又字無所，號松濤。崇禎辛未進士，除當塗令，廉明慈惠，以興利除害爲己任。乙亥，流寇屠

和陽，難民數千聚江干，無舟，不獲東渡。賊且近，號呼將爲赴水計。養心望見之曰：『鄰民，猶吾民也。』急命船數十盡渡之。時姑孰無備，衆心危殆。養心令沿江張炬，并發礮作進勦勢，賊疑懼，乃退。治聲大著，行取授監察御史，巡按江右。國變後遂不出。」

④《宋史》卷四百四十四《李廌傳》：「李廌，字方叔，其先自鄆徙華。廌六歲而孤，能自奮立，少長，以學問稱鄉里。謁蘇軾於黄州，贄文求知。軾謂其筆墨瀾翻，有飛沙走石之勢，拊其背曰：『子之才，萬人敵也，抗之以高節，莫之能禦矣。』廌再拜受教。……鄉舉試禮部，軾典貢舉，遺之，賦詩以自責。吕大防歎曰：『有司試藝，乃失此奇才邪！』軾與范祖禹謀曰：『廌雖在山林，其文有錦衣玉食氣，棄奇寶於路隅，昔人所歎，我曹得無意哉！』將同薦諸朝，未幾，相繼去國，不果。」

⑤《史記》卷九十七《陸賈傳》：「孝惠帝時，吕太后用事，欲王諸吕，畏大臣有口者，陸生自度不能爭之，迺病免家居。以好畤田地善，可以家焉。有五男，迺出所使越得槖中裝賣千金，分其子，子二百金，令爲生産。陸生常安車駟馬，從歌舞鼓琴瑟侍者十人。」

⑥均一：公允如一。《列女傳·魏芒慈母》：「君子謂慈母一心。《詩》云：『鳲鳩在桑，其子七兮。淑人君子，其儀一兮。其儀一兮，心如結兮。』言心之均一也。」

⑦語見《詩·小雅·天保》。

許母朱太孺人八十壽序①

許母朱太夫人，今之女宗也。有子一人，爲名諫臣，學者盡稱荆巖先生云。荆巖初以太常博士選入諫垣，時母春秋七十，召宗族故老，觴飲數日。然後啓行，告入朝。登車之日，母送至太江，聞虜騎躪三輔，環京師城門不去。左右僮御欲少留，母正色叱之。荆巖拜命，晝夜馳，其赴蹈勇决甚於高陽王子贛，驅馭行部，過邛郲九折岅也。荆巖抵官舍，時時念母，不遠三千里迎養。母不樂北方飲食，起居少適，復取水道南還。荆巖涕泣與別，慷慨而誦《北門》之詩曰：「『王事靡盬，不遑將母。』②今之謂矣。」

荆巖居諫職，喜論列，所策大寧事宜，中天子意，密封其章下司馬。後大凌城不得立，輒衂師折將，朝廷益奇其言。而時所最病者，邏卒四出，名爲中詗③，實漁獵邊邑，攫肉民間，道路側目，舉朝噤齘。荆巖白發其奸，明旨再三詰主名。同官震恐，牽馬過問者相屬。荆巖色不少變，列其人與其事以上。天子壯之，爲懲詆欺者，京國肅然稱神明。然中憾益深，卒借他事株坐荆巖落職。其所借者曰：「鉛斤少，間鎔雜不精，巡視科臣與有罪。」荆巖默然不辨，悠游林麓，奉母讌笑者六年矣。會鉛案事白，前所號斤少者，覈數反倍，熔鑄又皆精良。兩部臣縲繫俱釋，詔書始起荆巖田間。荆巖以母年高，留養，不欲出。母勉之曰：「今何時乎！奴訌寇閧，百姓單盡，聖人在上，未明求衣④。爲臣子者苟耽家食，中朝何賴？子行矣，無以白髮爲念。」荆巖遂辦裝。然每書及余，思母今年八十，生日不能嬉遨堂下一跌爲樂，又忽忽再誦《北門》也⑤。

夫母年七十，荆巖即爲諫官。又十年，爲今八十。十年之中，官以次遷，大者取卿相，次者秉旄鉞，後來居上，誠如積薪。荆巖方從里門補黄散下署，白首爲郎，伏櫪興歎。然使荆巖無赫赫名，隨俗和合，累日月，致大位，即爲廊廟貴人，深山窮巷，牧夫耘豎，未必知有荆巖也。憂時上書，抵扞權要，不合報罷。海内敬慕風采，想見斯人，以其出處，卜世治亂。是故荆巖未出，爲之咨嗟歎惜；既出，則爲之叫呼欣喜。人情若此，豈易得哉！無隆冬不知春之生也，無陰雨不知日之暄也。

昔母年二十，喪其夫子，荆巖方在襁抱，提攜哺乳，教以成人。其健持門户，未敢望丈夫若也。一旦子登華要，名旌宅里，即古志士何加焉？聞之談荆巖星命者，功名每十年一進，自博士弟子員而爲孝廉，自孝廉而爲進士，驗之皆然。今爲諫官，又十年矣，以直受躓，躓而復起，今日正其亨之始也。母年七十，爲諫官之母；今年八十，諫官猶是也，而名則益高，道則益通。諫官於十年間風波勞瘁，甘苦習嘗，而母獨康大悦豫，不杖而行，十年間未嘗有憂傷憔悴之色。母之豐於遇也，又似厚於諫官。昔有不愛江陵千樹之橘，而患道義之不富；不貴楚相之車馬服從，而耕於太原之野，固女子之特立者也。母非其班耶？具此志也，進退皆長年矣。

荆巖三子曰雙平⑥、堯文⑦、漢章⑧，有聲士林，將爲王國楨幹。又性孝謹，善奉事大母。荆巖雖遠遊，幸諸孫壯少，受書視膳，左右無闕。母家訓素嚴，子婦長大，跪拜必如禮。里中謂母節母，又禮母也。訓其子者，則曰「無忘爾君」；訓其孫者，則曰「必若而父」。縉紳長者，識其言不忘也。命余小子操管以隨其後，三壽歌而魯侯喜⑨，安石出而蒼生慰⑩。君子曰：「是亦可以觀世已。」

【繫年】

據文中「荆巖初以太常博士選入諫垣，時母春秋七十」及嘉慶《直隸太倉州志》卷二十七《許國榮傳》「天啓五年，成進士，授太常博士。三年，選工科給事中」，兼據前文作時，可知此序作於崇禎十年（一六三七）。

【箋注】

① 此爲許國榮母朱太孺人八十壽序。許國榮，字允尊，號荆巖，太倉人。其二子許鏘、許焕俱入復社。見《合集·詩稿》卷一《送許荆巖歸里》注。

② 語見《詩·小雅·四牡》。

③ 中詗：偵察，探察。

④未明求衣：天未亮就起床。《漢書·鄒陽傳》：「始孝文皇帝據關入立，寒心銷志，不明求衣。」

⑤《詩經·邶風·北門》毛序：「《北門》，刺士不得志也。言衛之忠臣，不得其志爾。」後遂以「北門」表仕途失意。

⑥許焞，字雙平。許國榮長子。復社成員，名見吴山嘉《復社姓氏傳略》卷二。

⑦許焕，字堯文。許國榮次子。復社成員。吴山嘉《復社姓氏傳略》卷二：「許焕，字堯文。順治乙酉舉人，丁亥進士，由莆陽令陞知嘉興府。」

⑧許燦，字漢章。許國榮季子。俞天倬《太倉州儒學志》卷二：「許燦漢章，丙辰歲貢。」

⑨語本《詩·魯頌·閟宫》：「三壽作朋，如岡如陵。……魯侯燕喜，令妻壽母。」

⑩《晉書》卷七十九《謝安傳》：「征西大將軍桓温請爲司馬，將發新亭，朝士咸送，中丞高崧戲之曰：『卿累違朝旨，高卧東山，諸人每相與言，安石不肯出，將如蒼生何！蒼生今亦將如卿何！』」

孫母沈宜人六袠壽序①

孫大中丞火東，嵺城名士，其配沈宜人，世家子也。火東初爲諸生，負奇倜儻，意氣辟易萬夫。時江南名彦，分地唱和，盛譚文義，追風雅。間連舟過嵺水，飲酒賦詩，歌呼達旦。火東掉臂其間，清言蟬連，繼以長嘯。其奉盤匜、執銅鍉者，聞風折節，側席長跪，承教恐後。而雅喜經濟，長兵家言，縱横孫吴，抵掌不厭。朋輩耳語繩墨，私問制義甲乙，則大笑應之，謂：「塵尾蠅拂，可燒也。」②

宜人家自檇李遷吴淞，號江東右姓。少失母，然佐父家秉，不僅兒女屈柔，人謂可配孫氏子。火東既拓落讀書，習陰符兵法，講軍政，探西學，彎弓擊劍，騰馬疾馳。家人生産，鹽穀出入，皆所惡聞。宜人不得已，以身獨理。又知夫子遠大，即時闕乏，不敢告。挽鹿車，力杵臼，飛蓬其首，若無勞焉。火東大人秋泓先生③，博學奇行，老而不衰，素以公輔望其子。火東試場屋不利，即令棄鄉校爲國學遊。一戰得志，先生始听然喜。

萬曆季年，遼事方棘。壬戌廣寧之敗④，京師震虩。春官試士，多褰衣走避。火東獨發數策，抗言於朝，遂出贊經臣大師。以彼同時，燕雀嬉遨，舉國一態，公卿咋伏，容頭過身⑤，而憂憤叫呼，惟一孝廉。孫孝廉即賤貧，年路方盛，稍需日月，赤墀青瑣⑥，固在也。時又資格困人，塞上幕客，何所愛戀？火東決請行者，豈爲身謀哉！彊圉慮深，率先犯難，三路既潰，毋容須臾也。

火東長身秀立，精神絶衆，與人論議，可竟日夜不坐卧。而心計秋毫，經營宫室城臺，下及兵仗火物，不移時立具。西方老師瓢笠萬里，入中國，睹孫司馬規撫制度，輒驚神人。

火東性廉直，不妄取予，自布衣迄開府，未嘗贏一錢。聞故人閭里有急，即解衣佐餐。獨不喜以篋笥尺牘達京師要人，親識以杜當陽故事相勸⑦，遽摇首麾去。宜人拮据家中，未或至官舍，蒼頭單車迎諸子往視，歸亦無尺布斗米之贈。爲中丞難，爲中丞婦者尤難。丈夫建牙節度，名震山東，而家有一婦，不免洴澼絖，故曰難也。

登兵變起，東市流血。或疑中丞汾陽自命，咄叱風雲，一旦歐刀。此何爲者？然已巳虜警，都城戒嚴，大將四逸，東酋外閧。火東仗節約束，援兵飆會。酋長名王，勢皆瓦解，關外八城二十四堡，屹然如昔。既撫登萊，知東江患劉興治甚，設間離合，使黨内攻，盡殲其徒，島亂乃止。火東當日指揮顧眄，神明豫暇，不聞稍動聲色。二三遼將，素奴蓄之，執馬行酒唯諾，左右忽以出調忿爭，隳城殺人。還師倉皇，求入不得，遂成騎虎。彼能以寧前一旅却强虜百萬之師，而不能以東海桓糾縛帳下狗鼠。千金不顧，破釜失聲。豈其才詘？蓋天命也。李將軍廣與匈奴大小七十餘戰，不獲封侯，而反自剄⑧。來君叔爲光武掃除隴蜀，奇功屢奏。夜半刺客，欻爾賊傷⑨。火東遭運聖主，年未五十，致位節鉞，遇過李廣，而亂卒猝發，禍同君叔。此志士所以隱之甚，痛之甚也。

火東三子皆才，幼者從在軍中，叛將餧以果糜，泣不受。今俱成立，顯名士林。宜人服勤苦，蹈禍患，旁無媵御之助，外無親戚之援，瀕死而生。今齒已六十，壽考方始。天於火東，殺其身而豐其後，豈無意乎？國家以法裁中丞，不奪官誥，身後亦未責以軍賦簿狀。張湯牛車〔一〕⑩，愴有餘悲，而猥惜庸俗，嚙指中丞，寧甘草木腐滅，率以兵爲諱。余因壽宜人而略言之，且知宜人之意不在牛酒鐘鼓，而欲不没夫子也。

【校記】

〔一〕「牛車」，原作「牛軍」，據王益之《西漢年紀》卷十五《武帝》改。

【箋注】

① 此爲孫元化母沈宜人六十壽而作。孫元化，字初陽，又字火東，上海人，嘉定籍。孫繼統子。從徐光啓學。嘉慶《松江府志》卷五十五：「孫元化，字初陽，上海人，嘉定籍。萬曆四十年順天舉人，薦授兵部司務，轉職方司主事，忤璫閒住。崇禎初，起廢，歷山東參議寧前道，防邊叙功，陞都察院僉都御史，巡撫登萊，後於遼陽抗王師殉節。」

② 《南史》卷四十五《陳顯達傳》：「及子休尚爲郢府主簿，過九江拜别。顯達曰：『凡奢侈者鮮有不敗，麈尾蠅拂是王、謝家物，汝不須捉此自逐。』即取於前燒除之。其静退如此。」

③ 孫繼統，字續之，太倉人。孫元化父。嘉慶《直隸太倉州志》卷三十七：「孫繼統，字續之。少讀書負奇磊落，與兄繼緒同補邑庠生。嗣以子元化貴，絶意進取，肆力於詩。及元化巡撫登萊，迎養，峻却之。已而遼兵果畔，若逆料其有變也。年八十一終。」

④ 計六奇《明季北略》卷二《熊廷弼傳》：「會熹宗立，與中朝議多不合，爲閲科姚宗文搆退，而以袁

應泰代之。四閲月而遼陽亡。上忽思曰：『假令熊廷弼在，豈壞至此！』召公爲兵部尚書，且賜手詔曰：『汝當念先皇賜環之恩，朕在沖年，遘兹患難，勉爲一出，以全君臣始終大義。』公赴召出關，大司馬張鶴鳴設餞三十里外，冀有所囑。公手擊案曰：『今日不得言邊事！』鶴鳴由此啣公，迺慫恿巡撫王化貞以分公權。職方郎耿如杞、主事鹿善繼，皆阻經袒撫。以公負才使氣，内外忌之，遂以五千人守右屯，而化貞兵十三萬駐廣寧。辛酉十月，化貞進兵。壬戌正月，河西陷。」

⑤容頭過身：謂如頭可容，身即得過，喻得過且過。《後漢書·西羌傳·東號子麻奴》：「今三郡未復，園陵單外，而公卿選懦，容頭過身，張解設難，但計所費，不圖其安。」

⑥赤墀青瑣：謂可在京做官。赤墀，皇宫中赤色臺階，借指朝廷。青瑣，皇宫門窗之青色連環花紋，亦借指朝廷。

⑦《晉書》卷三十四《杜預傳》：「孫皓既平，振旅凱入，以功進爵當陽縣侯。……預在鎮，數餉遺洛中貴要。或問其故，預曰：『吾但恐爲害，不求益也。』」

⑧《史記》卷一百九《李將軍列傳》：「至莫府，廣謂其麾下曰：『廣結髮與匈奴大小七十餘戰，今幸從大將軍出接單于兵，而大將軍又徙廣部行回遠，而又迷失道，豈非天哉！且廣年六十餘矣，終不能復對刀筆之吏。』遂引刀自剄。」

⑨《後漢書》卷十五《來歙傳》：「來歙，字君叔，南陽新野人也。……十一年，歙與蓋延、馬成進攻公孫述將王元、環安於河池、下辨，陷之，乘勝遂進。蜀人大懼，使刺客刺歙。」

⑩ 王益之《西漢年紀》卷十五《武帝》：「二年冬十一月，御史大夫張湯有罪，自殺。……昆弟諸子欲厚葬湯，湯母曰：『湯爲天子大臣，被惡言而死，何厚葬爲！』載以牛車，有棺而無椁。上聞之曰：『非此母不生此子。』」

壽陳恭人六十序①

予初拜辱於陳益翁先生也，在吴門之舟次。時先生方從大梁歸，一見如平生歡。既而交其長公臣安，年雖少，彬彬禮讓君子也。先生王大父官太守，以廉潔稱。子孫循守家法，貧且不贍。同邑錢太翁器先生能，字以賢女，爲今恭人。錢固衣冠右姓，子女裝送，疑尚饒給，先生獨辭而受約，曰：「少君美飾，鮑宣不悦②；德曜綺縞，伯鸞謝之③。我愛其儉，芬華非志也。」

先生弱冠補諸生，隱默著書，頗不爲有司所知。恭人力苦操作，佐治衣履。壬子癸丑，連舉得志，海内傳誦其文，名重一經。既授輝令，清聞異政，治最中州。及擢留臺，司黜陟，晉清卿，拜中丞，柱石天下，大臣表也。然先生居官守道，風稜嚴重。出宰百里，豪右斂跡；入攝端公④，墨吏解綬⑤。少平「卧虎」之歌⑥，公雅《驄馬》之謡⑦，蹟無多讓。士大夫想像其人，必危冠櫑劍，難驟親近。迺寛身下人，兒童馬走，盡接恩顔，敷衽論心，聞者感涕。至牙門既開，位望尊顯，尤謹自約束，敝衣徒步。仕宦三十年，閭里安之。城頭西南，若不知有所謂陳大中丞者。

先生盛德固高，其所以内外玉成，則恭人也。恭人既舉臣安，復祝先生多男，爲廣副貳，遂誕次君。今者二惠競爽⑧，文學孝友；元方季方⑨，門風再見。先生有兩弟，不欲生分，同宅合爨，迄班白如一日。夫婦德之至也，一在於仁僕妾，一在於和兄弟。負壯節者，憤忌妻而移書；篤天顯者，惡異居而遣婦。此皆激昂獨行，流聲史册。然衽席有闕，鵲鳩增歎，勃稽詬病，豈其得已！恭人質任自然，恩睦内出，《小星》《江汜》⑩，同氣脊令⑪，無心而合，斯足尚耳。

先生嫉邪秉義，群狐側目。自南臺遷官，久留不進。適楚豫寇張，委以節鉞，若輩計得，謂：「此固狄山乘障也⑫。」先生朝聞命，夕即戒行，馬馳露宿，手搏大盜，轉歷陵谷，身當數百戰。賊帥挫喪，逃徙千里。害先生者，計不中則假彈文逐之，遂釋甲胄，歸田舍。當先生初入豫，與恭人别，闔門填土，誓死報國。恭人亦葆首墨面，待盡家室。其後捷書屢聞，鄉閭昆老始起而賀。天子嘉念元功，施榮内子。鄱陽之母，高凉之妻，惟恭人當之，竟以先生歸而寢封。爲勞臣難，爲勞臣之婦亦難。毋論幕府紀録，悲歌子幹，即垂書煒管，白首數奇，各有命焉。

先生年幾六十，善飯，挽强，不減少壯。恭人差長，迺先舉觴，族子弟繩之等謀爲壽。夫今壽人之禮，即古鄉飲酒遺意也。賓興賢能，黨正蜡祭，州長習射，與鄉大夫士，飲國中賢者，其禮皆舉，以益吾先生之才之德。儀刑邦家，準諸古禮，歲飲酒可也。且以恭人六十，始自此服夫之服，爵子之爵，時告慶焉。余向所牢騷不平者，其少振乎！

【箋注】

①此爲陳必謙妻、陳臣安母六十壽而作。《河南通志》卷五十四：「陳必謙，字益吾，江南常熟人。進士。歷官御史，著抗直聲。」陳臣安，陳必謙子，諸生，生平待考。

②《後漢書》卷八十四《列女傳》：「勃海鮑宣妻者，桓氏之女也，字少君。宣嘗就少君父學，父奇其清苦，故以女妻之，裝送資賄甚盛。宣不悦，謂妻曰：『少君生富驕，習美飾，而吾實貧賤，不敢當禮。』妻曰：『大人以先生脩德守約，故使賤妾侍執巾櫛。既奉承君子，唯命是從。』宣笑曰：『能如是，是吾志也。』妻乃悉歸侍御服飾，更著短布裳，與宣共挽鹿車歸鄉里。拜姑禮畢，提甕出汲。脩行婦道，鄉邦稱之。」

③《後漢書》卷八十三《梁鴻傳》：「梁鴻，字伯鸞，扶風平陵人也。……同縣孟氏有女，狀肥醜而黑，力舉石臼，擇對不嫁，至年三十。父母問其故。女曰：『欲得賢如梁伯鸞者。』鴻聞而娉之。女求作布衣、麻屨，織作筐緝績之具。及嫁，始以裝飾入門。七日而鴻不答。妻乃跪牀下請曰：『竊聞夫子高義，簡斥數婦，妾亦偃蹇數夫矣。今而見擇，敢不請罪。』鴻曰：『吾欲裘褐之人，可

與俱隱深山者爾。今乃衣綺縞，傅粉墨，豈鴻所願哉？』妻曰：『以觀夫子之志耳。妾自有隱居之服。』乃更爲椎髻，著布衣，操作而前。鴻大喜曰：『此真梁鴻妻也。能奉我矣！』字之曰德曜，名孟光。」

④ 端公：唐代對侍御史之別稱。

⑤ 墨吏：貪官污吏。

⑥《後漢書》卷七十七《董宣傳》：「董宣，字少平，陳留圉人也。……後特徵爲洛陽令。時湖陽公主蒼頭白日殺人，因匿主家，吏不能得。及主出行，而以奴驂乘，宣於夏門亭候之，乃駐車叩馬，以刀畫地，大言數主之失，叱奴下車，因格殺之。主即還宮訴帝，帝大怒，召宣，欲箠殺之。宣叩頭曰：『願乞一言而死。』帝曰：『欲何言？』宣曰：『陛下聖德中興，而縱奴殺良人，將何以理天下乎？臣不須箠，請得自殺。』即以頭擊楹，流血被面。帝令小黄門持之，使宣叩頭謝主，宣不從，彊使頓之，宣兩手據地，終不肯俯。……因敕彊項令出。賜錢三十萬，宣悉以班諸吏。由是搏擊豪彊，莫不震慄。京師號爲『卧虎』。歌之曰：『枹鼓不鳴董少平。』」

⑦《後漢書》卷三十七《桓典傳》：「典字公雅，復傳其家業，以尚書教授潁川，門徒數百人。舉孝廉爲郎。……辟司徒袁隗府，舉高第，拜侍御史。是時宦官秉權，典執政無所回避。常乘驄馬，京師畏憚，爲之語曰：『行行且止，避驄馬御史。』」

⑧ 二惠競爽：比喻兩兄弟俱傑出。二惠，指春秋時齊惠公的孫子公孫竈、公孫蠆。爽，英俊出衆。

⑨元方季方：東漢陳寔有子陳紀字元方、陳諶字季方，兄弟兩人皆以才德見稱於世。後以之稱兄弟皆賢。

⑩小星：《詩·召南·小星序》：「小星，惠及下也。夫人無妒忌之行，惠及賤妾。」後以「小星」代稱妾。

⑪同氣：《易·乾》：「同聲相應，同氣相求。」喻指兄弟。脊令：即鶺鴒。《詩·小雅·常棣》：「脊令在原，兄弟急難。」後以之喻兄弟友愛，急難相顧。

⑫《史記》卷一百二十二《酷吏列傳》：「匈奴來請和親，群臣議上前。博士狄山曰：『和親便。』……上問湯，湯曰：『此愚儒，無知。』狄山曰：『臣固愚忠，若御史大夫湯乃詐忠。若湯之治淮南、江都，以深文痛詆諸侯，别疏骨肉，使蕃臣不自安。臣固知湯之爲詐忠。』於是上作色曰：『吾使生居一郡，能無使虜入盜乎？』曰：『不能。』曰：『居一縣？』對曰：『不能。』復曰：『居一障閒？』山自度辯窮且下吏，曰：『能。』於是上遣山乘鄣。至月餘，匈奴斬山頭而去。」

沈母鄭太君八十序①

沈子仁舉聚書萬卷，築樓而居，名山圖牒，方海神經，無不粲列。余時牽舟造之，訪問古今。仁舉輒傾其囊，直如家書。比與談閨房之明哲、荆布之琬琰。竊幸世典未漏，而《風詩》可作。然仁舉有母在，則今人之師，此殆以身教，非特竹帛諷詠而已。

檇李名臣，自嘉靖以來，學者咸稱鄭尚書端簡公②。公有子爲太常卿③，少著直諫，杖於闕下，以氣節名當世。仁舉之母，太常女也。東漢扶風馬氏，外戚貴顯，繼以季長通經術，授生徒，絳帷女樂，一時博雅豪富鮮有及者④。女嫁袁氏，亦公卿名人，内外賢節最著。比于匹夫匹婦，抗行閭里，聲名難易，亦有間矣。然季長諂邪害正，黨竇氏爲申伯，誣李公以胡舞，重見訾于君子⑤。有女雖賢，莫能救也。鄭尚書父子皆節義大臣，貽謀克臧，男女是踐，以言公宫密室，蘋藻牖下，猶之凡民飲食，豈扶風馬氏比哉？

仁舉曾王父官大理寺卿，與鄭太常同年交善，太常遂以女許字大理之孫，則仁舉父某先生也。先生讀書不遇，困于太學，及賦《大暮》，年已耆艾，君子偕老，母歎弗如。獨幸有二子，紀常爲兄⑥，仁舉爲弟，皆西豪之良也。沈繼山生當江陵之焰，昌言折之，廷杖幾不起⑦。後累官御史大夫，天下莫不高其節，壯其氣。顧宗族次第，某先生兄弟行也。夫太君之父以直言杖于裕陵，先生之兄以直言杖于定陵，即其家世一事，已足相匹。仁舉兄弟既爲太常之愛甥，又爲御史大夫之從子，取則三黨⑧，儀刑備矣。君子於是知其善事父、善事母也。

太君六十以前，相夫子以御其家；六十以後，方獨柄家者二十年。前則順從，後則勤苦。順從者，婦道也；勤苦者，母道也。太君貴而能下，富而能施，所謂仁母非耶？又不皇皇于求福鬼神，所急者活人耳。世有高冠而壯頑者，不念鴻雁之民，而脩禮于諸髡；無水旱扞圉之志，而市德于禽魚，又安識太君之大度哉？

仁舉，吾黨博物君子也，勤行不怠。子産、叔向，可起而圖、象而祀也。稱述門胄，侈論榮華，俱不足爲太君喜。余請與仁舉説經，《詩》則《静女》三章⑨，《易》則《家人》二爻乎⑩？

【箋注】

①此爲社友沈嗣選母八十壽辰而作。沈嗣選，字仁舉。詳見《初集》卷三《洛如社序》注。

②《明史》卷一百九十九《鄭曉傳》：「鄭曉，字窒甫，海鹽人。嘉靖元年舉鄉試第一。明年成進士，授職方主事。日披故牘，盡知天下阨塞，士馬虚實强弱之數。尚書金獻民屬撰《九邊圖志》，人爭傳寫之。以爭『大禮』廷杖。大同兵變，上疏極言不可赦。張孚敬柄政，器之，欲改置翰林及言路，曉皆不應。父憂歸，久之不起。……既卒，子履淳等訟曉禦倭功於朝，詔復職。隆慶初，贈太子少保，謚端簡。」

③《明史》卷二百十五《鄭履淳傳》：「鄭履淳，字叔初，刑部尚書曉子也。舉嘉靖四十年進士，除刑部主事，遷尚寶丞。隆慶三年冬疏，……疏入，帝大怒，杖之百，繫刑部獄數月。刑科舒化等以爲言，乃釋爲民。神宗立，起光禄少卿，卒。」

④《後漢書》卷六十《馬融傳》：「融才高博洽，爲世通儒，教養諸生，常有千數。涿郡盧植，北海鄭

玄，皆其徒也。善鼓琴，好吹笛，達生任性，不拘儒者之節。居宇器服，多存侈飾。常坐高堂，施絳紗帳，前授生徒，後列女樂，弟子以次相傳，鮮有入其室者。」

⑤《後漢書》卷六十《馬融傳》：「初，融懲於鄧氏，不敢復違忤勢家，遂爲梁冀草奏李固，又作大將軍《西第頌》，以此頗爲正直所羞。」

⑥沈嗣貞，字紀常，自稱西少山人，嘉興府嘉興人。沈嗣選兄。復社成員。吴山嘉《復社姓氏傳略》卷五：「沈嗣貞，字紀常，自稱西少山人。秀水縣學生。有《荀草堂集》。」

⑦沈思孝，字純父，號繼山。沈嗣選、沈嗣貞之叔。康熙《陽春縣志》卷十二：「沈思孝，字純甫，平湖人，别號繼山。隆慶戊辰進士，初令番禺，陞刑部主事。萬曆丁丑，大學士張居正父喪奪情，時翰林吴中行、趙用賢疏論，忤旨。大學士王錫爵、侍讀趙志皋詣相府求救不得，而中行、用賢皆杖爲民。思孝發憤，與員外郎艾穆上疏，以爲『社稷之命脈在綱常，而羽翼綱常者在輔相。三年之喪，上自天子。若在輔相可托權變，强顔就列，異時國家大慶賀、大祀祭避之不可，出之不安，居正何以自處？徐庶爲母曰：「方寸亂矣。」居正獨非人子，而方寸不亂耶？陛下令其舉賢自代可也，令其居憂怨艾，易自用之心而變申韓之學，服闋起復可也。臣聞聖帝體臣之情，未嘗奪之；臣亦求申其情於君，未嘗肯爲所奪。奪之一言，何以教天下哉？』上怒，皆杖遣戍。穆戍滑州，思孝戍高州神電衛。……及居正歿，召還，拜京兆尹，屢陞少司馬。」

⑧三黨：指父族、母族、妻族。

⑨ 見《詩・邶風・静女》。

⑩《易・家人》：「家人，利女貞。……六二，無攸遂，在中饋，貞吉。」

黄禹翁先生壽序①

黄門黄水簾先生抗疏左遷，單車出國門，公卿祖餞，載酒屬道，賦詩壯行。兒童婦孺聞其名，争奔走出觀，咸嘖嘖直臣，擁馬足不令前。黄門揮手告辭，攜兩籠而南，皆都下名人歌詩贈章。士大夫榮高此行，踰於漢疏少傅②。父子既歸，拜禹翁先生於堂下。先生爲拂衣裾，命坐，勞問云：「子能昌言，不負諫官，今當爲子加一餐。」洗爵呼酌，極夜乃罷。

未幾，天子追思黄門，更遷廷評。海内亟望蚤出，股肱助理。適禹翁先生七袠，黄門躬親嘗旨，留子舍奉侍。群獻賀言，邑令君申素公折柬命予以辭侑爵。予竊惟吴會江右，道里阻越，三秋九醖，遠能莫致。抑托於令君，埽門送敬，猶之歲暮蟋蟀，鼓歌以舞乎？令君之德化久，邑人所爲祝無疆也。其政成，已朝於京師矣，以逋賦復還，度再涖一月，可告無闕。而適届先生之弧晨，邑人異焉。以爲我侯之來，天所以寵德父也。夫邑人視令君如太丘，視先生如庚桑，閭巷聚語祝先生者，非令君弗善也。

先生少博群籍，有名儒生間。顧少拂意，既不欲衣故衣，冠故冠，見平日鄉黨親舊，其慷慨月出，矯首清風，亦有年矣。黄門承其志，攻苦益深。南榮之好道，寧子之勤學，無時或忘；一日騰躍，則藜藿帶索，又以義交勉。當其官舍人時，砥礪鋒崿，長塗日昃，不期管晏。既拜諫官，揖讓公卿之間，正色黄闥之内，風容論議，左右少匹。杜弼有言：「宋城帶縈，魯門柝警。」③非其人歟？

禹翁先生年漸高，不樂遠遊；黄門僦居長安，日夜思念。幸諸孫長大，文采友愛，能娱大父，談詩書，考琴瑟，夙夜寢興，寒暑平善，游子無苦。然黄門雅意本朝，隨事規納，至於高墉射隼，滄海横流，欷歔三歎，不愛其軀，則曰：「人臣有無禮於君者，司諫之過也。」陽城飲酒不事事，驟聞朝廷相裴延齡罷陸贄，則帥博士伏闕裂麻而號④，豈其默默於前，謇謇於後？誠以國家治亂，事無大於用舍，不敢見虺蛇而不摧也。況胸臆填塞，撫牀彈指，時時痛哭者哉！黄門疏三上，同列盡爲齒擊，聖明心韙其言，薄從雋調，旋加優擢，其亦風大臣，而勵有位乎？獨詰責至再，人情震虩，先生聞而夷然。及相見而喜，復如是，則誠是父是子矣。

西漢萬石君小心周謹⑤，張子孺匿名遠權⑥，遂子孫紆紫，都内藏錢，可稱富貴長久。顧於立身事君，其道猶二。先生革教諂之風，廣作忠之義，鐘萬弗慕，而丹青足書，是可詠也。黄門諸郎君皆名士，摶風而飛，事若掇之。先生顧而解頤，間近絲竹摶拊，觴行無算。

黄門候伺顔色，取於適意，彈筝嗚嗚，間所不廢。夫治朝欲嚴，居家欲和，外盡苦言於我后，内備婉容於所生。諷先人《蓼莪》之篇，著王臣匪躬之節。《詩》云「無愧屋漏」⑦，惟黄門有焉。

予小子與許子荆巖託黄門平生之知。班草山隅，執袪大路，蔚羅載傷，願言同夢。今者仰望先生，翺翔千仞，君平《道德》之指⑧，景純《遊僊》之詩⑨，又烏容已。素公令君，先邑人而陳之，田有秀穗，野有馴雉，黄門是時，賀者在閭。先生之壽，一邑之所同也。韶山韶水，其誰能私？夫美忠臣者，比於善鳥香草⑩；美孝子者，比於白華朱萼⑪。雖篇章各出，其義均也。予願以今忠孝之兩言，敵古老父之三多，固先生與黄門所逌然而笑者乎？

【箋注】

① 此爲黄水簾父黄禹翁壽辰作。黄水簾及其父黄禹翁，生平待考。蔡獻臣《清白堂稿》卷十四《南户部主事林三庭公暨配黄孺人墓誌銘》：「公配黄，爲黄崇禹翁女。佐公學宦，備有賢德。」黎民懷《金山别黄水簾二首》，可參。

② 《漢書》卷七十一《疏廣傳》：「在位五歲，皇太子年十二，通《論語》《孝經》。廣謂受曰：『吾聞「知足不辱，知止不殆」，「功遂身退，天之道也」。今仕官至二千石，宦成名立，如此不去，懼有後悔，豈如父子相隨出關，歸老故鄉，以壽命終，不亦善乎？』受叩頭曰：『從大人議。』即日父子俱移病。滿三月賜告，廣遂稱篤，上疏乞骸骨。上以其年篤老，皆許之，加賜黄金二十斤，皇太子贈

以五十斤。公卿大夫故人邑子設祖道，供張東都門外，送者車數百兩，辭決而去。及道路觀者皆曰：『賢哉二大夫！』或歎息爲之下泣。」

③《北史》卷四十六《張普惠傳》：「時中山杜弼遺書普惠曰：『明侯深儒碩學，身負大才，執此公方，來居諫職，謇謇如也，諤諤如也。一昨承在胡司徒第，當庭面諍，雖問難鋒至，而應對響出。宋城之帶始縈，魯門之柝裁警，終使群后逡巡，庶僚拱默，雖不見用於一時，固已傳美於百代。聞風快然，敬裁此白。』普惠美其此書，每爲口實。」

④《新唐書》卷一百九十四《陽城傳》：「及裴延齡誣逐陸贄、張滂、李充等，帝怒甚，無敢言，城聞，曰：『吾諫官，不可令天子殺無罪大臣。』乃約拾遺王仲舒守延英閤上疏極論延齡罪，慷慨引誼，申直贄等，累日不止。聞者寒懼，城愈勵。帝大怒，召宰相抵城罪。順宗方爲皇太子，爲開救，良久得免，敕宰相諭遣。然帝意不已，欲遂相延齡。城顯語曰：『延齡爲相，吾當取白麻壞之，哭於廷。』帝不相延齡，城力也。」

⑤《漢書》卷四十六《石奮傳》：「奮長子建，次甲，次乙，次慶，皆以馴行孝謹，官至二千石。於是景帝曰：『石君及四子皆二千石，人臣尊寵乃舉集其門。』凡號奮爲萬石君。」

⑥《漢書》卷五十九《張安世傳》：「安世，字子孺，少以父任爲郎。……昭帝即位，大將軍霍光秉政，以安世篤行，光親重之。會左將軍上官桀父子及御史大夫桑弘羊皆與燕王、蓋主謀反誅，光以朝無舊臣，白用安世爲右將軍光禄勳，以自副焉。久之，天子下詔曰：『右將軍光禄勳安世輔

政宿衛，肅敬不怠，十有三年，咸以康寧。夫親親任賢，唐虞之道也，其封安世爲富平侯。』……安世子千秋、延壽、彭祖，皆中郎將侍中。」

⑦語見《詩·大雅·抑》：「相在爾室，尚不愧於屋漏。」鄭玄箋：「屋，小帳也；漏，隱也。」

⑧嚴遵著有《道德經指歸》。陸游《跋老子〈道德〉古文》：「右漢嚴君平著《道德經指歸》古文。此經自唐開元以來，獨傳明皇帝所解，故諸家盡廢。今世惟此本及貞觀中太史令傅奕所校者尚傳，而學者亦罕見也。」

⑨郭璞作《遊僊詩》十九首。

⑩王逸《離騷序》：「《離騷》之文，依《詩》取興，引類譬喻。故善鳥香草，以配忠貞；惡禽臭物，以比讒佞。」

⑪白華：《詩經·小雅》篇名，有目無詩。晉束皙《補亡詩》：「《白華》，孝子之潔白也。白華朱萼，被于幽薄。粲粲門子，如磨如錯。終晨三省，匪惰其恪。白華絳趺，在陵之陬。蒨蒨士子，涅而不渝。竭誠盡敬，亹亹忘劬。白華玄足，在丘之曲。堂堂處子，無營無欲。鮮侔晨葩，莫之點辱。」

奉賀許節母翁太君六袠序①

洞庭許母，以節聞於朝。四方之士，交於其子德先者，咸造門請見，隨郡國大夫後，行揖讓禮。又一年，登六旬，則起而致辭。曩者許母之節得上聞也，寔始鄉校。顧麟士、徐君和、劉公旦諸子采詢宗族老人、閭里耆長，其辭同聲，乃褒爲狀云：

母年十八于歸，二十三而寡。德先兄弟並在襁褓中，母親乳之。成童就外傅，教以方名史書。長獲有聲文學，顯於四方。又母翁姓，封公累世，著洞庭兩山間。父恒裕公，尤饒於財。既適許公獻卿，貲數足相准。一旦許公歿，母身當家，欲生則不忍，從死則不可。挈兩孤而飲食教誨之，三十五年如一日。玄標、德先既成名，蕃子姓，母則一意務施德於人，甃路治梁，卹病櫝死，宗親待舉火者，輒數十家。

侍御王公雲翼有言曰②：「行不必顯，貴其能實；節不必奇，貴其能久。」許母初爲未亡人，號哭數絶，願並遊地下。母姑曉以大義，始抑情從禮。内外姻黨，知其中然，猶松筠有心也，可謂實矣。自少至老，秉志純固，子歸象之。姑姊妹譽之曰「奉此以爲宗廟之典」，可謂久矣。王侍御江右人，清真尚風義。每見余，問部内孝子順孫、貞婦烈士，苟得一人，必備詢行履，撫膺久之，歎慕移日不能去。余於許母之揚風聲，表宅里，既幸賢婦人之不泯，益感巡行風俗，誠心彰善如王侍御者，亦未易數見也。具區之水，莫釐之峰，名山奥會，海内好遊者頻託跡焉。

許氏家世禮誼，因時消息，非若蜀卓、宛孔、齊之刁間〔一〕，專以籌策富厚豪人間也③。

有母特起，用財自衛，恩復及人，其皎志行，固與秋霜比潔也。非桓嫠之刑剪而邦君致膰，薄巴寡之丹穴而皇帝敬問，山加而高，水加而長矣。謝康樂縱情養達，撰賦《山居》④，慨然有駒阜逐鹿、巖山琴心之思。洞庭奇麗，固許氏之駒阜宕山也。優游讀書，養母待時，予以爲天下之樂，若無德先兄弟者也。麟士諸子並取予言，以助鐘鼓，於王制養老，史先孝厚，或有合焉。

【校記】

〔一〕「刁間」，原作「刁聞」，據《漢書·貨殖傳》改。

【繫年】

據吴偉業《許節母翁太孺人墓誌銘》「孺人生於戊寅（一五七八）七月初七日，卒於辛卯（一六五一）八月二十三日，年七十有四」，可知此序作於崇禎十年（一六三七）七月。

【箋注】

① 此爲許元愷母翁太君六十壽辰而作。《近集》卷二又有《壽許節母六十》詩。許元愷，字德先，吴縣人。復社成員，名見《復社姓氏傳略》卷二。吴偉業《許節母翁太孺人墓誌銘》：「初吾師張西銘以社事興起東南，而勿齋、維斗爲同志，嘗大會虎丘，舟車填咽，巷陌爲滿。其有傾身接待，置驛四郊，請謝賓客，則推吾友德先。德先者，元愷字也。當是時，孺人方持家秉，德先揮斥千餘金以爲頓舍飲食之費，孺人無幾微吝色。逮節孝疏聞，適會孺人六十，西銘偕勿齋、維斗登堂拜母，

同人畢至，里中以爲榮。」

② 王一鶚，字雲翼，號薦卿。康熙《高安縣志》卷七：「天啓二年壬戌科文震孟榜：王一鶚，字雲翼，獨城人。歷官蘇松等處巡按，陞北京巡城御史。」順治《威縣續志》卷九：「王一鶚，字雲翼，江西高安縣人。由天啓壬戌科進士，以曲梁令兩代威邑。廉公有威，實心爲民，御胥役鐵面霜顔，接紳衿春風煦日。威所最苦者米豆一事，每津運所費不下五六千金，至累解員破産數十家，甚有以死繼者。公不令威人知，販糴代完，其造福于民者，至今佩德不忘。代庖不合立傳，聊誌之以勸來兹。」

③《漢書》卷九十一《貨殖傳》：「至於蜀卓，宛孔，齊之刁間，公擅山川銅鐵魚鹽市井之入，運其籌策，上爭王者之利，下錮齊民之業，皆陷不軌奢僭之惡。」

④《宋書》卷六十七《謝靈運傳》：「靈運父祖並葬始寧縣，并有故宅及墅，遂移籍會稽，修營别業，傍山帶江，盡幽居之美。與隱士王弘之、孔淳之等縱放爲娱，有終焉之志。每有一詩至都邑，貴賤莫不競寫，宿昔之間，士庶皆遍，遠近欽慕，名動京師。作《山居賦》并自注，以言其事。」

胡年伯母謝太孺人七袠壽序①

賢哉！胡母之多男而善教也。予聞之秦郵人士與王子惠常詳矣。郵向苦徭，户徵上丁應命，歲輒破家。有胡彬吾先生者②，走啓州大夫，請通爲一則，丁役始均，郵人誦焉。

先生州茂才，里中長者，其配即謝太君也。先生與太君家居力勤，間致封殖，輒散宗舊，未或自私。乃數試失意，僅以直方公正，祭酒諸生間，無大發舒。王沈《釋時》③，蔡洪《孤奮》④，或有疑者。既而第三子季清登賢書，舉國歎慕，福應不爽。季清復循牆束躬，節僮御，嚴昆老，聲聞益起。雖然，非獨季清賢也，同室兄弟咸左右成之。仲氏體彬嘗語人曰：「力田逢年，仕宦千石，命也；富而能貧，貴而能賤，我也。命則安焉，我則勉焉。」家人善其言，起而交相修也益力。

今年之冬，太君壽七十。體彬、季清昆弟五人，偕其子姪十二人，群進舉觴。五子拜前，諸孫拜後，酒行樂作。太君追思先生，意若不懌。顧先生所少者獨年爾。有太君在，爾昌爾熾，百歲魂魄，固甚樂也。古之哲妻，必爲賢母。其間多男之祥，尤寥寥難之。魯之女師教九子以禮⑤，南鄭泰媖官六子以才⑥。螽斯在室，一德無愆。雖有聖善，談何容易？

吾母謝太君誕丈夫子五，皆訓之成人，顯名都會，此尤賢母之傑然者哉！彬吾先生之未亡也，五子師其父；其既亡也，五子師其母。郵人稱諸胡曰：「守善不怠，吾敬體彬；行爲士表，吾敬季清；少弟象之，聞孫法之，豫侯輩將頡頏焉。」傳列女者不云乎：「其儀一兮，心如結兮」，魏芒慈母之謂也⑦；「教誨爾子，式穀似之」，楚將子發之母之謂也⑧。

夫惟有不二之心，然後行教誨之實，非胡母莫能當矣。

【箋注】

①此爲胡長澄母謝太孺人七十壽辰而作。胡長澄，字季清，胡時文三子。乾隆《高郵州志》卷十之下：「胡長澄，字季清，文學文隆子。崇禎庚午舉人，性沉潛厚重，與弟文學長法同居不異産，人稱其友愛。庚辰辛巳，大饑疫災並作。澄與明經孫宗彝及諸生秦鳳至、杜鳳徵等募賑二萬石，身至被災之家，計口授食，五日一給，所全活甚衆。南關橋鬧毁，不憚勞瘁，監造堅緻，較他鬧座爲改觀焉。」

②胡時文，字彬吾。胡體彬、胡長澄父。順治《寧國縣志》卷三：「胡時文，字彬吾，任兵馬司副兵馬，四都人。」

③《晉書》卷九十二《王沈傳》：「王沈字彦伯，高平人也。少有俊才，出於寒素，不能隨俗沈浮，爲時豪所抑。仕郡文學掾，鬱鬱不得志，乃作《釋時論》。」

④《晉書》卷九十二《王沈傳》：「元康初，松滋令吴郡蔡洪字叔開，有才名，作《孤奮論》，與《釋時》意同，讀之者莫不歎息焉。」

⑤吕坤《吕坤全集》卷四《魯之母師》：「母師者，魯九子之母也。臘日休作，召諸子謂曰：『婦人之義，非有大故不出門。但吾父母家幼稚，歲事不理，吾往理之。』諸子皆頓首許諾。又召諸婦曰：『諸子許我歸視私家，雖踰正禮，願與少子俱，以備婦人出入之制。諸婦慎守家，吾夕而反。』及其

反也，天陰，先期至，止于閭外。俟夕，乃入。魯大夫問之，母曰：『妾不幸早寡，與九子居。臘事禮畢，間從少子歸視私家，與諸婦孺子期夕而反。妾恐其逸樂醉飽，情所有也。妾反過早，不欲遽入，故止閭外。』大夫言於穆公，賜號『母師』。」

⑥李贄《初潭集》卷三《賢婦》：「泰媖，南鄭楊相妻也。有四男二女。相亡，教訓六子，動有法矩。長子元珍，出醉歸，十日不見，曰：『我在，尚如此；我亡，何以帥群弟！』次子仲珍，白母請客，既至，無賢者，母怒責之。兄弟遂爲名士。泰媖之教，流於三世。」

⑦《列女傳》卷二《魏芒慈母》：「《詩》云：『尸鳩在桑，其子七兮。淑人君子，其儀一兮。其儀一兮，心如結兮。』言心之均一也。尸鳩以一心養七子，君子以一儀養萬物，一心可以事百君，百心不可以事一君，此之謂也。」

⑧《列女傳》卷一《楚子發母》：「《詩》云：『教誨爾子，式穀似之。』此之謂也。」

壽周叔夜五十序①

周子叔夜與予定交者十五年，予最習之。海虞周氏，代多隱德，以資高鄉黨，不操白圭、計然之術②。爲鷙鳥趨發，而雍容車騎，頡頏封君，有長者稱。傳至叔夜，業頗詘落。叔夜九歲孤露，其姊丈浦君天則獨器異之，躬親掖衛。周既豐殖里中，骫詖之徒，聚謀挺戈，窺孺子不振，可以力劫，則張大浮辭，撼動官府。其甥浦群玉，端士也，每言叔夜昔年髮未覆額，即若雀鼠，朝夕惴惴，如墜淵谷。今幸無恙，鑿池輦石，蒔花種樹，豐衣大帶，徜徉樓閣，殆天相之，非人力也。

叔夜性高潔，絶好法書名畫，多招致賓客，圖記牆壁。讀宋學士所著《竹溪逸民傳》③，謂其類己，鑱書見志。予暇日間過海虞，叔夜必呼舫開樽，窮歷山水。予畏酒欲逃，不能不爲叔夜留也。叔夜孑立數十年，追廣先業，田廬陂塘，漸返舊觀。向所心害之者，復起而求給衣食，寄養男女。叔夜瞯視不懈，交知識面者，有急扣門，必酬其意。以彼好施，固魯朱家者流；及與談論文酒，又顧瑛之屬耳④。壯歲患訟，摧於豪强，執持不少屈。然履虎而咥，室家飄摇，非永嘉王公不直也⑤。王公罷官，叔夜感恩流涕，獨爲立祠。凡人誠心之發，意氣激昂，非特施德者難，報德者亦難。即予所見，患禍則指天約結，事平則覆手若忘，接踵而然，孰有冒風雨、鐫金石如叔夜者哉！

夫子雲之書不載富貴者之名，謂「非知我耳」⑥。予與叔夜久處，初不知其「斯倉斯箱，懸貆在庭」也。登堂披帷，清風肅穆，童指傳餐，幾忘賓主。竟日縱譚，皆海内名勝，昔賢雅事。其餘世俗所矜，功名遷除，貨殖高下，未嘗一挂問答。陽陵君有云：「君子之富，不德不役。」⑦是蓋近之。

叔夜得子微晚，然年五十已有四男。其大者讀書典謁，迥拔恒兒。小倏五六年，搏風雄飛。叔夜以子受服，齒數正茂，乃語言意態間，亦絶不以此自炫。惟嚴敬師傅，勤課六藝，曰：「吾知教子耳，奇貴非所望也。」

古來神僊，史書記述，若東方曼倩⑧、司馬季主諸家⑨，譜牒怪異，蓬萊弱水，彷彿可遇。究其指要，無他殊術，不外與時委蛇，無喜無愠而已。嵇康志懷孤憤，即爲孫登所譏⑩；叔夜雅慕中散，於自字見之。而神明蕩滌，偏無其累。此殆得道而能因時者。請以予言録清遠閣上，主人必逌然莫逆也。

【箋注】

①此爲友人周叔夜五十壽辰而作。周叔夜，生平待考。

②白圭計然之術：謂善於經營財富之術。白圭，戰國時周人。頗能掌握買進賣出之時機，貿易致富。計然，春秋時越國大臣。姬姓，辛氏，名研，字文子。博學無所不通，尤善計算，故稱「計然」。俱見《史記·貨殖列傳》。

③宋濂《竹溪逸民傳》（《宋學士文集》卷二）：「所居近大溪，篁竹翛翛然生。當明月高照，水光潋灧，共月争清輝。逸民輒腰短簫，乘小舫，蕩漾空明中。簫聲挾秋氣爲豪，直入無際，宛轉若龍鳴。」

④劉聲木《萇楚齋續筆》卷七《元顧瑛風雅好士》：「元顧瑛字仲瑛，崑山人，吴中世家。喜讀書，憲府試，辟會稽教官，不就。築室號可齋，以詩酒自樂。才性高曠，尤善小李詩及今樂府。海内文

士樂與之交，推爲片玉山人。」

⑤永嘉王公：蓋爲王瑞栴。《明史》卷二百七十六《王瑞栴傳》：「王瑞栴，字聖木，永嘉人。天啓五年進士。授蘇州推官，兼理兑運。軍民交兑，恒相軋啓釁。瑞栴調劑得宜，歲省浮費三萬金，上官爲勒石著令。貴人弟奸法，執問如律。其人中之當道，將議調，遂歸。」

⑥《漢書》卷八十七《揚雄傳》：「雄少而好學，不爲章句，訓詁通而已，博覽無所不見。爲人簡易佚蕩，口吃不能劇談，默而好深湛之思，清静亡爲，少耆欲，不汲汲於富貴，不戚戚於貧賤，不修廉隅以徼名當世。家産不過十金，乏無儋石之儲，晏如也。自有大度，非聖哲之書不好也；非其意，雖富貴不事也。」

⑦《後漢書》卷三十二《樊宏傳》：「昔楚頃襄王問陽陵君曰：『君子之富何如？』對曰：『假人不德不責，食人不使不役，親戚愛之，衆人善之。』」

⑧東方朔，傳見《史記》卷一百二十六《滑稽列傳》。

⑨司馬季主，傳見《史記》卷一百二十七《日者列傳》。

⑩《三國志》卷二十一《魏書·嵇康傳》裴松之注引《魏氏春秋》曰：「初，康採藥於汲郡共北山中，見隱者孫登。康欲與之言，登默然不對。踰時將去，康曰：『先生竟無言乎？』登乃曰：『子才多識寡，難乎免於今之世。』及遭吕安事，爲詩自責曰：『欲寡其過，謗議沸騰。性不傷物，頻致怨憎。昔慚柳下，今愧孫登。内負宿心，外赧良朋。』」

七録齋近集卷六

婁東　張溥西銘　著
同里　張采受先
金沙　周鍾介生　閲

序

徐泰掖冏卿七十雙壽序[一]

【校記】

[一] 本篇又見北大本《合集·古文存稿》卷二，題作「徐冏伯泰掖先生七十雙壽序」。此處存目。

僉憲宋先之先生六袠壽序①

僉憲宋公備兵海上，旬月政成。大江以南，歌《覿一》②，謡《康衢》者③，千里而同。踰歲，公六十齊年，遠近懷德，咸思介公生日，獻言侑爵。夫天子寵元侯，必圖老成，招耆俊；庶民頌君子，必祝萬年，介眉壽。年之重於天下，久矣！

公弱冠以文起昌陽，成名進士，筮仕邑令。登廉卓，轉歷曹郎官，建節淮海，久之遷今職。三十五年間，公卿宰貳，槐棘鼎足。爲公同年生或比舍郎者，不知幾何人也。公容與其間，時隱時顯，猶綰銀章④，副藩長。「太玄尚白」⑤，其何以解？聞之儒者立身，其學也欲急，其仕也欲緩。學不急不能蚤智博聞，仕不緩不能進禮退義。公英妙善文，典墳百家，取之胸懷。發策王庭，諸老先生避席俯伏，其於學也綦急矣；浮沈僚散，聲施甚高，驕騎衣服，無大改常度，其於仕也綦緩矣。學在我者也，仕在人者也。且世之汲汲求仕者，豐膴大列，笳鼓鐘石，一旦秋風腐草，零落山阿，憑軾吊之，又幾何矣！

公獨鬢毛如昔，膂力方剛，奉簡書以佐盛治。繇此較彼，又孰得孰失哉？是故敭歷内外，身經四朝，公固國家之老臣也；稟松柏之姿，履方召之位，公固國家之任臣也。吴介江海，中原之盗以江守，帆舶之盗以海守。近者楚豫傴寇移兵之守海者，趨而防江以上，饋饟調發，蒿目不給。公指畫便利，師行無聲。有妄男子者詆讕闕下，已即誅矣。大奸與窟穴，陰持其文，害正孔力。公甫至，即正大義，明誣枉，疾以上聞，乃報可。公之仁心惻惻，良法逮下，不止二者。然鍛戈礪矢，治中國之賊；平獄決訟，治人心之賊。匡救風俗，二者爲大。士卒睹武庫而精一，府吏感哺烏而孝友，良有然乎！

公有弟華之、澄嵐，有子宗玉、呈玉、文玉，皆溥兄弟行也。華之、宗玉、文玉以進士宰劇邑，稱循良；而文玉蚤達，居諫官長，忠直著海内。澄嵐、呈玉貢於鄉，文章行誼，世所師也。凡人親子弟，得一能文致顯，斯已奇矣。昌陽諸宋，無不名士魁傑者，出見於世，又必表帥正人，爲世傳誦。豈周官政譜、兩京諫書，獨其家有之乎？公通籍雖長久，仕宦不過十年，餘皆居家教授，從游者數百人。以父兄而兼師保，大夫而長儒林，宜蘭本之化自子孫始也。州學博士徐處柔諸先生，以溥父事公有素而屬以詞令，則愧未能善言德行矣。

【繫年】

據《近集》卷一《祝宋先之年伯六十》繫年，此文作於崇禎十年（一六三七）。

【箋注】

①此爲宋繼登六十壽辰而作。除此祝壽文外，又有祝壽詩《祝宋先之年伯六十》（《近集》卷一）。宋繼登，字先之，號道岸。宋玫父。詳見《近集》卷一《祝宋先之年伯六十》注。

②《史記》卷五十四《曹相國世家》：「百姓歌之曰：『蕭何爲法，顜若畫一；曹參代之，守而勿失。載其清浄，民以寧一。』」

③《列子》卷四《仲尼》：「堯乃微服游於康衢，聞兒童謡曰：『立我烝民，莫匪爾極。不識不知，順帝之則。』」

④ 銀章：銀印，其文曰章。漢制，凡吏秩比二千石以上皆銀印。隋唐以後官不佩印，只有隨身魚袋。金銀魚袋等謂之章服，亦簡稱銀章。陳子昂《爲司刑袁卿讓官表》：「復蒙璽誥之榮，驟綰銀章之貴。」

⑤ 語見王勃《冬日送儲三宴序》：「下官太玄尚白，其心如丹。」

陳母應太夫人七十壽序①

當今名士爲長令，任恕清壹，調瑟而化，孰有如靖邑侯陳木叔者？侯初蒞靖，旬月治成。靖人爲具帷帳，設鐘鼓，迎太夫人來居，所以寧吾侯也。閱今四載，奏績上最，侯將朝京師。父老擁抱，涕泣請留，侯爲停車未發。仲冬之月，適届太夫人七十生辰，侯亦登初度②。是秋南國大試，侯分校《春秋》，得士十人，皆盛名魁宿。以余所知，若周介生、來元成③、王端士之徒④，彬彬儒林。而介生壓卷，尤當世所快。榜發之日，遐鄉窮壤，歌呼起舞，争問其師爲誰。知出侯門下，咸喜過望。侯應聘時，本以《詩》徵，闈中諸先生習聞侯少以《五經》教授四方，屬觀《春秋》。其得人獨盛，即從來治是經者盡願以絶學讓侯。侯之生日當孟秋，靖人走趨獻祝，侯避不受。群請合觴於吾母，乃報可。其門弟子登堂拜母時，又適會侯欲歌百歲之詩以壽太夫人，其母若濟濟多士乎！

太夫人系出汝南，通儒代顯，結縭賢者，遽歎《柏舟》⑤。侯未成童，寒暑饑飽，惟母是恃。既長，涉百家，覽異書，苦錢用不能致，歸告於母。母悉出嫁時衣器資之。寒山陳生家徒四壁，饒書萬卷，母氏力也。歷試，聲名益起，久之始遇。筮仕爲令，以循良著稱。夫子發之母，責子分食，教以仁也⑥；田稷之母，責子反金，教以廉也⑦。廉與仁，吏道盡矣。靖處江外，卑濕貧薄，盜賊幽箐，一朝變斥鹵而淳衍，易鷹虎而鳩狸。乾魚不入，曰侯之廉；吠犬生氂⑧，曰侯之仁。侯即下教，國中謝德，不有北堂之訓⑨，其敢忘乎？

侯年未二十，負望公卿。海内想慕其人者，束帛造請，不絶於塗。或千里延致，爲其家師，侯輒詣之。太夫人時爲補裳絝，脩糗糒，以資遠行。介生十八九歲，即提挈文壇，法言法行，遠邇從風。數試罷困，殖學益深。此兩人者，身處菰蘆，名動絶域，高麗海外，龜茲床頭，其書咸滿。忽然相遭，稱師生，榮遇合，侯起而告太夫人，當一笑也。侯登丁卯賢書，及今初度，以年考之，鄉舉時尚未四十。今介生亦然，其可出而仕乎？師生之間，聲華同茂，出處年齊，孰非天哉！

古者賢母之愛其子也，欲起譽問，則截髮剉薦⑩；欲廣氣類，則長被大襦。侯今積學而名，積名而通，復拔尤一經，奇俊雲聚。以之取友則端，以之事上則公，以之答親則順。舉觴母前，壽無有大焉者也。予與介生誼兄弟，端士又素從游，擬序其制義，暢談淵源。顧以筆墨有戒，括囊未申，尚喜以猶子之禮，爲宫牆先驅。介侯而進之堂上，或賦《鹿鳴》⑪、《菁莪》⑫，或賦《崧高》⑬、《生民》⑭，太夫人象褘臨之，問斷章焉。予固知衣服美於偃師之軒綏，文章樂於荆南之弓矢矣。

【繫年】

據文中「仲冬之月，適届太夫人七十生辰，侯亦登初度。是秋南國大試，侯分校《春秋》，得士十人，皆盛名魁宿。以余所知，若周介生、來元成、王端士之徒，彬彬儒林，而介生壓卷，尤當世所快」等語，考周鍾崇禎十二年中舉，可知此文作於崇禎十二年（一六三九）冬。

【箋注】

① 此爲陳函輝母應太夫人七十壽辰而作。陳函輝，字木叔。詳見《近集》卷四《陳木叔詩序》注。

② 初度：《楚辭·離騷》：「皇覽揆余初度兮，肇錫余以嘉名。」後因稱生日爲「初度」。

③ 來集之，字元成，號倘湖。毛奇齡《西河集》卷八十五《故明中憲大夫太常寺少卿兵科給事中來君墓碑銘》：「君諱集之，字元成。……早歲通經，稍長，即能以詩古文詞爭雄藝林，而厄于童試。崇禎六年，始以附學改學生，廪食高等。八年，禮臣請特科舉天下士，每學取廪食高等者，設兩場試。分經義、論策，硃其書與鄉試埒。而君舉第一，貢之南京國子監，領己卯鄉薦。庚辰成進士。時房官陳函輝能文，同房所收皆一時名下士，聲大噪。」

④ 王揆，字端士，號芝廛。王時敏次子。復社成員。吴山嘉《復社姓氏傳略》卷二：「王揆，字端士，

號芝廛。時敏次子。崇禎己卯舉人，國朝順治乙未進士。應以推官，用因養親不出。康熙己未巡撫慕天顔薦舉博學鴻儒，亦不赴。平居志切民生，如蘆洲税課蠹弊，力請當事釐之。劉家河久淤，上書巡撫爲之浚鑿，事尤其大者。後以子原祁貴，贈如官。卒年七十一。」

⑤《詩·鄘風·柏舟》毛序：「柏舟，共姜自誓也。衛世子共伯蚤死，其妻守義，父母欲奪而嫁之，誓而弗許，故作是詩以絶之。」後因以謂喪夫或夫死矢志不嫁。

⑥《列女傳》卷一：「楚將子發之母也。子發攻秦，絶糧，使人請於王，因歸問其母。母問使者曰：『士卒得無恙乎？』對曰：『士卒并分菽粒而食之。』又問：『將軍得無恙乎？』對曰：『將軍朝夕芻豢黍粱。』子發破秦而歸，其母閉門而不内，使人數之曰：『子不聞越王句踐之伐吴？客有獻醇酒一器，王使人往江之上流，使士卒飲其下流，味不及加美，而士卒戰自五也。異日，有獻一囊糗糒者，王又以賜軍士，分而食之，甘不踰嗌，而戰自十也。今子爲將，士卒并分菽粒而食之，子獨朝夕芻豢黍粱，何也？《詩》不云乎：「好樂無荒，良士休休。」言不失和也。夫使人入於死地，而自康樂於其上，雖有以得勝，非其術也。子非吾子也，無入吾門。』子發於是謝其母，然後内之。」

⑦《列女傳》卷一：「齊田稷子之母也。田稷子相齊，受下吏之貨金百鎰，以遺其母。母曰：『子爲相三年矣，禄未嘗多若此也，豈修士大夫之費哉？安所得此？』對曰：『誠受之於下。』其母曰：『吾聞士修身潔行，不爲苟得。竭情盡實，不行詐僞。非義之事，不計於心。非理之利，不入於家。言行若一，情貌相副。今君設官以待子，厚禄以奉子，言行則可以報君。夫爲人臣而事其

君，猶爲人子而事其父也。盡力竭能，忠信不欺，務在效忠，必死奉命，廉潔公正，故遂而無患。今子反是，遠忠矣。夫爲人臣不忠，是爲人子不孝也。不義之財，非吾有也。不孝之子，非吾子也。子起。』田稷子慚而出，反其金，自歸罪於宣王，請就誅焉。宣王聞之，大賞其母之義，遂舍稷子之罪，復其相位，而以公金賜母。」

⑧吠犬生氂：吠犬，善吠之犬。氂，長毛。《後漢書》卷十七《岑彭傳》：「杞卒，子熙嗣，尚安帝妹涅陽長公主。少爲侍中、虎賁中郎將，朝廷多稱其能。遷魏郡太守，招聘隱逸，與參政事，無爲而化。視事二年，輿人歌之曰：『我有枳棘，岑君伐之。我有蟊賊，岑君遏之。狗吠不驚，足下生氂。含哺鼓腹，焉知凶災？』」

⑨北堂之訓：即母訓。北堂爲古代居室東房的後部，爲婦女盥洗之所，後代指母親。

⑩截髮剉薦：《世説新語·賢媛》：「陶公少有大志，家酷貧，與母湛氏同居。同郡范逵素知名，舉孝廉，投侃宿。于時冰雪積日，侃室如懸磬，而逵馬僕甚多。侃母湛氏語侃曰：『汝但出外留客，吾自爲計。』湛頭髮委地，下爲二髲，賣得數斛米。斫諸屋柱，悉割半爲薪，剉諸薦以爲馬草。日夕，遂設精食，從者皆無所乏。」

⑪《詩·小雅·鹿鳴》毛序：「《鹿鳴》，宴群臣嘉賓也。既飲食之，又實幣帛筐篚，以將其厚意，然後忠臣嘉賓得盡其心矣。」

⑫《詩·小雅·菁菁者莪》毛序：「《菁菁者莪》，樂育材也。君子長育人材，則天下喜樂之矣。」

⑬《詩·大雅·崧高》毛序:「《崧高》,尹吉甫美宣王也。天下復平,能建國親諸侯,褒賞申伯焉。」

⑭《詩·大雅·生民》毛序:「《生民》,尊祖也。后稷生於姜嫄,文武之功起於后稷,故推以配天焉。」

蔣母陸太宜人七袠序①

憲副蔣瞻雲先生備兵東海②,吏察民安,文武戢穆,舟車甲裳,整而吉行。桀石趨風者,奮兔罝之勇,修問弓之禮,水濱伏莽,慴不敢發。廼義興揭竿,鄉黨椎埋,夜相驚也。單車疾馳,一日而定。夫先生彈壓止雲間、姑蘇、毗陵郡邑,非其管轄,適與有責者,亦攝行耳。又先生向令於宜,宜人素德之。是變也,微先生幾不靖。然猶以微罪去,曰:「吾以分謗,却子之義也。」既歸里門,遲久不出。賓客故人時來勸勉,則謝之曰:「吾今志養,不志仕也。」

先生少失恃,既壯,則其大人小江先生捐館舍③,顧所云養者何?維以繼母陸太宜人故。太宜人名家女,歸小江先生。時瞻翁甫冠,舉孝廉,後誕二子,去華居前④,海内名士也。瞻雲先生未治吾吴,余先識去華,定交舟楫之間。其時英彦群集,彷彿蘭亭。梅里諸賢擥袂飲酒,徵論家風,咸稱去華母氏之德。又三載,余遊梅里,去華以其子亭彦見⑤,年方舞象，人盡目爲騏驥。今者太宜人七袠，亭彦以去華之命，徵言於余。出其文讀之，致益遥上。夫棗栗服脩，女贄須長；幣帛禽鳥，男禮漸大⑥。此叙家庭，記歲月爾。撫時增觀，則臺尚有流連之思⑦，張融多感慨之論。若子弟日佳，學富文殖，譬進取以逢年，等朱紫於乘雁，龐眉鮐背，倚杖顧之，樂何如也！

太宜人秉《詩》度《禮》，雍容壽考。繫於夫爵，則郎官之妻；視其子服，則大夫之母。封命有曰：「和以宜家，言其儀也；兒無常母，言其慈也。」古者翟方進幼而無母，後母隨子入京師，織履勤學，後竟宰相封侯⑧。鄭褒妻亡，賴繼室曹夫人之賢，官司空，蕃子姓。賢婦人爲人繼者，善相其夫，字其子，其致令名、召多福也，必倍於前人。

今太宜人優游在室，文子文孫進趨堂下。瞻翁諸先生，前所生也；去華諸君子，已所生也。事既并美，情均一致。《鳲鳩》之詩，每章異木，其子不一⑨，取以爲喻宜人之德、宜人之壽也。練帳縹被，可以不寒；一豆一肉，可以不饑，恭儉之道止矣。又益之以皇甫之書二車，富平之封萬户，余聞之矣。『非器爲美，温恭朝夕』，叔褒所以戒荆茗也⑩；『無忝爾祖，聿脩厥德』，桓鼇所以明刑翦也〔一一〕⑪。書而歸諸亭彦，獻於太宜人之座右。流離之歌不聞，川至之頌日作，義猶古也，遇則榮於彼矣。

【校記】

〔一〕「鼇」，原作「婺」，據注⑪改。「鼇」，古通「嫠」。

【箋注】

① 此爲蔣英、蔣芬母陸太宜人七十壽辰而作。

② 蔣英，字涵甫，號瞻雲，一號瞻屺，嘉善人。蔣汝能子，蔣芬弟。《明史》卷二百四十五《蔣英傳》：「蔣英，嘉善人。舉進士，歷知松溪、漳浦、宜興。天啓時，由南京驗封郎中，出爲福建副使，遂遭璫禍。忠賢敗，以故官分巡蘇、松，坐事貶秩。未行而宜興民變，上官以英先治宜興，得民心，檄之撫治。宜興非英所轄，辭不得，則單騎往諭，懲豪家僮客數人，令亂民自獻其首惡，亂遂定。宜興故多豪家，修撰陳於泰、編修陳於鼎兄弟尤横，遂激民變。群執兵鼓譟，勢洶洶。賴英，事旋定。而周延儒方枋國，與陳氏有連，銜英，再貶兩秩，遂歸。」

③ 小江先生：蔣汝能，字小江。蔣英父。龔肇智《嘉興明清望族疏證》：「蔣汝能，字小江。蔣英父，贈奉政大夫，吏部郎中。」

④ 蔣芬，字去華。蔣汝能子。復社成員。吴山嘉《復社姓氏傳略》卷五：「蔣芬，字去華，嘉善人。偕魏大中子學洢講濂閩之學。璫禍作，誣大中贓數千金，芬爲捐貲代納。游北雍，會流寇充斥，上命卿部各舉經術一人。侍郎姚思仁以芬應詔，辭不就。有《孝經疏義》。」

⑤ 蔣玉立，字亭彦，少從張溥遊。蔣芬子。光緒《重修嘉善縣志》卷二十四：「蔣玉立，字亭彦。少

從張溥遊，講求實學。以副貢入都，名滿長安。父芬有疾，夜不解帶，厠牏必躬浣，里人稱其孝。詩文峭厲，力追正始。偕錢繼振諸人會文柳洲，海内敦槃，推爲英絶。著有《泰茹堂集》。弟雲翼，字鳴大，榜姓李，名會貞，順治十一年舉人，官涇縣令。瑑，字禹書，副貢生，九歲能詩，然不多作，或竟日止成一篇，出爲同人所推。著有《三徑草》《威靈集》，人稱『武塘三蔣』。瑑子昌陲，有文行。」

⑥語見張融《與從叔永書》：「榛栗棗脩，女贄既長，束帛禽鳥，男禮已大。」女贄、男贄：古時女子或男子謁見人時所送禮物。《左傳·莊公二十四年》：「男贄，大者玉帛，小者禽鳥，以章物也。女贄不過榛栗棗脩，以告虔也。」

⑦臺尚：東漢隱士臺佟和向長之並稱。事見《後漢書·逸民傳》。「向」，皇甫謐《高士傳》作「尚」。後因以「臺尚」並稱，借指隱士。

⑧《漢書》卷八十四《翟方進傳》：「翟方進，字子威，汝南上蔡人也。家世微賤，至方進父翟公，好學，爲郡文學。方進年十二三，失父孤學，給事太守府爲小史，號遲頓不及事，數爲掾史所詈辱。……因病歸家，辭其後母，欲西至京師受經。母憐其幼，隨之長安，織屨以給方進讀，經博士受《春秋》。積十餘年，經學明習，徒衆日廣，諸儒稱之。以射策甲科爲郎。……上亦器其能，遂擢方進爲丞相，封高陵侯，食邑千户。」

⑨《詩·曹風·鳲鳩》：「鳲鳩在桑，其子七兮。淑人君子，其儀一兮。其儀一兮，心如結兮。鳲鳩

在桑，其子在梅。淑人君子，其帶伊絲。其帶伊絲，其弁伊騏。鳲鳩在桑，其子在棘。淑人君子，其儀不忒。其儀不忒，正是四國。鳲鳩在桑，其子在榛。淑人君子，正是國人。正是國人，胡不萬年！」毛傳：「鳲鳩，秸鞠也。鳲鳩之養七子，朝從上下，暮從下上，平均如一。」

⑩《晉書》卷八十八《庾衮傳》：「庾衮，字叔褒，明穆皇后伯父也。少履勤儉，篤學好問，事親以孝稱。……孤兄女曰芳，將嫁，美服既具，衮乃刈荆苕爲箕箒，召諸子集之于堂，男女以班，命芳曰：『芳乎！汝少孤，汝逸汝豫，不汝疵瑕。今汝適人，將事舅姑，灑掃庭内，婦之道也，故賜汝此。匪器之爲美，欲温恭朝夕，雖休勿休也。』」

⑪《後漢書》卷八十四《劉長卿妻傳》：「沛劉長卿妻者，同郡桓鸞之女也。鸞已見前傳。生一男五歲而長卿卒，妻防遠嫌疑，不肯歸寧。兒年十五，晚又夭歿。妻慮不免，乃豫刑其耳以自誓。宗婦相與愍之，共謂曰：『若家殊無它意，假令有之，猶可因姑姊妹以表其誠，何貴義輕身之甚哉！』對曰：『昔我先君五更，學爲儒宗，尊爲帝師。五更已來，歷代不替，男以忠孝顯，女以貞順稱。《詩》云：「無忝爾祖，聿脩厥德。」是以豫自刑翦，以明我情。』沛相王吉上奏高行，顯其門閭，號曰『行義桓釐』，縣邑有祀必膰焉。」

壽顧太母陳孺人六袠序〔一〕

【校記】

〔一〕此與《近集》卷五《顧太母陳孺人六袠序》重出。此處存目。

壽錢母王太孺人五十序①

曩聞大中丞浩川錢公與憲副晉吾王公爲諸生友善②，中丞先貴，爲其第五公卜室，鮮當意者。憲副有中女最賢，遂許字之。問名納幣，不飾筐篚，惟告宗廟，稱成禮而已。第五公者，中丞季子叔闇先生。中女則王太孺人，茂才人表③、人衷母氏也④。憲副後中丞公十五年始通藉，孺人歸叔闇，歲正甲辰。憲副初成進士，入門挽車，以儉帥則。今日父老論述先民，用諷末俗，謂：「司隸高風，非少君莫與有成也。」

中丞公丈夫子衆盛，咸淵文穆行，名溢州黨。第五公尤好廣賓客，叙述作，乘風厲雲，黄鵠舉矣。忽病差跌，其亡也，無怛化，無洵涕，止頓首大中丞前，恨未終禄養，願以兩兒助不逮。其姻婣朋友聚而哭者，無異其家人之哭之也。然爲第五公匹者，當此時極難。第五公殁時，年甫壯大。中丞燕閒養性，色若嬰兒，獨以季子之痛，减寢食。苟孺人散髮，晝夜泣，是傷大中丞心也。

第五公饒兒女，年並稚弱，既早背父，所恃惟母。爲孺人者，上修色養，下蓄諸孤，徹北宫之環瑱，治西平之禮法，蕉萃不形，莞蕈有咏，婚嫁畢序，祭祀以時，是以哭泣之身，任往居也。夫寢牀貴卑，紡磚執勤，尊章美之，叔妹譽之，使君子喜樂，鼓鐘聞聲。此皆遭時處順，易於作德。若百憂式罹，我躬是悼，則自春徂冬，爲歲難矣。人表、人衷方成童，即遊學宫，與褒卿進士，並有龍鸞之目。褒卿既貴，州人嘆其繩武，益高祖德。人表兄弟退而折節，縱懷圖篆，施德閭里，翳桑壺飧，無時或忘，曰：「此先人之志，我母之教也。」夫孺人生於富貴，適於富貴，凡此遭際，皆高門閥閲之任，人表兄弟亦然。然性富貴者稍失意而驚，孺人母子獨能不拔者，富貴無所累之也。惟能不累於富貴者，然後不奪於患難。是故爲婦爲母，孺人職也；爲子爲臣，人表、人衷職也。

大中丞盛德耆年，方賦《大暮》⑤，文孫即踵跡起，人表兄弟孝友克睦。外無異門，内無異烟，取衣裳而黼黻之，取堂第而高大之，事固旦晚爾。然擊鐘而食不言榮，首如飛蓬不言瘁。孺人行年五十，人以爲榮華之始，要觀其前後際，則泊如也。東漢班惠，以叔皮之子，孟堅定遠之弟，教授後宫，賜名大家⑥。其家庭朝夕，則有女妹曹豐生、子婦丁氏，撰集文製，譚論合志，可謂婦人極遇⑦。顧其終身執持，惟恭惟敬。世叔早逝，言笑寡少，七十餘年如一日。以况孺人，其所處境，與自約束，爲不遠矣。

春酒眉壽，予何以將？且先獻言於人表、人衷，曰：「孔仲智會土高門，郭原平一邦至行⑧，君兄弟其兼之。」是即孺人所以頌無疆也。

【箋注】

①此爲錢叔闇妻、錢墀母王太孺人五十壽而作。錢叔闇，一作叔含，錢桓第五子，王家穎姊夫。《初集》卷六《祭錢中丞文》：「穎之姊，適公之第五子叔含，公之才子也。」

②王遇賓，字晉吾。乾隆《河間縣志》卷三：「王遇賓，字晉吾，崑山籍。萬曆三十三年以進士任，重建學宫，捐俸置學田爲永賴計。創立瀛洲書院。杜公應芳舊府志稱其興學愛民，行取大理評事，後陞刑部主事。」

③錢人表，錢叔闇子，錢桓孫。生平待考。

④錢墀，字人衷。錢叔闇子，錢桓孫。民國《太倉州志》卷十九《人物三》：「錢墀，字人衷。桓孫。與江士韶相劘切，所學亦精詣。」

⑤陸機《大暮賦並序》：「夫死生是失得之大者，故樂莫甚焉，哀莫深焉，使死而有知乎，安知其不如生？如遂無知邪，又何生之足戀！故極言其哀，而終之以達，庶以開夫近俗云。」

⑥《後漢書》卷八十四《曹世叔妻傳》：「扶風曹世叔妻者，同郡班彪之女也，名昭，字惠班，一名姬。博學高才。世叔早卒，有節行法度。兄固著《漢書》，其八表及《天文志》未及竟而卒，和帝詔昭就東觀臧書閣踵而成之。帝數召入宫，令皇后諸貴人師事焉，號曰大家。」

⑦《後漢書》卷八十四《曹世叔妻傳》：「昭女妹曹豐生，亦有才惠，爲書以難之，辭有可觀。昭年七十餘卒，皇太后素服舉哀，使者監護喪事。所著賦、頌、銘、誄、問、注、哀辭、書、論、上疏、遺令，凡

十六篇。子婦丁氏爲撰集之，又作《大家讚》焉。」

⑧《宋書》卷九十一《郭原平傳》：「太宗泰始七年，興宗欲舉山陰孔仲智長子爲望計，原平次息爲望孝。仲智會土高門，原平一邦至行，欲以相敵。會太宗別敕用人，故二選並寢。」

賀張異度先生家祠落成眉壽七袠序①

兩京賢書稱得人者，學士大夫並言萬曆之壬子。時神皇帝御宇四十年，德澤隆厚，久而化成，猶《大雅·文王》之詩，所謂「君子萬年」「遐不作人」也②。吴門張異度、姚孟長、周景文、朱德升四先生，皆以是年舉孝廉，而異度先生則應順天京兆試，出東省王季木先生門下③。宵小嫉之，飛文動摇。再試天子之廷，讒始不行。海内想望丰采，謂先生出處氣數憑焉。公車初應，已見之矣。

今上敦重風義，褒顯遺老。直指祁公舉吴中名孝廉三人，請於朝，皆贈翰林待詔官，則德升先生與張靖孝④、歸季思兩先生也⑤。靖孝者，異度先生之大父，久以節行祠學宫，越數十年而始與其孫之同年生，偕沐恩命，俎豆復光。郡人尤異之。嘉靖時，孝廉官待詔者，吴中有文衡山先生⑥，聲名在吉州、白沙間。而聞孫文起先生大其傳。繇大科陟相位，稱名臣。張靖孝即生不被詔書，没膺盛典，無異文待詔。異度先生文章學誼，能宰天下，與相國比肩，而尚伏田里，不願冠帶，飛沈異態，後進獻疑，然未足量大也。正人挺生，代不數有。同州一德，幸而接茵，入拜父母，出稱兄弟。宇宙雖廣，獨此幾人，豈必盡遊帝學、朝京師哉？官巖廟之上者，諷議啓沃，金礪舟楫，素絲退食⑦，不忌在公；處鄉井之間者，衣裳典墳，具訓蒙士，相觀而善，顯晦或殊。其於輔聖化、繫風俗，一也。

往者璫難横發，忠介嬰禍，先生與朱待詔奮身排救，奔車馹馬，迅若不及。當路摭其名，加刃者數。小人害正，寧論仕否耶？平居好義，揚纖介之美，疾疻痏之惡。里中張曾子，何孳孳教誨人無已也！盗牛之客，變而讓劍⑧；拾金之徒，退而分席⑨。不待爵服，士行已勸，又孰有頓首涕泣，請命於大人富貴者乎？

先生年登七十，齒髮不改，湧書日盡一卷，義所感發，高文大篇，湧泉洋洋也。勤思祖德，治立家廟，歲時朔望，率子弟拜祭。落成之日，將擊鐘焉。賓客親舊，載酒造前，先生欣然曰：「向者觴余而余逃，而今不避者，樂泌園之有廟也。」溥聞之，敢不從《斯干》之後⑩？是舉也，爲主者先宗廟而後宮室，爲客者頌子孫而本祖父，均古禮也。

【繫年】

據吴修《續疑年録》卷三「張異度七十四世偉，生隆慶二年戊辰，卒崇禎十四年辛巳」，可知此文作於崇禎十年（一六三七）。

【箋注】

①張世偉，字異度。詳見《合集·近稿》卷五《王子彦稿序》注。程嘉燧《耦耕堂集詩文》詩卷中有《張異度七十》：「昔人名園君嘯歌，清風高柳森傞傞。數年學《易》知損益，一代德尊長坎坷。天供日月白居易，人領烟波張志和。漢庭徵書早晚下，草堂夜鶴將如何。」可參。

②「君子萬年」見《詩·大雅·生民之什·既醉》。「遐不作人」見《詩·大雅·文王之什·棫樸》。

③王象春，字季木，山東新城人。王象乾從弟。朱彝尊《明詩綜》卷六十《王象春》：「象春，字季木，濟南新城人。萬曆庚戌進士，除上林苑典簿，遷南京大理評事，歷工部員外，改兵部，終吏部郎中。有《問山亭集》。」

④張基，字德載，號敬堂。張世偉祖父。邵忠、李瑾編著《吴中名賢傳贊》：「張基（明嘉靖間），明朝賢士。字德載，名犯宣宗諱，以字行，號敬堂，吴縣（今江蘇吴縣）人。性至孝。嘉靖十九年（一五四〇）舉於鄉。例得坊金，盡散親族。父銓，卒南安任，當會試問，德載千里奔喪，苫絶復蘇。除服後，念大母年耄，逡巡其行。亡何，大母卒。嘆曰：『母老矣，誰與朝夕耶？』自是步武不離生母。屏衣冠，爲野人裝。治一室，顔曰『愛日』，以居母，湯粥非躬調勿進也。婦亡，更不娶。歲大祲，有米數百斛，悉賑饑者。其學以主敬入，嘗銘座右曰：『勿展無益身心之書，勿吐無益身心之語，勿近無益身心之人，勿涉無益身心之境。』羅文恭目爲『四勿翼』云。年五十九卒。崇禎間，巡按倪元珙奏贈翰林待詔。葬陳灣。祠在府治西南朱家園。著有《孝經大義》一卷，《定性書注》

一卷、《敬思録補正》《張基詩文》二卷等十種，并傳世。」

⑤ 歸子慕，字季思。歸有光子。道光《崑新兩縣志》卷二十三《卓行》：「歸子慕，字季思。有光子。萬曆辛卯，年二十九以儒士補郡諸生，即領是科鄉薦。再試不第，築室三江口，曰陶庵。圭簞不完，簷溜之外，插亂棘爲籬，植梅柳數株，倚杖其下。先是子慕從京邸識嘉善吴志遠，還過錫山，因志遠識高攀龍，遂講求性命之學，過從習静，端坐不語。三人者終日相對有得，則欣然相語，他人莫之知也。家貧，授徒自給，恒至不繼。邑令王時熙、學博沈應奎攜酒粟訪之，至門外，不敢達，聞諸鄰人從未受當事饋也。性篤孝友，字孤姪如己子，養其姊終身。所著詩文清真澹雅如其人。病嘔血猶讀書不輟，卒年四十四。常熟令耿橘題其墓曰『清遠先生』。崇禎初，有詔搜訪遺逸廣勵風節。御史祁彪佳以子慕應詔，追贈翰林院待詔。」

⑥ 文徵明，初名璧，字徵明，以字行，改字徵仲，號衡山居士。長洲人。正德末以歲貢生薦試吏部，授翰林待詔。開「吴門畫派」，與沈周、唐寅、祝允明有「明四家」之目。又擅書，工行草，尤精小楷。詩文與徐禎卿、唐寅、祝允明並稱「吴中四才子」，主吴中風雅之盟四十年。有《甫田集》。《明史》有傳。

⑦ 素絲退食：語出《詩·召南·羔羊》：「羔羊之皮，素絲五紽。退食自公，委蛇委蛇。」後以稱譽官員正直清廉、節儉奉公。

⑧ 《三國志》卷十一《魏書·王烈傳》注引《先賢行狀》：「時國中有盜牛者，牛主得之。盜者曰：『我邂逅迷惑，從今已後將爲改過。子既已赦宥，幸無使王烈聞之。』人有以告烈者，烈以布一端

遺之。或問：『此人既爲盜，畏君聞之，反與之布，何也？』烈曰：『昔秦穆公，人盜其駿馬食之，乃賜之酒。盜者不愛其死，以救穆公之難。今此盜人能悔其過，懼吾聞之，是知耻惡。知耻惡，則善心將生，故與布勸爲善也。』閒年之中，行路老父擔重，人代擔行數十里，欲至家，置而去，問姓名，不以告。頃之，老父復行，失劍於路。有人行而遇之，欲置而去，懼後人得之，劍主於是永失，欲取而購募，或恐差錯，遂守之。至暮，劍主還見之，前者代擔人也。老父揫其袂，問曰：『子前者代吾擔，不得姓名，今子復守吾劍于路，未有若子之仁，請子告吾姓名，吾將以告王烈。』乃語之而去。老父以告烈，烈曰：『世有仁人，吾未之見。』遂使人推之，乃昔時盜牛人也。烈歎曰：『韶樂九成，虞賓以和；人能有感，乃至於斯也！』遂使國人表其閭而異之。」

⑨《世説新語·德行》：「管寧、華歆共園中鋤菜，見地有片金，管揮鋤與瓦石不異，華捉而擲去之。又嘗同席讀書，有乘軒冕過門者，寧讀如故，歆廢書出看。寧割席分坐，曰：『子非吾友也！』」

⑩斯干：即《詩·小雅·斯干》，歌頌周王宫室落成。毛序：「《斯干》，宣王考室也。」《漢書·劉向傳》載劉向上疏云：「宣王賢而中興，更爲儉宫室，小寢廟。詩人美之，《斯干》之詩是也。」

胡母周太孺人五十壽序[一]

【校記】

〔一〕已見北大本《合集·古文近稿》卷五，題作「胡母周太夫人五十壽序」。此處存目。

墓誌銘

詹事姚公元配馮宜人墓誌銘①

詹事現聞姚公，海内士大夫師表也。元配曰馮宜人。宜人少嬪於姚，既成室家，敬若賓客，不中道而没。詹事公涕泣哀思，終身如一日。公偉丈夫，舉止言論，軒軒天地，不近兒女子囁嚅。獨念宜人，燕婉荼苦，蹙然傷之。豈荀粲取冷②，潘岳悼亡③，妃匹之情，賢者獨深。及讀長君所狀宜人行事，始知公性少可，師友閨闥，涕非無從也。

馮世居吴，自撫州太守開家爲顯姓，宜人其女孫也。宜人父藩幕公，母文太君，與詹事公母爲女兄弟。公母少寡，矢共姜之節。其父少府公憐之，爲請於馮，以宜人字公，曰：「兩家男女皆吾甥，喜其不凡，適相當也。」文少府子相國湛持公④，幼卜娶名家陸氏女。陸母蚤亡，少府即具鐘鼓，迎女過門，笄而後與相國婚。姚詹事公少慧而孤，節母急欲得婦，是以公先娶，亦如其舅。宜人年十三，與公齒齊。既拜姑堂上，屏居一室，勤修女工；或侍姑左右，望見公輒退匿。公甫成童，性端方，辨内外，入門揚聲，整衣徐視，竊心重宜人周折規矩，弱年禮宗，他日必成令婦。退而詠《關雎》之詩，又自慶也。既行大婚禮，公與宜人年並十七矣。

公江夏騰名，雁行瑯琊，壇墠彦會，齒居末座。而文事獨争推先，冠蓋車馬，競走其門，比之郭有道⑤、任敬子⑥。宜人雖佐家督，不弄柔翰。顧待詔文苑，累世手澤，雅知公才，稱諸宗老，姊妹目以麟鳳。公研理學，尚節義，出入談議，必宗名臣大儒，中所最悦慕者，漢之武侯，唐之鄴晉。宜人習聞之，謂：「韓夫子固非長貧賤者，即非貧賤，亦不徒富貴者。」公襁褓失怙，母子相倚，衣食常不充。宜人薄有裝送，久而盡歸質庫。然器公大度，日用有急，未嘗告公。

公聲重士林，遠近師資，絳帷都養，在數百里外，梁溪講堂，高論奪席。每歲家休，毋過旬日。又謹事節母，菽水盡誠，悉委宜人，曰：「余非好遊者，有婦在，可出而四方矣。」公數試京兆不利，意頗感慨。然公知名蚤，己酉報罷，年僅三十有二耳。宜人私自痛念：「以公文章忠孝，賈生、終童可以儕偶，即出用世，何所不善，而又遲之？予病矣，恐不及待也。」宜人舉二子皆神儁，最後生一女，六日而殤，乃啼不止。小棺訖斂，臨風長慟，公亦心動。婦得無病，即竟不起。時大兒十歲，次兒七歲，即今海内所稱「二初」也⑦。

宜人少時，最見禮於文相國陸夫人，媪御饋問，朝夕無間。陸夫人病歿，踰一月，而宜人亦亡。後二十餘年，姚詹事病癥結亡。不數日，文相國無疾而逝。舅甥道同，死生攜手，爲之兆者，先見閨房，異哉！宜人没後，公即登翰苑，建策移宫，奏擊常侍，罹患再起，定逆書，折奸萌，慮深社稷，中外震竦。令假宜人以年，奇節偉議，皆身及見，而天故靳之。公志務澄清，奴寇邊海，決斷在胸，涇渭激揚，豺虎不避。令假公以年，經緯臺閣，太平立俟，而天又靳之。同爲光嶽之完人，而吝榮華於末路。君子偕老，言胡不信？天乎人乎！覽墓石者，不能不憂漆室也。

予友二初，獲父事公，旅邸音沫，歎逝若生。坡公抗節，九死靡回，而情文相生，篤念婦王，寧特伉儷，蓋爲知己也⑧。宜人生云云，子姓云云，具公狀中。敬撰次而銘曰：

婦而淑女，爲節母女。淑女而婦，爲賢者婦。豈其不禄？漏泉三錫。豈其不終？二子邦桀。公固達化，云何聚哭？朋友兄弟，婦德是足。維公國楨，將駕而摧。年幾六十，世皆謂夭。况乎宜人，春秋未半。仰瞻華表，兩賢同貫。

【繫年】

據陳子龍《安雅堂稿》卷十六《姚詹事誄》「崇禎丙子五月，明故南京翰林院掌院事少詹事吴郡姚公卒於里第」，兼據前後文作時，此文蓋作於崇禎十年（一六三七）。

【箋注】

①此爲姚希孟元配馮宜人所作墓誌銘。姚希孟，字孟長，號現聞。詳見《續集・别集》卷一《姚宫端

沆瀣集序》注。

②《世説新語·惑溺》：「荀奉倩與婦至篤，冬月婦病熱，乃出中庭自取冷，還以身熨之。」

③潘岳，字安仁，善哀誄之文，妻亡，作《悼亡詩》三首。

④文元發，字子悱。文震孟父。倪濤《六藝之一録》卷三百七十四：「文元發，字子悱。隆慶二年貢士，官衛輝同知。父博士彭，子東閣大學士震孟，長洲人。」文震孟，字文起，號湛持。文元發子。詳見《初集》卷六《五人墓碑記》注。

⑤郭泰，字林宗，太原界休人。東漢末名士，世稱郭有道。家世貧賤，好學善談論。游洛陽，爲河南尹李膺所重，於是名重一時，爲士林所宗。

⑥任敬子：即任昉，字彦昇，謚敬子。《南史》卷五十九《任昉傳》：「昉好交結，獎進士友，不附之者亦不稱述，得其延譽者多見升擢，故衣冠貴游莫不多與交好，坐上客恒有數十。時人慕之，號曰任君，言如漢之三君也。」

⑦二初：姚宗典，字文初；姚宗昌，字瑞初。姚希孟子。詳見《初集》卷一《陳威如稿序》注。

⑧蘇軾《江城子》：「十年生死兩茫茫。不思量。自難忘。千里孤墳、無處話凄凉。縱使相逢應不識，塵滿面，鬢如霜。夜來幽夢忽還鄉。小軒窗。正梳妝。相顧無言、惟有淚千行。料得年年斷腸處，明月夜，短松岡。」參見蘇軾《亡妻王氏墓誌銘》。

太學汪董之墓誌銘①

新安汪公董之之葬也，今進士陳卧子爲之傳，從其子達可②、金輅③、治可之請也④。卧子詩文遍天下，生平不喜諛墓，曰：「蔡中郎於郭有道不愧作碑⑤，韓昌黎於柳河東墓石無隱⑥。記死之文，貴其信也愈於生，予不可以不戒。」雖然，見人之賢子孫頓首涕泣，而爲其先人請也，則戚然有感於心；取其狀視之，質而有文也，則唏噓太息而起。《詩》不云乎：「孝子不匱，永錫爾類。」⑦墓誌之作，錫類之流也。予重其言，則何敢辭汪子？

汪子父諱用威，字董之，一字君霽，新安郡之兖山族也。公五世祖東谷公善《易》，隱酒市人間。至百川公家始大。百川公生裁吾公，即公父也。公幼好讀書，解大義，薄章句俗學。裁吾公亦少慕鄭莊、韓孺⑧，不孳孳於利達。堂上食客日數十人，輒資給於公。公甫娶，率其婦應命，治盤飡酒糗，勸酬若流。裁吾公年高厭握籌，將解筦庫歸公。公順其志，遂遊成均。公之母王孺人病嗽，公夫婦晝夜侍起居，涕唾必手掇。凡三月，母憊不起。左右婢媪候間竊筦鑰，負衣被財物扱衽僂走。公伏床側拊母，竟不覺。母亡，哭泣備禮。

公之先世家新安，裁吾公起而爲四方游，武林、雲間各置田宅，修場圃，延賓客，教子孫，皆於其中。夫洒削而鼎食，胃脯而連騎⑨，其家有名，足以自豪。然僮僕數萬，利擅陸海，足跡不出鄉里，當世賢豪公卿亦未嘗與一舉手，此其身亦與財俱盡耳。公父子高貲，退若無有，禮讓交與，悉名人長者。又不株守閭巷，築室外方，山高水長，聚族而處。窺其志尚，豈直東平土風、晉平閒外而已。

公有兄早世，遺三孤，撫如己子。里人謀爲間者曰：「曷不生分？」公以義謝之。諸孤長，始出財業簿書，授如初，計入數則倍於舊。宗人廼稱之曰：「此汪氏之謝微子也。」從兄某家富無子，見公多男，欲蜾蠃負之，公不許。外孫吴氏雖寡婦亦以富雄，委公籍質，固却乃已。一朝訟興，則出身排解，如救頭目。凡公神明無累，急人患禍，類若此。

公貌偉而髯，衣冠談論，能傾一坐。其治家也，性不尚屑密，察誠厚能心計者，屬以主藏，歲終上羨，不煩而辦。初以儉教下，男無怠穡事，婦無休蠶織，衣食纔自足，不敢羸。中年大饒，街館阡陌，號爲封君巨室，洒然不辭。新安俗競訟，忌公者時相侵，主以貴人耽耽奇貨。公持之以静，聞者内慚，久乃散去。公好聚典墳，尤能辨古人筆蹟。江南藏書家，推多蓄法書名畫者必目公。晚近聲樂，間作詩文自娱，召客會食，笙歌内出。公顧諸子，宴笑繼燭，謂：「左浮丘而右洪崖⑩，不難也。」享年僅五十有九。傷哉！子姓系序，備載行狀。

今以丁丑之冬，達可等葬公於古塘之陽。予推公大度，好禮出於豪傑金玉之中。應時而行，未或頫仰拾趣，藏深壑，發鷙鳥也。養父顔色，教子義方。仲長樂志⑪，滕公佳宅〔一〕⑫。斯人有焉，是可銘已。銘曰：

公生於石室之鄉，遊於五湖之間。欲招魂而大歸，則望横雲而投閒。晞髮者洒乎？葬公者壁乎？若子若孫，問樟公其何在？則南方有佳人焉。而不離乎兩山。

【校記】

〔一〕「佳宅」，原作「住宅」，逕改。

【繫年】

據「今以丁丑之冬，達可等葬公於古塘之陽」及陳子龍《太學生汪君董之行狀》「達可等將以丁丑十二月□日，奉公與孫孺人合葬於古塘之陽」，可知此文作於崇禎十年（一六三七）十二月。

【箋注】

① 此爲汪用威所作墓誌銘。汪用威，字董之，一字君霽，新安人。陳子龍《安雅堂稿》卷十四有《太學生汪君董之行狀》：「公生萬曆戊寅正月二十四日，没以崇禎丙子十二月十一日，春秋五十有九。……達可等將以丁丑十二月□日，奉公與孫孺人合葬于古塘之陽。」可參。

② 汪達可，汪用威次子。陳子龍《太學生汪君董之行狀》：「次達可，邑庠生，娶布政司理問程維寧女。」

③ 汪金輅，汪用威三子。陳子龍《太學生汪君董之行狀》：「次金輅，杭州府學庠生，娶文學程其

蘊女。」

④汪治可，汪用威四子。陳子龍《太學生汪君董之行狀》：「次治可，娶通政使司通政倪實符女。」

⑤《後漢書》卷六十八《郭泰傳》：「明年春，卒于家，時年四十二。四方之士千餘人，皆來會葬。同志者乃共刻石立碑，蔡邕爲其文，既而謂涿郡盧植曰：『吾爲碑銘多矣，皆有慚德，唯郭有道無愧色耳。』」

⑥韓愈撰《柳子厚墓誌銘》。林雲銘《韓文起·柳子厚墓誌銘》：「昌黎與子厚，千古知己。」

⑦語見《詩·大雅·既醉》。

⑧《史記》卷一百二十《鄭當時傳》：「鄭當時者，字莊。……孝景時，爲太子舍人。每五日洗沐，常置驛馬長安諸郊，存諸故人，請謝賓客，夜以繼日，至其明旦，常恐不遍。」後用爲好客之典。韓孺，西漢遊俠，名見《史記》卷一百二十四《游俠列傳》。

⑨洒削而鼎食，胃脯而連騎：用西漢商販郅氏磨刀、濁氏販賣胃脯而致富之典。《史記》卷一百二十九《貨殖列傳》：「洒削，薄技也，而郅氏鼎食。胃脯，簡微耳，濁氏連騎。」

⑩語本郭璞《遊仙詩》其三：「左挹浮丘袖，右拍洪崖肩。」浮丘公、洪崖先生，俱爲傳説之仙人。

⑪《後漢書》卷四十九《仲長統傳》：「每州郡命召，輒稱疾不就。常以爲凡遊帝王者，欲以立身揚名耳，而名不常存，人生易滅，優遊偃仰，可以自娱，欲卜居清曠，以樂其志。」

⑫滕公佳宅：用西漢夏侯嬰墓地之典。葛洪《西京雜記》卷四：「滕公駕至東都門，馬鳴，跼不肯

前，以足跑地久之。滕公使士卒掘馬所跑地，入三尺所，得石椁。滕公以燭照之，有銘焉。乃以水洗寫其文，文字皆古異，左右莫能知。以問叔孫通，通曰：『科斗書也。』以今文寫之，曰：『佳城鬱鬱，三千年見白日，吁嗟滕公居此室。』滕公曰：『嗟呼，天也！吾死其即安此乎？』死遂葬焉。」

周養貞元配吴孺人墓誌銘①

嗟乎！余讀周子泰階所爲其伯母狀，覆卷而吁曰：「伏波處兒姪之間，一情不異；康樂遊群從之際，戚若同生。昔人永懷，唯恐不及。今於海虞周氏見之，且復徵之婦德也。」泰階少失恃，其伯母吴孺人撫之，恩若己出。孺人子文道呼泰階爲兄②，同就外傅，起居飲食，衣服無二。周氏之有孺人，不啻東漢皇甫氏之有母也。孺人既没，泰階感亡念存，褒采淑行，礱之墓石，屬余以誌。余感其義而不辭，誌曰：

孺人吴姓，爲逸叟公女子子。逸叟上世有以内翰起家者，代生聞人，爲包山著姓，記邑乘者，頌德門焉。孺人年十八歸養貞公，謹修子婦禮，早夜操作，不避寒暑，束身端嚴，意常自下。舅合夫公與姑朱孺人皆稱其順。《内則》首訓，先事舅姑③；《女誡》次篇，務和叔妹④。孺人其知之矣。孺人生三女，最後舉文道。時養貞公年方强盛，抱金蠶之疾⑤，偃仰不起。孺人親藥物，執勞役，抱持床簀間二百有餘日，養貞竟逝。文道止四齡也。孺人既哀痛，又恐兩大人年老重傷其心。朱孺人伏棺長號，輒慰解之曰：「婦今不即以身殉者，以有姑也。子死而姑生，子即死地下，亡苦；姑復哭子不欲生，則若子再死也。」姑聞其言，輒拭淚謝。是以每哭幾絶，終得無恙。

合夫公喜交遊，賓客至，必盛張具，投轄留飲，極歡罷去。歲時贈問，察人緩急，閭巷親朋，賴以舉火。比喪壯子，歲入漸寡，凡所需則問之冢婦。婦固寡婦人，提攜少子三女長大，筐篋簪珥，懼不給也，時典易以進，洗腆加敬。宗姑里媪相聚而談，謂：「周氏婦非獨悦親口體，又善承志也。」朱孺人病殁，踰年合夫公亦殁。三年間遭兩大喪，孺人以一身爲哭泣主，戚而中禮。夫婦人之終身者夫也，舅則其父也，姑則其母也。一喪其夫，再喪其姑，三喪其舅。狀曰：「孺人稱婦二十餘年，稱未亡人三十餘年，得年七十有四。」以時考之，幾十年來，孺人爲哀之日多矣。

文道有子四人，廷瑾能文，甫丱，補博士弟子員。其少時讀書誦《毛詩》，云得之大母口授。孺人殁，子若孫擗踴墨面，迎其喪車，祔於簣家山祖塋之旁，曰：「婦不忘本，周氏世世在是，未敢他卜也。」里人云：「養貞病時，孺人默禱於天，願以身代。」竊疑古來節孝格天，如江父慧眼之泉⑥，楊女劘牙之虎⑦，備載傳記，孺人何無一應？然性情相感，幽明同貫，有其應者神其事，無其應者序其志，君子亦取孺人之志而已矣。

子一某，娶某氏。女三，長適某，次適某，次適某。孫男四，某某。孫女四，適某氏。生於某年某月，卒於某年某月，葬於某年某月。其生也，高行之間；其殁也，孝德之里。是何可無誌也？銘曰：

婦而克誠，石窌有譽。母而克仁，敬姜非恕。贊彼閫德，殆乎其庶。感公路之鷄鳴，徵百儀於沮洳。

【箋注】

① 此爲周養貞元配吴孺人所作墓誌銘。周養貞，周泰階伯父。生平待考。

② 周文道，周養貞子。生平待考。

③《禮記》卷十二《内則》：「婦事舅姑，如事父母。鷄初鳴，咸盥、漱、櫛、縰、笄、總，衣紳。左佩紛帨、刀礪、小觿、金燧，右佩箴、管、線、纊，施縏袠，大觿，木燧。衿纓，綦屨。以適父母舅姑之所。及所，下氣怡聲，問衣燠寒，疾痛苛癢，而敬抑搔之。出入則或先或後，而敬扶持之。」

④ 曹大家《女誡·和叔妹》：「婦人之得意於夫主，由舅姑之愛己也。舅姑之愛己，由叔妹之譽己也。由此言之，我之臧否毁譽，一由叔妹。叔妹之心，不可失也。人皆莫知叔妹之不可失，而不能和之以求親，其蔽也哉。」

⑤ 金蠶之疾：即絶症。金蠶，金鑄之蠶，古代帝王之殉葬品。

⑥《南史》卷三十六《江紑傳》："紑字含絜，幼有孝性，年十三，父蒨患眼，紑侍疾將期月，衣不解帶。夜夢一僧云：『患眼者飲慧眼水必差。』及覺説之，莫能解者。紑第三叔禄與草堂寺智者法師善，往訪之。智者曰：『《無量壽經》云：慧眼見真，能度彼岸。』蒨乃因智者啓捨同夏縣界牛屯里舍爲寺，乞賜嘉名。敕答云：『純臣孝子往往感應，晉時顔含遂見冥中送藥，又近見智者以卿第二息夢云飲慧眼水。慧眼則五眼之一號，可以慧眼爲名。』及就創造，泄故井，井水清洌，異於恒泉。依夢取水洗眼及煮藥，稍覺有瘳，因此遂差。時人謂之孝感。"

⑦劉敬叔《異苑》卷十："順陽南鄉楊豐與息名香於田穫粟，因爲虎所噬。香年十四，手無寸刃，直搤虎頸，豐遂得免。"

贈中憲大夫劉公環渠繼配丁恭人墓誌銘①

予讀《古列女傳》，紀載賢母多矣。至魏芒慈母，漢李穆姜②，歎絶德焉。婦人情性慈愛，其常也。獨一彼一此，前後易觀，有甚愛，必有甚憎。昔者《履霜》之操③，《暇豫》之歌④，胡爲乎？好惡既形而同室分背。有土國君，莫必其心；公卿達人，不專其志。丈夫重再娶，有以夫。而孟陽氏之女嫁於芒卯⑤，漢中李法之姊適同郡程文矩⑥，咸以後妻顯名。處難居之地，成獨至之行，非婦德大過人者，其誰能之？錦襄劉淑輿狀其曾王母丁恭人生平⑦，屬予墓石。覽其行事，抑何似彼兩母也？

恭人先世勳裔，母氏甲族，年十八，贈君劉公環渠，寔惟再卜娶。環渠公生封文林郎，歿贈中憲大夫，其得爵命也，以子參知公故。參知公者，環渠公之元配柳恭人出。丁恭人入門時，參知公已舉孝廉。且柳恭人兒女多，丁恭人以尊臨之，雖曰母乎，顧其齒稚弱。方受命諸母，賦《桃夭》之詩，即欲使之撫壯子，總家權，媪僕奔趨，賓客飲食，事咸治也。避則疑於不能，任則疑於不讓，廼恭人處此，則有禮矣。子有室者，進前肅拜，謝弗受，强而後許；未成人者，呼問寒煖饑飽，爲之綰髮補衣。中外三族之戚，答之以恩；僮指長健，裁以法式。環渠公母，獨居年高，睹之色喜，曰：「老人方苦喪婦，得此無憂矣。」環渠公名家，其殖業薄，比遭柳恭人喪，産亦落。丁恭人經紀朝夕，佐以耕織，始給饔飧。田數畝，歲患淤，環渠公夫婦身力穡。一日，恭人騎盲馬，小女策驢從，夜中寒雨失道，叫呼乃遇，勞苦阡陌，聞竟不寐。環渠公最憐之，然田宅緜此日擴。後貴盛，輒追論前事，此管仲之巾車[8]，王章之牛衣[9]，未可忘也。

參知公屢上春官不第，貧不能具食。環渠公數誚讓，恭人必慰勉之。勸發倉庾，資以米六斛，并助治北裝。明年，遂成進士。令濬秩滿，詔封環渠公如子官，丁恭人亦同受封。比守吴興，忤貴人意，改調歸。環渠公頗不懌，丁恭人曰：「窮達命也。假令有子不第，則奈之何？子爲二千石，與要人左，拂衣歸來，以我婦人當之，誠榮於東海嚴嫗，何戚戚也？」

環渠公病亡時，恭人年止四十有四，執哀備禮。參知公守嚴陵，及視兵海上，蒙天子恩，父母兩贈官。丁恭人則身當封，享年八十七而没。論者云：「柳恭人蚤適環渠公，生三子二女，不幸而夭。長男位任岳瀆，光大家門，亦不能有其一日榮。環渠公抱道終身，教誨其子，僅得及封，遽捐館舍。即參知公身貴達，有子有孫，乃長君博士公先殞身，亦不登上壽。此皆遇榮而嗇，適厚之，亦適奪之。丁恭人爲贈公繼室，生男女皆殤，而子柳恭人之子，衣裳輿馬，服寵獨全。中年哭其夫，晚哭其孫，又哭其子。少於恭人者零落幾何，而恭人優游耄耋，幾踐九齡，豈非天哉！然恭人爲婦也少，爲母也久。少則感於《鷄鳴》⑩，久則憂於《風雨》⑪，其年數多，其艱難亦多。守《女誡》之卑弱〔一〕，純《鳲鳩》之一心⑫，無俾室怒而百人肖化，所以致此，亦芒程二母之倫也。」

劉淑輿，中州名士，名瓚，博士公子，參知公孫，於丁恭人則當稱曾王母。恭人没，淑輿痛不欲生，既爲狀而泣，泣而不成聲也。凡人於尊親，其誠心之哀，必發於恩厚。自參知公至淑輿，蓋三世矣。事丁恭人無異於柳恭人也。淑輿顧恩於罔極，而欲不朽其身後，其爲狀，皆門内之言也。直母恭人矣，非入之深、感之至而然乎？芒慈之母，悲戚勤勞，以救假子之刑，而魏王高其義；李穆姜惻隱前妻子疾，而四子修革爲良士。今劉氏子孫，於丁恭人生事死哀喪葬，無不致也。其孝以性成者哉！恭人之遇，誠過二母矣。恭人生於某年云云，予謹志而繫以銘。銘曰：

中原之靈，高行之廬。君子一儀，乃化百閭。古有採椁花而食，佩金玦而寒者，維憂用老，而重歎其弗如。

【校記】

〔一〕「女誡」，原作「女誠」，逕改。

【箋注】

① 此爲劉瓚曾王母丁恭人所作墓誌銘。

② 《後漢書》卷八十四《列女傳》：「漢中程文矩妻者，同郡李法之姊也，字穆姜。有二男，而前妻四子。文矩爲安衆令，喪於官。四子以母非所生，憎毀日積，而穆姜慈愛溫仁，撫字益隆，衣食資供皆兼倍所生。或謂母曰：『四子不孝甚矣，何不別居以遠之？』對曰：『吾方以義相導，使其自遷善也。』及前妻長子興遇疾困篤，母惻隱自然，親調藥膳，恩情篤密。興疾久乃瘳，於是呼三弟謂曰：『繼母慈仁，出自天受。吾兄弟不識恩養，禽獸其心。雖母道益隆，我曹過惡亦已深矣！』遂將三弟詣南鄭獄，陳母之德，狀已之過，乞就刑辟。縣言之於郡，郡守表異其母，蠲除家徭，遣散四子，許以脩革，自後訓導愈明，並爲良士。」

③ 履霜操：古樂府琴曲名。蔡邕《琴操·履霜操》：「《履霜操》者，尹吉甫之子伯奇所作也。」《樂

府詩集·琴曲歌辭一·〈履霜操〉題解》：「伯奇無罪，爲後母讒而見逐，乃集芰荷以爲衣，採楟花以爲食，晨朝履霜，自傷見放，於是援琴鼓之而作此操。曲終，投河而死。」

④《國語·晉語·反自稷桑》：「驪姬告優施曰：『君既許我殺大子而立奚齊矣，吾難里克，奈何？』優施曰：『吾來里克，一日而已。子爲我具特羊之饗，吾以從之飲酒。我優也，言無郵。』驪姬許諾，乃具，使優施飲里克酒。中飲，優施起舞，謂里克妻曰：『主孟啖我，我教兹暇豫事君。』乃歌曰：『暇豫之吾吾，不如鳥烏。人皆集於苑，己獨集於枯。』里克笑曰：『何謂苑？何謂枯？』優施曰：『其母爲夫人，其子爲君，可不謂苑乎？其母既死，其子又有謗，可不謂枯乎？枯且有傷。』」

⑤《列女傳》卷一《魏芒慈母》：「魏芒慈母者，魏孟陽氏之女，芒卯之後妻也。有三子。前妻之子有五人，皆不愛慈母。遇之甚異，猶不愛。慈母乃命其三子不得與前妻子齊衣服飲食，起居進退甚相遠，前妻之子猶不愛。於是，前妻中子犯魏王令當死，慈母憂戚悲哀，帶圍減尺，朝夕勤勞以救其罪。……魏安釐王聞之，高其義，曰：『慈母如此，可不救其子乎？』乃赦其子，復其家。自此五子親附慈母，雍雍若一。」

⑥參見注②。又，李晚芳《女學言行纂》卷下《教子女之道》：「爲後母者，亦當待前子如己子，芒卯母所謂繼母如母，李穆姜所謂以義相導，使之遷善，是以遇難則盡力營救，遇病則盡心調護。母認真爲母，子自認真爲子矣。」

⑦劉瓚，字淑輿。生平待考。

⑧《後漢書》卷十七《馮異傳》：「六年春，異朝京師。引見，帝謂公卿曰：『是我起兵時主簿也。爲吾披荆棘，定關中。』既罷，使中黄門賜以珍寶、衣服、錢帛。詔曰：『倉卒無蔞亭豆粥，虖沱河麥飯，厚意久不報。』異稽首謝曰：『臣聞管仲謂桓公曰：「願君無忘射鉤，臣無忘檻車。」齊國賴之。臣今亦願國家無忘河北之難，小臣不敢忘巾車之恩。』」

⑨《漢書》卷七十六《王章傳》：「初，章爲諸生學長安，獨與妻居。章疾病，無被，卧牛衣中，與妻决，涕泣。其妻呵怒之曰：『仲卿！京師尊貴在朝廷人誰踰仲卿者？今疾病困戹，不自激卬，乃反涕泣，何鄙也！』後章仕宦歷位，及爲京兆，欲上封事，妻又止之曰：『人當知足，獨不念牛衣中涕泣時耶？』章曰：『非女子所知也。』書遂上，果下廷尉獄，妻子皆收繫。」

⑩方玉潤《詩經原始》卷六《鷄鳴》：「賢婦警夫早朝也。」

⑪《詩·鄭風·風雨》，毛序：「《風雨》，思君子也。亂世則思君子不改其度焉。」

⑫《詩·曹風·鳲鳩》：「鳲鳩在桑，其子七兮。淑人君子，其儀一兮。其儀一兮，心如結兮。」

南大司寇岱芝姚公墓誌銘①

皇帝御極之初年，清明庶政，闢門納言。時雲間岱芝姚公官少廷尉，首請論治逆璫支孽，出惠寺丞世揚、方御史震孺於獄，復毛給諫士龍戍邊，直聲震朝廷。士大夫交手語，莫不誦姚廷尉長者云。

公諱士慎，字仲含，號岱芝。先世汴人，自宋南渡，徙浙東。國初家廣陳鄉，介鹽官當湖間。五傳至怡善公，贅於南陸里張氏，遂藉華亭。怡善公生五子，長南汀公②，次北田公③。南汀公宦達，長子龍津公無後④，立北田公孫爲嗣，曰少津公⑤。少津公生六子，岱芝公其仲也。公生而穎異，十五歲即以能文名。學使者校士當湖，拔冠博士弟子，勖以國器。癸卯舉於鄉，甲辰成進士，改庶常，博學姱行，名重館閣。是歲徐文定、張侍郎皆公同里閈，連舍讀書，出入論議相得。公不欲多上人，見閣中先達，輒自請避位。

萬曆年間，天子好聞直言，慎選臺諫，當事者以公補吏垣。故事，庶常授職，出爲言官者給事中二甲，御史三甲。公臚唱名次三甲，特改首垣者，以望故也。公入垣二載，章奏數十上。凡賑貸輓漕事宜，動中江南民生利害，猥與時左。屢疏求罷，不待報可，拂衣竟歸。論者以此坐公，謫閩幕僚，公無愠色。亡何，遷副行人，繇璽丞陟光禄爲卿尹。踰年長銀臺。弟澹楠公登壬戌榜進士⑥，公喟然曰：「叔出仲處，余志也。」引疾歸里，娱奉二親。會少津公與包淑人相繼病没，公親湯藥，視棺斂，泣謂群弟：「使余戀戀長安，白衣戴星，生事死養，俱不及也。即相隨入地，百身何贖？今幸侍病疾，執手受言，無誓黄泉。其天哀余，而賜以子舍也。」

服闋，當今皇踐祚，拜公大理少卿。大理，法官也。惠寺丞、方御史繫獄三年矣，五木薰箠，血肉消腐，幾死者數。獄中諸囚見而掩涕，相謂曰：「孰有能出二公者？因願死之。」毛給諫戍極邊，變姓名，賣醫卜，遊於江湖。矯詔逮捕，幸得脱，然未有訟言於朝者。公抗疏昭雪，天下咸高其義。蓋公居憂時，適天啓亥子丑寅之歲，貂璫握魁柄，駢屠正人，逮繫數公，備五刑，鑠肌骨，僅不死者三先生耳。公雖哭泣衰絰，蓬首畚鍤，往來墓舍，間譚時事，即仰天太息，矢志驅除。一登朝堂，執法奏當，其本心也。既遷南太常卿，陛陳五事。上讀之色喜，語輔臣曰：「南卿養閑地，何得聞此讜言？」久之擢南刑部侍郎，再進尚書。南卿視北，號優游少事，太常與司寇官尤簡，文書希應對。公性不煩，樂久處此。然禮器不庀，責之有司；樂工缺員，董之太祝。大祀時祭，崇牙改觀，皆公力也。秋冬論報，手詳爰書，恒廢寢食，中貴人詿誤，輒白簡繩之，曰：「出禮入刑，守法不阿，人臣職也。余雖遠几闥，敢忘青蒲丹筆乎？」秩滿乞休，力請始允。明年，無疾而逝，丙子季夏也。

公篤孝行，諸生時所生母崔淑人亡，大人欲其仕進，使執期喪。學使者召就省試，公哀號謝免，獲終三年。性喜急人，重然諾取予，爲同里解紛，不欲有名。雲間重苦役，疲綱運，破家室者累累。公心憫之，每歲必分租入助，鄉黨踐更。宋范希文有云：「士大夫居鄉，蚤完官稅，佐國家之急。調停役法，甦桑梓之憂，其外無可報君父者。」公愛其言，時時諷誦不去口也。臨没，誡其子捐田千畝，牒公府，爲義役，里人益德之。公少登第，扶義俶儻，歷官九卿大寮，年尚未暮。雅好園居，薄鞅掌，間不快意即謝病歸，與故人昆老觴詠終日。比賦《遂初》⑦，髮蒼骨堅，人方謂：「公稍需時，可坐致令僕。」公嘿不應，趣駕車而已。

幼時夢登天宮，覽册籙，後履禍福皆中，焚脩益虔。年四十未舉子，宗人有私爲公憂者，公自知陰行善，不戚戚也。既而生一男，神儁不凡，數歲通曉《五經》百家言。當公没時，已成名士。凡公所處，尊官美仕，男女吉祥，世所希慕弗及，公輒以委遇得之。隱士稱述子之行，大夫譚曾氏之義，公兼有焉。

公生於萬曆戊寅二月初三日丑時，卒於崇禎丙子六月二十一日酉時，享年五十有九。男子一，世曙⑧，邑庠生，娶某公女。女子四，一適某，一適某，一適某，一適某。公訃聞，大中丞張公、直指路公入告，天子震悼，詔祭二壇，葬事官給。子世曙卜日成葬於五保夜光圩之里〔二〕，遵君命也。柳莊寢疾，臣稱社稷⑨；魏顆遺則，功銘景鐘⑩。公立於二者之間，良不愧乎！銘曰：

光禄四行，維公有之。正秋執繩，維公象之。爲古司直，皇帝曰咨。蓬蒿生獄，靈臺紀詩。百年以後，其風素絲。予請顔於墓道，曰「少墟之宅，庭堅之祠」。

【校記】

〔一〕「夜光」下，原衍「字」，據錢士升《賜餘堂集》卷九《資善大夫南刑部尚書岱芝姚公墓誌銘》删。

【繫年】

據錢士升《賜餘堂集》卷九《資善大夫南刑部尚書岱芝姚公墓誌銘》「今世曙以己卯冬十二月某日，卜葬公於五保夜光圩之陽，余爲誌而繫之銘」，可知此文作於崇禎十二年（一六三九）。

【箋注】

① 此爲姚士慎所作墓誌銘。錢士升《賜餘堂集》卷九有《資善大夫南刑部尚書岱芝姚公墓誌銘》、陳子龍《安雅堂稿》卷十三有《姚司寇傳》，可參。姚士慎，字仲含，號岱芝，嘉興平湖人。姚篚孫，姚體勤子。乾隆《平湖縣志》卷七：「姚士慎，字岱芝。萬曆甲辰進士，選庶吉士，改吏科給事中。疏諫開礦，忤旨，謫福州府經歷。歷大理寺少卿，論救給事中惠世揚疏云：『附閹之黨，所宜早定爰書；擊逆之忠，豈可尚稽恩典？』一時傳誦焉。疏上，世揚得出獄。奉敕推勘魏奄奸黨，以六案定罪，執法不徇。由通政使轉南京刑部尚書，遂致仕歸。徜徉湖山，以詩酒爲娱。嘗戒子弟從儉約，曰：『時事方艱，驕侈益以速禍。』丙子歲，卒。予廕賜祭。」

② 姚参，字應辰，號南汀。姚奎弟。丁輝、陳心蓉《嘉興歷代進士研究》（第一八四頁）：「姚参，榜姓張，字應辰，號南汀，平湖人，占籍華亭。姚奎弟，姚篚、姚篔父。正德五年（一五一〇）庚午應天舉人，歷官江西上饒教諭、宜春知縣、浙江桐廬知縣，升南都水主事，歷南刑部郎中督税荆州，

終涇府長史。」

③姚奎，字應文，號北田。姚參兄。丁輝、陳心蓉《嘉興歷代進士研究》（第一八四頁）：「姚奎，字應文，號北田。弘治十四年（一五〇一）辛酉應天舉人。」

④姚錧，字登之，一字希賓，號龍津。姚參長子。丁輝、陳心蓉《嘉興歷代進士研究》：「姚錧，字登之，一字希賓，號龍津。姚參長子，姚體勤嗣父。嘉靖十年（一五三一）辛卯本省舉人，授廣信府推官，遷知宿州，補泰州，入爲刑部江西司員外，遷貴州司郎中，終貴州僉事等。」

⑤少津公：即姚體勤。姚士慎父，姚錧嗣子。以子姚士慎封太常寺卿。乾隆《金山縣志》卷十一《封廕》：「姚體勤，尚書士慎父，封吏科給事中，贈太常寺卿。」

⑥姚士恒，字叔永。姚士慎弟。丁輝、陳心蓉《嘉興歷代進士研究》：「姚士恒，字叔永。姚錧嗣孫，姚士慎弟。萬曆戊午應天中式，天啓二年（一六二二）壬戌科進士，歷官浦城、羅山、汝陽知縣，擢福建道御史，俱著聲績。」

⑦遂初：謂去官隱居。《晉書·孫綽傳》：「少與高陽許詢俱有高尚之志。居於會稽，遊放山水，十有餘年，乃作《遂初賦》以致其意。」

⑧姚世曙，姚士慎子。丁輝、陳心蓉《嘉興歷代進士研究》：「姚世曙，姚士慎子，蔭入監。清順治五年（一六四八）戊子舉人。」

⑨《禮記·檀弓下》：「衛有大史曰柳莊，寢疾。公曰：『若疾革，雖當祭必告。』公再拜稽首請於尸

曰：『有臣柳莊也者，非寡人之臣，社稷之臣也。聞之死，請往。』不釋服而往。」

⑩《國語·晉語七》：「昔克潞之役，秦來圖敗晉功，魏顆以其身却退秦師於輔氏，親止杜回，其勳銘於景鐘。」

敬園黄翁暨元配施孺人墓誌銘①

予於崇川之交，蓋寥寥也。獨黄生偲旭②、宋生子猶時以文字相質問③，間談古人節行風烈，慨然慕之。其邑中稱文學砥礪，言行不群者，咸高兩生。子猶向叙族譜，屬予記之。偲旭以其大父母葬，告使銘墓石。予感其恂恂質孝，爲其家大人而來，不得辭也。

黄翁諱存養，字某，別號敬園。系出宋之汴京，始祖當建炎南渡，率五子從遷。最少者徙平江路姚劉沙，即崇明西沙也。數傳及西園，生三子，敬園其季也。翁幼時英立，長而才辨，不屑儒生章句學，事親獨以孝聞。西園雅親近之，喜偕季居；翁釃酒擊鮮，輒會故人宗族昆弟娱左右。西園間體不適，翁即廢飲食，蓬垢竟日夜，中衣厠牏，亦身執持，不以悤僮僕也。

崇川界大海，士風儉樸，學宫蕪茀，廊舍庖湢〔一〕，間雜草木。北闕數百步，大河横之，兩岸懸闊，水欲嚙天，行旅往來，齗齗争涉，每不得渡。翁周覽境内，喟然而起，謂：「黌序不虔，杠梁不治，吾黨大人責也。」首率義勸醵，更新其役。至今閎宇崇麗，衣冠日都，舟車輻湊，無駭溟渤，莫不曰：「敬園之賜。」翁謝弗有也。太史公言貨殖：「十年樹木，百年來德。」莊辛論君子之富，惟不德不使④。若以德言事，孰有大於興學校，修闗梁者？崇川有翁，兩利並舉，睹城闕而士安之，游溱洧而民歌之。復循牆讓善，傴僂父老之間，其富也君子矣。

西園諸孫多成立，惟次君壯歲殖，有子騖游不自振。翁視同己生，呼來前，泣而撻之，教以勉策，竪無重松柏憂。此子涕泣覆面，痛自灼艾，棄韝鷹，省斗石，卒成善人。姊適袁氏，早寡，藐孤煢煢。翁覆育之，割塍田分贍，俾就外傅，通經術。袁氏甥遂蜚聲儒林，爲鄉進士。家室素封，食指千百。元配施孺人，同里施咸亨女也。施本巨族，咸亨號長者，少奇翁大度，以女妻之。孺人初入門，浣濯爨饎，不敢以財矜詡。黄氏盛，兄弟叔姒衆多，孺人執柔下之。閨門雍穆，少長愉悦，二十餘年，室中無反唇者。

楚熊魚山先生筮仕崇川。初下車，集耆老庭下問曰：「孰孝義樂施，輯和門内？孰鞠躬守謙，不誇己能？孰急人性命，出之水火？孰不愛筐篋，繕役公家？此數者，象魏所樂聞，有必以告。」耆老俯伏對，皆云：「無若黄翁敬園。」先生色喜，命車登門，延之上座，奉冠帶，備賓主禮。崇自建城來，熊公爲賢令首，其所辟三老，孝弟力田，務慎得人，無異西漢黄潁川。獨於翁加敬，牛酒粟帛，式廬掃徑，風厲邑士。非盛德繫人，何以動名公賢牧愛重若此？然崇川俗剛獷善鬥，挾持官府，蜚文毛蜮。封君鉅室，往往猝罹文網，與獄吏伍。翁雖長厚，與閭巷無鼠牙釁，而豪猾害之，造作譸張⑤，羅致狴犴⑥，竟不獲與父長訣。翁每言之，甚于談虎。海濱盜藪，劫掠横行。一夕瞰黄翁家，擁挺周呼。施孺人足不履閾外，驟爲所縛，得心驚疾，遂不起。夫烏氏倮善畜牧，秦皇使列朝請⑦；巴寡婦擅丹穴，則爲築女懷清臺⑧。今富而能賢若翁夫婦，築臺朝請，廟堂事也。乃一筮《坎》之徽纆⑨，一筮《同人》之伏莽⑩，五福方備，不免荼苦，豈非命哉！

翁生于某年，卒于某年。孺人生于某年，卒于某年。子姓譜系有志狀。以某年某月葬于某圩。予以咫旭從遊之雅，水原木本，少用揚扢，乃繫以銘。銘曰：

善人穀耶？仁者粟耶？爲招大海，葬之萬年。洋洋者風，其將以利公之子孫。

【校記】

〔一〕「庖湢」，原作「庖富」，據鄧文原《吴氏義塾記》「廩舍庖湢」改。

【箋注】

① 此爲黄明召祖父黄存養暨祖母施孺人所作墓誌銘。

② 黄明召，字咫旭，崇明人。黄存養孫。徐兵、朱洪整理《崇明歷代科名録》：「黄明召，字咫旭，崇

禎十七年副貢榜。」

③宋龍，字子猶，崇明人，避地太倉，諸生。列婁東十子中。詳見《近集》卷二《贈宋瞻岩六十》注。

④劉向《説苑》卷五《貴德》：「楚王復問：『君子之富奈何？』（莊辛）對曰：『君子之富，假貸人，不德也，不責也。其食飲人，不使也，不役也。親戚愛之，衆人善之，不肖者事之，皆欲其壽樂而不傷於患，此君子之富也。』」

⑤造作譸張：僞造欺誑。

⑥狴犴：牢獄。

⑦《史記》卷一百二十九《貨殖列傳》：「烏氏倮畜牧，及衆，斥賣，求奇繒物，閒獻遺戎王。戎王什倍其償，與之畜，畜至用谷量馬牛。秦始皇帝令倮比封君，以時與列臣朝請。」

⑧《史記》卷一百二十九《貨殖列傳》：「而巴寡婦清，其先得丹穴，而擅其利數世，家亦不訾。清，寡婦也，能守其業，用財自衛，不見侵犯。秦皇帝以爲貞婦而客之，爲築女懷清臺。」

⑨《坎》之徽纆：即囚禁。《易·坎》：「上六，係用徽纆，寘于叢棘，三歲不得，凶。」徽纆，即繩索，古時常特指拘繫罪人者。陸德明《經典釋文》引劉表云：「三股曰徽，兩股曰纆，皆索名。」

⑩《同人》之伏莽：《易·同人》：「九三，伏戎于莽，升其高陵，三歲不興。《象》曰：伏戎于莽，敵剛也；三歲不興，安行也。」

鴻臚寺少卿濟川鄧公墓誌銘①

南服鄧氏，唐魯王靈夔後也②。則天時屏竄易姓，託於交南。其後子孫，王號相承，間臣事大國，跡在華夷之間。三十八傳，至誠之待詔，南翁尚書舉義内附③，時我明文皇帝御宇有年矣。賜第賜土，又世其爵，給廩食，嘉義無窮。六傳而里雲公④，官鴻臚，生二子，長龍門令濟滄公⑤，次則鴻臚卿濟川公也。

公諱汝舟，字弘載，别號濟川。兒時有大人風氣，里雲公挈之遊京師，讀書沈約庵太史門下，以嶷異稱。亡何，里雲公告老歸，濟川公方爲諸生祭酒，顧門廕無所屬，乃署公名上盟府，公却不受。里雲公正色言：「張釋之由貲郎爲廷尉⑥，李贊皇以任子登宰相⑦，古今名位，亦視其人何如耳。且是官起家，朝廷之德，先祖之義，紀於太常，烏可草莽也？」公頫首應命。適交南國王請封，例當佩璽往，于穀峰大宗伯四顧無可使者，獨公中選，遂冠帶行。由是使嶺南，使關閩，使朝鮮，渡遼河者三。凡册封宣諭，賫發兵符，皆國家大事，然後發。

士人生長鄉曲，足跡不出百里，或登朝受任，建牙鳴角，襟帶一方，未能周鶩。公肅將簡書，宣威絶域，輶軒塞表，鐃鷺接途，揚舲中流〔一〕，鮫魚獻舞。遂使夷人歌其寶刀，肅慎傳其楛矢。秦關百二之地，南越尉陀之鄉，望氣歸來，報命天子，人臣當此，亦云豪矣。龍門留滯周南，昌黎痛哭絶巘，此嘗目窮四海，志存九州，其於當世名山大川，俱恨未遍。以公視之，何如也？公五奉驅馳，覃封優渥，參班講筵，更歷十載。神廟之季，謝閒休休，意謂車將生耳⑧，柴桑可念⑨，從此隱矣。

今皇帝辛未之歲，太宰以公年月勞勩，在班從久，叙晉鴻臚寺少卿。天子報可。公笑曰：「臣年已老，臣卿乃少。」上表乞骸骨，詔俞允。公遂散髮解帶，不復言仕。營菟裘於糟丘⑩，寄滄州於茗社⑪，保其夙懷，獨蒙恩田里，老副清卿，身雖不入句臚，聖德高厚，子若孫無日忘也。

公艱難舉子，逾壯止誕林禎，字克生。克生門鮮兄弟，事二人獨勤。公偉其才，屬望良厚，戒以進身必由舉貢。克生益工苦，弱冠成名士，海內誦其方聞，每試輒第一。有子三，炃、燭、煒，童時即補博士弟子，雄文大篇，絶類其父。公時年七十，宣髮丹顔，飲酒數升，行不僂杖，子婦上食，群孫擁何，一門之内，三代雍穆。兼性好聚書，造廣閣，題曰「宛委」，斂萬卷充之。抱膝長吟，晝夜不怠。又喜論文義，夢中與人對語。克生每率長孫，奏其新篇，公色甚歡，謂：「有此，十倍陸大夫橐中千金⑫。」愉愉爲常，日可忘老。邑人咸望公壽期頤，食後福，交南苗裔，大於澄江。乃忽病疽，竟不起。先是，日者測公算曰：「孛居手足宫，絡苦孛祟。」既而言驗。嗚呼！何日不西？何草不黄？公言達觀，所以慰後人也，然難爲生者矣。

曩者予與張子受先試江上，交克生，適館受粲，主人賦《緇衣》⑬，客賦《河水》⑭，留連日月，獨恨未見公。然睹所著《賸住庵詩》《春秋詞命》《事物紀原》，及手書《忠》《孝》二經〔二〕，未嘗不慨然覩止。公五十始壽，更六十、七十，四方俱有祝。繆太史期以共仙班，孰大還？錢學士鼇詞千言，願以一言當一歲。克生出而誦之，至今琅琅。曾幾何如，乘箕羽化，能不痛惜！然公即不仙，年已逾七十；名即未登國書，官已歷卿貳；即年高不及見子孫青紫，已四世一堂，人論稱美。况歲暮未遠，後昆方强，世有家擅丹穴而腐形葶藶，堂上擊鐘而弱子負薪者，聞公之風，亦可少愧矣。

公生於某年，卒於某年。配宜人季氏女，例當備書。某年葬某地。敬銘。銘曰：

生於江南，葬於江南。惟公魂魄，可以矯首魯王而無慚。李唐之支裔、高密之舊封，姓名飆忽，無忘棄簪。皇皇者華，星辰之斑。高冠大劍，匪公孰堪？想延陵於故里，起春申於九原，將偕公麗牲之片石而爲三。

【校記】

〔一〕「揚舲」，原作「揚鈴」，據文義改。

〔三〕「二經」，原作「三經」，據文義改。

【箋注】

①此爲友人鄧林楨父鄧汝舟所作墓誌銘。鄧林楨，字克生。詳見《初集》卷三《鄧石函稿序》注。鄧汝舟，字弘載。崇禎《江陰縣志》卷三：「鄧汝舟，字弘載。欽承次子。兄鄉舉。襲序班，陞光禄署丞。建儲覃恩，陞徵仕郎，帶鴻臚隨堂銜，侍經筵。七奉詔，封安南王，送朝鮮使，調陝西兵，齎福建餉。三使遼陽，勘將核兵，俱不辱命，所至多題詠。辛未題陞鴻臚寺少卿，致仕歸。尋滄洲舊社，教子孫以經術顯。手録《忠孝經》，葺《春秋詞命》，著《賸住庵集》。陳大令函輝序行，詳見諸太史志傳。」

②《新唐書》卷七十九《魯王靈夔傳》：「魯王靈夔，篤學，善草隸，通音律。初王魏，後王燕，爲幽州都督。已而徙王，實封至千户。頻歷五州刺史，遷太子太師。垂拱元年，徙相州，坐與越王謀起兵，流振州，自殺。」

③崇禎《江陰縣志》卷三：「鄧明，字光遠，交阯人。裔本李唐宗室。永樂五年，歸忠納土，官交趾道參政。八年，從征有功，晉行在工部尚書。賜葬燕山，諭祭。孫樅奏請，賜錦衣指揮，辭武改文，兩予廩生，序班世襲。景泰六年，賜第善政橋。成化二年，賜田馬馱沙。與兄翰林公亶遺有《華萼篇》。」

④鄧欽承，字紹恩。崇禎《江陰縣志》卷三：「鄧欽承，字紹恩。奎子。仍襲序班，陞鴻臚主簿。四

奉詔，使日本、安南、朝鮮，扈從侍晏，有紅紵帑金之賜。以子汝舟贈光禄署丞。」

⑤ 鄧汝楫，字弘濟。崇禎《江陰縣志》卷三：「鄧汝楫，字弘濟。欽承長子。襲廪生，萬曆己卯登順天榜。」

⑥《漢書》卷五十《張釋之傳》：「張釋之，字季，南陽堵陽人也。與兄仲同居，以貲爲騎郎，事文帝，十年不得調，亡所知名。釋之曰：『久宦减仲之産，不遂。』欲免歸。中郎將爰盎知其賢，惜其去，乃請徙釋之補謁者。釋之既朝畢，因前言便宜事。文帝曰：『卑之，毋甚高論，令今可行也。』於是釋之言秦漢之間事，秦所以失，漢所以興者。文帝稱善，拜釋之爲謁者僕射。」

⑦《新唐書》卷一百八十《李德裕傳》：「李德裕，字文饒，元和宰相吉甫子也。少力于學，既冠，卓犖有大節。不喜與諸生試有司，以蔭補校書郎。河東張弘靖辟爲掌書記。府罷，召拜監察御史。穆宗即位，擢翰林學士。……未幾，授御史中丞。」

⑧ 車將生耳：謂官高則車設遮罩。《太平御覽》卷四九六引應劭《漢官儀》：「里語云：『仕宦不止車生耳。』」揚雄《太玄·積》：「君子積善，至於車耳。」

⑨ 柴桑可念：即故里之念。用陶淵明晚年隱居故里柴桑之典。

⑩ 營菟裘於糟丘：謂退隱以縱情美酒。菟裘，指告老退隱之居處。糟丘，酒糟堆成小山，喻糟坊酒肆。

⑪ 寄滄州於茗社：謂退隱以逸於佳茗。滄州，舊指隱者所居之地。謝朓《之宣城郡出新林浦向板

橋》：「既歡懷禄情，復協滄州趣。」

⑫《史記》卷九十七《陸賈傳》：「孝惠帝時，吕太后用事，欲王諸吕，畏大臣有口者，陸生自度不能争之，迺病免家居。以好畤田地善，可以家焉。有五男，迺出所使越得槖中裝賣千金，分其子，子二百金，令爲生産。」

⑬《左傳·襄公二十六年》：「衛侯如晉，晉人執而囚之於士弱氏。秋七月，齊侯、鄭伯爲衛侯故如晉。晉侯兼享之。……子展相鄭伯，賦《緇衣》。叔向命晉侯拜二君，曰：『寡君敢拜齊君之安我先君之宗祧也，敢拜鄭君之不貳也。』」《禮記·緇衣》：「子曰：好賢如《緇衣》，惡惡如《巷伯》，則爵不瀆而民作愿，刑不試而民咸服。」

⑭《左傳·僖公二十三年》：「公子賦《河水》，公賦《六月》，趙衰曰：『重耳拜賜。』」杜預注：「《河水》，逸詩也。義取河水朝宗于海，海喻秦。」

梁溪秦女士墓誌銘①

梁溪秦女士者，太學生華玉公女也。秦氏裔出淮海，子孫居江南者，梁溪多顯人。太學父官光禄，大父官方伯，簪纓累世不絶。女士少學書，能詩。及笄，歸同里施君定斯。施本望族，其父日觀公與秦華玉公同年生。及長有室，婚復同日。里中賀兩家牛酒，兩家通往來厚善。女士生六歲，定斯齒差長。日觀公徵世好，爲子聘之。既成婚，年十九矣。

日觀公，憲副嶼南公愛子也。婦侯氏亦大家女。女士初入門，遵循禮法，善適尊章意。日觀公有母年高，女士事之尤謹。時定斯好文章，聲名方起，家事咸咨父母。而日觀公性豪，喜賓客，女士佐姑治酒食不少後。退而周旋祖姑與其姑之側，雖盛夏出閤，必重衣，曰：「姑在，不敢以褻見也。」向晚問起居，必更嚴妝出，曰：「燕媠之容，不可以奉左右也。」冬不裹首，不置爐懷袖，腰繫背掛，諸服弗御，曰：「此皆非所以侍尊者也。」

日觀公寢疾，女士謂定斯：「治疾先擇醫。」召天台葉老至，奏藥始愈。辛未秋，姑苦脾病。定斯奔走，體患瘍。女士晝夜執勞，視姑湯藥，口嘗迺進。施氏家令禁疾病巫祝，女士憂姑甚，不得已潔牲醴，涕泣請於神。四越月，醫禱萬方，竟無效。女士哭之慟，數旬不絶聲。寒食設祭，一號立僵。亡何，祖姑奄逝。相距一歲，舉二喪，扶而後起者數矣。

癸酉春，日觀公病大劇，女士與定斯匍匐侍養如事姑。公將没，呼婦來前：「子太勞苦，我重負子地下！」言畢，遂絶。女士素羸，不任劬貰。每娩，身輒困體熱。生子間殤，哭必極哀。重以累歲遭大故，淚盡咯血。脱簪珥，捐衣填，營大人喪葬。壙成，身臨穴躃踊。又爲諸婦長，内外辦食如不給，病乃積深不治。壬申益篤，自圖其形，爲詩吊之。既而笑曰：「趙阿②、叔先雄③，古何人哉？余生幸不貧下，年過三十，死且晚矣。」生平好觀《白真人集》④。真人於紹定己丑冬⑤，水解盱江，先有詩云：「待我年當三十六，青雲白鶴是歸期。」女士時時諷詠之。歿時年亦三十六，遂成讖云。

女士生六男，殤者凡三，今存者三男，與女三耳。稱異數者，謂如《易》之位六子焉。詩詞四卷，録其著者，若《初婚詩》云：「有分到山涯，攜余共鹿車。」《咏祖姑詩餘》云：「鬢白成霜，心清似水。」《送定斯省試》云：「無物贈離驚，先人一翠氊。」《慰下第》云：「君豈長貧人，時哉不可得。」《哭姑》云：「西土欣增侣，人間少阿姑。」《題像》云：「莫描今女面，幸寫古人心。」其他歌章，咸有風人遺則。進士王晦季⑥，邑之方聞也，讀其詩而悲之曰：「嗚呼！婦而才，才而賢且孝若是，不得終焉者，命也。」詩可以怨，莫深於夫婦之際。令倩傷婦，徐淑毁形，使兩者並全，誰謂介女庶士無《關雎》乎？天故奪其一，何心哉！

予觀秦女士之詩，類聞道者，非《悲憤》《盤中》古怨歌比也⑦，竟不能壽。傷哉！夫子於是爲之傳，而屬予銘其墓。銘曰：

相彼淑女，爲今詩人。云胡失造，先隕厥身。苟詠歌之不廢，猶明月之漢濱。

【箋注】

① 此爲秦華玉女、施定斯妻秦女士所作墓誌銘。秦華玉，馬世奇表兄。施定斯，秦華玉婿。生平待考。馬世奇《澹寧居文集》卷八《唐母張太安人六十壽序》：「余表兄秦華玉氏於損占爲懿親且

姻好，令長君子弢謁余一言爲壽。余惟余之交於損占也，繇執友唐三緘先生。」黄道周《黄漳浦全集》卷二十二有《與秦華玉鐫諸楷法後》，可參。

②《後漢書》卷八十四《周郁妻傳》：「沛郡周郁妻者，同郡趙孝之女也，字阿。少習儀訓，閑於婦道，而郁驕淫輕躁，多行無禮。郁父偉謂阿曰：『新婦賢者女，當以道匡夫。郁之不改，新婦過也。』阿拜而受命，退謂左右曰：『我無樊衛二姬之行，故君以責我。我言而不用，君必謂我不奉教令，則罪在我矣。若言而見用，是爲子違父而從婦，則罪在彼矣。生如此，亦何聊哉！』乃自殺。」

③《後漢書》卷八十四《孝女叔先雄傳》：「孝女叔先雄者，犍爲人也。父泥和，永建初爲縣功曹。縣長遣泥和拜檄謁巴郡太守，乘船墮湍水物故，尸喪不歸。雄感念怨痛，號泣晝夜，心不圖存，常有自沈之計。所生男女二人，並數歲，雄乃各作囊，盛珠環以繫兒，數爲訣别之辭。家人每防閑之，經百許日後稍懈，雄因乘小船，於父墮處慟哭，遂自投水死。」

④白真人集：即《海瓊白真人集》，宋葛長庚撰，有道藏輯要本。

⑤傅璇琮、程章燦《宋才子傳箋證·葛長庚傳》：「葛長庚，字白叟，一字如晦，世爲福之閩清（今屬福建）人，其祖有興董教瓊州，遂家焉。光宗紹熙四年（一一九四）三月十五日生於瓊山五原，母以『玉蟾』呼之，應夢也。葛長庚，《宋史》無傳，生平事蹟主要載于其弟子彭耜所撰《海瓊玉蟾先生事實》（《白玉蟾全集》卷一，《道藏精華》本）。」

⑥ 計六奇《明季北略》卷二十二:「王孫蕙,字晦季,南直無錫人。崇禎甲戌進士,欽補大名府濬縣知縣。僞長蘆運使。長洲陳濟生于四月十八日在河西務遇見其舡,與新選僞淮揚運使魏天賞同行,聲勢甚赫。」

⑦《悲憤詩》二章,蔡琰作,感傷亂離,追懷悲憤,見《後漢書》卷八十四《董祀妻傳》。《盤中詩》:嚴羽《滄浪詩話·詩體》:「《盤中》:《玉臺集》有此詩,蘇伯玉妻作,寫之盤中,屈曲成文也。」詩中多傷離怨別之辭。

大宗伯思白董公暨配龔夫人墓誌銘〔一〕

【校記】

〔一〕此篇有目無文。

七録齋近集卷七

婁東 張溥西銘 著

同里 張采受先 閱

金沙 周鍾介生

傳

堵月川先生傳並贊①

堵公諱佳，號月川，晉陵之義興人也。堵氏系自河南，爲鄭三良後②。元末有通五公者，自淮渡江，始卜居義興。時僞吴犯順，公結亭障，保鄉里，邑人德之。再世懶樵公，治水邗溝，功最高，江南北多祀於其土。聞之厚德活人，子孫必興。于公③、王翁孺之倫④，史書可考也。

堵氏爲邑扞圉，鄉黨安堵。後人又興水利，瞻邦俗，樹德世世，宜豐融昌熾，累葉有聞。乃越數傳而堵公仲緘方成進士，何報之晚也！然懶樵公而下，詩書素封，耕稼不廢。

味問公繇太學生官留都司城，雅著高節。覺庵公饒於財，有名閭里，其家即不大顯，衣冠長者，未嘗中絶。而孝友廉讓，尤推月川公。

公父覺庵公，有丈夫子四，公其叔也。覺庵公不禄，仲季怙貲相侵。公讓膏腴，代踐更，務多悦之。意卒不解，曰：「吾所問者，室中耳。穴地而藏，其誰見焉？」公知其欲居處也，徙宅避之，遂家郡城。婦王孺人，大家女也。適月川公時，車裝甚盛，比遭譙訶，典衣解争，家室轉徙，篋笥不繼。宗親僕媪，問過慰問，見服飾羸敗，顣頷不平⑤。孺人輒戒勿言，終無愠色。既而諸父蠶食且盡，復爲好語相向。公與孺人時洗腆，候起居，不少逸墜。諸父退而自恚，求好如平日。晉陵之人善之，曰：「賢哉！月川夫婦之善徙也。」蔡中郎年踰三十，叔父親之如幼童。劉隱安慕老萊、嚴陵，推財於諸弟及其兄子，妻亦將薄笨車入市貿易〔一〕⑥。月川人倫之遇不若中郎，而伉儷至行同於隱安。宗族諸老始而争，繼而愧，掩户自撾，易怨爲德，有以也夫！公既遘家難，破生産，益達觀任化。外大父諸子分異各門，公苦言曉譬，毋爲鷸蚌，皆盛氣弗省。後竟兩敗，相率登門謝公。家有彦方，不知師法而色於室，慚且欲死。同里感其義，莫有鬩者。

公生六子，沖宇公居長，爲邑茂才。沖宇公生仲緘公，今崇禎之丁丑進士也。公大度，喜予人，家雖詘，有無豐約，不屑介介。而教子獨密，更敬禮師傅。一歲間設三塾，饋漿切肉，必躬親之。内教諸女，必以女師，使通書傳大義。沖宇公窮經顯名，從學著録者日至。逢衣大帶，而所居重二千石。數試告罷，嬰病不起。平居戒子，常云：「守業者昌，棄業者殃。」因累棋戲，又戒以「最上而危，最下而安」，學者誦焉。此堵氏之《東》《西銘》也。臨没，仲緘公侍，爲講「樂正子春下堂」一章⑦。蓋公訓子，先授以《禮》。沖宇公謹識不忘，啓手啓足⑧，以是爲正終焉爾。沖宇公素艱子，走禱良常洞⑨，凡七往。真君告以夢減齡，可得慧子。陶孺人亦夢玉童入懷，而仲緘生。父殁幾三十年，而仲緘始貴。追思王父母與父母不及養，即變采服，廬墓傍，以九月之哭，當喪制三之一。枯桐再華⑩，人稱孝感。論其貽謀，則祖志也。

公初教誨沖宇公兄弟時，以家世久富，代無簪纓，「有子，考无咎」⑪，是在諸子。沖宇公既不遇，中子奇穎復夭，遂喟然生命，有終焉之志。築圃觴詠，更號漁樵，巖下老人，孤雲自飛，阿映棲林，如魚得水，公其可以無死乎？然沖宇公没，公撫之泣，哭不成聲，亡乎亦卒。東望吾子，含而不瞑，此仲緘進士所尤哀也。

後學婁東張溥曰：予交堵農部，知人倫之重，父子祖孫間，有介然不欺者。及讀銅山太史氏《禮問》諸篇，則出涕覆面。銅山，孝子也。見農部行事而哀，皦然孺子啼。晉陵，禮義之鄉，海内論道德者宗焉。不幸而有禽鹿名，得農部而《小雅》不亡。世俗好毀失真，聞人善則弗樂也。一丘之貉，十夫之椎，没而不察。吾交農部，如睹延陵季子焉⑫。蔡邕、王祥，古之純孝⑬，卒以公卿自累。銅山傷之，獨行天地，蓋其難哉！堵氏析宗，在胡元之季，既而執干戈，通灌溉，土人謳歌，肖形五祀，十世後興，乃有農部，又不徒以功名顯也。倚廬而哭，九閲月而後訖。變禮得常，曰：「王父，保世之祖也。家世饒財，不乘堅驅良逐狡兔。斯何爲者？」月川孝讓，毁室取子，褰衣避之。三公不能易，萬鍾不足慕，孝子志也，農部有焉。彼將砥礪特立，成名之始，矯世而歸之正，蘭陵之風，可以不墜。銅山論禮，既貴反古，尤戒失身，堵氏家訓，蓋先之矣。朔方甚榮，睢陵甚辱，能擇於二者，非農部其誰？

成紀有李陵，則學士大夫羞稱隴西。陽羡僻介山水間，城無百雉，二三年間，死事有盧尚書，生孝有堵農部，亦當代所共偉也。《檜》之詩曰：「庶見素冠兮。」⑭言不能三年也。卜子夏、閔子騫三年喪畢，見夫子而援琴，皆稱君子⑮。廬墓於賢者爲輕，所最難者，農部欲以身訓耳。然上承數世，下啓方來，非月川隱君之至仁，烏所睹發祥云。

【校記】

〔一〕「薄笨車」，原作「笨本車」，據《宋書·劉凝之傳》改。

【繫年】據「沖宇公生仲緘公，今崇禎之丁丑進士也。」，可知此文作於崇禎十年（一六三七）。

【箋注】

①此爲堵胤錫大父堵佳所作傳贊。堵胤錫，字仲緘，別號牧游，無錫人。堵佳孫。詳見《近集》卷一《堵仲緘進士廬墓篇》注。嘉慶《宜興縣志》卷七：「堵佳以孫胤錫，秩贈少傅、吏部尚書、文淵閣大學士。」

②《左傳·僖公七年》：「鄭有叔詹、堵叔、師叔三良爲政，未可間也。」

③于公：西漢于定國父于公爲縣獄吏，治獄公平，自謂有陰德，子孫必有興者。因高大其門，令能容高車駟馬。見《漢書·于定國傳》。

④王翁孺：王賀，字翁孺。西漢孝元皇后大父。委心子《新編分門古今類事》卷十九《王賀必興》：「王賀翁孺爲武帝繡衣御史，逐捕魏郡盜賊等黨與，及吏畏懦逗遛當坐者，皆縱不誅。他郡御史暴勝之等奏殺二千石，誅千石已下，及通行飲食坐連及者，大部至斬萬餘人。翁孺以奉使不稱免，嘆曰：『吾聞活千人者，子孫必封。吾所活萬餘人，後世其必興乎？』翁孺生禁，禁生女政君，乃孝元皇后也。」

⑤顑頷：因饑餓而面黄肌瘦貌。《楚辭·離騷》：「苟余情其信姱以練要兮，長顑頷亦何傷。」

⑥事見《後漢書》卷九十三《劉凝之傳》。

⑦見《禮記·祭義》。

⑧《論語·泰伯》:「曾子有疾,召門弟子曰:『啓予足!啓予手!《詩》云:「戰戰兢兢,如臨深淵,如履薄冰。」而今而後,吾知免夫!小子!』」

⑨良常洞:位於江蘇句容東南茅山。倪瓚《挽鶴溪張先生》:「句金壇下良常洞,白鶴溪邊世壽堂。」

⑩郭金臺《石村詩文集》卷上《義興公小傳》:「性極孝,丁丑獲雋,重念少貧缺養,奏服三年廬墓。墓上枯桐再華,蛛絲成『孝』字,有《桐華篇》行世。」

⑪語出《易·蠱》:「初六,幹父之蠱。有子,考无咎。」謂子能承父志,完成父親未竟之業。

⑫延陵季子:春秋時吴公子季札。相傳吴王壽夢有四子,季札賢,壽夢欲廢長立少。季札讓不可。壽夢卒,長子諸樊立。諸樊卒,授弟餘祭,欲終致國于季札。季札封於延陵,終身不入吴國,故世稱延陵季子。見《史記·吴太伯世家》。

⑬《後漢書》卷六十《蔡邕傳》:「邕性篤孝,母常滯病三年,邕自非寒暑節變,未嘗解襟帶,不寢寐者七旬。母卒,廬于冢側,動静以禮。有菟馴擾其室傍,又木生連理,遠近奇之,多往觀焉。」《晉書》卷三十三《王祥傳》:「祥性至孝。早喪親,繼母朱氏不慈,數譖之,由是失愛於父。每使掃除牛下,祥愈恭謹。父母有疾,衣不解帶,湯藥必親嘗。母常欲生魚,時天寒冰凍,祥解衣將剖冰求之,冰忽自解,雙鯉躍出,持之而歸。母又思黄雀炙,復有黄雀數十飛入其幕,復以供母。鄉里驚

歎，以爲孝感所致焉。有丹柰結實，母命守之，每風雨，祥輒抱樹而泣。其篤孝純至如此。」

⑭ 語見《詩·檜風·素冠》。

⑮ 《詩·檜風·素冠》毛傳：「子夏三年之喪畢，見於夫子，援琴而絃，衎衎而樂，作而曰：『先王制禮，不敢不及。』夫子曰：『君子也。』閔子騫三年之喪畢，見於夫子，援琴而絃，切切而哀，作而曰：『先王制禮，不敢過也。』夫子曰：『君子也。』」

劉少司馬傳〔一〕

【校記】

〔一〕本篇又見北大本《合集·古文近稿》卷五。

嚴印持傳①

嚴公調御，字印持，别號廢翁，餘杭人也。先世籍餘姚，自剛一官人徙餘杭，因家焉。嘉靖間，大父鳳陽公以方藥受上知②，隸太醫院。父順庵公承院藉舉順天鄉試③，成進士，官太常。印持，其庶長子也。太常初艱舉，與高夫人爲箧副，得楊孺人而生印持。夫人愛之，名之曰高。

公十歲，即遘太常公喪，高夫人又繼逝。夫人素嚴，不私外家。諸舅出怨言，瞷孺子幼，持之急。公爲牽衣泣，惟舅氏命，卒感動罷去。弱冠知名，與同里聞子將立社西湖，名「小築」。武林固吴越都會，南宋駐驆後，山水冠帶甲天下。嚴、聞二公以文事倡教，四方争趨之。時萬曆中年，六藝盛興，婁東、瑯琊，流風未遠。海虞、梁溪、句曲、徽江、西安、南州之間，皆有社名。而舟車中道，悉集武林。以故《小築》一選，網羅弘富，江海奇怪，靡所不有。初見之者，驚爲不嘗，或至却走。久而流連愛慕，坐卧不舍。鉅公大科，輒從此出。學者喜言《小築》，嚴、聞之名，繇是益高。郡邑大夫、藩方牧伯甫至，省拜孤山六堤，必詢二君。然嚴公方峻，不近脂膏。入揖使君，高談文義，間忘日暮。有導以請託者，即唾不顧。左道盤互山箐，邦君患之。公揮手笑曰：「無難也。」令具紙墨，代書《聖諭六解》，分布村塢，應時銷散。

公數數場屋，當事者雅愛重，願招致門下，每病數奇。壯歲食餼，頗沉默不自得，而力學不衰。家有才子曰渡，年十許，即從父應對賓客，辨問所疑，沛若河注。諸父行異之，字曰子岸，君家孔融也。既長，交道日廣。海内與子岸友者，見公辟席側行，多執子弟禮。公異母弟忍公④，忍公子子問⑤、子餐⑥，俱名士，文詞行義，頡頏家庭。而聞子將得子最晚，幼而神伶，嚴氏諸郎君以弟畜之。武林之人誦曰：「聞嚴昌後，貽厥力也。」公性恪孝，少事母楊，雖長大，奉顔色如兒時。飲客所歸，必懷果以獻母。病劇，戒公遠女謁。公流涕頓首，抱母簀毯自隨，遂誓斷慾。乳母死，厚葬之，歲時酹飯不置。

公博學多通，弈居第二品，尤長鼓琴。家藏鳴球、明琴二器，後獲大唐雷霄琴，奇弄間發，爲作《琴述》，處嵇《賦》阮《論》間⑦。書法絶工，更精顔學，曰：「吾師其人，習其體，將營菟裘焉⑧。」公謝諸生，子岸以才名應詔書，將大其門。公厭苦人間事，逃而之禪。雲棲大師⑨，進授梵册；座下道人，稱爲無輩⑩。臨歿時，惟懸高峰像，作《七佛偈》，結趺而逝。公善楊兆開⑪，兆開死，以女妻其子。子將年少于公，忽先公死。公哭曰：「子將往矣，吾其誰歸？」時正六十⑫，爲廢舉觴，遂病不起。邑人聞而哀之曰：「公之死，以友故也。」

張溥曰：廢翁嘗過余，言論長者。既與子岸遊，歎其閎覽博物。以彼父子，鄭莊之徒，翁愛老廢，擊缶而歌。以不仕之風，包道德之指。漢代嚴氏多異人，苗裔蓋不絶也。

【繫年】

據楊葉《餘杭三嚴先生生卒年考》「嚴調御卒於戊寅年的『去秋』」，即崇禎十年丁丑秋天」，此文蓋作於崇禎十年（一六三七）秋冬。

【箋注】

①此傳嚴調御。嚴調御，字印持，號廢公。與子嚴渡俱入復社。吴山嘉《復社姓氏傳略》卷四：「嚴調御，字印持，餘杭人。太常卿大紀長子。長身疏髯，風神落穆，以高才爲諸生祭酒。博雅好古，能琴善書，晚味禪悅，多方外游。仲弟武順、季弟敕亦有名，時號三嚴。有《作朋集》。」黄宗羲《思舊録·嚴調御》：「嚴調御，字印持，領袖讀書社。」陳子龍《安雅堂稿》卷十三亦有《嚴印持先生傳》，可參。

②嚴元，字宗仁。嚴調御大父。萬曆《餘杭縣志》卷六：「嚴元，字宗仁。少業儒，已精岐黄家言。會選醫士，就禮部，隸籍太醫院，授吏目，朝夕侍内殿。纂修《袖珍諸方》，録成，賜銀幣甚渥。上幸承天，有旨命元扈從。宣召視東宫、后宫疾，輒效。輒賜金綺，至撤御前酒饌以優寵之。滿秩九載，授御醫。竟忤權貴，中蜚語，歸。可謂不以卑秩易其介者。性至孝，慷慨闊達，有古人風。子孫仕宦多賢，蓋食其報云。」

③嚴大紀，字汝肅。嚴調御父。嘉慶《餘杭縣志》卷二十五：「嚴大紀，字汝肅。父元，嘉靖中以御醫受知於天子。天子愛重之，紀隨之都門，隸太醫籍。戊午，舉順天鄉試。己未，成進士，授行人。氣岸卓然。當是時，分宜秉相權當國，欲羅致天下士。以公同姓，年少而才，慕之尤殷，以顯秩相待，使人微語紀。紀執不可，相銜之。人以爲紀危，紀自若也。頃之，相果以權敗，人咸服其遠識。……紀秉義持重，屹如山岳，生死利害不能動摇。任職不辭艱鉅，所至輒著偉烈，仕不竟

其才。然出處風烈已足以表式天下。居家孝友淳至，遇親舊鄰里謙和周恤，爲德不責報，人稱長者。卒九年，朝論始定，錫諭祭葬焉。子三，長調御，徵君。次武順，名儒，至國朝以子沆貴，贈刑科都給事中。少子敕，耆德善詩。皆能世其家學，並祀鄉賢。」

④嚴武順，字忍公，一字訒之。嚴調御異母弟。姚禮《郭西小志》：「嚴忍公，名武順，太常順庵公之仲子，灝亭侍郎之父，柱峰侍御之祖也。其文行高卓，爲世所推重。擅書法，能抉鍾、王之奥。明懷宗時，庚辰辛巳，浙大祲，相沿三載。蝗澇饑饉，斗米五錢，餓者交枕於途。忍公與姚進士有僕、朱孝廉夏朔、顧徵君霖調同心協賑，杭郡賴以全活者數十萬。各郡亦聞風繼起，流離得蘇，皆忍公有以創之也。晚年益喜閒適，卜宅西溪。爲槿籬竹徑，栽竹其中。每風日晴好，輒曳杖扶筇與樵童漁父行歌，蕩然有遺世之樂。」

⑤嚴津，字子問。嚴敕子。復社成員。吴山嘉《復社姓氏傳略》卷五：「嚴津，字子問，餘杭人。敕子。幼負文名，領袖時髦。膺乙酉拔貢，值兵燹鼎沸，史霍達表爲督漕推官，辭不赴。事親孝，家已中落，甘旨不缺。顔所居曰『陶庵』，日哦詩數十章以見志。有《嘐城寓言》。」

⑥嚴沆，字子餐。嚴武順子。復社成員。吴山嘉《復社姓氏傳略》卷五：「嚴沆，字子餐，號顥亭。武順子。崇禎己卯舉人，國朝順治乙未進士，選庶吉士。累官至户部右侍郎。斂退謙抑，雖踐九列，不殊寒素。有譏彈其詩者，應時改定，遠近稱爲德人。」

⑦嵇賦阮論：即嵇康《琴賦》、阮籍《樂論》。

⑧ 菟裘：指告老退隱之居處。

⑨ 雲棲大師：本姓沈，名袾宏，字佛慧，號蓮池，明杭州人。家世業儒，宿負清譽。少補諸生，以才智名。中年皈佛，與妻褚氏俱出家。會母喪，奉木主而行，食必祀。後結茅邑之雲棲山中，衆感其德，就古刹廢基爲立寺以安之，世遂稱雲棲大師。晚以浄土爲依歸，恒勸人念佛持戒，實踐力行。一時士夫多爲所化。

⑩ 無輩：謂無人可比。

⑪ 楊兆開，字啓元，杭州人。李柯《李流芳西湖交遊考》：「楊兆開，字啓元，杭州名士。先世居華陰，天性穎異，七歲喪父，繼而喪母、喪祖，孑然無依，出而養于妻聞氏家中，聞氏父汝東，弟啓祥。爲人沉簡高毅，性孝友，篤交義，刻志勵學，以古人之至者自期，嘗謂文以靈心爲主，無取飣餖。有《壬寅筆記》《雜記》並《文稿》行於世。與聞啓祥、鄒之嶧、『三嚴』、李流芳等交善，爲馮夢禎、方應祥、吴之鯨等先輩所重，惜早夭。生平事蹟參詳方應祥《青來閣初集》卷八《楊兆開傳》、卷十《祭楊兆開》、董應舉《崇相集》卷十六《楊兆開小傳》等。」

⑫ 楊葉《餘杭三嚴先生生卒年考》：「《作朋集》嚴武順《戊寅午日同季弟在石瀨候姊病憶兄書愁》詩：『更憶去秋相向泣，傾蒲猶詠插萸詩。』詩題中的『兄』即指嚴調御，卒於戊寅年的『去秋』，即崇禎十年丁丑（一六三七）秋天。」

記

少參留仙馮公生祠記①

海内學者誦説當今賢士大夫，必先慈溪大小馮公。大馮公留仙先生，小馮公鄴仙先生也。大馮公長小馮公十年，小馮公少失怙，從大馮公學。大馮公親授經義，成通儒，已而並舉鄉薦。大馮公年三十，小馮公年二十，名傾都下，人人願登門定歡。南宮之役，小馮公先儁。又遲六年，大馮公方成進士，官曹郎。久之，出就臬司，備兵蘇松。

當公之初解褐也，爲今天子首科，重詞臣選，一時推公居首。公掩邸舍，謝書問，若不聞者。予曾識公馬上，竊心偉之。踰二年，應選人目，拜工部郎。會中官出握金穀，文書交關，盛氣相折。公抗章攻之，不報。即稱病免，家居三載，起擢禮官。公勉應命〔二〕，議文物典章，守職不阿。以考功法言，公資爲諸郎長。春官大夫躬親嘉禮，宜留京師，副卿寺。公獨默默，循次補外。江南郡邑，聞公來莅海上，咸驚相告，謂：「此固浙東大儒，寬衣方袍，不畏强禦者也，其來必有異。」未幾，公入境内，拜先賢祠墓，問名士，敬百年，捕不法者誅之。其他文法皆滌除，務與百姓休息。而最大者，尤在詰兵戎，簡徭役。海濱盜窟，軍政積弛，按簿呼名，虚伍殆半。材官上兵器，鈍戈朽甲，不能當一鎌用。城門塢壁，悉頹圮不治。公巡行旬日，憂瘠廢箸，盡閲鍰金，下有司修繕，不足，則自典篋中衣履資之。間進幕府賓客，議所振作，知行伍苦飢，餉不時給，詭名上請，惠格中飽。公按月計食，身自唱籌。猾吏豪暴，無能高下。水陸營士，得糈投醪，爲公鼓舞，莫不以一當百。江南雖澤國乎，負石挽强，抵掌兵事，熊虎自命者，所在而有。公設數科募之，千里以外，聞風景趣。不三四月，和門以下，人可將也。奴虜數訌，公爲書生時，即草萬言，論利害。終大夫②、晁家令愧弗如也③。

丙子初秋，奴騎犇突，火照西陵。公聞報，即走大中丞門，慟哭請行。時寇窺皖滁，南土告棘，方藉公端坐懾之。公急君父，未宿即發，獨身抵大江，踰長淮，三江歌呼，聲動天地，一稟師律，吉行無譁。四方高公之義，雲應響答，如林畢集。復聞解嚴徐還，手拮据飲食，諸麾從，不欲重公家費。然公行時，八閩學使者命已下，人皆謂：「公儒者，司文其職也。舍干戈而吟典墳，惟朝廷使耳。」公縛綺不應，鋭征而前，學使者命遂止。予間論古今，全人實難，絳灌無文，隨陸無武，繇來興慨。至讀東漢列傳，凉州三明④，尤增歎息。彼段侯勿論，張然明奇節偉代，照耀圖史，惑于矯節，爲寺人揚兵，毒恨填心，悔艾無及。皇甫威明，西州豪傑，上書赤墀，託附黨人，意彼出入羽翰，聲名未立。時與響者，三君之流，固落落也。

大小馮公，閥閲世胄，經學風節，爲世師表。小馮公居諫官，上殿直言，感虹貫日。大馮公嶽嶽郎署，甸宣東南。野王行能，敬通慷慨，兼有其概。既不愛其軀，爲國馳驅，吞胡之志，朝食不暇。又談先王，本仁義，兩京太學，九州冠蓋，無不知馮公者。乃文乃武，萬邦爲憲，其斯人乎？公欿然自下，常若不勝，方之三明，豈特度越而已。公之入援，灑泣誓師，靺韐踊距，揚舲而北。父老兒童，列岸環拜，願君侯剪撲飃忽，熊軾亟還，以慰南土。亡何東歸，擁迎道左，歌唱啓路。乃還未期年，公又解組，斯行何爲？國人懵焉。

公性愛民，喜下士。聞一善人，深山幽谷，不憚命駕；獲一善言，寶鼎太牢，蔑加也。而獨抵捍權勢，見輒唾走。妻子菜食，簞肉壺酒，不及饋問，疑以此罷官。然會有天幸，誠心感人。雖遇異物，不形水火。至德無名，坤厚載物，其量然也。即闕下讕誣，于公何與？公色然而争，惟義是力。公嘗有言矣：「聖人在上，六經不滅。予所争者，仲尼之道、高祖之制也。」即以此行可也。夫公官備兵，兵者，國之大事。我行東土，盗賊熾歟？武庫廢歟？車徒嚻歟？此數者，責皆在公，公一變而整齊之。火土金錫，無利不成；鹽梅琴瑟，無物不和。使久于其位，檮杌皆麒麟⑤，役夫皆虎士，王道易易⑥，將復見之。

迄今追思馮公者，肖像廟祀，日夜冀公之來。究問以何道而去，則各瞠目不言，且有仰天絶纓者。公去婁之日，精騎千群，材勇百輩，民忘己勞，士不愛死。以此擊賊，何賊不摧？以此滅虜，何虜不剋？執事者方憂大河以北，幽州以東，豈其獨遺吾土？兩郡諸生，好義慕德，千里同風。余處婁江，略記所目睹，云：「若公之深仁弘烈，經緯兩間，伐東吴之大石，不足爲峴山之淚碑。小言詹詹⑦，又烏能萬一乎？」

【校記】

〔一〕「勉」，原作「免」，據文義改。

【箋注】

①此記馮元颺生祠。馮元颺，字爾賡，號留仙。詳見《合集·詩稿》卷一《送馮留仙工部歸里》注。

②終大夫：即終軍。西漢官吏。字子雲，濟南人。少好學，甚有文名，年十八被選爲博士弟子。至長安上書議論國事，武帝頗賞識，任爲謁者給事中，後遷諫大夫。元鼎四年，出使南越，勸説南越王歸漢。詳見《漢書》本傳。

③晁家令：即晁錯。西漢大臣。潁川人。文帝時任太常掌故，曾奉命從故秦博士伏生受《尚書》。後爲太子家令，得太子信任，號「智囊」。景帝即位，任爲御史大夫。堅持「重本抑末」政策，主張納粟受爵，建議募民充實塞下，積極備禦匈奴攻掠，逐步削奪諸侯王國封地，得景帝採納。著有《論募民徙塞下書》《論貴粟疏》等存世。

④《後漢書》卷六十五《段熲傳》：「初，熲與皇甫威明、張然明，並知名顯達，京師稱爲『凉州三明』云。」

⑤ 檮杌：傳説之凶獸名。《神異經·西荒經》：「西方荒中有獸焉，其狀如虎而犬毛，長二尺，人面虎足，豬口牙，尾長一丈八尺，攪亂荒中，名檮杌，一名傲狠，一名難訓。」

⑥ 易易：簡易。《禮記·鄉飲酒義》：「吾觀於鄉，而知王道之易易也。」

⑦ 小言詹詹：《莊子·齊物論》：「大言炎炎，小言詹詹。」成玄英疏：「詹詹，詞費也。……儒墨小言，滯於競辯，徒有詞費，無益教方。」

瀛沙宋氏墓田記①

宋氏之家於瀛之西沙也②，三百年矣。子孫千人，聚廬合宅，有周尹氏③、漢樊重風④。及考墓地，在沙之上龔福狀。先世建塋，從葬者昭穆十有七，觀禮者異焉。古之卜葬也，擇高明，安魂魄，自天子七月迄士踰月，適於期焉而止，未嘗有所謂陰陽拘忌，禍福遷徙也。後季好奢喜禁，因凶求吉，浮游山川，追討地脉，久而不卜，卜而復改。父母同堂，分營宅兆，宰木已拱，馬鬣更新。禮之不古，於斯爲甚。又安得有六世一壠，父先子後，粲而不殊，若西沙宋墓者哉？

予門下士宋子猶龍，今之純孝也。推論始祖，伯禄公繇昇州來，均實公繼之，世守不失，爲今墓道。嗟乎！陵谷代變，北邙累累。咎繇公琴⑤，子雲玄冢⑥。問之樵牧，識者鮮矣。宋氏徙瀛，在南渡用兵以後。歷年深遠，家門風素。又非行營高敞，旁置萬家，道列賜馬，爲樗里淮陰，榮人觀聽，而遺溝如昔，幽明位序。雖其厚德封樹，亦繇鄉士表識。殯宫不雜，苗裔託處，易於灑掃也。

子猶大父企和，父瞻巖，友睦好義，歲拜墓上。與族人謀所以久之，釀金得田，爲畝八十。選宗長司守，專主祭祀，歲時伏臘，子姓長幼，走望墓隧，即彷燕禮，爲作千人食。敬祖洽族，二義兼舉。又恐久漸湮没，鑱石明之。予聞其事，重其有禮，而幸古道之復興也。古者典祀，皆以宗名。宗者，廟也。親親之義，必統於廟。伯夷爲秩宗，周禮有宗伯，春官有都宗人、家宗人，宗之重也尚矣。宗教不明，而後祭祀之義荒；祭祀之義荒，而後子弟之行薄。今使衣冠之家盡修宗法，崇祭義，嚴祀以敬祖考，燕食以訓群族，賢者進之於廟，不肖者不齒於宗。登覽丘墟，婆娑松柏，先人實式臨焉。《行葦》作而《頍弁》息⑦，雖有商君之法，烏能惑乎？子猶向從予學，束修廉隅，邑稱異行，兼習《禮經·檀弓》，曾子之業，其所精也。緣祭田之設，廣族譜義，士禮不亡，而説則可通於公侯卿大夫矣。

【箋注】

① 此記宋龍家族墓田。宋龍，字子猶，崇明人，避地太倉。列名婁東十子中。詳見《近集》卷二《贈宋瞻巖六十》注。

②西沙：在今上海市崇明區東北。《讀史方輿紀要》卷二十四《崇明縣》：「崇明舊城，在縣東北，故崇明鎮也。《志》云：唐武德間，吴郡城東三百餘里忽湧二洲，謂之東西二沙，漸積高廣，漁樵者依之，遂成田廬，楊吴因置崇明鎮於西沙。」

③周尹氏：周卿士。周景王卒，子猛立。尹氏立景王庶子王子朝，奪猛位。

④劉珍《東觀漢記》卷十二《樊重》：「樊重，字君雲，世善農稼，好貨殖。……家素富，外孫何氏兄弟争財，重耻之，以田二頃解其忿訟。縣中稱美，推爲三老。」

⑤咎繇公琴：臯陶墳墓。咎繇，即臯陶。酈道元《水經注・沘水》：「今縣（六安）都陂中有大冢，民傳曰公琴者，即臯陶冢也。楚人謂冢爲琴矣。」

⑥子雲玄冢：揚雄墳墓。《太平御覽》卷五百五十八引《揚雄家牒》：「子雲以甘露元年生，以天鳳五年卒，葬安陵阪上。所厚沛郡桓君山、平陵如子禮，弟子鉅鹿侯芭共爲治喪，諸公遣世子、朝臣、郎、吏行事者會送。桓君山爲斂賻，起祠塋；侯芭負土作墳，號曰『玄冢』。」

⑦行葦：路旁之蘆葦。《詩・大雅・行葦》：「敦彼行葦，牛羊勿踐履。」後遂用爲仁慈之典。頍弁：方玉潤《詩經原始》卷十二《小雅・頍弁》：「刺幽王親親誼薄也。」

張大中丞生祠記〔一〕①

東陽玉笥張公於崇禎甲戌之歲，以大中丞出撫南國，迄庚辰凡七載。晉冬官侍郎，銜命總河。天子念公之勤，詔驛馬上見。江介數千里，空城卧車，奔走屬路。公星言趨朝，吴人攀塵而泣曰：「公胡捨我！」乃謀立祠於姑蘇之虎丘山塘，肖像其中，所以致時思也。公東陽名裔，年少博聞，有文章理學稱。既成進士，冠一經，授令東粤②。政成，名循良。首登諫垣，抗章正色，言路肅清。久之陟太常，次當秉節鉞。朝廷方重南顧憂，命公鎮撫。往者東南無事，上流晏安，大中丞鳴笳建纛，唯戒海上，毋煩親行。公獨會寇驚，流氛豕突，數撼皖城，潛、太、英、霍，無日不戰。陪京震恐，羽書交馳。公擐甲胄，自蘇抵皖，自皖歷江，單舸一騎，與士卒同卧起。江浦之圍，城幾不守。公遣壯士輦砲石，銜枚疾趨，擊其不備，賊徒崩潰，斬首數千。六合諸邑，樓堞不設，關箱屢焚，公召其耆老大人謀共城之。又身披萑葦，周遊江岸，列戰艦於采石，布大營於京口，明烽燧，嚴候望。自是賊始怖服，謂：「吴軍山岳，無敢過也。」皖向無備，兵食調發，仰給蘇松，寇至則遣，寇罷則歸。江南萬旅，轉餉自食，反爲皖役；或慮脱巾，迺往來疾鬥，勇氣益賈，曰：「有開府公在，公固吾天，東西南北，惟所使耳！」

公方正嶽嶽，頗與其鄉當軸者不合。數搆吴獄，欲以難公。公間爲軍民利害，有所陳請，必中掣其肘。公矢公論奏，意不少衰。公建牙地在郡會，多賢人君子。周忠介葬，公徒步往送，不避泥中。文相國、姚宫端相繼歿，哭之極哀。里巷潛德，撤騶下訪。孝秀觀感，布衣歎息。苟不自濯磨，以負公者，即冠不齒，移郊遂爾。吴俗浮奢，婚喪無度。公設法制，禁遨遊，絶火葬。或貧不能舉者，損槖資之。七年以來，旱蝗頻見，歲事單矣。公暍不張蓋，走祈群神。數月不雨，大澍時行，飛蟲蔽野，墜水盡死。皆公精誠所格也。

糧艘狼噬，踐更破家。耆胥老吏，舞文筦庫；舵師遊手，喜言海市。數者皆江南重患。公以次銷除，中道而化。學校之誦公者曰：「廟貌甚修，俎豆甚序；薦辟潔清，講堂敬肅。維公之賜。」閭閻之誦公者曰：「厖吠不驚，吏呼不聞；市肆以和，負戴以禮。維公之澤。」營伍之誦公者曰：「我衣公衣，我食公食；門有投石，道無探丸。維公之休。」將吏之誦公者曰：「無脂無膏，無喜無怒；勇及式蛙，墨則解綬。維公之勤。」迨巡覽阡陌，松檟盈塗；縱觀流泉，橋樑必植。更歎公仁被枯朽，惠存行路，自上下下，抑何至也！

明興，巡撫江南者，首周文襄公③。二十二年，德政翔洽，歌詠至今。然文襄所行，通水利，均力役，積鹽平糧，務在便民惠商，無封豕長蛇之警。而公獨逢用兵，親執干戈，與水犀馳驅。文襄當吴中富庶，間有設施，取資餘米，應時立辦。而公適介空盡，並以天災，捕蝗禱雨，爲有司先，常慮不繼。文襄奏事，朝上夕報，内外一體，如六飛躬行。而公爲當塗所怒，動遭沮抑，時勢難易，殆不侔矣。中丞令甲，秩滿即遷，期以三載考績，入贊六卿。而公偏久留，故遲不予。然江南因此食福益厚，歲月漸靡，七年而移，猶病其速，曰：「奈何不爲文襄之二十二年也！」公累歲征討，義勇力戰。其不還者，厚恤妻子，屢表旌伐。後有徵發，死事孤兒争詣和門，願效先驅。海虞婁東，告密紛起，尤而效者，所在連結。公不憚忌諱，讜言平反，黨始破散。松陵、永安，大盜聚艅艎，立名號，多巨室貴人爲窟穴。公禽上渠酋，反見誚讓，意終不回，卒獮獲成功。邑人伐石紀之。

公年少登第，按部南國，人稱「黑頭節度」。既久軍中，寢草食糲，衣帶不解，毛髮盡白。入朝之日，天子望見公，即慰曰：「卿勞矣。」河上駐節，當東土中會，順流而下，皆所統轄。吴人去公，尚幸不遠。然飛鳥佇羽，喬枝矯首。公瘠民肥，何日可忘？中朝鑄金，以待景風；百姓列戟，以圖形貌。其情一也。夫石相之祠，流歌齊國；唐彬之碑，樹德幽州。彼功止郡邑，猶所居人富，所去見思，生而廟食，春秋時享。况公仁漸義被，化齊二南者哉？周尚書文襄公祠堂，向建於胥關外數百步，與牙門遥望。今公祠半塘者，以召伯聽訟，時出遊焉，又南北衣冠會處也。前者鎮胥江之濤，後者挹山靈之勝，羽籥歌舞，婆娑其下，固吾吴鉅觀也。

【校記】

〔一〕「生祠」，原作「生詞」，逕改。

【繫年】

據文中「東陽玉笥張公於崇禎甲戌之歲，以大中丞出撫南國，迄庚辰凡七載」等語，可知此文作於崇禎十三年（一六四〇）。

【箋注】

① 此記張國維生祠。張國維，字其四，號玉笥。詳見《近集》卷二《送張玉笥侍郎總河》注。

② 張國維，天啓二年進士，除廣東番禺令。

③ 周文襄：即周忱，謚文襄。《明史》卷一百五十三《周忱傳》：「周忱，字恂如，吉水人。永樂二年進士。選庶吉士。明年，成祖擇其中二十八人，令進學文淵閣。忱自陳年少乞預。帝嘉其有志，許之。尋擢刑部主事，進員外郎。忱有經世才，浮沉郎署二十年，人無知者，獨夏原吉奇之。洪熙改元，稍遷越府長史。宣德初，有薦爲郡守者。原吉曰：『此常調也，安足盡周君。』五年九月，帝以天下財賦多不理，而江南爲甚，蘇州一郡，積逋至八百萬石，思得才力重臣往釐之。乃用大學士楊榮薦，遷忱工部右侍郎，巡撫江南諸府，總督稅糧。」

夏氏綺山塋重建饗堂記①

余游江上，出郭東數里，折而西行，綺山在焉。舊傳綺里故居，又云吴王闔閭數出游，萬花如綺，因而得名②。登高四眺，竊心樂之。捨舟再行，土封罣如，山水拱抱，竹木映發。

詢之土人，則云徵江夏茂才孝琛先世古塋也。考其世系，塋凡有二，右則其八世祖承事郎甘隱公主之，祔于側者指揮易軒公也；左則其王考文學帶湖公主使之，祔于側者孝廉習池公也③。習池先生博學長者，與陳徵君眉公並重江南，海内問字者絡繹江上。著書極富，詩文千卷，取材在弇州、新都間。舉子最晚，爲茂才孝琛，能世其學行。夏氏建塋綺山，自甘隱公始。當其會葬之年，爲孝廟庚戌，易軒刻石著訓曰：「非冢傳不掌此墓。」繇是易軒傳後溪，後溪傳容堂，容堂傳帶湖，二百餘年，大宗克守。迨其後鴟巢狐噬，斧柯相尋。

萬曆己酉，習池登賢書，墓宅乃安，道無剪拜。會帶湖公歿，習池公舉葬，建左右門楹十四，守墓丁舍二十，規摹更闢。既而趙太孺人、吕孺人相繼歿，殯宫昭穆，各以次序。墓前復建饗堂五，董宫保思白顔曰「衍澤」，陳眉公、顧端文、高忠憲、徐宗伯、簡庵諸君子各傳而記之④，莫不曰：「賢哉孝廉！宫室土木之不愛，而能寧祖考也。」習池公歿，孝琛再建饗堂，命余顔曰「永修」。于是綺山夏塋，二堂並樹矣。衍澤堂之立也，習池公經始獨成，葆首拮据，凡四方書問、幣帛贈遺，盡出爲此堂之費，不私一錢。

孝琛好讀父書，循丘隴，覽櫰桶，宗族會食，輪奐正新，復起而咏《斯干》，何居？曰：「先祖志也。」甘隱公墓前舊有饗堂，廢于嘉靖之季。耆老言當日倭亂兵起，毁圮不治。習池公屢謀復之，久而未遑。孝琛念公輒孺子泣，務成先命。度筳庀工，雖儉歲弗避也。永修堂成，廬舍四十，視昔加廣，費緡五百，護丁倍前，悉出私橐，毋煩族人。意謂：「小子魚菽之祭，大人杯棬之思，維宗維享，世世于斯，毋日忘也。」

梁溪華氏以孝傳家，廣置墓田，唐應德中丞爲之作記⑤，文衡山待詔書之⑥，時稱二絶，名播碑版。夏氏上世有名方者，少喪父母，負土爲墳，虎豹馴擾。復有名孝先者⑦，廬塋遇火，繞穴哀號，鳥群鼓羽，濡水滅之。孝行動天，不減華寶⑧。子孫蕃育，數亦相埒。饗堂之建，義猶墓田，但愧余文非應德、筆非待詔耳。衍澤先建而世繼則近，永修復成而追本則遠，一堂之不可闕一也，猶衣之與裳，車之與輔也。孝琛器抱公卿，志嚴宗廟，其士之善守者歟！祭義之明，必先宗法，本支百世，以堂爲歸。余于夏氏觀禮焉。謹記其肇工于某年某月某日，落成于某年某月某日，以爲後勸。平泉午橋⑨，遊觀雖美，蓋無取也。

【箋注】

① 此記夏氏綺山塋重建饗堂。夏寶忠，字孝琛，常州府江陰人。復社成員。吴山嘉《復社姓氏傳略》卷三：「夏寶忠，字孝琛。父樹芳以諸生教授里中，所造就皆名碩。按部至者必折節式廬。侍御祁彪佳、劉興秀，給諫吴永順並薦於朝，請如聘陳獻章、吴與弼故事。寶忠授文華殿中書。性好施，周恤貧族，歲時不廢。」

②綺山：在今江蘇江陰市東。《明一統志》：「綺山在常州府江陰縣東一十里。昔吴王泛舟遊賞至此，見野花盛開如錦綺，因名。」

③夏樹芳，字茂卿。崇禎《江陰縣志》卷四：「夏樹芳，字茂卿。先世素封，至其父，以役廢産。樹芳少食貧，以諸生教授里中。繆太史曾遊從，餘多名雋。萬曆乙酉舉南闈。不問舊産，養母之餘，以讀書著書爲事。既念母老未艾，即謝公車不赴。名益高，學益博，著述益富。東南理學文章家結納恐後，按部至者必折節式廬，崇以綽楔。樹芳隱昆山之麓，間以野服從山水間，揚扢風雅而已。先後經巡撫李待問、侍御祁彪佳、王一鶚、劉興秀、給諫胡永順疏薦於朝，請如陳獻章、吴與弼徵辟拜官。樹芳若不聞也。年八十餘，手未釋筆研，四方徵文求書，應無倦色。考皇明人物，箋《五經》，未就而卒。」

④劉存業，字可久，號簡庵。民國《東莞縣志》卷五十七：「劉存業，字可久，號簡庵，城北人。早孤，事母孝。生而穎異，善屬文。未冠，試於督學張習，即以天下士奇之。舉成化十九年鄉試第二，登弘治三年進士一甲第二人。」

⑤唐應德中丞爲之作記：即唐順之《華氏義田記》（《荆川先生文集》卷十二）。

⑥文衡山待詔書之：即文徵明《梅里華氏九里涇新阡之碑》（《文徵明集》卷三十五）。

⑦樂史《太平寰宇記》卷九十五《睦州》：「夏孝先，桐廬人。父亡，負土成墳，廬其側。時有野火燎山，將逼塋墓，孝先環墳號慟，鳥獸群集，以毛羽濡水灑，火乃滅。」

⑧《南史》卷七十三《華寶傳》：「華寶，晉陵無錫人也。父豪，晉義熙末戍長安，寶年八歲，臨别謂寶曰：『須我還當爲汝上頭。』長安陷，寶年至七十不婚冠。或問之，寶輒號慟彌日，不忍答也。」

⑨平泉：即平泉莊。唐李德裕遊息之别莊。康駢《劇談録・李相國宅》：「（平泉莊）去洛陽三十里，卉木臺榭，若造仙府。」午橋：即午橋莊。唐宰相裴度之别墅。至宋爲張齊賢所有。《宋史・張齊賢傳》：「歸洛，得裴度午橋莊，有池榭松竹之盛，日與親舊觴詠其間，其意曠適。」

贊

周采石年伯像贊①

九德之行，十德之父。玉潔日光，雍容垂組。抗靈均于沅澧，招子晉兮洛浦。或遇不仁，我肉我斧。柔之以禮，教而不怒。既鼓琴以來景風，間飲酒而罰童羖②。震雹非天，芳蘭在户。恥當闢之呼，喜零露之溥。宗廟黄流，衮衣可補。爲漢三君③，爲周一乳。漫叟羡其不臣④，湯子願言與伍⑤。惟忠孝之遺形，式馨香於先祖。

【箋注】

①周采石，待考。

②童羖：無角公羊，喻絶無之事物。《詩・小雅・賓之初筵》：「由醉之言，俾出童羖。」陳奂傳疏：

「今醉之言不中禮法，或有從而謂之，彼醉者推其類，必使羖羊物變而無角，謂出此童羖，以止飲酒。」

③漢三君：《後漢書》卷六十七《黨錮列傳》：「竇武、劉淑、陳蕃爲『三君』。君者，言一世之所宗也。」

④《新唐書》卷一百四十三《元結傳》：「結少不羈，十七乃折節向學，事元德秀。天寶十二載舉進士，禮部侍郎陽浚見其文，曰：『一第慁子耳，有司得子是賴！』果擢上第。復舉制科。會天下亂，沈浮人間。國子司業蘇源明見肅宗，問天下士，薦結可用。……瑱誅，結攝領府事。會代宗立，固辭，丐侍親歸樊上。授著作郎，益著書。」

⑤湯子：蓋爲翟湯之子翟莊。《晉書》卷九十四《隱逸傳·翟湯附翟莊》：「子莊，字祖休。少以孝友著名，遵湯之操，不交人物，耕而後食，語不及俗，惟以弋釣爲事。及長，不復獵。……晚節亦不復釣，端居篳門，歠菽飲水。州府禮命，及公車徵，並不就。」

徐子與先生像贊〔一〕①

聞才子之謇直，有畫溪之先生②。與弇州爲伯仲③，耻分宜而不平④。奇文萬卷，蕭然樂耕。沉飲至醉，無忘老兵。感賈生之長太息⑤，笑趙鬼之誦《西京》⑥。或黼或佩，如壺如瀛。得其一言，即十五城⑦。挂諸墨君之堂⑧，時懷滄浪之評⑨。問學吴歈，非同楚傖。

昔之逋客⑩，今之老吏。

【校記】

〔一〕「徐子輿」，原作「徐子與」，據《明史·徐中行傳》改。

【箋注】

①此爲「後七子」之一徐中行所作像贊。徐中行，字子輿，號龍灣，長興人。《明史》卷二百八十七《徐中行傳》：「美姿容，善飲酒。由刑部主事歷員外郎、郎中，稍遷汀州知府。廣東賊蕭五來犯，禦之，有功。策其且走，俾武平令徐甫宰邀擊之，讓功甫宰，甫宰得優擢。尋以父憂歸，補汝寧。坐大計，貶長蘆鹽運判官。行湖廣僉事，掩捕湖盗柯彩鳳，得其積貯，活饑民萬餘。累官江西左布政使，萬曆六年卒官。中行性好客，無賢愚貴賤，應之不倦，故其死也，人多哀之。」

②畫溪：東陽江支流，即今浙江東陽、義烏二市南之南江。《讀史方輿紀要》卷九十三《東陽縣》：「畫溪，在縣西南三十五里。亦出大、小盆山，環繞縣南境，合諸溪水而西北出。群山縈回，草木如畫，因名。入義烏縣境合於東陽溪。」

③王世貞與徐中行同爲「後七子」。徐中行殁後，王世貞作《明中奉大夫江西布政司使左布政使天目徐公墓碑》，王世懋作《徐方伯子輿傳》。

④王世懋《徐方伯子輿傳》：「是其文益奇進，而側目者日益衆。相嵩者貪而忮，亦自負能詩，謂諸郎皆輕薄子，敢出乃公上。相繼外補或斥逐，而子輿得汀州守。」

⑤《漢書》卷四十八《賈誼傳》：「誼數上疏陳政事，多所欲匡建，其大略曰：臣竊惟事勢，可爲痛哭者一，可爲流涕者二，可爲長太息者六，若其它背理而傷道者，難遍以疏舉。」

⑥《資治通鑑》卷一百四十三《齊紀九·永元二年》：「時嬖倖之徒皆號爲鬼。有趙鬼者，能讀《西京賦》，言於帝曰：『柏梁既災，建章是營。』帝乃大起芳樂、玉壽等諸殿。」

⑦十五城：謂價值連城。典出秦昭王欲以十五城换趙惠文王和氏璧。

⑧墨君堂：宋文同室名。墨君，水墨所畫竹之雅稱。蘇軾《墨君堂記》：「今與可能以墨象君之形容，作堂以居君，而屬余爲文以頌君德，則與可之於君信厚矣。」

⑨嚴羽，字儀卿，一字丹丘，自號滄浪逋客。喜論詩，自謂「參詩精子」，著有《滄浪詩話》，被譽爲古今論詩第一（《詩源辨體》卷三五）。

⑩逋客：隱士，失意者。

鍾伯泉像贊①

山津之癯，味道之腴。有鶴則放，有谷則愚。或以爲今之臺尚，或以爲古之商瞿②。負戴而入，耻世笙竽；樵箬而出〔一〕，與游江湖。彈《白鵠》之一曲，感飛英之衆柎。豈休明夷白兮足慕③？抑游巖寥廓而無徒？吾見之矣。其巾黄葛，其枕白石。將抱織簾千卷，而相對於探微之圖。

【校記】

〔一〕「樵箬」，原作「樵若」，逕改。

【箋注】

① 張溥曾爲鍾伯泉六十壽作詩，見《合集·詩稿》卷三《壽鍾伯泉六十》。生平待考。

② 商瞿：春秋時魯國儒者。子姓，商氏，名瞿，字子木。孔子弟子。魯哀公時，齊欲伐魯，孔子曾使其勸説齊止兵，未成。受《易》於孔子，而成一家之言。

③ 休明：美好清明。

姚孝子贊有序①

余讀慈溪姚孝子事，仰天而呼：「善人不禄，何至是哉！」歷觀古孝行，感異鳥、馴猛獸與産泉湧金者，不勝傳也。孝子痛親之死，願身爲代，而天竟許之。當其叩頭伏地，流血叫號，惟恐天不聞也。謂天蓋高，既聞之矣。求死得死，孝子志也。伯兄子雲哀弟之爲其親死，出入負像，走京師，涉大江，風濤震前，虎狼在後，輒抱不捨。事其弟，無異於事其親也。思親而不見，則出木主而拜之。拜其親，則又哭其弟如初亡時。慈多君子，蹈道如姚氏，死者不負其生，生者不愧於死矣。陶彭澤《士孝傳》有衛高柴、魯樂正子、扶風孔奮、江夏黄香焉②。今取姚孝子而五之，其亦可也。

贊曰：至孝不名，顛沛則誠。爲親而死，其死非輕。肖貌祀之，宜弟宜兄。是謂夙夜，無忝所生。

【繫年】

據錢謙益《姚孝子仲宣哀辭並序》末署「癸酉十月虞山鮮民錢謙益製」，此文蓋作於同一時期，即崇禎六年（一六三三）。

【箋注】

① 此爲姚元吕所作贊。姚孝子，即姚元吕，字仲宣。兄姚元台，字子雲。錢謙益《初學集》卷七十八有《姚孝子仲宣哀辭並序》，吴應箕《樓山堂集》卷十九有《書姚孝子傳後》，可參。

② 陶淵明《士孝傳贊》：「高柴，衛人也。喪親，泣血三年，未嘗見齒。所謂哭不偯，言不文也。爲武城宰而化行，民有不服其親者改之，行喪如禮。君子之德風也，以身先之，而民不遺其親。樂正子春，魯人也。下堂傷足，既瘳，數月不出，猶有憂色。曰：吾聞之曾子：『父母全而生之，亦當全而歸之，所謂孝矣。』故君子一舉足，一出言，不敢忘父母，不敢毁傷，孝之始也。夫能敬慎若斯，而災患及者，未之有也。孔奮，扶風人也。少以孝行著名州里，供養至謹。在官，唯母極甘美，妻息菜食，歷位以清。夫人情莫不欲厚其親，然亦有分焉。奮則難繼，能致儉以全養者，鮮矣。黄香，江夏人也。九歲失母，思慕骨立。事父竭力以致養，冬無被袴，而盡滋味，暑則扇床

枕，寒則以身温席。漢和帝嘉之，特加異賜。歷位恭勤，寵禄榮親，可謂夙興夜寐，無忝爾所生者也。贊曰：顯允群士，行殊名鈞。咸能夙夜，以義榮親。率彼城邑，用化厥民。忠以悟主，其孝乃純。」

星士王心玄像贊①

宇宙大矣，福始禍先。電光之舌，乃有心玄。蔭映數輩，火色鳶肩②。放議瀛海之外，縱談墮地之前。瀍澗食墨③，今誰山川？聚土一貉，孰稱聖賢？妙辯炙輠，探理黄泉。跖壽顔夭，不敢呼天。周妻何肉④，清亦難全。惟言者之無罪，知凡民之足憐。傷生《鵩鳥》⑤，畏死郢鄢⑥。哀長夜其不燭，扣囊底兮欲僊。丘明何智，孝標非偏。長安新雨，下簾市廛⑦。《洪範》災異，松槿齊年。冠勿好鷸⑧，文勿賦蚿。君登高座，《新語》百篇⑨。魁柄造化，然乎其然。

【箋注】

① 王心玄，張溥前已作《次韻贈王心玄二首》（《近集》卷二）。生平待考。陳子龍《安雅堂稿·題王心玄卷後》，李日華《恬致堂集·姑布王心玄像贊》，可參。

② 火色鳶肩：謂兩肩上聳像鴟，面有紅光。舊時相術指飛黄騰達之徵兆。《新唐書·馬周傳》：「岑文本謂所親曰：『馬君論事，會文切理，無一言可損益，聽之纚纚，令人忘倦。蘇、張、終、賈正

應此耳。然鳶肩火色，騰上必速，恐不能久。』」

③灋潤：東周以來古都洛陽，瀍水直穿城中，澗水環其西，後多以二水連稱謂其地。食墨：龜卜術語，指灼龜時龜兆與事先畫好之墨畫相合。

④《南齊書·周顒傳》：「(周顒)清貧寡欲，終日長蔬食，雖有妻子，獨處山舍。……時何胤亦精信佛法，無妻妾。太子又問顒：『卿精進何如何胤？』顒曰：『三塗八難，共所未免。然各有其累。』太子曰：『所累伊何？』對曰：『周妻何肉。』」後因以喻食色之欲。

⑤葛洪《西京雜記》卷五《賈誼鵩鳥賦》：「賈誼在長沙，鵩鳥集其承塵。長沙俗以鵩鳥至人家，主人死。誼作《鵩鳥賦》，齊死生，等榮辱，以遣憂累焉。」

⑥郢鄢：方以智《通雅》卷十三：「郢鄢即荆襄。鄢，襄陽府；郢，荆州府也。」

⑦常璩《華陽國志》卷十：「嚴遵，字君平，成都人也。雅性澹泊，學業加妙，專精大《易》，耽於《老》《莊》，常卜筮於市，假著龜以教，與人子卜教以孝，與人弟卜教以悌，與人臣卜教以忠。於是風移俗易，上下慈和，日閲得百錢，則閉肆下簾，授《老》《莊》，著《指歸》，爲道書之宗。」

⑧《左傳·僖公二十四年》：「鄭子華之弟子臧出奔宋，好聚鷸冠。鄭伯聞而惡之，使盗誘之。八月，盗殺之于陳、宋之間。君子曰：『服之不衷，身之災也。《詩》曰：「彼其之子，不稱其服。」子臧之服，不稱也夫。』」

⑨《史記》卷九十七《陸賈傳》：「高帝不懌而有慚色，迺謂陸生曰：『試爲我著秦所以失天下，吾所

以得之者何，及古成敗之國。』陸生迺粗述存亡之徵，凡著十二篇。每奏一篇，高帝未嘗不稱善，左右呼萬歲，號其書曰『新語』。」

祭 文

李少司空誄①

崇禎十二年春三月之二日，鹿城少司空李公晴原暨配陳夫人、劉夫人葬於其邑新洋之村。夫報功崇德，典著烝彝；存順歿寧，義昭孫子。惟公體抱中和，姿兼嬴秀。雕楝發夢，符金錯之刀；十歲善文，識包山之字。嬉戲俎豆，羞伍凡兒②；騰躍龍駒，見稱長者③。夫固名高江夏，博士讓其異等④；里號西豪，德甫知其昌後矣⑤。拔升太學，譽滿群公；洛陽年少，國士無雙⑥。稷下先生，遊談絶跡。班諸南宫之首，儒林盡振袖而改觀；進於天子之廷，宰相願下車而望見。

公介守如石，退就秋官。登白雲樓而呼七子，察長安囚而赦千人。既佐春卿⑦，克遵禮域；樽節貴戚⑧，不止南陽。益損太常，寧誇公玉；惟楚多材，以公往試。璠璵在座，皆隋氏之珠；竹箭盈庭，越荆州之貢。西山惜費，思張猛之雅言；符璽謝官，慕韋賢之善讓。出藩於越，專典斯文。昌黎起八代之衰⑨，山公絶要人之請⑩。羡金不入，清比懸魚；調士無煩，恩均《采芑》。此又貂璫感義，相與酌水而慚；韎韐懷仁，無敢執冰而踞者也。

若夫黔南天末，土俗互一。筰笮不知漢家，尉佗自尊黄屋。公裁以帝制，列之户侯。諭告猶長卿之文⑪，典章過蕭生之議⑫。遂使肅慎克賓，夜郎無大，抑云奇矣。入嶺南而折税使之角，番舶伐碑；輯二東而流方伯之雨，蚆蟦避境。大光朝論，特長崇班。加以弄印之榮，展其登車之志。東人鼓舞，大宰昌言。别涇漢於桐封，無侵泰山湯沐之邑；還湖壖於故土，長利瑯琊轉運之區。方瞻久道，忽賦歸來。擎鮦擊板，擁蔽艅艎；負糧擔囊，追隨熊軾。然公於是時年登上壽，居然洛社之耆英；子陟承明，豈但道家之蓬室。秘書典校，稱手筆者擬二蘇之在唐⑬；袍笏輝煌，談恩遇者彷五韓之居宋。乃閉門却掃，獨好寒蟬；訓子著書，雅矜松柏。嚴平、梅福，誦讀遺經；浮丘、洪崖，左右肩袖⑭。詩人謂之「三壽」，《洪範》則云「考終」⑮。公蓋無憾於天壤矣。

某式徽音，於今如旦。念孔悝之鼎銘⑯，睹兹蘭幦；指滕公之佳宅，招以素旗。遂不辭僭，而爲之誄。誄曰：

鹿城之墟，有穆其邃。鸑鷟所居，是曰大隧。公歸百年，神爽無寐。以《易》傳家，田何善志。若子及孫，授經以次。克大厥家，象賢乃備。羔裘豹飾，本諸佩璲。出入殿廬，聲滿天地。坐論三公，出而卧治。其祥熊羆，世典國瑞。教於公宫，中饋無遂。夫人有儀，芝醴攸暨。隴西成紀，流風孰企？幽宅一區，惟天子賜。

【繫年】

據文中「崇禎十二年春三月之二日，鹿城少司空李公晴原暨配陳夫人、劉夫人葬於其邑新洋之村」等語，可知此文作於崇禎十二年（一六三九）春。

【箋注】

① 此爲李同芳所作誄文。李同芳，字濟美，號晴原，崑山人。同治《蘇州府志》卷九十三《人物二十》：「李同芳，字濟美。萬曆庚辰進士，授刑部主事，遷禮部員外郎，進郎中。時上將幸西山閲壽宫，舊例費鉅萬，同芳曰：『禮官不止遊幸，更導之耶？』爲削去煩例上之。出爲浙江提學副使，絶造請，精藻鑑，所拔多名士。陞湖廣荆南道參政，清澧州浮糧三千石，却標兵操賞餘銀三百六十兩，止征播調，發萬人雪冤，辟張福祖等七命。陞貴州按察使，黔酋安氏方强講與太守班見，叱之出。班又請復定番、新、貴故疆，片言折之。亡何，其庶孽安國貞以困辱來歸，力請巡撫勿受。後國貞跳入四川，酋以索叛人爲辭，殺蜀人六萬餘，而黔獨晏然。改廣東參政，旋進按察使。會税礦兩璫在粤議增税條，同芳執不可。新會令阿璫，指致民變，揭竿者萬人，同芳單車定之。陞山東布政使。覈登萊民屯以抵兵餉，歲減額編四萬有奇，立常平倉，買穀十萬石貯之。乙卯大饑，民賴以濟。尋擢副都御史，巡撫山東。是時福王封於洛陽，賜莊田四萬頃，詔覈涇漢故籍以

充之。同芳抗疏力爭，遂請告歸，卒。贈工部右侍郎，予祭葬。子胤昌，字文長，庚子解元，辛丑進士，官翰林院編修。」

②《史記》卷四十七《孔子世家》：「孔子爲兒嬉戲，常陳俎豆，設禮容。」

③《晉書》卷五十四《陸雲傳》：「雲字士龍，六歲能屬文，性清正，有才理。少與兄機齊名，雖文章不及機，而持論過之，號曰『二陸』。幼時吴尚書廣陵閔鴻見而奇之，曰：『此兒若非龍駒，當是鳳雛。』」

④《後漢書》卷八十《黄香傳》：「香家貧，内無僕妾，躬執苦勤，盡心奉養。遂博學經典，究精道術，能文章，京師號曰『天下無雙，江夏黄童』。」

⑤《後漢書》卷六十二《荀淑傳》：「有子八人：儉，緄，靖，燾，汪，爽，肅，專，並有名稱，時人謂之『八龍』。初，荀氏舊里名西豪，潁陰令勃海苑康以爲昔高陽氏有才子八人，今荀氏亦有八子，故改其里曰高陽里。」

⑥《漢書》卷四十八《賈誼傳》：「賈誼，雒陽人也，年十八，以能誦詩書屬文稱於郡中。……文帝召以爲博士。是時，誼年二十餘，最爲少。每詔令議下，諸老先生未能言，誼盡爲之對，人人各如其意所出。諸生於是以爲能。文帝説之，超遷，歲中至太中大夫。」

⑦春卿：周春官爲六卿之一，掌邦禮。後因稱禮部尚書爲春卿。

⑧樽節：抑止，約束。

⑨蘇軾《潮州韓文公廟碑》：「文起八代之衰，而道濟天下之溺；忠犯人主之怒，而勇奪三軍之帥。」

⑩《晉書》卷四十三《山濤傳》：「山濤，字巨源，河内懷人也。父曜，宛句令。濤早孤，居貧，少有器量，介然不群。性好莊老，每隱身自晦。與嵇康、吕安善，後遇阮籍，便爲竹林之交，著忘言之契。」

⑪司馬相如作《諭巴蜀檄》。《史記》卷一百一十七《司馬相如傳》：「相如爲郎數歲，會唐蒙使略通夜郎西僰中，發巴蜀吏卒千人，郡又多爲發轉漕萬餘人，用興法誅其渠帥，巴蜀民大驚恐。上聞之，乃使相如責唐蒙，因喻告巴蜀民以非上意。」

⑫《漢書》卷七十八《蕭望之傳》：「蕭望之，字長倩，東海蘭陵人也。……時上初即位，思進賢良，多上書言便宜，輒下望之問狀，高者請丞相御史，次者中二千石試事，滿歲以狀聞，下者報聞，或罷歸田里，所白處奏皆可。」

⑬二蘇：指唐蘇瓌、蘇頲父子。二人先後拜宰相，封許國公，蘇瓌稱大許國公，蘇頲稱小許國公。傳見《舊唐書》卷八十八、《新唐書》卷一百二十五。

⑭郭璞《遊仙詩》其三：「左挹浮丘袖，右拍洪崖肩。」浮丘公、洪崖先生，俱爲傳説之仙人。

⑮考終：即考終命，享盡天年。《書·洪範》：「五曰考終命。」孔傳：「各成其長短之命以自終，不横夭。」

⑯《禮記·祭統》：「故衛孔悝之《鼎銘》曰：『六月丁亥，公假於大廟。公曰：叔舅！乃祖莊叔，左

右成公。成公乃命莊叔隨難於漢陽，即宫於宗周，奔走無射。啓右獻公。獻公乃命成叔纂乃祖服。乃考文叔，興舊耆欲，作率慶士，躬恤衛國。其勤公家，夙夜不解。民咸曰：休哉！公曰：叔舅，予女銘，若纂乃考服。悝拜稽首曰：對揚以辟之。勤大命，施於烝彝鼎。』此衛孔悝之《鼎銘》也。古之君子論譔其先祖之美，而明著之後世者也，以比其身，以重其國家如此。」

祭徐伯母文①

溥於丙寅之春交太史，辛未之冬拜吾母。時溥客京城，母方從南來，溥母又先母一月至，相見邸中，歡若平生。母長溥母年一歲，齒當稱姊。都門鮮宗族子姓，歲時伏臘，兩家子各具衣冠拜母。旅居遠不數武，婢媪問聞無日間。

壬申秋，太史夫人病亡，母撫而泣甚哀。溥母過慰唁，請節哭。太史諸兒女晝夜啼，母心内傷。溥謁吊罷，輒進見母，以高年抑情爲勸。無何，太史奉母歸。溥時亦以送母請于院先生，許繼太史而行。太史留舟河滸，待偕發。會有阻，則溥母圖先還，賴太史朝夕衛，可無道路苦。既復不果，太史鬱鬱南旆。冬將盡，溥母子始旋。及京口，復與太史舟遇。溥初出都，聞太史榜人爲盜厄，心竊怦怦，惟恐驚母。見即肅拜候問，母顔色和豫倍昔，溥母與執手勞别久之。遂連舟東下，抵關，方分路。自此太史入婁，溥或造郡，必各謁母。元旦節，輒治舟謁。溥母居百里外，不獲見母，則呼溥問母形容飲食，知健甚，即大喜。

今歲正月之四日，溥與受先拜母後堂。兒孫扶侍，歡笑有加。母年五十有九，明歲即稱齊年。太史謀適老人意，命溥豫作百歲詩。溥亦謂母齒正强，頭髮未白，芝蘭滿階，可以長娱忘老。孰知一病若是也！母年二十一即獨居，太史在襁褓，僅四月耳。風雨荼苦者三十年，太史始登第②。又三年，母子始聚京邸。母雖膺封誥，旌里門，世人號爲極榮。然度其居家之適，無過年來幾載。外此則皆嚼冰飲血，抱呱呱而泣之日也。太史仁賢，群兒友讓，二孫奇穎，長者未髫，顯名庠序。女孫俱歸禮門，玉潤有聲。在母長逝，當無所恨。所痛者節盛而天靳以年，子孝而時奪以養，古人所以悲揺風、慟枯魚也。

溥賦命不辰，歸家以後，慨歎良朋，匍匐死喪，殆無虚載。今歲多變，集于吴門。宫端、相國，一時捐棄，老成憖憂，殷傷四海。太史奔走二喪之間，悼心隕涕，如焚如灼。溥每相對，感時念國，泗必交頤。今又掖視母病，不寐求索，歎越人之不生，哀巫咸之弗悟。天乎人乎？其誰爲之！太史休沐久，迫于簡書，再而後起，歲暮孔棘，强就單車。母不言神瘁，太史數爲改期。母少多病，至此血劇。神明正爽，時勉太史束裝；俄然化去，未嘗言及家事。母教子以作忠，而子奉親于不逮。溥即欲以禮望太史哀踊中節，其如此孺子泣，何哉！

【繫年】

據文中「今歲正月之四日，溥與受先拜母後堂。兒孫扶侍，歡笑有加。母年五十有九，明歲即稱齊年」「今歲多變，集于吴門。宫端、相國，一時捐棄」等語，復據卷六《詹事姚公元配馮宜人墓誌銘》姚希孟崇禎九年五月卒，可知此文作於崇禎九年（一六三六）。

【箋注】

① 崇禎元年徐汧母五十時，張溥曾作《徐伯母朱太君五十序》（《初集》卷四）以賀之。崇禎九年，徐汧母卒，又作此文祭悼。

②《明史》卷二六七《徐汧傳》：「崇禎元年，汧成進士，改庶吉士。」

祭陳伯母唐太孺人文①

嗚呼！讀三君之傳，才子象賢；歌唐山之詩，令母考德。既搴芳於鶴浦，爰照美乎燕房。彈琴成聲，君子且豫；采藻爲禮，季女不飢。出公宫以代前勞，入宗廟而和群下。芒慈之母，秉鳴鳩之一心；文矩之妻，明扶風之《四誡》。有男威鳳，方煩棗梨；鞠我中闈，不辭乾濕。楚令尹之菟乳②，負褓知恩；尹伯奇之苓衣，聞風絶歎。嗚機待旦，佩褘孔時。

先生薄東郭之青緺，夫人紓鹿門之大布③。里媪爲之醴酒，長者出而有車。相期大年，賦日月之偕老；奄遭分袂，遺風雨之孤雛。疾病經秋，誰爲醫緩？愴呼動地，莫問巫咸。幸撫角羈之英，益顯松柏之譽。著書四庫，不止東方乙夜之觀；起衰八朝，寧僅鄧州數子之力④。時昌言而痛哭，歷大險而文明。登彦昇之堂，青雲接跡；感權公之遇⑤，鸞鳥喈庭。儒者謂百世一時，知己誠千載以上。承華輟響，豈玉軸之盡虚？嶺海停旄，真粤人之不幸。痛母長夜，適當榮朝。溉寒泉而未遑，刻空木其何望？

某等肺腑丹石，患難膠桐。草長鶯啼，想曲江之連騎；水清葉落，傷白鳩之在廬。寫《離騷》於楚天，難名哭泣；動歸來於朔土，孰作《河梁》？藜杖蒿簪，報泉臺以不朽；革笥木屐，知綬帶之可銘。敢掬魯醪，用酹貞里。嗚呼哀哉！尚饗。

【箋注】

① 此祭陳伯母唐太孺人。唐太孺人，待考。

② 《左傳·宣公四年》：「初，若敖娶於䢵，生鬬伯比。若敖卒，從其母畜於䢵。淫於䢵子之女，生子文焉。䢵夫人使弃諸夢中。虎乳之。䢵子田，見之，懼而歸。夫人以告，遂使收之。楚人謂乳穀，謂虎於菟，故命之曰鬬穀於菟。以其女妻伯比。實爲令尹子文。」

③ 大布：粗麻布。

④ 蘇軾《潮州韓文公廟碑》：「自東漢以來，道喪文弊，異端並起。歷唐貞觀、開元之盛，輔以房、杜、姚、宋而不能救。獨韓文公起布衣，談笑而麾之，天下靡然從公，復歸於正，蓋三百年於此矣。文起八代之衰，而道濟天下之溺。」

⑤《新唐書》卷一百六十五《權德輿傳》：「未冠，以文章稱諸儒間。韓洄黜陟河南，辟置幕府。復從江西觀察使李兼府爲判官。杜佑、裴胄交辟之。德宗聞其材，召爲太常博士，改左補闕。……遷起居舍人。歲中，兼知制誥，進中書舍人。……憲宗元和初，歷兵部侍郎，坐累，徙太子賓客，俄還前官。……會裴垍病，德輿自太常卿拜禮部尚書、同中書門下平章事。」

祭王母沈孺人文①

維母江左高門，吴興甲族。少嫻禮訓，長習詩篇。《内則》深衣，備閨房之令典②；《關雎》師象③，助絡緯之微吟。紛澤不調，香薰有戒。根尋鴛水，冰啓瑯琊。君子著袁隗之稱④，淑女脩少君之德。門庭槐樾，司馬風高；布帛衣裳，鹿車室邇。既考祥於旬主，爰誕異于斯男。鳳採蠟珠，琢丹山之毛羽；沙清籀篆，含沆瀣之文章。子安九歲而指瑕《漢書》⑤，伯寶八齡而獨取石硯⑥。激昂道義，早致洛陽之盛名；卓爾孝廉，不負東京之辟舉。寫山川於半臂，但鼓宗琴；招鸑鷟於深秋，獨聞褚嘯。峻崖拔俗，直節規今。讀元祐黨人之碑，願書姓氏；刊慶曆聖德之頌⑦，共命雲霞。鄉黨咸知彦方⑧，冠蓋盡師逸少⑨。朱穆奏記⑩，足耻金蛇；賈山《至言》⑪，堪登華屋。睠彼縞紵之雅，益思絺綌所來。問先世之典墳，毋有皇甫；覽東觀之著作，人推大家。逐雀捕蟬，仲壬不好；陳俎列豆，鄒里則傳。樂羊垂戒鮑魚，食無他肉；太史上占星宿，車坐八龍⑫。省柔翰於玉臺，望雲旂於西母。將謂露流銀甕，壽字成文；桃熟綏山，肉芝比粲。而玄鶴遽化，愴婺女之不還；蕙帷先空，悲戴勝之莫及⑬。劉蕡下第⑭，方憤賢良；皋魚行號，更傷道路。

某交踰刑鷁，心惻摇風。白馬正從北至，知其戴星；南州近在此間，不齎磨鏡。敢託洞酌，用酹幽都。庶靈爽之若存，鑒沼沚而無愧。嗚呼！

【箋注】

① 此祭王母沈孺人。沈孺人，待考。

②《禮記》卷五十六《深衣》：「古者深衣蓋有制度，以應規、矩、繩、權、衡。……袂圜以應規，曲袷如矩以應方，負繩及踝以應直，下齊如權、衡以應平。故規者，行舉手以爲容，負繩、抱方者，以直其政，方其義也。故《易》曰：『坤六二之動，直以方也。』下齊如權、衡者，以安志而平心也。五法已施，故聖人服之。故規、矩取其無私，繩取其直，權、衡取其平。故先王貴之。」

③ 師：衆多。《漢書・禮樂志》：「磑磑即即，師象山則。」顔師古注引孟康曰：「師，衆也。則，法也。積實之盛衆類於山也。」

④《後漢書》卷四十五《袁京傳》：「逢弟隗，少歷顯官，先逢爲三公。時中常侍袁赦，隗之宗也，用

事於中。以逢、隗世宰相家，推崇以爲外援。故袁氏貴寵於世，富奢甚，不與它公族同。獻帝初，隗爲太傅。」

⑤《新唐書》卷二百一《王勃傳》：「王勃，字子安，絳州龍門人。六歲善文辭，九歲得顔師古注《漢書》讀之，作《指瑕》以擿其失。」

⑥《南齊書》卷四十六《王慈傳》：「王慈，字伯寶，琅邪臨沂人，司空僧虔子也。年八歲，外祖宋太宰江夏王義恭迎之内齋，施寶物恣聽所取，慈取素琴石研，義恭善之。」

⑦宋石介作《慶曆聖德頌》。王應麟《玉海·藝文》卷二十六《慶曆聖德頌》：「三年四月，直講石介作《慶曆聖德頌》，凡九百六十字，言進賢退奸之不易，曰明與斷。」

⑧《後漢書》卷八十一《王烈傳》：「王烈，字彦方，太原人也。少師事陳寔，以義行稱。鄉里有盜牛者，主得之，盜請罪曰：『刑戮是甘，乞不使王彦方知也。』……諸有爭訟曲直，將質之於烈，或至塗而反，或望廬而還。其以德感人若此。」

⑨《晉書》卷八十《王羲之傳》：「長，辯贍，以骨鯁稱，尤善隸書，爲古今之冠，論者稱其筆勢，以爲飄若浮雲，矯若驚龍。深爲從伯敦、導所器重。時陳留阮裕有重名，爲敦主簿。敦嘗謂羲之曰：『汝是吾家佳子弟，當不減阮主簿。』裕亦目羲之與王承、王悦爲王氏三少。」

⑩《後漢書》卷四十三《朱穆傳》：「及桓帝即位，順烈太后臨朝，穆以冀勢地親重，望有以扶持王室，因推災異，奏記以勸戒冀。……常感時澆薄，慕尚敦篤，乃作《崇厚論》。……穆又著《絶交

論》，亦矯時之作。」

⑪《漢書》卷五十一《賈山傳》：「賈山，潁川人也。……孝文時，言治亂之道，借秦爲諭，名曰《至言》。」

⑫《世説新語·德行》：「陳太丘詣荀朗陵，貧儉無僕役。乃使元方將車，季方持杖後從。長文尚小，載箸車中。既至，荀使叔慈應門，慈明行酒，餘六龍下食。文若亦小，坐箸膝前。于時太史奏：『真人東行。』」

⑬此以西王母喻沈孺人。

⑭《舊唐書》卷一百九十《劉蕡傳》：「是歲，左散騎常侍馮宿、太常少卿賈餗、庫部郎中龐嚴爲考策官，三人者，時之文士也，睹蕡條對，歎服嗟悒，以爲漢之鼂、董，無以過之。言論激切，士林感動。時登科者二十二人，而中官當途，考官不敢留蕡在籍中，物論喧然不平之。守道正人，傳讀其文，至有相對垂泣者。諫官御史，扼腕憤發，而執政之臣，從而弭之，以避黄門之怨。」

題詞

題張羽君夏山八詠册①

張用載先生守毗陵時②，延吴門諸名人，爲圖東陽之夏山八景，副以詩篇，待詔文先生序其卷首，到今已百十年物矣。大中丞玉翁張公之長公羽君，用載先生五世族孫也，得此卷再新裝帙，徵所自來。太守後裔漸凋，書籍播散。羽君珍重墨妙，購藏几閣，無異其家之自守陳器也。

嘉靖中季，文章絶盛，一時名雋如文、陸、王、沈、皇甫、仇、謝之倫，後先倡和，咸在吴門。每聞先輩叙述當日諸公載酒合遊，深溪幽谷，命駕忘歸。花月之夕，風雨之夜，其樂無間。偶當意得，則詩歌書畫，大叫濡墨。童子竊其一紙，未及墜地，即爲衣冠家募購，光輝屋壁。毗陵郡公卧治之日，時時邀諸君吟詠翰墨，彷古竹林、蘭亭故事，分題飛觴，各極興會。

郡公生于夏山，以山自號，屬諸君寫其家山，手畫口語。諸君爲布紙筆，狀形勢，如親見者。長廊山水，古屋龍蛇，或思之一月，或得之一日，致無不有也。中丞公撫吾吴，吴人以爲天〔一〕，殘桮枯蓬，涸魚寒鳥，盡載生意。羽君兄弟師事吾友顧麟士，昕夕道風，違抗前哲。攜書渡江，此册在篋，寶先世之綬笥，抱吾祖之遺笏，孰若一卷爲愈？非賢者不能存精神，廣孝錫也。昔趙令畤在襄陽，橐中諸畫，皆令李方叔品評③。予愧無方叔一長，抑羽君之好古念舊，即令畤猶執羈靮矣。

【校記】

〔一〕天津本、復旦本刻印時，將本文「吴人以爲」下至文末與卷四《徐無礙詩集序》「年正壯盛，姓」

下至文末互相錯刻，詳見卷四《徐無礙詩集序》校記〔一〕。現調整置此。

【箋注】

①此題張世鳳家藏夏山八詠册。張世鳳，字羽君。張國維長子。張國維《張忠敏公遺集》卷三《附録》戴璐《讀勝朝殉節録題後》：「張公國維專謚忠敏，建祠於東陽之西嶺，而深惜其子之不得從祀也。按公有三子，長子世鳳，字羽君，邑庠生，襲錦衣衛指揮。魯王監國授提督援剿總兵官、太子太傅、前軍都督府左都督。當公入閣，世鳳代將其軍，支持江上者七月。後爲大兵所執，不屈，殉節錢塘，時順治三年九月十四也。」夏山八詠册爲其五世祖張大輪守毗陵時，延吴門諸名人，爲圖東陽之夏山八景，副以詩篇，文徵明序其卷首。

②張大輪，字用載。張國維四世祖。萬曆《金華府志》卷十七：「張大輪，字用載。少師事楓山章先生。舉正德甲戌進士，授工部主事。三載報政，忽夢父疾，心戚乞歸。抵家，父果不起，人以爲孝感。起復補刑部主事，轉郎中。訊囚，得活者數百人。擢建寧知府。有酗酒殺兄者賄有司，久不決，大輪至竟置之法，時旱久即雨。古田寇作，當道難其計，大輪獨馳檄曉以禍福，尋散，不煩寸兵。尤溪二大姓搆訟踰三十年，結營鬬死者百餘人。大輪承委，單騎詣解，輒伏罪。更知常州，擢福建按察副使，遷江西參政，咸著靖亂之略。以母憂去，卒于家。」

③趙令畤《李廌〈畫品〉跋》：「李方叔初以文章映照一世，其氣韻高遠，鑑裁明當，决不待試而後知。每展書畫，目所寄處，便了妙境。余最喜，爲盡出所藏。」

題董宗伯手書沈孝廉節母墓志稿①

董思翁宗伯爲沈節母墓志，草稿方竟，便爾徂化。陳眉公先生以其遺筆比之魯公文帖，擬得其倫。予更感臨秋仁孝〔一〕②，能致此寶。宗伯公，今之白香山、蘇黄門也。每下一字，紙不墮地③。當其壯盛，縑素便面，鮮得真者。晚年筆札更復遒古，松柏後凋，經霜彌烈。

余前在都下，攜先子像乞題。公援筆立灑，虬龍金石，烟楮若生。後卜葬時，欲請公墓石，公已溘然，歎恨無窮。今見臨秋所藏，益媿不如。山陽之笛④，中散之琴⑤。我思如何？佇立以泣。

此稿字勢放大，位置莊雅。想其潑墨，即須勒碑。又竹紙數葉，直如秀才篋底書耳。料記室掌護，百年而後，當如温公《通鑑》、晦翁《集註》，長幅真形，楷草並貴。世人但讀其書，不可見其筆也。董長公雅重臨秋，出此相助，文章法書，無所不妙。沈氏刊石之後，仍秘帳中，傳之千載，孰敢以《蘭亭》贋本亂之？

【校記】

〔一〕「臨秋」，原作「鄰秋」，據吴山嘉《復社姓氏傳略》卷五改。

【箋注】

①此題董其昌手書沈泓節母墓志稿。董其昌，字玄宰，號思翁，别號香光居士，華亭人，萬曆十七年進士，歷任翰林院編修、湖廣提學副使、太常寺少卿、禮部侍郎、南京禮部尚書等職。天啓六年辭官，以太子太保銜致仕，卒贈太子太傅銜，謚文敏。董其昌在書法上自成一家，與邢侗、張瑞圖、米萬鍾等人並稱晚明四大家。《明史·董其昌傳》云：「同時以善書名者，臨邑邢侗、順天米萬鍾、晉江張瑞圖，時人謂邢、張、米、董，又曰南董、北米。然三人者，不逮其昌遠甚。」

②沈泓，字臨秋，號悔庵，華亭人。復社成員。吴山嘉《復社姓氏傳略》卷五：「沈泓，字臨秋，號悔庵，華亭人。由嘉興府學選貢中崇禎癸未進士。性至孝，母宋苦節，泓釋褐即奏請建完節坊。國變後爲僧，名宏忍，號無寐，住會稽東山國慶寺。有《懷謝草》《渡江草》。國朝雍正四年欽旌孝子。」

③《明史》卷二百八十八《董其昌傳》：「其昌後出，超越諸家，始以宋米芾爲宗。後自成一家，名聞外國。其畫集宋、元諸家之長，行以己意，瀟灑生動，非人力所及也。四方金石之刻，得其制作手書，以爲二絶。造請無虚日，尺素短札，流布人間，爭購寶之。精於品題，收藏家得片語隻字以爲重。」

④山陽之笛：晉向秀經山陽舊居，聽到鄰人吹笛，不禁追念亡友嵇康、吕安，因作《思舊賦》。後以「山陽笛」爲懷念故友之典。

⑤中散之琴：謂琴存人亡，物是人非。景元四年冬，嵇康將刑於東市，顧視日影，索琴彈之，曰：

「《廣陵散》於今絶矣！」

題石佛寺法華經①

濟趨上人刺血寫《法華經》，爲時半載，七卷告成。暇日披對，筆法精整，使人輒思曇礦之鵝②、上谷之翮。佛法律航，非教毁傷。尋門求食，殉以支體。何啻周、來峻刑③，不容毛髮。上人用心冥默，無問痛楚，直欲伐毛洗髓，豈以椎鑿爲功？武丘寺近城郭，游人都會。石佛寺下臨千人坐，笙歌沸集。獨諸衲掃關閉門，焚脩茹素，鳥聲花香，絶不與世關涉。寒山片石，良足對語。又有血經奉持，諷誦不輟，便可永鎮山門，寶同舍利。余憩閣上數日，親見禪規，懷歎蔬筍，跋其卷尾。得此解者，何必捨身巖下，沙行萬里，然後可讀誌公之符④，入圖澄之腹耶⑤！

【箋注】

① 題蘇州虎丘石佛寺濟趨上人血書《法華經》。濟趨上人，待考。杜登春《社事始末》載，張溥與錢謙益、項煜、徐汧等人曾密謀于虎丘石佛寺，欲扶持周延儒入閣。吴偉業《吴梅村全集》卷十《過錦樹林玉京道人墓并傳》云卞玉京曾「用三年力，刺舌血爲保御書《法華經》」。

② 曇礦之鵝：虞龢《上明帝論書表》：「羲之性好鵝。山陰曇礦村有一道士養好鵝十餘，王清旦乘

小船故往，意大願樂，乃告求市易，道士不與，百方譬説不能得。道士乃言：『性好道，久欲寫河上公《老子》，縑素早辦，而無人能書。府君若能自屈，書《道德經》各兩章，便合群以奉。』羲之便住半日，爲寫畢，籠鵝而歸。」

③ 周興、來俊臣，唐代酷吏。《舊唐書·酷吏傳》載，周興「屢受制獄，被其陷害者數千人」，來俊臣「招集無賴數百人，令其告事，共爲羅織，千里響應。欲誣陷一人，即數處别告，皆是事狀不異，以惑上下」。

④《南史》卷七十六《釋寶誌傳》：「梁武帝尤深敬事，嘗問年祚遠近。（釋寶誌）答曰：『元嘉元嘉。』帝欣然，以爲享祚倍宋文之年。雖剃鬚髮而常冠帽，下裙納袍，故俗呼爲誌公。好爲讖記，所謂誌公符是也。」

⑤ 陶潛《搜神後記·佛圖澄》：「天竺人佛圖澄，永嘉四年來洛陽，善誦神咒，役使鬼神。腹傍有一孔，常以絮塞之。每夜讀書則拔絮，孔中出光，照于一室。平旦至流水側，從孔中引出五臟六腑洗之，訖，還内腹中。」

林天孫詩稿題詞①

予不握筆序時義者，三年矣。漳海林天孫越數千里過訪，出其制藝。讀之，驚起愕喜，疑非人間。比索弁題，愧未答也。及誦刻詩數章，意象奇露，絶類文筆。古今同業，起予者深。大武舊壇，葛仙故址，産此神駿，豈云偶然？林子鄉先達，著作流行海内，爲學士師法。人自束髮受書，無不知黄石翁先生者。天孫適從其所來，安昌侯、夏瑗公愛而序之。揚舲四方，以代折柬，辟諸草木，吾氣類也。自古文人信耳成俗，慶虬託名長卿②，張率藉聲休文③。多才尚爾，何况作長？然妒惑一態，州里爲甚。若使大度居前，英流騁後，揖讓序少長之禮，齒牙極抽揚之善。九品中正，責在老成；豹隱鸞伏，聲光必顯。又誰有抵書丈人，自傷餓虎者哉？

天孫文采既特，更饒兼能，刻燭成吟，探鈎布響，意凌霄漢，不止奴僕新體。以此言詩，屢變益工。而當代鉅人，爲彼祭酒，賞龍門之勝遊，薄并州之士族。百篇締構，儼然建章九成，所謂龍梭已得，機杼無難也。石翁諸詩，隨手散布，風雅悃愊，正則之遺。其刻于南方者，群習而和之。張衡《四愁》④，應奉《感騷》⑤，不乏其徒。一體苟善，即命「詩豪」。天孫自幼摹切，三益葳蕤，四始蔥粲，無慚門庭。予固知好文之世，下有子淵⑥。益州刺史，必將以其歌章上聞。五七赤矛⑦，直唾之矣。

【箋注】

① 此爲黄道周弟子林天孫詩稿題詞。林天孫，生平待考。《雲間三子新詩合稿》卷八宋徵輿有《林天孫自漳州來我郡見訪賦贈天孫者乃黄石齋先生弟子》，可參。

②慶虬，即慶虬之。葛洪《西京雜記》卷三：「長安有慶虬之亦善爲賦。嘗爲《清思賦》，時人不之貴也，乃託以相如所作，遂大見重於世。」

③《南史》卷三十一《張率傳》：「率字士簡，性寬雅。十二能屬文，常日限爲詩一篇，或數日不作，則追補之，稍進作賦頌，至年十六，向作二千餘首。有虞訥者見而詆之，率乃一旦焚毀，更爲詩示焉，託云沈約。訥便句句嗟稱，無字不善。率曰：『此吾作也。』訥慚而退。」

④吴兢《樂府古題要解·四愁七哀》：「《四愁》，漢張衡所作，傷時之文也。」

⑤《後漢書》卷四十八《應奉傳》：「及黨事起，奉乃慨然以疾自退。追愍屈原，因以自傷，著《感騷》三十篇，數萬言。」

⑥《漢書》卷六十四《王褒傳》：「上頗作歌詩，欲興協律之事，丞相魏相奏言知音善鼓雅琴者渤海趙定、梁國龔德，皆召見待詔。於是益州刺史王襄欲宣風化於衆庶，聞王褒有俊材，請與相見，使褒作《中和》《樂職》《宣布詩》，選好事者令依《鹿鳴》之聲習而歌之。」

⑦葉廷珪《海録碎事》卷十九《詩門》：「張虔釗，父簡，嘗以孟郊詩令讀之，虔釗曰：『五七言詩何如五七赤矛！』後爲山南節度使。」

題贈吴巒穉之光州司鐸①

嗟乎！「仲尼不生，牙也久死」，柳子所爲致歎於唐季也②，况今日哉！然讀《端友集》

所紀載③，未可謂古道遂絶也。鑾稺門弟子半天下，余兒時已聞之。粗解筆，即喜讀李仲達侍御文。侍御年雖少，官歷三朝，卒死奄禍。鑾稺齒稍過壯，神不損隳，近對策，名動京邑。兩人遇合遲速，各有期。此豈人意所及乎？鑾稺雖作客，門多長者車轍，然獨語余謂：「知我者，子與君常爾！」

嗟乎！孝標《廣論》，痛絶名利④；贊皇擇交，志氣爲主。觀諸鑾稺，應無前人矣。往者奄難横興，吾郡與毗陵禍最烈。周忠介行時，士民環擁號泣不前，意氣奮張，殕一武士，五人刑市，呼叫蒼天。李侍御單舸出里門，同黨相顧失色。鑾稺以葛巾布衣相周旋。高忠憲先生從容止水，遺表納忠，不動聲色，情倍哭泣。今謚典復脩，侍御易名，當踵忠介。光、黄間多異人⑤，先生游焉。明晦異致，友道無窮，余且復思諸葛矣。

【繫年】

據錢肅樂《錢肅樂集·吴霞舟夫子小傳》「壬申貢於京，廷試天子親擢第一，謁選得光州學正。癸酉抵光州」等語，可知此文作於崇禎六年（一六三三）。

【箋注】

① 此題贈吴鍾鑾之光州司鐸。吴鍾鑾，字鑾稺，號霞舟。詳見《近集》卷四《馮玄度稿序》注。

② 《柳宗元集》卷十九《師友箴》：「仲尼不生，牙也久死。」韓醇詁訓：「鮑叔牙與管仲爲友，後薦仲

於桓公，以爲相。杜甫詩云：『君不見管鮑貧時交，此道今人棄如土。』」

③《東林書院志》卷十《吴霞舟先生傳》：「當忠毅觸璫被逮，親戚交游俱避匿，不敢送。緹騎自江陰過郡城，戀穉乃出逆於道舍之家，論學數日，訂婚姻，然後去。比忠毅就獄慘死，輯其前後詩文書札爲《端友集》以表之。」

④任昉生前好交結，坐上客常滿，死後其子貧困流離，生平舊交莫有收恤。劉峻乃師東漢朱穆《絶交論》之意，著《廣絶交論》以譏其舊交。事見《南史·任昉傳》。

⑤語本蘇軾《方山子傳》：「余聞光、黄間多異人，往往陽狂垢污，不可得而見，方山子儻見之與？」

舊雨軒帖題詞①

上洋朱友石別駕，今之京兆小萬卷也②。世代文博，名貴驛起。侍御水部諸先達詞藻連翩，雄長文囿。所謂長河不斷，連岡勢邈，其家有之。友石明經博學，雅珍墨妙，追集名蹟，礱石以傳丞相衣帶之字。夫人大雅之吟，粲然簡策。至尺一問答，數行報謝，咸寶同家訓，光列磨刻。父母名存，長者如在，僑、向、孔、李，還相遇也③。

昔王元長聚書六十四體，風魚蟲鳥，無一不具④。沈休文趨高領妙，慨然欲與天下盡識龜圖鳥跡⑤。自古文傑必耽書理。然身涉標季，志窮蒼籀，曇礦上谷，卧遊而已。孰若舊雨佳本，旨從近取，廓填影書，假借並絶，此直士季家碑、右軍《筆説》⑥。運帚掣械，事逸功倍。置諸堂上，賓客可盡驚座，小子無泣斷紋也。

【繫年】

據《舊雨軒藏帖》第一册末署「崇禎十三年歲次庚辰仲春之吉四世孫長統摹勒上石」，可知此文作於崇禎十三年（一六四〇）春。

【箋注】

①朱長統，字友石，上海人。萬曆《順天府志》卷四：「朱長統，南直上海人，由□生天啓四年七月任，六年陞浙江杭州府通判。」《舊雨軒藏帖》十册，不分卷，崇禎十三年，朱長統摹勒。卷首有張溥、董其昌、陳繼儒題辭。第一册末署「崇禎十三年歲次庚辰仲春之吉四世孫長統摹勒上石」。參見張伯英原著、吴元真增補《增補法帖提要》第四九五頁。

②《宋史》卷四百三十九《朱昂傳》：「朱昂，字舉之，其先京兆人。……朱遵度好讀書，人號之爲『朱萬卷』，目昂爲『小萬卷』。」

③僑即公孫僑，字子産，春秋鄭國大夫。向即向戌，春秋宋國大夫。《左傳・昭公元年》：「晉侯有疾，鄭伯使公孫僑如晉聘，且問疾。叔向問焉。」孔即孔子，李即老子。據《史記・孔子世家》，孔子曾適周問禮於老子。

④李昉《太平廣記》卷二百七《王融》：「宋末，王融圖古今雜體，有六十四書。少年倣效，家藏紙貴。而風魚蟲鳥，是七國時書，元長皆作隸字。」

⑤王應麟《玉海·藝文》卷十一《乾道班馬字類》：「宋沈約慨然思與天下共識龜圖、鳥迹之遺。趨高領妙，自謂入神，旁通曲暢，律度精密。」

⑥蘇易簡《文房四譜》卷一《筆譜》：「王羲之，曠之子。早于其父枕中竊讀《筆説》，父恐其幼，不與，乃拜泣而請之。」

題會吟①

《會吟》之篇與《吴趨》同意，各言其土風也。周子又魯家本會稽②，博學善遊，渡曹江，歷朱方，泛濫舟輿，極河朔而後已。豐壺上客，鴅鼎佳賓③，拂席搴衣，醉可一石，莫非詩也。趙代秦楚之謡，魏晉宋梁之製，循節彷傚，筆摧意盡。今不假夢黄衣，獨能濯錦。襄陽高據，自稱「詩星」④，蓋伊人乎？每一終篇，毋忘會稽。乘車戴笠，何温厚也。禹會塗山，有女作歌，「候人兮猗」〔一〕，南音所始⑤。又魯其聞之矣。新聲貴本，土音操雅。若摹榻千紙，亦詩家之《蘭亭》也。

【校記】

〔一〕「猗」，原作「倚」，據《吕氏春秋·音初》改。

【箋注】

①此題《會吟》。金牛江、金向銀《謝靈運山居賦詩文考釋》：「（謝靈運）《會吟行》屬樂府雜曲歌，

《樂府解題》説：『《會吟行》，其致與《吴趨》同。』晉陸機有樂府詩《吴趨行》曰：『四坐並清聽，聽我歌《吴趨》。《吴趨》自有始，請從閶門起。』謝詩模仿陸作，但注入了新内容。會，指會稽郡，秦始皇二十五年置。」吴新雷主編《中國崑劇大辭典》：「吴趨本意是指吴人的好尚，引申爲吴人愛好的本地聲歌，六朝時指吴地的樂府民歌，明清時則指崑曲。」

② 周又魯，待考。

③ 語本簡文帝《卦名詩》：「豐壺要上客，鴿鼎命嘉賓。」鴿鼎指佳餚。

④ 盧延讓《吊孟浩然》：「高據襄陽播盛名，問人人道是詩星。」詩星指孟浩然。

⑤ 《吕氏春秋》卷六《音初》：「禹行功，見塗山之女，禹未之遇而巡省南土。塗山氏之女乃命其妾候禹於塗山之陽，女乃作歌曰：『候人兮猗。』實始作爲南音。」

跋

跋陸安甫先生像①

逆瑾柄用，專以摧戮士大夫爲威强。當日大僚荷校，直臣笞死，殆無虚月。匿名之獄，舉朝震恐。囚者三百，其間中烈日曝死者三人，吾鄉陸安甫先生與焉。時正德之三年也。先生方成進士，疑與中人貴璫無所交關，而罹禍獨蚤。彼平時恨恨，髪指衝冠，必爲緹衣耳目。人固有死日，先生之死義也。甫脱芒蹻，趨湯如歸。夫婦爲夫死，臣爲君死，一耳。未廟見之婦，即死夫難，其悲傷可憐也，甚於他婦，謂去女子未遠也，安甫先生其然乎？李元甫所畫像②，猶太學衣冠。使當日親見公死狀，圖以示人。常山之舌③，侍中之血④，形貌又當何如哉？

【箋注】

① 此題鄉賢陸仲像。陸仲，字安甫，太倉人。陸容子。弘治五年舉人，正德三年成進士。陸仲與張泰、陸釴齊名，時稱「婁東三鳳」。

② 李元甫，待考。

③《新唐書》卷一百九十二《顏杲卿傳》：「杲卿至洛陽，禄山怒曰：『吾擢爾太守，何所負而反？』杲卿瞋目罵曰：『汝營州牧羊羯奴耳，竊荷恩寵，天子負汝何事，而乃反乎？我世唐臣，守忠義，恨不斬汝以謝上，乃從爾反耶？』禄山不勝忿，縛之天津橋柱，節解以肉啖之，詈不絶，賊鉤斷其舌，曰：『復能罵否？』杲卿含胡而絶。」顏杲卿爲常山太守，後以「常山舌」作寧死不屈之典。

④《晉書》卷八十九《嵇紹傳》：「紹以天子蒙塵，承詔馳詣行在所。值王師敗績于蕩陰，百官及侍衛莫不散潰，唯紹儼然端冕，以身捍衛，兵交御輦，飛箭雨集，紹遂被害于帝側，血濺御服，天子深哀歎之。及事定，左右欲浣衣，帝曰：『此嵇侍中血，勿去。』」後以「嵇侍中血」指忠臣之血。

跋洞庭吴伯玉藏申文定家書①

文定書法與吾妻太原各一體裁，肥瘦遒媚，筆勢軼出。雖世不多見，然吴中遺墨，往往而有。大抵親故往還，尺一報問，大字挂壁，象笏之餘，吴人不忘也。伯玉寶愛名蹟，得文定家書數幅，裝成幀卷，每幅字不下幾百。余觀唐宋碑刻，掇集二王②，隻字必收。兒息姊妹，常語寒暄，鈎摹殆盡，尚恨墜佚。若此連篇細書，首尾年月，文皆鱗貫，可謂多多益善矣。伏波誡子，勤渠折節③；顔氏垂訓，欲燒麈尾④。長者之旨，又未嘗不百世同符也。

【箋注】

①此跋洞庭吴爾成藏申時行家書。吴爾成，字伯玉，松江人。詳見《近集》卷一《洞庭吴太君春秋六袠，長公伯玉，家孫公甫，與余世講，孫子孟樸、爾發、君昌，沈子弁丘，周子叔夜，陶子涪水，郟子千里，皇甫器之索言介觴賦此》注。申時行，字汝默，號瑶泉，又號休休居士，長洲人。嘉靖四十一年進士第一，官至吏部尚書、中極殿大學士，贈太師。繼張四維後爲首輔。謚文定。《明史》卷二一八有傳。

②二王：指晋書法家王羲之、王獻之父子。

③《後漢書》卷二十四《馬援傳》：「初，兄子嚴、敦並喜譏議，而通輕俠客。援前在交阯，還書誡之曰：『吾欲汝曹聞人過失，如聞父母之名，耳可得聞，口不可得言也。好論議人長短，妄是非正

法，此吾所大惡也，寧死不願聞子孫有此行也。汝曹知吾惡之甚矣，所以復言者，施衿結褵，中父母之戒，欲使汝曹不忘之耳。龍伯高敦厚周慎，口無擇言，謙約節儉，廉公有威，吾愛之重之，願汝曹效之。』」

④ 顔氏垂訓，欲燒麈尾：《顔氏家訓》中無此記載，他書亦似未見，疑當爲南朝齊大將陳顯達教子事。《南史》卷四十五《陳顯達傳》：「顯達曰：『凡奢侈者鮮有不敗，麈尾蠅拂是王、謝家物，汝不須捉此自逐。』即取於前燒除之。其静退如此。」

楊年伯母唐太夫人貞壽頌序跋①

《貞壽》諸篇，四方所爲頌楊母也。吾母柏舟之節②，公宫之訓，遠近皆能言之。女士母師，大抵在扶風、宣成間。有子治非以藐諸雄儒林③，出守郡國，奏治行第一，莫非母教。今者觴吾母，詠歌麕至，緑綈盛硯，銀管給書，猶恨形容未盡。蓋懷治非者，傳孟堅之《循良》；拜吾母者，圖中壘之《列女》。詩人思郇伯④，左氏美敬姜⑤，意俱近之。予託猶子，登堂缺焉。宋遠河廣⑥，以言將之。爲書大指，酌斗是代矣。

【箋注】

① 此跋楊年伯母唐太夫人貞壽頌序。

② 柏舟之節：舊時謂夫死不嫁之節操。

③ 楊治非，待考。

④《詩·曹風·下泉》：「四國有王，郇伯勞之。」

⑤《列女傳·魯季敬姜》：「頌曰：文伯之母，號曰敬姜。通達知禮，德行光明。匡子過失，教以法理。仲尼賢焉，列爲慈母。」

⑥《詩·衛風·河廣》：「誰謂河廣？一葦杭之。誰謂宋遠？跂予望之。誰謂河廣？曾不容刀。誰謂宋遠？曾不崇朝。」

顔帖跋①

魯公筆法，多得之夏雲奇峰。廢翁體尚高邈，蕉葉石版，其書咸編，神明極觀，又在《華嚴》《過𨽻》《近聞又聞》數帖〔一〕②，每帖無過二十餘字，印泥畫沙，生氣畢備。措字之難，智巧斷盡。昔人有經營數年不成一字者，翁于顔極深，形神兼之。此册幸存，字且過百，行金札珠，以少爲尚，真法書之諤諤者也。

【校記】

〔一〕「近聞」，原作「近間」，據顔真卿《劉中使帖》改。

【箋注】

① 此跋顔真卿帖。顔真卿，字清臣，京兆萬年人。開元中進士。爲楊國忠所惡，出爲平原太守。安

禄山作亂，與兄杲卿起兵進討。爲河朔諸郡推爲盟主。官吏部尚書、太子太師，封魯郡公。人稱「魯公」。書法自成一家，世稱「顔體」。

②《華嚴》《過埭》《近聞又聞》數帖：即顔真卿《與澄師帖》《與蔡明遠帖》《劉中使帖》。

七録齋近集卷八

婁東 張溥西銘 著
同里 張采受先
金沙 周鍾介生 閲

古名家集題詞

漢魏六朝百名家集總題〔一〕

文集之名，始于阮孝緒《七録》，後代因之，遂列史志。馬貴與《經籍考》詳載集名，人物爵里，著作源流，備具左方，覽者開卷，大意已顯。然李唐以上，放軼多矣。周惟屈原、宋玉，漢惟枚乘、董仲舒、劉向、揚雄、蔡邕，魏惟曹植、陳琳、王粲、阮籍、嵇康，晉惟張華、陸機、陸雲、劉琨、陶潛，宋惟鮑照、謝惠連，齊惟謝朓、孔珪，梁惟沈約、吴均、江淹、何遜，周惟庾信，陳惟陰鏗。千餘年間，文士輩出，彬彬極盛，而卷帙所存，不滿三十餘家。藏書五厄，古今同慨。晉摯仲洽總鈔群集，分爲流别；梁昭明特標選目，舉世稱工。澄汰之餘，遺亡彌衆。至逸書編于豫章，古文抄自會稽，巨源寶經龕之帙，容齋發故篋之藏，趙宋諸賢戮力稽古，不能追續墜簡，鋪揚詞苑，亦惟委之時運，抱痛河海而已。

余少嗜秦漢文字，苦不能解。既略上口，遍求義類，斷自唐前，目成掌録，編次爲集，可得百四五十種。近見閩刻七十二家，更服其搜揚苦心，有功作者。兩京風雅，光並日月；一字獲留，壽且億萬。魏雖改元，承流未遠；晉尚清微，宋矜新巧。南齊雅麗擅長，蕭梁英華邁俗。總言其概，椎輪大輅〔二〕，不廢雕幾；月露風雲，無傷氣骨。江左名流，得與漢朝大手同立天地者，未有不先質後文，吐華含實者也。人但厭陳季之浮薄而毀顏、謝，惡周隋之駢衍而罪徐、庾。此數家者，斯文具在，豈肯爲後人受過哉！

余自賈長沙以下，迄隋薛河東，隨手次第，先授剞劂。凡百三家，卷帙重大，餘謀踵行。古人詩文，不容加點，隨俗爲之，聊便流涉，無當有亡。評騭之言，懼累前人，何敢復贅？每集序首，本末微見，送疑取難，冀代莛叩爾。別集之外，諸家著書，非文體者，概不編入。其他斷篇逸句，雖少亦貴，期于畢收。但家無乘書，妄譚遠古，縢囊漏挂，寧免訕笑？倘世有蓄文德之別部，大思光之《玉海》者，則願負擔以從矣。

【校記】

〔一〕張溥原刻本、掃葉山房本、信述堂本題作「漢魏六朝百名家集叙」。文淵閣四庫全書本無總題。

〔三〕「大輅」，原作「大路」，逕改。

【箋注】

張溥文集題詞，最有價值、最有代表性者當屬《漢魏六朝百三名家集題詞》（以下簡稱《題詞》）。張采《庶常天如張公行狀》「又念漢魏六朝諸文人篇章散逸，有集則加訂正，亡集則遍蒐羅，人自成編，題詞弁首，共一百三人，名曰『百名家』」所云「題詞」即指此。

張溥主要據明張燮《七十二家集》，並參考馮惟訥《古詩紀》、梅鼎祚《歷代文紀》中作品較多作家，選取漢賈誼至隋薛道衡共一百零三人，排比附益，將其詩文匯成一編，編成《漢魏六朝百三家集》一百十八卷（《四庫全書總目·漢魏六朝一百三家集》）。於每集前，置一題詞。《題詞》含《總題》凡一百零一則，論及西漢賈誼至隋薛道衡等一百零三家文集，其中應瑒應璩兄弟、張載張協兄弟、劉孝儀劉孝威兄弟各合爲一則。

據《總題》自述，張溥少嗜秦漢文字，搜集、閱目秦漢至隋代文集達一百四五十種。又參閱張燮《七十二家集》，「更服其搜揚苦心，有功作者」，受其激發，遂在博覽通觀及編輯《百三家集》之基礎上以史家眼光從漢魏六朝文學發展史的角度爲每一家撰寫了《題詞》。其《題詞》「實爲評論作家之作」（殷孟倫《漢魏六朝百三家集題辭注·凡例》），「對百三家其人其文，都提出了他自己的看法，家家有題辭，人人有論述，分之爲作家各論，合之則爲文學史。在十七世紀中葉，出現了這樣一部具有文學史規模的作品，是值得我們研究與重視的。」（見《漢魏六朝百三名家集·出版説明》，江蘇古籍

出版社二〇〇二年）

論及張溥《漢魏六朝百三名家集》，必然要提及張燮《七十二家集》。關於二書之作時，蹤凡認爲張燮《七十二家集》當完成於天啓四年，張溥《漢魏六朝百三家集》約完成於張溥中進士之後的十年間（蹤凡《明代漢賦輯録的文獻考察》）。王京州則認爲張燮《七十二家集》校勘刻寫于天啓四年至崇禎元年。關於二書之承襲，《續修四庫全書總目提要·七十二家集》指出：「張燮自述，集中所收皆『詩賦文章』，『若經翼史裁、子書稗説，聽其别屬單行』。此書體例，頗屬嚴整，每集首列賦，次列文，後列詩，同時代贈答諸語附於篇後。集首有張氏引或題辭，語詞精煉，識見獨到，叙文集所由來並考其篇帙。如考賈誼際遇，云其雖有灌、絳之嫉，然『獨新進少年，鋒穎太著』，頗合事實。對集中舛訛之字，張燮每參數本更決之，無可參訂者則仍其舊。各卷目録仿《文選》體例，以文體分類編排。集後附録作者本傳、别傳及後人追頌等文，不限於一家之言，往往集評、集傳並存。六朝以上作品，文内多附前人注解。明張溥《漢魏六朝百三家集》即參此書而成，後嚴可均《全上古三代秦漢三國六朝文》、丁福保《漢魏六朝名家集》並因之。」李芳《明人漢魏六朝文學文獻整理研究——以汪士賢、張燮、張溥三書爲中心》詳加比勘，認爲「二書重合的七十一家别集中，有四十五家的篇目完全相同，占總數的百分之六十以上」，此外的二十六家别集，張溥則在張燮的基礎上稍有增益或删落，但改動往往不大（轉引自王京州《七十二家集題辭箋注·前言》）。李芳的細緻對勘足資借鑒，然需指出的是，除了重合的七十一家别集，張溥整理了另外三十二家别集，既有承襲，亦有開創，功不可没。

王京州又對二書之題辭詳加對比，其《七十二家集題辭箋注·前言》指出：「張溥《漢魏六朝百三家集題辭》也受到了張燮《七十二家集題辭》的啓發和影響，二張的題辭體例相似，内容却迥然有别，在文學批評史上，張溥之題辭是無論如何也無法取代張燮之題辭的。張溥既以張燮《七十二家集》爲參考對象，又采用同樣的批評方式，即撰寫題辭，當然不能不對張燮題辭有所留意和參考。細心考察，不難發現，張溥在《陳思王集題詞》中提到的『論者』、《謝宣城集題詞》中提到的『憐之者』以及《梁昭明集題詞》中提到的『論昭明者』，實際上都並非是泛泛而談，没有明確的指向，而是均指向張燮。張溥在行文設論時，有化用或徵引張燮題辭之處，因爲是在暗中用筆，讀之者往往易于忽略。而細讀二張題辭更能發現，張溥徵引張燮的觀點，非僅是出于行文設辭的需要，而往往更是震鑠于張燮學術觀點的鋭利表達：説曹植『自穢』『善讓』及忠于漢室，説謝靈運『邁性驁挺』『鴻鵠摩天』，説《南史》歪曲附會蕭統事跡等，張溥既讀之印象深刻，不自覺在撰寫題辭時引用其觀點，回應其成説，又或商榷是非，針鋒相對。即便未見對張燮題辭承襲痕跡的大多數題辭，張溥也無不將張燮當作暗中用力的對手，張燮的題辭寫得越好，就越能激發張溥更進一步、超越前賢的渴望。應該説，張燮就是矗立在張溥面前的一位『編者』，更是一位『論者』！不僅《七十二家集》是《百三家集》之『根柢』，張燮題辭也是張溥題辭之『根柢』。張溥是幸運的，有張燮題辭參照與較量，他的題辭數量更爲可觀，内容也可謂後出轉精。」蹤凡則認爲，張溥《題詞》更爲突出，「張溥的研究更爲深入，論述也更爲精闢」，「其論述之全面、觀點之深刻、語言之精煉，都遠遠超過了張燮及其他各家」（見蹤凡《明代漢賦輯録的文獻考察》)。筆者認爲張燮、張溥題辭承襲與開新俱存,各具風格與價值,二者相得益彰,爲漢魏六朝文學研究者提供了多視角的借鑒。

《漢魏六朝百三家集》刊出後,清代學者又將其題辭抽出單列一集,題名《漢魏六朝百三家集題辭》刊行。現有嘉慶七年(一八〇二)刻本(南京圖書館藏)、道光七年(一八二七)清芬閣張氏刻本(上海圖書館藏)、道光十四年(一八三四)海甯顧幹校刻本(上海圖書館藏)。今人殷孟倫一九三五年開始爲《漢魏六朝百三家集題辭》作注,後由人民文學出版社一九六〇年出版,使其流傳更爲廣泛。然需指出的是,殷氏《漢魏六朝百三家集題辭注》重在注釋典故、文義,而限於當時條件,底本選擇未佳,不是以最早的《漢魏六朝百三家集》明崇禎刻本和同時之《七録齋近集》爲底本,而是以清光緒乙卯信述堂翻刻本爲底本,且校録不盡嚴格,故文字多有出入。上海師大曹旭教授有感于此,近期對《漢魏六朝百三家集題辭》重新校箋,擬由人民文學出版社出版,其研究成果值得期待。

鑒於以上諸家研究,尤其是殷孟倫已爲《漢魏六朝百三家集題辭》詳加注釋,故不再新加注釋,僅於張溥每集題辭後,附録張燮相關題辭,藉以對勘。

賈長沙集題詞〔一〕

屈原爲楚懷王左徒,入議國事,出對諸侯,深見親任。賈生年二十餘,吴廷尉言于漢文帝,一歲中,超遷至太中大夫。此兩人者,始何嘗不遇哉?讒積忌行,欲生無所,比古之懷才老死，終身不得見人主者，悲傷更甚。即漢大臣若絳、灌、東陽數短賈生，亦武夫天性，不便文學，未必讒人罔極，如上官子蘭也。太史公傳而同之，悼彼短命，無異沉江。漢廷公卿莫能材賈生而用也，蔽于不知，猶楚譖人耳。賈生《治安策》，其大者無過減封爵、重本業、教太子、禮大臣數者，于天子甚忠敬，于功臣宿將無不利也〔二〕。怒之深而遠之疾，何爲乎？《史記》不載疏策，班固始條列之，世謂于賈生有功。然身既疏退，哭泣而死，焉用文爲？太史公闕而不録，其哀生者深也。時政諸疏，雜見《新書》，顧倫理博通，不如本疏，揣摹家庭，登獻華屋，草創潤色，意者亦有殊途乎？騷賦辭清而理哀，其宋玉、景差之徒歟〔三〕？西漢文章〔四〕，莫大乎是，非賈生其誰哉！

【校記】

〔一〕文淵閣四庫全書本題作「漢賈誼集題詞」。

〔二〕「功臣宿將」，殷孟倫本作「大臣」。

〔三〕「歟」，信述堂本、殷孟倫本作「乎」。

〔四〕「文章」，殷孟倫本作「文字」。

【附録】

張燮《賈長沙集引》：「賈生爲灌、絳所嫉，然賈生未嘗不利于灌、絳也。禮大臣之說早行，則絳侯何至憂獄吏之貴乎？王封太强，未幾而所在噂嗒，又何奇中也！獨新進少年，穎鋒太著，使人謂繭栗犢便任重致遠，反作意羈之耳。賈集久無單行，《新書》割裂封事，畫隴分阡。他如《封建》《鑄錢》諸疏，薄有增益，别標名目，自屬子部，今俱不采。采其騷、賦及疏，牘散見傳、志或他書者，爲《長沙集》。孔門用賦，故知升堂，撫時英鋭，亦具露一斑矣。紹和張燮撰并書。」

司馬文園集題詞〔一〕

梁昭明太子《文選》，登采絶嚴〔二〕，獨於司馬長卿取其三賦四文，其生平壯篇略具，殆心篤好之，沉湎終日而不能捨也。太史公云〔三〕：「長卿賦多虚辭濫説，要歸節儉，與《詩》諷諫何異？」余讀之良然〔四〕。《子虚》《上林》非徒極博，實發於天材。揚子雲鋭精揣鍊，僅能合轍，然疏密大致，猶《漢書》於《史記》也。《美人賦》，風詩之尤，上掩宋玉。蓋長卿風流誕放〔五〕，深於論色，即其所自叙傳。琴心善感，好女夜亡，史遷形狀，安能及此？他人之賦，賦才也；長卿，賦心也。得之於内，不可以傳。彼曾與盛長通言之，歌合組，賦列錦，均未喻耳。獵獸獻書，《長揚》志直；馳檄發難，巴蜀竦聽。慕藺生之澠池〔六〕，跨唐蒙於絶域。赤車駟馬，足名丈夫。抑其文皆賦流也。生賦《長門》，没留《封禪》，英主怨后，思眷不忘，豈偶然乎？

【校記】

〔一〕「詞」，原刻本作「辭」。四庫全書本題作「漢司馬相如集題詞」。

〔二〕「絶」，殷孟倫本作「極」。

〔三〕「云」，原刻本、信述堂本、四庫全書本作「曰」。

〔四〕「余」，原作「今」，據原刻本、信述堂本、四庫全書本改。

〔五〕「誕放」，殷孟倫本作「放誕」。

〔六〕「之」，殷孟倫本作「於」。

【附録】

張燮《重纂司馬文園集引》云：「長卿賦手，横絶古今，天子至惓不得同時之歎。顧獨不爲卓王孫所重，非當壚滌器辱之，彼不念人才足依也。世上一種富人，多是不鲫溜鈍漢。獨怪臨邛令日朝相如者，方夫驌驦貰盡，令君却從何處戴星，絶無一介相聞，莫知其解也。長卿他文俱以賦家之心發之，故成巨麗。凡拙速輩無此格力。惜史所稱《平陵侯書》及《五公子相難》等篇，不得付所忠傳之耳。平昔慕藺，迨乘使者車入蜀，作《喻檄》及《難父老》，略定西夷。其豪情爽氣，真跨持璧章臺及澠池擊缶時也。甲子人日雲霏主人張燮識于麟角堂。」

董膠西集題詞〔一〕

《史記·儒林傳》載廣川董氏與胡毋生《春秋》同列，無大褒異。至《漢書》始特爲立傳，贊述劉子政與劉歆、劉龔言論，抑揚其辭，以寄鄭重。凡人輕今貴古，賢者不免。太史公與董生並遊武帝朝，或心易之。孟堅後生，本先儒之説，推崇前輩，則有叩頭户下耳。正誼明道，西漢絶學，遂爲儒宗。三策、三對，君臣喜起，文章大醇，《禮記》儔也。公孫用事，同學懷妒，出相膠西，謝病自免。悲哉董生〔二〕，向賦不遇，今其然耶？然尊孔氏，斥百家，立學校，舉茂孝〔三〕，王者制度皆發自董生。身雖廢，言何嘗不顯哉？高廟燔災，閒居擬對，私家書也。主父挾奏，吕生妄譏，下吏當死。漢法失刑，與誅腹誹何殊？宋儒因武帝好殺，窮跡淮南，曲罪董生一對，上啓殘賊，將生罪反居張湯上乎？非論之平也。

【校記】

〔一〕四庫全書本題作「漢董仲舒集題詞」。

〔二〕「悲」，殷孟倫本作「怨」。

〔三〕「孝」，四庫全書本作「才」。

【附録】

張燮《重纂董膠西集小引》云：「漢踞秦餘，聖學堙曖，董生正誼、明道二語，首揭日月而行。宋人詆訶先代不遺餘力，顧獨推挹廣川不虛也。彤庭三策，纚纚洋洋，疊相驕王，雅多匡濟。晚歲歸老，國有疑義，遣廷臣詣宅質疑，直倚生爲司南車者。原夫博綜天人，胸無滯旨，事靡留判，應自不窺園時植德芸邪，深於薈蔚耳。儒林藻苑，判不雙收，乃生饒兼之。文質而核，贍而有體，似在西漢諸人，較有別部淹卲，蛇龍入懷，豈直爲《繁露》之應哉！甲子仲春哉生明日張燮識於覓蠹軒。」

東方大中集題詞〔一〕

東方曼倩求大官不得，始設《客難》；揚子雲草《太玄》，乃作《解嘲》。學者争慕效之，假主客，遣抑鬱者，篇章迭見，無當玉巵，世亦頗厭觀之。其體不尊，同于游戲。然二文初立，詞鋒競起，以蘇、張爲輸攻，以荀、鄒爲墨守。作者之心，寔命奇偉，隨者自貧，彼不任咎，未可薄連珠而笑士衡，鄙七體而譏枚叔也。曼倩《别傳》多神怪，不足盡信。即史書所記，拔劍割肉，醉遺殿上，射覆隱語，榜楚舍人，侏儒俳優，其跡相近。及諫起上林〔二〕，面責董偃，正言嶽嶽，汲長孺猶病不如，何況公孫丞相以下？《誡子》一詩，義包《道》《德》兩篇，其藏身之智具焉〔三〕，而世皆不知。漢武嘆其歲星，劉向次於《列仙》，事或有之。非此浮沉，莫行直諫，事雄主其誠難哉！

【校記】

〔一〕四庫全書本題作「漢東方朔集題詞」。「詞」，原刻本作「辭」。

〔二〕「及」，殷孟倫本作「又」。

〔三〕「具」，殷孟倫本作「在」。

【附録】

張燮《重纂東方大中集引》云：「東方譎諫，人主喜其易狎，彼亦遂狎人主。然諫起上林，排突董偃，即汲長孺之直，豈遠過哉！淺視者混列之以爲滑稽，高語者傅會之以爲仙人，彼蓋托俳諧以傲世焉，而匪藉歲星乃顯也。若夫吐辭英偉，稱是天逸。今其存者，大都盡播傳誦。余於《拾遺記》得其《寶甕》一銘，政如覓碎金於沙際耳。《借車孫弘書》，史載其目，今所餘斷簡，獨隻語寥寥，惜不得全篇讀之，知當狎平津爲海鷗鳥也。甲子上巳汰沃子張燮識於瑞桃塢。」

褚先生集題詞〔一〕

張晏云〔二〕：「褚先生，潁川人，仕元成間。」韋稜云：「《褚顗家傳》：褚少孫，梁相褚大弟之孫，宣帝時爲博士，寓居於沛，事大儒王式，故號爲先生，續太史公書。」而先生自述，亦云：「幸得以經術爲郎。」其記外戚問之鍾離生，記梁孝王問之宫殿中老郎吏，編列三王封策，取之長老好故事者。慎哉所聞！與子長稱董生、壺大夫何以異？《史記》中《孝武本紀》，《禮》《樂》二書，皆傳爲褚生所補。論者謂武帝好功利，多制作。史臣備集行事，其可觀感〔三〕，必有大於《秦皇》諸紀者，乃僅取《封禪書》充之〔四〕，闕如自在。《禮書》本荀卿，《樂書》本《樂記》，載太史公語無多。本朝有司，何遽失傳？盡繇褚生才薄，折足匪任。然讀其所記景帝王后，武帝尹、邢兩夫人，與梁王、田仁、任安諸逸事，及《滑稽》六章，《日者》《龜策》二傳，錯綜爾雅，狀形貌，綴古語，竟有似太史公者。設令兩人生同時，官同舍，子長主書，褚生爲副，繙閲金匱，成就必廣。又令各譔一史，如淮南八公之徒，聞見角立，相視而笑，未必不爲莊周之許惠施也。予爲採列獨出，使世知龍門而下、扶風而上，尚有褚生，以當史家小山云。

【校記】

〔一〕四庫全書本題作「漢褚少孫集題詞」。

〔二〕「云」，殷孟倫本作「曰」。

〔三〕「其」，殷孟倫本作「甚」。

〔四〕「取」，殷孟倫本作「以」。

王諫議集題詞〔一〕

《漢書》嚴助、朱買臣、吾丘壽王、主父偃、徐樂、嚴安、終軍、王褒、賈捐之九人同傳，令終者鮮。惟子雲棄繻，子淵作頌，名高齊蜀，而夭病隨之。即身非鼎烹，能無惑辨命乎？聖主賢臣，文辭采密。其排彭祖，厭喬松，歸之文王多士，以祝壽考，意主規諷，猶長卿之《子虚》《上林》，游戲苑囿，有戒心焉。乃蜻蛉神見，持節南崖〔二〕，金馬碧鷄，光景未來，使者先殞。彼所刺者神僊，而不能抗辭于銜命，烏得云善諫哉？《甘泉》《洞簫》，後宫誦讀，《僮約》諧放，頗近東方。元帝爲太子時，忽忽不樂，惟子淵奇文，足起體疾，以此賢於博奕，信矣。《九懷》之作，追愍屈原，古今才士，其致一也。執握金玉，委之污瀆，他人有心，誰能不怨？大氏王生俊才，歌詩尤善，奏御天子，不外中和諸體〔三〕。然辭長于理，聲偶漸諧〔四〕，固西京之一變也。

【校記】

〔一〕四庫全書本題作「漢王褒集題詞」。

〔二〕「崖」，殷孟倫本作「厓」。

〔三〕「體」，殷孟倫本作「雜」。

〔四〕「諧」，原作「階」，據四庫全書本、殷孟倫本改。

【附録】

張燮《王諫議集引》云：「漢宣好文，張子僑輩以材高入侍。然遺編皆不顯，今獨王子淵傳耳。九江被公，能爲楚詞，不堪與《九懷》爭道也。東宫臥痾，忽忽善忘，詔褒娱侍，朝夕以奇文代醫方，疾遂良已。後世但知陳檄愈風，不知子淵之效此久也。《甘泉》《洞簫》，後宫咸誦，視長門買賦，遇尤倍奇。《僮約》一篇，突開百代俳諧之祖，再變而爲《奴券》，豈易追蹤者哉？《賢臣頌》是牽絲第一義，殆抵突求仙者，乃竟以祀事銜命，齎志王程，詎香案婆娑心目俛變耶？安得向金馬碧鷄問而問之？天啓甲子莫春朔日紹和張燮識於汰沃浮蹤。」

劉中壘集題詞〔一〕

漢膠侯劉路叔，長者也，頗脩黄老術。治淮南獄時，得其枕中《鴻寶》《苑秘書》。子子政因而誦讀，獻之人主。鑄金不成，繫獄當死。路叔上書頌罪，亦遭吏劾。好奇賈禍，誦白圭者，且爲父咎云。元帝初立，忠直輔政，寺人譖愬，復困犴獄。至今讀其封事，忠愛憯怛，義兼《詩》《書》。成帝尚文，心嚮子政，阨於王氏，不能大用，連章讜言，僅告無罪而已〔二〕。夫屈原放廢，始作《離騷》；子政疾讒，八篇乃顯。同姓忠精，感慨相類。左徒當日諫書不傳，彼蓋爭之口舌，其著者張儀一事耳。子政苦口，終身不倦，年餘七十〔三〕，惓惓漢宗，感災異而論《洪範》〔四〕，戒趙衛而傳《列女》，鑒往古而著《新序》《説苑》，其書皆非無爲而作者也〔五〕。雖《九嘆》深雅，微謝《騷經》〔六〕，其他文詞宏博，足相當矣。太史公《屈原傳》云：「原死後，楚日削〔七〕，竟爲秦滅。」孟堅亦云：「子政卒後十三歲，王氏代漢。」此兩人繫社稷輕重何如哉〔八〕！

【校記】

〔一〕四庫全書本題作「劉向集題詞」。

〔二〕「僅」，殷孟倫本作「謹」。

〔三〕「年餘七十」，殷孟倫本作「年七十餘」。

〔四〕「災」，殷孟倫本作「靈」。

〔五〕「爲」，殷孟倫本作「謂」。

〔六〕「謝」，殷孟倫本作「遜」。

〔七〕「日」下，殷孟倫本有「以」。

〔八〕「重」下，殷孟倫本有「爲」。

揚侍郎集題詞〔一〕

《劇秦美新》，諛文也。後世《勸進》《九錫》，皆權輿焉。《元后誄》哀思文母，盛譽宰衡，猶然《美新》，豈有周人申后之思乎？予嘗疑子雲耆老清静，王莽之世，身向日景，何愛一官，自奪玄守？班史作傳，亦未顯訾，其符命之作，傳聞真僞，尚在龍蛇間。或者莽善詆燿，頌功德者遍海内，莫不高三皇，巍五帝。子雲《美新》，猶頗齷蓏鲜醜，孟堅讀而不怪也。《法言》世貴，《太玄》後顯，並輔六經而行。《河東》《甘泉》《長楊》《羽獵》四賦絶倫，自比諷諫，相如不死。《逐貧賦》長於《解嘲》，《釋愁》《送窮》，文士調脱，多原於此。《十二州》《二十五官箴》，《虞書》《魯頌》之遺也。《酒箴》滑稽，陳遵見而拊掌，寧讓淳于髡《説酒》哉〔二〕？

【校記】

〔一〕四庫全書本題作「揚雄集題詞」。

〔二〕「寧」，殷孟倫本作「豈」。

【附録】

張燮《楊侍郎集題詞》云：「子雲賦祖長卿，當時稱其文似。其曰《子虚》似不從人間來，神化所至，蓋自况也。夫《玄》之擬《易》也，《法言》之擬《論語》也，《方言》之擬《爾雅》也，古今不無異同。至賦手文鋒，未有不心折之者。老而自厭，乃更目爲雕蟲。譬之懷閒盈尺，自以爲非寶，而别求文魮之孕，過矣過矣。子雲當漢之季，《甘泉》《河東》《長楊》《羽獵》，動存規諷，不慮忤時，比在紫色蛙聲之朝，翻傳《美新》，自貽伊哂。豈衆嘲難解，佹托龍蛇，時提醒反騷意耶？班氏《揚雄傳》是述雄《自序》之文，故後來行徑，尚未終局，班氏於贊補發之。顔師古《漢書注》甚明。後人誤以爲史筆，故集俱不載，今爲拈出。三復諸篇，而後信動人者終不在禄位容貌也。張燮識。」

劉子駿集題詞〔一〕

王莽篡漢，甄豐、劉歆、王舜爲其腹心。豐、舜不足道，歆宗室宿儒，胡爲僕僕符命，同賣餅兒也？甄尋之變，劉棻兄弟三人皆死，歆始怨懼。後與王涉、董忠謀誅莽，彷徨太白，漏言婦人，遂自殺也。班史謂歆初心輔莽，圖富貴，謀至加號「安漢宰衡」而止，事不出於居攝。即真以後，内畏不安，懷變有日，此固寬爲之辭。然論歆罪，幽州、羽山，流殛猶小矣。子政三子皆好學，長子伋以《易》教授，官至郡守；中子賜，九卿丞，早卒；而少子歆最知名。令歆繼父業，校秘書，領《五經》，死於哀帝之世，官以都尉終，其名豈不出兩兄上？而冒榮國師，投跡亂逆，悲乎其壽也。《左傳》未立，移書責讓；子雲爲友，求索《方言》。至《洪範傳》著天人，《七略》綜百家，《三統曆譜》考步日月五星，此非古鉅儒耶？讀其書，益傷其人，則有掩卷爾。

【校記】

〔一〕四庫全書本題作「漢劉歆集題詞」。

馮曲陽集題詞〔一〕

馮敬通以野王之孫，不仕王莽。天下兵起，説廉丹棄新就漢，懇款再三，丹不悟而死。後歸更始，與鮑永、田邑拒光武，屢招不下。更始殁，迺降，身亦終廢。其所著賦、誄、銘、説、問交、德誥、慎情、書記説、自序、官録説、策五十篇，遺逸者多。即今所傳，慷慨論列，可謂長於《春秋》。夫西京之文，降而東京，整齊縟密，生氣漸少。敬通諸文直達所懷，至今讀之，尚想見其揚眉抵几，呼天飲酒。誠哉！馬遷、楊惲之徒也。北地任女，情好不倫，書詞詆訶，如磔狐鼠。彼惟不得志於時，故發憤於中冓，然亦足爲妒婦戒矣。幅巾歸誠，偃蹇郡邑，陰侯之交，亦非得已。復以此獲罪，幾死獄門，窮困無徒，空文自老。回思委贄更始，横刀并土之日，事同隔世。陸機謂之曰怨，江淹名之以恨，其知心乎！建武八事，其書不傳，自陳哀悃，不蒙見答。上慚鮑子，下愧田生。志命興漢之臣，而一生蹈後夫之罰，是真雨而裘、堂而簑矣。顯宗欲用其身，而毁者日至；肅宗重其文，而其人已死。馮氏多賢，遇者希少，新豐地脈，又安在哉！孟堅詳雅，平子淵博，高步東漢。若言豁達激昂，鷹揚文囿，則必首敬通云。

【校記】

〔一〕四庫全書本題作「漢馮衍集題詞」。

【附録】

張燮《馮曲陽集引》云：「才情如敬通，何往不得自奮於功名，況其在風雲之際乎！縱乖拊翼以横飛，詎意其沉淪以老，真若堂簑之不御也？夫其效忠更始，歸命稍遲，正是半生義概，不比世人之逐流赴沫者，帝何望之深哉！毋亦喜事而近迂，抗顔而類激，拙於用大，故終成剖瓠之樽耶？通士合五侯之鯖，而敬通翻以侯門坐累；介士攜鹿門之隱，而敬通翻以閨閤緘愁。如曳碎繒，觸地罣礙，天實爲之，非智巧所得參也。敬通始末，按籍可覆，君子哀屯暮之窮焉，身雖晦而志乃竟顯矣。乙丑夏五日紹和張燮書於幔亭峰麓。」

班蘭臺集題詞〔一〕

安陵班叔皮清浄守道，有二令子，孟堅文章領著作，仲升武節威西域。天下之奇，在其一門，漢世無比。仲升功名拔傅介子、張騫以上〔二〕。孟堅晚節，竟蹶不起，亡時與蔡中郎同年；又以竇氏賓客，爲洛陽种令所捕繫，頓辱更甚。私心痛其才同厥考，而志恥薄宦，冒進失當〔三〕，不若望都長優游以終也。叔皮專心史籍，欲撰漢史；孟堅踵就其業，爲人誣訟，陷身獄網〔四〕。仲升馳闕分明，轉禍爲福。危哉！《漢書》之得成，更兩世，閲變故，如是其不易也。《兩都》倣《上林》，《賓戲》擬《客難》，《典引》居《封禪》《美新》之間，大體取象前型，制以心極。而師覆徒奔，反在燕然片石。「夫惟大雅，既明且哲」，豈孟堅亦讀而未之詳乎？

【校記】

〔一〕四庫全書本題作「漢班固集題詞」。

〔二〕「以」，殷孟倫本作「而」。

〔三〕「當」，殷孟倫本作「道」。

〔四〕「陷」，殷孟倫本作「限」。

【附録】

張燮《班蘭臺集序》云：「孟堅史才追蹤龍門，而賦手擬跡長卿，他文亦類兩司馬間。乃更出以綿密，至今采彼屑玉皆球琳也。曹起詞人如傅武仲、崔亭伯，才俱不能無遜公。公與弟書曰：武仲下筆不能自休。蓋已心陵之。公身際右文，以颼綵得幸。顧帝嘗謂竇憲曰：公重班固而薄崔駰，是葉公之好龍。然則帝之知公，猶爲未摯乎？抑見其爲竇氏客焉。譬鷄有五德，猶日瀹之，以其近乎？世之訾公者，謂托根熱地，焦爛自貽。彼直自詫其才情，未甘以郎潛終老。又或見仲升策勳絶域，不自覺夫技癢焉。庶幾三寸弱翰，馳驅戎馬之場，足自騁邁。其依竇氏也，如借千尺之梯，冀登懸度之國，不虞其隕墜也，惜哉！其不講於『孔雀愛毛，遇雨高止』也。班史，世人奉之如岱嵩，獨班集中廢，是壇苑缺陷事，因綴其散在他書者，分爲五卷，署曰蘭臺，志始也。昔老僧渡江，出葫蘆中《漢書》，云是孟堅手寫，與世本多異，蕭彦瑜得之，以獻東宫，於時目爲瓠史。是編今人得無指爲『瓠中集』耶？乙丑早秋龍涇張燮識於建陽蒲輿。」

崔亭伯集題詞〔一〕

漢肅宗好崔亭伯文章，稱於竇憲，有「真龍」之目，憲遂揖爲上客。自古文人遭時遇主，未或無因而前。趙良嬖人，長卿狗監，作合之始〔二〕，不辭污泥。亭伯以《四頌》結知天子，躬親薦達，貴臣曳履迎門，其榮重亦百世一時也。竇氏驕恣，屢獻規誡，忤意見疏，樂浪小邑，竟甘肥遯〔三〕。披其文詞，十過杜欽之説王鳳矣。亭伯少與班、傅齊名，未遑仕進。時或譏其玄静，乃作《達旨》，以匹《解嘲》，立言之致，初若符節。及其終也，子雲抱恨於投閣，亭伯成名於遼陰。文之爲文，非言之難，行之難也。崔氏顯人，西漢代有。崔發諂事王莽，官至司空。崔篆羞之，閉門滎陽，重自傷悼而賦《慰志》，言及建新，其耻同於《氓》詩之「垝垣」「復關」也。亭伯處士年少，箴刺貴戚，翻然高蹈，無忝先子，此之謂乎！何必銘昆吾之鼎，勒景襄之鐘，然後名得意哉！

【校記】

〔一〕四庫全書本題作「漢崔駰集題詞」。

〔二〕「始」，殷孟倫本作「初」。

〔三〕「竟」下，四庫全書本有「長」。

張河間集題詞〔一〕

東漢之有班、張，猶西漢兩司馬也。相如無史，子長無賦，孟堅兼之，豈後來者欲居上乎？抑其文不能齊也？平子官侍中，請專史職，條録三皇，更改僭紀，龍門之志也。上書不聽，典章散略，誰之咎歟？渾儀靈憲，網絡天地；振龍發機，懸驗若神。子雲復生，未容抗跡。《二京》之賦，覃思十年，《長楊》《羽獵》，風猶可續。崔子玉作碑稱河間制作，譬諸造化〔二〕。想慕若此，寧異平子耽好《玄經》，嘆爲漢四百歲書哉！政權下夷〔三〕，圖讖繁興，發憤陳論，務矯時枉，斯又昔者揚雄所無也〔四〕。《同聲》麗而不淫，《四愁》遠摹正則，蔡邕《翠鳥》，秦嘉《述婚》，俱出其下，謂之好色，謂之思賢，其曰可矣。時有遇否，性命難求，與世泛泛，曷若歸而諷《河》《洛》六藝八十一篇乎？始于《應間》，終於《思玄》，固平子之生平也。

【校記】

〔一〕四庫全書本題作「張衡集題辭」。

〔二〕「諸」，殷孟倫本作「如」。
〔三〕「夷」，殷孟倫本作「移」。
〔四〕「也」，殷孟倫本作「矣」。

【附録】

張燮《張河間集引》云：「《兩都》盛傳以來，《二京》晚出，分道揚鑣，遞操雙美，真漢家之麗矚、藻苑之華暉也。談平子者直以比采屬葩，爛焉總至。又復胸羅象緯，手模化工，以爲慧心淵識乃爾。不知夫棲托澹素，不肯隨世以希功名。遂乃詆斥圖書，緯繣閹宦，神峰匪峻，道性偏悠，偶一試之河間，而治行可觀。其視金車玉馬，永絶遥途者自别。乞身巖卧，稱是思玄，都晚季大儒所難。然則《七辨》疑通，《應間》似介，歸田可樂，望速仍愁。散帙是編者，杼軸之表，可以論世，豈直漱芳緗紈乎哉！霏雲主人張燮撰并書。」

李伯仁集題詞〔一〕

《後漢書·文苑》二十人，李伯仁與其選，亦蘭臺文章之傑也。傳云：「著詩、賦、銘、誄、頌、七嘆、哀典凡二十八篇。」今誄、頌、哀典俱不見，《七嘆》無傳，惟有《七款》，豈歎字之訛耶？其文寂寥，非枚叔比也。詩有《九曲歌》，間屬闕文；賦五首，微質雅，擬之《上林》《長楊》，則泰山丘垤也。當時薦者稱其文有相如、揚雄風，何哉？銘八十餘，多體要之作，及所匠意，于子雲《百官箴》得其深矣。摯仲洽譏以穢病，屈諸王莽《鼎銘》之下，抑文家以少言爲貴，而多者難于見工也。

【校記】

〔一〕四庫全書本題作「漢李尤集題詞」。

馬季長集題詞〔一〕

漢世通儒，並推季長。盧涿郡、鄭北海咸出其門。家世貴戚，居養豐澤，即坐高堂，施絳帳，著書授生徒以老，亦足以傳，何汲汲榮仕也？《廣成》一頌，雕鏤萬物，名雖諷諫鄧氏，意在炫才感衆，寧知適逢彼怒乎？《東巡頌》質古簡言，似季長韜光之作，安帝見而奇之，召拜郎中。文之遇不遇，豈人意所及哉？西羌反叛，馬賢、胡疇留兵不進。季長懷河上之憂，上書求效，又陳星孛參畢，戎狄將起。觀其撫時奮發，誠耻儒冠同腐草木。乃心懲鄧氏〔二〕，恐怖梁冀，既頌將軍西第，又誣奏李太尉於死。代人匠斲，點染名賢，斯文墜地，百身莫贖矣。季長注《孝經》云：「忠猶有闕，述仲尼之説，而作《忠經》。」其文，常人耳。及讀本傳，並未云季長作《忠經》。然則《忠經》果馬氏之書歟？予不敢信也。范史譏融慮深垂堂，不及胥靡。予亦哀其儒者風流，自隕漢陽之節，重負南山摯季直矣。

【校記】

〔一〕四庫全書本題作「漢馬融集題詞」。

〔二〕「懲」，殷孟倫本作「戀」。

東漢荀侍中集題詞〔一〕

西豪荀氏，楚蘭陵令後裔也。「季和八龍」，名稱極盛。諸孫若仲豫、文若，並爲時所知。然文若娶婦中官，依身逆賊，壽春飲藥，進退觸藩，雖何顒目以王佐，曹操詡爲子房，徒虚聲耳。豈及仲豫周旋故君，志存獻替哉？文若佐操舉事，擒吕布，破袁紹，奉迎車駕，徙都許昌，咸出其謀。以彼英才，説《詩》《書》，論《禮》《樂》，言論滿堂〔二〕，寧遜北海？而掌握從横，疲精軍旅，鴻毛一死，銅雀先驅，萬世而下，竟無一卷足傳者。仲豫性沉静，好著述，隱居託疾，不入閹官網羅。及事獻帝，談論禁省，憤曹氏之執政，哀天子之恭己，既作《申鑒》，復撰《漢紀》。余觀其立典五志，知其永懷西京，悁悁不寐也〔三〕。諸論上倣《過秦》，下擬《驃騎》，較班、馬挹諱，其辭直矣。高陽才子，德業世濟，能立言者，慈明、仲豫耳。余於此，益悲敬侯之無年也。

【校記】

〔一〕四庫全書本題作「荀悅集題詞」。

〔二〕「論」，原作「堂」，據四庫全書本改。

〔三〕「寐」，殷孟倫本作「置」。

蔡中郎集題詞〔一〕

董卓狼戾賊臣，折節名士，陳留蔡中郎時已六十許人，令稱疾堅卧，偃蹇遇害，不猶愈昔日死洛陽獄乎？勉强受官，侍中封侯，噫歎之下，身名並隕。雖王司徒輕戮善人，識者知其不長。然周歷三臺，鼓琴贊事，杜欽、谷永之誚，終不能爲中郎解也。余揣其徙朔方，遯江海，囚形毁貌，不睹天日，幾十五年。驟登大官，隆遇待，非不欲奮其拳拳之忠，補益國家。當日公卿滿朝，棲遲危亂，金章赤芾，豈獨中郎？但識不鑒於比匪，謀不出於討賊，噤口牢獄，愛莫能助。伯喈曠世逸才，余獨傷其讀《春秋》未盡善耳！漢史未成，願就黥刖，子長腐刑之志也。設竟其意〔二〕，即不如子長〔三〕，豈出孟堅下哉！若家門清白，三世同居，却五侯之招，陳六事之本，憂心虹蜺，抵觸禁近，抱子政之悃愊，蹈京房之禍患，又班生所望景先逝矣。

【校記】

〔一〕四庫全書本題作「漢蔡邕集題詞」。

〔二〕「意」，殷孟倫本作「志」。

〔三〕四庫全書本脱「子長腐刑之志也。設竟其意，即不如」十四字。

【附録】

張燮《重纂蔡中郎集題辭》云：「中郎入世，往往受知，翻爲酬知所誤。蓋才太高，心太熱，故禍亦太酷也。彼夫見甄中主，疊備顧問，言出而啓阱于宵人，逮萬死一生；見甄賊相，頻效匡扶，局捐而受刃於君子。前後恩遇，盡成摧輪，亦志士之大痛乎！溯彼災異屢對，忠不顧身，豈有末路浮榮，甘同繞指者？觀其自外無計，欲逃不能，若濡有愠，寸心亦多苦焉。孔北海弄孟德如嬰兒，在公卿間絶少推挹，至動『典刑』之歎于虎賁，則其明姿義概，亦既見亮于英雄人。余謂邕之值卓，桂可食而伐；邕之值允，則蘭當門而鋤也。若乃夙著大儒，復推良史，慧心獨悟，道風仍披，真是季世希輩。邕集久多遺失，今其傳者又多訛謬，因而删定，試讀一遍，如吹東亭之笛。昭陽大淵獻之歲朱明月紹和張燮識于桐樹下。」

王叔師集題詞〔一〕

屈原在楚懷王時〔二〕，以忠被疏，作《離騷經》。頃襄王立，放之江南，復作《九歌》《天問》《九章》《遠遊》《卜居》《漁父》《大招》，自沉汨羅。其後楚宋玉作《九辯》《招魂》，漢賈誼作《惜誓》，淮南小山作《招隱士》，東方朔作《七諫》，嚴忌作《哀時命》，王襃作《九懷》，劉向作《九歎》，皆擬其文。漢武時，淮南王安始作《離騷傳》，向典校經書，分爲十六卷。東京班固、賈逵各作《離騷章句》，餘十五卷，闕而不説。至王逸復作十六篇《章句》〔三〕，又續爲《九思》，取班固二序附之，爲十七篇。今世所行《離騷》，皆王本也。東漢文苑，王叔師父子皆有名文〔四〕，考《靈光殿賦》與《夢賦》二篇，世共傳誦。叔師文少有習者，讀《離騷》乃見之矣。文字存亡，常有時命，或存己集，或附他書，俱可不敝天壤。叔師騷註，即不能割本書獨行，然自以爲與原同産南陽，土風哀思，有足親者。《章句》諸篇，與遺文並録，不類敬仲《詩序》〔五〕、康成《詩譜》哉？

【校記】

〔一〕四庫全書本題作「漢王逸集題詞」。

〔二〕「懷」，原作「平」，據殷孟倫本改。

〔三〕「篇」，原作「卷」，據信述堂本、四庫全書本、殷孟倫本改。

〔四〕「名文」，殷孟倫本作「文名」。

〔五〕「敬仲」，原作「巨山」，據殷孟倫本改。

孔少府集題詞〔一〕

魯國男子孔文舉，年大於曹操一歲，家世聲華，曹氏不敵，其詩文益非操所敢望也。操殺文舉，在建安十三年。時僭形已彰，文舉既不能誅之，又不能遠之〔二〕，並立衰朝，戲謔笑傲，激其忌怒，無啻肉餧餓虎，此南陽管樂所深悲也。曹丕論文，首推北海，金帛募録，比於揚、班。脂元升往哭文舉，官以中散。丕好賢知文，十倍於操。然令文舉不死，親見漢帝禪受，當塗盜鼎，亦必舉族沉焚。所恨者，其死先操，狐鼠晏行，攘袂之日，天下遂無孔父、仇牧耳！文舉天性樂善，甄臨配食，虎賁同坐，死不相負，何況生存？盛憲困於孫權，葆首急難；禰衡、謝該淪落下士，抗章推舉。今讀其書表，如鮑子復生，禽息不没。彼之大度，豈止六國四公子乎？而道窮命盡，不能庇九歲之男、七歲之女，天道無親，其言不信，猶黨錮餘烈哉！陳留路粹，中郎弟子也，呈身漢賊，奏殺賢者，與馬融役於梁冀等耳。東漢詞章拘密，獨少府詩文豪氣直上，孟子所謂浩然，非耶？琴堂衣冠，客滿酒盈，予尚能想見之。

【校記】

〔一〕四庫全書本題「漢孔融集題詞」。

〔二〕「能」，殷孟倫本作「敢」。

【附録】

張燮《孔少府集序》云：「子桓作《典論》，偶屈指并世詞壇，首及孔文舉，蓋文舉差長曹公二歲矣。後人沿之，稱爲建安七子。楊德祖不在數中者，殆嫌其與子建媠也。爾時世間有一合用物，曹公咸收之，傾海剖蚌，編爲珠囊。故仲宣以下，莫不委體爲魏氏賓從，獨文舉矯矯霞外，猶作曩時意相狎。譬之仙壇高開，他人每望塵膜拜，而文舉獨踐蹋鑪薰，溺其法筵而奪之氣。又若自處以五世長者知被服，而裁抑相門爲負販袴也。原其初心，但甘作卯金之碩果，而耻預當塗之釘坐梨，即砍頭陷胸，當之無悔耳。彼且四顧宇宙，惟一禰正平堪共侮操，故進之彤庭。不然，夫豈不知正平爲玉巵之無當哉！吾謂論文者，宜以文舉、正平另爲建安二子，而王粲以下别爲魏世之多才。庶金剛水柔，各歸其用乎？嗟夫！融不死，操必不敢遽王。故剪之不得不亟，而借郗慮爲釁端，倚路粹爲屠肆。丕性多忮，然尚貪攀附于名流，彼『氣體高妙』，正自不得磨滅之。其云『不善持論』，則追數其唐突乃公也。融骨已朽，而藻思談鋒，雄情義概，尚奕奕動人，真魯國一男子矣。昭陽大淵獻首夏晦日紹和張燮識于園垂。」

諸葛丞相集題詞〔一〕

諸葛《梁甫吟》，古今諷誦，然遥望蕩陰，懷齊三士，此不過好勇輕死者流，何關管、樂神明，悲吟不止？或云梁甫，泰山下小山也，人君有德則封東嶽，諸葛王佐才，思封禪而不得見，躬耕隴畝，歌謡託志，田疆之倫，豈所慕哉！《出師》二表，遠匹《伊訓》；《正議》兩篇，亦《湯誓》《大誥》之遺。餘則赫蹏數字，能使憾夫解讎，壯士刎頸。開誠布公，集思廣益，一生靖獻之本，施於僚佐，賢愚悉心，所自然耳。《戒子書》云：「學以廣才，静以成學〔二〕。」周孔之教也。晉世有寫其辭遍勖諸子者，其理學始基乎？後主暗弱，黄皓陰狡，武鄉復親督師旅，不居密勿，而君臣魚水，常如先帝時。《東山》《金縢》，似反遜之，志則同也。郭塢星隕，魚復遺恨〔三〕，國勢三分，臣心無二，討賊而死，始答顧命，豈自違隆中之言哉？陳壽立評，未極能事；崔浩致詰，無當論功。唐裴晉公蓋非之矣。

【校記】

〔一〕四庫全書本題作「漢諸葛亮集題詞」。

〔二〕「學以廣才，静以成學」，殷孟倫本作「静以成學，學以廣材」。

〔三〕「復」，信述堂本作「腹」。「恨」，殷孟倫本作「憾」。

【附録】

張燮《諸葛丞相集序》云：「武鄉篤魚水之歡，搆蠶叢之緒，十倍曹丕，固也。嗣主不才，君可自取，主臣之際，直是全瀝血誠焉。余又歎以禪之闇洳，而當武鄉之世，了無失德可猜，似於中有默化處。武鄉身在行間，君門遠於萬里，而黄皓在側，終伏而不敢逞；猶之仲達甘受巾幗，直至將星宵殞，然後得志。此其斡旋，俱非後世人所能得測矣。夫張文成之贊草昧也，鄧高密之毗中興也，武鄉之締末造也，三人俱王佐才，弘振儒效。然文成、高密翊運方昌，難而易；武鄉維運將墜，難而難。張、鄧於文辭不少概見，獨武鄉諸作如日月經天，延曜入石，洪灝之氣，依然可掬。微獨《出師》二表，《梁父》一吟，芬人齒牙。其他條奏教令，語語真至，俱令聞者意醒。即屑玉碎珠，莫非重寶也。按陳壽《上諸葛集表》云：『荀勖、和嶠使臣定蜀相諸葛故事，輒删除複重，隨類相從，爲二十四篇。』然則名雖爲集，實爲事與言兼載，非盡其文筆，而今已無傳矣。郭哲卿中丞在楚嘗刻公集，然多未備。余録其文筆存者，裒成二卷。余兒凱甫時年十二，從旁笑曰：『是固八陣之剩圖，而木牛流馬之遺法也。』歲在辛酉首夏哉生明日紹和張燮識於竹間。」

魏武帝集題詞〔一〕

孟德瑞應黄星，志窺漢鼎，世遂謂梁沛真人，天下莫敵。究其初，一名孝廉也。曹嵩爲長秋養子，生出莫審，官登太尉。經董卓之亂，避難琅琊，陶徐州戮之，直撲殺常侍兒耳！孟德奮跳，當塗大振，易漢而魏，雖附會曹參，難洗宗耻。間讀本集，《苦寒》《猛虎》《短歌》《對酒》，樂府稱絶。又助以子桓、子建，帝王之家，文章瑰瑋，前有曹魏，後有蕭梁，然曹氏居最矣。孟德御軍三十餘年，手不捨書，兼草書亞崔、張，音樂比桓、蔡，圍棋埒王、郭,復好養性,解方藥,周公所謂多才多藝,孟德誠有之。使彼不稱王謀篡,獲與周旋,晝講武策,夜論經傳,或登高賦詩,被之管絃;又觀其射飛鳥,擒猛獸,殆可終身忘老。乃竟甘心作賊者,謂時不我容耳。漢末名人,文有孔融,武有吕布,孟德實兼其長。此兩人不死,殺孟德有餘。《述志》一令,似乎欺人,未嘗不抽序心腹,慨當以慷已〔二〕。

【校記】

〔一〕四庫全書本題「魏武帝集題詞」。

〔二〕「已」,信述堂本、四庫全書本、殷孟倫本作「也」。

魏文帝集題詞

曹子桓生長戎旅之間〔一〕,善騎馬左右射,又工擊劍彈棋,伎能戲弄,不減若父。其詩歌文辭,彷彿上下,即不堪弟畜陳思,爲孟德大兒,固有餘也。魏王帝業無足稱,惟令「宦人爲官,不得過諸署令」,詔「群臣家不得奏事太后,后族家不得當輔政任」,石室金策,可寶萬世。彼親見漢室炎隆,女主、中人手撲滅之,麥秀黍離,恫傷心目。霸朝初創,力更舊轍,至待山陽公以不死,禮遇漢老臣楊彪,不奪其志。盛德之事,非孟德可及。當日符命獻諛,璽綬被躬,群衆推奉,時與勢迫。倘建安君臣有能爲武庚、比干者,或觀望却步,竟保常節，未可知也。《典論·自序》善述生平，《論文》一篇，直自言所得，《與王朗書》務立不朽於著述間，不肯以七尺一棺畢其生死。雅慕漢文，没而得謚，良云厚幸。占其志趣，亦古諸侯之博聞者也。甄后《塘上》，陳王《豆歌》，損德非一，崇華首陽，有餘恨焉。

【校記】

〔一〕「旅」，殷孟倫本作「馬」。

陳思王集題詞〔一〕

余讀陳思王《責躬》《應詔》詩，泫然悲之，以爲伯奇《履霜》，崔子《渡河》之屬。既讀《升天》《遠遊》《仙人》《飛龍》諸篇，又何翩然遐征，覽思方外也。王初蒙寵愛，幾爲太子，任性章釁，中受拘攣，名爲懿親，其朝夕縱適，反不若一匹夫徒步。慷慨請試，求通親戚。賈誼奮節于匈奴，劉勝低首于聞樂，斯人感概，豈空云爾哉？司馬氏睥睨神器，魏忽不祀，彼所綢繆者藩防，而取代者他族。思王之言不再世而驗，然則《審舉》諸文，固魏宗之磐石也。集備群體，世稱繡虎，其名不虚。即自然深致，少遜其父，而才大思麗，兄似不如。人但見文帝居高，陳王伏地，遂謂帝王人臣，文體有分，恐淮南、中壘不爲武、成受屈也。《黄初》二令，省愆悔過，詩文怫鬱〔二〕，音成于心，當此時而猶泣金枕，賦《感甄》，必非人情。

論者又云：「禪代事起，子建發服悲泣〔三〕，使其嗣爵，必終身臣漢。」若然，則王之心其周文王乎？余將登箕山而問許由焉。

【校記】

〔一〕四庫全書本題作「魏曹植集題詞」。

〔二〕「怫」，殷孟倫本作「拂」。

〔三〕「服」，殷孟倫本作「憤」。

【附録】

張燮《重纂陳思王集序》云：「子建知父欲立己，故縱酒自穢，至乘車行馳道中。及拜征虜將軍，呼有所敕，竟醉不能受命。稍有覺知，豈應背謬至爾？所謂雄鷄斷尾而逃犧者爾。原其意，非直少長之際，内遜不遑。彼見夫漢曆將終，魏祚行熾，脱當事任，處分自難，不若先事解免，其所全於倫常者大也。文中子稱陳思善讓，能迂其跡，暨儒疑信者半。然考《魏志·蘇則傳》禪代事起，子建發服悲泣。古今骨肉爲帝而戀戀故主、哀不自勝者，惟陳王及司馬孚兩人。吁！赤心揭于日月矣。余謂子建果嗣，必堅守服事之節，而卯金尚延。即子建不嗣，而嗣魏者未遽代漢。子建以貴公子守一官，以彼其才，何地不足自展？勝于豆泣釜中，救過不贍。遠游之冠，空邑邑而齎志于盛年也。《審舉表》及《諫取諸國士息》等篇，舊集多遺。今觀其言，曰：『取齊者田族，非吕宗；分晉者韓魏，非姬姓。』且謂『乞藏書府，不便滅棄，臣死之後，事或可思』，是明知有司馬之變，痛切譚之，惜帝不悟耳。

其深心卓識，豈與不自見睫者同乎哉？世但見丁廙輩之擁戴，幾摇上指，因疑其奪嫡而垂涎。又見夫圭社就封，輒覬事任，又以爲慕諠而技癢。一片丹誠，翻同不韻，因增定陳王集而昭揭之如此。若夫八斗才華，鬱是巨麗，則壇苑間久龜麟宗之，無所俟余言矣。壬戌春暮閩漳張燮識于東阿道中。」

陳孔璋集題詞〔一〕

何進謀誅宦官，召兵四方，陳孔璋時爲主簿，讜言禍害，其意智豈讓曹操哉？棲身冀州，爲袁本初草檄詆操，心誠輕之，奮其怒氣，辭若江河。及窮窘歸操，預管記室，移書吴會，即盛稱北方，無異《劇秦美新》。文人何常？惟所用之，茂惡爾矛，夷懌相酬，固恒態也。孔璋詩賦〔二〕，非時所推高，《武軍》之賦，久乃見許於葛稚川，今亦不全。他賦絶無空群之名〔三〕。詩則《飲馬》《游覽》諸篇，稍見寄託，然在建安諸子中篇最寂寥。子桓兄弟，亦少酬贈。元瑜傷寡婦，仲宣好驢鳴，没而繫思，不可得也。彼所出塵，惟章表書記。孟德善用人長，鼓厲風雲，遂捐宿憾。然魏武奸雄〔四〕，生死欺人，獨孔璋斥其奄醜，士衡笑其香履，足令垂頭帖耳。後世即有善詈者，俱不及也。

【校記】

〔一〕四庫全書本題作「魏陳琳集題詞」。

〔二〕「詩賦」，殷孟倫本作「賦詩」。

〔三〕「名」，殷孟倫本作「目」。

〔四〕「奸」，原作「好」，據信述堂本、四庫全書本、殷孟倫本改。

【附録】

張燮《陳記室集小引》云：「陳孔璋爲袁氏草檄，詆孟德不直一錢。及爲荀令檄吴將校，却盛稱曹氏功德。大率才人處亂世，如好鳥投林，美蔭芳蕤，於焉拭翮。鄰國對峙，固裹足而若染；菁華旋竭，又掉尾而他歸。風起雲飛，殆其常態。觀琳自致辭曰『犬吠非其主』，悽惋可念。魏祖之收之也，正亦謂『今爲我妻，則欲其詈人』耳。《武軍賦》盛爲葛洪所推許，惜今所傳竟非完製。乃子建又謂孔璋不閑詞賦，至方之畫虎類狗。并時諸公，嚴於持論，雖其親暱，不輕假借，類如此。然以孔璋才詳而能整，辯而有章，真建安藝林之高幟，而當塗法從之先鞭也。旃蒙赤奮若中秋月紹和張燮識于黄華山麓。」

王仲宣集題詞〔一〕

袁顯思兄弟争國，王仲宣爲劉荆州遺書苦諫〔二〕。今讀其文，非獨詞章縱横，其言誠仁人也。昔潁考叔一言，能感鄭莊，使母子如初；仲宣二書，疾呼泣血，無救鬩牆。袁氏將喪，頑子執兵，即蘇、張復生，何益哉？子桓、子建交怨若仇，仲宣婉孌其間，耦俱無猜。身没之後，太子臨喪，陳思作誄，素旗表德，頌言不忘。彼固善處人骨肉，亦繇其天性宿深，長于感激，不但和光宴詠，爲兩公子樓護也。孟德陰賊，喜殺賢士〔三〕，仲宣《詠史》，託諷《黄鳥》，披文下涕，幾《秦風》矣。高平上胄，世爲漢公，遭時流離，依徙荆、許，以《七哀》之悲，爲《顯廟》之頌，擇木而窮，雅誹見志。世謂其詩出李陵，今觀《書命》，亦相近也。

【校記】

〔一〕四庫全書本題作「魏王粲集題詞」。

〔二〕「遺」，殷孟倫本作「移」。

〔三〕「喜」，殷孟倫本作「好」。

【附録】

張燮《王侍中集引》云：「仲宣早見重于中郎，其家書籍盡以與之。厥後受知時宰，殆其衣鉢之遺焉。建安諸子都以文采見收，不當事任。獨仲宣參預謀議，朝夕左右，以備質疑。當塗大典制皆出其手，此豈應、劉、陳、阮所可比肩哉！魏武多猜，而仲宣婉孌神姿，永消嫌貳。當五官將及臨淄時，諸賢多搆異同，乃仲宣耦俱締好，意無私戴。彼蓋精于弈者，當局商榷，制勝隨緣，白黑主人各各盡歡而散。迨其没也，子建爲作誄，而子桓令送葬皆作驢鳴，此善處人骨肉間者之效也。仲宣文凡十卷，今存僅如許，故足『獨步漢南』。紹和張燮識。」

阮元瑜集題詞[一]

阮掾爲曹操遺書孫權，文辭英拔，見重魏朝。文帝云：「書記翩翩，致足樂也。」元瑜没，王粲誄之曰：「簡書如雨，强力敏成。」若是乎行人有辭，國家光輝。以之折衝禦侮，其鄭子産乎？予觀彼書，潤澤發揚，善辯若轂。獨叙赤壁之敗，流汗發慚，口重語塞。固知無情之言，即懸幡擊鼓，無能助其威靈也。《文質論》雅有勁思，若得優游述作，勒成一家，亦足與偉長《中論》翩翩上下。廼諸子長逝，元瑜最先，遺「文鬼」名，撫手痛悒。至今傳其焚山應招[二]，鼓琴奏曲，事亦在有無之間，安得起彼九原，更談文墨乎？「悲風」「凉日」，「明月」「三星」，讀其諸詩，每使人愁。然則元瑜俯首曹氏，嗣宗盤桓司馬，父子酒歌，各有不得已也[三]。

【校記】

〔一〕四庫全書本題作「魏阮瑀集題詞」。

〔二〕「招」，殷孟倫本作「詔」。

〔三〕「各」，殷孟倫本作「蓋」。

劉公幹集題詞〔一〕

魯國孔文舉，廣陵陳孔璋，山陽王仲宣，北海徐偉長，陳留阮元瑜，汝南應德璉，東平劉公幹，魏文所稱「文人七子」也。文帝云：「劉楨章表書記，壯而不密。」又稱其五言詩妙絶當時。今公幹書記，傳者甚少〔二〕，知其物化以後，遺失多矣。集詩大悉五言，《詩品》亦云：「其源出古詩，思王而下，楨稱獨步。」豈緣本魏文爲之申譽乎？近日詩選，痛貶建安，亦度己跡削他人足耳。未若南皮觴酌，公讌贈答，當時得失，相知者深也。劉公幹《贈五官中郎將詩》有云：「昔我從元后，整駕至南鄉。過彼豐沛都，與君共翺翔。」王仲宣《從軍詩》亦云：「籌策運帷幄，一由我聖君。」嚴滄浪黜之，謂元后、聖君，並指曹操，心敢無漢，大義批引，二子固當叩頭伏罪。然詩頌鋪張，詞每過實，文人之言，豈必盡由中情哉？公幹平視甄夫人，操收治罪，文帝獨不見怒。死後致思，悲傷絶絃，中心好之，弗聞其過也。其知公幹，誠猶鍾期、伯牙云。

【校記】

〔一〕四庫全書本題作「魏劉楨集題詞」。

〔二〕「甚」，殷孟倫本作「絶」。

應德璉休璉集題詞〔一〕

《德璉集》鮮書記，世所傳者，止《報龐公》一牘耳。休璉書最多，俱秀絶時表。列諸辭令之科，陳孟公、王景興其人也。德璉善賦，篇目頗多，取方弟書，文藻不敵。詩雖比肩，亦覺《百一》爲長，休璉火攻，良可畏也。魏祖二十二年，徐、陳、應、劉，一時俱逝，曹子桓輒申痛惜。休璉周旋時主〔二〕，年位較遠，規諷曹爽，殷勤指論，憂患存焉。汝南應氏，世濟文雅。德璉幸遇子桓，時可著書，忽化蒿萊，美志不遂。休璉歷事二主，喉舌可舒，而世無賞音，義存優孟，嗟乎！命也！機、雲著聲入洛，載、協齊名王府，原其風流，二應爲始。低回建章，仰送朝雁，予猶善其足傳爾〔三〕。

【校記】

〔一〕四庫全書本題作「魏應瑒應璩集題詞」。

〔二〕「休」，原作「德」，據曾肖點校本改。

〔三〕「爾」，殷孟倫本作「云」。

嵇中散集題詞〔一〕

「嵇辭清峻，阮旨遥深。」兩家詩文定論也。叔夜著《文論》六七萬言，《唐志》猶有十五卷，今存者僅若此，殆百一耳。然視建安諸子篇章彫落，斯又巋然大部矣。《家誡》小心篤誨，酒坐語言，兢兢集木。獨以柳下踞鍛，傲睨鍾會，竟遭譖死。東漢馬文淵誡其兄子效龍、伯高〔二〕，毋效杜季良，足稱至慎，善保家門。而薏苡一車，妻孥草索，怨謗之來，非人所意。凡性不近物者，勉爲抑損，終與物乖。中散絶交巨源，非惡山公，於當世人事誠不耐也。書中自序蓬首垢面，懶癖入真，見嗣宗口不臧否〔三〕，亦心知師之，卒不能學人。實不宜仕宦，强衣被之，適速死耳。集中大文，諸論爲高，諷養生而達莊老之旨，辯管、蔡而知周公之心。其時役役司馬門下者，非惟不能作，亦不能讀也。范升繫獄，楊政肉袒道旁，哀泣請命，明主立釋；叔夜將刑東市，太學生三千人求爲師，不許。抱卧龍之姿〔四〕，攖僭臣之忌〔五〕，其死也正以此耳。《贈兄詩》云：「雖曰幽深，豈無顛沛。」《幽憤詩》云：「繄此幽阻，實耻訟冤。」夫人身隱矣，而禍猶隨之，禍至而復不欲與直也，不死安歸乎？《廣陵散》絶，弊在用光。鍾士季、吕長悌獸睡耳，豈能殺叔夜者哉！

【校記】

〔一〕四庫全書本題作「魏嵇康集題詞」。又，四庫全書本、殷孟倫本嵇康集在阮籍集後。

〔二〕「東漢」，殷孟倫本無。

〔三〕「見」，信述堂本、四庫全書本、殷孟倫本作「阮」。

〔四〕「姿」，殷孟倫本作「志」。

〔五〕「僭」，殷孟倫本作「譖」。

【附録】

張燮《重纂嵇中散集序》云：「晉人動稱嵇阮，然嵇公、阮公標格亦微不同。阮公曠，嵇公儁。阮公頽然自放，欲濁其文；嵇公軒然直上，期遇於往。總之，魏晉之際，人所難言，故爲是不狂不狷之身，以托於不阡不陌之路。或醉鄉以送日，或清都以引年。然阮尚以司馬氏爲海鷗，嵇直自擬鴻鵠，而視炎炎者盡燕雀也。《管蔡》之牘，《太師》之箴，不問而知其意之所存焉。巨源絶交，正不屑爲霸朝用。夫其坐與毋丘儉有連者，正中其貳心於我。而太學三千人願請爲師，益疑其爲世歸戴，將導人以非毁維新，而殺機滋決矣。嗟乎！《養生》一論，彼其視大年猶掇之。而鍛竈琴心，皆道場之游戲；竹間柳下，皆歲星之逆旅。惜乎王烈石髓，交臂頓違。仲悌何親，士會何仇，運命所遭，不能强也。蘇門先生疑於神者，遇阮僅作鸞鳳嘯，了無言説，於嵇公輒多規諷，正復不能已已於『用光』耳。嵇集具在，所謂龍章鳳姿，天質自然者，其人其言，依稀見之。」

阮步兵集題詞〔一〕

嗣宗論樂，史遷不如，《通易》《達莊》，則王弼、郭象二註皆其環内也。以此三論，垂諸藝文，六家指要，網羅精闊。曹氏父子，詞壇虎步，論文有餘，言理不足。嗣宗視之，猶輕塵於泰岱，豈特其人褌虱哉？諸賦大言小言，清風穆如。閒覽賦苑，長篇争麗，《兩京》《三都》，讀未終卷，觸屏欲睡〔二〕。展觀阮作，則一丸消疹，胸懷蕩滌，惡可謂世無萱草也？晉王九錫，公卿勸進，嗣宗製詞，婉而善諷。司馬氏孤雛人主，豺聲震怒，亦無所加。正言感人，尚愈寺人孟子之詩乎？《詠懷》諸篇，文隱指遠，定、哀之際多微辭，蓋斯類也〔三〕。履朝左而談方外，羈仕宦而慕真僊，《大人先生》一傳，寧子虚、亡是公耶？步兵厨人，可以索酒；鄰舍當罏〔四〕，可以醉卧。哭兵家之亡女，慟窮塗之車跡〔五〕，處魏晉閒如是足矣。叔夜日與酣飲，而文王復稱「至慎」，人與文皆以天全者哉！

【校記】

〔一〕四庫全書本題作「魏阮籍集題詞」。

〔二〕「屏」，殷孟倫本作「鼻」。

〔三〕「斯類」，殷孟倫本作「指此」。

〔四〕「舍」，信述堂本、四庫全書本、殷孟倫本作「家」。

〔五〕「跡」，殷孟倫本作「轍」。

【附録】

張燮《增訂阮步兵集序》云：「阮嗣宗疏狂絶俗，而顔延年目之曰『識密鑒亦洞』，此深知嗣宗者。《大人先生傳》『陋蝨褌中』，是其有托以自放焉，未便本趣所都也。愛土風而賦東平，不過求出户限外耳。《詠懷》八十二章，拉首陽，拍湘纍，悲繁華，憐夭折，深心轆轤，而故作求僊語雜之。蓋身不能維世，故逃爲警世。廣武之歎，蘇門之嘯，窮途之慟，綜憂樂而横歌哭，夫亦大不得已者乎！論《易》論樂，箇中自有爻象，全具音容，初何至與儒林作鯁？獨見夫禮法之士，都以勸進爲忠，禪讓爲禮，攀鱗附翼爲智，即何曾、王休徵之屬，莫不皆然。故迫而之《達莊》《通老》，曰『禮非我設也』。晉世效顰，無端作達，以爲遠希嵇阮。彼守其驪黄，遺其俊逸，是惡知天馬哉！余曾作《七賢贊》詳言之。兹因增定《步兵集》而更滴餘論以示世人，幸無多仇步兵也。閩漳張燮識於碩人之園。」

魏鍾司徒集題詞〔一〕

鍾士季弱冠與王輔嗣並知名，其論《易》無互體，才性同異〔二〕，厥旨不殊。然山陽《易註》，光列學宫〔三〕；而潁川玄辨，寂爾不顯。豈才地經營，方期功業，無暇立言？或者身族糜覆，策書烟消〔四〕，微言妙義，莫得而聞也？《志》云：「《道論》二十篇，係士季文筆。」今不獲見，其他亡軼，可以類推。《命婦傳》善言母德，宗述教訓，在齊女傅母、魯季敬姜之間。乃鳴鶴白茅，樞機慎密〔五〕，母誨至勤〔六〕。胡爲破蜀以後，頓忘執手之戒，自取滅門？夫司馬專國，睥睨魏鼎，奄有西土，勢必自帝。魏亡于司馬與亡于士季，等亡爾。使反謀果成，步騎並發，縛文王父子，告廟釁鼓，奠安大魏，功豈在閎、散以下？即不然，同爲篡臣，割地而守，未知誰雌雄也。時違其才，傾跌須臾，亂兵登城，英雄駢死。天相司馬，非盡士季之失。抑覽其遺篇，彬彬儒雅，則猶魏文七子餘澤矣〔七〕。

【校記】

〔一〕四庫全書本題作「魏鍾會集題詞」。

〔二〕「同異」，四庫全書本作「異同」。

〔三〕「宮」，殷孟倫本作「官」。

〔四〕「消」，信述堂本、四庫全書本、殷孟倫本作「銷」。

〔五〕「樞機」，殷孟倫本作「機樞」。

〔六〕「誨」，殷孟倫本作「訓」。

〔七〕「猶」，殷孟倫本作「又」。

杜征南集題詞〔一〕

《左傳》之有杜元凱，六經之孔、孟也。當時論者，猶以質直見輕，豈真貴古而賤今乎？子雲《太玄》，不遇桓譚，幾覆醬瓿。元凱釋《左》，非摯虞亦莫知其孤行天地也。杜集絶無詩賦，意者其雕蟲邪？彼惟彌綸經傳，自託獲麟，下者則薄之，誠不欲以此有名也。元凱嘗言三不朽，庶幾立功、立言，其事皆踐。漢興，佐命如鄼侯刀筆、高密書生，不免望塵而拜。章奏爾雅，悉西京風制。經術既深，凡文皆餘耳。不期工而工，此學者糞本之説也。武庫平吴，功堪廟食。釋《左》一書，復懸日月之間，爲世傳習，其於聖經爲後先疏附也〔二〕，成勞過揚《玄》矣〔三〕。儲君降服，議禮興譏，是將通世變以就古人。《檀弓》變禮，不辭作俑，未可與《素冠》之詩同相笑也。

【校記】

〔一〕四庫全書本題作「杜預集題詞」。

〔二〕「後先」，殷孟倫本作「先後」。

〔三〕「成」，殷孟倫本作「誠」。

荀公曾集題詞〔一〕

荀成侯，學古而佞者也。史責其援朱、均以貳極，煽褒、閻而偶震。至於斗粟興謡，踰里成詠，階禍已甚，誠無辭焉。勖博聞明識，牛鐸諧樂，勞薪炊飯，咸能辨之，茂先倫匹也。顧其文采，則謝弗如。泰始中，與傅、張同造歌詩，荀尤少味，始歎班固《明堂》《寶鼎》不可復作。獨其條問列和，表正笛聲，樂家之論，盡稱爲優。其他簡牘，亦云清令。蓋晉初之文，羹玄尚存，雕幾未極。名人吐辭，簡直近理。江左文士盛談茂先散珠、太沖横錦，若二荀者流，忽而不言。不幾乘大輅笑椎輪乎？無惑乎六朝體製，追時爲工，登高望之，旗靡轍亂也。東漢荀氏，後多顯人，景倩既讓文若，公曾尤媿慈明，何其子孫位通而德儉也？以是名克家，然乎？

【校記】

〔一〕四庫全書本題作「荀勖集題詞」。

傅鶉觚集題詞〔一〕

晉代郊祀宗廟樂歌，多推傅休奕。顧其文采，與荀、張等耳。《苦相篇》與《雜詩》二首，頗有《四愁》《定情》之風。《歷九秋篇》〔二〕，讀者疑爲漢古辭，非相如、枚乘不能作。其言文聲永，誠詩家六言之祖也。休奕天性峻急，正色白簡，臺閣生風。獨爲詩篇，辛婉温麗〔三〕，善言兒女。强直之士，懷情正深，賦好色者，何必宋玉哉！後人致疑廣平，抑「固哉高叟」也。晉武受禪，廣納直言，休奕《時務》《便宜》諸疏，剴切中理。至云：「魏武好法術，天下貴刑名〔四〕；魏文慕通遠，天下賤守節。」請退虚鄙，如逐鳥雀，晉衰薄俗，先有隱憂。干令升論曰：「覽傅玄、劉毅之言，而得百官之邪；核傅咸之奏、《錢神》之論，而睹寵賂之彰。」悼禍亂而美知幾，清泉藥石，可世守也。争言罵座，兩遭免官，褊心有誚，亦汲長孺之微戇乎？

【校記】

〔一〕四庫全書本題作「傅玄集題詞」。

〔二〕「篇」，殷孟倫本作「詩」。

〔三〕「辛婉温麗」，殷孟倫本作「新温婉麗」。

〔四〕「貴」，殷孟倫本作「好」。

【附録】

張燮《傅鶉觚集引》：「傅鶉觚，古之遺直也。似乎疾惡太嚴，守官太厲，多峭激而少含弘。顧典午之際，風靡極矣。脆骨柔腸，望塵自萎。有一人焉，義足以殿氣，氣足以伸理。神崖每峻，倍揭日月而行；憲准常騫，時挾風霜之肅。雖汪汪千頃之不足，要以巖巖千仞有餘矣。若乃原本儒宗而發皇韻事，穿綜經術而潤飾朝典。樂府詩歌，譬之大樹吐花，雖少速馥，然騰蒨自在。爲文章務取意盡，夷然坦途。趙宋人實薪火傳于此也。上章敦牂至後二日張燮撰於離垢庵。」

張茂先集題詞〔一〕

張壯武博物君子，晉室老臣，彌縫暗主虐后之間，足稱補衮。竟以猶豫族誅，横尸前殿。悲哉！壯武初未知名，作《鷦鷯賦》以寄意，感其不才善全，有莊周木雁之思。既賦

《相風》《朽社》，亦躊躇於在高戒險，盛衰交心。及陟台司〔二〕，不祥數見。中台星坼〔三〕，少子韙勸其遜位，猶戀弗忍决。漢王京兆不念牛衣，遂沉牢獄。然死以直諫，誠重泰山。壯武豈忘牧羊時乎？名位已極，篤於守經，徒爲賈氏而死，適資人口耳。晁氏《書目》云：「張司空集有詩一百二十，哀詞册文二十一，賦三。」今余所綴輯〔四〕，賦數過之，文不及全，詩歌八十餘，中間《拂舞》《白紵舞》《杯盤舞》諸篇，晉代無名氏之作，藏書家本亦有繫之《張司空集》者。然觀其壯健頓挫，類非司空温麗之素。餘詩平雅，近代詩家深貶其博學爲累。豈所謂聽古樂而卧乎？壯武文章，賦最蒼深，文次之，詩又次之。大抵去漢不遠，猶存張、蔡之遺。《詩藪》論詩：「晉以下，若茂先《勵志》、廣微《補亡》、季倫《吟歎》等曲，尚有前代典刑〔五〕。」余於司空諸文亦云。

【校記】

〔一〕四庫全書本題作「晉張華集題詞」。

〔二〕「陟」，殷孟倫本作「涉」。

〔三〕「坼」，原作「圻」，逕改。

〔四〕「綴輯」，殷孟倫本作「輯綴」。

〔五〕「典」，原作「曲」，據信述堂本、四庫全書本、殷孟倫本改。

孫子荆集題詞[一]

子荆「零雨」，正長「朔風」，稱於詩家，今亦未見其絶倫也。《除婦服詩》，王武子嘆爲「情文相生」，然以方嵇君道《伉儷詩》，兄弟間耳。江東未順，司馬文王發使遺書，子荆與荀公曾各奮筆札，孫最傑出，而荀獨見用，謂勝十萬師。文章有神，不在遇合，朝廟之上，賞音尤難。必欲如元瑜、孔璋見知孟德，豈易言哉！石驃騎，府主也；郭奕，其同里也。睥睨忿争，遂致沉廢。子荆平日素有傲名，鄉曲缺譽，此亦其見短之一事乎？然同閈相知，有一武子，生死願足，靈床驢聲，何必非叔夜之琴也。《笑賦》調謔自得，《反金人銘》蚩薄箝口，似狂非狂，言各有寄。若夫長虞勁直，箋頌夜光，威輦被髪，遺書勸仕，知人實長，未聞玩物。太原名士，磊落英多，其爲品狀，寧讓汝潁哉！

【校記】

〔一〕四庫全書本題作「晉孫楚集題詞」。

【附録】

張燮《孫馮翊集引》：「孫子荆盛爲王武子所推戴，史稱其少乏鄉曲之譽，非也。直是躊躅埃塵，多所不屑耳。年少以枕漱自期，晚甫解巾，神崖倍儁，無失雲水間故吾。狎府主爲僚儕，凌朝賢如斯隸，何其抗也！然絶影之薦傅咸，白社之載董京，各有欽挹，非徒淩忽自豪者焉。彼蓋尾阮嵇之後塵，而開晉世達伯之首。晨風零雨，殆齊彭殤；體似真聲，驢鳴當哭。咄咄人外，乃伉儷之際翻復，未免有情，當是情緣文生耳。子荆詩文入《梁選》者各一章，今録其詩體，分爲二卷。雖少完製，然磊砢英多，溢於毫楮，觀《笑賦》及《反金人銘》，亦足徵棲寄所都矣。紹和張燮識。」

摯太常集題詞〔一〕

摯仲洽爲玄晏高弟，知名當世。遭亂餒死，傷哉貧也。張茂先聚書三十乘，仲洽撰定官書〔二〕，皆資以取正。茂先冤死，仲洽致箋齊王，事得表白〔三〕，可云不負知己。集詩甚少，賦亦遠遜茂先。議禮諸文，最稱宏辯。與杜元凱、束廣微並生一時，勢猶鼎足，二荀弗如也。東堂策對，其生平致身之文，中少壯氣，沿爲卑響，靡靡之句，效者益貧。當日作者得無自恨其率爾乎？茂先博極群書，能辨鼍毛龍肉，而不知察變桑柏〔四〕；仲洽善觀玄象，知凉州可以避難，而流離京雒，竟同餓隸。予輒怪儒者有博物之長，無謀身之斷，此趙壹所以悲窮鳥也。《流別》曠論，窮神盡理，劉勰《雕龍》、鍾嶸《詩品》，緣此起義〔五〕，評論日多矣。

【校記】

〔一〕四庫全書本題作「晉摯虞集題詞」。

〔二〕「撰」，殷孟倫本作「選」。

〔三〕「得」，信述堂本、四庫全書本作「漸」。

〔四〕「桑」，殷孟倫本作「松」。

〔五〕「義」，殷孟倫本作「議」。

束陽平集題詞〔一〕

晉世笑束先生《勸農》及《餅》諸賦，文辭鄙俗，今雜置賦苑，反覺其質致近古，繇彼雕績少也。廣微沈退，作《玄居釋》以擬《客難》。張茂先見而奇之。顧其文，曼倩醜也，此粕也。獨痛言周漢衰時，禍福無轍，朝卿相，夕鼎烹，功名之士可爲嚙指出血。當途典午，牝鳴狼噬，衣冠達人，誅無遺種。中散《幽憤》之詩，逸民《崇有》之論，俱無救于溘死。始知太虚玄鑪，嚴叟、鄭老，投足天地，不如一卷，豈虚談乎？集中數議，爾雅之文，不愧典册。《補亡詩》志高而辭淺，欲以續經，罷不勝任也。三百風微，古詩終絶，韋孟《諷諫》，傅毅《迪志》，俱非昔響。降而西晉，誰爲朱絃哉？汲墓竹簡，嵩高科斗，自博學者觀之，直其户牖書也。曲水之對，見榮人主，何異東方名藻神，中壘辨貳負乎？

【校記】

〔一〕四庫全書本題作「晉東晳集題詞」。

夏侯常侍集題詞〔一〕

潘安仁之誄夏侯孝若也，曰：「執戟疲揚，長沙投賈。」余讀其詞，竊歎文人相惜〔二〕，死生尤見〔三〕。《抵疑》之作，班固《賓戲》、蔡邕《釋誨》流也。高才淹躓，含文寫懷，鋪張問難，聊代萱蘇。縱觀西晉，《玄居》《摧論》《釋勸》《釋時》，文皆近是。追踪西漢，邈乎後塵矣。《昆弟誥》總訓群子，紹聞穆侯，人倫長者之書也。但規模帝典，僅能形似，刻鵠畫虎，不無譏焉。《周詩》上續《白華》，志猶束皙《補亡》，安仁誦之，亦賦《家風》，友朋具爾。殆文以情生乎？賈謐「二十四友」，安仁居首。母氏數誚，不知省改。白首之讖，貽親以僇。孝若連璧，未或同熱，長歸雖先，幸不及禍。其《離親詠》有云：「苟違親以從利兮，匪曾、閔之攸寶。」余爲三復泣下。孝弟文雅，盛名得全者此爾。東漢趙威豪猶嘔血未及，况他人乎？

【校記】

〔一〕四庫全書本題作「晉夏侯湛集題詞」。

〔二〕「歎」，殷孟倫本作「笑」。

〔三〕「尤」，原作「猶」，據信述堂本、四庫全書本、殷孟倫本改。

【附録】

張燮《夏侯常侍集引》云：「夏侯將種，迨其盛也，太初玄悟，騰蒨于魏朝；孝若綺藻，流芬于晉世。風儀韶秀，迭炳國華，所謂芝草越根，澧水踰源者也。湛與潘安仁並時連璧，湛泰始初即對策爲郎，岳亦早辟司空府，以泰始中獻《籍田賦》，想其解巾登仕，亦同塵接袂。《晉書》二人同傳，而湛爲首，乃鍾仲偉《詩評》稱『孝若晚進，見重安仁』，此誤也。湛文視岳稍遜，然沉至處，正復不近。然則官階微躓，退作《抵疑》，殊勝潘之乾没不休；年壽早凋，遺命薄葬，又勝潘之并命東市，踐季倫『白首同歸』之讖也。若補亡之詩，友于之誥，天性夙篤，内行聿修，正乃克荷門風，頓超儕伍矣。紹和張燮識。」

潘黄門集題詞〔一〕

余讀潘安仁《馬汧督誄》，惻然思古義士，猶班孟堅之傳蘇子卿也。及《悼亡》詩賦、《哀永逝文》，則又傷其閨房辛苦，有古「落葉哀蟬」之歎。史云「善爲哀誄」，誠然哉！《籍田賦》《客舍議》並以典則見稱，陸海潘江，無不善也。獨惜其愍懷詐書，呈身牝后，屈長卿之典册，行江充之告變，重污泥以自辱耳。《閑居》一賦，板輿輕軒，浮杯高歌，天倫樂事，足起愛慕。孰知其仕宦情重，方思熱客；慈母拳拳，非所念也。楊駿被誅，綱紀當坐，安仁賴河陽舊客得脱軀命。而好進不休，舉家糜滅，害由小吏。生之者公孫宏，殺之者孫秀。禍福何常，古人所以畏蜂蠆也。二陸屠門，戎毒相類，天下哀之，遂騰討檄。安仁東市，獨無憐者。士之賢愚，至死益見，余深爲彼美惜焉。

【校記】

〔一〕四庫全書本題作「晉潘岳集題詞」。

傅中丞集題詞〔一〕

傅休奕剛峻少容，貴顯當世，老而不折。時晉運方興，天子虚己，老成喉舌，可以無恙。若長虞所處，國艱甫殷，懲楊氏執政之萌，規汝南輔相之失。劾按驚人，榮終司隸。直道而行，若是多福，鮑子都、諸葛少季無其遇也。傅氏諸賦，不尚綺麗；長虞短篇，時見正性。《治獄明意賦》云：「吏砥身以存公，古有死而無柔。」一生骨鯁，風尚顯白。歷官威嚴，條申職掌，御史作箴，汲生共勖。司隸布教，卧虎立名。彼其之子，邦之司直，斯人有焉。休奕四部六録，文集百餘，湮闕者多；長虞著述不富，傳文亦與父埒。爲彪爲固，不能短長。其間《七經詩》中，《毛詩》一首，雖集句託始，無關言志。《與尚書同僚詩》，則告誡臣僕，有孚盈缶，韋孟在鄒，家風不墜矣。

【校記】

〔一〕四庫全書本題作「晉傅咸集題詞」。

【附録】

張燮《傅中丞集序》：「余友周仲先開府吴閶，命書傅長虞《御史中丞箴》于廳事之屏，蓋用當座右云。余又最愛其《答楊濟書》曰：『酒色殺人，甚於作直。坐酒色死，人不爲悔。逆畏以直致禍，由心不直，欲以苟且爲明哲耳。』余嘗舉此以質仲先，仲先大爲踴躍。仲先每惡世之俛眉者，托言明哲，却把世間綱常、自身名節，一切掃盡。此意正與長虞合。按長虞曾以違距上旨，受杖貶官，濟遺之酒曰：『受罰太重，以爲怛然。杖痕不禁風寒，當飲酒，令體中常暖爲佳。』《晉書》却不載長虞受杖事，大是掛漏。然以長虞之剛腸勁概，身仕亂朝而瘖急無恙，竟以功名終，仲先却慘死詔獄。士大夫固有幸不幸，長虞正不詑其瓦全，仲先亦詎悔其血之化碧也！長虞小賦偏饒，第乏完製，爲文章大率自寫意中事，恒使赤心呈于斑管。史謂其綺麗不足，而言成規鑒，亦定論耳。與何邵、王濟詩並入《梁選》，瓜葛故多名流耶？《七經詩》中《毛詩》一章，後人集句源本于此，徑自作祖。」

潘太常集題詞〔一〕

史稱潘正叔：「著論究人道之綱，裁箴懸乘輿之鑒。」此二文者，非徒龍甲鳳毛，亦其生平所以自立也。元康薦亂，八王鬥争，從父安仁，一門罹酷〔二〕。正叔知幾，歸掃墳墓，後得封公顯職，壽終塢壁。當安仁初任河陽，贈詩祖道，美其天姿。刑僇之後，樹碑紀事，增慟覆醢。其於叔父情篤，猶中郎也。存没異路，榮辱天壤。逃死須臾之間，垂聲三王之際。至今誦《閑居》者，笑黄門之乾没；讀《安身》者，重太常之居正。人物短長，亦懸禍福，泉下嘿嘿，烏誰雌雄？即有不平，能更收召魂魄，抗眉争列哉？傅長虞會定九品，正叔作詩規之。其爲人也，無詭隨；其爲文也，無戲謔，大致類然。若琴有八分之書，賦著琉璃之盌，適文人餘韻也。

【校記】

〔一〕四庫全書本題作「潘尼集題詞」。

〔二〕「酷」，殷孟倫本作「禍」。

【附録】

張燮《潘太常集引》云：「晉世才人，首稱潘陸，蓋指安仁與士衡、士龍也。正叔是安仁猶子，却不在限内，而另開一門，亦雅以篇章自顯。蓋安仁爲文囿棟樑，正叔則儒家領袖。《乘輿箴》《安身論》可覘其人與文之大都矣。度不與從父共驂驔，而分路揚鑣，各止其所也。正叔于世，既不敢鋭意進趣，以競事權；亦不能畢智匡扶，以存義略。其處簪笏平平而已，似有戒於從父之乾没，而隨資升等，竟致大官。禄命之際，有宰焉者乎？出彼詳緩，陶是郁穆，雖皇路陸沉，然傾輈非其自處，大地盡以鐵鑄錯，君其何尤！」

陸平原集題詞〔一〕

陸氏爲吴世臣，士衡才冠當世。國亡主辱，顛沛圖濟，成則張子房，敗則姜伯約，斯其人也。俯首入洛，竟縻晉爵，身事仇讎，而欲高語英雄，難矣。太康末年，釁亂日作，士衡豫誅賈謐，俄得通侯。俗人謂福，君子謂禍。趙王誅死，羈囚廷尉，秋風蓴鱸，可蚤決幾。復戀成都活命之恩，遭孟玖青蠅之譖，黑幰告夢，白帢受刑，畫獄自投，其誰戚哉！張茂先博物君子，昧於知止，身族分滅，前車不遠，同堪痛哭。然冤結亂朝，文懸萬載，《吊魏武》而老奸掩袂，《賦豪士》而驕王喪魄，《辨亡》懷宗國之憂，《五等》陳建侯之利，北海以後，一人而已。排沙簡金，與公造喻，子患才多，司空歎美。尚屬輕今賤目，非深知平原者也。

【校記】

〔一〕四庫全書本題作「晉陸機集題詞」。

陸清河集題詞〔一〕

士龍《與兄書》稱論文章，頗貴「清省」，妙若《文賦》，尚嫌「綺語」未盡。又云：「作文尚多，譬家猪羊耳。」其數四推兄，或云「瑰鑠」，或云「高遠絶異」，或云「新聲絶曲」，要所得意，惟「清新相接」。士衡文成，輒使弟定之，不假他人。二陸用心，先質後文，重規沓矩，亦不得已而後見耳〔三〕。哲昆詩匹，人稱如陳思、白馬。士龍所傳，四言偏多，《有皇》《思文》諸篇，誦美祁陽，式模《大雅》，類以卑頌尊，非朋舊之體。餘篇一致，間有至極，使盡其才，即不得爲韋侯《諷諫》、仲宣《思親》，顧高出《補亡》六首，則有餘矣。宰治浚儀，善察疑獄；佐相吴王，屢陳讜論。神明之長，諫諍之臣，有兼能焉。士衡枉死，遂同隕墮。聞河橋之鼓聲，哀華亭之鶴唳。巢覆卵破，宜相及也。集中大文雖少，而江漢同名。劉彦和謂其「布采鮮净，敏於短篇」，殆質論歟？

【校記】

〔一〕四庫全書本題作「陸雲集題詞」。

〔三〕「後」，殷孟倫本作「復」。

成公子安集題詞〔一〕

東郡成公子安，賦心不若左太沖，史才不若袁彦伯。其在晉文苑，與庾仲初、曹輔佐兄弟也。《嘯賦》見貴於時，梁昭明登之《文選》，激揚嘽緩，彷彿有聲。然列於馬融《長笛》、嵇康《琴賦》，亦彈而不成矣。賦少深致，而序各有思，讀諸賦不如讀其序也。《樂歌》施於廊廟，揆之《雅》《頌》，不知其中何篇也。晉世《郊廟》《燕射》《鼓吹》《舞曲》皆有詞，其篇章見名者，傅玄、張華、荀勖、成公綏、曹毗、王珣耳。辭每雷同，傅稍出群，子安得與茂先接塵，其人幸甚。欲如漢郊祀歌之《練時日》，鼓吹鐃歌之《朱鷺》，則真曠代矣。《隸勢》善於説字，若有宫商綦組，亦陸機《文賦》之流乎！

【校記】

〔一〕四庫全書本題作「晉成公綏集題詞」。

張孟陽景陽集題詞〔一〕

晉代文人，有「二陸三張」之稱。三張者，孟陽載、景陽協、季陽亢也。季陽才藻，不逮二昆，文不甚顯。孟陽《濛汜》，司隸延譽；景陽《七命》，舉世稱工。安平棣華，名豈虚得？然揆其旨趣，語亦猶人，不能不遠慚枚叔、近媿平原也。《劍閣》一銘，文章典則，礲石蜀山，古今榮遇。景陽文稍讓兄，而詩獨勁出。蓋二張齊驅，詩文之間，互有長短〔二〕。若論才家庭，則伯難爲兄，仲難爲弟矣。二子守道，嫉衆貪位，高尚之懷，每形詩詠。時或疵其玄之尚白〔三〕。及觀二鳳齊傾，金谷並隕，華亭、上蔡，嗟呼歎晚。然後知達人蚤識長謡，二疏高歌招隱，所以能自脱于巫山之火也。

【校記】

〔一〕四庫全書本題作「晉張載張協集題詞」。

〔二〕「長短」，殷孟倫本作「短長」。

〔三〕「疵」，殷孟倫本作「訾」。

劉中山集題詞〔一〕

晉《劉司空集》十卷，在宋時已多缺誤，今日欲睹全書，未可得也。越石兄弟與石崇、賈謐友善，金谷文詠，秘書唱和，詩賦豈盡無傳？顧迺奔走亂離，僅存書表。想其當日，執槊倚盾，筆不得止，勁氣直辭，迴薄霄漢。推此志也，屈平沅湘，荆卿易水，其同聲耶？晉元渡江，無心北伐。越石再三上表，辭雖勸進，義切復讎，讀者苟有胸腹，能無慷慨？以彼雄才，結盟戎狄，揚旌幽并，身死而復生，國危而復安，間患差跌，不病驅馳。及同盟見疑，命窮幽縶，子諒文儒，坐觀其斃。爲之君者，孝非子胥；爲之友者，仁非魯連。慇懃贈詩，送哀而已。夫漢賊不滅，諸葛出師；二聖未還，武穆鞠旅。二臣忠貞，表懸天壤；上下其間，中有越石。追鞭祖生，投書盧子；英雄失援，西狩興悲。予嘗感中夜荒鷄，月明清嘯，抑覽是集，彷佛其如有聞乎？

【校記】

〔一〕四庫全書本題作「晉劉琨集題詞」。

郭弘農集題詞〔一〕

《神僊傳》言：「郭河東得兵解之道。今爲水仙伯。」其然與否，吾不敢知，亦足見烈士殉義，雖死可生，亂臣賊子不能殺也。景純才學，見重明帝，埒於温嶠、庾亮。余謂其抗節王敦，贊成大事，匡國之志，嶠可庶幾，亮安敢班哉！雙柏鵲巢，越城伍伯，絶命之期，先知之矣。猶然解髮銜刀，祈祥幽穢，非苟求活。欲觀須臾，得一當以報國家耳。陳述蚤亡〔二〕，呼之爲福。景純亦縱酒色，自滅精神，李陵惜死，若所耻也。負豫讓之忠〔三〕，蹈嵇生之禍，豈非天乎？阮嗣宗厭苦司馬，以狂自晦，彼亦無可如何，不得已而逃爲酒人，景純則非無術以處敦者也。令桓彝不窺裸袒，生命不盡日中，勤王之師，義當先驅，其取敦也，猶廬江主人家婢爾。南岡斷頭，遺文彌烈，今讀其集，直臣諫諍，神靈博物，無不有也。如斯人而不謂之仙乎？不可得已。

【校記】

〔一〕四庫全書本題作「晉郭璞集題詞」。

〔二〕「述」，原作「跡」，據殷孟倫本改。

〔三〕「忠」，殷孟倫本作「志」。

王右軍集題詞〔一〕

殷深源與桓温不協〔二〕，王逸少移書苦諫，欲晝廉、藺于屏風。又曲止北伐，皆不見聽，果敗於姚襄。謝豫州邁往不屑〔三〕，才非將帥，違逸少之言，後亦狼狽。世謂其形神在名山滄海之間，于天下事，抑何觀火也？琅琊南渡，江左粗安，王謝雖賢，未敢以區區吴越經緯天下。褚裒、殷浩志奢才短，動而輒蹶。若復不守江東，遠慕諸葛，伍員之憂，爲期彌促。卒覩喪晉，釁發强臣，非繇外寇。逸少早識，善察百年。此數札者，誠東晉君臣之良藥，非同平原辨亡、令升論晉，追覽既往，奮其縱横也。蘭亭詠詩，韻勝金谷；誓墓不出，義取老氏。《與謝萬書》言山水弋釣，拊掌開懷。又教子孫退讓，彷彿萬石。絲竹陶寫，恐爲兒輩覺，則樂而能節矣。史云逸少與藍田牴牾，愧歎謝病，猶逐翰音而未睹登天者也。書法冠古今，飄雲矯龍，亦藝成之一。後人寶其筆勢，聚字成帖，間有斷缺，尚圖球奉之，誤正可思，蓋在是乎？

【校記】

〔一〕四庫全書本題作「晉王羲之集題詞」。

〔二〕「深」，原作「洪」，據殷孟倫本改。

〔三〕「邁往」，殷孟倫本作「直枉」。

王大令集題詞〔一〕

右軍七子，五人知名，子猷、子敬，尤稱不羈。子敬先亡，子猷直上靈床，悲嘆人琴〔二〕，亦頓絶徂化。友于情深，攜手地下，「鶺鴒」之詩，於此增重。子敬生平少過，其臨没自懺者，惟與郗道茂離婚耳。《别妻》一帖，俯仰嗚咽。既篤伉儷，何不爲宋大夫之却湖陽乎？身尚公主，女爲帝后，烏衣貴游，寵榮過盛。獨惜年命不長，門無男子，五福在天，文人當之，固難有全理也。《桃葉》歌詞，江南盛傳，其答歌則緑珠《懊儂》、翾風《怨詩》之類也。子敬通昏帝胄，豪貴自喜，復纏綿妾侍，發其謳吟，中書風流，上掩季倫，但無顔對郗姊耳。法書簡帖，間有僞書，翰墨足傳，字貴尺璧。大文絶少，獨表明安石，言得其平。較之摯虞理茂先，盧諶訟越石，並晉室陽秋矣。

【校記】

〔一〕四庫全書本題作「晉王獻之集題詞」。

〔二〕「悲」，殷孟倫本作「怨」。

孫廷尉集題詞〔一〕

東晉佛乘文人，孫興公最有名。然《喻道論》云：「佛十二部經，其四部專以勸孝。」《道賢論》以天竺七僧方竹林七賢，指悉近儒，非濡首彼法、長往不返者也。桓大司馬欲移都洛陽，衆莫敢諫，興公抗表論列，文辭甚偉。斯時進言，固難于婁敬之説漢高也。振袖舉笏，郟鄏無恙，一封事足不朽矣。《天台賦》自命金石，抑其佳句，不過赤城瀑布耳。遂初林皐，足薄華幕，蓋遠詠老莊，蕭條高寄，其素志也，賦云乎哉？《表哀詩》哀號罔極，欲繼《蓼莪》，即若祖《除婦服詩》，未若其關道義、繫人倫也。《碧玉》二歌，亦「胡姬十五」「桃葉渡江」之流，未免有情，正謂此爾。右軍蘭亭雅集，興公與兄承公各有詩篇，一吟一詠，誠非許掾所及。温〔二〕、王、郗、庾，穹碑載文，豈好諛墓哉？具體先哲，或中郎之羽翮也。

【校記】

〔一〕四庫全書本題作「晉孫綽集題詞」。

〔二〕「温」，四庫全書本作「褚」。

【附録】

張燮《孫廷尉集題詞》云：「臨川《世説》酷詆興公，謂其負詞藻而多穢行。褚季野至欲擲諸水以壓天譴，渣滓之累極矣。然其自評曰：『托懷玄勝，高寄蕭條，無所與讓。』爾時至與玄度並稱，自是清流；其諫移都，與桓元子抗同異，自是勁骨。生平穢行，了無足據，臨川何所指而目之哉？史又稱：温王郗庾咸須綽爲碑，然後登石。則既爲時所重矣。《世説》又載興公作《庾公誄》，庾道恩曰：『先君與君自不至于此。』又王孝伯讀《長史誄》曰：『亡祖何至與此人周旋？』夫須碑然後登石，豈其作誄詞而横遭抹殺乎？恐出後人輕薄，未可爲準也。《天台》一賦，金石聲傳播至今，范榮期尚有未中宫商之慨，此大言欺人耳。獨惜諸公碑爲唐人割裂幾盡，但存崖略，無復斐然，余于唐人不能無憾云。重光協洽元正下澣張燮撰于石隱書巢。」

陶彭澤集題詞〔一〕

古來詠陶之作，惟顔清臣稱最相知，謂其公相子孫，北窗高卧，永初以後，題詩甲子，志猶「張良思報韓，龔勝耻事新」也。思深哉！非清臣孰能爲此言乎？吴幼清亦云：「元亮《述酒》《荆軻》等作，欲爲漢相孔明而無其資。」嗚呼！此亦知陶者，其遭時何相似也。君臣大義，蒙難愈明，仕則爲清臣，不仕則爲元亮，舍此則華歆、傅亮攘袂勸進，三尺童子咸羞稱之。此昔人所以高楊鐵崖而卑許平仲也。《感士》類子長之倜儻，《閑情》同宋玉之

《好色》〔二〕。《告子》似康成之《誡書》，《自祭》若右軍之《誓墓》，孝贊補經，傳記近史，陶文雅兼衆體，豈獨以詩絶哉？真西山云：「淵明之作，宜自爲一編，附三百篇、《楚辭》之後，爲詩根本準則。」是最得之。莫謂宋人無知詩者也。陶刻頗多，而學者多善焦太史所訂宋本，故仍其篇。

【校記】

〔一〕四庫全書本題作「陶淵明集題詞」。

〔二〕「同」，殷孟倫本作「等」。

【附録】

張燮《重纂陶彭澤集序》云：「古今詞人，貧悴之甚，至陶靖節極矣。貧悴，常情所苦，而公於其間别開鴻濛世界，似狂仍狷，似達還迂，則貧悴翻爲公用也。公在大地，不知何者美好，顧獨戀戀種秫。彼蓋借醉鄉爲桃花源，而因之避世焉，以相忘於政物。公之屬綴在義熙後者，不署宋曆，但書甲子，猶之乎花開爲春，花落爲秋也。然則籬菊夕英，足敵西山之薇；漉酒葛巾，不污洗耳之水。他若五柳以傲三槐，籃輿以傲八騶，又不具論者耳。公集爲後人所宗，天倪自洽，神境自調，都似翰墨間别有鴻濛世界。焦弱侯太史嘗出所手訂宋本示余，與世本多别。余以方葫蘆中《漢書》，今爲點定，更寫以傳。世本並載《聖賢群輔》，今爲删出，當另置他部。吁！使貧悴而果足限公也，並時貴盛如傅季友諸人，今得與公爭顯晦于千載乎哉？壬戌重九日蓬蒿長張燮書于東籬。」

七録齋近集卷九

婁東 張溥西銘 著
同里 張采受先
金沙 周鍾介生 閲

古名家集題詞

何衡陽集題詞〔一〕

謝晦起兵拒宋文，東海何承天爲晝計謀，造表檄。晦敗自歸，徼恩全宥〔二〕。復賦性剛褊，侮慢同列。天子諮訪疑義，輒戒使者善候顔色，恐逢彼怒。斯人竟得老壽，亦幸耳。《禮論》三百卷，久亡不傳。今所存者，僅有《安邊論》，《宋書》稱爲「博而且篤」。晉世郭欽、江統疏論徙戎，顯名方策，此亦其支流也。曆數最精，大略微見于表奏，猶恨未全。雜議出刑入禮，原諸忠恕，爲漢廷平〔三〕，或所優乎？《達性論》申權教，析報應，與顔光禄、宗居士反復送難，皆儒者中正之言。王道蕩蕩，姬釋無殊，何必别門建旌，劉、項搏戰也〔四〕。

《鼓吹鐃歌》十五篇，造于晉義熙時，家居私撰，上升《樂志》，遂能前抗韋昭。《木瓜》賦心澹泊，則郭璞《蚍蜉》類耳。仰思周天，旁辨威斗，當日閎覽博物，卒未或先東海云。

【校記】

〔一〕四庫全書本題作「何承天集題詞」。

〔二〕「徼」，殷孟倫本作「邀」。

〔三〕「平」，殷孟倫本作「評」。

〔四〕「搏」，原作「博」，據殷孟倫本改。

傅光禄集題詞〔一〕

晉宋禪受，成於傅季友，表策文誥，誦言滿堂，潘元茂册魏公，不如其多也。武帝不豫，升床受詔，營陽、廬陵忽焉翦没，奉迎文帝，入繼大統。徐謝群公，慶同絳侯；季友憂色，里克是懼。善讀《書》者尚少知禍福耶？《演慎》著論，竊慕括囊；感物作賦，起於夜蛾；道路詠詩，撫躬三省〔二〕。彼方欲爲長風之鳥，而不免見笑于雕陵之鵲，人也，非天也。王師出征，宣明抗表，言及虚館三月，恪遵下武，臣雖不順，辭則可悲。季友博經史，長文筆。倉皇廣莫門上，竟不得慷慨一言，畢命殿陛。《九錫》諸篇，固傅氏之丹書帶礪也。無能救死，何哉？《廟》《墓》二教，並録《文選》，懷舊崇德，意近《甘棠》。入洛陽，謁五陵，宋公百世一日也。表文無痛哭之談，識者先知其非心王室矣。

【校記】

〔一〕四庫全書本題作「傅亮集題詞」。

〔二〕「三省」，殷孟倫本作「乾惕」。

謝康樂集題詞〔一〕

謝琰不慧，乃生客兒，車騎先大笑之。宋公受命，客兒稱臣。夫謝氏在晉，世居公爵，凌忽一代，無其等匹。何知下伾徒步，乃作天子，客兒比肩等夷，低頭執版，形跡外就，中情實乖。文帝繼緒，輕戮大臣，與謝侯無夙昔之知、綢繆之託，重以孟顗扇謗，彭城墜淵，尋山陟嶺，伐木開徑，盡録罪狀。其《自訟表》有云：「未聞俎豆之學，欲爲逆節；山棲之士，而搆陵上。」言最明痛，不免棄市。蓋酷禍造於虚聲，怨毒生於異代，以衣冠世臣，公侯才子，欲倔强新朝，送齒丘壑，勢誠難之。予所惜者，涕泣非徐廣，隱遯非陶潛，而徘徊去就，自殘形骸，孫登所謂抱嘆於嵇生也〔二〕。《山居賦序》：「廢張、左，尋臺、皓，致在去飾取素。」宅心若此，何異《秋水》《齊物》？詩冠江左，世推富艷。以予觀之，吐言天拔，政繇素心獨絶耳。客好佛經，其《辯宗論》《曇隆誄》，又皆祇洹奇趣，道門閣筆。彼出處語默，無一近人。予固知其不殺不止，牽犬聽鶴，追松鼓棹，均無累其本度也。

【校記】

〔一〕四庫全書本題作「宋謝靈運題詞」。

〔二〕「謂」，原作「爲」，據信述堂本、四庫全書本、殷孟倫本改。

【附録】

張燮《謝康樂集叙》云：「謝康樂才高意爽，自以宋公皆故等夷。既際維新，恥爲之下。故身雖北面，而唐突憲准，決裂朝常，高詫外臣，八紘所不得收也。然則鑿山開道，蓋欲另闢首陽；決湖成田，將圖别築薇塢。其答孟顗曰『身自高呼，何預癡人事』，其一腔熱血，殆難灑以示人者矣。史稱康樂多愆禮度，朝廷不以應實相許。自謂宜參權要，常懷憤憤，何視靈運之薄哉！余謂漢季之有北海，魏季之有中散，晉季之有康樂，其才情風格是不一轍，然邁往驚挺之氣，正復自符。北海、中散垂革命之際，裂眼呵之，而不肯降心者也。康樂當易社以後，低頭就之，而猶爲强項者也。然則坐客常滿，樽中不空，康樂亦可以此自名。而鸞翮時鎩，龍性難馴，世亦可以此而名康樂耳。宋祖始貴，尚能以舊物見容；文帝嗣興，眼界已自不同。惜乎山居不堅，乃爲敦逼强起。彼此交搆，毒霧晝披，終有舉義之役。觀其詞曰『韓亡子房奮，秦帝魯連耻』，悲乎傷哉！夫豈不知螳臂當車，然勢不得不出於此也。夫鴻鵠摩天，既不蘄作藩籠間物，則必矯翼霞外。若參鵷鷺以充庭，群雁鶩以就食，而又高步儻盼，不受羈縻，則綱目高張，誰容蹢躅？身非金翅，安能搏擊應龍哉？其供刀俎必也。康樂詩與文爲江左名流第一，無俟更爲標持。予慨世儒不識赤心，每繩其躍冶大鑪，翻自取戾，故因增定《康樂集》剖出之，以釋世之揶揄康樂者。石户農張燮題。」

顔光禄集題詞〔一〕

顔延年飲酒袒歌，自云「狂不可及」。元兇肆逆，子竣贊世祖入討，復爲孫辭以免。玩世如阮籍，善對如樂廣，其得功名耆壽，或非無故也。江左詞采，顔、謝齊名。延年文莫長于《庭誥》，詩莫長于《五君》。嵇中散任誕魏朝，獨《家戒》恭謹，教子以禮。顔《誥》立言，意亦類是。名士在世，動得顛挫，俯循人情，以卑致福。雖能言之，不能行之；即不能行之，未嘗不深知之也。竣既貴重，延年輒多謝避。觀其笑第宅之拙，惡雲霞之傲，視謝瞻籬隔謝晦，達尤過之。然彼雖厭見要人，其享榮終也，可不謂要人力哉！惟有子而不受子累，可以不壽而卒壽也。狂不可及，蓋在斯乎！三十不昏，以文出仕，歷四主，陪兩王，浮沉上下，老不改性，詆尚之爲「朽木」，斥慧琳爲「刑餘」，「顔彪」之呼，亦牛馬應之。其閲世久矣。遠吊屈大夫，近友陶徵士，風流固可想見云。

【校記】

〔一〕四庫全書本題作「顔延之集題詞」。

【附録】

張燮《顔光禄集引》云：「顔延年自謂狂不可及，然觀其戒子竣曰：『平生不喜見要人，不幸見爾。』規竣治第曰：『好爲之，勿令後人笑拙。』則故非善狂者。至《庭誥》一篇，不惟不狂，且具有壇宇坊表矣。《五君詠》斥去山、王，非必用五君自傚，殆不喜要人意也。何僂呼公而不受，慧琳登座而變色，亦曰是要人耳。其在潯陽，締歡陶居士，則幽人者，要人之反也。古謂顔詩如『鋪錦列繡，雕繢滿眼』。然陶鑄之極，别有寫生手，殆未易言者。他文章，謝康樂不入《梁選》，而延年《赭白馬賦》《上巳詩序》《元后哀策》，陽、陶二誄及《祭屈子文》，正如千尺珊瑚，片片在鐵網中。崇禎辛未花朝前二日石隱主人張燮書于清音亭子。」

鮑參軍集題詞〔一〕

鮑明遠才秀人微，史不立傳，服官年月，考論鮮據，差可憑者，虞散騎奉敕一序耳。明遠《松柏篇》，自叙危病中讀《傅休奕集》，見《長逝辭》，惻然酸懷，草豐人滅，憂生良深。後掌臨海書記，竟死亂兵。謝康樂云：「夭枉兼常。」其斯人乎？臨川好文，明遠自耻燕雀，貢詩言志，文帝矜才，又自貶下就之。相時投主，善用其長，非禰正平、楊德祖流也。集中文章，實無「鄙言累句」，不知當時何以相加？江文通遭逢梁武，年華望暮，不敢以文陵主，意同明遠，而蒙譏「才盡」。史臣無表而出之者，沈休文竊笑後人矣。鮑文最有名者，《蕪城賦》《河清頌》及《登大雷書》。《南齊・文學傳》所謂「發唱驚挺，操調險急，雕藻淫艷，傾炫心魂」，殆指是耶？詩篇創絶，樂府五言，李杜之高曾也。顔延年與康樂齊名，私問優劣於明遠，誠心折之，士顧才何如耳，寧論官閥哉！

【校記】

〔一〕四庫全書本題作「鮑照集題詞」。

【附録】

張燮《鮑參軍集序》云：「《宋書》無《文苑》，遂不爲鮑參軍立傳，《南史》因之，俱附見《臨川王傳》中，故鮑之閲歷，殊覺草草，獨虞散騎所爲集序，論次頗詳，差補史闕。按集中有《上始興王白紵歌》，又《蒜山被始興王命作》，史不言曾仕始興，或疑其無謂。考虞序云：『臨川薨後，始興王引爲侍郎。』正與文字合，可補史之闕者一也。集中有《永安令解禁止啓》，梅禹金駁之曰：『史言照爲秣陵令，未嘗爲永安。』考虞序云：『秣陵令，又轉永安令。』却與文字合，可補史之闕者二也。集中《謝秣陵令表》題下注云：『時爲中書舍人。』且表有『違離省闥』等語，明是中舍在先，秣陵在後，乃《南史》倒載云：『國侍郎，遷秣陵令，文帝用爲中書。』考虞序：『中書舍人，出爲秣陵。』正與文字合，此可正史之訛者三也。又李周翰注《文選・蕪城賦》引沈約《宋書》云：『臨海王子頊鎮荆州，照爲參軍，隨至廣陵，見故城荒蕪，乃武王濞所都，照以子頊叛逆事同於濞，爲此賦以諷。』按《宋書》并無此段，不知翰何所據而稱之？豈古今本頓異耶？子頊之荆州，年甫六歲，方在襁褓，安得遽有逆形？鮑安得預料有明帝他日踐祚事？且明帝定亂自立，諸藩拒命，子頊隨人舉義，事敗賜死，年甫十一，亦與吴王濞不同。想鮑賦自是懷古，後人因而傅會耳。誦讀以論其世，不可不知也。鮑官閥甚微，而名與顔延年、謝希逸并，梁、陳壇苑舉爲大家，沿至唐代，見推杜陵，而品亦貴。崇禎己巳秋日張燮題于離垢庵。」

袁忠憲集題詞〔一〕

史載袁氏世多忠烈，若陽源死於元兇，名爲風霜松筠，不虚也。或責彼既志不從亂，曷不疾驅告變，出君險阨。然事發倉猝，身閉宫省，翹首君門，叫呼莫屬。儒者雍容，亦莫可如何耳。陽源《俳諧集》〔二〕，文皆調笑，其於藝苑，亦博簺之類也。《禦虜議》世譏其誕，然文采遒艷，才辯鮮及，即不得爲儀、秦縱横，方諸《燕然》勒銘，《廣成》作頌，意似欲無多讓。詩章雖寡，其摹古之篇，風氣竟逼建安。此人不死，顔、謝未必能出其上也。彭城少文，情好不接；劉湛貴盛，未輕繳裾。文人寡合，其落拓之性固然。

【校記】

〔一〕四庫全書本題「宋袁淑集題詞」。

〔二〕「俳」，原作「排」，據四庫全書本改。

謝法曹集題詞〔一〕

《謝法曹集》文字頗少，惟《祭古冢文》簡而有意。曹子建伏軾而問髑髏，辭不逮也。《雪賦》雖名高麗，與希逸《月賦》僅雁序爾。詩則《秋懷》《擣衣》二篇居最，《詩品》云：「康樂鋭思，無以復加。」若《西陵遇風》，則非敵矣。「乘流遵歸路」諸篇，一生坎壈所繇，今逸不存，豈自悔失言，先絶其傳哉？謝客四友，尤莫逆者，東海何長瑜與從弟阿連。長瑜輕啁僚佐，黜作流人，後殞暴風。阿連愛幸小吏，淪廢下位，命亦不長。蓋自康樂失志，知己寂寞，廷尉論刑，目爲反叛，一二親厚，寧免輕薄之誚？連即才悟無雙，而榮華路絶，同時憔悴，亦物各以類乎？然芝蘭階庭，不爲父知；而賞音慕悦，出于昆從。歎張華之重生，惜海嶠之初别，小謝雖才，得兄益顯。莊、惠濠梁，鍾、牙流水，朋友間事，又烏足云？

【校記】

〔一〕四庫全書本題作「宋謝惠連集題詞」。

【附録】

張燮《重纂謝法曹集序》云：「謝方明是世法人，詞藻乃其所略，故家有兼金棄爲躍冶。康樂絶世才，自顧少雙，忽得阿弟，種種韻秀，不覺傾倒，而名行又其所略，故情款逾摯也。史謂惠連輕薄，多尤悔，然希見其事實，獨有杜德靈一節，竟亦何至久錮。王僧達不以斷袖坑姪乎？不礙華膂，又何也？六代於倫常不甚敦切，獨居大喪，往往悽斷欲絶，以棘人而有『乘流遵渚』等詩，爲時流大垢耳。考其在大將軍府，有作長區惠恭能詩，爲借姓名以進。仍白大將軍移賜給之，自其獎善，一片熱心。意德靈亦有少才技，故暱之耶？大率惠連深情使氣，不耐檢押，與康樂之裸體高呼也，長瑜之劇言苦句遍嘲諸僚佐也，風格自符，恰好相收而成四友者也。康樂語方明曰：阿連才悟若此。『才悟』二字，足盡惠連，宜其每見輒得佳句。王介甫乃謂『池塘生春早』是借言王澤已竭，自懼得罪，托爲夢惠連所成。此真夢中説夢矣。石隱山人張燮題。」

謝光禄集題詞〔一〕

謝希逸爲殷淑儀哀文，孝武流涕，都下傳寫。及廢帝即位，則銜恨堯門，幾犯芒刃。一文之出，禍福懸途，即作者詎能先覺乎？明帝定亂，命作赦詔，酌酒立成，云子業「事穢東陵，行污飛走」，雖鐘鼓討伐之辭，殆直自快胸懷矣。文章四百餘卷〔二〕，今僅存此。《封禪儀註奏》，藻麗雲漢，欲摹長卿。《搜才》《定刑》二表與《索虜互市議》，雅人之章，無忝國器。耳食者徒稱陳王之《明月》，河南之《舞馬》，欲以兩賦概其群長，不幾采春華、忘秋實哉？典任銓衡，不干喧訴，居守禁門，嚴待墨詔。遂令顏瞋讓清，郅章比節，居風貌之中，獲高明之福，有微子遺則焉。《左氏經傳》，分國立篇，征南以後，當稱奇書，竟滅不傳。

此余所尤抱恨于謝嚴也〔三〕。

【校記】

〔一〕四庫全書本題作「宋謝莊集題詞」。

〔二〕「卷」，殷孟倫本作「首」。

〔三〕「嚴」，原作「巖」，據殷孟倫本改。

【附録】

張燮《謝光禄集序》云：「諸謝群翔，希逸稍晚出，而折衷諸父，據地絶勝。觀其咄嗟吐納，俱成令音；國體朝常，多所匡贊。儁雅之際，别有沖融；和平之中，時存耿介。名播北土，豈偶然哉！吏部尚書，總統群彙。顔竣之嗔而與人官也，賄故也。希逸笑而不與人官，蓋本來既清，干請道隔，自不妨以温然接物耳。遊畋拒門，須墨敕乃開，又何倜儻也！希逸文章四百餘篇，余輯而存之，僅得四卷。《明月賦》以《梁選》傳，《舞馬賦》以國史傳，《赤鸚鵡》盛爲袁淑所推，今才數語，可爲歎息。表奏諸體，蔚矣其文；哀輓等篇，泫然淒婉。《殷貴妃誄》幾以賈禍，然文字之美，横絶古今矣。《殷淑儀傳》又稱『莊作哀策文，都下傳寫，紙墨爲貴』。今所存謚策寥寥斷簡，不聞哀策，豈即誄之訛耶？抑别有哀策，今湮没耶？作述之際，人所難言，而希逸以弘微爲之父，以風、月、景、山、水爲之子，前後輝映，源迴諸長。希逸諸詠，不甚爲梁人推戴，然齊武問王僕射：『當今誰能爲五言詩？』王曰：『謝朏得父膏腴。』夫得父膏腴，便可屈指帝側，則阿父詩亦既齊世所重矣。庚午早秋張燮識。」

蕭竟陵集題詞〔一〕

蕭雲英著内外文筆數十卷，史謂其無文采，多勸戒〔二〕。及讀任昉《行狀》，則云：「天才博贍，學綜該明。沛獻、東平，淮南、陳思，方斯蔑如。」予折衷群論，未得其平，比覽遺文，斥臺使，憂旱沴、獄圄、泉鑄，動見規啓，仁哉言乎！何其痌瘝乃心也？雲英敬信釋氏，撰《净住子净行法門》三十一條，苦言勤諷，慇泣如雨。《射雉》二啓，奏告君父，不離福業。觀其惻隱懇誠，身行津渡斷欲，以王公努力，建道場之幡，擊甘露之鼓，爲黔首先倡。而浮魚兆殃，外寢大震，天年不永，其誰爲乎？齊武二十三男，中多賢令，文惠、竟陵，居長表帥，皆病短折。晉安諸王，安能復存？父夢曇華，子罹刀戟，未知西昌毒因，在報應何等也。王融見殺，魏準破膽，實竟陵速殞之繇。而涅槃寂滅，以死爲樂，雲龍憂懼，得無猶有未化者乎？

【校記】

〔一〕四庫全書本題作「蕭子良集題詞」，信述堂本題作「竟陵王集題詞」。

〔二〕「戒」，殷孟倫本作「誡」。

王文憲集題詞〔一〕

王仲寶年六歲，拜受茅土。未三十，即位令僕，身尚公主，爵享元侯，佩刀淮水，徵祥已極。然早痛死父，中厄天年〔二〕，福造不完，非人力也。宋齊議禮，家各爲説，吉凶參會，咸禀仲寶，即史書所傳，可謂非《七志》之膏腴乎？齊臺佐命，褚、王並推，彦回風則，同朝欽賞。若援論古今，宣明朝典，必仲寶居前。彼雖風流自命，欲比安石，時論未許。抑觀自古宰相，議禮通達，漢韋玄成、匡衡以後，不多見也。褚公貴而善藝，徒以《別鵠》琴曲，銀柱琵琶，稱説名士，其能則樂官伎弄耳。寧望王僕射乎？且二子皆齊貴戚，逢迎興運，不臣跡同。而世尤惡褚者，豈非以羅纚負約，石頭偷生，直犬豖目之。於仲寶則猶憐其父死非命，或有伍胥乞食之志，而不難以國販也。

【校記】

〔一〕四庫全書本題作「齊王儉集題詞」。

〔二〕「厄」，原作「尼」，據信述堂本、四庫全書本、殷孟倫本改。

王元長集題詞〔一〕

齊世祖禊宴芳林，使王元長爲《曲水詩序》，有名當世。北使欽矚，擬于相如《封禪》。

梁昭明登之《文選》，玄黄金石，斐然盈篇。即詞涉比偶，而壯氣不没，其焜耀一時，亦有繇也。竟陵王宗子長賢，元長投許情分，《法門贊頌》，如塤如篪，彼此之交，謂以净照相得。而傖楚入幕，戎服災身，蘭室旃崖，豈宜若是？夫南齊王業，太孫壞之；孝武多男，西昌賊之。設元長志遂，竟陵當陽，蕭氏福祚可世世也。謀敗獄死，天即惡搥車之躁，其不祐齊則久矣。人但見王郎年未三十，心熱公輔，并笑其斷仗一舉，僨取瓦裂，猶然成敗之見乎？元長獄中據答，自云：「上《甘露頌》《銀甕啓》及《三日詩序》，接虜使語辭，竭思稱揚，得非誹謗。」夫穰侯相印，不可遽得，終子雲、賈長沙才則我自有也，又曷不少從容引分，資成不朽哉！

【校記】

〔一〕四庫全書本題作「齊王融集題詞」，信述堂本題作「王甯朔集題詞」。

謝宣城集題詞〔一〕

李青蓮論詩，目無往古，惟于謝玄暉三四稱服。泛月登樓，篇詠數見，至欲攜之上華山、問青天。余讀青蓮五言詩，情文駿發，亦有似玄暉者。知其興嘆難再，誠心儀之，非臨風空憶也。梁武帝絶重謝詩，云：「三日不讀，即覺口臭。」簡文《與湘東書》推爲「文章冠冕，述作楷模」。劉孝綽日置几案，沈休文每稱未有，其見貴當時，又復如是。今反覆誦之，益信古人知言。雖漸啓唐風，微遜康樂，要已高步諸謝矣。隨王賞愛〔二〕，晤對不舍；長史問之，殊痛離割。集中文字，亦惟《文學辭箋》《西府贈詩》兩篇獨絶。蓋中情深者，爲言益工也。會稽孔顗，粗有才筆，未立聲名。玄暉愛其讓表，不難折簡手寫，齒牙獎成。寧忍重背婦翁，生懟寡妻？然王公甫誅，二江搆害，出反之譏，頗掛時論。嗚呼！康樂、宣城，其死等爾。康樂死于玩世，憐之者猶比于孔北海、嵇中散。宣城死于畏禍，天下疑其反覆，即與吕布、許攸同類而共笑也。一死輕重，尤貴得所哉！

【校記】

〔一〕四庫全書本題作「齊謝朓集題詞」。

〔二〕「隨」，原作「隋」，據殷孟倫本改。

張長史集題詞〔一〕

吴郡張氏之盛，前有敷、演、鏡、暢，後有充、融、卷、稷。融字思光，孔德璋所謂外兄張長史也。張氏世理音辭，修儀範，思光獨詭越驚人，似一狂士。然孝親敬嫂，感德重義，人倫之際，何亹亹也。自序文章云：「不阡不陌，非途非路。」後有狀者，不如其善自狀也。

《海賦》文辭詭激，欲前無木華，雖體致未諧，藩籬已判。傳詩絶少，落落如之，白雲清風，孤臺明月，想見其人。《通源》定本，直謂「百聖同投，本末無異」，周子長辨，倒兵乃已。彼生平談論，總無師法，白日發歌，鴻飛起悟，孤神獨逸。窺其意好，似慕北海，與之同名，然謂天下有兩融，又掉頭不受也。獠賊厲刃，高詠洛生；浮海大風，乾魚寄傲。天子賜衣，尚書趍拜，曾何足慕！具此天性，固思光文字所由出乎？

【校記】

〔一〕四庫全書本題作「齊張融集題詞」。

孔詹事集題詞〔一〕

孔靈産立館禹井山，事道精篤，而齊高輔政，竟以術數登榮位，來羽扇素几之贈。子珪宅營山水，草萊不翦，而彈文表奏，盛行朝廷。父子出處間，何相似也！汝南周顒結舍鍾嶺，後出爲山陰令。秩滿入京，復經此山，珪代山移文絶之，昭明取入《選》中。比考孔、周二傳，俱不載此事，豈調笑之言，無關紀録？如嵇康於山濤，戲有其書〔二〕，交非真絶也〔三〕。末世網密，刑罰無章，再三申論，求定一律。魏虜連侵，國疲征討，表請通和。孔公之言，無非近仁者，大致救民息物而已。周妻何肉，精進未逮，豈僅譏草堂之衣裳，傲僕射之鼓吹，自命清疏哉？張融令終，淩雲一笑；孔珪卧疾，不免舉床。瞑含之際，遇或嗛嗛，其爲無累則同也。

【校記】

〔一〕四庫全書本題作「齊孔稚珪集題詞」。

〔二〕「戲」，信述堂本、四庫全書本、殷孟倫本作「徒」。

〔三〕「非真」，信述堂本、四庫全書本、殷孟倫本作「未嘗」。

梁武帝集題詞

梁武帝《净業賦序》，即曹孟德之《述志令》也。孟德奸雄善文，自許西伯。梁帝亦謬比湯武，大言不怍。夫長沙酷害，樊、鄧興兵，勢成騎虎，延頸爲難。獨無道既誅，鼎新有主，忽焉狐盜，覆齊宗祀。猶總師稱朕，妄擬南巢、白旗，則石勒胡人，且笑曹、馬矣。帝負龍虎之相，兼文武之才，史贊其恭儉莊敬，藝能博學，人君罕有。惜羯寇滔天，臺城煨燼，《制旨》二百餘卷，《五禮》一千餘卷，《通史》六百卷，後世無繇誦讀。今得其詔令、書、敕諸篇，置帝王集中，則魏晉風烈，間有存者。雕蟲小伎，壯夫不爲。尚幸見之朝廷，未容以《河中之水》《東飛伯勞》數詩，定帝高下也。捨道歸佛，躬爲教宗，顧白衣所急，首唱斷肉耳。據帝自序，絶魚肉，斷房室，欲天下知其不貪。其《責賀散騎》又云：「腰瘦二尺，救物故也。」神器至重，逆取順守，僅欲以黄羸菜味，自救不臣，爲計短矣。至今愚夫愚婦，身盜賊而口素食，即云銷孽滅過，率祖帝術也。

梁昭明集題詞〔一〕

梁武八男，唯豫章性殊，餘各有文武才略。昭明、簡文同母令德，文學友于，曹子桓兄弟弗如也。昭明夭薨，簡文叙其遺集，頌德十四。合之史傳，俱非虚美。《南史》所云埋鵝啓釁、蕩舟寢疾，世疑其誣。於是論昭明者，斷以姚書爲質矣。昭明述作，《文選》最有名，後人見其選，即可以知其志。集中諸篇，范金合土，雖天趣微損，而章程頗密，亦文家之善慮彼己者也。潯陽陶潛，宋之逸民，昭明既爲立傳，又特序之。以萬乘元良，深論山澤，唐堯汾陽，子晉洛濱，若有同心。摘譏《閒情》，示戒麗淫，用申繩墨，游於方内，不得不然。《洛神》放蕩，未嘗删之，而偏訕此賦，於孔子存《鄭》《衛》，豈有當焉？《二諦》《法身》，解義詳析，即弘宣未及厥考，而清净實出胸懷，識者以爲則賢乎爾。

【校記】

〔一〕四庫全書本題作「梁蕭統集題詞」。

【附録】

張燮《昭明太子集序》云：「嘗客廣陵，與謝曰可覓文選樓故基，作詩曰：『瀝液群言古，雌黄此道尊。遠雲連册府，四海逝崑崙。』既而悔之。昭明故居東宫，何從越江築樓？以覈量前籍，而王觀《揚州賦》『帝子久去兮，空文選之樓』，輒似據以爲真者。及考吴楚間多有昭明讀書臺，蓋地以人重，故每借之以爲名，後人亦相沿不忍削去耳。因嘆臺城宫殿烟消多時，獨銅龍片席，尚爾不脛而走，使遠道好事佹襲而成芳塵。陵谷雖遷，流芬尚曲播也。從古選集希傳，獨昭明三十卷，詞人奉爲金櫃，片簡見録，便如名在丹臺石室中。古今有一佳文字見遺，必求所以不入《選》之故，而遞相揣摩。爾日殿最，頓貽壇苑許大事。宋蘇子瞻酷詆之，譬如漆園之毁尼丘，道固不同，逾見昭明之大也。昭明所自爲撰著，情韻諧秀，體骨高邁。較之諸弟：昭明類松院儁流，隱囊斜映；簡文類蘭閨艷姬，粉帛顧影；孝元類槐市少年，鞍韉高步。并擅門風，就中微覺小異者如此。太子至性絶人，弘慈救世，不待深稽史籍，閲集中亦依稀見之。若乃慧岸寶航，即高僧同所禀仰；而重昏獨曉，妙義徐傳。凡在布衣，猶難兼長；矧乃元良，都臻具美。驅策群彦，衣被來兹，詎偶然哉！近世梓昭明集既多混收，更饒漏目，余爲駁出而增入之，羌得五卷。讀《文選》而溯是編，取人以身之義，亦略可睹矣。重光作噩之歲南吕月逸史張燮識於半規嶼。」

梁簡文帝集題詞[一]

史言梁簡文帝文集一百卷，雜著六百餘卷，自古皇家撰論未有若是其多者。蓋朱邸日久，會逢清晏，兼以昭明爲兄、湘東爲弟，文辭競美，增榮棠棣。儲極既正，宫體盛行，但務綺博，不避輕華。人挾曹丕之資，而風非黄初之舊，亦時世使然乎？賊景犯闕，强登帝座；呑土不祥，終於協夢。至今讀其《題壁序》，自云：「蘭陵正士，弗欺暗屋。」輒爲泣數行下。武帝開門揖盜，自戕血胤。簡文立顛沛之中，罹懷愍之酷，跋胡疐尾，孽非己作。後代諱其閔凶，並其文字，指爲無福，不得擬《秋風》、步《短歌》，亦足悲也。帝《答湘東書》，頗厭時人效謝康樂、裴鴻臚。余謂帝詩文，適在謝後裴前耳。昭明稱帝佳作，止云「首尾裁浄」，一字之評，從來論六朝者所未逮。帝《誡當陽書》：「立身須謹重，文章須放蕩。」是則其生平所處也。

【校記】

〔一〕四庫全書本題作「梁簡文帝集題詞」。

梁元帝集題詞〔一〕

間讀梁元帝《與武陵王書》，言「兄肥弟瘦，讓棗推梨，上林聞鳥，宣室披圖」。友于之情，三復流涕；漢明東海，詞無以加。乃縱兵六門，參夷流血，同室之鬥，甚于寇讎。外爲可憐之言，内無急難之痛。狡人好語，固難以常測也。荆南定蹕，强虜叩城，地非王氣，自速其災。然召師覆國，禍發岳陽，帝好殺家人，卒殺之者家人也。驪山之火，君子緩誅申戎而先咎幽王，有以哉！帝不好聲色，頗有高名。獨爲詩賦，婉麗多情。妾怨迴文，君思出塞，非好色者不能言。而徐娘角枕，垂刺《金樓》，内教之闕，不能謂當璧無過也。釋典諸文，雕鏤匠意，威鳳紺馬，增其爛熳。顧涅槃德宗，讓悟父兄，道心三降，其風薄矣。詔令書表，咄咄火攻，挾陳思之才〔二〕，攘子桓之坐，眇僧化身，固一神物哉！

【校記】

〔一〕四庫全書本題作「梁元帝集題詞」。

〔二〕「思」，原作「留」，據信述堂本、四庫全書本、殷孟倫本改。

江醴陵集題詞〔一〕

《南史》江文通、任彦昇、王僧孺同傳。三人俱有長者行，詩文新麗頓挫，並一時之傑也。文通《雜體》三十首，體貌前哲，欲兼關西、鄴下、河外、江南，總製群善，興會高遠，而深厚不如，非其才絀，世限之也。謝客兒《擬魏太子鄴中集詩》八首，評者謂其氣象不類，下遜文通，亦意爲輕重，非謝所服。江詩《擬臨川遊山》，又似深知謝者。蓋文通之學，華少於宋，壯盛於齊，及梁則爲老成人矣。身歷三朝，辭該衆體，《恨》《别》二賦，音制一變。

長短篇章，能寫胸臆。即爲文字，亦《詩》《騷》之意居多。余每私論江、任二子，縱衡騈偶，不受羈靮。若是生逢漢代，奮其才果，上可爲枚叔、谷雲，次亦不失馮敬通、孔北海，而晚際江左，馳逐華采，卓爾不群，誠有未盡。世猶傳文通暮年才退，張載問錦，郭璞索筆，則幾妒口矣。

【校記】

〔一〕四庫全書本題作「江淹集題詞」。

沈隱侯集題詞〔一〕

梁武篡齊，決策於沈休文、范彦龍。時休文年已六十餘矣，抵掌革運，鼓舞作賊，惟恐人非金玉，時失河清，舉手之間，大事已定，竟忘身爲齊文惠家令也。佛前懺悔，省訟小過，戒及綺語，獨諱言佐命，不敢播騰。及齊和入夢，赤章奏天，中使譴責，趣其病殞，回思妓師識面，君臣罷酒，又成往事。然攀附功烈於生前，龍鳳猜積於身後，易名一字，猶遭奪改，若重泉有知，能無抱恨於壽光閤外哉？休文大手〔二〕，史書居長，傳者獨《宋》，文集百卷，亦僅存十三。取其得意之篇，比諸傳論，膏沐餘潤，光輝蔽體，馬書班賦，别集偏行，適助南、董之美觀耳。《四聲譜》自謂入神，後代遵奉，而不獲邀賞於武帝，聲病牽拘，固非英雄所喜也。禪筆紛作，於樹園妙吼，諦乘正説，遠遜乃公。意者逢時之意多，則覺性之辭少矣。

【校記】

〔一〕四庫全書本題作「梁沈約集題詞」。

〔二〕「手」，原作「乎」，據信述堂本、四庫全書本改。

【附録】

張燮《重纂沈隱侯集序》云：「休文八病四聲，墨莊同所稟仰，千載下不得越隴而飛。乃天子聖哲，帝竟不遵用，人故有遇而不遇耶？郊廟樂章，後來以其不純用典誥，命蕭子雲易之。今二家作具在，未見蕭之便奪沈幟而踞其上也。《郊居》一賦，擷芬揚蕤，字無虚設；『玄暘』八首，則詩也，而進於賦焉。外此衆製，武庫森羅，以乃公才頓堪陵厲一世。顧其津梁晚彦，虚往實歸，此文瀾之匯而成谷王也。褚彦回詡齊，閱盡彈射，幾無完膚；乃休文并世多歸戴而少同異，則固奬掖名下之報。然佐命一局，竟自拼乾净土，即自心有不能釋然者。《懺悔文》歷叙生平小過，纖曲靡遺，獨不敢略及此事，直至和帝入夢，赤章自明，何嗟及哉！《桐柏山碑》云：『高宗時，固乞還山，權憩汝南縣境，復縶維。永泰元年，方遂初願，遠出天台，定居桐柏。』按史絶不載休文還山事，豈旋出旋召而史不書耶？公與徐修仁椷云：『昏猜之始，因此求退，托卿致言于徐令。』然則東昏嗣位，尚稱永泰，曾一放歸，史偶不及耳。權憩汝南，又在何年耶？嗟乎！令休文而齊季終老也，梁籙既躡，應與謝朏、何胤分路揚鑣，而文采百倍之矣。彦回瑣瑣，曷足以云？壬戌夏五閩漳張燮識于金華道中。南海朱光夜書。」

陶隱居集題詞〔一〕

陶通明幼時戲弄，即好筆硯。既讀書萬餘卷，一事不知，深以爲耻。隱侯博聞，其朋輩也。家貧求仕，忽脱朝服，立館華陽，吹笙聽松，天下豈真有神僊乎？秦皇漢武，窮山討海，耄期不遇。通明何人，遂能飛舉？然鼎丹七營，登晨尚隔，咸陽剡白，未易言也。世疑隱居棄劍，人外悠邈，不宜獻誠革命，遥參國典。抑知少君堪羞，子房可慕，山中宰相，大度素存。或者藥物取資人帝，圖籙當顯興朝，清都前覺，無貴卷舌耶？《真誥》以外，遺墨不少。《論書》五啓，鍾、王若生。本草諸序，彭、扁未死。邵陵表碑，推兼數賢；令君撰序，云備六藝。良有由乎！魏晉以來，置君如奕，志士高尚，流涕無從，不得不託致僊靈，遺世獨妙，中散之於孫登猶是也。而婚宦累形，蟬蜕寡術，通明乃後出而居上矣。

【校記】

〔一〕四庫全書本題作「陶弘景集題詞」。

【附録】

張燮《重纂陶隱居集序》云：「《梁書》稱：『陶隱居獻二刀于高祖，一名善勝，一名威勝。』李延壽訛爲『二丹』。此以天監中陶嘗獻丹于帝，遂并誤『刀』爲『丹』也。簡文有《謝賚善勝威勝刀啓》，中引『五寶新成，曹丕先佩其一』，則非『丹』無疑，惜延壽不及考耳。世傳桓闓爲隱居執役，一旦雙鶴來下，青童覓桓先生，陶心計門人無姓桓者，頃得執役桓君，遂仙去。按桓法闓爲隱居高弟，原非執役，况陶没後，邵陵王爲作碑曰：『門人桓法闓等勒玄碑而相質』，則法闓未嘗先時上昇，此其左驗。豈桓法闓之外，别有桓闓耶？顧云門人無姓桓，則何説也？世又傳陶以己不得仙爲疑，闓還報云：『公條《本草》，多害物命，以此遲仙。』余謂《本草》興自前世，物命之傷已非一日，陶慮世之誤用，而剖别之，爲濟人津梁，安得坐此見譴？按賈嵩《内傳》：『隱居常自嘆「仙障有九，名居其一」。吾之不仙，直三朝有浮名耳」。』大都名爲艷場，享取太多，能使入世者鈍其芳因，修真者紓其道業，此於事理爲準。然天上饒有至尊相奏事，更倍人間。以華陽三層樓上，天子不得傲之以翠華，不倍愈于都水監之適乎？仙佛往往分途，隱居乃兼受菩薩戒，則調停而就世法，大道委蛇，猶之獻刀意耳。仙人在世稱文士者，惟葛稚川、陶都水。葛僅《抱朴》行世，他文希傳；陶自《真誥》外，諸篇存者尚得若干帙。如灑墨水，盡成桃花；又如山半吹笙，洛濱受瑞。長言短語，俱有驂鸞駕螭之勢。公不云乎：雖有頑仙，不如才鬼。此自冷眼笑世之言，仙才如公，豈數數哉！令天上而衡文也，香案前珮聲琅琅，故應讓席。丁卯首夏汰沃子張燮識于蒔藥蹊。」

丘中郎集題詞[一]

《南史·文學傳》首吴興丘氏，靈鞠在宋孝武時，獻《殷貴妃挽歌》，特蒙嗟賞。希範於梁王踐祚之日，勸進殊禮，專典文字。父子曲筆，非東南之蹇蹇者也。然靈鞠面折褚彦回，語頗强切。東觀祭酒，自謂終身不恨。仕宦情淺，蓬髮遲鈍，無媿名士。希範少挫抑，即獻《責躬詩》，志在求進。出守永嘉，負乘騰刺，令非武帝憐才，爲寢白簡，維鵜濡翼，能長有鞶帶乎？革命諸文，《連珠》唱和，世不多見。其最有聲者，與陳將軍伯之一書耳。隗囂反背，安豐責讓，楊廣附逆，伏波曉勸，咸出腹心之言，示涕泣之意[二]，不能發其順心，使之回首。獨希範片紙，强將投戈，松柏墳墓，池臺愛妾，彼雖有情，不可謂文章無與其英靈也。鍾仲偉《詩評》云：「希範取賤文通，秀於敬子。」余未唯唯。或其時尚循「沈詩任筆」之稱，遂輕高下耳。

【校記】

〔一〕四庫全書本題作「丘遲集題詞」，信述堂本題作「丘司空集題詞」。

〔二〕「涕泣」，殷孟倫本作「泣血」。

任彦昇集題詞〔一〕

王僧孺之傳任敬子也，曰：「少孺速而未工，長卿工而未速，孟堅辭不逮理，平子意不及文，孔璋傷於健，仲宣病於弱。集論尚書，窮文質之敏；駐馬停信，極亹亹之功。莫尚斯焉。」異哉！貶前修而昂任君，其東海之溢美乎？江南文勝，古學日微，方軌詞苑，代有名人。大抵采死翟之毛，抉焚象之齒，生意盡矣。居今之世，爲今之言。違時抗往，則聲華不立；投俗取妍〔二〕，則爾雅中絶。求其儷體行文，無傷逸氣者，江文通、任彦昇庶幾近之。然後知僧孺所稱，非盡謬也。彦昇在齊朝，紆意梅蟲兒，捷入中書。既委誠梁武，專典禪讓文誥，諤諤之節，豈彼任哉？然服官清儉，兒妾食麥，卒于新安，浣衣斂體，有足多者。齊臺初建，褚彦回、王仲寶首稱翊運〔三〕，身没皆無餘財〔四〕。論人當日，其大者死生去就爾，廉名非所難也。昭明《文選》載彦昇令、表、序、狀、彈文，生平筆長，可悉推見。輜軿擊轊，坐客恒滿，有以夫！

【校記】

〔一〕四庫全書本題作「梁任昉集題詞」。

〔二〕「俗」，四庫全書本作「時」。

〔三〕「首稱」，四庫全書本作「稱首」。

〔四〕「没」，殷孟倫本作「後」。

【附録】

張燮《重纂任中丞集引》云：「任彦昇衿契龍潛，提挈之旨善謔，不渝風雲之感，幸矣！翊戴興運，禪讓文多出其手，而半生勳舊，靡列要津，豈素淡榮利，樂爲親臣，而不覬爲重臣，故帝亦不復以肩鉅相苦耶？觀其典郡清貧，兒僅食麥，身不能具裙衫，帝詎不堪以尚方餘瀝稍爲濡沫，則猶之山巨源『欲者無多，與者忘少』耳。龍門書啓，饒所奬拔，至今憶蘭臺聚，尚令人神骨奮飛焉。一片素心，元匪責報于後嗣之津梁。自孝標著論悼世，王河汾反歸罪任君之不知人，此中較量不幾于市心哉！彦昇文三十三卷，今存者無多，滿覺流暉蔭宇，較世本微有增益云爾。甲子暮春下弦日紹和張燮書于舫齋。」

王左丞集題詞〔一〕

《南史》言王僧孺中年遭躓，有桑濮之疑。而《梁書》顧稱南康王典籤，湯道愍怨僧孺裁抑彼寵，遂行謗訟。余以其生平考之，出守南海，不取越裝；入參大選〔二〕，杜絶請謁〔三〕。節概若此，豈不堪託色者哉？《南史》言非也。致書何炯，自明己意，憂患之餘，文辭危惻。子長流連於少卿，文通叫號於建平，有同情乎？僧孺書藏異本，富埒沈、任，文用新事，人多未見。今集中諸篇，杼軸雲霞，激越鐘管，新聲代變，於此稱極。文人不博，不能致奇，碩學之效，其班班者。訪砭石，譔譜事，特豹半耳。江侍中少孤貧，采薪而得貂蟬，竟成休徵；王中丞幼避鹵簿墮溝，後乃鳴騶清道。二事相類，虎鼠須臾，誠達觀者，可付之東暾西崦，乘電畫水乎？

【校記】

〔一〕四庫全書本題作「王僧孺集題詞」。

〔二〕「大」，原作「八」，據信述堂本、四庫全書本改。

〔三〕「杜」，原作「大」，據信述堂本、四庫全書本改。

【附録】

張燮《王左丞集引》云：「王僧孺作南海，曰遺子孫者不在越裝，而平生聚書與任、沈埒，且多異本。廼知宦况自廉，則吴祐青簡寫書之慮，都爲過計耳。齊梁之際，鍥事未興，畜書俱寫本，而能積至萬餘卷，是以難也。史謂其爲文好用新事，人所未見。余獨愛其胸之所駐，筆無遺旨；緜之所舒，文無滯情。屢昂首而峥嶸，乍拊心而凄絶。展讀數過，使人叫跳不能休。豈待螭腸滴而化石，蜃脂燃以作燈，然後爲奇哉！因慨僧孺幼孤，其母攜之入市，值中丞鹵簿，驅迫溝中。厥後自爲中丞，引騶清道，悲不自禁。人生虎鼠推遷，難料如此。若至性所鍾，亦由五六歲時讀《孝經》轉熟也。張燮題。」

陸太常集題詞〔一〕

陸佐公爲任樂安小友，聲譽日進，因作《感知己賦》投贈序懷。後奉命出淮泗，以詩代書，寄京邑僚友，劉兄殷弟，諸子戚戚，灌然于李、郭同舟，潘、夏方駕。余每讀之，未嘗不重其篤友生、厚朋亞也。《漏刻》《石闕》二銘，見美高祖，敕稱佳作。昭明《宴闌思舊詩》云：「佐公持文介，才學罕爲儔。」既没，元帝爲其墓銘曰：「詞鋒飈竪，逸氣雲浮。」一人之身，榮知三主，亦云遇矣。南國興運，敦尚《詩》《書》，梁武起自文人，尤勤氣類，曲水清漳，同遊並唱。當時作者，但患無才爾。長卿凌雲，孟陽《劍閣》，寧多慕哉？陸集二十卷，不能盡見，兹所輯録，皆麗而能則。斯人也，斯文也，生有蘭臺之聚，死傳青鏤之管，即謂至今存，可也。

【校記】

〔一〕四庫全書本題作「陸倕集題詞」。

【附録】

張燮《陸太常集引》云：「梁氏多才，自任、沈外，陸佐公爲之冠。驂軏竟陵，平分八友，非若晚彦之攀鱗也。《石闕》《漏刻》二銘，東序摛芬，高壇藻景。其他短篇，都復爛然緫至。《感知己賦》世鮮知者，余嘗舉以敵彦昇答賦，殆欲勝之。夫其締交父行，翻承翊戴，正不虚耳。憶佐公阿父德明，時人謂水可當醴泉，而樹可當交讓。佐公年少精勤，却於宅内起兩間茅屋，謝絶往來，晝夜擁書，是又樹且奠三珠而泉乃飛百脉耶？余屢過吴，求陸氏故居不可得。考《吴志》，佐公墓在綏山，詢之故老，亦了不知處。即從子襄之立石，竟復雨滅湮沉；獨是翡林勝綵，流播中區，陵谷不能載之而去者也。公賴此永矣。旃蒙赤奮若早春日張燮識于吴舫。」

劉户曹集題詞〔一〕

劉孝標見任彦昇諸子流離行路，舊交莫恤，則著《廣絶交論》。與中山劉明信友善，書命往反。明信没，復爲報章追答之。念其殷勤死友，寄懷寂寞，一篇之中，郈成、季札遺風在焉。孝標淄右名種，朞月孤露，魏師南侵，陷身奴虜。既知書學，播遷緇素。韓非入秦，李陵去漢，豈若是困厄哉？多聞不達，逃還江南，亦爰適樂土，不欲累北人豢養也。魏佛助作《魏書》，好詆南士，妄謂孝標兄弟疏薄遭棄，殆越人之笑章甫乎？棲學東陽，享年六十，玄靖先生，寧云夭折？獨其一世書淫，南北並躓，上有好文之君，朝多同學之彦，而引見無階，山棲竟老。德祖見忌于曹操，敬通觖望于光武，豈非命邪？辯命六蔽〔二〕，善言天人；自序三同四異，悲憤交集。遇主若此，而又重以悍室司晨，若敖將餒，詩窮而工，其然乎？

【校記】

〔一〕四庫全書本題作「梁劉峻集題詞」。

〔二〕「命」，原作「論」，據殷孟倫本改。

【附録】

張燮《劉户曹集小引》云：「從古兩書淫，一皇甫玄晏，一劉玄靖。玄晏高尚其事，超然冥鴻，非若玄靖文禽顧影，翻鏟彩于太液池邊也。玄靖身際右文之朝，並世儁流，盡被隆遇，而峻獨坎壈以終。中公明之指歸，托敬通之同異，至今掩卷有餘恫焉。如謂率性而動，不共浮沈，則爾時之負遺俗者，豈直一峻哉！何加膝墮淵之異效也。卞士蔚有言，擲五木子輒犍，豈復是擲子之拙，此足破遇合之界耳。昭明《文選》，梁人自任、沈外見收者寥寥，而玄靖採取者三。然則聲價故重于華林一二三子，正不得以《遍略》高之矣。甲子暮春望日紹和張燮書于覓蠹軒。」

王詹事集題詞〔一〕

沈隱侯之知王元禮，猶蔡伯喈之知王仲宣。當日兩人情好相得，詩文互賞。《郊居》佳句，惟元禮能讀；好詩彈丸，非隱侯莫爲知音也。隱侯遺文頗廣，元禮則寥寥鮮存。無論《洗馬》以來，諸集斷闕，即傳中所稱《芍藥賦》與《草木十詠》，俱歸烏有。因歎治亂異數，彼此一時，國門洛下之書，空井寒灰之泣，其文傳不傳，亦各有命也。《昭明哀策》，中朝嗟賞。然辭麗寡哀，風人致短。東漢以後，文尚聲華，漸爽情實〔二〕，誄死之篇，應詔公庭，尤矜組練。即顔延年《哀宋元后》、謝玄暉《哀齊敬后》，一代名作，皆文過其質，何怪後生學步者哉？《楚妃吟》句法雖異，未備古體；《行路難》善叙縫婦，抑《詩》所謂「摻摻女手」也。元禮筆法似詩優于文。七葉重光，人人有集。若此者，誠足爲世家標準矣。

【校記】

〔一〕四庫全書本題作「梁王筠集題詞」。

〔二〕「情實」，原作「實情」，據信述堂本、四庫全書本乙正。

【附録】

張燮《王詹事集題詞》云：「王元禮自述家世，謂七葉重光，人人有集。茲存爲余所品定者僅二人，齊則元長，梁則元禮。元長，僧達之胤；元禮，僧虔之孫也。琅邪之有僧虔，譬在繁蕤密艷中，别有疏籬桐竹之況。子志等遞守家法，故馬糞諸王，單著長者之目。元禮弘厚，聿追祖風，彼貴遊之習爲豪華，才士之沿爲傲侮，元禮無一焉。門標龍鳳，此其最優矣。生平嗜書，垂老彌篤，手自抄録，不覺筆倦，是真不以天地易蜩者。至今誦《行路難》詩及《東宫哀策文》，抹彼賸馥，饒芬舌端，他亦琅琅成響。余嘗語客曰：『得盡發王公百許卷讀之，一官自爲一集，不案間非常巨麗乎？』客曰：『子願太奢，更得《郊居》十贊，所謂指物呈形，無假題署者，是亦足矣。』柔兆攝提格律在應鍾月紹和張燮書于群玉樓。」

劉秘書集題詞〔一〕

王元禮七葉之中，爵位文才，蟬聯不絶；劉孝綽一家子姓，能文者七十人，門世之盛，足使安平無崔、汝南無應。當日昭明太子愛重文學，元禮、孝綽同被賓遇，執袖撫肩，方之浮丘、洪崖，兩賢何相若也。元禮通顯，竟至白首，遭亂墮井，非云不壽。孝綽一官屢蹶，少妹貽糾，束絹開訟，秘書長逝，不滿六十。原其著作齊騁，禄位中隔，一者性多可，一者性多怪也。孝綽文集數十萬言，存者無幾，零落之歎，無異元禮。書、啓、表、序，文采較優，詩乃兄弟爾。元帝爲孝綽墓銘云：「鶴開阮瑀，鵬翥楊循。身兹惟屈，扶摇未申。」夫秘書摧輪，未若阮、楊，而當時見屈者，亦悲其樂賢圖像，絶域聞名，有公輔之資，而抱箕斗之怨。到洽凶終，劉覽内噬，朋友兄弟，寧無一可乎？而偏扼其吭，則胡爲也？孝綽以詩失黄門，復以詩得黄門。風開風落，應遇皆然，知無恤於人之多言矣。

【校記】

〔一〕四庫全書本題作「梁劉孝綽集題詞」。

【附録】

張夔《劉秘書集序》云：「謝康樂每一詩貴賤競寫，宿昔士庶皆遍，名動京師；劉孝綽每作一篇，好事咸共傳寫，流聞絶域，其爲藻苑所欽略同。平居儕輩多所凌忽，而謝既負釁，劉亦摧輪，其爲朱紱所挫略同。彼蓋儁才成其褊衷，孤神紓其闊步，斯往彦之恒癖也。孝綽於武帝不可謂不知遇，第一等官以待第一等人，非如宋武之羈縻而累起累躓，在職輒爲法官所彈。夫到溉不平者十事，猶謂彼已猜嫌，譬彼孟顗，若吏部時爲從弟覽所糾，至云『犬噬行路，覽喫家人』，視池塘春草，風味長隔矣。嗟乎！康樂藉其先資，服御多創，爲世所宗，亦爲世所駭。而孝綽單提寸管，使范雲命拜於孝才，王融歸鉢于阿士。東宫契洽，先圖樂賢之堂；藩王嘆睽，彌敦布衣之好。則論世者尚覺康樂終滯豪華，而孝綽惟仗素業。史又稱孝綽在公簡重無語，反呼騶卒問道途雜事。然則昭明所謂『右拍洪崖肩』者，得非陰指其不與世人作緣乎？視康樂三人提裾，四人曳席，又覺康樂道廣而孝綽性狷也。旃蒙赤奮若林鍾月張夔識於風雅堂。」

劉孝儀孝威集題詞〔一〕

劉士章文章談義，領袖後進，七子三女，多擅才學。孝綽品藻群弟，嘗云「三筆六詩」。三謂孝儀，六謂孝威也。第五弟孝勝、第七弟孝先無預焉。侯景寇亂，孝儀遣子入援，身受賊逼，失郡病亡。孝威困躓危城，自拔得出，崎嶇西上，亦抱疾不起。假使時清國晏，兄弟連騎，續玄圃之舊遊〔二〕，領高齋之述作，扶風世業，鄴苑清吟，重篇大帙，必偉觀聽。而長鯨疾驅，逃死不暇，林焚池竭，遺章闊如〔三〕。就所披涉，則孝儀筆勝，孝威詩勝，伯兄之言，良不謬也。士章掌齊詔誥，孝綽年十四，輒使代草，父子相知，異於謝方明之有謝惠連。然士章知子，孝綽知弟，二者固並美天倫焉。

【校記】

〔一〕四庫全書本題作「梁劉孝威集題詞」，信述堂本題作「劉豫章庶子集題詞」。

〔二〕「玄」，原作「立」，據四庫全書本、殷孟倫本改。

〔三〕「闊」，殷孟倫本作「闕」。

【附録】

張燮《劉豫章集引》云：「劉士章與張思光、周彦倫齊名，時爲之語曰：三人共宅夾清漳，張南周北劉中央。或曰：劉繪貼宅，別開一門。殆諸兒繼起，乃遂大啓興門，而旁無貼宅矣。孝儀與兄孝綽，弟孝勝、孝威、孝先俱同生，而瑶林競秀，無墮腰鼓之目者。并世唯蕭子顯、子雲兄弟，差足比方。若乃群從及子姪名文章者七十人，却至諸妹，并臻文囿，則亘古無匹矣。孝儀長者，内行尤敦，剖符所之，俱著聲績。不若孝綽之寡諧，殆古文行君子與！試取《豫章集》與《秘書》并陳，是猶陸家之在東西屋也。張燮識。」

張燮《劉庶子集引》云：「余既定孝綽及孝儀集，而繼以孝威。夫孝綽嘗言『三筆六詩』，至孝勝、孝先無預焉。今蜀郡、侍中存者寥寥，乃豫章、庶子遺編尚富，《庶子集》又吟詠爲多，殆其語讖也。庶子以《白雀頌》有聲，今不可得睹。藉令終老清朝，雍容文諷，潤色鴻業，必多可觀。顧墨汁未乾，而戰血濺人，鐵衣先潰。庶子雖于圍城自拔得出，然西上崎嶇，竟以不起。豫章亦爲他寇所逼，失郡而殞。所謂野火焚林，蕭艾與芝蘭同盡乎！追數百六，如何可言。張燮識。」

庾度支集題詞〔一〕

庾幼簡志性恬静，風齊臺尚。長子子貞孝感北辰，次子子介清重洗馬〔二〕。一家行義，誠足與劉子珪、明休烈同傳。子慎後出，文采尤高；子山繼之，宫體競貴。予每讀《八關齋夜賦詩》，深羡中庶府君能陪帝子。又怪一時彦聚，城門高唱，何偏以病、老、死、沙門爲題？臺城不祥，若有先識焉。子慎避難入東，後始還家，遺文鮮少。唐李長吉所爲作《還自會稽歌》，以補其悲也。《南史》又云：「宋子仙破會稽，購得子慎，欲殺之，賴作詩以免。」夫高齋抄撰〔三〕，龍樓應教，學士職也。亡命江海，文焉有罪，猶借資《七步》，幸脱劍鋋，盗亦能憐才士哉？東宫賞遇，時共聯詠，湘東誌墓，稱爲瑚璉，其知子慎實深。論文一書，謂有掎摭〔四〕，必不然矣。《書品》序論，王光禄答齊太祖類也。若在梁時，則與鍾仲偉《詩評》同行天壤乎！

【校記】

〔一〕四庫全書本題「庾肩吾集題詞」。

〔二〕「子子」，原脱一「子」，據殷孟倫本改。

〔三〕「齋」，原作「齊」，據信述堂本、四庫全書本改。

〔四〕「掎摭」，原作「踦蹠」，據殷孟倫本改。

【附録】

張燮《庾度支集題詞》云：「彪、固世業，而彪集希傳。綺組既豐，屈指述作間事，未有不首徐、庾者。徐叟遺編，久復湮沉，惟子慎諸體獨著耳。沿子慎於子山，如靧面桃花，與兒倍爲光悦；溯子山於子慎，即青青於藍，不可謂非出藍也。窮河源而尋靈潤所自，則崑崙之墟濺沫，固已遠已。爾時肴核日滋，宫商彌調，帝子唱吁，諸臣應喁，故宫體出焉。乃《肩吾傳》載簡文與湘東書論之，疑與子慎輩互有牴牾，斯不然矣。按《藝文》列簡文此札，題云『答湘東王和受試詩書』，原非爲子慎輩發。中所云『紙札無情，受其摇襞』等語，殆爲疏遠諸人立案。唐人踦蹠前藻，遂謬意移置此間耳。夫子慎群賢，正同被賞遇者，豈容無端毁之，不直一錢哉！《書品》自有單行，然曰序曰論，故是集中體，輒并列之，合詩若文凡四卷。是編行，試持以問子山，爲人作父如此，定何如？張燮識。」

何記室集題詞〔一〕

何仲言文名齊劉孝綽，詩名齊陰子堅。今集中文頗少，《爲衡山侯與婦》一書，詞林見賞，亦閨房語耳，未可方阿士也。子堅長於近體，《安樂宫詩》尤稱除八病、協五音，然風格遠不逮仲言《銅雀妓》《宿南洲浦》諸詩，又不知何以比肩同聲也？秀才對策，南鄉所重，既恨未見；「昏鴉接翅歸，金粟裹搔頭」等語，集亦無有。今所傳者，隱侯讀詩，一日三復；文集入洛，諸賢並贊，以此名高耳。少陵佳句，多從仲言脱出，是以有「能詩何水曹」之句。後世詩人，知慕少陵，即慕仲言，雖顔黄門致譏貧寒，無貶聲價。蓋古人詩名有因後人而益貴者，陰、何其類也。

【校記】

〔一〕四庫全書本題作「何遜集題詞」。

【附録】

張燮《何記室集序》云：「杜子美與裴迪詩云：『東閣官梅動詩興，還如何遜在揚州。』宋人撰杜注，謂遜作揚州法曹，廨舍有梅一株，吟詠其下。後居洛思之，請再任揚州。值梅花盛開，相對終日。楊用修駁之曰：遜時南北分裂，洛陽魏地，安得居洛，又請再任？此足破宋注之訛。但據本傳不載法曹事，便斥遜非揚州法曹，則子美去梁未遠，『在揚州』三字不應都無着落。蓋據非要津，治乏聲績，本傳偶爾見遺，諸史中往往有之。《齊書·謝玄暉傳》亦不載謝作宣城守，千世之下，未嘗并抹謝宣城也。獨遜在當時，人多稱何記室。其在來禩，人多稱何水部。直法曹之名不甚著，遂啓文士辯端耳。《韻語陽秋》謂遜集只有梅花詩，未嘗指揚州。考維揚舊志題云《揚州法曹廨舍見梅花》，則與子美『官梅』二字正自合節，必非無據。且風臺、月觀，明屬揚州事，奈何欲離之揚州哉！余故折衷諸家語而詳論如此。仲言没後，王僧孺集其文爲八卷，今詩存者頗多，獨他文殊落落，僅賦一篇、七一篇、箋及書數行耳。仲言對策，范彦龍見之，便結忘年交，惜本傳不載其全文，今遂湮没。余於本傳，不能無遺憾焉。癸丑嘉平紹和張燮識于梅島。《梁書·何遜傳》：起家奉朝請，遷建安王水曹行參軍，兼記室，還爲安成王參軍，兼尚書水部郎，終廬陵王記室。《南史·何遜傳》但稱天監中兼尚書水部郎，南平王引爲賓客，掌記室事。卒于廬陵王記室。按，建安王即南平王也。遜爲奉朝請及安成王參軍，《南史》中已不載矣。乃知作史者原有約略，不得太泥。燮又識。」

吴朝請集題詞〔一〕

文中子云：「吴均、孔珪，古之狂者也。其文怪以怒。」今叔庠集文鮮絶奇者，獨《餅説》《責璧》二文，頗詭博不經，似得之枚叔《七發》，行以排調。《與朱元思書》盛稱富陽桐廬山水，微矜摹擬，則士龍《鄮縣》、明遠《大雷》波瀾尚存，謂之怪怒，殆以此哉！蕭梁之世，史學蔚興，隱侯既撰《宋書》，叔庠追轡，綜成齊代，志慕甚廣。乃借書不得，私撰被訶，雖幸免伯深之誅，已書焚身廢，本願乖塞。史又云：叔庠與何仲言同事梁武，賦詩失指，詔曰：「吴均不均，何遜不遜。」遂永疏隔。文人一身，吐詞輒病，仰覩長卿凌雲，何獨無天子緣也？詩什累累，樂府尤高，《續齊諧》《西京記》，則《洞冥》《述異》之流，無問真僞矣。

【校記】

〔一〕四庫全書本題作「吴均集題詞」。

【附録】

張燮《吴朝請集引》云：「叔庠作小賦及與人書談山水間事，如列畫圖。至乃寄英特于俳諧，則子羽頭責之變聲，而廣微《餅賦》之後勁。文中子謂其文怪以怒，殆指是乎？若夫以詩名世，世人標爲吴均體，清拔之氣，按節可覆也。昔班孟堅以私史見譴，翻以史見收。叔庠《齊春秋》一蹶，竟不復振，通史未就，賫志入冥，惜矣。他作如《續齊諧》尚存來祀，《隋・經籍志》亦稱爲均筆，然本傳序均撰述却不列此書。又《酉陽雜俎》稱庾信云《西京雜記》是吴均語，不足效。段成式去古匪遠，未應誤傳。然《雜記》故葛洪所牽綴於劉歆也，移之吴均亦無的據。此俱不可解者，聊識以質于通人。張燮識。」

陳後主集題詞

世言陳後主輕薄，最甚者莫如《黄鸝留》《玉樹後庭花》《金釵兩鬢垂》等曲。今曲不盡傳，惟見《玉樹》一篇，寥落寡致，不堪男女唱和，即歌之，亦未極哀也。史稱後主標德儲宮，繼業允望，遵故典，弘六藝，金馬石渠，稽古雲集，梯山航海，朝貢歲至。辭雖誇詡，審其平日，固與鬱林、東昏殊趨矣。臨春三閣，遍居麗人，奇樹夭花，往來相望。學士狎客，主盟文壇，新詩方奏，千女學歌，辭采風流，官家未有。梁朝羊祖忻豪侈善音，姬妾數百，窮妙歌舞，終日賓遊，同其醉醒〔一〕，初不聞以此貶德。使後主生當太平，次爲諸王，步竟陵之文藻，賤臨川之黷貨，開館讀書，不失令譽。即假列通侯世閥，魚弘、羊侃數輩，亦掃門不及。乃繫以大寶，困之萬幾，豈所堪乎？鶴不能亡國，而國君不可好鶴，後主蓋與衛懿公同類而悲矣。漢武《李夫人歌》與《落葉哀蟬曲》，憂傷過於後代，而四夷服威〔二〕。陳主詞非絶淫，亡且忽焉。哀而不起者，在聲音之間乎？非獨篇章已也。詔命書銘，秋冬氣多，即作者亦不自知日暮矣。

【校記】

〔一〕「同」，原作「問」，據信述堂本、四庫全書本改。

〔二〕「服威」，殷孟倫本作「威服」。

【附録】

張燮《陳後主集題辭》云：「陳後主才士也，彼欲使粉黛盡爲丹鉛，紳綖都成麗藻，宫中府中化作隃縻地界，而間出聲酒點綴之，非如他亡國之主，黷貨淫刑，使民不堪命也。即以隋煬帝論，煬帝文情自超，然鳳舸迷樓，禍沿沃土，而陳僅高拱于帝閽；單于呼韓，威殫絶塞，而陳僅摩娑于筆陣。摧輪等耳，顧就中相去何可數層？余悲煬帝之戮張麗華以謝吴民，而到頭抑又甚也。嗟乎！臧、穀亡羊，均之悼喪，顧挾書之與徒博，終是不侔。懷古者那得不憑而吊之乎？厥後李煜之在江南，亦稱後主。風流罪過，兩後主正復相當。李煜降宋，宋祖目送之曰『好一個翰林學士』，余於陳後主亦云。然『轉換月在手，動摇風滿懷』，視『日月光天德，山河壯帝居』，又何如乎？故當以陳後主爲勝。岐海逸民張燮識于金陵。」

徐僕射集題詞〔一〕

陳世祖時，安成王任威福，徐孝穆爲御史中丞，彈之下殿。高宗議北伐，孝穆舉吴明徹大將，裴忌副之，克淮南數十州地。周昌强諫，張華知人，殆有兼稱，非徒以太史之辭，干將之筆，豪詡東海也。評徐詩者云：「如魚油龍罽，列堞明霞。」比擬文字，形象亦然。迺余讀其《勸進元帝表》與《代貞陽侯》數書，感慨興亡，聲淚並發。至羈旅篇牘，親朋報章，蘇、李悲歌，猶見遺則，代馬越鳥，能不悽然！夫三代以前，文無聲偶，八音自諧，司馬子長所謂鏗鏘鼓舞也。浸淫六季，制句切響，千英萬傑，莫能跳脱，所可自異者，死生氣别耳。歷觀駢體，前有江、任，後有徐、庾，皆以生氣見高，遂稱俊物。他家學步壽陵，菁華先竭，責細腰以善舞〔二〕，余竊憂其餓死也。《玉臺》一序，與《九錫》並美，天上石麟，青睛慧相，亦何所不可哉！

【校記】

〔一〕四庫全書本題作「徐陵集題詞」。

〔二〕「責」，信述堂本、四庫全書本、殷孟倫本作「猶責」。

【附録】

張燮《徐僕射集序》云：「徐孝穆麟來天上，鳳集左肩。方其在梁，既著國華，爰標宮體。迨夫紓迴戎馬，竟佐陳氏維新之朝，秉憲凛彼國章，典銓綜其名實。委玉而齊聲禮，咸歸詳定；授鉞而烹掠寇，亦預知人。匪惟宗工，實乎元老。回視剖符望縣，彈文修郤于孝儀；奉使間關，上書見羈于遵彦。何虞晚暮，遂際風雲；自致勳名，竟騰霄漢哉！陳氏有大手筆，皆孝穆起草，且前後撰述，最推雄富。史稱其每一文出，傳寫成誦，遂被華夷。其後喪亂耗失，存者尚三十卷。明興以來，世無《孝穆集》。余爲采取，合爲一編，較史所載僅三之一耳。每見夫掇皮成潤，徹骨皆靈，婉語欲飛，悲語欲絶。峻處則千尋青壁，變處則百脉奔流。蓋梅香桃艷，競載毫端；日朗霞明，均呈眉際。此孝穆之自爲高壇，非曹起者可幾也。嘗聞藏珠之鳥，身紺翼丹，每翔舞吐珠累斛，仙人拾以飾裳。世有得孝穆碎珠用以自飾者，雖不能仙，亦足以豪矣。若乃御物不矜，遷官善讓，後進賴其借羽，每獎飆流；親黨仗以救饑，時傾月俸。文士浮薄之態，至孝穆而全消焉。故因論世，拈出之以告世之讀君集者。

天啓元年中秋日紹和張燮書于麟角堂。」

沈侍中集題詞[一]

文人顛沛，若沈初明者，其真窮乎！年齒知命，位僅邑長，遭亂執節，瀕死幸生。梁元進討，賊景東奔，可冀苟安，猶不免殺妻子、屠昆季。非張儉之亡命，類李陵之無家，悲哉一身，不復望振。播竄西魏，再入新朝。高文寵貴，寄以干城。遲鈍五十[二]，而收榮晚路，窮而變，變而通，即功名猶然哉！《勸進》三表，長聲慷慨，絶近劉越石。《陳情》辛宛，又有李令伯風。至《爲陳太傅讓表》，義正辭壯，即阮嗣宗《上晉王箋》，曷加焉？恭子雋才，雅慕忠孝，冒危履險，情深指哀，過殷墟而箕子涕，睹風木而吾丘泣，所處然也。行經通天臺，上表漢武，亦雀臺雍丘，憑吊常事，何至發夢帝宫，還身故壤？鄧晨有云：「忠信感靈。」其事異，其志悲矣。幽明誠感，君子益傷其志矣。存詩頗少，《詠十二神》尤驚創體，亦戲謔類耳。江南文體，入陳更衰，非徐僕射、沈侍中，代無作者。乃故崎嶇其遇，俾光詞苑，斯文之際，天豈無意乎！

【校記】

〔一〕四庫全書本題作「陳沈炯集題詞」。

〔二〕「鈍」，殷孟倫本作「頓」。

【附録】

張燮《沈侍中集引》云：「沈初明勸進三表，足使越石却步，孝穆齊鑣，何其壯也！梁祚既傾，播遷北指，文靡留草，慮才見羈。《通天臺上章漢武帝》，可謂精誠之感。視陸士龍《上漢高頌表》，蓋情殊而文匹焉。《還魂》之賦，悲喜駢集，幸而不作『哀江南』也。古人以陳情請歸養者，世但知李令伯之事祖母劉，而不知有初明之事母劉及叔母江，辭旨懇到，差足連類。至天子優詔褒答，遂使『馮親入舍，荀母從官』，家典朝榮，咸躋異數，則遭逢又過令伯矣。傳謂恭子有集二十卷，及考劉師知爲恭子作序，却是西還所著，名爲後集。今存者如許，大較從前之作爲多。丹穴一毛，何適其非異綵乎！」

江令君集題詞〔一〕

後主狎客，江總持居首，國亡主辱，竟逃明刑；開府隋朝，眉壽無恙，《春秋》惡佞人，有厚福若是者哉！自叙官陳以來，流俗怨憎，群小威福，擢黜繇命，識者笑其言迹乖謬。及考之史書，後庭荒宴，罪薄五鬼，自矜澹漠，豈猶任質之談耶？《六宫謝章》《美人應令》，艷歌側篇，傳誦禁庭。餘則山寺穹碑，法師龕石，標記禪悦，寂不聞有廟堂典議，關其筆札。所謂韋彪樞機，李固斗極，其晏居則何如也。《序》云：「未嘗逢迎一物，干預一事。」

又云：「暮齒官陳，與攝山布上人遊款，深悟苦空，更復練戒。」文人高致，或足貶俗，其如社稷何？後主即不道，非有商辛之惡也；總持即不肖，罪不若飛廉、惡來也。文昌政本，與時低昂，朝宴夜遊，太康無儆，即其恬澹，亡國有餘矣。齊梁以來，華虚成風，士大夫輕君臣而工文墨，高談法王，脱略名節，鷄足鷲頭，適爲朝秦暮楚者地耳。梁有江總，隋有裴矩，後唐有馮道，三人皆醮婦所羞也。

【校記】

〔一〕四庫全書本題作「陳江總集題詞」。

【附録】

張燮《江令君集序》云：「江總持父紑，爲梁代純孝；總持躬歷數朝，與波下上。求忠臣於孝子之門，豈其然乎？杜子美詩云：『遠媿梁江總，還家尚黑頭。』世儒謂子美豈不知江之閲陳及隋，乃系之爲梁，謂是一字之誅。余謂子美亂離未歸，偶借總持避亂還家而發，事屬梁季，故系之梁江總耳。總持在梁，原非要地，國破崎嶇，幸不爲北人所擒。久而入陳，不足多過。凡陳之累累進賢，誰非梁彦？子美單以爲總訾耶？獨總於後主，身都輔弼，歡騰魚水；而隋師之入，無能捐軀爲殉，係籍開府，至開皇十四年乃殂。脆漏幾何，不能爲總持解耳。史又稱君臣混亂，目爲總罪，余意猶復未爾。彼以麗冶之才，事婉戀之主，聲韻所鍾，因相契洽，尚未至魏收之狗鬪，柳䛒之造像，而長日精神盡耗之文義，又非若他細人之招權而納賄也。國小時危，不能匡救，諾諾因人，敗乃公事，則誠有之。大率總持經濟既非所長，道誼雅無足采，惟是秉性和柔，自媚於上。至乃文心妍秀，蔚彼墨莊，未宜以『輕艷』二字概相抹殺，輕艷不猶愈於陳腐哉！旃蒙赤奮若紹和張燮識于金陵。」

張散騎集題詞〔一〕

東海徐隱忍在陳太建時，與名士十餘人遊宴賦詩，動成卷軸〔二〕，集而叙之，至今稱文會者輒頌侯司空諸記室云。隱忍詩不多見，惟《日出東南隅行》與《游鍾山開善寺》二詩盛行世間。餘客詩文少傳，其最多者，則推清河張見賾。然本集十四卷，詩賦間存，賦三首又語致蕭條，則散騎著作得稱集者，恃有詩耳。史云：「見賾詩尤善五言。」篇中「蜀郡隨金馬，天津應玉衡」，「天路横秋水，星橋轉夜流」，其著者也。夫陳隋詩格，風氣開唐，五言聲響，尤爲近之。祖孫登《蓮調》、劉删《泛宫亭湖》，全首唐律，固不足道。即陰、徐、江、沈，陳朝大手，其詩亦有類唐者。見賾才年適相兄弟，堯風鼓吹，或假途轍。憎者病其雖多奚爲，喜者謂其聲骨雄整。女以悦容，豈能自言美惡哉？梁陳顯晦，隨俗善持，當時文士能若此者，即云寡過矣。

【校記】

〔一〕四庫全書本題作「陳張正見集題詞」。

〔三〕「動」，殷孟倫本作「勒」。

【附録】

張燮《張散騎集引》云：「張見賾家世北土，其父歸梁，遂爲南人。見賾童牙獻頌，受知簡文，吐納講筵，朝彦瞻矚。元帝時爲彭澤令。梁社既屋，遯跡匡谷山，寇攘薰灼，用禮度自全，脱然網國。陳祚既建，應召還都，逮事高宗，未艾而逝。原其本末，殆不作率爾人，視喪亂諸賢，饑就猛虎食，熱息惡木陰，大有間矣。令天假之年，獲值後主，其荷甄飾，正應非次。然已闌入淫媚之藉，身世缺陷，又不可言。賚志早終，未必非福也。見賾詩爲律祖泛濫，持比初唐，較爲諧暢，每覺匠心，徐爲湊手。嚴滄浪詆其『雖多亦奚以爲』，吁其甚矣！史稱有集十四卷，五言詩尤善，今文存者只小賦數首、《謝錢啓》一章，而詩猶大行。」

高令公集題詞〔一〕

游廣平論高伯恭寛中似卓公，洪量似文饒，風節似汲長孺，予心韙之。國史刊石，司徒獄興，劍芒在前，龍蛇莫避，惟有悟主以誠，勿欺可勉〔二〕。伯恭引罪在身，殆得樽酒納約之義。加以儲宫請命，嚴君改顔，應對獲全，非無故也。崔公注《詩》《論語》《尚書》《易》，閔湛、郄樕稱其精微過于馬、鄭、王、賈。伯恭有《左氏公羊釋》《毛詩拾遺》《論雜解》《議何鄭膏肓事》百餘篇，今俱不傳。崔族銷滅，言論宜廢。高令公寵周五帝，年享百齡，而談經之書不與墓石同永，子孫典守，聿修安在？《徵士頌》感逝懷人，三十有四，紵縞弦韋，紛集於懷。《答宗著作詩》表丹歲寒，能言其志。觀彼生平，求友分深，愛敬終始，不獨於君臣有情也。集中文字，如《上書東宫》《諫起宫室》《矯頹俗五異》及《樂平王著論》皆耿介有聲，餘亦整而不污。漢初，張丞相耆壽吉祥，事略彷彿。惜年代久遠，筆札絶少，有媿伯恭。試列之北朝文苑，雖遜步崔公，而開疆邢、魏，固當日之先正也。

【校記】

〔一〕四庫全書本題作「魏高允集題詞」。

〔二〕「勉」，信述堂本、四庫全書本、殷孟倫本作「免」。

【附録】

張燮《高令公集題辭》云：「蓋讀史至高令公，而歎巧詐之不如樸誠，競躁之不如恬愉也。境有所必避而慨慷以臨之，事有所必趨而静默以鎮之。貞不絶俗，忠不近名。卒使威主可以理奪，澆暮因之化乎。耻辱何加，尤悔雙遣。儷景臺鉉，九霄之欞棟自高；閲祚頤期，一世之津梁未已。微似義俠，全抽道心；時近通人，終呈拙效。蓋坤厚以載物，而乾惕以自强。孔所謂言忠信，行篤敬，蠻貊可行，庶幾近之；老所謂雄守雌，白守黑，溪谷自如，殆有進乎！公學靡所不淹，識無所不透，翰墨而成勳績，雖非所期；華實而兼春秋，乃其餘事。惜《方山》之頌既闕，而《代都》之賦亦湮。今此逸函，還綜大雅。三復《徵士頌》，恍挹延陵墓中之劍焉。卒業《酒訓》，差勝揚子井湄之瓶焉。天啓甲子嘉平月朔日龍溪張燮書于姑蘇之蔚霞館。」

温侍讀集題詞〔一〕

史言温鵬舉外静内險，好預事故，終致禍敗。今據史，魏莊帝殺爾朱榮，元瑾等背齊文襄作亂，鵬舉皆預謀。此二事者，柔順文明，志存討賊，設令功成無患，不庶幾其先大將軍之誅王敦乎？《魏書》目爲「深險」，佛助何無識也？鵬舉初困馬坊，常公拂拭，始稱才士。縛于葛榮，和督脱之，逃死入京，貧薄狼顧，時恐不及。上黨善怒，幾遭鞭撻，後復賞愛，捐其前忿。徐紇小人，亦畏才藻，不輕下筆。温生雖窮，天下豈少知己哉！元顥之變，策復京師，計之上也。上黨即不能爲桓文，鵬舉之言，管、狐許之矣。北人不稱其多知，而徒矜斬將搴旗于文墨之間，猶皮相也。吐谷小國，畜書牀頭；梁武知文，歎窮百六。濟陰寒士，何以得此？表碑具在，頗少絶作。陵顔轢謝，含任吐沈，亦磽确自雄，北方語耳。「桐華引僊露，槐影麗卿烟」，鵬舉逸句尚佳，世以其詩少，即云不長于詩，寒山片石，當不其然。

【校記】

〔一〕四庫全書本題作「魏温子昇集題」。

【附録】

張燮《温侍讀集引》云：「温子昇起家廣陽王客，在馬坊教諸奴子耳。一旦登壇，當之者靡旗亂轍。徐黄門答廣陽表啓，獨沉思曰：『彼有温郎中，才藻可畏。』今所爲廣陽起草，猶有傳者，斐然可念也。他如《閶闔赦詔》及《天平答齊神武敕》，千載動人。而寺碑多非完製，庾子山所推挹『寒陵片石，差堪共語』，今其略節存焉。余嘗位置子昇才藻，儘堪與梁氏諸賢分道揚鑣，濟陰、遵彦固應内遜，若所云梁帝歎曹、陸復生，自恨詞人數窮百六，此北人自張大其事，吾未敢據以爲信也。吐谷渾元不稱解事之國，乃其國主能致子昇數卷于牀頭，此國主故倍勝龜兹矣。天啓甲子秋日龍溪張燮書于錢塘舟中。」

邢特進集題詞[一]

濟陰温鵬舉、鉅鹿魏伯起、河間邢子才爲北朝文人稱首。楊遵彦《文德論》云：「古今詞人皆負才遺行，唯邢子才、王元景、温子昇彬彬有德素。」然則温、邢在當日，兼以行顯，非伯起驚蛺蝶比也。子才讀書，五行俱下，獨不喜讎校，曰：「天下書至死讀不可遍，焉能始復校此？」言頗疏率，而後世才士間宗其説。余度隋唐以來至今日，書籍多子才時更數倍，苟欲遍識，塗必出此。所謂漢高取天下，得意者關中耳。《置學》一奏，事關典教，餘文無絶殊者。漢賈生、公孫臣等言正朔服色事，君相莫能遵用，太史公三致慨焉。以元魏靈后之時，子才欲伸其志。予竊難之，異同交安，賢愚並接，抱此天資，與物無忤。然在坐作表，袁翻怒爲小兒；言論相輕，崔暹奪其帝聽。甚哉！入世之不易也。

【校記】

〔一〕四庫全書本題作「齊邢邵集題詞」。

【附録】

張燮《邢特進集題辭》云：「邢子才以文人而弘經術，以才士而振治聲，以老宿而獎飆流，以儁氣而修内行。北土强陽之習，至子才全銷之矣。軺車所届，山水自娱，公事歸休，必須賓客自伴，大是清遠。魏人欲令使梁，以其不持威儀，故罷遣。不知子才標格，恰具江左頭面也。子才初與子昇并起，世稱温邢，温没而伯起晚出，又稱邢魏。魏主彦昇，邢主休文，各有分曹，未辨等級。邢有書甚多，略不讎校，曰『誤書思之，翻是一適』。考任彦昇自永明以來，秘閣四部，手自讎校，所藏率多異本。然則子才所謂『何愚之甚』者，蓋陰指彦昇，情趣到底不叶也。子才遺文無多，彙合而披展之，猶如見解衣覓蝨，與共酣暢時耳。紹和張燮題。」

魏特進集題詞〔一〕

魏伯起少慚弄戟，終免逐兔，文章大手，激成于調笑一言，鄭伯誠有功哉！《魏書》失實，穢史流謗，然捃摭宏博，實當時偉作。論邢、魏者，以魏仿任樂安，邢仿沈隱侯。余謂伯起生平文體，得之樂安固多，若問史才，隱侯《宋書》，亦其兄事也。魏帝大射，令群臣賦詩，伯起有「尺書徵建鄴，折簡召長安」之句，高文褏壯之，稱國光彩。侯景寇叛，伯起草檄，氣雄萬夫，至言「景竦悖，棄若孤雛，毋戀戀亂臣，勤勤賊子」，直南朝藥石，豈止騰聲北土哉！魏齊文誥，典司最久，世罕流傳。作賦大才，雅自期許，乃《新殿》《南狩》《庭竹》《離懷》諸篇，亦未得見。使無《魏書》，幾無以表著後代矣。且謗深陳壽，而福踰崔浩，尤從來史官之極幸者也。

【校記】

〔一〕四庫全書本題作「齊魏收集題詞」。

【附録】

張燮《魏特進集引》云：「魏佛助以史致艷，亦以史貽譏。然考其文筆，不可謂非北土之宏麗也。武定以後，朝典皆其代言，軍書咸其倚馬。今其存者，尚足殷賑外區，襞積騰蒨者焉。楊遵彦雖山立不動，翩翩遂逝，而文采蔑如，豈得與當塗爭千載乎？佛助之言曰：『會須作賦，始成大才。』似是生平賦手獨多者。歷世既遐，碎金永絶。即史亦稱《新殿賦》以叙皇居，《南狩賦》以諷佃獵，《庭竹賦》以致己意，《離懷賦》以愴嫵婉，《聘遊賦》以誌皇華，今僅載其目，文都不傳。豈徐孝穆濟江沉之，故流播遂寡耶？吾慨夫「爲魏公藏拙」者。甲子秋日龍溪張燮書於芋原舟中。」

庾開府集題詞〔一〕

周滕王逌序《庾開府集》云：「子山妙擅文詞，尤工詩賦，誄潘安而碑蔡邕，箴揚雄而書阮籍也。」稱重至矣。庾氏家世南陽，聲譽獨步。子山父子出入禁闥，爲梁文人。雀航之戰，倒徒先奔，違才易務，任非其器。後羈長安，臣于宇文，陳帝通好請還，終留不遣。雖周宗好士，滕、趙賞音，築宮虚館，交齊布素，而南冠、西河，旅人發歎。鄉關之思，僅寄于《哀江南》一賦。其視徐孝穆得返舊都，奚啻李都尉之望蘇屬國哉？子山在梁，每一文出，京都傳誦。初使北方，人頗輕之，讀《枯樹賦》始知敬重。盛名易地，橘枳改觀，難爲淺見寡聞者道也。史評庾詩「綺艷」，杜工部又稱其「清新」「老成」，此六字者，詩家難兼，子山備之，玉臺瓊樓，未易幾及。文與孝穆敵體，辭生于情，氣餘於彩，乃其獨優。令狐譔史，詆爲「淫放輕險，詞賦罪人」。夫唐人文章去徐、庾最近，窮形寫態，模範是出，而敢于毁侮，殆將諱所自來，先避尋斧歟〔二〕？

【校記】

〔一〕四庫全書本題作「庾信集題詞」。

〔二〕「避」，信述堂本、四庫全書本、殷孟倫本作「縱」。

【附録】

張燮《重纂庾開府集序》云：「庾子山蜚英梁世，爲高髻大袖於四方。既入周，如鷄群之鶴，渚霧沉峰，時聞孤唳。并時才士，均茵憑而趨者，南惟孝穆，北則子淵，差堪顔行，實還流亞耳。蓋嘗下上六朝人，芊眠綺合，子山晚出，而極變以測景，探賾以啓疆，陶鑄往彦，集其大成，郁郁文哉，於斯觀止。令狐德棻爲子山作傳論，横加詆訶。德棻史筆最下，未中與庾氏作奴，所謂局促窮簷而薄建章之千門萬户也。子山寵遇日隆，與滕、趙諸王申布衣之雅。乃鄉關之思，頻騰浩慨。讀《哀江南賦》，有足悲者。視彼市朝曉更，頓忘身世之易位，而踰淮遽化，登枝乍捐，相去顧不遠哉！舊刻《開府集》亥豕特甚，諸體多闕，因爲參錯諸選本，細校之而補其未備，用成全豹。舊刻彭城夫人及伯母東平夫人二墓文，蓋楊盈川筆也。癡人誤收而淺人沿之，冒署子山名入選，大誤觀者，今爲删去。贋鼎既刷，真幟乃益珍夫高壇矣。天啓元年重九日霏雲主人張燮書于群玉樓。」

後周王司空集題詞〔一〕

王子淵羈迹宇文，寵班朝右。及周汝南自陳來聘，贈詩致書，漢節楚冠，凄凉在念。又言覽九仙、懷五嶽，有飄遥遺世之感。蓋外縻周爵，而情切土風，流離寄嘆，亦徐孝穆之《報尹義尚》、庾子山之《哀江南》也。琅琊世胄，文學名位，照耀江左。子淵又以蕭祭酒姻戚，聲華蕚跗，遂至王女下降，國嫡用賓。梁元削亂，召列台端，遭逢人地，莫居其前。然荆郢定都，匡諫不力；圍城督戎，敗北隨降。總文武之任，蹈臣虜之譏，末流不振，賢者猶然。昔曾祖仲寶，劉宋國戚，敗附蕭齊，士林交貶。子淵委蛇，乃其門風，幸不至賣國耳。周朝著作，王庾齊稱。其麗密相近，而子淵微弱。平日作《燕歌行》，能盡塞北苦寒。梁朝君臣競和其詞，竟成符讖。今觀子淵詩文，多燕歌類也。建章樓閣，長安陵樹，傷心久矣。

【校記】

〔一〕四庫全書本題作「王褒集題詞」。

【附録】

張燮《王司空集題辭》云：「古今有三王褒，漢諫議子淵，晉名流偉元，今所稱王司空者，梁僕射入周者也，亦字子淵。當是心企昔彦，故名與字俱襲耳。《梁書》褒字子漢，《北史》褒字子深，此以避唐人諱，故而後世訛爲真字子漢，此誤也。北朝自魏而齊，藻苑間出，獨周産希聞。今最著者惟庾、王雙峙，皆拾梁人之徂芳，而留爲騰蒨，蔚作上林。彼謂楚才晉用，吾笑夫蝦之爲水母目也。梁元帝於子淵備極知遇，獨諫移都金陵，竟不得請，天固畀之以爲周人矣。《燕歌行》一出，元帝與名士并和，殆不減漢宫之讀《洞簫》，而竟成詩讖，安得如諫議歸骨蠶叢哉！司空文垂後者，搜僅三卷，而才情正爾不滅。《寄周處士書》，君子哀其志已。甲子天中節日張燮書於留霞洞。」

隋煬帝集題詞

隋煬帝志慕秦皇、漢武，而内行則劉聰、石虎。雖有文，不善也。迷樓鳳艒，歌聲兆亡，其亦漢成時《燕燕》諸謡乎？《隋書·文苑傳》稱：「帝意在驕淫，詞無浮蕩，綴文之士，得依取正。」余疑其諛。比觀全集，多莊言，簡戲謔，似史評非誣也。帝在藩時，謀奪儲位，朽絃老婢，矯飾悦親，文辭矜束，尚其餘智。及突厥既來，江都往幸，飛帛戲題，持檝成咏，則檝木心蕩〔一〕、沙丘命盡之日矣。帝朝京師還，作《歸藩賦》，命柳䛒序之。今集無有，知傳者多缺。他文自詔書外，雅深佞佛，毗曇學聖，黎耶悟真，自謂顔淵值宣尼、尹喜逢老氏也。身受法戒，而烝弑無慚，開士之談，豈足信哉！陳隋文衰，帝王有作，與衆同波。抑煬帝云：「多彈曲者，如人多讀書，讀書多則能撰書〔二〕，彈曲多即能造曲。」以論文學，殆庶乎而？

【校記】

〔一〕「檝木」，原作「莫敖」，據信述堂本、四庫全書本、殷孟倫本改。

〔二〕「多」，原脱，據信述堂本、四庫全書本、殷孟倫本補。

【附録】

張燮《隋煬帝集題辭》云：「隋煬帝在藩，武足戡亂，文足摛暉。令終守磐石，不當是令王耶？迨夫量盈鼫鼠，位極亢龍。憑混一之基，騁輈張之勢，鞭笞叱彼，雷霆動揺，遍於岳瀆。雲鈴組甲，既黷外夷；秘宇行宫，仍奢内嬖。殿已多脚，樓亦自迷，誰是流盼之咄嗟，即是萬方之彫耗，卒使烽埋塞外，刃起帳中，穆滿之七萃不歸，嬴亥之二世頓盡。彼方歎『何如漢天子，空上單于臺』，詎意頭顱至此哉！大抵聰明慧巧，矯譽用之，儘堪馳陌越阡；弛轡隨之，便是墮坑落塹。然而文筆尚傳，非關社滅；言泉猶湧，未宜人廢也。若夫「總持」等篇雅深佞佛，東海二札間托求仙，亦或情興之偶鍾，非其捃摭之獨注。《望江南》及《贈張麗華》諸曲，容出後人添入，聊并存之。壬戌清和月張燮書於邗溝道中。」

盧武陽集題詞[一]

盧子行自齊入周，作《聽蟬詩》；遷武陽太守，作《孤鴻賦》；淪滯官塗，作《勞生論》。憂愁所寄，並爲時稱。然譚世變，刺炎凉，論乃獨出矣。劉孝標傷任昉諸子流離，著《廣絶交論》，痛言「五交」「三釁」，世路險巇，過于太行、孟門。子行自慨蹇産，詆斥物情，榮瘁冰炭，足使五侯喪魂、六貴飲泣。文人之筆，鬼魅牛馬皆可畫也。論北齊，毁武成，論後周，毁天元，暴揚淫昏，發露謟惡，君百桀紂，臣百廉虎，陽秋直筆，殆云無隱。然生官其朝，没揚其醜，搜床席以快見聞，貶朽骨以恣河漢，良史雖傳，臣心未順。異乎賈生《過秦》，陸機《辯吴》矣。子行詩兼工七言，唐玄宗自蜀回，登勤政樓，歌曰：「庭前琪樹已堪攀，塞北征人去未還。」即盧薊北歌詞也。唐風近隋，盧、薛諸體，世尤宗尚，含蓄意寡，而音響無滯，自以爲昆吾莫邪爾。

【校記】

〔一〕四庫全書本題作「盧思道集題詞」。

【附録】

張燮《盧武陽集引》云：「盧子行高步文壇，其在齊季，便欲倒曳，驚蛺蝶于花心之上。李公輔與俱歷三朝，即七寳莊嚴，渠不肯從林下立也。史謂子行多所陵轢，故官塗淪滯。然與其縱誕自豪，玩世取蹶，不猶愈于伊優自畜、諧世致飈乎？托根亂朝，播遷云屢而孤詣不衰。《聽鳴蟬》之詩，《孤鴻》之賦，彌覺其淒切焉。叙述興亡，固《過秦》之留蹤；牽率勞生，乃《樂志》之對境。筆鋒芒寒，所遭激之也。唐張燕公作碑曰：『臨難無懾，在黜無慍。國華人望，照映鄰邦。』是善貌子行者。其叙銜稱齊黄門侍郎，而不及隋官，殆推本所始耶？紹和張燮撰并書。」

李懷州集題詞〔一〕

北方大臣享重名、無特操者，余最薄楊遵彦、李公輔。遵彦世受魏恩，僭尚静后，金紫衣帶，羞見李庶。二王之變，命盡捉酒，死不足憐。公輔在齊，結知帝王，機密文雅，禮均師友，遽臣周室，寵絶僚右。及宣帝大漸，又托身隋公，願以死奉。嗚呼！鄭譯、劉昉，楊堅私人，朝受顧命，夕假黄鉞，猶未敢訟言也。獨公輔先發之，策定三方，贊成九錫，禪代功高，自矜佐命，此非周武帝所稱天上人乎？反顔事讎，何如鼠也〔二〕！楊堅欲族滅宇文，公輔深執不可〔三〕，一言忤意，終身疏外，物論原之。然身既佐篡，大業已成，僅欲保全陳留、山陽，少蓋操懿之惡，吁嗟已晚。荀文若飲藥壽春，世尚譏其失節，况隋初李内史哉？公輔高名，少著鄴京，南北文士，如魏常侍、江令君皆稱之。河朔英靈，史云無二，究其羽檄絲綸，皆諛筆耳！服官慕孔光之秘温樹，修文學潘勖之册魏王，雖理覈詞暢，亦奚取焉？

【校記】

〔一〕四庫全書本題作「李德林集題詞」。

〔二〕「何如鼠也」，四庫全書本作「恬不知耻」。

〔三〕「深」，原作「身」，據信述堂本、四庫全書本、殷孟倫本改。

【附録】

張燮《李懷州集題辭》云：「李公輔拔跡齊世，爲河朔之英靈。弛負入周，得其驅使，託勝麟鳳。

隋氏霸朝初建，久預權輿，鼎革之秋，勳參佐命，可謂儷景同翻者焉。乃以勸勿盡誅宇文，殊忤帝意，恩寵頓出諸人下，然正無失其爲長者也。平陳之役，長鞭南指，會以七寶莊嚴公，竟爲高熲所尼，旋坐阿那肱一片地，釀成隙末，終是諍誅宇文一事，追訝其有故主之思耳。要以求田問舍，元龍所諱，視鍾離委珠，不啻遠矣。李集八十卷，喪失以後，尚五十卷。今存者，在齊僅《答魏收》二書，周則武帝諸詔。隋禪受等篇，以載在史籍獨傳，而《霸朝雜録序》及《天命論》尤著人口，此外竟復寥寥。即《懷春賦》《武成頌》，史所艷推，今都付斷烟銷没也。百藥而下，世標令才，正貽厥之力爲多。甲子首夏日龍溪張燮書于覓薹軒。」

牛奇章集題詞〔一〕

隋楊二帝，猜忌好殺，勳伐舊臣，動遭誅廢。獨牛里仁始終恩任，悔吝不及，賜詩贊揚，内帳飲食，禮愛尤殊。竊怪彼挾持何術，能當人主？生平文字，議禮居優，史臣遂謂其損益典章，漢叔孫通無以尚。然叔孫希世度務，委蛇儒宗，里仁得無有其遺意邪？非獨於明堂郊廟能也。南北用兵，典籍淪喪，里仁詳陳「五厄」，請開購賞，篇章稍備，具有功藝文，豈讓王儉《七志》、阮孝緒《七録》哉〔二〕！文皇鋭精作樂，何栖鳳規時獻議，里仁學疏量寬，依違其間，無所駁正，無咎無譽，其在坤之四爻乎？張蒼壽考，公孫晚貴，里仁似之，此楊素所謂「愚不可及」也。

【校記】

〔一〕四庫全書本題作「牛弘集題詞」。

〔二〕「録」，原作「鐵」，逕改。

【附録】

張燮《牛奇章集引》云：「玉山慳于北土，牛里仁請開獻書之路，遂乃逸函暴富，東觀啓暉。今取其表讀之，尚有生氣，則爾日之棟樑文囿，豈待言也？從來躡籙都屬偏安，隋氏苑五岳而池四海，其禮敝更縫，樂頽重緝者，正惟里仁是賴。使家識裳衣之盛，人閑舞蹈之遺，殆亦季世夔龍，單門名碩。史氏僅以方叔孫生，過矣過矣。若夫緩步朗盼，夷外宏中，居身在不夷不惠之間，處交在不諂不瀆之外。允兹朝望，備是儒宗。時主多猜，重臣半成隙末，而公恩禮始終，尤悔雙遺，詎偶然哉。公集三卷，大率郊廟間條奏爲多。張燮識。」

薛司隸集題詞〔一〕

張曲江登薛公逍遥堂，感歎言詩，懷湘浦吊賦、漢川沈碑，此豈無意其人哉？玄卿才名蚤盛，官于齊周，不免仕隋，無特爾之操。然時主遷易，年更代促，南北俯仰，士人盡然，不足云怪。高祖革命，久典文書，儲君國相，争交引重。乃嶺表配防，襄州出鎮，謝山濤之啓事，嗟汲黯之淮陽，仕路風雲，豈能盡如人意？煬帝宿郤，成于江陵，年老入内，夜行宜止。而《文皇》一頌，致殞厥軀。今觀其文，鋪叙前徽，頌禱爲忠，何故召怒？蓋事非其主，言違其時，對子詉父，猶有罪焉。伐陳四克，籌略分明，奚啻子房前箸？獨江淮祭文，才思少進，無論遠不逮古，即比杜弼《檄梁》，曾幾何時，風已下矣。詩篇英麗，名下無虚。然得之蹋壁，失之馬足，遺亡如《國僑》贊辭、磐石諸制者，又不知幾何也。

【校記】

〔一〕四庫全書本題作「薛道衡集題詞」。

【附録】

張燮《薛司隸集題詞》云：「薛玄卿無奇行，亦無遺行，無傲骨，亦無媚骨，蓋藻林而存方軌者。獨懸車之請不力，即拚方鎮，尚挂朝簪，黄髮皤皤，惜哉其不鑒于流潦也。當煬帝時，鵷鷺班頭，誰非私昵，豈容一老成鈍人，昂首其間，口角雌黄，殊妨人歡趣？譬之群英吐艷，爭態負妍，特一老幹亭亭，中央濺翠，其遭斫伐必也。是故獻頌先朝，縱不爲後王所獎賞，何至負釁？若『空梁燕泥』，非止嫉人勝己，夫亦疑其語有隱刺焉。總非意中人，則事事曲生眉目耳。或以藩府之招，間道他往，爲不善攀鱗。余謂玄卿即赴召而局面自殊，亦竟睽投契，不若孤守介性爲高。令玄卿毁方瓦合，護厥身，名君子，豈爲玄卿願之哉！玄卿見河汾之可師，而遣子收從之，其在法壇，雅非牆外漢，視虞世基輩，便隔霄壤矣。張燮識。」

中國古典文學基本叢書

七録齋集校箋

第六册

〔明〕張溥 著
陸巖軍 校箋

中華書局

七録齋近集卷十

婁東 張溥西銘 著
同里 張采受先
金沙 周鍾介生 閲

宋史論贊

【箋注】

《宋史論贊》凡四十二篇，專論《宋史》列傳中人物，評論簡明扼要，大多三言兩語，重在揭示人物之是非得失與事功，其中不乏精警之語。如《后妃傳》云「婦人之仁，難以斷國也」。又如《南渡宗室列傳》云「理度壅亂，長幼灰滅，與其多男，不如無子」。又如《石守信等列傳》云：「陳橋驟變，謀非素定，一時武夫無攻城野戰之勞，依附日月，志願已極，宜太祖推誠杯酒，而石守信等涕泣解兵也。」又如《曹翰等列傳》稱讚漢初打破常規，不拘一格引用人才：「漢興之初，元功佐命，多椎埋屠狗、吹簫販繒者流，若必引繩拘墨，有伏死丘壠耳，惡能得一日之用乎？」又如《薛居正等列傳》云：「秦王爲天子親弟，宰相即與通，罪不至死，何太宗恨之深也。罪無大小，怨在傷心。」又如《柴禹錫列傳》云：「秦王之獄，喋血門内，而柴禹錫、趙鎔獨以告密遷官。天子殺弟，亦有賞乎！……嗚呼！百戰之烈，不如左右之親。自古然矣。」又如《張鑒等列傳》云：「大臣之選，務在中和，宋初所以致治也。」精警有力，誠爲點睛之筆，既見史識，又顯文采。

故張溥史論，頗受讚揚。張采云「（天如）所爲文既師表一時，復刻志經濟，近仿眉山著史論，幾伯仲之間」（張采《知畏堂文存》卷三《天如合稿序》）。吕雲孚云「大人之作，于兹爲盛」（吕雲孚《史論序》，《歷代史論一編》卷首）。范光宙云：「史學自司馬公而下，班、范蔚興，歐、蘇炎起，洎夫李氏之《藏書》、張西銘之《史論》、鍾景陵之《史懷》，以至陳仲醇之《古論大觀》，夙稱善本。」（范光宙《史評十卷・凡例》，四庫全書存目叢書史部二八一册）沈兆奎認爲張溥史論「叙事必詳，推闡必盡，夾叙夾議，才識固駕明代文人而上。爲史評家别開途徑」（《續修四庫全書總目提要（稿本）・歷代史論十二卷宋史論三卷元史論一卷》，第九五頁）。

郭豫衡先生認爲這些史論是「張溥文章之更見才華者」「更能展現他的學問和風采」（郭豫衡《中國散文史》下册，第二七八頁）。傅璇琮先生認爲「張溥的史論也寫得才華横溢」（傅璇琮等主編《中國古代文學通論（明代卷）》，第七七頁）。

本卷《宋史論贊》，由張采取諸張溥爲《宋史》所寫論贊連綴集末，類同附録，且前史具在，蒐檢頗便，故不再出注。

后妃傳

宋代母德，發源昭憲。太祖創業，勖以無逸，可謂知治。金匱之盟，長君主器，賢如太宗，無愧終及。然事乖與子，謗流斧聲。甚哉！婦人之仁，難以斷國也。章獻性嚴，子仁宗而薄其母。南有樛木，豈其不聞？獨稱制清明，鮮假左右，東漢和熹，方之蔑如矣。慈聖繼跡廢后，擁佑兩朝；宣仁撥亂反正，比烈堯舜。自古陰教之修，未有盛於此時者也。欽聖象賢，紹聲二后，昭慈福薄，獨捍崎嶇。豈運逢百六，自貴者始？然以廢而存，有天道焉。

憲聖克相高宗，操存賢志，及汪義端排趙汝愚，后聞而弗善也。知人哉！壽考明哲，其曹高之遺風乎？謝、全二后，識大體，輔幼君，流離訖亡。《詩》云：「不自我先，不自我後。」悲哉！昭懷明艷冠後庭，死於簾鈎，慈懿相當母天下，竟以妒不孝亂國。門内之化，至宋而極，猶有此患，古人所以惡彼婦也。恭淑厥考懼盈，大權反歸侂胄；恭聖能誅四凶，而史彌遠又因以起天禍。國家授柄，賊臣寖尋，賈氏覆不旋軫，解酲以酒，莫可如何矣。

魏王廷美燕王德昭秦王德芳等傳

魏王廷美，後太祖子德昭、德芳而死，死其晚哉！太宗陰賊發心，趙普贊之。魏王不死，則帝其能一朝居乎？太祖裁制德昭，固吝王爵，太宗之朝，封王幸矣。退而自剄，何哉？立長定國，昭憲成命，不知一言之禍子孫也。《春秋》書「天王殺其弟佞夫」，有以夫！

太宗英宗諸子列傳

漢王元佐，太宗長子，又所愛也。秦王廷美遷涪陵，元佐獨救之力。廷美死，身遂狂廢。吕后人彘戚妃，惠帝爲哭泣病崩。元佐感慨類是，徙黜庶人，是謂不狂而狂乎！元儼名聞外夷，晦形章獻之世，承寵仁廟，時聞讜言，太宗固多賢子哉！真宗五子皆夭，傳位仁宗；仁宗有三子而不育，宗實入繼。《傳》曰：「莫之爲而爲者，天也。」英宗四子，咸由宣仁。吴、益二王，著名博雅，體近東平，亦公子之善肖者歟？

神宗徽宗諸子列傳

哲宗之崩，吴王佖於諸弟最長，竟以目廢。章惇意屬楚王似，而太后獨援端王，斯豈人力哉？徽宗頗廣後宫，舉男子三十有一，《螽斯》之歌，於斯爲盛。女直嘯呼，倉卒内禪；青城之辱，二聖北遷，諸子從狩，康王而外，存者鮮矣。信王榛遯跡慶源，兩河慕義，馬廣入奏，中原可圖。又爲賊臣黄潛善、汪伯彦所阻，孤山西壯士之心。父子兄弟，同葬蠻夷，趙構肉臊，寧足食乎？沂王㮙覊棲朔方，計窮告變，伏刀流血，所自取也。

南渡宗室列傳

靖康之難，欽宗太子諶號呼入北。高宗有一子蚤殂，始選藝祖苗裔，育之宫中。璩與孝宗號東西府，天道好還，自今而信。寧宗八子盡夭，復遴宗室。鎮王竑以英雄之姿正名儲極，長於嫉惡而不密害成。身居萬歲巷，帝位立更於二三小人之手，此與廢君何殊？潘壬等發憤激昂，曷不從容舉義，連合大師，直指京闕？僅以百夫揭竿，知其無能也。理度壅亂，長幼灰滅，與其多男，不如無子。嗚呼！

宗室趙子湜等列傳

士㒟歷艱難，批汪、黄，卒濟苗傅之亂。賊檜殺武穆，争之强，辯之疾，百口保而不得，竄逐以死。不忌痛父北遷，力學以報君親，敬友朱熹、張栻，訏謨廟堂，動中利害。同姓之卿，忠正若此，趙宗磐石也。子崧當汴京失馭，誚讓逆徒，傳檄天下，功著丹青。而反以叢謗，任事實難，龍蛇太息。叔近釁生邪色，叔向飛文賊傷，又何怪焉？彦逾贊汝愚，搤郭杲，定嘉王位，同心帝室，觖望外補，自蹈邪二，美不克終，君子惜之。不棄阿附秦檜，致難剛中。師𢍰結歡侂胄，窮巧珠玉。堂堂帝胄，甘爲諂首，所欲者官耳，誠斗筲哉！

范質等列傳

范質、王溥、魏仁浦皆周室名執政，與太祖等夷。衛士一呼，流汗北面，彼所不足者，非才也。范性廉慎，王、魏長者，設居承平，通掌故，亦西京張蒼之倫。位極勢變，更榮宋朝。此三人者，嘗仕漢矣。周祖禪代，稱臣不暇。馮道之事，蓋習聞之。太祖崇尚耆舊，屢降異數。然坐論禮廢，天子益尊。君臣之際，以讓相成，松柏後凋，無取乎爾。

石守信等列傳

史稱王審琦政成下蔡，韓重贇功宣廣陵，張令鐸身經四十餘戰，未嘗妄殺，皆將帥之賢者也。羅彦瓌蒼黄挺劍，脅范質等下階。帝雖叱之，未嘗不心德其人也。王劍兒先驅都城，殺韓通以自釁，其罪當死。帝即厘節鉞，何不爲漢高之戮丁公哉？陳橋驟變，謀非素定，一時武夫無攻城野戰之勞，依附日月，志願已極。宜太祖推誠杯酒而石守信等涕泣解兵也。

韓令坤等傳

韓令坤、慕容延釗皆以龍潛兄弟之舊，周旋勝國，耦居無猜。及鎮常山而寧北邊，平荆湘而定服，居然大宋功臣矣。符王一門二后，威播契丹，貴戚功名，遠過太祖，亦退執臣禮。洛陽小駟，不伐終身，其度有大過人者。予讀淮陰、盧綰諸傳，竊怪功臣葅醢，十無一全，使以宋祖當之，黄河之誓，與國終始可也。

王景等列傳

景、晏大盜，武德負薪，郭從義沙佗别種，楊承信叛臣之子，咸遨世亂，立功累朝。二李漢室懿親，殺人覆國；侯章傲上剥下，粗人自目。此數人者，跳蕩五季，割據邊險，非所謂風塵虓虎哉？真人一出，稽顙内向，勢同腐鼠。夫各有所厭也。語云：「天下嚣嚣，新主之資。」後唐明宗祈禱宫中，願天早生聖人，以救斯民，兹其驗乎？

折德扆等列傳

晉漢以來，折從阮雲中大族，偏據谷府；德扆繼之，爲宋藩輔。名將忠貞，子孫累顯，御卿克行，勳望尤著。跡其家造，亦長沙吴芮、河西竇融流亞也。馮繼業弑兄攘位，孫行友世奉妖姑，繩以王法，罪皆無赦。然朔方入朝，民懷善政，狼山悍敵，犄角遼夏，不寘之死，反得其用。《易》曰：「王用三驅，失前禽，邑人不誡。」蓋此道也。王承美、李繼周修職豐延，恩禄及後，遠人其勸矣。

侯益等列傳

侯益翻飛順逆之間，遭雠孥戮，賴保母之力，延廣幸存，忠於宋室。幹蠱延世，程嬰杵臼豈必烈丈夫始能哉？扈彦珂、藥元福等皆五代時有名將帥，迄宋受命，不失舊封，武王下車之仁也。李繼勳託體交舊，趙晁夤緣宗盟，累歷方鎮，賄虐寵終。彼碌碌者，何多福乎！

郭崇等列傳

楊廷璋，世宗舅氏；張永德，周太祖壻也。宋興，獨備人臣禮。亡國之戚，不見疑於異代而榮華奕世，奈何後人獨笑王儉哉？郭崇感恩前朝，時時泣下；王彦超悔多殺戮，乞老丘園。誠心止足，有足稱者。向拱立功周室，隳蹟尹京；王全斌破蜀成名，以貪召變。凡人各有短也。宋偓爲唐莊外甥，漢家帝壻，生女復妻宋祖，貴盛獨擅，非天命耶？

趙普列傳

藝祖因衆樂推，迴戈俄頃，立取天下，殷鑒不遠，志在銷兵。趙普少長君側，揣逢時會，革命伊始，鶡冠儒衣，多其謀力，遂謂功與酇侯高密等。任數持權，寵賂日敗，遭大度之主免撃，謀室足矣。太宗戀戀愛子，流涎神器。普因以再相，搆秦王之獄，背昭憲之盟。善結主知，莫大乎此。且河陽之出有憾寡君，戕其血胤，適快私讎，不忠之尤，今猶佚罰。孔子云：「苟患失之，無所不至。」鄙夫哉！普也。

吴廷祚等列傳

李崇矩感史弘肇之恩，善其後人；繼昌不讎鄭伸，反恤其母。父子長厚，亦武人之有度者哉！王仁瞻喜于發奸，終陷放利之罰；楚昭輔辭帝治第，家多厚藏。貨之爲累，猶象齒也。吴廷祚決策上黨，李處耘建績荆湖，類有將略。載世象賢，男尚公主，女爲帝妃，抑云盛矣。

曹彬等列傳

鄧元侯識主風塵，關河功首，而以赤眉頓戈；曹國華平江南，師不血刃，猶有岐溝之敗。兵家百戰，即穰苴復生，烏能保必勝乎？兩君子持己有方，教家以禮，異世同道，咸啓倪天之祥。潘美勳伐稍亞，遭際略等，並謚武惠，配廟食。真宗潘后，早薨而賢，爲光獻姑，可不愧也。曹瑋國器，知子惟父，大名戚里，亦敗類鮮聞。祁奚内舉，無多讓焉。

張美等列傳

張美經費之才，郭守文、尹崇珂、袁繼忠、皇甫繼明戰守之力。其人雖絳灌等，亦開國所資也。劉廷讓避難南奔，委誠太祖，平蜀之役，以律就功，獨輿尸契丹，與崔彦進同譏，師貞之難也。守在四夷，尤兢兢焉。張瓊身爲捍圉，破骨無怖，侮人召譖，竟死井亭。有容如藝祖，未免撞郎，易貴懲忿，誠然哉！

曹翰等列傳

曹翰屠江州，米信好發塚，性猶鷙鳥。党進擐甲髮豎，劉遇談笑刮毒，崔翰中流矢，神貌不變，類古壯士。楊信、李漢瓊、李懷忠、田重進、劉廷翰短長各出，均寄干城。漢興之初，元功佐命，多椎埋屠狗、吹簫販繒者流。若必引繩拘墨，有伏死丘壠耳，惡能得一日之用乎？

李瓊等列傳

王仁鎬喜飯僧，劉重進善譯語，陳思讓佛子之目，祈廷訓橐駝之號，同譏史册。其他數輩建牙帶紱，於大宋未有赫赫功也。彼皆周庭宿將，比肩藝祖。一朝臣僕，好爵是靡〔一〕。有客之詩曰：「信信宿宿，授縶縶馬。」周於殷人，惟恐其不至。宋殆庶幾矣。

【校記】

〔一〕「靡」，原作「縻」，據《易·中孚》改。

李穀等列傳

劉温叟、程羽仕宋日多，方聞顯譽，即非純一不二心之臣，雍容振鷺，亦殷士膚敏之流乎？李穀身歷四朝，爲周名相。大宋之興，不辭委質，通賂李筠，憂怖以死，竇生而下，又何足云？馮道序《長樂老》，王溥賦《自問詩》，悠悠之徒，皆同此心。張錫老避相門，頗懷淡漠。然徘徊易姓，其時非矣。假令數子生逢平世，不更二主，斐然大雅，必多可觀，無如其誂人何也？

張昭等列傳

五季亂離，《詩》《書》放闕，河朔之際，乃有張昭。竇氏五龍，靈椿丹桂，諷美詩章。然命非宰輔，儼逆知之。吕餘慶爲太祖幕府元僚，名在趙普、李處耘伯仲間，登用獨晚，不忮不求。劉熙古窮達一致，石熙載盡言薦善，李穆文學孝行，並稱於時。開基人物，忠厚爲本，周王壽考，其在斯乎？昭事張憲，鄴中之變，贊以大節，憲遂死義。昭獨浮沉致貴，或疑鄙況賣友。彼方談王霸，辨興亡，欲待聖君，雲蒸豹變，寧肯遽捐溝瀆哉？歷觀諫奏，有魏文貞風。此兩人者，或可同類而道耶？

薛居正等列傳

漢晁錯用事，喜變更，其父飲藥，後果族滅。盧多遜，宋初寵相，盧億懼其驟富貴不祥，亦符焚林之禍。錯死爲國，世多冤之；多遜流海外，獨有刻薄名，固一傾危之士哉。然秦王爲天子親弟，宰相即與通，罪不至死。何太宗恨之深也？罪無大小，怨在傷心。爲大臣者不幸而出此，即百身寧足贖乎？宋琪名重燕薊，尤長論邊，諷其《十策》，何讓金城？向遭忌抑，晚乃驟通，莫非命也。薛居正治盜，沈義倫賑饑，頗有聲稱，論其相續，亦猶人耳。生於寬大之朝，不履嫌疑之隙。重侯累將，豈必多才？此《多幸老民叙》之所繇作也。

李昉等列傳

史言李昉謹厚似薛居正，吕蒙正雅量似石熙載，張齊賢明斷似趙普，賈黄中廉容似李穆，擬人得其倫矣。同德之世，有君有臣，含弘在上，將順在下，非甚不肖，皆旱麓榛楛也，況賢者哉！東師敗績，齊賢獨以守代建功。遼夏勝敗，畫箸而見，所優不徒相略也。太宗侈談太平，蒙正逆折其志，得古大臣體，僅號小心，臨朝夕惕，颺言之道，豈盡其然？

錢若水等列傳

宋制中書樞密，並設副貳，政本重寄，非人莫理。錢若水器識有餘，限於年壽，惜哉！蘇易簡欹器之對，近古諷諫，郭贄辨明曹彬，李至不忘徐鉉，其人長者。辛仲甫柳名補闕，温仲舒畫像秦州，循良選也。王化基志慕范滂，福則過之。慶流苗裔，王沔察察，呂蒙正任以決事。凡此非有殊長，曷克勝此？然莫我疵瑕，抑何難也。易簡沉飲，太宗親書《勸酒》二章。君之視臣如手足，百爾執事，寧患刑劚哉？

張宏等列傳

趙昌言獎李沆，識王旦，陳恕貢舉得王曾，舉代得寇準，史稱知人，信已。劉昌言薄於家庭，而獨厚趙普；李惟清蒞職强幹，憾奪樞府，鷙擊自快，此皆功名士爾。張洎陰陽君側，無亡國之耻，專工蝎譖。斯人也，馮道猶羞爲之。五代之末，國計耗矣。太宗始慎筦綸，金穀得人。然魏羽繁急，劉式嚴峻，未若恕之公正也。稱真鹽鐵，不虚矣。

柴禹錫等列傳

秦王之獄，喋血門内，而柴禹錫、趙鎔獨以告密遷官。天子殺弟，亦有賞乎？張遜獻替無聞，王顯齷齪自固，周瑩好殺，繼英差賢，並託根藩邸，攀附大横，鳥盡弓藏，其人益顯。嗚呼！百戰之烈，不如左右之親，自古然矣。

陶穀等列傳

藝祖受禪，陶穀先成詔書，出諸懷中，反遭詆薄，絶望貂蟬，讒人塈矣。王著頌紫芝白兔，意存規諫，以酒被斥。張澹附盧多遜，高錫傾石熙載，與楊昭儉利口同譏，俱非中行之士，胡爲日在左右乎？翰林學士與中書舍人對掌訓辭，自唐已然。穀等多材，又先代舊人，何忍棄也？魚崇諒養母周朝，訖宋不起，無忝所生。王祜倜儻藻麗，獨以盛德處君臣僚友間，傳家濟美，斌斌君子哉！

顔衎等列傳

劇可久任廷尉四十年，平允有名；王名安嶺表、平金陵，戰功獨先。許仲宣雅量，楊克讓幹局，其流亞也。顔衎、高防、魏丕顯績前朝。改步以後，亦稱職無貳。馮瓚善擊賊，多便巧；段思恭號名將，失策靈州。國家全人，蓋若斯之難也。趙逢鐵橛，蘇曉酷吏，董樞貪墨，侯陟李符，翕訿刻傷，即一時治辦，祈父爪牙，又惡足取？

馬令琮等列傳

張藏英刳讎祭親，名震燕薊；李韜手刺蒲將，叛臣閉壘。豈特勇決至性，亦有過人者。束身歸宋，曾無怍色，得所主也。馬令琮而下，既臣宋矣，又爲之峙糗糧，冒白刃。夫亡國之社，桃李成蹊，棄之我仇也，用之我親也。若而人者，身更數主，歷百戰，龍飛九五，以道招懷，誰不願死奉陛下？蕭王降銅馬，務安反側，太祖得其術矣。

楊業等列傳

《樂記》有言：君子聽鼓鼙，則思將帥之臣；聽磬聲，則思死封疆之臣。予讀《宋史》

至楊無敵，以彼隴上之雄，感激先奮，何堅不克？王侁梗議，捐軀谷口，晉敗於邲，先縠罪也。然麾下材官，盡爲業死，無一生還。海上之客，猶有人焉。荆罕儒好施得士，輕戰而亡；曹光實蜀中傑俊，殞於賊遷之手。若謂死不足録，偷生之徒，接跡天下矣。契丹雅憚楊六郎，荆嗣之没，身經百五十戰；曹克明勇略，亦類從父。死事之家，將種不絶。衛霍功名，未獲比烈云。

李進卿等列傳

舊史云：「宋初，交廣、劍南、太原各稱大號；荆湖、江表止通貢奉，契丹相抗，西夏未服。太祖注意謀帥〔一〕，令李漢超屯關西，馬仁瑀守瀛州〔二〕，韓令坤領常山，賀惟忠守易州，何繼筠領棣州，以拒北敵；郭進控西山〔三〕，武守琪戍晉州，李謙溥守隰州，李繼勳鎮昭義，以禦太原；趙贊屯延州，姚内斌守慶州，董遵誨屯環州，王彦昇守原州，馮繼業鎮靈武，以備西夏。」凡所爲厚宗族，假利權，隆體貌，寬細過，至周渥也。二十年間，西北無警，川蜀湖湘，嶺表江南，所向成功，可謂非任將效哉？郭公當藝祖朝，宅用筩瓦，愛猶兒女，闕下飛讕，詔治不惑。後事太宗，爲田欽祚所侵，竟至雉經。一死一生，交情乃見，豈獨朋友而然？豫讓不死范中氏而爲智伯吞炭，有繇也。

【校記】

〔一〕「太祖注意謀帥」，《宋史·馬仁瑀傳》作「太祖常注意於謀帥」。

〔二〕「仁」，原作「令」，據《宋史·馬仁瑀傳》改。

〔三〕「郭進」上，《宋史·馬仁瑀傳》有「又以」。

王贊等列傳

趙玭傾趙普，丁德裕誣張延通，田欽祚凌郭進，史珪譖梁夢昇，王侁逼楊業、搆田仁朗，喋喋嗇夫，史書所不平也。功名傾側，友生隙終，枯菀興歌，貞臣變色，鞅鞈者流，又何足責？翟守素需次四朝，情無隕獲，庶近聞道者與？

劉福等列傳

尹繼倫創擊干越，契丹斂跡，宋之飛將軍也。田仁朗內職稱首，安守忠世將謙牧，有類儒者。劉福而下，科頭袒呼，拔劍斷樹，多建武功。當其亡命江湖，草澤距躍，不遇真主，一勁賊耳。《易》曰：「鼎顛趾，利出否。」《詩》曰：「肅肅兔罝，施于中逵。」彼匹夫無階，槁首湮没者，如仁德厩吏之屬，可勝道哉！

劉保勳等列傳

樊知古垂釣采石，竟亡金陵，豪士失志，良可畏也。然翱翔宋朝，睚眦修釁，小波之亂，兵敗慚死，儀、秦從横，其才安在乎？袁廓稱奇士，傷于比匪；郭載、徐休復善搏擊，未獲考終。全人之難，古記之矣。太宗居潛，延攬才實，陳從信等六人自武階起，分典兵農，舉職無過。然從信濡足，猶袁廓也。維王官人，慎簡廼僚，尤自左右始哉！

張鑑等列傳

姚坦相益王，喜奮發敢言，而太宗惡其賣直；卞衮掌財賦〔一〕，辦治局，真宗亦以殘酷爲訨。大臣之選，務在中和，宋初所以致治也。張鑑諸子才行咸有，謂之成人，則多節取。牛冕棄城，盧之翰好貨，求其友聲，不屑道矣。

【校記】

〔一〕「衮」，原作「滚」，據《宋史·卞衮傳》改。

馬全義等列傳

《易》曰：「有子，考无咎。」余於馬全義、雷德驤、王超見之。全義敢戰，享年不永；德驤褊躁，爲衛濯發疾；超敗望都，罷帥三路。此何嘗不遇人主哉？責以顯名，末矣。及知節登樞密，排詆佞人；德用拜使相，馳名四夷，天下知與不知，莫不交賢兩公。有終平蜀，有肇敏稱，人争道其先世勿絶也。霍光功臣，以禹山敗；張湯酷吏，以安世興。子弟之繫父兄，若是哉。

王繼忠等列傳

李陵降匈奴，家門誅夷，隴西士大夫耻而不憐也。王繼忠戰没白城，天子震悼，厚贈爵，官子孫。初不知其身陷虜域，易姓封王，豈國家獨無漢法哉？呼延贊文體刺耳，誓死報國，衣冠奇怪，不病强武。傅潛輩恇怯老嫗，逃死爲幸，袒裼暴虎，還相笑也。

田紹斌等列傳

太宗屈法使過，量存包荒，於王榮薄親，獨施癉怒，非以大節故耶？王延範沉惑妖妄，志極氣矜，刑諸都市，禍本自掇。田紹斌屢起屢廢，流言爲殃。其餘仡仡，皆黄髮也。李琪老病，太宗欲置諸無過之地。人君念舊，代計安全；中材之臣，幸無跋扈。何者不可書勳太府，龐眉耇壽哉？

吕端等列傳

澶淵之役，寇準成謀在胸，功與謝安淝水等，而王欽若反以孤注間帝。蘇軾論晁錯不死于削七國，而死于請景帝，將自居守也。任家國事，蓋其難哉！丁謂日謀殺準，後南竄過雷州；準禁家童報讎，寬弘若此，豈亟亟恩怨者乎？畢士安嚴正清慎，見知明主，其最大者尤在與準同心破金陵、成都之策，贊帝親征，以定契丹。吕端善斷大事，馴擾貂璫，同于僕隸。真宗大位，得以不摇。準歷三朝。論建太子，格人元龜，自古社稷臣于定策之際，尤廩廩云。

李沆等列傳

王欽若初設天書之謀，君臣耳語，碩鼠畏人。王旦片言折之，可以立止。乃戀戀珠瞿，遂過不反。《春秋》書納郜大鼎于太廟，惡賄也。向敏中重德，號賢相，獨與張齊賢爭貲十萬，議騰伐鼓。或謂韓安國、杜黄裳殖貨，無損令名。予竊非之。李沆居相位，日奏災異。他日旦思其言，稱爲聖人。至戒密奏，惡浮薄，報罷中外庸人陳請，萬世而下，以之則治，否則亂。蒙誚康匏，無慚聖相，可爲大臣法矣。

王欽若等列傳

任懿之獄，王欽若當叩頭服罪，反駕禍洪湛，流死儋州。人之無良，習慣若性〔一〕，何怪他日造天書陷萊國哉？丁謂、夏竦雅善文章，宜欽若望塵下拜，而傾邪同之，其草木臭味耶？道士譙文易，爲欽若家客，女巫劉德妙，出入謂闈闥。彼方以符瑞惑主，嚮慕欒大、李少君。門庭之内，妖孽人興，各以類也。欽若晚相，謂貶崖州，竦常罷居外。時當太平，公論清明，陽内陰外，幸無大逞。然使三人久於位，竟其才，滅家覆國，靡不爲也。又烏得娱聲色、保首領乎？

【校記】

〔一〕「慣」，原作「貫」，逕改。

陳堯佐列傳

陳省華之家法，宋庠、宋祈之友愛，稱盛於咸平、天聖間。然陳氏諸子，堯叟居長，兼長吏治。大小二宋，文學齊名，不獲並登公輔者，何也？堯佐敦厚，有譽無咎，博雅如庠。包拯猶奏其不戢子弟，少建白。虞廷濟濟，易於見瑕，若在季世，則皆賢宰相云。

七録齋近集卷十一

婁東　張溥西銘　著
同里　張采受先
金沙　周鍾介生　閲

宋紀事論

【箋注】

《宋紀事論》是張溥爲陳邦瞻《宋史紀事本末》所寫的論贊，凡一百零九篇。張采編《七録齋近集》時將之編入卷十一至卷十五。

《宋史紀事本末》一百九卷，明馮琦原編，陳邦瞻纂輯，張溥論正。著録見於《明史·藝文志》《鄭堂讀書記》《藏園訂補郘亭知見傳本書目》《民國時期古籍書目》《中國古籍總目》等。是書現有明崇禎刻本（復旦大學圖書館藏）、清初張聞升刻本（日本早稻田大學圖書館藏，簡稱「清初張刻本」）、清康熙十八年刻本（上海圖書館藏）、清光緒十三年廣雅書局刻本（上海圖書館藏，簡稱「光緒本」）等。

《宋史紀事本末》是繼《通鑑紀事本末》所作，起自太祖代周，迄于文謝之死。約萬曆二十三年

（一五九五），由陳邦瞻在馮琦、沈越未完稿之基礎上增訂完成。萬曆三十三年（一六〇五），由劉曰梧、徐申校訂刊行，分二十八卷。約崇禎十年（一六三七）間，張溥重新將《宋史紀事本末》改篇爲卷，分爲一百九卷重新刊刻（參《宋史紀事本末·出版説明》），並於書眉標事綱，每卷末施以論正，以「張溥曰」低二格標出。後張采將這些論正編入《七録齋近集》卷十一至十五，名曰《宋紀事論》。

方良《試評張溥的史學成就》（《常熟高專學報》二〇〇一年第五期）認爲張溥《宋紀事論》《元史紀事論》「其體例，已開清代史評著作之先河；其風格鮮明，可圈可點」。

本卷至卷十五爲《宋紀事論》，由張采取諸張溥爲《宋史紀事本末》所寫論贊連綴集末，類同附録，且前史具在，蒐檢頗便，故不再出注。

太祖代周〔一〕

韓通、李筠、李重進皆爲周室而死，以義言之，其殷之三仁乎？通子橐駝兒多智略，知藝祖人望，勸通早爲之所，通不聽。黄袍既加，謀集弓矢，其時晚矣。李筠鎮昭義，中書命至，涕泣舉義。李重進鎮淮南，亦據揚州起兵。一以四月死，一以十一月死，不量己力，赴蹈湯火，徒死何益？

然武王伐紂，義士非之，《多士》《多方》二篇之書，于頑民不敢斥也，呼之曰士夫。五季道喪，君臣義絶，朝唐夕晉，視爲故常。大宋之興，應天順人，舉朝同聲，連袂稽顙，猶有三人爲周而死，神農虞夏，庶不没乎？君子且爲宋賀，其何誅焉？

筠初起義，閭丘仲卿説其下太行，抵懷孟，塞虎牢，據洛邑。筠違其言，徒恃儋珪槍、撥汗馬以敗。重進使翟守珣往潞，陰結筠，帝令之遊説，緩其謀。使當日二人謀定後發，一時並舉，腹背皆敵，宋之爲宋，未可知也。楊堅簒逆，尉遲迥入討，四方響合，敗于韋孝寬而死。天方授楚，未可與争，烏論成敗哉！

【校記】

〔一〕本篇又見《宋史紀事本末·太祖代周》。

收兵權〔一〕

收兵之謀，發于趙普。普固文史，利損將權。抑當藩鎮積强，華山桃林，窮而必變，其道莫易也。杯酒論心，大將解印，不賞而勸，術則何居？漢高殘賊，專戮大臣；光武反之，曲務保全，俾遠吏事。藝祖赤心，既同蕭王；石守信等復恃蕭曹故人之雅，不爲韓彭跋扈。時會適逢，投戈爲快，豈必盡説辭力哉？

咸平年間，王禹偁言江淮諸郡毁城隍、銷兵甲者二十餘年，書生領州，蕩然無備。賈昌朝于仁宗朝，言將屢易、士不練，病在削方鎮太過。二臣去太祖世未遠，蒿目若此，豈開基聖主當日不爲子孫計乎？

觀其文臣典州，老將禦邊，久任責成，戰守並用，萬年景福，何嘗去兵？末世處堂，祖功有咎，赫赫文武，寧爲東遷貶德哉！南渡賊檜爲金人反間，納范同之策，召三大將入朝，盡收兵權，謬附前説，則又開門揖盜者矣。

【校記】

〔一〕本篇又見《宋史紀事本末·收兵權》。

平荆湖〔一〕

湖南周行逢，荆南高保融，地勢相倚，猶唇齒也。行逢卒，子保權年僅十一。張文表自衡州舉兵，據潭州，將取朗陵，滅周氏，保權乞師朝廷。是時北觀荆渚，高氏世土，安若泰山。豈知王師假道，其國先亡哉？保融、保勖皆高從誨子，兄終弟及，廢政不治。及保勖死，繼沖立，叢脞成矣。文表之亂，須臾即殄，不資宋力。然大兵壓境，先集荆南。繼沖無能，開門納土，直掇拾耳。荆南既亡，湖南安能獨立？保權惑於張從富等，抗命不下，身爲俘虜，固其宜也。

《春秋》魯僖公二年，書虞師、晉師滅夏陽。五年，書晉人執虞公。夏陽，虞虢之塞邑也。滅夏陽，虞虢舉矣。藝祖取荆湖，猶是術也。然晉師狡，宋師直，君子無譏焉。行逢疾亟時，慮文表必亂，戒其子舉族歸朝。高保寅於保勖之世，即勸之首率諸國附宋。善爲國家宗族謀者，未有不審順逆者也。李觀象、孫光憲之徒，可謂能讀班彪《王命論》矣。

【校記】

〔一〕本篇又見《宋史紀事本末·平荆湖》。

平蜀〔一〕

劉裕之克長安也，欲久留屯，經略西北，急於内禪，倉卒東還，輕以關中授孺子，遂有沈田子、王鎮惡之變，夏王勃勃乘之。終晉迄陳，秦非中國有也。宋藝祖命王全斌等伐蜀，孟昶出降，兩川克定，猥以淫暴剽殺，全師雄因衆怒復叛。高彦暉戰死，曹翰、曹彬等分道夾擊，始就殲滅。師不以律，雖勝亦敗，王者所以貴持盈也。昶爲知祥愛子，奢縱失國，餘慶長春，詞有先讖。玄喆童稚，妄握大師，文繡旌旗，適資衆笑。李昊之勸降，雖不若高彦儔之死義，然盱衡國勢，主猶劉禪，臣非姜維。北地之哭，不聞廟門；羅隱之詩，空嗟雕面。欲無修降表，其可得乎？昶母李氏，唐莊宗舊嬪也。誨昶任彦儔，疏王昭遠輩，昶不從而敗。及其卒也，母憤不泣，以酒瀝地。嗟彼偷生，竟不食死。國破家亡，悲歌大義，僅一老婦人，傷哉！

【校記】

〔一〕本篇又見《宋史紀事本末·平蜀》。

平南漢〔一〕

劉隱據南海，傳國弟陟，再改名龔。術者言其不祥，又改龑〔二〕。後劉鋹竟任龔澄樞以亡國。異哉！劉龑無道，爲弟洪熙所弑，晟復殺洪杲而自立〔三〕。淫逆好殺，其世種也。鋹能幹蠱，撫柔越閩，北距五嶺，南負重溟，猶足自支，而不仁更甚。昆弟大臣，次第剪屠，婦寺盈朝，太阿倒執，尉佗黄屋，其可久乎？邵廷琄忠於國計，請飭兵備，通宋使，竟遭讒誅。南唐主承藝祖之命，遺書敦勸，情深三諫，反執行人，犯天怒。《詩》曰：「謀之其臧，則具是違；謀之不臧，則具是依。」鋹之謂也。潘美進師，象陣奔北，組頸闕下，涕沾山河。彼暴同孫皓，憨猶叔寶，羊頭謡應，酣舞降王，五十五年，豈盡天數哉？

【校記】

〔一〕本篇又見《宋史紀事本末·平南漢》。

〔二〕「龑」，原作「龔」，光緒本作「玢」，逕改。下同。

〔三〕「杲」，原作「熙」，據光緒本改。

平江南〔一〕

江南李景困於四戰，禀周正朔。宋初入貢，號爲順臣。子煜繼立，貶損制名，小心益謹。明天子在上，可以憐而赦矣。亟鼓朝氣，務蕩平者，時當一統，地處必争也。李景之世，杜著、薛良奔宋，獻平江南策，藝祖戮辱境上。王者無私，二心之臣，其知懼乎？廼樊若水懷憤不第，詣汴上書，圖造浮梁。帝復延之廟堂，遇以國士。謀吴之心，又何嘗一日忘也？煜喜讀書屬文，工書畫，知音律，兼信浮屠法。度其才能，亦梁簡文、陳後主類爾。林仁肇忠謀被間，皇甫繼勳驕貴握兵，用舍乖方，噬臍何悔？李牧誅而趙亡，范增死而楚滅，强大且然，况闇弱哉！

五代風靡，置君如弈。太祖平荆楚，取巴蜀，俘劉鋹；太宗削吴越，伐太原，其臣死事者寥寥也。南唐之亡，李雄父子戰死，鍾倩舉族畢命，陳喬善柔，亦憤而自經，疾風勁草，吴猶有人乎？

【校記】

〔一〕本篇又見《宋史紀事本末·平江南》。

太祖建隆以來諸政〔一〕

藝祖受禪之元年，即遣賑諸州，躬幸太學〔二〕，君道立矣。至開寶九年崩，帝在位凡十七年，仁聲善政，史不勝書。惟信史珪、石漢卿而殺張瓊，與鄭起、楊徽之有私憾而出爲縣令。高明柔克，未或盡善。帝亦旋悔之，無傷令德也。唐自安史之亂，政出方鎮，歷五代不解。專兵則好争，專利則繁賦，專殺則苦刑。帝知其弊，痛改革之。先收兵權，然後以文臣知州，以朝官知縣，以京朝官監臨財賦，又置運使，置通判，漸取其柄，天下勢一，號令廼行。防亂之嚴，未有密於此時者也。然歷觀行事，帝皆以仁者之意施之，非獨聖政，有聖心焉。散禁兵而功臣無雲夢之疑，更法制而郡縣無商君之惑，知帝之志在於安天下，不在於私天下也。周官雖善，必本諸《關雎》《麟趾》，其是謂乎？初政取士，務絶徼倖。陶穀之子，不假以官。張齊賢有宰相才，遺留晉王。《詩》云：「芃芃棫樸，薪之槱之。濟濟辟王，左右趣之。」宜後世賢人君子，於宋獨多也。

【校記】

〔一〕本篇又見《宋史紀事本末·太祖建隆以來諸政》。

〔二〕「躬」，原作「分」，據光緒本改。

禮樂議[一]

禮樂之難興也，創業之主猶嗛嗛焉。漢高祖禱枌榆，祀蚩尤，興師滅秦，不好儒學，祠官女巫，雜置無統。叔孫通因時節文，野習綿蕞。漢儀雖修，尊君抑臣，與古不當。樂章蔑聞，惟傳制氏沛宫《大風》一歌。孝惠時立原廟，令歌兒曹習吹《相和》《房中》之樂，亦皆楚聲。唐興武德，四親廟建，祖孝孫、張文收考古音，作大唐雅樂，旋宫之義，久亡而復。宋藝祖受禪右文，命竇儀定三禮。和峴正雅樂。二代修明，視漢爲優。顧於周官制作之原，未有睹也。

雖然，三代損益，殷因於夏，周因於殷，禮之尚因也久矣。漢因者秦，唐因者隋，宋因者五代。亡國禮樂，存焉者寡，責豈獨在後王哉？周室文備，暴秦蕩滅，六代《韶》《武》，《五行》《壽人》，皆非始皇所悦。焚《詩》《書》者李斯，廢古樂者趙高，胡亥之世，雅音盡矣。沛公謾罵，制襲秦舊，雖有前王遺則，委棄弗道也。元魏典禮，史稱可觀；隋並天下，文參南北。至牛弘、何妥，新樂既成，專用黄鍾一宫，不假餘律。恐學家訾議，悉毁前代金石，樂益破散。煬帝繼之，倡優雜糅，身弑國覆。

唐高鼎革，未遑改創，太常樂府所用多舊文爾。唐季五代，衰亂相仍，儀文不備。周世宗臨觀殿懸，歎樂淩遲，命竇儼、王朴詳定律管，其聲頗高。藝祖因而立尺寸，審中和，十二律管作焉。禮樂之盛而忽亡也，朝廷惡之，而草野不敢議；其亡而欲興也，草野議之，而朝廷不能斷。漢初之不議猶秦，唐宋之初不斷猶隋。周是以越千有餘歲，而莫定也。然盛德之主言禮樂，禮樂之作本人倫。漢高祖侮慢太公，分羹擁篲，任吕后而殺功臣，寵戚姬而摇太子，幾危社稷。唐高祖悦晉陽宫人，太宗納巢剌王妃，卒胎武韋之禍。禮崩樂壞，孰大於此。安能與天地同和節哉？宋代嚴家法，尊理學，則庶幾近之矣。學者謂宋法周而失於弱，非虚也。

【校記】

〔一〕本篇又見《宋史紀事本末·禮樂議》。

治　河〔一〕

漢唐建都關中，漢漕仰山東，唐漕仰江淮，運道所經，止河渭一路。宋都汴梁，四衝八達之地，漕運分四路：曰汴河，曰黄河，曰惠民河，曰廣濟河，而汴爲最重。然則宋初治河，視二代尤急哉？神禹治河，自大伾而北釃爲二，大陸而北播爲九，主于分勢順導。周定王時，河徙而南。漢則大決瓠子，武帝君臣，負薪宣房，哀傷作歌，屢徙屢決，數世不定。東京訖唐，河水與穀、渭、伊、汝，間溢爲敗，無大横決者，以河自漢末入千乘。而德棣之河又播爲八，水有所洩而力分，偶合於禹功也。天子即威武，水官即四出，大略循禹故道則安，逆禹故道則決，三代以來未嘗改也。漢武憂河移徙，親沉璧馬，用事諸臣，争言水利。瓠子既歌，穿汾陰，通褒斜，鑿龍首，浚六輔，歲興大役，無功輒止。大不得已，惟有因其自然，勿加隄塞而已。宋初，河決濮陽、陽武，藝祖詔云〔二〕：「詳究經瀆，但導河至海，隨山濬川。未聞力制湍流，廣營圩岸。」至哉王言！賈讓《三策》蔑加也。

厥後，河再北徙，禹跡可復，而大臣喜功，務强使東，洚水逆行，能無困乎？然唐都冀方，三面距河，轉漕利兖青沿濟以達河，徐揚浮淮泗以入河，荆逾洛豫浮洛以達河，雍梁咸會渭以亂河。以底河爲至，而總銍、秸服、粟、米畢賦于帝畿，百官食采，兵寓封井，無庸事漕。漢高祖都關中，阻三面而守，獨以一面東制諸侯，河渭漕天下粟入京師，給中都郎官者，歲不過數十萬。唐都仍西漢，本沃野饒，多出粟。高祖太宗時，用物節而易贍，漕東南之粟，歲不過二十餘萬石。宋則仰食四方，寄命江淮，漕亟而河患殷矣。汴亡而河遂委之于金。然則欲治河者，盍慮先省漕乎？

【校記】

〔二〕本篇又見《宋史紀事本末·治河》。

〔三〕「云」，光緒本作「曰」。

金匱之盟〔一〕

燭斧之疑，事所必無。然君子姑存者，惡太宗之忍也。昭憲升遐，金匱定誓，太祖手挈天下以與弟。皇天后土，實式臨之。曾幾何時，德昭、廷美死俱非所，慈母拳拳，先慟地下，鄭莊怨姜氏，未聞此酷也！又何有於兄弟哉？開寶中，趙普罷，出河陽，私表自訟，名爲拱護皇弟，而志存推刃。太祖不察，寶同《金縢》，仁人之心，寧過於厚。盧多遜專政，與普積釁，普心傾之，發端秦王。告變之徒，如柴禹錫者，蝟毛而起。淮南霧露，一朝溘殞。天子猶恨恨不已。普益得售其奸，誅流滿朝，痛填骨肉，萬世首惡，非二人誰歸乎？太祖寵隆周室，竊器孤雛，有子不享，或云天道。然太宗虎視大物，不韙之名，推兄居之，徐取納懷，直忘久假。哲人世繼，南渡始絶，獲天過厚，當塗典午，死不服也。

【校記】

〔一〕本篇又見《宋史紀事本末·金匱之盟》。

吴越歸地陳洪進附〔一〕

河西竇融，吴越錢俶，異世並美，非以其知幾善順哉？俶初受宋命，同伐江南。沈虎子抗辭阻聽，比之草表伏闕，鸞刀茅旌，差稱慷慨。然天下既定，一隅何爲？忘虞寄之忠，而效王元之妄，多見其不知量也。漳泉陳洪進初助留從效殺黄紹頗，繼同張漢思劫從效。未幾，又取漢思而代之，鷹鸇翻覆，非宋莫歸。俶傾國入朝，西楚長淮，畫地居守，可以世世，而暴亡於太宗之賜宴，流星雖墜，疑非考終。洪進黠武，一門萬石，年登上壽，公侯歸命，各有幸不幸乎？

【校記】

〔一〕題目原無「陳洪進附」，據目録補。本篇又見《宋史紀事本末·吴越歸地》。

平北漢〔一〕

劉崇以漢祖知遠之弟，偏棲太原，與周世讎。子鈞繼體，倔强不下。藝祖龍興，哀辭求存，赦而弗討。雖王者恤小量，務兼容，抑地勢非中國所急也。鈞殂無子，劉氏嫡孫，有繼文在，迎自契丹，使正君統，繫人心，結虜援，莫善於此。舍此不立，反王薛釗兒，匆匆遇弑，失策甚矣。張昭敏正論復格不行，繼元何氏子，儼然弟及，攘位無恙。即使賢明善守，不虧國步，漢家宗廟已久絶食。重以昏殘，本支破滅，老成誅夷，時日害喪，其誰忍之？藝祖惡繼元之抗，六飛屢駕，懲于李光贊、趙普之言，揚師輒還，留爲邊蔽。太宗獨斷，整旅剪除，牽于契丹，勝負犄見。以彈丸之區，盡中國之鋭，卒之太原雖下，而燕薊不復。「帝謂文王，詢爾仇方。」豈老謀猶有未審者耶？

【校記】

〔一〕本篇又見《宋史紀事本末·平北漢》。

契丹和議〔一〕

太宗初即位，平北漢，伐契丹，皆自將有功。幽州之圍，虜帥多降，指盻燕薊，將爲我有，忽敗于高粱河，脱身走免。後雖劉廷翰等追北遂城，楊業斬將雁門，而瓦橋關一役，僅能抵捍。終耶律賢之世，宋未有加也。賢死，隆緒立。蕭燕燕以一婦人擁十二歲兒，專决國政，勢若可乘，而北伐議起。時帝當陽，又數年矣。用兵以來，所向必克。曹彬捷于涿州，潘美捷于寰朔〔二〕，田重進捷于飛狐、蔚州，勝勢在我，無慚吊伐。而帥違節制，敗績岐溝，自是陳家谷、君子館，輿尸屢告。自夏迄冬，王師三衄。帝遂厭兵，無志燕薊。論者謂張齊賢議撫馭，趙普請班師，老成謀國，不啻金湯。然山前後十六州，久淪左衽，汴京藩籬，勢在必争。太宗進取，未聞失策。且開國大帥，戮力中原，仁義若曹彬，驍勇若楊業，如熊如羆，何遽不衛、霍若？而軍既次涿反，退雄授糧，一敗不支，諸路並喪，街亭之辱，武侯同貶，意者其天耶？

建隆以來，契丹主兀律殺其叔李胡，後畋懷州，爲近侍所弒。賢以世宗次子代立，身嬰風疾，委國蕭氏，乘亂而圖，或在斯時，藝祖以經營方夏，力有未遑。太宗鼓鋭太原，而復謀疏河朔，大梁安枕，又何日哉？

【校記】

〔一〕本篇又見《宋史紀事本末·契丹和議》。

〔二〕「寰」，原作「環」，據光緒本改。

西夏叛服 繼遷德明〔一〕

西夏之役，廷臣異議，請棄靈州者，李至、楊億也；請築浦樂、耀德二城，以通河西糧道者，何亮也；請部分軍民，空壘而歸者，李沆也。夫靈武，地方千里，表裏山河，唐藉以中興，非西漢朱崖比。唱〔二〕，言可棄者，非矣。拓跋夏者，故党項部戎種也。貞觀中，歸唐，賜姓李。唐末，拓跋思恭鎮夏州，統銀、夏、綏、宥、静五州地，討黄巢有功，四傳至繼捧。當宋太宗時，以家難入朝，撫綏拓清，百世一日也。繼遷奔叛，設募離黨，可以計滅。帝誤聽王侁，徵還田仁朗，賊勢漸縱。又用趙普策，使繼捧入夏招懷。

夫繼捧懦而不制，繼遷狡而得衆，彼惟爲昆弟諸父所怨，祈留京師，反令其歸招繼遷，無論繼遷不肯下，反失一繼捧矣。繼捧再獲，無益中國，而繼遷坐有五州，莫敢難也。田仁朗欲厚啖酋長，令圖折首，張齊賢議招致蕃部，分地聲援。二説可行，復歸築室〔三〕。靈州忽陷，夏廼日逞。繼遷中流矢死。德明初立，曹瑋願假精兵，乘其國危子弱，擒送闕下。帝猶豫不報。至元昊習兵，而宋重困矣。但慕《春秋》「不伐喪」，而不知「卧榻鼾睡」，太祖有明戒也。譏宋亡者云：「聲容盛而武備衰，議論多而成功少。」於夏事已見之乎？

【校記】

〔一〕題目原無「繼遷德明」，據目録補。本篇又見《宋史紀事本末·西夏叛服》。

〔二〕「唱」，光緒本作「倡」。

〔三〕「室」，清初張刻本、光緒本作「舍」。

交州之變〔一〕

花步之敗，侯仁寶首禍；邕州之屠，難發沈起。二臣喜事開釁，論罪交州〔二〕，皆可斬也。然太平興國中，黎桓囚丁璿，代總國衆，不臣跡著，討非無名。獨惜仁寶獻策，僅爲身計，謀之不詳。盧多遜復倉猝用兵，未成廟算，遂使開國天威喪於趾鳶一隅。後雖戮將罷師，詔書羈縻，桓對王使，夷歌勸酒，亦貌恭而已，豈能若士變化越俗，尉佗稟漢令哉？黎桓既死，龍廷殺兄，漲海方亂，勢可摧枯，真宗姑息不討。及李公蘊弑黎至忠，稱留後，復充耳置之，反行封賞，王靈頓矣。馴及熙寧，李氏繼襲，世已三傳。坤厚含弘，爲日蓋久。沈起逢迎安石，搆怨交阯，與王韶洮河之役，一時並興，空死蘇緘，重爲國辱。真宗可伐而不伐，神宗不可伐而伐之。違時致敗，起罪無恕，重於仁寶矣。宋鎬等至交州，言其土風，茅竹編屋，海漾娛賓，摽魚弄虎，隔絶天朝，服而舍之，繇來已然，奈何大宋獨與争也。

【校記】

〔一〕本篇又見《宋史紀事本末·交州之變》。

〔二〕「交」，原作「文」，據清初張刻本、光緒本改。

蜀盜之平〔一〕

王小波、李順亂于淳化，王均亂于咸平，不數年間，蜀凡再變。小波起閭閻，椎埋烏合，身死而順繼之，順死張餘又繼之，猶東晉大盜，孫恩之後有盧循，循之後有徐道覆也。王均領神衛卒戍益州，縱下摽暴〔二〕，軍士嘯呼，脇爲戎首，其唐龐勛乎？西蜀地狹民稠，若禁私市，編户群騁，一良有司彈治之足矣。委柄宦官，將驕士惰，雖獲小勝，終敗道也。王均迫于亂卒，人心不固，鋤而去之，易于李順。王繼恩四年而成功，雷有終一載而奏績，《書》畏兆民，有以哉！

張詠涖蜀，先作士氣，化賊爲民，止亂之方，莫長于此。太宗好生，下詔罪己，聞者感泣。禹、湯之興勃焉，豈德宗奉天比乎？繼恩掖庭厮役，謬任檀車，賊敗復颺，功不補罪，乃明主方惜繁纓，而執政欲書帶礪，何多謟也。

【校記】

〔一〕本篇又見《宋史紀事本末·蜀盜之平》。

〔二〕「摽」，光緒本作「剽」。

太宗致治〔一〕

三代而下，得正統者，稱漢唐宋。高祖反暴秦之跡，吕后專政，劉氏幾危。太宗削平宇内，推位讓父，猶啓建成、元吉之變。藝祖受禪雖不正，幸兄弟友愛，賢聖序及，人倫極盛。而涪陵貶死，武功自殺，開寶宋后，崩不成喪，議者不能爲晉王恕也。

史稱帝服澣濯之衣，毁奇巧之器，却女樂，戒畋遊，絶遠物，抑符瑞，閔農考績，講學勸諫，彬彬至治，成康文景，亦曷尚兹？獨天顯内虧，貽譏大德。假令堯戮帝摯之後，舜驅丹朱於死，《尚書》二典，不作久矣。又怪帝好直言，鯁士滿朝，若田錫、王禹偁者流，鋪陳治道，何以獨缺五倫？秦王之獄，趙普進而盧多遜竄，帝所傷心，路人知之。群工左右，宜默默也。天下大物，與子大經，德昭縱存，豈容再誤？惜不得其死耳。若青齊父老，詠歌神聖，願率子弟清路，封禪泰山，設武功南面，又安能致此？一統諸君，往往業盛於開基，而禍生於家室，豈殺運相仍，當時百六猶有未盡者乎？甚哉！純乾之難，處泰之不易也。

【校記】

〔一〕本篇又見《宋史紀事本末·太宗致治》。

營田之議〔一〕

陳靖墾田之議，即後魏李安世均田之策，皆官取閑田以授民也。安世之制，頗彷井田，審經術，准分藝。露田立還受之法，買賣合均給之數。公田非强奪，争田以年斷，通行差便，靖則閒曠之田，有授無還，官給牛種，廣募遊惰，五年以後，收租責償，費多難行。馬端臨氏論之詳矣。然晉遭劉、石傾覆，神州僭逆相仍，五方淆亂，魏定燕趙，遂荒九服，地大網闊，鼎建勢易。安世因無制之民，量人畫野，不耕之土，邑地相參，桑田無擾，露田必均，丘墟瘠鹵，盡成良疇。無王莽王田之害，有趙過代田之利。上下安之，未有起而與争者也。宋承唐五季之餘，太祖削平諸國，除藩鎮留州之法，粟帛錢幣，咸聚王畿，嚴守令勸農之條，稻粱桑枲，務盡地力。再傳以後，法令密而議論多，因循易而改作難。是以引水溉田，黄懋言之，何承矩任之；屯田省運，陳堯叟等言之，太宗嘉之；勸民墾田，陳靖言之，陳恕等贊之。廟議舉行，公私便益，而皇甫選、何亮片言排沮，踰時立罷。惜小費而亡大利，國家興革，其可庸人度量哉！農田不修而後有方田，方田作俑而後有公田。端拱、至道之間，既失于聽言之不斷；熙寧、元豐之際，又失于任人之太專。宋所以富强無策，而日就削弱也。

【校記】

〔一〕本篇又見《宋史紀事本末·營田之議》。

至道建儲〔一〕

太宗九子，元佐居長，聰警善射，狀貌類父，竟以狂廢。然推本心疾，繇痛秦王，罪非戾園，仁同漢惠，舉世哀之。帝崩，王繼恩、李昌齡等謀立元佐，揆以立長，亦非逆節。但壽王元侃久正東宫，一朝動摇，亂不可長也。寇準論建太子，勿謀他人，片言決議，神器有歸。無定策之名，安社稷之本，陳蕃、竇武，悔謝弗如。吕端持重，善處大事，初佐秦王，勸其扈從河東，釋太宗之惑，決嫌疑，定猶豫，所素斷也。

迨閉寺人于閤中，覲真王于殿上。元老垂紳，百官屏息，謂之顧命，周公其人。涪陵之禍，元佐力救，豈曰下愚？發疾焚宫，貶就臣列，歷事真、仁，傫然不怨，名爲清狂，終獲壽考。縱不得帝幸，無不孝弟名，此太宗所見而流汗也。

【校記】

〔一〕本篇又見《宋史紀事本末·至道建儲》。

咸平諸臣言時務[一]

稱宋治者，以咸平景德間爲極盛。時天下一統，已四十餘年，君臣恭和，百官奉職，吏無殘賊，風俗樸素。四方有敗，天子畢聞，遣視災傷，屢詔賑貸，庶幾哉與西漢文景比烈矣！未幾，天書見，封禪興，改元大中祥符，妖自上作，帝德闕焉。伊尹復辟，告歸陳戒，作《咸有一德》之書曰：「今嗣王新服厥命，惟新厥德，終始惟一，時乃日新。」賢君尚終，尤凛乎，何真宗之不思也。

然咸、景之際，趙保吉陷靈州而裴濟死，王均亂益州而劉紹榮死，契丹隆緒大舉入寇而康保裔死，王繼忠執。數年以來，干戈數動[二]，廟堂旰食，下求賢之詔，決親征之師，用雷有終以平亂卒，用潘羅支以敗西夏，用寇準以定契丹，憂深計遠，未嘗敢一日暇豫，稱觴賜酺也。澶淵功成，侈大即彰，玉清昭應，會靈景靈，土木繁起，朝元寶符，延恩天安，神怪恍惚，五鬼握柄，方士接朝，民訛天變，大業幾喪。豈外患反福，内寧反禍哉？唐憲宗勵精元和，擒劉闢於劍南，執李錡於浙西，縛盧從史於昭義，服王承宗於鎮冀，討吴元濟而淮蔡安，平李師道而淄青靖。剛明果斷，可望中興，而晚節稍隳，遽罹賊弑。後唐莊宗龍躍虎步，問鼎燕梁，三矢灑恨，大事立成。而荒佚盤遊，忽遭郭門高之變。憂患者生，安樂者死，有國家者之大致也。真宗治臻于虜寇，而志惰于和盟。鮮終之憾，亦以此耳。咸平諸臣，應詔直言，五事五議，猶然政間。李沆爲相，日奏艱難，止邪未萌，則誠大臣格心先務矣。

【校記】

〔一〕本篇又見《宋史紀事本末·咸平諸臣言時務》。

〔二〕「動」，原作「勤」，據文義改。

契丹盟好〔一〕

澶淵親征，寇準決策，王欽若謂以天子爲孤注。夫咸平、景德之際，契丹數寇，外張虚聲，輕中國南面之君不能出國門一步，恣其恫喝。準力請渡河，軍心始壯。强將勁旅，左右夾輔，全而後動，豈僥倖人主哉？蕭撻覽射死，魏能、楊延朗戰勝〔二〕，虜勢漸衰，黄蓋嵩呼。請和使至，卷旆還國，軒革晏如，視彼閉門天雄者，何啻棘門、灞上乎？晉孝武時，苻堅入寇，謝安端坐，淝水大捷。準才有爲過安，親征之謀，謬云一擲，彼譖人者，誠罔極矣。宗真繼位，弱于隆緒，其母耨斤，才智又不如蕭太后，乃妄請關南地，可咄嗟勿聽。而仁宗厭兵，黽勉受之。富弼忠直，口折群夷，力争獻納，又爲晏殊所阻，增幣成盟。

夫澶淵之行，乞和自虜，欽若猶以城下相譏，今胡爲乎不法唐宗之擒頡利，而爲吕后之容冒頓？太平師濟，徒虚語爾。神宗御極，洪基稍微，漢過不先，卧鼓自若。王安石忽唱取與。許割分水，棄地七百里，遂開兵端，「誰秉國成，卒勞百姓」。殆哉！

【校記】

〔一〕本篇又見《宋史紀事本末·契丹盟好》。

〔二〕「朗」，光緒本作「昭」。

天書封祀〔一〕

漢武帝好神仙，舉朝卷舌，唯東方大夫諧謔善諫，帝笑而不罪也。真宗天書，上下同狂，孫奭苦諫，不避煩數。崔立、孫籍、周起等譊譊，盡荷包容。豈天子鑿空，心實知非，無庸震電耶？王欽若搆害寇準，謂澶淵辱國，當以封禪洗之。棄人事，崇鬼魅，其説不經。帝亦彷徨朝宁，私畏大臣。迨王旦納美珠，奉天册，事遂速成。唐高立武后，非李勣不決，旦失類是，後悔奚贖哉？準固社稷臣，受惑王曙，奏朱能僞書，得喪交懷，大賢易慮，不學無術，此其大者。後因以坐貶，身没雷州。蚤建霍光之忠，晚負新垣之誚，五鬼可誅，一眚難蓋，恐當年先爲瘿相笑矣。陝州魏野，草堂作詩，諷旦、準乞休，言外遠致，似以茂陵封禪爲病，惜兩君子不悟耳。

【校記】

〔一〕本篇又見《宋史紀事本末·天書封祀》。

丁謂之姦〔一〕

丁謂善文章，與孫何齊名。王禹偁稱其韓柳以下。經畫夔州，功刊石柱。楊劉争渡，斬囚濟師，其才豈王欽若等哉！乃陰賊發心，始附寇準，旋而背之，遂謀亂國。或云謂任術數，準能包荒，使爲我役，欽若之黨可孤，天書封祀可不成也。然陰陽内外，道不相謀，謂必圖準，李沆先知之，準自不覺耳。周懷政之獄，朱能之叛，準皆可死，幸而得全者，聖朝寬大，公論尚明也。以謂之心，何日忘殺準哉！山陵穿穴，雷允恭恃寵自專，謂與附和，不道無將，或未敢出。然賊臣權宦，牢固宫府，不乘太后之怒，正兩觀之誅，檮杌夔罔，必復晝嘯。此去邪勿疑，王曾所以獨稱大臣也。劉德妙出入謂家，與丁玘通，造説龜蛇，老君極誕。小人干進，多假巫師、中貴人力，究以此獲敗。欽若似裴度，丁謂類贊皇，異人之言，又何足信？

【校記】

〔一〕本篇又見《宋史紀事本末·丁謂之姦》。

明肅莊懿之事〔二〕

劉德妃雖所出微，其明智英斷，亦宋一賢后也。真宗初欲立后，李迪難之，丁謂獨諂附，要楊億草制。後日垂簾，即竄謂不恕。女主初政，先誅四凶，海内肅然。又任王曾、吕夷簡爲相，魯宗道、薛奎等輔以讜論，虚懷無忤。至斥程琳之獻圖，却劉綽之進羨，帝王大度，邈乎唐德、憲以上矣。李宸妃，后之侍兒，玉釵發兆，元良誕生。后取而子之，慈愛同己出。宸妃畏威，退處群嬪，猶愈於成臯薄姬不獲近高祖也。

妃薨，夷簡力請厚葬。涼薄生前，崇高身後，后即少仁，亦善補過者哉。間覽東漢后妃，明德馬后養肅宗，賈氏不顯；章德竇后養和帝，梁氏憂死。宫房嫉忌，婦人所不免也。兒女彼此，情尤極難。劉后素剛，賢章德遠甚。宸妃後宫等夷，度不過如南陽賈貴人耳。宜乎千秋以後，外戚無梁嫕之訟，天子篤敬陵之孝也。真宗不豫時，皇后决政，王曾進加恩太子之言，夷簡請一品禮斂宸妃，劉氏用安。宫庭母子間，以善全爲本，此尤三公大臣職哉！

【校記】

〔一〕本篇又見《宋史紀事本末·明肅莊懿之事》。

郭后之廢 温成事附〔一〕

光武之陰后，仁宗之曹后，皆繼廢后得立，垂美史書。此適會天幸，盛德之君，終不忍言也。東漢郭后，豪家貴種。光武擊王郎，至真定納之，有寵，後以怨廢，立陰貴人，詔群臣無上壽稱慶。仁宗於郭后，既廢，居瑶華，猶遣使存問，賜以樂府。二君明聖，一時惑溺，變易後宫，《谷風》之刺，慚愧積心，豈如漢武、唐高好色迷復乎？明肅垂簾，吕夷簡秉政，善和中外，獨於仁宗廢后，身爲唱導。夫人臣事帝后，猶子事父母也。父以無罪謫母，子不能諫，則已甚矣；又助之攻，陷父不義，大逆當死。才識如夷簡，寧獨不聞？乃感明肅則進安劉之策，憾郭后則主長樂之議，前爲順子，後爲逆賊。怨涓滴而罪江河，萬世而下，與李義府、許敬宗同蒙惡聲。莫非功名一念，深爲累也？范仲淹事明肅則請還政，事仁宗則諫廢后，子道臣道無不克盡，夷簡獨怒而出之。嗚呼！綱常名教，天下後世所同也。百爾執事，私喜怒於其間，又何爲乎？

【校記】

〔一〕題目原無「温成事附」，據目録補。本篇又見《宋史紀事本末·郭后之廢》。

天聖災議〔一〕

真宗崇奉天書，司天監每奏日食不應，群臣表賀。迄仁宗即位，其風未改也。天聖七年，玉清昭應宫災，范雍、王曙等始獻直言，群臣諂諛，亦少變矣。原是宫之興，自大中祥符元年，至七年而後成。丁謂竭蹶智能，夜以繼日，雕牆竣宇，遠過漢帝柏梁，武后明堂，一炬燋土，内庭震驚。然真宗好怪，符瑞踵來，野鵰山鹿，秋旱冬雷，莫不拜表公朝，一握爲笑。因循二十餘年，穹宫矗天，昭彰失德，後嗣欲誅牛腹之書，憚改先人之志，火烈具揚，須臾蕩滌，皇天所以善成仁聖也〔二〕？

成周宣榭，講武之堂，桓僖二公，魯之近祖，忽然而火，説《春秋》者列戒不一，况無名之祀、不制之宫哉？諸臣因變救過，以燔爲幸。董生經義，異於姚璹媚竈矣。然王曾正色，由此罷相。西漢災異，策免三公，反累賢者，舉朝拱默，於論諫又何取焉？

【校記】

〔一〕本篇又見《宋史紀事本末·天聖災議》。

〔三〕「仁」，原作「人」，據清初張刻本、光緒本改。

茶鹽榷罷〔一〕

茶之有税，始于唐趙贊。德宗出奉天，悼悔罪己，即下詔罷之。既而張滂復税，取民悉矣。穆文之世，王播、王涯增榷害民，訖宋不改。乾德時，東南六路，閩浙歸職方，餘尚未平。太祖榷法，禁南商擅中州利，置場官買。太平興國中，樊若水建議，其法始密。厥後理財之臣，務盡遺利。數議更張，大概無過林特之現錢買鈔、實錢筭茶，李諮之使客買茶、官場收利，主抑茶商及邊民耳。鹽筴始于齊管仲，鹽官始于漢孔瑾、東郭咸陽，鹽鈔始于宋范祥，召商中鹽，則端拱二年令也。然唐即榷鹽，舉天下鹽利，歲纔四十萬緡。至大曆，增六百餘萬緡。而宋元祐間，淮鹽與解池等鹽，歲四百萬緡。比唐世天下之賦，已三之二。紹興末，泰州、海寧一監，支鹽三十餘萬席，爲錢六七百萬緡，則一州之賦，浮于唐之天下也。取贏而法峻，即欲無病，不可得矣。

夫茶之在民，可以無取者也；鹽之在民，不能無取者也。可以無取者，捐以予民，而不利其入，則榷務、貼射、交引、茶繇皆可棄而不言。即以茶博馬，川陝置司，但嚴虜禁，豈厲民哉？不能無取者，弛之也非法，斂之也有道。或聽商人輸粟京師，優其值，給江淮鹽，則折中倉可行也；或運船回空，便道載鹽，散于諸路，則鹽倉轉搬可行也；或民丁竈户，許其私煮成鹽赴官，告賣定價，則官給牢盆可行也。仁皇御極，山澤弛禁，茶不爲民害者六七十載，天下歸美于韓琦相業。徽宗之世，蔡京改法，一錢之利，皆歸京師，禁榷通商，令或間行，而請引抽盤，商税更酷。其于鹽法，則廢轉搬倉，而置提舉官，屢更制以罔小民，虛張數以欺人主，名爲充羨，害深增額，宋竟以此不振。財利之難言也，尤先遠小人哉！

【校記】

〔一〕本篇又見《宋史紀事本末·茶鹽榷罷》。

正雅樂〔一〕

梁武帝篤信佛法，制《善哉》《大樂》《大勸》等樂十篇，法樂梵唄，童子和歌，而侯景亂起。陳後主遺宮人習北方簫鼓，酒酣度曲，哀思綺艷，男女隕涕，而隋師渡江。唐明皇升胡部樂於堂上，以涼、伊、甘等州爲名，而安禄山竟反。宋徽宗鑄九鼎，制大晟樂，而汴京遂陷。新聲奇濫，喪亂接軔，信矣。

然歷胡定鼎，傾否爲泰。時方大定，天子好文，制禮作樂，地天可通。而群臣聚訟，朝夕數更，以明堂潤色之典，生盈庭不决之疑，如汴宋築舍，言人人殊，又何異也？太祖受禪，乾德中有和峴樂。仁宗景祐中有李照樂，皇祐中有阮逸、胡瑗樂。神宗元豐中有楊傑、劉几樂〔二〕。哲宗元祐中有范鎮樂。至徽宗崇寧中，用魏漢津，而樂益不可問矣。

峴之言曰：「王朴定尺，短於古石尺四分，樂聲較高，十二律管，可更造也。」照之言曰：「編鐘樂斗，法依神瞽，十二中聲可留，四清聲可去也。」瑗之言曰：「黄鍾律管，徑三圍九，其法非古，不如和峴舊樂之條理也。」逸之言曰：「周禮嘉量，聲中黄鍾，樂之本也。」傑、几之言曰：「八音律呂，皆以人聲爲度，執古器而調聲，必不合也。」鎮之言曰：「太常鑄鐘，非三代之法莫能爲；以律生尺，非得一稃二米之真黍莫能成也。」數家之言，馳騁要眇，校竹管，計秬粒，銅出太府，黍來上黨，白石鍊磬，中金範鐘，宫架損而忽益，側垂改而復乖，辯證無形，是非角立。舍聲更器，徐復笑其難用；周鬴漢斛，司馬光謝而不觀。後聖復生，未有不反唇者也。

儒者交譏，而異端乘之。漢律以西蜀黠卒，妄稱鼎樂得諸神仙。九鼎本黄帝，身度祖大禹。且謂帝王中指，律管所出，不經已甚，而尊信若神。總由彼此無稽，上下同惑，紛争之後，變爲誕罔，所必至爾。然雅樂未正，治不加貶，而淫哇方奏，大亂即生。學者鑒後王之所以失，即可測前王之所以得矣。韓琦云：「政平令簡，民物熙洽。治古極樂，象器難求。」諒哉斯言！所謂不言樂而樂存者也。

【校記】

〔一〕本篇又見《宋史紀事本末・正雅樂》。

〔二〕「几」，原作「凡」，據《宋史・樂志一》改。下同。

慶曆黨議〔一〕

仁宗廢后，吕夷簡贊之，君臣失德之大者也。孔道輔、范仲淹等叩閤力諫，同時貶逐，公論邑邑者三四年。郭后暴崩，帝有悔心。仲淹劾竄閻文應，言路稍開。夷簡被詆，斥群臣爲朋黨，「四賢一不肖」之名，遠播蠻貊。慶曆年間，正人拔茅，大姦脱距，聖德誠盛。亡何，仲淹與富弼、杜衍、韓琦相繼罷位。二三君子，進難退易，斯曷故歟？

母后幽廢，變在乾坤，同爲臣子，義無緘默，執政雖貴，可無怒也。一念之私，欲鉗言者，揚波止沸，其勢益激，畏彼多口，呼爲黨人。榜朝堂，禁中外，衆不加阻，是非更明。凡賢者名高，皆大臣媢嫉，玉汝於成也。

仁宗景祐三年，戒群臣越職言事；寶元元年，戒百官朋黨；慶曆四年，戒朋黨相訐。

數年以來，揭之詔書，惟恐人言。以恭己樂受之君，懸誹謗妖言之律，豈其中心哉？宰相主之，左右助之。天下所非，謂之孤立；天下所是，謂之朋黨。雖甚神聖，或暴或寒，莫能自必也。予尤痛心者，天子雅知仲淹等賢，旋退旋進。至夏竦避位，石介作詩，内陽外陰，世已治矣。猥以欲速不達，貴倖側目，帝漸疑而弗任也。抑思治無大小，非久不成。孔子治魯，子産治鄭，咸先謗後歌。教笞鞭箠，易于見德；飲食劇飽，易于見怨，此人情也。仲淹等既遭逢明主，發皇經綸，曷不以唐虞九年，姚崇十事，顯告黼座，寬歲月，考最績，使上下無疑，讒間不入，然後快所欲爲？而毀言方至，遽請行邊，君門萬里，一人窺隙，年非分陝，跡近居東，即周召當此，政何以立？且彼所改更，其最密者，無過嚴磨勘，裁任子，未嘗如揚水漸石，罷困臣庶。而盛朝寬大，不樂繩墨。帝方博愛兼聽，旦夕望治。聞言遽罷，責近效於一二年，求王道以可喜，欲平無陂，不終日矣。夷簡於仲淹，始忌之，終敬之。安撫之役，亦曰：「公欲行政，宜留朝廷。」賈昌朝、章得象等素比肩無忤也，恐其復入，尼之反甚。仲淹之志，不沮於所怒，而沮於所狎，庸人積薪，視夸夫專國，禍較烈云。

【校記】

〔一〕本篇又見《宋史紀事本末·慶曆黨議》。

夏元昊拒命〔一〕

仁宗自用兵西夏以來，一敗於延州，二敗於好水川，三敗於鎮戎軍。兩三年間，喪師屢告，天子旰食。有道之世，戰危若此，佳兵不祥，信矣！

元昊雄毅多略，十餘歲時，即諫父勿以馬易漢物，志在必叛。兼有華州二生爲之謀主，山訛善戰，助其慓鋭。據地萬里，分布鐵騎，挺戈犯順，寧異天驕。然衛慕氏，其母也，而弑之；山遇，其叔也，而殺之。及爲子甯令哥娶婦，見没移氏美，則自納焉。衛宣、高洋〔二〕，兩鍾其惡。帝命不佑，亡可俟也。爲宋計者，用吴育之言，當僭表初至，姑許所求，密修戰備，拊背扼吭，使不敢動，上也；不得已而行范仲淹之策，嚴邊城，實關内，堅持踰年，敵必困弱，次也。乃張士遜庸人寡慮，輕動干戈，趣彼速反。延州之戰，黄德和先奔，劉平、石元孫戰没，士氣沮傷，西事日擾。繼以韓、范行師，軍聲稍振，任福又違琦戒令，轉鬭陷伏，哨鴿摩天，横尸盈野。定州砦之役，葛懷敏復死，三戰皆北，關右震動。幸而老成再鎮，賊亦苦兵。竹册方賜，子禍旋作，中朝未揚郭李之威，狂夫已蹈安史之戮，始悔向者用兵，未識天心，空勦民命也。任福之敗，韓琦爲帥，罪可同坐，釋而任之，卒奠西鄙。仲淹焚元昊嫚書，宋庠欲置之死，帝不深罪，而四路功成。仁宗寬弘善任，刑名秋荼，所弗尚也。韓、范因之，守封疆，定社稷，爲宋元臣。彼碌碌刀筆吏，惡足與論天下事哉？

【校記】

〔一〕本篇又見《宋史紀事本末·夏元昊拒命》。

〔二〕「洋」，原作「陽」，據文義改。

七録齋近集卷十二

婁東 張溥西銘 著
同里 張采受先
金沙 周鍾介生 閲

宋紀事論

儂智高〔一〕

儂全福妻阿儂再嫁商人，而生智高。智高十三歲，惡有二父，即殺商人。殘忍喜亂，其天性也。長據儻猶，交人執而釋之，使知廣源。智高内懷忿恨，求附中國，使朝廷納其金函，俾處鬱江峭絶之鄉〔二〕，與交阯角立，椎髻左衽，戰鬬用命，未必非二廣一奥藩也〔三〕。無故拒却，激其背叛，焚巢入寇，邕州失守，曹覲等相繼戰死，楊畋師久無功。以南土之久安，當文吏之迂緩。一夫攘臂，二廣震驚，勢所必然。龐籍力贊仁宗，專任狄青，挺鈹摺鐸，先斬敗將，疾趨崑崙，絳衣倒北，農種糴收，童謡驗矣。

唐憲宗時，劉闢反蜀，杜黄裳請罷中人監軍，專委高崇文，西川立平，仁宗君相亦然。任將之效，略可睹也。阿儂適三夫，慘毒有謀，好食小兒；智高攻城陷邑，多仗其策。非此母不生此子，物固各以類夫。

【校記】

〔一〕本篇又見《宋史紀事本末·儂智高》。

〔二〕「鬱」，原作「入」，據光緒本改。

〔三〕「廣」，原作「南」，據光緒本改。

貝州卒亂王則〔一〕

仁宗慶曆之世，號爲極治，四年而有歐希範之亂，七年而有王則之亂。小醜陸梁，敢捍明聖，其大禹之苗民乎？東漢張角，初奉黄老道，畜弟子，稱大賢良師，咒符水已病，百姓信之。遂密置三十六方，黄巾標識，一時俱起。東晉孫泰世奉五斗米道，師事杜子恭，得其秘術。孝武召見，稍遷輔國將軍。後集徒衆，謀亂被戮，而孫恩、盧循因遂相繼反海上。宋時王則以貝冀喜妖，背刺福字，訛言彌勒出世，僭號東平王。旗幟號令，悉以佛稱。方臘居清溪堨村，左道惑衆，謬傳地基天子，建號聖公，紅巾六等，鬼神扇訹。盜賊之起，必先有聚，聚必先有託。降神書符，扶鸞禱聖，與端公太保之稱、白蓮白雲之會，皆託而聚之之術也。吴廣、陳勝起兵，行卜以見〔二〕，丹書魚腹，篝火狐鳴，意在威衆舉事。姦宄效之，史巫紛若，唱禍福，造神怪，愚民一集，即成勁寇。但遇靈帝則爲張角之蔓延，遇仁宗則爲王則之速剪爾。明鎬既第，獻真宗頌，上《六冗書》。薛奎稱其沉鷙有謀，能斷大事，巡邊備賊，著名并州。及副文彦博討則，約結内應，地道出奇，則叛僅六十六日而滅〔三〕，由帝善任彦博，彦博善任鎬也。

太宗淳化間，作亂者王小波、李順；真宗咸平間，作亂者劉旴、王均，俱蜀寇也。於是廷臣聚而憂蜀，謂其人多變，不可以齊魯待也。及王則起貝州，欲運德齊，朝論又憂河北矣。山東之地，王者得以爲王，霸者得以爲霸，猾賊得以亂天下則謀不成。賊固無能，亦天佑仁聖也〔四〕。迨金人入而河北亡，宋遂蹙而南矣。盗賊據之，中國或與争；金人據之，天子不敢問。使未能以治盗者治虜，庶大梁猶堅城，而臨安可不都也。

【校記】

〔一〕題目原無「王則」，據目録補。本篇又見《宋史紀事本末·貝州卒亂》。

〔二〕「見」，清初張刻本、光緒本作「鬼」。

〔三〕「叛」，原作「判」，據清初張刻本、光緒本改。

〔四〕「佑」，原作「牖」，據文義改。

浚六塔二股河〔一〕

六塔之議，始于李仲昌；二股之議，始于韓贄。既而持議冥行，河決日甚者，王安石也。安石專政變法，均輸藉泉府，市易藉市司，青苗藉國服，農田水利藉遂人，僱役藉司徒，保甲保馬藉伍兩，方田藉井牧，矯世反古，咸託周官。獨塞北流，修二股，操説無本。李公義獻鐵龍爪，黄懷信制濬川杷，世共非笑，信用不疑。水官數出，未獲一效，則幾以河爲戲矣。六塔役興，歐陽修言不可者五，屢疏抗争，竟置不省。及商胡塞而河力壯，六塔雖開，不能容也。一夕大決，漂溺無算，仲昌遂流英州。回河爲害，覆轍昭如。未幾而復言二股，蓋即疏六塔舊口，並二股河，導使東也。程昉、宋昌言、張鞏、范子淵等游談紛紜，安石力爲之主。神宗即有開河放火之憂，終不能違大臣之意，亦徒魚鱉其民耳。伯鯀治水，九載弗成，病鯀方命圮族，以其强自任，而敢拂衆也。安石悻愎，方命甚矣。熙寧之初，專欲導河使東流，閉北流；元豐後，因河決而北，議者始欲復禹故跡，令北去。帝憂民甚，思順水性，而水臣皆爲安石使，事竟不治。鯀之治水，墮高堙卑，障之也；禹之治水，决川疏河，導之也。回河東流，務逆水行，豈獨障之乎？宰相之才，既不及鯀；天子之斷，又不若堯，宜其淪胥相視、底定無日也。然仲昌欲穿六塔渠，富弼嘗主其畫〔二〕；宋昌言請開二股，詔司馬光相度奏可。范子奇東流之策，文彦博、吕大防、安燾等交口善之。老成碩德，論河不詳，安石堅僻，又何誅焉？政和年間，孟昌齡獻導河議，成巨濼，稍因水决，循北流。蔡京即攘爲功，纘禹繼文，侈然自大。國家之利未興，而奸臣之寵已極，宋事大抵然耳。

【校記】

〔一〕本篇又見《宋史紀事本末·浚六塔二股河》。

〔二〕「畫」，原作「書」，據文義改。

英宗之立〔一〕

昌陵友讓而身失天下，昭陵聖德而後宫不育，阜陵大孝而家有逆子，三者皆天道之不可信者也。崇陵少號英武，非次得立，既受内禪，制於妒后，子道不修，其人病惑，固不足道。厚陵以濮安懿王第十三子，四歲即養大内。豫王生，歸濮邸。王薨，起復知宗正寺，立爲皇子。帝逡巡三讓，進退有禮，天性大倫，所素篤也。光獻初立爲后，即母養帝，配以女甥，三十餘年，慈孝甚備，一朝即尊，疑間反起，豈人情乎？

左右之善間也，伺醉飽，察顔色，假語言之微，搆宫寢之隙。慈親孝子，一入其説，鄭莊、武姜誓死不見，漢武帝所以焚蘇文而封車丞相也。任守忠覘，昭陵無子，欲援昏弱，計不得行，即謀間兩宫。陳源得罪壽皇，崇陵特幸，以爲内押班，即與楊舜卿、林億年比而讒間。小人輈張，身處禁密，上危君父，何所不及？但厚陵爲復之初九，其復不遠；崇陵爲復之上六，其復則迷。是以韓琦、歐陽修數言而立悟，黄裳、彭龜年等舉朝泣諫而弗答也。昭陵儲嗣未定，文彦博等請立太子，猶豫幾年而後决。厚陵不豫，議立潁王，張方平草制，帝泫然泣下，手握大器，以與後人，親雖父子，君雖明聖，不免動心。若體非血胤，母老深宫，因緣疾疢，箕斗簸揚，爲間尤易。當斯時也，辨之早，去之疾，非古大臣曷定哉？

光獻撤簾還政，德高馬鄧；宣仁抱孫垂裳，唐虞比治。繼以欽聖向后，修德無改；昭慈孟后，患難文明。婦姑四世，爲周姙姒，亦從來后妃之絶盛也。

【校記】

〔一〕本篇又見《宋史紀事本末・英宗之立》。

刺義勇〔一〕

宋初民兵，在河北河東曰弓箭社、神鋭、忠勇、强壯、忠順，在陝西曰保毅、砦户、强人、弓箭手、義勇，在麟州曰義兵，在川峽曰土丁、壯丁，在廣南東西曰槍手、土丁，在荆湖南北曰土丁、弩手，在邕州曰溪洞壯丁，皆選自户籍，或土民應募，在所團結訓練〔三〕，以爲防守者也。英宗治平中，韓琦當國，議僉陝西義勇，涅手背，要即土兵而精之，非有創制變法也。司馬光何五六疏上，面折力諍哉？曰：「憂戍邊耳。」仁宗之世，西師屢衄，正兵不足，乃籍陝西之民，三丁選一，以爲鄉弓手。未幾，刺充保捷，分戍邊州，師罷而後揀放。一民兵也，始而鄉，既而戍，終而汰。戍則民而皆兵，汰則兵復爲民，擾百姓而隳軍政，害之最近者也。琦嘗言：「以民養兵，其害淺；調兵於民，其害深。」誦杜甫《石壕》之詩，傷漢唐立法之敝，戍邊勞苦，久心惻焉。光之所憂，豈不先念決意？譏刺者謂：「敕榜約束，永無戍役耳。」不知鄉兵見戍，役之者易；詔令不信，守之者難。大臣變更，臨期調發，即天子莫能自必也。琦憂養兵之費，而思府兵之利，則議刺義勇。光見保捷之擾，而憂刺民之害，則止刺義勇。蓋琦但見其已然，知土兵賢於召募。光則見其將然，知刺民必至戍邊也。

然則行琦之法，用光之言，三路義勇，專衛鄉里，以爲戰守。與唐之昭義步兵，頡頏中原，雄視敵國，不亦可乎？乃王安石出，變義勇爲保甲，分番戍守，諸路驛騷，軍民兩廢。益信光慮曲突，非過計也。義勇之議，司馬光與琦異；雇役之議，蘇軾與光異。濮王典禮，則吕誨、包拯等交詆歐陽修與琦無已也。君子不黨，非其章章者乎？

【校記】

〔一〕本篇又見《宋史紀事本末·刺義勇》。

〔二〕「在所」，光緒本作「所在」。

濮　議〔一〕

濮安懿王追崇禮議，司馬光持重本宗，正論不易大儒，歐陽修獨有疑者，以王珪等没本生而稱皇伯也。漢哀帝以定陶共王之子入繼成帝。董宏佞人，諂附傅太后，求上尊稱，泠襃、段猶等和之。師丹抗名正統，爲朱博劾罷。光處英宗朝，議濮王宜準先朝封期尊屬，疇以高官大國，即丹意也。然修等據禮，所生所後，皆稱父母。皇伯之號，經無明文，雅善折衷，而同聲譁笑，兼罪韓琦。豈元德重臣好媚人主〔二〕，如博等云爾乎？國家之事，一變而議論，再變而意氣，三變而死生禍福生焉。即濮議所争，可奉行者稱親，可辭免者稱皇稱后。琦言當甚，可以無訟。然本光之議，儒者世守以死争之；本修之議，奸人借資，激昂廟廊，立取富貴者，比比而有。何則？新王嗣位，追念本親，修之議，所樂聞也；光之議所不樂聞也。天子以樂聞者爲忠孝，必以不樂聞者爲沽激。緣當日之議，止排皇伯之非，不意降而後世，世統大義亦寖失也。君子立言，又烏容不慎〔三〕？

【校記】

〔一〕本篇又見《宋史紀事本末·濮議》。

〔二〕「主」，原作「三」，據清初張刻本、光緒本改。

〔三〕「慎」下，光緒本有「歟」。

王安石變法〔一〕

王安石之名起於歐陽修、文彦博，盛於韓維、吕公著。一時名賢，如周敦頤、司馬光、范鎮，皆與友善，而韓琦、富弼又交引爲侍從，意其人亦仲尼之徒耶？驟秉國鈞，中外老成，芟除殆盡。向所師事者，目爲共鯀，大言無忌，非病狂易，何失心若是？彼讀書深山，敝衣垢面，懷文不獻，累召不起，博學堅行，譚堯舜，薄公卿。神宗想慕青邸，恐不得當，一朝御極，委以社稷，君臣魚水，寧特渭濱、傅險哉！乃鋭精變法，農田、水利、青苗、均輸、保甲、免役、市易、保馬、方田諸役，天下皆言其不便，而安石獨是之。攻之者多，助之者少，得一附和，知己恨晚。吕惠卿投急引重，佐以曾布、鄧綰、李定等，繆相傅會。而韓絳以夙昔厚善，陰主其間，法雖必行，天下已亂。

且安禮、安國，其親弟也，非兄所爲，終不覺悟。當日憒憒，惟在務伸己説，苟一逆我，賢者皆不肖。天性之親，皆仇讎也。四顧六合，獨有惠卿。天子宵旰圖治，遊思唐虞，輒以堅卧要之，同歸敗轍。知人不明，聚斂太急，誤神宗者安石，誤安石者惠卿。安石已矣，其如帝何？彼初知鄞，起隄堰，决陂塘〔二〕，貸穀與民，出息以償，邑人稱便。遂執此以往，曰：「我宰天下有餘。」不知四海非一邑之小，執政非長吏之任也。鬭鶉少年、登州婦人二獄，朝議法允，安石偏抗詖論。他日愎諫，大率類此。性實異人，猥遭殊眷。古來以臣負君〔三〕，未有如安石者也。當其名震京師，蘇洵獨著《辨姦論》，譏以王衍、盧杞。在京陵時，鮮于侁言「用必爲亂」。嘉祐間，上萬言書，帝覽而置之。安石不易知，能知之者，仁宗與洵、侁耳。曾公亮嫉韓琦，薦安石以爲間。熙寧三年，帝以琦言，諭罷青苗，趙抃請俟安石之出，遂敗乃事。二人固賢，猶有此失，欲君子勝小人，不綦難乎？然安石雖强直爲名高，其行新法也，每結中使惑主聽，爲術已下，不屑道也。

【校記】

〔一〕本篇又見《宋史紀事本末·王安石變法》。

〔二〕「陂」，原作「坡」，據文義改。

〔三〕「負」，原作「員」，據清初張刻本改。

學校科舉之制[一]

三代以後，文治首宋。然藝祖初受命，置賢良、方正、直言、極諫諸科，招徠四方，鮮有應者。舉人到闕，陳習武韜，帝怒，欲隸之兵，號呼謝罷。學校之設，實始慶曆，時開國幾八十年，歷君凡四世矣。

唐世興學設科，專尚詩賦，天下競聲偶，趍禄利。蕭統《文選》，尊爲六經。自楊綰、鄭餘慶、鄭覃以大儒輔政，議抑進士之業，優學科，先經誼，後辭賦，終已莫行。宋振五代，流風不改。范仲淹執政，志在復古，請興學校，本行實，科舉新法[二]，方張即廢。王安石起于熙寧，罷詩賦明經，專以經義論策試士，去聲病記誦之陋，修廣厲學官之實，即仲淹議也。海内喧譁，學徒迸散，此曷故哉？

仲淹之言，天下之公也；安石之言，一人之私也。安石欲學者之從己，則懸科第以餌之。欲科第之盡出其學，則倡一道德、同風俗之説以籠之。變聲律爲議論，變墨義爲大義，其説未嘗不彷于胡瑗之經義治事、歐陽修之先試論策。而究之所謂議論，皆王氏之新法，非祖宗之成憲也；所謂大義，皆王氏之新經，非孔孟之遺訓也。葉祖洽對策阿諛，特擢第一；孔文仲毁薄時政，竟罷制科。至顔復策問王莽，蘇嘉極論爲非。安石即怒逐學官，更以私人判監。科舉之吏，三舍之設，飛語之罰，升舍之獄，無非崇私學，樹黨羽。名一道德而道德先喪，名同風俗而風俗益紛。紹聖、崇寧間，大憝當國，立科造士，咸以尊經書、抑史學、廢詩賦爲言，然爲荆舒三義，則託尊經；爲涑水《通鑑》、蘇黄唱酬，則斥詩史。外託正論，曲售姦回，群邪充塞，豈真知六籍藝文優劣哉？論策之説，既文姦而誤國；則詩賦之説，復軼起而間勝。姚康曰：「顔孔爲心者，雖日視淫靡，莫遷其操；桀跖爲行者，雖日聞仁義，莫治其性。」蘇軾曰：「上以孝取，則割股廬墓；上以廉取，則弊車羸馬。」痛言人情，著明深切。於是畢世之趨，一之於文。鄉舉里選，不得已而爲糊名鎖廳，以無心之遇，望其拔十得五，斯已難矣。古之取士以人，今之取士以天，防奸之法愈密，而得人之效愈疏，非大興教養，善治無繇也。

【校記】

〔一〕本篇又見《宋史紀事本末·學校科舉之制》。

〔二〕「舉」，原作「學」，據清初張刻本、光緒本改。

元豐官制〔一〕

官制之不一也，秦更周制，王莽更漢制，煬帝更隋制，武后、玄宗更唐制，蔡確、蔡京更宋制，皆亂亡隨之。有國家者，命官出治，固無取于多變哉！

宋興失制，名號品秩，咸襲唐舊。三省、六曹、二十四司、九寺、五監，互以他官典領，名實抵迕〔二〕。貞仁以來，田錫、孫何、楊億、吴育等屢請正名，未遑釐定。元豐中，神宗覽《唐六典》，慨慕周官，肇新厥制。百官領空名者，一切罷去，易之以階，臺、省、寺、監、司、曹各還其職。於是長吏正治則察月，御史旁治則察季，都省統治則察歲，法彬彬矣。乃論者訾之曰：「宰執侍從之遷爲一等，卿列館職之遷爲一等，進士爲一等，世賞雜流各爲一等，此舊制也。昔之流品甄别，今之流品混淆。昔之官品難于進，今之官品易于高。昔以一官治者，今析爲四五；昔以一吏主者，今增爲六七。畢仲游心傷其弊，有正階、正品、正事之議。然則元豐改制，徒冗官多事，於治無益也。」

夫藝祖太宗之世，朝廷清明，君相一德，中外官大任使、大黜陟，天子必與兩府大臣公聽並觀，論定後遣。百司庶府，出入分涖，皆得以其職自達于上。體統正而事權通，即無定員專任，治猶有餘。熙豐之制，祖宗恩澤，裁省無幾，而律令入官，格目加優。王安石變易條例，增置提舉，率貪進喜事之人。曾鞏患其費國，司馬光惡其病民，憂亂不暇，何言建革哉？

蔡確欲奪相權，則奏請中書造命；章惇適官門下，則不廢合班奏事。太師異數，累朝並體無忌。小人更制，但知利己，寧識治亂？人主不先急人，而惟法之務，未見其能理也。慎重。趙普、文彦博而下，未或假借，蔡京則儼然有之，而童貫封郡王，梁師成官太尉，遂

【校記】

〔一〕本篇又見《宋史紀事本末·元豐官制》。

〔二〕「迕」，原作「迂」，據光緒本改。

西夏用兵〔一〕

西事之不靖也，一敗于种諤之復綏州，二敗于王韶之謀河、湟，三敗于俞充之請西伐，四敗于徐禧之城永樂。然河、湟之策，非盡不可行者也。西北自武威以南，至洮、河、蘭、鄯，皆故漢郡縣，其地可耕，其民可使。欲取西夏，先復河、湟；欲復河、湟，先結沿邊羌種。漢招西域而匈奴斷臂，唐棄維州而吐蕃復强。前鑒不遠，韶言非妄。所失者王安石梗李師中議，行之無序耳。王韶至秦，欲築渭、涇上下兩城，立屯宿重兵，撫納洮、河。李師中則恐發兵生疑，請先招撫青唐、武勝及洮、河諸番族。諸番族既叛夏，則必乞修城砦。因其所欲，發兵助築，夏人鈔略可以斷絶。本韶之意，先築城而後招撫；本師中之意，先招撫而後築城，二策無大牴牾也。廟算專愎，先後乖方，撫寧挫折，西兵日剽，雖戰捷木

征，功不補患矣。夏主諒祚，狂童無能，遠遜元昊。秉常既立，守成猶父，不聞跳躍。熙寧之際，邊臣開釁，曲在朝廷。元豐不懲，復謀大舉，竟以俞充一言，五路並發。李憲握兵，諸將逗撓，靈州師潰，憲又不至。上策再舉，更任征伐。夫多魚漏師，寺貂爲崇，相州大敗，罪在朝恩。憲本閹腐，謬膺大帥，辱國已甚，敗而不誅，赦而復任，蘭州之寇，宜其及也。横山築城，議發沈括，徐禧贊之。及至鄜延，又忽變策，改城永樂，夏人來攻，城陷軍没，禧與李舜舉、李稷、高永能等皆敗死。同室造車，臨歧異轍，顛躓之禍，獨國受耳。説者謂靈州之役，荀林父之戰邲也；永樂之役，楚囊瓦之城郢也。种諤以開疆坐貶而屢預西謀，韓絳以宰相行邊而喪師復召。安石主兵，成敗之際，若罔聞焉。國既無法，又誰與立功哉？

【校記】

〔一〕本篇又見《宋史紀事本末·西夏用兵》。

熙河之役〔一〕

吐蕃自唐末衰弱，種族分散，儀、渭、涇、原、環、慶及鎮戎、秦州，暨于靈夏，各有首領。宋建隆二年，五部致貢，其後獻地錫命，恭順世守；至潘羅支擊殺繼遷，唃廝囉計破元昊，藩屏中國，夏人震竦。論厥勞者謂賢于漢西域之制匈奴矣。熙寧之際，王韶開邊，唱復河、湟，繼以王贍表績于青唐，王厚揚威于鄯、廓。元符、崇寧間，功若赫焉。或曰：「韶起孤生，善用兵，平戎三策，智謀獨决。一出而招包順，築古渭，城武勝，走瞎征，平河州，諸將奉指，每戰必捷。有子十人，厚尤習羌事，前服隴栘，後破羅撒，棄地盡還。彼父子雖喜功好殺，亦一時將帥材也。唃氏固效命乎？」董氊、藺逋比既死，阿里骨、瞎征代立，非其種也。據地負固，掩而取之，寧云背德哉？然洮、河之役，王韶開之，王安石主之，非討有罪，欲求邊利也。諸戎罪小於湑井之六姓，而將相計出於王恢之馬邑，間而獲勝，亦幸爾。

哲宗之元符，章惇主王贍；徽宗之崇寧，蔡京主王厚。二奸秉國，豈知制勝？但以事始安石，志專奉行，邈州之城障當修，青唐之遽取非策，不暇問也。且神宗用兵，始於熙寧三年，終於元豐七年。撫寧陷則貶种諤，欽、廉没則貶沈起，靈州敗則貶高遵裕，蘭州圍則貶李憲。以至蘇緘死於邕州，景思立死於白踏城，徐禧等死於安樂。敗北屢告，將士傷夷，而宰相獨不議罪惇、京，其見之矣。勝則居功，敗不任咎〔二〕，又何忌而弗爲也？惇在熙寧，降梅山峒蠻而置安化，擊南江蠻而置沅州，軍旅之事，猶或與聞。京邪媚工妒，論兵無稱，藉捷湟、鄯，晉官封公。以六軍之血戰，爲權佞之榮身。李懷光恨恨於盧杞，豈無故哉？

【校記】

〔二〕本篇又見《宋史紀事本末·熙河之役》。

〔三〕「任」，原作「府」，據光緒本改。

瀘夷〔一〕

淯水夷者，羈縻十州五岡蠻也。雜種夷獠，散居溪谷，臣附宋朝。慶曆初，烏蠻王子得蓋請復建姚州，鑄印賜之。傳于羅氏鬼主〔二〕，未嘗侵叛。神宗之熙寧七年，忽謀入寇，非其君之罪也。鬼主死，僕射立，弱不能令。而晏子、箇恕二酋執國命，晏州山外六姓，納溪二十四姓，盡役屬焉。蠢兹踟躅，遽爲虺豺，非赫帝怒，莫崩厥角也。熊本能文，兼習夷俗，帝假以便宜，招柯陰，服群酋，瀘川遂平。史言王安石執政，本上書取媚，君子所疵。然棄瑕録長，文武不廢，苟能戡難，節予可也。元豐之際，韓存寶、林廣復出，西南用兵益紛紛矣。箇恕匿阿訛而不殺，乞弟平羅苟而求賞，跡雖强梗，罪非大逆。王者無外，可置勿問。必欲窮兵兩年，深入萬里，則謀國者過也。存寶受命經制，王宣軍没，羈留不進，罪固當誅；林廣奮孤軍之氣，决樂共之策，通行水陸，建壇殺降，功成甚鋭。然黑崖空度，三軍墮指，老酋破塚，乞弟不得，即云善戰，於國家曷益乎？神宗外勤遠伐，内務息兵，授麥文昞密詔，聽廣班師，明照徼外，義固大于漢武之責楊僕也。本平二酋時，范百禄作誓文，立石武寧砦，有云：「粥熊裔孫，爰馭貔虎，殲其渠酋，判其黨與。」又云：「惟十九姓，往安汝堵。吏治汝責，汝力汝布；吏時汝耕，汝稻汝黍。」仁哉王言！周宣《石鼓》，唐憲《淮西》，風烈尚存。是故君子不罪初征，而懲後舉也。

【校記】

〔一〕本篇又見《宋史紀事本末・瀘夷》。

〔二〕「于」，原作「子」，據清初張刻本改。

元祐更化〔一〕

神宗崩，哲宗即位，召程顥爲宗正寺丞，未至而卒，朝野哀傷。元祐元年秋九月，河内公司馬光卒。三年冬十二月，蜀公范鎮卒。四年春二月，東平公吕公著卒，則老成幾盡矣。《詩》不云乎：「人之云亡，邦國殄瘁。」孔子殁，魯哀公誄之，慼然於天之不遺一老。元祐之初，群賢彙征，天下望治。元德先逝，澄清安託？然而聖政日新，庶務畢舉者，以宣仁太后在上也。宣仁，故高瓊曾孫，光憲曹太后少鞠之宫中，命配英宗，生神宗及岐王顥、嘉王頵。神宗不豫，邢恕、蔡確屬意二王，太后獨決延安之命，不立愛子，而立嫡孫，要爲天下萬世計耳。神宗在潁邸時孝友好學，一即尊位，敬相求賢，厲精三代。既傾心王安石，創行新法，彷徨民瘼，惟恐不當。靈州、永樂之役，臨朝痛哭，寢食並廢，竟憂悸疾崩。人君之不壽也，或以聲色崩，或以逸遊崩，或以餌金石惑神怪崩，獨神宗以想望太平求治不得而崩。新法爲害，其可一朝居乎？鋭然更始，與物維新，慈母垂簾之化，固孝子山陵之志也。一聽政而罷京城邏卒，及免行錢，廢濬河司，蠲逋賦。未幾而府界三路保甲罷，沅州增修堡砦罷矣。方田罷，市易罷，保馬罷，後苑作院罷，增直鑄錢監罷，成都榷茶場罷，王氏《經義》《字説》禁矣。熙河經制財用司罷，青苗法罷矣。一聽政而貶吴居厚、吕嘉問與邢恕。未幾而章惇免，韓縝免，張璪免，李清臣免，李憲、王中正、宋用臣、石得一黜矣，范子淵、陸師閔貶，鄧綰、李定放、吕惠卿、蔡確安置矣。欲任賢也，必先去邪，邪一去，賢未有不任也；欲興利也，必先除害，害一除，利未有不興也。其爲政也簡，其操術也獨。三章之約，漢高稱仁；四凶之誅，虞舜垂哲。千載極治，於宣仁僅見爾。或疑人情善反，道貴包荒。紹聖、元符之禍，激成於元祐，使少從容，可幸無變。不知陰陽並立，陽常不勝，一陰五陽，君子猶懼，況其雜也。吕大防、范純仁稍議調停，而楊畏、李清臣即起而乘之，宜邪正兼用，宣仁先凛凛也夫。

【校記】

〔一〕本篇又見《宋史紀事本末·元祐更化》。

宣仁之誣〔一〕

宋代稱治，莫盛于元祐，爲之主者，宣仁高太后也。后妃英宗，即謝高士林官，柔讓不專，本其天性。神宗即位，變更法制，后時以皇太后居寶慈宫，嘗流涕語帝，憂王安石亂天下。帝崩，始同哲宗聽政，海内乂安。或謂神宗子也，宣仁母也，子行不順，教誨惟母。熙、豐之間，群小馳騖，宣仁曷不勸帝早遠佞人，守成憲？亂而後改，事乃多矣。然女主垂簾，國家所諱。哲宗十歲孩童無知，太皇太后慮深社稷，不得已而朝群臣。若壯子當陽，政繇外出，朝廷大事，豈所預聞？惟神宗素志慕堯舜，而所任皆驩兜。太后深宫憂念，未嘗不憐而泣也。忽然抱孫，寧堪再亂？親賢遠奸，修革庶政，掩吾子之非，奠配天之業。非求名而爲，處勢適然爾。賊臣章惇輩懟憤放廢，媒孽聖人。詭宣訓之辭，造同文之獄。是可忍也，孰不可忍！

盍思開寶以來，太宗謀契丹，仁宗困西夏。君子雖進而未盡用，小人雖退而未盡舍。獨至元祐，九年聖政，萬事畢舉，邪正分塗，中外晏謐，委裘恭己，功高數帝。且先皇大漸，宰相問疾，太皇太后手撫延安，稱兒孝順，立爲太子，黄袍密製，踐祚屹然。勳業如此，慈愛如彼。哲宗寧無人心，遽爲賊臣熒惑，《小宛》所以歎「彼昏」也。張士良雜治不服，向太后指天明誣。帝稍感悟，宣仁不廢。然故號雖存，紹述方鋭，謗騰國史，南渡乃辨。以上言之，則孫攻王母；以下言之，則臣弑其君。逆賊之變，顯有莽、操，陰有惇、卞，亦何所不至哉？

【校記】

〔一〕本篇又見《宋史紀事本末・宣仁之誣》。

洛蜀黨議〔一〕

元祐之初，正人登進，程頤以崇政殿説書召，蘇軾以翰林學士召，咸拔擢不次，在帝左右。未幾，以言論不合，賈易、朱光庭等劾軾，胡宗愈、孔文仲、顧臨等劾頤。洛蜀交攻，遂分二黨。六七年間，廢罷不一。終宣仁清明之世，竟未施用，海内惜之。

唐長慶、太和之有黨也，始于李宗閔、李逢吉、牛僧孺惡李德裕、李紳而排之，目以爲黨，傾軋報復，垂四十年。宋慶曆之有黨也，始于賈昌朝、陳執中、王拱辰、錢明逸惡范仲淹、富弼等而排之，目以爲黨，飛章詆毁，一網立盡。此皆小人結約，急爲身謀，功名累心，而恩怨日迫。明知君子有益于國，而深畏其不利于己，是以背公論，聚死黨，奮發横溢而不顧也。軾與頤合志同方，出處不異。熙、豐之際，或堅卧山林，或放逐湖海，一朝遇主，攜手偕行。方冀其一心奉公，更化善政。司馬光未竟之業，諸賢力贊其成，而口語參商，攻訐競起。初不聞有國家大政，争若新法，仕塗抵巇，怨若牛李也。右頤者詆軾曰謗訕，右軾者詆頤曰矯激。在兩賢本無罪可指，而言路亦非積憾爲讎，特以師友各地，辭色不下，嘲侮小嫌，詬誶靡已。即盈朝之上書，猶家人之室鬩耳。迨章惇、蔡京專國反政，頤、軾之徒貶竄接路，端門之碑，姓名並列，此固向所攘臂勃溪、忿詢角立者，小人斥爲一黨而並擊之。治世不同福，亂世則同禍，諸賢當此，亦當自悔其藩籬之不固而水火之必傷也。

漢桓帝時，周福、房植有名當朝，鄉人興謡，賓客譏揣，亦學舍戲言耳。宦官借之，即來告變，而捕鉤黨。頤、軾之争，不關臧不而黨議即興。劉摯、梁燾、王巖叟、劉安世等超然評論，亦稱朔黨，與之鼎立。始以相争者爲黨，既則不争者亦爲黨。小人之害君子，張而大之，惟恐其黨名之不著；迫而乘之，又惟恐其黨釁之不成也。朱浮有言：「凡舉事，無爲親厚者所痛，而爲見讎者所快。」洛蜀之議，吕公著等所痛，章惇等所快也。文章理學，百代共師，而萁燃豆泣〔三〕，隙生氣類。無黨之凶，反甚于有黨。元祐君子之失，未有大于此者，況吕大防復招楊畏而使入乎？

【校記】

〔一〕本篇又見《宋史紀事本末·洛蜀黨議》。

〔二〕「其」，原作「箕」，逕改。

紹述〔一〕

紹述之論，發于楊畏、李清臣，此固小人之靡也。畏幼孤好學，刻志經術，事親有孝名。畏爲王安石、吕惠卿所知〔二〕，力尊邪學。司馬光入洛，畏懼得罪，面進諂言，光薨而旋謗之。且始附吕大防攻劉摯，後即背大防；始附蘇轍攻范純仁，後即背轍。反譎性生，彼亦自謂跡在元祐、心在熙寧也。

清臣博學盛名，韓琦以兄之子妻之。歐陽修壯其文，比之蘇軾。乃怙才躁進，覬望相位，紹聖策士，議主紹述，國是遂變。此兩人者初喜聲譽，交君子，令循節無改，不失令士。迫切求用，竟甘戎首。鄙夫患失，良可畏也。元祐八年，宣仁甫崩，哲宗親政，即召内侍劉瑗等十人復職。君心不正，君子見微而憂，小人知著而喜。改元以前，大防等罷，章惇等進，一二月間，勢已燎原。其後竄正人，廢母后，誣宣仁于在天，貶故老于九京，惟日亟亟曰：「此神考志也。」抑思宣仁太后神考之母，司馬光、吕公著諸臣先朝所遺。爲人子者，誣先帝之母，逐先帝之臣，不孝莫大焉。

藝祖創法，歷世長治，安石、惠卿變更啓亂，神考寢疾，常心痛之。元祐欲復祖宗之法，不得不罪變法之人。蓋復法者其本志，而去小人者其餘也。紹聖欲罪復法之人，則託言紹神宗之政。蓋去君子者其本志，而紹述者其名也。蔡確起大獄，王韶取熙河，章惇開五溪，沈起擾交管，徐禧、种諤造西事，以至吴居厚鐵冶，劉定保甲，王子京、蹇周輔茶鹽，李稷、陸師閔市易，咸附麗王、吕，劊剥天下。即彼群奸，何嘗不心知其非？而黨與既成，富貴念急，反脣塗面，鬩堂而起。變法者塗炭海内，稱爲元功；復法者惠懷兆庶，詆爲罪府。母蓋子失而謂之歸過于君，臣行君令而謂之毁謗不道。務反公議，以快驅除，大防等復察奸不密，自破藩籬。一人操戈，舉朝喪氣，九年聖政，敗于須臾，邦國殄瘁，末如何已。然楊畏進于元豐，顯于元祐，遷于紹聖，徒號三變，不免惇怒。清臣謀相不得，惇亦惡之。狂婦遮呼，劾罷不起；賊臣先驅，潰閑無補。才人智士，尤戒失身。從横之學，寧足慕哉？

【校記】

〔一〕本篇又見《宋史紀事本末·紹述》。

〔二〕「畏」，原作「猥」，據文義改。

孟后廢復[一]

宋代册后，哲宗孟氏儀文尤備。宣仁欽聖教誨宫中，宰執大臣典司六禮，文德親册賀有賢助。劉侍御即明艷才藝，善順兩宫，帝與后亦未有間也。撤坐生怨，禱祠興獄，皆賊惇與郝隨搆之。時太皇太后已崩四年矣。群奸紹述，欲行誣謗，亟發難於孟后。其事以仁宗廢郭后爲辭，而無將之謀，視吕夷簡、閻文應尤加惡焉。然孟后廢於紹聖之三年，劉后立於元符之二年。帝雖寵婕妤，尚畏人言，久乃正位。使當廢后時，廷有諍臣，華陽之貶，庶遄阻乎？無如舉朝皆惇黨，何也？惇等附婕妤，謀廢后，先摭范祖禹、劉安世向日乳媪之諫，指爲詆斥，竄之遠方，鉗天下口。

孟后既廢，元祐諸臣死者奪官，生者流貶。同文獄起，上誣宣仁，海内謂之堯舜，賊臣比以吕、武。哆侈南箕，天地晦冥，苟不佐鬭，即稱善士。孰知父母有過，號泣三諫之義哉？鄒浩仗義批鱗，立逐新州；王回爲治南裝，逮詣詔獄。網羅之密，幾不容世有欒公，然究之非帝意也。皇城榜掠，孟后獄成。董敦逸傳會奏牘，猶爲呼冤，帝不加罪。浩疏停婕妤册禮，亦從容與辨，未嘗怒呵，帝豈憾后者哉？憾后者章惇也。宣仁功造王室而幾夷庶人，則不孫；神宗父道可改而反益其蠱，則不子；九年善政而自毁成勞，則不君；孟氏賢淑而廢居瑶華，則不夫。無道之名，受者哲宗，行者惇黨，天子不自爲，而大臣代之爲。下快其私，上蒙其惡，是謂極愚耳。徽宗初立，追先帝悔言，復后位號，蔡京等又祖惇説而廢之，暗君之勢，不敵賊臣，宋竟以此亡。嗚呼！

【校記】

〔一〕本篇又見《宋史紀事本末·孟后廢復》。

建中初政〔一〕

神宗十四子，八王早薨，惟哲宗與申王佖、端王佶、莘王俣、簡王似、睦王偲在。哲宗崩，無子，申王以目疾不得立。章惇屬意簡王，向太后不聽，而端王正位，是爲徽宗，竟喪天下。設建辟之時，朝議從惇，端王不帝，宋可無敗乎？然觀即位之初，詔求直言，龔夬、陳瓘、鄒浩、任伯雨等並列諫職。尊孟后，録忠舊，而蔡卞、邢恕、章惇、蔡京、安惇、蹇序辰諸賊以次貶罷，帝非不可爲善者也。

神宗有堯舜之資，王安石、吕惠卿相之，而熙、豐釀亂；哲宗非有終之主，司馬光、吕公著佐之，而元祐稱治。一人在上，豈能獨理？助其成者，二三執政爾。申、端諸王，才皆伯仲，無大過人者。幸而端王之立，斷出太后，賊臣不得攘功。帝亦有憾於惇，急收公論，奮其剪除，一年之内，獲睹清明。若立申王，惇將以蓋世之惡，挾定策之勳，鋭精紹述，害政殺人，必又甚焉。欲如建中靖國，其可得歟？太皇太后親立哲宗，邢恕、蔡確猶欲誣以廢立，自矜推戴。章惇祖之，圖爲霍光。其謀不成，社稷福也。豈容以商辛後日之惡，追非太史立嫡之諍乎？

帝初立時，曾布叱惇，柩前位定。帝遂惡惇而德布，不知布之姦深猶惇也。明年改元，而邪正雜來，蔡京既入，而小人專用。去一惇，進百惇，亂數究矣。太皇太后聽政九年，至元祐八年崩；向太后聽政六月，至建中元年崩。二后殂落之時，即奸臣變法之日。自古慮國家者患女主，而宋之亂反以無女主，故又世運一異也。

【校記】

〔一〕本篇又見《宋史紀事本末·建中初政》。

蔡京擅國〔一〕

蔡京以崇寧元年秋七月相，至五年二月而免。此五年者，王安石配享孔子，黨人立碑州縣。花石綱起，涇原寇至，大亂成矣。大觀元年春正月，京復相。三年六月而免，明年貶居杭州。京罷者二年矣，政和二年五月，又詔京三日一至都堂議事。宣和二年六月始致仕，則京又相者八年。迨六年之十二月，又詔領三省事，明年四月乃勒致仕。徽宗自即位迄乎北狩，在位凡二十五年，而京居相位者十七年，帝之紕政，莫非京爲也？

然歷年雖久，中罷者三。人方舄喪，忽然謝政，一陽來復，豈遂無時？迺以史考之，京崇寧之免，代相者趙挺之也，是以有大觀之入；大觀之免，代相者何執中、張商英也，是以有政和之入；宣和之免，王黼執政，是以有三省之詔。京、黼國賊，朋比無論，其他即能異同，究亦兩人類也。紹述建議，挺之、商英奮排元祐京籍，上書邪等。執中附麗立禁，姦深性成，物以類聚。帝雖薄京，忌其專政，或用趙挺之、劉逵、張商英、張康國以間之，或用鄭居中、劉正夫以察之，密勿翕張，自謂若神。不知群奸滿朝，探意離合，附京者倏而擊京，攻京者倏而援京。天心忽悟，寤寐旁求，皆京具體耳。且劉逵請毀黨碑，寬邪禁，直情不顧，不滿歲而余深、石公弼攻之，出知亳州。張商英入中書，有商霖之賜，釐革弊繆，輿望翕歸，不數月，爲張克公論罷。張康國始因京進，後寖崖異，京使人彈之。他日暴死，帝亦不問。惟執中柔慝，爲京盡力，久據政府，恩禮特殊。居中、正夫受命伺間，未幾罷閑，猶然首鼠〔二〕。王黼爲相，名反蔡京，毒痡無改。帝即疑京甚，京之所愛，無不進也；京之所惡，無不退也。最後京四當國，事決少子，蔡攸疾之，父子釁生，大姦始拔。是去京者攸也，非帝也。神宗於王安石，愛敬而不能罷，歷十八年而汴宋亂；徽宗於蔡京賤惡而不能罷，歷二十五年而汴宋亡。臯陶之《謨》曰：「在知人，在安民。」旨哉！

【校記】

〔一〕本篇又見《宋史紀事本末·蔡京擅國》。

〔二〕「猶然」，光緒本乙作「然猶」。

花石綱之役〔一〕

陳後主之亡也，三閣十客，長夜新聲，蔣山鳥語，臨平湖開，自賣佛寺爲奴，而終不能厭勝；隋煬帝之亡也，東京西苑，神山離宫，自長安至江都，開渠行舟，千乘萬騎，遼東歌作，而身死丹陽宫；宋徽宗之亡也，宫新延福，山成萬歲，花石應奉，雲擾東南，而青城之禍，蒙塵霄郡。甚哉！爲人君者，樂不可極也。

後主之樂，孔範、施文慶導之；煬帝之樂，虞世基、裴矩導之；徽宗之樂，蔡京、童貫導之。京之言曰：「泉幣嬴積，和足廣樂，富足備禮，此熙、豐法行之效也。」熙、豐之法誰爲之？王安石也。安石變法而正於元祐，元祐更化而反於蔡京。熙寧、元豐之説，小人所借以取富貴、空善類也。神宗有堯舜之志，而急於富强，安石則言新法青苗，藉口於泉府之「國服出息」；徽宗無漢武之略，而樂於廣大，蔡京則言豫大豐亨，藉口於周官之「惟王不會」。操説雖異，逢君則同。京固謂帑藏告盈，天子燕逸，則信熙、豐益堅。信熙、豐益堅，則任若輩益力。而不知色禽音酒，亡國形具，浸淫禍發而莫救也。其父好儉，其子好奢，封君大家，敗且立盡。天下雖富，南面雖尊，未有無度而不貧，既貧而不亂者也。朱勔黠徒，才劣桑、孔，薦進大官，遂領花石，搜巖剔谷，東南苦之。而京且曰：「山林間物，人之所棄，於民何擾？」

夫以萬乘之勢，爲民間之求，威福横溢，何必金車哉？草木竹石，費累百鍾，瓦礫臭腐，氣焰憑焉。所取者微，所挾者重，下弗堪而上弗覺，莫此爲甚。京奈何以欺人主也！方臘亂作，詔罷應奉，捷書方奏，王黼復啓行之。群奸相仍，意猶紹述，罔知天戒。佐元仙伯，惡於五斗之妖賊；壽嶽禽聲，哀於天津之杜鵑。《詩》曰：「戎成不退，饑成不遂。」蓋謂此也。

【校記】

〔一〕本篇又見《宋史紀事本末·花石綱之役》。

道教之崇〔一〕

漢武帝在位五十餘年，用兵斂財，疲耗海内，以至神仙土木，靡役不舉。幸不爲亡秦徽宗才弱，國家富强，非西漢比，頗慕漢帝縱逸欲，顧已極續者，大權在握，政不下移也。方士魏漢津、王老志、王仔昔、林靈素之徒，雜然並進，鑄九鼎，册道君，又何愚也！漢津本蜀黥卒，自言得李八百鼎樂，以聲律身度之説，炫惑天子。老志轉運小吏，云服鍾離先生丹，能測宫闈燕語。仔昔學儒不成，稱遇許遜，間焚符爲宫妃療赤目，技能微小，豈聞道者流？靈素晚出，言尤無稽，譽人主爲大帝，大臣爲仙官，貴人長秋，咸有名號。三尺童子猶掩口笑之，帝心獨善者〔二〕。萬乘之君，位尊志盈，所難者壽。又自以帝王有真，神靈非常，聞言内喜，馮虚御風，神霄玉清，旦暮遇耳。蔡卞帥越州時，張懷素爲言孔子誅少正卯，彼諫其已亟。楚漢成皋滎陽間疾戰，嘗憑高以觀，此最誕妄，而卞偏好之。漢津議樂迂怪，蔡京獨以爲神，君臣一心，馳騖恍惚。唐代宗崇釋氏，宰相元載、王縉、杜鴻漸無不佞佛者，所謂大觀在上也。然漢文帝信幸新垣平，至武帝而李少君等出；真宗惑汀州王捷，徽宗因而濫觴，作法于涼。爲子孫常，盍先慎諸？

【校記】

〔一〕本篇又見《宋史紀事本末·道教之崇》。

〔二〕「善」，光緒本作「喜」。

七録齋近集卷十三

婁東　張溥西銘　著
同里　張采受先
金沙　周鍾介生　閲

宋紀事論

金滅遼〔一〕

完顔阿骨打于宋政和四年叛遼，宣和五年即克遼五京，主延禧出走。說者曰：「遼起朔野，兵甲之盛，鼓行塞外〔二〕，席捲河朔，其地東至于海，西至京山，暨于流沙，北至臚朐河，南至白溝，幅員萬里，歷梁、唐、晉、漢、周、宋六代，世爲勁敵。阻卜、朮不姑大國十數〔三〕，西夏、党項、吐渾、回鶻等强國百數，咸奉臣制。女真即風俗鷙勁，苦耕善戰，舉事不十年，遂成大業。阿保機以來二百餘年之版宇，倏焉委土，何興之暴也！」

遼自太祖迄于天祚，國凡九主，其中在位久享令名者，惟聖宗隆緒。繼以興宗宗眞、道宗洪基，政令日替，諸部反側，延禧荒暴，末運增慝，亡形著矣。蕭文妃諷諫而賜之死，晉王敖盧斡有人望而遣人縊之〔四〕，蕭奉先用事而内外解體，耶律余睹叛而大臣效尤。至今讀《勿嗟塞上》與《丞相來朝》二歌〔五〕，未有不歎遼數之盡者也。女真烏古廼節度治兵，劾里鉢建官統部，盈哥討殺海里，累世强戰，心漸輕遼。

阿骨打性尤跋扈，天祚欲行誅戮，奉先止之。後即借釁阿疏，舉兵先發，飽鷹縱颺，欲使復馴，不可得也。混同江之戰，蕭嗣先敗績，奉先復爲掩罪，曲行肆赦，士心益懈。遂至黄龍失守，親征喪師，夾山一遁，悔恨何及？石勒奴事元海而擒殺劉曜，姚萇臣於苻堅而親鞭其尸。二虜兇殘，主皆英武，一朝犯順，禍竟滔天。天祚無能，既不敢望苻、劉，而完顔兄弟强盛，左勒右萇，彼爲風雨，此爲朽枯，知莫敵也。

北遼耶律淳者，興宗第四孫，雅好文學。燕京無主，張琳等以權立之，亡何病死。耶律大石以太祖八代孫，緣國破敗，建號萬里之外。寡母弱子，更繼迭承，幾九十年，雖名西遼，遼已亡矣。二人才非定難，志鮮勤王，見利則趨，遇險則止。休之拒宋，蕭察存梁，既絶而續，不亦難乎？

【校記】

〔一〕本篇又見《宋史紀事本末·金滅遼》。

〔二〕「塞」，原作「窽」，據光緒本改。

〔三〕「朮」，原作「木」，逕改。

〔四〕「斡」，原作「幹」，逕改。

〔五〕「匃」，原作「易」，據清初張刻本改。

復燕雲〔一〕

圖燕之議，國人皆曰不可，獨童貫、王黼納馬植邪説，鋭意用兵，竭天下之財，僅獲七空城。禍釁不解，幾亡宋室。其失策無論，或有疑者。山前後十七州，久淪左衽，藝祖、太宗屢爭不得。契丹數盡，幅員可還，唾手而讓之金人，心弗忍也。然金兵滿萬，勢可亡遼，即微宋助，天祚忽焉，遼窮曷歸？宋其壑也。設海道無通，國使不出，或受其來，或乘其敝，宋不惟無通金之患，兼有收遼之實。惜乎天予以時，人謀反左，今猶痛之。郭藥師憤蕭后不綱，以涿、易來降；張瑴傷燕民流離，據平州而歸我。

時宋兵威頗挫弱不振，一二將負弩掃境，願班朝列者，畏金人爲鸇獺耳。若政和以來，謀國諸臣蚤見及此，遼主告哀，撫而存之，使爲藩屏，齊桓公之所以全邢、衛也。抑金遼方争，坐觀成敗，縱得燕京，委而去之，必爲我有，唐太宗之所以制突厥也。長守二策，聘弓鏃矢，無出境外，燕雲可復，奈何徽宗不悟哉！女真最微，大宋之名，彼所震也。宋不與通，但乘遼後，金即有遈於遼，未敢遂無宋也。馬植獻議，無端遣使，名爲通金，實有求焉。金先易之矣。童貫出師，敗北負約；張瑴歸順，逋逃召兵。金先輕宋，而後敢責宋。其責宋者，一曰割地，二曰加幣，三曰納叛，使不相通，三責曷至？燕本可圖，而圖者非人。始欲望福，終乃要禍。賊臣開疆，天必不佑，王安石尚無功，況黼、貫哉？

【校記】

〔一〕本篇又見《宋史紀事本末·復燕雲》。

方臘之亂宋江附〔一〕

徽宗自崇寧改元，迄於宣和，荒淫怠政，幾二十年。方臘始因民不忍，造亂東南。雖術祖妖媪，左道易亡，洞谷幽深，地非四戰，然禍怨藴祟，爲日久矣。起事未幾，殘破六州，殭尸流血，殆二百萬。乘太平燕雀之秋，嘯緑林銅馬之惡，飆發勢重，豈小亂哉！帝耽逸樂，上下酣飲，忽聞睦州之變，憂懼擇帥，授兵童貫〔二〕。賴王淵、韓世忠諸將窮溪蕩穴，賊即掃除。貫竟儼爲功首，加爵太師，封公楚國。獻俘之日，舉朝相賀，不知内侍弄兵，四海塗炭，自此日甚也。

帝初理萬幾，尚思法祖。自童貫引用蔡京，進豐豫之説，而國用不恤；開鄯廓之役，而黷武無厭。花石應奉，驛擾江南。朱勔群奸，海内切齒。臘初作亂，王黼畏禍，匿不上聞。陳遘馳奏，天子動色。罷北伐之議，損御前之徭。紅巾六等，慮不即滅。而一舉蕩平，帝心益侈。漢武、楊廣，惟我爲之。于是圖遼師興，宋亂遂酷。青溪速敗，君子寧敢爲國慶乎？

唐玄宗時，安南國叛，遣楊思勖討平之，《綱目》致譏，不與寺人之典兵也。宋淳化中，王繼恩破李順，中書欲除宣徽使〔三〕，太宗曰：「此執政之漸也，命與他官，國史頌之。」神宗命李憲討鬼章，彭汝礪等極言不可；李舜舉以四郊多壘，責卿大夫，王珪媿不能答。掃除之流，不堪將帥之任，蓋國制也。童貫少出閫門，巧媚善伺，猥以魁幹疏財，久司軍旅，徇睦州之偶捷，啓燕山之顛覆，後即詔數十罪，斬首南雄，亦曷救萬一哉！

【校記】

〔一〕題目原無「宋江附」，據目録補。本篇又見《宋史紀事本末·方臘之亂》。

〔二〕「授」，原作「受」，據清初張刻本、光緒本改。

〔三〕「書」，原作「順」，據清初張刻本、光緒本改。

群奸之竄〔一〕

靖康元年正月，賜李彦死，殺王黼、梁師成。二月，誅梁方平。七月，竄蔡京，誅童貫、趙良嗣。九月，誅蔡攸、朱勔。此數凶者，朝夕道君左右，根重難拔。欽宗不數月間，斬僇無貸。太上二十五年之失德，一日而反之，可云非幹蠱哉？然王黼之死，戕於雍丘民家，諱之曰盜；梁師成縊於八角鎮，以暴死聞。帝既討賊，何惴惴焉！

唐代宗殺李輔國，非天討乎？不敢顯誅，遣盜入室，竊其首臂，賊臣雖死，於刑人于市則非矣。欽宗受禪，陳東請斬六賊。使從其言，立肆市朝，天威燀嚴，忠義激發，敵人聞之，惕於新政。國猶可爲，而帝不即斷者，曰：「即位之初，難殺大臣也。」夫安國家者謂之大臣，亡國家者謂之賊臣。群小賊耳，尚以大臣故，遲重不誅，此必中外賊黨爲此説以中帝心。帝特婦人之仁，優游不察耳。真宗崩，雷允恭移皇堂於絶地，明懷太后怒，欲誅丁謂。馮拯黨之，曰：「帝新立，毋急誅大臣。」謂遂得免。六賊之罪大於謂，其黨亦欲借以逃死，有兔爰爰，寧堪再乎？童貫開邊疆，朱勔禍東南，皆獲緩論。而蔡京罪首，竟保要領，失刑爲甚。時帝有李綱，且數進數罷，任賢貳矣，去邪必疑，公孫鞅所以笑梁王也。

【校記】

〔一〕本篇又見《宋史紀事本末·群奸之竄》。

金人入寇〔一〕

徽宗宣和之季，用兵燕雲，竭天下之力，僅得七空城。賊臣王黼、童貫、蔡攸、趙良嗣等重侯累相，封賞不貲。君臣舉觴，方慶奇功萬年，遠駕祖考。未幾，張瑴啓釁，郭藥師背叛，斡離不、粘没喝長驅並下。東幸不果，遂謀内禪。窮慾二十餘年，天人怨怒，不思改德，而欲廣封疆，强如秦隋，長城高麗，適爲亂階。况積弱之國哉？

欽宗爲太子，不聞敗度，踐祚之日，聲伎不親。靖康初政，能除六賊，宜若有爲。然朝議築舍，和戰無常。一人之身，乍賢乍佞，誤國喪師，其失不可勝道也。金寇渡河，帝詔親征，上皇行而天子守，計已定矣。白時中、李邦彦等忽倡出幸之謀，李綱以死争，始決備禦。亡何而和議紛起，親王出質，种師道宿將老謀，棄置不用。姚平仲斫營敗走，金人來責，欲罷綱以謝之。諸生伏闕，變幸少止。復割三鎮地以畀金，求其退師。寇在門庭，謀無一斷。兩月之間，紛更萬狀，狐裘蒙戎，所必亡也。

京師解嚴，防守盡撤，勤王兵集，而散之使去，講和無益，而求成不已。吴敏等留虜使，劫遼人，蠟書事洩，爲敵藉口。二酋席捲，敗降相繼。三鎮之棄守未決，四方之援兵不應。李綱罷，師道死，而妖人郭京直握兵柄，徒爲敵笑爾。

原欽宗之意未嘗不幹蠱，而其病在於畏敵；諸臣之意未嘗不畏敵，而其病在於忌賢。六賊雖去，李邦彦、唐恪、耿南仲等尚在，猶六賊也。始而謀幸，繼而謀和，小人之術盡矣。李綱用而主守，种師道入而主戰，二者國家之福，非小人之利也。賊臣同心，不急退敵，而急退綱。元年二月，罷綱命下，陳東等上書請留。軍民數萬，撾鼓喧呼，唾邦彦，殺内寺，義出衆憤。而賊臣即借以中綱，欲致太學諸生於獄。帝亦遂疑綱弗察也。外而不内，以奪其權；召而即罷，以困其身。建昌安置，若有隱憾焉。高宗即位，李綱入相，爲奸所排。陳東、歐陽澈上書〔二〕，黄潛善、汪伯彦害之，遽斬東市，亦以鼓衆間綱，而帝惑不解也。國家大亂，所恃者大臣，大臣所恃者人心，而綱獨以人心之歸，開二主之怒，宋事所以卒莫救也。

【校記】

〔一〕本篇又見《宋史紀事本末·金人入寇》。

〔二〕「澈」，原闕，據清初張刻本、光緒本補。

二帝北狩〔一〕

西晉之亂，成於惠帝，懷、愍繼之，國亡身弒。至今望平陽之塵，憤劉聰之逆，青衣戎服，三歎隕涕。不意幾百年後，又見之宋徽、欽也。然懷之繼惠，亡以六年；愍之繼懷，亡以四年。欽繼徽，直一年耳！盡室北遷，敷天同辱，亡尤暴焉。

懷、愍之世，劉、石虓横，大勢不支，鼃墜鯨吞，顛趾僵仆，天實爲之。若徽禪欽立，時非無可爲者也。靖康之冬，金人渡河陷西京，詔馮澥、李若水使金軍請和。既而兩河盡割，宗室往盟，京城陷，天子降。前者之失算無論，即以此日言，金陷河東於元年之十一月，劫二帝於二年之二月。盤桓大梁，四越月而後發，度其初，未必遽欲挾帝而北也。先質大臣，次質親王，甚而則臣天子；先棄三鎮，次割兩河，甚而則括京師。虜欲何厭？求而必應，則饕餮焉。

帝初至金營，金人尚無意留之，誤於何㮚，再往而執。金人固曰：「非我取之，彼自來耳。」磁人殺王雲，絳人殺聶昌，陳過庭諭降兩河，皆不奉詔。國勢雖危，人猶思宋。使欽宗仰觀帝座，車駕勿出，康王激於宗澤，師不左次，外則勤王四集，内則好言謝虜，飽慾而颺，未可知也。援絶財窮，輕身履虎，金不滅宋，帝先自滅，始墮青城，終隕五國。高宗紹興七年九月而聞道君崩，三十一年五月而聞淵聖崩。流離異域，久處益傷，又不如晉代永嘉、建興二主速朽爲愈矣。

【校記】

〔一〕本篇又見《宋史紀事本末·二帝北狩》。

張邦昌僭逆〔一〕

張邦昌居徽宗朝，頗乏諫論，惟乞取崇寧，大觀瑞應，增製旗物，求媚人主。金人入寇，附主和議。靖康初，進位太宰。未幾與李梲同罷，衆謂其私於敵也。二帝北狩，金立異姓，宋齊愈、王時雍等揣摩勸進，立爲楚帝。邦昌本無能，何金人暱之？度彼偕康王往質時，和柔謹媚，虜所易也。賊臣逆探其心，往來附和，南朝帝位，輕如鴻毛，則姑與置君耳。金師既退，吕好問、馬伸抗論利害，趙子崧移書反正。邦昌知人心不附，奉迎康王，南京定鼎，僞命罪彰。潭州之死，或云可恕。然華國半臂，僭辱宮闈，宣贊義兵，忠感風日。金營赭袍，無故帝之心；元祐册文，用柴后之禮。南面觀望，大逆何辭？好問濡跡存趙，猶蒙賢責，罷知宣州，寧論邦昌哉！

康王構建府元帥，不急國難，今年次東平，明年次濟州，忍視北遷，邀取大位，其無人心，與邦昌何殊？宜即位以後，姑息行貸，不樂其速死也。

【校記】

〔一〕本篇又見《宋史紀事本末·張邦昌僭逆》。

高宗嗣統〔一〕

徽宗三十一子，最賢者無若第十八子信王榛，最不肖者無若第十五子浙王構。靖康之難，榛匿真定境上，馬廣、趙邦傑奉以爲主。兩河遺民，聞風響應。榛奏書高宗行在，願總大軍，與諸砦鄉兵克日討賊。黄潛善、汪伯彦沮之，遂自亡也。構從駕北方，與劉彦文告上皇左右謀變，禍幾不測。上皇詞直，金人誅構。凡人不相及，如二王者，抑何遠也。康王構，徽宗第九子，史言其生東京大内，赤光照室。又云朗悟彊記，日誦書千餘言，挽弓石五斗。帝王之姿，或有天命。然觀其出使金軍，應對無聞，爲虜所輕。承詔開府，逍遥自全，京城坐陷。以彼庸才，豈但中人以下乎？景王杞盡孝上皇，北行頭白；鄆王楷等流離異域，死生失所。此即不能倡義復讎，立功函夏，猶獲追隨父兄，蒙塵相守。構獨擁兵居外，乘危履尊，跡雖順于靈武，心猶逆於安東，其無臣子禮，寧異浙王哉？金營再遣，宗澤固留，民殺王雲，大位有屬。假令信王當之，統金石之旅，任忠義之臣，馳驅大河，中原可復。而康王先立，束手何爲？天欲宋室偏安，非人力也。

【校記】

〔一〕本篇又見《宋史紀事本末・高宗嗣統》。

李綱輔政〔一〕

予讀《宋史》，至紹興十年觀文殿大學士隴西李綱薨，廢書而泣曰：「王之不明，孰有如高宗構者乎！」

綱在政和、宣和間，屢發讜言，被遷謫。金人入寇，上策禦戎，決内禪議，爲欽宗所知。靖康元年數月間，旋用旋罷。卒至汴京不守，二帝北行。凡綱議論設張，忠誠勇毅，從則存，違則亡，非構親見聞者哉？既即大位，守召入相，十事論奏，頗見收納。僅七十七日而罷，則何爲也？綱于靖康排和議而主戰守，于建炎誅僞命而諫南遷。其言最質，非好高論。而賊臣闇主，動色相戒，狐疑不決，必去之後已，此必有深累其心者矣。黄潛善、汪伯彦二三小人，日夜求和，爲構言熙陵九葉。上皇三十二子，僅存陛下，又未有儲貳，奈何輕自蹉跌？聽其言惓惓小忠，抑何似兒婦人也！古來不肖之君，言宗廟社稷則震而若遺，言妻子四體則戀而不割。趙構徼時竊帝，偏安自足，涉淵履虎，惟恐身爲金俘，二聖中原，豈所亟哉？

潛善等牽衣執手，囁嚅耳語，以婦寺之説，中愚柔之心。構方德其愛我，而綱必欲强之經營西北，有進無退，宜其萬説而萬不當也。淵聖初年，金人責盟，李邦彦請罷綱以謝之。及構召綱，顔岐、范宗尹等猶祖是説，齮齕其來。宋齊愈佐張邦昌僭位，大逆當誅，而張浚賢者，反以此罪綱。國是不明，害成者衆。迨陳東、歐陽澈刑東市，許翰著哀辭，而構遂明與綱讎矣。建炎三年〔二〕，粘没喝至，構遽南奔，詔録邦昌親屬，而綱獨不赦。紹興二年，宣撫湖廣，蕩平群盜。未幾，爲吕頤浩、徐俯、劉斐所劾罷。終綱之身，名聞燕山，道窮南渡。彼趙構者，見逼金虜，如越如温，在明在杭。居海舟，泊港口，流離殆死，營營青蠅，不一悟也。唐德宗於陸贄，用之艱難之日，棄之無事之時，後世譏其極愚。構於李綱，則尤甚焉。德宗猶念母，而趙構忍忘父也。

【校記】

〔一〕本篇又見《宋史紀事本末·李綱輔政》。

〔二〕「炎」，原作「延」，逕改。下同。

宗澤守汴〔一〕

高宗構之奉帝命往金軍也，汪伯彦以帛書請莅相州，櫜鞬郊迎，握手慰勞。君之知臣，固謂其能出我於險也。然金人要構議和，時構繇滑濬至磁，王雲與俱，將蹈虎口。宗澤叩馬力諫，得免北行。生我之德，大於伯彦，構何不念也？伯彦以人言去國，建炎九年知宣州，過闕。構語秦檜，追懷舊寮，有漢高豐沛、光武南陽之思，獨置澤若讎。好所惡而惡所好，寧人情乎？

伯彦當靖康改元，猶獻《河北邊防十策》。黄潛善事徽宗，尤闒冗無聞。陝西地震，察訪失職，見譏朝論。構忽拜爲副帥，召入中書，與伯彦同處肘腋，左周右召，親厚無比，遂使澤志不申，疽發身死。抱武侯之忠，嬰亞夫之疾，澤則已矣。構之不才，何以對劉禪也？

澤少豪儻，有大略，登元祐六年進士，廷對昌言，考官惡直，累試郡邑，國爾忘家。既聞女真海上之盟，即退居東陽，結廬山谷，管樂命世，出處不苟。靖康難起，願使北庭，兩河敵衝，單騎經理。及入援都城，謀邀二帝，請誅僞命，力守汴京。累章還駕，克日渡河，智勇冠文武，忠義動天地，而二賊爲梗，大事不成。計澤通籍以來，更事三主，功名不達。

得時奮節，惟在高宗。迺三十年而淪滯空老，不二載而憂憤喪軀。生發雷電之光，没灑祁山之淚，英雄失路，孰有甚於宗忠簡者哉？

構性無良，幾同夷虜。金人所愛，構亦愛之；金人所讎，構亦讎之。既悦汪伯彦、黄潛善，則必相秦檜；既怒李綱、宗澤，則必殺岳飛。《詩》云：「有靦面目，視人罔極。」構則吾不知其極矣。

【校記】

〔一〕本篇又見《宋史紀事本末·宗澤守汴》。

兩河中原之陷〔一〕

欽宗靖康二年之五月，康王構即位于南京，改元建炎。首拜黄潛善爲中書侍郎，汪伯彦同知樞密院事。識者危之，曰：「此剥道也。」然李綱内相，宗澤外將，河北置招撫，河東置經制，立帥府，討群盗，張所、傅亮等克任其職，兩三月間，國幸無警。少康造夏，其斯時乎！

乃李綱一罷，帝即流播。元年十二月，失西京。二年十二月，失北京。三年九月，失南京。四年二月，失東京。其間郡邑破亡，叛盗紛作，六宫車架，絡繹道路，求爲匹夫，幾不可得，則何爲也？欽宗之如青城也，粘没喝邀之，范瓊等迫之，猶曰：「命懸金虜，不敢自谿。」康王爲帝，其時可以立矣。張邦昌既逐，國無僞帝之疑，斡離不復死，敵有漸殺之勢。綱行十事，務合人心。澤又洒掃舊京，引領車駕，自應天達開封，通邑大都，惟我馳驅。而徘徊不行，逐綱致亂，自作之孽，不可活也。

綱在靖康，間用間舍，雖未大任，尚留數月。建炎登朝，僅七十餘日爾。傅亮經營方始，而責其無成；宋齊愈大逆當誅，而罪以私意。事莫急于招兵買馬，而指爲失策；政莫大于定都用人，而斥爲狂言。綱甫罷竄〔二〕，諸賢盡空；左右謀國，惟有汪、黄。金寇四至，欲奔無所，内侍進痛哭之談，三軍發斷頭之憤。帝終不悟，而心曜之，十世山河，必不復矣。

史言徽宗失國，愚非晉惠，暴非孫皓，篡奪非曹丕、司馬炎，獨不幸而有子厄。一敗于欽宗，而明皇絶西内之望；再敗于高宗，而愍帝蹈平陽之轍。神龍繼父，則夫婦義喪；建炎繼兄，則父子道亡。固可同類而並笑也。

【校記】

〔一〕本篇又見《宋史紀事本末·兩河中原之陷》。

〔二〕「甫」，原作「輔」，據康熙本、光緒本改。

南遷定都〔一〕

高宗構之南渡，法晉元也。然瑯琊建號，適遘五胡，長安既陷，中原分割，擇地建康，誠非得已。靖康初年，金劫二帝，即捲旆北還，大宋土地棄而不有。趙氏子孫可自取之，反奔走東南，拱手讓虜，何無策也？金陵天險，孫吴舊都，東晉建邦，王氣方盛。陶侃擁三州之旅而郢外安，王導爲分陝之計而江東立，史書美焉。錢塘當三吴一隅，錢鏐襲王，不能獨立，嘗朝北方。陳亮以爲地下西湖，其城可灌，而苟且圖存，謬云建鼎，非所以樹不拔表四方也。構初在道，宗澤勸其速趨應天〔二〕，遂即大位。既而張邦昌入朝，汴京虚席，澤累表請還，帝不省而反幸揚州。忠臣望君，欲其自南而北；暗君自棄，反自北而南，枘鑿甚矣。天子東走，中原盡失，不得已而如鎮江，如平江，如越州，如明州，如温、台，航海避兵，蹙蹙靡騁。廼擇臨安而止，曰：「此固中道，我所宅也。」抑思帝果還汴，兩河股肱，陳師鞠旅，顧盼興復，即建康、襄、鄧尚屬下流，何有於錢塘之偏方、霸國之餘氣哉！

構惟都杭，而後以京、洛委金；金惟徙汴，而後以西北委元。元起漠北，一舉取燕遼，再舉取河朔，又再舉滅西夏。因而掇秦雍，傾汴蔡，穿巴蜀，繞大理，始專攻宋。陷襄陽，破江淮，入臨安，而混一遂成。李綱、宗澤揣摩形勢，當日若豫見之。而構貪小安，愚愎坐削，質本豚犢，責以龍虎，宜弗任也。咸淳、德祐之禍，事雖發於理宗，基實成於趙構。構且有亡宋之罪，惡敢與瑯琊王睿並齒中興哉！

【校記】

〔一〕本篇又見《宋史紀事本末·南遷定都》。

〔二〕「速」，原作「決」，據光緒本改。

金人渡江南侵〔一〕

高宗構之棄汴京、建康而都臨安也，利與敵遠，苟幸偏安。乃金人日夜蹙之，越、明、温、台之間，奔走不給，大海遇敵，幾覆膠舟，周平、晉元不若是顛沛也。爲帝策者曰：「駐蹕之地，勁虜萃焉。且戰且避，急而航海，可以濟難。」若然，帝幸汴則汴病，幸蜀則蜀病，幸金陵則金陵病，幸武昌、長沙則武昌、長沙病。六合雖廣，一身莫容，帝遂無死所乎？及觀建炎間，韓世忠江中之戰，岳飛廣德、新城之捷，兀朮狼戾，不敢窺江。益痛構謀不臧，自貽伊戚也。李綱罷，而黄潛善、汪伯彦相，則帝無腹心；宗澤卒，而杜充用，則帝無股肱。人未有腹心、股肱既潰，而四體保無僵仆者也。劉豫專任濟南，而叛附撻懶；苗傅、劉正彦統制扈從，而稱亂行宫；杜充總閫江浙而迎降兀朮。一二三王臣盡起反戈。時帝所錮者李綱，所殺者陳東、歐陽澈，所録用者張邦昌親屬也。天下皆知帝獎逆賊而惡忠義，其誰不亂？金人乘鋭邀敝，欲生縛兩宮，知天子在臨安，則有滁、和入江東之師；知隆祐太后在洪州，則有蘄、黄入江西之師。連歲流離，四京盡没。構即卑詞祈請，奉朔稱臣，無如粘没喝〔二〕、劉豫諸賊不肯爲夫差之赦句踐、楚莊之哀鄭伯。何也？劉光世逍遥棄師，清人所刺，使當時將帥盡與等夷，構欲自比大金、龜兹，不可得矣。

【校記】

〔一〕本篇又見《宋史紀事本末·金人渡江南侵》。

〔二〕「喝」，原作「罕」，據光緒本改。

苗劉之變〔一〕

苗傅，上黨宿將，高宗構建元帥府時，即隸麾下。劉正彦繇王淵進官，用劉晏計平賊丁進。兩人即非大將材，兵事所素習也。建炎三年，構從淵議幸杭，内侍撓權，淵驟貴顯。傅等積不能平，結衆作亂。赤心軍起，黄卷謀洩，使淵先事知戒，或免潰裂。而寡備殞軀，兵犯宫闕，康履腰斬，睿聖避位。以沙中之小憤，成廢君之大逆。賊徒初心，度未及此，因變激極，則挺甲晉陽爾。朱勝非于靖康朝權守應天，遇敵逃逸。後議蹕南京，逢主命相，特進五官。其人委蛇，類無奇節，而浮沉陰陽，倖不爲賊忌，得以獨對太后，密結燕人，勤王既至，乘便遊説，帝位復安。

夫苗、劉二兇，勇非萬夫，智無成畫，臨以大兵，必鳥獸竄。所慮者騎虎交抗，奸人憑危，萬一殺構，以絶人望。國無長君，隆祐太后雖賢，抱三歲兒，孤立賊中，臨安鼎沸，大事去矣。勝非豢擾賊鋒，使無害帝。遣梁夫人迎韓世忠，而諸將鼓行；率百官朝睿聖，而乘輿反正。北闕師來，賊乃夜遁。當日群臣協力，大功有三：殲渠魁者韓世忠，集義兵者張浚、吕頤浩，保聖躬者朱勝非也。若趙構倚任汪、黄，身同亡虜，股肱無鷹揚之佐，衛從皆跛扈之臣，危如累卵。猶仗中官，得罪祖宗，天命自絶。苗、劉樓下之言，未嘗不深中主慝。幽厲無道，豈爲申、戎未滅哉？

【校記】

〔一〕本篇又見《宋史紀事本末·苗劉之變》。

平群盜〔一〕

徽宗在位日久，荒樂釀亂。至宣和二年而方臘陷睦、歙、杭州，三年而宋江掠京東諸郡，魚爛鳥駭，勢幾蜩螗。然六師張皇，清蕩立奏，禍猶未烈也。末年寇擾山東、河北，數萬成群。高宗即位，徒黨蜂結，累歲不解。其間雖張遇降於王淵，丁進、楊進降於宗澤，郭仲威降於周望，戚方降於張浚，獸聚望風，間能革面，亦數服數叛，迄無寧時。迨岳飛用而賊始殺矣。洪州之戰，馬進授首；江淮之役，張用袒迎。李成敗而襄、漢平，楊么破而荆、湖靖，以至走曹成，擒彭友，盡天下之賊，莫有與飛鬭者也。或謂晉之十六國，劉、石之餘；唐之藩鎮，安、史之餘。宋當靖康、建炎間，金虜蹂躪，中原淪没。有大盜起，乘虚晝疆，建青社，長子孫，其誰問之？徒挺戈野集，自同狗鼠，何無能也？然永嘉之亂，匈奴左部帥劉淵結五部，據離石，紹劉而爲漢。後九年，石勒以上黨武鄉羯起，群盜據襄國而爲趙；後冉閔因石氏據鄴，爲後趙；慕容廆以棘城鮮卑起勤王，爲燕；苻洪以洛陽氏有關内，爲秦；而凉以晉官，成以晉民，各有國裂土。其後秦分二，燕分四，凉分五，凡爲戰國者一百三十六年。唐則魏博傳五世，至田弘正入朝，十年復亂，更四姓，傳十世，有州七。成德更二姓，傳五世，至王承元入朝。明年，王庭凑反，傳六世，有州四。盧龍更三姓，傳五世，至劉總入朝。六月，朱克融反，傳十二世，有州九；淄青傳五世而滅，有州十二；滄景傳三世，至程權入朝，十六年而李全略有之，至其子同捷而滅，有州四；宣武傳四世而滅，有州四；彰義傳三世而滅，有州三；澤潞傳三世而滅，有州五。其爲亂也，或據中國以自强，或借天子以自大。篡逆生於境内，而家人猶世守；爵命取於天朝，而威福仍己出。共主贅旒則遷鼎無罪，羈縻勿絶則九伐不加。盗賊帝王，各因勢便，趙宋群寇，非其倫也。饑亂相煽，村塢剽發，潰兵梗卒，復因隙蹈瑕，烏合衝突，志不大于元海，衆不猛于漁陽，據城走胡，謀無先定。中國大將，建鼓而出，以次掃除，即就殄耳。劉豫一假朝命，捲土入金，虜人用之，畀地稱帝，令其南牧，宋遂受敝。資其勢而與以名，朝廷之權，反制於逆賊矣。小盗貴恩，大盗貴威，强者弱之，合者離之，得其術則盗皆兵，失其術則兵皆盗，非岳飛、韓世忠，師貞莫仗也。

【校記】

〔一〕本篇又見《宋史紀事本末·平群盗》。

金人立劉豫〔一〕

劉豫、杜充皆進士登第，爲國守臣，叛降金人，蒙面無忌，不過欲爲張邦昌耳。充至雲中，粘罕薄之，久乃命知相州，猜阻同列。後爲胡景山所誣，下吏炮掠。豫賂撻懶，立爲齊帝，僭號八年。金主惡其喪師，令兀术入汴，囚諸金明池，立行廢徙。一賤奄奄，同葬蠻夷中，未云得意也。

豫少無行，嘗盗同舍生白金盂、紗衣，言者擊之。徽宗亦笑其河北種田叟，不足比數。

金師南下，即棄官避亂儀真，有何殊能？而張愨薦拔，授以山東劇郡，生其叛逆。昔漢文帝與匈奴和親，使宦者中行説傅翁主，説不欲行，漢强使之。説曰：「必我也，爲漢患者。」既至，因降單于，教其桀驁，侵擾無已時。劉豫慮山東多盜，不欲往濟南，請易東南一郡，執政不許。豫忿曰：「行必爲禍」。既敗，金圍，果殺關勝，縋城納款。彼先有逆志，而假以鐏柄，是導之亂也。豫降金兩年，位僅牧守，撻懶納其重寶，言於粘罕，高慶裔、張浹復爲遊説，始册尊位，都大名。既以叛往，又以貨取，其謀帝也，視邦昌加勞矣。紹興七年，金高慶裔誅，粘罕憂死。豫失内援，遂徙臨潢。北面虜主，予奪唯命，其何敢怨？豫初帝時，劉長孺勸反正，邢希載請通宋，誅囚不顧。金盡畀以中原，連兵入寇。盜如李成、劉忠等敗則奔豫；將如孔彦舟、徐文等，敗則降豫。逆賊建瓴，逋逃趨壑，藕塘大敗，金始知其無能也。邦昌之僭，金人欲之而邦昌因之；豫之僭，豫欲之而金人因之，然金人立邦昌則去汴，立劉豫又聽徙汴，汴豈金人敢有乎？亦曰中國帝都，使中國人守之，犄角病宋，斯可矣。迨賊檜主和而後，汴果入金也。高宗聞豫叛，厚撫其黨，名爲大齊，冀稍紓難，而分寇益急。趙鼎力贊親征，下詔暴罪，即諸道兵合，金齊敗北。討賊攘夷，有進無退，其明效也。劉豫既廢，汴虚無人，岳飛、韓世忠請乘機恢復，又置不問。李斯曰：「胥人者，去其幾也。」構之不明，豈特胥人而已乎？

【校記】

〔一〕本篇又見《宋史紀事本末·金人立劉豫》。

張浚經略關陝〔一〕

張浚于建炎三年治兵興元，圖復中夏，四年而即有富平之敗。經營歲餘，兵食未厚，輕鬬喪師，甚非策也。曲端雅長將略，剛愎陵上，奪王庶使印，盤桓涇原〔二〕，跡近跋扈，飛文日勝。浚務攬豪傑，百口保之，拔爲大將。端有人心，宜爲知己者死。婁室深入，端議持重，與浚不合，安置萬安。富平敗績，浚追思用端，又信吴玠、王庶之譖，殺于恭州。一人之身，忽賢忽佞，始堅信而終讒死。刑罰失平，浚豈無罪？然觀其中興初議，彼志固無日不在王室也。苗、劉亂定，帝位新復，浚請任陝蜀，勵師待駕。赴軍之日，誅賊臣范瓊，始發建康。忠義貫天，枕戈待旦，慷慨四顧，豈讓劉琨、祖逖哉？

吕頤浩背扈蹕、武昌之議，勸都臨安。金寇奄至，六飛播竄，聲勢不接。浚志益鋭，積粟練兵，事稍辦集，即合五路之師，紛紜一戰。彼蓋積憤腥羶，急欲求勝，曲端老謀，疑爲退縮，棄不問也。富平既敗，退守興、閬，猶任劉子羽、吴玠、吴璘等力拒金人。紹興年間，和尚原、仙人關師屢告捷，成效可見。而讒疾内作，罷居福州，悠悠多口，關陝是責，獨不念澠池奮翼，功著全蜀乎？昔馬謖敗于街亭，不病孔明三分之烈；任福敗于好水川，無害韓琦西夏之勞。論人者舉其重，不舉其細也。浚在炎、興，即不能追踪二臣，而君子原之曰：「斯人也，志大于才，功浮于過。」闇主當陽，賊相接踵，有一浚而復獄以富平之役，則下無勸矣。且端死非辜，浚固無辭責。至潰軍如趙哲，而謂之濫殺；才略如劉子羽，理財如趙開，善戰如吴玠，謂之失任。譖人太甚，又何以服浚乎？

【校記】

〔一〕本篇又見《宋史紀事本末·張浚經略關陜》。

〔二〕「原」，原作「源」，據清初張刻本、光緒本改。

吴玠兄弟保蜀〔一〕

張浚始劾李綱，晚郄趙鼎，信王庶而曲端死，用吕祉而酈瓊叛，開誠善任，疑非所長。而世稱知人者，以保蜀功高，能得吴玠兄弟力也。玠善騎射，有志節。弟璘從戰，累立功。劉子羽誦其材勇，浚始委以兵政。富平之役，玠議據高阜，無輕動，浚不從而敗，關陜盡失，人無固志。玠、璘收合散亡，誓師堅守，一捷于和尚原，再捷于仙人關，蜀中無恙。數年以來，屯田養兵，西人再造，厥功偉矣！

玠亡之後，虜復決隄，璘大敗之扶風，自是蜀不被兵者二十餘年。迨金亮入寇，黄牛告警，璘奮義出師，商、虢、河源、德順、環州，次第收復。而班師命下，三軍十三州復爲敵有。蓋紹興十年之戰，主割和尚原者，秦檜也；三十二年之戰，主棄三路者，史浩也。即璘一身，厄於權臣者數矣。

李牧撮臂之悲，道濟投幘之恨，生逢趙構，所見皆然，寧特武穆片紙，痛填天地哉！劉子羽協力守險，轉敗爲勝；胡世將文臣專閫，不改成規。力志公忠〔二〕，庶幾張浚，故玠、璘樂與同功也。

【校記】

〔一〕本篇又見《宋史紀事本末·吴玠兄弟保蜀》。

〔二〕「力」，清初張刻本、光緒本作「立」。

岳飛規復中原秦檜害飛附〔一〕

蜀漢之諸葛亮，唐之郭子儀，宋之岳飛，三人皆間世而一出者也。亮志慕管、樂，學問過之，君臣誼深，三分遂定。後主闇弱，委任無改。子儀廓清兩京，再造唐室，遭逢肅、代，厄于宦豎，幾危而安。飛平群盜，破僞齊，累敗金虜，唾手中原，而賊檜内間，片紙獄死。

三人齊烈，名在呂望、姬旦之間，而飛獨不幸，傷哉！

杜郵爲飛謀者曰：「郾城之戰，兀朮窮哭〔二〕，復河南，修諸陵，功見旦夕。班師之詔，少緩無應，駐師汴京，請帝臨幸。然後還二聖，取燕雲，爲宋定鼎。」檜即妒飛，欲責以專擅，其何之辭？然飛大將，固儒者也。晉獻公欲殺申生，或曰：「子其行乎？」申生不從，自縊新城〔三〕。屈原所吟澤畔，漁父諷以隨流揚波，原悲而作《懷沙》之賦，竟投汨羅。兩賢非不知委蛇可以免難，而守死不移者，以爲爲人子、爲人臣，道當如是也。

飛性忠孝，讀書好禮。子雲數立奇功，朝命每及，懇辭再三。與張浚議不合，即上章解兵柄，步歸廬墓。行師之際，輒俟帝命，未嘗自專。高宗稱其小心恭謹，難進易退，勇戰樂讓，蓋彬彬焉。將在外君命有所不受，大夫出境，苟利社稷，專之可也。飛學《春秋》，豈不知之？馮奉世使外國，莎車王不順，矯節殺之。宣帝賀韓增舉得其人。陳湯、甘延壽出西域，患郅支單于侵陵烏孫，發兵斬首。石顯、匡衡欲沮其賞，劉向爲之頌功，皆得封侯。彼生當太平，徼釁蠻夷，天子嘉勞，不罪矯制。飛復讎報國，一舉蕩平，稽留數日，建功不世，廟堂即無人心，豈能加擅兵之誅哉？涕泣奉詔，不敢不還者，誼尊朝廷。君父無諾，寧經不權，與申生、屈原同歸爾。高宗構手書精忠字，製旗賜飛，又召入内，委以中興御札數篋。好語無實，惑于賊檜，不顧墜淵，以人間之至愚，天性之極賤，而飾以浮譎，御以忮忌，亦何所不爲也？韓信挈天下以與漢高，身族菹滅，世莫不恨高帝之忍，猶有曲諒者曰：「彼爲子孫計，不得不殺人以利己也。」飛之利高宗構大矣。反其父兄，還其故疆，庸人皆喜，而構反爲讎，非讎飛也，直讎親爾。秦檜逆構，構逆二聖，兩逆比而飛死，痛哉！

【校記】

〔一〕題目原無「秦檜害飛附」，據目録補。本篇又見《宋史紀事本末・岳飛規復中原》。

〔二〕「朮」，原作「木」，逕改。

〔三〕「新」，原作「析」，據光緒本改。

順昌柘皋之捷〔一〕

南渡名將，張俊、韓世忠、劉錡、岳飛並稱。俊起群盜，著名勤王，既而附秦檜，忌錡殺飛，爲宋罪人，戰功雖多，卑不足道。錡號善射，官隴右都護，名震夏人。張浚奇其才，使經略涇原。然富平之潰，敗北同貶，後掌八字軍，亦未有赫赫功也。紹興十年，金人分道入寇，陷河南、陝西州郡。吴璘捷于扶風，而撒離喝走鳳翔；劉錡捷于順昌，而兀朮走汴。于是錡威名讋夷夏，與韓、岳等矣。説者謂韓信造漢，功先泜上〔二〕；周瑜霸吴，氣凌赤壁。順昌之役，出奇制勝，追蹤二者，繇義存急難，志誓必死，故能以逸待勞，以寡擊衆也。然十年六月捷順昌，十一年二月捷柘皋，不數月間，錡兩立大功，克復中原，事在旦暮，竟爲賊檜所敗，志士痛焉。

虜寇大入，檜陰爲主，一年之内，扶風、順昌、京西、涇州以至郾城、朱仙鎮諸戰，金無不敗〔三〕。社稷之慶，賊檜之憂也。講和議決，計出班師，飛且不容，何有于錡？尤可異者，宋將方還，虜即狎至，屠宿州，陷慶陽，陷壽春，入廬州，陷商州，皆在韓世忠諸大帥罷兵之日。要盟無信，明效見矣。而趙構不悟，倚檜腹心，今日罷錡，明日罷飛，快敵人之憤，隕先帝之業。桀紂亡身〔四〕，未有愚于此者也。錡慷慨沉毅，忠義憂國，頗類岳飛。猥攖檜忌，廢處散地二十餘年，即無夜半片紙，填尸牢獄，而老將杜門，清凉同慨。賊臣害正，非殺之，即錮之，國命安得不墜乎？

【校記】

〔一〕本篇又見《宋史紀事本末·順昌柘皋之捷》。

〔二〕「功」，原作「宫」，據清初張刻本、光緒本改。

〔三〕「敗」，原作「敢」，據清初張刻本、光緒本改。

〔四〕「亡」，原作「忘」，據光緒本改。

秦檜主和 檜死附〔一〕

賊檜以建炎四年冬十月自金還，紹興元年春二月參知政事。倉皇北來，不半載而登政府入相，未有易焉者也。既與吕頤浩交構罷位，榜罪朝堂，進用之路塞矣。久之，張浚薦復官，遂專相十八年，封王，身死，享年六十有六。以王安石之得君，兼蔡京之久任，和議成而國是亂，遂爲賊臣首。或曰：「汪伯彦未第時，授館於王氏，檜嘗從之學。後日主和，即伯彦志也。」或曰：「金主吴乞買以檜夫婦賜撻懶，見任用。粘罕寇淮上，檜爲草檄，室撚所親見。其歸，蓋金諜也。」檜固國賊，狙逆無論；高宗構亦人主也，忘讎委身，寵終無貳，獨何心哉？

苗傅、劉正彦之亂，帝諭歸營，傅等曰：「陛下不當即大位，將來淵聖歸，將何以處之？」韋太后南旋，淵聖卧車前泣〔二〕，願得太乙宫使，太后與誓而別。及居慈寧宫，遂不敢言。帝之忌兄，而不欲其歸，其本心也。而性復畏敵，檜揣而持之，相得益深。紹興之初，道君未崩，帝即求和，檜説之曰：「脱引日不和，上皇與宣和皇后不能待，此終天恨也。」紹興六年，聞上皇喪，檜又曰：「今所存者獨淵聖，可以和矣。」始歆帝以愛親之名，而使之不忍不和；終教帝以拒兄之實，而使之不得不和。帝遂以檜爲知我厚我，群臣莫及也。辱莫大於事虜，而自稱爲孝；害莫重於割地，而反號曰仁。至於殺岳飛，而人道絶矣。靖康時，金人攻汴，求三鎮。檜上兵機四事，力闢和議。張邦昌之立，同馬伸進狀，乞存趙氏。當日天下皆賢檜，而不知異日所爲，甚於邦昌、劉豫也。游酢大儒，而目檜以苟彧；胡安國説《春秋》，而薦檜於群賢。

紹興二年之逐臺省正士，坐檜黨落職者二十餘人，張浚、趙鼎並墮術中，悔無及也。假令王莽死于建平，謙恭流譽；秦檜死於靖康，忠直著聲。豈非兩賢士大夫乎？天顧優以年而稔其惡，此固凶人之分必極，而大奸之醜必露也。檜與頤浩同事，則傾頤浩；與浚、鼎同事，則傾浚、鼎。飛死以後，殺機日動，趙汾之獄，浚等五十三人皆坐大獄，以病不能書而止。度檜初年，陰鷙樂禍，豈遂至此？而人老勢盈，騎虎莫制，豯其下達然乎？帝構初奇檜，繼惡檜，後愛檜，晚復畏檜，厥念不恒，而同歸不肖。漢靈帝父張讓而母趙忠，難以常情論也。

【校記】

〔一〕題目原無「檜死附」，據目録補。本篇又見《宋史紀事本末·秦檜主和》。

〔二〕「泣」，原作「往」，據光緒本改。

七録齋近集卷十四

婁東 張溥西銘 著
同里 張采受先
金沙 周鍾介生 閲

宋紀事論

金亮之惡〔一〕

宋自藝祖受命，歷太、真、仁、英，代有令主。至徽、欽而戕於金人，帝后播遷，陵廟糞土，古今夷禍，莫此爲酷。趙氏南渡，一矢無遺，而天會、明昌，儼然帝制。竊意天道好還，何獨不信？迨完顔亮立，淫戮放恣，始信彼蒼假手爲中國反爾也。白山黑水，函普發祥，娶六十老女，種類繁育。劾里鉢生數子，阿骨打、吴乞買最强，滅遼伐宋，虐戾已極。吴乞買死，合剌即位，即阿骨打孫也。亮亦孫行，覬覦謀篡，夜半抽刀，衆呼萬歲。自是吴乞買後七十餘人盡誅滅焉。劉淵叛晉，劉聰因之，烝母殺兄；石勒亂華，石虎因之，厥宗屠膾。

二虜雖免身刑，禍窮繼體，懷愍平陽，報施不爽。

亮性殘獷〔二〕，倍於聰、虎，弑兄自立，誅宗族，淫骨肉。六年以内，殆無虚日。即蠻夷無禮，烝報忿殺，自其國俗，胡爲衽席怨毒於家人尤亟乎？粘没喝、斡離不席捲汴京，兀术、撒離喝盡鋭南牧，金源將帥，爲宋難者，無若四賊。亮或族其家，或淫其女，生戮死辱，靡有孑遺。假令大宋天討，直擣金都，鞭墓處宫，决不至此。而門内傷夷，慘極未有，婦姑姊妹皆充嬪御，母子兄弟不保腰領，昊天惡金，豈在劉、石下哉！然趙構南面忘讎，甘爲金役，而冀彼内亂，託天言報。子胥男玉〔三〕，懷媿實多。亮統三十二總管之師，飲馬長江。宋不敢訟言其罪，如漢王之責項羽，舉朝皆婦人，亮死猶笑之矣。

【校記】

〔一〕本篇又見《宋史紀事本末·金亮之惡》。

〔二〕「獷」，光緒本作「毒」。

〔三〕「男玉」，光緒本作「勇士」。

金亮南侵〔一〕

苻堅大舉寇晉，投鞭斷流而敗於淝水；金亮舉國南侵，氈帳相望而敗於采石。二者皆氣盈激極，禍不旋踵，所謂兵驕者敗也。然堅之寇晉，慕容垂乘之，其兵先敗而國乃亡；亮之寇宋，烏禄乘之，其國先亡而身及弒。大患在内，不自覺悟，而空國攘袂，急求外鬬，死且晚矣。謝玄等之破堅也，以八萬衆敵九十萬；虞允文之破亮也，以萬八千衆敵六十萬。衆寡勢殊，强弱等絶，忽决機俄頃，轉禍爲福，成功之會，天人參焉。晉孝武時，苻秦一跌，困不復振。金亮縊死，慘於苻堅。紹興國勢强於大元〔二〕，而大金恣睢，宋朝稽顙，卒無改焉者，何也？孝武即位，專任謝安，淝水既勝，絶秦不通。慕容垂、姚萇之徒，背叛自立，秦四面受敵，晉坐觀其疲，而國滅矣。

金國强大，幅員萬里，高麗、宋、夏莫敢與争，而趙構懦弱，尤以稱臣爲得策。金亮治兵，梁勛、黄中、孫道夫、賀允中等請修戰具，立賜貶逐，驟聞警至，即議遁逃。陳康伯力勸親征，虞允文權宜濟師，幸得一勝，非構所望也。亮死雍立，金亂宋治，不乘此時定都建康，招合義師，正國體，復故疆，而猶遜辭修賀，反轡臨安。悲哉構也！天有亡夷之心，帝無自强之志。此一君者，既不能處敗，又不能處勝。亮死之明年，而構亦内禪矣。從來國君，無道首金亮，下愚首趙構，並生一時而同笑千載，孰謂中國、蠻貊無相匹也！

【校記】

〔一〕本篇又見《宋史紀事本末·金亮南侵》。

〔二〕「大元」，原作「太原」，據光緒本改。

建炎紹興諸政〔一〕

高宗構在位三十六年，定試士之法，置力田之科，正官名，作太學，籍田郊廟，蠲租賑饑，太平粉飾，事云粗備。然而衰微益甚者，君心不正，輔相非人也。靖康之禍，讎不共天，一時將相，忠義蔚起，夾輔中興。李綱、張浚、趙鼎等在内，宗澤、韓世忠、岳飛等在外，人材之盛，即周、召、叔、虎，莫有加焉。構誠懷國讎，親賢遠奸，還二帝，復兩京，然後制禮作樂，升中告天可也。失此不圖，而賊臣攘柄，父兄暴尸於五國，子弟玉食於江南。人心已死，寧問國是哉！

建炎之初，汪、黄爲政，内侍邵成章猶知其誤國，構獨信之。繼以朱勝非、吕頤浩，才疏志狹，無能爲也。紹興八年〔二〕，秦檜再用，迄二十五年而後死。万俟卨、沈該、湯思退接跡相位。終構一生，皆小人道長之日也。檜專政久，務崇彌文，上欺人主。瑞雪木文，咸騰奏賀，甚而日食多書不見，彗星言不足畏，造災祥之説，飾和議之功，大而圓丘，小而鄉飲，禮無不舉，此何心乎？即楊國忠之諱水旱，元載之言因果也。構寡嗜慾，好經史，室名損齋，玩輕珊瑚〔三〕，史亦稱其恭儉仁恕，庶幾守文。然世有人焉，見父母之讎不能報，又從而拜之，冀其憐我，而以惜財忍辱爲保家，即犬豕其庸食乎？高閎請帝視學，胡宏責其欺誑。夫臨雍講經，帝王令典，而宏獨誚讓者，豈謂學校可廢哉？惡其舉非時而虧大本也。安國説《春秋》，專大復讎，真知當日治道者矣。

【校記】

〔一〕本篇又見《宋史紀事本末·建炎紹興諸政》。

〔二〕「八」，原作「九」，據《宋史·秦檜傳》改。

〔三〕「玩輕」，光緒本作「輕玩」。

孝宗之立〔一〕

英宗爲濮安王第十三子，生有赤光黄龍之祥。孝宗，秀王子，生於秀州青杉牐官舍，紅光如日正中。帝王天命，似非人力。然建立之際，仁、高二宗，大度遠慮，卓乎莫尚也。英宗四齡，即育仁宗宫中。寶元二年，豫王生，乃歸淮邸。後三皇子皆夭，久而儲位乃定。高宗太子旉薨，從群臣請，選太祖後，乃育孝宗。夷考當年定議擇賢，仁宗春秋四十有四，高宗二十有五耳。繼體之事，人主諱言。齊景公年老多寵，諸大夫請立太子，公惡之，曰：「爲樂耳，國何患乎無君？」唐裴休請宣宗建儲，宣宗曰：「若建太子，則朕爲閒人。」

彼皆令主，戀戀目前，吝於與子，不顧流蟲。二宗年未向衰，即樹國本，子非己出，茂選遽行，萬歲千秋，公言無忌，非大過人者，其能之乎？

宋世宗室踵唐制不出閣。靖康之難，太宗子孫在京師者畢北遷，後盡殺於完顏亮，唯太祖子孫以散處得全。孝宗裔出秦王，天人歸與。高宗感昭慈之異夢，採舉朝之恪言，援立才賢，獨斷不惑。彼一生行事，足告祖宗、質天地者，止有此耳。趙鼎請正儲號，賊檜搆成其罪；岳飛疏定東宫，後不免獄死。或疑高宗外博美名，内懷忮懻。然孝宗於紹興二年養於禁庭，三十年立爲皇子，久侍宸極，慈孝無間。建議諸臣如李時雨、范宗尹等，初未嘗忤意得罪。帝即不肖，未忍併此而疑之也。南渡推恩，江寧、江西、楊、泰、高郵、泉、福等州，各置外敦宗院，親親有加。若使遠法封建，近倣藩鎮，荆襄川陝，淮甸要區，分建諸王，令自爲守。虜縱大入，犬牙可制，何至州破縣殘，孤舟覆趙乎？惜炎興朝議，見未早及也。

【校記】

〔一〕本篇又見《宋史紀事本末·孝宗之立》。

隆興和議〔一〕

世疑孝宗任張浚不專，去湯思退不力，致和議滋而國事敗。今以時考之，浚於隆興春正月開府建康，夏有符離之潰，六月而貶。旋以陳俊卿言，八月復都督江淮軍馬。二年夏四月，始罷判福州，其任浚未嘗不專也。湯思退以元年秋七月同平章事，二年十一月竄永州，其去思退，未嘗不力也。帝任賢既專，去邪既力，功無一成者何繇？立志不堅，而廣聽多惑也。

帝初立位，手書召浚，屬以大事。浚使李顯忠、邵宏淵分道伐金，靈壁宿虹，疾驅收復，金國將士，接衽來降，成效見矣。宏淵忌成，撓師大潰。帝若奮英斷，分別賞罰，誅宏淵以勵顯忠，倚浚如故，戰守並設，敵人雖强，猶可挫也。聞潰而懼，下詔罪己，群小窺間，和議遂興。浚不久留，淮備盡弛，思退之罪，可勝誅乎？秦檜之害岳飛也，乘其勝而殺之；湯思退之害張浚也，因其敗而沮之。乘其勝而殺之，非下流如趙構不爲也；因其敗而沮之，主即英武，鮮不惑焉。尹穡附奸而劾浚，盧仲賢出使而辱國。知上好公論，則假臺諫爲彈擊；知上厭用兵，則要金人以脅盟。今日割州縣，明日罷城戍，用事止歲餘耳。而兵防墜地，國耻莫贖，小人爲虐，豈可一朝立於朝廷哉？隆興二年八月，浚薨。未幾，思退以罪竄至信州，而憂悸死。一時悲浚之亡者，皆快思退之死。然稍遲日月〔二〕，禍已不支。皇天之癉惡，王者之除奸，争在須臾，若是其亟也。李顯忠勇捷無敵，一潰不起；魏勝忠義蹶生，死於楚州。國家虎士，當日盡矣。建炎、紹興，有臣無君；隆興、乾道，有君無臣。魏杞幸成魏絳之勞，而孝宗終不能展漢武之志，時亦無可如何也。

【校記】

〔一〕本篇又見《宋史紀事本末·隆興和議》。

〔二〕「日月」，光緒本作「月日」。

孝宗朝廷議〔一〕

仁宗慶曆二年，范仲淹、富弼並相。帝開天章閣召對，磨勘、蔭子、科舉、學校諸法更新。不一年而飛文中傷，群賢盡退。孝宗即位，詔中外言時政闕失。朱熹首陳帝王之學，張浚入見，任以恢復，海内想望中興。未幾浚罷，熹于隆興、淳熙之交，亦旋用旋舍，不聞建明。兩君皆有堯舜之資，而業不修三代之半，其病有二：一曰求治太速，一曰任人不專。仁宗之世，韓琦、范仲淹、富弼、杜衍同時執政，歐陽修、蔡襄、王素、余靖並爲諫官，吕夷簡罷而不用，夏竦拜而復奪。内君子，外小人，天地交泰，石介所爲歌聖德也。令帝優游觀化，使仲淹等各盡其能，貞觀、開元可軼而上。乃責効數月，浮言揺聽，即仲尼復生，豈能旦夕奏辦乎？

孝宗志存復讎，浚等贊之。大臣建定國之勞，儒者進正心之論，七日來復，其斯時也。

浚一不效，雄心遂隳。熹等小臣，空言何益哉？仁宗之任韓、范諸臣也，參之以章得象、賈昌朝。其後王拱辰一網之謀，昌朝陰主之，得象無可否也〔二〕。二人在慶曆朝無不肖名，趨操内殊。即爲賢厄，無怪乎陳執中等紛然而起也。孝宗疏浚，即用湯思退。思退死，宰相數易，無大變更，曾覿、張説、王抃、甘昇盤互擅政。雖召名士，求直言，詔書屢下，天子改顔，于治道未有補也。隆興不治，望之乾道；乾道不治，望之淳熙。張栻、吕祖謙卒，而正人漸希，謝廓然、王淮用而道學議起。前有陳俊卿，後有周必大，無能致主郅隆，况其在下者乎？以《易》言之，慶曆之際，泰也，仁宗不善持之，遂變而爲否；隆興之初，復也，孝宗不善養之，遂變而爲剥。既否而欲泰，雖泰而物間之；既剥而欲復，雖復而傷之者至。天下所以治日少而亂日多也。

【校記】

〔一〕本篇又見《宋史紀事本末·孝宗朝廷議》。

〔二〕「也」，清初張刻本、光緒本作「焉」。

陳亮恢復之議〔一〕

賈誼年少秀才，建更秦法，漢孝文心嚮之，欲任以公卿，厄於絳、灌、東陽，出傅諸王，不得意而哭泣死。陳亮上書孝宗，天子震動，辭官而歸，屢罹大獄。紹熙對策，光宗親擢第一，未及用，即死。兩生皆命世才，風采議論，見知人主，卒蹈坎壈，異代同悲。然孝文治家太平〔二〕，衆庶休息，誼忽痛哭流涕，其辭過激，疑爲闊遠。宋隆興之際，大讎震鄰，中原久陷，枕戈飲血，猶恐不及，非可飲食燕樂，塞耳無聞也。斥亮不用，何哉？或云：亮譏當世儒士，好言正心誠意，意在詆朱熹、吕祖謙等。熹雅不合亮，目爲粗豪。

今觀熹在孝宗朝，其所立論，曰：「非戰無以復讎，非守無以制勝。」而亮亦痛言通和非策。曾覿、張説之徒用事，内批盛行。熹首以正君心爲規，而亮亦諫帝喜易制之臣，屏度外之士。言論同揆，未嘗少異，烏得云新安專性命、龍川專事功乎？李綱、藥石高宗，屢請都建康，營荆襄，亮見亦然。錢塘一隅，本非帝都，君臣因循，不百年而亡。亮豈狂者哉？何澹憾亮訕議，欲中以死罪，他日即排擊道學，指爲邪跡。凡爲小人，未有不惡正人。惡正人，未有不惡才士者。何則？才與正，皆君子所有也。

【校記】

〔一〕本篇又見《宋史紀事本末·陳亮恢復之議》。

〔二〕「家」，原作「階」，據清初張刻本、光緒本改。

道學崇詘[一]

程學之禁，首發議於陳公輔，時紹興之六年也。十四年，而何若請黜其學，阿秦檜意也。孝宗之世，謝廓然、趙師中攻洛學，鄭丙、陳賈、林栗攻朱熹。帝兩左右之，未顯禁絶也。寧宗立，韓侂胄用事，憾熹排己，而劉德秀道學之議興。繼以爲道學不足錮人也，而何澹僞學之議起。於是胡紘、姚愈、汪義端、張伯垓、葉翥、張湰、沈繼祖、邵褒然、余嚞、丁逢、王沇、施康年等攘袂求進，肆志排擊，而僞學逆黨姓名著籍矣。

公輔論事剴切，疾惡如讎，論劾蔡京、王安石，頗號忠鯁，獨不説尹焞、楊時，遂痛詆程學，胡安國疏争，公輔復邀周秘、石公揆交章論罷。始發於一念之私，而後遂成不返之勢。即彼立言時，何嘗逆知流弊，竟爲萬世罪人哉！賊檜本從游酢爲程氏學，靖康中，虜陷京師，與馬伸請立趙氏後，近聞道者。及柄國姦敗，即操戈申禁，彼非真不善程學也。當日士學宗程氏，宗程氏者皆黜和議。檜心懷慚，無所發憤，則反噬以圖快意爾。慶元諸奸，逢迎侂胄，寧知論學？但熹爲射的，奇貨可居，或攻其身，或詆其徒，或約束科舉，或榜列姓籍。甚而請劍斬，戒送葬，競鼓異説，祈獲美官，充其諂心，即程松獻妾、趙師䍐犬嘷之術也。且孔孟絶學，周敦頤、程顥、程頤、張載明之；周、程、張之學，朱熹明之。聖賢相傳，本非有二，而黜道學者，偏分爲兩，曰：「吾尊孔孟耳，何程朱爲？」試問以孔孟何學，程朱何學，彼不解也。彼先非孔孟，而後黜程朱；欲黜程朱，則不得不陽稱孔孟。要使孔孟復生於當日，群起而鬨之也，猶程朱爾。蔡元定隱居著書，無關朝列，指爲妖人，竄流道州。元定何讎？欲借以累熹也。學禁稍弛，胡紘、丁逢請鑒建中靖國，務絶根株。夫批繩朝士，而累及韋布，内畏報復而并沮調停，小人之錮道學也密矣。孰知群奸易盡，大道長存，非慶元之極貶，無以彰淳祐之大明，彼蠅營者又安在哉？

【校記】

〔一〕本篇又見《宋史紀事本末·道學崇詘》。

兩朝内禪〔一〕

光宗惇，孝宗第三子也。乾道三年，莊文太子愭薨。七年，帝正儲極，孝宗以其英武，越次立之也。宅憂攝政，未耄禪位，父之愛子，自謂堯舜授受，蔑過矣。未幾，過宫禮闕，逆布天下，帝即病狂，何至兩宫父子誓不相見哉？

皇后李氏，武臣李道中女，高宗以皇甫坦一言，聘爲帝妃。嫉悍多過，專命制夫，實命不猶，帝所悲也。宫人斷臂，黄妃被殺，揆以常情，走訴上皇，下詔廢貶。夫婦正而父子和，寧不甚善？乃心疾内深，不孝外著，以無能之人，負大逆之名，始望其爲人君，後竟不能爲人子。予竊怪之。唐肅宗靈武即位，進復東京，迎玄宗居興慶宫，起居無間。張后與李輔國比，迫遷西内，驚憂成疾。肅宗遂絶朝請，玄宗不得其死。夫親莫若父，尊莫若天子。唐之玄宗，宋之孝宗，父而天子，尊親極矣。一宫之隔，俯仰繇人，僕隸婦女，間執其命，黄泉大隧，莫可如何，此亦天地之極變也。光宗于李后，始而愛，既而畏，愛而至于忘親，畏而至于失心，魯桓、晉惠，若是班乎？

后歸謁家廟，使臣鄧從訓等推恩者一百八十人，而帝有一父，獨禁其朝。武曌立武氏七廟，偏殺唐子孫。后即無其才，不幸而有其心矣。度帝當日疾病昏瞀，苟一念至，寧不知壽皇當朝、悍婦當去？然以畏后而成疾，以疾深而遠父，既慚盈庭之痛哭，又慮衽席之鷹鸇，宫車雖駕，一身莫繇。古來逆親之人，大都畏内之人。王者齊民，同一轍爾。玄宗内遷，顔真卿帥百僚首上表，問起居，輔國惡之，貶蓬州長史，舉朝卒無言者。紹熙諸臣，環宫叫呼。事成廢立，或譏過激，豈寶應寒蟬，反賢于號泣三諫乎？人倫所係，力争者即爲臣子，坐視者即爲亂賊。帝疾或不可起，逆名必不可居。禪六年而帝始崩，帝果病乎？又不如肅宗之聞變心悸，繼太上而速殞也。

【校記】

〔一〕本篇又見《宋史紀事本末·兩朝内禪》。

韓侂胄專政〔一〕

韓侂胄奸深不若蔡確，險戾不若章惇，陰賊不若蔡京，悖逆不若秦檜，而玉津園之殛，蒙禍獨烈，其小人之不幸者乎？侂胄，忠獻曾孫，附麗后戚，家世貴重，異於群小。又與趙汝愚定策寧宗，功安社稷，令以道事君，同心輔政，外戚垂名，豈在博陸、伏波以下？惜乎器小不任也！

天子方立，志規節鉞，汝愚不察其奸，吝而不與。夫内陽外陰爲泰，内陰外陽爲否。君子小人所争者，内外之間耳，不係乎官名之大小也。竇武、陳蕃謀誅黄門常侍，垂成而敗于朱瑀；何進案捕中官，張讓一入直而禍發殿前。以彼元功國戚，總權中外，而宫禁防閑須臾不密，遂起大變。汝愚熟識古今，寧不知鑒？侂胄凶人，靳其節使，反使居内，得傳導詔旨，親幸竊權。徐誼、葉適久知爲患，慶元一網，所必然也。蔡京患言者議己，丐徽宗御筆手詔，劉弼祖之，而内批始出。秦檜主和，勾龍如淵請擇臺官，擊去異議，京鏜祖之，而邪黨始盛。僞學姓名，即元祐之黨碑；蔡璉告密，即同文之故智。小人聚族，不戒而乎，猶之南海北海，聖人出焉，心同理同也。朱熹、彭龜年初劾侂胄而去國，吴琚曰：「帝無固留侂胄意，使有一人繼言，罷之易耳。」嘉泰二年，京鏜死，何澹、劉德秀、胡紘罷，侂胄遂弛黨禁。夫寧宗本無任侂胄之心，而寵積於人言之不至；侂胄本無殺正人之心，而勢激於群奸之助成。一陰之積，窮爲五陰，繇來漸矣。韓同卿，后父也，善遠權勢，而侂胄反假后爲恣睢。其人蓋工盜術者，始望節鉞而不得，終極公王而無厭，非殺亦曷止乎？

【校記】

〔一〕本篇又見《宋史紀事本末·韓侂胄專政》。

北伐更盟〔一〕

韓侂胄自慶元用事，驕横數年，怨流天下。忽聞邊釁，傳首敵國，後世快之，顧其罪未若秦檜之甚也。賊檜叛國主和，劫制庸主，文武忠義，一時剿絶。侂胄起而反之，封岳飛以勵諸將，削秦檜以申義討。誅其心者曰「子輩之帥師」，原其罪者曰「殷浩之北伐」。苟使成功，玉津無殛，南山之罪，猶可贖也。乃賊檜專政二十餘年，割地稱臣，及頌功德，家建「一德格心」之閣，朝賦《秦城王氣》之詩，勢同新莽，禮極榮哀，傳歷三朝。守其説者如湯思退、沈該、万俟卨、史浩之徒，力持不變，謂：「和議得相，有福無禍也。」物極而變，侂胄乃起，輕鋭用兵，身家破滅，遠近訕笑，豈真敵仇可忘，中原當棄乎？炎、興之際，戰將如雲，偏裨幕府，皆號虎臣。自檜當國，人材遂盡。孝宗習射殿庭，雄心恢復，符離一潰，竟棄德順。當食拊髀，四顧莫應。再更光、寧，狃和墮戰，士氣益衰。侂胄秉政，忠力屏放，讒諂側肩，蘇師旦筆吏進身，程松獻妾求寵，咸建牙伐鼓，經略四方。以非常之功，賈負販之賤〔二〕，無不敗也。唐順宗時，王叔文、王伾弄權，八關十六子雜沓進用。當日建白，頗多善政，而奔競薰灼，神人怨怒，不久即敗。侂胄何人，敢談恢復乎？彼始附成肅，後緣恭淑，託根二后，震耀宫府。楊后既立，内不相容，始懼而謀立功。國家大事，公心圖之，尚慮不濟，以私求勝，其誰聽焉？《燕然》之銘，不及竇憲；而北景之誅，下同梁冀。名雖陷于封疆，禍實種于内戚，彼蓋日與死鄰而不悟也。或謂天假佑宋，高宗之世，不生賊檜，而生侂胄，佐以諸將，和議不成，還二聖，復兩京，猶有望乎？而又恐小人道同，逢君一術，以侂胄處紹興，未必不欣然主和也。

【校記】

〔一〕本篇又見《宋史紀事本末·北伐更盟》。

〔二〕「賈負」，清初張刻本作「賈貫」，光緒本作「責賈」。

吴曦之叛[一]

蜀漢滅而鄧艾囚，關中定而王鎮惡誅，吴曦平而李好義、楊巨源死，三者皆不平之大者也。艾死於鍾會，鎮惡死於沈田子，同在軍中，忌功賊殺，旋受誅夷，報施如響。獨安丙殺巨源，富貴考終，没有美謚，天道竟安在哉？曦懷不軌，丙父知之。韓侂胄開邊，曦以賂還蜀，丙言可憂者十，顧其兇狡跋扈，不能禁也。巨源倜儻不遇，僅典倉官；好義弱冠從軍，位止州將。身無方鎮之寄，君無推轂之令，號咷倡義，直走僞宫，砍頭揕胸，須臾亂定。丙時尚陰陽曦側，囁嚅顧眄，因人成事，獲居首功。有人心者，平原謝毛遂，淮陰下左車可耳。奪其功而殺其人，智且出王渾下，則何爲乎？

吴氏忠孝承家，三世鎮蜀。曦年四十有六，忽發狂惑，諸母涕罵，族子不平，悖逆寡助，亡可立睹。然程松懼走，金人合盟，宿將挺戈，南北震動，圖之稍緩，即爲劉豫。丙雖夢符神珓，而持詔乘馬，策非己出。此巨源之死，所以悲歌劍外也。賊曦既誅，四州漸復，徑取秦隴，牽制淮寇，亦百世一時，而丙棄不用。散關之失，斬孫忠鋭以自解，忠鋭不服也。王喜貪淫狠愎，爲曦大將，丙不誅之，縱其毒殺好義，委任如故。好義陰殛劉昌國時，魂魄能不恨丙乎？丙不哀好義，勢必殺巨源。兩賢之死，蓋丙志也。李翰傳張巡而睢陽節著，李珙傳巨源而西蜀功顯。國家之賞罰混，然後文人之公論明。奈何國史於丙，猶有恕辭也！

【校記】

〔一〕本篇又見《宋史紀事本末·吴曦之叛》。

蒙古侵金〔一〕

蒙古之興，兆奇寡婦，光明照腹，一乳三子，傳至敖羅孛極烈立號自王。鐵木真繼起，破乃蠻，攻西夏，滅國者四十，遂建九斿，稱可汗。彼固道生之子，竟開元氏，朔漠造家，併部十世〔二〕，事豈偶然？然金源不競，紹宣無能，即史所載。紇石烈胡沙虎之弒立，术虎高琪之擅殺，抹撚盡忠之背叛，兵敗不誅，大逆曲赦，遷汴亡燕，莫非自掇也。金章宗朝，鐵木真入貢，衛王允濟奇其狀貌，請以事除之，若有先識。及即帝位，横受唾罵，一矢莫發。齊莊公著聲於叩馬，而隕體於登臺，爲君蓋其難哉！胡沙虎貪殘跋扈，屢形彈奏，衛王不加竄逐，反任以兵。城棄州陷，旋罷旋用，生其邪心，城北亂作，身遭廢弒。昔章宗無子，猜忌諸王，利彼柔弱，授以神器，方襲尊位〔三〕，即殺李妃，懦而不仁，其何能國？此徒單鎰所以不爲之死，而勸立昇王也。宣宗既立，胡沙虎益驕，近侍慶山奴等請爲早圖。高琪頗知其謀，喪師被詰，還兵向第，晉陽束甲，反論功封。夫西京之棄，胡沙虎罪當死，而發憤於共主；懷來之敗，高琪罪當死，而發憤於大臣。途窮倒行，走險一轍，甚至弒君而蒙定策之賞，專殺而受討賊之功，上恬下嬉，直以國戲矣。中都圍急，承暉仰藥，大義誠烈。然盡忠無良，兵柄旁落，燕京坐喪，責在平章。彼即期死社稷，視鄭夫人尚有愧焉。鐵木真綴師燕北，分兵三道，州郡盡下，中都孤立，責金犒師，和成徐還，既知徙汴，即襲虛破燕。凡此皆金愚宋之術，而金復自愚，乞和遷都，召還太子。秦笑六國，竟以身蹈。無汴則宋弱，無燕則金危，《書》曰：「與亂同道。」此之謂也。

【校記】

〔一〕本篇又見《宋史紀事本末·蒙古侵金》。

〔二〕「併」，原作「杵」，據清初張刻本、光緒本改。

〔三〕「襲」，原作「席」，據光緒本改。

金好之絶〔一〕

開禧用兵，金人罪狀韓侂胄。嘉定元年，函首畀之，和議始成。是年，金主璟卒，衛王允濟立。亡何，蒙古侵金，搆兵五載，永濟被弒，立昇王珣，徙都汴城，中都遂亡，後竟絶好。終寧宗之世，與金戰攻，未有已也。侂冑恢復之議，雖發於蘇師旦，厲仲方、辛棄疾實與聞之。仲方之言曰：「招納流民。」棄疾之言曰：「飭兵待變。」不數年，金果難作，其言驗矣。使侂冑當日志存復讎，外窺敵釁，稍遲歲月，至嘉定三年而後發，天下必不以爲非，金人亦莫能加也。寡謀輕動，授兵僉壬，行人致辭，身首分裂，乃知開禧之役，天惡侂冑，藉手誅之。此固權臣惡熟之秋，非大宋忘讎之日也。真德秀慷慨萬言，請罷歲幣，又陳政宣十失，務早鑒戒，絶和修戰。君子同心，所痛嫉者宰相無人，侂冑以後，又繼一史彌遠耳。金主見逼蒙古，惑於高琪，及國南侵，群臣皆言不可，金主弗聽。自嘉定十年入寇，訖十六年而主卒。明年，寧宗亦崩。累歲連兵，夷夏交困。顧問其時，當國者誰？彌遠也。開禧之戰，陳孝慶復泗州，許進復新息，孫成復褒信，宋常小勝而後乃大敗。嘉定之戰，孟宗政捷棗陽，王逸捷散關，吳政捷黄牛堡，宋固屢勝，而中亦間敗。但開禧伐金，宋爲兵首，議出侂冑，其敗也，侂冑坐之；嘉定伐金，金爲兵首，議出中朝，其敗也，彌遠不得而坐也。侂冑爲國驕子，忽以用兵而死；彌遠爲國老奸，並用兵之名而避之。天子又與誰共治亂哉？

【校記】

〔一〕本篇又見《宋史紀事本末・金好之絶》。

李全之亂[一]

李全之亂，皆史彌遠爲之也。全起北海農家，私通楊安兒妹，賊徒漸繁，窺金衰微，來歸中國。賈涉隸之忠義，收爲我用，得地殺虜，豈盡無功？但彼劇盜，性同犬羊，恩威節制，使奉奔走，紅襖諸賊，皆吾左右手也。寵以上將，生其驕心，官爵有限，血氣無窮，亂乃長矣。涉初任季先，招來全等，分屯寨，涅軍手，頗懷遠慮。無如史彌遠鑒禍開禧，志存姑息，涉亦號令漸疏，群下交搆。季先死而石珪横，石珪叛而李全大，甚以金牌小捷，遽授節鉞，悍難勸也。賈涉罷任，許國代之，同爲武夫，而一朝屈全，勢必生變。國死于賊，朝廷不問，而遣徐晞稷。晞稷無能，諂事群盜，而遣劉琸。琸逐于夏全，則遣姚翀。翀逐于李福，則楚州蕩然，不復建閫。二三年間，大帥數易，揭竿屢告，廟堂充耳，寂若不聞。淮東重鎮，輕等甌脱，孰非彌遠失策哉？彭義斌憤全殺國，誓衆興討，迫于寡助，竟死内黄。趙善湘、度正、趙范、趙葵屢請討賊，却而不納。及全自蒙古還南，叛形顯著，猶事含忍。鄭清之決計興師，范、葵一鼓殲滅，淮安始平。益恨向來養癰，彌遠之罪浮于韓侂胄也。侂胄北伐，傅伯成、丘崇皆非之，鋭意自用，卒爲國辱，而其名猶託于復讎。李全小盜，殺主帥，降蒙古，罪在不赦。彌遠縱之，跳梁南北，而其謀僅主于自保。託於復讎者，二聖中原，其耻尚在，且身蒙顯戮，國無憾焉。主于自保者，一身以外，非彼計也，無事而馴至有事，小事而馴至大亂，害成禍結。尚曰：「我無與焉。」寵榮一生，而刑罰不及，其意惡，其罪深，此誅彌遠者，所以加侂胄一等也。國家變故，奸臣當之，爲彌遠者多，爲侂胄者少。侂胄之開邊，欲師王安石；彌遠之養亂，直法秦檜而已矣。

【校記】

〔一〕本篇又見《宋史紀事本末・李全之亂》。

史彌遠廢立〔一〕

史彌遠謀誅韓侂胄，相寧宗十有七年，專擅日久，世莫敢議。及濟王廢殺，始衆訟冤，鬨然攻之，大勢已成。嗟乎，晚矣！寧宗失兖王，擇宗室子而立榮王詢。詢薨，又立濟王竑。儲極早定，慈孝無瑕。彌遠先懷邪心，屬其私人陰選皇子，復進奉美人琴書伺隙。李園獻妹，賈后奪宗，兩術兼之。先帝耄殂，新君南面，不出之萬歲巷，而出之沂王府，不可謂非篡也。《春秋》十二公，繼正書即位，繼弑君則不書即位。所謂繼正者，受之先君也。理宗之立，受自何人？蓋彌遠也。楊后曰：「太子竑，先帝所立，其誰敢廢？」彌遠不聽，而要其子弟劫之，后始許焉。而竑乃廢，既廢，而又脅以死，非特篡也，直弑而已矣。

趙盾亡不越境，鄭歸生憚勞懼讒，楚公子比不能效死，陳乞廢長立幼，《春秋》皆書曰「弑」，況彌遠之積謀身行也。潘壬憤懣不平，圖立濟王，李全背約，倉皇走死。太湖漁人，巡尉兵卒，烏能成事？顧其慕義赴蹈，亦漢司空周章類也。東漢和帝崩，鄧太后以平原王勝有痼疾而立殤帝。殤帝崩，群臣歸勝，太后恐其怨己，復立安帝。章以衆心不附，密謀誅討，事覺自殺。壬即非國大臣，而匹夫能勉，義等三公。寶慶朝臣見當愧死矣。竑性惡彌遠，碎奇玩，呼新恩，疑爲不密。迨霅川之變，黄袍覆體，號泣堅約，存心克讓，幾類申生。奈何賊臣必欲殺之，其黨又繼而請貶也。真德秀、魏了翁諸賢抗辭疾呼，少伸大義，連袂竄逐，退有餘榮。然德秀爲宫教時，既知濟王輕脱，權臣睥睨，不痛陳人主，預折奸萌，而僅斂身保傅，貽患後日，方諸魏徵、李泌，不無慚德云。

【校記】

〔一〕本篇又見《宋史紀事本末·史彌遠廢立》。

金河北山東之役〔一〕

金自宋寧宗嘉定八年亡燕，九年蒙古克潼關，十一年取河東州郡，十二年下河北郡縣，十三年入濟南、陷東平，十五年取河中、同州，十六年主珣卒，固無歲不被兵也。雖其間胥鼎之拒戰，苗道潤之撫定，王庭玉之殺石珪，侯小叔之殺石天應，金或間勝，而敗降踵繼，汴京孤危，築裏城，建公府，未有濟也。爲金策者，嵩、汝急則議戰，太原失則議守。時稱老謀，並棄不用，國其殆哉！顧連歲侵宋，則又何也？朮虎高琪曰：「宋，仇也。兵弱於蒙古，擊之易耳。」然棗陽之圍，孟宗政敗之；皁郊之師，吴政敗之；淮西之寇，賈涉敗之；天長之戰，扈再興敗之。李全、張林叛服無恒，嚴實、六哥背亂數告，金不能有加於宋也。夏與金邇，珣謀伐之，胥鼎諫止。未幾，夏請會兵，取金會州，金遣使議和，夏復附于蒙古，取葭州、綏德。夏國弱小，遵頊奔播，尚能困金，何况大宋？珣但惑奸臣之言，謂取彼可以益此，而不知兵凶戰危，枝左吾右，甚其狼疾也〔二〕。史臣責宣宗云：「輕棄中都，黷武南宋，兵力既分，功不補患。當勾踐滅吴之日，興苻堅伐晉之師。」《易》曰：「見輿曳，其牛掣，其人天且劓。」其金之興定、元光乎？

【校記】

〔一〕本篇又見《宋史紀事本末·金河北山東之役》。「役」，曾肖點校本誤作「没」。

〔二〕「狼」，原作「狠」，據清初張刻本改。

蒙古取汴〔一〕

金宣宗珣之棄燕，哀宗守緒之棄汴，二君皆善亡者也。蒙古攻金，朮虎高琪戰敗，珣以故主永濟之女歸之，然後罷兵。乘講和而修兵食，固守京師，其誰間焉？忽謀徙汴，太子居守，後復召還，中都遂喪。前車之覆，守緒知之矣。正大年間，金兵數衄，三峰之敗，健鋭俱盡，質子請和，蒙古退軍，救危扶傷，莫若自保。乃外則殺行人，納叛帥，以開敵釁；內則鬻官爵，括民粟，以叢國禍。久而計拙，則曰：「汴不可守，吾其行矣。」

曷思王者無家，京師其家。昔者都燕，無故棄之，已墮厥家矣。僅有一汴，又棄而奔，將安歸乎？獻帝今日幸北塢，明日幸弘農，則漢危；昭宗今日幸石門鎮，明日幸華州，則唐危。古來人主，未有棄京師而不速亡者也。珣初謀遷都，徒單鎰曰：「鑾輿一動，北路不守。」珣不從。而蒙古圍燕，霸州師潰，完顏承暉自殺，河北、山東繼燕淪没，悔無及也。珣殂之日，以守緒托資明鄭夫人，夫人知龐貴妃陰狡，紿鑰別室。太子位定，將望其鳴劍洛陽，迅掃國耻。而體肥才弱，忍於捐汴，父作子述，隕覆同塗。即彼詔令悲哀，君臣灑泣，亦謂裏城空築，外城難守。完顏陳和尚死而國無戰士，內族合周用而民無餘財。倉皇改圖，無辭出走。孰知歸蔡雖强，不大于京師；國都無主，賊臣即起而寇竊也。崔立搆叛，速不臺進師，其取汴也，直瞯亡爾。是故珣之棄燕，平王之東遷也；守緒之棄汴，紀侯之大去也。東遷猶有周，大去則無紀，國不可遷，遷不可再，信哉！

【校記】

〔一〕本篇又見《宋史紀事本末·蒙古取汴》。

會蒙古兵滅金〔一〕

説者論金亡之跡，不殊汴宋。蒙古攻金西京，紇石烈、胡沙虎棄城遁，即童貫之自太原逃歸也。蒙古分兵侵金河北、河東諸郡，即金人之分道入寇也。速不臺之圍汴京，即斡離不之圍京師也。移剌蒲阿帥師戰敗而逃，即姚平仲之襲金營不克而遁也。昔康王爲質於金以請平，金曹王爲質於蒙古亦請平。昔斡離不引兵北去而赦，今速不臺退師河、洛而亦赦。宰相以紙鳶、紙燈退敵，即郭京之六甲也。申福殺蒙古行人，即平州人之殺金使也。宋括民田，金亦括民粟。宋郭藥師以城降金，金武仙亦以城降蒙古。徽宗奔亳州，而斡離不圍汴；金主守緒奔河北，而速不臺亦圍汴，敗亡何相似也。雖然，宋之不能守汴也，無幽薊爲之蔽耳。金源起自海裔，萬衆横行，并吞契丹，長驅入宋，定鼎燕都。中原、陜右，奄而有之，夷狄强大，莫有盛焉。即使蒙古建斿，白登告警，五京十九路，形勝自在，何至二都並棄、父子逃虜也？宋人棄汴，猶有南可渡。高宗固不肖，屈與金和，東畫長淮，西割商、秦之半，以散關爲界，藉兩浙、兩淮、江東西、湖南北、西蜀、閩、廣以自存，尚不失一小朝廷。金人棄汴，則金地盡矣。宋取燕而不知取三關之險，守京城而不知守關、河之險，使虜嘆南朝無人，固矣。

顧政宣禍盈，靖康勢極，汴京屢圍，四面受敵，必保死守無敗，未敢信也。金之宣、哀，有中都而委之抹撚盡忠，有汴而委之崔立。和議方成，而六宮啓塗；質子已行，而國君出走。戰守和皆不問，而惟國一遷，其無策也更甚。蓋宋人都汴而逆爭燕雲，其亡汴也，在於不善守强；金人既捐中都，而復棄汴，其亡汴也，在於不善守弱。所謂死同而病殊也。金之伐遼也，始於宋政和之五年，一戰而取黃龍府，再戰而取東京州縣，指鞭直下，無假宋助〔二〕。蒙古鐵木真攻金，至六盤山而死，謂左右曰：「金精兵在潼關，南據連山，北限大河，難以遽破，必假道于宋，乃可得志。」後果如其言而金亡。霸王開國，曷嘗不審地勢乎？

【校記】

〔一〕本篇又見《宋史紀事本末·會蒙古兵滅金》。

〔二〕「助」，光緒本作「功」。

七録齋近集卷十五

婁東 張溥西銘 著
同里 張采受先
金沙 周鍾介生 閲

宋紀事論

三京之復〔一〕

徽宗之取燕雲，理宗之復三京，一失同譏。然燕、薊、景、檀、涿、易等十四州，石敬塘失之；平、營、灤三州，劉仁恭失之。地雖中國，非宋壤也。河南故都，陵寢在焉，委於蒙古，吾其忍乎？童貫伐遼，白溝敗績，再與金約，師復失期。克燕五京，宋實無功，事成背約，彼或有辭。蒙古攻金，假道乞師，馬磴之戰，孟珙先驅，入蔡滅金，功首在宋。謂必斂手空城，坐而不取，非人情也。且遼爲宋敵，金爲宋仇，敵者可以存可以亡者也，仇者可以亡必不可以存者也。八陵之辱，二帝之慘，懷而不報者，百餘年矣。會有可乘，雖死不顧，必欲鑒宣和之海上，而忘靖康之北狩，凡爲臣子，其誰堪之？是故滅金之役正也，三京之復亦正也。其復而不果者，病在進之太速〔二〕，守之不固，非盡始謀者過也。

紹定五年，蒙古遣王檝來議攻金，帝命使往報，約功成已後，歸河南境地。孟珙與江海、塔察兒入蔡州時，即痛哭與言：「完顏氏滅，土地共分，自燕以上歸蒙古，自汴以下歸宋。」盟無渝也，蒙古必聽。即不然，入汴之日，李伯淵等既誅，崔立以降，即走使蒙古，告以罪人授首，盟言可尋。汴京、洛陽，寢廟是宅，不敢不守，非有他志，蒙古之師其無出乎？又不然，彼兵直下，我兵堅守，趙葵等悉力捍城，史嵩之轉餉無闕。持之數月，或犬羊坐困，捲甲北還，或行人陳辭，畫疆罷鬬，皆足相當。奈何聞風即逃，不戰而潰也？

李全之叛，害由養癰。趙范、趙葵再四請討，鄭清之力主其説，一舉殄平，遂輕視蒙古，鋭進不疑。不知韃靼强大，非金比也〔三〕。守汴之計未定，而入汴之師先發，取快目前，雖得猶失，鬬端分寇，益其咎耳。若謂恢復非計，專責趙、鄭，令宋師不出，蒙古日大，既擁三京，保無南牧乎？殆未可與童貫北伐、張瑴開釁同日而論也。

【校記】

〔一〕本篇又見《宋史紀事本末·三京之復》。

〔二〕「太」，原作「大」，據光緒本改。

〔三〕「金」，原作「全」，據曾肖點校本改。

蒙古連兵〔一〕

理宗端平、嘉熙之際，蒙古病宋亟矣。侵蜀則有沔州、成都之入，侵漢則有隨、郢、荆門、棗陽、德安之陷，侵江、淮則有唐州、真州之寇。王旻作亂而襄陽失，陽平敗績而大將亡。虜運方張，所至風靡，幸而摧堅抵險，扞圉無患者，孟珙諸將力也。

珙，名將子，破蔡滅金，大功累著。江陵之役，破蒙古二十四砦，京、襄、鄧、夔，次第收復。兼丘岳敗察罕，杜杲敗口温不花，群帥協力，强敵捲旆。軍既喪而復振，地既没而復還。雖兵凶戰危，勞不補患，抑丈人師貞，效略見矣。或曰：「三京之議，趙葵、趙范發之，鄭清之主之，啓邊釁，危宗社，宰相罪也。杜範責之誠當，得一孟珙，其猶可解乎？」然外觀疆埸，勝負未分；内觀朝廷，陰陽方半。君子爲宋危，無急於此時者也。史彌遠之死，金源之亡，天將興宋也此日。彌遠死而爲彌遠者復進，金源亡而爲金源者復起，天興宋而亡宋也亦此日。爲理宗者用賢修政，專圖自强，戰守並設，全而後動，祈天永命，治曷尚焉？

乃真德秀甫召而即卒，魏了翁方用而旋罷，崔與之屢命不至，杜範相僅五月，人主既晚於登賢，皇天復靳於遺老。宋之興亡，未可知也。廟堂之上，闃其無人〔二〕，僅以公侯干城，寄之一珙，珙亦徘徊身後，莫有繼也。淳祐六年，珙卒而賈似道代之。爲時幾何，將相同盡，而腹背大敵，關弓四起，固知爲元祐者其暫，而爲宣和者其常也。

【校記】

〔一〕本篇又見《宋史紀事本末·蒙古連兵》。

〔二〕「闃」，清初張刻本、光緒本作「空」。

余玠守蜀〔一〕

蜀自吴曦之變，地號多事。安丙卒，崔與之罷，統馭乏人。理宗寶慶三年，蒙古兵入關外諸隘，鄭損棄三關逃歸。馴至端平，沔、文、成都被陷，高稼、曹友聞、劉鋭等戰死，兩川郡邑，兵警狎聞。十六年間，宣撫制置，數易無當，蜀之不亡者僅爾。余玠用而城守始備，軍民交安，亦西土中興之會也。

玠少爲白鹿洞諸生，殺人亡命，寄跡襄淮。後過趙葵，漸歷峻職〔二〕。君臣分合，大志獲伸，挈蜀還朝，良非虚語。顧其規摹根本，無過用人而已。冉璡兄弟，奇材僻隱，招來别館，策徙合城，屯聚聯絡。以至張實治軍旅，王惟忠治財賦，朱文炳接賓客，隨材器任，人各盡能。雖出奇善戰，不若吴玠、吴璘，而集思廣益，張弛非小，設遭武侯，未始不任以伯約也。王夔殘捍，便宜誅之；玠本大度，何所不容。懷此悁悁，致來讒口。然權在閫外，罪非專殺。謝方叔等納姚世安之言，解其兵柄，爲夔報怨，失蜀長城，豈得算哉？余晦覆餗，惟忠冤死〔三〕，五十四州同聲非笑，而猶誅玠身後，不平甚矣。賈似道鄂州之役，匿敗稱功〔四〕，務以威籠閫帥。趙葵、史巖之等皆坐罪罷官，遂殺向士壁、曹世雄，廢高達，激劉整叛走，而蒙古入宋。視方叔等妒玠，若作俑焉。孟珙卒則宋無京湖，余玠卒則宋無巴蜀。淳、寶之際，亡形已成，何必伯顔入臨安而後痛哭哉！

【校記】

〔一〕本篇又見《宋史紀事本末·余玠守蜀》。

〔二〕「峻」，原作「竣」，據文義改。

〔三〕「冤」，原作「究」，據清初張刻本、光緒本改。

〔四〕「敗」，原作「和」，據光緒本改。

真魏諸賢用罷〔一〕

理宗即位，崇尚道學，真德秀、魏了翁等首蒙内召，天下拭目望治。不數月，三凶横議，相繼屏跡。又九年，史彌遠死，二賢並進，亡何卒。君臣之間，相求之急，相遇之疏，古未有也。濟王冤死，神人哀痛，真、魏不言，誰當言者？令君相虛懷，加恩舊邸，上弘止輦之風，下免摘瓜之嘆，三綱明而庶事理，國政猶可爲也。惜彌遠陰忮，怙惡醜直。梁成大等獻諂家奴，躐登臺諫；胡夢昱正言罷管，真、魏勢難獨留。群小抵巇，翩其逝矣。所幸帝雅向儒，國無大譴。然君子日遠而不覺，小人日進而不知，因循九年，始謀來復，不亦晚乎？小人之去君子，有以術搏擊者，章惇、蔡卞也；有以術銷鑠者，史彌遠也。搏擊之術，主於有事，發禍必烈，而彼氣亦傷；銷鑠之術，若行無事，大難不作，而人才漸盡。試觀理宗初政，真、魏方逐。寶慶二年，贈陸九齡、沈焕官謚〔二〕，録張栻、吕祖謙、陸九淵子孫。三年，贈朱熹太師、信國公，尊德樂道，觀聽甚美，無如賢人在下何耳？爲二程之學者，朱熹也。韓侂胄當國，不敢斥程學，而偏錮朱熹，爲朱熹之學者，真、魏也。史彌遠當國，既知尊朱學而偏錮真、魏。蓋程學明於南渡，欲錮熹而斥程，則恐邪説之不伸；朱學明於理宗，欲錮真、魏而斥熹，則恐人主之不信。是故程學不廢而朱熹自貶，朱學加崇而真、魏自罷。此所謂小人之術，盜亦有道也。彌遠死，兩賢入，朝露忽焉，何天之不憖遺一老乎〔三〕？顧其時則暮矣。德秀、了翁皆於慶元五年登第，抵觸時宰，頻歷外職，理宗嗣服，始處禁庭。即彌遠初心，亦欲引爲已助，而濟議牴牾，長往不返。兩賢之精華可用，正在於慶元、紹定之數年，而彌遠困之。小人之銷鑠君子也，非徒奪其功名，而兼耗其歲月。他日天子追思，歎無及也。見聖賢之書則好之，當聖賢之身則棄之；聖賢既死則慕之，聖賢生前則錮之。古今同弊，於明君尤甚焉。

【校記】

〔一〕本篇又見《宋史紀事本末·真魏諸賢用罷》。

〔二〕「官」，原作「宫」，據清初張刻本、光緒本改。

〔三〕「慭」，原作「憖」，據光緒本作改。

史嵩之起復〔一〕

《綱目》書起復，始於唐代。若太宗貞觀之于志寧，玄宗開元之張九齡，德宗貞元之張茂宗，憲宗元和之盧從史，穆宗長慶之田布，昭宗天復之韋貽範，五代戊申之史弘肇，皆譏也。惟布得免者，以王庭凑殺田弘正，布不得已承朝命而討賊也。汴宋南渡，起復屢見，史彌遠、史嵩之、賈似道接踵無忌。嵩之尤譁士論，上而朝臣，下而諸生，伏闕上書，群唾其面。理宗感悟，卒令終喪，當世快之。《宋史》於史氏三相頗乏直筆，即史所稱端平用兵，盧、黄解圍，嵩之發策，皆有先見。至薦士三十二人，董槐、吴潛皆出其中。及進《玉斧箴》〔二〕，却安南貢，班班記載，類非僉人。然起復命下，物議鼎沸，若不能一日容者，何也？彌遠相寧宗十有七年，獨相理宗九年，任小人，逐君子，擅權害政，海内積痛。方幸其一朝奄忽，帝攬萬幾，梁成大等退，洪咨夔等進，端平、嘉熙，清明可觀。而嵩之復守其家學，謀柄國政，天下弗堪也。

彌遠於寧宗嘉定時拜相封公，奉母憂治葬，特詔起復，人心怫鬱。嵩之父死未寒，盤桓竊位，一之爲甚，其可再乎？馬光祖未卒哭而總領，許堪未經喪而節制。相臣起復，借爲嚆矢，此何事乎？而用心若此，則非人也。度宗咸淳九年，賈似道母死，葬以鹵簿，即起復入朝，亡何宋亡。忘親之人，罪必誤國。惜其時無直言如黄愷伯等耳！唐順宗立，王叔文擅作威福。未幾，以母喪去位。王伾三疏請起，不報，其黨貶死，而元和更新。嵩之於父死之明日，即求起復，迫於人言，居間十有三年而死。人心不滅，公論尚存。余獨怪同一人子，願爲王黼，不願爲富弼，則何故也？

【校記】

〔一〕本篇又見《宋史紀事本末·史嵩之起復》。

〔二〕「玉」，原作「王」，據清初張刻本、光緒本改。

董宋臣丁大全之姦[二]

丁大全以戚里婢壻，結寵至尊，繇蕭山尉累拜右司諫。怨右相董槐方嚴，上章劾之，檄兵圍第，脅出北關，遂奪相位。程元鳳謹避恐後，姦同盧杞而横愈蔡攸，人臣無禮，莫有甚焉。顧所挾持何術？以董宋臣爲之根底也。理宗之季，年高怠政，閻妃色升，近倖用事。梅臺蘭亭，俳優鼓吹，起自宋臣，帝尤愛溺。夫雕牆峻宇，五子興歌；白台閭須，魯公避席。人君有一，其國必亡。

理宗少慕道學，尊崇濂、閩，以義制欲，明訓克聞。而倦勤志蕩，佚豫無節，不解之惑，反甚於多欲之主。此寶祐之佑聖觀，所以遠不及征和之悔輪臺也。宋臣居中，大全居外，表裏作姦，忠言擯棄，一臺諫驅宰相，夫亦何難？然大全於寶祐六年春參知政事，開慶元年冬即以罪免，其爲相僅一年有十月。其進速，其退亦速，聖斷未盡廢也。

宋臣自淳祐盤固，文天祥等累疏請誅，帝終不省。内庭難拔，視外則有間矣。賈似道專國，立威取名，黜董宋臣、盧允升於遠州，諷朱禩孫，殺丁大全於新州道上。外戚子弟，禁勒毋動，政若有爲，而大亂四决。董丁雖去，其爲董丁者自在也。董丁日夜用帝，而猶以獨斷之名奉君；似道日夜用帝，而直以獨斷之名自予。小人日盛，則天子日微也。然理宗寵賈妃則似道進，寵閻妃則宋臣進。禹訓「六戒」，色荒爲首。信哉！

【校記】

〔一〕本篇又見《宋史紀事本末·董宋臣丁大全之姦》。

公田之置〔一〕

理宗景定四年春二月，詔買公田，置官領之。夏六月，論買公田功，進劉良貴等官。五年春三月，增公田官於平江諸路。秋七月，彗星出〔二〕，中外上書，乞罷公田。賈似道力求去位，詔勉留之，黥配葉李等於遠州。九月，行經界推排法，作銀關。冬十月，帝崩。聚斂方興，天命遽奪，其可畏哉！宋自南渡以來，六師百萬之命，悉寄東南，水利大興。江東西明越，圩田、園田、陂塘、堰閘之制畢設，諸籍没入官者，募人耕，仍私家額課租，官田所繇始也。民苦額重與官吏卒徒侵漁，議者言田在官非便，而有斥賣官田之説；詔斥諸路没官田佐費，折配拘催，重估抑勒，衆弊紛作，民既重困，猶以爲不足，而有買公田之説。田變而官，佃不堪命，猶官以田與民也。官田變而公田，官無田而取諸民，既取民田而又賦之也。

熙寧之際，天子鋭志圖治，創農田、水利、方田，意在便民，而民患之。訟闕下，訴御史臺者相踵，公田直攫民耳。似道何所託而爲此？曰仿古限田也。嗚呼！限民名田，漢儒董仲舒嘗言之矣。其説曰：「古井田法雖難卒行，宜少近古。限田以贍不足，塞並兼〔三〕。」是時漢去秦不百年也，畫地分田，遺跡已隳。及乎孝哀，師丹、孔光等再議舉行，難遽復也。限年均田，北魏間行，而法不通於江南。口分世業，唐初定制，而後不免於檢括。井田既廢，世無善政，以官平民，不若聽民自爲也。南宋建炎初，籍蔡京、王黼等莊以爲官田，詔見佃者就耕，歲減税三分。紹興二年，以福建八郡田聽民請買，歲入七八萬緡助軍衣，民皆稱便。浸而開禧，安邊所立，始憂不支。然未有猖狂攘奪如似道者也。王莽篡漢，擅利自予，田曰王田，民曰王民，天下愁怨，身分漸臺。似道當理宗末年，無天鳳地皇之富强，而造官佃官莊之虐政〔四〕，令不三載，誅滅尋及。賊臣言利，寧足福哉！

【校記】

〔一〕本篇又見《宋史紀事本末·公田之置》。

〔二〕「出」，光緒本作「見」。

〔三〕「並兼」，光緒本作「兼并」。

〔四〕「官莊」，原作「莊官」，據曾肖點校本乙正。

蒙古諸帝之立〔一〕

蒙古一統，雖成於世祖忽必烈，然開之者太祖鐵木真也。史稱其近取乃蠻，遠攻回紇，渡黄河以蹴西夏，踰居庸以瞰中原，建號九斿，滅國四十，洵北狄之天挺者哉！繼以太宗窩闊台，連宋滅金，華夏富庶，羊馬成群，有天下三分之二。善繼善述，克光前人。定宗貴繇，短世不造；憲宗蒙哥，嗣立復振。傳至忽必烈，遂併宋室。尚論其世，太祖帝二十二年，太宗帝十三年，定宗帝三年，憲宗帝九年，世祖又帝十六年，而混一始成。蠻夷雖强，得天下若斯，其不易也。女真阿骨打叛遼稱帝，在徽宗政和之五年。至宣和五年，即破走遼主延禧，未幾身死。弟吴乞買襲位，不一年而遼亡。兄弟將兵，止八年爾，成功忽焉，竟覆大國。蒙古伐金，易世始克，太行南北，君臣經營幾三十年。遼僅五京，而金半中原，攻守難易，固有殊乎？劾里鉢爲遼女真節度時，有子十一人不立，而立弟頗刺淑。頗刺淑死，弟盈哥嗣。盈哥死，而後劾里鉢子烏雅束嗣。烏雅束死，弟阿骨打、吴乞買以次立。兄弟相及，伯叔無間，友于之風，著於肅慎。蒙古太祖有四子，太宗其第三子也。六盤山之變，第四子拖雷監國。踰年而太宗始自霍博至，來會喪，耶律楚材勸拖雷奉之，即位和林。上遵父命，下篤天顯，永無鬩牆。太宗殂，第六后馬乃真氏稱制。越四年而始立長子定宗。定宗殂，后斡兀立海迷失氏復稱制。又四年而憲宗立，則拖雷之子也。憲宗殂，弟世祖立。自是有天下者，皆其苗裔，而太宗之傳絶矣。憲宗之未立也，定后所屬意者，太宗之孫失烈門爾。憲宗立而定后賜死，失烈門遠竄，太宗六后及諸王皆徙極邊。骨月參夷，有忝大位。既死合州城下，國虚無主。世祖北還自立，宗王畢會，惟阿里不哥自恃介弟，居守和林。命出太宗，懷貳不服，發兵稱帝，干戈再動，關隴乃平。方之女真世序，舉族同心，不幾有鄭莊克段、秦鍼奔晉之耻哉！地大則覬覦漸多，傳久則瑕釁間作，天子門内之争，常不如匹夫同室之救，莫非因時激極也。

【校記】

〔一〕目録題作「蒙古諸帝之立太宗光宗憲宗世祖」。本篇又見《宋史紀事本末·蒙古諸帝之立》。

蒙古立國之制〔一〕

史稱蒙古主鐵木真之興，三子朮赤、察合台、窩闊台善將，四傑木華黎、博爾木、博兒忽、赤老温善戰，復得耶律楚材任之。定中原地税、商税、酒醋、鹽鐵、山澤之利，而國用充；禁州郡非璽書不得擅徵發，因大辟必待報乃論，而國法立。以至設監治，置驛令，分三科，用儒臣，符印衡量，鈔法均輸，次第修舉，武功文治，焕乎可觀。開基廟食，爲元太祖，蓋非虛哉！

傳及太宗，女禍即作，立儲無統，諸王相攻，牝鳴狐嘷，幾傾帝座。乃歎斡難即位，玄冥建斿，奇渥溫氏猶未敢以天子自命，即征西夏，取燕南，下山東、河北五十餘城，滅山西、河南六十餘國。揮戈無敵，崛起富强，僅雄沙漠，不暇貽謀萬世也。

世祖忽必烈據和林，平關隴，知人善任，賢智輻湊。年建中統，易紅羊白馬之紀；國號大元，革蒙古韃靼之稱。燕京建廟，開平修宫，治曆命官，竟成一統。有熊開闢，功業未有。然貶孔子爲中賢，第儒流于娼後，秦皇之賤士也；尊事帝師，君臣受戒，梁武之佞佛也；攻城不降，下令即屠，項羽之忍也；命楊璉真伽〔二〕，發故宋諸陵〔三〕，曹操之賊也；征日本而齒積東洋，擊交趾而尸高戰骨，隋煬之窮兵也。五奸並用，箕斂煩興，求奇寶于馬八，責金人于安南，漢桓、靈之黷貨也。加以宸禁喪倫，繼世莫改，兄收弟妻，子烝父妾，叔死而姪納其婦，君亡而后適其臣，位絶中華，行同冒頓。家法若此，非二祖孰任其咎哉！孔子作《春秋》一千八百六十一年而後元興，元興而後，以夷變夏，見微于會濳，而知著于蒙古，内外之防，防乎其早也。

【校記】

〔一〕本篇又見《宋史紀事本末·蒙古立國之制》。

〔二〕「伽」，原作「珈」，據光緒本改。

〔三〕「發」，原作「伐」，據光緒本改。

北方諸儒之學〔一〕

余讀漢史，至新莽竊位，逢萌哭市，周黨杜門，公孫述僭號，譙玄吞藥，費貽漆身，鴻飛冥冥，不可勝數。及觀後世，蒙古初興，宋祚未絶，一時大儒如姚樞、竇默、許衡者流，相率事虜。因歎人不如古，讀書行道而不知海上之節者，又何衆也。樞初家柳城，後遷洛陽。宋九嘉識其有王佐略，楊惟中與之偕覲元太宗。既而世祖辟召，相得益深。默，廣平肥鄉人也。元兵伐金，被俘脱歸。後通經術，還鄉教授，世祖在潛邸，即强官之。二人託辭，固謂中原已喪，踐土安歸，明君在上，干旄浚郊，則有執此而往爾。然理宗尚儒，修明濂洛，學士聞風，萬里景赴。爲樞、默者，棄鄉里，挈妻子，歸命中朝，綱紀文治，何所不可？而棲遲本土，俯首北狄。無李斯燒書之憤，爲齊魯抱器之逃，竊不解也。衡避難徂徠〔二〕，往來河洛，蘇門得友，慨然任道，中國師表，舍我其誰？亦羈縻元爵，未能裂冠。即爲之解者曰：「召以議道則往，召以制官則往，召以立教則往，召以作曆則往，舍是無往焉。儲師不尊則辭，禮不繼，權臣不去則辭，問伐宋則不對。居於朝，未嘗三年淹也。」然身登師傅，道贊興朝，以堯舜之言，文韃靼之俗，中書五事，謨謀不違。雖晚歲病革，慚未辭官，遺命戒子，墓道書名，失身之辱，終莫洗矣。耶律楚材相二帝，闢草昧，開基元德，功侔周召。問其苗裔，乃遼東丹王突欲八世孫，父履，則金尚書左丞也。契丹貴種，金源相族，國亡臣鼸，貳心蒙耻，動高輔秦，而志愧報韓。北方學者節義風微，殆繇此始乎？

【校記】

〔一〕本篇又見《宋史紀事本末·北方諸儒之學》。

〔二〕「徂徠」，原作「岨崍」，據光緒本改。

蒙古南侵〔一〕

理宗淳祐元年，蒙古太宗窩闊台卒，第六后乃馬真氏稱制。六年，定宗貴繇立。八年卒，后斡兀立海迷失稱制。十一年，憲宗蒙哥立，遂殺后及失烈門。數年之間，蒙古凡三易主。女主當國者，或四年，或二年，宗族争殘，三宮告變，喪亂多矣。宋不惟無所加也，京湖江淮，日懼偪焉。君子以是知理宗之終不振也。寶祐之際，蒙古主分道入寇，劍門、閬州，直入無忌。李璮陷漣水，兀良合台圍潭州，史天澤戰嘉陵江，長轂電驅，王師瓦裂。合州之役，王堅力守，蒙哥竟死城下。天其祐宋乎？

忽必烈復渡江圍鄂，則何爲也？契丹德光入大梁，滅石晉，建號改元，諸鎮奉表，氣盛天下，自謂無敵。忽死殺胡林，剖腹實鹽，帝羓遺笑。其後兀欲李胡，治兵攻殺，察割弑君，睡帝代立，國亦少衰。蒙哥暴殞，猶之德光，而師徒横行，反混六合，豈驢櫝餘靈〔二〕，足怖中國哉！君臣同心，兄弟并力，一敵死，一敵復興，勢不下也。六后之朝，主器虚位，大臣憂死，國中大旱，河津不流，天怨人怒，時最可乘。宋日踖踧，坐失其會。夫夷狄之無君，尚强于中國之有君，况蒙哥、忽必烈儼然南面，爲其國主者乎？

《元史》言憲宗嚴馭群臣，性喜畋獵，酷信巫覡卜筮，日叩不厭，類非興王大度。乃内則摧刃門庭，而無金亮之禍；外則窮兵南伐，而無苻堅之憂。身死國興，天道何居？蓋以夏變夷，神聖常不可得；以夷病夏，即無道者尚優爲之也。

【校記】

〔一〕本篇又見《宋史紀事本末·蒙古南侵》。

〔二〕「驢」，光緒本作「羸」。

郝經之留〔一〕

元世祖忽必烈，憲宗蒙哥同母弟也，長而且賢。蒙哥立，屬以漠南漢北軍國庶事，遂開府金蓮川。姚樞進治平「八目」，條時弊三十餘事，畢見施行。史天澤、廉希憲、許衡、劉秉忠等拔茅在位，滅大理，王關中，屯田河南，肅清京兆，名雖大弟，規模一天子矣。蒙哥寇宋，自將入蜀，身死合州。忽必烈時方渡淮，國中内虚，阿藍答兒等謀立阿里不哥，郝經勸之北還，而賈似道稱臣之使至，遂許議和。斯時蒙古治亂之秋，亦大宋存亡之會也。鄂州被圍，張勝戰死，似道狼狽黄州，遣使請命。適天殞彼君，内亂將起。大弟急爲身計，輕騎趣歸。從此南北通和，行人修好，即城下之盟，耻或不免，而弭兵息民，國可緩禍，較之晉武、向戍會號盟宋，美惡同焉。又幽經以速寇，似道有戎心矣。理宗紹定時，蒙古侵金，使速不罕來假道，張宣殺之。拖雷曰：「宋自食言，曲直有歸。」後日遂爲兵端。繼而王檝道死，使臣屢囚。蒙哥發憤，分道入寇。兩國争鬭，憾繇一介，似道所親見也。鋪張鄂功，諱言和議，拘經真州，蔑顧後患，將誰欺乎？蒙古諸使，往來中國，僅能將命，鮮知大體。獨經儒者，博學尚氣，志存靖亂，不務遊説，乃使者實有魯連之心，而中朝反厄以蘇武之節，遂至金明射雁，帛書入燕，窮海縲臣，問罪爲首。伯顔南下，始成禮遣，又何及哉？秦檜誤國以和，韓侂胄誤國以戰，賈似道誤國以非和非戰，姦臣之術屢變，而人主終不察也，則亡而已矣。

【校記】

〔一〕本篇又見《宋史紀事本末·郝經之留》。

李璮之納〔一〕

蒙古將李璮于理宗寶祐六年陷海州漣水軍〔二〕，賈似道時宣撫兩淮，上書請罪，詔不問。景定三年，璮忽以京東來歸，封齊郡王。璮固全子，元太祖時，全即叛宋，横行山東、淮南之間，敗死揚州。璮遂襲爲益都行省，專制其地。太、憲二朝，手握大兵，世祖方立，翻飛内附，意其人亦郭藥師、張縠者流乎？然藥師之以涿、易來也，縠之以平州來也，皆遭遼亡，天祚出走〔三〕，國破無主，窮而歸宋。璮都督江淮，號令惟我，元命方隆，金符屢賜，騂旄白馬，夾輔是屬，乃不從張柔、史天澤等戰鬭立功，而卷地還南，獨何心哉？沈充與王敦搆逆而誅，子勁志欲立勳以雪先耻，竟死慕容恪之難。李懷光屯咸陽不進，子璀言其必反，後亦自殺。父子異行，忠孝著烈。李璮二親逆命，久屬韃靼，不傷覆巢，而獨懷反正。始則蒙古徵兵，詭辭不至；繼則揚言備宋，來獻三城。祈贖父愆，罔惜後禍，此固涼州張軌遜其赤誠，而魏博、田弘正樂與同歸者也。《宋史》既不登之《忠義》，而元人竟目爲叛臣，不大謬乎？徽宗信王黼，納張縠，金來責盟，函縠首畀之，郭藥師懼，遂以燕叛，道虜入宋。理宗于璮，既受其地，史天澤來圍濟南，遣青陽夢炎往救，不至而還。六越月城陷，璮竟死焉。劉整叛而南臣起賣國之心，李璮死而北人絶歸朝之志。景定覆轍，視宣和尤甚，宋亦烏可爲乎？

【校記】

〔一〕本篇又見《宋史紀事本末·李璮之納》。

〔二〕「漣」，原作「璉」，據清初張刻本、光緒本改。

〔三〕「祚」，原作「祈」，據光緒本改。

賈似道要君〔一〕

德祐元年之春，右丞相章鑑聞元兵日迫〔二〕，託故徑去。既而臨安戒嚴，曾淵子、潘文卿、季可、許自、王霖龍、陳堅、何夢桂、曾希顔、文及翁、倪普等數十人相率並遁。太皇太后詔榜朝堂，厲詞申責，勢不能禁。及留夢炎降唆都，陳宜中入占城，身爲大臣，行同犬豕。飄蓬翩反，亦曷法乎？曰：「法賈似道也。」

似道少好遊博，西湖燈火，燕飲不絶。既治第葛嶺，聚娼尼，鬭蟋蟀，淫樂嬉戲，直狎邪者流。矯情飾容，輒請罷政，又曷法乎？曰：「法王安石也。」安石初散青苗，韓琦疏其不便，神宗疑之，即稱疾不出。敦諭再起，持新法益堅。其後人言稍至，即以去劫之，沮格、誹謗之法用，而國是大搖。似道年三十餘，理宗即加知樞密，封臨海郡公。臺諫嘗論其二部將，毅然求去。度宗之立，頗贊密謀。山陵甫畢，棄官還越，復爲下沱僞報，要取手詔，遂至屢疏乞養，中使臥第。天子果以爲伊周復生，難進易退，遇以賓師，惟恐不當也。鄙夫事君，當其疏遠，先結左右之心，蔡京之媚童貫是也。及其貴幸，務奪天子之氣，似道之制度宗是也。蔡京之術，自古小人皆先行之；似道之術，獨於宋且數見。蓋當日人主，雖昧於知人，而常厚於待士，隆體貌，託心膂，敬禮大臣，其家法也。二三小人御以狙詐〔三〕，代鮮英辟，莫破其奸。忠厚在上，威福在下，其流寧有極哉！

安石竊位〔四〕，群邪繼跡。南渡以來，大奸得君，各操術往。秦檜之要君，曰：「我所恃者，金人也。」韓侂胄之要君，曰：「我所恃者，韓后也。」史彌遠之要君，曰：「我所恃者，殺濟王也。」賈似道之要君，曰：「我所恃者，立忠王也。」小人既挾所恃以要君，人君復徇其所要而不惑。浸久成風，臣工一態。居恒則競效其固位之謀，臨變則高語其拂衣之致。胡塵四合，而廊廟已空。悠悠之徒，莫非似道而已矣。

【校記】

〔一〕本篇又見《宋史紀事本末·賈似道要君》。

〔二〕「右」，清初張刻本、光緒本作「左」。

〔三〕「狙」，原作「徂」，據光緒本改。

〔四〕「位」，清初張刻本、光緒本作「柄」。

蒙古陷襄陽〔一〕

劉整自金亂入宋，隸孟珙麾下，以十二人取信陽，有「賽李存孝」之稱。既知瀘州，扞西邊歷功，南方諸將皆出其下。忽叛附蒙古，爲畫策陷襄陽，淮南、臨安遂俱不守。亡宋賊臣，整罪居首，與郭藥師有同誅焉。然藥師之叛，童貫招之；劉整之叛，賈似道激之。悍夫逆節，莫非謀國者絭成也。

理宗開慶時，蒙古忽必烈圍鄂州，似道出援而敗，遣宋京乞和，許成圍解。整獻密計，命夏貴殺其殿卒于新生磯。上表告捷，還朝進官，權傾内外。于是撰《福華》之編，幽北朝之使。宰相諱和，惟恐人知，整始與謀，頗心惡之。復會計邊費，污誣將帥，俞興搆隙，整訴不達，懼而降敵。請賂吕文德，開榷場，築堡壁，而後襄樊乃爲蒙古有也〔二〕。夫似道乞和，畏死而已，未敢望成；和議既成，免罪而已，未敢言功。惟僞捷之計進，而後飾功之念起；飾功之念急，而後忌人之術深。昔所共謀，今所交惡。整既不甘爲曹世雄、向士璧，則有決而去耳。

且自鄂圍解後，執郝經八年，而蒙古始問襄陽。襄陽圍六年，樊城圍四年，而朝廷始詔李庭芝往救。凡南北交鬥之秋，皆太師酣歌之日也。勝、廣兵起而惡聞盜賊，隋師入陳而羽書塵封。二世、後主，亡不旋踵。蒙古用師歲久，而似道諱兵日甚，宫嬪一言，立誣賜死。其意不過欲久竊鄂功，上欺天子。浸假而君非其君，臣非其臣，國非其國矣。范文虎敗逃，吕文焕叛降，襄、樊並失。三學上書，師相、督師之請，天下固孤注似道，不知蕪湖江上之潰，似道又孤注宋室也。帝㬎新立，賊整將兵出淮南，鋭欲渡江，伯顔不可，聞文焕入鄂，失聲發憤，死於無爲城下。似道視師，畏整未發，既知其殁，喜得天助。上表輒行，奔北殛死。當日爲國患者，外賊莫若整，内賊莫若似道，俱死於德祐之初載，勢若可回，而禍終不造。宋之亡也，積於理宗之四十年，成於度宗之十年。一孺子王疾病方發即斃，二凶烏能殺乎？

【校記】

〔一〕本篇又見《宋史紀事本末·蒙古陷襄陽》。

〔二〕「後」，原脱，據清初張刻本、光緒本補。

元伯顔入臨安〔一〕

度宗在位十年而崩，年已五十三矣。三子皆幼，建國公是差長當立，賈似道獨主嫡，而立嘉國公㬎，志在貪幼少、攘定策也。乃帝四歲即位，而元兵渡江，六歲而身即北遷，瀛國降封，宋祚永覆，何不幸也！似道始立度宗，以周公自詡，繼立帝㬎，威福益尊。不意江上師潰，殛死漳州，國窮勢極，雖甚權貴，無逃僇死。惜乎！又繼以陳宜中也。宜中在大學時，與黄鏞等上書攻丁大全，拘管他州，士論有「六君子」之稱。公正發舒，近矯矯者。然大全之逐，似道爲之。宜中因此驟顯，遂黨賈氏。咸淳之際，寒蟬不鳴，且爲劾程元鳳，以逢其欲。德祐元年，聞蕪湖喪師，疑似道已死，即疏請正罪。其反覆諂詐，固小人之靡也。似道死，宜中進，伯顔已入平江，計無所出，先請遷都，後請迎降，議成而遁〔二〕，若不聞焉。説者曰：「元師席捲〔三〕，臨安以上，俱非宋有。崛强一隅，勢不可得。無已而爲秦子嬰、晉重貴，非本心也。」然當日國勢，淮東未滅，閩廣尚全，奮衆血戰，事猶可爲。即獨松關既破以後，元兵直逼臨安，三宫移海，將士背城，存亡一決，愈于待斃。乃文天祥、張世傑兩進策，而宜中兩阻之，僅稱臣奉璽，肉袒求活，則直以國授虜矣。

靖康之亂，欽宗再如青城，吴革請止，何㮚等不聽，二帝竟北。夫徽、欽如金，罪不在金，宋自如也；帝㬎朝元，罪不在元，宋自朝也。金之寇宋，天下有南有北，則立僞帝而去之；元之寇宋，天下皆北無南，即盡取而有耳。究吴乞買、忽必烈始願，豈遽若是哉！至元年間，郭少師南歸，與謝枋得言：「元本無意江南，頓兵待和，行人不至，師漸深入，宋遂挈數百年宗社而降。」主降者誰？陳宜中也。似道才短于景延廣，而挑釁則同；宜中行齊于李崧、馮玉，而無君尤甚。宋室煨燼，與石晉並譏，尤從來中國所羞也。

【校記】

〔一〕本篇又見《宋史紀事本末・元伯顔入臨安》。

〔二〕「遁」，原作「道」，據光緒本改。

〔三〕「師」，原作「帥」，逕改。

二王之立〔一〕

帝㬎入元而端宗昰立，端宗崩而帝昺立。流離死喪，雖立猶不立也。然德祐初年，二王未建，文天祥即請以福王判臨安，吉王、信王鎮閩、廣，宗子維城，勢堪鼎峙，久不見聽。及諸關兵潰，而福、泉之命始下，其時晚矣。伯顔軍至臯亭山，文天祥、張世傑欲移三宫入海，背城一戰。陳宜中復沮之，遂決策奉璽。子嬰既降，咸陽不守，忠臣義士，泣血無途，不得已而痛哭江心，謀立少帝，年雖沖幼，尚稱帝兄。抗一旅之師，厲必死之氣，崎嶇嶺海，猶足自存。井澳颶風，車駕奄忽，天命已絶，復圖立君，何能爲乎？論者謂厓山不可居而奉帝駐蹕〔二〕，海口宜先據而撤備致寇，寡謀敗亡，非獨天意。然元軍大舉，潮陽師濟，張弘範等乘潮作樂，鼓勇先登，黑氣見災，檣旗震仆，獨以戰勝攻取責一世傑，必不得也。

天祥之如元軍而被執，至鎮江而夜亡也。走真州則苗再成不納，至温州則陳宜中不容。開府南劍，經略江西，汀、漳之間，躑躅維谷，可謂窮矣。猶振臂大呼，草野響合，雩都一捷，興復屢告。當李陵力竭之秋，奮王琳報梁之志。此一人者，國家之所急，世傑之所倚也。使在帝左右，同心斷金，參帷幄，令天下，庶其有成。而轉戰外方，馳驅靡定，至潰于興國，執于五坡。天祥既虜，而世傑益孤矣。

陳宜中能逃而不能死，陸秀夫能死而不能戰。世傑以一身犯難，廟堂寡和。蒲壽庚至泉州而縱歸使叛，張弘範至厓山而結舶不支〔三〕，臨危獨斷，不免一失，兵敗颶作，君臣皆没。計左于咸淳、德祐，而責效于景炎、祥興，雖有智者，不任咎也。陳瓚、張烈良等起義匡復，方勝即敗，與厓山同悲。六合全覆而争之一隅，城守不可而争之海島，臣心自盡，國亡無補，猶賢於當塗、典午拱揖竊竊者耳。

【校記】

〔一〕本篇又見《宋史紀事本末·二王之立》。

〔二〕「厓山」，原作「崖田」，據光緒本改。

〔三〕「而」，原作「同」，據清初張刻本、光緒本改。

文謝之死〔一〕

文天祥柴市之戮，在至元之十九年，時元世祖混一之第三年也。二十六年，謝枋得至燕，不食死，距天祥之死又七年矣。國亡臣死，兩賢獨後，天下後世，必推爲宋末忠義之首者，以其從容赴難，九死靡悔也。

咸淳之季，元困襄陽，率先戰死者，有張順、張貴。其後范天順、牛富死樊城，邊居誼死新郢。義士接踵，史不勝書，迄厓山海陵而後止。六合板蕩，苟得一人，即免顛仆。大宋多士，人盡夷齊，不能再造帝京，維持一紀，豈節義之力獨詘于戰功哉！景定以來，劉整以瀘州叛，吕文煥以襄陽叛〔二〕，陳奕以貴州叛，吕師夔以江州叛，范文虎以安慶叛，數人者皆宋大將，賈似道所親厚也。金城湯池，社稷寄之，一朝反戈，魚羊食人，人寇招叛，爲虜前驅，吕文福、昝萬壽等紛起效尤，亂莫制矣。度宗之世，似道以去要君，帝命學士草詔堅留。天祥當制，不肯呈稿宰相，即爲張志立劾罷。枋得于理宗朝教授建寧，試宣城、建康，摘似道政事爲問。陸景思上其稿，舒有開劾竄興國軍。二臣身無言責，抵觸權貴，放廢之餘，逃死爲幸。勤王詔下，奮發獨先，寧當日天子意念所及乎？唐玄宗過寵安禄山，及其反也，河北風靡，獨平原堅守。喜曰：「朕不識顔真卿何狀，乃能如是！」負國之臣必尊且戚，死國之臣必卑且疏，自古然矣。

似道專政兩朝，群小趨附，順則奴婢，逆則虎狼。始猶發難于武夫，繼且浸淫于文士。草木臭味，下流曷怪？文天祥、張世傑倡義孤軍，李庭芝、姜才、李芾、陳文龍等誓死血戰。社屋而復建，君亡而再立。遂至氣感窮氓，勇激斬木。德祐之死義，既盛于咸淳；祥興之死義，尤烈于景炎。明知事無可爲，而義難更辱，時久則守者益堅，節著則應者益衆。車書一統，首陽尚在，斯真足以扶天壤、光日月耳。留夢炎狀元宰相，喪心仕虜。天祥留燕，王積翁欲請釋爲道士，夢炎不可，後乃服刑。殺天祥者，非忽必烈，乃夢炎也。宋季逆賊，前莫惡于劉整，後莫醜于夢炎，熊飛、傅高諸編户咸聞而羞之。然有似道則將相皆降賊，有天祥則草莽皆樂死，朝廷之賞罰絶，而人心之廉耻生，此烏可以形格勢禁而得哉！

【校記】

〔一〕本篇又見《宋史紀事本末·文謝之死》。

〔二〕「焕」，原作「涣」，據《宋史·張世傑傳》改。

七録齋近集卷十六

婁東 張溥西銘 著
同里 張采受先
金沙 周鍾介生 閲

元史紀事論

【箋注】

《元史紀事論》是爲陳邦瞻《元史紀事本末》所寫的論贊，凡二十七篇。《元史紀事本末》二十七卷，陳邦瞻原編，臧懋循補輯，張溥論正。著録見於《明史·藝文志》《鄭堂讀書記》《江蘇藝文志》《中國古籍總目》。是書現有明末張溥刻本（復旦大學圖書館藏，續修四庫全書據此影印，以下簡稱「明刻本」）、清康熙十八年刻本（上海圖書館藏）、清同治十三年江西書局刻本（紀事本末五種本，上海圖書館藏）、清光緒十三年廣雅書局刻本（紀事本末彙刻八種本，上海圖書館藏，上海古籍出版社一九九四年影印）、清光緒二十四年湖南思賢書局刻本（紀事本末五種本，上海圖書館藏）、清光緒十四年上海書業公所鉛印本（歷朝紀事本末七種本，上海圖書館藏）、清光緒二十五年上海慎記書莊石印本（歷朝紀事本末九種本，上海圖書館藏）。清代以來，重刻者多依據明刻本，以同治年間江西書局校刻之《紀事本末五種》本最爲通行。

《元史紀事本末》是陳邦瞻繼《宋史紀事本末》後作，起自江南群盜之平，迄于諸帥之爭。初稿完成後，由臧懋循予以訂補。萬曆三十四年（一六〇六），《元史紀事本末》六卷刊行。萬曆三十五年（一六〇七），黄起士重刻，改《元史紀事本末》爲四卷。約崇禎十年（一六三七）間，張溥鑒於「《元史》速成，衆思寡集」（張溥《宋元紀事本末序》），欲重寫元史。故張溥先對《元史紀事本末》「寄以論難」，加以論正，重新刊版，以篇爲卷，分爲二十七卷。是書每卷於書眉標事綱，卷末以「張溥曰」論正，每篇論正約六百字。崇禎十五年，張采在編《七録齋近集》時將之列爲卷十六，名曰《元史紀事論》。

方良先生認爲張溥《宋紀事論》《元史紀事論》「其體例，已開清代史評著作之先河；其風格鮮明，可圈可點」（方良《試評張溥的史學成就》）。華世銚先生認爲「張溥的評論大多比較公正」，「張溥的史論，大多客觀、公正、中肯而合乎實際」（華世銚《評〈元史紀事本末〉》）。

本卷爲《元史紀事論》，由張采取諸張溥爲《元史紀事本末》所寫論贊連綴集末，類同附録，且前史具在，蒐檢頗便，故不再出注。

江南群盜之平〔一〕

元世祖至元十七年，天下始一統。其年漳州陳桂龍即兵起，與建寧黄華勢合。繼以廣州之林桂方、象山之尤宗祖、循州之鍾明亮、廣西之黄聖許等，狐鳴豨突，連歲弄兵，終世祖之身未獲殄滅，史皆目爲「盗賊」。抑以大宋觀之，亦有殷多士之倫也。成王、周公患四方之遠，鑒三監之叛，新洛邑以居殷民，誥辭不一而足，曰：「商王士，貴之也。」曰：「毋我怨，安之也。」王莽篡漢而州郡兵起，金虜虐宋而山東兵起，作史者當是時不惟不賤盗而反幸有盗。惡亂賊而外蠻夷，天下之公心也。趙宋以仁傳家，亡於韃靼，忠臣義士入海圖存，餘枿不植，而閭閻强暴，奮臂一呼，衆輒數萬。假令崖山之師不潰，太妃、帝昺尚存，資其蜂聚，號召義兵，閩廣雲從，淮浙桴應，文天祥、張世傑等爲之謀主，力抗犬羊，縱未能如少康、光武克復舊物，其爲蜀漢鼎立，江左偏安，尚有餘也。獨恨幼君赴海，天命先絶，桂龍等擾擾新朝，衆皆烏集，吊忠魂於孤舟，哭羈囚於燕市，風塵六合，莫識所依，稱號僭國，旋起旋撲，竟不得與隗囂、方望之徒齊驅姓字，良可哀也。群盗分嘯，害及趙宗。阿魯渾薩里片語解紛，善安反側；月的迷失按兵養寇，延誅平民，雖屢立戰功，義無取焉。

【校記】

〔一〕本篇又見《元史紀事本末·江南群盗之平》。

北邊諸王之亂〔一〕

蒙古定宗貴由之殂也，牝后稱制，君位久虚。兀良合台等推憲宗蒙哥即位，失烈門與諸王心不能平，憲宗遂肆殺戮，宗族解體。合州之變，阿藍答兒等謀立阿里不哥，郝經勸世祖忽必烈直趨燕京，大位始定。既而少弟抗命，稱帝和林，六盤諸部莫不響應。廉希憲削平關隴，世祖親戰漠北，大衆方解，諸王來歸。國歷三傳，内難輒作，母后唧冤，同氣流血。齊鸞、梁繹，代有其人，胡人好殺，固無親也。

至元年間，世祖封其子那木罕爲北平王，帥兵鎮守，安童行省院事，防海都也。久之，昔里吉劫之以叛，伯顏平之，天下既一，可幸安枕。至元二十四年，復有乃顏之亂，西北棘矣。甘麻剌出鎮而叛黨尚逞，鐵木耳撫軍而大同不寧。蓋海都以太宗長孫世居北方，定宗以來，日尋干戈。吴濞白頭，淮南弸矢，即車書會同，寧忘崛强哉！成宗即尊，牀兀兒等奮勇，鬭争七年，篤哇乃降。骨肉附順，正不易也。阿藍答兒、渾都海之舉兵也，廉希憲便宜虎符，立時殄滅；乃顔之擁衆也，阿沙不花請離其黨，渠魁即縛。神機獨運，惟在任人。海都寇邊，伯顏力禦，戰守持久，將奏成功，飛譖忽入，軍中易將，巨寇坐逃，更煩天討。元老願飲班术之水，而廟堂不察樂羊之謗。臨事一失，鬼方幾震，折衛樽俎，聽言尤慎哉！

【校記】

〔一〕本篇又見《元史紀事本末·北邊諸王之亂》。

高麗之臣〔一〕

王建以高麗大族，承高氏之敝，權知國事。後唐長興三年，遣使朝貢，明宗封爲國王。二傳及宋，恭順不怠。端拱之世，契丹寇擾，走使乞師，朝廷弗問，後遂受制於遼，膺其封册。遼亡，貢使接踵至宋，金主滅遼入汴，高麗王楷復臣事之。元興，又與金絶。傳世十數，臣屬無恒，跡疑反覆。然東夷馴柔，異於三方之外，畏鬭好服，見强大而屈，亦國勢然也。

元太祖時，契丹人六哥等竄入高麗，攻據江東。大師往征〔二〕，助其討滅，使臣約結，請輸貢賦。既而盜殺着古歟等，七歲絶使。太宗遣撒里塔征之，洪福源迎降，遂招其主王瞮，設官監治。明年復叛，詔數五罪，責其質子。定憲之際，命將凡四，瞮遣世子倎入朝。世祖中統元年，瞮卒，命倎歸國爲王，高麗安矣。至元年間，命王賰及阿答海擊日本，則非柔遠息兵之道也。王倎久質蒙古，新君即位，羈旅獲還，懷異人之感，無燕丹之怨，廢立再寧，大國施厚。子賰繼緒，望恩猶昔，强以伐鄰，豈所樂乎？

即獻計者曰：「今之高麗，本古新羅、百濟、高句麗三國并而爲一。嚴兵假道，名取日本，乘勢襲之，離爲二國，夷爲郡縣，中國之利也。」抑念父子素順，藩屏效職，衛滿、高元，彼不敢爲，何必謀出下陽，狡臨松岳哉？林衍廢倎，趙璧出問；吴祈搆晧，王約往徵。或死或流，不假兵刃，傳聞之變，可以情恕，而家人之隙，無貴用威也。漢置外國都護而西域驚，元設征東行省而高麗懼。善撫四夷者，亦在静之而已矣。

【校記】

〔一〕本篇又見《元史紀事本末·高麗之臣》。

〔二〕「大」，原作「太」，據清刻本改。

日本用兵〔一〕

倭自後漢始通中國，南宋昇明間，國王武上表，言：「在昔祖禰，躬擐甲胄，東征毛人五十五國，西服衆夷六十六國，陵平海北九十五國。」辭頗誇耀。然朝宗不愆，繇來久矣。隋煬之世，夷書不恭，置而弗責。貞觀受朝，遣使往諭，義存矜遠。及宋雍熙，國僧奝然浮海貢獻。太宗賜紫衣，厚存撫，詢彼土風，主唯一姓，臣皆世官，歎爲古道。六十四世而下，未聞以兵見也。元世祖混一志侈，降書招徠，其國不應。窮兵東伐，喪没五龍，落日波濤，信風山岳，其天險耶？隋混南北，開皇殷盛，煬帝三駕遼左〔二〕，旌旗萬里，莫洗薩水之辱。元奮沙漠，滅金、滅夏、破西域以奄有中華，臣妾萬邦，地極四表。而東海島夷遂抗顔行，淪師十萬，非高麗、日本反威重於九州大國也。天道惡盈，國君戒戰。楊廣、忽必烈處勢之極，忘兵之凶，知勝而不知敗，能進而不能退，志窮慾滿，鬼神來瞯。建號夷夏而取侮一隅，威行天壤而毒生蜂蠆。《堯戒》躓蛭，蓋謂此耳。然楊廣不悟平壤，再釁雁門，東都縱淫，頭頸不保。元世祖出師屢北，惕於劉宣之言，即下詔罷征，國以永寧。治亂翻覆，惟辨君心，不遠之復，烏容忽也。

【校記】

〔一〕本篇又見《元史紀事本末・日本用兵》。

〔二〕「遼」，原作「僚」，據清刻本改。

占城安南用兵〔一〕

世祖之伐安南，爲占城也。占城在中國之西南，東至海，西至雲南，南至真臘國，北至驩州，素不通朝貢。周顯德中，王釋利遣使貢方物。宋建隆初，上表貢獻。宣和時，封國王，累朝羈縻，郊恩降制。乾道以來，貢阻國亂，悉置不問。元世祖并天下，遣唆都就其國立省撫治，王子補的負固不率，遂命將往討。以窮僻荒忽之國，聲教向隔，王言不通，即勤師旅，懷遠字小，義豈其然？又遷怒安南，忽張九伐，黷尤甚矣。

占城之去安南也，水行二日，陸行十五日，道固非遼絶也。然輔車脣齒，爲日已久，開關延敵，寧無懼心。怒其不許，移師遽加，安南雖小，其能堪乎？鎮南王脱歡進兵，安南王陳日烜旅拒。雖勁騎電驅，攻城破邑，而中道回戈，觸藩莫決，天兵挫衄。在彼穴中，唆都、李恒同時戰死。乾滿之敗，恥同平壤，皆大國所自取也。脱歡再出，日烜屢走，邀歸擊惰，元師復北。彼蓋避其朝鋭，殲其暮氣，藏身大海之間，伏毒當關之險，戎車赫臨，未嘗一勝，日烜可謂善用兵矣。日燇襲位，元使徵朝，張立道約以肆赦，令修歲貢，而忌言驟行，欲邀先入，懼不敢前，復安置使臣，更議專伐，王靈數頓，帝怒不懲。終至元之世，抱大業之慚，佳兵自焚，傷於蠆尾，更足惜爾。成宗罷征，安南奉職。其後日焌來朝武宗，日爌來貢泰定，世順毋動。嗟彼交人，安於守文之中庸，而獨不畏開基之神武，飛龍尚威，固有時而屈也。

【校記】

〔一〕本篇又見《元史紀事本末·占城安南用兵》。

西南夷用兵〔一〕

世祖之擊緬，成宗之擊八百媳婦，皆兵之得已者也。擊緬而及金齒諸蠻，擊八百媳婦而及宋隆濟、蛇節等，僨兵不戢，禍日蔓矣。緬固西南夷，地接大理、成都而遥。至元八年，遣乞解脱因等持詔往諭，尋釁不已。一統而後，大師盛出，攻江頭，拔太公。金齒夷十二部相率來降，櫜戈勿用。成宗大德初，阿散哥也率黨弑君，王子奔訴，遣薛超兀兒等往討。名雖問罪，而勢隔山嶠，金齒遮路，移師進征，無功輒還。即誅戮將帥，申儆國法，不足以威外方、讋遠人也。八百大甸，世傳其酋有妻八百，各領一寨。荒徼小夷，事絶聞見。世祖招琉球〔二〕，擊爪哇，六師雲翔，無遠不屆，獨赦彼弗問。亦謂僻國萬里，王享無與，未可與日本、安南等同責順逆也。

劉深鼓説，嗣君好大，調發驛騷，雲南震動，蠻酋宋隆濟等紿衆結叛。中國喪衂，再易大帥，僅殄叛黨。遥望八百，竟不能達，武功頓矣。或謂伐緬之役，薛超兀兒始事，高慶、察罕不花受賂，八百之禍，劉深爲之。成宗奮怒，刑殺無貸，師行罰必，與漢武帝之誅王恢、荀彘，周世宗之斬何徽、樊愛能，同稱威武。然敗績而行刑，孰若臨事而慎動也？世祖通緬，實繇金齒頭目阿必爲引導，其後阿郭、阿禾，數與緬難。大德間，復連諸蠻，賊官吏。

小國反覆，兵竊自掇，隆濟蛇節，酋官蠻婦，迫於徵求，敢抗顔行，猶之南詔閣羅鳳，苦鮮于仲通、張虔陀而陷雲南、瀘南之敗，咎不在夷矣。

【校記】

〔一〕本篇又見《元史紀事本末·西南夷用兵》。

〔二〕「琉」，原作「流」，逕改。

阿合馬桑盧之奸〔一〕

世祖至元十七年，混一天下。十九年而戮阿合馬屍，二十二年而誅盧世榮，二十八年而誅桑哥。三凶速殄，中外鼓舞；朝廷神武，赫焉可觀。然究其始用，莫非以利動也。阿合馬種族回紇，中統三年，即專理財賦，寵倖登相，掊斂作奸，流毒海内。王著痛發義憤，殺之闕下，帝尚不悟其惡。孛羅言之，始詔剖棺。以創業之君經營夷夏，有賊在側，久而不察，彼日而微，何汶汶也。盧世榮罪廢之餘，浣濯再用；桑哥爲膽巴弟子，黠横擅權。後雖駢首市曹，委内鷹獺，顧上下重困，則已亟矣。自古英君多好言利，漢武帝之桑弘羊，唐德宗之裴延齡，同類並譏。然四討匈奴，府庫耗敝；連兵藩鎮，國用日竭。不得已而立均輸之官，密度支之令，猶有辭焉。

胡元幅員遠過前代，北踰陰山，西極流沙，東盡遼左，南越海表，路一百八十五，府三十三，州三百五十九，軍四，安撫司十五，縣一千一百二十七，漢唐極盛之際皆不能及。寬徭薄賦，富强有餘。即日本、安南、占城、緬國累歲用師，中國之民固無罪也。今日算錢穀，明日括户口。立規措所而賈人皆官，置徵理司而鉤考遍出。鈔法數變，中書拱手。爲阿合馬則殺阿里伯、燕帖木兒、崔斌，爲盧世榮則殺周戭，爲桑哥則殺郭祐、楊居寬。簡覈繁古，不顧淫刑，世祖於利，直性好之，非以國勢爲緩急也。葉李在宋朝，上書攻賈似道，頗號剛直。繼背而仕元，即首舉桑哥，毒國害民，於法當斬。李淦訟言，帝不加罪，反召佐完澤。佞人逸誅，公道鬱塞。然原帝初心，豈特愛李，即三奸未嘗不庇也。阿合馬威福自恣，太子畏不敢發，王著便宜行戮，罪狀始白。若使必告帝而後動，鮮不爲秦長卿續矣。且進世榮者，阿合馬也，阿合馬死而復任世榮。薦世榮者，桑哥也，世榮死而復任桑哥。一奸死，一奸入，凡至元一統之年，皆小人聚斂之日。古來人君好利，未有過於元世祖者也。

【校記】

〔一〕本篇又見《元史紀事本末·阿合馬桑盧之奸》。

科舉學校之制[一]

元世祖至正二十三年，從程文海請，詔訪江南人才，趙孟適、葉李、趙孟頫、張伯淳等咸見擢用，求才殷矣。乃科舉一法，數議不決，迄仁宗皇慶二年，始詔行之。國歷三主，取士無制。未識四十餘年間，天下俊乂，釋褐登朝，何途之從也。

順帝即位，徹里帖木兒議罷科舉，伯顏主之，吕思誠力争，出補廣西。許有壬懼禍，不辭班首，久而嶁嶁進言，始詔復行，則貢舉之廢又六年矣。太祖初得中原，耶律楚材獻議用儒；世祖將定天下，許衡立法取士。二祖草創，經營甚詳。而一統以後，制反疏闊者，何也？蒙古用人以國族、勳舊、貴遊子弟爲先，而法不專於科目也。前代之官人選士合而爲一，元之官人選士分而爲二。合而爲一者，以士爲官而學校尊；分而爲二者，官不必士而徼幸出。怯薛以下，吏道多端，工匠輿隸，崇班高品，即曰好儒，名焉而已。有元數主，文治寥寥。延祐行科舉，賜進士；至順表先賢，廣從祀，號爲知禮。然仁宗初立，釋奠孔子，遣宦者李邦寧行事，大風變起。文宗襲位于上都，即以西僧輦真吃剌思爲帝師，大臣郊迎，俯伏進觴。名爲尚儒而先辱元聖，二帝之彬彬，亦葉公之好龍耳，況成武而降哉！

江南學田，試官供帳，所關國費，亦復幾何？明詔屢鬻而大臣懷忌，知其所見者淺，而夷道尚存也。或謂國子之官，師儒重職，元世領之者，如許衡、李孟、齊履謙輩，代稱得人。山谷興學，草野傳書，洛閩遺風，于此爲盛。然學者不必用，用者不必學，學校、科舉猶然兩途耳。若李斯焚《詩》《書》，韓侂胄禁道學，則侏儒椎結又群起而笑之矣。

【校記】

〔一〕本篇又見《元史紀事本末·科舉學校之制》。

郊　議〔一〕

遼祭木葉山以祀天地，神位東向，中立君樹，前植群樹，懸牲告辦，班位奠祝，致嘏飲福，微與禮合。金因其俗，始有拜天之禮。太宗吴乞買僭號〔二〕，乃告祀天地，設位而祭。天德以後，始有南北郊之制。大定、明昌，其禮寖備。及元一統，質文舉矣。然世祖躬祀天於舊檀州之西北，灑馬湩，獻脯饌，尚從國俗。再傳而下，親祀者鮮。英宗有志未遂，久而後成。逮至大間，大臣更議立北郊，亡何中輟，遂廢不講。郊社，國之大事，其疏若此，又何言中祀以降哉？

或曰：「郊天配祖，《周禮》詳之，秦人忘之。襄公作西畤祀白帝〔三〕，其子孫遂並祀青黄赤，而黑帝獨缺。西漢重郊祀，而不能復三代之制，祀雍五祀及甘泉、太乙、汾陰之屬，皆出方士祈福之説，非古人之報本反始也。高、惠不親祀，文帝壹再行，武、宣以求仙，成帝以祈嗣，親郊雖多而高祖失配。哀、平之間，怵于禍福，南北郊與甘泉五畤，互爲罷復，卒無定制。以漢帝之好文，諸臣之達禮，累朝稽古，嚴祀尚乖。元起沙漠，何足責也？」然漢承秦敝，古文蕩滅。文帝、賈生宣室問對，但言鬼神，未遑典祀。諸儒折衷，畫一爲難。元承宋後，南北二郊，分祭合祭，論者詳矣。新王受命，禮可立行而遲久靡定，君子深惡其志之不在天地也。漢武之世，常三歲一親郊，程頤猶謂人子不可一日不見父母，人主不可一歲不祭天，深譏其非禮。元則南郊之祭，丞相大夫三獻行事。天下之主不主天下之祭祀，而屬之其臣，天其肯久享哉！

【校記】

〔一〕本篇又見《元史紀事本末・郊議》。

〔二〕「宗」，原作「常」，據清刻本改。

〔三〕「白」，原作「曰」，據清刻本改。

廟祀之制〔一〕

作史者曰：「元之五禮，惟祭祀稍近古，而郊廟親享，文常不備。」郊祀之禮，至大德九年乃定；親享太廟，則自至大二年始。改號幾十年而典祀方舉，則其荒於禮也久矣。間考一統以來，世祖一書幸大聖壽萬安寺，成宗一書太后幸五臺山，一書建天壽萬寧寺，英宗一書作壽安山寺佛像，泰定帝一書賜大天源延聖寺田，一書建龍翔集慶寺于建康，順帝一書賜太承天護聖寺田，非禮之祠，疊書史册。彼固以爲土木禱祀，僧徒衣食，致嚴已極，即古封泰山、禪梁父，七十二家莫與齒也。

大報惟天，一本惟親，且從略焉，弗躬弗親，謂可無罪。其于禮也，夷而泰，泰而叛矣。《春秋·定公九年》書：「從祀先公，盗竊寶玉大弓。」魯無人之辭也。元至治三年，盗竊仁宗及后神主；泰定二年，盗竊武宗神主；至正五年，盗竊太廟神主。神主之重，重于國之鎮寶，三見竊焉，無人甚矣。桓公十四年，書御廩災；成公三年，書新宫災，三日哭，不恭之所致也。元之大德六年，太廟寢殿災；至治三年，奉元行宫正殿災。不敬而災，天變亟矣。禮支庶有天下者，始得立廟。漢宣帝繼昭帝，而戾、悼二園，不列昭穆，以其非繼體也。文公二年，大事于太廟，躋僖公，謂之逆祀。元之顯、順二君不當稱宗，睿、裕二宗不當立廟。武宗繼體而追王順宗，泰定入立而推尊顯廟，則違支子之禮。成宗，君也；順宗，臣也。以次升祔而反躋其上，則蹈逆祀之譏。厚私親而于大分，如此而祭，不如其無祭也。真哥皇后，武宗正配，以無子之故，屈于妾母。元統初，逯魯曾上議，始獲配享，與唐之懿安皇后配享憲宗，同稱得禮，斯蓋夷而中國者矣。

【校記】

〔一〕本篇又見《元史紀事本末·廟祀之制》。

律令之定〔一〕

元循金律，胡法參夷。世祖混一，蠲繁苛，畫新法，五等定罪，囚多老死。後惟秦王伯顔出，天下大辟，始一加刑。七八十年中，老稚嬉戲，不睹斬戮，庶幾近仁。乃當時議律者鰓鰓有憂，如何榮祖、鄭介夫等獻新格，陳讜言，敬明乃罰，至于再三。虞夏無刑，而周《誥》詳刑，深慮南北異規，出入多制也。繼體守文，風愆不戒，西僧天赦，奸宄逋逃，網漏吞舟，焚巢四起。元之不振，蓋繇法玩乎？

然秦人尚法，三族之辟，興自文公；商鞅論囚，渭水盡赤；始皇酷烈，專任刑罰；胡亥更律令，有罪相坐，戮蒙毅等于市，矺諸皇子、十公主于杜〔二〕，刑者半道，殊死積市，逾年覆滅。天之厭胡，必甚于秦，而元反子孫十傳，優游後亡，意者秦以暴、元以寬也。

宋藝祖哀矜折獄，三宗務崇仁厚，群臣犯法，大者下御史臺，小者下開封府，大理寺未嘗特置獄，即元惡未嘗有凌遲刑，閭閻樂生，獄多不冤。然熙寧中，祖無擇下秀州獄，苗振下越獄，蘇軾下御史獄，臺臣承王安石意，詔獄亟用，制勘推勘，二院並興，李逢之獄，寃播天下。紹聖間，章惇、蔡京等用事，置元祐訴理局，置同文館獄、皇城司獄，窮治刻深，黨禍大作。高宗南渡，賊檜妒岳飛功，搆大獄死之；又搆趙汾與張浚、胡寅、李光等五十人謀逆，欲種誅，獄成，病不能署而寢。以宋朝寬大，列宗仁恕，而權奸假借，禍同羅織，刑之能死人也。人主緩之，大臣急之，鍛鍊周内，害且數世，況尚嚴酷哉！

【校記】

〔一〕本篇又見《元史紀事本末・律令之定》。

〔二〕「杜」，原作「社」，據《史記・李斯列傳》「十公主矺死於杜」改。

運漕〔一〕

天下有三大利，曰西北水田，曰導河入衛，曰海運。西北水田者何？京師東瀕海數千里，北極遼海，南濱青齊，萑葦之場，海潮日至，淤爲沃壤。宜用浙江之法，築隄捍水爲田，聽富民願耕者，合衆授地，定畔爲限，設萬夫千夫百夫之賞。三年後徵，五年命以官，十年許世襲。近可得民兵，遠可紓饋運，而江海遊食輕剽者亦率有歸，此元泰定中虞集之議也。

導河入衛者何？古黄河自孟津至懷慶入于海，今衛河自衛輝汲至臨清、天津入于海，則猶古黄河道也。三代前黄河東北入海，宇内全氣，隨而鍾于雍、冀、齊、魯之郊。漢時河决頓丘，遂漸南徙。隋煬帝引河入汴，引汴入淮。至宋熙寧而河遂南，宇内全氣，遂因遷轉。唐無幽燕，六朝、南宋偏安江左，而胡元遂統天下。昭代定鼎燕京，宇内全氣，又自南而北。今若于河陰、原武、懷、孟之間，審視地勢，導河使入衛，以達于臨清、天津，不惟徐、沛之患可息，而京師形勝益壯，其便者一。元漕舟涉江入淮，至于封丘；陸運至淇門，入于衛，達于京師。今導河注衛，冬春水平，漕繇江入淮，溯流至于河陰，順流達衛。夏秋水迅，仍繇徐、沛以達臨清，是一舉而得兩運道也，其便者二。又河西沃壤，人力可盡。臨清以北至京師，修其溝洫，既備旱潦，兼捍戎馬，而河南、北直，轉羸瘠爲富强；陝西沿邊，修秦漢故蹟，築爲邊牆，堰爲陂瀦。外捍衛而内灌溉，殺徐、沛上流之勢，功及全陝，其利者三。此國朝江良材之議也。

海運者何？自古漕運所從之道，有陸有河有海，陸運以車，水運以舟，海運則民無輓輸之勞，國有儲蓄之富，此元朱清、張瑄之議也。導河之役，重大難言，而水田、海運便利易舉。虞集初上議時，當國者疑受田以賄成而中格。及至正之季，海運不至，國用匱詘，朝廷始思集言，有海口萬户之設，歲亦得數十萬石。惜行之已晚，無救土崩耳。海運始于秦攻匈奴，飛芻輓粟，起于黄、腄、瑯琊，負海之郡，轉運北河。唐人亦轉東吴粳稻以給幽燕。元運仰給江南，發浙西，凌黄河，頓中灤，開膠、萊，憂勞費甚。伯顔平宋，命朱清、張瑄等載宋圖籍，自崇明繇海道入燕都。後遂建海運之策，命羅璧等造平底海船運糧，從海道抵直沽，萬三千三百里，旬日輒達。視河漕費省無算，國歲資之，終元不廢。議者慮料角不可越，暴風不可測，一舟之失，米不過千百石，而從溺者率不下數十百人，民命尤可念也，則斷斷難之。然都燕全勢，北有居庸、醫巫閭以爲城，南通大海以爲池，非若唐人都秦有險無水，宋人都梁有水無險也。主于河而協以海，固可並行不悖乎？

【校記】

〔一〕本篇又見《元史紀事本末·運漕》。明刻本《元史紀事本末》「運漕」下有「河渠海運」四字。

治　河〔一〕

秦亡於漁陽之戍，唐亡于桂林之卒，元亡于開河之夫，論者懲紅巾而惡賈魯，謂其動衆生亂，罪與趙高、虞世基等。然元至至正，胡運盡矣。十世百年，綱淪法斁，天禄將終。順帝優柔多慾，上下無章，雖享位之久，幾同宋理，而亡形之促，直猶二世。即使河役不興，于喪亂固無補也。

河源之訪，始自漢張騫使西域，以爲二水發葱嶺，趨于闐，匯鹽澤，伏流千里，至積石而再出。唐薛元鼎使吐蕃，則云得之悶磨黎山。而元世祖命都實者往求，又云得于吐蕃朵甘思之西鄙。其地在中國西南，直四川馬湖府之正西三千里，雲南麗江之西北千五百里，實中國山脊所自起。而張騫所訪，乃在其西萬餘里外。彼其時爲吐蕃所遮，道不得至，故蔽而求之遠也。河源既出星宿、崑崙，黄河九度，人人争言。要而論之，天下山川之大者，存乎南北兩戒。河源自北紀之首，循雍州北徼，達華陰，與地絡相會，並行而西，至太行之曲，分而西流，與涇、渭、濟相表裏，爲北河。江源自南紀之首，循梁州南徼，達華陽，與地絡相會，並行而東，及荆山之陽，分而東流，與淮、漢相表裏，爲南河，於中國導地脉一也。獨江在中國右，爲陰水，泉出多洄瀦善容，雖險不敗；河在中國左，陽而性勁，北地泉少，水落伏漕時，河身偪束，淺者可涉。秋水時至，百川灌輸，則西北浸潦盡奔入河，無江永漢廣之蓄，有懷山襄陵之患，此古來導水者所以不言治江而言治河也。河自宋熙寧中，决澶淵、曹村，北流斷而南徙，東匯于梁山，濼灑爲二，一合南清河入于淮，一合北清河爲濟水，故道入于海。蓋河與淮合始此，然勢分而不專。金之亡也，河始决開封城北衛州，入渦河以合淮。元之亡也，决河南，决汴、陳、許，决杞。而用賈魯議，塞北河，疏南河，興大役，而河益南。夫汴宋而上，河專入海，尚爲並河州郡患，况河淮合一，清口又合沁、泗、沂而歸淮哉？謀國者欲因水自然，通河于衛，而朝議急漕，務隄使南，漕雖獲安，河勢愈激，則猶賈魯之見也。

【校記】

〔一〕本篇又見《元史紀事本末·治河》。

官制之定〔一〕

論職官者曰：「官名不正，莫甚于元。中書政本，既有中書令，復立左右丞相；既立左右丞爲正宰相，復立平章政事，何多名也！」降而末流，丞相且遥授矣，即欲治，得乎？至元、至大間，群小用而尚書省建，名爲理財，權反出中書上，亦繇官名不一，人得而竊也。宋之蔡確欲專政，忌王珪爲首相，則建請以左右僕射兼兩省事。確遂攘中書，而珪不得預。元之阿合馬、桑哥、脱虎脱等欲專政，忌安童等在中書，則請别立尚書一省，而勳舊大臣不敢問。朝廷之設官，務得人也；小人之欲官，務自利也。得人之謀疏，常不如自利之謀密。人主不察而輕信之，張官置吏，徒爲小人役耳。

元代官制，左右萬户與斷事官之立，自太祖始；十路宣課司之立，自太宗始；立中書省、樞密院、御史臺與寺、監、衛、府以治内，立行省、行臺、宣慰、廉訪與路、府、州、縣以治外，自世祖始。創業之初，令約事簡，一二三親貴，出戰入守，即助爲理。久而土地漸大，軍民日衆，改玉改步，恢張制作，官冗吏繁，所必然也。然周人備官，末患文勝，秦人變之，專設爵級以勸武力。既併天下，罷侯置守。列國之盛，僅裁爲三十六郡。設太尉主五兵，立丞相總百揆，又置御史大夫以貳相。天地四時之官，蕩不復用，蓋至簡也。而佳兵尚刑，急程吏事，趙高進而二世速亡。元制法金，而晚參以宋，復尊蒙古而輕漢人、南人，儼然以秦自命，又無法焉，其命官固不足道也。

【校記】

〔一〕本篇又見《元史紀事本末·官制之定》。

尚書省之復〔一〕

宋熙寧初，議行新法，創制置三司條例司，以陳升之、王安石領之，吕惠卿檢詳文字，章惇屬官三司，曾布檢正中書五房，農田、水利、青苗、均輸、保甲、免役、市易、保馬、方田諸役，相繼並興。朝臣奏請不便，群奸即上疏條析，莫敢難也。後復併歸中書，安石與韓絳共領。久之，復置三司會計司。大抵以宰相之重，筦財利之權，諛成者進，立異者黜。及惠卿、安石交怨相傾，官仍不廢，而海内斁耗矣。

元世祖至正八年，立尚書省，以阿合馬平章政事。時宋度宗之咸淳六年，天下尚未一也。國君好利，授政僉人，逾年即罷，併入中書，或者有悔心焉。二十四年，聽麥术督丁言而復立，專任桑哥，行至元鈔，設徵理司，鈎考嚴酷，郭佑、楊居寬棄市，劉宣自殺。二十八年，桑哥、要束木等誅，置省始罷。論者謂朝廷誅殺，民生毒痛，未有酷于此四載者也。武宗即位，大臣方議汰冗官，節財用。而脱虎脱等巧言熒聽，群請復置。帝崩乃罷。雖諸奸左右〔二〕，任事日淺，然鑄錢而立資國院，編軍而質富民子，一載歛怨，殺身有餘矣。

蒙古草創，算賦無準。耶律楚材相太祖，建立十路課税，括中原民户，國用充富，征討成功。四傳而後，掊克者起，轘商君，烹弘羊，害尚不救，咎言利之始，楚材獨無罪乎？抑十一而取，當日之民不病厲也？太祖輕用其民而大業成，世祖重用其民而世祚促。民不患上用之而患上竭之，爲人君者亦何利于竭民哉？

【校記】

〔一〕本篇又見《元史紀事本末·尚書省之復》。

〔二〕「雖」，原作「一」，據清刻本改。

諸儒出處學問之概〔一〕

北方之學，起自趙復、許衡，尊而明之者姚樞、竇默也。儒者世繼，傳人不絶，世祖時有容城劉因，成宗時有蘭溪金履祥、奉元蕭𣂏、緱山杜瑛，文宗時有崇仁吴澄，順帝時有休寧陳櫟、婺源胡一桂、金華許謙、資州黄澤之倫，咸明道學，修經傳，濂洛關閩，家諷户習，著述之盛，冠于儒林。入裸國而皆章甫，莫能議也。衡與澄並官國子祭酒，教授諸生，四方誦法。雖難進易退，萬乘賓禮，而朱紱降志，易簀懷慚。履祥等獨布衣終身，没稱處士，尤白茅無咎、浩然天地者哉！隋文帝仁壽中，王通西遊長安，奏《太平十二策》。既知釁生蕭牆，即歸不起，大就六經。晉桓温伐秦入關，王猛被褐上謁，署爲軍謀祭酒。猛欲與俱還，其師止之，後乃事苻堅。丈夫藴義博聞，雲蒸豹變，所自有也。六合横流，託身靡所，非攘袂奮决，即退而著書。然爲通者其常，爲猛者其變也。許衡生宋元之際，擇主未審，學本太原而跡鄰北海，低頭就之，得無有所未足乎？然世祖開府，延訪四出，巨儒碩士，弓旌賁野，苟不與文謝同游地下，儒冠委蛇，或所不免。久而黍離之悲漸微，下車之求不至，巖阿肥遁，守貞自如。論隱于至元難，論隱于大德易，夫亦各有時也。衡斥佛老，懷孟化之。有僧德公者，謂其徒曰：「老僧苦行百年，徒爲不孝子，若輩還家可也。」英宗粉黄金爲泥，書佛經薦福，命澄作序。澄以爲福田利益，彼教不言，况儒臣乎？持不進。二賢明道得君，言宜信用，而西城帝師，横行天下，膜拜成風，淫污蔽路。謂元尚儒，徒虚語耳。

【校記】

〔一〕本篇又見《元史紀事本末·諸儒出處學問之概》。

郭守敬授時曆〔一〕

西漢之《三統》，東漢之《四分》，劉洪之《乾象》，楊偉之《景初》，姜岌之《三紀甲子》〔二〕，何承天之《元嘉》，祖沖之之《大明》，張胄玄之《大業》，劉焯之《七曜》，傅仁均之《戊寅》，李淳風之《麟德》，一行之《大衍》，徐昂之《宣明》，邊岡之《崇玄》，王朴之《欽天》，周琮之《明天》，姚舜輔之《紀元》，皆曆家傑然者也。而漢《太初》以鐘律，唐《大衍》以蓍策，尤稱絶倫。至郭守敬《授時曆》出，則更度越矣。

守敬生有異操，大父榮通《五經》，精於算數水利，使之從劉秉忠學，巧思天縱。史所紀水利六事、曆書、考正七事、創法五事，固絶學也。顧其曆莫長于晷景，堯布曆象，舜在璣衡，周公度日景，置五表，以潁川陽城一表爲中；漢人造曆，必先定東西，立晷儀；唐昭太史測天下之晷，凡十三處；宋測景于浚儀之岳臺；元人測景之所二十有七，則東至高句驪，西極滇池，南踰朱厓，北盡鐵勒矣。渾天六合，三辰四游，儀表之最密者也。獨守敬表式，五倍於舊，簡仰諸儀，世共神之。究其要，莫先于考測。考測者何？類其同而知其中，辨其異而知其變。以今曆與古曆比，而疏密見也。

曆家之傳，學悟各出。或悟之于月行，或悟之于日食，或悟之于交食，或悟之于食衝，或悟之于朔望及弦，或悟之于極星，或悟之于日月交道，或悟之于五星，或悟之于黄道，或悟之于進朔，或悟之于朔大小，或悟之于日食氣刻時，或悟之于五星遲疾，或悟之于日法積年，或悟之于食餘。前法屢改，則後悟日新。總其大端，無過唐之置閏、漢之歲差耳。天運可驗，以日月交食爲著。交食不爽，以朔望有定爲準。定朔立則交會之時日不紊，交會准則天運之先後具見。杜預曰：「治曆者當順天以求合，非爲合以驗天。」蔡邕曰：「籌算爲本，天文爲驗。」守敬蓋得其説而致精者也。經曰：「七十年而差一度，每歲差一分五十秒。」《授時》曆法以元之至元辛巳爲曆元，年遠數盈，天度漸差，起而修之，算多差少。後必有賢於守敬者，惟得大儒在位，如能明曆理之揚雄，善立歲差之邵雍，爲之折衷，則其學顯矣。

【校記】

〔一〕本篇又見《元史紀事本末·郭守敬授時曆》。

〔二〕「紀」，原作「統」，據《元史·郭守敬傳》改。

佛教之崇〔一〕

漢武帝北伐胡，得休屠王祭天金人，以祠甘泉。成帝命劉向校書天禄閣，往往見佛書，中國經像所繇來也。明帝聘求西域，木乂戒行。石虎、苻、姚之世，異僧踵集，經綸彌廣。逮梁武帝滅齊受戒，捨身同泰〔二〕；武后誅鋤唐室，造寺施經。身行弑逆而口談清净，内懷誅屠而外託慈忍，借五宗之教，文天下之惡，惑且悖未有大焉。

宋代崇儒，佛老頗詘。王安石著《字説》而禍熙寧，邢恕、楊畏明禪學而攻元祐，浮屠亂真，君子所惡也。元起朔方，崇尚緇釋。世祖平西域，混六合，錫八思巴以殊號，寵楊璉真加爲總統。勝國故宫，毁成梵刹，山林珠玉，發露無遺。賊猶温韜，尊逾孔子。開基爽德，後嗣何觀？白雲宗立而民田半空，功德司立而大辟盡逭。圓符馳路，美女充堂，撻留守，毆王妃〔三〕，代歷六君，莫敢問也。順帝在位日久，哈麻、秃魯帖木兒等薦僧結媚，西天演揲，西番秘密，二法並進，遂男女同宫，君臣爲謔，迄至正而國亡。佛之流失，何至是極哉！秦二世之立也，曰：「人生世間，猶譬六驥過決隙，悉耳目，窮心志，惟恐其不及也。」而趙高得售其奸。伽璘真等之説人主也，曰：「人生幾何，當受秘密大喜樂禪定。」而順帝遂忘有天下。小人惑君，必導以多欲。株林、夏南，《詩》戒之矣。無如一入其中，即没而不出也。孔子作《春秋》，中國而夷則退之，夷而中國則進之，元之奉佛，蓋夷俗也。混一既成，則當進而中國矣。帝師佛子，何紛紛爲？秦不變刑，元不變佛。彼皆守夷狄之教，以御中國之人，是以不能久也。

【校記】

〔一〕本篇又見《元史紀事本末·佛教之崇》。

〔二〕「同」，原作「銅」，據清刻本改。

〔三〕「毆」，原作「歐」，逕改。

武仁授受之際〔一〕

成宗鐵木耳，故太子裕宗真金第三子也。武宗海山、仁宗愛育黎拔力八達，成宗兄順宗答剌麻八剌子也。真金仁孝恭儉，中外繫心，南臺御史欲請内禪，世祖震恐，真金憂卒。長子甘麻剌與成宗同母，嫡孫當立。顧以至元三十年，世祖詔授成宗皇太子寶，撫軍北邊。明年，宫車晏駕，拱手遜弟，退就藩列，四閱月而成宗位定。善讓之風，庶幾吴泰伯、漢東海矣。

成宗大德三年，命武宗鎮漠北。九年夏六月，立子德壽爲太子。秋七月，命仁宗居懷州。冬十二月，太子卒。成宗之遠兄子欲安己子也。其子既薨，有天下者，非兄子而誰？帝不早建而大行忽崩，二心之臣始得而間之矣。安西王阿難答本忙哥剌子，世祖庶孫也，屬遠親殺，次不當立。阿忽台等與成后伯岳吾氏交比，召至京師，謀令攝政，將欲使位禪非次，政繇女主，順宗二子蔑如無有也。哈剌哈孫忠愛社稷，謹守宮掖，漠北、懷州，二使並發。李孟贊決仁宗，道近先至，遂鎮上都，執奸黨，大臣定絳侯之謀，藩傅奮宋昌之斷，清宮掃禁，寧患無朱虚、東牟哉？順宗后弘吉剌氏誕育武、仁，情無二視，惑於陰陽，云「重光有災，旃蒙長久」，欲使兄讓弟。阿沙不花、康里脱脱彌縫其間，后意乃决。於是武宗正位，三宮協和。立四年崩，而後致位于仁宗。弟監國以待兄，兄舍子而與弟。授受之順，古未有也。

史言至大之朝，粃政不少。馬謀沙角觝、老的沙等〔二〕，伶官也，而並授平章；教瓦班，髡也，而翰林學士；李邦寧，閹也，而司徒兼相。脱脱虎等興利封公，鄭阿兒思蘭無罪棄市，築呼鷹之臺，求沉檀之木。西僧犯法，虎符致珍，頗傷盛治。獨友于性成，不私天下，較之曹丕、蕭繹開釁唐棣，其亦夷狄之有不如諸夏之無者哉！甘麻剌仁厚自守，卒于晉邸。長子泰定帝即位，追尊祔享，廟號顯宗，意者讓國之報歟？

【校記】

〔一〕本篇又見《元史紀事本末・武仁授受之際》。

〔二〕「老的沙」，原作「也沙的」，據曾肖點校本改。

鐵木迭兒之奸〔一〕

阿合馬、盧世榮、桑哥，至元之蠹也；鐵木迭兒，皇慶、延祐之蠹也；燕帖木兒，至順之蠹也；伯顔、哈麻、搠思監，元統以來之蠹也。群蠹害政，或竄或誅，考終者少。獨鐵木迭兒，太師再相，權寵終身；燕帖木兒，總政專國，淫樂及死。雖蓋棺罪顯，不免刑章，而放恣一生，竟逃國法，公憤所結，不能不與李林甫、秦檜二賊同恨也。

燕帖木兒者，固欽察氏〔二〕，武宗鎮朔方，以宿衛得幸。乘泰定之崩，擁立文宗。倒剌沙、梁王王禪等舉兵相向，敗績被誅。謀先定策，身兼血戰，絳侯、博陸，謂莫予勞。泰定之后，取爲夫人；文宗之子，養於私家。男則帝兒，女則帝后，熏赫既極，身死難作。唐其勢謀叛，家族破滅，延及惠后。名惡不可居，勢重不可反，一傳而敗，得禍猶晚。鐵木迭兒則辟陽賤臣，功無尺寸，太皇太后崩，始議追奪，緩誅益甚矣。北魏宣武寵胡充華，立其子翊而不忍殺也。後爲太后稱制，嬖鄭儼、徐紇，殺元乂，宣淫蠱政。帝翊不堪，詔爾朱榮至京師，謀洩遇鴆，桀遂稱兵，洛陽大亂，魏分爲二。順后不制，幾同胡靈，鐵木迭兒之奸亦類儼、紇，天下幸無患者，主權尚握，元凶早逝爾。然燕帖木兒心乎文宗，欲立燕帖古思，順帝乃明宗之子，非所樂奉也。燕帖木兒死，然後正位，雖納其女，竊心啣之。伯顏等因勢搆郄，斬戮立盡。英宗素不悦鐵木迭兒，其黨鐵失弒之。泰定以晉邸鎮北邊，爲諸王所立，感買奴之言，始行義殺，於鐵木迭兒固無怨也。痛發於傷心者，禍害必深；義激於好名者，報復常淺。賊臣當此，亦有幸不幸存其間乎？

【校記】

〔一〕本篇又見《元史紀事本末·鐵木迭兒之奸》。

〔二〕「察」，原作「蔡」，逕改。

晉邸之立〔一〕

英宗在位三年，剛明圖治，惟觀音保等之死一事失德。其他書史册者，若免民租、罷金銀冶、減海運糧、行助役法、卹孔氏子孫、詔上書言事者得專達，皆善政也。南坡駐蹕，鐵失行逆，年僅二十一而遇弒，天下哀之。然推尋禍本，不能不咎太皇太后也。

太后，順宗正妃，體誕二聖。成宗之世，出居懷州。武宗即位，始上尊號，建興聖宫。

更歷仁、英，册寶益隆。二子一孫，皆爲天子，而太后優游三朝，御殿受賀。太陰沙麓，異世協慶，豈非后妃之極遇哉？乃東朝既正，淫恣無忌，内則黑驢母亦烈失八用事，外則幸臣失列門〔二〕、紐鄰及時宰鐵木迭兒相率爲奸。三主當陽而母后不制，湫笥在梁，言之醜矣。鐵木迭兒於武宗之世，擅離雲南，竟赴京師，尚書省奏行詰問，太后庇之，遽令還職。仁宗御極，與完澤、李孟更張庶務，罷迭兒勿用。未幾，旋進右相。張珪直言，太后杖責，逐出國門。延祐四年，蕭拜住、楊朵兒只糾正其罪。迭兒懼，匿后宫。帝重違太后意，僅罷相位。逾二年，復拜太子太師。明年，帝崩，再正相位，首殺蕭、楊。英宗禀王母之命，心雖弗善，不敢不任也。後漸疏遠，怏怏而死。太后亦崩，始削奪官爵，窮竟黨與。鐵失等爲彼腹心，内不自安，遂手弑帝。雖置賊肘腋，驅除不早，帝計誠失，顧群奸無上，内外盤固，繇來者漸，不可謂非太后釀成也。仁宗崩時，太后屬意明宗，群臣不聽，擁立英宗。太后來賀，帝色不悦，即退悔曰：「我不擬養此兒。」飲恨成疾。彼之忌帝，奸黨必與聞之矣。唐武后死，而三思尚存，則其黨弑中宗。弘吉剌太后與鐵木迭兒死，而鐵失尚存，則其黨弑英宗。除惡不盡，害同養虎，自古而然。但中宗庸奴自斃〔三〕，英宗强陽致疾，賢不肖相去則遠耳。

【校記】

〔一〕本篇又見《元史紀事本末·晉邸之立》。

〔二〕「烈」，原作「以」，據《元史·順宗后答己傳》改。

〔三〕「自」，原作「目」，據清刻本改。

三帝之立〔一〕

泰定帝即位之元年，即立子阿速吉八爲皇太子〔二〕。四年帝崩于上都，太子繼立，正也。燕帖木兒懷武宗舊恩，妄生異謀，迎立其二子。文宗圖帖睦爾自江陵先發，竟入京師，治兵相攻，忠義屠戮，遂襲尊位，陷上都。太子不知所終，乃走使漠北，奉迎勸進。明宗和世㻋至和林之北〔三〕，竟即帝位，立文宗爲太子。次旺察忽都，文宗入見，明宗暴崩。本帝始願，豈不謂吾弟孝友，先驅奉璽，猶之懷寧入而仁宗避，無庸南向讓三，北向讓再，竟不知其愚而蹈死也。然爲文宗者則甚矣。國有君而逐之，兄既立而弑之，亂賊之事，一已不堪，其可再乎！燕帖木兒外託哈剌、李孟之名，而内行迭兒、鐵失之詐，始讎泰定而迎二王，繼助文宗以戕明宗。弑立大故，反覆弈棋，直卓、操耳，何平、勃爲？至順元年春，立明宗子懿璘質班爲鄜王。冬，立燕王阿剌忒納答剌爲太子。二年春正月，太子即薨，詔皇子出居燕帖木兒家。道人寄養，漢后貽譏；胡人不學，寧知殷鑒？及帝不豫，后立鄜王。鄜王遽薨，又立妥歡帖睦爾。揆以常情，明宗，帝兄，其子，猶帝子也。文宗既弑明宗，其子即帝讎也。殺其父，立其讎，文后獨不爲身計乎？

或者庚寅之變，倉卒事秘，后實不聞。帝與國人亦隱焉，久而莫問也。燕帖木兒不悦順帝，遷延數月，身死而後，帝得即位，内外保護，莫非太后之力。至元六年，驟行遷殺，遂至上廢廟主，下戮皇弟，反噬不仁，喋血門内。太后當此亦將悔不從燕太師言，蚤立己子乎？然積憾不昣，則皆仁宗爲俑也。仁宗受命武宗，約萬歲之後，傳位其子。忽納鐵木迭兒等邪説，立明宗爲周王，出鎮雲南，致逃漠北。易世無幾，大難數作，英宗弑而泰定乘虚，泰定崩而明、文争立，文宗崩而順帝報復。自至治之末迄至元之初，震器夭椓〔四〕，骨肉誅夷，禍無虚載，天人並怨，孰非延祐一君所貽哉！且武、仁授受，天、顯無間，後人莫能繼述。武宗殺成后，文后即效之而殺明后，仁宗背武宗，文宗即效之而弑明宗。凡人從善難而從惡易，作法者尤不可不慎也。

【校記】

〔一〕目録題作「三帝之立明宗順帝文宗」。本篇又見《元史紀事本末・三帝之立》。

〔二〕「八」，原作「入」，據曾肖點校本改。

〔三〕「林」，原作「寧」，據曾肖點校本改。

〔四〕「器」，原作「氣」，據清刻本改。

脱脱之貶〔一〕

唐其勢用而伯顔殺之，伯顔用而脱脱逐之。脱脱用而哈麻殺之，哈麻雪雪用而秃魯帖木兒殺之。禍福出反，勢若循環。而天下獨冤脱脱者，何也？燕帖木兒輔佐文宗，篡國弑兄，自娶帝后，亂賊横行，淫死牖下。子唐其勢襲封，謀不軌，伯顔捕誅之，當矣。順后何罪而并弑之？漢上官桀、安謀反，霍光盡誅其宗族，昭后獨不坐廢；曹操殺伏完，并及獻后，史書曰弑。元順后伯牙吾氏雖燕帖木兒女，兄弟謀逆，未嘗與聞昭臺雲林，宜聽自處，竟戕諸民舍，罪與弑君等耳。脱脱本馬札兒台子，爲伯顔所養，宿衛禁近，政令修明，憂伯父放縱，禍將赤族，謀於父師，黜竄南恩。以子逐父，似非人情。然大義滅親，君子所予，本諸《春秋》，季友鴆牙，蓋先之矣。哈麻雪雪緣乳母恩澤，邀帝愛幸，西僧一進，荒淫日恣，孔寧、儀行父之徒也。内忌脱脱，譖貶雲南，復矯詔鴆死。大臣既隕，寇亂益張，亡國之罪，斬戮無辭。秃魯帖木兒同以房術結歡，後漸攜貳，發其異志，兄弟杖死。以小人誅小人，以親戚圖親戚，舉世共快。所恨者，秃魯獨存耳。

唐其勢于順帝元統元年封太平王，逾年而即誅；伯顔于至元元年弑后，六年而道死。亂臣執柄，命必不長。脱脱旋罷旋起，任用稍久，出入將相，中外稱賢，功著東南，身殲大理，諸葛、武穆感慨同歸。然汝中柏讒夫之尤，傾信不疑。始憾太平而私讎致譏，晚隙哈麻而家門及禍。比之匪人，傷何甚也！唐李德裕相武宗，制三鎮，史稱其文章嚴、馬，政事蕭、曹。乃痛言朋黨而德怨未忘，遂至力戰錐刀，淪身瘴海。惜脱脱善讀史而未之知鑒也。

【校記】

〔一〕本篇又見《元史紀事本末·脱脱之貶》。

小明王之立〔一〕

漢之後，非漢而稱漢以殘晉者曰劉淵；唐之後，非唐而稱唐以滅梁者曰李存勖；宋之後，非宋而稱宋以亂元者曰韓林兒。淵本匈奴左賢王豹子，初爲侍子在洛，王渾、李熹等皆折節稱達之。乘晉八王之争，歸集五部，即漢王位，陷河東、平陽、蒲坂爲首亂。存勖年十一，即從克用破王行瑜，後承三矢之命，竟服真定，并山東，取漁陽，兼魏博，策馬渡河，而梁寇殄滅。此皆英略天授，壯氣鋒厲，或爲真王，或爲大盜，俱非偶然，林兒則韓山童子也。山童詭託彌勒，妄號宋裔，刑白馬，告天地，縣官捕治，立時就擒，小寇無能，直燕雀耳。林兒逋逃之餘，母子窮窘，劉福通等强擁爲帝，戰敗輒走，遂死滁陽。楚懷王孫心牧羊民間，項梁立之，尊稱義帝，項籍殺之江中。劉玄吏繫逃匿，王匡等推爲天子，建元更始，敗于赤眉，謝禄殺之。兩人家族帝王，群雄推附，器小任重，亡不旋踵。林兒父子欒城草竊，假名瀛國，以盆子之懦兼王郎之詐，奔北殺身，宜其速也。然紅巾賊起潁川最勁，當其兵分爲三也，劉福通取河南，毛貴取山東，關先生破遼陽，焚上都。中原以北，幾三分有二，風馳電激，豈徒藉宋虚聲哉！

天厭胡運，石人生謡。韓、劉揭竿，勢猶陳涉，勝國空名，河淮響震，不必其人龍種也。真人既出，因其年號，資其土疆，大舉北伐，傳檄遂定。《詩》曰：「伯也執殳，爲王前驅。」其小明龍鳳之謂乎？

【校記】

〔一〕本篇又見《元史紀事本末·小明王之立》。

察罕帖木兒克復之功〔一〕

元順帝即位之四年，廣東朱光卿、河南棒胡、四川韓法師等兵起。其後漳州李志甫、袁州周子旺、湖廣蔣丙、汀州羅天麟等與燕南、山東群盗，所在縱横。至遼陽之吾者野人、雲南夷之死可伐、靖州猺之吴天保，紛籍告亂，集慶花山賊僅三十六人，破官軍萬數。凡彼盗名字掠城邑者，蓋無歲不動也。温、台、汝、潁，大盗寖昌，天下騷動，大將數没。李黼死於徐壽輝，泰不華死於方國珍，星吉死於趙普勝，李齊死於張士誠。楮不華身經百戰，盡命淮安；余闕每戰必勝，喪元安慶。毛貴破濟南路，而董摶霄被刺；陳友諒寇信州，而伯顔不花的斤戰死。此數臣者或孤城窮守，烈比睢陽；或義士從游，客同東海。母教子忠，臣心貫日，多賢殄瘁，國何可長！然水德閏位，大運告終，尤莫甚于脱脱之貶、察罕之死也。脱脱，有道大臣，東南之亂，躬冒矢石，破李二，敗士誠，賊勢大蹙，功在旦暮。哈麻修怨，嗾袁賽因劾之，削官安置。龔伯遂勸其一意進討，勿開詔書。脱脱不可，束身歸命，亂遂不救。察罕志存當世，奮義鄉邑，一戰而破羅山，二戰而定河北，三戰而復陝州，四戰而復汴梁，五戰而平山東。出奇制勝，大師必克。田豐詐降，行營難發，神龍困蠙，禍生不戒，天真不欲祐元乎？何奪之暴也。李牧死而趙亡，其死以讒；費禕死而蜀敗，其死以疏。脱脱之罹譖，人其李牧乎？察罕之中賊，傷其費禕乎？

大功垂成，而臨敵已易；錫命方隆，而刺客間作。國家急難，常患無人；有人矣，常患不得其用；既用矣，常患不得其死。班彪論王命有旨哉！

【校記】

〔一〕本篇又見《元史紀事本末·察罕帖木兒克復之功》。

東南喪亂〔一〕

秦滅六國，傳二世而陳勝、吴廣起兵於蘄，劉邦起兵於沛，項梁起兵於吴，不一年而項籍破秦軍，沛公入關中，子嬰出降而秦亡。元滅金宋，傳至正而方國珍起兵於台州，劉福通起兵於潁川，徐壽輝起兵於羅田，郭子興起兵於定遠，張士誠起兵於泰州。十餘年而大明兵北定中原，順帝出走而元亡。二代之興，皆自西北；其亡也，禍則發於東南。東南爲國咽吭，豈不諒哉！

説者謂元末作亂三十七人，閩廣江楚，淮之南北，浙之東西，稱號幾遍，類卑卑不足道。其最大僭國有五：韓林兒不能自立；徐壽輝爲下所制；陳友諒篡位稱尊；張士誠乍臣乍叛；明玉珍出兵據蜀，主亡建國，保境後亡，差近守正。要之，皆非真主敵也。然友諒以沔陽漁人子，不樂縣吏，從徐壽輝、倪文俊用兵，尋爲元帥。及文俊專恣，謀殺壽輝不果，奔黄州，即乘釁襲殺之，遂併其軍。破安慶而殺余闕，攻信州而殺伯顔不花的斤，戰勝無前，海内莫敵，亦一時草竊之推也。士誠，白駒場民，初據高郵，即殺李齊，後入平江，破杭州，戰勝出奇。楊完者至，僞降要爵，旋背之而稱吴王。反覆跋扈，寧僅狗偷哉？

廼王師一臨，勍敵瓦解，友諒弑君之賊，走死不暇；士誠墨守之寇，反接入軍。漢吴尅而大業定，廢興之際，其誰爲之？或曰：友諒逆賊，梟果好殺，起事既暴，殞躬亦速；士誠好施，能寬其民，屠城坑衆，啖肉膾肝，不忍爲也。人樂盡力，可以緩死，同盜彼善，報施亦然，豈盡無天乎？然干戈横行，始於至正之十三年，劉福通、徐壽輝固亡胡之首功也。福通殺於吕珍，壽輝殺於友諒，徒黨相攻，元人所快。然福通死而宋將猶横，壽輝死而漢夏益强。盜賊日久則豪傑漸生，後起之雄必勍於始事。死者不足賀，而生者深可吊也。福通之起猶陳涉，壽輝之弑猶義帝，友諒之剽猶項羽，士誠之守猶田横，其他則武臣、韓廣者流，又何足當赤帝子哉？

【校記】

〔一〕本篇又見《元史紀事本末·東南喪亂》。

諸帥之争〔一〕

擴廓帖木兒，李察罕子。孛羅帖木兒，答失八都魯子也。答失胄出勳舊，謀略善戰，討賊荆襄，恢復故壤，進擊僞宋，數奏捷功，諜書間行，一夕憂死。察罕起義沈丘，削平群盜，中原底定，增邑封王，忽白氣呈象，身喪賊營。二臣皆忠貞智勇，勳懋王室，大志未酬，箕裘善繼。孛羅揚旌破賊，擴廓啣哀復仇，爲臣爲子，義皆無愧。方謂同心斷金，夾輔再造，天子開景風之賞，九泉雪戴天之辱。即有小忿，捐焉可也。奈何孛羅尾大，欲據晉冀，察罕調兵拒戰，怨隙遂深。擴廓既代父將，孛羅復來争地。陝西一戰，連師不解，重以朴不花、脱歡用事，老的沙、禿堅出逃。太子内懷積忿，下詔專征。孛羅遂舉兵犯闕，因后劫君，逆不可制。後幸伏誅，京國稍安，而擴廓復横，元亡出奔。原太子之心，初討孛羅，惡其納逋，非爲擴廓也。原孛羅之心，初拒朝命，專攻擴廓，非憾太子也。兵一發而不收，勢日激而愈重，擴廓無仇而太子有仇，擴廓無禍而太子有禍，其故何哉？主兵之名在太子也。

主兵之名在擴廓，則孛羅之戰，止兩下相攻，而朝廷猶可以解；主兵之名在太子，則孛羅之戰，直以下犯上，而人主竟與爲敵。太子方問禿堅、老的沙，而孛羅已殺搠思監、朴不花，奇后被幽，儲君出走，大逆無將，罪必不宥。和尚定謀，兇人就戮，擴廓之怨雖除，而國家之傷已甚矣！孛羅既誅，擴廓益專，李思齊等忌其位任太高而不平，則有渡河之争；太子望其助己内禪而不應，則有奪軍之命。始助擴廓以討孛羅者，太子也；終驅擴廓爲孛羅者，亦太子也。燕京失守，逆臣亦遁。至正促祚，内叛居多，豈必盡繇外旅哉？

孛羅、察罕初争石嶺，詔遣也先不花、脱脱木兒、奴奴等解之，受命不進。張禎劾其懷安釀仇，不報。既而擴廓輔太子討孛羅，傳旨訪禎時事。禎答書勉以廉、藺之義，擴廓深然之，而竟不能改。上下分崩，水火擊射，佐鬬者進，解紛者退，惟有「載胥及溺」而已。

【校記】

〔一〕本篇又見《元史紀事本末·諸帥之争》。

集外詩文

孟門行〔一〕

雙絲繫玉環，宛轉生光澤。本以結同心，何知反棄擲！君家美酒琥珀光，紅顔少年坐滿堂〔二〕，酒酣意氣不可當。君家玉堂盛孟門，孟門深谷無朝昏，中有美人嘯且歌。仁義結客客自多，相與醉君金叵羅。黄雀啣環報舊主，畏君彈射遠飛去，夜深孤棲城北樹。

卧子曰：天如忠愛，可見一斑，卒後而動聖主之思，有以也。舒章曰：得崔顥之神。（見明陳子龍等《皇明詩選》卷一，明崇禎刻本。）

【校記】

〔一〕本詩又見朱彝尊《明詩綜》卷六十八、沈德潛《明詩别裁集》卷十、汪學金《婁東詩派》卷八。

〔二〕「坐」，《明詩别裁集》作「空」。

吊周蓼洲先生祖墓

天地不改顔，忽焉日欲暮。遂令忠孝人，倉皇在道路。滅彼鸞鳳音，驅馳盡狡兔。公發慷慨辭，義重不及顧。君子懷德聞，零落若冬樹。和音無一人，冥默脩内度。豈曰吾君非，罪自小臣誤。田鼠出近郊，形跡避好惡。大道無親疏，氣合即姻素。欲沉古人姿，奇請不得具。見父黄泉下，一死實爲遇。墓門今已旌，明星夜迴互。

（見鍾惺、譚元春編《明詩歸》卷七，四庫全書存目叢書集部第三三八册。）

吊沈孝子岊

孝道本微細，粗節識精心。古人不能盡，遂以留至今。市門有獨行，即與彈一音。四海雖壯闊，户内不可尋。

（見鍾惺、譚元春編《明詩歸》卷七，四庫全書存目叢書集部第三三八册。）

讀楊維節稿有序

同社楊維節，真人真文，余所師事。刻其稿行，追以二韻，既發好德之懷，聊述作者之意。

昔今遥問答，渺意托微彈。句發含秋水，文成卷大山。窮愁書不恨，富貴字俱删。理以静方出，辭因老得閒。縱横衆府庫，雅淡獨波瀾。止筆猶存性，尊經未可翻。

又

子本尚節義，雕蟲何足論。高言懷獨韻，至性結清文。中正非時體，英雄全古人。析義憐偏重，良工苦愈新。精光誠爛熳，孤秀絶等倫。平日羞温飽，扶衰一以真。

（見郭燦修，黄天策纂，乾隆《瑞金縣志》卷八，清乾隆十八年刻本）

織簾居題壁

覽古知遥集，高人簾肆中。辭名不可得，無累適相同。蘿屋三秋静，書成四海通。蒼生深念在，他日説牆東。

（見張炎中、吴聿明著《婁東詩韻》，上海錦繡文章出版社二〇〇九年，第一二九頁。）

丙子燈夕後奉和現翁老伯觀劇二律

其一

陣雲初合百花叢，芳草馳驅問劍雄。擊鐸深巖兼酒政，獻花歌舞逐春風。美人戎服燕支照，壯士笳聲感慨同。惟有羽旄迎喜氣，今宵七發仗天工。

其二

子夜聞歌鸛鶴叢，清妍粉澤亦英雄。六州調起吴宫草，百帳絲吹冀北風。舞架星迴花仗遠，敲砧月落麗譙同。覽觀荆棘知何限，譜出清平老笛工。

丙子燈夕後奉和現翁老伯《觀劇》二律并祈教正。通家子張溥。

（張溥《丙子燈夕後奉和現翁老伯觀劇二律》楷書扇面，見知乎祥和居主人圖文。）

元朝捷録引

國家有正統，有閏統，遞嬗之風邈矣。自大道既隱，天下爲家，宗祏允存，爰及苗裔。

是故夏鼎四百，商祚六百，姬籙卜世三十，卜年八百，於統爲正。即如漢唐宋數朝，雖其間不無治忽殊途，要皆繫之正統者也。然以秦之酷焉而帝，以莽之奸焉而篡，以操之狠焉而據，以至典午、六朝、五代後先，非其餘分閏位者乎？

嗟呼！原野食肉，山川流血，漁陽鼙鼓，劍閣雨鈴，至今猶令人扼腕嘆。況藩鎮可以亂唐，女真可以禍宋，運祚將盡，胡元繼之，此亦其閏者爾。雖然，彼其御宇相承，幾九十餘年，而賦省役輕，非有賦復加賦、徵復重徵之苦也。吾猶誦「願天常生好人」之句，猶不失爲一代賢君云。今張君以經世學抒良史才，著兹《捷録》，亦可謂通其條貫、誌其閏統者矣。是爲引。

婁東張溥題。

（見明張四知編《元朝捷録》，明末刻本，美國國會圖書館藏。）

説書文箋序

文章與時高下，言固然哉！不謂説書一事，亦將與時高下焉。夫説書爲聖賢出話，以言代言，淺深殊致，詳略互見，識量之度越，不能必齊。即朱、陸且未免相非，况王、謝、游、蔡諸氏乎？紫陽之庭，紛紛聚訟。今則申傳注之教，聰明才辨之士少捫其舌，顧猶别爲與時高下之慮，又何臆也。

宋羽皇先生有言：「文之變，自丙辰始。」吾嘗三復斯語，以參衡諸立言家，見文自兹凡數變。而説書者每因其文之所向以媚之，如丙辰文以實勝説，則實爲摭矣；己未文以虚勝説，則虚爲剽矣；壬戌文多史風，亦竟説史矣；乙丑文多子風，亦竟説子矣。若夫戊辰文明首出，所謂言本六經，庶乎近之。而詰謡理數，襍然並陳，則亦猶説經而已。至未戌之間，競尚秦漢，浸尋及於晉、魏、六朝，而説者又稱引諸疏記爲論套耳。然則今之傳注其説者，不猶傳注其文乎？果能彼之所淺，我之所深；彼之所略，我之所詳乎？苟未能然，則尊傳注者，更舛于叛傳注者也。蓋前此之因時勦古以爲文，可以文而不可以説；今之循守傳注以爲説，可以説而不可以文。豈文與説二之乎？淺深詳略之體殊也。説書者不審乎此，又安得有至文哉？

邇來八股中欲摹説書體，以爲先輩閫奥在是，予亦病坐此。而好事者不以是爲余詬厲，又從而加厲之，滿紙成詁，卒爲村究里兒所藉口。噫！漸惡可長哉！此吾卧子《説書文箋》之所爲作也。胡爲而作焉？要使聖賢當日言語，可以文，可以説，不得援文以附説，復貶説以就文，將經子《史》《漢》諸附解都無是處。所謂不立一解，諸妙盡解，悟於文章理正不易，又何時變之有？乃知文章與時高下，非定論也，皆説書爲之漸也。

今卧子之於傳注，不離句下而透脱其義，此不但爲傳注護法，并爲傳注截指焉。愧吾《大全》《注疏》之編重贅吾事也。箋之爲言，夫亦猶注之有疏、經之有傳云爾。

崇禎丁丑端陽先三日，婁東年社弟張溥頓首書。

（見明陳子龍《説書文箋》，崇禎十年刻本，日本内閣文庫藏。）

蕊淵蟾臺合刻序

崑崙宛委之山有至人焉，煮石飡霞，羽書道服，而時以其摇光紫氣鐫爲奇字、勒爲穹碑，故其文卒能行久而垂之，以與光嶽同壽。吾于卓氏父子之文章亦云。

夫卓自忠貞數世而至左車先生，道風鶴骨，溘然仙游，《漉籬》一集，香散九天，乃珂月實先左車而逝。父子上山，各自努力，顧其文則瓊貝也，玉露也，木難火齊也，七十二絃之桐天梓地而八十一代之金泥玉簡也。廼玉樓一召，青衣使者不信宿而去，而獨以其蕊光蟾影散落于吴山越渚之間，則珂月其玉臺之仙史而青蓮之後身耶？

余署史局，請告還里，每手珂月一編，幾于騏驥騄騮，空群獨掩；又如鵷鶵鸞鷟，炤影長鳴。人其人，書其書，所以並於昌黎《原道》也。方與邑之賢士大夫、當世之名流碩彦謀所爲不朽之者，而伊子火傳昂藏歷落，風氣日上，弱冠即能讀父書。曩執羔雁北面于余，余一見驚爲荀香謝玉，遂延上客，稱莫逆。交談間，即出珂月兹集，而火傳又從而廣之。向所云煮神仙之奇字而高峙崑崙，插日觀之穹碑而光凝宛委者，此物此志也。爰呼墨臣，用紀奇蹟，異日聖天子蒐一代之曠才，譜名山之逸史，則建安七子、毘陵、震澤諸公安得耑美于前乎？而賁兹集者，非火傳不爲功。遂廣之以旌其志。

婁東社盟弟張溥天如氏題。

（見明卓人月《蕊淵集》十二卷，崇禎丁丑蕊淵蟾臺合刻本。）

十三經類語序

昔孔氏删述古文，要諸六籍，其身通者七十二人。自游、夏、荀、孟之徒，遞相祖授，各有淵源。要之，不離經解者近是。漢室丁秦火之餘，力購古書，進明經高第，而諸儒人是所師。《樂經》以亡散罕習者，《詩》《書》《易》《禮》《春秋》則具有專家，不下十數。其《孝經》《爾雅》《論》《孟》諸篇，雖誦習師尊之，弗獲比於經籍。晉魏而降，儒者或盛或衰，而傳經户説，以名則六，以實則五，其大常也。暨唐貞觀中，右文鳌始，詔於《五經》外，復益以八，號十三經。大抵取漢儒舊詁爲註，而疏則世南、師古之倫集之。五季暨宋，因任弗改。明興，推本聖教，獨用《五經》取士，而《十三經註疏》一書亦復頒之學宫，俾師生考識焉。然而制科之設，唯尚專經，諸父兄子弟屈首揣摹，不敢復論繩墨之外。近乃古學振興，耻以一義自蓋。無慮《春秋》弦誦，即十三經而下，皆津津知所染指矣。廼西江文止羅子更爲比而屬之，别白科指，各有條分。而錢江魯孔式氏既得其編，兼附以註，名曰《十三經類語》，屬序於予。予故性不喜觀類書，以爲賢者通經學古，即不屑章句一切，安用是戔戔者爲？究且類不能無擇，擇不能無節，既滋割裂，更貽掛漏，將使聖經不獲自全於天下，而予後生晚進以媮便不學之途也。

雖然，極其敝而攻之，抑一端耳。是書也行，乃有五利焉。夫群經散布，統會易忽，條析縷縷，則成説刻心。故眉山蘇子教人讀書，當作數迴過，每一過，以類求之，此即法其遺意，利於記憶者，一也。選言樹義，端以類從，區畫在胸，則揮毫絡繹。故昔孝標徵事，多至數十，斷以參伍，雜治得其要領，利于驅使者，一也。著作之林，競稱博易，中宵北走，則引事謬違，故矜慎立言，不妨簡覈，苟别類於稽，可免貽嗤祭獺，利于省覽者，一也。訓詁奥衍，窮日難周，句義弗通，則望洋殊苦。故不求甚解，務在坦白，寓目易曉，何至妄竄金根，利于詮釋者，一也。卷帙浩繁，觀覽輒倦，且或限于資力，富兒藏書不解讀，貧士彊記弗能購，而連床架屋，負笈難攜。今則賈廉帙省，不必大力負之以趨，利於市購囊挈者，一也。雖有一敝，不以損其五利，况在學者得是書而善用之，不以捷忘其勤，不以支忘其本，不以條析忘其大全，斟酌會通，抑亦可以有利而無敝。其爲嘉惠後生，黼黻作者，較彼《類函》《初學》諸書，不又多乎哉！異日經生家不惟染指於是，而且得所厭飫焉，予即烏敢短之也？遂不辭而爲之序。時崇禎庚辰春日婁東張溥撰。

（見羅萬藻輯《十三經類語》，明崇禎十三年刻本，四庫全書存目叢書子部二一七册影印。）

年饑用不足

策足民之道，而國用備舉矣。夫國用出於百姓，則惟行徹之爲得耳。不此之圖而求足焉者，失也。且聖賢經世之學，必欲本諸生民、原之先王者，非獨以其法之可守也。夫固參其情與勢，而知作始善後，制無不外出於此也。

吾觀周政，其及民之大，蓋莫若所謂徹者矣。監之夏商，而後王之於前王，改其名者，不易其實；裁之貢助，公田之於私田，均其土者，不異其宜。是以居常則六計之群吏交修，遇變則十二之荒政皆舉。斷未有身爲民上，不能足民而徒憂國用者也。若夫國君而憂用不足，則自魯哀公始也。哀公憂不足，而委其故於年饑，抑甚失其指矣。夫水旱災禍，昊天之疾威也。人主固當敬慎自修，而非祈禳可以免過。抑匹夫匹婦，大道所嚴重也。人主尤當憂勤思治，而非虚文可以和寧。有若正謀於國，而斷以行徹者，豈不知魯之不振，税畝以後，什二猶不足焉，而顧强哀公以難行哉？蓋以慮禍之原，必求其萬全；而制亂之要，先圖其大紀。

今使立於上者，實意矜卹，而卿士大夫各體以奉行，無有失職，則不言扞禦，而服食之利登焉。其於國家五禮之所資，猶之出乎同井也。今使立於上者，徒求殷賑，而庶官衆長遂目以生端，無所安息，則日言救備，而耕桑之具詘焉。其於國家八政之所賴，難以藉乎連鄉也。君之與百姓，足與不足，無不有相爲制者，而哀公重有慮乎不足也，宜有若之復以正對也。夫公亦急講明於所謂徹之道而已矣。循祖宗之法以善其子孫，則事不疑於創，而興舉爲易；目裁眚之時以致於上理，則惠且當其阨，而施濟不勞。斯敬天勤民之至治，而聖賢亦不外以爲經世之學也。

（此爲張溥會試稿，現藏於太倉張溥故居博物館。）

禮書叙

古禮散亡，學者希闊。迄今所存，惟朱文公《儀禮經傳通解》及陳用之《禮書》號爲明整。文公之書，有家禮，有鄉禮，有學禮，有邦國禮，有王朝禮，以古十七篇爲主，而附以大小戴及它書傳之繫於禮者，所謂《儀禮》其經，《禮記》其傳也。陳氏之書解名物，繪形象，折衷歷代諸儒言論，與宋初聶崇義《禮圖》正失補闕，既博而當，古今通禮，其在是乎。歷考三禮，兼學爲難，惟蕭梁崔靈恩《義宗》一百五十六篇，推衍閎深，有名前世。書既失傳，陳朱晚出，其學益貴。文公裁定通解喪祭二禮，未及論次，屬黄勉齋續編用之《禮書》，與其弟晉之《樂書》並行當世，亦云用心。二十年而後成。禮家下筆，豈易易哉！

《儀禮》難讀，昌黎尚苦，何況餘子。顧問其所難，患在經不分章，記不隨經。今章句分明，注疏連屬，《禮記》諸義以類相從，開卷之下，曉然可知。繼以《禮書辯證》，左圖右史，大扣小扣，蔑弗鳴也。虞伯生有云：「陳氏爲書，時濂洛關西諸君子之言具在，學者有得而兼考焉，道器精粗備矣。」旨哉斯言乎！明經學究，古有專科，漢儒名家，一經爲尚。《禮》《樂》之傳，大於刑法，非有專家，莫能明也。宋祖建隆時，聶博士上《三禮圖》，尹拙駁正，竇儀增損，即祭玉尺寸釜鑊有無，反覆互論，其言數千。至王安石創造新經，一切廢罷，三禮之書，僅云略諷大義，不復誦讀，斯文喪矣。

今幸二書尚存，朱爲本根，陳爲枝葉，有志者取義於文公，觀象於陳氏。一士也，天子之士與諸侯之士異；一大夫也，上大夫之禮與下大夫之禮異。甚而深衣之續衽鉤邊，喪服之辟領，婦人之不杖，精微寓焉。修而明之，周官皆可通，士禮無不推也。通解版行，藏書家多有。《禮》《樂》二書，曾列學宫，歲久漫滅，求表章如趙宗吉一輩者廖廖矣。吾友盛順伯方聞之長，世擅經學，遂出宋本，同點次鋟行。雖不得如安定論堂岷隱齋閣，繪圖畫壁，照耀禮官，而雍刻再新，淹中益顯，固當代儒者所願揖讓進退其間也。

婁東張溥西銘題

（見宋陳祥道撰《禮書》，明末張溥刻本，上海圖書館藏。）

南史序

沈隱侯《宋書》，固東漢以下一佳史也。論者譏其體失限斷，文好奇説，《符瑞》一志，不經無當。然組織詳博，論贊尤美，當其得意，居然蔚宗之奇作矣。豫章王孫撰次《南齊》，文采稍薄，尚能馳騁；北齊魏僕射撰成《魏書》，黨毁任心，包舉微富。此二史者，雅非傑構，抑文筆逶迤，亦休文流亞也。唐武德初，議撰先史，迄久不就，貞觀決行，姚著作主《梁》《陳》，令狐秘書主《北周》，李舍人主《北齊》，魏秘書主《隋》，五史並興，南北始備。相州李典膳承父遺志，特作二史，凡百八十篇。史官稱其書有條理，删落穰辭，過本書遠甚。而司馬文正公尤篤好之，謂叙事簡徑，可亞陳壽。繇是讀南北史者，爭言李氏，《宋書》等八史，多廢弗道矣。然李氏之書，失亦有三。競述災祥，謡讖繁猥，一失也。宋魏二志，博洽多聞，隋志典實，欲駕遷固，而悉舍不録，闕以待後，二失也。沈蕭諸贊，各有特筆，而捃摭成篇，郭向不辨，三失也。

余嘗周覽《南》《北》，于八書恨多，于二史恨少，私擬統同其事，更加筆削。上則取材前言，自成一書，志傳記表，諸體咸具，是非之際，陽秋屹如；次則仿裴注《三國》，《南》《北》爲綱，八書爲緯，分朝第補，眉列其下，庶幾文獻並存，繁重無困。而揣摩久之，未敢遽斷。又見二十一史之書，卷目浩大，世鮮終讀，兼南板漫滅，北本難致，好古之士，依代購募，常恨未全。遂謀之友人，統刊全史，懸于吴門，通邑大都，可共觀覽。《南史》先成，簡首略意，間有評騭，恐傷本書，不敢謬附，但立題識，托賞好而已。宋高祖討桓玄，除晉孽，即僭帝號，七傳而滅于齊。齊興二十四年，東昏和帝，廢弑踵繼。梁武受禪，及身禍發。陳因其敝，攘而有之，傳四帝而後主爲隋俘。自永初以迄禎明，天下四姓，僅百七十三年，帝王代謝，未有若是其速者。神器盗竊，從龍負販，君臣爲戲，日月若流。然操觚在上，江左同風。開國之王，多嫻辭令；能言之流，必出世閥。源起於東晉之清談，而數終於江南之艷曲。文勝而敝，淫賊放殺，無不出也。更怪天賦以才而即隨以禍，門庭流血，大都令器。當斯時也，爲天子難，爲臣子易。既酒而醨，既華而隕，靡靡同盡，豈人力哉！

讀史者心傷其亂，目悦其文。魏晉而後，能事畢矣。雕幾通窮，推輪復反，非啓唐而閲宋，勢莫底也。《史記》兩《漢》，人人稱述。《三國》《五代》，體裁均尚。《晉書》麗縟，頗愧休文。《唐書》指殊，新書互考，短長乃見。《宋史》蕪陋，《遼》《金》同弊，更而張之，是在作者。一統之義易明，南、董之傳未續，憑書浩歎！郭公夏五，寧惟《南》《北》哉！

婁東張溥題

（見唐李延壽撰《南史》，明婁東張氏刻本，上海圖書館藏。）

莊子序

老莊之書不列于學宫，然有道存，聖人不絶也。蘇子瞻云：「莊子論天下道術，自墨翟、禽滑釐、彭蒙、慎到、田駢、關尹、老聃之徒以至于其身，皆以爲一家，而孔子不與，其尊之也。」至王介甫論《莊子》，亦云：「既以其説矯弊矣，又懼來世之遂實吾説，而不見天地之純，古人之大體也。於是又傷其心，於卒篇以自解，曰：『《詩》以道志，《書》以道事，《禮》以道行，《樂》以道和，《易》以道陰陽，《春秋》以道名分。』莊子豈不知聖人者哉！」朱子衛先聖、闢異端不少恕，亦以莊、列比曾點。又云：「莊子比列子見較高，氣較豪。」儒家之言若此，許莊子深矣。若其文章變化離奇，神鬼杳眇，山川、風雨、草木，其觀已止。

先輩云：「六經而外，惟《左》《史》《莊》《騷》爲天地四大奇書。」非虚諛也。《莊子》本多，亡慮數十，莫詳于焦氏，泛濫通涉，心每不開。前寓京邸，從于司直所見譚友夏評本最善，攜歸鈔録，語多未全。及譚服膺示友夏寄書，得睹全評。又讀其《遇莊論》三十三篇，言辭親切，若與莊語。門下士好讀之，競借傳寫，書不留篋，遂圖摹板。服膺令清，不言而治，輒以詩文贈答云。友夏於《易》《詩》《禮記》《三傳》《國語》《離騷》《史記》《前後漢書》皆有評，若以餉客，願先《莊子》。既聞刻成，許操筆作序。亡何，轉户部曹官，放舟北發，過吴門，不得入婁東。余云：「向欲序《莊子》，近思《莊》註已多，何容復序？」余深是之。閲月，友人傳凶問至，云：「服膺渡淮揚，化爲異物。」余痛之甚，泣不成聲。念服膺反真，已同桑户，而余達不能如孟子反、子琴張，情猶常人哉！

張受先少鋭道學，年來竟杜門導引，寡食少言，窺其意亦在老莊間。余間與語，亟稱友夏《遇莊》爲長。夫莊子之書説主客，言有無，以反寓正，梗概見于史遷一傳。後世即有善言莊者，無以加也。戰國紛爭，先王道喪，仁義禮樂，其言充耳。莫若説之以齊得喪、忘死生，禍或少息。止殺人者曰：「殺人者死。」有司敗之禁在，悍者不顧也。語之曰：「子即殺人，無所見雄；若人即死，與子何益？」則將投刀而歎。攫財於市者，訓以廉讓，群笑爲迂。語之曰：「子即多財，何爲？」則唾而走者有之。聖人之教窮，而達人之説起，亦處衰世、救末流者之無可如何也。至薄楚相，笑郊犧，終身不仕，游戲快志，漆園高風，又曷可少乎？

友夏兄弟，余昔交好。隱林、服膺鄭重《莊子》，比刻成，服膺已逝。三卷書耳，爲時忽有河山之異。今將寄友夏，并此序埋一通于服膺墓側，庶幾託孝標之答秣陵也。

婁東張溥西銘題

（見明譚元春評閱，張溥參正，《莊子南華真經》，明崇禎八年張溥刻本，上海圖書館藏。）

明辨類函序

嘗聞智之極者知智不足以周物，故愚；辨之極者知辨不足以喻物，故訥。余之輯是編也，豈好辨哉！因其故然，莫知其然，蓋辨之以不辨耳。自作者與造化，與人道人品，括之六十有四，總之以性理爲宗旨，以卦數爲條件，豈其間間乎别標門户，如剪綵爲葉而忘其根本者哉？

今且爲之辨，其辨天下載籍極博，僞得之中有真失，真得之中亦有真失，僞是之中有真非，真是之中亦有真非，此作者之鷇音也。惡乎定而不辨陽燧，見日然而爲火，方諸見月津而爲水，弱土之氣御于白天，牝土之氣御于玄天，此造化之涬溟也。惡乎晦而不辨，諦毫末者不見天地之大，審小音者不聞雷霆之聲。方且衆議成林，三人市虎，此人道中之醯鷄也，不辨何以發其覆？鴞質鸞音，山鷄鳳冠，巫師禹步，跖口堯言，不似莩葭之與稿本耶？不似黄鵠之與白烏耶？衡人品者又以二缶鍾惑，不辨則所適不得矣。余因爲之列圖辨體，二之一之，八之四之。其中搜天地，羅今古，該物情，晰時變，浩浩瀚瀚，茫無涯際。總之離者折其衷，合者抉其奥，俾堅白剖如日星，非若吹影鏤塵，令聖智造迷，鬼神不識者等。誠所云不辨之辨，曾何傷於辨哉！

余法古前修，素欲著書，布行寓内。而是編之類輯，約煩就簡，黜浮崇雅，尤當垂之不朽者。因而藏之笥笈，付之剞劂，俾同志者鑒余苦衷，以廣其傳云爾。

時崇禎壬申孟冬朔日張溥題

（見明詹景鳳撰《明辨類函》，明崇禎五年婁東張溥刊，上海圖書館藏。）

秦漢文範序

古人指事陳意，以言鑿鑿焉，可見諸施行，然後人主然其策而信其辭。苟讀史者不得其至意之所存，而第剽竊語言以資帖括，此則專己守殘，眯目疏舛，其異於耳食幾何？故覈古貴精，而用古欲化。譬如設一範於前，金歸金，礦歸礦，即銅錫鉛鐵，各就一途，汞者躍治而去矣。

夫古者遭途不一，或悲憤沉吟，或立談封侯，或託詞舒憤，或露檄討賊，或陳表明志，或得臣作頌，彼值其時其勢，豈爲後生學士設之範？但其言則依經本理，確乎其不可易，則範之名歸焉耳。予以此廣範之説，以賢智範者成賢智，以庸愚範者終庸愚，天之鑄人，不可易也；强幹者不可令弱枝，排空者無容埒摭實，地之鑄物，不可易也；資稟清者提醒易，質任濁者變化難，則性之鑄人，不可易也。假令處今之世，而人皆結繩，俗盡畫象，則何以古帝王師相不長留其形貌，而神理長存也？

嗟乎！言由心瀉，意以詞宣。愚者吐之而俗，慧者舒之而巧；讀者張之而售，戇者暴之而伸。若此之類，豈有意乎？人之入其鑪錘也。而時序遞更，由經而入子，由子而返正，先秦兩漢猶不失經學之宗派、子史之先聲矣。今之工古文詞者，詞不勝則跳而匿諸理矣。夫理則有理障，毋乃墮宋儒之迂腐。則求其不迂不跳者，有秦漢諸君子之立言在，予何容贅？

婁東張溥書於七録齋

（見張溥輯《張太史評選秦漢文範》，明末正雅堂刊本。轉見曾肖《七録齋合集》。）

叙蘇長公文集

乾坤有正氣，萃之忠孝節義，爲宇宙第一人物；抒之經濟宏詞，爲宇宙第一文字。從來立德立言，惟德行文章合，斯傳世不朽耳。倘人無忠孝節義，即風情疏朗，氣骨端嚴，亦祇爲木偶衣冠而已；若文不本之忠孝節義，即字挾風霜，篇連天露，亦祇爲雕蟲篆刻而已。摻石渠天禄，奇書無價，豈不有傳世不朽？曷若《離騷》之一腔血忱，薄雲霄，干星月，而正氣凛凛，百世亦猶生存也。

坡公歷事三宗，值陽九之戹，媒孽坎壈，諸難備嘗。養至剛大之氣以立朝，批鱗瀝膽，不避權奸，不顧斧鑕。凡策對奏議，皆提綱啓鑰之訏謨，非正心誠意之闊論；皆天王明聖之丹赤，非嵩呼觴祝之靡文。藉令三宗信用之，則衣祧桑土，防患於未然。後世遼金之陷，未必若是慘烈也。及其萋菲赴獄，夢繞雲山，魂飛湯火，猶云聖主如天萬物生。以元祐黨之謫珠厓、儋耳，垂老投荒，無復生還之望，尚有「此身付與造物，聽其運轉，流行坎止，無不可」之語，所謂「青天白日，奴隸亦知清明」。故發洩之文字，貫通天人，跨唐軼漢，所謂嬉笑怒罵皆成文章，流播幽都，亦曰大蘇家集，豈特華夏敬想高風已耶？李方叔云：「皇天后土，鑒平生忠義之心；名山大川，還千古英靈之氣。」孝宗贊云：「手抉雲漢，斡造化機。氣高天下，乃克爲之。」德行文章，數語盡之矣。真宇宙第一人物、宇宙第一文字也。

或傳徽宗時，寶籙宫啓醮道士至上帝，見長公爲奎宿奏事。公之忠孝節義，猶於昭于天，而文字之流傳世宙者，皆正氣之動盪，神明之呵護者也。余不私秘之函，爰廣世宙，令世宙畫師模其忠孝節義云爾。

辛未嘉平上浣吉書於木天清署　張溥天如

（見張溥選《蘇長公文集》，明崇禎四年刻本，哈佛大學漢和圖書館藏。）

元旦賀周相公啓

伏以鳳紀更新，玉燭遞千門之曙；麟車揚彩，金花焕萬象之新。淑氣與日俱升，佳祉同川并至。恭惟師臺粹内函三，和中得一。續絶學千秋之正脈，道探泗水淵源；繫蒼生四海之誠心，業在傅巖礪石。八紘俱逢泰運，萬方咸樂春臺。太簇司辰，舜陛初鳴瑞鳳；勾芒布令，堯階始發僊蓂。牛喘而動丙相之心，雀生而感趙臣之惠。世際民熙物阜，時宜革故鼎新。吉協三元，瑞聯五始。某朽同樗櫟，自矜才匪中人；用濫渤溲，詎識恩由大匠。仰春暉而拭目，遠藉餘恩；攄賀臆以颺言，恭申鄙悃。伏願禎祥霧集，禧慶雲來。累洽重熙，默化青丘之梗；左旋右轉，永調紫閣之梅。

（見譚元春《簡遠堂輯選名公四六金聲》卷一，明崇禎刻本，哈佛大學漢和圖書館藏。）

賀姚内翰啓

伏以聖見長沙，宣室之思暢矣；相逢敬輿，興元之詔清然。士類騰歡，儒流生色。恭惟台臺鸞坡姚李，鰲禁蘇黄。文章爲一代所宗，獨完五嶽三光之氣；學問自六經而出，不數百家諸子之書。胸次沖融，渾乾坤而涵品彙；筆端清爽，傾江漢以瀉詞源。卓哉爲帝王師，允矣有公輔器。爰下彩鸞之詔，鰲禁增光；亟趨金馬之門，龍顔有喜。柳迷歸院，宫袍拖長樂之烟；花熌步磚，朝舄踐承明之景。寸心羅萬象，得禁中頗牧於方來；一德格君非，置柱後惠文於不用。溯紫霄而直上，今時方枕奎躔；詣黄閣以夷登，指日便成霖雨。某性同鳩拙，材類駑庸。短翅棲遲，須識鷃鵬之有别；神丹點化，尚教鷄犬之俱升。無任冰兢，不勝斗仰。

（見譚元春《簡遠堂輯選名公四六金聲》卷二，明崇禎刻本，哈佛大學漢和圖書館藏。）

歷代名臣奏議删例

卷三百五十，仍舊本也。書用剪截，非其得已。然人存名，事存目，濫而不留者，標括上行，梗概尤具。讀者按卷以求，猶然完書契。删始自唐，唐以上，其文不可删也，删之則儹且闕；唐以下不删，則叢脞弗任也。至宋元，尤兢兢焉。内府之藏，宋集稱盛，原書蒐綱，其代獨詳，因其詳文，發其精指，庶幾全史矣。删其標目，無評辭，有標目者著體要，無評辭者絶妄説。文有圈點，無勾畫，圈點嚴則其意出，勾畫去則其氣全。不删者如其初，删者則曰略，所以别也。原書亦有稱略者，因其略名而廣之，非創也。去取之際，先事實，後文辭。事實既該，文辭不副，雖删必存；文辭雖富，事實未包，即僅存焉，亦所緩矣。以其人而有言，存其言而有書，非正人昌言弗録也。間有存者，若楊素、許敬宗，亦千之一爾，别而出之，存猶不存也。

《奏議》載臣言，不載君言，惟唐太宗辭煩者雜《貞觀政要》本也，去其太煩則可矣。目門似大而漏，似廣而疏，如治道過詳，敬天過略。孝親始於北魏，圖讖僅記東漢，其他挂脱，不可勝言。宜更修整，使本末備觀，今弗敢者，慎也。奏事之文，視時代爲緩急。周末尊天王，西京憂外戚，東漢戒宦官，唐季慮藩鎮，汴宋惡新法，南宋論恢復，其大綱也。點圈密其急者，以下則漸減，亦讀者論世之指也。目録簡甚，欲更其舊，篇書所出，且費千紙。今裁成一卷，以人名編次，閲者粗見眉目，猶逾望洋矣。

（見張溥編次《歷代名臣奏議》（初編）三十一卷，日本文久二年刻本。轉見曾肖《七録齋合集》。）

四書合考序

尼父之述儒行也，曰「博學而不窮」，「多文以爲富」。若然，則儒者之盛節莫踰於學之博、辭之文矣。迺子輿氏又曰：「誦其詩，讀其書，論其世，以尚友。」豈非紙上古人，即有道德事功之活現乎？

我國家試士首四藝，用孔曾思孟之書，蓋深見洙泗當年持論而稱引者，堯舜真堪祖述，文武真堪憲章，而禹無間，湯顧諟，五臣十亂之撥亂爲治，管晏之不足爲，夷惠之聞風可興，真悠然可思也。且也理道則抉性天之奥，經術則抒富教之謨，名物則極有萬之揆。以至朝廟禮樂，兵刑曆律，民彝日用，飛潛流峙之故，靡不詳厥所繇，誠青紫之羔雁，致君澤民之先賢也，可緩蒐考乎？

比年來，業此道者聾帨迷心，時套子套經，套生填硬，入遇故實，茫不加考。於是復有高標門户，凌躐先喆，如侏儒之矜長，不自覺其陋者；有雕文纂組，凝心眩目，如桃梗之衣冠，不自覺其僞者；有工爲佞辭，吹簧轉轂，如媒妁之行言，不自覺其諂者；有拾唾竺乾，輒誇三昧，如巫祝之諛神，不自覺其誕者；有悲歌慷慨，無病呻吟，如伶優之雪涕，不自覺其非情者。嗟嗟！文運之否，世運亦因之，毋惑乎奴酋敢縱横也。

今聖明在御，尊經考古之學，中飭奚啻再三。士之濯磨以自奮者半，而空疎於學問之途者亦不少。予惄焉憂之，欲正告天下而無從。木天之暇，念斯文非一家之事，大道無耑門之師。爰舉孔曾思孟書中若人物，若名物，若經文，廣稽博考，撮合成編，聊以佐都人士制舉義之高深焉。如曰居今以識古，足不越户限而周知八荒，即在是乎。此又興起古文，扶進今學之鴻肩也，予何敢。

壬申初夏日婁東張溥天如父書於燕都之朝天宫

（見張溥撰《張天如太史彙訂四書合考》，明崇禎五年刻本，日本内閣文庫藏。）

印譜跋語

嗟乎！予閲伯兄之《篆譜》，而不勝今昔之感也。憶先子性簡樸，敬事先司空公。當陰雨綢繆，世波狂詩，骨肉相勞，則惟兄是賴。蓋兄齒獨長，其端静之度足以鎮澆弭釁，每潛愧夫含沙者，以故先子特暱兄。至今追想，兄調劑之苦心三十年如一日也。嗟乎！兄真我清河氏一人哉！

兄少精經術，補諸生，蜚聲黌序，而兩旌淳行。事司空公孝，孺慕之衷出以齊栗、盤舞、萊衣、黄扇間，事事可方古人。至累石鑿泉，娱親晚節。司空公亦以孝養足適，輒老山中。兄性方格，絶不欲以片字干有司，即公事，未嘗一署姓名。言人之善，澤於膏沐；言人之惡，痛於柔戟。戚黨無少長咸嚴憚之。居恒不問家人産，故業獨减於中人。讀書則博覽奇異，泚筆雲起，其詩歌古文爲名山之藏者甚富。或諷以趨時巧取之術，曰：「予上觀至人之論，深原道德之意，有獨好存焉。」是以神明幽穆，多從容之情，高霞老衲以供遥集。雖膺恩胄殊，掉頭不屑躁進也。故凡力德之士，胸中莫不知有夷令先生，而願挹其玄致焉。

予倖棄奥渫，歷聖朝，因假南還，日共兄追隨于棣萼之愛。因念先子當日無異於今，而恨今日予兄弟之好，不獲令先子見也。至於兄孤襟高行，其努力明德，久而愈烈者，又奚藉予言重？然予慕鄭莊之爲人，好稱説長者，而於兄尤諄諄識其善，非獨聞見之真也。昔人有言：席之先藋蕈，樽之上玄樽，俎之先生魚，豆之先泰羹，非謂其適口體也，所以先本而後末也。予何獨不然？故閲伯兄之《篆譜》，而深今昔之感也。

甲戌歲季春之望弟溥天如甫識於學山堂。

（見明張灝編《學山堂印譜》，明崇禎間鈐拓本。）

齊河王瑞卿宰崇明生祠碑記

今天下何吏治之肅也？聖天子勵精圖治，敕部院使者廉郡邑守令狀，上政府殿最，幾不爽錙銖。而亦有極意撫循，可質衾影，而偶不協於官評者。雖然，法在朝，心在野。野人分輕於一毛，心直於三代。故心之所非，晶晶不敢出諸口，格於分也；心之所是，淪浹難忘，獨深去後思焉。思之思之，尸而祝之，社而稷之，泐石而頌之。膴仕之竹帛，寧有真不真，而窮鄉之榱桷無假，此《皇華》之諮諏所以不遺原隰乎？

耿濟王公治崇未兩期，中蜚語去。崇民如嬰兒之奪母，攀轅不及，邑士民特置祠未已也。邑之南折而東，越百里許，有堡焉。聚堡内外而居者，幾與邑埒。父老相與謀曰：「吾鄉民之受侯澤，何啻邑中？邑有祠而鄉無祠，何侯之澤下於邑者報之厚，而下於鄉者報之薄也？」於是鳩工聚財，籲憲立祠。堂廡宇楹森然，貌侯於堂，冠裳色笑儼疇昔。竪穹碑於左以記之，而問記於余。

余惟侯之治崇，庶績熙歟？兩造平歟？鶴鳴青莎，魚懸枯壁歟？伍伯影滅食肆，而叫呼不驚鷄犬歟？開鄭國渠，斥鹵化爲膏壤，静萑苻之盜，寢黑白之丸，蚩蚩者得安枕而卧歟？此皆侯平日營於堂皇，宣於四野，記之而不勝記者也，將又何記焉？父老膝而前曰：

「侯德於荒政尤鉅，而南洲之民受德於侯者，於荒政尤渥。歲已巳秋，大浸稽天，陽侯殺稼，萬井絶烟火，流離瑣尾之子轉於溝壑。侯按部而踏勘者，諸沙無遺芟。每見一望皆黄塵白潟，家嗚號，户喘息，侯爲之掩袂欷歔。請賑不能，捐俸不足，計盡無之，則屬耆老而告之曰：『捐有餘，補不足，天之道也。何忍相殣載道，無一好義之民溉釜而救人於一髮千鈞乎！』於是諸沙有應有不應，而宫牆慕義之士如沈季明諱廷揚者，體侯德意，出千緡以給貧民，散金錢無已則布粟，布粟無已則設糜。侯親詣堡中，視糜之温清多寡而飫餒者，若慈媪之於啼兒，見有尻高而不下咽，則拊摩而繼以泣。堡中施糜凡五月有奇，而侯之不車、不蓋、不兼蔬，以往來於堡中，如之。當其時，南洲之民垂斃而獲復甦者萬萬計。至今子女之婚配耕織，得留殘喘於海濱，皆侯之倡義有以生也。非侯也，久矣化爲青畝之冷風，黑淤之朽骨矣。夫鄉之民，有一冤事白於庭，免一死而得一生，其家且刻木而祀，以效桐鄉之祝。侯矧之於南洲，免萬死而得萬生，雖欲不衣冠而俎豆也，其何能已已。」

余聞之，驩然歎曰：甚哉！三代之直在斯民也。侯拙於催科而勞於撫字，崇之民不能叩閽而請令侯長子孫於崇，而侯之汪濊優足於崇民之子子孫孫弗替引之。若侯，真可謂民之父母也。即南洲之民心爾爾，而闔邑之民心可知。今天子下採民謡，且起侯以霖雨天下，則天下之民心猶一邑之民心也。侯之維四方以毗天子，寧有既哉！

祠立於堡中關帝廟東，經始於崇禎五年十一月既望，落成於崇禎六年春三月之朔。侯諱宫臻，字瑞卿，登崇禎元年戊辰進士，山東濟南府齊河縣人。《記》成，爲之頌曰：

於皇濊澤，滲漉百川。天吴之宫，弦歌駢闐。馮夷氾濫，饑饉連阡。鳩行鵠面，委壑隕淵。救荒無奇，倡義孔先。矯詔逾黠，設糜法謙。之死致生，去後思緜。畏壘之墟，尸祝萬年。彼其華轂，胥慝睊睊。何如樂只，榱桷永傳。三代之直，泐石志焉。

（見民國《齊河縣志》卷三十二《藝文》，民國二十二年鉛印本。）

致某同年

前承召，以冗甚不及赴爲歉。日來欲過，昨又以賤體不寧，尚未遑也。梅先□親事，今不容少緩。今小僕同何使至，專俟兄命。乞即撥尊使一議，隨以執照付妥，甚荷。草此，不盡。

九服仁兄大人

功服弟溥頓首

（見上海圖書館編《上海圖書館藏明代尺牘》第八册，上海科學技術文獻出版社二〇〇二年，第一二四頁。）

致某同年函

音書久闊，想念爲勞。老年兄閉户著述，藏之名山，自足千□。但弟不能詠嘆，尋繹得其一二，少勝西方彼美之感耳。福興、壽興等何年來爲無功之人占踞，心實不甘。獨老年兄主持公道，顧我勞人，每念不忘。弟雖僕僕不遑，而此意則久勤之五内，未知此時尚有餘地否？總煩大力照料，幸詳細示知。至於現成開墾者，不必問也。附送錦綺二端，望哂存是荷。

弟張溥再拜

（見錢鏡塘輯《錢鏡塘藏明代名人尺牘》第四册，上海古籍出版社二〇〇二年，第一六八八頁。）

與張受先書

閲艾千子《房選》，顯肆攻擊，大可駭異！吾輩何負於豫章而竟爲反戈之舉，言之痛心！兄見之，須面責問其故。艾爲人貪利無耻，出其本性。又在武陵最久，中間構釁者不少。且往來俱銅臭之子、不識一字之流，固宜與名教悖戾也。弟斷不能嘿無一言，特以聞之老兄，可與大士、大力、文止講明。弟與介生止恃兄在臨川，豫章之交自固，不患一人之跳梁生事也，惟早圖之。弟意如此之人，斷不容其稍有出頭，須作一字與九青，先斷其根可也。

（見陸世儀《復社紀略》卷一，清鈔本。）

附録

(一)史傳行狀墓銘

張溥傳

張廷玉

張溥，字天如，太倉人。伯父輔之，南京工部尚書。溥幼嗜學。所讀書必手鈔，鈔已朗誦一過，即焚之，又鈔，如是者六七始已。右手握管處，指掌成繭。冬日手皸，日沃湯數次。後名讀書之齋曰「七録」，以此也。與同里張采共學齊名，號「婁東二張」。

崇禎元年以選貢生入都，采方成進士，兩人名徹都下。已而采官臨川。溥歸，集郡中名士相與復古學，名其文社曰復社。四年成進士，改庶吉士。以葬親乞假歸，讀書若經生，無間寒暑。四方啖名者爭走其門，盡名爲復社。溥亦傾身結納，交遊日廣，聲氣通朝右。所品題甲乙，頗能爲榮辱。諸奔走附麗者，輒自矜曰：「吾以嗣東林也。」執政大僚由此惡之。

里人陸文聲者，輸貲爲監生，求入社不許，采又嘗以事抶之。文聲詣闕言：「風俗之弊，皆原於士子。溥、采爲主盟，倡復社，亂天下。」温體仁方枋國事，下所司。遷延久之，提學御史倪元珙、兵備參議馮元飈、太倉知州周仲連言復社無可罪。三人皆貶斥，嚴旨窮究不已。閩人周之夔者，嘗爲蘇州推官，坐事罷去，疑溥爲之，恨甚。聞文聲訐溥，遂伏闕言溥等把持計典，己罷職實其所爲，因及復社恣横狀。章下，巡撫張國維等言之夔去官，無預溥事，亦被旨譙讓。

至十四年，溥已卒，而事猶未竟。刑部侍郎蔡奕琛坐黨薛國觀繫獄，未知溥卒也，訐溥遥握朝柄，己罪由溥，因言采結黨亂政。詔責溥、采回奏，采上言：「復社非臣事，然臣與溥生平相淬礪，死避網羅，負義圖全，誼不出此。念溥日夜解經論文，矢心報稱，曾未一日服官，懷忠入地。即今嚴綸之下，並不得泣血自明，良足哀悼。」當是時，體仁已前罷，繼者張至發、薛國觀皆不喜東林，故所司不敢復奏。及是，至發、國觀亦相繼罷，而周延儒當國，溥座主也，其獲再相，溥有力焉，故采疏上，事即得解。

明年，御史劉熙祚、給事中姜埰交章言溥砥行博聞，所纂述經史，有功聖學，宜取備乙夜觀。帝御經筵，問及二人，延儒對曰：「讀書好秀才。」帝曰：「溥已卒，采小臣，言官何爲薦之？」延儒曰：「二人好讀書，能文章。言官爲舉子時讀其文，又以其用未竟，故惜之耳。」帝曰：「亦未免偏。」延儒言：「誠如聖諭，溥與黄道周皆偏，因善讀書，以故惜之者衆。」帝頷之，遂有詔徵溥遺書，而道周亦復官。有司先後録上三千餘卷，帝悉留覽。溥詩文敏捷。四方徵索者，不起草，對客揮毫，俄頃立就，以故名高一時。卒時，年止四十。

（見清張廷玉等撰《明史》卷二八八《文苑四·張溥》，中華書局一九七四年。）

張溥傳

萬斯同

張溥，字天如，太倉人。伯父輔之，南京工部尚書。溥幼嗜學。所讀書必手鈔，鈔已，朗誦一過，即焚之，又鈔，如是者六七，始已。或問：「何勤苦乃爾？」曰：「聊用强記，何留滯心目爲！」用是右手握管處，指掌咸成繭，數日輒割去，冬日手皸，日沃湯數次。其勤苦若是，後名讀書之齋曰「七録」，以此也。及爲諸生，召同里張采共學，益肆力經史，名藉甚，時號「婁東二張」。

崇禎元年，以選貢生入都，適采方成進士，兩人相得益章，名徹都下。已而采官臨川。溥歸，集郡中名士，相與砥礪，期復古學，因名曰復社。三年，舉於鄉。明年，釋褐，改庶吉士。在館中頗有臧否，讒言遂興。又明年，乃以葬親乞假去，其讀書仍若經生，無間寒暑。四方啖名者爭走其門，盡名爲復社。溥亦傾身結納，名日高，所交遊日廣，其聲氣通於朝右。凡所品題甲乙，頗能爲榮辱。兩臺暨監司大吏多承其謦欬，而諸奔走附麗者，一托足其門，輒自矜張，曰：「吾以嗣東林也。」乃至執政大僚亦以爲嗣東林也而惡之。

其里有陸文聲者，素無賴，以輸貲爲監生，求入社，不許。時采亦旋里，嘗以事抶文聲，文聲益恨。九年秋，假興利詣闕陳言，因謂：「風俗之弊，皆原於士子。而溥、采實爲主盟，倡復社以亂天下。」時温體仁枋國事，方惡東林復社，遂擬嚴旨，下提學御史倪元珙覈奏，元珙移兵備參議馮元颺，元颺下太倉知州周仲璉，遷延久之，被旨詰責。至明年正月，乃言：「復社文必先正，行必賢良，無罪可指；文聲被罪潛逃，母服未終，匿喪謁選，今又借端誣陷，罪不可宥。」疏奏，忤旨，三人皆貶斥，嚴旨仍窮竟不已。閩人周之夔者，前爲蘇州推官，主兑運，溥及太倉知州劉士斗私其州人，議以本州額輸派之各邑，之夔不可，以此忤溥。已之夔坐事罷官，疑溥爲之，恨甚。至是聞文聲訐奏，遂縗服伏闕，云：「溥等把持計典，已之罷職，實其所爲。」因及復社恣横狀。章下撫按，巡撫張國維等言「之夔去官，自有本末，無預溥事」，亦被旨譙讓。

至十四年五月，溥已卒，而事猶未竟。刑部侍郎蔡奕琛坐黨薛國觀繫獄，未知溥之卒也，上言：「去夏六月，臣邑子倪姓者，見臣邑縣令丁煌誇其師張溥權力，謂臣旦夕當逮，已而果然，一里居庶常，遥握朝柄，豈非異事！」因及采結黨亂政狀。詔下倪姓者吏，令煌首實，而責溥、采回奏。采上言曰：「謂復社是臣事，則出處年月不符；謂復社非臣事，則生同淬礪，死避網羅，負義圖全，誼不出此。念溥日夜解經論文，矢心報稱，曾未一日服官，懷忠入地。即今嚴綸之下，並不得泣血自明，良足哀悼。」當是時，體仁已前罷，繼者張至發、薛國觀皆不喜東林，故所司不敢覈奏。及是，至發、國觀亦相繼罷，而周延儒當國，溥座主也，其獲再相，溥有力焉，故采疏上，事得解。

明年，御史劉熙祚、給事中姜埰交章言溥砥行博聞，以纂述經史，有功聖學，宜取備乙夜之觀，因薦采學行可用。秋八月，帝御講筵，問及二人，延儒對曰：「讀書好秀才。」帝曰：「溥已卒，采小臣，言官何爲薦之？」延儒曰：「二人好讀書，能文章，言官爲舉子時，曾讀其文，又以用未竟，故惜之。」帝曰：「亦未免偏。」延儒言：「誠如聖諭，溥與黄道周皆傷於偏，止因善讀書，以故惜之者衆。」帝頷之，遂有詔徵溥遺書，而道周亦復官。有司先後録上三千餘卷，帝悉留覽，天下益頌帝之仁明，而惜溥生前不遇也。

溥詩文敏捷。四方徵索者，率不起草，對客揮毫，俄頃立就，以故名高一時。又虚懷善下，有求輒應，人莫不愛而親之。卒時，年止四十。

（清萬斯同《明史稿·張溥傳》，轉見蔣逸雪《張溥年譜》。）

張溥傳

張　采

張溥，字天如，號西銘。兒時奇慧好學如成人。十五歲喪父，同母出居西郭，顔一陋室曰「七録齋」，日夜讀經史諸書。二十餘，聲聞藉甚。交一時名賢，志爲大儒。戊辰選貢，庚午、辛未連舉成進士，選翰林院庶吉士。

溥嘗別白邪正，在中秘不能無臧否，觸要人，一年請假歸。益讀書攻著述，日有常程，每侍史繕録，口占手注，六七輩不給。急友聲，書生故人子問字，輒通坐，析疑義。學者爭歸之，不及門以爲耻。要人伺久不得間，即摭以中溥，指爲婁東社黨。

丙子，招里中猾，條事及之，下提學御史。望風者謂溥故時所忌，訐溥可進身，遂連疏詆。下巡撫都御史，提學倪公元珙言：「諸生誦服聖賢，引徒旅講習，實非黨，亡可罪者。」巡撫張公國維言：「疏詆者自有本末，與婁東絶不屬，難誣證。」俱有旨切責。

辛巳，溥暴病卒。卒後，有犯贓罪者，復攻溥，希跳獄。再得嚴旨，同事申訟。上亦鑒書生文社無他，敕勿問。事白。於是御史、給事中交章薦溥砥行力學，所表章六經最有功，請徵遺籍，備乙覽。奉温旨屬提學御史呈進，天下傳以爲頌。

溥性忠孝，事母極婉順，談朝廷事，輒欲有所澄清。與朋友周篤，聞正人難，如身及。

卒之日，遠近赴弔，哭多失聲。無子，立嗣。門人私謚曰仁學先生。所著載《藝文志》。

顧夢麟曰：此壬午冬初前天如小略也。天如固成乎大儒，書籍進，當有隆典。兹傳故及半，且作傳者始終同事，則其辭微。嗟夫！生時譏讒無虚歲，然卒受知聖明，隆施没齒，則遇曠今古矣。

（見張采《太倉州志》卷十三《人物志》，明崇禎刻清康熙補刻本，復旦大學圖書館藏。）

張溥傳

張岱

張溥，字天如，號西銘，南直太倉人。兒時奇慧，好學如成人，不窺户外。年十五喪父，奉母居西郭，日夜讀經史諸書，聲聞藉甚。同邑吴駿公從公受《易》，相期以天下事，且不欲以科名讓人。崇禎辛未，駿公居第一，溥居第六，授庶常。溥好别白邪正，在中秘以臧否人物觸當事，且求去。當事思有以中之，乃指婁東社黨，招里中豪猾條事入疏，下提學御史暨巡撫都御史勘議。會溥以暴病卒，上亦鑒書生結社不過倡率文教，無他罪，置勿問。後臺省交章言溥砥行力學，表章六經，有功當世，請徵遺籍，以備史館。旋奉温旨，雖未經褒卹，屹然爲世大儒。其門人私謚之曰仁學先生。所著有《史論一編》《二編》《春秋三書》，遺集《七録齋合集》。所閲書極多，而《紀事本末》一書評騭允當，小論發前人所未發，士林稱其媲美龍門。

石匱書曰：楊升庵、梅禹金、曹能始藏書甚富，爲藝林淵藪。其自所爲文填塞堆砌，塊而不靈，與經笥、書厨亦復無異。書故多，亦何貴乎多也。陳明卿、張天如所閲諸書亦卓犖有致；而《無夢園》《七録齋》諸集食生不化，亦未見其長。炮夫烹割，調劑五味，賓主樂之，雖終日勞勞，與炮夫竟何補哉！（見明張岱《石匱書》卷二百三《文苑列傳》，稿本。）

張溥，字天如，南直太倉人。崇禎辛未進士，選翰林院庶吉士，授編修。溥才情藻發，爲江南士林領袖。所閲書極多，而《紀事本末》一書評騭允當，小論發前人所未發，追步龍門矣。所著有《七録齋集》。（見明張岱《石匱書後集》卷五八《文苑列傳》，稿本。）

張太史溥

陳貞慧

又二子篇

余既爲十子贊矣，又一爲江陰黄子，一爲太倉張子。張子成進士，讀中秘書，稱名太史，志稍酬矣。冉耕茉苢，照鄰病梨，文章十命，又可悲也。（後言黄子，略）

張太史溥

天如好讀書奥麗，喜賓客，紬卷十行俱下，削稿無元不窺。所讎有《十三經注疏》《通鑑紀事本末》《歷代名臣奏議》《漢魏百名家》凡數百卷。其文豐蔚典贍，兼家丞、庶子之長。崇禎丁丑，余與仲馭、朗三詩酒婁上，見其賓客輻輳，幨帷如雲，口授吟謡，手校墳典，箏歌賞笑，五官並應，絶歎爲二劉更生。未幾而玉殞蘭摧，同輩傷焉。然至甲申三月，三光霧漲，九廟烟飛，風流都盡矣。天如之死，未爲不幸也。況思曼才情，茂先書乘，炳烺當世者乎？

贊曰：琴觴昔夜，縱酒婁東。周梅今日，泉穴相從。

（見清陳貞慧《山陽録》一卷《又二子篇》，周駿富輯《明人傳記叢刊》第一二七册，明文書局一九九一年第六三五頁。）

張溥

黄宗羲

張溥，字天如，太倉人。戊辰，相遇於京師。庚午，同試於南都，爲會於秦淮舟中，皆一時同年，楊維斗、陳卧子、彭燕又、吴駿公、萬年少、蔣楚珍、吴來之，尚有數人忘之。其以下第與者，沈眉生、沈治先及余三人而已。余宿於天如之寓。甲戌，余與馮研祥同至太倉。

值端午，天如宴於舟中，以觀競渡，遠方來執贄者紛然。天如好讀書，天資明敏。聞某家有藏書，夜與余提燈而往觀之。其在翰苑，聲價日高，奉之者等於游、夏。門無益友，天如亦自恃其才，下筆豐艷，遂無苦功入細。嘗以泥金扇面，信筆書稿，故所成就，不能遠到，爲可惜也。

（見《黄宗羲全集》第一卷《思舊録》，第三六一頁。）

張庶常傳

鄒漪

公諱溥，字天如，號西銘，遠近學者稱天如先生，南直太倉人也。兒時奇慧，好學如成人，日讀書數千言。年十五喪父，奉母金居西郭。扃户下帷，上自皇古，下迄今兹，凡治亂興廢，賢愚是非，無不殫厥理要。十九補諸生，聲聞藉甚。同邑吴公偉業從公受《易》，相期以天下事，志爲大儒，且不欲以科名讓人。與張公采尤稱合志同方。創立復社，聯絡吴越俊造，凡經明行修之士，群萃其中，士以不得與爲耻。

崇禎辛未成進士第七人，除庶吉士。公好别白邪正，在中秘以臧否人物觸執政要人怒，要人思有以中之。公乞假歸，要人伺隙不得，乃指婁東社黨，招里中豪猾，條事入疏。而蘇州司李某望風復訐公，謂己去官由復社。事下提學御史、巡撫都御史勘議。議上，拂執政意，有旨切責，必批根乃已。牽連六七年，而公以暴病卒。

公死後，復有攻公希跳獄者，再得嚴旨，責公及張公采各自陳。采具疏備述顛末，中云：「謂復社是臣事，則出處年月不符；謂復社非臣事，則生同砥礪，死避羅弋，負義圖全，臣不出此。」末且云：「念溥日夜解經論史，矢心報稱，曾未一服官，懷忠入地。即今嚴綸之下，并不得泣血自明，良足哀悼。」

疏上，上亦鑒書生結社不過倡率文教，無他罪，置勿問。後御史劉公熙祚、給事中姜埰交章爲公訟冤，言公砥行方聞，所纂修經史，有功典學，請悉徵遺籍，備史館。奉旨如御史、給事言，書屬提學御史呈進。天下傳而頌之。

公事親孝，既長，依母若孺子，兄弟愛極天倫。親賢下士，赴義行仁，孜孜不倦。諸生沈承負才夭，公抱其遺孤歸，撫爲子，周恤備至。蒙師劉振溪歿于水，公爲營葬，歲恤其妻子。何孝廉南春、杜刑部麟徵、曹憲副三用、許給諫國榮歿時，皆以孤托公，咸經紀其家。居鄉亟求民瘼，汲汲布惠。吴水國，舟子多榜官閥予雄，公禁不許。

所爲文，融洽經史，高出西漢，詩皆三唐風格。嘗言昔稱三不朽，要各有類。如德則修身及家均平天下；否者備顧問，奏對三雍，爲國家作述禮樂，昭宣教化。功則爲社稷臣，勒銘旂常；否者表章六經，裁量子史，俾後學有所依仿，嵇勳亦不在搴伐下。言則冠豸螭陛，屈軼指佞，言行道亦行；否者著成一家，藏諸名山，使千萬世知有其人，比于龍門、扶風。其立志宏遠如此。所著有《七録齋集》《史論一編》《二編》及《論略》《春秋三書》《十三經合纂》《歷代文典》《文乘》《通鑑紀事本末》《宋元紀事本末》《古文五删》《漢魏百名家》《歷代名臣奏議》等書行世。

論曰：予髪未覆額，即誦張先生制舉義，顧以未得御元禮、識荆州爲恨。然予獲侍駿公夫子，猶之乎親見天如先生也。讀先生之遺書，上追典誥，下斥齊梁，豈非一代宗工乎？乃以才高觸忌，一仕即已，卒之道垂宇内，名動天子，是豈曲學小儒所得幾其萬一哉！先生于是乎不朽矣。

（見鄒漪《啓禎野乘一集》卷七，明崇禎十七年柳圍草堂刻清康熙五年重修本。）

張庶常傳

計六奇

張溥，字天如，號西銘。兒時奇慧，好學如成人，日讀書數千言。年十五喪父，奉母金居西郭。十九，補諸生。同邑吴偉業從受《易》。與張采創立復社，聯絡吴越俊秀。崇禎辛未成進士第七人，除庶吉士。觸執政要人怒，乞假歸。要人招陸文聲以社黨入奏，而蘇州司李某復訐溥，牽連六七年，以暴病卒。後御史劉熙祚、給事姜埰交章訟冤，奉旨所著書呈進，天下傳而頌之。有《七録齋集》《史論一編》《二編》及《論略》《春秋三書》《十三經合纂》《歷代文典》《文乘》《通鑑紀事本末》《宋元紀事本末》《古文五删》《漢魏百三名家》《歷代名臣奏議》等書行世。

（見計六奇《明季北略》卷十三，清都城琉璃廠半松居士活字印本。）

張溥傳

朱彝尊

張溥，字天如，太倉州人，崇禎辛未進士，改庶吉士，有《七録齋集》。

書天如狎主復社，以附東林，聲應氣求，龍集鳳會。一言以爲月旦，四海重其人倫。晷刻而百函，賓晝日以三接。由是青衿胄子，白蠟明經，登李元禮之門，不啻虬户；爲柳伯騫所識，勝於筍金。列郡人文，一時風尚，口談朝事，案置《漢書》，頭包露額之巾，足著踏跟之履，和歌《下里》，擁鼻東川。俄而哲人其萎，踐康成之妖夢；天子有詔，求司馬之遺書。黨論日興，清流釀禍，周之夔彈之於始，阮大鋮厄之於終，而邦國因之殄瘁矣。

（見清朱彝尊《静志居詩話》卷十九，清嘉慶二十四年錢塘姚祖恩扶荔山房刻本。）

張溥傳

程穆衡

溥字天如，號西銘。稟資異敏，視日不瞬。佩觿觹，日數千言，爲諸生，即以道學文章轉移天下爲己任。初，明之盛時，凡省會皆有書院，江陵相國嚴禁之。後稍稍復置，一時徽州、江右、關中與無錫而四。無錫者，名東林，宋楊龜山先生建，後廢爲佛寺。顧涇陽自吏部罷歸，購其地，建先生祠，與同志搆精舍居焉。至甲辰冬，始與高忠憲數公開講其中，以《白鹿洞規》爲教。涇陽既辭光禄之召，於立朝諸公無與也。適忠憲起爲總憲，風裁大著，疏發崔呈秀贓。呈秀遂父事逆奄，日嗾之曰：「東林欲殺我父子。」于是東林遂爲害君子之名目。公與同里張南郭先生志復東林，兩人刻厲忘晝夜。公嘗雪甚已就寢，復興，露頂讀向曉，因患病皻。

戊辰，魏奄敗，公以覃恩選貢入京，廷對高等。諸貢士入太學者爭願交歡，公因集多士爲成均大會。是時宇内名卿碩儒，前爲魏崔摧折投荒削逐者，後先起用，聞公名皆折節訂交，筐篋連騎，日不暇給。南郭已第進士，授臨川縣知縣，偕公歸，合同志揚扢社事而後赴任。吴江令熊魚山禮賢尊士，迎公館于邑，苕、霅之間，名彦畢至，爲尹山大會。未幾，臭味翕集，遠自楚之蘄、黄，豫之梁、宋，上江之宣城、寧國，浙東之山陰、四明，輪蹄日至。比年而後，秦晉廣閩多以文郵致。時江北匡社、中州端社、松江幾社、萊陽邑社、浙江超社、浙西莊社、黄州質社與江南應社，公乃合而一之，爲立規條、定課程，曰復社。復者，言復東林也。盟詞曰：「毋從匪彝，毋讀非聖書，毋違老成人。毋矜己長，毋形彼短。毋巧言亂政，毋干進辱身。犯者小用諫，大則擯。」彙刊十五國文而銓次之，曰《國表》，冠以南郭序焉。

庚午省試，諸賓興者咸集，爲金陵大會，公中魁選。明年會試聯第，座主宜興周延儒也。而奄黨仇東林者爲烏程温體仁，公謀必去之。既館選庶吉士，居造就之列，遇館長如嚴師，見先達稱晚進。公會隅座，而公任意，臨事輒相可否，有代天言作誥命者，文稿信口甲乙。有譖於體仁者，體仁曰：「是何足患！庶吉士有教讀成例，材則留，不材則去之耳！」會梅村吴公劾蔡奕琛疏上，體仁、奕琛益側目。壬申，公乃請葬親，給假歸。明年，爲虎丘大會，社事之期復東林也，以文章氣節爲重。於是東林名宿，南直有文震孟、姚希孟、顧錫疇、錢謙益、鄭三俊、瞿式耜、侯峒曾、金聲、陳仁錫、吴甡等，兩浙有劉宗周、錢士升、徐石麟、倪元璐、祁彪佳等，河南有侯恂、侯恪、喬允升、吕維祺等，江西有姜曰廣、李邦華、熊明遇、李日宣等，湖廣有梅之焕、劉宏化、沈維炳、李應魁等，山東有范景文、張鳳翔、高宏圖、宋玫等，陝西有李遇知、惠世揚等，福建有黄道周、黄景昉、蔣德璟、劉鱗長等，廣東有陳子壯、黄公輔等，公皆奉而宗主之。諸公在外，則爲謀方面；在内，則爲謀援立，皆陰爲之地而不使知。迨事後覺，咸陰感之。故不假結納，而四海盟心。會朝議起廢，欲推錢謙益，閣部持之堅，乃共推文震孟，而侯恂、倪元璐、劉宗周、姜曰廣、黄道周皆相繼登庸。又各引翼後進，内而中行評博，外而推知有名者，俱力薦拔。其六部遷轉及臺省舉劾，皆得與聞。故雖以庶常在籍，駸駸負公輔之望，參預朝政矣。

烏程温育仁者，相國介弟，作《緑牡丹》傳奇以誚社士。兩張親莅浙，言之學臣黎元寬，禁書肆，毁刊板，執育仁家人於獄。體仁進密揭言：「各省進學冒濫。」遂假磨勘罷元寬。既顯與兩張開隙，深慮公在籍能遥執朝政，乃令其黨注官吴地伺之。以吴地搢紳優免徭役，又奴僕多擬清河必甚，授旨直指路振飛及祁彪佳。二人按部時，適兩張治衙蠹與陳過兩奴，於體仁所注意者，非惟無徇，且嚴繩之。兩巡方不能有所加，顧引重公，與定交而去。當是時，連科鄉會舉者皆社中傑才，其攻體仁無虚日。

甲戌，賊陷中都。體仁方具《慰安聖衷疏》，而江南忽有公揭傳布在京各衙署，謂禍陵者寇，而縱寇禍陵者體仁。票擬淮撫不必移鎮之咎。於是給事中劉昌言具《斥誤國之樞臣疏》，吏科許譽卿則直攻體仁，宋學顯繼之，御史張盛美又繼之，刑部主事胡江劾體仁語尤厲。冏卿史堃，體仁鷹犬，公囑揚州春元鄭元勳廉其按淮時贓穢，達諸臺省，下堃獄追贜。體仁憂之，乃揭請廢科目，用保舉。旨既下，公集同志傳示各邑社長，推擇經濟博達之士，能興道致治者，與才力智術能排斥奸黨者，速坐名保舉。一時知名者，新建陳宏緒，桐城左光先，無錫高麟如，南昌萬六吉，莆田黄以陞，吴門徐鳴時、張世偉，崑山陸遜之，太倉沈緜應、黄翼聖，宣城沈壽民，永州袁耀祥，桐城阮之鈿，慈溪秦俊德，山西辛全德，閩中秦所式，臨川曾拭，九江李茂實，武陵朱常湄，陝右張兆熊，江右朱由栻，懷寧蔣臣，文學政治，咸稱得人。體仁、奕琛取社目按校，大駭曰：「行保舉，適以自伐也。」乃謀廢行取，絶其進，恐上之致疑也。用薛國觀計，勸上因火星逆行，下詔求言。而令淮安衛三科武舉陳啓新上書言之，體仁票優旨部議。而陸文聲訐奏復社事亦起，奉嚴旨，命學臣倪元珙查究。社中夏彝仲、陳卧子、吴人撫在京，謂文聲必爲浙人頤指，若説之就選，出之於外，事乃可解。因招文聲子入都，與關説，醵金爲部費，俾擇善地，得道州吏目以去。元珙乃復旨曰：「結社會友，士子相與考德問業耳，不應以此爲罪。」嚴旨責元珙隱狥，調去。繼任者山東亓瑞，亦遲回久之。奉旨再勘，會亓艱去，齊人張鳳翮代之，延臨川羅萬藻閲文，學政爲萬藻一手握定。體仁、奕琛計無所出，乃鈎原任蘇州告病丁憂推官閩人周之夔所參復社首惡紊亂漕規，奉旨嚴查。而鳳翮亦以久不復旨降調矣。先是奸人張漢儒訐錢謙益、瞿式耜居鄉不法，體仁擬旨逮二人，下詔獄酷訊。謙益等危甚，求解于司禮太監曹化淳。漢儒偵知之，告體仁。體仁密奏，請并坐化淳。化淳懼，自請案治，乃盡得漢儒奸狀及體仁密謀。獄上，帝始悟體仁有黨。會撫寧侯朱國弼再劾體仁，帝立命枷死漢儒等。體仁佯引疾，意帝必慰留。及得旨放逐，方食，失匕箸。明年死。

公見體仁既死，乃謀引周延儒。始延儒里居，頗從東林遊，善姚希孟、羅喻義。及主會試，得公與馬君常等，所以規勸之者甚至。迨失勢歸，心内慚。越五年，體仁去，而張至發、薛國觀相繼當國，與楊嗣昌等並以娼嫉稱，一時正人鄭三俊、劉宗周、黄道周等皆得罪。公甚憂之，乃説延儒曰：「公若再相，易前轍，可重得賢聲。」延儒以爲然。公因以數事要之，延儒慨然曰：「吾當鋭意行之，以謝諸公！」公爲達貴妃田氏之母，令於宫中倡言延儒爲相賢。公友吴昌時爲交關近侍，而國觀適敗，帝因詔起延儒。

十四年九月至京，復爲首輔，悉反體仁弊政。首請釋漕糧白糧欠户，蠲民間積逋，凡兵殘歲荒地減見年兩税。蘇、松、常、嘉、湖諸府大水，許以明年夏麥代漕。宥戍罪以下，皆得還家。復詿誤舉人，廣取士額，及召還言事遷謫諸臣李清等，帝皆欣然從之。又言老成名德不可輕棄，于是鄭三俊長吏部，劉宗周長都察院，范景文長工部，倪元璐佐兵部，皆起自廢籍。其他李邦華、張國維、徐石麒、張瑋、金光宸等布九列，釋在獄傅宗龍等，贈已故文震孟、姚希孟等官。中外翕然望治，而公以此數事要延儒也。其年五月，泊舟金山下，候延儒舟至，談連曙。空江寒露，其凉透體，公不知也，冒寒疾作，齁益甚不可治，遂卒。既卒，而事猶未竟。奕琛繫獄，復訐公。巡撫張國維復旨言：「周之夔去官無預復社事。」南郭又獨疏回奏，緣延儒當國，故事立解。語在梅村、南郭傳中。

明年，御史劉熙祚、給事中姜埰交章論公砥行博聞，所纂述經史有功聖學，宜取備乙夜觀。帝御經筵，問及兩張，延儒對曰：「讀書好秀才。」帝曰：「溥已卒，采小臣，言官胡爲薦之？」延儒曰：「二人好讀書，能文章，言官爲舉子時讀其文，又以其用未竟，故惜之耳。」帝曰：「亦未免偏。」延儒曰：「誠如聖諭，溥與黄道周皆偏，因善讀書，以故惜之者衆。」帝頷之，遂有詔徵公遺書，而石齋亦復官。有司先後録上三千餘卷，帝悉留覽焉。公所著《七録齋集》《近集》《史論一編》《二編》《史論略》《春秋三書》，所輯有《十三經註疏》及《合纂》《歷代文典》《文乘》《通鑑紀事本末》《宋元紀事本末》，評定《南》《北史》《魏》《齊》《周書》，又芟《續文選》《廣文選》《唐文粹》《宋文鑑》《元文類》曰《五芟》。又有《百名家集》《歷代名臣奏議》，其《崇禎大典》尚未成。無子，一女適吴孫祥。

論曰：君子尚論東林黨人而嘆明之亡，其亡於西銘公之歿乎？蓋公不死，宜興必不敗。宜興之再出也感公甚，且曰：「公幸助吾。」蓋自知力不任鼎鉉而爲將伯之呼久矣。公在，豈致孤力無助，縱其忮貪而獲罪名賢哉？方將多援善類，才智奮興，於以辨邊疆、殄寇盗也。何以不幸中道殂謝，宜興悵悵失矣。所依邊境喪師，豫楚殫殘，通州出駐，猶日歆。亡何，乃計無復之，内顧不聊而然耳。正陽右廟中何若九峰一抔土，則非宜興之生而負國，直公以死而負宜興也。而後之論者，乃謂公出位侵權，不知清議之繫於人國久矣。古之哲王，既已制官刑儆於有位，而又爲之立閭師，設學校，存清議於州里，以佐刑罰之窮。故范曄之論儒林也，以爲桓、靈之間，君道粃僻，朝綱日凌，國隙屢啓，自中智以下，靡不審其崩離。而權强之臣，息其窺盜之謀；豪傑之夫，屈於鄙生之議。然則公當奸邪亂政，偕其獨行之侣，風雨如晦，鷄鳴不已，迄乎更姓改物，二三君子皆依仁蹈義，舍命不渝。而彼奄兒奸黨者，唯抱足乞命，賣降恐後。主持清議者果何負於國哉！噫！有國家者毋亦崇月旦以佐秋官，進鄉評而扶國是乎。

（見清程穆衡《婁東耆舊傳》卷三，稿本，上海圖書館藏。）

張溥傳

凌祖詒

公姓張，諱溥，字天如，號西銘，太倉人。居西門外，與張采齊名。明崇禎元年選貢入都，歸，結文社曰復社。四年，成進士，改庶吉士。以葬親乞假歸，四方士爭走其門。

里人陸文聲輸貲爲監生，求入社不許，遂詣闕言：「溥、采倡復社，亂天下。」時温體仁柄國，事下所司。提學倪元珙、兵備馮元飈、知州周仲連皆言復社無可罪。悉貶斥，嚴旨窮究。適蘇州推官周之夔坐事罷，疑溥爲之，恨甚。聞文聲訐溥，遂伏闕言溥等把持典章。下巡撫張國維，國維言：「之夔去官，無預溥事。」亦被誚讓。

至十四年，會公卒，事得解。十五年，御史劉熙祚、給事中姜埰交章言溥纂述經史，有功聖賢，宜取備乙覽。帝詢之大學士周延儒。未幾，詔徵溥遺書，共得三千餘卷。卒時，年止四十。私謚仁孝。葬婁江西館南岸。

贊曰：元禮門高，太丘道廣。接武東林，幸脱羅網。

（見凌祖詒編《太倉鄉先賢畫像》，上海百宋印刷局一九四七年，第七七頁。）

庶常天如張公行狀

張　采

公諱溥，初字乾度，改字天如，號西銘，遠近學者稱天如先生最顯，蘇之太倉州人。曾祖鯨，祖仲，以長子官，贈資政大夫、工部尚書。仲娶於方，生三子。長輔之，官工部尚書。次夭。又次翼之，號虚宇，是爲公父，娶陸，繼潘，後得副室金，實生公。虚宇公行善，多陰德，凡十子，公次居八，門房俱稱公十者，以連尚書二子云。

公六七歲奇慧，不逐童戲，兄弟中間童戲，獨正目視，亡預。晨佩管遰，從師受讀，日可受數千言。暮反，揖虚宇公所，或呼問：「今日何書？」琅琅誦不休，虚宇公絶憐愛。數歲，見兄行習舉子業，即私習舉子業，甚欲通古今文，苦不得買書錢。蓋虛宇公雖素封，子多，弗及周，則金孺人緶麻績衽佐。公日夜取成書，斷章手録。其後同采讀書時，將所録本篇篇投火。復日夜手録，及十日或半月，同采高吟一過，又復投火。采問：「曷存斯？」曰：「聊用彊記，奈何留滯心路！」余笑謂：「世間節録本侈行，公如存者，充棟矣。」用是右手握管處，大指及掌心咸成繭，五六日須割去。冬月且皸，日數沃盥。其勤學殆天性。方私習舉子業，且一年，已成章。當年師猶未知，用廢讀授夏楚。長而語采：「我自遇露生張師，始獲黄童譽。師生亦佩知己哉。」

十五歲喪父，同金母出居西郭，顔一陋室曰「七録齋」，益讀經史諸書亡厭。十九，補博士弟子，聲聞藉甚，交一時名賢，志爲大儒。戊辰，以覃恩選貢入太學。是年，適余先成進士，公策款段之京師，托余邸。會所貢天下士，曁公卿雅流，咸願獲交公，幸一望見，公則循牆謝不敏。而乃拜瞻宫殿，訪南北郊制，問辟雍石鼓文，上下齊魯，伏謁闕里，氣益優裕。兩人先後歸。冬季，采令臨川，公送抵錢塘江，執手欷歔，曰：「出處庸有時，第舍我踽踽獨學，行奈何？」泣數行別去。

先是，六年前，公延余讀書七録齋。公晨出，夜分入，兩人扃户下帷。公上自皇古，下迄今兹，凡治亂興廢，賢愚是否，亡不殫厥理要。此如行舟，公自繫帆，置余作相風，舟行不干相風，輒時占顧。以故兩人深相得，不能頃步離。隔三日，即信使相望。公既别錢塘歸，果踽踽頗不聊。又念友生若參昂，古學罔攸明。因集吴越間俊造，凡經明行修一輩，定規模，要計程課。既集，公颺言于衆曰：「不殖將落，毋陷匪彝，毋讀非聖書，毋違老成人，毋矜厥長，毋以辯言亂政，毋干進喪乃身。嗣今往，犯者小用諫，大則擯勿與。世教衰，兹其復起，名社曰復。共勖諸。」衆咸曰：「諾。」于是復社之名振天下，繇吴越以及四方，凡其地俊造，經明行修者，以不得與爲耻。采在臨川，聞之曰：「善哉！張子志則廣矣，難乎其後也。」

屆庚午、辛未，連舉成進士。廷推善文章，任翰林選者，無出公右，選翰林院庶吉士。公生平謂人：「丈夫貴有志，昔人稱三不朽，要各有類。如德則修身及家均平天下；否者備顧問，奏對三雍，爲國家作述禮樂，昭宣教化。功則爲社稷臣，勒名旂常；否者表章六經，裁量子史，俾後學有所依倣，稽勳亦不在撻伐下。言則冠豸螭陛，屈軼指佞，言行道亦行；否者著成一家，藏諸名山，使千萬世知有其人，比於龍門、扶風。」又每恨無鞅掌才，不任奔奏，以此讓人，同志知其托寄有在。及官翰林，思一有所表見，即口語不能無予奪。又性淳古，所不可，輒面赤不應。讒言遂孔張，執政要人耽耽視，公賦《青蠅》，曰：「先人未淺土，苟不獲歸襄厥事，則願以身祭百蟲。」

壬申，請假歸，營卜宅兆，葬其父虚宇公，手自卒瘏，未嘗屑屑問諸兄弟。發所度書，不下數萬卷，丹黄由繹，無寒暑間。海内學者爭及門，屨滿户。當是時，要人方伺間不得，與其黨謀曰：「若聚徒何爲？是可指而蘖也。」欲發，猶未有名。而往之耻不與復社者，心啣其事，獻謀曰：「故時若立復社，名甚著。今加婁東，指爲黨人，曰婁東復社，即可不必有踪跡，將一網盡。」丙子，招里中猾，條事及之，下提學御史。望風者謂公固時所忌，訐公可進身，遂縗服伏闕，云已去官由婁東，連疏詆復社。下巡撫都御史。提學御史倪公元珙言：「諸生誦法孔子，引徒旅誦習，實非黨，亡可罪者。且文章爲士精心，即國元氣，厲治士，不便。」執政恨御史庇士，鐫二官。巡撫都御史張公國維言：「疏詆者去官自有本末，與婁東絶不屬，年月可覆，難誣證。」有旨切責，必批根乃已。牽連六七年，而公怫怫死矣。

公死後，復有攻公希跳獄者，再得嚴旨，責公及采各自陳。采謹齋沐具疏，備述復社端倪。中云：「謂復社是臣事，則出處年月不符，謂復社非臣事，則生同砥礪，死避羅弋，負義圖全，臣不出此。」末且云：「念溥日夜解經論史，矢心報稱，曾未一日服官。懷忠入地，即令嚴綸之下，并不得泣血自明，良足哀悼。」既草疏，焚一爐香，向公木主呼曰：「天乎！公固亡罪，我杜門，惜不與社事。痛公一生汲引，乃加罪，我不敢逃死已任。天子聖明，可無他者；赫然怒，相見黄泉矣。」疏上，上亦鑒書生文社無足究，旋得公素行，心憐之，有旨：「其勿問。以後文社課業，首要端飭身心，講求忠義，不得徒尚浮華，標榜延譽。提學臣嚴誡毋忽。」事白。于是御史劉公熙祚、給事中姜公埰交章薦公砥行方聞，所纂修經史有功典學，請悉徵遺籍備乙覽。奉旨如御史、給事言，書屬提學、御史呈進。天下傳而頌之。倪公賢者，張公一代名卿，劉公按楚死國難，姜公直言受廷杖，四公不輕許人，即公事狀無待辨。

公事親孝，既長，依母側如孺子。待兄弟友，兄弟十人不一母，又情性差別。公未出西郊，顔所居曰萼樓。既通籍，凡諸兄弟嫁女娶婦，不辭頻復。交朋友有信，州諸生沈承，字君烈，負才而夭。妻薄少君相繼，遺孤僅生五月，斷乳且斃。公抱歸，撫爲子，名張忱。余字以第三女。後余女死臨上，忱隨公死京師。公與君烈交不厚，第憐才，自急義耳。蒙師劉振溪死，公操文哭祭，約管子士琬卜地成葬，歲恤其妻若子。友人何孝廉南春、杜秋曹麟徵、曹憲副三用、許黄門國榮，皆先公死，以孤托公，咸孜孜不遺力。

所爲文，初似唐孫樵、樊宗師，中返於醇，倣韓歐大家，既融洽經史，遂出西漢。詩率筆題咏，皆三唐風格。讀書日高起，漏下四鼓息。起坐書舍，呼侍史繕録，口占手注，旁侍史六七輩不給。固切友聲，書生故人子挾册問，無用剥啄，輒通坐，坐恒滿。四方尺牘又咄咄應，而公俯仰浩浩。所著述可一間屋，豈中材之子能萬一幾及乎？然公同余讀書時，見公解粽設餳，誤漬墨，口輔盡黑。余笑，公終不覺。夜深燈盡，窗照如白日，疑天遂明。視庭中，則雪深一尺，呼童子，鼾睡，公恨不得一杯酒。余謂無恨，他時定念此寂寂。及余在臨川，雪夜思公，遂覆杯。公亦雪夜念余，把酒不適，則公專篤又如此。誰謂對客揮毫，天性然也。公切切辨邪正，論朝廷事，鋭欲澄清，冀奮庸。聞善人難，如身及，不暇卒食。居鄉求民瘼，汲汲布惠。吴，水國，舟子多榜官閥予雄，公禁不許。出入買他家舟，辭氣温雅，從無貴人色。卒之日，遠近赴吊，哭多失聲。

嗟夫！公以名高招忌，忌者百方中公，卒不得他過惡，窮年搜索，不過曰復社。即問忌者，復社過惡是何等？天下萬世可以知公矣。所著有《七録齋集》《七録齋近集》《史論一編》《二編》及《論略》《春秋三書》若干卷。所輯原分部立例，經則十三經各有詁釋，合《註疏》《大全》删定者曰《合纂》，其《四書》《易經》《尚書》《毛詩》先已行世。史則有《歷代文典》《文乘》及《崇禎文典》，尚未成集。其行世者，爲《通鑑紀事本末》《宋元紀事本末》，隨事屬論，粲成大觀。又取《南》《北史》，用《魏》《齊》《周書》校量同異；他如《列女傳》《讀史管見》，皆評定標目者。子集則有《莊子》，乃彙《文選》《廣文選》《唐文粹》《宋文鑑》《元文類》，芟複去雜，曰《五删》。又念漢魏六朝諸文人篇章散逸，有集則加訂正，亡集則遍蒐羅，人自成編，題詞弁首，共一百三人，名曰《百名家》。又謂無益之辭，雖多莫用，惟《歷代名臣奏議》足可經世，嚴加存置，自宋以下，即文辭併授裁削。尚有綜緝類書，不下數簏。今所奏御，十不及三，即有當聖心，恐以文人宣示。

嗟夫！既已無年，夫復何言！公一子，纔二歲，先公一年殤。死之日，僅一女，又撫外家女一。時妾有三月遺腹者，因不敢立嗣。越七月，遺腹舉女，隨殤。於是按宗法，長兄一子，不得立，立次兄幼子。錢宫詹牧齋命名曰永錫，字之曰式似。迨次年五月一週，常禮稱期而小祥，公始柩前立嗣成服，則公不祀者凡一年。遺腹舉女以後，采不能辭責矣。公生時，與采雖不同宗譜，家人第呼南門、西門，以所居稱謂，實不分兩家。没後處分，采固不避劇易。嗣定，即卜地西門外婁江西館南岸崑山之三十保，以崇禎十五年十月二十七日成葬。按公生萬曆壬寅三月廿三日丑時，以崇禎辛巳五月初八日丑時卒，享年四十。娶王氏。嗣子永錫，聘孝廉華公乾龍女。女一，公殁後，采許字嘉定太學侯公岐曾孫檠。所撫外家女，公許字采長男于臨。兹墓前石，托明公信史傳後。嗣子藐孤不勝文，采辱後死，敢次歷履。

嗟夫！毁譽，遇也；窮通，時也；生死，命也。蓋棺定論，恃此心爾。惟明公知亡友稔，請垂編録。謹狀。

（見張采《知畏堂文存》卷八，清康熙刻本。）

明翰林院庶吉士西銘張公墓誌銘〔一〕

黄道周

國家詞林之重二百陸十年矣。承明起草，率發軔東觀，自非是者，比於雊雉、桑穀。正、嘉之際間一少變，未失大常〔二〕。至崇禎而後，揆守他寄，其大旨患失。而或謂三代以上無書〔三〕，好讀書者非愚必迂。嗚呼！誠愚迂，則捨書而可，「六蔽」之説何稱焉？崇禎辛未，庶常之選有張西銘先生，諱溥，字天如。天如之名滿天下，忌其名者至藉以入告。嗚呼！士大夫不讀書，又罪天下之讀書者〔四〕；不修名，又以名爲厲於天下，將使渾沌爲衵，釋老祝之，凱章邢而凶歐蘇，則傅巖學古之爲胥靡者，有以也。

予性頑且鄙，寡所見書，即數見，不復記憶。然且以直言賈罪〔五〕，九折幾死。天如既口訥沉默，不喜持論。予謂是一先生終當以文據於鼎耳，而亦且退受疑謗，嗟如以死。嗚呼！天之將喪斯文也，星落雨隕〔六〕，《春秋》所嗟。蓋自公之歿，又三年而上帝板蕩〔七〕，陵谷翻變，極晉宋之禍，叢於黼扆。而世之詛咒學古者，猶謂是讀書修名之誤。嗚呼！使讀書修名得用於世，亦豈遂至此？即遂至此，齎先王之道與龍血共碧，未爲不古也。而快意横決者猶未滿其胸臆，安得數天下以供横決者之驟憤驟樂〔八〕，以滿其胸臆爲〔九〕！

嗚呼！公歿既踰年〔一〇〕，而天子乃知公，命所在學臣取公所著書陸續進覽〔一一〕，凡所進覽者三千餘卷〔一二〕。又踰年而李併入〔一三〕，國家顛覆。嗚呼！學古有獲者之不祥，壹至於此，則其屈折以入詛咒者之胸臆〔一四〕，宜也。

公生于萬曆壬寅三月廿三日〔一五〕，卒于崇禎辛巳五月初八日〔一六〕，享年四十。方壬申歲，公在館選，甫一歲，予以宫允削籍歸，公投予二詩〔一七〕，即請假去。凡相别九載〔一八〕，予受逮下詔獄，公益侘傺，出從宜興，歸遂鬱鬱病，數日不起。故公之退，退而死，則亦維予之故也。

公少與張采受先交，晨夕講藝〔一九〕，諸經史皆手録七遍，謂之七録齋。受先既先成進士〔二〇〕，公益自奮，以廉隅文章砥礪天下〔二一〕。其擯不與者疾之若仇。公益温克善降〔二二〕，而率無以調忮忒之心〔二三〕。黨禍既發，時奸人日談復社〔二四〕，株連及受先〔二五〕，受先爲上疏曰：「復社者，江南講習之社，徒有其名，不盡關婁東。謂復社是臣事，則臣任臨川〔二六〕，出處不同；謂復社非臣事，則生同砥礪，死避羅緻，負義圖全，臣不出此。且以張溥日夜講經論史，矢心報稱，曾未一日服官。懷忠入地，嚴綸之下，不得泣血自明，亦足哀也！」上覽之惻然〔二七〕，乃用劉御史熙祚、姜給事埰言，徵公遺書，事爲白〔二八〕。

公所著有《七録齋二集》《史論二編》《論略》《春秋三書》《十三經注疏合纂》《歷代文典》《文乘》〔二九〕。所删正標置行世者〔三〇〕，不可勝舉。曾祖鯨、祖仲皆以伯子輔之官，贈資政大夫、工部尚書。公父翼之，未贈官，有子十人，公次居八，世爲蘇之太倉人。嗣子永錫，字式似[三一]。以崇禎十五年葬於婁江之西館南岸[三二]。又三年，受先乃命予[三三]，爲之銘曰：

哲人所託，亦各有在。峙爲義山，渟爲理海。渟峙既翻，乾坤顛沛。念我哲人，喟然發慨[三四]。西無華峨，東無泰岱。人無天如，精華盡晦[三五]。澆明河酒，瀉北斗酹。嗚呼千秋！視此函蓋。

弘光元年龍飛春三月朔日，賜進士出身、光禄大夫、太子太保、協理詹事府事、禮部尚書兼翰林院學士、前吏部左右侍郎、正詹事兼翰林院侍讀學士、充經筵日講官、纂修實録玉牒、通家侍生漳海黄道周頓首撰識。

（見黄道周《明翰林院庶吉士西銘張公墓誌銘》小楷紙本，現藏故宫博物院。）

【校記】

〔一〕本文又見黄道周《黄石齋先生文集》卷十一，康熙甲午刻本（以下簡稱「《文集》本」），題作「張天如墓誌」。

〔二〕「常」，《文集》本作「旨」。

〔三〕「或」，原作「惑」，據《文集》本改。

〔四〕「者」，《文集》本無。

〔五〕「且」，《文集》本無。

〔六〕「星」，原作「恒」，據《文集》本改。

〔七〕「又三年」，《文集》本作「既三季」。

〔八〕「供」下，《文集》本有「快意」。

〔九〕「爲」，《文集》本作「哉」。

〔一〇〕「既」，《文集》本無。

〔一一〕「陸續進覽」，《文集》本無。

〔一二〕「凡所」，《文集》本作「一時」。

〔一三〕「李」下，《文集》本有「賊」。

〔一四〕「屈折」，《文集》本作「至今」。

〔一五〕「廿三日」，《文集》本無。

〔一六〕「初八日」，《文集》本無。

〔一七〕「投」，《文集》本作「報」。

〔一八〕「凡」，《文集》本無。

〔一九〕「晨夕講藝」，《文集》本作「日夕講習一堂之上」。

〔二〇〕「先成」，《文集》本無「成」。

〔二一〕「以廉隅文章」，《文集》本作「必以文章廉隅」。

〔二二〕「降」，《文集》本作「下」。

〔二三〕「率無以調」，《文集》本作「無」。

〔二四〕「奸」，《文集》本無。

〔二五〕「株」，《文集》本無。

〔二六〕「臣」下，《文集》本有「時」。

〔二七〕「上」，《文集》本作「烈皇」。

〔二八〕「爲」，《文集》本作「始」。

〔二九〕「七録齋二集史論二編論略春秋三書十三經注疏合纂歷代文典文乘」，《文集》本作「春秋三書十三經注疏纂史論七録齋集文典文乘」。

〔三〇〕「行」下，《文集》本有「于」。

〔三一〕「字式似」，《文集》本無。

〔三二〕「十五年葬於婁江之西館」，《文集》本作「壬午葬公于婁江」。

〔三三〕「命」，《文集》本作「告」。

〔三四〕「然」，《文集》本作「焉」。

〔三五〕「盡」，原作「晝」，據《文集》本改。「晦」下，《文集》本無「澆明河酒，瀉北斗爵。嗚呼千秋！視此函蓋。弘光元年龍飛春三月朔日，賜進士出身、光禄大夫、太子太保、協理詹事府事、禮部尚書兼翰林院學士、前吏部左右侍郎、正詹事兼翰林院侍讀學士、充經筵日講官、纂修實録玉牒、通家侍生漳海黄道周頓首撰識」。

跋黄忠端楷書《張西銘墓志銘》長卷後

梁章鉅

右黄忠端公自書所撰《張天如墓志銘》長卷精楷，無一筆苟簡。以公集校之，字句小有異同，其無關宏恉者不悉具。如「以滿其胸臆爲」，「爲」字《集》作「哉」；「陸續進覽，凡所進覽者」《集》作「一時進覽者」五字；「以崇禎十五年葬於婁江之西館南岸」，「十五」《集》作「壬午」，無「之西館」三字；「精華晝晦」，「晝」字《集》作「盡」，凡此似皆以集爲是。若篇首「其大旨在於患失而惑」係九字爲句，今集以「患失」斷句，「惑」作「或」連下「謂」字讀，則詞氣轉遜。又如「生於萬曆壬寅三月廿三日，卒於崇禎辛巳五月初八日」，集無「廿三日」及「初八日」六字，誌墓宜核月日，自以有者爲是。又「投予二詩」，「投」字《集》作「報」，似誤。又「晨夕講藝」，《集》作「日夕講習一堂之上」，似更詞費。又「公益温克善降，而卒無以調忮忒之心」，「降」字《集》作「下」，無「卒以調」三字。按卷中本作

「下」字，壓改作「降」，此自係後定之字；「忮忒」指奸人，若去「卒以調」三字，則語意全失。又「嗣子永錫，字式似」《集》無下三字，亦似應補。而銘詞之末「澆明河酒，瀉北斗爵。嗚呼千秋！視此函蓋」十六字，今《集》無之。上文「精華盡晦」，語意未歇，不能咄然而止，此則不應徑删者也。

竊考黄公官翰林，負重望，後進多從問業，爲群小所側目。時朝廷亦漸薄翰林，薛國觀、楊嗣昌等皆不從詞臣入綸閣，祖法蕩然，故此文有「揆守他寄」之歎。獨張天如以一庶常與公深相結納，至目之爲黨人而不避。嘗聞公削籍，即請假歸；聞公逮詔獄，即欲叫閽請以死，明其無他；既聞葉廷秀、涂仲爲公建言，皆被逮，知諫不可入，竟憂憤成疾以死。夏彝仲先生言天如臨終長歎，其母曰：「兒有何恨？」連呼曰：「可惜黄石齋！」至死而目不瞑。此文所云「天如之退，退而死，則亦唯余之故」，蓋信而有徵矣。至所云「出從宜興，歸遂鬱鬱病」者，方公削籍時，周延儒爲政，後亦内媿。公被逮時，值召周將復入相，天如遂走宜興，慫恿周曰：「救石齋是爲朝廷存一直臣，非救石齋也。今國家事莫有重於此者，願公任之！」因是延儒頗參用公議，爲公地得復官，而天如不及見矣。篇末言烈皇用劉熙祚、姜埰言徵天如遺書。後劉死於賊，姜以廷杖謫戍死。二人在思陵時最號敢言，故天如之事得藉以白。陳卧子先生謂：「天如死，存遺腹，故余詩云：若從此日論天道，應有傳經鄭小同。乃生一女，海内傷之。」此所云嗣子永錫者，後亦無可考云。

此卷得自吴門舊家，篇中所叙多史傳所未載。文既沉鬱，字復精嚴，允稱墨寶。余在吴中曾爲人題公楷書《文文肅墓銘》長卷，與此卷相仿。蓋當時皆以墨本鈎勒上石，留此原紙。今搨本轉不可得，而原紙完好如新。文肅與天如皆前明偉人，得公之文與字，可稱三絶，宜其精光浩氣長留天壤，終不隨劫火同銷也夫。

按，獲此卷在道光乙丑之秋，後數月即具此跋稿，而因循未寫，忽忽者十有六年。今此卷已付恭兒，檢舊稿求書卷後，因漫應之。目昏腕弱，粗具字模而已。甲辰重陽退庵居士識於北東園之池上艸堂，時年政七十。

（見黄道周《明翰林院庶吉士西銘張公墓誌銘》小楷紙本，現藏故宫博物院。）

題《張天如墓志銘》

周永年

復社流光照汗青，七千弟子奉西銘。文章報國空遺恨，金石盟交重典型。永抱寸丹瞻北闕，那堪蒿目向新亭。石齋忠節文山匹，宇宙長留寶墨馨。

（見黄道周《明翰林院庶吉士西銘張公墓誌銘》小楷紙本，現藏故宫博物院。）

張天如先生遺像記 癸酉

唐文治

癸酉仲秋，同鄉張君亮孫屬表弟黄君玉儒爲介，乞題其十世祖天如先生遺像。余於先生，向所服膺者也。式瞻遺像，有不勝感慨於懷者，爰謹記其後曰：

天地間文化流行，存亡興廢，大之係一國，小之係一鄉，豈不重且鉅與？怐愗之士，乃土苴而弁髦之，誤哉！誤哉！

當有明嘉、隆間，吾鄉王元美先生崛起弇山，以文章氣節激厲當世。天如先生繼之，創設復社，爲東南壇坫主盟。復社者，復東林也。合中州端社、松江幾社、浙江超社、黄州質社等八社爲一。雲龍風虎之彦，飆舉景附。吾蘇若文震孟，若瞿式耜，若陳子龍，浙江若錢士升，若倪元璐，河南若侯恂、侯恪，若喬允升，江西若羅萬藻，若章世純，湖廣若梅之焕，若劉宏化，山東若范景文，若張鳳翔，陝西若李遇知，若惠世揚，福建若黄景昉，若蔣德璟，廣東若陳子壯，若黄公輔諸名流。八表告至，安車蒲輪，徵文礪行，天下皆知儒行之可貴，名節之宜珍。而當道者昏迷不恭，壹任魏忠賢、温體仁、阮大鋮之徒，摧殘士氣，自促其亡。故復社墟而明社屋，諸賢殉節以死者，不可勝數。國運文章，同歸於盡。悲夫！悲夫！

方吾婁之盛也，天如、受先兩先生激揚涇渭，與漳州黃忠端、蕺山劉忠正以道義相切劘。維時太原奉常，家訓琅琅，後賢踵相接，而理學正宗，若陸、陳、江、盛諸大儒，講論道德於晦明風雨中。吴祭酒醰精詩學，十子和聲，忍庵稱最。厥後若顧抱桐，若沈敬亭，若程迓亭，亦以經術學術負令望令聞。平陽科第鼎盛，編輯《婁東詩派》，標光秀發。秋帆尚書淹貫考據，實開阮文達之先河。一時人才蔚起，郁郁彬彬，何其盛也！

洎乎晚近，人務異學，不復讀中國之書。求所謂人才者，或飢軀奔走，散之四方；或污俗趨時，半途易轍。藝林寥落，黌舍榛蕪，憑吊弇園、七録齋故址，徒令人感喟滄桑，欷歔隕涕，又何衰也！豈運會使然與？抑後生小子不克承其統緒與？由後溯前，盛衰之感若此；由今策後，景象當復何如？

夫愛國者，必先愛一國文化，俾之不亡；愛鄉者，必先愛一鄉文化，維于不敝。竊願吾鄉學者毋忘大本大原，相與博考鄉先賢遺書而保存之，而口誦之，而心維之。一鄉之文化不亡，一國之文化不亡，則一鄉一國未有亡者也。國無人焉，誰其尸之？天之大昌斯文也，先覺者之責也；天之將喪斯文也，後死者之責也。天如諸先生英靈其不沫乎？奮乎百世之上，百世之下，其必有瑰意琦行之人，奉遺像，紹復社遺規，而重興吾國吾鄉之文化乎！

（見唐文治《茹經堂文集》三編卷六，民國叢書第五編九五册。）

（二）序跋提要

天如稿序

張　采

天如器識百倍予，相與晨夕。知不及，則益知不足，駑馬逐驥，日瞠乎後。然正不僅以文，文者小道，天如視同敝帚，攻其所輕而勉，或庶幾。凡所謂者，天如性近于君子，而又克砥爲君子。克砥無多讓，性近則天人懸，鈍者屈矣。

天如小予六年，所讀書較予不下多幾萬卷，卒未嘗有驕色。天如静無侈言，難於發人過。予遇事風起，多失當，天如退而規諸是。兩人行止弗離，偶一事不經折衷，則數日不決。爲文一首，不質對，終不輕出。予因受節度，乃天如固有大者。正身修學，於凡經史之言，日不去目，漏過子刻，猶極莊敬。蓋其所躬行，雅與古人親，故若對師友，悦而忘厭爾。

天如少孤，事母盡色養。與諸兄弟處，小大有倫，美惡有方。即今一日中，不在膝下，則坐斗室。其於邇聲色、殖貨利不啻不好，且又惡焉。七録齋中，几案塵積，絶無耳目玩。或童子跛倚酣睡，未嘗顧問。及驟聞孝弟忠信之言，五倫攸繫之事，輒正襟諦聽，流連不能已。聞之其數歲時，便已如此。此無他，專内者遺外，志大者略小，其天質然也。

天如素愛君烈文才，及君烈夫婦相繼殁，遺腹孤不及匝歲，寒月單覆。往之交君烈者，散莫恤。天如攜歸，撫育過所生，復擇予幼女字。嗟夫！貴賤之際，人輒忘交，況乎其生死。且死者未嘗有知己之言者乎。以人之子爲我子，而家之中無不以爲我子焉，難矣！

且文雖小道，天如之文其於十三經之表明與二十一史之詮次，皆有撰述。每云此書必十年可以見端，欲觀厥成，其三十年乎？夫三十年則天如道明德立，功用豈止經史。然以天如之才，而自期之遠且久者，是亦可以戒人之妄爲而欲速者矣。

予倖先售，聞報日，天如忘戚而喜過予，經紀諸事，若身被。及言至予北上，則念我老母倚閭，且謂六年同守，晦明寒暑共之，輒數行泣。予臨發時，適天如選明經，捷騎張皇。天如揮不顧，同予舟至吴門，盤桓累日。别語予：「來年三月，偕維斗來燕，當與子及九一聚首春明。」來年三月，未識同在春明否？預作此期待，不啻我㲄子佩矣。會《集稿》告成，因屬予序。今天下文家，不得天如序則同廢棄，予序天如文，殆植表泰岱，因高見末矣。

（見明張采《知畏堂文存》卷三，清康熙刻本。）

天如合稿序

張采

天如非名士，蓋賢士也。余習久，故知之深。然兩人相愛敬，不啻家兄弟者，非久之難，所以習之者難也。憶投分時，余二十許，天如尚未弱冠，時所稱説，猶僅文章。既延余讀書七録齋。所謂七録齋者，舊楹垩壁，非有完美，終歲黽勉其中，正言端行，則古昔稱先王，切切忠孝廉節，辨論既多，長短乃著，則惟覺天如心平且性厚。夫人日事誦讀，身叛其義者，繇天分薄劣，故矜己凌物，令人望而却，況與久處。且弗求友聲，況于載籍。維心平而性厚，則五經六藝，如受師説，領家訓，通諸講習，因以畜德。故天如孳孳道古，使人忘其淹雅，樂其淵懿矣。且人倫之際，天如所處極難，乃事事反躬，上篤祖宗，近念父母。每語余云：「一手不仁，將累全體。」斯言至痛，其不聞者，則以爲雍雍默默已爾。

若夫修明教術，推前引後，凡在門下，咸同憂喜。即小善微長，欣賞累日，以故從遊遍天下，又心性然也。天如材質通敏，凡古今載紀，無不氾濫辭章，考厥故實。所爲文既師表一時，復刻志經濟。近倣眉山著史論，幾幾伯仲，要此非其所止。余嘗謂昌黎韓子，振起衰敝，然道不甚行，門人張籍之徒，猶未盡帖服，貽書規諷。歿四百年，得歐陽子而後推尊于人人。吾黨相期，雖不以韓歐爲歸，第以文詞論，則韓歐之後，能不以繼緒之事，任諸天如乎？雖然，天如爲此非易，丙夜篝燈，冬雪咿唔不休。孟堅以夜勤爲一月得四十五日，庶幾當之。又兩人讀書後，必相對反覆，至晚必計較一日所課，出其餘以及余，猶得兼有臭味。兹鄉舉，《周禮》所稱賢能，誠無負行，見諸天下，堅所守而日進，將聖人可學，願毋以爲諱。此舉子業，雖先資，直同敝帚，何足定天如衡量。

（見明張采《知畏堂文存》卷三，清康熙刻本。）

張天如先生文集序

陳子龍

亡友張天如先生有敦敏之姿，宏遠之量，英駿之才，該博之學。弱冠而名滿天下，士趨之若流水。登朝之後，賢士大夫依爲君宗。其文原本經術而工於脩詞，班馬賈鄭鮮有兼長，而並擅其美，誠繼緒之儒，名世之士也。然而見嫉群枉，阻於讒慝，不得進用，年四十而没，海内咸爲流涕。既没之後，尚有搆蜚語，指爲黨人者，賴天子明聖，事得昭白。而御史劉公上言：「竊見故庶吉士張某天才醇茂，文章爾雅，篤行好學，博聞彊記。九經諸史，咸有論著；前言往行，多經删述。可爲直諒多聞，古之益友，不幸夭死。昔司馬相如没，漢武帝遣近臣所忠就其家録遺書。夫相如，詞賦之雄耳，人主猶痛惜其才，而况某之所著，表章聖學，敷闡治道，誠宜命有司悉録其書，以備乙夜之覽。臣不忍使聖朝右文之化，有遜古昔，謹昧死以聞。」天子覽其奏，異之，發德音，徵其書上秘府，無逸。嗟乎！尊賢尚學，三代以後，未有過於主上者也。而天如當生時，通籍十載，不得一侍黼扆，備顧問，雖曰宵人蔽之，然孰非命哉！

夫天下有小賢，有大賢。智效一能，才辨一官者，小賢也。人主用之，則職有所脩，政有所理。德高而能下士，才廣而能進善者，大賢也。人主用之，則天下之才俊彙升迭進，衆賢和於朝而天下大治。裘有領，網有綱，夫大賢者，亦霸王之綱領也。若天如，則無愧乎大賢矣。泛愛寬衆，推賢樂善。見人之美，竭口揚之；見人之困，傾身濟之；見人之過失，規誘而矯正之。故士之欲自振拔者，恒願遊其門。而數年以來，其所匡正人心，獎詡善類，成人之德行者，不知其幾。夫國醫之門多危疾，大匠之手無棄材，其勢然也。昔孔子閒居而嘆曰：使銅鞮伯華而無死，天下其有定矣！其爲人也，有道而能下人，此周公旦之所以得士治周也。假令天如履文昌，登三事，與聞國政，必能使廟廊多俊乂，巖穴無逸民，天下懷才抱道之彥，翹首跂足，咸願共出而圖我君矣。中歲奄奪，功業不遂，無公旦之勛而有伯華之恨，豈不痛哉！

天如志大才敏，嘗與予言，願以暇日彙《五經》之源流，辨百氏之同異，發金匱之藏，爲國家成正史。然後約於性命之旨，以上繼鄒、魯之傳，蓋日孜孜而未已也。若天假之年，其所著述豈止於此？然即其所至，已足籠蓋一代，爲文苑之傑矣。昔賈生與文帝接席抵掌，傾耳其言者數矣。退而上書，娓娓以數千計，不之用也。迨生既没，而帝思其言，分王齊淮南，僅用其一策耳。天如以射策爲天子所拔，然未嘗承顔色，奉屬車，有讜言密計以結主知也。且積毁之言，幾爍金石，而乃深加悼惜，求其遺書，以備採擇，知人大度，豈不遠過孝文哉！燕昭市駿馬之骨，而千里之馬至。天如身雖困厄，而其言得用，且使天下曉然知明主好士之篤，用賢之誠，爭自洗濯，以效命於上。即天如以人事君之志已遂矣，可以無憾矣。

（見明陳子龍《安雅堂稿》卷二，明末刻本。）

張天如七録齋叙

陳際泰

天下所爲尊重天如，莫不北面人師，事同資敬，非獨以其文學。天性樹敦，彝倫攸叙，以爲有道之士也。與張受先先生共操諷動人心之權，一時丕變。其規模聖賢，凡言語造作，出其中之誠然介然不欺者，頓五指而歸之而不能盡。以是知人心之有至，而教之者之功，固已遠矣。

天如爲文，固無異天如之爲人也。博極群書，即碎智苟見，有字墨可求者，無不畢牢而制乏，而要歸原於經術。制義初行世者，奇肆博麗，事絶人區。既而體約之于廣大高明，敦厚精微，旨約之于仁義道德、忠孝氣節，依經起義，殺史見極，相題之輕重緩急先後，不爲凌兢鼓動以虧踈其自然之致，所持堅正，不爲造次苟且。故雖么小之題，一以重大之辭臨之。其意雖爲代言，直自欲作經，非徒表一代大家而已。一時同人十餘輩，予唱女和，天下皆知有婁上之書，天如能已見於天下，而其道固已上遂矣。

辛未，天如戰勝而喜。天如有道之士，區區得失，豈足動心？蓋爲其道喜也。年來文字詭故不情，上之人特申功令以禁僻違，而有悍君子者跳往助之，助之是也。顧其持説失當，而又與之以多私，陰伺天下之變，得其開闔而可入，因次爲利，其規有成，禍固不小。以奇勝之，是其借以相攻者也，不如以正勝之。彼曰：「吾成、弘也。」而此曰：「此固成、弘也。」成、弘一也，將之以有本之學，有物之言，則空踈之成、弘絀矣；將之以正大之心，仁厚之品，則詭持之成、弘絀矣；又將之以矜貴之度，深悠之致，則迂腐之成、弘亦絀矣。正之正者勝，則僞正之焰可以少衰，而天下學術人心庶有豸與，此天如所爲喜也。朝廷申飭功令，僞奇者斥，僞正者亦斥。而天如與其同人獨登，則天下之風將有所移。

嗟夫！天如如此，則夫不異其所爲者亦必有所恃，其喜豈獨一人也哉！

（見明陳際泰《太乙山房文集》卷七，明崇禎六年刻本。）

七録齋文集題跋

葉啓勳

七録齋文集六卷明啓禎間刊本

明張溥撰。溥有《詩經注疏大全合纂》、《四庫全書》已著録。明之末年，中原雲擾，大江以南文社極盛。最著者，艾南英倡豫章社，衍歸有光之説，而暢其流風；陳子龍倡幾社，承王世貞之説，而滌其濫觴；溥與張采倡復社，聲氣曼衍，幾遍天下。是書前有周立勳序，稱其：「意量和雅，文理粲備，體法詳淹，治世之言」，陳子龍序稱其「正不掩文，逸不逾道」。蓋溥以博洽見稱，曾編刻《漢魏六朝一百三家集》行世，故其爲文無窒塞艱澀、不可句讀者。由於多見古書，薰蒸沈浸，吐屬自無鄙語，譬若世禄之家，天然無寒儉之氣也。昔桓譚見揚子雲善爲賦，欲從之學，子雲曰：「能讀千首賦，則善爲之矣。」溥固不止讀千篇文，宜其善於爲文也。是書首卷《論略》，如《治夷狄論》《備邊論》《任邊將論》《備倭論》《女直論》諸篇，皆論當時外患，有關治術，又不能僅以文士目之矣。溥年止四十而卒，以倡復社嗣東林，大爲執政所惡，未克盡其才，惜哉！

此爲乾隆四十七年軍機處奏准全燬書。當時文網之密，重者家破身亡，輕者亦不免流離千里，秦火之後，此爲最烈最酷。觀於乾隆五十三年上諭，務以查繳净盡，銷燬爲宜，比户誅求，其所留遺者亦僅矣。蓋明末諸公目睹祖國淪亡，故宫禾黍之思，發爲悲憤之語。究之一代易祚，無不有二三死節之臣，亦無不有一二三遁跡逃名之臣。後之人主者既欲我之臣忠於我，而嫉人之臣忠於人，有是理乎？查當日禁書，有全燬者，有抽燬者。抽燬則鏟除其中違礙之處，其他尚可印行；全燬則不獨板片澌滅，印行者亦必銷除。上諭諄諄，縉紳士庶之家無敢藏匿，致蹈法網。猶幸山巖絶壁隱逸之士時有藏書流傳，使後人得以搜求，致不絶種人世。然《禁書總目》所載不下千餘種，在今日按目求之，散佚無存者頗多，殆亦有幸有不幸也。乾隆曰：「常人設遇詬其祖先之文字，亦將泚而不視，而况國家乎？」此是書之所以被銷燬矣。

（見葉啓勳《拾經樓紬書録》卷下，湖南圖書館編《湖南近現代藏書家題跋選》第二册，嶽麓書社二〇一一年，第一四二頁。）

黄　中

張天如稿題辭

張天如稿題辭張溥

明啓、禎之世，名士莫盛于三吴。禮樂車書，衣冠文物，轅聚輻輳，而天如爲之冠。意氣之盛，呼吸乾坤，吞吐宇宙，庶乎東漢太學之風焉，而甘陵北部亦因以興矣。天如經學修明，天姿豪邁，精研理窟，通達治體。其筆意汪洋浩博，如黄河之千里一息。光明俊偉，磊磊落落，顧盼睥睨，雄睨一世，洵爲文壇赤幟，先輩大家之宗也。然言水者必涉滄海之際，言山者必登泰嶽之巔，不通經學古，烏足以得天如之萬一哉！丁卯四月書。

（見清黄中《黄雪瀑集》不分卷，清康熙泳古堂刻本。）

春秋三書序

張　采

《三書》者，我友張子讀《春秋》所作也。曷云《三書》？一曰《列國論》。天子畿内稱京師，序周即不得言列國，統名之者，畿内亦可稱王國，故得當篇省文。其書取《春秋》所載，分國綴事，終一君，則爲考經傳，嚴褒譏，如列國各有史，列國君各有傳者。義指希通，是則張子分之以明經。

一曰《諸傳斷》。左氏親承經旨，公羊、穀梁受自子夏，宜《左》有專據。而漢時《公羊》《穀梁》，先立學官，《左》最後顯。迨何、杜、范三氏註出，庭户稍一。後儒又以註學簡脱，即各註立疏旁暢，則是名爲「三傳」，已列九家。宋康侯胡氏排黜衆見，特尊聖經。我國家經術設科，獨取立學官，置博士弟子。惜乎制舉家襞積章句，等於射覆，經學頗殘矣。張子指摘諸傳，明具異同，總一年中是否，務取經通，不隨傳惑，是則張子合之以明經。

一曰《書法解》。《春秋》書法不一，尊周則卑列國，内魯則外列國。有一事同詞，一事殊詞，因有正例，有變例。義既參伍，則皆得徇傳誣經，復泥經叛註。張子比事分類，倫脊條目，仍會新舊群説，次第簡端。乃平理裁中，攸歸至當，是則張子分合一致以明經。此《三書》者，左右往賢，綱領來訓，使天假之年，刻期可竟。不幸短折，僅畢强半。張子于經，没身已矣。

今就所屬稿，凡《列國論》已完書；其《傳斷》中缺文公，後缺襄公以下，僖公亦間缺數年；《書法解》僅見一首。悉出問世，表厥苦心，脱嘲凌落，則應之曰：「昔横渠先生爲門人雜説《春秋》，其書未成。今説《春秋》者，未嘗不引横渠。張子書成累册，信其必傳。夫復奚辯？」惟國家崇重六經，諸功在訓詁，咸得俎豆宫牆。獨張子音沉響遏，績茂弗章，意謂源流不差，將傳人繼起。經明之士，當有感于斯篇。

友弟張采頓首題于知畏堂

（見張溥《春秋三書》，明末刻本，中國科學院圖書館藏。）

春秋三書例詞

張　采

是書所闕，《列國論》尚有雜國一題；《諸傳斷》中闕文公，後闕襄公以下，其僖公間闕十餘年；《書法解》爲目多端而僅成一則。竊謂以此行世，亦可羽翼經傳，而賈人不知才分高下，乃强余貂續。復不自量，輒許其請，但病多中廢，不克即竟。因先完僖公，出正同志。其他所闕，亦小有條緒，隨容續布。

嗟夫！朋友一倫，于今凉薄。兩人相期二十餘年，頗著海内。未了後補，豈止文章。正不欲漫計工拙，殊觀生死云爾。

南郭張采識

（見張溥《春秋三書》，明末刻本，中國科學院圖書館藏。）

春秋三書序

徐汧

《春秋三書》者，故友張西銘庶常論譔。庶常著書百種，絶筆《春秋》。他經裒集前説，以述爲作。《春秋》出自搆造，翼經之功，較爲高。若乃一書未成，一書僅屬一草，名《三書》，存其志也。

漢魏迄今，言《春秋》者，亡慮千百。馬端臨櫛比經籍，《公羊》則置嚴氏、顔氏而尊何休，《穀梁》則卑麋信、孔演輩而稱范甯，《左氏》後立學宫，征南獨有傳癖，服虔、鄭玄並名經儒。乃康成操戈，何氏所著，發《墨守》，鍼《膏肓》，起《廢疾》，世傳其名，莫睹其論。隋劉炫摘元凱一百五十條，與沈文阿、蘇寬競摽師説，聚訟至唐。蓋孔穎達《正義》出，而三科九旨同入一爐也。陸淳學從啖趙，宗元掃門；盧仝束傳抱經，昌黎推歎，比類稱功，唐優漢矣。孫明復、胡安定高弟倡經社，著《尊王發微》，教授太山。康侯實本其説，然譏其深察，比之商鞅，長者亦爲斯語，無怪乎《胡氏傳》出，諸儒無異詞，而朱子獨謂之胡氏《春秋》，非孔子《春秋》也。後讁前瑕，殆如薪積。然胡氏當新學盛行，原本孟、董，間取邵、張，指在扶宋，雪耻攘夷，史外傳心，聖人起予。以故同時若葉氏夢得、吕氏本中，後世若趙氏汸、季氏彭山、鄧氏潛谷，各有耑集，莫出胡範。鄭漁仲所謂「朝月曉星，失其光曄」者也。

庶常貫通諸部，折其正中，名則《三書》，源歸萬壑。或曰：「《春秋》自朱子不敢屬筆，矧在後賢如黄仲炎、家鉉翁皆白首成書，殁身書出，後之讀者尊毁各半。庶常年治數經，書未脱板，學者爭購，厥故何繇？」予曰：「前人四難，庶常四逸。前人一義未安，歲月尋討，師友諄復；庶常資禀絶人，過目罔疑，減思省日，一也。三家苛詆，良繇同時各師，庶常傳例並列，義無彼此。且海内經師，誰執異同？張氏書出，千人一口，二也。欲張己幟，先毁前哲，作者通病；庶常秉性良篤，異説在前，存而不論，三也。仲舒決事，非以斷獄，而毒流張湯；安石釋經，本忌莘老，而擯棄聖經，意外不測，經術爲甚；庶常矜慎，免此流弊，四也。」

或曰：「《三書》之名，曷本諸？」曰：「論本明甫《分國本末》，斷本原父《權衡》，解本《意林》。」或曰：「《三書》盡善乎？」曰：「自非聖人，安能無間？《列國論》綜覈《事紀》，倫次《詩序》，流連治忽，感發忠孝，洵金石良書也。《書法解》既未卒業，莫施審聽，原始要終，大約支分類例，該贍爲長。惟《斷》之一書，義取《紀年》，乃或事繹數年，年互數事，詳略害辭，離合傷格。庶常振筆不留，每于此回翔，不若遵塗紀事，目張綱舉。天假之年，應有定論。」哲人云萎，斯文誰屬？予向謂庶常：「今《春秋》校士，綴經從傳，等諸射覆。是使管、郭參乘，程、朱僨轅，經學之壞，至此而極。聖人典學，首宜釐正經文爲準，則四傳百家兼通無阻。」庶常曰：「他日當以入告。」今此志不伸，良可概也。

庶常名溥，西銘其别號云。

日講官友弟徐汧題

（見張溥《春秋三書》，明末刻本，中國科學院圖書館藏。）

四書合考序

吴偉業

《合考》者，天如張夫子輯採而爲言也。吾婁東諸君子以尊經學古爲功，一時後先鵲起，而先生主盟焉。人士翕然宗之，事同資敬。木天暇，檢笥篋以示不肖，不肖閲而卒業之。嘗讀名《文賦》云：「意撰空而鑿巧，辭蹠實而結奇。」文至曆季，空靡極矣。海内目不睹乾坤之全笈，宙合之鴻書。即讀四子家言，試于四子書中所具欲質者，茫無引端，童而習之，白首昏如也。夫文自《檀弓》《考工記》《孟子》《左》《國》、司馬遷，聖也，其序事若化工之肖物。班氏，則文之賢矣。列子、莊生、維摩詰，鬼神於文乎？大率不離虚實。故西京之文實，東京之文靡，猶弗去實也。六朝之文浮，幾離實矣。嗣而韓柳氏，以實振唐也。至歐蘇振宋，又幾崇虚矣。今天下割裂經文，議者思本之大蘇，以引其氣。夫氣之所至，亦能標舉興會。然識不足以達之，理不足以廣之，見不足以擴之，裹腹之病，有道者耻之。乃一二詭僻者，思以矯之。摘奇字怪句，間採稗官野乘而附會之，杜撰之病，甚于裹腹。夫七十二朝人物事蹟，載在世紀類通，無不可考。即博舉石匱群書，不乏與四子語中人、人中景、景中物相發明。然善乎顧野子之評六季也，曰：「六季而後，學不能博，而苦其變，是以率也。學不能博，故其直賤也。」夫子氏博極群書，不但綈經史，凡汲冢古墳，雜俎事類，無不精獵。故於四子言中，所具欲質者，採而輯之，臚成一編。蓋識大理明，見恢事歷，鏡覽古今，包括人物，致乃得之於内，故其外無不可得而傳諸。彙成，名之曰「合考」。蓋七十二朝，以薛武進爲開堂，而名物煩浩，一一傳之於西藏吾伊編。多識叢異諸志林，撮而合之，方稱乾坤之全笈，宙合之鴻書，於以撰空蹠實，寧止發文人之悟哉！於四子大有功焉。陸士衡曰：「選義按部，考辭就班。傾群言之瀝液，嗽六藝之芳潤。」請以是爲茲編頌。

門人吴偉業駿公父書

（見張溥《張天如先生彙訂四書人物名物經文合考》，明刊本，日本内閣文庫藏。）

張天如易選序

羅萬藻

天如操挈文章，正告天下，以經術之從，十年之中，靡然鄉風矣。至是，復與子常諸君子分部海内名人《五經》文選之，若曰：「吾輩正告天下，率以經術重也如此，况人爲一經而不能精其言，吾何以觀於天下之本乎？」于是，天如以其所選《易》告成于予。既卒業，愾然有念於天如之選者也。

先儒論著《五經》，其義例發明，足詞采、號成章者，《春秋》爲最，《詩》次之，《禮》次之，《書》又次之。至于《易》，澹略不能多，雖其多，則不如無之之全矣。孔子《彖》《象》二傳，昔所號爲《繫辭》者，視文周不能益數字；「天地定位」「雷以動之」「帝出乎震」等章，文王出新意布列，而孔子深相表裏之，當爲與義文人耳。豈當更許他人爲之乎？

故時藝之道，《易》爲最難。選《易》者，亦復不易。雖然，予近見董次公之《三易》矣，見陸夢鶴之《易苞》二集三集矣，今復見天如之《易緯》矣，何其盛也！蓋今世高明有志之士，措心於《易》，自九家之學也。所舉而《易林》以下，至《太玄》《潛虚》《洞極》諸家，及雜見偏出之書，稗章緝義，率取以自佐，蓋非其止也。然《易》之興必由此，何也？道理顯白之言，博古之士，徵美好以自快，足矣。至其稱名雜物，如牛馬犬豕、龍虎禽魚之類之以材舉，年歲月日、終朝暮夜之類之以時從，一三八七九十之類之以數列，或始彼而終此，或同後而異前。出其意以徵之，亦多求陰陽奇偶、往來對互之變。略約言其端，以爲象數之學，可以此塞耳。

且夫象數之學，果不出陰陽之物、往來對互之變也。則爲諸家之《易》者未嘗病，而孔子亦嘗許人爲之，曰：「聖人立象以盡意。」聖人以此盡天下之意，而使天下不得盡其意於此，豈聖人之誠哉？故曰：「《易》之興，必由此。」予獨怪諸家之《易》立名起數，譬之僞統，已爲僭號，而講《易》都耳。日稱《周禮》於文武之前，未嘗病，加之以安漢宇文之意，其所從起，不可勝誅矣。聖人治之曰：「擬之。」而後言曰：「居則觀其象而玩其辭，動則觀其變而玩其占。是以自天祐之，吉無不利」夫文言之侈者也，凶咎悔吝，伺乎手目之間，動而有之。故《易》之有文，文字之治也。潔净精微之義，慮之心而宣之口，不獨治《易》，并可以治天下諸家各體之文，宜天如之汲汲此矣。

天如博通，古先儒經師之書不可欺以所從起。是編也，廢而興之，亂而治之，譬則宣尼從周，斯彬彬焉。受而序之，志予所喜於天如者，蓋如此也。

（見明羅萬藻《此觀堂集》卷一，四庫全書存目叢書集部第一九二册，第三四四頁。）

史論序

吕雲孚

古今言史者，莫不首原龍門。然子繇謂其「疏略輕信」，考亭至恨少公不作此言，不著天下，何進退殊衆也。嘗讀慶曆天子之言，曰：「史官非人，成壞跡晦。今將據古鑒今，以立時治。」然則史以辨興亡，察機要。不然，莊周鮒魚之對，賈生鵩鳥之詞，有文無實，識者譏笑。

然漢興以來，愛孟堅者比葉公之好龍。後漢七家，各鮮宏勝。習之謂唐聖明繼周，漢史叙事不如吴魏。故或王沈不信，休文多詐，曾計遥年，果無鴻算。要其議見得失，志動將來，多在宋人。夫伯恭指情僞，永叔正亂君，原父之紀賦《廬山高》，南軒缺正月係中原，永嘉書報仇，賤夷狄，各有春秋天地之意。然晁氏謂君實忠信，更冠群史；胡武夷論其周顧四方，悉來獻狀。其信然歟？然子玄有言矣，張衡不閑於史，陳壽不習於文。自五代以往，史多文勝；五代之後，史多理勝。若其書能雙舉，材號兼榮，舊史之中，實難其士。

吾夫子假政南歸，蒐狩昔籍，標以裁辨。風開山川，光曉耳目，天下傳而喻之。兹更仰首三代，俯訖元時，識昭闇之分情，見安危之易勢，伸其蓄指，概布淳文。鄭夾漈曰：「六經之後，惟有此作。子長不能受之，固應讓之後人耳。」恒計古論之家，古十有四人，多昂潁濱之書，然洛下譏其詠蹈未精。以曩準今，此言非暴。人有言曰：「史列君臣政事，皆繫廢興。」張夫子責在君父，略其繁科，固有説歟？

昔少游論西漢多功臣，東漢多名臣，繇兩祖之異好。同甫亦言光武取關輔而興，肅宗緩范陽而終廢。何氏更言唐亡不在僖、昭，而在天寶之日。上蔡曾歎宋衰於真、神，徽宗父子而不專其罪，此又淵流之恒論。若平王鬻田宅，子瞻恨無王導；元、哀墮大業，權公謂本於張禹。觀劉生外戚之議，蔚宗宦者之詞，晉亡於并、雍之胡。唐治繇府兵内强，其終繇於藩鎮削决。宋盡於人心，元盡於天道。去非、唐英、履祥之言，其非僞也。夫數端似無與人主。韓愈曰：「世有善惡，君不主其禍福乎？」故諸君子正邪亂，治夷狄，汲汲乎其君也。

况《春秋》之義，不逮大夫，吾夫子其繁説乎？李方叔曰：「持綱而苞緯，其事碎，其言愈簡，此《詩》《春秋》之指也。」憶昔陳大夫讀《資治》書，知司馬相如徒以文而已。雖使王隱杜口，干寶栖毫，無解迷異。是故象文於天，求理於地，大人之作，於兹爲盛。然則温公紀年，避續經之疑。雖然，不謂之續經，不可也。

門人吕雲孚謹序

（見張溥《歷代史論一編二編》，四庫全書存目叢書史部第二八九册。）

史論二編序

韓四維

編年爲學，古有之矣。後世見于學官，若置身阿閣，猶難其人。至服官，棄者且挾書也，遑敝帚哉！故有十年通仕籍而目不寓一行，終身薦華要而手不營一卷，往往然也。間有作者慕古所爲，欲比夷班、馬之林，挾霜噴霧，可旦夕成之。或志大而窘于寒暑，或才小而阻于倥偬，暮氣龐心，終徐陵《梁史》狃于半途。回想時藝，奕奕動人，又不屑三鼓其後。不得已取古人一二成書，謬加丹黄。之後陰謀《周禮》，竊附《玄經》，則螟蛉其我，爲先聖之苗莠，若此尤甚。夫五都之市，各習其居；九野之廛，不侔其次。鏡于道業，雖非門分户比，然同文之盛，既難有于枝葉，君子感豐蔀而思翦焉，力孤則愈壯，無多讓也，非西銘孰克與此？

約而言之，學惟一正，時有兩端。畀厥職者權在上，在上者久于其分，則己之心志一矣；布厥告者權在下，在下者務竭其能，則天下之耳目齊矣。未合其旨，賢者難之。是故聖門有回，四方從者日至；游、夏文學，不居諸子之科。西銘則有之矣。難之者曰：「學非適用，等苟且之音。成、弘而下，豈無文哉？」而己巳、庚戌功臣，多元老壯猷也。近之孔棘，大過于昔。廟廷亟拳，勇于文章。作者方臧獲呼之，奉簡書而事明主，疑于鏌鎁補稽，大言匪類，乃「悄悄」之詩，哲人愈厲。

間取往事，私語西銘：「秦焚《詩》《書》，不在李斯事不師古，而在六國之君不用孟子，則蘇、張之徒得而張皇其舌，有以激之矣。漢興，蕭何收丞相府圖籍，先王之道不難復見於天下。行之百年，尚没没也，且已火矣，何故府猶然，豈别有所云？僅以資目前之刀筆，而非其至乎！夫何至漢武之世，始焕乎有之？當時横經之士，多來自四方，不聞出丞相府也。故相業無補，而仲舒、更生相望以議其後，西銘得無意乎？」勤北伐而思宣王，誦《采芑》而懷山甫，鬱茝蓋有同心，揆所繇本，莫若詞林。晉令：凡史官初入禁秘，令先作傳一篇，以察其繇來。今日似乎密之，凡兵農錢穀之事，制作保邦之猷，罔不歷試，庶無無能之詞，覆其艱大之任。則西銘者其人如日，其道如山矣。

年社弟韓四維芹城題

（見張溥《歷代史論一編二編》，四庫全書存目叢書史部第二八九册。）

漢魏六朝百三家集序

詁亭恒訓

蓋聞太上以立德爲不朽，英雄以傳述爲不朽。夫傳述豈易言哉！非日擁百城，學富五車，探古人未發之奧，開後世未啓之蒙，固未足以及此。乃若出則禦侮，處則講道，寢饋樽俎之中，折衝行陣之内。雖無意於傳述，而其事足傳，其人足述，即不謂之英雄，不可得矣。

唐公軍門澤坡，余之畏友也。曩在京師，聞公之久歷戎行，運籌決勝，心儀久之。意其人大都矯健絶倫，或與古之飛將埒。及甲戌歲來川，始獲晤面。殆循循然有儒者風，然猶未知其嗜古也。嗣往還漸密，每遇花晨月夕，短詠長哦，偶有投贈，皆能抒寫性靈，抗席風雅，然後知其古韻盎然，底藴甚深也。今復以《漢魏六朝百三名家》著作及近代《趙甌北全集》各爲編次，底稿見示，且囑余爲序。

余曰：噫嘻！公之博雅極矣。夫古之英雄，無不以博雅稱。然未有如公之苦心孤詣，既不以功名顯，又不以著作傳，而乃以己之得夫古人者，以證諸同好。俾後之讀是書者，知傳述未足以盡英雄，特英雄餘事耳。是爲序。

光緒三年歲次丁丑十月既望詁亭恒訓題于成都軍署

（見張溥《漢魏六朝百三名家集》，光緒三年滇南唐氏重刊本。）

重刻漢魏六朝百三名家文序

丁寶楨

粤逆之亂，天下典籍多隳。曾文正公克復江寧，爰開書局，同時各行省亦皆設局開雕，梨棗之功，乃勝疇曩。蜀中自吴勤惠公刻四史及諸經籍，繼以張孝達學使以古學提唱，士人蒸蒸向學，一時官版私刻，亦視疇曩爲勝。

今澤坡軍門復刻《百三名家文》，嘉惠士林，意至厚也。國家稽古右文，自聖祖仁皇帝以天亶聰明，孜孜念典，過於儒士。而我朝儒學之盛，遂跨唐越漢，譬之天開地辟，日月昭朗，蓋三代以後未之有也。然自武功爵興，子弟躁進者，或棄書不讀，習氣相沿，人才日替，識者憂之。顧今梨棗之功，依附而起者，凡亦日出而未有艾，凡稍知自立者皆慕焉，則隳於彼者，或極於此乎！

夫古來名將，類皆好學，載之史册，以爲美談。而軍門乃與之合，亦足見其志趣之不俗矣。適軍門屬作序言，遂以此意書之。

時光緒三年歲在丁丑日南至平序遠丁寶楨拜

（見張溥《漢魏六朝百三名家集》，光緒三年滇南唐氏重刊本。）

重刻漢魏六朝百三家序

伍肇齡

鏤書之爲功大矣哉。嘗讀班固《藝文志》及《隋書·經籍考》，見所列書目暨作者姓氏叢雜猥多，至不可更僕數，或昭昭如日月，或湮没而無聞。迄觀我朝文淵閣《四庫全書》，其富過於前代遠甚，而存目之書數十萬卷，尚不在此列。於戲！何其多也。非倚剞劂氏之力，廣布寰中，幾何不日久磨滅哉！古未有板本，好學者患無書，皆躬自鈔録。隋文志開皇十三年敕廢像遺經，悉令雕撰，此印書之始也。《宋史》載唐宋益州始有墨板，多術數字學小書，柳玭序文謂在蜀書肆中，觀印板小學書《十國春秋》。毋昭裔嘗請後主鏤版九經，令門人勾中立、孫逢吉書《文選》《初學記》《白孔六帖》刻板行之，此又吾蜀印書之權輿也。

近代鐫板盛于東南，爲蜀地所不及。然岳池人家習其業，但得善本，仿效亦有可觀。澤坡軍門既刻趙氏七種成，俾予序之矣，又刻《漢魏百三家》，誣諉弁首。予不文，何能序兹集？顧竊窺作者之意，西漢之文，生氣奮動，宣、元以降，已繁重矣。東京繼之，間有傑者，不逾繩矩。魏晉而降，漸就陵夷，陳季益靡。於是論者謂文至六朝而極，有自《檜》之譏。然而古今並論，則易世遞降；晝代以觀，則殊時標勝。綴文之士，溯流窮源，譬猶登泰岱者不廢匡廬、台、宕之奇觀也，遊滄溟者亦覽三江五湖之勝概也。婁東此書，大旨備於總序，每集題詞已見本末，無待贅言。獨念吾蜀自司馬、淵、雲以來，擒藻揚芬，流風未泯，後生獲睹巨篇，由是以含英咀華，蔚爲博雅，其不忘軍門刊佈流傳之盛心也夫！乃不辭而爲之序。

光緒三年仲冬邛州伍肇齡書于錦江書院之補讀書齋。

（見張溥《漢魏六朝百三名家集》，光緒三年滇南唐氏重刊本。）

漢魏六朝百三名家跋後

楊柄錕

從來千古之文章，每與千古之世運爲轉移。帝王治世之書，六經炳若日星，尚矣。下此以漢魏六朝爲近古。生千載後，不及見古人，必誦讀古人之墳籍，而後足以知其人，而後可以論其世。惟士多寒畯，僻處邊隅，無從購史宬中秘之書，往往攻六經外，抱殘守闕，固陋遺譏。蓋無鴻篇巨制，廣其見聞，供其搜討，何由擴心胸而充學識乎？

有明婁東張天如先生首倡復社，爲東南士望所歸。游文章林府，操選政，撈遺集，自漢賈長沙至隋之薛河東，上下二千年中，得其專門名家者，裒爲巨册，至百有三人之多。其間漢魏則崇論宏議，朗暢精微；六朝則綺靡緣情，瀏亮體物。罄藝苑之精華，綜辭林之根柢。幾於無體不備，無美不收。其嘉惠士林，可云富矣。

澤坡軍門功成養望，勤購古書，得此全集，附剞劂以廣其傳。印文一出，將見吾鄉彬蔚之士，藉可沈浸醲鬱，佩實含華。久之，傾瀝液，漱芳潤，養成研京煉都、海涵地負之材，庶幾作爲文章，有不其書滿家者乎？謹跋。

滇西春樵楊柄鋥拜識

（見張溥《漢魏六朝百三名家集》，光緒三年滇南唐氏重刊本。）

漢魏六朝百三名家跋

唐友耕

年來閉門却掃，兒輩漸長，延師課讀。初授三唐詩，粗能上口。聞學詩必從漢魏六朝入手，始能分别各家流派，得其氣格聲韻，于學詩方有進境。馮氏《詩紀》太繁，沈歸愚宗伯《古詩源》抉擇甚精，蜀中盛行。然不遍覽全集，不見其疵類，安得其精妙？雖窺豹一斑，究未若睹全豹之爲愈也。春間刊趙甌北七種書成，適得張婁東《漢魏百三名家》，使學詩之人，聚數百人樹幟騷壇者如晤一室，豈非大快！況其間雜文古義古字，兼資考證經史，則不翅裨益詩家。因付手民，以公同好云爾。

光緒三年丁丑仲秋月滇南關陽澤坡氏唐友耕識于蓉城終日欽欽之室。

（見張溥《漢魏六朝百三名家集》，光緒三年滇南唐氏重刊本。）

重刊漢魏六朝百三家集序

彭懋謙

明張天如編《百三家集》，自漢魏及六朝作者，掇拾殆遍。其採之類書，得之金石，零章斷句，備録於篇，尤見好古誠摯。第榛楛勿翦，疏舛遂多，覽者不無微議。余獨愛其人文世系，條分縷析，俾歷代遺篇，一一得其梗概，有裨後學，厥功甚偉。惜板片無存，流傳漸寡，不揣窾陋，鳩工重梓，更爲考證補苴，凡數百事。有删其僞者，如張平子集之《天象賦》，王文憲集之《白紵歌》，隋煬帝之《望江南詞》是也；有補其闕者，如揚子雲集之《太玄·攡》難蓋天八事及《離騷》是也。他如原本脱漏訛奪者，又爲之考諸正史，證諸唐宋類書，改正亦復不少。猶以搜羅未廣，使古人一字一句，不至漏誤爲歉。若夫《提要》所論，董劉等集未獲刊正，枚左二集未遑加輯，仍沿舊刻，不欲故爲異同也。重紕貤謬，諒所多有。惟冀博雅君子，理而董之。書成，因紀其緣起如此。

光緒五年六月彭懋謙謹識

（見張溥《漢魏六朝百三家集》，光緒己卯夏信述堂重刻本。）

漢魏六朝一百三家集題辭序

張青選

《漢魏六朝一百三家集》題詞，文旨雋潔，雅近六朝。于集中諸人學術品詣，得失源流，皆能綜其生平，得其大概，令讀者如見其人，誠尚論者之先資也。然分列各集之首，卷帙錯出，陳受笙孝廉匯爲一册。余喜其便於循誦，爰爲校刊，以作讀是書者之綱領。質之受笙，未必不許我爾。

道光丁亥十月順德張青選識於兩淮鹺署之四並堂

（見張溥《漢魏六朝一百三家集題辭》，道光丁亥順德張青選刻本，上海圖書館藏。）

漢魏六朝百名家題辭跋

王振聲

七録齋著述甚富，惟編纂此集最有體要。溯夫詞章淵海，選學尚矣。然蕭梁而後，徐、庾斯興，上掩沈、任，下開燕、許。維摩早世，甄綜多遺。矧選例綦嚴，人不數首。窺豹一斑，罕睹其全；嘗鼎一臠，鮮知其味。尋繹此集，各家真面目見焉。譬之宋子齊姜，殊容而各呈其美；鄭刀魯削，異製而並顯其良，直欲與高齊學士爭能於騷雅之場矣。至其題辭，尤稱古雅。或論其生平，或評其體製，文章派别，史家論斷，兼擅其長。彙而録之，足供流覽。仆嘗有意於斯，顧未之暇。偶過周涇口翫市，得此，點閲一周，夙嗜既償，輒書於後。時咸豐辛酉首秋下旬也，文村老民王振聲誌於長巷寓舍，時年六十有三。

（見張溥《漢魏六朝百名家題詞》一卷，清抄本，上海圖書館藏。）

明張溥春秋列國論

劉聲木

明末太倉張天如太史溥，於明末創立復社，主持其事，名聲震天下。初雖與同里張受先□□采齊名，後來遠出其上。余見太史所撰《春秋列國論》廿四卷，張采續成，無刊本年月，前有張采序並例詞，亦未見他家著録。玩其書式，仍是國初時原刊圈點本。據張采例詞所云「不欲漫計工拙，殊觀生死云爾」云云，是此書之成，已在太史卒年之後。張采自稱爲「南郭張采」，亦當時風氣如此。其例詞云：「是書所闕，《列國論》尚有《雜國》一題，諸傳斷中闕文公，後闕襄公以下，其僖公間闕十餘年。《書法解》爲目多端，而僅成一則。竊謂以此行世，亦可羽翼經傳。而賈人不知才分高下，乃强余貂續。復不自量，輒許其請。但病中多廢，不克即竟，因先完僖公，出正同志。其他所闕，亦小有條緒，隨容續布。嗟夫！朋友一倫，於今凉薄。兩人相期二十餘年，頗著海内。未了後補，豈止文章。正不欲漫計工拙，殊觀生死云爾。」云云。張采自稱「朋友一倫，於今凉薄。兩人相期二十餘年，頗著海内。未了後補，豈止文章」云云，其自負正復不淺矣。

（見清劉聲木《萇楚齋五筆》卷四，中華書局一九九八年版。）

《詩經註疏大全合纂》四庫提要

詩經註疏大全合纂三十四卷江蘇巡撫採進本

明張溥撰。溥字天如，太倉人。崇禎辛未進士，改庶吉士。事蹟具《明史·文苑傳》。自宋儒説《詩》廢《序》，毛鄭之學遂微。明永樂中修《五經大全》，《詩》則取鄱陽朱克升疏義，增損劉瑾之書，懸爲令甲，經學於是益荒。溥是書雜取《註疏》及《大全》合纂成書，差愈於科舉之士株守殘匱者。然亦鈔撮之學，無所考證也。

（見清永瑢等《四庫全書總目》卷十七，中華書局一九六五年版。）

《春秋三書》四庫提要

春秋三書三十二卷副都御史黄登賢家藏本

明張溥撰。溥有《詩經註疏大全合纂》，已著録。是書第一編曰《列國論》，凡二十四卷。第二編曰《四傳斷》，凡七卷。第三編曰《書法解》，凡一卷。同時徐汧、張采爲之序。采又有《例言》，稱：「《列國論》中尚闕『雜國』一題，《四傳斷》中，僖公闕十餘年，文公全闕，襄公以下亦全闕，采間爲補之。《書法解》爲目多端，僅成一則。」溥與采倡立復社，聲氣交通，蔓延天下，爲明季部黨之魁。其學問則多由涉獵，未足專門。其所撰述，惟《漢魏六朝一百三家集》蒐羅放佚，采摭繁富，頗與藝苑有功。然在當時，止與梅鼎祚《文紀》諸書齊驅並駕。較之楊慎、朱謀瑋，考證已爲少遜矣。至於經學，原非所擅長。此書爲未成之本，亦別無奥義。采等以交遊之故，爲掇拾補綴而刊之，實不足以爲溥重也。

（見清永瑢等《四庫全書總目》卷三十，中華書局一九六五年版。）

《歷代史論二編》四庫提要

歷代史論二編十卷安徽巡撫採進本

明張溥撰。溥有《詩經註疏大全合纂》，已著録。是書總論史事，起三家分晉，至周世宗征淮南。議論凡近，而筆力尤弱，殊爲不稱其名。題曰二編，蓋尚有前編，今未之見。

（見清永瑢等《四庫全書總目》卷九十，中華書局一九六五年版。）

《漢魏六朝一百三家集》四庫提要

漢魏六朝一百三家集一百十八卷兩江總督採進本

明張溥撰。溥有《詩經註疏大全合纂》，已著録。自馮惟訥輯《詩紀》，而漢魏六朝之詩匯於一編；自張燮輯《七十二家集》，而漢魏六朝之遺集匯於一編。自梅鼎祚輯《文紀》，而漢魏六朝之文匯於一編；溥以張氏書爲根柢，而取馮氏、梅氏書中其人著作稍多者，排比而附益之，以成是集。卷帙既繁，不免務得貪多，失於限斷。編録亦往往無法，考證亦往往未明。有本係經説而入之集者，如《董仲舒集》録春秋陰陽，《劉向劉歆集》録《洪範五行傳》之類是也。有本係史類而入之集者，如《褚少孫集》全録《補史記》，《荀悦集》全録《漢紀論》之類是也。有本係子書而入之集者，如《諸葛亮集》録《心書》，《蕭子雲集》録《净住子》是也。有牴牾顯然而不辨者，如《張衡集》録《周天大象賦》，稱魏武黄星之類是也。有是非疑似而臆斷者，如《陳琳傳》中有「袁紹使掌書記」一語，遂以《三國志注》紹册烏桓單于文録之琳集是也。有僞妄無稽而濫收者，如《東方朔集》録《真仙通鑑》所載《與友人書》及《十洲記序》之類是也。有移甲入乙而不覺者，如《庾信集》録楊炯文二篇之類是也。有采摭未盡者，如《束晳集》所録《餅賦》，寥寥數語，不知祝穆《事文類聚》所載尚多之類是也。有割裂失次者，如《鍾會集·成侯命婦傳》，《三國志註》截載兩處，遂分其首尾名爲一篇之類是也。有可以成集而遺之者，如枚乘《七發》《忘憂館柳賦》《諫吴王書》及《玉臺新詠》所載《古詩》可成一卷，左思《三都賦》《白髮賦》《髑髏賦》及《文選》所載《詠史》詩亦可成一卷，而擯落不載之類是也。然州分部居，以文隸人，以人隸代，使唐以前作者遺篇，一一略見其梗概。雖因人成事，要不可謂之無功也。明之末年，中原雲擾，而江以南文社乃極盛。其最著者，艾南英倡豫章社，衍歸有光等之説而暢其流；陳子龍倡幾社，承王世貞等之説而滌其濫；溥與張采倡復社，聲氣蔓衍，幾遍天下，然不甚爭學派，亦不甚爭文柄，故著作皆不甚多。溥所撰述，惟《删定名臣奏議》及此編爲巨帙。《名臣奏議》去取未能盡允，此編則原原本本，足資檢核。溥之遺書，固應以此爲最矣。

（見清永瑢等《四庫全書總目》卷一百八十九，中華書局一九六五年版。）

張天如漢魏百三名家集

章學誠

張天如《漢魏百三名家集》，搜羅漢魏六朝詩文集亦甚博贍。自云本於閩刻《七十二家》，今不見閩刻書矣。而汪士賢所校刻者尚有其書，不知全刻若干種也。張刻爲世所稱，然逸文散句，搜羅於群籍中者，理宜自爲一類，附諸全文之後。且載所搜出處，俾人有所考訂。今一體連編，俾人不辨爲全爲缺，又不載原書出處，則其弊也。原集篇卷有可考者，應録原集部次，今亦不詳。又題辭論斷各冠其首，似矣。抑前人之評論不爲採取，附於序目之閒，惟欲獨伸己見，皆其不滿於人意者。至於人有遺篇，如《揚雄集》遺《蜀都賦》；代有遺人，如東漢遺曹大家之類，皆有待於後人之補。余意梅氏《文紀》有文無詩，臧氏《詩所》有詩無文，合以百三名家，因人分類，搜剔無遺，再取諸家詩話、文評各以類附，是亦搜六朝文字之大觀也。

（見清章學誠《乙卯札記》，中華書局二〇〇六年版。）

（三）交遊酬贈

希聲錢侯同天如過儉齋夜集次韻

張　采

開此雲封路，清風浹樹蔭。溪傳人照面，天對客論心。税急憂先後，民窮酌淺深。不因使君至，那復見荒林。

其二

誰尋修禊地，聊此當山陰。村僻來淳色，民安得古心。酒清君比潔，魚樂我知深。爲話新苗熟，相期托遠林。（見張采《知畏堂詩存》卷二，清康熙刻本。）

同九一天如登馬鞍山

張　采

登臨須濟勝，策病怯前行。嵐色來嵩照，禽聲浄竹盟。野懷隨地習，空想即山成。還顧溪頭路，前峰漸可平。

其二

高路登登上，忘懷逐侣行。梵音天際想，石響塔前盟。問偈看僧古，疲津悟佛成。因知歸息理，就下易爲平。（見張采《知畏堂詩存》卷二，清康熙刻本。）

夏日集七録齋步與游韻

張　采

風雅由來未有傳，文成捫壁問青天。北窗放脚遺今日，長夏科頭擬小仙。兄弟聚時皆道古，禮文略處欲忘年。不須重説西湖勝，是地青松聽謖然。

（見張采《知畏堂詩存》卷三，清康熙刻本。）

東　郊

張　采

《東郊》，爲映薇劉侯作也。侯篤民事，以忌者論去。婁民萬人白巡方御史，疏請還公。於是余與允尊、天如、駿公約公遊東郊，作是詩以傷其意。又不敢云餞送，以冀公之來，故曰東郊也。

平郊春静鳥懷音，竹際修廊聽素琴。明月在天婁水照，清風滿袖使君吟。從前民事皆憂樂，此日歸途繫古今。不是兒童江上集，也知冬日避廧陰。

其二

三月深晴鳥弄音，修池斜倚石床琴。不堪屬耳湘中曲，最是傷心下里吟。登路少年來自古，交枝難静甚於今。相攜釃酒邀明月，留照春枝花滿陰。

其三

喬木幽修發古音，使君相送鶴隨琴。江州白傅琵琶淚，儋耳蘇公鄉土吟。爲念素交期太古，若看竹馬重當今。可憐不盡栽花意，明日悠悠棠下陰。

其四

春來山水有清音，奈爾窮途碎蜀琴。何處寫心漁父問，幾人捉鼻洛生吟。可爲廉吏云依古，得遇明君豈怨今。回首不堪高處望，離情滿目夕陰陰。

（見張采《知畏堂詩存》卷三，清康熙刻本。）

許氏三節婦次天如韻

張　采

褚節婦自學妻孟宏其嗣子

但行直道古遺民，何必鬚眉抗角巾。族號我家老寡婦，自慚夫子未亡人。禪花坐上拈空葉，宿草山頭數歷春。此是結褵心便許，豈知他日耀貞珉。

王節婦自正妻無子

煢煢曷復辨昏晨，凄絶烟炊倍歷辛。夢裏見夫云後死，人間稱婦是天民。西風絮斷三光冷，白露苗空千古貧。賸有木魚皈净土，好同妯娌作孤鄰。

歸節婦自立妻有二子

豈因禮法强嚴遵，白髮靡他性更真。視我孤兒延百祀，將君老母貫三神。誰無門户偏居索，獨有單寒只影親。莫怪此家多慘澹，高風鼎鼎著人倫。

（見張采《知畏堂詩存》卷四，清康熙刻本。）

具陳復社本末疏

張　采

原任江西撫州府臨川縣知縣告病回籍臣張采謹奏爲遵旨回話事。臣係崇禎元年進士，選授前職，在官兩載，以勞成疾。告病歸家十餘年，殘廢在床，不能窺户外。今十月中，忽聞邸報，有原任刑部侍郎某一本《再陳神通廣大合謀搆陷事》，奉聖旨云云。

欽此。

伏念某與臣姓名未通，何故向息影之人彎弓虛發？及見某原疏，並無一字及臣，則某固不知世間有臣矣。合謀搆陷，臣可無辯。惟復社一案，責張溥及臣回奏，惜溥已死，臣謹齋沐陳之。

我朝制科取士，因重時文，凡選鄉會中式文曰程墨，選進士文曰房稿，選舉人文曰行卷，其諸生徵文彙選曰社藁，從來已久。若復社之起，臣已爲縣令，不預書生事。張溥時猶未第，故選社文，以臣向同硯席，代臣作序。及溥成進士，而臣已病廢矣。豈意臣里中奸人私隙中傷，有復社一款，下蘇松提學、前學臣倪元珙曾經具覆，奉旨再察。既學臣亓瑋以丁憂去，張鳳翮以外轉去，懸案未結，事會致然，罪不在溥與臣也。及夏五月初八，溥病身死，惟臣僅生。謂復社是臣事，則出處年月不符；謂復社非臣事，則溥實臣至交。生同砥礪，死避羅弋，負義圖全，臣不出此。竊惟文者昭代之所重，社者古義所不廢。推廣溥志，不過欲楷模文體，羽翼經傳耳，未嘗有一毫出位躍冶之思也。至于《或問》及《罪檄》，此忌溥者羅織虛無，假名巧詆，不惟臣生者不聞，亦溥死者不知。若使徐懷丹果有其人，臣願剖心與質；倘其人烏有，則事必誣搆。獨念溥日夜解經論史，矢心報稱，曾未一日服官，懷忠入地。即今嚴綸之下，並不得泣血自明，良足哀悼。臣雖與世隔越，孤立杜門，而兢兢勉學，頗知省察，不欲一字自欺，豈敢一字欺皇上？謹據實回奏。臣無任戰兢待罪之至。崇禎某年月日。

（見張采《知畏堂文存》卷一，清康熙刻本。）

祭張伯母金太君文

張　采

嗚呼！謂葬我西銘，得悠優事太母，爲西銘供子職。天復速奪太母，使不得撫嗣子孤女有成。嚴霜再摧，門户何賴？嗚呼酷矣！

憶太母初移西郊，豈曰相宅，凡一楹一几，翳母拮据。既西銘冠婚，交天下賢豪。唯母主内，使小大亡失節。癸亥，采讀書七録齋，母時我饑飽。即寒夜漏深，嘗聞幾問，六七年視我固猶子。戊辰，采成進士歸，適太母五十生日。采再拜介壽，爲加燕喜。辛未，西銘成進士，留官京師。采送母北就養，時予母蘇太孺人病，不任行，□□□母床頭繾綣别。采與西銘兄弟，即予母與太母不啻姊妹也。壬申，太母北歸，見采病，憂形辭色，語西銘：「遂無好醫，使此子久廢。」迺辛巳，采方勝步履，而西銘遽逝，母哭不欲生。采百方喻，謂：「采在猶子，可服勤萬一。」太母則稍進一溢，自是采以十年杜門，匍匐卒瘏，凡欲安母以慰西銘。及遺腹舉女，母呼天云死。采勸無庸，天可不絶，因贊母按宗法立嗣。嗣立，贇母擇高原葬我西銘。豈期葬有日，母即病。既克葬，母病遂不起也。母素亡恙，特以憂憤乘此劇哀，遂疽發於背，距西銘殁，僅二十餘月。此二十餘月中，内支荒歲，外禦飄毁，曰母在；同人念西銘，登堂問安否，亦惟曰母在。已矣，今不復忍言矣。

易簀前一日，猶向采絮語家事，感慨榮落。連問采：「爾列啓事，倘出門，我家奈何？」采應謂：「我不出，母無多慮。」嗚呼！知母耿耿不去心者，一家孤寡耳。今采哭告太母，誠無他辭，第記辛未西銘祭我母蘇太孺人，其文有云：「凡予出入大禮，内外凌雜，受先無不聞。予母吉祥善事，朝夕饔飧，受先無不親。」西銘文布海内，固兩人七録齋中所心期，倘死生改念，即負販羞稱，况乎自好？維兹離離孤寡，竭我力以相爾成。其成，則太母與西銘之靈。皇天后土，實聞此言。

（見張采《知畏堂文存》卷九，清康熙刻本。）

張虚宇處士像贊天如庶常尊人也

姚希孟

書爲倉，墨爲莊，誰爲子也藏？心爲織，筆爲緝，誰爲子也殖？神翶乎胥庭，毋攖爾寧；好糜於懿德，罔軼爾則。煌煌垂訓守勿失。父爲梨，子非穗，孝友張仲差足擬。尚論世，尋厥始。古衣冠，澹眉宇。静若思，動若語。尺幅綃，見全體。成親爲君已爲子，悦惚紹庭偕笑處。

（見明姚希孟《棘門集》卷八，明崇禎間張叔籟等刻清閟全集本）

太倉張氏壽宴序

錢謙益

崇禎丁丑，翰林院庶吉士太倉張君天如之母金孺人年六十矣。是歲十月初度之辰，天如偕其兄弟稽首上壽。於是天如之友張君受先與其及門之徒，合吴越數十州之士，相與鋪筵几，庀羊酒，稱觴于孺人之堂下，而請余爲介壽之詞。

余讀《詩》至《六月》之序，以爲《小雅》既廢，則四夷交侵而中國微矣。然《鹿鳴》以下二十二詩，如《伐木》之燕朋友，《南有嘉魚》之樂與賢，《菁菁者莪》之樂育材，上比于《鹿鳴》《四牡》，下比于《南陔》《白華》，而《天保》以上，《采薇》以下，《出車》《杕杜》《蓼蕭》《彤弓》，錯出於篇什之中。甚矣，詩人之知王道也！治古之世，朋友輯睦，賢材衆多，相與講明忠孝之誼，以事其君親。《四牡》之相勞也，《南陔》之相戒也，皆朋友之誼也。《宣王》之中興也。文武之臣征伐，孝友之臣處内，故其詩曰：「文武吉甫。」又曰：「張仲孝友。」夫是以北伐南征，《車攻》《吉日》，復文、武之竟土，而詩人美之。及其衰也，讒諂並進，大夫悔仕，《谷風》之棄友，蘇公之刺讒，與夫《蓼莪》《北山》之詩，繼《正月》《十月》而作。四夷交侵而中國微，職此之故。繇此言之，朋友之不交，賢材之不育，而望《小雅》之興也，其可得哉！

今天下方全盛，聖天子比隆于文、武、成、康，非宣王之可擬。天如以命世大儒，在承明著作之庭，講道論德，離經辨志，昌明《伐木》《菁莪》之誼于斯世。于孺人之稱壽也，耆艾近前，俊乂列後，魚魚雅雅，以獻以酢，其爲孝養也大矣。視束氏之《補亡》，求《南陔》《白華》之義于晨餐夕膳之間，固不可同日而語矣。

數十年以來，持國論者以鈎黨禁學爲能事，馴至于虜寇交訌，國勢削蹙。朝廷之上，惟無通人碩儒，通經學古，修先王《小雅》之政教，是以若此。善哉天如之壽其親也，吾有望矣。《既醉》之歌，攸攝也，其卒章曰：「釐爾女士，從以孫子。」《卷阿》之歌，矢音也，其次章曰：「爾土宇皈章，亦孔之厚。」繇《既醉》言之，則交友之道，歸于事親；繇《卷阿》言之，則得賢之效，章于闢國。觀于張氏之壽宴，有籩豆靜嘉、來遊來歌之思焉，斯可以觀感已矣。余之爲此言也，不獨爲孺人祝也。以爲本天如壽親之意，以修先王之政教，則《既醉》《卷阿》之什復矢于今世，而《小雅》之廢興，可勿道也。

（見清錢謙益《初學集》卷三十九，民國涵芬樓影印明崇禎瞿式耜刻本。）

將出都姚孟長前輩楊用賓徐九一吴澹人馬君常張天如諸館丈各有惠詩依韻間和八章

黄道周

鳥啼狐舞各青霄，誰復秦庭答繞朝。萬里岱華驚破碎，千春干羽任扶飆。書生不敢求師董，謁者何須更訟晁。海外雲波猶浩蕩，隨人伐荻緯秋蕭。

其二

便化瓶群亦帝臣，不應落草爲衰麟。畫來築釣真成夢，老去魚鹽未就陳。湧水道人寧有命，淘河夫子爲誰民。莫將歲序談前日，但祝清時事事新。二韻依姚。

其三

星榆曲竇許誰穿，虎豹常持閶闔權。未用揮戈扶白日，何當吐舌舐青天。埋將玉管能成塚，銷却湛盧自化泉。尺寸量才知不剩，漫勞膏火爲悲煎。

其四

洚水黿龍未可朋，寒芒高與五雲凝。賡歌帝子寧師律，執簡微官亦飲冰。仙饌秖今餘破鏡，璜書自古溷漁鐙。當時不作明時史，卧寫松風老自憑。二韻依楊。

其五

標鹿人投盛世間，倦遊心愧鳥先還。來將朱紱供蒐獵，歸與青溪別訂頑。七尺不支天自穩，半千未死道從删。異時併得華陽傳，别注真銜副小山。一韻依吴。

其六

終歲呼關一日行，灑將碧血滿懷輕。何知刀筆文無害，浪説圖書失若驚。鵲卵自隨人夢化，狼弧空與鬼車衡。君恩七尺高於斗，莫向市傭辨姓名。「圖」，一作「道」。

其七

岸谷何根慰考槃，杞憂能得幾時寬。自嫌鷄鶋啼來早，不信園葵深處安。上國堆金埋馬骨，蓬池異饌雜人肝。清明負戴煩妻子，別作從頭土室看。

其八

畫堂文羽各相依，著眼塵深失翠微。吾道未孤猶有韻，古人可作與誰歸。留身藉草成麋悦，垂臂當餐救虎飢。儻得太平風景好，青青更爲製荷衣。

（見明黄道周《黄道周集》卷四十六，中華書局二〇一七年。）

哭張西銘二章

黄道周

新書未就已藏山，晛雪纔消又閉關。不爲幽憂成鵩賦，何當造次閱麟删。斯文欲喪愁無黨，吾道更生耻獨還。莫説作官官易盡，祗今鐘吕在人間。

其二

可憐北斗掩光儀，已見明河藻雪時。人事總從丹史過，君心不與青蠅知。十年著作千年秘，一世文章百世師。縞帶難將婁海淚，蠻烟瘴嶺共相思。

（見明黄道周《黄道周集》卷四十七，中華書局二〇一七年。）

婁江張虚宇翁像贊

倪元璐

情之著形，譬火著氣。處燧而幽，附薪而熾。雖洞重垣之目，不能以疑其僞。父之傳子，譬水傳器。注瓢而清，灌鼎而貴。雖辨淄澠之口，不能以離其味。是故我瞻虚翁，廣顙敦頤，澹乎無懷、葛天之容，而知其中之誠然。我交天如，奥學深文，岸然天禄、石渠之宗，而知其生之有自。

（見明倪元璐《倪文貞公文集》卷十七，清乾隆三十七年刻本。）

復張天如溥壬午

倪元璐

自家兄去江南，而議論之喧豗益甚矣。顧甘陵南北，黨部紛岐，名節之盛，莫甚于東漢，而曾無救於衰亂之相尋，則清流標榜固君子所深憂也。方今天日晶明，台兄真實學問，即著書立教，自足千古。厨俊顧及之交，何妨概爲謝絶。至若小人之噂沓，又何足慮乎？宜興出山，比於温國之復相。來教謂向以第一流聲望相推許，不知鄙性硜硜，不可爲依草附木之小人，亦豈可爲游光揚聲之君子？猿鶴沙蟲，各自存其本相耳。況弟臃腫日衰，只八十一歲老親縈迴胸中，遂無復抵掌掀髯之氣。先生其以顧長康畫謝幼輿，可乎？

劉念翁望典型風道，自言嘗夢尋。比以病避客，見必誦先生此言。此老在位，必有學問耳。

（見明倪元璐《倪文貞公文集》卷二十，清乾隆三十七年刻本。）

哭張天如先生二十四首

陳子龍

其一

江城日日坐相思，尺索俄傳絶命辭。讀罷驚魂如夢裏，千行清淚不成悲。

其二

越山北望指吴關，一月緘書定往還。數日不傳雲裏字，那知非復在人間。

其三

憶君弱冠負經綸，予亦童年許俊民。二十春秋如一日，生平兄事更何人？

其四

每念君親自性成，繇來風義古人情。應知何物堪殉汝，一卷《尚書》與《孝經》。

其五

當年結納走風塵，四海交遊若比鄰。鄭泰有田皆給客，孔融滿座更留賓。

其六

高密扶風相後先，談經嶽嶽腹便便。青麟白鳳無顏色，魯國諸生盡黯然。

其七

五車十乘古來聞，博物司空又屬君。禹穴酉陽多典籍，可能地下作《丘》《墳》。

其八

三江潮落月黄昏，巷絶舂歌欲斷魂。賓客如雲人不見，秋風先到信陵門。

其九

沖夷風度更雍雍，善誘殷勤不易逢。天下幾人成善士，早年還似郭林宗。林宗年四十二，而君止四十。

其十

緑波摇蕩月臨窗，垂柳閶門隱畫艭。明歲吴城花放日，莫教春色渡婁江。

其十一

知音謬自託金徽，結客中原攬鳳輝。清德俊才皆不少，汪汪千頃似君希。

其十二

文章弘麗潤巖廊，下筆如雲掃七襄。自是才高人莫學，一時枚馬有兼長。

其十三

横經虎觀集諸儒，一日聲名滿帝都。從此已懸公輔望，誰令十載在江湖。

其十四

青溪渡口共迴船，痛飲流光十二年。縱有鳳凰臺上月，不堪和淚照江天。憶與天如同舉時。

其十五

赤虺雄狐守九閽，國香不復樹當門。數章告密何人意，十載行吟是聖恩。

其十六

菉蒉滿野楚天寒，魑魅窺人白日殘。投虎投豺應不遠，爲麟爲鳳異時看。不踰數月，而二讒一廢一譴矣。

其十七

疾惡如風最不平，天涯何處有荆卿。長虹莫挂徐君墓，攜爾延津浦上行。謂閹賊也。

其十八

萬卷塵封丹旐前，講壇秋樹起哀蟬。莫誇門下多房杜，定有侯芭爲守玄。

其十九

二十年來遺錦衾，幾番風雨慰同心。應知南郭先生意，紅樹蕭蕭罷鼓琴。謂受先也。

其二十

南冠君子朔風前，慷慨西行倍可憐。已乏何顒爲奔走，更無魏邵與周旋。石齋師之逮，天如經營急難備至，師未出獄，而天如先殁矣。

其二十一

今君壽考古難當，自信文章走八荒。君到九京無別恨，獨憐夜哭有高堂。

其二十二

執燭猶持《易》一編，但稱朗月在中天。知君聞道光明鏡，不向人間號謫仙。天如臨殁，尚講《易》，問侍者曰：「月甚明，我將行矣。」遂逝。

其二十三

少婦含啼方避室，萬人齊祝詠維熊。若以此日論天道，應有傳經鄭小同。小同，鄭益恩遺腹子也。天如竟生一女，傷哉！

其二十四

八月胥江濁浪奔，千人縞素爲招魂。自憐越界慚皇甫，不得相從哭寢門。（見陳子龍《陳子龍詩集》卷十七，上海古籍出版社二〇〇六年。）

愴然二首　陳子龍

去歲孟秋十三夜予從京師歸遇天如於鹿城談至四鼓而別孰知遂成永訣也今秋是夜泊舟禾郡月明如昨不勝

其一

日暮維舟楓樹林，玉峰峰外漏沉沉。那堪獨對當時月，淚落吴江秋水深。

其二

去年相見語情親，今歲相思隔世塵。聞道月輪迴地底，可能還照去年人。

（見陳子龍《陳子龍詩集》卷十七，上海古籍出版社二〇〇六年版。）

愍　昧

陳子龍

《愍昧》者，吊友人吴郡張溥而作也。溥才資廣贍，泛愛好賢，有濟世之量。遭讒不用，又以夭死。溥既死之後，黨人復傾譖之，將加以比周罔上之罪。吁嗟甚矣！愍者，傷在内也；昧者，歎天道幽昧，莫測其正也。

猗嗟乎荃之不作也，慘淒兮后皇之不平。初修姱以藝蘭兮，曾獨長乎衆芳。依春宫而敷華兮，蕙與若其共榮。本聯駢以媚君兮，疑不御而誰明。守巉巉之幽谷兮，卒自保其潔清。風烈烈以吹女兮，霰霏霏而襲之。胡昊天之降此霜雪兮，乃愈茂乎菉葹。文章萎其將落兮，白日淡而無姿。惟佚女之延佇兮，攬遺芬而朝饑。物同好而必軫兮，情異觀而若遺。匪汋約之未工兮，世暗曖而莫知。乘翠虬而告重華兮，雲容容於九疑。我將使伯禹正之兮，洚水混混而未夷。豈英皇之善蠱兮，擯武仲於三危。彼巧言之高張兮，忠無路而自陳。身邁遠而含慼兮，冀微志之獲申。昔與君未有成言兮，何結歡之可恃？敢憍我之佳麗兮，誓幽貞以常履。起侘傺於襟除兮，申旦旦於九天。春與秋其終古兮，斗何心而屢遷。塗白露於衣裙兮，愬列星而自憐。

右一

昔余揚舲於大江兮，期夫君於山之阿。當凛秋之明月兮，照玉臺之嵯峨。梧楸紛此墜露兮，回風起於庭柯。倡高言之耿介兮，諧律吕之清和。蘭與棘其異圃兮，松柏端正而交加。期瑚升而璉薦兮，固鳳舞而鸞歌。我將搴白鷺以爲蓋兮，結素蜺以爲裳。命璇宫之帝女兮，挹北斗之酒漿。與君叩乎九之門兮，冀少愉於上皇。執忠信之徽繩兮，亨大道之芬芳。豈天路之終遐兮，志含輝其必明。草同根而齊味兮，鳥比翼而遥征。鶩焚輪於大隧兮，晻白日於中路。赴悠悠之玄夜兮，曾不余乎反顧。忽雲崩而雨墜兮，嗟恩好之不固。窮景響而相求兮，入虚無而莫御。路默默其無垠兮，情綿綿而誰附？登高丘以睇望兮，眇灝氣之横流。知荒思之當懲兮，裁予心而若抽。懷悄悄而内凛兮，魂熊熊以上浮。身有幾而相痛兮，心無限而常愁。我欲問於天孫兮，岱宗高而孔艱。又改歲以發春兮，國無人而鮮歡。立曠野而出涕兮，指浮雲以盤桓。

右二

霜霰交下于青林兮，野翳翳而常陰。胡日月之照臨下土兮，曾不鑒乎予心。既晦明之迭代兮，獨長夜之沈沈。蘭既萎而餘澤兮，桂已伐而極芳。美自内其必著兮，譬以久而稱章。迷陽横於九逵兮，薋菉蔓而盈床。鴟梟夜察以鳴鼠兮，蝮蛇蓁蓁而在旁。啓九天而無路兮，遌群魄之方張。彼黨人之工吠兮，變蒼素於須臾。指晨風於深淵兮，索鱣鮪於山嵎。揚隴廉之姣好兮，黜孟娵爲不姝。欲脯肝而污務光兮，求墨子於桑中。誠盜言之詖誕兮，胡孔甘而易從！志有疑而必動兮，聽先入而多壅。棄屈軼於草莽兮，孰能察其佞之與忠！設機矰而伺鳳兮，遂德衰而道窮。荃獨哀人生之蒙昧兮，乃輕舉而高馳。命屏翳以駕車兮，招纖阿而馭之。雖神人之迴道兮，豈忠慤之可移！何清都之諒直兮，玉女粲然而相譏。苟呢訾之易爲兮，惟郢路之先資。帝曷不使咎繇正之兮，當省察其虚辭。仰蒼天而煩冤兮，時晻曀而若墮。既溘死而終古兮，寧莫辨其是非！氣涫沸以無際兮，心繚悏而日紓。亮執節之不替兮，神終眷乎此都。念舊好而震痛兮，惜貞侶之永徂。

右三

（見陳子龍《安雅堂集》卷一，偉文圖書出版社一九七七年版。）

與張庶常書

陳子龍

漳浦之獄，元老保全善類之心甚篤，此足下左右之功也，昨已馳箋申謝。但此時聖怒方深，進諫之方，解釋之機，元老必有妙用。鄙意偶有所及，敢爲商之？

大凡進諫於君者，惟申救最難。蓋人主所最恨者，人臣之有黨，而申救者必將稱人之善。是故稱其忠良者，必以爲護私；稱其直諒者，必以爲翹過；稱其枉抑者，必以爲市恩。自古納諫之難，而因諫以相激，至於不可言者，比比是也。況執正道、奮讜言，與人主爭曲直者，諫官之事耳。至於大臣，當從容諷解，使人主之意漸釋可也。昔李元禮等繫獄，陳仲舉上疏力爭，盛稱其賢，而並仲舉策免，東漢之禍遂至決裂。宋神宗時，蘇軾下獄，吴充力救未釋，而王安禮以微言解之。夫盛怒之時，逆折其意，未有能勝者也。以可居之罪歸人臣，以有餘之地處人主，則其情易動，其氣易平。

今主上之深怒漳浦，疑其聚黨植私，爲海内倡率耳。但當乘間言某生長山艸，孤介寡合，素無交遊之助，特其文章時爲人所稱説。一時朝士見其守清節，有文名，群然惜之，於某實無傾蓋之雅。若罪之無益，而重疑天下之心；赦之益以見聖度之大，而群論自息。至於供引牽連，出於輿隸之口，恐不足據。如此，則上意未必無轉移也。巽言納誨，以默迴當寧。機不可以預設，然大旨不出於此。

弟之鄙塞，非足以上贊淵深，而不避其辭之繁者，拳拳之懷，不能自已也。不敢具書以瀆元老，謹以商之足下。

（見陳子龍《安雅堂集》卷十八，偉文圖書出版社一九七七年版。）

哭張天如先生次原達韻十首

錢肅樂

其一

先生一去衆芳蕪，白日荒凉鬼魅徒。浩氣一時還太始，文章千古識真儒。亦知草露功名假，只歎芝焚善類孤。天道報施今若此，拌燒筆硯事耕屠。

其二

此地津梁頃刻蕪，夜臺何處與誰徒？鯨騎采石歌豪士，鵩止長沙泣大儒。星漢斜傾一柱朽，泰華崩剥衆峰孤。嗟余未死將安仰？叫破蒼天痛若屠。

其三

篋中遺稿未荒蕪，取次編摹尚有徒。小水遷流争學海，衆家息喙盡宗儒。標題萬卷百城重，接引千金兩月孤。身後周旋吾黨事，莫令非類恣相屠。

其四

滿目蕭蕭遍地蕪，相逢嗚咽舊生徒。天人直接西京對，氣節羞稱東漢儒。流水洋洋雅引絶，廣陵寂寂夜聲孤。百年誰嗣歌《黄鳥》，攜手名流入釣屠？

其五

往日風流墜地蕪，漫漫長夜豈無徒？《玄》文四百將興漢，高弟三千不病儒。鄴架遺書手澤杳，平原舊客履聲孤。無情天地多翻覆，梟鳥高翔鸞鳳屠。

其六

力闢文壇剪蔓蕪，昌黎後起聖人徒。應知慧業多成佛，悟出前生是宿儒。車馬悲號千里至，人琴寂寞一庭孤。風霜早晚能爲賊，便縛群魔手自屠。

其七

啼鴂將鳴秋草蕪，一朝函丈棄生徒。石碑初立鴻門學，木鐸重鳴虎觀儒。少府風流樽酒散，竹林淒切笛聲孤。悲歌山木吾儕恨，亦有長號罷市屠。

其八

弓劍蕭條野草蕪，生前未了屬吾徒。珠沈碧碎千秋價，霧鎖雲埋一代儒。鶴返遼東鶴夢杳，鳳歸丹穴鳳臺孤。天涯涕淚思何極，將恐中原人類屠。

其九

四郊多難遍荒蕪，夢想經綸志不徒。沛上酒酣思猛士，長安米貴飽侏儒。塵埋玉樹黄泉恨，霜落金英秋夜孤。長吉賦成天上侶，何煩稽首向浮屠？

其十

千尺喬松豈遂蕪，崩鱗落甲草爲徒。逢人岸幘忘機友，急病纓冠救世儒。燕羽差池歸路隔，雁聲嘹嚦楚天孤。人生早晚悲同盡，學就屠龍何處屠？

（見明錢肅樂《錢肅樂集》卷七《正氣堂集七》，浙江古籍出版社二〇一四年版。）

重九前二日同天如集駿公齋坐月送孟樸惠常社兄分韻得寒字

韓四維

高秋天氣菊將團，近夜霜風剪燭寒。月引君情邀在滿，詩非吾道細加刊。好朋舒翅隨雲聚，别淚抽條入酒彈。記取明年重九節，江南江北夢珊珊。

（見明韓四維《叢桂堂詩集》不分卷，崇禎刻本。）

和天如遊字

韓四維

酒氣蘭香意暗浮，怯霜不耐塞塵遊。微分在眼星三户，好吐離心月一鈎。近夜秋雲風味冷，隔年春草夢魂留。征途我欲隨魚雁，山水茫茫烟雨樓。

（見明韓四維《叢桂堂詩集》不分卷，崇禎刻本。）

元夕同九一太史陳弓甫學憲馬君常吴默實楊機部章羽侯張天如諸年丈集姚夫子寓齋分得微字

韓四維

桂照初矜皎正肥，高懷典盛集宵騑。驚看魚服勤三事，喜宴龍光罷五闈。竊戒韞昌齊待燎，寒輕夜博尚徽衣。煎時敢作春華供，友愛權鬆侍坐威。酒漸思柔歌吐雪，門喧夕發手先輝。續音禁事抒魚雅，淑氣多賢飲郁菲。韻好千條垂柳動，冰心一片雜花飛。商艱坐旦紳當炷，避俗孤明鬼鬪暉。日欲寅賓雲色蚤，塵交午道曙星微。令嚴時下松明榷，勝决爭先掌粲揮。銀箭競籌催墮飲，玉溝何處咽春湋。豈無樓觀紛街鼓，誰掃霄氛倦塞旂。瓜譜有人番曲笛，柑傳需日食天薇。祈新花雨觀雲會，擬走魚龍舞帝畿。坐洽不因弛宴禁，慮荼翻覺以文非。憂多諫艸收燈狀，目滿朋簪列棘圍。藺怙官兒更正劇，麟鬚侍者拂咸㵟。幸徼李核光分賜，懶學禰撾蹀弄痱。但對短檠消永漏，倩何長焰破幽圻。燕京不慣呼膏粥，情海期人擁炬歸。（見明韓四維《叢桂堂詩集》不分卷，崇禎刻本。）

月夜過天如寓齋陪飲九一九青二首

韓四維

倦夜猶穠月散途，出門别客刺招徂。胥匡氣肅眉常冷，得悟心和字不孤。情到有知期密訂，話于將曉去仍呼。相□無事無千古，共在燈前燕魯吴。

其二

爲期文遠及樽同，劇令苛腸亦告忠。坐際有師俱是教，情深無語不成風。形骸入竹相宜瘦，歲月留書肯諱窮。近日生涯枝節盡，花儔月佐可能攻。（見明韓四維《叢桂堂詩集》不分卷，崇禎刻本。）

讀天如詩

韓四維

風兼與雅入音齊，轉布温文意可稽。道有千名須領氣，今爲一套即分題。談知酒喚情抒海，御俗花明眼借鎞。得句不因梨棗貴，袖懷攜我好媞媞。

（見明韓四維《叢桂堂詩集》不分卷，崇禎刻本。）

送張天如歸里四首

韓四維

遥知奉母意，乃是特恩身。仕味應以淡，家緣所在貧。寧卑官與進，可向書爲倫。吾志未同遂，空悲衣上塵。

其二

徂夏拂言去，曰歸乃及冬。君親俱不礙，行止各有從。舊交歡相社，惟予失可宗。嚴寒將送意，何彼衣爲襛。

其三

稠疊去心真，風烟及此晨。多才寧衆論，大義是王臣。名許爲時法，人歸不易身。嗟余有所思，良月去懷新。

其四

被煖乍驚寒，新情字不安。移燈留醉數，長夜話心難。今古有全契，貧愁只一端。到家不負水，烟月足清餐。

（見明韓四維《叢桂堂詩集》不分卷，崇禎刻本。）

九日懷張天如

韓四維

清魂雲月夢師干，水國山圍自築壇。入夏有書來地肺，别時無句不星肝。家邦自古高人傳，耳目于今衆士官。遐矣一尊惟鹿友，龍門應滿菊花團。

（見明韓四維《叢桂堂詩集》不分卷，崇禎刻本。）

張太史席上仁趾文玉説契誦芬良友也

楊廷麟

若有千人意，真從一夜看。同同憎物厚，故故畏心安。義調因風集，勞思賴友寬。如何多永夕，愛久學深寒。

莫以尋常隱，能忘風雨尋。樹聲來自静，酒語去猶深。或有山川事，誰分出處心。不堪情性定，澹蕩付秋砧。

（見明楊廷麟《楊忠節公遺集·兼山詩集》卷一，崇禎刻本。）

張太史假省

楊廷麟

不爲種樹去，江野戀明君。囈語猶山夢，移文盡日焚。感恩多著論，愛力謝聲聞。此意何時遠，辛勤慎夜分。

憶昔驅車入，偕爲風雨求。賈生諸策在，元子五規酬。主聖臣難使，君行我獨留。思元不敢賦，深夜憶南州。

亦知行路難，雲谷豈云易。静物無身國，匡時有義類。誦書恤國勞，論史憂人費。吾道同行止，勖哉唯勵志。

念子行役勞，戎戎蚵語竭。山中師友多，天下忠危切。忠信存風雅，艱難辨曲拙。事親有至情，粲粲無淄涅。

（見明楊廷麟《楊忠節公遺集·兼山詩集》卷一，崇禎刻本。）

復張天如書

陳際泰

以足下之才，而走使者於千里，乞人隻字，用自光揚，此其意殊可念，而其志致足悲也。陳生日向西峰，僅博一名經，與諸生年少逐隊而趨，彌覺不韻。然天實爲之，謂之何哉！此所謂迹足下之事，覽足下之言，而獨自有感也。當事者真如來旨行之，若疏若親，弟以爲此固世情之恒耳。及更念藩使，若望足下以不相師之言，若乃服其爲人。今日戴黑服朱之人，那得略沾此風趣？輔臣公可不俗耳。然以足下三北之餘，害氣究矣，因衰激極，導迎善氣，賀戰勝者，政在今日，豈復需此？即需此而過備之，弟尚有喙三尺，便間爲足，不一饒舌，可乎？久居城中，友生嬲之不置，如男子張君嗣附之，疲倦欲死，奈何，奈何！作字甚不敬，亦由此致之。相隔既遥，不能如山間麋鹿常相聚，每有西風，何能無嘆！

（見明陳際泰《太乙山房文集》卷十四，崇禎六年刻本。）

與張天如書

陳際泰

張受先竟父我師我乎？得此快令，真昭武百年之精歲也。與周介生書亦作如是語，弟之犇悦可知矣。吾輩行徑自有本末，豈謂得一知己之人，起而父之師之，妄有冀幸，直是天懷發中耳。屬有識者不能不共此趣，而况弟爲逾之者乎？來教備道受先作人，而不知弟固知之蚤也。天下惟寡作時義之人，精神性命不著其中，故索之而不得其所合。從事古今與經術者，其情理品派無不浮着紙上，此有數以至焉。計天如所熟悉，不煩詳論之也。

受先之品，弟已從文字中見之，謂必接而後知之，當謂弟於天如亦必接而後知乎？又當謂天如與受先於弟亦必接而後知乎？天如與受先，見文止無不似意中之文止，見大力無不似意中之大力，見千子亦無不似意中之千子，則弟與天如、受先，與天如、受先於弟，固可以意而知之，不必以接而後知之也。但弟亦有不相合者，忠厚慎約，知耻而有立，此其與文字合者也，然有與之離。蓋弟爲文，間有豪俠熱鬧之言，而其人乃多畏而瀕懶。雖義所不可，無物可移，然卒離事自全。且去城百里而遥，纔舉步，山清泥埠下二十里就船，便如渡海，故於大人君子禮節多疏。亦以己自度，以爲人將如己，終不以無用小禮相繩督也。故一意因循，即於受知之最者，意欲爲之死，而形迹周旋之際，卒不可求。以弟數年慕悦之受先，而幸屬其宇下，夫豈無懷？政恐不能革其故習，賴天如保明之耳。老夫人榮度，以名士之母而年尚未至，以壯母之子而日可見諸行，真人生大快事。弟數千里外遥頂禮稱慶而已，薄具爲一觴之敬，以精意將之，物無薄者，幸完存之。有韻之言，生平未嘗一爲，而爲太夫人忘其拙，亦精意以將物，無薄者之義也。

（見陳際泰《太乙山房文集》卷十四，崇禎六年刻本。）

復張天如書

陳際泰

弟跧伏一隅，有意天下士，而不能一交所爲耳。天如先生大名至習矣。山川修阻，相思爲勞。讀大教，辭深義高，所言皆吾輩肝鬲之要，千古同此慨矣。弟所欲言，皆台丈先言之，夫復何言！

弟不揣才分之所未至，意欲于八股中見古今理旨全體，爲文無利，題因以不振。然爲弟之爲者，皆奮迅振拔而去，弟實不能自庇其伎，而以罪伎，伎遂無辭哉。天如才情，準可上下千古，縱横萬里，深微宏奥之中，終不掩其俊鶻摩空之致。此道可以千年而神不去者，則天如豈有朽日哉！吾輩遇合不可知，要當可必其在我者。弟雖朽落，願與天如共相勉而已。

弟素貧，不能致書，案頭無一字。兄弟中廣積制義，自宋以來皆備者，惟千子而已。

弟當尋致之，以崇隆旨，用全獨克。今我道奄奄，賴名勝出手眼救之，此亦天如功德之所存矣。周介生諸君子，弟夢寐見之。足下有介生諸兄，弟有文止、千子、大力，所謂孟德有張遼，孤有興伯也。

朱濬吉先生忘尊貴之分，與諸名士商略指授，幅巾相對，而弟與其中。今下士之風棄如土，而先生獨爾，諸葛君真名士矣。恐足下要問之，故併及也。弟有土木之役，面目塵土，作書不莊，惟天如愛我。

（見陳際泰《太乙山房文集》卷十四，崇禎六年刻本。）

過天如墓麟士同賦

楊彝　顧夢麟

人文聚復散，適此一招尋。豈欲徐君劍，徒悲鍾子琴。澤流潮細細，劉河時在通塞間，蔭在柏森森。十里吾猶望，西城月影臨。

當時君可贖，誰吝百身情。及至棺初蓋，元知厦已傾。斯文徒後死，無子是前生。欲奠觴難覓，空悲宰樹成。

（見明楊彝《穀園集》，譚天成家清道光二年鈔本。）

方侯事白因懷天如

楊彝

釁沐檻車出，跋疐東山迎。禍福本倚伏，吾道適相成。然以彼一時，流言危穀成。荆溪況在邇，畢世毋通名。陽貨惡無禮，余亦曰非情。緊維我友張，志切天下平。手不輟卷篇，意自多經營。相期再入相，網羅恢八紘。尺璧有所指，堅白代其鳴。期期語何誶，天如歸即病卒，余未及面，時社友管君售同行，述其言如此。緇衣好所誠。而今事彌白，我友正未寧荆溪事敗。聊一言慰之，道于君子亨。

（見楊彝《穀園集》，譚天成家清道光二年鈔本。）

篋中存張天如吉士所遺詩扇次韻哭之

陳子升

道術期經世，文章真史官。夫君斯已矣，揮扇涕闌干。垂詔王心惻，遺言友道看。朝華披可恨，誰起楚臣餐。崇禎中有旨，盡刻天如所著書行世。

（見中山大學中國古文獻研究所編《全粤詩》卷六九〇，嶺南美術出版社二〇一七年版。）

贈吴魯岡恤部吴持張天如庶常書至

陳子升

青蘋風起柳花垂，漸下吴江落葉時。遠札忽傳金馬署，使君原重爽鳩司。偶憐義士驂能脱，長愛閒園席屢移。爲報虎丘明月道，石門天盡水漣漪。

（見中山大學中國古文獻研究所編《全粵詩》卷六九二，嶺南美術出版社二〇一七年版。）

祭張天如文

王志慶

崇禎十有四年五月八日，天如張子訃至崑，其友人王志慶匍匐而往。厥明至婁，哭之慟。歸又數日，始能操筆爲詞，灑酒而奠之曰：

嗚呼天如，竟長往乎！天道茫茫，其不可問，至此極乎！夫天之篤生天如也，將以爲邦家之光、士林之表、生民之庇也。乃今豐其德而削之福，與之以一遇之榮，而奪之以百年之壽，竟若此乎？是天之終無意於斯世斯人，行且載胥及溺，終不得見平康正直之風、熙和純懿之澤也。則吾之痛天如而哭之者，豈爲一人之私與朋友之情而已哉！

憶自戊辰歲得交天如，時天如聲氣已通海内，乃謬進余而勉以道德之歸、文章之事，自此情好日密。天如每西，指余爲家，枯魚濁酒，流連晨夕。自其舉於鄉以至今，如一日也。余每上公車，天如輒賦詩祖送；及落魄言歸，則扼腕嘆息，委曲慰勉，余信天如亦不止以一第相期也。丙子、丁丑之間，鬼域鴟張，蜚語毒螫，天如與受先惴惴，幾蹈不測。余每參伍天人之數，考究倚伏之理，憂危之中，義命相矢，繼而得鑒聖明，其事冰釋。余方謂天道可憑，福善不爽，義命之理，增其堅信，奈何一旦降此慘酷耶！

嗚呼！孰能矢忠秉孝，如天如之無間於君親乎？孰能剛腸厚道，善有恃而惡有畏，如天如之介然於邪正乎？孰能施德而不伐，求者繼至而不匱，如天如之春風風人、夏雨雨人乎？孰能以一身持天下之重，涉風波而不驚，遭讒嫉而無變，如天如之地負海涵、莫測其際乎？孰能小物克勤，内行醇備，如天如之圭璧持身、俯仰無愧乎？孰能表章千古，删述百家，六經賴其羽翼，忠佞聽其權衡，如天如之雄於文雅、富於述作乎？至於一觴一詠，紛綸文酒，百函而譚笑彌諧，半面而十年猶憶，則又他人之所難能，在天如已爲緒餘而不足道者也。

嗚呼天如！今何往乎？乘箕尾而歸天乎？赴玉樓而修文乎？今朋儔何所依庇，人倫孰爲領袖乎？瀕年已來，屯難四起，棟樑雕殘，惟天如有心，毅然爲一木之支，而又倏然長逝。嗚呼痛哉！真古所謂「人之云亡，邦國殄瘁」者也。尚復忍言哉！尚復忍言哉！

曰：天道有常兮，有旦有晦。君子道否兮，邪佞方軌。既屯斯人之遇兮，又促之死。

束千里於中庭兮，曾不容其步咫。碎夜光以抵鵲兮，燔崑岡而璧燬。天潢竭而百川縮瀾兮，鸞鳳鎩翮而鴟梟群侈。凶鵩之告自古兮，日再斜於庚子。寫永恨其不磨兮，哭湘水之瀰瀰。

又曰：昔載酒兮，登君之堂。晏笑語兮，如春之陽。一朝降酷兮，繐帳嚴霜。授詞陳奠兮，丹荔焦黄。哭不成聲兮，文不成章。徘徊婁水兮，踽踽彷徨。詎泉土之幽漠兮，秉斯誠之可將。矧靈鑒之不昧兮，儼風馭之鏘鏘。蘋藻既潔兮，椒酒香。佇君之來兮，一舉觴。

（見清王寶仁《婁水文徵》卷三六，清道光十二年閑有餘齋刻本。）

答張天如書

侯方域

承示閩漳事，關於漕糧者，即當轉白家大人。閩漳初以文人操入室之戈，已自支離。今乃以軍國如許重務，博一快已，此其心術豈尚可問哉！西銘清識至德，本末瞭然，亦不必屑屑與角逐也。

某竊謂朋黨所以報漢，而漢亡於朋黨；道學所以扶宋，而宋弱於道學。此其故在上在下，固兩失之。然欲爲調停之説，則君子不取。蓋與其失身無益，不如終守道也。數年來，廟堂神野，感離離之山苗，歎鬱鬱之澗松，位置失次，以致鳴鏑在郊，戎馬飲河。誠宜大破籓籬，收拾材賢，同舟戮力，亦已晚矣！而當路乃堅報復以怨之旨，借忮刻爲孤立，以聳動人主。而夙負處士更有咄咄持空函以邀之者，不止閩漳一輩。說者亦必願西銘鍼漢士之褊狹，藥宋儒之闊迂，刓方就圓，與時消息，不識果遂以爲可否？昔者胡伯始之中庸，辛幼安之曠達，其初皆享盛名，而後乃不徒無濟於時，且甘心喪其生平，某深願西銘之鑒之也。

貴鄉、虞山之爭枚卜，長洲之去國，爲數年來極有關係事。長洲已與日月爭光，天下所觀望者，惟虞山與婁東耳！語云：「行百里者半九十。」西銘必有以處此，敢因明教而僭及之。家兄意亦如此。

秀郎近爽黠，頗有袒腹之致，知郄公所欲聞也。不盡。

（見清侯方域《壯悔堂文集》卷三，康熙刊本。）

悲婁吟哭天如也　孫　淳

偶因文字立鷄壇，不料浮言起百端。生死幾人知痛哭，風波惟我共艱難。北門學士虚華屋，南郭先生爲撫棺。不負當年風雨夜，並將松柏厲餘寒。

（見清沈季友《檇李詩繫》卷二十一，文淵閣四庫全書本。）

玉峰塔下别天如

孫　淳

經過便聽塔鈴聲，誰解消魂此日情？客爲譚深催别暮，船隨潮便報帆輕。偶因懷友重憑檻，悔不看山再入城。二十餘年芳草寺，隔查相望水盈盈。

（見清張豫章《御選四朝詩·明詩》卷八十九，文淵閣四庫全書本。）

悼亡友

徐孚遠

天如已渺然，卧子不復作。眼中無若人，如失天壇鶴。才分或可齊，姿制那能學。善笑豁胸懷，清言展戲謔。相思必命駕，科頭兼企脚。一自山嶽頽，中情慘不樂。子身赴滄瀛，令我神色弱。網困赬尾魚，風吹墮林蘀。伯仁酒量衰，孫綽詞源涸。非無新相知，輸心有斟酌。焉能傾蓋間，便以身命託。以之寡經過，蕭然閉玄閣。

（見徐孚遠《釣璜堂存稿》卷四，民國十五年金山姚氏懷舊樓刻本。）

興公見枉追叙亡友卧子受先四五公惟云未識天如感而有作

徐孚遠

冬日相過一舉觴，偶然屈指論存亡。謝公已殁君應慟，洗馬無年我更傷。羈客何人同笑語，夜臺空自有文章。只愁江表風流盡，此後爭堪憶故鄉。（見徐孚遠《釣璜堂存稿》卷十三，民國十五年金山姚氏懷舊樓刻本。）

追懷張天如

徐孚遠

斯人準擬應昌期，十五年前重望時。明月入懷誰不見，清言滿座量難訾。即今莫屈支公麈，往日爭傳幼婦詞。垂老浮槎常慨慕，何當若士碧雲垂。（見徐孚遠《釣璜堂存稿》卷十四，民國十五年金山姚氏懷舊樓刻本。）

五月晦夢天如

徐孚遠

故人何在在清都，文度相期真有無。顧我笑言同夙昔，知君文筆是璣珠。滿前客座蘭風發，暫爾神遊梁月殊。來往人天如遠近，却忘身在海南隅。（見徐孚遠《釣璜堂存稿》卷十四，民國十五年金山姚氏懷舊樓刻本。）

次張西銘翰林韻賀沈彦深得雄一首

侯峒曾

國香葉夢兆初成，易象應占莫與京。璋取半珪仍弄玉，珠含三日映爲晶。抱來襁褓花爭艷，浴罷銀盆水未平。不獨充閭佳氣在，蘭閨笑語自同聲。

熊羆吉夢又能成，湯餅筵思縮舊京。門閥本支原奕奕，聰明冰雪恰晶晶。三君傳已添陳諶，五嶽遊還許向平。守歲未須喧爆竹，花繃新解試啼聲。

（見侯峒曾《侯忠節公全集》卷四，民國二十二年嘉定侯氏鉛印本。）

與張西銘書崇禎乙亥

侯峒曾

家弟屢啓手書，僕未有以答。三月以來，亦屢欲作一幅奉報，而耽延至今。即僕衮衮之狀可知，其懶病亦可知矣。如此人，即此中冷曹尚不可堪，而吾兄必欲推我作要人，何以説也？受先、勿齋、彝仲、卧子諸公爭欲爲山巨源，而不顧其人之不可堪，即有聞其説者亦不以告。及僕得吾鄉小選札，驚訝辭避，而虞求輩始以諸公之意告我，否則僕至今夢夢也。此又僕聾聵不能作要人之一驗矣。然僕何人，而得此于諸知己，殭半出于鮑子一人耳。若僕硜硜之私，匪石可轉，吾兄必已從家弟悉之。願兄萬萬勿再出口，不惟不見知，且恐速其禍也。中朝之事，此中見聞與吴下略異。聞攻烏巴者彈及淮撫事，已深中要害，而不意天聽轉高。近聞烏巴杜門，嘉禾入直，不五日而黜金吾，殺淮撫，局遂小變。巴縣横肆之極，本其不祥，今果有漏旨一事，可謂天奪其魄，彼烏獨無連鷄之恐乎？起廢事，此輩便欲寢閣，今或有善者，機束騎直入山右，吴鹿友已不知作何狀。僉壬高坐帷幄，國之禍患，獨使一二正人當之，可爲浩歎。鄒匪老聞陵變，奮身請纓，子弟力阻，悲憤發狂。及奉少司馬之命，已不能行矣。天下自有忠義，但渠癡腸，謂天下事若惟我所欲爲者，抑何闇也。病筆不備，聊述所聞。恐徹聽之日，已爲遼東豕。《春秋本末》《纂言》二書，南雍板甚殘缺，司成方有意整緝，當徐圖之。

（見侯峒曾《侯忠節公全集》卷六，民國二十二年嘉定侯氏鉛印本。）

送張天如給假南歸二首

馬世奇

十載聞聲託契頻，素心晨夕在風塵。才名須至真方貴，肝膽偏宜少更親。捷徑憑人爭利涉，迷途有爾尚知津。臨岐耻賦消魂句，三復終軍是《小旻》。

二

落地情親託友昆，千年蘭茝幾同論。玄心不借青藜照，傲骨非緣白眼尊。聚似晨星存道契，歸方寒節見天根。有懷客路當明發，此日親恩總國恩。

（見明馬世奇《澹寧居詩集》卷中，清乾隆二十一年刻本。）

王惠常送張天如内人至還南送别一首

馬世奇

兩旬秋色去來間，分袂翻憐聚首慳。偶向風塵尋白社，肯令筆墨負青山。淡留交意人如菊，清對冰心月滿環。蕭瑟不須煩客恨，君今名已動江關。

（見明馬世奇《澹寧居詩集》卷中，清乾隆二十一年刻本。）

上元與張天如夜坐

楊文驄

好月破積陰，遥光開大地。微言剖鴻蒙，浮情杳然避。胡爲一月光，優樂迴相異。海濤沸粵山，揮刀質大吏。流氛近渡河，揚鞭指淮泗。滔滔荷戈人，豈必皆異類。月冷刀劍心，酒腐燕雀胃。吾子忠孝心，咄嗟領高位。慷慨發憂危，孤懷舍時忌。月光俯前楹，中夜倍相媚。

（見關賢柱校注《楊文驄詩文三種校注》，貴州人民出版社一九九〇年。）

祭張天如文

劉　城

崇禎十四年五月，太倉庶常張西銘先生終于正寢。其友人貴池劉城越在千里，聞訃於家，爲朋友服，哭之哀。越明年壬午正月辛未朔，乃克爲文，致生芻，告于西銘之靈曰：

嗚呼！太上立德，次功與言。士三不朽，身没道存。粤若稽古，有張特聞。在周則仲，孝友忠勤。佐宣協甫，歆至策勛。宋則横渠，倡道關中。《訂頑》之訓，匡廓鴻同。理一分殊，仁體昭融。於惟先生，百世代興。始標侯在，繼寓西銘。孝友敦固，胞與恢閎。同父十人，均愛無罅。一門之内，魚魚雅雅。視仲孰多，聲施華夏。閉户著書，冀經正史。房皇三代，揚搉千祀。慨自昌啓，上下雷同。議論涇濁，僉壬輪攻。豈無氣節，豈無理學。逆焰既炎，推排昌諤。於惟先生，内行淳備。扶持正人，奬掖義類。同里同姓，有友清剛。望衡對宇，立不易方。締交砥行，道從此始。吴門金沙，合志雲起。聲氣之盛，近古罕比。學成名至，廷擇庶常。英彦綺合，含吐頡頏。素心雅意，覽時寡合。歸築文囿，多士欣託。實大聲宏，寰海所望。知己當國，勸駕趨裝。云胡無禄，溘焉一朝。蒲觴未冷，鬼伯哀號。宜興初入，聖政維新。嘉謨盛事，累牘難陳。云誰講貫，云誰諷諭。其言則行，其人埋玉。雖不作相，有相之功。凡兹休美，先生意中。意念疇昔，流連虎阜。慨論當時，移衾銷漏。今也志行，身可已矣。後之君子，亦知所自。著書滿家，意亦在是。德功與言，三者並峙。我無私痛，陳辭遂止。

（見明劉城《嶧桐文集》卷十，清光緒十九年養雲山莊刻本。）

答張西銘溥虎丘見贈兼致張來章采

劉　城

惟我知張仲，人傳博物偏。蟲魚注釋小，麟鳳德儀全。婁子江悲咽，壬夫語曲卷。相攜宜藪澤，有友漢陰前。

（見明劉城《嶧桐詩集》卷六，清光緒十九年養雲山莊刻本。）

感事贈張天如溥虎丘時寓雪珂之竹亭，予同在焉。

吴應箕

其一

寥落相逢處，金閶氣正秋。誰疑吾道詘，偏繫客心愁。門夙高龍號，車甯避鳳謳。讒人天地窄，有北未堪投。

其二

自古論憂患，賢人受獨奇。上官空努力，孟博已殊時。著作當今盛，聲名付後知。吾家麟未絶，筆斷不須疑。

（見明吴應箕《樓山堂集》卷二十四，清刻本。）

寄懷張天如

吴應箕

秋風婁上憶張衡，京國東西賦可成。敢讓群儒紛虎觀，暫施絳帳集嚶聲。三年顔色時窺夢，九月魚書未報瓊。似我旅遊寥闊甚，自慚筆札受虚名。

（見明吴應箕《樓山堂集》卷二十五，清刻本。）

次韻顔方平同周仲馭張天如孫孟樸沈聖符吴扶九振六來訪

吴應箕

相看霜色盡吴中，共歎黍離已降風。患難弟兄時聚散，誅求文字等窮通。幸遭聖世寬鉤黨，忍説諸生號小東。却有先憂如我友，爲傷殄瘁是虚空。

其二

連年兵燹四郊通，游子深秋似遠鴻。滅刺不聞今日事，班荆猶見古人風。同來道故非看竹，獨與閑吟自掃桐。若道天涯無咫尺，相逢莫漫賦飄蓬。

（見明吴應箕《樓山堂集》卷二十五，清刻本。）

都門别張天如歸婁江

周之夔

乾坤有至寶，長穴子心胸。剔怪甘天怒，驅騎策鬼慵。名非闖入洛，道已契登龍。别去洞庭上，思君縹緲峰。

（見明周之夔《棄草詩集》卷四，明崇禎木犀館刻本。）

遥哭張西銘太史

周肇

玉局需恩命，泉臺閟盛春。十年尊舊學，一病奪孤臣。鉤黨名逾重，論交死更真。飄零餘絳帳，客裏倍霑巾。

（見清吴偉業輯《太倉十子詩選·東岡集》，清順治間刻本。）

送張天如

張澤

葳蕤寫芳辰，送子涉江滸。許身遂離群，投跡異鄉土。春風吹行色，孤舟雜烟樹。圖書載真性，風雅達窗户。念子昭美度，舉動作人武。奔馳肆聲教，激疾歸義府。拓體納衆流，澤物散春雨。以爾爲舟梁，拯濟及儔伍。以爾爲酒漿，斟酌及寰宇。我拙依荆榛，卷影懷聞睹。飢寒宴空山，拘忽踐今古。惠之以朝日，蕩蕩得温煦。吹嘘引風義，督領脱塵務。置身天地中，朋友亦不數。悠悠千里行，去我力何努。信宿追苦言，其中耿縷縷。

（見明譚元春《新刻譚友夏合集》後附明張澤撰《旨齋詩草》，四庫全書存目叢書集部第一九二册。）

與張天如吴駿公楊維斗泛舟西湖

許 豸

十里晴明嫩柳斜，同登孤棹賞春華。蒼茫野色餘殘靄，迴合山光到暮霞。曲岸驚風翻荇帶，平隄新水繡桃花。芳辰尋樂須拚醉，更向橋西覓酒家。

（見清陳田《明詩紀事·辛籤》卷十九，清陳氏聽詩齋刻本。）

招魂并序

夏完淳

張西銘先生，家大人金石交也。予小子獲烏愛焉。五齡侍函丈，摘疑賜問，音徽宛存。乃淳年未一紀，而先生遂捐館舍。先生在柱下三年，從初服者六年。時惟小往，天子勤左席之求，海内喁喁望先生，而先生一旦溘然矣。嗚呼哀哉！雲沉沉而欲泣，天淡淡而生悲。蘭旌慘慘，柏路淒淒，華髮無依，清蹤難覯。玉碎珠沉，蕙燔芝折。鸞函三萬軸，永矣塵封；鶏樹十餘年，遐哉雲冥！嗚呼！先生之魂將安往耶！天之報施善人何其酷耶！於是溯清風而大招之。

伊君之恒幹，奚爲乎遐荒些？舍君之樂處，而罹不臧些。魂兮歸來！南方不可以止些。篡雕食人，高虺岐尾些。竹蛇叢繁，倏忽衣袂些。玄蟻一翼，絳腹齒齒些。素蚊聲雷，凌翮九里些。牛鬼六角，斲人爲醢些。靈海澎湃，群飛萌起些。幸而得免，揚沙萬畝些。歸來歸來！恐自貽累些。

魂兮歸來！無適此暘谷些。長夷九畝，索人以食，惟人是逐些。咸池沸日，鑠景泣金些。扶桑熱枝，魂往成脂些。炎雲蒸髓，熾霧羹人些。十日代出，湯湯流骼些。歸來歸來！東方無所託些。

魂兮歸來！西方不可處些。飛泥百里，糜爛無際些。蜚狐食人，裂人以祀些。玄豹高踴，懸體相戲些。有蜮比比，含沙而刺些。旱海七里，爍煏蒸沸些。歸來歸來！無自求戚些。魂兮歸來！無適此朔方些。耳鼠毚豪，殊形横峙些。罣蠬兩身，一行赤地些。狍鴞嬰音，食人貪婪些。飛鼠皆飛，毒龍蟠些。歸來歸來！朔方無所安些。

魂兮歸來！入脩堂些。緑龍纏燭，青鵲香些。鏡名蟾蜍，□用鴛鴦些。工祝來君，巫史成行些。魂兮歸來！陟中□些。華堂邃閣，艷清軒些。層樓積棟，刻雲烟些。青禽紛語，依木成妍些。温瓊沈紫，碧綺筵些。鳳皇翔棟，翡翠簾些。水映金髓，爤薰烟些。火齊木難，火嬋娟些。翠翿曲綺，青羽騫些。緗囊萬軸，琳函五千些。紵衣縞帶，郁繽紛些。黔黎籥天，百其身些。靈修虚席，悼斯文些。室中之觀，多珍詭些。歌人起唱，姱修態些。蹇其有思，流綽約些。蛾眉淡淡，蟬鬢薄些。膩膚玉埋，歌容廓些。飛瓊倩聲，細入寞些。騰光雲盼，侍靈幌些。絳玉椒泥，玄壁粱些。瑶漿肥浴，浮羽觴些。紫豆如黍，列千行些。大武之臑，郁馨芳些。炰爢鵠脯，令人口爽些。鴻酸鶏霧，寒蔗漿些。肴脩尚陳，女樂羅些。靈之已醉，丹顔酡些。結思玉音，蘭馨敷些。魂兮歸來！返故居些。

亂曰：秋風森森，白石鑿鑿。潔藻芳蘭，云以登酢。湛湛流溪兮一水香，處處秋景兮悲人腸。哀蒼生兮空淚長！

（見明夏完淳著，白堅箋校《夏完淳集箋校》卷二，上海古籍出版社二〇一六年。）

贈張天如

黎遂球

翰音美其蹠，不如鳳凰毛。巖桂垂蠹柯，不如珊瑚高。君子永終譽，同人焉號咷。熚熚向日葵，安能没蓬蒿。燕燕自于飛，安能隨伯勞。嗟予海濱士，慨慷行以敖。束書望壇坫，受事咸建櫜。贈佩當佩蘭，入群惟載羔。

（見明黎遂球《蓮鬚閣集》卷三，四庫禁燬書叢刊集部第一八三册。）

初秋客婁東同張天如孫孟樸郘僧彌集吴駿公齋中即席賦

黎遂球

玉軸桃笙入薜蘿，湘簾垂燭漾凉波。清江桂楫纔相望，白石桐窗快共過。詩渴莫愁沽酒盡，賦成爭羨買金多。深霄淺露匀花氣，月上還堪醉踏歌。

（見明黎遂球《蓮鬚閣集》卷七，四庫禁燬書叢刊集部第一八三册。）

閏元旦同張天如賦

黎遂球

柏葉何曾換酒帘，鳳釵雙整鬧香奩。重元共識重光兆，一月渾疑一歲添。笑折林花充綵勝，將邀社燕入珠簾。辛盤自覺穠華倍，不負書雲太史占。

（見明黎遂球《蓮鬚閣集》卷七，四庫禁燬書叢刊集部第一八三册。）

閏元宵同張天如賦

黎遂球

新月重圓雪正消，絳桃銀樹巧相邀。留歡却惜鷄籌蚤，入暖偏宜鳳管調。蠟燭似傳寒食節，綵燈元是落花朝。朱英艷蕊同無恙，報取春光百二霄。（見明黎遂球《蓮鬚閣集》卷七，四庫禁燬書叢刊集部第一八三册。）

寄張天如

黎遂球

奉别以來，又已一度。逐人紛紛，月下梟盧抛擲，聊復任之，藉此得懷。提鉛槧，訪道問奇，樂之不以爲疲。恨此來過吴門，堅冰爲阻，咫尺婁江，不得相見。連詢動履，具悉安和。頗聞狂犬，恃有發縱，吠非其群。夫邪正分角，則元禮、晦庵以斯益重。然方今大明中興，豈至與東漢、南宋比？多見其不知量，知無足爲意耳。

弟自别後，悠忽過日，頗有新著，今耑寄呈教。其中《爻物當名》一種，稍經研討所成，謬以爲爻象諸説，先儒歷有分辨。然與其信今，不如信古。繫辭説卦，先聖之傳，其間多可舉例。而爻取互卦，亦非後人創説，所謂雜物撰德，非其中爻不備。今舉而按之，每有可稽。於是依説卦之廣象，按互卦、變卦以悉其所以稱名，庶幾見周公之才之美，其爲書必不至如子雲之艱深耳。至於《易史》一種，尚多未就，且遲之歲月，或聽覆瓿，或遂懸之國門，則惟所以輕之重之。又敝友有黄逢永者，病足數年，咸事著書，今所成有《説圃》一種、《詩騷本艸通》一種。《説圃》爲書不多，然談天地人物之故，良爲奇辯；《通》有八卷，則爲明鳥獸艸木之名以及藥性。因之以讀《詩》《騷》，可以起悟，恨未能刻。今但寫成，弟載來，思以奉商，當即寄至，可以行而傳之，亦一快事。羽翼六經之權，在今日定有專屬。四方之風方起，伏惟任道珍重。弟行矣，不煩作答。

（見明黎遂球《蓮鬚閣集》卷十三，四庫禁燬書叢刊集部第一八三册。）

祭張天如文

黎遂球

崇禎十四年，歲在辛巳四月某日，韓林院庶吉士婁東張天如先生卒。訃聞東粵，通家社盟弟黎遂球爲位哭如禮，於十二月乙巳乃獲附東舠爲文，致祭于先生靈位前。其詞曰：

嗚呼！自遂球之得交於我天如先生也，凡公車往來，則輒過婁東。過婁東，惟坐受先、天如齋中，相與蟬連夜語。頃己卯之行甚速，其罷也，又甚病困，因不得過婁東，但少憩虎阜。天如聞之，則扁舟夜至。時方中秋，群賢畢集，遂球已買舟向武林，欲發未發，與天如互相寢食，又涉旬日。别天如時，乃在錢牧齋宗伯座次，怳怳惚惚，語轉未了，不謂即此已成永訣也。嗚呼哀哉！其時天如依依，不忍遽返，則曰：「盍偕行乎？」受先此約未踐，天如既去復來，雨舟相失，僅在數刻。我往西湖，而天如追俟鴛水。比臘盡，歸粵，則天如書已頻至。嗚呼哀哉！天如！

天如所賞譽者文章，所勉勸者忠孝，所激揚者廉耻節介，所論述而使人知所法則者往史，所精衡者經術，所表章者前乎此者之聖賢，所興起者後乎此者之學人。與人同功而不難獨任其過，見人一善，則必欲盡得其美，遇人饑而思推食，寒思解衣。於人之父母則必欲其尊榮，於人之子弟則必欲其才器。在他人或以文章之名爲利，在天如則以文章之名爲義。其慕義也，雖在水火而必蹈；其去不義也，雖臨之以鼎鑊刀鋸而不改。人得其利，天如得其害。夫惟有慕天如之義，則必有忌天如之名，而天如且爲委蛇，且爲自得。

今天子神聖，勞於求賢，脱弧則婚媾，方雨則虧悔。吾尚望天如得居政府，將有古者姬公吐哺握髮之風，用能使天下之士各見所長，而要之以性術之幾深，斷之以臣子之分義，則凡此中外，何功不奏？而不謂僅止於此！遂球他日過婁東，與受先觀天如之遺書，對天如之兄弟，拜天如之母。此時天如之朋友，其以名爲利者未必在也，其爲義者自當如故。倘復相與蟬連夜語，不益潸然淚下也乎！

嗚呼！夫天如之可哀者不止一端，曰母在堂，子未生，年未老，官未達。而以吾道望之，夫天如之可哀，則又有進於此。天如訃至，適人撫使君欽恤廣州。事竣，遂球相與語及於邑，幾不欲生。兹其歸，將寫淚爲文。天如乃頻見於夢中，吾知其必有感於斯言而來格矣。嗚呼！尚饗。

（見明黎遂球《蓮鬚閣集》卷二十五，四庫禁燬書叢刊集部第一八三册第三〇四頁。）

祭張天如先生文

胡周鼒

吾師天如先生歿於崇禎十四年五月，以十五年閏十一月卜葬城西，門人胡周鼒爲文哭之曰：

於乎悠哉！予小子年十八從先生游，先生曰可教。癸酉，小子中省試，先生序之曰：「其才可以著書、通經術，爲大儒；其志行足以易風俗、明人倫。」嗟夫！先生之期小子大矣。小子質既下，觀書惛然，搦筆不健，歲月飄忽，鮮所發明。與先生居最密，非兼旬不一見，見則默然。先生亦相顧意得，無他語。退輒流汗赤頰，往往如失。人見先生喜，小子見先生悔，何歟？仰元氣之周行，覺得偏之多累，睹勤學之不勌，知廢時之可傷，憤耻在中，逾於鞭撻也。先生於小子，以言教與，以身教與？蓋所謂以意教者也。

庚辰，小子潦倒一第，謬當異數，擢拜諫官。先生遺書至再，曰：「此恩此榮，盛於臚傳。」又曰：「比讀大文，海内稱快。」竊謂教誨有年，差得當先生意，妄思處則窮經，出則議禮，如漢唐諸儒推明辟雍、明堂、禘祫之意，而以鋒穎嬰時爲權貴側目，乘機摧折，匪夷所思。道路小兒少見多怪，便謂坡公已死。先生語家仲序九曰：「無傷也。言路固多風波，且天之方難，藉是以俟河清。予山中又多一友矣。」

辛巳春，小臣既放，水涸舟膠，秋初始抵下邳。道經鍾吾，奴子傳南來賈人言張翰林有凶耗，小子怒其狂囈，批奴頰流血。尋至淮陰，巡漕御史吴道趾過晤，首言：「兄知天如先生信否？」小子瞪目不知所對。道趾曰：「果矣！果矣！」聞言一慟，慘動鄰舟，填膺摧胸，日僅餐糜粥一盂，如是匝月。

歸來，見先生於羹牆，想先生於風露，過先生之門户，讀先生之遺書，接先生之友朋僕御，愴然盈襟，殆非一緒。因念先生一生始終憂患，林居十載，猶如冥羽深鱗，不煩鈎弋，而江湖天地之大仍未相忘。共、驩盈廷，狐烏塞路，以至干戈滿眼，桐葉彫殘。於斯時也，先生弗能笏擊劍誅，而含毫吮墨以附於楚書、鄭志、晉乘、魯史之遺，支持大義，其志悲涼，其音含畜。先生之病，亦已久矣。景運方回，正人連袂奮翮。先生年方强仕，入坐蘭臺，給筆札，借野史以徵實録之疎，取國史以擿稗書之僞，分局比類，勒爲《明書》，庶無子長削少、孟堅不畢之譏。而斯文既喪，天實爲之，謂之何哉？

或曰：「子哭先生，而不及先生之生平，何也？」小子曰：「先生之學，讀其書、誦其詩者，人知之矣。先生之行，識其面、聞其風者，又人知之矣。夫復何言！」或曰：「先生無子，以猶子爲子，天道無知，奈何？」夫九齡相業表著一代，當年不聞有嗣，事勢偶然，無足怪者。但小子微歎先生博極群書，《山經》《水注》、怪牒神函靡不曉徹，而《靈樞》之書、藥草之性獨未及覽。體方病風，醫者遽投以人葠鹿茸，遂致隕命。雖曰修短有數，然以忠孝之司命，供庸醫之刀匕，卒未有執刑書而問之者，何哉？

若夫侍御劉敏思疏言先生文行，奉命取所著經史文集，他人官中秘之官，先生且書中秘之書矣。古人云：形脆於草木，名堅於金石。先生之教，小子何日忘之？

（見明胡周鼐《葵錦堂集》不分卷，清初刻本。）

挽張太史天如

徐石麒

文章留皇夏，意氣爲河山。道存器不敝，跡著神所寰。時泰仁者壽，數窮造化頑。人倫當憔悴，夫子厭世間。精游太微頂，紫極廠虛閒。世人昧其故，泣盡呼不還。余昔感豪素，鏤骨填朱殷。而爲形役故，晤言緣分慳。婁江衣帶水，如隔虎豹關。結交在素心，不在承容顔。□□□□□，□□□□□。所嗟吾道非，蕪穢淪蒯菅。惻惻重惻惻，含悽讀遺刪。

（見明徐石麒《可經堂集》卷四，清順治可經堂刻本。）

席社是盧德水張天如選定

陳函輝

何人狎主汗篇青，指出風雲露月形。怪奉玉川爲北伯，平司金鑑是南星。緑圖亦借先生定，黄石偏呼孺子聽。合併漢唐三四傑，從君壇坫試鋒硎。

（見明陳函輝《小寒山子集·南還詩艸》，明崇禎刻本。）

寶安舊令姑蘇李子木侍御讀禮里居遠貺書幣見索拙刻復爲張天如太史楊維斗解元紹介亦索拙刻即以拙刻耑力各致之賦此馳謝

張萱

長安北望思悠悠，白首停雲百尺樓。明月屋梁千里遠，甘棠海國萬年留。封囊問夜排閶入，持斧飛霜攬轡遊。見説杯棬方抱痛，尚知天外有巢由。

癸水壬山老蠹魚，回思東閣曳長裾。藏山愧乏枕中秘，載贄曾窺柱下書。漢室可能思董賈，梁園誰復繼應徐。羅浮自是青城地，爲愛遺簪問索居。

（見中山大學中國古文獻研究所編《全粤詩》卷四三三，嶺南美術出版社二〇一一年版。）

張天如太史既寄聲於李子木侍御見索拙刻諸書復以書價附郡理吴公祖見貺不敢拜領即緘拙刻諸書致之并書價完璧賦此馳謝

張　萱

山斗雄名懸日月，思玄情物見靈襟。玉堂永夜育藜火，紅藥芳春白雪音。下筆已聞破萬卷，購書常不惜兼金。當年我亦紫薇客，鷄樹因君復夢尋。

（見中山大學中國古文獻研究所編《全粤詩》卷四三三，嶺南美術出版社二〇一一年版。）

祭西銘先生文代同社辛巳

董　説

嗚呼！百聖不作，六經晦冥。哲人挺生，東南海隅。斗之分野，嶽嶽泰衡。先生之道，彌綸天地，幽贊神明。先生之文，下振漢唐，上凌姬嬴。孔聖獲麟，制作《春秋》，惡辱善榮。先生筆削，白黑顯著，褒貶大成。經以律史，二十一朝，咸禀法程。史以佐經，墳典丘索，秘奥表旌。維彼姦諛，人骨俱朽，受戮墨兵。維彼君子，華衮一字，天地廓清。日星同見，鼓鐘同聞，震聾啓盲。四海紳佩，北面聖門，洙泗齊聲。先生秉道，扶起正性，忠孝畢張。三綱砥平，不利讒佞，巧言如簧。先生曰吁，精白一心，致身天王。何必豺虎，何必有北，雲霧無常。六合之内，桓魋不廟，宣尼在堂。孟軻賢者，鳳立鄒魯，不數臧倉。崇高長世，寬容廣包，備德無疆。譬若巨瀆，百川之歸，莫可度量。律中夾鍾，赤風雨沙，朱日潛藏。發書占之，哲人將病，國撓棟樑。

嗚呼先生！五月夢楹，天心孔章。千秋萬古，歿者無限。我悲賢良，哀哉尚饗！

（見清董説《豐草庵前集》卷一，續修四庫全書第一四〇三册。）

謁于忠肅廟爲西銘先生祈嗣疏代同社

董　説

伏以萬國車書，同倫者忠孝；千秋海嶽，不朽者文章。綱常墜而赤縣陸沈，墳典絶而蒼靈長夜。惟公鼓鐘名教，大義在三；經緯本朝，小心不二。視生歿於春露，等毁譽於秋塵。晉帝茫茫，孰惜鴆杯之哭；嬴庭渺渺，難憑鶴立之謳。正笏行權，拔刀洗耻。鍊紫色之石而玉京補，鬥黑水之龍而冀州奠。皇天后土，鑒臨社稷之臣；北斗泰山，瞻仰孤危之節。鸞戎復而雲霧障，白羽静而青蠅飛。功往罪來，國存身滅。洵乎女媧之功重建，羲皇已來一人者也。

某等頌宗祏之無疆，震陰祇之有赫。伐瀟湘之竹，勳業何涯；展風雨之幃，英靈如遘。竊見西銘張子，寰中冰鑒，當代範模。鳥策縱橫，甲乙丙丁四部；麟書褒貶，君臣父子三綱。九千仞華壁之巔，聲名並峻；五萬里雕城之外，教化齊遥。披丹悃，則采奪朱霞；懔白誠，則光凝素月。講堂擊鼓，邈董春之威儀；寒谷吹灰，鄙孔公之嚴削。擬哲之人濟濟，示隅之術循循。儒風盛而百聖之道盡東，師表尊而四海之面皆北。既而姦邪羅織，爭馳宋樹之謀；聖主神明，勿下秦阬之詔。鳳有德而長嘯青雲，狐善妖而驟迷紅鏡。異日中原色改，公之禦異域如小人；數年君子運窮，張子待小人如異域。前哲後哲，若合璽符；相臣史臣，共司斧鉞。奈何西河一子，失明之淚難乾；北海三千，無服之喪空議。華陽市罷，不見箕裘；碣石宫墟，誰悲風樹。虞夏商周在壁，竹簡沈沈；天官封禪藏山，柱星澹澹。桂種已慚於竇氏，銀車翻羡於韓家。無後張堪，撫朱暉而靡託；平生劉惔，呼玄度而徒摧。某等連臂舊遊，絶弦新泣。山河邈而歎永，琬琰缺而號長。寶劍青松，欲掛徐君之墓；素車白馬，未修元伯之墳。婁水空悲，尼山代禱。還逢丁卯之辰，房中碎瓦；願定常春之字，門左懸弧。天道寧論，人心若此。寧使楚薪荷負，衣冠招孫叔之魂；毋爲海果艱難，溝壑報子文之善。謹疏。

（見清董説《豐草庵前集》卷一，續修四庫全書第一四〇三册。）

祭張夫子文辛巳

董說

維崇禎十四年八月辛酉，門人董説謹致祭於西銘張夫子之靈曰：

嗚呼！夫子何往哉？歲庚辰之冬也，吴羽三來，以夫子命，命説長侍左右。説東嚮載拜，受命曰：「説萬瞽聾之人，夫子教之，庶幾耳目聞見，死且不朽。」當是時，勉圖如夫子命長侍夫子也，既而不能如夫子命長侍夫子也。蓋説甚貧矣，家在潯溪，去夫子二百里而遥。歲饑也，給薪米不暇，無以供數，往來輒不果。説生八年稱孤兒，説之母，慈母也，朝夕飲食相爲命。使説東西南北，説之母慘慘無所顧盼，輒益不果。

嗟乎！此説之罪也夫，此説之罪也夫！今日以往，雖欲長侍夫子，豈可得哉！奈何兩不果，抱終身之恨也！説今年正月見夫子，蓋再見夫子也。説自束髮爲文，不爲干禄之文，性情類狂者，勿能逃避毁謗。夫子國士我於鬚眉不相識之日，愛説念説，稱名説。説一旦而比人數，是夫子於説厚矣。

始見夫子，庚辰之崑山；再見夫子，辛巳之婁水。哲人其萎，報德無路，此説所以涕泣痛恨而不可止也。説今年正月見夫子時，説病新起死伍也。夫子曰：「噫，甚憊！」爲惕然懼久之。而説之視夫子方强飯，能達旦不寐，皆上壽之相，私獨慶。嗟乎！嗟乎！以夫子懼説之垂歿而有意外之生，以説慶夫子之長生而有意外之歿。説無大損益輕重於天下，而有意外之生；夫子身繫朝廷之安危，人心世道之邪正，而不幸有意外之歿，此説所以涕泣痛恨而不可止也。

聞夫子訃之前五日也，吴羽三歸自暱城，出夫子手書三十餘字，意勤懇，大抵使説之之妻也，必以八月。今説之之妻，固八月也。升夫子之堂，入夫子之室，不見夫子，此説所以涕泣痛恨而不可止也。嗚呼哀哉！尚饗。

（見清董説《豐草庵前集》卷一，續修四庫全書第一四〇三册。）

哭張十翰林四十六韻

歸　莊

吾道知將喪，斯人遂不瘳。同群山木痛，家國棟樑憂！白日啼鼯狖，青天落斗牛。詞場早馳驟，經苑雅優遊。夢筆才難盡，削荆秘已抽。冠章羞粉繪，鍾律破啁啾。文掃千人隊，詩輕萬户侯。茂先傳博奥，平子振風流。望國人文聚，公門桃李稠。開樽雖北海，解榻必南州。天下才無匹，人倫鑒莫儔。林宗學士冠，曼倩大臣優。道廣疑朋黨，名高長寇讎。文章秘府少，姓氏廢官留。庶吉士官已省數年矣，惟西銘久不遷，猶仍其銜。落落從時忤，孜孜與道謀。一生觀進退，十載慮薰蕕。官閥今王賜，功名異日酬。皂囊應藉蔡，青杖久需劉。

陽春泊殿上宜簪筆，營中足運籌。事業虚東觀，聲名到玉樓。雍容垂著作，談笑靖戈矛。別館莽莽，長夜去悠悠。車馬奔千里，精靈散十洲。高堂遺棣蕚，公多兄弟，卒時太夫人猶在堂。托箕裘。公未有子，如夫人有就館者，故不置嗣。文物悲遺事，山河吊舊遊。一家亡《史記》，三闕廢《春秋》。公編國史未竟，著《春秋三書》，僅成其二。《小雅》嗟幽谷，《唐風》惜道周。石渠失五鹿，稷下喪三騶。江海洪流絶，乾坤灝氣收。不知皆涕泣，有識殺悲愁。朝事年來異，儒林禍未休。賢才多見嫉，謇諤必離尤。劇盜紛如莽，高官曲似鉤。往來危鳳鳥，浩蕩怨靈修。達者應祈死，群公幸得囚。人亡斯禍塞，名在覺身浮。鬼伯真知己，巫陽不我仇。四方托恒幹，天際泛虚舟。夫子安時至，諸生痛末繇。樗材曾就斲，蘭氣雅相求。南郭容探奧，西河數闡幽。卑飛煩假翮，立市媿回眸。古誼終三載，深杯訣孟陬。淒凉餘帳席，零落即山丘。綿絡從該備，生芻俟再投。忘情非太上，灑涕向松楸！

（見清歸莊《歸莊集》卷一，中華書局一九八二年。）

與張十翰林書

歸　莊

莊頓首、頓首西銘夫子執事：人之有賢智愚不肖，天生之，人成之。其生而賢且智，加之以學問，賢益賢，智益智，積而爲道德，藴而爲經術，發而爲文章。其人在上可以長育天下之人材，在下可以爲人師；其生而愚不肖，甘之則已，苟有志於學問，以進於賢且智，必且就可以教育天下爲人師之人而師法之，然後學有所宗，業有所就，以自振拔於流俗之内，故人與人等耳。其不憚屈己以下之者，必有所服於彼也；不憚屈之甚而北面稱弟子者，必有所大服於彼也。心既大服，而屈己之甚，將必有所求以自益。苟其師則賢且智也，高道德、精經術、工文章也，爲之弟子而不改其愚不肖，於三者不加進，復何取哉？然世之北面於人者，不必誠服其賢且智，而求進於三者也。大率借資以爲名，繫援以爲利，且以誇耀於人曰：「某先生，我師也。」人亦因而重之，則曰：「某子，某先生之弟子也。」問之以傳道授業，講古窮文辭，則茫乎未有得。嗚呼！今之稱弟子者於望歲也。

某家無資財，負笈爲難。近得良先生，思領言論風旨，留滯旬日。然以寓遠，不能數造，或造而不遇，遇而值有他事，不達談論。尺一奉投，又不蒙賜答。是夫子卒不幸教小子，小子終無與憤悱而啓矇聵也。伏冀執事念古賢有教無類之旨，鑒其負笈來學之誠，不等之於希名求利之徒，而加之以陶鑄矯揉之力，不惜以道德、經術、文章相磨切，即不敢望登賢智之域，庶有以免乎至愚不肖之名，則於某北面之初志不虚矣！過此兩三日，當西歸，臨行尚擬造門，親承面命，其許之乎？無任戰慄之至！

（見清歸莊《歸莊集》卷五，中華書局一九八二年。）

輓張天如六絶有序

嚴首昇

崇禎十四年八月十三日，彝仲周子書自澧水來。臨發，聞張子天如五月八日之變，㕟尾附及，蒼黄慟絶。凡兩日，書始至。又十日，書三至，悲傷不可止。拏舟相慰，出其誄若偈示予。讀之，不自知其涕之何從也。旅次成六絶。古人有作代伯牙哭鍾期詩者，昇爲周子哭張子，豈無從之涕乎？天如聲氣走天下，昇久在燥濕中，亦不待周子始隕涙也。

十載聞聲喜並時，况逢汝友是予師。三番書到無它語，只怪斯人而有斯。

其二

曾曝胸笥聊爾耳，未乾腹稿竟何如。玉樓聞復饒金簡，應讀人間未見書。

其三

自笑未官成諫草，聞君腸腎昔如斯。當時勒石五人墓，不怕回天獨坐兒。魏璫時，天如爲諸生事。

其四

虎丘夜話傳千古，復社株連到遠朋。尚有西州豪傑士，緣慳黨禁是嚴昇。

其五

鄒浩有詩皆解綬，張儉所至即亡家。一身百罹天猶少，更遣寒風促落花。

其六

申伯詩應屬吉甫，阿彝文足見天如。當時生瑜還生亮，今薦蘧君是史魚。

（見清嚴首昇《瀨園詩文集·後集》，清順治十四年刻增修本。）

中秋前一夕聞天如訃音輓詩六首詩成適孫孟樸書至天如遺孤死更賦一絶時重陽後一日

嚴首昇

却怪有緣夢李白，更憐無後是揚雄。兩番佳節爲君慟，風雨蕭蕭客舍中。

（見清嚴首昇《瀨園詩文集·後集》，清順治十四年刻增修本。）

懷舊篇長句一千四百字（節選）

徐　枋

横渠虎皮昔樞侍，關西鱣堂從講求。張翰林天如先生溥、楊解元維斗先生廷樞。並叨國士無雙譽，共擬囊賢第一流。逝水婁江不可返，遺音臯里空千秋。縞素一時同會葬，舟車千里爭相投。湖濆崕厂往一哭，風悲雨泣餘荒丘。余受知於兩先生最早亦最深，稱詡若一，不啻口出。翰林卒於崇禎辛巳歲，解元隱湖濱山塢中，丁亥歲被執，不屈死。

（見清徐枋《居易堂集》卷十七，清康熙刻本。）

子莊過别同用亶小酌山亭賦四十韻（節選）

曹　溶

設席諸侯禮，專門弟子師。史臣牲既畝，海内轂爭馳。憶張天如先生

（見清曹溶《静惕堂詩集》卷二十八，清雍正刻本。）

酬張天如

曹　溶

江表占星屬上台，心驚黨禍賦歸來。金聲擲地開春殿，玉佩還鄉下講臺。自失群賢

多戰伐，微聞新政待鹽梅。履霜正切殷勤意，宣室何年漢詔催。

（見清曹溶《静惕堂詩集》卷二十九，清雍正刻本。）

天壇集飲偕楊維斗廷樞沈伯叙明倫袁公白徵李存我待問秦宏甫鏞張天如溥萬年少壽祺酒主人則徐九一汧張受先采戊辰夏初事

閻爾梅

江南名下士，選勝集郊壇。苑肅春雲静，林深暑月寒。罘罳籠玉峙，星斗繪珠欄。道藏歌新製，仙童對譜彈。

二

京市交游倦，樽移道院閒。花茵穠似繡，香霧裊如鬟。弱柳垂清沚，疏松漏遠山。欣聞明詔下，黨錮起田間。時高陽李國�主政，以同鄉樞輔孫公言，特舉姚文毅公、文文肅公，得俞旨。戊辰三月事。

（見清閻爾梅《白耷山人詩文集》卷五，清康熙刻本。）

寄張天如太史

張道濬

南國傷孤戍，當歌亦奈何。文星婁水近，韶月海門過。半面襟期合，千秋意氣多。頓忘身是客，喜過碩人薖。

（見明張道濬《張司隸初集·澤畔行吟》卷五，田同旭等點校，上海古籍出版社二〇一八年。）

答張天如太史溥

張道濬

波臣摇落滯江南，鬢色驚看影亦慚。在昔投杼誰白苦，即今啖蔗已知甘。蒼顔獨嘆成何用，青玉新遺竊未堪。一自行吟憔悴盡，十年無復夢華簪。

（見明張道濬《張司隸初集·澤畔行吟再續》卷六，田同旭等點校，上海古籍出版社二〇一八年。）

華山寺遇王遜之張天如蒼雪道開諸勝

沈德符

搴鶴支公澗，栽蓮慧遠池。嗜游甘誚癖，戒飲忍鄰欺。花作撩禪態，松低代麈枝。忘情亦相勖，戀别乃遲遲。

豎義兼新舊，爲娱略主賓。笋蔬無禁口，笠屐自由身。石火觀浮世，風輪悟往因。學人參總誤，雙樹也成塵。時寺主汰如新下世。

（見明沈德符《沈德符集》，李祥耀點校，浙江古籍出版社二〇一八年。）

七録齋

姚承旭

明庶吉士張溥所居。溥字西銘，幼嗜學，所讀書必手抄，抄竟即焚，六七次始已，故以名其齋。與同里張采倡復社，四方人士多從之。攻復社者謂其把持計典，遥執朝權，賴言官交章雪之。溥已前卒，詔求遺書三千餘卷。門人私謚仁孝先生。

復社嗣東林，西銘樹厥幟。牛耳主騷壇，直以鞭棰使。讀書必手抄，博聞更强識。七録舊名齋，誰與比其粹。惟是聲氣廣，掊擊積衆忌。或謂制朝權，或謂持計吏。幾疑一儒生，遥控天下事。豈知競文章，曾不爲勢利。學至毁亦隨，名高俗爲累。賴兹著述功，昭雪俟公議。下詔録遺書，不負懷才地。

（見清姚承旭《吴趨訪古録》卷八，江蘇古籍出版社一九九九年版。）

學山園

姚承旭

明司空任子張灝築，俗呼張家山，後屬其從弟溥。

張家山是司空宅，曾與西銘共里居。復社聲華臺閣重，名山事業草堂虚。一編經史

榮稽古，七録文章富著書。人望婁東開别墅，高門甲第更誰如。

（見清姚承旭《吴趨訪古録》卷八，江蘇古籍出版社一九九九年版。）

參考書目

經部

易類：

［魏］王弼撰，樓宇烈校釋，《周易注》，中華書局二〇一一年。
［唐］李鼎祚撰，王豐先點校，《周易集解》，中華書局二〇一六年。
［宋］程頤撰，王孝魚點校，《周易程氏傳》，中華書局二〇一一年。
［宋］朱熹撰，廖名春點校，《周易本義》，中華書局二〇〇九年。
［元］胡炳文《周易本義通釋》，清康熙十九年通志堂刊本。
［明］文安之《易傭》，明崇禎刻本。
［明］錢一本《像象管見》，明萬曆刻本。
［明］程汝繼《周易宗義》，明萬曆三十七年自刻本。
［明］葉良佩《周易義叢》，明嘉靖刻本。
［明］李贄《九正易因》，清初毛氏汲古閣刻本。

[清]王夫之著,王孝魚點校,《周易外傳》,中華書局一九七七年。

[清]歐陽厚均撰,方紅姣校點,《易鑒》,嶽麓書社二〇一三年。

[清]胡煦著,程林點校,《周易函書》,中華書局二〇〇八年。

[清]李道平撰,潘雨廷點校,《周易集解纂疏》,中華書局一九九四年。

[清]黄宗炎撰,鄭萬耕點校,《周易尋門餘論》,中華書局二〇一〇年。

書類:

[宋]蔡沈撰,[宋]朱熹授旨,《書集傳》,華東師範大學出版社二〇一〇年。

[清]阮元校刻,《十三經注疏·周易正義》,中華書局二〇〇九年。

[清]閻若璩撰,錢文忠整理,《尚書古文疏證》,上海書店出版社二〇一二年。

[清]孫星衍撰,陳抗、盛冬鈴點校,《尚書今古文注疏》,中華書局二〇〇四年。

[清]胡渭撰,鄭萬耕點校,《易圖明辨》,中華書局二〇〇八年。

[清]魏源撰《書古微》,嶽麓書社二〇〇四年。

[清]皮錫瑞撰,吴仰湘編,《尚書大傳疏證》,中華書局二〇一五年。

詩類:

[漢]韓嬰撰,許維遹校釋,《韓詩外傳集釋》,中華書局一九八〇年。

［宋］王安石著，丘漢生輯校，《詩義鈎沉》，中華書局一九八二年。

［宋］王應麟著，王京州、江合友點校，《詩考》，中華書局二〇一一年。

［宋］王應麟著，王京州、江合友點校，《詩地理考》，中華書局二〇一一年。

［清］阮元校刻，《十三經注疏·毛詩正義》，中華書局二〇〇九年。

［清］王先謙撰，吴格點校，《詩三家義集疏》，中華書局一九八七年。

［清］錢澄之撰，朱一清校點，《田間詩學》，黄山書社二〇〇五年。

禮類：

［宋］王安石撰，吴人整理，《周官新義》，上海書店出版社二〇一二年。

［宋］陳祥道撰《禮書》，明末張溥刻本。

［明］黄廣《禮樂合編》，明崇禎六年刊本。

［清］李文炤撰，趙載光校點，《周禮集傳》，嶽麓書社二〇一二年。

［清］郝懿行著，管謹訒點校，《鄭氏禮記箋》，齊魯書社二〇一〇年。

［清］孫詒讓著，汪少華整理，《周禮正義》，中華書局二〇一五年。

［清］劉沅著，譚繼和、祁和暉箋解，《十三經恒解·禮記恒解》，巴蜀書社二〇一六年。

［清］孫希旦撰，沈嘯寰、王星賢點校，《禮記集解》，中華書局一九八九年。

［清］朱彬撰，饒欽農點校，《禮記訓纂》，中華書局一九九六年。

春秋類：

［漢］何休注，［唐］徐彦疏，刁小龍整理，《春秋公羊傳注疏》，上海古籍出版社二〇一四年。

［明］張溥《春秋三書》，明末刻本。

［清］洪亮吉撰，李解民點校，《春秋左傳詁》，中華書局一九八七年。

［清］姚彦渠撰《春秋會要》，中華書局一九五五年。

［日］竹添光鴻著，于景祥、柳海松整理，《左傳會箋》，遼海出版社二〇〇八年。

爾雅類：

［清］郝懿行著，吴慶峰、張金霞、叢培卿、王其和點校，《爾雅義疏》，齊魯書社二〇一〇年。

總義類：

［唐］陸德明撰，吴承仕疏證，張力偉點校，《經典釋文序録疏證》，中華書局二〇〇八年。

［清］趙在翰輯，鍾肇鵬、蕭文郁點校，《七緯》，中華書局二〇一二年。

四書類：

［梁］皇侃撰，高尚榘校點，《論語義疏》，中華書局二〇一三年。

[宋]石𡼖編,[宋]朱熹删定,《中庸輯略》,華東師範大學出版社二〇一〇年。

[宋]朱熹撰《四書章句集注》,中華書局一九八三年。

[明]丘濬撰,金良年整理,《大學衍義補》,上海書店出版社二〇一二年。

[明]張溥撰《張天如太史彙訂四書合考》,明崇禎五年刻本。

[清]魏源撰《古微堂四書》,嶽麓書社二〇〇四年。

樂類:

[明]王邦直撰,王守倫、任懷國等校注,《律吕正聲校注》,中華書局二〇一二年。

史部

正史類:

[漢]司馬遷《史記》,中華書局二〇一三年。

[漢]班固《漢書》,中華書局一九六二年。

[晉]陳壽《三國志》,中華書局二〇一一年。

[南朝宋]范曄《後漢書》,中華書局二〇〇〇年。

[梁]蕭子顯《南齊書》,中華書局一九七二年。

[北齊]魏收《魏書》，中華書局一九七四年。

[唐]房玄齡《晉書》，中華書局一九七四年。

[唐]李延壽《北史》，中華書局一九七四年。

[唐]魏徵、令狐德棻《隋書》，中華書局一九七三年。

[後晉]劉昫等《舊唐書》，中華書局一九七五年。

[宋]歐陽修等《新唐書》，中華書局一九七五年。

[元]脱脱等《宋史》，中華書局一九八五年。

[元]脱脱等《金史》，中華書局一九七五年。

[清]張廷玉等《明史》，中華書局一九七四年。

[清]萬斯同《明史》，清鈔本。

[清]趙爾巽等《清史稿》，中華書局一九七七年。

[清]梁玉繩等編，吴樹平、王佚之、汪玉可點校，《史記漢書諸表訂補十種》，中華書局一九八二年。

編年類：

[漢]荀悦撰，張烈點校，《漢紀》，中華書局二〇〇二年。

［宋］司馬光編著，［元］胡三省音注，《資治通鑑》，中華書局一九五六年。
［宋］李燾撰《續資治通鑑長編》，中華書局二〇〇四年。
［宋］王應麟著，傅林祥點校，《通鑑地理通釋》，中華書局二〇一三年。
［宋］王益之撰，王根林點校，《西漢年紀》，中華書局二〇一八年。
［宋］李心傳撰《建炎以來繫年要録》，中華書局一九八八年。
［明］談遷《國榷》，中華書局一九五八年。
［明］陳建著，錢茂偉點校，《皇明通紀》，中華書局二〇〇八年。
［明］薛應旂撰，展龍、耿勇校注，《憲章録校注》，鳳凰出版社二〇一四年。
《明實録》，「中央研究院歷史語言研究所」，上海書店一九八三年。
［清］夏燮撰，沈仲九點校，《明通鑑》，中華書局二〇〇九年。
［清］吴乘權等輯，施意周點校，《綱鑑易知録》，中華書局一九六〇年。
［清］畢沅《續資治通鑑》，中華書局一九五七年。
汪聖鐸點校《宋史全文》，中華書局二〇一六年。
南炳文、吴彦玲輯校《輯校萬曆起居注》，天津古籍出版社二〇一〇年。
胡丹輯考《明代宦官史料長編》，鳳凰出版社二〇一四年。

紀事本末類：

［明］馮琦編，［明］陳邦瞻纂輯，［明］張溥論正，《宋史紀事本末》，中華書局一九五七年。

［明］陳邦瞻撰，［明］臧懋循補輯，［明］張溥論正，《元史紀事本末》，中華書局一九五七年。

［清］谷應泰等撰，河北師範學院歷史系點校，《明史紀事本末》，中華書局二〇一五年。

［清］馬驌撰，王利器整理，《繹史》，中華書局二〇〇二年。

李書源整理《籌辦夷務始末（同治朝）》，中華書局二〇〇八年。

雜史類：

［東漢］袁康撰，李步嘉校釋，《越絶書校釋》，中華書局二〇一三年。

［宋］宇文懋昭撰，崔文印校證，《大金國志校證》，中華書局一九八六年。

［明］王世貞撰，魏連科點校，《弇山堂别集》，中華書局一九八五年。

［明］鄭曉撰，李致忠點校，《今言》，中華書局一九八四年。

［明］周暉《萬曆金陵瑣事》，明萬曆三十八年刊本。

［清］楊士聰《玉堂薈記》，中華書局一九八五年。

［清］吴偉業《復社紀事》，借月山房彙鈔本。

[清]陸世儀《復社紀略》，清鈔本。
[清]計六奇撰，任道斌、魏得良點校，《明季北略》，中華書局一九八四年。
[清]徐鼒撰，王崇武點校，《小腆紀年》，中華書局一九五七年。
[清]徐鼒《小腆紀傳》，清光緒十三年金陵刻本。
[清]鄒漪《啓禎野乘一集》，明崇禎十七年柳圍草堂刻清康熙五年重修本。
[清]鄒漪《啓禎野乘二集》，清康熙十八年書林存仁堂素政堂刻本。
[清]王家禎《研堂見聞雜記》，臺灣文獻史料叢刊第五輯。
[清]李介《天香閣隨筆》，清粤雅堂叢書本。
[清]李聿求《魯之春秋》，清原刻本。
[民國]徐珂《清稗類鈔》，中華書局二〇一〇年。
丁傳靖輯《宋人軼事彙編》，中華書局二〇〇三年。

別史類：

[漢]劉珍等撰，吴樹平校注，《東觀漢記校注》，中華書局二〇〇八年。
[唐]許嵩撰，張忱石點校，《建康實録》，中華書局一九八六年。
[明]錢士升《二十五別史·南宋書》，齊魯書社二〇〇〇年。

［清］查繼佐《罪惟録》，浙江古籍出版社二〇一二年。

［清］魏源撰《元史新編》，嶽麓書社二〇〇四年。

詔令奏議類：

［明］楊士奇等編，張溥删正，《歷代名臣奏議》，明崇禎八年刊本。

［明］嚴嵩《南宫奏議》，明嘉靖二十四年嚴氏鈐山堂刻本。

［明］黄訓編，于景祥、郭醒點校，《皇明名臣經濟録》，遼海出版社二〇〇九年。

司義祖整理《宋大詔令集》，中華書局一九六二年。

方志類：

［明］李端修，桑悦纂，弘治《太倉州志》，清宣統元年匯刻本。

［明］周士佐修，張寅纂，嘉靖《太倉州志》，明崇禎二年重刻本。

［明］楊逢春修，方鵬纂，嘉靖《崑山縣志》，明嘉靖刻本。

［明］湯日昭總修，王光藴纂，萬曆《温州府志》，明萬曆三十三年刊本。

［明］何世學纂修，萬曆《丹徒縣志》，明萬曆刻本。

［明］陳俊修，梅鼎祚纂，萬曆《寧國府志》，明萬曆刻本。

［明］張世臣修，陳宇俊纂，萬曆新修《崇明縣志》，明萬曆三十二年刻本。

［明］王懋德修，陸鳳儀纂，萬曆《金華府志》，明萬曆刻本。

［明］楊守仁修，徐楚纂，萬曆《嚴州府志》，明萬曆六年刊本。

［明］林應翔修，葉秉敬等纂，天啓《衢州府志》，明天啓三年刊本。

［明］何三畏，天啓《雲間志略》，明天啓四年刻本。

［明］徐鳴時《横谿録》，明崇禎二年刻本。

［明］馮士仁修，周高起纂，崇禎《江陰縣志》，明崇禎十三年刻本。

［明］錢肅樂修，張采纂，《太倉州志》，崇禎十五年刻本。

［明］羅炌修，黄承昊纂，崇禎《嘉興縣志》，明崇禎刻本。

［明］鄒守愚修，李濂纂，《河南通志》，文淵閣四庫全書本。

［清］袁天秩修，張璞纂，順治《威縣續志》，清順治三年刻本。

［清］楊名遠修，黄可縉纂，順治《寧國縣志》，清順治四年刻本。

［清］李葆貞修，梅彦騊纂，順治《浦城縣志》，清順治八年刻本。

［清］趙兆麟纂修，順治《襄陽府志》，清順治九年刻本。

［清］王天民等修，張文峙等纂，順治《潁州志》，清順治十一年刻本。

［清］宋國榮修，羊琦纂，順治《歸德府志》，清順治十七年刻本。

[清]雷應元纂,康熙《揚州府志》,清康熙三年刻本。

[清]劉顯第修,陶用曙纂,康熙《絳州志》,清康熙九年刻本。

[清]張文旦修,陳九疇纂,康熙《高安縣志》,清康熙十年刻本。

[清]趙昕修,蘇淵纂,康熙《嘉定縣志》,清康熙十二年刻本。

[清]姚文燕修,馬璐續修,馬珀續纂,康熙《德安縣志》,清康熙十五年刻本。

[清]任先覺修,楊萃纂,康熙《吴橋縣志》,清康熙十九年刻本。

[清]盧燦修,[清]余恂纂,康熙《龍遊縣志》,清康熙二十年刻本。

[清]袁國梓纂修,康熙《嘉興府志》,清康熙二十一年刻本。

[清]于成龍修,杜果纂,康熙《江西通志》,清康熙二十二年刻本。

[清]于成龍修,郭棻纂,康熙《畿輔通志》,清康熙二十二年刻本。

[清]郭毓秀纂修,康熙《金壇縣志》,清康熙二十二年刻本。

[清]聞在上修,許自俊等纂,康熙《嘉定縣續志》,清康熙二十三年刻本。

[清]張可立纂修,康熙《興化縣志》,清康熙二十三年刻本。

[清]劉作霖修,楊廷耀纂,康熙《湖廣鄖陽府志》,清康熙二十四年刻本。

[清]金鎮原本,崔華等續修,康熙《揚州府志》,清康熙二十四年刻本。

［清］高德貴修，張九徵纂，康熙《鎮江府志》，清康熙二十四年刻本。

［清］李成林修，羅承順等纂，康熙《順慶府志》，清嘉慶二十五年刻本。

［清］高士鸃、楊振藻修，錢陸燦等纂，康熙《常熟縣志》，清康熙二十六年刻本。

［清］臧憲祖纂修，康熙《潮陽縣志》，清康熙二十六年刻本。

［清］康善述修，劉裔炫纂，康熙《陽春縣志》，清康熙二十六年刻本。

［清］湯斌修，孫珮纂，康熙《吴縣志》，清康熙三十年刻本。

［清］范承勳等修，吴自肅等纂，康熙《雲南通志》，清康熙三十年刻本。

［清］張琦修，蔡登龍纂，康熙《建寧府志》，清康熙三十二年刻本。

［清］王植修，王之舟纂，康熙《介休縣志》，清康熙三十五年刻本。

［清］丁廷楗修，趙吉士等纂，康熙《徽州府志》，清康熙三十八年刊本。

［清］劉棨修，孔尚任纂，康熙《平陽府志》，清康熙四十七年刻本。

［清］俞天倬《太倉州儒學志》，清康熙四十七年刻雍正元年增修本。

［清］王功成續纂，韓奕續修，康熙《陝西通志》，清康熙五十年刻本。

［清］魏荔彤修，陳元麟等纂，康熙《漳州府志》，清康熙五十四年刻本。

［清］祝元敏等纂修，成文運等續修，康熙《當塗縣志》，清康熙刻本。

［清］朱衣點修，黄國彝纂，康熙《重修崇明縣志》，清康熙刻本。

［清］馬如龍修，［清］高士麟纂，康熙《灤志補》，清康熙間刻本。

［清］劉德昌修，葉澐纂，康熙《商丘縣志》，民國二十一年石印本。

［清］王克昌修，殷夢高纂，康熙《保德州志》，民國二十一年鉛印本。

［清］佚名，康熙《重修南安府志》，舊鈔本。

［清］鄧永芳修，李馥蒸纂，康熙《蒲城縣志》，清鈔本。

［清］高登先修，沈麟趾等纂，康熙《山陰縣志》，民國鈔本。

［清］鄭采宣、陳虞昭修，崔達纂，雍正《靈川縣志》，清雍正三年刻本。

［清］趙良墅修，田實發纂，雍正《合肥縣志》，清雍正八年刻本。

［清］楊正笋修，馮鴻模纂，雍正《慈溪縣志》，清雍正八年刊本。

［清］陳守仁修，賈彬等纂，雍正《舒城縣志》，清雍正九年刻本。

［清］勞必達修，陳祖範纂，雍正《昭文縣志》，清雍正九年刻本。

［清］岳濬修，杜詔纂，雍正《山東通志》，文淵閣四庫全書本。

［清］閔世倩纂，雍正《雲間志略》，清鈔本。

［清］林正青纂，乾隆《小海場新志》，清乾隆四年刊本。

[清]李棠修，田實發纂，乾隆《沛縣志》，清乾隆五年刻本。

[清]五格修，黄湘纂，乾隆《江都縣志》，清乾隆八年刊光緒七年重刊本。

[清]高國楹修，沈光曾纂，乾隆《平湖縣志》，清乾隆十年刻本。

[清]羅愫修，杭世駿纂，乾隆《烏程縣志》，清乾隆十一年刻本。

[清]趙開元修，暢俊纂，乾隆《新鄉縣志》，清乾隆十二年刻本。

[清]李文耀修，談起行等纂，乾隆《上海縣志》，清乾隆十五年刻本。

[清]高龍光修，朱霖纂，乾隆《鎮江府志》，清乾隆十五年增刻本。

[清]許晉修，胡其焕等纂，乾隆《潁上縣志》，清乾隆十八年刻本。

[清]郭燦修，黄天策纂，乾隆《瑞金縣志》，清乾隆十八年刻本。

[清]李光祚修，顧詒録纂，乾隆《長洲縣志》，清乾隆十八年刻本。

[清]周景柱纂修，乾隆《蒲州府志》，清乾隆十九年刻本。

[清]邵世昌修，柴揆纂，乾隆《濮州志》，清乾隆二十年刻本。

[清]朱肇基修，陸綸纂，乾隆《太平府志》，清乾隆二十三年刻本。

[清]張思勉修，于始瞻纂，乾隆《掖縣志》，清乾隆二十三年刊本。

[清]許治修，沈德潛等纂，乾隆《元和縣志》，清乾隆二十六年刻本。

［清］饒佺修，曠敏本纂，乾隆《衡州府志》，清乾隆二十八年刊刻光緒元年補刻本。

［清］王祖肅等修，虞鳴球等纂，乾隆《武進縣志》，清乾隆三十年刻本。

［清］李章堉纂修，乾隆《重修伊陽縣志》，清乾隆三十一年刻本。

［清］吴志綰修，黄國顯纂，乾隆《桂平縣志》，清乾隆三十三年刻本。

［清］黄玉衡修，賈訒纂，乾隆《重修和順縣志》，清乾隆三十三年刻本。

［清］張佩芳修，劉大櫆纂，乾隆《歙縣志》，清乾隆三十六年刊本。

［清］周震榮修，章學誠纂，乾隆《永清縣志》，清乾隆四十四年刻本。

［清］高崇基修，劉映璧纂，乾隆《安福縣志》，清乾隆四十七年刻本。

［清］吴輔宏修，王飛藻纂，乾隆《大同府志》，清乾隆四十七年重校刻本。

［清］楊宜崙修，夏之蓉等纂，乾隆《高郵州志》，清乾隆四十八年刻本。

［清］鄭澐修，邵晉涵纂，乾隆《杭州府志》，清乾隆四十九年刻本。

［清］胡光祖纂修，乾隆《廣豐縣志》，清乾隆四十九年刻本。

［清］王鳳儀修，胡紹鼎等纂，乾隆《黄岡縣志》，清乾隆五十四年刻本。

［清］馮鼎高修，王顯曾等纂，乾隆《華亭縣志》，清乾隆五十六年刊本。

［清］胡文銓修，周應業纂，乾隆《廣德州志》，清乾隆五十九年刊本。

[清]崔龍見修，黄義尊纂，乾隆《江陵縣志》，清乾隆五十九年刻本。
[清]周埰修，李綬等纂，乾隆《廣西府志》，清乾隆刊本
[清]王祖肅修，獻鳴球纂，乾隆《武進縣志》，清乾隆刻本。
[清]和珅《欽定大清一統志》，文淵閣四庫全書本。
[清]郝玉麟等修，乾隆《福建通志》，文淵閣四庫全書本。
[清]尹繼善等修，黄之雋等纂，乾隆《江南通志》，文淵閣四庫全書本。
[清]懷蔭布修，黄任等纂，乾隆《泉州府志》，清光緒八年補刻本。
[清]曹襲先纂修，乾隆《句容縣志》，清乾隆修光緒重刊本。
[清]常琬修，焦以敬纂，乾隆《金山縣志》，清乾隆刊民國重印本。
[清]沈彤等纂，乾隆《震澤縣志·震澤縣志續·垂虹識小録》，江蘇古籍出版社一九九一年。
[清]董世寧纂，乾隆《烏青鎮志》，民國七年刊本。
[清]陳莫纕等修，倪師孟等纂，乾隆《吴江縣志》，民國間石印本。
[清]趙宏恩等修，《江南通志》，文淵閣四庫全書本。
[清]李先榮原本，阮升基增修，嘉慶《增修宜興縣舊志》，清嘉慶二年刻本。

[清]王昶，嘉慶《直隸太倉州志》，清嘉慶七年刻本。

[清]梁啓讓修，陳春華纂，嘉慶《蕪湖縣志》，清嘉慶十二年重修民國二年重印本。

[清]陳受培修，張燾纂，嘉慶《宣城縣志》，清嘉慶十三年刻本。

[清]嵩山修，謝香開等纂，嘉慶《東昌府志》，清嘉慶十三年刻本。

[清]楊受廷等修，馬汝舟等纂，嘉慶《如皋縣志》，清嘉慶十三年刊本。

[清]慶霖修，戚學標等纂，嘉慶《太平縣志》，清光緒二十二年刻本。

[清]宋如林修，莫晉纂，嘉慶《松江府志》，清嘉慶松江府學刻本。

[清]李德淦等修，嘉慶《涇縣志》，民國三年石印本。

[清]蔣方增纂修，道光《瑞金縣志》，清道光二年刻本。

[清]舒夢齡纂修，道光《巢縣志》，清道光八年刊本。

[清]劉炯原本，羅廷權續修，光緒《資州直隸州志》，清光緒二年增刻本。

[清]李維鈺原本，吴聯薰增纂，光緒《漳州府志》，清光緒三年刻本。

[清]王學浩纂，道光《崑新兩縣志》，清道光六年刊本。

[清]劉坤一修，劉繹等纂，光緒《江西通志》，清光緒七年刻本。

[清]英啓修，鄧琛纂，光緒《黄州府志》，清光緒十年刊本。

[清]鍾銅山修，柯逢時纂，光緒《武昌縣志》，清光緒十一年刊本。

[清]顧名、龔潤森修，吴德旋纂，道光重刊《續纂宜荆縣志》，道光二十年刊本。

[清]周炳麟修，邵友濂等纂，光緒《餘姚縣志》，清光緒二十五年刊本。

[清]張同聲修，李圖等纂，道光《重修膠州志》，清道光二十五年刻本。

[清]高承瀛修，吴嘉謨等纂，光緒《井研志》，清光緒二十六年刻本。

[清]劉寶楠，道光《寶應縣圖經》，道光二十八年刊本。

[清]盧承業原本，馬振文增修，道光《偏關志》，民國四年刊本。

[清]吴履福修，繆荃孫等纂，光緒《昌平州志》，民國二十八年鉛印本。

[清]舒孔安修，王厚階纂，同治《重修寧海州志》，清同治三年刻本。

[清]曾琉璋纂修，同治《廣昌縣志》，清同治六年刻本。

[清]童范儼修，陳慶齡纂，同治《臨川縣志》，清同治九年刻本

[清]江璧等修，胡景辰等纂，同治《進賢縣志》，清同治十年刻本。

[清]承霈修，杜友棠纂，同治《新建縣志》，清同治十年刻本。

[清]邵子彝修，魯琪光纂，同治《建昌府志》，清同治十一年刻本。

[清]周傑修，嚴用光、葉篤貞纂，同治《景寧縣志》，清同治十二年刊本。

[清]宗源瀚等修，同治《湖州府志》，清同治十三年刊本。

[清]顏壽芝等修，何戴仁等纂，同治《雩都縣志》，清同治十三年刻本。

[清]守忠修，許光曙纂，同治《沅陵縣志》，清光緒二十八年補版重印本。

[清]李銘皖等修，馮桂芬纂，同治《蘇州府志》，清光緒八年刊本。

[清]趙定邦修，周學濬等纂，同治《長興縣志》，清光緒刻本。

[清]夏詒鈺纂修，光緒《永年縣志》，清光緒三年刊本。

[清]盧思誠修，季念詒纂，光緒《江陰縣志》，清光緒四年刻本。

[清]楊開第修，姚光發纂，光緒《重修華亭縣志》，清光緒五年刊本

[清]金吴瀾等修，汪堃等纂，光緒《崑新兩縣續修合志》，清光緒六年刊本。

[清]何才價修，楊篤纂，光緒《繁峙縣志》，清光緒七年刻本。

[清]張寶琳修，王棻纂，光緒《永嘉縣志》，清光緒八年刻本。

[清]李昱修，陸心源纂，光緒《歸安縣志》，清光緒八年刊本。

[清]博潤修，姚光發纂，光緒《松江府續志》，清光緒十年刊本。

[清]彭潤章修，葉廉鍔等纂，光緒《平湖縣志》，光緒十二年刊本。

[清]李應泰等修，章綬纂，光緒《宣城縣志》，清光緒十四年刊本。

[清]江峰青修，光緒《重修嘉善縣志》，清光緒二十年刊本。

[清]王琛修，張景祁等纂，光緒《重纂邵武府志》，清光緒二十四年刊本。

[清]陳作霖，光緒《金陵通傳》，清光緒三十年刊本。

[清]鄭鍾祥修，龐鴻文纂，光緒《重修常昭合志》，清光緒三十年刊本。

[清]王軒等纂修，光緒《山西通志》，三晉出版社二〇一五年。

[清]王其淦等修，湯成烈纂，光緒《武進陽湖縣志》，清光緒刻本。

[清]陳汝咸原本，施錫衛再續纂，光緒《漳浦縣志》，民國二十五年鉛印本。

[清]沈皾清修，陳尚仁纂，宣統《蒙陰縣志》，民國間鈔本。

[清]沈葵著，王孝儉等標點，《紫堤村志》，上海古籍出版社二〇〇八年。

[清]張之鼎撰輯，周膺、吴晶點校，《棲里景物略》，當代中國出版社二〇一四年。

[清]蔣學鏞撰，《鄞志稿》，四明叢書本。

[清]凌壽祺纂，欽瑞興點校，《滸墅關志》，廣陵書社二〇一二年。

[清]徐崧、張大純撰，薛正興校點，《百城烟水》，江蘇古籍出版社一九九九年。

[清]章學誠著，郭康松點注，《湖北通志檢存稿湖北通志未定稿》，湖北教育出版社二〇〇二年。

［民國］孫奂崙等修，韓坰纂，民國《洪洞縣志》，民國五年鉛印本。

［民國］朱之英修，舒景蘅纂，民國《懷寧縣志》，民國七年鉛印本。

［民國］王祖佘纂，民國《太倉州志》，民國八年刊本。

［民國］劉運新修，廖徯蘇纂，民國《大通縣志》，民國八年鉛印本。

［民國］陳思修，繆荃孫纂，民國《江陰縣續志》，民國十年刊本。

［民國］胡爲和等修，高樹敏纂，民國《三續高郵州志》，民國十一年刊本。

［民國］陳培珽等修，許昌言等纂，民國《昌化縣志》，民國十三年鉛印本。

［民國］余家謨等修，王嘉詵等纂，民國《銅山縣志》，民國十五年刊本。

［民國］陳伯陶纂修，民國《東莞縣志》，民國十六年鉛印本。

［民國］孫國鈞纂，民國《丹陽縣志補遺》，民國十六年刊本。

［民國］楊豫修等修，郝金章等纂，民國《齊河縣志》，民國二十二年鉛印本。

［民國］余丕承修，桂坫纂，民國《恩平縣志》，民國二十三年鉛印本。

［民國］梁秉錕修，王丕煦纂，民國《萊陽縣志》，民國二十四年鉛印本。

［民國］石國柱等修，許承堯纂，民國《歙縣志》，民國二十六年鉛印本

［民國］龍雲等修，周鍾岳纂，民國《新纂雲南通志》，民國三十八年鉛印本。

[民國]馮煦纂修，民國《重修金壇縣志》，民國刊本。

[民國]周國華修，馮翰先纂，民國《石阡縣志》，油印本。

上海市地方志辦公室、上海市嘉定區地方志辦公室編，《上海府縣舊志叢書·嘉定縣卷》，上海古籍出版社二〇一二年。

吴江市地方志辦公室編《儒林六都志》，廣陵書社二〇一〇年。

蘇州市文化局、蘇州戲曲志編輯委員會編《蘇州戲曲志》，古吴軒出版社一九九八年。

河南省商丘地區地方志編纂委員會編《歸德府志》，中州古籍出版社一九九四年。

地理類：

[宋]樂史撰，王文楚等點校，《太平寰宇記》，中華書局二〇〇七年。

[宋]祝穆撰，祝洙增訂，施和金點校，《方輿勝覽》，中華書局二〇〇三年。

[明]鄭若曾撰，李致忠點校，《籌海圖編》，中華書局二〇〇七年。

[明]張燮《東西洋考》，明刻本。

[明]李言恭、郝杰著，汪向榮、嚴大中校注，《日本考》，中華書局二〇〇〇年。

[明]陸應陽《廣輿記》，清康熙刻本。

[明]羅日褧著，余思黎點校，《咸賓録》，中華書局二〇〇〇年。

［明］王臨亨撰，凌毅點校，《粤劍編》，中華書局一九八七年。
［明］沈明臣輯《白嶽游稿》，民國十年林集虚大西山房木活字印本。
［明］王士性撰，吕景琳點校，《廣志繹》，中華書局一九八一年。
［明］張岱撰，馬興榮點校，《西湖夢尋》，中華書局二〇〇七年。
［明］嚴從簡著，余思黎點校，《殊域周咨録》，中華書局一九九三年。
［明］王在晉《海防纂要》，明萬曆四十一年刻本。
［清］顧炎武撰，于傑點校，《歷代宅京記》，中華書局一九八四年。
［清］張仁美《西湖紀遊》，清借月山房匯鈔本。
［清］戴震著，楊應芹校點，《分篇水經注》，黄山書社二〇一五年。
［清］顧祖禹撰，賀次君、施和金點校，《讀史方輿紀要》，中華書局二〇〇五年。
［清］姚禮撰輯，周膺、吴晶點校，《郭西小志》，浙江工商大學出版社二〇一三年。
［清］姚承旭撰，姜小青校點，《吴趨訪古録》，江蘇古籍出版社一九九九年版。
［清］康基田編著，杜士鐸等點校，《晉乘蒐略》，三晉出版社二〇一五年。
［清］魏源撰《海國圖志》，嶽麓書社二〇〇四年。
《東林書院志》整理委員會整理，《東林書院志》，中華書局二〇〇四年。

傳記類：

［唐］杜光庭撰，羅争鳴輯校，《墉城集仙録》，中華書局二〇一三年。

［宋］張栻著，楊世文點校，《漢丞相諸葛忠武侯傳》，中華書局二〇一五年。

［元］辛文房著，傅璇琮主編，《唐才子傳校箋》，中華書局一九九五年。

［明］周聖楷編纂，［清］鄧顯鶴增輯，廖承良等點校，《楚寶》，嶽麓書社二〇一六年。

［明］皇甫濂《逸民傳》，夷門廣牘本。

［明］王兆雲《皇明詞林人物考》，明萬曆刻本。

［明］龔立本《烟艇永懷》，清借月山房匯鈔本。

［明］張岱《石匱書》《石匱書後集》，稿本。

［明］陳貞慧《山陽録》，周駿富輯明人傳記叢刊本。

［清］錢謙益《列朝詩集小傳》，上海古籍出版社一九八三年。

［清］黄宗羲撰，全祖望補，陳金生、梁運華點校，《宋元學案》，中華書局一九八六年。

［清］黄宗羲《明儒學案》，《黄宗羲全集》本，浙江古籍出版社一九九二年。

［清］黄宗羲《思舊録》，《黄宗羲全集》本，浙江古籍出版社一九九二年。

［清］陸隴其《三魚堂日記》，清同治九年浙江書局刻本。

［清］孫奇逢撰，萬紅點校，《理學宗傳》，鳳凰出版社二〇一五年。
［清］孫静庵編著，趙一生校點，《明遺民録》，浙江古籍出版社一九八五年。
［清］熊賜履撰，徐公喜、郭翠麗點校，《學統》，鳳凰出版社二〇一一年。
［清］潘檉章《松陵文獻》，清康熙三十二年潘耒刻本。
［清］姜紹書《無聲詩史》，清康熙五十九年李光映觀妙齋刻本。
［清］黄本驥撰，劉範弟點校，《聖域述聞》，嶽麓書社二〇〇九年。
［清］潘介祉纂輯《明詩人小傳稿》，「國立中央圖書館」一九八六年。
［清］王梓材、馮雲濠編撰，沈芝盈、梁運華點校，《宋元學案補遺》，中華書局二〇一二年。
［清］吴山嘉《復社姓氏傳略》，清道光十一年刻本。
［清］陳鼎《東林列傳》，文淵閣四庫全書本。
［清］程穆衡《婁東耆舊傳》，稿本。
［清］王照圓撰，虞思徵點校，《列女傳補注》，華東師範大學出版社二〇一二年。
［清］彭紹昇撰，張培鋒校注，《居士傳校注》，中華書局二〇一四年。
［清］張澍著，徐興海等校點，《姓韻》，三秦出版社二〇〇三年。
［清］徐松撰，趙守儼點校，《登科記考》，中華書局一九八四年。

［清］彭藴璨《歷代畫史匯傳》，清道光五年吴門尚志堂彭氏刻本。
［清］羅正鈞《船山師友記》，清光緒刻本。
［清］顧沅撰，孔繼堯繪，《吴郡名賢圖傳贊》，清道光九年長洲顧氏刊本。
［清］錢儀吉纂，靳斯校點，《碑傳集》，中華書局一九九三年。
［清］皮錫瑞撰，吴仰湘編，《皮錫瑞日記》，中華書局二〇一五年。
［民國］馬其昶《桐城耆舊傳》，清宣統三年刻本。
張建華，陶繼明主編，嘉定博物館編《嘉定碑刻集》，上海古籍出版社二〇一二年。
蘇州歷史博物館等合編《明清蘇州工商業碑刻集》，江蘇人民出版社一九八一年。
徐世昌等編纂，沈芝盈、梁運華點校，《清儒學案》，中華書局二〇〇八年。
熊明輯校《漢魏六朝雜傳集》，中華書局二〇一七年。
傅璇琮、程章燦主編《宋才子傳箋證》，遼海出版社二〇一一年。
凌祖詒編《太倉鄉先賢畫像》，上海百宋印刷局一九四七年。
邵忠、李瑾編著《吴中名賢傳贊》，江蘇古籍出版社一九九七年。
吴江區檔案局、吴江區方志辦編《吴江知縣》，廣陵書社二〇一四年。
董光和、張國喬編《孤本明代人物小傳》，全國圖書館文獻縮微中心二〇〇三年。

徐兵、朱洪整理《崇明歷代科名録》，上海社會科學院出版社二〇一五年。

王本興《江蘇印人傳》，南京大學出版社二〇一二年。

黄日星、姜欽雲編《江西編著人物傳略》，江西人民出版社一九九四年。

載記類：

[清]吴任臣撰，徐敏霞、周瑩點校，《十國春秋》，中華書局二〇一〇年。

年譜類：

[宋]吕大防等撰，徐敏霞校輯，《韓愈年譜》，中華書局一九九一年。

[宋]度正《周敦頤年譜》，見《周敦頤集》附録一，中華書局一九九〇年。

[明]倪會鼎《明倪文正公年譜》，臺灣商務印書館一九七八年。

[明]張國維《張忠敏公遺集》卷十《年譜》，清咸豐七年刻本。

[明]陳子龍《自撰年譜》，見王英志輯校《陳子龍全集》，人民文學出版社二〇一一年。

[清]王寶仁《奉常公年譜》，見《王時敏集》附録四，浙江人民美術出版社二〇一六年。

[清]張穆《顧亭林先生年譜》，見《顧炎武全集》第二十二册，上海古籍出版社二〇一六年。

[清]莊起儔《漳浦黄先生年譜》，見《黄道周年譜附傳記》，福建人民出版社一九九九年。

［清］顧師軾《吴梅村先生年譜》，清光緒三年太倉吴氏重刻光緒印本。
［民國］丁文江《明徐霞客先生宏祖年譜》，臺灣商務印書館一九七八年。
蔣逸雪《張溥年譜》，齊魯書社一九八二年。
章建文《吴應箕研究》附《吴應箕年譜》，安徽大學出版社二〇〇九年。
韋盛年《黎遂球年譜簡编》，《五邑大學學报（社会科學版）》二〇〇六年第一期。
張憲華著《皖江歷史與文獻叢稿》之《蕪湖沈士柱年譜》，安徽師範大學出版社二〇一三年。
謝巍《中國歷代人物年譜考録》，中華書局一九九二年。

政書類：

［唐］杜佑撰，王文錦等點校，《通典》，中華書局一九八八年。
［宋］鄭樵撰，王樹民點校，《通志·二十略》，中華書局一九九五年。
［宋］徐天麟撰《西漢會要》，中華書局一九五五年。
［元］馬端臨撰《文獻通考》，中華書局二〇一一年。
［明］盧上銘《辟雍紀事》，明崇禎刻本。
［明］李東陽《明會典》，文淵閣四庫全書本。

[明]董説撰《七國考》，中華書局一九五六年。

[清]龍文彬《明會要》，中華書局一九五六年。

[清]嵇璜等奉敕，《欽定續文獻通考》，文淵閣四庫全書本。

目録類：

[宋]王堯臣《崇文總目》，商務印書館一九三七年。

[宋]王應麟撰，武秀成、趙庶洋校證，《玉海藝文校證》，鳳凰出版社二〇一三年。

[宋]陳振孫撰，徐小蠻等點校，《直齋書録解題》，上海古籍出版社一九八七年。

[明]孫詒讓《温州經籍志》，上海社會科學院出版社二〇〇五年。

[清]永瑢等《四庫全書總目》，中華書局一九六五年。

[清]朱彝尊《經義考》，文淵閣四庫全書本。

[清]黄虞稷撰，瞿鳳起、潘景鄭整理，《千頃堂書目》，上海古籍出版社二〇〇一年。

[清]莫友芝撰，傅增湘訂補，傅熹年整理，《藏園訂補郘亭知見傳本書目》，中華書局二〇〇九年。

[清]李慈銘撰，由雲龍輯，《越縵堂讀書記》，中華書局二〇〇六年。

[清]翁方綱纂《翁方綱纂四庫提要稿》，上海科學技術文獻出版社二〇〇五年。

［清］徐乾學《傳是樓書目》，清道光八年劉氏味經書屋抄本。
［清］丁丙《善本書室藏書志》，清光緒二十七年錢塘丁氏刻本。
［清］周中孚《鄭堂讀書記》，民國十年刻吴興叢書本。
［清］繆荃孫《雲自在龕隨筆》，稿本。
［清］萬斯同撰，張雲、王盼整理，《二十五史藝文經籍志考補萃編》第二十四卷《明史藝文志》，清華大學出版社二〇一四年。
葉啓勳《拾經樓紬書録》，湖南圖書館編《湖南近現代藏書家題跋選》第二册，嶽麓書社二〇一一年。
葉德輝撰，湖南圖書館編，《郋園讀書志》，嶽麓書社二〇一一年。
余嘉錫著《四庫提要辨證》，中華書局二〇〇七年。
上海圖書館編，《中國叢書綜録（二）子目》，上海古籍出版社一九八二年。
傅璇琮主編，《續修四庫全書總目提要·集部》，上海古籍出版社二〇一四年。
姚覲元《清代禁燬書目（補遺）》，商務印書館一九五七年。
王彬《清代禁書總述》，中國書店一九九九年。
王重民《中國善本書提要》，上海古籍出版社一九八三年。

李裕民《四庫提要訂誤》（增訂本），中華書局二〇〇五年。
法式善《陶廬雜録》，中華書局一九五九年。
趙振《中國歷代家訓文獻叙録》，齊魯書社二〇一四年。
孫殿起《販書偶記續編》，上海古籍出版社，一九八〇年。
柯愈春《清人詩文集總目提要》，北京古籍出版社二〇〇一年。
饒國慶等編著《伏跗室藏書目録》，寧波出版社二〇〇三年。
祝尚書著《宋人總集叙録》，中華書局二〇〇四年。
許保林《中國兵書通》，解放軍出版社二〇一六年。
朱保炯等《明清進士題名碑録索引》，上海古籍出版社一九八〇年。

史評類：

[明]李贄評纂《史綱評要》，中華書局一九七四年。
[明]張溥《歷代史論一編二編》，明崇禎刻本。
[清]趙翼著，王樹民校證，《廿二史劄記校證》，中華書局二〇一三年。

子部

儒家類：

［漢］賈誼撰，閻振益、鍾夏校注《新書校注》，中華書局二〇〇〇年。

［漢］桓寬撰，王利器校注《鹽鐵論校注》，中華書局一九九二年。

［漢］劉向撰，向宗魯校證《説苑校證》，中華書局，一九八七年。

［宋］黎靖德編，王星賢點校，《朱子語類》，中華書局一九八六年。

［明］王守仁著，施邦曜輯評，王曉昕、趙平略點校，《陽明先生集要》，中華書局二〇〇八年。

［明］薛瑄著，孫玄常等點校，《薛文清公讀書續録》，三晉出版社二〇一五年。

［清］王先謙撰，沈嘯寰、王星賢點校，《荀子集解》，中華書局一九八八年。

［清］程嗣章《明儒講學考》，清道光四年刻本。

郭沂校注《孔子集語校注》，中華書局二〇一七年。

藝術類：

［明］楊慎《書品》，上海書畫出版社一九九三年。

[明]張灝編《學山堂印譜》，明崇禎間鈐印本。

[清]倪濤《六藝之一録》，文淵閣四庫全書本。

[清]孫岳頒等纂輯《佩文齋書畫譜》，文淵閣四庫全書本。

[清]徐沁《明畫録》，清嘉慶四年刻讀畫齋叢書本。

[清]汪鋆《揚州畫苑録》，清光緒十一年刻本。

譜録類：

[宋]蘇易簡著，朱學博整理校點，《文房四譜》，上海書店出版社二〇一五年。

[明]萬邦寧《茗史》，清抄本。

雜家類：

[秦]吕不韋編，許維遹集釋，梁運華整理，《吕氏春秋集釋》，中華書局二〇〇九年。

[漢]王充著，黄暉撰，《論衡校釋》，中華書局一九九〇年。

[漢]劉安編，劉文典撰，馮逸、喬華點校，《淮南鴻烈集解》，中華書局二〇一三年。

[五代]馬縞撰，吴企明點校，《中華古今注》，中華書局二〇一二年。

[後唐]馮贄編，張力偉點校，《雲仙散録》，中華書局二〇〇八年。

[宋]孫奕撰，侯體健、况正兵點校，《履齋示兒編》，中華書局二〇一四年。

[宋]王觀國撰，田瑞娟點校，《學林》，中華書局一九八八年。

[宋]程大昌撰，劉尚榮校證，《考古編》，中華書局二〇〇八年。

[宋]羅大經撰，王瑞來點校，《鶴林玉露》，中華書局一九八三年。

[宋]姚寬撰，孔凡禮點校，《西溪叢語》，中華書局一九九三年。

[宋]洪邁撰，孔凡禮點校，《容齋隨筆》，中華書局二〇〇五年。

[明]焦竑撰，李劍雄點校，《焦氏筆乘》，中華書局二〇〇八年。

[明]李贄著《初潭集》，中華書局二〇〇九年。

[明]詹景鳳撰《明辨類函》，明崇禎五年張溥刊本。

[明]何良俊撰《四友齋叢説》，中華書局一九五九年。

[明]張岱《陶庵夢憶》，清粵雅堂叢書本。

[清]顧炎武著，黄汝成集釋，《日知録集釋》，上海古籍出版社二〇一五年。

[清]章學誠《乙卯劄記》，中華書局二〇〇六年版。

[清]錢大昕著《十駕齋養新録》，鳳凰出版社二〇一六年。

[清]趙翼撰《陔餘叢考》，中華書局一九六三年。

[清]劉聲木撰，劉篤齡點校，《萇楚齋五筆》，中華書局一九九八年。

［清］法式善《清秘述聞》，清嘉慶四年刻本。

［清］英和《恩福堂筆記》，清道光十七年刻本。

［清］施男《邛竹杖》，清初留髠堂刻本。

［清］俞樾撰，卓凡、顧馨、徐敏霞點校，《茶香室三鈔》，中華書局一九九五年。

［清］繆荃孫撰，楊璐整理，《藝風堂雜鈔》，中華書局二〇一〇年。

［清］劉聲木撰，劉篤齡點校，《萇楚齋續筆》，中華書局一九九八年。

［清］皮錫瑞撰，吴仰湘編，《鑑古齋日記評》，中華書局二〇一五年。

［清］陸以湉撰，崔凡芝點校，《冷廬雜識》，中華書局一九八四年。

［清］何焯著，崔高維點校，《義門讀書記》，中華書局一九八七年。

［清］王應奎撰，王彬等點校，《柳南隨筆》，中華書局一九八三年。

［清］侯玄汸《月蟬筆露》，一九三三年鉛印本。

［清］邊連寶著《病餘長語》，中華書局二〇〇七年。

類書類：

［唐］徐堅著《初學記》，中華書局二〇〇四年。

［宋］王欽若等編纂，周勛初等校訂，《册府元龜》，鳳凰出版社二〇〇六年。

[宋]葉廷珪撰，李之亮校點，《海録碎事》，中華書局二〇〇二年。

[宋]王應麟著，[清]翁元圻輯注，孫通海點校，《困學紀聞注》，中華書局二〇一六年。

[明]羅萬藻輯《十三經類語》，明崇禎十三年刻本。

[清]方中德撰，徐學林校點，《古事比》，黄山書社一九九八年。

[清]王文清撰，黄守紅校點，《考古略》，嶽麓書社二〇一三年。

[清]翟灝撰，顔春峰點校，《通俗編》，中華書局二〇一三年。

[清]梁章鉅撰，馮惠民、李肇翔、楊夢東點校，《稱謂録》，中華書局一九九六年。

陳夢雷《古今圖書集成》，中華書局、巴蜀書社。

劉幼生編校《香學匯典》，三晉出版社二〇一四年。

小説類：

[晉]陶潛撰，李劍國輯校，《搜神後記輯校》，中華書局二〇一九年。

[唐]杜光庭撰，羅争鳴輯校，《仙傳拾遺》，中華書局二〇一三年。

[唐]鄭處誨撰，田延柱點校，《明皇雜録》，中華書局一九九四年。

[晉]葛洪撰，周天游校注，《西京雜記》，三秦出版社二〇〇六年。

[唐]牛僧孺撰，程毅中點校，《玄怪録》，中華書局二〇〇八年。

[宋]李昉等編《太平廣記》，中華書局一九六一年。

[清]王晫《今世説》，清康熙二十二年霞舉堂刻本。

[清]梁維樞《玉劍尊聞》，上海古籍出版社一九八六年。

[清]龔煒撰，錢炳寰點校，《巢林筆談》，中華書局一九八一年。

[清]許奉恩撰，諸偉奇校點，《蘭苕館外史》，黄山書社一九九八年。

[清]張潮《虞初新志》，清康熙三十九年刻本。

王叔岷撰《列仙傳校箋》，中華書局二〇〇七年。

李時人編校《全唐五代小説》，中華書局二〇一四年。

道家類：

[周]庚桑楚《亢倉子》，文淵閣四庫全書本。

[周]列子撰，[晉]張湛注，[唐]盧重玄、[宋]范致虚解，[宋]趙佶訓，[金]高守元集，孔德凌點校，《沖虚至德真經四解》，鳳凰出版社二〇一六年。

[晉]葛洪撰，胡守爲校釋，《神仙傳校釋》，中華書局二〇一〇年。

[明]譚元春評閲，張溥參正，《莊子南華真經》，明崇禎八年張溥刻本。

楊伯峻撰《列子集釋》，中華書局一九七九年。

集部

別集類：

［三國］諸葛亮著，段熙仲、聞旭初編校，《諸葛亮集》，中華書局一九六〇年。

［梁］劉勰著，林其錟集校，《劉子集校合編》，華東師範大學出版社二〇一二年。

［梁］蕭繹撰，許逸民校箋，《金樓子校箋》，中華書局二〇一一年。

［北齊］魏收《魏特進集》，明末刊七十二家集本。

［唐］陸贄撰，王素點校，《陸贄集》，中華書局二〇〇六年。

［唐］韓愈著，劉真倫、岳珍校注，《韓愈文集彙校箋注》，中華書局二〇一〇年。

［唐］獨孤及撰，劉鵬、李桃校注，《毘陵集校注》，遼海出版社二〇〇六年。

［唐］柳宗元著《柳宗元集》，中華書局一九七九年。

［宋］周敦頤著，陳克明點校，《周敦頤集》，中華書局一九九〇年。

［宋］歐陽修著，李逸安點校，《歐陽修全集》，中華書局二〇〇一年。

［宋］曾鞏撰，陳杏珍、晁繼周點校，《曾鞏集》，中華書局一九八四年。

［宋］蘇軾撰，［明］茅維編，孔凡禮點校，《蘇軾文集》，中華書局一九八六年。

［宋］蘇軾撰，［清］王文誥輯注，孔凡禮點校，《蘇軾詩集》，中華書局一九八二年。

［宋］張栻著，楊世文點校，《新刊南軒先生文集》，中華書局二〇一五年。

［宋］邵雍著，郭彧整理，《邵雍集》，中華書局二〇一〇年。

［宋］葉適著，劉公純、王孝魚、李哲夫點校，《葉適集》，中華書局二〇一〇年。

［元］張雨撰，吴迪點校，《張雨集》，浙江人民美術出版社二〇一三年。

［明］宋濂《宋學士文集》，明正德刊本。

［明］方孝孺著，徐光大校點，《遜志齋集》，寧波出版社二〇〇〇年。

［明］崔銑《洹詞》，文淵閣四庫全書本。

［明］江盈科撰，黄仁生點校，《江盈科集》，嶽麓書社二〇〇八年。

［明］楊嗣昌著，梁頌成點校，《楊嗣昌集》，嶽麓書社二〇〇八年。

［明］唐順之著，馬美信、黄毅點校，《唐順之集》，浙江古籍出版社二〇一四年。

［明］徐光啓撰，王重民輯校，《徐光啓集》，中華書局二〇一四年。

［明］姚希孟《沆瀣集》，明崇禎蘇州張叔籟刊本。

［明］姚希孟《響玉集》，明崇禎張叔籟等刻清閟全集本。

［明］姚希孟《循滄集》，明崇禎張叔籟等刻清閟全集本。

［明］黄道周《黄石齋先生文集》，清康熙五十三年刻本。
［明］黄道周《黄漳浦集》，清道光九年福州陳氏刻本。
［明］祁彪佳《祁忠敏公日記》，民國二十六年鉛印本。
［明］祁彪佳《遠山堂詩集》，清初祁氏東書堂抄本。
［明］陳仁錫《無夢園遺集》，明崇禎六年張一鳴刻本。
［明］李日華撰，趙杏根整理，《恬致堂集》，上海古籍出版社二〇一一年。
［明］程嘉燧《耦耕堂集詩文》，清順治刻本。
［明］楊廷麟《兼山集》，清康熙刻本。
［明］張國維《張忠敏公遺集》，清咸豐間刻本。
［明］張世偉《自廣齋集》，明崇禎十一年刻本。
［明］曹于汴《仰節堂集》，文淵閣四庫全書本。
［明］倪元璐《倪文貞集》，文淵閣四庫全書本。
［明］祁彪佳《宜焚全稿》，明末鈔本。
［明］沈承《即山集》，明天啓六年刻本。
［明］鄭元勳《媚幽閣文娱》，明崇禎刻本。

［明］孫永祚《雪屋二集》，清順治十七年古嘯堂刻本。

［明］錢肅樂撰，卿朝暉點校，《錢肅樂集》，浙江古籍出版社二〇一四年。

［明］黄與堅《願學齋文集》，清代詩文集彙編本。

［明］魏象樞撰，陳金陵點校，《寒松堂全集》，中華書局一九九六年。

［明］胡維霖《胡維霖集》，明崇禎刻本。

［明］黎遂球《蓮鬚閣集》，清康熙黎延祖刻本。

［明］蒼雪大師撰，楊爲星注，《南來堂詩集》，雲南人民出版社二〇一一年。

［明］范鳳翼《范勳卿詩集》，明崇禎間刻本。

［明］顧大韶《炳燭齋稿》，清道光二十年鈔本。

［明］蔡獻臣《清白堂稿》，明崇禎刻本。

［明］蕭士瑋《春浮園集》，清光緒刻本。

［明］郭金臺撰，陶新華點校，《石村詩文集》，嶽麓書社二〇一〇年。

［明］徐允禄《思勉齋集》，清順治十五年刻本。

［明］澫益智旭撰，釋明學主編，《絶餘編》，巴蜀書社二〇一四年。

［明］羅萬藻《此觀堂集》，清乾隆二十一年刻本。

[明]張溥《七録齋集》六卷《論略》一卷，明崇禎吴門童潤吾刻本。

[明]張溥《七録齋近集》十六卷，明崇禎刻本。

[明]張溥《七録齋詩文合集》十六卷，明崇禎刻本。

[明]張溥《七録齋文集·論略》二卷《續刻》六卷《别集》二卷，明崇禎刻本。

[明]張溥選《蘇長公文集》，明崇禎四年刻本。

[明]張溥撰，曾肖點校，《七録齋合集》，齊魯書社二〇一五年。

[明]張采《知畏堂集文存詩存》，清康熙十二年本。

[明]周之夔《棄草二集》，明崇禎間木犀館刻本。

[明]周之夔《棄草詩集》，明崇禎木犀館刻本。

[明]陳子龍《陳子龍詩集》，上海古籍出版社二〇〇六年。

[明]陳子龍《安雅堂集》，偉文圖書出版社一九七七年。

[明]陳子龍、李雯、宋徵輿撰，陳立校點，《雲間三子新詩合稿》，遼寧教育出版社二〇〇〇年。

[明]楊彝《穀園集》，清道光二年譚天成鈔本。

[明]譚元春《新刻譚友夏合集》後附《旨齋詩草》，明崇禎六年刻本。

［明］譚元春撰，陳杏珍標校，《譚元春集》，上海古籍出版社一九九八年。

［明］陳際泰《太乙山房文集》，明崇禎六年刻本。

［明］劉城《嶧桐文集》，清光緒十九年養雲山莊刻本。

［明］歸莊《歸莊集》，中華書局一九六二年。

［明］婁堅《學古緒言》，文淵閣四庫全書本。

［明］張燮撰《霏雲居集》，中華書局二〇一五年。

［明］王時敏著，毛小慶點校，《王時敏集》，浙江人民美術出版社二〇一六年。

［明］吴應箕《樓山堂集》，清刻本。

［明］吴應箕著，章建文校點，《樓山堂遺文》，黄山書社二〇一七年。

［明］董説《豐草庵前集》，民國三年刻本。

［明］葛芝《卧龍山人集》，清康熙九年自刻本。

［明］朱諫《李詩選注》，明隆慶六年刻本。

［明］金聲《燕詒閣集》，明末刻本。

［明］沈壽民《姑山遺集》，清康熙有本堂刻本。

［明］張大復《梅花草堂集》，明崇禎刻清補修匯印梅花草堂集三種本。

［明］馬世奇《澹寧居詩集》，清乾隆二十一年刻本。

［明］陳仁錫《無夢園初集》，明崇禎六年刻本。

［明］魏學洢《茅簷集》，文淵閣四庫全書本。

［明］吕坤撰，王國軒、王秀梅整理，《吕坤全集》，中華書局二〇〇八年。

［明］夏完淳著，白堅箋校《夏完淳集箋校》，上海古籍出版社二〇一六年。

［清］吴偉業著，李學穎集評標校，《吴梅村全集》，上海古籍出版社一九九〇年。

［清］吴偉業撰，程穆衡原箋，楊學沆補注，張耕點校，《吴梅村詩集箋注》，中華書局二〇一〇年。

［清］黄宗羲著，陳乃乾編，《黄梨洲文集》，中華書局二〇〇九年。

［清］黄宗羲《南雷文定》，清刻本。

［清］戴震撰，趙玉新點校，《戴震文集》，中華書局一九八〇年。

［清］王士禛撰，宫曉衛等點校，《蠶尾續文集》，齊魯書社二〇〇七年。

［清］儲大文《存硯樓二集》，清乾隆十九年刻本。

［清］洪亮吉撰，劉德權點校，《洪亮吉集》，中華書局二〇〇一年。

［清］郝懿行著，耿天勤點校，安作璋通校，《曬書堂集》，齊魯書社二〇一〇年。

［清］魏禧《魏叔子文集外篇》，稿本。

［清］葉昌熾著，王立民、徐宏麗整理，《葉昌熾集》，中華書局二〇一九年。

［清］施閏章撰，何慶善、楊應芹點校，《施愚山集》，黄山書社一九九三年。

［清］吕留良撰，俞國林編，《吕晚村先生文集》，中華書局二〇一五年。

［清］嚴書開《嚴逸山先生文集》，清康熙寧德堂刻本。

［清］田蘭芳《逸德軒文集》，清康熙二十六年劉榛等刻本。

［清］黄中《黄雪瀑集》，清康熙泳古堂刻本。

［清］鄧雅《玉笥集》，清鈔本。

［清］杜濬《變雅堂文集》，清康熙刻本。

［清］孫宗彝《愛日堂詩文集》，清乾隆三十五年孫同邵刻本。

［清］葉昌熾《奇觚廎詩集》，民國十五年刻本。

［清］沈壽民《姑山遺集》，清康熙有本堂刻本。

［清］陸世儀《桴亭先生詩文集》，清光緒二十五年唐受祺刻陸桴亭先生遺書本。

［清］黄宗羲《黄宗羲全集》，浙江古籍出版社二〇〇五年。

［清］錢謙益《初學集》，四部叢刊景明崇禎本。

[清]徐枋《居易堂集》，清康熙刻本。

[清]趙賓《學易庵詩集》，清康熙二十四年刻本

[清]先著《之溪老生集》，清刻本。

[清]陳維崧《篋衍集》，稿本。

[清]吴莊《豹留集》，清乾隆刻本。

[清]吴世傑《甓湖草堂集》，清康熙刻本。

[清]毛奇齡《西河集》，文淵閣四庫全書本。

[清]計東《改亭詩集文集》，清乾隆十三年計瓊刻本。

[清]崔述《崔東壁先生文集》，清道光四年陳履和刻崔東壁遺書本。

[清]朱一是《爲可堂初集》，清順治十一年刻本。

[清]陶望齡《歇庵集》，明萬曆喬時敏等刻本。

[清]盧世㴶《尊水園集略》，清順治刻十七年盧孝餘刻本。

[清]侯方域《壯悔堂文集》，清康熙刊本。

[清]曹溶《静惕堂詩集》，清雍正刻本。

[清]閻爾梅《白耷山人詩文集》，清康熙刻本。

［清］法式善《存素堂文集》，清嘉慶十二年程邦瑞揚州刻本。

［清］彭元瑞《恩餘堂輯稿》，清道光七年刻本。

唐文治《茹經堂文集》三編，民國叢書第五編五〇九五册。

容肇祖《容肇祖全集》，齊魯書社二〇一三年。

故宫博物院編，世經堂集《眭東蓀先生集》，海南出版社二〇〇一年。

葛澤溥《蘇軾題畫詩選評箋釋》，河南大學出版社二〇一二年。

總集類：

［宋］吕祖謙編，齊治平點校，《宋文鑑》，中華書局一九九二年。

［宋］委心子撰，金心點校，《新編分門古今類事》，中華書局一九八七年。

［明］梅鼎祚等輯，彭君華等校點，《宛雅全編》，黄山書社二〇一八年。

［明］張溥《漢魏六朝百三家集》，明婁東張氏刻本。

［明］張采編《兩漢文選》，明崇禎六年刊本。

［明］譚元春《簡遠堂輯選名公四六金聲》，明崇禎刻本。

［明］陳子龍等《皇明詩選》，明崇禎刻本。

［明］曹臣撰，陸林校點，《舌華録》，黄山書社一九九九年。

［明］翟校輯，［清］王輔銘補輯，《練音集補》，清乾隆八年金尚東刻本。

［明］陳其愫編，于景祥、郭醒點校，《皇明經濟文輯》，遼海出版社二〇〇九年。

［明］萬表編，于景祥、郭醒點校，《皇明經濟文録》，遼海出版社二〇〇九年。

［明］曹學佺《石倉歷代詩選》，文淵閣四庫全書本。

［明］鍾惺、譚元春編《明詩歸》，清鈔本。

［清］鄧顯鶴編纂，歐陽楠校點，《沅湘耆舊集》，嶽麓書社二〇〇七年。

［清］沈季友《檇李詩繫》，文淵閣四庫全書本。

［清］王寶仁《婁水文徵》，清道光十二年閑有餘齋刻本。

［清］杜文瀾輯，周紹良校點，《古謡諺》，中華書局一九五八年。

［清］朱彝尊《明詞綜》，清嘉慶七年王氏三泖漁莊刻本。

［清］顧有孝輯《明文英華》，清康熙二十六年刻本。

［清］賀長齡、魏源編《皇朝經世文編》，嶽麓書社二〇〇四年。

［清］沈德潛《明詩别裁集》，清乾隆四年刻本。

［清］朱彝尊選編《明詩綜》，中華書局二〇〇七年。

［清］沈德潛《清詩别裁集》，上海古籍出版社二〇一三年。

[清]卓爾堪《遺民詩》，清康熙刻本。
[清]曾燠輯《江西詩徵》，清嘉慶九年賞雨茅屋刻本。
[清]董誥等編《全唐文》，中華書局一九八三年。
[清]彭定求等編《全唐詩》，中華書局一九六〇年。
[清]汪學金輯《婁東詩派》，清嘉慶九年詩志齋刻本。
[清]姚春木《國朝文録》，清道光十九年瑞州府鳳儀書院刻本。
[清]張豫章輯《御選宋金元明四朝詩》，文淵閣四庫全書本。
[清]陳濟生《天啓崇禎兩朝遺詩》，中華書局一九五八年。
[清]吴翌鳳編《清朝文徵》，吉林人民出版社一九九八年。
[清]黄宗羲編《明文海》，中華書局一九八七年。
[清]吴偉業輯《太倉十子詩選》，清順治間刻本。
[清]薛熙編《明文在》，吉林人民出版社一九九八年。
[清]嚴可均編《全上古三代秦漢三國六朝文》，中華書局一九五八年。
[民國]徐世昌《晚晴簃詩匯》，民國十八年退耕堂刻本。
楊鐮主編《全元詩》，中華書局二〇一三年。

李修生主編《全元文》，江蘇古籍出版社一九九九年。
曾棗莊、劉琳主編《全宋文》，上海辭書出版社、安徽教育出版社二〇〇六年。
張炎中、吴聿明著《婁東詩韻》，上海錦繡文章出版社二〇〇九年。
上海圖書館編《上海圖書館藏明代尺牘》，上海科學技術文獻出版社二〇〇二年。
錢鏡塘輯《錢鏡塘藏明代名人尺牘》，上海古籍出版社二〇〇二年。
湖北省人民政府文史研究館、湖北省博物館整理《湖北文徵》，湖北人民出版社二〇一四年。
胡曉明、彭國忠主編《江南女性别集二編》，黄山書社二〇一〇年。
中山大學中國古文獻研究所編《全粤詩》，嶺南美術出版社二〇一七年。
洪鈞編《歷代狀元文章彙編》，中國致公出版社二〇一五年。
趙青《嘉興歷代才女詩文徵略》，浙江大學出版社二〇一四年。
嶙峋編《閨海吟》，華齡出版社二〇一二年。
馮乾編校《清詞序跋彙編》，鳳凰出版社二〇一三年。
陳其弟編纂《蘇州舊志序跋彙編》，廣陵書社二〇一八年。
曾棗莊主編《宋代序跋全編》，齊魯書社二〇一五年。

郁重今編纂《歷代印譜序跋彙編》，西泠印社出版社二〇〇八年。

詩文評類：

［清］朱彝尊《静志居詩話》，人民文學出版社一九九〇年。
［清］王士禛《帶經堂詩話》，清乾隆二十七年南曲舊業刻本。
［清］吳偉業《梅村詩話》，道光刻婁東雜著本。
［清］陳田《明詩紀事》，清陳氏聽詩齋刻本。
［清］何文焕輯《歷代詩話》，中華書局二〇〇四年。
鄧之誠《清詩紀事初編》，上海古籍出版社二〇一二年。
于景祥、李貴銀編著《中國歷代碑誌文話》，遼海出版社二〇〇九年。

詞曲類：

［明］吕天成撰，吳書蔭校注，《曲品校注》，中華書局二〇〇六年。

辭典

羅竹風主編《漢語大詞典》，漢語大詞典出版社一九九三年。
李時人編著《中國文學家大辭典（明代卷）》，中華書局二〇一八年。

鄭天挺等主編《中國歷史大辭典（明史卷）》，上海辭書出版社一九九五年。

黄惠賢《二十五史人名大辭典》，中州古籍出版社一九九七年。

吴海林、李延沛《中國歷史人物辭典》，黑龍江人民出版社一九八三年。

丘樹森主編《中國歷代人名辭典》（增訂本），江西教育出版社一九八九年。

張志哲主編《中華佛教人物大辭典》，黄山書社二〇〇六年。

申暢等編《中國目録學家辭典》，河南人民出版社一九八八年。

復旦大學歷史地理研究所《中國歷史地名辭典》，江西教育出版社一九八六年。

張政烺《中國古代職官大辭典》，河南人民出版社一九九〇年，

龔延明著《中國歷代職官别名大辭典》，上海辭書出版社二〇〇六年。

蔣義海主編《中國畫知識大辭典》，東南大學出版社二〇一五年。

瞿冕良編著《中國古籍版刻辭典》，蘇州大學出版社二〇〇九年。

韓天衡編著《中國篆刻大辭典》，上海辭書出版社二〇〇三年。

陳橋驛主編《中國都城辭典》，江西教育出版社一九九九年。

許嘉璐主編《傳統語言學辭典》，河北教育出版社一九九〇年。

吴新雷主編《中國崑劇大辭典》，南京大學出版社二〇〇二年。

趙傳仁等主編《中國書名釋義大辭典》，山東友誼出版社二〇〇七年。

研究論著

[清]皮錫瑞撰，周予同注釋，《經學歷史》，中華書局一九五九年。
唐長孺著《唐書兵志箋正》，中華書局二〇一一年。
蒙文通著，蒙默編，《蒙文通全集》，巴蜀書社二〇一五年。
唐文治《大家國學·唐文治卷》，天津人民出版社二〇〇八年。
王雲五《明代政治思想清代政治思想》，九州出版社二〇一三年。
李德輝著《全唐文作者小傳正補》，遼海出版社二〇一一年。
何宗美《明末清初文人結社研究》，南開大學出版社二〇〇三年
李玉栓《明代文人結社考》，中華書局二〇一三年。
丁國祥《復社研究》，鳳凰出版社二〇一一年。
曾肖《復社與文學研究》，人民文學出版社二〇一八年。
殷孟倫《漢魏六朝百三家集題辭注》，人民文學出版社一九六〇年。
王京洲《七十二家集題辭箋注》，上海古籍出版社二〇一六年。

陸巖軍《張溥研究》，上海三聯書店二〇一六年。
陳國本《通鑒史論集》，北京聯合出版公司二〇一四年。
鄧子琴著《中國禮俗學綱要》，中國文化社一九四七年。
吴仁安《明清時期上海地區的著姓望族》，上海人民出版社一九九七年。
張雲龍《清初散文三家研究》，齊魯書社二〇〇七年。
龔肇智《嘉興明清望族疏證》，方志出版社二〇一一年。
陳廣宏《竟陵派研究》，復旦大學出版社二〇〇六年。
周揚波《從士族到紳族：唐以後吴興沈氏宗族的變遷》，浙江大學出版社二〇〇九年。
楊維忠《王鏊詩文選》，蘇州大學出版社二〇一五年。
陳國軍《明代志怪傳奇小説叙録》，商務印書館國際有限公司二〇一六年。
鄭晨寅《黄道周論稿》，河南人民出版社二〇一四年。
江巨榮《湯顯祖研究論集》，上海人民出版社二〇一五年。
薛洪績、王汝梅主編《明清傳奇小説集稀見珍本》，吉林文史出版社二〇〇七年。
黄裳《來燕榭文存》，生活·讀書·新知三聯書店二〇〇九年。
張乃清《上海鄉紳侯峒曾家族》，學林出版社二〇一五年。

丁輝、陳心蓉《嘉興歷代進士研究》，黄山書社，二〇一二年。

廖可斌《明代文學復古運動研究》，上海古籍出版社一九九四年。

蔣瑞藻《小説考證續編》，商務印書館一九二四年。

李柯《李流芳西湖交遊考》，見復旦大學中國古代文學研究中心編《中國文學研究》第十八輯，中國文聯出版社二〇一一年。

陳國軍《論〈鴛渚志餘雪窗談異〉的作者、創作時間及其他》，見李國章、趙昌平主編《中華文史論叢》總第七五輯，上海古籍出版社二〇〇四年。

潘承玉《〈且樸齋詩稿〉：遺民徐懋曙的詩史追求》，《紹興文理學院學報》二〇一一年第四期。

劉文華《明代的地方吏民保留地方官現象——以崇禎七年蘇松耆民詣闕乞留巡按祁彪佳爲例》，見蘇州博物館編《蘇州文博論叢》二〇一三年總第四輯，文物出版社二〇一三年。